COLETTE

Œuvres

I

ÉDITION PUBLIÉE SOUS LA DIRECTION
DE CLAUDE PICHOIS,
AVEC, POUR CE VOLUME, LA COLLABORATION
D'ALAIN BRUNET, LÉON DELANOË, PAUL D'HOLLANDER,
JACQUES FRUGIER, MICHEL MERCIER
ET MADELEINE RAAPHORST-ROUSSEAU

nrf

GALLIMARD

CE VOLUME CONTIENT :

Préface
par Claude Pichois

Chronologie (1829-1910)
par Jacques Frugier

Note sur la présente édition

CLAUDINE À L'ÉCOLE

Texte présenté, établi et annoté par Paul D'Hollander

CLAUDINE À PARIS

Texte présenté, établi et annoté par Paul D'Hollander

CLAUDINE EN MÉNAGE

Texte présenté, établi et annoté par Paul D'Hollander

CLAUDINE S'EN VA
(Journal d'Annie)

Texte présenté et établi par Paul D'Hollander,
annoté par P. D'Hollander et Claude Pichois

L'INGÉNUE LIBERTINE

Texte présenté, établi et annoté par Paul D'Hollander

LA RETRAITE SENTIMENTALE

Texte présenté, établi et annoté par Paul D'Hollander

LES VRILLES DE LA VIGNE

Texte présenté, établi et annoté par Michel Mercier

LA VAGABONDE

Texte présenté par Michel Mercier,
établi et annoté par Madeleine Raaphorst-Rousseau
et Claude Pichois

Notices, notes et variantes

Aperçu topographique
Lexique des « Claudine »
par Paul D'Hollander

Bibliographie
par Léon Delanoë et Alain Brunet

préparer l'Exposition universelle, qui doit s'ouvrir le 14 avril 1900 et qui sera, en effet, inaugurée à cette date, avant que les gravats n'aient été enlevés. Ces travaux n'embellissent pas la capitale, mais, sur les rives de la Seine et au Champ-de-Mars, la rendent étrange. On a beaucoup érigé, et l'on a beaucoup creusé : le premier tronçon du chemin de fer métropolitain — une partie de la ligne Neuilly-Vincennes — est mis en service en juillet. Le bâtiment va mieux que la société. Les riches sont très riches, les pauvres très pauvres. Les journées de travail sont lourdes ; la durée légale de dix heures ne sera imposée qu'en 1904. Le repos hebdomadaire ne deviendra obligatoire qu'en 1906.

L'Exposition est une trêve. Celle-ci sera rompue peu avant la fermeture, quand, à Toulouse, le 28 octobre, Waldeck-Rousseau prononce un discours de combat et chiffre à un milliard la valeur des immeubles possédés par les congrégations. Quelques mois de paix aussi dans les relations internationales, si l'on oublie la guerre des Boers, dans laquelle l'opinion française a pris parti pour le président Krüger contre la reine Victoria. Cependant, la France n'a pas oublié la défaite ; elle se sait ou se croit assez forte pour gagner la revanche. C'est donc sans éprouver le moindre sentiment d'infériorité qu'elle a convié les autres nations à présenter leurs richesses à côté des siennes et de celles qu'elle doit à ses colonies.

Outre l'Exposition, Dreyfus et les congrégations, la Femme, à la fois reine et esclave, défraye les conversations. La Femme : elle domine la porte monumentale de l'Exposition, l'une des cinquante portes par lesquelles on accède à cette grande foire : « Entre deux minarets ajourés d'azur et de statues polychromes surmontées d'oriflammes, ornés de cabochons, au sommet d'une immense arche flamboyante (qui lui valut le surnom de la Salamandre), s'envole, sur une boule dorée, une sirène chapeautée du bateau de la Ville de Paris, à jupe plate, rejetant au vent un manteau du soir en fausse hermine, la Parisienne ; cet épouvantail plein de courants d'air ressemble aussi aux dames de La Vie parisienne. *Sur la première page de ce magazine* select *où écrivent Gyp et Toulet, on voit justement une mère, la* Ville

À la mémoire de Colette de Jouvenel.

PRÉFACE

DE CLAUDINE À LA VAGABONDE

Claudine à l'école *paraît en mars 1900, trois semaines environ avant que s'ouvre à Paris l'Exposition universelle*[1]. *Colette inaugure le siècle sous le masque de Willy. Elle a dès lors sa place sur la scène littéraire ; elle l'aura pendant plus de cinquante ans que durera son existence de femme et d'écrivain.*

Claudine à l'Exposition.

1900 : Loubet règne, il ne gouverne pas ; il a remplacé Félix Faure mort brusquement au début de l'année précédente, lors d'une entrevue galante avec Mme Steinheil. Waldeck-Rousseau est président du Conseil. Sa défense de la République passe par l'anticléricalisme. La France, qui avait été divisée par l'affaire Dreyfus, l'est maintenant par la cause des ordres religieux, surtout enseignants. Dreyfus, condamné en 1894, a été ramené en 1899, de l'île du Diable, pour être de nouveau jugé : à Rennes, il a été déclaré coupable et condamné à dix ans de détention. Mais il a été gracié par Loubet. Solution provisoire qui apaise les esprits sans les satisfaire. Elle permet de

1. Pour l'Exposition, voir ci-dessous. Pour *Claudine à l'école*, p. 1253.

corrida : c'est la femme ornée à laquelle succédera la femme souple de Paul Poiret et de Chanel. L'une des premières est décrite par le confident du vicomte de Courpière : une fille attachée à un bar de la rue Saint-Florentin, « une assez jolie blonde oxygénée, vêtue avec élégance et à la mode, je veux dire de façon à consterner tout homme ayant le moindre sens de la plastique ou simplement une connaissance rudimentaire de l'anatomie. Je n'ai jamais pu déshabiller un de ces êtres bizarres, sans craindre, jusqu'à preuve du contraire, qu'il lui manquât le plus essentiel, comme aux poupées[1]*. » Sont en cause les dames de la bonne société. Les employées, pour ne pas mentionner les ouvrières, sont vêtues plus simplement, et aussi les jeunes filles de la bourgeoisie et de l'aristocratie, au point qu'elles en apparaissent comme moins femmes et qu'elles sont moins désirées. Les adolescents, les hommes mûrs sont provoqués par une image de la femme idole et ainsi portés vers les courtisanes et demi-mondaines auxquelles les dames s'efforcent de ressembler. On devine ce qu'est généralement la vie conjugale dans cette société d'oisifs.* La Parisienne *de Becque (1885) est d'actualité.*

Cette situation n'est pas nouvelle et elle durera longtemps. Dumas fils, dans la préface (1869) à L'Ami des femmes *(1864), tout en attaquant les prétentions des femmes, qu'il voulait au foyer, épouses soumises, mères attentives, montrait l'imposture dont la jeune fille était la victime au mariage. Pour le mâle « robuste, sain, que la continence momentanée a rendu éloquent » et qui lui fait une cour respectueuse, elle n'éprouve qu'un sentiment mêlé de sympathie, de curiosité, d'idéal et d'instincts charnels qu'elle nomme amour. Le jour des noces, le jeune homme « éloquent, bien élevé, tendre, se transforme tout à coup. Là où la jeune fille rêvait d'un dieu rayonnant, elle voit sauter sur l'autel une sorte de bête velue et trépidante, balbutiant des sons rauques, affamée de sa chair, altérée de son sang.*

1. Abel Hermant, *Souvenirs du vicomte de Courpière,* Ollendorff, 1901, p. 89. Rassurons, d'ailleurs, le lecteur. A. Hermant n'a pas dû en déshabiller beaucoup. — Sur cette déformation de la femme, voir aussi la remarque de Pierre Nozière à propos de Marie Bagration dans Anatole France, *La Vie en fleur,* éd. Émilien Carassus, Folio, [1983], p. 223.

de Paris, *donner les derniers conseils à sa fille, l'*Exposition *: "C'est monsieur Émile qui t'inaugurera, ma chérie, il faudra être bien gentille*[1]*." »*

La Femme ? Les femmes, plutôt, la peau, l'échange des épidermes, la petite secousse ; n'est-il pas significatif que la maîtresse du sinistre Esterhazy, la fille Pays, qui lui donnait de l'argent, ait été appelée « Petite-Secousse », du surnom que Barrès avait donné à l'héroïne du Jardin de Bérénice *? L'adultère sans joie mais non sans peur, le cinq-à-sept, est un sport vespéral qu'on pratique dans les rez-de-chaussée, dans les cabinets particuliers des restaurants, parfois dans les fiacres. Autres sports : le jeu et le duel, liés à cette omniprésence des femmes et à la nécessité d'avoir de l'argent pour « avoir » les femmes. Il arrive que l'honneur se porte bas. Les hommes se retrouvent dans les cercles, dans les clubs, au Weber, cher à Toulet et à Tinan, ou au café de la Paix. Parfois, les tribunes des champs de courses, les salles de théâtre, le cirque où le danger pimente l'érotisme ; les salons, que réglemente une liturgie implacable, réunissent les couples légitimes. L'oisiveté est la mère de tous les vices ennuyeux. « Le mot* high-life *a été inventé par cette époque qui est exactement le type de la basse époque. Au style-nouille en architecture et en littérature correspond la morale-nouille. C'est "l'aplatissement des mœurs" dont parle Balzac*[2]*. »*

La femme française s'émancipe plus lentement que sa sœur anglaise. Un périodique a été créé par une féministe convaincue, Marguerite Durand : La Fronde *— titre significatif. Tout n'est pas refusé aux femmes : en 1900 précisément, le barreau leur est ouvert. Cette même année Gabrielle Réval publie* Les Sévriennes[3]. *Mais beaucoup aiment encore leur servitude, qui vont se faire harnacher par Worth comme des haridelles de*

1. Paul Morand, *1900*, Les Éditions de France, [1933], p. 64-65. — *Œuvres*, Flammarion, [1981], p. 352. Émile : Émile Loubet, le président de la République.
2. Paul Morand, *1900*, dans *Œuvres*, ouvr. cité, p. 409.
3. Colette écrit à l'auteur qu'elle a été « séduite par la jolie et ardente sentimentale qu'est Marguerite Triel » (lettre inédite, vente Drouot-Rive gauche, 10 mai 1977, n° 3).

Ce n'est plus l'amour, c'est le viol légal et consacré ; mais c'est le viol aussi repoussant dans sa forme que celui que la loi condamne, pour cette victime que rien n'a préparée à cette immolation de ses plus saintes pudeurs ! »

Pour bien comprendre la situation de la femme et les conséquences, notamment littéraires, de cette situation, il faut rappeler que l'argent établit un équilibre, sinon une égalité, entre l'homme et celle qui est convoitée et tout à la fois dépendante de par la faiblesse et l'ignorance qu'on lui présume. L'argent, c'est le prix dont le mâle paie la virginité — et les virginités substituées. Les jeunes mariées, loin de découvrir l'amour, à l'instar de Claudine et sans doute de Colette, ne connaîtront pour la plupart que le sexe et l'argent. Les plus vulnérables — mais le saphisme est de toutes les époques — se réfugieront dans les bras des femmes.

Les petits journaux racontent et dessinent bien l'époque[1] *:* Le Journal amusant, Le Sourire, Le Rire *; plus ancienne mais toujours aguichante,* La Vie parisienne *; à partir d'août 1906,* Fantasio. *Sous la plume de Willy et de ses amis, sous le crayon de Léandre, d'Albert Guillaume, de Gerbault, etc., les petites femmes se dévêtent — pas entièrement, sauf dans* Le Rire *—, trompent leur mari, parfois leur amant sérieux, foulent d'un pied léger la morale et encourent ainsi les colères du sénateur Bérenger, le Père-la-pudeur, qui appelle à la formation de ligues contre la licence des rues, des périodiques et des romans. Paul Morand a raison : « Jamais il n'a été autant question du corps ; idolâtrie du sexe, de la peau, des cheveux ; fétichisme des dessous, des bottines, des fourrures*[2]*. » Constatation qui ne s'applique pas seulement à ces feuilles.*

De celles-ci le sérieux n'est pas toujours absent, non plus, bien entendu, que de la France moyenne ou aristocratique. Le Sourire *a pour rédacteur en chef Alphonse Allais, autrefois l'un des Hydropathes, naguère l'un des piliers du Chat noir. Les 8 et 15 juillet 1905, il y recommandera la lecture du livre de*

1. Le vrai *Chat noir,* né en 1882, cesse de paraître en 1899.
2. *1900,* dans *Œuvres*, ouvr. cité, p. 409.

Léon Bloy, Quatre ans de captivité à Cochons-sur-Marne, *et il pourra mourir, quelques semaines plus tard, la conscience en paix.*

Ces feuilles, où le rire se fait parfois vengeur, sont les organes d'un des quatre ou cinq secteurs dans lesquels s'élabore la littérature, des secteurs qui ne sont pas sans communiquer entre eux. À côté de cette littérature facile se développe la littérature officielle, dominée par Anatole France, Pierre Loti, Maurice Barrès, Paul Bourget, René Bazin, Henry Bordeaux à ses débuts[1]. *Sur la scène règnent Eugène Brieux, Paul Hervieu, Henri Bataille, Henry Bernstein, Alfred Capus, Maurice Donnay dont* Éducation de prince *triomphe en 1900 aux Variétés avec Jeanne Granier et ses camarades, Jules Renard, dont* Poil de Carotte *est représenté par Antoine cette même année, Edmond Rostand, qui, cette même année encore, fait représenter* L'Aiglon *au théâtre Sarah-Bernhardt (15 mars). La poésie est en deuil, de Verlaine et de Mallarmé ; Henri de Régnier, dans le* Mercure de France *d'août 1900*[2], *reprenant et complétant le titre de l'anthologie publiée par Van Bever et Léautaud, établit un constat : le Parnasse, la Décadence, le Symbolisme survivent ou ne sont plus qu'un souvenir. Lui-même, en publiant cette année-là* Les Médailles d'argile, *prouve que le Parnasse et le Symbolisme se sont combinés en un hybride. Régnier cite Stuart Merrill, Vielé-Griffin, Gustave Kahn — ce sont des épigones —, et aussi — ce sont là de nouveaux venus — Saint-Pol Roux, Charles Guérin, Francis Jammes, même Paul Claudel* (Tête d'or, La Ville). *Parmi les prosateurs poétiques : Paul Adam, Remy de Gourmont, Marcel Schwob, Pierre Louÿs. La poésie ne connaîtra un avenir que si elle ramène la Muse vers la Vie. Paul Fort a entendu cet appel ; il continue la publication de ses* Ballades françaises, *dont la quatrième série,* Les Idylles antiques, *paraît en 1900. Ajoutons que Maeterlinck, Verhaeren et Rodenbach for-*

1. Maupassant est mort en 1893 ; Edmond de Goncourt en 1896 ; Alphonse Daudet en 1897. Zola mourra en 1902.

2. « Poètes d'aujourd'hui et poésie de demain ». Les *Poètes d'aujourd'hui, 1880-1900,* de Van Bever et Léautaud venaient de paraître au Mercure de France.

ment un petit canton, où la terre est fertile, où le Symbolisme connaît une autre jeunesse. Et que la poésie est parfois dominée par la forte voix de Jean Moréas.

Citer Claudel en 1900 — l'année où il publie Connaissance de l'Est *—, c'est faire preuve de lucidité. Un groupe se constitue qui trouvera son espace à la* Nouvelle Revue française *mieux qu'au* Mercure de France *: Gide, Valéry, Proust, Claudel. Non loin, en 1900 encore, Péguy fonde les* Cahiers de la quinzaine. *Cette littérature vraiment nouvelle se développe à l'écart de la littérature officielle et elle est méconnue par le milieu qui s'oppose lui aussi à la littérature officielle, le milieu de Willy et de ses amis. L'un des plus intelligents, Toulet, oblige son biographe à avouer que dans ses articles « on cherche en vain les noms de Valéry, de Gide, de Duhamel, d'Apollinaire ou de Max Jacob. On n'y rencontre que ceux de Sarcey, de Fabre, de Dumas père, de Bernstein*[1]*. » Ignorance qui eut pour conséquence une injustice. La littérature à laquelle appartiennent Willy et Colette en 1900 et après sera lettre morte pour le groupe de la* N.R.F. *qui a orienté la vie littéraire française pendant le demi-siècle que dura l'activité créatrice de Colette, même si Gide, Valéry ou Claudel ont tenu à marquer à celle-ci leur estime ou leur sympathie.*

Injustice qu'il serait temps de réparer, à l'égard non de Colette, qui n'a pas besoin d'une telle réparation, mais de beaucoup de ceux qu'elle a connus depuis son mariage, romanciers, conteurs, chroniqueurs, poètes, de talent moyen ou grand, qui ont cherché à innover sans rompre avec la tradition. À certains, hommage a été rendu depuis longtemps : Jules Renard, Marcel Schwob, Paul-Jean Toulet. Mais Tristan Bernard est plus connu par ses pièces et par ses mots que par ses récits. Au moment où nous écrivons, ses Mémoires d'un jeune homme rangé[2] *sont introuvables en librairie ; à la Bibliothèque nationale, ils sont « hors d'usage », incommunicables, comme tant d'autres volumes dont le papier se désagrège et se casse en*

1. P.O. Walzer, *P.-J. Toulet,* Seghers, Poètes d'aujourd'hui, n° 42, [1954], p. 12. Ferdinand Fabre est l'auteur de *L'Abbé Tigrane.*
2. Éditions de *La Revue blanche,* 1899.

petits fragments. Rachilde et Hugues Rebell ont eu la chance d'être partiellement réédités. Mais — et nous en oublions — Paul Acker, George Auriol[1], *Maurice Beaubourg, Félicien Champsaur, Auguste Germain, Maurice Maindron, Lucien Muhlfeld, François de Nion, Jean de Nittis, Jean de Tinan, Pierre Veber ? Parce que le papier de l'époque fut d'une composition chimique inadéquate, devra-t-on les exclure, méconnaître leurs recherches, parfois leurs prouesses ? Publiés aux éditions du* Mercure de France *ou de* La Revue blanche, *chez Flammarion, Paul Ollendorff ou H. Simonis Empis, ils exploitent encore les ressources du naturalisme ou ils renouent avec la « fantaisie*[2] *», ou ils entent l'un sur l'autre. Le naturalisme n'est certes pas mort, mais depuis le* Manifeste des cinq *(1885) les jeunes sont moins attirés par Zola, dont la vraie poésie n'a pas été comprise et qui s'est d'ailleurs tourné vers la prédication humanitaire. La « fantaisie » a des lettres d'ancienneté : Franc-Nohain, l'auteur des* Chansons des trains et des gares *(1899), évoquait par son titre le Hugo des* Chansons des rues et des bois *; malgré l'emploi du vers libre, il aurait aussi pu se recommander de Théodore de Banville. Lequel sera cité par Willy dans sa préface à* La Négresse blonde *de Georges Fourest*[3]. *La « fantaisie » ne se contentait pas en 1900 de la poésie : elle envahissait le roman, et l'on voit encore ici se profiler l'abdomen de Willy et reluire sa calvitie. Le roman était le grand malade*[4]. *Mais un malade qui ne*

1. George Auriol, Tristan Bernard, Courteline, J. Renard, Pierre Veber s'associent pour écrire *X..., roman impromptu,* qui paraît dans le *Gil Blas,* puis en volume chez Flammarion en 1895. D'Auriol signalons encore un recueil de contes très amusants : *A la façon de Barbari* (Flammarion, [1899]). Auriol était aussi dessinateur.

2. Nous entendons par fantaisie un courant de la littérature qui va de Banville à Prévert. Le mot a aussi après 1900 un sens plus restreint : il désigne le groupe de Toulet, Carco, J.-M. Bernard, Tristan Derème, etc. Voir *Les Poètes fantaisistes,* anthologie présentée par Michel Décaudin (Seghers, 1982).

3. Librairie de Léon Vanier, A. Messein, succ^r, 1909, *La Négresse blonde* est dédiée « à la mémoire de Pol Maçon », c'est-à-dire de Paul Masson, l'ami de Willy et de Colette, le Masseau de *L'Entrave* (voir t. II).

4. Lucien Muhlfeld écrivait en décembre 1891 dans *La Revue blanche* : « Vraiment, le courage est grand, à cette heure, pour des

se décidait pas à mourir et que l'on revitalisa jusqu'à ce que son agonie parût être, sous le regard de Gide, un sujet de roman.

Indépendamment de la condamnation portée contre le roman par Valéry (comment écrire : « La marquise sortit à cinq heures... » ?), Félicien Champsaur intervenait contre le roman dans un sien roman, de sa griffe coruscante, comparable à celle de Paul Adam et même de D'Annunzio : « Le roman moderne est un genre fatigué, éculé par des milliers d'adultères. Toutes ces histoires sempiternelles de rencontres d'épidermes, où les désirs se soulagent, sont insipides, quand elles ne sont pas griffées d'art et de maîtrise ; et peu importent leurs étiquettes spécieuses : états d'âme ou tranches de vie. Il n'est pas plus intéressant d'apprendre, en trois cents pages sans art, qu'un monsieur qui la désirait a fini par posséder Mme X que d'écouter quelqu'un expliquer abondamment, avec un luxe stupéfiant de détails, pourquoi il est allé pisser. La raison s'impose, sans alambiquer tant sur les contingences : il en avait envie[1]. »

C'est la formule du roman d'art, qui fait penser aussi à Villiers de l'Isle-Adam et au Sâr Péladan. Lulu *de Champsaur finit, hélas ! en une rêverie mystagogico-celtique. Une des manières d'échapper à la « tranche de vie » naturaliste. Des manières qui ne sont pas très éloignées de celles de la « fantai-*

jeunes hommes, de s'atteler à un roman [...]. J'ai peine à croire que le roman-récit [...] soit une forme d'art qui s'impose sans dégoût à un artiste d'aujourd'hui. [...] Le roman certes n'est pas près de disparaître ; mais il a grand besoin de se renouveler. » (Cité par Michel Raimond, *La Crise du roman [...],* Corti, [1966], p. 51. Ce livre intéressant laisse malheureusement de côté presque toutes les recherches qu'ont menées les romanciers que nous avons mentionnés pour rénover le roman.)

1. F. Champsaur, *Lulu. Roman clownesque illustré,* Eugène Fasquelle, 1901, p 419-420. Ouvrage d'une très belle composition : la typographie épouse les illustrations. L'auteur a offert un exemplaire (non entièrement coupé) « à Colette Lulu / en souvenir charmé / d'une causerie dans l'escalier » (collection particulière). Texte de l'envoi, qui résulta sans aucun doute d'une rencontre plus tardive, puisque dans la distribution d'une pantomime qui fait partie du livre, Champsaur a ajouté de sa plume le nom de Colette en regard du personnage de « *Lulu,* clownesse danseuse ». Colette-Lulu aurait ainsi dialogué muettement avec Schopenhauer et Arlequin. Une première édition de la pantomime, préface d'Arsène Houssaye, avait paru chez Dentu en 1888.

sie », quand elle manque de spontanéité. Un autre refus du naturalisme est le refuge dans l'histoire, de l'Antiquité au XVIII*e siècle. Après Anatole France (*Thaïs, *1890), Pierre Louÿs, avec* Aphrodite *(1896), puis Hugues Rebell en ont démontré la valeur :* La Nichina *(1897) est l'histoire d'une courtisane de la Renaissance vénitienne ; dans* Les Nuits chaudes du Cap français *(1902) — des nuits qui précèdent l'aube rouge de la Révolution —, fomentait déjà* Le Royaume de ce monde *d'Alejo Carpentier. Maurice Maindron s'installait à l'époque des guerres de Religion : dans* Saint-Cendre *(1898) et* Blancador l'avantageux *(1900), il trousse les filles, trucide des comparses, campe des cadets de Gascogne, dans une langue drue à la Brantôme. François de Nion et Henri de Régnier s'emparent d'un* XVIII*e siècle qu'on peut dire « Régence » ; du premier,* Histoires risquées des dames de Moncontour *et* Les Derniers Trianons, roman d'une amie de Marie-Antoinette[1] *; de Régnier,* La Double Maîtresse. *Trois livres de 1900.* La Leçon d'amour dans un parc, *de René Boylesve, paraît en 1902 ;* L'Amour fessé *de Charles Derennes en 1906.*

L'histoire du passé peut être considérée comme une fuite. Il est une autre façon de fuir le présent : en le contant avec humour et désinvolture, en le parant de couleurs fantaisistes. Il y a dans cette gamme de petits chefs-d'œuvre. Ainsi, Monsieur du Paur, homme public *(1898) : le héros de Toulet prend plaisir au spectacle des ridicules du monde, mais il tient à rester à l'extérieur pour n'être point dupe. Ainsi,* Amour, amour... *de Pierre Veber (1900) qui s'ouvre sur cette phrase : « La première fois que j'eus l'honneur de rencontrer le baron Claude-Michel de Sembach, il était entre deux gendarmes... » Ainsi d'Abel Hermant les étincelants* Souvenirs du vicomte de Courpière par un témoin[2] *(1901). Tristan Bernard*

1. Fr. de Nion s'aventure aussi jusqu'à la guerre de 1870 : *L'An rouge* (1898). Dans *Les Façades, roman d'aventures mondaines* (1898), il situe l'action à l'époque contemporaine, mais en l'élevant sur des pilotis généalogiques et héraldiques.

2. Ce volume, déjà cité, fait partie de la série que développe A. Hermant : *Mémoires pour servir à l'histoire de la société.*

et Jules Renard appartiennent à ce même groupe d'observateurs goguenards. Maurice Beaubourg et Paul Acker ont sans doute moins de talent, mais, moins connus, ils sont encore bien intéressants à lire. Beaubourg a l'air d'écrire des romans naturalistes dans La Saison au bois de Boulogne *(1896), où, en une forme épistolaire noble, il fait narrer par les protagonistes l'été de souteneurs et de filles mussés aux taillis du Bois, et dans* Les Joueurs de boules de Saint-Mandé *(1899), où sont exposés selon le même angle des conflits de retraités. Certes, le second roman est dédié à Gustave Geffroy, mais les deux œuvres paraissent dans la « Collection des humoristes » de Simonis Empis : l'ironie joue de la disproportion entre le sujet et le ton. Il y a des meurtres dans* La Saison, *mais comment s'apitoyer sur ces cadavres de filles et de fantoches ?* La Rue amoureuse *(1900) perd la qualité de ce métissage en lâchant la bride à la fantaisie. Paul Acker (*Dispensé de l'article 23, *1898 ;* Petites âmes, *1901) suit d'un œil à la fois amusé et sensible le jeune monsieur de Graffin à la caserne, puis dans le labyrinthe de ses amours entre une femme entretenue, une vraie amoureuse et une femme émancipée*[1].

C'est l'une des nombreuses éducations sentimentales de l'époque. Un genre auquel appartiennent les deux œuvres signées Perdiccas, pseudonyme qui cache Toulet et Curnonsky[2] *:* Le Bréviaire des courtisanes *(1899) et* Le Métier d'amant *(1900). Le premier de ces romans nous montre les rapides progrès d'une jeune fille de province*[3]. *Dans le second, Hélie de Lislebone paraît moins doué. Sa cousine, Jeannine de l'Estrange, ne voit en lui qu'un compagnon d'enfance, dénué de l'aura d'un amant. Son oncle le convainc d'aller apprendre à Paris le*

1. Envoi autographe sur un exemplaire de *La Vagabonde* (1910) : « À Paul Acker en souvenir de sa vieille amie. Colette Willy. »

2. Pseudonyme de Maurice-Edmond Sailland (1872-1956), futur prince des gastronomes ; fondateur de l'Académie des gastronomes en 1927. Seul ou en collaboration, il écrivit quelque soixante-dix ouvrages.

3. À remarquer qu'un personnage s'appelle la baronne Théodora de Bèze, nom qui sera repris avec une petite modification (Bize) dans *Lélie, fumeuse d'opium*, roman-vengeance écrit entre autres par Toulet pour Willy : il désignera alors Colette.

métier qui le rendra séduisant : « un mari doit avoir été un amant » ; « il s'agit de trouver auprès de toutes celles qui ne comptent pas l'expérience qui te permettra de rendre ta femme heureuse ». Hélie se laisse si bien prendre au jeu qu'il faudra l'arracher aux séductions de Paris.

La plupart de ces auteurs sont loués dans la Revue encyclopédique — *revue de droite que publie* Larousse. *Le 16 octobre 1897, article de Henry Gauthier-Villars (« Humoristes récents »), qui emploie aussi l'expression : les « auteurs gais », parmi lesquels il n'oublie pas Willy ; le 18 mars 1899, article de Paul Acker (« Humoristes »), qui, à la fin de l'année, publie chez Simonis Empis un volume,* Humour et humoristes. *Le 7 avril 1900, quelques semaines avant que paraisse l'article de Maurras sur la première* Claudine, *article de Pierre Veber (« Humour et humoristes ») qui les groupe dans l'« école humoristique ». Celle-ci fut la dernière école du XIXe siècle. Son principal mérite, selon P. Veber : « avoir contribué à modifier le langage », résultat que « les naturalistes eux-mêmes n'avaient pas obtenu. Elle a introduit dans la langue courante un grand nombre de mots nouveaux, d'expressions imagées ; elle en a restitué d'autres que l'on avait oubliés ; grâce à elle la syntaxe aura repris quelque souplesse. » Il est de fait que les « humoristes » savent écrire, ainsi que presque tous leurs contemporains. Et qu'ils donnent à rire et, davantage, à sourire. « Le rire est probablement destiné à disparaître », note Marcel Schwob dans le* Spicilège[1].

Avec Auguste Germain, Lucien Muhlfeld[2], Gilbert de Voisins, on est plus près du naturalisme : la fantaisie y a moins de droits, mais la futilité des conflits jette un doute sur le sérieux de l'enjeu. En fête, *par A. Germain (1898), nous promène dans le monde et le demi-monde, à Montmartre où les aristos vont s'encanailler.* Les Étoilés, *du même, (1900), sont les noceurs qui sur le coup de 2 heures du matin boivent le « stars-cocktail » pour rester éveillés jusqu'à l'aube.* La Car-

1. Schwob, *Œuvres complètes*, Fr. Bernouard, [1928], *Spicilège*, p. 141.

2. Qui est aussi le lucide secrétaire de rédaction de *La Revue blanche*.

rière d'André Tourette, *par Muhlfeld (1900), est celle d'un gentil garçon qui vit des femmes et dont la veulerie est finalement jugée par sa femme : il « n'existe pas ».* La Petite Angoisse, *par Gilbert de Voisins (1900), raconte l'amitié de deux étudiants d'Aix, leurs petits soucis affectifs, leurs espoirs et leurs désespoirs, petits aussi. Avec Albert Boissière (*Une garce. Mœurs des grèves, *1900), qui patoise volontiers, on revient au naturalisme cru et cruel. Jean de Nittis, qui était docteur en médecine, étudie dans* Vénus ennemie *(1900) un cas d'impuissance qu'il aurait observé à l'hôpital et qui a conduit le patient à la folie. Cette même année, le roman mondain est présent avec* La Femme inconnue *de Henry Kistemaeckers où l'outrance dispense de l'analyse psychologique.* Les Androgynes, roman passionnel *de Jane de la Vaudère (1903), va jusqu'à l'extravagance, montrant des surhommes qui veulent se passer des femmes et n'y parviennent que grâce à des travestis.*

La Jongleuse *(1900) de Rachilde donne aussi dans le paroxysme : à Éliante, trente-cinq ans, dépravée d'intentions, il suffit de regarder Léon pour éprouver le plaisir. Elle le mariera à sa nièce Missie. Ayant appris en Orient à jongler avec des couteaux elle mourra d'un couteau qu'elle a lancé elle-même et qui se fiche dans sa gorge. Nous sommes loin de* Monsieur Vénus, *l'un des romans les plus hardis de la fin du siècle*[1]*, qui avait montré la réduction d'un homme faible en une femme soumise par la virile Raoule de Vénérande. Rachilde, déclarait Barrès, « a écrit des pages sincères uniquement pour exciter et aviver ses frissons. Son livre n'est qu'un prolongement de sa vie. Pour les écrivains de cet ordre, le roman n'est qu'un moyen de manifester des sentiments que l'ordinaire de la vie les oblige à refréner, ou au moins à ne pas divulguer. »*

Rachilde, par son goût du paroxysme, échappe à ce qu'on

1. La première édition (1884), signée « Rachilde — Francis Talman », portait en sous-titre : *roman matérialiste*, et cette dédicace : « Nous dédions ce livre à la beauté physique. » On comprend qu'elle ait été publiée à Bruxelles chez Auguste Brancart. Ces formules ne figurent plus dans les éditions françaises, dont la première paraît en 1889 sous la seule signature de Rachilde, avec la préface de Barrès. Le chapitre VII, dû à Talman, a disparu.

peut appeler la littérature féminine qui fleurit durant ces années 1900 et qui se caractérise par des manières de voir l'homme, de concevoir l'amour et le mariage, par le lien que cette littérature tisse du bonheur à la nature en s'éloignant des fantasmes de la Décadence. Certaines de ces nombreuses femmes auteurs n'échappent pas aux stéréotypes masculins, telle Colette Yver. La majorité des autres, parmi lesquelles il faut au moins citer Lucie Delarue-Mardrus, Marcelle Tinayre, Gérard d'Houville — romancières, et souvent poètes — et, à leur tête, Anna de Noailles, montrent la différence de la femme, revendiquent leur qualité de « femelles », insistent sur la valeur de l'âme et du corps unis, se refusant ainsi à n'avoir, comme le voudraient les hommes, qu'une âme ou qu'un corps, disent ou chantent la saveur des choses les plus simples[1]*. Colette s'apparentera à elles, mais d'épiderme seulement, n'ayant jamais levé la bannière du féminisme, ni confondu le rocher de Sapho avec celui de Prométhée.*

Le reste de la littérature romanesque, due aux hommes, et c'en est, malgré l'étonnant phénomène de la littérature féminine, la proportion la plus importante, est le fidèle reflet de la partie de la société qui est organisée pour l'homme ; elle n'a pas l'ombre d'une préoccupation « sociale » et ne peut se distraire de son confortable néant que par les sports que nous avons énumérés plus haut.

Les jeunes filles de cette littérature sont condamnées au bataillon des mal mariées et à l'adultère ou bien elles connaissent les destins bizarres des demi-vierges de Marcel Prévost, les destins étranges de Raoule de Vénérande et du Friquet de Gyp[2]*. Celui de Claudine, jeune fille, jeune femme libre, sans être « émancipée », et qui découvre l'amour dans la vie quotidienne, est exceptionnel. La violence sexuelle dont l'homme use à l'égard de la femme a pour séquelle — nous l'avons dit — le saphisme. Là-dessus, il faut bien en croire toute une littérature qui, à côté*

1. Sur un aspect de la littérature féminine, voir Michel Décaudin, « Colette et les "Bacchantes" de 1900 », *Cahiers Colette* 3-4, [1981] (Actes du colloque de Dijon, 1979).

2. Marcel Prévost, *Les Demi-Vierges*, Lemerre, 1894 ; Gyp, (comtesse de Martel), *Le Friquet*, dédié à Degas, Flammarion, [1901].

des confidences transposées de Colette, compte de nombreux titres depuis Mademoiselle Giraud ma femme, *d'Adolphe Belot (1870), maintes fois réédité, et les* Deux amies *de René Maizeroy (1885) — mentionnés dans la préface de* Claudine à l'école[1] *— jusqu'aux volumes qui paraissent en 1902 chez un éditeur « spécialisé », Charles Offenstadt, sous les noms de Charles Montfort :* Le Journal d'une saphiste, *et d'Adrienne Saint-Agen :* Amants féminins. *Le saphisme, qui est littérairement bien attesté depuis le* XVIII*e siècle, n'a rien de blâmable : il allume l'œil égrillard de ces messieurs, qui condamnent sans appel, en revanche, l'homosexualité masculine — Gide en saura quelque chose. Dans* Monsieur Vénus, *Raoule de Vénérande dit à M. de Raittolbe, son complaisant soupirant : « Être Sapho, ce serait être tout le monde ! » C'est pourquoi elle veut devenir un homme. Il est vrai qu'elle atteindrait difficilement au talent de Renée Vivien ou même à celui, moindre, de Natalie Clifford Barney, laquelle publie en 1900 chez Ollendorff, une somptueuse plaquette illustrée par Alice Barney, sa mère :* Quelques Portraits-sonnets de femmes.

L'amour, dans ces romans, et sans doute dans la vie, est impossible. Chez les plus lucides, d'une lucidité qui s'est aiguisée par l'analyse et au contact de Stendhal[2], cette impossibilité confine à l'impuissance, parfois en donnant jour à la tendresse. De son « héros » Sempach, Pierre Veber écrit : « le décor de l'amour, le jeu lui plaisait infiniment ; il ne voyait pas qu'il était, comme tant de dilettanti, frappé d'impuissance sentimentale : le romanesque avait fini par étouffer en lui le naturel[3]. » Jean de Tinan, dont on écrira bientôt la belle et douloureuse histoire, a publié en 1894 un texte subtil intitulé Un docu-

1. Le saphisme apparaît en 1899 dans *La Câlineuse*, roman contemporain d'Hugues Rebell. En 1900, dans *Le Métier d'amant* de Perdiccas.

2. L'un des maîtres de Tinan. François de Nion a publié avec Casimir Stryienski la première édition du *Journal* de Stendhal (Charpentier, 1888). Stendhal avait donné rendez-vous à son vrai public aux alentours de 1880. Rappelons que Jean de Mitty édite les *Œuvres posthumes* en 1897 et *Lucien Leuwen* en 1901.

3. *Amour, amour...*, p. 174.

ment sur l'impuissance d'aimer *; au premier regard ce n'est qu'un marivaudage. Mais il y a des marivaudages avec soi-même qui vont loin et favorisent une plus sûre approche que le simple regard au miroir. En 1897, il publie aux éditions du Mercure de France :* Penses-tu réussir ! ou les Diverses Amours de mon ami Raoul de Vallonges[1]. *Trop érudit, Tinan, trop enclin à prouver et à déverser ses connaissances, trop citateur, en latin, en allemand. Le livre est dédié à Pierre Louÿs ; les épigraphes en sont empruntées à Stendhal et à Barrès. Sont mentionnés Nerciat, Renan, Villiers, Senancour, Laforgue, Rimbaud et Hegel, Henri Albert, traducteur de Nietzsche, Romain Coolus, Henri de Régnier, Willy et Karl Marx ; Jacques Doucet, le rival de Worth, voisine avec Béroalde de Verville, l'auteur du* Moyen de parvenir. *Grâce ! Réduite à son intrigue, l'œuvre paraît simple et conforme à la rhétorique d'une éducation sentimentale : Raoul aime ou feint d'aimer Florence (Flossie), une jeune fille, puis Jeanne la Pâle, charmante fille entretenue qu'il emmène à Montigny-Marlotte*[2]*, sur le Loing, mais qui n'en mourra pas moins de tuberculose ; enfin Geneviève, — enfin, car c'est la femme mariée, objet souhaité et exécré de tout jeune homme. La construction par séquences est d'un moderne ! — eût dit Odette de Crécy. Mais peut-être ne provient-elle que d'une difficulté et d'être et de composer. Néanmoins, lorsque, dans un café, on voit Raoul regardant Jeanne la Pâle, tandis que ses camarades discutent, quand on entend le monologue intérieur de Raoul dans les propos qu'il tient ouvertement, on se prend à croire et même à affirmer que si Jean de Tinan avait eu un peu moins peur d'être dupe, s'il s'était moins consolé « sur les plages, parmi des jeunes*

1. Que l'ami collectionneur qui m'a prêté un exemplaire du volume que je ne pouvais lire à la Bibliothèque nationale (« hors d'usage ») reçoive ici le tribut de ma reconnaissance. Cet exemplaire porte un envoi : « à Stéphane Mallarmé / respectueuse admiration. / Jean de Tinan. » Voilà qui en dit long sur la présence de Mallarmé.

2. Montigny-Marlotte existe réellement, non loin de Fontainebleau et de Moret. Il est possible que le Montigny-en-Fresnois de *Claudine à l'école* ait été suggéré à Colette par l'existence de ce village bien connu des artistes.

filles-fleurs toutes blondes » et qu'il eût moins pratiqué le vice analytique non de Stendhal mais d'Amiel, il aurait écrit une œuvre forte. La faiblesse, émouvante, est visible dans la personne de Raoul de Vallonges, si on l'oppose à Raoule de Vénérande. Est-ce Raoule qui donne une leçon d'énergie à Raoul, ou Raoul qui reproche à Raoule sa masculinité ? On retrouve Raoul de Vallonges en 1898 dans L'Exemple de Ninon de Lenclos amoureuse[1] *où il écrit à la demande d'une amie la biographie de Ninon, appliquant à l'histoire les procédés du roman contemporain, puis, en 1899, dans* Aimienne ou le Détournement de mineure, *roman que la mort de Jean de Tinan a laissé inachevé. C'est le milieu du Weber, des petites femmes, des journalistes et des jeunes écrivains. Raoul a pour maîtresse Odette. Elle voyage en Italie avec son mari. Raoul s'ennuie. Un soir, une jeune fille l'aborde, Aimienne, qui va sur ses quinze ans. Il l'emmène chez lui. Rien ne se passe ; pourtant... Raoul apprendra qu'elle est la fille d'un député socialiste et persécutée par la compagne de celui-ci, une mégère. Au dénouement, non écrit par Tinan, résumé par un de ses amis, Odette aurait annoncé son retour, Raoul en serait heureux — vraiment ? — et il ramènerait Aimienne chez le leader socialiste. Odette représente sans doute l'amour, Aimienne, la tendresse, un au-delà plutôt qu'un en-deçà de l'amour.*

N'est-il pas significatif que les trois visages féminins les plus purs et les plus attachants de cette époque soient, après la Bérénice de Barrès et avec les jeunes filles de Francis Jammes, ceux d'Aimienne, qu'un autre que Raoul aurait peut-être menée à la prostitution, de Monelle[2]*, la petite prostituée que Marcel Schwob a trouvée sur les traces d'Ann, la tendre et triste amie de l'auteur des* Confessions of an English Opium-Eater, *et de Berthe, la gentille fleuriste devenue fille serve de Bubu de Montparnasse*[3] *? Si Colette ne semble pas avoir appré-*

1. La couverture est de Toulouse-Lautrec.
2. *Le Livre de Monelle*, L. Chailley, 1894.
3. On pense aussi aux filles aimables qui passent dans *Le Petit Ami* de Léautaud (dans la revue du *Mercure de France* en 1902 ; le volume paraît en février 1903).

cié Charles-Louis Philippe[1], *elle a chéri Tinan et Schwob, l'un et l'autre morts jeunes, tous deux évoqués dans* Mes apprentissages.

Avec Willy quels précieux maîtres de sa jeunesse littéraire ! Elle aura pensé à eux en écrivant cette phrase consolante : « C'est une langue bien difficile que le français. À peine l'écrit-on depuis quarante-cinq ans qu'on commence à s'en apercevoir[2]*. »*

Willy.

« Il a l'air d'un homme connu. Et je ne vois guère que Dieu et aussi Alfred Dreyfus un peu qui soient aussi connus que lui[3]*. »*

Nombre des écrivains que nous avons cités dans l'école humoristique ont été les collaborateurs de ce célèbre inconnu. Il est difficile d'énumérer les noms de ceux qui l'ont aidé dans son « industrie littéraire[4] *». Il est, il sera à tout jamais impossible de déterminer les parts qui reviennent aux uns et aux autres dans l'élaboration du même roman. Le manuscrit écrit par X sur une idée de Willy ou sur un canevas proposé par un ami était amplifié, amélioré, parfois détérioré, par Y — X étant laissé dans l'ombre. Quelques ornements, quelques pages à ajou-*

1. *Bubu de Montparnasse* parut en 1901 aux éditions de *La Revue blanche.* Colette mentionne le héros et sa devise dans « La Chienne bull » (*La Paix chez les bêtes*, 1916, au tome II). Notons que Ch.-L. Philippe était des amis de Gide et qu'en 1908 il fera partie du groupe fondateur de la *Nouvelle Revue française.* On ne perçoit point non plus de sympathie de Colette pour Marguerite Audoux, dont *Marie-Claire* paraît en 1910 chez Fasquelle et est associée par plusieurs critiques à *La Vagabonde*, notamment par Rachilde (*Mercure de France*, 16 décembre 1910) et par Remy de Gourmont (*Promenades littéraires*, 4e série, Mercure de France, 1912).

2. *Journal à rebours*, « La Chaufferette ».

3. Sacha Guitry, *Gil Blas*, 4 juin 1904. Cité par Jean de La Hire, *Willy et Colette*, Bibliothèque indépendante d'édition, Adolphe d'Espie, 1905, p. 172.

4. Colette, *Mes apprentissages* (t. III). Dans son étude sur *P.-J. Toulet « collaborateur » de Willy* (Le Divan, 1957, p. 9) Henri Martineau cite, sans prétendre être exhaustif, P. Veber, J. de Tinan, Armory, Ernest La Jeunesse, Curnonsky, Gaston Dherys, Ch. Derennes, Boulestin, P. Acker, Fernand Mazade, J. de La Hire, Francis Carco, Henri Van de Putte, Jean-Marc Bernard et, bien entendu, Toulet.

ter pour parvenir à la longueur normale étaient demandés à Z. Deux amis intimes comme Toulet et Curnonsky pouvaient ignorer jusqu'à la publication qu'ils avaient travaillé à la même œuvre. Colette a expliqué le fonctionnement de cette machine compliquée, avec un peu d'amertume, puisqu'elle estimait avoir été exploitée. Étant le plus proche collaborateur de son mari, elle était aussi par définition le plus désintéressé : Willy pensait sans doute qu'il lui suffisait de la rémunérer en nature. Il y eut parmi les contemporains, et naguère encore, des admirateurs de Colette, et des amis farouches de Willy qui ne pardonnaient pas à celle-ci d'avoir mal écrit de son ex-mari dans La Vagabonde *— où il est Adolphe Taillandy — et dans* Mes apprentissages. *Les uns et les autres sont morts. On peut maintenant traiter avec quelque sérénité du « cas Willy », de « notre Willy national, un type dans le genre de Vichnou aux innombrables incarnations*[1] *». Les boutades ne manquent pas. Ernest La Jeunesse : « J'ai fait comme tout le monde, j'ai commencé par m'appeler Willy*[2]*. » On proposait à Willy de signer une protestation de* La Revue blanche. *Il refusa. Pierre Veber s'exclame : « C'est la première fois qu'il refuse de signer quelque chose qu'il n'a pas écrit » ; Jules Renard enregistre le mot*[3]*. Pierre Veber avait sans doute raison, puisque, avec Colette, Toulet et Carco, il était de ceux qui, dans cette mouvante équipe, avaient le plus de talent.* Une passade *avait paru en 1894 sous le seul nom de Willy. Ce roman reparaîtra en 1905 sous les deux noms. Généralement, malgré quelques accrochages résultant de retards apportés à la livraison ou au paiement et d'erreurs commises sur les intentions du maître d'œuvre trop elliptiquement exprimées, les collaborateurs étaient satisfaits.*

Il est facile de faire de Willy un cas pathologique : écrire des dizaines ou des centaines de « petits bleus » plutôt que d'écrire quelques pages d'un roman, ce serait en effet inquiétant. Mais Willy a mis la main à la plume : on le sait par les manuscrits

1. *Fantasio*, 1er février 1911, dans un compte rendu des *Imprudences de Peggy* de Meg Villars et Willy.

2. Cité par Marcel Thiébaut dans son article sur Colette (l'un des meilleurs à elle consacrés), *Revue de Paris*, août 1957, p. 99.

3. *Journal*, Gallimard, [1959], p. 319, 17 février 1898.

des deux dernières Claudine —, et qui peut affirmer, sur quelles preuves, que Willy n'a été que le signataire, jamais l'auteur des ouvrages publiés sous son nom ? Au reste, ces considérations sont hors de propos. Willy n'est pas un créateur, il est un producteur. Il utilise les uns et les autres pour obtenir un produit fini, qui, avec des qualités diverses, porte toujours la marque de la fabrique Willy. Ici, Colette a bien vu : « Je persiste à croire qu'un poste de rédacteur en chef lui eût, entre tous, convenu. Distribution du travail, juste estimation des capacités, une manière stimulante de critiquer, et l'habitude de juger sans trop récompenser, voilà, je pense, des dons rares, qui furent mal employés[1]*. » Oublions le talent solitaire et l'originalité à tout prix. Nous sommes en 1900, que diable ! il est temps que la littérature participe du progrès. On aurait sans doute étonné Willy en lui prêtant l'ambition d'un grand écrivain. Il s'amusait ou cherchait à s'amuser en amusant les autres, portant le calembour à une hauteur méta- ou pataphysique. Cependant, puisqu'on ne laissait pas de savoir qu'il appartenait à une bonne famille, qui révérait la culture littéraire et scientifique, il sacrifia à la tradition, avant de laisser sa plume s'égarer dans des romans souvent aussi égrillards qu'ennuyeux.*

Henry[2] *Gauthier-Villars, né à Villiers-sur-Orge (Essonne) en 1859, était le fils aîné de Jean-Albert Gauthier-Villars (1828-1898)*[3]*. Celui-ci, fils et petit-fils d'imprimeurs de Lons-le-Saunier, était entré à l'École polytechnique en 1848 et fit d'abord carrière dans l'administration du Télégraphe*[4]*. Puis, avec l'aide de sa famille, il acheta la librairie-imprimerie Mallet-Bachelier — l'acquisition prit effet le 1er janvier 1864 — et créa la maison Gauthier-Villars qui allait devenir la première maison d'édition française pour les travaux*

1. *Mes apprentissages, OCF,* t. XI, p. 61-62.
2. Henri à l'état civil.
3. J.-A. Gauthier avait promis à sa mère, dernière représentante de la famille Villars, d'ajouter ce dernier nom à celui de son père. Cette adjonction fut autorisée par lettres patentes du 7 juillet 1859.
4. Ces indications sont dues à la famille Gauthier-Villars, à laquelle nous adressons nos remerciements, ainsi qu'au *Dictionnaire de biographie française* publié sous la direction de M. Tribout de Morembert, à qui nous devons pour ce volume bien d'autres précisions.

scientifiques. En 1888 J.-A. Gauthier-Villars asssocia ses deux fils, Henry et Albert (né en 1861), qui sortait lui aussi de Polytechnique[1]*. Henry eut en partage la maison d'édition du 55, quai des Grands-Augustins, son frère cadet, l'imprimerie.*

Après de bonnes études scientifiques et littéraires — bonnes si l'on en juge par les résultats — au lycée Fontanes, au collège Stanislas et à l'école Monge, Henry s'était lancé dans la littérature et s'intéressait au mouvement musical, tout en faisant semblant d'avoir une activité scientifique. Ainsi, en 1887 il publiera trois ouvrages sur la photographie, dont deux traduits de l'allemand. La partie sérieuse de sa production continua à porter le patronyme. La littérature facile et souvent la critique musicale furent signées de pseudonymes : Willy, Henry Maugis, Jim Smiley, Boris Zichine, l'Ouvreuse du Cirque d'été, etc. En 1878, il aurait publié un recueil de Sonnets, *sous son nom, mais sans nom d'éditeur*[2]*. En 1882, la maison Gauthier-Villars édita la conférence qu'il avait donnée le 2 mars sur* Les Parnassiens. *Le jeune critique n'est point tendre pour les collaborateurs du* Parnasse contemporain. *Sans doute veut-il manifester son originalité. Les maîtres, les « impassibles », sont tous égratignés. Banville : « Pour une pièce assez réussie, combien de plaisanteries communes, combien de calembours pitoyables ! » Si l'on pense à la suite de la carrière de Willy... Leconte de Lisle est certes l'auteur de* Midi *et de quelques poésies « admirables de netteté et de largeur », mais « tout ce talent mal employé laisse le lecteur absolument froid ». Catulle Mendès : « un de ces auteurs qui passent leur vie à donner de belles espérances, et qui en restent là ». C'est sans doute ce que dans sa famille on pensera de Willy. Armand Silvestre a*

1. Albert fut tué le 14 juillet 1918. Sa fille, Paulette Gauthier-Villars, agrégée de médecine en 1939, se spécialisa en anatomie pathologique. Elle collabora aussi avec Henri Mondor. Elle fut l'amie de Colette. Voir l'article de J. Delarue dans *La Presse médicale* de décembre 1968 (t. 76, n° 48, p. 2305).

2. Le recueil n'a pas été enregistré à la *Bibliographie de la France*. La bibliographie sur laquelle s'achève le *Willy* de Henri Albert (Sansot, 1904) indique en outre que, de format in-18, ce recueil n'a été l'objet que d'un « tirage à petit nombre sur Japon ».

d'abord fait quelques bonnes choses, mais sa seconde manière marque « un véritable abaissement dans l'inspiration ». À preuve : les femmes qui jamais « ne goûteront la peinture de Bonnat, le jeu de Rubinstein, le style de J. de Maistre [...] iront tout droit au gentil, au raffiné, aux vers de Silvestre, et nous pouvons en inférer que les vers de Silvestre ne sont pas vraiment bons ». Même irrévérence à l'égard des disciples : Jean Aicard, Sully Prudhomme et Mallarmé, à qui le Petit Traité *de Banville a « tourné la tête » et qui « a produit des vers totalement incompréhensibles », comme le montre une citation* d'Hérodiade. *Il ne fallait pas attendre de la conclusion qu'elle fît l'éloge des décadents, sur qui, ailleurs, le conférencier s'exprime avec le même dédain. Il se borne à invoquer Louis Veuillot qui déplorait que le sens moral fût absent de l'esprit des poètes. « Il nous faut un Boileau. » Ce sera le précurseur d'un autre poète qui jettera « ses vers sur la place publique ». À vingt-trois ans M. Henry Gauthier-Villars est trop sage. Veut-il faire plaisir à son père ? Veut-il affirmer ses convictions réactionnaires, antidémocratiques, nationalistes et bientôt antisémites ? On ne rencontre le meilleur Willy qu'au détour d'une phrase où il oppose au pauvre Armand Silvestre, qui est tombé de mal en pis, Wagner, qui n'a cessé de s'élever jusqu'au sommet de l'art. Première attestation d'une admiration qui ne se démentira point.*

La conférence sur Mark Twain prononcée et publiée en 1884 est moins insolente et plus intéressante[1]*, bien qu'elle doive beaucoup à l'étude de Th. Bentzon*[2] *et bien qu'elle échoue à définir l'indéfinissable* humour, *qui se pratique plus qu'il ne se laisse conceptualiser. On lit avec plaisir ces cent dix pages sur un auteur qui paraissait très exotique, ayant vécu dans le Tennes-*

1. Henry Gauthier-Villars, *Mark Twain*, Gauthier-Villars, 1884. Publié, ainsi que le texte sur *Les Parnassiens*, dans la série des « Conférences Olivaint ».

2. Th. Bentzon est le pseudonyme de Thérèse Blanc dont le volume intitulé *Littérature et mœurs étrangères. Études* (Calmann-Lévy, 1882) contient les pages sur Mark Twain, d'abord publiées dans la *Revue des Deux Mondes*.

see et à Virginia City. L'auteur résume ou cite des nouvelles de Mark Twain, notamment The Jumping Frog, *qui lui a fourni le pseudonyme de Jim Smiley*[1]. *On voit bien dans cette plaquette somptueusement imprimée par les ouvriers de papa ce qui a maintenu M. Henry Gauthier-Villars à une distance convenable des parnassiens, d'une part, des décadents et des symbolistes, d'autre part, des naturalistes, enfin, et ce qui lui a permis de se frayer un chemin calembourique vers une sorte d'humour à la française. Est-ce une excuse suffisante pour l'autoriser à exalter Wagner et à guillotiner Mallarmé et Zola ? (Nous lui abandonnons le Sâr Péladan.) Mallarmé avait lui aussi de l'humour, et du plus fin. Et si Zola en manquait, le sieur Willy n'en aura pas davantage, ou il en aura d'une qualité vraiment particulière, lorsqu'il se fera photographier sous son bord-plat et sur toutes ses faces pour s'offrir dans* En bombe *aux yeux de ses lecteurs.*

S'il faut situer littérairement Willy, c'est dans le cercle des Hydropathes, que présida Émile Goudeau, puis au Chat noir, le cabaret que Rodolphe Salis ouvrit en 1881, boulevard Rochechouart, et qu'il transporta en 1885, rue Victor-Massé. On l'imagine attentif aux Chansons rosses *de Henri Fursy (1895-1905) et aux* Chansons d'humour[2] *de Vincent Hyspa (1903). Et l'on regrette que n'aient pas été enregistrées ses étincelantes conversations avec le maître suprême : Alphonse Allais.*

Dès 1882, semble-t-il, Willy commence à donner sa prose à de nombreuses revues dans lesquelles il est quasiment impossible de recenser ses collaborations protéiformes. C'est lui, sans doute, « Gaston Villars », à qui en septembre 1885 Lutèce, *que dirige son ami Léo Trézenik*[3], *confie la chronique dramatique.*

1. Th. Bentzon a défiguré *The Jumping Frog* en l'adaptant. Mark Twain s'est offert le plaisir de traduire en anglais l'adaptation française pour en montrer l'infidélité.

2. Les *Chansons d'humour* sont préfacées par Maurice Donnay, qui avait lui-même débuté au Chat noir.

3. Avec qui il publiera en 1891, chez Ollendorff, un recueil d'*Histoires normandes*, ou plutôt percheronnes, influencées par Maupassant. On y patoise, mais on évite le calembour, ce qui est une spécialité parisienne.

Puis, dans la même revue qui vivra jusqu'au 3 octobre 1886, il s'appelle Henry Maugis, Jim Smiley et Boris Zichine, signant parfois de trois pseudonymes dans le même numéro des chroniques dramatiques, des chroniques musicales et des boutades ou pochades. En octobre 1889, dans Art et critique, c'est le début des « Lettres sur les concerts Lamoureux », sous le pseudonyme d'« une Ouvreuse du Cirque d'été ». En 1890, Willy entre, avec le même masque, à L'Écho de Paris dont il restera longtemps le critique musical, attitré et redouté. On trouve sa signature ou ses pseudonymes dans les périodiques suivants : la Revue d'aujourd'hui (1890), la Revue bleue (1892-1895 ; articles historiques) ; La Vie drôle, qui était publiée sous les auspices du Chat noir (hiver 1893-1894) ; La Cocarde, quand, à la fin de 1894 et au début de 1895, elle est dirigée par Barrès ; la Revue hebdomadaire (1894-1899) ; La Revue blanche (1896-1898) ; la Revue encyclopédique (1896-1904) ; La Nouvelle Revue, que dirige la très nationaliste et républicaine Juliette Adam (1897-1903), le Cocorico (1899-1900) auquel collaborent aussi Courteline et Jules Renard, sans compter le Gil Blas, Le Monde artiste, le Mercure musical, les Rire et Sourire, etc. Établir la bibliographie de Willy ? Sisyphe, il faudrait ton courage ! De 1892 à 1896 Willy a en outre publié sous son nom chez Delagrave cinq fascicules de L'Année fantaisiste. En 1904, chez P. Varelli, un Almanach Willy[1]. En 1897, il est temporairement directeur du Chat noir et, en 1898, secrétaire de la rédaction de la Revue internationale de musique. Domine dans cette production la critique musicale dont les éléments sont recueillis en volumes aux titres volontiers calembouriques : Lettres de l'Ouvreuse (1890), Bains de sons (1893), Rythmes et rires (1894), La Mouche des croches (1894), Entre deux airs (1895), Notes sans portée (1896), Accords perdus (1898), La Colle aux quintes (1899), Garçon, l'audition ! (1901), La Ronde des blanches (1901), jusqu'à Anches et embouchures (1905).

1. Les exemplaires connus portent à la couverture l'indication : « 2e année », ce qui suppose une première, à ce jour introuvable.

Willy a un goût sûr : il n'a cessé de célébrer le dieu Wagner, de défendre Vincent d'Indy, Dukas, Chabrier, Chausson, Gabriel Pierné, Debussy, plus tard Stravinski et Poulenc. Il déteste, pour des raisons qui ne sont pas évidemment musicales, Mendelssohn et Meyerbeer. Il place Massenet, représentant de l'art officiel et pompier, au-dessous de toute portée, non loin de Saint-Saëns. Son refus d'Érik Satie[1] *est corrélatif de l'éloignement qu'il ressent à l'égard de la Décadence. Les connaissances techniques lui sont apportées par ses amis : Alfred Ernst*[2]*, à qui l'on doit des versions françaises des* Maîtres chanteurs, *de* La Walkyrie, *de* L'Or du Rhin, *de* Parsifal, *Pierre de Bréville et Émile Vuillermoz. Sérieux dans ses préférences, bouffon dans leur expression, il a créé un style de la critique musicale dont la forme nous est maintenant insupportable. Cependant, si l'on dépasse l'agacement, on doit reconnaître à cette critique, avec un parfait entendement des moyens de l'exécution musicale, un sens très vif de l'ironie et une désinvolture du meilleur aloi. Rachilde se rappelait « un Willy, jeune homme du monde (et du meilleur), virtuose sur tous les claviers de la raillerie en sourdine [qui] expliquait et louait Wagner d'un ton réservé, plein d'une studieuse admiration. Cet apôtre de Bayreuth a transposé le génie du dieu allemand en un français très clair et l'a mis à la portée de certains aveugles qui, sans cet intermédiaire conscient, ne l'auraient jamais pu goûter*[3]*. » En 1892, Félix Fénéon pouvait écrire : « En faisant tourbillonner autour de la* Tétralogie *et de* Parsifal *ses plus effarants coq-à-l'âne, l'Ouvreuse du Cirque d'été a célébré Wagner mieux que ne firent jamais Hans de Wolzogen, Stuart Chamberlain ou Teodor de Wyzewa*[4]*. » Ajoutons qu'il a aussi servi*

1. Jean de La Hire (*Willy et Colette*, ouvr. cité, 1905) cite une lettre courroucée de Satie à Willy (2 mai 1895) : une excommunication.

2. Sur lui, voir l'article nécrologique, ému, de Henry Gauthier-Villars dans la *Revue encyclopédique* du 16 juillet 1898.

3. Rachilde, *Portraits d'hommes*, Mercure de France, 1930, p. 45-46, dans le chapitre « Willy, l'à peu près grand homme ». Le jeu de mots n'est pas à exclure de ce titre.

4. *Le Nouvel Écho*, 15 février 1892. Repris dans la notice « Willy » due à Fénéon, de *Portraits du prochain siècle*, t. I, Paris, Edmond Girard, [1894].

Mozart dont, en 1900, avec G. Hartmann, il donne une version française de Bastien et Bastienne[1].

Outre cette inlassable activité musicale, la carrière — ce mot lui convient bien mal — de Willy et de Henry Gauthier-Villars se développe abondamment et fougueusement au cours des années 1890-1900. Le second publie ou signe l'édition des Mémoires d'un grenadier anglais *(Plon, [1897]), mémoires écrits par William Lawrence ; suivent les* Mémoires d'un vétéran de la Grande Armée, *ceux de J.-C. Vaxelaire (Delagrave, [1900]) et, d'après des inédits,* Le Mariage de Louis XV *(Plon, 1900). Selon Colette*[2], *ce* Mariage *aurait été dû au travail d'Aussaresses et d'Eugène de Solenière, auteur en 1902 d'un* Willy *dédié à Colette. C'est possible, mais n'importe ici que ce fait : M. Gauthier-Villars, l'année de l'Exposition, prend une place parmi les historiens, puisque son nom apparaît sur des couvertures de la très sérieuse maison Plon et Nourrit.*

En 1894, Une passade *a révélé le romancier Willy*[3]. *Suivent, en 1896,* Poissons d'avril, *recueil d'articles, contes et plaisanteries sur les Bougon-Macabre, comme sur la Belle Jardinière, cette « Jérusalem des livrées », en 1897,* L'Argonaute, *une série de nouvelles écrites en collaboration avec Andrée Cocotte et illustrées par Lucien Métivet*[4], *et surtout* Maîtresse

1. Première représentation à Paris, 9 juin 1900, près de trois mois après la sortie de *Claudine à l'école*. Le livret, signé H. Gauthier-Villars, est publié la même année aux Éditions Schott. — Notons que Willy a fait aussi une incursion dans la critique d'art : *Comic-Salon* (Vanier, 1892) est ce qu'on eût appelé à la fin de la monarchie de Juillet un *Salon caricatural*.

2. Aux premières pages de *Mes apprentissages* (t. III). N'y aurait-il pas eu une confusion ? En 1926 paraîtra chez Plon *La Vie privée d'un prince allemand au XVIIe siècle,* c'est-à-dire la biographie de l'électeur palatin Charles-Louis ; elle est signée H. Gauthier-Villars et E. Aussaresses.

3. La même année paraît, signé Pierre Veber et Willy, *Les Enfants s'amusent* ; c'est un recueil de nouvelles, de chroniques humoristiques, de plaisanteries diverses, sans doute déjà publiées dans des périodiques..

4. F. Juven et Cie, 1897, dans la Petite collection du Rire. Ces nouvelles dont les plus remarquables sont l'initiale, « L'Argonaute » (quel vol de chevelure ! aurait pu dire Willy s'il avait lu Mallarmé), et « Grand deuil », avaient, en effet, déjà paru dans

réussir ! *et d'*Aimienne. *La marque de fabrique Willy est bien visible. On retrouve dans* Maîtresse d'esthètes *le même milieu, la même haine du décadentisme, et nos deux reflets de Willy, Maugis et Jim Smiley, qui est le narrateur, auxquels se joint le sculpteur Franz Brotteaux. Au centre, Ysolde Vouillard, Zélie de son vrai prénom, fille d'une prostituée et maîtresse d'un compositeur wagnérien, Richard Buvard. Zélie découvre les œuvres de Sotaukrack, « romancier idéaliste », auteur de* La Sphynge aux yeux mauves, *et grand maître des chevaliers du Graal d'or — Péladan. Elle abandonne Buvard qu'elle a déjà épuisé physiquement par ses ardeurs. « Malade, anéanti, il s'en fut retrouver, à Saint-Sauveur en Puisaye (Yonne), la vieille mère — naturellement — qu'il avait quittée pour chercher fortune dans la capitale. Il guérit, se maria, engraissa, et fut presque heureux. Jamais Lamoureux ou Colonne n'exécuteront en leurs dominicaux après-midi des fragments de* L'Anneau de Wasmuth *— mais Buvard, chez le sous-préfet de Joigny, organise chaque mois une séance de musique de chambre*[1]*. » Modèle d'artistes, passant d'une paire de bras à une autre, Ysolde rencontre Franz à la rédaction de la* Revue mauve, *le séduit et l'épuise. Jim Smiley oblige Franz à partir pour Niort sans revoir la goule. Celle-ci annonce à Jim qu'elle viendra chercher des objets. Elle se jette sur lui, qui succombe (au figuré). Comme elle doit revenir le lendemain, Jim passe une nuit agitée avec sa compagne, la charmante Clarisse, qui avait été la compagne de Franz avant qu'il ne connût Ysolde. Ainsi, Jim peut résister à l'assaut d'Ysolde. Au milieu du volume, une préface retardée demande qui est le personnage principal : Franz ou Ysolde ? Cette intervention d'auteur a tout l'air d'être signée Jean de Tinan*[2].

Commune à Une passade *et à* Maîtresse d'esthètes, *la femme vampire, destructrice de l'homme et plus encore de l'écrivain ou de l'artiste, révèle une vieille hantise dont témoignaient Vigny, Balzac et Baudelaire, une vieille hantise qui n'en était*

1. Éd. de 1897, p. 62.
2. L'antisémitisme affiché peut appartenir aussi bien à Willy qu'à Tinan.

d'esthètes[1] *; en 1898,* Un vilain Monsieur ![2]. *Tels sont, en exceptant* L'Argonaute, *les trois romans qui paraissent avant* Claudine à l'école, *lequel voit le jour en 1900 sous le seul nom de Willy.*

Une passade *est une nouvelle*[3] *dont nous avons dit qu'elle était le fruit d'une collaboration avec Pierre Veber. Henry Maugis fait la connaissance de Monna (Dupont de Nyeweldt) qui a été la maîtresse du regretté, et inconnu, A. Clément-Jartel, qu'elle a épuisé, après beaucoup d'autres. Elle a « un syndicat d'amants » qui gravitent dans les cercles symbolistes et parmi les anarchistes. Cette étonnante créature, qui écrit* Xnœa et Xnœus *dans le style du Sâr Péladan, emmène « manger » Maugis chez la Mère Combat, traiteur de bas étage, et le traîne dans les bals populaires. Insatiable en amour, elle dévore Maugis, incapable d'écrire. Enfin, l'amant trop aimé peut s'échapper pour rendre visite à Jim Smiley. Celui-ci examine le cas de son ami et diagnostique un « collage ». D'où son conseil impératif : rompre sur-le-champ. Maugis envoie à Monna une lettre, confiée par Smiley à un commissionnaire. Fin. Cette « courte flambée des sens » a duré cinq jours, « cinq jours de vie insolite, menée en pays bizarre », que Maugis ne peut se remémorer « sans ressentir l'involontaire frisson de peur des gens qui l'ont échappé belle ».*

« Jean de Tinan — écrit Colette dans Mes apprentissages *— n'est plus là pour nous parler de* Maîtresse d'esthètes *et d'*Un vilain monsieur... *» S'il avait atteint l'âge des souvenirs, Jean de Tinan aurait peut-être mentionné sa collaboration à ces deux romans, mais il avait trop de goût pour ne pas sentir et faire sentir ce qui les séparait de* Penses-tu

Le Rire. Andrée Cocotte est, selon le catalogue de la Bibliothèque nationale, le pseudonyme d'André Trémisot.

1. Simonis Empis, 1897. Couverture en couleur d'Albert Guillaume. Retirage chez le même éditeur en 1901.

2. H. Simonis Empis, 1898. Couverture d'Albert Guillaume. Enregistrement à la *Bibliographie de la France* : 14 janvier 1899. Autre édition ou retirage chez le même éditeur en 1903.

3. Dans les deux éditions Flammarion (voir p. XXVII) le texte est suivi de dix contes et nouvelles pour parvenir à l'épaisseur normale.

pas moins actuelle pour Willy et pour... les Décadents, qu'il détestait. Le schéma étant le même, si Une passade *est redevable à Pierre Veber, c'est dans le souci naturaliste du détail exact ; et si* Maîtresse d'esthètes *en diffère, c'est par le sens critique et la désinvolture qui caractérisent Jean de Tinan. L'extravagance des intrigues appartiendrait plutôt à Willy. Communs aussi aux deux romans les personnages reflets : Maugis et Jim Smiley, qui rassurent Willy sur sa fragilité et son inconsistance. À se voir en plusieurs miroirs, on se prend à croire qu'on existe.*

Dans Un vilain monsieur ! *le point d'exclamation est essentiel : il a la valeur d'un point d'humour, mais le roman aurait pu avoir une autre fin, une fin dramatique. Le début semble avoir été écrit par Tinan*[1]*. Robert Parville, orphelin, a hérité d'une assez belle fortune, qu'il va dissiper après avoir reçu les comptes de son tuteur. Ami de Maugis et de Jim Smiley, il veut devenir écrivain. Son histoire est celle d'une déchéance. Il joue et il perd. Il va perdre aussi en amour. En effet, il s'éprend de Suzanne, femme de Franz de Lizery, un Belge d'humble extrace malgré la particule empruntée, riche, niais et anglomane. Femme du monde, Suzanne coûte très cher à Parville, ce qui n'empêche pas ses amis de penser qu'il « se refait grâce à elle ». La rupture s'impose. Parville rompt en invoquant les compromissions de la vie conjugale de Suzanne et en se souvenant d'un précédent littéraire,* Fanny *d'Ernest Feydeau dont le titre est mentionné. Pourtant, Robert et Suzanne n'ont pas cessé de s'aimer. Le dénouement se situe trente ans plus tard : on retrouve Parville marié... avec la fille de Suzanne. Dénouement plaqué, qui n'est pas dans le droit fil de l'œuvre : il fallait que le produit ne fût pas attristant.*

Ces trois romans antérieurs aux Claudine, *les livres — des romans ou des nouvelles en majorité — qui en sont contemporains et même ceux qui sont légèrement postérieurs : l'ennuyeux* Amour astral *— dérision de l'occultisme — qui parut dans* La Nouvelle Revue *du 15 décembre 1900 au 1er avril 1901 et n'eut pas les honneurs du livre,* L'Odyssée d'un

1. Henri Martineau, *P.-J. Toulet « collaborateur » de Willy*, p. 18.

petit Cévenol *(1901), livre pour enfants, dédié à Jacques, le fils de Willy*[1], Dans le noir ! *(1901), écrit en collaboration avec Andhrée Cocotte*[2], Pi... Houittt !... *(1902), écrit avec le même,* La Maîtresse du prince Jean, *qui commence par une sordide histoire de caleçon*[3] *et qui s'accompagne néanmoins, la même année (1903), de la publication de deux livres pour enfants signés H. Gauthier-Villars :* L'Automobile enchantée *— en collaboration avec Georges Trémisot — et* Le Petit Roi de la forêt *;* La Môme Picrate *(1904), où l'on retrouve la même hantise de l'épuisement par la femme que traduisaient les romans d'avant 1900,* En bombe, roman moderne[4], *où n'est, provisoirement, épuisé qu'un ingénieur de Valenciennes par les maléfices de la bande à Maugis et que parcourent, avec la môme Picrate et Toby-Chien, des allusions à Colette et un étonnant, un attendrissant, un... piquant respect de la virginité féminine ;* Chaussettes pour dames. Défense et illustration du mollet féminin *(1905), essai érotique publié sous les deux noms de Willy et de Curnonsky,* Une plage d'amour *(1906), signé du seul Willy, mais qui dut aussi son existence à Cur et à Boulestin*[5], *aucune de ces œuvres*

1. On n'y reconnaît pas du tout le style qui a rendu Willy célèbre. De rares jeux de mots.

2. Oui, *Andhrée.* Mais plus simplement Andrée au titre du volume suivant. — Georges Trémisot, cité dans la même phrase, est évidemment un parent d'André Trémisot, alias Andhrée Cocotte.

3. *La Maîtresse du prince Jean* fut traduite en justice pour obscénité. Dans sa plaidoirie, qui prit place en tête du roman, Me J. Paul-Boncour la disculpa ; il montra que derrière Gaëtane Gérard on cherchait à atteindre Claudine et surtout *Claudine en ménage.*

4. Roman moderne, en effet, si moderne que la *Bibliographie de la France* n'a pas jugé bon de l'enregistrer et qu'en 1981 la Bibliothèque nationale ne le possédait pas. Il est illustré de photographies découpées et complétées de décors à la gouache, en sorte que ces photographies, pour lesquelles Willy a complaisamment posé, peuvent déborder le texte. On s'approche par ces images, qui commentent le texte, de la bande dessinée — de quoi donner à Willy un regain d'actualité, dans quelques universités. Ce n'était pas le premier exemple de ce genre de livre illustré : chez le même éditeur, la Librairie Nilsson, Gyp avait publié en 1900 *Balancez vos dames !*

5. C'est Colette que nous éditons. Nous bornons donc ici la liste systématique des œuvres de Willy, lequel ne mourra que le 12 janvier 1931, après avoir produit des romans jusqu'au-delà de la Première Guerre. Ses *Souvenirs littéraires*, bien décevants, furent

ne supporte la comparaison avec les trois dernières Claudine, *encore moins avec* Claudine à l'école. *Au contraire, la fabrique Willy va s'appliquer à imiter les* Claudine, *à en produire des copies plus ou moins originales ou ressemblantes : les* Minne, *demandées à Colette,* Maugis amoureux *(1905) et* Maugis en ménage *(1910), écrit avec l'aide de Cur et de Paul-Jean Toulet, entré dans l'équipe vers 1907,* Les Imprudences de Peggy *(1911), publié sous le nom de Meg Villars avec cette indication : « Traduit par Willy »,* Mady écolière *(1922) publié sous le double nom de Madeleine de Swarte (autre compagne de Willy) et de Willy.* Les Maugis *et* Les Égarements de Minne *ressassent les trois dernières* Claudine, *tandis que Minne, Peggy et Mady sont des sœurs cadettes de Claudine, moins réussies que leur aînée ; Peggy étant anglo-française et Mady genevoise d'adoption, on peut croire que le dessein de Willy était de peupler l'Europe d'écolières perverses, bien accordées au goût de l'époque*[1].

On l'a constaté : les Claudine, *entraînées par la première, forment dans la production de Willy une série exceptionnelle. Exceptionnelle aussi dans l'histoire de la littérature française où on ne leur trouve pas d'antécédents. Henri Albert, dans son essai sur Willy, écartait — c'était justice — les rapprochements qui avaient été faits de Claudine avec Gisèle, la fille incestueuse du* Vice filial, *roman de Paul Adam (1898) et, pour le saphisme des deux dernières* Claudine, *avec les romans d'Adolphe Belot,* Mademoiselle Giraud ma femme, *et de René Maizeroy,* Deux amies, *déjà cités. Charles-Henry Hirsch, retraçant l'évolution qui mène « De Mademoiselle de Maupin à Claudine*[2] *», pouvait proposer à celle-ci des tantes ou des cousines, non des mères : les demi-vierges de Marcel Prévost et, plus proches, les jeunes filles romantiques de*

publiés en 1925. Willy attend encore, comme beaucoup de ses collaborateurs (H. Rebell, par exemple), qu'un historien de la littérature se penche sur lui. Sur Boulestin, voir n. 1, p. 243.

1. Sur les fruits verts, les adolescentes perverses, les petites femmes en chemise qu'on traite de « bébés », voir Patrick Waldberg, *Eros modern style* (Pauvert, « Bibliothèque internationale d'érotologie », n° 14, 1964), p. 131-157.

2. *Mercure de France*, t. XLII, juin 1902, p. 577-588.

Francis Jammes, Clara d'Ellébeuse et Almaïde d'Étremont, qui entrent délicatement dans le monde des lettres en 1899 et 1901[1]*, avant que Francis Jammes et Colette Willy ne se lient d'amitié*[2]*. Avec l'un comme avec l'autre, elle avait vécu, la jeune fille conventionnelle, « la fleur insipide et pâle, signet à l'œuvre de M. Octave Feuillet*[3] *».*

L'originalité de la créatrice de Claudine est entière. Si Willy a quelque heureuse responsabilité dans la conception, c'est pour s'être trouvé un jour à court de sujet et d'argent. Il n'y a pas lieu de mettre en doute la vraisemblance du propos prêté à Willy dans Mes apprentissages *: « — Vous devriez jeter sur le papier des souvenirs de l'école primaire. » La chiquenaude de Descartes selon Pascal... Mais que Claudine appartienne à Colette, ce n'est pas ici une raison qui diminue ailleurs les mérites et les qualités de Willy.*

« Willy dans une voiture de maître, avec son chapeau à bords plats. S'il le changeait, on ne distinguerait plus Willy de ses collaborateurs », note, le 2 novembre 1904, Jules Renard[4]*, à qui l'on est obligé de donner tort, en invoquant des écrivains aussi différents que Rachilde, Louis Laloy, musicologue réputé, Félix Fénéon, le Paulhan de ces années-là, Apollinaire et le poète Jean-Marc Bernard, et tous ceux dont J.-M. Bernard et Maurice de Noisay ont provoqué ou recueilli les témoignages dans l'« Hommage à Willy », numéro spécial (novembre 1911) des maurrassiennes* Guêpes *: Fagus, Henri Martineau, Henri Clouard, Eugène Marsan, Francis de Miomandre, etc.*

Les collaborateurs de l'Ouvreuse connaissaient certainement leurs notes, mais aucun d'entre eux n'avait cette alacrité et cette simplicité de l'expression dont pouvait s'enorgueillir Willy : « On lui sait gré de parler français, quand il lui serait sans

1. *Clara d'Ellébeuse ou l'Histoire d'une ancienne jeune fille*, Mercure de France, 1899 ; *Almaïde d'Étremont ou l'Histoire d'une jeune fille passionnée*, Mercure, 1901. Ces deux nouvelles sont reprises en 1903 dans le volume qu'ouvre au Mercure *Le Roman du lièvre*.
2. Leurs relations furent d'abord traversées ; voir n. 3, p. 643.
3. Ch.-H. Hirsch, article cité.
4. *Journal*, éd. citée, p. 631.

doute facile de jargonner comme certains pédants de ma connaissance[1]*.* » *Dès 1886, le* Petit Bottin des lettres et des arts[2] *louait les « produits pyrotechniques » de cet esprit qui savait mettre les mots à la question. Et Félix Fénéon, remarquant : « [...] M. Willy écrit cinquante lignes dont il multipliera à l'infini l'efficacité en éveillant à leur entour par de sûres pratiques (paronymies, lointaines allusions, etc.) un pullulant commentaire d'images et d'idées », concluait : « il a doué d'intellectualité le calembour*[3]*.* » *En pliant le lexique à sa fantaisie consciente, Willy retrouve la tradition de la grande rhétorique et de Rabelais sans jamais torturer la syntaxe : « Ses "mots" — dit encore Fénéon —, il les laisse parfois bouffonner au hasard des rencontres de syllabes. Mais, d'ordinaire, il les coordonne et les nuance pour des rôles précis. » Jean-Marc Bernard*[4] *rapproche Willy de Claudel, le Claudel du* Traité de la conaissance au monde et de soi-même *qui opposait à l'ancienne logique et au syllogisme la nouvelle logique, laquelle « a la métaphore, le mot nouveau, l'opération qui résulte de la seule existence conjointe et simultanée de deux choses différentes » ; et J.-M. Bernard glose : «* Le calembour *[...] devient l'art de résumer les rapports les plus éloignés, de confronter des objets différents pour en faire d'un seul coup saisir la profonde unité. » À ce compte Willy n'est pas si éloigné de Mallarmé qu'il le pouvait croire. Apollinaire le voyait « en somme très moderne », alors que nous serions tentés de l'assigner à résidence en 1900 : « Il me plaît que Willy émaille ses écrits de citations latines. Il confectionne à souhait des acrostiches satiriques. Il défend l'hellénisme comme Moréas ou un futuriste florentin et cultive avec succès le calembour. » Nourri « de*

1. L. Laloy, cité par Jean de La Hire, *Willy et Colette,* p. 76-77. L'article a paru dans *Les Gaudes* (Besançon) du 1er octobre 1904. Il est signé Louis Laloy et Claude Le Bressan (pseudonyme de l'avocat et député Georges Ponsot).

2. Paru sous l'anonymat, il a pour auteurs Paul Adam, Félix Fénéon, Oscar Méténier et Jean Moréas. C'est Fénéon qui est vraisemblablement l'auteur de l'article « Willy ».

3. *Le Nouvel Écho*, 15 février 1892 ; article déjà cité ; voir p. XXXIII.

4. « Lourds commentaires sur un auteur léger (Willy) », *Le Divan*, septembre-octobre 1910, p. 251-262.

bonnes lettres[1] *», il fut un maître de la langue. Dommage que son talent réel n'ait pas trouvé de meilleurs points d'application.*

On lui a reproché d'être un amuseur professionnel, de ne rien prendre au sérieux et, ainsi, de n'avoir pas de cœur. Mais son personnage Maugis, qui lui ressemble vraiment comme un frère, a du cœur — un cœur qu'il ne porte pas en écharpe. Rachilde se demandait — question rhétorique : « Ne plaisantait-il pas tout à coup pour échapper à son propre enthousiasme ? Il y a des gens qui dissimulent une véritable foi sous les dehors d'une religion un peu trop aimable[2]*. » Jean-Marc Bernard, dans son article plein de compréhension et de sympathie consacré à Willy-Maugis, non à l'Ouvreuse, décelait sous les clowneries et pitreries le trait essentiel — le désenchantement : « Les grands sentiments, les actes héroïques le font sourire, car il ne croit pas en eux, non pas qu'il mette en doute la sincérité de ceux qui montrent ces sentiments ou qui accomplissent ces actes, mais parce qu'il prévoit trop que le temps se chargera bien de modifier les uns et les autres. »*

Tel fut l'homme dont Gabrielle Colette fut l'épouse et la compagne, de 1893 à 1906.

Sidonie-Gabrielle Colette.

Étrange destin que celui qui réunit à Saint-Sauveur-en-Puisaye une femme du Nord et un homme du Midi, Sido et le Capitaine, les parents de Colette.

Les Robineau, qui comptaient plusieurs branches, étaient dans la Puisaye de petits seigneurs[3]*. Claude-*Jules-*Joseph*

1. Ces citations sont extraites d'un article des *Marges*, juillet 1914. Apollinaire fait allusion à l'acrostiche qu'après une querelle Willy composa sur le nom d'un directeur de gazette musicale, sonnet que celui-ci s'empressa d'insérer. Or, verticalement, les initiales permettaient de lire : MANGEOT EST BÊTE... Voir p. 652 et n. 6.

2. *Portraits d'hommes*, ouvr. cité, p. 46.

3. Nous suivons les indications données par Raymond Escholier dans *Le Figaro littéraire* des 17 et 24 novembre 1956. Ces articles confus ont été écrits d'après les notes d'Émile Amblard, directeur d'école retraité de l'Yonne, excellent chercheur qui en eût peut-être tiré un parti moins « littéraire », mais qui aurait reproduit avec précision tous les documents.

naquit le 9 février 1814 ; sa sœur, Louise-Julie, le 19 août 1820. Leur père, Joseph Robineau, dit Robineau-Duclos, décida au début de 1836, après avoir perdu sa femme, et se trouvant gravement malade, d'émanciper la jeune fille pour qu'elle ne tombât pas sous la tutelle de Jules, déjà adonné à l'alcool. Un conseil de famille désigna un cousin, Charles Givry, comme curateur de Louise. Joseph Robineau-Duclos mourut le 13 novembre 1836. Givry ne demanda pas le partage des biens : il pensait à marier son fils Raymond à Louise-Julie — le mariage aura lieu le 14 août 1837 ; il pensait aussi que l'alcool aurait rapidement raison de Jules et que la fortune entière des Robineau-Duclos irait à la jeune fille. Une fortune importante, treize fermes, qui fut évaluée pour l'Enregistrement à près de cinq cent mille francs de l'époque. Les autres parents de Jules s'étaient émus des visées de Givry et avaient fait exiger par Jules la cessation de l'indivision : le tribunal d'Auxerre lui donna gain de cause le 31 janvier 1837. Jules conserva plusieurs domaines et resta seul dans la maison de Saint-Sauveur. Pas longtemps seul : vers la fin de 1838 il prit pour concubine une chambrière qui en 1843 lui donna un garçon. Redouté, mais non détesté, il résistait à l'alcool, même s'il avait parfois de telles crises de délire que les autorités lui retirèrent ses armes. La rivalité balzacienne des deux parties de la famille aboutit en 1856 à une demande d'interdiction formulée par Raymond Givry. Une contre-attaque permit à Jules Robineau de conserver sa liberté et l'administration de ses biens. Alors, ses partisans résolurent de le sevrer et de le marier.

*Adèle-Eugénie-*Sidonie *Landoy était née à Paris le 12 août 1835 d'une famille dont la présence est attestée dans la Marne aux* XVIIe *et* XVIIIe *siècles et qui s'était ensuite fixée à Charleville. Le père, Henry-Marie (1792-1854), le « Gorille » évoqué dans* La Maison de Claudine *d'après un daguerréotype, était-il un « homme de couleur », un « quarteron », comme l'écrit Colette, et faut-il déceler dans le visage de celle-ci la trace d'une ascendance exotique ? Nul ne saura sans doute jamais répondre à cette question*[1]*. La mère, Adèle-Sophie*

1. Dans le tableau généalogique qu'il vient d'établir, Joseph Valynselle n'aperçoit rien d'exotique.

Chatenay (née en 1792), la grand-mère dont Colette avait conservé le portrait[1], *fille d'un horloger établi à Versailles, puis à Paris, apparaît comme une créature toute de douceur, destinée à être la femme d'un coureur ; elle eut six ou même sept enfants. Elle mourut à Paris quelques semaines après la naissance de Sido, le 2 octobre 1835. Peu après aussi, Henry Landoy, qui exerçait le « commerce de commissions en marchandises », partait pour l'étranger, laissant sa comptabilité dans le plus grand désordre, n'ayant pas réglé les honoraires des médecins qui avaient soigné sa femme*[2] *; il échappait probablement à la faillite. Il revint plus tard en France, convolant justement et injustement : « les femmes se pendaient toutes à lui... », dira Sido à sa fille*[3]. *Il mourra à Lyon en 1854, après avoir eu d'autres aventures et fait d'autres enfants.*

Eugène, le frère aîné de Sidonie, était né à Charleville en 1816[4]. *Il s'établit à Bruxelles dès avant 1840, y devint éditeur, puis journaliste, surtout à* L'Office de publicité *où il fut célèbre sous le nom de Bertram. Il collabora aussi à* L'Illustration *de 1850 à 1853 et en 1858 et même à la* Revue des Deux Mondes *qui, le 15 octobre 1851, publia de lui « Les Arts en Belgique et l'Exposition de Bruxelles ». Il mourra en mars 1890, citoyen belge, ainsi que son frère Paul, depuis 1850 environ. Il n'est pas impossible que ce soit en raison de leurs convictions politiques que les frères Landoy aient quitté la France. Le père s'étant peu soucié de sa progéniture, on com-*

1. Miniature qui lui avait été volée et qu'elle retrouva à la Foire aux puces, comme elle l'a conté dans *L'Étoile Vesper*.

2. Minutier central des notaires de Paris, Étude XCV, liasse 563, inventaire après décès, 28 mars-6 juin 1836. Landoy (dont le nom est graphié tantôt Landois, tantôt Landoy) a quitté la France « il y a environ cinq mois », selon ce que déclare, le 28 mars, son mandataire, Dupuis, propriétaire.

3. *La Maison de Claudine*, *OCF*, t. VII, p. 64.

4. Voir Albert Kies et Cl. Pichois, « Un oncle de Colette, Eugène Landoy, journaliste franco-belge », *Bulletin de l'Académie royale de langue et littérature françaises*, année 1956, t. XXXIV, n° 4. Eugène eut trois fils : Eugène, né en 1857, qui mourut en 1909, rédacteur en chef du *Matin* d'Anvers ; Raphaël, qui succéda à son frère, au même journal ; Jules, dont le fils Roger fut attaché à *L'Éventail* de Bruxelles. Colette a évoqué sa famille belge dans un article de *Paris-Soir*, le 13 octobre 1938.

prendra que Sido ait été élevée par son frère aîné qui avait dix-huit ans de plus qu'elle et qui aurait donc pu être son père ; elle se plaisait dans ce milieu bruxellois d'écrivains et d'artistes[1]. *Mais elle ne fut pas étonnée de se trouver au début de 1857 à Saint-Sauveur-en-Puisaye.*

En effet, elle y avait été mise en nourrice, chez un charron, à Mézilles, village qui n'est qu'à dix kilomètres de Saint-Sauveur. « Les conditions de ce placement sont assez mystérieuses. Je me suis laissé dire — écrivait Émile Amblard[2] *— qu'il aurait été fait par les soins d'une société secrète, par des "francs-maçons", dit-on encore dans le pays. » Les Landoy avaient pu être affiliés à quelque association politique avant de quitter la France. D'autre part, il semble que les nourrices de la région étaient en belle réputation. Toujours est-il qu'en raison de ses liens avec Mézilles, soit qu'elle y fût revenue pour voir ses parents nourriciers et qu'elle eût été aperçue entre deux bouteilles par Jules Robineau, soit qu'un ami de la famille eût pensé à elle comme à une possible et salutaire épouse pour « ranger » Robineau qui n'avait pas besoin de faire un riche mariage, Sido devint à Schaerbeek près Bruxelles, le 15 janvier 1857, Mme Jules Robineau. C'était l'année où Flaubert était blâmé pour avoir publié* Madame Bovary, *l'année qui verra la condamnation des* Fleurs du Mal.

Madame Bovary, elle le fut sans doute. Comme elle, Sido est tombée du rêve dans la réalité. Comme elle, Sido eut une fille, Juliette, née le 14 août 1860. Comme elle, Sido fut sensible aux charmes d'autres que son mari. Dans un rapport de Crançon[3], *juge de paix du canton, daté du 15 novembre 1865 et adressé au procureur impérial, on lit que Mme Robineau « a passé d'abord pour être la maîtresse de*

1. Dans une lettre inédite à Colette, elle évoque un moment passé sur la plage d'Ostende avec le peintre Alfred Stevens, ami de ses frères.

2. Note communiquée par lui à Mme Raaphorst-Rousseau, qui la cite dans *Colette, sa vie et son art* (Nizet, 1964, p. 26), la meilleure biographie de Colette.

3. Il est probable que ce rapport a été rédigé eu égard à la succession d'un notable, Robineau-Duclos, mort en janvier, dont la veuve allait se remarier.

M. Adrien Jarry[1]*, qui ne s'en défend, dit-on, qu'à demi. Mais si on peut conserver des doutes sur cette liaison, il n'en existe guère sur les relations avec M. Colette et il n'y a pas une personne à Saint-Sauveur qui ne soit convaincue que le second enfant de Mme Robineau ne soit l'œuvre de M. Colette. »*

Après la naissance de Juliette, Sido était à peine relevée de ses couches qu'elle vit, en effet, apparaître à Saint-Sauveur M. Colette. Nommé percepteur le 2 juin 1860, il prêta serment le 9 août à la préfecture de l'Yonne. M. Colette ? En fait, le capitaine de zouaves Jules Colette qui venait de perdre la jambe gauche à la bataille de Melegnano (8 juin 1859), quatre jours après Magenta[2]*. Né à Toulon le 26 septembre 1829, d'un père qui était capitaine d'armes dans la marine*[3]*, il était entré à Saint-Cyr en décembre 1847. Mais le 26 décembre 1848, il était rayé des contrôles pour cause d'indiscipline, ce qui vraisemblablement doit s'interpréter en termes de politique, et ainsi rétrogradé comme soldat au 3e régiment d'infanterie de marine (Toulon) dont un détachement était stationné en Guyane*[4]*. Ce qui lui valut de connaître Cayenne. Le*

1. L'un des notaires de Saint-Sauveur. Il signe l'acte de naissance de Juliette.

2. Sur cette bataille voir Capitaine [Simon] Godchot, *Le 1er Régiment de zouaves, 1852-1895*, Paris, Librairie centrale des beaux-arts, [1898], 2 vol., t. I, p. 156-160. Colette a utilisé ces pages pour évoquer son père dans « Un zouave » (*Les Heures longues*, au tome II). Le Capitaine fut nommé chevalier de la Légion d'honneur sur le champ de bataille.

3. En fait, ces Colette méridionaux sont, comme vient de le prouver J. Valynselle, originaires de Fénétrange (Moselle).

4. L'état des services de Colette au Service historique de l'Armée inscrit l'intéressé, le 3 janvier 1849, au 3e régiment d'infanterie de ligne, sans doute par récurrence de sa nomination comme sous-lieutenant au 38e de ligne en 1850. C'est bien en tant qu'« ancien élève de Saint-Cyr, soldat au 3e régiment de marine » que Colette signe la « Note sur quelques formules de trigonométrie sphérique et sur le quadrilatère sphérique inscrit » que publient les *Nouvelles Annales de mathématiques* en 1849. Et s'il se vante un peu, c'est en se vieillissant légèrement, non en fabulant sur la géographie, lorsqu'il déclare, le 4 mars 1896, sur la tombe d'un sous-officier, au cimetière de Châtillon-sur-Loing : « Messieurs, / Lorsqu'il y a plus d'un demi-siècle, aux bords lointains de la Guyane française, je portai, pour la première fois, cet uniforme de soldat que l'on a si bien nommé la livrée glorieuse de la Patrie », etc. Colette évoquait pour sa famille ce lointain pays : sa fille mentionne la Guyane dans « Un zouave » (voir n. 2).

23 décembre 1849, il fut réintégré à l'École spéciale militaire, d'où il sortit sous-lieutenant le 1er octobre 1850 pour entrer au 38e régiment de ligne, d'où il passa au 1er régiment de zouaves le 25 février 1852. Lieutenant le 31 décembre 1854, capitaine le 17 mars 1856, on le voit en Kabylie, en Crimée, de nouveau en Algérie. Drôle, de la gaieté mélancolique des méridionaux et des mutilés, attentif, galant, empressé, assez cultivé, il n'eut pas de peine — dans Saint-Sauveur désert... — à s'attirer la tendresse de Sido, qui retrouvait auprès de lui des idées et des sensations dont Jules Robineau devait se soucier comme d'une guigne. Qu'Achille Robineau-Duclos, né le 27 janvier 1863, soit le fils du Capitaine, personne — on l'a vu — n'osait le contester, mais personne ne le prouvera. Cette situation conjugale instable, difficile à maintenir dans un bourg, dura quelque quatre ans. Jules Robineau résista à la boisson jusqu'au 30 janvier 1865 ; il fut terrassé par « une attaque d'apoplexie foudroyante [...] dans une chambre écartée, où [...] sa femme le laissait coucher seul ». Celle-ci — écrit encore Crançon dans son rapport —, « qui, dans les commencements de son mariage, avait cherché à combattre » la passion de Robineau pour l'alcool, avait « complètement abandonné » son mari « après sa liaison avec M. Colette et avec l'espoir très probablement qu'il ferait bientôt place à celui qui le remplaçait par anticipation. Elle avait cessé de coucher avec lui et l'avait confiné loin de son appartement sous prétexte qu'il ronflait trop fort et qu'il l'empêchait de dormir. »

Le 20 décembre suivant, à Saint-Sauveur, Sido épousait le Capitaine, à 8 heures du soir comme il convenait à une veuve[1]*. Colette entra dans le conseil de famille et devint le cotuteur des enfants.*

Autre mari, autre ménage, autres conditions financières. Robineau-Duclos était une brute, mais il était riche, et Sido savait se défendre, toutes griffes dehors : « Quand j'ai vu — confie-t-elle à sa fille le 13 février 1909[2] *— que Jules Robineau*

1. Le 18 décembre 1865, le Capitaine demande au préfet l'autorisation de s'absenter, le mariage religieux devant avoir lieu à Bruxelles (communication de Mme Charleux-Leroux, d'après un dossier des Archives départementales de l'Yonne).

2. Lettre inédite. Les citations empruntées à cette série de lettres (1905-1911) auront désormais pour sigle *LISC*.

se riait du chagrin qu'il me faisait, eh bien j'ai pris tout ce qui me tombait sous la main et je le lui ai jeté à la tête. Il s'en est allé en terre avec une belle cicatrice à la figure. » C'était deux mois après le mariage, précise-t-elle le 24 février, « un joli carnage[1] *». Cinquante ans se sont passés ; Sido se souvient de tout ; elle a conservé sa petite indépendance personnelle, logeant à Châtillon-Coligny non chez son fils, mais près de lui ; elle a préservé son franc-parler, sa spontanéité, son amour des bêtes et des plantes, son horreur de la vieillesse et de la laideur, son hostilité au clergé — protestant comme catholique —, sinon à la religion, et sa culture, qui en vaut bien d'autres et qu'entre le « Gorille » et les « Sauvages » on est enclin à oublier. Ses frères ne tenaient-ils pas en Belgique le haut du pavé journalistique et ne touchaient-ils pas de près à la littérature ?*

★

Sidonie Landoy (1835-1912) épouse
1° en 1857 : Jules Robineau-Duclos (1814-1865), dont elle a
— Juliette Robineau (1860-1908), mariée au Dr Charles Roché,
— Achille Robineau (1863-1913), marié à Jeanne de La Fare ;
2° en 1865 : Jules Colette (1829-1905), dont elle a
— Léopold Colette (1866-1940),
— Sidonie-Gabrielle Colette (28 janvier 1873-3 août 1954).

Sidonie-Gabrielle Colette épouse
1° le 15 mai 1893 : Henry Gauthier-Villars, dit Willy (1859-1931),
dont elle se sépare le 13 février 1907
et dont elle divorce le 21 juin 1910 ;
2° le 19 décembre 1912 : Henry de Jouvenel (1876-1935), dont elle a une fille, Colette de Jouvenel (1913-1981), et dont elle divorce le 6 avril 1925 ;
3° le 3 avril 1935 : Maurice Goudeket (1889-1977).

Du Capitaine, Sido dira que « sa faculté d'aimer annihilait toutes les autres[2] *». Et quand Colette est à Toulon : « Ah ! ce*

1. Lettre citée dans *Le Figaro littéraire* du 24 janvier 1953.
2. *LISC*, s.d.

papa ! lui écrit Sido. Il a trouvé moyen de dissiper une jolie campagne que ta grand-mère était si heureuse de posséder et une maison boulevard du Mourillon. Hélas[1] *! ! »* Les points d'exclamation peuvent être multipliés. Le capitaine Colette, c'est Jules sans terre[2]. Ainsi, les fermes de la Puisaye s'en sont allées après la campagne et la maison de Toulon. Les perceptions étaient alors attribuées comme, il y a peu, les bureaux de tabac — un de ces bureaux de tabac que Sido, veuve et vieillie, sollicite vainement en 1907[3]. À Saint-Sauveur, il fallait un calculateur ; ce fut un saint-cyrien qui l'obtint. D'un percepteur n'est pas exigée une excessive « faculté d'aimer ». Et ce percepteur est soupçonné de l'avoir emporté, comme amant, et avec une jambe de bois, sur un riche contribuable... Expliquera-t-on comment, nommé en 1860, Jules Colette, qui, certes, n'apparaît pas à l'acte de naissance d'Achille Robineau-Duclos (27 janvier 1863), est, par arrêté ministériel du 17 mai 1863, envoyé dans un autre département, non indiqué — alors que M. Pichon, percepteur à Baugy (Cher), est nommé à Saint-Sauveur en remplacement de M. Colette. Erreur dans les comptes — déjà ? —, vengeance des Robineau, rancune des milieux impériaux ? Toujours est-il que le 29 mai le ministre des Finances écrit au Préfet de l'Yonne qu'après démarche faite auprès de lui (le Capitaine a des amis), il surseoit à l'exécution de l'arrêté et

1. *LISC*, 16 avril (sans année).

2. Sido est jugée par Crançon dans son rapport de novembre 1865 au procureur impérial comme « une femme sans ordre, sans économie, incapable certainement d'être maîtresse de maison ». Elle a cinq domestiques ; « c'est beaucoup pour un revenu d'une douzaine de 10 000 francs *[sic]*. M. Colette, il est vrai, lui apportera le revenu de sa perception et sa pension, soit environ 6 000 francs par an. » Dans ce même paragraphe, Crançon prête au Capitaine une aventure avec une jeune fille de la région « qu'il a engrossée en même temps qu'il faisait la cour à Madame Robinot *[sic]* et qu'il a envoyée ensuite à Paris, pour qu'elle n'entravât pas ses projets ». Ce rapport, dont la photocopie nous a été aimablement communiquée par Mme Charleux-Leroux, semble avoir été influencé par le clan Givry hostile au mariage de Robineau et de Sido et au remariage de Sido. Il donne en tout cas l'image fidèle d'un bourg qui aurait pu être dépeint par l'auteur de *La Rabouilleuse.*

3. Lettre (27 mai 1907) du cabinet du ministre des Finances à Sido, transmise par celle-ci à Colette et conservée dans *LISC*.

que le 13 juin, par un nouvel arrêté, le ministre rapporte l'arrêté du 17 mai. L'année suivante est refusée à Colette la gratuité du congé de quinze jours qu'il a demandé en raison de la mort de sa sœur : « La dernière feuille de signalement de M. Colette porte qu'il manque d'activité et de zèle, que ses recouvrements de toutes natures sont fort arriérés ; de nombreuses traces de négligence ont été relevées dans sa gestion » (12 octobre 1864). Avis contraire du receveur général en 1865, quand le percepteur épouse Sido : « le service de ce comptable est dans une bonne situation[1]*. » La gestion de la perception ne devait pas être seule en cause. Jules Colette, officier de Napoléon III, devait être connu pour ses opinions généreusement républicaines, mais peu cohérentes. En effet, lorsqu'en mars 1880 il prit sa retraite de percepteur pour satisfaire un de ses rêves, l'action politique, en se présentant aux élections du conseil général de l'Yonne, il s'entendit reprocher par l'un de ses concurrents d'avoir en 1874 soutenu l'élection d'un bonapartiste contre un républicain et il dut se borner à répondre qu'il avait alors courbé la tête, en fonctionnaire obéissant qu'il était*[2]*. Ce qui ne l'empêche pas de proclamer pendant sa campagne, en s'en prenant aux autres candidats républicains : « Le vieux républicain, le vieux démocrate, c'est celui qui était à l'hôtel de ville à côté de Lamartine, Arago et de Ledru-Rollin,* et qui signe cette lettre. / *C'est celui qui protesta contre le coup d'État* et qui signe cette lettre *; c'est celui qui a été déplacé violemment en 1862*[3]*, qui donna sa démission sous l'ordre moral*[4]*. » Etc.*

Le candidat réactionnaire arriva en tête au premier tour.

1. Pour 1863, voir l'article d'Émile Amblard (n. 2 ci-dessous). Pour 1864 et 1865, obligeante communication de Mme É. Charleux-Leroux, d'après un dossier des Archives départementales de l'Yonne.

2. Épisode très bien raconté par É. Amblard dans le *Bulletin de la Société des sciences historiques et naturelles de l'Yonne*, t. 97, années 1957-1958 : « Les Élections au conseil général de Saint-Sauveur en 1880 (Pierre Merlou, Jules Colette et Paul Hérold) ».

3. En fait : qui faillit être déplacé en 1863.

4. C'est-à-dire en 1873 ? É. Amblard déclare : « il n'a pas été trouvé trace de cette démission ».

Mais au second Merlou fut élu, avec 1 467 voix ; Colette n'en obtint que 10...

« Ce papa », ce cher papa, doué de la « faculté d'aimer » et de celle de s'illusionner, y mit le temps, adéquat à la valeur des propriétés, mais il parvint, ferme après ferme, à ruiner l'ex-veuve de Robineau. Il commença — on l'a vu — par vendre des immeubles de sa famille. Puis, il dut s'attaquer à l'avoir de Sido[1]*, qui avait hérité de cent mille francs environ (plus d'un million actuel), Juliette et Achille ayant reçu chacun la même somme. Mais Achille lui-même semble n'avoir conservé de sa part que la maison de Saint-Sauveur, environ un quart des cent mille francs qui lui revenaient. On suivra dans la Chronologie de Jacques Frugier à partir du 4 avril 1884 la décadence de cette fortune et on en verra les conséquences : la vente par adjudication volontaire d'une partie du mobilier et de la bibliothèque, le 15 juin 1890, et le départ des Colette — entre la fin de mai 1891 et les derniers mois de l'année — qui allèrent s'installer à Châtillon-sur-Loing*[2] *(aujourd'hui Châtillon-Coligny, Loiret), où Achille venait*

1. Mme Charleux-Leroux nous indique qu'en 1856, dans l'interrogatoire qui a précédé le procès en interdiction, Robineau-Duclos évalue ses biens « entre 300 et 400 mille francs » et que l'inventaire de 1884 chiffre les biens immeubles à près de quatre cent mille francs. Mais de cette somme il convient de déduire un domaine, laissé hors partage et destiné à rembourser l'emprunt contracté la même année 1884 auprès du Crédit foncier (cent vingt mille francs).

2. Mais, contrairement à ce qu'ont suggéré Colette et d'autres (*Mes apprentissages, OCF,* t. XI, p. 19), il n'y eut ni vente de la maison, ni vente par autorité de justice des meubles. Les meubles furent sans doute vendus parce qu'on ne pouvait pas les transporter et les installer à Châtillon. La maison resta la propriété d'Achille et de ses héritiers jusqu'en 1925. Elle fut achetée par M. Ducharne (acte du 13 janvier 1925). Celui-ci et son épouse firent donation de l'usufruit à Colette durant la vie de M. Ducharne par acte du 15 janvier 1926. Colette conserva cet usufruit jusqu'à l'acquisition de la propriété par le Dr Pierre Muesser. Et c'est à Colette que fut versé le prix de la vente. (Renseignements dus à Mme Charleux-Leroux et au Dr Muesser, propriétaire de la maison, qu'on trouvera située dans l'Aperçu topographique de Paul D'Hollander. Voir le très intéressant article de Mme Charleux-Leroux, « Le Départ de Saint-Sauveur », *Cahiers Colette*, n° 5, 1983.)

de s'établir médecin[1]. *Juliette était elle-même mariée à un médecin, le Dr Charles Roché, et, ayant demandé des comptes aux bénéficiaires de la succession de son père, elle avait rompu avec sa famille*[2] *pour vivre malheureuse avec un époux qui lui préféra leur fille. Léo, né en 1866, pouvait voler de ses propres ailes, ce qu'il fit d'ailleurs, ne pouvant se poser qu'avec la maladresse de l'albatros. Sidonie-Gabrielle allait sur ses dix-huit ans, étant née le 28 janvier 1873*[3]. *L'enfant, la jeune fille disait adieu au Paradis perdu, heureusement perdu : sans ce cruel départ, nous n'aurions pas les merveilleuses évocations de* Sido *et de* La Maison de Claudine.

Sur Colette à Saint-Sauveur et à l'école, tout est dit maintenant grâce à Colette elle-même et aux excellentes études de Mme Charleux-Leroux[4] *dont on trouvera les éléments dans la notice et les notes de Paul D'Hollander pour* Claudine à l'école. *Il importe de ne pas se méprendre : isolé, et même aujourd'hui (l'autoroute du soleil est à quarante kilomètres), Saint-Sauveur n'est pas un village perdu. Et la jeune Gabrielle n'est pas une sauvageonne : son père, sa mère ont une vraie culture qui renforce la solide instruction qu'elle reçoit à l'école dirigée par Mlle Terrain, laquelle n'a pas les*

1. A. Robineau-Duclos, né à Saint-Sauveur le 27 janvier 1863, ancien externe des hôpitaux de Paris, médaille de bronze de l'Assistance publique, soutint sa thèse pour le doctorat en médecine, devant la Faculté de Paris, le 12 février 1890. Titre : *Les Incisions chirurgicales du rein* (Paris, G. Steinheil, 1890, 52 pages). Les dédicaces sont brèves : À ma mère / *[page suivante]* À Monsieur le Docteur Tuffier, professeur agrégé à la Faculté de médecine, chirurgien des hôpitaux, Hommage respectueux et reconnaissant. / À mon président de thèse Monsieur le professeur Trélat.

2. Sido reverra cependant Juliette, qui habitait Charny. Chacun de ses voyages était pour elle une corvée. En revanche, quelques lettres conservées prouvent qu'elle avait gardé toute son affection à sa fille aînée.

3. Donc, trois ans après la capitulation de Paris, ce qui lui fait écrire dans l'*Almanach de Paris-An 2000* (sigle : *Alm. P. 2000*), Cercle d'échanges artistiques internationaux, Gescofi, 1949, à cette date : « Comment, je suis née un jour que Paris capitulait ? Eh bien c'est gai ! »

4. « Réalité et fiction dans *Claudine à l'école* », *Bulletin de la Société des sciences historiques et naturelles de l'Yonne*, t. 113, 1981, p. 121-164. Voir aussi n. 2, p. LI.

traits caricaturaux que Colette lui prêtera, sous le masque de Mlle Sergent, dans Claudine à l'école. *L'éducation de Gabrielle à Saint-Sauveur vaut bien celle que reçurent à la même époque nombre d'oiselles dans les pensions conventuelles.*

Enfant, jeune fille, Gabrielle a lu Labiche et Alphonse Daudet, la Chronique du règne de Charles IX *et* Le Collier de la reine, Les Misérables *et une partie des* Rougon-Macquart, *surtout* La Comédie humaine[1], *et même Hippolyte Taine*[2] *: ce n'était pas alors à son âge, des lectures familières. Elle s'en est expliquée*[3] *: « Je me souviens qu'à part quelques albums éclatants de Walter Crane et* Monsieur Tringle[4], *je possédais peu de livres enfantins, parce que je n'en avais pas envie. Un intérêt tout plastique m'attachait à ceux-là que je cite, mais le texte des livres dédiés à l'enfance ne m'intéressait guère, et le sadisme même de Mme de Ségur, cette "bibliothèque rose" où l'on flagelle, où l'on se roule en crises nerveuses, où l'on découpe vivants des animaux, ne me retenait pas. » Elle n'a pas lu les contes de Perrault, mais elle a rêvé sur les gravures dont Gustave Doré avait illustré le texte. « Puis je quittais toutes ces féeries, et sournoisement j'attaquais un des blocs de l'énorme Balzac, comme un chien jeune ronge, de ses*

1. Lectures recensées par Madeleine Raaphorst-Rousseau, *Colette, sa vie et son art*, p. 39-40. Notons qu'un inventaire dressé par Me Adrien Jarry le 13 mars 1865, à la suite du décès de Jules Robineau-Duclos (copie dans la bibliothèque de la Société des amis de Colette à Saint-Sauveur), où cidre, vins, alcools et liqueurs sont bien représentés, mentionne vingt volumes de Balzac (c'est l'édition Houssiaux), treize de Saint-Simon, cinq de Shakespeare, deux de Corneille et le *Dictionnaire* de Bescherelle. L'annonce de la vente du mobilier, reproduite dans l'article de Mme Charleux-Leroux cité p. LI, à la fin de la note 2, mentionne un Voltaire en dix-huit volumes, vingt volumes du *Tour du monde*, le Dictionnaire de d'Orbigny, les œuvres complètes de Goethe, de Schiller et de Musset.

2. « Taine meurt en 1894. Que mon enfance a donc chéri cet écrivain, pourtant si peu dédié à l'enfance. » (*Alm. P. 2000*, 3 mars.)

3. « Livres d'enfants », dans « Le Journal de Colette », *Le Matin*, 22 janvier 1914, article non recueilli.

4. Sur Walter Crane, voir *L'Ingénue libertine*, n. 1, p. 754. *M. Tringle* est de Champfleury (Dentu, 1866). L'édition Hachette de 1868, illustrée par Léonce Petit, raconte l'histoire d'un célibataire qui, voulant participer à un bal costumé, dans la petite ville qu'il habite, se déguise en diable et est traité comme tel.

dents neuves, le bas d'une porte massive... » Colette recommandera donc aux enfants de lire des livres pour adultes. « S'il est éveillé, avide et précis, [l'enfant] saura questionner, traduire ; sinon, il chérira quelque temps le mystère, la musique, les lumières changeantes du beau "mot que l'on ne comprend pas" ! » Ainsi, sans doute, de « périclite » (« périclique ») des « Épitaphes » de La Maison de Claudine. *Ce qui ne l'empêcha pas d'obtenir à l'examen du brevet (1889) la meilleure note de la session en composition française : 17 sur 20*[1].

Colette n'ignorait pas la capitale. Sa mémoire lui rappelait « un bref passage à Paris » quand elle avait six ans, « une semaine parisienne [...] dans une chambre d'hôtel, rue Saint-Roch », cinq ans plus tard, une quinzaine, lorsqu'elle avait « seize ans[2] *». C'est lors de ce dernier séjour qu'elle dut rencontrer Willy, si l'on met en relation ce passage de* La Maison de Claudine *avec la mention, dans* Noces, *de « deux longues années de fiançailles*[3] *». Elle avait eu seize ans en janvier 1889. Le séjour a pu avoir lieu durant l'été de 1889, juste après le brevet ; les fiançailles, officieuses, auraient eu lieu en 1891, le mariage intervenant en 1893. C'est l'époque la plus mystérieuse de la vie de Colette. La chronologie en est incertaine ; incertaine aussi l'origine de la relation entre Willy et la famille Colette et la raison pour laquelle Willy a épousé Gabri.*

Celle-ci fait de celui-là le « fils d'un camarade de promotion de mon père[4] *», ce qui est faux : Jules Colette est entré à Saint-Cyr à la fin de 1847 et Jean-Albert Gauthier-Villars à l'École*

1. L. Dubreuil, « Le Brevet de Colette ». Le *Cerf-Volant*, nº 18, juillet 1957. Cité par P. D'Hollander, *Colette, ses apprentissages*, p. 28. — Mlle Terrain, dans une lettre à un collègue de Saint-Sauveur, 19 mars 1925, conservée à la Library for Research in the Humanities (Austin, Texas), se rappelait : « Sans pouvoir préciser les notes qu'elle obtint, je sais que les rédactions de Colette furent remarquées et à certain concours d'agriculture où elle parla poétiquement des bêtes, et au B.E. et au Certificat d'études primaires supérieures qu'elle passa en 1889. » Et dans une autre lettre : « J'ai plutôt le souvenir qu'elle rédigeait d'abondance, facilement et toujours de façon originale, très personnelle, sans qu'on l'aide. »
2. *La Maison de Claudine, OCF*, t. VII, p. 52.
3. *OCF*, t. VII, p. 248.
4. *Noces, OCF*, t. VII, p. 248.

polytechnique en 1848. Mais ils étaient contemporains, le premier étant né en 1829, le second en 1828. Et tous deux avaient passé par des écoles militaires. Se sont-ils rencontrés en 1859 sur les champs de bataille d'Italie ? On a écrit qu'ils furent membres, l'un et l'autre, de la Société de géographie[1]. *Mais le nom de Gauthier-Villars n'apparaît nulle part dans les archives de cette Société, conservées au Département des cartes et plans de la Bibliothèque nationale, et non plus dans l'excellente thèse d'Alfred Fierro*[2]. *En revanche, les archives conservent une lettre du Capitaine, qui, de Saint-Sauveur le 1er février 1884, remercie, dans un style fleuri et même ampoulé, l'un des responsables de la Société, sans doute le secrétaire général Charles Maunoir, de son admission ; la signature est suivie de ses titres : « ancien capitaine d'infanterie / chevalier de la Légion d'honneur / ancien percepteur des finances / conseiller municipal / membre de la Société internationale des électriciens / ancien collaborateur aux* Nouvelles Annales de mathématiques, *etc., etc. » Or cette dernière revue*[3] *et le* Bulletin de la Société internationale des électriciens *étaient publiés par la maison Gauthier-Villars. Ce sont donc peut-être les mathématiques et l'électricité qui constituent le lien entre le Capitaine et la famille Gauthier-Villars, un lien qui peut être plus ancien et militaire, mais qui est, de toute manière, nécessaire pour expliquer la rencontre de Willy et de Gabri et la lettre de janvier 1892 que nous citons plus loin.*

1. P. D'Hollander, *Colette, ses apprentissages*, p. 41, qui précise que le capitaine Colette « remettait occasionnellement » au père de Willy « des cartes qu'il dessinait et peignait lui-même ou lui achetait des livres scientifiques ». Par une correspondance familiale conservée à Saint-Sauveur on apprend que « M. Colette s'est occupé et s'occupe encore d'articles pour une revue » (18 novembre 1887) et qu'il « a reçu une médaille, l'autre jour, à la Sorbonne pour ses travaux scientifiques » (30 novembre 1888). Communication de Mme Charleux-Leroux.

2. *La Société de géographie, 1821-1946*, thèse de 3e cycle, Paris IV, sous la direction de Jean Tulard. Il y a dans les archives une lettre des Éditions Gauthier-Villars et fils en date du 10 février 1892, mais elle n'a trait qu'à l'envoi d'un livre pour recension dans le *Bulletin*.

3. Voir n. 4, p. XLVI. Mais ces *Annales* étaient alors publiées par la firme Bachelier.

Un autre lien existe entre Saint-Sauveur, puis Châtillon, et Paris, qui se prolonge vers les Gauthier-Villars. Lorsqu'elle est à Paris, Gabri est confiée à la générale Cholleton[1]. *Or, Claude Cholleton (1830-1890) est le contemporain de Jules Colette. Il est entré à Saint-Cyr en 1849, où ils ont pu se connaître. Ils seront tous deux en Crimée et en Algérie. Si les Colette, provinciaux ruinés, ne faisaient pas bonne figure, la veuve du général Cholleton, chaperon de Gabri, devait inspirer confiance à la famille Gauthier-Villars.*

En 1889, Willy était loin de penser à épouser Gabri. Il vivait, 22, rue de l'Odéon, avec Germaine Servat, femme non encore divorcée du dessinateur et caricaturiste Émile Cohl. C'est là que leur naquit un fils, Jacques, le 19 septembre 1889[2]. *La rencontre de cette année-là entre Willy et Gabri ne put avoir de conséquences qu'en 1890 ou 1891, lorsque la compagne à laquelle Willy était très attaché tomba gravement malade. La lettre suivante de Sido à sa fille Juliette*[3] *reflète bien la situation trouble où étaient Willy et Gabri. Dimanche 24 janvier 1892 ; Sido et Gabri ont été durement atteintes par l'influenza : « Tout le temps que j'ai été malade et Gabri nous n'avons eu que papa pour femme de ménage et garde-malade. On nous apportait à dîner et des bouillons de chez Achille mais c'est pas tout ça : M. Gauthier-Villars est arrivé le [21 ?] avec... son petit garçon ! Il l'a mis en nourrice tout à côté de chez moi et sous la protection d'Achille (lis : celle de la maman). C'est un beau bébé de 28 mois dont la mère est mourante*[4]. *Il n'est reconnu que par son père parce que sa mère était en procès de divorce avec son mari quand l'enfant est venu au monde et quand le divorce a été prononcé Gauthier-Villars n'a pas voulu qu'il fût reconnu par sa mère... C'est cet enfant qui*

1. Voir plus bas.

2. Paul D'Hollander, *Colette, ses apprentissages*, p. 42, n'indique pas le jour. J. Gauthier-Villars est mort à Bois-Colombes le 19 mars 1975.

3. Aimablement communiquée par un collectionneur à Mme Charleux-Leroux qui a bien voulu nous en transcrire le texte.

4. Mourante ? Selon P. D'Hollander, ouvr. cité, p. 42, elle était morte le 31 décembre 1891, à peine âgée de vingt-huit ans. Il nous a été impossible de retrouver l'acte de décès.

doit faire entrer par la grande porte Gabri dans la famille Gauthier-Villars parce que le grand-père est fou de ce petit et il faudra qu'il consente au mariage de son fils avec une jeune fille sans dot à cause de ce petit, sans cela je crois qu'il faudrait les sommations respectueuses. »

L'enfant resta quelques mois à Châtillon. Sido à Juliette, 21 juillet 1892 : *« Nous n'avons plus ici le petit Jacques Gauthier-Villars ; ses grands-parents, qui ne le connaissaient pas, ont enfin daigné le réclamer. [...] M. Willy Gauthier-Villars, lui, est à Bayreuth en Franconie où il assiste aux représentations des opéras de Wagner dont il faut qu'il donne des comptes rendus à des journaux, mais il est bien malade, l'amoureux de Gabri, et je crains bien que ça ne finisse pas bien tout ça ; aussi suis-je très tourmentée*[1]. »

Ainsi, le mariage de Willy et de Colette apparaît moins comme un conte de fées que comme une histoire de nourrices. Si la petite Landoy, Sido, n'avait pas été mise en nourrice à Mézilles ; si Henry Gauthier-Villars n'avait pas été encombré d'un bébé...

Dépaysée à Châtillon, désormais à l'étroit chez ses parents, il était normal que Gabrielle voulût se marier, car il semble bien que ce fût elle qui voulut le mariage, non Willy, encore mal remis de la disparition d'une femme aimée. Paul D'Hollander a publié deux lettres révélatrices que lui avait communiquées Jacques Gauthier-Villars et dont voici les extraits significatifs. Lettres de Willy à son frère Albert : *« Paris, le 21 avril 1893. / J'épouse la fille du Capitaine Colette (de Châtillon), heureux de témoigner ma reconnaissance à une famille qui a été, pour Jacques, d'une bonté absolument touchante. Elle n'a pas de dot, d'ailleurs, ce qui ne réjouit pas nos Parents. [...] En conscience, je ne pouvais agir autrement que je fais. [...] je ne fais pas, oh non ! un mariage d'argent. Que si je m'interroge, pour savoir jusqu'à quel point j'ai le droit de prononcer le mot « mariage d'amour » je me répondrai peut-être non, aussi. L'amour, le grandiose et le cuisant et le perforant, c'est, je crois bien, une*

1. Collection particulière. Nous ne savons pas de quelle maladie souffrait Willy ; était-ce du mal d'amour ?

blague de romancier. Et, quand c'est des fragments de cette chose idéale, on les enfouit à Bagneux[1]*, on ne les remplace pas, mon cher vieux... Mais je crois qu'une bonne affection peut avoir du bon, encore, n'est-ce pas ? » Entre le 21 avril et le 15 mai 1893 : « Enfin, tu dis que je me marie sans grande joie. — Tu as raison, c'est vrai, je n'y peux rien, tout le monde croit que je me suis secoué les oreilles comme un chien mouillé, après le coup que j'ai reçu, et que tous jugent oublié ; c'est peut-être un peu faux*[2]*. »*

Dans une lettre non datée, adressée à Marcel Schwob, Willy, en avril, se dit heureux d'être à Châtillon, « songeant au mariage et tout à fait abruti surtout par la grâce voltigeante de [sa] jolie petite Colette ». « Dans un mois je l'aurai épousée. Et voilà. Et je n'aurai pas le sou. All right[3] *! »*

Le frère, l'ami : deux versions différentes et complémentaires. Willy cherchait à échapper au souvenir, à la dépression[4] *; à faire une fin. Et, en déplaisant à sa famille, il s'obligeait à renoncer — moyennant dédommagement sans doute — aux parts qu'il avait dans l'entreprise familiale*[5]*. Mais comment être insensible aux charmes capricants et sans doute provocants de la jeune fille ? Colette le voit peut-être « tout allumé [...] d'un vice paternel*[6] *» ; plus tard, elle avouera que, « si mainte jeune fille met sa main dans la patte velue, tend sa bouche vers la convulsion gloutonne d'une bouche exaspérée et regarde sereine*

1. Cimetière où fut enterrée la mère de Jacques Gauthier-Villars. Le corps sera transféré au Père-Lachaise.

2. P. D'Hollander, *Colette, ses apprentissages*, ouvr. cité, p. 355-357.

3. Pierre Champion, *Marcel Schwob et son temps*, p. 272 ; cité par M. Raaphorst-Rousseau, *Colette*, p. 47.

4. Il est intéressant de remarquer que Maugis dans *En bombe* rappelle qu'il a voulu se donner la mort. Mais surtout parce qu'il est impuissant.

5. « Gabri a une peur atroce de se trouver avec cette famille et cette dernière a la même peur de Gabri. Ils voudraient si bien marier leur fils avec une belle et bonne héritière. Ils en ont sous la main qui n'attendent que l'occasion. Gardez bien tout ce que je vous dis pour vous seuls et faites toujours croire que le mariage de Gabri est renvoyé aux Calendes grecques. » (Sido à Juliette, 28 novembre [1892], collection particulière.)

6. *La Retraite sentimentale, OCF*, t. II, p. 477. Claudine au sujet de l'attitude de Maugis devant Annie.

sur le mur l'énorme ombre masculine d'un inconnu, c'est que la curiosité sensuelle lui chuchotte des conseils puissants[1] *».*

La curiosité sensuelle... On a susurré que Gabrielle avait fait une fugue de Châtillon à Auxerre avec une maîtresse de piano : adaptation à la vie de l'auteur, de l'attrait que Claudine éprouva pour Mlle Aimée et simple transposition des tardives Imprudences de Peggy, *roman de Meg Villars et Willy*[2]. *Reste que la malveillance s'exerçait encore à Saint-Sauveur contre les Colette et que ceux-ci recevaient à Châtillon des lettres anonymes. L'objectif était d'empêcher le mariage de Gabrielle et de Willy. Sido à sa fille Juliette, 12 mai 1892 : « Gabri a passé une quinzaine de jours à Paris chez Mme Cholleton et elle a été au théâtre et au concert tant qu'elle a voulu*[3]. *» C'est vraisemblablement lors de ce séjour que Gabri, se trouvant « grise après deux coupes d'Asti », aurait déclaré — au conditionnel, car c'est Willy qui rapporte l'anecdote — à son futur mari : « Je mourrai si je ne suis pas ta maîtresse*[4]. *» Heureusement que l'écho de cette scène ne parvint pas à Saint-Sauveur... Sido à Juliette, 28 novembre [1892] : « Non, on n'a plus reçu de lettres anonymes. Je crois bien que la rupture supposée du mariage a dû satisfaire la personne qui les commettait... [...] Gabri part dans quelques jours avec son père pour Paris et être présentée à la famille G. Villars et quand ils seront revenus de Paris nous irons vous voir*[5]. *» Quelques jours plus tard, en décembre*[6], *Sido à Juliette : « Gabri revient ce*

1. *Mes apprentissages, OCF,* t. XI, p. 54.

2. Dans *Mes apprentissages* Colette fait allusion à une toquade qui lui prit, à vingt-deux ans, pour une maîtresse de piano, qui témoignait une grande admiration pour Jean Lorrain. Celui-ci l'ayant vue reconnut en elle un homme, puis se dédit... (*OCF,* t. XI, p. 104-105.)

3. Cité par Madeleine Raaphorst-Rousseau, « Colette et sa mère "Sido" ; lettres inédites concernant le premier mariage de Colette », *Rice University Studies,* t. 59, n° 3, Summer 1973.

4. *Indiscrétions et commentaires sur les Claudine,* Pro amicis, 1962, p. 22-23.

5. M. Raaphorst-Rousseau, article cité de *Rice University Studies.*

6. Cette lettre, citée par M. Raaphorst-Rousseau, est mal datée par elle. La précédente est du « 28 9bre », ce qu'elle traduit par : 28 septembre. Mme Raaphorst est ainsi amenée à dater d'octobre celle que nous citons.

soir. Elle aura sans doute beaucoup à me raconter. Willy lui a fait la surprise de lui montrer son futur appartement tout emménagé jusqu'aux casseroles rangées et brillantes comme si on allait faire la cuisine dedans demain. Garde ça pour toi. Mais si on a encore envoyé des lettres anonymes à Willy et moi-même, j'en ai reçu une sous forme d'une coupure de journal où on abîmait Willy, mais toujours expédiées de Roubaix ! » *La persécution ne cessa pas : le* Gil Blas *du 4 mai 1893 osa insérer dans ses* « *Nouvelles et Échos* » *un entrefilet perfide :* « *On jase beaucoup, à Châtillon, du flirt intense dont un de nos plus spirituels clubmen parisiens poursuit une exquise blonde, célèbre dans toute la contrée par sa merveilleuse chevelure. On ne dit pas que le mot mariage ait été prononcé. Aussi nous engageons fort la jolie propriétaire de deux invraisemblables nattes dorées à n'accorder ses baisers, suivant le conseil de Méphistophélès, que "la bague au doigt".* » *Ces lignes*[1] *n'étant pas signées, Willy provoqua en duel le directeur du périodique, qui fut blessé au cours de la rencontre.*

Le mariage fut comme l'alliance, sinon l'alliage, de deux bonheurs perdus : du désarroi de la jeune fille déracinée et de la mélancolie d'un homme vieillissant[2] *qui aimait une morte. Que l'excitation d'un homme plus âgé ait rencontré la curiosité sensuelle ou, plutôt, avec cette curiosité, l'intérêt porté par une jeune fille à une célébrité parisienne en mal de vraie compréhension, quoi d'étonnant ? On est prié de ne pas oublier que Willy, vilipendé par les siens, en renonçant à une quelconque héritière riche, en épousant Gabrielle pauvre, renonçait du même coup à sa propre fortune familiale. Ce n'était pas un mariage de sacs.*

Le contrat fut signé le 9 mai 1893 en l'étude de Me Masson, 4, rue Perrault, à Paris, 1er*[3]. L'apport de Willy consistait en trois mille francs d'effets personnels et meubles, deux mille francs d'argent comptant et cent mille francs d'une créance de la*

1. Retrouvées par M. Raaphorst-Rousseau, article cité de *Rice University Studies.*

2. Selon les vues de l'époque, car il n'avait alors que trente-quatre ans.

3. Minutier central des notaires de Paris, étude LVI, liasse 1187. Nous remercions les successeurs de Me Masson de nous avoir permis de consulter cet acte.

société « Gauthier-Villars et fils », ce qui était une manière de désintéresser le fils prodigue. Gabri avait cinq mille francs de trousseau et meubles et un préciput de trois mille.

Le mariage fut célébré à Châtillon le 15 mai 1893 sans tambour ni photographe officiel[1]. *La famille Gauthier-Villars ne s'était pas déplacée. P. Veber et A. Houdard furent les témoins du marié. Jules Landoy — sans doute le fils d'Eugène*[2] *— et Achille ceux de Gabri.*

Si une mère pouvait se consoler du mariage de sa fille... Sido, en tout cas, ne dut pas être satisfaite de l'absence de faste ; elle écrira le 13 février 1909 au « Minet chéri », qui en avait vu bien d'autres depuis lors : « J'aime assez que les forfaits, tels qu'un mariage, soient entourés de fleurs, de musique et de belles madames en toilettes. Ça aide à dorer la pilule[3]. *»*

Madame Colette Willy.

Colette, qui reçoit de son mari son patronyme pour prénom, cesse d'être Gabrielle et Gabri, mais restera toujours pour Sido « le Minet chéri » et le « cher toutou blanc ». Dès après le mariage elle descend à Paris dans la garçonnière de son mari, le « Venusberg », terme emprunté à Wagner, 55, quai des Grands-Augustins, au-dessus des éditions Gauthier-Villars, avant d'emménager à la fin de juin 1893 dans un appartement, 28, rue Jacob, celui, sans doute, dont Willy lui avait montré la cuisine étincelante. Willy mort, elle racontera dans Mes apprentissages *sa vie conjugale en la noircissant à plaisir et en laissant de son mari une caricature que son talent a imposée au grand public. La vérité du portrait est autre, nous avons cherché à la faire apparaître. Et la vie conjugale, si elle fut souvent précaire, ne fut pas sinistre : Colette était éprise de son mari, bien des textes le prouvent et même ce qu'elle écrira contre lui. La vie familiale ne le fut pas non plus, alors que la jeune femme pouvait craindre l'hostilité de sa belle-famille à ce*

1. Colette l'a raconté dans *Noces* (*OCF*, t. VII, p. 245 et suiv.).
2. Voir n. 4, p. XLIV.
3. *LISC*, à propos du mariage protestant de la fille du pâtissier de Châtillon, Mlle Guérinet.

mariage : elle évoquera, dans Mes apprentissages *précisément, le bal annuel de Polytechnique où — en 1894, en 1895 ? — elle parut au bras de son beau-père, et une photographie*[1] *la montre en vacances au sein de cette « famille bien-pensante ». Quant à la vie parisienne, il lui fut sans doute un peu difficile de s'y adapter. Sido confie à sa fille Juliette le 6 novembre 1893 — premier automne passé dans la capitale — que le mercredi suivant Gabri et son mari « sont invités à dîner dans une maison où il faut être décolletée » : « elle me dit que ça lui cause une émotion de montrer ses épaules ainsi sous le nez de chacun et qu'elle va être bien embarrassée parce que ce sera la première fois*[2] *». Aimable pudeur, ou affectation de pudeur, à laquelle Colette passera outre. Certes, d'être aperçue à Longchamp, au Palais de glace, au théâtre, au concert, au cirque, de fréquenter chez Mmes de Saint-Marceaux, de Saint-Victor, de Pierrebourg, de Polignac, etc., chez Judith Gautier et chez Rachilde, peut ne pas constituer un plaisir profond. Mais, fière, farouche ou feignant de l'être pour piquer la curiosité, Colette eut de vrais amis : Marcel Schwob et Marguerite Moreno, Sacha Guitry et Charlotte Lysès, Pierre Louÿs, des collaborateurs de son mari, Pierre Veber et Jean de Tinan, Paul Barlet, qui fut un temps secrétaire de Willy, Paul Masson, bibliothécaire à la Nationale et mystificateur, des écrivains du* Mercure de France, *tels Alfred Jarry et Robert d'Humières, traducteur de Kipling, des collaborateurs de* La Revue blanche *rencontrés chez Jeanne et Lucien Muhlfeld*[3]. *Chez Mme Arman de Caillavet, Anatole France la remarque*[4]. *Et elle remarque, discrètement, Marcel Proust*[5].

1. Voir l'*Album Colette* dans la même collection. Valentine Gauthier-Villars, belle-sœur de Willy, joue du piano à quatre mains avec Gabri. Valentine est la mère de Paulette, futur professeur de médecine, d'Yvonne et de Marguerite.
2. Collection particulière.
3. Pour Schwob et les Muhlfeld, voir les *Lettres à ses pairs* publiées par Cl. Pichois et R. Forbin (Flammarion, 1963).
4. Une brouille interviendra plus tard, dont *Claudine en ménage* porte les traces ; voir p. 427-428 et n. 1, p. 266.
5. Voir *Trait pour trait*, *OCF*, t. XIV, p. 193.

Quelques livres conservés[1] *disent ces amitiés, l'estime dont elle était l'objet, pour elle-même et non pas seulement parce qu'elle était la femme de Willy. Jarry lui remet en 1894 des* Minutes de sable mémorial *un exemplaire « destiné à glorifier Madame Colette Willy ». La même année, Schwob lui donne* Le Livre de Monelle *: « à mon cher Willy et à ma chère Lolette*[2]*, de tout cœur », et* Mimes *: « à Madame Colette Willy pour qu'elle se figure manger un fromage de Sicile / son admirateur ». Anatole France adresse au début de 1895 les épreuves non corrigées du* Puits de Sainte-Claire *« à Madame Willy avant les autres » et, la même année, un exemplaire du* Jardin d'Épicure *dont l'envoi unit les époux : « Amitié, culte, tresses noires*[3] *». Jeune, jolie, piquante, elle faisait, comme on dit, sensation : « elle avait, sur le ton rosse, le don de la conversation, toute de verve et d'esprit cocasse. On l'écoutait, et elle aimait à être écoutée*[4]*. » Gageons qu'elle a déjà silhouetté Mlle Sergent et ses camarades de Saint-Sauveur, au grand amusement de ses auditeurs et de Willy.*

A-t-elle découvert dès janvier 1894 que son mari lui faisait des traits ? La maladie qu'elle mentionne dans Mes apprentissages *fut-elle la conséquence de ce choc ? C'est vraisemblable. Ainsi s'explique le long séjour, pendant l'été de 1894, à Belle-Île, qu'agrémentera la présence de Paul Masson*[5]*. Ainsi s'explique, de plus, que pour restaurer l'union, redonner confiance à Colette, lui offrir une raison de vivre moins frivole que les rencontres de salons, Willy l'ait associée à son travail. Rappelons le souvenir consigné dans* Mes apprentissages *: « Un an, dix-huit mois après notre mariage, M. Willy me dit : / — Vous devriez jeter sur le papier des souvenirs de l'école primaire. N'ayez pas peur des détails piquants, je pourrais peut-être en tirer quelque chose... Les fonds sont bas. [...]*

1. Certains sont passés en vente à l'hôtel Drouot les 28 octobre 1977 et 21 mars 1978.
2. Ainsi Schwob avait adouci le nom de sa jeune amie.
3. Celles de Colette étaient blondes. — Voir p. LX.
4. Sylvain Bonmariage, cité par P. D'Hollander, *Colette, ses apprentissages*, p. 80.
5. Voir, dans la Chronologie, l'année 1894, p. CXXXII.

je sortais d'une longue, d'une grave maladie, dont je gardais le corps et l'esprit paresseux. » Ici naît le projet de Claudine à l'école, dont la composition peut être datée de 1895-1896[1]. Willy ne reconnaît pas sur-le-champ la valeur de l'œuvre : il enfouit le manuscrit dans un tiroir, jusqu'à ce que les fonds connussent un nouvel étiage.

De la précoce activité littéraire de Colette on a d'ailleurs une preuve certaine : sa collaboration à La Cocarde, pendant les mois où ce quotidien est dirigé par Maurice Barrès, qui a appelé auprès de lui, dans un esprit nouveau[2], une équipe remarquable. En février 1895, « Colette Gauthier-Villars » — seule attestation de cette signature — signe six chroniques musicales : en raison des aspects techniques et des connaissances historiques et littéraires on peut penser qu'elle les écrivit après avoir reçu les conseils de Willy ou que celui-ci les compléta. Qu'elle en soit cependant réellement responsable, nous le déduisons du refus des calembours, de la langue, moins compliquée, plus fluide, enfin d'une bonne analyse de La Montagne noire représentée à l'Opéra et d'un excellent résumé du livret, dû à Lénéka et Bernède, de la Ninon de Lenclos, musique de Missa, représentée à l'Opéra-Comique. On note, le 20 février, un éloge du Wallenstein de Vincent d'Indy — qui avait écrit le 11 décembre précédent à la jeune femme une lettre pleine d'enjouement où il lui demandait de lui indiquer un ténor pour Fervaal — et, comme par voie de conséquence, un éreintement du Déluge de Saint-Saëns. Charles Maurras, collaborateur éminent de La Cocarde, évoquera en 1916 ses rencontres avec Colette dans un livre qu'il lui adressera avec cet envoi : « À Madame Colette Willy, en souvenir de La Cocarde, hommage d'admiration[3]. » « Le béret basque sur l'oreille,

1. Voir la Notice de Paul D'Hollander, p. 1239 et suiv.

2. Ainsi défini par Barrès : « Un journal d'opposition républicaine où se groupent socialistes et intellectuels. »

3. *Quand les Français ne s'aimaient pas. Chronique d'une Renaissance, 1895-1905*, Nouvelle Librairie nationale, 1916. Vente Drouot, 21 mars 1978, nº 190. La page (167) consacrée à Colette dans ce livre appartient à un article publié le 2 mai 1901 dans la *Gazette de France*. Maurras y évoque ses conversations avec la socialiste et féministe Paule Minck devant Colette.

la natte battant les talons, tout en feignant de corriger les épreuves de son mari [et les siennes !], Mme Willy écoutait quelquefois ces doctes déluges : ni Claudine à l'école *ni* Claudine à Paris *ne diront jamais de quel air. »*

Non, malgré les traits que Willy pouvait lui faire, la vie conjugale n'était pas si triste que l'auteur de Mes apprentissages *voudrait nous le faire croire. Et il y a les voyages à Châtillon pour y voir Sido et le Capitaine, à Saint-Sauveur (mai et juillet 1895) pour y présenter Willy à Mlle Terrain*[1]. *Lettre de Colette à celle-ci, en janvier 1896, après un envoi de gibier : « Nous sommes tout le temps dehors, dîners en ville, déjeuners itou, soirées, théâtres, etc. ; j'y récolte des migraines pitoyables. J'ai découvert une jeune fille épatante, savez-vous quoi ? C'est exactement moi avant le mariage ! Vous me direz que le mariage m'a si peu assagie... c'stt pas vrai, d'abord. Elle est peut-être pire, plus échevelée, plus toquée et plus mal élevée et plus jolie. Nous faisons des concours de culbutes, et avant-hier, toutes seules ici chez moi, nous avons battu, roué de coups et couturé de griffes, et jeté dans l'escalier deux petits amis à nous, qui n'ont que 21 et 22 ans. N'est-ce pas que c'est bien ? Du coup, un de ces martyrs a contracté une passion folle pour ma petite amie. J'en conclus que les coups qu'il a reçus étaient des coups de foudre*[2]. *» Certes, Colette se force un peu pour conserver sa réputation d'enfant terrible, mais cette lettre, pas plus que d'autres, ne respire la mélancolie.*

1. En juillet au moins, ils passèrent la nuit à l'école, malgré le conseil que leur donna Mlle Terrain de loger chez Juliette et le Dr Roché. D'où cette lettre de Willy à Mlle Terrain : « On a eu la bêtise de dire à Colette que notre tenue avait scandalisé Saint-Sauveur. La gosse en a eu du chagrin ; moi, personnellement, j'ose dire que je m'en f... » (Vente Drouot, 15 juin 1981, nº 19). Des lettres de Mlle Terrain à un ami sont conservées à Austin (Texas). Elles prouvent qu'en 1925, celle-ci n'avait pas pardonné à Colette de l'avoir défigurée en Mlle Sergent et, davantage, d'avoir caricaturé l'école de Saint-Sauveur. De la Treille muscate, en août 1929, Colette lui écrit : « Quelles qu'aient été ma jeunesse, mon inconscience, mon irresponsabilité, je ne me pardonne pas d'avoir joué, d'avoir laissé jouer avec des souvenirs qui me deviennent plus chers à mesure que je vieillis. » (Vente Drouot, 15 juin 1981, nº 20.)
2. Collection Bernard Clavreuil.

Il y aura, à partir de 1900, les séjours aux Monts-Boucons[1] *dont Jacques Gauthier-Villars gardera « un souvenir ébloui », sans le moindre « écho d'une dispute » entre les époux*[2].

De cette vie conjugale, en ses premières années au moins, nous demanderons l'image à Jean de Tinan qui, dans Aimienne, *a silhouetté le couple sous les noms transparents de Silly — pseudonyme de pseudonyme et qui convient parfaitement à « l'humoriste bien connu » — et de Jeannette : « Silly est marié. Il appelle sa femme Jeannette... vous croyez que c'est parce qu'elle s'appelle Jeanne ? pas du tout, elle s'appelle Renée ; Jeannette est son nom de famille. En échange elle l'appelle Silly comme tout le monde... Personne n'a jamais su le prénom de Silly. Elle l'appelle aussi "le doux Maître", "le gros Chat", "la Doucette" et "le Bleu"... Ces appellations conviennent à des circonstances particulières... Jeannette est gracieuse et jolie. / C'est un ménage de camarades. Les gens grincheux les trouvent "un peu bohèmes", les autres les trouvent charmants. Je crois que les premiers sont jaloux*[3]. *»*

Ce que tend ou ce que tient à confirmer quelques années plus tard un passage de Maugis amoureux *: « Je manque rarement leur jour [dit Maugis], car ce ménage me plaît : mon égoïsme conscient s'accommode de leur égoïsme à deux, loyalement proclamé : ma rosserie sympathise avec leur rosserie purement défensive et volontiers serviable à qui ne leur fait point de crasses* (Hodie mihi, crasse tibi) *; enfin la façon de Claudine m'enchante, d'être du monde en s'en fichant*[4]. *»*

Colette et Willy donnèrent ainsi l'exemple d'un ménage moderne. Si la malignité publique avait pu trouver matière à médisance ou à calomnie, elle ne s'en serait pas fait faute.

1. Voir p. LXXVIII.
2. « Willy et Colette. Un couple parisien de la Belle Époque, ou Willy vu par son fils », *Les Œuvres libres*, n° 161, [1959], p. 183-184.
3. *Aimienne ou le Détournement de mineure*, 2e éd., Mercure de France, 1899, p. 51-52. Dans *Mes apprentissages* (*OCF*, t. XI, p. 48) Colette croit se rappeler que ce passage figure dans *Penses-tu réussir !*
4. *Maugis amoureux*, Albin Michel, p. 20. (Enregistrement à la *Bibliographie de la France* : 25 février 1905.)

Les « Claudine ».

On n'insistera pas ici sur la composition des Claudine *qui, publiées de 1900 à 1903, allaient porter la gloire de Willy à son apogée. Paul D'Hollander dans ses Notices*[1] *démêle le vrai du faux, suppute les vraisemblances, présente des conclusions nuancées, en gardant sa liberté de jugement sur la valeur littéraire d'œuvres à l'égard desquelles nous sommes sans doute moins sévère. La part de Colette est certainement beaucoup plus importante que le prétendaient les amis de Willy, un peu moins importante, peut-être, que Colette ne le voudra faire croire. Mais que son nom ait été occulté, cela suffit à expliquer bien des rancœurs et des vengeances. Quant au profit littéraire qu'elle retira de cette collaboration avec un écrivain qui était parfaitement maître de sa langue, on en jugera comme Sido : les années passées avec Willy « ont contribué à donner l'essor au talent qui était en toi*[2] *». En s'exprimant ainsi Sido ne cédait pas au préjugé favorable qu'elle avait eu pour Willy ; depuis l'été de 1909 il était devenu pour elle un « paquet de vices*[3] *».*

Le succès des Claudine, *au sens quantitatif et commercial du mot, est l'un des plus grands, sinon le plus grand, de toute la littérature française. Il est difficile de dénombrer les objets que Claudine aida à baptiser : outre le fameux col, une lotion, un parfum — auquel Willy fait de la réclame dans* En bombe *— un chapeau, une glace de Latinville*[4], *des cravates, des cigarettes, du papier photographique, jusqu'à des cure-dents, dont l'annonce, dans* Comœdia, *est surmontée du portrait de Colette*[5].

Ce succès a été dû moins à celle-ci qu'à l'extraordinaire créature que Willy découvrit au music-hall pour la faire monter

1. P. 1239, 1287, 1322 et 1394.
2. *LISC*, 11 février 1911.
3. *LISC*.
4. Cités dans la bibliographie qui accompagne le *Willy* de Henri Albert (1904), p. 47.
5. Mention dans *LISC*, 30 juin 1908. « Quel succès ! »

sur la scène d'un théâtre[1] *: Polaire. La comédie tirée des deux premières* Claudine *par Willy et Luvey (pseudonyme de Lugné-Poe — qu'on ne s'attendait peut-être pas à rencontrer ici et qu'on retrouvera en 1906*[2] *— et Charles Vayre) connut aux Bouffes-Parisiens à partir du 22 janvier 1902 une vogue étonnante. Claudine, ce fut Polaire, puis, quand Colette eut coupé ses tresses, à la grande indignation de Sido*[3]*, Polaire et Colette, les « twins » de Willy, auréolées de scandale.* Claudine à Paris, *comédie en trois actes, précédée d'un prologue :* Claudine à l'école, *outre ses reprises et ses tournées, eut une suite d'avatars :* Claudine aux deux écoles *(Eldorado, 29 avril 1902),* Claudine en vadrouille *(Parisiana, 13 mai 1902),* Claudine s'amuse *(Bobino, 3 décembre 1902),* Claudin et Claudine *(théâtre des Mathurins, 10 juin 1903*[4]*). Succès durable puisqu'une opérette,* Claudine, *musique de Rodolphe Berger, fut créée en novembre 1910*[5]*, un film de Serge de Poligny projeté en 1937 et que récemment la télévision française accueillait Claudine en une version plus fidèle aux romans.*

Willy et l'association Luvey profitèrent du succès de la Claudine *de 1902 pour lui donner une sœur, Pierrette, héroïne du* P'tit Jeune Homme, *qui fut joué aux Bouffes-Parisiens à partir du 29 avril 1903, Polaire tenant le rôle principal. La pièce était encore à l'affiche au début de l'été*[6]*. Charles Vayre profita à son tour du succès de la comédie dont il était l'un des*

1. Polaire a raconté cette bonne fortune dans ses souvenirs : *Polaire par elle-même*, Figuière, [1933].

2. Voir p. XC.

3. *Mes apprentissages*, *OCF*, t. XI, p. 93. Cf. la lettre de Sido à Colette : 30 décembre 1911 : « Et tes beaux cheveux d'or qui tombaient jusqu'à terre ! J'ai toujours pensé que c'était Willy qui t'avait suggéré de les couper, par jalousie. Tu peux me l'avouer à présent, va, mais j'ai eu un gros chagrin que tu aies anéanti mon chef-d'œuvre de vingt années. » (*Le Figaro littéraire*, 24 janvier 1953.)

4. Il est piquant de noter que, militaire, Roger Martin du Gard compose en août 1903 une *Claudine à Mailly*. (Indication due à Claude Sicard.) Voir Catalogue de l'exposition Roger Martin du Gard, B.N., 1981, nº 73.

5. Voir la Chronologie, p. CXLIX.

6. La pièce a-t-elle été imprimée ? Elle n'est pas enregistrée à la *Bibliographie de la France* et ne se trouve ni à la Bibliothèque nationale, ni à la bibliothèque de l'Arsenal.

auteurs pour écrire un roman, « tiré de la pièce de Willy et Luvey » et portant le même titre (Offenstadt, 1903) ; il s'ouvre sur une « Lettre de Claudine à Pierrette ». À Busigny (Montigny), Pierrette (Claudine) vit en compagnie de son père, le Dr Taillebourg, et d'Eugénie, la bonne (Mélie). La jeune fille a perdu sa mère. À la morte le médecin a érigé un superbe monument funéraire, avec cette épitaphe : « Enfin, je sais maintenant où tu passes tes nuits ! » Pierrette ne veut pas épouser son cousin Prosper. Elle lit à la dérobée une lettre par laquelle Robert Parville (nom d'un personnage de Willy) décline le projet d'union à laquelle rêvent et le père de Pierrette et la tante de Robert : Robert est pauvre, Pierrette est riche. Alors, celle-ci se déguise en homme, oblige Eugénie à se déguiser de même, et les voilà parties pour Paris à la recherche de Robert. L'intrigue, rocambolesque, aboutit, bien entendu, au mariage. Au début, quand Pierrette est en pension, elle se laisse tenter par son amie Joyselle. Le saphisme réapparaît plus loin, au moment où Pierrette lit *Claudine en ménage* et en cite un extrait. On voit le procédé : roman, comédie, comédie, roman, qui permet à la fabrique Willy de multiplier apparemment les produits en diversifiant les emballages. Les *Minne* (1904 et 1905) appartiennent au même système ; il ne leur a manqué que de passer à la scène. Et *Les Imprudences de Peggy* (1911), *La Petite Jasmin* (1912), *Mady écolière* (1922), en attendant... *Gigi*[1].

Nous sommes loin de l'œuvre et des appréciations littéraires qu'on porta sur elle. Il importe maintenant d'examiner l'autre aspect du succès, le qualitatif, d'abord pour la plus étonnante de la série : *Claudine à l'école*. Une partie de la presse fit le silence, sans doute parce que l'œuvre, signée Willy, ne pouvait être que frivole. Ainsi du *Temps* dont la critique littéraire était tenue par le rigoriste Gaston Deschamps ; ainsi du *Gaulois*, de la *Revue des Deux Mondes*, du *Correspondant* et de la *Nouvelle Revue*. On est même étonné que *L'Écho de Paris*, malgré la collaboration musicale si active de Willy, alors « L'Ouvreuse du Château d'eau », ne contienne aucun compte rendu de l'aînée des « Claudine », puis de ses

1. Renée Jasmin, Peggy, Mady, des collégiennes.

sœurs. Il est vrai que Willy faisait assez de publicité à la première dans ses propres chroniques[1] *! À s'en tenir aux principaux autres périodiques et en admettant que les dates portées sur les couvertures des revues sont bien celles de leur publication, on peut dresser le tableau suivant :*

1900

17 avril	*Gil Blas*	Guy de Téramond	Simple mention.
28 avril	*Revue bleue*	André Beaunier	Article assez long, élogieux.
30 avril	*Le Figaro*	Philippe Gille	Un paragraphe élogieux dans la « Revue des livres ».
Avril	*L'Ermitage*	non signé[2]	Deux paragraphes, excellents.
5 mai	*Revue encyclopédique*[3]	Charles Maurras	Dans la « Revue littéraire » ; essentiel.
Mai	*Mercure de France*	Rachilde	Dans la « Revue du mois — Les Romans » ; essentiel.
8 mai	*Le Journal*	Edmond Sée	Trente lignes ; favorables.
30 mai	*Journal des Débats*	A.B.[4]	Rubrique « Lettres, sciences et arts » ; élogieux.
17 juin	*Les Annales politiques et littéraires*	Adolphe Brisson	Rubrique « Les livres » ; plutôt favorable.
15 juillet	*Revue blanche*	Henri Ghéon	Dans « Les Livres » ; favorable.

1. P. D'Hollander, *Colette, ses apprentissages*, p. 61.
2. Les « Notes » mensuelles peuvent avoir pour auteurs les rédacteurs principaux : Édouard Ducoté et Jacques Des Gachons.
3. Où Henry Gauthier-Villars tient la « revue musicale ».
4. Serait-ce encore André Beaunier qui collabore de temps à autre aux *Débats* ?

On constate que la grande presse n'a pas été généreuse et qu'elle n'a pas — sauf Maurras, Rachilde et Ghéon — décelé l'originalité de l'œuvre[1]. *Et l'on comprend que Colette, soucieuse de la diffusion, ait pu, le 18 mai 1900, écrire à* Lucien *Muhlfeld, qui devait être dans le secret : « À l'occasion, vous qui êtes écouté chez ces gens, dites-leur donc, redites donc que* Claudine *est très bien, oh ! très bien... Ce n'est pas exact, mais ça me rendra service*[2]. *» C'est le bouche à oreille, les petits échos dans la presse, notamment dans la presse amusante — des échos susurrés par Willy et son groupe — qui firent au printemps de 1900 le succès de* Claudine à l'école.

L'*adjectif « inquiétant » revient au moins trois fois ; on le trouve sous la plume de Sée, de A.B. et de Brisson. Celui-ci est plutôt grognon (peu importe, il arrive trop tard) :* Claudie, *comme il l'intitule, ce n'est pas un roman, « c'est un pamphlet, ou, plus exactement, une bonne charge, une caricature », avec d'« aimables qualités » malheureusement « souillées par de répugnantes et d'inutiles peintures » ; il déchirerait bien trente pages de ce roman au-dessus duquel il place* Les Sévriennes *de G. Réval. Mais les critiques ont en général insisté sur la moralité du roman, une moralité par amoralisme. Au plus un livre « un peu scabreux » (A. Beaunier). « Du vice ? Non ! Le vice est une invention des civilisés » (Rachilde). Claudine est précoce ; elle n'est pas perverse. Willy avait à dessein écarté le blâme dans sa préface : « Cette gamine, qui, sans doute, n'a pas été élevée dans les bons principes, mais non plus dans les mauvais, car elle n'en reçut aucun, cette petite Claudine qui est presque l'enfant de la Nature — ô Rousseau ! — m'apparaît, ma foi, quasi innocente en sa perversité ingénue. [...] je tiens qu'on ne trouve nul vice réfléchi en cette fillette moins immorale que, si l'on peut dire, "a-morale"*[3]. *» C'est ce qu'on appelle désarmer*

1. Barrès, qui appréciera les *Dialogues de bêtes*, reçut un exemplaire de *Claudine à l'école* portant cet envoi : « À Maurice Barrès / Hommage d'un admirateur / Henry GV ». Une page n'en est pas coupée ; d'autres ont tout l'air d'avoir été coupées par la cuisinière (Bibliothèque nationale, Z. Barrès).

2. *Bulletin Coulet-Faure*, n° 6, Paris, s.d., n° 24.

3. La préface est reproduite p. 3-5.

une bombe. Tout était dit de ce qu'il fallait empêcher les autres de dire. Maurras, qui connaît le couple depuis cinq ou six ans, ne peut attaquer cette petite fille de Rousseau. Il ne pense même pas à mettre en cause l'école sans Dieu dans laquelle a été instruite Claudine[1]. Reprenant les expressions de Willy, il échappe au piège : « Willy veut nous persuader qu'il nous a donné un portrait tout à fait ressemblant d'une jeune fille à l'état sauvage. Et la thèse, si l'on considère la thèse, est assez spécieuse. Si l'on songe à Claudine, on est pris de doutes aigus. / Mais ces doutes ont une origine assez claire. Ils viennent de la prodigieuse maturité de la langue et du style de Claudine. Les diableries de la petite ne sont peut-être pas au-dessus de son âge. [...] Ce que l'on conçoit mal, c'est le ton de son manuscrit, c'est la science prodigieuse de ses sous-entendus, c'est l'insondable expérience dont témoignent les plus réservées de ses confessions. Il faut donc imaginer une convention analogue à celle dont bénéficient Chimène ou Bérénice et en créditer Willy. On donnera à son écolière une trentaine de printemps au très bas mot. Je le soupçonnerai d'avoir recherché ce contraste. Il est piquant. C'est un effet de travesti. »

Rachilde a dû lire l'article de Maurras avant d'écrire le sien, puisqu'elle commence ainsi son compte rendu : « Claudine à l'école n'est ni un roman, ni une thèse, ni un journal, ni un manuscrit, ni quoi que ce soit de convenu ou d'attendu, c'est une personne vivante et debout, terrible. » Immédiatement, elle enchaîne, en Raoule de Vénérande qu'elle fut ou qu'elle voulut être : « Oui, c'est une très petite personne de quinze ans, les cheveux sur le dos, les poings aux hanches, et c'est toute la femme hurlant, en pleine puberté, ses instincts, ses désirs, ses volontés et... ses crimes ! Que par un tour de force de son seul esprit (il en a beaucoup) Willy le boulevardier, le potinier, le brillant auteur et le plus délicat des virtuoses ait créé ce personnage de Claudine, ou qu'il ait réellement cueilli ces pages des

1. En 1902, dans l'article de la *Revue de Belgique* cité plus loin, Albert Mockel fait allusion à la violente campagne politique qui venait de se dérouler : les catholiques y utilisèrent *Claudine à l'école* comme une machine de guerre braquée sur l'école sans Dieu, d'où, en retour, des salves contre Willy, nationaliste qui se prétendait catholique.

mains aimées d'une femme, comme on prendrait des fleurs pour les disposer avec art dans un vase précieux, je m'en moque. Il y a une œuvre étonnante de conçue, voilà tout ce qu'il importe de déclarer ici. C'est écrit à la diable. Claudine parle et se sert de la langue patoise de son pays ; elle est moderne, elle est voyou, elle est antique et elle est sortie de l'éternel. Non, les femmes de lettres, vieilles ou jeunes, ne peuvent pas écrire ces choses-là. Ou elles font mieux (et quel pire !) ou elles font bien (et quel mal !) [...] De Willy le livre est un chef-d'œuvre. De Claudine, le même livre est l'œuvre la plus extraordinaire qui puisse éclore sous la plume d'une débutante, elle promet un peu plus que la gloire à son auteur : le martyre, [...]. »

On le voit, Rachilde et Maurras, en reconnaissant l'originalité de l'œuvre, sont très près de la vérité : Claudine à l'école apparaît comme un roman singulier dans la production de Willy. Ou bien ils étaient informés — ce qui n'était pas impossible — et ils devaient rester discrets, ou bien leur talent critique leur valait une obscure divination.

Aujourd'hui, il est facile de leur reprocher, et à l'exquis André Beaunier, futur éditeur de Joubert, de n'avoir pas remarqué ce qui distinguait la Claudine de 1900 des autres œuvres signées Willy. Le calembour n'y fleurit pas constamment. L'obscénité en est absente : rien qui ressemble aux pustules purulentes de la femme de l'ingénieur dans En bombe ; pas de caleçon sale comme celui qui occupe les pensées du héros et un tiers du livre dans La Maîtresse du prince Jean. Willy a-t-il jamais pris le parti des opprimés, si ces opprimés n'étaient pas des fêtards dans la dèche ? Comparez, lecteur, avec les pages 13 et 133 de Claudine à l'école[1] ?

Le collaborateur de L'Ermitage avait raison : Claudine, c'est « une ingénue narquoise ». Lorsqu'elle débarquera à Paris, elle aura l'œil des Persans de Montesquieu et de l'Ingénu de Voltaire. Claudine à Paris va renforcer le succès de Claudine à l'école, qu'accroîtront encore les deux dernières Claudine. Mais ce succès reste dû beaucoup plus à l'instinct du

1. Voir *La Vagabonde* : « Ah ! que tout cela n'est pas gai, et que c'est donc insupportable, la misère de tant de gens !... » (p. 1090.)

public qu'aux éloges de la presse, dont une partie demeure muette. Toutefois, en 1901, Rachilde (Mercure de France, avril), Henri Ghéon (L'Ermitage, juin), Michel Arnauld (La Revue blanche, 1er juillet) sont très élogieux pour Claudine à Paris ; André Beaunier (Revue bleue, 6 avril) sait apprécier les qualités de l'héroïne : « [Claudine] est extrêmement clairvoyante et n'essaye pas de s'en faire accroire ; elle voit tout, avec une justesse merveilleuse et même, et principalement ce qui, d'ordinaire, échappe à l'attention des petites filles... Elle est très renseignée, Claudine. On pourrait la considérer comme une espèce de moraliste très averti, très au courant, très roué, d'ailleurs indulgent et pas dogmatique du tout. » Comme l'on sait que les moralistes n'ont aucune parenté avec les moralisateurs, voilà une des meilleures définitions de Claudine-Colette.

Claudine en ménage fut pour les critiques et pour les lecteurs la fin d'une série. (Si Wagner pense en tétralogie, les Français pensent en trilogie.) « Claudine en ménage, suite de Claudine à Paris qui est la suite de Claudine à l'école, termine le roman de Claudine, d'une Claudine vivante, originale et merveilleusement spirituelle. » Constat de Rachilde dans le Mercure de France de juin 1902. Elle conclut que ces trois livres « placent désormais Willy au premier rang des romanciers français ». Pauvre Colette oubliée ! Le roman fut moins bien reçu, si l'on en juge par une lettre de Colette à Francis Jammes, devenu son ami[1] : « Dans un livre qu'on a beaucoup injurié, qui s'appelle Claudine en ménage, et auquel j'ai travaillé [...] » Il est vrai que cette troisième Claudine passe un peu les bornes de la pudeur. Aussi inquiéta-t-elle la justice. Toutefois, l'art de la litote ne permit pas d'engager des poursuites ; c'est par le biais de La Maîtresse du prince Jean qu'on s'en prit à Willy[2]. Jean Lorrain, en première page du Journal, le 29 mai 1902, se fait l'écho du petit scandale, rapporte le mot : « Les Liaisons dangereuses du vingtième siècle, par un Laclos modern style », et déclare qu'il n'est pas « si scandalisé

1. Lettres à ses pairs, p. 106 ; lettre de [mai 1904].
2. Voir supra p. XXXVIII et n. 3.

que bon nombre de [ses] confrères veulent l'être ». Mais qui pouvait scandaliser l'auteur de tant d'œuvres hardies ? Certainement pas son amie Colette, qui le peindra si bien dans Mes apprentissages. *Henri Ghéon consacra dans* L'Ermitage *(août 1902) quelques lignes élogieuses à cette troisième* Claudine *; il rejoignait Rachilde : « Dans le détail scabreux, c'est un prodige de mesure. Mais il est temps que le modèle change. »*

Sur les trois Claudine *le meilleur article, le moins lu en France, est celui d'un auteur belge de vrai talent, Albert Mockel, auprès de qui Colette sera appelée à siéger à l'Académie royale de Belgique*[1]. *Mockel, qui sait déceler dans ces romans « une collaboration féminine » et qui, d'autre part, est assez lucide pour en voir le défaut de conception et donc de composition, suit l'évolution de Claudine. D'abord petit animal (« Nietzsche eût été ravi de la voir »), puis jeune femme « toute perdue en la joie de ses sens extasiés », il lui faut la douleur pour découvrir son âme, aux dernières pages de* Claudine en ménage *: « Les sens parlaient seuls jadis ; aujourd'hui, elle écoute une confidence plus subtile, quelque chose de grave, de très doux et de très humain, qui est la voix de la tendresse. Claudine croyait aimer hier ; c'est d'aujourd'hui qu'elle sait aimer ; car la douleur a entr'ouvert en elle de vastes avenues de pensée et de songe, une beauté qui dormait en elle s'est enfin éveillée, et la fillette d'autrefois est devenue une femme. Une* âme *lui est née. / Ainsi se termine le troisième volume de* Claudine. *Il est, je crois, décent d'en dire du mal ; mais il est permis d'en penser grand bien, et nul lettré ne se défendra d'en admirer la forme légère et sans pose. Avec, de-ci de-là, une locution patoise qui lui donne l'acide et franche saveur des pommes de verger, la prose de M. Willy a parfois mille élégantes finesses mêlées de familiarités qui la montrent bonne fille ; c'est alors l'aisance délicieuse d'un style qui vaut quasi mieux que le style. Tout y est inventé. La page n'est jamais* rédigée, *mais* écrite *; je veux dire que les phrases n'y sont point régulière-*

1. A. Mockel, « Un romancier impressionniste. M. Willy et les trois "Claudine" », *Revue de Belgique*, 1902, t. 102, p. 110-126. Impressionniste : qui traduit fidèlement ses impressions.

ment alignées comme les plantes mortes d'un herbier, mais qu'elles ont le frémissement balancé de la fleur vivante. »

Lisons bien la fin de cet article sérieux, en remplaçant le nom de Willy par celui de Colette : « Peut-être affirmera-t-on que c'est là le résultat nécessaire de la méthode impressionniste. Je ne le pense pas, ni sans doute M. Willy lui-même, puisqu'en ce dernier livre il en vient peu à peu à user de toutes les ressources littéraires qu'il négligeait d'abord. Plus riche et mieux nombrée, la phrase semble toujours spontanément jaillie de "l'impression". Mais cette illusion ne se donne qu'à prix d'art : on n'est point naturel sans beaucoup de talent. » Si Claudine a trouvé son âme, Colette a trouvé son grand art.

Celui qui voit avec la distance convenable *Claudine à Paris* et *Claudine en ménage* et qui peut les comparer à la production abondante de Willy durant ces premières années du siècle, fera au moins deux remarques. Dans *Claudine à Paris*, aux pages 231 et 283, le lecteur d'*À la recherche du temps perdu* assiste avec étonnement à des phénomènes qu'il croyait propres à la lignée Rousseau-Chateaubriand-Nerval-Baudelaire-Proust, mais à tout jamais étrangers à Willy. Ils le sont, en effet, car l'identification des deux passages indiqués se renforce de ce qu'on lit dans l'article du *Matin* du 18 juillet 1912, « À l'aube », signé Colette Willy[1] : « L'heure des fraises... Il y a comme cela des mots qu'on n'a pas prononcés depuis des années, et dont le son heurte en nous un point oublié, générateur de lumière et d'images... » La poésie, pour Willy c'étaient des vers. Pour Colette, une émotion.

Il faut être privé du paradis pour écrire ainsi. Les Parisiens comme Willy n'ont jamais eu de tels paradis qu'ils puissent faire surgir de ce qu'ils croyaient être le néant.

Et dans quel roman de Willy verra-t-on l'amour, ses joies, ses transes, ses angoisses ? Willy parle, parfois bien, du désir : jamais de l'amour. Lorsqu'il force un personnage à l'éprouver, c'est en le rendant impuissant. La femme pour lui n'est qu'un déguisement du vampire.

1. Ce texte se retrouvera dans *L'Entrave* en 1913, puis dans *Le Voyage égoïste* en 1922.

Rachilde et Ghéon avaient pu croire, après Claudine en ménage, *à la fin de la série ou souhaiter cette fin. Cependant, il y eut une quatrième* Claudine. *Elle eut une presse moins abondante encore et sans doute fut-elle moins bien comprise*[1]. *Le succès des précédentes, qu'elle contribua aussi à renforcer, suffit à lui assurer une vente décente. Claudine ne s'en allait pas vraiment.* Minne *(1904) et* Les Égarements de Minne *(1905) prolongent son existence d'un simple avatar. Le masque s'était collé au visage ; le personnage que Willy avait imposé à Colette et que celle-ci avait d'abord accepté, existait. Colette eut du mal à s'en séparer et sans doute n'y parvint-elle jamais. Claudine reparaît dans* La Retraite sentimentale *et figurera bien plus tard au titre d'un des plus beaux livres de Colette :* La Maison de Claudine. *Les vraies « twins », au moins pour le grand public, ce seront Colette et Claudine.*

Catulle Mendès, qui avait deviné l'identité du principal auteur des Claudine, *lui dit : « Dans vingt ans, trente ans, cela se saura. Alors vous verrez ce que c'est que d'avoir, en littérature, créé un type. Vous ne vous rendez pas compte. Une force, certainement, oh ! certainement ! Mais aussi une sorte de châtiment, une faute qui vous suit, qui vous colle à la peau, une récompense insupportable, qu'on vomit... Vous n'y échapperez pas, vous avez créé un type*[2]. *»*

Une autre émancipation.

Une autre, car la première fut, bien entendu, le mariage.

Lorsque parut Claudine s'en va, *en 1903, il y avait dix ans que Colette et Willy étaient mariés. Colette avait trente ans, selon Balzac l'âge pour la femme de faire une fin. Les temps étaient bien changés. Colette commença alors une nouvelle vie.*

S'ouvre une décennie très agitée, pendant laquelle Colette

1. Sur son intérêt reel voir la Notice de Paul D'Hollander, p. 1394 et suiv.
2. *Mes apprentissages*, *OCF*, t. XI, p. 46.

cherche à échapper à Claudine. À échapper surtout à Willy, sourdement, avant qu'on en vienne aux éclats. Jusqu'à la fin de 1902, rien à signaler. Le 2 septembre 1900, Willy, fidèle au Jura familial, a acheté, au-dessus et tout près de Besançon, la maison et le parc des Monts-Boucons où Colette se plaira ; c'est peu dire puisque cette maison sera pour elle comme la *maison. Le paradis perdu était retrouvé.* La Retraite sentimentale *où Casamène sert de façade aux Monts-Boucons,* Mes apprentissages *ensuite disent bien l'attachement à cet espace paradisiaque. Le 27 août 1902, Willy achète la ferme, prés et vignes, contiguë. A-t-il pensé que les droits d'auteur(s) de trois* Claudine *lui faisaient un devoir d'offrir à sa femme un domaine qui fût le sien ? Un domaine où elle fût soi. Paris ne sera jamais pour Colette un lieu d'élection : n'est-il pas significatif qu'elle ait choisi de vivre jusqu'à sa mort devant un jardin de Paris ? Une étrangère est plus à l'aise à Paris qu'une authentique provinciale.*

Le 7 janvier 1908, Willy vend le domaine qu'il avait acheté, environ huit hectares, à l'arrière-grand-père d'une de ses propriétaires actuelles (1983)[1]. *Entre 1902 et 1908 se déroule l'un des actes du drame.*

N'étant pas juge préposé aux divorces, nous ne donnerons ni tort ni raison et nous essayerons encore moins de tenter une conciliation, car celle-ci eût annihilé en Colette les forces nouvelles qu'elle sentait en elle.

Elle avait été exploitée, comme d'autres. Mais les plus favorites esclaves finissent par détester le tyran aimé et par se révolter. Et surtout si l'esclavage va jusqu'au style. Certes, les Claudine, *nous l'avons montré, se distinguent de la production de la fabrique Willy. Mais l'encombrant Maugis surgissait trop souvent ; il avait même accaparé Colette, apte par mimétisme à écrire du Maugis*[2].

1. Maria-Catherine Boutterin a évoqué les Monts-Boucons dans « Colette à Besançon ou la Retraite sentimentale », *Le Jura français*, nº 139, juillet-septembre 1973. Les Monts-Boucons apparaissent aussi dans *Claudine s'en va* et dans *L'Ingénue libertine* (la « Maison Sèche »), et dans *Un petit vieux bien propre* (voir p. XCV).
2. *Mes apprentissages*, *OCF*, t. XI, p. 66.

Les Dialogues de bêtes *publiés la même année que* Minne *accusaient le contraste entre un original pur et la pâle copie à la fois du personnage, de l'intrigue et de l'expression des* Claudine. *Signés Colette Willy, ces* Dialogues *faisaient écrire à Rachilde, qui souhaitait que l'auteur ne s'arrêtât point « sur le sentier mystérieux des petites jungles » : « Mme Colette Willy nous dévoile [...] une âme naïve et une complexité cérébrale bien curieuse. Elle est femme de lettres par le choix du détail, littérateur par la nouveauté, un brin précieuse, de la métaphore, et simplement femme tout court dans son admiration pour ses bêtes. »* L'*auteur « a décidément le tour de griffe du métier*[1] *».*

Les griffes, Colette allait les sortir et en user, plus rapidement qu'elle ne put se libérer de Claudine. Elle avait d'autres raisons que l'abandon de sa propriété littéraire, à entendre cette expression dans un sens à la fois financier et créateur.

Il semble que Willy ait été bien accueilli à Châtillon, après comme avant le mariage. Mais cet accueil ne fut payé de retour qu'en privé : Willy envoie des livres à Sido[2]*, fait des cadeaux aux filles d'Achille. Publiquement, Willy est moins bon gendre. Et d'abord moins aimable fiancé. Dans* L'Année fantaisiste 1892, *il se montre « assoiffé d'air pur, de lait pur, de mœurs pures, de campagne et de vérité », et se rend pour satisfaire ces nobles besoins à « Machin-la-Forêt (Yonne) », c'est-à-dire à Saint-Sauveur. Sur la grand-place, un vendeur de poudre de perlimpinpin utilise entre autres cet argument : « du reste, M. le député Merlou m'honore de sa confiance ». De quoi réjouir le capitaine Colette, infortuné concurrent de Merlou. Et le passage suivant, dirigé contre Saint-Sauveur, peut passer pour une représaille contre le lieu d'où émanaient des calomnies contre la famille de sa fiancée : « Le lait qu'on me servit sem-*

1. *Mercure de France*, avril 1904. Les *Dialogues de bêtes* de 1904 devinrent en 1905 les *Sept dialogues de bêtes* et s'enrichirent encore plus tard. Ces dialogues animaliers ouvrent le tome II de la présente édition.

2. Sido à sa fille, 18 novembre 1907 : « J'ai reçu le livre de Willy. C'est toujours à peu près le même : beaucoup de cochonneries très bien dites. » (*LISC*.) Plus tard, Achille déclarera : « j'ai vendu ses œuvres complètes au prix rémunérateur de un centime le kilo » (*LISC*, 27 décembre 1911).

blait trait aux fontaines Wallace. Quant aux mœurs de ce village, les parents de mes jeunes lecteurs me sauront gré de n'en point parler. / Si bien que je suis revenu, à la fin du mois, dans ma bonne ville de Paris, pas vertueuse, mais pas hypocrite, désenchanté, dégoûté de la campagne, au moins jusqu'aux vacances prochaines. » Il est moins aisé d'interpréter favorablement d'autres allusions.

En 1901, Willy et Andhrée Cocotte publient Dans le noir ! *Une comparaison des humains et des animaux aboutit à cette fin de paragraphe : « [...] les auteurs de ces pages eux-mêmes ont beaucoup connu à Châtillon-Coligny (Loiret) la très aimable veuve d'un de nos bandagistes herniaires les plus en vue, qui ressemblait, comme une sœur aînée, à la girafe du Jardin d'acclimatation. » Un peu plus loin, le héros, Vaneau, rentrant chez lui, trouve dans l'antichambre un visage inconnu, celui de la nouvelle bonne, « une fille de confiance qui n'avait jamais quitté son petit Saint-Sauveur-en-Puisaye » : « — Vous êtes sans doute la nièce de Sidonie ? / Seul un éclat de rire lui répondit dont la violence le fit tressauter. Et, avec un vigoureux accent bourguignon, la nouvelle servante, qui s'annonçait très gaie, s'exclama : / — Sa gnièce ?... Monsieur veut sans doute rigoler ! / [...] / Elle se découpait en vigueur le long du chambranle, très poyaudine de lignes, d'une taille de cuirassier mal équarrie. La légèreté de tulle du bonnet parisien ajoutait encore, par contraste, à la lourdeur de ses formes massives, mais jeunes et fermes, où sa bataille avec la serrure et son effort contre le battant soulevaient une tempête... Sous la jupe, dans un copieux roulis de croupe, les tangages du torse, le clapotis des épaules et la houle des hanches faisaient songer vaguement à quelque primitif essai de danse du ventre, vue de dos. » On devine ce qui s'ensuivra.*

Les plaisanteries du parisien Willy (pas entièrement parisien et d'autant plus soucieux de revendiquer cette qualité) à l'égard de sa jeune femme, si fine de traits, si rude d'accent, on les entend d'ici — des plaisanteries qui atteignaient au-delà de Gabri ceux à qui, ce à quoi elle était le plus attachée[1].

1. Paul D'Hollander, lisant ce passage, est d'un avis légèrement

Rien ne tend à prouver que Colette ait cessé d'aimer Willy pendant les sept premières années de leur mariage et personne ne lui prête une liaison ou même une passade. L'attachement de Willy à Colette — bien qu'il eût pour l'esprit de sa femme un attrait fort vif — semble, au contraire, avoir été fragile. Le manque d'enthousiasme au moment du mariage, l'épisode Charlotte Kinceler conté dans Mes apprentissages, *épisode suivi de plusieurs autres*[1], *confirmeraient, s'il était besoin, que Willy avait de la morale conjugale une conception robustement masculine : la fidélité est le lot de la femme. L'initiateur, par goût du piquant, par curiosité vicieuse, ne l'a-t-il pas lui-même poussée vers des bras féminins ? Mais qui fut l'initiatrice, Natalie Clifford Barney, l'Amazone qui avait pris d'assaut la célèbre Liane de Pougy*[2] *et qui, selon Willy*[3], *en aurait agi à la hussarde avec Colette ? Ou Georgie Raoul-Duval, la Rézi des romans, qui accompagna le couple à Bayreuth en août 1901*[4] *?*

Des deux Américaines Georgie semble l'avoir emporté, d'une longueur, sur Natalie. Willy à Natalie, qui habitait alors l'hôtel La Pérouse[5], *10 novembre 1902*[6] *; il annonce qu'une*

différent. Willy, selon lui, et en 1901 tout au moins, n'aurait pas publié ces blessantes allusions si Colette, de quelque manière, n'avait pas déjà témoigné de son indifférence. Elle a elle-même toléré — sinon écrit — dans *Claudine à Paris* une remarque désobligeante pour la mère de Claudine ; voir p. 349.

1. Le jugement de séparation de corps contient ce paragraphe : « Attendu qu'il est justifié par la dame Gauthier-Villars qu'à diverses reprises son mari s'est rendu coupable à son égard d'infidélité ».

2. D'où *L'Idylle saphique*, roman à clé que Liane publie en 1901.

3. Willy, à propos du personnage de Flossie dans *Claudine s'en va* : « Flossie, l'Américaine Nathalie *[sic]* Clifford Barnett *[sic]* [...] à qui Colette ne pardonnait pas de l'avoir prise en passant, sans s'y attacher » (*Indiscrétions et commentaires sur les Claudine,* Paris, Pro amicis, 1962, p. 34). Une lettre de Colette, non datée, que nous communique amicalement François Chapon confirme cette interprétation ; un dîner est prévu. « Et laisse-moi l'espoir que je me sentirai moins inférieure à moi-même que je ne le fus hier. »

4. Voir la Notice de *Claudine en ménage* par P. D'Hollander, p. 1325.

5. Colette et Natalie ne se sont pas connues rue Jacob : les Willy l'avaient quittée bien avant que Natalie ne s'installât dans l'hôtel d'Adrienne Lecouvreur.

6. Date du cachet postal. Musée Richard Anacréon, Granville. Reproduction, même partielle, interdite. — Rappelons que de juillet 1901 à juin 1902 Natalie Barney a séjourné aux États-Unis.

première est remise, puis : « Je reçois une longue lettre, inquiète et fiévreuse de la chère Georgie. Elle ne me dit pas un mot de Colette, pas un seul ! Faut-il qu'elle y pense ! [...] / Puisque Colette n'a pas besoin de se ménager, n'allant pas à la première ce soir, si vous lui disiez d'aller rue La Pérouse, cet après-midi, au lieu de venir la prendre ici ? C'est une idée, çela ! » Une drôle d'idée... De Willy à Natalie, peut-être à la fin de la même année 1902[1]*, en lui envoyant une loge : « Vous disiez vrai, très vrai, trop vrai, au sujet de ce souvenir mal tué, qui s'obstine à revivre. Hier soir, en me parlant de vous, avec une tendresse reconnaissante, on vous a nommée — dans la petite fièvre du bavardage encore émoustillé — on vous a nommée Georgie, par deux fois ! / Ces yeux vifs, cette voix lente, ce meneo*[2] *onduleux, je comprends qu'on ne les oublie pas aussi vite qu'on le souhaiterait, — et cette souplesse câline... »*

L'aventure avec Georgie avait laissé Colette sur une tristesse et une insatisfaction sans doute accrues de l'amertume que provoqua l'affaire de Claudine amoureuse[3]. *Rien de tel avec Natalie, qui sut maintenir ses relations avec Colette à l'écart de la passion et la transformer en une amitié durable. Mais que Colette lui ait été fort attachée, un peu plus tard, on en a la preuve par plusieurs billets, par celui-ci notamment*[4] *: « Flossie trois fois (c'est peu !) charmante, que de fruits, de la part de Votre Stérilité ! Je serai à la Cascade à* 3 h moins le quart, *tu boiras un verre d'vin en m'attendant si tu arrives la première. Mais attends-m'y ! Merci pour l'oranger, ça me suffit parfaitement comme jardin d'Italie, et il est luisant comme une croupe bien pansée. Je t'embrasse aussi adroitement que je sais. / Colette. »*

Sur ce qui se noue et se dénoue avec Georgie, Natalie et d'autres, vraisemblablement avec Lucie Delarue-Mardrus,

1. Lettre sans date. Musée Richard Anacréon, Granville. Reproduction, même partielle, interdite.
2. Mot espagnol qui désigne une ondulation des hanches.
3. Voir p. 1328-1329.
4. Cachet postal du 6 janvier 1906. Pneumatique adressé 25, rue du Bois-de-Boulogne, Neuilly-sur-Seine. Musée Richard Anacréon Granville. Toute reproduction, même partielle, interdite. Une autre missive (même provenance), sans doute de mars 1906, se termine ainsi : « Je t'embrasse avec politesse et indiscrétion. »

moins vraisemblablement avec Renée Vivien, il y a encore beaucoup à apprendre[1]. *Il est néanmoins certain qu'avant sa liaison avec la marquise de Morny, les caresses féminines n'ont pas manqué à Colette et qu'à partir de 1900 elle eut plusieurs fois l'occasion de lire dans l'intimité* Les Poésies de Sappho *traduites par André Lebey, charmant petit livre publié aux éditions du Mercure de France en 1895 et dont elle possédait un exemplaire.*

L'émancipation se fit aussi par la culture du corps. Lorsque les Willy s'installent en 1902 au 177 bis *de la rue de Courcelles, Colette y a une petite salle de gymnastique. Peu après, elle rencontre Georges Wague, qui retrouve la grande tradition de Deburau ; elle prend des leçons de danse, puis de pantomime. Assouplir le corps, c'est rendre confiance à l'âme et au cœur. Seule parmi les femmes, à cette époque, Colette osera écrire, prêtant ce propos à Annie : « Moi, c'est mon corps qui pense. Il est plus intelligent que mon cerveau*[2]. *» Colette a bien besoin de son corps vigoureux, car ce sont de difficiles années qu'elle traverse.*

En 1905, deux conjonctions vont modifier les affinités électives. Willy rencontre Meg Villars, et Colette la marquise de Morny. Meg, de son vrai nom Marguerite Maniez, née en 1885, avait été élevée en Angleterre, d'où le « Miss » qui précède souvent son nom. Précoce lectrice des Claudine, *c'est, semble-t-il, en sollicitant de Willy un autographe qu'elle le rencontra. Cependant, si, le 1*er *mai 1905, intervient la séparation de biens entre Colette et son mari, elle doit être attribuée moins au désaccord entre les époux qu'à une volonté familiale des Gauthier-Villars. Willy recevait alors par héritage des biens de sa grand-*

1. On reviendra sur ces épisodes saphiques, ici, à propos des deux dernières *Claudine* et, dans le tome III, à propos de *Mes apprentissages* et du *Pur et l'Impur.* Sur Natalie Barney voir ses *Souvenirs indiscrets* (Flammarion, 1960), le *Portrait d'une séductrice* par Jean Chalon (Stock, 1976), les publications de Jean-Paul Goujon (notamment *Pierre Louÿs, Natalie Clifford Barney, Renée Vivien, Correspondances croisées*, Muizon, À l'écart, 1983) et le catalogue commenté de la Bibliothèque littéraire Jacques Doucet qui a reçu le fonds Barney (pour Colette seulement une partie) : *Autour de Natalie Clifford Barney*, recueil établi sous la direction de Georges Blin, par François Chapon, Nicole Prévot et Richard Sieburth (1976).

2. *La Retraite sentimentale*, p. 896.

mère[1]*. Colette restait pauvre et à la mort du « cher papa », le 17 septembre suivant, elle n'héritera, elle, que de souvenirs : « J'ai rapporté avec moi ma part d'héritage paternel : un ruban de Crimée, une médaille d'Italie, une rosette d'officier de la Légion d'honneur, et une photographie*[2]*. »*

22 septembre. Lettre de Sido à Juliette, sa fille aînée[3] *: « Ma chérie / Vous n'avez appris que par des étrangers, hélas ! le malheur qui me frappe ; je n'ai pu faire qu'il en fût autrement et cela ajoute à ma souffrance. / Mon cher et bon Colette est mort le 17. Je renonce à vous dépeindre l'immensité de ma douleur, avec lui je perds tout bien-être et indépendance. Tu le sais, n'est-ce pas ? Et sa tendresse qui ne s'est pas démentie une minute depuis notre première entrevue. De ma chambre qui était contiguë à la sienne, je l'entendais prononcer mon nom pendant son sommeil et : ma chère âme — comme il m'appelait. / Il faut que je te dise la terrible émotion dont j'ai été secouée pendant ses funérailles et dont je suis encore toute ébranlée. Gabri et Willy avaient envoyé un télégramme nous annonçant leur arrivée pour 2 h (les funérailles avaient lieu à 3 h). Ils avaient loué une auto parce que Gabri était malade. Ils ont eu force accidents, 3 pneus ont crevé ! Ils ne sont arrivés que lorsque nous étions au cimetière, deux heures de retard. Elle n'a pas vu son tendre père mort mais cela vaut mieux car il avait tant changé que c'en était effrayant. Mais pendant la cérémonie à l'église j'étais absolument affolée, je voyais mes enfants massacrés sous leur auto. Non ! c'était trop pour mon courage. / La mort de mon cher compagnon ne m'a pas surprise car je suivais depuis des mois son dépérissement rapide. Il est mort asphyxié par l'emphysème progressif de ses poumons. Sans mon cher Grand, ton frère, je ne voudrais plus vivre mais, il m'entoure d'une telle tendresse. Il épie sur mon visage les ombres de chagrin et je n'ose l'attrister en le lui faisant voir. Hélas ! c'est ce qui vous a séparés : le chagrin que j'ai*

1. Informations dues à Paul d'Hollander, qui les tenait de Jacques Gauthier-Villars.
2. Lettre à Natalie Barney, écrite des Monts-Boucons, ancienne collection Richard Anacréon (catalogue Exposition Colette, Bibliothèque nationale, n° 400). Nous suivons la copie levée par R. Anacréon qui montre « ma part » et non « une part ».
3. Collection particulière.

éprouvé et dont il était témoin causé par nos maudites affaires d'intérêt... / Oh ! ma chérie, tu sais que je n'ai pas cessé de t'aimer et mon cher et bon Colette aussi. Il a entouré ton enfance de soins et de tendresse. »

Du chagrin que Gabri éprouva, on ne sait rien[1]*. L'orientation nouvelle que prenait sa vie sentimentale, la nécessité d'assurer sa vie quotidienne, le métier qu'elle commençait à exercer, s'il y eut une affliction profonde, l'occultèrent.*

1905 et 1906 sont des années de transition. En mars 1906 on trouve les Willy chez Renée Vivien, à Nice, villa Cessole[2]*. Selon Colette, Willy lui aurait signifié son congé au printemps de 1906, après une représentation privée donnée à Neuilly chez Natalie Barney*[3]*. En novembre, la rupture est pratiquement consommée. Colette a pris un petit appartement rue de Villejust, mais on la trouve le plus souvent rue Georges-Ville chez la marquise de Morny, sans que pour autant elle ait cessé de voir Willy, qui vit de son côté avec Meg Villars*[4]*. D'où ces propos étonnés tenus par Sido à sa fille dans une lettre du 6 novembre : « Je n'ai pas encore la lettre que doit m'écrire Willy, mais vos théories sur vos relations conjugales bouleversent les miennes quoique j'aie trouvé toujours que coucher avec son mari ce n'était ni propre ni convenable ; mais mettre des rues et des murs entre son mari et soi est tout de même beaucoup*[5]*. »*

Devenue une personnalité très parisienne par l'action intéressée de son impresario, Colette est harcelée par les échotiers. Le 2 décembre, elle revendique son droit à la liberté, sur un ton qu'aucune femme française n'aurait alors eu le courage de prendre publiquement : « Je lis vos entrefilets avec plaisir, un plaisir fréquent, car depuis quelque temps vous me gâtez ! Quel dommage que vous ayez intitulé "En famille" l'un des plus spiri-

1. Dans la lettre à Natalie Barney citée plus haut (« ma part d'héritage »), Colette mentionne seulement le chagrin de sa mère.
2. Voir la Chronologie, p. CXLII.
3. *Mes apprentissages, OCF,* t. XI, p. 125.
4. Il l'épousera le 15 juin 1911. Après la Première Guerre, Meg Villars divorcera et épousera Charles Catusse. Pendant vingt-cinq ans elle fut la correspondante parisienne du *Tatler*, le célèbre magazine londonien fondé par Richard Steele (1672-1729). Elle mourut à Noirmoutier le 2 septembre 1960.
5. *LISC.*

tuels ! Cela nous donne, à Willy, qui est mon ami, à la marquise et à moi, à cette tranquille et gentille danseuse anglaise que Willy nomme Meg, un air de louche phalanstère... Vous avez chagriné sûrement trois d'entre nous. Ne réunissez pas si... intimement dans l'esprit de vos nombreux lecteurs, deux couples qui ont arrangé leur vie de la façon la plus normale que je sache, qui est celle de leur bon plaisir[1]. » *Intimité que Meg aurait souhaité plus grande encore, si l'on en juge par ses lettres à Colette où elle se déclare « hypnotisée » par celle-ci. Dès le 2 juillet 1905, elle signait ainsi une lettre à Colette : « Ton Meg, qui n'est pas très fixée sur son sexe*[2]*...* »

Le 15 décembre 1906, la marquise est vitriolée dans Fantasio[3]. *Jeune, « on l'eût volontiers comparée à Diane chasseresse ou à une héroïne de Barbey d'Aurevilly ». « Son teint lilial aux transparences d'hostie, ses yeux fascinateurs aux reflets d'aigues-marines, son profil de jeune Dieu que nimbaient de courtes bouclettes de la teinte du tabac d'Orient, ses lèvres aux retroussis dédaigneux sur quoi elle semblait avoir écrasé tout un bâton de fard, et où flottait un pâle sourire désenchanté, son torse souple et élancé qui se libérait du corset, aurait plu aussitôt à Helleu et à La Gandara, les portraitistes reconnus des Dames de Perversion et de Beauté. » Aujourd'hui, « Missy » n'est plus que « l'ombre d'elle-même ». On montre aux étrangers, dans l'allée des Acacias, dans les bars et les tripots, « cette désexuée au regard fixe d'éthéromane et de nyctalope, aux lèvres mortes et qui est invariablement coiffée d'un chapeau d'entraîneur et sanglée*

1. *Le Cri de Paris*, 2 décembre 1906 ; lettre datée du 25 novembre. Reproduite dans *Fantasio* le 15 avril 1907. *Le Cri de Paris*, qui avait déjà égratigné Colette le 28 octobre 1906, l'attaque par deux fois dans son numéro du 25 novembre : « Nous aurons bientôt, paraît-il, *Claudine divorcée.* [...] La direction du Moulin-Rouge a offert quinze cents francs par jour à Mme Colette Willy pour jouer dans la revue, en compagnie de l'ex-marquise de Belbeuf. » Du second article « En famille », la réponse de Colette indique la substance.

2. Collection particulière. Leurs relations durèrent jusqu'à la mort de Colette. Les lettres que Meg adresse à Colette sont d'une déférente affection. L'hypnose avait disparu.

3. L'article est signé « le vitrioleur ».

dans un veston de drap noir ». Des photographies illustrent l'attaque : la marquise y est présentée en costume masculin ; au-dessous Colette (« Pantomime au théâtre ») et encore la marquise (« Pantomime à la ville »)[1].

Sophie-Mathilde-*Adèle-Denise de Morny — Missy pour les intimes et même, on l'a vu, pour de moins intimes — avait dix ans de plus que Colette, étant née à Paris le 26 mai 1863, quatrième et dernier enfant du duc de Morny, qui mourut dès le 10 mars 1865, et de Sophie Troubetzkoï, qu'il était allé épouser à Saint-Pétersbourg et qui survécut à son époux jusqu'au 9 août 1896*[2]*. Elle était donc apparentée à l'empereur Napoléon III. Mariée le 11 décembre 1881 au marquis Jacques de Belbeuf, elle divorça le 7 décembre 1903 et reprit son nom de jeune fille tout en conservant son titre de marquise. Elle n'avait pas attendu Colette pour débarquer à Lesbos*[3]*. Bien qu'elle n'appartînt qu'à la deuxième génération de l'aristocratie impériale, et par la main gauche, bien qu'elle fût divorcée, elle n'en était pas moins, à ce tournant du siècle, où l'on voit les différentes noblesses et la bourgeoisie d'affaires se mêler plus que jamais, considérée comme une authentique représentante de la haute société. Elle rompt donc en visière avec celle-ci lorsqu'en 1906 elle s'affiche avec Colette et lorsque, ayant elle-même pris des leçons de Georges Wague, elle décide de monter sur une scène, et, qui plus est, sur les planches d'un music-hall, le Moulin-Rouge.*

Wague était alors un jeune maître, Colette, presque une professionnelle. Missy, le masculin convient : un amateur qui donnait dans une mode à laquelle sacrifiaient la belle Otero, Liane de Pougy et de vraies femmes du monde.

1. *Fantasio* sera assigné en diffamation par la marquise ; elle demandait quinze mille francs de dommages-intérêts et n'en obtint que vingt-cinq, le périodique étant de plus condamné à vingt-cinq francs d'amende. Les considérants reconnaissaient que la plaignante « avait donné prise aux plus vives critiques » et mentionnaient la lettre au *Cri de Paris* dans laquelle Colette « affichait sans vergogne son genre d'existence » (*Fantasio* du 15 avril 1907).

2. Voir A. Révérend, *Titres et confirmations de titres [...] 1830-1908*, H. Champion, 1909. Le frère aîné de Missy, né en 1859, portait le titre de duc de Morny.

3. « Ses relations avec une princesse Poniatowska avaient fait scandale. » (P. D'Hollander, *Colette, ses apprentissages*, p. 48, note.)

Colette avait fait ses premiers débuts de mime sur des scènes privées, parfois improvisées, peut-être au Cercle Victor Hugo, *où elle rencontrait Missy. On a la certitude qu'elle se produisit en petit comité chez Natalie Barney en juin 1905, par un article non signé et assez fielleux qu'insère* La Vie parisienne *du 17, « Garden-Party » : « Dans Neuilly, une rue silencieuse, deux petits hôtels, des jardins qui communiquent, des grands arbres, une fontaine dormante au milieu du gazon. Ce sont deux amies, toutes deux américaines, l'une très riche, l'autre très jeune[1]. On joue le* Pelléas *en travesti et au naturel. » Tout juste « une vingtaine d'invités qui ont montré patte blanche ». La représentation que relate* La Vie parisienne *du 17 juin 1905 a commencé par un fragment de l'inévitable* Pelléas, *suivi de la non moins « inévitable danseuse indoue dont la nudité a souffert dans son épithélium extérieur de trop d'exhibitions » — reconnaissons Mata-Hari[2] —, pour s'achever sur « une pantomime de niaise affabulation, mise en scène par le père des Claudine et dont sa fille tenait un rôle. » Pourquoi donc en parler ? À cause de la jeune Américaine : « Qui n'a pas vu ce corps d'enfant voilé à peine de trois draperies de mousseline en camaïeu vert, cette petite tête fine et candide qui succombe sous une cascade étonnante, merveilleuse, unique, de cheveux couleur de feu qui tombent jusqu'aux orteils, a manqué l'un des rares spectacles d'art qu'il soit donné de voir. / Elle a racheté de sa grâce ingénue la faiblesse de la pantomime. Un berger (Coll...e[3]) s'endort sur la prairie ; passent des bouquetières (Mlle Rivi...e[4] et Miss X...) qui s'efforcent d'attirer son attention en lui jetant des fleurs. (En passant, comme les bouquetières, notons l'art avec lequel l'une d'elles a su viser le dos du berger et lui planter une rose exactement...) Mais le berger ne s'éveille pas. Il n'ouvrira un œil, puis les deux, qu'à l'apparition de Miss E... P..., la nymphe des forêts. Duo d'amour, accompagné par des violons mal cachés derrière un massif ; don*

1. La première est Natalie Barney ; la seconde, Eva Palmer, un des grands amours de Natalie.

2. Voir *Mes apprentissages, OCF*, t. XI, p. 123.

3. On a reconnu Colette, malgré les deux *l*.

4. Peut-être la fille du baron de Rivière ? — Miss X conserve son anonymat.

de l'anneau nuptial. Exit le berger. Rentrée des bouquetières. Jalousie. Troc de l'anneau, dont la nymphe ignore la valeur, contre deux colliers de fausses perles. Le berger revient. Colère. Il épousera la bouquetière qui a la bague au doigt et la nymphe s'effondre de douleur dans l'herbe, ajoutant ainsi un nouveau ton de vert à ceux de ses écharpes. »

L'année suivante, au printemps, Colette se produit de nouveau dans le jardin de Natalie Barney. Elle y interprète le Dialogue au soleil couchant *de Pierre Louÿs, avec, encore, Eva Palmer*[1]. *« Un autre jardin, la même saison » (1906), la voit en faune, récitant des vers attribués à Willy*[2]. *Faune encore, dans une pantomime à deux personnages, difficile à identifier*[3], *qu'elle joua d'abord avec Eva Palmer chez Natalie, puis à Monte-Carlo en mars 1906, alors qu'elle séjournait à Nice chez Renée Vivien. Celle-ci, après le départ de Colette, écrivit à Natalie, le 26 mars 1906 : « Lorely, veux-tu, si tu rencontres un jour Colette, lui donner ce poème qu'elle m'inspira. Son geste douloureux et pudique au moment où les nymphes reviennent et où elle se dérobe m'a fait entrevoir cet orgueil du petit faune qui ne veut pas que l'on surprenne sa musique*[4]. *» Ce poème est celui que contiennent les* Poésies complètes *sous le titre « La Flûte qui s'est tue » et qui a perdu sa dédicace, laquelle figurait dans le recueil* Flambeaux éteints *de 1907*[5] *:*

1. *Mes apprentissages, OCF*, t. XI, p. 122. Ce *Dialogue* est l'un des textes qui composent le recueil *Sanguines* (Fasquelle, 1903).
2. *Mes apprentissages, OCF*, t. XI, p. 122.
3. Pantomime, le mot est employé par Renée Vivien (note suivante) et par Colette dans la lettre qu'au retour elle adresse à Natalie : « Flossie charmante, j'arrive de Monte-Carlo, où l'on a bien voulu montrer une extrême bienveillance, et même quelque chose de plus, pour le faune et sa pantomime. Mais, ô Eva ! je n'ai pas de mots pour dire ce qu'était ta remplaçante... je vous raconterai, ça vaut la peine ! [...] Jouons-nous le Dialogue ou ne le jouons-nous pas ? » (Musée Richard Anacréon, Granville ; reproduction interdite.) La chronologie de ces représentations est bien difficile à établir.
4. Musée Richard Anacréon, Granville, dans un exemplaire de *Ces plaisirs*... Reproduction, même partielle, interdite. Renée Vivien précise : « Je l'ai vu *[sic]* cette pantomime à Monte-Carlo il y a quelques jours. »
5. *Poésies complètes de Renée Vivien*, [t. I,] Lemerre, [1948], p. 194-195. Nous citons d'après ce texte. Dans *Flambeaux éteints*, le poème

Je m'écoute, avec des frissons ardents,
Moi, le petit faune au regard farouche.
L'âme des forêts vit entre mes dents
Et le dieu du rythme habite ma bouche.

[...] Nymphes des halliers ! Ne m'approchez pas !
Allez rire ailleurs pendant que je joue !

Car j'ai la pudeur de mon art sacré,
Et, pour honorer ma Muse hautaine,
Je chercherai l'ombre et je cacherai
Mes pipeaux vibrants dans le creux d'un chêne. [...]

Ses débuts publics de mime, Colette les avait faits le 6 février 1906 sur la scène des Mathurins, théâtre dirigé temporairement par Georgette Leblanc, la compagne de Maeterlinck : elle tenait un rôle de faune dans Le Désir, l'Amour et la Chimère[1]. *À la fin de mars elle interprète* Aux innocents les mains pleines. *À la rentrée, sur la scène de l'Olympia, elle est la Romanichelle dans une pantomime de Paul Franck. Colette avait assez de talent pour être sollicitée au printemps de 1906 par Lugné-Poe qui la connaissait depuis 1902 et qui voulait monter* Pan *de Charles Van Lerberghe, l'auteur de* La Chanson d'Ève *et l'un des principaux représentants du symbolisme. Van Lerberghe demandait pour son personnage Paniska : « Il faut qu'elle allie les quelques exigences de la morale*

est intitulé « Je cacherai ma flûte ». Titre et dédicace subsistent jusqu'à la 3e édition (1908) ; le titre change et la dédicace disparaît des *Poèmes* (Lemerre, 1909). De *Flambeaux éteints* on connaît un exemplaire (Sansot, 1907 ; vente Drouot, 21 mars 1978, n° 245) portant cet envoi : « Au petit Faune avec mon souvenir amical. » Natalie Barney, dans ses *Souvenirs indiscrets* (ouvr. cité, p. 196), écrit que Colette consentit à mimer — « dans [son] sous-bois — *Le Faune*, poème que Renée Vivien lui avait dédié ». Il se peut qu'elle télescope deux souvenirs et confonde deux Faunes. Un autre exemplaire, recueil de proses de Renée Vivien, *Du vert au violet* (Lemerre, 1903), porte cet envoi : « À mon cher petit sphinx aux beaux yeux égyptiens. À mon petit faune qui joue et enfin à ma très admirable et chère petite Colette » (vente Drouot, 21 mars 1978, n° 244). La date de l'édition ne préjuge pas de la date de l'envoi. Au reste, selon Louise Faure-Favier, c'est en 1908 que Colette aurait interprété chez Renée Vivien cette danse du sphinx « qui devait faire courir le « Tout Paris » au music-hall » (« La Muse aux violettes », *Mercure de France*, 1er décembre 1953).

1. Voir la Chronologie à cette date et aux dates suivantes, p. CXLI et suiv.

policière avec celles de la comédie grecque... » « Aucune hésitation possible, je la ferai travailler, ce sera Colette, alors Colette Willy, mon excellente amie ! Elle est en forme de toutes les manières. Déjà, elle a mimé sur quelques scènes. Quant à sa diction, je m'en charge... Paraître au dernier acte en Paniska presque nue, le front lourd de pampres, dansant en tête d'un cortège bachique, dionysiaque, et qu'importent quelques réminiscences d'accent nivernais !... Qui sait si un matin, dans la campagne de Pouilly, Pan n'apparut pas ?...[1] » Van Lerberghe fut atteint de paralysie pendant l'été... La pièce fut néanmoins représentée à la fin de novembre 1906 au théâtre Marigny : « Colette [...] montra un cran extraordinaire », conclut Lugné-Poe[2]. Colette se souviendra : « Une enfance campagnarde, une adolescence provinciale et paisible ne semblaient pas me destiner au rôle de Paniska, et pourtant, il n'y a pas d'amour plus païen et plus passionné que le mien pour notre mère la Terre, la Terre d'où jaillit la source, le blé et la rose !... Pan et Lugné l'ont voulu. Je serai Paniska[3] ! »

Le 17 novembre 1906, Colette joue de nouveau La Romanichelle, *mais dans un club privé, le Cercle des arts et de la mode (le Cercle Victor Hugo), et Missy y tient le rôle du Peintre, que Paul Franck tenait à l'Olympia en octobre. En décembre* La Romanichelle *accède au Moulin-Rouge. Le public réclamait sur l'air des lampions : « La Marquise ! la Marquise ! » C'est Footit, le célèbre clown, qui entra en scène. « Il y eut un moment d'erreur, à cause du visage enfariné et du costume masculin ; mais ce n'était pas la marquise. Et elle parut enfin, un peu mûre, en cheveux courts, frisés au petit fer, plus pâle que jamais, avec le nez long et mince, pointant au-dessus de la lèvre exsangue. » « Yssim » lutta, à main plate, avec une bohémienne, peu vêtue, tandis que, de tous côtés, dans la salle, les cris partaient : « "Vas-y, ma vieille Yssim ! Prends-la ! Mais prends-la donc !" Décidément, l'amoureux était bien plus amusant que Footit, en marquise sereine-*

1. Lugné-Poe, *La Parade*, t. III, *Sous les étoiles, souvenirs de théâtre (1902-1912)*, Gallimard, 1933, p. 220.
2. Lugné-Poe, ouvr. cité, p. 222.
3. Cité par Lugné-Poe à la même page 222 de *La Parade*.

Yssim. Et quand la bohémienne partit — pour retrouver le système Polaire, peut-être — Yssim s'affala en sanglotant ; et toute la salle, dans un touchant élan de solidarité sympathique, s'associa à cette douleur, en poussant des cris et des gémissements. Ce fut vraiment très drôle, et il n'y eut, pour siffler dans la salle, que les derniers représentants de la corruption impériale[1]. »

Ce premier début en public avait été manqué. Le second ne le fut pas moins, mais il provoqua un scandale plus important et de graves conséquences. L'épisode est bien connu. Au Moulin-Rouge encore, le 3 janvier 1907, va être créée une pantomime de Vuillermoz, Wague et Willy : Rêve d'Égypte, *dont l'affiche annonce les interprètes principaux : Colette et « Yssim », anagramme d'autant moins énigmatique que le blason des Morny est imprimé sur les affiches. Dans la salle comble, les bonapartistes et les amis de la famille de Morny se déchaînent contre cette prostitution de l'une des leurs : cris, huées, sifflets, horions. Willy était en « spectateur amusé et complaisant » dans une avant-scène*[2]. *Il ne dut de pouvoir sortir de la salle que grâce à quelques amis qui le protégèrent. Coauteur du scénario, spectateur complaisant, il avait poussé un peu loin le goût de la publicité, car c'est à ce goût pervers qu'il faut imputer une telle exhibition. Le lendemain, le préfet de police, Lépine, interdit à la marquise de se produire, répondant ainsi aux vœux exprimés par la famille. La pièce reçut un autre titre :* Songe d'Orient *; Wague prit le rôle de Missy. Mais la tempête se renouvela le 4, en sorte que Lépine interdit définitivement le spectacle.*

Le scandale a pour première conséquence d'ébranler la situation de Willy, qui perd ses collaborations à L'Écho de Paris

1. *Le Rire*, n° 204, 29 décembre 1906, sous la signature de « Snob ». Le même Snob s'acharne alors contre Colette et Missy : voir les numéros des 13 octobre, 17 novembre, 15 décembre 1906 et 30 mars 1907.

2. Selon un article de Félicien Pascal dans *L'Éclair de Montpellier*, 7 janvier 1907, retrouvé par P. D'Hollander (*Colette. Ses apprentissages*, p. 358-359) et qui est sans doute, avec la réponse de Willy (même périodique, 15 janvier), la meilleure relation de l'événement. Cette version est confirmée par la lettre de Meg Villars au fils de Willy, retrouvée par P. D'Hollander (ouvr. cité, p. 360-364).

où jusqu'au 31 décembre 1906, on trouve, le lundi, sa « Lettre de l'Ouvreuse », d'autres articles musicaux étant signés Henry Gauthier-Villars. Sido à Colette, 11 février 1907 : « Oui, c'est ce qu'il y avait à craindre dans l'aventure : l'ennui de Willy de ne plus être surmené de travail. Tant de pensées tourbillonnent dans son cerveau et s'il ne peut le décharger, le bagage est lourd à porter[1]. *» La guerre va être déclarée. Ce ne sont d'abord que de douces escarmouches.*

Le Temps *du 18 janvier 1907 imprime dans ses « Informations diverses » : «* M. Gauthier-Villars divorce. — *On annonce comme devant être prochainement plaidé le procès en divorce que M. Gauthier-Villars intente contre sa femme, Mme Colette Willy. L'assignation vient d'être enregistrée et la comparution en conciliation doit avoir lieu dans deux ou trois jours*[2]. *» Colette introduit une demande reconventionnelle. Sido s'inquiète, pose des questions : « Tu ne m'écris pas, je ne peux pas durer comme ça. Tu manques de confiance en moi, en nous pourrais-je dire*[3]. *» Dès le 13 février, la séparation de corps sera prononcée, aux torts réciproques.* Le Matin *et* Le Journal *en informent les populations, mande Colette à sa « chère Doucette » dans une heure de neurasthénie, au reçu d'une lettre de son mari, lui-même peu joyeux ; fin de la lettre, signée Colette Willy : « Au revoir, chère Doucette. Nous vous embrassons ainsi que Meg*[4] *», — "nous" recouvrant Missy et deux autres dames. On a vu*[5] *que, le 6 novembre 1906, Sido déclarait n'y rien comprendre. Missy n'y voit guère plus clair ; elle écrit à Willy le 16 février 1907 : « Je ne comprends pas toujours vos deux caractères et au commencement j'ai souvent déploré votre besoin*

1. *LISC.*

2. L'action était justifiée par le fait que Colette avait quitté le domicile conjugal en novembre 1906. À un collaborateur du *Frou-Frou* (numéro du 9 mars 1907), qui signe Lyonne de Lespinasse un article intitulé : « La Peur de l'être » — d'être cocu —, Willy aurait expliqué que c'était mû par cette crainte qu'il avait demandé la séparation. En fait, il était trompé, mais par sa faute.

3. *LISC*, 20 janvier 1907. Sido a lu l'annonce dans *Le Temps* (*LISC*, 18 janvier). Comme *Le Monde, Le Temps* paraissait avec la date du lendemain.

4. Lettre du 14 février 1907. Collection particulière.

5. P. LXXXV.

d'afficher notre situation (bien voulue par vous) et qui aurait pu être tout aussi nette mais plus discrète. / [...] quand vous avez mis Colette dans mes bras et puis tout à fait ! j'ai bien envisagé ce que vous désiriez et je n'ai pas reculé, ayant pourtant vu et au-delà de ce qui pouvait nous arriver à tous trois. Je crois donc n'avoir pas mérité les reproches de Colette ; qui est une enfant étourdie et sans beaucoup de sens moral, mais cela n'est pas certes sa faute ! je comprends qu'elle s'ennuie avec ma mélancolique et vieille personne, je m'en veux, mais il n'est pas donné à l'être humain de se changer[1]. »

Cette étrange situation aura des prolongements amiables bien que les hostilités fussent déclarées. Dans Comœdia, *le 13 avril 1908, l'Ouvreuse signale « la duplicité souriante de l'héroïne de* La Chair, *une mime adorablement jolie dont le nom m'échappe ». Quelques mois plus tard, en novembre, paraîtront* Les Vrilles de la vigne, *contenant trois textes « Pour M... » (Missy), suivis immédiatement de* Nonoche *: « Pour Willy », puis de « Toby-Chien parle » : « Pour Miss Meg V... ». Et un exemplaire sera adressé « À Willy / À mon meilleur ami », signé « Colette Willy*[2] *».*

N'empêche que l'amitié avait fraîchi. Dès janvier 1907, ayant appris que Willy demandait le divorce, Colette avait contre-attaqué. Elle était passée chez Ollendorff où était déposé le manuscrit de La Retraite sentimentale *dont le titre était alors « La Vagabonde ». Elle le reprend. Et elle écrit au directeur, Mandel, qui transmit la lettre à Willy : « Cher Monsieur, / Vous avez sans nul doute appris le procès en séparation qui se plaide entre Willy et moi. / Je me fais un devoir de vous avertir que je reprends parmi les objets ou meubles qui m'appartiennent ma part de collaboration à un dernier roman, "La Vagabonde", pour le publier chez l'éditeur avec qui j'ai un traité*[3]. */ Je n'ignore pas que Willy vous devait un roman et je*

1. Collection particulière.

2. Exposition Colette, Bibliothèque nationale, 1973, n° 218 *bis*. — *Littérature du XXe siècle, collection d'un amateur*, catalogue, vente Nouveau Drouot, 13-15 juin 1983, n° 156.

3. *La Retraite sentimentale* va paraître peu après au Mercure de France.

ne doute pas qu'il vous le donne par la suite. Le mien est prêt, je l'emporte, c'est un match où j'arrive la première, voilà tout[1]. »

Ce qui n'empêche pas Colette de tenir à son Willy, si l'on en juge par une réponse de Sido, qui ne s'y retrouve plus parmi « tant de paradoxes[2] *: « Tu aimes Willy et beaucoup dis-tu et il part en compagnie d'une jeune et jolie femme*[3] *? Je puis t'assurer que nous nous ressemblons sur beaucoup de choses comme nous nous ressemblons de visage mais tu as une mentalité en ce qui concerne les relations conjugales qui est loin d'être la mienne et c'est ce qui fait que je juge Willy tout autrement que toi et que je te fais de la peine en te parlant de lui comme je le fais mais c'est, sans doute, que tu ne me confies pas tes secrètes pensées et puisque tu ne le fais pas c'est que tu ne le veux pas. J'ai donc écrit à Willy aussi affectueusement que possible, je n'ai pas sa réponse. Tu me dis qu'il est parti pour Capri. C'est un beau voyage*[4]. »

Le printemps et l'été de 1907 ne voient pas naître de nouvelles complications : c'est le statu quo. *On se retrouve au Crotoy : Colette et Missy dans une villa ; Willy et Meg Villars dans une autre. Sido à Colette, 12 septembre 1907 : « Donc, tu travailles pour Willy ? Que veux-tu que je dise... rien n'est banal dans ton existence. » C'est en effet à* Un petit vieux bien propre *que travaille Colette, le roman dont* Mes apprentissages *ne cite pas le titre. Il se passait dans la principauté de Monaco. Colette n'accorda sa collaboration qu'à la condition que le cadre en devînt franc-comtois, ce qui n'empêchait pas que, sur épreuve, on vît la mer depuis Besançon. Paul D'Hollander*[5] *y a repéré les « pages de paysage » que pour mille francs Willy demandait à celle qui restait nominalement son épouse, et il a eu raison d'inscrire encore au crédit de Colette la*

1. Collection particulière ; copie.
2. *LISC*, 28 janvier 1907. Sido écrit « paradox ». Nous respectons la ponctuation — ou plutôt son absence — du passage suivant d'une autre lettre de Sido.
3. Meg Villars.
4. *LISC*, 16 février 1907.
5. *Colette. Ses apprentissages*, p. 141-143.

lettre de Claudine à Maugis que contient ce roman, lettre qui fera écrire à Sido : « j'ai lu ta lettre qui y est intercalée. C'est ce qu'il y a de mieux dans ce bouquin, quoiqu'il fourmille de mots spirituels à la Willy[1]. »

En fait, « ce bouquin » n'est pas négligeable. Le brave Tardot, veuf, a pris sa retraite de négociant parisien et s'est installé au-dessus de Besançon dans la Villa des Monts. Passe Mlle Pimprenette avec une tournée. Tardot la suit à Paris et lui consacre sa fortune tout en lui donnant d'utiles conseils pour sa carrière : comme Polaire, de théâtreuse elle deviendra une vraie comédienne. Ce n'est pas un modèle de vertu et de fidélité, mais elle restera toujours attachée à Tardot. Lorsque celui-ci, appauvri, sera obligé de regagner la province, il gagnera un gros lot, et, émancipé par Pimprenette, il pourra reprendre goût aux fruits verts, ayant jusqu'au seuil de la vieillesse ménagé ses forces. Personnages des Claudine et des romans de Willy, personnages créés pour ce roman se croisent à un rythme endiablé. Ajoutons que le titre seul est sale et qu'on découvre ici à la fois une certaine fraîcheur de sentiment et une certaine chaleur humaine. Henri Martineau avait raison d'écrire que Willy y prodiguait « à une lointaine Claudine des tendresses apaisées[2] ». Pour peu de temps.

Willy a vite fait de retrouver l'argent qu'il a donné à sa femme. Le 30 septembre 1907, il vend forfaitairement à Vallette les droits de Claudine en ménage pour deux mille quatre cents francs. Le 19 octobre, il vend de la même manière à Ollendorff les droits de Claudine à l'école, Claudine à Paris et Claudine s'en va pour cinq mille francs. Ce qui signifie que Colette était privée de tous les droits annuels sur la vente des Claudine, droits qui allaient d'ailleurs à Willy, puisque ces romans étaient signés de lui seul. Ce qui signifie aussi, la vente

1. *LISC*, 24 janvier 1908. Sido vient de reprendre le roman qui a dû paraître dès octobre 1907.

2. *P.-J. Toulet « collaborateur » de Willy*, Le Divan, 1957, p. 43. Le provincial qui vient à Paris pour s'y faire gruger était déjà le thème de *En bombe* et, auparavant, de *Trois semaines d'amour*, roman publié par Paul Héon, pseudonyme de Paul Barlet, secrétaire de Willy qui préface le livre (Simonis Empis, 1901).

ayant été tenue secrète[1], *que Colette fut privée du produit immédiat de cette vente.*

N'étant pas avertie, on comprend qu'elle put être encore sollicitée par Willy de collaborer à telle ou telle œuvre ; ainsi à La Petite Jasmin *: le 24 mars 1909, Willy reconnaît que Colette a « collaboré beaucoup » à la « réfection » de la pièce*[2]. *« Donc, veuillez faire savoir à la Société des auteurs, officiellement, que vous avez droit à la moitié de ma part de droits d'auteur sur cette pièce, ainsi que sur toute traduction ou adaptation d'icelle*[3] *» Et de signer : « Votre très amicalement dévoué / H. Gauthier-Villars / (Willy). » Colette avait employé les grands moyens : elle avait refusé de restituer le manuscrit avant que sa collaboration fût proclamée*[4].

La collaboration de Colette à La Petite Jasmin *est certainement antérieure à la triste découverte de ce qui peut être considéré comme un vol de Willy. Le 25 février 1909, lettre de Colette à Willy : « Aujourd'hui j'ai vu quelqu'un de la maison Ollendorff ; est-il vrai, est-il possible que toutes les* Claudines [sic] *et les deux* Minne *soient à présent la propriété des éditeurs ? est-il possible que tout cela soit à jamais perdu pour vous et pour moi ? Au nom du ciel, dites-moi pour une fois la vérité, est-il possible que ces livres qui me sont si chers soient à jamais perdus ? / Colette*[5]. *»* Indignatio fecit epistolam... *Pourquoi douter de la sincérité de Colette ? La sincérité de Willy pourrait être contredite par cette analyse d'une lettre qu'il adressa à Mme de*

1. Contrairement à ce que Colette écrira dans *Mes apprentissages.*

2. *La Petite Jasmin*, comédie en trois actes, ne sera représentée que le 20 septembre 1912 au théâtre Impérial ; publiée la même année chez Albin Michel, elle est signée Willy et Georges Docquois. Aucune mention de Colette.

3. Nous croyons savoir que Colette et Willy reçurent chacun une part, de valeur égale, des droits réservés aux auteurs.

4. Dossier de questions litigieuses, acquis par la Bibliothèque nationale.

5. Dossier susmentionné, acquis par la Bibliothèque nationale. Voir la lettre à Hamel, 28 février 1909, dans les *Lettres de la Vagabonde*, p. 30.

Morny en janvier 1909[1] : « Il y reconnaît que Colette Willy est l'auteur des Claudine et déplore qu'en refusant d'ajouter un nouvel exemplaire à cette série fameuse elle retire à Willy un prétexte excellent à proclamer officiellement cette vérité. » La recherche de la maternité avait donc commencé avant la découverte.

Dès 1907, Colette avait obtenu de Willy qu'il acceptât de la faire figurer comme coauteur. Voici le texte, de la main de Colette, avec ses ratures, rédigé lors d'une rencontre avec Willy ; il a la valeur de document historique, de traité reconnaissant l'existence d'une personne[2] : « La collaboration de Willy et Colette / [n'exis<te> biffé] ayant pris fin, il devenait / indispensable de [remettre les / choses au point biffé] rendre [la biffé] à / chacun la part qui lui est / due et de [rétablir, en lui biffé] / remplacer la signature unique / de ces volumes par celle de / Willy / et / Colette Willy / Des [raisons en surcharge sur motifs] purement typographiques / ont voulu que [l'ancienne biffé] mon nom fût placé avant [de biffé] celui de / Colette Willy / lorsque des raisons [purement littéraires biffé] littéraires et autres eussent exigé que son nom prît la première place. / W. »

Cet avis liminaire — un peu remanié dans sa forme[3] — allait prendre place en tête des Claudine à partir de 1907. Celles-ci, après avoir porté le nom du seul Willy, portèrent donc les noms de « Willy et Colette Willy ». En et après 1948, le nom de Willy disparut et seul apparut celui de « Colette ». C'était aller autrement à l'encontre de la vérité. Jacques Gauthier-Villars intervint auprès des Éditions Albin Michel pour faire rétablir le pseudonyme de son père : les Claudine sont signées « Willy et Colette » depuis 1955.

Autre conséquence, presque immédiate de la rupture. Paris-Journal, le 30 octobre 1909, dans un entrefilet pourtant peu

1. Cette analyse, due à un conseil de Colette, est écrite sur l'enveloppe servant de chemise au dossier précédent.

2. Dossier susmentionné acquis par la Bibliothèque nationale.

3. « Alors que toutes les raisons » remplace « lorsque des raisons » ; « fût à la première place » remplace « prît la première place ». L'avis imprimé est signé Willy en toutes lettres.

visible[1]*, relate l'apparition de Meg Villars dans la revue de* La Cigale *: « Au sortir de sa scène vraiment drôle de la découverte du pôle Nord qu'elle joue en compagnie de l'inimitable Claudius, avec un flegme britannique du plus joyeux effet, nous demandons à Meg s'il est vrai qu'elle doive prochainement publier, en collaboration avec Willy — et comme le bruit en court — un roman sur les* girls *de nos music-halls — nouvelle incarnation de la célèbre Claudine. / Alors Miss Meg, avec une moue d'enfant : / — Aôh ! avec Willy ? je voudrais bien, mais je n'ose pas !... » Colette saisit sa plume et, dès le 1*er *novembre, écrit au directeur de* Paris-Journal *: « Je vous prie de démentir cette information assurément inexacte. Claudine est un personnage créé par moi, qui m'appartient, et ne peut appartenir en même temps ni à Mlle Villars, ni à M. Willy. » Comme le directeur se retranche derrière le « mur de la propriété littéraire*[2] *», Colette, le 11 novembre, lui recopie le passage d'une lettre qu'elle vient d'adresser à un autre journaliste : « M. Willy vous écrit qu'en maintes publications il m'a rendu hommage. Je préférerais qu'il rendît hommage, simplement, à la vérité : il proclamerait alors, non pas que je "participai" aux quatre* Claudine, *à* Minne *et aux* Égarements de Minne, *mais que sa collaboration à lui ne dépassa guère celle d'un secrétaire, d'un secrétaire pas très soigneux, soucieux surtout d'ajouter à mon texte quelques calembours, des gravelures et des rosseries destinées à satisfaire ses rancunes personnelles. Il confesserait que le maintien de sa signature à côté de la mienne, sur la nouvelle édition des* Claudine, *lui fait encore la part trop belle et que, par cette concession suprême, j'avais cru acheter de lui la paix à forfait. »*

Si Paris-Journal *était plutôt pour Willy,* Paris-Théâtre *était pour Colette. Un article du 16 octobre déclarait qu'on avait vendu trois cent mille exemplaires des* Claudine, *assertion accompagnée de ce commentaire : « Il est vrai que la*

1. Quatrième page, cinquième colonne.
2. C'est l'expression que Colette reprend dans sa réponse. Ces deux lettres de Colette ont été publiées en 1969 par Mme Raaphorst-Rousseau dans le bulletin ronéotypé de la Société des amis de Colette.

majorité du public ignorait alors qu'elle fût l'auteur de ces romans célèbres, dont il est juste de lui restituer la gloire, si elle n'en a pas eu le profit. » D'où une protestation, maladroite, de Willy; insérée le 23, et la réponse de Colette, qu'on vient de lire, publiée dans le numéro du 6 novembre, suivie, le 13, d'une mauvaise défaite de Willy, qui, ne voulant pas traiter la question d'argent, ajoutait cependant : « Personne, non, pas même Mme Colette Willy, ne prétendra que, pendant treize ans de mariage, nous ayons vécu uniquement sur le produit de six romans. »

Autre suite lorsque Colette apprend que le Moulin-Rouge prépare la représentation de l'opérette Claudine *qui sera créée le 14 novembre 1910. Du Crotoy, le 5 juillet 1910, elle écrit au président de la Société des auteurs et compositeurs dramatiques qu'elle demande « la moitié des droits attribués dans la répartition à l'auteur des romans dont les librettistes se sont inspirés ». Même démarche auprès des éditions Heugel qui doivent publier la partition de Rodolphe Berger et les paroles de Henri Cain, Adenis, Henri Moreau et Willy. Elle appuie ses requêtes sur les signatures « Willy et Colette Willy » des nouvelles éditions. Willy s'incline*[1]*.*

On comprend que Colette n'ait pas voulu dans ces conditions ralentir la procédure qui menait de la séparation de corps au divorce. Celui-ci est prononcé le 21 juin 1910, à la demande des époux.

L'amour de Colette pour Willy était mort. Willy, qui semblait pourtant tenir à elle et certainement à sa collaboration, avait tout fait pour le tuer. De ces disputes, contestations, raccommodements, brouilles nouvelles, perfidies diverses, on a des échos par centaines dans des correspondances, échangées entre les époux, avec des amis pris à témoin, avec Missy et Meg Villars. Rien là qui grandisse Colette, rien là qui réhabilite Willy. Ne peuvent ici nous intéresser que ce que nous sommes obligé d'appeler les romans-vengeance des deux protagonistes[2]*. Le couple*

1. Toutes ces pièces, en copie, figurent dans le dossier de questions litigieuses acquis par la Bibliothèque nationale.

2. C'est un genre littéraire particulier, comme celui du « roman-réclame », défini par Pierre Veber dans *Fantasio* du 15 mai

moderne et modèle avait porté le différend sur la place publique.

Parce que le différend était public, les lecteurs informés éprouvaient même avant le divorce le besoin de procéder à des identifications. C'est ainsi qu'ayant lu La Retraite sentimentale, *Sido écrit à Colette : « J'ai, depuis le jour où je t'ai écrit, terminé la lecture de ton livre. Tout en ne me donnant pas la clef de votre séparation il me semble que tu as beaucoup souffert mon pauvre trésor et tu ne m'as jamais rien dit. / Mais, dis-moi, c'est bien, à n'en pas douter, de toi et de Willy qu'il s'agit dans ce roman, et la fin, que je trouve admirable, n'est point faite pour être agréable à Willy ? car, l'appeler un vieillard est bien ce qui peut le plus lui déplaire*[1]*. » Colette a aimé Willy. Claudine a aimé Renaud. Donc le Renaud de* La Retraite sentimentale, *qui se plaint d'être devenu un vieillard, est Willy. Sido oublie que le personnage de Renaud vivait indépendamment de Willy.* La Retraite sentimentale *n'est pas un roman-vengeance, loin de là.*

La Vagabonde *en sera un. Le portrait d'Adolphe Taillandy est accablant pour Willy. Celui-ci l'avait lu dans* La Vie parisienne. *Il dut annoncer sa riposte, puisque, le 2 juillet 1910, Sido écrivait à sa fille : « [...] je voudrais bien savoir ce que Willy osera dire, car il est bien évident qu'il veut nous embêter en intitulant son bouquin* Sidonie ou la Paysanne pervertie. *Certes, Achille ne te laissera pas insulter par ce m...*[2] *» La vengeance prit une autre forme :* Lélie, fumeuse d'opium, *écrit avec l'aide de P.-J. Toulet et publié en 1911 chez Albin Michel. Willy à Toulet : « La baronne de Bize, je souhaite qu'elle ressemble — à crier — (et ce « pour des raisons » comme balbutiait Verlaine) qu'elle ressemble à Mme Colette Willy, physiquement et par les mœurs, avec cette différence que l'infortunée paysanne pervertie n'a jamais trouvé*

1911. Exemple : dans un article du *Sourire*, 26 août 1905 : « Quelques conseils balnéaires », Curnonsky recommande à ses lecteurs *Chaussettes pour dames*, qui venait de paraître. Willy a maintes fois usé de ce procédé indiscret.

1. *LISC*, 7 mars 1907.
2. *LISC*.

chaussure à son pied, id est *un chat plaisant et un esprit supportable, réunis. Bien entendu, il ne saurait être question* à moins que votre avis ne soit différent, *d'attribuer à la baronne Gousse de Bize le moindre talent littéraire, n'est-ce pas*[1] *?* » *À moins qu'une première édition ne nous ait échappé, Willy aura renoncé à appeler Gousse de Bize son héroïne à rebours. La baronne Bastienne de Bize convoite la jeune et jolie Lélie Van Bareda, qui n'est pas une Cécile Volanges. Elle est la richissime nièce de M. Van Huystredt, un Américain qui joue les oncles bienfaisants. D'autre part, elle est convoitée par un bellâtre exploiteur de femmes, Lorbin, qui se fait appeler Lorbin de Lysières. Il serait chargé de déshonorer Lélie, en profitant des effets de l'opium, et de la mettre ainsi à la portée de la baronne*[2]*. Mais Lélie échappera à tous les pièges qui lui sont tendus et épousera un pionnier de l'aviation.*

Colette est bien « arrangée » par Willy et son collaborateur : « De son Fresnois natal, elle gardait des intonations paysannes et les exagérait, enchâssant dans ses phrases des mots patois dont elle avait dressé une liste assez complète, qu'elle relisait soigneusement, chaque matin dans sa baignoire. [...] sa quarantaine, l'amer sillon la proclamait, tracé dans sa joue creuse par le perpétuel sourire de commande ; sa croupe excessive, dont ses amis de tous les sexes vantaient jadis l'arrogante cambrure, s'alourdissait fâcheusement. Épaisse, sa taille courte roulait sur des hanches évoquant la gourde plutôt que l'amphore, et les lacis de la patte d'oie tiraient vers les tempes kalmouckes deux yeux

1. Cité par H. Martineau, *P.-J. Toulet « collaborateur » de Willy*, Le Divan, 1957, p. 42. Guillot de Saix a été chargé de « poyaudiser » *Lélie* ; voir P. D'Hollander, *Colette, ses apprentissages*, p. 365-367.

2. Tout ce qui a trait à l'opium est de Toulet. Et cette phrase où est décrite la chambre à coucher de Lorbin et ses deux fauteuils encombrés « d'un étrange attirail de cordes et de liens. Car M. de Lysières ignorait que le sadisme est un grand vice, qu'il y faut du courage, de la haine, de l'amour —, et croire en Dieu. » — À noter qu'à la même époque Colette s'intéresse à l'opium. Sido lui écrit le 8 janvier 1911 : « Ah ! tu vas visiter les fumeries d'opium ? C'est intéressant à voir mais à condition de ne pas y toucher, mais Missy est là et je me rassure, elle me rassure [...]. » *(LISC.)* De Rugby, le 12 mai d'une année non déterminée, qui appartient à la même époque, Meg regrette d'être partie en retard pour prendre le train qui l'emmenait en Angleterre : le temps lui a manqué

gris aux paupières mâchurées de khol, des yeux madrés de paysanne, du plus amusant contraste avec la bouche toujours entr'ouverte par une moue enfantine assidûment travaillée devant l'armoire à glace[1]. »

Plus loin, c'est le style même de Colette qui est parodié. Bastienne, dont on a appris qu'elle se nomme : Gabrielle-Bastienne de Rozven-Saint-Sauveur[2], *écrit à Lélie : « Ma chérie, votre lettre, envoyée en Bretagne, me rejoint à Casamène. Je l'ouvre, assise dans l'herbe, le dos contre un chêne où le lierre enfonce ses mille griffes courtes de bête grimpante. [...] Oui, un peu de temps encore, et ce sera l'hiver. Je le sens tout proche ; croiriez-vous, Lélie, que ce matin, sur l'abreuvoir des oiseaux, à l'heure où tous dormaient encore, sauf les moineaux criaillant avec un bruit de pierraille qu'on écrase, j'ai détaché de l'ongle une mince feuille de glace qui a fondu sur ma langue avec un goût de chénevis*[3] *! » Il fallait vraiment que Toulet, qui avait été l'ami de Colette, eût besoin d'argent pour prêter sa main à si basse besogne. On relira* Mon amie Nane, *un peu moins que* La Retraite sentimentale, *mais* Lélie *n'aura pour lecteurs que quelques curieux.*

Un peu avant Lélie *avait paru* Les Imprudences de Peggy *signé : « Meg Villars (Traduit par Willy)*[4] *». Peggy est orpheline. Elle a été confiée à sa tante, une Française : Sidonie-Gabrielle-Anastasie Leroi, dont le portrait n'est pas flatté. Colette est aussi présente dans ce roman sous le nom de*

pour envoyer à Colette le haschich — « ce que je remède aujourd'hui ». (On ne sait si Meg faisait des fautes ou faisait semblant d'en faire.) Colette ne pouvait pas plus accepter de succomber aux drogues que son héros Balzac : « il est difficile de se figurer le théoricien de la volonté [...], consentant à perdre une parcelle de cette précieuse substance » (Baudelaire, *Les Paradis artificiels*). — Colette évoquera les fumeries d'opium dans *Le Pur et l'Impur*. Dans les dialogues de *Divine*, film réalisé en 1935 par Max Ophuls, elle reprend à *Lélie* la tentative de séduction de l'héroïne par l'opium.

1. *Lélie, fumeuse d'opium*, Albin Michel, s.d., p. 60-61.

2. *Ibid.*, p. 162-163. La villa de Rozven avait été acquise par Missy et donna lieu à de sordides contestations entre elle et Colette. Les lettres publiées en volumes expriment bien quel petit paradis estival ce fut pour Colette.

3. *Ibid.*, p. 283-284.

4. Compte rendu dans *Fantasio* du 1er février 1911.

Vivette Wailly dont le romancier Robert Parville *parle à Peggy, qu'il aime. Il lui montre une image qui date de 1906. « Il y a eu bien vite du déchet. » « D'un tiroir, il a tiré une photographie qui semble une caricature de la première : le cou empâté, la figure en toupie, tempes larges, menton pointu, la bouche entrouverte avec une expression voulue d'ingénuité que démentent deux yeux calculateurs. / — Elle vous a rendu malheureux, celle-là ? / — Moi, non, mais son mari. / — Elle n'a pas l'air d'une femme mariée. / — C'est possible. Mais mon pauvre ami Taillandy l'avait épousée tout de même, cette petite campagnarde intelligente, rusée, crevant de misère et impossible à marier dans son pays, depuis qu'elle avait lâché la maison paternelle pour travailler, chez un professeur de musique d'Auxerre, la fugue... avec divertissement*[1]*. / — Elle ne l'aimait pas, votre ami ? / — Ni lui, ni aucun homme. Prodigieusement égoïste, elle lui tolérait des maîtresses par crainte des enfants qui auraient pu la déformer ; et elle en avait aussi. / — Des enfants ? / — Non, des maîtresses. Mais pas toujours fidèles, car plusieurs de ces prêtresses de Sapho embrassèrent la religion d'Éros (suis-je assez premier Empire ?), grâce à l'incurable juponnier Taillandy qui se faisait un devoir de les convertir à un culte plus normal. Vous me comprenez ? / — J'en ai peur. Dites, ça n'est pas très joli ce micmac-là... / — Ai-je dit qu'il était joli ? Passons. Ça dura trois ans, six ans, douze ans, pendant lesquels Vivette, écervelée et gâcheuse, ruina son mari jusqu'au dernier sou. C'est à ce moment qu'elle acheva de se détraquer et s'acoquina publiquement à une vieille morphinomane qui s'habillait en homme, la baronne de Louviers. / — Votre ami divorça, j'espère ? / — Pas tout de suite. Un reste de lâche affection le retenait encore... / — Comment ! Il ne la méprisait pas ? / — Si. Mais, comme il avait toujours méprisé Vivette, même au temps de sa plus folle passion pour elle, ça ne le changeait pas beaucoup. Et pourtant il commençait à aimer ailleurs : une adorable fille qui s'était donnée toute à lui, une Anglaise... / — Tiens ? / — Oui, et qui vous ressemblait un peu,* little girl. *C'est dire qu'elle était charmante. /*

1. Voir p. LIX.

— Ne me faites pas rougir et racontez-moi la fin. / — La fin ? Elle n'eśt pas gaie. Quand Vivette comprit qu'elle était définitivement abandonnée pour une femme plus jeune, plus aimée qu'elle, son orgueil ulcéré lui inśpira les plus ignobles vengeances : avec l'aide d'un ancien secrétaire de son ex-mari, un petit jeanfoutre papelard qu'elle habillait avec les vieux complets d'homme de la baronne, elle vola les lettres — et les meubles — de Taillandy, elle l'accusa d'avoir empoisonné une de ses maîtresses, elle réussit (à propos d'une malheureuse affaire d'argent dans laquelle elle l'avait entraîné pour en profiter presque seule), elle réussit à le salir d'un procès scandaleux... Enfin, triomphante, assouvie, elle se retira dans son château de Bretagne, don de l'antique baronne de Louviers qui passait avec Vivette des soirées béates à fumer de gros cigares et à se saouler de chartreuse[1]. *» Peggy, c'eśt encore Claudine, ses flirts, son penchant lesbien, son amour pour l'homme plus âgé.*

La Vagabonde, Lélie, fumeuse d'opium, Les Imprudences de Peggy, *autant de romans-vengeance. Colette n'oubliera pas ces joutes : contre un autre mari,* Julie de Carneilhan *prouvera sa maîtrise. Entre-temps, elle aura fixé les traits de Willy pour la pośtérité dans* Mes apprentissages.

Mais La Vagabonde *n'eśt un roman-vengeance qu'en quelques pages. La vengeance eśt, en littérature comme ailleurs, une mauvaise conseillère.*

La comédienne et l'écrivain.

La vie de Colette ne cesse pas d'être tumultueuse lorsqu'eśt prononcé le divorce avec Willy. C'eśt un vrai roman que les années 1910-1912. La Chronologie de Jacques Frugier, dans ce volume et dans le suivant, en retrace patiemment les principaux

1. *Les Imprudences de Peggy*, Société d'éditions et de publications parisiennes, [1911], p. 176-178. Le passage paraît, presque à l'évidence, rédigé par Willy. Le château de Bretagne, c'eśt la propriété de Rozven. La baronne de Louviers eśt la marquise de Morny. Le secrétaire indiscret eśt sans doute Paul Barlet, qui aurait dérobé les manuscrits des *Claudine*, dont les deux derniers se trouvent maintenant à la Bibliothèque nationale, les deux premiers ayant disparu, mais se trouvant peut-être en Belgique...

épisodes. Missy domine la vie de Colette de 1906 à 1911. Elle ne prendra pas trop ombrage de l'intervention d'Auguste Hériot[1] *qui paraît moins viril que ne l'est la marquise. À la fin de 1910 et au début de 1911 Hériot et Missy coexisteront, sans savoir que Colette leur préfère un nouveau venu, Henry de Jouvenel, l'un des responsables du* Matin *et l'une des meilleures têtes politiques que la France ait comptées au début du* XX*e siècle*[2].

Lorsqu'ils apprendront la présence de Henry de Jouvenel, ils menaceront Colette. Ce qui n'empêchera pas celle-ci de s'installer, en octobre 1911, rue Cortambert (16e arrondissement) pour y vivre avec Jouvenel, sans renoncer à sa vie propre, de comédienne et d'écrivain.

Que représente pour elle depuis 1906 cette expérience du théâtre ? D'où lui vint cette envie d'être mime, danseuse, actrice, de se produire sur les planches ? Besoin de s'extérioriser, de se dominer, de trouver et d'affirmer son être propre, d'oublier la tristesse d'un amour déçu, d'un mariage défait, d'obtenir le succès, de gagner sa vie et d'assurer ainsi son indépendance ? Aucune de ces causes n'est sans doute à négliger. On suggérera comme plus important le besoin d'être vue. Et n'y eut-il pas aussi comme une fuite devant la création littéraire ? Avant 1906, si l'on excepte le petit volume de Dialogues de bêtes, *Colette a été sous la tutelle de Willy ; elle savait qu'elle pouvait prendre tous les risques, Willy et ses collaborateurs étant présents pour redresser une phrase aussi bien que pour remanier un épisode ; elle n'avait qu'à entrer dans la peau de son personnage, Claudine ou ses sœurs.*

Franc-Nohain, en signalant aux lecteurs de Fantasio, *le 1er novembre 1906, l'apparition d'« une nouvelle étoile », regrettait que l'auteur des* Dialogues de bêtes, *qui a « beaucoup de talent », n'en écrivît plus — en quoi il se trompait. Il la voyait obligée de se contenter d'être mime, en raison de son fort accent bourguignon. Sido triomphe : « Tu vois, Franc-Nohain dit dans son article pour toi ce que je te dis dans mes lettres : quel*

1. Voir le tome II.
2. Colette collabore elle-même au *Matin* à partir du 2 décembre 1910. Sa collaboration lui permit-elle de rencontrer Jouvenel ou est-ce Jouvenel qui la fit entrer au *Matin* ? La question est posée.

dommage quand on a un talent d'écrivain comme le tien d'aller danser au théâtre[1]*. » Sido n'est certainement pas une bourgeoise des années 1900. Mais des bourgeoises elle a quelques préjugés. Elle écrivait à sa fille, alors à Nice : « Comment oses-tu poser ainsi presque nue ! On lui voit tout à ma tante, dit Geneviève*[2]*. » Elle s'inquiète : « Je viens de lire dans* Le Temps *que la police va interroger les femmes qui se montrent nues dans Music-Haal. On cite entre Music-hall l'Appollo. Vas-tu être du nombre de ces dames nues ? Ce serait bien fâcheux*[3]*... » Ayant reçu* Les Vrilles de la vigne *où elle remarque que Colette a rassemblé des articles de* La Vie parisienne *: « Tu n'as vraiment pas assez de temps à consacrer à une œuvre de longue halaine et c'est bien regrettable, mais je ne désespère pas, pourvu que tu ne te laisse pas trop accaparer par le théâtre. Tu acceptes ce qui te rapporte immédiatement et je le comprends, mon pauvre chéri*[4]*. » Quelques jours plus tard : « Tu vois, Minet, quel succès tu as en litterrature ? Tu ne devrais faire que cela mais tu n'en prends pas le temps et même la cohabitation avec Missy te prends un temps considérable, avoue-le*[5]*. »*

Colette n'a pas été une grande actrice — son accent l'empêchait d'obtenir cette qualité —, mais elle a été au premier rang des mimes féminins de son époque[6]*. Elle incarnera assez mal les rôles parisiens de ses propres pièces, n'y enlevant le succès que grâce à l'intérêt de curiosité qui s'attachait à l'exhibition d'un grand écrivain ; en revanche, elle fut, collant à son personnage, une Claudine acceptable, même après Polaire, et son interprétation d'Adèle dans la pièce de Sacha Guitry lui valut cet éloge de* Paris qui chante *(5 décembre 1909) : « Mme Colette Willy est une délicieuse Adèle. Elle*

1. *LISC*, 12 novembre 1906.
2. *LISC*, 6 mars 1908. Geneviève est l'une des filles d'Achille, donc la nièce de Colette.
3. *LISC*, 7 avril 1908. Sont conservées ici et plus bas les particularités graphiques de Sido.
4. *LISC*, 14 novembre 1908.
5. *LISC*, 7 décembre 1908.
6. Georges Wague, le Brague de *La Vagabonde*, qui n'était pas complaisant, la jugeait ainsi devant nous.

remplit ce rôle bizarre[1] *de sa fantaisie gamine et sincère et arrive à lui donner l'apparence de la vérité et de la vie. Le jupon court et la chemisette que gonfle une poitrine libre et ronde à souhait font valoir la perfection de ses formes et cette beauté étrange qui n'est qu'à elle — et qui lui va si bien*[2] *! » L'éloge était-il absolument désintéressé ?*

La mime a obtenu de nombreux suffrages, ceux des raffinés qui appréciaient le jeu des muscles et la beauté provocante des attitudes, ceux des humbles aussi, qui s'effrayaient ou s'attendrissaient au mélodrame des situations. Pour rappeler ceux-ci à l'existence et à l'extase, citons Henry de Forge[3] *: « Colette Willy joue la pantomime à la Gaîté-Montparnasse, devant un peuple vraiment nature. Il est peu d'établissements populaires aussi fréquentés par les petites crémières lasses de servir leurs fromages, les garçons épiciers sans psychologie, les midinettes au cœur prompt et les gentilhommes en casquette, au geste plus prompt encore. Étonnant mélange où l'admiration est facile à déchaîner de même que les quolibets. / Il y avait là de quoi tenter la mime Colette Willy. Et voilà pourquoi elle a joué, en compagnie de ses excellents camarades Georges Wague et Christine Kerff, le célèbre mimodrame* La Chair, *au concert de la rue de la Gaîté. / Afin de mieux nous rendre compte, nous prîmes pour dix huit sous un inénarrable fauteuil de poulailler, étroit et mal rembourré, au milieu d'une atmosphère où l'odeur du tabac, celle de l'orange et d'autres plus subtiles se mêlaient agréablement. [...] Avouons, à la honte de Colette Willy, que dans ces hauteurs paradisiaques, on n'avait sur elle que de vagues données. La tripière nous chuchota bien des choses qu'elle savait sur les chanteurs : /* — C'quil est comme il faut, ce Kambon ! — Mamzelle Cambardi est bien gentille, mais elle a un frère qu'est un amour. Il fait son service militaire, monsieur, dans les dragons. /

1. Un rôle de fille de fermier.

2. Compte rendu, non signé de la représentation de *C'te Pucelle d'Adèle* à la Gaîté-Rochechouart.

3. « Colette Willy devant "Le Peuple" », article conservé à la bibliothèque de l'Arsenal (Ro. 11642), sans indication du titre du périodique, mais avec la date : 6 décembre 1910. Colette avait trente-sept ans.

Mais ce nom de Colette Willy l'effarait. — Probable, Eugénie, que c'est une gambillarde anglaise. Y a un double V dans son nom ! / *Tout de même, Eugénie, sa digne mère et les autres n'en perdirent pas une bouchée. / La musique, fort belle, de Chantrier, empaumait ce simple public. /* Est-elle gironde ! *murmura-t-on à l'entrée de Colette. / La formule silencieuse de la pantomime les déroutait. Tout de même, très vite, ils s'y accoutumèrent, et Eugénie, judicieuse, déclara : /* Ça ressemble à du cinéma ! / *La scène tragique de la fin déchaîna, par contre, l'enthousiasme, surtout quand Wague s'ouvrit une veine avec son poignard. / — J'te dis qu'c'est du vrai sang ! fit la tripière, qui, apparemment, s'y connaissait. / Des acclamations sans fin, des acclamations comme en font seuls ces spectateurs de faubourg accueillirent les artistes. »*

Les gens de goût se rallièrent certainement à ce que publia un bon juge, lui-même grand artiste, au début de 1913, alors que Colette allait, déjà enceinte[1], *renoncer à la scène. Louis Delluc la mettait au-dessus de Mistinguett, de Polaire et de la Belle Otero*[2] *: « Pour moi la plus originale des mimes, la plus vraie, est Colette Willy. Vagabonde, elle éparpille un peu son talent en incartades qui sont des œuvres d'art. Mais en tout ce qu'elle fait elle reste elle-même et la mime se souvient de l'écrivain, spontané et incisif. La chair ! Elle nommerait volontiers toute son œuvre vécue et vivante de ce titre. Elle a célébré la chair impérieuse, la chair traîtresse, la chair lasse ou triomphante, la chair sacrée. Mais, de plus en plus, elle s'élève, elle s'épure. Elle voit beau. Elle verra grand. Ses poses plastiques sont d'une intellectuelle, mais elles n'ont rien d'étrange, d'ennuyeux. Elle donne à la fois l'impression de l'impudeur et de la naïveté ; il y a dans son visage quelque chose de chaste. Est-ce la bouche, les yeux, le front ? Il y a aussi quelque chose d'avidement sensuel. Mais là non plus on ne sait pas quoi. Tout d'elle est ainsi... Elle joue avec un grand voile blanc, où elle se roule, où elle se drape, où elle se sculpte ; elle a des pieds et des jambes parfaits,*

1. Colette de Jouvenel naîtra le 3 juillet 1913.
2. *Comœdia illustré*, 5 janvier 1913, « La Maison des danseuses ». Les deux premiers articles ont paru les 15 avril et 15 mai 1911. Il est donc possible que l'éloge se réfère à 1911.

sa gorge s'offre droite, et puis toute sa nudité harmonieuse se livre. Et nous ne savons pas si nous sommes troublés, ou si nous admirons simplement. Car elle veut être émouvante et peut-être perverse, et nous nous laissons dominer par sa volonté, mais nous sentons qu'il y a en elle quelque chose d'inexplicable et de très pur. »

Actrice, Colette voulut tenter sa chance au théâtre, comme dramaturge, tout en conservant sa première qualité : dans En camarades, *comédie en deux actes créée au théâtre des Arts*[1] *le 22 janvier 1909, elle tint le principal rôle féminin. Deux époux vivent en camarades, tels Colette et Willy, Claudine et Renaud. « Au premier acte, le mari se plaît à dire des choses énormes à une amie de sa femme assez bête d'intelligence et assez fine d'instinct pour les prendre au sérieux. Quant à la maîtresse de maison, elle n'est point là ; elle habille son gosse — ah ! les enfants ! — dans un cabinet de toilette voisin. Toute la journée, elle s'occupe de ce gosse ! Enfin la voilà qui fait son entrée dans le salon accompagnée d'un jeune homme élégant et sentimental qu'elle traîne derrière elle. / Les quelques personnes qui possèdent la clef de ce langage spécial n'en sont point étonnées, mais les braves spectateurs à qui l'on annonce depuis vingt minutes* un gosse *l'attendent toujours et n'y comprennent rien ; leur stupéfaction s'accroît lorsque, tranquillement, chacun dans un coin du même salon, les deux groupes se mettent à flirter le plus gentiment du monde et à se donner, pour le lendemain, les rendez-vous les plus précis. / Le mari ne le fait point méchamment, mais évidemment parce qu'il pense que cela ne tire pas pour lui à conséquence ; malheureusement cette petite entorse aux conventions tacites n'est point tout à fait dans les règles du jeu et, comme dans la vie la plus bourgeoise, sa camarade ne pense plus qu'à se venger en en faisant réellement autant le lendemain. / Au second acte, tout s'arrange. Il n'était que temps pour* la camarade *et pour le public. Dans la garçon-*

1. Le théâtre des Arts est devenu le théâtre Hébertot, puis le théâtre des Arts-Hébertot. Il était dirigé à l'époque par Robert d'Humières, grand ami de Colette. — *En camarades* n'a été publié qu'en 1919 à la suite de *Mitsou.* Nous ne reproduisons pas la pièce qu'on peut lire dans les *Œuvres complètes* soit de l'édition du Fleuron, soit de l'édition Flammarion / Club de l'honnête homme.

nière du gosse, *la camarade, et le gosse lui-même, perdent toute assurance. Devant la galerie on pouvait braver les conventions sociales, les fouler aux pieds, mais lorsqu'on est seul cela devient infiniment plus gênant : hésitations, conversation glaciale de part et d'autre, interrompue par l'arrivée du mari qui, lui aussi, averti à temps — par qui ? on le devine — ne joue pas, lui non plus, et veut enfoncer toutes les portes dans un esprit de massacre évident. / Le gosse s'éclipse dans une pièce voisine, les* camarades *ont une explication orageuse d'abord, puis attendrie, ils boivent inconsciemment le thé et les liqueurs du gosse et s'en vont tout doucement, suivis du chien Bull*[1], *innocent témoin de cette débauche intellectuelle*[2]. »

Le critique à qui nous empruntons ce résumé juge que le dialogue est « vif, alerte, plein d'esprit et de naturel », mais souhaite à l'auteur « un peu plus d'habileté, de dissimulation et d'hypocrisie vis-à-vis du public », ajoutant : « Il est dommage que certains marchands de ficelles théâtrales qui n'ont que cela à vendre ne puissent point dès maintenant lui en céder un tout petit écheveau. » Adolphe Brisson, l'un des grands maîtres de la chronique théâtrale, critiqua, dans Le Temps *du 15 février 1909, moins l'auteur que l'actrice : « Mime experte [...], elle n'est pas encore rompue à la discipline du métier d'artiste ; sa voix n'est pas mélodieuse, sa diction n'est pas naturelle ; elle roule les* r *à la façon des vieux comédiens de l'Ambigu, son allure est contrainte, sa physionomie inexpressive. » Tout en reconnaissant à l'auteur des « qualités originales », Brisson exprimait un regret : « Il y a dans son petit ouvrage l'embryon d'une comédie, de fines idées, des ébauches de caractères qu'elle n'a pas su ou voulu développer. C'est dommage. »*

Il serait sans doute difficile de représenter actuellement la pièce, à laquelle la présence de Colette devait ajouter un piquant certain et qui se relevait encore de toutes les épices biographiques savourées par des spectateurs que la rumeur publique avait informés de l'union et de la désunion d'un couple ayant joué avec le feu. En revanche, les lecteurs peuvent trouver du plaisir à cette

1. C'est Poucette, qui figure dans la distribution.
2. *Comœdia illustré*, 15 février 1909.

nouvelle version de Claudine en ménage. *Le biographe s'interroge : le Gosse ne serait-il pas Auguste Hériot, dont la relation avec Colette, sinon la liaison, remonterait donc à 1908 ?*

Dans l'immense production théâtrale des années 1900, En camarades *mérite, au second rang, une petite place à côté des pochades de Sacha Guitry.*

Mime, actrice, auteur, nous sommes redevables à ces expériences de Colette d'une partie importante de son œuvre qui s'organise autour de la scène, depuis Les Vrilles de la vigne *(1908) jusqu'à* L'Entrave *(1913), les deux titres principaux étant* La Vagabonde *et* L'Envers du music-hall. *Redevables aussi de l'admiration que nous avons pour l'art du dialogue que montrent les romans. En ce sens, Colette est à comparer à deux mal-aimés du théâtre, Balzac et Stendhal, à qui leurs essais malheureux apprirent toute la vie et la vivacité qu'un dialogue confère au roman, allégé ainsi de rapports et de récits.*

★

La chronologie de publication des ouvrages de Colette jusqu'en 1910 pouvait tromper quelque peu ses lecteurs fidèles : 1907, La Retraite sentimentale *; 1908,* Les Vrilles de la vigne *; 1909,* L'Ingénue libertine *; 1910,* La Vagabonde. L'Ingénue libertine *risquait d'annoncer un retour à l'inspiration des* Claudine. *C'était oublier qu'elle provenait de la contraction de* Minne *et des* Égarements de Minne *(1904 et 1905) : aussi la trouvera-t-on dans ce volume à la suite de* Claudine s'en va, *avant* La Retraite sentimentale, *roman qui est un tournant dans l'évolution de l'œuvre de Colette.*

Un roman composite, puisqu'il prend en charge Claudine et sa supériorité, Annie et sa sensualité, Renaud et sa facticité, personnages de nous un peu trop connus. D'autre part, alors qu'à la suite des Minne, L'Ingénue libertine *distinguera le narrateur de l'auteur,* La Retraite sentimentale *les confond. Mais ce livre est-il un roman*[1] *? L'intrigue en est si faible que l'on n'est pas tenté de le croire. Et l'on ouvre de*

1. Voir p. 1495 et suiv. la Notice de Paul D'Hollander.

nouveau La Retraite sentimentale *à telle page, sur la neige par exemple, en se demandant si ce n'est pas, comme nombre de chapitres des* Vrilles de la vigne, *un poème en prose.*

Sacha Guitry dans Comœdia, *le 17 octobre 1908, dressait un bilan : « J'incline à croire que, parmi les femmes vivantes qui écrivent, Colette Willy est la plus mystérieusement douée. » Il savait qu'elle n'était pas étrangère à* Claudine à l'école. *Il louait les* Dialogues de bêtes *: « un livre parfait ». Et de* la Retraite sentimentale *il disait qu'elle apportait « une sensibilité rustique, voluptueuse et rare ». « Entre chaque page semblent avoir séché des feuilles et des pétales. Le parfum des pommes de pin règne sur tous les autres, et, en achevant ce livre, on ne peut se défendre d'admirer et de plaindre la paysanne qui l'a fait. » Pourquoi la plaindre ? « L'existence tumultueuse et factice de Colette Willy me semble uniquement triste, et les danses, qu'elle crut sensuelles et qu'elle exécuta devant la badauderie attroupée, sont à la fois sinistres et disgracieuses*[1]*. Ses essais chorégraphiques eussent passé inaperçus complètement, sans l'espèce de sauvagerie naturelle qu'elle a dans le visage. Ses échecs au café-concert me rendent plus précieux encore son talent d'écrivain. » Ce qui est certainement trop acerbe, injuste même, mais ce qui fut lu avec plaisir par Sido*[2]*, renforcée dans le sentiment que, si sa fille avait une vocation, c'était la vocation d'un grand écrivain. Vocation que rendent manifeste, après les* Dialogues de bêtes, Les Vrilles de la vigne, *son premier grand livre, où se lisent quelques-uns des plus beaux textes de la langue française. Or c'est dans* Le

1. Ce qui explique l'envoi à la première femme de Guitry de *La Vagabonde*, exemplaire sur papier de Hollande : « à Charlotte Lysès / pour qu'elle me pardonne / de danser / son amie / Colette Willy » (collection particulière).

2. *LISC*, 22 octobre 1908 : « As-tu lu l'article de Guitry dans *Comoedia* dans lequel il te place à la tête de toutes les femmes de lettres ? Je l'ai gardé d'ailleurs. » À noter qu'au début de l'année, lors de l'attribution du prix des « Quarante-Cinq » — d'une valeur de mille francs —, prix dont l'usage n'autorisait aucune candidature, Colette, seule femme prise en considération, obtint quatre voix au premier tour. Le prix alla à Henri Duvernois pour *Crapotte* (*Comœdia*, du 6 janvier 1908).

Miroir, *que publie d'abord* La Vie parisienne *du 15 février 1908, que Colette prend congé de Claudine : « À vous seule, ce pur renoncement qui veut qu'après Renaud finisse toute vie sentimentale ! [...] À vous encore, non pas à moi, cette forteresse de solitude où, lentement, vous vous consumez... [...] laissez-moi ma part d'incertitude, d'amour, d'activité stérile, de paresse savoureuse, laissez-moi ma pauvre petite part humaine, qui a son prix[1] ! » D'activité stérile ? Colette court les villes, elle joue à Paris, elle ne cesse d'accroître son expérience, elle écrit. Ainsi est préparée* La Vagabonde, *son premier roman, si l'on croit aux genres littéraires, et qui ne contient sans doute qu'un élément romanesque ou imaginé : le renoncement à l'amour. Jamais Colette ne fut plus sollicitée... On comprend d'ailleurs que Renée Néré ait renoncé à ce Max aimable, mais sans relief, un homme dont toute la vigueur ne peut s'appliquer qu'à l'amour ou plutôt à la volupté, un homme à qui, dans la vie, manque une justification. Lorsque Brague a fini d'interroger Renée, elle ne peut que conclure,* in petto *: « L'oisiveté de mon ami, cette flânerie de lycéen en vacances perpétuelles, est un sujet fréquent d'effarement pour moi, presque de scandale[2]... »*

La Vagabonde, *bien qu'elle reste fidèle à la forme autobiographique, représente dans l'œuvre de Colette une novation : la rupture avec ce que les livres précédents avaient de frivolité, d'audace, de désinvolture amorale ou immorale. Cette* Bérénice *inversée, où l'héroïne procède au sacrifice de l'amour, rend un son grave et pur, pur comme celui de la tragédie, et l'on comprend que tel de nos amis, cynique comme Chamfort ou comme Léautaud, n'ait pu la relire sans que les larmes lui vinssent aux yeux. Trompés par la réputation, pour eux douteuse, de l'auteur, de graves critiques, constatant l'absence d'idéal ou d'appétence religieuse, ont omis de reconnaître que* La Vagabonde *s'accordait avec ce nouveau climat intellectuel, de renaissance morale et de retour au goût, qu'allaient décrire*

1. Voir *Les Vrilles de la vigne*, p. 1031. C'est à la Claudine de la *Retraite sentimentale* que s'adresse Colette.
2. Voir p. 1188-1189.

en 1913 Alfred de Tarde et Henri Massis sous le pseudonyme d'Agathon[1].

Ce roman presque bien pensant, où l'acte d'amour, d'amour vrai, n'est jamais accompli, est une longue méditation sur la reconstitution du moi ; une concentration par regroupement de forces psychiques succède à la dissipation. Colette avait été en proie à toutes les tentations. La voici rendue à elle-même. Elle va se libérer d'Hériot. Et surtout de Missy et des chaînes qu'elle s'était laissé imposer. Libération qui ne va pas sans gratitude pour celle qui l'avait accueillie, recueillie, lorsqu'elle sortait, blessée, dolente, du mariage. « Deux femmes enlacées ne seront jamais pour lui [Max] qu'un groupe polisson, et non l'image mélancolique et touchante de deux faiblesses, peut-être réfugiées aux bras l'une de l'autre pour y dormir, y pleurer, fuir l'homme souvent méchant, et goûter, mieux que tout plaisir, l'amer bonheur de se sentir pareilles, infimes, oubliées[2]*... » Image qui est bien celle de Colette dans la photographie où, coiffée d'un très féminin chapeau, elle est assise, sur l'escalier de la villa du Crotoy, un peu au-dessous de Missy. Celle-ci tient d'une main la main de son amie et pose l'autre sur l'épaule de Colette alanguie. Missy, l'air protecteur, le regard lourd, bottée, culottes de cheval, robustes épaules, casquette de marin à visière, est-elle si virile qu'elle veut le paraître ? Retenons en tout cas l'explication de Colette : elle en vaut bien d'autres. Mais soyons heureux que, la force recouvrée, Colette ait échappé à cette dépendance, à cette maternité substituée, qui l'obligeait à jouer les petites filles, alors qu'elle allait sur ses quarante ans.*

Alors qu'elle allait être consacrée par La Vagabonde. *L'enquête qu'ouvrit* L'Intransigeant *le 24 novembre 1910 n'était pas innocente, puisque le roman venait de paraître et que des lecteurs avaient pu en apprécier, en admirer la qualité dans* La Vie parisienne. *Léon Bailby, directeur de* L'Intran, *était des relations de Colette et de Missy. À propos de la candidature de Mme Curie à l'Académie des sciences, il fit poser la question : « Quelles sont les trois Françaises qui vous semblent se recommander plus particulièrement aux choix de nos immortels ? »*

1. *Les Jeunes Gens d'aujourd'hui*, Plon, 1913.
2. *La Vagabonde*, p. 1207.

Ceux de l'Académie française, bien entendu. Le résultat fut proclamé dans le numéro du 15 décembre. Pour l'interpréter, il convient de se rappeler que la situation mondaine de la femme ne pouvait être négligée dans les réponses, même des littérateurs. Arriva première Gérard d'Houville, fille de José-Maria de Heredia, 29 voix. Deuxième, la comtesse de Noailles, 27 voix. Troisième, Colette Willy, 22 voix. Puis venait un peloton : Marcelle Tinayre, Daniel Lesueur, Séverine, Lucie Delarue-Mardrus, Juliette Adam, Gyp. Colette n'avait eu, en fait, que 20 voix, Franc-Nobain ayant voté pour elle trois fois. Pour Colette aussi : Claude Farrère, Fernand Vandérem, Léon Frapié, Maurice Leblanc, Clément Vautel, Raoul Ponchon, Paul Acker, Léo Larguier, Gustave Téry, Paul Reboux, Maurice Maeterlinck, Ernest-Charles, Félicien Champsaur, si l'on ne retient que quelques noms assez connus. La bonne société n'aurait sans doute pas approuvé ; au reste plus de la moitié des réponses était hostile à l'entrée des femmes à l'Académie[1]*. Mais qu'une majorité d'hommes ait voté pour elle, cela manifestait clairement l'admiration qu'on lui vouait, et, peut-être, l'estime qu'on avait pour son courage, à vivre, à jouer la comédie et à écrire.*

« Les Treize » confirmaient ce succès, louant, dans le même Intran, *son « style original et savoureux », son « imagination neuve et fraîche » tout en signalant qu'elle jouerait à la Gaîté-Montparnasse (3 décembre), puis donnant de beaux éloges à* La Vagabonde, *« le doux et sincère roman d'une femme d'esprit, d'une artiste éprise de mimique, de danse et surtout d'écriture, d'une femme intelligente et jolie qui croit voir peu à peu sa jeunesse la quitter (encore qu'il n'y paraisse point) et qui, prise entre les pénibles souvenirs d'un ancien amour, fuit vers la solitude » (13 décembre 1910).*

Peu après la publication de La Vagabonde, *Colette, déjà délivrée de Willy, s'est libérée de Missy et d'Hériot, — en fait pour aliéner provisoirement sa liberté à Henry de Jouvenel.*

1. Cette enquête mériterait d'être étudiée par les historiens du féminisme — et de l'antiféminisme.

De Sido, à qui l'attachent des liens ambigus, elle ne s'est jamais libérée. Il faudra qu'elle lui élève un monument et même plusieurs : *La Maison de Claudine*, *Sido*, *La Naissance du jour*, dalle sur dalle. Elle est absente de l'œuvre publiée avant 1914. Claudine n'a pas de mère, ni Renée Néré. La mère de Minne n'est qu'un pâle clair de lune, sans rapport avec le soleil que fut la première Mme Colette. Et l'on s'est déjà étonné que Colette ait pu tracer ou laisser tracer telle phrase relative à la mère de Claudine[1]. La fille écrit assez irrégulièrement à sa mère[2], qui, elle, lui écrit plus d'une fois par semaine. Indifférence ou crainte, la fille tait ses angoisses pendant les moments les plus troubles[3], provoquant des questions, des interrogations passionnées ; ainsi : « Minet, je suis bien triste et si je ne te vois plus j'aime autant mourir. Tu ne trouves rien à me dire... si ce n'est tes bêtes[4]. » Gabri se raidit ; elle se refuse à toute confidence, par où elle se verrait diminuée, entachée.

Elle est portée au stoïcisme, dans sa relation filiale à Sido et plus généralement dans son comportement, par un extraordinaire sentiment de sa supériorité, depuis les remarques faites par Claudine sur ses camarades écolières jusqu'aux remarques désobligeantes faites à son « amie » Valentine[5]. Annie, dans *La Retraite sentimentale*, déclare sentencieusement que chacun ne possède qu'une très petite part de bonheur ; elle ajoute : « Vous portez le vôtre avec une sorte d'orgueil, une espèce de supériorité silencieuse ; on entend que vous pensez : "Mon bonheur ou ma tristesse, ou ma volupté, mon amour enfin sont meilleurs, sont autres que ceux des autres... Même en mal, tout ce qui est à moi est mieux[6] !" » Les hommes ne sont pas mieux traités : Renaud a

1. Voir p. LXXX-LXXXI et *Claudine à Paris*, p. 349.

2. Les lettres de Colette à Sido, qui constitueraient avec *LISC* une vraie correspondance, ont été, semble-t-il, détruites par la femme d'Achille.

3. Voir la page de *Mes apprentissages*, *OCF*, t. XI, p. 28.

4. *LISC*, samedi 3 juin [sans doute 1911].

5. Voir « De quoi est-ce qu'on a l'air ? » dans *Les Vrilles de la vigne*, p. 1016 et suiv. Des articles du *Matin*, postérieurs, visent la même cible.

6. P. 867.

droit à la condescendance de Claudine. Le Frisé, de qui rêve Minne, ne sera que « l'instrument de son accession à la suprême dignité[1] *». Max est un comparse plutôt qu'un partenaire. Jean, dans* L'Entrave, *vaudra mieux, mais sa bouche racontera « les faiblesses et les attraits d'un caractère*[2] *» ; le mot revient dans une autre description de son visage : « une faiblesse assez séduisante pour tout obtenir ».*

Le père, à cette époque, est présent dans l'œuvre, mais de quelle falote présence ! Grimé en malacologiste, est-il puni de l'impéritie qui, par l'abandon de Saint-Sauveur, fit exclure Gabri du paradis terrestre ? Plus tard, Colette peindra le Capitaine en dissipant « le mirage d'une carrière d'écrivain[3] *». Willy sera une autre victime de cette supériorité :* Mes apprentissages *le réduisent à un reflet de Maugis ; il n'est plus que le simple gestionnaire d'œuvres écrites par des collaborateurs ; son impuissance ne peut même se targuer d'un enfant né de Colette. Gabri est une mante religieuse*[4]*.*

Cette supériorité s'est affirmée grâce à la scène : Colette s'y est donnée à voir. Le public est pour elle comparable au miroir, si souvent présent dans l'œuvre : l'un et l'autre lui renvoient une image dont elle a besoin pour exister, la confirment dans le fort sentiment de sa valeur sans lequel il est possible qu'après 1906 elle se fût écroulée ou à tout jamais dispersée. C'est là le fondement de son courage.

À Châtillon-Coligny, lorsqu'elle allait sur ses vingt ans, qu'était-elle ? Une petite provinciale sans fortune ni avenir. Qu'elle ait tenu à épouser Willy[5] *n'aurait rien d'étonnant. Willy lui offrait une scène et un impresario. De son infériorité sociale elle saurait faire une supériorité mondaine et littéraire.*

1. Formule de Paul D'Hollander dans la Notice de *L'Ingénue libertine,* p. 1444.

2. *L'Entrave, OCF,* t. IV, p. 241 ; la citation suivante, p. 261.

3. *Sido, OCF,* t. VII, p. 219. On verra dans les notes de *Sido* que Colette est cruelle.

4. Dans cette direction psychologique on peut, en attendant, prendre pour point de départ les dernières pages du livre intéressant de Marcelle Biolley-Godino : *L'Homme-objet chez Colette* (Klincksieck, 1972).

5. Voir p. LVII.

Mondaine, dès qu'elle comprit tout ce qu'elle pouvait tirer de sa qualité de petite paysanne au fort accent, aux mots, aux gestes, aux attitudes libres de conventions parisiennes. Littéraire, car dès Claudine à Paris *elle manifestait, sous le masque de Willy, une originalité quasiment exotique : comment peut-on être poyaudine ? La littérature prise entre les extravagances du décadentisme, les nuages du symbolisme et les tranches de vie bien saignantes du naturalisme attendait ce ton naturel, simple, pudiquement amoral. « Claudine n'est pas vicieuse, mais seulement curieuse du vice des autres. Elle s'y intéresse, avec le secret dessein de découvrir, dans ce spectacle, de quoi alimenter son orgueil*[1]*. »*

Colette, sans masque cette fois, accentue son avantage par les Dialogues de bêtes. *Le chat l'emporte sur le chien. Le chat et le chien l'emportent sur l'être humain par leur sensibilité, la finesse de leur sens et, comme Claudine, leur aptitude au plaisir. La nature commence à s'intégrer dans la conception du monde. Elle sera intégrée au moi dans une partie des* Vrilles de la vigne *et dans toute* La Retraite sentimentale, *où cette intégration devient une source de plaisirs quotidiens.* La Vagabonde *est une nouvelle étape dans cette recherche et découverte de soi. Le moi, en consonance avec la nature, et « mes plaisirs » (car ce sera le sens de* Ces plaisirs...) *sont plus importants que le plaisir que peut donner un autre, et « ces plaisirs » supposent que soit soigneusement écarté l'amour, trompeur, douloureux.* L'Entrave *n'y contredira en rien : l'amour y compte moins que la volupté ou, plutôt, que les voluptés attendues d'un partenaire intelligent, dont, en faisant croire qu'elle accepte la chaîne, l'héroïne, Renée Néré — prénom et patronyme en miroir... —, se fait avant tout non pas un protecteur, qui ne lui est pas nécessaire, mais le protecteur et, pour une partie, le dispensateur de ses plaisirs.*

Ce mouvement s'est accompagné d'un approfondissement : le

1. Allusion à *La Retraite sentimentale.* Article d'André Du Fresnois, « Colette Willy », *Akademos*, février 1908, p. 178. Le nom du critique est peut-être le pseudonyme d'un admirateur, si l'on songe au Montigny-en-Fresnois de Claudine.

je *des premières* Claudine, *au moins, était de parade.* Le je *de* La Retraite sentimentale *et des œuvres suivantes suppose une coïncidence entre le narrateur et l'auteur, un accord profond, — le renoncement à l'amour dans* La Vagabonde *n'étant qu'un moyen de réserver l'accès aux voluptés.*

Le président de Montesquieu déclarait qu'il n'éprouvait pas d'ennui auquel un quart d'heure de lecture ne mît fin. Ennui, au sens fort. Pas de quart d'heure d'ennui pour Colette qu'un plaisir n'y mît fin : plaisir de manger plus que de boire, de contempler, de marcher, de se voir, d'être vue, de saisir, de griffer, d'être caressée, de se sentir être emportée au septième ciel et même et surtout de caresser de la plume les mots. « "La chair fraîche... — dit Annie — Dieu vous garde, Claudine, de cette tentation pire que les autres !" [...] / Je ne crains personne — ni moi-même ! La tentation ? je la connais. Je vis avec elle, qui se fait familière et inoffensive. Elle est soleil où je me baigne, fraîcheur mortelle des soirs dont la caresse s'abat sur mes épaules surprises, soif ardente pour que je coure à l'eau sombre où tremble l'image de mes lèvres jointe à mes lèvres, — faim vigoureuse et qui défaille d'impatience... / L'autre *tentation, la chair, fraîche ou non ?... Tout est possible. Je l'attends*[1]. *» Soif, faim, chair, mais chair réduite à la cause d'un des plaisirs. N'est-il pas étonnant qu'en préparant le texte de l'édition du Fleuron, Colette, âgée, ait omis la faim*[2], *comme si la soif était plus noble, plus spirituelle. Mais c'est bien de la faim qu'on passe à la tentation de la chair, de toutes les chairs, et d'abord de celles que l'on déguste et mange.*

Un psychanalyste dirait que Colette, par sa perversité si franche qu'elle cesse d'être perverse, est, adulte, la descendante de l'enfant « pervers polymorphe » ; qu'en elle domine l'importance du plaisir qu'on peut obtenir par tous les sens. C'est grâce à cette survivance en l'adulte que l'écriture de Colette est et restera si riche en petits plaisirs sensuels. On nous épargnera ici la dissertation de rigueur sur les sensations dans l'œuvre de Colette.

1. *La Retraite sentimentale*, p. 953.

2. On lit dans l'édition du Fleuron : « [...] l'image de mes lèvres jointes à mes lèvres... / *L'autre* tentation [...] »

Un philosophe dirait qu'elle a pratiqué Bentham et qu'elle n'ignore pas l'arithmétique des plaisirs : un bon gigot vaut mieux qu'une médiocre étreinte.

Un moralisateur, que sa perversité, parce qu'elle est franche, est saine et respectable, tandis que celle de Willy menait à la dégradation de la sexualité et donc de l'être.

Le simple amateur de littérature verra découler de cette psychologie deux conséquences.

La supériorité que Colette devait d'abord affecter, au risque de se retrouver petite Colette comme devant, la conduisait grammaticalement et logiquement à écrire à la première personne[1], *qui s'épanouit, impérieuse, dans* La Vagabonde, *puis dans* L'Entrave.

Si les plaisirs sont premiers, mais non hiérarchisés, l'écriture ne peut s'organiser qu'en textes brefs : brefs sont aussi les plaisirs et rapide leur rythme de succession. Dès 1902, Marcel Boulenger, critique sensible et intelligent, écrivait de Claudine en ménage : *« Ce n'est pas un roman, mais plutôt une série de narrations charmantes sur des tendresses, sur des gestes, ou mieux une suite harmonieuse de variations sur un motif*[2]. *Ainsi, Colette est naturellement orientée vers les genres et les formes qui lui furent propres : le morceau court, de la dimension d'un article, le poème en prose, parfois enchâssé dans un récit, le conte, la nouvelle, l'œuvre brève et personnelle, où l'intrigue, réduite à des éléments très simples, tend à s'effacer au profit de l'expression du moi. Il est intéressant de remarquer que* La Vagabonde, *quand elle est publiée dans* La Vie parisienne, *présente une structure artificielle : les parties y sont divisées en sections numérotées. Dès l'édition originale, Colette supprime ces chiffres qui cachaient mal sa composition, si clairement perceptible dans les* Claudine *et hautement affirmée dans* Les Vrilles de la vigne *comme dans* L'Envers du music-hall, *deux œuvres que surent recommander aux bons lecteurs*

1. *L'Ingénue libertine* échappe à cette règle. Mais on sait l'origine bâtarde de cette œuvre.

2. Article de la *Renaissance latine*, 15 juin 1902, cité par P. D'Hollander, *Colette, ses apprentissages*, p. 216.

Apollinaire et André Salmon[1]. *Ce qui lui est naturel, et qu'elle ne comprit pas d'abord, c'est la construction par séquences, autonomes ou liées, qui ne résulte pas d'un dessein d'ensemble, d'une synthèse préalable, mais d'une juxtaposition ou d'une consécution.*

Les œuvres qui précèdent et qui suivent la première guerre mondiale — de La Vagabonde, *précisément, jusqu'à* Sido *— ont un style bien à elles. La recherche de l'expression nette, sèche, rapide, caractéristique de la première époque de Colette, le cède à un rythme plus lent*[2]. *Après 1930 on verra Colette raffiner sa langue jusqu'au mot rare, à la phrase en volute. En se libérant de Claudine, elle s'était libérée d'une manière. Elle devenait elle-même, l'un de nos plus grands poètes en prose.*

Elle apportait de la sorte à ceux qui ne les avaient pas reçus, qui en avaient été privés par leur éducation, un sens de la vie et le goût des plaisirs, un goût si rare dans notre littérature qu'elle en doit être remerciée, tant que, grâce à elle, la langue française saura dire de tels bonheurs, qui, exprimés, valent bien le bonheur.

CLAUDE PICHOIS.

1. Apollinaire sous le masque de Louise Lalanne dans *Les Marges* de mars 1909 ; voir la Notice des *Vrilles de la vigne* par Michel Mercier, p. 1530. André Salmon, dans *Les Cahiers d'aujourd'hui* d'avril 1913, en un article qui a trait à *L'Envers du music-hall* et au début de la publication de *L'Entrave* dans *La Vie parisienne*.

2. Pour la clarté, la limpidité du style de Colette vers 1910, voir la citation de J. Bertaut (*La Revue*, 15 décembre 1910) faite à la fin de la Notice de *La Vagabonde*.

CHRONOLOGIE
(1829-1910)
par Jacques Frugier[1]

1829

26 septembre : Naissance, au Mourillon, près de Toulon, de *Jules* Joseph Colette, père de l'écrivain. Il est fils de Jean Joseph Colette et de Marie Thérèse Adélaïde Funel. — Sur la carrière militaire de celui qu'on appellera le Capitaine, voir p. XLVI-XLVII.

1835

12 août : Naissance, à Paris, d'Adèle Eugénie *Sidonie* Landoy, mère de Colette. — Le père : Henry Marie Landoy, né à Charleville, Ardennes, le *23 septembre 1792*, mort à Lyon, le *17 janvier 1854*. Surnommé « le Gorille ». — La couleur, très lointaine, proviendrait-elle de la famille d'Anne-Marie Mathis, la mère de Henry-Marie Landoy ? — La mère : Sophie Céleste Châtenay, née à Versailles en *1792*, morte à Paris le *2 octobre 1835*. Épouse Henry-Marie Landoy en *1814*. Le ménage s'installe à Charleville et tient un commerce d'épicerie. Entre *1815* et *1823*, naissent plusieurs enfants dont deux garçons survivront : Henri *Eugène* (*17 octobre 1816-mars 1890*) et Jules Paulin (né le *31 juillet 1823*). Colette héritera de sa grand-mère un portrait sur ivoire daté de *1830* : « La miniature représente une jeune dame, à coiffure trilobée, une grosse coque en haut, une grappe de boucles genre chipolatas sur chaque tempe. » (*L'Étoile Vesper.*) — Après la mort de sa mère, la jeune Sidonie est mise en nourrice chez les Guillé, au hameau des Matignons, sur le chemin de Mézilles à Saint-Sauveur-en-Puisaye (Yonne). Elle sera accueillie ensuite par ses frères installés dès *1840* en Belgique, où Eugène, notamment, se consacre au journalisme.

1. Mme R. Forbin-Salichon, qui a collaboré à l'édition des cinq volumes de lettres de Colette publiés chez Flammarion et qui a donc réuni nombre d'informations pour dater ces lettres et en éclairer les allusions, a bien voulu faire profiter cette Chronologie de son expérience et de ses connaissances. Je tiens à l'en remercier vivement. Cl. P.

1857

15 janvier : Mariage, à Schaerbeek, près de Bruxelles, de Sidonie Landoy avec Claude *Jules* Joseph Robineau-Duclos, né le *9 février 1814*.

1859

9 juin : Jules Colette est blessé lors de la bataille de Melegnano (« en France nous disons Marignan[1] »). Il sera amputé de la jambe gauche. Il recevra à partir de 1860 une pension de 1 600 F par an.

10 août : Naissance, à Villiers-sur-Orge (Essonne), de Henri-Jean-Albert Gauthier-Villars. Son père, Jean-Albert Gauthier-Villars, polytechnicien, entré en 1850 dans le service des lignes télégraphiques, a-t-il participé à la campagne d'Italie ?

1860

9 août : Jules Colette prête serment à la préfecture de l'Yonne, puis s'installe à Saint-Sauveur-en-Puisaye, dont il s'est vu confier la perception après sa mutilation (arrêté ministériel du *2 juin 1860*).

14 août : Naissance, à Saint-Sauveur, d'Héloïse Émélie *Juliette* Robineau-Duclos, « ma sœur aux longs cheveux » (*La Maison de Claudine*).

1863

27 janvier : Naissance, à Saint-Sauveur, d'Edme Jules *Achille* Robineau-Duclos, que Colette sentira obscurément « frère entier par le cœur, le choix, la ressemblance ».

1865

30 janvier : Mort de Jules Robineau-Duclos.

20 décembre : Sidonie Landoy, veuve Robineau-Duclos, épouse en secondes noces Jules Colette, à la mairie de Saint-Sauveur.

1866

22 octobre : Naissance, à Saint-Sauveur, de Léopold Jean Colette, dit Léo, frère de Colette.

1873

Mort de Napoléon III, le *9 janvier*. Démission de Thiers et élection du maréchal de Mac-Mahon à la présidence de la République, le *24 mai*. Départ des

1. Colette, *Les Heures longues*, « Un zouave », au tome II.

derniers soldats allemands de l'armée d'occupation (*septembre*). Naissance, en Algérie, d'Émilie Zouzé-Bouchard, dite Polaire ; d'Hélène Dumarc, future Hélène Picard, à Toulouse, le *1er octobre* ; de Henri Barbusse, à Asnières, le *17 mai* ; d'Alfred Jarry à Laval, le *8 septembre* ; de Charles Péguy, à Orléans, le *17 janvier*. Arthur Rimbaud (1854-1891) : *Une saison en enfer*.

28 janvier : Vers 10 heures du soir, naissance, à Saint-Sauveur-en-Puisaye, de Sidonie Gabrielle Colette.

1876

Mallarmé : *L'Après-midi d'un faune*. Naissent, cette année : Léon-Paul Fargue ; Charles Bargonne, dit Claude Farrère ; Henry Bernstein ; Max Jacob ; Natalie Clifford Barney ; Anna de Noailles ; Anatole de Monzie. Meurent George Sand et Eugène Fromentin.

5 avril : Naissance, à Paris, de Henry de Jouvenel, fils de Raoul Marie Bertrand de Jouvenel et de Marie Juliette Émilie Dollé, son épouse.

1878

Naissance d'Edmond Jaloux, de Léo Larguier, de Reynaldo Hahn, de Raoul Dufy. Henry Gauthier-Villars fait paraître un recueil de *Sonnets* et commence à collaborer activement à de nombreux journaux. Il publie notamment des contes, nouvelles et critiques dans *La Liberté du Jura*, fondée par son grand-père paternel.

1er mai : Ouverture de l'Exposition universelle. « Ce beau mois fêta l'inauguration du palais du Trocadéro et l'intronisation définitive du mot "ticket" dans notre langage courant » (*Almanach de Paris, an 2000*[1]).

1879

Naissance de Jacques Copeau. Zola : *Nana*.

Voyage de Colette, avec son père, à Bruxelles. Premier et bref séjour à Paris.

30 janvier : Élection de Jules Grévy à la Présidence de la République, après la démission du maréchal de Mac-Mahon.

5 février : Ministère Waddington, avec Jules Ferry à l'Instruction publique.

Noël : « Rirez-vous de moi [...], si je vous avoue que je demandai, pour mon septième Noël, le théâtre complet de Labiche... et que je l'eus ? » (*De ma fenêtre*.)

1. Désigné plus loin par le sigle *Alm. P. 2000*.

1880

Naissance de Guillaume Apollinaire. Maupassant : *Boule de Suif* ; Zola : *Le Roman expérimental* ; Taine : *Philosophie de l'Art*.

À Saint-Sauveur, début de la construction d'un bâtiment scolaire qui comprend les classes enfantines. Colette n'ira pas en pension au collège d'Auxerre que fréquentent ses frères. « C'est la captivité de ces trois aînés qui décida de ma liberté. "Oh ! non, pas elle !" murmurait ma mère en me regardant. » (*Aventures quotidiennes*, « Rentrée ».)

Henry Gauthier-Villars est incorporé au 31e régiment d'artillerie, au Mans, et sert dans la même batterie que le capitaine Alfred Dreyfus. Nommé sous-lieutenant, il est envoyé en garnison à Besançon où il séjournera un an.

Mars : Jules Colette prend sa retraite de percepteur.

8 mai : Mort, à Croisset, de Gustave Flaubert.

6 juillet : Jules Colette pose sa candidature aux élections du Conseil général de l'Yonne. Sa fille l'accompagne quelquefois dans sa campagne électorale. (Voir « Propagande » dans *La Maison de Claudine*.)

1er août : Premier tour de scrutin qui, pour un siège, oppose trois candidats républicains (Colette, Hérold, Merlou) à un bonapartiste (Gonneau). Arrivé le deuxième des candidats républicains, Jules Colette se retire.

8 août : Élection du docteur Pierre Merlou, futur maire de Saint-Sauveur (1886), député (1889 à 1906), ministre... et personnage de *Claudine à l'école* sous le nom de Dutertre.

9 décembre : Mme Piétresson de Saint-Aubin, née Adrienne Jarry, à son fils : « La conférence de M. Colette n'a pas eu de succès ; ils étaient dix-huit. Il a lu simplement un article de géographie. L'ambition de la mairie perce sous ces réunions-là et M. Colette est plus que jamais impopulaire. Cela tient à son four des élections dernières et au ridicule qu'il a de s'occuper de tant de choses mesquines, ce qui n'a pas échappé aux ouvriers. »

18 décembre : De la même au même : « M. Colette continue de conspirer avec Landré qui a toujours l'air digne de quelqu'un qui a fréquenté le château. Je vois entrer chez lui quelques figures qui me font l'effet d'être payées pour la propagande et voilà tout. Au fond, M. Colette sait bien que tout cela c'est de la comédie et une forte blague — il le dit — mais il veut absolument être quelque chose. Bien moins philosophe que son prédécesseur feu Robineau-Duclos qui se contentait d'aller à la cave et de se dire : "Si tu le bois, tu mourras ! Mais si tu ne le bois pas, tu mourras aussi", et il le buvait ! ou bien d'arpenter son jardin la nuit et de dire entre ses dents : "j'vois ben quèque chose". »

1882

Naissance de Louis Pergaud, de Jean Giraudoux.

Zola : *Pot-Bouille*. Gabriel Fauré (1845-1924) compose son premier *Quatuor*. Henry Gauthier-Villars : *Les Parnassiens*. *29 mars* : Loi Jules Ferry rendant l'enseignement primaire obligatoire.

1884

Naissance de Jules Supervielle. Daudet : *Sapho* ; Huysmans : *À rebours*. Claude Debussy obtient le prix de Rome pour *L'Enfant prodigue*. Henry Gauthier-Villars : *Mark Twain*.

Séjour de Colette à Paris, rue Saint-Roch.

4 avril : Après avoir vendu la maison paternelle du Mourillon (*août 1881*), Jules Colette doit emprunter cent vingt mille francs au Crédit foncier.

2 mai : Mme Piétresson de Saint-Aubin à son fils : « Les élections se préparent pour dimanche et mon voisin Colette se démène. Je crois qu'il voudrait être maire ou tout au moins faire sauter ce pauvre Habert. »

4 septembre : Partage des biens de la succession de Jules Robineau-Duclos. Attribution de la maison de Saint-Sauveur, sise rue de l'Hospice (rue Colette depuis le 30 avril 1967), à Achille Robineau-Duclos.

1885

Naissances : Sacha Guitry, Charles Dullin, François Mauriac. Maupassant : *Bel Ami* ; Zola : *Germinal*. César Franck : *Variations symphoniques*. Mort de Victor Hugo, le *22 mai*.

Collaboration de Henry Gauthier-Villars à la revue *Lutèce*, à laquelle il donne des articles de critique musicale sous la signature de Henry Maugis.

16 janvier : Mort d'Edmond About.

14 février : Mort de Jules Vallès.

14 avril : Juliette Robineau-Duclos épouse le docteur *Charles-*Gustave Roché, qui exerce à Saint-Sauveur. Ce mariage rend publique la mauvaise gestion, par le Capitaine, des biens que Sido a hérités de Jules Robineau-Duclos. Sur les suggestions de son mari, Juliette cesse bientôt de fréquenter les Colette.

25 et 31 juin : À l'école de Saint-Sauveur, Colette passe les épreuves du Certificat d'études primaires.

1er octobre : Jules Colette vend le domaine de Massue-sur-Champignelles.

1887

Naissances : Blaise Cendrars, Louis Jouvet, Saint-John Perse. Maupassant : *Mont-Oriol*, *Le Horla* ; Zola :

La Terre. André Antoine (1857-1943) fonde le Théâtre-Libre. César Franck : *Psyché.*

25 mai : Incendie de l'Opéra-Comique ; plus de cent morts. « Mon frère aîné, étudiant en médecine, venait de se voir refuser au guichet la dernière place du "poulailler". » (*Alm. P. 2000.*)

Octobre : Adjonction d'un cours complémentaire à l'école de Saint-Sauveur. Mlle Olympe Terrain, 24 ans, succède à la directrice, Mme Viellard.

1888

Naissance de Georges Bernanos, de Joseph Kessel. Maupassant : *Sur l'eau, Pierre et Jean.* Debussy : *Deux arabesques.*

Henry Gauthier-Villars, associé à l'entreprise paternelle, dirige la maison d'édition. Au rez-de-chaussée du 55, quai des Grands-Augustins, son bureau devient le rendez-vous des Gourmont, de Louÿs, Mendès, Régnier, Schwob, Verlaine.

Mars-octobre : Collaboration de Henry Gauthier-Villars (Willy) au journal *La Batte.*

15 mai : Jules Colette vend la ferme de La Forge.

9 août : Mort de Charles Cros.

1889

Naissance de Jean Cocteau, de Musidora, de Francis Poulenc. Bourget : *Le Disciple* ; Maupassant : *Fort comme la mort* ; Rachilde : *Monsieur Vénus* (publié d'abord à Bruxelles en 1884 en collaboration avec Francis Talman).

17 janvier : Vente du pré Saint-Jean, à Saint-Sauveur.

23 avril : Mort, à Paris, de Jules Barbey d'Aurevilly.

6 mai : Ouverture de l'Exposition universelle de Paris. La tour Eiffel est achevée.

Juin : Inauguration de la statue de Paul Bert à Auxerre : on récite une pièce de vers composée par le capitaine Colette.

Juillet : Sidonie-Gabrielle Colette obtient le brevet élémentaire, à Auxerre (*1er-3*), et le certificat d'études primaires supérieures (*25 et 26*), auquel huit élèves sont reçues sur vingt-six présentées. Elle cesse ses études.

Voyage de Colette à Paris où elle ferait la connaissance de Willy.

3 août : Naissance, à Paris, 8, rue Frédéric-Bastiat, de Maurice Goudeket.

9 septembre : Naissance, à Paris, 22, rue de l'Odéon, de Jacques Gauthier-Villars, fils de Willy et de Germaine Servat, non encore divorcée d'Émile Cohl, futur créateur des dessins animés.

Octobre : Willy commence à publier, dans *Art et critique*, des lettres sur les concerts Lamoureux, signées : « Une ouvreuse du cirque d'été ». Colette deviendra une lectrice assidue des « Lettres de l'ouvreuse ».

1890

Claudel : *Tête d'or* ; Anatole France : *Thaïs* ; Huysmans : *Là-bas* ; Loti : *Le Roman d'un enfant* ; Zola : *La Bête humaine*. Fondation du *Mercure de France* par Alfred Vallette et de la *Revue blanche* par les frères Natanson. Ouverture du Casino de Paris. Clément Ader s'élève à bord de l'*Éole*.

Willy, avec Alfred Ernst, publie un volume des *Lettres de l'ouvreuse*, chez Vanier. Début d'une collaboration assidue à *L'Écho de Paris* et au *Gil Blas* avec des nouvelles, des critiques et des comptes rendus de concerts.

12 février : Achille Robineau-Duclos soutient sa thèse de doctorat devant la Faculté de médecine de Paris, dans laquelle il a fait ses études. Il s'établit ensuite à Châtillon-sur-Loing (aujourd'hui Châtillon-Coligny).

15 juin : Vente « par adjudication volontaire et pour cause de départ » de divers meubles et objets appartenant à la famille Colette.

28 septembre : À Saint-Sauveur, inauguration, par Jules Develle, ministre de l'Agriculture, des nouveaux bâtiments de l'école (achevés en *février*) dont une pierre d'angle porte l'inscription : « Cette pierre a été frappée par M. Merlou, conseiller général, maire de Saint-Sauveur, le 14 juillet 1887. » Sidonie Gabrielle récite la harangue officielle de remerciements.

1891

Naissance de Léopold Marchand. Barrès : *Le Jardin de Bérénice* ; Gide : *Les Cahiers d'André Walter* ; Schwob : *Le Cœur double* ; poèmes de Valéry dans *La Conque*.

Willy publie *Histoires normandes* (avec Léo Trezenik). Début de sa collaboration au *Mercure de France*.

Réconciliation de Sido avec Juliette.

1er mai : Manifestation ouvrière ; grève et incidents de Fourmies (le *13*).

17 septembre : Troubles à l'Opéra à l'occasion de la représentation de *Lohengrin* de Richard Wagner ; nombreuses arrestations.

Été ou *automne* : Les Colette quittent Saint-Sauveur pour s'installer à Châtillon-sur-Loing, où Achille s'est établi médecin.

10 novembre : Mort, à Marseille, d'Arthur Rimbaud.

31 décembre (?) : Mort, à Paris, de Germaine Servat, mère de Jacques Gauthier-Villars. L'enfant sera confié quelque temps aux Colette.

1892

Claudel : *La Ville* ; Jammes : *Vers* ; Maeterlinck : *Pelléas et Mélisande* (drame créé à Paris par Lugné-Poe le *17 mai 1893*). Fondation du théâtre de l'Œuvre par Lugné-Poe. Gustave Charpentier : *Impressions d'Italie.* Début du quotidien *Le Journal.*

Willy publie *L'Année fantaisiste 1891* et *Comic-Salon* ; collaboration à la *Revue bleue*, avec des articles historiques.

Février-avril : Nombreux attentats anarchistes à Paris.

Avril : Colette passe trois semaines à Paris, chez la générale Cholleton, rue Gaston-de-Saint-Paul. Cette dame, née à Oran, avait épousé un officier que Jules Colette avait connu à Saint-Cyr. Rencontre décisive avec Willy ; soirée à la brasserie Pousset, 14, boulevard des Italiens (la brasserie Logre de *Claudine à Paris*).

24 avril : Jules Colette vend le domaine des Lamberts, près de Moutiers.

Été : Willy à Bayreuth.

Septembre : *La Libre Parole* révèle le scandale de Panama. — Georges Waag, dit Wague (né le *14 janvier 1874*), crée les *Cantomimes* de Xavier Privas au sous-sol du café Le Soleil d'Or, siège de la revue *La Plume* fondée en 1889 par Léon Deschamp ; il y rencontre Willy.

Novembre : Séjour à Paris ; Colette est présentée à la famille Gauthier-Villars.

1893

Naissance de Pierre Drieu La Rochelle. Anatole France : *Les Opinions de Jérôme Coignard* ; Mallarmé : *Vers et Proses* ; Heredia : *Les Trophées* ; Schwob : *Le Roi au masque d'or* ; Zola : *Le Docteur Pascal* (20e et dernier volume des *Rougon-Macquart*). Debussy : *Quatuor.* Spectacles : *Madame Sans-Gêne*, de Sardou ; *Boubouroche*, de Courteline. Marey présente son projecteur cinématographique.

Le Capitaine qui touchait 1 600 (pension militaire) + 700 (retraite de percepteur) = 2 300 F par an, voit le total de sa pension porté à 3 300 F.

Willy publie *L'Année fantaisiste 1892* et *Bains de sons* (en collaboration avec Alfred Ernst). Il cède à son frère sa part de commandite dans la maison d'édition paternelle pour se consacrer au journalisme.

5 mars : Mort, à Paris, d'Hippolyte Taine.

10 avril : Inauguration de l'Olympia de Joseph Oller, qui dirige également le Moulin-Rouge.

15 mai : À Châtillon-sur-Loing, mariage de Colette avec Henry Gauthier-Villars. La cérémonie est célébrée dans la plus stricte intimité ; une simple bénédiction, à 4 heures de l'après-midi, remplace la messe. Témoins : pour Willy, Pierre Veber et Adolphe Houdard, déjà parrain de Jacques Gauthier-Villars ; pour Colette : son oncle maternel Jules Landoy et Achille Robineau-Duclos.

Colette part pour Paris et s'installe, pendant quelques semaines, dans les deux chambres qui forment l'appartement de Willy, le « Vénusberg », au 55 du quai des Grands-Augustins.

Voyage dans le Jura, avec Willy.

28 juin : Le couple emménage 28, rue Jacob, au troisième étage. Colette est introduite dans les salons littéraires et musicaux de Mme Arman de Caillavet, de Mme de Heredia, de Rachilde, de Gyp, de la princesse Brancovan, de Mme de Saint-Marceaux,... Elle y rencontrera une partie du Tout-Paris : Anatole France, Proust, Anna de Noailles, d'Annunzio, Robert de Montesquiou, Ravel, Vincent d'Indy, Louÿs, Remy de Gourmont, Poincaré, Clemenceau, Briand, Jaurès, Blum,...

6 juillet : Mort, à Paris, de Guy de Maupassant.

Octobre : À Toulon, visite de la flotte russe ; grandes fêtes à Toulon et à Paris.

17 octobre : Mort, à Saint-Cloud, de Charles Gounod.

21 octobre : À Montcresson obsèques du maréchal de Mac-Mahon ; le capitaine Colette prononce une allocution, au nom de ses camarades de Magenta. Elle est imprimée sur une feuille volante.

1er décembre : Ministère Casimir-Perier.

9 décembre : L'anarchiste Vaillant lance une bombe à la Chambre des députés. Il sera exécuté le *5 février 1894*.

1894

Louÿs : *Chansons de Bilitis* ; Renard : *Poil de Carotte* ; Stendhal : *Lucien Leuwen*. Début de *La Revue de Paris*. Debussy : *Prélude à l'après-midi d'un faune*. Le docteur Roux découvre le sérum antidiphtérique.

Willy publie *L'Année fantaisiste 1893*, *Soirées perdues* (Tresse et Stock), *La Mouche des croches* (Fischbacher), *Rythmes et Rires*, avec A. Ernst (Bibliothèque de La Plume), *Les enfants s'amusent*, avec Pierre Veber (Simonis Empis). Il donne des articles historiques et des nouvelles à *La Revue hebdomadaire*, et collabore à *La Cocarde* (quotidien dirigé par Maurice Barrès) du *15 septembre 1894* au *5 mars 1895*. Colette Gauthier-Villars donne elle-même six articles à ce quotidien (B[1] : 10 février 1895).

Janvier (?) : Prévenue par un billet anonyme de l'infidélité de son mari, Colette se rend dans un entresol de la rue Bochart-de-Saron où elle découvre Willy en compagnie d'une jeune femme, Charlotte Kinceler.

1. Cette abréviation indique une référence datée à la Bibliographie, qu'on trouvera p. 1661 et suiv.

Sérieuse maladie de Colette qui, pendant plus de deux mois, est soignée par le docteur Jullien. « Il y a toujours une époque, dans la vie des êtres jeunes, où mourir leur est tout juste aussi normal et aussi séduisant que vivre, et j'hésitai. » (*Mes apprentissages.*)

21 mai : Colette assiste à la première représentation des *Romanesques* d'Edmond Rostand, au Théâtre-Français. (*Alm. P. 2000.*)

Juin-début de septembre : Accompagnée de Willy et de leur ami Paul Masson, Colette passe sa convalescence à Belle-Île : « Pour la première fois de ma vie je goûtais, je touchais le sel, le sable, l'algue, le lit odorant et mouillé de la mer qui se retire, le poisson ruisselant. » (*Mes apprentissages.*) Paul Masson (1849-1896), ancien magistrat à Chandernagor, restera l'ami dévoué de Colette qui l'évoquera sous les traits de Masseau dans *L'Entrave* et de Lemice-Terrieux dans *Le Képi.*

25 juin : À Lyon, assassinat de Sadi Carnot (né en 1837), président de la République depuis le 3 décembre 1887.

18 juillet : Mort, près de Louveciennes, de Leconte de Lisle.

Septembre : Séjour à Châtillon-sur-Loing.

15 octobre : Arrestation du capitaine Alfred Dreyfus, attaché au 2e bureau de l'État-Major. Le *22 décembre*, condamnation à la déportation perpétuelle en Guyane, sur l'île du Diable.

5 novembre : *Annabella ou Quel dommage que ce soit une prostituée !*, pièce de John Ford, traduction de Maeterlinck, au théâtre de l'Œuvre. Jules Renard remarque, parmi les spectateurs, « Mme Willy, traînant la corde à puits de ses cheveux » (*Journal*).

Sur les conseils de son mari, Colette ébaucherait, cette année et la suivante, ce qui sera *Claudine à l'école.*

1895

Naissance de Paul Éluard, de l'acteur Michel Simon. Jean Lorrain : *Un démoniaque* ; Huysmans : *En route* ; Verhaeren : *Les Villes tentaculaires.* Découverte des rayons X par Roentgen. Travaux de Jean Perrin sur les rayons cathodiques. Les frères Lumière mettent au point un appareil cinématographique (1re séance le 28 décembre dans le sous-sol du Café de Paris). Peugeot fait circuler une voiture automobile sur pneumatiques.

Willy publie *Entre deux airs* (Flammarion), *Une passade*, en collaboration avec Pierre Veber (Flammarion), et *L'Année fantaisiste 1894.*

Colette fait la connaissance de Marguerite Moreno (de deux ans son aînée), alors maîtresse de Catulle Mendès, dans le salon de ce dernier. Début d'une longue amitié.

17 janvier : Félix Faure, président de la République.

Mai : Voyage à Saint-Sauveur, avec Willy.

Juillet : Nouveau voyage à Saint-Sauveur où Willy et Colette visitent l'école et assistent à la distribution des prix.

Septembre : Willy et Colette se rendent au festival de Bayreuth. Ils passent par Lons-le-Saulnier, Besançon, Bâle, Munich et Nuremberg.

1896

Naissance de Henry de Montherlant, d'Antonin Artaud. Anatole France : *L'Orme du Mail* ; Louÿs : *Aphrodite* ; Renard : *Histoires naturelles* ; Taine : *Carnets de voyage* ; Valéry : « La Soirée avec M. Teste » (dans *Le Centaure*).

Willy publie *Notes sans portée* (Flammarion), *Poissons d'avril* (Simonis Empis), *L'Année fantaisiste 1895* et donne des articles de critique musicale à la *Revue blanche*.

Colette et Paul Valéry se rencontrent pour la première fois lors d'un dîner au d'Harcourt (47, boulevard Saint-Michel) à l'occasion de la publication du premier numéro du *Centaure*.

Janvier : Mort, à Paris, le 8, de Paul Verlaine. — La rédaction de *Claudine à l'école* serait terminée ; Willy aurait « enfoui » le manuscrit dans un tiroir.

Juillet : Willy et Colette déclinent l'invitation que leur envoie Mlle Terrain d'assister à la distribution des prix, à Saint-Sauveur. — Séjour dans le Jura, puis à Uriage (Isère) avec Jacques Gauthier-Villars, et voyage en Allemagne jusqu'à Bayreuth.

16 juillet : Mort d'Edmond de Goncourt à Champrosay, Seine-et-Marne, dans la propriété d'Alphonse Daudet.

5-9 octobre : Grandes fêtes à Paris à l'occasion de la visite du tsar Nicolas II et de la tsarine.

10 décembre : Création, par l'Œuvre de Lugné-Poe (sur la scène du Nouveau-Théâtre), d'*Ubu Roi* ; mise en scène de Lugné-Poe, musique de Claude Terrasse. Alfred Jarry avait lu auparavant sa pièce dans le salon de Rachilde.

12 décembre : Inauguration du premier Salon du cycle et de l'automobile.

En *1896*, Willy et Colette quittent la rue Jacob et s'installent dans un atelier de peintre, au sixième étage du 93, rue de Courcelles.

1897

Naissance de Renée Hamon, le « petit corsaire ». Barrès : *Les Déracinés* ; Donnay : *La Douloureuse* ; Gide : *Les Nourritures terrestres* ; Zola : *Paris* (dernier volume de la série *Les Trois Villes*). Debussy : *Trois nocturnes* ; Dukas : *L'Apprenti sorcier*. Premier vol de Clément Ader à bord de l'*Avion*. Henri Becquerel étudie la radio-activité.

Willy publie *Maîtresse d'esthètes* (Simonis Empis) ; *L'Argonaute*, avec Andrée Cocotte, pseudonyme d'André Trémisot (Juven), collabore à *La Nouvelle Revue* et, avec Pierre de Bréville, fait paraître, sous le nom de Henry Gauthier-Villars, *Fervaal, étude thématique et analytique* (A. Durand et fils). *Fervaal*, musique et paroles de Vincent d'Indy, est représenté au théâtre de la Monnaie à Bruxelles.

8 avril : Interpellation du sénateur Bérenger sur la licence des mœurs.

4 mai : Incendie du bazar de la Charité (25, rue Pierre-Charron). Cent quarante personnes sont brûlées vives. « Rien ne nous fit prévoir l'insolite, le tragique, comme cette irruption, dans le bureau de poste de l'avenue de Messine, d'hommes élégants et désordonnés, de femmes parées qui se pressaient au guichet télégraphique. Car tous étaient nu-tête. C'étaient les premiers rescapés. » (*Alm. P. 2000.*)

Été : Séjour à Lons-le-Saulnier.

5 août : Procès Goncourt : Daudet et Hennique sont reconnus légataires universels.

15 décembre : Mort, à Paris, d'Alphonse Daudet.

28 décembre : Au théâtre de la Porte-Saint-Martin, *Cyrano de Bergerac*, d'Edmond Rostand, remporte un triomphe.

1898

Gyp : *Israël* ; Huysmans : *La Bièvre et Saint-Séverin* ; Mallarmé : *Poésies*. Renard : *Le Plaisir de rompre* (comédie créée aux Bouffes-Parisiens, le *15 mars 1897*). Spectacle : *Véronique*, de Messager. Fauré : *Suite pour Pelléas et Mélisande*. Pierre et Marie Curie découvrent le radium. Santos-Dumont construit un dirigeable.

Willy publie *Un vilain monsieur !* (Simonis Empis) et, après avoir abandonné la direction du *Chat noir*, devient secrétaire de rédaction de la *Revue internationale de musique*.

13 janvier : Lettre ouverte d'Émile Zola : « J'accuse », dans *L'Aurore*, quotidien que dirige Georges Clemenceau.

7 février : Début du procès d'Émile Zola qui, condamné, part pour l'Angleterre le *18 juillet*.

26 février : Duel Drumont-Clemenceau.

Avril : Mort de Jean Albert Gauthier-Villars, père de Willy.

2 mai : Mariage d'Achille Robineau-Duclos avec Marie Andrée Jeanne de La Fare, née le 23 novembre 1877, dont il aura deux filles, Geneviève et Colette.

13 juillet : Mlle Olympe Terrain (Mlle Sergent de *Claudine à l'école*) donne naissance à un fils.

2 août : « Charles Garnier meurt. Il était responsable de l'Opéra. À tout péché miséricorde. » (*Alm. P. 2000.*)

13 août : Affaire Dreyfus : découverte d'un faux, rédigé par le lieutenant-colonel Henry, lequel se donne la mort le *31 août*.

9 septembre : Mort, à Valvins, de Stéphane Mallarmé.

29 octobre : La Cour de cassation accepte la demande de révision du procès Dreyfus.

10 novembre : « Les expériences de télégraphie sans fil se multiplient. Ce que la tour Eiffel est fière de dialoguer avec le Panthéon, ce 10 novembre 1898 ! » (*Alm. P. 2000.*) La première émission a été réalisée le 29 juillet.

1899

Jammes : *Clara d'Ellébeuse*. Feydeau : *La Dame de chez Maxim*. Ravel : *Pavane pour une infante défunte*.

Willy fait paraître *La Colle aux quintes* et *À manger du foin* (Simonis Empis).

Ferdinand Humbert peint un portrait de Colette.

18 février : Après la mort de Félix Faure (*16 février*), Émile Loubet est élu président de la République.

Été : Colette et Willy se rendent au festival de Bayreuth.

7 août-9 septembre : Procès Dreyfus devant le conseil de guerre de Rennes ; nouvelle condamnation.

Fin de l'année : Redécouverte, par Willy, du manuscrit de *Claudine à l'école* qu'il aurait proposé, sans succès, à différents éditeurs.

1900[1]

Naissance d'Antoine de Saint-Exupéry. Bergson : *Le Rire* ; Claudel : *Connaissance de l'Est* ; Paul Delmet : *Chansons tendres* ; Mirbeau : *Le Journal d'une femme de chambre* ; Gabrielle Réval, *Les Sévriennes*, chez Ollendorff, éditeur, ensuite, de *Claudine à l'école*.

Henry Gauthier-Villars publie chez Plon *Le Mariage de Louis XV*.

4 janvier : Verdict de la Haute Cour de justice. Paul Déroulède et André Buffet, accusés de complot contre la République, sont condamnés à dix ans de bannissement.

5 janvier : Premier numéro des *Cahiers de la quinzaine*, édités par Charles Péguy.

23 janvier : Création, à l'Athénée, de *L'Homme à l'oreille coupée*, comédie de Francis de Croisset.

2 février : Création, à l'Opéra-Comique, de *Louise*, roman musical de Gustave Charpentier.

14 mars : « Répétition générale de *L'Aiglon* avec Sarah. [...]. La veille, le Vaudeville étrennait *La Robe rouge* de Brieux ; une semaine auparavant la Comédie-Française prenait feu... On n'avait pas le temps de s'ennuyer. » (*Alm. P. 2000.*) À preuve, ce qui suit.

20 mars environ : Mise en vente de *Claudine à l'école*, signé du seul nom de Willy.

1. À partir de cette année, le volume d'Élisabeth Hausser, *Paris au jour le jour. 1900-1919*, Éditions de Minuit, 1968, nous a été fort utile.

14 avril : Inauguration, par le président Loubet, de l'Exposition universelle et du pont Alexandre-III.

1er mai : Inauguration du Grand et du Petit Palais, consacrés aux beaux-arts.

19 juillet : Mise en service de la ligne nº 1 du métropolitain : Étoile-Bastille.

Août : Depuis la fin juin, on parle beaucoup des « Apaches » de Belleville et de Ménilmontant, jeunes voyous qui signent leurs méfaits de ce nom. Ces faits divers seront évoqués dans *Minne.*

4 septembre : Après un séjour à Besançon, Colette et Willy rentrent à Paris.

10 septembre : À Londres, Marguerite Moreno épouse Marcel Schwob, dont l'esprit caustique et l'érudition enchantaient Colette.

12 novembre : Clôture de l'Exposition qui a reçu plusieurs visites royales et princières.

30 novembre : Mort d'Oscar Wilde, à l'hôtel d'Alsace, 13, rue des Beaux-Arts, où il vivait sous un nom d'emprunt.

9 décembre : Première audition, aux concerts Lamoureux, des *Nocturnes* de Claude Debussy.

1901

Naissance d'André Malraux. Anna de Noailles publie son premier recueil de poèmes : *Le Cœur innombrable.* M. Donnay : *La Bascule* ; A. Hermant : *Souvenirs du vicomte de Courpière* ; Maeterlinck : *La Vie des abeilles* ; Félicien Champsaur : *Lulu* ; Jean Lorrain : *Monsieur de Phocas — Astarté* (Ollendorff). Envoi, peut-être postérieur : « À Madame Colette Gauthier-Villars, l'histoire d'une petite statuette qu'elle voulut bien aimer et l'aventure tragique de quelques Claudines / son ami / J. L. » Zola et Bruneau : *L'Ouragan* (Opéra-Comique, 29 avril) ; Saint-Saëns : *Les Barbares* (Opéra, 23 octobre) ; Massenet : *Grisélidis* (Opéra-Comique, 20 novembre).

Willy fait paraître *Dans le noir*, avec Andrée Cocotte (Librairie Molière) ; *Garçon, l'audition !* (Simonis Empis) ; *La Ronde des blanches* (Simonis Empis) ; *Médecine aux champs*, pièce en un acte (Librairie Molière) et, signé Henry Gauthier-Villars, *L'Odyssée d'un petit Cévenol* (A. Hennuyer).

5 mars : Mise en vente de *Claudine à Paris* (Ollendorff).

2 avril : Création, aux Variétés, de *La Veine*, d'Alfred Capus ; avec Lucien Guitry, Jeanne Granier, Ève Lavallière. « On s'extasiait sur le "petit sanglot" de Lavallière, au premier acte. Un petit sanglot sec d'actrice comique, d'où elle tirait, c'est vrai, un grand effet d'émotion. » (*Alm. P. 2000.*)

2 juillet : Promulgation de la loi réglementant les associations. Les congrégations religieuses se trouvent devant le dilemme de demander l'autorisation pour leurs établissements ou de quitter la France.

12-19 ou 20 août : Séjour des Willy à Bayreuth avec Georgie Raoul-Duval, pour qui Colette semble avoir, depuis le début du printemps, un goût tout particulier. *Le Vaisseau fantôme.* Retour par Nuremberg.

22 septembre : À l'agitation religieuse s'ajoute une agitation anarchiste assez grave pour obliger le tsar Nicolas II et la tsarine à éviter Paris au cours de leur séjour en France.

30 novembre : À Paris, première représentation du cirque Barnum qui, jusqu'au *16 mars 1902*, exhibe ses phénomènes humains.

1902

Mort de Lucien Muhlfeld. Henri Fursy : *Chansons de la boîte* ; A. Jarry : *Le Surmâle* ; A. Gide : *L'Immoraliste. Le Détour*, de Bernstein (Gymnase, 5 janvier) ; *Le Marquis de Priola*, de Lavedan (Comédie-Française, 7 février) ; *Le Quatorze Juillet*, de Romain Rolland (Renaissance, 21 mars) ; *La Châtelaine*, de Capus (Renaissance, 25 octobre) ; *L'Autre Danger*, de Donnay (Comédie-Française, 22 décembre). Première française à l'Opéra de Paris de *Siegfried* (3 janvier). Téléphonie sans fil de Ducretet (12 février). Première utilisation judiciaire des empreintes digitales (16 octobre).

Willy publie *Pi... houitt !* et des *Nouvelles*, en collaboration avec Andrée Cocotte (Librairie Molière).

Après un séjour à l'Impériale Résidence, hôtel situé 15, rue Margueritte, Willy et Colette s'installent au 177 *bis*, rue de Courcelles. Au troisième étage, Colette s'est fait aménager une petite salle de gymnastique.

10 janvier-16 avril : Affaire Casque d'Or. De Charonne à Belleville, deux bandes rivales entrent en lutte au sujet d'une prostituée, Amélie Hélie, dite Casque d'Or, qui inspira la Casque-de-Cuivre de *L'Ingénue libertine.*

22 janvier : Aux Bouffes-Parisiens, première de *Claudine à Paris*, comédie en trois actes, précédée d'un prologue, *Claudine à l'école*, due à Willy et Luvey, pseudonyme qui recouvre Lugné-Poe et Charles Vayre ; Polaire dans le rôle de Claudine. 123 représentations consécutives. — Willy promène dans Paris ses « twins » : Polaire et Colette.

26 février : Au Panthéon, cérémonie nationale du centenaire de Victor Hugo.

Mars : L'édition de *Claudine amoureuse* (Ollendorff) est achetée et détruite par Georgie Raoul-Duval. Seuls subsisteront quelques exemplaires.

Mi-avril : Colette passe trois ou quatre jours à Châtillon-sur-Loing avec Jacques Gauthier-Villars.

22 avril : Première de *Francesca da Rimini*, drame lyrique de Francis Marion Crawford, adapté par Marcel Schwob et interprété entre autres par Sarah Bernhardt et de Max.

23 avril : *Le Matin* dénonce les escroqueries de Thérèse Humbert.

13 mai : Première représentation du *Crépuscule des dieux*, de Wagner, au théâtre du Château-d'eau (actuel Alhambra).

15 mai : Mise en vente de *Claudine en ménage*, version corrigée de *Claudine amoureuse* (Mercure de France).

Juin (?) : Séjour de Willy, Colette et Polaire à Marseille. *Claudine*, interprétée par Polaire, est représentée au théâtre des Variétés.

7 juin : Formation du cabinet Émile Combes.

27 juin : Décret de fermeture des écoles congréganistes.

28 juillet : Sido à sa fille Juliette : « J'ai eu Gabri et son mari il y a quinze jours. Ils sont dans le Jura en ce moment. *Claudine en ménage* connaît à Paris un "succès inouï" ».

Juillet-août : Séjour aux Monts-Boucons (« Casamène » de *La Retraite sentimentale*), près de Besançon, propriété achetée par Willy le *2 septembre 1900*. Le *27 août 1902*, Willy acquiert la ferme contiguë à la maison et huit hectares de prés et de vignes.

Septembre : Début d'une collaboration économique entre la France et le Maroc. — Willy est à Berlin, accompagné de « Claudine-Polaire » (lettre publiée dans *La Revue dorée* du mois d'octobre).

29 septembre : Mort, à Paris, d'Émile Zola.

1903

Naissance de Raymond Radiguet. Bourget : *L'Étape* ; G. Chérau : *Monseigneur voyage* ; Huysmans : *L'Oblat* ; Vincent Hyspa : *Chansons d'humour*. Premier prix Goncourt ; lauréat : John-Antoine Nau pour *Force ennemie*. *La Rabouilleuse*, d'après Balzac (Odéon, 11 mars) ; *Crainquebille*, d'A. France (Renaissance, 28 mars) ; *Le Dédale*, de P. Hervieu (Comédie-Française, 19 décembre). Puccini : *La Tosca* ; Ravel : *Schéhérazade*. Prix Nobel à Becquerel, Pierre et Marie Curie. Vols de Santos-Dumont en dirigeable (14 juin, 14 juillet).

Willy publie *La Maîtresse du prince Jean* (A. Michel) ; et, sous le nom de Henry Gauthier-Villars, *Le Petit Roi de la forêt* (Hachette, « Bibliothèque des écoles et des familles »), *L'Automobile enchantée*, en collaboration avec Georges Trémisot (Delagrave).

12 janvier : Première réunion de l'Académie Goncourt, composée de Léon Daudet, Gustave Geffroy, Léon Hennique, Huysmans, Octave Mirbeau, les frères Rosny, Paul Margueritte, Elémir Bourges et Lucien Descaves.

12 janvier-29 juin : Collaboration de Colette et Willy au *Gil Blas* ; articles de critique musicale : « Claudine au concert », et cinq poèmes (B : 12 janvier 1903).

20 janvier : Agitation à la Comédie-Française. Marguerite Moreno, pensionnaire, démissionne et rejoint la troupe de Sarah Bernhardt.

3 mars : Ouverture du Moulin-Rouge, transformé en music-hall. Le bal du Moulin-Rouge avait fermé le *27 décembre 1902*.

10-29 mars : Aux Bouffes-Parisiens, reprise de *Claudine à Paris*, avec Polaire.

17 mars : Mise en vente de *Claudine s'en va* (Ollendorff).

Avril : Devant la 9e Chambre correctionnelle, Willy est condamné à mille francs d'amende pour outrage aux bonnes mœurs à cause de son roman *La Maîtresse du prince Jean*, publié en feuilleton dans *La Vie en rose*. Willy fut défendu par Maître J. Paul-Boncour qui avait pu citer les témoignages de Huysmans, Mendès, J. Renard, entre autres. Le roman publié en volume, et qui s'ouvre sur la plaidoirie, édulcore le texte publié dans le périodique.

7 avril : Jaurès relance l'affaire Dreyfus à la Chambre.

28 avril : Aux Bouffes-Parisiens, première représentation du *P'tit Jeune Homme*, de Willy et Luvey ; Polaire dans le rôle principal.

1er-4 mai : Visite, à Paris, du roi Édouard VII qui a succédé à la reine Victoria, morte le *22 janvier 1901*.

1er-19 juillet : Premier tour de France cycliste.

16-28 juillet : Concours publics du Conservatoire ; Colette donne au *Gil Blas* une série de comptes rendus : « Claudine au Conservatoire ». Le numéro d'avril de *La Revue théâtrale* signale la présence à ces concours de « la sacrée Trinité », Willy, Colette et Polaire. (B : 17 juillet 1903.)

Août : Séjour de Colette aux Monts-Boucons.

8-22 août : Procès Humbert.

31 octobre : Naissance, à Paris, de Bertrand de Jouvenel, fils de Henry de Jouvenel et de Claire Boas, son épouse.

1904

Claudel : *Cinq Grandes Odes* ; Léon Frapié, *La Maternelle* ; E. Guillaumin : *La Vie d'un simple. Mémoires d'un métayer* ; R. Rolland : *Jean-Christophe*, t.I. *Maman Colibri*, de Bataille ; *Oiseaux de passage*, de Donnay et Descaves ; *La main passe*, de Feydeau. Debussy : *Estampes* ; Massenet : *Le Jongleur de Notre-Dame* ; Wagner : *Tristan et Isolde*.

Willy publie *La Môme Picrate* (A. Michel), *En bombe* (Per Lamm), *Maugis amoureux* (A. Michel), *Danseuses* (Méricant), *Almanach Willy pour 1904* (Varelli).

Février : Guerre russo-japonaise. La France n'intervient pas dans le conflit.

5 mars : La Cour de cassation décide la révision du procès Dreyfus.

Entre le 20 et le 26 mars : Mise en vente des *Dialogues de bêtes* par le Mercure de France, sous le nom de Colette Willy. Colette en adresse des exemplaires à Francis Jammes et à Anna de Noailles.

14 juin : *Minne* paraît chez Ollendorff sous la signature de Willy.

8 juillet : Promulgation de la loi interdisant l'enseignement à toutes les congrégations.

Août-septembre : Séjour de Colette aux Monts-Boucons.

1er octobre : Au théâtre du Gymnase, première représentation du *Friquet*, pièce en quatre actes de Willy, d'après le roman de Gyp (comtesse de Mirabeau-Martel). Jouée jusqu'au *10 décembre*, avec Polaire (le friquet), Calmette (le sculpteur), Numès (le clown).

8 décembre : Mort de la mère de Willy. La représentation du *Friquet* est annulée.

1905

Claudel : *Partage de midi* ; Lavedan : *Le Duel* ; F. de Croisset : *Le Bonheur, mesdames !* ; Bataille : *La Marche nuptiale* ; Tristan Bernard : *Triplepatte*. Debussy : *L'Isle joyeuse* ; *La Mer*. Portrait de Colette par Jacques-Émile Blanche : *La Bourguignonne au sein bruni*.

Willy publie : *Anches et Embouchures* (Bernard) ; avec Curnonsky : *Chaussettes pour dames. Défense et illustration du mollet féminin* (Garnier frères) ; et sous le nom de Henry Gauthier-Villars : *La Bayadère* (Flammarion).

19 janvier : Démission du cabinet Combes.

28 janvier : Création du prix Vie heureuse dont le jury, présidé par Anna de Noailles, compte vingt-et-une femmes de lettres.

Février : Séjour de Colette et de Willy à Monaco. Retour à Paris le *18*.

26 février : Mort de Marcel Schwob, né en 1867. Willy et Colette assistent aux obsèques, le *1er mars*.

24 mars : Mort, à Amiens, de Jules Verne.

27 mars : Au Cercle des arts et de la mode (4, villa d'Eylau ou 44, avenue Victor-Hugo), Colette et Willy assistent au premier dîner mensuel de la revue *Le Damier*, avec Philippe Berthelot, Curnonsky, Victor Margueritte, Rachilde, P.-J. Toulet, A. Vallette, etc.

1er mai : Séparation de biens entre Colette et Willy.

Entre le 6 et le 13 mai : Mise en vente d'une nouvelle édition, au Mercure de France, de *Dialogues de bêtes*, complétée de trois nouveaux dialogues et préfacée par Francis Jammes.

23 mai : *Les Égarements de Minne* paraît chez Ollendorff sous la signature de Willy.

1er juin : Mise en vente du livre de Jean de La Hire, *Willy et Colette*, dans la Bibliothèque indépendante d'édition d'Adolphe Espie, collection « Ménages d'artistes ».

Été : Séjour aux Monts-Boucons.

17 septembre : Mort, à Châtillon-Coligny, de Jules Colette, le père de l'écrivain. Il était officier de la Légion d'honneur. — Après avoir assisté aux obsèques, Colette revient aux Monts-Boucons. C'est son dernier séjour.

3 octobre : Mort, à Paris, de José-Maria de Heredia.

9 décembre : Promulgation de la loi de séparation de l'Église et de l'État.

À la fin de l'année, Colette prend des leçons de pantomime avec Georges Wague.

1906

H. Bordeaux : *Les Roquevillard* ; J. Lorrain : *Le Tréteau* ; P. Loti : *Les Désenchantées.* Abel Bonnard : *Les Familiers.* Envoi : « À Madame Colette Willy qui aime peut-être assez les bêtes pour s'intéresser à celles-ci / Hommage respectueux. » Liane de Pougy : *Yvée Jourdan.* Envoi : « J'offre ceci à Colette en hommage à votre joli regard, qui, à travers tant d'esprit, laisse aussi pressentir tout votre cœur / Liane, 1906. » *Paraître*, de Donnay (2 avril) ; *Miquette et sa mère*, de R. de Flers et A. de Caillavet (2 novembre) ; *Le Voleur*, de Bernstein (7 décembre). Massenet : *Ariane* ; Ravel : *Miroirs.* Essais de Santos-Dumont sur aéroplane.

17 janvier : Armand Fallières est élu président de la République.

28 janvier : Début des inventaires des biens du clergé.

2 février : Au théâtre de la Renaissance, première représentation des *Hannetons*, d'Eugène Brieux, avec Polaire et Lucien Guitry.

6-27 février : Au théâtre des Mathurins, Colette fait ses débuts publics d'actrice ; elle joue le rôle d'un faune dans *Le Désir, l'Amour et la Chimère*, mimodrame de Francis de Croisset et Jean Nouguès, avec Anne Borrowdal, Inès Devriès et Nina Russel. Au même programme, la pièce de Maurice Maeterlinck : *La Mort de Tintagiles* (1894), interprétée par Georgette Leblanc, directrice des Mathurins[1] (B : 15 janvier 1906). — Sophie-*Mathilde*-Adèle de Morny, dite Missy, née en 1863, divorcée du marquis de Belbeuf, s'intéresse de plus en plus aux activités de Colette. Les deux femmes se sont rencontrées au Cercle Victor Hugo (voir 27 mars 1905), fréquenté par de nombreux écrivains, journalistes, acteurs et demi-mondaines.

15 février : *La Vie heureuse*, revue mensuelle, reproduit sur sa page de couverture le portrait de Colette peint par Jacques-Émile Blanche : *La Bourguignonne au sein bruni*, alors exposé au Cercle de l'Union artistique.

Mars : Willy et Colette séjournent chez Renée Vivien, villa Ces-

1. Voir la Bibliographie, au 1er janvier 1906.

sole, à Nice. Renée Vivien est alors connue pour ses poèmes (*Cendres et poussières*, 1902 ; *Brumes de fjords*, 1902 ; *Évocations* ; *Du vert au violet*, 1903), pour ses traductions de Sapho et pour ses amours avec Natalie Clifford Barney, qu'elle a évoquées dans *Une femme m'apparut* (mars 1904). De ce roman, elle a donné un exemplaire « À ma "petite Colette" (avec un accent anglais). De l'auteur déplorable / Renée Vivien. » Vivien est d'origine anglo-saxonne.

10 mars : Catastrophe minière de Courrières : mille deux cents mineurs sont victimes d'un coup de grisou.

30 mars : *Aux innocents les mains pleines*, fantaisie en un acte de Willy et Andrée Cocotte, est représentée au Théâtre-Royal (23, rue Royale) ouvert en septembre 1905 par Paul Franck. La distribution comprend, outre Colette (Renée) : Maud Gauthier (Suzanne), Marcel Boulestin (Réginald), R. Lagrange (Éliacin Moulard), Max Diéner (Le Patron).

30 juin : Mort, à Paris, de Jean Lorrain.

Été : Séjour de Colette au Crotoy (Somme), avec Missy.

10 juillet : Loi établissant le repos hebdomadaire des travailleurs.

12 juillet : Le jugement du conseil de guerre de Rennes est cassé sans renvoi. Dreyfus, réhabilité, réintègre l'armée.

Septembre : Georges Wague donne des leçons de mime à Missy.

Octobre (?) : Colette fait la connaissance de Léon Hamel, qui servira de modèle à Hamond, dans *La Vagabonde*. De quinze ans l'aîné de Colette, il restera son ami fidèle jusqu'à sa mort, survenue le 20 avril 1917.

1er octobre : À l'Olympia, première représentation de *La Romanichelle*, pantomime de Paul Franck, musique d'Édouard Mathé. Colette est la romanichelle ; Paul Franck : le peintre ; Yvonne de Lidgy : la chanteuse.

23 octobre : Formation du cabinet Clemenceau.

Novembre : Willy et Colette se séparent. Willy s'installe au 6 de la rue Chambiges, avec Meg Villars, pseudonyme de Marguerite Maniez, née en 1885, qu'il épousera en 1911. Colette vit le plus souvent chez Mathilde de Morny, 2, rue Georges-Ville. Parallèlement, elle loue un appartement au rez-de-chaussée du 44, rue de Villejust (rue Paul-Valéry à partir de 1946). Curieusement, un bail de location, d'un montant de deux cents francs par trimestre, sera signé le *27 septembre 1907* entre Colette et Achille Robineau-Duclos, propriétaire de l'appartement.

17 novembre : Au Cercle des arts et de la mode, Colette joue dans *La Romanichelle* ; Missy tient le rôle du peintre.

29 novembre : Au théâtre Marigny, première représentation de *Pan*, de Charles Van Lerberghe, musique de Robert Haas. Colette joue Paniska, nue sous quelques lambeaux de peaux de bêtes.

20 décembre : Sido revient de Paris où elle a passé quelques jours auprès de sa fille. Quelques jours après, *La Romanichelle* accède au Moulin-Rouge avec « Yssim » et Colette ; premier scandale.

théâtre et aux arts, auquel Willy collabore. — Au Tréteau-Royal, petit théâtre de la rue Caumartin, Colette remplace Maggie Gauthier dans *Le Crin*, comédie en un acte de Sacha Guitry. Créée le 1er juin précédent, dans ce même théâtre, cette pièce contenait alors un deuxième acte, dû à Alphonse Allais (mort le 28 octobre 1905), et s'intitulait *La Partie de dominos*. Sacha Guitry ne garda ensuite que l'acte qu'il avait écrit et changea le titre qui devint simplement le nom des interprètes : *Maggie Gauthier et Paul Clerget*. (Indication due à Gilbert Sigaux.)

19 octobre : Willy vend les droits de *Claudine à l'école*, de *Claudine à Paris* et de *Claudine s'en va* à leur éditeur, Ollendorff, ce qui accroîtra la tension entre les anciens époux.

21 octobre : Naissance de Renaud, fils de Mme de Comminges, qui sera connu sous le nom de Renaud de Jouvenel. Il mourra à Cannes en 1982.

1er novembre : Mort, à Paris, d'Alfred Jarry (né à Laval, le 8 septembre 1873). — Création, à l'Apollo, du mimodrame *La Chair* dont le scénario est dû à Georges Wague et Léon Lambert. Colette interprète Yulka ; Georges Wague : Hokartz, le contrebandier ; Marcel Vallée : Yorki. Les représentations durent jusqu'au *30*.

31 décembre : Willy ayant décidé de vendre le domaine des Monts-Boucons (acte du *7 janvier 1908*), Colette doit se rendre à Besançon. Elle annule sa participation à une causerie sur les « Lettres d'amour des femmes célèbres », qui doit avoir lieu le *1er janvier 1908* au théâtre des Arts.

1908

Naissance de Simone de Beauvoir. Anatole France : *L'Île des pingouins* ; J. Romains : *La Vie unanime*. *La Femme nue*, de Bataille (27 février) ; *Occupe-toi d'Amélie*, de Feydeau (15 mars) ; *Le Roi*, de R. de Flers et A. de Caillavet (24 avril). Messager, directeur de l'Opéra. Concerts russes, *Boris Godounov* (19 mai). *Le Crépuscule des dieux*, de Wagner (23 octobre) ; *Rhapsodie espagnole*, de Ravel (15 mars). Vols de Farman et de Delagrange sur aéroplane.

15 janvier : Expulsion des religieuses de l'Hôtel-Dieu à Paris.

15-23 février : *La Chair*, au Palais des beaux-arts de Monte-Carlo, puis à Nice, avec les interprètes de la création.

3 mars : Envoi de renforts au Maroc.

6 mars : Colette est à Nice.

10 mars : Première conférence de Colette, présentée par Laurent Tailhade, au théâtre des Arts, pour l'auditoire du Centre Femina.

Avril : Reprise de *La Chair* à l'Apollo.

8 mai : Le général Lyautey est nommé haut-commissaire du gouvernement au Maroc.

3 juin : Transfert des cendres de Zola au Panthéon.

1907

Bergson : *L'Évolution créatrice.* Charles Brun (ami et conseiller littéraire de Renée Vivien) : *Les Littératures provinciales.* Envoi : « À Madame Colette Willy, pour son accent bourguignon, terriblement bourguignon. » *La Puce à l'oreille*, de Feydeau (2 mars) ; *L'Amour veille*, de R. de Flers et A. de Caillavet (1er octobre) ; *Samson*, de Bernstein (6 novembre). Ravel : *Histoires naturelles* (12 janvier) ; Strauss : *Salomé* (8 mai) ; Dukas : *Ariane et Barbe-Bleue* (10 mai) ; concerts russes organisés par Serge de Diaghilev à l'Opéra (16-29 mai) ; Xavier Leroux : *Le Chemineau* (6 novembre).

3 janvier : Au Moulin-Rouge, première et tumultueuse représentation de *Rêve d'Égypte*, pantomime de Vuillermoz, Wague et Willy, avec comme interprètes principaux Colette et « Yssim (?) ». Voir p. XCII. Le préfet de police Lépine interdit à la marquise de Morny de paraître en scène. Le *4*, Georges Wague prend le rôle de Missy et *Rêve d'Égypte* devient *Songe d'Orient* sans que le scandale s'apaise. Le préfet de police interdit le spectacle.

20 janvier : Ouverture de l'université des Annales, fondée par Mme Adolphe Brisson (Yvonne Sarcey), dans les locaux du journal *Les Annales*, rue Saint-Georges.

13 février : Willy et Colette légalement séparés, aux torts réciproques, par jugement de la première Chambre du tribunal de grande instance de la Seine. — Willy part pour Capri avec Meg Villars.

23 février : Mise en vente, par le Mercure de France, de *La Retraite sentimentale*, signée Colette Willy.

Mars : Au Maroc, les troupes françaises occupent Oudjda à la suite de l'assassinat d'un médecin français à Marrakech.

8-9 mars : À Paris, grève des agents des compagnies d'électricité.

11 mars : Départ de Colette pour Nice où, du *13 au 16 mars*, elle joue dans *Rêve d'Égypte.* — Séjour chez Renée Vivien.

Mai-juin : Troubles alarmants en Languedoc : manifestations de masse des vignerons, démissions de plusieurs maires, rébellion, à Narbonne, du 17e régiment d'infanterie.

12 mai : Mort, à Paris, de Huysmans.

25 mai-30 juin : Premier Salon des humoristes, au Palais de glace : Caran d'Ache, Sacha Guitry, Cappiello, Willette, Sem.

Été : Séjour de Colette au Crotoy, avec Missy, à la villa Belle-Plage. Willy et Meg Villars occupent la villa voisine.

8 août : Bombardement de Casablanca et débarquement des troupes françaises.

30 septembre : Willy vend les droits de *Claudine en ménage* à Alfred Vallette, directeur du Mercure de France.

1er octobre : Premier numéro de *Comœdia*, quotidien consacré au

Juillet-août : Séjour de Colette au Crotoy, avec Missy.

28-29 août : Au casino du parc des Eaux-Vives de Genève, Colette joue, avec l'acteur Saint-Mars, dans *Son premier voyage*, comédie de Léon Xanrof (Léon Fourneau) et Gaston Guérin, créée au théâtre des Deux-Masques, le 5 novembre 1905.

1er-15 septembre : Nouveau séjour au Crotoy, avec Missy. Colette écrit à Georges Wague : « Je suis encore ahurie d'avoir eu tant de succès et d'avoir encaissé 973 francs pour deux représentations. »

9 septembre : À Charny, mort de Juliette, « ma sœur aux longs cheveux ». Elle s'est pendue.

Fin de septembre : L'immeuble du 44, rue de Villejust devant être démoli, Colette rentre du Crotoy à Paris afin de s'occuper de son « déménagement diabolique » (lettre à Georges Wague). Elle s'installe dans le quartier des Ternes (17e arrondissement), au 25 d'une voie nouvellement ouverte dans le prolongement de la rue Torricelli, entre les rues Bayen et Laugier, et qui sera classée sous le nom de rue de Saint-Senoch par décret du 2 décembre 1909.

29 septembre-8 octobre : *La Chair*, aux Bouffes Variety Spectacle Hall de Bordeaux ; Colette joue avec Georges Wague et Christine Kerf.

16 octobre : *La Chair*, à l'Alhambra de Rouen.

Début de novembre : Colette fait paraître *Les Vrilles de la vigne* aux éditions de *La Vie parisienne*.

10 (?)-29 novembre : À l'Alcazar de Bruxelles, Colette tient le rôle de Claudine, créé par Polaire en 1902, dans une série de quinze représentations de *Claudine à Paris*. Le *18*, elle lit des « Dialogues de bêtes », au cours d'une matinée littéraire. Missy est à Bruxelles, et Willy assiste à quelques représentations.

3 décembre : Michel Mortier, qui dirigeait le théâtre des Capucines de Nice, inaugure le théâtre Michel, qu'il a fait construire à Paris, rue des Mathurins.

5 décembre : *La Chair*, au Manhattan Opera House de New York, avec Christine Kerf et Georges Wague. Le rôle de Yulka est tenu par Odette Valéry.

10-16 décembre : Colette joue *Claudine à Paris* à la Scala de Lyon.

24-30 décembre : Premier Salon de l'aéronautique, au Grand Palais.

28 décembre : Tremblement de terre de Messine : deux cent mille morts.

1909

Barrès : *Colette Baudoche* ; Farrère : *La Bataille* ; Gide : *La Porte étroite*. *L'Âne de Buridan*, de R. de Flers et A. de Caillavet (19 février) ; *Le Danseur inconnu*, de Tristan Bernard (29 décembre). Ravel : *Gaspard de la nuit* (9 janvier) ; Franz Lehar : *La Veuve joyeuse* (Apollo, 28 avril) ; Wagner : *L'Or du Rhin* (Opéra, 17 novembre). Les Ballets russes au Châtelet, saison organisée par Serge de Diaghilev, avec la Pavlova, Ida Rubinstein et Nijinsky (du 18 mai au 18 juin).

Janvier : Au théâtre Michel, conférence de Paul Reboux (1877-1963) sur l'auteur des *Dialogues de bêtes* et des *Vrilles de la vigne*.

9 janvier : Au théâtre des Arts, Colette danse dans *La Tour du silence*, pièce en trois actes du Suédois G. Collijn.

22 janvier : Première représentation, au théâtre des Arts, de la pièce en deux actes écrite par Colette : *En camarades*, dans laquelle elle joue le rôle de Fanchette.

27 janvier : Mort du comédien Constant Coquelin (né en 1841), à la maison de retraite des vieux comédiens de Pont-aux-Dames qu'il a fondée en 1905. — Isadora Duncan présente, à la Gaîté, un ballet inspiré de l'*Iphigénie* de Gluck.

5 février-1er mars : *En camarades*, à la Comédie-Royale, avec Colette.

8 février : Mort accidentelle, à Saint-Germain-en-Laye, de Catulle Mendès.

26 février : Soirée de bienfaisance au théâtre Marigny. Colette présente une « Danse égyptienne », musique d'Ingelbrecht ; elle est accompagnée à la flûte et à la harpe. Voir la Préface, p. XC.

16-23 mars : Première grève des employés des P.T.T.

3 avril : Sido à Colette : « demande donc le divorce ».

14 avril : À Nevers, première représentation de *Claudine à Paris*, jouée par Colette au cours d'une tournée Baret qui, jusqu'au *16 mai*, la conduira dans trente-deux villes de France. (Voir *Notes de tournées*, t. II.)

12 mai : Échec d'une deuxième grève des postiers ; le Conseil des ministres prononce deux cent vingt-huit révocations.

23 mai : Meeting d'aviation pour l'inauguration du premier aérodrome, Port-Aviation (actuel héliport de Paris).

4-6 juin : Six représentations de *La Chair*, à l'Eldorado de Marseille.

20 juillet : Chute du ministère Clemenceau. Le *24*, Briand forme le nouveau cabinet.

25 juillet : Louis Blériot traverse la Manche en avion.

31 août : Colette commence la rédaction de *La Vagabonde*. Elle part pour la Bretagne avec Missy. Ensuite, séjour au Crotoy.

13 octobre : Protestations populaires à Paris contre l'exécution de l'anarchiste espagnol Francisco Ferrer, accusé d'avoir fomenté la révolte catalane en juillet.

19-25 octobre : *La Chair*, au Kursaal de Lyon. Colette y rencontre Maurice Chevalier, jeune débutant, qui apparaîtra sous le nom de Cavaillon dans *La Vagabonde*.

3-13 novembre : Procès de Mme Steinheil, accusée de l'assassinat de son mari et de sa mère.

16 novembre : *L'Ingénue libertine*, refonte des deux *Minne*, paraît chez Ollendorff.

18 novembre : Mort, à Paris, 23, avenue du Bois, de Renée Vivien. Natalie Clifford Barney quitte Neuilly, où l'attachait le souvenir de son amie, et s'installe au 20 de la rue Jacob.

19 novembre-9 décembre : À la Gaîté-Rochechouart, première représentation de *C'te Pucelle d'Adèle !...*, comédie en un acte et deux tableaux de Sacha Guitry. Colette joue le rôle d'Adèle Glaviault. Dans la brochure éditée en 1910 par G. Ondet, le faux-titre, imprimé, porte : « À Colette Willy, à l'auteur des "Claudine", des *Dialogues de bêtes* et des *Vrilles de la vigne*, je dédie cette petite machine, faible hommage de mon admiration pour elle. SACHA GUITRY. »

30 novembre : Sido, qui est revenue de Paris, remercie Colette et Missy de leur accueil.

4 décembre : Au théâtre du Gymnase, participation de Colette à une conférence organisée par Sacha Guitry sur « La Force physique, le Duel, le Courage, la Peur ».

10-21 décembre : *La Chair*, à la Gaîté-Rochechouart.

1910

Péguy : *Le Mystère de la charité de Jeanne d'Arc*. *Chantecler*, d'Edmond Rostand (7 février) ; *La Vierge folle*, de Bataille (25 février) ; *Le Bois sacré*, de R. de Flers et A. de Caillavet (22 mars) ; *Les Marionnettes*, de Pierre Wolff (26 octobre). Massenet : *Don Quichotte* (29 décembre). Les Ballets russes : *Shéhérazade*, de Rimsky-Korsakov (4 juin), *L'Oiseau de feu*, de Stravinsky (25 juin). Retour de la deuxième mission en Antarctique du Dr Charcot (6 juin). Débuts de l'aviation militaire. Marie Curie et Debierne isolent le radium.

20-29 janvier : Crue de la Seine ; Paris connaît sa plus forte inondation depuis 1658. On navigue dans les rues.

4-17 février : *La Chair*, aux Folies-Bergère de Bruxelles.

24 février-2 mars : À Grenoble, Colette joue *La Chair*, puis *La Nuit sicilienne*, de Lucien Mayrargue et Willy Redstone, créée au théâtre Michel, le 9 mai 1909.

4-7 mars : Cinq représentations de *La Chair* à l'Eldorado de Nice.

26-29 mars : Séjour de Colette auprès de sa mère, à Châtillon-Coligny.

28 mars : Mort d'Édouard Colonne, fondateur, en 1873, de l'association symphonique qui porte son nom.

5 avril-4 mai : Une autre tournée Baret conduit Colette, accompagnée de Missy, dans trente villes de province : Lille (5 avril), Amiens (6), Saint-Quentin (7), Reims (8), Nancy (9), Verdun (10), Belfort (11), Besançon (12), Saint-Étienne (13), Marseille (14), Nice (15), Cannes (16), Menton (17), Toulon (18), Nîmes (19), Montpellier (20), Toulouse (21), Bayonne (22), Pau (23), Tarbes (24), Bordeaux (25), Nantes (26), Brest (27), Rennes (28), Évreux (29), Rouen (30), Dieppe (1er mai), Cambrai (2), Arras (3), Boulogne-sur-mer (4). Trois pièces figurent à l'affiche : *La Bigote*, de Jules Renard, jouée par Mévisto (M. Lepic) et Mme Dehon (Mme Lepic) ; *La Cruche ou J'en ai plein le dos de Margot*, de G. Courteline et P. Wolff, avec Colette (Margot), Jacques Marey (Lavernié) ; *La Peur des coups*, de G. Courteline, avec Colette (Madame) et Mévisto (Monsieur). De Belfort, Colette écrit à sa mère : « Succès personnel extrêmement vif, mais *La Bigote* (pièce de lever de rideau dont je ne suis pas) éloigne, par son titre seul, le public clérical qui est nombreux. Je m'en fiche, je touche un cachet fixe sans intérêt sur la recette. Et c'est une rude leçon pour Baret, l'impresario, qui m'a fait cette crasse de prendre *La Bigote* au lieu de ma pièce *En camarades*. Je voudrais qu'il perdît 20 000 fr. sur la tournée, le cochon ! »

21 mai-1er octobre : Publication de *La Vagabonde* dans *La Vie parisienne*. Le *22 juin*, Sido écrit à sa fille : « Je ne puis m'empêcher de croire que tu écris ta biographie, parce que, parce que... ce sont des choses vécues et d'autant plus intéressantes. »

22 mai : Mort de Jules Renard.

Juin : Prospection, sur la côte cancalaise, à Saint-Malo et à Rozven, où Missy achète une villa qu'elle meuble et donne à Colette.

8 juin : Mariage de Liane de Pougy (Marie Anne Olympe Chassaigne) et du prince Georges Ghika, qui était l'ami de Willy. — Willy écrit à l'un de ses amis : « Colette Willy continue à se manifester. Hier, j'ai reçu d'elle un papier timbré me réclamant de nouveau ses meubles, plus dix mille francs de dommages-intérêts, plus une astreinte de deux cents francs par jour de retard. C'est un rien. »

21 juin : La première Chambre du tribunal de grande instance de la Seine prononce le divorce entre Colette et Willy, après le délai légal de trois ans qui suit la séparation de corps.

Août : Séjour de Sido et de Léo à Rozven où se trouvent Colette, Missy et Léon Hamel.

21-29 septembre : *La Chair*, au Royal-Kursaal de Dijon, avec Colette, Georges Wague et Christine Kerf. — Colette lit la fin du *Roman du malade*, publié en feuilleton dans *Le Figaro*. À l'auteur, Louis de Robert, qui éprouva pour elle une amitié amoureuse, Colette a précédemment écrit : « *Personne* n'a dépassé cela et combien l'ont atteint ? »

4 octobre : *La Chair*, à Marseille.

9 octobre : *La Chair*, à la Gaîté-Montparnasse.

11-14 octobre : Grève des cheminots ; trafic totalement interrompu sur le réseau de l'État, le 13.

22 octobre : *Claudine à Paris*, à Nice.

27 octobre : L'Académie Goncourt élit Judith Gautier au couvert de Jules Renard.

4 novembre : À la Gaîté-Rochechouart, Colette joue *Aux Bat-d'Af*, mimodrame de Georges Wague.

10-23 novembre : Séjour à Naples, avec Auguste Hériot, jeune et riche dandy dont la famille possède les Grands Magasins du Louvre.

14 novembre : Création, au Moulin-Rouge, de *Claudine*, opérette en trois actes de Henri Cain, Édouard Adenis et Henri Moreau ; musique de Rodolphe Berger. Marise Fairy tient le rôle de Claudine.

16 novembre : Premier numéro du quotidien *Excelsior*.

18 novembre : Mise en vente de *La Vagabonde* par Ollendorff.

2 décembre : Début de la collaboration anonyme de Colette au *Matin*, avec un conte, *La Poison*, au bas duquel figure un masque en guise de signature.

6 décembre : *La Chair*, à la Gaîté-Montparnasse.

8 décembre : Le prix Goncourt est décerné à Louis Pergaud pour *De Goupil à Margot*. *La Vagabonde* a été remarquée par le jury.

15 décembre : Résultat d'une enquête lancée par *L'Intransigeant* sur les trois femmes qui mériteraient d'entrer à l'Académie française. Colette Willy arrive troisième, après Gérard d'Houville et Mme de Noailles.

NOTE SUR LA PRÉSENTE ÉDITION

Ces *Œuvres* de Colette ont été conçues en quatre volumes, dont les éléments se succèdent dans un ordre chronologique souple, parfois adapté à la thématique. Ces éléments appartiennent à la partie vraiment créatrice de l'œuvre de Colette : romans, nouvelles, récits et contes, évocations et souvenirs, chroniques et essais, scènes et portraits d'animaux. Sont actuellement exclues les chroniques musicales, théâtrales et cinématographiques.

Ce qui a été publié jusqu'à présent sous le titre d'*Œuvres complètes* ne répondait pas au pavillon arboré. Pour une simple raison : lorsqu'elle constituait des recueils, Colette ne disposait que d'une partie des innombrables articles qu'elle avait publiés. L'auteur de *Trois... Six... Neuf...* savait, comme chacun d'entre nous, que trois déménagements valent un incendie. Pour la seule époque couverte par ce premier tome, c'est plus de cent articles qui sont aujourd'hui « inédits en librairie », c'est-à-dire non recueillis en volumes. Colette n'aurait pas été étonnée de connaître ce chiffre, qu'il nous sera possible d'accroître. Peut-être eût-elle même préféré incorporer à un recueil un texte que nous avons repéré plutôt que celui dont elle disposait. Mais il n'appartient à personne de décomposer et de recomposer des ensembles, que des titres ont déjà inscrits dans l'histoire de la littérature. Elle ne s'est d'ailleurs pas privée d'opérer des transferts, comme on le verra par les indications et les tableaux que contient l'appareil critique.

Chacun des volumes de la présente édition est ainsi composé : une Préface qui veut être l'histoire d'une vie et d'une œuvre — les quatre Préfaces constituant une biographie de Colette fondée sur des documents le plus souvent nouveaux ; une Chronologie qui permet de situer Colette dans son temps et de la suivre dans ses travaux et ses jours. Puis, les œuvres publiées en librairie, parfois accompagnées d'annexes en relations directes avec ces œuvres. Ensuite, pour chaque œuvre, une Notice qui en expose la genèse et en dégage la valeur littéraire, des variantes et des notes destinées à éclairer la lecture sans prétendre imposer une interprétation. À la fin de chaque tome, une Bibliographie : disposée elle aussi dans l'ordre chronologique des éditions originales, placées à leur date, elle indique les rééditions et leurs structures quelquefois différentes et elle insère ces éditions originales dans la foisonnante production journalistique de Colette.

Ce premier volume se termine de plus sur un Lexique, bien utile à ceux qui n'ont pas été nourris au pur langage poyaudin que Claudine répandait dans les salons parisiens, et un Aperçu topographique de Saint-Sauveur-en-Puisaye, non moins utile à ceux qui veulent suivre Claudine au long des chemins de cette région encore préservée.

Le texte de chaque œuvre publiée dans ce volume a été soumis à un rigoureux examen préalable. La collection d'*Œuvres complètes* qui parut, en quinze volumes, du vivant de Colette, de 1948 à 1950, aux Éditions du Fleuron ne peut prétendre, et moins encore pour les « Claudine », au statut de texte *ne varietur*. On trouvera dans les notices l'indication des textes qui ont été retenus et la raison de ces choix.

Aimer Colette, ce n'est pas vouloir l'étouffer sous des notes érudites, encore moins sous des variantes — ratures, suppressions, additions. Pour cette édition de l'essentiel de son œuvre, les collaborateurs ont toutefois tenu à montrer quel étonnant travail elle a opéré sur son écriture afin de la faire accéder au grand style sans rien perdre d'une spontanéité qui portait cette femme, de tous ses sens, vers la vie. Une phrase simple, ou plutôt qui paraît simple, a parfois exigé cinq ou six tentatives, plus ou moins heureuses, avant de trouver sa formule : tous ceux qui ont des doutes — et qui n'en a pas ? — seront bien aises de voir que Colette les a précédés dans les incertitudes.

Nous avons été obligés de choisir les variantes les plus importantes et significatives. Mais, à l'intérieur d'une variante retenue, nous avons cherché à en montrer toute l'évolution, du premier jet à l'expression définitive.

Saura-t-on jamais ce que coûta la première phrase avouée de son œuvre : « Je m'appelle Claudine, j'habite Montigny ; j'y suis née en 1884 ; probablement je n'y mourrai pas. » Est-elle venue d'un seul tenant ou fut-elle le résultat d'une laborieuse simplification ? Nous ne disposons pas des manuscrits des deux premières « Claudine ». Nous disposons des manuscrits des romans suivants. Signés « Willy », les « Claudine » et leurs premiers prolongements, comparés aux livres qui paraîtront après *L'Ingénue libertine*, posent à l'exégète et aux lecteurs de nombreuses questions. Pour les deux dernières « Claudine », *La Retraite sentimentale* et *L'Ingénue libertine*, les interventions de Willy peuvent être détectées. Paul D'Hollander a eu la difficile tâche de les rendre visibles chaque fois qu'elles étaient significatives. Ses notices résument les autres traces des pattes de mouche dont Willy a arpenté les manuscrits de son épouse.

À la fin de ce même premier volume, nous avons voulu faire un sort au travail accompli par Colette sur le premier grand roman qu'elle a signé seule : *La Vagabonde*, surchargé, à certains feuillets, de corrections superposées. Mlle Lina Pournin s'est chargée avec un soin éclairé de revoir les points délicats de cet appareil critique et d'unifier la présentation des variantes de tous les textes. Nous l'en remercions.

★

Pour la présentation de l'appareil critique, nous avons délibérément adopté les normes de la collection :

— les notes de l'auteur sont appelées par astérisque et sont composées au bas des pages ;

— les appels numériques renvoient aux notes, en fin de volume, des éditeurs ;

— les appels littéraux renvoient aux variantes, en fin de volume.

Les conventions suivantes ont été adoptées pour la notation des variantes :

: indique, à l'intérieur d'une même variante, le passage à une autre leçon provenant d'un état différent du texte ;

/ indique un alinéa, parfois suivi d'un blanc ;

add. interl. : addition interlinéaire ;

add. marg. : addition marginale ;

biffé indique le ou les mots biffés ;

[...] signifie que le passage non reproduit dans la variante est identique au texte définitif.

Il nous arrive parfois d'encadrer un mot ou un groupe de mots des signes < > qui indiquent que le mot est complété par nous. Si notre restitution est conjecturale nous faisons suivre les lettres restituées d'un *?*. Enfin, s'il nous paraît impossible ou imprudent de restituer le mot en son entier, nous laissons, entre ces deux crochets obliques, un blanc de quelques lettres.

Dans certains cas, la leçon donnée en variante étant trop éloignée du texte mis sous les yeux du lecteur, il ne nous a pas été possible d'encadrer cette leçon par des mots du texte définitif. Nous y avons alors suppléé par un commentaire en tête de la variante.

Bien des œuvres de Colette sont découpées en « chapitres » (sans qu'un chiffre ou un titre l'indique expressément) ; seul le fait d'aller à la page le signale au lecteur. Il n'a pas été possible de respecter dans la présente édition cette disposition qui fait perdre beaucoup de place. Mais nous avons pris le soin de signaler la séparation entre les différents « chapitres » par une étoile dite éclairée : ☆.

Les abréviations ont été réduites au minimum. Pour les œuvres de Colette qui ne figurent pas dans le présent volume ou qui n'entreront pas dans cette collection, renvoi est fait

— soit aux *Œuvres complètes* du Fleuron (voir ci-dessus) ; sigle : *OCF* ;

— soit aux *Œuvres complètes*, « édition du centenaire », publiées en seize volumes de 1973 à 1976, sous deux formes : brochée (Flammarion) ou reliée (Éditions du Club de l'honnête homme) ; sigle : *OCH*.

Cette dernière série est plus complète que l'édition du Fleuron, mais elle reste incomplète de nombreux textes inédits en librairie. Elle intègre les recueils publiés chez Flammarion après la mort de l'écrivain : *Paysages et portraits* (1958), *Contes des mille et un matins* (1970), et les cinq volumes de lettres édités par Cl. Pichois avec la collaboration de Roberte Forbin : *Lettres à Hélène Picard* (1958), *Lettres à Marguerite Moreno* (1959), *Lettres de la Vagabonde* (1961), *Lettres au petit Corsaire* (1963) et *Lettres à ses pairs* (1973).

Pour ces sept titres, renvoi est donc fait soit aux éditions séparées publiées chez Flammarion, soit aux derniers tomes de l'« édition du centenaire ».

★

Parvenu à la fin de la première étape de cette longue entreprise, j'ai de nombreux remerciements à exprimer. En effet, presque tout était à faire. Il n'y avait pas de bibliographie détaillée des œuvres de Colette, en particulier de ses centaines d'articles. Il n'y avait pas de biographie en forme d'éphémérides qui rendissent compte d'une vie si riche et, jusqu'en 1925, parfois si tumultueuse. Ainsi, en apportant les textes mêmes de Colette, cette édition est aussi une biographie et une bibliographie.

La Bibliographie doit l'essentiel de ses éléments aux recherches menées pendant un demi-siècle par Léon Delanoë, terrassé par la mort à son bureau de travail[1] : l'un de nos regrets est qu'il n'ait pu voir paraître ce premier volume. M. Alain Brunet, avec l'aimable obligeance de Mme Delanoë et de M. Michel Mercier, continuera d'établir la Bibliographie à partir des notes et des dossiers de notre ami disparu.

En préparant la bibliographie de Pierre Mac Orlan, M. Francis Lacassin a toujours eu un œil pour Colette : je lui dois de précieuses références.

La biographie qu'est en partie la Préface, et la Chronologie préparée par M. Jacques Frugier, sont redevables d'informations variées et inédites aux membres de la Société des amis de Colette qui ne cessent d'explorer les archives locales à Saint-Sauveur et à Auxerre : Mlle Odette Evezard, notre présidente d'honneur, Mme Marguerite Boivin, trésorière et secrétaire générale adjointe, Mme Élisabeth Charleux-Leroux, auteur de remarquables études sur la jeunesse de Colette, M. et Mme Sansoy. Ma reconnaissance va à d'autres membres de la Société : Maître Henri Noguères, son président, M. Gérard Vée, président d'honneur, le docteur Pierre Muesser, qui habite la maison de Saint-Sauveur, Mlle Jeanne Contou, secrétaire générale, Mlle Christiane Boutet, Mlle Maria-Catherine Boutterin qui en hiver loge chez Gide et passe l'été aux Monts-Boucons, et M. Gérard Bonal, romancier, animateur jusqu'à cette année, des *Cahiers Colette*.

D'autres points de la vie de Colette, de ses parents et de son

1. Voir l'article d'Alain Brunet, « Une visite à Nantes : la collection de Léon Delanoë », *Cahiers Colette*, n° 5, 1983.

premier mari et des œuvres de Willy et de Colette ont été éclaircis par M. Vincent Laloy, petit-fils du hardi musicologue que fut Louis Laloy, par nos regrettés amis Maurice Chalvet, Pascal Pia et Gilbert Sigaux, par MM. Henri Coulet, Pierre Enckell, le docteur Robert Fleury, Jean-Paul Goujon, Pierre Guiral, Victor Nguyen, Jacques Primack, Jean Ziegler et par les organisateurs des Tournées Baret. Le professeur René Pintard n'a pas dédaigné de se pencher sur telle citation étrange trouvée sous la plume d'un auteur qu'on jugeait frivole.

Le Cabinet des manuscrits de la Bibliothèque nationale, aux destinées duquel préside M. Roger Pierrot, a constitué, grâce aux dons que lui a faits Maurice Goudeket, puis par des acquisitions très importantes, un fonds Colette fort riche en correspondances comme en manuscrits littéraires : Mme Michèle Lepavec-Dorsemaine en assure le classement et la conservation avec une parfaite compétence qu'elle met volontiers au service des chercheurs. Mes remerciements vont aussi à ses collègues, notamment à Mme Florence Callu et à M. François Avril.

Au département des imprimés, dirigé par Mlle Marie-Louise Bossuat, ce sont, vu en particulier les pénibles conditions de travail du personnel comme des lecteurs, de multiples noms que je devrais citer ; qu'il me soit permis de ne mentionner, avec celui de Mme Marie-Thérèse Pelou, que ceux de ces providences qui siègent entre les coupoles et la crypte : Mlle Andrée Lhéritier, M. Francis Peyraube, M. Raymond J. Seckel.

Au département de la musique, M. François Lesure m'a prodigué ses conseils amicaux.

Si riche qu'elle soit en manuscrits de Colette et en livres de Colette et de ses contemporains, la Bibliothèque nationale ne possède pas tout. Les imprimés de l'époque 1900, notamment les ouvrages publiés par Willy et ses collaborateurs, n'ont pas tous été reçus, ni réclamés sans doute au titre du dépôt légal ; beaucoup — livres, revues et magazines — en raison de la composition chimique du papier, s'effritent et deviennent incommunicables. Les collections privées (Léon Delanoë, M. et Mme Paul Morel) nous ont été d'un grand secours.

Des manuscrits nous ont été communiqués par des collectionneurs et des libraires amis : M. Richard Anacréon qui, à Granville, vient de transformer sa collection en musée public, M. Pierre Berès, le docteur Marie-Louise Berrewaerts, l'amiral Marcel Duval, M. Thierry Bodin, M^{e} et Mme Éric Buffetaud, M. et Mme Christian Galantaris, Mme Maurice Goudeket, M. Laurent Goudeket, Mme Marc Loliée, M. Bernard Loliée, M. Alain Nicolas, M. Michel Remy-Bieth, Mme Liliane Romano, le baron Louis de Sadeleer, le colonel Sickles, Mme J. Vidal-Mégret.

Qu'ils veuillent bien trouver ici l'expression de ma reconnaissance, ainsi que M. François Chapon, le subtil conservateur de la Bibliothèque littéraire Jacques-Doucet.

Cette édition a été rendue possible par l'initiative de Colette de Jouvenel, qui avait accordé à cette équipe les autorisations nécessaires, prolongées par M. Bertrand de Jouvenel. À l'absente et à son frère va toute ma gratitude.

L'organisation des quatre volumes que formeront ces *Œuvres* est largement redevable à M. Pierre Buge, directeur littéraire de la Bibliothèque de la Pléiade et incomparable lecteur, ainsi qu'à ses collaborateurs, en particulier à M. Jacques Cotin.

CLAUDE PICHOIS.

COLETTE & WILLY

CLAUDINE À L'ÉCOLE

PRÉFACE

Je ne reçois jamais un manuscrit sans quelque terreur ; tous les hommes de lettres qui évoluent autour de la quarantaine[1] comprendront cette épouvante sans que j'insiste davantage. Celui de *Claudine* m'effraya plus particulièrement pour ce qu'il était noué de la faveur rose qui, d'ordinaire, distingue les manuscrits féminins[2] ; je le développai d'une main tremblante ; mes prévisions ne m'avaient pas trompé : c'était de la prose de femme, bien mieux (bien mieux ?) un journal de jeune fille !

De jeune fille, mais non pour jeunes filles... Et moi qui craignais de me poisser à quelques papotages sirupeux ! Dès les premières pages, mes craintes d'ennui s'évanouirent — il ne me resta plus que de la stupéfaction.

Assurément, d'analogues lectures m'avaient préparé déjà au récit des passionnettes fourvoyées que l'auteur de cette autobiographie dévide au jour le jour avec une ingénuité de Tahitienne — avant l'arrivée du missionnaire ; mais la tendresse de « Chonchette[3] » pour sa petite amie de couvent, un peu de mysticisme en estompe les précisions périlleuses ; mais la transposition en prose contemporaine des romantiques *Femmes damnées*, toujours un restant de passion baudelairienne la vient ennoblir : morose esclavage de « Mlle Giraud[4] », ou détraquement fervide des « Deux Amies[5] ». Ne parlons point de l'irréelle et charmante « Mlle de

Maupin[1] » dont la fantaisie se penche, indulgente un instant, sur le lit de Rosette ; ne parlons pas surtout des *spécialités* qui ne relèvent d'aucune littérature, productions belges[2] — ou dignes de l'être.

Claudine, elle, petite personne lucide, ignore les frénésies de passion flambant aux yeux d'or de Paquita Valdès[3] ; même, elle sourirait de l'exaltation pieuse qui transporte les couventines sagacement observées par Marcel Prévost[4], elle qui, pendant le cours de toute une année — où sont relatés jusqu'aux moindres détails de son existence — ne fait pas mention de prières une seule fois. Imperturbable, elle recense les scènes les plus scabreuses avec une narquoiserie amusée, de même que les bourdes lâchées par une condisciple étourdie, et sans plus d'émoi. Car elle ne met jamais au point : comme les bambins ignorants de la perspective déclarent la tour Eiffel, aperçue dans le lointain, « joliment plus petite que la maison de papa » — quitte à reconnaître quand on la leur montre de près : « elle a joliment grandi depuis l'autre jour » — Claudine ne soupçonne pas l'importance relative des sensations qui successivement sollicitent son âme non formée, son cœur non averti. Elle note tout sur le même plan : ses angoisses suscitées par l'extraction douloureuse d'une racine carrée et son chagrin rageur lors de l'ukase directorial supprimant les leçons particulières — très particulières en effet — dispensées par la plus jolie institutrice de l'école où elle s'instruit, prodigieusement ; toute joyeuse et fière de constater la déconvenue penaude d'un instituteur adjoint, don Juan de l'enseignement primaire, qu'elle a drôlement berné[5], son allégresse éclate non moins vive à découvrir l'incontestable droit qu'ont les pains à cacheter de se classer parmi les comestibles.

Sauvageonne, elle a la spontanéité inconsciente d'un jeune animal souple qui mordille sans méchanceté et câline sans penser à mal : cette gamine qui, sans doute, n'a pas été élevée dans les bons principes, mais non plus dans les mauvais, car elle n'en reçut aucun, cette petite Claudine qui est presque l'enfant de la Nature — ô Rousseau ! — m'apparaît, ma foi, quasi innocente en sa perversité ingénue. Et j'emploie à regret ce mot de « perversité » qui trahit ma pensée — hélas ! notre langue française, si riche, ne comporte point de vocable qui convienne au cas spécial de Claudine — puisque, précisément, je tiens qu'on ne trouve nul vice réfléchi en cette fillette moins immorale que, si l'on peut dire, « a-morale ». Et ceci, je pense, sort de la banalité coutumière aux confidences des demoiselles.

Voilà pourquoi je me suis décidé à publier ce manuscrit, comme m'y autorisait, m'y invitait même une lettre épinglée au premier feuillet avec un portrait « qui date de deux ans » : la pudeur de mon sexe m'a seulement contraint d'opérer quelques coupures et d'atténuer certains passages, d'une franchise campagnarde un peu brutale[1] ; et j'ai, naturellement, changé tous les noms de pays et de personnes, sauf celui du ministre qui, sans doute, tandis qu'il inaugurait l'an dernier[2], officiel et grave, la nouvelle école de Montigny, ne se savait pas scruté par des yeux aussi fouilleurs.

Car c'est à des événements échus en 1899[3] que se rapportent ces confessions déroutantes... et Claudine compte aujourd'hui dix-sept années : il serait amusant qu'elle fût quelque jour élue par un de ces admirables célibataires qui, redoutant d'associer leur existence à celles de Parisiennes trop tôt renseignées, s'en vont chercher par les provinces de blanches petites fiancées qui ne savent rien de rien[4]...

WILLY.

Claudine à l'école

Je m'appelle Claudine, j'habite Montigny[1] ; j'y suis née en 1884[2] ; probablement je n'y mourrai pas.

Mon *Manuel de géographie départementale* s'exprime ainsi : « Montigny-en-Fresnois, jolie petite ville de 1 950 habitants, construite en amphithéâtre sur la Thaize ; on y admire une tour sarrasine bien conservée... » Moi, ça ne me dit rien du tout, ces descriptions-là ! D'abord, il n'y a pas de Thaize ; je sais bien qu'elle est censée traverser des prés au-dessous du passage à niveau ; mais en aucune saison vous n'y trouveriez de quoi laver les pattes d'un moineau. Montigny construit « en amphithéâtre » ? Non, je ne le vois pas ainsi ; à ma manière, c'est des maisons qui dégringolent, depuis le haut de la colline jusqu'en bas de la vallée ; ça s'étage en escalier au-dessous d'un gros château, rebâti sous Louis XV et déjà plus délabré que la tour sarrasine, épaisse, basse, toute gainée de lierre, qui s'effrite par en haut, un petit peu chaque jour. C'est un village, et pas une ville ; les rues, grâce au ciel, ne sont pas pavées ; les averses y roulent en petits torrents, secs au bout de deux heures ; c'est un village, pas très joli même, et que pourtant j'adore.

Le charme, le délice de ce pays fait de collines et de vallées si étroites que quelques-unes sont des ravins, c'est les bois, les bois profonds et envahisseurs, qui moutonnent et ondulent jusque là-bas, aussi loin qu'on peut voir... Des prés verts les trouent par places, de petites cultures aussi, pas grand-chose, les bois superbes dévorant tout. De sorte que cette belle contrée est affreusement pauvre[1], avec ses quelques fermes disséminées, si peu nombreuses, juste ce qu'il faut de toits rouges pour faire valoir le vert velouté des bois.

Chers bois ! Je les connais tous ; je les ai battus si souvent. Il y a les bois-taillis, des arbustes qui vous agrippent méchamment la figure au passage, ceux-là sont pleins de soleil, de fraises, de muguet, et aussi de serpents. J'y ai tressailli de frayeurs suffocantes à voir glisser devant mes pieds ces atroces petits corps lisses et froids ; vingt fois je me suis arrêtée, haletante, en trouvant sous ma main, près de la « passe-rose[2] », une couleuvre bien sage, roulée en colimaçon régulièrement, sa tête en dessus, ses petits yeux dorés me regardant ; ce n'était pas dangereux, mais quelles terreurs ! Tant pis, je finis toujours par y retourner seule ou avec des camarades ; plutôt seule, parce que ces petites grandes filles m'agacent, ça a peur de se déchirer aux ronces, ça a peur des petites bêtes, des chenilles veloutées et des araignées des bruyères, si jolies, rondes et roses comme des perles, ça crie, c'est fatigué — insupportables enfin.

Et puis il y a mes préférés, les grands bois qui ont seize et vingt ans, ça me saigne le cœur d'en voir couper un ; pas broussailleux, ceux-là, des arbres comme des colonnes, des sentiers étroits où il fait presque nuit à midi, où la voix et les pas sonnent d'une façon inquiétante. Dieu, que je les aime ! Je m'y sens tellement seule, les yeux perdus loin entre les arbres, dans le jour vert et mystérieux, à la fois délicieusement tranquille et un peu anxieuse, à cause de la solitude et de l'obscurité vague... Pas de petites bêtes, dans ces grands bois, ni de hautes herbes, un sol battu, tour à tour sec, sonore, ou mou à cause des sources ; des lapins à derrières blancs les traversent ; des chevreuils peureux dont on ne fait que deviner le passage, tant ils courent vite ; de grands faisans lourds, rouges, dorés ; des sangliers (je n'en ai pas vu) ; des loups — j'en ai entendu un, au commencement de l'hiver, pendant que je ramassais des faines, ces bonnes petites faines huileuses qui grattent la gorge et font tousser. Quelquefois des pluies d'orage vous surprennent dans ces grands bois-là : on se blottit sous un chêne plus épais que les autres, et, sans rien dire, on écoute la pluie crépiter là-haut comme sur un toit, bien à l'abri, pour ne sortir de ces profondeurs que tout éblouie et dépaysée, mal à l'aise au grand jour.

Et les sapinières ! Peu profondes, elles, et peu mystérieuses, je les aime pour leur odeur, pour les bruyères roses et violettes qui poussent dessous, et pour leur chant sous le vent. Avant d'y arriver, on traverse des futaies serrées, et, tout d'un coup, on a la surprise délicieuse de déboucher au bord d'un étang, un étang lisse et profond, enclos de tous côtés par les bois, si loin de toutes choses ! Les sapins poussent dans une espèce d'île, au milieu ; il faut passer bravement à cheval sur un tronc déraciné qui rejoint les deux rives. Sous les sapins, on allume du feu, même en été, parce que c'est défendu ; on y cuit n'importe quoi, une pomme, une poire, une pomme de terre volée dans un champ, du pain bis faute d'autre chose ; ça sent la fumée amère et la résine, c'est abominable, c'est exquis.

J'ai vécu dans ces bois dix années de vagabondages éperdus, de conquêtes et de découvertes ; le jour où il me faudra les quitter j'aurai un gros chagrin.

. . . .

Quand, il y a deux mois, j'ai eu quinze ans sonnés, j'ai allongé mes jupes jusqu'aux chevilles, on a démoli la vieille école[1] et on a changé l'institutrice. Les jupes longues, mes mollets les exigeaient, qui tiraient l'œil, et me donnaient déjà trop l'air d'une jeune fille ; la vieille école tombait en ruine ; quant à l'institutrice, la pauvre bonne madame X, quarante ans[2], laide, ignorante, douce, et toujours affolée devant les inspecteurs d'académie, même devant les inspecteurs primaires, le docteur[a] Dutertre[3], délégué cantonal[4], avait besoin de sa place pour y installer une protégée à lui. Dans ce pays, ce que Dutertre veut, le ministre le veut.

Pauvre vieille école, délabrée, malsaine, mais si amusante ! Ah ! les beaux bâtiments qu'on construit ne te feront pas oublier*.

* Le nouveau « groupe scolaire » pousse depuis sept ou huit mois, dans un jardin avoisinant acheté tout exprès, mais nous ne nous

Les chambres du premier étage, celles des instituteurs, étaient maussades et incommodes ; le rez-de-chaussée, nos deux classes l'occupaient, la grande et la petite, deux salles incroyables de laideur et de saleté, avec des tables comme je n'en revis jamais, diminuées de moitié par l'usure, et sur lesquelles nous aurions dû, raisonnablement, devenir bossues au bout de six mois. L'odeur de ces classes, après les trois heures d'étude du matin et de l'après-midi, était littéralement à renverser. Je n'ai jamais eu de camarades de mon espèce, car les rares familles bourgeoises de Montigny envoient, par genre, leurs enfants en pension au chef-lieu, de sorte que l'école ne compte guère pour élèves que des filles d'épiciers, de cultivateurs, de gendarmes et d'ouvriers surtout ; tout ça assez mal lavé.

Moi, je me trouve dans ce milieu étrange parce que je ne veux pas quitter Montigny ; si j'avais une maman, je sais bien qu'elle ne me laisserait pas vingt-quatre heures ici, mais papa, lui, ne voit rien, ne s'occupe pas de moi, tout à ses travaux[2], et ne s'imagine pas que je pourrais être plus convenablement élevée dans un couvent ou dans un lycée quelconque[3] Pas de danger que je lui ouvre les yeux !

Comme camarades, donc, j'eus, j'ai encore Claire (je supprime le nom de famille), ma sœur de lait[4], une fillette douce[a], avec de beaux yeux tendres et une petite âme romanesque, qui a passé son temps d'école à s'amouracher tous les huit jours (oh ! platoniquement) d'un nouveau garçon, et qui, maintenant encore, ne demande qu'à s'éprendre du premier imbécile, sous-maître ou agent voyer, en veine de déclarations « poétiques ».

Puis la grande Anaïs[5] (qui réussira sans doute à franchir les portes de l'école de Fontenay-aux-Roses[6], grâce à une prodigieuse mémoire lui tenant lieu d'intelligence véritable), froide, vicieuse, et si impossible à émouvoir que jamais elle ne rougit, l'heureuse créature ! Elle possède une véritable science du comique et m'a

intéressons guère, jusqu'à présent, à ces gros cubes blancs qui montent peu à peu ; malgré la rapidité (inusitée en ce pays de paresseux) avec laquelle sont menés les travaux, les écoles ne seront pas achevées, je pense, avant l'Exposition[1]. Et alors, munie de mon Brevet élémentaire, j'aurai quitté l'école — malheureusement.

souvent rendue malade de rire. Des cheveux ni bruns ni blonds, la peau jaune, pas de couleur aux joues, de minces yeux noirs, et longue comme une rame à pois. En somme, quelqu'un de pas banal ; menteuse, filouteuse, flagorneuse, traîtresse, elle saura se tirer d'affaire dans la vie, la grande Anaïs ! À treize ans, elle écrivait et donnait des rendez-vous à un nigaud de son âge ; on l'a su et il en est résulté des histoires qui ont ému toutes les gosses de l'école, sauf elle[1].

Et encore les Jaubert[2], deux sœurs, deux jumelles, même, bonnes élèves, ah ! bonnes élèves, je crois bien, je les écorcherais volontiers, tant elles m'agacent avec leur sagesse, et leurs jolies écritures propres, et leur ressemblance niaise, des figures molles et mates, des yeux de mouton pleins de douceur pleurarde. Ça travaille toujours, c'est plein de bonnes notes, c'est convenable et sournois, ça souffle une haleine à la colle forte, pouah !

Et Marie Belhomme[3], bébête, mais si gaie ! raisonnable et sensée, à quinze ans, comme une enfant de huit ans peu avancée pour son âge, elle abonde en naïvetés colossales qui désarment notre méchanceté et nous l'aimons bien, et j'ai toujours dit force choses abominables devant elle, parce qu'elle s'en choque sincèrement, d'abord, pour rire de tout son cœur une minute après, en levant au plafond ses longues mains étroites — « ses mains de sage-femme », dit la grande Anaïs. Brune et mate, des yeux noirs longs et humides, Marie ressemble, avec son nez sans malice, à un joli lièvre peureux. Ces quatre-là et moi, nous formons cette année la pléiade enviée, désormais au-dessus des « grandes » nous aspirons au brevet élémentaire.

Le reste, à nos yeux, c'est la lie, c'est le vil peuple ! Je présenterai quelques autres camarades au cours de ce journal, car c'est décidément un journal, ou presque, que je vais commencer...

Madame X, qui a reçu l'avis de son changement, en a pleuré, la pauvre femme, toute une journée — et nous aussi —, ce qui m'inspire une solide aversion contre sa remplaçante. En même temps que les démolisseurs de la vieille école paraissent dans les cours de récréation, arrive la nouvelle institutrice, Mlle Sergent[1], accompagnée de sa mère, grosse femme en bonnet[2], qui sert sa fille et l'admire, et qui me fait l'effet d'une paysanne finaude, connaissant le prix du beurre, mais pas méchante au fond. Mlle Sergent, elle, ne paraît rien moins que bonne, et j'augure mal de cette rousse bien faite, la taille et les hanches rondes, mais d'une laideur flagrante, la figure bouffie et toujours enflammée, le nez un peu camard, entre deux petits yeux noirs, enfoncés et soupçonneux. Elle occupe dans l'ancienne école une chambre qu'il n'est pas nécessaire de démolir tout de suite, et son adjointe de même, la jolie Aimée Lanthenay[3], qui me plaît autant que sa supérieure me déplaît. Contre Mlle Sergent, l'intruse, je conserve ces jours-ci une attitude farouche et révoltée ; elle a déjà tenté de m'apprivoiser mais j'ai regimbé d'une façon presque insolente. Après quelques escarmouches vives, il me faut bien la reconnaître institutrice tout à fait supérieure, nette, cassante souvent, d'une volonté qui serait admirablement lucide si la colère ne l'aveuglait parfois. Avec plus d'empire sur elle-même, cette femme-là serait admirable ; mais, qu'on lui résiste : les yeux flambent, les cheveux roux se trempent de sueur... je l'ai vue avant-hier sortir pour ne pas me jeter un encrier à la tête.

Pendant les récréations, comme le froid humide de ce vilain automne ne m'engage guère à jouer, je cause avec Mlle Aimée. Notre intimité progresse très vite. Nature de chatte caressante, délicate et frileuse, incroyablement câline, j'aime à regarder sa frimousse rose de blondinette, ses yeux dorés aux cils retroussés. Les beaux yeux qui ne demandent qu'à sourire ! Ils font retourner les gars quand elle sort. Souvent, pendant que nous causons sur le seuil de la petite classe empestée, Mlle Sergent passe devant nous pour regagner sa chambre, sans rien dire, fixant sur nous ses regards jaloux et fouilleurs. Dans son silence nous sentons, ma nouvelle amie et moi, qu'elle enrage de nous voir « corder[4] » si bien.

Cette toute petite Aimée — elle a dix-neuf ans et me vient à l'oreille — bavarde comme une pensionnaire qu'elle était encore, il y a trois mois, avec un besoin de tendresse, de gestes blottis, qui me touche. Des gestes blottis ! Elle les contient, dans une peur instinctive de Mlle Sergent, ses petites mains froides serrées sous le collet de fausse fourrure (la pauvrette est sans argent comme des milliers de ses pareilles). Pour l'apprivoiser, je me fais douce, sans peine, et je la questionne, assez contente de la regarder. Elle parle, jolie en dépit, ou à cause, de sa frimousse irrégulière. Si les pommettes saillent un peu trop, si, sous le nez court, la bouche un peu trop renflée fait un drôle de petit coin à gauche quand elle rit, en revanche quels yeux merveilleux couleur d'or jaune, et quel teint, un de ces teints délicats à l'œil, si solides que le froid ne les bleuit même pas ! Elle parle, elle parle — et son père qui est tailleur de pierres, et sa mère qui tapait souvent, et sa sœur et ses trois frères, et la dure école normale du chef-lieu où l'eau gelait dans les brocs, où elle tombait toujours de sommeil parce qu'on se lève à cinq heures (heureusement la maîtresse d'anglais était bien gentille pour elle), et les vacances dans sa famille où on la forçait à se remettre au ménage, en disant qu'elle serait mieux à tremper la soupe qu'à faire la demoiselle — tout ça défile dans son bavardage, toute cette jeunesse de misère qu'elle supportait impatiemment et dont elle se souvient avec terreur.

Petite Mlle Lanthenay, votre corps souple cherche, et appelle, un bien-être inconnu ; si vous n'étiez pas institutrice adjointe à Montigny, vous seriez peut-être... je ne veux pas dire quoi. Mais que j'aime vous entendre et vous voir, vous qui avez quatre ans de plus que moi, et de qui je me sens, à chaque instant, la sœur aînée[1] !

Ma nouvelle confidente me dit un jour qu'elle sait pas mal d'anglais, et cela m'inspire un projet tout simplement merveilleux. Je demande à papa (puisqu'il me tient lieu de maman) s'il ne voudrait pas me faire donner par Mlle Aimée Lanthenay des leçons de grammaire anglaise. Papa trouve l'idée géniale, comme la plupart de mes idées, et, « pour boucler l'affaire », comme il dit, m'accompagne chez Mlle Sergent. Elle nous reçoit avec une politesse impassible, et, pendant que papa lui expose *son* projet, paraît l'approuver ; mais je sens une vague inquiétude de ne pas voir ses yeux pendant qu'elle parle. (Je me suis aperçue très vite que ses yeux disent toujours sa pensée, sans qu'elle puisse la dissimuler, et je suis anxieuse de constater qu'elle les tient obstinément baissés.) On appelle Mlle Aimée qui descend empressée, rougissante, et répétant « Oui, monsieur », et « Certainement, monsieur », sans trop savoir ce qu'elle dit, pendant que je la regarde, toute contente de ma ruse, et réjouie à la pensée que je vais, désormais, l'avoir avec moi plus intimement que sur le seuil de la petite classe. Prix des leçons : quinze francs par mois, deux séances par semaine ; pour cette pauvre petite adjointe qui gagne soixante-quinze francs par mois et paie sa pension là-dessus, c'est une aubaine inespérée. Je crois aussi qu'elle a du plaisir à se trouver plus souvent avec moi. Pendant cette visite-là, je n'échange guère que deux ou trois phrases avec elle.

Premier jour de leçon ! Je l'attends après la classe, pendant qu'elle réunit ses livres d'anglais, et en route pour la maison ! J'ai installé un coin confortable pour nous deux dans la bibliothèque de papa, une grande table, des cahiers et des plumes, avec une bonne lampe qui n'éclaire que la table. Mlle Aimée, très embarrassée (pourquoi ?), rougit, toussote :

« Allons, Claudine vous savez votre alphabet, je pense ?

— Bien sûr, Mademoiselle, je sais aussi un peu de grammaire anglaise, je pourrais très bien faire cette petite version-là... On est bien, s'pas, ici ?

— Oui, très bien. »

Je demande, en baissant un peu la voix pour prendre le ton de nos bavardages :

« Est-ce que Mlle Sergent vous a reparlé de mes leçons avec vous ?

— Oh ! presque pas. Elle m'a dit que c'était une chance pour moi, que vous ne me donneriez pas de peine, si vous vouliez seulement travailler un peu, que vous appreniez avec une grande facilité quand vous vouliez bien.

— Rien que ça ? C'est pas beaucoup ! Elle pensait bien que vous me le répéteriez.

— Voyons, Claudine, nous ne travaillons pas. Il n'y a en anglais qu'un seul article... », etc.

Au bout de dix minutes d'anglais sérieux, j'interroge encore :

« Vous n'avez pas remarqué qu'elle n'avait pas l'air content quand je suis venue avec papa pour demander de prendre des leçons avec vous ?

— Non... Si... Peut-être, mais nous ne nous sommes presque pas parlé le soir.

— Ôtez donc votre jaquette, on étouffe toujours chez papa. Ah ! comme vous êtes mince, on vous casserait ! Vos yeux sont bien jolis à la lumière. »

Je dis tout ça parce que je le pense, et que je prends plaisir à lui faire des compliments, plus de plaisir que si j'en recevais pour mon compte. Je demande :

« Vous couchez toujours dans la même chambre que Mlle Sergent ? »

(Cette promiscuité me paraît odieuse, mais le moyen de faire autrement ! Toutes les autres chambres sont déjà démeublées, et on commence à enlever le toit. La pauvre petite soupire :)

« Il faut bien, mais c'est ennuyeux comme tout ! Le soir, à neuf heures, je me couche tout de suite, vite, vite, et elle vient se coucher après ; mais c'est tout de même désagréable, quand on est si peu à son aise ensemble.

— Oh ! ça me blesse pour vous, énormément ! Comme ça doit vous assommer de vous habiller devant elle, le matin ! Je détesterais me montrer en chemise à des gens que je n'aime pas ! »

Mlle Lanthenay sursaute en tirant sa montre :

« Mais enfin, Claudine, nous ne faisons rien ! Travaillons donc !

— Oui... Vous savez qu'on attend de nouveaux sous-maîtres[1] ?

— Je sais, deux. Ils arrivent demain.

— Ça va être amusant ! Deux amoureux pour vous !

— Oh ! taisez-vous donc. D'abord tous ceux que j'ai vus étaient si bêtes que ça ne me tentait guère ; je sais déjà leurs noms, à ceux-ci, des noms ridicules : Antonin Rabastens[2] et Armand Duplessis[3].

— Je parie que ces pierrots-là vont passer vingt fois par jour dans notre cour, sous prétexte que l'entrée des garçons est encombrée de démolitions...

— Claudine, écoutez, c'est honteux, nous n'avons rien fait aujourd'hui !

— Oh ! c'est toujours comme ça le premier jour. Nous travaillerons beaucoup mieux vendredi prochain ; il faut bien le temps de se mettre en train. »

Malgré ce raisonnement remarquable, Mlle Lanthenay, impressionnée de sa propre paresse, me fait travailler sérieusement jusqu'à la fin de l'heure ; après quoi je la reconduis au bout de la rue. Il fait nuit, il gèle, ça me fait peine de voir cette petite ombre menue s'en aller dans ce froid et dans ce noir, pour rentrer chez la Rousse aux yeux jaloux.

Cette semaine nous avons goûté des heures de joie pure, parce qu'on nous employa, nous, les grandes, à déménager le grenier, pour en descendre les livres et les vieux objets qui l'encombraient. Il a fallu se presser ; les maçons attendaient pour démolir le premier étage. Ce furent des galopades insensées dans les greniers et les escaliers ; au risque d'être punies, nous nous aventurions, la grande Anaïs et moi, jusque dans l'escalier conduisant aux chambres des instituteurs, dans l'espoir d'entrevoir enfin les deux nouveaux sous-maîtres demeurés invisibles depuis leur arrivée...

Hier, devant un logis entrebâillé, Anaïs me pousse, je trébuche et j'ouvre la porte avec ma tête. Alors nous pouffons et nous restons plantées sur le seuil de cette chambre, justement une chambre d'adjoint, vide, par bonheur, de son locataire ; nous l'inspectons rapidement. Au mur et sur la cheminée, de grandes chromolithographies banalement encadrées : une Italienne avec des cheveux foisonnants, des dents éclatantes et la bouche trois fois plus petite que les yeux ; comme pendant, une blonde pâmée qui serre un épagneul sur son corsage à rubans bleus. Au-dessus du lit d'Antonin Rabastens (il a fixé sa carte sur la porte avec quatre punaises) des banderoles s'entrecroisent, aux couleurs russes et françaises[1]. Quoi encore ? une table avec une cuvette, deux chaises, des papillons piqués sur des bouchons de liège, des romances éparpillées sur la cheminée, et rien de plus. Nous regardons tout sans rien dire, et tout d'un coup nous nous sauvons vers le grenier en courant, oppressées de la crainte folle que le nommé

Antonin (on ne s'appelle pas Antonin !) ne vienne à monter l'escalier ; notre piétinement, sur ces marches défendues, est si tapageur qu'une porte s'ouvre au rez-de-chaussée, la porte de la classe des garçons, et quelqu'un se montre, en demandant avec un drôle d'accent marseillais : « Qu'est-ce que c'est, pas moins ? Depuis demi-heure j'entends des chevox dans l'escalier ? » Nous avons encore le temps d'entrevoir un gros garçon brun avec des joues bien portantes... Là-haut, en sûreté, ma complice me dit en soufflant : « Hein, s'il savait que nous venons de sa chambre !

— Oui, il ne se consolerait pas de nous avoir ratées.

— Ratées ? reprend Anaïs avec un sérieux de glace, il a l'air d'un gars solide qui ne doit pas vous rater.

— Grande sale, va ! »

Et nous poursuivons le déménagement du grenier ; c'est un enchantement de farfouiller dans cet amas de livres et de journaux à emporter, qui appartiennent à Mlle Sergent. Bien entendu, nous feuilletons le tas avant de les descendre et je constate qu'il y a là l'*Aphrodite* de Pierre Louÿs[1] avec de nombreux numéros du *Journal amusant*[2]. Nous nous régalons, Anaïs et moi, émoustillées d'un dessin de Gerbault : *Bruits de couloirs*[3], des messieurs en habit noir occupés à chatouiller de gentilles danseuses d'Opéra, en maillot et en jupe courte, qui gesticulent et criaillent. Les autres élèves sont descendues ; il fait sombre dans le grenier, et nous nous attardons à des images qui nous font rire, des Albert Guillaume[4], d'un raide !

Tout d'un coup nous sursautons, car quelqu'un ouvre la porte en demandant d'un ton à l'ail : « Hé ! qui peut faire cet infernal tapage dans l'escalier ? » Nous nous levons, graves, les bras chargés de livres, et nous disons posément : « Bonjour, monsieur », maîtrisant une envie de rire qui nous tord. C'est le gros sous-maître à figure réjouie de tout à l'heure. Alors, parce que nous sommes de grandes filles paraissant bien seize ans, il s'excuse et s'en va en disant : « Mille pardons, mesdemoiselles. » Et derrière son dos nous dansons silencieusement, en lui faisant des grimaces comme des diables. Nous descendons en retard ; on nous gronde ; Mlle Sergent me demande : « Qu'est-ce que vous pouviez bien faire là-haut ? — Mademoiselle, nous mettions en tas des livres pour les descendre. » Et je pose devant elle, ostensiblement, la pile de livres, avec l'audacieuse *Aphrodite* et les numéros du *Journal amusant* pliés dessus, l'image en dehors. Elle voit tout de suite ; ses joues rouges deviennent plus rouges, mais, vite raccrochée[1], elle explique : « Ah ! ce sont les livres de l'instituteur que vous avez descendus, tout est si mêlé dans ce grenier commun, je les lui rendrai. » Et la semonce s'arrête là ; pas la moindre punition pour nous deux. En sortant, je pousse le coude d'Anaïs dont les yeux minces sont plissés de rire : « Hein, il a bon dos, l'instituteur !

— Tu penses, Claudine, comme il doit collectionner des "bêtises*" cet innocent ! S'il ne croit pas que les enfants naissent dans les choux, c'est tout juste. »

Car l'instituteur[2] est un veuf triste, incolore, on sait à peine s'il existe, il ne quitte sa classe que pour s'enfermer dans sa chambre.

Je prends, le vendredi suivant, ma deuxième leçon avec Mlle Aimée Lanthenay. Je lui demande :

« Est-ce que les sous-maîtres vous font déjà la cour ?

— Oh ! justement, Claudine, ils sont venus hier nous "rendre leurs devoirs". Le bon enfant et qui fait le beau, c'est Antonin Rabastens.

— Dit "la Perle de la Canebière[3]" ; et l'autre, comment est-il ?

— Maigre, beau, intéressant de figure, il s'appelle Armand Duplessis.

— Ce serait un péché de ne pas le surnommer "Richelieu". »

Elle rit :

« Un nom qui va lui rester parmi les élèves, méchante Claudine. Mais quel sauvage ! Il ne dit rien que oui et non. »

Ma maîtresse d'anglais me semble adorable ce soir-

* *Saletés* dans le patois d'ici. Exemple : Si l'on va au bois des Fredonnes, le soir, on peut y rencontrer les gars et les « gobettes » y faire leurs *bêtises*.

là, sous la lampe de la bibliothèque ; ses yeux de chat brillent tout en or, malins, câlins, et je les admire, non sans me rendre compte qu'ils ne sont ni bons, ni francs, ni sûrs. Mais ils scintillent d'un tel éclat dans sa figure fraîche, et elle semble se trouver si bien dans cette chambre chaude et assourdie que je me sens déjà prête à l'aimer tant et tant, avec tout mon cœur déraisonnable. Oui, je sais très bien, depuis longtemps, que j'ai un cœur déraisonnable, mais, de le savoir, ça ne m'arrête pas du tout.

« Et *Elle*, la Rousse, elle ne vous dit rien, ces jours-ci ?

— Non, elle est même assez aimable, je ne la crois pas si fâchée que vous le pensez, de nous voir bien ensemble.

— Poûoûoûh ! Vous ne voyez pas ses yeux ! Ils sont moins beaux que les vôtres, mais plus méchants... Jolie petite mademoiselle, que vous êtes mignonne !... »

Elle rougit beaucoup, et me dit sans aucune conviction :

« Vous êtes un peu folle, Claudine, je commence à le croire, on me l'a tant dit !

— Oui, je sais bien que les autres le disent, mais qu'est-ce que ça fait ? Je suis contente d'être avec vous ; parlez-moi de vos amoureux.

— Je n'en ai pas ! Vous savez, je crois que nous verrons souvent les deux adjoints ; Rabastens me semble très "mondain", et traîne son collègue Duplessis avec lui. Vous savez aussi que je ferai sans doute venir ma petite sœur comme pensionnaire, ici ?

— Votre sœur, je m'en moque pas mal. Quel âge a-t-elle ?

— Votre âge, quelques mois de moins, quinze ans ces jours-ci.

— Elle est gentille ?

— Pas jolie, vous verrez ; un peu timide et sauvage.

— Zut pour votre sœur ! Dites donc, j'ai vu Rabastens dans le grenier, il est monté exprès. Il possède un solide accent de Marseille, ce gros Antonin !...

— Oui, mais il n'est pas trop laid... Voyons Claudine, travaillons donc, vous n'avez pas honte ? Lisez ça et traduisez. »

Elle a beau s'indigner, le travail ne marche guère.

Je l'embrasse en lui disant au revoir.

Le lendemain, pendant la récréation, Anaïs était en train, pour m'abrutir, de danser devant moi une danse de possédée, tout en gardant sa figure fermée et froide, quand voici que Rabastens et Duplessis surgissent à la porte de la cour.

Comme nous sommes là, Marie Belhomme, la grande Anaïs et moi, ces messieurs saluent, et nous répondons avec une correction froide. Ils entrent dans la grande salle où mesdemoiselles corrigent les cahiers, et nous les voyons causer et rire avec elles. Alors, je me découvre un besoin urgent et subit de prendre mon capuchon, resté sur mon pupitre, et je me précipite dans la classe, poussant la porte, comme si je n'avais jamais supposé que ces messieurs pussent s'y trouver ; puis je m'arrête, jouant la confusion, sur le seuil. Mlle Sergent ralentit ma course par un « Soyez plus calme, Claudine », à frapper une carafe, et je me retire à pas de chat ; mais j'ai eu le temps de voir que Mlle Aimée Lanthenay rit en bavardant avec Duplessis, et fait des grâces pour lui. Attends, beau ténébreux, demain ou après, il y aura une chanson sur toi, ou des calembours faciles, ou des sobriquets, ça t'apprendra à séduire Mlle Aimée. Mais... eh bien, quoi donc ? On me rappelle ? Quelle chance ! Je rentre, d'un air docile :

« Claudine, explique Mlle Sergent, venez déchiffrer ça ; monsieur Rabastens est musicien, mais pas tant que vous. »

Qu'elle est aimable ! Quel revirement ! *Ça*, c'est un air du *Chalet*[1], ennuyeux à pleurer. Moi, rien ne me coupe la voix comme de chanter devant des gens que je ne connais pas ; aussi je déchiffre proprement, mais avec une voix ridiculement tremblante qui se raffermit, Dieu merci, à la fin du morceau.

« Ah ! mademoiselle, permettez-moi de vous féliciter, vous *ettes* d'une force ! »

Je proteste en lui tirant intérieurement la langue, la *lanngue*, dirait-il. Et je m'en vais retrouver les *otres* (ça se gagne) qui m'accueillent avec des compliments au vinaigre.

« Ma chère ! grince la grande Anaïs, j'espère que te voilà dans les bonnes grâces ! Tu as dû produire un effet foudroyant sur ces messieurs, et nous les verrons souvent. »

Les Jaubert ricanent en dessous, jalousement.

« Laissez-moi donc tranquille, il n'y a vraiment pas de quoi mousser parce que j'ai déchiffré quelque chose. Rabastens est du midi, du midi et demi, et c'est une race que j'exècre ; quant à Richelieu, s'il revient souvent, je sais bien qui l'attirera.

— Qui donc ?

— Mlle Aimée, tiens ! Il la mange des yeux.

— Dis donc, chuchote Anaïs, ce n'est pas de lui que tu seras jalouse, alors, c'est d'elle... »

(Peste d'Anaïs ! Ça voit tout, et ce que ça ne voit pas, ça l'invente !)

Les deux adjoints rentrent dans leur cour, Antonin Rabastens expansif et salueur, l'autre intimidé, presque farouche. Il est temps qu'ils s'en aillent, la rentrée va sonner et leurs gamins font autant de bruit, dans la cour voisine, que si on les avait plongés tous ensemble dans une chaudière d'huile bouillante. On sonne pour nous, et je dis à Anaïs :

« Dis donc, il y a longtemps que le délégué cantonal n'est venu : ça m'étonne bien si nous ne le voyons pas cette semaine.

— Il est arrivé hier, il viendra sûrement fouiner un peu par ici. »

Dutertre, délégué cantonal, est en outre médecin des enfants de l'hospice qui, pour la plupart, fréquentent l'école ; cette double qualité l'autorise à venir nous visiter, et Dieu sait s'il en use ! Des gens prétendent que Mlle Sergent est sa maîtresse, je n'en sais rien. Qu'il lui doive de l'argent, oui, je le parierais[1] ; les campagnes électorales coûtent cher et Dutertre, ce sans-le-sou, s'obstine, avec un insuccès persistant, à vouloir remplacer le vieux crétin muet mais millionnaire qui représente à la Chambre les électeurs du Fresnois[2]. Que cette rousse passionnée soit amoureuse de lui, j'en suis sûre ! Elle tremble de rage jalouse quand elle le voit nous frôler avec trop d'insistance.

Car, je le répète, il nous honore fréquemment de ses visites, s'assied sur les tables, se tient mal, s'attarde auprès des plus grandes, surtout de moi, lit nos devoirs, nous fourre ses moustaches dans les oreilles, nous caresse le cou et nous tutoie toutes (il nous a vues si gamines !) en faisant briller ses dents de loup et ses yeux noirs. Nous le trouvons fort aimable ; mais je le sais une telle canaille que je ne ressens devant lui aucune timidité, ce qui scandalise les camarades.

C'est jour de leçon de couture, on tire l'aiguille paresseusement en causant à voix insaisissable. Bon, voilà les flocons qui commencent à tomber. Quelle chance ! On fera des glissades, on tombera beaucoup, et on se battra à coups de boules de neige. Mlle Sergent nous regarde sans nous voir, l'esprit ailleurs.

Toc ! Toc ! aux vitres. À travers les plumes tournoyantes de la neige, on aperçoit Dutertre qui frappe, tout enveloppé et coiffé de fourrures, beau garçon là-dedans, avec ses yeux luisants et ses dents qu'on voit toujours. Le premier banc (moi, Marie Belhomme et la grande Anaïs) se remue ; j'arrange mes cheveux sur mes tempes, Anaïs se mord les lèvres pour les rendre rouges et Marie resserre sa ceinture d'un cran ; les sœurs Jaubert joignent leurs mains, comme deux images de première communion : « Je suis le temple du Saint-Esprit ».

Mlle Sergent a bondi, si brusquement qu'elle a renversé sa chaise et son tabouret pour courir ouvrir la porte ; devant tant d'affolement je me roule, et Anaïs profite de cet émoi pour me pincer, pour me faire des grimaces démoniaques en croquant du fusain et de la gomme à effacer. (On a beau lui interdire ces nourritures extravagantes, tout le long du jour elle a les poches et la bouche pleines de bois de crayons, de gomme noire et infecte, de fusain et de papier buvard rose. La craie, la plombagine, tout ça bourre son estomac de façon bizarre ; c'est ces nourritures-là, sans doute, qui lui font un teint couleur de bois et de plâtre gris. Au moins, moi, je ne mange que du papier à cigarettes, et encore d'une certaine marque. Mais la grande Anaïs ruine la commune qui nous donne la papeterie scolaire, en demandant des « fournitures » nouvelles toutes les semaines, si bien qu'au moment de la rentrée, le conseil municipal a fait une réclamation.)

Dutertre secoue ses fourrures poudrées de neige, on dirait que c'est son pelage naturel ; Mlle Sergent étincelle d'une telle joie à le voir qu'elle ne pense même pas à vérifier si je la surveille ; il plaisante avec elle, son accent de montagne sonore et rapide réchauffe la classe[1]. J'inspecte mes ongles et je mets mes cheveux en évidence, car le visiteur regarde surtout de notre côté ; dame ! on est de grandes filles de quinze ans, et si ma figure est plus jeune que mon âge, ma taille a bien dix-huit ans. Et mes cheveux aussi valent d'être montrés, puisqu'ils me font une toison remuante de boucles dont la couleur change selon le temps entre le châtain obscur et l'or foncé, et qui contraste avec mes yeux brun café, pas vilainement ; tout bouclés qu'ils sont, ils me descendent presque aux reins ; je n'ai jamais porté de nattes ni de chignon, les chignons me donnent la migraine et les nattes n'encadrent pas assez ma figure ; quand nous jouons aux barres, je ramasse le tas de mes cheveux, qui feraient de moi une proie trop facile, et je les noue[a] en queue de cheval. Et puis, enfin, est-ce que ce n'est pas plus joli comme ça ?

Mlle Sergent interrompt enfin son dialogue ravi avec le délégué cantonal et lance un : « Mesdemoiselles, vous vous tenez fort mal. » Pour l'affirmer dans cette conviction, Anaïs trouve utile de laisser échapper le « Hpp... » des fous rires contenus, sans qu'un trait bouge dans sa figure, et c'est à moi que Mademoiselle jette un regard de colère qui promet une punition.

Enfin M. Dutertre hausse la voix, et nous l'entendons demander : « On travaille bien ici ? on se porte bien ?

— On se porte fort bien, répond Mlle Sergent, mais on travaille assez peu. Ces grandes filles sont d'une paresse ! »

Aussitôt que nous avons vu le beau docteur se tourner vers nous, nous nous sommes penchées sur nos cahiers[2], avec un air appliqué, absorbé, comme si nous oubliions soudainement sa présence.

« Ah ! ah ! fait-il en s'approchant de nos bancs, on ne travaille pas beaucoup ? Quelles idées a-t-on en tête ? Est-ce que mademoiselle Claudine ne serait plus la première en composition française ? »

Ces compositions françaises, je les ai en horreur ! Des sujets stupides et abominables : « Imaginez les pensées et les actions d'une jeune fille aveugle. » (Pourquoi pas sourde-muette en même temps ?) Ou encore : « Écrivez, pour faire votre portrait physique et moral, à un frère que vous n'avez pas vu depuis dix ans. » (Je n'ai pas la corde fraternelle, je suis fille unique.) Non, ce qu'il faut que je me retienne pour ne pas écrire des blagues et des conseils subversifs, on n'en saura jamais rien ! Mais quoi, mes camarades — sauf Anaïs — s'en tirent si mal, toutes, que je suis, malgré moi, « l'élève remarquable en composition littéraire[1] ».

Dutertre en est venu là où il souhaitait en venir, et je lève la tête pendant que Mlle Sergent lui répond :

« Claudine ? oh, si ! Mais ce n'est pas sa faute, elle est douée pour cela et ne se fatigue pas. »

Il est assis sur la table, une jambe pendante, et me tutoie, pour ne pas en perdre l'habitude :

« Alors, tu es paresseuse ?

— Dame, c'est mon seul plaisir sur la terre.

— Tu n'es pas sérieuse ! Tu aimes mieux lire, hein ? Qu'est-ce que tu lis ? Tout ce que tu trouves ? Toute la bibliothèque de ton père ?

— Non, monsieur, pas les livres qui m'ennuient.

— Tu te fais une jolie instruction, je parie ! Donne-moi ton cahier. »

Pour lire plus commodément, il appuie une main sur mon épaule et roule une boucle de mes cheveux. La grande Anaïs en jaunit plus que de raison ; il ne lui a pas demandé son cahier à elle ! Cette préférence me vaudra des coups d'épingle en dessous, des rapports sournois à Mlle Sergent, et des espionnages quand je causerai avec Mlle Lanthenay. Elle est près de la porte de la petite classe, cette gentille Aimée, et me sourit si tendrement, de ses yeux dorés, que je suis presque consolée de n'avoir pu, aujourd'hui ni hier, causer avec elle autrement que devant mes camarades. Dutertre pose mon cahier et me caresse les épaules d'un air distrait. Il ne pense pas du tout à ce qu'il fait, évidemment, é-vi-dem-ment...

« Quel âge as-tu ?

— Quinze ans.

— Drôle de petite fille ! Si tu n'avais pas l'air si toqué, tu paraîtrais davantage, tu sais. Tu te présenteras pour le brevet au mois d'octobre prochain ?

— Oui, monsieur, pour faire plaisir à papa.

— À ton père ? Qu'est-ce que ça peut lui fiche ! Mais toi, ça ne te remue pas beaucoup, donc ?

— Si ; ça m'amuse de voir tous ces gens qui nous interrogeront ; et puis s'il y a des concerts au chef-lieu à ce moment-là, ça se trouvera bien.

— Tu n'entreras pas à l'école normale ? »

Je bondis :

« Non, par exemple !

— Pourquoi cet emballement, jeune fille exubérante ?

— Je ne veux pas y aller, pas plus que je n'ai voulu aller en pension, parce qu'on est enfermé.

— Oh ! oh ! tu tiens tant à ta liberté ? Ton mari ne fera pas ce qu'il voudra, diable ! Montre-moi cette figure. Tu te portes bien ? Un peu d'anémie, peut-être ? »

Ce bon docteur me tourne vers la fenêtre, de son bras passé autour de moi, et plonge ses regards de loup dans les miens, que je fais candides et sans mystère. Mes yeux sont toujours cernés, et il me demande si j'ai des palpitations et des essoufflements.

« Non, pas du tout. »

Je baisse les paupières parce que je sens que je rougis bêtement. Il me regarde trop, aussi ! Et je devine Mlle Sergent qui se crispe derrière nous.

« Dors-tu toute la nuit ? »

J'enrage de rougir davantage en répondant :

« Mais oui, monsieur, toute la nuit. »

Il n'insiste pas et se redresse en me lâchant la taille.

« Bah ! tu es solide au fond. »

Une petite caresse sur ma joue, puis il passe à la grande Anaïs qui sèche sur son banc.

« Montre-moi ton cahier. »

Pendant qu'il le feuillette, assez vite, Mlle Sergent foudroie à voix basse la première division (des gamines de douze et quatorze ans qui commencent déjà à se serrer la taille et à porter des chignons), car la première division a profité de l'inattention directoriale pour se livrer à un sabbat de tous les diables ; on entend des tapes de règles sur des mains, des gloussements de gamines qu'on pince ; elles vont se faire orner d'une retenue générale, sûr !

Anaïs étrangle de joie en voyant son cahier dans de

si augustes mains, mais Dutertre la trouve sans doute assez peu digne d'attention et passe, après quelques compliments et un pinçon à l'oreille. Il reste quelques minutes près de Marie Belhomme dont la fraîcheur brune et lisse lui plaît, mais, tout de suite affolée de timidité, elle baisse la tête comme un bélier, répond oui pour non et appelle Dutertre « Mademoiselle ». Quant aux deux sœurs Jaubert, il les complimente sur leur belle écriture, c'était prévu. Enfin, il sort. Bon vent !

Il nous reste une dizaine de minutes avant la fin de la classe ; comment les employer ? Je demande à sortir pour ramasser furtivement une poignée de la neige qui tombe toujours ; je roule une boule et je mords dedans : c'est bon et froid, ça sent un peu la poussière, cette première tombée. Je la cache dans ma poche et je rentre. On me fait signe autour de moi, et je passe la boule de neige, où chacune, à l'exception des jumelles impeccables, mord avec des mines ravies. Zut ! voilà cette niaise de Marie Belhomme qui laisse tomber le dernier morceau, et Mlle Sergent le voit.

« Claudine ! vous avez encore apporté de la neige ? Ça passe les bornes, à la fin ! »

Elle roule des yeux si furieux que je retiens un « c'est la première fois depuis l'an dernier », car j'ai peur que Mlle Lanthenay ne pâtisse de mes insolences, et j'ouvre mon Histoire de France sans répondre.

Ce soir je prendrai ma leçon d'anglais, et ça me consolera de mon silence.

À quatre heures, Mlle Aimée vient, et nous filons, contentes.

Qu'il fait bon avec elle, dans la bibliothèque chaude ! Je serre ma chaise tout près de la sienne, et je pose ma tête sur son épaule ; elle passe son bras autour de moi ; je presse sa taille qui plie.

« Oh ! petite mademoiselle, il y a si longtemps que je ne vous ai vue !

— Mais... il n'y a que trois jours...

— Ça ne fait rien... taisez-vous et embrassez-moi ! Vous êtes une méchante, et le temps vous semble court loin de moi... Ça vous ennuie donc bien, ces leçons ?

— Oh ! Claudine ! Au contraire, vous savez bien que je ne cause qu'avec vous, et que je ne me plais qu'ici. »

Elle m'embrasse et je ronronne, et tout d'un coup je la serre si brusquement dans mes deux bras qu'elle en crie un peu.

« Claudine, il faut travailler. »

Eh ! que la grammaire anglaise soit au diable ! J'aime bien mieux me reposer la tête sur sa poitrine ; elle me caresse les cheveux et le cou, et j'entends sous mon oreille son cœur qui s'essouffle. Que je suis bien, avec elle ! Il faut pourtant prendre un porte-plume et faire semblant au moins de travailler !... Au fait, à quoi bon ? Qui pourrait entrer ? Papa ? Ah bien oui !

Dans la chambre la plus incommode du premier étage, celle où il gèle en hiver, où l'on rôtit en été, papa s'enferme farouchement, absorbé, aveugle et sourd aux bruits du monde, pour... Ah ! voilà... vous n'avez pas lu, parce qu'il ne sera jamais terminé, son grand travail sur la *Malacologie du Fresnois*[1], et vous ne saurez jamais que, des expériences compliquées, des attentions angoissées qui l'ont penché des heures et des heures sur d'innombrables limaces encloses dans de petites cloches de verre, dans des boîtes de treillages métalliques, papa a tiré cette certitude foudroyante : un *Limax flavus*[2] dévore en un jour jusqu'à 0,24 g de nourriture, tandis que l'*Helix ventricosa*[3] n'en consomme que 0,19 g dans le même temps ! Comment voulez-vous que l'espoir renaissant de pareilles constatations laisse à un passionné malacologiste le sentiment de la paternité, de sept heures du matin à neuf heures du soir ? C'est le meilleur homme, et le plus tendre, entre deux repas de limaces. Il me regarde vivre, quand il a le temps, avec admiration, d'ailleurs, et s'étonne de me voir exister, « comme une personne naturelle ». Il en rit de ses petits yeux embusqués, de son noble nez bourbon (où a-t-il été pêcher ce nez royal ?) dans sa belle barbe panachée de trois couleurs, roux, gris et blanc[4]... n'y ai-je pas vu briller souvent de petites baves de limaces ?

Je demande à Aimée, avec indifférence, si elle a revu les deux copains, Rabastens et Richelieu. Elle s'anime, ce qui me surprend :

« Ah ! c'est vrai, je ne vous ai pas dit... vous savez, nous couchons maintenant à l'école maternelle, puisqu'on démolit tout ; eh bien, hier soir, je travaillais dans ma chambre vers dix heures, et en fermant les volets pour me coucher j'ai vu une grande ombre qui se promenait sous ma fenêtre, dans ce froid ; devinez qui c'était ?

— Un des deux, pardi.

— Oui ! mais c'était Armand ; l'auriez-vous cru, de ce sauvage ? »

Je réponds que non ; mais je l'aurais très bien cru, au contraire, de ce grand être noir, aux yeux sérieux et sombres, qui me paraît beaucoup moins nul que le joyeux Marseillais. Cependant je vois la tête d'oiseau de Mlle Aimée déjà envornée* sur cette mince aventure et j'en suis un peu triste. Je lui demande :

« Comment ? Vous le trouvez déjà digne d'un si vif intérêt, ce corbeau solennel ?

— Mais non, voyons ! ça m'amuse seulement. »

C'est égal, la leçon se termine sans autre expansion. En sortant, seulement, dans le corridor noir, je l'embrasse de toute ma force, sur son cou mignon et blanc, dans ses petits cheveux qui sentent bon. Elle est amusante à embrasser comme un petit animal chaud et joli, et me rend mon baiser tendrement. Ah ! je la garderais bien tout le temps près de moi, si je pouvais !

Demain, c'est dimanche, pas d'école, quelle scie ! je ne m'amuse que là.

Ce dimanche-là, je suis allée passer l'après-midi à la ferme qu'habite Claire, ma douce et gentille sœur de lait, qui ne vient plus en classe, elle, depuis un an déjà. Nous descendons le chemin des Matignons, qui donne sur la route de la gare, un chemin feuillu et sombre de verdure en été ; en ces mois d'hiver il n'a plus de feuilles, bien entendu, mais on est encore assez caché, dedans, pour pouvoir guetter les gens qui s'asseyent sur les bancs de la route. Nous marchons dans la neige qui craque. Les petites mares gelées geignent musicalement sous le soleil, avec le joli son, pareil à nul autre, de la glace qui se fend. Claire me chuchote ses amou-

* *Envornement,* l'étourdissement.

rettes ébauchées avec les gars, au bal du dimanche chez Trouillard[1], de rudes et brusques gars ; et moi, je frétille à l'entendre :

« Tu comprends, Claudine, Montassuy[2] était là aussi, et il a dansé la polka avec moi, en me serrant fort, fort contre lui. À ce moment-là Eugène, mon frère[3], qui dansait avec Adèle Tricotot[4], lâche sa danseuse et saute en l'air pour donner un coup de tête dans une des deux lampes qui sont pendues ; le verre de la lampe, il chavire, et ça éteint la lampe. Pendant que tout le monde regarde et fait des "ah !", voilà t'y pas que le gros Féfed tourne le bouton de l'autre lampe, et que tout est noir, noir ; plus rien qu'une chandelle tout au fond de la petite buvette. Ma chère, le temps que la mère Trouillard apporte des allumettes, on n'entendait rien que des cris, des rires, des bruits de baisers. Mon frère tenait Adèle Tricotot à côté de moi et elle faisait des soupirs, des soupirs, en disant : "Lâche-moi, Eugène", d'une voix étouffée comme si elle avait eu ses jupes sur sa tête ; et le gros Féfed avec sa "cavalière" étaient tombés par terre ; ils riaient, ils riaient qu'ils n'en pouvaient plus se relever !

— Et toi avec Montassuy ? »

Claire devient rouge d'une pudeur tardive :

« Ah ! justement, voilà... Dans le premier moment, il a été si surpris de voir les lampes éteintes qu'il a gardé seulement ma main qu'il tenait ; et puis, il m'a reprise par la taille et m'a dit tout bas : "N'ayez pas peur." Je n'ai rien dit et j'ai senti qu'il se penchait, qu'il m'embrassait les joues tout doucement, à tâtons, et même il faisait si noir qu'il s'est trompé (petite Tartufe !) et qu'il m'a embrassé la bouche ; ça m'a fait tant de plaisir, tant de bien et tant d'émotion que j'ai manqué tomber et qu'il m'a retenue en me serrant davantage. Oh ! il est gentil, je l'aime.

— Et après, coureuse ?

— Après, la mère Trouillard a rallumé les lampes, en rechignant, et elle a juré que si une pareille chose recommençait jamais, elle porterait plainte, et on fermerait le bal.

— Le fait est que c'était tout de même un peu raide !... Houche ! tais-toi ; qui vient là ? »

Nous sommes assises derrière la haie de ronces, tout

près de la route qui passe à deux mètres au-dessous de nous, avec un banc au bord du fossé. Une merveilleuse cachette pour écouter sans être vues.

« C'est les sous-maîtres ! »

Oui, c'est Rabastens et le sombre Armand Duplessis qui marchent en causant, veine inespérée ! L'avantageux Antonin veut s'asseoir sur ce banc, à cause du soleil pâlot qui le tiédit un peu. Nous allons entendre leur conversation et nous frétillons de joie dans notre champ, au-dessus de leurs têtes.

« Ah ! soupire le méridional avec satisfaction, on se *choffe* un peu, ici. Vous ne trouvez pas ? »

Armand grogne quelque chose d'indécis. Le Marseillais repart ; il parlerait tout seul, j'en suis sûre !

« Moi, voyez-vous, je me trouve bien en ce pays : ces dames les institutrices sont très aimables. Mlle Sergent est laide, par exemple ! Mais la petite Mlle Aimée est si brave ! Je me sens plus fier quand elle me regarde. »

Le faux Richelieu s'est redressé, sa langue se délie :

« Oui, elle est attrayante, et si mignonne ! Elle sourit toujours et bavarde comme une fauvette. »

Mais il se repent tout de suite de son expansion et ajoute, d'un autre ton : « C'est une gentille demoiselle, vous allez bien sûr lui tourner la tête, don Juan ! »

J'ai failli éclater. Rabastens en don Juan ! Je l'ai vu avec un feutre emplumé sur sa tête ronde et ses joues pleines... Là-haut, tendues vers la route, nous nous rions des yeux, toutes deux, sans bouger d'une ligne.

« Mais, ma foi, reprend le casse-cœurs de l'enseignement primaire, il y a d'autres jolies filles qu'elle ; on dirait que vous ne les avez pas vues ? L'autre jour, dans la classe, Mlle Claudine vint chanter d'une façon charmante (je peux dire que je m'y connais un peu, hé ?). Et elle n'est pas pour passer inaperçue, avec ses cheveux qui roulent sur ses épaules et partout autour d'elle ; et des yeux bruns d'une malice ! Mon cher, je crois que cette enfant sait plus de choses qu'elle devrait ignorer que de géographie ! »

J'ai eu un petit tressaut d'étonnement, et nous avons bien failli nous faire surprendre, parce que Claire a lâché un rire en fuite de gaz qui aurait pu être entendu. Rabastens s'agite sur son banc, près de Duplessis absorbé, et lui chuchote quelque chose à l'oreille, en riant d'un air égrillard. L'autre sourit ; ils se lèvent ; ils s'en vont. Nous deux, là-haut, nous sommes enchantées, et nous dansons la « chieuvre » de joie, autant pour nous réchauffer que pour nous congratuler de cet espionnage délicieux.

En rentrant, je rumine déjà des coquetteries pour allumer ce gros Antonin ultra-combustible, de quoi faire passer le temps en récréation quand il pleut. Moi qui le croyais en train de projeter la séduction de Mlle Lanthenay ! Je suis bien contente qu'il ne cherche pas à lui plaire, car cette petite Aimée me semble si aimeuse que même un Rabastens aurait pu réussir, qui sait ? Il est vrai que Richelieu est encore plus pincé par elle que je ne pensais.

Dès sept heures du matin, j'entre à l'école ; c'est mon tour d'allumer le feu, zut ! Il va falloir casser du petit bois dans le hangar, et s'abîmer les mains, et porter des bûches, et souffler, et recevoir dans les yeux de la fumée piquante... Tiens, mais le premier bâtiment neuf s'élève déjà haut, et sur celui des garçons, symétrique, le toit est presque achevé ; notre pauvre vieille école à moitié démolie semble une minime masure près de ces deux bâtiments qui sont si vite sortis de terre. La grande Anaïs me rejoint et nous allons casser du bois ensemble.

« Tu sais, Claudine, il vient une seconde adjointe aujourd'hui, et nous allons être forcées de déménager toutes ; on nous fera la classe dans l'école maternelle.

— Fameuse idée ! On y attrapera des puces et des poux ; c'est d'une saleté, là-dedans !

— Oui, mais on est plus près de la classe des garçons, ma vieille. »

(Quelle dévergondée, cette Anaïs ! Au fait, elle a raison.)

« Ça, c'est vrai. Eh bien, feu de deux sous, prendras-tu ? Voilà un quart d'heure que je m'époumone. Ah ! que M. Rabastens doit flamber plus facilement ! »

Peu à peu, le feu se décide, les élèves arrivent ; Mlle Sergent est en retard (pourquoi ? c'est la première fois). Elle descend enfin, nous répond « Bonjour » d'un air préoccupé, puis s'assied à son bureau en nous disant « À vos places » sans nous regarder, et visiblement sans penser à nous. Je copie mes probèmes en me demandant quelles pensées la travaillent et je m'aperçois avec une surprise inquiète qu'elle me lance de temps en temps des regards rapides, à la fois furieux et vaguement satisfaits. Qu'est-ce qu'il y a donc ? Je ne suis pas tranquille du tout, du tout. Voyons que je me rappelle... Je ne vois rien, sinon qu'elle nous a regardées partir pour notre leçon d'anglais, Mlle Lanthenay et moi, avec une colère presque douloureuse, à peine dissimulée. Ah ! là, là, là, là, on ne nous laissera donc pas tranquilles, ma petite Aimée et moi ? Nous ne faisons rien de mal, pourtant ! Notre dernière leçon d'anglais a été si douce ! Nous n'avons pas même ouvert le dictionnaire, ni le « choix de phrases usuelles », ni le cahier...

Je songe et je rage en copiant mes problèmes, d'une écriture échevelée ; Anaïs me guette en dessous et devine qu'il y a « quelque chose ». Je regarde encore cette terrible rousse aux yeux jaloux, en ramassant le porte-plume que j'ai jeté à terre avec une heureuse maladresse. Mais, mais elle a pleuré, je ne me trompe pas ! Alors pourquoi ces regards encolérés et presque contents ? Ça ne va pas du tout, il faut absolument que je questionne Aimée aujourd'hui. Je ne pense guère au problème à transcrire :

« ... Un ouvrier plante des piquets pour faire une palissade. Il les enfonce à une distance telle les uns des autres que le seau de goudron dans lequel il trempe l'extrémité inférieure jusqu'à une hauteur de trente centimètres se trouve vide au bout de trois heures. Étant donné que la quantité de goudron qui reste attachée au piquet égale dix centimètres cubes, que le seau est un cylindre de 0,15 m de rayon à la base et de 0,75 m de hauteur, plein aux 3/4, que l'ouvrier trempe quarante piquets par heure et se repose huit minutes environ dans le même temps, quel est le nombre des piquets, et quelle est la surface de la propriété, qui a la forme d'un carré parfait ? Dire également quel serait le nombre de piquets nécessaire si on les plantait distants de dix centimètres de plus. Dire aussi le prix de revient de cette opération dans les deux cas, si les piquets valent 3 F le cent, et si l'ouvrier est payé 0,50 de l'heure. »

Faudrait-il pas, aussi, dire si l'ouvrier est heureux en ménage ? Oh ! quelle est l'imagination malsaine, le cerveau dépravé où germent ces problèmes révoltants dont on nous torture ? Je les exècre ! Et les ouvriers qui se coalisent pour compliquer la somme de travail dont ils sont capables, qui se divisent en deux escouades dont l'une dépense 1/3 de force de plus que l'autre, tandis que l'autre, en revanche, travaille deux heures de plus ! Et le nombre d'aiguilles qu'une couturière use en vingt-cinq ans, quand elle se sert d'aiguilles à 0,50 F le paquet pendant onze ans, et d'aiguilles à 0,75 F pendant le reste du temps, mais que celles de 0,75 F sont... etc. Et les locomotives qui compliquent diaboliquement leurs vitesses, leurs heures de départ et l'état de santé de leurs chauffeurs ! Odieuses suppositions, hypothèses invraisemblables, qui m'ont rendue réfractaire à l'arithmétique pour toute ma vie !

« Anaïs, passez au tableau. »

La grande perche se lève, et m'adresse en cachette une grimace de chat incommodé ; personne n'aime « passer au tableau » sous l'œil noir et guetteur de Mlle Sergent.

« *Faites* le problème. »

Anaïs le « fait » et l'explique. J'en profite pour examiner l'institutrice tout à mon aise : ses regards brillent, ses cheveux roux flamboient... Si, au moins, j'avais pu voir Aimée Lanthenay avant la classe ! Bon, le problème est fini, Anaïs respire et revient à sa place.

« Claudine, venez au tableau. Écrivez les fractions $\frac{3525}{5712}$, $\frac{806}{925}$, $\frac{14}{56}$, $\frac{302}{1052}$. (Mon Dieu ! préservez-moi des fractions divisibles par 7 et par 11, de même que celles par 5, par 9, et par 4 et 6, et par 1 127 !) et trouvez leur plus grand commun diviseur. »

Voilà ce que je craignais ! Je commence mélancoliquement ; je lâche quelques bêtises parce que je n'ai pas la tête à ce que je fais. Qu'elles sont vite réprimandées d'un geste sec de la main ou d'un froncement de sourcils, les petites bourdes que je m'accorde ! Enfin je m'en tire et reviens à ma place, emportant un : « Pas de traits d'esprit ici, n'est-ce pas ? », parce qu'à son observation : « Vous oubliez d'abaisser les zéros », j'ai répondu :

« Il faut toujours abaisser les zéros, ils le méritent. »

Après moi, Marie Belhomme vient au tableau et accumule des énormités de la meilleure foi du monde, selon son habitude ; volubile et sûre d'elle quand elle patauge, indécise et rouge quand elle se souvient à peu près de la leçon précédente.

La porte de la petite classe s'ouvre, Mlle Lanthenay entre. Je la regarde avidement : oh ! les pauvres yeux dorés qui ont pleuré et sont gonflés en dessous, les chers yeux qui me lancent un regard effaré et se détournent vite ! Je reste consternée ; mon Dieu qu'est-ce qu'Elle a bien pu lui faire. J'ai rougi de colère, de telle façon que la grande Anaïs le remarque et ricane tout bas. La dolente Aimée a demandé un livre à Mlle Sergent qui le lui a donné avec un empressement marqué et dont les joues sont devenues d'un carmin plus sombre. Qu'est-ce que tout ça veut dire ? Quand je pense que la leçon d'anglais n'a lieu que demain, je m'angoisse davantage. Mais quoi ? Je ne peux rien faire. Mlle Lanthenay rentre dans sa classe.

« Mesdemoiselles, annonce la mauvaise rousse, sortez vos livres et vos cahiers, nous allons être forcées de nous réfugier à l'école maternelle, provisoirement. »

Aussitôt toutes les gamines s'agitent comme si le feu était à leurs bas ; on se pousse, on se pince, on remue les bancs, les livres tombent, nous les empilons dans nos grands tabliers. La grande Anaïs me regarde prendre ma charge, portant elle-même son bagage dans ses bras, puis elle tire lestement le coin de mon tablier et tout croule... Elle conserve son air absent et considère attentivement trois maçons qui se lancent des tuiles dans la cour. On me gronde, pour ma maladresse, et, deux minutes après, cette peste d'Anaïs recommence la même expérience sur Marie Belhomme qui, elle, s'exclame si bruyamment qu'elle reçoit quelques pages d'histoire ancienne à copier. Enfin notre meute bavardante et piétinante traverse la cour et entre à l'école maternelle. Je fronce le nez : c'est sale, nettoyé à la hâte pour nous, ça sent encore l'enfant mal tenu. Pourvu que ce « provisoire » ne dure pas trop longtemps !

Anaïs a posé ses livres et s'est assurée immédiatement que les fenêtres donnent sur le jardin de l'instituteur. Moi je n'ai pas le temps de contempler les sous-maîtres, trop inquiète des ennuis que je pressens.

Nous retournons à l'ancienne classe, avec le bruit d'un troupeau de bœufs échappés, et nous transportons les tables, si vieilles, si lourdes, que nous heurtons et accrochons un peu partout, dans l'espoir qu'une d'elles au moins se disloquera complètement et tombera en morceaux vermoulus. Vain espoir ! Elles arrivent entières ; ce n'est pas notre faute.

On n'a pas beaucoup travaillé ce matin, c'est autant de gagné. À onze heures, quand nous sortons, je rôde pour apercevoir Mlle Lanthenay, mais sans succès. *Elle* l'enferme donc ? Je m'en vais déjeuner, si grondante de colère rentrée, que papa lui-même s'en aperçoit et me demande si j'ai la fièvre... Puis je reviens très tôt, à midi un quart, et je m'énerve, parmi les rares élèves qui sont là, des gamines de la campagne déjeunant dans l'école avec des œufs durs, du lard, de la mélasse sur du pain, des fruits. Et j'attends inutilement et je me tourmente !

Antonin Rabastens entre (une diversion comme une autre) et me salue avec des grâces d'ours dansant.

« Mille pardons, mademoiselle ; et autremint, ces dames ne sont pas encore descendues ?

— Non, monsieur, je les attends ; puissent-elles ne pas tarder, car "l'absence est le plus grand des maux[1] !" Voilà déjà sept fois que je commente cet aphorisme d'après La Fontaine, en des compositions françaises qui furent remarquées. »

J'ai parlé avec une gravité douce ; le beau Marseillais a écouté, de l'inquiétude sur sa bonne figure de lune. (Lui aussi il va penser que je suis un peu folle.) Il change de conversation :

« Mademoiselle, on m'a dit que vous lisez beaucoup. Monsieur votre père possède une nombreuse bibliothèque ?

— Oui, monsieur, deux mille trois cent sept volumes, pas un de plus.

— Vous savez bien des choses intéressantes, sans doute, et j'ai vu tout de suite l'autre jour — quand vous avez si gracieusement chanté — que vous aviez des idées bien au-dessus de votre âge. »

(Dieu, quel idiot ! est-ce qu'il ne va pas s'en aller ?

Ah ! j'oubliais qu'il est un peu amoureux de moi. Soyons plus gentille.)

« Mais vous-même, monsieur, vous possédez une belle voix de baryton, m'a-t-on dit. Nous vous entendons quelquefois chanter dans votre chambre quand les maçons ne font pas rage. »

Il devient ponceau de joie et proteste avec une modestie enchantée. Il se tortille :

« Oh ! mademoiselle !... D'ailleurs vous pourrez en juger bientôt, car Mlle Sergent m'a demandé de donner des leçons de solfège aux grandes élèves du brevet, le jeudi et le dimanche, et nous commencerons la semaine prochaine. »

Quelle chance ! Si je n'étais pas aussi préoccupée, je serais enchantée d'apprendre la nouvelle aux autres qui ne savent encore rien. Ce qu'Anaïs va s'inonder d'eau de Cologne, et mordre ses lèvres, jeudi prochain, et serrer sa ceinture de cuir, et roucouler en chantant !

« Comment ? Mais je n'en savais rien du tout ! Mlle Sergent ne nous en a pas dit un mot.

— Oh ! je n'aurais pas dû le dire, peut-être ? Soyez assez bonne pour feindre de l'ignorer ! »

Il me supplie, avec des effets de torse, et moi je secoue la tête pour chasser des boucles qui ne me gênent pas du tout. (Ce semblant de secret entre nous deux le met en joie, et va lui servir de thème à des coups d'œil d'intelligence, d'intelligence très ordinaire.) Il se retire, portant beau, avec un adieu déjà plus familier. « Adieu, mademoiselle Claudine. — Adieu, monsieur. »

Midi et demi, les élèves arrivent, et toujours pas d'Aimée ! Je refuse de jouer sous prétexte de migraine, et je me chauffe.

Oh ! oh ! qu'est-ce que je vois ? Les voilà qui sont descendues, Aimée et sa redoutable supérieure ; elles sont descendues et traversent la cour, et la Rousse a passé le bras de Mlle Lanthenay sous le sien, événement inouï ! Mlle Sergent parle, et très doucement, à son adjointe, qui, encore un peu effarée, lève des yeux déjà rassurés et jolis vers l'autre bien plus grande qu'elle. Le spectacle de cette idylle tourne mon inquiétude en chagrin. Avant qu'elles soient tout près de la porte, je me précipite dehors au milieu d'une folle partie de *loup*[1], en criant : « Je joue ! » comme je crierais « Au feu ! » Et jusqu'à l'heure où l'on sonne la rentrée, je m'essouffle et je galope, poursuivie et poursuivante, me retenant de penser le plus que je peux.

Pendant la partie, j'ai aperçu la tête de Rabastens ; il regarde par-dessus le mur et prend plaisir à voir courir ces grandes filles qui montrent, inconsciemment les unes, comme Marie Belhomme, et très sciemment d'autres, comme la grande Anaïs, des mollets jolis ou ridicules. L'aimable Antonin me dédie un gracieux sourire, extrêmement gracieux ; je ne crois pas devoir y répondre à cause de mes camarades, mais je cambre ma taille et je secoue mes boucles. Il faut bien amuser ce garçon. (D'ailleurs, il me semble né gaffeur et metteur de pieds dans tous les plats.) Anaïs qui l'a, elle aussi, aperçu, court en donnant des coups de genoux dans ses jupes pour faire voir des jambes, pourtant sans attraits, et rit, et pousse des cris d'oiseau. Elle ferait de la coquetterie devant un bœuf de labour.

Nous rentrons et nous ouvrons nos cahiers, encore essoufflées. Mais, au bout d'un quart d'heure, la mère Sergent vient prévenir sa fille, en un patois sauvage, que deux pensionnaires arrivent. La classe ébullitionne ; deux « nouvelles » à taquiner ! Et Mademoiselle sort en priant, à voix douce, Mlle Lanthenay de garder la classe. Aimée arrive, je cherche ses yeux pour lui sourire de toute ma tendresse anxieuse, mais elle me rend un regard assez mal assuré, et mon cœur se gonfle stupidement pendant que je me penche sur mon tricot diamant[2]... Je n'ai jamais laissé tomber tant de mailles !... J'en laisse tomber un nombre si considérable que je suis obligée d'aller demander secours à Mlle Aimée. Pendant qu'elle cherche un remède à mes maladresses, je lui chuchote « Bonjour, chère petite demoiselle mignonne, qu'est-ce qu'il y a donc, mon Dieu ? Je me ronge de ne pas pouvoir vous parler ». Elle jette des yeux inquiets autour d'elle, et me répond très bas :

« Je ne peux rien vous dire maintenant ; demain à la leçon.

— Je ne pourrai jamais attendre jusqu'à demain ! Si je prétendais que papa a affaire dans sa bibliothèque demain, et si je demandais que vous me donniez ma leçon ce soir ?

— Non... oui... demandez-le. Mais retournez vite à votre place, les grandes nous regardent. »

Je lui dis « Merci » tout haut, et me rassieds. Elle a raison : la grande Anaïs nous guette, cherchant à deviner ce qui se passe depuis deux ou trois jours.

Mlle Sergent rentre enfin, accompagnée de deux jeunesses insignifiantes dont la venue provoque une petite rumeur sur les bancs.

Elle installe ces nouvelles à leurs places. Les minutes s'écoulent lentement.

Quand sonnent quatre heures, enfin, je vais tout de suite trouver Mlle Sergent, et lui demande d'un trait : « Mademoiselle, vous seriez bien bonne de permettre à Mlle Lanthenay de me donner ma leçon ce soir au lieu de demain, parce que, demain, papa reçoit quelqu'un[a] pour affaires, dans sa bibliothèque, et nous ne pourrions pas y rester. »

Ouf ! j'ai débité ma phrase sans respirer. Mademoiselle fronce ses sourcils, me dévisage une seconde et se décide : « Oui, allez prévenir Mlle Lanthenay ».

J'y cours, elle met son chapeau, son manteau, et je l'emmène, trépignante de l'anxiété de savoir.

« Ah ! que je suis contente de vous avoir un peu ! Dites, vite, qu'est-ce qu'il y a de cassé ? »

Elle hésite, tergiverse :

« Pas ici, attendez, c'est difficile de raconter ça dans la rue ; dans une minute nous serons chez vous. »

En attendant, je serre son bras sous le mien, mais elle n'a pas son sourire gentil des autres fois. La porte de la bibliothèque tirée sur nous, je la prends dans les bras et je l'embrasse ; il me semble qu'on l'a enfermée un mois loin de moi, cette pauvre petite Aimée aux yeux cernés, aux joues pâlies ! Elle a donc eu bien du chagrin ? Pourtant, ses regards me paraissent surtout embarrassés et elle est plus fébrile que triste. Et puis elle me rend mes baisers vite ;... je n'aime pas du tout qu'on m'embrasse à la six-quatre-deux !

« Allons, parlez, racontez depuis le commencement.

— Mais ce n'est pas bien long ; il n'y a pas eu grand-chose, en somme. C'est Mlle Sergent, oui, qui voudrait... enfin elle aime mieux... elle trouve que ces leçons d'anglais m'empêchent de corriger les cahiers, et que je suis forcée de me coucher trop tard...

— Allons, voyons, ne perdez donc pas de temps, et soyez franche : elle ne veut plus que vous veniez ? »

J'en tremble d'angoisse, je serre mes mains entre mes genoux pour les faire tenir tranquilles. Aimée tourmente la couverture de la grammaire et la décolle, en levant sur moi ses yeux qui redeviennent effarés.

« Oui, c'est cela, mais elle ne l'a pas dit comme vous le dites, Claudine ; écoutez-moi un peu... »

Je n'écoute rien du tout, je me sens fondue de chagrin ; je suis assise sur un petit tabouret par terre, et, sa taille mince entourée de mon bras, je la supplie :

« Ma chérie, ne vous en allez pas ; si vous saviez, j'aurais trop de chagrin ! Oh ! trouvez des prétextes, inventez quelque chose, revenez, ne me laissez pas ! Vous m'inondez de plaisir, rien qu'à être près de moi ! Ça ne vous fait donc pas de plaisir à vous ? Je suis donc comme une Anaïs ou une Marie Belhomme pour vous ? Ma chérie, revenez, revenez encore me donner des leçons d'anglais ! Je vous aime tant... je ne vous le disais pas, mais maintenant vous le voyez bien !... Revenez, je vous en prie. Elle ne peut pourtant pas vous battre, cette rousse de malheur[1] ! »

La fièvre me brûle, et je m'énerve plus encore de sentir qu'Aimée ne vibre pas à l'unisson. Elle caresse ma tête qui repose sur ses genoux, et ne m'interrompt guère que par de tremblants « ma petite Claudine ! »... À la fin, ses yeux se trempent et elle se met à pleurer en disant :

« Je vais tout vous raconter, c'est trop malheureux ; vous me faites trop de chagrin ! Voilà : samedi dernier, j'ai bien remarqué qu'*elle* me faisait plus de gentillesses que de coutume, et moi, croyant qu'elle s'habituait à moi et qu'elle nous laisserait tranquilles toutes deux, j'étais contente et toute gaie. Et puis, vers la fin de la soirée, comme nous corrigions des cahiers sur la même table, tout d'un coup, en relevant la tête, je vois qu'elle pleurait, en me regardant avec des yeux si bizarres que j'en suis restée interdite ; elle a tout de suite quitté sa chaise et est allée se coucher. Le lendemain, après une journée remplie de prévenances pour moi, voilà que, le soir, seule avec elle, je me préparais à lui dire bonsoir, quand elle me demande : "Vous aimez donc bien Claudine ? Elle vous le rend sans doute ?" Et avant que j'aie eu le temps de répondre elle était tombée assise près de moi en sanglotant. Et puis elle m'a pris les mains, et m'a dit toutes sortes de choses dont j'étais ébahie...

— Quelles choses ?

— Eh bien ! Elle me disait : “Ma chère petite, vous ne voyez donc pas que vous me crevez le cœur avec votre indifférence ? Oh ! ma chère mignonne, comment ne vous êtes-vous pas aperçue de la grande affection que j'ai pour vous ? Ma petite Aimée, je suis jalouse de la tendresse que vous témoignez à cette Claudine sans cervelle qui est sûrement un peu détraquée... Si vous vouliez seulement ne pas me détester, oh ! si vous vouliez seulement m'aimer un peu, je serais pour vous une amie plus tendre que vous ne pouvez l'imaginer...” Et elle me regardait jusqu'au fond de l'âme avec des yeux comme des tisons.

— Vous ne lui répondiez rien ?

— Bien sûr ! Je n'avais pas le temps ! Elle disait encore : “Croyez-vous que ce soit bien utile pour elle et bien gentil pour moi, ces leçons d'anglais que vous lui donnez ? Je sais trop que vous ne faites guère d'anglais pendant les leçons, et ça me déchire de vous voir partir chaque fois ! N'y allez pas, n'y allez plus ! Claudine n'y pensera plus au bout d'une semaine, et je vous donnerai plus d'affection qu'elle n'est capable d'en éprouver !” Je vous assure, Claudine, je ne savais plus ce que je faisais, elle me magnétisait avec ses yeux fous et tout à coup, la chambre tourne autour de moi, et ma tête chavire, et je n'ai plus rien vu pendant deux ou trois secondes, pas plus ; j'entendais seulement qu'elle répétait tout effrayée. “Mon Dieu ! Ma pauvre petite ! Je l'épouvante, elle est pâle, ma petite Aimée, ma chérie !” Et tout de suite après elle m'a aidé à me déshabiller, avec des manières caressantes, et j'ai dormi comme si j'avais marché toute la journée... Ma pauvre Claudine, vous voyez si j'y puis quelque chose ! »

Je suis abasourdie. Elle a des amitiés plutôt violentes, cette rousse volcanique ! Au fond, je ne m'en étonne pas énormément ; ça devait finir ainsi. En attendant, je reste là, atterrée, et devant Aimée, petite créature fragile ensorcelée par cette furie, je ne sais que dire. Elle s'essuie les yeux. Il me semble que son chagrin finit avec ses larmes. Je la questionne :

« Mais vous, vous ne l'aimez pas du tout ? »

Elle répond sans me regarder :

« Non, bien sûr ; mais, réellement, elle semble m'aimer beaucoup, et je ne m'en doutais pas. »

Elle me glace, sa réponse, parce qu'enfin je ne suis pas encore idiote, et je comprends ce qu'on veut me dire. Je lâche ses mains que je tenais et je me relève. Il y a quelque chose de cassé. Puisqu'elle ne veut pas m'avouer franchement qu'elle n'est plus avec moi contre l'autre, puisqu'elle cache le fond de sa pensée, je crois que c'est fini. J'ai les mains gelées et les joues qui me brûlent. Après un silence désagréable, c'est moi qui reprends :

« Ma chère Aimée aux beaux yeux, je vous supplie de revenir encore une fois pour finir le mois ; pensez-vous qu'Elle veuille bien ?

— Oh ! oui, je le lui demanderai. »

Elle a dit ça vite, spontanément, déjà sûre d'obtenir de Mlle Sergent, maintenant, tout ce qu'elle voudra. Comme elle s'éloigne vite de moi, et comme l'autre a vite réussi ! Lâche petite Lanthenay ! Elle aime le bien-être comme une chatte qui a froid, et comprend que l'amitié de sa supérieure lui sera plus profitable que la mienne ! Mais je ne veux pas le lui dire, car elle ne reviendrait pas pour la dernière leçon, et je garde encore un vague espoir... L'heure est passée, je reconduis Aimée, et, dans le corridor, je l'embrasse violemment, avec un petit désespoir.

Une fois seule, je m'étonne de ne pas me sentir aussi triste que je le croyais. Je m'attendais à une grosse explosion ridicule ; non, c'est plutôt un froid qui me gèle...

À table, je coupe le rêve de papa :

« Tu sais, papa, mes leçons d'anglais ?

— Oui, je sais, tu as raison d'en prendre...

— Écoute-moi donc, je n'en prendrai plus.

— Ah ! ça te fatigue ?

— Oui, ça m'énerve.

— Tu as raison. »

Et sa pensée revole vers les limaces ; les a-t-elle quittées ?

Nuit traversée de rêves stupides. Mlle Sergent, en Furie, des serpents dans ses cheveux roux, voulait embrasser Aimée Lanthenay qui se sauvait en criant. Je cherchais à la secourir, mais Antonin Rabastens me retenait, vêtu de rose tendre, et m'arrêtait par le bras en disant : « Écoutez, écoutez donc, voici une romance que je chante, et j'en suis vraiment ravi. » Alors il barytonnait :

Mes chers amis quand je mourrai,
Plantez un sole *au cimetière*[1]...

sur l'air « Ah ! qu'on est fier d'être français, quand on regarde la colonne[2] ! ». Une nuit absurde et qui ne me repose guère !

J'arrive en retard à l'école et je considère Mlle Sergent avec une surprise secrète de penser que cette audacieuse rousse a réussi. Elle me lance des regards malicieux, presque moqueurs ; mais fatiguée, abattue, je n'ai pas le cœur à lui répondre.

À la sortie de la classe, je vois Mlle Aimée qui aligne en rang les petites (il me semble que j'ai rêvé la soirée d'hier). Je lui dis bonjour en passant ; elle a l'air lasse, elle aussi. Mlle Sergent n'est pas là ; je m'arrête :

« Vous allez bien, ce matin ?

— Mais, oui, merci. Vous avez les yeux battus, Claudine ?

— Possible. Quoi de nouveau ? La scène n'a pas recommencé ? On est toujours aussi aimable avec vous ? »

Elle rougit et perd contenance :

« Oui, oui, il n'y a rien de nouveau et elle est très aimable. Je... je crois que vous la connaissez mal, elle n'est pas du tout comme vous pensez... »

Écœurée, un peu, je la laisse bafouiller ; quand elle a bien emmêlé sa phrase, je l'arrête :

« Peut-être est-ce vous qui avez raison. Vous viendrez mercredi, pour la dernière fois ?

— Oh ! certainement, je l'ai demandé, c'est une chose assurée. »

Comme les choses changent vite ! Depuis la scène d'hier soir nous ne nous parlons déjà plus de la même façon, et je n'oserais pas aujourd'hui lui montrer le chagrin bruyant que j'ai laissé voir hier soir. Allons ! Il faut la faire rire un peu :

« Et vos amours ? Il va bien le beau Richelieu ?

— Qui donc ? Armand Duplessis ? Mais oui, il va bien ; il reste quelquefois deux heures dans l'ombre, sous ma fenêtre ; mais hier soir je lui ai fait comprendre que je m'en apercevais, et il est parti vite, sur ses jambes en compas. Et quand M. Rabastens a voulu l'amener avant-hier, il a refusé.

— Vous savez, Armand est sérieusement emballé sur vous, croyez-moi ; j'ai entendu une conversation entre les deux adjoints, dimanche dernier, par hasard, sur une route, et... je ne vous dis que ça ! Armand est très pincé ; seulement, tâchez de l'apprivoiser, c'est un oiseau sauvage. »

Tout animée, elle voudrait des détails, mais je me sauve.

Tâchons de penser aux leçons de solfège du séduisant Antonin Rabastens. Elles commencent jeudi ; je mettrai ma jupe bleue, avec la blouse à plis qui dessine ma taille, et mon tablier, pas le grand tablier noir de tous les jours à corsage ajusté (qui me va pourtant bien), mais le joli petit bleu clair, brodé, celui des dimanches à la maison. Et c'est tout ; pas trop de frais pour ce monsieur, mes bonnes petites camarades s'en apercevraient.

Aimée, Aimée ! C'est vraiment dommage qu'elle se soit enfuie si vite, cette jolie oiselle qui m'aurait consolée de toutes ces oies ! Maintenant je sens bien que la dernière leçon ne servira à rien du tout. Avec une petite nature comme la sienne, délicate, égoïste, et qui aime son plaisir en ménageant son intérêt, inutile de lutter contre Mlle Sergent. J'espère seulement que cette grosse déception ne m'attristera pas longtemps...

Aujourd'hui, en récréation, je joue éperdument pour me secouer et me réchauffer. Anaïs et moi, tenant solidement Marie Belhomme par ses « mains de sage-femme », nous la faisons courir à perdre haleine jusqu'à ce qu'elle demande grâce ; ensuite, sous peine d'être enfermée dans les cabinets, je la condamne à réciter, à haute et intelligible voix, le récit de Théramène[1].

Elle clame ses alexandrins d'une voix de martyre, et se sauve après, les bras en l'air. Les sœurs Jaubert me semblent impressionnées. C'est bon, si elles n'aiment pas le classique, on leur servira du moderne à la prochaine occasion !

La prochaine occasion ne tarde guère : à peine rentrées, on nous attelle à des exercices de ronde et de bâtarde en vue des examens proches. Car nous avons des écritures en général détestables.

« Claudine, vous allez dicter les modèles pendant que je donne les places de la petite classe. »

Elle s'en va chez les « seconde classe » qui, délogées à leur tour, vont être installées je ne sais où. Ça nous promet une bonne demi-heure de solitude. Je commence :

« Mes enfants, aujourd'hui je vous dicte quelque chose de très amusant. »

Chœur : « Ah ! »

« Oui, des chansons guillerettes, extraites des *Palais nomades*[2].

— Ça a l'air tout à fait gentil, rien que ce titre-là, remarque avec conviction Marie Belhomme.

— Tu as raison. Vous y êtes ? Allez.

Sur la même courbe lente,
Implacablement lente,
S'extasie, vacille et sombre
Le présent complexe des courbes lentes[3].

Je me repose. La grande Anaïs ne rit pas parce qu'elle ne comprend pas. (Moi non plus.) Et Marie Belhomme, toujours de bonne foi, s'exclame : « Mais tu sais bien qu'on a déjà fait de la géométrie ce matin ! Et puis celui-là a l'air trop difficile, je n'ai pas écrit la moitié de ce que tu as dit. »

Les jumelles roulent quatre yeux défiants. Je continue, impassible :

À l'identique automne les courbes s'homologuent,
Analogue ta douleur aux longs soirs d'automne,
Et détonne la lente courbe des choses et tes brefs sautillements[4].

Elles suivent péniblement, sans plus chercher à comprendre, et j'éprouve une satisfaction bien douce à entendre Marie Belhomme se plaindre encore et m'arrêter : « Attends donc, attends donc, tu vas trop vite... La lente courbe des quoi ? »

Je répète : « *La lente courbe des choses et tes brefs sautillements*[a]... Maintenant recopiez-moi ça en ronde d'abord, et en bâtarde après. »

C'est ma joie, ces leçons d'écriture supplémentaires, à dessein de satisfaire aux examens de la fin de juillet. Je dicte des choses extravagantes, et j'ai un grand plaisir à entendre ces filles d'épiciers, de cordonniers et de gendarmes réciter et écrire docilement des pastiches de l'École romane[1], ou des berceuses bredouillées par M. Francis Jammes[2], tout ça recueilli à l'intention de ces chères petites camarades, dans les revues et les bouquins que reçoit papa, et il en reçoit ! Depuis la *Revue des Deux Mondes* jusqu'au *Mercure de France*[3], tous les périodiques s'accumulent à la maison. Papa me confie le soin de les couper, je m'octroie celui de les lire. Il faut bien que quelqu'un les lise ! Papa y jette un œil superficiel et distrait, le *Mercure de France* ne traitant que bien rarement de malacologie. Moi, je m'y instruis, sans comprendre toujours, et j'avertis papa quand les abonnements touchent à leur fin. « Renouvelle, papa, pour garder la considération du facteur. »

La grande Anaïs qui manque de littérature — ce n'est pas sa faute — murmure avec scepticisme :

« Ces choses que tu nous dictes aux leçons d'écriture, je suis sûre que tu les inventes exprès.

— Si on peut dire ! C'est des vers dédiés à notre allié le tzar Nicolas[4], ainsi !... »

Elle ne peut pas me blaguer et garde des yeux incrédules.

Rentrée de Mlle Sergent qui jette un coup d'œil sur nos écritures. Elle se récrie : « Claudine vous n'avez pas honte de leur dicter des absurdités semblables ? Vous feriez mieux de retenir par cœur des théorèmes d'arithmétique, ça vaudrait mieux pour tout le monde ! ! ! » Mais elle gronde sans conviction, car, tout au fond, ces fumisteries ne lui déplaisent pas. Pourtant je l'écoute sans rire, et ma rancune revient, de sentir si près de moi celle qui a forcé la tendresse de cette petite

Aimée si peu sûre... Mon Dieu ! Voilà qu'il est trois heures et demie, et dans une demi-heure elle viendra chez nous pour la dernière fois.

Mlle Sergent se lève et dit : « Fermez vos cahiers. Les grandes du brevet, restez, j'ai à vous parler. » Les autres s'en vont, s'affublent de leurs capuchons et de leurs fichus avec lenteur, vexées de ne pas rester pour entendre le discours, évidemment formidable d'intérêt, qu'on va nous adresser. La rousse Directrice nous interpelle, et malgré moi j'admire, comme toujours, la netteté de sa voix, la décision et la précision de ses phrases.

« Mesdemoiselles, je pense que vous ne vous faites pas d'illusions sur votre nullité en musique, toutes, sauf Mlle Claudine qui joue du piano et déchiffre couramment ; je vous ferais bien donner des leçons par elle, mais vous êtes trop indisciplinées pour obéir à une de vos compagnes. À partir de demain, vous viendrez le dimanche et le jeudi à neuf heures, vous exercer au solfège et au déchiffrage sous la direction de M. Rabastens, l'instituteur adjoint, puisque je ne suis pas, non plus que Mlle Lanthenay, en état de vous donner des leçons. M. Rabastens sera assisté de Mlle Claudine. Tâchez de ne pas vous tenir trop mal. Et soyez ici à neuf heures, demain[1]. »

J'ajoute à voix basse un « Rompez ! » saisi par son oreille redoutable ; elle fronce les sourcils, pour sourire malgré elle, après. Son petit discours a été débité d'un ton si péremptoire qu'un salut militaire s'impose presque, elle s'en est aperçue. Mais vrai ! on dirait que je ne peux plus la fâcher ; c'est enrageant ; faut-il qu'elle soit sûre de son triomphe pour se montrer si bonne !

Elle part, et toutes éclatent en rumeurs. Marie Belhomme n'en revient pas :

« C'est égal, vrai, nous faire donner des leçons par un jeune homme, c'est un peu fort ! Mais ça sera amusant tout de même, crois-tu, Claudine ?

— Oui. Faut bien se distraire un peu.

— Ça ne va pas t'intimider, toi, de nous donner des leçons de chant avec le sous-maître ?

— Tu n'imagines pas ce que ça m'est égal. »

Je n'écoute pas beaucoup et j'attends, en trépignant à l'intérieur, parce que Mlle Aimée Lanthenay ne vient pas tout de suite. La grande Anaïs, ravie, ricane, et se serre les côtes comme si le rire la tordait, et houspille Marie Belhomme, qui gémit sans savoir se défendre : « Hein ! tu vas faire la conquête du bel Antonin Rabastens : il ne résistera pas longtemps à tes mains fines et longues, à tes mains de sage-femme, à ta taille mince, à tes yeux éloquents ; hein ! ma chère, voilà une histoire qui finira par un mariage ! » Elle s'excite et danse devant Marie qu'elle a acculée dans un coin et qui cache ses malheureuses mains en criant à l'inconvenance.

Aimée n'arrive toujours pas ! Énervée, je ne tiens pas en place et je vais rôder jusqu'à la porte de l'escalier qui conduit aux chambres « provisoires » (toujours !) des institutrices. Ah ! j'ai bien fait de venir voir ! En haut, sur le palier, Mlle Lanthenay est toute prête à partir. Mlle Sergent la tient par la taille et lui parle bas, avec l'air d'insister tendrement. Puis elle embrasse longuement la petite Aimée voilée, qui se laisse faire et se prête, gentiment, et même, s'attarde et se retourne en descendant l'escalier. Je me sauve sans qu'elles m'aperçoivent, mais j'ai, encore une fois, un gros chagrin. Méchante, méchante petite, qui s'est si vite détachée de moi, pour donner ses tendresses et ses yeux dorés à celle qui était notre ennemie !... Je ne sais plus que penser... Elle me rejoint dans la classe où je suis restée, figée dans mes songeries.

« Vous venez, Claudine ?

— Oui, Mademoiselle, je suis prête. »

Dans la rue je n'ose plus la questionner ; qu'est-ce qu'elle me répondrait ? J'aime mieux attendre d'être installée à la maison, et, dehors, lui parler banalement du froid, prédire qu'il va neiger encore, que les leçons de chant du dimanche et du jeudi nous amuseront ; ... mais je parle sans conviction et elle sent bien, elle aussi, que tout ce bavardage ne compte pas.

Chez nous, sous la lampe, j'ouvre mes cahiers et je la regarde : elle est aussi jolie que l'autre soir, un peu plus pâle, avec des yeux cernés qui paraissent plus grands :

« Vous êtes fatiguée, on dirait ? »

Elle s'embarrasse de toutes mes questions, pourquoi donc ? La voilà qui devient rose, qui regarde autour d'elle. Je parie qu'elle se sent vaguement coupable envers moi. Continuons :

« Dites, elle vous témoigne toujours autant d'amitié, l'horrible rousse ? Est-ce que les rages et les caresses de l'autre soir ont recommencé ?

— Mais non... elle est très bonne pour moi... Je vous assure qu'elle me soigne beaucoup.

— Elle ne vous a pas "magnétisée" de nouveau ?

— Oh ! non, il n'est pas question de ça... Je crois que j'ai exagéré un peu, l'autre soir parce que j'étais énervée. »

Eh là ! la voilà tout près de perdre contenance ! Tant pis, je veux savoir. Je me rapproche d'elle et lui prends ses mains, ses toutes petites mains.

« Oh ! chérie, racontez-moi ce qu'il y a encore ! Vous ne voulez donc plus rien dire à votre pauvre Claudine qui a eu tant de peine avant-hier ? »

Mais on dirait qu'elle vient de se ressaisir, brusquement décidée à se taire ; elle prend par degrés un petit air calme, faussement naturel, et me regarde de ses yeux de chat, menteurs et clairs.

« Non, Claudine, voyons, puisque je vous assure qu'elle me laisse tout à fait tranquille, et que même elle se montre très bonne. Nous la faisions plus mauvaise qu'elle ne l'est, vous savez... »

Qu'est-ce que c'est que cette voix froide, et ces yeux fermés, tout larges ouverts qu'ils sont ? C'est sa voix de classe, ça, je n'en veux pas ! Je renfonce mon envie de pleurer pour ne pas paraître ridicule. Alors, quoi, c'est fini nous deux ? Et si je la tourmente de questions, nous nous quitterons brouillées ?... Je prends ma grammaire anglaise, il n'y a rien d'autre à faire ; elle a un geste empressé pour ouvrir mon cahier.

C'est la première fois, et la seule, que j'ai pris avec elle une leçon sérieuse ; le cœur tout gonflé et prêt à crever, j'ai traduit des pages entières de :

« Vous aviez des plumes, mais il n'avait pas de cheval.

« Nous aurions les pommes de votre cousin s'il avait beaucoup de canifs.

« Avez-vous de l'encre dans votre encrier ? Non, mais j'ai une table dans ma chambre à coucher », etc.

Vers la fin de la leçon, cette singulière Aimée me demande à brûle-pourpoint :

« Ma petite Claudine, vous n'êtes pas fâchée contre moi ? »

Je ne mens pas tout à fait :

« Non, je ne suis pas *fâchée* contre vous. »

C'est presque vrai, je ne me sens pas de colère, rien que du chagrin et de la fatigue. Je la reconduis, et je l'embrasse, mais elle me tend sa joue en tournant si fort la tête que mes lèvres touchent presque son oreille. La petite sans cœur ! Je la regarde s'en aller sous le réverbère avec une vague envie de courir après elle ; mais à quoi bon ?

J'ai dormi assez mal, mes yeux le prouvent, cernés jusqu'au milieu des joues ; heureusement, ça me va plutôt bien, je le constate dans la glace en brossant rudement mes boucles (toutes dorées ce matin) avant de partir pour la leçon de chant.

J'arrive une demi-heure trop tôt, et je ne peux m'empêcher de rire en trouvant deux de mes camarades, sur quatre, déjà installées à l'école ! Nous nous inspectons mutuellement, et Anaïs a un sifflement approbateur pour ma robe bleue et mon tablier mignon. Elle a sorti pour la circonstance son tablier du jeudi et du dimanche, rouge, brodé de blanc (il la fait paraître encore plus pâle) ; coiffée en « casque » avec un soin méticuleux, la coque très avant, presque sur le front, elle se serre à étouffer dans une ceinture neuve. Charitablement, elle remarque tout haut que j'ai mauvaise mine ; mais je réponds que l'air fatigué m'avantage. Marie Belhomme accourt, écervelée et éparse, à son ordinaire. Elle a fait des frais, elle aussi, quoique en deuil ; sa fraise de crêpe ruché lui donne un air de pierrot noir, ahuri ; avec ses longs yeux veloutés, son air naïf et éperdu : elle est toute gentille. Les deux Jaubert arrivent ensemble, comme toujours, pas coquettes, ou du moins pas tant que nous autres, prêtes à se tenir irréprochablement, à ne pas lever les yeux, et à dire du mal de chacune de nous, après la leçon.

Nous nous chauffons, serrées autour du poêle, en blaguant par avance le bel Antonin. Attention, le voici... Un bruit de voix et de rires s'approche, Mlle Sergent ouvre la porte, précédant l'irrésistible adjoint.

Splendide, le Rabastens ! Casquetté de fourrures, vêtu de bleu foncé sous son pardessus, il se décoiffe et se dévêt en entrant, après un profond « Mesdemoiselles ! » Il a décoré son veston d'un chrysanthème rouge rouillé du meilleur goût et sa cravate impressionne, vert-de-gris avec semis d'anneaux blancs entrelacés. Une régate travaillée au miroir[1] ! Tout de suite nous sommes rangées et convenables, avec des mains qui tirent sournoisement les corsages pour défaire jusqu'aux velléités de plis disgracieux. Marie Belhomme s'amuse déjà de si bon cœur qu'elle pouffe bruyamment, et s'arrête effrayée d'elle-même. Mlle Sergent fronce ses terribles sourcils et s'agace. Elle m'a regardée en entrant : je parie que sa petite lui raconte tout, déjà ! Je me répète obstinément qu'Aimée ne vaut pas tant de chagrin, mais je ne me persuade guère.

« Mesdemoiselles, grasseye Rabastens, l'une de vous voudra-t-elle me passer son livre ? »

La grande Anaïs tend vite son « Marmontel[2] » pour se mettre en valeur, et reçoit un « merci » d'amabilité exagérée. Ce gros garçon-là doit se faire des politesses devant son armoire à glace. Il est vrai qu'il n'a pas d'armoire à glace.

« Mademoiselle Claudine, me dit-il avec une œillade enchanteresse (enchanteresse pour lui, s'entend), je suis charmé et très honoré de devenir votre collègue ; car vous donniez des leçons de chant à ces demoiselles, n'est-ce pas ?

— Oui, mais elles n'obéissent pas du tout à une de leurs compagnes, coupe brièvement Mlle Sergent, que ce bavardage impatiente. Aidée par vous, monsieur, elle obtiendra de meilleurs résultats, ou elles échoueront au brevet ; car elles sont nulles en musique. »

Bien fait ! ça lui apprendra à filer des phrases inutiles, au monsieur. Mes camarades écoutent, avec un étonnement non dissimulé ; jamais on n'avait encore employé pour elles tant de galanterie ; surtout, elles restent stupéfaites des compliments que me prodigue le louangeur Antonin.

Mlle Sergent prend le « Marmontel » et indique à Rabastens l'endroit que ses nouvelles élèves refusent de franchir, par défaut d'attention les unes, par incompréhension les autres (sauf Anaïs à qui sa mémoire permet d'apprendre par cœur tous les exercices de solfège sans les « battre » et sans les décomposer). Comme c'est vrai, qu'elles sont « nulles en musique », ces petites cruches, et, comme elles mettent une sorte de point d'honneur à ne pas m'obéir, elles se feraient sûrement octroyer des zéros au prochain examen. Cette perspective enrage Mlle Sergent qui chante faux et qui ne peut leur servir de professeur de chant, non plus que Mlle Aimée Lanthenay, mal guérie d'une laryngite ancienne.

« Faites-les d'abord chanter séparément, dis-je au méridional (tout épanoui de paonner au milieu de nous), elles font des fautes de mesure, toutes, mais pas les mêmes fautes et je n'ai pas pu les empêcher jusqu'à présent.

— Voyons, mademoiselle... ?

— Marie Belhomme.

— Mademoiselle Marie Belhomme, veuillez me solfier cet exercice. »

C'est une petite polka en *sol,* totalement dépourvue de méchanceté, mais la pauvre Marie, anti-musicienne au possible, n'a jamais pu la solfier correctement. Sous cette attaque directe, elle a tressailli, elle est devenue pourpre, et ses yeux tournent.

« Je bats une mesure à vide, et vous commencerez sur le premier temps : *Ré si si, la sol fa fa...* Pas bien difficile, n'est-ce pas ?

— Oui, monsieur, répond Marie qui perd la tête à force de timidité.

— Bon, je commence. Un, deux, un...

— *Ré si si, la sol fa fa* », piaille Marie d'une voix de poule enrouée. Elle n'a pas manqué l'occasion de commencer sur le second temps ! Je l'arrête :

« Non, écoute donc : Un, deux, *Ré si si...* comprends-tu ? Monsieur bat une mesure à vide. Recommence.

— Un, deux, un...

— *Ré si si...* », elle recommence avec ardeur, en faisant la même faute ! Dire que, depuis trois mois, elle chante sa polka toujours à contre-mesure ! Rabastens s'interpose, patient et discret.

« Permettez, mademoiselle Belhomme, veuillez battre la mesure en même temps que moi. »

Il lui a pris le poignet et lui conduit la main.

« Vous allez mieux comprendre ainsi : Un, deux, un, deux, un... Eh bien ! chantez donc ! »

Elle n'a pas commencé du tout, cette fois ! Cramoisie à cause de ce geste inattendu, elle a complètement perdu contenance. Je m'amuse beaucoup. Mais le beau baryton, très flatté du trouble de la pauvre linotte, se ferait scrupule d'insister. La grande Anaïs a les joues gonflées de rires retenus.

« Mademoiselle Anaïs, je vous prie de chanter cet exercice, pour montrer à mademoiselle Belhomme comment il doit être interprété. »

Elle ne se fait pas prier, celle-là ! Elle roucoule son petit machin « avec âme » en portant la voix aux notes élevées, et pas trop en mesure. Mais quoi, elle le sait par cœur, et sa façon un peu ridicule de solfier comme si elle chantait une romance plaît au méridional qui la complimente. Elle essaie de rougir, ne peut pas, et se borne, faute de mieux, à baisser les yeux, se mordre les lèvres et pencher la tête.

Je dis à Rabastens : « Monsieur, voulez-vous faire répéter quelques exercices à deux voix ? Quoi que j'aie pu faire, elles ne les savent pas du tout. »

Je suis sérieuse, ce matin, d'abord parce que je n'ai pas grande envie de rire, ensuite parce que si je batifolais trop pendant cette première leçon, Mlle Sergent supprimerait les autres. Et puis, je pense à Aimée. Elle ne descend donc pas ce matin ? Il y a seulement huit jours, elle n'aurait pas osé faire aussi tard la grasse matinée !

En songeant à tout cela, je distribue les deux parties, la première à Anaïs, aggravée de Marie Belhomme, l'autre aux pensionnaires. Pour moi, je viendrai au secours de celle qui faiblira le plus. Rabastens soutient la seconde.

Et nous exécutons le petit morceau à deux voix, moi à côté du bel Antonin qui barytonne des « ah ! ah ! » pleins d'expression en se penchant de mon côté. Nous devons former un petit groupe extrêmement risible. Ce Marseillais indécrottable est si préoccupé des grâces qu'il déploie qu'il commet fautes sur fautes, sans que, d'ailleurs, personne s'en aperçoive. Le chrysanthème distingué qu'il porte à son veston se détache et tombe ; son morceau fini, il le ramasse et le jette sur la table, en disant, comme s'il réclamait des compliments pour lui-même : « Eh bien, ça n'a pas trop mal marché, il me semble ? »

Mlle Sergent souffle sur son emballement en répondant :

« Oui, mais laissez-les chanter seules, sans vous, sans Claudine, et vous verrez. »

(Je parierais, à sa mine déconfite, qu'il avait oublié pourquoi il est ici. Ça va être encore quelque chose de soigné comme professeur, ce Rabastens ! Tant mieux ! Quand la Directrice n'assistera pas aux leçons, on pourra tout se permettre avec lui.)

« Oui, évidemment, Mademoiselle, mais si ces demoiselles veulent se donner un peu de peine, vous verrez qu'elles arriveront vite à en savoir assez pour répondre aux examens. On demande si peu de musique ! Vous le savez bien, n'est-ce pas ? »

Tiens, tiens, il se rebiffe maintenant ? Impossible de mieux servir à la Rousse qu'elle n'est pas capable de chanter une gamme. Elle comprend la rosserie et ses sombres yeux se détournent. Antonin remonte un peu dans mon estime, mais il vient de mal disposer Mlle Sergent qui lui dit, sèchement :

« Si vous voulez bien faire étudier encore un peu ces enfants ? J'aimerais assez qu'elles chantassent séparément, pour prendre un peu d'aplomb et de sûreté. »

C'est au tour des jumelles, qui possèdent des voix inexistantes, incertaines, sans trop de sens du rythme, mais ces deux bêcheuses-là s'en tireront toujours, ça travaille d'une façon si exemplaire ! Je ne peux souffrir ces Jaubert, sages et modestes. Et je les vois d'ici travaillant chez elles, répétant soixante fois chaque exercice, avant de venir aux leçons du jeudi, irréprochables et sournoises.

Pour finir, Rabastens se « donne le plaisir », dit-il, de m'entendre et me prie de déchiffrer des choses fortement embêtantes, romances néfastes, ou airs à gargouillades dont les vocalises démodées lui paraissent le dernier mot de l'art. Par amour-propre, parce que Mlle Sergent est là, et Anaïs aussi, je chante de mon mieux : *Di-amants de la courônne, Fille du Régimint*[1], etc. Et l'ineffable[a] Antonin s'extasie ; il s'emberlificote dans des compliments tortueux, dans des phrases pleines d'embûches, dont je n'aurais garde de l'aider à se dépêtrer, trop heureuse de l'écouter, au contraire, avec des yeux attentifs et rivés aux siens. Je ne sais pas comment il aurait trouvé la fin d'une phrase bourrée d'incidentes, si Mlle Sergent ne se fût approchée : « Vous avez donné à ces demoiselles des morceaux d'étude pour la semaine ? »

Non, il n'a rien donné du tout. Il ne peut pas se

mettre dans la tête qu'on ne l'a pas convoqué ici pour chanter à deux voix avec moi !

Mais que devient donc la petite Aimée ? Il faut que je sache. Donc, je renverse avec adresse un encrier sur la table en prenant soin de me tacher les doigts abondamment. Et je pousse un « ah ! » de désolation, avec tous mes doigts écartés en araignées. Mlle Sergent prend le temps de remarquer que je n'en fais jamais d'autres, et m'envoie me laver les mains à la pompe.

Une fois dehors, je m'essuie les mains à l'éponge du tableau noir pour ôter le plus gros, et je fouine, et je regarde dans tous les coins. Rien dans la maison ; je ressors et m'avance jusqu'au petit mur qui nous sépare du jardin de l'instituteur. Rien toujours. Mais, mais, on cause, là-dedans ! Qui ? Je me penche par-dessus le petit mur pour regarder en bas dans le jardin, qui est plus bas de deux mètres, et là, sous des noisetiers défeuillés, dans le petit soleil pâlot qu'on sent à peine, je vois le sombre Richelieu qui cause avec Mlle Aimée Lanthenay. Il y a trois ou quatre jours, je me serais mise sur la tête pour m'étonner avec les pieds, devant ce spectacle, mais ma grosse déception de cette semaine m'a un peu cuirassée.

Ce sauvage de Duplessis ! Il trouve sa langue, à présent, et ne baisse plus les yeux. Il a donc brûlé ses vaisseaux ?

« Dites, Mademoiselle, vous ne vous en doutiez pas ? Oh ! dites que si ! »

Aimée, toute rose, frémit de joie, et ses yeux sont plus en or que jamais, ses yeux qui guettent et écoutent alertement, pendant qu'il parle, tout autour. Elle rit gentiment en faisant signe qu'elle ne se doutait de rien, la menteuse !

« Si, vous vous en doutiez bien, quand je passais des soirées sous vos fenêtres. Mais je vous aime de toutes mes forces, non pas pour coqueter pendant une saison et m'en aller aux vacances ensuite. Voulez-vous m'écouter sérieusement, comme je vous parle maintenant ?

— C'est si sérieux que cela ?

— Oui, je vous l'affirme. M'autorisez-vous à aller ce soir vous parler devant Mlle Sergent ? »

Ah ! là là ! J'entends la porte de la classe qui s'ouvre ; on vient voir ce que je deviens. En deux bonds je suis loin du mur, et presque tout près de la pompe ; je me jette à genoux par terre, et quand la Directrice, accompagnée de Rabastens qui part, arrive près de moi, elle me voit en train de frotter énergiquement l'encre de mes mains avec du sable, « puisque ça ne s'en va pas avec de l'eau ».

Ça prend très bien.

« Laissez donc ça, dit Mlle Sergent, vous l'enlèverez chez vous à la pierre ponce. »

Le bel Antonin m'adresse un « au revoir » à la fois joyeux et mélancolique. Je me suis relevée et lui envoie mon signe de tête le plus onduleux, qui fait rouler des boucles de cheveux mollement le long de mes joues. Derrière son dos, je ris ; gros hanneton marseillais, il croit déjà que c'est arrivé ! Je rentre dans la classe pour prendre mon capuchon, et je reviens chez nous, rêvassant à la conversation surprise derrière le petit mur.

Quel dommage que je n'aie pas pu entendre la fin de leur amoureux dialogue ! Aimée aura consenti, sans se faire prier, à recevoir ce Richelieu inflammable mais honnête, et il est capable de la demander en mariage. Qu'est-ce qu'elle a donc dans la peau, cette petite femme pas même régulièrement jolie ? Fraîche, c'est vrai, avec des yeux magnifiques ; mais enfin, il ne manque pas de beaux yeux dans de plus jolies figures, et celle-ci tous les hommes la regardent ! Les maçons cessent de gâcher quand elle passe, en se faisant l'un à l'autre des yeux clignés et des claquements de langue (hier, j'en ai entendu un dire à son camarade en la désignant : « Vrai, je m'abonnerais bien à être puce dans son lit ! »). Les gars, dans les rues, font les farauds pour elle, et les vieux habitués du café de la Perle[1], ceux qui prennent le vermouth tous les soirs, causent entre eux avec intérêt, « d'une petite fille, institutrice à l'école, qui fait *regipper* comme une tarte aux fruits pas assez sucrée ». Maçons, petits rentiers, directrice, instituteur, tous alors ? Moi, elle m'intéresse un peu moins depuis que je la découvre si traîtresse, et je me sens toute vide, vide de ma tendresse, vide de mon gros chagrin du premier soir.

On démolit, on finit de démolir l'ancienne école ; pauvre vieille école ! On jette à bas le rez-de-chaussée, et nous assistons, curieusement, à la découverte que font les maçons, de murs doubles[a], des murs qu'on croyait pleins et épais, et qui sont creux comme des armoires, avec une espèce de corridor noir, où on ne trouve rien que de la poussière et une affreuse odeur, vieille et répugnante. Je me plais à terrifier Marie Belhomme en lui racontant que ces cachettes mystérieuses ont été ménagées au temps jadis pour y murer des femmes qui trompaient leurs maris, et que j'ai vu des os blancs traîner dans les gravats ; elle ouvre des yeux effarés, demande : « C'est vrai ? » et s'approche vite pour « voir les os ». Elle revient près de moi tout de suite.

« Je n'ai rien vu, c'est encore une menterie que tu me fais !

— Que l'usage de la langue me soit ôté à l'instant si ces cachettes dans les murs n'ont pas été creusées dans un but criminel ! Et puis d'abord, tu sais, ça te va bien de dire que je mens, toi qui caches un chrysanthème dans ton "Marmontel", celui que M. Antonin Rabastens portait à sa boutonnière ! »

J'ai crié ça bien haut, parce que je viens d'apercevoir Mlle Sergent qui entre dans la cour, précédant Dutertre. Oh ! on le voit souvent, celui-là, c'est une justice à lui rendre ! Et c'est un beau dévouement qu'il a, ce docteur, de quitter sa clientèle à chaque instant pour venir constater l'état satisfaisant de notre école — qui s'en va par morceaux en ce moment, la première classe à l'école maternelle, la deuxième, là-bas dans la mairie. Il a peur, sans doute, que notre instruction ne souffre de ces déplacements successifs, le digne délégué cantonal !

Ils ont entendu, elle et lui, ce que je disais — pardi, je l'ai fait exprès ! — et Dutertre saisit cette occasion de s'approcher. Marie voudrait rentrer sous terre, et gémit en se voilant la figure de ses mains. Bon prince, il s'approche tout riant, et frappe sur l'épaule de la nigaude qui tressaille et s'effare : « Petite, qu'est-ce que te dit cette Claudine endiablée ? Tu conserves les fleurs que porte notre bel adjoint ? Dites donc, mademoiselle Sergent, vos élèves ont le cœur très éveillé, savez-vous !

Marie, veux-tu que j'en informe ta mère, pour lui faire comprendre que sa fille n'est plus une gamine ? »

Pauvre Marie Belhomme ! Hors d'état de répondre un mot, elle regarde Dutertre, elle me regarde, elle regarde la Directrice, avec des yeux de biche ahurie, et va pleurer... Mlle Sergent, qui n'est pas absolument enchantée de l'occasion qu'a trouvée le délégué cantonal de bavarder avec nous, le contemple avec des yeux jaloux et admiratifs ; elle n'ose pas l'emmener (je le connais assez pour croire qu'il lui refuserait avec aisance). Moi, je jubile de la confusion de Marie, du mécontentement impatient de Mlle Sergent (et sa petite Aimée, elle ne lui suffit donc plus ?) et aussi de voir le plaisir qu'éprouve notre bon docteur à rester près de nous. Il faut croire que mes yeux disent l'état de rage et de contentement où je suis, car il rit en montrant ses dents pointues :

« Claudine, qu'as-tu à pétiller ainsi ? C'est la méchanceté qui t'agite ? »

Je réponds « oui » de la tête, en secouant mes cheveux, sans parler, irrévérence qui fait froncer les sourcils touffus de Mlle Sergent. Ça m'est bien égal. Elle ne peut pas tout avoir, cette mauvaise rousse, son délégué cantonal et sa petite adjointe, non, non... Plus sans-gêne que jamais, Dutertre vient à moi et passe son bras autour de mes épaules. La grande Anaïs, curieuse, nous regarde en rapetissant ses yeux.

« Tu vas bien ?

— Oui, docteur, je vous remercie beaucoup.

— Sois sérieuse. (Avec ça qu'il l'est, lui, sérieux !) Pourquoi as-tu toujours les yeux cernés ?

— Parce que le bon Dieu me les a faits comme ça.

— Tu ne devrais pas lire autant. Tu lis dans ton lit, je parie ?

— Un petit peu, pas beaucoup. Est-ce qu'il ne faut pas ?

— Heu... si, tu peux bien lire. Qu'est-ce que tu lis ? Voyons, dis-moi ça. »

Il s'excite et m'a serré les épaules d'un geste brusque. Mais je ne suis pas si sotte que l'autre jour, et je ne rougis pas, pas encore. La Directrice a pris le parti d'aller gronder des petites qui jouent avec la pompe et s'inondent. Ce qu'elle doit bouillir à l'intérieur ! J'en danse !

« Hier, j'ai fini *Aphrodite*[1] ; ce soir, je commencerai *La Femme et le Pantin*[2].

— Oui ? Tu vas bien, toi ! Pierre Louÿs ? Peste ! Pas étonnant que tu... Je voudrais bien savoir ce que tu comprends, là-dedans ? Tout ? »

(Je ne suis pas poltronne, je crois, mais je n'aimerais pas continuer cette conversation, seule avec lui le long d'un bois, ou sur un canapé, ses yeux brillent tellement ! Et puis, s'il se figure que je m'en vais lui faire des confidences polissonnes...)

« Non, je ne comprends pas tout, malheureusement, mais assez de choses tout de même. Et j'ai aussi lu, l'autre semaine, la *Suzanne*, de Léon Daudet[3]. Je termine *L'Année de Clarisse*, un Paul Adam[4] qui me ravit !

— Oui, et tu dors, après ?... Mais tu te fatigueras, avec ce régime-là ; ménage-toi un peu, ce serait dommage de t'abîmer, tu sais. »

Qu'est-ce qu'il croit donc ? Il me regarde de si près, avec une si visible envie de me caresser et de m'embrasser, que voici le fâcheux fard brûlant qui m'envahit, et je perds mon assurance. Il craint peut-être aussi de perdre son sang-froid, lui, car il me laisse aller, en respirant profondément, et me quitte après une caresse sur mes cheveux, de la tête jusqu'à l'extrémité des boucles, comme sur le dos des chats. Mlle Sergent se rapproche, ses mains frémissent de jalousie, et ils s'éloignent tous deux ; je les vois se parler très vivement, elle avec un air d'imploration anxieuse ; lui, hausse légèrement l'épaule, et rit.

Ils croisent Mlle Aimée, et Dutertre s'arrête, séduit par ses yeux câlins ; il plaisante familièrement avec elle, toute rose, un peu embarrassée, contente ; et Mlle Sergent ne témoigne pas de jalousie cette fois, au contraire... Moi, le cœur me saute toujours un peu quand cette petite arrive. Ah ! tout ça s'est mal arrangé !

Je m'enfonce si loin dans mes pensées que je ne vois pas la grande Anaïs qui exécute une danse sauvage autour de moi :

« Veux-tu me laisser tranquille, sale monstre ! Je n'ai pas envie de jouer aujourd'hui.

— Voui, je sais, c'est le délégué cantonal qui te trotte... Ah ! dame, tu ne sais plus auquel entendre,

Rabastens, Dutertre, qui encore ? As-tu fait ton choix ? Et Mlle Lanthenay ? »

Elle tourbillonne, avec des yeux démoniaques dans sa figure immobile, furieuse au fond. Pour avoir la paix, je me jette sur elle et lui meurtris les bras de coups de poing ; elle crie tout de suite, lâchement, et se sauve ; je la poursuis, et la bloque dans le coin de la pompe, où je lui verse un peu d'eau sur la tête, pas beaucoup, le fond du gobelet commun. Elle se fâche tout à fait :

« Tu sais, c'est stupide, c'est pas des choses à faire, justement je suis enrhumée, je tousse !

— Tousse ! Le docteur Dutertre te donnera une consultation gratuite, et encore quelque chose avec ! »

La venue de l'amoureux Duplessis coupe notre querelle ; il est transfiguré, depuis deux jours, cet Armand, et ses yeux rayonnants disent assez qu'Aimée lui a accordé sa main, avec son cœur et sa foi, tout ça dans le même sac. Mais il voit sa douce fiancée qui bavarde et rit, entre Dutertre et la Directrice, lutinée par le délégué cantonal, encouragée par Mlle Sergent, et ses yeux noircissent. Ah ! ah ! il n'est pas jaloux, non, c'est moi ! Je crois bien qu'il retournerait sur ses pas si la Rousse, elle-même, ne l'appelait. Il accourt à grandes enjambées et salue profondément Dutertre qui lui serre la main familièrement, avec un geste de félicitations. Le pâle Armand rougit, s'illumine, et regarde sa petite fiancée avec un tendre orgueil. Pauvre Richelieu, il me fait de la peine ! Je ne sais pas pourquoi, mais j'ai idée que cette Aimée qui joue à demi l'inconscience et s'engage si vite ne lui donnera guère de bonheur. La grande Anaïs ne perd pas un geste du groupe, et en oublie de m'injurier.

« Dis donc, me souffle-t-elle tout bas, qu'est-ce qu'ils font comme ça ensemble ? Qu'est-ce qu'il y a ? »

J'éclate : « Il y a que M. Armand, le compas, Richelieu, oui, a demandé la main de Mlle Lanthenay, qu'elle la lui a accordée, qu'ils sont fiancés, et que Dutertre les félicite, à l'heure qu'il est ! C'est ça qu'il y a !

— Ah !... Bien vrai, alors ! Comment, il lui a demandé sa main, *pour se marier ?* »

Je ne peux pas m'empêcher de rire ; elle a lâché le

mot si naturellement, avec une naïveté qui ne lui eſt pas habituelle ! Mais je ne la laisse pas moisir dans sa ſtupéfaction : « Cours, cours, va chercher n'importe quoi dans la classe, entends ce qu'ils disent ; de moi ils se méfieraient trop vite ! »

Elle s'élance ; passant près du groupe, elle perd adroitement son sabot (nous portons toutes des sabots, l'hiver), et tend ses oreilles en s'attardant à le remettre. Puis elle disparaît et revient, portant oſtensiblement ses mitaines qu'elle glisse sur ses mains en revenant près de moi.

« Qu'eſt-ce que tu as entendu ?

— M. Dutertre disait à Armand Duplessis : "Je ne forme pas pour vous de vœux de bonheur, monsieur, ils sont inutiles quand on épouse une pareille jeune fille." Et Mlle Aimée Lanthenay baissait les yeux, comme ça. Mais vrai, je n'aurais jamais cru que ça y était, aussi sûr que ça ! »

Moi aussi je m'étonne, mais pour une autre raison. Comment ! Aimée se marie, et ça ne produit pas plus d'effet à Mlle Sergent ? Sûrement il y a là-dessous quelque chose que j'ignore ! Pourquoi aurait-elle fait ces frais de conquête, et pourquoi ces scènes de larmes à Aimée, si elle la donne maintenant, sans plus de regrets, à un Armand Duplessis qu'elle connaît à peine ? Que le diable les emporte toutes ! Il va falloir encore que je *m'arale** à découvrir le fin mot de l'hiſtoire. Après tout, elle n'eſt sans doute jalouse que des femmes.

Pour me dégourdir les idées, j'organise une grande partie de « grue[1] » avec mes camarades, et les « gobettes » de la deuxième division, qui deviennent assez grandes personnes pour que nous les admettions à jouer avec nous. Je trace deux raies distantes de trois mètres, je me place au milieu pour faire la grue, et la partie commence, semée de cris pointus et de quelques chutes que je favorise.

On sonne ; nous rentrons pour l'assommante leçon de travail à l'aiguille. Je prends ma tapisserie, avec dégoût. Au bout de dix minutes, Mlle Sergent s'en va,

* Je me tourmente.

sous prétexte d'aller distribuer des fournitures à la « petite classe » qui, de nouveau déménagée, se tient, provisoirement (bien entendu !) dans une salle vide de l'école maternelle, tout près de nous. Je parie qu'en fait de fournitures, la Rousse va surtout s'occuper de sa petite Aimée.
Après une vingtaine de points de tapisserie, je suis prise d'un accès soudain de stupidité qui m'empêche de savoir si je dois changer de nuance pour remplir une feuille de chêne, ou bien conserver la même laine avec laquelle j'ai terminé une feuille de saule. Et je sors, mon ouvrage à la main, pour demander conseil à l'omnisciente Directrice. Je traverse le corridor, j'entre dans la petite classe : les cinquante gamines enfermées là-dedans piaillent, se tirent les cheveux, rient, dansent, dessinent des bonshommes au tableau noir, et pas la moindre Mlle Sergent, pas la moindre Mlle Lanthenay. Ça devient curieux ! Je ressors, je pousse la porte de l'escalier ; rien dans l'escalier ! Si je montais ? Oui, mais qu'est-ce que je répondrai, si on me trouve là ? Bah ? je dirai que je viens chercher Mlle Sergent, parce que j'ai entendu sa vieille paysanne de mère qui l'appelait.

Houche ! je monte sur mes chaussons, doucement, doucement, en laissant mes sabots en bas. Rien en haut de l'escalier. Mais voici la porte d'une chambre qui bâille un peu, et je ne songe plus à rien autre qu'à regarder par l'ouverture. Mlle Sergent, assise dans son grand fauteuil, me tourne le dos, heureusement, et tient son adjointe sur ses genoux, comme un bébé ; Aimée soupire doucement et embrasse de tout son cœur la Rousse qui la serre. À la bonne heure ! On ne dira pas que cette Directrice rudoie ses subordonnées ! Je ne vois pas leurs figures parce que le fauteuil a un grand dossier assez haut, mais je n'ai pas besoin de les voir. Mon cœur me bat dans les oreilles, et tout d'un coup je bondis dans l'escalier sur mes chaussons muets.

Trois secondes après je suis réinstallée à ma place, près de la grande Anaïs qui se délecte à la lecture et aux images du *Supplément*[1]. Pour qu'on ne s'aperçoive pas de mon trouble, je demande à voir aussi, comme si ça m'intéressait ! Il y a un conte de Catulle Mendès, tout câlin, qui me plairait, mais je n'ai pas bien la tête à ce que je lis, encore toute pleine de ce que j'ai guetté là-haut ! Je n'en demandais pas tant, et je ne croyais certes pas leurs tendresses si vives....

Anaïs me montre un dessin de Gil Baër[1] représentant un petit jeune homme sans moustaches, l'air d'une femme déguisée, et, entraînée par la lecture du *Carnet de Lyonnette*[2] et des folichonneries d'Armand Silvestre[3], elle me dit avec des yeux troublés : « J'ai un cousin qui ressemble à ça, il s'appelle Raoul, il est au collège, et je vais le voir aux vacances tous les étés. » Cette révélation m'explique sa sagesse relative et nouvelle ; elle écrit très peu aux gars en ce moment. Les sœurs Jaubert jouent les scandalisées à cause de ce journal polisson, Marie Belhomme renverse son encrier pour venir voir : quand elle a regardé les images et lu un peu, elle s'enfuit, ses longues mains en l'air, criant : « C'est abominable ! je ne veux pas lire le reste avant la récréation ! » Elle est à peine assise, en train d'éponger son encre renversée, que Mlle Sergent rentre, sérieuse mais avec des yeux enchantés, scintillants ; je regarde cette rousse comme si je n'étais pas sûre que ce fût la même que l'embrasseuse de là-haut...

« Marie, vous me ferez une narration sur la maladresse, et vous me l'apporterez ce soir à cinq heures. Mesdemoiselles, demain arrive une nouvelle adjointe, Mlle Griset[4], vous n'aurez pas affaire à elle, elle s'occupera de la petite classe seulement. »

J'ai failli demander : « Et Mlle Aimée, elle s'en va donc ? » Mais la réponse arrive toute seule :

« Mlle Lanthenay emploie trop peu son intelligence dans la seconde classe ; désormais elle vous donnera ici des leçons d'histoire, de travail à l'aiguille et de dessin, sous ma surveillance. »

Je la regarde en souriant, et je hoche la tête comme pour la complimenter de cet arrangement vraiment assez réussi. Elle fronce les sourcils, tout de suite encolérée :

« Claudine, qu'avez-vous fait à votre tapisserie ? Tout ça ? Oh ! vous ne vous êtes vraiment pas fatiguée ! »

Je prends mon air le plus idiot pour répondre :

« Mais, Mademoiselle, je suis allée tout à l'heure à la

petite classe pour vous demander s'il fallait prendre le vert n° 2 pour la feuille de chêne et il n'y avait personne ; je vous ai appelée dans l'escalier, il n'y avait personne non plus. »

Je parle lentement, à haute voix, afin que tous les nez penchés sur les tricots et les coutures se lèvent ; on m'écoute avidement ; les plus grandes se demandent ce que la Directrice pouvait faire au loin, laissant ainsi les élèves à l'abandon. Mlle Sergent devient d'un cramoisi noircissant, et répond vivement : « J'étais allée voir où il serait possible de loger la nouvelle adjointe ; le bâtiment scolaire est presque achevé, on le sèche avec de grands feux, et nous pourrons sans doute nous y installer bientôt. »

Je fais un geste de protestation et d'excuse qui veut dire : « Oh ! je n'ai pas à savoir où vous étiez, vous ne pouviez qu'être où vous appelait votre devoir. » Mais j'éprouve un contentement rageur à penser que je pourrais lui répliquer : « Non, zélée éducatrice, vous vous souciez aussi peu que possible de la nouvelle adjointe ; c'est l'autre, c'est Mlle Lanthenay qui vous occupe, et vous étiez dans votre chambre avec elle, en train de l'embrasser à pleine bouche. »

Pendant que je roule des pensées de révolte, la Rousse s'est ressaisie : très calme, à présent, elle parle d'une voix nette.

« Prenez vos cahiers. En titre : *Composition française.* Expliquez et commentez cette pensée : "Le temps ne respecte pas ce qu'on a fait sans lui." Vous avez une heure et demie. »

Ô désespoir et navrement[1] ! Quelles inepties va-t-il falloir sortir encore ! Ça m'est si égal que le temps respecte ou non ce qu'on fait sans l'inviter ! Toujours des sujets pareils ou pires ! Oui, pires, car nous voici à la veille du jour de l'An, presque, et nous n'échapperons pas à l'inévitable petit morceau de style sur les étrennes, coutume vénérable, joie des enfants, attendrissement des parents, bonbons, joujoux (avec un *x* au pluriel, comme bijou, caillou, chou, genou, hibou et pou) — sans oublier la note touchante sur les petits pauvres qui ne recoivent pas d'étrennes, et qu'il faut soulager en ce jour de fête, pour qu'ils aient leur part de joie ! Horreur ! Horreur !

Pendant que je rage, les autres « brouillonnent » déjà ; la grande Anaïs attend que je commence pour copier son début sur le mien ; les deux Jaubert ruminent et réfléchissent sagement, et Marie Belhomme a déjà rempli une page d'inepties, de phrases contradictoires et de réflexions à côté du sujet. Après avoir bâillé un quart d'heure, je me décide, et j'écris tout de suite sur le « cahier-journal » sans brouillon, ce qui indigne les autres.

À quatre heures, en sortant, je constate sans douleur que c'est mon tour de balayage, avec Anaïs. D'habitude, cette corvée me dégoûte, mais aujourd'hui, ça m'est égal, j'aime mieux ça, même. En allant chercher l'arrosoir, je rencontre enfin Mlle Aimée qui a les pommettes rouges et les yeux brillants.

« Bonjour, Mademoiselle. À quand la noce ?

— Comment ! mais... ces gamines savent toujours tout ! Mais ce n'est pas encore décidé... la date, du moins. Ce sera pour les grandes vacances, sans doute... Vous ne le trouvez pas laid, dites, M. Duplessis ?

— Laid, Richelieu ? Non, par exemple ! Il est tellement mieux que l'autre, tellement ! Vous l'aimez ?

— Mais, dame, puisque je l'accepte pour mari !

— En voilà une raison ! Ne me faites donc pas des réponses semblables, croyez-vous parler à Marie Belhomme ? Vous ne l'aimez guère, vous le trouvez gentil et vous avez envie de vous marier, pour voir ce que c'est, et par vanité, pour embêter vos camarades de l'école normale qui resteront vieilles filles, voilà tout ! Ne lui faites pas trop de farces, c'est tout ce que je peux lui souhaiter, car il mérite sans doute d'être aimé mieux que nous ne l'aimez. »

Vlan ! Là-dessus je tourne les talons, et je cours chercher de l'eau pour arroser. Elle est restée là plantée, décontenancée. Enfin elle s'en va surveiller le balayage de la petite classe, ou bien raconter ce que je viens de dire à sa chère Mlle Sergent. Qu'elle y aille ! Je ne veux plus me soucier de ces deux folles, dont une ne l'est pas. Et tout excitée, j'arrose, j'arrose trop, j'arrose les pieds d'Anaïs, les cartes géographiques, puis je balaye à tour de bras. Ça me repose, de me fatiguer ainsi.

Leçon de chant. Entrée d'Antonin Rabastens, cravaté de bleu ciel. « Té, bel astre », comme disaient les Provençales à Roumestan[1]. Tiens, Mlle Aimée Lanthenay est là aussi, suivie d'une petite créature, plus petite qu'elle encore, à démarche singulièrement souple, et qui paraît treize ans, avec une figure un peu plate, des yeux verts, le teint frais, les cheveux soyeux et foncés. Cette gamine s'est arrêtée, toute sauvage, sur le seuil ; Mlle Aimée se tourne vers elle en riant : « Allons, viens, n'aie pas peur ; Luce[2], entends-tu ? »

Mais, c'est sa sœur ! J'avais complètement oublié ce détail. Elle m'avait parlé de cette sœur probable, au temps où nous étions amies... Je trouve ça si drôle, cette petite sœur qu'elle amène, que je pince Anaïs qui glousse, je chatouille Marie Belhomme qui miaule, et j'esquisse un petit pas à deux temps derrière Mlle Sergent. Rabastens trouve ces folies charmantes ; la petite sœur Luce me regarde de ses yeux bridés. Mlle Aimée se met à rire (elle rit de tout, maintenant, elle est si heureuse !) et me dit :

« Je vous en prie, Claudine, ne la rendez pas folle pour commencer ; elle est bien assez timide naturellement.

— Mademoiselle, je veillerai sur elle comme sur ma personnelle vertu. Quel âge a-t-elle ?

— Quinze ans le mois dernier.

— Quinze ? Eh bien, maintenant, je n'ai plus confiance en personne ! Je lui en donnais treize, bien payés. »

La petite, devenue toute rouge, regarde ses pieds, jolis d'ailleurs. Elle se tient contre sa sœur et lui serre le bras pour se rassurer. Attends, je vais lui donner du courage, moi !

« Viens, petite, viens ici avec moi. N'aie pas peur. Ce monsieur, qui arbore en notre honneur des cravates enivrantes, c'est notre bon professeur de chant, tu ne le verras que les jeudis et les dimanches, malheureusement. Ces grandes filles-là, c'est des camarades, tu les connaîtras assez tôt. Moi, je suis l'élève irréprochable, l'oiseau rare, on ne me gronde jamais (s'pas, Mademoiselle ?) et je suis toujours sage comme aujourd'hui. Je serai pour toi une seconde mère ! »

Mlle Sergent s'amuse sans vouloir en avoir l'air,

Rabastens admire, et les yeux de la nouvelle expriment des doutes sur mon état mental. Mais je la laisse, j'ai assez joué avec cette Luce ; elle reste près de sa sœur qui l'appelle « petite bête » ; elle ne m'intéresse plus. Je demande sans me gêner :

« Où allez-vous la coucher, cette enfant, puisque rien n'est fini encore ?

— Avec moi », répond Aimée.

Je pince les lèvres, je regarde la Directrice bien en face et je dis nettement :

« Bien z'ennuyeux, ça ! »

Rabastens rit dans sa main (est-ce qu'il saurait quelque chose ?) et émet cette opinion qu'on pourrait peut-être commencer à chanter. Oui, on pourrait ; et même on chante. La petite nouvelle ne veut rien savoir, et reste muette obstinément.

« Vous ne savez pas bien la musique, mademoiselle Lanthenay *junior* ? demande l'exquis Antonin, avec des sourires de placier en vins.

— Si, monsieur, un peu, répond la petite Luce d'une faible voix chantante, qui doit être douce à l'oreille quand la frayeur ne l'étrangle pas.

— Eh bien, alors ? »

Eh bien, alors, rien du tout. Laisse donc cette enfant tranquille, galantin de Marseille !

Dans le même instant, Rabastens me souffle : « Et autremint, je crois que si ces demoiselles sont fatiguées, les leçons de chant n'y seront pour rien ! »

Je jette les yeux autour de moi, toute surprise de son audace à me parler bas ; mais il a raison, mes camarades sont occupées de la nouvelle, la cajolent et lui parlent doucement ; elle répond gentiment, toute rassurée de se voir bien accueillie ; quant à la chatte Lanthenay et à son tyran aimé, blotties dans l'embrasure de la fenêtre qui donne sur le jardin, elles nous oublient profondément ; Mlle Sergent a entouré de son bras la taille d'Aimée, elles parlent tout bas, ou ne parlent pas du tout, ça revient au même. Antonin, qui a suivi mon regard, ne se retient pas de dire :

« Elles sont rudement bien ensemble !

— Plutôt, oui. C'est touchant, cette amitié, n'est-ce pas, monsieur ? »

Ce gros naïf ne sait pas cacher ses sentiments et s'exclame tout bas :

« Touchant ? dites que c'est embarrassant pour les otres ! Dimanche soir, je suis allé reporter des cahiers de musique, ces demoiselles étaient dans la classe, ici, sans lumière. J'entre — n'est-ce pas, c'est un endroit public, cette classe — et, dans le crépuscule, j'entrevois Mlle Sergent avé Mlle Aimée, l'une près de l'otre, s'embrassant comme du pain. Vous croyez qu'elles se sont dérangées, peut-être ? Non, Mlle Sergent s'est retournée languissammint, en demandant "Qui est là ?". Moi, je ne suis pas trop timide, pourtant, eh bien, je suis resté toute bette devant elles. »

(Cause toujours, tu ne m'apprends rien, candide sous-maître ! Mais j'oubliais le plus important.)

« Et votre collègue, monsieur, je le crois fort heureux, depuis que le voilà fiancé avec Mlle Lanthenay ?

— Oui, le povre garçon ; mais il me semble qu'il n'y a pas de quoi être si heureux.

— Oh ! pourquoi donc ?

— Hé ! la Directrice fait tout ce qu'elle veut de Mlle Aimée, ce n'est pas bien agréable pour un futur mari. Moi, ça m'annuierait que ma femme fût dominée de cette façon par un otre que par moi. »

Je suis de son avis. Mais les otres ont fini d'interviewer la nouvelle venue, il est prudent de nous taire. Chantons... Non, inutile : voici Armand qui ose entrer, dérangeant le chuchotage tendre des deux femmes. Il reste en extase devant Aimée qui coquette avec lui, et joue de ses paupières aux cils frisés, tandis que Mlle Sergent le contemple avec des yeux attendris de belle-mère qui a casé sa fille. Les conversations de nos camarades recommencent, jusqu'à ce que l'heure sonne. Rabastens a raison, quelles drolles, pardon, quelles drôles de leçons de chant !

Je trouve ce matin à l'entrée de l'école une jeune fille pâle — des cheveux ternes, des yeux gris, la peau développée —, qui serre un fichu de laine sur ses épaules étroites avec l'aspect navrant d'un chat maigre qui a froid et peur. Anaïs me la désigne d'un geste de menton avec une moue mécontente. Je secoue la tête avec pitié, et je lui dis tout bas : « En voilà une qui sera malheureu-

se ici, ça se voit tout de suite ; les deux autres sont trop bien ensemble pour ne pas la faire souffrir. »

Les élèves arrivent peu à peu. Avant d'entrer, je remarque que les deux bâtiments scolaires s'achèvent avec une rapidité prodigieuse ; il paraît que Dutertre a promis une forte prime à l'entrepreneur si tout était prêt à une date qu'il a fixée. Il doit en manigancer des tripotages, cet être-là !

Leçon de dessin, sous la direction de Mlle Aimée Lanthenay. « Reproduction linéaire d'un objet usuel. » Cette fois, c'est une carafe taillée que nous devons dessiner, posée sur le bureau de Mademoiselle. Toujours gaies, ces séances de dessin, parce qu'elles fournissent mille prétextes pour se lever ; on trouve des « impossibilités », on fait des taches d'encre de Chine partout où le besoin ne s'en fait pas sentir. Tout de suite, les réclamations commencent, j'ouvre le feu :

« Mademoiselle Aimée, je ne *peux* pas dessiner la carafe d'où je suis, le tuyau du poêle me la cache ! »

Mlle Aimée, fort occupée à chatouiller la nuque rousse de la Directrice qui écrit une lettre, se tourne vers moi :

« Penchez la tête en avant, vous la verrez, je pense.

— Mademoiselle, continue Anaïs, je ne *peux* pas du tout voir le modèle, parce que la tête de Claudine est devant !

— Oh ! que vous êtes agaçantes ; tournez un peu votre table, alors vous verrez toutes les deux. »

À Marie Belhomme, maintenant. Elle gémit :

« Mademoiselle, je n'ai plus de fusain, et puis la feuille que vous m'avez donnée a un défaut au milieu, et alors je ne *peux* pas dessiner la carafe...

— Oh ! grince Mlle Sergent, énervée, avez-vous fini, toutes, de nous ennuyer ? Voilà une feuille, voilà du fusain, et maintenant que je n'entende plus personne, où je vous fais dessiner tout un service de table ! »

Silence épouvanté. On entendrait respirer une mouche... pendant cinq minutes. À la sixième minute, un bourdonnement léger renaît, un sabot tombe, Marie Belhomme tousse, je me lève pour aller mesurer, à bras tendu, la hauteur et la largeur de la carafe. La grande Anaïs en fait autant, après moi, et profite de ce qu'on

doit fermer un œil pour plisser sa figure en horribles grimaces qui font rire Marie. Je finis par esquisser la carafe au fusain, et je me lève pour aller prendre l'encre de Chine dans le placard derrière le bureau des deux institutrices. Elles nous ont oubliées, elles se parlent bas, elles rient, et parfois Mlle Aimée se recule avec une moue effarouchée qui lui va très bien. Vrai, elles se gênent si peu devant nous, maintenant, que ce n'est pas la peine de nous gêner non plus. Attendez, mes enfants !

Je lance un « Psst » d'appel qui fait se lever toutes les figures, et désignant à la classe le tendre couple Sergent-Lanthenay, j'étends au-dessus des deux têtes, par-derrière, mes mains bénissantes. Marie Belhomme éclate de joie, les Jaubert baissent des nez réprobateurs, et, sans avoir été vue des intéressées, je me replonge dans le placard, d'où je rapporte la bouteille d'encre de Chine.

En passant, je regarde le dessin d'Anaïs : sa carafe lui ressemble, trop haute, avec un goulot trop mince et trop long. Je veux l'en prévenir, mais elle ne m'entend pas, toute occupée à préparer sur ses genoux du « gougnigougna » pour l'envoyer à la nouvelle dans une boîte à plumes, la grande chenille ! (Du gougnigougna, c'est du fusain pilé dans l'encre de Chine, de manière à faire un mortier presque sec, qui tache les doigts sans défiance, intensément, et les robes et les cahiers.) Cette pauvre petite Luce va noircir ses mains, salir son dessin en ouvrant la boîte, et sera grondée. Pour la venger, je m'empare du dessin d'Anaïs vivement, je dessine à l'encre une ceinture avec une boucle, qui enserre la taille de la carafe, et j'écris au-dessous *Portrait de la grande Anaïs*. Elle relève la tête à l'instant où je finis d'écrire, et passe son gougnigougna en boîte à Luce, avec un gracieux sourire. La petite devient rouge et remercie. Anaïs se repenche sur son dessin et pousse un « oh ! » retentissant d'indignation qui rappelle nos roucoulantes institutrices à la réalité :

« Eh bien ! Anaïs, vous devenez folle, je pense ?

— Mademoiselle, regardez ce que Claudine a fait sur mon dessin ! »

Elle le porte, gonflée de colère, sur le bureau ; Mlle Sergent y jette des yeux sévères et, brusquement, éclate de rire. Désespoir et rage d'Anaïs qui pleurerait de dépit si elle n'avait la larme si difficile. Reprenant son sérieux, la Directrice prononce : « Ce n'est pas ce genre de plaisanteries qui vous aidera à passer un examen satisfaisant, Claudine ; mais vous avez fait là une critique assez juste du dessin d'Anaïs qui était en effet trop étroit et trop long. » La grande bringue revient à sa place, déçue, ulcérée. Je lui dis :

« Ça t'apprendra à envoyer du gougnigougna à cette petite qui ne t'a rien fait !

— Oh ! oh ! tu voudrais donc te rattraper sur la petite de ton peu de succès auprès de sa sœur aînée, que tu la défends avec tant de zèle ? »

Pan !

Ça, c'est une gifle énorme qui sonne sur sa joue. Je la lui ai lancée à toute volée, avec un « Mêle-toi de ce qui te regarde » supplémentaire. La classe, en désordre, bourdonne comme une ruche ; Mlle Sergent descend de son bureau pour une si grave affaire. Il y avait longtemps que je n'avais battu une camarade, on commençait à croire que j'étais devenue raisonnable. (Jadis j'avais la fâcheuse habitude de régler mes petites querelles toute seule, avec des calottes et des coups de poing, sans juger utile de rapporter comme les autres.) Ma dernière bataille date de plus d'un an.

Anaïs pleure sur la table.

« Mademoiselle Claudine, dit sévèrement la Directrice, je vous engage à vous contenir. Si vous recommencez à battre vos compagnes, je me verrai forcée de ne plus vous recevoir à l'école. »

Elle tombe mal, je suis lancée ; je lui souris avec tant d'insolence qu'elle s'emballe tout de suite :

« Claudine, baissez les yeux ! »

Je ne baisse rien du tout.

« Claudine, sortez !

— Avec plaisir, Mademoiselle ! »

Je sors, mais, dehors, je m'aperçois que je suis tête nue. Je rentre aussitôt pour prendre mon chapeau. La classe est consternée et muette. Je remarque qu'Aimée, accourue près de Mlle Sergent, lui parle rapidement, tout bas. Je ne suis pas encore sur le seuil que la Directrice me rappelle :

« Claudine, venez ici ; asseyez-vous à votre place. Je ne veux pas vous renvoyer, puisque vous quittez la classe après le brevet... Et puis enfin, vous n'êtes pas une élève médiocre, quoique vous soyez souvent une mauvaise élève, et je ne voudrais me priver de vous qu'à la dernière extrémité. Remettez votre chapeau à sa place. »

Ce que ça a dû lui coûter ! Encore tout émue, les battements de son cœur font trembler les feuilles du cahier qu'elle tient. Je dis : « Merci, Mademoiselle », très sage. Et, rassise à ma place, à côté de la grande Anaïs silencieuse et un peu effrayée de la scène qu'elle a provoquée, je songe avec stupeur aux raisons qui ont pu décider cette rousse rancunière à me rappeler. A-t-elle eu peur de l'effet produit dans le chef-lieu de canton ? A-t-elle pensé que je bavarderais à tue-tête, que je raconterais tout ce que je sais (au moins), tout le désordre de cette école, le tripotage des grandes filles par le délégué cantonal et ses visites prolongées à nos institutrices, l'abandon fréquent des classes par ces deux demoiselles, tout occupées à échanger des câlineries à huis clos, les lectures plutôt libres de Mlle Sergent (*Journal amusant*, Zolas malpropres[1] et pis encore), le beau sous-maître galant et barytonneur qui flirte avec les élèves du brevet — un tas de choses suspectes et ignorées des parents parce que les grandes qui s'amusent à l'école ne les leur raconteront jamais, et que les petites ne voient pas clair ? A-t-elle redouté un demi-scandale qui endommagerait singulièrement sa réputation et l'avenir de la belle école qu'on bâtit à grands frais ? Je le crois. Et puis, maintenant que mon emballement est tombé, comme le sien, j'aime mieux rester dans cette boîte où je m'amuse mieux que partout ailleurs. Assagie, je regarde la joue marbrée d'Anaïs, et je lui murmure gaiement :

« Eh ben ! ma vieille, ça te tient chaud ? »

Elle a eu si peur de mon renvoi dont j'aurais pu l'accuser d'être la cause, qu'elle ne me tient pas rancune :

« Sûr, que ça tient chaud ! Mais, tu sais, tu as la main lourde ! T'es pas folle de te mettre en colère comme ça ?

— Allons, va, n'en parlons plus. Je crois que j'ai eu un mouvement nerveux un peu violent dans le bras droit. »

Tant bien que mal, elle a effacé la « ceinture » de sa

carafe ; j'ai achevé la mienne, et Mlle Aimée, les doigts fébriles, corrige nos dessins.

Aujourd'hui, je trouve la cour vide ou presque. Dans l'escalier de l'école maternelle, on cause beaucoup, des voix s'appellent et crient des « Fais donc attention ! — C'est lourd, bon sang ! ». Je m'élance :

« Qu'est-ce qu'on fait ?

— Tu vois bien, explique Anaïs, nous aidons ces demoiselles à déménager d'ici pour aller dans le bâtiment neuf.

— Vite, donnez-moi quelque chose à porter !

— Y en a là-haut, vas-y. »

Je grimpe dans la chambre de la Directrice, la chambre où j'ai guetté à la porte... enfin ! Sa paysanne de mère, son bonnet de travers, me confie à porter, aidée de Marie Belhomme, une grande manne contenant les objets de toilette de sa fille. Elle se met bien, la Rousse ! Toilette fort minutieusement garnie, petits et grands flacons de cristal taillé, ongliers, vaporisateurs, brosses, pinces et houpettes, cuvette immense et « petit cheval », ce n'est pas là, pas du tout, la garniture de toilette d'une institutrice de campagne. Il n'y a qu'à regarder, pour en être sûre, la toilette de Mlle Aimée, celle aussi de cette pâle et silencieuse Griset, que nous transportons ensuite : une cuvette, un pot à eau de dimensions restreintes, une petite glace ronde, une brosse à dents, du savon, et c'est tout. Pourtant, cette petite Aimée est très coquette, surtout depuis quelques semaines, toute pomponnée et parfumée. Comment s'y prend-elle ? Cinq minutes après, je m'aperçois que le fond de son pot à eau est poussiéreux. C'est bon ; on comprend.

Le bâtiment neuf, qui contient trois salles de classe, un dortoir au premier étage, et des petites chambres de sous-maîtresses, est encore trop frais pour mon goût, et sent désagréablement le plâtre. En face, on voit le bâtiment pareil, celui des garçons. Entre les deux[a], on construit la maison principale, qui contiendra la mairie au rez-de-chaussée, les appartements privés au premier et reliera les deux ailes déjà achevées.

En redescendant, il me pousse l'idée merveilleuse

de grimper dans les échafaudages, puisque les maçons sont encore à déjeuner. Et me voilà tout de suite en haut d'une échelle, puis vagabondant sur les « châfauds » où je m'amuse beaucoup. Aïe ! voilà des ouvriers qui reviennent ! Je me cache derrière un pan de maçonnerie, attendant de pouvoir redescendre ; ils sont déjà sur l'échelle. Bah ! ils ne me dénonceront pas s'ils m'aperçoivent. C'est Houette-le-Rouge et Houette-le-Noir[1], je les connais bien de vue.

Leurs pipes allumées, ils causent :

« Ben sûr, c'est pas celle-là qui me rendra fou*.

— Laquelle donc ?

— C'te nouvelle sous-maîtresse qu'est arrivée hier.

— Ah ! dame, elle a pas l'air heureuse, pas si tant que les deux autres.

— Les deux autres, m'en parle pas, j'en suis soûl ; c'est pus rien à mon idée, on dirait l'homme et la femme. Tous les jours je les vois d'ici, tous les jours c'est pareil : ça se liche, ça ferme la fenêtre et on voit pus rien. M'en parle pus ! La petite est pourtant bien plaisante, arriée** ; mais c'est fini. Et l'autre sous-maître qui va l'épouser ! Encore un qu'a rudement de la fiente dans les yeux, pour faire un coup pareil ! »

Je m'amuse follement, mais, comme on sonne la rentrée, je n'ai que le temps de descendre à l'intérieur (il y a des échelles un peu partout), et j'arrive blanchie de mortier et de plâtre, heureuse d'en être quitte pour un sec : « D'où sortez-vous ? Si vous vous salissez tant, on ne vous permettra plus d'aider aux emménagements. » Je jubile d'avoir entendu les maçons parler d'elles avec tant de bon sens.

Lecture à haute voix. Morceaux choisis. Zut ! Pour me distraire, je déplie sur mes genoux un numéro de *L'Écho de Paris* apporté en cas de leçon ennuyeuse, et je savoure le chic *Mauvais Désir* de Lucien Muhlfeld[2], quand Mlle Sergent m'interpelle : « Claudine, continuez ! » Je ne sais pas du tout où on en est, mais je me dresse avec brusquerie, décidée à « faire un malheur » plutôt qu'à laisser pincer mon journal. Au moment où

* « Fou » signifie amoureux.

** Explétif intraduisible.

je songe à renverser un encrier, à déchirer la page de mon livre, à crier « Vive l'Anarchie ! », on frappe à la porte... Mlle Lanthenay se lève, ouvre, s'efface, et Dutertre paraît.

Il a donc enterré tous ses malades, ce médecin, qu'il a tant de loisirs ? Mlle Sergent court au devant de lui, il lui serre la main en regardant la petite Aimée qui, devenue rose foncé, rit avec embarras. Pourquoi donc ? Elle n'est pas si timide ! Tous ces gens-là me fatiguent, en m'obligeant sans cesse à chercher ce qu'ils peuvent penser ou faire...

Dutertre m'a bien vue, puisque je suis debout ; mais il se contente de me sourire de loin, et reste près de ces demoiselles. Ils causent tous les trois à demi-voix ; je me suis assise sagement, je regarde. Soudain Mlle Sergent — qui ne cesse de contempler amoureusement son beau délégué cantonal — élève la voix et dit : « Vous pouvez vous en rendre compte maintenant, monsieur ; je vais continuer la leçon de ces enfants, et Mlle Lanthenay vous conduira. Vous constaterez facilement la lézarde dont je vous parlais ; elle sillonne le mur neuf, à gauche du lit, du haut en bas. C'est assez inquiétant dans une maison neuve, et je ne dors pas tranquille. » Mlle Aimée ne répond rien, esquisse un geste d'objection, puis se ravise et disparaît, précédant Dutertre qui tend la main à la Directrice et la serre vigoureusement, comme pour remercier.

Je ne regrette certes pas d'être revenue à l'école, mais, si habituée que je sois à leurs manières étonnantes et à ces mœurs inusitées, je reste abasourdie et je me demande ce qu'elle espère, en envoyant ce coureur de jupons et cette jeune fille, ensemble, constater dans sa chambre une lézarde qui, j'en jurerais, n'existe pas.

« En voilà une histoire de fissure ! » Je glisse cette réflexion tout bas dans l'oreille de la grande Anaïs qui se serre les flancs et mange de la gomme frénétiquement, pour montrer sa joie de ces aventures douteuses. Entraînée par l'exemple, je tire de ma poche un cahier de papier à cigarettes (*je ne mange que le Nil*[1]) et je mâche avec enthousiasme.

« Ma vieille, dit Anaïs, j'ai trouvé quelque chose d'épatant à manger.

— Quoi ? des vieux journaux ?

— Non ; la mine des crayons rouges d'un côté et bleus de l'autre, tu sais bien. Le côté bleu est un peu meilleur. J'en ai déjà chipé cinq dans le placard aux fournitures. C'est délicieux !

— Fais voir que j'essaye... Non, pas fameux. Je m'en tiendrai à mon Nil.

— T'es bête, tu sais pas ce qui est bon ! »

Pendant que nous bavardons tout bas, Mlle Sergent, absorbée, fait lire la petite Luce sans l'écouter. Une idée ! Qu'est-ce que je pourrais bien inventer pour qu'on la place à côté de moi, cette gamine ? J'essaierais de lui faire dire ce qu'elle sait de sa sœur Aimée, elle parlerait peut-être... d'autant plus qu'elle me suit, quand je traverse la classe, avec des yeux étonnés et curieux, un peu souriants, des yeux verts, d'un vert étrange, qui brunit dans l'ombre, et bordés de cils noirs, longs...

Ce qu'ils restent longtemps, là-bas ! Est-ce qu'elle ne va pas venir nous faire réciter la géographie, cette petite dévergondée ?

« Dis donc, Anaïs, il est deux heures.

— Ben quoi, te plains pas ! Si on pouvait ne pas réciter la leçon aujourd'hui, ça serait pas si bête. Ta carte de France est faite, ma vieille ?

— Comme ça... les canaux ne sont pas finis. Tu sais, il ne faudrait pas que l'inspecteur passe aujourd'hui, il trouverait vraiment du désordre. Regarde si Mlle Sergent s'occupe de nous, avec sa figure collée à la fenêtre ! »

La grande Anaïs se tord subitement de rire :

« Qu'est-ce qu'ils peuvent faire ? Je vois d'ici M. Dutertre qui mesure la largeur de la fissure.

— Tu crois qu'elle est large, la fissure ? » demande naïvement Marie Belhomme qui fignole ses chaînes de montagnes en roulant sur la carte un crayon à dessin taillé inégalement.

Tant de candeur m'arrache un éclat de rire. N'ai-je pas pouffé trop haut ? Non, la grande Anaïs me rassure.

« Tu peux être tranquille, va ; Mademoiselle est tellement absorbée que nous pourrions danser dans la classe sans nous faire punir.

— Danser ? Veux-tu parier que je le fais ? dis-je en me levant doucement.

— Oh ! je te parie deux caïens*[1] que tu ne danses pas sans attraper un verbe ! »

J'ôte mes sabots, délicatement, et je me place au milieu de la classe, entre les deux rangées de tables. Tout le monde lève la tête ; évidemment le tour de force annoncé excite un vif intérêt. Allons-y ! Je jette en arrière mes cheveux qui me gênent, je pince ma jupe entre deux doigts, et je commence une « polka piquée » qui pour être muette n'en soulève pas moins l'admiration générale. Marie Belhomme exulte et ne peut retenir un glapissement d'allégresse ; que le bon Dieu la patafiole ! Mlle Sergent tressaille et se retourne, mais je me suis déjà jetée sur mon banc à corps perdu, et j'entends la Directrice annoncer à la nigaude, d'une voix lointaine et ennuyée :

« Marie Belhomme, vous me copierez le verbe *rire*, en ronde moyenne. Il est vraiment fâcheux que de grandes filles de quinze ans ne puissent se bien conduire que lorsqu'on a les yeux sur elles. »

La pauvre Marie a bonne envie de pleurer. Tiens, aussi, on n'est pas si bête ! Et je réclame immédiatement les deux « caiens » à la grande Anaïs, qui me les passe d'assez mauvaise grâce.

Que peuvent faire ces deux observateurs de fissure ? Mlle Sergent regarde toujours à la fenêtre ; deux heures et demie sonnent, ça ne peut pas durer plus longtemps. Il faut qu'elle sache au moins que nous avons constaté l'absence indue de sa petite favorite. Je tousse, sans succès ; je retousse, et je demande d'une voix sage, la voix des Jaubert :

« Mademoiselle, nous avons des cartes à faire examiner par Mlle Lanthenay ; est-ce qu'il y a une leçon de géographie aujourd'hui ? »

La Rousse se retourne vivement et jette les yeux sur la pendule. Puis elle fronce les sourcils, contrariée et impatientée :

« Mlle Aimée va rentrer à l'instant, vous savez bien que je l'ai envoyée à la nouvelle école ; repassez votre leçon en attendant, vous ne la saurez jamais trop bien. »

* Biscaïens, grosses billes.

Bon, ça ! On est capable de ne pas réciter aujourd'hui. Grande joie et bourdonnement d'activité, sitôt que nous savons qu'il n'y a rien à faire. Et la comédie du « repassage des leçons » commence : à chaque table, une élève prend son livre, sa voisine ferme le sien et doit réciter la leçon ou répondre aux questions que lui pose sa camarade. Sur douze élèves, il n'y a guère que ces jumelles de Jaubert qui repassent réellement. Les autres se posent des questions fantaisistes, ou causent simplement de leurs petites affaires, en conservant[a] la figure de leçon et la bouche qui semble réciter tout bas. La grande Anaïs a ouvert son atlas, et elle m'interroge :

« Qu'est-ce qu'une écluse ? »

Je réponds comme si je récitais :

« Zut ! tu ne vas pas m'ennuyer avec tes canaux ; regarde donc la tête de Mademoiselle, c'est plus drôle.

— Que pensez-vous de la conduite de Mlle Aimée Lanthenay ?

— Je pense qu'elle court le guilledou avec le délégué cantonal, constateur de fissures.

— Qu'appelle-t-on une “fissure” ?

— C'est une lézarde qui, régulièrement, devrait se trouver dans un mur, mais qu'on rencontre parfois ailleurs, et même dans les endroits les plus abrités du soleil.

— Qu'appelle-t-on une “fiancée” ?

— C'est une hypocrite petite coureuse qui fait des farces à un sous-maître amoureux d'elle.

— Que feriez-vous à la place dudit sous-maître ?

— Je lancerais mon pied dans la partie postérieure du délégué cantonal et une paire de gifles à la petite rosse qui le mène constater des fissures.

— Qu'arriverait-il ensuite ?

— Il arriverait un autre sous-maître et une nouvelle adjointe. »

La grande Anaïs hausse son atlas de temps à autre pour pouffer derrière. Mais j'en ai assez. Je veux aller dehors, tâcher de *les* voir revenir. Employons le vulgaire moyen :

« Mmmselle ?... »

Pas de réponse.

« Mmmselle, s'iou plaît, permett'sortir ?

— Oui ; allez, et ne soyez pas longtemps. »

Elle a dit ça sans accent, sans pensée ; visiblement toute son âme est là-bas, dans la chambre où le mur neuf pourrait se lézarder. Je sors vivement, je cours du côté des cabinets « provisoires » (eux aussi), et je reste tout près de la porte trouée d'un losange, prête à me réfugier dans l'infect petit kiosque si quelqu'un survenait. Au moment où je vais rentrer dans la classe, désolée — car le temps moral est écoulé, hélas ! —, je vois Dutertre qui sort (tout seul), de l'école neuve, en remettant ses gants d'un air satisfait. Il ne vient pas ici, et s'en va directement en ville. Aimée n'est pas avec lui, mais ça m'est égal, j'en ai assez vu. Je me retourne pour rentrer en classe, mais je recule effrayée : à vingt pas de moi — derrière un mur neuf haut de six pieds qui protège le petit « édicule » des garçons (semblable au nôtre et également provisoire) — apparaît la tête d'Armand. Le pauvre Duplessis, pâle et ravagé, regarde dans la direction de notre école neuve ; je le vois pendant cinq secondes, et puis il disparaît, enfilant à toutes jambes le chemin qui mène aux bois. Je ne ris plus. Qu'est-ce que tout ça va devenir ? Rentrons vite, sans flâner davantage.

La classe bouillonne toujours : Marie Belhomme a tracé sur la table un carré traversé de deux diagonales et de deux droites qui se coupent au centre du carré, la « Caillotte[1] », et joue gravement à ce jeu délicieux avec la nouvelle petite Lanthenay — pauvre petite Luce ! — qui doit trouver cette école fantastique. Et Mlle Sergent regarde toujours à la fenêtre.

Anaïs, en train de colorier aux crayons Conté les portraits des grands hommes les plus hideux de l'Histoire de France, m'accueille par un « quoi que t' as vu ? »

« Ma vieille, ne blague plus ! Armand Duplessis les guettait au-dessus du mur des cabinets ; Dutertre est rentré en ville, et le Richelieu est parti en courant comme un fou !

— Ça, je parie que c'est des mensonges que tu me colles !

— Non là, je te dis, c'est pas le jour, je l'ai vu, ma pure parole ! J'en ai le cœur qui me bat ! »

[illegible] du drame possible nous rend silencieuses [illegible]nt. Anaïs demande :

[illegible] vas le raconter aux autres ?

[illegible] Non, ma foi, ces cruches le répéteraient. Rien qu'à Marie Belhomme, tiens. »

Je narre tout à Marie, dont les yeux s'arrondissent encore, et qui pronostique : « Tout ça finira mal ! »

La porte s'ouvre, nous nous retournons d'un seul mouvement : c'est Mlle Aimée, le teint animé, un peu essoufflée. Mlle Sergent court à elle, et retient, juste à temps, le geste d'étreinte qu'elle ébauchait. Elle renaît, la Directrice, elle respire, elle entraîne la petit coureuse près de la fenêtre et la questionne avidement. (Et notre leçon de géographie ?)

L'enfant prodigue, sans émoi excessif, débite de petites phrases qui ne paraissent pas satisfaire la curiosité de sa digne supérieure. À une question plus anxieuse, elle répond « Non », en secouant la tête, avec un sourire malicieux ; la Rousse, alors, pousse un soupir de soulagement. Nous trois, à la première table, nous observons, tendues d'attention. J'ai un peu de crainte pour cette immorale petite, et je l'avertirais bien de se méfier d'Armand, mais l'autre, sa despote, prétendrait tout de suite que je suis allée dénoncer sa conduite à Richelieu, au moyen de lettres anonymes, peut-être. Je m'abstiens.

Elles m'irritent avec leurs chuchotements ! Finissons-en... Je lance un « Houche ! » à demi-voix pour attirer l'attention des camarades, et nous commençons le bourdon. Le bourdon n'est d'abord qu'un murmure d'abeille, continu ; il s'enfle, grossit, et finit par entrer de force dans les oreilles de nos toquées d'institutrices, qui échangent un regard inquiet ; mais Mlle Sergent, brave, prend l'offensive :

« Silence ! Si j'entends bourdonner, je mets la classe en retenue jusqu'à six heures ! Croyez-vous que nous puissions vous donner régulièrement les leçons, tant que l'école neuve ne sera pas achevée ? Vous êtes assez grandes pour savoir que vous devez travailler seules, quand l'une de nous est empêchée de vous servir de professeur. Donnez-moi un atlas. L'élève qui ne saura pas sa leçon sans faute me fera des devoirs supplémentaires pendant huit jours ! »

Elle a de l'allure, tout de même, cette femme laide, passionnée et jalouse, et toutes deviennent muettes aussitôt qu'elle élève la voix. La leçon est récitée tambour battant, et personne n'a envie de se « dissiper » parce qu'on sent souffler un vent menaçant de retenues et de pensums. Pendant ce temps, je songe que je ne me consolerai pas, si je n'assiste à la rencontre d'Armand et d'Aimée ; j'aime mieux me faire renvoyer (pour ce que ça me coûte) et voir ce qui se passera.

À quatre heures cinq, quand résonne à nos oreilles le quotidien : « Fermez les cahiers et mettez-vous en rangs », je m'en vais, bien à regret. Allons, ce n'est pas encore pour aujourd'hui la tragédie espérée ! J'arriverai demain à l'école de bonne heure pour ne rien manquer de ce qui se passera.

Le lendemain matin, arrivée bien avant l'heure réglementaire, j'entame, pour tuer le temps, une conversation quelconque avec la timide et triste Mlle Griset, toujours pâle et craintive.

« Vous vous plaisez ici, Mademoiselle ? »

Elle regarde autour d'elle avant de répondre :

« Oh ! pas beaucoup, je ne connais personne, je m'ennuie un peu.

— Mais votre collègue est aimable avec vous, ainsi que Mlle Sergent ?

— Je... je ne sais pas ; non, vraiment, je ne sais pas si elles sont aimables ; elles ne s'occupent jamais de moi.

— Par exemple !

— Oui,... à table elles me parlent un peu, mais une fois les cahiers corrigés, elles s'en vont et je reste toute seule avec la mère de Mlle Sergent, qui dessert et se renferme dans la cuisine.

— Et où vont-elles, toutes deux ?

— Dame, dans leurs chambres. »

A-t-elle voulu dire *leur chambre,* ou *leurs chambres* ? Malheureuse, va ! Elle les gagne, ses soixante-quinze francs par mois !

« Voulez-vous que je vous prête des livres, Mademoiselle, si vous vous ennuyez le soir ? »

(Quelle joie ! Elle en devient presque rose !)

« Oh ! je veux bien... Oh ! vous êtes bien aimable ; est-ce que vous croyez que cela ne fâchera pas la Directrice ?

— Mlle Sergent ? Si vous croyez qu'elle le saura seulement, vous avez encore des illusions sur l'intérêt que vous porte cette rousse ! »

Elle sourit, presque avec confiance, et me demande si je veux lui prêter *Le Roman d'un jeune homme pauvre*, qu'elle a tant envie de lire ! Certes, elle l'aura demain, son Feuillet[1] romanesque ; elle me fait pitié, cette abandonnée ! Je l'élèverais bien au rang d'alliée, mais comment compter sur cette pauvre fille chlorotique, et trop peureuse ?

À pas silencieux, la sœur de la favorite s'avance, la petite Luce Lanthenay, contente et effarouchée de causer avec moi.

« Bonjour, petit singe ; dis-moi "bonjour, Votre Altesse", dis-le tout de suite. Tu as bien dormi ? »

Je lui caresse rudement les cheveux, ce qui ne paraît pas lui déplaire, et elle me rit de ses yeux verts pareils, pareils tout à fait, aux yeux de Fanchette[2], ma belle chatte.

« Oui, Votre Altesse, j'ai bien dormi.

— Où couches-tu ?

— Là-haut.

— Avec ta sœur Aimée, bien entendu ?

— Non, elle a un lit dans la chambre de Mlle Sergent.

— Un lit ? tu l'as vu ?

— Non... oui... c'est un divan ; il paraît qu'il se déplie en forme de lit, elle me l'a dit.

— Elle te l'a dit ? Gourde ! cruche obscure ! objet sans nom ! ramassis infect ! rebut du genre humain ! »

Elle fuit épouvantée, car je scande mes insultes de coups de courroie à livres (oh ! pas des coups bien forts), et, quand elle disparaît dans l'escalier, je lui jette cette suprême injure : « Graine de femme ! tu mérites de ressembler à ta sœur ! »

Un divan qui se déplie ! Je déplierais plutôt ce mur ! Ça ne voit rien, ces êtres-là, ma parole ! Elle a pourtant l'air assez vicieuse, celle-là, avec ses yeux retroussés vers les tempes... La grande Anaïs arrive pendant que je souffle encore, et me demande ce que j'ai.

« Rien du tout, j'ai seulement battu la petite Luce pour la dégourdir un peu.

— Y a rien de nouveau ?

— Rien, personne n'eſt descendu encore. Veux-tu jouer aux billes ?

— À quel jeu ? j'ai pas de "neuf billes*".

— Mais moi, j'ai les caïens que je t'ai gagnés. Viens, on va faire une poursuite. »

Poursuite très animée ; les caïens reçoivent des chocs à les faire éclater. Pendant que je vise longuement pour un coup difficile : « Houche ! fait Anaïs, regarde ! »

C'eſt Rabaſtens qui entre dans la cour. Si tôt, nous pouvons nous en étonner. D'ailleurs, le plus beau des Antonin eſt déjà pomponné et luisant — trop luisant. Sa figure s'éclaire à ma vue, et il vient droit à nous.

« Mesdemoiselles !... Que l'animation du jeu vous élumine de belles couleurs, mademoiselle Claudine ! »

Ce pataud eſt-il assez ridicule ! Toutefois, pour vexer la grande Anaïs, je le regarde avec complaisance, et je cambre ma taille en faisant battre mes cils.

« Monsieur, qui vous amène si tôt chez nous ? Ces demoiselles sont encore dans leurs appartements.

— Juſtement, je ne sais pas bien ce que je viens dire, sinon que le fiancé de Mlle Aimée n'a pas dîné hier soir avé nous ; des gens affirment l'avoir rencontré l'air souffrant, en tous cas il n'eſt pas encore rentré ; je le crois en mauvaise passe, et je voudrais avertir Mlle Lanthenay de l'état maladif de son fiancé. »

« L'état maladif de son fi-anncé... » Il s'exprime bien, ce Marseillais ! Il devrait s'établir « annonceur de morts et d'accidents graves ». Allons, la crise approche. Mais moi, qui songeais, hier, à mettre en garde la coupable Aimée, je ne veux plus, maintenant, qu'il aille la prévenir. Tant pis pour elle ! Je me sens méchante et avide d'émotions, ce matin, et je m'arrange de façon à retenir Antonin près de moi. Bien simple : il suffit d'ouvrir des yeux naïfs et de pencher la tête pour que mes cheveux tombent librement le long de ma figure. Il mord tout de suite à l'hameçon.

« Monsieur, dites-moi un peu si c'eſt vrai que vous faites des vers charmants ? Je l'ai entendu dire en ville. »

* Il faut neuf billes pour jouer au « carré ».

C'est un mensonge, bien entendu. Mais j'inventerais n'importe quoi pour l'empêcher de monter chez les institutrices. Il rougit et bégaie, éperdu de joie et de surprise :

« Qui a pu vous dire ?... Mais non, mais je ne mérite pas, certes... C'est singulier, je ne croyais pas en avoir parlé à qui que ce soit !

— Vous voyez, la renommée trahit votre modestie ! (Je vais parler comme lui, tout à l'heure.) Serait-il indiscret de vous demander...

— Je vous en prie, mademoiselle... vous me voyez confus... Je ne pourrai vous faire lire que de povres vers... amoureux... mais chastes ! (il bafouille) je n'aurais jamais, naturellement... osé me permettre...

— Monsieur, est-ce que la cloche ne sonne pas la rentrée chez vous ? »

Qu'il s'en aille, qu'il s'en aille donc ! Tout à l'heure, Aimée va descendre, il la préviendra, elle se défiera et nous ne verrons rien !

« Oui,... mais il n'est pas l'heure, ce sont ces diables de gamins qui se pendent à la chaîne, on ne peut pas les laisser une seconde. Et mon collègue n'est toujours pas là ! Ah ! c'est peunible d'être seul pour veiller à tout ! »

Il est candide, tout de même ! Cette façon de « veiller à tout », qui consiste à venir conter fleurette aux grandes filles, ne doit pas l'éreinter outre mesure.

« Vous voyez, mademoiselle, il faut que j'aille sévir ! Mais Mlle Lanthenay...

— Oh ! vous pourrez toujours la prévenir à onze heures, si votre collègue est encore absent — ce qui m'étonnerait. Peut-être va-t-il rentrer d'une minute à l'autre ? »

Va sévir, va donc sévir, gros muid de gaffes. Tu as assez salué, assez souri ; file, disparais ! Enfin !

La grande Anaïs, un peu vexée de l'inattention du sous-maître pour elle, me révèle qu'il est amoureux de moi. Je hausse les épaules : « Finissons donc notre partie, ça vaudra mieux que de dire des insanités. »

La partie finit pendant que les autres arrivent, et que les institutrices descendent au dernier moment. Elles ne se quittent pas d'une semelle ! Cette petite horreur d'Aimée prodigue à la Rousse des malices de gamine.

On rentre et Mlle Sergent nous laisse aux mains de

sa favorite qui nous demande les résultats de nos problèmes de la veille.

« Anaïs, au tableau. Lisez l'énoncé. »

C'est un problème assez compliqué, mais la grande Anaïs, qui a le don de l'arithmétique, se meut parmi les courriers, les aiguilles de montres, et les partages proportionnels avec une remarquable aisance. Aïe, c'est à mon tour.

« Claudine, au tableau. Extrayez la racine carrée de deux millions soixante-treize mille six cent vingt. »

Je professe une insurmontable horreur pour ces petites choses qu'il faut extraire. Et puis, Mlle Sergent n'étant pas là, je me décide brusquement à jouer un tour à mon ex-amie ; tu l'as voulu, lâcheuse ! Arborons l'étendard de la révolte ! Devant le tableau noir, je fais doucement : « Non », en secouant la tête.

« Comment, non ?

— Non ! Je ne veux pas extraire de racines aujourd'hui. Ça ne me dit pas.

— Claudine, vous devenez folle ?

— Je ne sais pas, Mademoiselle. Mais je sens que je tomberai malade si j'extrais cette racine, ou toute autre analogue.

— Voulez-vous une punition, Claudine ?

— Je veux bien n'importe quoi, mais pas de racines. Ce n'est pas par désobéissance ; c'est parce que je ne peux pas extraire de racines. Je regrette beaucoup, je vous assure. »

La classe trépigne de joie ; Mlle Aimée s'impatiente et rage :

« Enfin m'obéirez-vous ? Je ferai mon rapport à Mlle Sergent et nous verrons.

— Je vous répète que je suis au désespoir. »

Intérieurement, je lui crie : « Mauvaise petite rosse, je n'ai pas d'égards à montrer pour toi, et je te causerai plutôt tous les embêtements possibles. »

Elle descend les deux marches du bureau et s'avance sur moi, dans le vague espoir de m'intimider. Je m'empêche de rire à grand-peine, et je garde mon air respectueusement désolé... Cette toute petite ! Elle me vient au menton, ma parole ! La classe s'amuse follement ; Anaïs mange un crayon, bois et mine, à grandes bouchées.

« Mademoiselle Claudine, obéirez-vous, oui ou non ? »

Avec une douceur têtue, je recommence ; elle est tout près de moi, et je baisse un peu le ton :

« Encore une fois, Mademoiselle, faites-moi ce que vous voudrez, donnez-moi des fractions à réduire au même dénominateur, des triangles semblables à construire,... *des fissures à constater*,... tout, quoi, tout : mais pas ça, oh non, pas de racines carrées ! »

Les camarades, à l'exception d'Anaïs, n'ont pas compris, car j'ai lâché mon insolence vite, et sans appuyer ; elles s'amusent seulement de ma résistance ; mais Mlle Lanthenay a reçu une commotion. Toute rouge, la tête perdue, elle crie :

« C'est... c'est trop fort ! Je vais appeler Mlle Sergent... ah ! c'est trop fort ! »

Elle se jette vers la porte. Je cours après elle et je la rattrape dans le corridor, pendant que les élèves rient à pleine gorge, crient de joie et grimpent debout sur leurs bancs. Je retiens Aimée par le bras, pendant qu'elle essaie, de toutes ses petites forces, de se défaire de mes mains, sans rien dire, sans me regarder, les dents serrées.

« Écoutez-moi donc quand je vous parle ! Nous n'en sommes plus à dire des *passe-temps*, entre nous ; je vous jure que si vous me dénoncez à Mlle Sergent, je cours raconter à votre fiancé l'histoire de la fissure. Montez-vous encore chez la Directrice, maintenant ? »

Elle s'est arrêtée net, mais toujours sans rien dire, les yeux obstinément baissés, la bouche pincée.

« Allons, parlez ! Revenez-vous dans la classe avec moi ? Si vous n'y rentrez pas tout de suite, je n'y rentre pas non plus, moi ; je vais prévenir votre Richelieu. Dépêchez-vous de choisir. »

Elle ouvre enfin les lèvres pour murmurer, sans me regarder : « Je ne dirai rien. Lâchez-moi, je ne dirai rien.

— C'est sérieux ? Vous savez que si vous le racontez à la Rousse, elle ne sera pas capable de s'en cacher plus de cinq minutes, et je le saurai vite. C'est sérieux ? c'est... promis ?

— Je ne dirai rien, lâchez-moi. Je rentrerai tout de suite dans la classe. »

Je lui lâche le bras, et nous rentrons sans rien dire.

Le bruit de la ruche tombe brusquement. Ma victime, au bureau, nous ordonne brièvement de transcrire au net les problèmes. Anaïs me demande tout bas : « Est-ce qu'elle est montée le dire ?

— Non, je lui ai fait de modestes excuses. Tu comprends, je ne voudrais pas pousser trop loin une blague pareille. »

Mlle Sergent ne revient pas. Sa petite adjointe garde jusqu'à la fin de la classe sa figure fermée et ses yeux durs. À dix heures et demie on songe déjà à la sortie proche ; je prends quelques petites braises dans le poêle pour les fourrer dans mes sabots, excellent moyen de les chauffer, défendu formellement, cela va de soi ; mais Mlle Lanthenay songe bien à la braise et aux sabots ! Elle rumine sourdement sa colère, et ses yeux dorés sont deux topazes froides. Ça m'est bien égal. Et même ça m'enchante.

Qu'est-ce que c'est que ça ? Nous dressons l'oreille : des cris, une voix d'homme qui injurie, mêlée à une autre voix qui cherche à la dominer... des maçons qui se battent ? Je ne crois pas, je flaire autre chose. La petite Aimée est debout, toute pâle, elle aussi sent venir autre chose. Soudain Mlle Sergent se jette dans la classe, le cramoisi de ses joues s'est enfui :

« Mesdemoiselles, sortez tout de suite, il n'est pas l'heure, mais ça ne fait rien... Sortez, sortez, ne vous mettez pas en rangs, entendez-vous, allez-vous-en !

— Qu'est-ce qu'il y a ? crie Mlle Lanthenay.

— Rien, rien,... mais faites-les donc sortir et ne bougez pas d'ici, il faut plutôt fermer la porte à clef... Vous n'êtes pas encore parties, petites emplâtres ! »

Il n'y a plus de ménagements à garder, décidément. Plutôt que de quitter l'école en un pareil moment je me laisserais écorcher ! Je sors dans la bousculade des camarades abasourdies. Dehors, on entend clairement la voix qui vocifère... Bon Dieu ! c'est Armand, plus livide qu'un noyé, les yeux creux et égarés, tout verdi de mousse, avec des brindilles dans les cheveux — il a couché dans le bois, sûr... Fou de rage, après cette nuit passée à remâcher sa douleur, il veut se ruer dans la classe, hurlant, les poings tendus ; Rabastens le retient à pleins bras et roule des yeux effarés. Quelle affaire ! Quelle affaire !

Marie Belhomme se sauve, terrifiée, la seconde division derrière elle ; Luce disparaît et j'ai le temps de surprendre son méchant petit sourire ; les Jaubert ont couru à la porte de la cour sans tourner la tête. Je ne vois pas Anaïs, mais je jurerais que, blottie dans un coin, elle ne perd rien du spectacle !

Le premier mot que j'entends distinctement c'est « Garces ! ». Armand a traîné son collègue essoufflé jusque dans la classe où nos institutrices muettes se serrent l'une contre l'autre, il crie : « Traînées ! Je ne veux pas m'en aller sans vous le dire, ce que vous êtes, quand j'y perdrais ma place ! Espèce de petite rosse ! Ah ! tu vas te faire tripoter pour de l'argent par ce cochon de délégué cantonal ! Tu es pire qu'une fille de trottoir, mais celle-ci vaut encore moins que toi, cette sacrée rousse qui te rend pareille à elle. Deux rosses, deux rosses, vous êtes deux rosses, cette maison est... » je n'ai pas entendu quoi. Rabastens, qui doit avoir doubles muscles comme Tartarin, réussit à entraîner le malheureux qui s'étrangle d'injures. Mlle Griset, perdant la tête, refoule dans la petite classe les gamines qui en sortaient, et je me sauve, le cœur un peu secoué. Mais je suis contente que Duplessis ait éclaté sans plus attendre, car Aimée ne pourra pas m'accuser de l'avoir averti.

En revenant l'après-midi, nous trouvons, en tout et pour tout, Mlle Griset qui répète la même phrase à chaque nouvelle arrivante : « Mlle Sergent est malade, et Mlle Lanthenay va partir dans sa famille ; il ne faudra pas revenir avant une semaine. »

C'est bon, on s'en va ; mais, vrai, cette école n'est pas banale !

☆

Dans la semaine de vacances imprévues que nous valut cette bagarre, je pris la rougeole, ce qui me contraignit à trois semaines de lit, puis à quinze jours de convalescence, et l'on m'a tenue en quarantaine pendant quinze jours de plus, sous prétexte de « sécurité scolaire ». Sans les livres et sans Fanchette, que serais-je devenue ! Ce que je dis là n'eſt pas gentil pour papa et pourtant il m'a soignée comme une limace rare ; persuadé qu'il faut donner à une petite malade tout ce qu'elle demande, il m'apportait des marrons glacés pour faire baisser ma température[1] ! Fanchette s'eſt léchée de l'oreille à la queue, pendant une semaine, sur mon lit, jouant avec mes pieds à travers la couverture, et nichée dans le creux de mon épaule dès que je n'ai plus senti la fièvre. Je retourne à l'école, un peu fondue et pâlie, très curieuse de retrouver cet extraordinaire « personnel enseignant ». J'ai eu si peu de nouvelles pendant ma maladie ! Personne ne venait me voir, pas plus Anaïs que Marie Belhomme, à cause de la contagion possible.

Sept heures et demie sonnent quand j'entre dans la cour de récréation, par cette fin de février douce comme un printemps. On accourt, on me fait fête ; les deux Jaubert me demandent soigneusement si je suis bien guérie avant de m'approcher. Je suis un peu étourdie de ce bruit. Enfin on me laisse respirer et je demande vite à la grande Anaïs les dernières nouvelles.

« Voilà ; Armand Duplessis eſt parti, d'abord.

— Révoqué ou déplacé, le pauvre Richelieu ?

— Déplacé seulement. Dutertre s'eſt employé à lui trouver un autre poſte.

— Dutertre ?

— Dame oui ; si Richelieu avait bavardé, ça aurait empêché le délégué cantonal de passer jamais député. Dutertre a dit sérieusement dans la ville que le malheureux jeune homme avait eu un accès de fièvre chaude très dangereux, et qu'on l'avait appelé à temps, lui, médecin des écoles.

— Ah ! on l'a appelé à temps ? La Providence avait mis le remède à côté du mal... Et Mlle Aimée, déplacée aussi ?

— Mais non ! Ah ! pas de danger ! Au bout de huit jours, il n'y paraissait plus ; elle riait avec Mlle Sergent comme avant. »

C'eſt trop fort ! L'étrange petite créature, qui n'a ni cœur ni cervelle, qui vit sans mémoire, sans remords, et qui recommencera à enjôler un sous-maître, à batifoler avec le délégué cantonal, jusqu'à ce que ça casse encore une fois, et qui vivra contente avec cette femme jalouse et violente qui se détraque, elle, dans ces aventures. J'entends à peine Anaïs m'informer que Rabastens est toujours ici et qu'il demande souvent de mes nouvelles. Je l'avais oublié, ce pauvre gros Antonin !

On sonne, mais c'est dans la nouvelle école que nous rentrons maintenant, et l'édifice du milieu, qui relie les deux ailes, est bientôt achevé.

Mlle Sergent s'installe au bureau, tout luisant. Adieu les vieilles tables branlantes, tailladées, incommodes ; nous nous asseyons devant de belles tables inclinées, munies de bancs à dossier, de pupitres à charnières ; et l'on n'est plus que deux sur chaque banc : au lieu de la grande Anaïs, j'ai maintenant pour voisine... la petite Luce Lanthenay. Heureusement les tables sont extrêmement rapprochées et Anaïs se trouve près de moi sur une table parallèle à la mienne, de sorte que nous pourrons bavarder ensemble aussi commodément que jadis ; on a logé Marie Belhomme à côté d'elle ; car Mlle Sergent a placé intentionnellement deux « dégourdies » (Anaïs et moi) à côté de deux « engourdies » (Luce et Marie), pour que nous les secouions un peu. Sûr, que nous les secouerons ! Moi du moins, car je sens bouillir en moi des indisciplines comprimées pendant ma maladie. Je reconnais les lieux nouveaux, j'installe mes livres et mes cahiers, pendant que Luce s'assied et me regarde en coulisse, timidement. Mais je ne daigne pas lui parler encore ; j'échange seulement des réflexions sur la nouvelle école, avec Anaïs qui croque avidement je ne sais quoi, des bourgeons verts, il me semble.

« Qu'est-c' tu manges-là, des vieilles pommes de croc* ?

— Des bourgeons de tilleul, ma vieille. Rien de si bon que ça, c'est le moment, vers le mois de mars.

— Donne-z-en un peu ?... Vrai, c'est très bon, c'est gommé comme du “coucou**”. J'en prendrai aux tilleuls de la cour. Et qu'est-ce que tu dévores encore d'inédit ?

* Fruits du pommier non greffé, effroyablement âpres.
** Gomme des arbres fruitiers.

— Heu ! rien d'étonnant. Je ne peux même plus manger de crayons Conté, ceux de cette année sont sableux, mauvais, de la camelote. En revanche le papier buvard est excellent. Y a aussi une chose bonne à mâcher, mais pas à avaler ; les échantillons de toile à mouchoirs, qu'envoient le Bon Marché et le Louvre[1].

— Pouah ! ça ne me dit rien... Écoute, jeune Luce, tu vas tâcher d'être sage et obéissante, à côté de moi ? Sinon, je te promets des taraudées et des pinçons, gare !

— Oui, Mademoiselle, répond la petite, pas trop rassurée, avec ses cils baissés sur ses joues.

— Tu peux me tutoyer. Regarde-moi, que je voie tes yeux ? C'est bien. Et puis, tu sais que je suis folle, on te l'a sûrement dit ; eh bien, quand on me contrarie, je deviens furieuse et je mords et je griffe, surtout depuis ma maladie. Donne ta main : tiens, voilà comment je fais. »

Je lui enfonce mes ongles dans la main, elle ne crie pas et serre les lèvres.

« Tu n'as pas hurlé, c'est bien. Je t'interrogerai à la récréation. »

Dans la seconde classe dont la porte reste ouverte, je viens de voir entrer Mlle Aimée, fraîche, frisée et rose, les yeux plus veloutés et plus dorés que jamais, avec son air malicieux et câlin. Petite gueuse ! Elle envoie un radieux sourire à Mlle Sergent qui s'oublie une minute à la contempler, et sort de son extase pour nous dire brusquement :

« Vos cahiers. Devoir d'histoire : *La guerre de 70*. Claudine, ajoute-t-elle plus doucement, pourrez-vous faire cette rédaction, quoique n'ayant pas suivi les cours de ces deux derniers mois ?

— Je vais essayer, Mademoiselle ; je ferai le devoir avec moins de développement, voilà tout. »

J'expédie en effet un petit devoir, bref à l'excès, et, quand je suis arrivée vers la fin, je m'attarde et m'applique, faisant durer les quinze dernières lignes, pour pouvoir à mon aise guetter et fureter autour de moi. La Directrice, toujours la même, garde son air de passion concentrée et de bravoure jalouse. Son Aimée, qui dicte nonchalamment des problèmes dans l'autre classe, rôde et se rapproche tout en parlant. Tout de même, elle n'avait pas cette allure assurée et coquette de chatte gâtée, l'autre hiver ! Elle est maintenant le petit animal adoré, choyé, et qui devient tyrannique, car je surprends des regards de Mlle Sergent, l'implorant de trouver un prétexte pour venir près d'elle, et auxquels l'écervelée répond par des mouvements de tête capricieux et des yeux amusés qui disent non. La Rousse, décidément devenue son esclave, n'y tient plus et va la trouver en demandant très haut : « Mademoiselle Lanthenay, vous n'avez pas chez vous le registre des présences ? » Ça y est, elle est partie ; elles jacassent tout bas. Je profite de cette solitude où on nous laisse pour interviewer rudement la petite Luce.

« Ah ! ah ! laisse un peu ce cahier et réponds-moi. Y a-t-il un dortoir, là-haut ?

— Bien sûr, nous y couchons maintenant, les pensionnaires et moi.

— C'est bien, tu es une cruche.

— Pourquoi ?

— Ça ne te regarde pas. Vous prenez toujours des leçons de chant le jeudi et le dimanche ?

— Oh ! on a essayé d'en prendre une sans vous... sans toi, je veux dire, mais ça n'allait pas du tout ; M. Rabastens ne sait pas nous apprendre.

— Bien. Le peloteur est-il venu, pendant que j'étais malade ?

— Qui ça ?

— Dutertre.

— Je ne me rappelle plus... Si, il est venu une fois, mais pas dans les classes, et il n'est resté que quelques minutes à causer dans la cour avec ma sœur et Mlle Sergent.

— Elle est gentille avec toi, la Rousse ? »

Ses yeux obliques noircissent :

« Non... elle me dit que je n'ai pas d'intelligence, que je suis paresseuse... que ma sœur a donc pris toute l'intelligence de la famille, comme elle en a pris la beauté... D'ailleurs, ça a toujours été la même chanson partout où j'étais avec Aimée ; on ne faisait attention qu'à elle, et moi on me rebutait... »

Luce est près de pleurer, furieuse contre cette sœur plus « gente », comme on dit ici, qui la relègue et l'efface. Je ne la crois pas, du reste, meilleure qu'Aimée ; plus craintive et plus sauvage seulement, parce qu'habituée à rester seule et silencieuse.

« Pauvre gosse ! Tu as laissé des amies, là-bas où tu étais ?

— Non, je n'avais pas d'amies ; elles étaient trop brutales et riaient de moi.

— Trop brutales ? Alors, ça t'embête, quand je te bats, quand je te bouscule ? »

Elle rit sans lever les yeux :

« Non, parce que je vois bien que vous... que tu ne fais pas ça méchamment, par brutalité... enfin que c'est quelque chose comme des farces, pas pour de vrai ; c'est comme quand tu m'appelles "cruche", je sais que c'est pour rire. Au contraire, j'aime bien avoir un peu peur, quand il n'y a pas de danger du tout. »

Tralala ! Pareilles toutes deux ces petites Lanthenay, lâches, naturellement perverses, égoïstes et si dénuées de tout sens moral, que c'en est amusant à regarder. C'est égal, celle-ci déteste sa sœur, et je crois que je pourrai lui extirper une foule de révélations sur Aimée, en m'occupant d'elle, en la gavant de bonbons, et en la battant.

« Tu as fini ton devoir ?

— Oui, j'ai fini... mais je ne savais pas tout, j'aurai bien sûr une note pas fameuse...

— Donne ton cahier. »

Je lis son devoir, très quelconque, et je lui dicte des choses oubliées ; je lui retape un peu ses phrases ; elle baigne dans la joie et la surprise, et me considère sournoisement, avec des yeux étonnés et ravis.

« Là, tu vois, c'est mieux comme ça... Dis donc, les garçons pensionnaires ont leur dortoir en face du vôtre ? »

Ses yeux s'allument de malice :

« Oui, et le soir ils vont se coucher à la même heure que nous, exprès, et tu sais qu'il n'y a pas de volets aux fenêtres ; alors les garçons cherchent à nous voir en chemise ; nous levons les coins des rideaux pour les regarder, et Mlle Griset a beau nous surveiller jusqu'à ce que la lumière soit éteinte, nous trouvons toujours moyen de lever un rideau tout grand, tout d'un coup, et ça fait que les garçons reviennent tous les soirs guetter.

— Eh bien ! vous avez le déshabillage gai, là-haut !

— Dame ! »

Elle s'anime et se familiarise. Mlle Sergent et Mlle Lanthenay sont toujours ensemble dans la seconde classe, Aimée montre une lettre à la Rousse, et elles rient aux éclats, mais tout bas.

« Sais-tu où l'ex-Armand de ta sœur est allé cuver son chagrin, petite Luce ?

— Je ne sais pas. Aimée ne me parle guère des choses qui la regardent.

— Je m'en doutais. Elle a sa chambre aussi là-haut ?

— Oui ; la plus commode et la plus gentille des chambres de sous-maîtresses, bien plus jolie et plus chaude que celle de Mlle Griset. Mademoiselle y a fait mettre des rideaux à fleurs roses et du linoléum par terre, ma chère, et une peau de chèvre, et on a ripoliné le lit en blanc. Aimée a même voulu me faire croire qu'elle avait acheté ces belles choses sur ses économies. Je lui ai répondu : "Je demanderai à maman si c'est vrai." Alors elle m'a dit : "Si tu en parles à maman, je te ferai renvoyer chez nous sous prétexte que tu ne travailles pas." Alors, tu penses, je n'ai plus eu qu'à me taire.

— Houche ! Mademoiselle revient. »

Effectivement, Mlle Sergent s'approche de nous, quittant son air tendre et riant pour sa figure d'institutrice :

« Vous avez fini, mesdemoiselles ? Je vais vous dicter un problème de géométrie. »

Des protestations douloureuses s'élèvent, demandant encore cinq minutes de grâce. Mais Mlle Sergent ne s'émeut pas de cette supplication, qui se renouvelle trois fois par jour, et commence tranquillement à dicter le problème. Le ciel confonde les triangles semblables !

J'ai soin d'apporter souvent des bonbons à dessein de séduire complètement la jeune Luce. Elle les prend sans presque dire merci, en remplit ses petites mains et les cache dans un ancien œuf à chapelet, en nacre. Pour dix sous de pastilles de menthe anglaise, trop poivrées, elle vendrait sa grande sœur et encore un de ses frères par-dessus le marché. Elle ouvre la bouche, aspire l'air pour sentir le froid de la menthe et dit : « Ma langue gèle, ma langue gèle », avec des yeux pâmés. Anaïs me mendie effrontément des pastilles, s'en gonfle les joues, et redemande précipitamment avec une irrésistible grimace de prétendue répugnance :

« Vite, vite donne-m'en d'autres, pour ôter le goût, celles-là étaient flogres* ! »

Comme par hasard, tandis que nous jouons à la grue, Rabastens entre dans la cour, porteur de je ne sais quels cahiers-prétextes. Il feint une aimable surprise en me revoyant et profite de l'occasion pour me mettre sous les yeux une romance dont il lit les amoureuses paroles d'une voix roucoulante. Pauvre nigaud d'Antonin, tu ne peux plus me servir à rien, maintenant, et tu ne m'as jamais servi à grand-chose. C'est tout au plus si tu seras encore bon à m'amuser pendant quelque temps, et surtout à exciter la jalousie de mes camarades. Si tu t'en allais...

« Monsieur, vous trouverez ces demoiselles dans la classe du fond ; je crois les avoir aperçues qui descendaient, n'est-ce pas Anaïs ? »

Il pense que je le renvoie à cause des yeux malins de mes compagnes, me lance un regard éloquent et s'éloigne. Je hausse les épaules aux « Hum ! » entendus de la grande Anaïs et de Marie Belhomme, et nous reprenons une émouvante partie de « tourne-couteau[1] » au cours de laquelle la débutante Luce commet fautes sur fautes. C'est jeune, ça ne sait pas ! — On sonne la rentrée.

Leçon de couture, épreuve d'examen ; c'est-à-dire qu'on nous fait exécuter les échantillons de couture demandés à l'examen, en une heure. On nous distribue de petits carrés de toile, et Mlle Sergent écrit au tableau, de son écriture nette, pleine de petits traits en forme de massue :

« Boutonnière. — Dix centimètres de surjet. Initiale G au point de marque. Dix centimètres d'ourlet à points devant. » Je grogne devant cet énoncé, parce que la boutonnière, le surjet, je m'en tire encore, mais l'ourlet à points devant et

* Blettes — ne se dit que des fruits pourris.

l'initale au point de marque, je ne les « perle » pas, comme le constate avec regret Mlle Aimée. Heureusement, je recours à un procédé ingénieux et simple : je donne des pastilles à la petite Luce qui coud divinement, et elle m'exécute un G mirifique. « Il se faut entraider. » (Justement nous avons commenté pas plus tard qu'hier cet aphorisme charitable.)

Marie Belhomme confectionne une lettre G qui ressemble à un singe accroupi, et, bonne toquée, s'esclaffe devant son œuvre. Les pensionnaires, têtes penchées et coudes serrés, cousent en causant imperceptiblement, et échangent avec Luce de temps à autre, des regards éveillés du côté de l'école des garçons. Je soupçonne que, le soir, elles épient des spectacles amusants, du haut de leur blanc dortoir paisible.

Mlle Lanthenay et Mlle Sergent ont changé de bureau ; ici c'est Aimée qui surveille la leçon de couture, pendant que la Directrice fait lire les élèves de la seconde classe. La favorite est occupée à écrire, en belle ronde, le titre d'un registre de présences, quand sa Rousse l'interpelle de loin :

« Mademoiselle Lanthenay !

— *Qu'est-ce que tu veux ?* » crie étourdiment Aimée.

Silence de stupeur. Nous nous regardons toutes : la grande Anaïs commence à se serrer les côtes pour rire davantage ; les deux Jaubert penchent la tête sur leur couture ; les pensionnaires se donnent des coups de coude, sournoisement ; Marie Belhomme éclate d'un rire comprimé qui sonne en éternuement ; et moi, devant la figure consternée d'Aimée, je m'exclame tout haut :

« Ah ! elle est bien bonne ! »

La petite Luce rit à peine ; on voit qu'elle a déjà dû entendre de pareils tutoiements ; mais elle considère sa sœur avec des yeux narquois.

Mlle Aimée se retourne furieuse sur moi :

« Il peut arriver à tout le monde de se tromper, mademoiselle Claudine ! Et je fais mes excuses de mon inadvertance à mademoiselle Sergent. »

Mais celle-ci, remise de sa secousse, sent bien que nous ne gobons pas l'explication, et hausse les épaules en signe de découragement devant la gaffe irrémédiable. Cela finit gaiement l'ennuyeuse leçon de couture. J'avais besoin de cet incident folâtre.

Après la sortie, à quatre heures, au lieu de m'en aller, j'oublie astucieusement un cahier et je reviens. Car je sais qu'à l'heure du balayage les pensionnaires montent de l'eau à tour de rôle dans leur dortoir ; je ne le connais pas encore, je veux le visiter, et Luce m'a dit : « Aujourd'hui, *je suis d'eau.* » À pas de chat, je grimpe là-haut, portant un broc plein en cas de rencontre fâcheuse. Le dortoir est blanc de murs et de plafond, meublé de huit lits blancs ; Luce me montre le sien, mais je m'en moque pas mal, de son lit ! Je vais tout de suite aux fenêtres qui, effectivement, permettent de voir dans le dortoir des garçons. Deux ou trois grands de quatorze à quinze ans y rôdent et regardent de notre côté ; sitôt qu'ils nous ont aperçues, ils rient, font des gestes et désignent leurs lits. Tas de vauriens ! Avec ça qu'ils sont tentants ! Luce effarouchée, ou feignant de l'être, ferme la fenêtre précipitamment, mais je pense bien que le soir, à l'heure du coucher, elle affiche moins de bégueulerie. Le neuvième lit, au bout du dortoir est placé sous une sorte de dais qui l'enveloppe de rideaux blancs.

« Ça, m'explique Luce, c'est le lit de la surveillante. Les sous-maîtresses de semaine doivent se relayer pour coucher tour à tour dans notre dortoir.

— Ah ! alors, c'est tantôt ta sœur Aimée, tantôt Mlle Griset ?

— Dame... ça devrait être ainsi... mais jusqu'à présent, c'est toujours Mlle Griset,... je ne sais pas pourquoi.

— Ah ! tu ne sais pas pourquoi ? Tartufe ! »

Je lui donne une bourrade dans l'épaule ; elle se plaint, sans conviction. Pauvre Mlle Griset !

Luce continue à me mettre au courant :

« Le soir, Claudine, tu ne peux pas te figurer comme on s'amuse quand on se couche. On rit, on court en chemise, on se bat à coups de traversin. Il y en a qui se cachent derrière les rideaux pour se déshabiller parce qu'elles disent que ça les gêne ; la plus vieille, Rose Raguenot, se lave si mal que son linge est gris au bout de trois jours qu'elle le porte. Hier, elles m'ont caché ma robe de nuit, et j'ai failli rester toute nue dans le cabinet de toilette, heureusement Mlle Griset est arrivée ! Et puis on se moque d'une, tellement grasse qu'elle eſt obligée de se poudrer d'amidon un peu partout pour ne pas se couper. Et Poisson[1], que j'oubliais, qui met un bonnet de nuit qui la fait ressembler à une vieille femme, et qui ne veut se déshabiller qu'après nous dans le cabinet de toilette. Ah ! on rit bien, va ! »

Le cabinet de toilette eſt sommairement meublé d'une grande table recouverte de zinc sur laquelle s'alignent huit cuvettes, huit savons, huit paires de serviettes, huit éponges, tous les objets pareils, le linge matriculé à l'encre indélébile. C'eſt proprement tenu.

Je demande :

« Eſt-ce que vous prenez des bains ?

— Oui, et c'eſt encore quelque chose de drôle, va ! Dans la buanderie neuve, on fait chauffer de l'eau plein une grande cuve à vendanges, grande comme une chambre. Nous nous déshabillons toutes et nous nous fourrons dedans pour nous savonner.

— Toutes nues ?

— Dame, comment ferait-on pour se savonner, sans ça ? Rose Raguenot ne voulait pas, bien sûr parce qu'elle eſt trop maigre. Si tu la voyais, ajoute Luce en baissant la voix, elle n'a presque rien sur les os, et c'eſt tout plat sur sa poitrine, comme un garçon ! Jousse, au contraire, c'eſt comme une nourrice, ils sont gros comme ça ! Et celle qui met un bonnet de nuit de vieille, tu sais, Poisson, elle eſt velue partout comme un ours, et elle a les cuisses bleues.

— Comment bleues ?

— Oui, bleues, comme quand il gèle et qu'on a la peau bleue de froid.

— Ça doit être engageant !

— Non, pour sûr ! Si j'étais garçon, ça ne me ferait pas grand-chose de me baigner avec elle !

— Mais elle, ça lui ferait peut-être plus d'effet, de se baigner avec un garçon ? »

Nous pouffons ; mais je bondis en entendant le pas et la voix de Mlle Sergent dans le corridor. Pour ne pas me faire pincer, je me blottis sous le dais réservé à la seule Mlle Griset ; puis le danger passé, je me sauve et je dégringole, en criant tout bas à Luce : « Au revoir. »

Ce matin, qu'il fait bon, dans ce cher pays ! Que mon joli Montigny se chauffe gaiement, par ce printemps précoce et chaud ! Dimanche dernier et jeudi, j'ai déjà couru les bois délicieux, tout pleins de violettes, avec ma sœur de lait, ma douce Claire, qui me racontait ses amourettes... Son « suiveux » lui donne des rendez-vous au coin de la Sapinière, le soir, depuis que le temps est doux. Qui sait si elle ne finira pas par faire des bêtises ! Mais ce n'est pas ce qui la tente : pourvu qu'on lui débite des paroles choisies, qu'elle ne comprend pas très bien, pourvu qu'on l'embrasse, qu'on se mette à ses genoux, que ça se passe *comme dans les livres*, enfin, ça lui suffit parfaitement.

Dans la classe, je trouve la petite Luce affalée sur une table, sanglotant à s'étrangler. Je lui lève la tête de force et je vois ses yeux gros comme des œufs, tant elle les a tamponnés.

« Oh ! vrai ! Tu n'es pas très belle comme ça ! Qu'est-ce qu'il y a, petite ? Pourquoi *chougnes-tu ?*

— Elle... m'a... elle... m'a battue !

— Ta sœur, au moins ?

— Ouiii !

— Qu'est-ce que tu lui avais fait ? »

Elle se sèche un peu et raconte :

« Voilà, je n'avais pas compris mes problèmes, alors je ne les avais pas faits ; ça l'a mise en colère, alors elle m'a dit que j'étais une buse, que c'était bien la peine que notre famille paye ma pension, que je la dégoûtais, et tout ça... Alors je lui ai répondu : "Tu m'embêtes à la fin" ; alors elle m'a battue, giflée sur la figure, elle est mauvaise comme la gale, je la déteste... »

Nouveau déluge.

« Ma pauvre Luce, tu es une oie ; il ne fallait pas te laisser battre, il fallait lui jeter au nez son ex-Armand... »

Les yeux subitement effarés de la petite me font retourner ; j'aperçois Mlle Sergent qui nous écoute, sur le seuil. Patatras ! qu'est-ce qu'elle va dire ?

« Mes compliments, mademoiselle Claudine, vous donnez à cette enfant de jolis conseils...

— Et vous de jolis exemples ! »

Luce eſt terrifiée de ma réponse. Moi, ça m'eſt bien égal, les yeux de braise de la Directrice scintillant de colère et d'émotion ! Mais cette fois, trop fine pour s'emballer, elle secoue la tête et dit seulement :

« Il eſt heureux que le mois de juillet approche, mademoiselle Claudine ; vous sentez, n'eſt-ce pas, que je peux de moins en moins vous garder ici ?

— Il me semble. Mais, vous savez, c'eſt faute de s'entendre, nos rapports ont été mal engagés.

— Allez en récréation, Luce », dit-elle sans me répondre. La petite ne se le fait pas répéter deux fois, elle sort en courant et en se mouchant. Mlle Sergent continue :

« C'eſt bien votre faute, je vous assure. Vous vous êtes montrée pleine de mauvais vouloir pour moi, à mon arrivée, et vous avez repoussé mes avances, car je vous en ai fait, bien que ce ne fût pas mon rôle. Vous m'aviez pourtant paru assez intelligente et assez jolie pour m'intéresser, moi qui n'ai ni sœur ni enfant... »

(Du diable si j'aurais jamais pensé... ! On ne peut pas me déclarer plus nettement que j'eusse été « sa petite Aimée » si j'avais voulu. Eh bien ! non, ça ne me dit rien, même rétrospectivement. Pourtant, c'eſt de moi que Mlle Lanthenay serait jalouse, à cette heure-ci... Quelle comédie !)

« C'eſt vrai, Mademoiselle. Mais, fatalement, ça aurait mal tourné tout de même, à cause de Mlle Aimée Lanthenay ; vous avez mis une telle ardeur à... conquérir son amitié, et à détruire celle qu'elle pouvait me porter ! »

Elle détourne les yeux :

« Je n'ai pas cherché, comme vous le prétendez, à détruire... Mlle Aimée aurait pu vous continuer ses leçons d'anglais sans que je l'en empêchasse...

— Ne dites donc pas ça ! Je ne suis pas encore idiote, et il n'y a que nous deux ici ! J'en ai été longtemps furieuse, désolée même, parce que je suis presque aussi jalouse que vous... Pourquoi l'avez-vous prise ? J'ai eu tant de peine, oui, là, soyez contente, j'ai eu tant de peine !... Mais j'ai vu qu'elle ne tenait pas à moi, à qui tient-elle ? J'ai vu aussi qu'elle ne valait réellement pas cher : ça m'a suffi. J'ai pensé que je ferais assez de bêtises sans commettre celle de vouloir l'emporter sur vous. Voilà. Maintenant tout ce que je désire, c'eſt qu'elle ne devienne pas trop la petite souveraine de cette école, et qu'elle ne tourmente pas exagérément cette petite, sa sœur qui, au fond, ne vaut pas mieux qu'elle, ni moins je vous assure... Je ne raconte rien chez nous, jamais, de ce que je peux voir ici ; je ne reviendrai plus après les vacances, et je me présenterai au brevet parce que papa se figure qu'il y tient, et qu'Anaïs serait trop contente si je ne passais pas l'examen. Vous pouvez me laisser tranquille jusque-là, je ne vous tourmente guère maintenant... »

Je pourrais parler longtemps, je crois, elle ne m'écoute plus. Je ne lui disputerai pas sa petite, c'est tout ce qu'elle a entendu ; elle regarde en dedans, suit une idée, et se réveille pour me dire, subitement redevenue directrice, au sortir de cette causerie sur pied d'égalité : « Allez vite dans la cour, Claudine, il est huit heures passées, il faut vous mettre en rang. »

« Qu'est-ce que tu causais si longtemps là-dedans avec Mademoiselle ? me demande la grande Anaïs. Tu es donc bien avec elle, maintenant ?

— Une paire d'amies, ma chère ! »

En classe, la petite Luce se serre contre moi, me lance des regards affectueux et me prend les mains, mais ses caresses m'agacent ; j'aime seulement la battre, la tourmenter, et la protéger quand les autres l'embêtent...

Mlle Aimée entre en coup de vent dans la classe en criant tout bas « L'inspecteur ! l'inspecteur ! ». Rumeur. Tout est prétexte à désordre, ici ; sous couleur de ranger nos livres irréprochablement, nous avons ouvert tous nos pupitres et nous bavardons avec rapidité derrière les couvercles. La grande Anaïs fait sauter en l'air les cahiers de Marie Belhomme toute désemparée, et enfouit prudemment dans sa poche un *Gil Blas illustré*[1] qu'elle abritait entre deux feuilles de son Histoire de France. Moi je dissimule des histoires de bêtes merveilleusement contées par Rudyard Kipling[2] (en voilà un qui connaît les animaux !) — c'est pourtant pas des lectures bien coupables. On bourdonne, on se lève, on ramasse les papiers, on retire les bonbons dissimulés dans les pupitres, car ce père Blanchot[3], l'inspecteur, a des yeux louches mais qui fouinent partout.

Mlle Lanthenay, dans sa classe, bouscule les gamines, range son bureau, crie et voltige, et voici que, de la troisième salle, sort la pauvre Griset, effarée, qui demande aide et protection : « Mademoiselle Sergent, est-ce que M. l'Inspecteur me demandera les cahiers des petites ? Ils sont bien sales, les toutes petites ne font que des bâtons... » La mauvaise Aimée lui rit au nez ; la Directrice répond en haussant les épaules : « Vous montrerez ce qu'il vous demandera, mais si vous croyez qu'il s'occupera des cahiers de vos gamines ! » Et la triste ahurie rentre dans sa classe où ses petits animaux font un vacarme terrible, car elle n'a pas pour vingt-cinq centimes d'autorité !

Nous sommes prêtes, ou peu s'en faut. Mlle Sergent s'écrie : « Vite, prenez vos morceaux choisis ! Anaïs, crachez immédiatement le crayon à ardoise que vous avez dans la bouche ! Ma parole d'honneur, je vous mets à la porte devant M. Blanchot si vous mangez encore de ces horreurs-là ! Claudine, vous ne pourriez pas cesser un instant de pincer Luce Lanthenay ? Marie Belhomme, quittez tout de suite les trois fichus que vous avez sur la tête et au cou ; et quittez aussi l'air bête qui est sur votre figure. Vous êtes pire que les petites de la troisième classe et ne valez pas chacune la corde pour vous pendre ! »

Il faut bien qu'elle dépense son énervement. Les visites de l'inspecteur la tracassent toujours, parce que ce Blanchot est en bons termes avec le député, qui déteste à mort son remplaçant possible, Dutertre, lequel protège Mlle Sergent. (Dieu, que la vie est compliquée !) Enfin, tout se trouve à peu près en ordre ; la grande Anaïs se lève, inquiétante de longueur, la bouche encore sale du crayon gris qu'elle croquait, et commence *La Robe* du pleurard Manuel[1] :

Dans l'étroite mansarde où glisse un jour douteux
La femme et le mari se disputaient tous deux[2]...

Il était temps ! Une grande ombre passe sur les vitres du corridor, toute la classe frémit et se lève — par respect — au moment où la porte s'ouvre devant le père Blanchot. Il a une figure solennelle entre deux grands favoris poivre et sel, et un redoutable accent franc-comtois. Il pontifie, il mâche ses paroles avec enthousiasme, comme Anaïs les gommes à effacer, il est toujours vêtu avec une correction rigide et démodée ; quel vieux bassin ! En voilà pour une heure ! Il va nous poser des questions idiotes et nous démontrer que nous devrions toutes, « embrasser la carrière de l'enseignement ». J'aimerais encore mieux ça que de l'embrasser, lui.

« Mesdemoiselles !... Mes enfants, asseyez-vous. »

« Ses enfants » s'asseyent modestes et douces. Je voudrais bien m'en aller. Mlle Sergent s'est empressée au-devant de lui, d'un air respectueux et malveillant, pendant que son adjointe, la vertueuse Lanthenay, s'est enfermée dans sa classe.

M. Blanchot pose dans un coin sa canne à béquille d'argent, et commence par horripiler, tout d'abord, la Directrice (bien fait !) en l'entraînant près de la fenêtre, pour lui parler programmes de brevet, zèle, assiduité, et allez donc ! Elle l'écoute, elle répond : « Oui, monsieur l'Inspecteur. » Ses yeux se reculent et s'enfoncent ; elle a sûrement envie de le battre. Il a fini de la raser, c'est à notre tour.

« Que lisait cette jeune fille, quand je suis entré ? »

La jeune fille, Anaïs, cache le papier buvard rose qu'elle mastiquait et interrompt le récit, évidemment scandaleux, qu'elle déversait dans les oreilles de Marie Belhomme qui, choquée, cramoisie, mais attentive, roule ses yeux d'oiseau avec un effarement pudique. Sale Anaïs ! Qu'est-ce que ça peut bien être que ces histoires-là ?

« Voyons, mon enfant, dites vouâr ce que vous lisiez.

— *La Robe,* monsieur l'Inspecteur.

— Veuillez reprendre. »

Elle recommence, avec des mines faussement intimidées, pendant que Blanchot nous examine de ses yeux vert sale. Il blâme toute coquetterie, et ses sourcils se froncent quand il voit un velours noir sur un cou blanc, ou des frisettes qui volent sur le front et les tempes. Moi, il m'attrape à chacune de ses visites, à cause de mes cheveux toujours défaits et bouclés, et aussi des grandes collerettes blanches, plissées, que je porte sur mes robes sombres[1]. C'est pourtant d'une simplicité que j'aime, mais assez gentille pour qu'il trouve mes costumes affreusement répréhensibles. La grande Anaïs a terminé *La Robe* et il lui en fait analyser logiquement (oh ! là ! là !) cinq ou six vers. Puis il lui demande :

« Mon enfant, pourquoi avez-vous noué ce velours "nouâr" après (*sic*) votre cou ? »

(Ça y est ! Qu'est-ce que je disais ? Anaïs, démontée, répond bêtement que « c'est pour tenir chaud ». Gourde sans courage !)

« Pour vous tenir chaud, dites-vous ? Mais ne pensez-vous point qu'un foulard remplirait mieux cet office ? »

(Un foulard ! Pourquoi pas un passe-montagne, antique rasoir ? Je ne peux pas m'empêcher de rire, ce qui attire son attention sur moi.)

« Et vous, mon enfant, pourquoi êtes-vous ainsi décoâffée et les cheveux pendants, au lieu de les porter tordus sur la tête et retenus par des épingles ?

— Monsieur l'Inspecteur, ça me donne des migraines.

— Mais vous pourriez au moins les tresser, je crois ?

— Oui, je le pourrais, mais papa s'y oppose. »

Il me tanne, je vous dis ! Après un petit claquement de lèvres désapprobateur, il va s'asseoir et tourmente Marie sur la guerre de Sécession, une des Jaubert sur les côtes d'Espagne, et l'autre sur les triangles rectangles. Puis il m'envoie au tableau noir, et m'enjoint de tracer un cercle. J'obéis. C'est un cercle... si on veut.

« Inscrivez dedans une rosace à cinq feuilles. Supposez qu'elle est éclairée de gauche, et indiquez par des traits forts les ombres que reçoivent les feuilles. »

Ça, ça m'est égal. S'il avait voulu me faire chiffrer je n'en sortais pas ; mais les rosaces et les ombres, ça me connaît. Je m'en tire assez bien, au grand ennui des Jaubert qui espéraient sournoisement me voir grondée.

« C'est... bien. Oui, c'est assez bien. Vous subissez cette année l'examen de brevet[2] ?

— Oui, monsieur l'Inspecteur, au mois de juillet.

— Pis, ne voulez-vous point entrer à l'école normale après ?

— Non, monsieur l'Inspecteur, je rentrerai dans ma famille.

— Ah ? Je crois en effet que vous n'avez point la vocation de l'enseignement. C'est regrettâble. »

Il me dit cela du même ton que : « Je crois que vous êtes une infanticide. » Pauvre homme, laissons-lui ses illusions ! Mais j'aurais seulement voulu qu'il pût voir la scène d'Armand Duplessis, ou encore l'abandon dans lequel on nous laisse pendant des heures, quand nos deux institutrices sont là-haut à se becqueter...

« Montrez-moi votre seconde classe, je vous prie, Mademoiselle. »

Mlle Sergent l'emmène dans la seconde classe, où elle reste avec lui pour protéger sa petite mignonne contre les sévérités inspectoriales. Profitant de son absence, j'esquisse au tableau noir une caricature du père Blanchot et de ses grands favoris, qui met les gamines en joie ; je lui ajoute des oreilles d'âne, puis je l'efface vite et je regagne ma place, où la petite Luce passe son bras sous le mien, câlinement, et tente de m'embrasser. Je la repousse d'une légère calotte, et elle prétend que je suis « bien méchante ! ».

« Bien méchante ? Je vais t'apprendre à avoir avec moi des libertés pareilles ! Tâche de museler tes sentiments, et dis-moi si c'est toujours Mlle Griset qui couche dans le dortoir.

— Non, Aimée y a couché deux fois deux jours de suite.

— Ça fait quatre fois. Tu es une cruche ; même pas une cruche, un siau ! Est-ce que les pensionnaires se tiennent plus tranquilles quand c'est ta chaste sœur qui couche sous le dais ?

— Guère. Et même, une nuit, une élève a été malade, on s'est levées, on a ouvert une fenêtre, j'ai même appelé ma sœur pour qu'elle me donne les allumettes qu'on ne pouvait pas trouver, elle n'a pas remué, elle n'a pas plus soufflé que s'il n'y avait personne dans le lit ! Faut-il qu'elle ait le sommeil dur ?

— Sommeil dur ! Sommeil dur ! Quelle oie ! Mon Dieu, pourquoi avez-vous permis qu'il y eût sur cette terre des êtres aussi dépourvus de toute intelligence ? J'en pleure des larmes de sang !

— Qu'est-ce que j'ai encore fait ?

— Rien ! oh ! rien, voilà seulement des bourrades dans les épaules, pour te former le cœur et l'esprit, et t'apprendre à ne pas croire aux alibis de la vertueuse Aimée. »

Luce se roule sur la table avec un désespoir feint, ravie d'être rudoyée et meurtrie. Mais, j'y pense :

« Anaïs, qu'est-ce que tu racontais donc à Marie Belhomme pour lui faire piquer des fards, que ceux de la Bastille sont pâles à côté[1] !

— Quelle Bastille ?

— Ça n'a pas d'importance. Dis vite.

— Approche-toi un peu. »

Sa figure vicieuse pétille ; ça doit être des choses très vilaines.

« Eh bien, voilà. Tu ne sais pas, au dernier réveillon, le maire avait chez lui sa maîtresse, la belle Julotte[2], et puis son secrétaire avait amené une femme de Paris ; au dessert, ils les ont fait déshabiller toutes les deux, sans chemise, et ils en ont fait autant, et ils se sont mis à danser comme ça un quadrille, ma vieille !

— Pas mal ! Qui t'a dit ça ?

— C'est papa qui l'a raconté à maman ; j'étais couchée, seulement on laisse toujours la porte de ma chambre ouverte, parce que je prétends que j'ai peur, et alors j'entends tout.

— Tu ne t'embêtes pas. Il en raconte souvent comme ça, ton père ?

— Non, pas toujours d'aussi bien ; mais quelquefois je me roule de rire dans mon lit. »

Elle me narre encore d'autres potins du canton assez sales ; son père, employé à la mairie[3], connaît à fond la chronique scandaleuse du pays. Je l'écoute, et le temps passe.

Mlle Sergent revient ; nous n'avons que le temps de rouvrir nos livres au hasard ; mais elle vient droit à moi sans regarder ce que nous faisons :

« Claudine, pourriez-vous faire chanter vos camarades devant M. Blanchot ? Elles savent maintenant ce joli chœur à deux voix : *Dans ce doux asile.*

— Moi, je veux bien ; seulement l'inspecteur a si mal au cœur de me voir les cheveux défaits qu'il n'écoutera pas !

— Ne dites pas de bêtises, ce n'est pas le jour ; faites-les vite chanter. M. Blanchot paraît assez peu content de la deuxième classe, je compte sur la musique pour le dérider. »

Je le crois sans peine qu'il doit être assez peu content de la deuxième classe ! Mlle Aimée Lanthenay s'en occupe toutes les fois qu'elle n'a pas autre chose à faire ; elle gorge ses gosses de devoirs écrits, pour pouvoir, pendant qu'elles noircissent du papier, causer tranquillement avec sa chère Directrice. Moi, je veux bien faire chanter les élèves, pour ce que ça me coûte !

Mlle Sergent ramène l'odieux Blanchot ; je range en demi-cercle notre classe et la première division de la seconde ; je confie les dessus à Anaïs, les secondes à Marie Belhomme (infortunées secondes !). Et je chanterai les deux parties à la fois, c'est-à-dire que je changerai vite quand je sentirai faiblir un côté. Allez-y ! une mesure pour rien : Une, deux, trois :

Dans ce doux asile
Les sages sont couronnés,
Venez !
Aux plaisirs tranquilles
Ces lieux charmants sont destinés[1]*...*

Veine ! Ce vieux normalien racorni rythme la musique de Rameau avec sa tête (à contre-mesure d'ailleurs), et paraît enchanté. Toujours l'histoire du compositeur Orphée apprivoisant les bêtes !

« C'est bien chanté. De qui est-ce ? De Gounod, je crois ? »

(Pourquoi prononce-t-il *Gounode ?*)

« Oui, monsieur. (Ne le contrarions pas.)

— Il me semblait bien. C'est un fort joli chœur. »

(Joli chœur toi-même !)

En entendant cette attribution inattendue d'un air de Rameau à l'auteur de *Faust,* Mlle Sergent se pince les lèvres pour ne pas rire. Quant au Blanchot, rasséréné, il lâche quelques paroles aimables, et s'en va, après nous avoir dicté — la flèche du Parthe ! — ce canevas de composition française :

« Expliquer et commenter cette pensée de Franklin : *L'oisiveté est comme la rouille, elle use plus que le travail.* »

Allons-y ! À la clef brillante, aux contours arrondis, que la main vingt fois par jour polit et tourne dans la serrure, opposons la clef rongée de rouille rougeâtre. Le bon ouvrier qui travaille joyeusement, levé dès l'aube, dont les muscles solides, et tatatata... mettons-le en parallèle avec l'oisif qui, languissamment couché sur des divans orientaux, regarde défiler sur sa table somptueuse... et tatatata... les mets rares... et tatata... qui tentent vainement de réveiller son appétit... tatatata. Oh ! c'est bientôt bâclé[1] !

Avec ça que ce n'est pas bon de paresser dans un fauteuil ! Avec ça que les ouvriers qui travaillent toute leur vie ne meurent pas jeunes et épuisés ! Mais quoi, faut pas le dire. Dans le « programme des examens » les choses ne se passent pas comme dans la vie.

La petite Luce manque d'idées et geint tout bas pour que je lui en fournisse. Je la laisse généreusement lire ce que j'ai écrit, elle ne me prendra pas grand-chose.

Enfin, quatre heures. On s'en va. Les pensionnaires montent prendre le goûter que prépare la mère de Mlle Sergent ; je pars avec Anaïs et Marie Belhomme, après m'être mirée dans les vitres pour voir si mon chapeau n'est pas de travers.

En route, nous cassons un pain de sucre sur le dos de Blanchot. Il m'ennuie, ce vieux, qui veut toujours qu'on soit habillées avec de la toile à sac et les cheveux tendus !

« Je crois qu'il n'est pas très content de la deuxième classe, tout de même, remarque Marie Belhomme ; si tu ne l'avais pas amadoué avec la musique !...

— Dame, fait Anaïs, sa classe, Mlle Lanthenay s'en occupe un peu... par-dessous la jambe.

— Tu as des mots ! Elle ne peut pas tout faire, voyons ! Mlle Sergent l'a attachée à sa personne, c'est elle qui lui fait sa toilette le matin.

— Ça, c'est une blague ! crient à la fois Anaïs et Marie.

— Pas le moins du monde ! Si jamais vous allez au dortoir et dans les chambres des sous-maîtresses (c'est très facile, on n'a qu'à monter de l'eau avec les pensionnaires), passez la main au fond de la cuvette de Mlle Aimée ; et ne craignez pas de vous mouiller, il n'y a que de la poussière.

— Non, c'est trop fort tout de même ! » déclare Marie Belhomme.

La grande Anaïs n'ajoute rien, et s'en va songeuse : sans doute, elle racontera ces aimables détails au grand gamin avec lequel elle flirte cette semaine. Je sais très peu de choses de ses fredaines ; elle reste fermée et narquoise quand je la tâte là-dessus.

Je m'ennuie à l'école, fâcheux symptôme, et tout nouveau. Je ne suis pourtant amoureuse de personne. (Au fait, c'est peut-être pour cela.) Je fais mes devoirs presque exactement, tant j'ai la flemme, et je vois paisiblement nos deux institutrices se caresser, se bécoter, se disputer pour le plaisir de s'aimer mieux après. Elles ont les gestes et la parole si libres l'une avec l'autre, maintenant, que Rabastens, malgré son aplomb, s'en effarouche, et bafouille avec entrain. Alors les yeux d'Aimée braisillent[1] de joie comme ceux d'une chatte en malice et Mlle Sergent rit de la voir rire. Elles sont étonnantes, ma parole ! Ce que la petite est devenue « agouante* » on ne peut pas se le figurer ! L'autre change de visage sur un signe d'elle, sur un froncement de ses sourcils en velours.

Attentive devant cette intimité tendre, la petite Luce guette, flaire, s'instruit. Elle s'instruit même beaucoup, car elle saisit toutes les occasions d'être seule avec moi, me frôle, câline, ferme presque ses yeux verts et ouvre à demi sa petite bouche fraîche ; non, elle ne me tente pas[2]. Que ne s'adresse-t-elle à la grande Anaïs qui s'intéresse, elle aussi, aux jeux des deux colombelles qui nous servent d'institutrices à leurs moments perdus, et qui s'en étonne fort, car elle a des coins de bêtise assez curieux !

Ce matin, je l'ai battue comme plâtre, la petite Luce, parce qu'elle voulait m'embrasser dans le hangar où on range les arrosoirs ; elle n'a pas crié et s'est mise seulement à pleurer, jusqu'à ce que je la console en lui caressant les cheveux. Je lui ai dit :

* Exigeante.

« Bête, tu auras bien le temps d'épancher ton trop-plein de tendresse plus tard, puisque tu vas entrer à l'école normale !

— Oui, mais tu n'y entreras pas, toi !

— Non, par exemple ! Mais tu n'y seras pas depuis deux jours que deux “troisième année” se seront déjà brouillées à cause de toi, dégoûtant petit animal ! »

Elle se laisse injurier voluptueusement, et me jette des regards de reconnaissance.

C'est peut-être parce qu'on m'a changé ma vieille école, que je m'ennuie dans celle-ci ? Je n'ai plus les « rabicoins » où on se mussait dans la poussière, ni les couloirs de ce vieux bâtiment compliqué, dans lequel on ne savait jamais si on se trouvait chez les instituteurs ou bien chez nous, et où on débouchait si naturellement dans une chambre de sous-maître qu'on avait à peine besoin de s'excuser en rentrant à la classe.

C'est peut-être que je vieillis ? Je me ressentirais donc des seize ans que j'atteins ? Voilà une chose stupide, en vérité.

C'est peut-être le printemps ? Il est trop beau, aussi, c'en est inconvenant ! Le jeudi et le dimanche, je file toute seule, pour retrouver ma sœur de lait, ma petite Claire, embarquée solidement dans une sotte aventure avec le beau secrétaire de la mairie qui ne veut pas l'épouser. Pardi, il en serait bien empêché ; il paraît qu'il a subi, encore au collège, une opération pour une maladie bizarre, une de celles dont on ne nomme jamais le « siège » ; et on prétend que, s'il a encore envie des filles, il ne peut plus guère « contenter ses désirs ». Je ne comprends pas très bien, je comprends même assez mal, mais je me tue à redire à Claire ce que j'ai vaguement appris. Elle lève au ciel des yeux blancs, secoue la tête, et répond, avec des mines extatiques : « Ah ! qu'est-ce que ça fait, qu'est-ce que ça fait ? Il est si beau, il a des moustaches si fines, et puis, les choses qu'il me dit me rendent assez heureuse ! Et puis il m'embrasse dans le cou, il me parle de la poésie des soleils couchants, qu'est-ce que tu veux que je demande jamais davantage ? » Au fait, puisque ça lui suffit...

Quand j'ai assez de ses divagations, je lui dis, pour qu'elle me laisse seule, que je rentre chez papa ; et je ne rentre pas. Je reste dans les bois, je cherche un coin plus délicieux que les autres, et je m'y couche. Des armées de petites bêtes courent par terre, sous mon nez (elles se conduisent même quelquefois très mal, mais c'est si petit !), et ça sent un tas d'odeurs bonnes, ça sent les plantes fraîches qui chauffent... Ô mes chers bois !

À l'école où j'arrive en retard (je m'endors difficilement, mes idées dansent devant moi sitôt que j'ai éteint la lampe), je trouve Mlle Sergent au bureau, digne et froncée, et toutes les gamines arborent des figures convenables, pincées et cérémonieuses. Qu'est-ce que c'est que ça ? Ah ! la grande Anaïs, affalée sur son pupitre, fait de tels efforts pour sangloter que ses oreilles en sont bleues. On va s'amuser ! Je me glisse à côté de la petite Luce qui me souffle dans l'oreille : « Ma chère, on a trouvé dans le pupitre d'un garçon toutes les lettres d'Anaïs ; l'instituteur vient de les apporter ici pour que la Directrice les lise.[1] »

Elle les lit, en effet, mais tout bas et pour elle seule. Quel malheur, mon Dieu, quel malheur ! Je donnerais bien trois ans de la vie de Rabastens (Antonin), pour parcourir cette correspondance. Oh ! qui inspirera à la Rousse de nous en lire tout haut deux ou trois passages bien choisis ! Hélas, hélas ! Mlle Sergent a fini... Sans rien dire à Anaïs, toujours vautrée sur sa table, elle se lève solennellement, marche à pas comptés vers le poêle, à côté de moi ; elle l'ouvre, y dépose les papiers scandaleux, pliés en quatre, frotte une allumette et met le feu, puis referme la petite porte. En se redressant, elle dit à la coupable :

« Mes compliments, Anaïs, vous en savez plus long que bien des grandes personnes. Je vous garde ici jusqu'à l'examen, parce que vous êtes inscrite, mais je vais déclarer à vos parents que je me décharge de toute responsabilité à votre égard. Copiez vos problèmes, mesdemoiselles, et ne vous occupez pas davantage de cette personne qui ne le mérite pas. »

Incapable de supporter le tourment d'entendre brûler la littérature d'Anaïs, j'ai pris, pendant que la Directrice s'énonçait majestueusement, la règle plate qui me sert pour le dessin ; je l'ai passée sous ma table, et, au risque de me faire pincer, je m'en suis servie pour pousser la petite poignée qui fait mouvoir la rosace de tirage. On n'a rien vu ; peut-être que la flamme, ainsi étouffée, ne brûlera pas tout ; je le saurai après la classe. J'écoute : le poêle tait son ronflement au bout de quelques secondes... Est-ce qu'onze heures ne vont pas bientôt sonner ? Comme je pense peu à ce que je copie, aux « deux pièces de toile qui, après lessivage, se rétrécissent de 1/19 dans leur longueur et de 1/22 de leur largeur », elles pourraient rétrécir encore bien davantage sans m'intéresser !

Mlle Sergent nous quitte et se rend dans la classe d'Aimée, sans doute pour lui raconter la bonne histoire et en rire avec elle. Aussitôt qu'elle a disparu, Anaïs relève la tête ; nous la considérons avidement ; elle a les joues marbrées, les yeux gonflés à force de les frotter, et elle regarde son cahier obstinément. Marie Belhomme se penche vers elle et lui dit, avec une sympathie tumultueuse : « Ben, ma vieille, je crois qu'on va te "rabâter" chez toi. Tu disais-t-y beaucoup de choses dans tes lettres ? » Elle ne lève pas les yeux, et répond à haute voix pour que nous entendions toutes : « Ça m'est bien égal, les lettres ne sont pas de moi. » Les gamines échangent des regards indignés : « Crois-tu, ma chère ! ma chère, ce qu'elle est menteuse ! »

Enfin l'heure sonne. Jamais sortie n'a été si lente à venir ! Je m'attarde à ranger mon pupitre pour rester la dernière. Dehors, après avoir marché pendant une cinquantaine de mètres, je prétends avoir oublié mon atlas, et je quitte Anaïs pour voler à l'école : « Attends-moi, veux-tu ? »

Je me rue silencieusement dans la classe vide et j'ouvre le poêle : j'y trouve une poignée de papiers à demi brûlés, que je retire avec des précautions maternelles ; quelle chance ! Le dessus et le dessous sont perdus, mais l'épaisseur du milieu est à peu près intacte ; c'est bien l'écriture d'Anaïs. J'emporte le paquet dans ma serviette pour le lire chez nous à loisir, et je rejoins Anaïs, calme, qui flâne en m'attendant ; nous repartons ensemble ; elle me lorgne en dessous. Tout à coup, elle s'arrête net et soupire d'angoisse... Je vois ses regards fixés sur mes mains, anxieusement, et je m'aperçois qu'elles sont noires des papiers brûlés que j'ai touchés. Je ne vais pas lui mentir, bien sûr. Je prends l'offensive :

« Eh bien, quoi ?

— Tu y es allée, hein, chercher dans le poêle ?

— Bien sûr que j'y suis allée ! Pas de danger que je laisse perdre une occasion pareille de lire tes lettres !

— Elles sont brûlées ?

— Heureusement non ; tiens, regarde là-dedans. »

Je lui montre les papiers, en les tenant solidement. Elle darde sur moi des yeux vraiment meurtriers, mais n'ose pas sauter sur ma serviette, trop sûre que je la rosserais ! Je vais la consoler un peu ; elle me fait presque de la peine.

« Écoute, je vais lire ce qui n'est pas brûlé, parce que ça me fait trop envie ; et puis je te rapporterai tout ce soir. Je ne suis pas encore trop mauvaise ? »

Elle se méfie beaucoup :

« Tu les rapporteras ? vrai ?

— Ma pure parole ! Je te les remettrai à la récréation, avant de rentrer[a]. »

Elle s'en va, désemparée, inquiète, plus jaune et plus longue que de coutume.

À la maison, j'épluche enfin ces lettres. Grosse déception ! Ce n'est pas ce que je pensais. Un mélange de sentimentalités bébêtes et d'indications pratiques : « Je pense à toi toujours quand il fait clair de lune... Tu feras attention, jeudi, d'apporter au champ de Vrimes le sac à blé que tu avais pris la dernière fois, si maman voyait ma robe verdie, elle me ferait un raffut ! » Et puis des allusions peu claires, qui doivent rappeler au jeune Gangneau des épisodes polissons... En somme, oui, une déception. Je lui rendrai ses lettres, bien moins amusantes qu'elle-même qui est fantasque, froide et drôle.

Je les lui ai remises, elle n'en croyait pas ses yeux. Toute à la joie de les revoir, elle se moque pas mal que je les aie lues ; elle a couru les jeter dans les cabinets, et maintenant elle a repris sa figure close et impénétrable. Aucune humiliation. Heureuse nature !

Zut, j'ai pincé un rhume ! Je reste dans la bibliothèque de papa, à lire la folle *Histoire de France* de Michelet, écrite en alexandrins. (J'exagère peut-être un peu[1] ?) Je ne m'ennuie pas du tout, bien installée dans ce grand fauteuil, entourée de livres, avec ma belle Fanchette, cette chatte intelligente entre toutes, qui m'aime avec tant de désintéressement malgré les misères que je lui inflige, mes morsures dans ses oreilles roses, et le dressage compliqué que je lui fais subir.

Elle m'aime au point de comprendre ce que je dis, et de venir me caresser la bouche quand elle entend le son de ma voix. Elle aime aussi les livres comme un vieux savant, cette Fanchette, et me tourmente chaque soir après dîner pour que je retire de leur rayon deux ou trois des gros Larousse de papa ; le vide qu'ils laissent forme une espèce de petite chambre carrée où Fanchette s'installe et se love[2] ; je referme la vitre sur elle, et son ronron prisonnier vibre avec un bruit de tambour voilé, incessant. De temps en temps je la regarde, alors elle me fait signe avec ses sourcils, qu'elle lève, comme une personne[3]. Belle Fanchette, que tu es intéressante et compréhensive ! (Bien plus que Luce Lanthenay, cette chatte inférieure.) Tu m'amuses depuis que tu es au monde ; tu n'avais qu'un seul œil ouvert que, déjà, tu essayais des pas belliqueux dans ta corbeille, encore incapable de te tenir debout sur tes quatre allumettes ; depuis tu vis joyeusement, et tu me fais rire, par tes danses du ventre en l'honneur des hannetons et des papillons, par tes appels maladroits aux oiseaux que tu guettes, par tes façons de te disputer avec moi et de me donner des tapes sèches qui résonnent dur sur mes mains. Tu mènes la conduite la plus indigne ; cinq ou six fois l'an, je te rencontre dans le jardin, sur les murs, l'air fou, ridicule, une trôlée de matous autour de toi. Je connais même ton favori, perverse Fanchette, c'est un matou gris sale, long, efflanqué, dépoilé, des oreilles de lapin et les attaches canailles, comment peux-tu te mésallier avec cet animal de basse extraction, et si souvent ? Mais, même en ces temps de démence, quand tu m'aperçois, tu reprends un moment ta figure naturelle, tu me miaules amicalement quelque chose comme : « Tu vois, j'en suis là ; ne me méprise pas trop, la nature a ses exigences, mais je rentrerai bientôt et je me lécherai longtemps pour me purifier de cette existence dévergondée. » Ô belle Fanchette blanche, ça te va si bien de te mal conduire !

Mon rhume fini, je constate qu'on commence à s'agiter beaucoup à l'école, à cause des examens proches ; nous voilà fin mai et on « passe » le 5 juillet ! Je regrette de n'être pas plus remuée, mais les autres le sont assez pour moi, surtout la petite Luce Lanthenay qui a des crises de larmes quand elle reçoit une mauvaise note ; quant à Mlle Sergent, elle s'occupe de tout, mais, plus que de tout, de la petite aux beaux yeux qui la fait « tourner en chieuvre ». Elle a fleuri, cette Aimée, d'une façon surprenante ! Son teint merveilleux, sa peau de velours, et ses yeux « qu'on y frapperait des effigies ! » comme dit Anaïs, en font une petite créature maligne et triomphante. Elle est tellement plus jolie que l'année dernière ! On ne prêterait plus attention maintenant au léger écrasement de sa figure, au petit cran de sa lèvre à gauche quand elle sourit ; et quand même, elle a de si blanches dents pointues ! Sa Rousse amoureuse défaille rien qu'à la regarder, et ne résiste plus guère devant nous aux furieuses envies qui la saisissent d'embrasser sa mignonne toutes les trois minutes...

Cette après-midi chaude, la classe bourdonne un « morceau choisi » qu'on doit réciter à trois heures ; je sommeille presque, écrasée de paresse nerveuse. Je n'en peux plus, et, tout d'un coup, j'ai des envies de griffer, de m'étirer violemment et d'écraser les mains de quelqu'un : ce quelqu'un se trouve être Luce, ma voisine. Elle a eu la nuque empoignée, et mes ongles enfoncés dedans ; heureusement elle n'a rien dit. Je retombe dans ma langueur agacée...

La porte s'ouvre sans qu'on ait même frappé : c'est Dutertre, en cravate claire, les cheveux au vent, rajeuni et batailleur. Mlle Sergent, dressée, lui a dit à peine bonjour et l'admire passionnément, sa tapisserie « chutée » par terre. (L'aime-t-elle plus qu'Aimée ? ou Aimée plus que lui ? Drôle de femme !) La classe s'est levée. Par mauvaiseté, je reste assise, de sorte que Dutertre, quand il se retourne vers nous, me remarque tout de suite.

« Bonjour, Mademoiselle. Bonjour, les petites. Comme te voilà affalée, toi !

— Je suis flâ*. Je n'ai plus d'os.

— Tu es malade ?

— Non, je ne crois pas. C'est le temps, la flemme.

— Viens ici, qu'on te voie. »

Ça va recommencer, ces prétextes médicaux à examens prolongés ? La Directrice me lance des regards enflammés d'indignation, pour la façon dont je me tiens, dont je parle à son chéri de délégué cantonal. Non, je vais me gêner ! D'ailleurs, il adore ces façons malséantes. Je me traîne paresseusement à la fenêtre.

« On n'y voit pas, ici, à cause de cette ombre verte des arbres. Viens dans le corridor, il y fait du soleil. Tu as une piètre mine, mon petit. »

(Triple extrait de mensonge ! J'ai bonne mine, je me connais ; si c'est à cause des yeux battus qu'il me croit malade, il se trompe, c'est bon signe, je me porte bien quand j'ai du bistre autour des yeux. Heureusement qu'il est trois heures de l'après-midi, sans cela je ne serais pas plus rassurée qu'il ne faut, d'aller, même dans le couloir vitré, seule avec cet individu dont je me défie comme du feu.)

Quand il a refermé la porte derrière nous, je me retourne sur lui et je lui dis :

« Mais non, voyons, je n'ai pas l'air malade ; pourquoi dites-vous ça ?

— Non ? Et ces yeux battus jusqu'aux lèvres ?

— Eh bien, c'est la couleur de ma peau, voilà. »

Il s'est assis sur le banc et me tient debout devant lui contre ses genoux.

« Tais-toi, tu dis des bêtises. Pourquoi as-tu toujours l'air fâché contre moi ?

— ... ?

— Si, tu me comprends bien. Tu as une frimousse, tu sais, qui vous trotte dans la tête quand on l'a vue ! »

(Je ris stupidement. Ô Père éternel, envoyez-moi de l'esprit, des reparties fines, car je m'en sens terriblement dénuée !)

« Est-ce vrai que tu vas te promener toujours seule dans les bois ?

* Inconsistante, molle.

— Oui, c'est vrai. Pourquoi ?

— Parce que, coquine, tu vas trouver un amoureux, peut-être ? Tu es si bien surveillée ! »

Je hausse les épaules :

« Vous connaissez aussi bien que moi tous les gens d'ici ; me voyez-vous un amoureux dedans ?

— C'est vrai. Mais tu aurais assez de vice... »

Il me serre les bras, il fait briller ses yeux et ses dents. Quelle chaleur ici ! J'aimerais mieux qu'il me laissât rentrer.

« Si tu es mal portante, que ne viens-tu me consulter, chez moi ? »

Je réponds trop vite « Non ! je n'irai pas... » et je cherche à dégager mes bras, mais il me tient solidement, et lève vers moi des yeux ardents et méchants — beaux aussi, c'est vrai.

« Ô petite, petite charmante, pourquoi as-tu peur ? Tu as si tort d'avoir peur de moi ! Crois-tu que je sois un goujat ? Tu n'aurais rien à craindre, rien. Ô petite Claudine, tu me plais tant, avec tes yeux d'un brun chaud et tes boucles folles ! Tu es faite comme une petite statue adorable, je suis sûr[1]... »

Il se dresse brusquement, m'enveloppe et m'embrasse ; je n'ai pas eu le temps de me sauver, il est trop fort et trop nerveux, et mes idées sont en salade dans ma tête... En voilà une aventure ! Je ne sais plus ce que je dis, ma cervelle tourne... Je ne peux pourtant pas rentrer en classe, rouge et secouée comme je suis, et je le sens derrière moi qui va vouloir m'embrasser encore, sûrement... J'ouvre la porte du perron, je dévale dans la cour jusqu'à la pompe où je bois un gobelet d'eau. Ouf !... Il faut remonter... Mais il doit s'être embusqué dans le couloir. Ah ! et puis zut ! Je crierai s'il veut me reprendre... C'est qu'il m'a embrassée sur le coin de la bouche, ne pouvant faire mieux, cet animal-là !

Non, il n'est plus dans le corridor, quelle chance ! Je rentre dans la classe, et je le vois debout, près du bureau, causant tranquillement avec Mlle Sergent. Je m'assieds à ma place, il me dévisage et demande :

« Tu n'as pas bu trop d'eau, au moins ? Ces gosses, ça avale des gobelets d'eau froide, c'est détestable pour la santé. »

Je suis plus hardie, devant tout le monde :

« Non, je n'ai bu qu'une gorgée, c'est bien assez, je n'en reprendrai pas. »

Il rit d'un air content :

« Tu es drôle, tu n'es pas trop bête. »

Mlle Sergent ne comprend pas, mais l'inquiétude qui plissait ses sourcils s'efface peu à peu ; elle n'a plus que du mépris pour la tenue déplorable que j'affiche avec son idole.

J'en ai chaud, moi ; il est stupide ! La grande Anaïs flaire quelque chose de suspect et ne peut se tenir de me demander : « Il t'a donc auscultée de bien près, que tu es si émue ? » Mais ce n'est pas elle qui me fera parler : « Tu es bête ! Je te dis que je viens de la pompe. » La petite Luce, à son tour, se frotte contre moi comme une chatte énervée et se risque à me questionner : « Dis, ma Claudine, qu'est-ce qu'il a donc à t'emmener comme ça ?

— D'abord, je ne suis pas "ta" Claudine ; et puis ça ne te regarde pas, petite *arnie**. Il avait à me consulter sur l'unification des retraites. Parfaitement.

— Tu ne veux jamais rien me dire, et moi je te dis tout !

— Tout quoi ? Ça m'avance à grand-chose de savoir que ta sœur ne paie pas sa pension, ni la tienne, et que Mlle Olympe[1] la couvre de cadeaux, et qu'elle porte des jupons en soie, et que...

— Houche ! tais-toi, je t'en prie ! Je serais perdue si on savait que je t'ai raconté tout ça !

— Alors ne me demande rien. Si tu es sage, je te donnerai ma belle règle en ébène, qui a des filets en cuivre.

— Oh ! tu es gentille ! Je t'embrasserais bien, mais ça te déplait...

— Assez ; je te la donnerai demain — si je veux ! »

Car la passion des « articles de bureau » s'apaise en moi, ce qui est encore un bien mauvais symptôme. Toutes mes camarades (et j'étais naguère comme elles) raffolent des « fournitures scolaires », nous nous ruinons en cahiers de papier vergé, à couvertures de « moiré métallique », en crayons de bois de rose, en

* Terme de mépris ; outil en mauvais état.

plumiers laqués, vernis à s'y mirer, en porte-plume de bois d'olivier, en règles d'acajou et d'ébène comme la mienne, qui a ses quatre arêtes en cuivre, et devant laquelle pâlissent d'envie les pensionnaires trop peu fortunées pour s'en payer de semblables. Nous avons de grandes serviettes d'avocat en maroquin plus ou moins du Levant, plus ou moins écrasé. Et si les gamines ne font pas, pour leurs étrennes, gainer de reliures voyantes leurs bouquins de classe, si je ne le fais pas non plus, c'est uniquement parce qu'ils ne sont pas notre propriété. Ils appartiennent à la commune, qui nous les fournit généreusement, sous obligation de les laisser à l'école quand nous la quittons pour n'y point revenir. Aussi, nous haïssons ces livres administratifs, nous ne les sentons pas à nous, et nous leur jouons d'horribles farces ; il leur arrive des malheurs imprévus et bizarres ; on en a vu tomber dans les cabinets, on en a vu prendre[a] feu au poêle, l'hiver ; on en a vu sur qui les encriers se renversaient avec une rare prédilection ; ils attirent la foudre, quoi ! Et toutes les avanies qui surviennent aux tristes « Livres de la commune » sont le sujet de longues lamentations de Mlle Lanthenay et de terribles semonces de Mlle Sergent.

Dieu, que les femmes sont bêtes ! (Les petites filles, la femme, c'est tout un.) Croirait-on que depuis les « coupables tentatives » de cet enragé coureur de Dutertre sur ma personne, j'éprouve comme qui dirait une vague fierté ? Bien humiliante pour moi, cette constatation. Mais je sais pourquoi ; au fond, je me dis : « Puisque celui-là, qui a connu des tas de femmes, à Paris et partout, me trouve plaisante, c'est donc que je ne suis pas très laide ! » Voilà. C'est plaisir de vanité. Je me doutais bien que je ne suis pas repoussante, mais j'aime à en être sûre. Et puis, je suis contente d'avoir un secret que la grande Anaïs, Marie Belhomme, Luce Lanthenay et les autres ne soupçonnent pas.

La classe est bien dressée, maintenant. Toutes les gosses, jusqu'à la troisième division incluse, savent qu'il ne faut jamais pénétrer pendant la récréation dans une classe où les institutrices se sont enfermées. Dame, l'éducation ne s'est pas faite en un jour ! On est entré plus de cinquante fois, l'une, l'autre, dans la classe où se cachait le tendre couple, mais on les trouvait si tendrement enlacées, ou si absorbées dans leur chuchotement, ou bien Mlle Sergent tenant sur ses genoux sa petite Aimée avec tant d'abandon, que les plus bêtes en restaient interdites, et se sauvaient vite sur un « Qu'est-ce que vous voulez encore ? » de la Rousse, épouvantées par le froncement féroce de ses sourcils touffus. Moi comme les autres j'ai fait irruption souvent, et même sans intention, quelquefois : les premières fois, quand c'était moi, et qu'elles se trouvaient par trop rapprochées, on se levait vivement, ou bien l'une feignait de retordre le chignon défait de l'autre — puis elles ont fini par ne plus se gêner pour moi. Alors, ça ne m'a plus amusée.

Rabastens ne vient plus ; il s'est déclaré à maintes reprises « trop intimidé de cette intimité », et cette façon de dire lui semblait une sorte de jeu de mots qui l'enchantait. Elles, elles ne songent plus à autre chose qu'à elles-mêmes. L'une vit sur les pas de l'autre, marche dans son ombre, elles s'entr'aiment si absolument que je ne songe plus à les tourmenter, près d'envier leur délicieux oubli de tout le reste.

Là ! ça y est ; ça devait arriver ! Lettre de la petite Luce que je trouve en rentrant à la maison, dans une poche de ma serviette :

Ma Claudine chérie,

Je t'aime beaucoup, tu as toujours l'air de n'en rien savoir, et j'en dépéris de chagrin. Tu es bonne et méchante avec moi, tu ne veux pas me prendre au sérieux, tu es pour moi comme pour un petit chien ; j'en ai une peine que tu ne peux pas te figurer. Vois pourtant comme on pourrait être contentes toutes les deux ; regarde ma sœur Aimée avec Mademoiselle, elles sont si heureuses qu'elles ne pensent plus à rien. Je te prie, si tu n'es pas fâchée de cette lettre, de ne rien me dire demain matin à l'école, je serais trop embarrassée sur le moment. Je saurai bien, rien que par la manière que tu auras de me parler dans la journée, si tu veux ou si tu ne veux pas être ma grande amie.

Je t'embrasse de tout mon cœur, ma Claudine chérie, et je compte aussi sur toi pour brûler cette lettre, car je sais que tu ne voudrais pas la montrer pour me faire arriver des ennuis, ce n'est pas ton habitude. Je t'embrasse encore bien tendrement et j'attends d'être à demain avec tant d'impatience !

TA PETITE LUCE.

Ma foi non, je ne veux pas ! Si ça me disait, ce serait avec quelqu'un de plus fort et de plus intelligent que moi, qui me meurtrirait un peu, à qui j'obéirais, et non pas avec cette petite bête vicieuse qui n'eſt peut-être pas sans charme, griffante et miaulante rien que pour une caresse, mais trop inférieure. Je n'aime pas les gens que je domine[1] ? Sa lettre, gentille et sans malice, je l'ai déchirée tout de suite et j'en ai mis les morceaux dans une enveloppe pour les lui rendre.

Le lendemain matin, je vois une petite figure soucieuse qui m'attend, collée aux vitres. Cette pauvre Luce, ses yeux verts sont pâlis d'anxiété ! Tant pis, je ne peux pourtant pas, rien que pour lui faire plaisir...

J'entre ; elle eſt, par chance, toute seule.

« Tiens, petite Luce, voici les morceaux de ta lettre, je ne l'ai pas gardée longtemps, tu vois. »

Elle ne répond rien et prend machinalement l'enveloppe.

« Toquée ! Aussi, qu'allais-tu faire dans cette galère — je veux dire dans cette galerie du premier étage —, derrière les serrures de l'appartement de Mlle Sergent ? Voilà où ça te mène ! Seulement, moi, je ne peux rien pour toi.

— Oh ! fait-elle, atterrée.

— Mais oui, mon pauvre petit. C'eſt pas par vertu, tu penses bien ; ma vertu, elle eſt encore trop petite, je ne la sors pas. Mais, vois-tu, c'eſt que, dans ma verte jeunesse, un grand amour m'a incendiée ; j'ai adddoré un homme qui eſt décédé en me faisant jurer à son lit de mort de ne jamais... »

Elle m'interrompt en gémissant :

« Voilà, voilà, tu te moques encore de moi, je l'avais pensé, je ne voulais[a] pas t'écrire, tu es sans cœur, oh ! que je suis malheureuse ! Oh ! que tu es méchante !

— Et puis tu m'étourdis à la fin ! En voilà un raffut ! Veux-tu parier que je t'allonge des calottes pour te ramener dans le chemin du devoir ?

— Ah ! qu'eſt-ce que ça me fait ! Ah ! j'ai bien l'idée à rire... !

— Tiens, graine de femme ! Donne-moi un reçu ! »

Elle a encaissé une gifle solide, qui a pour effet de la faire taire tout de suite ; elle me regarde en dessous avec des yeux doux, et pleure, déjà consolée, en se frottant la tête. Comme elle aime être battue, c'est prodigieux !

« Voilà Anaïs et un tas d'autres, tâche de prendre un air à peu près convenable ; on va rentrer, les deux tourterelles descendent. »

Plus que quinze jours avant le brevet ! Juin nous accable ; nous cuisons, ensommeillées, dans les classes ; nous nous taisons de paresse, j'en lâche mon Journal ! Et par cette température d'incendie, il nous faut encore apprécier la conduite de Louis XV, raconter le rôle du suc gastrique dans la digestion, esquisser des feuilles d'acanthe, et diviser l'appareil auditif en oreille interne, oreille moyenne et oreille externe. Il n'y a pas de justice sur la terre ! Louis XV a fait ce qu'il a voulu, ce n'est pas moi que ça regarde, oh ! Dieu non, moi moins que personne !...

La chaleur est telle qu'on en perd le sentiment de la coquetterie — ou plutôt que la coquetterie se modifie sensiblement : maintenant, on montre de la peau. J'inaugure des robes ouvertes en carré, quelque chose de moyenâgeux, avec des manches qui s'arrêtent au coude ; on a des bras encore un peu minces, mais gentils tout de même, et pour le cou, je ne crains personne ! Les autres m'imitent : Anaïs ne porte pas de manches courtes, mais elle en profite pour retrousser les siennes jusqu'à l'épaule ; Marie Belhomme montre des bras dodus, imprévus au-dessus de ses mains maigres, un cou frais et destiné à l'empâtement. Ah ! Seigneur, qu'est-ce qu'on ne montrerait pas, par une température semblable ! En grand secret, je remplace mes bas par des chaussettes[1]. Au bout de trois jours toutes le savent, se le répètent, et me prient tout bas de relever ma jupe.

« Fais voir tes chaussettes, si c'est vrai ?

— Tiens !

— Veinarde ! C'est égal, je n'oserais pas, moi.

— Pourquoi, rapport aux convenances ?

— Dame...

— Laisse donc, je sais pourquoi, tu as du poil sur les jambes !

— Oh ! menteuse des menteuses ! on peut regarder, je n'en ai pas plus que toi ; seulement ça me ferait honte de sentir mes jambes toutes nues sous ma robe ! »

La petite Luce aussi exhibe de la peau, timidement, de la peau blanche et douce à émerveiller ; et la grande Anaïs envie cette blancheur au point de lui faire aux bras des piqûres d'aiguilles, les jours de couture.

Adieu le repos ! L'approche des examens, l'honneur qui doit rejaillir sur la belle école neuve de nos succès possibles ont enfin tiré nos institutrices de leur doux isolement. Elles nous enferment, nous, les six candidates, elles nous obsèdent de redites, nous forcent à entendre, à retenir, à comprendre même, nous font venir une heure avant les autres et partir une heure après ! Presque toutes, nous devenons pâles, fatiguées et bêtes ; il y en a qui perdent l'appétit et le sommeil à force de travail et de souci ; moi, je suis restée à peu près fraîche, parce que je ne me tourmente pas beaucoup, et que j'ai la peau mate ; la petite Luce Lanthenay aussi, qui possède comme sa sœur Aimée un de ces heureux teints blancs et roses, inattaquables...

Nous savons que Mlle Sergent nous conduira toutes ensemble au chef-lieu, nous logera avec elle à l'hôtel, se chargera de toutes les dépenses et qu'on réglera les comptes au retour. Sans ce maudit examen, ce petit voyage nous enchanterait.

Ces derniers jours sont déplorables. Institutrices, élèves, toutes, atrocement énervées, éclatent à chaque instant. Mlle Aimée a jeté son cahier à la figure d'une pensionnaire qui commettait pour la troisième fois la même ineptie dans un problème d'arithmétique, et s'est sauvée ensuite dans sa chambre. La petite Luce a reçu des gifles de sa sœur et s'est venue jeter dans mes bras pour que je la console. J'ai battu Anaïs qui me taquinait mal à propos. Une Jaubert vient d'être prise d'une crise frénétique de sanglots, puis d'une non moins frénétique attaque de nerfs, parce que, criait-elle, « elle ne pourra jamais arriver à être reçue !... » (serviettes mouillées, fleur d'oranger, encouragements). Mlle Sergent, exaspérée elle aussi, a fait tourner comme une toupie, devant le tableau noir, la pauvre Marie Belhomme qui désapprend le lendemain, régulièrement, ce qu'elle apprend la veille.

Je ne me repose bien, le soir, qu'au sommet du gros noyer[1], sur une branche longue que le vent berce... le vent, la nuit, les feuilles... Fanchette vient me retrouver là-haut ; j'entends chaque fois ses griffes solides qui grimpent, avec quelle sûreté ! Elle me miaule avec étonnement : « Qu'est-ce que tu peux bien chercher dans cet arbre ? Moi je suis faite pour être là, mais toi, ça me choque toujours un peu ! » Puis elle vagabonde dans les petites branches, toute blanche dans la nuit, et parle aux oiseaux endormis, avec simplicité, dans l'espoir qu'ils vont venir se faire manger complaisamment ; mais comment donc !

Veille du départ ; pas de travail ; nous avons porté nos valises à l'école (une robe et un peu de linge, on ne reste que deux jours).

Demain matin, rendez-vous à neuf heures et demie et départ dans l'omnibus malodorant du père Racalin[2] qui nous trimballe à la gare.

☆

C'est fait ! nous sommes revenues du chef-lieu[3] hier, triomphantes, sauf (naturellement) la pauvre Marie Belhomme, recalée. Mlle Sergent se rengorge d'un tel succès. Il faut que je raconte.

Le matin du départ, on nous empile dans l'omnibus du père Racalin, ivre mort comme par hasard, qui nous conduit follement, zigzaguant d'un fossé à l'autre, nous demandant si on nous mène toutes marier, et se congratulant de la maîtrise avec laquelle il nous cahote : « J'vons bramant*, pas ?... » tandis que Marie

* « Bramant » : confortablement, à l'aise.

pousse des cris aigus et verdit de terreur. À la gare, on nous parque dans la salle d'attente. Mlle Sergent prend nos billets et prodigue des adieux tendres à la chérie qui est venue l'accompagner jusqu'ici. La chérie, en robe de toile bise, coiffée d'un grand chapeau simplet sous lequel elle est plus fraîche qu'un liseron (petite rosse d'Aimée !), excite l'admiration de trois commis voyageurs qui fument des cigares, et qui, amusés de ce départ d'un pensionnat, viennent dans la salle d'attente faire briller pour nous leurs bagues et leurs blagues, car ils trouvent charmant de lâcher d'énormes inconvenances. Je pousse le coude de Marie Belhomme pour l'avertir d'écouter ; elle tend ses oreilles et ne comprend pas ; je ne peux pourtant pas lui dessiner des figures à l'appui ! La grande Anaïs comprend bien, elle, et se fatigue en attitudes gracieuses, avec d'inutiles efforts pour rougir.

Le train souffle, siffle ; nous empoignons nos valises, et nous nous engouffrons dans un wagon de seconde[1], surchauffé, suffocant ; heureusement le voyage ne dure que trois heures ! Je me suis installée dans un coin pour respirer un peu, et tout le long du chemin nous ne causons guère, amusées de regarder filer les paysages. La petite Luce, nichée à côté de moi, passe tendrement son bras sous le mien, mais je me dégage : « Laisse, il fait trop chaud. » J'ai pourtant une robe de tussor écru, toute droite, froncée comme celle des bébés, serrée à la taille par une ceinture de cuir plus large que la main, et ouverte en carré ; Anaïs, ravivée par une robe de toile rouge, paraît à son avantage, de même que Marie Belhomme, en demi-deuil, toile mauve à bouquets noirs ; Luce Lanthenay conserve son uniforme noir, chapeau noir à nœud rouge. Les deux Jaubert continuent à ne pas exister et tirent de leur poche des questionnaires que Mlle Sergent, dédaigneuse de ce zèle excessif, leur fait rengainer. Elles n'en reviennent pas[2] !

Des cheminées d'usines, des maisons clairsemées et blanches qui se resserrent tout de suite et deviennent nombreuses — voilà la gare. Nous descendons, Mlle Sergent nous pousse vers un omnibus et nous roulons, sur de douloureux pavés en têtes de chat, vers l'hôtel de la Poste[3]. Dans les rues pavoisées des oisifs badaudent, car c'est demain la Saint je ne sais quoi —

grande fête locale[1] — et la Philarmonique sévira dans la soirée.

La gérante de l'hôtel, Mme Cherbay, une payse de Mlle Sergent, grosse femme trop aimable, s'empresse. Des escaliers sans fin, un corridor et... trois chambres pour six. Je n'avais pas songé à ça ! Avec qui va-t-on me loger ? C'est stupide ; je déteste coucher avec des gens !

La gérante nous laisse, enfin. Nous éclatons en paroles, en questions ; on ouvre les valises ; Marie a perdu la clef de la sienne et se lamente ; je m'assieds déjà lasse. Mademoiselle réfléchit : « Voyons, il faut que je vous case... » Elle s'arrête et cherche à nous appareiller de la meilleure façon : la petite Luce se coule silencieusement près de moi et me serre la main : elle espère qu'on nous fourrera dans le même lit. La Directrice se décide : « Les deux Jaubert, vous coucherez ensemble ; vous, Claudine, avec... (elle me regarde d'une façon aiguë, mais je ne bronche ni ne cille)... avec Marie Belhomme, et Anaïs avec Luce Lanthenay. Je crois que cela ira assez bien ainsi. » La petite Luce n'est pas du tout de cet avis ! Elle prend son paquet d'un air penaud et s'en va tristement avec la grande Anaïs dans la chambre en face de la mienne. Marie et moi nous nous installons, je me déshabille vivement pour laver la poussière du train, et derrière les volets, clos à cause du soleil, nous vagabondons en chemise, avec volupté. Le voilà, le costume rationnel, le seul pratique !

Dans la cour, on chante ; je regarde et je vois la grosse patronne assise à l'ombre avec des servantes, des jeunes gens, des jeunes filles ; tout ça bêle des romances sentimentales : « Manon, voici le soleil ! » en confectionnant des roses en papier et des guirlandes de lierre pour décorer la façade, demain. Des branches de pin jonchent la cour : la table de fer peint est chargée de bouteilles de bière et de verres ; le paradis terrestre, quoi !

On frappe : c'est Mlle Sergent ; elle peut entrer, elle ne me gêne pas. Je la reçois en chemise pendant que Marie Belhomme passe précipitamment un jupon, par respect. Elle n'a pas l'air de s'en apercevoir, d'ailleurs, et nous engage seulement à nous dépêcher ; le déjeuner est servi. Nous descendons toutes. Luce se plaint de leur chambre, éclairée par en haut, pas même la ressource de se mettre à la fenêtre !

Mauvais déjeuner de table d'hôte.

L'examen écrit ayant lieu demain, Mlle Sergent nous enjoint de remonter dans nos chambres et d'y repasser une dernière fois ce que nous savons le moins. Pas besoin d'être ici pour ça ! J'aimerais bien mieux rendre visite aux X..., des amis de papa charmants, excellents musiciens[1]... Elle ajoute : « Si vous êtes sages, ce soir, vous descendrez avec moi, après dîner, et nous ferons des roses avec Mme Cherbay et ses filles. » Murmures de joie ; toutes mes camarades exultent. Pas moi ! Je ne ressens aucune ivresse à l'idée de confectionner des roses en papier dans une cour d'hôtel avec cette obèse gérante, en graisse blanche. Je le laisse voir, probablement, car la Rousse reprend, tout de suite excitée :

« Je ne force personne, bien entendu ; si mademoiselle Claudine ne croit pas devoir se joindre à nous...

— C'est vrai, Mademoiselle, je préfère rester dans ma chambre, je crains vraiment d'être si inutile !

— Restez-y, nous nous passerons de vous. Mais je me verrai forcée, dans ce cas, de prendre avec moi la clef de votre chambre ; je suis responsable de vous. »

Je n'avais pas pensé à ce détail, et je ne sais que répondre. Nous remontons là-haut, et nous bâillons toute l'après-midi sur nos livres, énervées par l'attente du lendemain. Mieux aurait valu nous promener, car nous ne faisons rien de bon, rien...

Et dire que ce soir je serai enfermée, enfermée ! Tout ce qui ressemble à un emprisonnement me rend enragée ; je perds la tête, sitôt qu'on m'enferme. (On n'a jamais pu me mettre en pension, gamine, parce que des pâmoisons de rage me prenaient à sentir qu'on me défendait de franchir la porte. On a essayé deux fois ; j'avais neuf ans ; les deux fois, dès le premier soir, j'ai couru aux fenêtres comme un oiseau stupide, j'ai crié, mordu, griffé, je suis tombée suffoquée. Il a fallu me remettre en liberté, et je n'ai pu « durer » que dans cette invraisemblable école de Montigny, parce que là, au moins, je ne me sentais pas « prise », et je couchais dans mon lit, chez nous.)

Certes, je ne le montrerai pas aux autres, mais je suis malade d'agacement et d'humiliation. Je ne quémanderai pas mon pardon ; elle serait trop contente, la mauvaise Rousse ! Si elle voulait seulement me laisser la clef en dedans ! Mais je ne le lui demanderai pas non plus, je ne veux pas ! Puisse la nuit être courte...

Avant dîner, Mlle Sergent nous mène promener le long de la rivière[1] ; la petite Luce, tout apitoyée, veut me consoler de ma punition :

« Écoute, si tu lui demandais de te laisser descendre, elle voudrait bien, tu lui demanderais ça gentiment...

— Allons donc ! J'aimerais mieux être enfermée à triple tour pendant huit mois, huit jours, huit heures, huit mi...

— Tu as bien tort de ne pas vouloir ! On va faire des roses, on chantera, on...

— Plaisirs purs ! Je vous verserai de l'eau sur la tête.

— Houche ! tais-toi ! Mais vrai, tu as gâté notre journée ; je ne serai pas gaie, ce soir, puisque tu ne seras pas là !

— Ne t'attendris pas. Je dormirai, je prendrai des forces pour le "grand jour" qu'eﬆ demain. »

Redîner à table d'hôte, avec des commis voyageurs et des marchands de chevaux. La grande Anaïs, possédée du désir de se faire remarquer, prodigue les geﬆes et renverse sur la nappe blanche son verre d'eau rougie. À neuf heures, nous remontons. Mes camarades se munissent de fichus contre la fraîcheur qui pourrait tomber, et moi... je rentre dans ma chambre. Oh ! je fais belle contenance, mais j'écoute sans bienveillance la clef que Mlle Sergent tourne dans la serrure et emporte dans sa poche... Voilà, on eﬆ toute seule... Presque tout de suite je les entends dans la cour, et je pourrais les voir très bien de ma fenêtre, mais pour rien au monde je n'avouerais mes regrets en montrant de la curiosité. Eh bien, quoi ? je n'ai qu'à me coucher.

J'enlève ma ceinture, déjà, quand je tombe en arrêt devant la commode-toilette... Non, pas devant la commode-toilette, devant la porte[a] de communication qu'elle condamne. Cette porte s'ouvre sur la chambre voisine (le verrou eﬆ de mon côté) et la chambre voisine donne dans le corridor... Je reconnais là le doigt de la Providence, il n'y a pas à le nier... Tant pis, il arrive-

ra ce qui arrivera, mais je ne veux pas que la Rousse puisse triompher et se dire : « Je l'ai enfermée ! » Je ragrafe ma ceinture, je remets mon chapeau. Je ne vais pas dans la cour, pas si bête, je vais chez les amis de papa, ces X..., hospitaliers et aimables, qui m'accueilleront bien. Ouf ! que cette commode est lourde ! J'en ai chaud. Le verrou est dur à pousser, il manque d'exercice, et la porte s'ouvre en grinçant, mais elle s'ouvre. La chambre où je pénètre, la bougie haute, est vide, le lit sans draps ; je cours à la porte, la porte bénie qui n'est pas fermée, qui s'ouvre gentiment sur le délicieux corridor... Comme on respire bien, quand on n'est pas sous clef ! Ne nous faisons pas pincer : personne dans l'escalier, personne dans le bureau de l'hôtel, tout le monde fait des roses. Faites des roses, bonnes gens, faites des roses sans moi !

Dehors, dans la nuit tiède, je ris tout bas : mais je dois aller chez les X... L'ennui, c'est que je ne connais pas le chemin, surtout la nuit. Bah ! je demanderai. Je remonte d'abord, résolument, le cours de la rivière[1], puis je me décide, sous un réverbère, à demander « La place du Théâtre, s'il vous plaît ? » à un monsieur qui passe. Il s'arrête, se penche pour me regarder : « Mais, ma belle enfant, permettez-moi de vous y conduire, vous ne sauriez trouver toute seule... » Quelle scie ! Je tourne les talons et je fuis prestement dans l'ombre. Ensuite, je m'adresse à un garçon épicier qui abaisse à grand bruit le rideau de fer de son magasin, et, de rue en rue, souvent poursuivie d'un rire ou d'un appel familier, j'arrive place du Théâtre, je sonne à la maison connue.

Mon entrée interrompt le trio de violon, violoncelle et piano que jouent deux blondes sœurs et leur père ; on se lève en tumulte : « C'est vous ? Comment ? Pourquoi ? Toute seule ! — Attendez, laissez-moi dire et excusez-moi. » Je leur conte mon emprisonnement, ma fuite, le brevet de demain ; les blondines s'amusent comme de petites folles : « Ah ! que c'est drôle ! Il n'y a que vous pour inventer des tours pareils ! » Le papa rit aussi, indulgent : « Allez, n'ayez pas peur, on vous reconduira, on obtiendra votre grâce. » Braves gens !

Et nous musiquons, sans remords. À dix heures, je veux partir et j'obtiens qu'une seule vieille bonne me reconduise... Trajet dans les rues assez désertes, sous la

lune levée... Tout de même, je me demande ce que la Rousse coléreuse va bien pouvoir me dire ?

La bonne entre avec moi à l'hôtel, et je constate que toutes mes camarades sont encore dans la cour, occupées à chiffonner des roses, à boire de la bière et de la limonade. Je pourrais rentrer dans ma chambre, inaperçue, mais je préfère me payer un petit effet, et je me présente, modeste, devant Mademoiselle, qui bondit sur ses pieds à ma vue : « D'où sortez-vous ? » Du menton je désigne la bonne qui m'accompagne et celle-ci débite sa leçon docilement : « Mademoiselle a passé la soirée chez monsieur avec ces demoiselles. » Puis elle murmure un vague bonsoir et disparaît. Je reste seule (un, deux, trois) avec... avec une furie ! Ses yeux ragent, ses sourcils se touchent et se mêlent, mes camarades stupéfaites restent debout, des roses commencées dans les mains ; je soupçonne à voir les regards brillants de Luce, les joues rouges de Marie, l'air fébrile de la grande Anaïs, qu'elles se sont un peu grisées ; il n'y a pas de mal à ça, vraiment. Mlle Sergent ne prononce pas un mot ; elle cherche, sans doute ; ou bien elle s'efforce pour ne pas éclater. Enfin elle parle ; pas à moi : « Montons, il est tard. » C'est dans ma chambre qu'elle fera explosion ? Soit. Dans l'escalier, toutes les gamines me regardent comme une pestiférée ; la petite Luce me questionne de ses yeux suppliants.

Dans la chambre, il y a d'abord un silence solennel, puis la Rousse m'interroge avec une solennité pesante :

« Où étiez-vous ?

— Vous le savez bien, chez les X..., des amis de mon père.

— Comment avez-vous osé sortir ?

— Dame, vous voyez, j'ai tiré la commode qui barrait cette porte.

— C'est d'une effronterie odieuse ! J'apprendrai cette conduite extravagante à monsieur votre père, il ne manquera pas d'y prendre un grand plaisir.

— Papa ? Il dira "Mon Dieu, oui, cette enfant a un grand amour de la liberté", et attendra avec impatience la fin de votre histoire pour se replonger avidement dans la *Malacologie du Fresnois.* »

Elle s'aperçoit que les autres écoutent, et vire sur ses

talons : « Allez toutes vous coucher ! Si dans un quart d'heure toutes vos bougies ne sont pas éteintes, vous aurez affaire à moi ! Quant à mademoiselle Claudine, elle cesse d'être sous ma responsabilité et peut se faire enlever cette nuit, si cela lui plaît ! »

Oh ! *shocking* ! Mademoiselle ! Les gamines ont disparu comme des souris effrayées, et je reste seule avec Marie Belhomme qui me déclare :

« C'est pourtant vrai qu'on ne peut pas t'enfermer ! Moi, je n'aurais pas eu l'idée de tirer la commode !

— Je me suis pas ennuyée. Mais "applète*" un peu, pour qu'elle ne revienne pas souffler la bougie. »

On dort mal dans un lit étranger ; et puis, je me suis collée toute la nuit contre le mur pour ne pas frôler les jambes de Marie.

Le matin, on nous réveille à cinq heures et demie ; nous nous levons engourdies ; je me noie dans l'eau froide pour me secouer un peu. Pendant que je barbote, Luce et la grande Anaïs viennent emprunter mon savon parfumé, quêter un tire-bouton, etc. Marie me prie de lui commencer son chignon. Toutes ces petites, peu vêtues et ensommeillées, c'est amusant à voir.

Échange de vues sur les précautions ingénieuses à prendre contre les examinateurs : Anaïs a copié toutes les dates d'histoire dont elle n'est pas certaine sur le coin de son mouchoir (il me faudrait une nappe, à moi !) ; Marie Belhomme a confectionné un minuscule atlas qui tient dans le creux de sa main ; Luce a écrit sur ses manchettes blanches des dates, des lambeaux de règnes, des théorèmes d'arithmétique, tout un manuel ; les sœurs Jaubert ont également consigné une foule de renseignements sur des bandes de papier minces qu'elles roulent dans le tuyau de leurs porte-plume. Toutes s'inquiètent beaucoup des examinateurs eux-mêmes ; j'entends Luce dire : « En arithmétique, c'est Lerouge[1] qui interroge ; en sciences physiques et en chimie, c'est Roubaud, une rosse à ce qu'il paraît ; en littérature, c'est le père Sallé[2]... » J'interromps :

* Appléter : faire vite.

« Quel Sallé ? l'ancien principal du collège ?

— Oui, celui-là.

— Quelle chance ! »

Je suis ravie d'être interrogée par ce vieux monsieur très bon, que papa et moi nous connaissons beaucoup ; il sera gentil pour moi.

Mlle Sergent paraît, concentrée et silencieuse, en ce moment de bataille. « Vous n'oubliez rien ? Partons. » Notre petit peloton passe le pont, grimpe des rues, des ruelles, arrive enfin devant un vieux porche endommagé, sur la porte duquel une inscription presque effacée annonce « Institution Rivoire » ; c'est l'ancienne pension de jeunes filles, abandonnée depuis deux ou trois ans pour cause de vétusté[1]. (Pourquoi nous parque-t-on là-dedans ?) Dans la cour à demi dépavée, une soixantaine de jeunes filles bavardent activement, en groupes bien scindés : les écoles ne se mêlent pas. Il y en a de Villeneuve[2], de Beaulieu[3], et d'une dizaine de chefs-lieux de canton ; toutes, massées en petits groupes autour de leurs institutrices respectives, abondent en remarques dénuées de bienveillance sur les écoles étrangères.

Dès notre arrivée, nous sommes dévisagées, déshabillées ; on me toise, moi surtout, à cause de ma robe blanche rayée de bleu, et de ma grande capeline de dentelle qui font tache sur le noir des uniformes ; comme je souris avec effronterie aux concurrentes qui me regardent, on se détourne de la façon la plus méprisante qu'on sache. Luce et Marie rougissent sous les regards et rentrent dans leur coquille ; la grande Anaïs exulte de se sentir ainsi épluchée. Les examinateurs ne sont pas encore arrivés ; on piétine ; je m'ennuie.

Une petite porte sans loquet bâille sur un corridor noir percé, à l'extrémité, d'une baie lumineuse. Pendant que Mlle Sergent échange de froides politesses avec ses collègues, je m'insinue doucement dans le couloir : au bout, c'est une porte vitrée — ou qui le fut, du moins ; je lève le loquet rouillé, et je me trouve dans une petite courette carrée, près d'un hangar. Là, des jasmins ont poussé à l'abandon, et des clématites, avec un petit prunier sauvage, des herbes libres et charmantes ; c'est vert, silencieux, au bout du monde. Par

terre, trouvaille admirable, des fraises ont mûri et embaument...

Appelons les autres pour leur montrer ces merveilles ! Je rentre dans la cour sans attirer l'attention, et j'apprends à mes camarades l'existence de ce verger inconnu. Après des regards craintifs vers Mlle Sergent qui cause avec une institutrice mûre, vers la porte qui ne s'ouvre toujours pas sur les examinateurs (ils font la grasse matinée, ces gens-là), Marie Belhomme, Luce Lanthenay et la grande Anaïs se décident, les Jaubert s'abstiennent. Nous mangeons les fraises, nous ravageons les clématites, nous secouons le prunier, quand, à un brouhaha plus haut dans la cour d'entrée, nous devinons l'arrivée de nos tourmenteurs.

À toutes jambes, nous repassons le couloir ; nous arrivons à temps pour voir une file de messieurs noirs, pas beaux, pénétrer dans la vieille maison, solennels et muets. À leur suite, nous franchissons l'escalier avec un bruit d'escadron, soixante et quelques que nous sommes[1], mais, dès le premier étage, on nous arrête au seuil d'une salle d'études délaissée : il faut laisser ces messieurs s'installer. Ils s'asseyent à une grande table, s'épongent et délibèrent. Sur quoi ? Sur l'utilité de nous laisser entrer ? Mais non, je suis sûre qu'ils échangent des considérations sur la température et causent de leurs petites affaires, pendant qu'on nous contient difficilement sur le palier et sur l'escalier où nous débordons.

Au premier rang, je puis considérer ces sommités : un long grisonnant, l'air doux et grand-papa — le bon père Sallé, tordu et goutteux, avec ses mains comme des sarments ; un gros court, le cou serré dans une cravate aux teintes chatoyantes, à l'instar de Rabastens lui-même, c'est Roubaud, le terrible, qui nous interrogera demain en « sciences ».

Enfin, ils se sont décidés à nous dire d'entrer. Nous emplissons cette vieille salle laide, aux murs de plâtre indiciblement sales, couturés d'inscriptions et de noms d'élèves ; les tables sont affreuses aussi, tailladées, noires et violettes d'encriers renversés autrefois. C'est honteux de nous interner dans un pareil taudis !

Un de ces messieurs procède à notre placement ; il tient à la main une grande liste et mêle soigneusement toutes les écoles, séparant le plus possible les élèves

d'un même canton, pour éviter les communications. (Il ne sait donc pas qu'on peut toujours communiquer !) Je me trouve à un bout de table, près d'une petite jeune fille en deuil, qui a de grands yeux graves. Où sont mes camarades ? Là-bas, j'aperçois Luce qui m'adresse des signes et des regards désespérés ; Marie Belhomme s'agite devant elle à une autre table ; elles pourront se passer des renseignements, ces deux faibles... Roubaud circule, distribuant de grandes feuilles timbrées de bleu au coin gauche, et des pains à cacheter. Nous connaissons toutes la manœuvre : il faut écrire au coin notre nom, avec celui de l'école où nous avons fait nos études, puis replier et cacher ce coin[1]. (Histoire de rassurer tout le monde sur l'impartialité des appréciations.)

Cette petite formalité remplie, nous attendons qu'on veuille bien nous dicter quelque chose. Je regarde autour de moi les petites figures inconnues, dont plusieurs me font pitié, tant elles sont déjà tendues et anxieuses.

On sursaute, Roubaud a parlé dans le silence : « Épreuve d'orthographe, mesdemoiselles, veuillez écrire ; je ne répète qu'une seule fois la phrase que je dicte. » Il commence la dictée en se promenant dans la classe.

Grand silence recueilli. Dame ! les cinq sixièmes de ces petites jouent leur avenir. Et penser que tout ça va devenir des institutrices, qu'elles peineront de sept heures du matin à cinq heures du soir, et trembleront devant une directrice, la plupart du temps malveillante, pour gagner soixante-quinze francs par mois[2] ! Sur ces soixante gamines, quarante-cinq sont filles de paysans ou d'ouvriers ; pour ne pas travailler dans la terre ou dans la toile, elles ont préféré jaunir leur peau, creuser leur poitrine et déformer leur épaule droite : elles s'apprêtent bravement à passer trois ans dans une école normale (lever à cinq heures, coucher à huit heures, deux heures de récréation sur vingt-quatre), et s'y ruiner l'estomac, qui résiste rarement à trois ans de réfectoire. Mais au moins elles porteront un chapeau, ne coudront pas les vêtements des autres, ne garderont pas les bêtes, ne tireront pas les seaux du puits, et mépriseront leurs parents ; elles n'en demandent pas davantage... Et qu'est-ce que je fais ici, moi, Claudine ? Je suis ici parce que je n'ai pas autre chose à faire, parce que papa, pendant que je subis les interrogations de ces professeurs, peut tripoter en paix ses limaces ; j'y suis aussi « pour l'honneur de l'école », pour lui obtenir un brevet de plus, de la gloire de plus, à cette école unique, invraisemblable et délicieuse...

Ils ont fourré des participes, tendu des embûches de pluriels équivoques, dans cette dictée qui arrive à n'avoir plus aucun sens, tant ils en ont tortillé et hérissé toutes les phrases. C'est enfantin !

« Un point, c'est tout. Je relis. »

Je crois bien ne pas avoir de fautes ; je n'ai qu'à veiller aux accents, car ils vous comptent des demi-fautes, des quarts de faute, pour des velléités d'accents qui traînent mal à propos au-dessus des mots. Pendant que je relis, une petite boule de papier, lancée avec une adresse extrême, tombe sur ma feuille ; je la déroule dans le creux de ma main, c'est la grande Anaïs qui m'écrit : « Faut-il un S à *trouvés*, dans la seconde phrase ? » Elle ne doute de rien, cette Anaïs ! Lui mentirai-je ? Non, je dédaigne les moyens dont elle se sert familièrement. Relevant la tête, je lui adresse un imperceptible « oui », et elle corrige, paisiblement.

« Vous avez cinq minutes pour relire, annonce la voix de Roubaud ; l'épreuve d'écriture suivra. »

Seconde boulette de papier, plus grosse. Je regarde autour de moi : elle vient de Luce, dont les yeux anxieux épient les miens. Mais, mais, elle demande quatre mots ! Si je renvoie la boulette, je sens qu'on la pincera ; une inspiration me vient, tout bonnement géniale : sur la serviette de cuir noir qui contient les crayons et les fusains (les candidates doivent tout fournir elles-mêmes), j'écris, un petit morceau de plâtre détaché du mur me servant de craie, les quatre mots qui inquiètent Luce, puis je lève brusquement la serviette au-dessus de ma tête, le côté vierge tourné vers les examinateurs qui, d'ailleurs, s'occupent assez peu de nous. La figure de Luce s'illumine, elle corrige rapidement ; ma voisine en deuil, qui a suivi la scène, m'adresse la parole :

« Vrai, vous n'avez pas peur, vous !

— Pas trop, comme vous voyez. Faut bien s'entraider un peu.

— Ma foi... oui. Mais je n'oserais pas. Vous vous appelez Claudine, n'eſt-ce pas ?

— Oui, comment le savez-vous ?

— Oh ! il y a longtemps qu'on nous "cause" de vous. Je suis de l'école de Villeneuve ; nos maîtresses disaient de vous : "C'eſt une jeune fille intelligente, mais hardie comme un page et dont il ne faut imiter ni les manières de garçon ni la coiffure. Cependant, si elle veut s'en donner la peine, ce sera une concurrente redoutable pour l'examen". À Bellevue[1] aussi on vous connaît, on dit que vous êtes un peu folle, et passablement excentrique...

— Elles sont gentilles vos inſtitutrices ! Mais elles s'occupent de moi plus que je ne m'occupe d'elles. Dites-leur donc qu'elles ne sont qu'un tas de vieilles filles enragées de monter en graine, n'eſt-ce pas, dites-leur ça de ma part ! »

Scandalisée, elle se tait. D'ailleurs, Roubaud promène entre les tables son petit ventre rondelet et recueille nos copies qu'il porte à ses congénères. Puis il nous diſtribue d'autres feuilles pour l'épreuve d'écriture, et s'en va mouler au tableau noir, d'une « belle main », quatre vers :

Tu t'en souviens, Cinna, tant d'heur et tant de gloire.
Etc.[2]

« Vous êtes priées, mesdemoiselles, d'exécuter une ligne de grosse cursive, une de moyenne cursive, une de fine cursive ; une de grosse ronde, une de moyenne ronde, une de ronde fine ; une de grosse bâtarde, une de moyenne et une de fine. Vous avez une heure. »

C'eſt un repos, cette heure-là. Un exercice pas fatigant, et on n'eſt pas très exigeant pour l'écriture. La ronde et la bâtarde, ça me va, car c'eſt du dessin, presque ; mais ma cursive eſt déteſtable ; mes lettres bouclées et mes majuscules arrivent difficilement à garder le nombre exigé de « corps » et de « demi-corps » d'écriture, tant pis ! Il fait faim quand on atteint le bout de l'heure !

Nous nous envolons de cette salle attriſtante et moisie pour retrouver, dans la cour, nos institutrices, inquiètes, groupées dans l'ombre qui n'est pas même fraîche. Tout de suite des flots de paroles jaillissent, des questions, des plaintes : « Ça a bien marché ? Quel sujet de dictée ? Vous rappelez-vous les phrases difficiles ? »

« C'était ceci — cela — j'ai mis "*indication*" au singulier — moi au pluriel — le participe était invariable, n'est-ce pas, Mademoiselle ? — Je voulais corriger, et puis je l'ai laissé — une dictée si difficile ! — Il est midi passé et l'hôtel est loin... »

Je bâille d'inanition. Mlle Sergent nous emmène à un restaurant proche, notre hôtel étant trop loin pour aller jusque-là sous cette lourde chaleur. Marie Belhomme pleure et ne mange pas, désolée de trois fautes qu'elle a commises (et chaque faute diminue de deux points !). Je raconte à la Directrice — qui ne paraît plus songer à mon escapade d'hier — nos moyens de communiquer ; elle en rit, contente, et nous recommande seulement de ne pas commettre trop d'imprudences. En temps d'examen, elle nous pousse aux pires tricheries : tout pour l'honneur de l'école !

En attendant l'heure de la composition française, nous sommeillons presque toutes sur nos chaises, accablées de chaleur. Mademoiselle lit les journaux illustrés, et se lève après un coup d'œil à l'horloge : « Allons, petites, il faut partir. Tâchez de ne pas vous montrer trop bêtes tout à l'heure. Et vous, Claudine, si vous n'êtes pas notée 18 sur 20 pour la composition française[1], je vous jette dans la rivière.

— J'y serais plus fraîchement, au moins ! »

Quelles tourtes, ces examinateurs ! L'esprit le plus obtus aurait compris que, par ce temps écrasant, nous composerions en français plus lucidement le matin. Eux, non. De quoi sommes-nous capables, à cette heure-ci ?

Quoique pleine, la cour est plus silencieuse que ce matin, et ces messieurs se font attendre, encore ! Je m'en vais seule dans le petit jardin clos, je m'assieds sous les clématites, dans l'ombre, et je ferme les yeux, ivre de paresse...

Des cris, des appels : « Claudine ! Claudine ! » Je sursaute, mal réveillée, car je dormais de tout mon cœur, et je trouve devant moi Luce effarée qui me secoue, m'entraîne : « Mais tu es folle ! mais tu ne sais pas ce qui se passe ! on est rentré, ma chère, depuis un quart d'heure ! On a dicté le sommaire de la composition, et puis j'ai osé enfin dire, avec Marie Belhomme, que tu n'étais pas là... on t'a cherchée, Mlle Sergent est aux champs, — et j'ai pensé que tu flânais peut-être ici... Ma chère, on va t'en dire, là-haut ! »

Je me jette dans l'escalier, Luce derrière moi ; un brouhaha léger se lève à mon entrée, et ces messieurs, rouges d'un déjeuner qui s'est prolongé tard, se tournent vers moi : « Vous n'y pensiez plus, mademoiselle ? où étiez-vous ? » C'est Roubaud qui m'a parlé, demi aimable, demi rosse ; « J'étais dans le jardin, là-bas, je faisais la sieste. » Un battant de fenêtre ouverte me renvoie mon image assombrie, j'ai des pétales de clématites mauves dans les cheveux, des feuilles à ma robe, une petite bête verte et une coccinelle sur l'épaule, et mes cheveux roulent en désordre... Ensemble pas répugnant... il faut le croire, du moins, car ces messieurs s'attardent à me considérer et Roubaud me demande à brûle-pourpoint : « Vous ne connaissez pas un tableau qui s'appelle *Le Printemps,* de Botticelli ? » Pan ! je l'attendais : « Si, monsieur... on me l'a déjà dit. » Je lui ai coupé le compliment sous le pied et il pince les lèvres, vexé ; il me revaudra ça. Les hommes noirs rient entre eux ; je gagne ma place, escortée de cette phrase rassurante, mâchonnée par Sallé, brave homme qui, pourtant, ne me reconnaît pas, le pauvre myope : « Vous n'êtes pas en retard, d'ailleurs ; copiez le sommaire inscrit au tableau, vos compagnes n'ont pas encore commencé. » Eh là ! qu'il n'ait pas peur, je ne le gronde *pas !*

En avant la composition française ! Cette petite histoire m'a donné du cœur.

« *Sommaire.* — Exposez les réflexions et commentaires que vous inspirent ces paroles de Chrysale : “Je consens qu'une femme ait des clartés de tout” », etc.[a1].

Ce n'est pas un sujet trop idiot ni trop ingrat, par chance inespérée. J'entends autour de moi des questions anxieuses et désolées, car la plupart de ces petites filles ne savent pas ce que c'est que Chrysale ni

*Les Femmes savantes**. Il va y avoir de jolis gâchis ! Je ne peux pas m'empêcher d'en rire d'avance. Je prépare une petite élucubration pas trop sotte, émaillée de citations variées, pour montrer qu'on connaît un peu son Molière ; ça marche assez bien, je finis par ne plus penser à ce qui se passe autour de moi.

En levant le nez pour chercher un mot rétif, j'aperçois Roubaud fort occupé à crayonner mon portrait sur un petit calepin. Moi, je veux bien ; et je reprends la pose sans en avoir l'air.

Paf ! encore une boulette qui tombe. C'est de Luce : « Peux-tu m'écrire deux ou trois idées générales, je n'en sors pas, je suis désolée ; je t'embrasse de loin. » Je la regarde, je vois sa pauvre petite figure toute marbrée, ses yeux rouges, et elle répond à mon regard par un hochement de tête désespéré. Je lui griffonne sur un papier-calque tout ce que je peux et je lance la boulette, non en l'air — trop dangereux — mais par terre, dans l'allée qui sépare les deux rangées de tables ; et Luce pose son pied dessus, lestement.

Je fignole ma conclusion ; j'y développe des choses qui plairont et qui me déplaisent. Ouf ! fini ! Voyons ce que font les autres...

Anaïs travaille sans lever la tête, sournoise, le bras gauche arrondi sur sa feuille pour empêcher sa voisine de copier. Roubaud a terminé son esquisse, et l'heure s'avance pendant que le soleil baisse à peine. Je suis éreintée ; ce soir, je me coucherai sagement avec les autres, sans musique. Continuons à regarder la classe : tout un régiment de tables sur quatre files, qui s'en vont jusqu'au fond ; des petites filles noires penchées dont on ne voit que les chignons lisses ou la natte pendante, serrée comme une corde ; peu de robes claires, seulement celles des élèves d'écoles primaires comme la nôtre — les rubans verts, au cou des pensionnaires de Villeneuve, font tache. Un grand silence, troublé

* J'insiste : on ne nous donne de Molière, de Racine, de Boileau, etc., que des fragments très courts pendant l'année scolaire. Depuis peu de temps, on met aux mains des élèves des éditions expurgées, avant les examens, et le temps des lectures doit être pris sur celui qu'on consacre à apprendre les leçons. Ce genre de littérature assomme les petites filles, qui ne comprennent goutte à Molière. Une petite malheureuse, le jour de l'examen, a écrit, tout le long de sa composition française, « Frisale ».

par le bruit léger des feuillets qu'on tourne, par un soupir de fatigue... Enfin, Roubaud plie *Le Moniteur du Fresnois*[1] sur lequel il s'est un peu assoupi, et tire sa montre : « Il est l'heure, mesdemoiselles, je relève les feuilles. » Quelques faibles gémissements s'élèvent, les petites qui n'ont pas fini s'effarent, demandent cinq minutes de grâce qu'on leur accorde ; puis ces messieurs ramassent les copies et nous lâchent. Toutes nous nous levons — on s'étire, on bâille — et les groupes se reforment immédiatement avant le bas de l'escalier ; Anaïs se précipite vers moi :

« Qu'est-ce que tu as mis ? Comment as-tu commencé ?

— Tu m'*éluges**, crois-tu que j'aie retenu ces choses-là par cœur !

— Mais ton brouillon ?

— Je n'en ai pas fait ; seulement quelques phrases que j'ai mises sur leurs pattes avant de les écrire.

— Ma chère, ce que tu vas être grondée ! Moi j'ai rapporté mon brouillon pour le montrer à Mademoiselle. »

Marie Belhomme aussi rapporte son brouillon, et Luce, et les autres ; et toutes, d'ailleurs ; ça se fait toujours.

Dans la cour encore tiède du soleil retiré, Mlle Sergent lit un roman, assise sur un petit mur bas : « Ah ! vous voilà enfin ! Vos brouillons, tout de suite, que je voie si vous n'avez pas pondu trop de bêtises. »

Elle les lit, et décrète ; celui d'Anaïs n'est « pas nul », paraît-il ; Luce « a de bonnes idées » (pardi, les miennes) « pas assez développées » ; Marie « a fait du délayage, comme toujours » ; les Jaubert, compositions « très présentables ».

« Votre brouillon, Claudine ?

— Je n'en ai pas fait.

— Ma petite fille, il faut que vous soyez folle ! Pas de brouillon un jour d'examen ! Je renonce à obtenir de vous quoi que ce soit de raisonnable... Enfin, est-il mauvais, votre devoir ?

— Mais non, Mademoiselle, je ne le crois pas mauvais.

* Tu m'ennuies.

— Ça vaut quoi ? 17 ?

— 17 ? Oh ! Mademoiselle, la modestie m'empêche... 17 c'est beaucoup... Mais enfin ils me donneront bien 18 ! »

Mes camarades me regardent avec une envieuse malveillance : « Cette Claudine, a-t-elle une chance de pouvoir prédire sa note ! Disons bien vite qu'elle n'a aucun mérite, disposition naturelle et voilà tout ; elle fait des compositions françaises comme on ferait un œuf sur le plat... et patati, et patata ! »

Autour de nous, les candidates babillent sur le mode aigu, et exhibent leurs brouillons aux institutrices, et s'exclament, et poussent des « ah ! » de regret d'avoir oublié une idée... un piaillement d'oisillons en volière.

Ce soir, au lieu de me sauver en ville, étendue dans le lit côte à côte avec Marie Belhomme, je cause avec elle de cette grande journée :

« Ma voisine de droite, me raconte Marie, vient d'une pension religieuse ; figure-toi, Claudine, que ce matin, pendant qu'on distribuait les feuilles avant la dictée, elle avait sorti de sa poche un chapelet qu'elle égrenait sous la table, oui, ma chère, un chapelet avec des gros grains tout ronds, quelque chose comme un boulier-compteur de poche. C'était pour se porter bonheur.

— Bah ! si ça ne fait pas de bien, ça ne fait pas de mal non plus... Qu'est-ce qu'on entend ? »

On entend, il me semble, un grand « rabâtement » dans la chambre en face de la nôtre, celle où couchent Luce et Anaïs. La porte s'ouvre violemment ; Luce, en chemise courte, se jette dans la chambre, éperdue :

« Je t'en prie, défends-moi, Anaïs est si méchante !...

— Elle t'a fait quoi ?

— Elle m'a versé de l'eau dans mes bottines, d'abord, et puis dans le lit elle m'a donné des coups de pied et elle m'a pincé les cuisses, et quand je me suis plainte elle m'a dit que je pouvais coucher sur la descente de lit si je n'étais pas contente !

— Pourquoi n'appelles-tu pas Mademoiselle ?

— Oui ! appeler Mademoiselle ! Je suis allée à la porte de sa chambre, elle n'y est pas ; et la fille qui passait dans le corridor m'a dit qu'elle était sortie avec la gérante... Maintenant, qu'eſt-ce que je vais faire ? »

Elle pleure. Pauvre gosse ! Si menue dans sa chemise de jour qui montre ses bras fins et ses jolies jambes. Décidément, toute nue, et la figure voilée, elle serait bien plus séduisante. (Deux trous pour les yeux, peut-être ?) Mais le temps n'eſt pas de délibérer là-dessus : je saute à terre, je cours à la chambre d'en face. Anaïs occupe le milieu du lit, la couverture tirée jusqu'au menton ; elle a sa plus mauvaise figure.

« Eh bien, qu'eſt-ce qui te prend ? Tu ne veux pas laisser Luce coucher avec toi ?

— Je ne dis pas ça ; seulement elle veut prendre toute la place, alors je l'ai poussée.

— Des blagues ! Tu la pinces, et tu lui as versé de l'eau dans ses bottines.

— Couche-la avec toi, si tu veux, moi je n'y tiens pas.

— Elle a pourtant la peau plus fraîche que toi ! Il eſt vrai que ce n'eſt pas difficile.

— Va donc, va donc, on sait que la petite sœur te plaît autant que la grande !

— Attends, ma fille, je vais te changer les idées. »

Toute en chemise, je me jette sur le lit, j'arrache les draps, je saisis la grande Anaïs par les deux pieds, et malgré les ongles silencieux dont elle s'accroche à mes épaules, je la tire en bas du lit, sur le dos, avec ses pattes toujours dans les mains, et j'appelle : « Marie, Luce, venez voir ! »

Une petite procession de chemises blanches accourt sur des pieds nus, et on s'effare : « Eh là, mon Dieu, es-tu folle, Claudine ? Eh là, séparez-les[a] ! Appelez Mademoiselle ! » Anaïs ne crie pas, agite ses jambes et me jette des regards dévorants, acharnée à cacher ce que je montre en la traînant par terre : des cuisses jaunes, un derrière en poire. J'ai si envie de rire que j'ai peur de la lâcher. J'explique :

« Il y a que cette grande Anaïs que je tiens ne veut pas laisser la petite Luce coucher avec elle, qu'elle la pince, qu'elle lui met de l'eau dans ses chaussures, et que je veux la faire tenir tranquille. »

Silence et froid. Les Jaubert sont trop prudentes pour donner tort à l'une de nous deux. Je lâche enfin les chevilles d'Anaïs qui se relève et baisse sa chemise précipitamment.

« Va te coucher, à présent, et tâche de laisser cette gosse tranquille, ou tu auras une taraudée... qui te cuira la peau. »

Toujours muette et furieuse, elle court à son lit, s'y musse le nez au mur. Elle est d'une incroyable lâcheté et ne craint au monde que les coups. Pendant que les petits fantômes blancs regagnent leurs chambres, Luce se couche timidement à côté de sa persécutrice, qui ne remue pas plus qu'un sac maintenant. (Ma protégée m'a dit le lendemain qu'Anaïs n'avait bougé, de toute la nuit, que pour faire sauter son oreiller par terre, de rage.)

Personne ne parla de l'histoire à Mlle Sergent. Nous étions bien assez occupées de la journée qui allait s'écouler ! Épreuves d'arithmétique et de dessin, et, le soir, affichage des concurrentes admises à l'oral.

Chocolat rapide, départ précipité. Il fait déjà chaud à sept heures. Plus familiarisées nous prenons nos places nous-mêmes, et nous jabotons, en attendant ces messieurs, avec décence et modération. On est déjà plus chez soi, on se faufile sans se cogner entre le banc et la table, on range devant soi les crayons, porte-plume, gommes et grattoirs d'un air d'habitude ; c'est très bien porté d'ailleurs. Pour un peu nous afficherions des manies.

Entrée des maîtres de nos destinées. Ils ont déjà perdu une partie de leur prestige ; les moins timides les regardent paisiblement, d'un air de connaissance. Roubaud, qui arbore un pseudo-panama sous lequel il se croit très chic, s'impatiente, tout frétillant : « Allons, mesdemoiselles, allons ! Nous sommes en retard, ce matin, il faut rattraper le temps perdu. » J'aime bien ça ! Tout à l'heure ce sera notre faute, s'ils n'ont pas pu se lever de bonne heure. Vite, vite, les feuilles jonchent les tables ; vite, nous cachetons le coin pour cacher notre nom ; vite, l'accéléré Roubaud rompt le sceau de la grande enveloppe jaune, timbrée de l'Inspection académique, et en retire l'énoncé redoutable des problèmes : « *Première question.* — Un particulier a acheté de la rente 3 1/2 % au cours de 94,60 F », etc.

Puisse la grêle transpercer son pseudo-panama ! Les opérations de Bourse me navrent : il y a des courtages, des 1/800 % que j'ai toujours toutes les peines du monde à ne pas oublier.

« *Deuxième question.* — "La divisibilité par 9." Vous avez une heure. »

Ce n'est pas trop, ma foi. Heureusement, la divisibilité par 9, je l'ai apprise si longtemps que j'ai fini par la retenir. Encore il faudra mettre en ordre toutes les conditions nécessaires et suffisantes, quelle scie !

Les autres concurrentes sont déjà absorbées, attentives ; un léger chuchotement de chiffres, de calculs faits à voix basse, court au-dessus des nuques penchées.

... Il est fini, ce problème. Après avoir recommencé chaque opération deux fois (je me trompe si souvent !), j'obtiens un résultat de 22 850 francs, comme bénéfice du monsieur ; un joli bénéfice ! J'ai confiance en ce nombre rond et rassurant, mais je veux tout de même m'étayer de Luce, qui joue avec les chiffres d'une façon magistrale. Plusieurs concurrentes ont fini, et je ne vois guère que des visages contents. La plupart de ces petites, filles de paysans avides ou d'ouvrières adroites, ont d'ailleurs le don de l'arithmétique à un point qui m'a souvent stupéfaite[1]. Je pourrais interroger ma brune voisine, qui a fini aussi, mais je me méfie de ses yeux sérieux et discrets ; je confectionne donc une boule, qui vole et tombe sous le nez de Luce, portant le chiffre 22 850. La gamine, joyeusement, m'envoie un « oui » de la tête ; ça va bien. Satisfaite, je demande alors à ma voisine : « Vous avez combien ? » Elle hésite et murmure, réservée : « J'ai plus de 20 000 francs.

— Moi aussi, mais combien plus ?

— Dame... plus de 20 000 francs...

— Eh ! je ne vous demande pas de me les prêter ! Gardez vos 22 850 francs, vous n'êtes pas la seule à avoir le bon résultat, vous ressemblez à une fourmi noire, pour diverses raisons ! »

Autour de nous, quelques-unes rient ; mon interlocutrice, pas même offensée, croise ses mains et baisse les yeux.

« Vous y êtes, mesdemoiselles ? clame Roubaud. Je vous rends votre liberté, soyez exactes pour l'épreuve de dessin. »

Nous revenons à deux heures moins cinq à l'ex-Institution Rivoire. Quel dégoût, et quelle envie de m'en aller me communique la vue de cette geôle délabrée !

À l'endroit le plus éclairé de la classe, Roubaud a disposé deux cercles de chaises ; au centre de chacune, une sellette. Que va-t-on poser là-dessus ? nous sommes tout yeux. L'examinateur factotum disparaît et revient porteur de deux cruches de verre à anse. Avant qu'il les pose sur les sellettes, toutes les élèves chuchotent : « Ma chère, ce que ça va être difficile, à cause de la transparence ! »

Roubaud parle :

« Mesdemoiselles, vous êtes libres, pour l'épreuve de dessin, de vous placer comme vous l'entendrez. Reproduisez ces deux vases (vase. toi-même !) au trait, l'esquisse au fusain, le repassé au crayon Conté, avec interdiction formelle de se servir d'une règle ou de quoi que ce soit qui y ressemble. Les cartons que vous devez toutes avoir apportés vous serviront de planche à dessin. »

Il n'a pas fini, que je me précipite déjà sur la chaise que je guigne, une place excellente, d'où l'on voit la cruche de profil, avec l'anse de côté ; plusieurs m'imitent, et je me trouve entre Luce et Marie Belhomme. « Interdiction formelle de se servir d'une règle pour les lignes de construction ? » Bah ! on sait ce que ça veut dire ! Nous avons en réserve, mes camarades et moi, des bandes de papier raide, longues d'un décimètre et divisées en centimètres, très faciles à cacher.

Il est permis de causer, on en use peu ; on aime mieux faire des mines, le bras tendu, l'œil fermé, pour prendre des mesures avec le porte-fusain. — Avec un peu d'adresse, rien de plus simple que de tracer à la règle les lignes de construction (deux traits qui coupent la feuille en croix et un rectangle pour enfermer le ventre de la cruche).

Dans l'autre cercle de chaises, une petite rumeur soudaine, des exclamations étouffées et la voix de Roubaud sévère : « Il n'en faudrait pas davantage, mademoiselle, pour vous faire exclure de l'examen ! » C'est une pauvre petite, étriquée et chétive, qui s'est fait pincer un double décimètre entre les mains, et sanglote maintenant dans son mouchoir. Du coup, Roubaud devient très fouineur et nous épluche de près ; mais les bandes de papier à divisions ont disparu comme par enchantement. D'ailleurs, on n'en a plus besoin.

Ma cruche vient à ravir, bien ventrue. Pendant que je la considère complaisamment, notre surveillant, distrait par l'entrée timide des institutrices qui viennent savoir « si les compositions sont bonnes en général », nous laisse seules, et Luce me tire tout doucement : « Dis-moi, je t'en prie, si mon dessin est bien ; il me semble qu'il y a quelque chose qui cloche. »

Après examen, je lui explique :

« Pardi, elle a l'anse trop basse ; ça lui donne l'air d'un chien fouetté qui baisse la queue.

— Et la mienne ? demande Marie de l'autre côté.

— La tienne, elle est bossue à droite ; mets-lui un corset orthopédique.

— Un quoi ?

— Je dis que tu dois lui mettre du coton à gauche, elle n'a des "avantages" que d'un côté ; demande à Anaïs de te prêter un de ses faux nénés » (car la grande Anaïs introduit deux mouchoirs dans les goussets de son corset, et toutes nos moqueries n'ont pu la décider à abandonner ce puéril rembourrage).

Ce bavardage jette mes voisines dans une gaieté immodérée : Luce se renverse sur la chaise, riant de toutes les dents fraîches de sa petite gueule féline, Marie gonfle ses joues comme des poches de cornemuse, puis toutes deux s'arrêtent figées au milieu de leur joie — car la terrible paire d'yeux brasillants[1] de Mlle Sergent les méduse du fond de la salle. Et la séance s'achève au milieu d'un silence irréprochable.

On nous met dehors, enfiévrées et bruyantes à l'idée que nous viendrons lire ce soir, sur une grande liste clouée à la porte, les noms des candidates admises à l'oral du lendemain. Mlle Sergent nous contient avec peine ; nous bavardons insupportablement.

« Tu viendras voir les noms, Marie ?

— Non, tiens ! Si je n'y étais pas, les autres se moqueraient de moi.

— Moi, dit Anaïs, j'y viendrai ! Je veux voir les têtes de celles qui ne seront pas admises.

— Et si tu en étais, de celles-là ?

— Eh bien, je ne porte pas mon nom écrit sur mon front, et je saurais faire une figure contente pour que les autres ne prennent pas des airs de pitié.

— Assez ! Vous me rompez la cervelle, fait brusquement Mlle Sergent ; vous verrez ce que vous verrez, et prenez garde que je vienne seule, ce soir, lire les noms sur la porte. D'abord, nous ne rentrons pas à l'hôtel, je n'ai pas envie de faire deux fois de plus cette trotte ; nous dînons au restaurant. »

Elle demande une salle réservée. Dans l'espèce de cabine de bains qu'on nous assigne, où le jour tombe tristement d'en haut, notre effervescence s'éteint ; nous mangeons comme autant de petits loups, sans guère parler. Et, la fringale apaisée, nous demandons tour à tour, toutes les dix minutes, l'heure qu'il est. Mademoiselle essaie vainement de calmer notre énervement en assurant que les concurrentes sont trop nombreuses pour que ces messieurs aient pu lire toutes les compositions avant neuf heures ; nous bouillonnons quand même.

On ne sait plus que faire, dans cette cave ! Mlle Sergent ne veut pas nous mener dehors ; je sais bien pourquoi : la garnison est en liberté, à cette heure-ci, et les pantalons rouges, farauds, ne se gênent pas. Déjà, en venant dîner, notre petite bande était escortée de sourires, de claquements de langue et de bruits de baisers jetés ; ces manifestations exaspèrent la Directrice qui fusille de ses regards les audacieux fantassins[1] ; mais il en faudrait plus pour les faire rentrer dans le rang !

Le jour qui décroît, et notre impatience, nous rendent maussades et méchantes ; Anaïs et Marie ont déjà échangé des répliques aigres, avec des attitudes hérissées de poules en bataille ; les deux Jaubert semblent méditer sur les ruines de Carthage, et j'ai repoussé d'un coude pointu la petite Luce qui voulait se faire câliner. Heureusement, Mademoiselle, presque aussi agacée que nous-mêmes, sonne, et demande de la lumière et deux jeux de cartes. Bonne idée !

La clarté des deux becs de gaz nous remonte un peu le moral, et les jeux de cartes nous font sourire.

« Un trente-et-un[2], voyons ! »

Allons bon ! les deux Jaubert ne savent pas jouer !

Eh bien, qu'elles continuent à réfléchir sur la fragilité de la destinée humaine ; nous cartonnerons, nous autres, pendant que Mademoiselle lit les journaux.

On s'amuse, on joue mal, Anaïs triche. Et parfois nous nous arrêtons au milieu de la partie, les coudes sur la table, le visage tendu, pour questionner : « Quelle heure peut-il être ? »

Marie émet cette idée que, puisqu'il fait nuit, on ne pourra pas lire les noms ; il faudrait emporter des allumettes.

« Bête ! il y aura des réverbères.

— Ah oui... Mais s'il n'y en avait pas à cet endroit-là, justement ?

— Eh bien, dis-je tout bas, je vais voler une bougie aux flambeaux de la cheminée, et tu porteras des allumettes. Jouons... Le misti[1] et deux as ! »

Mlle Sergent tire sa montre ; nous ne la quittons pas des yeux. Elle se lève ; nous l'imitons si brusquement que des chaises tombent. Reprises d'emballement, nous dansons vers nos chapeaux, et, en me regardant dans la glace pour coiffer le mien, je chipe une bougie.

Mlle Sergent se donne une peine inouïe pour nous empêcher de courir ; des passants rient à cette ribambelle qui s'efforce de ne pas galoper, et nous rions aux passants. Enfin, la porte brille à nos yeux. Quand je dis brille, je fais de la littérature... c'est pourtant vrai qu'il n'y a pas de réverbère ! Devant cette porte fermée, une foule d'ombres s'agitent, crient, sautent de joie ou se lamentent, ce sont nos concurrentes des autres écoles ; de brusques et courtes flambées d'allumettes, tôt éteintes, des flammes vacillantes de bougies éclairent une grande feuille blanche piquée sur la porte. Nous nous précipitons, déchaînées, poussant brutalement des coudes les petites silhouettes remuantes ; on ne fait guère attention à nous.

Tenant la bougie volée aussi droite que je peux, je lis, je devine, guidée par les initiales en ordre alphabétique : « Anaïs, Belhomme, Claudine, Jaubert, Jaubert, Lanthenay[2]. » Toutes, toutes ! Quelle joie ! Et maintenant, vérifions le nombre des points. C'est 45 le minimum des points exigés ; le total est écrit à côté des noms, les notes détaillées entre deux parenthèses. Mlle Sergent, ravie, transcrit sur son calepin : « Anaïs

65, Claudine 68, combien les Jaubert ? 63 et 64, Luce 49, Marie Belhomme 44 1/2. Comment 44 1/2 ? Mais vous n'êtes pas reçue alors ? Qu'eſt-ce que vous me chantez là ?

— Non, Mademoiselle, dit Luce, qui vient d'aller vérifier, c'eſt 44 3/4 ; elle eſt admise, avec une faute d'un quart, c'eſt une bonté de ces messieurs... »

La pauvre Marie, tout essoufflée de la peur chaude qu'elle vient d'avoir, respire longuement. Ils ont bien fait, ces gens-là, de lui passer son quart de point, mais j'ai peur qu'elle ne bafouille à l'oral. Anaïs, la première joie passée, éclaire charitablement les nouvelles arrivantes... en les arrosant de bougie fondue, la mauvaise fille !

Mademoiselle ne nous calme pas, même en nous douchant de cette prédiction sinistre : « Vous n'êtes pas au bout de vos peines, je voudrais vous voir demain soir après l'oral ! »

Elle nous rentre difficilement à l'hôtel, sautillantes et chantonnantes sous la lune.

Et le soir, la Directrice couchée et endormie, nous sortons de nos lits pour danser, Anaïs, Luce, Marie et moi (sans les Jaubert, bien entendu), pour danser follement, les cheveux bondissants, pinçant la chemise courte comme pour un menuet...

Puis, pour un bruit imaginaire du côté de la chambre où repose Mademoiselle, les danseuses de l'inconvenant quadrille s'enfuient avec des frôlements de pattes nues et des rires étouffés.

Le lendemain matin, éveillée trop tôt, je cours « faire peur » au couple Anaïs-Luce, qui dort d'un air absorbé et consciencieux : je chatouille avec mes cheveux le nez de Luce qui éternue avant d'ouvrir les yeux, et son effarement réveille Anaïs qui bougonne et s'assied, en m'envoyant au diable. Je m'écrie avec un grand sérieux : « Mais tu ne sais pas l'heure qu'il eſt ? Sept heures, ma chère, et l'oral à sept heures et demie ! » Je les laisse se précipiter à bas du lit, se chausser, et j'attends que leurs bottines soient boutonnées pour leur dire qu'il n'eſt que six heures, que j'avais mal vu. Ça ne les ennuie pas tant que j'avais espéré.

À sept heures moins le quart, Mlle Sergent nous

bouscule, presse le chocolat, nous engage à jeter un coup d'œil sur nos résumés d'histoire tout en mangeant nos tartines, nous pousse dans la rue ensoleillée tout étourdies, Luce munie de ses manchettes crayonnées, Marie de son tube de papier roulé, Anaïs de son atlas minuscule. Elles s'accrochent à ces petites planches de salut, plus encore qu'hier, car il faudra parler aujourd'hui, parler à ces messieurs qu'on ne connaît pas, parler devant trente paires de petites oreilles malveillantes. Seule Anaïs fait bonne contenance ; elle ignore l'intimidation.

Dans la cour délabrée, les candidates sont aujourd'hui bien moins nombreuses ; il en est tant resté en route, entre l'écrit et l'oral[1] ! (Bon ça, quand on en reçoit beaucoup à l'écrit, on en refuse beaucoup à l'oral.) La plupart, pâlottes, bâillent nerveusement, et se plaignent, comme Marie Belhomme, d'avoir l'estomac serré... le fâcheux trac !

La porte s'ouvre sur les hommes noirs ; nous les suivons silencieusement jusque dans la salle du haut, aujourd'hui débarrassée de toutes ses chaises ; aux quatre coins, derrière des tables noires, ou qui le furent, un examinateur s'assied, grave, presque lugubre. Tandis que nous considérons cette mise en scène, curieuses et craintives, massées à l'entrée, gênées de la grande distance à franchir, Mademoiselle nous pousse. « Allez ! allez donc ! prendrez-vous racine ici ? » Notre groupe s'avance, pas brave, en peloton ; le père Sallé, noueux et recroquevillé, nous regarde sans nous voir, invraisemblablement myope ; Roubaud joue avec sa chaîne de montre, les yeux distraits ; le vieux Lerouge attend patiemment et consulte la liste des noms ; et, dans l'embrasure d'une fenêtre, s'étale une bonne grosse dame, qui est d'ailleurs demoiselle, Mlle Michelot[2], des solfèges devant elle. J'allais oublier un autre, le grincheux Lacroix, qui ronchonne, hausse furieusement les épaules en feuilletant ses bouquins, et semble se disputer avec soi-même ; les petites, effrayées, se disent qu'il doit être « rudement mauvais ! ». C'est celui-là qui se décide à grogner un nom : « Mademoiselle Aubert ! »

La nommée Aubert, une trop longue, pliante et penchée, tressaute comme un cheval, louche et devient stupide, immédiatement ; dans son désir de bien faire, elle se jette en avant en criant d'une voix de trompette, avec un gros accent paysan : « E'j'suis lâ, môssieur ! » Nous éclatons de rire, toutes, et ce rire que nous n'avons pas songé à retenir nous remonte et ragaillardit.

Ce bouledogue de Lacroix a froncé les sourcils quand la malheureuse a poussé son « E'j'suis là ! » de détresse, et lui a répondu : « Qui vous dit le contraire ? » De sorte qu'elle est dans un état à faire pitié.

« Mademoiselle Vigoureux ! » appelle Roubaud, qui, lui, prend l'alphabet par la queue. Une boulotte se précipite ; elle porte le chapeau blanc, enguirlandé de marguerites, de l'école de Villeneuve.

« Mademoiselle Mariblom ! » glapit le père Sallé qui croit prendre le milieu de l'alphabet et lit tout de travers. Marie Belhomme s'avance cramoisie, et s'assied sur la chaise en face du père Sallé : il la dévisage et lui demande si elle sait ce que c'est que *L'Iliade*. Luce, derrière moi, soupire : « Au moins, elle, elle a commencé, c'est le tout de commencer. »

Les concurrentes inoccupées, dont je suis, se dispersent timidement, s'éparpillent et vont écouter leurs collègues placées sur la sellette. Moi, je vais assister à l'examen de la jeune Aubert pour me réjouir un peu. À l'instant où je m'approche, le père Lacroix lui demande : « Alors, vous ne savez pas qui avait épousé Philippe le Bel ! »

Elle a les yeux hors de la tête, la figure rouge et luisante de sueur ; ses mitaines laissent passer des doigts comme des saucisses : « Il avait épousé,... non, il n'avait pas épousé... Môssieur, môssieur, crie-t-elle tout à coup, j'ai tout oublié, tout ! » Elle tremble, elle a de grosses larmes qui roulent. Lacroix la regarde, mauvais comme la gale : « Vous avez tout oublié ? Avec ce qui vous reste, on a un joli zéro.

— Oui, oui, bégaye-t-elle, mais ça ne fait rien, j'aime mieux m'en aller chez nous, ça m'est égal... »

On l'emmène, hoquetante de gros sanglots, et, par la fenêtre, je l'entends dehors dire à son institutrice mortifiée : « Ma foi, voui, que j'aime mieux garder les vaches chez papa, et pis que je reviendrai plus ici, et pis que je prendrai le train de deux heures... »

Dans la classe, ses camarades parlent du « regrettable incident », sérieuses et blâmantes. « Ma chère, crois-tu qu'elle eſt bête ! Ma chère, on m'aurait demandé une queſtion aussi facile, je serais trop contente, ma chère ! »

« Mademoiselle Claudine ! »

C'eſt le vieux Lerouge qui me réclame. Aïe ! l'arithmétique... Une chance qu'il a l'air d'un bon papa... Tout de suite je vois qu'il ne me fera pas de mal.

« Voyons, mon enfant, vous me direz bien quelque chose sur les triangles rectangles ?

— Oui, monsieur, quoique, eux, ils ne me disent pas grand-chose.

— Bah ! bah ! vous les faites plus mauvais qu'ils sont. Voyons, conſtruisez-moi un triangle rectangle sur ce tableau noir, et puis vous lui donnerez des dimensions, et puis vous me parlerez gentiment du carré de l'hypoténuse... »

Il faudrait y tenir pour se faire recaler par un homme comme ça ! Aussi je suis plus douce qu'un mouton à collier rose, et je dis tout ce que je sais. C'eſt vite fait, d'ailleurs.

« Mais ça va très bien ! Dites-moi encore comment on reconnaît qu'un nombre eſt divisible par 2 et je vous tiens[a] quitte. »

Je dégoise : « Somme de ses chiffres... condition nécessaire... suffisante. »

« Allez, mon enfant, ça suffit. »

Je me lève en soupirant d'aise, je trouve derrière moi Luce qui dit : « Tu as de la chance, j'en suis contente pour toi. » Elle a dit ça gentiment : pour la première fois je lui caresse le cou sans malice. Bon ! Encore moi ! On n'a pas le temps de respirer !

« Mademoiselle Claudine ! »

C'eſt le porc-épic Lacroix, ça va chauffer ! Je m'inſtalle, il me regarde par-dessus son lorgnon et dit : « Hha ! qu'eſt-ce que c'était que la guerre des Deux-Roses[2] ? »

Pan ! collée du premier coup ! Je ne sais pas quinze mots sur la guerre des Deux-Roses. Après les noms des deux chefs de partis, je m'arrête.

« Et puis ? — Et puis ? — Et puis ? »

Il m'agace, j'éclate :

« Et puis, ils se sont battus comme des chiffonniers, pendant longtemps, mais ça ne m'eſt pas reſté dans la mémoire. »

(Il me regarde ſtupéfait. Je vais recevoir quelque chose sur la tête, sûr !)

« C'eſt comme ça que vous apprenez l'Hiſtoire, vous ?

— Pur chauvinisme, monsieur ! L'hiſtoire de France seule m'intéresse. »

Chance inespérée : il rit !

« J'aime mieux avoir affaire à des impertinentes qu'à des ahuries. Parlez-moi de Louis XV (1742).

— Voici. C'était le temps où Mme de La Tournelle exerçait sur lui une influence déplorable...

— Sacrebleu ! on ne vous demande pas ça !

— Pardon, monsieur, ce n'eſt pas de mon invention, c'eſt la vérité simple... Les meilleurs hiſtoriens...

— Quoi ? les meilleurs hiſtoriens...

— Oui, monsieur, je l'ai lu dans Michelet, avec des détails !

— Michelet ! mais c'eſt de la folie ! Michelet, entendez-vous bien, a fait un roman hiſtorique en vingt volumes et il a osé appeler ça l'*Hiſtoire de France* ! Et vous venez me parler de Michelet !... »

Il eſt emballé, il tape sur la table ; je lui tiens tête ; les jeunes candidates sont figées autour de nous, n'en croyant pas leurs oreilles ; Mlle Sergent s'eſt approchée, haletante, prête à intervenir. — Quand elle m'entend déclarer :

« Michelet eſt toujours moins embêtant que Duruy[1] !... »

Elle se jette contre la table et proteſte avec angoisse :

« Monsieur, je vous prie de pardonner... cette enfant a perdu la tête... elle va se retirer à l'inſtant... »

Il lui coupe la parole, s'éponge le front et souffle :

« Laissez, Mademoiselle, il n'y a pas de mal ; je tiens à mes opinions, mais j'aime bien que les autres tiennent aux leurs ; cette jeune fille a des idées fausses et de mauvaises lectures, mais elle ne manque pas de personnalité — on voit tant de dindes ! — Seulement, vous, la lectrice de Michelet, tâchez de me dire comment vous iriez, en bateau, d'Amiens à Marseille, ou je vous flanque un 2 dont vous me direz des nouvelles !

— Partie d'Amiens en m'embarquant sur la Somme, je remonte... etc.,... canaux... etc., et j'arrive à Marseille, seulement au bout d'un temps qui varie entre six mois et deux ans.

— Ça, c'est pas votre affaire. Système orographique de la Russie, et vivement. »

(Heu ! je ne peux pas dire que je brille particulièrement par la connaissance du système orographique de la Russie, mais je m'en tire à peu près sauf quelques lacunes qui semblent regrettables à l'examinateur.)

« Et les Balkans, vous les supprimez, alors ? »

(Cet homme parle comme un pétard.)

« Que non pas, monsieur, je les gardais pour la bonne bouche.

— C'est bon, allez-vous-en. »

On s'écarte sur mon passage avec un peu d'indignation. Ces chères petites belles !

Je me repose, on ne m'appelle pas, et j'entends avec épouvante Marie Belhomme qui répond à Roubaud que « pour préparer de l'acide sulfurique, on verse de l'eau sur de la chaux, que ça se met à bouillonner ; alors on recueille le gaz dans un ballon... ». Elle a sa figure des vastes gaffes et des stupidités sans bornes ; ses mains immenses, longues et étroites, s'appuient sur la table ; ses yeux d'oiseau sans cervelle brillent et tournent ; elle débite, avec une volubilité extrême, des inepties monstrueuses. Il n'y a rien à faire ; on lui soufflerait dans l'oreille qu'elle n'entendrait pas ! Anaïs l'écoute aussi et s'amuse de toute sa bonne âme. Je lui demande :

« Tu as passé quoi, déjà ?

— Le chant, l'histoire, la jographie...

— Méchant, le vieux Lacroix ?

— Oui, qu'il est ch'tit ! Mais il m'a demandé des choses faciles, guerre de Trente Ans, les traités... Dis donc, Marie déraille !

— Dérailler est un mot qui me semble faible. »

La petite Luce, émue et ébouriffée, vient à nous :

« J'ai passé la jographie, l'histoire, j'ai bien répondu, ah ! que j'ai du goût* !

* Locution fresnoise : « Je suis contente. »

— Te voilà, arnie ? Moi je vais boire à la pompe, je ne peux plus tenir, qui vient ac'moi ? »

Personne ; elles n'ont pas soif ou elles ont peur de manquer un appel. Dans une espèce de parloir, en bas, je trouve l'élève Aubert, les joues encore plaquées du rouge de son désespoir de tout à l'heure et les yeux en poches ; elle écrit à sa famille sur une petite table, tranquille maintenant et contente de rentrer à la ferme. Je lui dis :

« Eh bien, vous n'avez rien voulu savoir, tout à l'heure ? »

Elle lève des yeux de veau :

« Moi, ça m'fait peur, tout ça, et ça me mange les sangs. Ma mère m'a mise en pension, mon père voulait pas, il disait que j'étais bonne à tenir la maison comme mes sœurs, et à faire la lessive et à pieucher le jardin, ma mère a pas voulu, c'est elle qu'on a écoutée. On m'a rendue malade à force de me faire apprendre, et vous voyez ce que ça fait aujourd'hui. Je l'avais prédit ! Ils me croiront à présent ! »

Et elle se remet à écrire paisiblement.

Là-haut, dans la salle, il fait chaud à mourir ; ces petites, presque toutes rouges et luisantes (une chance que je ne suis pas une nature rouge !), sont affolées, tendues, elles guettent leur nom qu'on appellera, avec l'obsession de ne pas répondre de bêtises. Ne sera-t-il pas bientôt midi, qu'on s'en aille ?

Anaïs revient de la physique et chimie ; elle n'est pas rouge, elle, comment serait-elle rouge ? Dans une chaudière bouillante, je crois qu'elle resterait jaune et froide.

« Eh bien, ça va ?

— Ma foi, j'ai fini. Tu sais que Roubaud interroge en anglais[1] par-dessus le marché ; il m'a fait lire des phrases et traduire ; je ne sais pas pourquoi il se tordait quand je lisais en anglais ; est-il bête ! »

C'est la prononciation ! Dame, Mlle Aimée Lanthenay, qui nous donne des leçons, ne parle pas l'anglais avec une pureté excessive, je m'en doute. De sorte que, tout à l'heure, cet imbécile de professeur se paiera ma tête puisque je ne prononce pas mieux, moi ! Encore quelque chose de gai ! J'enrage de penser que cet idiot rira de moi.

Midi. Ces messieurs se lèvent et nous procédons au raffut* du départ. Lacroix, hérissé et les yeux hors de la tête, annonce que la petite fête recommencera à deux heures et demie. Mademoiselle nous trie avec peine dans le remous de ces jeunesses bavardes et nous emmène au restaurant. Elle me tient encore rigueur, à cause de mon « odieuse » conduite avec le père Lacroix ; mais ça m'est si égal ! La chaleur pèse, je suis fatiguée et sans voix...

Ah ! les bois, les chers bois de Montigny ! À cette heure-ci, je le sais bien, comme ils bourdonnent ! Les guêpes et les mouches qui pompent dans les fleurs des tilleuls et des sureaux font vibrer toute la forêt comme un orgue ; et les oiseaux ne chantent pas, car à midi ils se tiennent debout sur les branches, cherchent l'ombre, lissent leurs plumes, et regardent le sous-bois avec des yeux mobiles et brillants. Je serais couchée, au bord de la Sapinière d'où l'on voit toute la ville, en bas au-dessous de soi, avec le vent chaud sur ma figure, à moitié morte d'aise et de paresse...

... Luce me voit partie, complètement absente, et me tire par la manche avec son sourire le plus aguicheur. Mademoiselle lit des journaux ; mes camarades échangent des bouts de phrase ensommeillés. Je geins et Luce proteste doucement :

« Tu ne me parles plus jamais, aussi ! Toute la journée on passe les examens, le soir on se couche, et à table tu es de si mauvaise humeur que je ne sais plus quand te trouver !

— Bien simple ! Ne me cherche pas !

— Oh ! que tu n'es pas gentille ! Tu ne vois même pas toute ma patience à t'attendre, à supporter tes façons de toujours me rebuter... »

La grande Anaïs rit comme une porte mal graissée, et la petite s'arrête très intimidée. C'est vrai pourtant qu'elle a une patience solide. Et dire que tant de constance ne lui servira à rien, triste ! triste !

Anaïs suit son idée ; elle n'a pas oublié les incohérentes réponses de Marie Belhomme, et, bonne rosse,

* Tapage.

demande gentiment à la malheureuse, hébétée et immobile :

« Quelle question t'a-t-on posée, en physique et chimie ?

— Ça n'a pas d'importance, grogne Mademoiselle, hargneuse ; de toute façon elle aura répondu des bêtises.

— Je ne sais plus, moi, fait la pauvre Marie démontée, l'acide sulfurique, je crois...

— Et qu'est-ce que vous avez raconté ?

— Oh ! heureusement je savais un peu, Mademoiselle ; j'ai dit qu'on versait de l'eau sur de la chaux, que les bulles de gaz qui se formaient étaient de l'acide sulfurique...

— Vous avez dit cela ? » articule Mademoiselle avec des envies de mordre...

Anaïs se dévore les ongles de joie. Marie foudroyée n'ouvre plus la bouche, et la Directrice nous emmène, raide, rouge, marchant au pas accéléré ; nous trottons derrière comme des petits chiens, et c'est tout juste si nous ne tirons pas la langue sous ce soleil écrasant.

Nous ne faisons plus guère attention à nos concurrentes étrangères qui ne nous regardent pas davantage. La chaleur et l'énervement nous ôtent toute coquetterie, toute animosité. Les élèves de l'école supérieure de Villeneuve, les « vert pomme » comme on les appelle — à cause du ruban vert dont elles sont colletées, cet affreux vert cru dont les pensionnats gardent la spécialité —, affectent bien encore des airs prudes et dégoûtés en passant près de nous (pourquoi ? on ne saura jamais) ; mais tout ça se tasse et se calme ; on songe déjà au départ du lendemain matin, on songe avec délice qu'on fera la « gnée* » aux camarades recalées, à celles qui n'ont pu se présenter pour cause de « faiblesse générale ». Ce que la grande Anaïs va se pavaner, parler de l'école normale comme si c'était une propriété de rapport, peuh ! Je n'ai pas assez d'épaules pour les lever.

Les examinateurs reparaissent enfin ; ils s'épongent, ils sont laids et luisants. Dieu ! je n'aimerais pas être

* Faire bisquer.

mariée par ce temps-là ! Rien que l'idée de coucher avec un monsieur qui aurait chaud comme eux... (D'ailleurs, l'été, j'aurai deux lits...) Et puis dans cette salle surchauffée, l'odeur est affreuse ; beaucoup de ces petites filles sont mal tenues en dessous, sûrement. Je voudrais bien m'en aller !

Affalée sur une chaise, j'écoute vaguement les autres en attendant mon tour ; je vois celle, heureuse entre toutes, qui « a fini » la première. Elle a subi toutes les questions, elle respire, elle traverse la salle, escortée des compliments, des envies, des « Tu en as une chance ! ». Bientôt une autre la suit, la rejoint dans la cour, où les « délivrées » se reposent et échangent leurs impressions.

Le père Sallé, détendu un peu par ce soleil qui chauffe sa goutte et ses rhumatismes, se repose, forcément, car l'élève qu'il attend est occupée ailleurs ; si je risquais une tentative sur sa vertu ! Doucement je m'approche et je m'assieds sur la chaise en face de lui.

« Bonjour, monsieur Sallé. »

Il me regarde, assure ses lunettes, clignote et ne me voit pas.

« Claudine, vous savez bien ?

— Ah !... comment donc ! Bonjour, ma chère enfant ! Votre père va bien ?

— Très bien, je vous remercie.

— Eh bien, ça marche l'examen ? Êtes-vous contente ? Avez-vous bientôt fini ?

— Hélas, je le voudrais ! Mais j'ai encore à passer la physique et chimie, la littérature, que vous représentez, l'anglais et la musique. Mme Sallé se porte bien ?

— Ma femme, elle se promène dans le Poitou ; elle ferait bien mieux de me soigner, mais...

— Écoutez, monsieur Sallé, puisque vous me tenez, débarrassez-moi de la littérature.

— Mais je n'en suis pas à votre nom, loin de là ! Revenez tout à l'heure...

— Monsieur Sallé, qu'est-ce que ça peut bien faire ?

— Ça fait, ça fait que je jouissais d'un instant de repos et que je l'avais bien mérité. Et puis, ce n'est pas dans le programme, on ne doit pas rompre l'ordre alphabétique.

— Monsieur Sallé, soyez bon. Vous ne me demanderez presque rien. Vous savez bien que j'en sais plus que n'en exige le programme, sur les bouquins de littérature. Je suis souris dans la bibliothèque de papa.

— Heu... oui, c'est vrai. Je peux bien faire ça pour vous. J'avais l'intention de vous demander ce que c'étaient que les aèdes et les troubadours, et le *Roman de la Rose*, etc.

— Reposez-vous, monsieur Sallé. Les troubadours, ça me connaît : je les vois tous sous la forme du petit chanteur florentin[1], comme ça... »

Je me lève et je prends la pose : le corps appuyé sur la jambe droite, l'ombrelle verte du père Sallé me servant de mandoline. Heureusement nous sommes seuls en ce coin ; Luce me regarde de loin et bée de surprise. Ce pauvre homme goutteux, ça le distrait un peu ; il rit.

« ... Ils ont une toque en velours, les cheveux bouclés, souvent même un costume mi-partie (en bleu et jaune ça fait très bien) ; leur mandoline pendue à un cordon de soie, ils chantent la petite chose du *Passant*[2] : "Mignonne, voici l'avril." C'est ainsi, monsieur Sallé, que je me représente les troubadours. Nous avons aussi le troubadour premier empire...

— Mon enfant, vous êtes un peu folle, mais je me délasse avec vous. Qu'est-ce que vous pouvez bien appeler les troubadours premier empire, Dieu juste ? Parlez tout bas, ma petite Claudine, si ces messieurs nous voyaient.

— Chut ! les troubadours premier empire, je les ai connus par des chansons que chantait papa. Écoutez bien. »

Je fredonne tout bas :

Brûlant d'amour et partant pour la guerre,
Le casque en tête et la lyre à la main,
Un troubadour à sa jeune bergère
En s'éloignant répétait ce refrain :
Mon bras à ma patrie,
Mon cœur à mon amie,
Mourir content pour la gloire et l'amour,
C'est le refrain du joyeux troubadour[3] *!*

Le père Sallé rit de tout son cœur :

« Mon Dieu ! que ces gens étaient ridicules ! Je sais bien que nous le serons autant qu'eux dans vingt ans, mais cette idée d'un troubadour avec un casque et une lyre !... Sauvez-vous vite, mon enfant, allez, vous aurez une bonne note ; mes amitiés à votre père, dites-lui que je l'aime bien, et qu'il apprend de belles chansons à sa fille !

— Merci, monsieur Sallé, adieu ; merci encore de ne m'avoir pas interrogée ; je ne dirai rien, soyez tranquille ! »

Voilà un brave homme ! Ça m'a rendu un peu de courage, et j'ai l'air si gaillard que Luce me demande : « Tu as donc bien répondu ? Qu'est-ce qu'il t'a demandé ? Pourquoi prenais-tu son ombrelle ?

— Ah ! voilà ! Il m'a demandé des choses très difficiles sur les troubadours, sur la forme des instruments dont ils se servaient ; une chance que je savais tous ces détails-là !

— La forme des instruments... non, vrai, je tremble en pensant qu'il pouvait me le demander ! La forme des... mais ce n'est pas dans le programme ! Je le dirai à Mademoiselle !

— Parfaitement, nous ferons une réclamation. Tu as fini, toi ?

— Oui, merci ! J'ai fini. J'ai cent kilos de moins sur la poitrine, je t'assure ; je crois qu'il n'y a plus que Marie à passer. »

« Mademoiselle Claudine ! » fait une voix derrière nous. Ah ! ah ! c'est Roubaud. Je m'assieds devant lui, réservée et convenable ; il fait le gentil, il est le professeur mondain de l'endroit, je parie, mais il m'en veut encore, le rancunier, d'avoir trop vite écarté son madrigal botticellique... C'est d'une voix un peu grincheuse qu'il me demande :

« Vous ne vous êtes pas endormie sous les frondaisons, aujourd'hui, mademoiselle ?

— Est-ce une question qui fait partie du programme, monsieur ? »

(Il toussotte. J'ai commis une grosse maladresse pour le plaisir de le vexer[a]. Tant pis !)

« Veuillez me dire comment vous vous y prendriez pour vous procurer de l'encre.

— Mon Dieu, monsieur, il y a bien des manières ; la

plus simple serait encore d'aller en demander chez le papetier du coin...

— La plaisanterie est aimable, mais ne suffirait pas à vous obtenir une note somptueuse... Tâchez de me dire avec quels ingrédients vous fabriqueriez de l'encre ?

— Noix de galle... tannin... oxyde de fer... gomme...

— Vous ne connaissez pas les proportions ?

— Non.

— Tant pis ! Pouvez-vous me parler du mica ?

— Je n'en ai jamais vu ailleurs que dans les petites vitres des salamandres[1].

— Vraiment ? Tant pis encore ! La mine des crayons, de quoi est-elle faite ?

— Avec de la plombagine, une pierre tendre qu'on scie en baguettes et qu'on enferme dans deux moitiés de cylindre en bois.

— C'est le seul usage de la plombagine ?

— Je n'en connais pas d'autres.

— Tant pis, toujours ! On ne fait que des crayons avec ?

— Oui, mais on en fait beaucoup ; il y a des mines en Russie, je crois. On consomme dans le monde entier une quantité fabuleuse de crayons, surtout les examinateurs qui croquent des portraits de candidates sur leur calepin... »

(Il rougit, et s'agite.)

« Passons à l'anglais. »

Et, ouvrant un petit recueil de contes de Miss Edgeworth[2] :

« Veuillez me traduire quelques phrases.

— Traduire, oui, mais lire... c'est autre chose !

— Pourquoi ?

— Parce que notre professeur d'anglais prononce d'une façon ridicule ; je ne sais pas prononcer autrement.

— Bah ! qu'est-ce que ça fait ?

— Ça fait que je n'aime pas être ridicule.

— Lisez un peu, je vous arrêterai tout de suite. »

Je lis, mais tout bas, en esquissant à peine les syllabes, et je traduis les phrases avant d'avoir articulé les derniers mots. Roubaud, malgré lui, pouffe de tant d'empressement à ne pas montrer mon insuffisance en anglais, et j'ai envie de le griffer. Comme si c'était ma faute !

« C'est bien. Voulez-vous me citer quelques verbes irréguliers, avec leur forme au présent[1] et au participe passé ?

— *To see,* voir, *I saw, seen. To be,* être, *I was, been. To drink,* boire, *I drank, drunk. To...*

— Assez, je vous remercie. Bonne chance, mademoiselle.

— Vous êtes trop bon, monsieur. »

J'ai su le lendemain que ce tartufe bien mis m'avait collé une très mauvaise note, trois points au-dessous de la moyenne, de quoi me faire recaler, si les notes de l'écrit, la composition française surtout, n'avaient plaidé en ma faveur. Fiez-vous à ces sournois prétentieusement cravatés, qui lissent leurs moustaches et crayonnent votre portrait en vous coulant des regards ! Il est vrai que je l'avais vexé, mais c'est égal ; les bouledogues francs, comme le père Lacroix, valent cent fois mieux !

Délivrée de la physique et chimie ainsi que de l'anglais, je m'assieds et m'occupe de mettre un peu d'art dans le désordre de mes cheveux. Luce vient me trouver, roule complaisamment mes boucles sur son doigt, toujours chatte et frôleuse. Elle a du courage, par cette température !

« Où sont les autres, petite ?

— Les autres ? Elles ont fini toutes, elles sont en bas dans la cour avec Mademoiselle, et toutes celles des autres écoles qui ont fini sont là aussi. »

Le fait est que la salle se vide rapidement.

Cette grosse bonne femme de Mlle Michelot m'appelle enfin. Elle est rouge et fatiguée à faire pitié à Anaïs elle-même. Je m'assieds ; elle me considère sans rien dire, d'un gros œil perplexe et débonnaire. Quoi ?

« Vous êtes... musicienne, m'a dit Mlle Sergent.

— Oui, mademoiselle, je joue du piano. »

Elle s'exclame en levant les bras :

« Mais alors, vous en savez bien plus que moi ! »

(Ça lui est parti du cœur ; je ne peux pas m'empêcher de rire.)

« Ma foi, écoutez, je vais vous faire déchiffrer et puis voilà tout. Je vais vous chercher quelque chose de difficile, vous vous en tirerez toujours. »

Ce qu'elle a trouvé de difficile, c'est un exercice assez simple, mais qui, tout en doubles croches, avec sept bémols à la clef, lui a semblé « noir » et redoutable. Je le chante *allegro vivace,* entourée d'un cercle admiratif de petites filles qui soupirent d'envie. Mlle Michelot hoche la tête et m'adjuge, sans insister davantage, un 20 qui fait loucher l'auditoire.

Ouf ! c'est donc fini ! On va rentrer à Montigny, on va retourner à l'école, courir les bois, assister aux ébats de nos institutrices (pauvre petite Aimée, elle doit languir, toute seule !). Je dévale dans la cour, Mlle Sergent n'attendait plus que moi et se lève à ma vue.

« Eh bien ! c'est terminé ?

— Oui, Dieu merci ! J'ai 20 en musique.

— 20 en musique ! »

Les camarades ont crié ça en chœur, n'en croyant pas leurs oreilles.

« Il ne manquerait plus que ça, que vous n'eussiez pas 20 en musique, dit Mademoiselle d'un air détaché — flattée au fond.

— C'est égal, dit Anaïs, ennuyée et jalouse, 20 en musique, 19 en composition française... si tu as beaucoup de notes comme celles-là !

— Rassure-toi, douce enfant, l'élégant Roubaud m'aura chichement noté !

— Parce que ? demande Mademoiselle, tout de suite inquiète.

— Parce que je ne lui ai pas dit grand-chose. Il m'a demandé de quel bois on fait les flûtes, non, les crayons, quelque chose comme ça, et puis des histoires sur l'encre... et sur Botticelli, enfin, ça ne "cordait" pas nous deux. »

La Directrice s'est rembrunie.

« Je m'étonnerais bien si vous n'aviez pas fait quelque bêtise ! Vous ne vous en prendrez pas à d'autres qu'à vous si vous échouez.

— Hé, qui sait ? Je m'en prendrai à M. Antonin Rabastens ; il m'avait inspiré une violente passion, et mes études en ont singulièrement souffert. »

Sur ce, Marie Belhomme déclare, en joignant ses mains de sage-femme, que « si elle avait un amoureux, elle ne le dirait pas si effrontément ». Anaïs me regarde en coin pour savoir si je plaisante ou non, et Mademoiselle, haussant les épaules, nous rentre à l'hôtel, traînardes, égrenées, si musardes qu'elle doit toujours en attendre quelqu'une au détour des rues. On dîne, on bâille ; à neuf heures, la fièvre nous reprend d'aller lire le nom des élues, à la porte de ce laid paradis. « Je n'emmène personne, déclare Mademoiselle, j'irai seule, vous attendrez. » Mais un tel concert de gémissements s'élève qu'elle s'attendrit et nous laisse venir.

Nous nous sommes encore précautionnées de bougies, inutiles, cette fois, une main bienveillante ayant accroché une grosse lanterne au-dessus de l'affiche blanche où sont inscrits nos noms... eh là ! je m'avance un peu trop en disant *nos*... si le mien allait ne pas se trouver sur la liste ? Anaïs s'évanouirait de bonheur ! Au milieu des exclamations, des poussées, des battements de mains, je lis, heureusement : Anaïs, Claudine, etc. Toutes, donc ? Hélas, non, pas Marie : « Marie est refusée », murmure Luce. « Marie n'y est pas », chuchote Anaïs, qui cache difficilement sa joie mauvaise. La pauvre Marie Belhomme reste plantée, toute pâle, devant la méchante feuille, qu'elle considère de ses yeux brillants d'oiseau, agrandis et ronds ; puis, les coins de sa bouche se tirent et elle éclate en pleurs bruyants... Mademoiselle l'emmène, ennuyée ; nous suivons, sans songer aux passants qui se retournent, Marie gémit et sanglote tout haut :

« Voyons, voyons, ma petite fille, dit Mademoiselle, vous n'êtes pas raisonnable. Ce sera pour le mois d'octobre, vous serez plus heureuse... Quoi donc, ça vous fait deux mois à travailler encore...

— Hheu ! se lamente l'autre, inconsolable.

— Vous serez reçue, je vous dis ! Tenez, je vous promets, je vous promets que vous[a] serez reçue ! Êtes-vous contente ? »

Effectivement, cette affirmation produit un heureux effet. Marie ne pousse plus que des petits grognements de chien d'un mois qu'on empêche de téter, et marche en se tamponnant les yeux.

Son mouchoir est à tordre, et elle le tord ingénument, en passant sur le pont. Cette rosse d'Anaïs dit à demi-voix : « Les journaux annoncent une forte crue de la Lisse[1]... » Marie, qui entend, éclate d'un fou rire mêlé d'un reste de sanglots, et nous pouffons toutes. Et voilà, et la tête mobile de la retoquée a girouetté du côté de la joie ; elle songe qu'elle va être reçue au mois d'octobre, elle s'égaye, et nous ne trouvons rien de plus opportun, par cette soirée accablante, que de sauter à la corde, sur la place (toutes, oui, même les Jaubert !), jusqu'à dix heures, sous la lune.

Le lendemain, Mademoiselle vient nous secouer dans nos lits dès six heures ; pourtant, le train ne part qu'à dix ! « Allons, allons, petites louaches*, il faut refaire les valises, déjeuner, vous n'aurez pas trop de temps ! » Elle vibre, dans un état de trépidation extraordinaire, ses yeux aigus brillent et pétillent, elle rit, bouscule Luce qui chancelle de sommeil, bourre Marie Belhomme qui se frotte les yeux, en chemise, les pieds dans ses pantoufles, sans reprendre la conscience nette des choses réelles. Nous sommes toutes éreintées, nous, mais qui reconnaîtrait en Mademoiselle la duègne qui nous chaperonna ces trois jours ? Le bonheur la transfigure, elle va revoir sa petite Aimée, et, d'allégresse ne cesse de sourire aux anges, dans l'omnibus qui nous remmène à la gare. Marie semble un peu mélancolique de son échec, mais je pense que c'est par devoir qu'elle affiche une mine contrite. Et nous jacassons éperdument, toutes à la fois, chacune racontant son examen à cinq autres qui n'écoutent pas.

« Ma vieille ! s'écrie Anaïs, quand j'ai entendu qu'il me demandait les dates des...

— J'ai défendu cent fois qu'on s'appelle "ma vieille", interrompt Mademoiselle.

— Ma vieille, recommence tout bas Anaïs, je n'ai eu que le temps d'ouvrir mon petit calepin dans ma main ; le plus fort, c'est qu'il l'a vu, ma pure parole, et qu'il n'a rien dit !

— Menteuse des menteuses ! crie l'honnête Marie Belhomme, les yeux hors de la tête, j'étais là, je regardais, il n'a rien vu du tout ; il te l'aurait ôté, on a bien ôté le décimètre à une des Villeneuve.

— Je te conseille de parler ! Va donc raconter à Roubaud que la grotte du Chien est pleine d'acide sulfurique ! »

Marie baisse la tête, devient rouge, et recommence à

* Chique, parasite du chien.

pleurer au souvenir de ses infortunes : je fais le geste d'ouvrir un parapluie et Mademoiselle sort une fois encore de son « espoir charmant[1] » :

« Anaïs, vous êtes une gale ! Si vous tourmentez une seule de vos compagnes, je vous fais voyager seule dans un wagon à part.

— Celui des fumeurs, parfaitement, affirmé-je.

— Vous, on ne vous demande pas ça. Prenez vos valises, vos collets, ne soyez pas les éternelles engaudres* ! »

Une fois dans le train, elle ne s'occupe pas plus de nous que si nous n'existions pas ; Luce s'endort, la tête sur mon épaule ; les Jaubert s'absorbent dans la contemplation des champs qui filent, du ciel pommelé et blanc ; Anaïs se ronge les ongles ; Marie s'assoupit, elle et son chagrin.

À Bresles[2], la dernière station avant Montigny, on commence à s'agiter un peu ; dix minutes encore et nous serons là-bas. Mademoiselle tire sa petite glace de poche et vérifie l'équilibre de son chapeau, le désordre de ses rudes cheveux roux crespelés, la pourpre cruelle de ses lèvres — absorbée, palpitante, et l'air quasi dément ; Anaïs se pince les joues dans le fol espoir d'y amener une ombre de rose ; je coiffe mon tumultueux et immense chapeau. Pour qui faisons-nous tant de frais ? Pas pour Mlle Aimée, nous autres, bien sûr... Eh bien ! pour personne, pour les employés de la gare, pour le conducteur de l'omnibus, le père Racalin, ivrogne de soixante ans, pour l'idiot qui vend les journaux, pour les chiens qui trotteront sur la route...

Voilà la Sapinière, et le bois de Bel-Air, et puis le pré communal, et la gare des marchandises, et enfin les freins geignent ! Nous sautons à terre, derrière Mademoiselle qui a couru déjà à sa petite Aimée, joyeuse et sautillante sur le quai. Elle l'a serrée d'une étreinte si vive que la frêle adjointe en a brusquement rougi, suffoquée. Nous accourons près d'elle et lui souhaitons la bienvenue de l'air des écolières sages « ... jour, Mmmselle !... zallez bien, Mmmselle ? »

Comme il fait beau, comme rien ne presse, nous fourrons nos valises dans l'omnibus et nous revenons à

* Emplâtres (au figuré).

pied, flânant le long de la route entre les haies hautes où fleurissent les polygalas, bleus et rose vineux, et les *Ave Maria* aux fleurs en petites croix blanches. Joyeuses d'être lâchées, de ne pas avoir d'Histoire de France à repasser ni de cartes à mettre en couleur, nous courons devant et derrière ces demoiselles, qui marchent bras sur bras, unies et rythmant leur pas. Aimée a embrassé sa sœur, lui a donné une tape sur la joue en lui disant : « Tu vois bien, petite serine, qu'on s'en tire tout de même ! » Et maintenant elle n'a plus d'yeux, d'oreilles que pour sa grande amie.

Désappointée une fois de plus, la pauvre Luce s'attache à ma personne et me suit comme une ombre, en murmurant des moqueries et des menaces : « C'est vraiment la peine qu'on se brège* la cervelle pour recevoir des compliments comme ça !... Elles ont bonne touche toutes les deux ; ma sœur pendue à l'autre comme un panier !... Devant tous les gens qui passent, si ça fait pas soupirer ! » Elles s'en fichent pas mal des gens qui passent.

Rentrée triomphale ! Tout le monde sait d'où nous venons, et le résultat de l'examen, télégraphié par Mademoiselle ; les gens se montrent sur leurs portes et nous font des signes amicaux... Marie sent croître sa détresse et disparaît le plus qu'elle peut.

D'avoir quelques jours quitté l'école, nous la voyons mieux en la retrouvant : achevée, parachevée, léchée, blanche, la mairie au milieu, flanquée des deux écoles, garçons et filles, la grande cour dont on a respecté les cèdres, heureusement, et les petits massifs réguliers à la française, et les lourdes portes de fer — beaucoup trop lourdes et trop redoutables — qui nous enferment, et les water-closets à six cabines, trois pour les grandes, trois pour les petites (par une touchante et pudique attention, les cabines des grandes ont des portes pleines, celles des petites : des demi-portes), les beaux dortoirs du premier étage, dont on aperçoit au dehors les vitres claires et les rideaux blancs. Les malheureux contribuables la paieront longtemps. On dirait une caserne, tant c'est beau !

Les élèves nous font une réception bruyante ;

* Endommage.

Mlle Aimée ayant bonnement confié la surveillance de ses élèves et celle de la première classe à la chlorotique Mlle Griset, pendant sa petite promenade à la gare, les classes sont semées de papiers, hérissées de sabots-projectiles, de trognons de pommes de moisson[1]... Sur un froncement des sourcils roux de Mlle Sergent, tout rentre dans l'ordre, des mains rampantes ramassent les trognons de pommes, des pieds s'allongent et, silencieusement, réintègrent les sabots épars.

Mon estomac crie et je vais déjeuner, charmée de retrouver Fanchette, et le jardin, et papa ; — Fanchette blanche qui se cuit et se fait maigrir au soleil, et m'accueille avec des miaulements brusques et étonnés ; — le jardin vert, négligé et envahi de plantes qui se hissent et s'allongent pour trouver le soleil que leur cachent les grands arbres ; — et papa qui m'accueille d'une bonne bourrade tendre au défaut de l'épaule :

« Qu'est-ce que tu deviens donc ? Je ne te vois plus !

— Mais, papa, je viens de passer mon examen.

— Quel examen ? »

Je vous dis qu'il n'y en a pas deux comme lui ! Complaisamment, je lui narre les aventures de ces derniers jours, pendant qu'il tire sa grande barbe rousse et blanche. Il paraît content. Sans doute, ses croisements de limaces lui auront fourni des résultats inespérés.

Je me suis payé quatre ou cinq jours de repos, de vagabondages aux Matignons, où je trouve Claire, ma sœur de lait, ruisselante de larmes parce que son amoureux vient de quitter Montigny sans daigner même l'en prévenir. Dans huit jours elle possédera un autre promis qui la lâchera au bout de trois mois, pas assez rusée pour retenir les gars, pas assez pratique pour se faire épouser ; et comme elle s'entête à rester sage... ça peut durer longtemps.

En attendant, elle garde ses vingt-cinq moutons, petite bergère un peu opéra-comique, un peu ridicule, avec le grand chapeau cloche qui protège son teint et son chignon (le soleil fait jaunir les cheveux ma chère !), son petit tablier bleu brodé de blanc, et le roman blanc à titre rouge *En fête !* qu'elle cache dans son panier. (C'est moi qui lui ai prêté les œuvres d'Auguste Germain[1] pour l'initier à la grande vie ! Hélas, toutes les horreurs qu'elle commettra, j'en serai peut-être responsable.) Je suis sûre qu'elle se trouve poétiquement malheureuse, triste fiancée abandonnée, et qu'elle se plaît, toute seule, à prendre des poses nostalgiques, « les bras jetés comme de vaines armes[2] », ou bien la tête penchée, à demi ensevelie sous ses cheveux épars. Pendant qu'elle me raconte les maigres nouvelles de ces quatre jours, et ses malheurs, c'est moi qui m'occupe des moutons et pousse la chienne vers eux : « Amène-les, Lisette ! Amène-les là-bas ! », c'est moi qui roule les « prrrrr... ma guéline ! » pour les empêcher de toucher à l'avoine ; j'ai l'habitude.

« ... Quand j'ai appris par quel train il partait, soupire Claire, je me suis arrangée pour laisser mes moutons à Lisette et je suis descendue au passage à niveau. À la barrière j'ai attendu le train, qui ne va pas trop vite là parce que ça monte... Je l'ai aperçu, j'ai agité mon mouchoir, j'ai envoyé des baisers, je crois qu'il m'a vue... Écoute, je ne suis pas sûre, mais il m'a semblé que ses yeux étaient rouges. Peut-être que ses parents l'ont forcé de revenir... Peut-être qu'il m'écrira... » Va toujours, petite romanesque, ça ne coûte rien d'espérer. Et puis si j'essayais de te détourner, tu ne me croirais pas.

Au bout de cinq jours de trôleries dans les bois, à me griffer les bras et les jambes aux ronces, à rapporter des brassées d'œillets sauvages, de bluets et de sceaux-de-Salomon, à manger des merises amères et des groseilles à maquereau, la curiosité et le mal de l'école me reprennent. J'y retourne.

Je les trouve toutes, les grandes assises sur des bancs à l'ombre, dans la cour, travaillant paresseusement aux ouvrages « d'exposition » ; les petites, sous le préau, en train de barboter à la pompe ; Mademoiselle dans un fauteuil d'osier, son Aimée à ses pieds sur une caisse à fleurs renversée, flânant et chuchotant. À mon arrivée, Mlle Sergent bondit et pivote sur son siège :

« Ah ! vous voilà ! ce n'est pas malheureux ! Vous

prenez du bon temps ! Mademoiselle Claudine court les champs, sans songer que la distribution des prix approche, et que les élèves ne savent pas une note du chœur qu'on doit y chanter !

— Mais... Mlle Aimée n'est donc pas professeur de chant ? ni M. Rabastens (Antonin) ?

— Ne dites pas de bêtises ! Vous savez fort bien que Mlle Lanthenay ne peut pas chanter, la délicatesse de sa voix ne le lui permet pas ; quant à M. Rabastens, on a jasé en ville sur ses visites et ses leçons de chant, à ce qu'il paraît. Ah ! Dieu ! votre sale pays de cancans ! Enfin il ne reviendra plus. On ne peut pas se passer de vous pour les chœurs et vous en abusez. Ce soir, à quatre heures, nous diviserons les parties et vous ferez copier les couplets au tableau.

— Je veux bien, moi. Qu'est-ce que c'est, le chœur de cette année ?

— L'*Hymne à la Nature*[1]. Marie, allez le chercher sur mon bureau, Claudine va commencer à le seriner. »

C'est un chœur à trois parties, très chœur de pension. Les sopranos piaillent avec conviction :

Là-bas, au lointain,
L'hymne du matin
S'élève en un doux murmure...

Cependant que les mezzos, faisant écho aux rimes en *tin*, répètent *tin tin tin*, pour imiter la cloche de l'angélus. C'est bête à pleurer. Ça plaira beaucoup[a].

Elle va commencer, cette douce vie, qui consiste à m'égosiller, à chanter trois cent fois le même air, à rentrer aphone à la maison, à m'enrager contre ces petites, réfractaires à tout rythme. Si on me faisait un cadeau, au moins !

Anaïs, Luce, quelques autres, ont heureusement une bonne mémoire de l'oreille, et me suivent de la voix dès la troisième fois. On cesse parce que Mademoiselle a dit « Assez pour aujourd'hui » ; ce serait trop de cruauté de nous faire chanter longtemps par cette température sénégalienne.

« Et puis, vous savez, ajoute Mademoiselle, défense de fredonner l'*Hymne à la nature* entre les leçons ! Sinon, vous l'estropierez, vous le déformerez et vous ne serez pas capables de le chanter proprement à la distribution. Travaillez, maintenant, et que je n'entende pas causer trop haut. »

On nous garde dehors, les grandes, pour que nous exécutions plus à l'aise les mirifiques travaux destinés à l'exposition des *ouvrages de main* ! (Est-ce que les ouvrages peuvent être autres que « de main » ? Je n'en connais pas de « pied ».) Car, après la distribution des prix, la ville entière vient admirer nos travaux exposés, emplissant deux classes : dentelles, tapisseries, broderies, lingeries enrubannées, déposées sur les tables d'étude. Les murs sont tendus de rideaux ajourés, de jetés de lit[1] au crochet sur transparents de couleur, de descentes de lit en mousse de laine verte (du tricot détricoté) piquées de fleurs fausses rouges et roses, toujours en laine ; de dessus de cheminée en peluche brodée... Mais ces grandes petites filles, coquettes des dessous qu'elles montrent, exposent surtout une quantité de lingeries somptueuses, des chemises en batiste de coton à fleurettes, à empiècements merveilleux, des pantalons forme sabot, jarretés de rubans, des cache-corsets festonnés en haut et en bas, tout ça sur transparents de papier bleu, rouge et mauve avec pancartes où le nom de l'auteur ressort, en belle ronde. Le long des murs s'alignent des tabourets au point de croix où repose soit l'horrible chat dont les yeux sont faits de quatre points verts, un noir au milieu, soit le chien, à dos rouge et à pattes violâtres, qui laisse pendre une langue couleur d'andrinople.

Bien entendu, la lingerie, plus que tout le reste, intéresse les gars, qui viennent visiter l'exposition, comme tout le monde ; ils s'attardent aux chemises fleuries, aux pantalons enrubannés, se poussent de l'épaule, rient et chuchotent des choses énormes.

Il est juste de dire que l'école des garçons possède aussi son exposition, rivale de la nôtre. S'ils n'offrent pas à l'admiration des lingeries excitantes, ils montrent d'autres merveilles : des pieds de table habilement tournés, des colonnes torses, (ma chère ! c'est le plus difficile), des assemblages de menuiserie en « queue d'aronde », des cartonnages ruisselants de colle, et surtout des moulages en terre glaise, — joie de l'instituteur, qui baptise cette salle « Section de sculpture », modestement —, des moulages, dis-je, qui ont la prétention de reproduire des frises du Parthénon et autres bas-reliefs, noyés, empâtés, piteux. La « Section de dessin » n'est pas plus consolante : les têtes des Brigands des Abruzzes louchent, le Roi de Rome a une fluxion, Néron grimace horriblement, et le président Loubet[1] dans un cadre tricolore, menuiserie et cartonnage combinés, a envie de vomir. (C'est qu'il songe à son ministère, explique Dutertre, toujours enragé de n'être pas député[2].) Aux murs, des lavis mal lavés, des plans d'architecture et la « vue générale anticipée (*sic*) de l'Exposition de 1900[3] », aquarelle qui mérite le prix d'honneur.

Et pendant le temps qui nous sépare encore des vacances, on laissera au rancart tous les livres, on travaillera mollement dans l'ombre des murs, en se lavant les mains toutes les heures — prétexte à rôderie — pour ne pas tacher de moiteur les laines claires et les linges blancs ; j'expose seulement trois chemises de linon, roses, forme bébé, avec les pantalons pareils, *fermés*, détail qui scandalise mes camarades, unanimes à trouver cela « inconvenant[4] », parole d'honneur !

Je m'installe entre Luce et Anaïs, voisine elle-même de Marie Belhomme, car nous nous tenons, par habitude, en un petit groupe[5]. Pauvre Marie ! Il lui faut retravailler pour l'examen d'octobre... Comme elle s'ennuyait à périr dans la classe vide, Mademoiselle la laisse par pitié venir avec nous ; elle lit dans des Atlas, dans des Histoires de France, quand je dis qu'elle lit, ... son livre est ouvert sur ses genoux, elle penche la tête et glisse des regards vers nous, tendant l'oreille à ce que nous disons. Je prévois le résultat de l'examen d'octobre !

« Je sèche de soif ! As-tu ta bouteille ? me demande Anaïs.

— Non, pas pensé à l'apporter, mais Marie doit avoir la sienne. »

Encore une de nos coutumes immuables et ridicules, ces bouteilles. Dès les premiers jours de grosse chaleur, il est convenu que l'eau de la pompe devient imbuvable (elle l'est en tout temps), et chacune apporte au fond du petit panier — quelquefois dans la serviette de cuir ou le sac de toile — une bouteille pleine de boisson fraîche. C'est à qui réalisera le mélange le plus baroque, les liquides les plus dénaturés. Pas de coco, c'est bon pour la petite classe ! À nous l'eau vinaigrée qui blanchit les lèvres et tiraille l'estomac, les citronnades aiguës, les menthes qu'on fabrique soi-même avec les feuilles fraîches de la plante, l'eau-de-vie chipée à la maison et empâtée de sucre, le jus des groseilles vertes qui fait *regipper**. La grande Anaïs déplore amèrement le départ de la fille du pharmacien, qui nous fournissait jadis des flacons pleins d'alcool de menthe trop peu additionné d'eau, ou encore d'eau de Botot[1] sucrée ; moi qui suis une nature simple, je me borne à boire du vin blanc coupé d'eau de Seltz, avec du sucre et un peu de citron. Anaïs abuse du vinaigre et Marie du jus de réglisse, si concentré qu'il tourne au noir. L'usage des bouteilles étant interdit, chacune, je le répète, apporte la sienne, fermée d'un bouchon que traverse un tuyau de plume, ce qui nous permet de boire en nous penchant, sous prétexte de ramasser une bobine, sans déplacer la bouteille couchée dans le panier, le bec dehors. À la petite récréation d'un quart d'heure (à neuf heures et à trois heures), tout le monde se précipite à la pompe pour inonder les bouteilles et les rafraîchir un peu. Il y a trois ans, une petite est tombée avec sa bouteille, s'est crevé un œil : son œil est tout blanc, maintenant. À la suite de cet accident, on a confisqué tous les récipients, tous, pendant une semaine... et puis quelqu'une a rapporté le sien, exemple suivi par une autre le jour suivant... le mois d'après, les bouteilles fonctionnaient régulièrement. Mademoiselle ignore peut-être cet accident qui date d'avant son arrivée — ou bien elle préfère fermer les yeux pour que nous la laissions tranquille.

Rien ne se passe, en vérité. La chaleur nous ôte tout entrain : Luce m'assiège moins de ses importunes câlineries ; des velléités de querelles s'éveillent à peine

* Mot intraduisible indiquant l'impression produite par les saveurs astringentes.

pour tomber tout de suite ; c'est la flemme, quoi, et les orages brusques de juillet, qui nous surprennent dans la cour, nous balaient sous des trombes de grêle — une heure après, le ciel est pur.

On a joué une méchante farce à Marie Belhomme qui s'était vantée de venir à l'école sans pantalon, à cause de la chaleur.

Nous étions quatre, une après-midi, assises sur un banc dans l'ordre que voici :

Marie-Anaïs-Luce-Claudine

Après s'être fait dûment expliquer mon plan, tout bas, mes deux voisines se lèvent pour se laver les mains, et le milieu du banc reste vide, Marie à un bout, moi à l'autre. Elle dort à moitié sur son arithmétique. Je me lève brusquement ; le banc bascule : Marie, réveillée en sursaut, tombe les jambes en l'air, avec un de ces cris de poule égorgée dont elle a le secret, et nous montre... qu'effectivement elle ne porte pas de pantalon. Des huées, des rires énormes éclatent ; la Directrice veut tonner et ne peut pas, prise elle-même d'un fou rire ; et Aimée Lanthenay préfère s'en aller, pour ne pas offrir à ses élèves le spectacle de ses tortillements de chatte empoisonnée.

Dutertre ne vient plus depuis des temps. On le dit aux bains de mer, quelque part, où il lézarde et flirte (mais où prend-il de l'argent ?). Je le vois, en flanelle blanche, en chemises molles, avec des ceintures trop larges et des souliers trop jaunes ; il adore ces costumes un peu rastas, très rasta lui-même sous ces teintes claires, trop hâlé et d'yeux trop brillants, les dents pointues et la moustache d'un noir roussi comme si on l'avait flambée. Je n'ai guère pensé à sa brusque attaque dans le couloir vitré — l'impression a été vive mais courte — et puis, avec lui, on sait si bien que ça ne tire pas à conséquence ! Je suis peut-être la trois centième petite fille qu'il tente d'attirer chez lui ; l'incident n'a d'intérêt ni pour lui ni pour moi. Ça en aurait si le coup avait réussi, voilà tout.

Déjà nous songeons beaucoup aux toilettes de la distribution des prix. Mademoiselle se fait broder une robe de soie noire par sa mère, fine travailleuse qui exécute dessus, au plumetis, de grands bouquets, des guirlandes minces qui suivent le bas de la jupe, des branches qui grimpent sur le corsage, tout cela en soies violettes nuancées, passées — quelque chose de très distingué, un peu « dame âgée » peut-être, mais de coupe impeccable ; toujours sombrement et simplement vêtue, le chic de ses jupes éclipse toutes les notairesses, receveuses, commerçantes et rentières d'ici ! C'est sa petite vengeance de femme laide et bien faite.

Mlle Sergent s'occupe aussi d'habiller gentiment sa petite Aimée pour ce grand jour. On a fait venir des échantillons du Louvre, du Bon Marché, et les deux amies choisissent ensemble, absorbées, devant nous, dans la cour où nous travaillons à l'ombre. Je pense que voilà une robe qui ne coûtera pas cher à Mlle Aimée ; de vrai, elle aurait bien tort d'agir autrement, ce n'est pas avec ses soixante-quinze francs par mois — desquels il faut retrancher trente francs, sa pension (qu'elle ne paie pas), autant pour celle de sa sœur (qu'elle économise) et vingt francs qu'elle envoie à ses parents, je le sais par Luce —, ce n'est pas avec ces appointements, je dis, qu'elle paierait la gentille robe de mohair blanc dont j'ai vu l'échantillon.

Parmi les élèves, c'est très bien porté de ne point paraître s'occuper de sa toilette de distribution. Toutes y réfléchissent un mois à l'avance, tourmentent les mamans pour obtenir des rubans, des dentelles, ou seulement des modifications qui moderniseront la robe de l'an passé — mais il est de bon goût de n'en rien dire ; on se demande avec une curiosité détachée, comme par politesse : « Comment sera ta robe ? » Et on semble à peine écouter la réponse, faite sur le même ton négligent et dédaigneux.

La grande Anaïs m'a posé la question d'usage, les yeux ailleurs, la figure distraite. Le regard perdu, la voix indifférente, j'ai expliqué : « Oh ! rien d'étonnant... de la mousseline blanche... le corsage en fichu croisé ouvert en pointe... et les manches Louis XV avec un sabot de mousseline arrêtées au coude... C'est tout. »

Nous sommes toutes en blanc pour la distribution ; mais les robes sont ornées de rubans clairs, choux, nœuds, ceintures, dont la nuance, que nous tenons à changer tous les ans, nous préoccupe beaucoup.

« Les rubans ? » demande Anaïs du bout des lèvres. (J'attendais ça.)

« Blancs aussi.

— Ma chère, une vraie mariée, alors ! Tu sais, il y en a beaucoup qui seraient noires, dans tout ce blanc-là, comme des puces sur un drap.

— C'est vrai. Par bonheur, le blanc me va assez bien. »

(Rage, chère enfant ! On sait qu'avec ta peau jaune tu es forcée de mettre des rubans rouges ou orange à ta robe blanche, pour ne pas avoir l'air d'un citron.)

« Et toi ? rubans orange ?

— Non, voyons ! J'en avais l'année dernière ! Des rubans Louis XV pékinés, faille et satin, ivoire et coquelicot. Ma robe est en lainage crème.

— Moi, annonce Marie Belhomme, à qui on ne demande rien, c'est de la mousseline blanche, et les rubans couleur pervenche, d'un bleu mauve, très joli !

— Moi, fait Luce, toujours nichée dans mes jupes ou tapie dans mon ombre, j'ai la robe, seulement je ne sais pas quels rubans y mettre ; Aimée les voudrait bleus...

— Bleus ? ta sœur est une gourde, sauf le respect que je lui dois. Avec des yeux verts comme les tiens, on ne prend pas de rubans bleus, ça fait grincer les dents. La modiste de la place vend des rubans très jolis, en glacé vert et blanc... ta robe est blanche ?

— Oui, en mousseline.

— Bon ! Maintenant, tourmente ta sœur pour qu'elle t'achète les rubans verts.

— Pas besoin, c'est moi qui les achète.

— C'est encore mieux. Tu verras que tu seras très gentille ; il n'y en aura pas trois qui oseront risquer des rubans verts, c'est trop difficile à porter. »

Cette pauvre gosse ! Pour la moindre amabilité que je lui dis, sans le faire exprès, elle s'illumine...

Mlle Sergent, à qui l'exposition proche inspire des inquiétudes, nous bouscule, nous presse ; les punitions pleuvent, punitions qui consistent à faire après la classe vingt centimètres de dentelle, un mètre d'ourlet ou vingt rangs de tricot. Elle travaille aussi, elle, à une paire de splendides rideaux de mousseline qu'elle brode fort joliment, quand son Aimée lui en laisse le temps. Cette gentille fainéante d'adjointe, paresseuse comme une chatte qu'elle est, soupire et s'étire, pour cinquante points de tapisserie, devant toutes les élèves, et Mademoiselle lui dit, sans oser la gronder, que « c'est un exemple déplorable pour nous ». Là-dessus l'insubordonnée jette son ouvrage en l'air, regarde son amie avec des yeux scintillants, et se jette sur elle pour lui mordiller les mains. Les grandes sourient et se poussent du coude, les petites ne sourcillent pas.

Un grand papier, estampillé de la Préfecture, timbré de la mairie, trouvé par Mademoiselle dans la boîte aux lettres, a troublé singulièrement cette matinée, fraîche par hasard ; toutes les têtes travaillent, et toutes les langues. La Directrice ouvre le pli, le lit, le relit et ne dit rien. Sa toquée de petite compagne, impatientée de ne rien savoir, jette dessus des pattes vives et exigeantes, et pousse des « Ah ! » et des « Ça va en faire des embarras ! » si forts que, violemment intriguées, nous palpitons.

« Oui, lui dit Mademoiselle, j'étais avertie, mais j'attendais la feuille officielle ; c'est un des amis du docteur Dutertre...

— Mais ce n'est pas tout ça, il faut le dire aux élèves, puisqu'on va pavoiser, puisqu'on va illuminer, puisqu'il y aura un banquet... Regardez-les donc, elles cuisent d'impatience ! »

Si nous cuisons !...

« Oui, il faut leur annoncer... Mesdemoiselles, tâchez de m'écouter et de comprendre ! Le ministre de l'Agriculture, M. Jean Dupuy[1], viendra au chef-lieu à l'occasion du prochain comice agricole, et en profitera pour inaugurer les écoles neuves ; la ville sera pavoisée, illuminée, il y aura réception à la gare... et puis vous m'ennuyez, vous saurez bien tout ça puisque le tambour de ville le criera, tâchez seulement d'"appléter" plus que ça, que vos ouvrages soient prêts ! »

Un silence profond. Et puis nous éclatons ! Des exclamations partent, se mêlent, et le tumulte croît, troué d'une petite voix pointue : « Est-ce que le ministre va nous interroger ? » On hue Marie Belhomme, la cruche, qui a demandé ça.

Mademoiselle nous fait mettre en rangs, quoique l'heure ne soit pas encore venue, et nous lâche, criardes et bavardes, pour aller éclaircir ses idées et prendre des dispositions en vue de l'événement inouï qui se prépare.

« Ma vieille, qu'est-ce que tu dis de ça ? me demande Anaïs dans la rue.

— Je dis que nos vacances commenceront huit jours plus tôt[1], ça ne me fait pas rire ; je m'ennuie quand je ne peux pas venir à l'école.

— Mais il va y avoir des fêtes, des bals, des jeux sur les places.

— Oui, et beaucoup de gens devant qui parader, je t'entends bien ! Tu sais, nous serons très en vue, Dutertre, qui est l'ami particulier du nouveau ministre (c'est à cause de lui que cette Excellence de fraîche date[2] se risque dans un trou comme Montigny), nous mettra en avant...

— Non ? tu crois ?

— Sûr ! C'est un coup qu'il a monté pour dégommer le député ! »

Elle s'en va radieuse, rêvant de fêtes officielles pendant lesquelles dix mille paires d'yeux la contempleront !

Le tambour de ville a crié la nouvelle ; on nous promet des joies sans fin : arrivée du train ministériel à neuf heures, les autorités municipales, les élèves des deux écoles, enfin tout ce que la population de Montigny compte de plus remarquable attendra le ministre près de la gare, à l'entrée de la ville, et le conduira à travers les rues pavoisées, au sein des écoles. Là, sur une estrade, il parlera ! Et dans la grande salle de la mairie il banquètera en nombreuse compagnie. Puis, distribution des prix aux grandes personnes (car M. Jean Dupuy apporte quelques petits rubans violets et verts[3] aux obligés de son ami Dutertre, qui réussit là un coup de maître). Le soir, grand bal dans la salle du banquet. La fanfare du chef-lieu (quelque chose de propre !) prêtera son gracieux concours. Enfin le maire invite les habitants à pavoiser leurs demeures et à les décorer de verdure. Ouf ! quel honneur pour nous !

Ce matin, en classe, Mademoiselle nous annonce solennellement — on voit tout de suite que de grandes choses se préparent — la visite de son cher Dutertre, qui nous donnera, avec sa complaisance habituelle, d'amples détails sur la façon dont on réglera la cérémonie.

Là-dessus, il ne vient pas.

L'après-midi seulement, vers quatre heures, à l'instant où nous plions dans les petits paniers nos tricots, dentelles et tapisseries, Dutertre entre, comme toujours, en coup de vent, sans frapper. Je ne l'avais pas revu depuis son « attentat », il n'a pas changé : vêtu avec son habituelle négligence recherchée — chemise de couleur, vêtements presque blancs, une grande régate claire prise dans la ceinture qui lui sert de gilet — ; Mlle Sergent, comme Anaïs, comme Aimée Lanthenay, comme toutes, trouvent qu'il s'habille d'une façon suprêmement distinguée.

En parlant à ces demoiselles, il laisse errer ses yeux de mon côté, des yeux allongés, tirés sur les tempes, des yeux d'animal méchant, qu'il sait rendre doux. Il ne m'y prendra plus à me laisser emmener dans le couloir ; c'est fini, ce temps-là !

« Eh bien, petites, s'écrie-t-il, vous êtes contentes de voir un ministre ? »

On répond par des murmures indistincts et respectueux..

« Attention ! Vous allez lui faire à la gare une réception soignée, toutes en blanc ! Ce n'est pas tout ; il faut, pour lui offrir des bouquets, trois grandes, dont l'une récitera un petit compliment ; ah, mais ! »

Nous échangeons des regards de timidité feinte et d'effarouchement menteur.

« Ne faites pas les petites dindes ! Il en faut une en blanc pur, une en blanc avec rubans bleus, une en blanc avec rubans rouges, pour figurer un drapeau d'honneur, eh ! eh ! un petit drapeau pas vilain du tout ! Tu en es bien entendu, du drapeau, toi (c'est moi, ça) tu es décorative, et puis j'aime qu'on te voie. Comment sont tes rubans pour la distribution des prix ?

— Dame, cette année, c'est blanc partout.

— C'est bon, espèce de petite vierge, tu feras le milieu du drapeau. Et tu réciteras un speech à mon ministre d'ami, il ne s'embêtera pas à te regarder, sais-tu ? »

(Il est complètement fou de lâcher ici de pareilles choses ! Mlle Sergent me tuera !)

« Qui a des rubans rouges ?

— Moi ! crie Anaïs qui palpite d'espérance.

— Bon, toi, je veux bien. »

C'est un demi-mensonge de cette enragée, puisque ses rubans sont pékinés.

« Qui a des bleus ?

— Moi, mon...sieur, bégaye Marie Belhomme, étranglée de peur.

— Ça va bien, vous ne serez pas répugnantes toutes trois. Et puis, vous savez, pour les rubans, allez-y gaiement, faites des folies, c'est moi qui paye ! (Hum !) Des belles ceintures, des nœuds ébouriffants, et je vous commande des bouquets à vos couleurs !

— Si loin ! dis-je. Ils auront le temps de se faner.

— Tais-toi, gamine, tu n'auras jamais la bosse du respect. J'aime à croire que tu en possèdes déjà d'autres plus agréablement situées ? »

Toute la classe s'esclaffe avec entraînement ; Mademoiselle rit jaune. Quant à Dutertre, je jurerais qu'il est ivre !

On nous met à la porte avant son départ. Ce que j'entends de « Ma chère, on peut le dire que tu as de la chance ! Pour toi tous les honneurs, quoi ! Ça ne serait pas tombé sur une autre, pas de danger ! ». Je ne réponds rien, mais je m'en vais consoler cette pauvre petite Luce, toute triste de n'avoir pas été choisie dans le drapeau : « Va, le vert t'ira mieux que tout... et puis c'est ta faute, pourquoi ne t'es-tu pas mise en avant comme Anaïs ? »

— Oh ! soupire la petite, ça ne fait rien. Je perds la tête devant le monde et j'aurais fait quelque bêtise. Mais je suis contente que tu récites le compliment et pas la grande Anaïs. »

Papa, averti de la part glorieuse que je prendrai à l'inauguration des écoles, a froncé son nez bourbon pour demander : « Mille dieux ! va-t-il falloir que je me montre là-bas ?

— Pas du tout, papa, tu restes dans l'ombre !

— Alors, parfait, je n'ai pas à m'occuper de toi ?

— Bien sûr que non, papa, ne change pas tes habitudes[1] ! »

☆

La ville et l'école sont sens dessus dessous. Si ça continue, je n'aurai plus le temps de rien raconter. Le matin, nous arrivons en classe dès sept heures, et il s'agit bien de classe ! La Directrice a fait venir du chef-lieu des ballots énormes de papier de soie, rose, bleu tendre, rouge, jaune, blanc ; dans la classe du milieu nous les éventrons — les plus grandes constituées en commis principaux — et allez, allez compter les grandes feuilles légères, les plier en six dans leur longueur, les couper en six bandes, et attacher ces bandes en petits monceaux qui sont portés au bureau de Mademoiselle. Elle les découpe sur les côtés, en dents rondes à l'emporte-pièce, Mlle Aimée les distribue ensuite à toute la première classe, à toute la seconde classe. Rien à la troisième, ces gosses trop petites gâcheraient le papier, le joli papier, dont chaque bande deviendra une rose chiffonnée et gonflée, au bout d'une tige en fil d'archal.

Nous vivons dans la joie ! Les livres et les cahiers dorment sous les pupitres fermés, et c'est à qui se lèvera la première pour courir tout de suite à l'école transformée en atelier de fleuristes.

Je ne paresse plus au lit, non, et je me presse tant d'arriver tôt que j'attache ma ceinture dans la rue. Quelquefois nous sommes déjà toutes réunies dans les classes quand ces demoiselles descendent enfin, et elles en prennent à leur aise aussi, au point de vue toilette ! Mlle Sergent s'exhibe en peignoir de batiste rouge (sans corset, fièrement) ; sa câline adjointe la suit, en pantoufles, les yeux ensommeillés et tendres. On vit en famille ; avant-hier matin Mlle Aimée, s'étant lavé la tête, est descendue les cheveux défaits et encore humides, des cheveux dorés doux comme de la soie, assez courts, annelés mollement à l'extrémité ; elle ressemblait à un polisson de petit page, et sa Directrice, sa bonne Directrice, la buvait des yeux.

La cour est désertée ; les rideaux de serge, tirés, nous enveloppent d'une atmosphère bleue et fantastique. Nous nous mettons à l'aise, Anaïs quitte son tablier et retrousse ses manches comme une pâtissière ; la petite Luce, qui saute et court derrière moi tout le long du jour, a relevé en laveuse sa robe et son jupon, prétexte pour montrer ses mollets ronds et ses chevilles fragiles. Mademoiselle, apitoyée, a permis à Marie Belhomme de fermer ses livres ; en blouse de toile à rayures noires et blanches, l'air toujours un peu pierrot, elle voltige avec nous, coupe les bandes de travers, se trompe, s'accroche les pieds dans les fils d'archal, se désole et se pâme de joie dans la même minute, inoffensive et si douce qu'on ne la taquine même pas.

Mlle Sergent se lève et tire le rideau d'un geste brusque, du côté de la cour des garçons. On entend, dans l'école en face, des braiements de jeunes voix rudes et mal posées : c'est M. Rabastens qui enseigne à ses élèves un chœur républicain. Mademoiselle attend un instant, puis fait un signe du bras, les voix se taisent là-bas, et le complaisant Antonin accourt, nu-tête, la boutonnière fleurie d'une rose de France.

« Soyez donc assez aimable pour envoyer deux de vos élèves à l'atelier, vous leur ferez couper ce fil d'archal en bouts de vingt-cinq centimètres.

— Incontinint, Mademoiselle. Vous travaillez toujours à vos fleurs ?

— Ce n'est pas fini de sitôt ; il faut cinq mille roses rien que pour l'école seule, et nous sommes encore chargées de décorer la salle du banquet ! »

Rabastens s'en va, courant nu-tête sous le soleil féroce. Un quart d'heure après, on frappe à notre porte, qui s'ouvre devant deux grands nigauds de quatorze à quinze ans ; ils rapportent les fils de fer, ne savent que faire de leurs longs corps, rouges et stupides, excités de tomber au milieu d'une cinquantaine de fillettes qui, les bras nus, le cou nu, le corsage ouvert, rient méchamment des deux gars. Anaïs les frôle en passant, j'accroche doucement à leurs poches des serpents de papier, ils s'échappent enfin, contents et malheureux, tandis que Mademoiselle prodigue des « Cht ! » qu'on écoute peu.

Avec Anaïs je suis plieuse et coupeuse, Luce empaquette et porte à la Directrice, Marie met en tas. À onze heures du matin et à trois heures de l'après-midi, on laisse tout[a] et on se groupe pour répéter l'*Hymne à la Nature*. Vers cinq heures, on s'attife un peu, les petites glaces sortent des poches ; des gamines de la deuxième classe, complaisantes, nous tendent leur tablier noir derrière les vitres d'une fenêtre ouverte ; devant ce sombre miroir nous remettons nos chapeaux, j'ébouriffe mes boucles, Anaïs rehausse son chignon affaissé, et l'on s'en va.

La ville commence à se remuer autant que nous ; songez donc, M. Jean Dupuy arrive dans six jours ! Les gars partent le matin dans des carrioles, chantant à pleine gorge et fouettant à tour de bras la rosse qui les traîne ; ils vont dans les bois de la commune — et dans les bois privés aussi, j'en suis sûre — « choisir » leurs arbres et les marquer ; des sapins surtout, des ormes, des trembles aux feuilles veloutées périront par centaines, il faut bien faire honneur à ce récent ministre ! Le soir, sur la place, sur les trottoirs, les jeunes filles chiffonnent des roses de papier et chantent pour attirer les gars qui viennent les aider. Grand Dieu, qu'ils doivent donc hâter la besogne ! Je vois ça d'ici, ils s'y emploient des deux mains.

Des menuisiers enlèvent les cloisons mobiles de la grande salle de la mairie où l'on banquètera ; une grande estrade pousse dans la cour. Le médecin-délégué cantonal Dutertre fait de courtes et fréquentes apparitions, approuve tout ce qu'on édifie, tape sur les épaules des hommes, pince les mentons féminins, paye à boire et disparaît pour revenir bientôt. Heureux pays ! Pendant ce temps-là on ravage les bois, on braconne jour et nuit, on se bat dans les cabarets, et une vachère du Chêne-Fendu a donné son nouveau-né à manger aux cochons[1]. (Au bout de quelques jours on a mis fin aux poursuites, Dutertre ayant réussi à prouver l'irresponsabilité de cette fille... On ne s'occupe déjà plus de l'affaire.) Grâce à ce système-là il empoisonne le pays, mais il s'est constitué, de deux cents chenapans, des âmes damnées qui tueraient et mourraient pour lui. Il sera nommé député. Qu'importe le reste !

Nous, mon Dieu ! nous faisons des roses. Cinq ou six mille roses, ce n'est pas une petite affaire. La petite classe s'occupe tout entière à fabriquer des guirlandes de papier plissé, de couleurs tendres, qui flotteront un peu partout au gré de la brise. Mademoiselle craint que ces préparatifs ne soient pas terminés à temps, et nous donne à emporter chaque soir une provision de papier de soie et de fil de fer ; nous travaillons chez nous après dîner, avant dîner, sans repos ; les tables, dans toutes les maisons, s'encombrent de roses blanches, bleues, rouges, roses et jaunes, gonflées, raides et fraîches au bout de leurs tiges. Ça tient tant de place, qu'on ne sait où les mettre ; elles débordent partout, fleurissent en tas multicolores, et nous les rapportons le matin en bottes, avec l'air d'aller souhaiter la fête à des parents.

La Directrice, bouillonnante d'idées, veut encore faire construire un arc de triomphe à l'entrée des écoles ; les montants s'épaissiront de branches de pins, de feuillages échevelés, piqués de roses en foule. Le fronton portera cette inscription, en lettres de roses roses, sur un fond de mousse :

SOYEZ LES BIENVENUS !

C'est gentil, hein ?

Moi aussi, j'ai eu ma trouvaille : j'ai suggéré l'idée de couronner de fleurs le drapeau, c'est-à-dire nous.

« Oh ! oui, ont crié Anaïs et Marie Belhomme.

— Ça va. (Pour ce que ça nous coûte !) Anaïs, tu seras couronnée de coquelicots ; Marie, tu te diadèmeras de bluets, et moi, blancheur, candeur, pureté, je mettrai...

— Quoi ? des fleurs d'oranger ?

— Je les mérite encore, Mademoiselle ! Plus que vous-même sans doute !

— Les lys te semblent-ils assez immaculés ?

— Tu m'*arales* ! Je prendrai des marguerites ; tu sais bien que le bouquet tricolore est composé de marguerites, de coquelicots, et de bluets. Allons chez la modiste. »

D'un air dégoûté et supérieur, nous choisissons ; la modiste mesure notre tour de tête et nous promet « ce qui se fait de mieux ».

Le lendemain, nous recevons trois couronnes qui me navrent : des diadèmes renflés au milieu comme ceux des mariées de campagne ; le moyen d'être jolie avec ça ! Marie et Anaïs, ravies, essayent les leurs au milieu d'un cercle admirant de gosses ; moi, je ne dis rien, mais j'emporte mon ustensile à la maison où je le démolis complètement. Puis, sur la même armature de fil de fer, je reconstruis une couronne fragile, mince, les grandes marguerites en étoiles posées comme au hasard, prêtes à se détacher ; deux ou trois fleurs pendent en grappes près des oreilles, quelques-unes roulent par-derrière dans les cheveux ; j'essaye mon œuvre sur ma tête ; je ne vous dis que ça ! Pas de danger que j'avertisse les deux autres !

Un surcroît de besogne nous arrive : les papillotes ! Vous ne savez pas, vous ne pouvez pas savoir. Apprenez qu'à Montigny une élève n'assisterait pas à une distribution de prix, à une solennité quelconque, sans être dûment frisée ou ondulée. Rien d'étrange à cela, certes, quoique ces tire-bouchons raides et ces torsions excessives donnent plutôt aux cheveux l'aspect de balais irrités ; mais les mamans de toutes ces petites filles, couturières, jardinières, femmes d'ouvriers et boutiquières, n'ont pas le temps, ni l'envie, ni l'adresse de papilloter toutes ces têtes. Devinez à qui revient ce travail, parfois peu ragoûtant ? Aux institutrices et aux élèves de la première classe ! Oui, c'est fou, mais quoi, c'est l'habitude, et ce mot-là répond à tout. Une semaine avant les distributions de prix, des petites nous harcèlent et s'inscrivent sur nos listes. Cinq ou six pour chacune de nous, au moins ! Et, pour une tête propre aux jolis cheveux souples, combien de tignasses grasses — sinon habitées !

Aujourd'hui nous commençons à papilloter ces gamines de huit à onze ans ; accroupies à nos pieds sur des petits bancs, ou par terre, elles nous abandonnent[a] leurs têtes, et, comme bigoudis, nous employons des feuilles de nos vieux cahiers. Cette année, je n'ai voulu accepter que quatre victimes, et choisies dans les propres encore. Chacune des autres grandes frise six petites ! Besogne peu facile, car les filles de ce pays possèdent presque toutes des crinières abondamment fournies. À midi, nous appelons le troupeau docile ; je commence par une blondinette aux cheveux légers qui bouclent mollement, de façon naturelle.

« Comment ? qu'est-ce que tu viens faire ici ? avec

des cheveux comme ça, tu veux que je te les frise ? C'est un massacre !

— Tiens ! mais bien sûr que je veux qu'on me frise ! Pas frisée, un jour de Prix, un jour de Ministre ? On n'aurait jamais vu ça !

— Tu seras laide comme quatorze péchés capitaux ! Tu auras des cheveux raides, une tête de loup...

— Ça m'est égal, je serai frisée, au moins. »

Puisqu'elle y tient ! Et dire que toutes pensent comme celle-ci ! Je parie que Marie Belhomme elle-même...

« Dis donc, Marie, toi qui tire-bouchonnes naturellement, je pense bien que tu restes comme tu es ? »

Elle en crie d'indignation :

« Moi ? Rester comme ça ? Tu n'y songes pas ! J'arriverais à la distribution avec une tête plate !

— Mais moi, je ne me frise pas.

— Toi, ma chère, tu "boucles" assez serré, et puis tes cheveux font le nuage assez facilement... et puis on sait que tes idées ne sont jamais pareilles à celles des autres. »

En parlant, elle roule avec animation — avec trop d'animation — les longues mèches couleur de blé mûr de la fillette assise devant elle et ensevelie dans sa chevelure — une broussaille d'où sortent parfois des gémissements pointus.

Anaïs malmène, non sans méchanceté, sa patiente, qui hurle.

« Aussi, elle a trop de cheveux, celle-là ! dit-elle en guise d'excuse. Quand on croit avoir fini on est à moitié ; tu l'as voulu, tu y es, tâche de ne pas crier ! »

On frise, on frise... le couloir vitré s'emplit des bruissements du papier plié qu'on tord sur les cheveux... Notre travail achevé, les gamines se relèvent en soupirant et nous exhibent des têtes hérissées de copeaux de papier, où l'on peut lire encore : « Problèmes... morale... duc de Richelieu... » Elles sont hideuses ! Pendant ces quatre[a] jours, elles se promènent, ainsi fagotées, par les rues, en classe, sans honte. Puisqu'on vous dit que c'est l'habitude.

... On ne sait plus comment on vit ; tout le temps dehors, trottant n'importe où, portant ou rapportant des roses, quêtant — nous quatre, Anaïs, Marie, Luce et moi —, réquisitionnant partout des fleurs, naturelles celles-là, pour orner la salle du banquet, nous entrons (envoyées par Mademoiselle qui compte sur nos jeunes frimousses pour désarmer les formalistes) chez des gens que nous n'avons jamais vus ; ainsi, chez Paradis, le receveur de l'enregistrement, parce que la rumeur publique l'a dénoncé comme le possesseur de rosiers nains en pots, de petites merveilles. Toute timidité perdue, nous pénétrons dans son logis tranquille et « Bonjour, monsieur ! Vous avez de beaux rosiers, nous a-t-on dit, c'est pour les jardinières de la salle du banquet, vous savez bien, nous venons de la part », etc. Le pauvre homme balbutie quelque chose dans sa grande barbe, et nous précède armé d'un sécateur. Nous repartons chargées, des pots de fleurs dans les bras, riant, bavardant, répondant effrontément aux gars qui travaillent tous à dresser, au débouché de chaque rue, les charpentes des arcs de triomphe et nous interpellent : « Hé ! les gobettes, si vous avez besoin de quelqu'un, on vous trouverait encore ça... heullà-t'y possible ! en v'là justement qui tombent ! Vous perdez quelque chose, ramassez-le donc ! » Tout le monde se connaît, tout le monde se tutoie...

Hier et aujourd'hui les gars sont partis à l'aube, dans des carrioles, et ne reviennent qu'à la tombée du jour, ensevelis sous les branches de buis, de mélèzes, de thuyas, sous des charretées de mousse verte qui sent le marais : et après ils vont boire, comme de juste. Je n'ai jamais vu en semblable effervescence cette population de bandits qui, d'ordinaire, se fichent de tout, même de la politique ; ils sortent de leurs bois, de leurs taudis, des taillis où ils guettent les gardeuses de vaches, pour fleurir Jean Dupuy ! C'est à n'y rien comprendre ! La bande à Louchard[1], six ou sept terribles vauriens dépeupleurs de forêts, passent en chantant, invisibles sous des monceaux de lierre en guirlandes, qui traînent derrière eux avec un chuchotement doux.

Les rues luttent entre elles, la rue du Cloître édifie trois arcs de triomphe, parce que la Grande-Rue en promettait deux, un à chaque bout. Mais la Grande-Rue se pique au jeu et construit une merveille, un château moyen âge tout en branches de pin égalisées aux ciseaux, avec des tours en poivrières. La rue des Fours-Banaux, tout près de l'école, subissant l'influence artistico-champêtre de Mlle Sergent, se borne à tapisser complètement les maisons qui la bordent en branches chevelues et désordonnées, puis à tendre des lattes, d'une maison à l'autre et à couvrir ce toit de lierres retombants et enchevêtrés ; résultat : une charmille obscure et verte, délicieuse, où les voix s'étouffent comme dans une chambre étoffée ; les gens passent et repassent dessous par plaisir. Furieuse alors, la rue du Cloître perd toute mesure et relie l'un à l'autre ses trois arcs triomphaux par des faisceaux de guirlandes moussues, piquées de fleurs, pour avoir, elle aussi, sa charmille. Là-dessus, la Grande-Rue se met tranquillement à dépaver ses trottoirs, et dresse un bois, mon Dieu, oui, un vrai petit bois de chaque côté, avec de jeunes arbres déracinés et replantés. Il ne faudrait pas plus de quinze jours de cette émulation[1] batailleuse pour que tout le monde s'entr'égorgeât.

Le chef-d'œuvre, le bijou, c'est notre école, ce sont nos écoles. Quand tout sera fini, on ne verra pas transparaître un pouce carré de muraille sous les verdures, les fleurs et les drapeaux. Mademoiselle a réquisitionné une armée de gars ; les plus grands élèves, les sous-maîtres, elle dirige tout ça, les mène à la baguette, ils lui obéissent sans souffler. L'arc de triomphe de l'entrée a vu le jour ; grimpées sur les échelles, Mesdemoiselles et nous quatre avons passé trois heures à « écrire » en roses roses

SOYEZ LES BIENVENUS !

au fronton, pendant que les gars se distrayaient à reluquer nos mollets. De là-haut, des toits, des fenêtres, de toutes les aspérités des murs, s'échappe et ruisselle un tel flot de branches, de guirlandes, d'étoffes tricolores, de cordages masqués sous le lierre, de roses pendantes, de verdures traînantes, que le vaste bâtiment semble, au vent léger, onduler de la base au faîte, et se balancer doucement. On entre à l'école en soulevant un rideau bruissant de lierre fleuri, et la féerie continue : des cordons de roses suivent les angles, relient les murs, pendent aux fenêtres ; c'est adorable.

Malgré notre activité, malgré nos invasions audacieuses chez les propriétaires de jardins, nous nous sommes vues sur le point de manquer de fleurs, ce matin. Consternation générale ! Des têtes papillotées se penchent, s'agitent autour de Mademoiselle qui réfléchit les sourcils froncés.

« Tant pis, il m'en faut ! s'écrie-t-elle. Toute l'étagère de gauche en manque, il faudrait des fleurs en pot. Les promeneuses, ici, tout de suite !

— Voilà, Mademoiselle ! »

Nous jaillissons, toutes quatre (Anaïs, Marie, Luce, Claudine), nous jaillissons du remous bourdonnant, prêtes à courir.

« Écoutez-moi. Vous allez trouver le père Caillavaut[1]...

— Oh ! ! !... »

Nous ne l'avons pas laissée achever. Dame, écoutez donc, le père Caillavaut est un vieil Harpagon, détraqué, mauvais comme la peste, riche démesurément, qui possède une maison et des jardins splendides, où personne n'entre que lui et son jardinier. Il est redouté comme fort méchant, haï comme avare, respecté comme mystère vivant. Et Mademoiselle voudrait que nous lui demandions des fleurs ! Elle n'y songe pas !

« ... Ta ta ta ! on dirait que je vous envoie à l'abattoir ! Vous attendrirez son jardinier, et vous ne le verrez seulement pas, lui, le père Caillavaut. Et puis, quoi ? vous avez des jambes pour vous sauver, en tout cas ? Trottez ! »

J'emmène les trois autres qui manquent d'enthousiasme, car je me sens une envie ardente, mêlée d'une vague appréhension, de pénétrer chez le vieux maniaque. Je les stimule : « Allons, Luce, allons, Anaïs ! on va voir des choses épatantes, nous raconterons tout aux autres... Vous savez, ça se compte, les personnes qui sont entrées chez le père Caillavaut ! »

Devant la grande porte verte, où débordent par-dessus le mur des acacias fleuris et trop parfumés, aucune n'ose tirer la chaîne de la cloche. Je me pends après, déchaînant ainsi un tocsin formidable ; Marie a fait trois pas pour fuir, et Luce tressaillante se cache bravement derrière moi. Rien, la porte reste close. Une seconde tentative n'a pas plus de succès. Je soulève alors le loquet qui cède, et, comme des souris, une à une, nous entrons, inquiètes, laissant la porte entrebâillée. Une grande cour sablée, très bien tenue, devant la belle maison blanche aux volets clos sous le soleil ; la cour s'élargit en un jardin vert, profond et mystérieux à cause des bosquets épais... Plantées là nous regardons sans oser bouger : toujours personne, et pas un bruit. À droite de la maison, les serres, fermées et pleines de plantes merveilleuses... L'escalier de pierre s'évase doucement jusqu'à la cour sablée, chaque degré supporte des géraniums enflammés, des calcéolaires aux petits ventres tigrés, des rosiers nains qu'on a forcés à trop fleurir...

L'absence évidente de tout propriétaire me rend courage : « Ah ! çà, viendra-t-on ? nous n'allons pas prendre racine dans les jardins de l'Avare-au-Bois-dormant !

— Chut ! fait Marie effrayée.

— Quoi, chut ? Au contraire, il faut appeler ! Hé, là-bas, monsieur ! Jardinier ! »

Pas de réponse, silence toujours. Je m'avance contre les serres, et, le nez collé aux vitres, je cherche à deviner l'intérieur : une espèce de forêt d'émeraude sombre, piquée de taches éclatantes, des fleurs exotiques, sûrement...

La porte est fermée.

« Allons-nous-en, chuchote Luce mal à l'aise.

— Allons-nous-en, répète Marie plus troublée encore. Si le vieux sortait de derrière un arbre ! »

Cette idée les fait s'enfuir vers la porte, je les rappelle de toute ma force.

« Que vous êtes cruches ! Vous voyez bien qu'il n'y a personne. Écoutez-moi : vous allez choisir chacune deux ou trois pots, des plus beaux sur l'escalier ; nous les emporterons là-bas, sans rien dire, et je crois que nous aurons un vrai succès ! »

Elles ne bougent pas, tentées, sûrement, mais craintives. Je m'empare de deux touffes de « sabots-de-Vénus » piquetés comme des œufs de mésange, et je fais signe que j'attends. Anaïs se décide à m'imiter, se charge de deux géraniums doubles, Marie imite Anaïs, Luce aussi, et toutes les quatre, nous marchons prudemment. Près de la porte la peur nous ressaisit, absurde, nous nous pressons comme des brebis dans l'ouverture étroite de la porte, et nous courons jusqu'à l'école, où Mademoiselle nous accueille avec des cris de joie. Toutes à la fois, nous racontons l'odyssée. La Directrice, étonnée, reste un instant perplexe, et conclut avec insouciance : « Bah ! nous verrons bien ! Ce n'est qu'un prêt, en somme — un peu forcé. » Nous n'avons jamais, jamais, entendu parler de rien, mais le père Caillavaut a hérissé de tessons et de fers de lance ses murs (ce vol nous a valu une certaine considération, ici on se connaît en brigandage). Nos fleurs furent placées au premier rang, et puis, ma foi, dans le tourbillon de l'arrivée ministérielle, on oublia complètement de les rendre ; elles embellirent le jardin de Mademoiselle.

Ce jardin est depuis pas mal de temps l'unique sujet de discorde entre Mademoiselle et sa grosse femme de mère ; celle-ci, restée tout à fait paysanne, bêche, désherbe, traque les escargots dans leurs derniers retranchements, et n'a pas d'autre idéal que de faire pousser des carrés de choux, des carrés de poireaux, des carrés de pommes de terre — de quoi nourrir toutes les pensionnaires sans rien acheter, enfin. Sa fille, nature affinée, rêve de charmilles épaisses, de fleurs en buissons, de tonnelles enguirlandées de chèvrefeuille — des plantes inutiles, quoi ! De sorte qu'on peut voir tantôt la mère Sergent donner des coups de pioche méprisants aux petits vernis du Japon, aux bouleaux pleureurs, tantôt Mademoiselle danser d'un talon irrité sur les bordures d'oseille et les ciboulettes odorantes. Cette lutte nous tord de joie. Il faut être juste et reconnaître aussi que, partout ailleurs qu'au jardin et à la cuisine, Mme Sergent s'efface complètement, ne paraît jamais en visite, ne donne pas son avis dans les discussions, et porte bravement le bonnet tuyauté[1].

Le plus amusant, en ce peu d'heures qui nous reste, c'est d'arriver à l'école et de repartir à travers les rues méconnaissables, transformées en allées de forêt, en décors de parc, tout embaumées de l'odeur pénétrante des sapins coupés. On dirait que les bois qui cernent Montigny l'ont envahi, sont venus, presque, l'ensevelir... On n'aurait pas rêvé, pour cette petite ville perdue dans les arbres, une parure plus jolie, plus seyante... (je ne peux pourtant pas dire plus « adéquate », c'est un mot que j'ai en horreur).

Les drapeaux, qui enlaidiront et banaliseront ces allées vertes, seront tous en place demain, et aussi les lanternes vénitiennes et les veilleuses de couleur. Tant pis.

On ne se gêne pas avec nous, les femmes et les gars nous appellent au passage : « Eh ! vous qui avez l'habitude, allons, venez nous *ainder* un peu à piquer des roses !... »

On « ainde » volontiers, on grimpe aux échelles ; mes camarades se laissent — mon Dieu ! pour le ministre ! — chatouiller un peu la taille et quelquefois les mollets ; je dois dire que jamais on ne s'est permis ces facéties sur la fille du « Monsieur aux limaces ». Aussi bien, avec ces gars qui n'y songent plus la main tournée, c'est inoffensif et pas même blessant ; je comprends que les élèves de l'école se mettent au diapason. Anaïs permet toutes les libertés et soupire après les autres ; Féfed la descend de dessus l'échelle en la portant dans ses bras. Touchand, dit Zéro[1], lui fourre sous les jupes des branches de pin piquantes ; elle pousse des petits cris de souris prise dans une porte et ferme à demi des yeux pâmés, sans force pour même simuler une défense.

Mademoiselle nous laisse un peu reposer, de peur que nous ne soyons trop défraîchies pour le grand jour. Je ne sais pas d'ailleurs ce qui resterait à faire, tout est fleuri, tout est en place ; les fleurs coupées trempent à la cave dans des seaux d'eau fraîche, on les sèmera un peu partout au dernier moment. Nos trois bouquets sont arrivés ce matin dans une grande caisse fragile ; Mademoiselle n'a pas voulu même qu'on la déclouât complètement, elle a enlevé une planche, soulevé un peu les papiers de soie qui enlinceulent les fleurs patriotiques, et la ouate d'où sortait une odeur mouillée : et tout de suite la mère Sergent a descendu à la cave la caisse légère où roulent des cailloux d'un sel que je ne connais pas, qui empêche les fleurs de se flétrir.

Soignant ses premiers sujets, la Directrice nous envoie, Anaïs, Marie, Luce et moi, nous reposer au jardin, sous les noisetiers. Affalées à l'ombre sur le banc vert, nous ne songeons pas à grand-chose ; le jardin bourdonne. Comme piquée par une mouche, Marie

Belhomme sursaute et se met soudain à dérouler une des grosses papillotes qui grelottent depuis trois jours autour de sa tête.

« ... s'tu fais ?

— Voir si c'est frisé, tiens !

— Et si ce n'était pas assez frisé ?

— Dame, j'y mettrais de l'eau ce soir en me couchant. Mais tu vois, c'est très frisé, c'est bien ! »

Luce imite son exemple et pousse un petit cri de déception :

« Ah ! c'est comme si je n'avais rien fait ! Ça tire-bouchonne au bout, et rien du tout en haut, ou presque rien ! »

Elle a en effet de ces cheveux souples et doux comme de la soie, qui fuient et glissent sous les doigts, sous les rubans, et ne font que ce qu'ils veulent.

« C'est tant mieux, lui dis-je, ça t'apprendra. Te voilà bien malheureuse de n'avoir pas la tête comme un rince-bouteilles ! »

Mais elle ne se console pas, et comme leurs voix m'ennuient, je m'en vais plus loin me coucher sur le sable, dans l'ombre que font les marronniers. Je ne me sens pas trois idées nettes, la chaleur, la fatigue...

Ma robe est prête, elle me va bien... je serai jolie demain, plus que la grande Anaïs, plus que Marie : ce n'est pas difficile, ça fait plaisir tout de même... Je vais quitter l'école, papa m'enverra à Paris chez une tante riche et sans enfants, je ferai mon entrée dans le monde, et mille gaffes en même temps[1]... Comment me passer de la campagne, avec cette faim de verdure qui ne me quitte guère ? Ça me paraît insensé de songer que je ne viendrai plus ici, que je ne verrai plus Mademoiselle, sa petite Aimée aux yeux d'or, plus Marie la toquée, plus Anaïs la rosse, plus Luce, gourmande de coups et de caresses... j'aurai du chagrin de ne plus vivre ici... Et puis, pendant que j'ai le temps, je peux bien me dire quelque chose : c'est que Luce me plaît, au fond, plus que je ne veux me l'avouer ; j'ai beau me répéter son peu de beauté vraie, sa câlinerie animale et traîtresse, la fourberie de ses yeux, n'empêche qu'elle possède un charme à elle, d'étrangeté, de faiblesse, de perversité encore naïve — et la peau blanche, et les mains fines au bout des bras ronds, et les pieds mignons... Mais jamais, elle n'en saura rien ! Elle pâtit à cause de sa sœur que Mlle Sergent m'a enlevée de vive force. Plutôt que de lui rien avouer, je m'arracherais la langue !

Sous les noisetiers, Anaïs décrit à Luce sa robe de demain ; je me rapproche, en veine de mauvaiseté, et j'entends :

« Le col ? Il n'y en a pas, de col ! C'est ouvert en V devant et derrière, entouré d'une chicorée de mousseline de soie et fermé par un chou de ruban rouge...

— “Les choux rouges, dits choux frisés, demandent un terrain maigre et pierreux”, nous enseigne l'ineffable Bérillon[1] ; ça fera bien l'affaire, hein, Anaïs ? De la chicorée, des choux, c'est pas une robe, c'est un potager.

— Mademoiselle Claudine, si vous venez ici pour dire des choses aussi spirituelles, vous pouviez rester sur votre sable, on n'attendait pas après vous !

— Ne t'échauffe pas ; dis-nous comment est faite la jupe, de quels légumes on l'assaisonnera ? Je la vois d'ici, il y a une frange de persil autour ! »

Luce s'amuse de tout son cœur, Anaïs se drape dans sa dignité et s'en va ; comme le soleil baisse, nous nous levons aussi.

À l'instant où nous fermons la barrière du jardin, des rires clairs jaillissent, se rapprochent, et Mlle Aimée passe, courant, pouffant, poursuivie par l'étonnant Rabastens qui la bombarde de fleurs de glycines égrenées. Cette inauguration ministérielle autorise d'aimables libertés dans les rues, et à l'école aussi, paraît-il ! Mais Mlle Sergent vient derrière, pâlissante de jalousie et les sourcils froncés ; plus loin nous l'entendons appeler : « Mademoiselle Lanthenay, je vous ai demandé deux fois si vous aviez donné rendez-vous à vos élèves pour sept heures et demie. » Mais l'autre folle, ravie de jouer avec un homme et d'irriter son amie, court sans s'arrêter et les fleurs de glycine s'accrochent à ses cheveux, glissent dans sa robe... Il y aura une scène ce soir.

À cinq heures, ces demoiselles nous rassemblent à grand-peine, éparses que nous sommes dans tous les coins de la maison. La Directrice prend le parti de sonner la cloche du déjeuner, et interrompt ainsi un galop furieux que nous dansions Anaïs, Marie, Luce et moi, dans la salle du banquet, sous le plafond fleuri.

« Mesdemoiselles, crie-t-elle de sa voix des grands jours, vous allez rentrer chez vous tout de suite et vous coucher de bonne heure ! Demain matin, à sept heures et demie, vous serez toutes réunies ici, habillées, coiffées, de façon qu'on n'ait plus à s'occuper de vous ! On vous remettra des banderoles et des bannières ; mesdemoiselles Claudine, Anaïs et Marie prendront leurs bouquets. Le reste... vous le verrez quand vous y serez. Allez-vous-en, n'abîmez pas les fleurs en passant par les portes, et que je n'entende plus parler de vous jusqu'à demain matin ! »

Elle ajoute :

« Mademoiselle Claudine, vous savez votre compliment ?

— Si je le sais ! Anaïs me l'a fait répéter trois fois aujourd'hui.

— Mais... et la distribution des prix ? risque une voix timide.

— Ah ! la distribution des prix, on la fera quand on pourra ! Il est probable d'ailleurs que je vous donnerai simplement les livres ici, et qu'il n'y aura pas cette année de distribution publique, à cause de l'inauguration.

— Mais... les chœurs, l'*Hymne à la Nature ?...*

— Vous les chanterez demain, devant le ministre. Disparaissez ! »

Cette allocution a consterné pas mal de petites filles qui attendaient la distribution des prix comme une fête unique dans l'année ; elles s'en vont perplexes et pas contentes sous les arceaux de verdure fleurie.

Les gens de Montigny, fatigués et fiers, se reposent assis sur les seuils et contemplent leur œuvre ; les jeunes filles usent le reste du jour qui s'éteint à coudre un ruban, à poser une dentelle au bord d'un décolletage improvisé, pour le grand bal de la mairie, ma chère !

Demain matin, au jour, les gars sèmeront la jonchée sur le parcours du cortège ; des herbes coupées, des feuilles vertes, mêlées de fleurs et de roses effeuillées. Et si le ministre Jean Dupuy n'est pas content, c'est qu'il sera trop difficile, zut pour lui !

Mon premier mouvement, en ouvrant ce matin les yeux, c'est de courir à la glace ; dame, on ne sait pas, s'il m'était poussé une fluxion cette nuit ? Rassurée, je me toilette soigneusement : temps admirable, il n'est que six heures ; j'ai le temps de me fignoler. Grâce à la sécheresse de l'air, mes cheveux font bien « le nuage ». Petite figure toujours un peu pâlotte et pointue, mais, je vous assure, les yeux et la bouche ne sont pas mal. La robe bruit légèrement ; la jupe de dessus, en mousseline sans empois, ondule au rythme de la marche et caresse les souliers aigus. La couronne maintenant : ah ! qu'elle va bien ! Une petite Ophélie toute jeunette, avec des yeux cernés si drôlement !... Oui, on me disait, quand j'étais petite, que j'avais des yeux de grande personne ; plus tard, c'étaient des yeux « pas convenables » ; on ne peut pas contenter tout le monde et soi-même. J'aime mieux me contenter d'abord...

L'ennui, c'est ce gros bouquet serré et rond, qui va m'enlaidir. Bah ! puisque je le refile à Son Excellence...

Toute blanche, je m'en vais, à l'école, par les rues fraîches ; les gars, en train de « joncher », crient de gros, d'énormes compliments à la « petite mariée » qui s'enfuit, sauvage.

J'arrive en avance, et pourtant je trouve déjà une quinzaine de gamines, des petites de la campagne environnante, des fermes lointaines ; c'est habitué à se lever à quatre heures en été. Risibles et attendrissantes, la tête énorme à cause des cheveux gonflés en tortillons raides, elles restent debout pour ne pas chiffonner leurs robes de mousseline, trop passées au bleu, qui se boursouflent, rigides, nouées à la taille par des ceintures groseille ou indigo ; et leurs figures hâlées paraissent toutes noires dans ce blanc. À mon arrivée, elles ont poussé un petit « ah ! » vite contenu, et se taisent maintenant, très intimidées de leurs belles toilettes et de leur frisure, roulant dans leurs mains gantées de fil blanc un beau mouchoir où leur mère a versé du « senti-bon ».

Ces demoiselles ne paraissent pas, mais, à l'étage supérieur, j'entends des petits pas courir... Dans la cour débouchent des nuages blancs, enrubannés de rose, de rouge, de vert et de bleu ; toujours et toujours plus nombreuses, les gamines arrivent — silencieuses pour la plupart, parce que fort occupées à se toiser, à se comparer, et à pincer la bouche d'un air dédaigneux. On dirait un camp de Gauloises, ces chevelures flottantes, bouclées, crêpées, débordantes, presque toutes blondes... Une galopade dévale l'escalier, ce sont les pensionnaires — troupeau toujours isolé et hostile — à qui les robes de communiantes servent encore ; derrière elles descend Luce, légère comme un angora blanc, gentille avec ses boucles molles et mobiles, son teint de rose fraîche. Ne lui faudrait-il, comme à sa sœur, qu'une passion heureuse pour l'embellir tout à fait ?

« Comme tu es belle, Claudine ! Et ta couronne n'est pas du tout pareille aux deux autres ; ah ! que tu es heureuse d'être si jolie !

— Mais, mon petit chat, sais-tu que je te trouve, toi, tout à fait amusante et désirable avec tes rubans verts ? Tu es vraiment un bien curieux petit animal ! Où est ta sœur et sa Mademoiselle ?

— Pas prêtes encore ; la robe d'Aimée s'attache sous le bras, tu penses ! C'est Mademoiselle qui la lui agrafe.

— Oui, ça peut durer quelque temps. »

D'en haut, la voix de la sœur aînée appelle : « Luce, viens chercher les banderoles ! »

La cour s'emplit de petites et de grandes fillettes, et tout ce blanc, sous le soleil, blesse les yeux. (D'ailleurs trop de blancs différents qui se tuent les uns et les autres.)

Voici Liline, avec son sourire inquiétant de Joconde sous ses ondulations dorées, et ses yeux glauques ; et cette jeune perche de « Maltide[1] », couverte jusqu'aux reins d'une cascade de cheveux blé mûr ; la lignée des Vignale, cinq filles de huit à quatorze ans, toutes secouant des tignasses foisonnantes, comme teintes au henné — Jeannette, petite futée aux yeux malins, marchant sur deux tresses aussi longues qu'elle, blond foncé, pesantes comme de l'or sombre —, et tant, et tant d'autres ; et sous la lumière éclatante ces toisons flamboient.

Marie Belhomme arrive, appétissante dans sa robe crème, rubans bleus, drôlette sous sa couronne de bluets. Mais, bon Dieu, que ses mains sont grandes sous le chevreau blanc !

Enfin, voici Anaïs, et je soupire d'aise à la voir si mal coiffée, en plis cassants ; sa couronne de coquelicots pourpres trop près du front lui fait un teint de morte. Avec un touchant accord, Luce et moi, nous accourons au-devant d'elle, nous éclatons en concert de compliments : « Ma chère, ce que tu es bien ! Tu sais, ma chère, décidément, rien ne te va comme le rouge, c'est tout à fait réussi ! »

Un peu défiante d'abord, Anaïs se dilate de joie, et nous opérons une entrée triomphale dans la classe où les gamines, au complet maintenant, saluent d'une ovation le vivant drapeau tricolore.

Un religieux silence s'établit : nous regardons descendre ces demoiselles posément, marche à marche, suivies de deux ou trois pensionnaires chargées de légers drapeaux au bout de grandes lances dorées. Aimée, dame, je suis forcée de le reconnaître, on la mangerait toute vive, tant elle séduit dans sa robe blanche en mohair brillant (une jupe sans couture derrière, rien que cela !), coiffée de paille de riz et de gaze blanche. Petit monstre, va !

Et Mademoiselle la couve des yeux, moulée dans la robe noire, brodée de branches mauves, que je vous ai décrite. Elle, la mauvaise Rousse, elle ne peut être jolie, mais sa robe la serre comme un gant, et, l'on ne voit que ses yeux qui scintillent sous les bandes ardentes coiffées d'un chapeau noir extrêmement chic.

« Où est le drapeau ? » demande-t-elle tout de suite.

Le drapeau s'avance, modeste et content de soi.

« C'est bien ! c'est... très bien ! Venez ici, Claudine... je savais bien que vous seriez à votre avantage. Et maintenant, séduisez-moi ce ministre-là ! »

Elle examine rapidement tout son bataillon blanc, range une boucle ici, tire un ruban là, ferme la jupe de Luce, qui bâillait, renfonce dans le chignon d'Aimée une épingle glissante, et ayant tout scruté de son œil redoutable, saisit le faisceau des fanions légers, qui portent en or des inscriptions variées[a] : *Vive la France ! Vive la République ! Vive la Liberté ! Vive le Ministre !...*, etc., en tout vingt drapeaux qu'elle distribue à Luce, aux Jaubert, à des élues qui s'empourprent d'orgueil, et tiennent la hampe comme un cierge, enviées des simples mortelles qui enragent.

Nos trois bouquets noués de flots tricolores, on les tire précieusement de leur ouate comme des bijoux. Dutertre a bien employé l'argent des fonds secrets ; je reçois une botte de camélias blancs, Anaïs une de camélias rouges ; à Marie Belhomme échoit le gros bouquet de bluets larges et veloutés — car la nature n'ayant point prévu les réceptions ministérielles, a négligé de produire des camélias bleus. Les petites se poussent pour voir, et des bourrades s'échangent déjà, ainsi que des plaintes aigres.

« Assez ! crie Mademoiselle. Croyez-vous que j'aie le temps de faire la police ? Ici, le drapeau ! Marie à gauche, Anaïs à droite, Claudine au milieu, et marchez, descendez dans la cour un peu vite ! Il ferait beau voir que nous manquions l'arrivée du train ! Les porteuses d'oriflammes, suivez, quatre par quatre, les plus grandes en tête... »

Nous descendons le perron, nous n'entendons plus ; Luce et les plus grandes marchent derrière nous, les banderoles de leurs fanions claquent légèrement sur nos têtes ; suivies d'un piétinement de moutons nous passons sous l'arc de verdure... SOYEZ LES BIENVENUS !

Toute la foule qui nous attendait dehors, foule endimanchée, emballée, prête à crier « Vive n'importe quoi ! » pousse à notre vue un grand « Ah ! » de feu d'artifice. Fières comme de petits paons, les yeux baissés, et crevant de vanité dans notre peau, nous marchons doucement, le bouquet dans nos mains croisées, foulant la jonchée qui abat la poussière ; c'est seulement au bout de quelques minutes que nous échangeons des regards de côté et des sourires enchantés, tout épanouies.

« On a du goût* ! » soupire Marie en contemplant les allées vertes où nous passons lentement, entre deux haies de spectateurs béants, sous les voûtes de feuillage qui tamisent le soleil laissant filtrer un jour faux et charmant de sous-bois.

« Je te crois qu'on est bien ! On dirait que la fête est pour nous trois ! »

Anaïs ne souffle mot, trop absorbée dans sa dignité, trop occupée de chercher, parmi la foule qui s'écarte

* On s'amuse : locution spéciale au Fresnois.

devant nous, les gars qu'elle connaît et qu'elle pense éblouir. Pas belle aujourd'hui, pourtant, dans tout ce blanc — non, pas belle ! mais ses yeux minces pétillent d'orgueil quand même. Au carrefour du Marché, on nous crie « Halte ! ». Il faut nous laisser rejoindre par l'école des garçons, toute une file sombre qu'on a une peine infinie à maintenir en rangs réguliers ; les gamins nous semblent aujourd'hui fort méprisables, hâlés et gauches dans leurs beaux habits ; leurs grosses mains pataudes lèvent des drapeaux.

Pendant la halte, nous nous sommes retournées toutes les trois, en dépit de notre importance : derrière nous, Luce et ses congénères s'appuient belliqueusement aux hampes de leurs fanions ; la petite rayonne de vanité et se tient droite comme Fanchette quand elle fait la belle ; elle rit tout bas de joie, incessamment ! Et jusqu'à perte de vue, sous les arceaux verts, robes bouffantes et chevelures gonflées, s'enfonce et se perd l'armée des Gauloises.

« En marche ! » Nous repartons, légères comme des roitelets, nous descendons la rue du Cloître et nous franchissons enfin cette muraille verte, faite d'ifs taillés aux ciseaux, qui représente un château fort ; et comme, sur la route, le soleil tape dur, on nous arrête dans l'ombre du petit bois d'acacias tout près de la ville ; nous attendrons là les voitures ministérielles. On se détend un peu.

« Ma couronne tient ? questionne Anaïs.

— Oui... juge toi-même. »

Je lui passe une petite glace de poche, prudemment apportée, et nous vérifions l'équilibre de nos coiffures... La foule nous a suivies, mais, trop serrée dans le chemin, elle a éventré les haies qui le bordent, et piétine les champs sans souci du regain. Les gars en délire portent des bottes de fleurs, des drapeaux, et aussi des bouteilles ! (Parfaitement, car je viens d'en voir un s'arrêter, renverser la tête et boire au goulot d'un litre.)

Les dames de la « Société » sont restées aux portes de la ville, assises qui sur l'herbe, qui sur des pliants, toutes sous des ombrelles. Elles attendront là, c'est plus distingué ; il ne sied pas de montrer trop d'empressement.

Là-bas flottent des drapeaux sur les toits rouges de la gare, vers où court la foule ; et son tumulte s'éloigne.

Mlle Sergent toute noire et son Aimée toute blanche, déjà essoufflées de nous surveiller et de trotter à côté de nous, en avant, en arrière, s'asseyent sur le talus, les jupes relevées par crainte de se verdir. Nous attendons debout, sans envie de parler — je repasse dans ma tête le petit compliment un peu zozo, œuvre d'Antonin Rabastens, que je réciterai tout à l'heure :

Monsieur le Ministre,

Les enfants des écoles de Montigny, parés des fleurs de leur terre natale...

(Si jamais on a vu ici des champs de camélias, qu'on le dise !)

... viennent à vous pleins de reconnaissance...

Poum ! ! ! une fusillade qui éclate à la gare met debout nos institutrices.

Les cris du populaire nous arrivent en rumeur assourdie qui grandit tout de suite et se rapproche, avec un bruit confus de clameurs joyeuses, de piétinements multiples et de galopades de chevaux... Toutes tendues, nous guettons le détour de la route... Enfin, enfin, débouche l'avant-garde : des gamins poussiéreux qui traînent des branches et braillent, puis des flots de gens, puis deux coupés qui miroitent au soleil, deux ou trois landaus d'où se lèvent des bras agitant des chapeaux... Nous n'avons plus que des yeux pour regarder... D'un trot ralenti les voitures se rapprochent, elles sont là, devant nous, avant que nous ayons eu le temps de nous reconnaître, quand s'ouvre à dix pas de nous la portière du premier coupé[1].

Un jeune homme en habit noir saute à terre et tend son bras sur lequel s'appuie le ministre de l'Agriculture. Pas distinguée pour deux sous, l'Excellence, malgré le mal qu'elle se donne pour nous paraître imposante. Même, je le trouve un peu ridicule, ce rogue petit monsieur à ventre de bouvreuil, qui éponge son front quelconque, et ses yeux durs, et sa courte barbe roussâtre, car il dégoutte de sueur. Dame, il n'est pas vêtu de mousseline blanche, lui, et le drap noir sous ce soleil...

Une minute de silence curieux l'accueille, et tout de suite des cris extravagants de « Vive le Ministre ! Vive l'Agriculture ! Vive la République !... ». M. Jean Dupuy remercie d'un geste étriqué, mais suffisant. Un gros

monsieur, brodé d'argent, coiffé d'un bicorne, la main sur la poignée de nacre d'une petite épée, vient se placer à la gauche de l'illustre, un vieux général à barbiche blanche, haut et voûté, le flanque du côté droit. Et l'imposant trio s'avance, grave, escorté d'une troupe d'habits noirs, à cordons rouges, à brochettes, à Medjidiés[1]. Entre des épaules et des têtes, je distingue la figure triomphante de cette canaille de Dutertre, acclamé par la foule qui le choie en tant qu'ami du ministre, en tant que futur député.

Je cherche des yeux Mademoiselle, je lui demande du menton et des sourcils : « Faut-il y aller du petit speech ? » Elle me fait signe que oui, et j'entraîne mes deux acolytes. Un silence surprenant s'établit soudain ; — mon Dieu ! Comment vais-je oser parler devant tout ce monde ? Pourvu que le sale trac ne m'étrangle pas ! — D'abord, bien ensemble, nous plongeons dans nos jupes, en une belle révérence qui fait faire « fuiiiiii » à nos robes, et je commence, les oreilles tellement bourdonnantes que je ne m'entends pas :

Monsieur le Ministre, les enfants des écoles de Montigny, parés des fleurs de leur terre natale, viennent à vous pleins de reconnaissance...

Et puis, je m'affermis tout de suite et je continue, détaillant la prose où Rabastens se porte garant de notre « inébranlable attachement aux institutions républicaines », aussi tranquille, maintenant, que si je récitais, en classe, *La Robe* d'Eugène Manuel. D'ailleurs, le trio officiel ne m'écoute pas ; le ministre songe qu'il meurt de soif, les deux autres grands personnages échangent tout bas des appréciations :

« Monsieur le Préfet, d'où sort donc ce petit portrait ?

— N'en sais rien, mon général, elle est gentille comme un cœur.

— Un petit primitif (lui aussi !) si elle ressemble à une fille du Fresnois, je veux qu'on me... »

« Veuillez accepter ces fleurs du sol maternel ! » terminé-je en tendant mon bouquet à Son Excellence.

Anaïs, pincée comme toutes les fois qu'elle vise à la distinction, passe le sien au préfet, et Marie Belhomme, pourpre d'émoi, offre ses fleurs au général.

Le ministre bredouille une réponse où je saisis les

mots de « République... sollicitude du gouvernement... confiance dans l'attachement » ; il m'agace. Puis il reste immobile, moi aussi ; tout le monde attend, quand Dutertre se penchant à son oreille lui souffle « Faut l'embrasser, voyons ! ».

Alors il m'embrasse, mais maladroitement (sa barbe rèche me pique). La fanfare du chef-lieu rugit *La Marseillaise*, et, faisant volte-face, nous marchons vers la ville, suivies des porte-fanions ; le reste des écoles s'écarte pour nous laisser passer, et, devançant le cortège majestueux, nous passons sous le « château fort », nous rentrons sous les voûtes de verdure ; on crie, autour de nous, d'une manière aiguë, forcenée, nous ne semblons vraiment rien entendre ! Droites et fleuries, c'est nous trois qu'on acclame, autant que le ministre... Ah ! si j'avais de l'imagination, je nous verrais tout de suite les trois filles du roi, entrant avec leur père dans une « bonne ville » quelconque ; les gamines en blanc sont nos dames d'honneur, on nous mène au tournoi, où les preux chevaliers se disputeront l'honneur de... Pourvu que ces gars de malheur n'aient pas trop rempli d'huile, les veilleuses de couleur, dès ce matin ! Avec les secousses que donnent aux mâts les gamins grimpés et hurlants, nous serions propres ! Nous ne nous parlons pas, nous n'avons rien à nous dire, assez occupées de cambrer nos tailles à l'usage des gens de Paris, et de pencher la tête dans le sens du vent, pour faire voler nos cheveux...

On arrive dans la cour des écoles, on fait halte, on se masse, la foule reflue de tous côtés, bat les murs et les escalade. Du bout des doigts, nous écartons assez froidement les camarades trop disposées à nous entourer, à nous noyer ; on échange d'aigres « Fais donc attention ! — Et toi, fais donc pas tant ta sucrée ! on t'a assez remarquée depuis ce matin ! » La grande Anaïs oppose aux moqueries un silence dédaigneux ; Marie Belhomme s'énerve ; je me retiens tant que je peux d'ôter un de mes souliers découverts pour l'appliquer sur la figure de la plus rosse des Jaubert qui m'a sournoisement bousculée...

Le ministre, escorté du général, du préfet, d'un tas de conseillers, de secrétaires, de je ne sais pas bien quoi (je connais mal ce monde-là) qui fendent la foule, a gravi l'estrade et s'installe dans le beau fauteuil trop doré que le maire a tiré de son salon tout exprès. (Maigre consolation pour le pauvre homme cloué chez lui par la goutte en ce jour inoubliable !) M. Jean Dupuy sue et s'éponge ; qu'est-ce qu'il ne donnerait pas pour être à demain ! Au fait, on le paye pour ça... Derrière lui, en demi-cercles concentriques, s'asseyent les conseillers généraux, le conseil municipal de Montigny... tous ces gens en nage, ça ne doit pas sentir très bon... Eh bien, et nous ? C'est fini, notre gloire ? On nous laisse là en bas, sans que personne nous offre seulement une chaise ? Trop fort ! « Venez, vous autres, on va s'asseoir. » Non sans peine nous nous ouvrons un passage jusqu'à l'estrade, nous le drapeau, et toutes les porte-fanions. Là, tête levée, je hèle à demi-voix Dutertre qui bavarde, penché au dossier de M. le Préfet, tout au bord de l'estrade : « Monsieur ! Hé, monsieur... Monsieur Dutertre, voyons !... Docteur ! » Il entend cet appel-là mieux que les autres et se penche souriant, montrant ses crocs : « C'est toi ! Qu'est-ce que tu veux ? Mon cœur ? Je te le donne ! » Je pensais bien qu'il était déjà ivre.

« Non, monsieur, j'aimerais bien mieux une chaise pour moi et d'autres pour mes camarades. On nous abandonne là toutes seules, avec les simples mortelles, c'est navrant.

— Ça crie justice, tout simplement ! Vous allez vous échelonner, assises sur les degrés, que les populations puissent au moins se rincer l'œil, pendant que nous les embêterons avec nos discours. Montez toutes ! »

On ne se le fait pas répéter. Anaïs, Marie et moi nous grimpons les premières, avec Luce, les Jaubert, les autres porte-bannières derrière nous, embarrassées de leurs lances qui s'accrochent, s'enchevêtrent, et qu'elles tirent rageusement, les dents serrées et les yeux en dessous, parce qu'elles pensent que la foule s'amuse d'elles. Un homme — le sacristain - les prend en pitié et rassemble complaisamment les petits drapeaux qu'il emporte ; bien sûr, les robes blanches, les fleurs, les bannières ont donné à ce brave homme l'illusion qu'il assistait à une Fête-Dieu un peu plus laïque et, obéissant à une longue habitude, il nous enlève nos cierges, je veux dire nos drapeaux, à la fin de la cérémonie.

Installées et trônantes, nous regardons la foule à nos pieds et les écoles devant nous, ces écoles aujourd'hui charmantes sous les rideaux de verdure, sous les fleurs, sous toute cette parure frissonnante qui dissimule leur aspect sec de casernes. Quant au vil peuple des camarades restées en bas, debout, qui nous dévisage envieusement, se pousse du coude, et rit jaune, nous le dédaignons.

Sur l'estrade, on remue des chaises, on tousse, et nous nous détournons à demi pour voir l'orateur. C'est Dutertre, qui, debout au milieu, souple et agité, se prépare à parler, sans papier, les mains vides. Un silence profond s'établit. On entend, comme à la grand-messe, les pleurs aigus d'un mioche qui voudrait bien s'en aller, et, comme à la grand-messe, ça fait rire. Puis :

Monsieur le Ministre,

....

Il ne parle pas plus de deux minutes ; son discours adroit et brutal, plein de compliments grossiers, de rosseries subtiles (dont je n'ai compris que le quart, probablement), est terrible contre le député et gentil pour tout le reste des humains ; pour son glorieux ministre et cher ami — ils ont dû faire de sales coups ensemble —, pour ses chers concitoyens, pour l'institutrice, « si indiscutablement supérieure, messieurs, que le nombre des brevets, des certificats d'études obtenus par les élèves, me dispense de tout autre éloge »... (Mlle Sergent, assise en bas modestement, baisse la tête sous son voile), pour nous-mêmes, ma foi : « fleurs portant des fleurs, drapeau féminin, patriotique et séduisant ». Sous ce coup inattendu, Marie Belhomme perd la tête et se cache les yeux de sa main, Anaïs renouvelle de vains efforts pour rougir, et je ne peux pas m'empêcher d'onduler sur mes reins. La foule nous regarde et nous sourit, et Luce cligne vers moi...

« ... de la France et de la République ! »

Les applaudissements et les cris durent cinq minutes, violents à faire « bzii » dans les oreilles ; pendant qu'on se calme, la grande Anaïs me dit :

« Ma chère, tu vois Monmond[1] ?

— Où donc ?... oui, je le vois. Eh bien, quoi ?

— Il regarde tout le temps la Joublin.

— Ça te donne des cors aux pieds ?

— Non, mais vrai ! Faut avoir de drôles de goûts ! Regarde-le donc ! Il la fait monter sur un banc, et il la soutient ! Je parie qu'il tâte si elle a les mollets fermes.

— Probable. Cette pauvre Jeannette, je ne sais pas si c'est l'arrivée du ministre qui lui donne tant d'émotion ! Elle est rouge comme tes rubans, et elle tressaille...

— Ma vieille, sais-tu à qui Rabastens fait la cour ?

— Non.

— Regarde-le, tu le sauras. »

De vrai, le beau sous-maître considère obstinément quelqu'un... Et ce quelqu'un, c'est mon incorrigible Claire, vêtue de bleu pâle, dont les beaux yeux un peu mélancoliques se tournent complaisamment vers l'irrésistible Antonin... Bon ! Encore une fois pincée, ma sœur de lait ! Sous peu, j'entendrai des récits romanesques de rencontres, de joies, d'abandons... Dieu que j'ai faim !

« Tu n'as pas faim, Marie ?

— Si, un peu.

— Moi, je meurs d'inanition. Tu l'aimes, toi, la robe neuve de la modiste ?

— Non, je trouve que c'est criard. Elle croit que tant plus que ça se voit, tant plus que c'est beau. La mairesse a commandé la sienne à Paris, tu sais ?

— Ça lui fait une belle jambe ! Elle porte ça comme un chien habillé. L'horlogère met encore son corsage d'il y a deux ans.

— Tiens ! Elle veut faire une dot à sa fille, elle a raison, c'te femme ! »

Le petit père Jean Dupuy s'est levé et commence la réplique d'une voix sèche, avec un air d'importance tout à fait réjouissant. Heureusement, il ne parle pas longtemps. On applaudit, nous aussi, tant que nous pouvons. C'est amusant, toutes ces têtes qui s'agitent, toutes ces mains qui battent en l'air, à nos pieds, toutes ces bouches noires qui crient. Et quel joli soleil là-dessus ! un peu trop chaud...

Remuement de chaises sur l'estrade, tous ces messieurs se lèvent, on nous fait signe de descendre, on mène manger le ministre, allons déjeuner !

Difficilement, ballottées dans la foule qui se pousse

en remous contraires, nous finissons par sortir de la cour, sur la place où la cohue se desserre un peu... Toutes les petites filles blanches s'en vont, seules ou avec les mamans très fières qui les attendaient ; nous trois, aussi, nous allons nous séparer.

« Tu t'es amusée ? demande Anaïs.

— Sûr ! Ça s'est très bien passé, c'était joli !

— Eh bien moi, je trouve... Enfin je croyais que ce serait plus drôle... Ça manquait un peu d'entrain, voilà !

— Tais-toi, tu me fais mal ! Je sais ce qui te manque, tu aurais voulu chanter quelque chose, toute seule sur l'estrade. La fête t'aurait tout de suite paru plus gaie.

— Va toujours, tu ne m'offenses pas ; on sait ce que ces compliments valent dans ta bouche !

— Moi, confesse Marie, jamais je ne me suis tant amusée. Oh ! ce qu'il a dit pour nous... Je ne savais plus où me musser !... À quelle heure revenons-nous ?

— À deux heures précises. Ça veut dire deux heures et demie ; tu comprends bien que le banquet ne sera pas fini avant. Adieu, à tout à l'heure. »

À la maison, papa me demande avec intérêt :

« Il a bien parlé, Méline[1] ?

— Méline ! Pourquoi pas Sully ? C'est Jean Dupuy, voyons, papa !

— Oui, oui. »

Mais il trouve sa fille jolie et se complaît à la regarder.

Après avoir déjeuné, je me relisse, je redresse les marguerites de ma couronne, je secoue la poussière de ma jupe de mousseline et j'attends patiemment deux heures, résistant de mon mieux à une forte envie de siester. Qu'il fera chaud là-bas, grand Dieu ! Fanchette, ne touche pas à ma jupe, c'est de la mousseline. Non, je ne te prends pas de mouches, tu ne vois donc pas que je reçois le ministre ?

Je ressors ; les rues bourdonnent déjà et sonnent du bruit des pas qui, tous, descendent vers les écoles. On me regarde beaucoup, ça ne me déplaît pas. Presque toutes mes camarades sont déjà là quand j'arrive ; figures rouges, jupes de mousseline déjà froissées et aplaties, ça n'a plus le neuf de ce matin. Luce s'étire et bâille ; elle a déjeuné trop vite, elle a sommeil, elle a trop chaud, elle « se sent pousser des griffes ». Anaïs, seule, reste la même, aussi pâle, aussi froide, sans mollesse et sans émoi.

Ces demoiselles descendent enfin. Mlle Sergent, les joues cuites, gronde Aimée qui a taché le bas de sa jupe avec du jus de framboise ; la petite gâtée boude et remue les épaules, et se détourne sans vouloir voir la tendre prière des yeux de son amie. Luce guette tout cela, rage et se moque.

« Voyons, y êtes-vous toutes ? gronde Mademoiselle qui, comme toujours, fait éclater sur nos têtes innocentes ses rancunes personnelles.

— Tant pis, partons, je n'ai pas envie de faire le pied de... d'attendre une heure ici. En rangs, et plus vite que ça ! »

La belle avance ! Sur cette énorme estrade, nous piétinons longtemps, car le ministre n'en finit pas de prendre son café et les accessoires. La foule moutonne en bas et nous regarde en riant, des faces suantes de gens qui ont beaucoup déjeuné... Ces dames ont apporté des pliants ; l'aubergiste de la rue du Cloître a posé des bancs qu'il loue deux sous la place, les gars et les filles s'y empilent et s'y poussent ; tous ces gens-là, gris, grossiers et rieurs, attendent patiemment en échangeant de fortes gaillardises, qu'ils s'envoient à distance avec des rires formidables. De temps en temps une petite fille blanche se fraye avec peine un passage jusqu'aux degrés de l'estrade, grimpe, se fait bousculer et reléguer aux derniers rangs par Mademoiselle, crispée de ces retards et qui ronge son frein sous sa voilette — enragée davantage à cause de la petite Aimée qui joue de ses longs cils et de ses beaux yeux pour un groupe de calicots[1], venus de Villeneuve à bicyclette[2].

Un grand « Ah ! » soulève la foule vers les portes de la salle du banquet qui viennent de s'ouvrir devant le ministre plus rouge, plus transpirant encore que ce matin, suivi de son escorte d'habits noirs[3]. On s'écarte sur son passage avec déjà plus de familiarité, des sourires de connaissance ; il resterait ici trois jours que le garde champêtre lui taperait sur le ventre, en lui demandant un bureau de tabac pour sa bru qui a trois enfants, la pauv'fille, et pas de mari.

Mademoiselle nous masse sur le côté droit de l'estrade, car le ministre et ses comparses vont s'asseoir sur ce rang de sièges, pour nous mieux entendre chanter. Ces messieurs s'installent ; Dutertre, couleur cuir de Russie, rit et parle trop haut, ivre, comme par hasard. Mademoiselle nous menace tout bas de châtiments effroyables si nous chantons faux, et allons-y de l'*Hymne à la Nature !*

Déjà l'horizon se colore
Des plus éclatantes lueurs ;
Allons, debout ; voici l'aurore !
Et le travail veut nos sueurs !

(S'il ne se contente pas des sueurs du cortège officiel, le travail, c'est qu'il est exigeant.)

Les petites voix se perdent un peu en plein air ; je m'évertue à surveiller à la fois la « seconde » et la « troisième ». M. Jean Dupuy suit vaguement la mesure en dodelinant de la tête, il a sommeil, il rêve au *Petit Parisien*[1]. Des applaudissements convaincus le réveillent ; il se lève, s'avance et complimente gauchement Mlle Sergent qui devient aussitôt farouche, regarde à terre et rentre dans sa coquille... Drôle de femme !

On nous déloge, on nous remplace par les élèves de l'école des garçons, qui viennent braire un chœur imbécile :

Sursum corda ! sursum corda !
Haut les cœurs ! que cette devise
Soit notre cri de ralliement.
Éloignons tout ce qui divise
Pour marcher au but sûrement !
Arrière le froid égoïsme
Qui, mieux que les traîtres vendus,
Étouffe le patriotisme[2], etc.

Après eux, la fanfare du chef-lieu « l'Amicale du Fresnois » vient tapager. C'est bien ennuyeux, tout ça ! Si je pouvais trouver un coin tranquille... Et puis, comme on ne s'occupe plus du tout de nous, ma foi, je m'en vais sans le dire à personne, je rentre à la maison, je me déshabille et je m'étends jusqu'au dîner. Tiens, je serai plus fraîche au bal, donc !

À neuf heures, je respire la fraîcheur qui tombe enfin, debout sur le perron. En haut de la rue, sous l'arc de triomphe, mûrissent les ballons de papier en gros fruits de couleur. J'attends, toute prête et gantée, un capuchon blanc sur le bras, l'éventail blanc aux doigts, Marie et Anaïs qui viendront me chercher... Des pas légers, des voix connues descendent la rue, ce sont elles... Je proteste :

« Vous n'êtes pas folles ! Partir à neuf heures et demie pour le bal ! Mais la salle ne sera pas seulement allumée, c'est ridicule !

— Ma chère, Mademoiselle a dit : “Ça commencera à huit heures et demie ; dans ce pays ils sont ainsi, on ne peut pas les faire attendre, ils se précipitent au bal sitôt la bouche essuyée !” Voilà ce qu'elle a dit.

— Raison de plus pour ne pas imiter les gars et les gobettes d'ici ! Si les “habits noirs” dansent ce soir, ils arriveront vers onze heures, comme à Paris, et nous serons déjà défraîchies de danser ! Venez un peu dans le jardin avec moi. »

Elles me suivent à contrecœur dans les allées sombres où ma chatte Fanchette, comme nous en robe blanche, danse après les papillons de nuit, cabriolante et folle... Elle se méfie en entendant des voix étrangères et grimpe dans un sapin, d'où ses yeux nous suivent, comme deux petites lanternes vertes. D'ailleurs, Fanchette me méprise : l'examen, l'inauguration des écoles — je ne suis plus jamais là, je ne lui prends plus de mouches, des quantités de mouches que j'enfilais en brochette sur une épingle à chapeau et qu'elle débrochait délicatement pour les manger, toussant parfois à cause d'une aile gênante arrêtée dans la gorge ; je ne lui donne plus que rarement du chocolat cru et des corps de papillons qu'elle adore, et il m'arrive d'oublier le soir de lui « faire sa chambre » entre deux Larousse. — Patience, Fanchette chérie ! J'aurai tout le temps de te tourmenter et de te faire sauter dans le cerceau, puisque, hélas ! je ne retournerai plus à l'école...

Anaïs et Marie ne tiennent pas en place, ne me répondent que par des « oui » et « non » distraits — les jambes leur fourmillent. Allons, partons donc, puisqu'elles en ont tant envie ! « Mais vous verrez que ces demoiselles ne seront pas seulement descendues !

« Oh ! tu comprends, elles n'ont que le petit escalier intérieur à descendre pour se trouver dans la salle de bal ; elles jettent de temps en temps un coup d'œil par la petite porte, pour voir si c'est le vrai moment de faire leur entrée.

— Justement, si nous arrivons trop tôt, nous aurons l'air cruches, toutes seules avec trois chats et un veau dans cette grande salle !

— Oh ! que tu es ennuyeuse, Claudine ! Tiens, s'il n'y a pas assez de monde, nous monterons chercher les pensionnaires par le petit escalier et nous redescendrons quand les danseurs seront arrivés !

— Comme ça, je veux bien. »

Et moi qui redoutais le désert de cette grande salle ! Elle est plus qu'à demi pleine de couples qui tournoient, aux sons d'un orchestre mixte (juché sur l'estrade enguirlandée dans le fond de la salle), un orchestre composé de Trouillard et d'autres violonneux, pistons et trombones locaux, mêlés à des parcelles de « l'Amicale du Fresnois », en casquettes galonnées. Tout ça souffle, racle et tape avec peu d'ensemble, mais énormément d'entrain.

Il faut nous frayer un passage à travers la haie des gens qui regardent et encombrent la porte d'entrée, ouverte à deux battants, car vous savez, le service d'ordre, ici !... C'est là que s'échangent les remarques désobligeantes et les caquets sur les toilettes des jeunes filles, sur les appareillages fréquents des mêmes danseurs et danseuses :

« Ma chère, montrer sa peau comme ça ! c'est une petite catiche !

— Oui, et montrer quoi ? des os !

— Quatre fois, quatre fois qu'elle danse de suite avec Monmond ! Si j'étais que de sa mère, je te la "resouperais*", je te l'enverrais se coucher, moi !

— Ces messieurs de Paris, ça danse pas comme par ici.

— Ça, c'est vrai ! On dirait que ça a peur de se cas-

* *Resouper :* châtier, remettre dans le bon chemin.

ser, si peu que ça se remue. À la bonne heure, les gars d'ici, ils se donnent du plaisir sans regarder à leur peine ! »

C'est la vérité, encore que Monmond, brillant danseur, se retienne de voltiger les jambes en X, « rapport à » la présence des gens de Paris. Beau cavalier, Monmond, et qu'on s'arrache ! Clerc de notaire, une figure de fille et des cheveux noirs bouclés, comment voulez-vous qu'on résiste ?

Nous opérons une entrée timide, entre deux figures de quadrille, et nous traversons posément la salle pour aller nous asseoir, trois petites filles bien sages, sur une banquette.

Je pensais bien, je voyais bien que ma toilette me seyait, que mes cheveux et ma couronne me faisaient une petite figure pas méprisable du tout — mais les regards sournois, les physionomies soudainement figées des jeunes filles qui se reposent et s'éventent m'en rendent certaine, et je me sens mieux à mon aise. Je peux examiner la salle sans crainte.

Les « habits noirs », ah ! ils ne sont pas nombreux ! Tout le cortège officiel a pris le train de six heures ; adieu ministre, général, préfet et leur suite. Il reste juste cinq ou six jeunes gens, secrétaires quelconques, gentils d'ailleurs et de bonne façon, qui, debout dans un coin, paraissent s'amuser prodigieusement de ce bal comme, à coup sûr, ils n'en virent jamais. Le reste des danseurs ? Tous les gars et jeunes gens de Montigny et des environs, deux ou trois en habit mal coupé, les autres en jaquette ; piètres accoutrements pour cette soirée qu'on a voulu faire croire officielle.

Comme danseuses rien que des jeunes filles, car, en ce pays primitif, la femme cesse de danser sitôt mariée. Elles se *sont* mises en frais, ce soir, les jeunesses ! Robes de gaze bleue, de mousseline rose, qui font paraître tout noirs ces teints vigoureux de petites campagnardes, cheveux trop lisses et pas assez bouffants, gants de fil blanc, et, quoique prétendent les commères de la porte, pas assez de décolletage ; les corsages s'arrêtent trop tôt, là où ça devient blanc, ferme et rebondi.

L'orchestre avertit les couples de se joindre et, dans les coups d'éventail des jupes qui nous frôlent les genoux, je vois passer ma sœur de lait Claire, alanguie et toute gentille, aux bras du beau sous-maître Antonin Rabastens, qui valse avec furie, un œillet blanc à la boutonnière.

Ces demoiselles ne sont pas encore descendues (je surveille assidûment la petite porte de l'escalier dérobé, par où elles apparaîtront) quand un monsieur, un des « habits noirs » s'incline devant moi. Je me laisse emmener ; il n'est pas déplaisant, trop grand pour moi, solide, et il valse bien, sans trop me serrer, en me regardant d'en haut d'un air amusé.

Comme je suis bête ! Je n'aurais dû songer qu'au plaisir de danser, à la joie pure d'être invitée avant Anaïs qui lorgne mon cavalier d'un œil d'envie... et, de cette valse-là, je ne retire que du chagrin, une tristesse, niaise peut-être, mais si aiguë que je retiens mes larmes à grand-peine... Pourquoi ? Ah ! parce que... — non, je ne peux pas être sincère absolument, jusqu'au bout, je peux seulement indiquer... — je me sens l'âme tout endolorie, parce que, moi qui n'aime guère danser, j'aimerais danser avec quelqu'un que j'adorerais de tout mon cœur, parce que j'aurais voulu avoir là ce quelqu'un, pour me détendre à lui dire tout ce que je ne confie qu'à Fanchette ou à mon oreiller (et même pas à mon journal), parce que ce quelqu'un-là me manque follement, et que j'en suis humiliée, et que je ne me livrerai qu'au quelqu'un que j'aimerai et que je connaîtrai tout à fait, — des rêves qui ne se réaliseront jamais, quoi !

Mon grand valseur ne manque pas de me demander :

« Vous aimez la danse, mademoiselle ?

— Non, monsieur.

— Mais alors... pourquoi dansez-vous ?

— Parce que j'aime encore mieux ça que rien. »

Deux tours en silence, et puis il reprend :

« Est-ce qu'on peut constater que vos deux compagnes vous servent admirablement de repoussoirs ?

— Oh ! mon Dieu, oui, on peut. Marie est pourtant assez gentille...

— Vous dites ?

— Je dis que celle en bleu n'est pas laide.

— Je... ne goûte pas beaucoup ce genre de beauté...

Me permettez-vous de vous inviter dès maintenant pour la prochaine valse ?

— Je veux bien...

— Vous n'avez pas de carnet ?

— Ça ne fait rien ; je connais tout le monde ici, je n'oublierai pas. »

Il me ramène à ma place et n'a pas plutôt tourné le dos qu'Anaïs me complimente par un « Ma chère ! » des plus pincés.

« Oui, c'est vrai qu'il est gentil, n'est-ce pas ? Et puis il est amusant à entendre parler, si tu savais !

— Oh ! on sait que tu as toutes les veines aujourd'hui ! Moi, je suis invitée pour la prochaine, par Féfed.

— Et moi, dit Marie qui rayonne, par Monmond ! Ah ! Voilà Mademoiselle ! »

En effet ; voilà même Mesdemoiselles. Dans la petite porte du fond de la salle elles s'encadrent tour à tour : d'abord la petite Aimée qui a mis seulement un corsage de soirée tout blanc, tout vaporeux, d'où sortent des épaules délicates et potelées, des bras fins et ronds ; dans les cheveux près de l'oreille, des roses blanches et jaunes avivent encore les yeux dorés — qui n'avaient pas besoin d'elles pour briller !

Mlle Sergent, toujours en noir, mais pailleté, très peu décolletée sur une chair ambrée et solide, les cheveux mousseux faisant ombre ardente sur la figure disgraciée et laissant luire les yeux, n'est pas mal du tout. Derrière elle, serpente la file des pensionnaires, blanches, en robes montantes, quelconques ; Luce accourt vers moi me raconter qu'elle s'est décolletée, « en rentrant le haut de son corsage » malgré l'opposition de sa sœur. Elle a bien fait.

Presque en même temps, Dutertre entre par la grande porte, rouge, excité et parlant trop haut.

À cause des bruits qui circulent en ville, on surveille beaucoup, dans la salle, ces entrées simultanées du futur député et de sa protégée. Ça ne fait pas un pli : Dutertre va droit à Mlle Sergent, la salue, et, comme l'orchestre commence une polka, il l'entraîne hardiment avec lui. Elle, rouge, les yeux demi-clos, ne dit mot et danse, gracieusement, ma foi ! Les couples se reforment et l'attention se détourne.

La Directrice reconduite à sa place, le délégué cantonal vient à moi — attention flatteuse, très remarquée. Il mazurke violemment, sans valser, mais en tournant trop, en me serrant trop, en me parlant trop dans les cheveux :

« Tu es jolie comme les amours !

— D'abord, docteur, pourquoi me tutoyez-vous ? Je suis assez grande...

— Non, je vais me gêner ? Voyez-moi cette grande personne !... Oh ! tes cheveux et cette couronne ! J'aimerais tant te l'enlever !

— Je vous jure que ce n'est pas vous qui me l'enlèverez.

— Tais-toi, ou je t'embrasse devant tout le monde !

— Ça n'étonnerait personne, on vous en a vu faire tant d'autres.

— C'est vrai. Mais pourquoi ne viens-tu pas me voir ? Ce n'est que la peur qui te retient, tu as des yeux de vice !... Va, va, je te rattraperai quelque jour ; ne ris pas, tu me fâcherais à la fin !

— Bah ! ne vous faites pas si méchant, je ne vous crois pas. »

Il rit en montrant les dents, et je pense en moi-même : « Cause toujours : l'hiver prochain, je serai à Paris, et tu ne m'y rencontreras guère ! »

Après moi, il s'en va tourner avec la petite Aimée, tandis que Monmond, en jaquette d'alpaga, m'invite. Je ne refuse pas, ma foi non ! Pourvu qu'ils aient des gants, je danse très volontiers avec les gars du pays (ceux que je connais bien), qui sont gentils avec moi, à leur façon. Et puis je redanse avec mon grand « habit noir » de la première valse, jusqu'au moment où je souffle un peu pendant un quadrille, pour ne pas devenir rouge, et aussi parce que le quadrille me paraît ridicule. Claire me rejoint et s'assied, douce et languissante, attendrie, ce soir, d'une mélancolie qui lui sied. Je l'interroge :

« Dis donc, on parle beaucoup de toi, à propos des assiduités du beau sous-maître ?

— Oh ! tu crois ?... On ne peut rien dire, puisqu'il n'y a rien.

— Voyons ! tu ne prétends pas faire de cachotteries avec moi ?

— Dieu non ! mais c'est la vérité qu'il n'y a rien... Tiens, nous nous sommes rencontrés deux fois, celle-ci, c'est la troisième, il parle d'une façon... captivante ! Et tout à l'heure il m'a demandé si je me promenais parfois le soir du côté de la Sapinière.

— On sait ce que ça veut dire. Tu vas répondre quoi ? »

Elle sourit, sans parler, d'un air hésitant et convoiteur. Elle ira. C'est drôle, ces petites filles ! En voilà une qui, depuis l'âge de quatorze ans, jolie et douce, sentimentale et docile, se fait lâcher successivement par une demi-douzaine d'amoureux. Elle ne sait pas s'y prendre. Il est vrai que je ne saurais guère m'y prendre non plus, moi qui construis de si beaux raisonnements...

Un vague étourdissement me gagne, de tourner, et surtout de voir tourner. Presque tous les « habits noirs » sont partis, mais pas Dutertre qui tourbillonne avec emportement, dansant avec toutes celles qu'il trouve gentilles, ou seulement très jeunes. Il les entraîne, les roule, les pétrit et les laisse ahuries, mais extrêmement flattées. À partir de minuit, le bal devient de minute en minute plus familier ; les « étrangers » partis, on se retrouve entre amis, le public de la guinguette à Trouillard, les jours de fête — seulement on est plus à l'aise dans cette grande salle gaiement décorée, et le lustre éclaire mieux que les trois lampes à pétrole du cabaretier. La présence du docteur Dutertre n'est pas pour intimider les gars, bien au contraire, et déjà Monmond ne contraint plus ses pieds à glisser sur le parquet. Ils volent, ses pieds, ils surgissent au-dessus des têtes, ou s'éloignent follement l'un de l'autre, en « grands écarts » prodigieux. Les filles l'admirent et *pouffent* dans leurs mouchoirs parfumés d'eau de Cologne à bon marché : « Ma chère, ce qu'il est tordant ! Il n'y en a pas un pareil ! »

Tout d'un coup, cet enragé passe, avec une brutalité de cyclone, emportant sa danseuse comme un paquet, car il a parié « un siau de vin blanc », payable au buffet installé dans la cour, qu'il « ferait » la longueur de la salle en six pas de galop ; on s'attroupe, on l'admire. Monmond a gagné, mais sa danseuse — Fifine Baille, une petite traînée qui porte en ville du lait et tout ce qu'on veut — le quitte furieuse, et l'injurie : « Espèce de grande armelle* ! t'aurais pu aussi ben bréger ma robe ! Reviens m'inviter, je te resouperai ! »

L'assistance se tord, et les gars profitent du rassemblement pour pincer, chatouiller et caresser ce qu'ils trouvent à portée de la main. On devient trop gai, je vais bientôt aller me coucher. La grande Anaïs, qui a pu enfin conquérir un « habit noir » retardataire, se promène avec lui dans la salle, s'évente, rit haut en roucoulant, ravie de voir le bal s'animer et les gars s'exciter ; il y en aura au moins un qui l'embrassera dans le cou, ou ailleurs !

Où a bien pu passer Dutertre ? Mademoiselle a fini par acculer sa petite Aimée dans un coin et lui fait une scène de jalousie, redevenue, en quittant son beau délégué cantonal, impérieuse et tendre ; l'autre écoute, en secouant les épaules, les yeux au loin et le front têtu. Quant à Luce, elle danse éperdument — « je n'en manque pas une » —, passant de bras en bras sans s'essouffler ; les gars ne la trouvent pas trop jolie, mais quand ils l'ont invitée une fois, ils y reviennent, tant ils la sentent souple, petite, et blottie, et légère comme un flocon.

Mlle Sergent a disparu, à présent, peut-être vexée de voir sa favorite valser, malgré ses objurgations, avec un grand faraud blond qui la serre, qui l'effleure de ses moustaches et de ses lèvres, sans qu'elle bronche. Il est une heure, je ne m'amuse plus guère et je vais aller me coucher. Pendant l'interruption d'une polka (ici, la polka se danse en deux parties, entre lesquelles les couples se promènent à la queue leu leu autour de la salle, bras sur bras) j'arrête Luce au passage et la force à s'asseoir une minute :

« Tu n'en es pas fatiguée, de ce métier-là ?

— Tais-toi ! Je danserais pendant huit jours ! Je ne sens pas mes jambes...

— Alors, tu t'amuses bien ?

— Est-ce que je sais ? Je ne pense à rien, j'ai la tête engourdie, c'est tellement bon ! Pourtant j'aime bien quand ils me serrent... Quand ils me serrent et qu'on valse vite, ça donne envie de crier ! »

* Invective intraduisible.

Qu'est-ce qu'on entend tout à coup ? Des piétinements, des piaillements de femme qu'on gifle, des injures criées... Est-ce que les gars se battent ? Mais non, ça vient de là-haut, ma parole ! Les cris deviennent tout de suite si aigus que la promenade des couples s'arrête ; on s'inquiète, et une bonne âme, le brave et ridicule Antonin Rabastens, se précipite à la porte de l'escalier intérieur, l'ouvre... Le tumulte croît, je reconnais avec stupeur la voix de la mère Sergent, cette voix criarde de vieille paysanne qui hurle des choses épouvantables. Tous écoutent, figés sur place, dans un absolu silence, les yeux fixés sur cette toute petite porte d'où sort tant de bruit.

« Ah ! garce de fille ! tu ne l'as pas volé ! Hein, j'y ai t'y cassé mon manche à balai sur le dos, à ton cochon de médecin ! Hein, je te l'ai t'y flanquée c'te fessée ! Ah ! il y avait longtemps que je flairais quelque chose ! Non, non, ma belle, je ne me tairai pas, je m'en fiche, moi, des gens du bal ! Qu'ils entendent donc, ils entendront quelque chose de propre ! Demain matin, non, pas demain, tout de suite, je fais mon ballot, je couche pas dans une maison pareille, moi ! Saleté, t'as profité de ce qu'il était soûl, hors d'état *(sic)* pour le mettre dans ton lit, ce fumellier-là* ! C'est donc ça que ton traitement avait r'augmenté, chienne en folie ! Si je t'avais fait tirer les vaches comme j'ai fait, t'en serais pas là ! Mais t'en porteras la peine, je le crierai partout, je veux qu'on te montre dans les rues, je veux qu'on rie de toi ! Il ne peut rien me faire, ton salaud de délégué cantonal malgré qu'il tutoie le minisse, j'y ai fichu une frottée qu'i s'en est sauvé, il a peur de moi ! Ça vient faire des cochonneries ici, dans une chambre que je borde le lit tous les matins, et ça s'enferme même pas ! Ça se sauve moitié en chemise, nu-pieds, que ses sales bottines y sont encore ! Tiens, les v'là, ses bottines, qu'on les voie donc ! »

On entend les chaussures jetées dans l'escalier, rebondissantes ; une retombe jusqu'en bas, sur le seuil, dans la lumière, une bottine vernie, toute luisante et fine... Personne n'ose y toucher. La voix exaspérée diminue, s'éloigne au long des corridors, dans les claquements des portes, s'éteint ; on se regarde alors, cha-

* Coureur de « fumelles ».

cun n'en croyant pas ses oreilles... Les couples encore unis demeurent perplexes, aux aguets, et peu à peu des rires sournois se dessinent sur les bouches narquoises, courent en goguenardant jusque sur l'estrade où les musiciens se font du bon sang, tout comme les autres.

Je cherche des yeux Aimée, je la vois pâle comme son corsage, les yeux agrandis, fixés sur la bottine, point de mire de tous les regards. Un jeune homme s'approche charitablement d'elle, lui offrant de sortir un peu pour se remettre... Elle promène autour d'elle des regards affolés, éclate en sanglots et se jette dehors en courant. (Pleure, pleure, ma fille, ces moments pénibles te feront trouver les heures de joie plus douces.) Après cette fuite, on ne se gêne plus pour s'amuser de meilleur cœur, échanger des coups de coude, des « t'as-t'y ben vu ça ! ».

J'entends alors près de moi un fou rire, un rire perçant, suffoquant, vainement étouffé dans un mouchoir : c'est Luce qui se tord sur une banquette, pliée en deux, pleurant de joie et, sur la figure, une telle expression de bonheur sans ombre, que le rire me gagne, moi aussi.

« Tu n'es pas folle, Luce, de rire comme ça ?

— Ah ! ah !... oh ! laisse-moi,... c'est trop bon... ah ! je n'aurais jamais osé espérer ça ! ah ! ah ! je peux partir, j'ai *du goût* pour longtemps... Dieu, que ça fait du bien !... »

Je l'emmène dans un coin pour la calmer un peu. Dans la salle, on bavarde ferme, et personne ne danse plus... Quel scandale[1], le matin venu !... Mais un violon lance une note égarée, les cornets à pistons et les trombones le suivent, un couple esquisse timidement un pas de polka, deux couples l'imitent, puis tous ; quelqu'un ferme la petite porte pour cacher la scandaleuse bottine, et le bal recommence, plus joyeux, plus échevelé d'avoir assisté à un spectacle tellement drôle, tellement inattendu ! Moi, je vais me coucher, pleinement heureuse de couronner par cette nuit mémorable mes années scolaires.

Adieu, la classe ; adieu, Mademoiselle et son amie ; adieu, féline petite Luce et méchante Anaïs ! Je vais vous quitter pour entrer dans le monde ; ça m'étonnera bien si je m'y amuse autant qu'à l'école.

COLETTE & WILLY

CLAUDINE À PARIS

La plupart des personnages de ce roman ont déjà figuré dans *Claudine à l'école* (Librairie Ollendorff[1]).

Aujourd'hui, je recommence à tenir mon journal, forcément interrompu pendant ma maladie, ma grosse maladie — car je crois vraiment que j'ai été très malade[1] !

Je ne me sens pas encore trop solide à présent, mais la période de fièvre et de grand désespoir m'a l'air passée. Bien sûr, je ne conçois pas que des gens vivent à Paris pour leur plaisir, sans qu'on les y force, non[2], mais je commence à comprendre qu'on puisse s'intéresser à ce qui se passe dans ces grandes boîtes à six étages.

Il va falloir, pour l'honneur de mes cahiers, que je raconte pourquoi je me trouve à Paris, pourquoi j'ai quitté Montigny, l'école si chère et si fantaisiste où Mlle Sergent[3], insoucieuse des qu'en-dira-t-on, continue à chérir sa petite Aimée[4] pendant que les élèves font les quatre cents coups, pourquoi papa a quitté ses limaces, tout ça, tout ça !... Je serai bien fatiguée quand j'aurai fini ! Parce que, vous savez, je suis plus maigre que l'année dernière, et un peu plus longue ; malgré mes dix-sept ans, échus depuis avant-hier[5], c'est tout juste si j'en parais seize. Voyons que je me regarde dans la glace. Oh, oui !

Menton pointu, tu es gentil, mais n'exagère pas, je t'en supplie, ta pointe. Yeux noisette, vous persévérez à être noisette, et je ne saurais vous en blâmer ; mais ne vous reculez pas sous mes sourcils avec cet excès de modestie. Ma bouche, vous êtes toujours ma bouche, mais si blême, que je ne résiste pas à frotter sur ces lèvres courtes et pâlottes les pétales arrachés au géranium rouge de la fenêtre. (Ça fait, d'ailleurs, un sale ton violacé que je mange tout de suite.) Ô vous, mes pauvres oreilles ! Petites oreilles blanches et anémiques, je vous cache sous les cheveux en boucles, et je vous regarde de temps en temps à la dérobée, et je vous pince pour vous faire rougir. Mais ce sont mes cheveux, surtout ! Je ne peux pas y toucher sans avoir envie de pleurer... On me les a coupés, coupés sous l'oreille, mes copeaux châtain roussi, mes beaux copeaux bien roulés ! Pardi, les dix centimètres qui m'en restent font tout ce qu'ils peuvent, et bouclent, et gonflent, et se dépêcheront de grandir, mais je suis triste tous les matins, quand je fais involontairement le geste de relever ma toison, avant de me savonner le cou[1]...

Papa à la belle barbe, je t'en veux presque autant qu'à moi-même. On n'a pas idée d'un père comme celui-là ! Écoutez plutôt.

Son grand traité sur la *Malacologie du Fresnois*[2] presque terminé, papa envoya une grosse partie de son manuscrit chez l'éditeur Masson, à Paris, et fut dévoré dès ce jour d'une épouvantable fièvre d'impatience. Comment ! Ses « placards » corrigés, expédiés boulevard Saint-Germain[3] le matin (huit heures de chemin de fer) n'étaient pas de retour à Montigny le soir même ? Ah ! le facteur Doussine en entendit de raides : « Sale bonapartiste[4] de facteur qui ne m'apporte pas d'épreuves ! Il est cocu, il ne l'a pas volé ! » Et les typographes, ah, là, là ! Les menaces de scalp à ces faiseurs de « coquilles » scandaleuses, les anathèmes sur ce « gibier de Sodome » ronflaient toute la journée. Fanchette, ma belle chatte, qui est une personne bien, levait des sourcils indignés. Novembre était pluvieux, et les limaces, délaissées, crevaient l'une après l'autre. Si bien qu'un soir papa, une main dans sa barbe tricolore, me déclara : « Mon bouquin ne marche pas du tout ; les imprimeurs se fichent de moi ; le plus raisonnable *(sic)* serait d'aller nous installer à Paris. » Cette proposition me bouleversa. Tant de simplicité, unie à tant de démence, m'exaltèrent et je ne demandai que huit jours pour réfléchir. « Dépêche-toi, ajouta papa, j'ai quelqu'un pour notre maison, Machin veut la louer. » Ô la duplicité des pères les plus ingénus ! Celui-ci avait déjà tout arrangé en sous-main, et je n'avais pas pressenti la menace de ce départ[1] !

Deux jours après, à l'école, où, sur le conseil de Mademoiselle, je songeais vaguement à préparer mon brevet supérieur[2], la grande Anaïs[3] s'affirma plus teigne encore que d'habitude ; je n'y tins plus et je lui dis en haussant les épaules : « Va, va, ma vieille, tu ne m'élugeras* plus longtemps, je vais habiter Paris dans un mois. » La stupéfaction qu'elle n'eut pas le temps de déguiser me jeta dans une extrême joie. Elle courut à Luce[4] : « Luce ! Tu vas perdre ta grande amie ! Ma chère, tu pleureras du sang quand Claudine partira pour Paris. Vite, coupe-toi une mèche de cheveux, échangez vos derniers serments, vous n'avez que juste le temps ! » Luce, médusée, écarta ses doigts en feuille de palmier, ouvrit tout grands ses yeux verts et paresseux, et, sans pudeur, fondit en larmes bruyantes. Elle m'agaçait. « Par'ié oui, je m'en vais ! Et je ne vous regretterai guère, toutes ! »

À la maison, décidée, je dis à papa le « oui » solennel. Il peigna sa barbe avec satisfaction et prononça :

« Pradeyron est déjà en train de nous chercher un appartement. Où ? Je n'en sais rien. Pourvu que j'aie de la place pour mes bouquins, je me fous du quartier. Et toi ?

— Moi aussi, je m'en... ça m'est égal. »

Je n'en savais rien du tout, en réalité. Comment voulez-vous qu'une Claudine, qui n'a jamais quitté la grande maison et le cher jardin de Montigny, sache ce qu'il lui faut à Paris, et quel quartier on doit choisir ? Fanchette non plus n'en sait rien. Mais je devins agitée, et, comme dans toutes les grandes circonstances de ma vie, je me mis à errer pendant que papa soudainement pratique — non, je vais trop loin — soudainement actif, s'occupait, à grand fracas, des emballages.

J'aimai mieux, pour cent raisons, fuir dans les bois et ne point écouter les plaintes rageuses de Mélie[5].

* Embêter, en patois du Fresnois.

Mélie est blonde, paresseuse et fanée. Elle a été fort jolie. Elle fait la cuisine, m'apporte de l'eau et soustrait les fruits de notre jardin, pour les donner à de vagues « connaissances ». Mais papa assure qu'elle m'a nourrie, jadis, avec un lait « superbe » et qu'elle continue à m'aimer bien. Elle chante beaucoup, elle garde en sa mémoire un recueil varié de chansons grivoises, voire obscènes, dont j'ai retenu un certain nombre. (Et on dit que je ne cultive pas les arts d'agrément !) Il y en a une très jolie :

Il a bu cinq ou six coups
Sans vouloir reprendre haleine,
Trou la la...
Et comm' c'était de son goût
Il n'épargnait pas sa peine,
Trou la la, etc, etc.[1]

Mélie choie avec tendresse mes défauts et mes vertus. Elle constate avec exaltation que je suis « gente », que j'ai « un beau corps » et conclut : « C'est dommage que t'ayes pas un galant. » Ce besoin ingénu et désintéressé de susciter et de satisfaire d'amoureux desseins, Mélie l'étend sur toute la nature. Au printemps, quand Fanchette miaule, roucoule et se traîne sur le dos dans les allées, Mélie appelle complaisamment les matous, et les attire au moyen d'assiettes remplies de viande crue. Puis elle contemple, attendrie, les idylles qui en résultent, et, debout dans le jardin, en tablier sale, elle laisse « attacher » le... derrière de veau ou le lièvre en salmis, songeuse, en soupesant dans ses paumes ses seins sans corset, d'un geste fréquent qui a le don de m'agacer. Malgré moi, ça me dégoûte vaguement de songer que je les ai tétés.

Tout de même, si je n'étais qu'une petite niaise et non une fille bien sage, Mélie, obligeante, ferait tout le nécessaire pour que je faute. Mais je ris seulement d'elle, quand elle me parle d'un amoureux — ah ! non, par exemple — et je la bourre, et je lui dis : « Va donc porter ça à Anaïs, tu seras mieux reçue qu'ici. »

Mélie a juré, sur le sang de sa mère, qu'elle ne viendrait pas à Paris. Je lui ai répondu : « Je m'en fiche. » Alors elle a commencé ses préparatifs, en prophétisant mille effroyables catastrophes.

J'errai donc dans les chemins pattés*, dans les bois rouillés, parfumés de champignons et de mousses mouillées, récoltant des girolles jaunes, amies des sauces crémeuses et du veau à la casserole. Et peu à peu, je compris que cette installation à Paris sentait la folie de trop près. Peut-être qu'en suppliant papa, ou plutôt en l'intimidant ?... Mais que dirait Anaïs ? Et Luce qui pourrait croire que je reste à cause d'elle ? Non. Zut ! Il sera bien temps d'aviser, si je me trouve trop mal là-bas.

Un jour, à la lisière du bois des Vallées, comme je regardais Montigny au-dessous de moi, et les bois, les bois qui sont ce que j'aime le plus au monde, et les prés jaunes, et les champs labourés, leur terre fraîche presque rose, et la tour sarrasine, au-dessus, qui baisse tous les ans, je vis si nettement, si clairement la bêtise, le malheur de partir, que je faillis courir et dévaler jusqu'à la maison, pour supplier, pour ordonner qu'on déclouât les caisses de livres et qu'on désentortillât les pieds des fauteuils.

Pourquoi ne l'ai-je pas fait ? Pourquoi suis-je restée là, toute vide, avec mes mains froides sous ma capeline rouge ? Les châtaignes tombaient sur moi dans leur coque et me piquaient un peu la tête, comme des pelotons de laine où on a oublié des aiguilles à repriser...

J'abrège. Adieux à l'école : froids adieux à la directrice (étonnante, Mademoiselle ! Sa petite Aimée dans ses jupes, elle me dit « au revoir » comme si je devais rentrer le soir même) ; adieux narquois d'Anaïs : « Je ne te souhaite pas bonne chance, ma chère, la chance te suit partout, tu ne daigneras sans doute m'écrire que pour m'annoncer ton mariage » ; adieux angoissés et sanglotants de Luce, qui m'a confectionné une petite bourse en filet de soie jaune et noir, d'un mauvais goût parfait, et qui me donne encore une mèche de ses cheveux dans un étui à aiguilles en bois

* Boueux.

de Spa. Elle a fait « empicasser » ces souvenirs pour que je ne les perde jamais.

(Pour ceux qui ignorent le sortilège d'empicassement, voici : Vous posez à terre l'objet o, à empicasser, vous l'enfermez entre deux parenthèses dont les bouts rejoints (o+) se croisent et où vous inscrivez, à gauche de l'objet, une croix[1]. Après ça, vous pouvez être tranquille, l'empicassement est infaillible. On peut aussi cracher sur l'objet, mais ce n'est pas absolument indispensable.)

La pauvre Luce m'a dit : « Va, tu ne crois pas que je serai malheureuse. Mais tu verras, tu verras ce que je suis capable de faire. J'en ai assez, tu sais, de ma sœur et de sa Mademoiselle. Il n'y avait que toi ici, je *n'avais du goût* qu'à cause de toi. Tu verras ! » J'ai embrassé beaucoup la désolée, sur ses joues élastiques, sur ses cils mouillés, sur sa nuque blanche et brune, j'ai embrassé ses fossettes et son irrégulier petit nez trop court. Elle n'avait jamais eu de moi autant de caresses, et le désespoir de la pauvre gobette a redoublé. J'aurais pu, pendant un an, la rendre peut-être très heureuse. (Il ne t'en aurait pas coûté tant que ça, Claudine, je te connais[2] !) Mais je ne me repens guère de ne pas l'avoir fait.

L'horreur physique de voir déplacer les meubles et emballer mes petites habitudes me rendit frileuse et mauvaise comme un chat sous la pluie. D'assister au départ de mon petit bureau d'acajou taché d'encre, de mon étroit lit-bateau en noyer et du vieux buffet normand qui me sert d'armoire à linge, je faillis avoir une crise de nerfs. Papa, plus faraud que jamais, déambulait au milieu du désastre, et chantait : « Les Anglais pleins d'arrogance — Sont venus assiéger Lorient. Et les bas-bretons... » (on ne peut pas citer le reste, malheureusement). Je ne l'ai jamais détesté comme ce jour-là.

Au dernier moment, je crus perdre Fanchette, qui, autant que moi horrifiée, avait piqué une fuite éperdue dans le jardin, et s'était réfugiée dans la soupente à charbon. J'eus mille peines à la capturer pour l'enfermer dans un panier de voyage, crachante et noire, jurant comme un diable. Elle n'admet, en fait de paniers, que celui à viande.

☆

Le voyage, l'arrivée, le commencement de l'installation se perdent dans une brume de détresse. L'appartement sombre, entre deux cours, de cette rue Jacob[1] sale et pauvre, me laissa dans une torpeur navrée. Sans bouger, je vis arriver, une à une, les caisses de livres, puis les meubles dépaysés ; je vis papa, excité et remuant, clouer des rayons, pousser son bureau de coin en coin, se gaudir à voix haute de la situation de l'appartement : « À deux pas de la Sorbonne, tout près de la Société de géographie, et la bibliothèque Sainte-Geneviève à portée de la main[2] ! » ; j'entendis Mélie geindre sur la petitesse de sa cuisine — qui est pourtant, de l'autre côté du palier, une des plus belles pièces de l'appartement — et je souffris qu'elle nous servît, sous l'excuse de l'emménagement incomplet et difficile, des mangeailles... incomplètes et difficiles à ingérer. Une seule idée me rongeait : « Comment, c'est moi qui suis ici, c'est moi qui ai laissé s'accomplir cette folie ? » Je refusai de sortir, je refusai obstinément de m'occuper de quoi que ce fût d'utile, j'errai d'une chambre à l'autre, la gorge rétrécie et l'appétit absent. Je pris, au bout de dix jours, une si étrange mine, que papa lui-même s'en aperçut et s'affola tout de suite, car il fait toutes choses à fond et sans mesure. Il m'assit sur ses genoux, contre sa grande barbe tricolore, me berça dans ses mains noueuses qui sentaient le sapin à force d'installer des rayons... Je ne dis rien, je serrai les dents, car je lui gardais une farouche rancune... Et puis, mes nerfs tendus cédèrent dans une belle crise, et Mélie me coucha, toute brûlante.

Après ça, il se passa beaucoup de temps. Quelque chose comme une fièvre cérébrale avec des allures de typhoïde[3]. Je ne crois pas avoir beaucoup déliré, mais j'étais tombée dans une nuit lamentable et je ne sentais plus que ma tête, qui me faisait si mal ! Je me souviens d'avoir, pendant des heures, couchée sur le côté gauche, suivi du bout de mon doigt, contre le mur, les contours d'un des fruits fantastiques imprimés sur mes rideaux : une espèce de pomme avec des yeux. Il suffit encore à présent que je la regarde pour voguer tout de suite dans un monde de cauchemars et de songes tourbillonnants où il y a de tout : Mademoiselle, et Aimée, et Luce, un mur qui va tomber sur moi, la méchante Anaïs, et Fanchette qui devient grosse comme un âne et s'assied sur ma poitrine. Je me souviens aussi que papa se penchait sur moi : sa barbe et sa figure me semblaient énormes, et je le poussais avec mes deux bras faibles, et je retirais mes mains tout de suite parce que le drap de son pardessus me semblait si rude et si pénible à toucher ! Je me souviens enfin d'un médecin doux, un petit blond avec une voix de femme et des mains froides qui me faisaient frémir partout[1].

Pendant deux mois on n'a pas pu me peigner, et, comme le feutrage de mes boucles me faisait souffrir quand je roulais ma tête sur l'oreiller, Mélie m'a coupé les cheveux, avec ses ciseaux, tout contre la tête, comme elle a pu, en escaliers[2] ! Mon Dieu, quelle chance que la grande Anaïs ne me voie pas ainsi garçonnisée, elle qui jalousait tant mes boucles châtain et me les tirait sournoisement pendant la récréation !

J'ai repris goût à la vie, petit à petit. Je me suis aperçue un matin, quand on a pu m'asseoir sur mon lit, que le soleil levant entrait dans ma chambre, que le papier pékiné blanc et rouge égayait les murs, et j'ai commencé à songer aux pommes de terre frites.

« Mélie, j'ai faim ! Mélie, qu'est-ce que ça sent dans ta cuisine ? Mélie, ma petite glace. Mélie, de l'eau de Cologne pour me laver les oreilles. Mélie, qu'est-ce qu'on voit par la fenêtre ? Je veux me lever.

— Oh ! ma petite compagnie, que tu redeviens *agouante !* C'est que tu vas mieux. Mais tu ne te tiendrais seulement pas debout à quatre pattes, et le médecin l'a défendu.

— C'est comme ça ? Attends, marche, bouge pas ! Tu vas voir. »

Hop ! Malgré les objurgations désolées, et les « Ma France adorée, tu vas te flanquer par terre ; ma petite servante, je le dirai au médecin ! » d'un gros effort je tire mes jambes de mon lit... Misère ! Qu'est-ce qu'on a fait de mes mollets ? Et mes genoux, comme ils paraissent gros ! Sombre, je rentre dans mon lit, n'en pouvant plus déjà.

Je consens à rester assez sage, bien que je trouve aux « œufs frais » de Paris un singulier goût de papier imprimé. Il fait bon dans ma chambre ; on y brûle du bois, je prends plaisir à en regarder le papier pékiné rouge et blanc (je l'ai déjà dit), mon buffet normand à deux portes, avec mon petit trousseau dedans ; la tablette est usée et écornée, je l'ai un peu tailladée et tachée d'encre. Il voisine avec mon lit, sur la plus longue paroi de ma chambre rectangulaire, mon lit-bateau, en noyer, à rideaux de perse (on est vieux jeu) à fond blanc, fleurs et fruits rouges et jaunes. En face de mon lit, mon petit bureau d'acajou démodé. Pas de tapis ; en guise de descente de lit, une grande peau de caniche blanc. Un fauteuil crapaud, en tapisserie un peu usée aux bras. Une chaise basse en vieux bois, paillée rouge et jaune ; une autre, tout aussi basse, en ripolin blanc. Et une petite table en rotin, carrée, qui fut vernie en ton naturel. Voilà une salade ! Mais cet ensemble m'a toujours paru exquis. Une des parois étroites est occupée par deux portes d'alcôve, qui forment dans le jour mon cabinet de toilette obscur. Ma table de toilette est une console Louis XV à dessus de marbre rose. (C'est du gaspillage, c'est de l'imbécillité ; elle serait infiniment mieux à sa place dans le salon, je le sais, mais on n'est pas pour rien la fille à papa.) Complétons l'énumération : une grande cuvette banale, un fougueux coursier, et pas de *tub*, non ; à la place du *tub,* qui gèle les pieds, ridicule avec ses bruits de tonnerre de théâtre, un baquet en bois, un cuveau, là ! Un bon cuveau de Montigny, en sapin cerclé, où je m'accroupis en tailleur, dans l'eau chaude, et qui râpe agréablement le derrière.

Je mange donc docilement des œufs, et, comme on me défend absolument de lire, je ne lis que peu (la tête me tourne tout de suite). Je ne parviens pas à m'expliquer comment la joie de mes réveils s'assombrit graduellement, dans le jour tombant, jusqu'à la mélancolie noire et au recroquevillement farouche, malgré les agaceries de Fanchette.

Fanchette, heureuse fille, a pris gaiement l'internat. Elle a, sans protestation, accepté, pour y déposer ses petites horreurs, un plat de sciure dissimulé dans ma ruelle, et je m'amuse, penchée, à suivre sur sa physionomie de chatte les phases d'une opération importante. Fanchette se lave les pattes de derrière, soigneuse, entre les doigts. Figure sage et qui ne dit rien. Arrêt brusque dans le *washing* : figure sérieuse et vague souci. Changement soudain de pose ; elle s'assied sur son séant. Yeux froids et quasi sévères. Elle se lève, fait trois pas et se rassied. Puis, décision irrévocable, on saute du lit, on court à son plat, on gratte... et rien du tout. L'air indifférent reparaît. Mais pas longtemps. Les sourcils angoissés se rapprochent ; elle regratte fiévreusement la sciure, piétine, cherche la bonne place et pendant trois minutes, l'œil fixe et sorti, semble songer âprement. Car elle est volontiers un peu constipée. Enfin, lentement, on se relève et, avec des précautions minutieuses, on recouvre le cadavre, de l'air pénétré qui convient à cette funèbre opération. Petit grattement superfétatoire *autour* du plat, et sans transition, cabriole déhanchée et diabolique, prélude à une danse de chèvre, le pas de la délivrance. Alors, je ris et je crie : « Mélie, viens changer, vite, le plat de la chatte ! »

J'ai commencé à m'intéresser aux bruits de la cour. Une grande cour maussade ; au bout, le revers d'une maison noire. Dans la cour, des petits bâtiments sans nom à toit de tuiles, des tuiles... comme à la campagne. Une porte basse, obscure, ouvre, me dit-on, sur la rue Visconti[1]. Cette cour, je ne l'ai vue traverser que par des ouvriers en blouse et des femmes en cheveux, tristes, avec cet affaissement du buste sur les hanches, à chaque pas, spécial aux créatures éreintées. Un enfant y joue, silencieux, toujours tout seul, appartenant, je pense, à la concierge de ce sinistre immeuble. En bas, chez nous — si j'ose appeler « chez nous » cette maison carrée pleine de gens que je ne connais pas et qui me sont antipathiques — une sale bonne à coiffe bretonne corrige tous les matins un pauvre toutou qui sans doute se conduit malproprement pendant la nuit, dans la cuisine, et qui crie et qui pleure ; cette fille-là, attendez seulement que je sois guérie, elle ne périra que de ma main ! Enfin, tous les jeudis, un orgue de barbarie moud d'infâmes romances de dix à onze, et tous les vendredis, un pauvre (on dit ici un pauvre et non un « malheureux » comme à Montigny), un grand pauvre classique, à barbe blanche, vient déclamer pathétiquement : « Messieurs et Mesdames — n'oubliez pas — un povr' malheureux ! — À peine s'il voit clair ! — Il se recomman'de — à votre bonn'té ! — s'il vous plaît, Messieurs et Mesdames ! (un, deux, trois...) ... s s s s'il vous plaît ! » Le tout sur une petite mélopée mineure qui se termine en majeur. Ce vénérable-là, je lui fais jeter quatre sous par Mélie, qui grogne et dit que je gâte le métier.

Papa, tiré d'inquiétude et rayonnant de me savoir en vraie convalescence, en profite pour ne plus paraître à la maison que vers l'heure des repas. Ô les bibliothèques, les Archives, les Nationale et les Cardinale[1] qu'il arpente, poussiéreux, barbu et bourbonien !

Pauvre papa, n'a-t-il pas failli remettre tout en question un matin de février, en m'apportant un bouquet de violettes ! L'odeur des fleurs vivantes, leur toucher frais, ont tiré d'un coup brusque le rideau d'oubli que ma fièvre avait tendu devant le Montigny quitté... J'ai revu les bois transparents et sans feuilles, les routes bordées de prunelles bleues flétries et de gratte-culs gelés, et le village en gradins, et la tour au lierre sombre qui seule demeure verte, et l'école blanche sous un soleil doux et sans reflet ; j'ai respiré l'odeur musquée et pourrie des feuilles mortes, et aussi l'atmosphère viciée d'encre, de papier et de sabots mouillés, dans la classe. Et papa qui empoignait frénétiquement son nez Louis XIV, et Mélie qui tripotait ses nénés avec angoisse ont cru que j'allais recommencer à être bien malade. Le médecin doux, à voix féminine, a grimpé les trois étages en hâte et affirmé que ce n'était rien du tout.

(Je déteste cet homme blond à lunettes légères. Il me soigne bien, pourtant ; mais, à sa vue, je rentre mes mains sous le drap, je me plie en chien de fusil et je ferme mes doigts de pied, comme fait Fanchette quand je veux lui regarder les ongles de près ; sentiment parfaitement injuste, mais que je ne ferai, certes, rien pour détruire. Je n'aime pas qu'un homme que je ne connais pas me touche et me tripote, et me mette la tête sur la poitrine pour écouter si je respire comme il faut. Et puis, bon sang, il pourrait bien se chauffer les mains !)

Ce n'était rien du tout, en effet ; bientôt j'ai pu me lever. Et, de ce jour-là, mes préoccupations prennent un autre tour :

« Mélie, qui donc va me faire mes robes, à présent ?

— J'en sais rien de rien, ma guéline. Pourquoi que tu demandes pas une adresse à Maame Cœur[1] ? »

Mais, elle a raison, Mélie !

Ça, par exemple, c'est raide de ne pas y avoir plus tôt songé, car « Maame » Cœur, mon Dieu, ce n'est pas une parente éloignée, c'est la sœur de papa ; mais cet admirable père s'est toujours libéré, avec une aisance parfaite, de toute espèce de liens et de devoirs familiaux. Je crois bien que je l'ai vue une fois en tout, ma tante Cœur. J'avais neuf ans et papa m'apportait à Paris, avec lui[2]. Elle ressemblait à l'impératrice Eugénie ; je pense que c'est pour embêter son frère qui ressemble, lui, au Roi-Soleil. Famille souveraine ! Elle est veuve, cette aimable femme, et je ne lui connais pas d'enfants.

Chaque jour, je déambule un peu plus par l'appartement, perdue, toute maigre, dans ma robe de chambre flottante, froncée aux épaules, en velours de coton aubergine passé. Dans le salon sombre, papa a fait porter les meubles de son fumoir et ceux du salon de Montigny.

Le voisinage me paraît blessant des petits fauteuils Louis XVI bas et larges, un peu éventrés, avec les deux tables arabes, le fauteuil mauresque en bois incrusté et le sommier couvert d'un tapis oriental. Claudine, il faudra arranger ça...

Je touche des bibelots, je tire un tabouret marocain, je replace sur la cheminée la petite vache sacrée (bibelot japonais très ancien et recollé deux fois grâce à Mélie), et puis je tombe tout de suite assise sur le sommier-divan, contre la glace où mes yeux trop grands et mes joues rentrées, et surtout, surtout, mes pauvres cheveux en marches inégales, me jettent dans le regret noir. Hein, ma vieille, s'il te fallait à présent grimper sur le gros noyer du jardin de Montigny. Où est ta belle prestesse, où sont tes jambes agiles et tes mains de singe qui faisaient *flac* si net sur les branches, quand tu montais là-haut en dix secondes ? Tu as l'air d'une petite fille de quatorze ans qu'on aurait martyrisée.

Un soir à table, tout en grignotant — sans avoir l'air — des croûtes de pain encore interdites, j'interroge l'auteur de la *Malacologie du Fresnois* :

« Pourquoi n'avons-nous pas encore vu ma tante, est-ce que tu ne lui as pas écrit ? Tu n'es pas allé la voir ? »

Papa, avec la condescendance qu'on a pour les fous, me demande doucement, l'œil clair et la voix suave :

« Quelle tante, mon mignon ? »

Habituée à ces candides absences, je lui fais comprendre qu'il s'agit de sa sœur.

« Tu penses à tout ! s'écrie-t-il alors plein d'admiration. Mille troupeaux de cochons ! Cette brave fille, elle va être contente de savoir que nous sommes à Paris !... Elle va bougrement me cramponner, ajoute-t-il en s'assombrissant. »

Progressivement j'étends mes promenades jusqu'au trou à livres ; papa a fait rayonner les trois parois de la chambre qui reçoit le jour par une grande fenêtre (la seule pièce un peu claire de l'appartement, c'est la cuisine, — bien que Mélie prétende, pittoresque, qu'« on n'y voit ni de la tête ni du... contraire ») et il a planté au milieu son secrétaire, thuya et cuivre, muni de roulettes, qui se balade dans tous les coins, suivi péniblement du vieux fauteuil Voltaire en cuir rouge, blanchi aux coins et fendu aux deux bras. La petite échelle volante, pour atteindre les dictionnaires haut perchés, une table sur tréteaux, c'est tout.

Plus solide de jour en jour, je viens me réchauffer aux titres connus des bouquins, et rouvrir de temps en temps le Balzac déshonoré par Bertall[1], ou le *Dictionnaire philosophique* de Voltaire. Que viens-je faire dans ce dictionnaire ? M'ennuyer, et... apprendre quelques vilaines choses, presque toujours choquantes, (les vilaines choses ne sont pas toujours choquantes ; au contraire). Mais, depuis que je sais lire, je suis « souris chez papa » et, si je ne m'effarouche guère, je ne me passionne pas trop non plus[1].

J'explore la « turne » de papa. Ce papa ! Il a dans sa chambre, tendue de papier à bouquets champêtres, un papier pour jeunes filles, un lit-bateau également, le matelas incliné en pente vertigineuse. Papa ne veut dormir qu'assis. Je vous fais grâce des meubles empire, des grands fauteuils d'osier coussinés de brochures et de revues scientifiques, des planches en couleur pendues un peu partout, semées de limaces, de mille-pattes, de saletés d'« arnies » de petites bêtes ! Sur la cheminée, des rangées de fossiles, qui furent mollusques, il y a un bon bout de temps. Et par terre, à côté du lit, deux ammonites grandes comme des roues de voiture. Vive la malacologie ! Notre maison est le sanctuaire d'une belle science, et pas galvaudée, j'ose le dire.

Pas intéressante, la salle à manger. N'était le buffet bourguignon et les grosses chaises, aussi bourguignonnes, je la trouverais bien banale. Le dressoir trop rustique n'a plus pour fond les boiseries brunes de Montigny. Mélie a planté là, faute de place, la grande armoire à linge, belle avec ses panneaux Louis XV à attributs de musique, mais, ainsi que tout le reste, triste et dépaysée. Elle pense à Montigny, comme moi.

Quand le médecin antipathique me dit, avec un air de triomphe modeste, que je peux sortir, je me révolte et je crie[a] : « Jamais de la vie ! » pleine d'une si belle indignation, qu'il en demeure, c'est le mot, stupide.

« Pourquoi ?

— Parce que j'ai les cheveux coupés ! Je ne sortirai que quand j'aurai les cheveux longs !

— Eh bien, mon enfant, vous redeviendrez malade. Vous avez besoin, absolument besoin d'oxygène.

— Vous m'"aralez", vous ! J'ai absolument besoin de cheveux. »

Il s'en va, toujours doux. Que ne se fâche-t-il, cet « engaudre » ! Je lui[b] dirais des choses pénibles pour me soulager...

Ulcérée, je m'étudie dans les glaces. Je constate que ce n'est pas le court de mes cheveux qui aggrave mon air de chat triste, mais surtout leur inégalité. À nous les ciseaux du bureau ! Ils sont trop grands, et émoussés. Les ciseaux de ma boîte à ouvrage ? Ils sont trop courts. Il y a bien les ciseaux de Mélie... mais elle s'en sert pour couper les tripes de poulet et pour fendre les gésiers, ils me dégoûtent.

« Mélie, tu m'achèteras demain matin des ciseaux de couturière. »

C'eſt une besogne longue et difficile. Un coiffeur ferait mieux et plus vite ; mais ma misanthropie à l'égard de tout ce qui tient à Paris frémit, trop vive encore. Ô les pauvres copeaux coupés tous à la hauteur de l'oreille ! Ceux du front, drôlement roulés, ne font pas encore trop mauvaise contenance, mais j'ai un gros chagrin rageur à mirer dans deux glaces cette nuque blanche et amincie sous les petits cheveux raides et qui ne se décident que lentement à spiraler, comme les cosses des graines de balsamines qui, après avoir lâché leur semence, se roulent petit à petit en colimaçon, et sèchent là.

Avant que je consente à mettre un pied dehors, le genre humain fait irruption chez moi, représenté par la concierge. Exaspérée d'entendre la servante bretonne battre injuſtement son malheureux toutou, en bas, chaque matin, je l'ai guettée et lui ai versé la moitié de mon broc sur sa coiffe.

Cinq minutes après, entre la portière, ancienne belle femme, sale et phraseuse. Papa absent, elle regarde avec une certaine surprise cette petite fille pâle et rogue. « Mademoiselle, la Bretonne a dit qu'on avait versé un siau... — C'eſt moi. Après ? — Elle dit comme ça qu'une supposition qu'elle porte plainte... — Elle me porte surtout sur les nerfs. Et puis, si elle recommence à battre le chien, c'eſt autre chose que de l'eau qu'elle recevra. Eſt-ce que je raconte à ses patrons qu'elle crache dans les tasses du déjeuner et qu'elle se mouche dans les serviettes ? Si elle préfère ça, qu'elle le dise ! » Et la Bretonne a enfin laissé ce pauvre chien tranquille. D'ailleurs, vous savez, je ne l'avais jamais vue cracher dans les tasses, ni se moucher dans les serviettes. Mais elle a bien une tête à le faire. Et puis, comme on dit chez nous, elle me *rebute*.

Est-ce que ce n'est pas ça qu'on appelle un « généreux mensonge[1] » ?

Ma première sortie a lieu en mars. Un soleil pointu et un vent acide ; papa et moi dans un fiacre à pneumatiques[2]. Avec ma cape rouge de Montigny et mon polo d'astrakan, j'ai l'air d'un pauvre petit garçon en jupe. (Et toutes mes chaussures devenues si larges !) Promenade à pas lents au Luxembourg, où mon noble père m'entretient des mérites comparés de la Nationale et de la bibliothèque Sainte-Geneviève. Le vent m'étourdit, et le soleil. Je trouve vraiment belles les grandes allées plates, mais l'abondance des enfants et l'absence des mauvaises herbes me choquent, l'une autant que l'autre.

« En relisant les épreuves de mon grand *Traité,* me dit papa, j'ai vu qu'il y avait encore beaucoup à creuser. Je m'étonne moi-même de la superficialité de certaines parties. Tu ne trouves pas étrange qu'avec la précision de mon esprit, j'aie pu seulement effleurer certains points importants — passionnants, j'ose le dire — relatifs aux espèces minuscules ? Mais ce ne sont pas des histoires pour petite fille. »

Petite fille ! Il ne consentira donc pas à s'apercevoir que je file bon train, laissant derrière moi mes dix-sept ans[3] ? Quant aux espèces minuscules, ah ! là, là, ce que je m'en fiche ! Et des majuscules itou !

Que d'enfants, que d'enfants ! Est-ce que j'aurai un jour tant d'enfants que ça ? Et quel est le monsieur qui m'inspirera d'en commettre avec lui ? Pouah, pouah[4] ! C'est curieux comme, depuis ma maladie, j'ai l'imagination et les nerfs chastes. Que penserait-on d'un *Grand traité* — moi aussi — *de l'influence moralisatrice des fièvres cérébrales chez la jeune fille ?* Ma pauvre petite Luce... Comme les arbres sont avancés ici ! Les lilas sortent des bouts de feuilles tendres. Là-bas, là-bas... on ne doit voir encore que des bourgeons bruns et vernis, tout au plus des anémones des bois, et encore !

En rentrant de ma promenade, je constate que la rue Jacob conserve opiniâtrement son aspect graillonneux. Indifférente aux louanges de ma fidèle Mélie, prétendant que la promenade a rosi les joues de sa « petite servante » (elle ment effrontément, ma fidèle Mélie) et attristée par ce printemps de Paris qui me fait trop songer à l'autre, au vrai, je m'étends sur mon lit, fatiguée, et je me relève pour écrire à Luce. Ma lettre fermée, je songe trop tard que la pauvre gobette n'y comprendra rien du tout. Ça lui est bien égal à elle que Machin, le nouveau locataire de notre maison de Montigny, ait coupé les branches du gros noyer parce qu'elles traînaient par terre, et que le bois de Fredonnes soit déjà embué (on le voit de l'école) du brouillard vert des jeunes pousses ! Luce ne saura pas me dire non plus si les blés s'annoncent bien, et si les violettes, au versant ouest du chemin creux qui mène aux Vrimes, sont en retard ou en avance sur leurs feuilles. Elle ne verra que le ton peu tendre de ma lettre, ne comprendra pas que je lui donne si peu de détails sur ma vie de Paris, et que les nouvelles de ma santé se bornent à ceci : « J'ai été malade deux mois, mais je vais mieux. » C'est à Claire[1], à ma petite sœur de lait, qu'il fallait écrire ! Elle garde ses moutons, aujourd'hui, au champ de Vrimes ou près du bois des Matignons, une grande cape sur ses épaules, et sa petite tête ronde aux yeux doux protégée par un fichu coquettement épinglé en mantille. Ses moutons errent, difficilement contenus par Lisette, la chienne sage[2], et Claire s'absorbe dans un roman à couverture jaune, un de ceux que je lui ai laissés en partant.

J'écris donc à Claire une affectueuse et banale bonne lettre. Narration française : *Lettre d'une jeune fille à son amie pour lui annoncer son arrivée à Paris.* Ô Mademoiselle ! Rousse et vindicative Mademoiselle, j'entends, un peu enfiévrée encore, j'entends votre voix coupante, habile à réprimer tout désordre. Que faites-vous de votre petite Aimée, à cette heure ? Je l'imagine, je l'imagine assez bien. Et ça me fait monter ma « température », de l'imaginer...

☆

Papa, que j'ai orienté sur ma tante Cœur, exprime les jours suivants des velléités de m'emmener chez elle en visite. Je jette de grands cris pour l'effrayer :

« Aller chez ma tante ? Ben, voilà une idée ! Avec

les cheveux que j'ai, et la figure que j'ai, et pas de robes neuves ! Papa, il y a de quoi compromettre mon avenir et faire rater un mariage ! »

(Il n'en fallait pas tant. Le faciès du grand siècle se rassérène.)

« Trente-six troupeaux de cochons ! Ça me fait bougrement plaisir que tu aies les cheveux coupés ! Non, enfin, je veux dire... C'est que je retape en ce moment un chapitre difficile. Il me faut encore une bonne semaine. »

(Ça va bien.)

« Houche, Mélie, grande "louache*" paresseuse, dégrouille-toi, "rabâte", fais du "raffut" ! Il me faut une couturière. »

On en découvre une, qui vient « prendre mes ordres ». Elle habite la maison, c'est une femme d'âge, qui s'appelle Poullanx[1], qui a des scrupules, qui est timorée, qui n'aime pas les jupes collantes et qui affiche une honnêteté démodée. Quand elle a terminé une robe de drap bleu toute simple — corsage à petits plis pincés, col cerclé de piqûres qui enferme jusqu'aux oreilles mon cou (on le montrera plus tard, quand j'aurai renforci) elle me rapporte — loyauté invraisemblable — les fausses[a] coupes, les biais, les petits coupassons de trois centimètres. Terrible femme, avec sa façon janséniste de réprouver les « robes immodestes » qu'on se plaît en ce moment à porter !

Rien de tel qu'une robe neuve pour donner envie de sortir ! Mais j'ai beau brosser mes cheveux, ils n'allongent pas vite. L'activité de l'ancienne Claudine reparaît tout doucement. L'abondance des bananes contribue d'ailleurs à me rendre la vie supportable. En les achetant mûres et en les laissant pourrir un petit peu, les bananes, c'est le bon Dieu en culotte de velours liberty[2] ! Fanchette trouve que ça sent mauvais.

Je reçois, entre-temps (il y a quinze jours), une réponse de Luce, une lettre au crayon qui me méduse, je l'avoue.

Ma Claudine chérie, c'est bien tard que tu penses à moi ! Tu

* Tique.

aurais bien fait d'y penser plus tôt, pour me donner un peu la force de supporter mes tourments. J'ai raté mon examen d'entrée à Normale, ma sœur me le fait payer depuis ce jour-là. Pour un oui, pour un non, c'est des gifles à me faire démancher la tête, et elle me refuse des chaussures. Je ne peux pas demander à ma mère de retourner chez nous, elle me battrait trop. Ce n'est pas Mademoiselle qui me soutiendra, elle est toujours aussi affolée après ma sœur qui la fait tourner en chieuvre. Je t'écris en cinq ou six fois, je ne veux pas qu'elle prenne ma lettre. Quand tu étais ici, elles avaient un peu peur de toi. À présent c'est fini, tout est parti avec toi, et c'est adieu que je dirais à ce monde si je n'avais pas si peur pour me tuer. Je ne sais pas ce que je vais faire, mais ça ne peut pas durer ainsi. Je me sauverai, j'irai je ne sais où[1]*. Ne te moque pas de moi, ma Claudine. Hélas, si je t'avais ici rien que pour me battre, ça serait encore bien bon. Les deux Jaubert*[2] *et Anaïs sont à Normale, Marie Belhomme*[3] *est demoiselle dans un magasin, il y a quatre nouvelles pensionnaires qui sont des arnies, et quant aux violettes je ne sais pas si elles sont en avance, il y a longtemps que je ne me suis promenée. Adieu, ma Claudine, si tu trouves un moyen de me rendre moins malheureuse ou de venir me voir, fais-le, c'est une charité. J'embrasse tes beaux cheveux, et tes chers yeux qui ne m'aimaient guère, et toute ta figure, et ton cou blanc ; ne ris pas de moi, ce n'est pas de la misère pour rire qui fait pleurer ta*

LUCE.

Qu'est-ce qu'elles lui font, ces deux mauvaises ? Ma pauvre petite Luce sans consistance, trop méchante pour être bonne, trop lâche pour être méchante, je ne pouvais pourtant pas t'apporter avec moi (d'ailleurs je n'en avais pas envie) ! Mais tu n'as plus de pastilles de menthe, plus de chocolat, et plus de Claudine. L'école neuve, l'inauguration par le ministre[4], le docteur Dutertre[5]... comme je suis loin de tout ça ! Docteur Dutertre, vous êtes jusqu'ici le seul homme qui ait osé m'embrasser, et sur le coin de la bouche encore. Vous m'avez donné chaud et vous m'avez fait peur ; est-ce là tout ce que je dois espérer, en plus grand, de l'homme qui m'emmènera définitivement ? Comme notions pratiques de l'amour, c'est un peu bref. Heureusement, chez moi, la théorie est beaucoup plus complète, avec des plaques d'obscurité. Car la bibliothèque même de papa ne saurait tout m'apprendre.

Voilà le résumé de mes premiers mois de Paris, à peu près. Mon « cahier au net », comme nous disions à l'école, eſt au courant, il ne me sera pas difficile de l'y maintenir. Je n'ai pas grand-chose à faire ici : coudre des petites chemises gentilles pour mon trousseau toujours à court, et des petits pantalons (fermés[1]) ; brosser mes cheveux — c'eſt si vite fait maintenant — peigner Fanchette blanche, qui n'a presque plus de puces depuis qu'elle se parisianise, et l'inſtaller avec son coussin plat sur le rebord extérieur de la fenêtre pour qu'elle prenne l'air. Elle a aperçu hier le gros chat... comment dirais-je ?... ébréché de la concierge, et lui a mâchouillé, du haut de son troisième, des injures sans nom, de sa voix campagnarde et un peu enrouée d'ex-couche-dehors. Mélie la soigne et lui apporte contre la conſtipation, des pots d'herbe-à-chat que la pauvre belle dévore. Eſt-ce qu'elle songe au jardin, et au gros noyer où nous excursionnâmes si souvent de compagnie ? Je crois que oui. Mais elle m'aime tant, elle vivrait avec moi dans le dernier des rabicoins !

J'ai goûté, escortée de Mélie, le charme des grands magasins. On me regarde dans la rue, parce que je suis pâlotte et mince, avec des cheveux courts et gonflés, et parce que Mélie porte la coiffe fresnoise. Vais-je enfin savourer la convoitise des « vieux messieurs » suiveurs, tant célébrés ? Nous verrons ça plus tard ; à présent, j'ai affaire.

J'ai surtout fait une étude des odeurs diverses[2], au Louvre et au Bon Marché[3]. À la toile, c'eſt enivrant. Ô Anaïs ! Toi qui mangeais les échantillons de draps et de mouchoirs, ta demeure eſt ici. Cette odeur sucrée des cotonnades bleues neuves, eſt-ce qu'elle me passionne, ou bien si elle me donne envie de vomir ? Je crois que c'eſt les deux. Honte sur la flanelle et les couvertures de laine ! Ça et les œufs pourris, c'eſt quasiment. Le parfum des chaussures neuves a bien son prix, et aussi celui des porte-monnaie. Mais ils n'égalent pas la divine exhalaison du papier bleu gras à tracer les broderies, qui console de la poisserie écœurante des parfums et des savons...

Claire aussi m'a répondu. Elle est, encore une fois, extrêmement heureuse. Le véritable amour, elle le tient, ce coup-ci. Et elle m'annonce qu'elle va se marier. À dix-sept ans, vrai, elle « applette » ! Une basse petite vexation me fait hausser les épaules. (Fi, Claudine, ma chère, que tu es vulgaire !) « Il est si beau, m'écrit Claire, que je ne me lasse pas de le regarder. Ses yeux sont deux étoiles, et sa barbe est si douce. Et il est si fort, si tu savais, je ne pèse pas plus qu'une plume dans ses bras ! Je ne sais pas encore quand nous nous marierons, maman me trouve bien gobette. Mais je la supplie de me le permettre le plus tôt possible. Quel ne sera pas mon bonheur d'être sa femme ! » Elle joint à ces délires une petite photographie de l'Aimé : c'est un large garçon qui paraît trente-cinq ans, avec une figure honnête et paisible, des petits yeux bons et une barbe touffue.

Dans son extase, elle a totalement oublié de me dire ce que deviennent les violettes, au versant ouest du chemin creux qui mène aux Vrimes[a]...

☆

Y a pas, y a pas, il faut rendre visite à ma tante Cœur, sinon elle se fâchera avec nous quand elle nous saura depuis si longtemps à Paris, et je déteste les brouilles de famille. Papa ayant émis l'idée ingénieuse de la prévenir d'avance de notre visite, je l'en ai chaudement dissuadé :

« Tu comprends, il faut lui laisser la joie de la surprise. Nous ne l'avons pas prévenue depuis trois mois que nous avons débarqué ici, soyons bien complets, faisons-la-lui à la grande fantaisie ! »

(Comme ça, si elle est sortie, ça sera toujours un peu de temps de gagné. Et nous aurons rempli notre devoir.)

Nous partons, papa et moi, vers quatre heures. Papa tout bonnement sublime avec sa redingote à copieux ruban rouge[1], et ce haut-de-forme à bords trop larges[2], et ce nez dominateur, et cette barbe tricolore ; son aspect de « demi-solde[3] » attendant le retour de l'Autre, son expression puérile et illuminée, enthousiasme les gamins du quartier qui l'acclament. Moi, insoucieuse de cette popularité, j'ai revêtu ma robe neuve en drap bleu toute simple, j'ai posé sur mes cheveux... sur ce qui en reste... mon chapeau rond en feutre noir avec des plumes noires, ramenant avec soin des boucles à l'angle de mes yeux, et jusqu'aux sourcils. L'appréhension de la visite me donne mauvaise mine ; il n'y a pas encore grand-chose à faire pour me donner mauvaise mine !

Avenue de Wagram, ma tante Cœur habite une magnifique maison neuve déplaisante[1]. L'ascenseur rapide inquiète papa. Moi, tout ce blanc des murs, de l'escalier, des peintures, m'offense un peu. Et Mme Cœur... « est chez elle ». Quelle guigne !

Le salon où nous attendons une minute continue désespérément les blancheurs de l'escalier. Boiseries blanches, meubles blancs et légers, coussins blancs à fleurs claires, cheminée blanche. Grand Dieu, il n'y a pas un seul coin sombre ! Moi qui ne me sens à l'aise et en sécurité que dans les chambres obscures, les bois foncés, les fauteuils lourds et profonds ! Ce « quinze-seize[2] » blanc des fenêtres, il fait un bruit de zinc froissé...

Entrée de ma tante Cœur. Elle est ahurie, mais bien sympathique. Et comme elle se complaît dans sa ressemblance auguste ! Elle a, de l'impératrice Eugénie, le nez distingué, les bandeaux lourds qui grisonnent, le sourire un peu tombant. Pour rien au monde, elle ne quitterait son chignon bas (et postiche), ni la jupe à fronces en soie qui ballonne, ni la petite écharpe de dentelle qui *badine* (hé hé !) sur ses épaules, tombantes comme son sourire. Ma tante, ce que Votre Majesté d'avant 1870 jure avec ce salon en crème fouettée du plus pur dix-neuf cent[3] !

Mais elle est charmante, ma tante Cœur ! Elle parle un français châtié qui m'intimide, s'exclame sur notre installation imprévue — ah ! pour imprévue, elle l'est ! — et n'en finit pas de me regarder. Je n'en reviens pas d'entendre quelqu'un appeler papa par son petit nom. Et elle dit *vous* à son frère :

« Mais, Claude, cette enfant — charmante et d'un type tout à fait personnel d'ailleurs — n'est pas encore bien remise ; vous avez dû la soigner à votre façon, la pauvrette ! Que vous n'ayez pas eu l'idée de m'appeler, voilà ce que je n'arrive pas à comprendre. Toujours le même !... »

Papa supporte mal les objections de sa sœur, lui qui se cabre si rarement. Ils ne doivent pas souvent être du même avis et se grafignent tout de suite. Je m'intéresse.

« Wilhelmine, j'ai soigné MA fille comme je le devais. J'avais des soucis en tête, pour le reste, et je ne peux pas penser à tout.

— Et cette idée de loger rue Jacob ! Mon ami, les quartiers neufs sont plus sains, plus aérés et mieux construits, sans coûter davantage, je ne comprends pas... Tenez, au 145 *bis*, à dix pas d'ici, il y a un appartement délicieux, et nous serions toujours les uns chez les autres, cela distrairait Claudine, et vous-même... »

(Papa bondit.)

« Habiter ici ? Ma chère amie, vous êtes la femme la plus exquise de la terre, mais pour un boulet de canon je ne vivrais pas en votre compagnie ! »

(Aïe donc ! Ben fait ! Je ris de tout mon cœur, cette fois, et la tante Cœur paraît stupéfaite de me voir si peu affectée de leurs dissentiments :)

« Petite fille, vous ne préféreriez pas un joli logis clair comme celui-ci à cette rive gauche, noire et mal fréquentée ?

— Ma tante, je crois que j'aime mieux la rue Jacob et l'appartement de là-bas, parce que les chambres claires me rendent triste. »

Elle lève ses sourcils arqués à l'espagnole sous ses rides concentriques et semble mettre mes paroles démentes sur le compte de mon état de santé. Et elle entretient papa de leur famille :

« J'ai avec moi, ici, mon petit-fils Marcel[1] ; vous savez, le fils de cette pauvre Ida (? ?). Il fait sa philosophie, et il a l'âge de Claudine. Celui-là, ajoute-t-elle radieuse, je ne vous en dis rien, c'est un trésor pour une grand-mère. Vous le verrez dans un instant ; il rentre à cinq heures, et je tiens à vous le montrer. »

Papa fait « oui, oui » d'un air pénétré, et je vois bien qu'il ignore radicalement qui est Ida, qui est Marcel, et qu'il s'embête déjà d'avoir retrouvé sa famille ! Ah !

que j'ai du goût ! Mais mon divertissement est intérieur, et je ne brille pas par la conversation. Papa meurt d'envie de s'en aller, et n'y résiste qu'en parlant de son grand traité de malacologie. Enfin, une porte bat ; un pas léger, et le Marcel annoncé entre... Dieu, qu'il est joli !

Je lui donne la main sans rien dire, tant je le regarde. Je n'ai jamais rien vu de si gentil. Mais c'est une fille, ça[1] ! C'est une gobette en culottes ! Des cheveux blonds un peu longs, la raie à droite, un teint comme celui de Luce, des yeux bleus de petite anglaise et pas plus de moustache que moi. Il est rose, il parle doucement, avec une façon de tenir sa tête un peu de côté en regardant par terre — on le mangerait ! Papa, cependant, paraît insensible à tant de charme si peu masculin, tandis que tante Cœur boit des yeux son petit-fils.

« Tu rentres bien tard, mon chéri, il ne t'est rien arrivé ?

— Non, grand-mère », répond suavement la petite merveille en levant ses yeux purs.

Papa, qui continue d'être à cent lieues de là, questionne Marcel, nonchalamment, sur ses études. Et je regarde toujours ce joli cousin en sucre ! Lui, en revanche, ne me regarde guère, et, si mon admiration n'était pas si désintéressée, j'en ressentirais un peu d'humiliation. Tante Cœur, qui constate avec joie l'effet produit sur moi par son chérubin, tente de nous rapprocher un peu :

« Tu sais, Marcel, Claudine a ton âge ; ne ferez-vous pas une paire de camarades ? Voici bientôt les vacances de Pâques. »

J'ai fait un vif mouvement en avant pour acquiescer ; le petit, surpris de mon élan, lève sur moi des yeux polis et répond avec un entrain mitigé :

« J'en serai très heureux, grand-mère, si Madem... si Claudine le veut bien. »

Tante Cœur ne tarit plus, dit longuement la sagesse du chéri, sa douceur : « Jamais je n'eus à élever la voix. » Elle nous fait mettre épaule contre épaule, Marcel est plus grand de tout ça ! (*Tout ça,* c'est trois centimètres, voilà bien de quoi faire du raffut !) Le trésor veut bien rire et s'animer un peu. Il corrige sa cravate devant la glace. Il est habillé comme une jolie gravure de modes. Et cette démarche, cette démarche balancée et glissante ! Cette façon de se retourner en pliant sur une hanche ! Non, il eſt trop beau ! Je suis tirée de ma contemplation par cette queſtion de tante Cœur :

« Claude, vous dînez ici tous les deux, n'eſt-ce pas ?

— Fichtre non ! éclate papa qui se crève d'ennui. J'ai un rendez-vous à la maison avec... avec Chose qui m'apporte des documents, des do-cu-ments pour mon traité. Filons, petite, filons !

— Je suis désolée... et demain je ne dîne pas chez moi... Je suis assez prise cette saison, je me suis laissée inviter par les uns et les autres... Voulez-vous jeudi ? Dans l'intimité, bien entendu. Claude, vous m'écoutez ?

— Je suis suspendu à vos lèvres, ma chère, mais je suis bougrement en retard. À jeudi, Wilhelmine. Adieu, jeune Paul... non, Jacques... »

Je dis adieu aussi, sans empressement. Marcel reconduit, tout à fait correct, et baise mon gant.

Retour silencieux dans les rues allumées. Je n'ai pas encore l'habitude de me trouver dehors à cette heure-ci, et les lumières, les passants noirs, tout ça me serre la gorge nerveusement ; j'ai hâte de rentrer. Papa, déleſté du souci de sa visite, fredonne allégrement des chansons de l'Empire (du premier). « Neuf mois après, un doux gage d'amour[1]... »

La lampe douce et le couvert mis me réchauffent et me délient la langue.

« Mélie, j'ai vu ma tante. Mélie, j'ai vu mon cousin. Il eſt comme ci, comme ça, il eſt peigné "brament", il a la raie de quart, il s'appelle Marcel, il...

— Acoute*, mon guélin, acoute ! Tu m'assourdis. Viens mamer la papoue**. Enfin c'eſt pas trop tôt, t'auras donc un galant !

— Grosse gourde ! Arnie de bon sang, faut-il que tu sois bouchée ! C'eſt pas un galant ! Eſt-ce que je le connais seulement ? Tu m'arales, tiens, je vais dans ma chambre. »

Et j'y vais en effet ; a-t-on idée ! Avec ça qu'un petit mignon comme Marcel pourrait être un amoureux

* Attends.

** Manger la soupe. Argot des nourrices fresnoises.

pour moi ! S'il me plaît tant, et si j'en fais si peu mystère, c'est justement parce qu'il me semble aussi peu mâle que Luce elle-même...

D'avoir revu des gens qui vivent la vie de tout le monde, d'avoir parlé à d'autres qu'à Fanchette et Mélie, j'ai eu une fièvre légère, plutôt agréable, qui m'a tenue éveillée une partie de la nuit. Les idées de minuit ont dansé dans ma tête. J'ai peur de ne savoir que répondre à cette aimable tante Cœur, descendue d'une toile de Winterhalter[1] ; elle va me prendre pour une buse. Dame, ça ne développe pas le don de repartie, seize ans de Montigny, dont dix années d'école ! On sort de là avec tout juste un vocabulaire suffisant pour invectiver Anaïs et embrasser Luce. Cette jolie fillette de Marcel ne doit pas savoir dire *zut*, seulement. Il va se ficher de moi, jeudi, si j'épluche mes bananes avec les dents. Et ma robe pour le dîner ? Je n'en ai pas, je serai obligée de remettre celle de l'inauguration des écoles ; mousseline blanche à fichu croisé. Il va la trouver médiocre.

De sorte que m'étant endormie cette nuit en l'admirant à bouche ouverte, ce petit de qui les pantalons ne font pas un pli, je me réveille ce matin avec l'envie de lui coller des gifles... Tout de même, si Anaïs le voyait, elle serait capable de le violer ! La grande Anaïs, avec sa figure jaune et ses gestes secs, violant le petit Marcel, ça fait une drôle d'image. J'en ris malgré moi quand j'entre dans le trou à livres de papa.

Tiens, papa n'est pas seul ; il cause avec un monsieur, un monsieur jeune à l'air raisonnable, barbu en carré. Il paraît que c'est un homme « de premier ordre », M. Maria, vous savez, qui a découvert les grottes souterraines de X. Papa l'a connu dans un endroit embêtant, la Société de géographie ou une autre Sorbonne, et s'est allumé sur ces grottes où, peut-être, d'hypothétiques limaces fossiles... Il lui dit en me montrant : « C'est Claudine », comme il aurait dit : « C'est Léon XIII[2], vous n'ignorez pas qu'il est pape. » Sur quoi, M. Maria s'incline d'un air parfaitement au courant. Un homme comme ça, qui tripote tout le temps dans les cavernes, bien sûr ça doit sentir l'escargot.

Après le déjeuner, j'affirme mon indépendance : « Papa, je sors. »

(Ça ne passe pas si bien que j'aurais cru.)

« Tu sors ? Avec Mélie, je pense ?

— Non, elle a du raccommodage.

— Comment, tu veux sortir toute seule ? »

J'ouvre des yeux comme des palets de tonneau : « Pardi, bien sûr, je sors toute seule, qu'eſt-ce qu'il y a ?

— Il y a qu'à Paris, les jeunes filles...

— Voyons, papa, il faut tâcher d'être logique avec soi-même. À Montigny, je "trôlais" dans les bois tout le temps ; c'était rudement plus dangereux qu'un trottoir de Paris, il me semble.

— Il y a du vrai. Mais je pourrais pressentir à Paris des dangers d'une autre nature. Lis les journaux !

— Ah ! fi, mon père, c'eſt offenser votre fille qu'admettre même une telle supposition ! (Papa n'a pas l'air de comprendre cette allusion superfine. Sans doute il néglige Molière[1] qui ne s'occupe pas assez des limaces.) Et puis, je ne lis jamais les faits divers. Je vais aux magasins du Louvre : il faut que je sois propre pour le dîner de tante Cœur, je manque de bas fins et mes souliers blancs sont usés. Do-moi de la belle argent, j'ai plus que cent six sous*. »

☆

Eh bien, ce n'eſt pas si terrible de sortir seule dans Paris. J'ai rapporté de ma petite course à pied des observations très intéressantes : 1° il fait plus, beaucoup plus chaud qu'à Montigny ; 2° on a le dedans du nez noir quand on rentre ; 3° on se fait remarquer quand on ſtationne seule devant les kiosques à journaux ; 4° on se fait également remarquer quand on ne se laisse pas manquer de respeƈt sur le trottoir.

Narrons l'incident relatif à l'observation n° 4. Un

* Dans le Fresnois, on compte par sous jusqu'à six francs. Exception faite pour soixante sous qu'on prononce « trois francs » comme ailleurs.

monsieur très bien m'a suivie, rue des Saints-Pères. Pendant le premier quart d'heure, jubilation interne de Claudine. Suivie par un monsieur très bien ; comme dans les images d'Albert Guillaume[1] ! Deuxième quart d'heure : le pas du monsieur se rapproche, je presse le mien, mais il garde sa distance. Troisième quart d'heure : le monsieur me dépasse, en me pinçant le derrière d'un air détaché. Bond de Claudine, qui lève son parapluie et l'assène sur la tête du monsieur, avec une vigueur toute fresnoise. Chapeau du monsieur dans le ruisseau, joie immense des passants, disparition de Claudine confuse de son trop grand succès.

Tante Cœur est très gentille. Avec un mot aimable, elle m'a envoyé une chaînette en or, pour le cou, coupée par des petites perles rondes de dix en dix centimètres. Fanchette trouve ce bijou charmant ; elle a déjà aplati deux chaînons, et elle mâche les perles sur ses grosses dents, comme un lapidaire.

En me préparant pour le dîner de jeudi, je songe à mon décolletage. Il est tout petit petit, mais si j'allais paraître encore trop maigre ? Assise dans mon cuveau, toute nue, je constate que je me remplume un peu ; mais il y a encore à faire. Une chance que mon cou est resté solide ! Ça me sauve. Tant pis pour les deux petites salières d'en dessous ! Je perds mon temps dans l'eau chaude, à compter mes osselets dans le dos, à mesurer si j'ai la même longueur des aines aux pieds que des aines au front, à me pincer le mollet droit parce que ça correspond dans l'omoplate gauche. (À chaque pinçon, une drôle de petite piqûre derrière l'épaule.) Et quelle joie pure de pouvoir accrocher mes pieds derrière ma nuque ! Comme disait la grande Anaïs, cette sale : « Ça doit être rudement amusant de pouvoir se ronger les ongles de pieds ! »

Mon Dieu que j'ai peu de gorge ! (À l'école, ça s'appelle des *nichons* et Mélie dit des *tétés*.) Je songe à nos « concours[2] » d'il y a trois ans, pendant les rares promenades du jeudi.

Sur une lisière de bois, dans un chemin creux, nous nous asseyions en rond — nous, les quatre grandes — et nous ouvrions nos corsages. Anaïs (quel toupet !)

montrait un coin de peau citronnée, gonflait son estomac et disait avec aplomb. « *Ils* ont beaucoup forci depuis le mois dernier ! » Je t'en fiche ! Le Sahara ! Luce[1], blanche et rose, dans sa chemise rude de pensionnaire — des chemises à poignet sans même un feston, c'est la règle — découvrait un « vallonnement médian », à peine indiqué, et deux pointes roses et petites comme les mamelles de Fanchette. Marie Belhomme... le dessus de ma main. Et Claudine ? Un petit coffre bombé, mais à peu près autant de seins qu'un garçon un peu gras. Dame, à quatorze ans... L'exhibition terminée, nous refermions nos corsages, avec l'intime conviction, chacune, d'*en* avoir beaucoup plus que les trois autres.

Ma robe de mousseline blanche, bien repassée par Mélie, me semble encore assez gentille pour que je la revête sans maussaderie. Mes pauvres beaux cheveux ne la caressent plus jusqu'aux reins ; mais ils me coiffent si drôlement, courts et bouclés jusqu'au coin des yeux, que je ne languis[a] pas trop après ma toison de jadis, ce soir. Mille troupeaux de porcs ! (comme dit Papa), il ne s'agit pas d'oublier ma chaîne en or.

« Mélie, Papa s'habille ?

— S'ment que de trop, qu'il s'habille. Il m'a "brégé" déjà trois faux-cols. Va donc y mettre sa crévate.

— J'y cours. » Mon noble père est ficelé dans un habit noir un peu démodé, un peu beaucoup démodé, mais il ne peut pas ne point être imposant.

« Applette, applette, papa, il est sept heures et demie. Mélie, tu feras dîner Fanchette. Ma cape en drap rouge, et filons. »

Ce salon blanc, avec des poires électriques[2] dans tous les coins, me rendra épileptique. Papa pense comme moi, déteste cet aspect crème cher à sa sœur Wilhelmine, et le proclame sans ambages :

« Tu me croiras, si tu veux, je me ferais fesser en place publique plutôt que de coucher dans ce saint-honoré. »

Mais le joli Marcel arrive et embellit tout de sa présence. Qu'il est charmant ! Mince et léger dans un smoking, les cheveux d'un blond de lune, sa peau translucide se veloute aux lumières comme un intérieur de volubilis. Pendant qu'il nous dit bonsoir, j'ai bien vu que ses clairs yeux bleus m'inspectaient prestement.

Tante Cœur le suit, éblouissante ! Cette robe de soie gris perle, à volants de chantilly noir, date-t-elle de 1867 ou de 1900 ? De 1867 plutôt, seulement un cent-garde[1] se sera un peu assis sur la crinoline. Les deux bandeaux gris sont bien gonflés et bien lisses ; ce regard un peu pâle sous les paupières tombantes et fripées, elle a dû autrefois l'étudier si bien, d'après la comtesse de Téba[2], qu'il donne son effet tout seul. Elle marche en glissant, porte les emmanchures basses, et se montre pleine... d'urbanité. « Urbanité » est un substantif qui lui sied aussi bien que ses bandeaux.

Pas d'autres invités que nous. Mais, bon sang, on s'habille chez tante Cœur ! À Montigny, je dînais en tablier d'école, et papa gardait le vêtement impossible à nommer — houppelande, redingote, pardessus, un produit bâtard de tout ça, — qu'il avait revêtu depuis le matin pour faire paître ses limaces. Si on se décollète dans l'intimité stricte, qu'est-ce que je mettrai pour les grands dîners ? Peut-être ma chemise à bretelles en ruban rose...

(Claudine, ma vieille, trêve de digressions ! Tu vas tâcher de manger correctement et de ne pas dire, quand on passera un plat que tu n'aimes pas : « Enlevez, ça me rebute ! »)

Bien entendu, je m'assieds à côté de Marcel. Pitié-malheur ! La salle à manger est blanche aussi ! Blanche et jaune, mais c'est quasiment. Et les cristaux, les fleurs, la lumière électrique, tout ça fait un raffut sur la table, à croire qu'on l'entend. C'est vrai, ces pétillements de lumière me donnent une impression de bruit.

Marcel, sous l'œil attendri de tante Cœur, fait la jeune fille du monde et me demande si je m'amuse à Paris. Un « non » farouche est d'abord tout ce qu'il obtient. Mais bientôt je m'humanise un peu, parce que je mange une petite timbale aux truffes qui consolerait une veuve de la veille, et je condescends à expliquer :

« Vous comprenez, je me doute bien que je m'amuserai plus tard, mais, jusqu'à présent, j'ai une peine extrême à m'habituer à l'absence des feuilles. Les troisiѐmes étages, à Paris, n'abondent pas en “talles” vertes.

— En quoi... vertes ?

— En “talles” ; c'eſt un mot fresnois, ajouté-je avec une certaine fierté.

— Ah ! c'eſt un mot de Montigny ? Pas banal ! “Des talles verrrtes”, répète-t-il, taquin, en roulant l'*r*[1].

— Je vous défends de m'écharner* ! Si vous croyez que c'eſt plus élégant votre *r* parisien qu'on grasseye du fond de la gorge, comme un gargarisme !

— Fi ! la sale ! Eſt-ce que vos amies vous ressemblent ?

— Je n'avais pas d'amies. Je n'aime pas beaucoup avoir des amies. Luce avait la peau douce, mais ça ne suffit pas.

— “Luce avait la peau douce...” Quelle drôle de façon d'apprécier les gens !

— Pourquoi drôle ? Au point de vue moral, Luce n'exiſte pas. Je la considère au point de vue physique, et je vous dis qu'elle a les yeux verts et la peau douce.

— Vous vous aimiez bien ? »

(La jolie figure vicieuse ! Que ne lui dirait-on pas pour voir luire ces yeux-là ? Vilain petit garçon, va !)

« Non, je ne l'aimais guère. Elle, oui ; elle a bien pleuré quand je suis partie.

— Mais, alors, qui lui préfériez-vous ? »

Ma tranquillité enhardit Marcel, il me prend peut-être pour une oie et me poserait volontiers des queſtions plus précises ; mais les grandes personnes se taisent un inſtant, pendant qu'un domeſtique à figure de curé change les assiettes, et nous nous taisons, déjà un peu complices.

Tante Cœur promène de Marcel à moi son regard bleu et lassé.

« Claude, dit-elle à papa, regardez comme ces deux enfants se font mutuellement valoir. Le teint mat de votre fille et ses cheveux touchés de reflets de bronze, et ses yeux profonds, toute cette apparence brune d'une petite fille qui n'eſt pas brune blondit encore mon chérubin, n'eſt-ce pas ?

* Imiter par moquerie.

— Oui, répond papa avec conviction ; il est beaucoup plus fille qu'elle. »

Son chérubin et moi, nous baissons les yeux comme il sied à des gosses gonflés, à la fois, d'envie de pouffer et d'orgueil. Et le dîner se poursuit sans autres confidences. Une admirable glace à la mandarine me détache d'ailleurs de toute autre préoccupation.

Au bras de Marcel, je reviens au salon. Et tout de suite on ne sait plus que faire. Tante Cœur semble avoir des choses austères à confier à papa, et nous écarte :

« Marcel, mon mignon, montre un peu l'appartement à Claudine. Tâche qu'elle s'y sente un peu chez elle, sois gentil...

— Venez, me dit le “mignon”, je vais vous faire voir ma chambre. »

J'avais bien pensé qu'elle était blanche, elle aussi ! Blanche et verte, avec des roseaux minces sur fond blanc. Mais tant de blancheurs m'inspirent à la fin l'envie inavouable d'y verser des encriers, des tas d'encriers, de barbouiller les murs au fusain, de souiller ces peintures à la colle, avec le sang d'une coupure au doigt... Dieu ! comme je deviendrais perverse dans un appartement blanc !

Je vais droit à la cheminée où je vois un cadre à photographie. Empressé, Marcel tourne le bouton d'une ampoule électrique au-dessus de nous.

« C'est mon meilleur ami... Charlie, presque un frère. N'est-ce pas qu'il est bien ? »

(Beaucoup trop bien, même : les yeux foncés aux cils courbes, un rien de moustache noire au-dessus d'une bouche tendre, la raie de quart, comme Marcel.)

« Je vous crois qu'il est beau ! Presque aussi beau que vous, dis-je sincèrement.

— Oh ! bien plus ! s'écrie-t-il avec feu, la photographie ne saurait rendre la peau blanche, les cheveux noirs. Et c'est une âme si charmante... »

Et patiapatia ! Ce joli saxe s'anime enfin. J'écoute sans broncher le panégyrique du splendide Charlie, et quand Marcel se ressaisit, un peu confus, je réplique d'un air convaincu et naturel :

« Je comprends. C'est vous qui êtes sa Luce. »

(Il a fait un pas à reculons, et, sous la lumière crue,

je vois ses jolis traits qui durcissent et son teint impressionnable qui se décolore insensiblement.)

« Sa Luce ? Claudine, qu'est-ce que vous voulez dire ? »

Avec l'aplomb que je dois à deux coupes de champagne, je secoue les épaules :

« Mais oui, sa Luce, son chouchou, sa chérie, quoi ! Il n'y a qu'à vous voir, est-ce que vous avez l'air d'un homme ? C'est donc ça que je vous trouvais si joli ! »

Et comme, immobile, il me regarde à présent d'une façon glaciale, j'ajoute de plus près, en lui souriant bien en face :

« Marcel, je vous trouve tout aussi joli à présent, croyez-le bien. Est-ce que je ressemble à quelqu'un qui voudrait vous causer des ennuis ? Je vous taquine, mais je ne suis pas méchante, et il y a beaucoup de choses que je sais très bien regarder en silence — et écouter aussi[1]. Je ne serai jamais la petite cousine à qui son pauvre cousin se croit forcé de faire la cour, comme dans les livres. Songez donc, dis-je encore en riant, que vous êtes le petit-fils de ma tante, mon neveu à la mode de Bretagne ; Marcel, ce serait presque de l'inceste. »

Mon « neveu » prend le parti de rire, mais il n'en a pas encore grande envie.

« Ma chère Claudine, je crois en effet que vous ne ressemblez pas aux petites cousines des bons romans. Mais je crains que vous n'ayez rapporté de Montigny l'habitude des plaisanteries un peu... risquées. S'il y avait eu là quelqu'un pour nous entendre, grand-mère, par exemple... ou votre père...

— Je n'ai fait que vous rendre la pareille, dis-je fort doucement. Et je n'ai pas jugé à propos d'attirer l'attention des parents, quand vous me questionniez sur Luce avec tant d'insistance.

— Vous aviez plus à perdre que moi, à attirer l'attention !

— Pensez-vous ? Je crois que non. Ces petites amusettes-là, ça s'appelle pour les gamines "jeux de pensionnaires", mais quand il s'agit de garçons de dix-sept ans, c'est presque une maladie[2]... »

Il fait de la main un geste violent.

« Vous lisez trop ! Les jeunes filles ont trop d'imagination pour bien comprendre ce qu'elles lisent, fussent-elles originaires de Montigny. »

(J'ai mal travaillé. Ce n'est pas là que je voulais en venir.)

« Est-ce que je vous ai fâché, Marcel ? Je suis bien maladroite ! Moi qui voulais seulement vous prouver que je n'étais pas une oie, que je savais comprendre... comment dire ? goûter certaines choses... Voyons, Marcel, vous n'exigez pourtant pas que je voie en vous le potache à gros os et à grands pieds qui fera un jour le plus beau des sous-officiers ! Regardez-vous, n'êtes-vous pas, Dieu merci, presque tout pareil à la plus jolie de mes camarades d'école ? Donnez-moi la main... »

(Oh ! fille manquée ! Il n'a souri, furtivement, qu'aux compliments trop vifs. Il me tend sa petite patte soignée, sans mauvaise grâce.)

« Claudine, méchante Claudine, rentrons vite en passant par la chambre à coucher de grand-mère. Je ne suis plus fâché, encore un peu estomaqué seulement. Laissez-moi réfléchir. Vous ne me semblez pas, vous, un trop mauvais *garçon...* »

Ça m'est bien égal, son ironie ! Le voir bouder et le voir sourire après, c'est tout un bonheur. Je ne plains guère son ami aux cils courbes, et je leur souhaite à tous deux de se disputer souvent.

D'un air bien naturel — oh ! bien naturel — nous poursuivons le tour du propriétaire. Quel bonheur, la chambre de tante Cœur est adéquate (aïe donc !) à sa propriétaire ! Elle y a rassemblé — ou exilé — les meubles de sa chambre de jeune fille, les souvenirs de son beau temps. Le lit en palissandre à moulures, et les fauteuils en damas rouge qui ressemblent tous au trône de Leurs Majestés Impériales, et le prie-Dieu en tapisserie hérissé de sculptures en chêne, et une copie criarde d'un bureau de Boulle, et des consoles en veux-tu en voilà. Du ciel de lit dégoulinent des rideaux de damas, et la garniture de cheminée, amas informe et compliqué d'amours, d'acanthes, de volutes en bronze doré, me remplit d'admiration. Marcel méprise abondamment cette chambre, et nous nous disputons à propos du style moderne et du blanc d'œufs battus. Ce chamaillis esthétique nous permet de regagner, plus calmes, le salon où papa, sous la pluie douce et tenace des conseils de tante Cœur, bâille comme un lion en cage.

« Grand-mère, s'écrie Marcel, Claudine est impayable ! Elle préfère votre chambre au reste de l'appartement.

— Petite fille, dit ma tante en me caressant de son sourire languide, ma chambre est fort laide, pourtant...

— ... Mais elle vous va bien, tante. Pensez-vous que vos bandeaux "cordent" avec ce salon ? Dieu merci, vous le savez bien, puisque vous avez conservé un coin de votre vrai cadre ! »

Ce n'est peut-être pas un compliment, ça, mais elle se lève et vient m'embrasser très gentiment. Tout à coup, papa bondit et tire sa montre :

« Mille troupeaux de... ! Pardon, Wilhelmine, mais il est dix heures moins cinq, et cette petite sort pour la première fois depuis sa maladie... Jeune homme, va nous commander une carriole ! »

Marcel sort, revient rapidement — avec cette prestesse souple à se retourner dans une embrasure de porte — et m'apporte ma cape de drap rouge qu'il pose adroitement sur mes épaules.

« Adieu, tante.

— Adieu, ma petite fille. Je reçois le dimanche, vous seriez toute mignonne de venir servir mon thé à cinq heures avec votre ami Marcel. »

(Mon âme prend la forme d'un hérisson :)

« Je ne sais pas, tante, je n'ai jamais...

— Si, si, il faut que je fasse de vous une petite personne aussi aimable qu'elle est jolie ! Adieu, Claude, ne vous enfermez pas trop dans votre tanière, pensez un peu à votre vieille sœur ! »

Mon « neveu », au seuil, me baise la main un peu plus fort, appuie son « À dimanche » d'un sourire malin et d'une moue délicieuse, et... voilà.

Tout de même, j'ai bien failli me brouiller avec ce gamin ! Claudine, ma vieille, tu ne te corrigeras jamais de ce besoin de fouiner dans ce qui ne te regarde pas, de ce petit désir un peu méprisable de montrer que, finaude et renseignée, tu comprends un tas de choses au-dessus de ton âge ! Le besoin d'étonner, la soif de troubler la quiétude des gens et d'agiter des existences trop calmes, ça te jouera un mauvais tour.

Je suis beaucoup plus à ma place, ici, accroupie sur mon lit-bateau et caressant Fanchette qui commence sa nuit sans m'attendre, confiante et le ventre en l'air. Mais... pardon, pardon ! Je les connais ces sommeils souriants, Fanchette, ces heures béates de ronron persistant. Et je connais aussi cet arrondissement des flancs, et ce ventre exceptionnellement soigné où pointent de petites mamelles roses. Fanchette, tu as fauté ! Mais avec qui ? « C'est à se briser la tête contre les murs, Dieu juste ! » Une chatte qui ne sort pas, un chat de concierge incomplet... qui, qui ? Tout de même, je suis joliment contente. Des chatons en perspective ! Devant cet avenir joyeux le prestige de Marcel, lui-même, pâlit.

J'ai demandé à Mélie des éclaircissements sur cette grossesse suspecte. Elle a tout avoué.

« Ma guéline, pendant ces derniers temps, la pauvre belle avait bien besoin ! Elle a souffri trois jours, hors d'état ; alors j'ai demandé dans le voisinage. La bonne d'en dessous m'a prêté un beau mari pour elle, un beau gris rayé. J'y ai donné mas* de lait pour l'assurer, et la pauvre belle s'est pas fait prier : ils ont cordé tout de suite. »

Comme elle devait se languir, cette Mélie, de s'entremettre pour le compte de quelqu'un, fût-ce pour la chatte ! Elle a bien fait.

La maison devient le rendez-vous de gens plus étonnants et plus scientifiques les uns que les autres. M. Maria, celui des grottes du Cantal, y amène souvent sa barbe d'homme timide. Quand nous nous rencontrons dans le trou à livres, il salue d'un air empoté et me demande en balbutiant des nouvelles de ma santé, que je lui affirme lugubrement « très mauvaise, très mauvaise, monsieur Maria ». J'ai fait connaissance avec de gros hommes décorés et généralement mal mis, qui s'adonnent à la culture des fossiles, je crois... Pas excitants, les amis de papa !

* Beaucoup.

☆

À quatre heures, aujourd'hui, Marcel est venu me voir « tiré à quatre chevaux » au dire de Mélie. Je l'accueille comme le soleil, et je le mène au salon, où il s'amuse beaucoup de la disposition des meubles et de la cloison factice que crée le grand rideau. « Venez, mon neveu, je vais vous montrer ma chambre. » Il considère le lit-bateau et les petits meubles dépareillés avec cette gaieté un peu méprisante que lui inspire la chambre de tante Cœur, mais Fanchette l'intéresse vivement.

« Comme elle est blanche !

— C'est que je la brosse tous les jours.

— Et grasse !

— Pardi, elle est enceinte.

— Ah ! elle est...

— Oui, cette toquée de Mélie lui a apporté un matou parce que Fanchette était en folie pendant ma maladie ; cette entrevue portera des fruits, vous voyez ! »

(Ma liberté à parler de ces choses le gêne visiblement. Je me mets à rire et il me regarde, avec une petite mine choquée.)

« Vous me regardez, parce que je ne parle pas convenablement ? C'est que là-bas, à la campagne, on assiste tous les jours à des épousailles très rapides de vaches, de chiens et de chèvres, et de chats, donc ! Là-bas, ce n'est pas inconvenant.

— Oh ! pas inconvenant ! Vous savez, dans *La Terre* de Zola[1] j'ai très bien vu ce qu'il en était. Les paysans considèrent quelquefois ces choses-là autrement qu'avec des yeux de cultivateurs !

— Votre Zola n'y entend rien de rien, à la campagne. Je n'aime pas beaucoup ce qu'il fait, en général[2]... »

Marcel furète de l'œil dans tous les coins et se promène. Comme il a les pieds petits ! Il a trouvé *La Double Maîtresse*[3] sur mon bureau et me menace de son doigt pointu :

« Claudine, Claudine, je le dirai à mon oncle !

— Mon ami, il s'en fiche pas mal.

— Quel papa commode ! Si grand-mère était aussi coulante ! Oh ! ça ne m'empêche pas de lire, répond-il à mon menton interrogateur ; mais j'ai été forcé, pour avoir la paix, de prétendre que j'avais peur la nuit et qu'il me fallait de la lumière dans ma chambre. »

(J'éclate de rire.)

« Peur ! Vous avez dit que vous aviez peur ! sans honte ?

— Oh ! qu'eſt-ce que ça fait ! Grand-mère m'a élevé — et elle continue — comme une petite fille. »

Ce dernier mot nous remet vivement en mémoire la scène d'avant-hier soir, et nous rougissons ensemble (lui plus que moi, il eſt si blanc) ! Et nous pensons si bien à la même chose qu'il me demande :

« Vous n'avez pas une photographie de Luce ?

— Non, pas une seule.

— Ça, c'eſt un mensonge.

— Ma pure parole ! Et d'ailleurs, vous la trouveriez peut-être laide. Mais je ne suis pas coquette de Luce, tenez, voici la seule lettre qu'elle m'ait écrite. »

Il lit avidement la pauvre lettre au crayon, et ce petit Parisien amoureux des faits-divers s'exalte :

« Mais c'eſt un drame, une séqueſtration ! Si on saisissait les tribunaux ?

— En voilà une idée ! Qu'eſt-ce que ça peut vous fiche ?

— Ce que ça me fait ? Mais, Claudine, c'eſt une cruauté, relisez ça ! »

Je m'appuie, pour lire, sur son épaule fragile. Il sourit parce que mes cheveux lui entrent dans l'oreille. Mais je n'appuie pas davantage. Je lui dis seulement :

« Vous n'êtes plus fâché, Marcel ?

— Non, non, fait-il précipitamment. Mais, je vous en prie, racontez-moi Luce. Je serai si gentil, si vous me racontez Luce ! Tenez, j'apporterai un collier à Fanchette.

— Ouiche ! Elle le mangerait. Mon pauvre ami, il n'y a rien à raconter. Et d'ailleurs, je ne ferai qu'*échanger* des confidences avec vous. Donnant, donnant. »

(Il boude comme une fille, le front en avant et la bouche gonflée.)

« Dites-moi, Marcel, eſt-ce que vous faites souvent

cette figure-là à... à votre ami ? Rappelez-moi donc son prénom...

— Il s'appelle Charlie, répond mon "neveu" après avoir hésité.

— Son âge ? Allons, allons, il faut tout vous arracher !

— Il a dix-huit ans. Mais très sérieux, très mûr pour son âge... Vous vous êtes figuré des choses, vraiment !...

— Oh ! écoutez, vous m'"aralez". Nous n'allons pas recommencer, hein ? Soyez sa petite amie, mais soyez mon camarade, une bonne fois, et je vous raconterai Luce, là ! »

(Avec sa grâce désarmante, il me saisit doucement les poignets.)

« Oh ! que vous êtes gentille ! Il y a si longtemps que je voulais avoir de *vraies* confidences de jeune fille ! Ici, à Paris, les jeunes filles sont des femmes ou des cruches. Claudine, dites, mon amie Claudine, je serai votre confident ? »

Est-ce là la petite perfection froide du premier jour ? Il me parle en me tenant les mains, et joue de ses yeux, de sa bouche, de toute sa figure, pour obtenir une confidence, comme il en joue, je suis sûre, pour obtenir une caresse, une réconciliation. Et l'idée me vient d'inventer des turpitudes que je n'ai pas commises. Il m'en raconterait d'autres — qu'il a sans doute commises... C'est assez vilain, ce que je fais là. Mais comment voulez-vous ? Je ne peux pas me fourrer dans l'idée que je joue avec un garçon. S'il m'avait pris la taille ou embrassée, je lui aurais déjà griffé les yeux, et tout en serait resté là. Le mal vient de ce qu'il n'y a pas de danger...

Mon « neveu » n'est pas d'humeur à me laisser réfléchir longtemps. Il me tire par les poignets, m'assoit dans mon crapaud, et s'installe par terre sur mon coussin en balles de blé, en tirant son pantalon pour ne pas le marquer aux genoux :

« Là, nous sommes bien installés. Oh ! que cette cour sombre est vilaine ! Je baisse le rideau, vous voulez bien ? Et maintenant, racontez-moi comment *ça* a commencé. »

(Dans la glace longue, je nous vois. Nous ne sommes

pas laids, je dois le dire, il y a plus mal. Mais qu'est-ce que je vais lui forger, à ce blondin avide qui m'écoute de si près que je vois tous les rayons, bleu ardoise sur bleu pervenche, qui étoilent ses pupilles. Claudine, ma petite servante, souviens-toi de l'école. Tu n'en es pas à un mensonge près.)

« Je ne sais pas, moi. Ça ne commence pas, ces histoires là. C'est... une transformation lente de la vie habituelle, une...

— ... infiltration...

— Merci bien, monsieur ; on voit que vous vous y connaissez.

— Claudine, Claudine, ne vous perdez pas dans les généralités. Les généralités sont incolores. Tenez votre promesse, racontez. Il faut me décrire Luce d'abord. Un chapitre d'exposition, mais court !

— Luce ? C'est bientôt fait. Petite, châtain, blanche et rosée, des yeux verts bridés, des cils retroussés — comme les vôtres — le nez trop petit et la figure un peu kalmouke... Là, je vous disais bien que vous n'aimeriez pas ce type-là ! Attendez. Des pieds, des mains, et des chevilles fragiles. Mon accent, l'accent bien fresnois, en plus traînant. Menteuse, gourmande, câline. Elle n'était jamais contente quand elle n'avait pas eu sa taraudée de chaque jour.

— Sa "taraudée" ? Vous voulez dire que vous la battiez ?

— Effectivement, c'est ce que je veux dire, mais il ne faut pas m'interrompre. "Silence à la petite classe, ou je double les problèmes pour demain !" Ainsi s'exprimait Mademoiselle quand sa chère Aimée ne réussissait pas à maintenir les élèves dans le devoir.

— Qui était-ce cette Aimée ?

— La Luce de Mademoiselle, de la directrice.

— Bon, continuez.

— Je continue. Un matin que c'était notre tour de casser du bois pour le feu, dans le hangar...

— Vous dites ?

— Je dis : "Un matin que c'était notre tour de casser du bois pour le..."

— Alors, vous cassiez du bois, dans cette pension ?

— C'est pas une pension, c'est une école. On cassait

du bois chacune à son tour, à sept heures et demie, le matin, en hiver, par des froids ! Vous ne vous figurez pas comme les échardes font mal, quand il gèle ! J'avais toujours les poches pleines de châtaignes chaudes pour manger en classe et pour me chauffer les mains. Et on se dépêchait d'arriver tôt, celles qui cassaient le petit bois, pour sucer les chandelles de glace de la pompe, près du hangar. Et j'apportais aussi des châtaignes crues, pas fendues, pour encolérer Mademoiselle en les mettant à péter dans le poêle.

— Ma tête ! Où a-t-on vu une école comme celle-là ! Mais Luce, Luce ?

— Luce geignait plus que tout le monde, les jours où elle était "de bois" et venait se faire consoler près de moi : "Claudine, j'ai la fret*, mes mains pluchent, aga** mon pouce tout grafigné ! Bine-moi, Claudine, ma Claudine." Et elle se mussait sous mon capuchon, et m'embrassait.

— Comment ? comment ? » interroge nerveusement Marcel qui m'écoute, la bouche demi-ouverte, les joues trop roses. « Comment eſt-ce qu'elle vous bi... vous embrassait ?

— Sur les joues, tiens, sur le cou, dis-je, comme soudainement devenue idiote.

— Allez vous promener, vous n'êtes qu'une femme comme les autres !

— Luce n'était pas du tout de cet avis-là, (je lui mets les mains sur les épaules pour le faire tenir tranquille) ; ne vous fâchez pas, ça va venir, les horreurs !

— Claudine, une minute : ça ne vous gênait pas, qu'elle parlât patois ?

— Patois ? Vous vous en seriez contenté, jeune pariſien, du patois, parlé avec cette voix pleurante et chantante, de cette bouche-là, sous le capuchon rouge qui cache le front et les oreilles, ne laissant voir qu'un museau rose et des joues en velours de pêche, que le froid ne décolorait même pas ! Je vous en ficherai du patois !

— Quel feu, Claudine ! Vous ne l'avez pas encore oubliée, il s'en faut...

* J'ai froid.
** Regarde.

— Donc, un matin, Luce me remit une lettre*.

— Ah ! Enfin ! Où est-elle, cette lettre ?

— Je l'ai déchirée et rendue à Luce.

— Ce n'est pas vrai !

— Dites donc, vous ! Je vais vous envoyer voir avenue de Wagram si votre pâte à gâteau est cuite !

— Pardon ! Je voulais dire : ce n'est pas vraisemblable.

— Petite arnie de mon cœur ! Oui, je la lui ai rendue, parce qu'elle m'y proposait des choses... pas convenables, là.

— Claudine, au nom du ciel, ne me faites pas languir.

— Elle m'écrivait : "Ma chérie, si tu voulais bien être ma grande amie, il me semble que je n'aurais plus rien à désirer. Nous serions aussi heureuses que ma sœur Aimée avec Mademoiselle, et je t'en serais reconnaissante toute ma vie. Je t'aime tant, je te trouve si jolie, ta peau est plus douce que la poudre jaune qui est dans les lis, et j'aime même quand tu me griffes parce que tu as des petits ongles froids." Des choses comme ça, quoi.

— Ah !... cette humilité ingénue... Savez-vous que c'est adorable ? »

Mon « neveu » est dans un bel état. Pour une nature impressionnable, c'est une nature impressionnable ! Il ne me regarde plus, il bat des cils, il a des pommettes tachées de carmin et son joli nez vient de pâlir. Cette émotion-là, je ne l'ai vue que chez Luce, mais qu'il est plus beau ! Brusquement, je pense : « S'il levait les yeux, s'il mettait ses bras autour de moi, à cette minute précise, qu'est-ce que je ferais ? » Une petite chenille me passe dans le dos. Il relève les cils, il tend la tête davantage, et implore passionnément : « Après, Claudine, après ? » Ce n'est pas moi qui l'émeus, pardi, c'est mon histoire, et les détails qu'il espère ! Claudine, ma chère, ce n'est pas encore cette fois-ci qu'on t'outrage.

La porte s'ouvre. C'est Mélie, discrète, et qui fonde, je crois, de grandes espérances sur Marcel ; elle voit en lui ce « galant » qui me manquait. Elle apporte ma petite lampe, ferme les persiennes, tire les rideaux, et nous

* Voir *Claudine à l'école,* p. 119 et suiv.

laisse dans une pénombre tiède. Mais Marcel s'est levé :

« La lampe, Claudine ! Quelle heure est-il donc ?

— Cinq heures et demie.

— Oh ! ce que grand-mère va me raser ! Il faut que je parte, j'ai promis de revenir à cinq heures.

— Mais je croyais que tante Cœur faisait vos trente-six caprices ?

— Oui et non. Elle est très gentille, mais elle me soigne trop. Si je rentre en retard d'une demi-heure, je la trouve en larmes, c'est pas drôle ! Et, à chaque sortie, je subis des "Prends bien garde ! je ne vis pas quand tu es dehors ! Surtout ne passe pas par la rue Cardinet, elle est mal fréquentée[1]. Ni par l'Étoile, toutes ces voitures, à la nuit tombante !..." Ah, là, là, là, là ! vous ne savez pas ce que c'est, vous, que d'être élevé dans du coton ! Claudine, chuchote-t-il tout bas, de tout près, vous me gardez le reste de l'histoire, n'est-ce pas ? J'ai confiance en vous, je peux ?

— Autant que j'ai confiance en vous, dis-je sans rire.

— Méchante fille ! Votre menotte à embrasser. Ne faites plus de peine à votre "neveu" qui vous aime bien. Adieu, Claudine, à bientôt, Claudine ! »

De la porte il m'envoie un baiser du bout des doigts, pour jouer, et fuit sur ses pieds silencieux. Voilà une bonne après-midi ! J'en ai la cervelle toute chaude. Hop ! Fanchette ! Un peu de gymnastique ! Venez faire danser vos futurs enfants !

☆

Ma gaieté n'a pas duré. J'ai eu une brusque rechute de nostalgie fresnoise et scolaire. Et pourquoi ? À cause de Bérillon ; à cause de ce crétin de Bérillon, de cet idiot de Bérillon. J'ai épousseté, dans mon petit bureau, mes livres, pieusement rapportés de l'école, et j'ai ouvert machinalement *La Bonne Ménagère agricole, simples notions d'économie rurale et domestique à l'usage des écoles de jeunes filles*, par Louis-Eugène Bérillon[2]. Cet ineffable petit bouquin était, pour toutes les grandes de l'école, une source de joies pures (y en avait déjà pas tant, des joies pures) et nous en redisions des passages à voix haute, la grande Anaïs et moi, sans nous lasser. Les jours de pluie, sous le préau neuf de la cour carrée, alors qu'on ne pouvait jouer ni au pot ni à la grue[1], nous nous poussions des colles sur *La Bonne Ménagère.*

« Anaïs, parlez-moi de *La Bonne Ménagère agricole* et de son ingéniosité en matière de vidanges. »

Le petit doigt en l'air, sa bouche plate serrée en une moue d'extraordinaire distinction, Anaïs récitait avec un sérieux qui me faisait mourir de rire :

« "La bonne ménagère a amené son mari à lui construire, ou elle a construit elle-même, au nord du jardin, dans un coin retiré, au moyen de quelques perches, de quelques planches et de quelques poignées de glui[2] ou de genêt – une sorte de cabane qui sert de lieux d'aisances." (C'est comme j'ai l'honneur de vous le dire...) "Cette cabane, littéralement cachée sous le feuillage et les fleurs de plantes grimpantes et d'arbustes sarmenteux, ressemble moins à des latrines qu'à un joli berceau de verdure[3]."

— Charmant ! Quelle poésie de conception et de style, et que ne puis-je égarer mes pas rêveurs vers cette tonnelle fleurie, embaumée, et m'y asseoir une minute... Mais, passons au côté pratique. Anaïs, continuez, je vous prie.

— "Comme les déjections de cinq ou six personnes, pendant un an, sont bien suffisantes pour fumer un hectare de terrain, et que rien en matière..."

— Chut, chut, n'appuyez pas !

— ... "en matière d'engrais, ne doit être perdu, la fosse d'aisances est, ou un trou creusé en terre et recouvert de glaise battue, ou une sorte de vase profond en terre cuite, ou tout simplement un vieux tonneau hors de service[4]."

— Adieu, tonneaux, vidanges sont faites ! Ma chère enfant, c'est parfait. Je ne vous apprendrai rien en vous disant qu'il sied de mélanger *intimement* l'engrais humain avec deux fois son volume de terre, et que cinq kilos suffisent pour fumer un are, et pour en empoisonner deux cents. En récompense de votre assiduité, je vous autorise à embrasser cinq fois le docteur Dutertre, délégué cantonal.

— Tu blagues ! murmurait Anaïs rêveuse, mais s'il ne fallait que ton autorisation... »

Ô Bérillon, que tu as amusé ces sales petites filles, dont j'étais ! Ta préface, nous la mimions en la déclamant. Marie Belhomme, à l'âme ingénue, tendait au ciel ses mains de sage-femme et apostrophait, vibrante de conviction attendrie, la jeune fille des champs.

« "Malheureuse enfant ! que votre erreur est grande ! Ah ! dans votre intérêt et pour votre bonheur, repoussez comme détestable la pensée de vous éloigner ainsi de vos parents et de la maisonnette où vous êtes née ! Si vous saviez à quel prix celles dont vous enviez le luxe ont acheté la soie et les bijoux dont elles se parent[1] !..."

— Dix francs la nuit, interrompait Anaïs. Je crois que c'est le prix à Paris ! »

C'est ce saumâtre Bérillon, et sa couverture élimée aux gardes ornées de décalcomanies, qui m'a remis trop vivement en mémoire l'école et mes petites compagnes. Tiens, je vais écrire à Luce. Il y a bien longtemps que je n'ai eu de ses nouvelles ; est-ce qu'elle aurait quitté Montigny[2] ?

Rien de drôle ces jours-ci. Je sors à pied, je me remue pour des robes et des chapeaux. Un monsieur m'a suivie. J'ai eu la malencontreuse idée de lui tirer une langue pointue. « Oh ! donnez-la-moi ! » qu'il a fait. Ça m'apprendra. Aller servir le thé chez tante Cœur ? « Bouac ! » comme disait la grande Anaïs qui simulait si admirablement les nausées. Heureusement, Marcel sera là... C'est égal, j'aimerais bien mieux arcander* ici, même à quelque chose d'embêtant.

☆

Je retourne chez tante Cœur dans ma petite robe simple en drap bleu, je n'en ai pas encore d'autres convenables. Et puis, si je « forcis » comme c'est probable, celles que je me commanderais trop tôt éclateraient. (Voyez-vous cette avalanche de chairs qui sauteraient

* Travailler.

dehors ?) En attendant, je ne pèse encore que cinquante kilos à la balance automatique de la place Saint-Germain-des-Prés.

J'arrive à quatre heures et demie. Personne encore au salon ; Marcel y voltige sans bruit, un peu pâlot, et le dessous des yeux mauve. Je crois que ce petit air fatigué le rend encore plus gentil. Il dispose des fleurs dans des vases et chantonne tout bas.

« Mon "neveu", si vous mettiez un petit tablier en broderie anglaise ?

— Et vous, voulez-vous mon pantalon ?

— J'en ai déjà un, merci. Oh ! maladroit, regardez donc ce que vous faites ! Vous posez le petit socle à boucheton ?

— À bouche-quoi ? dit-il en éclatant de rire.

— Sens dessus dessous. Vous ne comprenez donc rien ? Où vous a-t-on élevé ?

— Ici, hélas !... Claudine, pourquoi ne portez-vous pas de costumes tailleur ? Ça vous irait à ravir.

— Parce qu'il n'y a pas de tailleur à Montigny.

— Mais il y en a à Paris. Voulez-vous que je vous y conduise ? Pas chez les grands, n'ayez pas peur. Nous irons. J'adore chiffonner et tripoter des étoffes.

— Oui, je veux bien... Qui est-ce qui va venir ici aujourd'hui ? Ils vont m'arrœiller*, tous ces gens. Si je m'en allais ?

— Pas la peine, il n'y aura pas des foules pour vous arr... pour vous dévisager ! Mme Barmann[1], sûr, la vieille tortue. Peut-être... Charlie, dit-il en détournant les yeux, mais ce n'est pas sûr. Mme Van Langendonck[2]...

— Une Belge ?

— Non, elle est cypriote.

— C'est bien la peine d'être grecque pour s'affubler d'un nom pareil ! Si j'étais flamande, je n'aurais pas l'idée de m'appeler Nausicaa[3] !

— Que voulez-vous ? Je n'y peux rien !... Il y aura aussi quelques jeunes gens du salon Barmann, une vieille dame que maman aime bien et qu'on appelle toujours Mme Amélie, on ne sait plus son nom de famille, en somme presque rien...

* Regarder de tous ses yeux.

— Bon sang, je m'en contente !

— Claudine... et Luce ?

— Houche donc ! voilà tante. »

(En effet, sa grand-mère entre, toute en soie murmurante.)

« Ah ? ma jolie nièce ! Avez-vous dit qu'on vînt vous chercher ici, où voulez-vous que Marcel vous reconduise ?

— Mais, tante, je n'ai besoin de personne. Je suis venue toute seule. »

(Elle en devient pourpre sous sa poudre.)

« Seule ! À pied ? en voiture ?

— Non, tante, dans Panthéon-Courcelles[1].

— Mon Dieu, mon Dieu, que Claude eſt coupable... »

Elle n'ose pas en dire plus long. Marcel me regarde de coin en mangeant sa langue, le misérable, et, si je ris, tout eſt perdu. Il tourne les boutons électriques et tante Cœur sort de sa conſternation avec un grand soupir.

« Mes enfants, j'aurai peu d'amis cette semaine... »

Trrrrrr... en voilà toujours un. Non, c'eſt une. Précipitamment, je me suis garée derrière la table à thé, et Marcel rit de toute son âme[a]. Une boule bossue, auréolée de coton iodé en frisettes, a roulé jusqu'à ma tante Cœur.

Embobelinée[2] d'une zibeline attardée sous quoi elle transpire, Mme Barmann eſt coiffée d'une chouette éployée. Chouette dessus, chouette dessous. Le nez crochu, pour être jaspé de couperose, ne manque pas d'autorité, et les yeux gris en billes remuent terriblement.

« Je suis fourbue. J'ai fait onze kilomètres à pied, dit sa voix dure. Mais j'ai trouvé des merveilles de meubles chez deux vieilles filles qui habitent Montrouge[3]. Un vrai voyage !... Huysmans[4] chérirait ce pâté si curieusement pittoresque de maisons bancales... Je fouille un peu partout pour embellir, meubler le nouvel hôtel de notre illuſtre ami Gréveuille[5]... il a en moi une confiance enfantine... Et, dans trois semaines, on joue chez moi une parade du répertoire de la Foire... Je ne vous demande pas, chère madame, d'y amener cet enfant... »

(Elle regarde Marcel, et me regarde ensuite, sans ajouter un mot.)

« Ma nièce Claudine, s'empresse de présenter tante Cœur. Depuis peu de temps à Paris », ajoute-t-elle en me faisant signe d'approcher, parce que, vraiment, je ne me déplace pas vite.

De tout près, la meubleuse de « l'illustre ami » me dévisage avec une telle insolence que je me demande si je ne vais pas tout d'un coup lui mettre mon poing sur sa couperose. Mais elle reporte enfin les yeux sur tante Cœur.

« Charmante, dit-elle d'un ton rude. Me l'amènerez-vous un mercredi ? Le mercredi, c'est, en somme, candide. »

Tante Cœur remercie pour moi. Je n'ai pas desserré les dents, et je tremble si fort en versant du thé pour l'impudente vieille chouette, que Marcel exulte. Ses yeux étincellent de moquerie. Il me chuchote :

« Claudine, qu'est-ce qu'on va faire de vous, si vous vous jetez comme ça à la tête des gens ? Voyons, voyons, contenez un peu cette expansivité désordonnée !

— Zut ! lui dis-je tout bas, avec rage. Je ne peux pas souffrir qu'on m'arrœille comme ça ! »

Et je vais offrir ma tasse de thé, suivie de Marcel, autrement câlin et fille que moi, qui porte les sandwiches.

Trrrrrr... encore une dame. Mais charmante, celle-là, avec des yeux jusqu'aux tempes et des cheveux jusqu'aux yeux.

« Mme Van Langendonck, m'informe Marcel tout bas, celle qui est cypriote...

— Comme son nom l'indique, parfaitement.

— Est-ce qu'elle vous dit quelque chose, celle-là, Claudine ?

— Tiens, je crois bien. Elle a l'air d'une antilope qui fait la fête. »

La jolie créature, souple dans son « Hygie[1] » à la mode ! Des cheveux[a] qui volent, un vaste chapeau emplumé qui tangue, des yeux myopes et pâmés, un geste fréquent, enveloppant et mou, de la petite main droite, brillante de bagues. Elle incarne l'Approbation. À tante Cœur, à Mme Barmann, elle dit : « oui », elle dit : « vous avez raison », elle dit : « comme c'est vrai » ! C'est une nature plutôt conciliante. Son oui-ouisme ne va pas sans quelque incohérence. Elle vient de nous renseigner coup sur coup : « Hier, à cinq heures, j'étais en courses au Bon Marché » et « Hier, à cinq heures, j'étais à une Bodinière[1] tellement intéressante. » Ça ne paraît gêner personne, elle encore moins.

Tante Cœur m'appelle :

« Claudine ! »

J'arrive, de bonne grâce, et je souris à cette délicieuse figure offerte. Aussitôt, un déluge de compliments, sans mesure, s'abat sur ma tête innocente.

« Qu'elle est charmante ! Et c'est un type si original ! Et quelle jolie ligne de corps ! Dix-sept ans ? Je lui donnais au moins dix-huit...

— Oh ! non, par exemple, proteste la chouette Barmann ; elle paraît beaucoup moins que son âge.

— Oui, n'est-ce pas ? À peine quinze ans. »

Et allez donc ! La fausse gravité de Marcel commence à m'incommoder, lorsque *trrrrrr*... Un monsieur cette fois. Un grand monsieur mince, un monsieur bien. Il a le teint foncé, beaucoup de cheveux châtains blanchissants, des yeux jeunes avec des paupières fatiguées et une moustache soignée, d'un blond qui s'argente[2]. Il entre à peu près comme chez lui, baise la main de tante Cœur, et constate, sous le cruel lustre, narquoisement :

« Comme ça repose les yeux, cette pénombre douce des appartements d'aujourd'hui. »

(Amusée de la blague, je regarde Marcel ; il ne rit pas du tout et considère le monsieur sans bienveillance.)

« Qui c'est ?

— C'est mon père », répond-il glacé, en se dirigeant vers le monsieur qui lui secoue la main, gentiment et distraitement, comme on tire l'oreille à son chien de chasse.

Son père ? Je la trouve très mauvaise ! je dois avoir l'air idiot. Un père avec qui on a eu des histoires, c'est facile à voir. Son fils ne lui ressemble que très vaguement. L'arête têtue des sourcils, peut-être ? Mais tous les traits, chez Marcel, sont si affinés, que ce n'est pas encore bien sûr. Quelle drôle de figure, à la fois sèche et soumise, fait mon neveu à l'auteur de ses jours ! En tout cas, il ne le crie pas sur les toits, qu'il a un papa ; celui-ci me paraît pourtant plus qu'avouable. Mais, manifestement, chez tous les deux, la voix du sang ne « huche » pas à vous détériorer l'oreille moyenne.

« Tu vas bien, mon petit ? tu travailles bien ?

— Oui, père.

— Je te trouve l'air un peu fatigué.

— Oh ! non, père.

— Tu aurais dû venir aux courses avec moi aujourd'hui. Ça t'aurait secoué.

— Père, il fallait bien que je servisse le thé.

— Ça, c'est vrai. Il fallait bien que tu servisses le thé. À Dieu ne plaise que je te détourne d'aussi graves devoirs ! »

Comme la chouette Barmann et l'antilope cypriote font patiapatia ensemble, l'une autoritaire, et l'autre d'une souplesse contre laquelle s'émoussent toutes les pointes, tante Cœur, moins onctueuse que de coutume, risque :

« Trouvez-vous, Renaud, qu'un champ de courses soit le milieu qui convienne absolument à cet enfant ?

— Mais, chère madame, il y verrait des gens très sortables, et encore plus d'israélites », ajoute-t-il doucement en regardant du côté de Mme Barmann.

Ça va bien, ça va bien ! Je bouillonne de joie comprimée. Si ça continue, la porcelaine anglaise que je manie respectueusement va joncher les tapis. Tante Cœur, les yeux baissés, rougit imperceptiblement. Y a pas, y a pas, il n'est guère poli, mais je m'amuse bien. (« Oh ! que j'ai t'y du goût ! » dirait Luce.) Marcel compte les fleurs de la moquette avec la figure d'une jeune fille qu'on n'a pas invitée à danser.

« Vous avez joué aux courses, sans doute ? » interroge douloureusement ma tante avec une figure d'angoisse.

(Le monsieur hoche mélancoliquement la tête :)

« J'y ai même perdu. Alors, j'ai donné dix francs au fiacre qui m'a ramené.

— Pourquoi ? demande son fils en levant les sourcils.

— Parce que, avec ce que j'avais perdu, ça faisait un compte rond. »

« Hppp... » c'est cette gourde de Claudine qui pouffe. Mon cousin... (voyons, si c'est le père de mon neveu, eſt-ce mon cousin ? je ne sais plus)... mon cousin (!) tourne la tête vers ce rire indécent.

« Connaissez-vous ma petite nièce Claudine, Renaud ? La fille de mon frère Claude, depuis peu à Paris. Elle et Marcel sont déjà les meilleurs amis du monde.

— Je ne plains pas Marcel », déclare le monsieur à qui j'ai tendu la main. Il ne m'a regardée qu'une seconde, mais c'eſt quelqu'un qui sait regarder. Un regard en zigzag, arrêt imperceptible aux cheveux, aux yeux, au bas du visage et aux mains. Marcel se dirige vers la table à thé, je m'apprête à le suivre...

« ... La fille de Claude... cherche mon cousin. Oh ! attendez une minute, j'ai si peu le sens des généalogies... Mais alors, mademoiselle eſt la tante de Marcel[1] ? C'eſt vaudevillesque cette situation, n'eſt-ce pas, ma... cousine ?

— Oui, mon oncle, dis-je sans hésiter.

— À la bonne heure ! Ça va me faire deux bébés à emmener au cirque, si votre père m'y autorise. Vous avez bien... quoi ? quinze, seize ans ? »

Je rectifie, froissée :

« Plus de dix-sept ans !

— Dix-sept... oui, ces yeux-là... Marcel, ça te change, hein, d'avoir une petite amie ?

— Oh ! dis-je, en riant, je suis bien trop garçon pour lui ! »

Mon cousin l'Oncle, qui nous a suivis à la table à thé, me scrute d'un regard vif, mais j'ai l'air d'une si bonne petite fille !

« Trop garçon pour lui ? Non, vraiment non », module-t-il avec un rien de gouaillerie.

Marcel tripote si maladroitement une petite cuiller de vermeil qu'il vient d'en tordre le manche. Il lève ses gracieuses épaules et s'en va de son joli pas tranquille, refermant derrière lui la porte de la salle à manger. La mère Barmann s'en va, me lance un « Adieu, petite ! » très ridicule, et croise une vieille dame à bandeaux blancs, pareille à un tas de vieilles dames, qui s'assied en deux fois et refuse du thé. Veine !

Mon cousin l'Oncle, qui a reconduit la chouette jusqu'à la porte, revient à la table à thé, me demande du thé, exige de la crème, plus que ça, deux sucres, une sandwich[2], pas celle du dessus parce qu'elle a dû sécher, et quoi encore ? Mais nos deux gourmandises se comprennent[1] et je ne m'impatiente pas. Il m'eﬆ sympathique, ce cousin l'Oncle. Je voudrais bien savoir ce qu'il y a entre lui et Marcel. Il a l'air d'y songer, et, tout en trempant un bon petit sablé, il m'interroge à demi-voix :

« Mon fils vous avait parlé de moi ? »

Pitié-malheur ! Quoi faire ? Quoi dire ? Je laisse tomber ma cuiller pour me donner du temps, comme à l'école mon porte-plume, et je réponds enfin :

« Non, du moins je ne m'en souviens pas. »

Ça n'eﬆ pas autrement fort, mais quoi ? Il n'a pas l'air étonné. Il mange. Il mange proprement. Il n'eﬆ pas vieux. C'eﬆ un père encore jeune. Son nez m'amuse, un peu courbe avec des narines qui remuent. Sous des cils très noirs, ses yeux luisent gris-bleu foncé. Il n'a pas de vilaines oreilles pour un homme. Ses cheveux blanchissent aux tempes et floconnent. À Montigny, il y avait un beau chien cendré qui avait le poil de cette couleur-là. Pouf ! il lève si brusquement les yeux qu'il me surprend en train de le regarder.

« Vous me trouvez laid ?

— Non, mon oncle, pas du tout.

— Pas si beau que Marcel, hein ?

— Ah ! pour ça, non, par exemple ! Il n'y a pas de garçon aussi joli que lui ; et même très peu de femmes qui en approchent.

— Très juﬆe ! Mon orgueil de père eﬆ flatté... Il n'eﬆ pas très liant, mon fils, n'eﬆ-ce pas ?

— Mais si ! Il eﬆ venu me voir tout seul, avant-hier à la maison, et nous avons beaucoup bavardé. Il eﬆ bien mieux élevé que moi.

— Que moi aussi. Mais vous m'étonnez en disant qu'il vous a déjà fait visite. Vous m'étonnez énormément. C'eﬆ une conquête. Je voudrais bien que vous me présent... assiez à votre père, ma cousine. La famille ! Moi j'ai le culte de la famille, d'abord. Je suis un pilier des vieilles traditions...

— Et des champs de courses...

— Oh ! mais c'eﬆ que c'eﬆ vrai, que vous êtes très mal élevée ! Quand puis-je trouver votre père ?

— Le matin, il ne sort guère. L'après-midi, il va voir des gens décorés et remuer de la poussière dans des bibliothèques. Mais pas tous les jours. D'ailleurs, si vous voulez vraiment venir, je lui dirai de rester. Il m'obéit encore assez bien pour les petites choses.

— Ah ! les petites choses ! Il n'y a que celles-là ; elles tiennent toute la place et il n'en reste plus pour les grandes. Voyons... qu'est-ce que vous avez vu à Paris, déjà ?

— Le Luxembourg et les grands magasins.

— C'est très suffisant, en somme. Si je vous menais au concert, dimanche, avec Marcel ? Je crois que les concerts sont assez select, cette année, pour que mon fils consente à s'y risquer quelquefois.

— Les grands concerts ? oh ! oui, je vous remercie ; j'avais bien envie d'y aller, quoique je n'y connaisse pas grand-chose. J'ai si rarement entendu de bons orchestres...

— Bon, c'est convenu. Quoi encore ? vous m'avez l'air d'une petite personne pas difficile à amuser. J'aurais voulu une fille, hélas, je l'aurais si bien élevée à ma façon ! Qu'est-ce que vous aimez ? »

(Je m'illumine.)

« Tant de choses ! Les bananes pourries, les bonbons en chocolat, les bourgeons de tilleul, l'intérieur des queues d'artichaut, le coucou* des arbres fruitiers, les livres nouveaux et les couteaux à beaucoup de lames, et... »

Essoufflée, j'éclate de rire, parce que mon cousin l'Oncle a tiré gravement un carnet de sa poche et note :

« Une seconde de répit, je vous supplie, chère enfant ! Les bonbons en chocolat, les bananes pourries — horreur ! — et l'intérieur d'artichaut c'est un jeu d'enfant, mais, pour les bourgeons de tilleul, et le coucou qui perche sur les arbres fruitiers, exclusivement, je ne connais pas de maisons de dépôts à Paris. Est-ce qu'on peut s'adresser en fabrique ? »

À la bonne heure ! Voilà un monsieur qui sait bien amuser les enfants ! Pourquoi son fils n'a-t-il pas l'air de corder avec lui ? Justement Marcel revient, exhibant une jolie frimousse trop indifférente. Mon cousin l'Oncle se lève, la vieille dame blanche se lève, la jolie

* Sorte de gomme.

Cypriote Van Langendonck se lève ; retraite générale. Ces dames parties, ma tante s'enquiert :

« Ma mignonne, qui donc va vous reconduire chez votre père ? Voulez-vous que ma femme de chambre ?...

— Ou bien moi, grand-mère, propose Marcel gentiment.

— Toi... Oui, mais prends une voiture à l'heure, mon chéri.

— Comment, vous le laissez sortir en voiture, à cette heure-ci ? fait mon cousin l'Oncle, si narquois que tante Cœur s'en aperçoit.

— Mon ami, j'ai charge d'âme. Qui donc s'occupe de cet enfant ? »

Je n'entends pas la suite, je vais mettre mon chapeau et ma veste. Quand je reviens, mon cousin l'Oncle a disparu, et tante Cœur reprend peu à peu son sourire de belle vieille dame qui a couché aux Tuileries[1].

Les adieux, les à bientôt, et la rue froide, après la tiédeur enfermée du salon.

Un fiacre à pneus nous reçoit à la station de la rue Jouffroy ! Je ne suis pas encore blasée sur la joie des pneumatiques, et je l'avoue. Marcel sourit sans rien dire. Tout de suite, j'attaque :

« Il est gentil, votre père.

— Gentil.

— Contenez votre tendresse délirante, ô le plus passionné des fils !

— Qu'est-ce que vous voulez ? Je ne vais pas découvrir papa aujourd'hui, n'est-ce pas ? Il y a dix-sept ans que je le connais. »

(Je me renferme dans une discrétion blessée.)

« Ne boudez pas, Claudine, c'est trop compliqué à expliquer, tout ça.

— Vous avez bien raison, mon ami, ça ne me regarde en aucune façon. Si vous ne le montez pas en épingle, votre père, vous devez avoir vos raisons.

— Assurément, j'en ai. Il a rendu maman très malheureuse.

— Longtemps ?

— Oui... dix-huit mois[2].

— Il la battait ?

— Non, voyons ! Mais il n'était jamais à la maison.

— Et vous, il vous a rendu malheureux ?

— Oh ! ce n'est pas ça. Mais, explique mon "neveu" avec une rage contenue, il sait être si blessant ! Nos deux natures ne sympathisent nullement. »

(Il a lancé ces derniers mots avec un petit ton désabusé et littéraire qui me fait tordre à l'intérieur.)

« Claudine... ! L'autre jour nous en étions restés à la lettre de Luce. Continuez, je le veux ! C'est autrement intéressant qu'un tas de pot-bouille et de linge sale de famille ! »

(Ah ! je retrouve mon Marcel, mon joli Marcel. Aux becs de gaz qui passent, sa figure mince brille et disparaît, et rebrille et s'efface, et toutes les trois secondes je distingue la fossette de son menton têtu et fin. Vibrante, énervée par mon après-midi, par l'obscurité, par les nouvelles figures et le thé trop noir, je musse commodément mes mains froides dans celles de mon « neveu » fiévreusement chaudes. Jusqu'ici je lui ai dit vrai ; aujourd'hui, il s'agit de faire des forgeries, quelque chose de bien. Mentons ! « Mentissons bramant » comme dit Mélie.)

« Alors, j'ai rendu à Luce sa lettre "mincée".

— Déchirée ?

— Oui, mincée à morceaux.

— Qu'est-ce qu'elle a dit ?

— Elle a pleuré sans honte, tout haut.

— Et... ç'a été votre dernier mot ? »

(Silence équivoque, et comme un peu honteux, de Claudine... Marcel tend sa jolie tête avidement.)

« Non... Elle a fait tout pour me fléchir. Quand j'étais *d'eau* — vous comprenez, on montait de l'eau chacune à son tour — elle m'attendait dans le dortoir et laissait descendre les autres pour me parler. Elle menaçait de pleurer tout haut pour m'ennuyer, et m'"aralait" jusqu'à ce que je finisse par la prendre sur mes genoux, moi assise sur son lit. Elle croisait ses petites mains derrière mon cou, cachait sa tête sur mon épaule et me montrait, en face, au fond de la cour, le dortoir des garçons où on les voyait se déshabiller le soir.

— On les voyait se... ?

— Oui, et ils faisaient des signes. Luce riait tout bas dans mon cou, et battait ma jambe de ses talons. Je lui disais : “Lève-toi. ‘Aga’, Mademoiselle qui vient !” Mais elle se jetait brusquement contre moi, et m’embrassait follement...

— ... Follement... répète Marcel en écho, et ses mains se refroidissent lentement dans les miennes.

— Alors je me levais d’un coup, et je la jetais presque par terre. Elle criait tout bas : “méchante ! méchante ! sans cœur !”

— Et puis ?

— Et puis je lui flanquais une de ces taraudées si solides qu’elle en avait les bras bleus et la peau de la tête chaude. Je tape bien, quand je m’y mets. Elle adorait ça. Elle cachait sa figure et se laissait battre, en faisant de grands soupirs... (Les ponts, Marcel, nous arrivons)... de grands soupirs, comme vous à présent.

— Claudine, dit sa voix douce, un peu étranglée, vous ne me direz rien de plus ? Je... j’aime tant ces histoires...

— Je m’en aperçois... Seulement, vous savez les conditions ?

— Chut ! je sais les conditions. Donnant, donnant... Mais, fait-il en avançant tout près ses yeux agrandis, sa bouche rose et sèche, les amitiés chastes, passionnées et toutes de cœur, sont plus difficiles à raconter, je crains d’être bref autant que maladroit...

— Prenez garde ! Vous avez envie de mentir. Je me musèle.

— Non, non, je vous obligerais à parler maintenant !... Nous sommes arrivés. Je descends, je vais sonner. »

La porte ouverte, il reprend mes mains dans ses doigts moites, les serre trop et les baise l’une et l’autre.

« Mes compliments à mon oncle, Claudine. Et mes hommages à Fanchette. Ô Claudine inattendue ! Aurais-je pensé que de Montigny me viendrait tout ce plaisir-là ? »

(Il a bien dit ça.)

À table, mon énervement tombe un peu, pendant que je raconte à papa, qui n’écoute pas, mon après-midi, et mon cousin l’Oncle. Fanchette, la chérie, aune avec son nez le bas de ma jupe pour savoir d’où je viens. Elle a un joli ventre rond qu’elle porte allégrement, et qui ne l’empêche pas de sauter après les papillons de la lampe. J’ai beau lui dire « Fanchette, on ne lève pas les bras quand on eſt enceinte », elle ne m'écoute pas.

Au cheſter[1], papa, que l'Esprit, sans doute, a visité, pousse un grand cri.

« Quoi, papa ? Une nouvelle limace ?

— J'ai trouvé, je sais qui c'eſt ! Tout ça m'était sorti de la mémoire ; quand on s'occupe toute sa vie de choses sérieuses, ces fantaisies-là s'oublient. La pauvre Ida, Marcel, Renaud, voilà ! Trente-six cochons ! La fille de Wilhelmine a épousé très jeune ce Renaud qui n'était pas vieux. Elle l'a embêté, je crois. Tu penses, une fille de Wilhelmine !... Alors, elle a eu un fils, Marcel. Ils n'étaient pas souvent du même avis, après l'enfant. Une petite femme puritaine et susceptible. Elle a dit : "Je retourne chez ma mère." Il a dit : "Je vais vous faire avancer un fiacre." Peu après, elle eſt morte de quelque chose de rapide. Voilà. »

Le soir, avant de me coucher, pendant que Mélie ferme les volets :

« Mélie, j'ai un oncle, à présent. Non, je veux dire, j'ai un cousin et un neveu, tu comprends !

— T'as aussi le vertigo, à c't'heure. Et la chatte, donc ! Depuis qu'elle eſt pleine, elle eſt toujours dans les tiroirs et dans les commodes, à tout cheuiller*.

— Faut lui mettre une corbeille. C'eſt pour bientôt ?

— Pas avant quinze jours.

— Mais je n'ai pas apporté sa corbeille à foin.

— C'eſt malin ! Laisse, j'y achèterai une corbeille à chien, avec un coussin.

— Elle n'en voudra pas. C'eſt trop parisien pour elle.

— Avec ça ! Et le matou d'en dessous, eſt-ce qu'il était trop parisien pour elle ? »

☆

Tante Wilhelmine eſt venue me voir, je n'étais pas là. Elle a causé avec papa, me raconte Mélie, et elle

*Gâcher.

était « hors d'état » de me savoir sortie seule (sans doute elle n'ignore pas que les élèves des Beaux-Arts tiennent beaucoup de place dans le quartier[1]).

J'étais dehors, pour voir des feuilles.

Hélas ! les feuilles vertes ! elles sortent de bonne heure, ici.

Là-bas, c'est tout au plus si les bouchures[2] d'épine se voilent, à longue distance, de ce brouillard vert, et comme suspendu sur leurs branches, que leur tissent les toutes petites feuilles tendres. Au Luxembourg, j'ai voulu manger des pousses d'arbre, comme à Montigny ; mais ici, elles croquent sous la dent, poudrées de charbon. Et jamais, jamais je ne respire plus l'odeur humide des feuilles pourries et des étangs jonceux, ni l'âcreté légère du vent qui a passé sur les bois où cuit le fraisil. *Là-bas*, les premières violettes ont poussé, je les vois ! La bordure, près du mur du jardin, celui qui regarde l'ouest, est fleurie de petites violettes rabougries, laides et chétives, mais d'une odeur souveraine. Que je suis triste ! La tiédeur excessive de ce printemps de Paris, et sa mollesse, font que je ne suis plus qu'une pauvre bête des bois condamnée à la ménagerie. Ils vendent ici, par voiturées, des primevères, et des pâquerettes jaunes, et des jeannettes[3]. Mais les balles de pâquerettes, que je confectionne par habitude, n'amusent que Fanchette qui, demeurée leste malgré son petit bedon tendu, les manie adroitement d'une patte en forme de cuiller. Je suis dans un bien mauvais état d'esprit... Heureusement, mon corps va bien ; je le constate fréquemment, avec complaisance, accroupie dans l'eau chaude de mon cuveau. Tout ça est élastique et souple, long, pas bien gras, mais assez musclé pour ne point sembler trop maigre.

Entretenons la souplesse, quoique je n'aie plus d'arbres pour y grimper. Il s'agit, en équilibre dans mon cuveau sur le pied droit, de me renverser en arrière le plus possible, la jambe gauche levée très haut, le bras droit en balancier, la main gauche sous la nuque. Ça n'a l'air de rien, essayez seulement. Pouf ! Je me suis répandue. Et, comme j'avais négligé de me sécher, mon derrière fait un rond mouillé par terre. (Fanchette, assise sur le lit, me dévisage avec une froideur méprisante, pour ma maladresse, et pour cette manie inconcevable que j'ai de m'asseoir dans l'eau.) Mais je triomphe dans d'autres exercices : les deux pieds posés alternativement sur la nuque, ou le renversement en arc, la tête au niveau des mollets. Mélie m'admire, mais me met en garde contre l'excès de ces gymnastiques :

« Tu vas te "bréger*" le portrait ! »

Je retombe, après ces divertissements intimes, dans l'apathie ou l'énervement ; les mains trop chaudes ou trop froides, les yeux brillants et las, des griffes partout. Je ne dis pas que ma figure de chatte agacée soit laide, il s'en faut même, avec sa calotte de cheveux bouclés. Ce qui me manque, ce qui me manque... je ne le saurai que trop tôt. Et d'ailleurs cela m'humilierait...

Le résultat de tout ceci jusqu'à présent, ç'a été une passion imprévue de Claudine pour Francis Jammes[1], parce que ce poète saugrenu comprend la campagne, les bêtes, les jardins démodés et la gravité des petites choses stupides de la vie.

☆

Mon cousin l'Oncle est venu ce matin voir papa qui, d'abord furibond parce qu'on le dérange, s'humanise tout de suite, parce que ce Renaud a le don de plaire et de désarmer. Au grand jour, il a davantage de cheveux blancs, mais la figure plus jeune que je n'avais vu d'abord, et une nuance d'yeux ardoise assez personnelle. Il a embarqué papa dans la malacologie, et mon noble père ne tarit pas. Épouvantée d'un tel flot de paroles, j'endigue :

« Papa, je veux faire voir Fanchette à mon oncle. »

Et j'emmène mon oncle dans ma chambre, ravie de voir qu'il apprécie le lit-bateau, et la vieille perse, et mon cher vilain petit bureau. Adroitement, il tripote et gratouille le ventre sensible de Fanchette, et lui parle chat d'une ingénieuse façon. Sûr, quoi qu'en dise Marcel, c'est quelqu'un de bien !

« Ma chère petite, une chatte blanche et un fauteuil crapaud sont les animaux indispensables d'une cham-

*Abîmer.

bre de jeune fille. Il n'y manque que le bon roman... non, le voici. Sapristi, c'est *André Tourette*[1]... Quelle drôle d'idée !

— Oh ! vous en verrez d'autres ! Il faudra vous y habituer, je lis tout.

— Tout ? C'est peu. Ne cherchez pas à m'étonner, je trouve surtout cela ridicule.

— Ridicule !... dis-je suffoquée de colère, je me trouve assez grande pour lire à ma guise !

— Tra, la, la ! Assurément votre père, qui est charmant d'ailleurs, est un père pas ordinaire, mais... voilà, voilà, il y a des ignorances que vous pourrez regretter. Mon petit, ajoute-t-il en me voyant près de pleurer, je ne veux pas vous faire de peine. Qu'est-ce qui me prend de moraliser comme ça ? Je suis plus oncle que nature. Ça ne vous empêche pas, vous, d'être la plus jolie et la plus mignonne des nièces, bibliomanie à part. Et vous allez me donner votre menotte en signe de paix. »

Je la donne. Mais j'ai eu de la peine tout d'un coup. J'étais si résolue à trouver cet homme-là absolument gentil !

Il m'a baisé la main. C'est le deuxième homme qui me baise la main. Et je constate des différences : de Marcel, le baiser est un effleurement rapide, si léger, si hâtif, que je ne sais pas si ce sont des lèvres, ou un doigt pressé, qui ont touché ma peau. Quand c'est son père, j'ai le temps de sentir la forme de sa bouche.

Il est parti. Il reviendra dimanche me chercher pour le concert. Il est parti...

Je vous demande un peu ! Un oncle qui avait l'air si peu vieux-jeu ! Est-ce que je l'asticote sur ses habitudes de perdre son argent aux courses, moi ? Il pourrait, à la vérité, me répondre qu'il a cessé d'avoir dix-sept ans et qu'il ne se nomme pas Claudine.

Avec tout ça, je reste toujours sans nouvelles de Luce.

Claudine joue à la dame. Claudine se commande robes sur robes et tourmente la vieille et surannée Poullanx, couturière, ainsi que Mme Abraham Lévi[2], modiste. Mon oncle m'a affirmé qu'à Paris toutes les modistes étaient juives. Celle-ci, quoique de la rive gauche, montre une vivacité de goût assez précieuse ; et puis, ça l'amuse de coiffer ma figure pointue à cheveux bouffants. Avant l'essayage, elle me brosse les cheveux en avant, rudement, fait gonfler les côtés, s'éloigne de deux pas et dit avec ravissement : « Vous voilà tout à fait comme Polaire[1] ! » Moi, j'aime mieux être comme Claudine. Puisque ici les femmes se campent de la verdure sur la tête dès février, je me suis choisi deux chapeaux d'été : un grand noir, capeline en crin et plumes — « ça fait bébé cossu », constate Mme Lévi avec une lippe aimable dans sa moustache brune — et un autre, roux avec du velours noir. Faut que ça aille avec tout. Je n'ai pas, moi, les goûts de la grande Anaïs qui n'était jamais contente quand sa tête ne chavirait pas sous trois kilogrammes de roses.

Et j'élabore encore une autre robe bleue. Je chéris le bleu, non pas pour lui-même, mais pour l'importance qu'il donne au tabac d'Espagne de mes yeux.

Pas de Marcel. Je sens vaguement qu'il me boude. « Boude » est un trop gros mot, mais je flaire un ressentiment sourd. Je me console, puisqu'il pleut, avec les vieux et jeunes bouquins, des Balzac[2] ressassés qui cachent entre leurs feuillets des miettes de goûters anciens... Voilà une mie de gâteau qui vient de Montigny, sens, Fanchette. Bête sans cœur, ça ne lui dit rien, elle écoute les bruits de casseroles de la cuisine !... Papa, la cravate en corde, me caresse la tête en passant. Est-il heureux, cet homme-là, d'avoir trouvé chez les limaces la plénitude de la vie et la divagation féconde et renaissante !... Qui me servira de limace, à moi ?

Une lettre de Claire. Eh ben vrai !

Ma chérie, c'est un grand bonheur que je t'écris. Je me marie dans un mois avec le cher bien-aimé dont je t'ai envoyé la photographie. Il est plus riche que moi ; il n'a pas de peine, mais ça ne fait rien. Je suis si heureuse ! Il aura la surveillance d'une usine au Mexique (! ! !) *et je partirai avec lui. Tu vois bien que la vie, c'est comme dans les romans. Tu riais de moi, autrefois, quand je te le disais. Je veux que tu viennes à mon mariage,* etc., etc., etc.

Suivent des recommencements, et des bavardages de

petite fille qui délire de bonheur. Elle la mérite, toute sa joie, cette enfant confiante et douce, et si honnête ! Cette confiance et cette douceur l'ont, par un hasard merveilleux, mieux protégée que la ruse la plus avertie ; ce n'est pas tout à fait sa faute, mais c'est bien ainsi. Je lui ai répondu, tout de suite, n'importe quoi de gentil et de tendre ; et je reste là, près d'un petit feu de bois — toujours frileuse dès qu'il pleut — à attendre la nuit et le dîner, dans une tristesse et un abattement honteux.

Elle se marie, elle a dix-sept ans. Et moi ?... Oh ! qu'on me rende Montigny, et l'année dernière, et celle d'avant, et ma turbulence fureteuse et indiscrète, qu'on me rende ma tendresse trompée pour la petite Aimée de Mademoiselle, et ma méchanceté voluptueuse pour Luce — car je n'ai personne ici, et même pas l'envie de mal faire !

Qui pourrait croire qu'elle roule des pensées si larmoyantes, cette Claudine en saut de lit, accroupie à l'orientale devant le marbre du foyer, et tout occupée, apparemment, à rôtir le ventre d'une tablette de chocolat que maintiennent debout les branches d'une pincette ? Lorsque la surface exposée au feu mollit, noircit, crépite et se boursoufle, je la soulève en minces lamelles, avec mon petit couteau... Goût exquis, qui participe de l'amande grillée et du gratin à la vanille ! Douceur mélancolique de savourer le chocolat à la pincette tout en se teignant les ongles des pieds en rose avec un petit chiffon trempé dans l'encre rouge de Papa !

Le soleil revenu me montre le ridicule de mes désolations d'hier soir. D'autant plus que Marcel arrive à cinq heures et demie, vif, beau comme... comme Marcel seul, cravaté d'un pongé[1] turquoise amorti qui avive ses lèvres jusqu'au rose de Chine, un rose artificiel de bouche peinte. Dieu ! ce petit sillon entre le nez et la lèvre supérieure, et l'imperceptible duvet qui l'argente ! La panne tout soie, à 15,90 F, n'est pas aussi suave.

« Mon "neveu", que je suis contente ! Vous n'êtes pas choqué que je garde mon petit tablier ?

— Il est charmant, votre petit tablier. Gardez-le, vous me faites penser à... — comment, déjà — à Montigny.

— Je n'ai pas besoin de le garder pour songer à Montigny, moi. Si vous saviez ce que ça fait bobo, quelquefois...

— Oh ! voyons, pas d'attendrissement nostalgique, Claudine ! ça ne vous va pas du tout ! »

Sa légèreté m'est cruelle en ce moment, et je lui lance sans doute un mauvais regard, car il devient souple et charmant :

« Attendez, attendez, Mal du Pays ! Je vais souffler sur vos yeux, et il partira ! »

Avec sa grâce de femme, faite d'aisance et aussi d'une extraordinaire précision de mouvements, il m'a emprisonné la taille et souffle doucement sur mes yeux à demi fermés. Il prolonge le jeu et déclare à la fin :

« Vous sentez... la cannelle, Claudine.

— Pourquoi la cannelle ? dis-je mollement, appuyée à son bras et engourdie de son souffle léger.

— Je ne sais pas. Une odeur chaude, une odeur de sucrerie exotique.

— C'est ça ! Le bazar oriental alors ?

— Non. Un peu la tarte viennoise ; une odeur bonne à manger. Et moi, qu'est-ce que je sens ? » demande-t-il en mettant sa joue veloutée tout près de ma bouche.

« Le foin coupé », dis-je en le flairant. Et comme sa joue ne se retire pas, je l'embrasse doucement, sans appuyer. Mais j'aurais aussi bien embrassé un bouquet, ou une pêche mûre. Il y a des parfums qu'on ne respire bien qu'avec la bouche.

Marcel l'a compris, il me semble. Il ne me rend pas le baiser, et, se retirant avec une moue pour rire :

« Le foin ? C'est une odeur bien simplette... Vous venez au concert demain, hein ?

— Sûrement. Votre père est venu voir papa l'autre matin ; vous ne le saviez pas ?

— Non, fait-il avec indifférence. Je vois pas papa tous les jours... il n'a pas le temps. Et puis je m'en vais, je n'ai qu'une minute. Savez-vous, ingrate petite fille, qui je fais attendre en restant ici ? Charlie ! »

Il éclate d'un rire malicieux et se sauve.

Mais j'apprécie, autant qu'il convient, le prix de cette préférence.

☆

« Papa, je vais au concert tout à l'heure. Dépêche-toi un peu. Je sais bien que les œufs sur le plat, refroidis, sont un mets des dieux, mais, tout de même, hâte-toi.

— Créature inférieure ! déclame papa, en haussant les épaules, toutes les femmes sont égales à la dernière bourrique. Moi, je plane !

— Prends garde, tu vas renverser la carafe du bout de ton aile... N'eſt-ce pas que ma robe va bien.

— Heu... oui. C'eſt un paletot de l'année dernière ?

— Non pas. Tu l'as payée il y a deux jours.

— Oui. Cette maison eſt un gouffre. Ta tante va bien ?

— Mais, elle eſt venue ici. Tu ne l'as pas vue ?

— Non, oui, je ne sais plus ; elle m'embête. Son fils eſt beaucoup mieux qu'elle. Très intelligent ! Des vues sur beaucoup de choses. En malacologie même, il n'eſt pas trop scandaleusement ignare.

— Qui ça ? Marcel ?

— Eh non, pas l'avorton, l'autre, Machin, c'eſt le gendre de Wilhelmine que je veux dire. »

L'avorton, l'avorton ! On lui en fichera, à papa, des avortons comme celui-là ! Non pas que je pense mal du père de Marcel, qui m'attire et me réchauffe, mais enfin...

Sonnette. Mélie se hâte avec lenteur. Mon cousin l'Oncle et mon « neveu » entrent tout reluisants, Marcel surtout, moulé dans des vêtements trop neufs pour mon goût ; le voisinage de son père le diminue un peu.

« Cher monsieur... Comme elle eſt jolie, votre petite, sous ce grand chapeau noir !

— Pas mal, pas mal », fait papa négligemment, en déguisant sa très sincère admiration.

Marcel m'épluche comme d'habitude :

« Mettez donc des suède au lieu de gris perle ; c'eſt plus joli avec le bleu. »

Il a raison. Je change de gants.

Tous trois dans un fiacre fermé, Marcel sur l'affreux ſtrapontin de supplice, nous roulons vers le Châtelet[1]. Comme je trépide à l'intérieur, je ne dis rien et je me tiens sage. Entre l'oncle Renaud et son fils, la conversation ne risque pas de devenir fiévreuse.

« Voulez-vous voir le programme ? le voilà. *La Damnation de Faust* : ce n'est pas une première[1]...

— C'est une première pour moi. »

Sur la place, les sphinx cracheurs de la fontaine du Palmier[2] me rappellent le jeu dégoûtant qui nous passionnait à Montigny : debout sur une même ligne, à cinq ou six petites sales, les joues gonflées d'eau, nous faisions comme les sphinx, et celle qui avait craché le plus loin gagnait une bille ou des noisettes.

Au contrôle, dans l'escalier, mon cousin l'Oncle a déjà salué ou serré la main à des gens. Il doit venir souvent ici.

C'est mal éclairé. Ça sent le crottin. Pourquoi ça sent-il le crottin ? Je le demande tout bas à Marcel qui me répond : « C'est parce qu'on joue *Michel Strogoff*[3] tous les soirs. » L'oncle Renaud nous installe dans des fauteuils de balcon, au premier rang. Un peu froncée d'être si en vue, je regarde farouchement autour de moi, mais on y voit mal en venant du grand jour, et je me sens à mon avantage. C'est égal, il y en a des dames ! Et elles en font un « raffut » ! Ces portes de loges qui claquent, ces chaises remuées — on se croirait à l'église de Montigny, où personne ne s'occupait jamais de ce que l'abbé Millet[4] disait en chaire, ni même à l'autel.

Cette salle du Châtelet est grande, mais banalement laide ; les lumières rougissent dans un halo de poussière. Je vous dis que ça sent le crottin ! Et toutes ces têtes, en bas — noires celles des hommes, fleuries celles des femmes —, si je leur jetais du pain, à ces gens, est-ce qu'ils ouvriraient la bouche pour l'attraper ? Quand donc va-t-on commencer ? Mon cousin l'Oncle, qui me voit tremblante et pâle, me prend la main et la garde entre ses doigts en signe de protection.

Un monsieur barbu, les épaules un peu en « digoinche », s'avance sur la scène, et des applaudissements (déjà !) arrêtent le si désagréable tumulte des bavardages et des instruments qui s'accordent. C'est Colonne[5] lui-même. Il fait *toc-toc* sur son pupitre avec un petit bâton, inspecte ses administrés d'un regard circulaire, et lève le bras.

Aux premiers accords de la *Damnation*, une boule nerveuse me monte de l'estomac à la gorge et reste là, à m'étrangler. Je n'entends presque jamais d'orchestre, et ces archets jouent sur mes nerfs. J'ai une peur folle de pleurer d'agacement[1], je serais si ridicule ! Avec de grands efforts, je triomphe de cette émotion bête, et je retire doucement ma main de celle de mon oncle, pour me ressaisir mieux.

Marcel lorgne partout, et adresse des signes de tête aux galeries d'en haut, où je distingue des feutres mous, des cheveux longs, des visages sans moustaches et des moustaches intransigeantes.

« Là-haut, m'explique tout bas l'Oncle, c'est tout ce qu'il y a de bien. Des anarchistes musiciens, des écrivains qui changeront la face du monde, et même des garçons bien gentils, sans le sou, qui aiment la musique. C'est là-haut aussi qu'on place "celui qui proteste". Il siffle et profère des malédictions absconses ; un municipal le cueille comme une fleur, l'expulse, et le fait rentrer discrètement par une autre porte. Colonne a essayé d'en engager un spécialement pour des prix modiques, mais il y a renoncé. "Celui qui proteste" doit être avant tout un convaincu. »

J'ai envie de rire, à présent, en entendant le Méphistophélès qui détaille les couplets de la puce[2] — si burlesquement prosodiés que Berlioz a dû le faire exprès[3] — oui, j'ai envie de rire parce que ce baryton a une peine infinie à ne pas *jouer* ce qu'il chante. Il se retient tant qu'il peut d'être diabolique, mais il sent sur son front le balancement de la plume fourchue, et ses sourcils dessinent d'eux-mêmes l'accent circonflexe de la tradition.

Jusqu'à l'entracte, j'écoute de toutes mes oreilles inhabiles, peu habituées à discerner les timbres.

« Ça qui chante à l'orchestre, aux instruments à vent, qu'est-ce que c'est, l'Oncle ?

— C'est une flûte dans le grave, je crois bien. Nous demanderons ça à Maugis[4] pendant l'entracte, si vous voulez. »

L'entracte vient trop tôt à mon gré. Je déteste qu'on me rationne et qu'on me coupe un plaisir sans que je l'aie demandé. Tous ces gens qui sortent, où courent-ils si pressés ? Ils ne vont que dans les couloirs, pourtant.

Je me colle au flanc de Marcel, mais c'est l'oncle Renaud qui passe d'autorité son propre bras sous le mien :

« Recueillez-vous, petite fille. Bien qu'on se borne à damner Faust aujourd'hui, sans nouveautés de la jeune École, je peux vous montrer quelques têtes assez connues. Et vos illusions joncheront le sol, telles des couronnes défleuries !

— Oh ! C'est la musique qui vous fait sortir tant d'éloquence ?

— Oui. Au fond, j'ai une âme de jeune fille sous un front de penseur. »

Ses yeux ardoise, indulgents et paresseux, me sourient d'un sourire qui m'apaise et me rend confiante. Son fils est trop tout à tous, en ce moment, et s'en va justement saluer la mère Barmann, qui pérore et décrète dans un groupe d'hommes.

« Fuyons, fuyons, supplie mon oncle épouvanté. Elle va nous citer le dernier aphorisme social[1] de "son illustre ami", si nous traînons dans ses parages !

— Quel illustre ami ? Celui dont elle parlait chez tante Cœur l'autre dimanche ?

— Gréveuille, un académicien très couru qu'elle... subventionne, loge et nourrit. L'hiver dernier, je dînais encore dans cette boîte-là[2], et je suis parti sur cette impression délicate : le grand homme installé devant la cheminée Louis XIII, et présentant au feu, ingénument, ses deux bottines non reboutonnées...

— Pourquoi non reboutonnées ? (Je lui pose la question avec une candeur assez bien imitée.)

— Parbleu, parce qu'il venait de... Claudine, vous êtes insupportable ! Aussi, c'est tout à fait ma faute. Je n'ai pas l'habitude des petites filles, moi. Je suis oncle depuis si peu de temps. Mais j'aurai l'œil désormais.

— Tant pis ! Ça ne sera pas si drôle.

— Chut, petite horreur !... Vous qui lisez *tout*, savez-vous qui est Maugis, que j'aperçois là-bas ?

— Maugis ? Oui, il fait de la critique musicale, des articles mêlés de grossièretés, de calembours, un salmigondis d'afféterie et de lyrisme que je ne comprends pas toujours...

— "D'afféterie et de lyrisme !" Quelle drôle de nièce j'ai là, mon Dieu ! C'est pas mal jugé du tout, vous savez ? Mais je vais avoir un vrai plaisir à vous sortir, mon petit poulet !

— Merci bien ! Si je sais ce que parler veut dire, vous m'aviez donc "sortie" par politesse, aujourd'hui ? »

Nous arrivons sur le Maugis en question ; très animé, il discute d'une voix de gorge qui s'étrangle facilement, et me paraît subir une phase de lyrisme. Je m'approche encore. Sans doute il donne la volée à ses admirations ? Bardadô (comme on dit chez nous quand un enfant tombe...) ! Voici ce que j'entends :

« Non, mais avez-vous savouré ce cochon de trombone aboyant parmi les roses de cette nuit écloses ? Si Faust dort malgré ce potin-là, c'est qu'il a dû lire *Fécondité*[1] avant de se coller au pieu. D'ailleurs, quel fumier, cet orchestre ! Il y a là une pourriture de petit flûtiste qui n'est pas fichu, dans le Ballet sylphilitique[2], de souffler sa note de malheur en même temps que les machins harmoniques des harpes ; si je le tenais, je lui ferais avaler son instrument par le...

— Mon ami, mon ami, module avec douceur l'Oncle dans le dos du convulsionnaire, si vous continuez, vous allez perdre toute modération de termes ! »

Maugis fait virer ses grosses épaules et montre un nez bref, des yeux bleus bombés sous des paupières tombantes, deux grandes moustaches féroces au-dessus d'une bouche enfantine... Encore tout gonflé d'une juste fureur, ses yeux en hublots et son cou congestionné lui donnent l'air d'un petit bœuf quelque peu batracien. (Les leçons d'histoire naturelle de Montigny m'ont profité.) Mais il sourit, maintenant, d'une bouche avenante, et, comme il salue, en montrant un crâne rose, aux dimensions exagérées, je constate que tout le bas de sa figure — menton flou, noyé d'embonpoint, et lèvres puériles — dément sans cesse l'énergie du front vaste et du court nez volontaire[3]. On me présente. Alors :

« Bon vieillard, pourquoi amenez-vous mademoiselle dans ce lieu équivoque ? interroge Maugis. Il fait si beau aux Tuileries avec un bon cerceau... »

(Vexée, je me tais. Et ma dignité amuse beaucoup ces deux hommes.)

« Votre Marcel est ici ? demande le critique à mon oncle.

— Oui, il est venu avec sa tante.

— Hein ? sursaute Maugis. Il s'affiche maintenant avec sa...

— Claudine, explique mon oncle en haussant les épaules, Claudine, que voici, est sa tante. Nous sommes une famille compliquée.

— Ah ! Mademoiselle, vous êtes la tante de Marcel ? Il y a des prédestinations !

— Si vous croyez que vous êtes drôle ! bougonne mon oncle partagé entre l'envie de rire et le désir de grogner.

— On fait ce qu'on peut, réplique l'autre. »

(Qu'est-ce que cela signifie ? Il y a là quelque chose que je n'ai pas compris.)

La jolie Cypriote, Mme Van Langendonck, nous croise, escortée de six hommes qui semblent, tous les six, également épris d'elle, et qu'elle caresse impartialement de ses yeux de gazelle extasiée.

« Quelle délicieuse créature ! N'est-ce pas, l'Oncle ?

— Certes, oui. C'est une de ces femmes qu'il faut avoir à un jour de réception. Elle orne et elle aguiche.

— Et, ajoute Maugis, pendant que les hommes la contemplent, ils oublient de bâfrer tous les pains fourrés.

— Qui saluez-vous là, l'Oncle ?

— Un trio de haute valeur...

— Comme celui de César Franck[1], coupe Maugis. »

L'Oncle continue :

« Trois amis qui ne se quittent jamais ; on les invite ensemble, et on regretterait de les séparer. Ils sont beaux, ils sont propres, et, chose incroyable, parfaitement honnêtes et délicats. L'un compose de la musique, de la musique personnelle et charmante ; le second, celui qui cause avec la princesse de C***, la chante en grand artiste, et le troisième pastellise, adroit, en les écoutant.

— Si j'étais femme, conclut Maugis, je voudrais les épouser tous les trois !

— Comment s'appellent-ils ?

— Vous les entendrez presque toujours nommer ensemble : Baville, Bréda, et della Sugès[2]. »

Mon oncle échange des bonjours en passant avec le

trio, qu'on regarde avec plaisir. Un Valois égaré parmi nous, mince et racé comme un lévrier héraldique, c'est Baville ; un beau garçon sain, avec des yeux bleus cernés et une délicieuse bouche féminine, Bréda, le ténor ; ce grand nonchalant de della Sugès, qui garde un peu d'Orient dans le teint mat et le nez à vive arête, regarde passer les gens, sérieux comme un enfant sage.

« Vous qui êtes un spécialiste, Maugis, désignez un peu à Claudine quelques échantillons notoires...

— ... du Tout-Paris (prononcez "Tout-Pourri"), fait'ment[a]. C'est un joli spectacle à faire voir à une enfant. Tenez, jeune *backfisch*[1], voici d'abord... à tout seigneur tout honneur... le stérilisateur élégant[2] cher à toutes celles qui jamais, oh ! jamais plus, *ovaire more*[3], ne voudront combattre la dépopulation de notre chère patrie... »

(L'Oncle ne peut réprimer un petit geste d'humeur ; il a bien tort : mon gros montreur parle avec une telle volubilité, évidemment voulue, que je n'arrive pas à saisir la moitié de ses plaisanteries ; elles ne dépassent pas sa moustache, et je le regrette, car l'agacement qu'elles procurent à mon oncle me prouve leur raideur.)

À présent, d'un ton plus rassis, Maugis m'énumère d'autres gloires :

« Contemplez, tante enviable de l'enviable Marcel, quelques-uns des critiques que Sainte-Anne[4] nous envie : cette barbe, dont nous allons chanter à la ronde, si vous voulez, que l'eau oxygénée la dore et qu'elle est blonde comme les blés, cette barbe se nomme Bellaigue[5]. Ah ! Le Scudo de la *Revue des Deux Mondes*[6] aurait dû la tourner sept fois dans sa bouche avant de proférer tels blasphèmes antiwagnériens... mais il lui sera beaucoup pardonné parce qu'il a beaucoup aimé *Parsifal*[7], et loué, presque autant que *La Dame blanche*[8], la divine mélodie de la consécration qui, murmurée par des bouches invisibles, passe sur le cénacle noyé d'ombre comme un frisson de tendresse et de mélancolie... »

(Ça y est ! Le voilà piqué de la tarentule mystique ! Heureusement l'accès dure peu.)

« Autre critique[b] : ce petit pas beau...

— Qui vient en rasant les murs ?

— Oui, il rase même les murs, ce tortillé — racine de buis, va ! “Ah ! c’qu’il est carne” avec ses pauvres confrères, le frère !... Quand il n’écrit pas de musique, c’ qu’il en fait courir, de vilains bruits...

— Et quand il écrit de la musique ?

— Il en fait courir de plus vilains encore, alorsss !

— Montrez-moi d’autres critiques, dites ?

— Pouah ! On a des goûts saumâtrement dépravés, en votre patelin, ô princesse lointaine. Non ! Je ne vous montrerai plus d’autres critiques, pour ce que la musicographie française ne compte ici, comme représentants, que les deux bipèdes dont je viens d’avoir l’honneur de vous...

— Mais les autres ?

— Les autres, qui sont au nombre de neuf cent quarante-trois et demi (il y en a un cul-de-jatte), les autres ne s’aventurent jamais dans une salle de concert — d’ailleurs, pour ce que ça leur servirait — et refilent pieusement leurs places aux camelots. Ils vendent leurs arrêts, et même leurs “services[1]” ! Mais laissons ces croquants, et contemplons Mme Roger-Miclos[2] au profil de camée, Clovitz[3] à la face de gorille, Diémer[4] qui recèle dans sa bouche un clavier sans dièzes, l’avocat Dutasby[5] qui n’a pas raté un seul concert Colonne depuis le jour où il a été sevré, et là, tenez, ce couple vomitif (un pion à pellicules et une snobinette d’hystérie wagnérienne) que le Pompier de service, rosse enivrante, dénomma l’autre jour “Trissotin et Iseult”.

— Qui c’est[a], cette belle personne qui ondule dans sa robe ?

— Dalila, Messaline, la future Omphale, la part de l’Autriche.

— Hein ?

— Vous n’avez pas lu ça dans le père Hugo ? “l’Angleterre prit Leygues”... je me demande ce qu’elle a bien pu en fiche... “et l’Autriche : l’Héglon[6] !”

— Et toutes ces dames chic ?

— Rien, moins que rien : Haute noblesse et Haute banque, Gotha et Goldgotha[7], le dessus du panier d’Hozier[8] et du panier à salade. Ça loue des loges par genre — le genre ennuyeux —, c’est musicien comme des putois, et toutes jacassent à couvrir l’orchestre, depuis la marquise de Saint-Fiel[9] qui vient ici à la retape des artistes qu'elle fait fonctionner chez elle, ophtalmiquement[1], jusqu'à la mignonne Suzanne de Lizery, ce Greuze nanti, "la Cruche casée", dite aussi "le nom propre[2]"...

— Parce que ?

— Parce qu'elle n'a pas d'orthographe. »

Me jugeant suffisamment ahurie, Maugis s'éloigne, appelé par un camarade vers les bocks du buffet, bien dus à un gosier que vient de dessécher tant d'éloquence.

J'avise Marcel derrière un pilastre du foyer ; il parle bas et vite à un très jeune homme dont je ne vois que la nuque brune aux cheveux soyeux ; je tire légèrement l'Oncle pour tourner le pilastre et je reconnais les yeux liquides, la figure blanche et noire de certaine photographie, sur la cheminée de la chambre de mon « neveu ».

« Mon oncle, savez-vous le nom du jeune homme qui cause avec Marcel, là, derrière le pilier ? »

(Il se retourne et jure un gros juron dans sa moustache.)

« Parbleu, c'est Charlie Gonzalès... Il est rasta, en outre !

— En outre ?

— Oui, je veux dire... ce n'est pas une camaraderie qui m'enchante pour Marcel... Ce garçon est d'un voyant !... »

Une sonnerie nous rappelle. Marcel nous retrouve aux fauteuils. J'oublie beaucoup de choses pour écouter Mlle Pregi se plaindre, abandonnée, poignante, et l'orchestre m'enserre, l'orchestre où bat à coups sourds le cœur de Marguerite. On bisse l'*Invocation à la Nature*[3] ; Engel[4], impérieux, y agite des cheveux de tempête et remue enfin ce public qui n'écoute guère. « C'est que, m'explique mon oncle, il ne l'a guère entendue que soixante-seize fois, la *Damnation*, ce public-là ! » Marcel, à ma gauche, plisse sa bouche mécontente. Quand son père est là, il a l'air de m'en vouloir.

À travers des tumultes qui me fatiguent, Faust court à l'Abîme — et nous vers la sortie, peu après.

Il fait encore jour dehors, et le soleil bas éblouit.

« Voulez-vous goûter, mes petits ?

— Merci, père, je vous demande la permission de vous quitter, j'ai pris rendez-vous avec des amis.

— *Des* amis ? Ce Charlie Gonzalès, je pense ?

— Charlie et d'autres, répond Marcel d'une voix cassante.

— Va. Seulement, tu sais, ajoute mon oncle plus bas, penché sur son fils, le jour où j'en aurai assez, je ne te l'enverrai pas dire... Tu ne me feras pas deux fois l'histoire du lycée Boileau[1]. »

(Quelle histoire ? Je cuis d'envie de la connaître. Mais, sans répondre, les yeux noirs de rage concentrée, Marcel prend congé et file.)

« Avez-vous faim, mon petit ? » redemande mon oncle. Sa figure désenchantée a vieilli depuis tout à l'heure.

« Non, merci. Je vais rentrer, si vous voulez bien me mettre en voiture.

— Je m'y mettrai même avec vous. Je vous accompagne. »

Comme une grande faveur, je sollicite de monter dans un « pneu[2] » qui passe ; ce roulement ouaté et rebondissant me charme.

Nous ne disons rien. L'Oncle regarde devant lui d'un air embêté et las.

« J'ai des ennuis », me dit-il au bout de dix minutes, répondant à une question que je n'ai pas posée. « Parlez-moi, petite fille, distrayez le vieux monsieur.

— Mon oncle... je voulais vous demander comment vous connaissez ces gens-là, Maugis, les autres...

— Parce que j'ai traîné un peu partout depuis quinze ou vingt ans, et que les relations de journalisme sont faciles ; on ne sait pas à Paris, on[a] se lie vite...

— Je voulais vous demander aussi — mais si c'est indiscret, vous répondrez n'importe quoi — ce que vous faites ordinairement, si... si vous avez un métier, quoi ! J'ai envie de le savoir.

— Si j'ai un métier ? Hélas, oui ! C'est moi qui "fais" la politique extérieure dans *La Revue diplomatique*[3].

— Dans *La Revue diplomatique*... Mais c'est rasant comme tout ! Je veux dire (quelle gaffe, je sens que je m'empourpre), je veux dire que ce sont des articles très sérieux...

— N'arrangez rien ! Ne rabibochez pas ! Vous ne pouvez pas me flatter davantage : cette parole rédemptrice vous sera comptée. Toute ma vie, j'ai été considéré par votre tante Wilhelmine, et par beaucoup d'autres, comme un individu méprisable qui s'amuse et qui amuse ses amis. Depuis dix ans, je me venge en embêtant mes contemporains. Et je les embête de la façon qu'ils préfèrent, je suis documenté, je suis poncif, je suis pessimiste et geignard !... Je rachète, Claudine, je remonte dans ma propre estime, j'ai pondu vingt-quatre articles, vingt-quatre, deux douzaines, sur le coup de la dépêche d'Ems, je m'intéresse présentement, trois fois par semaine, depuis six mois, à la politique russe en Mandchourie[1], et de la sorte je me procure l'utile numéraire.

— C'est inouï ! Je suis confondue !

— Maintenant, pourquoi je vous raconte tout ça, c'est une autre affaire. Je crois que vous cachez, sous l'ambition folle de sembler une grande personne à qui on n'en remontre pas, une âme enthousiaste et violente de fillette solitaire. Je ne m'épanche guère, vous l'avez vu, avec ce petit malheureux de Marcel, et j'ai des trop-pleins de paternité. Voilà pourquoi votre oncle n'est pas muet. »

(Le cher homme ! J'ai envie de pleurer. La musique, l'énervement... quelque chose d'autre aussi. C'est un père comme lui qui me manque. Oh ! je ne veux pas dire de mal du mien ; ce n'est pas de sa faute s'il est un peu spécial... Mais celui-ci, je l'aurais adoré ! Avec l'embarras que j'éprouve toujours à montrer ce qui peut se trouver de bon en moi, je me risque...)

« Vous savez, je serais peut-être un très passable déversoir, moi...

— Je m'en doute bien, je m'en doute bien. (Ses deux grands bras se ferment sur mes épaules, et il rit pour ne pas s'attendrir.) Je voudrais qu'on vous fît des misères pour que vous puissiez venir me les conter... »

(Je reste appuyée contre son épaule, les pneus font ronron sur le mauvais pavé qui longe les quais, et le grelot éveille en moi des idées romantiques de nuit et de chaise de poste.)

« Claudine, que faisiez-vous à Montigny à cette heure-ci ? »

(Je tressaille ; je ne songeais pas du tout à Montigny.)

« À cette heure-ci... Mademoiselle frappait dans ses mains pour la rentrée du cours du soir. Pendant une heure et demie, jusqu'à six heures, on s'abîmait les yeux à lire les leçons dans le crépuscule, ou pis encore, à la lumière de deux lampes à pétrole suspendues trop haut. Anaïs mangeait de la mine de plomb, de la craie ou du bois de sapin, et Luce me mendiait, avec des yeux de chatte, mes pastilles de menthe trop poivrées... Ça sentait le balayage de quatre heures, la poussière arrosée, l'encre et la petite fille mal lavée...

— Si mal lavée ? Diable ! Cette hydrophobie n'avait point d'autre exception que vous ?

— Si, évidemment ; Anaïs et Luce m'ont toujours eu l'air assez propres ; mais les autres, je les connaissais moins, et, dame, les cheveux bien lissés, les bas tirés et les chemisettes blanches, ça ne veut quelquefois rien dire, vous savez !

— Dieu, si je le sais ! Je ne peux malheureusement pas vous dire à quel point je le sais.

— Les autres élèves n'avaient pas, pour la plupart, les mêmes idées que moi sur ce qui est sale et propre. Tenez, Célénie Nauphely[1], par exemple...

— Ah ! ah ! voyons ce que faisait Célénie Nauphely !

— Eh bien, Célénie Nauphely, elle se levait debout — une grande fille de quatorze ans — à trois heures et demie, une demi-heure avant la sortie, et elle disait à voix haute, d'un air pénétré et important : "Mademoiselle, si vous plaît que je m'en âlle, il faut que j'âlle téter ma sœur."

— Miséricorde ! téter sa sœur ?

— Oui, figurez-vous que sa sœur mariée, qui sevrait un enfant, avait trop de lait, et que ses seins lui faisaient mal. Alors, deux fois par jour, Célénie la tétait pour la soulager. Elle prétendait qu'elle recrachait le lait, mais c'est égal, elle devait en avaler malgré elle. Eh bien, les gobettes l'entouraient d'une considération envieuse, cette nourrissonne. Moi, la première fois que je l'ai entendue raconter ça, je n'ai pas pu goûter. Ça ne vous fait rien, à vous ?

— N'insistez pas davantage, ou je crois, qu'en effet, ça me fera quelque chose. Vous m'ouvrez d'étranges horizons sur les institutions du Fresnois, Claudine !

— Et Héloïse Basseline, qui trouve un soir Claire, ma sœur de lait, les pieds dans l'eau ! "Tiens, qu'elle lui fait, t'es pas folle ? Nous ne sommes pas samedi soir pour te beûgner les pieds ! — Mais, répond Claire, je les lave tous les soirs." Là-dessus, Héloïse Basseline part en haussant les épaules et en disant : "Ma chère, à seize ans tu as déjà des manies ridicules de vieille fille !"

— Dieu du ciel !

— Oh ! je vous en dirais bien d'autres, mais les convenances s'y opposent.

— Bah ! un vieil oncle !

— Non, tout de même, je ne veux pas... Tiens, à propos, ma sœur de lait se marie.

— La laveuse de pieds ? À dix-sept ans ? Elle est toquée !

— Tiens, pourquoi donc ? dis-je cabrée. À dix-sept ans, on n'est plus une gobette ! Moi, je pourrais très bien me marier aussi !

— Et avec qui ? »

Prise au dépourvu, je me mets à rire :

« Ah ! ça, c'est autre chose. L'élu se fait attendre. On ne se rue pas, jusqu'à présent. Ma beauté ne fait pas encore assez de bruit par le monde. »

L'oncle Renaud soupire en s'adossant au fond de la voiture :

« Hélas ! vous n'êtes pas assez laide, vous ne resterez pas longtemps pour compte. Un monsieur s'éprendra de cette silhouette souple et du mystère de ces yeux allongés... et je n'aurai plus de nièce, et vous aurez bien tort.

— Alors, il ne faut pas me marier ?

— Ne croyez pas, Claudine, que j'exige de vous un tel dévouement avunculaire. Mais, au moins, je vous en prie, n'épousez pas n'importe qui.

— Choisissez-moi vous-même un mari de tout repos.

— Comptez là-dessus !

— Pourquoi ? Vous êtes si gentil pour moi !

— Parce que je n'aime pas qu'on mange sous mon nez de trop bons gâteaux... Descendez, mon petit, nous arrivons. »

(Ce qu'il vient de dire là, c'est meilleur que tous les autres compliments, je ne l'oublierai pas.)

Mélie nous ouvre, un sein dans la main, et je trouve, dans le trou à livres, papa en grande conférence avec M. Maria. Ce savant poilu, que j'oublie facilement, passe ici une heure presque tous les matins, je le vois peu.

Quand l'oncle Renaud eſt parti, papa m'annonce solennellement :

« Mon enfant, je dois te faire part d'une heureuse nouvelle. »

(Qu'eſt-ce qu'il a encore inventé de néfaſte, bon Dieu !)

« M. Maria veut bien me servir de secrétaire et m'aider dans mes travaux. »

(Quel bonheur, ce n'eſt que ça ! Soulagée, je tends la main à M. Maria.)

« Mais je suis très heureuse, monsieur, je suis certaine que votre collaboration doit rendre à papa d'énormes services. »

Je ne lui en ai jamais tant dit, à cet homme timide, et il se réfugie derrière sa forêt de cheveux, de barbe, de cils, sans réussir à cacher sa confusion. Je soupçonne cet honnête garçon de nourrir pour moi, à peu de frais, ce que Maugis appellerait un « béguin ». Ça ne me gêne pas. En voilà un qui ne songera pas à me manquer de respect !

Encore une lettre de Claire, qui radote son bonheur. « Comme tu dois t'amuser », me dit-elle, pour avoir l'air de penser à moi. M'amuser ? Peuh !... Ce n'eſt pas que je m'ennuie, mais je ne suis pas contente. N'allez pas croire que je sois amoureuse de Marcel. Non. Il m'inspire de la défiance, de l'intérêt, un peu de tendresse méprisante, et, physiquement, l'envie de le toucher. C'eſt ça. J'ai tout le temps l'envie de le peigner, de caresser ses joues, de lui tirer les oreilles, de lui *décoller* un peu les ongles comme à Luce, et, comme je faisais avec elle, d'approcher un de mes yeux d'un de ses yeux, cils contre cils, pour voir fantaſtiquement remuer les zébrures bleues de ses pupilles. Tout de même, quand on y pense bien, il ressemble un peu à son père, diminué. Oh oui, diminué !

Et toujours rien de Luce. C'eſt bizarre, si longtemps, ce silence !

J'ai un coſtume tailleur, après deux essayages à *New*

Britannia[1] avec Marcel, deux séances à mourir de rire, bien que j'aie tenu mon sérieux comme une vraie dame. Mon « neveu » fut admirable. Installé à trois pas sur une chaise, dans une des petites cabines de glaces, il a fait viôner* la jupière Léone et M. Rey, le coupeur, avec une désinvolture que j'admire : « La pince des hanches un peu plus en arrière, vous ne trouvez pas, mademoiselle ? Pas trop longue, la jupe ; à ras de terre, c'est très suffisant pour trotter, et d'ailleurs mademoiselle ne sait pas encore marcher en jupes très longues... (Regard enfiellé de Claudine qui ne dit rien...) Oui, la manche tombe bien. Deux petites poches en croissant à la veste, pour les pouces quand on a les mains vides... Claudine, pour Dieu, deux secondes d'immobilité ! Fanchette remuerait moins que vous. » La jupière, médusée, ne savait que penser. Elle regardait en dessous à quatre pattes sur le tapis, et se demandait visiblement : « C'est pas son frère, puisqu'il ne la tutoie pas, mais c'est-y un gigolo ? » Et quand après le dernier essayage, « l'essayage fini », nous sommes partis ensemble, Claudine raide dans sa chemisette à col blanc, sous son canotier qui dompte mal les cheveux courts, Marcel m'a dit, avec un œil de côté :

« Je sais bien de quoi vous avez l'air, Claudine, mais je garde mon opinion pour moi.

— Pourquoi ? Vous pouvez y aller, maintenant que vous avez dit ça.

— Non pas ! Le respect, le sentiment de la famille !... Mais ce col empesé et ces cheveux bouclés court, et cette jupe plate, ah ! là, là ! Papa est capable d'en froncer le nez. »

(Je demande, déjà inquiète :)

« Vous croyez qu'il n'aimera pas ça ?

— Bah ! il s'y fera. Papa n'est pas un saint, sous ces airs de défenseur de la morale outragée.

— Dieu merci, non, pas un saint. Mais il a du goût.

— Moi aussi, j'ai du goût ! fait Marcel pincé.

— Vous, vous avez surtout... des goûts, et pas ordinaires. »

Il rit, du bout des lèvres, pendant que nous montons

* Tourner comme une toupie.

le triste escalier de la rue Jacob. Mon « neveu » veut bien goûter avec moi, dans ma chambre, où j'installe sur nos genoux du rahatlukum, des bananes trop avancées, et des grogs froids avec des gâteaux salés. Il fait chaud, dehors, et frais dans ma chambre sombre. Je vais risquer quelque chose que je retiens depuis plusieurs jours :

« Marcel, qu'est-ce que c'est que l'histoire du lycée Boileau ? »

Accoudé au bras du fauteuil crapaud, en train de grignoter un gâteau salé au bout de ses doigts fins, il se retourne comme un lézard et me dévisage. Les joues enflammées, les sourcils serrés, avec sa bouche ouverte et surprise, quel beau petit dieu irrité ! « Petit comme *une* ail », mais si beau !

« Ah ! vous avez entendu ça ? Mes compliments, vous avez l'oreille bonne. Je pourrais vous répondre que... ça ne vous regarde pas...

— Oui ; mais je suis trop gentille pour que vous me répondiez d'une si vilaine façon.

— L'histoire du lycée Boileau ? Une pure infamie, et que je n'oublierai pas, tant que je vivrai ! Mon père... ça vous apprendra peut-être à le connaître mieux, vous qui le gobez. Il m'a fait là quelque chose... »

(C'est inouï ce qu'il a l'air « chetit », ce petit ! Toute ma curiosité bouillonne.)

« Dites-moi l'histoire, je vous en prie.

— Eh bien... Vous savez, Charlie ?

— Si je sais !

— Voilà. Quand je suis entré comme externe au lycée Boileau, Charlie devait en sortir l'année suivante. Tous ces garçons mal tenus, avec des poignets rouges et des cols sales, m'ont écœuré ! Lui seul... J'ai eu cette impression qu'il me ressemblait, à peine plus âgé ! Il m'a longtemps regardé sans me parler, et puis, à propos de rien, nous nous sommes rapprochés, on ne résiste guère à l'attirance de ces yeux-là... J'étais obsédé de lui, sans oser le lui dire, il était — je dois le croire, chuchote Marcel en baissant les cils — obsédé de moi, puisque...

— Il vous l'a dit ?

— Non, il me l'a écrit. Hélas !... Mais attendez. J'ai répondu, avec quelle reconnaissance ! Et depuis, nous nous sommes vus hors du collège, chez grand-mère, ailleurs... Il m'a fait connaître et aimer mille choses que j'ignorais...

— Mille !

— Oh ! ne vous pressez pas de croire à des *Luceries*, proteste Marcel en étendant la main. Des échanges de pensées, de livres annotés, de menus souvenirs...

— Pensionnaire, va !

— Pensionnaire, si vous voulez. Et surtout cette correspondance exquise, presque quotidienne, jusqu'au jour...

— Ah ! voilà ce que je craignais !

— Oui. Papa m'a volé une lettre.

— *Volé* est vif.

— Enfin, il dit qu'il l'a ramassée par terre. Un moins malveillant que lui aurait peut-être deviné tout ce que ces tendresses écrites contenaient de... de littérature pure. Mais lui ! Il est entré dans une fureur de brute — ah ! quand j'y songe, je crois que je lui ferais tout le mal qu'on peut faire — il m'a giflé, vous entendez, giflé ! Et il est[a] allé, là-dessus, faire, comme il le disait, du "pétard" au collège.

— D'où l'on vous a... prié de sortir ?

— Si ce n'était que ça. Non, c'est Charlie qu'on a chassé. On a osé ! Sinon, papa aurait probablement fait du "pétard" dans ses sales journaux. Il en est bien capable. »

Avide, j'écoute et j'admire. Ses joues rouges, ses yeux bleus qui noircissent, et cette bouche qui palpite, les coins tirés, peut-être, par une envie de pleurer — je ne verrai jamais de fille aussi belle que lui !

« La lettre, votre père l'a gardée, naturellement ? »

Il rit pointu :

« Il aurait bien voulu ! Mais, moi aussi, je suis adroit, je l'ai reprise, avec une clef qui ouvrait son tiroir.

— Oh ! montrez-la-moi, je vous en supplie ! »

Avec un geste instinctif vers sa poche de poitrine, il répond :

« J'en serais bien empêché, ma chère, je ne l'ai pas sur moi.

— Je suis tout à fait certaine que vous l'avez, au contraire ; Marcel, mon joli Marcel, ce serait mal reconnaître la confiance, la belle confiance de votre amie Claudine ! »

J'avance sur lui des mains insidieuses, et je fais mes yeux aussi câlins que je puis.

« Petite fouineuse ! Vous n'allez pas me la prendre de force ? A-t-on jamais vu ! Là, laissez, Claudine, vous allez me casser un ongle. Oui, on va vous la montrer. Mais vous l'oublierez ?

— Sur la tête de Luce ! »

Il tire un porte-cartes féminin, vert empire, en extrait un papier pelure soigneusement plié, griffonné d'une écriture minuscule.

Savourons la littérature de Charlie Gonzalès :

Mon chéri,

Je vais rechercher ce conte d'Auerbach[1]*, et je t'en traduirai les passages où est décrite l'amitié amoureuse des deux enfants. Je sais l'allemand comme le français, cette version n'aura donc pour moi aucune difficulté, et je le regrette presque, car il m'aurait été doux d'éprouver quelque peine pour toi, mon seul aimé.*

Oh ! oui, seul ! mon seul aimé, mon seul adoré ! Et dire que ta jalousie toujours en éveil vient encore de tiquer ! Ne dis pas non, je sais lire à travers tes lignes, comme je sais lire au fond de tes yeux, et je ne puis me méprendre à la petite phrase énervée de ta lettre sur « le nouvel ami aux boucles trop noires dont la conversation m'absorbait si fort à la sortie de quatre heures ».

Ce prétendu nouvel ami, je le connais à peine ; ce garçonnet « aux boucles trop noires » (pourquoi trop *?) est un Florentin, Giuseppe Bocci, que ses parents ont installé pensionnaire chez B***, le fameux prof. de philo (qui en est*[2]*, comme tu le sais, comme nous le savons tous), pour le soustraire*[a] *à la dépravation des camaraderies scolaires ; il y a des parents qui ont vraiment du nez ! Cet enfant me parlait d'une amusante étude psychologique consacrée par un de ses compatriotes aux* Amicizie di Collegio *que ce Krafft-Ebing*[3] *transalpin définit, paraît-il, « un mimétisme de l'instinct passionnel », car, italiens, allemands ou français, ces matérialistes manifestent, tous, la plus écœurante morticolore*[4] *imbécillité.*

Comme la brochure contient d'amusantes observations, Giuseppe me la prêtera ; je la lui ai demandée... pour qui ?... Pour toi, bien entendu, pour toi qui m'en récompenses par cet inique soupçon, vilaine Marcelinette chérie ! Reconnais-tu[b] *ton injustice ? Alors, embrasse-moi. Ne la reconnais-tu pas ? En ce cas, c'est moi qui t'embrasse.*

Que de bouquins on a fabriqués, déjà, traitant plus ou moins maladroitement de cette question attirante et complexe entre tou-

tes !... « Et j'ai lu tous ces livres », c'est pourquoi ma chair est triste, hélas[1] *! sauf quand ton souvenir aguicheur la vient ensoleiller.*

Pour me retremper[a] *dans ma foi et ma religion sexuelle, j'ai relu les brûlants sonnets de Shakespeare au comte de Pembroke*[2]*, ceux, non moins idolâtres, de Michel-Ange à Cavalieri*[3] *; je me suis fortifié en reprenant des passages de Montaigne, de Tennyson, de Wagner, de Walt Whitmann et de Carpenter*[4]*...*

C'est drôle ! Je jurerais que j'ai déjà lu quelque part cette liste d'auteurs un peu spéciaux !

J'ai évoqué les jeunes gens du banquet de Platon, les amants du bataillon sacré de Thèbes, Achille et Patrocle, Damon et Pythias[5]*, Chariton*[6]*...*

Il me rase, j'en passe ! C'est pas Dieu possible ! Il faut qu'il ait recopié le *Dictionnaire des messieurs qui ne se sont pas ruinés avec les femmes !*

J'ai communié en toutes ces généreuses passions viriles de l'Antiquité et de la Renaissance qu'on nous vante cuistreusement...

Ah ! ah ! Je te tiens ! « Cuistreusement » m'illumine ! Le séduisant Charlie a tout bonnement transcrit une page d'*Escal-Vigor*[7] ; ce jeune arriviste sait jouer d'Eckhoud[8], dirait Maugis. Pas de danger que j'en prévienne sa petite Marcelle, c'est bien plus drôle comme ça... La fin m'a l'air plus personnelle :

Mon svelte enfant[b] *chéri, mon Tanagra tiède et souple, je baise tes yeux qui palpitent, je baise tes lèvres parfumées avec le regret unique, mais lancinant, de ne les pouvoir toucher d'une bouche, comme la tienne, immaculée. Mais tu le sais*[c]*, tout ce passé malsain que je t'ai sacrifié sans hésitation, tout ce passé de curiosités avilissantes, à présent détestées, me semble aujourd'hui un cauchemar douloureux et lointain. Ta tendresse seule demeure, et m'exalte, et m'incendie...*

Zut ! Il me reste juste un quart d'heure pour étudier « le Conceptualisme d'Abélard ». Ses conceptions devaient être d'un ordre particulier, à cet amputé[9]*.*

À toi, corps et âme, Marcelinette,

TON CHARLIE[d]

C'eſt fini. Qu'eſt-ce que je dois dire ? Je suis un peu intimidée par ces hiſtoires de garçons, de gobettes en culottes qui se « bichent », comme disait Luce. Ça ne m'étonne pas[a] du tout que le père de « Marcelinette » ait *tiqué,* lui aussi... Oh ! je sais bien, je sais très bien que mon neveu eſt tout à fait ragoûtant, et même pis. Mais l'autre ? Marcel l'embrasse, il l'embrasse ce Charlie phraseur et plagiaire, malgré la petite mouſtache noire ? Et puis leurs cols de chemise doivent les gêner, parce que, quand on s'embrasse comme ça, il faut nécessairement que l'un des deux ait la tête renversée. J'entends la grande Anaïs me répondre : « Nigaude, bien sûr que non que leurs cols de chemise ne peuvent pas les gêner. » Mais Anaïs eſt une horreur. Marcel ne doit pas être vilain[b], quand on l'embrasse. Je le regarde en dessous avant de rendre la lettre ; il ne pense pas du tout à moi, ne songe pas à me demander mon opinion ; le menton appuyé dans sa main, il suit une idée. Sa ressemblance avec mon cousin l'Oncle, évidente à ce moment-là, me gêne brusquement et je lui rends les feuillets.

« Marcel, votre ami écrit plus joliment que Luce ces lettres-là.

— Oui... Mais vous n'êtes pas indignée, enfin, d'une rigueur si ſtupide, châtiant un Charlie si exquis ?

— Indignée, ce n'eſt peut-être pas le mot, mais je suis surprise. Car enfin, il ne saurait y avoir qu'un seul Marcel en ce monde, mais j'imagine que les collèges doivent receler d'autres Charlie.

— D'autres Charlie ! Voyons, Claudine, vous ne le compareriez pas à ces potaches souillés qui...

— Qui quoi ?

— Je vais peut-être vous faire un dessin, n'eſt-ce pas !... Tenez, donnez-moi[c] à boire, et un lukum ; j'en ai chaud de penser à tout cela. »

Il s'éponge d'un petit mouchoir en linon bleu. Comme je lui tends, empressée, un grog froid, il pose son porte-cartes près de lui, sur la table d'osier, et s'adosse, encore fébrile, pour boire à petites gorgées. Il suce un lukum à la rose, mordille une galette salée, et s'absorbe dans le souvenir de son Charlie. Et moi je me demande, mordue par la curiosité, mordue à crier, quelles autres lettres peut bien contenir le porte-cartes vert empire. Je ressens parfois (pas souvent, Dieu merci) de ces laides et violentes convoitises, aussi âpres que des envies de voler. Certes, je m'en rends bien compte, si Marcel me surprend en train de fouiller dans sa correspondance, il aura le droit de me mépriser, et en usera, mais, à cette pensée, le rouge de la honte n'envahit pas mon front, comme il eût été de règle dans toute narration scolaire. Tant pis ! Je pose, négligente, une assiette à gâteaux sur le porte-cartes tentateur. Si ça prend, ça prendra.

« Claudine, dit Marcel qui s'éveille, ma grand-mère vous trouve bien sauvage.

— C'est vrai. Mais je ne sais pas lui parler. Que voulez-vous, je ne la connais pas, moi...

— Ça n'a, d'ailleurs, aucune importance... Dieu ! comme Fanchette se déforme !

— Silence ! ma Fanchette est toujours admirable ! Elle aime beaucoup votre père.

— Ça ne m'étonne pas... il est si sympathique ! »

Il se lève sur ce mot aimable. Il glisse le chiffon de linon dans sa poche gauche... aïe !... non, il n'y pense pas. Qu'il s'en aille, vite ! Je me souviens, une seconde, des billets doux d'Anaïs qu'une semblable crise de curiosité me fit jadis extraire, à demi brûlés, du poêle de l'école*... et je ne sens aucun remords. D'ailleurs, il a blagué son père, c'est un vilain petit garçon !

« Vous partez ? Déjà ?

— Oui, il le faut. Et, je vous assure, ce n'est jamais sans regret. Car vous êtes la confidente rêvée — et si peu femme ! »

On n'est pas plus aimable ! Je le reconduis jusqu'à l'escalier pour m'assurer que la porte, dûment close, l'obligera à sonner s'il remonte.

Vite, au petit porte-cartes ! Il sent bon ; le parfum de Charlie, je suppose.

Dans une pochette, le portrait de Charlie. Un portrait-carte en buste, les épaules nues, la bandelette antique ceignant le front, et cette date « 28 décembre ». Voyons le calendrier : « 28 décembre ; les Saints-Inno-

*Voir *Claudine à l'école*, p. 111 et suiv.

cents. » Vrai, les hasards de l'almanach en ont de bonnes !

Une pincée de petits bleus, écriture longue et prétentieuse, orthographe hâtive : des rendez-vous fixés ou remis. Des tendresses : « Méchant Charlie ! je vous ai attendu rue Lamennais plus d'une heure. Vous serez puni. La chère petite place sous l'oreille, je vous l'interdit (*sic*) trois jours durant... si j'en ai le courage. » Autre billet : « Viens ce soir, j'essayerai pour toi une robe étourdissante, chantilly et paillètes (*sic*), dans laquelle je suis à mourir. » Et ces deux télégrammes sont signés... Jules[a] ! Ah, ça, par exemple, Anaïs en bâillerait d'étonnement. — Avec cette correspondance une photographie de femme ! Qui est-ce ? Une fort jolie créature, mince à l'excès, les hanches fuyantes, décolletée discrètement dans du chantilly pailleté ; les doigts sur les lèvres, elle jette un baiser ; au bas de la carte, la même signature... Jules ! Ça ! un homme ? Voyons, voyons ! J'aiguise mes yeux, je cours chercher la vénérable triloupe de papa, j'examine minutieusement : les poignets de « Jules » paraissent peut-être un peu forts, mais bien moins choquants que ceux de Marie Belhomme, pour ne citer que celle-là ; les hanches ne peuvent pas être masculines, ni ces épaules rondes, et pourtant, pourtant, les muscles du cou, sous l'oreille, me font hésiter davantage. Oui, le cou est bien d'un éphèbe ; je m'en aperçois... maintenant que je le sais. C'est égal[b] !... Continuons nos fouilles :

Sur un papier de cuisinière, en style de cuisinière, voici, orthographiés à la cuisinière, des renseignements obscurs :

Tant qu'à moi, je ne vous conseye pas d'allé rue Traversière[1], *rapport à ce que le Patron fabrique le garçon qui lui dit tout, mais vous ne risquez rien de m'accompagner chez Léon ; c'est une salle aventageuse, près de la Brasserie que je vous ai causé, et vous y vérez des persones qui valent la peine, l'artillieur, des écuilliers de Médrano*[2], *eccetera. Pour ce qui est d'Ernestine et de la Charançonne, ayez l'œil ! Je ne crois pas que Victorine a déjà tiré au sort. Rue Lafite*[3], *Grand mère a dû vous dire que l'Hôtel est sûr vu que le patron en est.*

Comme le « prof. de philo », le patron *en est*. De quoi ? De la police ? Il a besoin d'être de la police pour que son hôtel soit sûr ? Quel drôle de monde[d] ! C'est ce ramassis que Charlie a « sacrifié » à Marcel ! Et il ose s'en faire un titre ! Ce qui m'ahurit par-dessus tout, c'est que mon « neveu » accepte sans dégoût les restes d'une affection où il a traîné des Charançonnes, des artilleurs, « eccœtera »... En revanche, je comprends à merveille que Charlie, écœuré à la fin des Jules trop complaisantes — tout de même, cette photographie invraisemblable ! — ait trouvé adorable la nouveauté d'un enfant qui lui apportait une sentimentalité inédite, avec des scrupules délicieux à vaincre...

Bouac ! ces garçons sont des cochons ! Pis : je trouve stupide ce besoin simultané de mépriser et de parodier la femme. Oh ! je prévois l'objection : « S'il s'agissait de Luce et d'une autre, que penserais-tu, Claudine ? » Elle est idiote, l'objection ! D'abord, parce que, ce que je pense, ça ne vous regarde pas[1] ; ensuite, des petites filles c'est plus joli. — Décidément, ce Charlie[a] me répugne. Mon cousin l'Oncle a eu joliment raison de le faire flanquer à la porte du lycée Boileau... Un garçon brun comme lui, ça doit avoir des poils sur la poitrine...

« Mélie ! Vite, cours chez tante Cœur, prends un fiacre ; c'est pour porter ce petit paquet à Marcel, avec une lettre que je lui écris. Tu ne laisseras pas chez le concierge...

— Une lettre, bonnes gens ! Ben sûr que je la monterai ! T'es une belle fille. Sois tranquille, ma nonore, ça sera remis. Et personne n'y verra que du feu ! »

Je peux m'en fier à elle. Son dévouement s'exalte à la pensée que je vais sauter le pas... Ne la détrompons point. Ça lui fait tant de plaisir.

C'est pourtant vrai que Fanchette devient ridicule à voir ! Elle accepte sa corbeille « parisienne » à la condition que j'y adjoigne un morceau de ma vieille robe de chambre en velours de coton. Elle pétrit ce lambeau énergiquement, y fait ses ongles, le tient au chaud en boule sous elle, ou le lèche en songeant à sa future famille. Ses petites mamelles gonflent et deviennent douloureuses ; elle est possédée d'un besoin fou de câlineries, et de « ferloties », comme on dit à Montigny.

Mélie me rapporte, jubilante, un mot de Marcel, en remerciement du porte-cartes renvoyé. « *Merci, chère, je n'étais pas inquiet* (pardi non !) *sachant le porte-cartes entre vos petites mains, que je baise affectueusement, discrète Claudine.* »

« Discrète Claudine. » Ça peut être aussi bien une ironie qu'une prière de me taire.

Papa travaille avec M. Maria ; c'est-à-dire qu'il exténue le malheureux garçon à bouleverser de fond en comble tous ses bouquins. Il a d'abord cloué, lui-même, à grand renfort de jurons, douze rayons au mur de la bibliothèque, rayons destinés au format in-18 jésus[1]. Une admirable besogne ! Seulement, quand M. Maria, doux, dévoué et poussiéreux, a voulu placer les volumes, il a découvert que papa s'était trompé d'un centimètre dans la distance entre les rayons, et que les livres ne pouvaient pas tenir debout. De sorte qu'il a fallu déclouer toutes ces maudites planches, sauf une. Vous parlez si les « Tonnerre de Dieu », et les « Père Éternel, descends ! » ont marché. Moi, je me tordais devant ce désastre. Et M. Maria, divinement patient, a seulement dit : « Oh ! ce n'est rien, nous espacerons un peu plus les onze rayons. »

Aujourd'hui, j'ai reçu un beau gros sac de chocolats à la crème de chez Leduc[2], oui-da, avec[a] une lettre, de mon cousin l'Oncle : *Ma gentille petite amie, votre vieil oncle se fait aujourd'hui remplacer, vous ne vous en plaindrez pas, par ce sac P. P.C*[3]. *Je voyage huit ou dix jours, pour affaires. À mon retour, si vous voulez bien, nous explorerons d'autres endroits de plaisir mal aérés. Prenez bien soin de Marcel qui — sans rire — gagne à vous fréquenter. Je baise avunculairement vos menottes.*

Oui ? eh bien — sans rire — j'aimerais mieux un oncle et pas de chocolats. Ou bien un oncle et des chocolats. D'ailleurs, ceux-ci sont inimitables. Luce se vendrait pour la moitié du sac. Attends, Fanchette, si tu veux que je te massacre, tu n'as qu'à continuer ! Cette horreur plonge dans le sac ouvert une patte en cuiller, trop adroite ; et pourtant elle n'aura que des moitiés de boules en chocolat, quand j'en aurai retiré la crème avec le gros bout d'une plume neuve.

Je n'ai pas revu Marcel de deux jours. Un peu honteuse de ma paresse à visiter tante Wilhelmine, je pars aujourd'hui sans entrain, quoique vêtue à mon gré. J'aime bien ma jupe tailleur qui colle, et ma chemisette en zéphir bleu lavé qui m'orange la peau. Avant de me donner mon congé, papa énonce avec solennité :

« Dis bien à ma sœur que j'ai du travail par-dessus les yeux, et qu'il ne me reste pas une minute à moi, afin qu'elle n'ait pas l'idée de venir me raser à domicile ! Et si on te manque de respect dans la rue, *malgré* ton jeune âge, fous-leur un bon coup de poing à travers la hure ! »

Munie de ces sages avis, je m'endors dans l'honnête et malodorant Panthéon-Courcelles pendant quarante minutes, pour ne me réveiller qu'au point terminus, place Pereire. Zut ! Je ne la rate pas souvent, cette bêtise-là ! Il me faut revenir à pied avenue de Wagram, où la femme de chambre malveillante considère avec blâme mes cheveux courts, et m'apprend que « Madame vient de sortir ». Veine, veine ! Je ne traîne pas, et je « débigouille » lestement l'escalier sans le secours de l'ascenseur.

Le parc Monceau[1], vert, avec ses pelouses tendres voilées de jets d'arrosage en rideaux vaporeux, m'attire comme quelque chose de bon à manger. Il y a moins d'enfants qu'au Luxembourg. C'est mieux. Mais ces pelouses qu'on balaye comme des parquets ! N'importe, les arbres m'enchantent, et l'humidité chauffée que je respire m'alanguit. Le climat de Paris est ignoblement chaud, tout de même. Ce bruit des feuilles, quelle douce chose !

Je m'assieds sur un banc, mais un vieux monsieur, la moustache et les cheveux vernis au pinceau, m'en déloge, par son insistance à s'asseoir sur le pan de ma jupe et à me frôler du coude. L'ayant traité de « vieille armelle », je m'éloigne d'un pas digne vers un autre banc. Un tout petit télégraphiste, — qu'est-ce qu'il fiche là ? — occupé à driguer* en chassant du pied un caillou plat, s'arrête, me dévisage et crie : « Hou ! que t'es vilaine ! veux-tu bien aller te cacher dans mon pieu ! » Ce n'est pas le désert, évidemment. Ah ! que ne suis-je assise à l'ombre du bois des Fredonnes ! (Ça, c'est un vers moderne[2].) Affalée contre[a] un arbre, sur

* Sauter d'un pied sur l'autre.

une chaise, je m'assoupis, bercée par les jets d'arrosage qui font tambour sur les feuilles larges des ricins.

La chaleur m'écrase, me rend gâteuse, complètement gâteuse. Gentille, cette dame qui trottine, mais les jambes trop courtes ; d'ailleurs, à Paris, les trois quarts des femmes ont le derrière sur les talons. Mon oncle est ridicule de s'en aller au moment où je l'aimais bien. Mon oncle... il a des yeux jeunes malgré son commencement de patte d'oie, et une jolie façon de se pencher vers moi en me parlant. Sa moustache a le ton charmant que prennent les cheveux des blondes qui vieillissent. Il voyage pour affaires ! Pour affaires ou pour autre chose. Mélie, qui a l'œil exercé, m'a répondu, quand je lui ai demandé son impression : « Ton oncle, ma guéline, c'est un bel homme. Un bon arcandier, pour sûr*. »

Il doit « trôler » avec des femmes, cet homme du devoir. C'est du propre !

Cette petite femme qui passe... sa jupe tombe bien. Elle a une démarche... une démarche que je connais. Et cette joue ronde qu'un duvet fin cerne d'une ligne argentée dans la lumière, je la connais aussi... Ce petit nez esquissé, ces pommettes un peu hautes... Mon cœur saute. D'un bond, je suis sur elle, et je crie de toutes mes forces « Luce[1] ! »

C'est invraisemblable, mais c'est bien elle ! Sa poltronnerie me le prouve assez : à mon cri, elle a bravement sauté en arrière et mis son coude sur ses yeux. Mon émotion cède en fou rire nerveux ; je la saisis par les deux bras ; son petit visage aux yeux étroits, tirés vers les tempes, rougit jusqu'aux oreilles, puis pâlit brusquement ; elle soupire enfin :

« Quel bonheur que ce soit toi ! »

Je *la tiens* toujours par les bras, et je n'en finis pas de m'étonner. Comment l'ai-je même reconnue ? Cette toute menue gobette — que j'ai toujours vue en tablier d'escot noir, chaussée de sabots pointus ou de solides souliers à lacets, sans autre chapeau que le capuchon rouge, la natte en semaine et le chignon le dimanche — cette Luce porte un complet tailleur mieux coupé que le mien, drap noir léger à piqûres blanches, une

* Arcandier, travailleur à tout faire.

chemisette rose de Chine, en soie souple, sous son boléro court, et une toque de crin drapé, soulevée d'une botte de roses, qu'elle n'a fichtre pas achetée aux « 4,80[1] » ! Quelques fausses notes qu'on ne remarque pas tout de suite : un corset maladroit, trop raide et pas assez cambré ; les cheveux manquant d'air, trop lisses, et les gants trop étroits. Elle gante du 5 1/2, et, sans doute, se serre dans du 5.

Mais comment expliquer de telles splendeurs ? Y a pas, ma petite amie s'est sûrement jetée dans la lucrative inconduite. Qu'elle est fraîche et jeune, pourtant, sans poudre de riz ni rouge aux lèvres !

En face l'une de l'autre, à nous regarder sans rien dire, nous devons être impossibles. C'est Luce qui parle enfin :

« Oh ! tu as les cheveux coupés !

— Oui ; tu me trouves laide, pas ?

— Non, dit-elle tendrement. Tu ne pourrais pas. Tu as grandi. Tu es gente. Mais tu ne m'aimes plus ? Tu ne m'aimais pas guère déjà ! »

Elle a gardé son accent de Montigny, que j'écoute, charmée, l'oreille tendue à sa voix un peu traînante et douce. Ses yeux verts ont changé dix fois de nuance depuis que je la regarde.

« Il s'agit bien de ça, petite "arnie" ! Pourquoi es-tu ici, et pourquoi si belle, bon sang ? Ton chapeau est délicieux, mets-le un peu plus en avant. Tu n'es pas seule ? Ta sœur est ici ?

— Non, qu'elle n'est pas ici ! répond Luce, souriante avec malice. J'ai tout planté là. C'est long. Je voudrais t'expliquer. C'est une histoire comme dans un roman, tu sais ! »

(Son accent décèle une fierté insondable. Je n'y tiens plus.)

« Mais raconte, mon petit "gouri[2]" ! J'ai toute mon après-midi à moi.

— Chance ! veux-tu venir chez moi, s'il te plaît, Claudine ?

— Oui. Mais à une condition : je n'y trouverai *personne ?*

— Non, personne. Mais viens, viens vite, je demeure rue de Courcelles[3], à trois pas d'ici. »

Les idées en salade, je l'accompagne en la regardant

de côté. Elle ne sait pas bien relever sa jupe longue, et marche la tête un peu en avant, comme quelqu'un qui ne sent pas son chapeau très solide. Oh ! qu'elle était plus touchante et plus personnelle en jupe de laine à la cheville, avec sa natte mi-défaite, et ses pieds fins toujours hors des sabots. Non qu'elle soit enlaidie ! Je constate que sa fraîcheur et la nuance de ses prunelles équivoques produisent de l'effet sur les passants. Elle le sait, elle fait de l'œil, inconsciente et généreuse, à tous les chiens coiffés que nous croisons. Que c'est drôle, mon Dieu, que c'est drôle ! Je piétine dans l'irréel.

« Tu regardes mon ombrelle, dit Luce. Aga la pomme en cristal. Elle a coûté cinquante francs, ma vieille !

— À qui ?

— Attends que je te raconte. Il faut que je te prenne du commencement. »

J'adore ces tournures locales. Contrastant avec le costume chic, l'accent de terroir vous prend un relief[1] ! Je comprends certaines gaietés brusques de mon « neveu » Marcel.

Nous franchissons le seuil d'une maison neuve, écrasée de sculptures blanches et de balcons. Un vaste ascenseur nous enlève, tout en glaces, que Luce manie avec un respect craintif.

Chez qui va-t-elle me mener ?

Elle sonne au dernier étage — elle n'a donc pas sa clef ? — et passe vite devant une femme de chambre raide, vêtue à l'anglaise, noire avec un ridicule petit tablier en mousseline blanche, grand comme un costume de nègre, vous savez, ce costume qui se compose d'un menu carré de sparterie, pendu au-dessous du ventre par une ficelle.

Luce ouvre vivement une des portes de l'antichambre ; je la suis, dans un couloir blanc à tapis vert sombre ; elle ouvre une autre porte, s'efface, la referme sur nous et se jette dans mes bras.

« Luce ! veux-tu une tape ? dis-je, retrouvant à grand-peine mon ancienne autorité, car elle me tient ferme et fourre son nez frais dans mon cou, sous l'oreille. Elle relève la tête, et sans desserrer ses bras, avec une ineffable expression d'esclavage heureux :

— Oh ! oui ! bats-moi un peu ! »

Mais je n'ai plus de goût, ou pas encore, à la battre. On ne bourre pas de coups de poing un costume tailleur de quatre cents francs, et ce serait dommage d'aplatir d'une calotte ce joli paquet de roses. Griffer ses petites mains, oui... mais elle a gardé ses gants.

« Claudine !... oh ! tu ne m'aimes plus du tout !

— Je ne peux pas t'aimer comme ça sur commande. Il faut que je sache à qui j'ai affaire, moi ! Cette chemisette ne t'a pas poussé toute seule sur le dos, pas ? Et cet appartement ? "Où suis-je ? Est-ce un prestige, est-ce un rêve enchanté ?" comme chantait la grande Anaïs avec sa voix au verjus.

— C'est ma chambre », répond Luce d'une voix onctueuse. Et s'écartant un peu, elle me laisse à mon admiration.

Trop cossue, mais pas trop bête, sa chambre. Bien tapissier, par exemple ! Du laqué blanc — hélas ! — mais voici des sièges et des panneaux tendus d'un velours amande à dessin coquille, copie d'Utrecht, je pense, qui flatte l'œil et avive le teint. Le lit — ah ! quel lit ! je ne résiste pas à mesurer sa largeur, de mes deux bras étendus... Plus d'un mètre cinquante, madame, plus d'un mètre cinquante, on vous dit, c'est un lit d'au moins trois places. Des beaux rideaux de damas amande, aux deux fenêtres, et une armoire à glace à trois portes, et un petit lustre au plafond (il a l'air idiot, ce petit lustre) et une grande bergère pékinée blanc et jaune près de la cheminée, et quoi encore, mon Dieu !

« Luce ! sont-ce les fruits du déshonneur ? tu sais bien, "les fruits trompeurs qui laissent dans la bouche un goût de cendre" s'il faut en croire notre vieille *Morale en exemples*[1].

— Tu n'as pas vu le plus beau, continue Luce sans répondre. Regarde ! »

Elle ouvre une des portes à petites guirlandes sculptées :

« C'est le cabinet de toilette.

— Merci ; j'aurais pu croire que c'était l'oratoire de Mlle Sergent. »

Dallé de faïence, paroissé de faïence, le cabinet de toilette étincelle, telle Venise, de mille feux (et davantage). Heullà-t-y possible ! Une baignoire pour jeune éléphant, et deux cuvettes profondes comme l'étang des Barres, deux cuvettes renversables. Sur la coiffeuse, de l'écaille blonde pour des sommes folles. Luce se rue sur un bizarre petit banc, soulève comme un dessus de capitonnage bouton d'or qui le couvre, et dit avec simplicité, m'exhibant la cuvette oblongue :

« Il eſt en argent massif.

— Pouah ! Les bords doivent faire froid aux cuisses. Eſt-ce que tes armes sont gravées au fond ? Mais raconte-moi tout, ou je fiche le camp.

— Et c'eſt éclairé à l'électricité. Moi, j'ai toujours peur que ça fasse des accidents, des étincelles, quelque chose qui tue (ma sœur nous a tellement rasées avec ça à Montigny, pendant les leçons de physique !) Alors, *quante* je suis toute seule le soir, j'allume une petite lampe à pétrole. As-tu vu mes chemises ? viens voir mes chemises ! J'en ai six[a] en soie, et le reſte Empire à rubans roses, et les pantalons pareils...

— Des pantalons Empire ? Je crois qu'on n'en faisait pas une consommation effrénée, dans ce temps-là...

— Si-da, à preuve que la lingère me l'a dit, qu'ils sont Empire ! Et puis... »

Sa figure pétille. Elle voltige d'une armoire à l'autre et s'empêtre dans sa jupe longue. Tout d'un coup, elle relève à pleines mains ses jupons qui crissent, et me chuchote, extasiée :

« Claudine, j'ai des bas de soie ! ! ! »

Elle a, en effet, des bas de soie. Ils sont en soie, je puis le conſtater, jusqu'aux cuisses. Ses jambes, je les reconnais bien, les petites merveilles.

« Touche, comme c'eſt doux !

— Je m'en rapporte, je m'en rapporte. Mais je te jure que je m'en vais si tu continues à divaguer sans rien dire !

— Alors on va s'inſtaller. Ici dans le fauteuil, "aploune"-toi. "Acoute" que je baisse le ſtore, faute au soleil.

(Impayables, ses coins de patois. Dans sa chemisette rose et sa jupe impeccable, ça fait opéra-comique.)

« Si on boivait ? J'ai toujours deux bouteilles de vin kola dans mon cabinet de toilette. *Il* dit que ça m'empêchera de tomber anémique.

— *Il !* Il y a un *Il !* Veine, on va tout savoir ! Le portrait du séducteur, tout de suite, amène-le. »

Luce sort et revient un cadre à la main.

« Tiens, le voilà », dit-elle sans entrain.

Hideux, ce portrait-carte représentant un gros homme de soixante ans à peu près, peut-être plus, quasi chauve, l'air abruti, avec des bajoues de chien danois et de gros yeux de veau ! Terrifiée, je regarde ma petite amie, qui considère silencieusement le tapis et remue le bout de son pied.

« Ma vieille, tu vas tout raconter. C'est plus intéressant encore que je ne pensais. »

Assise à mes pieds sur un coussin, dans l'ombre dorée des stores baissés, elle croise ses mains sur mes genoux... Sa coiffure changée me gêne beaucoup ; et puis elle ne devrait pas s'onduler... À mon tour, j'ôte mon canotier et je m'ébroue pour donner de l'air à mes boucles. Luce me sourit :

« Tu es tout-un-tel qu'un gars, Claudine, avec tes cheveux coupés, un joli gars, par exemple. Pourtant non, quand on te regarde, t'as bien une figure de fille, va, de jolie fille !

— Assez ! Raconte ; depuis le petit bout jusqu'à aujourd'hui. Et "applette" un peu, que papa ne me croie pas perdue, écrasée, etc...

— Oui. Donc, quand tu t'es décidée à m'écrire, après ta maladie, *elles* me faisaient déjà toutes les mauvaisetés possibles. Et ci, et ça, et j'étais une oie, et j'étais la caricature de ma sœur, et tout le temps elles m'appelaient par-des-noms.

— Elles sont toujours bien ensemble, ta sœur et la directrice ?

— Pardi, encore plus pires. Ma sœur ne balaye même plus sa chambre. Mademoiselle a pris une petite bonne. Et, pour un oui pour un non, Aimée prétend qu'elle est malade, ne descend pas, et c'est Mademoiselle qui la remplace pour presque toutes les leçons orales. Mieux que ça : un soir, j'ai entendu Mademoiselle, dans le jardin, faire une scène terrible à Aimée à cause d'un nouveau sous-maître. Elle ne se connaissait plus : "Tu en feras tant que je te tuerai", qu'elle disait à Aimée. Et ma sœur se tordait et répondait, en la regardant de côté : "Tu n'oserais pas, tu aurais trop de chagrin après.” Alors Mademoiselle se mettait à “chougner” et la suppliait de ne plus la tourmenter, et Aimée se jetait à son cou et elles remontaient ensemble. Mais c’est pas tant ça, j’y étais habituée. Seulement, ma sœur, je te dis, me traitait comme son chien, et Mademoiselle aussi. Quand j’ai commencé à demander des bas, des chaussures, ma sœur m’a envoyée faire fiche : “Si les pieds de tes bas sont troués, raccommode-les, qu’elle m’a dit ; et puis les jambes sont encore bonnes, tant qu’on ne voit pas les trous c’est comme s’ils n’y étaient pas[a].” Pour les robes, la même chose ; elle a eu le toupet, cette saloperie, de me repasser un vieux corsage qui n’avait plus de dessous de bras. Je pleurais toute la journée d’être si mal arrangée dans mes effets, j’aurais mieux aimé qu’on me batte ! Une fois, j’ai écrit chez nous, y a jamais le sou, tu sais bien. Maman m’a répondu : “Arrange-toi avec ta sœur, tu nous coûtes assez d’argent, notre cochon est crevé de maladie et j’ai eu quinze francs de pharmacie le mois dernier pour ta petite sœur Julie” ; tu sais qu’à la maison c’est misère et compagnie, et si t’as faim, mange ton poing.

— Continue.

— Un jour que j’avais essayé de faire peur à ma sœur, à la fin, elle m’a ri au nez et elle m’a crié : “Si tu ne te trouves pas bien ici, retourne donc chez nous, ça sera un bon débarras, tu garderas les oies.” Ce jour-là, j’ai pas pu dîner, ni dormir. Le lendemain matin, après la classe, en remontant au réfectoire, j’ai trouvé la porte de la chambre d’Aimée entrouverte, et son porte-monnaie sur la cheminée près de la pendule (car elle a une pendule, ma chère, oh ! la sale bête !). J’en ai eu comme un sang glacé. J’ai sauté sur le porte-monnaie, mais elle m’aurait bien fouillée, je ne savais pas où le musser. J’avais encore mon chapeau sur la tête, j’ai mis ma jaquette, je suis descendue aux cabinets, j’ai jeté mon tablier dedans, je suis ressortie sans rencontrer personne (tout le monde était déjà au réfectoire) et j’ai couru prendre, à pied, le train de 11 heures 39 pour Paris. Il allait partir. J’étais moitié morte de courir... »

(Luce s’arrête pour souffler et jouir de son effet. J’avoue que je suis abrutie. Jamais je ne l’aurais crue capable d’un tel coup de tête, cette mauviette.)

« Après ? Vite, mon petit, après ? Combien contenait-il, le porte-monnaie ?

— Vingt-trois francs. Rendue à Paris, il me restait donc neuf francs, j'ai pris des troisièmes, tu penses. Mais, attends ; tout le monde me connaît, à la gare, et le père Racalin m'a demandé : "Où que vous courez comme ça, ma petite compagnie ?" Je lui dis : "Maman est malade, on nous a télégraphié, je m'en vais vite à Sementran[1], ma sœur ne peut pas quitter. — C'est bien tourmentant", qu'il a répondu.

— Mais, arrivée à Paris, qu'est-ce que tu as fait ?

— Je suis sortie de la gare, j'ai marché. J'ai demandé où était la Madeleine.

— Pourquoi ?

— Tu vas voir. Parce que mon oncle — c'est lui, sur le portrait — demeure rue Tronchet, près de la Madeleine.

— Le frère de ta mère ?

— Non, son beau-frère. Il a épousé une femme riche, qui est morte ; il a refait encore "mas" de sous, et, comme de juste, il n'a plus voulu entendre parler de nous qui étions des crève-la-faim. C'est naturel. Je savais son adresse parce que maman, qui guigne l'argent, nous forçait à lui écrire, tous les cinq, au jour de l'an, sur du papier à fleurs. Jamais il ne répondait. Alors j'ai seulement été chez lui pour savoir où coucher.

— "Où coucher" ! Luce, je te vénère... tu es cent fois plus maligne que ta sœur, et que moi aussi.

— Oh ! maligne ?... ce n'est pas le mot. Je tombe là dedans. Je mourais de faim. J'avais le vieux petit corsage d'Aimée et mon chapeau d'uniforme. Et je trouve un appartement *encore* plus beau qu'ici, et un domestique homme qui me dit tout sec : "Qu'est-ce que vous demandez ?" J'avais honte, j'avais envie de pleurer. Je réponds : "Je voudrais voir mon oncle." Sais-tu ce qu'il me dit, cet "arnie"-là ? "Monsieur m'a donné l'ordre de ne recevoir personne de sa famille !" Si c'est pas à tuer ! Je me tourne pour m'en aller, mais je me trouve nez à nez avec un gros monsieur qui rentre. Il en est resté de là ! "Comment vous appelez-vous ? — Luce. — C'est votre mère qui vous envoie ? — Oh ! non, c'est moi toute seule. Ma sœur me rendait si malheureuse que je me suis sauvée de l'école. — De l'école ? Quel âge as-tu donc ? qu'il me dit en me prenant par le bras et en m'emmenant dans la salle à manger. — Dix-sept ans dans quatre mois[1]. — Dix-sept ans ? Vous ne les paraissez pas, loin de là. Quelle drôle d'histoire ! Asseyez-vous, mon enfant, et contez-moi ça". Moi, n'est-ce pas, je lui sors tout, les misères, et Mademoiselle, et Aimée, et les bas troués, et tout, enfin. Il écoutait, il me regardait avec de gros yeux bleus, et il rapprochait sa chaise. Vers la fin, j'étais si fatiguée, je me mets à pleurer ! Voilà un homme qui me prend sur ses genoux, qui m'embrasse, qui me flatte : "Pauvre mignon ! C'est pitoyable, chagriner une si gentille petite fille. Ta sœur tient de sa mère, vois-tu, c'est une peste. A-t-elle de beaux cheveux ! Avec sa natte, on lui donnerait quatorze ans." Et petit à petit voilà qu'il me tripote les épaules, me serre la taille et les hanches, et m'embrasse, toujours en soufflant comme un phoque. Ça me dégoûtait un peu, mais je ne voulais pas le mécontenter, tu comprends.

— Je comprends très bien. La suite ?

— La suite... je ne pourrai pas te la raconter toute.

— Fais la sainte-nitouche ! Tu n'étais pas si bégueule à l'école !

— C'est pas la même chose... *Avant*, il m'a fait dîner avec lui, je mourais de faim. Des bonnes choses, Claudine ! Des "ferloties" partout et du champagne. Je ne savais plus ce que je disais après le dîner. Lui, il était rouge comme un coq, mais il ne perdait pas la carte[2]. Il m'a proposé carrément : "Ma petite Luce, je m'engage à te loger huit jours, à prévenir ta mère — et de façon qu'elle ne jappe pas — et plus tard à te préparer un joli petit avenir. Mais, à une condition : tu feras ce que je voudrai. Tu m'as l'air de ne pas cracher sur les bonnes choses et d'aimer tes aises ; moi aussi. Si tu es toute neuve, tant mieux pour toi, parce qu'alors je serai gentil avec toi. Si tu as déjà traîné avec des garçons, y a rien de fait ! J'ai mes idées et j'y tiens."

— Et puis ?

— Et puis il m'a emmenée dans sa chambre, une belle chambre rouge.

— Et puis ? dis-je avidement.

— Et puis... je ne sais plus, na !

— Veux-tu une tape pour te faire parler ?

— Eh bien, dit Luce en secouant la tête, ce n'est pas si drôle, va...

— Ah ? Est-ce que ça fait vraiment très mal ?

— Pour sûr ! J'ai « huché » de toutes mes forces, et puis sa figure tout contre la mienne me faisait chaud, et puis ses jambes poilues me grattaient... Il soufflait, il soufflait ! Comme je "huchais" trop, il m'a dit d'une voix étranglée : "Si tu ne cries pas, je te colle une montre en or demain." J'ai essayé de ne plus rien dire. Après, j'étais si énervée, je pleurais tout haut. Lui, il m'embrassait les mains et répétait : "Jure-moi que personne d'autre ne t'aura : j'ai trop de chance, j'ai trop de chance !" Mais je n'étais pas bien contente !

— Tu es difficile.

— Et puis, malgré moi, je songeais pendant ce temps-là au viol d'Ossaire[1], tu t'*en* rappelles, ce libraire d'Ossaire, Petitrot, qui avait violé une de ses employées. Nous lisions dans ce temps-là *Le Moniteur du Fresnois* en cachette et nous retenions des phrases par cœur : "Il la jeta sur le lit et s'étendit sur elle... Elle voulut s'échapper, mais il la retint... si brutalement qu'elle en poussa des cris de douleur." Ces souvenirs-là[a], tout de même, ça reparaît mal à propos.

— Pas de littérature, conte la suite.

— La suite ? Dame... Le lendemain matin, de voir ce gros homme dans mon lit, je n'en revenais pas. Il est si laid quand il dort ! Mais il n'a pas été bien méchant jamais, et même, quelquefois, on a de bons moments... »

(Les paupières de Luce, baissées, cachent des yeux hypocrites et renseignés. J'ai envie de la questionner, et en même temps ça me gêne. Étonnée de mon silence, elle me regarde.)

« Ensuite, Luce, va donc !

— Ah ! oui... Ma famille m'a d'abord fait chercher. Mais mon oncle a écrit tout de suite là-bas : "Mon petit mignon, j'ai simplement prévenu ta mère qu'elle nous flanque la paix, si elle tient à voir la couleur de mon argent après ma mort. Pour toi, fais ce que tu voudras. T'as vingt-cinq louis par mois, la pâtée et la couturière, envoie-leur de la braise, ne leur en envoie pas, je m'en fiche ! Moi, pas un rotin !"

— Alors... tu as envoyé de l'argent chez toi ? »

(La figure de Luce devient diabolique.)

« Moi ? Tu ne me connais pas ! Ah ! là, là, ils m'en ont trop fait ! Crever, tu entends, crever, je les verrais tous crever que je n'en boirais pas une goutte de moins ! Ah ! ils ne se sont pas privés de m'en demander de l'argent, et gentiment, avec des bonnes manières. Sais-tu ce que je leur ai répondu ? J'ai pris une feuille de papier blanc, une grande, et j'ai écrit dessus : M...e ! parfaitement ! »

Elle a dit le mot, un mot de cinq lettres.

Debout, elle danse, son joli visage rose tout illuminé de férocité. Je n'en reviens pas...

C'est ça, cette fillette craintive que j'ai connue à l'école, cette pauvre sœur battue par la favorite Aimée, la petite Luce câline qui voulait toujours m'embrasser dans le bûcher ? Si je m'en allais ? Cette gamine et son oncle, c'est trop moderne pour moi. C'est qu'elle les laisserait crever, comme elle dit !

« Vrai, Luce, tu les laisserais...

— Oh ! oui, ma Claudine ! Et puis, ajoute-t-elle, en riant d'un rire pointu, si tu savais, je travaille mon oncle pour qu'il fasse un testament contre eux ! C'est à se tordre ! »

(Évidemment, c'est à se tordre.)

« Alors, tu es tout à fait contente ? »

Elle interrompt sa valse et fait la moue :

« Tout à fait, tout à fait ?... Il y a des épines. Avec mon oncle, il faut encore que je file doux ! Il a une façon de me dire : "Si tu ne veux pas, c'est fini nous deux !" qui me force à marcher...

— Si tu ne veux pas quoi ?

— Rien, un tas de choses, répond-elle, avec un geste déblayeur. Mais aussi il me donne de l'argent que je cache sous une pile de chemises et surtout, oh ! surtout, des bonbons, des pâtisseries, des petits oiseaux à manger. Et, mieux que ça, du champagne à dîner.

— Tous les jours ? Tu te couperoseras, ma chère !

— Tu crois ? Regarde-moi donc... »

(C'est vrai qu'il n'y a pas de fleur plus fraîche. La peau de Luce est une étoffe grand teint : ça ne tache ni à l'eau ni à la boue.)

« Dis-moi, chère madame et amie. Tu reçois ? Tu donnes à dîner ? »

Elle se rembrunit :

« Pas mèche, avec ce vieux jaloux ! Il veut que je ne voie personne. Mais (elle baisse la voix et parle avec un sourire révélateur), mais on peut s'arranger quand même... J'ai revu mon petit ami, Caïn Brunat, tu sais, celui que tu appelais mon "flirt[1]". Il eſt aux Beaux-Arts, il doit devenir un grand artiſte et il fera mon portrait. Si tu savais... dit-elle avec sa volubilité d'oiseau, il eſt vieux, mon oncle, mais il a des idées impossibles. Des fois il me fait mettre à quatre pattes, et courir comme ça dans la chambre. L'air d'un bouloustre* avec son gros ventre, il court après moi, aussi à quatre pattes, et se jette sur moi en criant : "Je suis le fauve !... sauve-toi !... Je suis le taureau !..."

— Quel âge a-t-il ?

— Cinquante-neuf ans, qu'il dit, un peu plus, je crois. »

J'ai mal à la tête, j'ai des courbatures. Cette Luce eſt trop sale. Il faut la voir raconter ces horreurs ! Perchée sur un pied, ses frêles mains étendues, sa taille menue dans un ruban rose à boucle, et ses cheveux doux tirés sur ses tempes transparentes, la jolie petite pensionnaire !

« Luce, pendant que tu es déchaînée, donne-moi des nouvelles de Montigny, je t'en prie ! personne ne me parle plus de là-bas. La grande Anaïs ?

— Normale ; rien de particulier. Elle "eſt" avec une troisième année.

— Une troisième année pas dégoûtée, vrai ! Marie Belhomme et ses mains de sage-femme ? Tu te souviens, Luce, quand elle nous avouait, l'été, qu'elle ne portait pas de pantalon, pour sentir ses cuisses "faire doux en marchant[2]" ?

— Oui, je m'*en* rappelle. Elle eſt demoiselle de magasin. Pas de chance, la pauvre fille !

— Tout le monde ne peut pas avoir ta chance, petite proſtituée !

— Je ne veux pas qu'on m'appelle comme ça, proteſte Luce, choquée.

— Eh bien alors, vierge timide, parlez-moi de Dutertre.

*Caricature grotesque.

— Oh ! ce pauv' docteur, il me faisait beaucoup d'agaceries, les derniers temps...

— Eh bien ? Pourquoi pas ?

— Parce que ma sœur et Mademoiselle l'ont "resoupé" de la belle façon, et que ma sœur m'a dit : "Si ça t'arrive, je t'ôte les yeux !" Il a des embêtements avec sa politique.

— Tant mieux. Lesquels ?

— "Acoute" une histoire. À une séance du conseil municipal, Dutertre s'est fait attraper rapport à la gare du Moustier[1]. Voulait-il pas la faire mettre à deux kilomètres du village, parce que ça aurait été plus commode à M. Corne — tu sais, le propriétaire de ce beau château au bord d'une route — qui lui a donné gros comme ça d'argent !

— Ce toupet !

— Donc, au conseil, Dutertre a essayé d'enlever ça comme une chose toute raisonnable, et les autres ne "mouffaient" guère, quand le Dr Fruitier, un grand vieux, sec, un peu maboule, s'est levé et a traité Dutertre comme le dernier des derniers. Dutertre y a répondu tout fort, trop fort, et Fruitier y a collé sa main sur la figure, en plein conseil !

— Ah ! ah ! je le vois d'ici, le vieux Fruitier ; sa petite main blanche, toute en os, a dû sonner...

— Oui, et Dutertre, hors d'état, se frottait la joue, gesticulait, criait : "Je vous enverrai mes témoins !" Mais l'autre a répondu tranquillement : "On ne se bat pas avec un Dutertre, ne me forcez pas à imprimer pourquoi dans les journaux de la région..." Ça en a été un "raffut" dans le pays, je t'assure !

— Je m'en doute. Mademoiselle a dû en faire une maladie ?

— Elle en serait morte de rage si ma sœur ne l'avait pas consolée ; mais elle en a dit ! Comme elle n'est pas de Montigny, elle n'arrêtait pas : "Sale pays de voleurs et de brigands !" Et ci, et ça...

— Et Dutertre, on le montre au doigt ?

— Lui ! Deux jours après on n'y pensait plus ; il n'a pas perdu ça de son influence. La preuve, c'est qu'à une des dernières séances du conseil, on est venu à parler de l'école, et à dire qu'elle était drôlement tenue. Tu comprends, les histoires de Mademoiselle avec Aimée se savent maintenant dans tout le pays ; sans doute il y a des grandes gobettes qui en auront causé[1]..., si bien qu'un conseiller a demandé le déplacement de Mlle Sergent. Là-dessus mon Dutertre se lève, et déclare : "Si on prend à partie la directrice, j'en fais une affaire personnelle." Il n'a rien ajouté de plus, mais on a compris, et on s'est mis à parler d'autre chose parce que, tu comprends, presque tous lui ont des obligations...

— Oui, et puis il les tient par les cochonneries qu'il sait sur leur compte.

— N'empêche que ses ennemis se sont jetés là-dessus, et que le curé en a parlé dans son sermon le dimanche suivant.

— Le vieil abbé Millet[2] ? En pleine chaire ? Mais Montigny doit être à feu et à sang !

— Oui, oui. "Honte" qu'il criait, le curé, "Honte sur les scandaleuses leçons de choses prodiguées à la jeunesse dans vos écoles sans Dieu !" Tout le monde comprenait bien qu'il parlait de ma sœur avec la directrice ; on se faisait un bon sang, vrai !

— Encore, Luce, raconte encore... tu m'épanouis.

— Ma foi, je ne sais plus rien. Liline est accouchée de deux jumelles, le mois dernier. On a fait une grande réception avec vin d'honneur au fils Hémier qui revenait du Tonkin, où il a gagné une belle position. Adèle Tricotot[3] en est à son quatrième mari. Gabrielle Sandré[4], qui a toujours l'air si petite fille avec ses dents de bébé, se marie à Paris. Léonie Mercant est sous-maîtresse à Paris (tu sais bien, cette grande timide qu'on s'amusait à faire rougir parce qu'elle a la peau si fine). Toutes, je te dis, toutes viennent à Paris ; c'est une manie, c'est une rage.

— Une rage qui ne me gagne guère, dis-je, avec un soupir ; je me languis de là-bas, moi... Moins qu'en arrivant, pourtant, parce que je commence à m'attacher à... »

Je me mords les lèvres, inquiète d'avoir trop parlé. Mais Luce n'est pas perspicace, et poursuit, grand train :

« Ben vrai, si tu te languis, c'est pas comme *à* moi. Des fois, je rêve, dans ce grand lit-là, que je suis encore à Montigny, et que ma sœur m'"arale" avec ses fractions décimales, et le système orographique de l'Espagne, et les pédoncules quadrijumeaux ; je me réveille en sueur, et j'ai toujours une grande joie en me voyant ici...

— Près de ton bon oncle, qui ronfle.

— Oui, il ronfle. Comment le sais-tu ?

— Ô Luce, que tu sais être désarmante ! Mais l'école, raconte encore l'école. Te souviens-tu des farces qu'on faisait à la pauvre Marie Belhomme, et de la méchante Anaïs ?

— Anaïs, elle est à Normale, je te l'ai déjà dit. Mais c'est le diable dans un bénitier. Avec sa "troisième année" qui s'appelle Charretier, c'est quasiment ma sœur avec Mademoiselle. Tu sais bien, à Normale, les dortoirs sont composés de deux rangées de cabines ouvertes, séparées par une allée pour la surveillance. La nuit, on tire un rideau en andrinople devant ces boîtes-là. Eh bien, Anaïs trouve moyen d'aller retrouver Charretier presque toutes les nuits, et elle ne s'est pas encore fait pincer. Mais ça finira mal. Je l'espère, du moins.

— Comment sais-tu tout ça ?

— Par une pensionnaire de chez nous, de Semantran, qui est entrée en même temps qu'Anaïs. Elle a une mine, cette Anaïs, il paraît, un squelette ! Elle ne peut pas trouver de cols d'uniforme assez étroits. Penses-tu, ma Claudine, on se lève à cinq heures, là-bas ! Moi, je me prélasse dans mon dodo jusqu'à dix-onze heures, et j'y prends mon petit chocolat. Tu comprends, ajoute-t-elle avec une mine raisonnable de petite bourgeoise sensée, ça aide à passer sur bien des choses. »

(Moi, je divague du côté de Montigny, en mon for intérieur. Luce s'est accroupie à mes pieds, comme une petite poule.)

« Luce, qu'est-ce qu'on a en *style* pour la prochaine fois ?

— Pour la prochaine fois, dit Luce en éclatant de rire, on a : *Écrivez une lettre à une jeune fille de votre âge pour l'encourager dans sa vocation d'institutrice.*

— Non, Luce, c'est pas ça, on a : *Regarder en dessous de soi et non au-dessus, c'est le moyen d'être heureux.*

— Non-da ! C'est : *Que pensez-vous de l'ingratitude ? Appuyez votre commentaire d'une anecdote que vous imaginerez.*

— Ta carte est-elle faite ?

— Non, ma vieille, j'ai pas eu le temps de la "repasser". Je vais me faire resouper, pense donc : mes montagnes pas hachées et ma côte de l'Adriatique pas finie. »

Je fredonne : « Descendons vers l'Adriatique...

— Et portons à bord nos filets », chante Luce de sa petite voix agile.

Toutes deux alors, à la tierce : « Descendons et portons à bord tous nos filets ! »

Et nous entonnons :

Vite, en mer ! Pêcheurs, la marée
Écume autour des noirs îlots ;
La barque, au rivage amarrée,
Frémit sous les baisers des flots.
Allons, filles du bourg rustique,
Courons toutes sur les galets,
Descendons vers l'Adriatique
Et portons à bord nos filets,
Descendons et portons à bord tous nos filets...

« Tu te rappelles, Luce, c'est là que Marie Belhomme descendait toujours de deux tons, sans qu'on sût pourquoi. Elle en tremblait dix mesures avant, mais ça ne ratait jamais. Au refrain ! »

La nuit calme et fraîche
Promet bonne pêche ;
Sur les flots calmés,
Beaux pêcheurs, ramez !

« Et maintenant, Luce, le grand arrivage de la marée ! »

Voici les dorades,
Reines de nos rades,
Les seiches nageant
Sur l'algue d'argent,
Et puis les girelles,
Fluettes et frêles,
Aux corsages bleus.
Quelle pêche heureuse !
La mer généreuse
A comblé nos vœux ! bis[1]

Entraînées et battant la mesure, nous menons jusqu'au bout cette romance ébouriffante, et nous éclatons de rire, comme deux gosses que nous sommes encore. Pourtant, je ressens un peu de mélancolie, à ces vieux souvenirs ; mais Luce, débridée, saute sur un pied, pousse des cris de joie, se mire dans "son" armoire à trois portes...

« Luce, tu ne regrettes pas l'école ?

— L'école ? Quand j'y repense, à table, je redemande du champagne, et je mange des petits fours glacés à m'en rendre malade, pour rattraper le temps perdu et me récompenser. Va, je n'ai pas assez quitté l'école ! »

Je suis son geste désenchanté vers le paravent à deux feuilles, laque et soie, qui masque à demi une petite table-pupitre, banc à dossier, une table comme celle de Montigny, tachée d'encre, où traînent des grammaires, des arithmétiques. J'y cours, et j'ouvre des cahiers remplis de l'écriture sage et puérile de Luce.

« Tes anciens cahiers, Luce ? Pourquoi ?

— Non, pas mes anciens cahiers, malheureusement, mes nouveaux ! Et tu pourras trouver mon grand tablier noir dans la penderie du cabinet de toilette.

— Quelle idée !

— Oh ! dame, c'est une idée à mon oncle ; la pire de toutes ! Tu n'imagines pas, ma Claudine, gémit Luce en levant deux bras dolents, il m'oblige souvent à refaire ma natte, à endosser un grand sarrau, à m'asseoir à ce pupitre..., et puis il me dicte un problème, un canevas de narration...

— Non !

— Si. Et pas pour de rire : je dois calculer, rédiger, la scie des *scies* ! La première fois, comme je refusais, il s'est fâché, tout à fait. "Tu mérites d'être fouettée, tu vas être fouettée", qu'il me répétait, les yeux brillants, la voix drôle ; ma foi, j'ai eu peur ; je me suis mise au travail.

— Alors, ça l'intéresse, cet homme, tes progrès scolaires ?

— Ça l'amuse, ça... le met en train. Il me fait penser à Dutertre qui lisait nos compositions françaises en nous fourrant les doigts dans le cou. Mais Dutertre était plus beau garçon que mon oncle, ça oui », soupire la pauvre Luce, écolière à perpétuité.

(Je n'en reviens pas ! Cette pseudo-petite fille en tablier noir, ce vieux magister qui l'interroge sur les fractions décimales...)

« Crois-tu pas, ma Claudine, continue Luce en s'assombrissant davantage, qu'hier il m'a attrapée, *cel'-là*, tout-un-tel comme ma sœur à Montigny, parce que je me trompais sur des dates de l'Histoire d'Angleterre. Je me suis révoltée, je lui ai crié : "L'Histoire d'Angleterre, c'est du brevet supérieur, j'en ai assez !" Mon oncle n'a pas sourcillé, il a seulement dit, en fermant son livre : "Si l'élève Luce veut son bijou, elle devra me réciter sans faute la *Conspiration des Poudres*[1]. »

— Et tu l'as récitée sans faute ?

— Pardi ; voilà la *blouque**. Elle valait bien ça ; "aga" les topazes, et les yeux du serpent sont en petits diamants.

— Mais dis donc, Luce, c'est très moral, en somme. Tu pourras te présenter au "supérieur" à la prochaine session.

— Bouge pas, rage-t-elle, en menaçant de son petit poing. Ma famille paiera tout. Et puis, je me revenge après : je mets mon oncle à la diète. Le mois dernier, j'ai été... indisponible quinze jours. Aïe donc !

— Il devrait faire une tête !

— Une tête ? Tu en as, des mots ! » piaille Luce ravie, renversée dans son fauteuil, et montrant toutes ses petites dents, blanches et courtes.

À l'école, elle riait tout à fait de même, pour une grosse inconvenance d'Anaïs ou une méchanceté. Mais moi, je me sens choquée. Ce gros homme qu'elle plaisante est trop près de nous, dans tout ce luxe cocotte. Tiens, elle n'avait pas ce pli charmant à la naissance du cou...

« Luce, tu engraisses !

— Tu crois ? Je crois aussi. Je n'étais déjà pas bien noire de peau à Montigny, dit-elle rapprochée et coquette, à présent je suis encore plus blanche. Si seulement j'avais des vrais nichons ! Mais mon oncle m'aime mieux plate. Ils sont tout de même un peu plus

*Prononciation fresnoise de « boucle ».

ronds qu'à nos concours dans les chemins creux, tu sais, Claudine ?... Veux-tu voir ? »

Tout près de moi, animée, caressante, elle défait d'une main preste sa chemisette rose. La naissance de la gorge est si fine et si nacrée qu'elle bleuit dans ce rose de Chine. Des rubans roses courent dans la dentelle de sa chemise (Empire, ne l'oublions pas !). Et ses yeux, ses yeux verts cillés de noir s'alanguissent singulièrement.

« Ô Claudine !

— Quoi ?

— Rien... Je suis si contente de t'avoir retrouvée ! Tu es encore plus jolie que là-bas, quoique tu sois encore plus rude pour ta Luce. »

(Ses bras câlins entourent mon cou. Dieu, que j'ai mal à la tête !)

« De quel parfum te sers-tu donc ?

— Du Chypre. Pas, je sens bon ? Oh ! embrasse-moi, tu ne m'as embrassée qu'une fois... Tu me demandais si je ne regrette rien de l'école ? Si, Claudine, je regrette le petit hangar où nous cassions du bois à sept heures et demie le matin, et où je t'embrassais, et où tu me battais ! M'as-tu assez "taraudée", méchante ! Mais, dis, tu dois quand même me trouver plus jolie ? Je me baigne tous les matins, je me lave autant que ta Fanchette. Reste encore ! Reste ! Je ferai tout ce que tu voudras. Et puis, do'-moi ton oreille... je sais tant de choses, à présent...

— Ah, non ! »

La frôleuse parle encore, que je l'ai poussée par les épaules, si brutalement qu'elle s'en va trébucher contre la belle armoire à trois portes et s'y cogne la tête. Elle se frotte le crâne et me regarde, pour savoir s'il faut pleurer. Alors, je me rapproche et je lui allonge une calotte. Elle devient toute rouge et fond en larmes.

« Heullà-t'y-possible ! Qu'est-ce que je t'ai fait ?

— Dis donc, est-ce que tu crois que je m'arrange des restes d'un vieux ! »

Je coiffe mon canotier d'une main nerveuse (je me pique très fort la tête avec mon épingle) ; je jette ma jaquette sur mon bras et je cherche la porte. Avant que Luce sache ce qui lui arrive, je suis déjà dans l'antichambre, où je tâtonne pour trouver la sortie. Luce, éperdue, se jette sur moi.

« Tu es folle, Claudine !

— Pas du tout, ma chère. Je suis trop vieux jeu pour toi, voilà tout. Ça ne marcherait pas, nous deux. Mille choses à ton oncle. »

Et je descends vite, vite, pour ne pas trop voir Luce en larmes, sa chemisette ouverte sur sa gorge blanche, pleurant tout haut et me criant, penchée sur la rampe, de revenir :

« Erviens, ma Claudine ! erviens ! »

Je me retrouve dans la rue avec une lourde migraine et l'ahurissement que vous laissent les rêves particulièrement idiots. Il est près de six heures ; l'air toujours poussiéreux de ce sale Paris me semble, ce soir, léger et doux. Qu'est-ce que c'est que cette histoire ? Je voudrais qu'on me réveillât en me tirant par la manche, et qu'une Luce en sabots pointus, ses cheveux indociles en mèches hors du capulet rouge, me pût dire, en riant comme une gamine : « Que t'es bête, ma Claudine, de rêver des choses pareilles ! » Mais voilà, je ne me réveille pas. Et c'est l'autre Luce que je vois toujours éplorée, en désordre, et m'appelant dans son patois trempé de larmes, plus jolie et moins touchante que la Luce écolière.

Mais, avec tout ça, qu'est-ce qui m'a pris, quand cette petite m'a suppliée, ses bras fins noués à mon cou ? Je suis donc devenue, en peu de mois, bien bégueule ? disons le mot, bien vertueuse ? Ce n'est pas la première fois que cette Luce incorrigible cherche à me tenter, ni la première fois que je la bats. Mais tout un flot a remué dans moi. De la jalousie, peut-être... Une sourde indignation à penser que cette Luce qui m'adorait, qui m'adore à sa manière, est allée gaiement se jeter dans les jambes d'un vieux monsieur (non, ces yeux de veau mal cuit !)... Et du dégoût. Du dégoût, certes ! Je suis là à faire la maligne dans la vie, et à crier sur les toits : « Ah ! ah ! on ne m'apprend rien, à moi ! ah ! ah ! je lis tout, moi ! et je comprends tout, moi, quoique je n'aie que dix-sept ans ! » Parfaitement. Et pour un monsieur qui me pince le derrière dans la rue, pour une petite amie qui vit ce que j'ai coutume de lire, je me bouleverse, je distribue des coups de parapluie, ou bien je fuis le vice avec un beau geste. Au fond, Claudine, tu n'es qu'une vulgaire honnête fille. Ce que Marcel se ficherait de moi s'il savait ça !

Voici poindre Panthéon-Courcelles, pacifique et zigzaguant. Hop ! sautons, en dédaignant de faire arrêter. Un saut réussi sur une plate-forme d'omnibus au grand trot, ça console de bien des choses. Pourvu que papa ne s'avise pas de faire, aujourd'hui précisément, une station dans la vie réelle ! Il pourrait trouver mon absence un peu longue, et ça m'ennuie de lui mentir, de lui raconter que j'ai passé l'après-midi avec tante Cœur.

Rien à craindre : papa plane, comme d'habitude. Quand j'entre, entouré de manuscrits sales, il me lance, tapi dans sa barbe, un premier coup d'œil sauvage. M. Maria, qui ne fait pas beaucoup de bruit, écrit à une petite table, et, en m'apercevant, tire sa montre d'un geste furtif. C'est lui qui s'inquiète de mon absence !

« Ah ! ah ! s'écrie papa de sa plus belle voix. Tu t'en payes, du devoir de famille ! Il y a au moins une heure que tu es partie ! »

M. Maria jette sur papa un regard navré. Il sait, lui, que je suis sortie à deux heures et qu'il est six heures trente-cinq.

« Monsieur Maria, vous avez des yeux de lièvre. Ne prenez pas ça en mauvaise part, au moins ! Les lièvres ont de fort beaux yeux, noirs, longs et humides. Papa, je n'ai pas vu tante Cœur, parce qu'elle était sortie. Mais j'ai vu mieux que ça, j'ai retrouvé ici une petite amie de Montigny, Luce, tu sais bien, Luce ? Elle habite rue de Courcelles.

— Luce, j'y suis ! C'est elle qui va se marier, ta sœur de lait.

— À peu près. Nous avons bavardé longtemps, tu penses.

— Et tu vas la revoir souvent ?

— Non, parce qu'elle a un ameublement qui ne me plaît pas.

— Comment est-il son mari ? Infect, n'est-ce pas ?

— Je ne sais pas, je n'ai vu que sa photographie. »

Je ne sors plus depuis des jours. Je reste dans ma chambre, ou dans le trou à livres, derrière les volets demi-fermés qui laissent entrer encore trop de chaleur et trop de lumière. Cet été qui menace m'effraie, je ne sais où me fourrer. Si j'allais retomber malade ! J'écoute les orages et je respire, après les averses, la moiteur électrisée. J'ai beau me mentir effrontément, cette aventure de Luce m'a secouée plus que je ne voudrais. Mélie, qui renonce à me comprendre, aggrave le mal en me parlant de Montigny ; elle a reçu de là-bas des nouvelles récentes et détaillées :

« La petite à Kœnet vient d'accoucher.

— Ah ! quel âge a-t-elle ?

— Treize ans et demi[1]. Un beau garçon, il paraît... Le noyer du jardin d'en haut aura beaucoup de noix.

— Tais-toi, Mélie, je ne serai pas là pour les manger...

— Quelles belles noix, pas, ma guéline ? "Devine, devinotte, quatre fesses dans une culotte..."

— Dis-moi encore d'autres nouvelles.

— Le grand rosier cuisse-de-nymphe[2] est déjà perdu de chenilles (c'est le valet du locataire qui m'écrit) et on s'amuse à les tuer toutes ; faut-il être "pétras" !

— Qu'est-ce que tu veux donc qu'on en fasse ? Des confitures ?

— I' ne faut pas tant de symétries* : tu prends une chenille dans ta main, tu vas la porter sur une autre commune, sur Moustier, par exemple, et alors toutes les autres la suivent.

— Mélie, qu'est-ce que tu attends pour t'assurer un brevet ? C'est génial, tout simplement. Il est de toi, ce moyen-là ?

— Pardi non, dit Mélie en rentrant sous son bonnet des mèches blondes et ternes. *Tout le monde* le connaît.

— C'est tout ?

— Non, le père Cagnat, mon cousin, rapport à l'albumine, est tout à fait "omnipotent".

— Ah ! il est ?...

— Voui, ses jambes ont enflé jusqu'aux genoux, pis il a le ventre "préominent", il est pour ainsi dire "ingambe". Quoi encore ? Les nouveaux propriétaires du château du Pont-de-l'Orme[3] révolutionnent leur parc pour faire de l'apiciculture en grand.

*Simagrées.

— De la pisciculture ? Mais il n'y a pas d'eau au Pont-de-l'Orme !

— C'est drôle comme t'es bouchée aujourd'hui, ma pauvre fille ! Je te dis qu'ils font construire des ruches et des ruches, pour faire de l'apiciculture, allons ! »

En train d'essuyer une lampe, Mélie me jette un regard plein de tendre mépris. Elle possède un vocabulaire à surprises. Il suffit d'être averti.

Il fait chaud dans cet odieux Paris ! Je ne veux pas qu'il fasse chaud ! Ce n'est pas l'ardeur, éventée de souffles frais, qu'on respire là-bas sans trop de peine, mais une touffeur qui m'accable. Étendue sur mon lit, l'après-midi, je songe à trop de choses, à Marcel qui m'oublie, à mon cousin l'Oncle qui couraille... Il m'a déçue. Pourquoi s'est-il montré si bon, si communicatif, presque tendre, si c'était pour m'oublier tout de suite ? Il eût fallu peu de jours, peu de mots, pour corder tout à fait, et nous serions sortis souvent ensemble. J'eusse aimé apprendre un peu mieux Paris avec lui. Mais c'est un vilain homme charmant, à qui Claudine ne saurait suffire pour amie...

Ces muguets, sur la cheminée, m'enivrent et me migrainent... Qu'ai-je ? Le chagrin de Luce, oui, mais encore autre chose, et mon cœur souffre de nostalgie. Je me sens ridicule comme cette gravure sentimentale accrochée dans le salon-parloir de Mlle Sergent, *Mignon regrettant sa patrie*[1]. Moi qui me croyais guérie de beaucoup de choses, et revenue de tant d'autres ! Hélas, je retourne à Montigny... Serrer à brassées l'herbe haute et fraîche, m'endormir de fatigue sur un mur bas chauffé de soleil, boire dans les feuilles de capucines où la pluie roule en vif-argent, saccager au bord de l'eau des myosotis pour le plaisir de les laisser faner sur une table, et lécher la sève gommeuse d'une baguette de saule décortiquée ; flûter dans les tuyaux d'herbe, voler des œufs de mésange, et froisser les feuilles odorantes des groseilliers sauvages ; embrasser, embrasser tout cela que j'aime ! Je voudrais embrasser un bel arbre et que le bel arbre me le rendît...

« Marchez à pied, Claudine, prenez de l'exercice. » Je

ne peux pas, je ne veux pas, ça m'embête ! Je préfère m'enfiévrer à domicile. Si vous croyez que ça sent bon, vos rues de Paris sous le soleil ! Et à qui dire tout ce qui me pèse ? Marcel m'emmènerait voir des magasins pour me consoler. Son père me comprendrait mieux... mais ça m'intimiderait de lui montrer tant de moi. Les yeux bleu foncé de ce cousin l'Oncle semblent déjà deviner tant de choses, ses beaux yeux gênants aux paupières bistrées et froissées, qui inspirent confiance... pourtant, au moment même où ce regard-là dit : « Vous pouvez tout me raconter », un sourire, sous la moustache qui s'argente, m'inquiète soudainement. Et papa... papa travaille avec M. Maria. (M. Maria, sa barbe doit lui tenir chaud, par ce temps-là. Est-ce qu'il en fait une petite natte, la nuit ?)

Comme j'ai déchu de moi-même depuis l'an dernier ! J'ai perdu l'innocent bonheur de remuer, de grimper, de bondir comme Fanchette... Fanchette ne danse plus, à cause de son ventre lourd. Moi, tête lourde, mais je n'ai pas de ventre heureusement.

Je lis, je lis, je lis. Tout. N'importe quoi. Je n'ai que ça pour m'occuper, pour me tirer d'ici et de moi. Je n'ai plus de devoirs à faire. Et si je n'explique plus, en composition de style, deux fois par an au minimum, pourquoi « l'oisiveté est la mère de tous les vices » je saurais mieux comprendre comment elle en engendre quelques-uns...

☆

Je suis retournée voir tante Wilhelmine, dimanche, à son jour.

L'omnibus passe devant chez Luce... j'ai craint de la rencontrer. Elle n'hésiterait pas devant une scène de larmes en public, et je me sens les nerfs mal solides.

Ma tante, aplatie par la chaleur, ayant quitté son jour, elle m'a marqué un peu d'étonnement de ma visite. Je n'ai pas fait beaucoup de grandes phrases.

« Tante, ça ne va pas du tout. Je veux retourner à Montigny. Paris me mange les sangs.

— Ma petite fille, il est vrai que vous n'avez pas très

bonne mine, et je trouve vos yeux trop brillants... Pourquoi ne venez-vous pas plus souvent me voir ? Votre père, je ne parle pas de lui, il est incurable.

— Je ne viens pas, parce que je suis mauvaise et irritée de tout. Je vous peinerais, j'en suis très capable.

— N'est-ce point là ce qu'on nomme le mal du pays ? Si Marcel au moins était ici ! Mais ce petit cachottier ne vous a pas dit, sans doute, qu'il passait la journée à la campagne ?

— Il a bien raison, il verra des feuilles. Il est tout seul ? Ça ne vous inquiète pas, tante ?

— Oh ! non, dit-elle avec son sourire si doux et si peu varié, c'est son ami Charlie qui l'emmène.

— Oh alors !... fais-je en me levant brusquement, il est en bonnes mains. »

Décidément cette vieille dame est un peu bête. Ce n'est pas à elle non plus que je ferai mes confidences et mes gémissements d'arbre déraciné. Je piétine ; elle me retient avec un peu d'inquiétude :

« Voulez-vous voir mon médecin ? Un vieux médecin fort instruit et sagace, en qui j'ai toute confiance ?

— Non, je ne veux pas. Il me dira de me distraire, et de voir du monde, et d'avoir des amies de mon âge... des amies de mon âge ! Elles sont indignes ! »

(Cette sale Luce tout de même...)

« Adieu, ma tante, si Marcel peut venir me voir, il me fera plaisir. »

Et j'ajoute pour atténuer ma brusquerie :

« Je n'ai que lui, comme amie de mon âge. »

Tante Cœur me laisse partir, cette fois sans insister. Je trouble sa quiétude de grand-mère aveugle et tendre. Marcel est tellement plus facile à élever !

Ah ! ah ! Ils cherchent la fraîcheur sous les arbres, dans la banlieue, ces deux jolis garçons ! La verdure les attendrit, anime leurs joues, teinte en aigue-marine les yeux bleus de Marcel et éclaircit les yeux noirs de son ami cher... Ça serait rudement drôle, s'ils se faisaient pincer ensemble. Dieu ! que j'aurais du goût ! Mais ils ont l'habitude, ils ne se feront pas pincer. Ils rentreront par les trains du soir, mélancoliques, au bras l'un de l'autre, et se sépareront avec des yeux éloquents... Et moi, je serai, comme maintenant, toute seule.

Honte sur toi, Claudine ! Est-ce que ça va finir, cette obsession, cette angoisse de la solitude ?

Toute seule, toute seule ! Claire se marie, je reste toute seule. Marcel se promène en tendre compagnie, je reste toute seule. Mon oncle court, je reste toute seule.

Eh ! ma chère[a], c'est toi qui l'as voulu. Reste donc seule — avec tout ton honneur.

Oui. Mais je suis une pauvre petite fille triste, qui se réfugie le soir au poil doux de Fanchette pour y cacher sa bouche chaude et ses yeux cernés. Je vous jure, je vous jure, ce n'est pas, ce ne peut pas être là l'énervement banal d'une qui a besoin d'un mari. J'ai besoin de bien plus que d'un mari, moi...

☆

Marcel est revenu. Aujourd'hui, son vêtement gris, d'un gris à émouvoir les tourterelles, se complète d'une cravate bouton d'or, bizarre ; un crêpe de Chine tourné autour du col blanc dont ne se voit plus qu'un liséré mince, une cravate drapée et attachée par des épingles à tête de perle, comme les femmes, trouvaille dont je lui fais compliment.

« Bonne promenade, dimanche ?

— Ah ! Grand-mère vous a raconté ? Cette grand-mère, elle finira par me compromettre ! Oui, promenade exquise. Un temps !

— Et un ami !

— Oui, dit-il, les yeux perdus. Un ami couleur du temps.

— C'est une re-lune de miel, alors ?

— Pourquoi *re*, Claudine ? »

(Il est nonchalant, tendre... un air fatigué et délicieux... les paupières mauves sous les yeux bleus. Il semble prêt à tous les abandons et toutes les confidences.)

« Racontez la promenade.

— La promenade... rien. Déjeuner dans une auberge du bord de l'eau, comme deux...

— ... Z'amoureux.

— Bu du vin gris[1], continue-t-il sans protester, et

mangé des frites, et puis, je vous dis, rien, rien... la flânerie dans l'herbe, dans l'ombre... Je ne sais pas ce qu'avait Charlie ce jour-là, vraiment...

— Il vous avait, voilà tout. »

Étonné du ton de ma réplique, Marcel lève sur moi des regards languides :

« Quelle drôle de figure vous avez, Claudine ! Une petite figure anxieuse et pointue, charmante, d'ailleurs. Vos yeux ont grandi depuis l'autre jour. Êtes-vous souffrante ?

— Non, oui, des misères que vous ne comprendriez pas... Et puis quelque chose que vous comprendriez : j'ai revu Luce.

— Ah ! s'écrie-t-il en joignant les mains d'un geste d'enfant, où est-elle ?

— À Paris, pour longtemps.

— Et... c'est donc ça que vous avez l'air las, Claudine ! Ô Claudine, qu'est-ce qu'il faut que je fasse pour que vous me disiez tout ?

— Rien, allez. C'est bref. Je l'ai rencontrée par hasard. Si, par hasard. Elle m'a emmenée chez elle, tapis, meubles de style, robe de trente louis... Hein, mon vieux ! dis-je en riant de sa bouche entrouverte de bébé étonné. Et puis... oui, comme autrefois ç'a été la Luce tendre, trop tendre, ses bras à mon cou, son parfum sur moi, la Luce trop confiante qui m'a tout dit... mon ami Marcel, elle vit à Paris avec un monsieur d'âge, de qui elle est la maîtresse.

— Oh ! crie-t-il sincèrement indigné. Comme ça a dû vous faire de la peine !

— Pas tant que je croyais. Un peu tout de même...

— Ma pauvre petite Claudine ! répète-t-il en jetant ses gants sur mon lit. Je comprends si bien... »

Affectueux, fraternel, il m'a passé son bras autour des épaules, et de sa main libre il m'appuie la tête contre lui. Sommes-nous touchants, ou ridicules ? Ce n'est pas à cet instant-là que je me le suis demandé. Il me tient par le cou, comme Luce. Il sent bon, comme elle, mais plus finement qu'elle, et je vois d'en bas ses cils blonds en abat-jour sur ses yeux... Mon énervement de toute la semaine va-t-il crever en sanglots à cette place ? Non, il essuierait mes pleurs mouillant son veston bien coupé, avec une inquiétude furtive. Hop,

Claudine ! mords-toi la langue vigoureusement, remède souverain contre les larmes prêtes...

— Mon petit Marcel, vous êtes doux. Ça me console de vous avoir vu.

— Taisez-vous, je comprends si bien ! Dieu si Charlie me faisait pareille chose... »

(Tout rose d'une émotion égoïste, il se tamponne les tempes. Je trouve sa phrase si drôle que j'en éclate de rire.)

« Oui, vous êtes énervée. Sortons, voulez-vous ? Il a plu, la température est devenue très tolérable.

— Oh ! oui, sortons, ça me détendra.

— Mais, dites encore... Elle a été pressante... et suppliante ? »

(Il ne songe pas du tout qu'à un vrai chagrin son insistance serait cruelle ; il cherche, quoi ? Une sensation un peu spéciale.)

« Oui, pressante. Je me suis sauvée pour ne pas la voir, sa chemisette défaite sur la peau blanche, en larmes, et me criant par-dessus la rampe de revenir... »

Mon « neveu » a pâli et respire plus[a] vite. Il faut croire que c'est bien énervant ces chaleurs précoces, à Paris.

Je le quitte un instant et je reviens, coiffée du canotier qui m'est cher. Le front à la vitre, Marcel regarde la cour sans la voir.

« Nous allons[b], où ?

— Où vous voudrez, Claudine, nulle part... Boire du thé froid au citron, pour nous ragaillardir un peu. Alors... vous ne la reverrez plus ?

— Jamais », dis-je très raide.

Gros soupir de mon compagnon. Il m'eût voulu peut-être une jalousie moins intransigeante, à cause des anecdotes.

« Il faut prévenir papa que nous sortons, Marcel. Venez avec moi. »

Papa, heureux, se promène à grands pas dans sa chambre en dictant des choses à M. Maria. Celui-ci lève la tête, me contemple, contemple mon « neveu » et devient morne. Mon noble père méprise Marcel de toute la hauteur de ses épaules solides, que drape une redingote à taille dont les poches sont crevées. Marcel le lui rend bien, mais se montre plein de déférence.

« Allez, mes enfants. Ne soyez pas longtemps. Prenez garde aux courants d'air. Rapporte-moi du papier écolier, le plus grand que tu pourras trouver, et des chaussettes.

— J'ai apporté trois mains de papier écolier ce matin, intervient, d'une voix douce, M. Maria qui ne me quitte pas des yeux.

— Ça va bien ; quoique... On ne saurait trop acheter de papier écolier. »

Nous partons, et j'entends papa, derrière la porte refermée, chanter à pleine voix une fanfare de chasse :

Si tu voyais mon chose,
Tu rirais trop, tu rirais trop :
Il eſt couleur de rose
Comme un fond d'artichaut !

« Il en a de joyeuses, mon grand-oncle, remarque Marcel qui s'étonne encore.

— Oui. Lui et Mélie, ils possèdent un répertoire assez complet ; ce qui m'a toujours fait rêver, c'eſt ce "couleur de rose, comme un fond d'artichaut". Le fond d'artichaut carminé eſt une espèce inconnue, à Montigny, du moins. »

(Nous nous hâtons pour quitter la rue Jacob empeſtée et la rue Bonaparte malodorante. Aux quais, on respire, mais l'haleine de mai fleure ici le bitume et la créosote, hélas !)

« Où qu'on va ?

— Je ne sais pas encore. Vous êtes jolie, Claudine, très jolie aujourd'hui. Vos yeux maryland[1] ont quelque chose d'inquiet et de quémandeur que je ne leur connaissais pas encore.

— Merci. »

(Moi aussi, je me trouve à mon avantage. Les glaces des magasins me le disent, même les tout étroites où je ne me vois qu'un œil et une tranche de joue en passant. Ô Claudine girouette ! Moi qui ai tant pleuré mes cheveux longs, j'ai recoupé ce matin trois centimètres des miens, pour conserver cette coiffure de « pâtre bouclé » — ça c'eſt un mot de mon oncle. Le fait eſt qu'aucune autre ne saurait mieux encadrer mes yeux longs et mon menton mince.)

On nous regarde beaucoup, Marcel autant que moi. Il est peut-être un peu gênant au grand jour de la rue : il rit aigu, se retourne sur les glaces en pliant sur une hanche, baisse les paupières quand des hommes le dévisagent ; je ne me sens pas enchantée de ses façons.

« Claudinette, venez boulevard Haussmann boire du thé froid. Ça ne vous fait rien de prendre le boulevard à droite après l'avenue de l'Opéra ? C'est plus amusant.

— Moi, les rues de Paris ne m'amusent jamais. C'est plat tout le temps, par terre... Dites, est-ce que vous savez si votre père est revenu à Paris ?

— Il ne m'en a point fait part, chère. Papa sort beaucoup. Journalisme, "affaires d'honneur, affaires de cœur". Sachez que mon père aime infiniment les femmes, et vice versa, dit-il en insistant trop, avec le ton acide qu'il prend en parlant de mon cousin l'Oncle. Ça vous surprend ?

— Non, ça ne me surprend pas. Un sur deux, ce n'est pas trop pour votre famille.

— Vous êtes gentille quand on vous vexe, Claudine.

— Mon petit Marcel, franchement, qu'est-ce que vous voulez que ça me fiche ? »

Car il faut montrer que je sais bien mentir, et lui cacher l'impression confuse d'agacement, de malaise, que m'ont causée ses dernières phrases. Je médite de retirer ma confiance à mon cousin l'Oncle. Je n'aime pas dire mes secrets à quelqu'un qui ira les oublier chez « des » femmes. C'est dégoûtant, aussi ! J'entends cet oncle parler à « des » femmes, avec la même voix voilée et séduisante, la voix qui m'a dit des gentillesses affectueuses. Quand « ses » femmes ont du chagrin, il les prend peut-être par les épaules pour les câliner, comme moi, il y a trois semaines ? Bon sang !

L'irritation disproportionnée de Claudine s'est traduite par un coup de coude dans la hanche d'une grosse dame qui lui barrait le chemin.

« Qu'est-ce qui vous prend, Claudine ?

— Zut, vous !

— Quel caractère !... Pardon, Claudine, j'oubliais que vous avez eu de la peine. Je sais bien à quoi vous pensez... »

Il est toujours aiguillé sur Luce. Sa méprise me rend un peu de bonne humeur ressemblant à celle d'une coureuse que son amoureux a chagrinée et que son mari console.

Occupés tous deux de pensées que nous ne disons pas, nous atteignons le Vaudeville[1]. Tout à coup, une voix... que j'entendais avant qu'elle parlât... chuchote dans mon dos :

« Bonjour, les enfants sages. »

Je me retourne violemment, les yeux féroces, si rébarbative que mon cousin l'Oncle éclate de rire. Il est là, avec un autre monsieur en qui je reconnais le Maugis du concert. Le Maugis du concert, rondelet et rose, a très chaud, et s'éponge, et salue avec un respect exagéré sous quoi je sens de la blague, ce qui ne contribue pas à me calmer.

Je dévisage l'oncle Renaud comme si je le voyais pour la première fois. Son nez court et courbé et sa moustache couleur de castor argenté, je les connais bien, mais ses yeux gris-bleu, profonds et las, ont-ils changé d'expression ? Je ne savais pas qu'il eût la bouche aussi petite, aussi rouge. Ses tempes froissées prolongent leurs menues coutures jusqu'aux coins des yeux ; mais je ne trouve pas ça très laid. Pouah ! l'affreux coureur qui vient de voir « des » femmes ! Et je le contemple d'un air si vindicatif, pendant ces deux secondes, que cette horreur de Maugis se décide à affirmer, en hochant la tête :

« Voilà une figure que je priverais de dessert... sans plus ample informé. »

Je lui lance un coup d'œil d'intention meurtrière, mais ses yeux bleus bombés, ses sourcils en arc affectent une si onctueuse douceur, une si parfaite naïveté, que *je lui* pouffe au nez... sans plus ample informé.

« Ces vieilles dames, constate l'abominable oncle en haussant les épaules, ça rit pour rien. »

(Je ne réponds pas, je ne le regarde pas...)

« Marcel, qu'a donc ton amie ? Vous vous êtes disputés ?

— Non, père, nous sommes les meilleurs amis du monde. Mais, ajoute-t-il d'un air de discrétion renseignée, je crois que Claudine a eu des ennuis cette semaine.

— Ne vous faites pas trop de bile, s'empresse Maugis ; les têtes de poupées, ça se remet très bien, je connais une adresse excellente, je vous aurai les treize-douze et le cinq pour cent au comptant[1]. »

(C'est le tour de mon oncle, à présent, de me regarder comme s'il me voyait pour la première fois. Il fait signe à Marcel, assez impérativement, de venir lui parler. Et, comme ils s'écartent d'un pas, je reste en proie au rondelet Maugis qui m'amuse, jamais distingué, mais parfois drôle.)

« Il est très en beauté, l'éphèbe dont vous vous proclamez la tante.

— Je vous crois ! On le regarde plus que moi, dans la rue ; mais je ne suis pas jalouse.

— Comme vous avez raison !

— Pas, il a une belle cravate ? Mais c'est plutôt une cravate pour femme.

— Voyons, ne lui reprochez pas d'avoir quelque chose pour femme, fait Maugis, conciliant.

— Et ses vêtements, voyez si ça fait un pli !

— Oh ! ça, si jamais on lui trouve un pli de trop... »

Il n'achève pas sa phrase, et, comme regrettant de l'avoir même commencée, se mouche avec fracas, sans en avoir la moindre envie, afin de détourner la conversation. Pourquoi ?

J'imagine que[a] Marcel ne raconte pas Luce à son père ? Il n'oserait pas. Il fera bien de ne pas oser ! Non, la figure de mon oncle serait autre.

« Claudine, dit-il, en se rapprochant avec son fils, je voulais vous emmener, tous deux, voir *Blanchette* dimanche prochain au théâtre Antoine[2]. Mais si vous boudez, que dois-je faire ? Y aller tout seul ?

— Non, pas tout seul ; j'irai !

— Votre méchanceté aussi ? »

(Il me regarde bien dans les yeux... et je fléchis.)

« Non, je serai gentille. Mais j'ai des misères, aujourd'hui. »

(Il me regarde toujours, il voudrait deviner ; je tourne la tête comme Fanchette devant la soucoupe de lait qu'elle désire et qu'elle évite.)

« Là, je vous laisse, mes enfants sages. Où allez-vous comme ça ?

— Boire du thé froid, père.

— Ça vaut mieux que d'aller au café, murmure Maugis, distraitement.

— Claudine, écoutez, me dit mon oncle en confidence. Je trouve Marcel infiniment plus sympathique depuis qu'il est votre ami. Je crois que vous lui êtes salutaire, petite fille. Son vieux papa vous en remercierait beaucoup, savez-vous ça ? »

Je me laisse secouer la main par les deux hommes et nous tournons le dos. Salutaire à Marcel ? Voilà une chose qui me laisse froide, par exemple ! Je n'ai pas la corde moralisatrice. Salutaire à Marcel ? Dieu que c'est gourde, un homme intelligent !

Nous avons bu du thé froid, au citron. Mais mon « neveu » m'a trouvée morne. Je l'amuse moins que Charlie, et je me rends compte que mes distractions sont, d'ailleurs, d'un tout autre ordre ; je n'y puis rien.

☆

Le soir, après dîner, je lis, vague et absente, pendant que papa fume en chantonnant des mélopées sauvages, et que Mélie rôde, soupesant ses mamelles. La chatte, ballonnée, énorme, a refusé de dîner ; elle ronronne sans motif, le nez trop rose et les oreilles chaudes.

Je me couche tard, la fenêtre ouverte et les volets clos, après les trente-six tours de chaque soir, l'eau tiède, la contemplation déshabillée devant la glace longue, les exercices d'assouplissement. Je suis veule... Ma Fanchette, essoufflée, sur le flanc dans sa corbeille, tressaille et écoute son ventre gonflé. Je crois que c'est pour bientôt.

C'était pour bientôt ! À peine ma lampe soufflée, un grand *Môôô* désespéré me relève. Je rallume et je cours, pieds nus, à ma pauvrette, qui respire vite, appuie impérieusement ses pattes chaudes sur ma main, et me regarde avec d'admirables yeux dilatés. Elle ronronne à tort et à travers. Soudain, crispation des pattes fines sur ma main, et second : *Môôô* de détresse. Appellerai-je Mélie ? Mais, au geste que je fais pour me relever, Fanchette éperdue se lève et veut courir ; c'est une manie, elle a peur. Je vais rester. Ça me dégoûte un peu, mais je ne regarderai pas.

Après une accalmie de dix minutes, la situation se corse : ce sont de courtes alternatives de ronron furieux (*Frrr, frrr*) et de clameurs terribles (*Môôô, môôôô*). Fanchette pousse ses yeux hors de la tête, se convulse et... je tourne la tête. Une reprise de ronron, un remue-ménage dans la corbeille m'apprennent qu'il y a du nouveau. Mais je sais trop que la pauvre belle ne s'en tient jamais à une édition unique. Les clameurs reprennent, la patte éperdue me griffe la main, je tiens la tête obstinément tournée. Après trois épisodes semblables, c'est enfin le calme définitif. Fanchette est vide. Je cours à la cuisine, en chemise, lui chercher du lait, ça lui donnera le temps de mettre bien des petites choses en ordre. Je m'attarde exprès. Quand je reviens portant la soucoupe, ma jolie bête exténuée arbore déjà sa figure de mère heureuse. Je crois que je peux regarder...

Sur le ventre blanc et rosé, trois chatons minuscules, trois limaces de cave rayées de noir sur gris, trois petites merveilles tètent et ondulent comme des sangsues. La corbeille est propre et sans trace ; cette Fanchette a le don d'accoucher comme par enchantement ! Je n'ose pas encore toucher les petits qui luisent, léchés de l'oreille à la queue, bien que la petite mère m'invite, de sa pauvre voix toute cassée, à les admirer, à les caresser... Demain, il faudra choisir, et en donner deux à noyer. Mélie sera, comme d'habitude, l'exécuteur des hautes-œuvres. Et je verrai, pendant des semaines, Fanchette, mère fantaisiste, promener son petit rayé dans sa gueule, et le lancer en l'air avec ses pattes, et s'étonner, incorrigible ingénue, que ce fils de quinze jours ne bondisse pas à sa suite sur les cheminées, et sur le dernier rayon de la bibliothèque.

Ma nuit écourtée a été pleine de rêves, où l'extravagant le disputait à l'idiot. Je rêve davantage depuis quelque temps.

Mélie a pleuré toutes les faciles larmes de son âme tendre, en recevant l'ordre de noyer deux des petits fanchets. Il a fallu choisir et reconnaître les sexes. Moi, je ne m'y entends pas quand c'est si petit, et il paraît que de plus malins que moi s'y trompent, mais Mélie est infaillible. Un chaton dans chaque main, elle jette au bon endroit un coup d'œil sûr et déclare : « Voilà le petit mâle. Les deux autres sont des chattes. » Et j'ai rendu le petit élu à Fanchette, inquiète et criante par terre. « Emporte vite les deux autres, qu'elle n'en sache rien. » Fanchette a, malgré tout, constaté qu'il en manquait ; elle sait compter jusqu'à trois. Mais cette bête délicieuse se montre mère assez médiocre : après avoir rudement roulé et retourné son chat, de la patte et de la gueule, pour voir si les autres n'étaient pas cachés dessous, elle a pris son parti. Elle léchera celui-là deux fois plus, voilà tout.

Encore combien de jours ? Quatre, jusqu'à dimanche. Dimanche, j'irai au théâtre avec Marcel et mon oncle. Du théâtre, je m'en moque ; de mon oncle, pas. Mon oncle, mon oncle... Quelle bête d'idée de l'avoir baptisé ainsi ! Sotte « engaudre » de Claudine ! « Mon oncle » ça me fait penser à cette horrible petite Luce. Ça ne lui fait rien, à elle, d'appeler mon oncle un vieux monsieur qui... Celui-ci, le mien, est en somme le veuf d'une cousine germaine que je n'ai jamais vue. Ça s'appelle un « cousin » en français honnête. « Renaud » c'est mieux que « mon oncle », ça le rajeunit, c'est bien... Renaud !

Comme il a vite dompté ma mauvaiseté, l'autre jour ! Ç'a été lâcheté pure de ma part, et non courtoisie. Obéir, obéir, humiliation que je n'ai jamais subie — j'allais écrire savourée. Savourée, oui. C'est par perversité que j'ai cédé, je crois. À Montigny, je me serais laissée hacher plutôt que de balayer la classe à mon tour quand ça ne me disait pas. Mais, peut-être que si Mademoiselle m'avait bien regardée avec des yeux gris-bleu couleur Renaud, j'aurais obéi plus souvent, comme je *lui* ai obéi, tous mes membres engourdis soudain par une mollesse inconnue.

Pour la première fois, je viens de sourire en pensant à Luce. Bon signe ; elle me devient lointaine, cette petite, qui dansait sur un pied en parlant de laisser crever sa mère !... Elle ne sait pas, ce n'est pas sa faute. C'est une petite bête veloutée.

Encore deux jours avant d'aller au théâtre. Marcel viendra. Ce n'est pas sa présence qui me ravit le plus ; devant son père, c'est une petite bûche blonde et rose, une petite bûche un peu hostile. Je les aime mieux séparément, Renaud et lui.

Mon état d'âme, — et pourquoi n'aurais-je pas un « état d'âme » moi aussi ? — manque de précision. Il est celui d'une personne à qui doit tomber prochainement une cheminée sur la tête. Je vis, énervée, dans l'attente de cette inévitable chute. Et quand j'ouvre la porte d'un placard, ou quand je tourne le coin d'une rue, ou quand arrive le courrier du matin qui ne m'apporte jamais rien, au seuil de toutes mes actions insignifiantes, j'ai un léger sursaut. « Est-ce pour cette fois-ci ? »

J'ai beau regarder la figure de ma petite limace — il s'appellera Limaçon, le chaton, pour plaire à papa, et à cause de ses belles rayures nettes —, j'ai beau interroger sa petite figure close, tigrée de raies délicates et convergentes vers le nez, comme la face d'une pensée jaune et noire, les yeux ne s'ouvriront qu'au bout des neuf jours révolus. Et lorsque je rends à Fanchette-blanche son bel enfant, en lui disant mille compliments, elle le lave minutieusement. Quoiqu'elle m'aime à la folie, elle trouve au fond que je sens mauvais le savon parfumé.

Un événement, un événement grave ! Est-ce la cheminée que j'appréhendais ? Sans doute, mais alors, je devrais être allégée de mon angoisse. Et je garde encore « l'estomac petit » comme on dit chez nous. Voici :

Ce matin à dix heures, comme je m'efforçais assidûment d'habituer Limaçon à un autre téton rose de Fanchette (il prend toujours le même, et quoi qu'en dise Mélie, je crains que ça ne déforme ma belle) papa entre, solennel, dans ma chambre. Ce n'est pas de le voir solennel, qui m'effare, c'est de le voir entrer dans ma chambre. Il n'y pénètre que quand je me déclare malade.

« Viens donc un peu avec moi. »

Je le suis jusqu'à son trou à livres avec la docilité d'une fille curieuse. J'y trouve M. Maria. Cette présence aussi me semble toute simple. Mais M. Maria vêtu d'une redingote neuve à dix heures du matin, et ganté, ceci passe la vraisemblance !

« Mon enfant, commence mon noble père, onctueux et digne, voici un brave garçon qui voudrait t'épouser. Je dois te dire d'abord qu'il a toute ma bienveillance. »

L'oreille tendue, j'ai écouté, attentive, mais abrutie. Quand papa a fini sa phrase, j'articule ce seul mot, idiot et sincère :

« Quoi ? »

Je vous jure que je n'ai pas compris. Papa perd un peu de sa solennité, mais garde toute sa noblesse :

« Bougre de bougre, j'ai pourtant une assez belle diction pour que tu comprennes tout de suite ! Ce brave petit monsieur Maria veut t'épouser, même dans un an si tu te trouves trop jeune. Moi, tu comprends, j'oublie un peu ton âge, depuis le temps (!). Je lui ai répondu que tu devais avoir au juste quatorze ans et demi, mais il m'affirme que tu cours sur dix-huit ; il doit le savoir mieux que moi. Voilà. Et si tu ne veux pas de lui, tu seras difficile, mille troupeaux de cochons ! »

(À la bonne heure ! Je regarde M. Maria, qui pâlit sous sa barbe, et me contemple de ses yeux noirs en amande, de beaux yeux d'animal à longs cils[a]. Agitée, sans bien savoir pourquoi, d'une brusque allégresse, je me jette vers lui.)

« Comment, c'est vrai, M. Maria ? Pour de vrai, vous voulez m'épouser ? Sans rire ?

— Oh ! sans rire, gémit-il à voix basse.

— Mon Dieu ! que vous êtes gentil ! »

Et je lui ai pris les deux mains que je secoue, joyeuse. Il s'empourpre, tel un couchant à travers les broussailles :

« Alors, vous consentiriez, mademoiselle ?

— Moi ? mais jamais de la vie ! »

(Ah ! je manque de délicatesse autant qu'un kilo de dynamite ! M. Maria, debout devant moi, ouvre la bouche, et se sent devenir fou.)

Papa croit de son devoir d'intervenir :

« Dis donc, vas-tu nous balancer longtemps ? Qu'est-ce que ça signifie ? Tu lui sautes au cou, et puis tu le refuses. En voilà des manières !

— Mais, papa, je ne veux pas du tout épouser

M. Maria, c'est clair. Je le trouve très gentil, oh ! tellement gentil, de me juger digne d'une attention aussi... sérieuse, et c'est de cela que je le remercie. Mais je ne veux pas l'épouser, pardi ! »

(M. Maria esquisse un pauvre geste pitoyable de prière, et ne dit rien — il me fait de la peine.)

« Père Éternel ! rugit papa. Pourquoi diable ne veux-tu pas l'épouser ? »

(Pourquoi ? Les deux mains écartées, je hausse les épaules. Est-ce que je sais, moi ? C'est comme si on me proposait d'épouser Rabastens, le beau sous-maître de Montigny. Pourquoi ? Pour la seule raison qui vaille au monde — parce que je ne l'aime pas.)

Papa, exaspéré, jette aux échos des murs une telle volée de jurons que je ne l'écrirai pas. J'attends la fin de la kyrielle :

« Oh ! papa ! tu veux donc que j'aie du chagrin ! »

Cet homme de pierre n'en demande pas davantage :

« Bougre ! Du chagrin ? Évidemment non. Et puis enfin, tu peux réfléchir, tu peux changer d'avis. N'est-ce pas, vous, elle peut changer d'avis ? Ça me serait même rudement commode, si elle changeait d'avis ! Je vous aurais là tout le temps, on en abattrait de la besogne ! Mais, pour ce matin, une fois, deux fois, tu ne veux pas ? Fous-moi le camp, nous avons à travailler. »

M. Maria sait bien, lui, que je ne changerai pas d'avis. Il tripote sa serviette en maroquin, et cherche son porte-plume sans le voir. Je m'approche :

« Monsieur Maria, vous m'en voulez ?

— Oh ! non mademoiselle, ce n'est pas ça. »

Un enrouement subit l'empêche de continuer. Je m'en vais sur la pointe du pied, et seule dans le salon, je me mets à danser la « chieuvre ». Veine ! on m'a demandée en mariage ! En ma-ri-a-ge ! On me trouve assez jolie, malgré mes cheveux courts, pour m'épouser, on M'AIME ! Celui-ci voulait m'épouser, c'est un garçon[a] raisonnable, posé, pas un cas pathologique. Donc, d'autres... Assez dansé, je vais penser plus loin.

Il serait puéril de le nier, mon existence se corse. La cheminée immine[1]. Elle va choir sur mon crâne qui bout, effroyable ou délicieuse, mais elle va choir. Je n'éprouve aucun besoin de confier mon état à qui que ce soit au monde. Je n'écrirai pas à Claire, à l'heureuse Claire : « Ô chère petite amie de mon enfance, il approche, le moment fatal, je prévois que mon cœur et ma vie vont fleurir ensemble... » Non, je ne lui écrirai rien du tout. Je ne demanderai pas à papa : « Ô mon père, quoi donc m'oppresse et me ravit à la fois ? Éclaire ma jeune ignorance... » Il en ferait une tête, mon pauvre papa ! Il tordrait sa barbe tricolore et murmurerait, perplexe : « Je n'ai jamais étudié cette espèce-là. »

« Bafute », Claudine, « bafute... » Au fond, tu n'es pas fière. Tu erres dans le vaste appartement, tu délaisses le vieux et cher Balzac, tu t'arrêtes, l'œil vague et perdu, devant la glace de ta chambre, qui te montre une longue fillette mince aux mains croisées derrière le dos, en blouse de soie rouge à plis et jupe de serge bleu sombre. Elle a des cheveux courts en grosses boucles, une figure étroite aux joues mates, et des yeux longs. Tu la trouves jolie, cette fille-là, avec ton air de t'en ficher pas mal. Ce n'est pas une beauté qui ameute les foules, mais... je me comprends : ceux qui ne la voient pas sont des imbéciles — ou des myopes.

Que demain me fasse gente ! Ma jupe tailleur bleue suffira, et mon grand chapeau noir, avec la petite chemisette en soie bleu foncé — les teintes sombres me seyent mieux — et deux roses thé au coin de l'échancrure carrée du col, parce qu'elles sont, le soir, de la même nuance que ma peau.

Si je révélais à Mélie qu'on m'a demandée en mariage ? Non. Pas la peine. Elle me répondrait : « Ma "guéline", faut faire comme chez nous. Ceusse qu'on te propose, essaye-les avant ; comme ça, le marché est honnête et y a personne de trompé. » Car la virginité est pour elle de si peu de prix ! Je connais ses théories : « Des menteries, ma pauvre fille, des menteries ! Des histoires de médecins, tout ça. Après, avant, si tu crois qu'*ils* n'y prennent pas le même goût ! C'est tout-un-tel, va. » Suis-je pas à bonne école ? Mais il y a une fatalité sur les honnêtes filles ; elles le restent, malgré toutes les Mélies du monde !

Je m'endors tard dans la nuit étouffante, et des souvenirs de Montigny traversent mon sommeil agité, des songeries de feuilles bruissantes, d'aube frisquette (hélas !) et d'alouettes qui montent, avec ce chant que nous imitions, à l'école, en froissant dans la main une poignée de billes de verre. Demain, demain... est-ce qu'on me trouvera jolie ? Fanchette ronronne doucement, son Limaçon rayé entre ses pattes. Ce ronron égal de ma chère belle combien de fois m'a-t-il calmée et endormie !

J'ai rêvé cette nuit. Et la molle Mélie, entrant à huit heures pour ouvrir mes volets, me trouve assise en boule, mes genoux dans mes bras, et mes cheveux jusqu'au nez, absorbée et taciturne.

« Bonjour, ma France adorée.

— ... jour.

— T'es pas malade ?

— Non.

— T'as des misères et des chagrins ?

— Non. J'ai rêvé.

— Ah ! c'est plus sérieux. Mais si t'as pas rêvé enfant, ni famille royale (*sic*), y a pas de mal. Si au moins t'avais rêvé fumier d'homme ! »

Ces prédictions, qu'elle me réédite gravement depuis que je peux la comprendre, ne me font plus rire. Ce que j'ai rêvé, je ne le dirai à personne, pas à ce cahier non plus. Ça me gênerait trop de le voir écrit...

J'ai demandé qu'on dînât à six heures, et M. Maria s'en va une heure plus tôt, effacé, broussailleux, abattu. Je ne l'évite pas du tout depuis l'événement ; il ne me gêne en aucune façon. Je me montre même plus prévenante, diseuse de banalités et de lieux-communs :

« Quel beau temps, monsieur Maria !

— Vous trouvez, mademoiselle ? Il fait pesant, l'ouest est noir...

— Ah ! je n'avais pas vu. C'est drôle, depuis ce matin, je m'imagine qu'il fait beau. »

À dîner, où après avoir tripoté sans faim ma viande, je m'attarde sur le soufflé aux confitures, je questionne papa :

« Papa, est-ce que j'ai une dot ?

— Qu'est-ce que ça peut te foutre ?

— Tiens, tu es admirable ! On m'a demandée en mariage hier, ça peut recommencer demain. Il n'y a que le premier refus qui coûte. Tu sais, les demandes, c'est l'histoire des fourmis et du pot de confitures : quand il en vient une, il en vient trois mille.

— Trois mille, bougre ! Heureusement nos relations sont peu étendues. Bien sûr, pot de confiture, vous avez une dot ! Quand tu as fait ta première communion[1], j'ai mis chez Meunier, le notaire de Montigny[2], les cent cinquante mille francs que t'a laissés ta mère, une femme bien désagréable[3]. Ils sont mieux chez lui qu'ici ; tu comprends, avec moi, on ne sait jamais ce qui peut arriver... »

Il a comme ça de ces mots attendrissants pour lesquels on l'embrasserait ; et je l'embrasse. Puis je retourne à ma chambre, énervée déjà parce qu'il se fait tard, l'oreille longue et le cœur court, guettant la sonnette.

Sept heures et demie. Il ne se dépêche vraiment pas ! Nous manquerons le premier acte. S'il allait ne pas venir ! Huit heures moins le quart. C'est révoltant ! Il aurait bien pu m'envoyer un petit bleu, ou même Marcel, cet oncle fugace...

Mais un *trrr* impérieux me met debout, et je me vois, dans la glace, une singulière figure blanche qui me gêne tant que je me détourne. Depuis quelque temps, mes yeux ont toujours l'air de savoir quelque chose que je ne sais pas, moi.

La voix que j'entends dans l'antichambre me fait sourire nerveusement ; une seule voix, celle de mon cousin l'Oncle — de mon cousin Renaud, je veux dire. Mélie l'introduit sans frapper. Elle le suit d'un regard flatteur de chienne obéissante. Il est pâle, lui aussi, visiblement énervé et les yeux brillants. Aux lumières, sa moustache argentée semble plus blonde... belle moustache relevée... si j'osais, je tâterais comme c'est doux...

« Vous êtes toute seule, ma mie Claudine ? Pourquoi ne dites-vous rien ? Hé ? Mademoiselle est sortie ? »

(Mademoiselle pense qu'il vient peut-être de chez une de « ses » femmes, et sourit sans gaieté.)

« Non. Mademoiselle va sortir ; avec vous, je l'espère. Venez dire adieu à papa. »

(Papa est charmant pour mon cousin, qui ne plaît pas qu'aux femmes.)

« Prenez bien soin de la petite ; elle est délicate. Avez-vous la clef pour rentrer ?

— Oui, j'ai la mienne pour rentrer chez moi.

— Demandez la nôtre à Mélie. Moi, j'en ai déjà perdu quatre, j'ai renoncé. Où donc est le petit ?

— Marcel ? Il ne... il viendra nous retrouver au théâtre, je crois. »

Nous descendons sans rien dire ; j'ai un plaisir de gosse à trouver en bas une voiture de cercle. Un coupé de chez Binder[1], magnifiquement attelé, ne pourrait pas m'enchanter davantage.

« Vous êtes bien ? Voulez-vous que je lève une des deux glaces, à cause du courant d'air ? Non, la moitié des deux seulement, on a si chaud. »

(Je ne sais pas si on a chaud, mais, bon Dieu, que mon estomac est petit ! Un frisson nerveux me fait trembler les nacottes* ; j'ai de la peine à dire enfin :)

« Alors, Marcel nous retrouve là-bas ? »

Pas de réponse. Renaud — ça fait joli, Renaud tout court — regarde devant lui, le sourcil bas. Brusquement, il se tourne vers moi et me prend les poignets ; cet homme grisonnant a des mouvements si jeunes !

« Écoutez, j'ai menti tout à l'heure, ça n'est pas bien propre : Marcel ne vient pas. J'ai dit le contraire à votre père, et ça me taquine.

— Comment ? Il ne vient pas ? Pourquoi ?

— Ça vous fait de la peine, n'est-ce pas ? C'est ma faute. La sienne aussi. Je ne sais pas comment vous expliquer... Ça vous semblera si peu de chose. Il vient me trouver rue de Bassano, chez moi, charmant, une petite figure moins raide et moins fermée que de coutume. Mais une cravate ! Un crêpe de Chine roulé autour du cou, drapé comme un haut de corsage, avec des épingles de perle un peu partout, enfin... impossible. Je lui dis : "Mon petit garçon, tu... tu serais bien aimable de changer de cravate, je te prêterai une des miennes." Il se cabre, devient sec, insolent, nous... enfin nous échangeons des répliques un peu compliquées pour vous, Claudine ; il déclare : "J'irai avec ma

*Dents.

cravate ou je n'irai pas." Je lui ai jeté la porte sur le dos, et voilà. Vous m'en voulez beaucoup ?

— Mais, dis-je sans lui répondre, vous la lui avez vue déjà, cette cravate ; il la portait l'autre jour quand nous vous avons rencontré avec Maugis sur le boulevard, près du Vaudeville. »

(L'air très surpris, les sourcils levés :)

« Non ? Vous êtes sûre ?

— Tout à fait sûre ; c'eſt une cravate qu'on ne saurait oublier. Comment ne l'avez-vous pas remarquée ? »

Retombé en arrière contre les coussins, il hoche la tête en disant entre haut et bas :

« Je ne sais pas. J'ai vu que vous aviez les yeux battus, l'air farouche d'un chevreuil offensé, une chemisette bleue, une boucle de cheveux, légère, qui vous chatouillait toujours le sourcil droit... »

(Je ne réponds rien. J'étouffe un peu. Lui, sa phrase interrompue, incline son chapeau sur les yeux, d'un geſte sec d'homme qui vient de dire une bêtise et s'en aperçoit trop tard.)

« Ce n'eſt pas drôle, évidemment, moi tout seul. Je puis encore vous ramener, si vous voulez, ma petite amie. »

(À qui en veut ce ton agressif ? Je ne fais que rire doucement, je pose ma main gantée sur son bras, et je l'y laisse.)

« Non, ne me ramenez pas. Je suis très contente. Vous ne cordez pas ensemble, vous et Marcel, je vous préfère alternatifs plutôt que simultanés. Mais pourquoi ne pas avoir dit ça devant papa ? »

(Il prend ma main et la passe sous son bras.)

« C'eſt simple. J'avais du chagrin, j'étais exaspéré, j'ai eu peur que votre père ne me privât de vous, chère petite compensation... Je ne vous avais peut-être pas méritée, mais je vous avais bien gagnée...

— Pas la peine d'avoir peur. Papa m'aurait laissée partir avec vous, il fait tout ce que je veux...

— Oh ! je sais bien, dit-il avec un peu d'irritation en tirant sa mouſtache en vermeil dédoré. Promettez-moi au moins de ne vouloir que des choses aussi raisonnables.

— On ne sait pas, on ne sait pas ! Ce que je voudrais... écoutez, accordez-moi ce que je vais demander.

— Quel bananier faut-il dépouiller ? quelle queue d'artichaut fabuleux devrai-je, amère, décortiquer ? Un mot un geste, un seul... et les pralines de chocolat à la crème vont emplir votre giron... Ces coupés de cercle, mesquins, rétrécissent la noblesse de mes gestes, Claudine, mais celle de mes sentiments n'en craint pas ! »

(Tous ces gens de lettres, ils parlent un peu à la blague, de la même façon, mais lui, combien plus chic que Maugis et sans cet horrible accent de faubourg parisien...)

« Des pralines de chocolat, ça ne se refuse jamais. Mais... voilà, je ne veux plus vous appeler "mon oncle". »

(Il incline, dans les lumières, tôt dépassées, d'un magasin, une tête faussement résignée.)

« Ça y est. Elle va m'appeler "grand-père". La minute redoutée a sonné...

— Non, ne riez pas. J'ai réfléchi que vous étiez mon cousin, et que, si vous vouliez, je pourrais vous appeler... Renaud. Ce n'est pas monstrueux, il me semble. »

(Nous suivons une avenue peu éclairée ; il se penche pour me voir ; je fais de loyaux efforts pour ne pas papilloter ; il répond enfin :)

« C'est tout ? Mais commencez vite, je vous en prie. Vous me rajeunissez, pas autant que je le voudrais, mais déjà de cinq ans au moins. Regardez mes tempes ; ne viennent-elles pas de reblondir soudainement ? »

Je me penche pour constater, mais je me retire presque aussitôt. À le regarder de si près, mon estomac rapetisse encore...

Nous ne disons plus rien. De temps en temps, dans les lumières, j'« arrœille » furtivement son profil court, et ses yeux, grands ouverts, attentifs.

« Où demeurez-vous... Renaud ?

— Je vous l'ai dit, rue de Bassano.

— C'est joli, chez vous ?

— C'est joli... pour moi.

— Est-ce que je pourrais voir ?

— Dieu, non !

— Pourquoi ?

— Mais, parce que... c'est trop... gravure XVIIIe siècle[1] pour vous.

— Bah ! qu'est-ce que ça fait ?

— Laissez-moi croire que "ça fait" encore quelque chose... Nous arrivons, Claudine. »

(Dommage !)

Avant *Blanchette,* je me régale consciencieusement de *Poil de carotte*[2]. La grâce garçonnière, le geste contenu de Suzanne Després[3] m'enchantent ; ses yeux sont verts, comme ceux de Luce, sous la courte perruque rouge. Et la coupante netteté de ce Jules Renard me ravit.

Comme j'écoute, menton tendu, toute immobile, je *sens* tout à coup que Renaud me regarde. Je me retourne prestement : il a les yeux sur la scène et la contenance fort innocente. Ça ne prouve rien.

Pendant l'entracte, Renaud me promène et me demande :

« Êtes-vous un peu plus calme, maintenant, petite nerveuse ?

— Je n'étais pas nerveuse, dis-je, hérissée.

— Et cette petite patte fine et raidie, dont je sentais, en voiture, le froid sur mon bras ? Pas nerveuse ? non, c'est moi !

— C'est vous... aussi. »

(J'ai parlé tout bas, mais le mouvement léger de son bras m'assure qu'il a bien entendu.)

Pendant que se joue *Blanchette,* je songe aux doléances — si lointaines déjà — de la petite Aimée de Mademoiselle. Dans le temps où nous commencions à nous aimer, elle me confiait — plus crûment que ne fait cette Blanchette-ci — en quelle aversion épouvantée elle prenait, petite institutrice déjà habituée au relatif bien-être de l'école, la demeure paternelle et toute la maisonnée pauvre, criarde et mal tenue. Elle me contait sans fin ses effrois de chatte frileuse, sur le seuil de la petite classe empestée, dans le courant d'air ; et Mlle Sergent passait derrière nous jalouse et silencieuse...

Mon voisin, qui semble écouter mes pensées, m'interroge tout bas :

« C'est comme ça, à Montigny ?

— C'est comme ça, et bien pis encore ! »

Il n'insiste pas. Coude à coude, nous nous taisons ; je me détends peu à peu contre cette bonne épaule rassurante. Une minute, je lève la tête vers lui, il baisse ses yeux fins sur les miens, et je lui souris de tout mon cœur. Cet homme-là, je l'ai vu cinq fois, je le connais depuis toujours...

Au dernier acte, je m'accoude la première et je laisse une petite place sur le bras de velours du fauteuil. Son coude comprend très bien, et vient trouver le mien. Mon estomac n'est plus du tout serré.

À minuit moins le quart, nous sortons. Le ciel est noir, le vent presque frais.

« S'il vous plaît, Renaud, je ne voudrais pas monter en voiture tout de suite, j'aimerais mieux marcher sur les boulevards, est-ce que vous avez le temps ?

— Toute la vie si vous voulez, répond-il en souriant. »

Il me tient sous le bras, solidement, et nous marchons du même pas, parce que j'ai les jambes longues. Sous des globes électriques, je nous ai vus passer : Claudine lève aux étoiles une extraordinaire frimousse exaltée et des yeux presque noirs ; le vent balaye les moustaches longues de Renaud.

« Parlez-moi de Montigny, Claudine, et de vous. »

Mais j'ai fait signe que non. On est bien comme ça. On n'a pas besoin de parler. On marche vite : j'ai les pattes de Fanchette, ce soir ; le sol fait tremplin sous mes pas.

Des lumières, des lumières vives, des vitraux coloriés, des buveurs attablés à une terrasse...

« Qu'est-ce que c'est ?

— C'est la brasserie Logre[1].

— Oh ! que j'ai soif !

— Je ne demande pas mieux. Mais pas dans cette brasserie.

— Si, ici ! Ça brille, ça "rabâte", c'est amusant.

— Mais c'est gendelettreux, cocotteux, bruyant...

— Tant mieux ! Je veux boire ici. »

Il tire un instant sa moustache, puis, ayant esquissé le geste : « Pourquoi pas, après tout ? » il me guide jusqu'à la grande salle. Pas tant de monde qu'il prétendait ; malgré la saison, on respire à peu près. Les piliers de faïence verte éveillent en moi des idées de bain et de cruches fraîches.

« Soif ! Soif !

— Là, là, c'est bien, on vous fera boire ! Quelle enfant redoutable ! Il ne ferait pas bon vous refuser un mari, à vous...

— Je le crois », dis-je sans rire.

Nous sommes assis à une petite table contre un pilier. À ma droite, sous un panneau tumultueusement peinturluré de bacchantes nues, une glace m'assure que je n'ai pas d'encre sur la joue, que mon chapeau se tient droit et que mes yeux palpitent au-dessus d'une bouche rouge de soif, peut-être d'un peu de fièvre. Renaud, en face de moi, a les mains agitées et les tempes moites. Un petit gémissement de convoitise m'échappe, suscité par le parfum en traînée d'un plat d'écrevisses qui passe.

« Des écrevisses aussi ? Voilà, voilà ! Combien ?

— Combien ? Je n'ai jamais su combien j'en peux manger. Douze d'abord, on verra après.

— Et boire, quoi ? De la bière ? »

(Je fais la lippe.)

« Du vin ? non. Du champagne ? De l'Asti, moscato spumante ? »

(Je rougis de gourmandise.)

« Oh ! oui ! »

J'attends, impatiente, et je regarde entrer plusieurs belles femmes en manteaux de soir légers et pailletés. C'est très joli : des chapeaux fous, des cheveux trop dorés, des bagues... Mon grand ami, à qui je montre chaque arrivante, témoigne une indifférence qui me choque. « Les siennes » sont peut-être plus belles ? Je deviens soudain sauvage et noire. Il s'étonne et cite de bons *auteurs* :

« Quoi ? Le vent a tourné ? "Hilda, d'où vient ta peine[1] ?" »

Mais je ne réponds rien.

On apporte l'Asti. Pour chasser mon souci et éteindre ma soif, j'avale d'un trait un grand verre. L'homme-à-femmes, en face de moi, s'excuse de mourir de faim et de dévorer du roastbeef rouge. L'ardeur musquée et traîtresse du vin d'Asti se propage en chaleur joyeuse à l'ourlet de mes oreilles, en soif renaissante dans ma gorge. Je tends mon verre et je bois plus lentement, les yeux mi-fermés de délices. Mon ami rit :

« Vous buvez comme on tète. Toute la grâce des animaux est en vous, Claudine.

— Fanchette a un enfant, vous savez.

— Non, je ne sais pas. Il fallait me le montrer ! Je parie qu'il est beau comme un astre.

— Plus beau que ça encore... Oh ! ces écrevisses ! Si vous saviez, Renaud — chaque fois que je l'appelle Renaud, il lève les yeux sur moi —, là-bas, à Montigny, elles sont toutes petites, j'allais les prendre au Gué-Ricard avec mes mains, pieds nus dans l'eau... Celles-ci sont poivrées à miracle.

— Vous ne serez pas malade, vous me le jurez ?

— Pardi ! Je vais vous dire encore quelque chose, mais quelque chose de grave. Vous ne me trouvez pas extraordinaire ce soir ? »

(Je tends vers lui ma figure que rose l'Asti ; il se penche aussi, me regarde de si près que je distingue les plis fins de ses paupières brunies, et se détourne en répondant :)

« Non. Pas plus ce soir que les autres jours.

— Engaudre, va ! Mon ami, avant-hier, pas plus tard, à onze heures du matin, on m'a de-man-dée en ma-ria-ge.

— Sacrr... quel est l'idiot... »

(Ravie de l'effet, je ris en gammes ascendantes, tout haut, et je m'arrête soudain parce que des soupeurs ont entendu et tourné la tête vers nous. Renaud n'est pas enchanté.)

« C'est malin de me faire monter à l'arbre !... Au fond, je n'en ai pas cru un mot, vous savez.

— Je ne peux pourtant pas cracher, mais je vous en donne ma parole d'honneur, on m'a demandée !

— Qui ? »

(Voilà un « qui » dénué de bienveillance.)

« Un jeune homme fort bien, M. Maria, secrétaire de papa.

— Vous l'avez refusé,... naturellement ?

— Je l'ai refusé,... naturellement. »

Il se verse un grand verre de cet Asti qu'il n'aime pas du tout et se passe la main dans les cheveux.

Pour moi, qui ne bois jamais que de l'eau à la maison, je constate des phénomènes inouïs : un treillis léger et vaporeux monte de la table, nimbe les lustres, recule les objets et les rapproche tour à tour...

Au moment où je songe à m'analyser, une voix connue crie du seuil de la salle :

« *Kellner*[1] ! Que s'avancent par vos soins la choucroute garnie, mère du pyrosis, et ce coco fadasse mais salicylé que votre impudence dénomme ici bière de Munich. Velours liquide, chevelure débordante et parfumée des Rheintöchter[2], pardonne-leur, ils ne savent pas ce qu'ils boivent ! "Weia, waga, waga, la weia[3]..." »

C'est Maugis, lyrique et suant, qui wagnérise, le gilet ouvert, le tube à bords plats[4] sur l'occiput. Il remorque trois amis. Renaud ne retient pas un geste d'extrême contrariété, et se tire la moustache en grognant quelque chose.

Maugis, près de nous, cesse brusquement de se gargariser avec le *Rheingold*, arrondit ses yeux saillants, hésite, lève la main, et passe sans saluer.

« Là ! rage tout bas Renaud.

— Quoi donc ?

— C'est votre faute, mon petit, c'est la mienne surtout. Vous n'êtes pas à votre place, ici, seule avec moi. Cet imbécile de Maugis... tout le monde aurait fait comme lui. Croyez-vous utile de donner à mal penser de vous, et de moi ? »

(D'abord refroidie par ses yeux soucieux et mécontents, je me ragaillardis dans le même instant.)

« C'est pour ça ? non, c'est pour ça que vous faites tout ce "raffut", et cet aria de sourcils froncés et de morale ? Mais, je vous demande ce que ça peut bien me fiche ? Donnez-moi à boire, sivouplaît.

— Vous ne comprenez pas ! Je n'ai pas pour habitude de sortir des petites filles honnêtes, moi. Jolie comme vous êtes, seule avec moi, que voulez-vous qu'on suppose ?

— Et puis après ? »

(Mon sourire ivre, mes yeux qui chavirent l'éclairent brusquement.)

« Claudine ! ne seriez-vous pas un peu... gaie, par hasard ? Vous buvez sec ce soir, est-ce que chez vous... ?

— Chez moi, je sable l'eau d'Évian, réponds-je, aimable et rassurante.

— Patatras ! nous voilà propres, qu'est-ce que je vais dire à votre père ?

— Il fait dodo.

— Claudine, ne buvez plus, donnez-moi ce verre plein, tout de suite !

— Voulez-vous une tape ? »

Ayant garé mon verre de ses mains prudentes, je bois, et je m'écoute être heureuse. Cela ne va pas sans quelque trouble. Les lustres se nimbent de plus en plus, comme la lune quand il pleuvra. « La lune boit », qu'on disait là-bas. Peut-être que c'est signe de pluie, à Paris, quand les lustres boivent... C'est toi, Claudine, qui as bu. Trois grands verres d'Asti, petite « arnie » ! Comme c'est bon... Les oreilles font *pch, pch...* Les deux gros messieurs qui mangent, à deux tables de nous, existent-ils réellement ? Ils se rapprochent, sans bouger ; en étendant la main, je parie que je les touche... Non, les voilà très loin. D'ailleurs, ça manque d'air entre les objets : les lustres collés au plafond, les tables collées au mur, les gros messieurs collés sur le fond clair des manteaux pailletés assis plus loin. Je m'écrie :

« Je comprends ! Tout est en perspective japonaise ! »

Renaud lève un bras désolé, puis s'essuie le front. Dans la glace de droite, quelle drôle de Claudine, avec ses cheveux en plumes soufflées, ses yeux longs envahis de délice trouble, et sa bouche mouillée ! C'est l'autre Claudine, celle qui est « hors d'état » comme on dit chez nous. Et, en face d'elle, ce monsieur à reflets d'argent qui la regarde, qui la regarde, qui ne regarde qu'elle et ne mange plus. Oh, je sais bien ! Ce n'est pas l'Asti, ce n'est pas le poivre des écrevisses, c'est cette présence-là, c'est ce regard presque noir aux lumières qui ont enivré la petite fille...

Tout à fait dédoublée, je me vois agir, je m'entends parler, avec une voix qui m'arrive d'un peu loin, et la sage Claudine, enchaînée, reculée dans une chambre de verre, écoute jaser la folle Claudine et ne peut rien pour elle. Elle ne peut rien ; elle ne veut rien non plus. La cheminée dont je redoutais l'écroulement, elle est tombée à grand fracas, et la poussière de sa chute fait un halo d'or autour des poires électriques. Assiste, Claudine sage, et ne remue pas ! La Claudine folle suit sa voie, avec l'infaillibilité des fous et des aveugles...

Claudine regarde Renaud ; elle bat des cils, éblouie. Résigné, entraîné, aspiré dans le sillage, il se tait, et la regarde avec plus de chagrin encore, on dirait, que de plaisir. Elle éclate :

« Oh, que je suis bien ! Oh, vous qui ne vouliez pas venir ! Ah ! ah ! quand je veux... N'est-ce pas, on ne s'en ira plus jamais d'ici ? Si vous saviez... je vous ai obéi, l'autre jour, moi, Claudine — je n'ai jamais obéi qu'exprès, avant vous... mais obéir, malgré soi, pendant qu'on a mal et bon dans les genoux ! — oh ! c'est donc ça que Luce aimait tant être battue, vous savez, Luce ? Je l'ai tant battue, sans savoir qu'elle avait raison ; elle se roulait la tête sur le bord de la fenêtre, là où le bois est usé parce que, pendant les récréations, on y fend des cornuelles[1]... Vous savez aussi ce que c'est, des cornuelles ? Un jour, j'ai voulu en pêcher moi-même, dans l'étang des Barres, et j'ai pris les fièvres, j'avais douze ans, et mes beaux cheveux... Vous m'aimeriez mieux, pas, avec des cheveux longs ?... J'ai des "fremis" au bout des doigts, toute une "fremilloire". — Sentez-vous ? Un parfum d'absinthe ? Le gros monsieur en a versé dans son champagne. À l'école, on mangeait des sucres d'orge verts, à l'absinthe ; c'était très bien porté de les sucer longtemps, en les affûtant en pointe aiguë. La grande Anaïs était si gourmande, et si patiente, elle les appointissait mieux que tout le monde, et les petites venaient lui apporter leurs sucres d'orge. "Fais-le-moi pointu !" qu'elles disaient. C'est sale, pas ? — J'ai rêvé de vous. Voilà ce que je ne voulais pas vous avouer. Un méchant rêve trop bon... Mais maintenant que me voilà *ailleurs*, je peux bien vous le dire...

« Claudine ! » supplie-t-il, tout bas...

La Claudine folle, tendue vers lui, ses deux mains à plat sur la nappe, le contemple. Elle a des yeux éperdus et sans secrets ; une boucle de cheveux, légère, lui chatouille le sourcil droit. Elle parle comme un vase déborde, elle, la silencieuse et la fermée. Elle le voit rougir et pâlir, et respirer vite, et trouve cela tout naturel. Mais pourquoi ne paraît-il pas, autant qu'elle, extasié, délivré ? Elle se pose vaguement cette question floue, et se répond tout haut, avec un soupir :

« Maintenant, il ne pourrait plus m'arriver rien de triste. »

Renaud fait signe au maître d'hôtel avec la véhémence d'un homme qui se dit que « ça ne peut pas durer ainsi ».

Claudine divague, les pommettes chaudes, en broutant ses roses thé :

« Comme vous êtes bête !

— Oui ?

— Oui. Vous avez menti. Vous avez empêché Marcel de venir ce soir.

— Non, Claudine. »

Ce « non » très doux la saisit et l'éteint un peu. Elle se laisse, petite somnambule, mettre debout et entraîner vers la sortie. Seulement, le parquet mollit comme de l'asphalte encore chaude... Renaud n'a que le temps de l'empoigner par un coude, et il la guide, et il la porte presque dans le fiacre à capote baissée, où il s'assied près d'elle. La voiture file. La tête bourdonnante et presque sans pensées, Claudine s'appuie contre l'épaule secourable. Il s'inquiète :

« Vous avez mal ? »

(Pas de réponse.)

« Claudine, répondez tout de suite ! Vous avez mal ? »

(Elle lève sur lui des yeux adorants :)

« Non. Mais[a] tenez-moi, parce que je nage. Tout nage, d'ailleurs. Vous aussi, vous nagez, pas ? »

Il lui enveloppe la taille de son bras, en soupirant d'anxiété. Elle appuie sa tête contre lui, mais son chapeau la gêne. Elle le retire d'une main incertaine et le pose sur ses genoux, puis elle penche de nouveau sa tête ébouriffée sur la bonne épaule, avec la sécurité, la détente de quelqu'un qui atteint, enfin, le but d'une longue marche. Et la Claudine sage assiste, enregistre, se rapproche par instants... La belle avance ! Elle est presque aussi démente, cette Claudine sage, que l'autre.

Son compagnon, son ami aimé, n'a pu s'empêcher d'étreindre ce petit torse abandonné... Ressaisi, il la secoue doucement :

« Claudine, Claudine, songez que nous approchons... Monterez-vous l'escalier sans encombre ?

— Quel escalier ?

— Celui de la rue Jacob, le vôtre.

— Vous allez me quitter ? »

Elle s'est dressée, raidie comme une couleuvre, et, nu-tête, en désordre, l'interroge de tout son visage bouleversé.

« Mais voyons, mon petit... revenez à vous. Nous sommes idiots, ce soir. Tout ceci arrive par ma faute...

— Vous allez me quitter ! crie-t-elle sans souci du cocher au dos attentif. Où voulez-vous que j'aille ? C'est vous que je veux suivre, c'est vous... »

(Ses yeux rougissent, sa bouche se serre ; elle crie presque.)

« Oh ! je sais, allez, je sais pourquoi ! Vous allez chez *vos* femmes, celles que vous aimez. Marcel m'a dit que vous en aviez au moins six ! Elles ne vous aiment pas, elles sont vieilles, elles vous quitteront, elles vous tromperont, elles sont laides[a] ! Vous irez coucher avec elles, toutes ! Et vous les embrasserez, vous les embrasserez sur la bouche, même ! Et moi, qui m'embrassera ? Oh ! pourquoi ne voulez-vous pas de moi pour votre fille, au moins ? J'aurais dû être votre fille, être votre amie, être votre femme, tout, tout !... »

(Elle se jette à son cou et s'y cramponne, en larmes, sanglotant :)

« Il n'y a que vous dans le monde, que vous, et vous me laissez ! »

Renaud l'enveloppe toute, et sa bouche fourrage la nuque bouclée, le cou tiède, les joues salées de pleurs.

« Vous quitter, cher parfum !... »

Elle s'est tue soudain, lève sa figure mouillée et le regarde avec une attention extraordinaire. Il est haletant et pâli, jeune sous ses cheveux argentés ; Claudine sent trembler les muscles de ses grands bras autour d'elle. Il se penche sur la bouche chaude de la petite fille qui se cabre et se cambre, pour s'offrir ou pour résister, elle n'en sait rien au juste... Le brusque arrêt de la voiture contre le trottoir les sépare, ivres, graves et tremblants.

« Adieu, Claudine.

— Adieu !

— Je ne monte pas avec vous ; j'allume votre bougeoir. Vous avez la clef ?

— La clef, oui.

— Je ne peux pas venir vous voir demain ; c'est aujourd'hui, demain ; je viendrai après-demain, sûrement, à quatre heures.

— À quatre heures. »

Docile, elle se laisse baiser la main longtemps, respire, pendant qu'il est penché, l'odeur légère de tabac blond qu'il porte avec lui monte, rêveuse éveillée, les trois étages, et se couche, la folle Claudine, rejointe — il est bien temps — par la sage Claudine dans son lit-bateau. Mais la Claudine sage s'efface timidement, admirative et respectueuse, devant l'autre, qui est allée droit où le Destin la poussait, sans se retourner, comme une conquérante ou une condamnée.

☆

Mal. Mal partout. Mal délicieux d'une qu'on a rouée de coups ou de caresses. Les mollets tremblants, les mains froides, la nuque engour*m*ie. Et mon cœur se hâte, tâche d'égaler en vitesse le tic-tac de ma petite montre... puis s'arrête et repart en faisant *Poum !* Alors, c'est le vrai amour, le vrai ? Oui, puisque nulle place ne m'est douce, hors son épaule, où, nichée, mes lèvres touchaient presque son cou ; puisque je souris de pitié quand j'approche, en pensée, les joues délicates de Marcel des tempes froissées de Renaud. Grâce à Dieu, non ! il n'est pas jeune. À cause de ce noble père, plutôt lunatique, qui est le mien, j'ai besoin d'un papa, j'ai besoin d'un ami, d'un amant... Dieu ! d'un amant !... C'est bien la peine d'avoir tant lu, et d'avoir fanfaronné ma science amoureuse — toute théorique — pour que ce seul mot, traversant ma cervelle, me fasse serrer les dents et crisper les doigts de pieds... Que faire en sa présence, si je ne puis m'empêcher de penser... il le verra, il y pensera aussi... Au secours, au secours !... Je meurs de soif.

La fenêtre ouverte et l'eau du broc m'aident un peu. Ma bougie brûle toujours, sur la cheminée, et je suis stupéfaite devant la glace, que *ça* ne se voie pas davantage. À quatre heures, au grand jour, je m'endors exténuée.

« As-tu faim, ma guéline ? Ton chocolat t'attend depuis sept heures et demie, et il en est neuf at'taleure... Oh ! c'te tête !

— Qu'est-ce que j'ai ?

— On m'a changé ma nourrissonne ! »

Son sûr flair d'appareilleuse tourne autour de ma fatigue, inspecte les plumes froissées de mon chapeau jeté sur le fauteuil, se réjouit de ma migraine... Elle m'agace.

« As-tu fini de peser tes seins comme des melons ? Lequel est le plus mûr ? »

Mais elle rit tout bas et s'en va dans sa cuisine en chantant une de ses plus impossibles chansons :

Les fill's de Montigny
Sont chaud's comme la braise,
Pour sûr qu'à sont ben aise
Quand on...

Il faut s'en tenir à cette brève citation.

Ce qui m'a réveillée, moi, c'est la terreur d'avoir seulement rêvé toute cette impossible nuit.

C'est donc ainsi qu'arrivent les grandes choses ? Bénis soient l'Asti, et le poivre des écrevisses ! Sans eux j'aurais certainement manqué de courage.

J'aurais manqué de courage, ce soir-là, oui mais un autre soir, mon cœur aurait fait *bardadô* tout de même. Mais n'est-ce pas qu'il m'aime ? N'est-ce pas qu'il était pâle, et qu'il perdait la tête comme une simple Claudine, sans ce malencontreux... ce bienheureux... non, je dis bien, sans ce malencontreux trottoir de la rue Jacob, où la roue du fiacre est venue se coincer... Jamais un homme ne m'a embrassée sur la bouche. La sienne est étroite et vive, avec une lèvre d'en bas ronde et ferme. Oh Claudine, Claudine, comme tu redeviens enfant en te sentant devenir femme ! J'ai évoqué sa bouche, l'affolement de ses yeux assombris, et une détresse délicieuse m'a fait joindre les mains...

D'autres idées m'assaillent, auxquelles je voudrais bien ne pas m'arrêter en ce moment.

« Pour sûr que ça fait mal ! » chantonne la voix de Luce. Mais non, mais non : elle a couché avec un pourceau, ça ne prouve rien ! Et d'ailleurs, qu'importe. Ce qu'il faut, c'est qu'il soit là tout le temps, que la chère place de son épaule me soit tiède et prête à toutes les heures, et que ses grands bras m'abritent toute en se fermant sur moi... Ma liberté me pèse, mon indépendance m'excède ; ce que je cherche depuis des mois — depuis plus longtemps —, c'était, sans m'en douter, un maître. Les femmes libres ne sont pas des femmes. Il sait tout ce que j'ignore ; il méprise un peu tout ce que je sais ; il me dira : « Ma petite bête ! » et me caressera les cheveux...

Je chevauche si bien mon rêve que, pour me hausser jusqu'à la main de mon ami, j'ai baissé le front et dressé mes pieds sur leurs pointes, comme Fanchette quêtant le grattement de mes ongles sur son petit crâne plat. « Toute la grâce des animaux est en vous, Claudine... » L'heure du déjeuner me surprend, attentive et penchée sur une glace ronde, pour deviner, les cheveux rebroussés sur les tempes, s'il aimera mes oreilles pointues.

Vite rassasiée de marmalade[1] d'oranges et de frites, je laisse papa devant son café où, chaque jour, il laisse tomber, méthodique, sept morceaux de sucre et un soupçon de cendre de pipe[2]. Et je m'abandonne à un désespoir aigu, en songeant que j'ai vingt-sept heures à attendre ! Lire ? Je ne peux pas, je ne peux pas. Des cheveux d'argent blond balayent les pages du livre. Et sortir non plus ; les rues grouillent d'hommes qui ne s'appellent pas Renaud, et qui me regarderaient, l'air avantageux, sans savoir, les imbéciles !

Une boulette d'étoffe roulée en tapon dans mon crapaud m'arrache un sourire. C'est une de mes petites chemises... commencée il y a longtemps. Il faut coudre. Claudine aura besoin de chemises. Est-ce que Renaud aimera celle-là ? Blanche et légère avec une mignonne dentelle, et des épaulettes en ruban blanc... Les soirs où je m'apprécie particulièrement, je me contemple en chemise dans la glace longue, petite madame Sans-Gêne[3] avec des frisons sur le nez. Renaud ne peut pas me trouver vilaine. Ah ! mon Dieu, je serais si près, trop près de lui, rien qu'avec une mince chemise. Mes mains agitées cousent de travers, et j'entends cocassement la voix lointaine de la favorite, la voix fluette de la petite Aimée de Mademoiselle, aux leçons de couture : « Claudine, je vous en prie, soignez vos ourlets à point devant, vous ne les perlez pas. Regardez ceux d'Anaïs ! »

On a sonné. Sans souffle et le cœur arrêté, j'écoute, le dé en l'air. C'est lui, c'est lui, il n'a pas pu attendre ! Au moment où je vais me lever et courir, Mélie frappe, et introduit Marcel.

La stupeur me tient assise. Marcel ? En voilà un que j'avais oublié ! Depuis plusieurs heures, il était mort. Quoi, c'est Marcel ! Pourquoi lui, et pas l'autre ?

Souple et silencieux, il m'a baisé la main, et s'est assis sur la petite chaise. Je le regarde d'un air ahuri. Il est pâlot, très joli, toujours un peu poupée. Un garçonnet en sucre.

Agacé de mon silence, il me presse :

« Eh bien, eh bien ?

— Eh bien, quoi ?

— C'était gai, hier soir ? Qu'est-ce qu'*on* vous a dit pour expliquer mon absence ? »

(Je délie avec effort ma langue :)

« Il m'a dit que vous portiez une cravate inadmissible. »

(Comme il est bête, ce petit ! Il ne voit donc pas le miracle ? Ça crève les yeux, il me semble. Pourtant, je ne me presse guère de l'éclairer. Il éclate d'un rire aigu ; je tressaille.)

« Ah ! ah !... une cravate inadmissible ! oui, toute la vérité tient dans ces trois mots. Que pensez-vous de l'histoire ? Vous la connaissez, ma cravate de crêpe de Chine ?... c'est Charlie qui me l'a donnée.

— Je pense, dis-je en toute sincérité, que vous avez bien fait de ne pas changer de cravate. Je la trouve exquise.

— N'est-ce pas ? Une idée charmante, ce drapé épinglé de perles ! J'étais sûr de votre goût, Claudinette. N'empêche, ajoute-t-il avec un soupir poli, que mon aimable père m'a privé de cette soirée avec vous. Je vous aurais ramenée, je guignais déjà le bon petit moment en voiture... »

(D'où sort-il, mais d'où sort-il ? Ça fait pitié, un tel aveuglement ! Il a dû entendre hier soir des paroles pénibles, car, en y songeant, sa figure a durci et sa bouche devient mince.)

« Racontez, Claudine. Mon cher père fut exquis et spirituel à son ordinaire ? Il ne vous a pas traitée, comme moi, de "petite ordure" et "d'enfant sale" ? Dieu, gronde-t-il, allumé de rancune, quel goujat, quel...

— Non ! »

Je l'ai interrompu avec une violence qui m'a mise debout devant lui.

Immobile, il me regarde, pâlit, comprend, et se lève aussi. Un silence, pendant lequel j'entends le ronron de Fanchette, le tic-tac de ma petite montre, la respiration de Marcel, et mon cœur qui cogne. Un silence qui dure peut-être deux minutes pleines...

« Vous aussi ? dit-il enfin d'une voix narquoise. Je croyais que papa ne donnait pas dans la jeune fille... D'habitude, il eſt pour femmes mariées, ou pour grues. »

(Je ne dis rien, je ne peux pas parler.)

« Et... c'eſt récent ? D'hier soir, peut-être ? Remerciez-moi, Claudine, c'eſt grâce à ma cravate que ce bonheur vous eſt échu. »

Son nez fin, pincé, eſt aussi blanc que ses dents. Je ne dis toujours rien, quelque chose m'empêche...

Debout derrière la chaise qui nous sépare, il me nargue. Les mains pendantes, la tête baissée, je le regarde en dessous ; la dentelle de mon petit tablier s'agite au battement de mon cœur. Le silence retombe, interminable. Tout à coup, il reprend lentement, d'une voix singulière :

« Je vous ai toujours crue très intelligente, Claudine. Et ce que vous faites aujourd'hui augmente l'eſtime que je ressens pour votre... adresse. »

(Stupéfaite, je lève la tête.)

« Vous êtes une fille remarquable, je le répète, Claudine. Et je vous félicite... sans arrière-pensée... C'eſt un joli travail. »

(Je ne comprends pas. Mais j'écarte doucement la chaise qui nous sépare. J'ai une vague idée qu'elle me gênera tout à l'heure.)

« Mais oui, mais oui, vous savez bien ce que je veux

dire. Eh ! eh ! quoiqu'il ait croqué pas mal d'argent, papa eﬆ encore ce qu'on appelle, dans son monde, un joli chopin[1]... »

Plus vive qu'une guêpe, j'ai jeté tous mes ongles dans sa figure — depuis une minute je visais ses yeux. Avec un cri clair, il se renverse en arrière, les mains au visage, puis, retrouvant l'équilibre, il se rue vers la glace de la cheminée. La paupière d'en dessous, déchirée, saigne ; un peu de sang tache déjà le revers du veﬆon. Dans un état d'exaltation folle, je m'entends pousser d'involontaires petits cris sourds. Il se retourne, hors de lui ; je crois qu'il veut saisir sa canne et je fouille fébrilement mon sac à ouvrage. Mes ciseaux, mes ciseaux !... Mais il ne songe même pas à me battre et me pousse de côté, courant au cabinet de toilette, pour tremper son mouchoir dans l'eau... Il se penche déjà au-dessus de ma cuvette ; cet aplomb ! Je suis sur lui en un clin d'œil, j'empoigne par les deux oreilles sa tête inclinée et je le rejette dans la chambre en lui criant d'une voix enrouée que je ne me connaissais pas :

« Non, non, pas ici ! File te faire panser chez Charlie ! »

Le mouchoir sur l'œil, il ramasse son chapeau, oublie sa canne et sort ; je lui ouvre toutes les portes, et j'écoute dans l'escalier son pas trébuchant. Puis je rentre dans ma chambre et je reﬆe là, debout, sans penser à rien, pendant je ne sais pas combien de temps. La lassitude de mes jambes me force à m'asseoir. Ce geﬆe remet en marche ma machine à penser, et je croule. De l'argent ! De l'argent ! Il a osé dire que je voulais de l'argent ! C'eﬆ égal, un beau coup de griffe que j'ai donné là, ce petit morceau de peau qui pendait... J'ai raté l'œil, de moins d'un centimètre, ma foi. Le lâche qui ne m'a pas assommée. Pouah ! lavette, va... De l'argent ! De l'argent ! Qu'eﬆ-ce que j'en ferais donc ? J'en ai bien assez pour Fanchette et moi. Ô cher Renaud, je lui dirai tout, et je me blottirai, et sa tendresse me sera si douce que j'en pleurerai...

Ce petit que j'ai griffé, c'eﬆ la jalousie qui le rongeait ; sale petite âme de fille !

Tout à coup, je comprends, et les tempes me font mal : c'eﬆ *son* argent, l'argent de Marcel, que je prendrai si je deviens la femme de Renaud ; c'eﬆ pour *son* argent qu'il tremble ! Et comment l'empêcher, ce sec enfant, de croire à la cupidité de Claudine ? Il ne serait pas le seul à y croire, et il dira, et ils diront à Renaud que la petite se vend, qu'elle a enjôlé le pauvre homme qui passe l'âge dangereux de la quarantaine[1]... Que faire ? que faire ? Je veux voir Renaud, je ne veux pas de l'argent de Marcel, mais je veux Renaud quand même. Si je demandais secours à papa ? Hélas !... J'ai si mal à la tête... Ô ma douce, chère place, sur son épaule, y renoncerai-je ? Non ! Je ferai tout sauter plutôt ! J'attacherai ce Marcel ici dans ma chambre, et je le tuerai. Et après je dirai aux gardiens de la paix qu'il me voulait du mal et que je l'ai tué en me défendant. Voilà !

Jusqu'à l'heure où Fanchette me réveille en miaulant qu'elle a faim, je reste accroupie sur le fauteuil crapaud, deux doigts sur les yeux, deux doigts dans les oreilles, envahie de rêves, sauvages, de désolation et de tendresse...

« Dîner ? Non, je ne dîne pas. J'ai la migraine. Fais-moi de la limonade fraîche, Mélie, je meurs de soif. Je vais me coucher. »

Papa inquiet, Mélie anxieuse, tournent autour de mon lit jusqu'à neuf heures ; n'y tenant plus, je les supplie :

« Allez-vous-en, je suis si lasse. »

La lampe éteinte, j'entends dans la cour les bonnes qui claquent les portes et lavent leur vaisselle... Il me faut Renaud ! Que n'ai-je télégraphié chez lui, tout de suite ? Il est trop tard. Demain ne viendra jamais. Mon ami, ma chère vie, celui à qui je me confierai comme à un papa chéri, celui auprès de qui je me sens tour à tour angoissée et honteuse, comme si j'étais sa maîtresse — puis épanouie et sans pudeur, comme s'il m'avait bercée petite fille dans ses bras...

Après des heures de fièvre, de martèlements douloureux, d'appels silencieux à quelqu'un qui est trop loin, n'entend pas, vers les trois heures du matin mes pensées affolées s'éclairent, reculent en cercle, tout autour, enfin, de l'Idée... Elle est venue avec l'aube, l'Idée, avec l'éveil des moineaux, avec la fraîcheur fugitive qui précède la journée d'été. Émerveillée devant Elle, je me tiens immobile sur le dos, les yeux grands ouverts dans mon lit. Que c'était simple, et que de chagrin inutile ! J'aurai les yeux battus et les joues tirées quand Renaud viendra. Et il ne fallait trouver que cela !

Je ne veux pas que Marcel pense : « Claudine vise mon argent ». Je ne veux pas dire à Renaud : « Allez-vous-en et ne m'aimez plus. » Ô Dieu ! ce n'est pas cela que je veux lui dire ! Mais je ne veux pas non plus être sa femme, et pour tranquilliser ma conscience irritable, eh bien ! — je serai sa maîtresse.

Ranimée, rafraîchie, je dors maintenant comme un sac, à plat ventre, la figure cachée dans mes bras croisés. La voix déclamatoire de mon vieux pauvre classique m'éveille, détendue et étonnée. Déjà six heures ! « Mélie ! jette quat' sous au vieux ! »

Mélie n'entend pas. Je passe mon peignoir et cours à la fenêtre du salon, nu-pattes, coiffée comme une chicorée. « Vieux, voilà dix sous. Gardez la monnaie. » Quelle belle barbe blanche ! Il possède sans doute une maison de campagne et des terres, comme la plupart des pauvres de Paris. Tant mieux pour lui. Et comme je m'en retourne à ma chambre je croise M. Maria qui arrive, et qui s'arrête, ébloui de mon déshabillé matinal.

« Monsieur Maria, est-ce que vous ne croyez pas que c'est aujourd'hui la fin du monde ?

— Hélas ! non, mademoiselle.

— Moi, je crois que si. Vous verrez. »

Assise dans mon cuveau d'eau tiède, je m'étudie et m'attarde minutieusement. Ce duvet-là, ça ne compte pas comme poil sur les jambes, au moins ? Dame, les bouts de mes nichettes ne sont pas si roses que ceux de Luce, mais j'ai les jambes plus longues et plus belles, et les reins à fossettes ; c'est pas un Rubens, non, mais je ne tiens pas au genre « belle-bouchère » — Renaud non plus.

Ce nom de Renaud, presque prononcé pendant que je ne me sens vêtue que d'un cuveau de hêtre, m'intimide considérablement. Onze heures. Encore cinq heures à attendre. Ça va bien. Brossons, brossons les boucles, brossons les dents, brossons les ongles ! Faut que tout reluise, bon sang ! Des bas fins, une chemise neuve, un pantalon assorti, mon corset rose, mon jupon pékiné à petites raies qui fait *hui hui* quand je remue...

Gaie comme à l'école, active et tumultueuse, je m'amuse tout plein, pour m'empêcher de penser trop à ce qui pourra se passer... Dame, puisque c'est aujourd'hui que je me donne, il peut bien me prendre aujourd'hui s'il veut, tout ça est à lui... Mais j'espère qu'il ne voudra pas si vite, mon Dieu, si brusquement... Ça ne lui ressemblerait guère. Je compte sur lui, mais oui, beaucoup plus que sur moi. Moi, comme on dit à Montigny, j'ai perdu mon « gouvernement ».

☆

L'après-midi est dure à passer quand même. Il ne peut pas ne pas venir. À trois heures, je joue les panthères en cage, et mes oreilles deviennent longues...

À quatre heures moins vingt, un coup de sonnette très faible. Mais je ne m'y trompe pas, c'est bien lui. Debout, adossée au pied de mon lit, je cesse d'exister. La porte s'ouvre et se referme derrière Renaud. Tête nue, il semble un peu maigri. Sa moustache tremble imperceptiblement, et ses yeux brillent bleu dans la pénombre. Je ne bouge pas, je ne dis rien. Il a grandi. Il a pâli. Il est bistré, fatigué, superbe. Encore près de la porte, sans avancer dans la chambre, il parle très bas.

« Bonjour, Claudine. »

Tirée à lui par le son de sa voix, je viens, je tends mes deux mains. Il les baise toutes deux, mais il les laisse retomber.

« Vous m'en voulez, petite amie ? »

Je hausse ineffablement les épaules. Je m'assieds dans le petit fauteuil. Il s'assied sur la chaise basse, et je me rapproche vite de lui, prête à me blottir. Méchant ! Il ne paraît pas comprendre. Il parle presque bas, comme s'il avait peur...

« Ma chère petite affolée, vous m'avez dit hier mille

choses que le sommeil et le matin auront emportées... Attendez un peu, ne me regardez pas trop, chers yeux de Claudine que je n'oublierai jamais et qui me furent trop doux... Je me suis battu cette nuit, et la fin de l'autre nuit, contre un grand espoir fou et ridicule... Je n'ai plus su que j'avais quarante ans, continue-t-il avec effort, mais j'ai songé que vous vous en souviendriez, vous, sinon aujourd'hui, sinon demain, du moins dans peu de temps... Ma chérie aux yeux trop tendres, mon petit pâtre bouclé, dit-il, plus bas encore — car sa gorge se serre et ses yeux deviennent humides —, ne me tentez plus. Hélas ! je suis un pauvre homme émerveillé, envahi de vous ; défendez-vous, Claudine... Mon Dieu, c'est monstrueux ; pour les autres, vous pourriez être ma fille...

— Mais je suis aussi votre fille ! (Je lui tends les bras.) Vous ne sentez donc pas que je suis votre fille ? Je l'ai été tout de suite, j'ai été, dès les premières fois, votre enfant obéissante et étonnée — bien plus étonnée encore, un peu plus tard, de sentir que lui venaient ensemble tant de choses, un père, un ami, un maître, un amoureux ! Oh ! ne protestez pas, ne m'empêchez pas, laissez-moi dire aussi un amoureux ! Est-ce que vous savez seulement si ce n'est pas au "papa" que vous êtes que je tiens le plus ? »

(Il toussotte.)

« Un amoureux[a], ça se trouve tous les jours, mais quelqu'un qui est *tout* ensemble, et qui vous laissera orpheline et veuve, et sans ami, s'il vous laisse, est-ce que ce n'est pas un miracle sans pareil ? C'est vous le miracle... je vous adore ! »

(Il baisse les yeux, mais trop tard. Une larme ronde roule sur sa moustache. Éperdue, je me suspends à lui.)

« Avez-vous du chagrin ? Est-ce que je vous ai peiné sans savoir ? »

(Les grands bras attendus m'enserrent enfin, les yeux bleu-noir mouillés m'éclairent.)

« Ô petite inespérée ! Ne me laissez pas le temps d'avoir honte de ce que je fais ! Je vous garde, je ne puis que vous garder, petit corps qui êtes pour moi tout ce que le monde a fait fleurir de plus beau... Est-ce qu'avec vous je serai jamais vieux tout à fait ? Si vous saviez, mon oiseau chéri, comme ma tendresse est exclusive, comme ma jalousie est jeune, et quel mari intolérable je serai !... »

(Un mari ? C'est vrai, il ne sait pas ! Réveillée, arrachée de ma chère place où je colle une bouche furtive, je dénoue brusquement ses bras.)

« Non, pas mon mari. »

(Il me regarde, les yeux ivres et tendres, et garde ses bras ouverts.)

« C'est très sérieux. Je devais vous le dire tout de suite. Mais... vous me chavirez en entrant, et puis je vous avais tant attendu, je ne savais plus rien dire... Asseyez-vous là. Ne me tenez pas la taille — ni le bras — ni la main — je vous en prie. Il faudrait presque ne pas me regarder, Renaud. »

Assise dans le petit crapaud, j'éloigne de mes bras tendus, avec toute la conviction qui me reste, ses mains chercheuses. Il s'assied tout près, tout près, sur la chaise bretonne.

« Marcel est venu hier après-midi. Oui. Il m'a demandé de lui raconter la soirée d'avant-hier — comme si ça se racontait, Renaud ! Il m'a conté, lui aussi, l'histoire de la cravate. Il a dit de vous un mot qu'il ne devait pas dire.

— Ah ! gronde Renaud. J'ai l'habitude !

— Il a su, alors, que je vous aimais. Et il m'a fait compliment de mon adresse ! Il paraît que vous êtes encore assez riche, et qu'en devenant votre femme, c'est sa fortune, à lui Marcel, que j'escamote à mon profit... »

(Renaud s'est levé. Ses narines remuent de la plus mauvaise façon ; je me hâte de conclure.)

« Alors, je ne veux pas vous épouser... »

(Le soupir tremblé que j'entends me presse d'achever.)

« ... mais je veux être votre maîtresse.

— Oh ! Claudine !

— Quoi, Claudine ? »

Il me contemple, les bras tombés, avec de tels yeux d'admiration et de détresse que je ne sais plus que penser. Moi qui m'attendais à un triomphe, à l'étreinte folle, à l'acquiescement peut-être trop vif...

« Est-ce que ce n'est pas bien ainsi ? Pensez-vous que, jamais, je voudrais laisser supposer que je ne vous aime pas mieux que tout ? J'ai de l'argent, moi aussi. J'ai cent cinquante mille francs. Ah ! Qu'est-ce que vous dites de ça ? Je n'ai pas besoin de l'argent de Marcel.

— Claudine...

— Je dois tout vous avouer, dis-je, en me rapprochant, caressante. Je l'ai grafigné, Marcel. Je... je lui ai enlevé un petit morceau de joue, et je l'ai mis dans l'escalier. »

(Je me lève et m'anime à ce souvenir, et mes gestes de guerrière lui arrachent un sourire sous sa grande moustache. Mais qu'attend-il ? Qu'attend-il pour m'accepter ? Il ne comprend donc pas ?)

« Alors... alors voilà, dis-je d'une voix qui s'embarrasse. Je veux être votre maîtresse. Ce ne sera pas difficile ; vous savez quelle liberté on me laisse, toute cette liberté-là, je vous la donne, je voudrais vous donner toute ma vie... Mais vous avez des affaires dehors. Quand vous serez libre, vous viendrez ici, et j'irai aussi chez vous... chez vous ! Vous ne la trouverez plus trop gravure XVIIIe siècle, votre maison, pour une Claudine qui sera toute à vous ? »

Mes jambes tremblant un peu, je me suis rassise. Il se laisse tomber sur ses genoux, sa figure à la hauteur de la mienne ; il m'arrête de parler, en posant, une seconde à peine, sans appuyer, sa bouche sur la mienne... il la retire, hélas, au moment où le baiser commence à m'éblouir... Ses bras autour de moi, il parle d'une voix mal sûre.

« Ô Claudine ! Petite fille renseignée par les mauvais livres, qu'y a-t-il dans le monde d'aussi pur que vous ! Non, ma chérie, mon délice, je ne vous laisserai pas accomplir cette prodigalité démente ! Si je vous prends, ce sera pour tout de bon, pour tout le temps ; et, devant tout le monde, banalement, honnêtement, je vous épouserai.

— Non, vous ne m'épouserez pas !... »

(Il me faut du courage, car, lorsqu'il m'appelle « ma

chérie, mon délice », tout mon sang s'en va et mes os deviennent mous.)

« Je serai votre maîtresse, ou rien.

— Ma femme, ou rien ! »

Saisie, à la fin, de l'étrangeté de ce débat, je pars d'un rire nerveux. Et, comme je ris bouche ouverte, tête en arrière, je le vois penché sur moi, si angoissé de désir que je tremble, puis je tends les bras, bravement, croyant qu'il m'accepte...

Mais il secoue la tête et dit, étranglé :

« Non ! »

Que faire ? Je joins les mains ; je supplie ; je lui tends ma bouche, les yeux demi-fermés. Il répète encore, suffoqué :

« Non ! Ma femme, ou rien. »

Je me lève, égarée, impuissante.

Pendant ce temps, Renaud, comme illuminé, a gagné la porte du salon. Il touche déjà la porte du cabinet de travail, quand je devine... Le misérable ! Il va demander ma main à papa !

Sans oser crier, je me suspends à son bras, je l'implore tout bas :

« Oh ! si vous m'aimez, ne le faites pas ! Grâce, tout ce que vous voudrez... Voulez-vous Claudine tout de suite ? Ne demandez rien à papa, attendez quelques jours... Songez, c'est odieux, cette histoire d'argent ! Marcel est venimeux, il le dira partout, il dira que je vous ai séduit de force... Je vous aime, je vous aime... »

Lâchement, il m'a enveloppée, et me baise lentement les joues, les yeux, les cheveux, et sous l'oreille, là où ça fait tressaillir... Que puis-je, dans ses bras ?...

Et il a ouvert sans bruit la porte, en m'embrassant une dernière fois... Je n'ai que le temps de m'écarter vite...

Papa, assis en tailleur par terre, dans ses papiers, la barbe en coup de vent et le nez en bataille, nous reluque avec férocité. Nous tombons mal.

« Qu'est-ce que tu viens foutre ici ? Ah ! c'est vous, cher monsieur, je suis heureux de vous voir ! »

(Oui, je t'en fiche !) Renaud reprend[a] un peu de

sang-froid et de correction, quoique sans chapeau ni gants.

« Il y a, monsieur, que je vous demanderai une minute d'entretien sérieux.

— Jamais, dit papa, catégorique. Jamais avant demain. Ceci, explique-t-il en indiquant M. Maria qui écrit, qui écrit trop vite, ceci est de toute urgence.

— Mais, moi aussi, monsieur, ce que je veux vous dire est de toute urgence.

— Dites-le tout de suite, alors.

— Je voudrais... tâchez, je vous en supplie, de ne pas me trouver ridicule outre mesure... je voudrais épouser Claudine.

— Ça va recommencer, cette histoire ! tonne papa formidable et dressé sur ses pieds. Tonnerre de Dieu, sacré mille troupeaux de cochons tous fils de garces !... Mais vous ne savez donc pas que cette bourrique ne veut pas se marier ? Elle va vous dire qu'elle ne vous aime pas ! »

Sous l'orage, Renaud retrouve toute sa crânerie. Il attend la fin des jurons, et me toisant de haut, sous ses cils en abat-jour :

« Elle ne m'aime pas ? Osez donc dire, Claudine, que vous ne m'aimez pas ! »

(Ma foi non, je n'ose pas. Et, de tout mon cœur, je murmure :)

« Si-da, que je vous aime... »

Papa, abasourdi, considère sa fille comme une limace tombée de la planète Mars.

« Ça, c'est bougrement fort ! Et vous, vous l'aimez ?

— Plutôt, fait Renaud, en hochant la tête.

— C'est extraordinaire, s'effare papa, sublime d'inconscience. Oh ! je veux bien ! Mais moi, pour épouser, elle ne serait pas du tout mon type. Je préfère les femmes plus... »

Et son geste dessine des appas de nourrice.

Que dire ? je suis battue. Renaud a triché. Je lui chuchote tout bas, en me haussant jusqu'à son oreille :

« Vous savez, je ne veux pas de l'argent de Marcel. »

Jeune, rayonnant sous ses cheveux d'argent, il m'entraîne dans le salon, en répondant, vindicatif et léger :

« Bah ! il aura encore toute sa grand-mère à manger ! »

Et nous retournons dans ma chambre, moi toute serrée dans son bras, lui qui m'emporte comme s'il me volait, tous deux ailés et bêtes comme des amoureux de romance[a]. Vite, allons-nous-en, pour que je ne voie plus le dos triste de M. Maria, qui n'a pas tourné une fois la tête pendant ce dialogue de vaudeville, qui n'a pas ri, qui gratte, assidu, une tache humide sur son papier. Une tache, pauvre homme !...

Et comme nous nous sommes arrêtés, silencieux, contre la porte fermée où il m'embrasse, encore, encore, encore... cette porte s'ouvre rudement devant Mélie, porteuse du plat de sciure où s'épanchera Fanchette. Non, la figure de Renaud !

... Mélie a disparu après un philosophique :

« À votre bonne santé ! »

Mais je me précipite derrière elle :

« Mélie, Mélie, acoute ! C'est celui-là, c'est celui-là ! Je serai sa femme, j'aurai ce grand mari-là pour moi toute seule !

— Pour toi toute seule, ma petite servante ? Je te connais, réaude, y en aura pas guère de trop. Et puis t'as bien raison de prendre le grand.

— N'est-ce pas ?

— Pardi, il sera toujours bien temps, si la marchandise te plaît point, de t'appliquer le petit ! »

COLETTE & WILLY

CLAUDINE EN MÉNAGE

Sûrement, il y a dans notre ménage quelque chose qui ne va pas. Renaud n'en sait rien encore ; comment le saurait-il ?

Depuis six semaines nous sommes de retour. Fini, ce vagabondage de flemme et de fièvre[1] qui, durant quinze mois, nous mena, trôleurs, de la rue de Bassano[2] à Montigny, de Montigny à Bayreuth, de Bayreuth à un village badois, que je crus d'abord, à la grande joie de Renaud, s'appeler « Forellen-Fischerei » parce qu'une affiche énorme proclame, au-dessus de la rivière, qu'on y pêche des truites, et parce que je ne sais pas l'allemand.

L'hiver dernier, hostile et serrée au bras de Renaud, j'ai vu la Méditerranée qu'un vent froid rebrousse et qu'éclaire un soleil pointu. Trop d'ombrelles, trop de chapeaux et de figures m'ont gâté ce Midi truqué, et surtout la rencontre inévitable d'un ami, de dix amis de Renaud, de familles qu'il fournit de billets de faveur[3], de dames chez qui il dîna. Cet affreux homme se fait aimable à tous, surtout en frais pour ceux qu'il connaît le moins, car les autres, les vrais amis, explique-t-il avec une douceur impudente, ce n'est pas la peine de s'exterminer le tempérament pour leur plaire, on est sûr d'eux...

Ma simplicité inquiète n'a jamais pu comprendre[4]

ces hivers de la Côte d'Azur où les robes de dentelle frissonnent sous des collets de zibeline !

Et puis, l'abus que je fis de Renaud, l'abus qu'il fit de moi, força mes nerfs et me donna une âme mal résignée aux petits cailloux de la route. Et ballottée, entraînée, en un état mi-pénible, mi-délicieux, d'ivresse physique et de quasi-vertige, j'ai fini par demander grâce, et repos, et le gîte définitif[1]. M'y voici rentrée ! Que me faut-il donc ? Que me manque-t-il encore ?

Tâchons de mettre un peu d'ordre dans cette salade de souvenirs encore tout proches, déjà si lointains...

☆

La bizarre comédie que fut le jour de mon mariage ! Trois semaines de fiançailles[2], la présence fréquente de ce Renaud que j'aime à l'affolement, ses yeux gênants, et ses gestes (contenus cependant) plus gênants encore, ses lèvres toujours en quête d'un bout de moi me firent pour ce jeudi-là une mine aiguë de chatte brûlante. Je ne compris rien à sa réserve, à son abstention, dans ce temps-là ! J'aurais été toute à lui, dès qu'il eût voulu ; il le sentait bien. Et pourtant, avec un soin trop gourmet de son bonheur — et du mien ? — il nous maintint dans une sagesse éreintante. Sa Claudine déchaînée lui jeta, souvent, des regards irrités au bout d'un baiser trop court et rompu avant le... avant le temps moral : « Mais enfin, dans huit jours ou maintenant, qu'est-ce que ça fait ? Vous me brégez inutilement, vous me fatiguez affreusement... » Sans pitié de nous deux, il me laissa tout intacte, malgré moi, jusqu'à ce mariage à la six-quat' deux[3].

Irritée sincèrement contre la nécessité d'informer un monsieur-maire et un monsieur-curé de ma décision de vivre avec Renaud, je refusai d'aider papa, ni personne, en rien. Renaud y mit une adroite patience, papa un dévouement inusité, furieux et ostentatoire. Mélie[4] seule, rayonnante d'assister au dénouement d'une histoire d'amour, chanta et rêva au-dessus du plomb de la petite cour triste. Fanchette, suivie de Limaçon[1] encore chancelant « plus beau qu'un fils de Phtah[2] », flaira des cartons ouverts, des étoffes neuves, des gants longs qui lui donnèrent d'ingénus haut-le-cœur, et « fit du pain » en pétrissant mon voile de tulle blanc.

Ce rubis en poire qui pend à mon cou, au bout d'un fil d'or si léger, Renaud me l'apporta l'avant-veille de notre mariage. Je me rappelle, je me rappelle ! Séduite par sa couleur de vin clair, je le mirais à contre-jour, à hauteur des yeux, mon autre main appuyée à l'épaule de Renaud agenouillé. Il rit :

« Tu louches, Claudine, comme Fanchette quand elle suit une mouche volante. »

Sans l'écouter, je mis soudain le rubis dans ma bouche « parce que ça doit fondre et sentir la framboise acidulée » ! Renaud, dérouté par cette compréhension nouvelle des pierres précieuses, m'apporta des bonbons le lendemain. Ils me causèrent, ma foi, autant de plaisir que le bijou.

Le grand matin, je m'éveillai irritée et bougonne, pestant contre la mairie et l'église, contre la lourdeur de ma robe à traîne, contre le chocolat trop chaud et Mélie en cachemire violet dès sept heures du matin (« Ah ! ma France, tu vas en avoir du goût ! »), contre ces gens qui allaient venir : Maugis[3] et Robert Parville[4], témoins de Renaud, tante Cœur[5] en chantilly, Marcel à qui son père pardonnait[6] — exprès pour l'agacer et lui faire la gnée*, je crois — et mes témoins à moi : un malacologue très décoré, très crasseux aussi, de qui je n'ai jamais su le nom, et M. Maria ! Papa, oublieux et serein, trouvait tout naturel ce dévouement singulier de mon amoureux-martyr[7].

Et Claudine, prête avant l'heure, un peu jaunette dans sa robe blanche et son voile mal équilibré — pas toujours commodes ces cheveux courts — assise devant la corbeille de Fanchette en train de se faire masser le ventre par son Limaçon rayé, Claudine songeait : « Ça me rebute, ce mariage ! L'idéal, ce serait de l'avoir ici, de dîner tous deux, de nous enfermer dans cette petite chambre où j'ai dormi en songeant à lui, où j'ai songé à lui sans dormir, et... Mais mon lit-bateau serait trop petit... »

*Railler.

La venue de Renaud, la trépidation légère de ses gestes ne chassa point ces préoccupations. Il fallut pourtant, sur la prière de M. Maria qui s'affolait, objurguer papa et l'aller relancer. Mon noble père, digne de la circonstance exceptionnelle et de lui-même, avait simplement oublié que je me mariais[1] ; on le trouva en robe de chambre (à midi moins dix !) fumant sa pipe avec solennité. Il accueillit le pauvre Maria par ces mots mémorables :

« Arrivez donc, vous êtes bougrement en retard, Maria, aujourd'hui que nous avons justement un chapitre très dur... Tiens, cette idée de vous enfiler dans un habit noir, vous avez l'air d'un garçon de restaurant !

— Mais monsieur... monsieur... le mariage de Mlle Claudine... On n'attend que vous...

— Foutre ! répondit papa en consultant sa montre, au lieu du calendrier, foutre ! vous êtes sûr que c'est pour aujourd'hui ? Si vous partiez[a] devant, on pourrait toujours commencer sans moi... »

Robert Parville, ahuri comme un caniche perdu, parce qu'il n'était pas dans le sillage de la petite Lizery[2] ; Maugis verni de gravité goguenarde ; M. Maria tout pâle ; tante Cœur pincée et Marcel gourmé, ça ne fait pas une foule, n'est-ce pas ? Ils me parurent au moins cinquante, dans l'appartement étroit ! Isolée sous mon voile, j'écoutais mes nerfs défaillants et agacés...

Mon impression, ensuite, fut celle d'un de ces rêves emmêlés et confus, où l'on se sent les pieds liés. Un rayon violet et rose sur mes gants blancs, à travers les vitraux de l'église ; mon rire nerveux à la sacristie, à cause de papa prétendant signer deux fois sur la même page, « parce que mon premier paraphe est trop maigre ». Étouffante impression d'irréel ; Renaud, lui-même, devenu distant et sans épaisseur...

De retour à la maison, tout inquiet devant ma figure tirée et triste, Renaud m'interrogea tendrement ; je secouai la tête : « Je ne me sens pas beaucoup plus mariée que ce matin. Et vous ? » Ses moustaches tressaillirent ; alors je rougis en haussant les épaules.

Je voulus me débarrasser de cette robe ridicule et on

me laissa seule. Fanchette, ma si chère, me reconnut mieux sous une blouse de linon rose et une jupe de serge blanche. « Fanchette, vais-je te quitter ? C'est la première fois... Il le faut. Je ne veux pas te trimbaler en chemin de fer avec ta famille. » Un peu envie de pleurer, malaise indéfinissable, côtes serrées et douloureuses. Ah ! que mon ami aimé me prenne vite et qu'il me délivre de cette appréhension sotte, qui n'est ni de la peur ni de la pudeur... Comme la nuit vient tard en juillet, et comme ce soleil blanc me serre les tempes !...

À la nuit tombante, mon mari — mon mari ! — m'emmena. Le roulement caoutchouté ne m'empêchait pas d'entendre mon cœur battre, et je serrais si fort les dents que *son* baiser ne les desserra pas.

Rue de Bassano, j'entrevis à peine, sous l'électricité voilée des lampes à écrire posées sur les tables, cet appartement « trop gravure XVIIIe siècle[1] » qu'il avait jusqu'alors refusé de m'ouvrir. Je respirai, pour m'enivrer plus, cette odeur de tabac blond et de muguet, avec un peu de cuir de Russie, qui imprègne les vêtements de Renaud et ses moustaches longues.

Il me semble y être encore, je m'y vois, j'y suis.

Quoi, c'est maintenant ? Que faire ? Je pense à Luce[2], le temps d'un éclair. J'ôte mon chapeau sans savoir. Je prends la main de celui que j'aime, pour me rassurer, et je le regarde. Il se débarrasse, au hasard, de son chapeau, de ses gants, et s'étire un peu en arrière avec un soupir tremblé. J'aime ses beaux yeux sombres, et son nez courbé, et ses cheveux dédorés qu'un vent habile peigna. Je me rapproche de lui, mais il se dérobe, méchant, s'écarte et me contemple, pendant que j'achève de perdre toute ma belle hardiesse. Je joins les mains :

« Oh ! s'il vous plaît, dépêchez-vous ! »

(Hélas ! je ne savais pas que ce mot fût si drôle.)

Il s'assied :

« Viens, Claudine. »

Sur ses genoux, il m'entend respirer trop vite ; sa voix s'attendrit :

« Tu es à moi ?

— Il y a longtemps, vous le savez bien.

— Tu n'as pas peur ?

— Non je n'ai pas peur. D'abord, je sais tout !

— Quoi, tout ? »

Il m'a couchée sur ses genoux et se penche sur ma bouche. Sans défense, je me laisse boire. J'ai envie de pleurer. Du moins, il me semble que j'ai envie de pleurer.

« Tu sais tout, ma petite fille chérie, et tu n'as pas peur ? »

Je crie :

« Non !... »

... quand même, et je me cramponne désespérément à son cou. D'une main, il essaie déjà de dégrafer ma chemisette. Je bondis :

« Non ! moi toute seule ! »

Pourquoi ? Je n'ai pas su pourquoi. Une dernière Claudinerie impulsive. Toute nue, je serais allée droit dans ses bras, mais je ne veux pas qu'il me déshabille.

Avec une hâte maladroite, je défais et j'éparpille mes vêtements, lançant mes souliers en l'air, ramassant mon jupon entre deux doigts de pied, et mon corset que je jette, tout cela sans regarder Renaud assis devant moi. Je n'ai plus que ma petite chemise, et je dis : « Voilà ! » l'air crâne, en frottant, d'un geste habituel, les empreintes du corset autour de ma taille.

Renaud n'a pas bougé. Il a seulement tendu la tête en avant et empoigné les deux bras de son fauteuil ; et il me regarde. L'héroïque Claudine, prise de panique devant ce regard, court éperdue et se jette sur le lit... sur le lit non découvert !

Il m'y rejoint. Il m'y serre, si tendu que j'entends trembler ses muscles. Tout vêtu, il m'y embrasse, m'y maintient — mon Dieu, qu'attend-il donc pour se déshabiller, lui aussi ? — et sa bouche et ses mains m'y retiennent, sans que son corps me touche, depuis ma révolte tressaillante jusqu'à mon consentement affolé, jusqu'au honteux gémissement de volupté que j'aurais voulu retenir par orgueil. Après, seulement après, il jette ses habits comme j'ai fait les miens, et il rit, impitoyable, pour vexer Claudine stupéfaite et humiliée. Mais il ne me demande rien, rien que la liberté de me donner autant de caresses qu'il en faut pour que je dorme, au petit jour, sur le lit toujours fermé.

Je lui sus gré, je lui sus beaucoup de gré, plus tard, d'une abnégation aussi active, d'une patience aussi stoïquement prolongée. Je l'en dédommageai apprivoisée et curieuse, avide de regarder mourir ses yeux comme il regardait, crispé, mourir les miens. Je gardai longtemps, d'ailleurs, et à vrai dire je garde encore un peu l'effroi du... comment dire ? On appelle cela « devoir conjugal », je crois. Ce puissant Renaud me fait songer, par similitude, aux manies de la grande Anaïs[1] qui voulait toujours gainer ses mains importantes de gants trop étroits. À part cela, tout est bon ; tout est un peu trop bon même. Il est doux d'ignorer d'abord, et d'apprendre ensuite, tant de raisons de rire nerveusement, de crier de même, et d'exhaler de petits grognements sourds, les orteils recourbés.

La seule caresse que je n'aie jamais su accorder à mon mari, c'est le tutoiement[2]. Je lui dis « vous » toujours, à toutes les heures, quand je le supplie, quand je consens, quand le tourment exquis d'attendre me force à parler par saccades, d'une voix qui n'est pas la mienne. Mais, lui dire « vous », n'est-ce pas une caresse unique que lui donne là cette Claudine un peu brutale et tutoyeuse ?

Il est beau, il est beau, je vous le jure ! Sa peau foncée et lisse glisse contre la mienne. Ses grands bras s'attachent aux épaules par une rondeur féminine où je pose ma tête, la nuit et le matin, longtemps.

Et ses cheveux couleur de grèbe[3], ses genoux étroits, et la chère poitrine qui respire lentement, marquée de deux grains de bistre, tout ce grand corps où je fis tant de découvertes passionnantes ! Je lui dis souvent, sincère : « Comme je vous trouve beau ! » Il m'étreint : « Claudine, Claudine, je suis vieux ! » Et ses yeux noircissent d'un regret si poignant que je le regarde sans comprendre.

« Ah ! Claudine, si je t'avais connue il y a dix ans !

— Vous auriez connu en même temps la cour d'assises ! Et puis, vous n'étiez qu'un jeune homme alors, une mauvaise sale arnie de jeune homme qui fait pleurer les femmes ; et moi...

— Toi, tu n'aurais pas connu Luce.
— Pensez-vous que je la regrette ?
— En ce moment-ci, non... ne ferme pas les yeux, je t'en supplie, je te le défends... Leur tournoiement m'appartient...
— Et moi toute ! »

Moi toute ? non ! La fêlure est là.

J'ai esquivé cette certitude aussi longtemps que je l'ai pu. J'ai souhaité ardemment que la volonté de Renaud courbât la mienne, que sa ténacité vînt assouplir mes sursauts indociles, qu'il eût, enfin, l'âme de ses regards, accoutumés à ordonner et séduire. La volonté, la ténacité de Renaud !... Il est plus souple qu'une flamme, brûlant et léger comme elle, et m'enveloppe sans me dominer. Hélas ! Claudine, dois-tu rester toujours maîtresse de toi-même ?

Il a su pourtant asservir mon corps mince et doré, cette peau qui colle à mes muscles et désobéit à la pression des mains, cette tête de petite fille coiffée en petit garçon... Pourquoi faut-il qu'ils mentent, ses yeux dominateurs et son nez têtu, son joli menton qu'il rase[a1] et montre, coquet comme une femme ?

Je suis douce avec lui, et je me fais petite ; je courbe sous ses lèvres une nuque docile, je ne demande rien et je fuis la discussion, dans la crainte sage de le voir me céder tout de suite, et qu'il tende vers moi sa bouche douce en un *oui* trop facile... Hélas ! il n'a d'autorité que dans les caresses.

(Je reconnais que c'est déjà quelque chose.)

Je lui ai conté Luce, et tout et tout, presque dans l'espoir de le voir froncer le nez, s'énerver, me presser de questions rageuses... Eh bien ! non, non. Et même au contraire. Il m'a pressée de questions, oui, mais pas rageuses. Et j'ai écourté parce que je pensais à son fils Marcel (agacée au souvenir des interrogations dont ce petit, lui aussi, me harcelait jadis), mais certes pas par défiance ; car si je n'ai pas trouvé mon maître, j'ai trouvé mon ami et mon allié.

À tout ce gougnigougna de sentiments, papa répondrait, dédaigneux des méli-mélos psychologiques de sa fille qui ergote, et dissèque, et joue à la personne compliquée :

« L'excrément monte à cheval, et encore il s'y tient ! »

Admirable père ! Je n'ai pas, depuis mon mariage, assez songé à lui, ni à Fanchette. Mais Renaud m'a, pendant des mois, trop aimée, promenée, trop grisée de paysages, envornée* de mouvement, de ciels nouveaux et de villes inconnues... Mal au courant de sa Claudine, il a souvent souri d'étonnement en me voyant plus rêveuse devant un paysage que devant un tableau, plus enthousiasmée d'un arbre que d'un musée, et d'un ruisseau que d'un bijou. Il avait beaucoup à m'apprendre, et j'ai beaucoup appris.

La volupté m'apparut comme une merveille foudroyante et presque sombre. Quand Renaud, à me surprendre immobile et sérieuse, me questionnait, anxieux, je devenais rouge, je répondais sans le regarder : « Je ne peux pas vous dire... » Et j'étais obligée de m'expliquer sans paroles, avec cet interlocuteur redoutable qui se repaît de me contempler, qui épie et cultive sur mon visage toutes les délices de la honte...

On dirait que pour lui — et je sens que ceci nous sépare — la volupté est faite de désir, de perversité, de curiosité allègre, d'insistance libertine. Le plaisir lui est joyeux, clément et facile, tandis qu'il me terrasse, m'abîme dans un mystérieux désespoir que je cherche et que je crains. Quand Renaud sourit déjà, haletant et les bras dénoués de moi, je cache encore dans mes mains, quoiqu'il empêche, des yeux pleins d'épouvante et une bouche extasiée. Ce n'est qu'un peu de temps après que je vais me blottir sur son épaule rassurante et me plaindre à mon ami du mal trop cher que m'a fait mon amant.

Parfois, je cherche à me persuader que peut-être l'amour est trop neuf pour moi, tandis que, pour Renaud, il a perdu de son amertume ? J'en doute. Nous

*Troublée, étourdie.

ne penserons jamais de même là-dessus, en dehors de la grande tendresse qui nous a noués...

Au restaurant, l'autre soir, il souriait à une dîneuse solitaire, dont la minceur brune et les beaux yeux maquillés se tournaient volontiers vers lui.

« Vous la connaissez ?

— Qui ? la dame ? Non, chérie. Mais comme elle a une jolie silhouette, ne trouves-tu pas ?

— C'est pour cela seulement que vous la regardez ?

— Bien sûr, ma petite fille. Cela ne te choque pas, j'espère ?

— Non-da. Mais... je ne suis pas contente qu'elle vous sourie.

— Oh ! Claudine ! prie-t-il en penchant vers moi sa figure bistrée, laisse-moi croire encore qu'on peut regarder sans dégoût ton vieux mari ; il a tant besoin d'avoir un peu confiance en lui-même ! Le jour où les femmes ne me regarderont plus du tout, ajoute-t-il en secouant ses cheveux légers, je n'aurai plus qu'à...

— Mais, qu'est-ce que ça fait, les autres femmes, puisque, moi, je vous aimerai toujours ?

— Chut ! Claudine, coupe-t-il adroitement, le ciel me préserve de te voir devenir un cas unique et monstrueux ! »

Voilà ! En parlant de moi, il dit : *les* femmes ; est-ce que je dis : *les* hommes, en pensant à lui ? Je sais bien : l'habitude de vivre en public, en collage, et en adultère, pétrit un homme et l'abaisse à des soucis qu'ignore une petite mariée de dix-neuf ans[1]...

Je ne puis me tenir de lui dire, méchante :

« C'est vous, donc, qui aurez légué à Marcel cette âme de fille coquette ?

— Oh ! Claudine ! demande-t-il un peu attristé, tu n'aimes pas mes défauts ?... De fait, je ne vois pas, hors moi, de qui il tiendrait... Accorde-moi que cette coquetterie s'est moins dévoyée chez moi que chez lui ! »

Qu'il est vite redevenu léger et heureux ! Il me semble que s'il m'avait répondu sec, et fronçant ses beaux sourcils pareils au velours intérieur d'une coque de châtaigne mûre : « Assez, Claudine, Marcel n'a rien à faire ici », il me semble que j'eusse commencé à sentir une grande joie, et un peu de ce respect craintif qui ne veut pas me venir, qui ne peut pas me venir pour Renaud.

À tort ou à raison, j'ai besoin de respecter, de redouter un peu ce que j'aime. J'ai ignoré la crainte aussi longtemps que l'amour, et j'aurais voulu qu'elle vînt avec lui...

Mes souvenirs de quinze mois voyagent dans ma tête comme des grains de poudre à travers une chambre sombre barrée d'un rai de soleil. L'un après l'autre ils passent dans le rayon, y brillent une seconde, pendant que je leur souris ou je leur fais la lippe, puis rentrent dans l'ombre.

À mon retour en France, il y a trois mois, j'ai voulu revoir Montigny... Mais ceci mérite que je me prenne, comme dit Luce, du commencement.

Mélie se hâta, il y a un an et demi[1], de faire claironner à Montigny mon mariage « avec un homme tout à fait bien, un peu fort d'âge, mais encore bien dru ».

Papa lança là-bas, à l'aventure, quelques faire-part, dont l'un au menuisier Danjeau[2] (!) « parce qu'il avait bougrement bien ficelé ses caisses de livres ». Et j'en expédiai deux, avec les adresses moulées de ma plus belle main, à Mlle Sergent et à sa petite dégoûtation d'Aimée*. Ce qui me valut une lettre plutôt inattendue...

« Ma chère enfant », m'écrivit Mlle Sergent, « je suis sincèrement heureuse (*attends, marche, bouge pas !*) d'un mariage d'affection (*le français, dans les mots, brave l'honnêteté*[3]) qui vous sera un sûr abri contre une indépendance un peu dangereuse. N'oubliez pas que l'école attend votre visite, si vous revenez, ce que je souhaite, voir un pays qui peut vous tenir au cœur par tant de souvenirs. »

Cette ironie finale s'émoussa contre l'universelle indulgence qui m'enveloppait à ce moment-là. Ma sur-

*Voir *Claudine à l'école.*

prise amusée persista seule, et le désir de revoir Montigny — ô bois qui m'avez enchantée ! — avec des yeux moins sauvages et plus mélancoliques.

Et comme nous revenions d'Allemagne par la Suisse, en septembre dernier[1], je priai Renaud de vouloir bien faire halte vingt-quatre heures avec moi, en plein Fresnois, dans la médiocre auberge de Montigny, place de l'Horloge[2], chez Lange.

Il consentit tout de suite, comme il consent toujours.

Pour revivre ces jours-là, il suffit que je ferme, une minute, les yeux...

☆

Dans le train omnibus qui flânoche, indécis, à travers ce pays vert et ondulé, je tressaille aux noms connus des petites stations désertes. Mon Dieu ! après Blégeau et Saint-Farcy[3], ce sera Montigny, et je verrai la tour ébréchée... Exaltée, les mollets travaillés de piqûres nerveuses, je me tiens debout dans le wagon, les mains cramponnées aux brassards de drap. Renaud, qui me surveille, la casquette de voyage sur les yeux, me rejoint à la portière :

« Mon oiseau chéri, tu tressailles à l'approche du nid de jadis ?... Claudine, réponds... je suis jaloux... je ne veux te voir ce silence énervé qu'entre mes bras. »

(Je le rassure d'un sourire et j'épie de nouveau les dos des collines, toisonnées de forêts, qui fuient et tournent.)

« Ah ! »

Le doigt tendu, je montre la tour, sa pierre rousse effritée que drape le lierre, et le village qui dévale en dessous, qui a l'air de glisser d'elle. Sa vue m'a blessée, si fort et si doucement, que je m'appuie à l'épaule de Renaud...

Cime brisée de la tour, foule des arbres à têtes rondes, comment vous ai-je quittés... et ne dois-je m'emplir les yeux de vous que pour repartir encore ?

Les bras au cou de mon ami, j'y cherche à présent ma force et ma raison de vivre ; c'est à lui de m'enchanter et de me retenir, je l'espère, je le veux...

La petite maison rose du garde-barrière passe vite, et la gare des marchandises — j'ai reconnu l'homme d'équipe ! Et nous sautons sur le quai. Renaud a déjà confié la valise et mon sac à main à l'unique omnibus, que je suis encore plantée là, silencieuse, à compter les bosses, les trous et les points de repère du cher horizon rétréci. Voilà, tout là-haut, le bois des Fredonnes qui tient à celui des Vallées... le chemin des Vrimes, serpent jaune de sable, qu'il est étroit ! il ne me mènera plus chez ma sœur de lait, ma mignonne Claire[1]. Oh ! on a coupé le bois des Corbeaux, sans ma permission ! Sa peau râpée est maintenant visible et toute nue... Joie, joie de revoir la montagne aux Cailles, bleue et nébuleuse, qui se vêt de gaze irisée les jours de soleil, et se rapproche, nette, lorsque le temps tourne à la pluie. Elle est pleine de coquilles fossiles, de chardons violâtres, de fleurs dures et sans sève, fréquentée de papillons menus, aux ailes de nacre bleue, d'Apollo tachés de lunules oranges comme des orchidées, de lourds morios en velours sombre et doré...

« Claudine ! Ne crois-tu pas que nous devrions finir par grimper dans cette patache un jour ou l'autre ? » demande Renaud, qui rit de mon hébétude heureuse.

Je le rejoins dans l'omnibus. On n'a rien dérangé : le père Racalin[2] est ivre comme autrefois, immuablement ivre, et conduit son véhicule grinçant d'un fossé à l'autre, autoritaire et sûr de lui.

Je scrute les haies, les tournants de la route, prête à protester si on a touché à *mon* pays. Je ne dis rien, plus rien, jusqu'aux premières masures de la pente raide, où je m'écrie :

« Mais les chats ne pourront plus coucher dans le grenier à foin de chez Bardin[3] ; il y a une porte neuve !

— C'est ma foi vrai, acquiesce Renaud, pénétré, cet animal de Bardin a fait mettre une porte neuve ! »

Mon mutisme de tout à l'heure crève en gaieté et en paroles imbéciles :

« Renaud, Renaud, regardez vite, on va passer devant la grille du château ! Il est abandonné, nous irons voir la tour. Oh ! la vieille mère Sainte-Albe[4] qui est sur sa porte ! Je suis sûre qu'elle m'a vue, elle va le dire à toute la rue... vite, vite, tournez-vous ; ici, les deux pointes d'arbres, au-dessus du toit de la mère Adolphe[1], c'est les grands sapins du jardin, *mes* sapins, à moi... Ils n'ont pas grandi ; c'est bien fait... Qu'est-ce que c'est que cette fille-là que je ne connais pas ? »

Il paraît que j'ai accentué cela avec une âpreté comique telle que Renaud rit de tout son cœur et de toutes ses blanches dents carrées. Mais c'est pas tout ça, il va falloir passer la nuit chez Lange[2], et mon mari pourrait bien rire moins gaiement, là-haut, dans l'auberge sombre...

Eh bien non ! La chambre lui paraît tolérable, malgré les rideaux de lit en forme de tente, la toilette minuscule et les gros draps grisâtres (mais, Dieu merci, très propres).

Renaud, excité par la médiocrité du cadre, par toute l'enfance qui se lève de Claudine dans Montigny, m'étreint par derrière et veut m'attirer... mais non... il ne faut pas, le temps passerait trop vite !

« Renaud, Renaud, cher grand, il est six heures ; je vous en prie, venez à l'école faire une surprise à Mademoiselle, avant le dîner !

— Hélas ! soupire-t-il mal résigné, épousez donc une petite fille fiérotte et sauvageonne, pour qu'elle vous trompe avec un chef-lieu de canton qui compte 1847 habitants[3] ! »

Un coup de brosse à mes cheveux courts que la sécheresse allège et vaporise, un coup d'œil inquiet à la glace — si j'avais vieilli depuis dix-huit mois[4] ? — et nous voici dehors sur la place de l'Horloge, si escarpée que, les jours de marché, maint petit étalage forain, impossible à équilibrer, fait *bardadô* et s'écroule à grand bruit.

Grâce à mon mari, grâce à mes cheveux coupés (je songe, un peu jalouse de moi-même, aux longs copeaux châtain-roussi qui dansaient sur mes reins), on ne me reconnaît guère, et je puis m'étonner à mon aise.

« Oh Renaud ! figurez-vous, cette femme avec un bébé sur le bras, c'est Célénie Nauphely* !

— Celle qui tétait sa sœur ?

*Voir *Claudine à Paris*, p. 295.

— Justement. C'est elle qu'on tète, à présent. Heullà-t-y possible ! c'est dégoûtant !

— Pourquoi, dégoûtant ?

— Je ne sais pas. Il y a encore les mêmes pastilles de menthe chez la petite Chou[1]... Peut-être qu'elle n'en vend plus depuis le départ de Luce... »

La Grande-Rue — trois mètres de large — descend si raide que Renaud me demande où l'on achète, ici, des alpenstocks. Mais Claudine dansante, le canotier sur l'œil, l'entraîne en le tenant par le petit doigt. Au passage des deux étrangers, les seuils s'ornent de figures familières et plutôt malveillantes : je puis mettre un nom sur toutes, recenser leurs avaries et leurs rides.

« Je vis dans un dessin de Huard[2] », constate Renaud.

Un Huard exaspéré, même. Cet escarpement de tout le village, je ne me le rappelais pas si rude, ni les rues si caillouteuses, ni le complet de chasse du père Sandré[3] si belliqueux... Le gâtisme du vieux Lourd, le connus-je aussi souriant et gélatineux ? Au tournant de Bel-Air, je m'arrête pour rire tout haut :

« Mon Dieu ! Mme Armand[4] qui a toujours ses bigoudis ! Elle les tortille le soir en se couchant, oublie de les ôter le matin, et puis, tant pis, c'est trop tard, elle les garde la nuit suivante, et recommence le lendemain, et je les ai toujours vus, tordus comme des vers sur son front gras !... Ici, Renaud, j'ai admiré pendant dix ans, au carrefour de ces trois rues, un homme admirable nommé Hébert[5], qui fut maire de Montigny, bien qu'il pût à grand-peine signer son nom. Il se rendait assidûment aux séances du conseil municipal, hochait une belle figure de conventionnel, rouge sous des cheveux de chanvre blanc, et prononçait des discours qui sont restés célèbres. Par exemple : “Faut-il faire un caniveau dans la rue des Fours-Banaux, faut-il pas le faire ? *Tatitèquestion*, comme disent les Anglais.” Entre les séances il se tenait debout au carrefour des trois rues, violet l'hiver et rouge l'été, et observait ; quoi ? Rien ! C'était toute son occupation. Il en est mort... Attention ! Ce hangar à double porte cochère porte au fronton une inscription mémorable, lisez : “Pompes à incendie et funèbres.” Ils ont mis *Pompes* en facteur commun ! Auriez-vous inventé celle-là, vous qui travaillez dans la diplomatie ? »

L'indulgent rire de mon ami se fatigue un peu. Est-ce qu'il commencerait à me trouver trop Molinchart[1] ? Non ; il ressent seulement un regret jaloux à voir le passé me reprendre tout entière.

Et voilà qu'au bas de la pente la rue s'ouvre sur une place bosselée. À trente pas, derrière les grilles peintes de gris fer, se carre la vaste école blanche coiffée d'ardoises, à peine salie par trois hivers et quatre étés.

« Claudine, c'est la caserne ?

— Non, voyons ! c'est l'école !

— Pauvres gosses...

— Pourquoi "pauvres gosses" ? Je vous jure qu'on ne s'y embêtait pas.

— Toi, diablesse, non. Mais les autres ! Nous entrons ? Est-ce qu'on visite les prisonniers à toute heure ?

— Où vous a-t-on élevé, Renaud ? Vous ne savez donc pas qu'on est en vacances !

— Non ! C'est pour voir cette geôle vide que tu m'as amené, et c'est dans cet espoir que tu trépidais, voiturette sous pression ?

— Charrette à bras ! réponds-je victorieusement, car une année de voyage à l'étranger a suffi pour émailler mon vocabulaire fresnois d'invectives "bien parisiennes".

— Si je te privais de dessert ?

— Si je vous mettais à la diète ? »

Brusquement sérieuse, je me tais, sentant sous ma main le pène de la grille lourde résister, comme autrefois...

À la pompe de la cour, le petit gobelet rouillé — le même ! — pend à sa chaîne. Les murs, tout blancs et crayeux il y a deux ans, sont griffés jusqu'à hauteur d'épaule comme par des milliers d'ongles énervés et captifs. Mais l'herbe maigre des vacances pousse à terre entre les briques du caniveau.

Personne.

Devant Renaud qui suit, docile, je gravis le petit escalier de six marches, j'ouvre une porte vitrée, je suis le couloir dallé et sonore qui relie le Grand Cours aux trois classes inférieures... Cette bouffée de fraîcheur fétide — balayage sommaire, encre, poussière de craie, tableaux noirs lavés d'éponges sales — me suffoque d'une émotion singulière. Agile sur ses espadrilles muettes, la petite ombre de Luce en tablier noir va-t-elle pas tourner ce coin de mur, et se blottir à mes jupes, importune et tendre ?

Je tressaille et je sens mes joues frémir : agile sur des espadrilles muettes, une petite ombre en tablier noir entrebâille la porte du Grand Cours... Mais non, ce n'est pas Luce ; une jolie frimousse aux yeux limpides me dévisage, que je n'ai rencontrée nulle part. Rassurée et me sentant presque chez moi, je m'avance :

« Là ous qu'est Mmmzelle ?

— Je ne sais pas, Mada... Mademoiselle. Sans doute en haut.

— Bon, merci. Mais... vous n'êtes donc pas en vacances[a] ?

— Je suis une des pensionnaires qui passent les vacances à Montigny. »

Elle est tout à fait gente, la pensionnaire qui passe les vacances à Montigny ! Les cheveux châtains en natte sur le tablier noir, elle penche et dérobe une fraîche bouche tout aimable, et des yeux mordorés, plus beaux que vifs, de biche qui regarde passer une automobile.

Une voix mordante (oh ! que je la reconnais !) tombe sur nous de l'escalier :

« Pomme[1], avec qui causez-vous donc ?

— Avec quelqu'un, Mmmzelle ! » crie l'ingénue qui trotte et grimpe l'escalier des appartements privés et des dortoirs.

Je me retourne pour rire des yeux à Renaud. Il s'intéresse, son nez remue.

« Tu entends, Claudine ? Pomme ! elle se fera croquer, avec ce nom-là. Quelle chance que je ne sois qu'un vieux monsieur hors d'âge !...

— Taisez-vous, gibier de neuvième chambre ! On vient. »

Un chuchotement rapide, un pas net qui descend et Mlle Sergent[2] paraît, de noir vêtue, ses cheveux rouges incendiés par le soleil couchant, si semblable à elle-même que je me sens envie de la mordre et de lui sauter au cou, pour tout l'Autrefois qu'elle me rapporte dans son regard lucide et noir.

Elle s'arrête deux secondes ; cela suffit, elle a tout vu : vu que je suis Claudine, que j'ai les cheveux coupés, les yeux plus grands et la figure plus petite, que Renaud est mon mari et que c'est encore (je vous écoute !) un bel homme.

« Claudine ! oh ! vous n'avez pas changé... Pourquoi arriver sans me prévenir ? Bonjour, monsieur. Cette enfant-là qui ne me dit rien de votre visite ! Est-ce que ça ne mérite pas un pensum de deux cents lignes ? Est-elle toujours aussi jeune et aussi terrible ? Êtes-vous bien sûr qu'elle fût bonne à épouser ?

— Non, mademoiselle, pas sûr du tout. Seulement je n'avais pas assez de temps devant moi, et je voulais éviter un mariage *in extremis.* »

Ça va bien, ils seront camarades, ils corderont. Mademoiselle aime les beaux mâles, encore qu'elle en use peu. Qu'ils se débrouillent.

Pendant qu'ils causent, je m'en vais fouiner dans le Grand Cours, cherchant ma table, celle où Luce fut ma voisine. Je finis par découvrir, sous l'encre répandue, sous des cicatrices fraîches ou décolorées, un reste d'inscription au couteau... *uce* et *Claudi... 15 février 189*[1]...

Y ai-je mis mes lèvres ? Je ne l'avouerai pas... En regardant de si près, ma bouche aura effleuré ce bois couturé... Mais, si je voulais ne pas mentir, je dirais maintenant que je me rends compte, je dirais que j'ai méconnu bien durement la tendresse servile de cette pauvre Luce, et qu'il m'a fallu deux ans, un mari, et le retour à cette école, pour comprendre ce que méritaient son humilité, sa fraîcheur, sa douce perversité offerte.

La voix de Mlle Sergent chasse mon rêve :

« Claudine ! Vous perdez le sens, je suppose ? Votre mari m'apprend que vos valises sont chez Lange !

— Pardi, fallait bien : je ne pouvais pas laisser ma chemise de nuit à la consigne de la gare !

— C'est simplement ridicule ! J'ai un tas de lits vides là-haut, sans compter la chambre de Mlle Lanthenay...

— Comment ! Mlle Aimée n'est pas ici ? m'écrié-je avec trop d'étonnement.

— Voyons, voyons, où avez-vous la tête ? »

(Elle s'approche de moi et me passe la main sur les cheveux avec une ironie peu voilée.)

« Pendant les vacances, madame Claudine, les sous-maîtresses rentrent dans leurs familles. »

(Bardadô ! Moi qui comptais sur le spectacle du ménage Sergent-Lanthenay pour édifier et réjouir Renaud ! Je m'imaginais que les vacances même ne pouvaient séparer ce couple si uni... Ah bien, cette petite rosse d'Aimée ne doit pas y traîner longtemps dans sa famille ! Je comprends, maintenant, chez Mademoiselle, cet accueil surprenant d'amabilité ; c'est que, Renaud et moi, nous ne dérangeons aucun tête-à-tête... quel dommage !)

« Merci de votre offre, Mmmzelle ; je serai très contente de me rajeunir un peu en passant la nuit à l'école... Qu'est-ce que c'est donc que cette petite Pomme verte qui nous a reçus ?

— C'est une nigaude qui a manqué son oral de brevet élémentaire, après avoir demandé une dispense. Quinze ans ; une histoire absurde ! Elle passe ses vacances ici en punition, mais ça ne l'émeut pas autrement. J'en ai deux comme elle, là-haut, des petites Parisiennes, qui prennent le frais jusqu'en octobre... Vous verrez tout ça... venez d'abord qu'on vous installe... »

Elle me coule un regard de côté et demande de sa voix la plus naturelle :

« Vous voulez bien coucher dans la chambre de Mlle Aimée ?

— Je veux bien coucher dans la chambre de Mlle Aimée ! »

Renaud suit, flaire et continue à s'amuser. Les gauches dessins aux deux crayons, fixés par quatre punaises au mur du couloir, ont fait gonfler de joie ses narines, et remuer ses moustaches ironiques.

La chambre de la favorite... Elle a embelli depuis moi... Ce lit blanc d'une personne et demie, ces liberty aux fenêtres et la garniture de cheminée (aïe !) en albâtre et cuivre, le soin luisant qui y règne et le léger parfum flottant aux plis des rideaux m'occupent à l'excès.

« Dis donc, petite à moi, questionne Renaud, la porte refermée, mais c'est très bien, ces chambres d'adjointes ! Ça me réconcilie avec ta laïque. »

(Je pouffe.)

« Ah ! là ! là ! Vous croyez que c'est le mobilier officiel ? Voyons, rappelez-vous : je vous ai longuement parlé d'Aimée et du rôle que joue ici cette favorite affichée. L'autre sous-maîtresse[1] se contente d'un lit de fer, zéro mètre quatre-vingt-dix, d'une table en bois blanc et d'une cuvette où je ne noierais pas un enfant de Fanchette.

— Oh ! comment, alors, c'est ici, dans cette chambre, que...

— Mon Dieu, oui, c'est ici, dans cette chambre, que...

— Claudine, tu ne saurais croire comme ces évocations scabreuses m'impressionnent... »

Si, si, je saurais très bien le croire. Mais je suis résolument aveugle et sourde, et je considère le lit scandaleux avec une moue. Il est peut-être assez large pour *Elles,* mais pas pour nous. Je vais souffrir. Renaud sera insoutenable. J'aurai chaud et je ne pourrai pas mettre mes jambes en losange. Et puis, ce creux fatigué au milieu, zut !

Il faut la fenêtre ouverte et le cher paysage connu qu'elle encadre pour me rendre ma bonne humeur. Les bois, les champs étroits et pauvres, moissonnés, la Poterie[2] qui rougeoie le soir...

« Ô Renaud ! aga là-bas ce toit en tuiles ! On y fabrique des petits pots bruns et vernis, des cruches à deux anses avec un petit nombril tubulaire et indécent...

— Des cruchekenpiss, ça est joli, pour une fois, sais-tu[3] ?

— Autrefois, quand j'étais toute gobette, les potiers que j'allais voir et qui me donnaient des petits pots bruns et des gourdes plates me disaient fièrement, en secouant leurs gants d'argile mouillée : "C'est nous qu'on fournit l'auberge des Adrets à Paris[4]."

— Vrai, mon petit pâtre bouclé ? Moi qui suis un vieil homme, j'ai bu une fois ou deux dans ces pichets-là, sans deviner que tes doigts fins avaient peut-être frôlé leur ventre. Je t'aime... »

Un tumulte de voix fraîches et de piétinements menus nous sépare. Les pas, dans le corridor, se ralentissent devant la porte ; les voix baissent et chuchotent ; on frappe deux coups timides :

« Entrez ! »

Pomme paraît, rouge et pénétrée de son importance :

« C'est nous, avec vos sacs que le père Racalin vient d'apporter de chez Lange. »

Derrière elle, des tabliers noirs se pressent, une gobette d'environ dix ans, rousse, drôlette et gaie, une brunette de quatorze à quinze ans, toute mate, des yeux noirs, liquides et lumineux. Effarouchée de mon regard, elle s'efface et démasque une autre brunette du même âge, toute mate aussi, les mêmes yeux... Que c'est amusant ! Je la tire par sa manche :

« Combien êtes-vous de ce modèle-là ?

— Deux seulement : c'est ma sœur.

— J'en avais comme un vague pressentiment... Vous n'êtes pas d'ici, j'entends ça.

— Oh ! non... nous habitions Paris. »

Le ton, le petit sourire mi-retenu de supériorité dédaigneuse sur la bouche ronde, elle est à manger, ma foi !

Pomme traîne la lourde valise que Renaud lui prend des mains, très empressé.

« Pomme, quel âge avez-vous ?

— Quinze ans deux mois, monsieur.

— Vous n'êtes pas mariée, Pomme ? »

Les voilà toutes parties à rire comme des poules ! Pomme se pâme avec ingénuité, les sœurs brunes et blanches y mettent plus de coquetterie. Et la gobette de dix ans, enfouie dans ses cheveux carotte, en fera, pour sûr, une maladie. À la bonne heure, je retrouve mon école !

« Pomme, poursuit Renaud sans s'émouvoir, je suis sûr que vous aimez les bonbons ! »

Pomme le regarde de ses yeux mordorés comme si elle lui donnait son âme :

« Oh ! oui, monsieur !

— C'est bon, je vais en chercher. Laisse, chérie, je trouverai bien tout seul. »

Je reste avec les petites qui surveillent le couloir et tremblent de se faire pincer dans la chambre de la dame. Je les veux familières et déchaînées.

« Comment vous appelez-vous, les petites noires et blanches ?

— Hélène Jousserand, madame.

— Isabelle Jousserand[1], madame.

— Ne m'appelez pas madame, jeunes nigaudinettes. Je suis Claudine. Vous ne savez pas qui eſt Claudine ?

— Oh ! si ! s'écrie Hélène (la plus jolie et la plus jeune), Mademoiselle nous dit toujours, quand on a fait quelque chose de mal... »

(Sa sœur la pousse ; elle s'arrête.)

« Va donc, va donc, tu nous arales ! N'écoute pas ta sœur.

— Eh bien, elle dit : "Ma parole, c'eſt à fuir la place ! On se croirait revenu au temps de Claudine !" ou bien : "Voilà qui eſt digne de Claudine, mesdemoiselles !" »

(Exultante, je danse la chieuvre.)

« Quelle veine ! C'eſt moi l'épouvantail, c'eſt moi le monſtre, la terreur légendaire !... Suis-je aussi laide que vous l'espériez ?

— Oh ! non », fait la petite Hélène, caressante et craintive, et qui voile vite ses doux yeux sous des cils à double grille.

L'âme frôleuse de Luce hante cette maison. Il se peut aussi que d'autres exemples... Je les ferai parler, ces deux petites filles. Éloignons l'autre.

« Dis donc, toi, va voir dans le couloir si j'y suis. »

(La roussotte rechigne, affamée de curiosité, et ne bouge guère.)

« Nana, veux-tu écouter la dame ! crie Hélène Jousserand, toute rose de colère. Attends, ma vieille, si tu reſtes là, je dirai à Mademoiselle que tu portes les lettres de ta voisine de table dans la cour des garçons *en pour* des crottes en chocolat ! »

La gobette eſt déjà loin. Les bras aux épaules des deux sœurs, je les regarde de tout près. Hélène eſt plus gentille, Isabelle plus sérieuse, avec un duvet de mouſtache à peine visible, qui sera fâcheux plus tard[2].

« Hélène, Isabelle, il y a longtemps que Mlle Aimée eſt partie ?

— Il y a... douze jours, répond Hélène.

— Treize, précise Isabelle.

— Dites donc, entre nous, elle eſt toujours bien, très bien, avec Mademoiselle ? »

(Isabelle rougit, Hélène sourit.)

« Bon, je n'en demande pas davantage. C'était comme ça de mon temps ; il y a trois ans que cette... amitié dure, mes enfants !

— Oh ! se récrient-elles en même temps.

— Parfaitement, il y a environ deux ans[1] que j'ai quitté l'école, et je les ai vues ensemble pendant toute une année... une année que je n'oublierai pas... Et, dites-moi, elle eſt toujours jolie, cette horreur de petite Lanthenay ?

— Oui, dit Isabelle.

— Pas tant que vous », murmure Hélène, qui s'apprivoise.

Comme je faisais à Luce, je lui enfonce mes ongles dans la nuque, par caresse. Elle ne cille pas. L'atmosphère de cette école reconquise me saoule.

Pomme, bienveillante, écoute, les mains pendantes et la bouche entrouverte, mais sans s'intéresser. Son âme eſt ailleurs. À chaque inſtant, elle se penche pour voir, par la fenêtre, si les bonbons n'arrivent pas.

Je veux encore savoir...

« Hélène, Isabelle, bavardez un peu. Qui sont les grandes de la première division, maintenant ?

— Il y a... Liline, et Mathilde[2]...

— Non ! déjà ? C'eſt vrai, deux ans... Liline* eſt-elle encore bien ? Je l'avais appelée la Joconde. Ses yeux verts et gris, le silence de sa bouche aux coins serrés...

— Oh ! interrompt Hélène avec une lippe rose et humide, elle n'eſt pas si belle que ça, cette année du moins...

— Ne la croyez pas, réplique très vite Isabelle-la-Duvetée, c'eſt la mieux de toutes !

— Bah ! on sait pourquoi tu dis ça, et aussi pourquoi Mademoiselle vous a ôtées de la même table aux cours du soir ; quand vous "repassez" sur le même livre !... »

(Les beaux yeux de l'aînée s'emplissent de larmes claires.)

« Voulez-vous laisser votre sœur, petit poison ! Avec ça que vous m'avez l'air d'une sainte ! Cette enfant ne

*Voir *Claudine à l'école.*

fait qu'imiter les exemples donnés par Mademoiselle et Aimée, après tout... »

Au fond, je délire de joie ; ça va bien, l'école a fait des progrès ! De mon temps, Luce seule m'écrivait des billets[1] ; Anaïs elle-même n'en était qu'aux garçons[2]. C'eſt qu'elles sont charmantes, celles-ci ! Je ne plains pas le docteur Dutertre, s'il continue à se déléguer cantonalement.

Notre groupe vaut d'être vu. Une brune à droite, une brune à gauche, la tête bouclée et excitée de Claudine au milieu, et cette fraîche Pomme innocemment contemplative... qu'on fasse entrer les vieux messieurs ! Quand je dis « les vieux »... J'en connais qui, jeunes encore... Renaud ne tardera pas à revenir...

« Pomme, regardez donc à la fenêtre si le monsieur aux bonbons n'arrive pas !... Eſt-ce que c'eſt son nom, Pomme ? demandé-je à ma jolie Hélène qui s'appuie, confiante, à mon épaule.

— Oui, elle s'appelle Marie Pomme ; on lui dit toujours "Pomme".

— Elle n'a pas inventé la glace à trois pans, hé ?

— Oh ! ma foi non. Mais elle ne fait pas de bruit et elle eſt de l'avis de tout le monde. »

Je rêve, et elles me regardent. Petits animaux rassurés, elles inventorient d'un œil curieux et d'une patte légère mes cheveux coupés : « C'eſt naturel, leur frisure, n'eſt-ce pas ? », ma ceinture de daim blanc haute comme la main : « Tu vois, toi qui prétendais qu'on ne portait plus les ceintures larges » et sa boucle en or mat, présent — comme tout ce que j'ai[3] — de Renaud, mon col cassé très raide et ma chemisette[a] en linon bleu-lavé à gros plis... L'heure coule... Je songe que je pars demain ; que tout ceci eſt un rêve court ; que je voudrais, jalouse d'un présent qui eſt mon passé déjà, marquer ici quelque chose ou quelqu'un d'un souvenir cuisant et doux... je resserre mon bras sur l'épaule d'Hélène et je souffle d'une voix imperceptible :

« Si j'étais votre camarade d'école, petite Hélène, m'aimeriez-vous autant que votre sœur aime Liline ? »

Ses yeux à l'espagnole, aux coins tombants, s'ouvrent larges et quasi peureux ; puis la grille des cils s'abaisse et les épaules se raidissent.

« Je ne sais pas encore... »

(Ça suffit, moi je sais.)

Pomme, à la fenêtre, éclate en cris de joie : « Des sacs ! des sacs ! Il a des sacs ! »

Après cette explosion, l'entrée de Renaud s'opère dans un silence de vénération. Il a acheté tout ce que la confiserie médiocre de Montigny peut offrir : depuis les crottes en chocolat à la crème jusqu'aux berlingots rayés, jusqu'aux bonbons anglais qui sentent le ressouvenir de cidre aigre.

C'est égal, tant de bonbons !... J'en veux aussi ! Renaud, arrêté au seuil, regarde une minute notre groupe, avec un sourire... un sourire que je lui ai déjà vu quelquefois... et prend enfin pitié de Pomme palpitante.

« Pomme, qu'est-ce que vous préférez ?

— Tout ! jette Pomme enivrée.

— Oh ! s'écrient les deux autres indignées, si on peut !

— Pomme, poursuit Renaud qui mousse de plaisir, je vous donne ce sac-là si vous m'embrassez... Tu permets, Claudine ?

— Pardi, qu'est-ce ça fait ? »

Pomme hésite quatre secondes, tiraillée entre sa gourmandise effrénée et le sentiment des convenances. Elle implore, d'un regard mordoré et candide, ses camarades hostiles, moi, le ciel, les sacs que mon ami lui tend à bout de bras... Puis, avec la grâce un peu niaise de toute sa petite personne, elle se précipite au cou de Renaud, reçoit le sac et s'en va, rouge, l'ouvrir dans un coin...

Je pille, pendant ce temps, un paquet de chocolats, aidée silencieusement, mais vite, par la paire de sœurs. La petite main d'Hélène va et vient du sac à sa bouche, infatigable, sûre... Qui eût pensé que cette bouche menue fût si profonde !

Une cloche grêle nous interrompt et coupe la contemplation de Renaud. Les petites filles, épeurées, fuient sans dire merci, sans nous regarder, comme des chats voleurs...

Le dîner au réfectoire amuse prodigieusement Renaud et m'ennuie un peu. L'heure vague, le crépuscule violet que je sens peser et descendre sur les bois... je m'évade malgré moi... Mais mon cher Renaud est si content ! Ah ! que Mademoiselle, roublarde, a bien trouvé le chemin de sa curiosité ! Dans cette salle blanche, assise près de Renaud à la table recouverte de moleskine blanche, devant ces petites filles jolies qui n'ont pas quitté leur tablier noir et qui chipotent leur bouilli avec le dégoût de gamines qu'on a gorgées de bonbons, Mademoiselle parle de moi. Elle parle de moi, et baisse la voix parfois à cause des oreilles de lièvre que tendent vers nous les deux petites Jousserand. Fatiguée, j'écoute et je souris.

« ... C'était un terrible garçon, monsieur, et longtemps je n'ai su qu'en faire. De quatorze à quinze ans, elle a vécu le plus souvent à vingt pieds du sol, et paraissait occupée uniquement de montrer ses jambes jusqu'aux yeux... Je lui ai vu quelquefois la cruauté des enfants pour les grandes personnes... (*aïe donc !*). Elle est restée ce qu'elle était, une délicieuse fillette... Quoiqu'elle ne m'aimât guère, je prenais plaisir à la voir remuer... une telle souplesse, une telle sûreté de mouvements... L'escalier qui conduit ici, je ne le lui ai jamais vu descendre autrement qu'à cheval sur la rampe. Monsieur, quel exemple ! »

La perfidie de ce ton maternel m'amuse, à la longue, et allume dans les yeux de Renaud une noire et dangereuse lumière que je connais bien. Il regarde Pomme, et voit Claudine, Claudine à quatorze ans, et ses jambes montrées « jusqu'aux yeux » (jusqu'aux yeux, Mademoiselle ! Le ton de la maison a singulièrement haussé, depuis mon départ). Il regarde Hélène et voit Claudine à califourchon sur une rampe d'escalier, Claudine et ses gestes narquois tachés d'encre violette... La nuit sera chaude... Et il éclate d'un rire nerveux quand Mademoiselle le quitte pour s'écrier : « Pomme, si vous prenez encore du sel avec vos doigts, je vous fais copier cinq pages de Blanchet[1] ! »

La petite Hélène, silencieuse, cherche mon regard, l'évite quand elle l'a trouvé. Sa sœur Isabelle est décidément moins jolie ; cette ombre de moustache, quand le grand jour ne l'argente plus, lui fait une bouche d'enfant mal débarbouillé.

« Mademoiselle, dit Renaud en sursaut, autorisez-vous une distribution de bonbons demain matin ? »

La gamine rousse[a] et vorace, qui a léché tous les plats et mangé tous les croûtons pendant le dîner, laisse échapper un petit rugissement de convoitise. Non ! les yeux méprisants des trois grandes déjà gavées de saletés poisseuses !

« J'autorise, répond Mademoiselle. Elles ne méritent rien, ce sont des louaches*. Mais la circonstance est si exceptionnelle ! Qu'est-ce que vous attendez pour remercier, petites nigaudes ?... Allez, allez, au lit ! Il est près de neuf heures.

— Oh ! Mmmzelle, est-ce que Renaud peut voir le dortoir, avant que les gobettes se couchent ?

— Gobette vous-même ! Oui, on peut, concède-t-elle en se levant. Et vous, les sans-soin, gare si je trouve une brosse qui traîne ! »

Blanc-gris, blanc-bleu, blanc-jaune : les murs, les rideaux, les lits étroits qui ont l'air d'enfants emmaillottés trop serré. Renaud renifle la singulière odeur qui flotte, odeur de fillettes bien portantes, de sommeil, senteur sèche et poivrée de la menthe des marais dont une botte se balance au plafond ; son nez subtil analyse, goûte et réfléchit. Mademoiselle, par habitude, plonge une main redoutable sous les traversins, à dessein d'y capter la tablette de chocolat marquée de dents rongeuses, ou la livraison à dix centimes[1] prohibée...

« Tu as couché ici, Claudine ? » me demande très bas Renaud, de qui les doigts brûlants pianotent sur mon épaule.

Fine oreille, Mademoiselle a saisi la question et prévenu ma réponse :

« Claudine ? jamais de la vie ! Et je ne le souhaitais pas. Dans quel état eût-on trouvé le lendemain le dortoir — et les pensionnaires ? »

« Et les pensionnaires », elle a dit ! Heullà-t-y possible ! Je ne peux pas, ma pudeur s'y oppose, tolérer plus longtemps ces allusions corsées. Filons nous coucher.

« Vous avez tout vu, Renaud ?

— Tout.

— Alors, allons dodo. »

On chuchote sur nos talons. Je me doute bien de ce

*Gnian-gnian (la louache est la tique).

qu'elles murmurent, les petites brunes : « Dis donc, elle va coucher avec le monsieur, dans le lit de Mlle Aimée ?... il n'aura jamais vu tant d'hommes, le lit de Mlle Aimée ! »

Partons. Je jette un sourire à la petite Hélène, qui natte ses cheveux pour la nuit, le menton sur l'épaule. Partons donc !

La chambre étroite et claire, la lampe qui chauffe trop, la fenêtre bleue de nuit pure ; un chat qui longe, petit fantôme de velours, le rebord dangereux de la fenêtre...

L'ardeur renaissante de monsieur mon mari qui a frôlé toute la soirée des Claudines trop jeunes, l'énervement qui tire les coins de sa bouche en un sourire horizontal...

Le sommeil court de Claudine couchée sur le ventre et les mains jointes sur les reins « en captive ligotée », dit Renaud...

L'aube qui m'attire, en chemise, du lit à la fenêtre, pour regarder la brume voguer sur les bois du côté de Moutiers, et pour entendre de plus près la petite enclume de Choucas[1], qui sonne, ce matin, comme tous les matins d'autrefois, en *sol* dièses...

Tout m'est resté, de cette nuit-là.

Rien ne remue encore dans l'école, il n'est que six heures. Mais Renaud s'éveille, parce qu'il ne me sent plus dans le lit ; il écoute le martèlement argentin du forgeron, sifflote inconsciemment un motif de *Siegfried*[2]...

Il n'est pas laid, le matin, et c'est encore une grande qualité pour un homme ! Il commence toujours par peigner ses cheveux vers la gauche avec ses doigts, puis se jette sur la carafe et boit un grand verre d'eau. Ceci me passe ! Comment peut-on boire froid le matin ? Et puisque je n'aime pas cela, comment peut-il l'aimer !

« Claudine, à quelle heure partons-nous ?

— Je ne sais pas. Si vite ?

— Si vite. Tu n'es pas assez à moi dans ce pays. Tu me trahis avec tous les bruits, toutes les odeurs, tous les visages retrouvés ; chaque arbre te possède... »

(Je ris. Mais je ne réponds rien, car je pense que c'est

un peu vrai. Et, puisque je n'ai plus mon gîte ici...)

« Nous partirons à deux heures. »

Rasséréné, Renaud considère les sucreries en tas sur la table.

« Claudine, si nous allions réveiller les petites avec les bonbons. Qu'en penses-tu ?

— Ben ! Si Mademoiselle nous voit...

— Tu crains le pensum vengeur ?

— Non-da... Et puis, zut, ça sera plus drôle si elle nous pince !

— Ô Claudine ! Que j'aime ton âme écolière ! Viens que je te respire, cher petit cahier rouvert...

— Ouch ! vous froissez ma couverture, Renaud !... Et Mademoiselle sera levée si nous tardons... »

Lui bleu en pyjama, moi blanche et longue dans ma grande chemise, et les cheveux jusqu'aux yeux, nous marchons, silencieux, chargés de bonbons[1]. J'écoute à la porte du dortoir avant d'ouvrir... Rien. Elles sont silencieuses comme de petites mortes. J'ouvre tout doucement...

Comment peuvent-elles dormir, les misérables gobettes, dans le grand jour et ce soleil qui embrase les rideaux blancs !

Tout de suite, je cherche le lit d'Hélène : on ne voit pas sa mignonne figure enfouie, mais sa tresse noire seulement, comme un serpent déroulé. Près d'elle, sa sœur Isabelle fait la planche, à plat sur le dos, ses cils longs sur les joues, l'air sage et préoccupé ; et plus loin, la gamine rousse, en pantin jeté, un bras ici, un bras là, la bouche ouverte, la tignasse en auréole, ronflotte doucement... Mais Renaud regarde surtout Pomme, Pomme, qui a eu trop chaud et qui dort sur son lit, en chien de fusil, ensachée dans sa chemise de nuit à manches longues, la tête au niveau des genoux, son aimable petit derrière rond tendu... Elle a serré sa natte en corde, lissé ses cheveux à la chinoise, elle a une joue rouge et une joue rose, la bouche close et les poings fermés.

C'est gentil, tout ça ! Comme le personnel de l'école a embelli ! De mon temps, les pensionnaires eussent inspiré la chasteté au « fumellier[2] » Dutertre lui-même...

Séduit comme moi, et autrement aussi, Renaud s'approche du lit de Pomme, décidément sa préférée. Il laisse tomber un gros fondant vert à la pistache sur sa joue lisse. La joue tressaille, les mains s'ouvrent, et l'aimable petit derrière voilé s'émeut.

« Bonjour, Pomme. »

Les yeux mordorés s'arrondissent, ébahis et accueillants. Pomme s'assied et ne comprend pas. Mais sa main s'est posée à plat sur le bonbon vert et râpeux. Pomme fait « ah ! », le gobe comme une cerise et prononce :

« Bonjour, monsieur. »

À sa voix claire, à mon rire, les draps ondulent sur le lit d'Hélène, la queue du serpent déroulé s'agite, et, plus brune qu'une fauvette à tête noire, Hélène se campe brusquement sur son séant. Le sommeil la quitte avec peine, elle nous regarde, renoue ses idées d'aujourd'hui à celles de la veille, et ses joues d'ambre deviennent roses. Décoiffée et charmante, elle repousse de la main une grande mèche obstinée qui barre son petit nez. Puis elle découvre Pomme assise et la bouche pleine.

« Ah ! crie-t-elle à son tour, elle va tout manger ! »

Son cri, son bras tendu, son angoisse puérile me ravissent. Je m'en vais m'accroupir en tailleur sur le pied de son lit, tandis qu'elle ramène ses pieds sous elle en rougissant davantage.

Sa sœur s'étire, balbutie, porte des mains pudiques à la grande chemise de nuit un peu dégrafée. Et la gamine carotte, Nana, gémit de convoitise, au bout de la salle, en se tordant les bras..., car Pomme, consciencieuse et infatigable, mange encore, et encore des bonbons...

« Renaud, c'est cruel ! Pomme est remplie d'attraits, je n'en disconviens pas, mais donnez aussi des bonbons à Hélène et aux autres ! »

Solennel, il hoche la tête et s'écarte :

« Bien ! que tout le monde écoute ! Je ne donne plus un seul bonbon... (*silence palpitant*) à moins qu'on ne vienne le chercher. »

Elles se regardent, consternées. Mais la petite Nana a déjà mis hors du lit ses jambes courtaudes, et regarde ses pieds pour constater qu'ils sont propres et peuvent se montrer. Preste, et relevant sa grande chemise afin de ne pas trébucher, elle court à Renaud sur ses pattes nues qui font flic, flac, ébouriffée, semblable à un enfant des chromos de Noël. Et, maîtresse du sac ficelé que lui jette Renaud, elle retourne à son lit comme un chien content.

Pomme n'y tient plus et jaillit à son tour de ses draps ; insoucieuse d'un mollet rond que le jour a doré une seconde, elle court à Renaud qui lève haut les fondants convoités :

« Oh ! pleure-t-elle, trop petite, s'il vous plaît, monsieur ! »

Et, puisque ça a réussi hier soir, elle jette ses bras au cou de Renaud et l'embrasse. Ça réussit encore très bien aujourd'hui. Ce jeu commence à m'agacer...

« Va donc, Hélène, murmure Isabelle rageuse.

— Vas-y toi-même, tiens ! Tu es la plus grande. Et la plus gourmande aussi.

— C'est pas vrai !

— Ah ! c'est pas vrai ? Eh bien, je n'y vais pas... Pomme les mangera tous... Si elle pouvait vomir, pour lui apprendre... »

En songeant que Pomme les mangera tous, Isabelle saute à terre, tandis que je retiens Hélène par sa cheville mince à travers le drap :

« N'y allez pas, Hélène, je vous en donnerai, moi. »

Isabelle revient victorieuse. Mais pendant qu'elle monte hâtivement dans son lit, on entend la voix pointue de Nana glapir :

« Isabelle a du poil aux jambes ! Elle a du poil aux jambes, plein !

— Indécente ! indécente ! crie l'accusée qui, blottie dans son lit, ne laisse voir à présent que des yeux brillants et courroucés. Elle invective et menace Nana : puis sa voix s'enroue, et elle fond en larmes sur son traversin.

— Là, Renaud ! voyez ce que vous faites ! »

(Il rit si fort, le méchant garçon, qu'il a laissé tomber le dernier sac qui s'est crevé à terre.)

« Dans quoi voulez-vous que je les ramasse ? demandé-je à ma petite Hélène.

— Je ne sais pas, je n'ai rien ici... ah ! tenez, ma cuvette, la troisième sur le lavabo... »

(Dans la cuvette de fer émaillé, je lui apporte toutes ces saletés multicolores.)

« Renaud, allez donc voir un peu dehors, il me semble qu'on a marché ? »

Et je reste assise sur le lit de ma petite Hélène qui suce et croque en me regardant en dessous. Quand je lui souris, elle rougit très vite, puis s'enhardit et sourit à son tour. Elle a un sourire blanc mouillé, d'un aspect frais et comestible...

« Pourquoi riez-vous, Hélène ?

— Je regarde votre chemise. Vous avez l'air un peu d'une pensionnaire, sauf que c'est du linon... non, de la batiste ? et qu'on voit au travers.

— Mais je suis une pensionnaire ! Vous ne le croyez pas ?

— Oh ! non... et c'est bien dommage. »

(Ça va bien. Je me rapproche.)

« Je vous plais ?

— Oui..., beaucoup, murmure-t-elle, comme un soupir.

— Voulez-vous m'embrasser ?

— Non », proteste-t-elle vivement, tout bas et presque effrayée.

(Je me penche, et je lui dis de tout près :)

« Non ? je connais ces *non*, qui veulent dire *oui*... Je les ai dits moi-même, autrefois[1]... »

De ses yeux qui supplient, elle désigne ses camarades. Mais je me sens si méchante et si curieuse ! Et je vais la tourmenter de nouveau, de plus près encore, ... quand la porte s'ouvre devant Renaud, précédant Mademoiselle en peignoir, que dis-je ? en robe d'intérieur, déjà coiffée pour la parade.

« Eh bien, madame Claudine, l'internat vous tente ?

— Eh ! eh ! il aurait de quoi me tenter cette année.

— Cette année seulement ? Comme le mariage m'a changé ma Claudine !... Allons, mesdemoiselles, vous savez qu'il est près de huit heures ? Je regarderai à neuf heures moins un quart sous les lits, et, si j'y trouve la moindre chose, je vous la fais balayer avec votre langue ! »

Nous sortons du dortoir avec elle.

« Vous nous pardonnez, Mademoiselle, cette double intrusion matinale ? » lui dis-je dans le corridor.

Aimable et ambiguë, elle répond à demi-voix :

« Oh ! en vacances ! Et j'y veux voir de la part de votre mari une gâterie toute... paternelle. »

Je ne lui pardonnerai pas ce mot-là.

Je me souviens de la promenade avant déjeuner, du pèlerinage que je voulus faire jusqu'au seuil de « ma » maison d'autrefois — que le séjour de cet odieux Paris m'a rendue plus chère encore —, du serrement de cœur qui m'a tenue, immobile, devant le perron à double escalier et à rampe de fer noirci. Les yeux fixes, j'ai regardé l'anneau de cuivre usé où je me pendais pour sonner, au retour de l'école ; je l'ai tant regardé que je le sentais dans ma main. Et tandis que Renaud contemplait la fenêtre de ma chambre, j'ai levé vers lui des yeux embus de larmes :

« Allons-nous-en, j'ai des peines... »

Bouleversé de mon chagrin, il m'emmena silencieusement, serrée contre son bras. Je n'ai pas pu m'empêcher de faire virer du doigt l'*arrêteau* du volet à la fenêtre du rez-de-chaussée[1].... et voilà...

Et voilà, maintenant, que je regrette d'avoir voulu venir, poussée vers Montigny par les regrets, l'amour, l'orgueil. Oui, par l'orgueil aussi. J'ai voulu montrer mon beau mari... Est-ce bien un mari que cet amant paternel, ce protecteur voluptueux ?... J'ai voulu faire la gnée à Mademoiselle et à son Aimée absente. Et puis — cela m'apprendra — et puis me voici toute angoissée et petite, ne sachant plus bien où est ma vraie demeure, le cœur par terre entre deux gîtes !

À cause de moi, le déjeuner va tout en digoinche. Mademoiselle ne sait pas ce que signifie ma mine désemparée (moi non plus) ; les petites filles, écœurées de sucre, ne mangent pas. Renaud rit seul, questionne Pomme :

« Vous répondez oui à tout ce qu'on vous demande, Pomme ?

— Oui, monsieur.

— Je ne saurais plaindre, Pomme ronde et rose, les heureux qui vous approcheront. Il y a en vous le plus bel avenir, un avenir fait d'équitable partage et de sérénité. »

Puis il surveille de l'œil l'irritation possible de Mademoiselle, mais elle hausse les épaules, et répond au regard de Renaud :

« Oh ! ça n'a pas d'importance avec elle, elle ne comprend jamais.

— Peut-être qu'avec les gestes ?...

— Vous n'auriez pas le temps avant votre train, monsieur. Pomme ne saisit qu'à la quatrième explication, c'est un minimum. »

J'arrête d'un signe l'horreur que va répliquer mon vilain garçon de mari, horreur déjà guettée par ma petite Hélène, qui écoute de toutes ses oreilles. (« Ma petite Hélène », c'est un nom que je lui ai donné tout de suite.)

Adieu, tout cela ! Car, pendant que je boucle les valises, les grelots et les jurons du père Racalin tapagent dans la cour. Adieu !

J'ai aimé, j'aime encore ces corridors sonores et blancs, cette caserne aux angles de briques roses, l'horizon court et boisé ; j'ai aimé l'aversion que m'inspirait Mademoiselle, j'ai aimé sa petite Aimée, et Luce, qui n'en a jamais rien su.

Je m'arrête une minute sur ce palier, la main au mur frais.

Renaud, en bas, sous mes pieds, dialogue (encore !) avec Pomme.

« Adieu, Pomme.

— Adieu, monsieur.

— Vous m'écrirez, Pomme ?

— Je ne sais pas votre nom.

— L'objection ne tient pas debout. Je m'appelle "le mari de Claudine". Vous me regretterez, au moins ?

— Oui, monsieur.

— Surtout à cause des bonbons ?

— Oh ! oui, monsieur.

— Pomme, c'est de l'enthousiasme que m'inspire votre déshonnête candeur. Embrassez-moi ! »

Derrière moi, un frôlement si doux... Ma petite

Hélène est là. Je me retourne, elle est jolie, en silence, toute blanche et noire ; je lui souris. Elle voudrait bien me dire quelque chose. Mais je sais que c'est trop difficile, et elle me regarde seulement avec de beaux yeux noirs et blancs. Alors, comme en bas Pomme s'accroche, obéissante et paisible, au cou de Renaud, j'entoure d'un bras cette petite fille silencieuse, qui sent le crayon de cèdre et l'éventail en bois de santal. Elle frémit, puis cède, et c'est sur sa bouche élastique que je dis adieu à mon jeune passé[1]...

À mon jeune passé ?... Je puis bien, ici, ne pas mentir... Hélène accourue à la fenêtre, tremblante et déjà passionnée, pour me regarder partir, tu ne sauras pas ceci, qui t'emplirait de surprise chagrine : ce que j'ai embrassé sur ta bouche pressante et malhabile, c'est seulement le fantôme de Luce !

Avant de parler à Renaud, dans le train qui nous emmène, je regarde une dernière fois la tour, écrasée sous un orage laineux qui s'amasse, disparaître derrière un dos rond de colline. Puis, délestée comme si j'avais dit adieu à quelqu'un, je reviens à mon cher et léger ami, qui m'admire, pour n'en point perdre l'habitude, et m'enserre, et... je l'interromps :

« Dites, Renaud, c'est donc bien bon d'embrasser cette Pomme ? »

(Sérieusement, je regarde ses yeux, sans parvenir à en distinguer le fond d'un noir bleu d'étang.)

« "Cette Pomme ?", chérie, me ferais-tu le grand honneur, le vif plaisir de devenir jalouse ?

— Oh ! vous savez, ce n'est pas un honneur : Pomme ne saurait m'apparaître comme une conquête honorable.

— Ma toute mince, ma toute jolie, si tu m'avais dit : "N'embrassez pas Pomme !" je n'aurais même pas eu de mérite à la laisser ! »

Oui. Il fera tout ce que je veux. Mais il n'a pas répondu tout droit à ma question : « C'est donc bien bon d'embrasser cette Pomme ? » Il excelle à ne jamais se livrer, à glisser, à m'envelopper de tendresse évasive.

Il m'aime, cela est hors de doute, et plus que tout. Dieu merci, je l'aime, c'est aussi certain. Mais qu'il est plus femme que moi ! Comme je me sens plus simple, plus brutale... plus sombre, plus passionnée...

J'évite exprès de dire : plus droite. J'aurais pu le dire, il y a un an et quelques mois. Dans ce temps-là, je n'aurais pas, si vite tentée, en haut de l'escalier du dortoir, embrassé cette bouche de fillette, mouillée et froide comme un fruit fendu, sous couleur de dire adieu à mon passé d'école, à mon enfance en sarrau noir... J'aurais baisé seulement le pupitre où Luce pencha son front têtu.

Depuis un an et demi, je sens progresser en moi l'agréable et lente corruption que je dois à Renaud. À les regarder avec lui, les grandes choses s'amoindrissent, le sérieux de la vie diminue ; les futilités inutiles, nuisibles surtout, assument une importance énorme[1]. Mais comment me défendre contre l'incurable et séduisante frivolité qui l'emporte, et moi avec lui ?

Il y a pis : Renaud m'a découvert le secret de la volupté donnée et ressentie, et je le détiens, et j'en jouis avec passion, comme un enfant d'une arme mortelle. Il m'a révélé le pouvoir, sûr et fréquent, de mon corps long, souple et musclé — une croupe dure, presque pas de seins, et la peau égale d'un vase lisse —, de mes yeux tabac d'Égypte, qui ont[a] gagné en profondeur et en inquiétude ; d'une toison courte et renflée, couleur de châtaigne peu mûre... Toute cette force neuve, je m'en sers, seulement à demi-consciente, sur Renaud — oh ! oui — comme, restée deux jours de plus à l'école, je l'eusse exercée sur cette Hélène charmante...

Oui, oui, ne me poussez pas, ou je dirai que c'est à cause de Renaud que j'ai baisé la bouche de la petite Hélène !

☆

« Claudine petite et silencieuse, à quoi penses-tu ? »

Il me demandait cela, je m'en souviens, à Heidelberg, sur la terrasse de l'hôtel, pendant que mes yeux erraient de l'ample courbe du Neckar aux ruines truquées du Schloss[1], au-dessous de nous.

Assise par terre, j'ai levé mon menton de mes deux poings :

« Je pense au jardin.

— Quel jardin ?

— Oh ! "quel jardin !" Le jardin de Montigny, donc ! »

(Renaud jette sa cigarette blonde. Car il vit comme un dieu dans les nuages et les parfums des gianaclis[2].)

« Drôle de petite fille... Devant ce paysage-là ! Me diras-tu qu'il est plus beau, le jardin de Montigny, que ceci ?

— Non, pardi. Mais il est à moi. »

C'est bien ça ! Vingt fois nous nous sommes expliqués sans nous comprendre. Avec des baisers, de tendres baisers un peu méprisants, Renaud m'a traitée de petite âme acagnardée[3], de vagabonde assise[4]. En riant, je lui ai répliqué que son *home* tenait dans une valise. Nous avons raison tous deux, mais je le blâme puisqu'il ne pense pas comme moi.

Il a trop voyagé, moi pas assez. Moi, je n'ai de nomade que l'esprit. Je vais gaiement à la suite de Renaud, puisque je l'adore. Mais j'aime les courses qui ont une fin. Lui, amoureux du voyage pour le voyage, il se lève joyeux sous un ciel étranger, en songeant qu'aujourd'hui il partira encore. Il aspire aux montagnes de ce pays proche, à l'âpre vin de cet autre, au factice agrément de cette ville d'eaux peignée et fleurie, à la solitude de ce hameau perché. Et il s'en va, ne regrettant ni le hameau, ni les fleurs, ni le vin puissant...

Moi, je le suis. Et je goûte — si, si, je goûte aussi — la ville aimable, le soleil derrière les pins, l'air sonore de la montagne. Mais je me sens, au pied, un fil dont l'autre bout s'enroule et se noue au vieux noyer, dans le jardin de Montigny.

Je ne me crois pas une fille dénaturée ! Et pourtant, il faut que j'avoue ceci : Fanchette m'a manqué, durant nos voyages, presque autant que papa. Mon noble père ne m'a guère fait défaut qu'en Allemagne, où me le rappelaient ces cartes postales et ces chromos wagnériens, ennoblis d'Odin et de Wotan[1] qui, tous, lui ressemblent, l'œil en moins. Ils sont beaux ; ils brandissent, comme lui, d'inoffensives foudres ; comme lui, ils ont la barbe en tempête et le geste dominateur ; et j'imagine que leur vocabulaire contient, comme le sien, tous les gros mots de l'âge fabuleux.

Je lui écrivis peu, il me répondit rarement, tendre et bousculé, en un style savoureusement hybride, où des périodes d'une cadence à ravir Chateaubriand (je flatte un peu papa) recélaient en leur sein — en leur auguste sein — les plus effarants jurons. J'appris par ces lettres, peu banales, que, hors M. Maria, qui, fidèle, silencieux, secrétarie toujours, rien ne va... « Je ne sais pas si j'en dois accuser ton absence, petite bourrique, m'expliquait mon cher père, mais je commence à trouver Paris infect, surtout depuis que ce rebut de l'humanité qui a nom X*** vient de publier un traité de *Malacologie universelle*, bête à faire vomir les lions accroupis au seuil de l'Institut. Comment l'Éternelle Justice dispense-t-elle encore la lumière du jour à de tels salauds ? »

Mélie me décrivit bien, aussi, l'état d'âme de Fanchette depuis mon départ, sa désolation clamée pendant des jours et des jours, mais l'écriture de Mélie se rapproche de l'hiéroglyphe plus que du jambage, et on ne saurait entretenir avec elle une correspondance suivie.

Fanchette me pleure ! Cette idée m'a poursuivie. Et toute fuite de matou pauvre, au détour d'un mur, me faisait tressaillir pendant mon voyage. Vingt fois j'ai quitté le bras de Renaud surpris pour courir dire à une chatte, assise grave sur un seuil : « Ma fiiille ! » Souvent choquée, la petite bête appuyait, d'un mouvement digne, son menton sur son jabot renflé. Mais j'insistais, j'ajoutais des onomatopées en séries mineures et aiguës, et je voyais les yeux verts se fondre en douceur, s'amenuiser en sourire, la tête plate et caressante râper durement le chambranle dans un salut de politesse ; et la chatte tournait trois fois, ce qui signifie clairement : « Vous me plaisez. »

Jamais Renaud n'a témoigné d'impatience devant ces crises félinophiles[1]. Mais je lui soupçonne plus d'indulgence que de compréhension. Il eſt bien capable, le monſtre, de n'avoir jamais caressé ma Fanchette que par diplomatie !

Comme j'erre volontiers dans ce passé récent ! Renaud, lui, vit dans l'avenir ; cet homme, que la crainte de vieillir dévore, et qui, devant les glaces, conſtate avec des minuties désespérées les lacis de ses petites rides au coin des yeux, ce même homme trépide dans le présent et pousse, fiévreux, aujourd'hui vers demain. Moi, je m'attarde au passé, ce passé fût-il hier, et je me retourne en arrière, presque toujours avec un regret. On dirait que le mariage (zut ! non, l'amour) a précisé en moi certaines façons de sentir, plus vieilles que moi. Renaud s'en étonne. Mais il m'aime ; et si l'amant que j'ai en lui cesse de me comprendre, je me réfugie en lui encore, au cher grand ami paternel ! Je suis, pour lui, une fille confiante, qui s'étaye à son père choisi, qui se raconte à lui quasiment en cachette[a] de l'amant. Mieux : s'il arrive à Renaud-amant de s'immiscer en tiers entre Renaud-papa et Claudine-sa-fille, celle-ci le reçoit comme un chat dans une table à ouvrage. Le pauvre doit attendre alors, impatient et déçu, le retour de Claudine, qui vient, toute légère, reposée, lui apporter sa résiſtance peu durable, son silence et sa flamme.

Hélas ! tout ce que je note là, un peu au hasard, ne fait pas que je comprenne où eſt la fêlure. Mon Dieu, je la sens pourtant !

☆

Nous voici chez nous ; finies, les courses lassantes du

retour ; calmée, la fièvre de Renaud qui voudrait que le nouveau gîte me plût.

Il m'a priée de choisir entre deux appartements, qui sont siens tous deux. (Deux appartements, c'est pas guère pour un Renaud...) « S'ils ne te conviennent pas, mon enfant chérie, nous en trouverons un autre plus joli que ces deux-là. » J'ai résisté au désir de répondre : « Montrez-moi le troisième », et, ressaisie par mon insurmontable horreur du déménagement[1], j'ai examiné, assez consciencieuse, j'ai flairé surtout. Et, reconnaissant plus sympathique à mon nez irritable l'odeur de celui-ci, je l'ai choisi[2]. Il y manquait peu de chose ; mais Renaud, soucieux du détail, et d'esprit plus femme que moi, s'est ingénié, fureteur, à compléter un ensemble sans trou ni tare. Inquiet de me plaire, inquiet aussi de tout ce qui peut choquer son œil trop averti, il m'a consultée vingt fois. Ma première réponse fut sincère : « Ça m'est égal ! », la seconde aussi ; au chapitre du lit, « cette clef de voûte du bonheur conjugal », comme s'exprime papa, je donnai mon avis, net :

« Je voudrais mon lit-bateau à rideaux de perse. »

(Sur quoi mon pauvre Renaud leva des bras désemparés :)

« Misère de moi ! un lit-bateau dans une chambre Louis XV ! D'ailleurs, chérie, monstrueuse petite fille, songe donc ! Il lui faudrait mettre une rallonge, que dis-je ? une rallarge... »

Oui, je sais bien. Mais qu'est-ce que vous voulez ? je ne pouvais pas m'intéresser beaucoup à un mobilier que je ne connaissais pas — pas encore. Le grand lit bas est devenu mon ami, et le cabinet de toilette aussi, et quelques vastes fauteuils en cabanon[3]. Mais le reste continue à me regarder, si j'ose dire, d'un œil ombrageux ; l'armoire à glace louche quand je passe ; la table du salon, à pieds galbés, cherche à me donner des crocs-en-jambe, et je le lui rends bien.

Deux mois, Seigneur, deux mois, ça ne suffit donc pas pour apprivoiser un appartement ! Et j'étouffe la voix de la raison, qui grogne : « En deux mois on apprivoise beaucoup de mobiliers, mais pas une Claudine. »

Fanchette consentirait-elle à vivre ici ? Je l'ai retrouvée rue Jacob, la chère blanche et belle, on ne l'avait pas avertie de mon retour, et j'ai eu gros cœur à la voir prostrée d'émotion à mes pieds, sans voix, tandis que ma main sur son tiède ventre rose ne parvenait pas à compter les pulsations affolées de son cœur de chatte. Je l'ai étendue sur le flanc pour peigner sa robe ternie ; à ce geste familier elle a levé sa tête avec un regard si plein de choses : reproche, tendresse sûre, tourment accepté avec joie... Oh ! petite bête blanche, comme je me sens proche de toi, à te si bien entendre !

J'ai revu mon noble père, barbu de trois couleurs, haut et vaste, plein de mots sonores et d'inutile combativité. Sans le savoir bien, nous nous aimons, et j'ai compris tout ce que sa phrase d'accueil : « Daigneras-tu m'embrasser, vile engeance ? » contenait de vrai plaisir. Je crois qu'il a grandi depuis deux ans. Sans rire ! et la preuve, c'est qu'il m'a avoué se sentir à l'étroit rue Jacob. Je reconnais qu'il a ajouté ensuite : « Tu comprends, j'ai acheté, ces temps-ci, pour rien, des bouquins à l'Hôtel des ventes... Dix-neuf cents, au moins... Sacré mille troupeaux de cochons ! J'ai été forcé de les foutre au garde-meuble ! C'est si petit, cette turne... Au lieu que, dans cette chambre du fond qu'on n'ouvre jamais, à Montigny, je pourrais... » Il tourne la tête et tire sa barbe, mais nos yeux ont eu le temps de se croiser, avec un drôle de regard. Il est f..., il est capable, veux-je dire, de retourner là-bas, comme il est venu ici, sans motif...

J'élude ce que j'ai de pénible à écrire. Ce n'est peut-être rien de grave ? Si ça pouvait n'être rien de grave ! Voici :

Depuis hier tout est en place chez Ren... chez nous. On ne reverra plus la tatillonnerie importante du tapissier, ni l'incurable distraction du poseur de stores qui égarait pendant un quart d'heure, toutes les cinq minutes, ses petites machines en cuivre doré. Renaud se sent à l'aise, se promène, rit à une petite pendule correcte, malmène un cadre qui n'est pas d'équerre. Il m'a prise sous son bras pour faire le tour des propriétaires ; il m'a laissée, après un baiser réussi, dans le salon (sans doute pour aller travailler de son état dans *La Revue diplomatique*[1], régler le sort de l'Europe avec Jacobsen[2], et traiter Abdul-Hamid[3] comme il le mérite), en me disant : « Mon petit despote, tu peux régner à ta guise. »

Assise et désœuvrée, ma songerie m'emporte, longtemps. Puis une heure sonne, je ne sais pas laquelle, et me met debout, incertaine du temps présent. Je me retrouve devant la glace de la cheminée, épinglant à la hâte mon chapeau... *pour rentrer.*

C'est tout. Et c'est un écroulement. Ça ne vous dit rien à vous ? Vous avez de la veine.

Pour rentrer ! Mais où ? Mais je ne suis donc pas chez moi ici ? Non, non, et tout le malheur est là.

Pour rentrer ! Où ? Pas chez papa, bien sûr, qui entasse sur mon lit des montagnes de sales papiers. Pas à Montigny, puisque, ni la chère maison... ni l'école...

Pour rentrer ! Je n'ai donc pas de demeure ? Non ! J'habite ici chez un monsieur, un monsieur que j'aime, soit, mais j'habite chez un monsieur ! Hélas, Claudine, plante arrachée de sa terre, tes racines étaient donc si longues ? Que dira Renaud ? Rien. Il ne peut rien.

Où rentrer ? En moi. Creuser dans ma peine, dans ma peine déraisonnable et indicible, et me coucher en rond dans ce trou.

Assise de nouveau, mon chapeau sur la tête, les mains serrées très fort l'une dans l'autre, je creuse.

☆

Mon journal est sans avenir. Je l'ai quitté voilà cinq mois[4] sur une impression triste, et je lui en veux. D'ailleurs je n'ai pas le temps de le tenir au courant. Renaud me répand et m'exhibe dans le monde, un peu dans tous les mondes, plus que je ne souhaiterais. Mais puisqu'il est fier de moi, s'pas, je ne peux pas lui faire de peine en refusant de l'accompagner...

Son mariage — je n'en savais rien — a remué la foule variée (j'allais écrire « maillacée ») des gens qu'il connaît. Non, il ne les connaît pas. Lui, on le connaît énormément[1]. Mais il n'est pas capable de mettre un nom sur la moitié des individus avec qui il échange des shake-hand cordiaux et qu'il me présente. Éparpillement, légèreté incorrigible, il n'est attaché sérieusement à rien... qu'à moi. « Qui est ce monsieur, Renaud ? — C'est... Bon, son nom m'échappe. » Enfin ! Il paraît que le métier veut ça ; il paraît que le fait de rédiger des études profondes pour de graves publications diplomatiques vous procure, infailliblement, la poignée de main d'un tas de genreux, de femmes maquillées (demi-mondaines ou mondaines tout entières), de théâtreuses indiscrètes et cramponnes, de peintres et de modèles...

Mais Renaud fait tenir dans ces trois mots de présentation « Ma femme, Claudine » tant d'orgueil conjugal et paternel (dont la naïveté tendre, chez ce Parisien blasé, me touche), que je rentre mes piquants et que j'efface tout de même les plis amassés entre mes sourcils. Et puis, j'ai d'autres dédommagements : une joie vengeresse à répondre, quand Renaud me nomme vaguement un « Monsieur... Durand » :

« Vous m'avez dit avant-hier qu'il s'appelait Dupont ! »

La moustache claire et la figure foncée s'empreignent de consternation :

« Je t'ai dit ça ? Tu es sûre ? Me voilà propre ! Je les ai confondus tous deux avec... l'autre, enfin, ce crétin que je tutoie parce que nous étions ensemble en sixième. »

N'importe, je m'habitue mal à des intimités aussi vagues.

J'ai recueilli, ici et là, dans les couloirs de l'Opéra-Comique[2], aux concerts Chevillard et Colonne[3], en soirée, en soirée surtout — au moment où la crainte de la musique assombrit les visages — des regards et des paroles qui ne marquaient pas, à mon sujet, une exclusive bienveillance. On s'occupe donc de moi ? Ah ! c'est vrai, je suis la femme de Renaud, ici, comme à Montigny il est le mari de Claudine. Ces Parisiens parlent bas, mais les oreilles des gens du Fresnois entendraient pousser l'herbe.

On dit : « C'est bien jeune. » On dit : « Trop brune... l'air mauvais... — Comment, trop brune ? Elle a des boucles châtain. — Ces cheveux courts, c'est pour forcer l'attention ! Renaud a du goût pourtant. » On dit : « D'où ça sort-il ? — C'est Montmartrois. — C'est slave, le menton petit et les tempes larges. — Ça sort d'un roman unisexuel de Pierre Louÿs... — Quel âge a-t-il donc, pour se plaire déjà aux petites filles, Renaud ? »

Renaud, Renaud... Voilà qui est caractéristique : on ne le désigne jamais que par son prénom.

☆

Hier, mon mari me demande :

« Claudine, tu prendras un jour ?

— Pour quoi faire, grand Dieu !

— Pour bavarder, pour "faire patiapatia", comme tu dis.

— Avec qui ?

— Avec des femmes du monde.

— Je n'aime pas beaucoup les femmes du monde.

— Avec des hommes aussi.

— Ne me tentez pas !... Non, je ne prendrai pas de jour. Pensez-vous que je sache recevoir ?

— J'en ai bien un, moi !

— Oh ! vous ?... Eh bien, gardez-le ; je viendrai vous voir à votre jour. Allez, c'est plus prudent. Sans quoi, je serais capable, au bout d'une heure, de dire à vos belles amies : "Allez-vous-en, je suis rebutée. Vous m'aralez !" »

Il n'insiste pas (il n'insiste jamais), il m'embrasse (il m'embrasse toujours) et sort en riant.

Pour cette misanthropie, pour cette aversion craintive du « monde », maintes fois proclamée, mon beau-fils Marcel m'accable de son mépris courtois. Ce petit garçon, si insensible aux femmes, recherche assidûment leur compagnie, papote, touche des étoffes, verse du thé sans tacher les robes délicates, et clabaude avec passion. Quand je l'appelle « ce petit garçon », j'ai tort. À vingt ans, on n'est plus un petit garçon, et lui restera longtemps petite fille. À mon retour, je l'ai trouvé encore charmant, mais tout de même un peu fripé, mince à l'excès, les yeux agrandis et l'expression détraquée, trois fines rides précoces au coin des paupières... Les doit-il à Charlie seul ?

La colère de Renaud contre cet enfant fourbe n'a pas duré très longtemps : « Je ne peux pas oublier que c'est mon petit, Claudine. Et peut-être, si je l'avais élevé mieux... » Moi, j'ai pardonné à Marcel par indifférence. (Indifférence, orgueil, intérêt inavoué — et assez inavouable — pour les déviations de sa vie sentimentale.) Et je ressens un doux plaisir, qui ne s'émousse pas, à regarder, sous l'œil gauche de cette fille ratée, la ligne blanche qu'y a laissée ma griffe* !

Mais ce Marcel m'étonne. Je m'attendais à sa rancune inlassable, à une hostilité ouverte. Rien de tout cela ! De l'ironie souvent, du dédain aussi, de la curiosité, c'est tout.

Sa seule occupation, c'est lui-même ! Souvent, il se regarde dans les glaces, et tire, des deux index appuyés sur les sourcils, la peau de son front aussi haut qu'elle peut monter. Surprise de ce geste, maladif à force d'être fréquent, je l'interroge : « C'est pour reposer l'épiderme au-dessous des yeux », répond-il fort sérieusement. Il allonge au crayon bleu le cerne de ses paupières ; il risque de trop beaux boutons de manchettes en turquoises. Pouah ! À quarante ans, il sera sinistre...

Malgré ce qui s'est passé entre nous, il n'éprouve pas de gêne à me faire des demi-confidences, par bravade inconsciente, ou par détraquement moral qui va s'aggravant. Hier, il traînait, ici, la grâce exténuée de sa taille trop fine, de son visage animé d'une fièvre lumineuse.

« Vous semblez éreinté, Marcel ?

— C'est que je le suis. »

(Le ton agressif est de mise entre nous. C'est un jeu, ça ne signifie pas grand-chose.)

* Voir *Claudine à Paris*, p. 367.

« Charlie, toujours ?

— Oh ! je vous en prie !... Il sied à une jeune femme d'ignorer, ou du moins d'oublier certains désordres d'esprit... c'est bien "désordres" que vous dites ?

— Ma foi oui, on dit "désordres"... je n'oserais pas ajouter : "d'esprit".

— Merci pour le corps. Mais, entre nous, ma fatigue n'a rien dont Charlie se doive enorgueillir. Charlie ! un indécis, un flottant...

— Allons donc !

— Croyez-moi. Je le connais mieux que vous...

— Je m'en flatte.

— Oui, c'est un timoré, au fond.

— Tout au fond...

— De l'histoire ancienne, notre amitié... Je ne la renie pas, je la romps, et sur des incidents pas très propres...

— Comment, le beau Charlie ? Des histoires d'argent ?...

— Pis que ça. Il a oublié chez moi un carnet plein de lettres de femmes ! »

Avec quel dégoût haineux il a mâché son accusation ! Je le regarde, en réfléchissant profondément. C'est un dévoyé, un malheureux enfant — presque irresponsable — mais il a raison. Il faut seulement se mettre à sa place (eh là !) en imagination.

Il est dit que tout m'arrivera brusquement, les joies, les peines, les événements sans importance. Non pas, mon Dieu que je me spécialise dans l'extraordinaire ; à part mon mariage... Mais le temps s'écoule pour moi comme pour la grande aiguille de certaines horloges publiques : elle est là bien tranquille pendant cinquante-neuf secondes, et, tout d'un coup, elle saute sans transition dans la minute suivante, avec une saccade ataxique. Les minutes la saisissent sans douceur, comme moi... Je n'ai pas dit que ce fût absolument et toujours désagréable, mais...

Voici ma dernière saccade : je vais voir papa, Mélie,

Fanchette et Limaçon. Ce dernier, splendide et rayé, fornique avec sa mère et nous ramène aux plus mauvais jours de l'histoire des Atrides[1]. Le reste du temps, il arpente le logis, arrogant, léonin et rageur. Aucune des vertus de son aimable et blanche mère n'a passé en lui.

Mélie se précipite, portant dans la main le globe de son sein gauche, comme Charlemagne celui du monde...

« Ma France adorée, j'allais te faire un mot d'écrit !... Si tu savais, tout est à feu et à sang ici... Tiens, t'es gente avec ce chapeau-là...

— Applète, applète ! Tout est à feu et à sang ! Pourquoi ? Limaçon a renversé son... crachoir ? »

(Blessée de mon ironie, Mélie se retire.)

« C'est comme ça ? Va demander à Monsieur, tu verras voir. »

Intriguée, j'entre sans frapper chez papa, qui se retourne au bruit et démasque une caisse énorme, qu'il emplit de bouquins. Sa belle figure velue revêt une expression inédite : fureur inoffensive, gêne, confusion puérile.

« C'est toi, petite bourrique ?

— Il y a apparence. Qu'est-ce tu fais donc, papa ?

— Je... range des papiers.

— Quel drôle de portefeuille tu as là ! Mais... je la connais cette caisse... Ça vient de Montigny, ça ! »

Papa a pris son parti. Il boutonne sa redingote à taille, s'assied en prenant des temps et croise les bras sur sa barbe :

« Ça vient de Montigny et ça y retourne ! C'est compris ?

— Non, pas du tout. »

(Il me dévisage, les sourcils rabattus en buissons, baisse la voix, et risque le paquet :)

« Je fous le camp ! »

J'avais très bien compris. Je sentais venir cette fuite sans cause. Pourquoi est-il venu ? pourquoi s'en va-t-il ? Je rêve. Papa est une force de la nature ; il sert l'obscur Destin. Sans le savoir, il est venu ici, pour que je pusse rencontrer Renaud ; il s'en va, ayant rempli sa mission de père irresponsable[2]...

Comme je n'ai rien répondu, cet homme terrible se rassure.

« Tu comprends, j'en ai assez ! Je me crève les yeux dans cette turne ; j'ai affaire à des gredins, à des gniafs, à des galapiats. Je ne peux pas remuer un doigt sans heurter le mur ; les ailes de mon esprit se déchirent à l'ignorance universelle... Sacré mille troupeaux de cochons galeux ! Je retourne à ma vieille cambuse ! Viendras-tu m'y voir, avec le malandrin que tu épousas ? »

(Ce Renaud ! Il a séduit même papa qui le voit rarement, mais ne parle jamais de lui sans une particulière inflexion de tendresse bourrue.)

« Parié, voui, j'irai.

— Mais... j'ai bien des choses importantes à te dire : quoi faire de la chatte ? Elle est habituée à moi, cette bête...

— La chatte ?... »

(C'est vrai, la chatte !... Il l'aime beaucoup. Mélie sera là d'ailleurs, et je me méfie pour Fanchette du valet de chambre de Renaud, de la cuisinière de Renaud... Ma chérie, ma fille, je dors à présent contre une autre chaleur que la tienne... Je me décide :)

« Emmène-la. Je verrai plus tard ; peut-être la reprendrai-je... »

(Je sais surtout que, sous prétexte de devoir filial, je pourrai revoir la maison enchantée de souvenirs, telle que je l'ai laissée, l'école suspecte et chère... Au fond, je bénis l'exode paternel.)

« Emmène ma chambre aussi, papa. J'y coucherai quand nous irons te voir. »

(D'un geste, le rempart de la malacologie m'abîme sous son mépris.)

« Pouah ! tu ne rougiras pas de cohabiter sous mon toit impollué avec ton mari, comme vous faites toutes, bêtes impures ! Qu'est-ce, pour vous, que la chasteté régénératrice ? »

Que je l'aime ainsi ! Je l'embrasse et je m'en vais, le laissant en train d'enfouir ses trésors dans la vaste caisse, et de fredonner allègrement une paysannerie dont il raffole :

Vous comprenez ben c'que parler veut dire :

Elle a mis sa main sur sa tirelire,
Vous m'comprenez bien,
Je n'dirai plus rien[1]

Si c'est ça, l'hymne à la Chasteté régénératrice !

« Décidément, chérie, je vais reprendre mon jour. »

J'apprends cette grave nouvelle de Renaud dans notre cabinet de toilette où je me déshabille. Nous avons passé la soirée chez la mère Barmann[2] et assisté, pour changer, à une solide prise de bec entre cette chouette épaissie et le goujat tapageur[3] qui partage sa destinée. Elle lui dit : « Vous êtes commun ! » Il réplique : « Vous embêtez tout le monde avec vos prétentions littéraires ! » Tous deux ont raison. Il hurle, elle piaille. La séance continue. À court d'invectives, il jette sa serviette, quitte la table et grimpe tumultueusement dans sa chambre. Tout le monde soupire et se détend, on dîne à l'aise, et au dessert l'amphitryonne expédie la femme de chambre Eugénie amadouer (à l'aide de quels procédés mystérieux ?) le gros homme qui finit par redescendre, calmé, sans faire jamais d'excuses. Cependant Gréveuille, l'académicien exquis, qui craint les coups, donne tort à sa vénérable amie, pelote le mari, et reprend du fromage.

Dans ce milieu charmant, j'apporte en écot ma tête frisée, mes yeux soupçonneux et doux, un décolletage ambigu — cou robuste et nuque renflée sur des épaules minces — et un mutisme gênant pour mes voisins de table.

On ne me fait pas la cour. Mon mariage récent tient encore *à distance*, et je ne suis pas de la race qui cherche à attirer les flirts.

Un mercredi, chez cette mère Barmann, je fus traquée, poliment, par un jeune et joli garçon de lettres[4]. (Beaux yeux, ce petit, un soupçon de blépharite ; n'importe...) Il me compara — toujours mes cheveux courts ! — à Myrtocleia[5], à un jeune Hermès, à un Amour de Prud'hon[6] ; il fouilla, pour moi, sa mémoire et les musées secrets, cita tant de chefs-d'œuvre hermaphrodites que je songeai à Luce, à Marcel, et qu'il faillit me gâter un cassoulet divin, spécialité de la maison, servi dans de petites marmites cerclées d'argent. « À chacun sa marmite[1] ; comme c'est amusant, n'est-ce pas, cher maître ? » chuchotait Maugis dans l'oreille de Gréveuille, et le pique-assiette sexagénaire acquiesçait d'un asymétrique sourire.

Mon petit complimenteur, excité par ses propres évocations, ne me lâchait plus. Blottie dans une guérite Louis XV, j'entendais, sans l'écouter qu'à peine, défiler sa littérature... Il me contemplait de ses yeux caressants, à longs cils, et murmurait, pour nous deux :

« Ah ! c'est la rêverie de Narcisse enfant, que la vôtre, c'est son âme emplie de volupté et d'amertume...

— Monsieur, lui dis-je fermement, vous divaguez. Je n'ai l'âme pleine que de haricots rouges et de petits lardons fumés. »

Il se tut, foudroyé.

Renaud me gronda un peu, et rit[a] davantage.

« Vous reprenez votre jour, mon ami doux ? »

Il a installé son grand corps dans un fauteuil de paille et je me déshabille avec le chaste sans-gêne qui m'est habituel. Chaste ? disons : dépourvu d'arrière-pensée.

« Oui. Qu'est-ce que tu comptes faire, mon enfant chérie ? Tu étais bien jolie et bien pâlotte, tout à l'heure, chez la Barmann au nez crochu...

— Ce que je compte faire quand vous aurez repris votre jour ? Mais je compte aller vous voir.

— C'est tout ? dit son menton déçu.

— Oui, c'est tout ; et qu'y ferais-je à votre jour ?

— Mais enfin, Claudine, tu es ma femme !

— À qui la faute ? Si vous m'aviez écoutée, je serais votre maîtresse, mussée bien tranquille dans un petit rabicoin...

— Rabicoin ?

— Oui, dans un petit cagibi quelconque, loin de tout votre monde, et vos réceptions suivraient leur train accoutumé. Faites donc comme si vous étiez mon amant... »

(Mon Dieu, il me prend au mot ! Parce que je viens de relever, d'un pied leste, mon jupon de soie mauve tombé à terre, mon grand mari se mobilise, féru de la double Claudine reflétée dans la glace...)

« Ôtez-vous de là, Renaud ! Ce monsieur en habit noir, cette petite en pantalon, fi ! Ça fait Marcel Prévost[1] dans ses chapitres de grand libertinage... »

(La vérité, c'est que Renaud aime le bavardage des miroirs et leur lumière polissonne, tandis que je les fuis, dédaigneuse de leurs révélations, chercheuse d'obscurité, de silence et de vertige...)

« Renaud, mon beau ! nous parlions de votre jour...

— Zut pour mon jour ! J'aime mieux ta nuit ! »

☆

Papa s'en est donc allé comme il était venu. Je ne l'ai point conduit à la gare, peu curieuse des tempêtes du départ, que je devine : drapé dans une nuée d'orage, il invectivera, sans moi, la « tourbe immonde » des employés, les gavera, méprisant, de somptueux pourboires, et oubliera de payer son omnibus.

Mélie me regrette, sincèrement, mais la permission d'emmener Fanchette panse « à c't'heure » tous ses regrets. Pauvre Mélie, sa *guéline* lui demeure incompréhensible ! Comment, j'ai épousé l'ami que j'ai choisi ; comment, je couche avec lui tant que je veux — et même davantage —, j'habite une jolie *méson*, j'ai un domestique mâle, une voiture au mois, et je ne suis pas plus faraude que ça ? Pour Mélie, la farauderie doit se porter à l'extérieur.

D'ailleurs... aurait-elle un brin raison ? En présence de Renaud, je ne songe à rien — qu'à lui. Il est plus absorbant qu'une femme choyée. La vie intense qu'il porte en lui s'extériorise en sourires, en paroles, en fredonnements, en exigences amoureuses ; tendrement, il m'accuse de ne pas lui faire la cour, de pouvoir lire en sa présence, d'avoir trop fréquemment les yeux accrochés à un point dans l'espace... Hors de sa présence, je sens la gêne d'une situation anormale, illicite. L'« état de mariage » n'est-il point fait pour moi ? Je devrais pourtant m'y habituer. Après tout,

Renaud n'a que ce qu'il mérite. Il n'avait qu'à ne pas m'épouser...

☆

Qu'on se le dise ! Mon mari a repris son jour !

On se l'est dit.

Qu'est-ce que Renaud a pu faire au bon Dieu pour mériter tant d'amis ? Dans le cabinet de travail en cuir couleur mulâtre qui sent bon le tabac d'Orient, dans l'antichambre longue où l'on exila les dessins et les pochades de toute provenance, le valet de chambre Ernest a introduit une quarantaine de personnes, hommes, femmes, et Marcel.

Au premier coup de sonnette, je bondis sur mes pieds et je cours m'enfermer dans le rassurant cabinet de toilette. On sonne... on resonne. À chaque trille du timbre, la peau de mon dos remue désagréablement, et je songe à Fanchette, qui, les jours de pluie, regarde, avec les mêmes ondes nerveuses sur l'échine, de grosses gouttes choir de la gouttière crevée... Las ! il est bien question de Fanchette ! Voici maintenant que Renaud parlemente à travers la porte verrouillée de mon refuge.

« Claudine, ma petite fille, ce n'est plus possible... J'ai dit d'abord que tu n'étais pas rentrée, mais, je t'assure, la situation devient critique : Maugis prétend que je te cache dans un souterrain connu de Dieu seul... »

(Je l'écoute en me regardant dans la glace et en riant malgré moi.)

« Les gens vont croire que tu as peur... »

(Le lâche ! il a dit ce qu'il fallait dire ! Je brosse mes cheveux sur mon front, je tâte la fermeture de ma jupe et j'ouvre la porte.)

« Puis-je me montrer ainsi à votre monde ?

— Oui, oui, je t'adore en noir.

— Pardi, vous m'adorez en toute couleur.

— Surtout en couleur chair, c'est vrai... Viens vite ! »

On a déjà beaucoup fumé chez mon mari ; l'odeur du thé flotte avec celle de gingembre, — et ces fraises, ces sandwiches au jambon, au foie gras, au caviar, — comme ça sent vite le restaurant de nuit dans une pièce chaude !

Je m'assieds et je « fais visite ». Mon mari m'offre du thé comme à la dernière arrivée, et c'est la jolie Cypriote au nom paradoxal, Mme Van Langendonck[1], qui m'apporte de la crème. À la bonne heure !

Je retrouve, chez... Renaud, les vagues figures rencontrées aux concerts et au théâtre : les grands critiques et les petits, les uns avec leurs femmes, et les autres avec leurs amies. Parfaitement. J'ai insisté pour que mon mari ne fît point d'épuration — le vilain mot ! la chose eût été aussi laide. Et, encore une fois, ce n'est pas moi qui reçois.

Maugis, un verre à bordeaux plein de kummel à la main[2], interroge, avec un intérêt merveilleusement joué, l'auteur d'un roman féministe[3] en train de lui exposer la thèse développée dans son prochain livre ; l'interviewé parle, infatigable ; l'autre boit sans relâche. Dûment gris, il demande enfin d'une voix pâteuse :

« Et, et le titre de cet œuvre puissant ?

— Il n'est pas encore arrêté.

— Tâchez de faire comme lui. »

Lors, il s'éloigne d'un pas raide.

Du clan nombreux des étrangers, j'extrais un sculpteur espagnol, qui a de beaux yeux de cheval, une bouche dessinée purement, une connaissance relative de notre langue, et qui s'occupe surtout de peinture[4].

Je lui avoue sans embarras que j'ignore presque tout le Louvre, et que je croupis dans mon ignorance sans trop de fièvre d'en sortir.

« Vous né connais pas les Roubens ?

— Non.

— Vous n'avez pas l'envie de les voir ?

— Non. »

Sur ce, il se lève, cambre une jambe andalouse et m'assène ceci, dans un grand salut respectueux :

« Vous êtes un côchon, madame ! »

Une belle dame, qui appartient à l'Opéra (et à un ami de Renaud) sursaute et nous regarde, espérant un esclandre. Elle ne l'aura pas. J'ai très bien compris cet esthète transpyrénéen, qui dispose d'un seul terme péjoratif. Il ne connaît que « cochon » ; nous n'avons qu'un mot pour dire « aimer », c'est tout aussi ridicule[1].

Quelqu'un est entré et Renaud s'exclame :

« Je vous croyais à Londres ! C'est vendu alors ?

— C'est vendu. Nous habitons Paris », fait une voix usée, avec un rien d'accent anglais, à peine perceptible.

Un grand homme blond se tient debout, carré, portant droite une petite tête brique aux yeux d'un bleu sans transparence. Il est, comme je dis, carré et bien mis, mais il a une raideur d'homme qui pense tout le temps à se tenir droit et à paraître solide.

Sa femme... on nous présente l'une à l'autre[2] sans que j'entende très bien. Je suis occupée à la regarder, et j'aperçois vite une des plus réelles raisons de son charme : tous ses gestes, volte des hanches, flexion de la nuque, vif haussement d'un bras vers la chevelure, balancement orbiculaire de la taille assise, tracent des courbes si voisines du cercle que je lis le dessin, anneaux entrelacés, spirales parfaites des coquilles marines, qu'ont laissé, écrits dans l'air, ses mouvements doux[3].

Ses yeux, à cils longs, d'un gris ambré et variable, semblent plus foncés sous les cheveux d'or léger, ondés et verdissants. Une robe de panne noire, coupe sobre, étoffe trop riche, colle à ses hanches rondes et mobiles, à la taille mince et pourtant non serrée. Une toute petite étoile de diamants, tête d'une longue épingle, brille dans les amazones[4] du chapeau.

Hors du manchon de renard, elle m'a tendu une menotte rapide et chaude, et son regard fait le tour de moi. Ne va-t-elle pas parler avec un accent étranger ? Je ne sais pourquoi, malgré la robe correcte, l'absence de bijoux et même de sautoir, je la trouve un peu rasta. Elle a des yeux qui ne sont pas d'ici. Elle parle... écoutons... eh bien ! elle parle sans le moindre accent. Comme on est bête de s'imaginer des choses ! Sa bouche fraîche, étroite au repos, devient, en s'ouvrant, tentante et fleurie. Tout de suite, elle effeuille des amabilités :

« Je suis très contente de vous connaître ; j'étais sûre

que votre mari dénicherait une petite femme dont chacun pût s'étonner et s'éprendre.

— Merci pour mon mari ! Mais ne m'adresserez-vous pas, maintenant, un compliment qui ne flatte que moi seule ?

— Vous n'en avez que faire. Résignez-vous seulement à ne ressembler à personne. »

Elle bouge à peine, ne risque que des gestes retenus, mais, rien que pour s'asseoir près de moi, elle a eu l'air de virer deux fois dans sa robe.

Sommes-nous en coquetterie déjà, ou en hostilité ? En coquetterie plutôt ; malgré sa louange de tout à l'heure, je ne me sens pas la moindre envie de la grafigner, elle est charmante. De plus près je compte ses spirales, ses courbes multiples ; ses cheveux obéissants tournent sur sa nuque ; son oreille s'enroule, compliquée et délicate ; et ses cils en rayons, et les plumes frémissantes couchées en rond sur son chapeau, semblent écartées d'elle par une giration invisible.

Si je lui demandais combien elle compte, dans ses ascendants, de derviches tourneurs ? Non, il ne faut pas ; Renaud me gronderait. Et, d'ailleurs, pourquoi choquer si tôt cette attachante Mme Lambrook[1] ?

« Renaud vous a parlé de nous ? interroge-t-elle.

— Jamais. Vous vous connaissez beaucoup ?

— Je crois bien !... ça fait six fois, au moins, que nous avons dîné ensemble. Et je ne compte pas les soirées. »

Se moque-t-elle de moi ? Est-elle ironique ou niaise ? Nous verrons cela plus tard. Pour le moment, je m'enchante de son parler lent, de sa voix câline où, de temps en temps, s'attarde et roucoule un *r* rebelle.

Je la laisse parler tandis qu'elle ne me quitte pas des yeux et qu'elle constate de près, myope et sans-gêne, la couleur de mes prunelles, assortie à celle de mes cheveux courts.

Et elle se raconte. En un quart d'heure, je sais que son mari est un ancien officier anglais, fondu et vidé par les Indes, où il a laissé ses forces et son activité d'esprit. Il n'est plus qu'une belle carcasse, elle le fait bien entendre. Je sais qu'elle est riche, mais « jamais, jamais assez », dit-elle passionnément ; que sa mère, viennoise, lui a donné de beaux cheveux, une peau de volubilis blanc (je cite) et le nom de Rézi.

« Rézi... votre nom sent la groseille...

— Ici, oui. Mais je crois qu'à Vienne c'est un diminutif à peu près aussi distingué que Nana ou Titine[1].

— Ça m'est égal... Rézi. Que c'est joli, ce Rézi!

— C'est joli parce que vous le dites joliment. »

Ses doigts nus caressent ma nuque découverte, si rapidement que je sursaute, plus nerveuse qu'étonnée, car, depuis deux minutes, je voyais ses yeux mouvants enserrer mon cou d'un collier de regards.

« Rézi... »

C'est son mari, cette fois, qui veut l'emmener. Il vient me saluer, et ses opaques prunelles bleues me gênent. Une belle carcasse !... Je pense qu'il y peut loger encore assez de jalousie et de despotisme, car, à son bref appel, Rézi s'est levée sans objection, vite. Cet homme s'exprime en termes espacés et lents (comme s'il « prenait du souffleur » tous les trois mots, dit Maugis). Évidemment, il soigne sa diction pour supprimer tout accent anglais.

Il est convenu qu'« on se verra souvent », que « Mme Claudine est une merveille ». J'irai voir, si je tiens ma promesse, cette blonde Rézi chez elle, à deux pas, avenue Kléber[2].

Rézi... Toute sa personne fleure un parfum de fougère et d'iris, odeur honnête, simplette et agreste qui surprend et ravit par contraste, car je ne lui découvre rien d'agreste, de simplet, ni, ma foi, d'honnête, elle est bien trop jolie ! Elle m'a parlé de son mari, de ses voyages, de moi, mais je ne sais rien d'elle-même, que son charme.

« Eh bien, Claudine... ? »

Mon cher grand, énervé et content, se délecte à contempler le salon enfin vide. Assiettes salies, petits fours mordillés et abandonnés, cendre de cigarettes posées sur un bras de fauteuil et sur le rebord des consoles (sont-ils sans gêne, ces animaux de visiteurs !), verres poissés d'affreuses mixtures : car j'ai surpris un poète méridional, classiquement chevelu, occupé à combiner l'orangeade, le kummel, le cognac, le cherry Rocher[1] et l'anisette russe ! « Une *Jézabel* liquide », s'est écriée la petite Mme de Lizery (la bonne amie de Robert Parville)[2], qui m'a appris qu'aux Oiseaux[3] les élèves, ferrées sur *Athalie*, appelaient tous les « horribles mélanges » des *Jézabel*[4].

« Eh bien, Claudine, tu ne me dis rien de mon jour ?

— Votre jour, mon pauvre ! Je pense que vous êtes autant à plaindre qu'à blâmer... et qu'il faut ouvrir les fenêtres. Il reste pas mal de ces petits choux à la noisette, qui ont bonne tournure ; êtes-vous certain, comme dirait mon noble père, que personne ne s'est "essuyé les pieds" avec ? »

(Renaud hoche la tête et presse ses tempes. La migraine le guette.)

« Ton noble père a toutes les prudences. Imite-le, et ne touche pas à ces denrées suspectes. J'ai vu Suzanne de Lizery y mettre les mains, des mains frôleuses qui sortaient je ne sais d'où, et portaient des traces de fatigue à leurs ongles cernés...

— Bouac !... Taisez-vous, ou je ne pourrai pas dîner. Allons dans le cabinet de toilette. »

Mon mari a tant reçu aujourd'hui que je me sens abominablement lasse. Lui — ô jeune Renaud aux cheveux d'argent — me semble plus animé que jamais. Il erre, bavarde et rit, me respire, ce qui chasse, paraît-il, toute velléité de migraine, et circuite autour de mon fauteuil.

« Qu'avez-vous à tourner comme une bondrée ?

— Une bondrée, en vérité ? J'ignore la bondrée. Laisse-moi deviner... Je vois, dans la bondrée, un petit animal au nez busqué... Bondrée ! une petite bête marron, qui frappe du sabot et qui a un sale caractère. Hein ? »

Cette image d'un oiseau de proie-quadrupède m'a jetée dans un accès de gaieté si jeune que mon mari s'arrête, presque offusqué, devant moi. Mais je ris de plus belle, et ses yeux changent, s'aiguisent :

« Mon petit pâtre bouclé, c'est si drôle ? Ris encore, que je voie le fond de ta bouche... »

(Gare ! me voilà en péril d'être aimée un peu vivement...)

« Non-da, pas avant le dîner.
— Après ?
— Je ne sais pas...
— Alors, avant et après. Admires-tu, comme je sais tout concilier ? »

Faible et lâche Claudine ! Il a certains baisers qui sont des « Sésame... » et après lesquels je ne veux plus rien connaître que la nuit, la nudité, la lutte silencieuse et vaine pour me retenir, une minute, encore une minute, au bord de la joie.

« Renaud, qu'eſt-ce que c'eſt que ces gens-là ? »
(La lampe éteinte, je gagne ma place dans le lit, ma place sur son épaule, où l'attache ronde du bras me fait un doux traversin accoutumé. Renaud range ses grandes jambes où j'agrippe mes pieds frileux et cherche, de sa nuque renversée, le centre d'une galette de crin qui lui sert d'oreiller. Immuables apprêts pour la nuit, suivis ou précédés de rites presque aussi quotidiens...)
« Quelles gens, mon enfant à moi ?
— Les Rézi... les Lambrook, je veux dire.
— Ah !... je pensais bien que la femme te plairait...
— Dites vite, qui c'eſt ?
— Eh bien, c'eſt un couple... charmant, mais mal assorti. Chez la femme, j'apprécie des épaules et une gorge veinées de bleu laiteux — qu'elle montre aux dîners priés, autant qu'en peut montrer une créature jeune et soucieuse du plaisir d'autrui —, une coquetterie insinuante, de geſte plus que de parole, le goût du campement provisoire. Chez le mari, cet effondrement masqué d'épaules carrées et de correction m'avait intéressé. Le colonel Lambrook eſt reſté aux Colonies, son haillon physique eſt revenu seul. Il poursuit là-bas une vie ignorée, cesse de répondre dès qu'on lui parle de ses chères Indes, et se mure dans un silence rogue pour dissimuler son émoi. Quel attrait de souffrance, de beauté, de cruauté chère le tient là-bas ? — on l'ignore. Et c'eſt si rare, petite fille, une âme assez fermée, pour garder contre tous son secret ! »
(Eſt-ce si rare, cher Renaud ?)

« ... La première fois que j'ai dîné chez eux, il y a deux ans, j'ai goûté, dans le bazar fantastique qui leur servait alors de *home*, un joli bourgogne, ma foi. J'ai demandé si j'en pourrais trouver de semblable : "Oui, dit Lambrook, il n'est pas cher." Il cherche un instant, et revelant sa figure de terre cuite : "Vingt roupies, je pense." Et il avait réintégré l'Europe depuis dix ans. »

(Je songe une minute, muette, contre la chaleur de mon ami.)

« Renaud, est-ce qu'il aime sa femme ?

— Peut-être oui, peut-être non. Il lui témoigne un mélange de brutalité et de politesse qui ne me dit rien de bon.

— Est-ce qu'elle le trompe ?

— Mon oiseau chéri, comment le saurais-je ?

— Dame, elle aurait pu être votre maîtresse... »

(Le ton convaincu de ma phrase secoue Renaud d'une gaieté intempestive.)

« Tenez-vous tranquille, vous saccagez ma place. Je n'ai rien dit d'extravagant. Cette supposition n'a de quoi choquer ni vous ni elle... Est-ce qu'elle a des amies que vous connaissez ?

— Mais c'est une enquête... pis, une conquête, Claudine, je ne te vis jamais occupée autant d'une inconnue !

— C'est vrai ; d'ailleurs, je me forme. Vous m'accusez de sauvagerie, je songe à me créer des relations. Et puisque je rencontre une femme jolie, dont le son de voix m'agrée, dont la main m'est sympathique, je m'informe d'elle, je...

— Claudine, interrompt Renaud avec un sérieux taquin, ne trouves-tu pas que Rézi a quelque chose de Luce, dans... dans la peau ? »

Le vilain homme ! Pourquoi tout défleurir d'un mot ?... Je me retourne d'un saut de poisson et m'en vais chercher le sommeil à l'est du grand lit, dans des régions chastes et froides...

☆

Grande lacune dans mon journal. Je n'ai pas mis à jour la comptabilité de mes impressions, et je me tromperai sûrement dans les totaux. Le vie continue. Il fait froid, Renaud s'agite, allègre. Il me voiture d'une première à une autre, et crie bien haut que le théâtre l'assomme, que la grossièreté obligatoire du « moyen[1] » le révolte...

« Mais, Renaud, s'étonne la simple Claudine, pourquoi y allez-vous ?

— Pour... tu vas me mépriser, mon petit juge... Pour voir les gens. Pour voir si Annhine de Lys[2] marche encore avec miss Flossie[3], l'amie de Willy ; si le Reboux[4] de la jolie Mme Mundoë[5] est réussi ; si l'étrange Polaire, séduisante avec ses yeux de gazelle amoureuse, détient toujours le record de la taille d'abeille ; pour constater Mendès[6], lyrique, parler son flamboyant compte-rendu à minuit et demie, assis à une table de souper ; pour m'épanouir devant la grotesque mère Barmann, à qui Gréveuille sert, dit Maugis, de chamelier-servant ; pour admirer l'aigrette de colonel qui surmonte cette fouine engraissée : Mme de Saint-Niketês[7]...

Non, je ne le méprise pas, pour tant de légèreté. Et d'ailleurs ça n'aurait aucune importance, puisque je l'aime. Je sais que le public des premières n'écoute jamais la pièce. Moi, j'écoute, j'écoute passionnément... ou bien je dis : « Ça me rebute. » Renaud m'envie des convictions aussi simples et aussi vives : « Tu es jeune, ma petite fille... » Pas tant que lui ! Il m'aime, travaille, visite, potine, dîne dehors, reçoit le vendredi à quatre heures, et trouve le temps de songer à un boléro de zibeline pour moi. De temps en temps, seul à seule, il détend sa figure charmante et lassée, m'étreint contre lui et soupire, avec une angoisse profonde : « Claudine, mon enfant chérie, que je suis vieux ! Je sens les minutes me rider une à une, ça fait mal, ça fait si mal ! » S'il savait comme je l'adore ainsi, et comme j'espère que les années calmeront sa fièvre de parade ! Alors, quand il voudra bien ne plus poitriner, alors seulement nous nous rejoindrons complètement, alors je cesserai de m'essouffler auprès de ses quarante-cinq ans piaffeurs.

☆

Un jour, avec un ressouvenir amusé du sculpteur andalou et de son « Vous êtes un côchon, madame ! » j'ai voulu découvrir le Louvre, et admirer sans guide ces Rubens nouveaux[1]. Parée de mon boléro de zibeline et de la toque semblable qui me coiffe d'une bête roulée, je suis partie, brave et seule, pas topographe pour un sou, et perdue, comme une noce de Zola, à chaque tournant de galerie. Car si je flaire, sous bois, l'orient et l'heure, je m'égare dans un appartement de plain-pied.

J'ai trouvé les Rubens. Ils me dégoûtent. Voilà, ils me dégoûtent ! J'essaie loyalement, pendant une bonne demi-heure, de me monter littérairement le bourrichon (le style de Maugis me gagne) ; non ! cette viande, tant de viande, cette Marie de Médicis mafflue et poudrée dont les seins ruissellent, ce guerrier dodu, son époux, qu'enlève un zéphir glorieux — et robuste — zut, zut, et zut ! Je ne comprendrai jamais. Si Renaud et les amies de Renaud savaient ça !... Et, tant pis ! Si on me pousse, je dirai ce que je pense.

Attristée, je m'en vais à petits pas — pour résister à une envie de glissades sur le parquet poli — à travers les chefs-d'œuvre qui me considèrent.

Ah ! ah ! ça va bien, voilà des gens d'Espagne et d'Italie qui valaient quelque chose. Tout de même, ils ont du toupet d'étiqueter « Saint Jean-Baptiste[2] » cette figure aguicheuse et pointue du Vinci qui sourit, col penché, comme Mlle Moreno[3]...

Dieu ! qu'il est beau ! J'ai donc trouvé, par hasard, l'enfant qui m'eût fait pécher. Une veine qu'il est sur toile ! Qui est-ce ? « Portrait d'un sculpteur », par Bronzino. Mais sous les cheveux noirs et drus, je voudrais toucher ce gonflement du front au-dessus des sourcils, et la lèvre ondulée et brutale, et baiser ces yeux de page cynique... Cette main blanche et nue modelait des statuettes ? Je veux bien le croire. Au ton du visage, j'imagine que cette peau sans duvet est de celles qui verdissent, ivoire ancien, aux aines et au creux postérieur des genoux... Une peau chaude partout, même aux mollets... Et la paume des mains moites...

Que fais-je là ? Rouge et mal éveillée, je regarde autour de moi... Ce que je fais ? je trompe Renaud, pardi !

Il faudra que je raconte à Rézi cet esthétique adultère. Elle rira, de son rire qui part brusque et s'arrête languissant. Car nous sommes, Rézi et moi, deux bonnes amies. Quinze jours y ont suffi, — c'est ce que Renaud nommerait « une vieille intimité ».

Deux bonnes amies, oui-da. Je suis ravie d'elle ; elle, enchantée de moi. D'ailleurs, nous ne nous témoignons aucune confiance réelle. Sans doute, c'est encore un peu tôt. Trop tôt pour moi, à coup sûr. Rézi ne mérite pas l'âme de Claudine. Je lui donne ma présence fréquente, ma tête court-bouclée qu'elle se plaît à coiffer — tâche vaine ! — et mon visage qu'elle semble aimer sans jalousie, pris entre ses deux mains douces, durant qu'elle regarde, dit-elle, danser mes yeux.

Elle me fait les honneurs de sa beauté et de sa grâce, avec une insistance coquette. Depuis quelques jours, je vais chez elle chaque matin à onze heures.

Les Lambrook habitent, avenue Kléber, un de ces appartements modernes où l'on a tant sacrifié au concierge, à l'escalier, aux premier et second salons — boiseries assez fines, bonne copie du Louis XV enfant de Van Loo[1] — que les pièces privées prennent jour et air où elles peuvent. Rézi couche dans une longue chambre noire et s'habille dans une galerie. Mais ce cabinet de toilette incommode me plaît, surchauffé constamment. Et Rézi s'y vêt et dévêt par des procédés de féerie. Assise bien sage sur un fauteuil bas, je l'admire.

La voilà en chemise ; ses cheveux merveilleux, teintés de rose par l'électricité aveuglante, de vert métallique par le jour bleu et bas, s'attisent lorsqu'elle « encense » pour les éparpiller. À toute heure, ce jour double et faux de la fenêtre insuffisante et des ampoules excessives éclaire Rézi d'une lumière théâtrale.

Elle brosse ses cheveux de brume bondissante... Un coup de baguette : grâce à un peigne magique, voilà tout cet or rassemblé, poli et tordu, sur une nuque aux ondes assagies. Comment ça tient-il ? Les yeux grands ouverts, je suis prête à implorer : « Encore ! » Rézi n'attend pas mon souhait. Un autre coup de baguette : et cette jolie femme en chemise se dresse, moulée dans une robe de drap sombre, en chapeau, prête à sortir. Le corset à busc droit, le pantalon effronté, le jupon mol et silencieux se sont abattus sur elle comme des oiseaux empressés. Alors Rézi, triomphante, me regarde et rit.

Son déshabillage ne présente pas moins d'attrait. Les vêtements tombent, tous à la fois et comme liés l'un à l'autre, car cette émule charmante de Fregoli[1] ne conserve que sa chemise de jour... et son chapeau. Que ce chapeau m'agace, et m'étonne ! C'est lui qu'elle épingle sur sa tête, avant de mettre son corset, c'est lui qu'elle quitte après ses bas. Elle se baigne en chapeau, me raconte-t-elle.

« Mais pourquoi ce culte du couvre-chef ?

— Je ne sais pas... Affaire de pudeur, peut-être. Si je me sauvais la nuit, pour fuir un incendie, ça me serait égal de courir dehors toute nue, — mais pas sans chapeau.

— Ben, vrai ! Les pompiers auraient du goût ! »

Elle est plus jolie, moins grande aussi que je ne l'avais vue d'abord, d'une blancheur qui s'anime rarement de rose, d'une petitesse harmonieuse. Sa myopie, le gris incertain des yeux, la mobilité des cils dissimulent sa pensée. En somme, je ne la connais guère, malgré la spontanéité de cette parole qui lui jaillit à notre quatrième entrevue :

« Je raffole de trois choses, Claudine : des voyages, de Paris... et de vous. »

Elle est née à Paris et l'aime en étrangère ; passionnée des odeurs froides et douteuses, de l'heure où le gaz rougit le crépuscule bleu, des théâtres et de la rue.

« Nulle part, Claudine, les femmes ne sont jolies comme à Paris ! (Laissons Montigny hors de cause, chère...) C'est à Paris que se voient les plus attachantes figures de beauté finissante, des femmes de quarante ans, maquillées et serrées avec rage, qui ont conservé leur nez fin, leurs yeux de jeune fille, et qui se laissent regarder avec plaisir et amertume... »

Ce n'est pas une niaise qui pense et parle ainsi. Ce jour-là, j'ai serré ses doigts pointus qui dessinaient ses paroles en vrilles de vigne[1], comme pour la remercier de penser joliment. Le lendemain, elle frémissait d'aise à la vitrine de Liberty[2], pour une facile harmonie de satins safran et rose !

Presque chaque jour, un peu avant midi, quand je me décide, régulièrement en retard, à quitter l'avenue Kléber, et ce fauteuil bas où je voudrais rester encore, pour rentrer, pour retrouver mon mari et mon déjeuner, la hâte de Renaud à m'embrasser et son appétit de viandes roses (car il ne se nourrit pas comme moi, de mauviettes et de bananes), la porte du cabinet de toilette s'ouvre sans bruit et encadre la trompeuse robustesse de Lambrook. Hier encore...

« Par où êtes-vous venu ? s'écrie Rézi agacée.

— Par l'avenue des Champs-Élysées », répond cet homme calme. Puis il s'attarde à me baiser la main, inspecte mon boléro ouvert, dévisage Rézi en corset et finit par dire à sa femme :

« Ma chère, que de temps vous perdez à vous attifer ! »

Songeant à la prestesse fantastique de mon amie, j'éclate de rire. Lambrook ne bronche pas ; sa peau cuite fonce légèrement. Il demande des nouvelles de Renaud, souhaite nous voir bientôt à sa table, et s'en va.

« Rézi, qu'est-ce qu'il a ?

— Rien. Mais, Claudine, ne riez pas quand il me parle... il croit que vous vous moquez.

— Vrai ? Ça m'est égal !

— Pas à moi. J'aurai une scène... Sa jalousie me pèse.

— Jaloux de moi ? À quel titre ? Est-il gourde, cet homme !

— Il n'aime pas que j'aie une amie... »

Aurait-il ses raisons, le mari ?

Pourtant, rien dans les façons de Rézi ne me conduit à le croire... Quelquefois, elle me regarde longtemps, sans que cillent ses yeux myopes aux paupières presque parallèles — un détail qui les fait sembler plus longs —, sa bouche mince, fermée, s'entrouvre, devient enfantine et tentatrice. Un petit frisson lui effleure les épaules, elle rit nerveusement, s'écrie : « Quelqu'un a marché sur ma tombe ! »... et m'embrasse. C'est tout. Il y aurait bien de la vanité de ma part à supposer...

Je n'encourage rien. Je laisse passer le temps, je contemple sous toutes ses nuances cette Rézi irisée, et j'attends ce qui viendra ; j'attends, j'attends... avec plus de paresse que d'honnêteté.

J'ai vu Rézi ce matin. Ça ne l'empêche pas d'accourir chez moi, impatiente, vers cinq heures. Elle s'assied, comme Fanchette se couche, après deux tours complets ; son costume tailleur bleu foncé roussit l'or de ses cheveux ; un chapeau d'oiseaux, compliqué, la coiffe d'une bataille de mouettes grises, si mouvementée que j'entendrais, sans trop de surprise, piailler tous ces becs confondus[1].

Elle s'installe comme on se réfugie... et soupire.

« Qu'y a-t-il, Rézi ?

— Rien. Je m'ennuie chez moi. Les gens qui viennent chez moi m'ennuient. Un flirt, deux flirts, trois flirts aujourd'hui... je les ai assez vus ! La monotonie de ces hommes-là ! J'ai failli battre le troisième.

— Pourquoi le troisième !

— Parce qu'il m'a dit, une demi-heure après le second, et dans les mêmes termes, le misérable, qu'il m'aimait ! Et le second répétait déjà le premier. En voilà des individus qui ne me reverront pas souvent... Tous ces hommes qui se ressemblent, Dieu !

— N'en prenez qu'un, c'est plus varié.

— Plus fatigant aussi.

— Mais... votre mari, il ne tique pas ?

— Non ; pourquoi voulez-vous qu'il tique ? »

(Ah ! ça, me prend-elle pour une bête ? Et ces précautions l'autre matin, ces avertissements pleins de réticences ? Elle me regarde cependant de ses plus clairs yeux, à reflets de pierre de lune et de perle grise.)

« Voyons, Rézi ! Avant-hier matin, je ne devais même pas rire de ce qu'il disait...

— Ah ! (sa main bat dans l'air, gracieuse, je ne sais quelle mayonnaise de songe...) mais, Claudine, ce n'est pas la même chose, ces hommes qui me frôlent... et vous.

— Je l'espère bien ! Encore que mes raisons de vous plaire ne puissent être les mêmes que les leurs... »

(Son regard a jailli vers moi, vivement détourné...)

« ... dites-moi au moins, Rézi, pourquoi vous me voyez sans déplaisir. »

(Rassurée, elle pose son manchon pour rythmer plus à l'aise, des mains, de la nuque, de tout le buste, ce qu'elle veut me dire ; elle s'enfonce dans la profonde bergère et me sourit tendrement, mystérieuse :)

« Pourquoi vous me plaisez, Claudine ? Je pourrais vous dire seulement : “Parce que je vous trouve jolie”, et cela me suffirait, mais ne suffirait pas à votre orgueil... Pourquoi je vous aime ? Parce que vos yeux et vos cheveux, du même métal, sont tout ce qui demeure d'une petite statue de bronze clair, devenue chair par le reste ; parce que votre geste rude accompagne bien votre voix douce ; parce que votre sauvagerie s'humanise pour moi ; parce que vous rougissez, pour une de vos pensées intimes qu'on devine ou qui s'échappe, comme si une main effrontée s'était glissée sous vos jupes ; parce que... »

Je l'ai interrompue, d'un geste — rude, oui, c'est vrai —, irritée et troublée que tant de moi transparaisse sur moi-même... Vais-je me fâcher ? la quitter tout à fait ? Elle prévient toute résolution hostile en m'embrassant, impétueuse, près de l'oreille. Noyée de fourrure, frôlée d'ailes pointues, à peine ai-je le temps de goûter l'odeur de Rézi, la simplicité menteuse de son parfum... que Renaud entre.

Je m'adosse, gênée, à mon fauteuil. Gênée, non pas de mon attitude, non pas du rapide baiser de Rézi, mais du regard aigu de Renaud, et de l'indulgence amusée, presque encourageante, que j'y lis. Il baise la main de mon amie, en disant :

« Je vous en prie, que je ne dérange rien ici.

— Mais vous ne dérangez rien du tout, s'écrie-t-elle, rien ni personne ! Aidez-moi, au contraire, à dérider Claudine qui se fâche d'un compliment très sincère.

— Très sincère, j'en suis sûr, mais mîtes-vous assez de conviction dans l'accent ? Ma Claudine est une petite fille très sérieuse et très passionnée, qui ne saurait accepter... (et parce qu'il appartient à une génération qui lisait encore Musset il fredonne l'accompagnement de la sérénade de *Don Juan*[1])... qui ne saurait accepter certains sourires écrits sous certaines paroles.

— Renaud, je vous en prie, pas de révélations conjugales. »

(J'ai élevé le ton malgré moi, impatientée, mais Rézi tourne vers moi son plus désarmant sourire.)

« Oh ! si, oh ! si, Claudine ! Laissez-le raconter... J'y prends un très réel intérêt, et c'est une charité que de débaucher un peu mes oreilles ! Elles en arrivent à ne plus savoir ce qu'... aimer veut dire. »

Hum ! cette impétuosité d'épouse à la diète suit mal, il me semble, la lassitude flirteuse de tout à l'heure ; mais Renaud n'en sait rien. Apitoyé et généreux, il contemple Rézi du chignon aux chevilles, et je ne peux pas ne pas rire quand il s'exclame :

« Pauvre enfant ! Si jeune, et déjà sevrée de ce qui embellit et colore la vie ! Venez à moi, la consolation vous attend sur le divan de mon cabinet de sacrifice, et ça vous coûtera moins cher que chez un spécialiste.

— Moins cher ? Je crains les "prix d'artiste" !

— Vous n'êtes pas une artiste. Et puis, on est honnête ou on ne l'est pas...

— Et vous ne l'êtes pas. Merci, non !

— Vous me donnerez... ce que vous voudrez.

— Quoi ? »

Elle voile à demi ses yeux couleur de fumée :

« ... Vous pourrez peut-être vous amuser aux bagatelles de la porte.

— J'aimerais bien la porte aux bagatelles... »

Ravie de se sentir un peu outragée, Rézi gonfle la nuque et se rengorge, avec le geste de Fanchette rencontrant dans l'herbe une sauterelle de taille excessive ou un coléoptère cornu.

« Non, vous dis-je, bienfaiteur de l'humanité ! D'ailleurs je n'en suis pas là encore.

— Et où en êtes-vous... déjà ?

— Aux compensations.

— Lesquelles ? il y a plusieurs genres, au moins deux. »

(Elle devient rose, exagère sa myopie, puis se tourne vers moi, suppliante et flexible :)

« Claudine, défendez-moi !

— Oui, je vous défendrai... de vous laisser consoler par Renaud.

— Non, vraiment ? Jalouse ? »

Elle étincelle d'une joie peu charitable qui l'embellit extrêmement. À peine assise, une jambe allongée, l'autre repliée et moulée sous la jupe, elle se penche vers moi dans une pose tendue, comme prête à courir. Sa joue proche se dore d'un duvet plus pâle que ses cheveux, et ses cils incessamment palpitent, transparents, comme l'aile de gaze d'une guêpe. Prise à tant de beauté, c'eſt très véridiquement que je lui réponds :

« Jalouse ? Oh ! non, Rézi, vous êtes bien trop jolie ! Je ne pardonnerais pas à Renaud l'humiliation de me trahir avec une femme laide ! »

Renaud me caresse d'un de ces regards intelligents qui me ramènent à lui quand ma sauvagerie, ou un accès plus vif de solitude et d'absence, m'ont entraînée un peu loin... Je lui sais gré de me dire ainsi, par-dessus Rézi, tant de choses tendres, en silence...

Cependant Rézi-la-Blonde (m'a-t-elle tout à fait comprise ?) se rapproche, étire nerveusement ses bras joints par les mains dans son manchon, fait la moue, s'ébroue et murmure :

« Voilà... votre psychologie compliquée me creuse, et j'ai très faim...

— Oh ! ma pauvre... moi qui vous laisse jeûner ! »

Je sursaute et cours à la sonnette.

Peu après, l'entente, la paix amicale s'exhalent des tasses brûlantes, des toaſts lentement pénétrés de beurre. Mais moi, je méprise le thé de ces gens chics. Une corbeille au creux des genoux, j'égrène des alises flétries, je pique et presse des nèfles flasques, fruits d'hiver, fruits de chez nous envoyés par Mélie, qui sentent le cellier et le blet, le « flogre ».

Et parce qu'un toaſt, brûlé et noirci, parfume la chambre de créosote et de charbon frais, me voici partie, à tire-d'imagination, vers Montigny, vers la cheminée à hotte... Je crois voir, je vois Mélie y jeter un fagot humide, et Fanchette, assise sur la pierre élevée du foyer, s'écarter un peu, choquée de la hardiesse des flammes et des crépitements du bois neuf... « Ma fille !... »

J'ai rêvé tout haut ! Et devant l'allégresse de Renaud, devant la stupéfaction de Rézi, je rougis et je ris, penaude.

☆

L'hiver mou se traîne, tiède et pourrissant. Janvier va finir. Dans quelle hâte et quelle paresse, tour à tour, coulent les journées ! Théâtres, dîners, matinées et concerts, jusqu'à une heure du matin, souvent deux ; Renaud plastronne, et moi je ploie[1].

Réveil tardif, journaux submergeant le lit. Renaud partage son attention entre l'« attitude de l'Angleterre » et celle de Claudine, couchée sur le ventre et perdue en des songes malveillants, dormeuse à qui cette vie factice rogne trop sur l'indispensable sommeil. Déjeuner bref, en viandes roses pour mon mari, en horreurs diverses et sucrées pour moi. De deux à cinq, le programme varie.

Ce qui ne varie pas, c'est, à cinq heures, visite à Rézi ou visite de Rézi ; elle s'attache à moi, de plus en plus, sans le cacher. Et moi je m'attache à elle, mon Dieu oui, en le cachant...

Presque chaque soir, à sept heures, au sortir d'un thé, d'un bar où Rézi se réchauffe d'un cocktail, où je grignote des frites trop salées, je songe, avec une rage silencieuse, qu'il faut m'habiller et que Renaud m'attend déjà en ajustant ses boutons de perle. Grâce à ma coiffure courte et commode, je dois avouer — ma modestie en saigne ! — que j'inquiète également les femmes et les hommes.

À cause de ma toison coupée et de ma froideur envers eux, les hommes se disent : « Elle *est* pour femmes. » Car, cela frappe l'entendement, si je n'aime pas les hommes, je *dois* rechercher les femmes, ô simplicité de l'esprit masculin !

D'ailleurs les femmes — à cause de ma toison coupée et de ma froideur envers leurs maris et leurs amants — me paraissent enclines à penser comme eux. J'ai surpris vers moi de jolis regards curieux, honteux et fugitifs, des rougeurs, si j'appuie mes yeux, une minute, sur la grâce d'une épaule offerte ou d'un cou parfait. J'ai soutenu, aussi, le choc de convoitises extrêmement explicites ; mais ces professionnelles des salons — dame carrée de cinquante ans ou plus ; sèche fillette noire à croupe abattue ; Israélite monoclée, qui plonge son nez aigu dans les décolletages, comme à dessein d'y enfiler une bague perdue —, ces tentatrices ont trouvé chez Claudine une incuriosité qui, manifestement, les choqua. Et cela faillit nuire à une réputation bien ébauchée. En revanche, j'ai surpris avant-hier soir, sur les lèvres d'une de mes « amies » (lisez une jeune dame de lettres que j'ai rencontrée cinq fois), un si méchant sourire soulignant le nom de Rézi, que j'ai fort bien compris. Et je songe que le mari de Rézi pourrait « rabâter » dur, le jour où des potins effleureraient son oreille trop cuite.

J'ai failli pourtant apprivoiser un jour, sans le vouloir, cet homme d'ailleurs déplaisant.

Tous les nerfs sur la peau, j'écoutais malgré moi, chez Renaud, les glapissements d'un groupe d'hommes, jeunes et chauves, qui s'entretenaient de littérature avec une animation criarde... « Son dernier roman ? Ne coupez donc pas dans les réclames ! Il en est parti, en tout, six éditions. — Non, huit !... — Six, je vous dis ! Et encore, des éditions à deux cents, passes comprises, Sevin[1] me l'a affirmé ! — Tu penses, le libraire tire ce qu'il veut, il prend des empreintes, et aïe donc ! — Ma *Dissection de l'âme*, Floury[2], à lui seul, en vendait vingt par jour ; eh bien, ça m'a rapporté, en tout et pour tout, trente louis. Et là-dessus, est-ce qu'on ne voulait pas me retenir une malheureuse avance de cent cinquante francs ? — Quand on pense que nous ne touchons rien sur les exemplaires de passe, c'est écœurant ! Moi, je carotte froidement des volumes, sous prétexte de service de presse supplémentaire, et je les lave chez Gougy[3]. — Moi aussi ! — Moi aussi, parbleu, faut bien se défendre ! — Mon cher, en faisant quarante pour cent et quatorze-douze aux détaillants, l'éditeur pourrait facilement nous donner vingt sous par exemplaire vendu et réaliser un bénef tout ce qu'il y a de coquet. — Il pourrait même lâcher trente sous sans se fouler. — Quelle race, oh ! »

Ils parlaient tous à la fois, avec la conviction que donne une surdité volontaire, et songeant à Kipling, au peuple singe, j'ai murmuré : « Bandar-log[1] ! »

Lambrook, à côté de moi, eut, à ce mot hindou brusquement reconnu, un tressaillement maladif des mâchoires. Ses yeux se posèrent, lavés et clairs, sur les miens. Mais les rires de Rézi sonnèrent nerveusement à l'autre bout du salon, et il se leva, d'un air détaché, pour voir avec qui sa femme s'amusait si haut.

Un romancier trop connu[2] (spécialité : forage des âmes féminines) vint s'installer à la place de ce mari toujours en éveil, et me chuchota : « Quel vilain temps ! » avec l'attitude et la figure — soignées pour la galerie — d'un homme qui pantèle au bord de l'extase. Habituée aux façons de ce « Bourget du pauvre », ainsi que l'a surnommé Renaud, je le laissai paisiblement continuer une improvisation travaillée à huis clos et nuancée, non sans art, sur le dissolvant hiver sans froidure, la lâcheté délicieuse qu'amène le crépuscule tôt venu, tout le printemps menteur qu'enclôt cet inquiétant décembre... Un printemps plus certain, de peau moite, de gorges fleurissantes, palpite sous les fourrures lourdes... (Bonne transition)... De là au désir de les faire choir, ces fourrures pesantes, sur le tapis muet d'une garçonnière bien comprise, il n'y a qu'un pas. Lancé, ce demi-talent va le franchir...

Rêveuse, adoucie et comme conquise, je murmure :

« Oui... on respire au-dehors la fadeur grisante et dangereuse d'une serre... »

(Puis, je conclus brusquement, avec une exagération d'accent du Fresnois faite pour le déconcerter :)

« Ah ! dame oui, les blés sortiront de bonne heure, et aussi les *avouènes* ! »

Comme il a dû me trouver idiote ! J'en danserais la chieuvre de joie ! Mais ce gaillard-là, que j'ai froissé, va répéter partout, lui aussi, du haut de son ventre avantageux : « Claudine ? Elle est pour femmes !... » achevant en pensée : « ... puisqu'elle n'est pour moi. »

Pour femmes ? Tas d'imbéciles ! qu'ils entrent donc

chez nous le matin, sur le coup, mon Dieu, sur le coup de dix heures, ils verront si je suis « pour femmes »[a] !

Une lettre de papa m'arrive, grandiloquente et navrée. En dépit de l'actif hanneton qui gravite dans son cerveau d'homme heureux, papa s'agace de mon absence. À Paris, il s'en fichait. Là-bas, il a retrouvé vide la vieille maison, vide de Claudine. Plus de petite fille silencieuse pelotonnée, un livre entre les genoux, au creux d'un grand fauteuil qui crève aux coutures, — ou perchée à la fourche du noyer et écalant des noix avec un bruit d'écureuil, — ou couchée longue et rétrécie sur le faîte d'un mur, à l'affût des prunes du voisin et des dahlias de la mère Adolphe... Papa ne dit pas tout cela, sa dignité s'y oppose, et la noblesse aussi de son style qui ne condescend point à certaines puérilités. Mais il y pense. Moi aussi.

Frissonnante, pénétrée de regret[b] et de souvenir, je cours à Renaud, pour me cacher et m'endormir au creux de son épaule. Mon cher grand, que je détourne (sans qu'il grogne jamais) d'un vertueux labeur, ne saisit pas toujours les causes de ce qu'il nomme « mes naufrages ». Mais il m'abrite, généreux, sans me questionner trop. À sa chaleur, le mirage fresnois s'embrume et se dissipe. Et quand, vite ému à mon contact, il resserre son étreinte et penche sur moi sa moustache mêlée d'or, parfumée de muguet et de khédive[1], je relève ma figure pour lui rire et lui dire :

« Vous sentez la blonde qui fume !... »

Cette fois-ci, il réplique, taquin :

« Et Rézi, que sent-elle ?

— Rézi ?... (Je songe une minute)... Elle sent le mensonge.

— Le mensonge ! Prétends-tu qu'elle ne t'aime pas et simule un béguin ?

— Non pas, mon grand. Je voulais dire moins que je n'ai dit. Rézi ne ment pas, elle dissimule. Elle emmagasine. Elle ne raconte pas, abondante et prodigue de détails, comme la jolie Van Langendonck : "Je sors des Galeries Lafayette" au commencement d'une phrase qui finit par : "Il y a cinq minutes, j'étais à Saint-Pierre-de-Montrouge[2]." Rézi n'exubère pas, et je lui en sais gré. Mais je *sens* qu'elle cache, qu'elle enfouit proprement cent petites horreurs (comme Fanchette dans son plat) avec des pattes soigneuses ; cent petites horreurs banales, si vous voulez, mais bien faites.

— Qu'en sais-tu ?

— Rien, pardi, s'il vous faut des preuves ! Je vous parle d'après mon flair. Et puis, sa femme de chambre a souvent des façons, le matin, de lui remettre un papier chiffonné : "Voilà ce que Madame a oublié dans sa poche d'hier..." Par hasard, j'ai jeté un jour les yeux sur le contenu froissé de la "poche d'hier" et je pourrais bien affirmer que l'enveloppe n'était pas décachetée. Que pensez-vous de ce système postal ? Le soupçonneux Lambrook, lui-même, n'y verrait que... du vieux papier.

— C'est ingénieux, songe Renaud tout haut.

— Alors, vous comprenez[a], mon grand, cette Rézi cachottière qui arrive ici toute blanche et dorée, avec des yeux clairs jusqu'au fond, qui m'enveloppe d'un parfum pastoral de fougère et d'iris...

— Eh ! Claudine !

— Qu'est-ce qui vous prend ?

— Comment, ce qui me prend ? Et toi ? Je rêve ! Ma Claudine absente et dédaigneuse qui s'intéresse à quelqu'un, à Rézi, au point de l'étudier, au point de réfléchir et de déduire ! Ah ! ça, mademoiselle (il gronde pour rire, les bras croisés, comme papa) — ah ! ça, mais nous sommes amoureuse ? »

(Reculée de lui, je le regarde en dessous, les sourcils si bas, qu'il s'effare :)

« Quoi ? fâchée encore ? Décidément, tu prends tout au tragique !...

— Et vous rien au sérieux[b] !

— Une seule chose : toi... »

(Il attend, mais je ne bouge pas.)

« Ma petite bête, mais viens donc ! Que cette enfant me donne de mal ! Claudine, interroge-t-il (je suis revenue sur ses genoux, silencieuse et encore un peu tendue), apprends-moi une chose.

— Laquelle ?

— Pourquoi, lorsqu'il s'agit d'avouer, même à ton vieux mari-papa, une de tes secrètes pensées, te cabres-tu, farouche, aussi pudique et même plus que s'il te fallait, au milieu d'un concours imposant de notabilités parisiennes, montrer ton derrière ?

— Homme simple, c'est que je connais mon derrière, qui est ferme, de nuance et de toucher agréables. Je suis moins sûre, mon grand, de mes pensées, et de leur clarté, de l'accueil qu'elles trouveront... Ma pudeur, lucide, s'emploie à cacher ce qu'en moi je crains faible et laid... »

☆

Je surprends Renaud, ce matin, dans une vive et triste colère. En silence, je le regarde jeter au feu des papiers en boule, rafler brusquement tout un coin de son bureau chargé de brochures, et tasser cette brassée sur le feu de coke grésillant. Un petit cendrier, lancé d'une main sûre, va s'enfouir dans la corbeille à papiers. Puis c'est Ernest qui, pour n'être pas accouru assez vite, s'entend menacer d'expulsion comme un simple congréganiste[1]. Ça chauffe !

Assise, les mains croisées, j'assiste et j'attends. Les yeux de Renaud me trouvent et s'adoucissent :

« Te voilà, mignonne, je ne t'avais pas vue. D'où viens-tu ?

— De chez Rézi.

— J'aurais dû le penser !... Mais, mon chéri, pardonne à ma distraction, je ne suis pas content.

— Une veine que vous le cachez si bien !

— Ne te moque pas... Viens près de moi. Calme-moi. J'ai des nouvelles, agaçantes jusqu'à être odieuses, de Marcel...

— Ah ? »

Je songe à la dernière visite de mon beau-fils, qui exagère vraiment. Une inconcevable fanfaronnade le pousse à me narrer cent choses que je ne lui demande pas, entre autres le récit, quasi détaillé, d'une rencontre qu'il fit, rue de la Pompe[2], à l'heure où le lycée Janson[3] lâche dans la rue une volée de gosses en béret bleu... Ce jour-là, l'odyssée de Marcel fut interrompue par Rézi, qui émoussa sur lui, pendant trois bons quarts d'heure, toutes les armes de ses regards, et la série de ses voltes les plus savantes. Enfin lassée, elle cessa la lutte, et se tourna vers moi avec un joli geste découragé, qui disait si bien : « Ouf ! j'en ai assez ! » que je me mis à rire, et que Marcel (ce détraqué est loin d'être bête) sourit, infiniment dédaigneux.

Ce dédain se mua vite en curiosité point déguisée lorsqu'il vit Rézi, éclectique, braquer sur moi toute sa panoplie — la même ! — de séductions... Affectant alors une discrétion hors de propos, il partit.

Quelle frasque nouvelle aura commise ce garçon ?

J'attends, la tête posée sur les genoux de Renaud, qu'on me l'apprenne.

« Toujours les mêmes histoires, ma pauvre chérie. Mon charmant fils mitraille de littérature néo-grecque un moutard de bonne famille... Tu ne dis rien, ma petite fille ? Moi, je devrais y être habitué, hélas ! mais ces histoires me soulèvent d'une telle horreur.

— Pourquoi ? »

(À ma question posée doucement, Renaud sursaute.)

« Comment, pourquoi ?

— Pourquoi, voulais-je dire, mon cher grand, souriez-vous, aguiché, presque approbateur, à l'idée que Luce me fut une trop tendre amie ?... à l'espoir — je répète, l'espoir ! — que Rézi pourrait devenir une Luce plus heureuse ? »

(La drôle de figure que celle de mon mari en ce moment ! La surprise extrême, une sorte de pudeur choquée, un sourire penaud et câlin y passent en ondes comme l'ombre des nuages courant sur un pré... Triomphant, il s'écrie enfin :)

« Ce n'est pas la même chose !

— Dieu merci, non, pas tout à fait...

— Non, ce n'est pas la même chose ! Vous pouvez tout faire, vous autres. C'est charmant, et c'est sans importance...

— Sans importance... je ne suis pas de votre avis.

— Si, je dis bien ! C'est entre vous, petites bêtes jolies, une... comment dire ?... une consolation de nous, une diversion qui vous repose...

— Oh ?

— ... ou du moins qui vous dédommage, la recherche logique d'un partenaire plus parfait, d'une beauté plus pareille à la vôtre, où se mirent et se reconnaissent votre sensibilité et vos défaillances... Si j'osais (mais je n'oserai pas), je dirais qu'à certaines femmes il faut la femme pour leur conserver le goût de l'homme. »

(Eh bien non, je ne comprends pas ! Quelle singularité douloureuse de s'aimer autant que nous aimons, et de sentir si peu de même !... Je ne puis entendre ce que vient de dire mon mari que comme un paradoxe qui flatte et déguise son libertinage un tantinet voyeur.)

☆

Rézi s'est faite mon ombre. À toute heure elle est là, m'enserre de ses gestes harmonieux dont la ligne se prolonge dans le vide, m'envorne de ses paroles, de ses regards, de sa pensée orageuse que je m'attends à voir jaillir en étincelles au bout de ses doigts effilés... Je m'inquiète, je sens en elle une volonté plus égale, plus têtue que la mienne qui va par bonds, et s'engourdit après.

Parfois, irritée, énervée de sa douceur tenace, de sa beauté qu'elle me passe sous le nez en bouquet, qu'elle pare devant moi à peine voilée, j'ai envie de lui demander brusquement : « Où voulez-vous en venir ? » Mais j'ai peur qu'elle me le dise. Et j'aime mieux me taire, lâchement, pour rester sans pécher auprès d'elle, car elle est, depuis trois mois, mon habitude chère.

À part, en somme, l'insistance de ses doux yeux gris, et le « Dieu ! que je vous aime ! » qui lui échappe souvent, naïf, spontané comme une exclamation de petite fille, je ne puis m'effaroucher de rien.

Au fait, qu'aime-t-elle en moi ? Je perçois bien la sincérité, sinon de sa tendresse, au moins de son désir, et je crains — oui, déjà, je crains — que ce désir seul l'anime.

Hier, accablée de migraine, opprimée par le crépuscule, j'ai laissé Rézi poser ses mains sur mes yeux. Les paupières fermées, je devinais derrière moi l'arabesque de son corps penché, svelte en robe collante gris plomb, un gris qui fait hésiter sur la nuance de ses yeux.

Le dangereux silence s'abattit sur nous deux. Elle ne risqua pas un geste, pourtant, et ne m'embrassa pas. Elle dit seulement, après quelques minutes : « Ô ma chère, ma chère... », et de nouveau se tut.

Quand la pendule sonna sept heures, je me secouai vivement et courus au commutateur pour faire la lumière. Le sourire de Rézi, apparue pâle et délicieuse sous la brusque lueur, se heurta à ma plus mauvaise figure, brutale et fermée.

Souple, réprimant un petit soupir, elle chercha ses gants, assura son chapeau inamovible, me dit « adieu » dans le cou, et « à demain », et je restai seule devant un miroir à écouter sa fuite légère.

Ne te mens pas à toi-même, Claudine ! Ta méditation, accoudée près de cette glace, et ton air de creuser un remords naissant, n'était-ce pas l'inquiétude seulement de constater intact ce visage aux yeux havane, qu'aime ton amie ?

☆

« Ma petite fille chérie, à quoi penses-tu ? »

(Sa petite fille chérie est accroupie en tailleur sur le grand lit qu'elle n'a pas encore quitté. Ensachée dans une grande chemise de nuit rose, elle cisèle pensivement les ongles de son pied droit à l'aide d'un mignon sécateur aux branches d'ivoire, et ne souffle mot.)

« Ma petite fille chérie, à quoi penses-tu ? »

(Je relève ma tête coiffée de serpents en tronçons et je regarde Renaud — qui noue sa cravate, déjà habillé — comme si je ne l'avais jamais vu.)

« Oui, à quoi penses-tu ? Depuis le réveil tu ne m'as rien dit. Tu t'es laissé prouver ma tendresse sans même y prendre garde ! »

(Je lève une main qui proteste.)

« ... J'exagère, évidemment, mais tu y as mis de la distraction. Claudine...

— Vous m'étonnez !

— Pas tant que moi ! Tu m'avais habitué à plus de conscience dans ces jeux...

— Ce ne sont pas des jeux.

— Traite-les de cauchemars, si tu veux, ma remarque subsiste. Où erres-tu depuis ce matin, mon oiseau ?

— ... Je voudrais aller à la campagne, dis-je après réflexion.

— Oh ! fait-il consterné, Claudine ! Regarde donc ! »

(Il soulève le rideau, un déluge ruisselle sur les zincs et déborde des chéneaux.)

« Cette rosée matinale t'a mise en goût ? Évoque l'eau sale qui coule par terre, les bas de jupes qui collent aux chevilles ; songe aux gouttes froides sur l'ourlet des oreilles...

— J'y songe. Vous n'avez jamais rien compris à la pluie campagnarde, aux sabots qui font « giac » en quittant leur empreinte humide, au capuchon bourru dont chaque poil de laine enfile une perle d'eau, le capuchon pointu qui fait au visage une petite "méson" sous quoi on s'enfonce et on rit... Bien sûr, le froid pique, mais on se chauffe les cuisses avec deux poches de châtaignes chaudes, et on se gante de tricot maillacé...

— N'achève pas ! Mes dents grincent en songeant au contact des gants de laine sur le bout des ongles ! Si tu veux revoir ton Montigny, si tu y tiens vraiment tant que cela, si c'est une "dernière volonté"... (Il soupire)... nous irons. »

Non, nous n'irons pas. Je me suis prise sincèrement, en parlant tout haut, à penser les paroles que je disais. Mais, ce matin, le regret du Fresnois ne me lancine pas, mon silence n'est pas nostalgique. Il y a autre chose.

Il y a... il y a... que les hostilités sont commencées et que la traîtrise amoureuse de cette Rézi me trouve irrésolue, sans plan de défense.

Je suis allée la voir à cinq heures, puisqu'elle est à présent la compagne d'une moitié de ma vie, que j'en enrage, que cela me charme, et que je n'y puis rien.

Toute seule, je la trouve rôtissant à un feu d'enfer. La lueur du foyer l'embrase et la traverse, nimbée de flamme rose par ses cheveux envolés, les lignes de sa silhouette dévorées et fondues dans le rouge de cuivre et le cerise du métal en fusion. Elle me sourit sans se lever et me tend les bras, si tendre que je m'effarouche et ne l'embrasse qu'une fois.

« Toute seule, Rézi ?

— Non. J'étais avec vous.

— Avec moi... et qui ?

— Avec vous... et moi. Cela me suffit. Pas à vous, hélas !

— Vous vous trompez, chérie. »

Elle remue la tête, d'un balancement qui se propage jusqu'à ses pieds, repliés sous un pouf bas. Et la douce figure rêveuse, où la flamme vive sculpte les coins de la bouche en deux fossettes d'ombre, me dévisage profondément.

Quoi, nous en sommes là ! Et c'est tout ce que j'ai trouvé ? Ne pouvais-je, avant de la laisser m'envahir et s'imprégner de moi, m'expliquer nettement et proprement ? Rézi n'est pas une Luce bonne à battre, qui, pour une taraudée, vous laisse vingt-quatre heures de repos. C'est ma faute, c'est ma faute...

D'en bas, elle me considère mélancoliquement et parle à mi-voix :

— Ô Claudine ! pourquoi vous défiez-vous de moi ? Quand je m'assieds trop près de vous, je rencontre toujours sous votre robe un pied défensif, inerte comme un pied de fauteuil, qui, écarté de vous, m'empêche d'approcher. "M'empêche !" C'est me blesser, Claudine, que de songer à une défense physique ! Ma bouche a-t-elle jamais tenté sur votre visage une de ces erreurs volontaires dont on accuse, après, la hâte, ou l'obscurité ? Vous m'avez traitée comme une... malade, comme une... professionnelle, de qui l'on épie les mains, et devant qui il faut surveiller ses attitudes...

(Elle se tait et attend. Je ne dis rien. Elle reprend, plus câline :)

« Ma chère, ma chère, est-ce vous, vraiment, Claudine intelligente et sensitive, qui assignez à la tendresse des limites conventionnelles si ridicules ?

— Ridicules ?

— Oui, il n'y a pas d'autre mot. "Tu es mon amie, tu ne m'embrasseras qu'ici et là. Tu es mon amante, le reste est à toi."

— Rézi... »

(Elle arrête mon geste commencé.)

« Oh ! n'ayez pas de crainte ! Je synthétise grossièrement ; rien n'est entre nous de cette sorte ! Mais je voudrais que vous cessiez, chère, de me faire de la peine, et d'armer contre moi, qui ne la mérite pas, votre prudence. Rendez-moi justice (supplie-t-elle, rapprochée, sans que je m'en sois aperçue, par une reptation insensible), qu'y a-t-il dans ma tendresse qui vous mette en défiance ?

— Vos pensées », dis-je à voix basse.

(Elle est près de moi, assez près pour que je sente rayonner d'elle, sur ma joue, la chaleur qu'elle a reçue du feu.)

« Je vous demande donc grâce, murmure-t-elle, pour la force d'une affection qui dissimule si mal... »

Elle semble docile, presque résignée. Mon souffle, que j'alentis pour qu'elle ne me devine point troublée, m'apporte son odeur de soie surchauffée, d'iris, une odeur plus douce encore parce qu'elle a levé son bras pour repolir sur sa nuque la torsade d'or... Qui me préservera du vertige ?... L'orgueil me retient d'amener à mon secours quelque diversion cousue de gros fil. Rézi soupire, étire des bras de Fille-du-Rhin dans l'onde, d'un geste de réveil... Son mari vient d'entrer, de la façon silencieuse et indiscrète qui est la sienne.

« Comment, pas de lumière encore, ma chère Rézi ? s'étonne-t-il après les poignées de main.

— Oh ! ne sonnez pas, prié-je sans attendre que Rézi réponde. C'est l'heure que j'aime, entre chien et loup...

— Elle me semble plus proche du loup que du chien », réplique, en douceur, cet homme insupportable, qui parle assurément fort bien le français.

Rézi, muette, le suit d'un regard de noire rancune. Il marche d'un pas régulier, pénètre dans la baie d'ombre ouverte sur le grand salon, et continue sa promenade. Son pas cadencé le ramène vers nous, jusqu'au feu qui éclaire d'en bas sa figure durcie et ses yeux opaques. Arrivé à dix centimètres de moi il fait militairement demi-tour et s'éloigne de nouveau.

Je suis restée assise, incertaine.

Les yeux de Rézi deviennent diaboliques ; elle calcule son élan... Dressée d'un silencieux effort de reins jusqu'à moi, elle me maîtrise d'une bouche follement douce et d'un bras au cou. Au-dessus des miens, ses yeux larges ouverts écoutent le pas qui s'éloigne, et sa main libre, levée, marque le rythme de la marche conjugale, en même temps que les frémissements de ses lèvres qui semblent compter les battements de mon cœur : Un, deux, trois, quatre, cinq... Comme un lien coupé, l'étreinte tombe ; Lambrook se retourne ; Rézi est de nouveau assise à mes pieds, et semble lire dans le feu.

D'indignation, de surprise, d'angoisse pour le réel danger qu'elle vient de courir, je n'ai pu retenir[a] un soupir tremblé, un cri trouble...

« Vous dites, chère madame ?

— Mais, cher monsieur, mettez-moi dehors ! Il est affreusement tard... Renaud doit me chercher à la morgue !

— Laissez-moi croire qu'il vous cherchera d'abord ici, je m'en flatte. »

(Cet homme est à battre !)

« Rézi... adieu...

— À demain, chérie ?

— À demain. »

Voilà pourquoi Claudine cisèle, pensive, les ongles de son pied droit, ce matin.

Lâche Rézi ! L'habileté de son geste, l'abus qu'elle a fait de ma sûre discrétion, l'inoubliable perfection du périlleux baiser, tout cet hier m'enfonce dans une songerie pesante. Et Renaud me croit triste. Il ne sait donc pas, il ne saura donc jamais qu'en mes yeux le désir, le vivace et proche regret, la volupté se teignent toujours de nuances sombres ?

Menteuse Rézi ! Menteuse ! Deux minutes avant l'assaut de son baiser, sa voix humble et sincère me rassurait, disait sa peine de pressentir mon injuste soupçon. Menteuse !...

Au fond de moi, la brusquerie de son piège plaide pour elle. Cette Rézi, qui se plaignait de me voir méconnaître sinon son désir, au moins sa retenue, n'a pas craint de se déjuger immédiatement, de risquer ma colère et la jalousie brutale de ce colosse creux.

Qu'aime-t-elle mieux, le danger ou moi ?

Peut-être moi ? Je revois cet animal sursaut des reins, ce geste de buveuse qui l'a jetée vers ma bouche... Non, je n'irai pas chez elle aujourd'hui !

« Vous sortez, Renaud ? M'emmenez-vous ?

— Tant que tu veux, mon enfant charmante. Rézi est donc occupée ailleurs ?

— Laissez Rézi. Je veux sortir avec vous.

— Une brouille, déjà ? »

Je ne réponds que d'un geste qui écarte et déblaie. Il n'insiste pas.

Gracieux comme une femme aimante, il bâcle ses courses en une demi-heure pour me retrouver dans la voiture — un coupé de remise un peu fatigué, mais bien suspendu — et me conduire chez Pépette[1] boire du thé, manger des chester-cakes, des sandwiches mixtes à la laitue et au hareng... On est tièdement, on est bien assis, nous disons des stupidités de mariés jeunes qui se tiennent mal... quand mon appétit et ma gaieté tombent ensemble. Les yeux sur un sandwich entamé, j'ai buté contre un tout petit souvenir déjà lointain...

Un jour, chez Rézi (il y a deux mois à peine), j'avais laissé, distraite ou sans faim, une rôtie mordue, creusée en demi-lune... Nous bavardions et je ne voyais pas la main de Rézi, adroite et timide, voler ce toast ébréché... Mais, tout à coup, je l'aperçus en train de mordre vivement, d'agrandir le croissant marqué de mes dents, et elle vit que je l'avais vue. Elle rougit, et pensa tout sauver en disant : « Comme je suis gourmande, hein ! » Ce tout petit incident, pourquoi faut-il qu'il surgisse et me trouble à présent ? Si elle avait un vrai chagrin, pourtant, de mon absence...

« Claudine ! Hep, Claudine !

— Quoi ?

— Mais, ma chère, c'est une maladie ! Va, mon pauvre oiseau, aux premiers beaux jours nous cinglons vers Montigny, vers ton noble père, vers Fanchette et Mélie !... Je ne veux pas te voir sombrer ainsi, mon enfant aimée... »

Je souris au cher Renaud d'une manière ambiguë qui ne le rassure point, et nous revenons à pied, par un temps huileux d'après pluie, où chevaux et passants chancellent, sur le pavé gras, du même glissement ivre.

À la maison, un petit bleu[1] m'attend.

« Claudine, je vous en prie, oubliez, oubliez ! Revenez, que je puisse vous expliquer, si cela peut s'expliquer... C'était un jeu, une taquinerie, l'envie folle de tromper celui qui marchait si près de nous, et dont les pas sur le tapis m'exaspéraient... »

Comment ! J'ai bien lu ? C'était pour tromper « celui qui marchait » comme elle dit ? Mais c'est moi, stupide, qui allais marcher ! « Une taquinerie » ? Elle verra si on me taquine impunément de cette façon-là !

Ma colère ondule en moi comme un chaton qui tète ; j'agite des projets sauvages... Je ne veux pas savoir tout ce qui tient, dans ma colère, de déception et de jalousie... Renaud me surprend, le petit bleu tout ouvert dans les mains.

« Ah ! ah ! on met les pouces ? *All right !* Retiens ceci, Claudine, il faut toujours que ce soit l'*autre* qui mette les pouces !

— Vous avez du flair ! »

(À l'accent, il devine l'orage et s'inquiète.)

« Voyons, qu'y a-t-il eu ? Rien qu'on ne puisse dire ? Je ne demande pas de détails...

— Mais non ! Vous divaguez ; nous nous sommes disputées, voilà.

— Veux-tu que j'y aille pour tâcher d'arranger ça ? »

(Mon pauvre grand ! Sa gentillesse, son inconscience me détendent, et je lui jette mes bras au cou avec un rire un peu sanglotant.)

« Non, non, j'irai demain, tranquillisez-vous ! »

« Une taquinerie » !

☆

Un reste de bon sens attarde ma main, avant de sonner chez Rézi. Mais ce bon sens-là, je le connais puisque c'est le mien, il me sert, juste une minute avant les gaffes, à goûter ce plaisir lucide de me dire : « C'est la gaffe. » Avertie, j'y cours sereine, bien calée par le poids rassurant d'une entière responsabilité.

« Madame est chez elle ?

— Madame est un peu souffrante, mais, pour Madame, ça ne fait rien. »

(Souffrante ? Bah ! pas assez pour que je retienne ce que je veux lui dire. Et puis, tant pis, zut, ça lui fera mal. « Un jeu ! » Nous allons jouer...)

Elle est toute blanche, en crêpe de Chine, les yeux cernés d'une marge mauve qui bleuit ses prunelles. Un peu surprise, et d'ailleurs remuée par sa grâce, par le regard qu'elle m'a jeté, je m'arrête :

« Rézi, seriez-vous réellement souffrante ?

— Non, puisque je vous vois. »

(Je hausse malhonnêtement les épaules. Mais, quoi donc ? Sous l'ironie de mon sourire, la voici subitement hors d'elle :)

« Pouvez-vous rire ? Allez-vous-en, si vous voulez rire ! »

(Démontée par cette violence soudaine, je tâche de reprendre le bon bout :)

« Je vous croyais, ma chère, plus de goût... aux *jeux*, aux *taquineries* un peu poussées...

— Oui ? Vous l'avez cru ? Ce n'est pas vrai ! J'ai menti en vous écrivant, par lâcheté pure, pour vous revoir, parce que je ne peux pas me passer de vous, mais... »

(Son ardeur fond dans une envie de pleurer.)

« ... mais ce n'était pas pour rire, Claudine ! »

Elle attend, peureuse, ce que je vais dire, et craint mon silence. Elle ne sait pas que tout, en moi, remue comme un nid affolé, et que la joie me submerge... Joie d'être aimée et de me l'entendre dire, joie avare d'un bien perdu et retrouvé, orgueil victorieux de me sentir autre chose qu'un jouet excitant... C'est la déroute triomphale de mon honnêteté féminine, je le sens... Mais puisqu'elle m'aime, je peux la faire souffrir encore...

« Chère Rézi...

— Ah ! Claudine !... »

(Elle se croit tout près d'être exaucée, palpite, debout, et tend les bras ; ses cheveux et ses yeux jettent le même feu blond... Hélas ! comme la vue de ce que j'aime, beauté de mon amie, suavité des forêts fresnoises, désir de Renaud, suscite en moi la même émotion, la même faim de possession et d'embrassement !... N'ai-je donc qu'une seule façon de sentir ?...)

« Chère Rézi... dois-je croire, à votre fièvre, que c'est la première fois qu'on vous résiste ! Je comprends si bien, à vous voir, que vous ayez trouvé toujours des amies enchantées et soumises... »

(Son geste, levé au-dessus de sa robe blanche qui s'enroule, étroite, et se perd dans l'ombre comme la traîne équivoque de Mélusine[1], son geste d'appel retombe. Les mains pendantes, je vois qu'elle rassemble en un instant son habileté et sa colère. Elle me brave :)

« La première fois ? Pensez-vous qu'ayant vécu huit ans avec cette brique creuse qui est mon mari je n'ai pas tout essayé ? Que, pour faire jaillir de moi l'amour, je n'ai pas cherché ce qu'il y a de plus beau, et de plus doux au monde, une femme amoureuse ? Peut-être placez-vous au-dessus de tout la nouveauté, la maladresse d'une première... faute ? Ô Claudine, il y a mieux, il y a chercher et choisir... Je vous ai choisie, achève-t-elle d'une voix blessée, et vous ne m'avez que subie... »

Une dernière prudence me retient de l'approcher, et aussi le besoin de l'admirer mieux. Elle met au service de sa passion lâchée toutes les armes de sa grâce et de sa voix ; elle m'a dit, véridique : « Tu n'es pas la première », parce qu'ici la vérité frappe plus habilement que le mensonge ; elle a calculé, j'en jurerais, sa franchise... mais elle m'aime !

Je rêve d'elle devant elle, et me repais de la voir. Un mouvement de nuque m'évoque la Rézi coutumière, demi-nue, à sa toilette... Je tressaille ; il serait sage de ne plus la revoir ainsi...

Elle s'irrite et s'épuise de mon silence, et tend ses yeux vers l'ombre pour distinguer les miens.

« Rézi... (je parle péniblement) voulez-vous... nous allons nous reposer aujourd'hui de tout cela, et laisser venir demain, demain qui arrange tant de choses !... Ce n'est pas que vous m'ayez fâchée, Rézi. Je serais venue hier, et j'aurais ri, ou j'aurais grondé, si je vous aimais moins... »

(Un bref mouvement de bête guetteuse tend vers

moi son menton poli, à peine fendu d'une fossette verticale.)

« ... Il faut me laisser penser, Rézi, sans m'envelopper autant de vous, sans jeter sur moi un tel filet de regards, de gestes qui approchent sans toucher, de pensées obstinées... Il faut vous asseoir ici, près de moi, poser votre tête sur mes genoux, et ne rien dire et ne pas bouger, parce que si vous bougez, je m'en irai... »

Elle s'assied à mes pieds, couche sa tête avec un soupir et joint ses mains derrière ma taille. De mes doigts, que je ne puis empêcher de trembler, je peigne ses beaux cheveux en anneaux qui demeurent seuls à briller dans la chambre sombre. Elle ne remue pas. Mais sa nuque m'envoie son parfum, ses joues enfiévrées me chauffent, et contre mes genoux je sens la forme de ses seins... Oh ! qu'elle ne remue pas ! Si elle voyait mon visage et le trouble où je suis...

Mais elle n'a pas bougé, et j'ai pu la quitter, cette fois encore, sans lui avouer mon trouble si proche de son émoi.

À l'air vif et froid, j'ai calmé, comme j'ai pu, mes nerfs hérissés. C'est bien dans des situations analogues, n'est-ce pas, que l'« estime de soi » encore entière vous tonifie ? Oui ? Eh bien, moi, je me trouve plutôt poire.

☆

Aujourd'hui, quittant la maison, je gage que les habitués du « jour » de mon mari ont dû se dire : « Mais elle devient aimable, la petite femme de Renaud ! Elle se forme ! »

Non, bonnes gens, je ne me forme pas, je m'étourdis. Ce n'est pas pour vous, cette amabilité floue, cette fébrilité des mains briseuses de tasses ! Pas pour vous, cet empressement de jeune Hébé[1], vieil homme adonné aux lettres grecques et aux alcools russes ! Pas pour vous, avantageux romancier à prétentions socialistes, ce sourire inconscient avec lequel j'ai accueilli votre proposition de venir à domicile (comme la manucure) me lire du Pierre Leroux[2] ; ni mon sérieux, sculpteur andalou, à suivre le flot d'invectives hispano-françaises que vous déversez sur l'art contemporain ; mon attention convaincue n'enregistrait pas seulement vos axiomes esthétiques (« Tous les gens de talent, il est mort depouis deux siècles »), mais elle écoutait en même temps le rire de Rézi, Rézi moulée dans du drap blanc, le même blanc sourd et crémeux que sa grande tunique de crêpe de Chine. Sculpteur andalou, vous dûtes renoncer à ma conversion quand je vous eus dit : « J'ai vu les Rubens. — Ah ! eh bien ? — C'est de la tripaille ! » Que le mot de « côchon » vous parut faible, et comme vous souhaitâtes ma mort !

Je vis pourtant, je vis dans l'honnêteté la plus nauséeuse. La violence de mon attrait pour Rézi, le sentiment du ridicule, la vanité de ma résistance, tout me presse d'en finir, de m'enivrer d'elle jusqu'à tarir son charme. Et je réziste, ô le triste jeu de syllabes ! je m'entête en me méprisant moi-même.

Aujourd'hui encore, elle est partie, dans le flot bavard des hommes qui ont fumé et bu, des femmes qu'on a frôlées et que la chaleur extrême du salon, après le froid du dehors, a grisées un brin... Elle est partie, gardée à vue par son mari, sans que je lui aie dit : « Je t'aime... à demain... » Partie, la méchante, fière et comme sûre de moi malgré moi, sûre d'elle, menaçante et amoureuse...

Quand nous demeurons seuls, enfin, Renaud et moi, nous nous regardons, mornes, comme des vainqueurs fatigués sur le champ de bataille. Il s'étire, ouvre une fenêtre et s'accoude. Je le rejoins pour boire la brume fraîche, le vent propre qu'une averse a mouillé. Son grand bras qui m'entoure vite détourne de leur chemin mes pensées qui courent, désordonnées, ou se traînent, rompues, comme des lambeaux de nuages.

Je voudrais que Renaud, qui me domine d'une tête et demie, fût plus grand encore. Je voudrais être la fille, ou la femme, d'un Renaud géant, pour me musser au pli de son coude, dans la caverne de sa manche... Tapie sous le pavillon de son oreille, il m'emporterait à travers des plaines sans fin, à travers des forêts immenses, et, pendant la tempête, ses cheveux, sous le vent, gémiraient comme des pins...

Mais un geste de Renaud (pas le géant, le vrai) effraie mon conte et l'éparpille...

« Claudine, me dit sa voix pleine, veloutée comme son regard, il me semble que c'est raccroché, toi et Rézi ?

— Raccroché... si on veut. Je me fais prier. »

(Il fredonne :)

« Y a pas de mal à ça, Claudinette, y a pas de mal à ça ! Et elle est toujours folle de toi ?

— Elle l'est. Mais je la fais languir encore après... après mon pardon. "Plus grande est la peine...

— ... le prix est plus grand[1]", barytonne-t-il, décidément tourné à la musique. Elle était très jolie aujourd'hui, ton amie !

— Je ne la connais que jolie.

— Je le crois. A-t-elle une agréable chute de reins ? »

(Je m'effare.)

« Sa chute de reins ? Mais je n'en sais rien ! Pensez-vous qu'elle me reçoive dans son *tub* ?

— Mais oui, je le pensais. »

(Je hausse les épaules.)

« C'est indigne de vous, ces petits pièges-là[a] ! Croyez-moi donc assez loyale — et assez affectueuse —, Renaud, pour vous avouer nettement, quand le jour sera venu : "Rézi m'a emmenée plus loin que je ne le pensais..." »

(De son bras qui enveloppe mes épaules, il me tourne vers la lumière du salon :)

« Ah ! Claudine ?... Mais alors ?... »

(Sur son visage penché, je lis de la curiosité, de l'ardeur, point d'inquiétude.)

« ... mais alors, tu le vois donc approcher, le jour où tu avoueras ?

— Ce n'est pas cela que j'ai à vous raconter ce soir », dis-je en détournant les yeux.

J'élude, car je me sens plus agitée et plus palpitante qu'un petit sphinx nocturne, un de ces petits sphinx roux aux yeux bleus et phosphorescents qui volent sur les asters et les lauriers fleuris ; leur corps de velours, retenu dans la main, respire et suffoque, et l'on s'attarde à sa tiédeur émouvante...

Ce soir, ce soir je ne suis plus à moi. Si mon mari veut — et il voudra — je serai la Claudine qui l'effraie et l'affole, celle qui se jette à l'amour comme si c'était pour la dernière fois, et qui se cramponne, tremblante, au bras de Renaud, sans ressource contre elle-même...

« Renaud, pensez-vous que Rézi soit une femme vicieuse ? »

Il est près de deux heures du matin. Dans la nuit complète, je me repose, collée au flanc de Renaud. Il est ravi, encore tout prêt à me rendre au vertige dont je sors ; j'entends sous ma tête son cœur irrégulier et hâtif... Plaintive, les os fondus, je goûte la convalescence brisée qui suit les minutes trop intenses... mais j'ai retrouvé, avec la raison, l'idée qui ne me quitte guère, et l'image de Rézi.

Qu'elle éclaire — blanche et les bras tendus, longue dans sa robe qui la lie — la nuit où ma fatigue fait danser des points multicolores ; qu'assise à sa toilette, attentive, les bras levés, elle dérobe son visage pour ne montrer qu'une nuque dont l'ambre se fond dans l'or pâle de la chevelure naissante, c'est encore, c'est toujours Rézi. À présent qu'elle n'est plus là, je ne suis pas sûre qu'elle m'aime. Ma confiance en elle se borne au désir irritant de sa présence...

« Renaud, pensez-vous qu'elle soit vicieuse ?

— Je t'ai dit, ma folle petite fille, que je ne connaissais point d'amants à Mme Lambrook.

— Ce n'est point cela que je vous demande. Avoir des amants, ça ne veut pas dire qu'on est vicieuse.

— Non ? Alors, qu'entends-tu par vice ? l'unisexualité ?

— Oui et non, ça dépend comment on la pratique. Mais ce n'est pas encore ça, le vice.

— Je m'attends à une définition pas ordinaire !

— Je regrette de vous donner une déception. Car enfin, ça tombe sous le sens. Je prends un amant...

— Eh là !

— C'est une supposition.

— Une supposition qui va t'attirer une fessée !

— Je prends un amant, sans amour, simplement parce que je sais que c'est mal : voilà le vice. Je prends un amant...

— Ça fait deux.

— ... un amant que j'aime, ou simplement que je désire — restez donc tranquille, Renaud ! — c'est la bonne loi naturelle et je me considère comme la plus honnête des créatures. Je résume : le vice, c'est le mal qu'on fait sans plaisir.

— Si nous causions d'autre chose, veux-tu ! Tous ces amants que tu as pris... j'ai besoin de te purifier...

— Va pour la purification. »

(Tout de même, si j'avais parlé de prendre « une amie » au lieu d'« un amant », il aurait trouvé mon petit raisonnement très sortable. Pour Renaud l'adultère est une question de sexe[1].)

☆

Elle m'inquiète. Je ne reconnais plus, dans sa douceur rusée, dans ses adroites précautions à ne point irriter ma méfiance, la pâle et passionnée Rézi qui m'adjurait, pleine de pleurs et de fièvre... Un regard avivé de malice et de tendre défi vient de m'apprendre le secret de ces discrétions : elle sait que je... l'aime — ce mot sans nuances me suffit mal — elle a surpris mon trouble à demeurer seule auprès d'elle ; au baiser bref de la bienvenue ou de l'adieu (je n'ose pas ne plus l'embrasser !) son frémissement se sera prolongé en moi... Elle sait, maintenant, et elle attend. Tactique banale, soit. Pauvre piège amoureux, vieux comme l'amour, mais dans lequel, prévenue cependant, je tremble de tomber. Ô calculatrice ! J'ai pu résister à votre désir, mais au mien ?

« ... S'abandonner à l'ivresse de chérir, de désirer, — oublier tout ce qu'on aima, et recommencer d'aimer, — rajeunir dans la nouveauté d'une conquête, — c'est le but du monde !... »

Ce n'est pas Rézi qui parle ainsi. Ce n'est pas moi. C'est Marcel ! Son inconscience dévoyée atteint à une certaine grandeur, depuis que l'emportement d'une passion nouvelle exalte sa beauté lasse et son lyrisme fleuri.

Affalé vis-à-vis de moi, dans un grand fauteuil-guérite, il parle comme on délire, les yeux bas, les genoux joints, en lissant, d'un petit geste fréquent de maniaque, ses sourcils qu'un trait de crayon étire et prolonge.

Il ne m'aime point, certes, mais je n'ai jamais bafoué ses amours singulières, et peut-être est-ce là le secret de sa confiance.

Plus que jamais, je l'écoute sérieusement, et non sans trouble. « S'abandonner à l'ivresse de chérir, de désirer, oublier tout ce qu'on aima... »

« Marcel, pourquoi oublier ? »

(Il lève le menton en signe d'ignorance.)

« Pourquoi ! Je ne sais pas. J'oublie malgré moi. Hier pâlit et s'embrume derrière aujourd'hui.

— J'aimerais mieux, moi, ensevelir hier, et ses fleurs séchées, dans le coffret embaumé de ma mémoire.

(Presque sans le vouloir, j'imite sa redondance encombrée de métaphores.)

« Je ne saurais discuter cela, fait-il avec un geste d'insouciance... Donnez-moi cependant des nouvelles de votre aujourd'hui, et de sa grâce un peu sensuellement viennoise... »

(Je fronce le nez et baisse le front, menaçante :)

« Des potins, Marcel, déjà ?

— Non ; du flair seulement. Vous savez, la grande habitude !... Ah ça, décidément, vous préférez les blondes.

— Pourquoi ce pluriel ?

— Eh ! eh ! Rézi tient à présent la corde, mais, autrefois, je ne vous déplaisais pas ! »

(Quel toupet ! Sa coquetterie gâtée se trompe. Il y a dix mois, je l'aurais giflé ; mais je ne sais pas jusqu'à quel point je vaux mieux que lui, à présent. C'est égal ! Je le dévisage de tout près, en insistant du regard sur ses tempes fragiles qui se froisseront tôt, sur le pli déjà fatigué de la paupière inférieure et, l'ayant épluché, je décrète, rancunière :)

« Vous, Marcel, à trente ans vous aurez l'air d'une petite vieille. »

Ainsi, il l'a vu ! Ça se voit donc ? Je n'ose me rassurer en reconnaissant à Marcel un flair spécial. La fougue flemmarde et fataliste qui me guide m'a soufflé ce conseil : « Puisqu'on croit que ça y est, autant que ça y soit ! »

C'est facile à dire ! Si Rézi poursuit sa cour silencieuse, de présence et de regards, du moins elle semble avoir renoncé à toute attaque effective. Devant moi, elle pare sa beauté comme on polit une arme, m'encense de ses parfums et, railleusement, me fait la gnée* de toutes ses perfections. Elle met à ce jeu une gaminerie audacieuse, mêlée à une loyauté de geste dont je ne puis me plaindre.

« Regardez, Claudine, les ongles de mes pattes ! J'ai une nouvelle nail-powder, une merveille. Mes ongles sont de petits miroirs bombés... »

Le pied mince se lève, effronté et nu, hors de la mule, et fait luire au bout des doigts pâles le rose délicieusement artificiel des ongles... puis disparaît juste au moment où, peut-être, j'allais le saisir et le baiser.

C'est encore la tentation de la chevelure : Rézi me confie, paresseuse, le soin de la peigner. Je m'en acquitte à ravir, surtout pour commencer. Mais le contact prolongé de cette étoffe d'or que j'effiloche, qui s'attache, électrique, à ma robe et crépite sous le râteau d'écaille comme une fougère qui s'embrase, la magie de ces cheveux enivrants me pénètre et m'engourdit... Et lâchement j'abandonne cette gerbe déliée, et Rézi s'impatiente, ou feint de s'impatienter...

Hier soir à table — un dîner de quinze couverts chez les Lambrook — n'a-t-elle point osé, cependant que chacun s'absorbait dans le décortiquage ardu d'un homard à l'américaine, me jeter en plein visage la moue adorable d'un baiser... d'un baiser silencieux et complet... lèvres jointes puis mi-ouvertes... yeux d'onde grise ouverts et impérieux, puis voilés.

J'ai frémi qu'on la vît, et frémi plus encore de la voir.

Il arrive qu'à ce jeu énervant elle s'embarrasse elle-même, comme ce matin chez elle...

Elle virait, onduleuse, en jupon et corset paille, tentant devant les glaces des renversements de danseuse hispano-montmartroise qui ploient la nuque au niveau des reins.

* Faire la gnée : railler.

« Claudine, savez-vous faire ça ?...

— Oui, et mieux que vous.

— J'en suis sûre, chère. Vous êtes telle qu'un fleuret de bonne trempe, dure et souple... Ah !

— Qu'avez-vous ?

— Y aurait-il des moustiques en cette saison ? Vite, vite, regardez sur ma chère peau que j'aime tant... et moi qui me décollette ce soir ! »

Elle s'efforce pour voir, derrière son épaule nue, une piqûre (imaginaire ?). Je me penche.

« Là, là, un peu au-dessus de l'omoplate, plus haut, oui... ça m'a piquée... Que voyez-vous ? »

Je vois, d'assez près pour l'effleurer, l'épaule à courbe parfaite, le profil de Rézi anxieuse, et plus bas une jeune gorge découverte, divergente et ronde comme celles qu'on houspille aux gravures lestes du dernier siècle... Je vois tout cela, stupide, et ne dis mot, et ne sens pas d'abord le regard intense que mon amie a levé sur moi. Ce regard m'appelle enfin, mais je le quitte pour la blancheur unique de cette peau sans nuance et sans ombres où les seins s'achèvent en rose soudain, du même rose que le fard de ses ongles...

Rézi suit, victorieuse, mes yeux qui errent. Mais, parce qu'ils se sont posés et insistent, elle mollit à son tour, et ses cils palpitent en ailes de guêpe... Ses yeux bleuissent et tournoient, et c'est elle qui murmure : « Assez... merci... » dans un trouble aussi flagrant que le mien.

« Merci... » Ce mot soupiré, qui mêle la volupté à l'enfantillage, précipite ma défaite plus qu'une caresse profonde ne l'eût pu hâter.

☆

« Ma petite fille, à quelle heure rentres-tu ? Pour une fois que nous dînons seuls chez nous !... Viens vite, tu es très bien comme ça, ne passe pas par ta chambre sous prétexte de recoiffer tes boucles... nous serions encore là à minuit. Allons, viens, assieds-toi, mignonne !

J'ai demandé pour ce soir les déplorables aubergines au parmesan qui te ravissent.

— Oui... »

J'entends sans comprendre. Mon chapeau laissé aux mains de Renaud, je fourrage à deux poings ma tête trop chaude, et me laisse tomber sur la chaise de cuir, en face de mon mari, sous la lumière aimable et tamisée.

« Pas de potage ? »

(Je fronce un nez dégoûté.)

« Pour m'attendre, raconte d'où tu viens, avec cette mine de somnambule et ces yeux qui dévorent ta figure ? De chez Rézi, hein !

— Oui...

— Avoue, ma Claudine, que je ne suis pas un mari trop jaloux ? »

Pas assez, hélas ! C'est cela que j'eusse dû lui répondre et que je me contente de penser. Mais il avance vers moi un visage bistré, barré d'une moustache plus claire que la peau, adouci d'un féminin sourire, et si embelli de paternité amoureuse[1] que je n'ose pas...

Pour occuper mes mains errantes, je romps des miettes dorées que je porte à ma bouche, mais ma main défaille : au parfum tenace qui l'embaume, je pâlis.

« Es-tu malade, mon petit enfant ? s'inquiète Renaud, qui jette déjà sa serviette...

— Non, non ! fatiguée, voilà tout. S'il vous plaît, j'ai bien soif... »

Il sonne et demande le vin mousseux que j'aime, l'Asti[2] musqué que je ne bois jamais sans sourire... Mais cette fois-ci, je suis grise avant d'avoir bu.

Eh bien oui, je viens de chez Rézi ! Je voudrais crier, étirer mes bras à les faire craquer, pour fondre l'agaçante courbature qui raidit ma nuque.

Je suis allée chez elle, comme tous les jours, vers cinq heures. Sans me donner jamais rendez-vous, elle m'attend fidèlement à cette heure-là ; sans avoir rien promis, j'arrive à cette heure-là, fidèlement.

Je vais chez elle à pied, vite. Je vois les jours allonger, les ondées de mars laver les trottoirs, et les « jeannettes[1] » de Nice, en monceaux sur les petites voitures, imprègnent l'air pluvieux de leur printemps précoce, enivrant et canaille.

C'est sur ce court chemin, maintenant, que j'étudie la marche des saisons, moi qui guettais, attentive comme une bête, la première feuille pointue du bois, la première anémone sauvage, veilleuse blanche filetée de mauve, et les minons[2] du saule, petites queues de fourrure à l'odeur miellée. Bête des forêts, à présent la cage te tient, et tu tiens à ta cage.

Aujourd'hui comme toujours, Rézi m'attend dans sa chambre blanche et verte, lit peint de blanc mat, et grands fauteuils, d'un Louis XV finissant, tendus de soie couleur amande, où s'éploient de petits nœuds et de grands bouquets blancs. Dans ce vert doux, le teint et les cheveux de mon amie rayonnent.

Mais aujourd'hui...

« Comme il fait sombre chez vous, Rézi ! Et l'antichambre pas allumée ! Parlez, je ne vous vois même pas ! »

(Sa voix me répond, boudeuse, venant d'une bergère profonde, un de ces sièges douteux, trop larges pour un, un peu étroits pour deux...)

« Oui, c'est gai. Un accident d'électricité[3]. Il paraît qu'on n'arrangera ça que demain matin. Alors, naturellement, on n'a rien ici pour suppléer. La femme de chambre parlait de planter des bougies dans mes flacons de toilette !...

— Eh bien ! ce ne serait pas si laid ?

— Merci... Vous vous mettez toujours avec le mauvais sort contre moi... Des bougies ! Pourquoi pas des cierges ? C'est mortuaire. Au lieu de venir me consoler, vous riez là, toute seule, je vous entends rire ! Venez avec moi dans la grande bergère, Claudine chérie... »

(Je n'hésite pas un instant à me blottir dans la grande bergère. Les bras à sa taille, je la sens libre et tiède dans une robe lâche, et son parfum monte...)

« Rézi, vous êtes comme la fleur du tabac blanc[4], qui attend la nuit pour délier toutes ses senteurs... Le soir venu, on ne respire plus qu'elle ; elle humilie les roses...

— Est-ce que, vraiment, j'attends la nuit pour embaumer ? »

(Elle laisse aller sa tête sur mon épaule. C'est moi qui la tiens, chaude et vivante comme une perdrix prise...)

« Votre mari va-t-il encore une fois surgir dans l'ombre, comme un satan anglo-hindou ? demandé-je d'une voix qui s'assourdit.

— Non, soupire-t-elle. Il pilote des compatriotes.

— Des Hindous ?

— Des Anglais. »

(Ni elle, ni moi ne songeons à nos paroles. La nuit nous couvre. Je n'ose plus desserrer mes bras, et puis je ne veux pas.)

« Claudine, je vous aime...

— Pourquoi le dire ?

— Pourquoi ne pas le dire ? Pour vous, j'abandonne tout, même les flirts qui étaient le seul soulagement de mon ennui. Ne suis-je pas à votre gré, inoffensive, et, jusqu'à la souffrance, craintive de vous déplaire ?

— Jusqu'à la souffrance, oh ! Rézi...

— J'ai dit le mot qu'il faut. C'est souffrir qu'aimer et désirer sans remède, vous le savez. »

(Oui, je le sais... Combien je le sais... Que fais-je en ce moment, sinon me délecter de cette peine inutile ?)

D'un mouvement insensible, elle s'est tournée vers moi davantage, accolée à moi de l'épaule aux genoux. Je l'ai à peine sentie bouger, elle m'a semblé tourner dans sa robe.

« Rézi, ne me parlez plus. Je suis ligotée de paresse et de bien-être. Ne me forcez pas à me lever d'ici... Pensez que c'est la nuit, et que peut-être nous voyageons... Imaginez le vent dans les cheveux... penchez-vous, cette branche trop basse pourrait mouiller votre front !... Serrez-vous contre moi, prenez garde, l'eau des ornières profondes gicle sous les roues... »

Tout son corps souple suit mon jeu, avec une complaisance traîtresse. De sa tête, renversée sur mon épaule, les cheveux s'envolent et me frôlent comme les ramures qu'invente mon inquiétude en quête de diversions...

« Je voyage, murmure-t-elle.

— Mais arriverons-nous ? »

(Ses deux mains nerveuses étreignent ma main libre.)

« Oui, Claudine, nous arriverons !

— Où ?

— Penchez-vous, je vais vous le dire tout bas. »

J'obéis, crédule. Et c'est sa bouche que je rencontre. J'écoute, longtemps, ce que sa bouche dit à la mienne... Elle n'a pas menti, nous arrivons... Ma hâte égale la sienne, la domine et la soumet. Révélée à moi-même, j'écarte les mains caressantes de Rézi qui comprend, frémit, lutte un court instant, puis demeure, les bras tombés...

Le coup sourd d'une lointaine porte cochère me met debout. Vaguement, je distingue la tache pâle de Rézi assise devant moi, et qui colle à mon poignet ses lèvres chaudes. D'un bras à sa taille, je la dresse, je la serre à moi toute, je la ploie et la baise au hasard, sur ses yeux, dans ses cheveux en buisson, sur sa nuque moite...

« Demain !

— Demain... je t'aime... »

... Je cours, la tête bourdonnante. Mes doigts s'agacent encore du grattement léger des valenciennes, croient glisser au satin d'un ruban dénoué, gardent le velouté d'une peau sans égale au monde, et l'air du soir me blesse, qui déchire le voile de parfums qu'elle a tissé sur moi...

« Claudine, si les aubergines au parmesan elles-mêmes te trouvent froide... je sais à quoi m'en tenir ! »

(Je sursaute à la voix de Renaud ; je reviens de loin. C'est vrai, je ne mange pas. Mais j'ai si soif !)

« Chérie, tu ne veux rien me dire ? »

(Ce mari-là, décidément, ne ressemble pas aux autres ! Gênée de son insistance, je le supplie :)

« Renaud, ne soyez pas taquin... Je suis fatiguée, nerveuse, embarrassée devant vous... Laissez passer la nuit, et ne vous imaginez pas tant de choses, mon Dieu !... »

Il se tait. Mais il épie, tout l'après-dîner, la pendule et invoque, à dix heures et demie, un besoin de dormir à peu près inadmissible. Et vite, vite, dans notre grand lit, il cherche dans mes cheveux, sur mes mains, sur ma bouche, la vérité que je ne veux pas lui dire !

☆

« Demain ! » implorait Rézi. « Demain ! » ai-je consenti. Hélas ! ce demain ne vient pas ; j'ai couru chez elle, sûre d'un bonheur plus long, plus soigneux, dans l'heure claire encore qui me montrerait Rézi admirable et vaincue... j'avais si bien oublié son mari ! Il nous a troublées deux fois, le misérable ; deux fois il a disjoint, d'une entrée brusque, nos mains avides et peureuses ! Nous nous regardions, Rézi et moi, elle tout près de pleurer, moi si enragée de colère qu'à une troisième intrusion j'ai eu bien du mal à ne pas jeter mon verre d'orangeade au nez de ce mari soupçonneux, rigide et courtois... Et cet « adieu » vibrant, ces baisers volés, ces doigts appuyés et furtifs ne sauraient maintenant nous suffire...

Que faire ?

Je suis revenue, édifiant et balayant des projets impossibles. Rien !

Je retourne aujourd'hui chez Rézi, pour lui dire mon impuissance, pour la voir, la respirer...

Anxieuse comme moi, elle accourt :

« Eh bien, chérie ?

— Rien trouvé. Vous m'en voulez ? »

Elle caresse des yeux l'arc de ma bouche qui parle, et ses lèvres tremblent et s'entrouvrent... Le reflet de son désir m'agite toute... Vais-je la saisir là, dans ce banal salon, et la caresser jusqu'à mourir ?

Elle me devine, recule d'un pas : « Non ! » dit-elle tout bas, d'un ton précipité, en désignant la porte.

« Alors, Rézi, chez moi ?

— Chez vous, si vous voulez... »

(Je souris, puis je secoue la tête :)

« Non ! On sonne tout le temps ; Renaud va et vient ; les portes battent... Oh ! non... »

(Elle tord ses mains blanches avec un petit désespoir.)

« Alors, quoi, plus jamais ? Croyez-vous que je puisse vivre un mois du souvenir d'hier ? Il ne fallait pas, achève-t-elle en détournant la tête, si vous ne pouvez, chaque jour, éteindre ma soif de vous... »

Elle eſt allée tomber, tendrement boudeuse, dans la grande bergère, la même... Et quoique aujourd'hui une robe de ville l'enserre, de lainage blond comme ses cheveux, je retrouve trop la courbe demi-couchée de ses hanches, la ligne fuyante des jambes argentées d'un impalpable duvet de velours...

« Oh, Rézi !

— Quoi ?

— La voiture ?

— La voiture ! des secousses, des surprises, des courbatures, — des figures curieuses tout à coup collées à la vitre, un cheval qui tombe, un agent empressé qui ouvre la portière, le cocher qui frappe discrètement, du bout du fouet : “Madame, la rue eſt barrée, faut-il retourner ?” Non, Claudine, pas de voiture[1] !

— Alors, ma chère, trouvez vous-même un nid possible... jusqu'à présent, vous n'avez guère trouvé que des objeƈtions ! »

(Rapide comme une couleuvre qu'on touche, elle relève sa tête dorée, darde des regards pleins de reproches et de pleurs :)

« C'eſt tout votre amour ? Vous penseriez bien à vous froisser, si vous m'aimiez autant que je vous aime ! »

(Je hausse les épaules.)

« Mais aussi, pourquoi lever partout des barrières ? La voiture vous paralyse, ce salon eſt hérissé de pièges conjugaux... faut-il prendre le *Journal*[2] du samedi et chercher un gîte à la journée ?

— Je voudrais bien, soupire-t-elle ingénument, mais tous ces endroits-là sont surveillés par la police, c'eſt... quelqu'un qui me l'a dit.

— Ça m'eſt égal, la police.

— À vous, oui, grâce au mari que vous possédez, grâce à Renaud... »

(Sa voix change.)

« ... Claudine, dit-elle lentement, réfléchie, Renaud, Renaud seul peut... »

Je la regarde, ébahie, sans trouver de réponse. Elle songe, très sérieuse, mince dans sa robe blonde, le poing sous le menton enfantin.

« Oui ! Claudine, notre repos dépend de lui... et de vous. »

(Elle tend les bras, son impénétrable et tendre visage m'appelle.)

« Notre repos, oh ! chère, notre bonheur, dites comme vous voulez. Mais comprenez que je ne puis guère attendre, maintenant que j'ai connu votre force, maintenant que Rézi est à vous, avec toute sa passion et toute sa lâcheté !... »

Je glisse vers ses bras, vers ses lèvres, prête à me résigner aux vêtements étroits et gênants, prête à gâcher notre joie par trop de hâte...

Elle s'arrache de mes mains : « Cht ! on a marché !... »

(Comme elle a peur ! sa blancheur a pâli légèrement, elle écoute penchée et les pupilles agrandies... Oh ! qu'une cheminée vienne donc aplatir ce Lambrook de malheur, et nous délivrer de lui !)

« Rézi, ma dorée, pourquoi pensez-vous que Renaud...

— Oui, Renaud ! c'est un mari intelligent, lui, et qui vous adore. Il faut lui dire... presque tout, il faut que sa tendresse adroite nous consente un abri.

— Vous ne craignez pas sa jalousie, à celui-là ?

— Non... »

Tiens, tiens, son petit sourire !... Pourquoi faut-il que d'un geste ambigu, d'une inflexion de bouche rusée, elle arrête ma confiance folle qui courait vers elle, à la suite de mes désirs ? Mais c'est une ombre à peine, et n'eussé-je d'elle que sa sensualité sincère, la double douceur de sa peau et de sa voix, sa chevelure qu'elle me confie et sa bouche qui m'enchaîne... n'est-ce point assez ? Quoi qu'il m'en coûte, je demanderai secours — pas maintenant, un peu plus tard, je veux encore chercher moi-même ! — je demanderai secours à Renaud, j'humilierai pour elle ma sauvagerie pudique et le tendre orgueil que j'eusse mis à découvrir, seule, le havre sûr de notre passion...

Des bouderies énervées, des larmes rageuses, des reprises câlines, des heures électrisées où le contact seul de nos mains nous affole, — voilà le bilan de cette semaine. Je n'ai pas parlé à Renaud, il m'en coûte tant ! Et Rézi m'en veut. Je n'ai pas même avoué à mon cher grand que la tendresse, de Rézi à moi, de moi à Rézi, se précise plus qu'on ne peut dire... Mais il sait tout, à peu près et sans détails, et cette certitude lui communique une fièvre singulière. Quel proxénétisme aimant et bizarre le mène à me pousser chez Rézi, à me parer pour elle ? À quatre heures, quand je jette le livre qui trompa mon attente, Renaud, s'il est près de moi, se lève, s'agite : « Tu vas là-bas ? — Oui. » Il passe dans mes cheveux ses doigts habiles pour aérer mes boucles, penche jusqu'à moi sa grande moustache, attentif à renouer ma cravate de grosse soie nattée, à vérifier la netteté du col garçonnier. Debout derrière moi, il veille à l'équilibre du turban de fourrure sur ma tête, me tend les manches de ma zibeline... C'est lui, enfin, qui glisse dans mes mains stupéfaites une botte de roses rouge-noir, la fleur chère à mon amie ! Moi, j'avoue que je n'y aurais pas pensé.

Et puis, un grand baiser tendre :

« Va, ma petite fille. Sois bien sage. Sois fiérotte, pas trop humblement tendre, fais-toi désirer... »

« Fais-toi désirer... » On me désire, hélas ! mais ce n'est pas un résultat de ma tactique.

☆

Quand c'est Rézi qui vient me voir, mon irritation croît encore. Je la tiens là, dans ma chambre, qui n'est que *notre* chambre, à Renaud et à moi — un tour de clef, et nous serions seules... Mais je ne veux pas. Il me déplaît, par-dessus tout, que la femme de chambre de mon mari (fille silencieuse au pas d'ombre, qui coud à points si lâches, avec des mains molles) frappe et m'explique, mystérieuse, derrière la porte fermée : « C'est le corsage de Madame... on attend pour *réchancrer* les emmanchures. » Je redoute le guet d'Ernest, valet de chambre à figure de mauvais prêtre. Tous ces gens-là ne sont pas à moi, je m'en sers avec discrétion et répugnance. Je crains plus encore — il faut tout dire — la curiosité de Renaud...

Et voilà pourquoi je laisse Rézi, dans ma chambre, dérouler la spirale de ses séductions, et nuancer toutes ses moues de reproches :

« Vous n'avez rien trouvé pour nous, Claudine ?

— Non.

— Vous n'avez pas encore demandé à Renaud ?

— Non.

— C'est cruel... »

À ce mot qu'elle soupire tout bas, les yeux soudain baissés, je sens ma volonté fondre. Mais Renaud vient, frappe à petits coups précautionneux, et reçoit en réponse un « Entrez » plus brutal qu'un pavé.

Je n'aime pas du tout la grâce suppliante qu'affecte envers lui Rézi, ni cette façon qu'il a de respirer sur elle ce que nous lui cachons, de fouiller ses cheveux et sa robe comme pour y surprendre l'odorant souvenir de mes caresses.

Encore, aujourd'hui, devant moi... Il lui baise les deux mains à l'arrivée, pour le plaisir de dire après :

« Vous avez donc adopté le parfum de Claudine, ce Chypre sucré et brun ?

— Mais non, répond-elle, candide.

— Ah ! je croyais. »

Le regard de Renaud dévie sur moi, renseigné et flatteur. Toute mon âme trépigne... Vais-je, exaspérée, me pendre à ses grandes moustaches, jusqu'à ce qu'il crie, jusqu'à ce qu'il me batte ?... Non. Je me contiens encore, je garde le calme crispé et correct d'un mari dont on embrasse la femme aux petits jeux innocents. Et d'ailleurs, il prétend s'en aller, avec la réserve insultante d'un serveur de cabinet particulier. Je le retiens :

« Restez, Renaud...

— Jamais de la vie ! Rézi m'arracherait les yeux.

— À quel propos ?

— Je connais trop, mon petit pâtre bouclé, le prix d'un tête-à-tête avec toi... »

Une vilaine crainte m'empoisonne : si Rézi, à l'âme

fluide et menteuse, se prenait de préférence pour Renaud ! Juste, aujourd'hui, il est beau, dans une jaquette longue qui lui sied, les pieds petits et les épaules larges... Elle est là, cette Rézi, sujet de toute ma peine, fourrée de loutre, blonde comme le seigle, coiffée d'un précoce chapeau de lilas et de feuilles... Je reconnais en moi, naissante, la brutalité qui me faisait battre et griffer Luce... Que les larmes de Rézi seraient douces et poignantes à mon tourment !

Elle se tait, me regarde, et met toutes ses paroles dans ses yeux... Je vais céder, je cède...

« Renaud, mon grand, vous sortez avant dîner ?

— Non, ma petite fille, pourquoi ?

— Je voudrais vous parler... vous demander un service. »

(Rézi jaillit de son fauteuil, affermit son chapeau, joyeuse, en désordre... elle a compris.)

« Je me sauve... Oui, justement je ne peux pas rester... Mais demain, je vous verrai longtemps, Claudine ? Ah ! Renaud, qu'on doit vous envier une enfant comme celle-ci ! »

(Elle disparaît dans le chuchotement de sa robe, laissant Renaud confondu.)

« Elle est folle, je pense ? Qu'est-ce qui vous prend, à toutes les deux ? »

(Mon Dieu ! parlerai-je ? comme c'est dur !...)

« Renaud... je... vous...

— Quoi, mon petit ? Te voilà toute pâlotte ! »

(Il m'attire sur ses genoux. Peut-être que là ce sera plus facile...)

— « Voilà... le mari de Rézi est bien embêtant.

— Ça oui, surtout pour elle !

— Il l'est pour moi aussi.

— Par exemple, je voudrais voir ça !... Il se serait permis quelque chose ?...

— Non ; ne remuez pas, gardez-moi dans vos bras... Seulement, ce Lambrook de malheur est tout le temps sur notre dos.

— Ah ! bon... »

(Oh ! pardi, je sais bien que Renaud n'a rien d'un imbécile. Il comprend à demi-mot.)

« Ma chère petite bête amoureuse ! Alors, on te tourmente, toi et ta Rézi ? Que faut-il faire ? Tu sais bien que ton vieux mari t'aime assez pour ne pas te priver d'un peu de joie... Elle est charmante, ta blonde amie, elle t'aime si fort !

— Oui ? vous croyez ?

— J'en suis sûr ! Et vos deux beautés se complètent. Ton ambre ne craint pas l'éclat de sa blancheur... sauf erreur, c'est un alexandrin ! »

(Ses bras ont frémi... je sais à quoi il songe... Pourtant, je me détends à sa voix où coule la tendresse, une vraie tendresse...)

« Que veux-tu, mon oiseau chéri ? que je vide demain, pour tout l'après-midi, cet appartement ?

— Oh ! non... »

(J'ajoute, après un silence embarrassé :)

« ... Si nous pouvions... ailleurs...

— Ailleurs ? Mais rien de plus facile ! »

(Il s'est levé d'un élan, m'a posée à terre, et marche à grands pas très jeunes.)

« Ailleurs... voyons... il y a bien... Non, ce n'est pas assez... Ah ! J'ai ton affaire ! »

(Il revient à moi, m'enveloppe et cherche ma bouche. Mais toute froide de confusion et de gêne, je me détourne un peu...)

« Ma petite fille charmante, tu auras ta Rézi, Rézi aura sa Claudine, ne t'occupe plus de rien, — que de patienter un jour, deux jours au plus — c'est long, dis ?[a] Embrasse ton grand qui veillera, aveugle et sourd, au seuil de votre chambre murmurante !... »

La joie, la certitude de Rézi, parée de sa blancheur et de ses parfums, l'allégement du vilain secret confessé, ne n'empêchent pas de ressentir une autre détresse... Oh ! cher Renaud, que je vous eusse aimé, pour un sec et grondeur refus !...

Cette nuit d'attente, je l'avais souhaitée heureuse, rythmée de palpitations douces, de sommes mi-éveillés où l'image de Rézi passerait cendrée de lumière blonde... Mais cette attente même en évoque une autre, dans ma chambrette de la rue Jacob, une autre plus jeune et plus fougueuse... Non, je me trompe, ma veillée de cette nuit, je l'imagine plutôt pareille à celle de Renaud, deux ans passés[1]... Rézi me trouvera-t-elle assez belle ? Assez fervente, j'en suis sûre, oh ! oui... Lasse d'insomnie, je heurte d'un pied mince et froid le dormir léger de mon ami, pour blottir dans son bras mon corps horripilé, et j'y somnole enfin.

Les rêves se succèdent et se mêlent, fumeux, inanalysables ; une silhouette jeune et souple y transparaît parfois, comme le visage de la lune, voilée de nuages et dévoilée... Quand je l'appelle « Rézi ! » elle se tourne et me montre le front bombé et doux, les paupières veloutées, la lèvre ronde et courte de la petite Hélène blanche et noire... Que vient faire dans mon rêve cette fillette entrevue, presque oubliée ?

☆

Renaud[a] n'a pas perdu de temps. Il eſt rentré dîner hier, vif, tumultueux et tendre :

« Préviens Rézi ! dit-il en m'embrassant. Que cette jeune sorcière se lave pour le sabbat de demain !

— Demain ? Où ?

— Ah ! voilà. Rendez-vous ici : je vous mène toutes deux. Il n'eſt pas bon qu'on vous voie entrer seules ; et puis, je vous installerai. »

Cette combinaison me refroidit un brin : j'aurais voulu la clef, l'adresse de la chambre, la liberté...

À Rézi, anxieuse et venue avant l'heure, je dis, en essayant de rire :

« Voulez-vous venir avec moi ? Renaud nous a trouvé une... une... fillonnière. »

(Ses yeux dansent et se dorent.)

« Ah !... Alors, il sait que je sais qu'il...

— Pardi ! Était-ce possible autrement ? Vous-même, vous m'avez suggéré — avec quelle ténacité, Rézi, je vous en rends grâces à présent — de demander secours à Renaud...

— Oui, oui... »

(Ses yeux gris, caressants et rusés, s'inquiètent, cherchent les miens ; sa main, d'un geſte tournant recommencé vingt fois, assagit l'or envolé de sa nuque...)

« J'ai peur que vous ne m'aimiez pas, aujourd'hui, pas assez pour... cela, Claudine ! »

(Elle m'a parlé de trop près, son souffle est venu jusqu'à moi, c'est assez pour que je serre les mâchoires et que mes oreilles rougissent...)

« Je vous aime toujours assez..., et trop..., et follement, Rézi... Oui, j'aurais voulu que personne au monde ne nous autorisât ou nous défendît un après-midi de solitude et d'abandon. Mais si je puis, derrière une porte close et sûre, croire un moment que vous m'appartenez, à moi la première, à moi la seule... je ne regretterai rien. »

Elle rêve au son de ma voix, peut-être sans m'écouter. Nous tressaillons ensemble à la venue de Renaud, et Rézi, une minute, perd un peu d'assurance. D'un rire complice et bon enfant il dissipe sa gêne et tire mystérieusement de son gousset une petite clef :

« Chut ! À qui la confierai-je ?

— À moi, dis-je en tendant une main impérieuse.

— À moi ! supplie Rézi câline.

— Je-ne-sais-pas-à-quoi-je-me-dé-ci-de-rai, scande Renaud. Vous tirerez au doigt mouillé ! »

(Pour cette plaisanterie à la Maugis, pour le rire aigu de Rézi qui l'accueille, je me sens au bord d'une maladroite explosion de rage. Renaud l'a-t-il pressentie ? Il se lève :)

« Venez, mes enfants, la voiture est en bas. »

Assis en face de nous sur le cruel strapontin, il dissimule à peine l'excitation de cette escapade. Son nez pâlit et ses moustaches tressaillent quand ses yeux errent sur Rézi. Celle-ci, incertaine, essaye de causer, s'arrête, questionne du regard ma triste et rogue impatience...

Oui, je me ronge d'impatience ! Impatience de savourer tout ce que promirent, durant cette semaine saccadée, la hâte et les prières de mon amie ; impatience surtout d'arriver, de finir ce choquant pèlerinage à trois...

Quoi ? Nous nous arrêtons rue Goethe[1] ? Si près ! Il m'avait paru que nous roulions depuis une demi-heure... L'escalier du numéro 59 n'est pas mal. Des écuries au fond de la cour. Deux étages. Renaud ouvre une porte silencieuse, et c'est dès l'antichambre l'air mat et pesant des pièces tendues d'étoffe.

Tandis que j'examine, un peu malveillante, le petit salon, Rézi, avisée (je ne veux pas écrire expérimentée), court à la fenêtre et inspecte le dehors sans lever les rideaux de tulle blanc. Sans doute satisfaite, elle rôde comme moi dans le minuscule salon, où le goût maniaque d'un amateur du Louis XIII espagnol entassa les bois dorés et sculptés, les lourds cadres à gros ornements, les christs agonisants sur velours miteux, les prie-Dieu hostiles, et une énorme chaise à porteurs-vitrine, pesante et belle, aux flancs de laquelle croule un automne doré et sculpté en plein bois, pommes, raisins et poires... Cette austérité sacrilège me plaît, je me déride. Une portière à demi levée montre un coin de chambre à coucher anglaise et claire, la pomme d'un lit de cuivre, une plaisante chaise longue d'étoffe fleurie...

Décidément, l'impression est bonne.

« Renaud, déclare Rézi, c'est charmant ! Chez qui sommes-nous ?

— Chez vous, ô Bilitis ! Voici l'électricité. Voici du thé et du citron, des sandwiches, voici des raisins noirs, et puis voici mon cœur qui bat pour toutes deux[1]... »

Qu'il est à l'aise, et de quelle bonne grâce il remplit son rôle suspect ! Je le regarde s'empresser, ranger les soucoupes de ses mains adroites et féminines, sourire de ses yeux bleu-noir, tendre à Rézi une grappe de raisin qu'elle mordille, coquette... Pourquoi m'étonné-je de lui, qui ne s'étonne pas de moi ?

... Je la tiens contre mon cœur, et tout le long de moi. Ses genoux frais me touchent, les petits ongles de ses pieds me griffent délicieusement. Sa chemise froissée n'est qu'un chiffon de mousseline. Mon bras ployé supporte précieusement sa nuque, son visage baigne dans l'onde de ses cheveux. Le jour finit, l'ombre atteint les feuillages clairs de cette tenture nouvelle et gênante à mes yeux. De temps en temps, si près de ma bouche, aux dents de Rézi qui parle, un reflet luit comme une ablette. Elle parle dans une fièvre gaie, un bras nu levé, dessinant de l'index ce qu'elle dit. Je suis dans le demi-jour ce bras blanc et sinueux, dont le geste rythme ma lassitude et l'adorable tristesse qui m'enivre...

Je voudrais qu'elle fût triste comme moi, comme moi recueillie et craintive devant les minutes qui nous échappent, qu'au moins elle me laissât à mon souvenir... Elle est délicieusement jolie, à présent. Tout à l'heure, elle fut passionnément belle...

Comme blessée à la première caresse, elle tourna vers moi une merveilleuse figure de bête, les sourcils bas, la lèvre relevée et meurtrière, une expression forcenée et suppliante... Puis tout fondit dans l'offre effrénée, dans l'exigence murmurante, dans une sorte de colère amoureuse, suivie de « Merci... » enfantins, de grands « Ah ! » soupirés et satisfaits, comme une petite fille qui avait bien soif et qui a bu d'un trait jusqu'au bout de son haleine...

Elle parle à présent, et sa voix chère, pourtant, trouble l'heure précieuse... En vérité, elle bavarde sa joie, comme Renaud... Ne peuvent-ils la goûter en silence ? Me voici toute sombre comme cette chambre étrangère... Quelle mauvaise partenaire d'après-aimer je fais !

Je me ranime en étreignant le corps tiède qui s'adapte au mien, qui plie quand je plie, le corps aimé, si charnu dans sa fuyante minceur que, nulle part, je ne trouve son armature résistante...

« Ah ! Claudine, vous serrez si fort !... Oui, je vous assure que sa froideur conjugale, sa jalousie outrageuse peuvent tout excuser... »

(Elle parle de son mari ? Je n'écoutais pas... et qu'a-t-elle besoin d'excuses ? Ce mot sonne mal ici. D'un baiser, j'endigue le flot de ses douces paroles... pour quelques secondes.)

« ... Vous, vous, Claudine, je vous jure que personne ne m'a fait souffrir comme vous le tourment d'attendre. Tant de semaines perdues, mon amour ! Songez que c'est le printemps, bientôt, et que chaque jour nous rapproche des villégiatures qui séparent...

— Je te défends de partir !

— Oui, défends-moi quelque chose ! supplie-t-elle, invinciblement tendre, nouée à moi. Gronde-moi, ne me quitte pas, je ne veux voir que toi... et Renaud.

— Ah ! Renaud trouve grâce ?

— Oui, parce qu'il est bon, parce qu'il a l'âme femme, parce qu'il comprend et protège notre solitude... Claudine, je ne sens pas de honte devant Renaud, est-ce bizarre ! »

(Bizarre en effet, et j'envie Rézi. Moi, j'ai honte. Non ce n'est pas le mot tout à fait qu'il faut, j'ai plutôt... j'ai un peu... scandale. C'est cela, mon mari me scandalise.)

« ... Et puis, chérie, c'est égal, achève-t-elle soulevée sur un coude, nous vivons là, à nous trois, un petit chapitre pas ordinaire ! »

« Pas ordinaire ! un petit chapitre ! » Cette bavarde ! Si je baise sa bouche, un peu cruellement, ne devine-t-elle pas pourquoi ? Je voudrais, de mes dents, couper sa langue pointue ; je voudrais aimer Rézi muette, docile, parfaite en son silence illuminé seulement de regards et de gestes...

Je m'abîme dans mon baiser, les narines éventées du petit souffle pressé de mon amie... La nuit se fait ; mais je soutiens la tête de Rézi dans mes deux mains comme un fruit, et je froisse ses cheveux, si fins qu'à les toucher je devinerais leur nuance...

« Claudine, je suis sûre qu'il est sept heures ! »

Elle bondit, court à l'électricité et nous inonde de lumière.

Esseulée et frileuse, je me love à la place tiède, pour garder un peu plus longtemps la chaleur de Rézi et m'imprégner de son odeur blonde. J'ai le temps, moi. Mon mari m'attend, sans inquiétude... au contraire !

Éblouie, elle tourne un instant sans trouver ses lingeries éparses. Elle se penche, pour une fourche d'écaille égarée, se relève, et sa chemise glisse à terre. Sans embarras, elle renoue sa chevelure, avec cette prestesse voilée de grâce qui m'amuse et me charme. Au creux des bras levés, au bas du jeune ventre, mousse un or si pâle que, dans la lumière, ma Rézi semble aussi nue qu'une statue. Mais quelle statue oserait cette croupe élastique, si hardie après la gracilité du torse ?

Sérieuse, coiffée net comme une femme de bon ton, Rézi fixe sur sa tête son chapeau printanier et demeure une seconde à se mirer, uniquement vêtue d'une toque de lilas. Mon rire fouette sa précipitation, hélas ! Et voici que la chemise, le corset, le pantalon diaphane, le jupon couleur d'aurore s'abattent sur elle, appelés, certes, par trois paroles magiques. Une minute encore, et la Rézi mondaine, fourrée de loutre, gantée de suède ivoire, se tient devant moi, fière de son adresse prestidigitatrice.

« Ma blonde, il fait noir à présent que toutes vos blancheurs, vos dorures, ne luttent plus avec la lumière... Aidez-moi à me lever, je suis sans force contre ces draps qui me tiennent... »

Debout, étirant mes mains moites — pour briser la petite raideur courbaturée qui contracte mes omoplates — je me contemple à la glace vaste et bien placée ; orgueilleuse de ma longueur musclée, de ma grâce plus garçonnière et plus précise que celle de Rézi...

Sa nuque caressante se glisse sous mon bras levé, et je me détourne devant l'image double, habillée et nue, que nous rejette le miroir...

Je me dépêche, aidée par mon amie, qui fleure, près de moi, l'amour et la fourrure...

« Rézi chère, n'essayez pas de m'apprendre votre prestesse ! Auprès de vos mains fées, j'aurai toujours l'air de m'habiller avec les pieds ! Comment, nous n'avons pas goûté ?

— Nous n'avions pas le temps, objecte Rézi qui sourit vers moi.

— Du raisin noir au moins ? il fait si soif...

— Oui, du raisin noir... Prends... »

Je le bois entre ses lèvres... Je chancelle de désir et de fatigue. Elle s'échappe de mes bras.

Les ampoules éteintes, la porte entrebâillée sur le froid sonore et lumineux de l'escalier, Rézi toute tiède qui me tend une dernière fois sa bouche au raisin muscat... et c'est tout de suite la rue, la hâte coudoyeuse des passants, et, à cause du rhabillage insolite, le frisson, le mal de cœur léger d'un lever en pleine nuit...

☆

« Mon enfant chérie, viens que je te fasse rire ! »

C'est Renaud, qui interrompt dans le cabinet de toilette l'étrillage prolongé et matinal de mes cheveux courts. Il rit déjà, calé dans le fauteuil de paille.

« Voilà. Une personne dévouée, qui veut bien, pour soixante centimes l'heure, veiller au bon ordre de la rue Goethe, m'a remis ce matin un objet (trouvé dans la houle des draps) proprement plié dans un fragment du *Petit Parisien*[1], avec ces seuls mots : "C'est la mentonnière de Monsieur..."

— ! ! !...

— Bon ! tu vas tout de suite penser à des inconvenances ! Regarde. »

Au bout de ses doigts pendille un étroit chiffon de linon à tout petits plis, bordé de malines[2]... L'épaulette de la chemise de Rézi ! Je l'ai prise au vol... je ne la lui rendrai pas[3].

— ... Je soupçonne d'ailleurs cette concierge de fournir des "mots" à nos vaudevillistes les plus aimés du public. Hier, vers six heures, je suis venu, discret — et un peu inquiet de ma chérie si longue à revenir — lui demander de vos nouvelles. Elle m'a répondu, pleine d'un blâme respectueux : "Il y a pas loin de deux heures que ces dames attendent après Monsieur."

— Alors ?

— Alors... je ne suis pas monté, Claudine. Embrasse-moi "en pour [a]". »

☆

Ceci ne sera plus le journal de Claudine, vraiment, puisque je n'y puis parler que de Rézi. Qu'est devenue la Claudine alerte de jadis ? Lâche, brûlante et triste, elle flotte dans le sillage de Rézi. Le temps coule sans incidents autres que nos rendez-vous rue Goethe, une fois, deux fois par semaine. Le reste du temps, je suis Renaud dans l'exercice de ses fonctions : premières, dîners, salons littéraires. Au théâtre, souvent, j'emmène mon amie aggravée de Lambrook, dans la couarde certitude qu'elle ne me trompera pas pendant ce temps-là. Je souffre de jalousie, et pourtant... je ne l'aime pas.

Non, je ne l'aime pas ! Mais je ne puis me déprendre d'elle, et d'ailleurs je n'y tâche point. Hors de sa présence, je puis, sans frémir, me l'imaginer boulée par une automobile, aplatie dans un accident de métropolitain[1]. Mais je ne saurais, sans que les oreilles me sifflent, sans que mon cœur s'accélère, me dire : « En ce moment, elle livre sa bouche à un amant, à une amie, avec ce battement précipité des cils, ce renversement buveur que je connais. »

Qu'est-ce que ça fait que je ne l'aime pas... je souffre tout autant !

Je supporte mal la présence de Renaud, si volontiers immiscé en tiers. Il n'a pas voulu me donner la clef du petit appartement, alléguant, sans doute avec raison, qu'on ne doit pas nous y voir pénétrer seules. Et c'est chaque fois pour moi le même effort humiliant de lui dire : « Renaud, nous allons demain *là-bas*... »

Il s'empresse, gentil, heureux, sans doute, comme Rézi, de la situation « pas ordinaire... ». Ce besoin, commun à tous deux, de s'affirmer vicieux et bien modernes me confond. Je fais ce que fait Rézi, pourtant, — et même davantage, — et je ne me sens pas vicieuse...

À présent, Renaud s'attarde en nous accompagnant *là-bas*. Il verse le thé, s'assoit, fume une cigarette, bavarde, se lève pour redresser un cadre ou chiquenauder une mite au velours des prie-Dieu... il laisse deviner qu'il est chez lui. Et quand il veut enfin partir, feignant la hâte et l'excuse, c'est Rézi qui proteste : « Mais pas du tout, restez donc une minute !... » Moi, je ne dis rien.

Leur causerie me laisse à l'écart : potins, médisances, plaisanteries vite devenues lestes, allusions peu voilées au tête-à-tête qui va suivre... Elle rit, elle prête à ces longueries son doux regard myope, la grâce virante de sa nuque et de sa taille... Je vous jure, je vous jure que j'en suis aussi choquée, aussi irritée et pudique qu'une fille sage devant des images obscènes... La volupté — la mienne — n'a rien à voir avec le pelotage.

Dans la chambre claire, où flottent, mêlés, l'iris de Rézi, le Chypre rude et sucré de Claudine, dans le grand lit embaumé de nos deux corps, je me venge, silencieuse, de tant de piqûres cachées et saignantes... Puis, s'adaptant à moi, dans une pose, Dieu merci, familière, Rézi parle et me questionne, agacée de la brièveté, de la simplicité de mes réponses, avide de savoir davantage, incrédule quand j'affirme ma sagesse antérieure et la nouveauté de ma folie.

« Mais enfin, Luce ?

— Eh bien, Luce, elle m'aimait.

— Et... rien ?

— Rien ! Vous me trouvez grotesque ?

— Non, certes, ma Claudine. »

La joue sur ma gorge, elle paraît écouter en elle-même. Des souvenirs affleurent en étincelles à ses yeux gris... Si elle parle, je vais avoir envie de la battre, et pourtant, j'ai bien envie qu'elle parle...

« Rézi, tu n'as pas attendu ton mariage ?

— Si ! s'écrie-t-elle redressée, cédant au besoin de se raconter. Les débuts les plus ridicules, les plus médiocres... Mon professeur de chant, une blonde teinte, des os de cheval, qui, parce qu'elle avait des yeux vert d'eau, revêtait les ajustements modern style et la personnalité d'une sphynge anglo-saxonne[1]... Avec elle, je travaillai ma voix, et toute la gamme des perversités... J'étais très jeune, nouvelle mariée, craintive et peu emballée... Je cessai les leçons, au bout d'un mois, oui, un mois juste, désenchantée affreusement, pour avoir assisté, par la porte entrouverte, à une petite scène où la sphynge, ceinturée d'écharpes liberty, convainquait aigrement sa cuisinière d'un dol inférieur à quatre-vingt-cinq centimes... »

Rézi s'anime, ondule, agite ses cheveux de soie, rit au comique de sa réminiscence. Assise dans le creux de ma hanche, repliée sur elle-même, un pied dans sa main, la chemise glissante, elle a l'air de s'amuser énormément.

« Et puis, Rézi, qui, après ?

— Après... c'était... »

(Elle hésite, me regarde rapidement, referme la bouche et se décide :)

« C'était une jeune fille. »

(Je jurerais, à sa mine, qu'elle vient de « passer » quelqu'un ou quelqu'une.)

« Une jeune fille ? Vraiment ? C'est intéressant ! »

(J'ai envie de la mordre.)

« Intéressant, oui... Mais j'ai souffert. Oh ! jamais plus je n'ai voulu connaître de jeune fille ! »

(Songeuse et demi-nue, la bouche attristée, elle semble une enfant amoureuse. Comme je dessinerais bien mes dents, en deux petits arcs rouges, sur cette épaule que nacre le demi-jour !)

« Vous... l'aimiez, celle-là ?

— Oui, je l'aimais. Mais, à présent, je n'aime que vous, chérie ! »

(Tendresse vraie ou appréhension instinctive, elle a jeté autour de moi ses bras purs et me noie de ses cheveux épandus. Mais je veux la fin de l'histoire...)

« ... Et elle, elle vous aimait ?

— Oh ! que sais-je ? Rien n'égale, ma Claudine aimée, la cruauté, l'exigence froide et essayeuse des jeunes filles ! (Je dis les jeunes filles honnêtes, les autres ne comptent pas.) Il leur manque le sens de la souffrance, celui de la pitié et de la justice... Celle-là, plus chercheuse et plus âpre au plaisir qu'une veuve de l'an passé, me laissait pourtant des semaines dans l'attente, ne voulait me voir que dans sa famille, regardait mon chagrin d'un joli et candide visage aux yeux durs... Quinze jours après, j'apprenais la cause de ma pénitence : un retard de cinq minutes au rendez-vous, une conversation trop gaie avec un ami... Et les mots méchants, les allusions cuisantes faites à voix haute, en public, avec la bravoure aiguë, brutale, de celles que n'a pas encore adoucies et apeurées la première faute !... »

Mon cœur réduit et pincé bat plus vite. Je voudrais anéantir celle qui parle. Pourtant, je l'estime davantage, emportée et véridique dans son aveu. Je préfère ses yeux orageux que noircit son souvenir, au regard enfantin et provocateur dont elle dévisage Renaud — et tout homme, — et toute femme, — et le concierge...

Mon Dieu, comme je suis changée ! Peut-être pas changée à fond, je l'espère, mais... déguisée. Le printemps est là, printemps de Paris, un peu poitrinaire, un peu corrompu, vite lassé, n'importe, c'est le printemps. Et que sais-je de lui que les chapeaux de Rézi ! Les violettes, les lilas, les roses ont tour à tour fleuri sur sa tête charmante, épanouis à la lumière de ses cheveux. Elle a présidé, autoritaire, agacée de constater si ridicules, sur ma tête court-bouclée, certains chapeaux de « dame ». Elle m'a traînée chez Gauthé[1], pour m'y faire ceindre de cette armature de rubans imbriqués, corset docile qui obéit au rythme de mes hanches... Affairée, elle a trié, parmi des étoffes, les bleus favorables au jaune de mes yeux, les roses vigoureux sur quoi mes joues s'ambrent si singulièrement... Je suis vêtue d'elle. Je suis habitée d'elle. Je résiste avec peine au désir de la battre, et je crains de lui déplaire. Je jette, avant son seuil, la botte de narcisses sauvages achetée à quelque ambulant... Leur odeur excessive et méridionale m'est douce, mais Rézi ne l'aime pas.

Ah ! comme je suis loin d'être heureuse ! Et comment alléger l'angoisse qui m'oppresse ? Renaud, Rézi, tous deux me sont nécessaires, et je ne songe pas à choisir. Mais que je voudrais les séparer, ou mieux, qu'ils fussent étrangers l'un à l'autre !

Ai-je trouvé le remède ? On peut toujours essayer.

Marcel vient me voir aujourd'hui. Il me trouve bizarre, à la fois morne et agressive. C'est que, depuis une semaine, je recule un rendez-vous, que Rézi implore, Rézi toute fraîche, empressée, que le printemps éperonne... Mais je ne puis presque plus supporter la présence de Renaud entre nous deux. Comment ne le sent-il pas ? La dernière fois, rue Goethe, l'humeur voyeuse et tendre de mon mari s'est heurtée à une telle sauvagerie brutale que Rézi, inquiète, s'est levée, lui a fait je ne sais quel signe... Tout de suite il est parti... Cette manière d'entente, entre eux, m'a exaspérée davantage, je me suis butée, et Rézi s'en est allée, pour la première fois, sans retirer le chapeau qu'elle enlève après sa chemise.

Marcel, donc, plaisante ma mine rêche. Il a, dès longtemps, éventé le secret de mon souci et de ma joie ; il flaire en moi l'endroit malade, avec une sûreté qui m'étonnerait, si je ne connaissais mon beau-fils. Il me voit sombre aujourd'hui, alors il insiste, méchamment, sur ma petite plaie.

« Êtes-vous une amie jalouse ?

— Et vous ?

— Moi... Oui et non. Vous *la* surveillez ?

— Est-ce que ça vous regarde ? Et pourquoi *la* surveillerais-je ? »

(Il hoche sa fine tête maquillée, assure longuement sa cravate où changent et se nacrent des nuances de scarabée ; puis il me regarde en coin :)

« Pour rien. Moi, je la connais peu. C'est superficiellement qu'*elle* me donne l'impression d'une femme à surveiller. »

(Je souris sans charité :)

« Vraiment ? J'en crois votre expérience de la femme...

— Charmant, concède-t-il sans s'émouvoir ; c'est un mot cruel. D'ailleurs, vous avez parfaitement raison. Je vous ai aperçus, tous trois, à la première du Vaudeville, Mme Lambrook m'a parue délicieuse, coiffée un peu serré peut-être. Mais quelle grâce, et comme elle semble vous aimer..., vous et mon père ! »

(Je me raidis bien et ne laisse rien paraître. Déçu, Marcel se lève, avec un de ces effets de hanche !... pour qui, Seigneur ?)

« Adieu, je rentre. Vous assombririez un auteur gai, s'ils n'étaient déjà si lugubres, tous !

— Pour qui me laissez-vous ?

— Pour moi. Je suis en lune de miel avec mon petit home.

— Vous avez un nouveau petit... ?

— Oui, avec une seule *m*. Comment ! vous ne saviez rien de mon émancipation ?

— Non, *ils* sont si discrets !

— Qui ?

— Vos amis.

— C'est le métier qui veut ça. Oui, j'ai un petit appartement de cocotte. Tout petit, petit, petit. On y tient deux, en se serrant.

— Et on se serre ?

— C'est vous qui l'avez dit. Vous ne viendrez pas le

voir ? J'aime autant, par exemple, que vous n'ameniez pas mon cher père. Votre amie, si cela peut l'amuser... Quoi ? »

(Je lui ai pris le poignet d'une main vive, sous la poussée d'une idée, brusquement.)

« Vous ne vous absentez jamais l'après-midi ?

— L'après-midi... Si. Le jeudi et le samedi. Mais n'espérez pas, ajoute-t-il avec un joli sourire de jeune fille pudique, que je vous dise où je vais...

— Ça ne m'intéresse pas... Dites donc, Marcel... on ne peut pas le visiter en votre absence, votre petit reposoir ?

— Mon petit fatiguoir ?... »

(Il lève des yeux vicieux, bleu moiré de gris sombre. Il a compris.)

« À la rigueur... Elle est discrète, la jolie Mme Lambrook ?

— Oh !...

— Je vous donnerai la clef. Ne cassez pas mes petits bibelots, j'y tiens. La bouilloire électrique, pour le thé, dans une armoire verte à gauche en entrant ; il n'y a pas à se tromper, j'ai juste un cabinet de travail (!) et une chambre à causer, avec cabinet de toilette. Les petits gâteaux secs, le vin de Château-Yquem[1], l'arak et le ginger-brandy dans la même armoire. Jeudi prochain ?

— Jeudi prochain. Merci, Marcel. »

C'est une petite canaille, mais je l'embrasserais de bon cœur. Une joie tapageuse me promène d'une fenêtre à l'autre, les mains derrière le dos et sifflant à tue-tête.

Il donne la clef, lui !

☆

La toute petite clef d'une serrure Fichet fait bosse dans mon porte-monnaie, sous ma main. J'emmène Rézi, avec le fol espoir de courir à une « solution ». La voir en secret, écarter de toute cette histoire, qui ne le regarde pas, mon cher Renaud, que j'aime trop ainsi — ah ! Dieu oui — pour pouvoir, sans un affreux malaise, le voir mêlé à ces micmacs...

Rézi m'accompagne docilement, amusée, heureuse que ma rigueur ait fondu enfin au bout d'une semaine de bouderie.

Il fait chaud ; elle ouvre dans la victoria la veste garçonnière de son costume bleu en serge bourrue, et soupire en cherchant l'air. Je contemple, à la dérobée, la fuite de son profil simple, le nez de petite fille, les cils traversés de lumière, le velours des sourcils cendrés... Elle tient ma main, attend en patience et parfois se penche un peu, pour une charrette fleurie qui nous soufflette de son odeur mouillée, pour une vitrine ou une femme bien habillée qui passe... Elle est si douce, mon Dieu ! Ne dirait-on pas qu'elle n'aime, qu'elle n'espère que moi ?

Chaussée-d'Antin, une grande cour, puis une petite porte, un escalier minuscule et bien tenu, des paliers où l'on ne peut guère se tenir que sur un pied. Les trois étages gravis d'un trait, je m'arrête : ça sent déjà Marcel, santal et foin coupé, avec un rien d'éther. J'ouvre.

« Attendez, Rézi, on ne peut passer qu'un à la fois ! »

Mais oui, c'est comme je dis. Que cet appartement de poupée m'amuse déjà ! Un embryon d'antichambre précède une amorce de cabinet de travail ; la chambre à coucher-salon... causoir atteint seule des proportions normales.

Comme deux chattes dépaysées, nous avançons pas à pas, retenues à chaque meuble, à chaque cadre... Trop de parfums, trop de parfums...

« Regardez, Claudine, l'aquarium de la cheminée...

— Et les poissons à trois queues...

— Oh ! en voilà un qui a les nageoires comme des volants en forme ! Ça, c'est un brûle-parfums ?

— Non, un encrier, je crois... ou une tasse à café... ou autre chose.

— La belle étoffe ancienne, chérie ! on en ferait des revers délicieux pour une veste de demi-saison... Cette petite déesse charmante qui tient ses bras croisés...

— C'est un petit dieu...

— Mais non, Claudine !

— On ne voit pas bien, il y a une draperie. Aïe ! ne

vous asseyez pas, comme j'ai fait, Rézi, sur le bras de ce fauteuil anglais et vert !...

— C'est vrai. Quelle idée baroque, ces espèces de lances en bois verni ! Il y a de quoi s'empaler !

— Chut, Rézi, ne parlons pas de pal dans la maison de Marcel.

— Oh ! Venez vite voir, mon petit pâtre ! »

(Je n'aime pas qu'elle m'appelle « mon petit pâtre », c'est un mot de mon Renaud. Ça me blesse pour elle, et surtout pour lui.)

« Voir quoi ?

— Son portrait ! »

Je la rejoins dans le salon-chambre à couch..., etc. C'est bien le portrait de Marcel, en dame byzantine. Un pastel assez curieux, couleur hardie sur dessin mou. Des cheveux roux en roues sur les oreilles, le front lourd de joyaux, elle, il... ah ! zut ! je ne sais plus... Marcel tient loin de lui, d'un geste apprêté, un pan traînant de la robe rigide et transparente, une gaze chargée de perles, droite comme une averse et qui montre, de pli en pli, le rose de la hanche fuyante, le mollet, le genou délié. Visage aminci, yeux dédaigneux, plus bleus sous les cheveux roux, c'est bien Marcel.

Rêveuse contre Rézi accotée à mon épaule, je revois le suspect garçon brun, l'intense portrait du Bronzino, au Louvre, qui m'a si soudainement conquise...

« Qu'il a de jolis bras, cet enfant ! soupire Rézi. Dommage qu'il ait des goûts...

— Dommage pour qui ? dis-je, vite soupçonneuse.

— Pour sa famille, tiens ! »

Elle rit et tend ses dents à mes lèvres. Mes préoccupations prennent un autre chemin :

« Ah ! çà, mais... où couche-t-il ?

— Il ne couche pas... il s'assied. Se coucher, c'est bien vulgaire. »

Quoi qu'elle en dise, j'ai trouvé derrière un rideau de panne rose une façon d'alcôve étroite, un divan drapé de cette même panne rose, où des feuilles de platane ont laissé, en nuance de cendre verdâtre, leur ombre cinq fois pointue. Je joue, le doigt pressant un bouton électrique, à répandre sur cet autel la lumière qui tombe d'une fleur de cristal renversée... Orchidée, va !

Rézi montre d'un index mince les coussins qui jonchent le divan :

« Voilà qui suffirait à raconter qu'une femme ne mit jamais ici sa tête, ni le reste. »

Je ris de sa malice perspicace. Les coussins, bien choisis, sont tous de brocart rude, de broderie au fil d'or et d'argent, de quinze-seize[1] pailleté. Une chevelure féminine s'y carderait pitoyablement.

« Eh bien, nous les ôterons, Rézi.

— Otons-les, Claudine... »

Peut-être ce sera le plus joli souvenir de notre tendresse. Je suis abandonnée, moins âpre. Elle apporte sa ferveur coutumière, sa docilité vaincue, et la fleur renversée épand sa lueur opaline sur notre bref repos...

Un peu après, en dessous de nous, un sec piano fourbu et un ténorino avarié se coalisent pour marteler, convaincus :

Jadis-vivait-en Nor-mandie...

C'est d'abord gênant d'avoir, autant que moi, le sens du rythme. Mais on s'y fait. On s'y fait. Ça n'est plus du tout gênant... au contraire.

Jadis-vivait-en Nor...

Si quelqu'un m'avait jamais prédit qu'un six-huit de *Robert-le-Diable*[2] m'impressionnerait un jour jusqu'à me serrer la gorge... Mais il y faut un concours de circonstances particulières.

Vers six heures, au moment où Rézi apaisée s'endort, les bras à mon cou, le timbre d'entrée grelotte, impérieux, à nous briser les nerfs. Affolée, elle étouffe un cri et m'enfonce tous ses ongles dans la nuque. Dressée sur un coude, j'écoute.

« Chérie, n'aie pas peur, ne crains donc rien, c'est quelqu'un qui se trompe... un ami de Marcel, il ne peut pas les avoir tous avertis de son absence... »

Elle se rassure, découvre sa blanche figure, se détend, dans le désordre le plus XVIIIe siècle qu'on puisse voir... mais, de nouveau, *trrr*...

Elle bondit, et commence à s'habiller, sans que son épouvante fasse hésiter ses doigts escamoteurs. La sonnerie insiste, persiste ; elle est taquine, intelligente, elle joue des airs de timbre... je serre les dents d'irritation nerveuse.

Ma pauvre amie, pâle, déjà toute prête à partir, serre ses mains sur ses oreilles. Les coins de sa bouche tressaillent à chaque reprise. J'ai pitié.

« Rézi, voyons, c'est évidemment un ami de Marcel...

— Un ami de Marcel ! Vous n'entendez donc pas la méchanceté, l'intention de cette sonnerie exaspérante !... Allez, c'est quelqu'un qui nous sait ici. Si mon mari...

— Ah ! vous n'êtes pas brave !

— Merci ! c'est facile d'être brave avec un mari comme le vôtre ! »

Je me tais. À quoi bon ? J'agrafe mon corset. Vêtue, je vais, à pas de chat, tendre l'oreille près de la porte. Je n'entends rien que ce timbre, ce timbre !

Enfin, après un dernier et long trille, une espèce de point d'exclamation, je perçois la fuite de pieds légers...

« Rézi ! il est parti.

— Enfin ! ne sortons pas tout de suite, on peut nous guetter... Si jamais je reviens ici !... »

La triste fin de ce rendez-vous sans lendemain ! Ma jolie peureuse montre une telle hâte à me quitter, à s'éloigner de cette maison, de ce quartier, que je n'ose lui demander de rentrer avec elle... Elle descend la première, pendant que j'éteins la fleur renversée, que je ramasse les coussins pailletés. Le portrait de Marcel me regarde, menton dédaigneux, lèvres maquillées et closes...

☆

J'ai aujourd'hui devant moi, serré dans un veston noir fort court, l'original du compromettant pastel byzantin. Il pétille de curiosité, comme au temps où Luce l'intriguait si fort.

« Eh bien, hier ?

— Eh bien, merci. Vous avez là un petit temple délicieux digne de vous. »

(Il s'incline.)

« De vous aussi.

— Trop gentil. Votre portrait surtout m'a... intéressée. J'ai plaisir à vous savoir une âme contemporaine de Constantin.

— C'est le goût du jour... Dites-moi, vous n'êtes pas gourmandes, ni l'une ni l'autre : mon Château-Yquem, un cadeau de grand-mère, ne vous a donc pas tentées ?

— Non. La curiosité a muselé chez nous les autres instincts.

— Oh ! la curiosité... doute-t-il avec le sourire de son portrait... Quelles bonnes petites ménagères vous faites, j'ai trouvé tout dans un ordre parfait ! On ne vous a pas dérangées, au moins ? »

(L'éclair de son sourire, son regard jeté et rentré si vite... Ah ! la petite canaille, c'était lui qui sonnait — ou qui faisait sonner —, j'aurais dû m'en douter ! Mais tu ne me pinceras pas, mauvais garçon.)

« Non, pas du tout. Un calme de maison bien tenue. On a sonné une fois, je crois... et encore je ne suis pas sûre. J'étais toute, dans ce moment-là, à la contemplation de... de votre petite déesse androgyne, qui croise les bras... »

(Ça lui apprendra ! Et comme nous sommes deux bons joueurs, il arbore un air d'amphitryon satisfait.)

☆

Une lettre de Montigny, que je suis obligée de lire tout haut pour la comprendre, tant l'orthographe en est hiéroglyphique.

Tu ne viens donc pas vers nous, ma petite servante ? Voilà que le grand rosier « cuisse-de-nain » veut fleurir, il est à même. Et le petit « frère pleureur » a bien forci. Monsieur est pareil.

Que Monsieur soit pareil, Mélie, je n'en pourrais douter. Que le frêne-pleureur ait forci, cela est bien. Et le grand rosier cuisse-de-nymphe va fleurir... Il est si beau, il tapisse tout un mur, il fleurit avec hâte, avec abondance, sans repos, s'épuise vers l'automne, après des refloraisons, des sursauts de vie embaumée ; c'est un arbrisseau de pur-sang qui mourra à la peine... « Le rosier cuisse-de-nymphe veut fleurir. » À cette nouvelle, j'ai senti revivre, humide de sève, la fibre qui m'attache à Montigny. Il veut fleurir !... Je palpite un peu de la joie fière d'une maman à qui l'on dit : « Votre fils aura tous les prix ! »

Toute ma famille végétale m'appelle. Mon ancêtre le vieux noyer vieillit à m'attendre. Sous la clématite, il pleuvra des étoiles bientôt...

Mais je ne puis, je ne puis ! Que ferait Rézi sans moi ? Je ne veux pas laisser Renaud près d'elle ; mon pauvre grand est si aimeur, et elle si... aimable !

Emmener Renaud ? Rézi toute seule, Rézi dans un Paris d'été, sec et brûlant, seule avec sa fantaisie et son goût de l'intrigue... Elle me trompera.

Mon Dieu ! est-il vrai que, d'heure en heure, de baisers en bouderies, quatre mois ont déjà passé ? Je n'ai rien fait durant ce temps, rien fait qu'attendre. J'attends, en la quittant, le jour qui me la rend ; j'attends, quand je suis auprès d'elle, que le plaisir, lent ou bref à venir, me la livre plus belle et plus sincère. J'attends, quand Renaud est avec nous, qu'il s'en aille, et j'attends le départ de Rézi, pour causer un peu sans amertume, sans jalousie, avec mon Renaud que, depuis Rézi, il me semble aimer plus encore.

☆

Cela devait arriver ! Je suis tombée malade, et voilà trois semaines perdues. Une influenza, un refroidissement, du surmenage, qu'il appelle ça comme il voudra, le médecin qui me soigne, j'ai eu beaucoup de fièvre et beaucoup de mal dans ma tête. Mais on est solide, au fond.

Cher grand Renaud, que votre douceur me fut douce ! Jamais je ne vous sus autant de gré de parler avec un son de voix moyen, nuancé, arrondi...

Rézi aussi m'a soignée, malgré l'appréhension de lui paraître laide qui me faisait cacher dans mes bras mon visage brûlant. Quelquefois, sa manière de regarder

Renaud, de s'asseoir « pour lui » au bord de mon lit, un genou relevé, gracieuse amazone en chapeau de copeaux tressés, en robe de broderie anglaise à ceinture de velours, tout son manège trop apprêté, trop coquet pour visiter une malade, m'ont choquée. À la faveur de la fièvre, j'ai pu lui crier « va-t'en ! » et elle a cru que je délirais. J'ai cru voir, aussi, que Renaud sourit, lorsqu'elle entre, comme à une bouffée de vent, frais... Ils causent devant moi de choses que je n'ai pas vues, et leur conversation, que je suis difficilement, me blesse, comme un langage convenu entre eux...

J'en ai voulu à mon amie de sa fraîche beauté aux joues mates et sans ombre. Et quoi qu'elle posât bien doucement, au long du divan où je reprenais mes forces, des roses rouge-noir à longue tige, je prenais, après son départ, la glace à main cachée sous les coussins, pour y mirer longtemps ma pâleur, en songeant à elle avec une jalouse rancune...

« Renaud, c'est vrai que les arbres des boulevards sont déjà roussis ?

— Oui, c'est vrai, ma petite fille. Veux-tu venir à Montigny, tu en verras de plus verts ?

— Ils sont trop verts... Renaud, aujourd'hui, je pourrais sortir, je suis si bien portante. J'ai mangé toute une noix de côtelette après mon œuf, j'ai bu un verre d'Asti, et picoré des raisins... Vous sortez ? »

(Debout devant la fenêtre de son « sanctuaire du travail » il me regarde avec indécision.)

« J'aimerais bien sortir avec un beau mari comme vous. Ce complet gris vous va très bien, et ce gilet de piqué accentue en vous la prestance second Empire qui me plaît tant... C'est pour moi que vous êtes si jeune aujourd'hui ? »

(Il rougit un peu sous sa peau foncée, et lisse sa longue moustache d'argent :)

« Tu sais bien que j'ai de la peine, quand tu parles de mon âge...

— Qui parle de votre âge ? J'ai grand-peur, au contraire, que votre jeunesse dure aussi longtemps que vous-même, comme une maladie qu'on a de naissance.

Emmenez-moi, Renaud ! Je sens en moi une force à étonner le monde ! »

(Ma grandiloquence ne le décide pas.)

« Mais non, ma Claudine, le morticole[1] t'a dit : "Pas avant dimanche." Nous sommes vendredi. Encore quarante-huit heures de patience, mon oiseau chéri. Tiens, voilà une amie qui saura te garder à la maison... »

Il profite de l'entrée de Rézi pour s'esquiver. Je ne reconnais plus mon grand, si attentif à me plaire contre toute sagesse... Ce médecin est idiot !

« Pourquoi cette moue, Claudine ? »

(Elle est si jolie que je me déride, cette fois. Bleue, bleue, bleue, d'un bleu vaporeux et savonneux à la fois...)

« Rézi, les elfes ont battu leur linge dans l'eau de votre robe. »

Elle sourit. Assise contre sa hanche, je la vois d'en bas. Une fossette longue en point d'exclamation divise son menton têtu. Ses narines dessinent l'arabesque correcte et simple que j'admirais dans le nez de Fanchette. Je soupire.

« Voilà. Je voulais sortir et cet âne de médecin ne veut pas. Restez-moi, vous, au moins, et donnez-moi votre fraîcheur, l'air libre qui bat dans votre jupe, aux ailes de votre chapeau de feuilles. Est-ce un chapeau, est-ce une couronne ? Jamais je ne vous vis si irrésistiblement viennoise, ma chère, avec vos cheveux de bière mousseuse... Restez-moi, racontez-moi la rue, les arbres grillés... et le peu de tendresse que notre séparation vous a laissée pour moi... »

(Mais elle refuse de s'asseoir, et tandis qu'elle me parle d'une voix enjôleuse, ses yeux vont d'une fenêtre à l'autre comme cherchant une issue[a].)

« Oh ! que j'ai gros cœur ! j'aurais voulu, ma douce, passer la journée près de vous, surtout si vous êtes seule... Il y a si longtemps, Claudine chérie, que votre bouche a oublié la mienne !... »

(Elle se penche, caressante, offre ses dents mouillées, mais je me détourne.)

« Non. Je dois sentir la fièvre. Allez vous promener. Je veux dire : allez à la promenade.

— Mais ce n'est pas une promenade, ma Claudine ! C'est demain l'anniversaire de mes fiançailles — il n'y a pas de quoi rire ! — et j'ai l'habitude de donner ce jour-là un cadeau à mon mari...

— Eh bien ?

— Eh bien, j'ai oublié, cette année, mon devoir d'épouse reconnaissante. Et je cours, pour que Mister Lambrook trouve ce soir, sous sa serviette en bonnet d'évêque, n'importe quoi, un étui à cigares, des boutons de perles, un écrin à la dynamite[1], quelque chose, enfin ! Sans quoi, c'est trois semaines de silence à la glace, de dignité sans reproche... Dieu ! s'écrie-t-elle en levant ses poings, le Transvaal[2] a pourtant besoin d'hommes, qu'est-ce qu'il fiche ici ? »

(Sa narquoiserie volubile et voulue m'emplit de défiance.)

« Mais, Rézi, que ne confiez-vous votre achat au goût infaillible d'un valet de chambre ?

— J'y ai songé. Mais la domesticité, sauf ma "meschine[3]", appartient à mon mari. »

(Décidément, elle tient à sortir.)

« Allez, épouse vertueuse, allez fêter la Saint-Lambrook... »

(Elle a déjà rabaissé sa voilette blanche.)

« Si je suis de retour avant six heures, voulez-vous encore de moi ? »

(Qu'elle est jolie ainsi penchée ! Sa jupe, collée en torsade par la vivacité de son geste, la révèle toute... Une admiration platonique m'anime seule... Est-ce la faute de ma convalescence ? Je ne sens plus battre, à grandes ailes tumultueuses, le désir d'autrefois... Et puis, elle m'a refusé de me sacrifier la Saint-Lambrook !)

« C'est selon. Montez toujours, on vous donnera suivant votre mérite... Non, je vous dis, je sens la fièvre... ! »

Me voici seule. Je m'étire, je lis trois pages, je marche. Je commence une lettre pour papa, puis je m'absorbe dans un polissage minutieux de mes ongles. Assise devant la table à coiffer, je jette de temps en temps un coup d'œil au miroir-chevalet, comme on regarde l'heure. Je n'ai pas si mauvaise mine que ça, après tout... Les boucles un peu plus longues, ce n'est pas vilain. Ce col blanc, cette chemisette de mousseline rouge à mille raies blanches, ça sent la promenade à pied, la rue... Je lis dans la glace ce qu'ont résolu mes yeux. C'eﬆ vite fait ! Un canotier ceinturé de noir, une veﬆe sur mon bras pour que Renaud ne blâme pas l'imprudence, et je suis dehors.

Seigneur, qu'il fait chaud ! Ça ne m'étonne pas que le rosier cuisse-de-nymphe s'en donne de fleurir... Sale pays, que ce Paris ! Je me sens légère, j'ai maigri. Ça enivre un peu l'air libre, mais en marchant on s'y habitue. Je ne remue guère plus de pensées qu'un chien d'appartement qu'on sort après huit jours de pluie.

Sans le faire exprès, j'ai pris machinalement le chemin de la rue Goethe. Dame !... Je souris en arrivant devant le 59 et je jette un regard ami aux rideaux de tulle blanc qui voilent les fenêtres du second étage...

Ah ! le rideau a remué !... Ce petit mouvement m'a clouée au trottoir, raide comme une poupée. Qui donc eﬆ « chez nous » ? C'eﬆ le vent, entré par une fenêtre sur la cour, qui a soulevé ce tulle sans doute... Mais pendant que ma logique raisonne, la bête, en moi, mordue d'un soupçon, puis encolérée brusquement, a deviné avant que de comprendre.

Je traverse la rue au pas de course, je monte les deux étages, comme dans un cauchemar, sur des marches en coton hydrophile qui enfoncent et rebondissent sous mes pieds. Je vais me pendre au bouton de cuivre, sonner à tout briser... Non, *ils* ne viendraient pas !

J'attends une minute, la main sur le cœur. À cause de ce pauvre geﬆe banal, une phrase de Claire, ma sœur de lait, revient, cruelle, à mon souvenir : « C'eﬆ comme dans les livres, n'eﬆ-ce pas, la vie ? »

Je tire le bouton de cuivre, timidement, tressaillante au bruit nouveau de cette sonnette qui n'avait jamais sonné pour nous... Et pendant deux longues secondes, je me dis, étreinte d'une lâcheté de petite fille : « Oh ! si on pouvait ne pas ouvrir ! »

Le pas qui s'approche ramène tout mon courage dans un flot de colère. La voix de Renaud demande, mécontente : « Qui eﬆ là ? »

Je suis sans souffle. Je m'appuie au mur de faux marbre qui me fait froid au bras. Et, pour le bruit de la porte qu'il entrouvre, je souhaite mourir...

... pas longtemps. Il faut, il faut ! Je suis Claudine, que diable ! je suis Claudine ! Je jette ma peur comme un manteau. Je dis : « Ouvrez, Renaud, ou je crie. » Je regarde en face celui qui ouvre, tout vêtu. Il recule devant moi, d'étonnement. Et il ne lâche que ce mot, bien modéré, de joueur agacé par la guigne : « Sapristi ! »

L'impression d'être la plus forte me raidit encore. Je suis Claudine ! Et je dis :

« J'ai vu d'en bas quelqu'un à la fenêtre ; alors je suis montée vous dire un petit bonjour.

— C'est malin ce que j'ai fait là », murmure-t-il.

Il ne tente pas un geste pour m'arrêter, s'efface pour me laisser passer et me suit.

J'ai traversé rapidement le petit salon, soulevé la portière fleurie... Ah ! je savais bien ! Rézi est là, elle est là, pardi, qui se rhabille... En corset, en pantalon, son jupon de linon et de dentelle sur le bras, le chapeau sur la tête, comme pour moi... Je verrai toujours cette figure blonde qui, sous mes regards, se décompose[a] et semble mourir. Je l'envie presque d'avoir si peur... Elle regarde mes mains, et je vois sa fine bouche blanchir et se sécher. Sans me quitter des yeux, elle étend vers sa robe un bras qui tâtonne. J'avance d'un pas. Elle manque tomber, et protège son visage de ses coudes levés. Ce geste, qui découvre le creux mousseux de ses bras tant de fois respiré, déchaîne en moi des ouragans... Je vais prendre cette carafe, la lancer... ou cette chaise peut-être... Les arêtes des meubles vibrent devant mes yeux comme l'air chaud sur les prés...

Renaud, qui m'a suivie, m'effleure l'épaule. Il est incertain, un peu pâle, mais surtout ennuyé. Je lui dis, d'une voix pénible :

« Qu'est-ce que... vous faites là ? »

(Il sourit nerveusement, malgré lui.)

« Ma foi... nous t'attendions, tu vois. »

Je rêve... ou il perd le sens... Je me retourne vers celle qui est là, qui a vêtu, pendant que mon regard s'est détourné d'elle, la robe d'eau bleue où les elfes ont battu leur linge... Ce n'est pas elle qui oserait sourire !

« C'est comme dans les livres, n'est-ce pas, la vie ? » Non, douce Claire. Dans les livres, celle qui arrive pour se venger tire deux coups de feu, au minimum. Ou bien elle s'en va, laissant la porte retomber, et son mépris, sur les coupables, avec un mot écrasant... Moi, je ne trouve rien, je ne sais pas du tout ce qu'il faut que je fasse, voilà la vérité. On n'apprend pas, comme ça, en cinq minutes, un rôle d'épouse outragée[1].

Je barre toujours la porte. Rézi, va, je crois, s'évanouir. Comme ce serait curieux ! Lui, au moins, il n'a pas peur. Il suit, comme moi, avec moins d'émoi que d'intérêt, les phases de la terreur sur le visage de Rézi, et semble enfin comprendre que cette heure-ci ne devait pas nous rassembler...

« Écoute, Claudine... Je voudrais te dire... »

D'un geste du bras, je lui coupe sa phrase. Du reste, il ne semble pas autrement désireux de la continuer, et il hausse l'épaule gauche, d'un air de résignation un peu fataliste.

C'est à Rézi que j'en veux ! J'avance sur elle, lentement. Je me vois avancer sur elle. Le dédoublement qui me gagne me rend incertaine sur mon intention. Vais-je la frapper, ou seulement augmenter, jusqu'à la syncope, sa peur honteuse ?

Elle recule, tourne derrière la petite table qui porte le thé. Elle gagne la paroi ! Elle va m'échapper ! Ah ! je ne veux pas.

Mais elle touche déjà la portière, tâtonne, à reculons et les yeux toujours fixés sur moi. Involontairement, je me baisse pour me ramasser une pierre, — il n'y a pas de pierres... Elle a disparu.

Je laisse retomber mes bras, mon énergie soudain rompue.

Nous sommes là tous deux, à nous regarder. Renaud a sa bonne figure, presque, de tous les jours. Il a l'air peiné. Il a de beaux yeux un peu tristes. Mon Dieu ! il va venir, il va me dire « Claudine »... et si je parle ma colère, si je laisse s'écouler en reproches et en larmes la force qui me soutient encore, je sortirai d'ici à son bras, plaintive et pardonnante... Je ne veux pas ! Je suis... je suis Claudine, bon sang ! Et puis, je lui en voudrais trop de mon pardon.

J'ai trop attendu. Il s'avance, il dit : « Claudine... »

Je bondis, et, d'instinct, je me mets à fuir, comme Rézi. Seulement, moi, c'est moi que je fuis.

J'ai bien fait de me sauver. La rue, le coup d'œil que je jette au rideau dénonciateur raniment en moi l'orgueil et la rancune. Et d'ailleurs, je sais maintenant où je vais.

Courir en fiacre jusqu'à la maison, y saisir mon sac de voyage, redescendre après avoir jeté ma clef sur une table, ceci ne prend pas un quart d'heure. J'ai de l'argent, pas beaucoup, mais assez.

« Cocher, gare de Lyon. »

Avant de monter dans le train, je lance une dépêche à papa, puis ce petit bleu à Renaud : « Envoyez à Montigny vêtements et linge pour séjour indéterminé. »

☆

Ces bluets, sur le mur, passés du bleu au gris, ombres de fleurs sur un papier plus pâle... Ce rideau de perse à dessins chimériques... oui, voici bien le fruit monstrueux, la pomme qui a des yeux... Vingt fois je les ai vus en songe, pendant mes deux années de Paris, mais jamais si vivement...

Cette fois, j'ai bien entendu, du fond de mon transparent sommeil, le cri de la pompe !

Assise en sursaut sur mon petit lit-bateau, le premier sourire de ma chambre d'enfant m'inonde de larmes. Larmes claires comme ce rayon qui danse en sous d'or aux vitres, douces à mes yeux comme les fleurs du papier gris. C'est donc vrai, je suis ici, dans cette chambre ! Je n'ai pas d'autre pensée, jusqu'au moment d'essuyer mes yeux, avec un petit mouchoir rose qui n'est pas de Montigny...

Ma tristesse tarit mes larmes. On m'a fait du mal. Mal salutaire ? Je suis près de le croire, parce qu'enfin je ne puis pas être tout à fait malheureuse à Montigny, dans cette maison... Oh ! mon petit bureau taché d'encre ! Il enferme encore tous mes cahiers d'école : *Calcul... Orthographe...* Car on ne disait plus *Problèmes* ni

Dictées, du temps de Mademoiselle, *Orthographe, Calcul*, ça fait plus distingué, plus « Enseignement secondaire »...

Des ongles durs grattent la porte, malmènent la serrure. Un *« mouin !... »* angoissé et impérieux me somme d'ouvrir... Ô ma chère fille, que tu es belle ! Mes idées sont dans une telle salade que je t'avais un instant oubliée, Fanchette ! Viens dans mes bras, dans mon lit, colle à mon menton ton nez humide et tes dents froides, si émue de me revoir que tes pattes « font du pain » sur mon bras nu, toutes griffes dehors. Quel âge as-tu donc ? Cinq ans, six ans, je ne sais plus. Ta blancheur est si jeune. Tu mourras jeune... comme Renaud. Allons, bon ! ce souvenir me gâte tout... Reste sous ma joue, que je m'oublie à écouter, déchaînée et vibrante, toute ton usine à ronrons...

Qu'as-tu pu penser de moi, à mon arrivée brusque et sans bagages ? Papa lui-même a flairé quelque chose :

« Eh bien ? et l'autre animal ? ton mari ?

— Il viendra dès qu'il aura le temps, papa. »

J'étais pâle, absente, demeurée là-bas, rue Goethe, entre ces deux êtres qui m'ont fait du mal. Quoique dix heures eussent sonné, je refusai de me mettre à table, désireuse seulement d'un lit, d'un trou chaud et solitaire, pour songer, pour pleurer, pour détester... Mais l'ombre de ma chambre d'autrefois abrite tant de bienveillants petits fantômes que le sommeil vint avec eux, berceur et noir.

Un pas mou traîne des savates. Mélie entre sans frapper, remise d'aplomb, tout de suite, dans les vieilles habitudes. Elle tient dans une main le petit plateau déverni — le même ! — et de l'autre son sein gauche. Elle est fanée, sans soin, prête aux louches entremises, mais son aspect seul m'épanouit l'âme. Cette laide servante apporte, sur le petit plateau, écaillé, dans la tasse fumante, « le philtre qui abolit les années[1] » !... Il sent le chocolat, ce philtre. Je meurs de faim.

« Mélie !

— Quoi, ma France adorée ?

— Tu m'aimes, toi ? »

Elle prend le temps de poser son plateau avant de répondre, en levant ses molles épaules :

« Probable. »

(C'est vrai. Je sens que c'est vrai. Elle reste debout et me regarde manger. Fanchette aussi, assise sur mes pieds. Toutes deux m'admirent sans réserve. Cependant, Mélie secoue la tête et pèse son sein gauche d'un air désapprobateur.)

« T'as pas bien grosse mine. Quoi t'est-ce qu'*ils* t'ont fait ?

— J'ai eu l'influenza, je l'ai écrit à papa. Où est-il, papa ?

— Dans son rabicoin, parié. Tu le voiras attal'heure. Tu veux t'y que j'âlle te chorcher une tine* ?

— À quoi faire ? dis-je, gagnée par le patois aimé.

— Pour laver monsieur ton derrière, donc, et le restant.

— Voui-dâ, et une belle, encore ! »

(Au seuil, elle se retourne, et, à brûle-pourpoint :)

« Quance qui vient, M. Renaud ?

— Je sais-t'y, moi ? Il te l'écrira. Allons, trotte ! »

En attendant la tine, je me penche par la fenêtre. On ne voit rien, dans la rue, que des toits qui dégringolent. En raison de la pente excessive, chaque maison a son premier étage au niveau du rez-de-chaussée de celle qui la précède. Assurément, la pente raide s'est accrue pendant mon absence ! J'aperçois le coin de la rue des Sœurs, qui va tout droit, je veux dire tout de travers, à l'école... Si j'allais voir Mademoiselle ? Non, je ne suis pas assez jolie... Et puis, j'y trouverais peut-être la petite Hélène, cette future Rézi... Non, non plus d'amies, plus de femmes !... Je secoue ma main, les doigts écartés, avec la gêne un peu dégoûtée que cause un long cheveu lisse, accroché aux ongles...

Je me glisse pieds nus jusqu'au salon... Ces vieux fauteuils, comme leurs déchirures savent me sourire ! Ici, tout est en place. Deux ans de pénitence à Paris n'ont point attristé leurs dos ronds, leurs jolis pieds Louis XVI que blanchit un reste de peinture... Cette Mélie, quelle cruche ! Le vase bleu que, pendant quinze ans, j'ai vu à la gauche du vase vert, elle l'a posé à droite ! Vite, je remets en place les choses, je soigne et parachève le décor de presque toute ma vie. Rien ne manque, en vérité, que ma joie d'alors, que mon allègre solitude...

* Grande terrine, ou cuveau de bois.

De l'autre côté des persiennes tirées contre le soleil, c'est le jardin... Non, jardin, non, je ne te verrai que dans une heure ! Tu m'émeus si fort, du seul murmure de tes feuilles, il y a si longtemps que je n'ai mangé de la verdure !

Papa croit que je dors. Ou bien, il a oublié que je suis arrivée. Ça ne fait rien. J'irai dans son antre lui extirper quelques malédictions, tout à l'heure. Fanchette me suit pas à pas, craint une évasion. « Ma fiiille ! Ne crains rien ! sache que ma dépêche disait : *vêtements et linge pour séjour indéterminé...* » Indéterminé. Qu'est-ce que ça veut dire ? Je n'en sais trop rien. Mais il me semble bien que je suis ici pour longtemps, longtemps... Ah ! qu'il fait bon dépayser son mal !

Ma courte matinée s'écoule dans le jardin enchanté. Il a grandi. Le locataire passager n'a touché à rien, pas même, je crois, à l'herbe des allées...

Le noyer énorme porte mille et mille noix pleines. Et rien qu'à respirer l'odeur funèbre et forte d'une de ses feuilles froissées, mes yeux se ferment. Je m'accote à lui, qui protège le jardin et le dévaste, car la froideur de son ombre tue les roses. Qu'importe ? rien n'est plus beau qu'un arbre, — que celui-là. Au fond, contre le mur de la mère Adolphe, les deux sapins frères saluent de la tête sans rire, raides dans leur vêture sombre qui sert pour toutes les saisons...

La glycine qui escalade le toit a défleuri ses grappes charmantes... Tant mieux ! je pardonne difficilement aux fleurs de glycine d'avoir paré les cheveux de Rézi...

Inerte au pied du noyer, je m'écoute redevenir plante. Là-bas, la montagne aux Cailles bleuit et s'éloigne ; il fera beau demain, si Moustiers n'est pas couvert.

« Ma guéline ! aga une lettre ! »

... Une lettre... Déjà... que la trêve est courte ! Ne pouvait-il me laisser un peu de temps, encore un peu de soleil et de vie animale ? Je me sens toute petite et timide devant la peine qui va m'assaillir... Effacer, effacer tout ce qui fut, et recommencer toute neuve... hélas !

Mon enfant chérie...

(Il pouvait aussi bien s'en tenir là. Je sais tout ce

qu'il va me dire. Oui, j'étais son enfant ! Pourquoi m'a-t-il trompée ?)

Mon enfant chérie, je ne puis me consoler de ta peine. Tu as fait ce que tu devais faire, et je ne suis qu'un homme misérable qui t'aime avec désolation. Tu sais, Claudine, tu es sûre pourtant qu'une imbécile curiosité m'a seule poussé à cela, *aussi ce n'est pas de* cela *que je me sens coupable ; je te le dis au risque d'aggraver ta rigueur. Mais je t'ai fait du mal, et je ne puis trouver de repos. Je t'envoie tout ce que tu m'as demandé. Je te confie au pays que tu aimes. Songe qu'à travers tout tu es ma tendresse et ma ressource uniques. Ma « jeunesse », comme tu disais quand tu riais encore en levant les yeux vers moi, ma triste jeunesse d'homme déjà vieux, est partie tout d'un coup avec toi...*

Que j'ai mal, que j'ai mal ! Je sanglote, assise par terre, la tête au flanc rude du noyer. J'ai mal de ma peine ; j'ai mal, hélas ! de la sienne... Je ne savais pas encore ce que c'était qu'un « chagrin d'amour », m'en voilà deux à présent ; et je souffre du sien plus encore que du mien... Renaud, Renaud !...

Je m'engourdis à cette place, mon chagrin se fige lentement. Mes yeux cuisants suivent le vol d'une guêpe, le « frrt » d'un oiseau, le trajet compliqué d'une jardinière... Comme le bleu de ces aconits est bleu ! D'une belle couleur nourrie, forte et commune... D'où vient cette haleine miellée, qui fleure l'essence d'Orient et le gâteau à la rose ?... C'est le grand rosier cuisse-de-nymphe qui m'encense... Pour lui, je me dresse sur mes pieds travaillés de fourmis, je vais à sa rencontre.

... Tant de roses, tant de roses ! je voudrais lui dire : « Repose-toi. Tu as assez fleuri, assez travaillé, assez épuisé ta force et tes parfums... » Il ne m'écouterait pas. Il veut battre le record de la rose, en nombre et en odeur. Il a du fond, de la vitesse, il donne tout ce qu'il peut. Ses filles innombrables sont des roses jolies et petites, comme celles des images de piété, à peine teintées au bord des pétales avec un petit cœur de carmin vif. Une à une, elles pourraient sembler un peu bébêtes, — mais qui songerait à critiquer le manteau murmurant d'abeilles qu'elles ont jeté sur ce mur ?

... « Bourrique de cochon ! qu'on arrache la peau de cette bête infâme vomie par les enfers !... »

Pas de doute possible, c'est papa qui se manifeste. Heureuse de le voir, de me distraire à son extravagance, je cours. Je l'aperçois penché à une fenêtre du premier étage, celle de la bibliothèque. Sa barbe a un peu blanchi, mais elle roule toujours en fleuve tricolore sur sa vaste poitrine. Il lance du feu par les naseaux, et ses gestes consternent l'univers.

« Qu'est-ce que tu as, papa ?

— Cette chatte immonde a souillé de ses pattes, perdu à jamais mon admirable lavis ! Il faut la foutre par la fenêtre ! »

(Il commet donc des lavis, à présent ? Je tremble un peu pour ma fiiille...)

« Oh ! papa, tu lui as fait du mal ?

— Non, naturellement ! Mais j'aurais pu lui en faire et je l'aurais dû, entends-tu, fille de cornard ? »

(Je respire. À le voir si rarement, j'avais oublié l'innocuité de ses foudres.)

« Et toi, tu vas bien, ma Dine[1] ? »

(Sa voix infiniment tendre, cette appellation de ma toute petite enfance rouvrent en moi de jeunes fontaines ; j'écoute bruire, goutte à goutte, de clairs et fugaces souvenirs... Bon, voilà qu'il retonne !)

« Eh bien, bourrique, je te parle, il me semble ?

— Oui, cher papa, je vais bien. Tu travailles ?

— C'est m'offenser que d'en douter seulement. Tiens, lis ça, c'est paru de la semaine dernière ; la terre en a tremblé. Tous mes galapiats de collègues ont fait des gueules !... »

Il me jette le numéro des *Comptes Rendus* qui inséra sa précieuse communication.

(Malacologie, malacologie ! Tu dispenses à tes fidèles le bonheur, l'oubli de l'humanité et de ses misères... En feuilletant le fascicule d'un rose aimable, j'ai trouvé, moi, la vraie limace, ce mot qui se traîne, visqueux, sur ses cinquante-quatre lettres *Tétraméthyl-monophényl-sulfotriparia-amido-triphényl-méthane.* J'entends, hélas ! le rire de Renaud à une pareille trouvaille...)

« Tu permets, papa, que je garde la brochure ? Elle ne te fera pas défaut ?

— Non, répond-il, olympien, de sa fenêtre, j'en ai commandé dix mille tirages à part chez Gauthier-Villars[1].

— C'était prudent. À quelle heure déjeune-t-on ?

— Adresse-toi à la valetaille. Je ne suis que cerveau, je ne mange pas, je pense ! »

Il referme avec un fracas de tempête ses vitres qu'embrase le soleil.

Je le connais ; pour un homme qui n'est que cerveau, il va « penser » tout à l'heure un bifteck sérieux.

☆

Toute ma journée s'écoule à chercher, pas à pas, miette à miette, mon enfance éparse aux coins de la vieille maison ; à regarder, aux barreaux de la grille qu'a tordue la glycine puissante, changer et pâlir, puis violacer au loin la montagne aux Cailles. Les bois drus, d'un vert opaque et plein qui bleuit vers le soir, je ne veux les aimer que demain... Aujourd'hui, je panse mon mal, je le dorlote à l'abri. Trop de lumière, trop de vent pur, et les vertes ronces fleuries de rose pourraient effilocher l'ouate légère de guérison où s'enveloppe mon chagrin meurtri.

Dans le soir rougeoyant, j'écoute s'endormir le bienveillant jardin. Au-dessus de ma tête zigzague le vol noir et muet d'une petite rate-volage*... Un poirier de Saint-Jean, pressé et prodigue, laisse tomber un à un ses fruits ronds, flogres aussitôt que mûrs, et qui entraînent dans leur chute des guêpes tenaces... Cinq, six, dix guêpes au trou d'une petite poire... Elles tombent en continuant de manger, en battant seulement l'air de leurs ailes blondes... Ainsi battaient, sous mes lèvres, les cils dorés de Rézi...

Je n'ai pas tressailli, au souvenir de la traîtresse amie, avec le repliement douloureux que je redoutais. Celle-

* Chauve-souris.

là, ah ! je me doutais bien que je ne l'aimais pas...

Tandis que je ne puis, sans un cruel sursaut, sans joindre les mains d'angoisse, évoquer la grande taille de Renaud debout dans l'ombre de la chambre fleurie, guettant ma décision, ses tristes yeux craignant l'irréfutable...

« Ma Nonore, une dépêche pour toi ! »

(C'est trop à la fin ! Je me retourne menaçante, prête à détruire le papier bleu.)

« Y a une réponse payée. »

Je lis : *Prière instante de donner nouvelles santé.*

... Il n'a rien osé de plus. Il a songé à papa, à Mélie, à Mlle Mathieu, la directrice des postes. J'y songe aussi, moi, en répondant : *Voyage excellent. Père en bonne santé.*

☆

J'ai pleuré en dormant, et je ne me souviens pas de mon rêve, un rêve pourtant qui m'éveille oppressée, avec de grands soupirs tremblés. Le jour point, il n'est que trois heures. Les poules dorment encore, les moineaux seuls crient avec un bruit de pierraille remuée. Il fera beau, l'aube est bleue...

Je veux, comme lorsque j'étais petite fille, me lever avant le soleil, pour aller surprendre aux bois des Fredonnes le goût nocturne de la source froide, et les lambeaux de la nuit qui, devant les premiers rais, recule aux sous-bois et s'y enfonce...

Je saute à terre. Fanchette, endormie, dépossédée du creux de mes genoux écartés, roule comme un escargot sur elle-même, sans ouvrir un œil. Un petit gémissement : et elle presse de plus belle sa patte blanche sur ses yeux fermés. L'aube mouillée ne l'intéresse pas. Elle n'a de goût qu'aux nuits claires où, assise, droite, correcte comme une déesse-chatte d'Égypte, elle regarde rouler dans le ciel, interminablement, la blanche lune.

Ma hâte à me vêtir, cette heure indécise du petit matin me ramènent à des levers frissonnants de l'hiver, quand je partais pour l'école, gamine maigrelette, à travers le froid et la neige non balayée. Brave sous le capuchon rouge, je crevais de mes dents l'écorce des châtaignes bouillies, tout en glissant sur mes petits sabots pointus...

Je passe par le jardin, par-dessus les pointes de la grille. J'écris sur la porte de la cuisine, au charbon : « Claudine est sortie, elle rentrera pour le déjeuner »... Avant de franchir la grille, jupe relevée, je souris *à ma* maison, car il n'en est pas de plus mienne que cette grande case de granit gris, persiennes dépeintes et ouvertes, nuit et jour, sur des fenêtres sans défiance. L'ardoise mauve du toit se pare de petits lichens ras et blonds et, posées sur le pavillon de la girouette, deux hirondelles se rengorgent, pour faire gratter leur plastron offert et blanc, par le premier rayon aigu du soleil.

Mon apparition dans la rue dérange, insolite, les chiens préposés au service de voirie, et des chats gris fuient, silencieux et courbes. En sûreté sur le bord d'une lucarne, ils me suivent d'un regard jaune... Ils redescendront tout à l'heure, quand le bruit de mes pas aura décru au tournant de la rue...

Ces bottines de Paris ne valent rien pour Montigny. J'en aurai d'autres, moins fines, avec de petits clous dessous.

Le froid exquis de l'ombre bleue atteint ma peau déshabituée, pince mes oreilles. Mais là-haut, voguent des voiles légers, des gazes mauves, et le rebord des toits vient de se teindre, tout d'un coup, d'un rose violent de mandarine... Je cours presque vers la lumière, j'arrive à la porte Saint-Jean à mi-chemin de la colline, où une maison, misérable et gaie, plantée là toute seule, au bout de la ville, garde l'entrée des champs. Ici, je m'arrête avec un grand soupir...

Ai-je atteint la fin de mes peines ? Sentirai-je ici se mourir l'écho du coup brutal ? Dans cette vallée, étroite comme un berceau, j'ai couché, pendant seize ans, tous mes rêves d'enfant solitaire... Il me semble les voir dormir encore, voilés d'un brouillard couleur de lait, qui oscille et coule comme une onde...

Le claquement d'un volet rabattu me chasse du tas de pierres où je songeais, dans le vent qui me fait la bouche toute froide... Ce n'eſt pas aux gens de Montigny que j'ai affaire. Je veux descendre, passer ce lit de brume, remonter le chemin de sable jaune, jusqu'aux bois, effleurés à leur cime d'un rose brûlant... Allons !

Je marche, je marche, anxieuse et pressée, les yeux bas au long de la haie, comme si j'y cherchais l'herbe qui guérit...

Je rentre à midi et demi, plus défaite que si trois braconniers m'avaient troussée aux bois. Mais pendant que Mélie se lamente, je mire, avec un sourire inerte, mon visage las rayé d'une griffe rose près de la lèvre, mes cheveux feutrés de bardanes, ma jupe mouillée où le millet sauvage a brodé ses petites boules vertes et poilues. Ma chemise de linon bleu, craquée sous le bras, laisse monter à mes narines ce parfum chaud et moite qui affolait Ren... Non, je ne veux plus penser à lui !

Que les bois sont beaux ! Que la lumière eſt douce ! Au rebord des fossés herbeux, que la rosée eſt froide ! Si je n'ai plus trouvé, sous les taillis et dans les prés, le peuple charmant des petites fleurs minces, myosotis et silènes, narcisses et pâquerettes printanières..., si les sceaux de Salomon et les muguets ont défleuri, depuis longtemps, leurs cloches retombantes, j'ai pu du moins baigner mes mains nues, mes jambes frissonnantes, dans une herbe égale et profonde, vautrer ma fatigue au velours sec des mousses et des aiguilles de pin, cuire mon repos sans pensée au soleil rude et montant... Je suis pénétrée de rayons, traversée de souffles, sonore de cigales et de cris d'oiseaux, comme une chambre ouverte sur un jardin...

« C'eſt du propre, une si jolie robe ! blâme Mélie.

— ... M'eſt égal. J'en aurai d'autres. Ah ! Mélie, je crois que je ne serais pas rentrée, s'il ne fallait pas déjeuner !... Mais je suis toute morte de faim.

— C'eſt bon. Le manger eſt cuit... Si ça a du bon sens ! Et Monsieur qui huche après toi, et qui regarde en bœuvarsé* ! T'es bien la pareille qu'avant. Trôleuse, va ! »

* Regarder en bœuvarsé, c'eſt rouler de gros yeux, torves et inquiets, comme un bœuf tombé sur le flanc, un bœuf « versé ».

J'ai tant couru, tant regardé, tant aimé ce matin, que je reste au jardin tout l'après-midi. Le potager, encore non visité, me régale d'abricots chauds, de pêches âpres, que je déguste, à plat ventre, sous le grand sapin, un vieux Balzac étalé entre mes coudes.

Mon Dieu ! je me sens si légère d'esprit, si bienheureusement battue de fatigue, n'est-ce pas là le bonheur revenu, l'oubli, la solitude joyeuse d'autrefois ?

Je pourrais m'y tromper ; mais non, Mélie a tort, je ne suis plus la « pareille qu'avant » ; dans le jour déclinant, l'inquiétude point, le malaise revient, l'angoissant malaise qui me force à bouger, à changer de chambre, de fauteuil, de livre, comme on cherche une place fraîche dans un lit fiévreux... Je tourne à la cuisine, j'hésite longtemps... j'aide Mélie à battre une mayonnaise qui refuse de prendre... je lui demande enfin, l'air détaché :

« Il n'est pas venu de lettres pour moi, aujourd'hui ?

— Non, ma guéline : y avait que les journaux de Monsieur. »

J'ai dormi si lasse, que mes oreilles bourdonnaient, et que les muscles surmenés de mes mollets tressaillaient automatiquement. Mais mon sommeil ne fut pas agréable, traversé de rêves confus, que dominait une sensation énervée d'attente. Si bien que je m'attarde au lit ce matin, entre Fanchette et mon chocolat qui refroidit.

Fanchette, persuadée que je reviens pour elle seule, connaît depuis mon retour la joie parfaite, peut-être un peu trop parfaite. Je ne la tourmente pas assez. Il lui manque mon insistance taquine de jadis à la tenir debout sur ses deux pattes de derrière, à la suspendre par la queue, à la vanner, les pattes attachées deux à deux, en criant : « Voici le lièvre blanc qui pèse huit livres ! » Je ne suis que tendre, je la caresse sans la pincer, sans lui mordre les oreilles... Dame, Fanchette, on ne peut pas tout avoir ; ainsi, moi, par exemple...

Qui monte les marches du perron ? Le facteur, je pense... Pourvu que Renaud ne m'ait pas écrit !...

Mélie m'aurait déjà apporté sa lettre... Elle ne vient

pas. J'écoute pourtant avec mes oreilles, mes narines, toute tendue... Elle ne vient pas... Il n'a pas écrit... Tant mieux ! Qu'il oublie, et qu'il me laisse oublier !...

Ce soupir-là, qu'est-ce qu'il veut dire ? C'est un soupir de soulagement, je n'en veux pas douter. Mais me voici bien tremblante, pour une Claudine rassurée... Pourquoi n'a-t-il pas écrit ? Parce que je ne lui réponds pas... Parce qu'il craint de m'irriter davantage... Ou bien il a écrit, et déchiré sa lettre... Il a manqué le courrier... Il est malade !

D'un saut, je suis debout, repoussant la chatte décoiffée qui cligne des yeux, brusquement réveillée. Ce mouvement me rend la conscience, avec la honte de moi...

Mélie est si traînarde... Elle aura posé la lettre à la cuisine sur un coin de la table, près du beurre qu'on apporte entre deux feuilles de bette à carde... Ce beurre va tacher la lettre... Je tire un cordon qui déchaîne le vacarme d'une cloche de couvent.

« C'est pour ton eau chaude, ma servante ?

— Oui, pardi... Dis donc, Mélie, le facteur n'a rien donné pour moi ?

— Non, mon guélin. »

Ses yeux bleus fanés se plissent d'un attendrissement égrillard :

« Ah ! ah ! le temps te dure après ton homme ? Saprée jeune mariée, va ! Ça te démange !... »

Elle s'en va en riant tout bas. Je tourne le dos à ma glace pour n'y plus voir l'expression de ma figure...

Mon courage enfin ressaisi, je monte, à la suite de Fanchette, au grenier qui fut tant de fois mon refuge, pendant les pluies tenaces. Il est vaste et sombre, les draps de la lessive pendent aux rouleaux de bois du séchoir ; un amas de livres demi-rongés occupe tout un coin, une antique chaise percée, à qui un pied manque, attend, béante, le séant d'un fantôme... Une grande manne d'osier recèle des restes de papiers à tentures, qui datent de la Restauration : fond jaune colique à rayures prune, simili-treillages verts où grimpe une végétation compliquée, où voltigent d'improbables oiseaux vert courge... Tout cela pêle-mêle avec les débris d'un vieil herbier, où j'admirais, avant de les détruire, les délicats squelettes de plantes rares venues je ne sais d'où... Il en reste encore, que je feuillette, respirant la suave vieille poussière un peu pharmaceutique, papier moisi, plantes mortes, fleurs de tilleul cueillies la semaine passée et qui sèchent sur un drap étalé... La lucarne levée, la *goulotte* encadre, comme autrefois, quand je lève la tête, le même petit paysage lointain et achevé : un bois à gauche, une prairie descendante, un toit rouge dans le coin... C'est composé avec soin, bébête et charmant.

On a sonné en bas... J'écoute les portes, les voix indistinctes, quelque chose comme un meuble lourd qu'on traîne... Pauvre Claudine endolorie, comme il suffit de peu maintenant pour t'émouvoir !... Je ne peux plus durer, j'aime mieux descendre à la cuisine.

« Où que t'étais donc, ma France ? Je t'ai chorchée, et puis j'ai pensé que t'avais encore parti trôler... C'est ta malle que M. Renaud envoye grande vitesse. Racalin l'a mussée dans ta chambre par le petit scaier. »

Cette grande malle de parchemin m'assombrit et m'agace comme un meuble de *là-bas*... Un de ses flancs porte encore un grand placard rouge à lettres blanches : HÔTEL DES BERGUES[1].

Il date de notre voyage de noces... J'avais prié qu'on laissât collée cette affiche, qui rendait la malle visible de très loin dans les gares... À l'Hôtel des Bergues... il a plu tout le temps, nous ne sommes pas sortis...

Je relève le couvercle avec violence, comme si je voulais jeter à bas le souvenir cher et cuisant, à figure d'espoir, qui se tient devant moi...

À première vue, je ne crois pas que la femme de chambre ait oublié grand-chose. La femme de chambre... Je vois ici la trace d'autres mains que les siennes... Sous les chemisettes d'été, sur le lit de linge fin et frais, enrubanné de neuf, ce n'est pas elle qui a posé le petit écrin vert... Le rubis que m'a donné Renaud y brille limpide, sang clair, vin riche et doux... J'ose à peine y toucher, non, non, qu'il dorme encore dans le petit écrin vert !

Dans le casier inférieur, on a couché mes robes, corsages vides, manches découragées, trois robes simples que je puis garder ici. Mais y garderai-je aussi cette boîte d'ancien vermeil, si jolie, qu'il m'a donnée, comme il m'a donné le rubis, comme il m'a donné tout ce que j'ai... On l'a remplie des bonbons que j'aime, fondants trop sucrés et chocolats mous... Renaud, méchant Renaud, si vous saviez[a] comme les bonbons sont amers, mouillés de larmes chaudes !...

J'hésite maintenant à soulever chaque pli, où se tapit le passé, où veille la tendre et suppliante sollicitude de celui qui m'a trahie... Tout ceci eſt plein de lui ; il a lissé de ses mains ces lingeries pliées, il a lié les rubans de ces sachets...

Lente, les yeux brouillés de pleurs, je tarde à vider ce reliquaire...

J'aurais voulu tarder plus encore ! Tout au fond, dans l'une de mes petites mules de maroquin, une lettre blanche eſt roulée. Je sais bien que je la lirai... mais comme c'est froid, ce papier fermé ! Comme il craque désagréablement, sous le tremblement de mes doigts ! Il faut le lire, quand ce ne serait que pour faire taire ce petit bruit odieux...

Ma pauvre enfant adorée, je t'envoie tout ce qui me reſte de toi, tout ce qui gardait encore ici ton parfum, un peu de ta présence. Ma chérie, toi qui crois à l'âme des choses, j'eſpère encore que celles-ci te parleront de moi sans colère. Me pardonneras-tu, Claudine ? Je suis mortellement seul. Rends-moi, — pas maintenant, plus tard, quand tu voudras bien, — non pas ma femme, mais seulement la chère petite fille que tu as emmenée. Parce que j'ai le cœur crevé de chagrin, en songeant que ta pâle petite figure intense sourit à ton père et qu'il me reſte à moi le cruel visage de Marcel. Je te supplie de te souvenir, quand tu seras moins triſte, qu'une ligne de ta main me sera chère et bénie comme une promesse...

« Lavoù que tu vas ? Et le manger qu'eſt servi ?

— Tant pis pour lui. Je ne déjeune pas. Tu diras à papa... ce que tu voudras, que je me promène jusqu'à la montagne aux Cailles... Je ne rentrerai que ce soir. »

En parlant, je fourre fébrilement dans un petit panier le croûton d'une miche cassée, des pommes de moisson, une cuisse de poulet que je chipe au plat dressé... Sûr que non, je ne déjeune pas ici ! Il me faut, pour lire dans mon trouble esprit, l'ombre tigrée de soleil, et la beauté des bois comme conseillère...

Je suis sans m'arrêter, malgré le rude soleil, l'étroit chemin des Vrimes, fossé plutôt que chemin, creusé et sableux comme un lit de rivières. Mes pas font fuir les verdelles* couleur d'émeraude, si peureuses que je n'ai jamais pu en capturer une seule ; au-devant de moi se lèvent en nuée les papillons communs, beiges et marron comme des laboureurs. Un morio passe, zigzaguant, effleure la haie, comme s'il avait peine à soulever plus haut le lourd velours brun de ses ailes... De loin en loin, un mince sillon ondulé moule en creux le sable de la route : une couleuvre a passé là, ardoisée et brillante. Peut-être qu'elle portait en travers de sa petite bouche plate de tortue, les pattes vertes d'une grenouille encore gigotante...

Je me retourne souvent, pour voir diminuer la tour sarrasine ourlée de lierre, et le château décrépit. Je veux aller jusqu'à ce petit pavillon de garde-chasse, qui depuis cent ans peut-être a perdu le plancher de son unique étage, ses fenêtres, sa porte, et jusqu'à son nom... Car il s'appelle ici « la-petite-maison-où-il-y-a-tant-de-saletés-écrites-sur-les-murs ». C'est comme ça. Et c'est bien vrai qu'on n'a jamais vu — gravées, charbonnées, accentuées d'esquisses au couteau ou à la craie, en long, en large, enchevêtrées — autant d'obscénités, de grosses scatologies naïves. Mais je n'ai que faire de la petite maison hexagone où pèlerinent le dimanche les gars insulteurs et les filles en bandes sournoises... Je veux le bois qu'elle garda jadis, et que ne souille pas la jeunesse endimanchée, parce qu'il est trop serré, trop silencieux, coupé de gouillas[1] humides d'où fusent des fougères...

Affamée, la pensée endormie, je mange comme un bûcheron, mon panier au creux des genoux. Jouissance pleine de se sentir une brute vivace, accessible seulement à la saveur du pain qui craque, de la pomme farineuse ! Le doux paysage éveille en moi une sensualité presque semblable au ravissement de la faim que j'assouvis : ces bois égaux et sombres sentent la pomme,

* Grand lézard vert.

ce pain frais est gai comme le toit de tuile rose qui les troue...

Puis, couchée sur le dos, les bras en croix, j'attends l'heureuse torpeur.

Personne aux champs. Qu'y ferait-on ? On ne cultive rien. L'herbe pousse, le bois mort tombe, le gibier vient au collet. Les gobettes en vacances mènent les moutons au long des talus, — et tout à cette heure sieste, comme moi. Un buisson de ronce en fleur exhale sa trompeuse odeur de fraise. La ramure basse d'un chêne rabougri m'abrite comme l'auvent d'une maison...

Tandis que je rampe pour changer mon lit d'herbe fraîche, un grignotement de papier froissé chasse le sommeil proche... La lettre de Renaud palpite dans mon corsage, la lettre qui supplie...

« Ma pauvre enfant adorée »... « la chère petite fille que tu as emmenée »... « ta pâle petite figure intense »...

Il a écrit, pour la première fois peut-être, sans peser les mots qu'il écrivait, il a écrit sans littérature, lui que, d'habitude, la répétition d'un mot, à deux lignes d'intervalle, choque comme une tache d'encre à son doigt[1]...

Cette lettre-là, je la porte comme une fiancée, près de mon cœur. Avec l'autre, celle d'avant-hier, ce sont les deux seules lettres d'amour que j'aie reçues, puisque, dans le temps de nos brèves accordailles, Renaud vivait tout près de moi, et que, depuis, joyeuse, docile ou indifférente, j'ai toujours suivi son humeur voyageuse et mondaine[2]...

... Qu'ai-je fait de bon, pour lui et pour moi, en dix-huit mois[3] ? Je me suis réjouie de son amour, attristée de sa légèreté, choquée de ses façons de penser et d'agir — tout cela sans rien dire, en fuyant les explications, et j'en ai voulu plus d'une fois à Renaud de mon propre silence...

J'ai mis de l'égoïsme à souffrir sans chercher de remède ; de l'orgueil routinier à blâmer silencieusement. Pourtant, que n'eût-il pas fait pour moi ? Je pouvais tout obtenir de sa tendresse empressée ; il m'aimait assez pour me conduire, — si je l'y eusse d'abord guidé. Je lui ai demandé... une garçonnière !

Tout est à recommencer. Tout est, Dieu merci, recommençable. « Mon cher grand, lui dirai-je, je vous ordonne de me dominer !... » Je lui dirai encore... tant d'autres choses...

... Que l'heure coule, que le soleil tourne, que sortent du bois les papillons délicats au vol incertain et déjà nocturne, qu'une petite chouette timide, sociable et éblouie se montre trop tôt à la lisière du bois, et clignote, que le taillis s'anime, au tomber du jour, de mille bruits inquiets, de cris menus, je n'y prête que des oreilles distraites, des yeux absents et tendres... Me voici debout, étirant mes bras engourdis, mes jarrets courbaturés, puis fuyant vers Montigny talonnée par l'heure... l'heure du courrier, pardi ! Je veux écrire, écrire à Renaud.

Ma résolution est prise... Ah ! qu'il m'en a peu coûté.

Cher Renaud, je suis embarrassée pour vous écrire, parce que c'est la première fois. Et il me semble que je ne pourrai jamais vous dire tout ce que je veux vous dire avant que parte le courrier du soir.

J'ai à vous demander pardon d'être partie, et à vous remercier de m'avoir laissée partir. J'ai mis quatre jours à comprendre, toute seule dans ma maison et dans mon chagrin, ce dont vous m'eussiez convaincue en peu de minutes.... Pourtant je crois que ces quatre jours n'ont pas été perdus.

Vous m'avez écrit toute votre tendresse, cher grand, sans me parler de Rézi, sans me dire « tu as fait avec elle ce que moi-même j'ai fait, avec si peu de différence... ». Ç'eût été très raisonnable, pourtant, d'une logique à peine boiteuse... Mais vous saviez que ce n'était pas la même chose... *et je vous suis reconnaissante de ne me l'avoir pas dit.*

Je ne voudrais plus, plus jamais, vous causer de chagrin, mais il faut que vous m'y aidiez, Renaud. Oui, je suis votre enfant — pas rien que votre enfant — une fille trop choyée à qui vous devez parfois refuser ce qu'elle demande. J'ai désiré Rézi et vous me l'avez donnée comme un bonbon... Il faut m'apprendre qu'il y a des gourmandises nuisibles, et qu'à tout prendre on doit se méfier des mauvaises marques... Ne craignez pas, cher Renaud, d'attrister votre Claudine en la grondant. Il me plaît de dépendre de vous, et de craindre un peu un ami que j'aime tant.

Je veux encore vous dire ceci : c'est que je ne retournerai pas à Paris[1]. *Vous m'avez confiée au pays que j'aime, venez donc m'y retrouver, m'y garder, m'y aimer. Si vous devez me quitter quelquefois, par force ou par envie, je vous attendrai ici fidèlement, et sans défiance. Il y a dans ce Fresnois assez de beauté, assez de tristesse, pour que vous n'y craigniez pas l'ennui, si je reste auprès de vous. Car j'y suis plus belle, plus tendre, plus honnête.*

Et puis venez, parce que je ne peux plus durer sans vous. Je vous aime, je vous aime, c'est la première fois que je vous l'écris. Venez ! Songez que je viens d'attendre pendant quatre longs jours, mon cher mari, que vous ne soyez plus trop jeune pour moi... !

APPENDICE

LETTRE DE CLAUDINE À RENAUD, PARUE DANS « LE DAMIER » D'AVRIL 1905

Montigny, 19 juillet.

Mon cher Renaud,

Tout va bien ici depuis votre départ. L'âme de Mme Millet-Robinet, auteur de *La Maison rustique des dames*[1], plane, gardienne, sur votre royaume et préserve de tout mal vos trois esclaves : Claudine, Toby-Chien[2] et Fanchette. Il n'y a point de présomption à espérer que celle-ci, ma blanche fille, me rendra bientôt grand-mère pour la dix-septième fois. Pour la dix-septième fois, je confierai aux oubliettes les cadavres de deux, trois, quatre ou cinq nouveau-nés... J'ai purgé Toby-Chien et semé des radis. Les abricotiers de plein vent, malmenés par la bise de montagne[3], laissent choir trop tôt leurs fruits que Mélie cuit en compote. Et patiapatia[4].

Êtes-vous rassuré, Renaud ? Repliez cette lettre, et que le fer à repasser de la sécurité, comme dirait Maugis, efface entre vos sourcils la ride de la jalousie... La jalousie ! J'ai pensé, j'ai écrit le mot, le méchant mot qui déchaîne vos colères... Ô Renaud ! vous êtes loin, je peux vous braver, et rire, et danser de nervosité. Je veux, à l'abri de vos regards bleu-noir[5], de vos traîtres bras si forts, de vos caresses menaçantes et de tous vos tonnerres d'enfant gâté, discourir sur la jalousie...

... La vôtre ! De la mienne, il ne saurait être question ici. Je suis un cas vulgaire, une jalouse banale, une ombrageuse et sensible cousette... Il n'y a pas un de vos sourires, égarés vers les yeux d'une autre femme, qui n'ait suscité au fond de moi la plus ordinaire envie de tuer... C'est sans ragoût et sans importance.

Mais votre jalousie ! Votre tardive et maladroite et rétrospective jalousie ! Elle est ma gloire, mon agacement, mon jouet et ma tristesse. Cela vous est venu on ne sait comment, on ne sait pourquoi, comme vient l'amour même. Par la seule force de votre jalousie vous avez ressuscité l'ombre de femme qui eſt debout entre nous deux : Rézi... Le jour où vous m'avez crié, ô méchant, avec quels yeux vindicatifs : « Tu l'as aimée ! », j'ai plié sous un soudain et fatigant bonheur, comme si pour la première fois vous m'aviez crié : « Je t'aime ».

Mon nonchalant, mon complaisant ami d'autrefois, — mon tyrannique maître d'à présent[1], sachez-le : Je ne ferai rien pour guérir votre jalousie. Connaissez enfin tout l'amour, l'amour pesant et qui suffit à remplir, au point de la faire déborder en larmes, en cris de joie, en secrète et suave mélancolie, ma vie d'amante oisive.

Oui, je l'ai aimée, si c'eſt aimer que de désirer jusqu'à la brûlure, que souhaiter — oh ! passagèrement — la mort d'une créature pour toutes les autres, que songer — passagèrement, je vous dis ! — à la fuite avec elle, à sa séqueſtration voluptueuse[2]...

Je l'ai aimée... mais je ne l'aime plus. Je puis sourire sans feinte, mon jaloux, quand vous me jetez son nom à la figure, brutalement, pour voir si je pâlirai, si je tressaillirai... Cher écolier en jalousie, à ce nom transparent et acide, qui sent la groseille : « Rézi », je vois du blond, du blanc, un regard ambré qui vacille... attendez !... je vois mieux : le velours d'une pêche a caressé mes doigts... un menteur et simple parfum d'iris blanc élargit en cercles ses ondes autour de moi... adieu ! elle eſt partie, traînant l'or de ses cheveux en queue de comète[3]...

Mais dans le jardin, ce matin, un iris blanc a fleuri à côté de moi, soudain ; j'ai entendu son déchirement léger de soie... Mais sur l'espalier, contre le mur chaud brodé de lézards, une pêche mûrit, inexplicablement hâtive, et son duvet tente mes doigts... Mais le champ de maïs secoue au vent mille chevelures d'or verdissant...

Souffrez, mon chéri, souffrez un bon coup ! Soyez tout crispé de chagrin et d'impuissance, tout foncé de colère sous vos cheveux presque blancs, tout jeune d'un désir de vengeance ! Tout cela, c'eſt pour vous punir d'être loin de moi.

Vous m'avez — précaution inutile ! — enfermée dans ma maison des champs, sous la garde de mes rideaux de perse, de Toby-Chien et de la vieille Mélie[4]. Quel enfantillage ! je ne vous trahis jamais autant que dans la solitude. Le fait de vivre sans vous complique ma vie d'une manière si anormale que tous mes geſtes en deviennent défendus. Je me suis promenée seule au chemin des Vrimes, serpent de sable blond bordé de digitales roses, — mais n'auriez-vous pas préféré avec moi celui des Fredonnes ? Et cette escapade, digne d'autrefois, de m'en aller au jour levant voir s'éveiller, au long des blés, les merles alourdis[5], ne l'eussiez-vous pas blâmée, au point de me garder de force contre vous au creux du lit tiède ?... Tenez, je cache dans un tiroir l'abricot mi-vert, marqué du double croissant de mes dents : je crois bien que je l'ai volé à l'espalier, puisque votre main ne me l'a pas tendu...

Revenez ! Vous avez enfermé le loup dans la bergerie ! Revenez, tout complote contre vous ! Redoutez que la mémoire du passé revienne à votre Claudine dans sa maison enchantée, ô prudent, imprudent mari...

Revenez, pour vous pencher sur mes yeux jaunes dans ma figure hâlée, pour y lire que ceci n'est qu'un jeu méchant d'amoureuse dépossédée de vous.

CLAUDINE.

Pour copie conforme :
COLETTE WILLY[1].

COLETTE & WILLY

CLAUDINE S'EN VA

Claudine s'en va

(Journal d'Annie)

Il eſt parti ! Il eſt parti ! Je le répète, je l'écris, pour savoir que cela eſt vrai, pour savoir si cela me fera mal. Tant qu'il était là, je ne sentais pas qu'il partirait. Il s'agitait avec précision. Il donnait des ordres nets, il me disait : « Annie, vous n'oublierez pas... » puis, s'interrompant : « Mon Dieu, quelle pauvre figure vous me faites ! J'ai plus de chagrin de votre chagrin que de mon départ ! » Eſt-ce que je lui faisais une si pauvre figure ? Je n'avais pas de peine, puisqu'il était encore là.

À l'entendre me plaindre ainsi je frissonnais, repliée et craintive, je me demandais : « Eſt-ce que vraiment je vais avoir autant de chagrin qu'il le dit ? c'eſt terrible ! »

À présent, c'eſt la vérité : il eſt parti ! Je crains de bouger, de respirer, de vivre. Un mari ne devrait pas quitter sa femme, quand c'eſt ce mari-là, et cette femme-là.

Je n'avais pas encore treize ans, qu'il était déjà le maître de ma vie. Un si beau maître ! un garçon roux, plus blanc qu'un œuf, avec des yeux bleus qui m'éblouissaient. J'attendais ses grandes vacances, chez grand-mère Lajarrisse[1] — toute ma famille — et je comptais les jours. Le matin venait enfin où, en entrant dans ma chambre blanche et grise de petite nonne (à cause des cruels étés de là-bas, on blanchit à la chaux, et les murs reſtent frais et neufs dans l'ombre des persiennes), en entrant, elle disait : « Les fenêtres de la chambre d'Alain sont ouvertes, la cuisinière les a vues en revenant de ville. » Elle m'annonçait cela tranquillement, sans se douter qu'à ces seuls mots je me recroquevillais, menue, sous mes draps, et que je remontais mes genoux jusqu'à mon menton...

Cet Alain ! je l'aimais, à douze ans, comme à présent, d'un amour confus et épouvanté, sans coquetterie et sans ruse. Chaque année, nous vivions côte à côte, pendant tout près de quatre mois (parce qu'on l'élevait en Normandie dans une de ces écoles genre anglo-saxon, où les vacances sont longues[1]). Il arrivait, blanc et doré, avec cinq ou six taches de rousseur sous ses yeux bleus et il poussait la porte du jardin comme on plante un drapeau sur une citadelle. Je l'attendais, dans ma petite robe de tous les jours, n'osant pas, de peur qu'il le remarquât, me parer pour lui. Il m'emmenait, nous lisions, nous jouions, il ne me demandait pas mon avis, il se moquait souvent, il décrétait : « Nous allons faire ceci, vous tiendrez le pied de l'échelle ; vous tendrez votre tablier pour que je jette les pommes dedans... » ; il passait son bras autour de mes épaules et regardait autour de lui d'un air méchant, comme pour dire : « Qu'on vienne me la prendre ! » Il avait seize ans, et moi douze[a].

Quelquefois — c'est un geste que j'ai fait encore hier, humblement — je posais sur son poignet blanc ma main hâlée et je soupirais : « Comme je suis noire ! » Il montrait ses dents carrées dans un sourire orgueilleux et répondait : « *Sed formosa*[2], chère Annie. »

Voici une photographie de ces temps-là. J'y suis brune et sans épaisseur, comme maintenant, avec une petite tête un peu tirée en arrière par les cheveux noirs et lourds, une bouche en moue qui implore... « je ne le ferai plus », et, sous des cils très longs plantés en abat-jour, droits comme une grille, des yeux d'un bleu si liquide qu'ils me gênent quand je me mire, des yeux ridiculement clairs, sur cette peau de petite fille kabyle. Mais puisqu'ils ont su plaire à Alain...

Nous avons grandi très sages, sans baisers et sans gestes vilains. Oh ! ce n'est pas ma faute. J'aurais dit « oui », même en me taisant. Souvent, près de lui, au jour finissant, j'ai trouvé trop lourde l'odeur des jasmins, et j'ai respiré péniblement, la poitrine étreinte... Comme les mots me manquaient pour avouer à Alain : « Le jasmin, le soir, le duvet de ma peau que caressent mes lèvres, c'est vous... » ; alors, je fermais ma bouche, et j'abaissais mes cils sur mes yeux trop clairs, dans une attitude si habituelle qu'il ne s'est jamais douté de rien, jamais... Il est aussi honnête qu'il est beau.

À vingt-quatre ans, il a déclaré : « Maintenant, nous allons nous marier », comme il m'aurait dit, onze ans auparavant : « À présent, nous allons jouer aux sauvages. »

Il a toujours si bien su ce que je devais faire, que me voici, sans lui, comme un inutile joujou mécanique dont on a perdu la clef. Comment saurai-je, à présent, où est le bien et le mal ?

Pauvre, pauvre petite Annie égoïste et faible ! Je me lamente sur moi en pensant à lui. Je l'ai supplié de ne pas partir... en peu de paroles, car son affection, toujours retenue, craint les expansions vives : « Cet héritage, ce n'est peut-être pas grand-chose... nous avons assez d'argent, et c'est chercher bien loin une fortune peu certaine... Alain, si vous chargiez quelqu'un... » L'étonnement de ses sourcils a coupé ma phrase maladroite ; mais j'ai repris courage : « Eh bien, alors, Alain, emmenez-moi. »

Son sourire plein de pitié ne m'a pas laissé d'espoir : « Vous emmener, ma pauvre enfant ! délicate comme vous l'êtes, et... si mauvaise voyageuse, soit dit sans vous blesser. Vous voyez-vous supportant la traversée jusqu'à Buenos Aires ? Songez à votre santé, songez — c'est un argument qui vous touchera, je le sais — à l'embarras que vous pourriez m'être. »

J'ai abaissé mes paupières, ce qui est ma façon de rentrer chez moi, et j'ai maudit silencieusement mon oncle Etchevarray, tête brûlée qui disparut, il y a quinze ans, sans donner de nouvelles. Le déplaisant toqué, qui s'avise de mourir riche dans des pays qu'on ne connaît pas, et de nous laisser des, quoi ?... des estancias où l'on élève des taureaux, « des taureaux qui se vendent jusqu'à six mille piastres, Annie ». Je ne me rappelle même pas combien cela fait, en francs...

La journée de son départ n'est pas encore finie que me voici écrivant en cachette dans ma chambre, sur le beau cahier qu'il m'a donné pour que j'y tinsse mon « Journal de son voyage » et relisant l'« Emploi du temps » que m'a laissé sa ferme sollicitude.

« Juin. — Visites chez Mme X..., Mme Z..., et Mme T... (*important*).

« Une seule visite à Renaud et Claudine, ménage réellement trop fantaisiste pour une jeune femme dont le mari voyage au loin.

« Faire payer la facture du tapissier pour les grandes bergères du salon et le lit canné. *Ne pas marchander,* car le tapissier fournit nos amis G... et pourrait clabauder.

« Commander les costumes d'été d'Annie. Pas trop de "genre tailleur[1]", des robes claires et simples. Que ma chère Annie ne s'entête pas à croire que le rouge ou l'orange vif lui éclaircissent le teint.

« Vérifier les livres des domestiques chaque samedi matin. Que Jules n'oublie pas de dépendre la verdure de mon fumoir, et qu'il la roule sous poivre et tabac[2]. C'est un assez bon garçon, mais mou, et il fera son service avec négligence, si Annie n'y veille elle-même.

« Annie sortira à pied dans les avenues, et ne lira pas trop de fadaises, pas trop de romans naturalistes[3] ou autres.

« Prévenir à l'"Urbaine[4]" que nous donnons congé le 1er juillet. Prendre la victoria à la journée pendant les cinq jours qui précéderont le départ pour Arriège.

« Ma chère Annie me fera beaucoup de plaisir en consultant souvent ma sœur Marthe[5] et en sortant souvent avec elle. Marthe a un grand bon sens et même du sens pratique sous des dehors un peu libres. »

Il a songé à tout ! Et je n'ai pas, même une minute, la honte de mon... de mon incapacité ?... inertie serait peut-être plus juste, ou passivité. La vigilance active d'Alain absorbe tout et m'ôte le moindre souci matériel. J'ai voulu, la première année de notre mariage, secouer ma silencieuse oisiveté de petite pays-chaud. Alain eut tôt fait de rabattre mon beau zèle : « Laissez, laissez, Annie, c'est fait, je m'en suis occupé... » « Mais non, Annie, vous ne savez pas, vous n'avez aucune idée... ! »

Je ne sais rien — qu'obéir. Il m'a appris cela, et je m'en acquitte comme de la seule tâche de mon existence, avec assiduité, avec joie. Mon cou flexible, mes bras pendants, ma taille un peu trop mince et qui plie, jusqu'à mes paupières qui tombent facilement et disent « oui », jusqu'à mon teint de petite esclave,... me prédestinaient à obéir. Alain me nomme souvent ainsi « petite esclave », il dit cela sans méchanceté, bien sûr, avec seulement un léger mépris pour ma race brune. Il est si blanc !

Oui, cher « Emploi du temps », qui me guidez encore en son absence et jusqu'à sa première lettre, oui, je donnerai congé à l'« Urbaine », je surveillerai Jules, je vérifierai les livres des domestiques (hélas !), je ferai mes visites et je verrai souvent Marthe.

Marthe, c'est ma belle-sœur, la sœur d'Alain. Quoiqu'il la blâme d'avoir épousé un romancier, pourtant connu, mon mari lui reconnaît une intelligence vive et désordonnée, une lucidité brouillonne. Il dit volontiers : « Elle est adroite. » Je n'arrive pas à démêler très bien la valeur de ce compliment.

En tout cas, elle joue de son frère avec un doigté infaillible, et je crois bien qu'Alain ne le devine pas. Avec quel art elle sauve le mot risqué qu'elle vient de laisser échapper, avec quelle maîtrise elle escamote un sujet de conversation dangereux ! Quand j'ai fâché mon seigneur et maître, je reste là toute triste, sans même implorer ma grâce ; Marthe, elle, rit à son nez, ou admire à propos une remarque qu'il vient de faire, dénigre à coups de mots drôles un raseur particulièrement odieux — et Alain déplisse ses durs sourcils.

Adroite, certes, de l'esprit et des mains. Je la regarde ébahie, lorsque, en bavardant, elle fait éclore sous ses doigts un adorable chapeau, ou un jabot de dentelle, avec le chic d'une « première[1] » de bonne maison. Marthe n'a rien pourtant du trottin. Assez petite, potelée, la taille serrée et très mince, une croupe avenante et mobile, elle porte droite une tête flambante de cheveux roux doré (les cheveux d'Alain) éclairée encore par de terribles yeux gris. Une figure de petite pétroleuse — au sens communard du mot — qu'elle arrange très joliment en minois XVIIIe siècle. De la poudre de riz, du rouge aux lèvres, des robes bruissantes en soies peintes à guirlandes, le corsage à pointe et les talons très hauts — Claudine (l'amusante Claudine qu'il ne faut pas trop voir) l'appelle souvent « marquise pour barricades ».

Cette Ninon[1] révolutionnaire a su asservir — là encore je reconnais le sang d'Alain — le mari qu'elle a conquis après une courte lutte. Léon, c'est un peu l'Annie de Marthe. Quand je pense à lui, je l'appelle « ce pauvre Léon ». Pourtant il n'a pas l'air malheureux. Il est brun, régulier, joli garçon, la barbe en pointe et l'œil en amande, avec des cheveux doux et plats. Un type parfaitement français et modéré. On lui voudrait plus de saccade dans le profil, plus de carrure dans le menton, de brusquerie dans l'arcade sourcilière, moins de condescendance dans ses yeux noirs. Il est un peu — c'est méchant ce que j'écris là — un peu « premier à la soie[2] », prétend cette peste de Claudine qui l'a nommé un jour : « *Et-avec-ça-Madame ?* » Et l'étiquette est restée à ce pauvre Léon, que Marthe traite en propriété de rapport.

Elle l'enferme régulièrement trois ou quatre heures par jour, moyennant quoi il fournit, m'a-t-elle confié, un bon rendement moyen d'un roman deux tiers par an, « le strict nécessaire », ajoute-t-elle.

Qu'il y ait des femmes douées d'assez d'initiative, de volonté quotidienne — et de cruauté aussi — pour édifier et soutenir un budget, un train de vie, sur le dos penché d'un homme qui écrit, qui écrit, et qui n'en meurt pas, cela me dépasse. Je blâme quelquefois Marthe, et puis je l'admire avec un peu d'effroi.

Constatant son autorité masculine qui a su exploiter la docilité de Léon, je lui ai dit, un jour de grande hardiesse :

« Marthe, toi et ton mari vous êtes un ménage contre nature. »

Elle m'a regardée stupéfaite, et puis elle a ri à s'en trouver mal :

« Non, cette Annie, elle vous a des mots ! Tu ne devrais jamais sortir sans un Larousse. Un ménage contre nature ! Heureusement que je suis toute seule pour t'entendre, par les modes qui courent... »

Mais Alain est parti tout de même ! je ne peux pas l'oublier longtemps dans mon bavardage intime. Que faire ? Ce fardeau de vivre seule m'accable... Si j'allais à la campagne, à Casamène[1], dans la vieille maison que nous a laissée grand-mère Lajarrisse, pour n'y voir personne, personne jusqu'à son retour ?...

Marthe est entrée, balayant de ses jupes raides, des sabots[2] de ses manches, mes beaux projets ridicules. J'ai caché mon cahier, très vite.

« Toute seule ? Viens-tu chez le tailleur ? Toute seule dans cette chambre triste ! La veuve inconsolée, quoi !... »

Sa plaisanterie mal venue — sa ressemblance aussi avec son frère, malgré la poudre, le chapeau Trianon[3] et la haute ombrelle — m'arrachent de nouvelles larmes.

« Bon, ça y est ! Annie, tu es la dernière des... épouses. Il reviendra, je te dis ! J'imaginais, moi simple, moi indigne, que son absence te donnerait (les premières semaines du moins) une impression de vacances, d'escapade...

— D'escapade, oh ! Marthe...

— Quoi, oh ! Marthe ?... C'est vrai que ça sonne le vide, ici », dit-elle en tournant par la chambre, ma chambre, où le départ d'Alain n'a pourtant rien changé.

J'essuie mes yeux, ce qui prend toujours un peu de temps parce que j'ai beaucoup de cils. Marthe dit en riant que j'ai « des cheveux au bout des yeux ».

Elle est appuyée des deux coudes à la cheminée, me tournant le dos. Elle porte, un peu tôt pour la saison, je trouve, une robe de voile bis à petites roses démodées, une jupe montée à fronces et un fichu croisé qui sont de Mme Vigée-Lebrun, avec des cheveux roux, dégageant la nuque, qui sont d'Helleu[4]. Cela crie un peu, pourtant sans disgrâce. Mais je garderai ces remarques pour moi. D'ailleurs, quelles sont les remarques que je ne garde pas pour moi ?...

« Qu'est-ce que tu examines si longtemps, Marthe ?

— Je contemple le portrait de monsieur mon frère.

— D'Alain ?

— C'est toi qui l'as nommé[5].

— Qu'est-ce que tu lui trouves ? »

Elle ne répond pas tout de suite. Puis elle éclate de rire et se retournant :

« C'est extraordinaire, ce qu'il ressemble à un coq !

— À un coq ?

— Oui, à un coq. Regarde. »

Suffoquée d'entendre une telle horreur, je prends machinalement le portrait, une photo tirée en sanguine, qui me plaît fort :

Dans un jardin d'été, mon mari est campé ; nu-tête, ses cheveux roux en brosse, l'œil hautain, le jarret bien tendu... Il se tient ainsi habituellement. Il ressemble... à un beau garçon solide, qui a la tête près du bonnet, l'œil prompt ;... il ressemble aussi à un coq. Marthe a raison. Oui, à un coq roux, vernissé, crêté, ergoté... Désolée comme s'il venait de partir une seconde fois, je refonds en larmes. Ma belle-sœur lève des bras consternés.

« Non, vrai, tu sais, si on ne peut même pas parler de lui ! Tu es un cas, ma chère. Ça va être gai d'aller chez le tailleur avec ces yeux-là ! Est-ce que je t'ai fait de la peine ?

— Non, non, c'est moi toute seule... Laisse, ça va passer... »

Je ne peux pourtant pas lui avouer que je suis désespérée qu'Alain ressemble à un coq, et surtout que je m'en sois aperçue...

À un coq ! Elle avait bien besoin de me faire remarquer cela...

☆

« Madame n'a pas bien dormi ?

— Non, Léonie...

— Madame a les yeux battus... Madame devrait prendre un verre de cognac.

— Non, merci. J'aime mieux mon cacao. »

Léonie ne connaît qu'un remède à tous les maux : un verre de cognac. J'imagine qu'elle en expérimente journellement les bons effets. Elle m'intimide un peu parce qu'elle est grande, de gestes décidés, qu'elle ferme les portes avec autorité et qu'en cousant dans la lingerie, elle siffle, comme un cocher qui revient du régiment, des sonneries militaires. C'est d'ailleurs une fille capable de dévouement, qui me sert depuis mon mariage, depuis quatre ans, avec un mépris affectueux.

Seule à mon réveil, seule à me dire qu'une journée et une nuit se sont écoulées depuis le départ d'Alain, seule à réunir tout mon courage pour commander les repas, téléphoner à l'« Urbaine », feuilleter les livres de comptes !... Un collégien qui n'a pas fait ses devoirs de vacances ne s'éveille pas plus morne que moi, le matin de la rentrée...

Hier, je n'ai pas accompagné ma belle-sœur à l'essayage. Je lui en voulais, à cause du coq... J'ai prétexté une fatigue, la rougeur de mes paupières.

Aujourd'hui, je veux secouer ma prostration et — puisque Alain me l'a ordonné — visiter Marthe à son jour, bien que la traversée, sans appui, toute seule, de ce salon immense, sonore de voix féminines, me soit toujours un petit supplice. Si je me faisais, comme dit Claudine, « porter malade[1] » ? Oh ! non, je ne peux pas désobéir à mon mari.

« Quelle robe que Madame a besoin ? »

Oui, quelle robe ? Alain n'hésiterait pas, lui. D'un coup d'œil, il eût consulté la couleur du temps, celle de mon teint, puis les noms inscrits au « jour », et son choix infaillible eût tout contenté...

« Ma robe en crêpe gris, Léonie, et le chapeau aux papillons... »

Des papillons gris aux ailes de plumes cendrées, tachées de lunules orange et roses, qui m'amusent. Enfin ! il faut constater que mon grand chagrin ne m'enlaidit pas trop. Le chapeau aux papillons bien droit sur les cheveux lisses et gonflés, la raie à droite et le chignon bas, les yeux bleus gênants et pâles, plus liquides encore à cause des larmes récentes, allons, il y a de quoi faire pester Valentine Chessenet[2], une fidèle du salon de ma belle-sœur, qui me déteste parce que (je sens cela) elle trouverait volontiers mon mari tout à fait de son goût. Une créature qu'on a plongée, dirait-on, dans un bain décolorant. Les cheveux, la peau, les cils, tout du même blond rosâtre. Elle se maquille en rose, se poisse les cils au mascaro[1] (c'eſt Marthe qui me l'a dit) sans arriver à tonifier sa fadasse anémie.

Elle sera à son poſte chez Marthe, le dos au jour pour masquer ses poches sous les yeux, à bonne diſtance de la Rose-Chou[2] dont elle redoute l'éclat bête et sain, elle me criera aigrement, par-dessus les têtes, des rosseries auxquelles je ne saurai rien répondre ; mon silence intimidé fera rire d'autres perruches, et on m'appellera encore « la petite oie noire » ! Alain, autoritaire Alain, c'eſt pour vous que je cours m'exposer à tant de douloureuses piqûres !

Dès l'antichambre, à ce bruit de volière, ponctué, comme de coups de bec, par les chocs des petites cuillers, mes mains se refroidissent.

Elle eſt là, cette Chessenet ! Elles sont toutes là, et toutes jacassent, sauf Candeur[3], poétesse-enfant, dont l'âme silencieuse ne fleurit qu'en beaux vers. Celle-là se tait, tourne avec lenteur des yeux moirés et mord sa lèvre inférieure d'un air voluptueux et coupable, comme si ce fût la lèvre d'une autre...

Il y a Miss Flossie[4], qui dit, pour refuser une tasse de thé, un « Non... », si prolongé, dans un petit râle guttural semblant accorder toute elle-même. Alain ne veut pas (pourquoi ?) que je la connaisse, cette Américaine plus souple qu'une écharpe, dont l'étincelant visage brille de cheveux d'or, de prunelles bleu de mer, de dents implacables. Elle me sourit sans embarras, ses yeux rivés aux miens, jusqu'à ce qu'un frémissement de son sourcil gauche, singulier, gênant comme un appel, fasse détourner mon regard... Miss Flossie sourit plus nerveusement alors, tandis qu'une enfant rousse et mince, blottie dans son ombre, me couve, inexplicablement, de ses profonds yeux de haine...

Maugis — un gros critique musical —, ses yeux saillants avivés d'une lueur courte, considère le couple des Américaines de tout près, avec une insolence à gifler, et grognonne presque indiſtinctement, en remplissant de whisky un verre à bordeaux :

« Quéqu' Sapho, pourvu qu'on rigole ! »

Je ne comprends pas ; j'ose à peine regarder tous ces visages subitement figés dans une immobilité malveillante à cause de ma robe qui eſt jolie. Que je voudrais m'enfuir ! Je me réfugie près de Marthe qui me réchauffe de sa main solide et petite, de ses yeux d'audace, braves comme elle-même. Comme je l'envie d'être si brave ! Elle a la langue vive et impatiente, elle dépense beaucoup, il n'en faut pas tant pour qu'on potine autour d'elle sans bonté. Elle le sait, court audevant des allusions, empoigne les amies perfides et les secoue avec l'entrain et la ténacité d'un bon ratier.

Aujourd'hui, je l'embrasserais pour sa réponse à Mme Chessenet, qui crie à mon entrée :

« Ah ! voici la veuve du Malabar[1] !

— Ne la taquinez pas trop, riposte Marthe. Après tout, quand un mari s'en va, ça laisse un vide. »

Derrière moi, une voix pénétrée acquiesce, en roulant des *r* fresnois :

« Cerrrtainement, un vide considérrrable... et doulourrreux ! »

Et toutes partent d'un éclat de rire. Je me suis retournée, confuse, et ma gêne augmente en reconnaissant Claudine, la femme de Renaud. « Une seule visite à Renaud et Claudine, ménage trop fantaisiste... » La circonspection que leur témoigne Alain me rend sotte et comme coupable en leur présence. Pourtant, je les trouve enviables et gentils, ce mari et cette femme qui ne se quittent pas, unis comme des amants...

Comme j'avouais à Alain, un jour, que je ne blâmais point Claudine et Renaud de se poser en amants mariés, il m'a demandé, assez sec :

« Où avez-vous pris, ma chère, que des amants se voient plus et mieux que des époux ? »

Je lui ai répondu sincèrement :

« Je ne sais pas...[a] »

Depuis ce temps nous n'échangeons plus, avec ce ménage « fantaisiste », que de rares visites de politesse. Cela ne gêne point Claudine, que rien ne gêne, ni Renaud qui ne se soucie guère que de sa femme au monde. Et Alain professe une parfaite horreur des ruptures inutiles.

Claudine ne paraît point se douter qu'elle a déchaîné les rires. Elle mange, les yeux baissés, une sandwich au homard, et déclare posément après que « c'est la sixième[2] ».

« Oui, dit Marthe gaiement, vous êtes une relation

ruineuse, l'âme de Mme Beulé[1] a passé en vous.

— Son estomac seulement, c'est tout ce qu'elle avait de bon à prendre, rectifie Claudine.

— Méfiez-vous, ma chère, insinue Mme Chessenet, vous engraisserez à ce régime-là. Il m'a semblé, l'autre soir, que vos bras prenaient une agréable, mais dangereuse ampleur.

— Peuh ! réplique Claudine, la bouche pleine, je vous souhaite seulement d'avoir les cuisses comme j'ai les bras, ça fera plaisir à bien du monde. »

Mme Chessenet, qui est maigre, et s'en désole, avale cette rebuffade péniblement, le cou si tendu que je crains un petit esclandre. Mais elle toise seulement, avec un mutisme rageur, l'insolente aux cheveux courts, et se lève. J'esquisse un mouvement pour me lever aussi, puis je me rassieds afin de ne pas sortir avec cette vipère décolorée.

Claudine attaque vaillamment l'assiette aux petits choux pralinés et m'en offre (si Alain nous voyait !...). J'accepte et je lui chuchote :

« Elle va en inventer des horreurs sur vous, cette Chessenet !

— Je l'en défie bien. Elle a déjà sorti tout ce qu'elle pouvait imaginer. N'y a plus que l'infanticide qu'elle ne m'a pas attribué, et encore je n'oserais pas en répondre.

— Elle ne vous aime pas ? questionné-je timidement.

— Si ; mais elle le cache.

— Ça vous est égal ?

— Pardi !

— Pourquoi ? »

Les beaux yeux havane de Claudine me dévisagent :

« Pourquoi ? Je ne sais pas, moi. Parce que... »

L'approche de son mari interrompt sa réponse. Souriant, il lui indique la porte d'un signe léger. Elle quitte sa chaise, souple et silencieuse comme une chatte. Je ne saurai pas pourquoi.

Pourtant, il me semble que ce regard enveloppant qu'elle lui a jeté était bien une réponse...

Je veux partir aussi. Debout au milieu de ce cercle

de femmes et d'hommes, je me sens défaillir d'embarras. Claudine voit mon angoisse, revient vers moi ; sa main nerveuse agrippe la mienne et la tient ferme pendant que ma belle-sœur m'interroge.

« Pas encore de nouvelles d'Alain ?

— Non, pas encore. Je trouverai peut-être un télégramme en rentrant.

— C'est la grâce que je te souhaite. Bonsoir, Annie.

— Où passez-vous vos vacances ? me demande, tout doucement, Claudine.

— À Arriège[1], avec Marthe et Léon...

— Si c'est avec Marthe !... Alain peut naviguer tranquille.

— Croyez-vous que, même sans Marthe... »

Je sens que je rougis ; Claudine hausse les épaules et répond, en rejoignant son mari qui l'attend, sans impatience, près de la porte :

« Oh ! Dieu non, il vous a trop bien dressée ! »

☆

Ce message téléphonique de Marthe m'embarrasse beaucoup. « Impossible d'aller te cueillir à domicile pour essayer chez Taylor[2]. Viens me prendre à quatre heures chez Claudine. »

Une image outrageante ne m'eût pas plus troublée que ce papier bleu. Chez Claudine ! Marthe en parle à son aise ; l'« Emploi du temps » dit... Que ne dit-il pas ?

Le rendez-vous donné par Marthe, dois-je le considérer comme une visite officielle à Renaud-Claudine ? Non... Si... Je m'agite, je cherche à biaiser, craignant de fâcher ma belle-sœur, redoutant Alain et ma conscience ; mais ma conscience débilitée, et d'ailleurs si peu au fait du chemin à suivre, cède à l'influence la plus proche, elle cède surtout au plaisir de voir cette Claudine qu'on me défend, comme un livre libre et trop sincère...

« Rue de Bassano[3], Charles. »

J'ai revêtu une sombre robe modeste, voilé mon

visage de tulle uni, ganté mes mains de suède neutre, préoccupée d'enlever à ma « démarche » tout « caractère officiel ». Je sais me servir de ces mots-là, avertie par l'expérience d'Alain qu'une démarche doit ou ne doit point revêtir un caractère officiel. Lorsque je les prononce en pensée, ces mots-là, ils accompagnent, en guise de légende, un dessin, baroque et naïf, de rébus... La Démarche, petit personnage aux membres filiformes, tend ses bras vers les manches offertes d'un habit d'académicien, brodé finement au collet de « caractèrofficielcaractèrofficielcaract »... en guirlande délicate... Que je suis sotte d'écrire tout cela ! Ce n'est qu'une toute petite divagation. Je ne noterai jamais les autres : à les relire, ce cahier me tomberait des mains...

Au palier de Claudine, je consulte ma montre : quatre heures dix, Marthe sera sûrement arrivée, assise et croquant des sucreries dans cet étrange salon qu'à mes premières visites je vis à peine, tant la timidité me suffoquait...

« Mme Léon Payet est arrivée ? »

Une vieille bonne hostile me regarde distraitement, attentive surtout à empêcher la fuite d'un grand chat fauve et noir.

« Limaçon, le derrière va te cuire, atta l'heure... Mme Léon... quoi ? C'est à l'étage au-dessus, probable.

— Non, je voulais dire... Mme Claudine est chez elle ?

— Mme Claudine à présent ? Vous n'avez pas l'air ben fixée. Claudine, c'est ici... Mais elle est sortie...

— Menteuse des menteuses ! crie une voix de gamin joyeux. Justement, j'y suis, chez moi. Tu bisques, hein, Mélie ?

— Je ne bisque pas du tout, riposte Mélie sans se troubler. Mais une autre fois, t'iras ouvrir toi-même, pour t'apprendre. »

Et elle s'en va très digne, le chat rayé sur ses talons. J'attends toujours, au seuil de l'antichambre, qu'un être surgi de l'ombre veuille m'introduire... Est-ce la maison de la sorcière ? « Château-gâteau, ô joli château-gâteau... » Ainsi chantaient Hänsel et Gretel[1], devant le palais tentateur...

« Entrez, je suis dans le salon, mais je ne peux pas bouger », crie la même voix.

Une grande ombre se lève et barre la fenêtre : c'est Renaud qui vient à ma rencontre.

« Entrez, chère madame, la petite est si occupée qu'elle vous dira bonjour seulement dans une minute. »

La petite ? Mais la voilà accroupie, presque, dans la cheminée où flambe un feu de bois malgré la saison. Je m'avance, intriguée : elle tend à la flamme un objet indistinct — toujours la sorcière des contes où s'extasièrent les terreurs de mon enfance crédule... — je craindrais, en le souhaitant, voir dans la flamme qui dore la tête bouclée de Claudine se tordre des salamandres, agoniser des animaux dont le sang, mêlé au vin, fait mourir de langueur...

Elle se relève, très calme :

« Bonjour, Annie.

— Bonjour, mad... Claudine. »

(J'ai articulé son nom avec un peu d'effort. Mais, le moyen de dire « madame » à cette petite femme que tout le monde appelle par son prénom[1] !)

« ... Il allait être cuit à point, je ne pouvais pas le lâcher, vous comprenez ? »

Elle tient un petit gril carré en fil d'argent où noircit et se boursoufle une tablette de chocolat rôtie.

« ... Mais c'est pas encore la perfection, cet outil-là, vous savez, Renaud ! Ils m'ont fait un manche trop court, et j'ai une cloque sur la main, tenez !

— Montre vite. »

Son grand mari se penche, baise tendrement la fine main échaudée, la caresse des doigts et des lèvres, comme un père, comme un amant... Ils ne s'occupent plus du tout de moi. Si je m'en allais ? Ce spectacle-là ne me donne pas envie de rire...

« C'est guéri, c'est guéri, s'écrie Claudine en battant des mains. Nous allons manger la grillade, nous deux Annie. Mon grand, mon beau, je vais faire salon. Allez voir dans votre bureau si j'y suis.

— Je te gêne donc ? » demande, penché encore vers elle, ce mari aux cheveux blancs dont les yeux regardent si jeune.

Sa femme se hausse sur la pointe des pieds, relève à

deux mains les longues moustaches de Renaud, et lui plante sur la bouche un baiser qui chante pointu[1]... Oh ! je crois bien que je vais me sauver !

« Minute, Annie ! où courez-vous par là ? »

Une main despotique s'est emparée de mon bras, et le visage ambigu de Claudine, bouche railleuse et paupières mélancoliques, m'interroge sévèrement.

Je rougis, comme si je me sentais coupable de ce baiser regardé...

« C'est que... puisque Marthe n'est pas arrivée...

— Marthe ? Elle doit venir ?

— Mais oui ! C'est elle qui m'a donné rendez-vous ici, sans quoi...

— Comment, "sans quoi", petite impolie ! Renaud, vous saviez que Marthe devait venir ?

— Oui, chérie.

— Vous ne m'avez pas prévenue !

— Pardon, ma petite fille. Je t'ai lu tout ton courrier dans ton lit, comme d'habitude. Mais tu jouais avec Fanchette...

— C'est un mensonge éhonté. Dites plutôt que vous vous occupiez, vous-même, à me chatouiller, avec les ongles, tout le long des dernières côtes... Assise, Annie ! Adieu, mon grand... »

Renaud ferme doucement la porte.

Je me pose, un peu raide, tout au bord du divan. Claudine s'y installe en tailleur, les jambes ramenées sous sa jupe de drap orange. Une chemisette de satin souple, blanche, que soulignent des broderies japonaises du même ton que la jupe, éclaire sa figure mate. À quoi songe-t-elle, si sérieuse tout à coup, pensive, dans sa chemisette brodée et sous ses cheveux courts, comme un petit batelier du Bosphore ?

« Pas, il est beau ? »

Sa parole brève, ses gestes, soudains comme son immobilité, me secouent autant que des bourrades.

« Qui ?...

— Renaud, pardi ! C'est bien possible qu'il m'ait lu la lettre de Marthe... Je n'aurai pas fait attention.

— Il lit votre courrier ? »

Elle dit oui d'un signe, affairée : car la tablette de chocolat rôtie colle au petit gril d'argent et menace de s'effriter... Sa distraction m'enhardit :

« Il le lit... avant vous ? »

Les prunelles malicieuses se lèvent :

« Oui, Mes-Beaux-Yeux (Vous voulez bien que je vous appelle "Mes-Beaux-Yeux" ?). Qu'est-ce que ça peut vous faire ?

— Oh ! rien. Mais je n'aimerais pas cela.

— Rapport à vos flirts ?

— Je n'ai pas de flirts, Claudine ! »

J'ai jeté cela avec tant de feu, tant de sincérité révoltée que Claudine se tord de joie :

« Elle a coupé ! elle a coupé ! ô âme candide ! Eh bien, Annie, j'en ai eu, moi, des flirts[1]... et Renaud me lisait leurs lettres.

— Et... qu'est-ce qu'il disait ?

— Peuh... rien. Pas grand-chose. Quelquefois il soupirait : "C'est curieux, Claudine, la quantité de gens qu'on rencontre, convaincus qu'ils *ne sont pas comme tout le monde* et... du besoin de l'écrire..." Voilà.

— Voilà... »

J'ai répété le mot malgré moi, sur le même ton qu'elle...

« ... Alors, Claudine, ça vous est égal ?

— Quoi ? oui, tout m'est égal — sauf un seul être... (elle se ravise) pourtant, non ! Il ne m'est pas indifférent que le ciel soit chaud et pur, que les coussins profonds se creusent sous ma paresse, que vous ayez ces yeux-là, surprenants et inédits, que l'année abonde en abricots sucrés et en châtaignes farineuses, que le toit de ma maison, à Montigny, soit assez solide pour ne pas semer ses ardoises brodées de lichen, un jour d'orage... (sa voix qui chantait et traînait se raffermit vite, ironique). Vous voyez, Annie, que je m'intéresse comme vous, comme tous, au monde extérieur et, pour parler aussi simplement que votre romancier mondain de beau-frère, "à ce que charrie le temps dévorateur qui coule d'un flot inégal". »

Je secoue le front, mal convaincue ; et j'accepte, pour plaire à Claudine, des bribes de chocolat grillé, qui sent un peu la fumée, beaucoup la praline.

« C'est divin, pas ? Vous savez, c'est moi qui ai inventé le gril-à-chocolat, ce génial petit machin qu'on a fabriqué, nonobstant mes indications, avec un manche trop court. J'ai inventé aussi le peigne-à-carderles-puces, pour Fanchette, la poêle sans trous pour griller les marrons l'hiver, l'ananas à l'absinthe, la tarte aux épinards (Mélie dit que c'est elle, mais c'est pas vrai), et mon salon-cuisine que voici. »

L'humeur de Claudine me mène du rire à l'inquiétude, et du malaise à l'admiration. Ses yeux havane, allongés jusqu'aux tempes, proclament avec la même chaleur, le même regard pur et direct, sa passion pour Renaud ou ses droits d'auteur sur le gril-à-chocolat...

Son salon-cuisine prolonge cette impression d'incertitude. Je voudrais seulement savoir si j'ai devant moi une démente convaincue ou une mystificatrice experte...

Une cuisine ou une salle d'auberge, d'auberge triste et enfumée de Hollande[1]. Mais sur quel mur d'auberge, même hollandaise, sourirait cette délicieuse Vierge du XVe siècle, enfantine, frêle, charmante dans sa tunique rose et son manteau bleu, qui s'agenouille et prie, craintivement.

« C'est beau, hein, fait Claudine. Mais, ce qui me plaît le plus là dedans, c'est le contraste vicieux — parfaitement, vicieux — de cette robe dans les roses tendres avec cet affreux fond de paysage désolé, aussi désolé que vous l'étiez, Annie, le jour que monsieur votre Alain s'est embarqué. Vous n'y pensez plus, maintenant, à ce navigateur ?

— Comment, je n'y pense plus ?

— Enfin, vous y pensez moins. Oh ! ne rougissez pas pour ça, c'est bien naturel quand il s'agit d'un homme si correct... Tenez, regardez plutôt l'expression gentiment contrite de cette Vierge ; elle a l'air de dire, en regardant son petit Jésus : "Vrai, c'est bien la première fois que ça m'arrive !" Renaud croit qu'il est de Masolino.

— Qui ?

— Pas l'enfant, bien sûr, le tableau ! Les com-péten-ces l'attribuent à Filippo Lippi.

— Et vous ?

— Moi, je m'en fiche. »

Je n'insiste pas. Cette critique d'art très particulière me démonte un peu.

Une Claudine de marbre, dans un angle, sourit, les paupières baissées, à la manière d'un saint Sébastien qui se délecterait de son supplice[2]. Un grand divan d'ours sombre, que caresse ma main dégantée, recule et s'abrite sous une sorte d'alcôve. Mais tout le reste de l'ameublement me stupéfie : cinq ou six tables de cabaret, en chêne luisant et sombre — comme ciré par les coudes immobiles des buveurs de bière —, autant de bancs épais et patauds, une horloge fruste et endormie, des pichets de grès, une cheminée caverneuse en hotte renversée, gardée par les hauts chenets de cuivre. Sur tout cela, un désordre éphémère de livres jetés, de revues effeuillées qui jonchent l'épais tapis d'un rose terreux[1]... Intriguée, j'ai tout examiné. J'y gagne une tristesse... comment dire ? une tristesse maritime, comme si, par ces petits carreaux verdâtres derrière quoi tombe le jour, j'avais longtemps contemplé une houle grise où mousse un peu d'écume, sous la pluie transparente et légère ainsi qu'une cendre fine...

Claudine a suivi ma pensée, et lorsque je reviens à elle, nous nous regardons avec des yeux pareils...

« Vous vous plaisez ici, Claudine ?

— Oui. J'ai horreur des appartements gais[2]. Ici, je voyage. Voyez, les murs verts ont la sombre couleur du jour regardé à travers une bouteille, et ces bancs de chêne poli ont porté, je le crois, tant de derrières découragés de pauvres gens qui buvaient tristement et se soûlaient... Hé ! il me semble que Marthe vous pose le petit lapin des familles, Annie ? »

Comme elle a rompu brusquement, presque méchamment, le fil de son rêve mélancolique ! Je le suivais si bien, séparée, pour cette heure seulement, du souci de celui qui est sur la mer... Et puis, la mobilité de Claudine me fatigue, qui mêle l'enfantillage à la sauvagerie, et dont l'esprit de jeune barbare peut bondir de la gourmandise à l'amour immodeste, d'un ivrogne désespéré à cette Marthe bruissante et agressive...

« Marthe, oui... elle est bien en retard.

— Un peu ! Sans doute que Maugis a, pour la retenir, des arguments sérieux...

— Maugis ? est-ce qu'elle devait le voir aujourd'hui ? »

Claudine fronce le nez, penche sa tête comme un oiseau curieux, me regarde jusqu'au fond des yeux, puis éclate de rire en sautant sur ses pieds.

« Je ne sais rien, je n'ai rien vu, rien entendu, crie-t-elle avec une volubilité de petite fille. J'ai peur seulement de vous ennuyer. Vous connaissez le gril-à-chocolat, le salon-cuisine, Renaud, mon portrait en marbre, tout... Je vais toujours appeler Fanchette, pas ? »

On n'a jamais le temps de répondre à Claudine. Elle ouvre une porte, se penche, et gazouille des appels mystérieux :

« Ma bien belle, ma charmante, ma toute blanche, mouci-mouci-amour, vrrrrou, vrrrrain... »

La bête apparaît, lente, somnambulique comme un petit fauve charmé ; une chatte blanche très belle qui lève sur Claudine des yeux obéissants et verts.

« ... Ma charbonnière, ma marmitonne, tu as encore fait pipi sur une bottine vernie à Renaud, mais il n'en saura rien, je lui dirai que c'est du cuir de mauvaise qualité. Et il fera semblant de le croire. Viens que je te lise des choses tout plein belles de Lucie Delarue-Mardrus[1] ! »

Claudine empoigne la chatte par la peau du cou, la lève au-dessus de sa tête et s'écrie :

« Voyez, madame, le chat noyé pendu à un crochet (elle ouvre les doigts : Fanchette retombe de haut sur ses pattes molles et précises, sans une inquiétude, et reste là...). Vous savez, Annie, depuis que ma fille habite Paris, je lui lis des vers, elle sait par cœur les Baudelaire sur les chats[2] et je lui apprends maintenant tous les "Pour le chat[3]" de Lucie Delarue-Mardrus. »

Je souris, amusée de cette voltigeante gaminerie.

« Vous croyez qu'elle comprend ? »

Claudine m'humilie d'un regard traînant par-dessus l'épaule :

« Êtes-vous gourde, Annie ! Pardon, je voulais dire seulement : "J'en suis certaine." Assise, Fanchette ! Regardez, vous, l'incrédule, et écoutez. C'est inédit. C'est superbe. »

POUR LE CHAT[4]

Chat, monarque furtif, mystérieux et sage,
Sont-ils dignes, nos doigts encombrés d'anneaux lourds,
De votre majesté blanche et noire, au visage
De pierrerie et de velours ?

Votre grâce s'enroule ainsi qu'une chenille ;
Vous êtes, au toucher, plus brûlant qu'un oiseau,
Et, seule nudité, votre petit museau
Est une fleur fraîche qui brille.

Vous avez, quoique rubanné comme un sachet,
De la férocité plein vos oreilles noires,
Quand vous daignez crisper vos pattes péremptoires
Sur quelque inattendu hochet.

En votre petitesse apaisée ou qui gronde
Râle la royauté des grands tigres sereins ;
Comme un sombre trésor vous cachez dans vos reins
Toute la volupté du monde...

Mais, pour ce soir, nos soins vous importent si peu
Que rien en votre pose immobile n'abdique :
Dans vos larges yeux d'or cligne un regard bouddhique,
Et vous vous souvenez que vous êtes un Dieu.

La chatte dort à demi, vibrante d'un ronron faible et voilé qui accompagne en sourdine la voix singulière de Claudine, tantôt grave, pleine d'*r* caillouteux, tantôt douce et basse à faire frémir... Quand la voix cesse, Fanchette rouvre ses yeux obliques. Toutes deux se regardent un moment aussi sérieuses l'une que l'autre... L'index levé près du nez, Claudine soupire en se tournant vers moi.

« "Péremptoire !..." Il fallait dénicher ce mot-là ! C'est beau, hein, ces strophes, qu'écrit Ferveur[1] ? Moi, pour avoir trouvé "péremptoire", je donnerais... dix ans de la vie de la Chessenet ! »

Ce nom choque ici comme un bibelot de camelote dans une collection sans tare.

« Vous n'aimez pas la Ch... Mme Chessenet, Claudine ? »

Claudine, presque étendue, les regards au plafond, lève une main paresseuse.

« M'est égal... Betterave jaune sculptée... M'est aussi égal que la Rose-Chou.

— Ah ! la Rose-Chou...

— Rose ou Chou ? Cette fille dodue, qui a des joues comme des fesses de petits Amours ?

— Oh !...

— Quoi, oh ? "Fesse" n'est pas un vilain mot. D'ailleurs, la Rose-Chou aussi... t'égal.

— Et... Marthe ? »

Une indiscrète curiosité m'anime, comme si, en questionnant Claudine, j'allais surprendre le secret, la « recette » de son bonheur, qui la détache de tout, qui l'éloigne des potins, des mesquines querelles, des convenances même... Mais l'adresse me manque, et Claudine se moque de moi, retournée d'un saut de carpe, sur le ventre, le nez dans la fourrure argentée de sa chatte...

« Marthe, je pense qu'elle a manqué son rendez-vous... je veux dire celui qu'elle nous avait donné. Mais... C'est une interview, Annie ? »

(J'ai honte. Une brusque franchise me jette vers elle :)

« Pardonnez-moi, Claudine. C'est que je louvoyais, j'hésitais à vous demander... ce que vous pensez d'Alain... Depuis qu'il est parti, je ne sais comment vivre, et personne ne me parle de lui, du moins comme je voudrais que l'on m'en parlât... Est-ce l'habitude, à Paris, d'oublier si vite ceux qui partent ? »

(J'ai parlé comme je pensais, surprise moi-même de mon émotion. Le visage mat et triangulaire de Claudine se méfie, appuyé sur deux petits poings, éclairé de nacre par le satin blanc de la chemisette.)

« Est-ce l'habitude d'oublier ?... Je ne sais pas trop. Cela doit dépendre de ceux qui partent. M. Samzun, "Alain" comme vous dites, m'a produit l'effet d'un mari... impeccable. Il vise à la distinction, il décroche la correction, c'est toujours ça... Il abonde en apophtegmes définitifs et en gestes...

— "Péremptoires", lui aussi, dis-je avec un sourire peureux.

— Oui ; mais il n'a aucun droit au "péremptoire" lui, puisqu'il n'est pas chat. Ah ! non, qu'il n'est pas chat ! Il a du snobisme dans le cœur et une tringle dans le fondement... Dieu, que je suis sotte ! Voulez-vous ne pas pleurer ? Comme si ça comptait, ce que je dis ! Vous savez bien, enfant battue, que Claudine a un courant d'air dans la cervelle... Bon, elle veut s'en aller ! Embrassez-moi avant, pour dire que vous ne m'en voulez pas. Avec son catogan[1], sa robe plate, ses larmes limpides au bout des cils, dirait-on pas une petite fille qu'on marie de force ? »

Je souris pour lui plaire, pour la remercier de laisser voir, hors de la commune livrée du mensonge, son âme indocile et sincère...

« Adieu, Claudine. Je ne suis pas fâchée contre vous.

— J'espère bien. Voulez-vous m'embrasser ?

— Oh ! oui. »

Elle se penche, longue et flexible, les mains sur mes épaules :

« Donnez bouche ! Qu'est-ce que je dis donc ? L'habitude... Donnez votre joue. Là. À bientôt, à Arriège ? Par ici l'antichambre. Bonjour à cette coureuse de Marthe. Non, vos yeux ne sont pas rouges. Adieu, adieu... chrysalide ! »

Je descends pas à pas, troublée, flottante. Elle a dit : « Une tringle dans le... » Mon Dieu, je crois que c'est la métaphore, l'image de cette tringle qui m'a choquée, plutôt que le jugement même de Claudine. Elle a blasphémé, et je l'ai laissée blasphémer, interdite un moment devant cette enfant sans entraves...

☆

Mon cher Alain, je vous ai promis de montrer du courage. Je ne vous montrerai donc que mon courage, pardonnez-moi de cacher le reste — que vous devinez bien.

Je fais tout mon possible pour que notre maison, que vous aimez nette et bien servie, ne s'aperçoive pas trop de votre départ ; les livres des gens sont vus au jour dit, et Léonie est très bien pour moi, en intention au moins.

Votre sœur est charmante, comme toujours ; je voudrais gagner à son contact un peu de sa vaillance, de sa volonté toujours éveillée, mais je ne me dissimule pas que c'est une grande ambition — d'ailleurs vous n'y tenez guère, et votre fermeté intelligente suffit assurément pour nous deux.

Je ne sais où cette lettre vous atteindra et l'incertitude où j'en suis augmente ma gaucherie à vous écrire. Une correspondance entre nous deux est une chose si nouvelle pour moi, une habitude si perdue ! J'eusse voulu ne jamais la reprendre. Et pourtant je sens bien que dans mes heures de défaillance, elle me deviendra le suprême secours. Je vous dirai en peu de mots, et mal sans doute, et moins que je ne le pense, que je vous suis de tout mon cœur dévouée, et que je demeure

Votre petite esclave,

ANNIE.

J'ai écrit cette lettre, toute contrainte, sans jeter mon cœur et ma tristesse vers lui. Est-ce manque de confiance en moi-même, comme toujours, ou en lui, pour la première fois ?

Qui préférerait-il ? L'Annie plus silencieuse et plus douce qu'une plume, celle qu'il connaît, celle qu'il a habituée à se taire, à voiler sa pensée sous les mots, ainsi que ses yeux sous ses cils — ou l'Annie inquiète et désemparée qu'il laisse ici, l'Annie sans défense contre une folle imagination, celle qu'il ne connaît pas ?

Qu'il ne connaît pas...

Je songe comme une coupable. Cacher, c'est presque mentir. Je n'ai pas le droit de cacher en moi deux Annies. Mais si la seconde n'était que la moitié de l'autre ? Que cela me fatigue !

Lui, on le connaît tout quand on l'a vu une heure. Son âme est régulière comme son visage. Il déteste l'illogique et craint l'incorrect. M'eût-il épousée, si, un soir lointain de nos fiançailles, je lui avais jeté au cou mes bras en lui disant : « Alain, je ne puis supporter cette heure-ci sans vos caresses... »

Mon Dieu ! son absence seule cause tant de déraison. Que de tourments à ne pas lui avouer, à son retour ! Ceci ne sera point, comme il avait trouvé, le « Journal de son voyage » mais celui d'une pauvre créature troublée...

« Madame, une dépêche ! »

Avec ses façons de soldat brusque, cette Léonie m'a fait peur. À présent, mes doigts tremblent d'appréhension...

Excellent voyage. Embarquons aujourd'hui. Lettre suivra. Souvenirs affectueux.

SAMZUN.

C'est tout ? Une dépêche n'est pas une lettre, et celle-ci devrait me rassurer de tout point. Mais elle m'arrive dans un tel moment de déséquilibre moral... « Souvenirs affectueux. » Je ne sais pas, j'aurais voulu autre chose. Et puis, je n'aime pas qu'il signe « Samzun ». Est-ce que je signe « Lajarrisse » ?

Ma pauvre Annie, quelle mauvaise bête t'a piquée aujourd'hui ? Et quelle rage te prend de t'aller comparer à un homme — à un homme comme Alain ?

Je vais chez Marthe, pour me fuir.

C'est Léon que j'y trouve. Comme tous les jours à cette heure-ci, il est attablé dans son cabinet de travail, que Marthe nomme la « chambre des supplices ». Des bibliothèques à grillages dorés, une belle table Louis XVI sur laquelle cet écrivain modèle n'a jamais laissé choir un pâté, car il travaille soigneusement, la paume sur un sous-main — c'est une geôle très supportable.

À mon entrée, il se lève en se tamponnant les tempes.

« Quelle chaleur, Annie ! je ne peux accoucher de rien de bon. Et puis, je ne sais pas, mais c'est un jour mou et triste, malgré le soleil. Un mauvais jour sans moralité...

— N'est-ce pas ? »

Je l'ai interrompu vivement, presque avec gratitude. Il me regarde de ses beaux yeux de bête douce, sans comprendre...

« Oui, j'aurai du mal à tirer mes soixante lignes, aujourd'hui.

— Vous serez grondé, Léon. »

(Il hausse les épaules, habitué et las.)

« Il marche, votre roman ? »

En tirant sa barbe pointue, il répond avec une vanité discrète, comme son talent gris :

« Pas mal..., comme les autres.

— Parlez-moi de votre dénouement. »

(Léon apprécie en moi une auditrice complaisante, facilement intéressée et qui, elle du moins, prend goût, si peu que ce soit, au récit de ces adultères du grand monde, de ces nobles suicides, de ces faillites princières...)

« Il ne se présente pas très bien, soupire mon pauvre beau-frère. Le mari a repris sa femme, mais elle a tâté de la liberté, et piétine, et flaire le vent. Si elle reste, ça sera plus littéraire ; mais, comme dit Marthe, ça sera plus de vente, si elle refiche le camp... »

(Léon a gardé, du journaliste d'autrefois, quelques vilains mots qui me choquent.)

« Enfin, résumé-je, elle voudrait s'en aller ?

— Dame !...

— Eh bien, il faut qu'elle parte.

— Pourquoi ?

— Puisqu'elle a "tâté de la liberté"... »

(Léon rit mollement, tout en comptant ses pages...)

« C'est drôle de vous entendre dire ça, à vous... Marthe vous attend au Fritz, ajoute-t-il en reprenant sa plume. Vous ne m'en voulez pas de vous renvoyer, ma petite ? Je dois livrer ça en octobre, alors... »

(Son geste montre le tas, encore mince, des feuillets noircis.)

« Travaillez, mon pauvre Léon. »

☆

« Place Vendôme[1], Charles. »

Marthe s'est acoquinée à ces thés de cinq heures du Fritz, si mal servis, où les rôties sont tièdes, les gâteaux vulgaires, les valets déplaisants, trop nombreux quand on arrive, et qui disparaissent sur des pieds ouatés, dès qu'on a besoin d'eux... Comme je préfère mon petit *Afternoon Tea* de la rue d'Indy[2], la salle basse qui fleure le cake et le gingembre, son public de vieilles Anglaises à rangs de perles fausses, mêlé de demi-mondaines en rendez-vous discret...

Mais Marthe chérit, au Fritz, la longue galerie blanche qu'elle traverse avec un air myope de chercher quelqu'un (comme si ses menaçants yeux gris n'avaient pas, dès le seuil, compté et jaugé l'assistance !), les têtes qu'elle retrouve et qu'elle surveille, les chapeaux qu'elle copiera à la maison, d'une main infaillible...

Quelle vilaine humeur est la mienne ! Voilà que je pense presque mal de ma belle-sœur, en la compagnie de qui pourtant je me réchauffe et me distrais, depuis le départ d'Alain... La vérité, c'est que je défaille, chaque fois qu'il me faut traverser seule cette redoutable galerie du Fritz, sous les regards de ces luncheurs, ardents surtout à dévorer leur prochain.

Cette fois encore, je me jette en avant, avec le courage des timides, je longe à grands pas le hall rectangulaire, en songeant, affolée : « Je vais me prendre le pied dans ma robe, ma cheville va tourner... ma fermeture bâille peut-être, j'ai une mèche dans le cou... », si bien que je passe droit devant Marthe sans la voir.

Elle me rattrape par la béquille de son ombrelle, et rit si haut que je pense mourir de confusion :

« Après qui cours-tu, Annie ? tu as l'air d'une femme à son premier rendez-vous. Là, assieds-toi, donne ton ombrelle, ôte tes gants... Ouf ! te voilà sauvée encore une fois ! Pas trop mal pour une suppliciée, cette petite figure-là ; l'épouvante te sied. Qui fuyais-tu ?

— Tout le monde. »

Elle me considère avec un dédain apitoyé et soupire :

« J'ai bien peur de ne jamais rien faire de toi. Aimes-tu mon chapeau ?

— Oui. »

J'ai répondu « oui », de confiance.

Toute à me remettre, je n'avais pas regardé Marthe. Son chapeau, c'est peut-être un chapeau en effet, cette Charlotte Corday[1] de mousselines tombant en plissés autour de la figure ? En tout cas, c'est réussi. La robe en linon, l'inévitable fichu qui dégage le cou laiteux complètent un joli travestissement 1793. C'est toujours Marie-Antoinette, mais déjà au Temple[2]. Jamais je n'oserais sortir ainsi déguisée !

À l'aise dans son succès, elle darde autour d'elle ses yeux insoutenables que peu d'hommes affrontent ; elle croque allégrement ses rôties, regarde, parle, me rassure et m'étourdit.

« Tu viens de la maison ?

— Oui.

— Tu as vu Léon ?

— Oui.

— Il travaillait ?

— Oui...

— Y a pas, faut qu'il livre en octobre, j'ai des factures sérieuses... Des nouvelles d'Alain ?

— Un télégramme... il m'annonce une lettre.

— Tu sais que nous partons dans cinq jours ?

— Comme tu voudras, Marthe.

— "Comme tu voudras !" Dieu, que tu es fatigante, ma pauvre amie ! Regarde vite, voilà la Rose-Chou. Son chapeau est raté. »

Le chapitre des chapeaux tient une place considérable dans l'existence de ma belle-sœur. D'ailleurs, c'est vrai, le chapeau de la Rose-Chou (une belle et fraîche créature, un peu trop épanouie, qui n'a pas, comme dit Claudine, inventé le volant en forme[1]), le chapeau de la Rose-Chou est raté.

Marthe frétille de joie.

« Et elle veut nous faire croire qu'elle se ruine en Reboux[2] ! La Chessenet, sa meilleure amie, m'a raconté que la Rose-Chou découd tous les fonds des chapeaux chics de sa belle-mère[3], pour les coller dans les siens.

— Tu le crois ?

— Il faut d'abord admettre le mal, d'emblée, on a toujours le temps de s'informer après... Quelle chance ! Voilà Renaud-Claudine, on va les appeler ici. Maugis est avec eux.

— Mais, Marthe...

— Mais quoi ?

— Alain n'aime pas que nous fréquentions trop les Renaud-Claudine...

— Je sais bien.

— Alors, je ne dois pas...

— Puisqu'il n'est pas là, ton mari, laisse donc... c'est moi qui t'invite, ta responsabilité est à couvert. »

Après tout, puisque c'est Marthe qui m'invite... Ô mon « Emploi du temps » ! je saurai me faire pardonner.

Claudine nous a vues. À trois pas, elle lance, pour Marthe, un vibrant « Salut, Casque-d'Or[4] ! » qui fait retourner les têtes.

Renaud la suit, indulgent à toutes ses folies, et Maugis ferme la marche. Je n'aime pas beaucoup ce Maugis, mais je supporte, parfois amusée, son effronterie d'alcoolique souriant. Je n'en dirai rien à Alain, qui professe pour ce gros débraillé coiffé d'un haut-de-forme à bords plats[1] un dégoût d'homme sobre et correct.

Marthe s'agite comme une poule blanche.

« Claudine, vous prenez du thé ?

— Bouac, pas de thé ! Ça me rebute.

— Du chocolat ?

— Non... je voudrais du vin à douze sous le litre.

— Du... quoi ? demandé-je, ébahie.

— Chut, Claudine ! » gronde doucement Renaud qui sourit sous sa moustache blanchissante, « tu vas scandaliser Mme Samzun.

— Pourquoi ? s'étonne Claudine. C'est pas sale, du vin à douze sous le...

— Pas ici, ma petite fille. Nous irons en boire tous les deux, tous les deux seuls, accoudés sur le zinc du troquet, filou mais cordial, de l'avenue Trudaine[2]. Es-tu contente (il laisse tomber sa voix), mon oiseau chéri ?

— Oui ! oui ! Oh que j'ai du goût ! » crie l'incorrigible.

Elle contemple son mari avec tant de puéril enthousiasme, tant d'admiration énamourée, qu'une grosse, une étouffante envie de pleurer me suffoque soudain. Si j'avais demandé à Alain du vin à douze sous le litre, il m'aurait donné... la permission de me mettre au lit, et de prendre du bromure !

Maugis penche vers moi sa moustache oxydée par les alcools cosmopolites :

« Vous semblez, madame, en proie à quelque remords de ce thé tiède, de ces éclairs vomitivement chocolateux... Ce n'est point au Fritz que vous dégoterez le cordial nécessaire. Les liquides, ici, indisposeraient la clientèle du plus infime cantinier de fantabosses[3]... Le claret à soixante centimes préconisé par Mme Claudine ne m'excite, lui non plus, qu'à sourire... Une jolie verte, v'là ce qu'il vous faudrait.

— Une jolie quoi ?

— Disons une bleue, si ça vous chante davantage. Un pernod d'enfant. Je préside un syndicat féministe : "Le Droit à l'absinthe[4]." Ce que les adhérentes rappliquent, c'est rien de le dire.

— Je n'ai jamais bu de ça, dis-je avec un peu de dégoût.

— Oh ! s'écrie Claudine, il y a tant de choses, sage Annie, auxquelles vous n'avez jamais goûté !... »

L'intention qu'elle glisse sous cette phrase me rend sotte et embarrassée. Elle rit et regarde Marthe, qui répond à son coup d'œil, goguenarde :

« Nous comptons beaucoup, pour la former, sur "la vie facile et relâchée des villes d'eaux" ainsi que l'on s'exprime dans le dernier roman de Léon.

— Dans *Un drame du cœur* ? s'empresse Maugis. Une œuvre puissante, madame, et qui restera. Les affres d'un amour maudit mais aristocratique y sont peintes en traits de feu, d'une plume trempée dans le fiel !... »

Comment ! Marthe pouffe ? Ils sont là tous quatre à railler le malheureux qui, là-bas, lime ses soixante lignes quotidiennes... Je suis gênée, effarouchée, amusée à mon corps défendant ; j'étudie le fond de ma tasse, puis je lève furtivement les yeux sur Claudine, qui, justement, me regardait, et qui murmure à son mari, tout bas, comme pour elle-même :

« Cette Annie, quels yeux merveilleux elle a, n'est-ce pas, mon cher grand ? Des fleurs de chicorée sauvage[1], écloses sur un sable brun...

— Oui, complète Renaud..., quand elle lève ses paupières, on dirait qu'elle se déshabille. »

Tous quatre me dévisagent, avec une expression lointaine... Je souffre à crier, je souffre d'un plaisir affreux, comme si ma robe fût tout d'un coup tombée...

La première, Marthe se secoue, change la conversation :

« Quand venez-vous là-bas, Renaud-Claudine ?

— Où, ma chère ?

— À Arriège, ça va sans dire. Maintenant, hélas, tout bon Parisien a dans la peau un arthritique qui sommeille...

— Le mien a des insomnies, fait Maugis, doctoral. Je le douche au whisky. Mais vous, dame Marthe, c'est du chichi, vos cures, histoire de suivre la mode[2].

— Pas du tout, insolent que vous êtes ! Je vais à Arriège très sérieusement, et ces vingt-huit jours de traitement me permettent, l'hiver, de manger des truffes, de boire du bourgogne, et de me coucher à trois heures du matin... À propos, c'est bien mardi prochain qu'on pèlerine tous à la soirée Lalcade[1] ? Ça sera plus gai qu'Arriège.

— Oui, répond Claudine. Ça sera plein de ducs, avec des princes "entre-mi[2]". Vous iriez sur les mains, pas, Marthe ?

— Je le pourrais, réplique Marthe un peu pincée, mes dessous sont assez soignés pour ça...

— Et puis, ronchonne Maugis, dans sa moustache, elle porte des pantalons fermés[3]. »

J'ai entendu. Nous avons tous entendu !

Un petit froid.

« Et vous, la pensive ? questionne Claudine, arriégez-vous ? »

(C'est moi la pensive... Je sursaute... J'étais déjà loin.)

« Moi, je suivrai Marthe et Léon.

— Et moi, je suivrai Renaud, pour qu'il ne suive pas d'autres jupons (c'est pour rire, mon beau !). On va se retrouver là-bas, veine ! Je vous regarderai boire de l'eau qui sent le vieux œuf, et je pourrai connaître, vos grimaces comparées, les respectifs stoïcismes de vos âmes. Vous en ferez une tête à la buvette, vous, vieux bidon de Maugis ! »

Ils rient, et moi je songe, angoissée, à la figure d'Alain, s'il entrait tout à coup, et m'apercevait en si incorrecte compagnie. Car enfin, la présence de Marthe ne sauve pas tout, et l'intimité n'est vraiment pas possible avec cette toquée de Claudine qui traite les gens de « vieux bidon » !

☆

« Je n'irai pas chez Mme Lalcade, Alain.

— Vous irez, Annie.

— Je serai si seule, si triste de votre départ...

— Si triste... ma modestie ne veut pas discuter. Mais non pas seule. Marthe et Léon vous accompagneront.

— Ce sera comme vous voudrez.

— Comprenez donc un peu les choses, ma chère

enfant, et ne regardez pas comme une corvée tout ce que je vous conseille d'utile. Cette soirée de Mme Lalcade comptera comme une... une manifestation d'art et votre absence réjouirait de méchantes gens... Ne négligez pas cette maison aimable, la seule peut-être où les gens du monde frôlent sans risque tout un lot d'artistes intéressants[1]... Si vous saviez un peu plus vous mettre en avant, vous pourriez peut-être vous faire présenter à la comtesse Greffulhe[2]...

— Ah ?

— Mais je ne compte guère que, surtout sans moi, vous vous fassiez valoir... Enfin !...

— Comment faudra-t-il être habillée ?

— Votre robe blanche, à ceinture de fronces serrées, me semble indiquée. Une grande simplicité ce soir-là, Annie. Vous verrez chez Mme Lalcade un petit excès de coiffures Gismonda[3], de robes Laparcerie[4]... Que rien, dans votre parure, n'autorise une confusion... Restez telle que vous voici, réservée, le geste simple ; il ne faut rien ajouter, rien changer. N'est-ce pas[a] un beau compliment que je vous fais ? »

Un très beau, à coup sûr, et j'en ai senti tout le prix.

Il y a presque deux semaines de cela, et j'entends encore toutes les paroles d'Alain, sa voix qui n'hésite jamais.

Je mettrai, ce soir, ma robe blanche, j'écouterai chez Mme Lalcade la triste et frivole musique de Fauré[5], que vont mimer des travestis... Je songe à la joie de Marthe qui remplace, presque au pied levé, une jolie marquise enrhumée... En quarante-huit heures, ma belle-sœur a chiffonné des soies changeantes, essayé un « corps[6] » baleiné, consulté des estampes et des coiffeurs, répété un rigaudon...

« Que de monde, Léon !

— Oui. J'ai reconnu l'équipage des Voronsoff[7], des

Gourkau[1], des... Ayez l'obligeance, Annie, de me boutonner mon gant...

— Qu'ils sont étroits, vos gants !

— C'eſt une erreur, Annie, ils sont neufs seulement. La gantière me dit toujours : "Monsieur a une main qui fond..." »

Je ne souris même pas de sa puérilité. Coquet de sa main et de son pied, mon pauvre beau-frère endure mille petits supplices, mais ne cède pas un quart de pointure à ses doigts meurtris...

Un tel flot de manteaux clairs déborde, par la porte de la serre-vestiaire, jusque dans le jardin, que la crainte et l'espoir de n'y pouvoir pénétrer m'agitent une minute... D'un coude insinuant, Léon me fraye un lent passage. Évidemment, j'entrerai, mais ma robe périra... Un coin de miroir, de grâce, car il me semble bien que mon lourd catogan se délie... Entre deux somptueux paquets, je mire un morceau de moi-même : mince, brune comme une fille de couleur, c'eſt Annie, et la douceur, soumise jusqu'à sembler traîtresse, de ses yeux aussi bleus que la flamme du gaz en veilleuse.

« Ça va bien, ça va bien. Très en forme, ce soir, l'enfant-battue ! »

Le miroir reflète à présent, tout près de la mienne, la silhouette nerveuse de Claudine, le décolletage en pointe aiguë de sa robe jaune qui ondule comme une flamme...

Je me retourne pour lui demander, assez sottement :

« Je viens de perdre Léon... Vous ne l'avez pas vu ? »

La diablesse jaune éclate de rire :

« Je ne l'ai pas sur moi, ma pure vérité ! Vous y teniez vraiment ?

— À quoi ?

— À votre beau-frère ?

— C'eſt que... Marthe figure ce soir, et je n'ai que lui.

— Il eſt peut-être mort, dit Claudine avec un sérieux macabre. Ça n'a aucune importance. Je vous chaperonnerai aussi bien. On s'assoira, on regardera les épaules huileuses des vieilles dames, on cognera dessus si elles parlent pendant la musique, et je mangerai toutes les fraises du buffet ! »

L'alléchant programme (ou l'autorité irrésistible de Claudine ?) me décide. Je fais, tête basse, mon premier pas dans l'atelier où peint et reçoit Mme Lalcade. Il ruisselle de fleurs...

« Elle a invité tous ses modèles[1] », chuchote ma compagne.

... Il étincelle de femmes, si serrées que leurs têtes seules virent et penchent, à chaque entrée sensationnelle, comme un champ de lourds pavots sous le vent...

« Jamais nous ne nous assoirons là-dedans, Claudine !

— Pardi, vous allez voir ça ! »

Le souriant sans-gêne de Claudine ne connaît point l'insuccès. Elle conquiert une demi-chaise, y frétille des reins jusqu'à invasion complète, et m'installe, Dieu sait comment, à côté d'elle.

« Là ! Aga le joli rideau de scène à guirlandes ! Oh ! que j'aime tout ce qu'on ne voit pas derrière ! Aga aussi Valentine Chessenet en rouge, et ses yeux de lapin, en rouge également... Vrai, Marthe a un rôle ? Aga encore, Annie, Mme Lalcade qui nous dit bonjour par-dessus cinquante-trois dames. Bonjour, madame ! Bonjour, madame ! Oui, oui, nous sommes très bien. Les trois quarts de nos séants ont de quoi reposer leur tête !

— On va vous entendre, Claudine !

— Qu'on m'entende ! réplique la redoutable petite créature. Je ne dis rien de vilain, mon cœur est pur et je me lave tous les jours. Ainsi ! Bonjour, grosse panse de Maugis ! Il vient pour voir Marthe décolletée jusqu'à l'âme, et peut-être aussi pour la musique... Oh ! que la Rose-Chou est belle, ce soir ! Je vous défie, Annie, de distinguer à trois pas la fin de sa peau et le commencement de sa robe rose. Et quelle viande saine et abondante ! À quatre sous la livre, y en a au moins pour cent mille francs ! Non, ne cherchez pas combien ça fait de kilos... Voilà Renaud, là-bas, dans la porte. »

(Sans qu'elle s'en doute, tout de suite, sa voix s'est adoucie.)

« Je ne vois rien.

— Moi non plus, qu'une pointe de moustache, mais je sais que c'est la sienne. »

Oui, elle sait que c'est lui. Petit animal aimant et fougueux, elle le flaire à travers tant de parfums, tant de chaleurs, tant d'haleines... Ah ! que leur amour me rend triste, chaque fois !

L'électricité meurt brusquement, et l'enragé papotage aussi, après ce *ah !* de surprise vulgaire qui jaillit de la foule, à la première fusée du Quatorze Juillet... Sur la scène, toujours close, pleuvent déjà les gouttes des harpes, nasillent les mandolines égratignées : « Oh ! les filles. Venez, les filles... » et le rideau s'ouvre lentement...

« Oh ! que j'ai du goût », murmure Claudine ravie.

Sur la grisaille d'un fond de parc, Aminte, Tircis et Clitandre, et Cydalise, et l'Abbé, et l'Ingénue, et le Roué, gisent et s'alanguissent, comme revenus de Cythère[1]. L'escarpolette balance à peine, sous le poids léger d'une bergère en paniers, vers qui tendent les vœux du berger zinzolin. Une belle feuillette l'album de musique et se penche trop pour suivre la molle chanson qu'esquissent les doigts énervés de l'amant... Rêveurs désabusés, musique incrédule et souriante, tout cet enchantement fuit, trop tôt, devant les allègres accords qui annoncent le rigaudon.

« Quel dommage !... » soupire Claudine.

Des couples graves, en habits changeants, paradent, pirouettent et saluent. La dernière marquise, tout en argent glacé, au bras d'un marquis bleu céleste, c'est Marthe, éclatante, qu'un murmure admirant salue et que je reconnais à peine.

La volonté d'être belle la transfigure. Le roux de ses cheveux brille çà et là, feu mal éteint sous cette cendre de poudre. Les yeux ardents pâlis par le maquillage, la gorge en pommes découverte jusqu'à l'impossible, elle pivote, sérieuse, sur de périlleux talons pointus, plonge en révérences, lève sa petite main fardée, et darde sur le public, l'instant d'une pirouette, son plus terrible regard de Ninon anarchiste... Sans beauté réelle, sans grâce profonde, Marthe éclipse toutes les jolies créatures qui dansent à ses côtés.

Elle a *voulu* être la plus belle... Que je veuille une pareille chose, moi... Pauvre Annie ! La musique pompeuse et triste te raille, t'amollit, t'étreint jusqu'aux larmes ; et tu gâtes ton émotion en te retenant de pleurer, en songeant à l'invasion proche et cruelle de la lumière, aux regards avisés de Claudine[1]...

☆

Ma très chère Annie,

Votre lettre m'arrive bien juste avant l'embarquement, et vous n'accuserez, de la brièveté de celle-ci, que la hâte du départ. J'ai plaisir à vous savoir si brave, si attachée à tout ce qui fait la vie d'une femme simple et de bon monde : votre mari, votre famille, votre joli logis net et bien ordonné.

Car il me semble que je puis, que je dois, de loin, vous faire les compliments que je retiens auprès de vous. Ne m'en remerciez pas, Annie, c'est un peu mon œuvre que j'admire : une aimable enfant, façonnée peu à peu, et sans grande peine, en jeune femme irréprochable, en ménagère accomplie.

Le temps est magnifique ; nous pouvons compter sur une traversée parfaite. Vous pouvez donc espérer que les choses iront normalement, jusqu'à Buenos Aires. Vous savez que j'ai une belle santé et que le soleil ne me fait pas peur. Ainsi, ne vous énervez pas si les courriers sont rares et irréguliers. Je me contraindrai moi-même à ne point trop attendre vos lettres, qui me seront pourtant bien précieuses.

Je vous embrasse, ma très chère Annie, de toute mon affection inébranlable. Je sais que vous ne sourirez pas de ma formule un peu solennelle, le sentiment qui m'attache à vous n'a rien de frivole.

Votre

ALAIN SAMZUN.

L'index[a] sur une tempe qui bat, j'ai lu sa lettre péniblement. Car me voici en proie, une fois de plus, à cette migraine terrassante qui, presque périodiquement, me désespère. Les mâchoires contractées, l'œil gauche clos, j'écoute dans ma pauvre cervelle un marteau incessant. À chaque heurt mes paupières tressaillent. Le jour me blesse, l'obscurité m'étouffe.

Autrefois, chez grand-mère, je respirais de l'éther, jusqu'à l'insensibilité, mais, aux premiers mois de notre mariage, Alain m'a trouvée un jour à demi pâmée sur mon lit, un flacon serré dans ma main, et il m'a interdit de recommencer. Il m'a parlé très sérieusement, très clairement, des dangers de l'éther, de l'horreur qu'il professe pour ces « remèdes d'hystérique », de l'innocuité, en somme, des migraines : « Toutes les femmes en ont ! » Depuis, je me laisse souffrir avec le plus de patience que je puis, me bornant, sans succès, aux compresses bouillantes et à l'hydrothérapie générale.

Mais aujourd'hui, je souffre si fort que j'ai envie de pleurer, et que la vue de certains objets blancs, feuille de papier, table laquée, draps du lit ouvert où je me suis étendue, me donne la contraction de gorge, la nausée nerveuse que je connais bien et que je redoute. La lettre d'Alain — tant espérée pourtant ! — je la trouve froide, incolore, il faut que mon mal soit bien méchant... Je la relirai plus tard...

Léonie entre. Elle prend beaucoup de soin pour ne pas faire de bruit : elle ouvre la porte très doucement, et la referme rudement ; l'intention du moins est méritoire.

« Madame a toujours mal ?

— Oui, Léonie...

— Pourquoi que Madame ne prend pas...

— Un verre de cognac ? non, merci.

— Non, Madame, mais un peu d'éther.

— Monsieur n'aime pas que je me drogue, Léonie ; l'éther ne me vaut rien.

— C'est Monsieur qui fait croire ça à Madame. Monsieur est gentil dans ce qu'il est, et il se figure que ça peut faire mal à Madame, mais pour connaître quelque chose aux misères des femmes, ne me parlez pas d'un homme. Moi, je prends toujours de l'éther quand la névralgie me tient.

— Ah ! vous... vous en avez ici ?

— Un flacon tout neuf. Je vais le chercher à Madame. »

La divine odeur puissante détend mes nerfs. Je m'allonge sur mon lit, le flacon sous mes narines, je pleure des larmes de faiblesse et de plaisir. Le méchant forgeron s'éloigne, ce n'eſt plus maintenant qu'un doigt qui frappe ma tempe, discret, cotonneux. Je respire si fort que mon gosier eſt tout sucré... mes poignets sont lourds.

Des rêves vagues qui passent, tous barrés d'une ligne de lumière : celle qui filtre entre mes paupières à demi fermées. Je vois Alain, dans un coſtume de tennis qu'il portait il y a huit ans, un été, un maillot blanc que sa chair teintait de rose... Je suis moi-même la toute jeune Annie d'alors, avec ma natte lourde que terminait une boucle molle... Je touche ce doux maillot rosé, qui m'émeut autant qu'une peau vivante, tiède comme la mienne, et je me dis confusément qu'Alain eſt un petit garçon, que cela n'a pas d'importance, pas d'importance, pas d'importance... Il eſt passif et vibrant, il abaisse sur ses joues enflammées de longs cils noirs qui sont ceux d'Annie... Comme, sous le doigt, cette peau eſt veloutée !... Pas d'importance... pas d'importance...

Mais une balle de tennis vient me frapper durement la tempe, et je la saisis au vol, blanche, tiède..., une voix nasillarde déclare tout près de moi : « C'eſt un œuf de coq. » Je n'en suis point surprise, puisque Alain eſt un coq, un coq rouge au fond des assiettes. Il gratte d'une patte arrogante la faïence qui crisse à rendre fou, et chante : « Moi, moi, je... » Qu'eſt-ce qu'il dit ? je n'ai pas pu entendre. La barre de lumière gris-bleu le coupe en deux, comme un sautoir de président de la République, puis c'eſt le noir, le noir, une mort délicieuse, une chute lente que soutiennent des ailes...

Une vilaine aĉtion, une vilaine aĉtion, oui, Annie, cela ne peut s'appeler autrement ! Une désobéissance, et réfléchie, et complète, à la volonté d'Alain. Il a raison de me défendre cet éther qui me rend irresponsable... Je m'accuse en toute humilité deux heures après, seule avec mon image, assise à ma coiffeuse où je lisse et renoue mes cheveux défaits. Ma tête est libre, vide et claire. Les yeux cernés, la bouche pâlie, l'inappétence malgré mon jeûne d'un jour accusent seuls ma débauche du poison aimé. Pouah ! la vapeur refroidie et passée de l'éther colle aux rideaux ; il faut de l'air, de l'oubli — si je puis...

Ma fenêtre, au second étage, s'ouvre sur un triste horizon : la cour étroite, le cheval d'Alain qu'on panse, un gros palefrenier en chemise à carreaux. Au bruit de ma fenêtre, un bull noir assis sur le pavé lève son museau carré... Comment, c'est toi, mon pauvre Toby ! Toi l'exilé, toi le honni ! Il est debout, petit et sombre, et agite vers moi le souvenir de sa queue coupée.

« Toby ! Toby ! »

Il saute, il gémit en sifflant. Je me penche :

« Charles, envoyez-moi Toby par l'escalier de service, s'il vous plaît. »

Toby a compris avant lui et s'élance. Une minute encore et le pauvre bull noir est à mes pieds, convulsif, délirant d'humidité et de tendresse, la langue et les yeux hors de la tête...

Je l'avais acheté, l'an dernier, à un homme d'écurie de Jacques Delavalise, parce que c'était vraiment un beau petit bull de huit mois, pas équarri, sans nez, des yeux limpides et un peu bridés, des oreilles comme des cornets acoustiques[1]. Et je l'avais ramené à la maison, assez fière, un peu craintive. Alain l'examina en connaisseur, sans malveillance.

« Cent francs, dites-vous ? Ce n'est pas cher. Le cocher sera content, les rats détruisent tout dans l'écurie.

— Dans l'écurie ? Mais je ne l'avais pas acheté pour cela. Il est joli, je voudrais le garder pour moi, Alain... »

(Haussant les épaules :)

« Pour vous ? Un bull d'écurie dans un salon Louis XV, n'est-ce pas ? ou sur les dentelles de votre lit ? Si vous tenez à un chien, ma chère enfant, je vous chercherai un petit havanais en soie floche, pour le salon, ou encore un grand sloughi... Les sloughis vont avec tous les styles. »

Il a sonné et désigné à Jules mon pauvre Toby noir, qui mâchait ingénument un gland de fauteuil :

« Portez ce chien à Charles, qu'il lui achète un collier, qu'il le tienne propre, et qu'il me dise s'il tue bien le rat. Le chien s'appelle Toby. »

Depuis, je n'ai revu Toby que par la fenêtre. Je l'ai vu souffrir et penser à moi, car nous nous étions aimés à première vue, et pour jamais.

Un jour, j'ai gardé de petits os de pigeon et les lui ai portés dans la cour, en me cachant. Je suis rentrée le cœur gros, avec un malaise que j'ai cru dissiper en avouant à Alain ma faiblesse. Il ne me gronda presque pas.

« Êtes-vous enfant, Annie ! Si vous voulez, je dirai à Charles qu'il prenne quelquefois le bull avec lui, sous le siège, quand vous sortirez. Mais que je ne rencontre jamais Toby dans l'appartement, jamais, n'est-ce pas ? Vous m'obligerez beaucoup. »

Aujourd'hui, il ne me suffirait pas, pour m'alléger de tout souci, disons franchement : de tout remords, d'avouer à Alain la présence de Toby dans ma chambre à coucher. Ceci, qui m'eût fait trembler, la semaine passée, est une vétille auprès de mon ivresse d'éther, coupable et délicieuse.

Dors sur le tapis à roses grises, Toby-noir, dors avec de grands soupirs de bête émue : tu ne retourneras pas à l'écurie.

☆

Arriège.

Une odeur d'orangers en fleur et de bain de barège[1] monte par ma fenêtre ouverte. « L'odeur locale », m'explique obligeamment le garçon qui monte les malles. Je m'en doutais. Marthe m'assure qu'on s'y habitue en quarante-huit heures. À celle des orangers fleuris, plantés en haie devant l'hôtel, d'accord. Mais l'autre, la senteur sulfureuse qui poisse la peau, horreur !

Je m'accoude, déjà découragée, pendant que Léonie, à qui son feutre de voyage donne l'air d'un gendarme en civil, ouvre avec autorité ma grande malle en paille de bois, et dispose les bibelots d'argent de mon sac comme pour la parade.

Que suis-je venue faire ici ? Je me sentais moins seule à Paris, dans ma chambre jaune, auprès du portrait d'Alain, qu'entre ces quatre murs de chaux rose à soubassement gris. Un lit de cuivre dont j'inspecte, soupçonneuse, la literie fatiguée. Une toilette trop petite, une table à écrire que je convertirai en table à coiffer, une autre table pliante, montée sur X, que je convertirai en table à écrire, des fauteuils quelconques et des chaises ripolinées... Il faudra vivre là-dedans combien de jours ? Marthe a dit : « Ça dépend. »

Ça dépend de quoi ? Je n'ai pas osé l'interroger davantage.

J'entends, de l'autre côté du corridor dallé, sa voix perçante, et les répliques sourdes de Léon, qui ne me parviennent pas, mettent du vide entre les phrases. Je m'engourdis, isolée de tout, du lieu où je suis, de Marthe, d'Alain, de l'avenir pénible, du temps qui coule...

« On descend, Annie ?

— Ah ! Marthe ! tu m'as fait peur ! Mais je ne suis pas prête.

— Qu'est-ce que tu fabriques, grands dieux ? Ni lavée, ni coiffée ? Je t'en prie, ne commence pas à faire le "poids mort". »

Ma belle-sœur est pomponnée comme pour le Fritz, fraîche, maquillée et rose. Les onze heures de chemin de fer lui sont clémentes. Elle déclare qu'elle veut « aller à la musique » qui joue dans le parc.

« Je vais me dépêcher. Et Léon ?

— Il lave son corps divin. Allons, Annie, ouste ! Qu'est-ce qui t'arrête ? »

J'hésite, en corset et en jupon, à me déshabiller si complètement devant Marthe... Elle me regarde comme un animal rare.

« Ô Annie, sainte Annie, il n'y a pas deux poires comme vous ! Je tourne le dos, étrille tes charmes sans angoisse. »

Elle s'en va à la fenêtre. Mais la chambre elle-même me gêne, et je me vois dans la glace, brune et longue comme une datte... Marthe, effrontée et brusque, fait volte-face. Je crie, je colle mes bras à mes flancs mouillés, je me tords et je supplie... Elle ne semble pas m'entendre, et braque curieusement son face-à-main :

« Drôle de créature ! Tu n'es pas d'ici, évidemment. Tu as l'air d'une bonne femme des mosaïques d'Égypte... ou d'un serpent debout... ou d'une jarre en grès fin... Stupéfiant ! Annie, tu ne m'ôteras pas de l'idée que ta mère a fauté avec un ânier des Pyramides.

— Je t'en prie, Marthe ! Tu sais bien que ces plaisanteries-là me choquent à un point...

— On le sait. Attrape ta chemise, grande sotte ! À ton âge faire la pensionnaire comme ça !... Moi, j'irais toute nue devant trois mille personnes, si c'était la mode. Dire qu'on cache toujours ce qu'on a de mieux !

— Oui ? Mme Chessenet ne serait sûrement pas de ton avis !

— Savoir ! (Tu ne l'aimes pas ? Ça m'amuse.) Elle doit porter des seins dernier cri, en étole, les pans jusqu'aux genoux. »

Cette présence bavarde tonifie ma paresse, finit par chasser ma pudeur bébête. Et Marthe a le don de se faire pardonner presque tout.

Je noue ma cravate de tulle blanc devant la glace, tandis que Marthe, penchée à la fenêtre, me décrit ce qui passe sous ses yeux :

« Je vois, oh ! je vois des bonnes balles... Je vois Léon qui nous cherche avec des airs de caniche perdu... il nous croit à la musique, bon débarras !

— Pourquoi ?

— Crainte qu'il me rase, tiens ! Je vois une dame renversante, toute en valenciennes, mais une binette ridée de vieille reinette... Je vois des dos idiots d'hommes en panamas pétris comme des meringues ratées... Je vois... ah !

— Quoi ?

— Hep, hep ! eh bien, c'est pas malheureux ! oui, oui, c'est nous, montez !

— Tu es folle, Marthe ! Tout le monde te regarde. À qui en as-tu ?

— À la petite Van Langendonck.

— Calliope ?

— Elle-même !

— Elle est ici ?

— Probable, puisque je l'appelle. »

Je fronce involontairement les sourcils : encore une relation qu'Alain désirerait couper, et qu'il tient à longue distance ; non que cette petite Cypriote, veuve d'un Wallon[1], fasse parler d'elle autant qu'une Chessenet ; mais mon mari lui reproche une beauté voyante et pâmée qu'il ne trouve pas de bon ton. Je ne savais pas qu'il y eût pour la beauté un code de convenances... mais Alain l'affirme.

Calliope Van Langendonck, dite « la Déesse aux yeux pers », annoncée par un murmure élégant d'étoffes, effectue une entrée théâtrale, accable Marthe de baisers, de paroles, de dentelles traînantes, de regards lazuli, glissant entre des paupières armées de cils brillants comme des lances — puis s'abat sur moi. J'ai honte de me sentir si peu expansive, et je lui offre un fauteuil. Marthe la larde déjà de questions :

« Calliope, quel est le ponte fortuné que vous remorquez ici cette année ?

— What is it ponte ? ah ! oui... Pas dé ponte, jé suis toute seule. »

Elle répète souvent les phrases qu'on vient de dire, avec un air câlin de s'écouter et de traduire. Est-ce coquetterie, ou ruse pour se donner le temps de choisir sa réponse ?

Je me souviens que cet hiver elle mêlait le grec, l'italien, l'anglais et le français, avec une ingénuité trop complète pour être sincère. Son « babélisme » ainsi que dit Claudine, qu'elle amuse à la folie, son charabia soigneusement cultivé retient l'attention comme un charme de plus[2].

« Seule ? Racontez ça à d'autres !

— Si ! Il faut soigner deux mois par anno, pour rester belle.

— Ça lui réussit jusqu'à présent, pas, Annie ?

— Oh ! oui. Vous n'avez jamais été plus jolie, Calliope. Les eaux d'Arriège vous font du bien, n'est-ce pas ?

— Les eaux ? Je prends never,... jamais...

— Alors, pourquoi...

— Parce que l'altitude est excellent ici, et que je rencontre gens que je connais, et que je peux faire toilettes économiques.

— Femme admirable ! Pourtant, le soufre, c'est bon pour peau ?

— Non ! c'est kakon[1], movais pour peau. Je soigne peau avec recette spéciale, turque.

— Dites vite, je pantèle, et je suis sûre qu'Annie n'a plus un fil de sec. »

Calliope, qui a laissé tous ses « articles » dans l'île de Chypre, écarte doctoralement des mains scintillantes :

« Vous prenez... vieux boutons de gloves[2], en nacre, vous mettez dans un avgothiki[3]... coquetier..., et vous pressez citron tout entier dessus... Le lendemain, elle est en pâte...

— Qui, *elle* ? Mme Loubet[4] ?

— Non. Les boutons et le citron. Et vous étalez sur figure, et vous êtes plus blanc, plus blanc, que...

— Ne cherchez pas. Je vous remercie infiniment, Calliope...

— Je peux ancora donner recette pour détacher lainages...

— Non, assez, bon Dieu, assez ! Pas tout le même jour !... Depuis quand êtes-vous à Arriège ?

— Depuis... un, due, three... sept jours... Je suis si heurèse de vous voir ! Je veux plus vous quitter. Quand vous avez appelé tout à coup par la wind... fenêtre, j'ai eu spavento[5] et j'ai laissé drop[6] mon ombrelle !... »

Je suis désarmée. Devant ce polyglottisme déchaîné, Alain lui-même ne tiendrait pas son sérieux. Si cette légère créature peut me rendre courtes les longues heures de ma « saison » je la verrai tant qu'elle voudra — à Arriège.

Quel besoin avait Marthe de me traîner autour de ce kiosque à musique ! J'en rapporte une étreignante migraine, et l'empreinte, presque physique, sur ma peau, de tous ces regards sur nous. Ces gens-là, baigneurs et buveurs d'Arriège, nous ont épluchées, dévorées, avec des yeux de cannibales. J'appréhende maladivement les potins, les espionnages et les délations de ces désœuvrés minés d'ennui. Heureusement, bien peu de visages connus, excepté la petite Langendonck. Les Renaud-Claudine arrivent dans trois jours, ils ont retenu leur appartement.

Triste chambre que celle-ci ! L'électricité crue tombe

du plafond sur mon lit vide et mort... Je me sens seule, seule, au point de pleurer, au point d'avoir retenu Léonie pour me décoiffer, afin de garder auprès de moi une présence familière... Viens, mon Toby-noir, petit chien chaud et silencieux qui adore jusqu'à mon ombre, reste à mes pieds, tout fiévreux du long voyage, agité de cauchemars ingénus... Peut-être rêves-tu qu'on nous sépare encore ?...

Ne crains pas, Toby, le maître sévère, il dort à présent sur l'eau sans couleur ; car les heures de son coucher sont ordonnées comme toutes celles de sa vie... Il a remonté son chronomètre, il a couché son grand corps blanc, froid du tub glacial. Songe-t-il à Annie ? Est-ce qu'il soupirera la nuit, est-ce qu'il s'éveillera dans le noir, le noir profond, que ses pupilles dilatées peupleront de lunules d'or et de roses processionnantes ? S'il appelait, à cette minute même, son Annie docile, s'il cherchait son odeur de rose et d'œillet blanc, avec le sourire martyrisé de l'Alain de mon rêve, de l'Alain que je n'ai vu et possédé qu'en songe ? Mais non. Je le sentirais à travers l'air et la distance...

Couchons-nous, mon petit chien noir. Marthe joue au baccara.

☆

Mon cher Alain,

Je m'accoutume à cette vie d'hôtel. C'est un effort qui, je l'espère, me sera compté par vous, de même que je vous fais honneur de chaque victoire remportée sur mon apathie.

Les journées me sont plus longues pourtant qu'aux baigneurs effectifs. Marthe, vaillante comme toujours, se soumet à un traitement très dur de douches et de massage. Léon boit seulement ; moi je regarde.

Nous avons rencontré ici Mme Van Langendonck, qui est seule. Croyez, cher Alain, que je n'ai point recherché cette rencontre. Marthe l'accueille bien et dit que les amitiés de villes d'eaux se coupent à Paris le plus aisément du monde. J'espère que vous voilà rassuré sur le superficiel de nos relations. Et d'ailleurs, elle habite l'hôtel du Casino, tandis que nous logeons au Grand Hôtel.

Je crois aussi que les Renaud-Claudine débarquent dans peu de jours. Il nous sera presque impossible de ne pas les voir ; il me semble d'ailleurs que vous considérez le mari comme acceptable, parce qu'il connaît toute la terre. Quant à sa femme, nous aviserons à agir au mieux, et pour cela je me fie à Marthe, qui tient de vous un sens très fin de la décision opportune.

Je vous parle de nous, cher Alain. Vous m'avez défendu de vous importuner de ma sollicitude, inutile mais si bien intentionnée ! Sachez donc encore que nous nous levons à sept heures moins le quart, qu'à sept heures sonnantes nous sommes assises aux petites tables de la laiterie. On trait devant nous un lait mousseux et chaud, que nous buvons lentement en regardant monter le brouillard que le soleil aspire.

Il faut bien déjeuner dès sept heures, car la douche est à dix. On vient là au saut du lit sans prendre le temps même d'une toilette sommaire. Ce petit lever ne réussit pas à toutes les femmes, et j'admire comme Marthe supporte cette épreuve. Elle paraît enveloppée de linons et de mousselines, en capuchons ruchés et neigeux qui l'avantagent extrêmement.

Votre Annie n'y déploie pas tant d'art ; elle arrive en jupe tailleur et en blouse de soie molle, et l'absence de corset ne me change guère la taille. Ma natte de la nuit relevée en catogan par un ruban blanc, un chapeau paillasson en forme de cloche, — voilà une tenue qui ne fait pas émeute.

Après deux tasses de lait et autant de petits croissants, promenade dans le parc, retour à l'hôtel pour le courrier et pour la toilette, — à dix heures, douche. Marthe disparaît, et je reste seule jusqu'à midi. Je flâne, je lis, je vous écris. Je cherche à m'imaginer votre vie, votre cabine, l'odeur de la mer, le battement de l'hélice...

Adieu, cher Alain, prenez bien soin de vous-même, et de votre affection pour

ANNIE

C'est tout ce que je trouve à lui écrire. Je me suis interrompue vingt fois, une maladresse au bout de ma plume... Quel mauvais esprit m'habite, pour que j'écrive déjà « maladresse » là où il faudrait « franchise » ?...

Mais pouvais-je écrire tout ? Je crains, même de loin, la colère de mon mari, s'il apprend que je vis côte à côte avec Calliope, avec Maugis arrivé depuis trois jours et qui ne nous quitte guère... Le train de cinq heures dix amène demain Claudine et son mari... Lâchement je me dis qu'un aveu bien complet au retour d'Alain me vaudra seulement un grand sermon. Il n'aura pas vu Calliope à la laiterie le matin en « déshabillé galant » — si déshabillé et si galant, que je détourne les yeux pour lui parler —, des tulles qui dégringolent, des pelisses à franfreluches qui bâillent sur la peau dorée, et d'extraordinaires mantilles de blonde pour voiler les cheveux mal relevés. Hier matin, pourtant, elle arrive embobelinée dans un vaste cache-poussière, en soie glacée d'argent, si hermétique et si convenable que je m'étonne. Autour de nous les panamas et les casquettes à carreaux regrettent et cherchent les coins de peau ambrée.

Je lui fais compliment de sa correction. Elle éclate de son rire déchirant et s'écrie : « Je crois bien ! C'est forcé ! J'ai pas chemise dessous ! »

Je ne savais où me mettre. Les casquettes et les panamas se sont penchés vers elle, d'un mouvement automatique de marionnettes qui saluent...

Heureusement, Calliope est seule. Seule ? Hum ! J'ai parfois, marchant auprès d'elle, croisé des messieurs très bien, qui se détournaient avec une discrétion si affectée, une indifférence si parfaite... Elle passait, royale dans sa petite taille, avec un coup de paupières en éventail, qu'elle a voulu m'apprendre, sans y réussir.

L'heure de la douche nous rapproche l'une de l'autre, en faisant le désert autour de nous. Léon, très déprimé ces temps-ci, vient s'asseoir souvent à notre table et risque des cravates déconcertantes, des gilets vifs qui vont bien à son teint mat. Il s'éloigne de quart d'heure en quart d'heure, pour les quatre verres d'eau ; il tente un essai de cour littéraire auprès de Calliope. À mon grand étonnement, elle le reçoit avec un dédain peu déguisé, un froid regard bleu tombant de haut qui signifie : « Que veut cet esclave ? »

Il y a encore... Marthe. Oui, Marthe. Même pour écrire ceci, j'hésite... Ce Maugis la suit de trop près, et elle supporte sa présence comme si elle ne s'en apercevait pas. Je ne puis le croire. Les étincelants yeux gris de Marthe voient tout, écoutent tout, saisissent la pensée derrière les yeux qu'ils regardent. Comment n'arrache-t-elle pas sa petite main potelée et fine, aux lèvres de cet individu, qui lui disent, deux fois par jour, un bonjour et un adieu prolongé ? Maugis sue l'alcool. Il eſt intelligent, d'accord, inſtruit sous sa blague à demi gâteuse ; il tire l'épée, m'a dit Alain, d'un poignet redoutable que l'absinthe ne fait pas encore trembler[1]. Mais... pouah !

Elle s'amuse, je veux l'espérer. Elle coquette pour le plaisir de voir les yeux globuleux de son adorateur s'injecter et s'attendrir en la regardant. Elle s'amuse...

☆

Je viens d'accompagner Marthe à sa douche. J'en tremble encore.

Dans une affreuse cabine de sapin brut, ruisselante de toutes ses parois, pénétrée de soufre et de vapeur d'eau, j'ai assiſté, derrière un paravent de bois, au supplice sans nom qu'eſt cette douche-massage.

En un tour de main, Marthe eſt nue. Je clignote devant tant de sans-gêne et de blancheur. Marthe eſt blanche comme Alain, avec plus de rose dessous. Sans un frisson de malaise, elle tourne vers moi une croupe effrontée, marquée de fossettes profondes, tandis qu'elle sangle autour de ses tempes un bonnet de caoutchouc, un serre-tête abominable, une façon de marmotte[2] de poissarde.

Puis elle vire... et je reſte frappée du caractère que prend cette jolie tête de femme, ainsi privée de ses cheveux ondés : des yeux aigus jusqu'à la folie, la mâchoire courte et solide, l'arcade sourcilière peuple et brutale, je cherche en vain la Marthe que je connais dans celle-ci qui me fait peur. Cette figure inquiétante rit au-dessus d'un corps mignon et gras, presque trop féminin, tout en excès de minceurs et rondeurs...

« Annie, hep ! tu dors debout ?

— Non. Mais j'en ai déjà assez. Cette cabine, ce bonnet...

— Hein, Catherine, croyez-vous qu'elle eſt brave, ma petite belle-sœur ? Si nous lui donnions à nous deux une bonne douche, à grand jet ? »

Je considère avec appréhension la créature sans sexe qui attend, en tablier ciré, juchée sur des socques de bois. Elle rit sur des gencives rouges.

« Si Madame veut se coucher... Le quart d'heure est déjà bien entamé.

— Voilà, voilà. »

D'un bond, Marthe franchit le rebord d'une espèce de cercueil ouvert, incliné, que je n'avais pas vu d'abord et s'y étend, les mains sur les seins, pour les préserver du choc trop rude. Le jour d'en haut éclaire les veines de sa peau, sculpte les plis minces, touche brutalement à tout l'or roux qui moutonne sur elle... Je rougis dans l'ombre... Je n'aurais jamais cru Marthe si velue... Je rougis davantage, en songeant que sur le corps d'Alain fleurit la même abondance d'or rose comme du cuivre. Marthe attend en fermant les yeux, les coudes tremblants, et la créature sans sexe braque sur elle deux gros tubes de caoutchouc, qui pendent du plafond...

Des cris perçants, des clameurs suppliantes éclatent... Sous le jet froid, plus gros que mon poignet, qui tombe d'aplomb sur elle et se promène de la poitrine aux chevilles, Marthe se tord comme une chenille coupée, sanglote, grince, injurie — ou soupire, lorsque le jet bouillant succède au jet froid, adoucie, consolée.

La créature douche d'une main et claque de l'autre, claque sans pitié, d'une grande main solide, ce corps délicat qui se marbre de rouge brûlant.

Après cinq minutes de ce tourment effroyable, un grand peignoir chaud, une friction sèche, et Marthe, délivrée de l'odieux serre-tête, me regarde en haletant, de grosses larmes au coin des yeux.

D'une voix étranglée, je lui demande si c'est ainsi tous les matins.

« Tous les matins, mon petit. Hein ! Claudine le déclarait l'an dernier : "Ça et le tremblement de terre, on n'a rien trouvé de mieux pour faire circuler le sang."

— Oh ! Marthe, c'est affreux ! Ce jet plus rude qu'un gourdin qui t'a fait pleurer, sangloter... Quelle horreur ! »

À demi rhabillée, elle tourne vers moi un bizarre sourire en coin, les narines encore battantes :

« Je ne trouve pas. »

☆

Les repas, ici, me sont un supplice. Nous avons le choix entre deux restaurants, qui tous les deux dépendent du casino ; car les hôtels ne servent point de repas, et cette ville d'eaux, qui n'a de ville que le nom, se compose du casino, de l'établissement thermal, et de quatre grands hôtels. Ces réfectoires où l'on se rend comme des pensionnaires, ou des prisonniers, où l'on grille à midi sous le rude soleil montagnard, suffisent à me couper l'appétit. J'ai songé à me faire servir dans ma chambre, mais on m'apportera la desserte tiède, et puis, ce ne serait pas gentil pour Marthe, à qui les repas sont des prétextes à potiner et à fouiner... Je parle déjà comme elle !

Calliope s'assied à la même table que nous, et Maugis aussi, que je supporte mal. Marthe s'occupe de lui, paraît s'intéresser à ses articles de critique, quémande, autoritaire, un article sur *Un drame du cœur*, le dernier roman de mon beau-frère, pour fouetter la vente et encourager les villes d'eaux...

Léon dévore les viandes coriaces avec un appétit d'homme anémié et ne lâche pas Calliope, qui persiste à le renvoyer à ses soixante lignes, méprisante comme une fille de roi pour un scribe à gages. Drôle de petite femme ! Je l'avoue ; c'est moi qui la recherche maintenant. Elle se raconte avec une volubilité embarrassée, pêchant dans une langue étrangère le mot qui lui fait défaut dans la nôtre, et j'écoute comme un conte de fées le récit cahoté de sa vie.

C'est surtout pendant la douche de Marthe, à l'heure déserte, que je m'oublie à l'entendre. Je m'assieds en face d'elle dans un grand fauteuil d'osier, derrière la laiterie, et j'admire, pendant qu'elle parle, sa beauté parée et en désordre.

« Quand j'étais petite, dit Calliope, j'étais très belle.

— Pourquoi : "j'étais" ?

— Because je suis moins. La vieille qui lavait le linge me crachait toujours dans la figure.

— Oh ! la dégoûtante ! Vos parents ne l'ont pas mise à la porte ? »

Le beau regard bleu de Calliope me couvre de dédain :

« À la porte ? Chez nous, il faut les vieilles cracher sur les jolies petites, en disant "Phtu ! phtu !" : c'est pour conserver belles et garder contre mauvais œil. Je suis conservée kallista[1] aussi, pourquoi ma mère, le jour du baptême, a fait mettre repas sur table, la nuit.

— Ah ?

— Oui. On pose sur la table beaucoup de choses pour manger, et on se couche. Alors, les mires[2] vient.

— Qui ?

— Les mires. On les voit pas, mais elles arrivent pour manger. Et on range chaque chair, chiesa, comment vous dites ? chaise, bien contre mur, parce que si une des mires cognait son coude en passant pour sit[3] à table, elle donnerait... mauvais sort sur petit enfant.

— Que c'est joli, ces vieux usages ! Les mires, comme vous dites, ce sont des fées ?

— Fées ? je sais pas. C'est des mires... Ha ! j'ai mal à ma tête.

— Voulez-vous un peu d'antipyrine ? j'en ai dans ma chambre. »

Calliope passe sur son front poli une main aux doigts teints de rose :

« Non, merci. C'est ma faute. J'ai pas fait les croix.

— Quelles croix ?

— Comme ça, sur l'oreiller. »

Elle dessine sur son genou une série de petites croix rapides, avec le tranchant de la main.

« Vous faites les pétits croix, et vite, vite, vous couchez la tête sur l'endroit, et les mauvais visiteurs ne vient pas dans le sommeil, ni headache[4], ni rien.

— Vous êtes sûre ? »

Calliope hausse les épaules et se lève :

« Si, je suis sûre. Mais vous, c'est un peuple sans réligion.

— Où courez-vous, Calliope ?

— C'est devtera... lundi. Il faut faire mes ongles. Voilà encore que vous ne savez pas ! Lundi, faire les ongles : santé. Mardi, faire les ongles : fortune.

— Et vous préférez la santé à la fortune ? Comme je vous comprends ! »

Déjà en marche, elle se retourne, tenant à brassées ses dentelles éparses.

« Je préfère pas... lundi je fais une main, et mardi l'autre. »

☆

Entre midi et cinq heures, une chaleur inhumaine terrasse tous les baigneurs. La plupart s'enferment dans le grand hall du casino, qui ressemble à la salle des pas-perdus de quelque gare modern style. Renversés dans des rockings, ils flirtent, les malheureux ! ils sucent du café dans de la glace pilée, et somnolent au bruit d'un vague orchestre assoupi comme eux-mêmes. Je me dérobe souvent à ces plaisirs prévus, embarrassée par les regards, par le mauvais ton de Maugis, par le bruit d'une trentaine d'enfants et leur sans-gêne déjà poseur.

Car j'ai vu là des petites filles, à qui leurs treize ans font déjà du mollet et de la hanche, user indignement de ce qu'on appelle les privilèges de l'enfance. À cheval sur la jambe d'un grand cousin, ou juchée sur un tabouret de bar, les genoux au menton, une adorable petite blonde, aux yeux qui savent, montre tout ce qu'elle peut d'elle-même et guette, d'un regard de chatte froide, l'émoi honteux des hommes. Sa mère, une grosse cuisinière couperosée, s'extasie : « Est-elle bébé, à son âge ! » Je ne peux pas croiser cette gamine effrontée sans me sentir mal à l'aise. Elle a inventé de souffler des bulles de savon, et de les poursuivre d'une raquette en laine. Des individus de tout âge soufflent maintenant dans des pipes de terre, et courent après les bulles de savon, pour frôler la petite fille, lui voler son chalumeau, l'enlever d'un bras quand elle se penche à la baie vitrée... Ah ! quelle vilaine bête dort donc dans certains hommes !

Il reste encore, Dieu merci, de vrais bébés, des garçonnets patauds, aux mollets nus couleur de cigare, d'une gentillesse oursonne ; des fillettes poussées trop vite, tout en angles et en grands pieds minces, des tout petits, les bras en boudins roses ficelés de plis tendres — comme ce gros amour de quatre ans, malheureux dans sa première culotte, et qui chuchotait, très rouge, à sa Miss sévère et dégoûtée : « Est-ce que le monde a l'air que j'ai fait dans mon pantalon ? »

Je traverse, pour rentrer chez moi, la nappe dangereuse de soleil qui sépare notre hôtel du casino. Pendant vingt-cinq secondes, je goûte le plaisir cuisant de me sentir comme soulevée de chaleur, le dos grésillant, les oreilles bourdonnantes... Près de tomber, je me réfugie dans la fraîcheur noire du vestibule, où une porte ouverte sur les sous-sols laisse monter une odeur de vieille futaille, de vin rouge tourné en vinaigre... Puis, c'est ma chambre silencieuse, déjà parfumée de moi, le lit moins hostile, où je me jette en chemise, pour y songer, dévêtue, jusqu'à cinq heures...

Toby effleure mes pieds nus d'une langue congestionnée, puis tombe prostré sur le tapis. Mais cette horripilante caresse me laisse tremblante et comme outragée, oriente mes pensées sur la mauvaise route... Ma demi-nudité me rappelle la douche de Marthe, ce qu'elle cherche dans ces jets qui la rudoient, la blancheur de mon mari... celui du rêve... Pour me délivrer de l'obsession — est-ce bien pour m'en délivrer ? — je saute à bas du lit et cours chercher, entre deux sachets, le dernier portrait d'Alain.

Quoi donc ?... Est-ce maintenant que je rêve ? Ce beau garçon-là, il me semble que je ne le reconnais pas... Le dur sourcil, et cette pose arrogante de coq ! Voyons, je me trompe, et le photographe balourd aura retouché à l'excès ?...

Mais non, cet homme-là, c'est mon mari, qui voyage au loin. Je tremble devant son image, comme je tremble devant lui-même. Une créature courbée, inconsciente de sa chaîne, voilà ce qu'il a fait de moi.. Bouleversée, je cherche obstinément, dans notre passé de jeunes époux, un souvenir qui puisse m'abuser de nouveau, qui me rende le mari que j'ai *cru* avoir. Rien, je ne trouve rien... que ma soumission d'enfant battue, que son sourire de condescendance sans bonté... Je voudrais savoir que je rêve ou que je délire. Ah ! le méchant, le méchant ! Quand m'a-t-il fait le plus de mal, en partant sur la mer, ou bien en me parlant pour la première fois ?

☆

Dans la chambre de Marthe, qui eſt la plus grande, nous attendons, derrière les volets tirés, Claudine et Calliope qui doivent venir prendre le thé. Claudine arrivée d'hier soir avec son mari, et qui viendra seule, par exception, Marthe excluant aujourd'hui les hommes, « pour se reposer ». Elle se repose en piétinant sur place, en virant dans sa robe de mousseline vert cru, un vert impossible qui outre sa blancheur et embrase sa chevelure mousseuse. Au corsage échancré, une grosse rose rose, commune et embaumée. Marthe associe sur elle, d'un choix sûr, de violentes et heureuses couleurs...

Je la trouve bien agitée, les yeux menaçants et la bouche triſte. Elle s'assied, crayonne rapidement sur une feuille blanche, murmure des chiffres :

« ...Ici, c'eſt deux louis par jour... quinze cents francs chez Hunt[1] à la rentrée... et l'autre idiot qui veut passer par Bayreuth... C'eſt plutôt compliqué, la vie !

— Tu me parles, Marthe ?

— Je te parle sans te parler. Je dis que c'eſt compliqué, la vie.

— Compliqué... peut-être bien. »

(Elle hausse les épaules.)

« Oui. "Peut-être bien." S'il te fallait trouver cinq cents louis...

— Cinq cents louis ?

— Ne te fatigue pas à calculer, ça fait dix mille francs. S'il te fallait les dénicher d'ici trois semaines, dans... dans les plis de ta robe, qu'eſt-ce que tu ferais ?

— Je... j'écrirais au banquier... et à Alain.

— Comme c'eſt simple ! »

Elle eſt si sèche que je crains de l'avoir froissée :

« Comme tu me dis cela, Marthe ! Eſt-ce que... eſt-ce que tu as besoin d'argent ? »

(Ses durs yeux gris s'apitoient :)

« Mon pauvre petit pruneau, tu me fais de la peine. Bien sûr, j'ai besoin d'argent... Tout le temps, tout le temps !

— Mais, Marthe, je vous croyais riches ! Les romans de Léon se vendent, et ta dot...

— Oui, oui. Mais faut manger. Le chateaubriand est hors de prix, cette année. Crois-tu qu'avec trente mille[1] de rente, en tout et pour tout, une femme puisse vivre convenablement, si elle n'a pas un courage de teigne ? »

Je réfléchis une seconde, pour avoir l'air de calculer :

« Dame... c'est peut-être un peu juste. Mais, Marthe, pourquoi ne pas...

— Ne pas ?...

— Ne pas me le dire ? J'ai de l'argent, moi, et je serais très contente... »

Elle m'embrasse, d'un baiser qui sonne comme une tape, et me tire l'oreille :

« T'es gentille. Je ne dis pas non. Mais pas maintenant. Laisse, j'ai encore une ou deux ficelles qui sont comme neuves. Et puis, je te garde pour la bonne bouche. Et puis... ça m'amuse de me battre contre l'argent, de trouver à mon réveil une facture qu'on réclame pour la dixième fois, de regarder le dedans de mes mains vides en me disant : "Ce soir, il faut vingt-cinq louis dans cette menotte-là." »

Ébahie, je la contemple, cette petite Bellone en robe verte comme une sauterelle... « Se battre, lutter... » des mots effrayants, qui font lever des images de gestes meurtriers, de muscles tendus, de sang, de victoires... Je reste devant elle comme une infirme, les mains inertes, songeant à mes larmes récentes devant la photographie d'Alain, à ma vie écrasée... Un trouble pourtant me vient :

« Marthe... comment fais-tu ?

— Tu dis ?

— Comment fais-tu, quand tu as tant besoin d'argent ? »

Elle sourit, se détourne, puis me regarde de nouveau, avec un air doux et lointain :

« Eh bien, voilà... je tape l'éditeur de Léon... j'embobine le couturier, ou bien je le terrorise... Et puis il y a des rentrées inespérées...

— Tu veux dire de l'argent qu'on te devait, que tu avais prêté ?

— À peu près... J'entends Claudine ; à qui parle-t-elle ? »

Elle ouvre la porte et se penche sur le corridor. Je la suis des yeux, avec une arrière-pensée pénible... Pour la première fois, je viens de feindre l'ignorance, de simuler le zozotisme d'une Rose-Chou... « Des rentrées inespérées !... » Marthe m'inquiète.

Claudine parle en effet, dans le corridor. J'entends : « Ma fiiille... » Quelle fille ? Et cette tendresse dans l'accent ?...

Elle paraît, tenant en laisse sa Fanchette maniérée et tranquille[1] qui marche en ondulant et dont les yeux verts noircissent à notre vue. Marthe, ravie, bat des mains comme au théâtre :

« Comme c'est bien Claudine ! Où avez-vous pris cette bête délicieuse ? Chez Barnum[2] ?

— Pardi non. Cheux nous. À Montigny. Fanchette, assise ! »

Claudine ôte son chapeau de garçon, remue ses boucles. Elle a ce teint mat, cet air sauvage et doux qui me plaît tant. Sa chatte s'assied correctement, la queue sous les pattes de devant. J'ai bien fait d'envoyer mon Toby promener avec Léonie ; elle l'aurait griffé.

« Bonjour, vous, princesse lointaine.

— Bonjour, Claudine. Vous avez fait bon voyage ?

— Très bon, Renaud charmant. Il a tout le temps flirté avec moi, si bien que je n'ai pas eu une seule minute la sensation d'être mariée... Croyez-vous, un monsieur qui voulait m'acheter Fanchette ? Je l'ai regardé comme s'il avait violé ma mère... On a chaud, ici. Est-ce qu'il va venir beaucoup de dames ?

— Non, non, Calliope Van Langendonck seulement. »

Claudine passe lestement son pied par-dessus une chaise, une chaise très haute :

« Chance ! je l'adore, Calliope. Ohé, de la trirème ! On va avoir du goût. Et puis elle est jolie, et puis elle est dernière détentrice de l'"l'âme antique".

— Par exemple ! se révolte Marthe. Elle qui eſt cosmopolite comme un croupier de casino !

— C'eſt ce que je voulais dire. Elle incarne, en mon imagination simpliſte, tous les peuples qui sont en dessous de nous.

— Les taupes ? raillé-je timidement.

— Non, subtile petite rosse. Au-dessous... sur la carte. La voilà ! Paraissez, Calliope[a], Hébé, Aphrodite[1], Mnasidika... je sors tout ce que je sais de grec pour vous ! »

Calliope semble nue dans une robe trop riche de chantilly[2] noir sur crêpe de Chine chair. Elle succombe dès le seuil :

« Je suis morte. Trois étages...

— ... C'eſt movais pour peau, continue Claudine.

— Mais c'eſt bon pour femme enceinte. Ça fait tomber enfant.

MARTHE, *effarée*[3]. — Vous êtes enceinte, Calliope ?

CALLIOPE, *sereine*. — Non, never, jamais.

MARTHE, *amère*. — Vous avez de la veine. Moi non plus, d'ailleurs. Mais c'eſt assommant, tous ces moyens préventifs. Comment vous garez-vous, vous ?

CALLIOPE, *pudique*. — Je suis veuve.

CLAUDINE. — Évidemment, c'eſt un moyen. Mais la condition n'eſt ni nécessaire ni suffisante. Quand vous n'étiez pas veuve, qu'eſt-ce que vous faisiez ?

CALLIOPE. — Je faisais les croix dessus, avant. Et je tousse, après.

MARTHE, *qui pouffe*. — Les croix !... Sur qui ? Sur vous, ou sur le partenaire ?

CALLIOPE. — Sur tous deux, deareſt[4].

CLAUDINE. — Ah ! ah ! Et vous toussiez après ? C'eſt le rite grec ?

CALLIOPE. — Non, poulaki mou[5]. On tousse comme ça (*elle tousse*) et c'eſt parti.

MARTHE, *dubitative*. — Ça vient plus vite que ça ne s'en va... Claudine, passez-moi donc la salade de pêches...

CLAUDINE, *absorbée*. — Je ne suis pas curieuse, mais j'aurais voulu voir sa tête...

CALLIOPE. — Tête de qui ?

CLAUDINE. — La tête de feu Van Langendonck, pendant que vous "faisiez croix dessus".

CALLIOPE, *candide.* — Mais je les faisais pas sur tête !

CLAUDINE, *éclatant.* — Ah ! ah ! que j'ai du goût (*suffoquant de rire*). Cette bon sang de Calliope me fait engorger ! »

Elle crie et se pâme de joie ; Marthe, elle aussi, s'étrangle. Moi-même, malgré la honte qu'elles me donnent, je ne puis m'empêcher de sourire dans la demi-obscurité qui me protège, qui ne me protège pas assez, car Claudine a surpris la gaieté silencieuse que je me reproche.

« Eh là, dites donc, sainte Annie, je vous vois ! Allez jouer dans le parc tout de suite, ou n'ayez pas l'air de comprendre. Ou plutôt, non (sa voix rude devient douce et chantante), souriez encore ! Quand les coins de votre bouche remontent, vos paupières descendent, et les histoires de Calliope ont moins d'équivoque... petite Annie... que votre sourire... »

Marthe interpose entre Claudine et moi l'aile d'un éventail ouvert :

« ... et si ça continue, vous allez appeler ma belle-sœur "Rézi" ! Merci, je ne veux pas que mon honnête chambre serve à ça ! »

(Rézi ? qu'est-ce que c'est ? Je m'enhardis :)

« Vous avez dit... Rézi ? C'est un mot d'une langue étrangère ?

— Vous ne croyez pas si bien dire ! » riposte Claudine pendant que Marthe et Calliope échangent des sourires complices[1]. Puis sa gaieté tombe net, elle cesse de sucer son café glacé, rêve une minute, avec des yeux assombris, les mêmes yeux que ceux de sa chatte blanche qui, pensive, menace un point dans le vide...

Qu'ont-elles dit encore ? Je ne sais plus, je me reculais de plus en plus dans l'ombre de la persienne. Je n'ose transcrire les bribes que je me rappelle. Mille horreurs ! Calliope met à les débiter plus d'inconscience, une impudeur exotique ; Marthe une crudité nette et sans trouble ; Claudine, une sorte de sauvagerie languide, qui me révolte moins.

Elles en étaient venues à me questionner, avec des rires, sur des gestes et des choses que je n'ose nommer, même en pensée. Je n'ai pas tout compris, j'ai balbutié, j'ai retiré mes mains de leurs mains insistantes, elles ont fini par me laisser, bien que Claudine murmurât, les yeux sur mes yeux pâles qui laissent trop entrer le vouloir d'autrui : « Cette Annie est attachante comme une jeune fille. » Elle est partie la première, emmenant sa chatte blanche au collier de cuir vert, et bâillant à notre nez : « Il y a trop longtemps que j'ai vu mon grand ; le temps me dure ! »

☆

Maugis « colle » de plus en plus. Il encense Marthe de ses hommages, qui montent vers elle dans une fumée de whisky. Ces rendez-vous à la musique de cinq heures m'excèdent. Nous y retrouvons Calliope, autour de qui les hommes ont des regards de meute, et Renaud-Claudine amoureux et agaçants. Mais oui, agaçants ! Cette manière de se sourire des yeux, de s'asseoir genou à genou, comme des mariés de quinze jours ! Et encore, j'ai vu, moi, des mariés de quinze jours, qui n'attiraient pas l'attention...

... Deux mariés tout récents qui dînaient à une petite table de restaurant, lui roux, elle trop brune, sans que leur visage traduisît jamais le désir, leurs mains la caresse, sans que leurs pieds se joignissent sous la nappe retombante... Souvent, elle laissait descendre ses paupières sur des yeux transparents, « couleur de fleur de chicorée sauvage », elle posait et reprenait sa fourchette, froidissait sa main chaude au flanc perlé de la carafe, en fiévreuse accoutumée à sa fièvre. Lui, il mangeait d'un appétit sain comme ses dents, et parlait d'une voix de maître : « Annie, vous avez tort ; cette viande est saignante à point... » L'aveugle ! l'indifférent ! il ne voyait ni cette fièvre douce, ni ces cils trop lourds qui voilaient les yeux bleus. Il ne devinait pas quelle angoisse était la mienne, et comme j'aspirais, en la redoutant, à l'heure encore non venue où mon plaisir saurait répondre au sien... Que cela est pénible à écrire... Effarée, obéissante, je me pliais à sa caresse simple et robuste qui me quittait trop tôt, à l'instant où raidie, la gorge pleine de larmes, au bord même, pensais-je, de la mort, j'appelais et j'attendais… je ne savais quoi. Je le sais maintenant[a]. L'ennui, la solitude, une après-midi d'atroce migraine et d'éther ont fait de moi une pécheresse pleine de remords. Péché qui menace toujours et contre quoi je lutte désespérément… Depuis que je rédige ce journal, je me vois apparaître, chaque jour, un peu plus nette, comme un portrait noirci qu'une main experte relave… Comment Alain, qui s'enquérait si peu de mes misères morales, devina-t-il ce qui s'était passé entre moi et… et Annie ? Je l'ignore. Peut-être une jalousie de bête trahie l'éclaira-t-elle ce jour-là… Matée par son regard dur, à travers une frayeur qui m'étourdissait, je l'entendis parler « d'enfant vicieuse », de « vêtements de nuit qu'on attache aux chevilles », de « punition cuisante »… cependant que je désirais mourir. Puis, rien. Il parut oublier cette minute de cauchemar, redoubla sa sollicitude toute matérielle ; j'humiliai encore mon silence et je crus l'aimer davantage, pour sa sévérité et pour son pardon…

D'où donc m'est venue la lumière ? De son absence ? Quelques lieues de terre et d'eau entre lui et moi ont fait ce miracle ? Ou bien j'ai bu le philtre qui rendit la mémoire à Siegfried[1] ? Mais le philtre tardif lui rendit aussi l'amour, et moi, hélas !… À quoi m'accrocherai-je ? Tous, autour de moi, courent et combattent vers le but de leur vie… Marthe et Léon peinent, lui pour les gros tirages, elle pour le luxe. Claudine aime, et Calliope se laisse aimer… Maugis se grise… Alain emplit sa vie de mille vanités exigeantes : respectabilité, existence brillante et correcte, souci d'habiter une maison bien tenue, d'éplucher son livre d'adresses comme un certificat de domestique, de dresser sa femme qu'il enrêne trop court comme son demi-sang anglais… Ils vont, ils agissent, et moi je reste[b] les mains vides et pendantes…

Marthe tombe au milieu de cet accès noir. Elle-même semble moins allègre, sinon moins vaillante, et sa bouche mobile et rouge rit avec un pli triste. Mais peut-être est-ce moi qui vois tout amer ?…

Elle s'assied sans me regarder, dispose les plis d'une jupe de dentelle, qui accompagne un petit habit Louis XVI en pékin[2] blanc. Des plumes blanches frémissent sur son chapeau blanc. Je n'aime pas beaucoup cette robe-là, trop parée, trop messe de mariage. Je préfère tout bas la mienne en voile ivoire, coulissée partout, en rond à l'empiècement, au-dessus du volant de la jupe, aux manches qui s'ouvrent ensuite en ailes...

« Tu viens ? demande Marthe, la voix brève.

— Où ça ?

— Oh ! cet air de tomber toujours de la lune ! À la musique, il est cinq heures.

— C'est que je... »

(Son geste coupe :)

« Non, je t'en prie ! Tu l'as déjà dit. Ton chapeau, et filons. »

D'habitude, j'eusse obéi, quasi inconsciente. Mais aujourd'hui est un jour troublé, qui me change :

« Non, Marthe, je t'assure, j'ai mal à la tête. »

(Elle remue ses épaules :)

« Je sais bien. C'est l'air qui te remettra. Viens ! »

Doucement, je réponds toujours non. Elle se mord les lèvres et fronce ses sourcils roux, crayonnés de châtain.

« Enfin, voyons ! J'ai besoin que tu viennes, là !

— Besoin ?

— Oui, besoin. Je ne veux pas rester seule,... avec Maugis.

— Avec Maugis ? C'est une plaisanterie. Il y aura Claudine, Renaud et Calliope. »

Marthe s'agite, pâlit un peu, ses mains tremblent.

« Je t'en supplie, Annie... ne me fais pas mettre en colère. »

Interloquée, défiante, je reste assise. Elle ne me regarde pas, et parle, les yeux vers la fenêtre :

« J'ai... grand besoin que tu viennes, parce que... parce que Léon est jaloux. »

Elle ment. Je sens qu'elle ment. Elle le devine, et tourne enfin vers moi ses yeux de flamme.

« Oui, c'est une craque[1], parfaitement. Je veux parler à Maugis, sans témoins ; j'ai besoin de toi pour faire croire aux autres que tu nous accompagnes, lui et moi, un bout de chemin, à trente pas, comme l'institutrice anglaise. Tu prendras un livre, un petit ouvrage, ce que tu voudras. Là. Ça y est ? Qu'est-ce que tu décides ? Me rendras-tu ce service ? »

J'ai rougi pour elle. Avec Maugis ! Et elle a compté sur moi pour... oh ! non !

À mon geste, elle frappe rageusement du pied :

« Sotte ! crois-tu que je vais coucher avec lui dans un fourré du parc ? Comprends donc que rien ne va, que l'argent se cache, qu'il faut que je tire à Maugis, non seulement un article sur le roman de Léon qui va paraître en octobre, mais deux, mais trois articles, dans les revues étrangères qui nous ouvriront Londres et Vienne ! Ce soiffard est plus malin qu'un singe, et nous nous mesurons depuis un mois ; mais il y passera, ou je... je... »

Elle bégaye de fureur, le poing tendu, avec une sauvage figure de tricoteuse déguisée en ci-devant, puis se calme, par un bel effort, et dit froidement :

« Voilà la situation. Tu viens à la musique ? À Paris je n'en serais pas réduite à te demander ça. À Paris, une femme d'esprit se tire d'affaire toute seule ! Mais ici, dans ce phalanstère, où le voisin d'hôtel compte vos chemises sales et les brocs d'eau chaude que la bonne monte le matin...

— Alors, Marthe, dis-moi... c'est par amour pour Léon ?

— Par amour que... quoi ?

— Oui, que tu te dévoues, que tu fais bon visage à cet individu,... c'est pour la gloire de ton mari, n'est-ce pas ? »

Elle rit sèchement, en poudrant ses joues allumées :

« Sa gloire, si tu veux. Le laurier est une coiffure... qui en vaut une autre[1]. Ne cherche pas ton chapeau, il est sur le lit. »

Jusqu'où me mèneront-elles ? Il n'en est pas une des trois à qui je voudrais ressembler ! Marthe, prête à tout, Calliope, cynique comme une femme de harem, et Claudine sans pudeur, à la manière d'un animal qui a tous les instincts, même les bons. Mon Dieu, puisque je les juge si clairement, préservez-moi de devenir semblable à elles[2] !

Oui, j'ai suivi Marthe à la musique, puis dans le parc, et Maugis marchait entre nous deux. Dans une allée déserte, Marthe m'a dit simplement : « Annie, le ruban de ton soulier se défait. » Docile, j'ai semblé rattacher un lacet de soie dont le nœud tenait fort bien, et je n'ai pas rattrapé ma distance. Je marchais derrière eux, les yeux à terre, sans oser regarder leurs dos et sans entendre de leurs voix qu'un murmure précipité.

Lorsque Marthe, émue et triomphante, est venue me relever de ma honteuse faction, j'ai poussé un grand soupir de soulagement. Elle m'a pris le bras, gentille :

« C'est fait. Merci, petite. Tu m'as aidée à arranger bien des choses. Mais juge de la difficulté ! Si j'avais donné rendez-vous à Maugis dans le parc, à la laiterie, ou aux petites tables du café glacé, un gêneur, ou pis : une gêneuse nous serait tombée sur le poil au bout de cinq minutes. Le voir dans ma chambre, ça devenait dangereux...

— Alors, tu les auras, Marthe ?

— Quoi ?

— Les articles des revues étrangères ?

— Ah ! oui... Oui, je les aurai, et tout ce que je voudrai. »

Elle se tait un instant, secoue ses grandes manches pour s'aérer, et murmure comme pour elle-même :

« Il est riche, le mufle ! »

(Surprise, je la regarde :)

« Riche ? qu'est-ce que cela peut te faire, Marthe ?

— Je veux dire par là, explique-t-elle très vite, que je l'envie d'écrire pour son plaisir, au lieu de masser[1], comme ce pauvre Léon, qui assiège là-bas Calliope sans résultat. Cette ville cypriote, sans remparts, se défend étonnamment !

— Et puis, l'assaillant n'est peut-être pas très armé », risqué-je timidement.

(Marthe s'arrête net au milieu de l'allée :)

« Miséricorde ! Annie qui lâche des inconvenances ! Ma chère, je ne te savais pas sur Léon des documents si précis. »

Elle a rejoint, tout animée, le groupe des amis quittés, mais j'ai de nouveau prétexté la migraine, et me revoici dans ma chambre, mon Toby-noir à mes pieds, inquiète de moi, mécontente de tout, humiliée du vilain service que je viens de rendre à ma belle-sœur.

Ah ! tout ce qu'Alain ne soupçonne pas !

Cela me fait méchamment sourire, de penser qu'il

ignore tant de moi-même, et tant de sa sœur préférée. Je prends en grippe cet Arriège, où ma vie s'est éclairée si tristement, où l'humanité plus petite et plus serrée se montre toute proche et caricaturale... J'ai usé l'amusement de voir remuer tous ces gens-là. Il défile, à la laiterie matinale, trop de laideurs replâtrées chez les femmes, de convoitises bestiales chez les hommes — ou bien de fatigue, car il y paraît de sinistres figures de baccara, tirées et vertes, avec des yeux injectés. Ces figures-là appartiennent à des corps gourds d'hommes assis toute la nuit sur une chaise, et l'arthritisme n'ankylose pas seul tant de « charnières », comme dit Marthe.

Je n'ai plus envie d'entrer dans la salle de gargarisme, ni d'assister à la douche de Marthe, ni de potiner dans le hall, ni de m'épanouir aux *Noces de Jeannette*[1] avec Claudine, cette effrontée, folle de Debussy, ayant imaginé par sadisme d'aller applaudir frénétiquement les opéras-comiques les plus poussiéreux. Que les mêmes heures ramènent les mêmes plaisirs, les mêmes soins, rassemblent les mêmes visages, voilà ce que je ne puis plus supporter. Par la fenêtre, mes yeux fuient constamment vers la déchirure ouverte à l'ouest de la vallée, cassure dans la chaîne sombre qui nous enserre, faille de lumière où brillent de lointaines montagnes voilées d'une poudre de nacre, peintes sur un ciel dont le bleu défaillant et pur est celui même de mes prunelles... C'est par là, maintenant, qu'il me semble que je m'évade[2]... Par là je devine (ou je suppose, hélas !) une autre vie qui serait la mienne, et non celle de la poupée sans ressort qu'on nomme Annie...

☆

Mon pauvre Toby-noir, que faire de toi ? Voilà que nous allons partir pour Bayreuth[3] ! Marthe l'a décidé, d'un entrain qui m'épargne toute discussion. Va, je t'emmènerai, c'est encore le plus simple et le plus honnête. Je t'ai promis de te garder, et j'ai besoin de ta présence adorante et muette, de ton ombre courte et carrée près de mon ombre longue. Tu m'aimes assez pour respecter mon sommeil, ma tristesse, mon silence, et je t'aime comme un petit monstre gardien. Une gaieté jeune me revient, à te voir m'escorter, grave, la gueule distendue par une grosse pomme verte que tu portes précieusement tout un jour — ou gratter d'une griffe obstinée un dessin du tapis, pour le détacher du fond. Car tu vis, ingénu, entouré de mystères. Mystère des fleurs coloriées sur l'étoffe des fauteuils — duperie des glaces d'où te guette un fantôme de bull, poilu de noir, qui te ressemble comme un frère —, piège du rocking-chair, qui se dérobe sous les pattes... Tu ne t'obstines pas à pénétrer l'inconnaissable, toi. Tu soupires, ou tu rages, ou bien tu souris d'un air embarrassé, et tu reprends ta pomme verte mâchouillée.

Moi aussi, il n'y a pas deux mois, je disais : « C'est ainsi. Mon maître sait ce qu'il faut. » À présent, je me tourmente et je me fuis. Je me fuis ! Entends ce mot comme il faut l'entendre, petit chien, plein d'une foi que j'ai perdue. Il vaut mieux, cent fois mieux, radoter sur ce cahier et écouter Calliope et Claudine, que m'attarder seule, dangereusement, avec moi-même...

Nous ne parlons plus que de ce voyage. Calliope m'en rebat les oreilles, et se désole de notre départ, à grand renfort de « Dié tout puissant ! » et de « poulaki mou ».

Claudine considère toute cette agitation avec indifférence et gentillesse. Renaud est là, que lui importe le reste ? Léon, amer depuis son échec qu'il ne pardonne pas à Calliope, parle trop de son roman, du Bayreuth qu'il veut y décrire, « un Bayreuth considéré sous un angle spécial »...

« C'est un sujet neuf », déclare gravement Maugis qui envoie depuis dix ans, à trois journaux quotidiens, des correspondances bayreuthiennes[1].

« Un sujet est toujours neuf quand on sait le rajeunir, affirme Léon, doctoral. Bayreuth vu par une femme amoureuse à travers l'hyperesthésie des sens que donne la passion satisfaite — et illégitime ! — blaguez, blaguez, ça peut fournir une très bonne copie et vingt éditions !

— Pour le moins, souffle Maugis dans un flot de fumée. D'abord, moi, je donne toujours raison au mari d'une jolie femme. »

La jolie femme somnole à demi, allongée dans un

rocking... Mais Marthe ne dort jamais qu'à la façon des chats.

Nous cuisons dans le parc ; deux heures, l'heure étouffante et longue ; le café glacé fond dans les tasses, Calliope se meurt doucement, en gémissant comme un ramier. Je jouis du soleil torride, renversée dans un fauteuil de paille, et je ne remue pas même les paupières... À la pension, on m'appelait le lézard... Léon consulte fréquemment sa montre, attentif à ne pas dépasser le temps fixé pour sa récréation. La dépouille de Toby, qui semble inhabitée, gît sur le sable fin.

« Tu emmènes ce chien ? soupire Marthe faiblement.

— Certainement, c'eſt un si honnête garçon !

— Je n'aime pas beaucoup les honnêtes garçons, même en voyage.

— Alors, tu monteras dans un autre compartiment. »

Ayant répondu cela, je m'émerveille en silence de moi-même. Le mois dernier, j'aurais répondu : « Alors, je monterai dans un autre compartiment. »

Marthe ne réplique rien et semble dormir. Au bout d'un inſtant, elle ouvre tout à fait ses yeux vigilants :

« Dites donc, vous autres, vous ne trouvez pas qu'Annie eſt changée ?

— Heu... mâchonne Maugis, très vague.

— Vous croyez ? demande Calliope, conciliante.

— Peut-être... hésite Léon.

— J'ai plaisir à conſtater que vous êtes tous de mon avis, raille ma belle-sœur. Je ne vous surprendrai donc pas en disant qu'Annie marche plus vite, courbe moins les épaules, regarde moins à terre et parle presque comme une personne naturelle. C'eſt Alain qui va trouver du changement ! »

(Gênée, je me lève :)

« C'eſt ton activité, Marthe, qui me galvanise. Alain n'en sera pas aussi surpris que tu le penses. Il m'a toujours prédit que tu aurais une excellente influence sur moi. Je vous demande pardon, mais je rentre écrire...

— Je vous suis », dit Calliope.

Effectivement, elle me suit, sans autre encouragement de ma part. Elle passe sous mon bras mince son bras potelé.

« Annie, j'ai un très grand service à vous demander. »

Bon Dieu, quelle figure séduisante ! Entre les cils en pointes d'épée, les yeux lazuli luisent, fixes, suppliants, et la bouche en arc tendu s'entrouvre prête, dirait-on, à toutes les confidences... Avec Calliope, il faut s'attendre à tout.

« Dites, ma chère, vous savez bien que s'il est en mon pouvoir... »

(Nous sommes dans ma chambre. Elle me prend les mains, avec une mimique outrée d'actrice italienne.)

« Oh ! oui, n'est-ce pas ? Vous êtes une tellement pure ! C'est ce qui m'a décidée. I am... perdue, si vous me refuseriez ! Mais vous voudrez vous intéresser pour moi... »

Elle roule en tampon un petit mouchoir de dentelle et s'essuie les cils. Ils sont secs. Je ne me sens pas à mon aise.

Très posée à présent, elle manie les cent fétiches baroques qui cliquettent à sa chaîne (Claudine dit de Calliope qu'elle marche avec un bruit de petit chien) et regarde le tapis. Je crois qu'elle murmure quelque chose pour elle-même...

« C'est prière à la Lune, explique-t-elle. Annie, portez-moi un secours. J'ai besoin d'une lettre.

— Une lettre ?

— Oui. Une lettre... épigraphion. Une lettre bien, que vous dicterez.

— Mais pour qui ?

— Pour... pour... un ami du cœur.

— Oh ! »

Calliope étend un bras tragique :

« Je jure, par serment, sur tête de mes parents qui sont morts, que c'est ami du cœur seulement ! »

(Je ne réponds pas tout de suite. Je voudrais savoir...)

« Mais, ma chère, quel besoin avez-vous de moi pour cela ? »

Elle se tord les mains avec un visage très calme :

« Comprenez ! Un ami du cœur, que j'aime, oh ! oui, j'aime, par serment, Annie ! Mais... mais je le connais pas trop.

— Hein ?

— Si. Il veut m'épouser. Il écrit lettres qui sont *passionnelles*, et je answer.. réponds très peu, pourquoi... parce que je sais pas très bien écrire.

— Qu'est-ce que vous racontez là ?

— La vérité, par serment ! Je parle... deux, tre, quatre, five, langages, assez pour voyager. Mais je n'écris pas. Français surtout, si compliqué, si... je ne trouve pas le mot... Mon ami me croit... instruite, unique, femme universelle, et je voudrais tant paraître comme il croit ! Sans ça... comme vous dites, en France, vous ?... l'affaire est dans un seau. »

Elle peine, rougit, pétrit son petit mouchoir, jette tout son fluide. Je réfléchis, très froide :

« Dites-moi, ma chère, sur qui comptiez-vous avant moi ? Car enfin, je ne suis pas la première... »

Elle hausse l'épaule rageusement :

« Un tout petit de mon pays, qui écrivait bien. Il était... amoreux de moi. Et je copiais sa correspondance... mais à l'autre genre, vous entendez. »

Cette scélératesse paisible, au lieu de m'indigner, me donne le fou rire. C'est plus fort que moi, je ne puis prendre Calliope au sérieux, même dans le mal. Elle m'a désarmée. J'ouvre mon buvard.

« Mettez-vous là, Calliope, nous allons essayer. Quoique... vous ne saurez jamais combien cela m'est étrange d'écrire une lettre d'amour... Voyons. Que dois-je dire ?

— Tout ! s'écrie-t-elle avec une passion reconnaissante. Que je l'aime !... Qu'il est loin !... Que ma vie est sans parfum, et que je décoloris... Enfin, tout ce qu'on dit à l'habitude. »

(... Que je l'aime... qu'il est loin... J'ai déjà traité le sujet, mais avec si peu de succès...) Accoudée près de Calliope, les yeux sur sa main brillante de bagues, je dicte comme en songe...

« Mon ami si cher...

— Trop froid, interrompt Calliope. Je vais écrire "Mon âme sur la mer" !

— Comme vous voudrez... "Mon âme sur la mer..." Je ne puis pas ainsi, Calliope. Donnez-moi la plume, vous recopierez, vous modifierez après. »

Et j'écris, enfiévrée :

« Mon âme sur la mer, vous m'avez laissée comme

une maison sans maître où brûle encore une lumière oubliée. La lumière brûlera jusqu'au bout, et les passants croiront que la maison eſt habitée, mais la flamme va baisser dans une heure et mourir... à moins qu'une autre main ne lui rende l'éclat et la force... »

« Pas ça, pas ça ! intervient Calliope penchée sur mon épaule. Pas bon, "l'autre main" !... Écrivez "la même main". »

Mais je n'écris plus rien. Le front sur la table, au creux de mon bras replié, je pleure brusquement, avec le dépit de ne pouvoir cacher mes larmes... Le jeu a mal fini. La bonne petite Calliope comprend — un peu de travers — et m'entoure de ses bras, de son parfum fort, de doléances, d'exclamations désolées :

« Chérie ! Psychi mou[1] ! Que je suis mauvaise ! J'ai pas pensé que vous étiez seule ! Donnez, c'eſt fini, je veux plus. Et d'ailleurs, c'eſt assez. Le commencé, bon pour varier dessus ; je mettrai *palazzo* au lieu de maison et je chercherai dans romans français pour le reſte...

— Je vous demande pardon, ma petite amie. Ce temps d'orage m'a mis les nerfs en triſte état.

— Nerfs ! ah ! s'il n'y avait que nerfs ! dit Calliope sentencieuse, les yeux au plafond. Mais... »

Son geſte cynique et simple complète si singulièrement sa phrase que malgré moi, je souris. Elle rit.

« Oui, hein ? Addio, many thanks, et pardonnez-moi. J'emporte commencement de la lettre. Soyez avec votre courage. »

Déjà dehors, elle rouvre la porte et passe sa tête de déesse malicieuse :

« Et même, je copierai deux fois. Parce que j'ai un autre ami. »

☆

Encore dans le parc !

« En tant que salines et sulfureuses, les eaux d'Arriège sont indiquées dans les maladies chroniques de la peau... »

Claudine lit tout haut le petit panégyrique, broché sous couverture séduisante, qu'offre aux baigneurs l'établissement thermal. Nous écoutons, pour la dernière fois, le triste orchestre qui joue tout le temps fortissimo, avec une rigueur morne et sans nuances. Entre une *Sélection des Dragons de Villars*[1] et une *Marche* d'Armande de Polignac[2], Claudine nous initie, malgré nous et non sans commentaires, aux vertus de la source sulfureuse. Sa diction est châtiée, son ton docte, son calme imperturbable.

Sa chatte blanche, en laisse, dort sur une chaise de paille, « une chaise qui coûte deux sous, comme pour une personne », a réclamé Claudine, « et pas une chaise en fer, parce que Fanchette a le derrière frileux ! »

« On va jouer à un jeu ! s'écrie-t-elle, inspirée.

— Je me méfie un peu » dit son mari aux yeux tendres. Il fume des cigarettes égyptiennes odorantes, silencieux[a] le plus souvent, détaché comme s'il avait mis toute sa vie en celle qu'il nomme « son enfant chérie »...

« Un jeu très joli ! Je vais deviner, sur vos figures, les maladies que vous soignez ici, et quand je me tromperai, je donnerai un gage.

— Donnez-m'en un tout de suite, crie Marthe. Je me porte comme un charme.

— Moi aussi, grogne Maugis congestionné, le panama rabattu jusqu'aux moustaches.

— Moi aussi, fait Renaud, doucement.

— Et moi donc ! » soupire Léon, pâle et fatigué.

Claudine, toute jolie sous une capeline blanche, nouée sous le menton par des brides de tulle blanc[3], nous menace d'un doigt pointu.

« Attends, marche, bouge pas ! Vous allez voir qu'ils sont tous venus ici pour leur plaisir..., comme moi ! »

Elle reprend son petit livre, et distribue ses diagnostics comme autant de bouquets :

« Marthe, à vous "l'acné et l'eczéma" ! À vous, Renaud, la... voyons... ah ! la "furonculose". C'est joli, pas ? On dirait un nom de fleur. Je devine chez Annie "l'érysipèle à poussée intermittente", et chez Léon, "l'anémie scrofuleuse"...

— ... Merci, très peu pour lui, interrompt Renaud qui voit mon beau-frère en train de sourire jaune.

— ... et chez Maugis... chez Maugis... bon sang, je ne trouve plus rien... ah ! je le tiens ! Chez Maugis, dis-je... "l'herpès récidivant des parties génitales". »

Une explosion de rires ! Marthe montre toutes ses dents et pouffe effrontément vers Maugis furieux, qui relève son panama pour invectiver l'inconvenante petite femme. Renaud essaie sans conviction d'imposer silence, parce que tout un groupe honnête, derrière nous, vient de fuir à grand fracas scandalisé de chaises qu'on renverse.

« Faites pas attention, jette Claudine, ceux-là qui s'en vont (elle reprend sa brochure) c'est des jaloux, des petites maladies de rien du tout, des... "métrites chroniques", de mesquins "catarrhes de l'oreille" ou de méchantes "leucorrhées" d'un sou !

— Mais, vous-même, petite poison, éclate Maugis, qu'est-ce que vous êtes venue fiche ici, hormis embêter les gens tranquilles ?

— Chut !... (elle se penche mystérieuse et importante) ne le dites à personne, je viens soigner Fanchette qui a la même maladie que vous. »

☆

Bayreuth[1].

La pluie, la pluie... Le ciel fond en pluie, et le ciel, ici, c'est du charbon. Si je m'appuie au rebord de la fenêtre, mes mains et mes coudes sont marqués de noir. La même poudre noire, impalpable, neige invisiblement sur ma robe de serge blanche, et si je caresse distraitement ma joue du plat de ma main, j'y écrase en traînées un charbon ténu et collant... Sur le volant de ma jupe, des gouttes de pluie ont séché en petites lunes grises. Léonie brosse longuement mes vêtements et ceux de Marthe, d'un air allègre de gendarme sentimental. Ça lui rappelle son pays natal, Saint-Étienne[2], proclame-t-elle.

Vers l'ouest, le ciel jaunit. Peut-être la pluie va-t-elle cesser, et verrai-je Bayreuth autrement qu'à travers ce voile fin et sans plis, autrement aussi qu'à travers le trouble cristal de mes larmes.

Car, dès mon arrivée, je fondis en eau, comme les nuages. J'écrirai ici, avec un peu de honte, le puéril motif d'une telle crise de désolation...

À Schnabelweide, où nous quittions la ligne de Nürnberg-Carlsbad, le train, hâtif et distrait plus qu'il n'est accoutumé en Allemagne, emporta mon nécessaire de toilette et ma malle vers l'Autriche[1], de sorte que je me trouvai — après quinze heures de route et toute poissée de ce charbon allemand qui sent le sucre et l'iodoforme — sans une éponge, sans un mouchoir de rechange, sans un peigne, sans... tout ce dont je ne puis me passer. Ce coup me démoralisa, et tandis que Léon et Maugis couraient aux renseignements, je me mis à pleurer, debout sur le quai de la gare, à pleurer de grosses larmes qui faisaient de petites boules dans la poussière.

« Cette Annie, murmurait Claudine avec philosophie, comme elle a le tempérament marécageux ! »

Si bien que mon arrivée dans la « Ville Sainte[2] » fut pitoyable et ridicule. Le snobisme de Marthe s'extasia en vain devant les cartes postales, les Graals en verre rouge, les chromos, les bois sculptés, les dessous de plats, les cruches à bière, le tout à l'image du dieu Wagner ; Claudine même, mal peignée, le canotier sur l'oreille, m'arracha à peine un sourire, quand, sur la place de la Gare, elle me brandit sous le nez une saucisse fumante qu'elle tenait à pleine main.

« J'ai acheté ça, criait-elle, c'est une espèce de facteur des postes qui les vend. Oui, Renaud, un facteur ! Il a des saucisses chaudes dans sa boîte en cuir bouilli, et il les pêche avec une fourche, comme des serpents. Vous n'avez pas besoin de faire la lippe, Marthe, c'est délicieux ! J'en enverrai à Mélie, je lui dirai que ça s'appelle un Wagnerwurst[3]... »

Elle s'en fut dansante, tirant son doux mari vers une conditorei[4] peinte en lilas, pour manger de la crème fouettée avec sa saucisse...

Grâce au zèle de Léon, éperonné par Marthe, grâce au polyglottisme de Maugis, qui parle autant de dialectes allemands qu'il y a de tribus dans Israël[5], et qui dompta, d'une phrase parfaitement inintelligible pour moi, l'apathie souriante des employés, je récupérai mes valises, à l'heure même où Claudine, émue de mon dénuement, m'envoyait une de ses chemises de linon, courte à faire rougir, et une petite culotte de soie japonaise semée de lunes jaunes, avec ce mot : « Prenez toujours ça, Annie, quand ce ne serait que pour essuyer vos larmes, et souvenez-vous que je suis un type dans le genre de saint Martin. Et encore, saint Martin eût-il donné son pantalon ? »

J'attends, sans hâte, l'heure du déjeuner, la fin de la pluie. Un peu de bleu vogue entre deux nuages gras, et disparaît. Ma fenêtre donne sur l'Opernstrasse, au-dessus d'un trottoir de planches qui cache une eau fétide. L'escalier sent le chou. Mon étrange lit-cercueil s'emboîte, durant le jour, sous un couvercle tendu d'étoffe à ramages. Le premier drap se boutonne au couvre-pieds, et mon matelas est fait de trois morceaux, comme les chaises longues du grand siècle[1]... Non, décidément non, je ne sens point de fièvre sacrée. J'envie Marthe, qui, dès la gare, pétillait d'un enthousiasme de convention, et respirait déjà ce que son mari appelle, en style pompeux, « la ferveur de tous les peuples venus pour adorer l'homme qui fut plus grand qu'un homme »... Derrière la cloison, j'entends cette néophyte se débattre rageusement parmi ses malles, vider d'un coup les tout petits brocs d'eau chaude. La voix de Léon m'arrive en bourdonnement. Le mutisme de Marthe ne me semble point de bon augure. Et je ne suis qu'à moitié surprise de l'entendre s'écrier, de ce ton aigu, si peu... Marie-Antoinette :

« Zut ! quel sale patelin ! »

Une seule douceur m'apaise, m'immobilise devant cette fenêtre, à ce guéridon d'acajou mal calé : celle de me sentir très loin, hors d'atteinte... Combien y a-t-il de temps qu'Alain est parti ? Un mois, un an ? je ne sais plus. Je cherche en moi son image reculée, je tends parfois l'oreille, comme au bruit de son pas... Est-ce que je l'attends, ou bien si je le crains ? Souvent je me retourne vivement, avec l'impression qu'il est là, qu'il va poser sa forte main sur mon épaule, et mon épaule cède pour la recevoir... Cela est bref comme un avertissement. Je sais bien que, s'il revenait, il serait de nouveau mon maître, et mon cou ploie doucement sous le joug encore récent, comme mon doigt garde l'anneau qu'Alain y mit le jour de notre mariage, l'anneau meurtrissant, un peu trop étroit.

☆

Comme nous sommes mornes, tous les trois, dans cette « Restauration », pour des gens en voyage d'agrément ! Je sais bien que la nouveauté du lieu, le maigre éclairage de gaz haletant, le vent froid sous la tente mal jointe ne m'incitent pas, personnellement, à la gaieté — mais Marthe et son mari ont le même air perdu et gêné. Marthe regarde son poulet à la compote de poires et grignote du pain. Léon prend des notes. Sur quoi ? L'endroit est plutôt quelconque. Ce restaurant Baierlein[1], qui tire sa vogue d'une terrasse en coin qu'abrite une tente rayée, me paraît assez ressemblant à celui d'Arriège, compotes en plus. Davantage d'Anglaises à table, peut-être, et des petits cruchons bruns de Seltzwasser[2]. Que d'Anglaises ! Et que me parle-t-on de leur réserve gourmée ? Elles arrivent, me dit Léon, de *Parsifal*. Rouges, le chapeau mal remis, des cheveux admirables noués en corde disgracieuse, elles crient, pleurent leurs souvenirs, lèvent les bras, et mangent sans relâche. Je les regarde, moi qui n'ai pas faim, moi qui ne pleure pas, moi qui croise frileusement les mains dans mes manches larges avec l'espoir dégoûté de l'ivrogne : « Est-ce que je serai comme cela dimanche ? » À dire vrai, je me le souhaite.

Marthe, silencieuse, toise les dîneurs de ses yeux insolents. Elle doit trouver que ça manque de chapeaux. Mon beau-frère continue à prendre des notes. Tant de notes ! On le regarde. Moi aussi, je le regarde. Comme il a l'air Français !

Avec un tailleur anglais, un bottier suédois, un chapelier américain, ce joli homme réalise le type français dans toute sa correction incolore. La douceur menue des gestes trop fréquents, la juste proportion des traits d'un visage régulier et dénué de caractère, cela suffit-il à dénoncer en lui le Français type, sans grandes qualités, et sans grands défauts ?

Marthe, brusque, me tire de ma rêverie ethnologique.

« Ne parlez pas tous à la fois, s'il vous plaît. Vrai, ce

qu'on se rase, ici. Il n'y a pas une autre usine *encore* plus folâtre[a] ?

— Si, dit Léon qui consulte son Baedeker. Le restaurant de Berlin. C'est plus chic, plus français, mais moins couleur locale.

— Tant pis pour la couleur locale. Je viens pour Wagner et pas pour Bayreuth. Alors nous irons demain au Berlin...

— ... Nous paierons dix marks une truite au bleu...

— Et encore quoi ? Maugis est là pour... pour une addition... ou deux. »

(Je me décide à intervenir :)

« Mais, Marthe, ça me gêne, moi, de me faire inviter par Maugis...

— Eh bien, ma chère, pendant ce temps-là, tu iras au Duval[1]... »

(Léon, ennuyé, pose son crayon :)

« Voyons, Marthe, que vous êtes cassante ! D'abord, il n'y a pas de Bouillon Duval... »

(Très nerveuse, Marthe jette un rire aigre :)

« Ah ! ce Léon ! il n'y a que lui pour avoir des mots de situation... Allons, Annie, ne fais pas la martyre. C'est ce poulet aux poires qui m'a mise hors de moi... Venez-vous, tous les deux ? Je suis vannée, je rentre. »

Elle ramasse, d'un geste maussade, sa jupe traînante et floconneuse, et balayant la terrasse d'un regard de dédain :

« C'est égal, quand on aura un petit Bayreuth à Paris, ce que ce sera plus chic, mes enfants... et plus couru ! »

Ce qu'a été cette première nuit... il vaut mieux n'en point parler. Tapie au milieu du dur matelas, hérissée au contact des draps de coton, je respirais avec crainte le relent — imaginaire ? — de chou qui filtrait sous les portes, par les fenêtres, à travers les murs. Je finis par vaporiser tout un flacon d'œillet blanc dans mon lit, et je me dispersai dans un sommeil illustré de rêves voluptueux et ridicules — toutes les pages d'un mauvais livre un peu caricatural —, une débauche en costumes Louis-Philippe : Alain, en nankin[2], et plus entreprenant qu'il ne le fut jamais. Moi, en organdi, plus révoltée que je ne le songeai jamais... Mais aussi ce pantalon à pont rendait tout consentement impossible...

☆

Le hasard des places, achetées presque au dernier moment, m'a séparée de Marthe et de Léon. Je m'en félicite sans le dire. Debout dans la sourde lumière des lampes rondes en collier rompu autour de la salle, j'analyse avec précaution l'odeur de caoutchouc brûlé et de cave moisie. La laideur grise du temple ne me choque pas. Tout cela — et la scène basse, et l'abîme noir d'où jaillira la musique[1] —, trop décrit, me semble à peine nouveau. J'attends. Dehors, la seconde fanfare sonne (l'appel de Donner[2], je crois). Des étrangères retirent leur épingle à chapeau, d'un geste blasé et familier. Je les imite. Comme elles, je regarde vaguement la Fürstenloge[3] où paradent des ombres noires, où se penchent de grands fronts dénudés... Cela n'a point d'intérêt. Il faut attendre encore un peu, que la dernière porte matelassée se soit ouverte une dernière fois, rabattant un petit volet de jour bleu, que la dernière vieille lady ait toussé une bonne fois, qu'enfin le *mi* bémol monte de l'abîme et gronde en moi, comme une bête cachée...

« Évidemment, c'est très beau, décrète Marthe. Mais ça manque d'entractes. »

Je frémis encore, et je cache mon émotion comme un désir sensuel. Aussi réponds-je simplement que ça ne m'a pas paru très long. Mais ma belle-sœur, qui inaugure en vain une robe orangée, de la même nuance que ses cheveux, prise peu ce « prologue-féerie[4] ».

« Les entractes, ici, ma chère, ça fait partie du théâtre. Une chose à voir ; demande à tous les habitués. On y mange, on s'y rencontre, on échange longuement ses impressions... Le coup d'œil est à peu près unique. N'est-ce pas, Maugis ? »

Le grossier personnage lève imperceptiblement ses lourdes épaules :

« "Unique", c'est le mot que je cherchais. N'empêche qu'ils n'ont pas la trouille de servir ici, en lieu et place de bière blonde, cette f... ichue lavasse à l'encaustique. Venir à Bayreuth pour boire ça, c'est à se les rouler dans la farine ! »

Écroulé, débraillé, je cherche en vain sur lui la marque réhabilitante du fanatisme. Maugis est un de ceux qui ont « découvert » Wagner en France. Il l'a imposé d'année en année, par des chroniques têtues, où le scepticisme déboutonné côtoie étrangement un lyrisme d'alcoolique[1]. Je sais que Léon méprise son vocabulaire ballonné et canaille et que Maugis traite Léon « d'homme du monde »... Ils s'entendent à merveille pour le reste — surtout depuis deux mois.

Perdue dans cette salle énorme de la Restauration du théâtre, je me sens si loin... ce n'est pas assez dire, si... séparée de tout ! Le démon de la musique m'habite encore, la plainte des ondines pleure en moi, et lutte avec l'assourdissant cliquetis de vaisselle et de fourchettes. Des serveurs affolés, en habits noirs positivement raidis de graisse, courent les mains chargées, et la mousse rosâtre des bocks se verse dans le jus des viandes...

« Comme si ce n'était pas assez de leur "gemischtes-compote[2]", grogne Marthe pleine de rancune. Ce Loge[3] était particulièrement médiocre, n'est-ce pas, Maugis ?

— Pas particulièrement, oh ! non, repart celui-ci avec des mines d'indulgence bouffonne. Je l'ai entendu il y a dix-sept ans dans le même rôle, et je le trouve indiscutablement meilleur aujourd'hui[4]. »

Marthe n'écoute pas. Elle braque ses yeux, puis son face-à-main, vers le fond de la salle :

« Mais... mais parfaitement, c'est elle !

— Qui, elle ?

— La Chessenet, donc ! Avec des gens que je ne connais pas. Là, tout au fond, la table contre le mur. »

Péniblement remuée, comme tirée en arrière vers ma vie ancienne, j'explore avec crainte l'échiquier des tables : ce chignon d'un blond pâle et rose, c'est bien celui de Valentine Chessenet.

« Dieu, quel ennui ! » soupiré-je découragée.

Marthe baisse son face-à-main pour me dévisager :

« Qu'est-ce que ça peut te faire ? Tu ne crains pas, ici, qu'elle te repige ton Alain ? »

(Je me cabre légèrement.)

« Repiger ? cela veut bien dire "piger une deuxième fois" et je ne sache pas...

— On ne dit pas "sacher" on dit "sacquer" », explique Maugis, bienveillant et pâteux.

Marthe se tait, serre la bouche et m'observe en coin. Ma fourchette tremble un peu dans ma main. Léon mordille son crayon d'or, jette autour de lui un œil de reporter. Brusque, violente, l'envie me monte de prendre ce mollasse par la nuque et de frapper contre la table sa jolie figure sans énergie... Puis mon sang soulevé retombe, et je demeure étonnée d'un si ridicule transport... La musique ne me vaut rien, je crois.

La vue de cette Chessenet m'a ramenée vers Alain, que je vois — l'instant d'un éclair — sans vie, endormi et blanc comme un mort...

La maîtresse de mon mari !... Si elle avait été la maîtresse de mon mari !... Depuis deux heures je me répète cela, sans en pouvoir tirer une image bien précise. Je ne puis évoquer le souvenir de Mme Chessenet autrement qu'en costume de soirée, ou en tenue de concert élégant, coiffée d'un de ces chapeaux trop petits dont elle essaie de se créer un genre bien à elle... le genre Chessenet ! Pourtant, si elle a été la maîtresse de... elle a dû laisser tomber sa robe étroite, enlever délicatement ce chapeau trop petit... Mais ma tête fatiguée n'invente pas plus loin. Et puis, je ne me figure pas non plus Alain faisant, comme on dit, la cour à une femme. Il ne m'a pas fait la cour, à moi. Il ne fut jamais suppliant, pressant, inquiet, jaloux. Il m'a donné... une cage. Cela m'a suffi si longtemps...

Sa maîtresse ! Comment cette idée ne m'inspire-t-elle pas contre mon mari plus de rancune désolée ? Est-ce que je ne l'aimerais plus du tout ?

Je ne peux plus, je suis fatiguée. Quittons tout cela. Songe, Annie, que tu es maintenant seule et libre, pour des semaines encore... Libre ! le singulier mot... Il y a des oiseaux qui se croient libres, parce qu'ils sautillent hors de la cage. Seulement, ils ont l'aile rognée.

☆

« Comment, tu es encore couchée ? »

Toute prête, j'entrais chez Marthe, pour lui demander de visiter un peu Bayreuth le matin ; je la trouve encore au lit, potelée et blanche dans ses cheveux roux. À mon entrée, elle tourne d'un brusque saut de carpe sa croupe ronde sous les draps. Elle bâille, elle s'étire... Elle couche avec toutes ses bagues... Elle me jette, sous les sourcils froncés, un rapide regard gris :

« Tu sens déjà la rue ! Où vas-tu ?

— Nulle part, je voulais me promener seulement. Tu es souffrante ?

— Mal dormi, migraine, flemme...

— Tant pis pour moi. J'irai toute seule. »

Je sors après une poignée de main à ce pauvre Léon, qui n'a pas quitté son guéridon d'acajou — aussi laid que le mien — où il dépêche, avant le grand déjeuner, ses soixante lignes...

Toute seule dans la rue ! Je n'oserai rien acheter, je parle trop mal l'allemand. Je regarderai. Voilà déjà un magasin modern style qui est tout un monde — un monde wagnérien. Les Filles du Rhin, pour la photographie, se sont enlacées épaule à épaule... trois affreuses commères, dont l'une louche, et coiffées « en fleurs » comme ma cuisinière luxembourgeoise à son jour de sortie... Au bord du cadre pyrogravé, sinuent des algues... ou des lombrics. Le tout : dix marks. C'est donné.

Pourquoi tant de portraits de Siegfried Wagner[1] ? Et de lui seul ? Les autres enfants du « feu à Cosima[2] », comme l'appelle Maugis, sont cependant moins vilains que ce jeune homme au nez caricatural et débonnaire. Que Siegfried conduise l'orchestre, et même le conduise assez mal, cela ne constitue pas une excuse suffisante... L'odeur de chou persiste... Ces rues n'ont aucun caractère et j'hésite, en haut de l'Opernstrasse, à tourner vers la droite ou vers la gauche...

L'enfant perdu que sa mère abandonne
Trouve toujours un asile au saint lieu[1]*...*

chante derrière moi une voix d'oiseau effronté.

« Claudine !... Oui, je ne sais où aller. J'ai si peu l'habitude de sortir seule.

— C'est pas comme moi. À douze ans, je trottais tel un petit lapin..., à quoi je ressemblais, d'ailleurs, par la blancheur du derrière. »

Le... postérieur tient vraiment une place excessive dans la conversation de Claudine ! Il ne s'en faut guère que de cela qu'elle me plaise tout à fait.

Je songe, en marchant auprès de cette libre créature, qu'Alain me permettait de voir chez elles des femmes douteuses, pas même douteuses ! comme cette Chessenet, comme la Rose-Chou, qui s'assure, avant, que ses amants sont « nés », et qu'il me défendait Claudine, qui est charmante, qui adore son mari et ne le cache pas. N'avais-je pas plus à perdre auprès de celles-là que de celle-ci ?...

« Au fait, Claudine, je m'étonne de vous rencontrer sans Renaud, et sans Fanchette.

— Fanchette dort, et d'ailleurs la poussière de charbon lui noircit les pattes. Mon Renaud travaille à sa *Revue diplomatique*, où il engueule Delcassé[2] à l'instar du poisson pourri. Alors, je suis sortie pour ne pas le déranger, d'autant plus que j'ai le vertigo, ce matin.

— Ah ! vous avez le...

— Le vertigo, oui. Mais vous-même, Annie, en voilà des façons de petite indépendante, toute seule dans une ville étrangère, sans gouvernante ! Et votre rouleau de cuir ? Et le carton à dessins ? »

Elle me taquine, drôlette dans sa jupe écourtée, son canotier en grosse paille penché sur le nez, les cheveux courts en boucles rondes, son visage triangulaire tout brun sur la chemisette blanche en soie chinoise. Ses beaux yeux presque jaunes l'éclairent toute, comme des feux allumés en plein champ.

« Marthe se repose, réponds-je enfin. Elle est fatiguée.

— De quoi ? de se faire peloter par Maugis ? Oh ! qu'est-ce que j'ai dit ? se reprend-elle, la main hypocritement à plat sur la bouche, comme pour renfoncer la phrase imprudente...

— Vous croyez ?... Vous croyez qu'elle... qu'il lui fait ce que vous dites ? »

(Ma voix a tremblé, Claudine ne m'apprendra rien. Sotte que je suis ! Elle secoue les épaules et tourne sur un pied :)

« Ah ! bien ! si vous écoutez tout ce que je dis !... Marthe est comme un tas de femmes que je connais, ça l'amuse qu'on la viole un peu devant tout le monde. En tête-à-tête, c'est autre chose. Allez, elles n'en sont pas plus malhonnêtes pour ça. »

Un si beau raisonnement ne me convainc pas. « Devant tout le monde » c'est déjà trop...

Je marche pensivement à côté de Claudine. Nous croisons des Anglaises — encore ! — et des Américaines, en dentelle et en soie, dès dix heures du matin[1]. On regarde beaucoup ma compagne. Elle s'en aperçoit et rend coup d'œil pour coup d'œil avec un aplomb indifférent. Une seule fois, elle se retourne vivement, et me tire par la manche :

« La jolie femme ! Vous avez vu ? cette blonde, avec des yeux couleur café brûlé ?

— Non, je n'ai pas fait attention.

— Petite gourde, va ! Où allons-nous ?

— Je n'allais nulle part. Je voulais voir un peu la ville.

— La ville ? pas la peine. C'est rien que des cartes postales, et le reste en hôtels. Venez, je sais un joli jardin : on se mettra assis par terre... »

Sans force devant sa volonté turbulente, je mesure mon pas sur son pas vif et long. Nous suivons une laide rue, nous dépassons le Schwarzes Ross[2], puis une grande place déserte, provinciale, agréable et triste, tilleuls et statues...

« Qu'est-ce que c'est, cette place, Claudine ?

— Ça ? je ne sais pas. La place de la Margrave[3]. Quand je ne suis pas sûre, je baptise toujours : de la Margrave. Venez, Annie, nous arrivons. »

Une petite porte, au coin de la grande place, ouvre un jardin fleuri et bien ordonné, bientôt élargi en parc, un parc un peu négligé, qui pourrait aboutir à quelque château engourdi et frais d'une province de France...

« Ce parc, c'est... ?

— Le parc de la Margrave ! affirme Claudine avec aplomb. Et voici encore un banc de la Margrave, un soldat de la Margrave, une nounou de la Margrave... C'est vert, pas ? ça repose. On croirait Montigny... en beaucoup moins bien. »

Nous nous asseyons côte à côte sur la pierre adoucie d'un vieux banc.

« Vous aimez votre Montigny ? un beau pays ? »

Les yeux jaunes de Claudine s'allument, puis se noient, elle tend les bras d'un geste d'enfant...

« Un beau pays ? J'y suis heureuse comme une plante dans la haie, comme un lézard sur son mur, comme... je ne sais pas, moi. Il y a des jours où je ne rentre pas entre le matin et la nuit... où *nous* ne rentrons pas, corrige-t-elle. J'ai appris à Renaud à connaître combien ce pays est beau. Il me suit. »

Sa tendresse vibrante pour son mari me jette, une fois de plus, dans une mélancolie tout près des pleurs :

« Il vous suit... oui, toujours !

— Mais je le suis aussi, fait Claudine, surprise. Voilà, nous nous suivons... sans nous ressembler. »

Je penche la tête, je gratte le sable du bout de mon en-cas[1] :

« Comme vous vous aimez !

— Oui, répond-elle simplement. C'est comme une maladie. »

Elle rêve un moment, puis ramène ses yeux vers moi.

« Et vous ? » interroge-t-elle brusquement.

(Je tressaille :)

« Et moi... quoi ?

— Vous ne l'aimez pas, votre mari ?

— Alain ? Mais si, naturellement... »

Je me recule, mal à l'aise. Claudine se rapproche, impétueuse :

« Ah ? "naturellement" ? Ben, si vous l'aimez naturellement, je sais ce que ça veut dire ! D'ailleurs... »

Je voudrais l'arrêter, mais j'arrêterais plus facilement une ponette emballée !

« D'ailleurs, je vous ai vus souvent ensemble. Il a

l'air d'un bâton, et vous d'un mouchoir mouillé. C'est un maladroit, un nigaud, un brutal... »

(Je me gare du geste comme devant un poing levé...)

« ... Oui, un brutal ! on lui a donné une femme, à ce rouquin-là, mais pas avec la manière de s'en servir, ça sauterait aux yeux d'un enfant de sept mois ! "Annie, on ne fait pas ci.. ce n'est pas l'usage. Annie, on ne fait pas ça..." Moi, à la troisième fois, je lui aurais répondu : "Et si je vous fais cocu, ça sera-t-y la mode ?". »

J'éclate, à la fois, de rire et de larmes, tant elle a lancé le mot avec une furie comique. La singulière créature ! Elle s'est enflammée au point d'enlever son chapeau, et secoue ses cheveux courts pour se rafraîchir.

Je ne sais comment me reprendre. J'ai encore envie de pleurer, et plus du tout envie de rire. Claudine se tourne vers moi, avec une figure sévère qui la fait ressembler à sa chatte :

« Il n'y a pas de quoi rire ! Il n'y a pas non plus de quoi pleurer ! Vous êtes une petite gnolle[1], un joli chiffon, une loque de soie, et vous n'avez pas d'excuse, puisque vous n'aimez pas votre mari.

— Je n'aime pas mon...

— Non, vous n'aimez personne ! »

Son expression change. Elle se fait plus sérieuse :

« Car vous n'avez pas d'amant. Un amour, même défendu, vous eût fait fleurir, branche souple et sans fleurs, vous eût embrasée, gracieux sarment d'hiver dont la sève dort encore en terre. Votre mari ! mais si vous l'aviez aimé, au beau sens du mot, aimé comme j'aime ! dit-elle — ses mains fines ramenées sur la poitrine avec une force et un orgueil extraordinaires —, vous l'auriez suivi sur la terre et sur la mer, sous les coups et les caresses, vous l'auriez suivi comme son ombre et comme son âme !... Quand on aime d'une certaine manière, reprend-elle plus bas, les trahisons elles-mêmes deviennent sans importance... »

J'écoute, tendue vers elle, vers sa voix révélatrice de petite prophétesse, j'écoute avec une désolation passionnée, les yeux sur les siens qui regardent loin. Elle s'apaise et sourit comme si elle m'apercevait seulement.

« Annie, il y a dans les champs, chez nous, une graminée fragile qui vous ressemble, à tige mince, avec une lourde chevelure de graines qui la courbe toute. Elle a un joli nom que je vous donne quand je pense à vous : "la mélique penchée[1]". Elle tremble au vent, elle a peur ; elle ne se redresse que lorsque ses grains sont vides... »

(Son bras affectueux entoure mon cou.)

« Mélique penchée, que vous êtes charmante, et quel dommage ! Je n'ai pas vu de femme, depuis... depuis longtemps, qui vous valût. Regardez-moi, fleurs de chicorée, yeux plus cillés qu'une source dans l'herbe noire, Annie à l'odeur de rose.. »

Toute brisée de chagrin, tout amollie de tendresse, j'appuie ma tête à son épaule, je lève vers elle mes cils encore mouillés. Elle penche son visage et m'éblouit de ses yeux fauves, si dominateurs soudain que je ferme les miens, accablée...

Mais le bras affectueux se dérobe, me laisse chancelante... Claudine a sauté sur ses pieds. Elle s'étire en arc, frotte ses tempes d'une main rude...

« Trop fort ! murmure-t-elle. Un peu plus... Et moi qui ai tant promis à Renaud...

— Promis quoi ?... » demandé-je, encore égarée.

(Claudine rit à mon nez d'un drôle d'air, montrant ses dents courtes.)

« De... de... d'être rentrée à onze heures, mon petit. Applettez, nous arriverons un peu juste. »

☆

Le premier acte de *Parsifal*, qui vient de finir, nous rend au grand jour désenchantant. Pendant les trois journées qui ont suivi *Rheingold*[2], ces longs entractes, qui font la joie de Marthe et Léon, ont toujours coupé, de la manière la plus inopportune et la plus choquante, mon illusion ou mon ivresse. Quitter Brünnhilde abandonnée et menaçante[3], pour retrouver ma belle-sœur fanfreluchée, la tatillonnerie de Léon, la soif inextinguible de Maugis, la nuque décolorée de Valentine Chessenet, et les « Ach ! » et les « Colossal ! » et les « Sublime ! » et le lot d'exclamations polyglottes prodiguées par tant de fanatiques sans discrétion, non, non !

« Je voudrais un théâtre pour moi toute seule, avoué-je à Maugis.

— Voui, répond-il, quittant une minute la paille de son grog bouillant, vaut mieux entendre ça que d'être cul-de-jatte. Vous êtes un type dans le genre de Louis de Bavière. Voyez où l'a conduit cette fantaisie malsaine : il eſt mort après avoir conſtruit des résidences d'un ſtyle qui n'a de nom que dans la plus départementale pâtisserie[1] ! Méditez sur ce triſte résultat des mauvaises habitudes solitaires. »

Je sursaute ! Je laisse là cet alcoolique, et refusant la trop grosse glace au citron que me tend Claudine, je vais m'adosser contre un pilier du périſtyle, face au soleil bas. Les nuages rapides se hâtent vers l'eſt, et leur ombre eſt tout de suite froide. Sur Bayreuth, les fumées noires des usines se replient, lourdes, jusqu'à ce qu'un vent plus vigoureux les boive[a], d'un souffle.

Un groupe de Françaises — corsets droits qui écrasent les hanches, jupes trop longues rejetées en arrière et plaquées en avant — parle haut et pointu, l'esprit très libre et loin de la musique souveraine, avec cette agitation froide qui les fait charmantes une minute et agaçantes au bout d'un quart d'heure. Ce sont de jolies créatures. Même sans les entendre, on les devine d'une race faible et nerveuse, méprisantes et sans volonté durable, si différentes, par exemple, de cette Anglaise rousse et calme, qu'elles épluchent du haut en bas et qui les ignore, assise sur un degré du perron, montrant ses grands pieds mal chaussés avec une tranquillité pudique... À mon tour, elles me regardent et chuchotent.

La plus renseignée explique : « Je crois que c'eſt une jeune veuve, qui vient ici à chaque feſtival pour un ténor de la Maison... » Je souris à cette imagination agile et calomniatrice, et m'écarte vers Marthe qui, animée, blanche et mauve, appuyée à l'ombrelle haute, parade dans sa grâce la plus trianon, reconnaît des Parisiens, lance des bonjours, inventorie des chapeaux... Et toujours cet odieux Maugis qui frôle sa jupe ! Je préfère rebrousser chemin vers Claudine.

Mais Claudine bavarde ferme — un énorme gâteau

bourré de crème entre ses doigts dégantés — avec une étrange petite créature... Ce brun visage égyptien, où la bouche et les yeux semblent tracés de deux coups de pinceau parallèles, encadré de boucles rondes et dansantes comme celles d'une petite fille de 1828, mais... mais c'est Mlle Polaire[1] ? Tout de même, Polaire à Bayreuth, ceci passe l'invraisemblable !

Souples, bougeantes, au bord du front, dans la raie, un petit nœud de ruban — blanc pour Polaire, noir pour Claudine —, les gens qui les contemplent avidement les déclarent pareilles[2]. Je ne trouve pas : les cheveux de Claudine moutonnent moins sages, plus garçonniers ; ses regards, qui n'évoquent pas l'Orient comme les yeux de Polaire — ces admirables yeux de fellahine[3] —, ses regards ont plus d'ombre, plus de défiance... et plus de servage. N'importe, elles se ressemblent. Passant derrière elles, Renaud caresse avec une tendresse amusée, vite, leurs deux toisons courtes ; puis, riant de mon regard stupéfait :

« Mais oui, Annie, parfaitement, c'est Polaire, notre petite Lily.

— Leur Tiger Lily », complète Maugis, qui nasille et mime un cake-walk[4] avec d'extravagants déhanchements de minstrel[5], dont j'ai honte de rire :

She draws de niggers like a crowd of flies,
She is ma sweetest one, ma baby Tiger Lily[6] *!*

Me voilà bien renseignée !

Insensiblement, je me suis trop approchée des deux amies, curieuse... Claudine m'a vue. Un geste impérieux m'appelle. Très embarrassée de moi-même, je me trouve devant cette petite actrice qui me regarde à peine, tout occupée à se tenir sur un pied, à jeter en arrière ses cheveux bruns aux reflets fauves, à expliquer fiévreusement je ne sais quoi, avec une voix de gorge prenante et pinçante :

« Vous comprenez, Claudine, si je veux faire du théâtre sérieux, il faut que je connaisse tout le théâtre sérieux d'avant moi. Alors, je suis venue à Béreuth pour m'instruire.

— C'était votre devoir, approuve fermement Claudine dont les yeux havane expriment la jubilation.

« On m'a logée tout au bout de la ville, au diable, là-bas, à la Cabane Bambou[1]... »

(« À la Cabane Bambou ! » Quel singulier nom d'hôtel ! Claudine voit mon ahurissement, et me renseigne, avec une bonté angélique :)

« C'est le bambou de la Margrave.

— Ça ne fait rien, continue Polaire, je ne regrette pas mon voyage, quoique !... vous savez, chez Mme Marchand[2], c'était autrement monté qu'ici, et puis, leur Wagner, y a pas de quoi se taper le derrière par terre !... Tant qu'à sa musique, je m'en bats l'œil et le flanc droit, de la patrouille !

— ... Comme s'exprime Annie, glisse Claudine en me regardant.

— Ah ? madame dit ça aussi ? Enchantée de la rencontre... Qu'est-ce que je disais donc ? Ah ! oui. Moi, ça fait déjà deux fois que je viens à *Parsifal*, pour m'assurer qu'il y a du sale monde partout. Vous avez vu, Kundry[3], ce bandeau qu'elle a autour du front, et puis les fleurs, et puis le voile qui pend ? Eh bien, c'est juste la coiffure que Landolf[4] m'avait inventée pour le Wintergarten[5] de Berlin, l'année que je me suis tant barbée à chanter le "*petit Cohn*[6]" ! »

Polaire triomphe et souffle un instant, oscillante sur ses talons hauts, sur sa taille anormale qu'elle pourrait ceindre d'un faux col.

« Vous devriez réclamer », conseille Claudine avec chaleur.

Polaire tressaille comme un faon et repart :

« Jamais, c'est au-dessous de moi... (ses beaux yeux s'assombrissent). Moi, je ne suis pas une femme comme les autres. Et puis quoi ? Réclamer à ces Boches ? oh ! là, là... ousqu'est ma brosse à reluire ? Et puis, je n'en finirais pas. Encore dans leur *Parsifal*, tenez, au trois, quand le bouffi trempe dans l'eau et que le gonze poilu est en train de l'arroser, eh bien, la pose du type, les mains jointes à plat et le corps de trois quarts, c'est mon geste de la *Chanson des Birbes*[7], qu'il m'a chipé. On peut le dire, que je souffre ! Et tout mon côté, Claudine, droit, de corset, que les baleines sont cassées ! »

J'étudie son séduisant visage, d'une mobilité cinématographique[a8], qui exprime tour à tour l'exaltation, la révolte, une férocité nègre, une mélancolie énigmatique, ombres qu'éparpille un rire brusque et secoué, tandis que Polaire lève son menton aigu comme un chien qui hurle à la lune. Puis elle nous plante là, sur un adieu enfantin et sérieux de petite fille bien élevée.

Je suis des yeux, un moment, sa démarche vive, son adresse à se faufiler entre les groupes, avec un tour de reins preste, des cassures de gestes qui font songer à celles de sa syntaxe, une inclinaison de bête savante marchant sur ses pattes de derrière...

« Quarante-deux de taille ! songe Claudine. C'est une pointure de soulier, non pas de ceinture.

— Claudine...

— Mon enfant ?

— Elle vous ressemble, n'est-ce pas ?

— Plus encore que vous ne croyez !

— Comment ?

— Hé oui, depuis que je l'ai vue au théâtre, je me vois en elle ; ses rires énervés, ses pieds dansants, son insolence écolière sont de Claudine à Montigny, et j'envie sur elle mon enfance déjà lointaine.

— Lointaine, oh, Claudine ! »

(Elle n'écoute pas ma protestation sincère, elle parle pour elle-même, sans plus songer à moi :)

« C'est bien ainsi que je sautai à la figure maquillée de mon cousin Marcel... Ce regard de Polaire, levé et buveur, ne l'eus-je pas vers mon cher et indulgent mari ?... Ne m'offris-je pas de cette sorte, petite poupée raidie d'amour, les bras écartés, au Renaud qui ne voulait pas me prendre[1] ?... Eh bien quoi, me voilà toute envornée, ma pure parole ! Qu'est-ce que vous me demandiez, ma jolie ?

— Je vous demandais... si ça ne vous fait rien de parler avec Mlle Polaire en public.

— Non, pourquoi ?

— Parce que... je vous dis cela en amie tout à fait... je sais que vos relations avec elle ont fait un peu jaser cet hiver[2].

— Un peu, vous êtes modérée, Annie ! Qu'est-ce que vous voulez, ma pauvre gobette, ces dames ont raison. Polaire ne sait pas les usages du monde : elle n'a jamais qu'un amant à la fois[a]... »

☆

« Annie ?... Annie, je te parle !

— Oui, oui, j'entends ! dis-je en sursaut.

— De quoi eſt-ce que je viens de te parler ? »

Sous l'œil inquisiteur de ma belle-sœur, je me trouble et je détourne la tête.

« Je ne sais pas, Marthe. »

Elle hausse ses épaules, presque visibles en rose sous un corsage de dentelle blanche à emmanchures basses. Un corsage d'une indécence folle — mais, puisqu'il eſt montant, Marthe se montre ainsi dans la rue, très à l'aise, calme sous le regard des hommes. Elle me gêne.

Armée d'un vaporisateur, elle parfume à l'excès sa chevelure d'un rouge-rose. Les beaux cheveux, vivants et indociles comme elle-même !

« Assez, Marthe, assez, tu sens trop bon.

— Jamais trop ! Moi, d'abord, j'ai toujours peur qu'on dise que je sens la rousse ! Maintenant que tu es descendue de ton nuage, je recommence : Nous dînons ce soir à Berlin — au reſtaurant de Berlin[1], grande bête !... C'eſt Maugis qui nous rince.

— Encore ! »

Le mot eſt parti malgré moi, non sans que Marthe l'ait croisé d'un regard aussi pointu qu'un coup de corne. Plus brave que moi, elle prend l'offensive :

« Quoi, "encore !" dirait-on pas que nous vivons aux crochets de Maugis ? C'eſt son tour, nous l'avons invité avant-hier.

— Et hier soir ?

— Hier soir ? c'eſt autre chose ; il voulait nous montrer Sammet, gargote hiſtorique[2]. D'ailleurs, ce n'était pas mangeable, dans cette boîte-là, de la viande dure et du poisson mou ; il nous devait bien un dédommagement.

— À vous, peut-être, mais pas à moi.

— C'eſt un homme bien élevé, il ne nous sépare pas.

— Bien élevé... j'aimerais autant que cette fois-ci il se montrât élevé... comme les autres jours. »

Marthe peigne sa nuque à petits coups de lissoir rageurs.

« Charmant ! c'eſt de la bonne ironie. Décidément tu te formes. C'eſt la fréquentation de Claudine ? »

Elle a accentué sa phrase avec tant d'acidité que je frémis comme si elle m'eût effleurée du bout des ongles...

« J'ai moins à perdre à fréquenter Claudine, que toi à voir Maugis si souvent. »

Elle se retourne sur moi, son chignon en casque la coiffe d'une flamme tordue.

« Des conseils ? Tu as un rude culot ! Oui, un rude culot de te mêler de me guider, de fouiner dans mes affaires !... J'ai un mari pour ça, tu sais ? Et je m'étonne que tu oses trouver mauvais ce que Léon accepte comme parfaitement correct !

— Je t'en prie, Marthe...

— Assez, hein ? et que ça ne t'arrive plus ! Monsieur Maugis eſt, au fond, un ami très dévoué.

— Marthe, je te supplie de ne pas continuer. Injurie-moi si tu veux, mais ne pose pas “Monsieur Maugis” en ami parfaitement dévoué et correct, ni Léon en mari-arbitre,... c'eſt me croire par trop niaise !... »

Elle ne s'attendait pas à cette conclusion. Elle retient son souffle précipité. Elle lutte un long inſtant contre elle-même, silencieusement, durement, et se maîtrise enfin avec une puissance qui me prouve la fréquence de telles crises.

« Allons, allons, Annie... n'abuse pas de moi. Tu sais quelle soupe au lait je fais, et je crois que tu me taquines exprès... »

Elle sourit, les coins de sa bouche encore tremblants :

« Tu viens dîner avec nous, n'eſt-ce pas ? »

J'hésite encore. Elle me prend la taille, adroite et caressante comme lorsqu'elle voulait dérider Alain :

« Tu dois cela à ma réputation. Songe donc, on pourra croire, en nous voyant tous quatre, que c'eſt à toi que Maugis fait la cour ! »

Nous revoilà bonnes amies, mais je sens notre amitié qui craque comme une gelée blanche au soleil. Je suis très fatiguée. Cette petite scène a décidé la grande migraine, suspendue et menaçante depuis hier, à s'abattre sur ma pauvre tête. N'importe, je ne me sens pas mécontente. Il y a un mois seulement, je n'aurais pas eu le courage de dire à Marthe la moitié de ce que je pensais...

La voiture nous emporte vers *Le Vaisseau fantôme* sans que j'ouvre la bouche, abêtie et le doigt sur la tempe. Léon s'apitoie :

« Migraine, Annie ?

— Migraine, hélas. »

Il hoche la tête et me considère de ses doux yeux d'animal. Moi aussi, depuis quelque temps, j'ai grande pitié de lui. Si Marthe porte les culottes, il pourrait bien, lui, porter... Claudine dirait le mot tout à trac. Ma belle-sœur, paisible à ma droite, s'enfarine les joues pour lutter contre la chaleur.

« Nous ne verrons pas Maugis, là-haut, reprend mon beau-frère, il garde la chambre.

— Ah ! » fait Marthe indifférente.

(Sa lèvre s'est crispée comme pour retenir un sourire. Pourquoi ?)

« Il est malade ? demandé-je. Peut-être un peu trop de grogs hier soir ?

— Non. Mais il traite *Le Vaisseau fantôme* de "cochonnerie sent*a*mentale[1], de raclure italo-allemande" et tous les interprètes de "pieds mal lavés". Je vous prie de croire, Annie, que je rapporte là ses paroles expresses. Il ajoute, d'ailleurs, que la seule pensée du pêcheur Daland, père de Senta, lui donne grand mal au ventre.

— C'est un genre de critique un peu particulier », dis-je sans aménité.

Marthe regarde ailleurs et ne semble pas désireuse de poursuivre la conversation. À notre gauche, les landaus vides redescendent au grand trot, dans un flot de poussière, et nous montons presque au pas, engrenés dans la file... Ce théâtre de briques (c'est vrai, Claudine a raison, il ressemble à un gazomètre[2]), la foule claire qui l'entoure, la haie d'indigènes bêtement ricaneurs, tout ce décor, vu quatre fois seulement, mais invariable, j'éprouve, à le retrouver, l'impatience presque physique qui me saisissait certains jours, à Paris, en regardant de ma chambre l'horizon court et intolérablement connu. Mais, dans ce temps-là, j'avais des nerfs moins exigeants, un maître attentif à m'anémier, la pensée craintive et les yeux bas.

Je n'avouerai qu'à moi-même, à ces feuillets inutiles, mon désenchantement de Bayreuth. Il n'y a pas assez loin d'un entracte de *Parsifal* à un thé parisien, à un cinq heures chez ma belle-sœur Marthe, ou chez cette abominable Valentine Chessenet. Les mêmes ragots, la même fougue de potins et de médisance, voire de calomnie ; le même papotage, qui s'amuse de toilettes, de compositeurs avancés, de gourmandise et d'indécence.

De nouveau, j'aspire à m'en aller. À Arriège, je regardais la faille de lumière entre deux cimes ; ici, j'accompagne d'un regard perdu la fuite des fumées vers l'est... Où fuirai-je le trop pareil, le trop connu, le médiocre, le méchant ? Peut-être aurais-je dû, comme le disait Claudine, accompagner Alain, malgré lui ? Mais non, car j'eusse retrouvé avec lui, en lui, tout ce que je fuis à présent... Hélas ! la migraine est une triste et lucide conseillère, et je l'écoute plus que je ne fais le Hollandais volant... L'éther, l'oubli, l'évanouissement frais... cela seul m'attire... Un mark, dans la main du vieil « ouvreur », achète ma liberté, autorise ma fuite silencieuse... « C'est une dame malade... »

Je cours, je monte en voiture, je suis dans ma chambre où Toby dort tendrement sur mes pantoufles, et s'écrie de tendresse en me revoyant si tôt. Il m'aime, lui !... Moi aussi, je m'aime. Je me regarde mieux, à présent. Isolée de cet homme blanc dont la peau brillante me faisait si noire, je me trouve plus jolie, et toute pareille, ainsi que l'a dit Marthe, à une jarre élancée de grès fin, où trempent et fleurissent deux corolles bleues de chicorée sauvage. Claudine parlait ainsi comme on songe tout haut... « Fleurs bleues, regardez-moi, yeux plus cillés qu'une source dans l'herbe noire... » mais son bras ami s'est dérobé...

Enfin, enfin, quasi dévêtue, à plat ventre sur le lit fermé, et le divin flacon sous mes narines... Tout de suite, l'envolement, la piqûre fraîche de gouttelettes d'eau imaginaires sur toute ma peau ; puis le bras du méchant forgeron qui se ralentit... Mais je veille à présent, du fond de ma demi-ivresse, je ne veux pas le sommeil, la syncope dont on sort écœurée, je ne veux du petit génie de l'éther, rusé consolateur au sourire équivoque et doux, que le battement d'ailes en éventail, que l'escarpolette émouvante qui me balance avec mon lit... Car un autre démon attend, et déjà il m'enserre, consentante, un démon fait à mon image, qui a des mains multiples dont l'une me caresse jusqu'au martyre, cependant qu'une autre feuillette devant moi un livre fou où sont peints des passants rapides qui me possèdent... Ils ont la figure de Claudine, les yeux nonchalants de Renaud, d'un bleu-noir si poignant, le corps éclatant de Marthe gémissante sous la douche — la forme, enfin, de ce garçon blanc et roux qui incarna mon premier rêve, le garçon de treize ans, nu sous le maillot de laine. Et j'entends leur souffle précipité, qui semble exhalé de ma gorge plaintive...

L'aboiement[a] rageur et bref du petit chien m'éveille, honteuse, glacée ; je tâtonne pour trouver ma montre. Bah ! ils ne me chercheront guère là-haut, près du « gazomètre »... Ils s'occupent de tant de choses, et si peu de moi... Mon égarement, mon sommeil brusque de femme enivrée n'ont pas duré plus d'une heure. J'aurais cru bien plus ! « Tais-toi, tais-toi donc, Toby, j'ai les oreilles si fragiles en ce moment... »

Il se tait à regret, pose son nez carré sur ses pattes, et gonfle ses bajoues trop longues en aboyant encore à l'intérieur. Bon petit gardien, petit ami noir, je t'emmènerai partout... Il écoute, j'écoute aussi ; une porte se referme dans la chambre voisine, celle de Marthe. La toute prévenante Mme Meider[1] sans doute, qui vient « rancher », ouvrir les petites boîtes d'argent, étirer les journaux illustrés de Paris, jetés en boule dans la corbeille.

(Hier, en traversant le vestibule, j'ai surpris dans la cuisine quatre petites Meider, en tabliers à bretelles, qui lissaient d'une main soigneuse et sale une *Vie en rose*[2] chiffonnée. Elles y apprendront le français, les quatre petites Meider, et autre chose aussi.)

Non, ce n'est pas Mme Meider. On parle français... Mais c'est Marthe ! Marthe qui vient prendre de mes nouvelles : je n'attendais pas d'elle une sollicitude si dévouée. Marthe et une voix d'homme. Léon ? non.

À demi rhabillée, assise sur mon lit les jambes pendantes, je tâche d'entendre, sans y parvenir. L'éther bourdonne encore, d'une aile alentie, dans mes oreilles...

Mon chignon tombe. Une épingle d'écaille glisse sur ma nuque, froide et douce comme un petit serpent. À quoi ressemblé-je, avec ce corsage ouvert, ces jupes remontées qui laissent voir ma peau sombre, ces pieds tout chaussés ?... La glace verdâtre réfléchit mon image en désordre, bouche pâlie, yeux d'eau froide tirés vers les tempes, cernés d'un mauve meurtri... Au lieu de détourner la tête, je m'envoie un sourire de fatigue acceptée, un sourire de jeune mariée molestée et reconnaissante... Mais qui donc parle dans la chambre de Marthe ?

Ce murmure qui ne cesse pas, ponctué d'un rire tranchant ou d'une exclamation de ma belle-sœur... Une étrange conversation à coup sûr.

Soudain, un cri ! Une voix d'homme profère un juron, puis la voix de Marthe irritée : « Tu ne pouvais pas caler ton pied ? Un peu plus, je me blessais ! »

Bouleversée, je referme ma chemisette avec des mains qui tremblent, j'abats mes jupes comme si l'on m'avait surprise. Mes doigts maladroits enfoncent dans mes cheveux, dix fois, la même fourche inutile... Qui donc est là derrière, mon Dieu ! Marthe dit toujours « vous » à son mari.

Plus rien. Que faire ? Si l'*homme* avait fait du mal à Marthe ? Ah ! je voudrais, je voudrais qu'il ne lui eût fait que du mal, que ce fût un voleur, un rôdeur armé d'un couteau — tant je devine des choses plus laides qu'un crime, derrière cette porte ! Je veux voir, je veux savoir...

J'ai saisi le loquet. J'ouvre, je pousse le battant de toutes mes forces, un bras devant le visage comme si je craignais un coup...

J'aperçois, sans comprendre tout de suite, le dos laiteux de Marthe, ses épaules rondes jaillies de la chemise. Je vois aussi ses petits pieds vernis, qui pointent à droite et à gauche, écartés comme ceux d'un homme qui monte sans étriers... Elle est, elle est... assise sur les genoux de Maugis, de Maugis, rouge, affalé sur une chaise, et tout habillé, je crois... Marthe crie, bondit, saute à terre et démasque le désordre de l'affreux individu. Une espèce de plainte — sanglot ? nausée ? — m'échappe ; et je détourne les yeux sur ma belle-sœur.

Campée, debout devant moi, en pantalon de linon à

jambes larges et juponnées, elle évoque irrésistiblement, sous son chignon roux qui oscille, l'idée d'une clownesse débraillée de mi-carême. Mais quelle tragique clownesse, plus pâle que la farine traditionnelle, les yeux agrandis et meurtriers !... Je reste là sans pouvoir parler.

La voix de Maugis s'élève, ignoblement gouailleuse :

« Dis donc, Marthe, maintenant que la môme nous a zieutés, si qu'on finirait cette petite fête... Qu'est-ce qu'on risque ? »

D'un coup de tête bref, elle lui indique la porte, puis marche sur moi et me pousse dans ma chambre, si brutale que je chancelle.

« Qu'est-ce que tu fais là ? Tu nous as suivis ?

— Ah ! Dieu non !

— Tu mens ! »

(Je me redresse, j'ose la regarder mieux.)

« Non, je ne mens pas. J'avais la migraine, je suis rentrée, j'ai donné quelque chose à l'homme de la porte pour qu'il me laisse passer, je... »

Marthe rit, comme si elle avait le hoquet, sans ouvrir la bouche.

« Ah ! tu le pratiques aussi, le mark à l'homme de la porte ? Tu es mûre pour le grand coup, Alain n'a qu'à bien se tenir... J'admets ta migraine, mais qu'est-ce que tu venais fiche dans ma chambre ? Penses-tu que j'allais t'inviter en voyeuse ? »

Comme c'est brave, une femme ! Celle-ci a retrouvé son élément, sa crânerie de pétroleuse sur la barricade. Les poings à la taille, elle braverait une armée, avec la même pâleur, les mêmes yeux insoutenables...

« Parleras-tu ? Qu'est-ce que tu attends pour aller raconter à Léon qu'il est cocu ? »

(Je rougis à cause du mot, et à cause du soupçon.)

« Je n'irai pas, Marthe. Tu le sais bien. »

Elle me regarde un moment, les sourcils hauts :

« De la grandeur d'âme ? Non. Ça ne prend pas. Un truc, plutôt, pour me tenir en main, pendant le reste de ma vie ? Rentre ça. J'irais plutôt lui dire moi-même, à l'autre idiot ! »

(Je fais un geste d'impatience lasse :)

« Tu ne me comprends pas. Ce n'est pas seulement

le... la... chose elle-même qui me... qui me choque, c'est l'individu que tu as choisi... oh ! Marthe, cet homme qui sent le bar, qui te traite comme une femme à tout le monde, cet homme tout habillé, comme ça... »

Blessée, elle se mord la lèvre. Puis elle hausse les épaules, avec une triste amertume.

« Oui, oui. Tu es encore une de ces nigaudes pour qui l'adultère — un mot poncif qui te plaît, hein ? — doit se cacher dans les fleurs, et s'ennoblir par la passion, la beauté des deux amants, leur oubli du monde... Ah ! là ! là ! ma pauvre fille, garde tes illusions ! Moi, je garde mes embêtements... et mes goûts aussi. Cet individu, comme tu l'appelles, possède, entre autres qualités, un portefeuille complaisant, un genre d'esprit crapuleux qui me convient assez, et le tact d'ignorer la jalousie. Il sent le bar ? C'est possible ; j'aime encore mieux cette odeur-là que celle de Léon qui sent le veau froid. »

Comme fatiguée tout à coup, elle se laisse tomber sur une chaise :

« Tout le monde n'a pas la chance de coucher avec Alain, ma chère amie. C'est en somme un privilège réservé à un petit nombre de personnes... que j'envie modérément. »

(Qu'est-ce qu'elle va dire ? Elle me jette un méchant sourire avant d'ajouter :)

« D'ailleurs, sans vouloir lui faire de tort, ça doit être un fichu amant que mon délicieux frère. "Toc-toc, ça y est... Jusqu'au revoir, chère madame." Hein ? »

Les larmes aux yeux, je détourne la tête. Marthe agrafe rapidement sa robe, épingle son chapeau, et continue de parler, sèche et fiévreuse :

« ... Aussi, je ne comprends pas que Valentine Chessenet s'en soit toquée si longtemps, elle qui se connaît en hommes... »

C'est bien ce nom que je pressentais. Mais, moi ausi, je suis brave à ma manière ; sans bouger, j'attends la fin.

Ma belle-sœur met ses gants, saisit son ombrelle, ouvre la porte :

« Dix-huit mois[1], ma chère, dix-huit mois de correspondance et d'entrevues régulières. Deux fois par semaine, c'était réglé comme une leçon de piano. »

Je caresse le petit bull, d'une main toute froide, l'air

indifférent. Marthe baisse la voilette de son chapeau couvert de roses, lèche sur ses lèvres le superflu de pommade-raisin, et me guette dans la glace. Ah ! elle ne verra rien !

« Il y a longtemps, Marthe ? J'en ai bien entendu parler, mais jamais d'une façon très précise.

— Longtemps ? Oui, assez longtemps. C'est rompu depuis la dernière Noël... dit-on. Huit mois, bientôt[1], c'est de l'histoire ancienne. Adieu, grande âme ! »

Elle claque la porte. Elle se dit à coup sûr : « J'ai bien riposté. Un beau coup ! Qu'Annie parle à présent si elle veut. Je me suis vengée d'avance. » Elle ne sait pas qu'en pensant tuer quelqu'un, elle frappait sur un vêtement vide.

L'abattement, la courbature — la honte et la brûlure de ce que j'ai vu —, l'incertitude où je suis de ce qu'il faut décider, tout cela s'emmêle et me fatigue à l'extrême. Du moins, je sens clairement l'impossibilité de revoir Marthe tous les jours, à toute heure, sans revoir, à côté de sa grâce insolente, l'odieuse face de ce gros homme violacé, presque tout vêtu, et qui n'a pas eu peur, qui ne s'est pas irrité, qui ne s'est pas arrêté... Cette image encore me répugne moins que la dégoûtante certitude qui s'impose à mon esprit : assurément, Maugis, à mon irruption dans la chambre, ne ressentit point de déplaisir, au contraire... L'horreur ! l'horreur ! Est-ce cela, l'adultère, et faut-il croire que ce qu'ils faisaient ressemble à l'amour ? La caresse monotone et brève d'Alain me salissait moins que ceci, et, Dieu merci, si je devais choisir... Mais je ne veux pas choisir.

Je ne veux pas non plus rester ici. Je n'entendrai pas *Tristan*, je ne verrai plus Claudine... Adieu, Claudine, qui vous dérobez ! Car, depuis l'heure agitée où elle devina une grande part de mon angoisse, l'heure trouble où je me sentis si près de l'aimer, Claudine fuit les occasions de me parler seule à seule, et me sourit de loin comme à un pays regretté.

Allons, cherchons une autre route ! La saison s'avance. Pour la première fois, je songe que bientôt Alain s'embarquera sur le bateau du retour, et je l'imagine, enfantinement, chargé de gros sacs d'or, de l'or rouge comme ses cheveux...

Une phrase de sa dernière lettre me revient en mémoire : « J'ai constaté, ma chère Annie, que le type de certaines femmes de ce pays se rapproche du vôtre. Les plus agréables ont, comme vous, de lourds et longs cheveux noirs, les cils beaux et fournis, le teint brun, uni, et ce même goût de l'oisiveté et de la songerie vaine. Mais ce climat-ci explique et excuse leurs penchants. Peut-être que de vivre ici eût changé bien des choses entre nous... »

Quoi ! cet esprit net et positif s'embrumerait aussi ? Confusément, il penserait à corriger, à modifier notre... notre « Emploi du temps » ? De grâce, assez de changements, assez de surprises, de déceptions ! Je suis lasse, avant de recommencer ma vie. Un coin propre, silencieux, des visages nouveaux derrière lesquels j'ignore tout — je ne demande rien, rien de plus !

Péniblement je me lève, à la recherche de ma femme de chambre... Dans la cuisine, entourée des quatre petites Meider extasiées, elle leur chante, d'une forte voix de baryton :

Je vous aimeu... d'a... mour...
J'en rêve nui... t'et... jour[1]*...*

« Léonie, c'est pour mes bagages, je pars tout à l'heure. »

Elle me suit sans répondre, ébahie. Les petites Meider ne connaîtront jamais la fin de la valse française...

Revêche, elle plonge dans ma malle.

« Est-ce que je dois faire la malle de Mme Léon aussi ?

— Non, non, je pars seule, avec vous et Toby. (Et j'ajoute, embarrassée :) J'ai reçu une dépêche. »

Le dos de Léonie n'en croit pas un mot.

« Vous vous ferez conduire à la gare avec les colis, dès que vous serez prête. Je vous rejoindrai avec le chien. »

J'ai si peur qu'ils ne rentrent ! Je consulte ma montre à chaque instant. Bénis soient, pour un jour, ces spectacles interminables ! Ils assurent ma fuite.

J'ai payé ma note sans regarder, laissant un pourboire très fort (je ne connais pas les habitudes), qui fait sauter de joie les quatre petites filles en tabliers à bretelles. On n'eſt pas fier en Franconie !

Enfin, me voilà seule avec Toby colleté de cuir et de poil de blaireau pour le voyage. Sa petite figure noire suit mes mouvements, il comprend et il attend, sa laisse d'acier traînante sur le tapis. Encore un quart d'heure. Vite, à l'adresse de Marthe, un mot sous enveloppe : « Je pars pour Paris. Explique à Léon ce que tu voudras. »

J'ai le cœur serré, d'être si seule au monde... Je voudrais laisser un adieu plus tendre que celui-là... mais à qui ?... je crois que j'ai trouvé :

Ma chère Claudine,

Quelque chose d'inattendu me force à partir tout de suite. C'eſt un départ très pénible, très précipité. Mais n'allez pas supposer un accident, survenu à Alain, ou à Marthe, ou à moi. Je pars parce que tout me pèse ici ; Bayreuth n'eſt pas assez loin d'Arriège, ni Arriège assez loin de Paris, où je rentre.

Vous m'avez fait voir trop clairement que là où ne commande pas le grand amour, il n'y a que médiocrité ou détresse. Je ne sais pas encore quel remède j'y trouverai ; je pars pour changer, et pour attendre.

Peut-être auriez-vous su me retenir, vous qui rayonnez la foi et la tendresse. Mais depuis le jardin de la Margrave, vous ne semblez plus le vouloir. Sans doute vous avez raison. Il eſt juſte que vous gardiez pour Renaud, tout entière, la flamme dont vous m'avez un inſtant éclairée.

Du moins, écrivez-moi une lettre, une seule lettre. Réconfortez-moi et dites-moi, même en mentant, que ma misère morale n'eſt pas sans recours. Car je songe au retour d'Alain, avec une si trouble appréhension, que l'eſpoir même ne m'y eſt plus clair.

Adieu, conseillez-moi. Souffrez que j'appuie une minute, en pensée, ma tête à votre épaule, comme dans le jardin de la Margrave.

ANNIE.

☆

Onze heures du matin. L'arrivée. Le Paris sec et triste d'une fin d'été. L'estomac creux, le cœur malade, il me semble revenir de l'autre côté du monde, avec l'envie de me coucher là et de dormir. Laissant Léonie lutter contre la douane, je m'enfuis en fiacre vers la maison...

L'arrêt de ma voiture amène sur le seuil de l'hôtel le concierge sans livrée, en manches de chemise, et sa femme — ma cuisinière — dont les joues couperosées se marbrent de rouge et de blanc... Je lis distraitement sur leurs plates figures la surprise, l'embarras, une dignité froissée de serviteurs corrects envers qui on n'agit pas correctement...

« C'est Madame !... mais nous n'avons pas reçu la dépêche de Madame !...

— C'est que je n'en ai pas envoyé.

— Ah ! je disais aussi... Monsieur n'est pas avec Madame ?

— Apparemment non. Vous me ferez déjeuner aussitôt que possible. N'importe quoi, des œufs, une côtelette... Léonie me suit avec la malle. »

Je monte lentement les degrés de l'escalier, suivie du concierge qui a endossé précipitamment une tunique verte aux boutons ternis... Je regarde, dépaysée, ce petit hôtel, qu'Alain a voulu acheter... Je n'y tenais pas, moi. Mais *on* ne m'a pas demandé mon avis... Je pensais pourtant qu'au-dessous d'un certain prix, le petit hôtel est plus banal et plus inconfortable qu'un appartement...

Que m'importe tout cela, à présent ? Je me sens indifférente comme une voyageuse. On a posé des doigts sales sur la porte blanche de ma chambre à coucher... L'ampoule électrique du corridor est fêlée... Poussée par l'habitude ancienne, j'ouvre la bouche pour dire qu'on répare, qu'on lave... Puis, je me ravise et me détourne.

Un peu de douceur, un peu de lâcheté me détendent, quand j'ouvre ma chambre blanche et jaune... Sur ce petit bureau laqué, où la poussière paraît peu, j'ai écrit les premières lignes de mon cahier... Dans ce grand lit plat, où mon corps creuse à peine son poids léger, j'ai rêvé migraine, crainte, résignation, ombre brève d'amour, volupté incomplète... Qu'y rêverai-je à présent, dépouillée de ma peur, de ma résignation, et de l'ombre même de l'amour ? C'est une chose extraordinaire qu'une créature aussi faible que moi, aussi penchante vers tout appui moral et physique, se trouve seule, on ne sait comment, sans en périr aussitôt comme un volubilis désenlacé. Peut-être qu'on ne finit pas ainsi... si vite... Machinalement, je viens me mirer au-dessus de la cheminée.

Sans étonnement, j'eusse vu apparaître dans la glace une Annie consumée, diminuée, les épaules plus étroites, la taille plus molle encore qu'avant l'été... Mon image me surprend, et je m'accoude à l'étudier de près.

Les cheveux sombres, feutrés par une nuit en wagon, encadrent d'une marge brutale l'ovale toujours mince d'une figure brune. Mais ce pli de fatigue, aux coins des lèvres, ne modifie pas seul la ligne de la bouche, une bouche plus ferme, moins implorante qu'autrefois... Les yeux, eux, regardent plus droit, portent, sans faiblir à tout instant, l'auvent soyeux des cils. « Fleurs de chicorée sauvage », mes yeux si clairs, mon unique beauté véritable, je ne pourrai plus vous regarder sans penser à Claudine qui, penchée sur eux, disait par taquinerie : « Annie, on voit jusque de l'autre côté, tant ils sont clairs. » Hélas ! c'était vrai. Clairs, comme un flacon vide. Attendrie par ce souvenir, vaguement enivrée par la nouveauté de mon image, j'incline la tête, je pose mes lèvres sur ma main dégantée...

« Je dois t'y défaire la malle de Madame ? »

Léonie, essoufflée, mesure d'un œil hostile cette chambre qu'il faudra « faire à fond »...

« Je ne sais pas, Léonie... J'attends une lettre... Ne sortez que les robes et les jupons de soie, le reste ne presse pas...

— Bien, Madame. Voilà justement une lettre de Monsieur que le portier allait renvoyer en Allemagne. »

D'une main brusque, je prends la lettre inattendue. Pour la lire seule, je m'en vais dans le cabinet d'Alain, où je pousse moi-même les persiennes.

Ma chère Annie,

*C'eſt un mari très fatigué qui vous écrit. Rassurez-vous ; j'ai dit : fatigué, et non malade. Il a fallu batailler ; je vous ai déjà informée des difficultés de convertir en argent ce qui était en taureaux, et vous les redirai de façon détaillée. Je suis tout au plaisir de m'en être tiré honorablement et d'en rapporter une belle somme. Vous me saurez gré, Annie, d'un voyage qui me permet d'augmenter le train de notre maison, et de vous offrir une fourrure de zibeline aussi belle que celle de madame... vous savez qui je veux dire ?... ma sœur la nomme, trop librement : "*la Chessenet*".*

Le soleil eſt pesant à cette heure, et j'en profite pour mettre à jour ma correſpondance. Dans la cour de la maison, une fille eſt assise, qui coud ou fait semblant de coudre. Il y a vraiment une ressemblance assez singulière, et que j'ai remarquée tant de fois, entre sa silhouette immobile, penchée, au chignon noué sur la nuque — et la vôtre, Annie. La fleur rouge eſt en plus ici, et le petit châle jaune aussi. N'importe, cela m'occupe et fait dévier ma pensée vers vous, et vers mon retour qui n'eſt plus qu'une affaire de jours...

De jours ! C'eſt vrai, il y a longtemps déjà... De jours ! Je finissais par croire qu'il ne reviendrait pas. Il va revenir, il va quitter la terre lointaine, la fille brune qui me ressemble et qu'il appelle peut-être Annie, les nuits d'orage... Il va revenir et je n'ai pas encore décidé mon sort, pris courage contre moi-même et contre lui !

Sans ramasser la lettre glissée à terre, je songe en regardant autour de moi. Ce cabinet de travail, qui sert de fumoir, n'a pas gardé l'empreinte de son maître. Rien n'y traîne, et rien n'y charme. La verdure déclouée pour l'été laisse un grand panneau de mur blanc, non tendu. Je suis bien mal ici, je ne reſterai pas à Paris...

« Léonie ! »

Le bon gendarme accourt, une jupe pendue à chaque index.

« Léonie, je veux partir demain pour Casamène.

— Pour Casamène ? Oh ! ma foi, non.

— Comment, non ?

— Madame n'a pas écrit à la jardinière, la maison eſt fermée et pas nettoyée, les provisions pas faites. Et puis il me faudrait bien deux jours pour les choses qu'on a besoin ici, les jupes de toujours de Madame ont la doublure abîmée, la robe en linon blanc qu'on n'a pas trouvé de teinturier pour elle en Allemagne ; le jupon qui va avec, sa dentelle il faut qu'on la remplace, et encore... »

Je ferme mes oreilles à deux mains, la syntaxe de Léonie m'impressionne.

« Assez, assez ! Vous avez deux jours pour tout cela. Seulement, écrivez vous-même à la jardinière que... (j'hésite un moment...) que je n'amène que vous. Elle fera la cuisine.

— Bien, Madame. »

Léonie sort d'un pas digne. Je l'aurai froissée une fois de plus. Il faut tant d'égards envers les subalternes ! Tous les domestiques qui ont passé dans cette maison ont été de vraies sensitives, des sensitives grognons[1], qui ressentaient vivement les nuances de l'humeur d'autrui et le laissaient paraître sur leurs visages, en l'absence d'Alain.

Je pars demain. Il est temps, ma patience s'use. Tout ce décor de ma vie conjugale me devient intolérable, même le salon Louis XV où j'attendais le vendredi, docile et horrifiée, le coup de sonnette de la première visiteuse. J'exagère : en ce temps-là, qui recule étrangement, j'étais plus docile qu'horrifiée, et presque heureuse, d'un bonheur incolore, peureux. Errante aujourd'hui, démoralisée et pourtant plus têtue, enflammée parfois de mes caresses et de ma rêverie, mon sort est-il meilleur ? C'est un problème bien ardu pour une cervelle aussi fatiguée.

Je ne laisse guère de moi dans ce petit hôtel, étroit et haut comme une tour. Alain n'a pas voulu des meubles de grand-mère Lajarrisse, ils sont demeurés à Casamène. Quelques livres, deux ou trois portraits d'Annie — le reste appartient à mon mari. Je lui ai donné, il y a trois ans, ce petit bureau anglais, qu'il a gardé miséricordieusement dans son cabinet de travail. Qu'y a-t-il serré ? Je tire, indiscrète, la poignée de cuivre du tiroir, qui résiste. Un homme d'ordre ferme ses tiroirs en partant pour un si long voyage. En regardant de plus près, je découvre, scellé minuscule, une petite bande de baudruche gommée[2], à peu près invisible... Peste ! mon mari montre une confiance relative en son personnel. Mais une précaution aussi dissimulée vise-t-elle seulement le valet de chambre ?... Brusquement, la venimeuse figure de Marthe m'apparaît : « Dix-huit mois, ma chère, dix-huit mois de correspondance suivie, de rendez-vous réguliers... »

J'aimerais assez connaître le style de Valentine Chessenet. Non pas, grand Dieu, qu'une jalousie physique m'étreigne, que la fièvre pousse ma main... C'est simplement, qu'au point où j'en suis venue, les scrupules me semblent un luxe ridicule.

... Les petites clefs de mon trousseau échouent l'une après l'autre sur la serrure anglaise. Cela m'ennuie de recourir à quelqu'un. Je cherche... Cette règle plate, en fer poli, sur la table à écrire... Oui, en faisant levier sous le tiroir... Que c'est dur ! J'ai chaud, et l'ongle de mon pouce est cassé, un petit ongle rose si soigné au bout de ma main brune... Oh ! quel craquement ! Si les domestiques entraient, croyant à un accident ? J'écoute une minute, effrayée. Les cambrioleurs doivent mourir fréquemment de maladies de cœur.

Le bois de frêne clair a éclaté. Encore un peu de travail et le tablier du joli meuble, fendu, éventré, tombe, suivi d'une avalanche de papiers.

Me voilà interdite comme une petite fille qui a renversé une boîte de dragées ! Par où commencerai-je ? Ce ne sera pas long ; chaque petite liasse, méthodiquement serrée d'un caoutchouc, porte une suscription :

Voici *Factures acquittées,* voici *Titres de propriété,* voici *Pièces relatives au procès des terrains* (quels terrains ?) puis *Reçus de Marthe* (ah ?), *Lettres de Marthe, Lettres d'Annie* (trois en tout), *Lettres d'Andrée* (mais quelle Andrée ?). Lettres... Lettres... Lettres... ah ! enfin : *Lettres de Valent...*

Je vais doucement tourner la clef de la porte, puis, assise sur le tapis, j'éparpille au creux de mes genoux la liasse assez copieuse.

« Mon rouquin d'amour... », « Mon petit homme blanc » (elle aussi !), « Cher ami... », « Monsieur », « Méchant gosse... », « Sale lâcheur... », « Ma cafetière en cuivre rouge[1]... ». Les appellations varient, certes, plus que le fond des lettres. L'idylle est complète, pourtant. On peut chronologiquement la suivre, depuis le petit bleu :

« J'ai fait une gaffe en me donnant si vite... » jusqu'au « Je ferai tout pour te ravoir, j'irai plutôt te chercher chez ta petite oie noire... ».

En marge ou au verso de toutes les lettres, la raide écriture d'Alain a noté : « Reçu le... Répondu le... par télégramme fermé. » Je l'aurais reconnu à ce trait. Ah ! *elle* peut bien l'appeler rouquin d'amour, ou mimi blanc, ou théière... cafetière, je ne sais plus... c'est toujours le même homme !

Qu'est-ce qu'il faut faire de tout cela, à présent ? Envoyer le paquet de lettres sous pli cacheté, à l'adresse d'Alain écrite de ma main ? On procède ainsi dans les romans. Mais il croirait que je l'aime encore, que je suis jalouse. Non. Je laisse tous les papiers à terre, au pied du meuble cambriolé, avec la règle plate, et le trousseau de mes petites clefs. Ce saccage met un réjouissant désordre dans la pièce sans âme. Emportons les *Lettres d'Annie*... Là, c'est fini... La figure d'Alain, quand il reviendra !

☆

Une enveloppe bleue s'accote à ma tasse sur le plateau du petit déjeuner. Au timbre bavarois, moins qu'à l'écriture grasse et ronde, j'avais deviné la réponse de Claudine. Elle me répond vite ; elle a pitié... Son écriture lui ressemble, sensuelle, vive, droite, et d'où s'élancent des boucles courtes et gracieuses, des barres de T renflées, despotiques[1]...

Ma douce Annie,

Je ne verrai donc plus, de longtemps, les yeux uniques que vous cachez si souvent sous vos cils, comme un jardin derrière une grille, car il me semble que vous voilà partie pour un grand voyage... Et quelle idée avez-vous de me demander un itinéraire ? Je ne suis ni l'Agence Cook, ni Paul Bourget[2]. Enfin, nous verrons ça tout à l'heure, je veux vous dire d'abord le plus pressé, qui est banal comme un fait divers.

Dans la journée qui suivit votre départ, je ne rencontrai pas le ménage Léon à Tristan. *Votre beau-frère, ce n'est rien, mais*

Marthe manquant les entractes de Tristan, *les plus sensationnels après ceux de* Parsifal *! Nous rentrons du théâtre comme d'habitude, à pied, moi pendue au bras de mon cher grand, et nous songeons tous deux à faire un petit détour pour prendre des nouvelles de Marthe... Horreur ! l'honnête maison Meider ouverte à tout venant, quatre petites filles en tabliers roses qui courent comme des rats, Marthe, enfin, dont j'entrevois le fanal rouge en racines droites et qui nous claque la porte au nez pour nous empêcher d'entrer... Renaud parlemente avec une bonne, écoute ce qu'elle gémit en bavarois ponctué de* Yo ! *et m'emmène, si étonné, qu'il avait presque l'air bête... J'exagère.*

Savez-vous quoi, Annie ? Léon venait de s'empoisonner, comme une modiste plaquée ! Il avait bu du laudanum, et d'un tel cœur, qu'il s'était collé une indigestion monstre ! Vous allez penser tout de suite que le suicide de Liane[1] *hantât ce cerveau éminemment parisien ? Pas du tout. Au cours d'une scène vive, Marthe très énervée — la chronique ne dit pas pourquoi — avait traité son époux de "cocu" avec tant de fréquence et de conviction que le malheureux n'avait plus douté de ce qu'on appelle, en style de reporter, "l'étendue de son malheur".*

Va pour étendue.

Le lendemain, je tente une reconnaissance, toute seule : Marthe me reçoit, épouse modèle, et me raconte la "fatale erreur", se lève dix fois pour courir auprès du cher malade... Maugis n'était pas là, parce qu'une dépêche urgente l'avait appelé à Béziers la veille au soir. C'est curieux tout de même, Annie, ce qu'on voit de départs urgents dans la colonie française de Bayreuth !...

Rassurez-vous vite, enfant craintive, le suicidé va bien ; Marthe le soigne comme un cheval qui doit courir le Grand Prix. Sous peu de jours, il sera en état de reprendre son travail, à raison de 80 lignes quotidiennes au lieu de 60, pour rattraper le temps perdu. Votre belle-sœur est une femme très intelligente et qui comprend à merveille que la situation de femme mariée est de beaucoup supérieure à celle de la femme divorcée, ou à certains veuvages, même lucratifs.

Vous voilà au courant. Parlons de vous. De vous, embarrassante petite créature, si lente à se connaître elle-même, si prompte, le jour venu, à s'enfuir, silencieuse et coiffée de noir, comme une hirondelle qui émigre.

Vous partez, et votre fuite et votre lettre sont comme un reproche pour moi. Que je vous regrette, Annie à l'odeur de rose ! Il ne faut pas m'en vouloir. Je ne suis qu'une pauvre bête amoureuse de la beauté, de la faiblesse, de la confiance, et j'ai bien du mal à comprendre que, lorsqu'une petite âme, comme la vôtre, s'appuie sur la mienne, qu'une bouche entrouverte, comme la vôtre, défaille vers la mienne, je ne doive pas les embellir encore, l'une et l'autre, d'un baiser. Je ne le comprends pas très bien, vous dis-je, quoiqu'on me l'ait expliqué.

On a dû, Annie, vous parler de moi, et d'une amie que j'aimai trop simplement, trop entièrement. C'était une fille méchante et séduisante, cette Rézi, qui voulut mettre entre Renaud et moi sa grâce blonde et dévêtue, et se donner le littéraire plaisir de nous trahir tous les deux... À cause d'elle, j'ai promis à Renaud — et à Claudine aussi — d'oublier qu'il peut y avoir de jolies créatures faibles et tentantes, qu'un geste de moi pourrait enchanter et asservir...*

Vous partez, et je vous devine toute en désordre. J'espère, pour vous et pour lui, que votre mari ne va pas revenir tout de suite. Vous n'êtes encore ni assez clairvoyante, ni assez résignée. Que vous n'aimiez pas, c'est un malheur, un malheur calme et gris, oui, Annie, un malheur ordinaire. Mais songez que vous pourriez aimer sans retour, aimer et être trompée... C'est le seul grand malheur, le malheur pour lequel on tue, on brûle, on anéantit... Et on a rudement raison ! Ainsi, moi, si jamais... Pardonnez-moi, Annie, j'allais oublier qu'il s'agit ici uniquement de vous. Une amoureuse a bien de la peine à cacher son égoïsme[a]*.*

"Conseillez-moi !" suppliez-vous. Comme c'est commode ! Je vous sens prête à diverses sottises, que vous accompliriez doucement, avec une mollesse entêtée, avec cette grâce de jeune fille qui donne tant d'incertitude et de charme à tous vos gestes, sinueuse Annie.

Je ne peux pourtant pas, bon sang ! vous dire tout à trac : "On ne vit pas avec un homme qu'on n'aime pas, c'est de la cochonnerie", bien que cette opinion ne diffère pas sensiblement de ma vraie pensée. Mais je puis, du moins, vous raconter ce que j'ai fait :

Munie d'un gros chagrin, et d'un petit bagage, je suis rentrée dans mon terrier natal. Pour y mourir ? Pour y guérir ? je n'en savais rien en partant. La divine solitude, les arbres apaisants, la nuit bleue et conseillère, la paix des animaux sauvages m'ont détournée d'un dessein irréparable, m'ont reconduite doucement au pays d'où je venais — au bonheur...

Ma chère Annie, vous pouvez toujours essayer.

Adieu. Ne m'écrivez pas, si ce n'est pour m'annoncer que le traitement opère. Car j'aurais trop de regret de n'en pouvoir connaître un autre.

* Voir *Claudine en ménage.*

Je baise, des cils au menton, tout votre visage qui a la forme fuselée et presque la nuance d'une aveline mûre. De si loin, les baisers perdent leur poison, et je puis poursuivre une minute, sans remords, notre rêve du jardin de la Margrave.

CLAUDINE.

☆

Claudine m'a trompée. Je suis injuste : elle s'est trompée. La « cure de campagne » n'est pas une panacée, et puis on guérit malaisément le malade qui n'a pas la foi.

Aux premières pages de ce journal (Toby, que je te prenne encore, l'œil saillant et l'oreille fière, à le traîner par un coin, comme le cadavre d'un ennemi !), aux premières pages de ce journal sans fin ni commencement, perverti et timide, hésitant et révolté, et tout pareil à moi-même, je lis ces mots : « Le fardeau de vivre seule... » Annie ignorante ! Que pèse-t-il, ce fardeau-là, auprès de la chaîne que j'ai, quatre ans et sans repos, portée, et qu'il faudrait reprendre pour la vie ? Mais je ne veux pas la reprendre. Ce n'est pas que la liberté même se révèle si tentante, et je n'en veux pour preuve que ma fièvre à changer de place, l'amère sensibilité qui mire ma solitude à toutes ces solitudes du ciel, des champs, des âpres rochers gris, dont les coupures fraîches sont rouges... Mais choisir son mal... d'aucuns feraient de cela leur idéal de bonheur[1]...

Hélas, oui ! À peine arrivée, je veux repartir. Casamène est à moi, pourtant. Mais j'y ai trop vécu à côté d'Alain. Dans le bosquet romantique, sous le couvert de la « petite forêt » — un taillis modeste que j'avais baptisé de ce nom démesuré —, au fond du hangar sombre, où des outils empâtés de rouille font songer à quelque chambre des tortures nurembergeoise, dans tous les recoins de ce domaine démodé, je retrouverais sans peine les marques et les dégradations de nos jeux d'autrefois. Près du ravin, un marronnier porte encore sur son écorce, en ceinture pleine d'ampoules, la trace cruelle d'un fil de fer dont l'enserra Alain, il y a... il y a peut-être douze ans. Là, mon sévère compagnon fut Œil-de-Serpent, chef d'une tribu de Peaux-Rouges, et moi sa petite squaw domestiquée, attentive au feu de pommes de pin. Il s'amusait très fort, presque toujours sérieux et grondeur, d'une raideur qui faisait partie du jeu.

Il n'a jamais aimé Casamène. Mon futile grand-père décora ces quelques hectares d'un peu plus de pittoresque qu'il n'était nécessaire : un ravin, bien entendu *sauvage*, deux collines, une combe, une grotte, un point de vue, une grande allée pour la perspective, des arbustes exotiques, une voie empierrée pour les voitures, tortueuse assez pour que l'on croie parcourir des kilomètres sur ses terres[1]... Tout cela, disait Alain, d'un ridicule achevé. C'est bien possible. J'y vois surtout, à présent, une poignante tristesse de jardin abandonné, et sous ce soleil blanc comme un soleil d'octobre, une fertilité funèbre de cimetière...

« Les arbres apaisants... ! » Ah ! Claudine, je sangloterais si je ne me sentais si effarée, si pétrifiée de solitude. Les pauvres arbres, ceux-ci, ne connaissent la paix, ni ne la donnent. Beau chêne tordu, géant aux pieds enchaînés, depuis combien d'années tends-tu vers le ciel tes branchages tremblants comme des mains ? Quel effort vers la liberté t'a versé sous le vent, puis redressé en coudes pénibles ? Tout autour de toi, tes enfants nains et difformes implorent déjà, liés par la terre, bafoués du vent cruel qui fatigue leur croissance...

D'autres créatures prisonnières, comme ce bouleau argenté, se résignent. Ce fin mélèze aussi, mais il pleure et défaille, noyé sous ses cheveux de soie, et j'entends, de ma fenêtre, son chant aigu sous les rafales... Oh ! tristesse des plantes immobiles et tourmentées, se peut-il qu'en vous une âme pliante et incertaine ait jamais puisé la paix et l'oubli !... Ce n'est pas là, Claudine, c'est en vous seule que brillait la force, le bondissement des bêtes heureuses, la joie qui aveugle et colore à la fois !

Il pleut, et tout en est pire. J'allume tôt la lampe, et je m'enferme, à peine rassurée par les lourds volets pleins, par le bavardage à pleine voix de Léonie avec la petite de la jardinière. Le feu craque — il faut du feu déjà —, les boiseries aussi. Quand la flamme se tait, le silence bourdonnant emplit mes oreilles. Les pattes onglées d'un rat courent distinctement entre les lames des plafonds, et Toby, mon unique petit gardien noir, lève une tête féroce vers cet ennemi inaccessible... Pour Dieu, Toby, n'aboie pas ! Si tu aboies, le silence fracassé va tomber en éclats sur ma tête, comme les plâtras d'une maison trop ancienne...

Je n'ose plus me coucher. Je prolonge ma veillée devant le feu mourant, jusqu'au bout de la lampe, j'écoute les frôlements veloutés, l'haleine du vent qui pousse les feuilles sur le gravier, tous les pas des bêtes menues que je ne connais pas. Je touche, pour me donner courage, la lame large d'un couteau de chasse, et le froid de l'acier, au lieu de me rassurer, m'effraie davantage.

Quelle sotte peur ! Les meubles amis ne me connaissent-ils plus ? Si, mais ils savent que je les quitterai, ils ne m'abritent pas. Vieux piano aux moulures cannelées, je t'ai fatigué de mes gammes. « Plus de nerf, ma petite Annie, plus de nerf ! » Déjà ! Ce portrait de polytechnicien à taille de guêpe, d'après un daguerréotype, c'est mon grand-père. Il creusa des puits au sommet de la montagne, entreprit une culture de truffes, tenta d'éclairer le fond de la mer « à l'aide d'huile de baleine brûlant en vases transparents hermétiquement clos » (!) ; bref il ruina sa femme et sa fille, l'âme légère et sans remords, adoré des siens[1]. La jolie taille que la sienne, si l'image est sincère ! Une femme d'aujourd'hui pourrait l'envier. Un beau front chimérique, des yeux curieux d'enfant, de petites mains gantées de blanc... C'est tout ce que je sais de lui.

Au-dessus du piano, au mur, une mauvaise photographie de mon père ; je ne l'ai connu que vieux et aveugle[2]. Un homme distingué en favoris blancs — comment suis-je la fille d'un être aussi... quelconque ?

De ma mère, rien. Pas un portrait, pas une lettre. Grand-mère Lajarrisse refusait de me parler d'elle et me recommandait seulement : « Prie pour elle, mon enfant. Demande à Dieu miséricorde pour tous les disparus, les exilés, pour les morts... » Il est bien temps, vraiment, d'aller m'inquiéter de ma mère ! Qu'elle reste, pour moi, ce que je l'imaginai toujours : une jolie créature triste, qui est partie ? ou qui s'est tuée ? J'en ai plus de pitié que de souci[1].

☆

Deux lettres m'arrivent ! Il y a là de quoi m'inquiéter deux fois. Dieu merci, l'une, énorme[2], est de Claudine, et l'autre d'Alain. Et puis, je me sens, ce matin, plus forte et plus alerte, calmée par l'heure fraîche — car le coucou de la cuisine a chanté huit fois ses deux notes de crapaud —, par l'odorant thé bouillant qui fume dans ma tasse bleue, par l'appétit délirant de Toby, qui saute et pleure pointu, durant que je m'attarde. Je respire un air mobile et léger, un air de fête et de départ ; c'est ma manière à moi, oui, Claudine, de goûter la paix des champs, que de rêver au son des grelots sur la route... Je serais une jeune femme de dix-huit cent... trente et quelques. Une créole, n'est-ce pas ? Elles furent à la mode dans ce temps-là. Un mariage malheureux, l'enlèvement, le costume incommode et fragile, les brodequins lacés que blessent les cailloux, la chaise lourde, les postiers fumants... quoi encore ? l'essieu qui se brise, les surprises, la rencontre providentielle... Tout le joli, le ridicule, le sentimental de nos grand-mères[3]...

Dans l'enveloppe au timbre français, quelques lignes seulement de Claudine, qui m'envoie d'innombrables feuillets d'une écriture inconnue... J'eusse préféré le contraire.

Ma chère petite Annie, je ne sais où vous trouver. Que ceci vous parvienne et vous dise seulement que Marthe, à Paris, explique votre fugue en peu de mots : "Ma belle-sœur soigne en province une grossesse difficile." C'est la grâce que je vous souhaite ! Tout en serait peut-être plus simple ?... Sachez encore que Léon et sa femme me semblent en parfaite santé et en parfait accord. Pour effacer de votre imagination inquiète toute impression dramatique, voici une lettre, un volume, que m'envoie Maugis, de Béziers. Lisez ces goujateries alambiquées, Annie, et souriez, fût-ce de mépris et d'indifférence.

Adieu, je voulais vous rassurer, vous avertir. Cela seulement... et savoir quelque chose de vous, car je n'y puis tenir : je crains tout pour vous... hors moi-même. J'avais dit : "Ne m'écrivez pas, si le remède échoue." Il s'agit bien de remède ! Je veux tout savoir de vous, de vous à qui j'ai, si proprement, renoncé. Un mot, une image, une dépêche, un signe... Faites-en ma récompense, Annie. Guérie, ou malade, ou "perdue" comme on dit, ou bien même... ce que dit Marthe... Bouac ! non, pas cela ! Demeurez l'amphore, étroite et grêle, que deux bras refermés peuvent aisément étreindre [1].

Votre

CLAUDINE[a].

C'est tout ! Oui, c'est tout. La tendre inquiétude de Claudine même ne me satisfait pas. Quand on n'a rien à soi, comme moi, on espère tout d'autrui... Je répugne à toucher l'énorme lettre de Maugis, toutes ces pages que durent poisser ses mains d'ivrogne[2]...

« Salut, la môme Claudine, collez de ma part un bécot au Renaud d'attaque avec lequel, souventes fois, vous forniquez. Vous n'êtes pas assez poires, l'un ni l'autre, pour supposer un seul instant que je m'excuse de n'avoir pu, dans la bousculade d'un départ opportun, vous barber d'une correcte visite p. p. c.[3]. *Et vous avez bougrement raison de ne pas le supposer ; bon pour les gigolos de la "gomme*[4]*" ces soucis d'"étiquette" — c'est un mot —, mais moi, je me fiche des convenances envers quiconque, comme votre beau-fils Marcel d'une moukère amoureuse, et, particulièrement, je consens à être changé en pissotière si l'idée me vient jamais de faire des magnes*[5] *avec vous et votre mec costeau que je considère tellement comme des* poteaux *que je voudrais pouvoir vous offrir sur l'allée des* idem, *au Bois boulonnais*[6], *un petit hôtel avec salon à l'anglaise, water-closet* Louis XV, *lit pour trois personnes, etc.*

« Mon honorée de ce jour tend seulement à vous notifier que je compte sur vous, formellement, pour me tuyauter, au petit fer, sur les événements échus à Bayreuth, ville et théâtre, depuis que je quittai ce séjour enfumé : j'ai promis pour la fin du mois à une feuille, dont le caissier possède mon estime, le Journal d'un pèlerin à Wagnéropolis *— titre assuré contre l'incendie — cependant que d'autres canards, dont je ne méprise point les pépettes, réclament mes avis éclairés sur les représentations de Béziers. Or, faute d'un service de tramways reliant les Folies-Cosima et les Arènes, il m'est difficile de faire la navette, dans la même journée, entre la boîte à musique bavaroise et le cirque languedocien, ainsi*

que j'ai coutume, chaque dimanche, à Paris, entre le Châtelet où Colonne révèle La Damnation de Faust[1] *et le Nouveau-Théâtre*[2] *où les concertos de Beethoven sont sifflés comme insuffisamment musicaux par un quarteron de va-de-la-gueule haut perchés.*

« Doncques, il urge que vous me fournissiez, les aminches, de quoi satisfaire les fervents du Ring *; vous me direz si c'est toujours le même cochon qui, sous le pseudonyme de Siegmund, râle le* Ein Schwert verhiess mir..., *répondant au* So grüss ich die Burg... *du noble borgne*[3] *; vous m'apprendrez si ce jean-foutre de Siegfried Wagner se décide à faire partir les trombones qui doivent mugir la malédiction d'Alberich quand le marlou à Brünnhild sort de son bateau pour en monter un à Gunther*[4]*. Dans le même temps, j'assouvirai avec mes notes personnelles la curiosité de ceusses qui s'intéressent au département vinicole d'où je vous écris — des "Héraultomanes*[5]*" quoi ! La flemme de Renaud m'est connue, mais il se déchargera sur vous, de tout soin, ô Claudine, qui savez tenir une plume comme si vous n'aviez pas eu d'autre occupation depuis votre naissance. À ces causes, vous allez m'expédier, chaste créature, un bon topo tout fait, truffé de potins et farci de rosseries ; moi, pas dur, je me contenterai de le recopier — non, je ne le recopierai même pas — de le signer et d'en palper le montant. En retour, coureuse, je m'engage à ne plus vous taquiner avec vos vieilles histoires...* Rézi des temps mérovingiens[6]... *et je vous promets une gratitude émue, contenue dans un sac de ces fondants plutôt dégueulasses pour lesquels vous avouez un goût crapuleux. Ça colle ? Bon, je vous savais bien des poteaux auxquels nul bon sentiment n'est étranger...* nihilalienum poteau[7]... *T'es rance !*

« Je vous revaudrai ça, d'ailleurs. Et tenez, tout de suite, je veux vous envoyer à travers la bobine des détails sur mon séjour ici, détails fichtrement précieux pour Renaud le jour où, Bibi ayant restitué son âme au folâtre Démiurge, l'homme aimé, entre autres, de Claudine, consacrera une étude à la fois biographique, copieuse et définitive, à "notre regretté Maugis" musicographe défunt.

« Je suis donc venu de Bayreuth à Béziers, en brûlant Paris, comme un simple communard (à cause de quoi j'espère qu'on m'octroiera quelque jour une de ces trésoreries générales où se prélassent les anciens pétroleurs de 71[8]*). Béziers, c'est la deuxième personne (à moi, les génitifs en cascade)* du *pluriel* de *l'imparfait* de *l'indicatif* du *verbe le plus sympathique* de *notre belle langue française ; c'est aussi une sous-préfecture qui abuse de ce qu'elle est perchée sur une colline pour prendre des airs prétentieux de vieille ville forte. Au vrai, c'est un repaire de marchands de vins, et les*

foudres qu'on y rencontre ne sont point de guerre ; c'est aussi, comme l'imprime un journaleux du cru, ou, du moins, ça se croit une "cité amoureuse des arts" depuis qu'un indigène, longuement dénommé Castelbon de Beauxhost[1]*, s'avisa d'en faire, pour ainsi parler, un centre de décentralisation artistique, à seule fin d'utiliser les Arènes, les fameuses Arènes, mornes comme l'œil d'un coursier qui se conforme à sa triste pensée, silencieuses comme un conrart*[2]*, du centre gauche, depuis qu'un entrepreneur téméraire, s'étant avisé d'y donner des courses de taureaux, s'était vu mettre en faillite en moins de temps qu'il ne faut à un politicien pour violer sa parole d'honneur.*

« Or, cette vieille paillarde de Providence, qui est toujours là pour un coup, avait lié d'amitié le Castelbon de ce que j'ai dit avec notre Saint-Saëns[3] *national : du commerce de ces deux grands hommes, bien faits pour se pénétrer l'un l'autre, le projet naquit de créer un Bayreuth français, qui serait Béziers, avec 1° dans le rôle de Wagner, Saint-Saëns, et 2° dans celui de Louis de Bavière, Castelbon, le Mécène à faire.*

« Ce projet, les bougres le mirent à exécution et m'obligent ainsi, pâle victime du devoir professionnel, à bouffer des centaines de kilomètres de voie ferrée pour ouïr leurs confections ; je leur pardonnai, l'an passé, parce qu'ils laissèrent Hérold-Lorrain-Fauré produire un Prométhée *qui avait de l'allure*[4] *; mais ils nous insinuent, cette fois, dans le fondement, une* Parysatis[5] *telle que je me propose d'acquérir une chienne exprès pour leur en garder un chien. Ah ! chaleur !*

« Je dis bien : "chaleur". Quand je débarquai, la veille de la première, dans la ville natale de cet autre emmielleur, Viennet[6]*, le thermomètre marquait 35 degrés au-dessus de zéro — une paille ! Je dis bien encore : "une paille" ; j'en demandai une dans un café, sur la molesquine gluante duquel je m'affalai, une paille avec une menthe (liquide que j'élus, je le jure, pour ses vertus rafraîchissantes et non pour ses propriétés aphrodisiaques).*

« Excellente, la menthe du Café de... Allons, bon, j'ai tant souffert de la chaleur que je ne suis pas fichu de me rappeler son nom (Fille de la chaleur, Amnésie, Amnésie !). Du reste, vouloir retrouver un café dans cette ville, c'est vouloir retrouver une faute de français dans un roman du cocu de Marthe, chaque maison est un estaminet et, 3 kilomètres avant d'arriver à Béziers, une schlinguotrouillotante senteur de vermouth et d'absinthe vous saute à la gorge, dénonçant l'approche d'Aperitivopolis.

« Tout d'abord, je dus repousser les assauts de deux sous-offs en retraite, deux grognards astucieux, qui se ressemblaient comme deux

gouttes militaires, et prétendaient m'"intéresser" à leurs parties de billard. Penses-tu ! Je les envoyai dinguer avec la maestria d'un qui connaît les trucs de filous traduits par Mardrus en prose frangée d'or dans Ali Baba et les Caramboleurs[1] *et, vu que je me sentais idiot comme un couplet bêlé par Rachel Launay*[2]*, je résolus —* similia similibus curantur[3] *— de parcourir les gazettes locales que m'offrait une jeune barmaid aux yeux de vice ; en les feuilles de joie prêtées par cette fille à soda, je pigeai, sur la représentation du lendemain, des informations pleines de promesses juteuses, celle-ci, d'abord, que "les dames des chœurs étaient en possession de leurs parties" — ce que ne sauraient dire leurs collègues de la chapelle Sixtine*[4] *; que* Parysatis *coûtait, à monter, 250 balles et qu'on y employait 150 000 figurants (ou le contraire) ; que l'orchestration pour les musiques d'harmonie était de M. Eustace lui-même, chef de génie, je veux dire* du *génie, et qu'enfin, à côté de Laparcerie*[5] *au torse ondulant, il nous serait donné d'ouïr ces artistes illustres dans les deux mondes qui se nomment Decœur, Brille, Duparc, Fonteney — tout ça à la fois ! Vous pensez si je jubilais : traverser la France de haut en bas pour retrouver la troupe de l'Odéon, ça valait vraiment le voyage.*

« Et comme les bonheurs vont par troupe, voici que dans le temps même où j'essayais de digérer ces révélations pimentées, m'apparurent quelques échantillons du Tout-Paris, peu nombreux, mais quels ! le dessus du panier... à salade.

« Privée de son habituel chamelier servant (Annie soit qui mal y pense), la chlorotique Chessenet avait élu un beau brun, l'ex-souteneur-cuisinier de la comtesse Tépion[6]*, et près de ce maquereau à la maître d'hôtel, elle semblait fade et glabre plus que jamais : inodore, incolore et sans sapeur.*

« Miss Tryphé, très occupée par son grand travail de statistique : le Trust des chats, *songeait à quitter Béziers au plus tôt pour retrouver son cher hôtel des Bouffe-Parisiennes*[7]*.*

« À côté d'elle piontifiait tante Laure, "vieille chaussette bleue" morphinomane, la providence des petits télégraphistes qu'elle protège, pneu *ou prou*[8]*.*

« Enfin, essentiel, culminait Jean de Katorzeur[9]*, vous savez, ce Serbe à gueule de palefrenier anglais, jadis rédacteur, en langue belge, d'une feuille de chantage bien parisienne, chochotte qui se dit impérialiste pour justifier ses mœurs à la Cambacérès*[10]. *Depuis que je le menaçai de lui boucher son gagne-pain avec le bout de ma bottine, il m'accable de prévenances — sans doute pour assurer ses derrières, et je l'écoute volontiers, car il y a souvent d'utiles indications à glaner dans les médisances baveuses de ce débineur, toujours*

prêt à manger le morceau, tous les morceaux : nous déjeunâmes ensemble.

« Il était, ce jour-là dans sa meilleure forme et nous achevions à peine les hors-d'œuvre, qu'il m'avait déjà communiqué, lui qui ne m'avait précédé à Béziers que de quarante-huit heures, la liste officieuse et complète de tous les massacreurs d'amazones de l'endroit qui ne perdent pas leur temps avec les femmes ; connaissant le jeanfesse, je ne doutai point qu'il se fût mis en bonne posture pour être renseigné et, tout en lui prêtant une esgourde attentive, je songeais qu'il y aurait une belle étude à écrire, intéressante et neuve, sur la Viticulture et l'homosexualité dans leurs rapports avec la production musicale. *Jean de Katorzeur voulut-il me convaincre qu'en dépit de sa réputation bien établie, il ne buvait pas de ce vin-là ? ou bien touche-t-il une bédide gommission ? je ne sais, mais, après le mégot digestif, il me proposa de m'emmener chez "la comtesse".*

« Je craignis d'abord que "la comtesse" ne fût le sobriquet féminin de quelque entubé local, et déjà je me voyais présenté par mon guide à quelque inconnu vêtu de noir lui ressemblant comme une tante ; mais non la comtesse est tout simplement une vieillarde qui gère, dans le quartier réservé aux filles d'amour, une maison assez bien achalandée, ma foi. Les Biterrois, ces grands seigneurs (dans Biterrois, il y a rois), font bien les choses : ils ont donné aux rues discrètes dudit quartier les désignations les moins prosaïques. C'est ainsi que le nom d'Alfred de Vigny indique la maison du berger, celui de Musset le refuge d'une nuit d'excès, Victor Hugo le couvent de Fantine ; Mistral même guide ces messieurs que, dans ces parages hospitaliers, un bon vent amène[1].

« Épatante, la vieille gonzesse ! Si jamais Renaud passe par Béziers, je m'engage fort à ne pas oublier de visiter cette curiosité que Baedeker omit. Vous l'y autoriserez, indulgente Claudine — à charge de revanche —, d'autant plus que rien n'oblige, après avoir conversé avec la comtesse, à prendre langue avec ses pensionnaires ; dans ce chaud climat, on recommande la flanelle.

« Quelque soixante ans, des cheveux blancs roulés en bourrelets aux tempes, une chaîne d'or au cou, des lunettes chevauchant son nez bourbonnien, Mme la comtesse, assise près de la cheminée dans un grand fauteuil de velours rouge, m'accueillit avec une distinction toute aristocratique, de douairière les fagots ; d'un geste noble, après que Jean de Katorzeur m'eut nommé, elle m'indiqua un siège et (ce que c'est que la gloire !), elle témoigna que mon nom ne lui était pas inconnu.

« "Ah ! Maugis ? articula-t-elle lentement. Maugis est un

écrivain célèbre ; et il veut entendre l'œuvre de notre grand, de notre cher Saint-Saëns. Nous sommes si artistes à Béziers, si artistes !

« — Tu,... vous parlez, madame, fis-je avec déférence.

« — Moi, monsieur Maugis, j'adore la musique de Saint-Saëns... je ne mets rien au-dessus."

« Je redoutai que la comtesse me barbât exagérément ; la critique musicale, j'en vends : celle des autres me donne des vents ; pour le signifier nettement à cette digne femme, je syllabai calme :

« "Oh ! moi, vous savez, pourvu que mon ventre n'ait pas de plis, je me fous de tout le reste !"

Elle ne parut point choquée et sourit un peu, toujours grande dame :

« "J'admire le pittoresque du langage de Maugis, et je devine qu'il souhaite présentement la société de quelque jeune femme aimable et jolie...

« — Justement.

« — Je vais vous envoyer cela... Vous restez, monsieur de Katorzeur ?"

« Le Serbe m'interrogea du regard :

« "Mon cher, lui dis-je, je ne vous retiens pas ; vous ne me seriez d'aucune utilité."

« La comtesse se leva, salua, et sortit en frétillant mollement du croupion, suivie de Katorzeur ; l'instant d'après, deux hétaïres vinrent m'offrir leurs services : Juliette était blonde, Carmen brune. J'hésitai : serais-je Roméo ou don José ? Je fus l'un et l'autre — c'est comme j'ai l'honneur de vous le dire !

« Le lendemain, ah ! le lendemain, ce fut moins gai. Réveillé trop tard, je dus m'habiller à la six-quat'-deux (Calliope dit "à la soixante-neuf", c'est plus pittoresque), puis il fallut, faute de sapin, monter dans une tapissière[1] hostile aux fessiers, avaler la poussière d'une route en ventre d'âne, et ce furent, sous un cochon de soleil qui "s'était mis de la partie" — la rosse ! — les Arènes où 12 595 Méridionaux transpiraient, tel un secret mal gardé.

« Dessalé comme je suis, je sus tout de même trouver un coin d'ombre derrière le postère, copieux, d'une vigneronnesse, et je me rinçai le cristallin en contemplant le décor de Jambon et Bailly. Un chouette décor, sans flan : le propre palais qu'habita Artaxerxès Mnémon "en 401 avant Jésus-Christ[2]", précise le programme : c'est ça qui ne nous rajeunit pas. Des frises d'émail bleu turquoise, des lions ailés, et des colonnes, et des portiques, et des jardins en terrasse, de petits gredins, de hauts gradins, de vieux gradés (pages, escaliers[3], capitaines), oh ! des escayers surtout, en veux-tu en voilà : le pauvre pipelet qui s'envoyait le balayage de ça, tous les

matins, ne devait pas trouver le temps de se les chauffer au soleil. Lacune mesquine qui surprend dans une si luxueuse installation : pas d'ascenseur.

« Les trois coups — je ne sais pas pourquoi je pense à la comtesse — des appels de trompette ; Paul Viardot, chef d'orchestre grassouillet, lève une baguette impérieuse, Parysatis sévit.

« Ah ! nom de Dieu ! qu'est-ce que j'ai bien pu faire au ciel pour endurer ce supplice ? Je sais bien, je ne possède point toutes les vertus d'un Louis de Gonzague : je suis un peu porté sur ma bouche et sur celle des femmes : j'ai mérité pour le moins vingt ans de purgatoire et dix ans d'interdiction de séjour, mais pas ça ! Seigneur, pas ça !

« Oyez : Parysatis, c'est la mère d'Artaxerxès, qui exerce le métier de roi des Perses (tout le monde ne peut pas être président de la République) ; elle a un autre lardon, Cyrus, qu'elle porte dans ses petits boyaux et qui, naturellement, conspire contre son monarque de frère. Ça ne lui réussit pas, au frangin, il est battu et tué à Cunaxa, en même temps que ce bassin de Xénophon. Dans les bagages du défunt, on dégote une esclave grecque nommée Cora Laparcerie, dont le rôle est tenu par une actrice célèbre nommée Aspasie. Indéniablement gironde, cette Cora avec son air de Tanagra un peu "forci", de Tanagra... double, donne dans l'œil au môme Darius, fils d'Artaxerxès, qui s'emballe à fond sur elle quoiqu'elle ait pagnotté avec feu son oncle : il veut coucher sous la tente, ce loupiot vicieux ! Quant à elle, elle ne demande qu'à marcher. Mais voilà qu'Artaxerxès entend lui aussi, se l'appuyer : Aspasie rouspète ; alors, Artaxerxès tue Darius — ça va de soi ; vous croyez peut-être qu'il va pouvoir enfin coucher avec Aspasie ? des nèfles ! elle s'occit, la roublarde !

« Et Parysatis, dans tout ça, qu'est-ce qu'elle fabrique ?

« Parysatis, hé bien ! elle donne son nom à la pièce — joli cadeau à faire à une tragédie ; en outre, quand le décès d'Aspasie porte à trois le nombre des macchabées, elle fait un foin de tous les diables et devient tellement insupportable qu'Artaxerxès, l'expulse, comme une congrégation[1] ; en partant, la vieille râleuse lâche un mot historique : "Voilà la royauté qui passe." Un point, c'est tout. Confectionner de la bonne musique sur un sujet pareil, ça me paraît aussi impossible qu'à une chèvre de se curer les dents avec sa corne gauche.

« Je ne veux pas évaluer sous combien de centaines de pieds de matières excrémentielles j'aimerais mieux être enfoui que d'ouïr une seconde fois ce drame fuligineux dont la perpétration emplit Mme Jane Dieulafoy[2] d'un vésanique orgueil. Ah ! elle n'est pas *difficile, l'exploratrice, et elle peut se vanter de joindre un fichu brin de plume à sa pioche d'archéologue ! Sans charrier, Ponson du Terrail*[1] *m'apparaît un styliste exceptionnel auprès de cette authoress qui découvre, avec le même ravissement que si elle exhumait un autre palais antique, les larmes "qui coulent amères", les visages "chargés de soucis", la jeunesse et la gloire "qui sèchent comme l'herbe" : Parysatis, interrompant une scène de pelotage entre Darius et Laparcerie, "effarouche tout un vol de baisers" ; la même, résolue à jouer de ruse avec Artaxerxès, décrète : "À la peau du serpent, il faut coudre celle du renard." Mince de stoppage ! Et quant à cette autre peau d'Aspasie, incertaine, à l'entendre, si elle a "touché le fond de la douleur" elle est du moins sûre, compensation point moche, d'avoir "atteint la cime de la félicité". Oh ! là, là ! Oùs qu'est mon alpenstock ?*

« Et cette prose, putride comme celle d'Hanry Ner[2]*, est piquée de vers tels que le plus vétuste roquefort lui-même s'en détournerait, pris de nausées. Pigez ce chœur de gonzesses expectantes, qu'on croirait torché par son Son Insolence Perilhou-le-Baveux*[3] *:*

Depuis trois mois déjà notre vaillante armée,
(À la victoire accoutumée),
Fière de prendre son essor,
A quitté Suse aux portes d'or...
Nous attendons toujours près des hautes murailles
Nos valeureux guerriers qu'enivrent les batailles.

« Le même lyrisme purotin s'exalte dans les strophes où des chasseurs célèbrent Darius parce que cet éphèbe, qui n'aime pas rester inactif, a profité de l'entrée du corps de ballet pour aller tuer un léopard. Pan ! une flèche dans l'œil !...

Le monstre bondit, rugissant :
C'était du feu, c'était du sang
Qui jaillissaient de ses prunelles.
Mais alors deux flèches nouvelles
Volèrent, et le léopard
Tomba percé de part en part[4]*.*

« Nom d'un pétard ! nom d'un pétard !

« Ce fut, d'ailleurs, la seule joie de la pièce, ce léopard ; une carpette de 5 fr. 95 au dos d'un canasson étique représentait la dépouille de ce fauve de façon cocassement piteuse, et j'éprouvai un

instant, à contempler cette descente de lit pour meublés à vingt sous la passe, la même allégresse que j'avais connue, l'an passé, quand le salé[1], qui représentait le vautour prométhéen s'était écrié, suintant d'angoisse : "Mamin, pipi !"

« Cette figuration, nombreuse, décharde[2] et ridicule : ces cavaliers, ces mages, ces satrapes, ces immortels (j'en ai compté plus de quarante), ces captifs, ces piqueurs, avec leurs coiffures en forme de tourtes — symbolisme ingénu —, avec leurs robes d'indienne et leurs sarraux blancs qui laissaient passer des pantalons effrangés et des godillots pas cirés, tout ça, c'était sale, et ça tenait de la place ; aggravé de bassets qui jouaient faux et d'instrumentistes qui aboyaient, ça faisait un boucan pas ordinaire.

« Entre nous, Aspasie Laparcerichepin[3], fût-elle sans voiles, m'exciterait plus que le général André[4], fût-il en grande tenue ; elle sait accrocher ses bras purs, le plus câlinement du monde, au cou d'Odette de Fehl[5], encore qu'un jobard du Monde musical[6] ait constaté chez elle un manque de sincérité dans la passion, ajoutant, poire bénie : "La passion ne peut être sincère quand on travestit le sexe de l'amant..." (Hein, Claudine, quelle hé-Rézi !) En tout cas, je la gobe quand elle soulève les rideaux de sa litière parmi les glissandos des harpes (qui, sans pédales, ô Lyon, m'eussent plu davantage[7]), cependant qu'une flûte enroule des spirales d'extase (mode hypophrygien).

« L'entrée de Parysatis n'est pas de la moucherie de pauvre, surtout quand le rythme solennel des cymbales vient la scander lentement (mode hypodorien).

« Quant au machin dit "Le Rossignol et la Rose", je me relèverai la nuit pour en rire. Comme musique, c'est des gargouillades plutôt coco, mais quel ruissellement de poésie ! Allumez... le rossignol sopranise : "Ah !... ah !... ah !..." Alors le chœur y répond : "Ha !... Ha !... Ha !..." N'est-ce pas, on en mangerait sur du pain ! (mode hypolydien).

« Mon meilleur souvenir musical c'est une énorme choriste, rouge comme une nuit de noce, moustachue comme van Waefelghem[8], massive et carrée comme une tour de la cathédrale Saint-Nazaire[9] (mode hippopotame).

« Telles sont les réflexions dignes, justes, équitables et salutaires que m'inspire Parysatis, collection de réminis (saint) saëns... En voilà un musico qui se connaît soi-même !... Sans être aussi crevant que les compositions au chloral du somnifère Georges Huë [10], son machin persan ne m'emballe pas. C'est bien fait, c'est froid, c'est lisse ; on dirait le derrière de la Rose-Chou.

« La petite fête se termina par le spectacle de trois messieurs, *apparus sur la scène aux acclamations d'un peuple en délire, et qui, effrontément, s'embrassèrent : ces trois fantaisistes, c'étaient M. Castelbon de Beauxhôtes, Saint-Saëns et... Mme Dieulafoy. Ben, mon cochon !*

« Après le dîner, j'ai rencontré Pierre Lalo[1] *qui, camaro de Durand, l'éditeur à Saint-Saëns, inclinait vers l'indulgence : "En somme, vaselinait-il, ça vaut mieux que d'aller au..." — J'ai répondu fermement : "Je ne trouve pas !" — et je suis retourné chez la comtesse, dans l'immeuble riant qu'elle sut aménager avec le confort moderne (eau et garces à tous les étages).*

« C'est à cette débauche supplémentaire que vous devez une lettre pour laquelle je vais cracher au moins vingt et un sous de port : mes reins, un peu affaiblis, eussent malaisément supporté la trépidation de l'express et j'ai retardé mon départ de vingt-quatre heures ; alors, gagné par cette furie de meurtre qui détermina le fâcheux Artaxerxès à tuer son frère, puis son fils, j'ai voulu tuer le temps : de là cette relation — longuette.

« Je baise, Claudine, vos mains que je devine expertes. Dites à Renaud qu'il vous continue ses sages conseils, sans lesquels vous bafouilleriez incontestablement dans le choix de vos amies. Balancez-vous entre le désir des brunes sveltesses d'Annie, ou le souvenir de Rézi, Viennoise potelée ? À votre place je n'hésiterais pas... C'est la grasse que je vous souhaite !

« HENRY MAUGIS. »

☆

Une mauvaise fatigue assombrit cette heure claire. Qu'avait-on besoin de me rapprocher de ces gens-là, de ces jours-là ? Le « volume » de Maugis, prétentieux et grossier comme tout ce qu'il écrit, je n'ai pas eu la patience de le terminer, mais je relis la lettre de Claudine, et sa malencontreuse sollicitude ravive en moi des images effacées, à travers lesquelles je regarde fixement, sans bien voir, l'enveloppe carrée et l'écriture raide d'Alain... Dakar, Dakar... où donc ai-je vu ce nom-là, inscrit en noir gras dans un petit rond ? Pourquoi Dakar ? La dernière fois, c'était Buenos Aires...

Avec un cri, je sors de ma brume. Dakar ! Mais il

revient, il est en route, il se rapproche, il sera ici demain, tout à l'heure !... Voilà donc ce que couvait le calme de cette matinée ? Mes mains maladroites déchirent la lettre avec l'enveloppe, l'écriture si nette tremble devant mes yeux... Je lis à peu près : « Ma chère Annie... enfin... le retour... rencontre de nos amis X... qui voyagent en touristes... me retiennent... affaire de dix jours... trouver la maison prête, Annie heureuse », etc.

Dix jours, dix jours ! Le sort ne m'accorde pas davantage pour réfléchir. C'est peu. Ce sera assez.

« Léonie !

— Madame ? »

Elle tient trois chatons nouveau-nés dans son tablier relevé, et m'explique, pour s'excuser, en riant :

« C'est que je vas les noyer.

— Faites vite, alors. Les malles, le sac de toilette, tout cela bouclé pour l'express de cinq heures. Nous rentrons à Paris.

— Encore !

— Ça vous gêne ? Je serais désolée de vous imposer une minute de plus un service qui contrarie vos goûts.

— Je ne disais pas ça, Madame...

— Dépêchez-vous. Monsieur m'annonce son retour. »

Je l'entends, au premier étage, se venger sur les tiroirs de commode et les serrures des placards...

☆

Tous ces cartons, tous ces paquets ! Une odeur composite flotte, de cuir neuf, de papier noir goudronné, de laine rude et non portée, de bitume aussi, à cause du grand manteau imperméable. J'ai bien occupé mon temps, depuis mon retour précipité. On n'a vu que moi chez le bottier, le tailleur, le chapelier... Je parle comme un homme, mais la faute en est à la mode, plus qu'à moi.

En cinq jours, je me suis commandé et fait livrer tant, tant de choses ! J'ai gravi tant d'étages, mandé tant de fournisseurs à faces de domestiques enrichis, enlevé tant de fois ma jupe et mon corsage, bras nus et frissonnants sous les doigts froids des « premières » que la tête me tourne. N'importe, cela est bon. Je me secoue par le collet.

Assise, un peu étourdie, j'admire mes trésors. Les beaux grands souliers lacés, plats et effilés comme des yoles, bas sur leurs talons anglais ! On doit marcher d'aplomb, longtemps, sur ces petits bateaux jaunes. Du moins, je le suppose. Mon mari préférait pour moi les talons Louis XV, plus « féminins »... Puisqu'il les préférait, je n'en veux pas ! Il n'aimerait guère non plus ce complet de bure rousse, pelage d'écureuil, dont le volant en forme s'évase si net et si simple... Je l'aime, moi. Sa sobriété m'amincit encore, sa couleur fauve souligne le bleu de mes yeux, l'exagère jusqu'à faire venir l'eau sous la langue... Et ces gants masculins à piqûres, ce feutre correct, traversé d'une plume d'aigle !... Tant de nouveautés, tant de désobéissance me grisent, comme l'imprévu de cette chambre d'hôtel. Un hôtel très bien, à deux pas de la maison — on ne dira pas que je me cache.

Sans souci de la vraisemblance, j'ai dit à Léonie : « La maison a besoin de réparations urgentes, Monsieur me rejoindra à l'Impérial-Voyage[1]. » Depuis, la pauvre fille vient ici tous les matins, pour prendre les ordres et se plaindre :

« Madame croirait-elle ? L'architecte est pas encore venu pour les réparations que Madame y a écrit.

— Pas possible, Léonie ! Au fait, il a peut-être reçu de Monsieur des instructions particulières ? »

Et je la congédie, avec un sourire si bienveillant qu'elle s'intimide.

Fatiguée, j'attends l'heure du thé, caressant de l'œil seulement — parce qu'il m'impressionne quand je le touche — le plus beau de mes joujoux neufs, dont j'ai fait emplette tout à l'heure : un petit revolver mignon, mignon, noir, qui ressemble à Toby... (Toby, je te prie de ne pas lécher ce carton verni ! Tu vas te faire mal au ventre !)... Il a deux crans de sûreté, six coups, une baguette, un tas d'affaires. Je l'ai acheté chez l'armurier d'Alain. L'homme qui me l'a vendu m'a soigneusement expliqué le mécanisme, en me regardant furtivement, d'un air fataliste, comme s'il pensait : « Encore une ! Quel malheur ! si jeune ! Enfin, il faut bien que je vende mes bibelots... »

Je suis bien. Je goûte un repos oublié depuis longtemps. Un choix assez sûr a meublé ce petit salon jaune et la chambre Louis XVI qui l'accompagne. Mon instinct irritable et dégoûté ne flaire pas ici les tapis sales, les capitonnages aux recoins inquiétants. La lumière glisse sur des meubles lisses, sur des boiseries mates d'un blanc-gris tranquille. Un petit téléphone de service grelotte discrètement dans une paix de maison bien tenue. Quand je sors, un vieux monsieur en jaquette, qui trône dans le bureau, me sourit comme à sa fille... La nuit, je dors des heures, sur les bons matelas fermes et carrés.

Je rêve une minute que je suis une mûre demoiselle anglaise, paisible et sèche, et que j'ai pris pension dans un family[1] très chic... « Toc-toc-toc... »

« Entrez ! »

« Toc-toc-toc... »

« Entrez donc, je vous dis... »

La petite femme de chambre drôlette passe son museau de souris.

« C'est le thé, Marie ?

— Oui, Madame, et une visite pour Madame.

— Une visite ! »

Je bondis sur mes pieds, tenant encore par les lacets un de mes souliers jaunes. Le museau de souris s'effare :

« Mais oui, Madame ! C'est une dame. »

(Je tremble, mes oreilles bourdonnent.)

« Vous êtes sûre que... que c'est une dame ? »

Marie éclate de rire comme une soubrette de comédie ; je l'ai mérité.

« Vous avez dit que j'étais là ?... Faites monter. »

Appuyée à la table, j'attends, et cent sottises tourbillonnent dans ma cervelle... Cette dame, c'est Marthe, et Alain la suit... Ils vont me prendre... Je regarde follement le joujou noir...

Un pas vif frôle le tapis... Ah, mon Dieu, c'est Claudine ! Que je suis contente, que je suis contente !

Je me jette à son cou avec un tel « Ah ! » de délivrance qu'elle s'écarte un peu, étonnée.

« Annie... qui attendiez-vous ? »

Je presse ses mains, je passe mon bras sous le sien, je la pousse vers le canapé de canne dorée, avec des gestes nerveux qu’elle écarte doucement, comme inquiète...

« Qui j’attendais ? Personne, personne ! Ah ! que je suis heureuse que ce soit vous ! »

(Un soupçon assombrit ma joie :)

« Claudine... on ne vous envoie pas ? vous ne venez pas de la part de... ? »

Elle lève ses sourcils déliés, puis les fronce d’impatience :

« Voyons, Annie, nous avons l’air de jouer la comédie de société... vous surtout ! Qu’est-ce qui se passe ? Et que craignez-vous ?

— Ne vous fâchez pas, Claudine. C’est si compliqué !

— Croyez-vous ? C’est presque toujours si simple ! »

Docile, je ne la contredis point. Elle est jolie, comme toujours, à sa manière, mystérieuse sous son chapeau noir enguirlandé de chardons blancs et bleus, toute en yeux et en cheveux bouclés, le menton ironique et pointu...

« Je veux tout vous dire, Claudine... Mais d’abord, comment saviez-vous que je suis ici ? »

(Elle lève le doigt :)

« Chut !... Il faut remercier une fois de plus le Hasard, avec un H majuscule, Annie, le Hasard qui me sert, à moins qu’il ne me commande... Il m’a conduite au magasin du Louvre, qui est un de ses temples, puis sous les arcades du Théâtre-Français, non loin d’un armurier connu[1], où une petite créature mince, aux yeux brûlants et bleus, achetait...

— Ah ! c’est pour cela... »

(Elle aussi, elle a eu peur. Elle a cru... C’est gentil. C’est gentil, mais un peu naïf. Je souris en dessous.)

« Quoi, vous pensiez... Non, non Claudine, ne craignez rien ! On ne fait pas, comme ça, pour un oui, pour un non...

— ... Parler la poudre... D’ailleurs votre raisonnement est faux, c’est le plus souvent, pour un oui, pour un non, au contraire... »

Elle se moque, mais tout mon cœur se gonfle de gratitude vers elle, non pas pour sa crainte un brin feuilletonesque de tout à l'heure, mais parce qu'en elle, en elle seule, j'ai rencontré la pitié, la loyauté, la tendresse un instant fougueuse, tout ce que m'a refusé ma vie...

Elle me parle dur et me regarde tendre. Le malaise perce sous sa raillerie. Elle n'est pas bien sûre de ce qu'il faut m'ordonner. C'est un petit médecin ignorant, intelligent et superstitieux, un rebouteux un peu devin, mais sans expérience... Je sens tout cela et me garderai de le lui dire. Il est trop tard pour changer mes habitudes.

« Ça n'est pas dégoûtant du tout, cet immeuble, constate Claudine en regardant autour d'elle. Ce petit salon jaune est drôlet.

— N'est-ce pas ? Et la chambre, tenez... Ça ne sent pas l'hôtel.

— Ma foi non, on dirait plutôt une chouette maison de pass... oui, passez-moi l'expression, une maison de rendez-vous.

— Ah ? je n'en sais rien.

— Ni moi non plus, Annie, répond-elle en riant. Mais on m'a fait des descriptions. »

Cette révélation me laisse songeuse : « Une maison de... » La rencontre est ironique, pour une femme qui n'attend personne !

« Prenez du thé, Claudine.

— Bouac, qu'il est fort ! Beaucoup de sucre au moins. Ah ! voilà Toby ! Toby charmant, ange noir, crapaud carré, front de penseur, saucisson à pattes, gueule d'assassin sentimental, mon chéri, mon trésor !... »

La voilà redevenue tout à fait Claudine, à quatre pattes sur le tapis, son chapeau tombé, embrassant le petit chien de toutes ses forces. Toby, qui menace tout le monde de ses dents inégales et solides, Toby charmé se laisse rouler par elle comme une pelote...

« Fanchette va bien ?

— Toujours, merci. Elle a eu encore trois enfants, croyez-vous ! Ça lui en fait neuf cette année. Je l'écrirai à M. Piot[1]. Des enfants indignes, du reste, grisâtres, jaunâtres, mal marqués, fils du charbonnier ou du blanchisseur... Mais quoi, ça lui fait du bien. »

Elle boit sa tasse de thé à deux mains, comme une

petite fille. Ainsi, au jardin de la Margrave, elle tint renversée une minute, une seule minute, ma tête à la dérive...

« Claudine...

— Quoi ? »

(Ressaisie, je veux me taire.)

« Rien.

— Rien quoi, Annie ?

— Rien... de nouveau. C'est à vous de me questionner. »

Ses yeux de collégien malicieux redeviennent des yeux de femme, pénétrants et sombres :

« Je le puis ? Sans restriction ?... Sans discrétion ?... Bon ! Votre mari est revenu ? »

Assise près d'elle, je baisse les yeux sur mes mains croisées, comme au confessionnal :

« Non.

— Il revient bientôt ?

— Dans quatre jours.

— Qu'est-ce que vous avez décidé ? »

(J'avoue tout bas :)

« Rien. »

(Elle s'étonne :)

« Rien ! Rien ! Alors qu'est-ce que c'est que ce fourbi ? »

Elle désigne, du menton, la malle, les vêtements, les cartons pêle-mêle... Je me trouble.

« Des babioles pour la saison prochaine.

— Oui-da ? »

Elle m'inspecte d'un regard de bête soupçonneuse... Je n'y tiens plus. Qu'elle me blâme, mais qu'elle ne suppose pas une escapade indigne, je ne sais quel ridicule enlèvement... Vite, vite, je parle, je raconte une histoire décousue :

« Écoutez... Marthe m'a dit, là-bas, qu'Alain, avec Valentine Chessenet...

— Ah ! la rosse !

— Alors, je suis venue à Paris, j'ai... j'ai démoli à peu près le bureau d'Alain, j'ai trouvé les lettres...

— Très bien ! »

Les yeux de Claudine pétillent, elle tord son mouchoir. Encouragée, je m'emballe...

« ... et puis j'ai tout laissé par terre, les lettres, les

papiers, tout... il les trouvera, il saura que c'eſt moi... Seulement, je ne veux plus, je ne veux plus, vous comprenez, je ne l'aime pas assez pour reſter avec lui, je veux m'en aller, m'en aller, m'en aller... »

Je suffoque de larmes et de hâte, levant la tête pour chercher l'air. Claudine embrasse délicatement mes deux mains et demande à voix très douce :

« Alors... c'eſt le divorce que vous voulez ? »

(Je la regarde, hébétée comme si elle m'avait battue :)

« Le divorce... pour quoi faire ?

— Comment ?... Elle eſt extraordinaire ! Mais voyons, puisque vous ne voulez plus vivre avec lui ?

— Bien sûr. Mais, eſt-ce que c'eſt nécessaire, le divorce ?

— Dame, c'eſt encore le plus sûr moyen, sinon le plus court. Quelle enfant ! Elle prononce ce mot-là comme le nom d'une vilaine maladie !... »

(Je n'ai pas le cœur à rire. Je m'affole peu à peu :)

« Mais comprenez donc que je ne voudrais pas le revoir ! J'ai peur, moi !

— C'eſt bravement dit. Peur de quoi ?

— De lui... qu'il me reprenne, qu'il me parle, peur de le voir... Il sera peut-être très méchant... »

(Je frissonne.)

« Ma pauvre petite ! » murmure Claudine tout bas, sans me regarder.

(Elle semble réfléchir très fort.)

« Qu'eſt-ce que vous me conseillez, Claudine ?

— C'eſt difficile. Je ne sais pas très bien, moi. Il faudrait demander à Renaud... »

(Terrifiée, je crie :)

« Non. À personne, personne !

— Vous êtes bien déraisonnable, mon petit. Voyons... Avez-vous pris les lettres de la dame ? me demande-t-elle tout à coup.

— Non, avoué-je un peu interloquée. Pour quoi faire ? Elles ne m'appartiennent pas.

— En voilà une raison ! (Et Claudine hausse les épaules, très méprisante.) Et, zut ! je ne trouve rien. Avez-vous de l'argent ?

— Oui... Tout près de huit mille francs. Alain m'en avait laissé beaucoup.

— Je ne vous demande pas ça... De l'argent à vous, une fortune personnelle ?

— Attendez... trois cent mille francs de dot, et puis, cinquante mille francs liquides, que m'a laissés, il y a trois ans, grand-mère Lajarrisse...

— Ça va bien, vous ne mourrez pas. Ça ne vous fait rien, pour plus tard, que le divorce soit prononcé contre vous ? »

(Je réponds par un geste hautain.)

« Moi aussi[1], dit drôlement Claudine. Eh bien, mon cher petit... partez. »

(Je ne bouge pas, je ne dis rien.)

« Ma consultation, mon ordonnance ne vous font pas pousser des cris d'enthousiasme, Annie ? Je comprends ça. Mais je suis au bout de mon rouleau, et de mon génie[a]. »

Je lève sur elle mes yeux noyés de nouvelles larmes, je lui montre sans parler la malle, les rudes vêtements, les longues chaussures, le manteau imperméable, tout ce puéril appareil de globe-trotter, acheté ces jours derniers. Elle sourit, son regard prenant se voile :

« Je vois, je vois. J'avais vu tout de suite. Où allez-vous, mon Annie que je vais perdre ?

— Je ne sais pas.

— C'est vrai ?

— Je vous le jure.

— Adieu, Annie.

— Adieu... Claudine (je l'implore, pressée contre elle), dites-moi encore...

— Quoi, ma chérie ?

— Qu'Alain ne peut pas me faire de mal, s'il me rattrape ?...

— Il ne vous rattrapera pas. Du moins, pas tout de suite. Vous verrez avant lui des gens déplaisants, qui tripoteront des papiers, puis ce sera le divorce, le blâme sur Annie, et la liberté...

— La liberté... (J'ai parlé à voix imperceptible, comme elle.) La liberté... est-ce très lourd, Claudine ? Est-ce bien difficile à manier ? ou bien sera-ce une grande joie, la cage ouverte, toute la terre à moi ? »

Très bas, elle répond en secouant sa tête bouclée :

« Non, Annie, pas si vite... Peut-être jamais... Vous porterez longtemps la marque de la chaîne. Peut-être, aussi, êtes-vous de celles qui naissent courbées ?... Mais il y a pis que cela. Je crains...

— Quoi donc ? »

Elle me regarde en face. Je vois luire dans leur beauté les yeux et les larmes de Claudine, petites larmes suspendues, yeux dorés qui m'ont refusé leur lumière...

« Je crains la Rencontre. Vous le rencontrerez, l'homme qui n'a pas croisé encore votre chemin. Si, si, répond-elle à mon geste de révolte, celui-là vous attend quelque part. C'est juste, c'est inévitable. Seulement, Annie, ô ma chère Annie, sachez bien le reconnaître, ne vous trompez pas, car il a des sosies, il a des ombres multiples, il a des caricatures, il a, entre vous et lui, tous ceux qu'il faut franchir, ou écarter...

— Claudine... si je vieillis sans le rencontrer ? »

Elle lève son bras gracieux, dans un geste plus grand qu'elle-même :

« Allez toujours ! Il vous attend de l'autre côté de la vie ! »

Je me tais, respectueuse de cette foi dans l'amour, un peu fière aussi d'être seule, ou presque seule, à connaître la vraie Claudine, exaltée et sauvage comme une jeune druidesse.

Ainsi qu'à Bayreuth, me voici prête à lui obéir dans le bien et dans le mal. Elle me regarde, avec ces yeux où je voudrais retrouver l'éclair qui m'éblouit au jardin de la Margrave...

« Oui, attendez, Annie. Il n'est peut-être pas d'homme qui mérite... tout cela. »

Son geste effleure en caresse mes épaules, et je m'incline vers elle, qui lit sur mon visage l'offre de moi-même, l'abandon où je suis, et les paroles que je vais dire... Elle appuie vivement sur ma bouche sa main tiède, qu'elle pose après sur ses lèvres, et qu'elle baise.

« Adieu, Annie.

— Claudine, un instant, rien qu'un instant ! Je voudrais... je voudrais que vous m'aimiez de loin, vous qui auriez pu m'aimer, vous qui restez !

— Je ne reste pas, Annie. Je suis déjà partie. Ne le sentez-vous pas ? J'ai tout quitté... sauf Renaud... pour Renaud. Les amies trahissent, les livres trompent, et je n'aime presque plus la beauté inutile du mensonge, quoiqu'il me prête encore ce vêtement brillant de futilité, de gaminerie attardée, que vous connaissez tous,... que j'ôte pour vous, Annie. Quand je l'ôterai tout à fait, Paris ne verra plus Claudine, qui vieillira parmi ses parents les arbres, avec son ami. Il vieillira plus vite que moi, mais la solitude rend les miracles faciles, et je pourrai peut-être donner un peu de ma vie pour allonger la sienne... »

Elle ouvre la porte, et je vais perdre ma seule amie... Quel geste, quel mot la retiendraient... ? N'aurais-je pas dû... ? Mais déjà, la porte blanche a caché sa sveltesse sombre et j'entends décroître sur le tapis le frôlement léger qui m'annonça tout à l'heure sa venue... Claudine s'en va[1] !

☆

Je viens de lire la dépêche d'Alain. Dans trente-six heures, il sera ici, et moi... Je prends ce soir le rapide de Paris-Carlsbad, qui nous conduisit jadis vers Bayreuth. De là... je ne sais encore. Alain ne parle pas allemand, c'est un petit obstacle de plus.

J'ai bien réfléchi depuis avant-hier, ma tête en est toute fatiguée. Ma femme de chambre va s'étonner autant que mon mari. Je n'emmène que mes deux petits amis noirs : Toby le chien, et Toby le revolver. Ne serai-je pas une femme bien gardée ? Je pars résolument, sans cacher ma trace, sans la marquer non plus de petits cailloux... Ce n'est pas une fuite folle, une évasion improvisée que la mienne ; il y a quatre mois que le lien, lentement rongé, s'effiloche et cède. Qu'a-t-il fallu ? Simplement que le geôlier distrait tournât les talons, pour que l'horreur de la prison apparût, pour que brillât la lumière aux fentes de la porte.

Devant moi, c'est le trouble avenir. Que je ne sache rien de demain, que nul pressentiment ne m'avertisse, Claudine m'en a trop dit déjà ! Je veux espérer et craindre que des pays se trouvent où tout est nouveau, des villes dont le nom seul vous retient, des ciels sous lesquels une âme étrangère se substitue à la vôtre... Ne trouverai-je pas, sur toute la grande terre, un à-peu-près de paradis pour une petite créature comme moi ?

Debout, de roux vêtue, je dis adieu, devant la glace, à mon image d'ici. Adieu, Annie ! Toute faible et vacillante que tu es, je t'aime. Je n'ai que toi, hélas, à aimer.

Je me résigne à tout ce qui viendra. Avec une triste et passagère clairvoyance, je vois ce recommencement de ma vie. Je serai la voyageuse solitaire qui intrigue, une semaine durant, les tables d'hôte, dont s'éprend soudain le collégien en vacances ou l'arthritique des villes d'eaux..., la dîneuse seule, sur la pâleur de qui la médisance édifie un drame..., la dame en noir, ou la dame en bleu, dont la mélancolie distante blesse et repousse l'insinuante curiosité du compatriote de rencontre..., la passante aux paupières meurtries qui n'ose, certains matins pesants, lever les yeux de peur qu'on y devine sa nuit d'épuisants mirages... Celle aussi qu'un homme suit et assiège, parce qu'elle est jolie, inconnue, ou parce que brillent à ses doigts des perles rondes et nacrées... Celle qu'on assassine une nuit dans un lit d'hôtel, dont on retrouve le corps outragé et sanglant... Non, Claudine, je ne frémis pas. Tout cela, c'est la vie, le temps qui coule, c'est le miracle espéré à chaque tournant du chemin, et sur la foi duquel je m'évade[1]...

APPENDICE

Un chapitre inédit de Claudine s'en va :

CLAUDINE ET LES CONTES DE FÉES

« C'est une chanson de mon pays, me dit Claudine. Une chanson du temps où j'étais petite. Quand je dis "j'étais petite", je me trompe, je n'ai jamais été petite.

— Oh ! par exemple, Claudine...

— Quoi, par exemple ?... »

Elle me regarde tout à coup, avec cette brusquerie de bête, cette gaieté agressive qui fait craindre soudain la morsure ou le coup de corne... Elle me menace de son menton triangulaire et ressemble singulièrement, avec ses joues sèches et ses tempes larges, à la chatte grise qui dort au creux d'un coussin[1].

« Je n'ai jamais été petite ! affirme-t-elle, péremptoire[2]. J'ai grandi, voilà tout. Mais je n'ai pas changé. Je n'ai jamais changé ! Je me souviens de moi, de Claudine enfant, avec une netteté, une mélancolie qui ne m'abusent point... Le même cœur obscur et pudique, le même amour jaloux pour tout ce qui respire à l'air libre et loin de l'homme — arbres, fleurs, animal peureux et doux, eau furtive des sources inutiles —, la même gravité vite muée en exaltation, le même besoin d'aimer, d'aimer n'importe comment mais de toutes mes forces — mais en même temps le même orgueil, la même conscience du don précieux que je ferais en me donnant, âme ou corps... Vous vous souvenez, Annie, du mot magnifique de Calliope, notre amie, à l'homme qui la sollicitait : "Qu'avez-vous fait de grand pour que je vous appartienne[3] ?" Ce mot-là, je n'oserais pas le penser à présent, mais je l'aurais dit, quand j'avais dix ans[4]. Ah ! que vous m'auriez aimée, quand j'avais dix ans, et comme je me regrette ! Solide, avec un air soupçonneux, la voix un peu rude, des mains abîmées, griffées, coupées, roussies, un menton tout petit comme les angoras jeunes, et ce front carré de garçon que je cache, à présent, jusqu'aux sourcils... Bref, un gentil petit individu, bien portant, insociable, et pas vicieux pour un sou, par chance. Je dis par chance, parce que, autrement, Seigneur ! que fussé-je devenue, libre que j'étais autant qu'un matou de gouttière, et gardée uniquement par papa — qui ne comptait pas — et par Mélie, pire chaperon !... Une espèce de Providence m'avait créée grave, modérément curieuse, et dégoûtée d'avance de tous les livres d'enfants, de tous les jeux d'enfants, de tous les travaux puérils par quoi on essaye d'instruire, de divertir et de retarder les enfants... Il y a une chose que les grandes personnes ne veulent pas comprendre, c'est que les enfants n'ont presque jamais besoin de livres enfantins.

— Claudine ! ne blasphémez pas ! et les contes de fées ?

— Je les laisse à ceux qui les méritent. Une certaine espèce d'enfants un peu pâles, qui ont le dessous des yeux mauve, qui dorment beaucoup, ont besoin, je crois, de contes de fées. Ce ne sont pas, comme vous pourriez le penser, les enfants nerveux, imaginatifs, prompts au rire et à la colère. Bien loin de là ! Le conte de fées, il est la provende intellectuelle de l'enfant mou, modeste, à qui il faut de force enfourner l'instinct du mensonge, du luxe, de l'étonnement. Un enfant fougueux n'a pas besoin des fées... Par exemple, moi qui vous parle, j'ai eu — j'ai encore — les Contes de Perrault illustrés par Gustave Doré. Mais figurez-vous... »

Claudine baisse les yeux, et fait la figure que j'appelle « le chat qui dit qu'il n'aime pas le beurre[1] »...

« Que je me figure... ?

— Je ne les ai pas encore lus. Oh ! s'écrie-t-elle, je ne dis pas que je ne les lirai jamais ! Perrault, n'est-ce pas, c'est très bien... Vieille réputation... Mais... Par exemple, il écrit, en regard de la page illustrée : “La princesse partit la même nuit dans un joli cabriolet...”

— “... attelé d'un gros mouton qui savait tous les chemins...” Je sais, je sais, c'est dans *Peau-d'Âne* ![2].

— Je vous crois sur parole, Annie. Mais, en face, l'image, que dit-elle ? »

Je fais un geste d'ignorance et Claudine me foudroie d'un coup d'œil pers et acéré :

« Je le sais, moi ! L'image de Gustave Doré montre une princesse dans un char en coquille miraculeusement petit, et sûrement modelé dans l'or massif. L'arrière-train du gros mouton est argenté de lumière nocturne, tous les brins d'herbe, tous les buissons bas dégouttent de lune, et la clairière, au fond, blanchit d'aube autour d'un croissant d'astre grand comme un rêve, au-dessus du front charmant de la princesse, accoudée à son genou et qui ne regarde pas la route... Et quand la princesse... Chose, là... Peau-d'Âne... s'évade du palais, que dit le texte de ces "contes pour la jeunesse" ? Hein, voulez-vous me le dire, si vous l'osez ? »

Je l'ose, mais en détournant les yeux :

« "Le roi s'avisa de trouver que l'infante, sa fille, était belle et bien faite à ravir... Sa jeunesse, l'agréable fraîcheur de son beau teint enflamma le roi d'un feu si violent..."

— Ça suffit comme ça, coupe Claudine. Vous avez bonne mémoire, ma chère, quand il s'agit d'inclination incestueuse[1] ! Il ne m'est resté, à moi, que l'image, mais quelle image ! Voyez-vous la lune couler de marche en marche le long de l'escalier ? Voyez-vous le chemin que la lune trace, sur la dalle, pour les petits pieds pointus de la princesse ? Debout sur la balustrade, les vases de bronze dardent des sabres de cactus. Sept, huit, dix clochetons sur le faîte du château percent le ciel pommelé, et la princesse, tremblante, aérienne, court accompagnée de brocart murmurant, légère et drapée, comme la lune, de nues ourlées d'argent... »

Claudine n'aime pas donner son exaltation en spectacle. Aussi s'arrête-t-elle en changeant de ton et de visage :

« Des contes, naturellement, il y en a dans toute la France... Ce n'est pas le Fresnois qui en manquait. Y avait, dit-elle en patoisant exprès, y avait le conte du ch'ti goujât[2] que son maît'maçon avait envoyé qu'ri un n'hareng saur pour le souper. "Quoi que j'en ferons ? qu'i dit le ch'ti goujât. C'est-i ben long à cuire ?

« Parié non, qu'i dit le maît'maçon. Rien que de vouère le feu c'est cuit.

« Ben, c'est pas gênant", qu'i dit le ch'ti goujât. Y revient en tenant l'hareng par la queue. En passant cont'une f'nêt', y vouet le feu clairdir. Y lève donc son n'hareng.

« "Vois le feu, vois le feu, petite abête ! Vois le feu !"

« Bardadô ! V'là-t'i pas que l'hareng tombe dans le caniveau ! Le ch'ti goujât i se baisse, i charche, i le trouve. Mais c'était pas l'hareng, c'était un crapiaud !

« "Ben, qu'i dit le ch'ti goujât, al cuisson l'a changé, c't'hareng !"

« Ça fait comme ça qu'i's ont mangé le crapiaud. Et le maît'maçon et son ch'ti goujât i's ont tous deuss quervé[3].

— Et puis ?

— C'est tout.

— Mais c'est idiot ! Et ce n'est pas un conte de fées ! Un conte de fées on y rencontre des fées, d'abord. Et puis des circonstances invraisemblables... Dans Perrault, par exemple...

— Dans Perrault, coupe Claudine, il y a deux princesses qui en ouvrant la bouche restituent des crapauds. Dans mon conte fresnois, on ingurgite le crapaud. Alors ? Pour vous, la féerie, c'est une question de régurgitation ? »

Mais je me tus. Je me garde toujours de suivre Claudine dans les sentiers de la mauvaise foi.

L'INGÉNUE LIBERTINE

D'un commun accord, les auteurs de Minne *et des* Égarements de Minne *ont jugé nécessaire un remaniement de ces deux volumes. Cette refonte en un tome ayant été remise aux seuls soins de Mme Colette Willy, les deux collaborateurs ont jugé qu'elle seule devait la signer*.*

WILLY.

* Il va de soi qu'assumant seule la responsabilité de cette publication, j'ai, par un élémentaire scrupule d'honnêteté littéraire, compris au nombre des « remaniements » la suppression de ce qui constituait la part de collaboration du précédent signataire.

COLETTE WILLY.

« Minne[1] ?... Minne chérie, c'est fini, cette rédaction ? Minne, tu vas abîmer tes yeux ! »

Minne murmure d'impatience. Elle a déjà répondu trois fois : « Oui, Maman », à Maman[2] qui brode derrière le dossier de la grande bergère...

Minne mordille son porte-plume d'ivoire, si penchée sur son cahier qu'on voit seulement l'argent de ses cheveux blonds, et un bout de nez fin entre deux boucles pendantes.

Le feu parle tout bas, la lampe à huile compte goutte à goutte les secondes, Maman soupire. Sur la toile cirée de sa broderie — un grand col pour Minne —, l'aiguille, à chaque point, toque du bec. Dehors, les platanes du boulevard Berthier[3] ruissellent de pluie, et les tramways du boulevard extérieur grincent musicalement sur leurs rails.

Maman coupe le fil de sa broderie... Au tintement des petits ciseaux, le nez fin de Minne se lève, les cheveux d'argent s'écartent, deux beaux yeux foncés apparaissent, guetteurs... Ce n'est qu'une fausse alerte ; Maman enfile paisiblement une autre aiguillée, et Minne peut se pencher de nouveau sur le journal ouvert, à demi dissimulé sous son cahier de Devoirs d'Histoire... Elle lit lentement, soigneusement, la rubrique *Paris la nuit*[a4] :

« Nos édiles se doutent-ils seulement que certains

quartiers de Paris, notamment les boulevards extérieurs, sont aussi dangereux, pour le promeneur qui s'y aventure, que la Prairie l'est pour le voyageur blanc ? Nos modernes apaches[1] y donnent carrière à leur naturelle sauvagerie, il ne se passe pas de nuit sans qu'on ramasse un ou plusieurs cadavres.

« Remercions le Ciel — il vaut mieux s'en remettre à lui qu'à la police — quand ces messieurs se bornent à se dévorer entre eux, comme cette nuit, où deux bandes rivales se rencontrèrent et se massacrèrent littéralement. La cause du conflit ? "Cherchez la femme !" Celle-ci, une fille Desfontaines, dite Casque-de-Cuivre[2], à cause de ses magnifiques cheveux roux, allume toutes les convoitises d'une douteuse population masculine. Inscrite aux registres de la Préfecture depuis un an, cette créature, qui compte à peine seize printemps, est connue sur la place pour son charme équivoque et son caractère audacieux. Elle boxe, lutte, et joue du revolver à l'occasion. Bazille, dit La Teigne[3], le chef de la bande des Frères de Belleville[4] et Le Frisé, chef des Aristos de Levallois-Perret[5], un souteneur dangereux dont on ignore le véritable nom, se disputaient cette nuit les faveurs de Casque-de-Cuivre. Des menaces on en vint aux couteaux. Sidney, dit La Vipère, déserteur belge, grièvement blessé, appela Le Frisé à son aide, les acolytes de La Teigne sortirent leurs revolvers, et alors commença une véritable boucherie. Les agents, arrivés après le combat, selon leur immuable tradition, ont ramassé cinq individus laissés pour morts ; Defrémont et Busenel, Jules Bouquet, dit Bel-Œil, et Blaquy, dit La Boule, ont été transportés d'urgence à l'hôpital, ainsi que le sujet de Léopold, Sydney La Vipère[6].

« Quant aux chefs de bande et à la Colombine, cause première du duel, on n'a pu mettre la main dessus. Ils sont activement recherchés. »

Maman roule sa broderie. Vite, le journal disparaît sous le cahier, où Minne griffonne, au petit bonheur :

« Par ce traité, la France perdait deux de ses meilleures provinces. Mais elle devait quelque temps après en signer un autre beaucoup plus avantageux. »

Un point... un trait d'encre à la règle au bas du devoir d'Histoire... le papier buvard qu'elle lisse de sa main longue et transparente — et Minne, victorieuse, s'écrie :

« Fini !

— Ce n'est pas trop tôt ! dit Maman soulagée, va vite au lit, ma souris blanche ! Tu as été longue, ce soir. C'était donc bien difficile, ce devoir ?

— Non, répond Minne qui se lève. Mais j'ai un peu mal à la tête. »

Comme elle est grande ! Aussi grande que Maman, presque. Une très longue petite fille, une enfant de dix ans qu'on aurait tirée, tirée... Étroite et plate dans son fourreau de velours vert Empire, Minne s'allonge encore, les bras en l'air. Elle passe ses mains sur son front, rejette en arrière ses cheveux pâles. Maman s'inquiète :

« Bobo ? Une compresse ?

— Non, dit Minne. Ce n'est pas la peine. Ce sera parti demain. »

Elle sourit à Maman, de ses yeux marron foncé, de sa bouche mobile dont les coins nerveux remuent. Elle a la peau si claire, les cheveux si fins aux racines, qu'on ne voit pas où finissent les tempes. Maman regarde de près la petite figure qu'elle connaît veine par veine, et se tourmente, une fois de plus, de tant de fragilité. « On ne lui donnerait jamais ses quatorze ans huit mois... »

« Viens, Minne chérie, que je roule tes boucles ! »

Elle montre un petit fagot de rubans blancs.

« Oh ! s'il te plaît, non, Maman. À cause de mon mal de tête, pas ce soir !

— Tu as raison, mon joli. Veux-tu que je t'accompagne jusqu'à ta chambre ? As-tu besoin de moi ?

— Non, merci, Maman. Je vais me coucher vite. »

Minne prend l'une des deux lampes à huile[1], embrasse Maman et monte l'escalier, sans peur des coins noirs, ni de l'ombre de la rampe qui grandit et tourne devant elle, ni de la dix-huitième marche[2] qui crie lugubrement. À quatorze ans et huit mois, on ne croit plus aux fantômes...

« Cinq ! songe Minne. Les agents en ont ramassé cinq, laissés pour morts. Et le Belge aussi qui a reçu un mauvais coup ! Mais elle, Casque-de-Cuivre, on ne l'a pas prise, ni les deux chefs, Dieu merci !... »

En jupon de nanzouk[3] blanc, en corset-brassière de

coutil blanc, Minne se regarde dans la glace : « Casque-de-Cuivre ! Des cheveux rouges, c'est beau ! Les miens sont trop pâles... Je sais comment elles se coiffent... »

À deux mains, elle relève ses cheveux de soie, les roule et les épingle en coque hardie, très haut, presque sur le front. Dans un placard, elle prend son tablier rose du matin, celui qui a des poches en forme de cœur. Puis elle interroge la glace, le menton levé... Non, l'ensemble reste fade. Qu'est-ce qui manque donc ? Un ruban rouge dans les cheveux. Là ! Un autre au cou, noué de côté. Et, les mains dans les poches du tablier, ses coudes maigriots en dehors, Minne, charmante et gauche à la façon d'un Boutet de Monvel[1], se sourit et constate :

« Je suis sinistre[a]. »

Minne ne s'endort jamais tout de suite. Elle entend, au-dessous d'elle, Maman fermer le piano, tirer les rideaux qui grincent sur leurs tringles, entrouvrir la porte de la cuisine pour s'assurer qu'aucune odeur de gaz ne filtre par les robinets du fourneau, puis monter à pas lents, tout empêtrée de sa lampe, de sa corbeille à ouvrage et de sa jupe longue.

Devant la chambre de Minne, Maman s'arrête une minute, écoute... Enfin, la dernière porte se ferme, on ne perçoit plus que des bruits étouffés derrière la cloison...

Minne est étendue toute raide dans son lit, la nuque renversée, et sent ses yeux s'agrandir dans l'ombre. Elle n'a pas peur. Elle épie tous les bruits comme une petite bête nocturne, et gratte seulement le drap avec les ongles de ses orteils.

Sur le rebord en zinc de la fenêtre, une goutte de pluie tombe de seconde en seconde, lourde et régulière comme le pas du sergent de ville qui arpente le trottoir.

« Il m'agace, ce sergent de ville ! songe Minne. À quoi ça peut-il servir, des gens qui marchent si gros ? Les... Les Frères de Belleville, et Les Aristos... on ne les entend pas, eux, ils marchent comme des chats. Ils ont des souliers de tennis, ou bien des pantoufles brodées au point croisé... Comme il pleut ! Je pense bien qu'ils ne sont pas dehors à cette heure-ci ! Pourtant, La Teigne et l'autre, le chef des Frères, Le Frisé, où sont-ils ? Enfuis, cachés dans... dans des carrières. Je ne sais pas s'il y a des carrières par ici... Oh ! ce gros pas ! Pouf, pouf, pouf, pouf... Et s'il y en avait un, tout d'un coup, qui vienne par-derrière et qui lui enfonce un couteau dans sa vilaine nuque, au sergent de ville ! Devant la porte, juste pendant qu'il passe !... Ah ! ah ! j'entends Célénie demain matin : "Madame, Madame ! il y a un agent de tué devant la porte !" C'est pour le coup qu'elle se trouverait mal !... »

Et Minne, blottie dans son lit blanc, ses cheveux de soie balayés d'un côté et découvrant une oreille menue, s'endort avec un petit sourire.

☆

Minne dort et Maman songe. Cette petite fille si mince, qui repose à côté d'elle, remplit et borne l'avenir de madame... qu'importe son nom ? elle s'appelle Maman, cette jeune veuve craintive et casanière. Maman a cru souffrir beaucoup, il y a dix ans, lors de la mort soudaine de son mari ; puis ce grand chagrin a pâli dans l'ombre dorée des cheveux de Minne : la santé de Minne fragile et nerveuse, les repas de Minne, les cours de Minne, les robes de Minne... Maman n'a pas trop de temps pour y penser, avec une joie et une inquiétude qui ne se blasent ni l'une ni l'autre.

Pourtant, Maman n'a que trente-trois ans, et il arrive qu'on remarque dans la rue sa beauté sage, éteinte sous des robes d'institutrice. Maman n'en sait rien. Elle sourit, quand les hommages vont aux surprenants cheveux de Minne, ou rougit violemment, lorsqu'un vaurien apostrophe sa fille — il n'y a guère d'autres événements dans sa vie occupée de mère-fourmi. Donner un beau-père à Minne ? vous n'y pensez pas ! Non, non, elles vivront toutes seules dans le petit hôtel du boulevard Berthier qu'a laissé Papa à sa femme et à sa fille, toutes seules — jusqu'à cette époque, confuse et terrible comme un cauchemar, où Minne s'en ira avec un monsieur de son choix...

L'oncle Paul, le médecin, est là pour veiller de

temps en temps sur elles deux, pour soigner Minne en cas de maladie et empêcher Maman de perdre la tête ; le cousin Antoine amuse Minne pendant les vacances. Minne suit les cours des demoiselles Souhait[1] pour s'y distraire, y rencontrer des jeunes filles bien élevées et, mon Dieu, s'y instruire à l'occasion... « Tout cela est très bien arrangé », se dit Maman qui redoute l'imprévu. Et si l'on pouvait aller ainsi jusqu'à la fin de la vie, serrées l'une contre l'autre dans un tiède et étroit bonheur, comme la mort serait vite franchie, sans péché et sans peine !...

☆

« Minne chérie, c'est sept heures et demie. »

Maman dit cela à mi-voix, comme pour s'excuser.

Dans l'ombre blanche du lit, un bras mince se lève, ferme son poing et retombe.

Puis la voix de Minne, faible et légère, demande :

« Il pleut encore ? »

Maman replie les persiennes de fer. Le murmure des sycomores entre par la fenêtre, avec un rayon de jour vert et vif, un souffle frais qui sent l'herbe et l'asphalte.

« Un temps superbe ! »

Minne, assise sur son lit, fourrage les soies emmêlées de sa chevelure. Parmi la clarté des cheveux, la pâleur rose de son teint, la noire et liquide lumière de ses yeux étonne. Beaux yeux grands ouverts et sombres, où tout pénètre et se noie, sous l'arc élégant des sourcils mélancoliques... La bouche mobile sourit, tandis qu'ils restent graves... Maman se souvient, en les regardant, de Minne toute petite, d'un bébé délicat tout blanc, la peau, la robe, le duvet de la chevelure, un poussin argenté qui ouvrait des yeux étonnants, des yeux sévères, tenaces, noirs comme l'eau ronde d'un puits...

Pour l'instant[a], Minne regarde remuer les feuilles d'un air vide. Elle ouvre et resserre les doigts de ses pieds, comme font les hannetons avec leurs antennes... La nuit n'est pas encore sortie d'elle. Elle vagabonde à la suite de ses rêves, sans entendre Maman qui tourne par la chambre, Maman tendre et toute fraîche en peignoir bleu, les cheveux nattés...

« Tes bottines jaunes, et puis ta petite jupe bleu marine, et une chemisette... une chemisette comment ? »

Enfin réveillée, Minne soupire et détend son regard :

« Bleue, Maman, ou blanche, comme tu voudras. »

Comme si d'avoir parlé lui déliait les membres, Minne saute sur le tapis, se penche à la fenêtre : il n'y a pas de sergent de ville étendu en travers du trottoir, un couteau dans la nuque...

« Ce sera pour une autre fois », se dit Minne, un peu déçue.

L'arôme vanillé du chocolat s'est glissé dans la chambre et stimule sa toilette minutieuse de petite femme soignée ; elle sourit aux fleurs roses des tentures. Des roses partout : sur les murs, sur le velours anglais des fauteuils, sur le tapis à fond crème, et jusqu'au fond de cette cuvette longue, montée sur quatre pieds laqués en blanc... Maman a voulu superstitieusement des roses, des roses autour de Minne, autour du sommeil de Minne...

« J'ai faim ! » dit Minne qui, devant la glace, noue sa cravate sur son col blanc luisant d'empois[a].

Quel bonheur ! Minne a faim ! voilà Maman contente pour la journée. Elle admire sa grande fille, si longue et si peu femme encore, le torse enfantin dans la chemisette à plis, les épaules frêles où roulent les beaux cheveux en copeaux brillants...

« Descendons, ton chocolat t'attend. »

Minne prend son chapeau des mains de Maman et dégringole l'escalier, leste comme une chèvre blanche. Elle court, pleine de l'heureuse ingratitude qui embellit les enfants gâtés, et flaire son mouchoir[b] où Maman a versé deux gouttes de verveine citronnelle...

☆

Le cours des demoiselles Souhait n'est pas un cours pour rire. Demandez à toutes les mères qui y conduisent leurs filles ; elles vous répondront : « C'est ce qu'il y a de mieux fréquenté dans Paris ! » Et on vous citera coup sur coup les noms de Mlles X..., des petites Z..., de la fille unique du banquier H... On vous parlera des salles bien aérées, du chauffage à vapeur[1], des voitures de maître qui stationnent devant la porte, et il est à peu près sans exemple qu'une maman, séduite par ce luxe hygiénique, éblouie par ces noms connus et fastueux, s'aventure jusqu'à éplucher le programme d'études.

Tous les matins[a], Minne, accompagnée tantôt de Maman, tantôt de Célénie, suit les fortifications jusqu'au boulevard Malesherbes où le cours Souhait tient ses assises. Bien gantée, une serviette de maroquin sous le bras, droite et sérieuse, elle salue d'un regard l'avenue Gourgaud verte et provinciale, d'une caresse les chiens et les enfants du peintre Thaulow[2] qui vagabondent en maîtres sur l'avenue déserte.

Minne connaît et envie ces enfants blonds et libres, ces petits pirates du Nord, qui parlent entre eux un norvégien guttural... « Tout seuls, sans bonne, le long des fortifications !... Mais ils sont trop jeunes, ils ne savent que jouer... Ils ne s'intéressent pas aux choses intéressantes... »

☆

Arthur Dupin[b], le styliste[3] du *Journal*, a ciselé un nouveau chef-d'œuvre :

Encore nos apaches ! — Capture importante.
Le Frisé introuvable.

« Nos lecteurs ont encore présent à l'esprit le récit lugubre et véridique de la nuit de mardi à mercredi. La police n'est pas restée inactive depuis ce temps, et vingt-quatre heures ne s'étaient pas écoulées que l'inspecteur Joyeux[4] mettait la main sur Vandermeer, dit L'Andouille[5], qui, dénoncé par un des blessés transportés à l'hôpital, se faisait pincer dans un garni de la rue de Norvins. De Casque-de-Cuivre, point de nouvelles. Il semblerait même que ses amis les plus intimes ignorent sa retraite, et l'on nous fait savoir que l'anarchie règne parmi ce peuple privé de sa reine. Jusqu'à présent, Le Frisé a réussi à échapper aux recherches. »

Minne, avant d'entrer dans son lit blanc, vient de relire le *Journal* avant de le jeter dans sa corbeille à papier. Elle tarde à s'endormir, s'agite et songe :

« *Elle* est cachée, elle, leur reine ! Probablement aussi dans une carrière. Les agents ne savent pas chercher. *Elle* a des amis fidèles, qui lui apportent de la viande froide et des œufs durs, la nuit... Si on découvre sa cachette, elle aura toujours le temps de tuer plusieurs personnes de la police avant qu'on la prenne... Mais, voilà, son peuple se mutine ! Et Les Aristos de Levallois vont se disperser aussi, privés du Frisé... Ils auraient dû élire une vice-reine, pour gouverner en l'absence de Casque-de-Cuivre... »

Pour Minne, tout cela est monstrueux et simple à la manière d'un roman d'autrefois. Elle sait, à n'en point douter, que la bordure pelée des fortifications est une terre étrange, où grouille un peuple dangereux et attrayant de sauvages, une race très différente de la nôtre, aisément reconnaissable aux insignes qu'elle arbore : la casquette de cycliste, le jersey noir rayé de vives nuances, qui colle à la peau comme un tatouage bariolé. La race produit deux types distincts :

1° Le Trapu, qui balance en marchant des mains épaisses comme des biftecks crus, et dont les cheveux, bas plantés sur le front, semblent peser sur les sourcils.

2° Le Svelte. Celui-là marche indolemment, sans le moindre bruit. Ses souliers richelieu[1] — qu'il remplace souvent par des chaussures de tennis — montrent des chaussettes fleuries, trouées ou non. Parfois aussi, au lieu de chaussettes, on voit la peau délicate du cou de pied, nu, d'un blanc douteux, veiné de bleu... Des cheveux souples descendent sur la joue bien rasée, en manière d'accroche-cœurs, et la pâleur du teint fait valoir le rouge fiévreux des lèvres.

D'après la classification de Minne, cet individu-là incarne le type noble de la race mystérieuse. Le Trapu chante volontiers, promène à ses bras des jeunes filles en cheveux[2], gaies comme lui. Le Svelte glisse ses mains dans les poches d'un pantalon ample, et fume, les yeux mi-clos, tandis qu'à son côté une inférieure et furieuse créature crie, pleure, et reproche... « Elle l'ennuie, invente Minne, d'un tas de petits soucis domestiques. Lui, il ne l'écoute même pas, il rêve, il suit la fumée de sa cigarette d'Orient... »

Car les songeries de Minne ignorent le caporal vulgaire, et pour elle il n'est de cigarettes qu'orientales[1]...

Minne admire combien, pendant le jour, les mœurs de la race singulière restent patriarcales. Lorsqu'elle revient de son cours, vers midi, elle « les » aperçoit, nombreux, au flanc du talus où leurs corps étendus pendent, assoupis. Les femelles de la tribu, accroupies sur leurs talons, ravaudent et se taisent, ou lunchent comme à la campagne, des papiers gras sur leurs genoux. Les mâles, forts et beaux, dorment. Quelques-uns de ceux qui veillent ont jeté leurs vestes, et des luttes amicales entretiennent la souplesse de leurs muscles.

Minne les compare aux chats qui, le jour, dorment, lustrent leur robe, aiguisent leurs griffes courbes au bois des parquets. La quiétude des chats ressemble à une attente. La nuit venue, ce sont des démons hurleurs, sanguinaires, et leurs cris d'enfants étranglés parviennent jusqu'à Minne pour troubler son sommeil.

La race mystérieuse ne crie point la nuit ; elle siffle. Des coups de sifflet vrillants, terribles, jalonnent le boulevard extérieur, portent de poste en poste une télégraphie incompréhensible. Minne, à les entendre, frémit des cheveux aux orteils, comme traversée d'une aiguille...

« Ils ont sifflé deux fois... une espèce de *ui-ui-ui* tremblé a répondu, loin, là-bas... Est-ce que ça veut dire : *Sauvez-vous* ? ou bien : *Le coup est fait* ? Peut-être qu'ils ont fini, qu'ils ont tué la vieille dame ? La vieille dame est maintenant au pied de son lit, par terre, dans "une mare de sang". *Ils* vont compter l'or et les billets, s'enivrer avec du vin rouge et dormir. Demain, sur le talus, ils raconteront la vieille dame à leurs camarades, et ils partageront le butin...

« Mais, hélas ! leur reine est absente, et l'anarchie règne : le *Journal* l'a dit ! Être leur reine avec un ruban rouge et un revolver, comprendre le langage sifflé, caresser les cheveux du Frisé et indiquer les coups à faire... La reine Minne... la reine Minne !... Pourquoi pas ? on dit bien : la reine Wilhelmine[2]... »

Minne dort déjà et divague encore...

☆

Aujourd'hui dimanche, comme tous les dimanches, l'oncle Paul est venu déjeuner chez Maman, avec son fils Antoine.

Ça sent la fête de famille et la dînette. Il y a un bouquet de roses au milieu de la table, une tarte aux fraises sur le dressoir. Ce parfum de fruits et de roses entraîne la conversation vers les vacances prochaines ; Maman songe au verger où jouera Minne, dans le bon soleil ; son frère Paul, tout jaune de mal au foie, espère que le changement d'air dépaysera ses coliques hépatiques. Il sourit à Maman qu'il traite toujours en petite sœur ; sa figure longue et creusée semble sculptée dans un buis plein de nœuds. Maman lui parle avec déférence, penche pour l'approuver son cou serré dans le haut col blanc. Elle porte une robe triste, en voile gris, qui accentue son allure de jeune femme habillée en grand-mère. Elle a gardé un puéril respect pour ce frère hypocondriaque, qui a voyagé sur l'autre face du monde, qui a soigné des nègres et des Chinois, qui a rapporté de là-bas un foie congestionné dont la bile verdit son visage — et des fièvres d'une espèce rare...

Antoine reprendrait bien[a] du jambon et de la salade, mais il n'ose pas. Il craint le petit sifflement désapprobateur de son père et l'observation inévitable : « Mon garçon, si tu crois que c'est en te bourrant de salaisons que tu feras passer tes boutons... » Antoine s'abstient, et considère Minne en dessous. De trois ans plus âgé qu'elle, il s'intimide pourtant dès que les yeux noirs de Minne se posent sur lui ; il sent ses boutons rougir, ses oreilles s'enflammer, et boit de grands verres d'eau.

Dix-sept ans, c'est un âge bien difficile pour un garçon, et Antoine subit douloureusement son ingrate adolescence. L'uniforme noir à petits boutons d'or lui pèse comme une livrée humiliante, et le duvet noir qui salit sa lèvre et ses joues fait que l'on hésite : « Est-il déjà barbu ou pas encore lavé ? » Il faut une longue patience aux collégiens pour supporter tant de disgrâces. Celui-ci, grand, le nez chevalin, les yeux gris bien placés, fera sans doute un bel homme, mais qui couve dans la peau d'un assez vilain potache...

Antoine dépêche sa salade à bouchées précautionneuses : « Ma tante a la rage de servir de la romaine coupée en long : c'est rudement embêtant à manger ! Si je rattrape une feuille avec mes lèvres, Minne dira que je mange comme une chèvre. C'est épatant, les filles, ce que ça a du culot, avec leurs airs de ne rien dire ! Qu'a-t-elle encore, ce matin ? Mademoiselle a les yeux accrochés ! Elle n'a pas démuselé depuis les œufs à la coque. Des manières !... »

Il pose sa fourchette et son couteau sur son assiette, essuie sa bouche ombrée de noir et dévisage Minne d'un œil froid et arrogant. Cependant qu'elle semble le dédaigner —de quelle hauteur !—, il songe :

« C'est égal, elle est plus jolie que la sœur de Bouquetet. Ils ont beau la chiner, à la boîte, parce que, sur ses photographies, ses cheveux viennent blancs ; ils n'ont guère de cousines aussi chouettes, ni aussi distinguées. Ce pied de Bouquetet qui la trouve maigre ! C'est possible, mais je n'apprécie pas, comme lui, les femmes au poids ! »

Minne est assise face au grand jour ; le reflet des feuilles, la réverbération du boulevard Berthier, blanc comme une route campagnarde, la pâlissent encore. Distraite, absorbée depuis le matin, elle fixe, sans cligner, la fenêtre éblouissante, avec une attention vide de somnambule. Elle suit ses visions familières, cauchemars longuement inventés, tableaux recomposés cent fois, et que varie la minutie des détails : la Tribu, honnie et redoutée, des Sveltes et des Trapus coalisés assaille Paris terrifié... Un soir, vers onze heures, les vitres tombent, des mains armées de couteaux et d'os de mouton renversent la table paisible, la lampe gardienne... Elles égorgent confusément, parmi des râles doux, des bondissements ouatés de chat... Puis, dans des ténèbres rosées d'incendie, les mains enlèvent Minne, l'emportent, d'une force irrésistible, on ne sait pas où...

« Minne chérie, un peu de tarte ?

— Oui, Maman, merci.

— Et du sucre en poudre ?

— Non, Maman, merci. »

Inquiète de sa Minne pâle et absente, Maman la désigne du menton à l'oncle Paul, qui hausse les épaules :

« Peuh ! elle va très bien, cette enfant. Un peu de fatigue de croissance...

— Ce n'est pas dangereux ?

— Mais non, voyons ! C'est une enfant qui se forme tard, voilà tout. Qu'est-ce que ça te fait ? Tu ne veux pas la marier cette année, n'est-ce pas ?

— Moi ? grand Dieu !... »

Maman se couvre les oreilles des deux mains, ferme les yeux, comme si elle avait vu la foudre tomber de l'autre côté du boulevard Berthier.

« Qu'est-ce qui te fait rire, Minne ? demande l'oncle Paul.

— Moi ? »

Minne décroche enfin son regard de la fenêtre ouverte :

« Je ne riais pas, oncle Paul.

— Mais si, petit singe, mais si... »

Sa longue main osseuse tire amicalement une des anglaises de Minne, défrise et refrise le brillant copeau d'argent blond...

« Tu ris encore ! C'est cette idée de te marier, hein ?

— Non, dit Minne sincèrement. Je riais d'une idée... »

« Mon idée, poursuit Minne au fond d'elle-même, c'est que les journaux ne savent rien, ou qu'on les paie pour se taire[a]... J'ai cherché à toutes les pages du *Journal*, sans que Maman me voie... C'est tout de même joliment commode, une Maman comme la mienne, qui ne voit jamais rien !... »

Oui, c'est commode... Il est bien évident que l'insoluble problème de l'éducation d'une jeune fille n'a jamais troublé l'âme simplette de Maman. Maman n'a tremblé, devant Minne, depuis presque quinze ans, que de crainte et d'admiration. Quel dessein mystérieux a formé, en elle, cette enfant d'une inquiétante sagesse, qui parle peu, rit rarement, éprise en secret du drame, de l'aventure romanesque, de la passion, la passion qu'elle ignore, mais dont elle murmure tout bas le mot sifflant, comme on essaie la lanière neuve d'un fouet ?... Cette enfant froide, qui ne connaît ni la peur ni la pitié, et se donne en pensée à de sanguinaires héros, ménage pourtant, avec une délicatesse un peu méprisante, la sensibilité naïve de sa mère, gouvernante tendre, nonne vouée au seul culte de Minne[1]...

Ce n'est pas par crainte que Minne cache ses pensées à sa mère. Un instinct charitable l'avertit de demeurer, aux yeux de Maman, une grande petite fille sage, soigneuse comme une chatte blanche, qui dit « oui, Maman » et « non, Maman », qui va au cours et se couche à neuf et demie... « Je lui ferais peur », se dit Minne en posant sur sa mère, qui verse le café dans les tasses, ses calmes yeux insondables...

☆

La chaleur de juillet[a] est venue tout d'un coup. La Tribu, sous les fenêtres de Minne, halète dans l'ombre maigre, sur la pente pelée du talus. Les rares bancs du boulevard Berthier s'encombrent de dormeurs aux membres morts dont la casquette, posée comme un loup, masque le haut du visage. Minne, en robe de lingerie blanche, un grand paillasson cloche sur ses cheveux légers, passe tout près d'eux, jusqu'à frôler leur sommeil. Elle cherche à deviner les visages masqués, et se dit : « Ils dorment. D'ailleurs, on ne lit plus dans les journaux que des suicides et des insolations... C'est la morte-saison. »

Maman, qui conduit Minne à son cours, l'oblige à changer de trottoir à chaque instant et soupire :

« Ce quartier n'est pas habitable ! »

Minne n'ouvre pas de grands yeux et ne demande pas d'un air innocent : « Pourquoi donc, Maman ? » Ces petites roueries-là sont indignes d'elle.

Parfois, on rencontre une dame, une amie de Maman, et l'on cause cinq minutes. On parle de Minne, naturellement, de Minne qui sourit avec politesse et tend une main aux doigts longs et minces. Et Maman dit :

« Mais oui, elle a encore grandi depuis Pâques ! Oh !

c'est un bien grand bébé[a] ! Si vous saviez comme elle est restée enfant ! Je me demande comment une fillette pareille pourra devenir une femme ! »

Et la dame, attendrie, se risque à caresser les beaux cheveux à reflets de nacre que lie un ruban blanc... Cependant, le « bien grand bébé », qui lève ses beaux yeux noirs et sourit de nouveau, divague férocement : « Cette dame est stupide ! Elle est laide. Elle a une petite verrue sur la joue et elle appelle ça un grain de beauté... Elle doit sentir mauvais toute nue... Oui, oui, qu'elle soit toute nue dans la rue, et emportée par *Eux*, et qu'ils dessinent, à la pointe du couteau, des signes fatidiques sur son vilain derrière ! Qu'ils la traînent, jaune comme du beurre rance, et qu'ils dansent sur son corps la danse de guerre, et qu'ils la précipitent dans un four à chaux !... »

☆

Minne, toute prête, s'agite dans sa chambre claire, nerveuse au point de piétiner. Célénie, la grosse femme de chambre, se fait attendre... S'*il* était parti !

Depuis quatre jours, Minne *le* rencontre au coin de l'avenue Gourgaud et du boulevard Berthier. Le premier jour, il dormait assis, adossé au mur et barrant la moitié du trottoir. Célénie, effrayée, tira Minne par sa manche ; mais Minne — elle est si distraite ! — avait déjà effleuré les pieds du dormeur, qui ouvrit les yeux... Quels yeux ! Minne en eut le choc, le frisson des admirations absolues... Des yeux noirs en amande, dont le blanc bleuissait dans le visage d'une pâleur italienne. La moustache fine, comme dessinée à l'encre, et des cheveux noirs tout bouclés de moiteur... Il avait jeté, pour dormir, sa casquette à carreaux noirs et violets, et sa main droite serrait, du pouce et de l'index, une cigarette éteinte...

Il dévisagea Minne, sans bouger, avec une effronterie si outrageusement flatteuse qu'elle faillit s'arrêter...

Ce jour-là, Minne eut *cinq* en Histoire et, dame, comme on dit au cours Souhait : « Cinq, c'est la honte ! » Minne s'entendit infliger un blâme public, tandis que, soumise et les yeux ailleurs, elle vouait silencieusement Mlle Souhait à des tortures ignominieusement compliquées...

Chaque jour, à midi, Minne frôle le rôdeur, et le rôdeur regarde Minne, toute claire dans sa robe d'été[a], et qui ne détourne pas de lui ses yeux sérieux. Elle pense : « Il m'attend. Il m'aime. Il m'a comprise. Comment lui faire savoir que je ne suis jamais libre ? Si je pouvais lui glisser un papier où j'aurais écrit : *Je suis prisonnière. Tuez Célénie et nous partirons ensemble...* Partir ensemble... vers sa vie... vers une vie où je ne me souviendrai plus même que je suis Minne... »

Elle s'étonne un peu de l'inertie de son « ravisseur » qui somnole, élégant et sans linge, au pied d'un sycomore. Mais elle réfléchit, s'explique cette veulerie exténuée, cette pâleur d'herbe des caves : « Combien en a-t-il tué cette nuit ? » Elle cherche, d'un coup d'œil furtif, le sang qui pourrait marquer les ongles de son inconnu... Point de sang ! Des doigts fins, trop pointus, et, toujours, une cigarette, allumée ou éteinte, entre le pouce et l'index... Le beau chat, dont les yeux veillent sous les paupières dormantes ! Que son bondissement serait terrible, pour occire Célénie et emporter Minne !

Maman, elle aussi, a remarqué l'inconnu à la méridienne[1]. Elle presse le pas, rougit, et soupire longuement quand le péril est dépassé, l'avenue Gourgaud franchie...

« Tu vois souvent cet homme assis par terre, Minne ?

— Un homme assis par terre ?

— Ne te retourne pas !... Un homme assis par terre au coin de l'avenue... J'ai toujours peur que ces gens-là ne guettent un mauvais coup à faire dans le quartier ! »

Minne ne répond rien. Tout son petit être secret se dilate d'orgueil : « C'est moi qu'il guette ! C'est pour moi seule qu'il est là ! Maman ne peut pas comprendre... »

Vers le huitième jour, Minne est frappée d'une idée, qu'elle nomme tout de suite une révélation : cette pâleur mate, ces cheveux noirs qui moutonnent en boucles... c'est Le Frisé ! C'est Le Frisé lui-même ! Les journaux l'ont dit : « On n'a pu parvenir à s'emparer du Frisé... » Il est au coin du boulevard Berthier et de l'avenue Gourgaud, Le Frisé, il est amoureux de Minne et pour elle, tous les jours, expose sa vie...

Minne palpite, ne dort plus, se lève la nuit pour chercher sous sa fenêtre l'ombre du Frisé !...

« Cela ne peut se prolonger longtemps, se dit-elle. Un soir, il sifflera sous la fenêtre, je descendrai par une échelle ou une corde à nœuds, et il m'emportera sur une motocyclette, jusqu'aux carrières où l'attendront ses sujets assemblés. Il dira : "Voici votre reine !" Et... et... ce sera terrible ! »

Un jour, Le Frisé manqua au rendez-vous. Devant Maman navrée, Minne oublia de déjeuner... Mais le lendemain, ni le surlendemain, ni les jours suivants, point de Frisé somnolent et souple, qui ouvrait sur Minne des yeux si soudains lorsqu'elle le frôlait...

Oh ! les pressentiments de Minne ! « Je le savais bien, moi, qu'il était Le Frisé ! et maintenant il est en prison, à la guillotine peut-être !... » Devant les larmes inexplicables, la fièvre de Minne, Maman, éperdue, envoie chercher l'oncle Paul, qui prescrit bouillon, poulet, vin tonique et léger — et départ pour la campagne...

Durant que Maman emplit les malles avec une activité de fourmi qui sent venir l'orage, Minne appuie, dolente et oisive, son front aux vitres, et rêve... « Il est en prison pour moi. Il souffre pour moi, il languit et il écrit dans son cachot[a] des vers d'amour : *À une inconnue...* »

☆

Minne, éveillée en sursaut par un grincement de poulie, ouvre des yeux épouvantés sur la chambre paisible : « Où suis-je ? »

Arrivée depuis trois jours chez l'oncle Paul, Minne n'est pas encore habituée à sa maison des champs. Elle cherche, au sortir de son tumultueux sommeil, peuplé de rêves fumeux, l'ombre bleue et claire de sa chambre parisienne, l'odeur citronnée de son eau de toilette... Ici, à cause des volets pleins, c'est la nuit noire, malgré les coqs qui crient, les portes qui battent, le tintement de vaisselle qui monte de la salle à manger où Célénie dispose les tasses du petit déjeuner, la nuit massive, percée seulement, à la fenêtre, d'un rai d'or vif, mince comme un crayon...

Ce petit bâton étincelant guide Minne, qui va pieds nus, à tâtons, ouvrir les persiennes et recule, aveuglée de lumière... Elle reste là, les mains sur les yeux, l'air, dans sa longue chemise, d'un ange repentant...

Quand le soleil a percé la coquille rose de sa main, elle retourne à son lit, s'assied, saisit son pied nu, sourit à la fenêtre où dansent des guêpes et ressemble à présent, la bouche entrouverte et les yeux naïfs, à un baby de magazine anglais. Mais les sourcils s'abaissent, une pensée habite soudain les larges prunelles qui se moirent comme un étang. Minne songe que tout le monde ne jouit pas de cette lumière bourdonnante, qu'il y a, dans une grande ville, un cachot sombre, où rêve, sur son grabat, un inconnu aux cheveux noirs en boucles...

Il faut pourtant s'habiller, descendre, humer le lait qui mousse, rire, s'intéresser à la santé de l'oncle Paul... « C'est la vie ! » soupire Minne en peignant ses cheveux, que le soleil pénètre et dévore comme s'ils étaient en verre filé.

Au pas léger de Minne, le plancher gémit. Si elle reste immobile, les fauteuils Empire s'étirent, craquent, éclatent, le bois du lit leur répond. La maison desséchée et sonore pétille, comme travaillée d'un lourd incendie. Debout depuis deux siècles dans le soleil et le vent, sa charpente chaude gémit sans cesse, et on l'appelle, dans le pays, la Maison Sèche.

Minne l'aime pour ses vastes dimensions, pour son salon à tout faire, qu'un perron de cinq marches sépare seul du jardin, pour ses parquets de bois blanc tiède aux pieds nus, pour les dix hectares, parc et verger, qui l'entourent[1]. En petite Parisienne accoutumée aux nuances discrètes, elle s'étonne qu'en sa chambre tant de nuances crues réjouissent les yeux. Le papier à rayures d'un rose foncé s'accorde au couvre-lit de perse[2] treillagé de liserons bleus, de guirlandes vertes ; des rideaux de mousseline orangée pendent aux fenêtres, et le bignonier, lourd de fleurs, balance jusque dans la chambre d'ardents bouquets... Minne, pâle comme une nuit de lune, se réchauffe, un peu blessée, à ce feu de couleurs, et parfois, toute nue au soleil, un miroir à la main, cherche en vain, à travers son corps mince, l'ombre plus noire de son squelette élégant...

☆

« Une lettre pour toi, Minne... Ça, c'est *Femina*[1], ça, c'est le *Journal de la Santé*[2], et puis la *Chronique médicale*[3], et puis un prospectus...

— Il n'y a rien pour moi ? » implore Antoine.

L'oncle Paul émerge, tout jaune, du bol de lait qu'il tient à deux mains :

« Mon pauvre garçon, tu es extraordinaire ! Tu n'écris à personne, pourquoi veux-tu qu'on t'écrive ?... Fais-moi la grâce de me répondre !

— Je ne sais pas », dit Antoine.

La boutade de son père l'agace ; l'ironie supérieure de Minne l'exaspère. Elle ne prend aucune part à la discussion, elle boit son lait à petites gorgées, reprend haleine de temps en temps, et regarde la fenêtre ouverte, fixement, comme elle faisait boulevard Berthier. Ses yeux noirs reflètent étrangement le vert du jardin...

« Elle est bien fière pour une lettre ! » se dit Antoine.

Fière ? il n'y paraît pas. Elle a posé l'enveloppe fermée près de son assiette et vide son bol de lait avant de l'ouvrir.

« Viens voir, Minne ! appelle Antoine qui feuillette *Femina*. C'est épatant... Il y a des photos[a] de la journée des Drags[4]... Oh ! on voit Polaire[5] !

— Qui, Polaire ? » daigne questionner Minne.

Antoine s'esclaffe, reprenant du coup tous ses avantages :

« Ah ! ben, vrai ! tu ne connais pas Polaire ? »

La rêveuse petite figure de Minne devient méfiante :

« Non. Et toi ? »

Antoine hausse les épaules :

« Quand je dis *connaître*, naturellement, je ne lui dis pas bonjour dans la rue... C'est une actrice. Je l'ai vue à une représentation de charité. Elle était avec trois autres ; elle faisait une pierreuse[1]...

— Antoine ! gronde la voix douce de Maman.

— Oui, ma tante... Une femme, je veux dire, des boulevards extérieurs[2]. »

Les yeux de Minne grandissent, brillent :

« Ah !... Elle était habillée comment ?

— Épatante ! un corsage rouge, un tablier, et puis les cheveux comme ça jusque dans les yeux, et puis une casquette...

— Comment, une casquette ? interrompt Minne, choquée par l'inexactitude du détail.

— Oui, en soie, très haute. C'était tout à fait ça... »

Minne se détourne, désintéressée.

« Moi, je n'aurais pas mis de casquette », dit-elle avec simplicité.

Elle regarde Antoine, sans le voir, machinalement. Il s'agite, gêné par la beauté de Minne, par la petite flamme diabolique de ses yeux noirs. Il enfonce dans sa poche un mouchoir mal roulé qui fait gros, brosse d'un revers de main le duvet de sa lèvre, et ramasse la cloche de paille jetée sous la chaise.

« Je vais manger des mirabelles, déclare-t-il.

— Pas trop ! prie Maman.

— Laisse donc, dit l'oncle Paul derrière son journal, ça le purge. »

Antoine rougit violemment et sort comme si son père l'avait maudit.

Minne, en tablier rose, se lève et noue sous son menton les brides d'une capeline de lingerie, qui la rajeunit encore. Toute gentille, elle tend à Maman la lettre bleue :

« Garde-moi ma lettre, Maman. C'est d'Henriette Deslandres[3], ma voisine de cours. Tu peux la lire, tu sais, Maman. Je n'ai pas de secrets. Adieu, Maman. Je vais manger des prunes[a]. »

L'herbe du verger éblouit, miroite de toutes ses lances de gazon, vernies et coupantes. Minne la traverse à grandes enjambées, comme si elle fendait une eau courante ; il en jaillit, en éclaboussures, mille sauterelles, bleues en l'air, grises à terre. Le soleil traverse la capeline ruchée de Minne, cuit ses épaules d'un feu si vif qu'elle frissonne. Les fleurs de panais sauvage font la roue, encensent le passage de Minne d'une odeur écœurante et douce. Minne se dépêche parce que les pointes de l'herbe, enfilées aux mailles de ses bas, la piquent : si c'étaient des bêtes ?

La prairie ondulée creuse des combes où l'herbe bleuit : par-dessus la clôture à demi ruinée, les petites montagnes rondes et régulières semblent continuer la houle du sol...

« Est-il bête, cet Antoine, de ne pas m'avoir attendue ! S'il venait un serpent, pendant que je suis toute seule ?... Eh bien ! je tâcherais de l'apprivoiser. On siffle, et ils viennent. Mais comment saurais-je si c'est une vipère ou une couleuvre ?... »

Antoine est assis sur les roches plates qui se montrent à fleur de terre. Il a vu venir Minne et appuie deux doigts à sa tempe, d'un air pensif et distingué.

« C'est toi ? dit-il comme au théâtre.

— C'est moi. Qu'est-ce qu'on fait ?

— Moi, rien. Je réfléchissais...

— Je ne voudrais pas te déranger. »

Il tremble de la voir partir et répond maladroitement qu'« il y a place pour deux dans le verger » !

Minne s'assied par terre, dénoue sa capeline pour que le vent touche ses oreilles... Elle considère Antoine avec soin et sans ménagement, comme un meuble :

« Tu sais, Antoine, je t'aime mieux comme ça en chemise de flanelle, sans gilet. »

Il rougit une fois de plus.

« Ah ! tu trouves ? Je suis mieux qu'en uniforme ?

— Ça, oui. Seulement cette cloche de paille te donne l'air d'un jardinier[a].

— Merci !

— J'aimerais mieux, poursuit Minne sans l'entendre, une... oui, une casquette.

— Une casquette ! Minne, tu as un grain, tu sais !

— Une casquette de cycliste, oui... Et puis les cheveux... attends ! »

Elle détend ses jarrets comme une sauterelle, vient

tomber à genoux contre lui et lui ôte son chapeau. Troublé, il ramène ses pieds sous lui et devient grossier :

« Vas-tu me fiche la paix, sacrée gosse ! »

Elle rit des lèvres, pendant que ses yeux sérieux reflètent, tout au fond, les petites montagnes, le ciel blanc de chaleur, une branche remuante du prunier... Elle peigne Antoine avec un petit démêloir de poche, manie son cousin sans plaisir, sans pudeur, comme un mannequin.

« Ne bouge donc pas ! Là ! comme ça, les cheveux sur le front, et puis bien ramenés sur les côtés... Mais ils sont trop courts sur les côtés... C'est égal, c'est déjà mieux. Avec une casquette à carreaux noirs et violets... »

Ces derniers mots ont évoqué trop vivement le languissant dormeur des fortifs — elle se tait, laisse son mannequin et s'assied sans mot dire. « Encore une lune ! » songe Antoine.

Lui non plus ne dit rien, remué de rancune et d'envie confuse. Cette Minne si près de lui — il aurait compté ses cils ! —, ces petites mains maigres, froides comme des souris, les doigts pointus courant sur les tempes, dans les oreilles... Le grand nez d'Antoine palpite, pour rassembler ce qui flotte encore du parfum de verveine citronnelle... Assis, humble et mécontent, il attend quelque reprise des hostilités. Mais elle rêve, les mains croisées, le regard vague devant elle, inattentive à la gêne d'Antoine, à sa laideur don-quichottesque : grand nez osseux et bon, grands yeux cernés d'adolescent, grande bouche généreuse aux dents carrées et solides, teint inégal, enflammé au menton de quelques rougeurs...

Soudain, Minne s'éveille, serre les lèvres, tend un doigt pointu :

« Là-bas ! dit-elle.

— Quoi ?

— Tu le vois ? »

Antoine rabat en visière son chapeau sur ses yeux, regarde, et bâille avec indifférence :

« Oui, je vois. C'est le père Corne. Qu'est-ce qui te prend ?

— Oui, c'est lui », chuchote Minne profondément.

Elle se dresse sur ses pieds fins, jette en avant des bras de Furie :

« Je le déteste ! »

Antoine sent venir encore une « lune ». Il prend un visage neutre, où la méfiance combat l'apitoiement :

« Qu'est-ce qu'il t'a fait ?

— Il m'a fait ?... Il m'a fait qu'il est laid, que l'oncle Paul[a] lui a prêté un morceau de verger pour planter des légumes, que je ne peux plus venir ici sans rencontrer le père Corne, qui ressemble à un crapaud, qui pleure jaune, qui sent mauvais, qui plante des poireaux, qui... qui... Dieu ! que je souffre ! »

Elle se tord les bras, comme une petite fille qui jouerait Phèdre. Antoine craint tout de cette Ménade. Mais elle change de visage, se rassied sur la roche plate, tire sa robe sur ses souliers. Ses yeux présagent le potin et le mystère...

« Et puis, tu sais, Antoine...

— Quoi ?

— C'est un vilain homme, le père Corne.

— Oh[b] ! là ! là !

— Il n'y a pas de "oh ! là ! là !" dit Minne vexée. Tu ferais mieux de me croire et de remonter tes chaussettes. Tout le monde n'a pas besoin de savoir que tu portes des caleçons mauves. »

Ce genre d'observations plonge Antoine dans une irritation pudique dont Minne se délecte.

« Et puis, il joue du flageolet dans son lit, le dimanche matin ! »

Antoine se roule le dos dans l'herbe, comme un âne :

« Du flageolet ! Non, Minne, tu es tordante ! Il ne sait pas !

— Je n'ai pas dit qu'il savait en jouer. Je te dis qu'il en joue. Célénie l'a vu. Il est couché, en tricot marron, avec sa tête abominable, il pleure jaune, ses draps sont sales, et il joue du flageolet... Ho ! »

Un frisson d'horreur secoue Minne de la tête aux pieds... « Les filles, c'est toujours un peu maboul », philosophe tout bas Antoine, qui connaît depuis quinze ans le père Corne[1], un vieil expéditionnaire aux yeux malades, geignard et malpropre, dont le seul aspect suscite chez Minne une sorte de frénésie répulsive...

« Qu'est-ce qu'on pourrait bien lui faire[a], Antoine ?

— À qui ?

— Au père Corne !

— Je ne sais pas, moi...

— Tu ne sais jamais, toi ! As-tu un couteau ? »

Il pose instinctivement la main sur la poche de son pantalon.

« Non.

— Si ! affirme Minne péremptoire. Prête-le ! »

Il ricane, gauche comme un ours devant une chatte...

« Dépêche-toi, Antoine ! »

Elle se jette sur lui, plonge une main hardie dans la poche défendue et s'empare d'un couteau à manche de buis... Antoine, les oreilles violettes, ne dit mot.

« Tu vois, menteur ! Il est joli, ton couteau ! il te ressemble... Viens, le père Corne est parti. On va jouer, Antoine ! on va jouer dans le potager du père Corne ! Les poireaux sont les ennemis, les potirons sont les forteresses : c'est l'armée du père Corne ! »

Elle brandit, comme une petite fée redoutable, le couteau ouvert ; elle divague tout haut et piétine les laitues :

« Han ! aïe donc ! nous traînerons leurs cadavres et nous les violerons !

— Hein ?

— Nous les violerons, je dis ! Dieu, que j'ai chaud ! »

Elle se jette à plat ventre sur une planche de persil. Antoine, médusé, regarde cette enfant blonde, qui vient de proférer quelque chose de scandaleux :

« J'entends bien... Tu sais ce que ça veut dire ?

— Probable.

— Ah ? »

Il ôte son chapeau, le remet, gratte du talon la terre toute fendillée de sécheresse...

« Que tu es bête, Antoine ! Tu espères[b] toujours m'en remontrer. C'est Maman qui m'a expliqué ce que ça signifie.

— C'est... ma tante qui...

— Un jour, dans une leçon, je lisais : "Et leurs sépultures furent violées." Alors, je demande à Maman : "Qu'est-ce que c'est, violer une sépulture ?" Maman dit : "C'est l'ouvrir sans permission..." Eh bien, violer un cadavre, c'est l'ouvrir sans permission. Tu bisques ?... Écoute la cloche du déjeuner ! tu viens ?... »

À table[a], Antoine s'essuie le front avec sa serviette, boit de grands verres d'eau...

« Tu as bien chaud, mon pauvre loup ? lui demande Maman.

— Oui, ma tante, nous avons couru ; alors...

— Qu'est-ce que tu racontes ? crie du bout de la table cette diablesse de Minne. On n'a pas couru du tout. On a regardé le père Corne qui jardinait ! »

L'oncle Paul hausse les épaules :

« Il est congestionné, ce gamin-là. Mon garçon, tu me feras le plaisir de te remettre à boire de la gentiane : ça te fera passer tes boutons. »

☆

« Ce melon a du mal à descendre, soupire l'oncle Paul, affalé dans un fauteuil de canne.

— C'est l'estomac que vous avez faible, décrète le père Luzeau. Moi, je prends du Combier[1] avant et après mes repas, et je peux manger autant de melon et de haricots rouges que ça me convient. »

Le père Luzeau, droit et raide dans un complet de chasse en toile kaki, fume sa pipe, l'œil embusqué sous des poils roussâtres. Ce solide débris est une faiblesse de l'oncle Paul qui se résigne, une fois la semaine, à héberger sa stupidité solennelle de vieux chasseur. Le père Luzeau « pipe » avec bruit, fleure le cabaret et le sang de lièvre, et Minne ne l'aime pas.

« Il a l'air[b] d'un reître, se dit-elle. On prétend que c'est un brave homme, mais il cache son jeu. Cet œil ! il doit enlever des petits enfants et les donner aux porcs. »

Une soirée immobile pèse sur la campagne. Après dîner, pour fuir les lampes cernées de moustiques, de bombyx bruns coiffés d'antennes méphistophéliques, de petits sphinx aux yeux d'oiseaux, fourrés de duvet, l'oncle Paul et son convive, Minne et Antoine sont venus s'asseoir sur la terrasse.

Le feu de la cuisine, la lampe de la salle à manger dardent sur le jardin deux pinceaux de lumière orangée. Les cigales crient comme en plein jour, et la maison, qui a bu le soleil par tous les pores de sa pierre grise, restera tiède jusqu'à minuit.

Minne et Antoine, assis, jambes pendantes, sur le mur bas de la terrasse, ne disent mot. Antoine cherche dans l'obscurité à distinguer les yeux de Minne ; mais la nuit est si dense... Il a chaud, il est mal à l'aise dans sa peau, et supporte patiemment cette sensation trop familière.

Minne, immobile, regarde devant elle. Elle écoute[a] les pas de la Nuit froisser le sable du jardin et crée dans l'ombre des figures épouvantables qui la font frémir de volupté. Cette heure apaisée et lourde l'emplit d'impatience, et, devant tant de beauté calme, elle évoque le Peuple aimé que gouvernent ses songes...

Nuit accablée, où les mains cherchent le froid de la pierre ! Elle sera, le long des fortifications, emplie de fièvre et de meurtre, traversée de sifflements aigus... Minne se tourne, brusque, vers son cousin :

« Siffle, Antoine !

— Siffle quoi ?

— Siffle un grand coup, aussi fort que tu pourras... Plus fort !... Plus fort !... Assez ! tu n'y connais rien ! »

Elle joint[b] ses mains, fait craquer toutes ses phalanges et bâille au ciel comme une chatte.

« Quelle heure est-il ? Il ne va pas s'en aller, ce père Luzeau ?

— Pourquoi ? Il n'est pas tard. Tu as sommeil ? »

Une moue de mépris : sommeil !

« Il m'agace, ce vieux !

— Tout t'agace aussi ! C'est un brave homme, un peu bassin[1]... »

Elle hausse les épaules et parle droit devant elle dans le noir.

« Tout le monde est un brave homme, avec toi ! Tu n'as donc pas vu ses yeux ? Va, je sais ce que je sais !

— Tu sais peau de balle !

— Sois convenable, je te prie ! À qui crois-tu parler ?... Le père Luzeau est un vétéran du crime[c].

— Un vétéran du crime, lui ! Minne, s'il t'entendait !...

— S'il m'entendait, il n'oserait plus revenir ici ! Dans sa petite cabane de chasseur, il attire des fillettes, et puis il abuse d'elles, et il les étrangle ! C'est comme ça que la petite Queuet a disparu.

— Oh !

— Oui. »

Antoine sent sa cervelle fumer. Il éclate à voix basse, prudemment :

« Mais c'est pas vrai ! Tu sais bien que ses parents ont dit qu'elle était partie pour Paris en compagnie d'un...

— D'un commis voyageur, je sais. Le père Luzeau les a payés pour ne pas raconter la vérité. Ces gens-là, ça fait tout pour l'argent. »

Antoine demeure écrasé une minute, puis son bon sens se révolte. Il s'enhardit jusqu'à saisir, dans ses mains rudes, les poignets de Minne :

« Écoute, Minne, on n'avance pas des horreurs comme ça sans en être sûr ! Qui t'a dit tout ça ? »

Le halo argenté, autour de la figure invisible de Minne, tremble aux secousses de son rire :

« Ah ! ah ! penses-tu que je serais assez bête pour te dire qui ? »

Elle dégage ses poignets, reprend sa raideur d'infante :

« J'en sais bien d'autres, monsieur ! Mais je n'ai pas assez de confiance en vous ! »

Le grand garçon tendre et gauche se sent tout de suite envie de pleurer, et prend un ton rogue :

« Pas confiance ! est-ce que j'ai jamais rapporté quelque chose ? Encore ce matin, quand le père Corne est venu se plaindre pour ses légumes abîmés, est-ce que j'ai bavardé ?

— Il ne manquerait plus que ça ! C'est l'enfance de l'art.

— Alors ?... supplie Antoine.

— Alors quoi ?

— Tu me diras encore ?... »

Il a renoncé à toute parade de dédain, il penche sa longue taille vers cette petite reine indifférente, qui abrite tant de secrets sous ses cheveux de poudre blonde...

« Je verrai », dit-elle.

☆

« Je peux entrer, Antoine ? » crie la voix aiguë de Minne derrière la porte.

Antoine, effaré comme une vierge surprise, court de côté et d'autre en criant : « Non ! non ! » et cherche éperdument sa cravate. Un petit grattement d'impatience et Minne ouvre la porte :

« Comment "non, non" ? Parce que tu es en bras de chemise ? Ah ! mon pauvre garçon, si tu crois que ça me gêne ! »

Minne, en bleu de lin, les cheveux lisses sous le ruban blanc, s'arrête devant son cousin, qui noue d'une main nerveuse sa cravate enfin retrouvée. Elle le dévisage de ses profonds yeux noirs, où tremble et se mire l'herbe fine des cils. Devant ces yeux-là, Antoine admire et se détourne. Ils ont la candeur sévère qu'on voit aux yeux des bébés très jeunes, ceux qui sont si sérieux parce qu'ils ne parlent pas encore. Leur eau sombre boit les images, et, pour s'y être miré un instant, Antoine, gêné en manches de chemise comme un guerrier sans cuirasse, perd toute assurance...

« Pourquoi mets-tu de l'eau sur tes cheveux ? questionne Minne agressive.

— Pour que mà raie tienne[a], donc !

— Ce n'est pas joli, ça te fait des cheveux plaqués de Peau-Rouge.

— Si c'est pour me dire ça que tu viens me voir quand je suis en chemise ! »

Minne hausse les épaules. Elle tourne dans la chambre, joue à la dame en visite, se penche sur une boîte vitrée, pointe un index :

« Qu'est-ce que c'est que ce papillon-là ? »

Il se penche, chatouillé par les cheveux fins de Minne...

« C'est un vulcain.

— Ah ! »

Saisi d'un grand courage, Antoine a pris Minne[b] par la taille. Il ne sait pas du tout ce qu'il va faire ensuite... Un parfum de citronnelle, blond comme les cheveux de Minne, lui met sous la langue une eau acide et claire...

« Minne, pourquoi ne m'embrasses-tu plus en me disant bonjour ? »

Réveillée, elle se dégage, reprend son air pur et grave.

« Parce que ce n'eśt pas convenable.

— Mais quand il n'y a personne ? comme maintenant ? »

Minne réfléchit[a], les mains pendantes sur sa robe :

« C'eśt vrai, il n'y a personne. Mais ça ne me ferait aucun plaisir.

— Qu'en sais-tu ? »

Ayant parlé, il s'effraie de son audace. Minne ne répond rien... Il se remémore, le sang aux joues, un après-midi de lectures vilaines[b] qui l'ont laissé, comme en ce moment, vibrant, les oreilles chaudes et les mains gelées... Minne semble se décider tout à coup :

« Eh bien ! embrasse-moi. Mais il faut que je ferme les yeux.

— Tu me trouves si laid ? »

Point touchée du cri humble et sincère, elle hoche la tête, secoue ses boucles brillantes :

« Non. Mais c'eśt à prendre ou à laisser. »

Elle ferme les yeux, reśte toute droite, attend. Ses yeux noirs disparus, elle eśt soudain plus blonde et plus jeune : une fillette endormie... D'un élan mal calculé, Antoine atteint sa joue d'une bouche goulue, veut recommencer... Mais il se sent repoussé par deux petites mains griffues, tandis que les yeux ténébreux, brusquement dévoilés, lui crient sans paroles :

« Va-t'en ! tu n'as pas su me tromper ! Ce n'eśt pas *lui* ! »

☆

Minne dort mal, cette nuit, d'un sommeil inquiet d'oiseau. Quand elle s'eśt couchée, le ciel bas avançait à l'oueśt comme une muraille noire, l'air sec et sableux durcissait les narines... L'oncle Paul, très mal à l'aise, le foie gonflé, a cherché en vain une heure de repos sur la terrasse, et puis il est monté de bonne heure, laissant Maman cadenasser les volets, gourmander Célénie : « La petite porte d'en bas ? — Elle est *fromée*[1]. — La lucarne du grenier ? — On l'ouvre jamais. — Ce n'est pas une raison : on ne sait jamais... J'y vais moi-même... »

Pourtant, Minne s'est endormie, bercée[a] par des roulements sourds et doux... Un bref fracas l'éveille, suivi d'un coup de vent singulier, qui débute en brise chuchotante, s'enfle en vague, assaille la maison qui craque tout entière... Puis, un grand calme mort. Mais Minne sait que ce n'est pas fini : elle attend, aveuglée par les lames de feu bleu qui fendent les volets...

Elle n'a pas peur ; mais cette attente physique et morale la surmène. Ses pieds et ses mains sont anxieux, et le bout de son nez fin remue d'une angoisse autonome. Elle rejette le drap, relève ses cheveux sur son front, car leur frôlement de fils d'araignée l'agace à crier.

Une autre vague de vent ! Elle accourt en furie, tourne autour de la maison, insiste, secoue humainement les persiennes ; Minne entend les arbres gémir... Un vacarme creux couvre leur plainte, le tonnerre sonne vide et faux, rejeté par les échos des petites montagnes... « Ce n'est pas le même tonnerre qu'à Paris, songe Minne, pliée en chien de fusil sur son lit découvert... J'entends la porte de la chambre de Maman... Je voudrais voir la figure d'Antoine !... Il fait le brave devant le monde, mais il a peur de l'orage... Je voudrais voir aussi les arbres tendre le dos... »

Elle court à la fenêtre, guidée par les éclairs. Au moment où elle pousse les volets, une lumière foudroyante la frappe, la repousse, et Minne croit qu'elle meurt...

La certitude de vivre lui revient avec l'obscurité. Un vent irrésistible lève ses cheveux tout droit, gonfle les rideaux jusqu'au plafond. Ranimée, Minne peut distinguer, dans la lumière fantastique qui jaillit de seconde en seconde, le jardin torturé, les roses qui se débattent, violacées sous l'éclair mauve, les platanes qui implorent, de leurs mains de feuilles ouvertes et épouvantées, un ennemi invisible et innombrable...

« Tout est changé ! » songe Minne : elle ne reconnaît plus l'horizon paisible des montagnes, dans cette découpure de cimes japonaises, tantôt verdâtres et tantôt roses, et qu'une arborescence étincelante relie tour à tour au ciel tragique.

Minne, visionnaire, s'élance vers l'orage, vers la théâtrale lumière, vers le grondement souverain, de toute son âme amoureuse de la force et du mystère. Elle cueillerait sans peur ces fougères qui donnent la mort, bondirait sur les nuages ourlés de feu, pourvu qu'un regard offensant et flatteur, tombé des paupières languissantes du Frisé, l'en récompensât. Elle sent confusément la joie de mourir pour quelqu'un, devant quelqu'un, et que c'est là un courage facile, pourvu que vous y aident un peu d'orgueil ou un peu d'amour...

Antoine, la figure dans son oreiller, serre les mâchoires à fêler l'émail de ses dents. L'approche de l'orage le rend fou. Il est tout seul[a], il peut se tordre à l'aise, étouffer dans la plume chaude plutôt que de regarder les éclairs, espérer, avec la ferveur d'un explorateur mourant de soif, les premières gouttes de l'averse apaisante...

Il n'a pas peur, non — pas positivement. Mais c'est plus fort que lui... Pourtant, la violence extrême de la tempête arrive à détacher de lui-même son égoïste appréhension. Dressé sur son séant, il écoute : « Sûr, ça vient de tomber dans le verger !... Minne ! elle doit mourir de peur !... »

L'évocation précise de Minne affolée, pâle en sa chemise blanche, les cheveux en pluie mêlée d'argent et d'or, précipite dans l'âme d'Antoine un flot de pensées amoureuses et héroïques. Sauver Minne ! courir à sa chambre, l'étreindre à l'instant même où la voix lui manque pour appeler au secours... L'étendre auprès de lui, ranimer sous des caresses ce petit corps froid dont la minceur se féminise à peine... Antoine, les jambes hors du lit, la nuque baissée pour garer son visage des éclairs qui le frappent en gifles, ne sait plus s'il fuit l'orage, ou s'il court chez Minne — quand la vue de ses longues jambes faunesques, dures et velues, arrête son élan : a-t-on idée d'un héros en bannière ?

Pendant qu'il hésite, tour à tour exalté et timide, l'orage s'éloigne, s'amortit en artillerie lointaine... Une à une, les premières gouttes d'un déluge tombent, rebondissent sur les feuilles d'aristoloche comme sur des tambourins détendus... Une dépression exquise accable Antoine et glisse dans tous ses membres l'huile bienfaisante de la lâcheté...

Minne n'apparaît plus sous les traits d'une victime émouvante, mais sous l'aspect, non moins troublant, d'une jeune fille en vêtement de nuit... Prolonger magiquement son sommeil, ouvrir ses bras assouplis, baiser ses paupières transparentes que bleuit le noir caché de ses prunelles...

Recouché au creux du lit tiède, Antoine étire son énervement transformé. Sous le petit jour qui vient, gris et rassurant, il va fermer les yeux, posséder longuement Minne endormie, la plus jeune, la plus menue de son sérail coutumier, où il élit tantôt Célénie, la forte et brune femme de chambre, Polaire aux cheveux courts, Mlle Moutardot, qui fut reine du lavoir Saint-Ambroise[1], et Didon qui fut reine de Carthage...

☆

Antoine et Minne, seuls dans la salle à manger sonore, goûtent, debout près de la fenêtre fermée, et regardent, mélancoliques, tomber la pluie. Fine et serrée, elle fuit vers l'est, en voiles lentement remués, comme le pan d'une robe de gaze qui marche. Antoine assouvit sa faim sur une large et longue tartine de raisiné, où ses dents marquent des demi-lunes. Minne tient, le petit doigt en l'air, une tartine plus mince, qu'elle oublie de manger pour chercher, là-bas, à travers la pluie, plus loin que les montagnes rondes, quelque chose qu'on ne sait pas... À cause de la pluie froide, elle a repris son fourreau de velours vert Empire, sa collerette blanche qui suit la ligne tombante des épaules. Antoine aime tristement cette robe, qui rajeunit Minne de six mois et fait songer à la rentrée d'octobre.

Plus qu'un mois ! et il faudra quitter cette Minne extravagante, qui dit des monstruosités avec un air paisible de ne pas les comprendre, accuse les gens de meurtre et de viol, tend sa joue veloutée et repousse le baiser avec des yeux de haine... Il tient à cette Minne de tout son cœur, en potache dévergondé, en frère protecteur, en amant craintif, en père aussi quelquefois — par exemple le jour où elle s'était coupée avec un canif, et qu'elle serrait les lèvres d'un air dur, pour retenir ses larmes... Cette journée triste gonfle son cœur d'une tendresse dont il rougit devant lui-même. Il étire ses longs bras, glisse un regard vers sa Minne blonde, partie si loin... Il a envie de pleurer, de l'étreindre, et s'écrie :

« Fichu temps ! »

Minne décroche enfin son regard de l'horizon cendreux et le dévisage, silencieuse. Il s'emporte sans motif :

« Qu'est-ce que tu as à me regarder, avec un air de savoir quelque chose de mal sur mon compte ? »

Elle soupire, sa tartine mordue au bout des doigts :

« Je n'ai pas faim.

— Mâtin ! il est pourtant fameux, le raisiné de Célénie ! »

Minne fronce un nez distingué :

« Il y paraît ! Tu manges comme un maçon.

— Et toi comme une petite chipoteuse !

— Je n'ai pas faim pour du raisiné aujourd'hui.

— Pour quoi as-tu faim ? du beurre frais sur du pain chaud ? du fromage blanc ?

— Non. Je voudrais une pipe en sucre rouge.

— Ma tante ne voudra pas, observe Antoine sans autre étonnement. Et puis, ce n'est pas bon.

— Si, c'est bon ! une pipe en sucre rouge pas trop fraîche, quand le dessus est blanc et un peu mou, et qu'il n'y a plus au milieu qu'un petit tuyau de sucre dur qui craque comme du verre... Porte ma tartine sur le buffet : elle m'agace. »

Il obéit et revient s'asseoir aux pieds de Minne, sur une chaise basse.

« Parle-moi, Antoine. Tu es mon ami, distrais-moi ! »

C'est bien ce qu'il craignait. La dignité d'ami confère à Antoine une gêne extraordinaire. Quand Minne raconte[a] des histoires d'assassinat ou d'outrage aux mœurs, ça va bien ; mais parler tout seul, il s'en déclare incapable...

« Et puis, tu comprends, Minne, un jeune homme

comme moi, ça n'a pas un répertoire d'anecdotes pour jeunes filles !

— Eh bien ! et moi donc ! riposte Minne blessée. Te figures-tu que je pourrais te raconter tout ce qui se passe à mon cours ? Va, la moitié de ces chipies qui viennent au cours en automobile en remontreraient au père Luzeau !

— Non ?

— Si ! Et la preuve, c'est qu'il y en a cinq ou six qui ont des amants !

— Oh !... Tu blagues ! leurs familles le sauraient.

— Pas du tout, monsieur. Elles sont trop malignes !

— Et toi, comment le sais-tu ?

— J'ai des yeux peut-être ! »

Ah ! oui, elle a des yeux ! Des yeux terriblement sérieux qu'elle penche sur Antoine à lui donner le vertige...

« Tu as des yeux, oui... Mais leurs parents aussi ! Où se rencontreraient-elles, tes copines, avec leurs amants ?

— À la sortie des cours, tiens ! réplique Minne indémontable. Ils échangent des lettres.

— Ah ! ben, vrai ! s'ils n'échangent que des lettres !...

— Qu'est-ce que tu as à rire ?

— Eh bien ! elles ne courent pas le risque d'écoper un enfant, tes amies ! »

Minne bat des cils et se méfie de sa science incomplète :

« Je ne dis que ce que je veux dire. Penses-tu que je vais livrer à... à la honte le... l'élite de la société parisienne ?

— Minne, tu parles comme un feuilleton !

— Et toi, comme un voyou !

— Minne, tu as un sale caractère !

— C'est comme ça ? je m'en vais.

— Eh bien ! va-t'en ! »

Elle se détourne, très digne, et va quitter la chambre, lorsqu'un brusque rayon, jailli d'entre les nuées, provoque chez les deux enfants le même « ah ! » de surprise : le soleil ! Quel bonheur ! L'ombre digitée des feuilles de marronnier danse à leurs pieds sur le parquet...

« Viens, Antoine ! courons ! »

Elle court au jardin, qui pleure encore, suivie d'Antoine qui traîne ses semelles avec mauvaise grâce. Elle longe les allées encore trempées, contemple le jardin rajeuni[a]. Au loin, l'échine des montagnes fume comme celle d'un cheval surmené, et la terre finit de boire dans un silence fourmillant.

Devant l'arbre à perruque[1], Minne s'arrête, éblouie. Il est pomponné, vaporeux et rose comme un ciel Trianon : de sa chevelure en nuages pommelés, diamantée d'eau, ne va-t-on pas voir s'envoler des Amours nus, de ceux qui tiennent des banderoles bleu tendre et qui ont trop de vermillon aux joues et au derrière ?...

L'espalier ruisselle, mais les pêches en forme de citrons, qu'on nomme tétons-de-Vénus, sont demeurées sèches et chaudes sous leur velours imperméable et fardé... Pour secouer les roses lourdes de pluie[b], Minne a relevé ses manches et montre des bras d'ivoire fluets, irisés d'un duvet encore plus pâle que ses cheveux ; et Antoine, morose, se mord les lèvres en pensant qu'il pourrait baiser ces bras, caresser sa bouche à ce duvet d'argent...

La voilà accroupie[c] au-dessus d'une limace rouge, et le fin bout de ses boucles trempe dans une flaque d'eau :

« Regarde, Antoine, comme elle est rouge et grenue ! On dirait qu'elle est en "sac de voyage" ! »

Il ne daigne pas pencher son grand nez qui boude.

« Antoine, s'il te plaît, retourne-la : je voudrais savoir s'il fera beau demain.

— Comment ?

— C'est Célénie qui m'a appris : si les limaces ont de la terre au bout du nez, c'est signe de beau temps.

— Retourne-la, toi !

— Non, ça me dégoûte. »

En grognant pour sauvegarder sa dignité, Antoine retourne, d'un brin de bois, la limace qui bave et se crispe. Minne est très attentive :

« À quel bout est son nez, dis ? »

Accroupi près d'elle, Antoine ne peut défendre à son regard de glisser vers les chevilles de Minne, sous le jupon blanc à feston, jusqu'aux dents brodées du petit pantalon... Le vilain animal, en lui, tressaille : il songe qu'un geste brusque renverserait Minne dans l'allée humide... Mais elle se lève d'un bond :

« Viens, Antoine ! nous allons ramasser des courgelles[1] sous le cornouiller ! »

Rose d'animation, elle l'entraîne vers le potager lavé et reconnaissant. La tôle gondolée des choux déborde de pierreries, et les arbres fins qui portent la graine des asperges balancent un givre rutilant...

« Minne ! un escargot rayé ! Regarde : on dirait un berlingot. »

Escargot
Manigot,
Montre-moi tes cornes !
Si tu m'les montres pas,
J'te ferai prendre
Par ton père,
Par ta mère,
Par le roi de France !

Minne chante la vieille ronde de sa voix haute et pure, puis s'interrompt soudain :

« Un escargot double, Antoine !

— Comment, double ? »

Il se baisse et reste penaud, n'osant toucher les deux escargots accolés, ni regarder Minne qui se penche :

« N'y touche pas, Minne ! c'est sale !

— Pourquoi sale ? Pas plus sale qu'une amande ou une noisette... C'est un escargot philippine[a2] ! »

☆

Après cette grande pluie, la chaleur est revenue brutale, à peine supportable, et la Maison Sèche a refermé ses persiennes.

Comme le dit Maman, dolente dans ses percales claires : « La vie n'est plus possible ! » L'oncle Paul tue dans sa chambre les lentes heures du jour, et la salle à manger sombre, pleine d'échos et de craquements, abrite de nouveau Minne alanguie, Antoine bienheureux... Il est assis en face de sa cousine et dispose mollement les treize paquets de cartes d'une patience[a]. Il est ravi d'avoir devant lui Minne changée, qui a relevé hardiment ses cheveux en chignon haut « pour avoir frais ». Elle découvre, en tournant la tête, une nuque blanche, bleutée comme un lis dans l'ombre, où des cheveux impalpables, échappés du chignon, se recroquevillent avec une grâce végétale.

Sous cette coiffure qui la déguise en « dame », Minne parade d'un air aisé et tranchant, qui relègue loin Antoine et ses essais d'élégance : pantalon de coutil blanc, chemise en tussor, ceinture haute bien sanglée... Sans qu'il s'en doute, avec sa chemise de soie rouge, ses cheveux noirs et son teint hâlé, il ressemble terriblement à un cow-boy du Nouveau Cirque[1]. Pour la première fois, Antoine éprouve l'indigence des moyens de plaire, et qu'un amoureux ne saurait être beau, s'il n'est aimé...

Minne se lève, brouille les cartes :

« Assez ! il fait trop chaud ! »

Elle s'en va aux volets clos, applique son œil au trou rond qu'y fora un taret, et assiste à la chaleur comme à un cataclysme :

« Si tu voyais ! Il n'y a pas une feuille qui bouge... Et le chat de la cuisine ! il est fou, cet animal, de se cuire comme ça ! Il attrapera une insolation, il est déjà tout plat... Tu peux me croire, je sens la chaleur qui me vient dans l'œil par le trou du volet ! »

Elle revient en agitant les bras « pour faire de l'air » et demande :

« Qu'est-ce qu'on va faire, nous ?

— Je ne sais pas... Lisons...

— Non, ça tient chaud. »

Antoine enveloppe du regard Minne, si mince dans sa robe transparente :

« Ça ne pèse pas lourd, une robe comme ça !

— Encore trop ! Et pourtant je n'ai rien mis dessous, presque : tiens... »

Elle pince et lève un peu l'ourlet de sa robe, comme une danseuse excentrique. Antoine entrevoit les bas de fil havane, ajourés sur la cheville nacrée, le petit pantalon dentelé, serré au-dessus des genoux... Les cartes à patience, échappées de ses mains tremblantes, glissent à terre...

« Je ne serai pas si bête que la dernière fois », songe-t-il, affolé.

Il avale un grand coup de salive et réussit à feindre l'indifférence :

« Ça, c'est pour en bas... mais tu as peut-être chaud par en haut, dans ton corsage ?

— Mon corsage ? j'ai juste ma brassière et ma chemise en dessous... tâte ! »

Elle s'offre de dos, la tête tournée vers lui, cambrée et les coudes levés. Il tend des mains rapides, cherche la place plate des petits seins... Minne, qu'il a effleurée à peine, saute loin de lui, avec un cri de souris, et éclate d'un rire secoué qui lui emplit les yeux de larmes :

« Bête ! bête ! Oh ! ça, c'est défendu ! ne me touche jamais sous les bras ! je crois que j'aurais une attaque de nerfs ! »

Elle est énervée, il la croit provocante, et d'ailleurs il a frôlé, sous les bras moites de la fillette, un tel parfum... Toucher la peau de Minne, la peau secrète qui ne voit jamais le jour, feuilleter les dessous blancs de Minne comme on force une rose — oh ! sans lui faire de mal, pour voir, seulement pour voir... Il s'efforce à la douceur, en se sentant des mains singulièrement maladroites et puissantes...

« Ne ris pas si haut ! » chuchote-t-il en avançant sur elle.

Elle se remet lentement, rit encore en frissonnant des épaules, et s'essuie les yeux du bout des doigts :

« Tiens, tu es bon, toi ! je ne peux pas m'en empêcher ! ne recommence pas, surtout !... Non, Antoine ! ou je crie !

— Ne crie pas ! » prie-t-il très bas.

Mais, comme il continue d'avancer, Minne recule, les coudes serrés à la taille pour garantir la place chatouilleuse. Bientôt bloquée contre la porte, elle s'y arcboute, tend des mains qui menacent et supplient... Antoine saisit ses poignets fins, écarte ses bras peureux et songe alors que deux autres mains lui seraient en ce moment bien utiles... Il n'ose pas lâcher les poignets de Minne incertaine, silencieuse, dont il voit bouger les yeux comme une eau remuée...

Des cheveux envolés frôlent le menton d'Antoine, y

suscitent une démangeaison enragée qui se propage sur tout son corps, en flamme courante... Pour l'apaiser, sans lâcher les poignets de Minne, il écarte davantage les bras, se plaque contre elle et s'y frotte à la manière d'un chien jeune, ignorant et excité...

Une ondulation de couleuvre le repousse, les poignets fins se tordent dans ses doigts comme des cous de cygnes étranglés :

« Brutal ! brutal ! lâche-moi ! »

Il recule d'un saut contre la fenêtre, et Minne reste contre la porte où elle semble clouée, mouette blanche aux yeux noirs et mobiles... Elle n'a pas bien compris. Elle s'est sentie en danger. Tout ce corps de garçon appuyé au sien, si fort qu'elle en sent encore les muscles durs, les os blessants... Une colère tardive la soulève, elle veut parler, invectiver, et éclate en grosses larmes chaudes, cachée dans son tablier relevé...

« Minne ! »

Antoine, stupéfait, la regarde pleurer, tourmenté de chagrin, de remords, et de la crainte aussi que Maman revienne.

« Minne, je t'en supplie !

— Oui, sanglote-t-elle, je dirai, je dirai... »

Antoine jette son mouchoir à terre, d'un mouvement rageur :

« Naturellement ! "Je le dirai à Maman !" Les filles sont toutes les mêmes, elles ne savent que rapporter ? Tu ne vaux pas mieux que les autres ! »

Instantanément, Minne découvre un visage offensé où les cheveux et les larmes ruissellent ensemble.

« Oui, tu crois ça ? Ah ! je ne suis bonne qu'à rapporter ? ah ! je ne sais pas garder de secrets ? Il y a des filles, monsieur, qu'on brutalise et qu'on insulte...

— Minne !

— ... Et qui en ont plus lourd sur le cœur que tous les collégiens du monde ! »

Ce vocable innocent de « collégien » pique Antoine à l'endroit sensible. Collégien ! cela dit tout : l'âge pénible, les manches trop courtes, la barbe pas assez longue, le cœur qui gonfle pour un parfum, pour un murmure de jupe — les années d'attente mélancolique et fiévreuse... La brusque colère qui échauffe Antoine le délivre de sa trouble ivresse : Maman peut entrer, elle trouvera cousin et cousine debout l'un devant l'autre, qui se mesurent avec ce geste du cou familier aux coqs et aux enfants rageurs. Minne s'ébouriffe, comme une poule blanche, le chignon en bataille, mousselines froissées ; Antoine, en nage, relève ses manches de soie rouge de la manière la moins chevaleresque... Et Maman paraît, arbitre en percale claire, portant sur ses mains ouvertes deux assiettes de prunes blondes...

Ce soir-là, Minne rêve dans sa chambre avant de se déshabiller. Autour d'un ruban blanc, elle roule lentement la dernière boucle de sa chevelure et demeure immobile, debout, les yeux ouverts et aveugles sur la flamme de la petite lampe. Tous ses cheveux roulés, liés de rubans blancs, la coiffent bizarrement de six escargots d'or, deux sur le front, deux sur les oreilles, deux sur la nuque, et lui donnent un air de villageoise frisonne...

Les volets clos enferment l'air pesant, et l'on entend distinctement, dans l'épaisseur de leur bois, le précieux travail du ver. Si l'on ouvrait, les moustiques se rueraient vers la lampe, chanteraient aux oreilles de Minne, qui bondirait comme une chèvre, et marbreraient ses joues délicates de piqûres roses et boursouflées...

Minne rêve[a], au lieu de se déshabiller, bouche pensive, yeux fixes et noirs où se mire, toute petite, l'image de la lampe, beaux yeux somnambuliques sous les sourcils de velours blond, dont la courbe noble prête tant de sérieux à cette figure enfantine...

Minne pense à Antoine, à l'affolement qui le rendit soudain si brutal et si tremblant. Elle ne sait guère jusqu'où fût allée la lutte, mais elle voue au collégien une sourde rancune de ce qu'il fut, à cet instant-là, Antoine et non un autre. Elle en souffre, seule devant elle-même, comme pour un inconnu qu'elle eût embrassé par méprise dans l'obscurité. Point d'indulgence, même physique, pour le pauvre petit mâle ardent et maladroit : Minne proteste, de tout son être, contre une erreur sur la personne. Car, si le nonchalant dormeur du boulevard Berthier fût sorti, au passage de Minne, de son menaçant sommeil, si les mains fines et moites eussent saisi les poignets de la petite fille et qu'un corps trop souple, fleurant la paresse et le sable chaud, se fût étiré contre le sien, Minne frémit à pressentir qu'un tel assaut, renforcé de gestes doux, de regards insultants, l'eût trouvée soumise, à peine étonnée...

« Il faut attendre, attendre encore, songe-t-elle obstinément. Il s'évadera de sa prison et reviendra m'attendre au coin de l'avenue Gourgaud. Alors je partirai avec lui. Il m'imposera à son peuple, il m'embrassera — sur la bouche — devant tous, pendant qu'ils gronderont d'envie... Notre amour croîtra dans le péril quotidien... »

La Maison Sèche craque. Aussi léger qu'une robe traînante, un vent chaud balaie, dehors, les fleurs tombées du jasmin de Virginie[a]...

☆

« On aurait vu des choses plus ridicules ! » conclut Antoine en lui-même. Il pointille à l'encre le bois de son pupitre, mord son porte-plume en merisier odorant. Le thème latin l'écœure presque physiquement ; il éprouve prématurément cette défaillance de la rentrée, qui blêmit les collégiens au matin du premier octobre... À mesure que septembre s'écoule, l'âme d'Antoine se tourne désespérément vers Minne, Minne blanche aux reflets dorés, Minne, image rafraîchissante d'un juillet libre, d'un beau mois neuf et brillant comme une monnaie vierge, Minne fuyante, insaisissable autant que l'heure même, Minne et les vacances !... Oh ! garder Minne, s'affiner peu à peu au contact de sa duplicité voilée de candeur ! Il y a bien une solution, un arrangement, *une conclusion* lumineuse et naturelle... « On a vu[b], se répète-t-il pour la vingtième fois, des choses plus ridicules ! Oui, plus ridicules que des fiançailles à longue échéance entre un garçon de dix-huit ans et une jeune fille de quinze... Dans les familles princières, par exemple... » Mais à quoi bon argumenter ? Minne voudra ou ne voudra pas, voilà tout. Le hochement de tête d'une petite fille aux cheveux d'or peut suffire à changer le monde...

Onze heures sonnent. Antoine s'est levé, tragique,

comme si cette pendule Louis-Philippe sonnait son heure dernière... La glace de la cheminée lui renvoie l'image résolue d'un grand diable au nez aventureux, dont les yeux, sous l'abri touffu des sourcils, disent : « Vaincre ou mourir ! » Il franchit le corridor, frappe chez Minne d'un doigt assuré... Elle est toute seule, assise, et fronce un peu les sourcils parce qu'Antoine a claqué la porte.

« Minne ?

— Quoi ? »

Elle n'a dit qu'un mot. Mais ce mot, mais cette voix signifient tant de méchantes choses sèches, de défiance, de politesse exagérée... Le vaillant Antoine ne faiblit pas :

« Minne ! Minne... m'aimes-tu ? »

Habituée aux façons incohérentes de ce sauvage, elle le regarde de profil, sans tourner la tête. Il répète :

« Minne, m'aimes-tu[a] ? »

Une intraduisible expression d'ironie, de pitié négligente, d'inquiétude, anime cet œil noir, coulé en coin entre les cils blonds ; un sourire fugitif étire la bouche nerveuse... En une seconde, Minne a revêtu ses armes.

« Si je t'aime ? Bien sûr que je t'aime !

— Je ne te demande pas si c'est bien sûr ; je te demande si tu m'aimes ? »

L'œil noir s'est détourné. Minne regarde la fenêtre et ne montre plus qu'un profil presque irréel de fragilité, aux lignes fondues dans la lumière dorée...

« Fais attention, Minne. C'est une chose très grave que je veux te dire. C'est aussi une chose très grave que tu vas répondre... Minne, est-ce que tu m'aimerais assez pour m'épouser plus tard ? »

Cette fois, elle a bougé ! Antoine voit, en face de lui, une sorte d'ange têtu, dont les yeux menaçants parlaient déjà avant que sa voix eût répondu :

« Non. »

Il ne ressent pas, d'abord, la douleur physique prévue, la douleur espérée qui l'eût empêché de penser. Il a seulement l'impression que son tympan crevé laisse sa cervelle s'emplir d'eau, mais il fait bonne figure.

« Ah ? »

Minne juge superflue une seconde réponse. Elle

guette Antoine en dessous, la tête penchée. L'un de ses pieds, avancé, bat le parquet imperceptiblement.

« Est-ce indiscret, Minne, de te demander les raisons de ton refus ? »

Elle soupire, d'un long souffle qui soulève, comme des plumes, les cheveux égarés sur ses joues. Elle mord, pensive, l'ongle de son petit doigt, considère amicalement le malheureux Antoine qui, raide comme à la parade, laisse stoïquement la sueur rouler le long de ses tempes — et daigne enfin répondre :

« C'est que je suis fiancée. »

Elle est fiancée. Antoine n'a rien pu obtenir de plus. Toutes les questions ont échoué devant ces yeux sans fond, cette bouche serrée sur un secret ou sur un mensonge. Seul à présent dans sa chambre, Antoine crispe ses mains dans ses cheveux et essaie de réfléchir...

Elle a menti. Ou bien elle n'a pas menti. Il ne sait[a], des deux, quel est le pire. « Les filles, c'est terrible ! » songe-t-il ingénument. Des lambeaux de romans passent tout imprimés devant ses yeux : « La cruauté de la femme... la duplicité de la femme... l'inconscience féminine... Ils ont peut-être souffert, ceux qui écrivaient cela, pense-t-il avec une pitié soudaine... Mais au moins ils ont fini de souffrir, et, moi, je commence... Si j'allais demander la vérité à ma tante ? » Il sait bien qu'il n'ira pas, et ce n'est pas seulement la timidité qui l'arrête, c'est que tout lui est sacré, qui lui vient de Minne. Confidences, mensonges, aveux : les précieuses paroles de Minne à Antoine doivent s'enfouir en lui, dépôt inestimable qu'il gardera contre tous...

« Minne est fiancée ! » Il se répète ces trois mots avec un désespoir respectueux, comme si sa Minne blonde avait conquis un grade notable ; il dirait à peu près de même : « Minne est chef d'escadron » ou bien : « Minne est première en thème grec. » Ce n'est pas sa faute, à cet amant sincère, s'il n'a que dix-huit ans.

C'est un pitoyable corps qui se roule[b], à demi vêtu, sur le lit d'Antoine. Le pauvre enfant peine, dans des soupirs de bûcheron, à comprendre ceci : que la douleur peut enfiévrer les sens, et qu'il lui faudra longtemps mûrir, sans doute, pour souffrir purement.

☆

Minne est malade[a]. La maison s'agite en silence ; Maman a des yeux rouges dans une figure tirée. L'oncle Paul a parlé de fièvre de croissance, de mauvais moments à passer, d'embarras gastrique... Maman perd la tête. Sa chérie, son petit soleil, son poussin blanc a la fièvre et reste couchée depuis deux jours...

Antoine erre, prêt à s'accuser de tout ce qui arrive — par la porte entrebâillée, il glisse dans la chambre de Minne son long museau ; mais ses gros souliers craquent et des « chut ! chut ! » le chassent jusqu'au bas de l'escalier. À peine a-t-il entrevu Minne couchée, pâle, dans le lit à perse bleue et verte... Elle boit un peu de lait, très peu, avec un petit bruit de ses lèvres sèches, puis retombe et soupire... Sauf le cerne mauve des yeux, et ce pli au coin des ailes fines du nez, on la croirait couchée par caprice. Seulement, le soir, quand Maman a tiré les rideaux, allumé la veilleuse dans le verre bleu, voilà que Minne soupire plus fort, remue les mains, s'assoit, se recouche, et commence à murmurer des choses indistinctes : « Il dort... il fait semblant de dormir... la reine... la reine Minne », de courtes phrases puériles, enfin, à la manière d'un enfant qui rêve haut...

Par une aube de brouillard rouge, qui sent la mousse humide, le champignon et la fumée, Minne s'éveille, en déclarant qu'elle se sent guérie. Avant que Maman en croie sa joie, Minne bâille, montre une langue pâlotte mais pure, s'étire longue, longue, dans son lit, et pose cent questions : « Quelle heure est-il ? où est Antoine ? est-ce qu'il fait beau ? est-ce que je peux avoir du chocolat ?... »

Le surlendemain, elle déguste, au bout d'une mouillette, le lait blanc et la crème jaune d'un œuf à la coque. Minne, gourmande, bien calée entre deux oreillers, joue à la convalescence. L'air délicieux, par la fenêtre ouverte, gonfle les rideaux et fait penser à la mer...

Minne se lèvera demain[b]. Aujourd'hui, il fait humide et les feuilles pleuvent. Le vent d'ouest chante sous les portes, avec une voix d'hiver, une voix qui donne envie de cuire des châtaignes dans la cendre. Minne serre sur ses épaules un grand châle de laine blanche, et ses cheveux nattés découvrent ses oreilles de porcelaine rosée. Elle admet Antoine à lui tenir compagnie, et il en témoigne une gratitude discrète de chien trouvé. Le menton amenuisé de Minne l'attendrit aux larmes : il voudrait prendre cette petite dans ses bras, la bercer et l'endormir... Pourquoi faut-il qu'il lise, dans les yeux noirs mystérieux, tant de malice et si peu de confiance ? Antoine a déjà lu à haute voix, parlé de la température, de la santé de son père, du départ proche — et ce regard pénétrant ne désarme pas ! Il va reprendre le roman commencé ; mais une main effilée se tend hors du lit, l'arrête :

« Assez..., prie Minne. Ça me fatigue.

— Tu veux que je m'en aille ?

— Non... Antoine, écoute ! Je n'ai confiance, ici, qu'en toi... Tu peux me rendre un grand service.

— Oui ?

— Tu vas écrire une lettre pour moi. Une lettre que Maman ne doit pas voir, tu comprends ? Si Maman me voit écrire dans mon lit, elle pourrait demander à qui j'écris... Toi, tu écris là, à cette table, tu me tiens compagnie, personne n'a rien à y voir... Je voudrais écrire à mon fiancé. »

Elle peut guetter, à ce coup, la figure de son cousin : Antoine, très en progrès, n'a pas bronché. À vivre près de Minne, il a gagné le sens[a] de l'extraordinaire et du variable. Simple comme la férocité de Minne, cette idée l'a traversé : « Je vais écrire sans faire semblant de rien ; alors, je saurai qui *il* est, et je le tuerai. »

Sans parler, il suit, docile, les instructions de Minne.

« Dans mon buvard... non, pas ce papier-là... du blanc sans chiffre... nous sommes obligés de prendre tant de précautions, lui et moi !... »

Lorsqu'il s'est assis, qu'il a humecté la plume neuve, affermi le sous-main, elle dicte :

« “Mon bien-aimé...” »

Il ne tressaille pas. Il n'écrit pas non plus. Il regarde Minne profondément, sans colère, jusqu'à ce qu'elle s'impatiente.

« Eh bien ! écris donc !

— Minne, dit Antoine d'une voix changée et lente, pourquoi fais-tu cela ? »

Elle croise sur sa poitrine son châle blanc, d'un geste de défiance. Une émotion nouvelle rose ses joues transparentes. Antoine lui paraît étrange, et c'est à son tour de le regarder, d'un air lointain et divinateur. Peut-être découvre-t-elle, à travers lui, l'instant d'un regret, l'Antoine qu'il sera dans cinq ou six ans, grand, solide, à l'aise dans sa peau comme dans un vêtement à sa taille, n'ayant gardé d'aujourd'hui que ses doux yeux de brigand noir ?...

« Pourquoi, Minne ? Pourquoi me fais-tu cela ?

— Parce que je n'ai confiance qu'en toi. »

Confiance ! elle a trouvé le mot qui suffit à abîmer la volonté d'Antoine... Il obéira, il écrira la lettre, soulevé par ce flot[a] de lâcheté sublime qui absout tant de maris complaisants, tant d'amants humbles et partageurs...

« "Mon bien-aimé, que tes chers yeux ne s'étonnent pas d'une écriture qui n'est pas la mienne. Je suis malade, et quelqu'un de dévoué..." »

La voix de Minne hésite, semble traduire mot à mot un texte difficile...

« "... quelqu'un de dévoué[b] veut bien te donner de mes nouvelles, pour que tu te rassures, que tu te donnes tout à ta dangereuse carrière..." »

« Sa dangereuse carrière ! rumine Antoine. Il est chauffeur ?... ou sous-dompteur chez Bostock[1] ? »

« Tu y es, Antoine ?... "Ta dangereuse carrière. Mon bien-aimé... quand me retrouverai-je dans tes bras et respirerai-je ta chère odeur ?...[c]" »

Une grande vague amère emplit le cœur de celui qui écrit. Il endure tout cela comme un rêve pénible, dont on souffre à mourir en sachant que c'est un rêve...

« "Ta chère odeur... Je voudrais parfois oublier que je fus à toi..." Tu y es, Antoine ? »

Il n'y est pas. Il tourne vers elle une figure de noyé, une figure enlaidie et suffoquée qui irrite Minne sur-le-champ :

« Eh bien ! va donc ! »

Il ne va pas. Il secoue la tête, comme pour chasser une mouche...

« Tu ne dis pas la vérité, dit-il enfin. Ou bien tu perds la tête. Tu n'as pas appartenu à un homme. »

Rien, plus que l'incrédulité, ne peut exaspérer Minne. Elle ramasse sous elle, avec une grâce brusque, ses jambes cachées. Les lumineux yeux noirs, dévoilés, accablent Antoine de leur colère :

« Si ! crie-t-elle, je lui ai appartenu !

— Non !

— Si !

— Non !

— Si !... »

Et elle jette comme un argument sans réplique :

« Si ! je te dis, puisque c'eſt mon amant ! »

L'effet, sur Antoine, d'un mot aussi catégorique, eſt au moins surprenant. Toute son attitude obſtinée et tendue s'assouplit. Il pose son porte-plume, soigneusement, au bord de l'encrier, se lève sans renverser sa chaise et s'approche du lit où trépide Minne... Elle ne fait pas attention qu'aux prunelles d'Antoine luit la singulière et fauve douceur d'une bête qui va bondir...

« Tu as un amant ? tu as couché avec lui ? » demande-t-il très bas.

Comme sa voix appuie, presque mélodieuse sur les derniers mots !... La vive rougeur de Minne avoue, croit-il, sa faute.

« Certainement, monsieur ! j'ai couché avec lui !

— Oui ? où donc ? »

Par un renversement des rôles qu'elle n'aperçoit pas, c'eſt Minne qui répond, embarrassée, à un Antoine agressif, plein d'une lucidité qu'elle n'avait point prévue...

« Où ? ça t'intéresse ?

— Ça m'intéresse.

— Eh bien ! la nuit... sur le talus des fortifications. »

Il réfléchit, fixe sur Minne des yeux rapetissés et prudents.

« La nuit... sur le talus... Tu sortais de la maison ? ta mère n'en sait rien ?... non, je veux dire : c'eſt quelqu'un dont tu ne pouvais expliquer la présence chez ta mère ? »

Elle répond « oui » d'un grave hochement de tête.

« Quelqu'un... de condition inférieure ?

— Inférieure ! »

Redressée, tremblante, elle le foudroie du sombre

éclat de ses yeux grands ouverts, ses nobles petites narines, serrées et farouches, palpitent. « Inférieur ! » Inférieur, cet ami silencieux et menaçant, dont le corps souple, jeté en travers du trottoir, feignait une mort gracieuse !... Narcisse en jersey rayé, évanoui au bord d'une source[1]... Inférieur, le héros de tant de nuits, qui cache sous ses vêtements le couteau tiède et porte les marques roses de tant d'ongles épouvantés !...

« Je te demande pardon, Minne, dit Antoine très doux. Mais... tu parles de dangereuse carrière... Qu'est-ce qu'il fait donc, ton... ton ami ?

— Je ne peux pas te le dire.

— Une dangereuse carrière... poursuit Antoine patiemment, cauteleusement... Il y en a beaucoup, de dangereuses carrières... Il pourrait être couvreur... ou conducteur d'automobile... »

Elle arrête sur lui des yeux meurtriers :

« Tu veux le savoir, ce qu'il fait ?

— Oui, j'aimerais mieux...

— Il est assassin[a]. »

Antoine hausse ses sourcils de Méphistophélès départemental[2], ouvre une bouche badaude et part d'un jeune éclat de rire. Cette bonne grosse plaisanterie le remet, et il tape sur ses cuisses d'un air plus convaincu que distingué...

Minne frémit ; dans ses yeux, où se mire un couchant rouge de septembre, passe l'envie distincte de tuer Antoine...

« Tu ne me crois pas ?

— Si... si... Oh ! Minne, quelle toquée tu fais ! »

Minne ne connaît plus de raison, ni de patience :

« Tu ne me crois pas ? Et si je te le montrais ! Si je te le montrais vivant[b] ? Il est beau, plus beau que tu ne seras jamais, il a un jersey bleu et rouge, une casquette à carreaux noirs et violets, des mains douces comme celles d'une femme ; il tue toutes les nuits d'affreuses vieilles qui cachent de l'argent dans leur paillasse, des vieux abominables qui ressemblent au père Corne ! Il est chef d'une bande terrible qui terrorise Levallois-Perret. Il m'attend, le soir, au coin de l'avenue Gourgaud... »

Elle s'arrête, suffoquée, cherchant une dernière flèche à enfoncer :

« ... il m'attend là, et, quand Maman est couchée, je vais le retrouver, et nous passons la nuit ensemble ! »

Elle n'en peut plus, elle s'adosse aux oreillers, attend qu'Antoine éclate. Mais rien ne paraît chez lui qu'une inquiétude circonspecte, le souci d'avoir provoqué chez Minne un retour de fièvre, de délire léger...

« Je m'en vais, Minne... »

Elle ferme les yeux, soudain pâle et dégrisée :

« C'est ça : va-t'en !

— Minne, tu n'es pas fâchée contre moi ? »

Elle fait « non, non » d'un signe excédé.

« Bonsoir, Minne... »

Il prend sur le drap une petite main sèche, chaude, inerte, hésite à la baiser et la repose doucement, doucement, comme un objet délicat dont il ne sait pas se servir...

☆

Depuis que Minne[a] a quitté la Maison Sèche, des dimanches ont passé, ramenant, autour de la tarte traditionnelle, l'oncle Paul et Antoine. Minne détourne d'eux ses yeux sauvages, parce que la vue de l'oncle Paul, jaune, fripé, offense sa fraîche et cruelle jeunesse, parce qu'Antoine, sous sa livrée noire à boutons dorés, a retrouvé sa dégaine d'enfant de troupe grandi trop vite, cuit au soleil...

Minne a repris ses cours quotidiens et ne cherche même plus, au coin de l'avenue déserte, l'inconnu à qui elle donne tous ses songes : le trottoir miroite d'averses ou sonne gelé sous le talon, comme aux matins de décembre... Maman brode, le soir, sous la lampe, se retourne parfois pour scruter innocemment le visage de sa chérie, et retombe dans sa paix active de mère tendre et aveugle... Il ne faut pas[b] en vouloir à Maman, si Dieu l'a pourvue d'un don d'amour sans discernement. Tant d'honnêtes poules couvèrent, sous leurs ailes rognées, l'essor, bleu et vert métallique, d'un beau canard sauvage !

☆

« C'est Lui ! c'est Lui[a] ! Je reconnais sa démarche ! »

Minne, penchée à tomber, crispe sur l'appui de la fenêtre ses deux mains, que l'exaltation glace... Ses yeux, son cœur le reconnaissent, à travers la nuit...

« Il n'y a que Lui pour marcher ainsi ! Qu'il est souple ! À chaque pas, on voit balancer ses hanches... La prison l'a maigri, on dirait... Est-ce la même casquette, à carreaux noirs et violets ? Il m'attend ! il est revenu ! Je voudrais me montrer... Il s'en va... Non ! il revient ! »

C'est un long rôdeur d'une souplesse désossée, qui fume et se promène. La clarté d'une fenêtre ouverte, à cette heure, l'étonne : il lève[b] la tête. Minne, affolée, jurerait qu'elle reconnaît sur ce visage levé une pâleur unique, et la fumée de la cigarette monte vers elle comme un encens.

« Psst ! » fait Minne.

L'homme s'est retourné, d'une manière courbe qui révèle la bête toujours au guet. C'est cette gosse, là-haut ? à qui en veut-elle ?

Une petite voix légère demande :

« Vous venez me chercher ? il faut descendre ? »

À tout hasard, parce que la silhouette est jeune et fine, l'homme envoie des deux mains une obscène et gouailleuse réplique. « Bien sûr, c'est le signe ! se dit Minne. Mais je ne peux pas descendre comme ça. »

Fiévreuse, elle recommence la parure baroque de l'an dernier — le ruban rouge au cou, le tablier à poches, le chignon — oh ! ce peigne qui glisse tout le temps !... Faut-il prendre un manteau ? Non : on n'a pas froid quand on s'aime... Vite, en bas !

Les pieds bondissants de Minne, chaussés de mules rouges, effleurent le tapis... Un craquement terrible ! Minne, dans sa hâte, a oublié la dix-huitième marche, disjointe, qui gémit comme une porte rouillée... Elle s'aplatit, les mains au mur, retient son souffle... Rien n'a bougé dans la maison. En bas, les verrous de sûreté obéissent à la petite main qui tâtonne : la porte tourne, muette ; mais comment la refermer sans bruit ?

« Eh bien ! je ne la referme pas ! »

Il fait frais, presque froid. Le vent, qui n'agite plus de feuilles aux platanes dépouillés, fait chanceler la clarté des becs de gaz...

« Où eſt-il ? »

Personne dans l'avenue... Quelle direction choisir ? Minne, désolée, tord enfantinement ses mains nues... Ah ! là-bas, une forme s'éloigne...

« Oui, oui, c'eſt lui ! »

Une main au chignon qui oscille, l'autre tenant la jupe légère, elle s'élance... L'heure inusitée, la gravité de ce qu'elle accomplit, portent Minne sur des pieds qui touchent à peine la terre. Elle étendrait les bras et volerait sans plus de surprise. Elle se dit seulement : « C'eſt mon âme qui court ! » Il faut courir, et très vite, car la longue forme de celui qu'elle suit n'eſt plus, du côté de la porte Malesherbes, qu'une larve onduleuse...

Minne dépasse l'avenue Gourgaud, atteint la grille du chemin de fer, le boulevard Malesherbes[1]... Avec Célénie, avec Maman, elle n'eſt jamais allée plus loin. Le boulevard continue, jalonné d'arbres. Mon Dieu, où eſt donc allé le Frisé ? Elle n'ose pas crier, et elle ne sait pas siffler... Là-bas, c'eſt lui !... non, c'eſt un arbre plus gros !... Ah ! le voilà !... Arrêtée un inſtant pour comprimer son cœur essoufflé, elle repart, joint quelqu'un qui semble attendre, quelqu'un de muet qui dérobe, sous le bord ramolli d'un feutre, le haut d'un visage anonyme...

« Pardon, monsieur... »

La petite voix suffoquée peut à peine parler. L'homme ne montre de lui, sous le gaz verdâtre, qu'un menton bleui par une barbe de trois jours... Pas de front, pas d'yeux, les mains même restent invisibles, enfoncées dans les poches. Mais Minne n'a pas peur de ce mannequin sans figure, qui semble vide, haut comme une armure ancienne...

« Monsieur, vous n'auriez pas vu passer un... un homme qui allait par là, un grand, qui se balance un peu en marchant ? »

Les épaules de l'homme montent, retombent. Minne sent sur elle un regard qu'elle ne voit pas, et s'impatiente :

« Pourtant, il a dû passer près de vous, monsieur... »

Sa petite figure volontaire cherche bravement la figure d'ombre. La course a rosé ses joues, ses yeux reflètent le gaz comme deux flaques d'eau ; elle ferme et rouvre la bouche et piétine, attendant une réponse. L'homme vide hausse encore les épaules, et dit enfin d'une voix sourde :

« Personne. »

Elle secoue furieusement la tête et repart plus vite, affolée du temps perdu, prête à pleurer d'angoisse.

C'est plus noir, de ce côté-là. Mais la pente douce est bonne pour courir, et elle court, elle court, occupée seulement de maintenir son chignon qui la gêne... Elle vient de heurter un couple paisible d'agents, qui remonte le boulevard. Le choc d'une épaule carrée a fait chanceler Minne, elle distingue des paroles bourrues :

« Qu'est-ce qui m'a fichu une sacrée petite bougresse... ? »

Elle court, le vent siffle à ses oreilles, elle va droit devant elle. Le Frisé n'a pu que suivre les fortifications qui lui constituent un royaume disputé, un asile peu sûr... Au fond de la tranchée, un train rampe, dépasse Minne en versant sur elle un flot de fumée... Elle ralentit ses pieds fatigués, considère, tête basse, ses pantoufles, dont le nez effilé se coiffe déjà de boue, s'appuie à la grille pour suivre l'œil rouge du train :

« Où suis-je ? »

À cinquante mètres, une baie d'ombre ferme la route, un portail noir, au faîte duquel passe une bête vive et longue, empanachée de fumée, trouée de feux rouges et jaunes...

« Encore un train ! il passe au-dessus du boulevard. Je ne connaissais pas ce pont[1]... Si c'est un de leurs asiles, *il* m'attend là ! »

Elle court, les lèvres tremblantes. Ses décisions se suivent, faciles, irréfutables. Comment n'y reconnaîtrait-elle point la seconde vue que dispense, seul, l'amour ?... Sa main, qui tient le faîte de son chignon, semble follement la soulever tout entière, de trois doigts délicats, et le vent, qui frappe son gosier, le dessèche...

La bouche noire du pont, qui grandit devant elle, ne l'effraie pas. Elle y devine le seuil d'une autre vie, l'approche sacrée des mystères... Des mèches déroulées, échappées à son peigne d'écaille, la suivent, horizontales, ou bien, retombées sur sa nuque, y palpitent, vivantes comme des plumes... Quelque chose a remué, plus noir que l'ombre rougeâtre, quelque chose d'assis à même le sol, sous le halo de brouillard irisé qui nimbe la flamme du gaz... Est-ce lui ?... Non !... Une femme accroupie, deux femmes, un homme très petit et malingre. Les pieds silencieux de Minne ne les ont pas avertis ; d'ailleurs, le pont vibre encore d'un grondement assourdi...

L'enfant qui courait force ses yeux à distinguer, parmi ces silhouettes atterrées, la stature plus noble de celui qu'elle poursuit. Il n'est pas là. Ceux-ci sont ses congénères, ses sujets peut-être : l'homme — une sorte d'enfant chétif, assis sur le trottoir — arbore le jersey connu, la molle casquette de drap qui colle au crâne. Derrière le groupe, une futaie de piliers cannelés s'enfonce :

« C'est comme à Pompéi[1] », constate Minne, que l'ombre d'une colonne dérobe toute.

L'une des deux femmes vient de se lever ; elle porte le tablier, le corsage indigent et criard, le chignon en casque, d'un noir métallique, si lisse, si tendu qu'il miroite, en carapace d'insecte batailleur. Minne regarde avidement et compare : ce qui lui manque, à elle, c'est ce chic particulier de coiffure dont pas un cheveu ne s'échappe, c'est ce corsage de laine rouge qu'un papillon de grossière dentelle agrafe au cou. C'est surtout ce je ne sais quoi, dans l'attitude, d'agressif et de découragé, ce cynisme et cette veulerie d'animal qui vit, se nourrit, se gratte et se satisfait en plein air... « Ceux-ci sont désormais les miens, se dit Minne, orgueilleuse. Ils me diront, si je les questionne, où m'attend le Frisé... »

La femme, qui s'est levée, étire ses bras masculins avec un bâillement rugissant : on voit un dos large, barré par la saillie du corset. Elle tousse convulsivement, et jure le nom de Dieu d'une voix épuisée[a].

« Il faut pourtant que je me décide ! » s'écrie Minne en elle-même. Le chignon assuré, les mains dans ses poches en cœur, elle sort de sa guérite d'ombre et s'avance, un pied au bord de la jupe :

« Pardon, mesdames, vous n'avez pas vu passer un

homme, grand, qui se balance un peu en marchant ? »

Elle a parlé haut, vite, en petite comédienne qui a plus de feu que d'expérience. Les deux créatures, collées du dos au mur, regardent stupidement cette enfant déguisée.

« Qu'est-ce que c'est que ça ? demande la voix épuisée de celle qui toussait.

— C'est une gosse, dit l'autre. Elle est rigolote. »

En bas, le gringalet, ramassé en crapaud, rit par secousses, puis élève une voix nasillarde de bossu :

« Qui s'tu serches, la môme ? »

Blessée, Minne abaisse sur l'avorton un regard royal :

« Je cherche le Frisé. »

L'avorton se lève, cérémonieux, en découvrant un crâne aux cheveux rares :

« Le Frisé, c'est moi, pour vous servir... »

Au rire des deux femmes, Minne fronce les sourcils et va passer outre, quand le rôdeur s'approche davantage et lui glisse ces mots en confidence :

« Je suis frisé, mais ça ne se voit que dans l'intimité. »

Puis, comme il avance vers la taille de Minne une main sournoise, elle frémit de tous ses nerfs et fuit, poursuivie une minute par un traînement de savates agiles, qu'interrompt la voix des deux femmes :

« Antonin ! Antonin ! laisse-la donc, je te dis !... »

Ce n'est pas la peur qui fait bondir ainsi le cœur et les pieds ailés de Minne, mais l'orgueil offensé, la brûlure humiliée d'une reine étreinte par un valet. « Ils n'ont pas pressenti qui j'étais ! Malheur à eux s'ils m'appartiennent plus tard ! Je lui dirai, à lui... mais où le trouver, mon Dieu ?... » Elle marche vite[a], déjà trop lasse pour courir. Cette route et ce talus, depuis combien de temps les longe-t-elle ? Comme il y a peu de monde, cette nuit ! Où sont-ils tous ? Peut-être y a-t-il grand conseil dans une carrière ?... Elle veut s'asseoir sur un banc, pour vider ses pantoufles qui s'emplissent de sable, de petits cailloux pointus. Mais un couple serré, que désunit son approche, la chasse avec des paroles dont le sens lui demeure obscur...

Un « psst ! » jailli du talus, l'arrête, l'attire :

« C'est vous ? crie-t-elle.

— Oui, c'est moi, répond une voix de fausset qu'on change exprès.

— Qui, vous ?

— Moi, voyons[a], moi, le chéri, la gueule en or...

— Ce n'est pas vous que je cherche ! » réplique Minne sévèrement.

Elle repart, se range un peu plus loin pour laisser passer un troupeau de moutons : petits sabots secs criblant le sol, bêlements en gamme disloquée, odeur caséeuse et pacifique[1]... Minne entend le souffle des chiens qui vont et viennent, frôle les rondes croupes laineuses. Ils passent comme la grêle, et Minne peut croire un instant qu'ils ont emporté avec eux tous les bruits de la nuit... Mais un train bout au loin, s'élance, rageur, crachant derrière lui une mitraille de charbons rouges...

Le dos à un arbre, Minne a cessé de marcher. Elle se répète encore, pour lutter contre sa lassitude : « Je vais finir par le retrouver, en me renseignant... C'est ma faute, aussi ! j'ai perdu du temps à vouloir me faire belle !... A-t-il pu croire que j'aie douté ? Non, je n'ai pas douté ! Je ne doute pas de lui plus que de moi-même ! »

Redressée, balayant des deux mains ses cheveux d'argent, elle brave la nuit, car ses yeux recèlent assez d'ombre pour lutter en ténèbres avec elle... Elle lève ses pieds douloureux[b], regarde, à la lueur d'un gaz enfumé de brume, ses mains raides de froid, et rit toute seule, d'un petit rire ironique et triste :

« Si Maman était là, elle ne manquerait pas de dire : "Ma petite Minne, c'est bien la peine que je t'aie acheté des gants en lièvre blanc !" Mais ce n'est pas de ça que je me soucie... Si, au moins, j'avais une brosse ou un linge, pour enlever la boue de mes pantoufles ?... Paraître devant lui en pieds crottés ! »

Pour trouver un peu d'herbe où essuyer ses semelles, elle traverse l'avenue déserte, et tressaille. Elle n'avait pas vu une femme qui arpente, d'un pas morne de bête accoutumée à ne point trouver d'issue à sa cage, le sable mou. Celle-ci porte le casque de cheveux, armure d'amour et de bataille, le tablier de cotonnade et des souliers à bouffettes[2], pitoyables dans les flaques...

« Madame ! » crie Minne résolument, car la créature s'éloigne, jalouse de sa solitude de fauve peureux, qui chasse seul et se contente des bas gibiers... « Madame !... »

La femme se retourne, mais continue à s'éloigner à reculons. C'est un être hommasse et carré, avec une figure violacée, de petits yeux porcins et méfiants... Minne, qui lui trouve quelque ressemblance avec Célénie, reprend sa plus royale assurance et parle du haut de sa tête décoiffée :

« Madame, voilà... Je me suis égarée. Pouvez-vous me dire le nom de cette avenue ? »

Une voix sans timbre, comme celle des chiens de ferme qui couchent dehors, répond, après un silence :

« C'est écrit sur les plaques, que je pense !

— Je sais bien, dit Minne impertinente. Mais je ne connais pas du tout le quartier. Je cherche quelqu'un... Et quelqu'un que vous connaissez sûrement, madame !

— Quelqu'un que je connais ? »

L'être hommasse répète les derniers mots de Minne, d'un parler épais où traîne un vague accent de terroir :

« Je connais pas grand monde... »

Minne veut rire, et tousse parce qu'elle a froid :

« Ne faites donc pas de cachotteries avec moi ! je suis des vôtres... ou je vais en être ! »

La femme, qui conserve sa distance, n'a pas l'air d'avoir compris. Elle lève la tête vers le ciel noir et dit, pour dire quelque chose :

« Y aura de la pluie avant le jour... »

Minne frappe du pied. De la pluie ! Bête inférieure ! La pluie, le vent, la foudre, est-ce que tout cela compte ? Il y a seulement des heures de nuit et des heures de jour. Le jour, on dort, on fume, on rêve... Mais, sous la nuit, tente veloutée, on tue, on aime, on secoue des pièces d'or encore poissées de sang. Ah ! trouver Le Frisé, oublier dans ses bras une enfance asservie, obéir passionnément à lui, à lui seul !... Minne piaffe, hume la nuit, reprise de fièvre et d'enthousiasme...

« T'as l'air bien jeune », murmure la voix sourde de chien de garde enroué.

Minne regarde la femme de haut, entre ses cils :

« Très jeune ! j'aurai seize ans dans huit mois.

— Dépêche-toi de les avoir, c'est plus sûr.

— Ah !

— Tu travailles toute seule ?

— Je ne travaille pas, dit Minne fièrement. Les autres travaillent pour moi.

— T'as bien de la veine... C'est des sœurs plus petites, ou plus grandes que toi ?

— Je n'ai pas de sœurs. Et puis, qu'est-ce que ça vous fait ? Si vous vouliez seulement me dire... Je cherche Le Frisé. J'ai quelque chose à lui dire, quelque chose de tout à fait sérieux. »

Le monstre triste s'est rapproché pour regarder cette petite fille frêle, qui parle là comme chez elle, qui est accoutrée comme un carnaval et dépeignée que c'en est honteux, et qui demande « Le Frisé »...

« Le Frisé ? quel donc Frisé ?

— Le Frisé, voyons ! Celui qui était avec Casque-de-Cuivre, le chef des Aristos de Levallois-Perret.

— Celui qui était avec Casque-de-Cuivre ? Celui qui... Est-ce que je connais des espèces comme ça ? Qu'est-ce qui m'a foutu une petite gadoue pareille ?

— Mais...

— Tâche moyen de savoir, petite saloperie, que je suis une honnête femme, et qu'on n'a jamais vu traîner un marlou dans mes jupes depuis l'exposition de 89 !... Ça n'a pas plus de poils que ma main, et ça parle de bande, et de Frisé, et de ci et de ça et de l'autre ! Veux-tu me fiche le camp, et vivement ! ou je t'en mets une, de frisure, qui ne sera pas ordinaire ! »

« ... Voilà une chose inouïe ! »

Minne, hors de souffle, s'est assise au bord du trottoir, délivrée enfin de la poursuite affreuse de la mégère, qui a couru sur elle, avec des bonds batraciens, des menaces incompréhensibles... Minne, affolée, s'est jetée de l'autre côté du boulevard, dans une petite rue, puis dans une autre, jusqu'à ce boyau noir et désert, où le vent chante comme à la campagne et gèle les épaules moites de Minne, qui serre les coudes, tousse et tâche de comprendre...

« Oui, c'est extraordinaire ! On me traite partout en ennemie ! Il y a trop de choses qui m'échappent... Tout de même, il y a bien longtemps que je suis sur mes jambes : je n'en peux plus... »

L'accablement plie son dos, penche sa tête, gerbe en désordre, vers ses genoux ; pour la première fois depuis sa fuite, Minne se souvient d'un lit tiède, d'une chambre blanche et rose... Elle a honte, à se sentir accroupie et lâche, la robe crottée et l'échine tendue... Tout est à recommencer[a]. Il faut rentrer, espérer de nouveau la venue du Frisé, de nouveau s'échapper, parée, fiévreuse... Oh ! que, du moins, vienne cette nuit-là, complète, débordante d'amour ! qu'un bras, dont elle devine la force traîtresse, guide ses premiers pas, qu'une main infaillible lève, un à un, tous les voiles qui cachent l'inconnu, car Minne se sent épuisée jusqu'au sommeil, jusqu'à la mort...

... Le silence l'éveille, le froid aussi. « Où suis-je ? » Pour quelques minutes d'assoupissement au bord d'un trottoir, la voici éperdue, séparée du monde réel, inconsciente de l'heure, prête à croire qu'un cauchemar l'a portée dans un de ces pays où le seul visage des choses immobiles suffit à créer une terreur sans nom...

Qu'est devenue la Minne sauvage, l'amante d'un assassin fameux, la reine du peuple rouge ? Petit oiseau maigre, elle grelotte sous sa chemisette rose d'été, toussote, tourne sur place, avec des yeux noirs effarés, de grands cheveux blonds, décoiffés et tristes. Sa bouche tremble pour retenir ses larmes, pour retenir aussi le mot qui devrait guérir toutes les épouvantes, appeler l'étreinte, la lumière, l'abri : « Maman... » Ce mot-là, Minne ne le criera que si elle se sent mourir, si des bêtes effroyables l'emportent, si son sang, par sa gorge ouverte, s'épand comme une étoffe tiède... Ce mot-là, c'est le dernier recours — il ne faut pas l'user en vain !

Elle se remet en route courageusement, en ressassant des choses raisonnables :

« Je vais regarder le nom de la rue, n'est-ce pas ? et puis je retrouverai le chemin de la maison, et puis je rentrerai tout doucement, et puis ce sera fini... »

Au coin du boyau désert, elle se dresse sur la pointe des pieds, pour lire : « Rue... rue... qu'est-ce que c'est que cette rue-là ?... La suivante, peut-être que je la connaîtrai... »

La suivante est déserte, bossuée de pavés disjoints, d'immondices en tas... Une autre rue, une autre, une autre — qui portent des noms baroques... Et Minne demeure atterrée, les mains pendantes, envahie peu à peu d'une crainte folle : « On m'a transportée, pendant mon sommeil, dans une ville inconnue !... Si encore je rencontrais un sergent de ville... Oui, mais... Faite comme je suis, il commencera par me mener au poste... »

Elle marche encore, s'arrête, le cou renversé, pour lire des noms de rues — elle hésite, revient sur ses pas, cherche avec désespoir l'issue du labyrinthe...

« Si je m'assieds, je mourrai là. »

Cette pensée soutient les pas de Minne. Non que l'idée de la mort l'effraie ; mais elle voudrait, petit animal perdu et souffrant, finir en son gîte...

Le froid plus vif, le vent qui s'éveille, des bruits lents[a] et lointains de charrettes, tout cela sent le matin proche, mais Minne n'en sait rien. Elle marche, insensible ; elle boite, parce que ses pieds lui font mal et que l'une de ses pantoufles rouges a perdu un talon... Soudain, elle s'arrête, tend l'oreille : un pas s'approche, que rythme gaiement un refrain fredonné...

C'est un homme. Un « monsieur » plutôt. Il marche, un peu lourd, un peu vieux, dans une pelisse à col fourré qui l'engonce. Toute l'âme de Minne se relève :

« Qu'il a l'air bon ! qu'il est rassurant ! que sa pelisse fourrée doit être chaude et douce ! De la chaleur, mon Dieu, un peu de chaleur ! il me semble que cela me manque depuis si longtemps !... »

Elle va courir, se jeter vers l'homme comme vers un grand-père, lui balbutier en pleurant qu'elle s'est perdue, que Maman saura tout si le jour vient... Mais elle se reprend, avec la prudence que donne un long malheur : si l'homme, incrédule, allait la chasser ?... Sous la pluie fine qui commence à tomber, Minne rajuste, comme elle peut, sa chevelure humide, repasse d'une main gourde les plis de son tablier rose, tâche de prendre l'air bien naturel et pas autrement gêné, mon Dieu, d'une jeune fille de bonne famille qui a perdu son chemin en se promenant...

« Je vais lui dire... comment déjà ? Je vais lui dire : "Pardon, monsieur, vous seriez bien aimable de m'indiquer le chemin du boulevard Berthier..." »

L'homme est si proche qu'elle peut sentir l'odeur de son cigare. Elle sort de l'ombre, s'avance sous le gaz verdâtre :

« Pardon, monsieur... »

À la vue de cette mince silhouette, de ces cheveux de paille argentée, le promeneur s'est arrêté... « Il se méfie », soupire Minne, et elle n'ose pas continuer la phrase préparée...

« Qu'est-ce qu'elle fait là, la petite fille ? »

C'est l'homme qui a parlé, un peu pâteux, mais extrêmement cordial.

« Mon Dieu, monsieur, c'est bien simple...

— Oui, oui. Elle m'attendait, la fifille ?

— Vous vous trompez, monsieur... »

La pauvre douce voix de Minne !... Elle recommence à avoir peur, une peur d'enfant retrouvée et reperdue...

« Elle m'attendait, reprend la voix engageante d'ivrogne heureux. La fifille a froid, elle va me mener près d'un bon feu !

— Oh ! je voudrais bien, monsieur, mais... »

L'homme est tout près : on voit, sous le chapeau haut de forme, des pommettes rouges, une barbe de foin grisonnant.

« Mâtin de mâtin ! qu'est-ce que c'est donc qu'une enfant comme ça ? Dis-moi ton âge ? »

Il souffle l'eau-de-vie, le cigare, il respire court et fort. Minne, désespérée, recule un peu, se colle au mur, essaie encore d'être gentille, de ne pas le contrarier...

« Je n'ai pas tout à fait quinze ans et demi, monsieur. Voilà ce qui s'est passé : je suis sortie de chez Maman...

— Hein ! hennit-il. La fifille va me raconter tout ça, devant un bon feu, sur mes genoux... »

Un bras capitonné de fourrure étreint la taille de Minne, que la force abandonne... Mais l'haleine chargée de cigare et d'alcool, sur sa figure, galvanise son évanouissement : d'un tour d'épaules elle se rend libre et, fière, redevenue l'infante blonde qui terrorisait Antoine :

« Monsieur, vous ne savez pas à qui vous parlez ! »

Il hennit plus doucement :

« Ça va bien, ça va bien ! La fifille aura tout ce qu'elle voudra. Allons, petite chérie... Mimi...

— Je ne m'appelle pas Mimi, monsieur ! »

Comme il marche sur elle, elle bondit et recommence à courir... Mais sa pantoufle boiteuse la quitte à chaque pas, et il lui faut ralentir, s'arrêter...

« Il est vieux, il ne pourra pas me suivre... »

Au premier tournant, elle souffle, écoute avec terreur... Rien... Oh ! si... un cliquètement de talons et de canne, et, tout de suite, surgit le vieux, qui emboîte le pas, s'acharne, murmure en hennissant :

« Petite chérie... tout ce qu'elle voudra... Elle me fait courir, mais j'ai de bonnes jambes... »

L'enfant affolée se traîne comme une perdrix dont l'aile cassée pend. Il n'y a plus qu'une pensée sous son front douloureux : « Peut-être qu'en marchant si longtemps j'arriverai à la Seine, et alors je me jetterai dedans. » Elle croise sans les voir des voitures de laitier, des tombereaux lents où le charretier dort... Sous le rayon d'une lanterne, Minne vient d'entrevoir le visage du vieux, et son cœur s'est arrêté : le père Corne ! il ressemble au père Corne !

« Je comprends ! je comprends à présent ! je fais un rêve ! Mais comme il dure longtemps, et comme j'ai mal partout ! Pourvu que je m'éveille avant que le vieux m'attrape ! »

Un dernier, un suprême élan pour courir... Elle manque le bord du trottoir, tombe, les genoux meurtris, se relève gainée de boue, une joue souillée...

Avec un grand soupir abandonné, elle regarde autour d'elle, reconnaît, sous une aube vague et grise, ce trottoir, ces arbres nus, ce talus pelé... C'est... non... si ! C'est le boulevard Berthier.

« Ah ! crie-t-elle tout haut, c'est la fin du rêve ! Vite, vite ! que je m'éveille à la porte ! »

Elle se traîne, elle arrive : la porte est entrouverte comme hier soir... Minne appuie ses deux mains au vantail qui cède, et roule évanouie sur la mosaïque du vestibule.

☆

Antoine dort. Le sommeil transparent du petit matin lui tend et lui retire tour à tour mille beautés, qui toutes s'appellent Minne, et dont pas une ne ressemble à Minne. Pitoyables à sa timidité de garçon tout neuf, elles ont des précautions de mères, des sourires de sœurs, puis des caresses qui ne sont ni fraternelles, ni maternelles... Et tout ce facile bonheur s'empoisonne peu à peu : il y a quelque part, pendue dans les nuages roses et bleus, une horloge qui va sonner sept heures, précipitant Antoine, la tête la première, en bas de son paradis de Mahomet.

Adieu, beautés ! D'ailleurs, il rêvait sans espoir... Voici la sonnerie redoutée, les sept coups stridents qui vibrent jusque dans le creux de l'estomac. Ils persistent, se prolongent en grelottement rageur de timbre, si réel qu'Antoine, éveillé pour de bon, se dresse, hagard comme Lazare ressuscité :

« Mais, bon Dieu[a] ! c'est à la porte d'entrée qu'on sonne ! »

Antoine tombe dans ses pantoufles, enfile son pantalon à tâtons :

« Papa se lève... quelle heure peut-il être ? Elle est raide, celle-là... »

Il ouvre sa porte : par le corridor arrive une voix pleurarde, que la hâte entrecoupe, et, tout de suite, Antoine sent trembler ses joues d'un singulier frisson, au seul nom entendu de « Mademoiselle Minne ».

« Antoine ! de la lumière, mon garçon ! »

Antoine cherche la bougie, casse une allumette, puis deux... « Si la troisième ne prend pas, c'est que Minne sera morte... »

Dans l'antichambre, Célénie achève et recommence un récit qui ressemble à un fragment de roman-feuilleton :

« Elle était là par terre, Monsieur, évanouie, et faite... ! De la boue jusque dans les cheveux, sans chapeau, sans rien... Pour moi, je n'ai pas d'avis, n'est-ce pas ? mais mon idée, c'est qu'on l'a enlevée, qu'on lui a fait les mille et une abominations, et qu'on l'a rapportée pour morte...

— Oui..., dit machinalement l'oncle Paul, qui croise et décroise son pyjama marron.

— Toute mouillée, Monsieur, toute pleine de boue !

— Oui... Fermez donc votre porte ! J'y vais.

— Je vais avec toi, papa..., supplie Antoine en claquant des dents.

— Mais non, mais non ! tu n'as rien à faire là-bas, mon garçon ! C'est une histoire de l'autre monde que Célénie nous raconte là ! On n'enlève pas les filles dans leur chambre !

— Si, papa ! je te dis que j'y vais ! »

Il crie presque, au bord d'une attaque de nerfs. Il a tout compris, lui ! Tout était vrai, et Minne n'a pas menti ! Les nuits sur les talus, les amours inavouables, le monsieur à la dangereuse carrière, tout, tout ! Et voici venue la fin logique du drame : Minne souillée, blessée à mort, agonise là-bas...

Devant la porte de la chambre de Minne, Antoine attend, l'épaule appuyée au mur. De l'autre côté de cette porte, l'oncle Paul et Maman, penchés sur le lit taché de boue, achèvent une effrayante recherche : la lampe, au bout du bras de Maman, chancelle...

« Mais, bon Dieu ! on n'y a pas touché ! Elle est plus intacte qu'un bébé... Si j'y comprends quelque chose !...

— Tu es sûr, Paul ? tu es sûr ?

— Ça, oui ! il n'y a pas besoin d'être bien malin !... Tiens donc ta lampe !... Allons, bon ! trouve-toi mal, à présent !...

— Non, laisse : ça va bien... »

Maman sourit, d'un bienheureux sourire à lèvres blanches ; Antoine, qui s'attendait à une Maman en larmes, en cris, folle, voceratrice, ne sait que penser, quand elle lui ouvre enfin la porte...

« C'est toi, mon pauvre petit ? Entre donc... Ton père vient de... de l'ausculter, tu comprends... »

D'une main ferme, elle tient un mouchoir humecté d'éther sous les narines de Minne... Minne, mon Dieu ! est-ce bien Minne ?... Il y a, sur le lit — le lit non défait —, une petite pauvresse en tablier rose tout empesé de boue, une petite pauvresse aux pieds raidis, dont l'un garde encore une pantoufle rouge sans talon... De la figure, à demi cachée par le mouchoir, on ne distingue que la barre noire des deux paupières fermées...

« Elle respire bien, dit l'oncle Paul. Un peu enrhumée[a]. Je ne lui vois rien que de la fièvre... On saura le reste plus tard. »

Une plainte l'interrompt... Maman se penche, avec un élan de mère chienne farouche :

« Tu es là, Maman ?

— Mon amour ?

— Tu es là... pour de vrai ?

— Oui, mon trésor.

— Qui est-ce qui parle ? ils sont partis ?

— Qui ? dis-moi qui ? ceux qui t'ont fait du mal ?

— Oui... le père Corne... et l'autre ? »

Maman soulève Minne, l'assied contre son cœur. Antoine reconnaît à présent la tête pâle sous ses cheveux blonds, tout gris de boue séchée. Ces cheveux qui ont changé de couleur, cette souillure qui a l'air d'un vieillissement soudain... Antoine éclate en sanglots pressés qui lui font mal à mourir...

« Chut ! » dit Maman.

Au bruit des sanglots, les paupières fermées de Minne, toutes bleues dans son visage de cire, se soulèvent... Beaux yeux profonds sous le noble sourcil, égarés de ce qu'ils ont vu, ce sont bien les yeux de Minne ! Ils roulent vers le plafond, puis s'abaissent vers Antoine, qui pleure debout et sans mouchoir... Un rose brûlant enflamme ses joues pâles ; elle semble faire un effort terrible, s'accroche à Maman, tend vers Antoine ses mains fragiles et maculées...

« Tu sais, Antoine, ce n'était pas vrai ! ce n'est pas vrai ! rien n'était vrai ! N'est-ce pas, tu ne crois pas que c'était vrai ? »

D'un grand hochement de tête, il fait « non, non », en reniflant ses larmes... Ce qu'il croit, effondré, c'est que cette enfant charmante a servi de jouet consentant, de poupée vicieuse, puis épouvantée, puis brutalisée, à un, à plusieurs misérables peut-être ?

Il pleure sur Minne, il pleure aussi sur lui-même, puisqu'elle est perdue, avilie, marquée à jamais d'un sceau immonde[b]...

« Je vais coucher avec Minne ! »

Le petit baron Couderc énonça cette résolution d'une voix distincte et concentrée, puis rougit violemment et releva son col de fourrure. La canne au port d'arme, il parut vouloir conquérir ce steppe vaste et morne où l'on plonge, au sortir de l'aveuglante rue Royale, en de fumeuses ténèbres. On ne vit plus de lui qu'un peu de nuque court tondue, blonde, et un nez insolent de petite gouape distinguée. Sous les arbres de l'avenue Gabriel, il osa répéter, défiant un dos frileux de sergent de ville : « Je vais coucher avec Minne !... » C'est drôle, à part l'Anglaise de son petit frère, la première de toutes, jamais une femme ne l'a impressionné comme ça... « Minne n'est pas une femme comme les autres... »

En approchant de la rue Christophe-Colomb[1], il ne pensa plus qu'aux gâteaux à disposer, à la bouilloire électrique — au déshabillage surtout, qu'il souhaitait rapide, aisé, qu'il eût voulu escamoter. Sa grande jeunesse commença à le gêner. On est le petit baron Couderc, que les dames de chez Maxim's[2] traitent tendrement de « petite frappe » ; on a un nez qui oblige à l'insolence, des yeux bleus moqueurs, myopes, une bouche faubourienne et fraîche ; mais... on ne peut pas toujours oublier qu'on n'a que vingt-deux ans !...

« Monsieur le Baron, cette dame est là, lui murmura le valet de chambre.

— Bon Dieu ! elle eſt déjà là ! Et les gâteaux ! et les fleurs ! et tout !... Ça va être fichu comme quatre sous... Pourvu que le feu marche, au moins ! »

Elle était là comme chez elle, son chapeau enlevé[a], assise devant le feu. Sa robe simple couvrait ses pieds ; ses cheveux blonds en casque, électrisés par la gelée, la nimbaient d'argent : une jeune fille des gravures anglaises, ses mains croisées sur les genoux... Et quelle gravité enfantine sur ces traits d'une finesse presque trop précise ! Antoine, son mari, lui disait souvent : « Minne, pourquoi as-tu l'air si petite quand tu es triſte ? »

Elle leva les yeux sur le blondin qui entrait, et lui sourit. Son sourire lui faisait une figure de femme. Elle souriait avec une expression à la fois hautaine et prête à tout, qui donnait aux hommes l'envie d'essayer n'importe quoi...

« Oh ! Minne ! comment me faire pardonner ?... Eſt-ce que je suis réellement en retard ? »

Minne se leva et lui tendit sa main étroite, déjà dégantée :

« Non, c'eſt moi qui suis en avance. »

Ils parlaient presque de la même voix, lui avec une manière parisienne de hausser le ton, elle d'un soprano posé et ralenti...

Il s'assit près d'elle, démoralisé par leur solitude. Plus d'amis en galerie malveillante, plus de mari — inattentif, le mari, c'eſt vrai, mais on pouvait au moins se donner en sa présence des joies d'écoliers malicieux : les mains qu'on effleure sous la soucoupe à thé, la moue du baiser qu'on échange derrière le dos d'Antoine... Hier encore, le petit baron Jacques pouvait se dire : « Je les roule, ils n'y voient tous que du feu ! » Aujourd'hui, il est seul avec Minne, cette Minne qui arrive, tranquille, au premier rendez-vous, en avance !

Il lui baisa les mains, en l'examinant furtivement. Elle pencha la tête et sourit de son sourire orgueilleux et équivoque... Alors, il se jeta[b] goulûment vers la bouche de Minne et la but sans rien dire, mi-agenouillé, si ardent tout à coup que l'un de ses genoux trépida, d'une danse inconsciente et maladive...

Elle suffoquait un peu, la tête en arrière. Son casque blond pesait sur les épingles, près de couler en flot lisse...

« Attendez ! » murmura-t-elle.

Il desserra les bras et se mit debout. La lampe éclaira en dessous son visage changé, les narines pâlies, la bouche mordue et vive, le menton frais et tremblant, tous les traits enfantins encore, vieillis par le désir qui délabre et ennoblit.

Minne, restée assise, le regardait, obéissante et anxieuse, anxieuse... Comme elle affermissait son chignon, son ami lui prit les poignets :

« Oh ! ne te recoiffe pas, Minne ! »

Sous le tutoiement, elle rougit un peu, offusquée et contente, et baissa ses cils plus foncés que ses cheveux.

« Peut-être que je l'aime ? » songea-t-elle secrètement.

Il s'agenouilla, les mains tendues[a] vers le corsage de Minne, vers la complication évidente de ses agrafes, les doubles boutonnières de son col droit glacé d'empois. Elle vit, à la hauteur de ses lèvres, la bouche entrouverte de Jacques, une bouche d'enfant haletant que la soif d'embrasser séchait. Les bras au cou de son ami agenouillé, elle baisa de bon cœur cette bouche, gentiment, en sœur trop tendre, en fiancée qu'enhardit l'innocence ; il gémit et la repoussa, les mains fiévreuses et maladroites :

« Attendez ! » répéta-t-elle.

Debout, elle commença posément de défaire le col blanc, la chemisette de soie, la jupe plissée qui tomba tout de suite. Elle sourit, à demi tournée vers Jacques :

« Croyez-vous que c'est lourd, ces jupes plissées ! »

Il s'empressait pour ramasser la robe :

« Non, laissez ! je quitte mon jupon et ma jupe ensemble, l'un dans l'autre : c'est plus facile à remettre, vous voyez ? »

Il fit signe, de la tête, qu'il voyait en effet. Il voyait Minne en pantalon, qui continuait son déshabillage tranquille. Pas assez de croupe pour évoquer la p'tite femme de Willette[1], pas assez de gorge non plus. Jeune fille, toujours, à cause de la simplicité des gestes, de la raideur élégante, et aussi à cause du pantalon à jarretière qui méprisait la mode, un pantalon étroit précisant le genou sec et fin.

« Jambes de page ! des merveilles[a] ! » jeta-t-il tout haut — et la palpitation de son cœur rendait ses amygdales grosses et douloureuses.

Minne fit la moue, puis sourit. Une subite pudeur sembla l'oppresser, quand elle dut dénouer ses quatre jarretelles ; mais, une fois en chemise, elle reconquit son calme et rangea méthodiquement, sur le velours de la cheminée, ses deux bagues et le bouton de rubis qui fixait son col à sa chemisette.

Elle se vit dans la glace, pâle, jeune, nue sous la chemise fine ; et, comme son casque d'argent à reflets d'or chancelait d'une oreille à l'autre, elle défit et aligna ses épingles d'écaille. Une mèche bouffante demeura en auvent au-dessus de son front, et elle dit :

« Quand j'étais petite, Maman me coiffait comme ça... »

Son ami l'entendit à peine, bouleversé de voir Minne à peu près nue, et soulevé, noyé d'une immense, d'une amère vague d'amour, d'amour vrai, furieux, jaloux, vindicatif.

« Minne ! »

Saisie de l'accent nouveau, elle s'approcha, voilée de cheveux blonds, les mains en coquilles sur ses seins si petits.

« Quoi donc ? »

Elle était contre lui, tiède d'avoir quitté sa robe lourde, et son parfum aigu de verveine citronnelle faisait penser à l'été, à la soif, à l'ombre fraîche...

« Ô Minne, sanglota-t-il, jure-le-moi ! Jamais, pour personne...

— Pour personne ?

— Pour personne, devant personne, tu n'as rangé ainsi tes épingles et tes bagues, jamais tu n'as dit que ta mère te coiffait comme ça, jamais tu n'as, enfin, tu n'as... »

Il la tenait dans ses bras, si fort qu'elle plia en arrière comme une gerbe qu'on lie trop serré, et ses cheveux frôlèrent le tapis.

« Vous jurer que je n'ai jamais... Oh ! que vous êtes bête ! »

Il la garda contre lui, ravi du mot. Toute renversée sur son bras, il la contempla, de près, curieux du grain de la peau, des veines, des tempes, vertes comme des fleuves, des yeux noirs où danse la lumière... Il se souvint d'avoir regardé avec la même passion la nacre bleue, les antennes plumeuses, toutes les merveilles d'un beau papillon vivant, capturé un jour de vacances... mais Minne se laissait déchiffrer sans battre des ailes...

Une pendule sonna, et ils tressaillirent ensemble.

« Déjà cinq heures ! soupira Minne. Il faut nous dépêcher. »

Les deux bras de Jacques descendirent, caressèrent les hanches fuyantes de Minne, et l'égoïsme vaniteux de son âge faillit se trahir tout dans un mot :

« Oh ! moi, je... »

Il allait dire, jeune coq fanfaron : « Moi, j'aurai toujours le temps ! » Mais il se reprit, honteux devant cette enfant qui lui apprenait à la fois, en quelques minutes, la jalousie, le doute de soi-même, une petite convulsion du cœur inconnue, et cette paternité délicate qui peut éclore, chez un homme de vingt ans, devant la nudité confiante d'un être fragile, que l'étreinte fera peut-être crier...

Minne ne cria pas[1]. Jacques vit seulement, sous ses lèvres, un extraordinaire et pur visage d'illuminée, des yeux noirs, agrandis, qui regardaient loin, plus loin que la pudeur, plus loin que lui-même, avec l'expression ardente et déçue de sœur Anne en haut de la tour. Minne, terrassée sur le lit, subit son amant en martyre avide qu'exaltent les tortures, et chercha, d'une cambrure fréquente et rythmée de sirène, le choc de sa fougue... Mais elle ne cria pas, ni de douleur ni de plaisir, et, quand il retomba le long d'elle, les yeux fermés, les narines pincées et pâles, avec un souffle sanglotant, elle pencha seulement, pour le mieux voir, sa tête qui versait hors du lit un flot tiède et argenté de cheveux blonds...

... Ils durent se quitter, malgré que Jacques la caressât avec une folie d'amant qui va mourir, et qu'il baisât sans fin ce corps effilé qu'elle ne défendait guère ; tantôt, étonné, il en suivait les contours lentement, d'un index précautionneux qui dessine, tantôt il serrait entre ses genoux les genoux déliés de Minne, jusqu'à les meurtrir ; ou bien, il jouait, cruel et affolé, à effacer sous ses paumes la saillie si faible des seins... Il la mordit à l'épaule, tandis qu'elle se rhabillait ; elle gronda tout bas et vira vers lui d'un fauve mouvement... Puis elle rit tout à coup, et s'écria :

« Oh ! ces yeux ! ces drôles d'yeux que vous avez ! »

Dans la glace, il se trouva une drôle de figure, en effet : les orbites creusés, la bouche gonflée et rouge, les cheveux en mèches sur les sourcils — un air, enfin, de noce triste, avec quelque chose en plus, quelque chose de brûlant et d'éreinté qu'on ne peut pas dire...

« Méchante, va ! Laisse-moi voir les tiens ? »

Il la prit par les poignets ; mais elle se dégagea, et le menaça d'un sévère petit doigt tendu.

« Si vous ne me laissez pas partir, je ne reviens plus !... Dieu ! ça va être affreux, dehors, après ce bon dodo chaud, et ce feu, et cette lampe rose...

— Et moi, Minne ? me ferez-vous la grâce de me regretter, après la lampe rose ?

— Ça dépend ! fit-elle en coiffant sa toque piquée de camélias blancs. Oui, si vous me trouvez un fiacre tout de suite.

— La station est tout près, soupira Jacques en brossant ses cheveux au petit bonheur. Zut ! il n'y a plus d'eau chaude !

— C'est bien rare qu'il y ait assez d'eau chaude... », murmura Minne, distraite.

Il la regarda, les sourcils hauts, reprenant peu à peu, avec ses habits, sa figure de « petit baron Couderc » :

« Ma chère amie, vous dites quelquefois des choses, des choses... qui me feraient douter de vous, ou de mes oreilles ! »

Minne ne jugea pas nécessaire de répondre. Elle se tenait sur le seuil, fine et modeste dans sa robe sombre, les yeux absents, déjà partie.

☆

« Encore un ! » songe Minne crûment.

D'une épaule rageuse, elle s'accote au drap décoloré du fiacre et renverse la tête, non par crainte d'être vue, mais par horreur de tout ce qui passe dehors[1].

« Voilà, c'est fait... Encore un ! Le troisième, et sans succès. C'est à y renoncer. Si mon premier amant, l'interne des hôpitaux, ne m'avait pas affirmé que je suis "parfaitement conformée pour l'amour", j'irais consulter un grand spécialiste... »

Elle se remémore tous les détails de son bref rendez-vous, et serre les poings dans son manchon.

« Enfin, voyons ! ce petit, il est gentil comme tout ! Il meurt de plaisir dans mes bras, et moi, je suis là à attendre, à dire : "Évidemment, ce n'est pas désagréable... mais montrez-moi ce qu'il y a de mieux !"

« ... C'est comme mon second, cet Italien qu'Antoine avait connu chez Pleyel[2], allons... celui qui avait des dents jusqu'aux yeux... Diligenti[3] !... Quand je lui ai demandé, chez lui, ce qu'on appelait dans les livres des "pratiques infâmes", il a ri, et il a recommencé ce qu'il venait de faire !... Voilà ma veine, voilà ma vie jusqu'à ce que j'en aie assez !... »

Elle ne pense à Antoine, en cette minute-là, que pour le charger d'une vague et inutile responsabilité : « C'est sa faute, je parie, si je ressens autant de plaisir que... ce strapontin. Il a dû me fausser quelque chose de délicat. »

« Pauvre Minne !... » soupire-t-elle. Le fiacre atteint la place de l'Étoile. Dans quelques minutes, elle sera chez elle, avenue de Villiers, tout près de la place Pereire[4]... Elle traversera le trottoir sec et glacé, franchira l'escalier surchauffé qui sent le ciment frais et le mastic — et puis les grands bras d'Antoine, sa joie canine... Elle baisse la tête, résignée. Il n'y a plus d'espoir[a] pour aujourd'hui.

Deux ans de mariage, et trois amants... Des amants ? peut-elle les nommer ainsi dans son souvenir ? Elle ne leur accorde qu'une indifférence faiblement vindicative, à ceux-là qui ont goûté près d'elle le convulsif et court bonheur qu'elle cherche avec une persistance déjà découragée. Elle les oublie, les relègue dans un coin gris de sa mémoire, où s'effacent leurs traits, presque leurs noms... Un seul souvenir net[b], d'une neuve couleur de coupure fraîche : la nuit de ses noces.

Minne dessinerait encore du doigt, sur le mur de sa chambre, l'ombre qui y caricaturait Antoine, cette nuit-là : un dos bossu d'effort, des cheveux en mèches cornues, une courte barbe de satyre — toute l'image fantastique d'un Pan besognant une nymphe.

Au cri aigu de Minne blessée, Antoine avait répondu par une manifestation idiote de joyeuse gratitude, de soins émus, de dorlotements fraternels — il était bien temps !

Elle claquait tout bas[a] des dents et ne pleurait pas. Elle respirait avec surprise cette odeur d'homme nu. Rien ne l'enivrait, pas même sa douleur — il y a des brûlures de fer à friser qui sont autrement insupportables —, mais elle espérait mourir, sans trop y croire... Son mari tout neuf, son ardent et maladroit mari s'étant endormi, Minne avait tenté, timidement, de s'évader des bras encore fermés sur elle. Mais ses doux cheveux de soie, mêlés aux doigts d'Antoine, la tenaient captive. Tout le reste de la nuit, la tête tirée en arrière, Minne avait songé, immobile et patiente, à ce qui lui arrivait là, aux moyens d'arranger les choses, à l'erreur profonde d'avoir épousé cette espèce de frère...

« C'est la faute[b] de Maman, quand on y réfléchit bien... Cette pauvre Maman ! elle était restée persuadée que je portais écrit sur mon front : "Voici la fille qui a découché !..." Découché ! pour ce que ça m'a rapporté ! J'ai eu beau lui dire que je n'avais rencontré sur ma route que deux femmes, un vieux, et un gros rhume... L'oncle Paul me bat froid, depuis que Maman est morte, comme si j'étais la cause de sa mort... Pauvre Maman ! elle n'a rien trouvé de mieux à me dire, avant de nous quitter, que : "Épouse Antoine, ma chérie ; il t'aime, et tu ne peux guère en épouser un autre..." Allons donc ! je pouvais en épouser trente-six mille autres, n'importe quel autre, pourvu que ce ne fût pas celui-là !... »

Minne, depuis son mariage[c], vit close dans son passé, sans se douter qu'il n'est pas normal, chez une femme presque enfant, de commencer ses méditations par « Autrefois... ».

Du rêve qui l'emportait naguère vers l'avenir, vers Le

Frisé, vers le monde obscur qui s'agite, la nuit, dans l'ombre des fortifications, elle semble s'être éveillée, effacée, sans mémoire précise. Elle a gardé son habitude de songer longuement, les yeux tendus vers l'Aventure... Mais, déçue, humiliée, renseignée, elle commence à deviner que l'Aventure[a], c'est l'Amour, et qu'il n'y en a pas d'autre. Mais quel amour ? — « Oh ! supplie Minne en elle-même, un amour, n'importe lequel, un amour comme tout le monde, mais un vrai, et je saurai bien, avec celui-là, m'en créer un qui soit digne de moi seule !... »

Pauvre Minne, errante d'amant en amant jusqu'à ce petit baron Couderc, si vite ébloui, et qu'elle se sentait déjà détester !...

☆

« Ah ! je le savais[b] bien, que ce coup de sonnette-là, c'était ma Minne ! Je parie que tu vas m'en vouloir, parce que tu es en retard ! »

Elle sourit, encore qu'elle n'ait guère envie de rire, de savoir si prévue — et si respectée — son injuste humeur. Au fond, elle retrouve sans déplaisir ce grand garçon à figure chevaline, beau, si l'on veut, et qui habille sa jeune figure d'une barbe sérieuse. « Au moins, songe-t-elle en dénouant sa voilette, je suis sûre de celui-ci : je n'en attends plus rien. C'est quelque chose, au point où j'en suis. »

« Pourquoi "en retard" ? On dîne, ici, je suppose ? »

Antoine lève des bras scandalisés qui touchent presque le plafond :

« Bon Dieu ! et les Chaulieu[1] ?

— Ah ! » dit Minne.

Et elle reste plantée, la voilette tendue entre ses doigts fins, si délicieuse avec sa figure d'enfant grondée qu'Antoine se jette sur elle, la soulève de terre, veut l'embrasser ; mais elle se dégage vite, les yeux refroidis :

« C'est ça, va ! retarde-moi encore ! D'ailleurs, on dîne tellement tard chez eux... Nous ne serons jamais les derniers ! »

Elle glisse vers la porte de sa chambre et se retourne, les lèvres plissées d'une moue :

« Tu y tiens, toi, à ce dîner ? »

Antoine ouvre la bouche, puis la referme, puis la rouvre, évidemment sous un flot si pressé d'arguments que Minne s'énerve et crie avant qu'il ait parlé :

« Oui, je sais ! Tes relations avec Pleyel ! Et la publicité des journaux affermés par Chaulieu ! Et Lugné-Poe[1] qui veut commander un *barbytos*[2] pour les danses d'Isadora Duncan[3] ! Je sais tout, tout, je te dis ! Dans dix minutes, je serai prête ! »

« Puisqu'elle sait tout ça, se dit Antoine resté tout seul au milieu du salon, pourquoi me demande-t-elle si je tiens à ce dîner ? »

L'amour d'Antoine ignore la supercherie, comme la modération. Sa tendresse le fait trop tendre, et trop gai sa gaieté, et trop soucieux son souci. Peut-être n'y a-t-il pas d'autres barrières, entre elle et lui, que ce besoin — « cette manie », dit Minne — d'être sincère et sans détour ?... Un jour, l'oncle Paul, le père d'Antoine, a dit à son fils, devant Minne : « Il faut se défier de son premier mouvement ! — Oh ! c'est bien vrai », a répondu Minne docile, achevant en elle-même : « ... surtout les gens qui ne mentent pas spontanément. Ce sont des paresseux, qui ne se donnent même pas la peine d'arranger un peu la vérité, quand ce ne serait que par politesse, ou bien pour intriguer[4]... »

Antoine est un de ces incorrigibles. Il s'écrie vers Minne, à chaque instant : « Je t'aime ! » Et c'est vrai. C'est vrai d'une manière absolue, sans nuances, pour toujours.

« Où irions-nous ? philosophait Minne, si, usant du même procédé d'affirmation, je m'exclamais avec une conviction égale à la sienne : "Je ne t'aime pas !" »

Cette fois encore, planté dans le salon blanc, il discute loyalement avec Minne absente : « Pourquoi me l'a-t-elle demandé, puisqu'elle le savait ? » Il bouscule, en passant, le *barbytos* qu'il a fait construire chez Pleyel. La grande lyre gémit, lamentable et harmonieuse : « Bon Dieu ! mon modèle huit ! » Il la palpe avec sollicitude et sourit, dans la glace, à son image de rhapsode barbu.

Antoine n'est pas un aigle, mais il a le bon sens de

s'en rendre compte. Tourmenté du besoin de se grandir aux yeux de Minne, il détourne, avec l'autorisation de Gustave Lyon[1], son patron, quelques heures de son temps, dû à la comptabilité de la maison Pleyel, pour les donner à la reconstitution d'instruments grecs ou égyptiens[a]. « Je me serais aussi bien occupé d'automobiles, s'avoue-t-il, mais la reconstitution du *barbytos* me vaudra peut-être un bout de ruban rouge[2]... »

La porte de la chambre à coucher se rouvre, Antoine tressaille.

« J'ai dit dix minutes, jette une petite voix triomphante. Regarde ta montre !

— C'est épatant, concède ce modèle des maris. Que tu es belle, Minne ! »

Belle, on ne sait pas bien ; mais singulière et charmante. Comme elle fut toujours. Elle est habillée d'un tulle vert, vert-bleu, bleu-vert, une robe couleur d'aigue-marine. Une ceinture d'argent, une rose d'argent au bord du décolletage discret, c'est tout. Mais il y a les épaules frêles de Minne, les cheveux étincelants de Minne, et ses yeux noirs qui étonnent, qui ne vont pas avec le reste, et, au-dessous de son collier — des perles pas plus grosses que des grains de riz —, deux toutes petites salières si attendrissantes...

« Viens vite, ma poupée !... »

Chez les Chaulieu, chacun arrive avec une âme de combat, les poings serrés, la mâchoire contractée et défensive. Les plus forts montrent une mine affectée d'aise et de bien-être, la face reposée d'un bon ami qui vient chez ses bons amis pour passer tranquillement la soirée. Mais ceux-là sont rares. En thèse générale, quand un homme annonce dans la journée : « Je dîne ce soir chez les Chaulieu », les visages se tournent vers lui avec un ironique intérêt. On dit « ah ! ah ! » et cela signifie : « Bonne chance ! vous sentez-vous en forme ? le biceps va ? »

Dégagé de toute légende, le salon des Chaulieu n'a pas de quoi inquiéter les plus fiers courages ; Mme Chaulieu est une harpie, soit. Mais il se trouve encore des esprits paisibles, sur qui cette révélation ne produit pas d'autre effet que, par exemple, celle-ci : « Mme Chaulieu est un peu bossue. »

Cette insigne créature se pare de méchanceté, comme les autres de vice. Pratique, elle s'est d'abord fait connaître en parlant d'elle-même, d'elle-même, et encore d'elle-même. Patiente, elle a, durant cinq ou six années, commencé toutes ses phrases par : « Moi qui suis la plus méchante femme de Paris... » Et Paris, à cette heure, redit avec un touchant ensemble : « Madame Chaulieu, qui est la plus méchante femme de Paris... »

Peut-être n'est-ce chez elle qu'activité inemployée, énergie de bossue dont la bosse est en dedans ; car son corps menu porte solennellement une grande et magnifique tête de juive orientale[1].

Chaulieu, son mari[a], est un homme discret, découragé et bûcheur, épouvanté de sa compagne. On dit volontiers, en parlant de lui : « Ce pauvre Chaulieu » ; car il laisse paraître, sur sa figure de petit hidalgo camus, la mélancolie des malades incurables et résignés. Il accepte fièrement le malheur d'être l'époux de sa femme, et son silence signifie : « Laissez-moi tranquille avec votre pitié ; si je suis son mari, c'est que je l'ai bien voulu[2] ! »

Irène Chaulieu s'habille coûteusement, porte des robes blanches de dentelle ou de tulle qui gagneraient à connaître plus fréquemment le teinturier-dégraisseur, des zibelines d'occasion, et des gants blancs toujours un peu craqués à cause de la nervosité remuante de ses petites mains, des mains tripoteuses et moites, qui accaparent la poussière des bibelots, le sucre des gâteaux, le beurre des sandwiches, et les traces oxydées d'une chaîne de cou qu'elle tourmente sans cesse.

Chez elle, assise, afin de paraître plus grande, sur l'extrême bord d'une chaise, Irène Chaulieu se tient au fond d'un immense salon carré, face à la porte pour dévisager ses amis dès qu'ils entrent, et les suivre, durant qu'ils traversent le parquet miroitant comme une mare, de son beau regard brutal et malveillant.

Telle est l'étrange amie que le hasard a donnée à Minne. Irène s'est jetée vers cette jeune femme avec la curiosité collectionneuse qui la fait si aimable aux nouveaux venus, tout animée de la joie de connaître, d'éplucher, de détruire. Et puis, mon Dieu, Antoine n'est pas si mal... grand et barbu, une dégaine de Brésilien honnête... La prévoyante sensualité d'Irène sait ménager l'avenir.

« Ah ! les voilà enfin ! »

Antoine, derrière Minne qui traverse en patineuse le parquet glacé, marmonne des excuses et s'effondre sur la main tendue de Mme Chaulieu. Mais elle ne le regarde même pas, occupée à détailler les toilettes de Minne...

« C'est cette belle robe, ma chère, qui vous a mise en retard ? »

Son ton châtie plus qu'il n'interroge ; mais Minne n'en semble pas émue. Elle compte, l'œil noir et grave, les convives masculins et oublie de dire bonsoir à Chaulieu qui s'écrie mollement, fatigué jusque dans l'enthousiasme :

« Comme vous ressemblez, ce soir, à la dure fille de Siegfried et de Brünnhild[1] !

— Vous l'avez connue ? plaisante Minne, flattée.

— Ni moi, ni personne, chère enfant : des accidents déplorables, survenus dans sa famille, empêchèrent qu'elle vît la lumière. »

Irène rompt le dialogue tétralogique[2] comme elle infligerait un pensum :

« Minne, notre ami Maschaing[a] désire vous connaître. »

Cette fois, Minne semble s'éveiller de son indifférence : Maschaing l'académicien, le Maschaing de *Spectre d'Orient* et des *Désabusées*, Maschaing lui-même[3] !... « En voilà un qui doit s'y connaître en voluptés ! » se dit Minne... Elle se penche, très attentive, vers un petit homme agile qui la salue... « Ah ! je l'aurais cru plus jeune ! Et puis il ne me regarde pas assez... c'est dommage !... »

Irène Chaulieu se lève[b], traînant deux mètres de guipure poussiéreuse et s'empare du bras de Maschaing. Sa tête royale et busquée, son petit corps raidi sur des talons périlleux proclament l'orgueil d'une chasse fructueuse : « Enfin, je l'ai, leur académicien ! »

« Maugis[4], jette-t-elle par-dessus l'épaule, vous offrez le bras à Minne... »

Minne suit, sa main gantée sur la manche de Maugis, qu'elle n'a jamais vu de si près. « Il est drôle, mon voisin. Il a des yeux d'escargot. Mais j'aime assez cette moustache militaire. Et puis, il a un nez trop court qui m'amuse. En voilà un qui passe pour la mener joyeuse, comme ils disent ! Irène Chaulieu affirme qu'on peut faire beaucoup de fond sur ces hommes de la génération précédente... En somme, dépouillé de son bordsplats, il perd le trait le plus caractéristique de sa physionomie... J'ai mal aux reins, pourquoi ?... Tiens ! je n'y pensais plus ! mais c'est ce petit Couderc, aujourd'hui... » Elle sourit froidement à son souvenir, et refuse du potage.

À sa gauche[a], Chaulieu boit de l'eau de Vichy, prudent et résigné, car : « Il n'y a pas de maison, dit-il, où l'on mange plus mal que chez moi. » À sa droite, Maugis l'épie de son œil saillant. En face d'elle, Irène Chaulieu, superbe, très grande dès qu'elle est assise, expédie sa bisque, y trempe un bout d'écharpe — qui, d'ailleurs, en a vu bien d'autres — et « fait du plat » à Maschaing, avec cette brutalité dans la louange, ce cynisme dans l'admiration qui subjuguent parfois leur objet et l'amènent, passif, heureux, jusqu'aux lèvres buveuses et bien ciselées d'Irène, jusqu'entre ses bras musclés de dompteuse...

Antoine sourit à sa femme. Elle lui rend le sourire en renversant la tête, pour que Maugis suive le mouvement du cou, note l'éclair des yeux entre les cils blonds... « On ne sait jamais », se dit-elle.

Aux deux bouts de la table, des gens vagues, cousines pauvres d'Irène, jeunes prodiges de la littérature, pas encore bacheliers, mais qui traitent Mallarmé[1] de rétrograde ; une Américaine, qu'on nomme « la belle Suzie[2] » sans la désigner davantage, et son flirt de la semaine ; un marchand de pierres israélite, sur qui l'hôtesse, qui convoite un saphir étoilé, essaiera vainement tout à l'heure ses regards les plus explicites et son cynisme fraternel : « Nous deux, qui sommes de bonnes crapules... » Un blond pianiste beethovenien est annoncé pour onze heures...

Minne regarde tous ces gens-là et rit : « Ce pauvre Antoine, il a encore écopé la tante Rachel ! Ça ne rate jamais. Comme il n'y a guère que lui de poli, ici, on lui repasse toutes les vieilles parentes... »

« Vous ne buvez pas, madame ? »

« Ah ! ah ! il se décide, ce gros Maugis ? Quelles moustaches, tout de même ! Je ne peux pas m'habituer à entendre sortir de ces broussailles sa voix de jeune fille un peu enrhumée... »

« Mais si, monsieur ! je bois du champagne et de l'eau.

— Et comme vous avez raison ! Le champagne est le seul vin tolérable de cette maison. Chaulieu est chargé de la publicité du Roederer[1] — heureusement pour vous !

— Je ne savais pas. Si Irène vous entendait !

— Pas de danger ! Elle s'éreinte en effets de corsage pour Maschaing...

— C'est ce qui vous trompe, mon petit Maugis, j'entends toujours tout ! »

Le regard et la phrase tombent raide sur l'imprudent, qui plie le dos et tend les mains jointes :

« Pardon ! ferai plus ! » gémit-il.

Mais on ne désarme pas si vite Irène Chaulieu, fille d'une race qui mutilait les Amalécites vaincus[2] :

« Ne vous mettez pas mal avec moi, mon petit Maugis ; ça pourrait vous coûter cher ! »

Blessé d'être menacé devant Minne, l'homme aux grosses moustaches devient insolent :

« Cher ? Ma pauvre amie, je suis bien tranquille : les femmes ne m'ont jamais rien coûté, et ce n'est fichtre pas pour vous que je changerai mes habitudes ! »

Irène Chaulieu flaire le vent en cavale de sang, et va répondre... Déjà tous les convives se taisent et se penchent comme au théâtre... La voix douce et vannée de Chaulieu détourne — quel dommage ! — la tempête :

« Je l'avais bien dit, que la timbale serait ratée !... »

Bien que l'assertion soit rigoureusement exacte, les convives jettent à ce martyr des regards féroces : Chaulieu leur fait manquer un de ces attrapages soignés — la spécialité de la maison — et puis, comme dit Maugis, pendant ce temps-là, on n'aurait pas pensé à ce qu'on mange ! N'empêche que Minne jette à son voisin, ce brave, une œillade singulièrement flatteuse. « Ses moustaches ne mentent pas : c'est un héros ! » Le héros sent venir, d'elle à lui, cette sympathie d'ordre inférieur, penchant de la petite femme du monde pour le lutteur qui vient de « tomber » un adversaire... Il est tout prêt à en profiter, séduit par l'inquiétante beauté de Minne, son charme de bibelot hors commerce...

Le dîner se dégèle. Irène Chaulieu flambe d'entrain, grisée par sa première escarmouche. Elle ne mange plus, parle comme on délire, et comble de calomnies inédites l'oreille tendue de l'académicien qui prend des notes. Antoine l'entend, épouvanté, défendre une amie de fraîche date :

« Non, mon cher Maître, vous ne vous ferez pas l'écho de pareilles infamies ! Mme Barney[1] est une honnête femme, qui n'a jamais eu avec Claudie[2] les relations que l'on dit ! Mme Barney a des amants...

— Ah ! comment ? elle a des amants ?

— Parfaitement, elle a des amants ! Et c'est son droit, d'avoir des amants ! C'est le droit de toute femme trompée par la vie ! Et je n'admettrai jamais qu'on parle d'elle, devant moi, en des termes même équivoques ! »

« Bon Dieu ! soupire Antoine, assommé. Si jamais cette mégère-là prenait Minne en grippe, nous serions frais ! Ma petite Minne si pure ! Comme elle rit des fumisteries de ce gros journaliste !... Rien de tout cela ne l'effleure... »

Minne rit, en effet, la tête en arrière, et on voit le rire descendre en ondes sous la peau nacrée du cou, jusqu'aux deux petites salières attendrissantes... Elle rit pour s'embellir et pour éviter de répondre à Maugis emballé, qui lui dépeint son état d'âme en termes vigoureux :

« ... et vous verriez quel bath aimoir, avec quels divans !

— Des divans ! répète Minne, tout à coup très réservée... Vous entendez, monsieur Chaulieu, ce que me dit mon voisin ?

— J'entends bien, répond Chaulieu... mais je faisais, par discrétion, le monsieur qui savoure sa salade *Femina*[3]. Et, bon Dieu ! qu'elle est mauvaise ! avec quoi peut-on bien fabriquer l'huile d'olive, chez moi ? »

Minne le tire par la manche, gamine :

« Mais, monsieur Chaulieu, défendez-moi ! il me dit des choses horribles ! »

Chaulieu tourne vers Minne sa figure camuse :

« Comment ? ma pauvre enfant, vous en êtes déjà à demander secours ? Dans ce cas, il y a...

— Il y a ?... » insiste Minne, très coquette.

Chaulieu, du menton, désigne Antoine :

« Mais... celui-là, de qui les biceps me semblent compter... Hé ! Maugis, qu'est-ce que tu en dis ? »

Maugis, embêté au fond, ricane, pose lourdement ses coudes sur la table, exagère la vigueur de son large dos :

« Mon vieux, pourvu qu'une femme ait des faiblesses, la force du mari, moi, je m'en fiche !

— C'est une opinion.

— Dites donc, petite madame blonde, il a l'air occupé, votre mari ? »

Très occupé ! Irène Chaulieu, dès qu'elle a vu le jeu de Maugis, a résolument tourné le dos à l'Immortel et s'est jetée sur Antoine, sur le mari, sur l'ennemi... Elle lui masque tout un côté de la table, de son chignon gonflé et lâche, de son éventail ouvert, de son épaule évadée du corsage... Elle l'ahurit de paroles, se découvre un intérêt récent et passionné pour le *barbytos*...

« Mais, mon cher, c'est une révolution dans la musique !

— Oh ! c'est beaucoup dire ! hasarde loyalement Antoine.

— Laissez donc, laissez donc, vous êtes trop modeste ! Ah ! si j'étais homme ! À nous deux, nous remuerions le monde !... Quand on a votre force, votre jeunesse, votre... »

Le beau regard oriental d'Irène s'appuie sur celui d'Antoine ; ses cils, lourds de mascaro[1], battent paresseusement comme l'aile d'un papillon rosé... Il cligne, gêné, fatigué aussi par l'électricité crue qui tombe sur la nappe brodée et rejaillit blafarde jusqu'aux visages. Un coup de timbre lointain met fin à son supplice, et Chaulieu avertit sa femme d'un petit clappement de langue :

« Hep, Irène ! »

Elle se lève à regret, enroule son écharpe, accroche et entraîne des pelures de bananes, en disant tout haut :

« Déjà les cure-dents[2] qui rappliquent ! Je vais encore trouver au salon des têtes à quarante-cinq degrés[3]. Tant pis, je n'y peux rien ! Tout le monde voudrait dîner ici... Minne, vous ferez la jeune fille au salon, pour le café et les liqueurs. »

Minne ne déteste pas cet office délicat qui consiste à manier, dans un salon encombré, des tasses fragiles, une cafetière, une pince à sucre... Elle y apporte des mains soigneuses, une application de fausse ingénue qui attendrit les dîneurs bien remplis.

« Quel trésor, mon cher, qu'une petite femme comme ça ! Elle vous a une frimousse à repriser des chaussettes, tu ne trouves pas ? »

L'emballement de Maugis n'a plus de bornes. Il vient de se confier à un jeune poète, trop jeune pour n'être pas blasé sur la beauté des femmes...

« Quel petit cou à étrangler ! Et ces cheveux ! et ces yeux ! et ces... »

Irène Chaulieu survient, chétive et excitée.

« Là, là, Maugis, un peu de calme ! Convenez au moins que je suis une bonne amie ? À table, pour vous laisser le champ libre, j'ai occupé le mari !

— C'est vrai, je vous revaudrai ça. Elle est rudement gentille, l'enfant ! Je vous fous mon billet que si je la rencontrais dans une île déserte... ou même dans ma chambre à coucher...

— Mon pauvre Maugis, vous me faites pitié. Il n'y a[a] rien à faire avec Minne. »

L'homme de lettres lève ses lourdes épaules :

« Elle est honnête ? raison de plus ! une femme qui n'a pas marché se méfie moins.

— Ça dépend, objecte Irène nonchalante, les cils couchés en abat-jour. Il y a celles à qui les hommes ne disent rien... »

Maugis lance, pour mieux écouter, sa cigarette dans un vase de roses.

« Non ? vrai ? elle ?... Racontez-moi tout ! On est des vieux copains, nous deux, pas, Irène ?

— Oui, à présent ! jette-t-elle, moqueuse. Vous êtes trop chineur, mon gros, vous ne saurez rien. »

Tranquille, sûre d'avoir semé de la bonne graine de mensonge, elle s'en va vers les couples qui arrivent. Rares, les couples : le célibataire abonde, et l'homme marié venu tout seul. Elle sourit, tend ses mains aux ongles brillants et aux paumes sales. Le grand salon glacial se peuple enfin, perd sa sonorité d'appartement à louer. Irène permet la cigarette, et Minne verse les liqueurs, si sage dans sa robe bleue...

« Un peu de curaçao sec, monsieur ? »

Elle dit cela d'une voix distinguée, une voix qui s'ennuie poliment...

« Un peu de curaçao sec, monsieur ? »

Pas de réponse. Minne lève les yeux et se trouve devant le petit baron Couderc qui vient d'entrer... Il n'en revient pas. Pourquoi ne lui a-t-elle pas dit qu'il la verrait ce soir ? Et pourquoi n'a-t-elle pas l'air émue ? Car, enfin, il y a cinq heures à peine que, là-bas, rue Christophe-Colomb, elle détachait ses jarretelles avec une pudeur si charmante et si drôlement placée... À ce souvenir, il suffoque un peu, et son teint d'enfant frais s'empourpre d'un seul flot.

« Mais, murmure-t-il, vous êtes donc ici ?

— On le dit... », raille-t-elle en lui souriant des yeux.

Elle lui laisse aux doigts un verre plein, et s'en va, Hébé indifférente, servir Antoine.

Irène Chaulieu a vu... Maugis aussi...

« Bon Dieu ! Irène, qu'est-ce qu'il a pris, le gosse ! souffle Maugis, intéressé violemment. Vous avez vu ce qu'il a tiqué ?

— Ça vous étonne ? Pas moi ! Vous ne savez donc pas ? Ce petit Couderc est fou d'elle, mais elle ne veut rien savoir. Elle a dû le remiser encore une fois, et sec ; il fera bien de ne plus se retrouver devant elle !

— Il ne s'en remet pas : regardez-le... Pauvre gosse ! il me fait pitié !

— Pitié ! vous êtes épatant, mon cher, à vouloir que toutes les femmes passent leur vie dans les garçonnières ! C'est bien fait pour le petit Couderc ! Moi, j'aime les femmes qui se tiennent ! »

Il est exact, d'ailleurs, que Jacques Couderc souffre. Il supporte[a] son nouvel état d'amant heureux avec impatience et malaise. La semaine d'avant, son flirt avec Minne lui procurait un agacement délicieux, l'exaltation d'un vin léger qui fait chanceler la tête sans couper les jambes. Il aurait voulu se battre devant elle, insulter à tout ce qui existe, enlever une autre femme pour que Minne le sût et l'admirât ; mais il ne subissait pas ce morne et ardent amour, si près des larmes et de la violence, cet amour que la première heure de possession avait fait sortir d'un gîte sombre où il dormait tout armé...

Jacques souffre de jalousie, parce qu'il aime, et son mal lui donne une contenance un peu courbée et gauche, un air de rhumatisant précoce.

Sans déférence pour le pianiste qui joue une tumultueuse rengaine de Liszt, Maugis a rejoint Minne, et Jacques Couderc la regarde roucouler et rire.

« Elle n'a ri qu'une fois aujourd'hui, songe-t-il, c'est quand elle m'a dit que j'étais bête. Seigneur ! je le suis encore bien plus qu'elle ne le croit... Quelle sale tête il a, ce Maugis ! Il ressemble au "Frog Prince" des dessins de Walter Crane[1]... Tant pis ! je m'en vais mettre la puce à l'oreille du mari ! »

Jacques Couderc relève son nez de gavroche, affermit son sourire en coin, et s'en va crânement « rapporter » à Antoine, qui fume en paix près de la table de poker, dans le clan des hommes mûrs, car sa barbe et sa figure de cheval sérieux lui ont créé des relations au-dessus de son âge. Et puis, le rénovateur du *barbytos* ne folâtre pas avec des gigolos !

« Monsieur...

— Cher monsieur... »

Ils échangent une poignée de main, et Antoine sourit, paternel.

« Vous avez vu ma femme ?

— Oui... c'est-à-dire... elle causait avec M. Maugis : alors, je n'ai pas cru devoir...

— Vous ne connaissez pas Maugis ?

— À peine... C'est un de vos amis personnels ?

— Non, pas du tout. Je le rencontre ici, et ailleurs. Il amuse Minne. »

Jacques jette sur Antoine un regard furieux :

« Charmant garçon, d'ailleurs. Un peu bohème, mais quand on est célibataire, n'est-ce pas ?...

— Je ne vous le fais pas dire !

— Mais je ne le dis pas non plus ! » se récrie imprudemment Jacques, rouge d'une pudeur insolite. « Je sais bien qu'on a la rage de dire que je mène une vie de bâton de chaise, mais c'est très, très exagéré. Dans tous les cas, je n'ai pas, comme Maugis, la fâcheuse réputation de coucher avec des vieilles dames, moi ! »

Antoine lève les sourcils et regarde du côté de Maugis, toujours assis auprès de Minne.

« Comment ? il couche avec des vieilles dames ?

— Des vieilles dames, c'eſt beaucoup dire... avec une vieille dame, une blonde teinte, hors d'âge... Et Dieu sait pourquoi ! car il aime plutôt les petites personnes très jeunes...

— Vrai ? c'eſt épatant ! » déclare Antoine.

Son accent révèle une si vive admiration que le petit Couderc s'indigne[a].

« Ça ne vous dégoûte pas plus que ça ?

— Moi ? mais je trouve ça merveilleux, cher monsieur ! Vous pourriez me mettre dans un lit avec une femme d'âge pendant sept ans... je reſterais comme... comme... je ne peux pas dire quoi, moi ! »

Le baron Couderc se lève, déçu.

« Vous permettez, cher monsieur ? Je crois que Mme Minne me fait signe... »

Ce n'eſt pas un signe, mais un froncement têtu des sourcils. Minne voit, Minne sent un commencement de danger contre lequel se dresse son âme brave et rusée. Elle regarde venir Jacques avec défiance... Il eſt gentil, pourtant, cet enfant, et si bien habillé !

« Le pantalon de Maugis visse, pense-t-elle, et puis je n'aime pas ces revers de moire... Mais, décidément, Jacques eſt trop jeune. Cette surprise, cette rougeur en me trouvant ici !... Je n'aurais jamais dû compter sur un garçon si jeune pour faire de moi une femme comme les autres... Quand je pense à ce que disait Marthe Payet[1], l'autre jour : "Moi, je suis comme Bilitis ; quand je suis avec mon amant, le plafond tomberait sans changer le fil de mes idées[2] !" Jacques aussi, il eſt comme Bilitis... Oh ! je le battrais !... »

Elle se tourne un peu du côté de Maugis, dont le souffle caresse son épaule : « Celui-ci... on ne peut pas lui reprocher d'être trop jeune — au contraire. Il n'eſt pas beau... Mais son assurance, sa voix de jeune fille, sa câlinerie blessante, et ce... je ne sais quoi... Ah ! oui ! s'interrompt-elle résignée, le je ne sais quoi des hommes qu'on ne connaît pas beaucoup ! »

Jacques est revenu à Minne, qui lui tend sa main dégantée. Il l'effleure des lèvres, et attend pour Maugis une présentation qui ne vient pas. Maugis fume, suave et vague, les yeux vers l'azur pommelé du plafond... Minne se lève enfin, déplisse sa robe et marche vers la table qui porte des rafraîchissements, pour que son amant l'y suive...

« Un verre d'orangeade, chère madame ?... Minne, supplie-t-il tout bas, vous saviez que vous veniez ici ce soir, et vous ne me l'avez pas dit...

— C'est vrai, avoue-t-elle. Je n'y ai pas pensé... »

Elle lui parle de profil, une coupe aux doigts, inondée de lumière crue. Ses cils retroussés semblent la flèche que lancent ses yeux aux aguets ; le peu de champagne qu'elle a bu rose sa petite oreille compliquée...

« Minne, poursuit-il, enragé de tant de grâce, jure-moi que tu ne voulais pas cacher ton flirt avec cet ignoble individu ! »

Elle tressaille, mais ne se tourne pas vers Jacques.

« Connais-je d'ignobles individus ? Et osez-vous aujourd'hui, *aujourd'hui*, me parler ainsi ? »

Il jette à travers la table son sandwich, qui tombe dans les cerises déguisées.

« Eh ! c'est d'aujourd'hui seulement que je puis vous parler ainsi, parce que c'est d'aujourd'hui que je souffre, d'aujourd'hui que je t'aime ! »

Minne s'est retournée, brusque ; elle plonge dans les yeux défiants et tristes de son amant son grave regard.

« D'aujourd'hui ? parce que vous m'avez eue ? Réellement ?... Oh ! expliquez-moi comment il se peut que l'amour vienne d'une pareille chose ?... Dites-moi : vous m'aimez davantage parce que, cet après-midi ?... »

Il croit comprendre, et se trompe ; il croit que Minne veut ranimer son imagination au feu d'un souvenir tout proche, qu'elle veut goûter, devant tous, l'outrage exquis d'une évocation précise... Son teint d'enfant sanguin s'embrase et pâlit tour à tour : le voici de nouveau changé, sans défense, comme elle l'a vu tout à l'heure rue Christophe-Colomb...

« Oh ! Minne, quand tu t'es penchée pour dénouer tes jarretelles... »

Il délire et tremble, son genou gauche trépide, comme là-bas... Elle l'écoute, très sérieuse, sans baisser les yeux, sans frémir aux mots brûlants, et quand il s'arrête, honteux et enivré, elle n'a qu'une exclamation, à peine prononcée, de découragement :

« C'est inconcevable ! »

☆

Minne se lève tôt[a], pour une Parisienne qui sort souvent le soir. À neuf heures, elle a pris son bain, et mange ses rôties sans langueur, très éveillée, dans son cabinet de toilette blanc. À chaque étage de la maison neuve, il y a le même cabinet de toilette blanc, le même petit salon gris perle à fausses boiseries, le même grand salon à baies vitrées... Cela désole l'imagination ; mais Minne n'y pense pas.

Ensachée dans sa robe de moinillon blanc, la tresse en corde d'or dansant sur les reins, elle savoure ce matin, pas encore blasée, l'exquise solitude où la laisse le départ quotidien de son mari.

Jusqu'à midi, elle sera seule, seule à lisser en arrière, tout aplatis, ses cheveux polis par la brosse, ce qui lui fait une figure d'enfant japonais ; seule à regarder la couleur du temps, à vérifier, d'un index pointu, le balayage des petits coins ; seule à camper sur un chapeau le *paradis*[1] qu'éparpille son souffle et qui se couche comme une graminée des prés ; seule à rêver, à écrire, à lire, à jouir de l'enivrante solitude qui, depuis toujours, a conseillé Minne.

C'est par un matin d'hiver, clair et sonore comme celui-ci, qu'elle a couru chez Diligenti, vague compositeur italien. Elle l'a trouvé à son piano, flatté, embêté, irrésolu... Pour la punir de le déranger à cette heure-là, il a, rageur, possédé Minne déçue...

Mais, aujourd'hui, Minne se sent une âme de ménagère raisonnable. Sa déconvenue d'hier — la quatrième — lui donne à réfléchir, et elle réfléchit, en effet, devant une tasse vide.

« Il faut aviser. Parfaitement, il faut aviser. Je ne sais pas encore comment. Mais ça ne peut plus durer. Je ne peux pas m'en aller, de lit en lit, faire plaisir à MM. Chose et Machin, pour l'unique satisfaction d'avoir un peu mal partout et mon chignon à refaire, sans compter les bottines qu'on remet toutes froides et quelquefois mouillées... De quoi eſt-ce que j'ai l'air ? Irène Chaulieu dit qu'il faut se ménager, si on ne veut pas paraître tout de suite cinquante ans, et elle assure que, pourvu qu'on crie *ah ! ah !*, qu'on serre les poings et qu'on fasse semblant de suffoquer, ça *leur* suffit parfaitement. Ça leur suffit peut-être aux hommes, mais pas à moi !... »

L'arrivée d'un pneumatique interrompt l'amère rêverie de Minne.

« C'eſt de Jacques. Déjà !... »

Minne chérie[a], *Minne rêvée, Minne terriblement aimée, je t'attends aujourd'hui chez nous. Je ne peux pas te dire, ma chère petite reine, tout ce que tu apportes dans ma vie, mais je sais depuis hier, je sais d'une manière absolue que, si je n'arrive pas à te voir autant que je veux, tout croulera ! Ne ris pas, Minne, je ne mets pas d'orgueil à t'avouer que je n'aurais jamais soupçonné ce qui m'arrive-là. Es-tu l'amour ? Es-tu une maladie de mon cerveau ? À coup sûr tu n'es pas le bonheur, Minne chérie...*

JACQUES.

Elle déchire le papier en tout petits morceaux, avec une application vindicative.

« Et lui, eſt-il le bonheur pour moi ? Cet égoïsme ! Il ne parle que de lui ! Ce n'eſt pas en ce petit si jeune que je pourrai jamais me réfugier, ce n'eſt pas à lui que je pourrai m'avouer, supplier : “Guérissez-moi ! Donnez-moi ce qui me manque, ce que j'appelle si humblement, qui me ravalera au rang des autres femmes !...” Toutes les femmes que je connais parlent de *ça*, dès qu'elles sont seules ensemble, avec des paroles et des regards qui salissent l'amour... Tous les livres aussi ! Et il y en a qui sont d'un formel ! Celui d'hier encore... »

Elle ouvre un volume tout moite d'encre fraîche et relit :

« Leur étreinte fut à la fois une assomption et un paroxysme. Alida rugissante enfonça ses ongles aux épaules de l'homme, et leurs regards exacerbés se croisèrent comme deux poignards empennés de volupté...

Dans un spasme suprême, il sentit sa force se dissoudre en elle, tandis qu'elle, les paupières révulsées, dépassait d'un envol les sommets inconnus où le Rêve se confond avec la sensation[1]... »

« C'est péremptoire[2], ça ! conclut Minne en refermant le livre. Je me demande quelquefois ce qu'Antoine a bien pu faire de son célibat pour être aussi... ignorant ! »

Minne pense peu à Antoine, d'habitude. Il lui arrive de l'oublier ; il lui arrive aussi de l'accueillir joyeusement, comme s'il était encore le fraternel cousin d'autrefois... Mais, aujourd'hui, lorsqu'il rentre affamé, fleurant le palissandre et le vernis, son bavardage heureux échoue devant le mutisme de Minne, un mutisme à petite bouche pincée, à sourcils excédés...

« Qu'est-ce que tu as ?

— Rien. »

Elle n'a rien. Elle en veut à Antoine du rendez-vous que lui donne Jacques cet après-midi. Ce petit tient de la place, il supplie, il s'impose, il écrit... Il ne fait pas l'affaire. C'est le baron Couderc, évidemment, mais... « La belle avance ! songe Minne. Ça m'amuserait si je le volais à quelqu'un, ou si je pouvais le dire à Irène Chaulieu. Mais, pour moi, qu'il soit le baron Couderc ou le charbonnier d'en face, le résultat ne diffère pas ! »

Elle ira pourtant rue Christophe-Colomb. Elle ira parce qu'elle ne recule jamais devant rien, même devant une corvée, et puis, c'est encore si nouveau, leur aventure d'amour...

Dans la salle à manger, où il entre tant de lumière qu'on en a froid, Antoine dévore du veau marengo et son journal ; puis il contemple avec extase sa femme qui, serrée dans une robe foncée, tout unie, ressemble à une vendeuse très distinguée. Il tâche en bavardant d'adoucir l'expression distante de ces yeux noirs, tourment de toute sa jeunesse, de cette bouche qui mentit autrefois si follement, si artistement...

« J'ai bien déjeuné, ma Minne. C'est toi qui as fait le menu ?

— Mais oui, comme tous les jours.

— C'est épatant ! Ma tante ne t'avait pourtant guère appris. »

Minne se rengorge :

« J'ai appris toute seule. Les sauces sont démodées, les entremets compliqués n'ont plus de succès, les légumes manquent en cette saison, et, si je ne me donne pas un peu de peine, on mangera aussi mal ici que chez les Chaulieu. »

Elle joue à la madame, croise ses mains, et professe sur les denrées d'hiver. Antoine l'admire et jubile, à demi caché derrière son *Figaro*... Minne perçoit le tremblement insolite du journal et proteste :

« C'est trop fort ! pourquoi ris-tu ?

— Pour rien, ma poupée. Je t'aime trop. »

Il se lève et vient baiser tendrement les beaux cheveux brillants, où serpente et se perd un étroit velours noir... Minne appuie un instant sa tête au flanc de son mari, d'un air las :

« Tu sens le piano, Antoine.

— Je le sais bien. C'est très sain, tu sais. Ça chasse les mites, cette odeur de vernis et de bois neuf. Si nous enfermions un piano à queue dans chacune de tes armoires à robes ? »

Minne daigne rire, ce qui le remplit d'allégresse.

« Hop ! viens me verser mon café, chérie ! il faut que je file de bonne heure ! »

Il l'enlève dans ses bras et la porte dans le salon blanc à bouquets, qui conserve une odeur banale de tentures neuves, car Minne n'y reçoit guère et habite plus volontiers sa chambre à coucher, et surtout son cabinet de toilette.

« Qu'est-ce que tu fais, mignonne, cet après-midi ? »

Le visage de Minne se durcit un peu, non qu'elle redoute un soupçon, mais ce second rendez-vous, au lendemain du premier, menace son repos...

« Des courses embêtantes. Mais je rentrerai de bonne heure.

— Oui, je sais ce que ça veut dire ! Tu vas m'arriver à sept heures et demie, avec un air de tomber de la lune, en t'écriant : "Comment ? moi qui croyais qu'il était cinq heures !" »

Minne secoue la tête, sans gaieté :

« Ça m'étonnerait bien. »

Dans le petit rez-de-chaussée de la rue Christophe-Colomb, elle trouve le thé bouillant, le feu qui croule en braises roses, et, dans tous les vases, des chrysanthèmes échevelés, larges comme des pieds de chicorée... Les sandwiches au caviar, déballés trop tôt, se recroquevillent comme des photographies mal collées... Jacques est là depuis deux heures, plus grave qu'hier, et Minne le trouve changé ; il a quelque chose de sincère et de sérieux qui ne lui va pas du tout. « C'est bien ma veine ! » soupire-t-elle. Et elle cache sa mauvaise humeur sous un sourire mondain :

« Comment ? vous êtes déjà là, cher ami ? »

Le « cher ami » fait signe que oui, qu'il est déjà là, et lui serre les doigts très fort. « On jurerait, se dit Minne, qu'il a envie de pleurer... Un homme qui pleure, ah ! non ! ah ! non !... »

« Qu'est-ce que vous avez contre moi ? je suis en retard ?

— Oui, mais ça ne fait rien. »

Il l'aide à retirer sa fourrure, reçoit dans ses mains dévotes le petit tricorne piqué de camélias, et pâlit de lui voir la même robe qu'hier, un col strict où scintille le même bouton de rubis... Il se sent navré et perdu :

« Mon Dieu ! songe-t-il, que je l'aime déjà ! C'est terrible, je ne le savais pas... Hier, ça allait encore ; mais, aujourd'hui, je suis au-dessous de tout, je ne suis bon qu'à pleurer et à coucher avec elle jusqu'à en mourir... Elle va me prendre pour un goujat... »

Elle se tourne vers lui, agacée de son silence :

« Dites donc, Jacques, laissez-moi placer un mot ! »

Il sourit, d'un sourire qui a délaissé toute son heureuse insolence :

« Ne vous moquez pas de moi, Minne, je ne suis pas dans mon assiette. »

Elle s'approche, empressée, caresse les doux cheveux du blondin assis devant elle :

« Mais il fallait le dire ! C'était si simple de remettre à un autre jour !... Un pneu aurait suffi... »

Cette fausse sollicitude rallume dans les yeux de Jacques une inquiétante lumière. Il se lève et parle presque durement :

« Remettre !... un pneu !... Suis-je un invalide ? Il ne s'agit pas d'une grippe ou d'une migraine. Croyez-vous que je puisse me passer de vous ? »

Il n'a pas su se contenir, il s'explique maladroitement, et Minne se cabre :

« Alors, quand vous ne pourrez pas vous passer de moi, il faudra que je vienne ici à n'importe quelle heure ? »

Elle n'a pas haussé le ton, mais sa bouche nerveuse blanchit et elle regarde son amant de bas en haut, en bête faible et menaçante. Il s'effraie et saisit les froides petites mains dégantées :

« Dieu ! Minne, que nous sommes fous ! Qu'est-ce que j'ai ? qu'est-ce que je dis ? Pardonne-moi... C'est que je t'aime : tout le mal vient de là ; c'est que je me fais un mal infini en pensant à toi, à toi, telle que tu étais hier, telle que tu vas être... Dis, dis, n'est-ce pas ? telle que tu étais hier, toute pâle dans tes cheveux, et puis toute fatiguée sur le lit, avec tes pieds pointus et joints... »

Il parle, et déshabille Minne. Ses baisers, l'accolement de son jeune corps vigoureux et rose, qui sent la blonde, l'éclair de beauté mystérieuse qui le visite à cette minute-là, raniment au fond des yeux sombres de Minne, encore une fois, l'espoir du miracle attendu... Mais, encore une fois, il défaille seul, et Minne, à le contempler si près d'elle immobile, mal ressuscité d'une bienheureuse mort, déchiffre au plus secret d'elle-même les motifs d'une haine naissante : elle envie férocement l'extase de cet enfant fougueux, la pâmoison qu'il ne sait pas lui donner : « Ce plaisir-là, il me le vole ! C'est à moi, à moi, ce foudroiement divin qui le terrasse sur moi ! je le veux ! ou bien, qu'il cesse de le connaître par moi !... »

« Minne ! »

L'enfant, apaisé, soupire ce nom, et rouvre les yeux dans l'ombre colorée des rideaux. Il n'est plus méchant, il n'est plus jaloux, il est heureux et câlin, il cherche Minne à travers le grand lit...

« Minne, tu reviens ? Tu es longue !... »

Comme elle ne revient pas, il se soulève, s'assied, et demeure béant à constater que Minne, corsetée, renoue dans ses cheveux l'étroit ruban de velours noir.

« Tu es folle ! tu t'en vas ?

— Mais oui.

— Où ?

— Chez moi.

— Tu ne m'avais pas dit que ton mari...

— Antoine ne rentre qu'à sept heures.

— Alors ?

— Je n'ai plus envie de rester. »

Il saute du lit, nu comme Narcisse, bute sur des bottines éparses.

« Minne !... Qu'est-ce que j'ai fait pour que tu me quittes ? Je t'ai fait mal ? peut-être que je t'ai fait un peu mal ?... »

Elle va parler, répondre : « Même pas ! », revendiquer sa part de joies, dire sa longue recherche navrante, ses chutes infructueuses... Une pudeur spéciale la retient : que ce secret-là, avec les divagations d'autrefois, soit du moins son triste lot, le trésor de Minne...

« Non, je n'ai rien... Je m'en vais. Je n'ai plus envie de rester, voilà tout. J'en ai assez.

— Assez de quoi ? De moi ?

— Si vous voulez. Je ne vous aime pas suffisamment... »

Elle lui assène ça comme un madrigal, en enfilant ses deux bagues. Pour lui, tout cela est un cauchemar, ou une mystification, qui sait ?

« Minne chérie, vous en avez de bonnes ! On ne s'ennuie pas une minute avec vous ! »

Il rit, toujours tout nu... Minne, les mains dans son manchon, le dévisage. Elle le hait. Elle en est certaine, à présent. Elle scrute cruellement, sans honte, les détails de cette figure d'enfant vanné, le dessous des yeux mauve, la bouche molle et rougie, la poitrine où mousse une toison blonde, les cuisses maigres et musclées... Elle le hait. Elle se penche davantage et lui dit doucement :

« Je ne vous aime pas assez pour revenir. Hier, je n'en étais pas sûre. Avant-hier, je n'en savais rien. Vous ne saviez pas, hier, que vous m'aimiez. Nous avons fait, tous deux, des découvertes. »

Puis, elle glisse vivement vers la porte, pour qu'il n'ait pas le temps de lui faire du mal.

☆

Antoine, qui revient à pied du quartier Rochechouart, se sent morne pour deux raisons : d'abord parce qu'il dégèle et que, du pavé gras, fume une vapeur à goût de torchon mouillé ; ensuite, parce que son chef, agacé, l'a traité de « luthier pour momies »...

En proie à des pensers navrants[a], Antoine est rentré sans tumulte, n'a pas chanté dans l'antichambre, n'a pas fait choir les parapluies suspendus aux patères de l'entrée... Il pousse la porte du salon avant que rien l'y ait annoncé et s'arrête, surpris : Minne est là, endormie sur le canapé blanc à bouquets...

Endormie ? pourquoi endormie ? Elle a posé son chapeau sur la table, jeté ses gants dans une jardinière ! et son manchon, roulé à ses pieds, semble un chat accroupi dans l'ombre...

Endormie... cela ressemble si peu à Minne, ce désordre insolite, ce sommeil de vaincue !... Il s'approche davantage : elle dort, la tête appuyée au dossier sec, et le pur métal de ses cheveux a coulé un peu sur son épaule... Il se penche, le cœur battant, ému d'être là, vaguement pénétré de crainte et de honte, comme s'il ouvrait une lettre volée... Cette enfant qu'il adore, comme elle sommeille tristement ! Les sourcils se plissent, la bouche détendue s'abaisse aux coins, et les narines délicates, dilatées, respirent tout à coup plus fort... Ce navré visage aveugle va-t-il fondre en larmes ?

« Qu'a-t-elle de changé ? songe Antoine avec angoisse, ce n'est plus la même Minne... D'où vient-elle, si fatiguée et si triste ? Son sommeil est désolé, et je ne l'ai jamais sentie si loin de moi ? Est-ce qu'elle va recommencer à mentir ?... »

C'est un mensonge, déjà, que cet assoupissement harassé, cet autre visage qu'elle ne lui montre jamais... Il recule d'un pas : Minne a remué. Ses mains tressaillent faiblement, comme les pattes des chiens qui courent en rêve, et elle s'assied en sursaut, effarée :

« C'est vous ? quoi donc ? c'est vous ? »

Antoine la regarde profondément :

« C'est moi, Minne. Je rentre à l'instant. Tu dormais... Pourquoi me dis-tu *vous* ? »

Minne, si pâle, s'empourpre jusqu'aux cheveux et aspire l'air, un grand coup :

« Ah ! c'est toi !... quel mauvais rêve !... »

Antoine s'assied près d'elle, encore étreint de doute et de malaise :

« Raconte ton mauvais rêve ? »

Elle sourit, de son féminin et audacieux sourire, en secouant sa mèche blonde défaite :

« Merci ! pour me faire peur !

— Je te rassurerai, ma Minne », dit Antoine, en la prenant toute dans son grand bras.

Mais elle rit et s'échappe, frissonnante, et danse pour se réchauffer, pour s'éveiller, pour oublier la menaçante image que faisait, dans son rêve, un corps d'adolescent, nu et blond, étendu sans vie sur un tapis rouge...

☆

Aujourd'hui, c'est dimanche, un jour qui détraque la semaine, différent des autres jours. Le dimanche, Antoine — qui croit aimer la musique depuis qu'il reconstitue des *barbytos* — emmène Minne au concert.

Minne ne saurait pas dire, vraiment, pourquoi elle est plus frileuse le dimanche. Elle arrive au concert, claquant des dents, et la musique ne la réchauffe guère, parce qu'elle l'écoute trop. Elle l'écoute, penchée, les mains jointes dans son manchon, attentive à regarder le chef d'orchestre, comme si le geste de Chevillard ou de Colonne[1] allait enfin lever le rideau d'un spectacle mystérieux qu'on devine derrière la musique, et qu'on ne voit jamais... « Mon Dieu, soupire Minne, pourquoi rien n'est-il jamais parfait ? On attend, on attend, c'est comme une envie de pleurer qu'on a par tout le corps[2], et... rien n'arrive !... »

Pour ce gris dimanche de dégel, Minne se pare d'une robe grise, en velours[a] couleur d'argent terni, et d'une étole de renard noir. Sous le chapeau couronné de plumes sombres, ses cheveux rayonnent, emboîtant la nuque d'un casque serré en or poli. Debout dans le cabinet de toilette, multipliée par la glace d'un miroir Brot[1], Minne s'avoue satisfaite :

« Je réalise assez bien l'idée qu'on se fait de la femme du monde. »

Puis, elle s'en va taquiner son mari, car sa propre perfection la rend volontiers autoritaire. Il s'habille dans une petite pièce, installée à la diable à côté de son bureau-fumoir : Minne ne tolère pas auprès d'elle des « affaires d'homme » qui sont noires, rudes à toucher, ni des dessous masculins. « Si, au moins, dit-elle, on pouvait mettre des rubans aux caleçons et aux gilets de flanelle, pour que ça fasse joli quand on ouvre une armoire !... »

Antoine est en train de s'habiller, formé par le collège à une célérité silencieuse.

« Allons, Antoine, allons ! » gronde la petite fée en argent.

Il tourne vers elle une figure barbue et préoccupée, des yeux noirs et blancs de bon rastaquouère :

« Tiens, Minne, mets-moi donc le bouton de ma manchette gauche.

— Je ne peux pas, j'ai mes gants.

— Tu pourrais en ôter un... »

Il n'insiste pas davantage, mais la même préoccupation revient peser sur ses sourcils. Minne s'admire dans le miroir incliné d'une vieille psyché reléguée dans ce coin, et qu'elle ne consulte jamais : il y a toujours quelque chose de nouveau à apprendre dans une glace inconnue...

Elle chante soudain, de sa voix de petite fille, aiguë et pure :

J'ai du di,
J'ai du bon,
J'ai du dénédinogé,
J'ai du zon, zon, zon,
J'ai du tradéridéra ;
J'ai du vert-t-et-jaune,
J'ai du vi-o-let,
J'ai du bleu teindu,
J'ai de l'orangé[2] *!*

Antoine s'est retourné, saisi :

« Qu'est-ce que c'est que ça ?

— Ça ? c'est une chanson.

— Où l'as-tu apprise ? »

Elle cherche, un doigt sur la tempe, et se rappelle tout à coup que son premier amant, l'interne des hôpitaux, chantait cette paysannerie sur un pas d'obscène fantasia. Le souvenir l'amuse, et elle éclate de rire :

« Je ne sais pas. Quand j'étais petite... Peut-être dans la cuisine, avec Célénie ?

— Ça m'étonne, dit Antoine avec plus de sérieux que n'en comporte l'incident. Je l'ai connue autant que toi, Célénie... »

Minne lève une main insouciante :

« Possible... Tu sais qu'il va être deux heures, et que c'est terrible pour avoir une voiture, le dimanche ? »

Dans le fiacre, Antoine ne parle guère, froncé d'un malaise qu'il n'explique pas, et Minne s'avise de le réconforter, de le conseiller :

« Mon pauvre garçon, si tu as besoin de deux jours pour te remettre, chaque fois qu'on blaguera ton... chose... *barbytos*... qu'est-ce que tu feras dans la vie ? Il faut bien que quelque chose cloche, va ! et si tu n'as jamais d'autres catastrophes dans ton existence !... »

Elle soupire, si comiquement et maternellement désabusée que la morose humeur d'Antoine se fond en chaude tendresse et qu'il a recouvré, en gravissant l'escalier du Châtelet[1], l'agressif orgueil de tout homme qui promène à son bras une très jolie créature.

« Regarde, Antoine, Irène Chaulieu... là, dans une loge, avec son mari...

— Et avec Maugis. Est-ce qu'il lui ferait la cour ?

— La belle affaire ! dit Minne impertinente. Il me la fait aussi, à moi !

— Non ?

— Parfaitement ! L'autre soir, chez les Chaulieu, si j'avais voulu...

— Pas si haut, donc ! Tu as une façon de parler bas !... Alors, Maugis a osé te... te...

— Oh ! Antoine, je t'en supplie, pas de scène conjugale ici, surtout à cause de Maugis ! ça n'en vaut pas assez la peine... Et puis, tais-toi, voilà Pugno[1] qui s'installe. »

Il se tait. Au fond, il s'en fiche, de Maugis. Son malaise, récent, dépend de Minne, de Minne seule. Il pense bien, mon Dieu, il est sûr que Minne ne fait pas de bêtises ; il a peur seulement qu'elle ne recommence à mentir pour le plaisir de mentir, qu'elle ne cultive de nouveau ce jardin pervers, féerique, mal connu, où erra toute son enfance de fillette mystérieuse...

« Tiens ! le petit Couderc », remarque-t-il distraitement.

L'œil seul de Minne a bougé :

« Où donc ?

— Il vient d'entrer dans la loge de Mme Chaulieu. Ce qu'ils jabotent, dans cette loge ! On les entend d'ici ! »

Effectivement, Irène Chaulieu jase comme à l'Opéra, posée de trois quarts contre la tenture rouge, et ses paupières à l'orientale battent pour exprimer la lassitude, le désir, la défaite voluptueuse. Des dentelles authentiques et défraîchies chargent ses épaules, pendent à ses manches.

« C'est pourtant vrai, souffle Minne, qu'elle a toujours l'air de s'habiller chez les revendeuses de la rue de Provence[2] ! »

Elle feint d'éplucher la toilette d'Irène, pour pouvoir épier Jacques Couderc. Qu'il a mauvaise mine, ce petit ! Et l'une de ses mains fait danser fébrilement son chapeau... Minne le méprise :

« Je déteste[a] ces gens nerveux, qui ne savent pas cacher leurs émotions ! L'autre jour, c'était son genou qui avait la danse de Saint-Guy ; aujourd'hui, c'est son bras ! tout ça, c'est des tics de dégénéré ! »

Elle se venge tout bas du bref frisson qui vient d'effleurer sa nuque... Puis, le menton tendu, attentive, elle paraît se livrer toute à *Schéhérazade*.

Sa taille se balance au rythme des flots — trombones déchaînés que crête un coup de cymbales —, un sourire pâlot étire les coins de ses lèvres, quand Rimsky-Korsakov la traîne de vaisseau en harem, de naufrages en fêtes à Bagdad ; quand, au sortir du prestigieux vacarme d'un combat de géants, il la plonge jusqu'aux lèvres dans la confiture orientale — pistaches, pétales de roses qu'engluent le sucre et l'huile de sésame — d'un dialogue entre le prince et la jeune princesse... Cette musique excessive va-t-elle livrer à Minne le secret d'elle-même ? Trop de douceur, par instants, ou bien les violons impudiques, l'irrésistible tournoiement, qu'on devine, d'une beauté voilée d'écharpes, entrouvrent çà et là des bouches sur un « ah ! » extatique et un peu honteux...

Dans la loge d'Irène Chaulieu, un malheureux enfant cherche à comprendre ce qui lui arrive. La musique l'éparpille, et il lui faut beaucoup de courage, quand les violons chantent à l'aigu, pour ne pas hurler, comme un chien près d'un orgue de Barbarie... La présence de Minne le bouleverse. Elle l'a abandonné, nu et faible, elle l'a abandonné[a] encore ivre d'elle, avec des mots si secs et si mesurés, des yeux si noirs, si sauvagement résolus... Hélas ! l'histoire de leurs amours tient en trois lignes : il l'a vue... elle l'a séduit, parce qu'elle ne ressemble à personne... et puis elle s'est donnée tout de suite, en silence...

« Quelle chaleur dans cette salle ! » soupire Irène Chaulieu.

Son éventail porte jusqu'à Jacques Couderc son parfum poisseux et lourd, et il se sent mal à l'aise... Ah ! comme une goutte de verveine citronnelle, évaporée, rajeunirait l'air poussiéreux ! Citrons écorchés, feuilles qu'on froisse pour qu'elles vous livrent leur verte odeur, jeunesse de l'été commençant, paille de seigle à peine blondi — le parfum de Minne, les cheveux de Minne, la peau de Minne, et ses yeux, source noire où viennent boire et se mirer les songes ! « Se peut-il que j'aie eu tout cela ? et comment l'ai-je mérité ? et comment l'ai-je perdu ? »

« Dites donc[b], mon petit Jacques, vous avez une fichue mine ! La noce, la pâle noce ? les coupables voluptés ? Qu'est-ce que vous vous êtes fait faire ? Ça m'amuserait de le savoir, sinon de le voir ! »

Il sourit à Irène, avec l'envie de la tuer, exagère sa myopie insolente :

« Si jeune, et déjà voyeuse ? »

Elle lève son nez de peseuse d'or :

« Mon petit, vous avez les préjugés d'un bourgeois

du Marais[1]. Et si ça m'amuse, moi, de doubler mon plaisir par la vue du plaisir d'autrui ? Vous me faites rire, tous, avec vos prétentions d'assigner à la volupté des limites convenables ! Mon âme à moi demeure assez orientale, Dieu merci, pour concevoir et embrasser la sensualité de tous les siècles... »

Elle continue, à travers les *chut !* indignés, et n'entend même pas Maugis qui ronchonne, tout haut :

« Qu'est-ce qu'elle a encore lu depuis hier, la bougresse ? »

Jacques Couderc se tait, découragé, et l'entracte vient à propos lui permettre de sortir, de remuer, de promener son mal... Un court instant, il médite d'attendre Antoine et de saluer Minne, de l'effrayer ; mais une espèce de torpeur morale l'en empêche. Tout ce qu'il veut préparer, préciser, se dissout à mesure et il descend, lâchement, le grand escalier.

Cette fuite honteuse donne à Minne, les jours suivants, une grande sûreté de soi, la conscience d'être, cette fois, la plus forte... La semaine du jour de l'an, qui trouble même les calmes abords de la place Pereire, maintient d'ailleurs Minne, de force, parmi des soucis de bonbons, de visites, de cartes et de cadeaux. Son esprit, sournois et fantasque, jamais léger, se détache de la brève et méchante aventure d'amour... Elle s'affaire[a] comme une demoiselle de chez Boissier[2], rédige des listes de visite, glisse des *Christmas cards* dans des enveloppes, et reprend un air soucieux de fillette qui joue à la dame. Elle accueille Antoine, dès qu'il rentre, par des questions précises et malveillantes :

« Et les d'Hauville[3] ? c'est comme ça que tu as pensé à leur petit garçon ?

— C'est vrai, je l'ai oublié !

— J'en étais sûre !

— Et cette vieille sorcière de mère Poulestin[4] ?

— Oh ! zut ! encore une ! »

Il baisse un nez mélancolique.

« Enfin, mon ami, s'il faut que je sois seule pour penser à tout, vraiment, ce n'est pas un métier !... »

Et puis[b], est-ce « un métier », je vous le demande, d'aller voir demain l'oncle Paul, ce malade hostile qu'elle devra embrasser — embrasser ! — sur son front couleur de buis ? Horreur !... Elle s'énerve d'avance, et ravage à deux mains sa chevelure :

« À quelle heure, demain, Antoine ?

— À quelle heure quoi ?

— L'oncle Paul, voyons !

— Je ne sais pas, moi. À deux heures. Ou à trois heures. On a toute la journée.

— Tu me combles ! Bonsoir, je vais me coucher, je ne tiens plus debout. »

Elle s'étire, bâille éperdument, s'ennuie soudain, son ardeur rageuse tout à coup tombée, et vient offrir un coin de joue, de chignon et d'oreille au baiser de son mari.

« Tu vas te coucher, ma poupée ?... Dis donc, je...

— Quoi ?

— J'y vais aussi. »

Elle le regarde félinement de côté... Il n'y a pas de doute : Antoine la suivra dans sa chambre, dans son lit... Elle hésite : « Suis-je malade ? Faut-il faire une scène et bouder ? ou m'endormir ?... Ce sera difficile... »

Difficile, à coup sûr, car Antoine rôde autour d'elle, respire dans toute la pièce le clair parfum de Minne... Elle le suit des yeux. Il est grand, plutôt trop. Gauche lorsqu'il est habillé, la nudité le met à l'aise, comme la plupart des hommes bien bâtis. Un nez bossu au milieu, des yeux de charbonnier amoureux... « Voilà, c'est mon mari. Il n'est pas plus mal qu'un autre, mais... c'est mon mari. En somme, pour ce soir, j'aurai la paix plus tôt, si je consens... » Sur cette conclusion, qui contient toute une philosophie d'esclave, elle va lentement à sa chambre, et retire en marchant les épingles de ses cheveux.

☆

L'oncle Paul est affreux à voir. Sa tête en buis durci fait peur, cette tête de missionnaire qu'on a un peu scalpé, un peu brûlé, un peu laissé mourir de faim dans une cage au soleil. Ratatiné dans un fauteuil, il joue à cache-cache avec la mort, au milieu d'une chambre peinte à la chaux, gardé par une infirmière qui a l'air d'une vache blonde. Il accueille ses enfants sans parler, tend une main desséchée et attire exprès Minne vers son crâne nu, heureux de la sentir raidie et prête à crier.

Ils se comprennent admirablement, elle et lui, pardessus Antoine. Minne, par ses yeux noirs, fixes et grands, lui souhaite la mort ; lui, la maudit à toute minute, silencieusement, l'accuse en toute injustice d'avoir fait mourir Maman de chagrin et de rendre son fils très malheureux...

Elle lui demande de ses nouvelles, d'une voix ralentie. Il trouve un souffle pour la complimenter de sa robe gris d'argent. S'ils vivaient dans la même maison, on ne sait pas ce qui pourrait se passer.

Aujourd'hui, l'oncle Paul s'amuse à retenir Minne longtemps.

« Ce n'est pas tous les jours le premier janvier », articule-t-il en suffoquant.

Il provoque et prolonge, en respirant très fort, une quinte de toux, dont les nausées finales font blanchir et frémir les joues de Minne. Quand il a repris haleine, il donne des détails minutieux sur ses fonctions naturelles, et surprend avec bonheur le regard révolté de sa belle-fille. Puis il rassemble ses forces et commence lentement à parler de la mort de sa sœur...

Cette fois, c'est un vain gaspillage d'énergie : Minne, qui se sent tout à fait innocente du trépas de Maman, écoute sans remords, se détend peu à peu, trouve un mot, un sourire triste et tendre... « Elle est bien forte ! » se dit le moribond, indigné. Et, lassé du jeu, il met fin à la visite.

Dehors, sous la nuit piquante et glacée, Minne a envie de danser. Elle donne un nickel[1] à un pauvre, prend le bras d'Antoine, et pense, généreuse en sa joie d'évadée : « Si Jacques Couderc était là, ma parole, je l'embrasserais ! »

Toute la soirée, elle remue, bavarde, rit toute seule. L'eau noire de ses yeux bouge et scintille, une fièvre charmante anime son teint, Antoine la contemple, mélancolique et attentif. Un moment, elle s'arrête de rire pour sourire, et son visage change[a]. Oh ! ce sourire de Minne ! ce provocant et délicieux sourire qui remonte les pommettes, transforme l'arc de la bouche et tire les coins des paupières !... Pour la seconde fois, Antoine s'efforce de découvrir, sur la figure de Minne, un autre visage, un masque qu'y pose légèrement le sourire... Il se sent le cœur flottant et mal à l'aise, comme le jour où il l'a vue dormir sur le canapé... Dans ce sommeil soucieux qui la trahissait, comme dans ce secret sourire voluptueux où apparaît une autre femme, Minne lui échappe... Cette fois, ce n'est qu'un éclair ; car Minne bâille en chatte, crispe ses griffes sur le vide, et annonce qu'elle va se coucher.

Minne ne peut pas se coucher tout de suite. Enveloppée dans sa robe blanche de moine, elle ouvre sa fenêtre pour « voir le froid ».

Elle lève la tête[a], et le halètement des étoiles la surprend. Comme elles tremblent ! Cette grosse, là, au-dessus de la maison, elle va sûrement s'éteindre : on l'aura accrochée dans un courant d'air...

Ayant assez joué à goûter le froid, Minne ferme la fenêtre et se tient debout contre la vitre, trop légère, trop délicatement exaltée ce soir pour se coucher, reprise par l'absurde et ardente certitude que le bonheur peut encore fondre sur sa vie comme une catastrophe merveilleuse, comme une brusque fortune, qu'elle le mérite, qu'on le lui doit. L'homme qui fera d'elle une femme ne porte point de signes mystérieux, sans doute, et si elle le trouve, ce sera par hasard. Le hasard, jadis, s'appelait miracle... L'effort d'un carrier, plus d'une fois, creva d'un coup de pic aveugle la prison où dormait une source...

☆

Irène Chaulieu a donné rendez-vous à Minne, au Palais de glace[1], vers cinq heures.

Son « jour » ne suffit pas à la petite israélite infatigable, qui considère le désœuvrement et la solitude comme des maladies. Tous les jours, elle rassemble en quelque thé des amis, des ennemis, d'anciens amants restés dociles... La longue galerie du Fritz[2] connaît ses traînes de dentelles, ourlées de zibeline et de boue. L'Empyrée-Palace et l'Asturie[3] résonnent de sa voix coupante, qui glapit quand elle croit chuchoter. Le Palombin vieux jeu, le discret Afternoon[1] de la place Vendôme, tous perdent le repos, les jours où Irène Chaulieu y retient sa table. Aujourd'hui, c'est le Palais de Glace. Minne, qui y pénètre pour la première fois, a revêtu une toilette sombre d'honnête femme à son premier rendez-vous[a], et les ramages d'une voilette d'application tatouent de blanc son fin visage invisible : deux trous d'ombre impénétrable, une fleur rose voilée décèlent seulement les yeux et la bouche.

« Ah ! voilà Sainte Minne ! D'où sortez-vous sous cette muselière ? Maugis, donnez votre place à cette enfant. Antoine va bien ? Prenez donc un grog bouillant : on respire la mort ici. Et puis, faut être adéquat aux ambiances, comme disait feu la *Revue Héliotrope*[2]. Moi, je bois du thé en Angleterre, du chocolat en Espagne, de la bière à Munich...

— Je ne savais pas que vous aviez tant voyagé ! glisse la voix suave de Maugis.

— Une femme intelligente a toujours beaucoup voyagé, vieil alcoolique ! »

Maugis, gilet clair, jabot en avant comme une poule grasse, plastronne pour Minne, qui semble n'en rien voir. Elle regarde autour d'elle, déçue, après avoir pesé de l'œil les « ombres » de ce *five o'clock*. Pas brillante, la bande, aujourd'hui ! Irène a amené sa sœur, un monstre batracien sans jambes, gibbeux, impossible à marier, qu'elle nourrit, terrorise, et contraint à une muette complicité. Les habitués du salon Chaulieu ont donné à cette duègne tératologique le nom significatif de « Ma sœur Alibi ».

À côté de Maugis, un vague bas-bleu sirote un cocktail très foncé. L'Américaine, « la belle Suzie », s'absorbe en un duo chuchoté[b] avec son voisin, un sculpteur andalou à barbe de Christ : on ne voit d'elle qu'une nuque courte et solide, des épaules carrées, un nez court et velouté de bête sensuelle[3]... Il y a, enfin, Irène, mal ficelée et de mauvaise humeur. Minne détaille avec un calme plaisir le maquillage voyant des joues et des lèvres, l'excès de bijoux au col et aux mains nues...

Minne attend que Maugis, debout derrière elle, reprenne leur flirt. Il la couve d'un regard dont l'alcool a terni le bleu naïf, et se tait, cherchant à retrouver, sous la robe tailleur, la ligne tombante des épaules, les bras pâles et veinés, les deux petites salières attendrissantes... Patiente, Minne s'occupe au tournoiement des patineurs. Cela, du moins, est nouveau, un peu étourdissant à regarder et de minute en minute plus captivant. Elle se surprend à suivre, d'une inclinaison du buste, l'élan qui courbe tous les patineurs comme des épis sous le vent... La lumière haute cache les visages sous l'ombre des chapeaux, un reflet de neige monte de la piste écorchée, poudrée de glace moulue. Les patins ronronnent et, sous leur effort, la glace crie comme une vitre qu'on coupe. L'air sent la cave, l'alcool, le cigare..., une molle valse conduit la ronde.

Des femmes très parées frôlent le coude de Minne : c'est celles-là qu'elle voudrait voir patiner, toutes plumes tournoyantes, les jupes élargies en toupie... Mais celles-là, justement, ne descendent pas sur la piste...

« Minne, vous avez vu Polaire ?

— Non ; comment est-elle ?

— Ça, c'est bien vous, par exemple ! Vous resterez, dans mon esprit, la femme qui ne connaît pas Polaire ! Là, tenez : elle passe. »

Deux silhouettes valsantes : l'une mince, étranglée à la taille, épanouie à la jupe, semble moins une femme qu'une de ces apparences de vases créées par la giration d'un fil d'archal incurvé... Minne n'a pas vu le visage de la valseuse — une tache pâle, renversée dans des cheveux noirs —, ni de pieds — un éclair d'acier, le coup de queue d'un poisson au soleil... mais elle demeure charmée, attendant que repasse le couple de patineurs enlacés... Cette fois, elle a senti le souffle des jupes étendues, distingué l'extase du pâle visage renversé...

« La seule ivresse du tournoiement, la vitesse des pieds ailés peut donc suffire à peindre sur un visage cette mort bienheureuse ? Je voudrais, moi aussi... Si je pouvais apprendre ! Tourner, tourner à en mourir, renversée, les yeux fermés... »

Son nom, prononcé à demi-voix, l'éveille...

« Mme Minne a l'air bien absorbée, vient de dire Maugis.

— Elle pense à son flirt, réplique Irène Chaulieu.

— Quel flirt ? » consent à demander Minne.

Irène Chaulieu se penche par-dessus la table, traînant dans les tasses les queues de sa zibeline ; sa bouche fardée se gonfle du besoin de parler, de mentir, de calomnier, de tout savoir...

« Mais le plus malheureux d'entre tous, le petit Couderc ! On ne parle[a] que de ça, ma chère, on sait comment vous l'avez reçu ! »

Les yeux de Minne rient derrière la dentelle : « C'est plutôt lui, jusqu'à présent, qui m'a reçue !... »

« ... On voit sa petite gueule démolie depuis le jour où vous l'avez envoyé... aimer ailleurs, on le rencontre dans des tripots, il perd tout ce qu'il veut à la Ferme[1] — enfin, quoi ! on parlerait moins de vous deux, si vous aviez couché ensemble !

— C'est un conseil ? demande la douce petite voix de Minne.

— Un conseil, moi ? ah ! ma chère amie, ce n'est pas parce que Maugis est là, mais ce n'est pas moi qui irais prôner à mes amies des gigolos de vingt-trois ans ! Ça n'est bon qu'à vous enrosser[2] ; ou ça vous demande de l'argent, ou bien ça se cramponne, et vous parlez de menaces, de suicides, de revolvers et de tous les scandales ! »

Minne fronce les sourcils... Où donc a-t-elle vu, sur un tapis rouge, un gracieux corps d'adolescent, nu et blanc, étendu... Ah ! oui, ce mauvais rêve !... Elle frissonne sous l'étole de renard noir, et Maugis, qui la regarde avec une gourmandise dévote, suit, de la nuque aux reins, le sillage du frisson...

« Allons, Maugis, ne vous excitez pas ! conseille Irène. La glace vous fait un drôle d'effet, aujourd'hui !

— C'est mon heure, bouffonne le journaliste. On ne peut pas s'imaginer ce que je suis brillant, entre cinq et sept ! »

L'éclat de rire d'Irène couvre le ronron des patins, coupe le duo extasié de la belle Suzie et du sculpteur andalou, qui rapprochent leurs visages ébahis d'amants qu'on éveille. Seul, le monstre batracien, accroupi en idole hindoue, n'a pas souri.

« Moi, affirme crânement Irène, je serais plutôt du

matin. Quoique, pourtant, l'après-midi... ou le soir, très tard... »

Maugis joint des mains admiratives :

« Ô riche nature ! est-il vrai que l'abondance rend généreux ? »

Elle l'écarte, du bout de ses doigts sales, aux ongles polis :

« Attendez ! Minne n'a rien dit... Minne, c'est votre tour. J'attends vos impressions d'alcôve. Vous m'agacez, à rester là, les mains dans votre manchon ! »

Minne hésite, avance un menton câlin[a], et fait l'enfant :

« Moi, je ne sais pas : je suis trop petite ! Je parlerai après tout le monde ! »

Elle désigne le couple hispano-américain, assis genou à genou. L'Américaine, d'ailleurs, n'y met pas de façons :

« Moi, ça dépend de qui, avoue-t-elle. Mais toutes les heures sont aussi bien.

— Bravo ! crie Irène[b]. Vous y allez bravement de votre "petite mort", vous, au moins ! »

La belle Suzie rit lentement, fronce un mufle frais et félin :

« Petite mort ? Non, ce n'est pas... C'est plutôt comme quand la balançoire va trop haut, vous savez ? Ça coupe en deux, on retombe et on crie : "Ha !"

— Ou bien : "Maman !"

— Taisez-vous, monsieur Maugis ! Et on recommence.

— Ah ! on recommence ? Mes compliments à monsieur votre... escarpolette ! »

Irène Chaulieu mordille une rose et réfléchit, les yeux droit devant elle... De courtes émotions passent sur sa belle figure de Salomé...

« Moi, commence-t-elle, je trouve que vous êtes tous des égoïstes[c]. Vous ne parlez que de votre plaisir, de votre sensation, comme si celle de... l'autre n'était pas d'importance. Le plaisir que je donne vaut quelquefois plus que le mien...

— Tant y a que la façon de... donner[1], interrompt Maugis.

— Zut, vous ! Et puis, l'escarpolette... non, c'est pas

ça du tout. Moi, c'est le plafond qui crève, un coup de gong dans les oreilles, une sorte de... d'apothéose qui m'est due, l'avènement de mon règne sur le monde... et puis, je t'en fiche ! ça ne dure pas ! »

Emballée, Irène Chaulieu semble goûter quelque mélancolie sincère...

Quasi déserte, écorchée, dépolie, la piste de glace jette aux visages un blafard reflet. Un long gaillard, vêtu de drap vert collant, le polo sur l'oreille, fend la piste d'un élan oblique de nageur...

« Il n'est pas mal, celui-là..., murmure Irène... Dites donc, vous, la Minne, j'attends toujours votre mot de la fin ?

— Oui, insiste Maugis, vous nous devez le terminal cul-de-lampe, si j'ose dire, de ce mémorable plébiscite ! »

Minne se lève, et tend sa voilette sur son menton, en avançant une petite bouche de carpe :

« Oh ! moi, je ne sais pas... Vous comprenez, je n'ai jamais eu qu'Antoine... »

Son succès de rire l'interloque un peu... Dans le cirque vide, les rires se doublent en écho. Des femmes se retournent vers le groupe. L'homme au collant retraverse la piste en danseuse, un pied levé... Suivie du monstre bossu, Irène trottine vers la sortie, l'œil sur le patineur vert :

« Il n'est pas mal, ce garçon, décidément ; hein, Minne ?

— Oui...

— Il a quelque chose de Boni de Castellane[1], en plus robuste. Ah ! si on ne se tenait pas !... Mais on se tient.

— Bien sûr ! approuve Minne, très sage. D'abord, ces gens-là, c'est un peu comme des domestiques ?

— C'est pas ça ! Seulement, ils sont gâtés par les grues à béguins[a], et, quand on a une faiblesse pour eux, tout Paris le sait le lendemain ! »

Elle secoue, d'un haussement d'épaules, toutes ses queues de zibeline, et congédie le bas-bleu miséreux. Puis, comme Maugis s'attarde, elle grince :

« Allons ! gros plein d'alcool, quand vous aurez fini de lécher les gants de Minne ! »

L'Américaine et le sculpteur andalou ont disparu,

on ne sait où ni comment. De plus en plus grincheuse, Irène déclare, pendant qu'un chasseur hèle son automobile, que « la belle Suzie s'est encore fait lever » et que « bientôt, pas une femme honnête ne voudra se montrer avec elle » !

☆

Minne sent ses ailes pousser.

Depuis huit jours, à deux heures, le métropolitain l'emmène, court-vêtue, au Palais de glace. Les premières séances ont été dures : Minne[a], horrifiée de sentir fuir sous elle un sol savonneux, criait menu, d'une voix de souris prise, ou, muette, les yeux dilatés, cramponnait aux bras de son professeur de petites mains de noyée. La courbature aussi fut cruelle, et Minne, à son réveil, souffrait de « deux os nouveaux, très méchants », plantés le long de ses tibias.

Mais les ailes poussent... Un roulis harmonieux, à présent, balance Minne sur la glace, plus vite, encore plus vite... jusqu'à l'arrêt en pirouette. Minne quitte le bras de l'homme en vert, croise ses mains dans son manchon, s'élance, et glisse, droite, les pieds joints...

Mais ce qu'elle voudrait[b], c'est valser comme Polaire, perdre la notion de tout ce qui existe, pâlir, mourir, devenir la spirale de papier qui vire dans l'air chaud au-dessus d'une lampe, devenir la banderole de fumée qu'enroule à son poignet le fumeur absorbé...

Elle essaie de valser, et s'abandonne au bras du gaillard en polo, mais le charme n'opère pas : l'homme sent le cervelas et le whisky... Minne, écœurée, lui échappe et glisse seule, les bras tombés, relevant, d'un geste encore craintif, des mains de danseuse javanaise...

Elle travaille tous les jours, avec la persistance inutile d'une fourmi qui thésaurise des fétus. Sa mélancolie désœuvrée s'amuse, et le sang monte à ses joues pâles. Antoine est content.

Aujourd'hui, l'ardeur têtue de Minne redouble. C'est à peine si elle a vu, dehors, que mars amollit les bourgeons, fonce l'outremer du ciel, qu'un printemps chétif exalte l'odeur des bouquets à deux sous — réséda corrompu, violettes fatiguées, jonquilles niçoises qui sentent le champignon et la fleur d'oranger...

Minne glisse[a] sur la piste presque déserte, raye la glace avec le bruit d'un diamant sur une vitre, tourne court en s'inclinant comme une hirondelle... une ligne de plus, et son patin touchait la bordure ! Elle a heurté, sans le voir, un coude appuyé, puis elle se retourne en murmurant :

« Pardon ! »

L'homme appuyé, c'est Jacques Couderc. Une inexplicable colère la grise tout à coup, devant cet humble et livide visage, ces yeux mornes qui la suivent...

« Comment ose-t-il ?... C'est abominable ! Il vient me montrer sa pâleur comme un mendiant exhibe son moignon, et ses yeux disent : "Regarde-moi maigrir !" Mais qu'il maigrisse ! qu'il fonde ! qu'il disparaisse ! que je perde enfin la vue de cet être... de cet être... »

Elle tourne sur la glace, comme un oiseau affolé sous une voûte, résolue pourtant à ne pas céder la place... C'est lui qui cède, et qui s'en va.

Mais sa victoire la laisse, cette fois, un peu fourbue, tremblante sur ses jarrets fins. Elle a pris son parti. Puisque Jacques ne veut pas se détacher d'elle, qu'il meure !... Elle le supprime de la vie, redevenue la petite reine cruelle qui, dans ses songes enfantins, dispensait le poison et le couteau à tout un peuple imaginaire.

☆

Le lendemain, Minne s'éveille comme si elle devait prendre un train matinal. Les gestes de sa toilette s'accomplissent avec une hâte décisive. Antoine, pendant le déjeuner, reçoit des avis brefs, jetés en projectiles sur sa tête innocente. Elle bat du pied le tapis, suit chacun des mouvements de son mari : s'en ira-t-il enfin ?

Il y songe. Mais, auparavant, debout contre la cheminée, il mire, inquiet, sa figure de brigand débonnaire et empoigne sa barbe à deux mains :

« Minne, si je faisais couper ma barbe ? »

Elle le regarde une seconde, puis part d'un rire si

aigu et si insultant qu'Antoine souffre de l'entendre...

Une nuit qu'il la possédait, pressé, haletant, elle a ri de cette manière insupportable, parce que la poire de la sonnette électrique, contre le rideau du lit, battait le mur d'un tic-tac régulier d'érotique métronome... C'est à cette méchante nuit que pense Antoine, en regardant Minne. Elle a ri si fort que deux petites larmes claires tremblent à ses cils blonds, et les coins de sa bouche tressaillent comme après les sanglots...

Quelque chose de dur les sépare. Il voudrait lui dire : « Ne ris pas ! Sois douce et petite comme tu l'es quelquefois. Sois moins subtile, moins lointaine ; mets quelque indulgence à m'être supérieure. Que tes yeux noirs sans bornes ne me jugent pas ! Tu me trouves bête parce que je fais la bête volontiers. Si je pouvais, je m'abêtirais encore, jusqu'à ne pouvoir que t'aimer, t'aimer sans pensée, sans ces crises de fine souffrance que ton dédain, ou ta seule dissimulation, sont si puissants à m'infliger... »

Mais il se tait, et continue machinalement de tenir sa barbe à deux mains...

Minne se lève, hausse les épaules :

« Coupe ta barbe, va ! Ou ne la coupe pas ! Ou bien coupes-en une moitié ! Tonds-toi en lion, comme les caniches ! Mais fais quelque chose, et remue, parce que c'est terrible de te voir là, statufié ! »

Antoine rougit. Rajeuni par l'humiliation, il pense : « Elle a de la chance d'être ma femme en ce moment-ci, parce que, si elle n'était que ma cousine, elle prendrait quelque chose ! » Et il part, stoïque, sans embrasser sa femme.

Seule, elle court à la sonnette :

« Mon chapeau, mes gants, vite ! »

Elle s'énerve, elle court... Ah ! que la vie est belle, dès que la lueur d'un danger la dore ! Enfin, enfin !... Un coup d'œil sur ce petit Couderc livide, puis je ne sais quelle tiédeur fade de l'estomac, puis ce tremblement des jarrets l'ont avertie : c'est l'aube d'un péril, c'est la menace qui peut-être s'ignore... Un péril assez grand pour remplir le désert de la vie, pour suppléer au bonheur, à l'amour — ah ! quel espoir !... Elle court, et ne s'arrête qu'au seuil du Palais de Glace, pour composer son visage et dompter sa respiration... Puis, soignant son entrée, elle descend sur la piste, une main sur la manche de l'homme au drap vert.

« Ah ! mon lacet, s'il vous plaît... »

Elle se penche, découvre sa cheville fine et sèche, un peu de son mollet... « Jambes de page, des merveilles... » Cambrée, elle file, les yeux vagues, avec un sourire d'acrobate. Elle sait qu'il est là, accoudé. Elle n'a pas besoin de le regarder. Elle le voit au fond d'elle-même, elle dessinerait d'une main sûre toutes les ombres, toutes les lignes creuses qu'ont tracées, sur ce visage d'enfant amaigri, les progrès du poison. Elle glisse, fiévreuse et fière, ravie de se dire : « S'il m'accoste, va-t-il me saluer ou me tuer ? »

Le jeu passionnant se prolonge. « Je ne partirai pas la première ! » se jure Minne, dont tout l'être tendu se dresse pour la lutte. L'arène se peuple. On regarde beaucoup Minne, qui pâlit et s'essouffle sans qu'en souffre sa grâce. L'autre est toujours là. Un instant, elle va s'adosser à la bordure de la piste, droite, bras croisés. L'autre, en face d'elle, assis devant un grog, attend... Elle pense qu'il est tard, qu'Antoine va rentrer et s'inquiétera, elle flaire le guet-apens de la sortie, les larmes, les supplications qui se feront menaçantes...

« Mes hommages, madame[a], je les mettrais à vos pieds s'ils n'avaient déjà chaussé leurs patins ! »

Qui donc a parlé dans son rêve ? Minne reconnaît cette voix étouffée et douce... Elle tourne vers l'interlocuteur des yeux de somnambule et se souvient de lui lentement, comme de très loin...

« Ah ! oui... Bonjour, monsieur Maugis. »

Il baise son gant ; elle observe son crâne large, bossué, son nez court d'individu spontané et violent, ses yeux bleus qui furent purs, et sa bouche de gros enfant boudeur...

« Vous êtes fatiguée, petite madame ?

— Oui, un peu... J'ai beaucoup patiné...

— Jeunesse égoïste ! Ce petit Couderc vous aura encore fait valser jusqu'à la mort ? »

Minne croise les bras d'un geste qui atteste :

« Je n'ai jamais patiné avec M. Couderc ! »

Maugis ne sourcille pas :

« Je le savais.

— Ah !...

— Oui, je le savais. Seulement, ça m'eѕt agréable de vous l'entendre dire. Vous partez ? Je vous mets en voiture, n'eѕt-ce pas ? »

Elle acquiesce, se fait aimable, à cause de *l'autre*, l'autre qui s'eѕt levé et jette de la monnaie sur la table. Elle s'arrête, il s'arrête... Comme elle cherche la sortie la plus proche, elle voit Jacques Couderc faire en même temps qu'elle trois pas vers la gauche, puis trois pas vers la droite... Le joli jeu ! on dirait une pantomime anglaise. Les clowns qui font beaucoup rire ont ce teint de farine, cette comique raideur de cadavre diѕtingué...

« Sortons ! » dit Minne tout haut.

Le pantin, de l'autre côté de la piѕte, emboîte le pas au couple. Décidée à tout risquer, Minne se penche vers Maugis, l'effleure de l'épaule, rit de profil, et tout son dos onduleux frissonne d'aise et d'espoir... « Vienne le couteau, ou la balle, ou le jonc de fer sur la nuque ! prie-t-elle tout bas ; mais vienne au moins quelque chose, quelque chose d'assez horrible ou d'assez doux pour m'arracher la vie ! »

Près du veѕtiaire, elle s'arrête, brusque, et se retourne. Le pâle enfant, qui les suit à diѕtance, s'arrête aussi.

« Monsieur Maugis, une minute, n'eѕt-ce pas ? Je retire mes patins et je vous rejoins... Vous seriez si gentil de m'appeler une voiture... »

Tandis que le critique s'empresse[a], courant d'un petit pas léger d'homme gras, les deux amants, immobiles, demeurent seuls parmi des inconnus. Le furieux éclat des yeux de Minne somme Jacques Couderc d'oser, d'agir, le défie et l'accable... Mais le fil somnambulique, qui l'attachait à elle, semble casser tout à coup et il passe, lâche, les épaules veules...

Dehors, un crépuscule de printemps mélancolise l'avenue ; l'ombre mauve, piquée de feux jaunes, descend si moite et si caressante qu'on cherche dans l'air quelle palme parfumée, quelle ramure fleurie frôle la joue... Tant de douceur surprend les nerfs bandés de Minne, qui boit dans un grand soupir une gorgée de brise tiède...

« Oui, n'eѕt-ce pas ? répond Maugis à ce soupir tremblé. Regardez-moi ce vert du couchant, là-bas, il me bleuit l'âme !

— Qu'il fait doux !... Est-ce que vous avez demandé un fiacre, monsieur Maugis ?

— Vous y tenez beaucoup, à votre sapin[1] ? Il ne passe que des maraudeurs infâmes, ou des bagnoles à galerie[2]...

— Oh ! non, au contraire, j'aimerais tellement mieux rentrer à pied !... »

Et, sans attendre, elle allonge le pas, silencieuse...

« Ah ! petite madame, souffle son compagnon, voici l'heure, pour moi, de regretter Irène Chaulieu...

— Par exemple !... Pourquoi ?

— Parce qu'elle est courte sur pattes — six pouces de jambes et la nuque tout de suite — et qu'à ses côtés je suis l'homme de belle stature, le nonchalant et élancé jeune homme ! Tandis qu'avec vous... nous avons l'air d'une fable : "Un bouledogue, un jour, aimait une levrette..." Mais, à domicile, je reprends tous mes avantages ! Je suis, à ne rien vous cacher, l'homme des cinq à sept, l'homme d'intérieur, celui des conversations d'après aimer. (Bon Dieu ! déjà la rue de Balzac ! Il faut qu'à l'Étoile je n'aie plus rien à vous avouer !) Je suis, disais-je, celui qui inspire confiance, qui reçoit la confidence et ne la rend jamais, je conseille et je loue. Faut-il ajouter que je fais les boissons glacées, le thé, la femme de chambre, et...

— Et que vous ne parlez jamais de vous ? interrompt Minne, malicieuse.

— Chamfort l'a dit : "Parler de soi, c'est faire l'amour[3]."

— Il a dit ça, Chamfort ?

— À peu près. Ce n'était pas un tempérament exigeant.

— En effet !

— Nous sommes tous comme ça, nous autres auteurs célèbres, jolie petite madame. Un peu fatigués, mais tant de charme ! Et si vous vouliez...

— Si je voulais quoi ? »

Elle s'arrête à l'angle d'un trottoir, penchée, coquette, accessible... Maugis voit ses dents briller, cherche en vain ses yeux sous le large chapeau...

« Eh bien ! c'est pas pour charrier, mais j'ai chez moi des flopées de kakemonos, de Çakia-Mouni et de Kamasouthras[4]...

— Qu'est-ce que c'est que tout ça ?

— Des peintres japonais, parbleu ! Oui, nous en avons, nous en avons, dis-je, de quoi occuper une semaine de visites honnêtes. Vous viendrez ?

— Je ne sais pas... Peut-être... oui...

— Mais, vous savez, pas de blagues ! Je suis un homme sérieux ! Vous me jurez d'être sage ? »

Elle rit, ne promet rien, et le quitte, sur un adieu gentil du bout des doigts.

« Ah ! la jolie gosse ! soupire Maugis. Dire que, si je m'étais marié, c'est peut-être comme ça que serait ma fille !... »

Quand Minne arrive, essoufflée, Antoine est à table. Il est à table et mange son potage. Il est à table, le fait est certain. Minne, suffoquée, n'en peut croire ses yeux. Dans la salle à manger on n'entend que le bruit agaçant de la cuiller sur l'assiette. À chaque va-et-vient du bras d'Antoine, le ventre poli de la lampe de cuivre reflète une main monstrueuse, le bout d'un nez fantastique.

« Comment ? tu es à table ! Quelle heure est-il donc ? Je suis en retard ? »

Il hausse les épaules :

« Toujours la même chanson ! Naturellement, tu es en retard ! Peux-tu faire autrement ? Il faudrait que le Palais de glace brûle, pour que tu rentres ! »

Minne comprend que c'est la « scène », la première digne de ce nom. Elle ne fera rien pour l'éviter. Elle retire de son feutre les longues épingles, violemment, comme de leur gaine autant de poignards, et s'assied, face au danger.

« Il fallait venir m'y chercher, mon cher. Tu aurais pu me surveiller à ton aise !

— Avec ça qu'on est jamais à l'aise, quand on surveille ! » laisse échapper Antoine.

Minne, indignée, saute sur ses pieds :

« Ah ! tu l'avoues : tu me surveilles ! C'est nouveau, ça, et flatteur ! »

Il ne répond rien, et effrite la croûte de son pain sur la nappe.

Oui, il la surveille. Minne, l'esprit ailleurs, n'a pas fait assez attention à Antoine, depuis quelque temps. Il change ; il parle et mange moins, et dort peu, lentement pénétré d'un souci à triple visage : Minne ! Le sourire, puis le sommeil tourmenté, puis le rire insultant de cette petite Hécate[1] se superposent dans l'esprit d'Antoine pour y graver la face mystérieuse d'une inconnue, d'une étrangère...

« J'y ai mis le temps », se dit-il avec une ironie triste.

Il a emporté à son bureau, dans sa serviette, des photographies de Minne à tous les âges, pour les comparer. Ici, elle avait sept ans, une figure pointue de chaton maigre. La voici à douze ans, avec de longues boucles, et quels yeux, déjà ! « Il fallait être idiot pour ne pas s'inquiéter de pareils yeux !... » Et, là, raidie, gauche, la bouche triste — c'est l'année où on l'a trouvée évanouie à la porte, les cheveux pleins de boue...

« Oui, oui, j'ai été idiot, et je le suis encore ! Mais, bon Dieu ! elle est à moi, à moi, et je finirai bien par... » Mais il ne sait par où commencer, et, maladresse de jeune homme, débute dans une enquête par une scène.

Son tourment est devant lui, sérieux et farouche. Qu'est-ce encore que cette lèvre relevée, blanche de colère ? Encore un détail inconnu de cette figure dont il croyait tout savoir, jusqu'à la nacre mauve des paupières, jusqu'aux arbres fins des veines ? Va-t-elle, chaque jour, lui rapporter une beauté changée, pour le bouleverser d'inquiétude ?...

« Tu ne manges pas ?

— Non. Tu as, pour mettre les gens en appétit, un procédé auquel il me faudra le temps de m'habituer. »

« C'est cela, rage Antoine : elle s'en va, je ne sais où, pendant que je trime, et c'est elle qui va me flanquer un galop[2] ! Ah ! quel mari j'ai été jusqu'ici !... »

« Alors, je ne peux rien dire ? crie-t-il. Tu peux courir des journées entières, je ne sais pas avec qui, je ne sais même pas où, et, si je risque une observation, Mademoiselle s'en va...

— Pardon : *Madame !* interrompt-elle froidement. Tu oublies que nous sommes mariés.

— Tonnerre de Dieu ! non, je ne l'oublie pas ! Il faut que ça change, et nous allons voir... »

Minne se lève, plie sa serviette.

« Qu'est-ce que nous allons voir, sans indiscrétion ? »

Antoine fait de prodigieux efforts pour rester calme et pique la nappe du bout d'un couteau. Sa barbe tressaille, son nez chevalin se barre d'une grosse veine qui bat... Minne, les mains lentes, redresse, dans la verdure du surtout, une fougère qui tremble...

« Nous allons voir ! éclate-t-il. Nous allons voir pourquoi tu n'es plus la même !

— La même que quoi ? »

Elle se tient debout en face de lui, les mains à plat sur la table. Il regarde cette tête attentive, ce fin menton triangulaire, ces yeux indéchiffrables, ces cheveux en vague argentée...

« La même qu'avant, parbleu ! Je ne suis pas aveugle, que diable ! »

Elle garde sa pose discuteuse et songe : « Il ne sait rien. Mais il va devenir ennuyeux. » D'une caresse, d'un bras posé sur l'épaule, elle le materait, l'attirerait, confus, épris, tout chaud de chagrin, contre elle... Elle le sait. Mais elle n'étendra pas la main vers son mari. Ce brusque éveil d'Antoine, la poursuite du petit baron Couderc qui traque et ne menace point encore, Minne les enregistre, passive, comme les gestes de son destin.

Antoine mâche une violette et regarde le ventre poli de la lampe. L'effort de sa pensée, l'attention qu'il porte à écouter croître en lui son mal, courbent sa nuque, remontent sa mâchoire inférieure... Minne n'a-t-elle pas vu ailleurs, dans un lointain autrefois, cette face régulière de brute ? La Tribu que chérirent ses songes enfantins abondait en nuques courtes, en mâchoires bosselées de muscles, en fronts étroits envahis de toisons rudes...

Le soupir si léger[a] de Minne a troublé le silence. Antoine se lève, presque à jeun, et va s'échouer au salon, sur le canapé qui porta Minne et son coupable sommeil. Un journal traîne là, qu'il saisit, qu'il ouvre et replie avec un bruit exagéré...

« *En Mandchourie*[1]... Ah ! bien, ils peuvent tous crever, les Blancs et les Jaunes !... Et les théâtres, donc ! *Indiscrétions d'avant-première*... Peuple de badauds que nous sommes !... *Vraie jeune fille du vrai monde désire mariage... Cabinet Camille, renseignements de toute nature, filatures, enquêtes délicates*... Sales boîtes à chantage !... »

Il se sent tout à coup fatigué, seul, malheureux. « Je suis malheureux ! » répète-t-il tout bas, avec l'envie de redire tout haut ces trois mots, pour que le son de sa voix l'amollisse encore, le dissolve en larmes apaisantes... Un bruit grignoteur vient de la salle à manger ; par la porte entrebâillée, Antoine peut apercevoir sa femme : assise en amazone sur le bord de la table, Minne picore un compotier, écrase des amandes sèches...

« Elle a dîné ! songe Antoine ! Elle a dîné : donc elle ne m'aime pas ! »

Il veut désormais s'appliquer au silence, à la dissimulation, et reprend son journal : « *Cabinet Camille, enquêtes délicates...* »

☆

Minne, pouvez-vous me recevoir un jour de cette semaine, demain par exemple ? Si vous ne voulez pas venir chez moi, vous pourriez me fixer un rendez-vous au British[1] *: avant quatre heures, il n'y a jamais personne.*

JACQUES.

« Quelle bête de lettre ! » se dit Minne en haussant les épaules. « Il écrit comme un commis de magasin, ce petit Couderc. »

Elle relit : « Minne, pouvez-vous me recevoir... », et demeure pensive, l'index entre ses dents coupantes. Ce billet, dans sa gaucherie, est inquiétant. Et puis la raideur de l'écriture, l'absence de formule respectueuse ou tendre... « Si je demandais[a] conseil à Maugis ? » À cette idée baroque, son audacieux sourire s'épanouit. Elle marche nerveusement dans sa chambre, tambourine la vitre qu'effleure un bourgeon de marronnier, gonflé et pointu comme une fleur en bouton... Le vent faible, qui sent la pluie et le printemps, soulève le rideau de tulle. Une désolation sans but, un vide désir enivre le cœur de l'enfant solitaire, que son indifférence physique garde iniquement, absurdement pure après ses fautes, et qui cherche, parmi les hommes, son amant inconnu.

Elle les touche, puis les oublie, comme une maîtresse en deuil, sur un champ de bataille, retourne les morts, les regarde au visage, et les rejette et dit : « Ce n'est pas lui. »

« Monsieur Maugis ?

— Il est sorti, mademoiselle. »

Minne n'avait pas prévu cela.

« Vous ne savez pas quand il rentrera ?

— L'irrégularité de ses habitudes ne permet guère de le conjecturer, mademoiselle. »

Étonnée, « mademoiselle » lève les yeux sur l'homme qui parle, et reconnaît que ce visage rasé n'est pas celui d'un valet de chambre. Elle hésite :

« Puis-je lui laisser un mot ? »

Le jeune homme imberbe dispose en silence, sur la table de l'antichambre, ce qu'il faut pour écrire. Il évolue avec une prestesse de danseur et ondule des hanches.

« *Cher monsieur, je suis entrée en passant...* »

Minne n'écrit pas facilement[a]. Son imagination, qui dessine à traits hâtifs, mordants, refuse le lent secours de l'écriture.

« *Cher monsieur, je suis entrée en passant...* Et cet être qui reste derrière moi ! A-t-il peur que j'emporte du papier à lettres ? »

Une porte s'ouvre, et une voix connue, la voix de jeune fille alcoolique, résonne, douce, aux oreilles de Minne :

« Hicksem[1], faites donc entrer madame dans le salon. Chère madame, vous excuserez la sévérité d'une consigne qui protège mon austère solitude... »

Maugis efface son jabot rondelet pour laisser passer Minne qui pénètre, éblouie d'un flot de lumière jaune, dans une longue pièce meublée de chêne fumé.

« Oh ! c'est tout jaune ! s'écrie-t-elle gaiement.

— Mais oui ! Le soleil à la portée de tous, la Provence chez soi ! Je m'en suis collé pour deux cents francs de gaze bouton-d'or. Et tout cela pour qui ? Pour vous seule ! »

Son bras désigne emphatiquement les rideaux jaunes tendus aux vitres. Les cils dorés de Minne battent... Elle se souvient des bains de soleil où son grêle corps de fillette se chauffait, nu, dans la chambre de la Maison Sèche... Vieille maison au squelette sonore, verger d'herbe bleuissante où elle courut avec Antoine, où s'assit leur fraternelle idylle... Mais où donc est la branche rose du bignonier, qui toquait aux vitres du bout de ses fleurs digitées ?

Un peu hallucinée, elle se tourne vers Maugis, comme pour interroger, et se tait en apercevant l'éphèbe rasé qui lui ouvrit la porte. Maugis comprend :

« Hicksem, vous n'auriez pas de courses à faire dans le quartier ?

— Si, certainement... », répond l'autre, sans que ses yeux mobiles de rongeur trahissent autre chose qu'une courtoise indifférence.

« Bon. Justement, je n'ai plus d'allumettes. Il y a un petit magasin épatant, sur la rive gauche, qui en vend à deux sous la boîte : vous voyez ce que je veux dire ? Vous m'en rapporterez une boîte comme échantillon. Dieu vous garde, Messire ! à demain matin... »

Le jeune homme salue, ondule, disparaît.

« Qui est-ce ? demande Minne, curieuse.

— Hicksem.

— Quoi ?

— Hicksem, mon secrétaire particulier. Il est gentil, n'est-ce pas ?

— Si vous voulez.

— Je le veux absolument. C'est un garçon précieux. Il est très bien habillé, et ça impressionne toujours les créanciers. Et puis, il a de mauvaises mœurs, Dieu merci, cet uranien frusqué à Londres[1]. »

Minne hausse des sourcils effarés... Comment ! ce gros Maugis, il... Mais il la rassure, familier et moqueur :

« Non, mon enfant, vous m'avez mal compris. Avec Hicksem, je suis tranquille : je peux recevoir une amie, deux amies, trois amies, simultanément ou l'une après l'autre, sans que me tenaille ce souci : "La prochaine fois, viendra-t-elle pour moi, ou pour les vingt-cinq printemps de mon secrétaire ?" Asseyez-vous ici, rapport à ce vase céruléen qu'enchante votre chevelure... »

Il l'installe au creux d'une bergère, approche une table où tremblent des muguets... Minne s'assied, interloquée de trouver Maugis si amical. Elle s'étonne, et le laisse paraître ; Maugis sourit bonnement :

« N'était mon indécrottable vanité, petite madame charmante, je croirais, à vous voir, que vous vous êtes trompée de porte. »

Elle passe sa main sur ses yeux avec une grâce mal éveillée :

« Attendez ! c'est si drôle pour moi, ici... »

Maugis se rengorge et double son menton :

« Oh ! vous pouvez y aller ! Je sais que "c'est joli, chez moi", et j'aime à l'entendre dire.

— Oui, c'est joli... mais ça ne vous va pas.

— Tout me va !

— Non, je veux dire... je n'imaginais pas ainsi l'endroit où vous vivez. »

Elle garde ses mains jointes et remue les épaules en parlant, comme une bête délicate aux pattes liées. Maugis l'admire si fort qu'il n'a pas pensé à la toucher... Un silence passe entre eux et les sépare. Minne éprouve une gêne vague, un malaise qu'elle traduit par ces mots :

« On est bien, chez vous.

— N'est-ce pas ? Toutes ces dames m'en font des compliments. Venez voir ! »

Il se lève[a], prend le bras de Minne sous le sien et s'émeut de le sentir si mince, tiède contre lui...

« Pour les enfants sages, j'ai cette poupée qu'Ajalbert[1] m'a rapportée de Batavia : zyeutez ! »

Il désigne, sur une tablette, la plus sauvage divinité qu'ait créée un sculpteur de marionnettes javanaises, vêtue d'oripeaux rouges, dont la tête peinte sourit d'une bouche étroite et fardée, tandis que les yeux longs gardent une gravité voluptueuse, une ironique sérénité qui frappe Minne...

« Elle ressemble[b] à quelqu'un... à quelqu'un que j'ai connu autrefois...

— Un gigolo ?

— Non... Il s'appelait Le Frisé.

— C'est un de mes pseudonymes », affirme Maugis en caressant la nudité de son crâne rose.

Minne renverse la tête pour rire aux éclats, et s'arrête court parce que Maugis fixe goulûment l'ombre délicieuse que découvre son menton levé... Elle dégage son bras, coquette :

« Allons voir autre chose, monsieur Maugis !

— Ne m'appelez pas "monsieur", dites !

— Et comment faut-il dire ? »

Le gros romancier baisse des paupières pudiques :

« Je m'appelle Henry[1].

— Mais c'est vrai ! tout le monde le sait, puisque vous signez Henry Maugis ! C'est drôle, on ne pense jamais que vous vous appelez Henry, sans Maugis...

— Je ne suis plus assez jeune pour avoir un prénom. »

La voix de Maugis s'est voilée d'une mélancolie réelle. Quelque chose de nouveau fleurit dans le cœur de Minne, quelque chose qui n'a pas encore de nom dans ses pensées, et qui s'appelle la pitié... « Ce pauvre homme, qui n'aura plus jamais, jamais, sa jeunesse !... » Elle s'accote à l'épaule de Maugis, lui sourit, généreuse, lui offre son fin visage sans plis, ses yeux noirs que dore la fenêtre jaune, la ligne claire et coupante de ses dents... C'est la première aumône désintéressée de Minne, aumône charmante et qu'accepte à demi le mendiant trop fier, car Maugis baise la joue duvetée, la grille abaissée des cils, mais ne mord point la petite bouche docile...

Minne commence à se déconcerter. Cette aventure met en défaut toutes ses expériences, car il n'y a point d'exemple que Minne ait franchi le seuil d'une garçonnière sans se sentir, après le cri de gratitude — « Enfin, vous êtes venue ! » — enveloppée, embrassée, dévêtue, possédée et déçue, le tout avant que sonnât la demie de cinq heures. Ce quadragénaire l'offenserait par sa retenue, s'il ne la désarmait par une sentimentalité foncière, qu'on devine aux gestes précautionneux, au regard vite embué...

Et puis Minne tergiverse sur l'attitude à prendre. Les hommes qui la convièrent (Antoine compris) à s'étendre sur un lit de fatigue, elle pouvait les traiter en cousins dociles, en camarades vicieux, à qui l'on ordonne, impérieuse et décoiffée : « Si tu ne me reboutonnes pas mes bottines, je ne reviens plus ! » ou bien : « Ça m'est égal qu'il pleuve, trotte me chercher un fiacre ! » Avec Maugis, elle n'ose pas... la différence de leurs âges l'humilie et la réconforte. Causer, assise et vêtue, avec un homme, chez lui ! Ne pas répandre tout de suite, devant lui, le flot lisse et argenté de cheveux qu'enserre un velours noir !...

Maugis parle, montre des reliures rares, une Nativité sur ivoire, « du quinzième allemand, ma petite enfant ! », qui voisine avec un faune obscène, verdi et rouillé de la terre où il dormit mille années[1]... Elle rit et se détourne, une main en éventail sur les yeux...

« Hein ? depuis mille ans ! Depuis mille ans, ce petit chèvre-pieds pense à la même chose, sans faiblir ! Ah ! on n'en fait plus comme ça...

— Dieu merci ! » soupire Minne, avec tant de conviction naturelle que Maugis l'examine en coin, méfiant : « Est-ce que cette poison d'Irène Chaulieu aurait dit vrai, par hasard ? est-ce que Minne ne s'intéresserait pas aux hommes ? »

Il replace le faune devant la Nativité, tire son gilet clair qui bride sur le ventre :

« Il y a longtemps que vous n'avez vu Mme Chaulieu ?

— Au moins quinze jours. Pourquoi me demandez-vous ça ?

— Pour rien : je vous croyais intimes...

— Je n'ai pas d'amies intimes.

— Tant mieux...

— Qu'est-ce que ça vous fait ? Et puis, vraiment, je n'irais pas choisir pour amie intime Mme Chaulieu... Avez-vous déjà regardé ses mains ?

— Jamais entre les repas : ça chambarde mes digestions.

— Des mains qui ont l'air d'avoir tripoté je ne sais quoi[a] !

— C'est qu'elles l'ont tripoté, en effet.

— Justement. Elles me font peur. Elles doivent donner des maladies... »

Maugis baise les mains étroites de Minne, jolies pattes sèches de biche blanche.

« Que j'aime à vous voir, mon enfant, ce souci de l'hygiène ! Croyez bien qu'ici vous trouverez les derniers raffinements de l'antisepsie moderne, et que le xérol, le thymol, le lysol fumeront à vos pieds, comme un encens choisi... Si vous quittiez ce chapeau ? Lewis[2] est un grand homme, certes, mais vous avez l'air d'une dame en visite. Le renard aussi... Vous voyez, je mets tout ça avec les gants sur la petite table — rayon des modes. »

Minne s'amuse, rit, détendue : « Ce n'est pas le petit Couderc qui m'aurait amusée ainsi, qui aurait su me faire oublier pourquoi je viens ici... Il faut pourtant finir par là !... »

Et — puisqu'elle vient pour ça, n'est-ce pas ? — elle continue, méthodique, déboucle la ceinture de peau souple, laisse glisser à ses pieds la jupe, puis le jupon de liberty blanc... Et voici qu'avant que Maugis, abasourdi, ait eu le temps d'en exprimer le désir, Minne se dresse, désinvolte, en pantalon. Pantalon étroit qui méprise la mode, étreint la cuisse élégante, dégage le genou parfait...

« Bon Dieu ! soupire Maugis cramoisi, c'est pour moi, tout ça ? »

Elle répond d'une moue gamine, et attend, assise sur le divan, sans que la brièveté de son costume lui suggère de l'embarras, ni des gestes immodestes. La lumière jaune moire la ligne tombante de ses épaules, verdit le satin rose du corset. Un fil de perles, pas plus grosses que des grains de riz, joue sur les deux petites salières attendrissantes[1]...

Maugis, assis près d'elle, tousse et se congestionne. Le parfum de verveine citronnelle, exhalé de Minne, se propage en ondes jusqu'à lui, mouille sa langue d'une acidité fruitée... Tant de grâces offertes, et qu'il n'osait encore implorer, ne lui suffisent pas cependant. Embarrassé devant cette froide enfant paisible, il lui trouve un air absent, un sourire, presque déférent, de fillette prostituée que styla une mère infâme...

Minne a défait ses quatre jarretelles roses. Le corset, le pantalon s'en vont rejoindre le rayon des modes... D'un frileux resserrement d'épaules, Minne a fait tomber les épaulettes de sa chemise et se cambre, nue jusqu'aux reins, fière de ses petits seins écartés, qu'en son désir de paraître « plus femme » elle tend, raidie, vers Maugis.

Il touche avec précaution les fleurs de cette gorge chaste, et Minne, candide, ne frissonne pas. Il serre d'un bras la taille qui ploie, obéissante, sans rébellion nerveuse comme sans sursaut flatteur...

« Petit glaçon ! » murmure-t-il.

Il s'assied, et Minne, renversée sur ses genoux, lui passe ses deux bras au cou, comme un bébé ensommeillé qu'on va porter au lit. Maugis baise les cheveux d'or, attendri soudain à la câlinerie passive de cette enfant nue qui couche sur son épaule une tête plus résignée que tendre... Ce corps effilé qu'il berce, quel caprice, quel hasard l'a jeté en travers de ses genoux ?...

« Mon pauvre agneau, murmure-t-il dans un baiser. Vous ne m'aimez guère, dites ? »

Elle découvre sa figure toujours pâle, lève sur lui deux yeux graves :

« Mais... si... Plus que je ne croyais.

— Jusqu'au délire ? »

Elle rit, malicieuse, se tord en couleuvre et froisse sa peau délicate à la cheviotte du veston, aux durs boutons de corne...

« Personne ne m'a poussée à délirer depuis que je suis ici.

— C'est un reproche ? »

Il l'enlève comme une poupée et elle se sent emportée vers de plus secrètes alcôves... Elle se cramponne à lui, subitement épouvantée :

« Non, non ! Je vous en prie ! je vous en prie ! Pas tout de suite !

— Quoi donc ? bobo ? malade ?... »

Minne respire tumultueusement, les yeux fermés. Ses seins fragiles halètent. Elle semble lutter pour arracher d'elle-même quelque chose de très lourd... Puis elle suffoque, et un flot de larmes abat le frisson dont Maugis la sentait trembler toute. De grosses larmes, fraîches et claires, qui se suspendent, rondes, aux cils blonds abaissés, avant de rouler, sans la mouiller, sur la joue duvetée...

Maugis sent lui manquer, pour la première fois, sa vieille expérience des très jeunes femmes...

« Ça, tout de même, ce n'est pas banal ! Ma petite enfant, voyons !... Eh ! zut ! je ne sais plus, moi ! De quoi est-ce que nous avons l'air, je vous le demande !... Voyons, voyons... »

Il la reporte au divan, l'y couche, rajuste la chemise qui drape en pagne les hanches de Minne, lisse les doux cheveux mêlés. Sa main d'abbé grassouillet essuie, légère, les larmes pressées, glisse un coussin sous les reins nus de son étrange conquête...

Minne s'apaise, sourit, sanglote encore un peu. Elle regarde, comme si elle s'éveillait, cette chambre ensoleillée. Contre la tenture d'un vert favorable, un buste de marbre tord ses épaules voluptueuses et musclées[1]. Jetée au dos d'un siège, une robe japonaise est plus belle qu'un bouquet...

Les yeux de Minne vont de découverte en découverte jusqu'à cet homme assis près d'elle. Ce gros Maugis à moustache de demi-solde[2], c'est donc mieux qu'une éponge à whisky, mieux qu'un trousseur de jupes courtes ? Le voilà tout ému, sa cravate de travers ! Il n'est pas beau, il n'est pas jeune, et pourtant c'est à lui que Minne doit la première joie de sa vie sans amour — joie de se sentir chérie, protégée, respectée...

Timide, filiale, elle pose sa petite main sur la main qui l'a soignée, la main qui a, tout à l'heure, remonté sa chemise glissante...

Maugis renifle et enfle sa voix :

« Ça va mieux ? on n'est plus nerveuse ? »

Elle fait signe que non.

« Un peu de porto blanc ? Oh ! du porto pour gosses : un vrai sucre ! »

Elle boit à petites gorgées espacées, tandis qu'il l'admire, stoïque. Le linon transparent voile à demi les fleurs roses des seins et laisse voir, au-dessus du bas mordoré, un peu de la cuisse fuselée... Ah ! qu'il la prendrait bien de tout son cœur, de tous ses sens, cette enfant si grave sous ses cheveux d'argent !... Mais il la sent frêle et perdue, misérable comme une bête errante, craintive de l'étreinte, malade d'un secret qu'elle ne veut pas dire...

Elle tend son verre vide :

« Merci. Il est tard ? Vous ne m'en voulez pas ?

— Non, mon chéri. Je suis un vieux monsieur sans rancune — et sans vanité.

— Mais... je voudrais vous dire... »

Elle remet lentement son corset, les mains distraites :

« Je voudrais vous dire... que... ça m'aurait déplu tout autant, et même plus, avec un autre.

— Oui ? bien vrai ?

— Oh ! oui, bien vrai !...

— On est fragile ? malade ? on a peur ?

— Non, mais...

— Allons ! dites tout à votre vieille nourrice de Maugis ! On n'aime pas ça, hein ? Je parie qu'Antoine n'eſt pas fichu de...

— Oh ! ce n'eſt pas seulement[a] la faute d'Antoine, répond Minne, évasive.

— Et... l'autre ? le petit Couderc ? »

À ce nom, Minne vient d'avoir un si farouche geſte de tête que Maugis croit comprendre :

« Il vous barbe tant que ça, ce potache ?

— Le mot eſt faible », dit-elle froidement.

Elle achève de renouer ses quatre jarretelles, puis se plante, résolue, devant son ami :

« J'ai couché avec lui.

— Ah ! ça me fait bien plaisir ! répond Maugis, morne.

— Oui, j'ai couché avec lui. J'ai couché avec lui et trois autres, en comptant Antoine. Et pas un, pas un, vous entendez bien, ne m'a donné un peu de ce plaisir qui les jetait à moitié morts à côté de moi ; pas un ne m'a assez aimée pour lire dans mes yeux ma déception, la faim et la soif de ce dont, moi, je les rassasiais ! »

Elle crie, tend ses poings fermés, se frappe la poitrine. Elle eſt théâtrale et touchante. Maugis la contemple et l'écoute avidement.

« Alors, jamais... jamais... ?

— Jamais ! redit-elle, plaintive. Eſt-ce que je suis maudite ? eſt-ce que j'ai un mal qu'on ne voit pas ? eſt-ce que je n'ai rencontré que des brutes ? »

Elle eſt presque vêtue, mais ses cheveux désordonnés pendent encore, rejetés en crinière sur une épaule. Elle tend vers Maugis des mains mendiantes :

« Eſt-ce que vous ne voudriez pas, vous, essayer... ? »

Elle n'ose rien ajouter. Son gros ami s'eſt levé d'un bond de jeune homme et la saisit par les épaules :

« Mon pauvre amour ! C'eſt moi qui vous crierai, à présent : "Jamais !" Je suis un vieil homme très épris de vous, mais un vieil homme ! Je suis là, près de vous, le gros Maugis, avec son bedon jovial dans son sempiternel gilet clair, le Maugis en uniforme... Mais vous montrer, maintenant que je sais votre ignorance navrée, la bête qu'il y a sous le gilet clair et la chemise à plis, illustrer votre souvenir d'une déception pire que les autres, d'une obscénité sans grâce et sans jeunesse... non, ma chérie, jamais ! Faites-moi la seule charité de croire que j'y ai quelque mérite, et puis... et puis, filez !... Antoine pourrait s'inquiéter... »

Elle essaie un sourire, une malice dernière :

« Il aurait bien tort.

— C'est vrai, mon Minon ; mais tout le monde ne peut pas savoir que je suis un saint.

— Pourtant, si vous vouliez... À présent, je n'ai plus peur... »

Maugis rassemble dans sa main toute la chevelure de Minne ; lentement, il l'effiloche à contre-jour, pour le plaisir de la voir ruisseler...

« Je sais bien. Mais c'est moi qui n'aurais plus un fil de sec ! »

Elle n'insiste pas, relève ses cheveux rapidement, et paraît regarder le fond sombre de ses pensées. Maugis lui tend un à un les petits peignes couleur d'ambre, le ruban de velours noir, le chapeau, les gants...

La voici, telle qu'elle est arrivée ; et toute la sensualité du gros homme crie de regret, se raille férocement... Mais Minne, prête à sortir, appuyée d'une main sur son ombrelle, tourne vers lui un charmant et nouveau visage, des yeux alanguis de larmes, une caressante et triste bouche que farde la fièvre. Elle embrasse d'un regard les murs d'un vert assourdi, les fenêtres où meurt le jour couleur de mandarine, la robe japonaise qui flambe dans l'ombre, et dit :

« Je regrette de m'en aller d'ici. Vous ne pouvez pas savoir ce qu'il y a de nouveauté pour moi dans un tel sentiment... »

Maugis incline la tête, très grave :

« Je le sais. Je n'ai pas fait grand-chose de propre dans toute ma vie... Laissez-moi, pour ma boutonnière, cette fleur-là : votre regret. »

La main sur la porte, elle implore tout bas :

« Qu'est-ce que je vais faire à présent ?

— Retrouver Antoine.

— Et puis ?

— Et puis... je ne sais pas, moi... Le footing, les sports, le plein air, les œuvres charitables...

— La couture...

— Oh ! non, ça abîme les doigts. Il y a bien aussi la littérature...

— Et les voyages. Merci. Adieu... »

Elle lui tend sa joue, hésite un moment, les lèvres entrouvertes.

« Quoi donc, ma petite enfant ? »

Elle plisse l'arc pur de ses beaux sourcils blonds. Elle voudrait dire : « Vous êtes une surprise dans ma vie, une chère surprise un peu cuisante, un peu comique, très mélancolique... Vous ne m'avez pas donné le trésor qui m'est dû et que j'irai chercher jusque dans la boue ; mais vous avez détourné de lui ma pensée, étonnée d'apprendre qu'un amour, différent de l'Amour, peut fleurir dans l'ombre même de l'Amour. Car vous me désirez et vous renoncez à moi. Quelque chose en moi a donc plus de prix pour vous que ma beauté ?... »

Elle hausse les épaules d'un geste las, espérant que Maugis comprendra tout ce qui tient d'incertitude, de faiblesse, de gratitude aussi, dans le serrement de sa petite main gantée... La lourde moustache effleure de nouveau sa joue chaude... Minne est partie.

Elle court presque[a]. Non qu'elle daigne se soucier de l'heure, ou d'Antoine. Elle court parce que son état d'esprit s'accommode de la hâte et du mouvement. Elle descend l'avenue de Wagram, surprise de voir l'air si bleu au sortir de la chambre jaune. Les vernis du Japon jonchent le trottoir de leurs chenilles flétries, et la nuit printanière glace cette fin de journée tiède.

Tout à coup, elle sent quelqu'un derrière elle, quelqu'un qui suit, qui se rapproche. Elle se retourne et reconnaît, sans étonnement, cet enfant négligeable qui, au Palais de Glace, n'osa pas...

« Ah ! » dit-elle seulement.

Jacques Couderc comprend parfaitement l'intonation, l'intention de ce *ah !* qui signifie : « C'est vous ? encore ? de quel droit ?... » Elle est devant lui, simple, décidée, les cheveux moins lisses que d'habitude ; une de ses mains nues rassemble les plis de sa longue jupe...

Il est désespéré d'avance. Pas un mot de pitié ne sortira de cette bouche close, et ces yeux noirs, où le couchant mire un feu rose, lui disent clairement de mourir, de mourir là, tout de suite... Il baisse la tête, gratte l'asphalte du bout de sa canne. Il sent sur lui les yeux impitoyables qui jaugent son amaigrissement aux plis flottants du pardessus, au flageolement du pantalon trop large...

« Minne !...

— Quoi ?

— Je vous ai suivie.

— Bon.

— Je sais d'où vous venez.

— Et puis ?

— Je souffre affreusement, Minne, et je ne comprends pas.

— Je ne vous demande pas de comprendre. »

Le son de la voix de Minne, dure, cause à Jacques une douleur physique. Il relève, suppliant, sa figure de gavroche tuberculeux.

« Minne... vous ne me trouvez pas changé ?

— Peuh !... un peu pâlot. Vous devriez rentrer : l'air du soir est trop vif pour vous. »

Il avale sa salive avec un mouvement de cou pénible, et son sang monte d'un jet à ses joues, leur restitue une jeune transparence :

« Minne... vous exagérez !

— S'il vous plaît ?

— Vous exagérez le... l'insouciance que vous avez de moi ! Il me faut une explication.

— Non.

— Si ! tout de suite ! Vous ne voulez plus de moi ? Vous ne voulez plus m'appartenir ? Vous... ne m'aimez plus ? »

Elle a lâché les plis de sa robe, reste droite devant lui, les poings fermés au bout de ses bras pendants. Il revoit le terrible et tentateur regard, de bas en haut, qui le défie :

« Répondez ! crie-t-il tout bas.

— Je ne vous aime pas. J'ai horreur de vous, de votre souvenir, de votre corps... J'ai horreur de vous !

— Pourquoi ? »

Elle écarte les bras, les laisse retomber dans un geste d'ignorance.

« Je ne sais pas. Je vous assure, je ne sais pas pourquoi. Il y a quelque chose en vous qui me met en colère. La forme de votre figure, le son de votre voix, c'eſt comme... c'eſt pire que des insultes. Je voudrais savoir pourquoi, parce qu'en somme, c'eſt étrange, quand on y pense... »

Elle parle avec modération, cherchant des mots qui atténuent son aversion sauvage et sans mesure, pour l'humaniser, la rendre compréhensible...

« Vous couchez bien avec ce vieux ! crie-t-il, écorché.

— Quel vieux ?

— Le vieux de chez qui vous venez, cette espèce d'ivrogne chauve, ce... ce... »

Un rire bizarre danse sur le visage de Minne.

« Ne cherchez pas d'autres épithètes ! interrompt-elle. C'eſt encore une hiſtoire à laquelle vous ne comprendriez rien... »

Elle respire profondément, ses yeux quittent le visage de l'ennemi, se perdent dans le ciel d'un mauve hivernal...

« J'ai déjà bien assez de peine, achève-t-elle, à y comprendre quelque chose, moi ! »

Jacques se méprend : il croit entendre l'aveu d'une passion à peine avouable, et serre les dents :

« Je vous tuerai », murmure-t-il.

Elle songe à autre chose, les yeux en l'air.

« Vous m'entendez, Minne ?

— Pardon... Vous disiez ? »

Il se devine ridicule. On ne répète pas une telle menace, on l'exécute...

« Je vous tuerai, répète-t-il plus mollement. Et je me tuerai après. »

Le visage de Minne s'illumine d'une férocité allègre :

« Tout de suite ! Tout de suite ! Tuez-vous ! avant moi ! Disparaissez de moi, allez-vous-en, mourez ! Comment n'y avez-vous pas pensé plus tôt ? »

Il la regarde, béant. Elle le précipite vers la mort, comme vers le but inévitable...

« La mort... Vous me la souhaitez vraiment ? vraiment ? demande-t-il, singulièrement radouci.

— Oui ! s'écrie Minne de tout son cœur. Vous m'aimez, je ne vous aime pas : eſt-ce que tout n'eſt pas dit pour vous ? Eſt-ce que la mort n'eſt pas le secours de toute vie que se refuse à couronner l'amour ? »

L'enfant qu'elle voue au trépas semble tout près de la comprendre, et s'abandonne :

« Ah ! Minne, c'est cela, c'est cela ! Après vous, toutes les autres femmes...

— Il n'y a pas d'autres femmes, si vous m'aimez ! »

Il répète, en écho :

« Non, Minne, il n'y a pas d'autres femmes...

— On ne doit pas pouvoir changer d'amour, n'est-ce pas ? quand on aime... On meurt, on vit du même amour ? C'est bien cela ? Dites-le ! dites-le !

— Oui, Minne.

— Attendez, dites-moi encore... Vous m'avez aimée, comme ça, brusquement, sans savoir ce qui vous arrivait, sans le prévoir ? Oui ?... Et l'amour vient ainsi, traîtreusement, à son heure ? Il vous saisit, quand on se croit libre, quand on se sent affreusement seul et libre ?

— Ah ! oui, gémit-il, c'est cela !

— Attendez !... L'amour, on me l'a dit, peut venir à tout âge, à des vieillards secs et froids, embraser tout à coup la fin d'une vie qui perdait le désir même de sa flamme ? Il peut venir — dites-le-moi, vous qui aimez ! — à des infirmes, à des maudits, à ... à moi-même ? »

Grave[a], il incline la tête.

« Qu'un dieu vous entende ! exhale-t-elle avec ferveur. Et, si vous m'aimez, laissez-moi en repos, pour toujours ! »

Elle court derechef vers l'avenue de Villiers, légère, délivrée. Elle accomplit machinalement les gestes quotidiens, franchit le vestibule, renvoie l'ascenseur, sonne, et se trouve en face de son mari... Antoine l'attendait.

« D'où viens-tu ? »

Elle cligne à la lumière vive, regarde son mari, saisie :

« Je... j'ai fait des courses. »

Elle respire vite, ses mains nues tourmentent maladroitement le nœud de sa voilette. Ses yeux cernés errent, dépaysés, presque craintifs, et le chapeau enlevé laisse voir un somptueux désordre de cheveux renoués...

« Minne ? » crie Antoine d'une voix tonnante.

Toute pâle, elle protège son visage de ses bras levés, et son geste laisse voir la cravate mal attachée... Son innocence se pare d'un charme si coupable qu'Antoine ne doute plus :

« D'où viens-tu, bon Dieu ? »

Qu'il est grand, tout noir, devant la lampe ! Ses épaules se voûtent, lourdes, pareilles à celles de l'Homme-des-Bois[1]...

« Tu ne veux pas[a] me dire d'où tu viens ? »

Minne se revoit, chaste et nue, sur les genoux de Maugis. Son souvenir retourne à la chambre jaune et verte, au viveur sentimental qui ne voulut pas d'elle et la renvoya triste, heureuse, attendrie... Une main, qui n'a pas caressé ses seins ni ses jambes, a essuyé ses larmes... Cela est doux, poignant, d'une amertume fraîche d'eau marine...

« Tu ris, sale bête ? Je te ferai rire, moi !

— Je te défends de me parler ainsi ! »

La voix grondante a blessé Minne, qui se retrouve elle-même, dure, menteuse et brave.

« Tu me défends ! tu me défends !...

— Parfaitement, je te défends. Je ne suis pas une femme de chambre qui découche !

— Tu es pis que ça ! J'en ai assez de...

— Si tu en as assez, va-t'en ! »

Décoiffée[b], la bouche lasse, la taille un peu veule accotée à la cheminée, Minne rassemble en ses yeux admirables tout le défi d'une créature tenace, d'une noble petite bête irritable, dont l'apparente faiblesse n'est qu'un mensonge de plus... Antoine pétrit le dossier d'une chaise et souffle comme un cheval :

« Dis-moi d'où tu viens !

— J'ai fait des courses.

— Tu mens ! »

Elle lève les épaules, méprisante :

« Pour quoi faire ?

— D'où viens-tu, sacré nom de...

— Tu m'ennuies. Je vais me coucher.

— Méfie-toi, Minne ! »

Elle le nargue, le menton levé :

« Me méfier ? mais je ne fais que ça, cher ami ! »

Antoine baisse le front, montre du doigt la porte :

« Va-t'en dans ta chambre ! Je sais que tu ne céderas pas, et je ne veux pas te casser avant de savoir... »

Elle obéit lentement, traînant derrière elle sa jupe longue. Et, comme il tend l'oreille, espérant on ne sait quoi, il entend, avec un déclic sec de revolver qu'on arme, claquer le verrou.

☆

Antoine, qui a demandé au « patron » sa liberté pour l'après-midi, remonte à grands pas le boulevard des Batignolles. Il cherche la rue des Dames... *Rue des Dames, cabinet Camille*. Rue des Dames[1] ! il y a là une intention du hasard qui séduit amèrement Antoine[a]. Son imagination invente, rue des Dames, une sorte de vaste administration, une police de l'adultère féminin, mille limiers lancés à travers Paris à la suite d'autant de petites dames farceuses...

117, rue des Dames... La maison ne paie pas de mine. Antoine cherche à tâtons la loge du concierge, perchée à l'entresol... Un relent de chou qui mijote le guide jusqu'à une imposte entrouverte :

« Le cabinet Camille, je vous prie ?

— Troisième à gauche. »

L'escalier visse, dans des ténèbres moisies, de toutes petites marches basses. Antoine bute et n'ose toucher à la rampe visqueuse... Au troisième étage[b], un peu de jour venu d'une courette permet de lire, gravés sur une plaque ternie, les mots : « *Cabinet Camille, renseignements*. » Point de sonnette, mais une pancarte manuscrite prie le visiteur d'entrer sans frapper.

« Faut-il entrer ? quelle ignoble boîte ! Si je revenais ?... Oui, mais le patron[c] ne m'a donné qu'un après-midi... »

Il se décide, tourne le bouton et retombe dans le noir. Ça sent l'oignon et la pipe froide... Il va tourner les talons, quand une voix violente, derrière une porte, le retient :

« Bougre d'empoté ! Vous l'avez ratée encore, hein ? vous l'avez ratée en artiste ! Ah ! vous la tenez, la filature ! Dans un grand magasin, qu'il s'en va la perdre !

Mais j'aurais honte, moi, j'aurais honte de dire que j'ai perdu une cliente dans un grand magasin ! Un enfant de sept ans vous filerait un rat d'égout, dans un grand magasin ! »

Un silence... Le murmure confus d'une voix qui s'excuse...

« Oui, oui, allez lui dire ça, au cocu ! Moi, mon vieux, j'ai soupé de vous fringuer, et s'il ne vous faut plus que ma botte au derrière... »

Antoine rougit et sue dans l'ombre, avec l'impression absurde que le « cocu » dont on parle là-dedans, c'est lui... Enragé, il frappe à une porte invisible, n'attend pas la réponse, et entre...

La pièce est nue, humide, propre à première vue, quoiqu'une buée bleue ternisse la glace aux dorures rougies.

Un individu referme vivement un tiroir ouvert, où voisinent un pain-flûte, le rouleau d'argent d'un saucisson de Lyon, et un casse-tête américain.

« Vous désirez, monsieur ? »

Antoine s'avance et heurte un long pied, celui d'un être piteux assis contre la cheminée sur une pile de cartons verts, un être long, osseux, à figure asymétrique de séminariste défroqué comme meurtrie de l'engueulade...

« Je désire parler à M. Camille.

— C'est moi, monsieur. »

M. Camille s'incline devant Antoine avec une aisance autoritaire, que justifie le chic bien français de sa mise : gilet de velours prune aux boutons ciselés, redingote à châle[1], col carcan, plastron violet épinglé d'un fer à cheval...

« Asseyez-vous, monsieur. Puis-je vous être bon à quelque chose ?

— Voici, monsieur[a], ce qui m'amène. Je voudrais me renseigner sur une personne... Je n'ai pas de soupçons, mais, n'est-ce pas ? on aime à être renseigné... »

M. Camille lève une main de prédicateur deux fois baguée :

« C'est le devoir de tout homme de sens ! »

Puis il hoche un menton indulgent et averti, et pince sa moustache d'écuyer de manège, tandis que ses yeux de ruffian détaillent Antoine, découvrant en lui la poire, la poire bénie...

« Pour tout dire, il s'agit de ma femme. Je suis forcé de la laisser seule toute la journée, elle eſt très jeune, influençable... Bref, monsieur[a], je vous prierai de me faire connaître, heure par heure, l'emploi des journées de ma femme.

— Rien de plus facile, monsieur.

— Il faudrait quelqu'un de très adroit : elle eſt méfiante, intelligente... »

M. Camille sourit, les pouces dans les poches de son gilet.

« Cela tombe à merveille, monsieur, j'ai quelqu'un de sûr[b], un de ces génies ignorés et modeſtes...

— Ah ! ah ! » fait Antoine intéressé.

Du menton, M. Camille désigne l'être assis au coin de la cheminée, qui arrondit d'avance ses épaules pour le prochain abattage.

« Comment ? c'eſt...

— Mon meilleur limier, monsieur. Et maintenant, si vous le voulez bien, nous allons aborder la queſtion des honoraires... »

Antoine, effondré[c], n'écoute même plus : il paiera tout ce qu'on voudra... mais sans espoir.

« La chance eſt contre moi, se lamente-t-il. Cette espèce de martyr idiot ne sera jamais capable de suivre Minne... C'eſt trop de guigne, d'être allé tomber dans ce taudis, quand il y a trois cents agences qui valent sans doute mieux... Tout eſt contre moi ! »

Il redescend l'escalier noir, qui sent le chou et les latrines, et croit encore entendre une voix furieuse qui crie :

« Dans un grand magasin qu'il s'en va me la perdre ! Allez lui dire ça, au cocu, voir si i' coupe[1] ! »

☆

« J'aurais préféré, soliloque Minne, être malheureuse. Les gens ne savent pas assez que l'absence de malheur rend triſte. Un bon malheur, bien cuisant, alimenté, renouvelé chaque heure, un enfer, quoi ! mais un enfer varié, remuant, animé, voilà qui tient en haleine, voilà qui colore la vie ! »

Elle secoue sa fluide chevelure sur sa robe blanche et redit, Mélisande qui s'ignore[1] : « Je ne suis pas heureuse ici... »

Antoine a quitté[a] la maison tout à l'heure sans demander si sa femme était éveillée ; mais il l'a fait avertir qu'elle déjeunerait seule...

« Voilà un garçon, se dit-elle, où on ne comprend rien ! Tant que je l'ai trompé, il a été content. Et puis, je renvoie Jacques Couderc, je l'expédie au diable — et puis Maugis me traite en petite sœur —, et là-dessus, Antoine devient terrible !... »

La vérité[b], c'est qu'Antoine, bouleversé à l'idée qu'un espion suivra Minne tout le jour, s'est enfui. Sa Minne, sa méchante Minne tenue, pendant des heures, au bout d'un fil qu'elle ne verra pas, sa Minne qui courra, coupable et gaie, vers l'adultère, qui criera « Cocher ! » de sa voix pointue et impatiente, sans se douter qu'un œil, derrière elle, note l'heure, l'endroit, le numéro du fiacre !

Il s'est enfui, après une nuit abominable, car son amour révolté est près de prendre le parti de Minne, de lui crier : « Ne va pas là-bas ! un mauvais homme veut te suivre ! » Il s'est enfui, plein de larmes, certain qu'il achève de tuer son bonheur... « On me l'a donnée[c] pour la rendre heureuse, plaide-t-il pour Minne ; mais elle n'a pas juré d'être heureuse par moi... »

Il a souhaité, cette nuit, la vieillesse, l'impuissance — mais non la mort. Il a mûri cent projets — mais non celui d'une séparation. Il a prévu des fins amères, et humiliantes, car c'est le plus grand amour, celui qui consent au partage... Et, chaque fois que, sur son lit détesté, il a tordu son corps en disant : « Ça ne peut pas durer ! », il admettait en sa pensée le renoncement à toutes choses, sauf à la possession de Minne...

À l'heure même où Antoine tue le temps, échoué dans une brasserie morne, Minne sort de chez elle. Elle sort pour sortir, attirée par le soleil, indécise et sans intentions...

Des nuages blancs, dans le ciel, balaient un fade azur. Minne lève vers ce bleu son nez bridé de tulle et descend l'avenue.

« Si j'allais chez Maugis ? » Elle s'arrête un instant,

puis repart. « Eh bien, quoi ? j'irai chez Maugis. » Elle fronce les sourcils... « Qui m'en empêche ? Parfaitement, j'irai chez Maugis. S'il n'est pas là... eh bien ! je reviendrai. J'irai chez Maugis... »

Elle fait volte-face pour remonter vers la place Pereire[1], et donne de l'ombrelle dans un monsieur, un homme plutôt, qui marchait derrière elle. Elle murmure « Pardon » d'un ton agacé, parce que l'homme sent le tabac froid et la bière aigre.

Elle répète, butée, le front en avant : « J'irai chez Maugis ! » et ne bouge pas...

« Si j'y vais, Maugis va croire que je ne viens que *pour ça...* »

Elle s'arrête et méconnaît[a] la fleur tardive dont l'éclosion la trouble comme une adolescence nouvelle : la pudeur, qui n'est peut-être qu'un scrupule sentimental. Elle a gaspillé son corps ignorant, l'a donné, puis repris. Mais elle n'a jamais songé que le don implique la déchéance, et il n'y a rien de plus vierge que l'âme orgueilleuse de Minne... Son hochement de tête découragé refuse en même temps un fiacre qui rase le trottoir. Elle revient sur ses pas, redescend vers le parc Monceau : « Je n'ai envie de rien, je ne sais quoi faire... C'est un temps par lequel on voudrait avoir quelqu'un à tourmenter. »

Elle presse le pas, suit du regard la voile blanche d'un nuage qui vogue au-dessus d'elle, et ne prend pas garde que son geste découvre, comme exprès, le creux charmant de son menton, le dessous humide de sa lèvre supérieure...

À quelques pas devant elle, marche un homme dont elle reconnaît vaguement la couleur, la forme veule, les cheveux longs sur un col douteux... « C'est l'homme que j'ai cogné avec mon ombrelle tout à l'heure. »

Au parc Monceau, elle fait halte, repose ses yeux sur les pelouses, d'un vert ardent et frais de piment, puis repart, intriguée : l'homme est encore derrière elle ! il roule une cigarette, l'air absent. Il a un long nez, posé négligemment un peu de côté dans son visage...

« Il aurait le toupet de me suivre ? C'est qu'il marque tout à fait mal, ce type ! Un satyre, peut-être, ou bien un de ces individus qui se collent contre les robes dans les foules... On verra bien ! »

Elle repart : l'avenue de Messine offre sa facile pente, qui donne envie de courir et de jouer au cerceau. Minne allonge le pas, heureuse du battement de son sang dans ses oreilles roses...

« Qu'eﬆ-ce que c'eﬆ que cette rue-là[a] ? Miromesnil ? Prenons Miromesnil. Le satyre ? il eﬆ à son poﬆe. Quel drôle de satyre ! si vague et si las ! Les satyres, d'habitude, sont barbus et fauves, avec l'œil cynique, et un peu de paille dans les cheveux, ou bien des feuilles sèches... »

Elle se plante[b] près d'une vitrine de sellier, assez longtemps pour compter tous les colliers, hérissés de poils de blaireau, cloutés de turquoise, que la mode impose aux chiens de bonne compagnie. Le satyre, patient entre tous les satyres, attend à diﬆance respeﬆueuse et fume sa quatrième cigarette. C'eﬆ à peine s'il glisse vers elle un œil jaunâtre. Même, il crache, après un renâclement immonde : il crache au vu et au su de tous, et Minne, le cœur à l'envers, eût préféré à ce crachat copieux n'importe quel outrage à la pudeur... Elle tourne des épaules révoltées et repart. Faubourg Saint-Honoré, un embarras de voitures les sépare. D'un trottoir à l'autre, elle lui tirerait bien la langue ; mais peut-être n'en faudrait-il pas plus pour déchaîner la rage érotique du monﬆre ?...

Lui, l'épaule de biais, se repose sur une jambe et profite de la halte pour griffonner quelque chose sur un carnet, après avoir consulté sa montre ; ce geﬆe suffit à dissiper l'erreur de Minne : le satyre, le ver de terre, le repoussant admirateur, eﬆ un vil ﬆipendié !

« Comment ai-je pu m'y tromper ? C'eﬆ Antoine qui me fait suivre !... Le maladroit, le maladroit, le potache ! Un potache, il ne sera jamais que cela !... Ah ! tu paies quelqu'un pour marcher ? il marchera, je t'en réponds ! »

Elle marche. Elle bouscule des passants. Elle file, se sentant des jarrets de faﬅeur...

« La Madeleine[c] ?... autant là qu'ailleurs. Et puis les boulevards jusqu'à la Baﬆille[1]. Parfaitement ! C'eﬆ moi qui mène la chasse, aujourd'hui. » Elle sourit, d'un froid petit sourire, en revoyant, très loin en arrière, et si chétive, une Minne traquée, qui traîne, en boitillant, une pantoufle rouge sans talon...

« L'avenue de l'Opéra ? Le Louvre ? Non, il y a trop de monde à cette heure-ci. » Elle élit[a] la rue du Quatre-Septembre, dont la dévastation plaît à son état d'âme[1]. Ce ne sont que chausse-trapes, barricades, caves béantes, chaussées effondrées... Un abîme s'ouvre, où grouillent des serpents de plomb... Il faut franchir des passerelles, côtoyer des tranchées : le « satyre » aura du fil à retordre, pense Minne.

De fait, il inspirerait la pitié, n'était le caractère inacceptable de sa laideur. Il rougit, son nez brille, et tant de cigarettes ont dû allumer sa soif...

« Pauvre homme ! songe Minne. Après tout, ce n'est pas de sa faute... Voilà la Bourse : j'ai envie de lui faire le coup de la rue Feydeau[2]. »

Le « coup de la rue Feydeau » ! joie innocente du premier adultère de Minne... Pour retrouver chez lui son amant, l'interne des hôpitaux, elle entrait voilée dans une maison de la place de la Bourse, et s'en allait par la rue Feydeau, contente d'avoir goûté — mieux que l'étreinte du grand diable luxurieux à barbe de chèvre — le charme de la maison à double issue... « Comme c'est loin tout ça ! murmure Minne... Ah ! je vieillis ! »

Pour classique qu'il soit, le coup de la rue Feydeau, aujourd'hui, réussit parfaitement. Place de la Bourse, Minne pénètre dans la cour du numéro 8, et tombe, rue Feydeau, dans un taxi providentiel[3].

Bercée au tic-tac du taximètre, Minne allonge sur le strapontin ses pieds vernis, qui ont si activement erré. Elle se sent pleine[b] de malice et de mansuétude, et sa colère contre Antoine se repose. Minne s'alanguit dans la victoire.

Il est cinq heures à peine quand elle rentre avenue de Villiers, Minne songe qu'elle va pouvoir s'accorder deux grandes heures de robe de chambre, de pieds nus dans les petits mocassins de daim cru... Mais il est dit que ce soleil qui baise les rideaux roses ne veillera point le doux farniente de Minne : Antoine est rentré !

« Comment ? tu es là ?

— Tu vois. »

Il a dû errer longtemps, lui aussi : on le devine au cuir poudreux de ses bottines...

« Pourquoi n'es-tu pas à ton bureau, Antoine ?

— Si on te le demande[a], tu diras que tu n'en sais rien. »

Minne croit rêver. Comment ! elle rentre toute gentille, fatiguée, amusée d'avoir semé le limier, et elle tombe sur cet ours grossier !

« C'eſt comme ça ? Eh bien, mon cher, si tu as autant de loisirs, pourquoi ne les emploies-tu pas à m'espionner toi-même ?

— À t'esp...

— Mais oui. Je ne sais pas à qui tu t'adresses, mais on se fiche de toi, tu sais. Quel personnel ! Ma parole, cet après-midi, j'en avais honte pour toi ! Un homme à qui j'aurais fait l'aumône ! Hein ? ce n'eſt pas vrai ? dis que je suis folle ! Veux-tu que je te donne mon itinéraire ? Tu pourras le contrôler avec le rapport de tes agents !... »

Elle récite, d'une voix de tête insupportable :

« Partis à trois heures de la maison, nous avons traversé le parc Monceau, descendu l'avenue de Messine, ſtationné rue de Miromesnil devant les colliers de chiens, suivi le faubourg Saint-Honoré jusqu'à...

— Minne ! »

Elle eſt lancée, elle ne lui fera pas grâce d'un carrefour. Elle compte sur ses doigts, roule des prunelles mobiles d'aiglon irrité, insiſte sur le détail de la maison à double issue, et, sans qu'il sache pourquoi, la jalousie qu'il portait en lui, comme une corde tendue, sensible et douloureuse, se détend, amollie, baignée d'une huile bienfaisante... Il contemple Minne, il n'entend plus sa colère bavarde... Il découvre lentement, devant cette enfant faible et furieuse, qu'il allait commettre l'erreur criminelle de la traiter en ennemie. Elle eſt seule au monde, et elle eſt à lui. A lui, même si elle le trompe ; à lui, même si elle le hait ; sans autre recours, sans refuge que lui ! Elle était sa sœur avant d'être sa femme, et, déjà, il eût donné pour elle tout son sang de frère fervent. Il lui doit à présent plus que son sang, puisqu'il a promis de la rendre heureuse. Tâche difficile ! car Minne eſt fantasque, souvent cruelle... Mais il n'y a pas de honte à souffrir, quand c'eſt le seul moyen de donner le bonheur...

Qu'elle suive donc, libre, le chemin capricieux de sa

vie ! Elle court aux casse-cou, cherche les joies périlleuses : il étendra les mains seulement quand elle chancellera, mais caché, prudent, comme les mères qui suivent les premiers pas de leur petit, les bras grands ouverts et tremblants comme des ailes...

Elle a fini. Elle s'est excitée encore en parlant. Elle a crié on ne sait pas quoi, des mots de pensionnaire pédante, des appels à la liberté, des « c'est bien fait ! » de gosse... Deux petites larmes suspendues à ses cils s'irisent de lumière, et elle est à bout de méchanceté. Antoine la prendrait bien dans ses grands bras, la bercerait toute en pleurs... Mais il sent que ce n'est pas le moment encore...

« Mon Dieu, Minne, qui est-ce qui te demande tout ça ? »

Elle redresse son cou d'infante, passe une langue altérée sur ses lèvres :

« Comment ? qui me demande ? Mais toi ! mais ton attitude de martyr grognon, mais ton silence de mari qui se contient ! Qui contient quoi ? Qu'est-ce que tu sais ? Tes valets de police ne t'ont-ils pas renseigné ? Ils sont si adroits !...

— Tu l'as dit, Minne, ils sont bien maladroits ! Mais c'est presque mon excuse. Je ne les connais pas, je les emploie mal... Et j'aurais dû ne jamais les employer. »

Un étonnement défiant change le visage de Minne. Elle cesse d'effilocher le chapeau de paille bleue, où s'occupaient ses mains destructrices...

« Tu me pardonnes, Minne ? »

Elle a, dans ses yeux sombres, la froide suspicion d'une bête à qui l'on dit : « Va ! » en ouvrant la porte de sa cage...

« Minne, voyons ! Faut-il promettre que je ne le ferai plus ? »

La grâce rassurante, un peu voulue, de son sourire barbu inquiète Minne, qui ne comprend pas... Pourquoi l'espionnage ? et pourquoi l'humble excuse, après ? Elle tend, hésitante, une petite main incrédule...

« Tu es joliment agaçant, Antoine, tout de même ! »

Il tire un peu à lui le bras de Minne qui cède du coude et résiste de l'épaule, et se penche tendrement vers elle :

« Écoute, Minne, si tu voulais... »

Le crépuscule est descendu, rapide, et lui cache le visage de Minne...

« Si je voulais quoi ? Tu sais que je n'aime pas promettre !

— Tu n'as besoin de rien promettre, chérie. »

Il parle dans l'ombre, en aîné, en paternel ami, et c'est une humiliation à goût double, détestable et chère, qui fait tressaillir la mémoire de Minne : une voix déjà, éraillée, indulgente, n'a-t-elle pas, l'autre jour, entrouvert tout au fond d'elle cette secrète cellule à aimer, cellule à souffrir, qu'elle croyait si fort verrouillée ?... Elle se sent soudain faiblir de fatigue et s'appuie aux courbes connues du grand corps debout près d'elle...

« Minne, voilà... Chaulieu voudrait m'envoyer à Monte-Carlo pour une grosse affaire de publicité à traiter avec l'administration des jeux. Ça ne me souriait pas beaucoup d'abord, mais le patron, chez Pleyel, consent à me laisser prendre, avant Pâques, mes vacances de Pâques. Alors... veux-tu venir[a] avec moi à Monte-Carlo, pour dix, douze jours ?

— À Monte-Carlo ? moi ? pourquoi ? »

« Si elle refuse, mon Dieu ! si elle refuse, se dit Antoine, c'est que quelqu'un la retient ici, c'est que tout est perdu pour moi... »

« Pour me faire un grand plaisir », dit-il simplement.

Minne songe à ses journées vides, à ses péchés sans saveur, à Maugis qui ne veut pas, au petit Couderc qui ne sait pas, à ceux qui viendront et qui n'ont encore ni nom ni visage...

« Quand partons-nous, Antoine ? »

Il ne répond pas tout de suite, la tête levée dans l'obscurité, luttant contre les larmes, contre le besoin de bramer, de se vautrer aux pieds de Minne... Elle n'aime personne ! elle partira avec lui, avec lui tout seul ! elle partira !

« Dans cinq ou six jours. Tu seras prête ?

— C'est tout juste. Il faut s'habiller là-bas... Attends que j'allume : on n'y voit plus... Tu ne seras plus méchant, Antoine ? »

Il la retient encore une minute contre lui, dans l'ombre. Un bras autour des frêles épaules de Minne, sans la trop serrer, sans l'emprisonner, il renouvelle le muet serment de lui donner le bonheur, de le lui laisser prendre où elle voudra, de le voler pour elle...

☆

« Dix-neuf, rouge, impair et passe...

— J'ai encore gagné dix francs ! s'écrie Minne, enchantée. Qu'eſt-ce que tu disais donc, qu'on perd toujours à Monte-Carlo ? Antoine, je vais à une autre table.

— Pourquoi ? puisque tu gagnes à celle-ci...

— Je ne sais pas. C'eſt amusant de changer. Tu me retrouves sous l'horloge, dis ? »

Antoine la suit des yeux, plein d'admiration pour sa robe blanche bruissante, pour sa taille mince, pour sa nuque dorée et le chapeau de crin rose qui la coiffe... « Elle s'amuse, dit-il, quel bonheur ! »

Minne, debout derrière le croupier, s'excuse poliment : « Pardon, monsieur », et pousse sa pièce sur la troisième douzaine. La bille tourne, se ralentit, trébuche :

« Rien ne va plus ! »

Minne considère, au-dessous d'elle, un jardin de roses et d'iris, un monſtrueux chapeau qui abrite une dame invisible... « Quel chapeau ! c'eſt une grue, je parie... »

« Trente-six, rouge, pair et passe. »

Minne gagne encore dix francs. Elle ramasse les trois pièces ; presque en même temps qu'elle, se penche un gros Allemand, qui touche aussi sa troisième douzaine... Mais une voix sèche part de dessous le jardin suspendu :

« Pardon, monsieur ! veuillez laisser cette masse[1].

— *Verzeihung ! diese Einlage gehört mir*[2] *!* »

Du tac au tac, la dame rétorque, en allemand, cette fois :

« *Sie müssen nur auf ihr Spiel Acht geben. Das Goldstück gehört mir... Lassen Sie mich in Ruhe*[3] *!* »

L'homme, ſtupéfait, invoque des yeux le témoignage d'une loyale assistance, mais la loyale assistance a bien autre chose à faire... Minne n'en revient pas non plus, car la dame au chapeau, la dame qui ramasse les orphelins[1] avec l'autorité que donne une mauvaise conscience, c'est Irène, Irène Chaulieu !

« Comment ? c'est vous, Irène ?

— Minne ! elle est bonne, celle-là ! Croyez-vous ? ce barbu qui voulait me faire *mon* louis ! Ne me parlez pas, ma chère, j'essaie ma petite combine, une martingale épatante ! »

Les courtes mains d'Irène[a] tripotent des louis, empilent des pièces, pointent un carnet. Son nez de peseuse d'or s'incline sur une comptabilité crasseuse, sur un butin de pillarde. Sous le chapeau en terrasse fleurie, ses yeux, au-dessus du nez pincé et pâle, appellent l'or, l'adorent, le violentent, et ses mains d'escamoteuse dépouillent le tapis...

« N'est-ce pas qu'elle est épatante ? » chuchote une voix dans l'oreille de Minne.

Avec une confusion de jeune mariée, Minne reconnaît Maugis. Tout le monde est donc à Monte-Carlo !... Elle reste interdite devant le journaliste et ne sait que dire. Il s'éponge le front, et cligne sous la lumière crue du lustre. Elle le trouve plus vieux qu'à Paris, avec des fils gris dans la moustache, un grand pli triste dans sa joue d'homme gai...

« Voulez-vous parier, dit-il, que j'entends ce que vous pensez de moi ?

— Non ! dit-elle vivement. Je suis très contente de vous voir.

— Madame est bien bonne. Et le noble époux ?

— Il m'attend sous l'horloge...

— C'est la première fois que vous venez à Monte-Carlo ?

— Oui... Je suis toute dépaysée, c'est si curieux, ici ! Vous ne trouvez pas, monsieur Maugis, qu'on rencontre des figures intéressantes ?

— J'allais le remarquer », acquiesce Maugis, déférent.

Minne, qui n'aime pas la raillerie, remue les épaules, boudeuse.

« Il ne faut pas vous moquer de moi ! prie-t-elle.

— Me moquer de vous ? je n'y pense guère, mon enfant !

— À quoi pensez-vous, alors ?

— Je pense que vous avez, là, échappé de votre tempe, un seul cheveu d'or, presque d'argent, qui dessine un point d'interrogation en l'air, et je lui réponds "oui" à tort et à travers... »

Elle rit sans entrain, et le silence tombe entre eux, gênant. Minne, lasse de rester debout, évite de regarder Maugis, et ils pensent tous deux, muets, à une chambre aux rideaux de gaze jaune, où les paroles leur venaient faciles, sincères, où leur pensée s'est livrée, nue comme Minne elle-même. Ils se sont tout dit, là-bas...

Mélancoliques, ils se taisent. Ils écoutent, au fond d'eux-mêmes, la brisure musicale d'un petit fil très précieux...

« Je ne suis pas drôle, ce soir, mon enfant, hein ? Je ne vous amuse guère ? »

Elle proteste d'un signe.

« Je ne suis pas gaie[a] quand je m'amuse. Et je peux être contente sans m'amuser. Croyez — elle appuie un instant sa main gantée sur le bras de Maugis — croyez que je suis votre amie et que je n'ai pas d'autre ami que vous... Cela me coûte à dire, mais... c'est qu'on m'a si peu habituée à l'amitié !... Retournez au jeu, à présent ; moi, je m'en vais.

— Vous vous en allez où ?

— Retrouver Antoine. Il m'attend sous l'horloge. »

Il n'insiste pas. Il s'éloigne, après un baiser sur la petite main gantée, et Minne reste seule parmi tant d'inconnus, parmi le silence bourdonnant et studieux des salles de jeu...

Elle frissonne, en songeant à l'âpre vent qui balaie, ce soir, la Corniche... Un méchant hasard a jeté Minne et Antoine en pleine tempête sèche ; des paillettes de silex volent sous le ciel plombé, la Méditerranée est couleur d'huître grise...

Absorbée, Minne arrive, enfin, jusqu'à Antoine, qui l'a attendue sous l'horloge, et sort, à son bras, du Casino.

Le vent a balayé le ciel, où vogue une lune mauve. Les palmiers immobiles jalonnent l'avenue — les hôtels crémeux, les villas couleur de beurre rivalisent de blancheur... Mais la beauté de la nuit claire est sur tout cela, et, dans le vent qui tiédit, passe un souffle de printemps...

« Il fait presque aussi doux qu'à Paris », soupire Antoine.

Frileuse, dans la victoria attelée de deux biques osseuses et vives, Minne s'accote à l'épaule de son mari. La voiture monte, au grand trot, la route qui mène au Riviera-Palace[1] ; soudain, sombre et pure, apparaît la mer... Un filet d'argent[a] y danse, autour d'un long fuseau de lumière nacrée comme le ventre pâle des poissons...

« Oh ! tu vois, Antoine ?

— Je vois, chérie. Tu aimes ce pays ?

— Je ne l'aime pas, mais je le trouve beau[2].

— Pourquoi ne l'aimes-tu pas ?

— Je ne sais pas. Il y a la mer, que je n'ai jamais vue. À cause de cette eau sans fin, on y est loin, on y est plus seuls qu'ailleurs... »

Il n'ose resserrer son étreinte autour du manteau blanc qui flotte, et se sent plus timide qu'un fiancé. Depuis le soir du verrou, il vit en frère auprès de Minne, ballotté du soupçon au remords, de la crainte à la colère — et voici qu'il s'émerveille en pensant qu'il a été le mari de Minne, qu'il a disposé d'elle en pacha confiant, qu'il l'a possédée sans lui demander : « Me veux-tu ? »

Ces jours-là sont loin... Minne est pourtant là, contre son bras, et la poussière siliceuse, pailletée comme du givre, porte aux lèvres d'Antoine un peu du parfum de verveine citronnelle...

Ils se taisent jusqu'à la grande chambre d'où l'hygiène et la mode ont banni les tentures et les capitonnages. Même les vitres sans rideaux luisent, nues comme celles d'un appartement à louer, persiennes ouvertes.

Encore vêtue de son manteau, coiffée de son chapeau qui déborde de roses, Minne s'approche de la fenêtre emplie de nuit lumineuse. Les jardins de l'hôtel cachent Monte-Carlo ; il n'y a plus, au-dessus d'une haie sombre de fusains, que la lune et la mer...

Trois nuances, de gris, d'argent, de bleu plombé, suffisent à la froide splendeur du tableau, et Minne aiguise son regard pour saisir la ligne délicate, le suave et mystérieux coup de crayon qui, tout au bout de la mer, touche le ciel...

Cette nuit sans ombre, qui éveille, au cœur récalcitrant de Minne, une sensibilité inconnue, résonne de tous les bruits du jour. Une musique lointaine monte par bouffées et, sur l'escarpement de la route, claquent des fouets, grincent des roues...

Minne cherche à rassembler son âme éparpillée sur la mer, volant sous la lune ; elle remonte, angoissée, vers un foyer qui n'existe pas. Nulle part, où qu'elle s'arrête, elle ne trouve l'Amour assis, et son rêve n'a point de figure... Ah ! que tout est grand, ce soir, et sévèrement beau, et cruel à la solitude !

Glacée, Minne se retourne vers Antoine, qui fume, en pyjama. Elle est près de lui tendre ses mains tremblantes, royales petites mains dont les paumes ne savent pas mendier et qui s'offrent hautes au baiser, les doigts retombant comme des cloches de digitales blanches...

Il fume une cigarette et paraît indifférent. Mais quelque chose a mûri dans sa figure d'honnête Brésilien, quelque chose attriste le grand nez chevalin, creuse les yeux de brigand amoureux... « Il réfléchit donc ? » s'étonne Minne. Jamais elle n'a pensé autant à lui. Elle se prend à souhaiter qu'il parle et que le son de sa voix trouble enfin cette nuit aveuglante, qui entre ici à pleines vitres...

« Antoine...

— Chérie ?

— J'ai froid.

— Il faut te coucher.

— Oui... Mets la couverture de voyage sur mon lit... Comme il fait froid, ici !

— Les gens du pays disent que c'est tout à fait exceptionnel. D'ailleurs, on peut compter sur une journée magnifique, demain. Le vent tourne... Tu verras le bleu de la mer... Nous monterons à La Turbie... »

Il redouble de banalités, à mesure que le déshabillage de Minne la lui montre plus nue, nouvelle dans une chambre étrangère. Elle se hâte, impudique et fraternelle, court au cabinet de toilette et ressort grelottante.

« Oh ! ce lit !... les draps sont glacés.

— Veux-tu ?... »

Il allait lui proposer la chaleur de son grand corps brun et tiède, et s'arrête court, comme s'il retenait une inconvenance...

« Veux-tu que je demande une boule ?

— Pas la peine ! crie Minne d'une voix étouffée sous le drap. Mais borde-moi bien... Remonte le couvre-pieds... Tourne l'abat-jour de l'autre côté... Merci, Antoine... Bonsoir, Antoine... »

Il s'empresse, heureux et triste à pleurer, se fait agile et silencieux autour du lit. Une gratitude de chien enfle son cœur.

« Bonsoir, Antoine..., répète Minne qui tend hors du lit un pâle petit museau tout froid.

— Bonsoir, chérie. Tu as sommeil ?

— Non.

— Tu veux que j'éteigne ?

— Pas tout de suite. Parle-moi. Je crois que j'ai un peu de fièvre. Assieds-toi une minute. »

Il obéit, avec sa gaucherie tendre.

« Si tu n'es pas bien ici, Minne, nous pouvons repartir plus tôt : je me dépêcherai... »

Minne creuse[a] de la nuque le coussin de plume, s'arrange au chaud dans ses cheveux comme une poule dans la paille.

« Je ne demande pas à partir, moi.

— Tu pourrais regretter Paris, ta maison, tes... tes habitudes, ton... »

Il a détourné la tête, en changeant de ton malgré lui, et Minne, à travers ses cheveux, l'épie.

« Je n'ai pas d'habitudes, Antoine. »

Il fait un effort prodigieux pour se taire, mais il continue :

« Tu pourrais... aimer quelqu'un... regretter... des amis...

— Je n'ai pas d'amis, Antoine.

— Oh ! tu sais, je dis ça... Ce n'était pas pour te gronder. Je... j'ai réfléchi que, le mois dernier, j'avais été idiot... Quand on aime, n'est-ce pas ? on ne le fait pas exprès... Je ne peux pas plus t'empêcher d'aimer quelqu'un qu'empêcher la terre de tourner... »

Il semble, à chaque mot, soulever des montagnes. Sa pensée, subtile et fervente, s'habille des mots les plus lourds, les plus vulgaires, et il en souffre. Ne pas pouvoir, grand Dieu, ne pas pouvoir expliquer à Minne qu'il lui fait don de sa vie, de son honneur de mari, de son dévouement complice !... Ne rien trouver qui ne la blesse ou ne la mette en défiance, cette enfant fragile qu'il vient de border dans son lit... Et que va-t-elle répondre ? Pourvu qu'elle ne pleure pas ! elle est si nerveuse, ce soir ! Il se jure, à bout de formules : « Je veux bien qu'elle me fasse cocu, mais je ne veux pas qu'elle pleure ! » Il devine, sous les cheveux mêlés, l'intensité du beau regard noir...

« Je n'aime personne, Antoine.

— C'est vrai ?

— C'est vrai. »

Il dévore, front baissé, une joie et une amertume sans égales. Elle a dit : « Je n'aime personne », mais elle n'a pas dit qu'elle aimait Antoine...

« Tu es bien gentille, tu sais... Je suis content... Tu ne m'en veux plus ?

— Pourquoi est-ce que je t'en voudrais ?

— À cause... à cause de tout. Un moment, je voulais tout faire sauter... mais ce n'est pas parce que je t'aimais moins — au contraire !... Tu ne peux pas comprendre ça, toi...

— Pourquoi donc ?

— Ce sont des idées d'homme qui aime », dit-il simplement.

Minne tend hors du lit une amicale petite main :

« Mais je t'aime bien aussi, je t'assure.

— Oui ? questionne-t-il avec un rire forcé. Alors je voudrais que tu m'aimes assez pour me demander tout ce qui te ferait plaisir, mais *tout*, tu entends, même les choses qu'on ne demande pas d'ordinaire à un mari, et puis que tu viennes te plaindre, tu comprends, comme quand on est tout petit : "Un tel m'a fait quelque chose, Antoine : gronde-le, ou tue-le", ou n'importe quoi... »

Elle a compris, cette fois. Elle s'assied sur son lit, ne sachant comment libérer la brusque tendresse qui voudrait s'élancer d'elle vers Antoine, comme une brillante couleuvre prisonnière... Elle est toute pâle, les yeux agrandis... Quel homme est-il donc, ce cousin Antoine ?

Des hommes l'ont désirée, l'un jusqu'à vouloir la tuer, l'autre jusqu'à, délicatement, la repousser... Mais pas un ne lui a dit : « Sois heureuse, je ne demande rien pour moi : je te donnerai des parures, des bonbons, des amants... »

Quelle récompense accordera-t-elle à ce martyr qui attend, là, en pyjama ?... Qu'il prenne au moins ce que Minne peut donner, son corps obéissant, sa douce bouche insensible, sa molle chevelure d'esclave...

« Viens dans mon lit, Antoine. »

☆

Minne dort d'un sommeil fourbu, dans l'obscurité rose. Dehors, les fouets claquent, les roues grincent comme à minuit, et sous la terrasse vibrent des mandolines italiennes. Mais la muraille du sommeil sépare Minne du monde vivant et, seul, le nasillement ailé de la musique s'insinue jusqu'à son rêve pour l'agacer d'un bourdonnement d'abeille...

Le songe ensoleillé, bénin, se trouble, et la pensée de Minne remonte vers le réveil par élans inégaux, comme un plongeur qui quitte le fond d'un océan merveilleux. Elle respire profondément, cache sa figure au creux de son bras plié, cherche le noir et doux sommeil... Une douleur légère, bizarre, dont tout son corps retentit comme une harpe, l'éveille sans rémission.

Avant d'ouvrir les yeux, elle se sent nue dans sa chevelure ; mais l'insolite de ce détail n'importe guère : il est arrivé cette nuit quelque chose... quoi donc ? Il faut s'éveiller vite, tout à fait, pour s'en souvenir avec plus de joie : c'est cette nuit qu'un miracle acheva de créer Minne !

Elle tourne vers les rideaux un vague et animal sourire : « Le soleil ?... nous avons donc dormi ? Oui, nous avons dormi, et longtemps... Antoine est sorti... Je n'aurai jamais le courage d'aller regarder l'heure... Heureusement que nous déjeunons tard, nous deux !... » Elle redit « nous deux » avec une naïveté orgueilleuse de jeune mariée et retombe sur l'oreiller, dans ses cheveux défaits...

« Viens dans mon lit, Antoine ! » Elle lui a crié cela,

cette nuit, avec une équité convaincue de prostituée qui n'a que son corps pour payer l'amour des hommes... Et le malheureux, éperdu que la récompense fût si près de la peine, s'était jeté dans les bras exaltés de Minne.

Il ne voulait que la tenir contre lui, d'abord. Il l'enlaçait du buste, seulement, enivré aux larmes de la sentir si tiède et si parfumée, si menue, si flexible dans ses bras... Mais elle se rapprocha toute de lui, d'un sursaut de reins, et agrippa aux siens ses pieds lisses et froids. Faiblissant, il murmura « Non, non » en bombant le dos pour s'éloigner d'elle, mais une petite main téméraire le frôla et il fut d'un bond à genoux sur le lit, rejetant le drap...

Elle vit, comme elle l'avait vu tant de fois, noir au-dessus d'elle, faunesque et barbu, ce grand corps brun exhalant une odeur connue d'ambre et de bois brûlé... Mais, aujourd'hui, Antoine a mérité plus qu'elle ne saurait lui donner ! « Il faut qu'il m'ait bien, que cette nuit le comble, il faut que j'imite, pour lui donner la joie complète, le soupir et le cri de son propre plaisir... Je ferai "*Ah ! ah !*" comme Irène Chaulieu, en tâchant de penser à autre chose... »

Elle glissa hors de la chemise longue, tendit aux mains et aux lèvres d'Antoine les fruits tendres de sa gorge et renversa sur l'oreiller, passive, un pur sourire de sainte qui défie les démons et les tourmenteurs...

Il la ménageait pourtant, l'ébranlait à peine d'un rythme doux[a], lent, profond... Elle entrouvrit les yeux : ceux d'Antoine, encore maître de lui, semblaient chercher Minne au-delà d'elle-même... Elle se rappela les leçons d'Irène Chaulieu, soupira « Ah ! ah ! » comme une pensionnaire qui s'évanouit, puis se tut, honteuse. Absorbé, les sourcils noueux dans un dur et voluptueux masque de Pan, Antoine prolongeait sa joie silencieuse... « Ah !... ah !... » dit-elle encore, malgré elle... Car une angoisse progressive, presque intolérable, serrait sa gorge, pareille à l'étouffement des sanglots près de jaillir...

Une troisième fois, elle gémit, et Antoine s'arrêta, troublé d'entendre la voix de cette Minne qui n'avait jamais crié... L'immobilité, la retraite d'Antoine ne guérirent pas Minne, qui maintenant trépidait, les orteils courbés, et qui tournait la tête de droite à gauche, de gauche à droite, comme une enfant atteinte de méningite. Elle serra les poings, et Antoine put voir les muscles de ses mâchoires délicates saillir, contractés.

Il demeurait craintif, soulevé sur ses poignets, n'osant la reprendre... Elle gronda sourdement, ouvrit des yeux sauvages et cria :

« Va donc ! »

Un court saisissement le figea, au-dessus d'elle ; puis il l'envahit avec une force sournoise, une curiosité aiguë, meilleure que son propre plaisir. Il déploya une activité lucide, tandis qu'elle tordait des reins de sirène, les yeux refermés, les joues pâles et les oreilles pourpres... Tantôt elle joignait les mains, les rapprochait de sa bouche crispée, et semblait en proie à un enfantin désespoir... Tantôt elle haletait, bouche ouverte, enfonçant aux bras d'Antoine dix ongles véhéments... L'un de ses pieds, pendant hors du lit, se leva, brusque, et se posa une seconde sur la cuisse brune d'Antoine qui tressaillit de délice...

Enfin elle tourna vers lui des yeux inconnus et chantonna : « Ta Minne... ta Minne... à toi... » tandis qu'il la sentait enfin défaillir, froissée contre lui, moirée de frissons...

Minne[a], assise au milieu de son lit foulé, écoute au fond d'elle-même le tumulte d'un sang joyeux. Elle n'envie plus rien, ne regrette plus rien. La vie[b] vient au-devant d'elle, facile, sensuelle, banale comme une belle fille. Antoine a fait ce miracle. Minne guette le pas de son mari, et s'étire. Elle sourit dans l'ombre, avec un peu de mépris pour la Minne d'hier, cette sèche enfant quêteuse d'impossible. Il n'y a plus d'impossible, il n'y a plus rien à quêter, il n'y a qu'à fleurir, arrosée de volupté, qu'à devenir rose et heureuse et toute nourrie de la vanité d'être une femme comme les autres !... Antoine va revenir. Il faut se lever, courir vers le soleil qui perce les rideaux, demander le chocolat fumant et velouté... La journée passera oisive, Minne ne pensera à rien, pendue au bras d'Antoine, à rien... qu'à recommencer des nuits et des jours pareils... Antoine est grand, Antoine est admirable...

La porte s'ouvre, un flot de lumière blonde inonde la chambre.

« Antoine !

— Minne chérie ! »

Ils s'étreignent, lui frais de vent et d'air libre, elle toute moite, odorante de sa nuit amoureuse...

« Chérie, il fait un soleil ! C'est l'été, lève-toi vite ! »

Elle bondit sur le tapis, court aux persiennes et recule, aveuglée...

« Oh ! c'est tout bleu ! »

La mer se repose, sans un pli à sa robe de velours, où le soleil fond en plaque d'argent. Minne, éblouie et nue, suit dans une hébétude ravie le balancement, contre la vitre, d'une branche de pélargonium rose... Elle a poussé pendant la nuit, cette fleur ? et ces roses au nez roussi, Minne ne les avait pas vues hier...

« Minne ! j'en ai, des nouvelles ! »

Elle quitte la fenêtre et contemple son mari. Le miracle aussi l'a touché, lui dispensant, croit-elle, une nouvelle et mâle assurance...

« Minne, si tu savais ! Maugis m'a raconté une histoire impossible : Irène Chaulieu s'empoignant avec un Anglais, à cause d'une affaire de louis étouffés, tout un petit scandale... Tant et si bien qu'elle a dû prendre le train pour Paris ! »

Minne s'enveloppe d'un lâche peignoir et sourit à Antoine, qu'elle admire, si grand, si brun, la barbe assyrienne, le nez aventureux comme Henri IV...

« Et puis, voilà les journaux de Paris... Ça, c'est moins drôle... Tu sais bien, le petit Couderc ? »

Ah ! oui, le petit Couderc, elle sait bien... Pauvre petit... Elle le plaint de loin, de haut, avec une mémoire redevenue indulgente...

« Le petit Couderc ? qu'est-ce qu'il a fait ?

— On l'a trouvé chez lui, avec une balle dans le poumon. Il avait voulu nettoyer son revolver.

— Il est mort ?

— Dieu merci, non[1] ! on l'en tirera. Mais quel drôle d'accident, tout de même !

— Pauvre petit ! dit-elle tout haut.

— Oui, c'est malheureux... »

« Oui, c'est malheureux, songe Minne... Il vivra, il

redeviendra un petit noceur gai — il vivra, guéri, amputé du bel amour sauvage dont il eût dû mourir. C'est maintenant que je le plains... »

« Il l'a échappé belle, ce gosse, hein, Minne ? Est-ce qu'il ne te faisait pas la cour, ces derniers temps ? Allons, dis-le ! un tout petit peu ?... »

Minne, demi-nue, frotte sa tête décoiffée à la manche d'Antoine, d'un geste amoureux de bête domestiquée. Elle bâille, lève vers son mari la flatteuse meurtrissure de ses yeux d'où s'est enfui le mystère :

« Peut-être bien... J'ai oublié, mon chéri[a]. »

APPENDICE

PRÉFACE AU ROMAN DANS LE TOME III DE L'ÉDITION DU FLEURON

Je ne voulais, lorsque j'écrivis *Minne*, qu'écrire une nouvelle, avec l'espoir que je la signerais de mon nom. Il fallait donc, pour détourner d'elle une convoitise qui s'adressait d'habitude aux dimensions du roman, que ma nouvelle fût assez brève. Elle le fut : pas longtemps. Son succès la perdit : j'entendis d'une bouche conjugale des paroles de louange, et d'autres paroles aussi qui furent trop insistantes pour que je leur donne une place dans cet Avertissement. Il me fallut délayer *Minne* quelque peu.

Que ceux qui n'ont jamais désiré la paix comme le plus grand des biens me jettent la première pierre : je dus écrire encore *Les Égarements de Minne*, que je ne pus jamais considérer comme un bon roman.

Fut-il meilleur lorsque redevenu plus tard ma propriété, abrégé, soulagé, je le soudai à *Minne* pour constituer un seul volume sous le titre : *L'Ingénue libertine* ? Je voudrais bien le croire, mais je crains que cette édition définitive elle-même ne parvienne pas à m'en donner la certitude, ni à me réconcilier complètement avec les premiers aspects de ma carrière de romancière.

COLETTE.

LA RETRAITE SENTIMENTALE

AVERTISSEMENT

Pour des raisons qui n'ont rien à voir avec la littérature, j'ai cessé de collaborer avec Willy. Le même public qui donna sa faveur à nos six filles... légitimes, les quatre Claudine *et les deux* Minne, *se plaira, j'espère, à* La Retraite sentimentale, *et voudra bien retrouver dans celle-ci un peu de ce qu'il goûta dans celles-là.*

COLETTE WILLY.

PROLOGUE

« Renaud, vous savez ce que c'eſt que ça[a] ? »

Il se détourne à demi, son journal sur les genoux ; sa main gauche écartée tient une cigarette, le petit doigt en l'air, comme une mondaine tiendrait un sandwich[1]...

« Oh ! Renaud, gardez la pose une minute ! C'eſt celle du "littérateur mondain" tel que le représente sa plus récente photographie dans *Femina*[2]... Mais devinez ce que j'ai là ? »

Il regarde de loin, les sourcils froncés, le petit chiffon que j'agite en l'air, un petit chiffon jauni, large de deux doigts.

« Ça ? c'eſt une vieille "poupée" qui a emmailloté un index endommagé, je pense... Jette donc ça, ma petite fille, ça a l'air sale ! »

Cessant de rire, je m'approche de mon mari :

« Ce n'eſt pas sale[b], Renaud, c'eſt seulement vieux. Regardez de plus près... C'eſt l'épaulette de la chemise de Rézi[3]...

— Ah ! »

Il n'a pas bougé, mais je le connais si bien ! Sa mouſtache presque toute blanche a remué imperceptiblement et ses jeunes yeux d'un bleu noir d'étang ont noirci encore... Comme son émotion m'eſt douce et quel orgueil, chaque fois, de savoir qu'un seul de mes geſtes remue jusqu'au fond l'eau sombre de ce regard !... J'insiſte :

« Oui, l'épaulette de la chemise de Rézi... Vous vous souvenez, Renaud ? »

La cendre de sa cigarette tombe sur le tapis.

« Pourquoi l'as-tu gardée ? demanda-t-il sans répondre.

— Je ne sais pas... Est-ce que cela vous déplaît ?

— Beaucoup. Tu sais bien... »

Il baisse les paupières, comme il a coutume chaque fois qu'il va dire la vérité :

« Tu sais bien que ce souvenir-là, debout entre nous deux, j'ai mis tout mon cœur à l'abolir, à...

— Pas moi, Renaud, pas moi ! »

Il est sur le point de souffrir... Je m'élance, de la voix et du geste :

« Comprenez-moi, chéri, je n'ai pas une pensée à vous cacher ; sachez pourquoi j'ai gardé ce chiffon ; voyez où je le conservais et en quelle compagnie ! »

Je m'assieds, mon tiroir sur les genoux.

« Voilà un vieux cahier de l'École, voilà une enveloppe où j'ai recueilli, en quittant Montigny, les pétales d'une rose cuisse-de-nymphe-émue[1]... Voici la petite bourse en soie jaune et bleue, laide et touchante, que tricota Luce pour moi[2]... Voilà un télégramme de vous[3]... des photographies du théâtre de Bayreuth[4], un petit lézard sec que j'ai trouvé par terre, un fer de ma jument noire, celle qu'on a dû abattre[5]... Tenez, ça, c'est toutes les lettres d'Annie Samzun[6] à côté des photographies de Marcel dans son costume de fille-fleur[7]... Il y a des petits cailloux roses qui viennent du chemin des Vrimes, et une mèche de mes cheveux longs d'autrefois, roulée en bague[8]... Il y a vous-même, voyez : cet instantané qu'on vous prit à Monte-Carlo[9], où vous êtes si parfaitement ridicule et si correctement élégant ! Pourquoi n'aurais-je pas gardé aussi ce chiffon de linon que vous qualifiez de linge à pansement ? Il est là pour me rappeler une minute de notre vie d'égoïstes à deux qui commirent cette sottise de croire — pas longtemps[10] ! — qu'on le peut être à trois... Laissez-le-moi, Renaud, qu'il demeure dans ce fouillis sans dates qu'est notre passé ! Court, et délicieux, et vide passé, vie remuante d'oisifs affairés ! C'est là-dedans qu'indifférente à l'avenir je plonge et je me mire, car je n'y trouve rien que nous-mêmes !... Non, non, vous vous trompez ! Rézi, c'est *nous* aussi. C'est un vagabondage un peu plus périlleux, un chemin où j'ai failli vous perdre, où vous aviez quitté ma main, cher... Oh ! si vous saviez combien j'y songe ! Appelez-moi sans amertume votre "vagabonde assise[1]" ! J'évoque passionnément ma douleur de ce temps-là, comme on imagine, du fond d'un lit tiède, le froid du dehors, la pluie sur la nuque, une route de banlieue galeuse, jalonnée d'arbres gémissants... Ne m'enlevez pas une miette de notre passé ! Plutôt, ajoutez des anneaux à cette parure de sauvagesse où je suspends des fleurs, des coquillages irisés, des morceaux de miroir, des diamants et des amulettes[a]... »

La Retraite sentimentale

Il n'y avait point de place pour toi, mon enfant chérie, dans cet hôpital sonore et verni où toute surface miroite, gelée de refléter le ciel, rien que le ciel — rien que le ciel ! Tes yeux, ô ma bête charmante, n'y auraient-ils pas perdu leur moire mouvante et dorée, où semble toujours se balancer l'ombre d'une branche ?... Et, d'ailleurs, c'était défendu ! Laisse, va, lis ceci sans que l'angoisse tire les coins de ta chère bouche et fasse remonter ta courte lèvre d'en haut... Il y a dans ma chambre, pendu au mur gelé, un « Règlement » où toutes les accolades ont la forme de ta lèvre supérieure : c'est le seul objet d'art qui pare la nudité de la pièce... Laisse, je te dis, laisse, mon enfant, ton vieux mari entre les quatre murs de ce frigorifique ; on traite de même le poisson qui manque de fraîcheur...

Je n'ai pas encore retrouvé le sommeil, Claudine. Ils ne savent pas pourquoi. Un médecin très doux, si doux que j'ai l'impression d'être devenu un fou qu'on craint de contrarier, m'assure que c'est très normal, ces insomnies. Très normal, assurément. Mon abeille endormie, toi qui dors silencieuse et le front dans tes bras, tu les entends ? C'est très normal — surtout au commencement. Attendons la fin.

À part ce détail négligeable, tout va bien. Les mots de « phénomènes de la nutrition », de « voies digestives », de « gros colon », de « paresse du cœur » (paresse du cœur, Claudine !) rebondissent contre les lisses parois de ma chambre comme de beaux lépidoptères...

Écris-moi. Vois-tu comme mon écriture est claire et redressée ? C'est que je m'applique. Mille choses à Annie[1]*. Et rien pour toi que mes pauvres bras fatigués, puisque tu m'es défendue...*

RENAUD.

Je n'ai pas de nouvelles de Marcel. Occupe-toi un peu de lui. Il avait des besoins d'argent inquiétants le mois passé.

★

Assise, le dos las, les mains ouvertes, je reste là comme une bonne : une promise poyaudine[1], qui vient de lire la lettre de son « pays » parti sous les drapeaux n'a pas les yeux plus déserts, la pensée plus gourde que moi... Renaud est là-bas, et moi, je suis ici. Je suis ici, et Renaud est là-bas... Cette idée-là fait entre là-bas et ici, entre la Suisse et Casamène[2], un va-et-vient fatigant, un cliquetis de navette qui travaille à vide...

Une petite voix timide dit derrière moi :

« Ce sont de bonnes nouvelles ? »

Je me détourne avec un soupir :

« De bonnes nouvelles, oui, Annie, merci. »

Elle incline la tête sur son cercle à broder, une espèce de tambour de basque tendu de soie fleurie. Ses cheveux lisses sont d'un noir absolu, d'un noir sans roux ni bleu, d'un noir qui étonne et satisfait le regard. Quand on voit au grand jour les cheveux d'Annie, on n'est tenté par nulle comparaison, ni le bleuté de l'hirondelle, ni le luisant de l'anthracite fraîchement concassé, ni le noir fauve de la loutre... Ils sont noirs... comme eux-mêmes, et voilà tout. Ils la coiffent d'un bonnet lisse et serré, qu'une raie de côté incline un peu sur l'oreille. Sur sa nuque bat une queue d'étalon, lourde, tordue sans art.

Il n'y a pas de créature plus douce, plus têtue, plus modeste qu'Annie. De sa fugue qui dura trois ans[3], de son divorce clabaudé[4], elle n'a gardé ni vanité, ni rancune, ni rancœur. Elle vit à Casamène toute l'année — toute l'année ? qui le sait ? pas même moi, sa seule amie... Sa peau kabyle ne vieillit pas, et j'ai peine à découvrir, dans le bleu frais de ses yeux, la secrète assurance de se connaître mieux, de s'appartenir complètement. Par le maintien, elle reste la pensionnaire aux épaules battues. Au centre de ce jardin roux, elle semble prisonnière. Elle brode volontiers, inutile et muette, assise contre la fenêtre. Eugénie Grandet ou Philomène de Watteville[5] ?...

Moi qui me plais, vagabonde paresseuse, à écouter voyager les autres, je n'ai rien pu tirer de ma brodeuse aux longs cils. Quelquefois elle s'éveille, commence : « Un jour, à Budapest, le même soir où je me suis fait insulter par ce cocher... — Quel cocher, Annie ? — Un cocher... comme ça... comme tous les cochers... Je ne vous l'avais pas raconté ? — Non. Vous disiez donc qu'un jour, près de Budapest ?... — Un jour... oh ! je voulais dire seulement que les hôtels sont si mauvais dans ce pays-là !... Et on est mal couché, si vous saviez ! » Là-dessus, elle abaisse ses cils, comme si elle avait dit une inconvenance.

Elle a pourtant vu des pays, des ciels, des maisons qu'un granit étranger fait plus mauves ou plus bleues que les nôtres, elle a vu des terres pelées, râpées de soleil, des prairies qu'une eau cachée rend élastiques et drues, des villes où je dirais les yeux fermés, rien qu'à l'odeur, qu'elles sont de l'autre côté de la terre... Est-ce que toutes ces images fugitives n'ont pas encore atteint le fond de ses yeux ?

En ce moment, je vis chez Annie, et je supporte sa présence sans efforts, parce que je l'aime d'une espèce d'amitié animale et chaste[1], et parce que je suis libre à côté d'elle, libre de penser, de me taire, de fuir, de revenir à mon heure. C'est moi qui dis : « J'ai faim », qui sonne pour le thé, qui apprivoise ou taquine la chatte grise, et Toby-Chien[2] me suit, fanatique. En vérité, je suis l'hôtesse : je m'épanouis dans les rockings et je tisonne l'âtre, tandis qu'Annie, assise à moitié sur une chaise cannée, brode, d'un air de parente pauvre. Parfois, j'en ressens une honte agacée : vraiment, elle exagère son absence, son effacement... « Annie, il y a trois jours que le mur écroulé barre l'allée, vous savez. — Oui, je sais. — Il vaudrait peut-être mieux dire qu'on le relève ? — Oui, peut-être... — Vous le direz ? — Si vous voulez. » Je me fâche :

« Enfin, ma chère, moi, ce que j'en dis, c'est pour vous ! »

Elle lève ses yeux charmants, l'aiguille en l'air :

« Moi ? ça m'est égal.

— Ben, vrai ! Moi, ça me gêne.

— Dites-le au jardinier.

— Je n'ai pas d'ordres à donner ici, voyons !

— Oh ! si, Claudine. Donnez-les tous, relevez les murs, coupez les bois, rentrez le foin, je serai si contente ! Donnez-moi l'illusion que rien n'est à moi, que je puis me lever de cette chaise et partir, ne laissant de moi que cette broderie commencée... »

Elle se tait soudain et secoue la tête, tandis que sa queue d'étalon lui bat les épaules. Et je fais relever le mur, fagoter le bois mort, élaguer les arbres, rentrer le regain — ça me connaît !

☆

Il y a un mois environ que je suis à Casamène — un mois que Renaud gèle, là-haut, tout en haut de l'Engadine. Ce n'est pas du chagrin que j'endure, c'est une espèce de *manque*, d'amputation, un malaise physique si peu définissable que je le confonds avec la faim, la soif, la migraine ou la fatigue. Cela se traduit par des crises courtes, des bâillements d'inanition, un écœurement malveillant.

Mon pauvre beau ! Il ne voulait rien me dire, d'abord : il cachait sa neurasthénie de Parisien surmené. Il s'était mis à croire aux vins de coca, aux peptofers, à toutes les pepsines[1], et un jour il s'est évanoui sur mon cœur... Il était trop tard pour parler de campagne, de régime doux, de petit voyage : tout de suite, j'ai deviné, sur des lèvres réticentes de médecins, le mot de sanatorium...

Renaud ne voulait pas : « Soigne-moi, Claudine ! tu me guériras mieux qu'eux ! » Et je lisais, dans le bleu-noir terni de ses prunelles, l'enragement jaloux de me laisser seule à Paris, une telle frousse de propriétaire que j'en éclatai de rire et de larmes — et que je rejoignis Annie à Casamène, pour faire plaisir à Renaud.

Je me mets debout. Il faut que j'écrive à un carrossier, au secrétaire de *La Revue diplomatique*[2], au fourreur qui garde mes peaux, que j'envoie l'argent du terme à Paris, quoi encore ?... J'en suis lasse d'avance. Renaud s'occupait de presque tout. Ah ! que je suis lâche et peu dévouée ! J'écrirai d'abord à Renaud, pour me donner du courage.

« Je vais écrire, Annie. Vous ne sortez pas ?

— Non, Claudine, vous me retrouverez ici. »

Ses yeux soumis guettent mon approbation ; en passant, je baise ses cheveux brillants et plats qui n'ont jamais été frisés, ni ondulés, ses cheveux tout simples qui ne sentent que la bête propre. Cette épaule qui plie sous ma main... mauviette... ce n'est pas elle que je voudrais serrer ! Quand me sera rendue l'épaule, plus haute que moi, où je me hisse à la manière des chats, de mes dix doigts qui se cramponnent ? Je n'aime plus que les baisers qui tombent de haut et pour lesquels je renverse la tête, comme à la rencontre d'une savoureuse pluie d'été...

Ma petite amie a senti passer quelque chose dans mon baiser :

« Claudine... Renaud va bien, vraiment ? »

Je me mords la langue un bon coup ; je ne sais pas de meilleur remède contre les larmes.

« Vraiment, mon petit... L'écriture est ferme, il mange, il se repose... Il me demande même de m'occuper de Marcel. Marcel a passé l'âge des bonnes, je pense. Je veux bien lui envoyer de l'argent — et encore !...

— Il est très jeune, n'est-ce pas ? »

Je me récrie :

« Très jeune ! pas tant que ça ! Nous sommes du même âge, Marcel et moi.

— C'est ce que je voulais dire », insinue Annie, qui est bien élevée.

Je lui souris dans la glace au-dessus de la cheminée. Très jeune... non, je ne suis plus très jeune. J'ai gardé ma taille, ma liberté de mouvements ; j'ai toujours mon vêtement de chair étroite qui m'habille sans un pli... j'ai changé tout de même. Je me connais si bien ! Mes cheveux couleur de châtaigne étoffent toujours, nombreux, pressés en boucles rondes, l'angle un peu trop aigu d'un menton qu'on s'accorde à trouver spirituel. La bouche a perdu de sa gaieté et, au-dessous de l'orbite plus voluptueuse mais aussi plus creusée, la joue s'effile, longue, moins veloutée, moins remplie : le jour frisant y indique déjà le sillon — fossette encore, ou ride déjà ? — qu'y modèle patiemment le sourire... Les autres ne savent pas tout cela, je suis seule à noter la désorganisation initiale. Je n'en prends point d'amertume. Un jour, une femme qui m'aura vue dira : « Claudine est fatiguée, aujourd'hui. » Quelques mois après, un des amis de Renaud m'aura rencontrée : « J'ai vu Claudine, aujourd'hui ; elle a reçu un sacré coup de vieux, cet été ! » Et puis... et puis...

Qu'est-ce que ça fait, si Renaud ne veut pas savoir que je vieillis ? L'essentiel, à présent, ce sera de ne plus le quitter, de ne pas le laisser m'oublier vingt-quatre heures pour qu'il n'ait pas le temps de penser à moi, à moi qu'il ressuscite à toute minute sous les traits d'une fraîche enfant dont les yeux horizontaux, la lèvre « en accolade » et les cheveux couleur de bronze refirent de lui un jeune amoureux.

Quand il reviendra, je serai sous les armes : un peu de khôl bleu entre les cils, aux joues le nuage de poudre écrue couleur de ma peau, un coup de dents pour aviver la bouche... Mon Dieu ! à quoi vais-je penser là ? Ne faudra-t-il pas, oubliant mon entrée en scène, que je coure, que je le soutienne fatigué de son voyage, que je l'emporte et que je l'imprègne de moi, que je peuple l'air où il respire ?...

Je me détourne de la glace où les yeux d'Annie rencontrent mes pensées...

☆

L'automne éblouit ici. Annie vit parmi cet embrasement, froide et reposée, presque indifférente, et je m'en indigne. Casamène est perché sur l'épaule ronde d'une petite montagne crépue de chênes bas, qu'octobre n'a pas encore mordus de sa flamme. Alentour, ce pays, que j'aime déjà, réunit l'âpreté d'un midi de mistral, les pins bleus de l'est, et du haut de la terrasse de gravier, on voit luire, très loin, une froide rivière, argentée et rapide, couleur d'ablette[1].

Le mur de clôture s'écroule sur la route, la vigne vierge anémie sournoisement les glycines, et les rosiers qu'on ne renouvelle pas dédoublent leurs fleurs, redeviennent églantiers. Du labyrinthe, puérilement dessiné par le grand-père d'Annie, il reste un fouillis d'érables, d'alisiers, des taillis de ce qu'on nomme à Montigny « pulains », des bosquets de weigelas[1] démodés. Les sapins ont cent ans et ne verront pas un autre siècle, parce que le lierre gaine leurs troncs et les étouffe... Quelle main sacrilège tourna sur son socle la dalle d'ardoise du cadran solaire, qui marque midi à deux heures moins le quart ?

Les pommiers âgés donnent des fruits nains à mettre sur les chapeaux, mais une treille de muscat noir, mystérieusement nourrie, s'est élancée, vigoureuse, a couvert et effondré un poulailler, puis, ressaisissant le bras d'un cerisier, l'a noyé de pampres, de vrilles, de raisins d'un bleu de prune qui s'égrènent déjà. Une abondance inquiétante voisine ici avec l'indigence pelée des rocs mauves qui crèvent le sol, où la ronce même ne trouve pas de quoi suspendre ses feuilles de fer hérissé.

La maison d'Annie est une basse vieille maison à un étage, chaude l'hiver et fraîche l'été, un logis sans atours, non sans grâce. Le petit fronton de marbre sculpté — trouvaille d'un grand-père nourri de bonnes lettres — s'écaille et moisit, tout jaune, et, sous les cinq marches descellées du perron, un crapaud chante le soir, d'un gosier amoureux et plein de perles. Au crépuscule, il chasse les derniers moucherons, les petites larves qui gîtent aux fentes des pierres. Déférent, mais rassuré, il me regarde de temps en temps, puis s'appuie d'une main humaine contre le mur, et se soulève debout pour happer... j'entends le « mop » de sa bouche large... Quand il se repose, il a un tel mouvement de paupières, pensif et hautain, que je n'ai pas encore osé lui adresser la parole... Annie le craint trop pour lui faire du mal.

Un peu plus tard, vient un hérisson, un être brouillon, inconséquent, hardi, froussard, qui trotte en myope, se trompe de trou, mange en goinfre, a peur de la chatte, et mène un bruit de jeune porc lâché. La chatte grise le hait, mais ne l'approche guère, et le vert de ses yeux s'empoisonne quand elle le regarde.

Un peu plus tard encore, une délicate chauve-souris, très petite, me frôle les cheveux. C'est l'instant où Annie frissonne, rentre et allume la lampe. Je reste encore un peu pour suivre les cercles brisés de la « ratevolage » qui crisse en volant, comme un ongle sur une vitre... Et puis je rentre dans le salon rose de lumière, où Annie brode sous l'abat-jour...

« Annie, que j'aime Casamène !

— Oui ? quel bonheur ! »

Elle est sincère et tendre, toute brune dans la rose lumière.

« Je l'aime, figurez-vous, comme une chose à moi ! »

Le bleu de ses yeux se fonce légèrement : c'est sa manière à elle de rougir...

« ... Vous, Annie, vous ne trouvez pas que Casamène est une des passionnantes et mélancoliques extrémités du monde, un gîte aussi fini, aussi loin du présent que ce daguerréotype de votre grand-père[1] ? »

Elle hésite :

« Oui, autrefois je l'ai aimé, quand j'étais petite. Je croyais au labyrinthe, à l'infini de l'allée qui revient sur elle-même... On m'a dégoûtée de Casamène. Je m'y repose... je m'y pose... là ou ailleurs !...

— Incroyable ! dis-je en secouant la tête. C'est un endroit que je ne voudrais céder à personne ; si j'avais Casamène...

— Vous l'avez, dit-elle doucement.

— Oui, je l'ai... et vous avec... mais...

— Casamène est à vous, insiste Annie avec sa douceur têtue. Je vous le donne.

— Petite toquée, va !

— Non, non, pas si toquée ! Vous verrez, je vous donnerai Casamène, quand je repartirai... »

Je sursaute et la regarde en face. Elle vient de couper une aiguillée de soie et pose ses ciseaux auprès d'elle. Repartir ! Elle a l'air assise là pour l'éternité !

« C'est sérieux, Annie ?

— Que je vous donne Casamène ? Assurément, c'est sérieux.

— Non, voyons... que vous pensez à repartir ? »

Elle me laisse attendre une minute, regarde à la dérobée la vitre brillante derrière laquelle se presse une nuit massive, et lève un doigt :

« Chut ! dit-elle. Pas ce soir, dans tous les cas... »

Sa mine ambiguë me passionne tout de suite. C'est un tel bonheur de voir quelqu'un jaillir de soi-même, se montrer — par orgueil, par inconscience ou par simple malice qui veut surprendre — se montrer dans la lumière et dire : « Je ne suis pas ce que vous pensiez !... » Il y a du plaisir à s'attacher à ceux qui nous trompent, qui portent le mensonge comme une robe très parée et ne l'écartent que par un désir voluptueux de nudité. Je n'ai pas aimé moins Renaud dans le temps qu'il me trompait, et qui sait si l'image de Rézi ne m'est pas demeurée plus chère pour ce qu'elle me cachait que pour ce qu'elle m'a livré[1] ?...

Cette Annie passive, dont nous haussions les épaules avec une pitié gentille, qui l'aurait cru ? Elle a secoué son mari et son mariage simplement, sans fracas, comme ces chiens souples qu'on attache et qui sortent de leur collier fermé en se râpant un peu les oreilles...

« Vous voulez repartir, Annie ? Encore repartir ! »

Elle suce son doigt piqué et remue enfantinement la tête :

« Je n'ai rien dit de pareil... Admettons !... je fais un petit voyage... »

Qu'elle m'amuse avec son air posé de parfait notaire, aux lèvres scellées par le secret professionnel !

« Bon sang ! Annie, vous n'avez pas besoin de tant de chichis avec moi ! Vous voulez partir ? Partez ! Et que ma présence ne vous retienne pas, au moins !

— Ne vous fâchez pas, Claudine ! Il ne s'agit pas de partir... pas encore... C'est seulement...

— C'est seulement ? »

Elle rapproche sa chaise, niche mes mains au creux de mes genoux et les y pelotonne comme elle y coucherait son cœur, son cœur gros de l'envie de parler, de l'envie de se taire... Elle regarde encore du côté des fenêtres, avec l'appréhension, on dirait, que le poids de cette nuit douce qui s'y appuie ne les fasse voler en éclats...

L'heure est aussi mystérieuse que minuit. Aucun bruit n'arrive de la cuisine lointaine, mais des pattes onglées de rat courent entre les planchers... le vent déjà fort rabat parfois dans la cheminée une fumée odorante de pin brûlé, et la chatte grise, pour annoncer le froid, a replié sous elle ses quatre pattes. La lampe vive éclaire jusqu'à la taille la jupe d'Annie ; mais sa figure allongée comme une aveline demeure, dans une ombre vermeille et foncée, pareille à une statuette d'argile rosée. Elle me tient les mains, elle est tout près de moi, elle ouvre et referme les lèvres, elle parlera... non... si...

« Écoutez, Claudine...

— J'écoute, chérie.

— Vous ne savez pas, vous, ce que c'est que l'envie de partir ?

— Heu... il y aurait bien à dire là-dessus, et il serait peut-être excessif de prétendre que je ne souhaite pas, à de certaines heures... y aller de mon petit voyage...

— Ne riez pas ! Je voudrais que vous me compreniez. L'envie de partir... il y a un tas de gens qui ne se doutent pas de ce que c'est. C'est une maladie, un empoisonnement ; ce n'est même pas une idée, Claudine ! je vous jure que c'est à peine mental. Je comparerais cela, plutôt, à un... à un kyste qu'on porte avec soi et qui mûrit tout doucement, dont on sent le poids de jour en jour plus lourd... Pendant que je mange, pendant que je dors ou que je brode, j'ai là, ici, tout autour, cette chose qui me tire obstinément : mon envie de partir. On ne le dirait pas, hein ? je cache bien mon mal ?... »

Elle fait avec les mains et les épaules des gestes touchants de malade en consultation, cherche à situer son bobo, tâte sa tête et ses flancs ; ses yeux, mauves le soir, me questionnent... Je caresse ses cheveux pour la calmer :

« Pauvre petit ! il fallait me le dire... Quel est le pays qui vous tente si fort ? »

Elle lève ses épaules avec lassitude :

« Est-ce que je sais ? Tout m'est égal, pourvu...

— Oh ! alors... un abonnement au chemin de fer de ceinture, voilà ce qu'il vous faut. »

Elle ne rit pas et continue :

« Notez bien, Claudine, je ne dis pas que je partirai. J'ai envie de partir !

— Et vous vous retenez. C'est comme ça qu'on s'abîme la santé !

— Oh ! ma santé... elle en a vu bien d'autres ! »

Une singulière, une équivoque ironie vient de couler dans son regard. Je me recule un peu, comme si on m'avait tout d'un coup déguisé mon Annie en petite prostituée :

« Je pouvais l'ignorer, Annie. Autrefois, vous me disiez tout. »

Je mens, car Annie ne s'est jamais beaucoup racontée. Mais le reproche la touche :

« Je voudrais bien tout vous dire, Claudine..., mais il y en a trop, trop, trop ! »

À chaque « trop », elle a hoché plus bas la tête, comme on vide en trois flots un vase penché...

« Vous ne me direz que le plus vilain... »

Le même regard lent, lascif, qui se détourne... puis elle glisse à mes pieds dans un besoin puéril d'humilité physique, un instinct féminin d'agenouillement et de dévotion :

« J'ai tout fait, Claudine, tout ! et je ne l'ai jamais dit à personne ! »

Puis elle cache sa tête dans mes mains et attend... quoi ? que je la gronde ? que je lui inflige trois dizaines de chapelet ? que je l'absolve ?... Je gouaille :

« Tout ? c'est pas beaucoup, vous savez ! J'ai souvent réfléchi avec mélancolie à la monotonie des choses de l'amour. »

Elle redresse sa tête décoiffée, montre une bouche effarée d'étonnement, des yeux qui semblent avoir rebleui dans l'obscurité de mon giron :

« La monotonie de... Eh bien ! vous êtes difficile, vrai ! »

J'éclate de rire, tant l'aveu est franc, admiratif, plein d'un respect tout neuf, entier, pour ces « choses de l'amour »...

« Mes compliments, Annie ! mes compliments... à *Lui* surtout ! »

Elle s'est relevée, tire modestement la boucle de sa ceinture, épingle une mèche noire qui pendait sur sa joue contrite.

« Il n'y a pas de *Lui*, Claudine.

— Ah ! c'est *Elle* qu'il faut dire ? »

Un drôle de petit serpent, que je croyais mort, agite ses tronçons au fond de moi... Mais Annie :

« Non plus ! avoue-t-elle tout bas. C'est... *Eux* !

— "Eux !" Ah ! bien !... »

Je n'en puis dire plus, médusée. Eux ! Combien ? Sept, ou trois cents ? Un couple, ou un bataillon ? Eux ! J'éprouve une espèce de déférence, la considération qu'inspire l'impossible, moi de qui la peau sauvage ne se put donner qu'à un seul...

Un soupir répond au mien... un soupir de Toby-Chien prostré, un de ces soupirs profonds et ridicules de petit bull que semble arracher de sa poitrine émue la détresse universelle... Toby-Chien a du tact et le sens des situations. Annie, les yeux mouillés, rit d'énervement, et Toby-Chien lève vers nous des yeux blancs de nègre dévot... La détente s'achève en fou rire et Annie tombe dans mes bras.

« Je vous dirai tout, Claudine !... Tout ce que je sais, du moins.

— Comment ? ce que vous savez ! C'est un cas de somnambulisme ?

— Non... Laissez-moi reprendre ma broderie pour me donner une contenance. »

J'attends la belle histoire, confortablement enfoncée au creux d'un fauteuil en bain de siège. Devant moi, la tête d'Annie avec sa coiffure d'hirondelle se détache sur la tenture de cretonne, d'un mauvais goût éclatant dont la franchise réconforte. Mon amie se recueille trop longtemps : je crains de lui voir perdre son courage, et je commence :

« Il y avait une fois...

— Il y avait une fois, répète-t-elle, docile, un hôtel à Bade[1], au bord d'une petite rivière où il était défendu de cracher, entouré d'un gazon qu'on balayait au balai-brosse tous les matins... Il y avait une chaleur terrible, de la musique partout, de la lumière électrique dans tous les coins, des chambres trop blanches, trop gaies, et moi qui ne l'étais pas assez. Il y avait une salle à manger scintillante avec mille petites tables, et des diamants sur des femmes, et des hommes habillés comme Toby-Chien, en noir, avec un devant blanc aveuglant. Ah ! que j'étais noire de peau et d'âme dans tout ce rayonnement !... Il faut vous dire que j'avais un voisin à la petite table à côté de la mienne...

— Ah ! ah !

— Il m'avait ramassé mon ombrelle... Non, ce n'est pas comme ça que ça avait commencé ! Je l'avais rencontré dans l'escalier, et il m'avait dit... Non, il ne m'avait pas parlé cette fois-là ; mais enfin il y a la manière de regarder, n'est-ce pas ? et à table aussi... Oh ! Claudine, je ne sais plus ce que je dis ! Jamais je ne pourrai tout raconter... Ça a l'air si brutal en si peu de mots... »

Elle embrouille son aiguillée de soie, devient moite et se désole.

« Mais ça ne fait rien, mon petit ! Résumez, résumez : les grandes lignes seulement ! »

Elle se repose un peu, essoufflée, bat des cils, cache son regard, et d'une voix plus basse :

« Eh bien ! voilà... Un soir, il est entré dans ma chambre et je ne savais pas son nom. Croyez-vous !... Il était beau, foncé comme moi, avec l'air si impérieux que j'ai pensé à Alain et que je me suis sentie sans forces, comme si j'allais tomber... J'ai cru que tout recommençait, que le sort me punissait d'être partie, qu'un autre joug, pire que le premier, devait me domestiquer encore...

— Et puis ?

— Et puis, mon Dieu, comment vous dire ?... Rien qu'au toucher de ses mains nues, je n'ai plus su qui j'étais, et lui, ça m'était bien égal de ne pas pouvoir lui donner un nom !... Il m'a parlé avec des mots horribles... »

Elle se détourne et je vois gonfler les muscles de son cou...

« Il m'a appris des... ignominies, des choses que personne ne fait... ou, du moins, je le croyais... Il m'a traitée comme...

— Comme une fille...

— C'est ça !... Et j'ai tout supporté sans révolte : il me semblait que je me baignais, que je n'étais plus qu'une peau dont les pores avaient cinq sens pour goûter le péché... Songez... songez que je l'ai à peine regardé, lui ! Je l'ai regardé une bonne fois, pour apprendre d'un coup sa beauté sans noblesse, le blanc de ses dents et de ses yeux, les saillies ombrées de ses muscles, le luisant de ses cheveux trop bouclés — et puis j'ai fermé les yeux, pour mieux sentir... Un moment, je me souviens, j'avais comme le mal de la balançoire, j'ai rouvert les yeux, j'étais en travers du lit, presque glissée, la tête en bas, et j'ai vu seulement le dessous d'un fauteuil, le dessin du tapis, l'extrémité noire de ma natte qui traînait... Dieu sait ce qu'il pouvait faire de moi à ce moment-là !...

— Vous n'avez pas eu la curiosité de vous en informer ? »

Elle écarte les doigts de son visage honteux, et ses yeux, d'un azur vide où la pupille n'est qu'un point d'encre noire, contemplent à travers les miens le brûlant souvenir...

« Voir, c'est bien secondaire, murmure-t-elle d'une voix fatiguée.

— Je ne suis pas de votre avis, Annie. »

Et ce que j'évoque d'autrefois, d'hier, fait que je mords, sur mes lèvres, la forme d'autres lèvres...

« Mais le lendemain, Annie ? »

Elle jette vers le plafond ses petites mains brunes.

« Ah ! Claudine, c'est ça qui est le pire ! Naturellement, le matin, toute seule, je n'osais seulement plus me regarder dans la glace... Je mourais de faim et je ne sonnais pas mon chocolat, je me criais : “Misérable, tu peux encore songer à manger, à vivre comme tout le monde ! Tu vas descendre, rencontrer ce... cet individu, t'asseoir dans la même salle à manger que lui, il va peut-être te saluer et tu ne sais même pas son nom !...”

— Moi, j'aurais couru le demander au bureau de l'hôtel.

— C'est ce que j'ai fait, dit-elle naïvement.

— Je suis sûre qu'il avait un beau nom espagnol à compartiments, hein, avec des *y* pour séparer ?

— Mais non ! se récrie-t-elle, presque fâchée, il s'appelait Martin.

— Pas même Martinez ? Il aurait bien pu faire cela pour vous, franchement ! »

Elle incline la nuque, non pas si vite que je ne voie son singulier sourire, celui d'une Annie inconnue.

« Il avait fait tant de choses pour moi..., insinue-t-elle avec une lointaine douceur.

— Et puis, Annie, la nuit d'après ?

— La nuit d'après ? »

Elle m'offre ses yeux tout ouverts, limpides, et fièrement :

« La nuit d'après, j'ai fait mes malles et je suis partie pour Nuremberg.

— Ah !... Que c'est bête !... Pourquoi ?

— J'avais peur, chuchote Annie en baissant les cils...

Peur de recommencer, peur de devenir la proie quotidienne de cet homme, peur pour ma liberté, oh ! ma liberté encore toute neuve et maladroite !... et puis, vraiment, Claudine, ce garçon-là, eh bien ! je crois que c'est lui qui m'a pris ma perle rose... »

Que dire ? Pauvre Annie... l'aventure est banale et se fût avilie à durer plus d'une nuit...

Annie se tait, penchée sur quelle image ? Le dessin du tapis, le dessous du fauteuil, l'extrémité d'une tresse noire qui pend de sa nuque à la renverse...

« Annie !... Annie !...

— Quoi ? fait-elle en sursaut.

— La suite !... le chapitre deux... le second passant divin...

— J'ai soif, soupire-t-elle.

— Oui, vous boirez. Mais dites d'abord. Je ne vais pas sonner maintenant, faire entrer Augustine qui vous verra toute chaude et décoiffée et qui supposera je ne sais quoi... »

Elle cède à ma demande, comme au désir de l'inconnu.

« Il n'y a pas de suite immédiate, Claudine. J'ai fui cet homme-là, comme j'avais fui Alain ; je prenais peur assez vite dans ce temps-là, et les premiers jours je me suis crue délivrée de moi-même comme de lui. Ah ! Claudine ! c'est là vraiment que le mal commence. Le regret, Claudine, le regret sous sa forme la plus physique, la plus cuisante, la plus crédulement désespérée... Oui, crédulement, vous ne comprenez pas ? Entendez donc que j'ai cru, plus nice[1] qu'une pensionnaire, au pouvoir exclusif de cet inconnu que je fuyais ! J'ai cru, jusqu'à en pleurer, qu'un hasard souverain m'avait jetée nue et obéissante en travers du chemin de cet homme, l'homme de ma chair, mon "double" mâle, de qui j'étais comme l'empreinte creuse et exacte...

« Le jour où l'on m'a répondu télégraphiquement de l'hôtel de Bade — car j'avais écrit — "M. Martin parti pour destination inconnue", Claudine, ce jour-là, je me suis mise à crier tout haut, en tendant les bras vers tout ce qu'il m'emportait ! J'ai voulu mourir, envoyer à sa recherche les gens d'une agence de renseignements, j'ai voulu boire de l'éther... jusqu'à...

— Jusqu'à, chérie ? »

Sa tête se couche sur mon épaule avec un soupir heureux d'arrivée.

« Jusqu'à ce que je me sois aperçue qu'un autre homme, que plusieurs autres hommes, que beaucoup d'autres hommes pouvaient me rendre ce que pleurait ma quasi-ignorance... »

Ô périphrase !... Je détache de moi, pour mieux la voir, la tête d'Annie. Elle a les paupières retombées, un sourire assoupi de vierge qui mourut en contemplant la face des anges... Elle parle pourtant, et la ferveur de sa gratitude — « merci à tous ! » — s'exprime si touchante que je ne suis pas sans trouble...

« À partir de ce jour-là, Claudine, j'ai su ce que valait la vie !... Un jardin où l'on peut tout cueillir, tout manger, tout quitter et tout reprendre... Changer n'est pas être infidèle, puisque je n'aime et ne comble en vérité que moi-même... Ah ! Claudine ! de quels yeux dessillés et pleins de foi j'ai regardé les hommes, tous les hommes, depuis ce petit qui a été le second...

— Quel petit ?

— Un chasseur de l'hôtel, à Carlsbad[1]. Vous connaissez Carlsbad ? C'est là qu'il y a encore des juifs en costume de juifs, avec la houppelande raide de crasse, les beaux cheveux de christ annelés, et un petit pot de chambre sur la tête. Il y a des Autrichiens qui crachent en passant à côté d'eux...

— Oui... Le chasseur ?...

— Il était charmant ! jette Annie avec une désinvolte inconscience. On les choisit exprès, vous savez. Un petit Viennois blond, scrupuleux — le type du bon serviteur... »

C'est l'Annie inconnue qui parle à présent, nette, impudique, avec un sourire retroussé de connaisseuse. La fièvre délicieuse des découvertes me chauffe les joues !...

« ... Le type du bon serviteur, je vous dis ! Il avait toujours peur de ne pas faire assez ni assez bien. Il me montait le courrier le matin et le soir ; je me souviens de sa frimousse rose, le soir où il m'a informée respectueusement, sa casquette galonnée à la main, qu'il serait remplacé à l'étage, pendant deux jours, par son camarade Hans... »

Elle rit, renversée sur mes genoux ; elle rit à petits

sanglots nerveux, comme on tousse. Hé là ! elle rit trop ! nous tenons la fâcheuse crise de nerfs... Non... Merci, mon Dieu, on a annoncé le dîner !...

☆

La confidence, que dis-je ? l'explosion d'Annie m'a laissée courbaturée. Je demandais à voir les « pays de son âme » — elle m'en a fait voir, du pays, dirait Maugis[1], jusqu'à m'en harasser ! Et l'affection que je lui porte a dû se modifier à mon insu : Annie m'inspire plus de considération et moins d'intérêt. Elle s'est affranchie, soit, et à corps perdu, mais je lui en veux un peu de m'avoir livré si vite son secret. Ou plutôt je le voudrais autre, ce secret, plus unique, plus différent de celui de tant de femmes, plus exceptionnel... Ah ! que son mari fut coupable ! On ne sait pas assez ce qu'une femme risque à coucher d'abord avec un imbécile... Un petit quart-de-dieu subalterne, promu aux basses besognes de l'amour, a préservé Annie de ce que ma vieille Mélie[2] appelait les « mauvaises maladies », il convient de l'en remercier. La bravoure de mon amie égale son ignorance du péril : Brieux[3] n'a pas encore pénétré jusqu'aux âmes candides...

☆

Une lettre de mon cher chéri m'assure qu'il va bien :

... Une longue galerie ouverte et ensoleillée, des lits de repos, ton vieux mari couché, emmailloté de couvertures, une atmosphère micacée et brillante, d'une sonorité qui blesse d'abord et qui charme ensuite... un soleil dépouillé et trompeur, froid et doré comme un vin de montagne...

Quelle tristesse de le savoir pareil à d'autres malades ! et pourquoi mon orgueil s'attache-t-il à ne vouloir dans mon cœur que des êtres *particuliers* ? Tout ce qui les identifie au reste du monde m'irrite contre eux et contre moi. Et puis j'éprouve une telle difficulté à écrire librement à Renaud !... je ne suis bonne qu'à l'aimer, hélas ! J'ai trop vécu avec lui, contre lui, en lui ; mes lettres se font gauches, refroidies, ou bien tortillées comme une pensionnaire qui minaude et ne veut pas jouer sa valse-caprice... Me reconnaît-il à travers elles, au moins ? Me devine-t-il tendue, froncée, mauvaise comme aux heures où je l'aime le mieux ? Son absence, mon séjour à Casamène me reculent de ma vie passée et je me juge, seule malgré Annie, profondément seule...

Y a-t-il dans le monde beaucoup de femmes aussi solitaires que moi, malgré Renaud, à cause de lui ? Ou bien est-ce la destinée très simple et très commune de celles qui ont tout donné d'elles-mêmes, en une fois et pour toujours ?

Autour de moi, point d'amitiés féminines — Annie n'est qu'une suivante tendre... Un seul souvenir méchant, et doux, l'image d'une fleur épineuse tachée de noir et de rose qui nous fit saigner les doigts à tous deux : Rézi... Nous ne parlons plus d'elle, Renaud et moi. Nous avons gardé de la crainte, de la honte, une sourde jalousie, une vanité, aussi, d'avoir souffert l'un par l'autre, la secrète satisfaction d'un coup bien porté et bien rendu... Que vaut le reste ? N'oublierais-je pas en une heure tous ceux qui me nomment leur amie ? Renaud absent, il n'est qu'un cœur où je me jette pour m'y blottir plus seule encore : celui d'où montent les profondes racines des arbres, l'herbe aux mille glaives — d'où éclosent, frais et vifs, l'insecte aux antennes encore pliées, la couleuvre moirée comme un ruisseau furtif — d'où jaillissent la source, le blé et la rose sauvage...

Quand me manquera ma raison de vivre qui s'appelle Renaud, retrouverai-je en moi — en moi sur qui jadis la solitude agissait à la manière d'un tonique un peu enivrant et dangereux — retrouverai-je en moi seule ce réconfort amer et rajeunissant qui m'a gardé, assombrie, ralentie, la même âme ?

Je suis née seule, j'ai grandi sans mère, frère ni sœur, aux côtés d'un père turbulent que j'aurais pu prendre sous ma tutelle[1], et j'ai vécu sans amies. Un tel isolement moral n'a-t-il pas recréé en moi cet esprit tout juste assez gai, tout juste assez triste, qui s'enflamme de peu et s'éteint de rien, pas bon, pas méchant, insociable en somme et plus proche des bêtes que de l'homme ?... Du courage, j'en ai, du courage physique — le beau mérite quand on n'a peur de rien ! —, une belle confiance dans des nerfs qui m'obéissent bien et que les sens ont ménagés. De l'honnêteté... peut-être, mais qui s'habille comme une grue. De la pitié, guère pour la pauvre espèce à laquelle j'appartiens, parce qu'elle choisit souvent sa misère, et, d'ailleurs, le moyen d'être bonne en même temps qu'amoureuse... ? « Amoureuse », piètre mot pour exprimer tant de choses !... *Imprégnée*, voilà qui exprime mieux... Imprégnée, c'est cela tout à fait, imprégnée depuis la peau jusqu'à l'âme, car l'amour définitif m'est si entré partout que je m'attendais presque à voir mes cheveux et ma peau en changer de couleur...

☆

Les bêtes d'ici sont délicieuses. Il y a Toby-Chien, vieil ami, et Péronnelle, autocrate toute neuve. Je connais Toby-Chien depuis longtemps et son entente de notre race l'avertit assez que je suis sa vraie maîtresse : il considère Annie comme une succursale. À cinq ans, il conserve son âme enfantine où tout est pur, même le mensonge. Son cœur de bull cardiaque est toujours près d'éclater, mais il n'éclate pas. Il soupire mystérieusement comme son frère le crapaud, cet autre camard bringé[1] aux beaux yeux, et s'il court étranglé, écumant, sur les « trôleux » aux pieds chaussés de poussière, il juge prudent de passer au large quand une mante religieuse prie, dévote armée, au milieu d'une sente !

Péronnelle n'a pas de ces terreurs puériles. Cette hospitalisée, qui mourait de faim dans l'herbe où Annie l'a trouvée, porte une robe d'un gris modeste mais de l'étoffe la plus soyeuse, un velours qui fond dans la main et s'argente au soleil. Rien de rasta, rien de ces Portugaises bariolées comme des perroquets.

Deux colliers noirs au cou, trois bracelets aux pattes de devant, la queue musclée et le menton distingué, avec des yeux d'un vert royal qui vous regardent droit, insolents, caressants, relevés aux coins, soulignés de khôl, Péronnelle irritée ne céderait pas devant Dieu le Père, pas même devant moi. Elle ronronne, lèche, mord et tape, et toute la maison marche comme un seul homme. Annie disait d'elle, l'autre jour :

« Péronnelle me rappelle ma belle-sœur Marthe[1], en plus sympathique. »

Turbulente comme un chien, Péronnelle emplit Casamène de roucoulements de colombe et de cris flûtés. À l'heure des lampes, elle exulte, déchire des journaux, vole des pelotons, chausse d'invisibles sabots et mène un galop de poulain qui la lance au milieu de la table, où elle devient un amical petit bélier qui nous pousse le menton de son front vigoureux, râpe la joue d'Annie avec une langue en brosse à dents et se sert de ma tête comme d'une passerelle pour sauter sur la cheminée.

Elle m'aime déjà, sans que j'oublie pourtant ma chère Fanchette[2] d'autrefois... Pauvre Fanchette blanche, qui avait une si jolie âme de provinciale moderne, et s'appliquait avec tant de conscience à toutes les choses de la vie ! Elle dormait très fort, courait beaucoup, mangeait longtemps, chassait assidûment. Qu'a-t-il fallu ? un os de poulet un peu plus pointu... et l'or vert de ses yeux s'est injecté, ses griffes ont battu l'air et labouré sa gorge bombée de pigeon blanc — et il n'y avait plus de Fanchette !... Voilà que j'ai laissé derrière moi papa, Fanchette et Mélie — je les ai dépassés, je vais un peu plus loin, pas beaucoup plus loin...

Mélie m'a quittée, devenue vieille tout d'un coup, accablée de maux autant que sainte Litvine[3], tordue de rhumatismes, gonflée d'eau, sourde, aveugle, que sais-je encore ? tant qu'on ne pouvait, à la savoir trépassée, que crier : « Enfin ! »

Mon père magnifique, mon père à la barbe tricolore, il a perdu la vie au milieu de ses bouquins, pouf !... le nez en avant, peut-être par distraction, lui qui oubliait si facilement de déjeuner ou de nouer sa cravate. J'ai compris lentement qu'il était mort, au bout de quelques jours, quand l'écho de sa belle voix injurieuse eut fini de sonner entre les murs de la maison où je le cherchais de chambre en chambre, à la manière têtue des chiens pleins de foi qui savent leur maître absent et pourtant quêtent en poussant du museau chaque porte : « Il n'est pas là. Dans la chambre à côté ? non. Revenons dans la première, où peut-être il est rentré pendant que j'inspectais celle-ci... »

☆

Les lettres de Renaud se succèdent et les jours raccourcissent. Mon cher grand cède à ce touchant travers des malades très soignés qui s'intéressent tardivement au jeu de leurs viscères, se découvrent un foie, un estomac, et s'enthousiasment pour des définitions qui n'expliquent rien. Des mots techniques se glissent dans ses lettres ; il les emploie à présent sans ironie, avec un peu de cette emphase supérieure qu'affectionnent les étudiants en médecine. La pesée quotidienne devient la minute angoissante de sa journée, et le nom d'un certain Coucheroux, neurasthénique, le cas rare du sanatorium, revient trois fois en quatre pages... Je ne suis pas méchante, non..., mais qu'on nous laisse un quart d'heure en tête-à-tête, le nommé Coucheroux et moi, et il connaîtra un nouveau traitement de la neurasthénie aiguë !...

Lettre, ridicule celle-ci, de Marcel. Il essaie la grosse carotte, mais si grosse que je ne me fâche même pas. Trois mille francs ! Il est souffrant, cet enfant. Est-ce que j'ai trois mille francs pour sa petite gueule de fille vannée ? Un joli billet de cent francs et une demi-douzaine de lignes ironiquement aimables : voilà ma conscience de belle-mère en repos.

☆

Annie, retombée dans le silence, semble garder de sa crise de l'autre soir un peu de gêne. Elle marche sans bruit, rôde autour de moi, avec une grâce contrite de chatte qui a cassé un vase...

Frileuse de sommeil, elle se tenait ce matin sur le perron aux marches disjointes, qui chancellent sous le pas comme les pierres mal assurées qui marquent le gué d'un ruisseau... Sept heures sonnaient et je sortais du labyrinthe, trempée de rosée, le nez fondu et les mains gourdes, une corbeille sur les bras. Ce matin d'octobre sentait le brouillard, la fumée de bois et la feuille pourrie, à m'enivrer. J'avais retrouvé un Fresnois plus rude, plus osseux de roches qui percent l'herbe, plus roussi de soleil et de gel... Le fauve parfum de cette aube rouillée m'avait tirée de mon lit jusqu'au nid de guêpes engourdies que je guettais...

« Une noisette, Annie ? »

Elle tend sa main hors du peignoir bleu pâle, couleur de ses yeux... Sa natte bat ses reins et le froid accentue cet air de petit Arabe malade que lui donne le grand matin... J'arrête sa main :

« Bête, regardez donc ce que c'est, au moins ! »

Elle se penche une minute sans comprendre sur ma corbeille pleine d'une mouture grossière, jaune et noire, pailletée de nacre, qui grouille faiblement... Je l'avais ramassée par pelletées, cette pâtée de guêpes engourdies, et je courais les brûler au fourneau, écœurée par leur odeur cireuse... Annie les considère avec une crainte paisible, les mains derrière le dos...

« Qu'est-ce que vous faites debout à cette heure-ci, mon petit ? »

Elle relève ses paupières lourdes de cils, gonflées de sommeil — ou d'insomnie ?

« C'est une dépêche qu'on a portée dans votre chambre, Claudine, et vous n'y étiez plus. Alors je vous cherchais...

— Une dépêche ?... »

Renaud ? Un accident ? quoi ? Oh ! ce sale papier bleu qui colle !... Je demeure penchée sur les lignes sans ponctuation, comme Annie sur le panier de guêpes..

Annie, d'inquiétude et de froid, se met à trembler.

« Eh bien ? Claudine ? »

Je lui tendis la dépêche, stupide :

« Puis-je venir ? Je perds la tête. Marcel. »

Mon soulagement éclate en rires indignés :

« Elle est raide, celle-là ! Non, mais qu'est-ce que vous dites de ça ? Ah ! si son père était là ! Attendez ! je vais lui retourner un petit télégramme qu'il ne fera pas monter en épingle ! »

Annie — prudence ou indifférence — ne dit rien et je tourne rageusement, du bout d'une rouette[1] de noisetier, ma pâtée de guêpes mortes...

« Qu'est-ce que vous allez faire, Claudine ? risque-t-elle enfin.

— Avertir Renaud, pardi !... C'est-à-dire... »

Non, je ne puis pas avertir Renaud, fêler sa fragile coquille de repos, risquer une rechute, ralentir sa guérison, retarder, fût-ce d'une heure, le jour où, toute ma faiblesse m'accablant d'un coup, il me recevra dans ses bras rajeunis...

« Annie, dites-le-moi, vous, ce que je dois faire ? »

Elle pince une bouche entendue et prophétise au hasard :

« Ma chère, laissez-le venir, cet enfant : on verra bien... »

☆

Je ne dérage pas. Marcel ici ! Je le supporte à Paris, indulgente à son vice, sans rancune contre sa malice tatillonne de femme. Foncièrement, il ne change guère : il ne fait que subir des phases — oserai-je dire des lunaisons ? — qui le transforment, l'exaltent ou le dépriment, après lesquelles il redevient lui-même. Pour Renaud et pour moi, Marcel demeure le gamin de dix-huit ans qui a de vilaines habitudes — et pourtant, si je compte bien, la même année emporta nos vingt-sept ans[2] !... Il mène l'existence monotone des maniaques, des bureaucrates et des filles — des filles surtout. Il bâille souvent, d'une manière veule et énervée, les bras étirés, les reins creusés, et s'écrie : « Dieu ! que je m'ennuie ! Je n'*ai* personne ce soir ! » Il dit couramment que tel promenoir de music-hall est « avantageux », que « l'Anglais chic ne donne pas cette saison », qu' « Un tel, un garçon si bien, est tombé maintenant dans les truqueurs[3] ». Pendant des heures, il m'entretient des procédés blâmables de l'Institut d'esthétique où tout coûte deux louis, ma chère, et où les crèmes sont meurtrières pour la peau. Il discourt eau de coings, lanoline stérilisée, s'engoue pour l'eau de Sofia[1], pour la solution de benjoin et d'eau de rose, boit du lait caillé et se masse la paupière inférieure. Il harcèle de questions Calliope Van Langendonck, s'enquiert, auprès de cette beauté ionienne, de ce qui est « bon pour peau » ou « movais pour peau[2] »... Et puis, brusquement, il disparaît pendant trois semaines, reparaît vidé, pâle et rose comme un liseron, fébrile, ne parle plus, répond à peine. À la hâte, il me jette alors des confidences brèves, appelle un rat un rat et brave l'honnêteté dans notre belle langue : « Un bijou, Claudine ! une petite âme de pensionnaire... Il est à la caserne du Château-d'Eau[3]... »

Renaud, qui date d'une époque moins indulgente et moins effrontée, ne s'habitue pas à son fils. Il a tort. Tantôt Marcel bénéficie d'un apitoiement dû à son état de « malade », tantôt il fuit sous les colères de mon mari qui parle de le gifler, de l'envoyer aux colonies, et patia-patia... « Le petit », comme je l'appelle, supporte les bourrasques en silence, avec un mauvais regard. Entre le père et le fils, je m'interpose bonnement, par désir de silence et de calme plutôt que dans l'espoir d'arranger les choses, et mon bizarre beau-fils semble m'en savoir gré parfois. C'est à moi qu'il réserve son plus câlin : « Claudine, j'ai les poches vides, vous savez... » Lasse de lui répondre : « C'est qu'elles sont percées », j'allonge le louis qu'il escamote en me baisant la main avec un soupir soulagé : « Quel chic type vous faites, Claudine ! Parole ! si vous n'étiez pas une femme... »

Oui, tout cela passe à Paris... Mais garder ici, ne fût-ce qu'une semaine, ce bibelot suspect, l'entendre rire pointu, le sentir s'ennuyer entre Annie et moi... ah ! non, non, non ! J'irai jusqu'à cinquante louis, là ! Et qu'il s'en aille sans troubler ma chaude amertume solitaire, mon retrait de terre rousse odorant de buis, couronné de vigne vierge, bombé comme un cabochon parmi l'ouate bleue et douillette des montagnes : « Mon » Casamène ! La parole imprudente d'Annie : « Je vous donne Casamène ! » se prolonge en moi jusqu'aux sources de mon âme terrienne. Cet îlot au labyrinthe, au petit fronton de marbre, aux bosquets d'arbres de Judée et de baguenaudiers[1], ce bijou, démodé comme une broche à miniature, serait à moi ? J'y développerais plus tard, aux côtés de Renaud, l'instinct fermier et poyaudin qui me vint d'ancêtres cultivateurs et jaloux de leur bien[2]...

Déjà, quand je suis fatiguée de penser à Renaud, de compter les jours, d'imaginer ses joues moins creuses, sa moustache plus blanche (il me l'écrit avec un désespoir enfantin), de me rappeler ses mains dont la gauche s'ouvre, oisive et prodigue, tandis que la droite se ferme sur le porte-plume absent, quand mes sourcils deviennent douloureux à force de penser, alors je me tourne vers Casamène, mon nouveau jouet. Je n'ai plus la même façon indifférente de relever un brin de vigne... Je rattache d'un jonc tordu la vigne traînante et je retrousse la jupe de feuilles du rosier, soigneuse des œils de l'an prochain. Je gratte la terre humide, l'herbe d'où se retire la sève, avec cette pensée digne du premier homme qui conquit son gîte : « Cette toison d'herbe est à moi, et à moi aussi le dessous gras de la terre, la demeure profonde du ver, le corridor sinueux de la taupe, à moi, encore plus bas, le roc que n'a jamais vu la lumière ; à moi, si je veux, l'eau prisonnière et noire, enfouie à cent pieds, dont je boirai, si je veux, la première gorgée à goût de grès et de rouille... »

Mais... Montigny ? — Eh bien ! Montigny ne diminue pas pour cela dans mon cœur. Ma maison de Montigny reste pour moi ce qu'elle fut toujours : une relique, un terrier, une citadelle, le musée de ma jeunesse... Que ne puis-je la ceindre, elle et son jardin vert comme les parois d'un puits, d'une muraille qui la garde de tous les yeux ! Mon amour pudique suspend sur elle un mirage qui me trompe seule ! Ainsi, Maître Frenhofer[3] couvait son œuvre informe à l'abri du médiocre et clair regard des hommes. Annie, et Marthe Payet, et Calliope Van Langendonck, et le gros Maugis, si je leur montrais ma maison de Montigny, diraient : « Eh bien ! quoi ? c'est une vieille maison. »

Ce n'est pas une vieille maison, pauvres d'esprit ! C'est la maison de Montigny. Et quand je mourrai, ce sera sa fin, à elle aussi... Mes yeux près de s'éteindre se lèveront vers son toit d'ardoise violette, brodé de lichen jaune ; à ce signe, la verdure sans fleurs de son jardin se fondra en brume confuse, les sept couleurs d'un prisme tremblant souligneront les arêtes de sa carcasse sombre, et nous demeurerons, elle et moi, une seconde suprême, moitié ici, moitié déjà là-bas...

« Oh ! ma vagabonde assise !... »

Pauvre, pauvre cher, comme j'entends sa voix !... J'ai un peu de honte et de chagrin. Ne lui dois-je pas toutes mes pensées ? — mais elles sont à lui, puisqu'elles viennent de moi, et que je dépens de lui comme un surgeon de rosier qui chemine sous la terre, loin de sa tige mère, avant de pousser à la lumière son premier jet, tendre, luisant, d'un rose marron de lombric...

☆

Aujourd'hui, un laissé-pour-compte des soleils d'août nous grille, nous étourdit, nous détraque. Hier matin, il gelait. Annie ne dit rien, assise par terre à côté de moi, le dos à un cerisier de l'autre siècle, dont le tronc est assez large pour nous servir de dossier à toutes deux. Les yeux fermés, elle tend son visage à la lumière, passive, dans une immobilité qui ne me trompe plus... C'est ainsi, à coup sûr, qu'elle tendait son baiser aveugle vers ceux qu'elle admire à l'égal d'autant de dieux — les hommes !

Elle regarde en elle-même, indifférente à ce jour d'été revenu, ce jour unique dont je savoure toutes les heures, dont je couche toutes les ombres bleues sur l'herbier de ma mémoire. Ah ! Renaud ! se peut-il qu'autour de vous un air tout pailleté de glace suspende à vos longues moustaches de petites perles qui scintillent à votre souffle ? Cela me frappe et me blesse : cela m'éloigne trop de vous !...

Dans l'air presque brûlant, les feuilles de l'acacia pleureur — un être ancien, rabougri, le tronc court et les branches en bras tordus — tombent une à une, en pluie tranquille, tournoient à peine avant de se poser. L'automne les a, celles-ci, décolorées jusqu'au blanc de l'ivoire vert...

Un roucoulement de tourterelle, pressé et grasseyant, se rapproche de nous. Péronnelle nous a découvertes et vient nous communiquer la grande nouvelle : Péronnelle est en folie ! Nous l'accueillons avec plus de froideur que sa situation ne le requiert. Péronnelle est en folie tous les mois, et le matou n'abonde pas dans la contrée.

Impudique et joyeuse, elle se livre sous nos yeux à des danses antiques, dont elle observe chaque rite. Elle est charmante, rayée comme un serpent, le ventre fauve marqué de quatre rangées de taches noires, boutons de velours qui agrafent sur elle sa robe d'un goût parfait...

Par trois fois, le cou tendu, les yeux anxieux, elle a clamé distinctement, en trois syllabes : « Mi-ya-oû ! » Appel sacré suivi de cris d'oiseau, moins faciles à noter et à interpréter. Suit un intermède de danse serpentine, vautrage à gauche, vautrage à droite, soulèvement sur la nuque en pont, comme à la Salpêtrière[1].

De nouveau, debout, elle interroge l'horizon et, enflant la gorge, elle exhale une plainte de veau, si basse, si énorme, si disproportionnée qu'Annie ouvre les yeux et sourit...

Entracte : danse sacrée... Mais comme, après tout, la présence du matou n'urge point, que le soleil est pénétrant, l'été revenu, les feuilles de l'acacia tentantes en leur vol lourd, Péronnelle bondit, la queue de travers, piétine le reste des rites, fixe sur nous des yeux de chèvre folle qui remplissent sa figure et se rue à la poursuite d'une graine de chardon qui voyage dans l'air... Elle joue, brutale, précise, vite irritée, coupant son jeu de rares et brefs petits aboiements de chat : « Mouek ! mouek !... »

« Annie...

— Oui... quoi ?

— Péronnelle... cette danse de l'Amour, ces torsions de bayadère... ça ne vous rappelle rien ? »

Elle cherche, de bonne foi, ses mains brunes dans les poches d'un petit tablier de ménagère proprette. Avec sa coiffure basse dont le poids arque ses sourcils, elle a un air touchant et insupportable de Cendrillon bourgeoise.

« Allons, Annie ! Je vous vois assez, moi, en travers

d'un lit d'hôtel étranger, roucoulante et les reins creusés... »

Les trucs les plus éculés réussissent toujours ! Annie saisit la perche que je lui tends.

« Oh ! voyons, je ne faisais pas tant de bruit que ça, Claudine ! »

Cette pudeur ! ces mains qui éloignent l'image du péché ! Si je ne connaissais pas Annie, depuis l'autre soir, je m'y tromperais. Qu'elle parle ! qu'elle parle ! C'eſt le seul plaisir un peu coupable qu'elle puisse m'offrir.

« L'extase silencieuse, alors ? »

Elle tourne les épaules, mal à l'aise :

« Écoutez, Claudine, je ne sais pas comment vous pouvez, au grand jour, sous ce soleil, parler si tranquillement de... de ça !

— Vous trouvez plus naturel de le faire ? »

Elle ramasse et mordille une queue de cerise de l'été passé, un petit squelette de fruit qui porte encore son noyau sec. Elle réfléchit, ses sourcils chinois abaissés. Elle eſt, comme presque toujours, sérieuse, appliquée...

« Oui, avoue-t-elle enfin. Plus naturel, et plus facile aussi... »

Je sens que je ne vais pas m'ennuyer. Pour mieux voir Annie, je rejette mes cheveux courts hors de mon front, de ce geſte qui eſt presque devenu un tic. Il fait beau à en être triſte ; la terre tiédit sous mes reins. Le soleil change de couleur, rosit derrière les pins comme une belle bassine à confitures. Péronnelle s'eſt endormie de fatigue et Toby-Chien, vigilant, inutile, creuse un faux terrier de lapin : il en a pour une bonne demi-heure...

« Expliquez-vous, Annie !

— Ce n'eſt pas commode, Claudine. Mais enfin, si je tiens à quelque chose en ce monde, c'eſt à vous... Je ne veux pas trop diminuer à vos yeux... Du temps que je voyais *des gens* — Marthe, mon beau-frère, Maugis, mon mari —, ils me croyaient bête. Je ne suis pas bête, Claudine, je suis un peu sotte. Ce n'eſt pas du tout la même chose. Un peu zozotte, voilà le mot. Une anémie particulière me rend tout trop lourd, dès que je veux agir ou seulement parler. Mais j'ai des idées, Claudine.

Je pense, je vis, surtout depuis que... enfin... depuis...

— Depuis Baden-Baden[1], je crois ? Michel Provins[2] l'a dit en termes délicats : "Les femmes, ce n'est pas leur faute si elles éprouvent..."

— Et je sais bien, à présent, que la femme la moins défendue, celle qui choit le plus vite et le plus facilement, c'est la plus timide[a], la plus muette, celle qui n'offre ni son épaule, ni son genou, aux frôlements du flirt, celle qui pense le moins au mal, vous entendez ! Elle baisse les yeux, elle répond à peine, elle tient ses pieds sous sa chaise. Elle n'a même pas l'idée que quelque chose peut arriver... Seulement, qu'on lui mette la main sur le front pour la renverser en arrière et voir la nuance de ses yeux, elle est perdue. Elle tombe par ignorance d'elle-même, par peur, par crainte du ridicule — oui, Claudine ! — et aussi avec la hâte que ce soit fini, pour ne plus avoir à se défendre, avec l'idée confuse qu'en cédant elle retrouvera la paix et la solitude tout de suite après... Seulement, il arrive qu'en touchant au péché elle aperçoit le but et la raison de sa vie, et alors... »

Elle se tait, le souffle court, avec un mouvement de paupières, théâtral à son insu, une chute brusque et étoffée de ses cils sur son regard, qui me fait pressentir la magnificence de son visage dans le plaisir, une expression chaste et rassasiée, un religieux resserrement des épaules étroites... Ah ! tout ce qu'elle a jeté là à un tas de pourceaux !

« Si je comprends bien, Annie, vous comptez pour peu le libre arbitre, le choix, le vœu de monogamie ?...

— Je ne sais pas, dit-elle avec impatience. J'explique quelque chose que je sais, voilà tout. Je me rends compte que des femmes comme vous ou ma belle-sœur Marthe...

— Merci de la comparaison !

— ... marchent dans la vie comme les égales des hommes, avec une espèce de logique batailleuse, une ironie, une légèreté raisonneuse qui les sauve d'un tas de défaillances... Vous — Marthe, beaucoup de femmes —, le besoin de répondre, *verbalement*, n'importe quoi au désir d'un homme, l'instinct de faire un jeu de mots, de protester, de minauder, fût-ce de crier seulement *non !* vous donne le temps nécessaire pour penser, pour vous sauver enfin... Nous autres, achève Annie en employant un mystérieux pluriel, nous sommes des femmes qu'on a oublié d'armer. »

J'allais lui répondre, impétueuse : « Alors, vous ne m'intéressez pas ! » Mais je me retiens à temps : je n'ai pas la cruauté de troubler davantage ce petit cerveau détraqué qui se vante si ingénument de « penser ». Et puis, à quoi bon ?... Elle a appris la volupté sans amour, elle est tombée sans noblesse, et, quoi qu'elle m'ait dit l'autre soir, sans en ressentir d'humiliation. Je n'ai pas le droit de lui dire, moi qui l'ai autrefois poussée dans un chemin facile* tout velouté d'une boue qui attarde les pas, de lui crier : « Nous ne sommes pas, non ! de la même espèce, mais la différence est plus grande encore que vous ne croyez... Il y a une chose à laquelle vous n'avez pas pensé : c'est l'amour ! Moi, moi, l'amour m'a rendue si fortunée, si comblée de plaisirs dans ma chair, de tourment dans mon âme, de toute son irrémédiable et précieuse mélancolie, que je ne sais vraiment pas comment vous pouvez vivre auprès de moi sans mourir de jalousie ! »

Je n'ai pas le droit de la désoler ainsi, celle qui, mi-étendue à mes côtés, sourit intérieurement et se satisfait de ses souvenirs. Elle s'étire, non par paresse, mais comme les chats allongent et essaient leurs muscles avant de s'élancer...

« Une après-midi pareille, Claudine, murmure-t-elle, je n'en connais qu'une dans ma mémoire. C'était dans la campagne à... à... où donc déjà ?... à Agay. Agay, c'est là-bas, à côté de Saint-Raphaël, bleu et or comme une affiche séduisante, au bord de cette mer qui n'en est pas une, qui ne bouge guère, s'endort en rond dans les baies. J'avais loué une petite villa à cause du grand jardin. Et puis il n'y avait personne, vous pensez, en décembre ! Maurice Donnay[2] et Polaire[3] n'étaient pas encore arrivés.

— Vous y étiez seule ?

— Non, naturellement. J'avais eu la faiblesse — oh ! c'en est une, je le reconnais — d'emmener pour quinze jours un jeune homme, un très jeune homme...

* Voir *Claudine s'en va*[1].

— Je le connais ?

— Je ne pense pas. C'était un chauffeur. Je l'avais rencontré à Monte-Carlo, où je venais de passer, au Riviera Palace[1], une semaine calme...

— Cet hôtel pourtant se vante, dans ses prospectus, d'être "le plus *luxurieusement* meublé qui soit en Europe" ! Mais poursuivez : ce jeune chauffeur...

— Des gens l'avaient renvoyé parce qu'il les avait versés sur la Corniche — du bon côté, heureusement. Il pleurait, croyez-vous ! Alors, je l'avais emmené pour quinze jours, le temps qu'il trouve une autre place...

— Il... chauffait, hein ?

— Il chauffait, répond Annie brièvement. Mais il n'avait pas de modération. Tenez, Claudine, on dit toujours que le peuple se démoralise et que tout est pourri, je ne sais quoi encore ? Il n'y avait pas plus honnête que ce garçon-là ! Il avait une délicatesse à lui, risible... Croyez-vous qu'un soir, à l'heure du dîner, il m'a rapporté un louis ?

— Comment, un louis ! Il l'avait trouvé par terre ?

— Pas par terre... Une dame "bien" l'avait pris à l'heure, sans voiture... et il me rapportait son louis "pour la caisse commune", disait-il.

— Ça tire les larmes. Le nom de ce héros, Annie ?

— Anthelme. Pour le nom de famille, ma foi... »

Sa main s'envole, les doigts écartés, en signe d'oubli et d'indifférence.

« ... La mémoire des noms, c'est terrible, vous savez !... Enfin, un petit être charmant, si gosse de Paris... une façon de prononcer " mételas", "piéno", de donner des noms tout crus, bizarres, nouveaux, à des choses et à des gestes qu'on ne nomme pas d'habitude, du moins à haute voix... Il les nommait, lui, d'une bouche naïve où les mots grossiers devenaient jolis, je vous assure... un surtout qu'il répétait sans motif pour signifier à peu près : "Ne comptez pas sur moi !" Ah ! que c'est bête ! voilà que je ne le retrouve plus !

— Ne cherchez pas, Annie !

— D'ailleurs, ça n'a pas d'importance. Une après-midi... dans le jardin... ah ! ce silence ! pas de fleurs aux mimosas, les oranges vertes, les yuccas piquants, un creux de mer entre deux rochers violets... lui qui avait voulu se baigner et qui séchait sans peignoir, sur le sable de la terrasse... je vois encore sa peau rose à l'ombre d'un pin... »

Je souris[a], les yeux sur mes mains nues, que l'ombre d'un pin argenté grillage à cette heure même d'un canevas bleuâtre...

« ... Vous savez, Claudine, comme ces jeunes peaux blondes, qui ne durent guère, sont un régal pour les yeux et les doigts...

— Non, je ne sais pas », dis-je sèchement, malgré moi.

Son bras entoure ma taille. Elle poursuit, câline, inconsciente, apitoyée :

« Vous ne savez pas... »

Puis son regard dépouille l'humide voile du mirage sensuel, redevient amical et pur :

« Alors, Claudine, que Dieu vous préserve de cette tentation-là !

— Quelle tentation ? dis-je avec une raideur agressive.

— La chair fraîche », chuchote-t-elle mystérieusement.

Je hausse les épaules :

« Ne vous faites pas de bile, Annie ! Moi, une tentation ? J'ai tout chez moi.

— Vous n'avez pas tout. »

Du bout d'une rouette d'osier, elle explore une galerie de courtilière et paraît s'absorber. Elle ne lève pas la tête, de peur de perdre le courage de tout dire. Petite autruche ! L'écran de sa main devant son visage lui suffit donc pour qu'elle montre, jupes troussées, sa pensée ou son petit corps chaud et brun ?... Je ris, à dessein de l'encourager :

« "J'ai tout. Vous n'avez pas tout. Il ou elle a quelque chose. Le couteau de ma tante est moins beau que le cheval de mon cousin. L'oiseau a mangé le porte-plume du militaire..." C'est le commencement de la méthode Ollendorff[1] ! À vous, Annie[b] ! »

Elle ne répond pas tout de suite, penchée. Je ne vois plus que son nez, ses beaux cils d'animal, les coins de sa bouche plaintive qui ont toujours envie de pleurer.

« Écoutez, Claudine... Je sais que vous m'aimez bien... Mais, depuis l'autre soir, où je me suis laissée aller à tout vous raconter, je sens que vous faites peu de cas de moi toute et du lot que j'ai choisi... C'est une part bien médiocre du bonheur, mais je voudrais... je voudrais vous faire partager cette conviction que chacun ne possède, ne doit posséder qu'une très petite part du bonheur. Même vous, Claudine. Vous portez la vôtre avec une sorte d'orgueil, une espèce de supériorité silencieuse ; on entend que vous pensez : "Mon bonheur ou ma tristesse, ou ma volupté, mon amour enfin sont meilleurs, sont autres que ceux des autres... Même en mal, tout ce qui est à moi est mieux !" Excusez-moi, mon raccourci est un peu lourd, mais c'est pour aller plus vite. Donc, vous pensez cela. Alors, moi, je réfléchis — j'ai beaucoup de temps pour réfléchir — et je trouve que non !... que vous demeurez dans l'ignorance, sinon dans le besoin de tout ce qui vous manque. L'amour, ce n'est pas seulement cette... cette filialité passionnée qui vous rattache à Renaud, ce n'est pas cette dépendance volontaire où vous vivez, ce n'est pas cette tendresse déjà grave que Renaud vous prodigue et qui s'épure lentement, exquisement — ce sont vos propres paroles ! proteste-t-elle à cause de mon geste... — Vous avez songé à tout, reprend Annie dont la voix tremble de son audace, excepté aux autres amours qui ont place à côté du vôtre, qui peuvent le coudoyer de trop près, le malmener d'une épaule hardie, lui dire : "Recule-toi un peu, c'est à nous !" Je dis toujours "amour", Claudine, parce qu'il n'y a que ce mot-là... Et si, un jour, vous rencontriez le mien, ce petit demi-dieu fougueux, tout brillant de jeunesse, les mains rudes, avec ce front étroit que j'aime sous les cheveux touffus ?... On ne peut guère lui demander de tendresse épurée, à celui-là ! Il vous tombe sans ménagement, il n'est vain que de sa peau, de ses muscles, de sa cynique vigueur, et l'on n'a de repos à ses côtés que quand il dort d'un air têtu, les sourcils froncés, les poings clos. Alors, on a un peu de temps pour l'admirer et l'attendre... »

☆

Évidemment, j'ai été avant-hier très au-dessous de moi-même. Cette Annie !... Quelle défiance de moi, quelle insuffisance, au lieu de lui répondre vertement, de la battre au besoin, m'a réduite à rire sottement, tout à coup, d'un saut de la chatte ? J'aurais dû... ah ! je me dégoûte ! sa petite tirade méritait... Tu vieillis, Claudine ! Mais aussi, pourquoi faut-il que le meilleur de moi soit absent ?... Cette Annie ! Elle se vantait de « penser ». En vérité, je commence à le croire.

« Le meilleur de moi » écrit ce matin une singulière lettre. J'y devine qu'il a dû, la nuit précédente, rêver contre moi, et je n'en induis rien de bon. Lorsque ses rêves traînent ainsi sur toute sa journée, comme un lambeau attardé de fumeux brouillards, je m'inquiète. À travers la distance, je vois son mauvais sommeil coupé de soupirs, la convulsion légère qui agite sa main droite de minute en minute, petite danse de Saint-Guy d'écrivain surmené...

Il a rêvé que je le trompais, pauvre cher chéri ! Il a honte de me le raconter, honte de l'avoir rêvé ; mais il confond volontiers songe et pressentiment, comme une modiste éprise.

« Tu comprends, Claudine, je suis malheureux parce que je suis vieux... » Oh ! ce refrain qui m'attendrit et me fait rire... « Ma petite fille, rassure-moi. Tu as une espèce d'honnêteté qui me convainc toujours, et je suis sûr que tu me le raconterais, si tu me trompais... Ce serait une méchanceté bien méchante de ta part que de dire au fond de toi-même : "Je le trompe, mais je n'ose pas le lui avouer, ça lui ferait trop de peine." N'est-ce pas ? si tu avais envie de quelqu'un, tu viendrais me demander : "Donne-le-moi !" Et je te le donnerais, quitte à le faire mourir de je ne sais combien de morts après... »

Mon pauvre Renaud ! Il a dû écrire encore tout troublé d'une vilaine image, angoissé et perdu dans sa chambre aux murs miroitants... Pourvu que ma réponse garde assez de ce dont j'ai voulu l'imprégner, ma réponse que j'aurais voulu écrire avec une encre joyeuse, couleur d'orange, ou du bout d'une paille enflammée, du bout d'un tison rose et noir, sur un papier de velours chaud qui ressemblerait à ma peau... Les lettres d'amour, on devrait pouvoir les dessiner, les peindre, les crier... Pourvu qu'il la lise avec l'accent !

Je ne lui ai pas parlé de Marcel, naturellement. L'heure eût été mal choisie. Écartons de lui les petites pierres : que sa convalescence ne trébuche pas, surtout !

☆

Annie, gentille, prépare une chambre pour Marcel à côté de mon cabinet de toilette, une chambre qui plaira à mon beau-fils, car l'anglomanie d'Alain Samzun (« mon ancien mari », dit Annie) a décoré nos dortoirs de cet acajou criard et rouge, de ce citronnier argenté que Waring et Gillow[1] déversèrent sur le continent. Je ne m'en plains pas, ici du moins : mes appartements vert-de-gris et bleu-de-truite prolongent en deçà de mes fenêtres le crépuscule irisé qui descend le soir sur ce cirque de modestes montagnes.

Marcel abritera — pas longtemps, je le souhaite — sa petite beauté sous des courtines roses et grises, et se poudrera, ô Beardsley[2], devant une coiffeuse à pieds de biche et à guirlandes... Je ne me console pas encore de son arrivée qui nous menace :

« Enfin, Annie, on n'était pas plus tranquilles, toutes les deux, à lézarder, à palabrer sur l'amour et les voyages, à ramasser les pommes de pin, et à courir lentement les routes comme aujourd'hui ?... Regardez ce chemin jaune, il pénètre là-bas sous les bois avec une courbe brusque, le circuit empressé d'une couleuvre qui cherche la fraîcheur... »

Annie sourit au calme paysage, comme on sourit à des amis indifférents. Elle doit trouver, au fond, que ça manque d'hommes...

« Ça ne vous gêne pas, Annie, cette visite inexpliquée de Marcel ? »

Elle condescend à une moue gentille, avec un signe de tête qui dit « non » mollement. Son grand chapeau de paille — nous avons repris, pour un éphémère été de la Saint-Martin, nos cloches de manille[3] roussies comme des galettes — bat de l'aile autour de sa coiffure basse et elle ressemble à la grand-mère qu'elle dut avoir, vers mil huit cent quarante...

Toby-Chien, devant nous, chasse, éclectique et inoffensif, le lapin, la mésange, la taupe et le grillon. Sa langue large et fendue pare d'un rose de bruyère le noir brillant de sa robe. À cause de la chaleur revenue, et puis parce qu'on est sorti sans savoir jusqu'où nous mènerait notre oisiveté, Toby-Chien, tout nu, court sans collier comme un bohémien. Il fait divinement tiède, mais le bruit seul des feuilles dans le vent, des feuilles rousses et sans sève, cliquetantes, m'avertirait que ce n'est plus l'été...

« Qu'est-ce que nous en ferons, Annie ?

— De qui ?

— De Marcel, voyons ! »

Elle écarte ses mains paisibles, arque ses sourcils déliés :

« Mais rien, ma chère ! Comme vous êtes bizarre ! Vous vous agitez autour de cette arrivée de votre beau-fils comme si elle vous était profondément désagréable — ou agréable !

— Ah ! ah ! oui !... Ah ! bien !... Ah !... Annie, vous me démontez. Comment ! j'ai trouvé un coin délicieux pour y endurer au mieux l'absence de Renaud, j'y possède ce trésor unique : une amie qui ne fait pas de bruit, un petit bull carré avec une âme d'enfant, une chatte grise impérieuse et distinguée, et là-dedans, vlan ! on m'envoie un beau-fils qui se mouche dans de la soie[1] !... D'abord, tout ça, c'est votre faute !

— Ma faute !

— Parfaitement. Vous auriez répondu : “Mon Dieu... ma maison ne comporte guère d'appartements de réception... mes migraines m'ont retirée du monde” —, et tout s'arrangeait.

— Et Marcel écrivait à votre mari !

— Pas sûr. Entrons-nous au Bout-du-Monde ? j'ai soif. »

Le « Bout-du-Monde », le bien nommé, est une auberge triste, serrée entre deux rochers de cent cinquante pieds. Du faîte des rocs fuse une raide et mince cascade, un fil blanc, qui semble immobile, à peine palpitant, et s'écrase en écume savonneuse, au fond d'une cuve vernissée et ruisselante. L'aubergiste, avortonne enrhumée, vit là dans une ombre glaciale. L'été, au pied de la cascade, on range des bancs de bois, et les promeneurs y boivent de la bière et de la limonade. À ma première visite, comme je m'écriais machinalement, le nez levé vers la fusée d'eau, d'un blanc de givre : « Que c'est joli ! », la patronne rectifia :

« C'est surtout commode.

— Ah !

— Madame ne peut pas croire ce que la bière se tient fraîche dans le pied de la chute d'eau. C'est ça qui fait notre renommée. »

☆

Il est arrivé, il est arrivé ! Le vieux cheval Polisson a hissé une malle en parchemin, la grille a grincé d'une façon malveillante, Toby-Chien a aboyé, sainte Péronnelle Stylite s'est réfugiée sur le cadran solaire et Annie — je l'ai vue, de mes yeux vue ! — a daigné courir. J'ai envie de m'en aller : la maison remue trop.

C'est pourtant une pauvre créature que j'ai ramenée de la gare ! Un Marcel vidé, pâli, creusé, les yeux grands et inquiets, qui s'est jeté vers moi avec un : « Ah ! ma pauvre amie ! » si désolé qu'un instant j'ai tremblé pour Renaud, pour moi... Heureusement, la volubilité effarée de mon beau-fils me rassura :

« Ma pauvre amie ! Fichu, rasé, traqué, plus un sou, plus moyen de rentrer chez moi, ni chez vous... Pisté, rançonné, entôlé... »

Je l'interromps sèchement :

« Très gentil, ce petit jeu des synonymes ! Mais voulez-vous parler un peu moins nègre ? »

Il lève ses mains transparentes :

« Eh ! Claudine, croyez-vous que j'aie la tête à moi ? Vous allez tout comprendre. D'abord, jamais on n'aurait pu penser que c'était un petit truqueur.

— Ah ! c'était un petit truqueur ?

— Pis que ça, ma chère ! une bande ! Trois fois, vous m'entendez, trois fois, ils m'ont arrêté dans la rue et retourné les poches... et les lettres de chantage ! et les menaces de revolver ! et cette crapule de petit voyou qui me la faisait aux larmes, à la mineure violée ! et la police ! et tout le reste !

— Un sale coup, mon garçon !

— Vous pouvez le dire ! À la fin, ils voulaient un sac sérieux, trois mille — ils promettaient de me laisser tranquille... Vous m'avez refusé, et dame... me voilà ! Figurez-vous que j'ai failli rater le train... des précautions de voleur !

— Vous pouvez remercier Annie, vous savez.

— Oh ! oui. Et vous aussi, malgré les trois mille. Vous avez une mine superbe, Claudine. »

Il a tiré une glace de poche et s'y mire un œil. J'éclate :

« À la fin ! vous n'allez pas me demander des nouvelles de votre père ? »

Marcel esquisse un sourire forcé :

« Oh ! je pense bien que, s'il y avait une rechute, vous m'auriez parlé de lui avant tout le reste... »

Il bâille, pâlit soudain et s'appuie à la table :

« Quoi ? Vous tournez de l'œil ?

— Je ne sais pas, balbutie-t-il. Je suis si fatigué... Si je pouvais avoir un bouillon et un lit... »

Depuis ce jour-là il dort — je n'ai pas autre chose à consigner. Il dort. Il s'éveille pour manger, boire, demander l'heure et... se rendort. J'écris à Renaud :

Marcel nous a fait le plaisir de passer par Casamène. Ne vous inquiétez pas, mon chéri : il va bien, mène une vie tranquille et n'a pas besoin d'argent...

Je demeure au-dessous de la vérité : Marcel ferait la pige à une béguine. Inquiète, au début, de sa léthargie, j'ai demandé les avis du médecin de la petite ville, le père Lebon ; ce gros homme asthmatique s'est fait voiturer, geignant, en haut de notre terrible côte, a discouru sur ses propres maux, oppressions, suffocations, catarrhes, et j'ai dû sans délai le réconforter d'un grog. Moyennant quoi il a consenti à examiner le pouls, la langue[a], la peau délicate de mon beau-fils, et, dubitatif :

« Ça ne serait-il pas une fièvre de croissance ? »

Ce beau diagnostic m'a coûté dix francs, mais je ne les regrette pas.

Trois fois le jour, ponctuelle, je grimpe l'unique étage, je longe le couloir qui sent le grenier, je frappe à la porte et j'entre avant d'avoir reçu une réponse ; Marcel est là, répandu dans l'ombre des rideaux. Je n'y vois guère qu'un visage blanc barré d'une mèche blonde de cheveux trop longs, une main abandonnée, les doigts pendants et tièdes, hors de la manche d'un pyjama de soie ciel qui bâille sur la poitrine... S'il dort, je pose là une tasse de consommé et m'en vais, sans prendre la peine d'ouater mon pas.

Parfois, un bâillement gémi, un appel inarticulé me retiennent et je consens à m'arrêter un instant.

« C'est vous... euh... chose... ?

— Non, c'est moi.

— Ah ! c'est vous, Claudine... Quelle heure est-il ?

— Moins le quart.

— Déjà ! Comme j'ai dormi ! Je meurs de sommeil. Qu'est-ce que vous m'apportez là ?

— De la gelée de groseille et une aile de poulet froid.

— Tout de même... Mais je voudrais de l'eau chaude avant. Merci. Annie va bien ? Faites-lui mes excuses... Quel temps aujourd'hui ?

— Le dix-sept.

— Vous êtes mille fois bonne. Bonsoir, Claudine. »

Et je redescends, allégée pour quelques heures de mes devoirs de marâtre. Me voilà bien, entre Renaud dans le frigorifique et son fils en léthargie ! Décidément, le ciel n'a pas voulu mettre en moi l'âme d'une sœur de charité. Les malades m'attristent et m'irritent, les enfants m'agacent... Jolie petite nature ! Je mériterais, pour me punir, une trôlée de mioches à moucher, à ficeler, à peigner...

Un enfant, moi ! Par quel bout ça se prend-il ? Sûr, si j'accouchais de quelque chose, ce serait d'un bébé-bête, poilu, tigré, les pattes molles et les griffes déjà dures, les oreilles bien plantées et les yeux horizontaux, comme sa mère... Et Bostock[1] nous ferait un pont d'or.

☆

Ma petite Annie en a vu de dures, ces jours-ci. Je ne suis pas à prendre avec une pince à sucre depuis l'arrivée de Marcel. Je ne lui parle que pour la taquiner ou l'humilier — ce qu'elle subit d'ailleurs avec un secret agrément. Au fond, cette fausse évadée, je la vois assez bien dans un de ces pays où l'on attelle la femme à la voiture, à côté du chien, pendant que l'homme, les mains ballantes, chante une chanson qui loue l'amour, la vengeance et les lames damasquinées...

Le soir, elle brode ou lit. Je lis ou je joue avec le feu (car il fait froid, maintenant), un feu somptueux de souches de pommiers, de pommes de pin, de tout l'élagage du printemps : baguettes en fagots qui proviennent de la taille des abricotiers, margotins de lilas que la flamme semble boire... Je secoue le brasier, je manœuvre le soufflet en vernis Martin[1] qui s'écaille, je choisis les souches dans le coffre comme on choisit les livres aimés, n'élisant que les bistournées, les monstrueuses, qui, dans la cheminée, se tiennent debout sur une corne... Cependant, j'observe un silence bougon de prisonnière.

Un petit tintement de cuiller et de porcelaine dans le couloir m'avertit qu'on va monter chez Marcel la tasse de tilleul qu'il boit à dix heures, et je serre tout à coup les mâchoires, prête à me lever, à balayer la lampe et la table, et Annie, et Marcel, en criant : « Fichez-moi le camp ! J'ai besoin d'être seule et de ne pas entendre vivre sottement à côté de moi ! »

Mais ça ne se fait pas. Et puis leur effarement me demanderait « pourquoi » ? Toujours expliquer, toujours expliquer ! Les gens sont étonnants : ils n'oseraient pas vous demander des nouvelles de vos fonctions intimes, mais ils vous questionnent crûment sur les mobiles de vos actes, sans pudeur ni retenue...

☆

« Marthe me charge de mille choses aimables pour vous, dit Annie en repliant une lettre.

— Marthe ? Marthe Payet ? vous êtes donc restée en relation avec votre belle-sœur, après votre divorce ? »

Le chocolat matinal fume entre nous deux, et le poêle ronfle. Malgré les chaises anglaises au dossier inhospitalier, malgré les dressoirs Mapple[1] et le nickel Kirby[2], la longue salle à manger est restée provinciale, Dieu merci, un peu sombre et sérieuse : une seule fenêtre et beaucoup de placards pour les liqueurs, l'épicerie et les confitures... On dut autrefois y manger beaucoup, pieusement. Nous sommes toutes petites là-dedans, Annie en saut-de-lit bleu, moi en laine rose à manches de moine, les cheveux brouillés et les idées claires, car le matin ramène en mon être bien portant une allégresse remuante, l'appétit joyeux de m'attabler devant une journée à peine entamée...

Le chocolat embaume, un soleil d'argent joue dans ma tasse, Renaud va mieux et sa lettre projette des voyages, des fugues au soleil, des gâteries égoïstes pour nous deux tout seuls... Le bon matin, le bon matin ! Et Annie, qui replie sa lettre, penaude d'avoir eu la langue si longue !

« Vous correspondez avec Marthe ? Je vous croyais brouillées ?

— Nous l'avons été ; mais, il y a deux ans, comme j'étais de passage à Paris, nous nous sommes rencontrées, par hasard : j'allais passer sans rien dire, quand elle s'est précipitée sur moi avec les plus vives démonstrations de tendresse en m'affirmant qu'elle m'avait toujours gardé son affection entière et que, loin de me blâmer, elle m'approuvait d'avoir planté là, dès que je l'avais découvert infidèle, l'"imbécile prétentieux" — c'est l'expression de Marthe — qui fut mon mari et qui reste son frère à elle... Pour tout dire, je crois que celui-ci venait de lui refuser une certaine somme dont elle avait alors besoin[3]...

— Et que vous, vous avez fournie après cette scène touchante de réconciliation !

— Oui... Comment le savez-vous ?

— Je devine, mon petit : c'est un don que j'ai comme ça.

— Elle m'a d'ailleurs remboursée très peu de temps après...

— Oui ? Voilà qui m'étonne davantage !

— C'est à peu près depuis cette époque-là qu'elle

“connaît” quelqu’un qui la comble de bijoux, de dentelles, de tout...

— Mais Maugis[1] ?

— Maugis, elle le garde “pour s’engueuler avec”, à ce qu’elle dit.

— Et son mari ? »

Annie tortille une enveloppe, l’air gêné :

« Ah ! ce n’est pas le plus beau de l’histoire. Il est malheureux, le pauvre Léon, si malheureux qu’il s’en met à avoir du talent !

— Sans rire ?

— Sans rire, vous l’avez dit. Mais vous n’avez donc pas lu son dernier roman : *Une femme* ?

— Ma foi, non : il me l’a envoyé ; mais comme je ne pouvais pas le supposer moins rasoir que les précédents, je n’en ai même pas coupé les pages.

— Lisez-le, Claudine. Vous verrez, c’est le journal, si naïf, d’une douleur qui se complaît en elle-même... Ses amis[a] ont crié au scandale, et voilà ce pauvre Léon qui passe pour un cynique, pour un ignoble individu de génie...

— Je ne le plains pas. S’il ne fallait qu’être cocu pour avoir du talent... votre mari serait un Prince des Lettres, Annie ! »

Pendant qu’elle rit comme une pensionnaire, la tête tirée en arrière par sa grosse natte, une porte s’ouvre... et Marcel paraît !

Marcel en molleton blanc qui s’arrête en tendant un pied hésitant de baigneuse !... Annie coupe net son rire et le considère, sa bouche plaintive entrouverte, pendant que je crie, furieuse soudain :

« Comme c’est malin ! Mon petit, tâchez donc d’aller vous recoucher vivement : j’en ai assez de vous voir tourner de l’œil et joncher les tapis comme une fleur coupée ! »

Annie, qui redoute les effusions de sang, s’interpose :

« Mais pas du tout ! Puisque vous êtes descendu, Marcel, prenez cette chaise, là, le dos au poêle... Vous n’avez pas déjeuné ? »

Sourire dolent de la « fleur coupée » :

« Merci. Que d’excuses je vous dois, et quel refuge inespéré j’ai trouvé en vous, ma chère Annie ! »

Sa chère Annie ! Va-t-il la tutoyer, aussi ? Là, vrai, si on m'assurait que la cave n'est pas trop humide, avec quel plaisir j'y enfermerais ce... ce Marcel !

Il s'installe, beurre des rôties, mange, emplit sa tasse, tourne sa cuiller, le petit doigt levé, laisse le soleil aveugler ses yeux grands ouverts, éblouis et heureux...

Ses dix jours de lit, de sommeil, de poulet et de confitures lui ont enlevé dix ans. C'est l'adolescent Marcel d'avant mon mariage, celui dont je touchais la joue, émerveillée, pour « voir si c'était vivant », pour regarder le bout de mon doigt ensuite avec la surprise de n'y pas trouver un peu de poudre de pastel argenté, mêlé au bleu vert qui servit à dessiner les veines... Il a mon âge, ce bibelot ? Moi, tous les soleils de l'été se sont mirés dans l'or de ma peau, ont ganté mes mains sèches et chaudes, et la bise de cette semaine a fendu d'une gerçure fine et cuisante l'arc si bien tendu de ma lèvre supérieure...

Annie contemple Marcel avec des sentiments très différents des miens, qu'elle résume en cette exclamation simplette :

« Comme c'est amusant de voir un homme ici ! »

L'« homme » pince la bouche pour une moue où il y a de tout : vanité, vexation, modestie de quelqu'un qui n'en demandait pas tant... Sa petite maladie lui a posé sous les yeux deux vallons de nacre mauve, deux poétiques gnons voluptueux. Annie ne mange plus. Songe-t-elle, devant mon beau-fils, au petit chauffeur d'Agay ou au chasseur de Carlsbad ? Ses souvenirs n'ont que l'embarras du choix. Dieu ! que je rirais si elle tombait amoureuse de Marcel ! Faute de grives... Mais je le connais, lui ! c'est un merle qui ne se laissera pas prendre — que dis-je ? une merlette, une merlette blanche !

« Papa va bien, Claudine ?

— Pas mal, merci. Il m'écrit trois fois par semaine.

— Il revient bientôt ?

— Je ne sais pas. Les médecins le disent plus galvanisé par l'altitude que réellement guéri... Trois semaines, un mois[a], peut-être davantage...

— Comme c'est long ! s'exclame Marcel poliment.

— Je te crois !

— Ah ! le surmenage, ma chère ! Ainsi, moi... Mais j'ai peur d'ennuyer Annie...

— Du tout, du tout...

— Et, d'ailleurs, je suis guéri, guéri, guéri ! Vous êtes mes deux anges !

— Oui, oui, c'est convenu... Quand partez-vous ? »

Le rose délicat de ses joues s'efface, il jette vers la porte un coup d'œil peureux... J'ai un peu honte :

« Je voulais dire : vous n'avez rien qui vous appelle à Paris ou ailleurs ?

— La simple prudence... », commence Annie.

Elle n'achève pas sa phrase, mais je sens le reproche indirect : dame ! elle sait vivre, elle ! Ce n'est pas Annie qui s'installerait chez une amie pour y régenter bêtes et gens, changer l'heure des repas, harceler l'apathie d'un fermier somnolent qui laisse pourrir en terre les pommes de terre oubliées...

Non, je me tairai. Et ce sera encore pis. Qu'ils tremblent ! car je vais être polie et impersonnelle... Vaine résolution : ces choses-là, il faut les apprendre tout petit...

Le silence devient pesant : Annie souffre, Marcel gratte la nappe écrue. Je m'hypnotise sur l'étoile ardente découpée dans la porte du poêle. Enfin, ma brune amie respire profondément et, d'une faible voix, répète comme un écho pas pressé :

« Vous n'avez sans doute rien qui vous rappelle à Paris ?

— Non, rien... Et même au contraire... »

Je ris grossièrement. Ah ! oui, « au contraire ». Il a la frousse de se faire entôler, ou pis encore. Quelle pitié !

« Alors... vous nous faites le plaisir de rester quelque temps ? »

Ça n'a l'air de rien, cette petite phrase. Eh bien, dans la bouche d'Annie, c'est, ni plus ni moins, un coup de force, une manifestation d'indépendance, un acte de lèse-Claudine !

Plus intelligent qu'elle, Marcel l'a senti. Et c'est moi qu'il regarde, indécis, en répondant :

« Vous êtes mille fois bonne, Annie... Pourtant...

— Restez, Marcel, assez de chichi. »

J'ai posé ma main sur son épaule, bourrade autant que caresse, et mon amour-propre d'hôtesse insociable se satisfait de sentir plier, sous ma main dure, cette épaule fuyante d'une grâce féminine très second Empire.

☆

La vie s'organise à trois, moins pénible que je le craignais. Et puis Renaud m'écrit des lettres si rassurées, si chaudes d'une reconnaissance que je ne mérite pas ! « J'étais si sûr de toi, ma chérie, je savais que tu arrangerais tout, que tu me ferais un oreiller sans pli, et tu as attiré jusqu'à *Port-Annie* cet enfant perdu que j'ai si mal élevé... »

Pour cette lettre-là, pour ce cri de gratitude que je mérite si peu, j'ai eu envie de pleurer de honte, de casser les vitres, de ravager le mobilier anglais à coups de pied... Toby-Chien seul l'a su ; petit gnome noir couché sous ma table, il a perçu, avant que j'aie bougé, les premières atteintes du fluide dévastateur... Inquiet, la peau tremblante, il s'est dressé sur ses courtes pattes de derrière, posant au ras de la table sa tête monstrueuse aux yeux de nègre, les dents luisantes et les griffes trapues d'un bonasse démon issant de l'abyme. Alors je l'ai caressé et je lui ai demandé mentalement pardon.

Oui, la vie s'organise ; je tâche de l'organiser à ma guise, et souvent j'échoue. Entre Annie et Marcel, qui n'échangent pas trois paroles hors de ma présence, je devine une secrète alliance de faibles et de sournois. Mon beau-fils, expert en l'art de graduer ses effets, exhibe petit à petit un jeu de cravates, de casquettes plates à grande visière, de knicker-bockers et de bas tyroliens, propres à fanatiser les foules. Il y a un certain Norfolk suit[1] — toujours un peu trop ajusté — dans lequel il joue les pages... Annie, excitée, va jusqu'à renouer trois fois par jour sur sa nuque sa queue d'étalon noir et risque à dîner des quarts-de-peau[2]. Dédaigneuse, je ne condescends pas à quitter mes courtes jupes d'homespun, ni les chemisettes chaudes et souples dont les nuances unies, orange vif, rose chinois, vert turquoise, m'embellissent et tachent agréablement les pelouses rouillées. De la bure en dessus, du linon de princesse en dessous, des semelles doubles aux pieds et rien sur la tête, je ne me fais pas une autre idée du bonheur physique ici-bas. Marcel m'appelle en riant : « Fille des Mévas[1] », et je me rebiffe. Les Mévas sont des tourtes dangereuses, avec leurs manies de coucher sur la dure et de bouffer des navets crus. Des navets crus ! Oh ! l'haleine d'une douce fiancée Méva...

Cependant, mon peuple (ma petite détraquée et mon jeune inverti), mon peuple, s'il ne murmure pas, élude ; il y a quelque chose de changé dans mon tranquille royaume bombé, mon cabochon où les traces d'une civilisation prétentieuse s'effacent lentement... Ainsi :

« Qu'est-ce qu'on fait aujourd'hui, Claudine ?

— *Vous*, Marcel, je ne sais pas. *Moi*, je ramasse des pommes de pin et peut-être aussi des champignons. Et vous, Annie ?

— Moi ? rien... je ne sais pas.

— Le programme des fêtes étant arrêté... bonsoir, mes enfants. J'en ai pour jusqu'à la cloche du déjeuner. »

Et je m'en vais avec affectation, un panier à chaque bras, et sur mes talons, Toby-Chien en tenue de promenade. La tenue de promenade de Toby-Chien consiste principalement en une pomme qu'il porte dans sa gueule, une pomme beaucoup trop grosse qui distend ses mâchoires et le fait ressembler à un dauphin. On voit que ça l'embête à mourir, mais c'est sans doute le résultat d'un vœu...

À quinze pas de là, Marcel court et me rattrape.

« Où est-ce, les pommes de pin ?

— Sous les pins.

— Loin d'ici ?

— À ce petit bois, de l'autre côté de la combe.

— Je vais avec vous.

— Si vous voulez. »

Je siffle, en marchant vite à travers l'herbe mouillée.

Marcel jette un coup d'œil de regret sur ses bottines jaunes luisantes, hésite et me suit. Sous la sapinière, il fait un demi-jour d'orage, un silence recueilli d'avant les bourrasques. L'odeur des pommes de pin, des feuilles décomposées et des champignons éclos la nuit me rajeunit de quinze ans ; me voici à Montigny avec ma sœur de lait Claire[1]... le troupeau de moutons est là, de l'autre côté du bois « prrr... ma guéline... » et sous le feu de brindilles nous cuirons les pommes...

« Qu'est-ce que vous chantez là, Claudine ?

— Une chanson de quand j'étais petite... »

Une chanson qui vient de loin, de Montigny-en-Fresnois... j'entends encore ma voix rude et fraîche... une chanson d'avant ma vie, d'avant Renaud, d'avant l'amour... Ah ! que j'aime mon enfance !...

Hé, n'querriez donc point, ma Mère,
Y vins de Dijon,
De vouer passer la bannière
Du princ' de Borbon[2]*...*

Active, muette, oublieuse, je ramasse des pommes de pin, je poisse mes doigts d'une gomme parfumée et me redresse enfin, le dos courbaturé :

« Dites donc, Marcel, ne vous fatiguez pas ! »

Son menton rusé pointe en avant, ses yeux bleus, sombres sous la visière de la casquette, me narguent avec une puérile malice.

« Tiens, pensez-vous que je vais me fourrer les doigts dans toutes ces cochonneries !

— C'est pas des cochonneries, c'est de la résine. »

Il se penche, ramasse entre deux ongles, par une écaille, une pomme de pin sèche, et la lance dans le panier, le bras allongé en avant comme les petites filles qui jettent des pierres.

« Voilà, j'ai assez travaillé... Tiens, Annie ! »

En effet, c'est Annie. Lente, une capeline de bains-de-mer en toile rouge nouée sous le menton, elle s'avance d'un pas désœuvré, exagère la distraction de son regard pour affirmer : « Je ne venais pas vous rejoindre... je passe, par hasard. »

« Anni-i-ie !... »

L'écho de la combe nous « écharnit* » d'une voix

* Écharnir : imiter par moquerie.

faible et distincte... Elle répond de loin : « Claudi-iine ! », mais aucun double moqueur et caché ne répète son cri... Assise sur un tapis feutré d'aiguilles de sapin, j'épile soigneusement un mousseron tout frais, englué d'une chevelure d'herbe fine. Il est moite et froid, emperlé et tendre comme un nez d'agneau et si tentant qu'au lieu de le déposer dans le panier je le croque cru ; délicieux, il sent la truffe et la terre...

« Qu'est-ce que vous mangez là ? crie mon amie.

— Des champignons.

— Dieu ! elle va s'empoisonner ! Empêchez-la, Marcel... J'apporte le courrier », ajoute-t-elle.

Pourquoi faut-il que j'entende sous cette phrase si simple une sorte d'excuse à son arrivée ? Je n'aime pas cette manière théâtrale d'expliquer une entrée ou une sortie... Il est vrai que je suis tellement difficile ! Les gens qui m'ont vue trois fois s'y trompent. À me voir, coiffée en coup de vent, la jupe à ras de terre, le pied solide et le coup d'œil droit, ils se disent : « Voilà la petite bonne femme qu'il me faudrait ! C'est allant, c'est vif, et si facile à vivre !... » Essayez donc ! Si j'étais homme et que je me connusse à fond, je ne m'aimerais guère : insociable, emballée et révoltée à première vue, un flair qui se prétend infaillible et ne fait pas de concessions, maniaque, fausse bohème, très « proprio-te » au fond, jalouse[a], sincère par paresse et menteuse par pudeur...

Je dis ça aujourd'hui, et puis, demain, je me trouverai charmante...

☆

« J'ai une lettre de papa, Claudine.

— Ah ! »

C'est un « ah ! » de contrariété qui m'échappe. Une lettre de Renaud qui n'est pas pour moi ! Et cette fille rusée de Marcel qui me cache cela depuis ce matin !

Au bout du corridor qui sent le grenier de province et le coffre à avoine, nous nous souhaitons une bonne nuit, lampes hautes. Le bras levé, j'éclaire exprès le visage de Marcel, les tempes étroites, les yeux d'un bleu faux — turquoises un peu malades —, le front lisse et cruel, le menton fendu d'une fossette oblongue comme celui de Rézi... Les longs sommeils chastes, l'air montagnard, quelques semaines de froid vif et de soleil ont suffi pour rendre à tous ses traits une vénusté inquiétante. La bouche brille, humide, et s'entrouvre dès qu'on la regarde, par habitude de coquetterie.

« Vous vous poudrez, Marcel ?

— Toujours un peu. Vous avez un tel vent coupant, dans ce pays !

— On nous le fait sur mesure. N'empêche, vous avez une mine !

— Qui vous fait honneur !

— Dites donc... Renaud ne dit rien de particulier ? »

Il rit d'un air de pitié amusée.

« Toujours la même ! Allons, entrez une minute, on vous lira ça. »

La chambre, grise et rose, fleure le foin coupé mêlé à un autre parfum plus grue. J'hésite entre l'extase et la nausée. Je pose ma lampe et Marcel, bon prince, me tend la lettre de Renaud... Des gentillesses de camarades, plutôt que de père, des nouvelles de la neige, des anecdotes de toboggan et ces lignes touchantes : « Fais attention à Claudine, mon petit. Elle est mon enfant autant que toi, et je ne sais lequel de vous deux confier à l'autre... »

Je souris de tristesse, en regardant Marcel se déshabiller. Il me traite en copain, plus qu'en belle-maman, et se dévêt tranquillement, découvrant des dessous... professionnels...

« Mâtin ! ce caleçon de soie rose, ma chère ! Tout ça pour Casamène ? Heureuse Annie !

— Ne chinez pas, allons ! (Il dénoue sa cravate devant une psyché penchée et frappe du pied en boudant.) Vous pensez bien que ce n'est pas pour Annie, ni pour vous. Seulement, vous savez dans quel désarroi j'ai empli ma malle, et...

— Au fait, on ne vous a pas pisté de là-bas ?

— Dieu merci, non ! soupire-t-il en se laissant aller au creux d'un fauteuil, à l'aise dans un pyjama de flanelle blanche. Sale histoire tout de même. Oh ! les élèves des lycées ! Si on m'y repince !

— Mais vous m'avez dit que c'était un truqueur ?

— Oui, mais c'est par l'élève que j'ai connu le truqueur.

— Singulier canal !

— C'est si compliqué ! Enfin, voilà les grandes lignes. Vaney, vous savez bien, Vaney... Ce blond charmant, rose comme un bonbon ?...

— Connais pas.

— Il n'y a que vous ! Avec votre manie de courir autour de mon père, vous ne savez rien du monde extérieur... Enfin, Vaney, cet ange, cette petite sainte de vitrail, ma chère, il était de mèche avec le truqueur !

— Oh !

— Il raccrochait des types chics dans les relations de sa famille et, n'osant pas tarifer ses propres faveurs, rabattait pour le petit truqueur et partageait la galette avec lui. Une fois aux mains, si j'ose dire, du petit truqueur (vraiment un peu trop jeune) et de sa bande, les types n'en menaient pas large... Je vous demande pardon, j'ai un vocabulaire de potache,... un souvenir de Vaney...

— La petite sainte ?

— La courtisane sacrée, plutôt !

— ?

— Il était "courtisane sacrée" au lycée Marat[1] quand je l'ai connu. C'est vrai, vous ne savez pas... Ces gosses, ils ont une hiérarchie compliquée, ressortissant à Ubu-Roi[2] et à Flaubert[3]... Je m'en suis amusé trois semaines. Croiriez-vous qu'ils m'avaient décoré "à titre étranger" de l'ordre de "l'Éliphas de Muerdre[4]". J'allais au parloir le samedi...

— Quelle émeute ce jour-là[a] !

— Émeute, et meute ! Des frimousses excitées à toutes les portes, des rires pour que je daigne me retourner, des mouchoirs qu'on laissait tomber en me frôlant du coude : "Oh ! pardon !", des lettres anonymes, d'autres signées... ah ! le beau temps !... ah ! jeunesse !...

— Regardez-moi cet octogénaire ! »

Agacé, il ondule des reins au fond de son fauteuil et me méprise sans détour.

« La plus intelligente des femmes — et vous êtes la plus intelligente des femmes, Claudine ! — ne comprend jamais tout de suite[a]. Ce n'est pas *ma* jeunesse que je regrette, mais la leur ! Que deviendront-ils, mes jolis gosses de partout ? Pour un qui se garde lisse, mince et blanc, combien tournent au triste jeune coq enroué, taché de boutons, sali de barbe, honteux de lui-même, qui court par imbécillité derrière des jupes de cuisinière... Leurs mains grossissent, leur voix change, leur nez surtout, oh ! leur désolant nez ! Et cette herbe de poils partout, et... Pouah !... ce sont de jeunes hommes, si vous voulez, ce n'est plus l'adolescence enivrante, la beauté sans fêlure, hélas ! et sans durée... la chair fraîche... »

« La chair fraîche... » Où donc ai-je entendu ces trois mots voluptueux, dans lesquels la bouche mord en les prononçant ? Ah ! oui, Annie... Que disait-elle ? « Dieu vous préserve, Claudine, d'être tentée par la chair fraîche !... Vous ne pouvez pas savoir !... » Stupides jeunes ogres qu'ils sont tous deux ! Cette manière de traiter l'amour en comestible ! Je voudrais leur dire... À quoi bon ? C'est du bout des lèvres, avec un air renseigné et important, que je souhaite bonne nuit à mon beau-fils, Pierrot mince en serre-tête soyeux de cheveux blonds, affalé dans sa flanelle blanche...

☆

Ô cher Renaud, comme cela me fait sagement et paisiblement hausser les épaules, de voir qu'aujourd'hui votre lettre se préoccupe (avec ce souci de détail qui d'abord trompe sur votre caractère, peu méthodique au fond) de projeter, mois par mois, étape par étape, notre fugue de l'été prochain ! « En juin, nous plaquons Paris pour six bonnes semaines de Montigny ; fin juillet, Vittel... Et puis, il faut absolument caser, à mi-septembre, un petit circulaire[1] dont j'ai l'idée, vers la Forêt-Noire, quelque chose de démodé, de second Empire... Qu'est-ce que tu en dis, chérie ? »

Moi ? je dis oui, naturellement. Si je disais non, vous bouderiez d'abord, puis je vous vois élaborer ensuite un autre itinéraire, élire une autre source salutaire à votre arthritisme... Et pour ce que me coûte mon consentement ! Où vous voudrez, comme vous voudrez... Assurée de trouver auprès de vous, en votre seule présence, tout ce qui m'est nécessaire — parfois un peu plus —, je tourne à l'avenir un dos indifférent. Je marche imprévoyante vers lui, à reculons, en traînant les pieds.

Imprévoyante, je n'ai pas dit patiente. Si vous rentrez après l'heure fixée, si ma soif en été attend une longue minute le verre d'eau fraîche, si la pêche que je veux manger à l'espalier mûrit sa joue d'un fard trop lent, oui, je rage, oui, je trépigne, et mon soupir excédé soulève le poids mortel d'une heure interminable, mais... mais cela ne fait pas que je vous ressemble, et quel arrangement fastidieux que celui d'une année découpée d'avance, servie en « assiette anglaise » devant moi, pendant douze mois !

Ce qui viendra viendra, et voilà tout. Que dis-je ! Cela vient déjà, en dépit de vous et votre devis soigneux. Vous m'approuvez de n'aimer point, lorsque notre tête-à-tête se fait le plus silencieux, la hâte, ni les... bouchées doubles. Approuvez-moi d'aimer les jours simples et ne me forcez pas, sous couleur de prévoyance, de goûter à la fois cette année-ci et la suivante.

Quand j'étais petite, une grande sagesse précoce m'envoya, au plus beau de mes joies, plusieurs avertissements mélancoliques, d'une amertume savoureuse au-dessus de mon âge. Elle me dit... Vous pensez à une belle dame en blanc avec un diadème, qui m'apparut parmi l'obscur feuillage du vieux noyer ? Pas du tout ! C'était simplement, banalement, la « voix secrète », une immobilisation presque douloureuse de ma pensée, de tout mon petit animal bien portant, excité et repu, une porte entrouverte qui pour les enfants de mon âge demeure d'habitude fermée... Elle me disait : « Vois, arrête-toi, cet instant est beau ! Y a-t-il ailleurs, dans toute ta vie qui se précipite, un soleil aussi blond, un lilas aussi bleu à force d'être mauve, un livre aussi passionnant, un fruit aussi ruisselant de parfums sucrés, un lit aussi frais de draps rudes et blancs ? Reverras-tu plus belle la forme de ces collines ? Combien de temps seras-tu encore cette enfant ivre de sa seule vie, du seul battement de ses heureuses artères ? Tout est si frais en toi que tu ne songes pas que tu as des membres, des dents, des yeux, une bouche douce et périssable. Où ressentiras-tu la première piqûre, la première déchéance ?... Oh ! souhaite d'arrêter le temps, souhaite de demeurer encore un peu pareille à toi-même : ne grandis pas, ne pense pas, ne souffre pas ! Souhaite cela si fort qu'un dieu, quelque part, s'en émeuve et t'exauce !... »

Je vous ai confié un jour tout ceci, Renaud. Vous n'avez pas souri de la petite illuminée que j'étais, mais vous m'avez dardé jusqu'au fond des yeux le regard noir, vindicatif, le regard d'absurde et têtue jalousie, qui m'agace, m'enchante, qui s'écrie :

« Je te défends de me raconter qu'il y a eu un temps où je ne t'ai pas connue ! »

☆

« C'est moi, Annie... Vous n'auriez pas... de la vaseline, une pommade quelconque, une glycérine ? C'est pour ma lèvre qui est gercée et que je mords tout le temps... »

Annie m'ouvre sa chambre et se tient, étonnée, sur le seuil, avec l'air chinois et plaintif que lui donne sa grosse natte noire, tressée pour la nuit. Je m'excuse, je donne des explications — car il ne m'arrive presque jamais de pénétrer dans la chambre d'Annie. Je sens qu'elle n'y aime aucune présence, fût-ce la mienne. Craint-elle que les rideaux jaunes, la tenture blanche à frise de faux ébénier, le banal mobilier blanc d'hôtel très soigné ne racontent ses nuits secouées de demi-somnambule ? La chambre ne sent pas le mystère, mon flair n'y découvre aucune odeur personnelle — tout au plus un parfum de bois exotique et précieux, émané, j'en jurerais, du corps même d'Annie, qui n'use point de parfums artificiels...

Logis de voyageuse où je cherche dans un coin la malle de parchemin... La table à écrire offre son buvard vierge, sa plume rouillée. Nulle photographie ne sourit au mur vide. Le jour où mon amie s'enfuira de nouveau, elle prendra, peut-être, ce roman qui bâille sur le lit ouvert, ce petit mouchoir froissé sur la table, et rien d'Annie ne demeurera dans cette chambre anonyme...

Mon étrange hôtesse attend, ses yeux bleus dolents ouverts dans sa figure brune, et entrouvre la bouche pendant que je parle, avec cette moue involontaire qui donne envie de rire et de la battre...

« De la pommade pour les lèvres ?... non... il n'y a jamais rien dans cette maison... Ah ! si, attendez ! »

Elle ouvre un placard, remue un fouillis obscur et revient contente.

« Voilà. Ça peut servir pour les gerçures, je crois. »

Sur la boîte qu'elle me tend, je lis : « *Blanc gras des artistes, rachel.* »

« Mais... c'est du blanc de scène, ça ! Où l'avez-vous chipé ?

— Je ne l'ai pas chipé. Je l'ai acheté parce que j'en avais besoin. Il doit être un peu rance, depuis le temps.

— Comédie de salon ?

— Mais non, soupire-t-elle avec lassitude. Pantomime de théâtre. J'ai joué la pantomime pendant quelques jours.

— Où ça ? À l'étranger ? »

Je l'interroge avec sécheresse, vexée, blessée de tout ce qu'elle me cache — ou qu'elle invente ? Elle s'assied sur son lit et se passe la main sur le front. Je la secoue par son bras mince, nu hors du saut-de-lit bleu pâle.

« Vous vous moquez de moi, Annie ? »

De se sentir un peu violentée, elle sourit, consentante. Il fait tiède ; un feu de braise dort sous ses peluches de cendres blanches... De la hanche je pousse Annie pour me faire une place sur l'édredon capitonné, contre elle, heureuse de la belle histoire[a] inconnue, de la confiance retrouvée d'Annie, de l'heure déjà tardive et du ruissellement soyeux de la pluie d'hiver contre les volets...

Pelotonnée, les genoux dans ses bras noués, Annie commence :

« Voilà... Vous souvenez-vous d'un spectacle coupé du théâtre des Pâturins[1] ? On donnait ensemble un petit opéra en deux actes, très dramatique, qui s'appelait *La Vieille Reine*[b], et puis une "tranche de vie" où on tue tout, et puis une farce d'étudiants et enfin une pantomime intitulée : *Le Dieu, le Mirage et la Puissance*[1] !

— Heu... je m'en souviens vaguement.

— Je pensais bien. Le théâtre a fait faillite au bout de quinze jours. La pantomime était pourtant jolie... J'y jouais la petite esclave qui cueille des roses et que le chèvre-pieds[2] emporte à la fin.

— Vous !... Vous avez fait du théâtre ? »

Elle sourit sans vanité :

« Je ne dis pas cela, Claudine. J'ai joué la pantomime... Ce n'eſt pas difficile, allez ! Et puis, j'y étais forcée. Il faut vous dire... »

Elle plisse à petits plis minutieux la batiſte de sa chemise de nuit, dont le jabot s'échappe de sa robe décroisée...

« J'avais rencontré, peu de temps avant, un "petit cabot", comme ils disent. Un jeune homme du Conservatoire, enfin. Oh ! pas n'importe lequel ! un accessit de tragédie, mais oui... Un premier accessit de tragédie et un tragédien, ce n'eſt malheureusement pas la même chose... Il avait joué des petits rôles chez Sarah[3] : le seigneur Vendramin[4], le page Orlando[5], à cause de ses jambes, des jambes... »

Elle cherche une comparaison, n'en trouve que d'indignes...

« Enfin, des jambes ! Sarah lui a dit, un jour qu'il jouait le page Orlando : "Mon petit, tu as la jambe de l'époque."

— Quelle époque, Annie ? Celle de Sarah ?

— Non... le seizième siècle, je crois...

— Où l'aviez-vous pêché ? »

Elle me rit au nez, enfonce son petit poing dans l'oreiller rebondi et se tait.

« Vous n'êtes pas gentille, Annie ! Dites tout ou je vous chatouille ! »

J'ai dit cela sans y penser, mais l'effet eſt prodigieux. Annie se ramasse en boule contre le mur, tend des mains épouvantées et implore :

« Non ! non ! pas ça ! ou bien je meurs !... Je dirai tout !... »

Et elle achève précipitamment en avalant sa salive :

« Je l'ai rencontré chez vous, là !

— Chez moi ? Quelle blague ! je ne me suis jamais

connu de page Renaissance... Vous délirez, Annie.

— Pas du tout ! Il était — ce pauvre petit, tout de même — secrétaire intérimaire de Renaud pendant trois semaines. »

Je me frappe le front comme au théâtre :

« Attendez donc !... Un gosse avec trop de cheveux, pas assez de linge, de beaux yeux... »

Elle acquiesce, chaque fois, d'un signe de tête.

« C'est ça, c'est ça ! Il s'appelait....

— Auguste[1], fait-elle d'une voix douce.

— À la maison, il se faisait appeler... monsieur de Saint-Yorre[2], simplement.

— C'était un pseudonyme. »

Qu'elle a bien dit cela ! qu'elle est gentille ! C'est ainsi que je l'aime, que je la voudrais toujours, à moitié bébête, à moitié perverse, toute torturée d'impureté sous son attitude chaste... Je l'attire à moi par sa grosse natte, comme un fruit au bout d'une branche flexible, et je l'embrasse au hasard, sur sa joue, sur son petit nez froid... La pauvre enfant ! Elle plie sous la moindre caresse, elle appartient à tous, à moi si je voulais, au jardinier Francis...

« Ah ! c'était un pseudonyme ? Chérie, va !... Et alors ?

— Alors, rien. Rien... d'abord. Vous vous souvenez que je me cachais à cette époque. Alain, Marthe, mon procès de divorce... Je vous dis adieu et je repartis pour... Casamène, et je devais ne traverser Paris que trois mois après, en mai...

— Je me souviens. Mais je ne vous ai pas revue, cette année-là ? »

Elle hausse les épaules, les sourcils, le menton...

« Qu'est-ce que vous voulez ? Il faut me pardonner, Claudine. Je suis revenue à Paris, en mai, et le hasard a voulu que je rencontre devant l'hôtel Régina[3]...

— Le seigneur Vendramin. Il tombait bien ?

— Mieux que je ne puis vous le dire, soupire Annie. Mon voyage à Londres...

— À Casamène, je croyais ?

— ...Non, à Londres... m'avait creusée d'ennui, d'inanition, tout est si surveillé, là-bas !... Et puis le seigneur Vendramin éblouissait ce jour-là. Pâle, des yeux...

— Des jambes...

— Je ne l'ai su qu'après... J'ai été étonnée qu'il ne me saluât pas tout de suite.

— C'est que... je vais vous dire. Renaud l'a mis à la porte pour une petite histoire... oh ! rien de grave... un petit commerce de billets de théâtre. Il tapait les directeurs au nom de Renaud et vendait ensuite les billets[1]. Oh ! ça se fait couramment, mais Renaud n'aimait pas beaucoup ça... »

Je tâche d'innocenter le seigneur Vendramin, j'ai l'air d'excuser Renaud... Vaine délicatesse, car Annie continue, point gênée :

« Oui, je me suis doutée... D'ailleurs, ça m'était bien égal... Le soir même, je montais avec lui dans sa chambre.

— Eh bien ! vrai ! »

Malgré moi j'ai lâché les petites mains chaudes de mon amie... Je les ressaisis tout de suite, craignant de l'avoir blessée... Mais elle me les abandonne, toutes mortes et douces, et penche la tête sur ses souvenirs :

« Un mois après, il me gardait encore, Claudine ! Il n'acceptait pas d'argent de moi...

— Tiens !

— Mais je payais tout.

— Bon !

— Pauvre petit, il cherchait des engagements partout et n'en trouvait pas. La nuit, il n'y pensait plus. Il ne pensait qu'à moi, et moi à lui. »

Je ris un peu forcé :

« Ah ! ah ! le seigneur Vendramin se révélait herculéen ?

— Oh ! mon Dieu, non, concède-t-elle avec une moue distinguée. Mais autre chose... un vice jeune et fiévreux de petit citadin, des habitudes collégiennes d'exhiber toutes ses manifestations... physiques, de les provoquer lui-même, au besoin... Il avait lu de vilains livres et se les remémorait à tout propos, avec une fidélité peut-être inutile dans le détail...

— Et vous ?

— Moi... (elle lève une main mal assurée et comme ivre), moi, je suivais ses réminiscences et ses innovations... et je payais. Mais je crois bien que je demeure sa débitrice. »

(Évidemment, Annie en a eu pour son argent.)

« Mais, le théâtre ?

— Ah ! oui... Eh bien, voilà. Un soir, il est venu à l'hôtel très tard, agité, important. Il s'est promené de long en large une bonne minute, avant de m'apprendre qu'il avait un engagement aux Pâturins, dans une pantomime. J'ai senti venir[a] la fin de notre liaison... D'autant plus que les répétitions ont commencé tout de suite, qu'il me parlait avec enthousiasme d'une Anglaise aux longs cheveux roux, une jeune fille du monde qui avait plaqué sa famille : "Elle est épatante, répétait-il, elle a une ligne ! et puis elle a le sens du mouvement, elle a le rythme, elle a la noblesse du geste..." Que n'avait-elle pas, à l'entendre, cette Yvée Lester[1] ? Je comptais les jours, ma Claudine, j'attendais la première, la fin de ces répétitions, qui m'enlevaient Auguste toute la journée... Il rentrait fatigué, distrait, il... m'aimait banalement, rapidement, sans fantaisie...

« Deux jours avant cette première que je désirais tant, Auguste grimpe chez moi, affolé : "Ton chapeau, me dit-il, je t'emmène. — Où ? — Aux Pâturins." Et pendant la route, il me raconte une histoire extravagante : la jeune fille aux cheveux roux réquisitionnée par sa famille, partie sans un mot d'excuse, les auteurs et le directeur affolés... Et, comme je ne comprenais pas, il ajoute : "Tu prends le rôle, on te colle une perruque rousse, je te serine la chose pendant quarante-huit heures, et on sauve la recette ! Tu comprends ? On garde la jeune fille du monde sur l'affiche et on fait recette tout de même." Ah ! Claudine ! Je me suis sentie devenir folle !

— Pourquoi n'avez-vous pas dit non ? »

Elle me dévisage, stupéfaite :

« Mais il voulait, Claudine ! Il voulait ! Et puis, je ne sais pas... une fois là-bas... tout le monde autour de moi, à me féliciter sans que j'eusse encore rien fait, à m'encourager, à me pousser ici, me tirer là, cette petite salle noire, où trois ampoules à la rampe m'hypnotisaient de leur éclat pointu... et puis lui[b], Auguste, tout de suite en train de me poser en scène, de me chanter les mesures de mon entrée... Je me suis sentie vidée, arrachée de moi, accaparée par des gens qui se disputaient ma pauvre personnalité... Quel fardeau de s'appartenir si peu !

« Cette première répétition, grand Dieu ! Je n'avais consenti à rien, que déjà chacun me traitait en meuble animé. L'auteur me criait : “Enlevez votre chapeau, *mademoiselle !* il faut qu'on voie les jeux de la physionomie !” — “Relève ta jupe, criait Auguste. Il faut qu'on voie le mouvement de la jambe !...”

« Et puis Willette Collie[1], qui jouait le Faune, s'est écriée à mon arrivée : “C'est ça, la jeune fille rousse ? Mince de bâton de zan !” Elle cabriolait sur scène en maillot de bain, comme un démon, et dansait en aveugle, ses cheveux courts dégringolés sur son nez. Elle aussi s'empara de moi comme d'une bête morte, comme d'une guirlande rompue... Ah ! je n'eus pas de peine à jouer mon rôle, dès la première répétition ! Willette Collie, qui devait m'emporter à la fin de la pantomime, me jetait à terre d'une poigne si rude, me traînait avec un triomphe si convaincu et me suffoquait d'un baiser si bien imité que l'on fit un succès à ma faiblesse près des larmes, à ma supplication involontaire...

« Mon petit ami exultait. Il en oublia de me réconforter, d'ajouter un mot affectueux à toutes les louanges dont on m'étourdissait. Il fumait, la tête de côté, un œil fermé, avec une gentille grimace pour éviter la fumée piquante, sans retirer la cigarette des lèvres...

« Pendant deux jours, je ne sortis pas de cette géhenne. Que restait-il de moi ?... en quoi sont bâtis tous ces gens-là, capables de mimer, de parler, de crier, de se jeter à la tête des mots ignobles...

— Oui, et la minute d'après, des compliments démesurés... Je sais, j'ai vu des répétitions... Ils se dépensent follement, recommencent quinze fois le même geste qui peu à peu s'épure, se précise, s'élance lumineux et parfait... Je connais ce mélange d'activité hystérique, de flemme traînarde et bougonne, de vanité obtuse, imbécile, de noble opiniâtreté... Ils rient d'un calembour idiot, pleurent pour une perruque ratée, dînent quand ils y peuvent et dorment quelquefois... Ils sont rossards, sensibles, rageurs, gonflés d'eux-mêmes, puis dévoués tout à coup...

— Oh ! oui, c'est cela ! Vous donnez d'eux un raccourci caricatural, mais ressemblant, Claudine... »

Elle se tait[a], ramène sous elle ses pieds frileux et demeure dans une immobilité fataliste de bohémienne, les yeux baissés, sa natte sur l'épaule... Vite, je tire à moi le fil détendu de la belle histoire :

« Et après, Annie ? le jour de la première ?

— Le jour de la première ?... »

Elle cherche, appliquée, les sourcils en arc :

« Eh bien, c'était comme les deux premiers jours.

— Mais le public ? le trac ? le succès ?

— Je n'ai pas vu le public, dit-elle simplement. On faisait la nuit dans la salle. La lumière de la rampe me serrait le front. J'ai entendu, senti une chaude haleine, un remuement de bêtes invisibles, au fond de ce noir béant... Ma tête craquait de fatigue, et le maquillage, un maquillage anglais, rose bonbon, blanc et bleu pervenche, me tirait la peau des joues... Et la perruque, la perruque, Claudine ! Sur mes cheveux déjà lourds, imaginez un fardeau de cheveux roux ondulés, bouclés, une crinière crêpée de Salomé rousse... Il fallait bien que je ressemblasse à la jeune fille anglaise réclamée par son lord de père... Mes camarades ont crié d'admiration en me voyant — mais ces excités crient pour si peu de chose, vous savez... Une tunique en crêpe de Chine blanc, des cothurnes, un panier de roses sur mes bras qui tremblaient, c'est tout...

— Et alors, Annie ?

— Alors, il est arrivé que j'ai eu beaucoup de succès. Mais oui.

« Vingt et une fois j'ai accompli somnambuliquement mon nouveau métier, côte à côte avec Auguste, qui jouait un jeune Athénien. C'est lui, Claudine, qu'il eût fallu voir ! Lui et sa tunique lie-de-vin, ses petits genoux nerveux, ses chevilles de femme et cette attache du cou qu'il avait, un cou puissant sur des épaules fines !... Nous arrivions au théâtre, j'enduisais mon visage et mes bras, je revêtais mon casque à migraine et... ça marchait très bien jusqu'à ma grande scène avec le Faune, avec Willette Collie. Cette toquée s'ingéniait à varier notre duo tous les soirs, et j'en tremblais d'avance. Un jour, elle m'empoigna par les reins, comme un paquet, et m'emporta sous son bras, ma tunique et mes cheveux roux traînant en queue triomphale... Une autre fois, pendant notre baiser — le fameux "baiser" qui fit scandale et qu'elle me donnait avec une fougue indifférente[1] —, elle insinua sa main sous mon bras et me chatouilla irrésistiblement... Ma bouche, bâillonnée par la sienne, laissa échapper un petit cri râlé... je ne vous dis que ça ! un peu plus, on devait baisser le rideau... J'ai pleuré ce soir-là.

— Pleuré, pourquoi ?

— Parce qu'Auguste, qui me guettait de la coulisse, me fit une de ces scènes !...

— Jaloux, hein ?...

— Jaloux ?... Oh ! non ! Simplement, il n'aimait pas "ces blagues-là". Pour montrer aux autres qu'il savait parler à sa femme, il me promit sans ambages une *tourlousine*[2] soignée... Vous savez ce que c'est ?

— Je me doute.

— Seulement, voilà Willette Collie (elle était en train de rajuster ses cornes derrière le portant), qui saute sur lui comme une panthère et l'appelle "sacré petit mac".

— C'est un rien.

— Il lui répond que toutes ces gousses commencent à lui trotter...

— Ah ! que j'ai du goût ! Et après ?

— Après, Willette Collie veut lui griffer les yeux, et elle lui envoie, en plus, sa tête dans l'estomac... Vous pensez, avec ses cornes pointues !...

— Le sang a coulé ?

— Non, Claudine, grâce à l'intervention du gros Maugis qui se trouvait là...

— Comme par hasard.

— ... et qui les a séparés, les bras étendus, dans la pose de la bonne femme au premier plan dans *L'Enlèvement des Sabines*[3], en lâchant des calembours conciliateurs...

— Quel type, ce Maugis !... À propos, Annie, est-ce que les journaux s'occupaient de vous ?

— Les journaux, Claudine ? Ils racontaient mon enfance dans un cottage aristocratique, ma vocation irrésistible, ma fugue vers Paris, le désespoir de ma famille, tout en me gardant un anonymat alléchant... »

Annie lève vers le plafond[a] ses deux petites mains

brunes et retombe dans un silence fatigué... Elle passe sur sa bouche plaintive, aux coins inclinés, une langue qui a soif. Encore une fois je me demande si elle rêve éveillée ou si elle ment... Non, elle ne ment pas. Elle a subi tout ce qu'elle me raconte. Sa mémoire eſt une route accidentée, une pente raide avec de vertigineux ressauts de montagnes russes, jalonnée de petits mâles nus, jeunes, obscènes, de toutes les couleurs... Elle a accompli, j'en suis sûre, tout ce qu'elle me raconte, et tout ce qu'elle tait ; et rien n'eſt, à bien réfléchir, plus simple et plus banal que sa vie, vie d'une petite bête qui se découvre un sexe et en use avec ravissement...

Annie se tait. Je la réveille.

« Et puis, Annie ?

— Toujours "et puis" ! Comme vous êtes curieuse, Claudine ! Et puis... la fin des représentations arriva, avec celle de ma pauvre petite passion...

— Il vous a plaquée ?

— C'eſt le mot, Claudine. Sarah l'emmenait en tournée pour jouer les pages à maillot.

— Vous l'avez regretté ?

— Pas trop. Il me battait à la fin.

— Oh !... »

Annie tourne les épaules comme au souvenir d'une bourrade.

« Quand je dis "il me battait", le mot eſt peut-être un peu gros... Il était si collégien, vous savez. D'abord un coup de poing pour rire, au défaut de l'épaule, et puis une manie de mélanger aux caresses des pinçons, des fessées, des niches méchantes. Non, je n'ai pas eu de chagrin. Tout ça, au fond... »

Elle se laisse glisser au bas du lit, montrant sur le satin jaune de l'édredon un peu de ses jambes safranées, et je comprends qu'elle marque la fin de notre conversation... Je reprends ma petite lampe.

« Tout ça, au fond, Annie ? »

Elle hésite, sourit avec un embarras de jouvencelle et achève :

« Tout ça, Claudine, ne vaut pas, je crois, qu'on le traite autrement que je fais. Vous autres, vous dites : "L'Amour, ah !..." et vous ajoutez beaucoup de belles phrases autour. Moi, c'eſt mon corps qui pense. Il eſt plus intelligent que mon cerveau. Il ressent plus finement, plus complètement que mon cerveau. Quand mon corps pense, c'eſt-à-dire, quand je... quand il...

— Je vois, je vois !...

— Eh bien ! alors tout le reſte se tait. À ces moments-là, toute ma peau a une âme... »

Je la laisse debout, mains jointes et pendantes, ses yeux limpides ouverts sur quelles visions de nudités pures ?

Ô jolie petite peau qui savez si bien quitter votre âme ! Je suis seule, et je nous compare l'une à l'autre. Je n'ai jamais étudié une femme autant que vous, parce que je méprise inſtinctivement mes sœurs vos pareilles, et que je ne me connais point d'amies. Rézi ?... Mais, Rézi, je ne l'étudiais pas, je la regardais et je la désirais... Croyez d'ailleurs qu'elle ne mérita jamais mieux, ni davantage... Elle aussi parlait de la volupté avec familiarité et abondance, elle la recherchait, la faisait naître, ou bien l'écartait sans ménagement, la « remettait » comme une friandise qui sera encore mangeable le lendemain... Je l'en admirais avec un peu de dégoût. Comment me serais-je fait comprendre d'elle et comment me ferais-je comprendre d'Annie ? Moi, je ne cherche pas la volupté, c'eſt elle qui me cherche, me trouve, m'assaille et me terrasse d'une main, d'une bouche si rudes que j'en tremble après... Ou bien elle rôde lentement autour de moi, me fatigue d'une approche invisible, contre laquelle lutte en moi un sourd orgueil... C'eſt en ce trouble inſtant que s'interpose entre moi et Renaud un savoureux antagonisme, qui n'eſt plus notre fidèle amour, qui n'eſt ni tendre, ni miséricordieux, qui serre les dents et défie, qui gronde : « Je t'aurai avant que tu m'aies... »

Et mon sang bat tout chaud dans mes veines parce que j'entends, à travers l'air noir de la nuit et les lieues de neige, la voix de celui qui seul a le droit de me dire :

« Je te tuerai, si un autre homme que moi voit tes yeux, tes yeux qui sont chargés de rancune au moment où ils me doivent le plus de reconnaissance !... »

Car, quel orgueil, lorsque j'y songe ! Celui que tant de lieues séparent de moi, celui que le froid emprisonne là-haut, tout en haut d'une montagne inconnue, je l'ai changé, ce léger Renaud, mon jeune mari aux cheveux d'argent... À peine m'avoué-je que j'y ai mis le temps... Nous n'en sommes pas encore à la ressemblance physique qui fait de deux vieux époux un couple fraternel, quoique j'aie pris à Renaud quelques gestes familiers et féminins, le petit doigt en l'air, et qu'en retour il imite ma manière têtue et taurine de bouder et de me buter, le front en avant, avec des hochements de nuque... Je me complais seulement à l'infiltration profonde, définitive, dont je l'ai enclaudiné. Quoi qu'il fasse désormais, et que je vive ou non, j'habite en lui. Il est venu à moi sûrement, lentement, non sans défenses et sans reprises — il est venu tout à moi.

Je l'ai rendu moins gai, plus tendre, plus silencieux. Moins affamé de mouvement, il savoure à la Claudine, avec une paresse de romani[1], la grâce de la minute présente et méprise ce qui est meilleur, mais hors d'atteinte. Il sourit plus rarement, d'un sourire qui demeure et tarde à s'effacer. Côte à côte, sans parler, nous savons regarder devant nous, délivrés de l'impatience et de la curiosité, emplis de cette mélancolie un peu craintive que j'appelle : « Le frôlement du bonheur. »

Fatigué des femmes — non de la sienne —, Renaud a quitté cette fièvre collectionneuse, cette anxiété de philatéliste qui le jetait au-devant d'une femme nouvelle : « Ah ! un exemplaire qui me manquait[2] !... » Il aime plus finement, et de plus loin. Il redoute le don encombrant, la complication banale des adultères permis, le bavardage où déchoit mainte jolie créature... « Ô ma muette chérie... ! » me dit-il... Et je sais qu'alors il se souvient d'une voix intarissable dont il eût voulu, d'une poignée de sable, murer la source rose.

Il ment moins et s'irrite davantage. Sa colère s'assouvit sur un bibelot, sur un meuble léger — geste dont il s'excuse après, d'un regard... Mais je souris au fond de moi, et je me dis : « C'est moi, cela, c'est moi ! »

Enfin, conquête suprême ! je l'ai conduit à aimer l'amour comme je l'aime. Je l'ai rendu chaste. Oui, chaste, et pourquoi non ? Il ne mêle plus, à ce qu'il nommait nos « jeux », ce libertinage qui s'aide d'une combinaison de miroirs, d'un livre... belge[1], de mots faits pour le chuchotement et qu'on se force à crier à haute voix, tout crus...

Il n'a plus besoin de ce banal appareil : il n'a plus besoin que de moi... et de lui. « Ô ma muette chérie ! » répète-t-il encore. Muette, certes, muette, sauf le soupir tremblé, sauf le cri involontaire, sauf le regard, sauf le geste plus parlant qu'un visage... Ah ! qu'il revienne, celui que j'ai modelé à ma ressemblance, qu'il revienne et trouve en face de lui celle qui cesse de sourire, celle qui détourne ses yeux attentifs et confus, dans le moment où elle abandonne tout d'elle-même !...

☆

« Ma pauvre Annie... » Heureusement, elle n'est ni mienne, ni pauvre, et ce n'est pas ma pitié qui s'exhale ainsi, mais mon remords, un vague et mesquin petit remords de rien du tout... Je la tyrannise ou l'oublie avec une méchanceté de sauvage, un sans-gêne de Huron, jusqu'à ce que je sente, derrière ses paupières brunes et allongées comme des coques d'aveline, les larmes prêtes à jaillir... Elle ne me reconnaît pas, ni moi. Où sont nos journées oisives de l'automne finissant, et les siestes sans paroles, contre le mur tiède, assises à même la terre friable, la terre que protège l'auvent de tuiles de l'espalier et qui s'effrite, poudreuse et blanche, presque jamais mouillée ! Une abeille, que sa mémoire égarait, cherchait au-dessus de nous, têtue, les fleurs absentes de l'abricotier... Décoiffée, sa queue d'étalon mal ficelée lui battant la nuque, Annie attendait, les yeux clos, que mon bon plaisir fût de parler...

L'ombre d'un homme a changé tout cela. Ma basse petite femelle d'Annie, ingénu chausson à figure de vierge, se range toute du côté de la culotte. Culotte fallacieuse, trompeux écrin, Annie ! Espérez-vous changer la face, si j'ose dire, des choses ? Je connais en bas de la côte un petit vigneron taché de rousseur qui ferait bien mieux votre affaire — à moins que vous n'ayez flairé de près Francis le jardinier, sa moustache couleur blé, ses bras qui sentent le copeau neuf et l'étable ?...

En somme, mon beau-fils a tout gâté ici, depuis qu'il y traîne son oisiveté de prisonnier, son pas mou et léger, son regard désert de tante Anne — je veux dire de sœur Anne, qui ne voit rien venir[1].

Non, il ne voit rien venir, le petit misérable ! — et il filerait joyeux par le premier train... Mais je ne veux pas lui donner d'argent, je ne dois pas. Et puis je ne peux pas. Il s'agit d'une somme assez ronde, et il faudrait prévenir mon mari, le fatiguer d'explications...

☆

Nous sommes sous la neige, m'écrit Renaud, *nous avons cessé d'habiter le monde des vivants. Ô ma chérie, ma lampe fidèle, il faut que ma foi soit grande, pour que j'aperçoive encore, à travers les murs tourbillonnants de cette tombe, la flamme inquiète de tes yeux couleur aventurine... Je vais revenir, la neige ne peut plus rien pour moi. Je vais revenir, tel que je suis, tel que je me vois à présent, tel qu'il faut que je m'avoue : un vieillard... L'idée que je vais te revoir me désespère, malgré que j'en vive. Je sais que ton premier regard me jugera, que, d'un coup d'œil, tu mesureras ma ruine, je sais aussi que rien n'en paraîtra sur ton radieux petit visage, car tes mensonges sont sans défaut. Par grâce, Claudine, ne me mens pas, ou je m'enterre ici. Crie, exclame-toi, lève les mains à ma vue : « Oh ! mon chéri, comme tu es fatigué ! comme tu es vieux ! comme tes cheveux sont blancs ! N'as-tu pas rapetissé ?... » Jette hors de toi tout ce qu'y cacherait ta pitié, ta pitié dont je ne veux pas ! Sois honnête sans précaution, accable-moi, dès la première étreinte de tes jeunes bras autour de mon cou de vieille poule. Compte mes rides nouvelles, souris à mes anciennes, passe un doigt pointu et dénonciateur sur mes paupières froissées, endors-toi toute froide, bourrée de déceptions et de rancune, endors-toi triste et le cœur gros, désenchantée de ton vieil époux... Et peut-être que, le lendemain, tu trouveras le pauvre homme un peu moins dévasté, en le comparant avec ton souvenir de la veille...*

Je hausse les épaules en lisant sa lettre. Je ris avec des secousses de rire qui font trembler mes larmes et danser des rayons entre sa lettre et moi. Qu'il est bête de couvrir quatre pages d'un griffonnage inutile, quand trois mots suffisaient à remplir sa lettre : « Je vais revenir. »

Il va revenir. Deux choses importent jusque-là : la robe que je mettrai le jour de son retour et le menu du dîner de ce même jour. Car il reviendra le soir, naturellement. Vers l'heure où le soleil se couche en cette saison, quatre heures et demie, cinq heures. Il fera un crépuscule bleu, une fin de jour tiède, fumeuse, ou une gelée sonore, avec deux ou trois étoiles déjà au-dessus du couchant... Le train qui glisse, la fumée à goût d'iodoforme, la portière, le plaid, le grand manteau, la moustache claire... Et puis... je ne sais plus... pourvu qu'il ne fasse pas trop froid et que je n'aie pas le nez rouge...

« Bonnes nouvelles, Claudine ?

— Bonnes nouvelles, Annie. »

Et je baisse mes paupières d'un air maladroitement mystérieux en caressant Péronnelle engourdie sur mes genoux. Je ne dirai rien ce soir à Annie. Ni à Marcel. Je replie l'enveloppe sur mon secret, je l'empoche comme un gâteau que je mangerai seule dans ma chambre, la nuit... Personne ne se doute que Renaud va revenir. Marcel somnole au bord du divan, comme Narcisse au-dessus de la source. Annie brode, et Dieu sait quel souvenir juvénile, rose et bien en muscle, s'insinue entre elle et son canevas... Péronnelle continue à dormir sur le dos, la gorge tendue à tous les supplices. Elle a un ventre fauve rosé, couleur de tourterelle, boutonné du haut en bas par quatre rangées de taches noires veloutées. La régularité de ses rayures lui garde, à travers les pires désordres, un air distingué et correct de personne habillée chez le bon faiseur. Dans un sommeil sans défiance, elle montre son menton naïf, l'ourlet vernissé de sa bouche en arc et les quatre semelles cornées de ses pattes bohémiennes... Elle non plus ne sait pas que Renaud va revenir...

Seul, un petit être noir, camus et silencieux, a levé vers moi son museau difforme de monstre sympathique. Toby-Chien, éveillé de son somme léger, me contemple comme Mâtho contemplait Salammbô[1]. Il ne comprend pas tout à fait. Il pressent, il devine à demi, il s'angoisse, il s'efforce vers moi... Alors je me penche pour le rejoindre et, d'une caresse sur sa tête bosselée, je lui dis que c'est bien, qu'il a assez compris, qu'il n'y a rien de plus à comprendre...

La douce soirée ! Me voici redevenue telle que je n'aurais jamais dû cesser d'être, indulgente, amollie, optimiste. Je tourne vers « ma pauvre Annie » un regard qui s'excuse de ma sécheresse habituelle, de mon rogue silence d'hier soir, mais elle brode, tête penchée, et mon regard mouillé échoue sur sa queue d'étalon nouée d'un velours noir... Ma bienveillance épandue goûte la grâce abandonnée de Marcel, qui dort comme au théâtre, un bras pendant. Hors du brasier crépitant s'élance une flèche de gaz bleu qui siffle, annonçant : « nouvelles !... » et tout le salon somnolent s'éveille...

« Vous faites de la pyrogravure, Annie ? j'entends le bruit du thermocautère... », bâille Marcel.

Annie, l'aiguille en l'air, demeure un instant bouche bée, et, sur toute sa longue figure délicate, se peint, si lisible, la pudeur d'une femme surprise en plein plaisir que j'hésite une seconde entre l'envie de savoir ce qu'elle rêvait ou celle d'en rire...

« Annie ! À quoi pensiez-vous ? vite, vite, ne cherchez pas ! dites la vérité !

— Mais je ne sais plus... des choses vagues... je m'endormais, comme Marcel... Qu'est-ce qui vous prend, Claudine ? »

Je bondis sur mes pieds, au grand déplaisir de Péronnelle.

« Rien ! c'est l'effet de la gelée. Il fait rudement chaud, ici. Si on ouvrait un peu ? »

Mes deux compagnons échangent un coup d'œil de scandale.

« Ouvrir ! crie Marcel. Elle est folle !... C'est la mort ! Il y a quatre degrés au-dessous ! »

Quatre degrés au-dessous ! Comme c'est drôle... Drôle et un peu choquant. Certes, une nuit moite et bruissante, une nuit accablée de jasmins et d'étoiles m'eût complétée, prolongée, moi qui, ce soir, déborde d'un tel bonheur égoïste, moi qui me sens brusquement fleurir et embaumer comme un gardénia qui se trompe de saison... Il gèle... Tant pis.

« Laissez cette porte, Claudine ! implore Marcel. Venez ici, j'ai un "point noir" à la tempe et, depuis deux jours, le cœur me manque pour le pincer...

— Il ne faut pas le pincer, s'empresse Annie, il faut prendre une aiguille très fine et... »

Un cri de souris l'interrompt.

« Une aiguille ! pourquoi pas un bistouri ? quelle horreur, Annie ! J'aime mieux m'abandonner à Claudine. Elle serre mes points noirs avec une énergie qui confine au sadisme, et chaque fois je me sens entre ses mains m'évanouir, avec l'impression qu'elle m'a rompu toutes les veines... »

Marcel s'est installé sur un repose-pied en forme de balancelle, petit meuble démodé, prétentieux, encombrant. Il renverse sous la lampe sa blanche figure aux yeux clos, un peu évanouie déjà, et Annie, fascinée, n'ose détourner son regard du supplice qui s'apprête...

Bourreau bon enfant, j'éprouve l'un contre l'autre les ongles de mes pouces.

« Avez-vous un mouchoir, Annie ?

— Oui, pourquoi ?

— Pour le sang ! Je n'ai pas envie de tacher ma belle chemisette à vingt-neuf francs... Où est-il cet ulcère à tête noire ? Bon, je le vois. Mon pauvre enfant, vous m'appelez bien tard... Le mal a fait des progrès dévorants... »

Entre mes mains, les joues de Marcel frémissent d'un rire contenu, d'une savoureuse angoisse... Cette délicate figure aux yeux clos, transparente sous la lampe et que mes mains portent comme un fruit... quelle autre tête ai-je donc portée ainsi précieusement, aussi jeune, aussi veloutée, mystérieuse et les yeux clos ? Rézi... La comparaison est singulière — et inattendue...

Annie se penche sur cette gracieuse face fermée, comme sur un miroir.

« Ne lui faites pas mal exprès, Claudine, murmure-t-elle, craintive.

— N'ayez pas peur, petite sotte. Il est trop beau pour que je l'abîme, hein ?

— Oh ! oui, avoue-t-elle, tout bas, presque respectueuse. C'est drôle, il est encore plus joli les yeux fermés... Cela arrive chez les très jeunes hommes... Les autres ont l'air si soucieux quand ils dorment... on se sent si loin d'eux... »

Marcel s'abandonne à mes mains, à nos yeux. Il goûte à la fois notre admiration, la caresse de mes mains chaudes et sa puérile terreur du pinçon bien serré sur sa tempe, tout à l'heure... Il ne bouge pas et respire faiblement, vite, avec un imperceptible battement de ses narines étroites. L'ombre de ses cils grésille sur sa joue comme l'ombre d'une aile de guêpe... Annie se repaît de le contempler, elle ne l'a jamais eu si proche, si abandonné, si offert, ce Marcel intangible... Elle le compare avec ses souvenirs les plus beaux, et secoue muettement la tête... Le désir d'un baiser est si vif sur son visage que malgré moi je cherche, sur celui de Marcel, le reflet d'un souhait si intense...

Bouche qui sourit d'être désirée, joues veloutées d'argent impalpable, jeunes cheveux dont la mèche décoiffée couvre le front d'un demi-éventail soyeux, yeux dont je sais le bleu et qui se cachent sous des paupières plus belles qu'un regard — voilà donc, entre mes mains et telle qu'une coupe pleine, cette chair fraîche dont Annie conjure qu'un Dieu me garde ? Voilà ce fruit ignoré dont ils disent que la saveur passe toutes les autres... Voilà ce qui perdit Annie — et mille et mille femmes. Voilà ce qui ruine et damne tant de vieilles bacchantes qui veulent bien renoncer à tout, mais pas à cela ! La « chair fraîche » ! Ces deux mots bruissent à mon oreille, avec un froissement de grasse fleur écrasée. Voilà ce que je tiens dans mes deux mains, sur quoi je me penche avec une curiosité calme et raisonneuse... Voilà ce qui court les chemins, ce qui se donne et se vend, ce qui est à tout le monde... excepté à moi.

Un peu plus de curiosité, un peu moins d'amour en moi — et tu deviens la proie, Claudine, de cette dévorante chair fraîche qui tourmente à jamais ma pauvre Annie ! Tu donneras à ton mal délirant des noms passagers : Marcel, Paul, Chose, Machin, le petit chauffeur, le groom du Palace, le collégien de Stanislas... Tu peux mépriser, toi qui n'as pas *encore* soif, l'intempérance d'Annie... mais ne trempe pas[a], en riant, tes lèvres dans son verre !

« Aïe ! Oh ! là, là... jamais vous ne m'avez fait si mal ! Je saigne, hein ?

— Oui, mais c'est parti.

— Sûr ? la racine aussi ? »

Marcel, réveillé, tamponne sa tempe et tandis qu'il

accepte des mains d'Annie une petite glace « pour voir le trou », je le regarde avec une sagacité rêveuse, un peu méchante, en lui jetant dans un soupir allégé :

« Oui, tout est parti. »

☆

Deux heures. L'heure du café[a], des journaux illustrés, de la cigarette blonde à l'âme bleue... On se sent indulgent et mou. Nous avons, en quittant la salle à manger, entrouvert la porte-fenêtre, le temps de frissonner, de dire : « Le brouillard se lève — il gèlera encore ce soir », le temps de regarder, à grandes ailes bleues et froides, courir l'ombre rapide des nuages, le temps de blâmer envieusement Péronnelle qui, assise sur le perron glacé, contemple sereinement ce paysage, comme en été, sans que le froid crispe la peau impressionnable de son dos... À la voir, on se croirait au mois d'août... Nous revenons vers le feu, vers la table où les magazines du samedi, tout frais éclos de leurs tubes de carton, frisent comme des copeaux. Leurs pages grasses sont noires de photographies entre lesquelles serpente, étranglé, haché — deux lignes ici, trois lignes là, et plus loin quatre demi-lignes qui tâchent, hiéroglyphiques, de rejoindre leur moitié complémentaire par-dessus le portrait de Mme Delarue-Mardrus[1] — un texte qui mérite d'être traité avec plus d'égards. Une salade amusante de ténors, de chiens, de nageurs, de duchesses-poètes et de chauffeurs titrés distrait mes yeux, et je me fatigue à penser que, si loin, tant de gens s'occupent à tant de choses éreintantes...

« Est-ce que ça vous intéresse beaucoup, Annie, d'apprendre que la tortue de la comtesse Machin vient d'arriver troisième dans un gymkhana ?... Ça vous enfièvre d'apprendre que la reprise de *Tannhäuser*, avec Rusinol[2], a été (à nous l'adjectif rare !) "brillante" ?

— Rusinol ? Montrez... »

Annie vient, moins lente qu'à l'ordinaire, se pencher sur mon épaule et rêve un long moment, ses yeux clairs fixés sur le portrait du ténor au jabot de bouvreuil. Je vois battre doucement, élancés hors de son court profil, ses cils qui sont peut-être sa plus grande beauté, si longs, si foncés, avec une extrémité effilée et un peu roussie... Elle leur doit presque tout le charme de son visage, et leur battement d'éventail la pare de cette expression de fausse pudeur, de coupable émoi[a], qui donne envie de la troubler davantage...

« Rusinol..., murmure-t-elle enfin. Comme il a changé !

— Vous le connaissez ? »

Elle hoche la tête, et son catogan, noué en queue de percheron, va d'une épaule à l'autre :

« Pas beaucoup ! J'ai un peu... comment dites-vous... j'ai un peu... été avec lui, l'année de son premier prix.

— Vous avez... couché ensemble ?

— Couché... c'est beaucoup trop dire. Il n'avait même pas de chaise longue chez lui : rien qu'une table, des chaises et un fauteuil Voltaire.

— Et pas de lit ?

— Oh ! le lit ! Tout valait mieux que le lit, Claudine ! C'est encore le fauteuil Voltaire qui semblait le plus confortable... Alors, je trouve qu'il serait plus juste de dire que Rusinol et moi nous... nous sommes assis ensemble... »

Elle sourit avec une gentillesse naturelle. Elle a l'air de raconter sa première robe de bal, et c'est moi qui, un peu gênée, feuillette, par contenance, un *Femina* qui sent la colle...

« Petit roman libertin, va ! Ça vous amusait, ces acrobaties ? »

Elle hésite :

« Ça m'amuse... à présent ! Je me trouve bête, je ris de moi. Mais à cette époque-là... non, Claudine, ce n'est pas un bon souvenir. Je veux bien vous le raconter parce que je vous raconte tout...

— Oh ! tout...

— Mais oui ! proteste Annie. Comprenez-moi ! Quand je commence une histoire de...

— ... de voyage...

— Merci... je vous la dis tout entière, sans chercher à m'excuser, à déguiser en Prince Charmant mon caprice... Dire les choses comme elles sont, sans intention de se vanter, ni de tromper, cela ne s'appelle pas "tout dire" ? »

Elle rit, en montrant ses petites dents, d'un émail bleuté et dur entre ses lèvres d'une pourpre un peu violette comme l'intérieur d'une cerise mordue... Il est rare qu'Annie rie franchement et, chaque fois, son rire inquiète, qui découvre des dents coupantes, des muqueuses vigoureuses et mouillées, dans ce petit visage anémique... Quand je la vois rire comme elle rit en ce moment, je me dis : « Imbéciles que nous sommes tous ! Son mari, et sa belle-sœur Marthe, et moi, aucun de nous n'avait deviné en Annie l'animal exigeant et sevré, la bête robuste, gourmande de chair fraîche, qui tôt ou tard s'évaderait... » Je soupire, résignée à me laisser, comme dit Maugis, « charrier » une fois de plus.

« Allons, Annie, dites-moi... tout.

— Tout... ce sera vite conté, Claudine... Vous le voyez comme il est à présent, ce Rusinol, avec son petit ventre en avant et le menton qui se double déjà, et ce nez busqué d'empereur romain... Elle me dégoûte, cette photographie ! A-t-il l'air bête en Roméo ! Et cette main sur la garde de l'épée ! et ces bagues ! Je ne lui donne pas un an pour devenir complètement ridicule... Oh ! je sais bien — se reprend-elle, un peu confuse de sa rosserie — je sais bien que les yeux sont restés très beaux, même en faisant la part du maquillage et des retouches... Mais vous ne pouvez pas d'après ceci, Claudine, vous faire une idée de Rusinol — on l'appelait tout bonnement Louis Rusinol — l'année de son premier prix, il y a quatre ans... non, trois... non, je dis bien quatre... et puis, ça n'a pas d'importance. Un petit tison méridional tout sec, tout noir, d'une vivacité de pelotari, une figure dure, couleur d'olive, où on ne voyait d'abord qu'un nez rageur qui palpitait et une paire d'yeux à tout brûler... Il prédisait à qui voulait l'entendre qu'il "mangerait le monde", qu'il mettrait dans sa poche tous les ténors de France et d'Italie, et cette sale race pâteuse des ténors allemands... On ne voyait que lui, on n'entendait que lui, il se dépensait de toutes les manières... Dans la rue, dans les cours, partout, il jetait en l'air des *ut* brillants que les murs renvoyaient comme des balles de cuivre... Et coureur, et méchant, et orgueilleux, et les narines blanches dès qu'on vantait un artiste devant lui !... On pouvait le trouver insupportable, mais on ne l'oubliait pas. Je l'avais connu par Auguste...

— Auguste... lequel est-ce déjà ?

— Celui de la pantomime... celui que vous appeliez le seigneur Vendramin...

— Ah ! j'y suis... merci. Continuez !

— Ils étaient camarades de Conservatoire, Rusinol et lui ; Auguste, Rusinol et moi, nous avons déjeuné quelquefois ensemble chez Drouant[1]... Rusinol m'amusait, m'essoufflait : je le regardais parler, chanter et remuer avec cet éblouissement, ce mal de tête qu'on gagne à regarder jongler avec des couteaux... Aussi, quand le seigneur Vendramin partit pour l'Amérique avec la troupe Sarah, Rusinol n'eut guère de peine à... Ça s'est fait je ne sais comment...

— En écoutant chanter le Rusinol...

— À peu près... C'est un jour qu'il m'avait trouvée toute seule chez Drouant, en train de manger des œufs aux tomates que je ne peux pas souffrir, et de pleurer vaguement dedans... Auguste était parti la veille en m'embrassant à peine. J'ai trouvé Rusinol très gentil de me consoler, de dire du mal d'Auguste, de me prendre les mains : "Nous autres artistes, ma chère, nous ne devons pas nous laisser aller aux douleurs vulgaires... On se plaque, on se reprend, tout ça, c'est de la 'couillonnade'. Il n'y a que le métier avant tout, le métier qui soutient... Vous ne ferez jamais rien au théâtre avec ce tempérament de lavette ! Il vous faudrait un compagnon gai, actif, capable de vous remonter le moral, de vous galvaniser, de vous trouver au besoin un petit engagement..." Et, pendant ce temps-là, il faisait un tour très difficile avec des allumettes suédoises, ce qui ne l'empêchait pas de me regarder au fond des yeux, d'une telle manière que j'en serais tombée assise si j'avais été debout... J'avais mal à la tête, mais mal ! et puis un peu envie de pleurer, de dormir, de rire aussi, parce qu'il me prenait pour une petite grue de théâtre... Si bien qu'à la fin du déjeuner il a appelé le garçon sur un beau *si* bémol dont les vitres tremblaient et il a passé son bras sous le mien. Un quart d'heure après, ma foi... »

Je sursaute, effarée :

« Comment ? un quart d'heure après !

— Il habitait rue Gaillon, explique-t-elle avec simplicité. Le temps de monter cinq étages, de jeter son chapeau sur le lit, moi dans le fauteuil... Les pierrots dans les gouttières ne s'y prennent pas autrement... Je vous dis : un quart d'heure après j'étais sa maîtresse, et je pleurais d'énervement, de fatigue mal satisfaite et aussi parce qu'il avait été si rapide et un peu brutal... Et, comme je cherchais au moins son épaule pour m'y cacher, pour m'y reposer, et sa bouche qu'il avait, aussi, dure, agile, presque méchante... qu'est-ce que j'entends ? J'entends des accords plaqués et : "A-a-a-a-a-a" en vocalises ! Rusinol était assis au piano, en caleçon, mais il avait gardé son veston et il vocalisait avec précaution, mezza voce, puis plus haut, plus haut "A-a-a-a-a" jusqu'à son fameux *ut*, aigu et étincelant comme une lance... Je n'en revenais pas ! Soudain il se retourne, saute sur moi, et recommence ! Et ce fut la même rapidité impérieuse de petit coq soucieux de son seul plaisir — pour moi la même déception, hélas ! — et, tout de suite après, la même cascade de vocalises (je n'ai guère connu d'autre... chute d'eau chez lui que celle-là !) et allez donc ! on recommençait. Il passait son temps à ça. Trousser une femme, la posséder en cinq minutes et, vite, vite, courir au piano pour vérifier si ça ne lui avait pas éraillé son *ut* ! Ah ! non, vous savez ! quelle désillusion ! Ce sarment de Rusinol, ces yeux qui avaient l'air de tout brûler... Il brûlait tout seul, comme ces chènevis[1] secs dont on se sert pour allumer le feu, ici, l'hiver... On n'avait jamais le temps de le rejoindre !

— Jamais ?

— Jamais !

— Et vous y êtes retournée, pourtant ?

— Oui, avoue-t-elle, humble et sincère. Son étreinte m'était cuisante, secouante et inutile, comme une douleur interrompue trop tôt, comme une correction qu'on ne reçoit pas tout à fait... Je pleurais presque toujours après...

— Il ne s'en inquiétait pas ?

— Lui ? non. Il poussait son bel *ut*, et puis il me tapotait l'épaule, en laissant tomber sur moi un regard qui ne s'étonne jamais : "Povre petite... c'est la reconnaissance..." »

☆

Un froissement doux, un chuchotement monotone, mais expressif, presque syllabé, contre les volets clos, m'éveille progressivement... je reconnais le murmure soyeux de la neige. Déjà la neige ! elle doit tomber en flocons lourds, d'un ciel calme que le vent ne bouleverse point... Verticale et lente, elle aveugle l'aube, elle suffoque les enfants qui vont à l'école et qui la reçoivent nez levé, bouche ouverte, comme je faisais autrefois...

Et la nuit ironique m'a comblée de rêves ensoleillés, puérils, de rêves faciles et vides où il n'y avait que mon enfance, l'été, la chaleur, la soif...

Un peu de fièvre, sans doute, me retient encore parmi cet été et ce jardin qui appartiennent à mon enfance. J'ai soif. Mais je n'ai soif que de l'eau, rougie d'un vin banal et haut en couleur, que me versait Mélie dans la salle à manger fraîche, un peu moisie... « À boire, Mélie, vite ! »

Elle claquait la porte, une grille basse grinçait et par l'escalier noir montait l'odeur des pommes de terre qui germaient dans la cave, celle du vin répandu, aigri, sur le sable du cellier, parfum si humide et si glacial qu'un frisson de délices descendait entre mes épaules, moites de la course ou du jeu de billes... Oui, je n'ai soif que de vin sans bouquet, dans ce seul gobelet de la cuisine, épais aux lèvres, où ma langue habituée tâtait une bulle soufflée dans le verre grossier.

« Encore un verre, Mélie !

— Non, je te dis. T'attraperais des guernouilles dans le ventre ! »

Phrase rituelle, que j'entendais chaque fois avec un agacement presque voluptueux, comme tous les autres proverbes de Mélie... « Quand un chien trouve une dent de petite fille par terre et qu'il l'avale, il pousse à la petite fille une dent de chien, et au chien une dent de petite fille... » « Ne mets pas les chapeaux de tes camarades en récréation : trois sueurs de "personnes" donnent une pelade ! »

Éblouie de l'ombre brusque, je devinais sur la table le pain de quatre heures, la miche encore tiède dont je rompais la croûte embaumée pour la vider de sa mie molle et y verser la gelée de framboise... Le goûter ! mon repas préféré de gobette, en-cas varié que je pouvais emporter sur la maîtresse branche du noyer, ou dans la grange, ou à la récréation du soir, heure mouvementée où nous trouvions le moyen de manger en courant, en riant, en jouant à la marelle, sans qu'aucune de nous en meure étouffée...

Puis je retournais dans le jardin doré, bourdonnant, écœurant de glycines et de chèvrefeuilles, bois enchanté qui balançait des poires vertes, des cerises roses et blanches, des abricots de peluche et des groseilles à maquereau barbues.

Oh ! Juin de mon rêve ! Été commençant où tout se gonfle de jus acide ! Herbe écrasée qui tachait ma robe blanche et mes bas cachou, cerises que je piquais d'une épingle et dont le sang à peine rose tremblait en gouttes rondes... Groseilles vertes sous la langue, que j'écrasais d'une dent craintive, groseilles qu'on prévoit atroces et qui sont toujours pires !...

Je ne veux que l'eau rougie, bue dans l'ombre de la salle à manger de mon enfance, dans le verre épais aux lèvres...

☆

Il neige. J'attends Renaud. Marcel s'ennuie. Annie brode, se souvient et espère ! Hier je les ai laissés tous les deux :

« Annie, ne faites pas d'enfant à Marcel ! »

Et en avant à travers la neige fraîche, les jambes dans des guêtres de drap !

Ô beau jardin immaculé ! Le bleu des sapins seul le tache, et la rouille d'un fagot de chrysanthèmes, et le jabot mauve d'un ramier qui a faim...

Jaune, grise, fauve, rayée, tachetée, les yeux en lanternes, Péronnelle, enivrée, se métamorphose en panthère pour s'engraisser de pierrots imprudents — mais sa couleur la dénonce, encore qu'aplatie sur la neige, les oreilles nivelées, les sourcils joints et la queue vibrante... Elle n'a jamais dû regretter autant de n'être point caméléon : « Oh ! que je voudrais être blanche ! » supplient vers moi ses beaux yeux féroces... Toby-Chien, noir et ciré, suit mes talons en éternuant, et on jurerait qu'il s'applique à imprimer, entre les traces longues de mes semelles, le dessin naïf de quatre petites fleurs creuses... Tu t'accroches à moi comme une ombre trapue, petit chien divinateur, toi qui sais que je ne te quitterai pas, comme Annie, pour courir vers un petit chasseur galonné, tout vert et or, aux joues en pommes...

L'air suffoque[a], un air lourd de neige suspendue, sans un souffle de vent. J'appelle Toby-Chien, et ma voix sonne court, comme dans une chambre étouffée de tentures. Tout est si changé que je marche avec la certitude délicieuse de m'égarer. L'odeur de la neige, ce parfum délicat d'eau, d'éther et de poussière, engourdit toutes les autres odeurs. Le petit bull, inquiet de ne plus sentir sa route, m'interroge fréquemment. Je le rassure et nous descendons la route à peine souillée d'une double marque de roues, et d'œufs de crottin vert que cerne un vol de mésanges... « Plus loin, Toby, dans le bois ! »

« Si loin ! répondent les yeux de Toby. Tu ne crains donc pas ce royaume étrange de la forêt sous la neige, où glisse un jour d'église triste ?... Et quel silence ! Dieux ! on a remué...

— Mais non, Toby, c'est une feuille jaune qui est tombée, lentement, toute droite, comme une larme...

— Une feuille... c'était une feuille au moment où tu l'as regardée, mais... avant que tu la regardes, qui peut dire ce que c'était ? Elle a frôlé comme un pas, et puis comme une respiration... Viens ! j'ai peur. Je ne vois plus le ciel sur nos têtes, car les sapins se joignent par leurs cimes... Tout à l'heure, je contemplais un univers enseveli, mais sous ce manteau ondulé se modelaient des formes familières : la montagne ronde qui gonfle son dos en face de notre maison et quatre peupliers nus qui me servent de points de repère. Viens ! on a crié tout près...

— Mais, Toby-Chien, c'est ce gros geai roux qui s'en va là-bas, avec sa frange d'azur à chaque aile...

— Un geai ?... oui. À présent, c'est un geai, mais tout à l'heure, quand il a crié, qu'était-ce ? Tu ne connais qu'un aspect des choses et des êtres, celui que tu vois. Moi j'en connais deux : celui que je vois et celui que je ne vois pas, le plus terrible... »

Ainsi nous dialoguons, car Toby-Chien, plein de crainte et de foi, puise dans mes yeux, inépuisablement, ce qu'il lui faut de courage pour avancer de quinze mètres, s'arrêter, me regarder et repartir encore...

Foi des bêtes en nous, foi accablante et imméritée ! Il y a des regards d'animaux devant lesquels on détourne les siens, on rougit, on veut se défendre : « Non, non ! je n'ai pas mérité cette dévotion, ce don sans regret ni réserve, je n'ai pas assez fait, je me sens indigne... »

Léger comme un elfe, un petit écureuil vole au-dessus de nous de branche en branche. Sa queue rousse s'éparpille en fumée, son ventre floconneux ondule au vent de son élan. Il est plus dodu, plus capitonné, plus riche qu'un angora et se penche pour me voir, les bras écartés, ses mains onglées cramponnées humainement. Ses beaux yeux noirs palpitent d'une effronterie craintive et je souhaite très fort le saisir, palper son corps minuscule sous la toison fondante, si douce à imaginer que j'en serre un peu les mâchoires.

Tout d'un coup, c'est presque la nuit... À cause du sol blanc, on ne prend pas garde que la nuit peut venir, et on y pense quand elle est là. À mes pieds, le petit bull tremble, pendant que, debout, les yeux fatigués, je cherche ma route au sortir du bois noir... Rien ne bouge sous le ciel fermé, et l'oiseau sombre qui me fuit semble se taire exprès... J'hésite, égarée, privée du reflet de feu qui devrait teinter l'ouest et me guider vers le gîte. Toute petite angoisse, factice, mais que je nourris, que j'exagère avec un plaisir de Robinson enfant... Vers la neige qui bleuit, le ciel s'abaisse et pèse, près de m'écraser, moi, moi pauvre bête sans coquille et sans maison... Allons, un peu plus d'imagination, un peu plus d'angoisse encore, rêveuse éveillée ! Redis-toi presque haut des mots qui ont, à cette heure-ci, un pouvoir mystérieux : « ... la nuit... la neige... la solitude... » Qu'une âme effarouchée et sauvage s'échappe de la tienne ! Oublie les hommes et la route, et la maison amie, oublie tout, sauf la nuit, la crainte, la faim qui te presse et diminue ton courage ; cherche d'une oreille qui tressaille et remue sous tes cheveux, d'un œil agrandi et aveugle, le pas devant qui tu fuis, la forme plus noire que la nuit et qui pourrait se dresser là, ici, devant, derrière... Fuis, heureuse de ta peur à laquelle tu ne crois pas ! Fuis pour entendre ton cœur dans ta gorge, mêlé au râle essoufflé de Toby-Chien. Fuis plus vite, poursuivie par l'ombre de l'ombre, glisse sur la neige qui gèle et qui crie comme une vitre ; fuis jusqu'au havre que retrouve ton instinct, jusqu'à la porte rougeoyante où tu trébuches, en palpitant comme l'écureuil, et où tu soupires, dégrisée : « Déjà ! »

☆

Une pluie affreuse[a] nous bloque, énervés, entre le foyer trop vif et la porte-fenêtre où siffle la bise d'est. Rien à tenter. Dès que j'entrouvre un des battants vitrés, un clapotement assourdissant crible la pierre du perron, ricoche en mille gouttes jusqu'au parquet ciré. Derrière le rideau que je soulève, on voit marcher la pluie, un rideau transparent et funèbre qui traîne à plis inégaux vers l'ouest, comme le bas de la robe d'une géante qui franchirait une à une la hanche arrondie des montagnes.

Brûlée par le feu et par l'attente — car je compte les jours et les nuits —, je me tais, « je me creuse », disais-je autrefois... Je me creuse consciencieusement, avec une hâte patiente et déjà récompensée, car je vois briller une heure belle entre les heures...

Annie et Marcel me font peine. Ils ont des figures de séquestrés, tiraillées de bâillements nerveux et de frissons. En vain Marcel a changé trois fois de cravate, troqué de désespoir ses bottines de chasse (?) contre une paire d'escarpins vernis, vers l'heure du dîner... Il erre, languissant d'une détention à laquelle je puis seule, après Renaud, mettre fin... Quel éclair bleu dans ses yeux de jeune miss, quel fard suave sur sa joue veloutée, si je lui disais tout à coup : « Tenez, les voilà vos cent cinquante louis, filez... » Je me garderai de lui dispenser cette joie. D'abord, trois mille francs, il faudrait les demander à Renaud, sous quel prétexte ?... Et puis, je dois me l'avouer sur cette tentante page blanche — je me plais secrètement au puéril ennui de mon beau-fils. Lâche instinct de prisonnière ! Désirer à toute heure changer de place sa fièvre sans la guérir, la maquiller de rire, de sérénité ou d'indifférence, que fais-je depuis tant de semaines ?... Oui, j'aime à voir Annie savourer sa brûlure en un luxurieux silence, et Marcel, pâli de solitude, ressasser, jusque devant Annie, des anecdotes où le jupon ne trouve point de place. Je leur tends ma propre peine comme un gâteau poudré de sable...

Que je suis vilaine !... Laissez, cela passera. C'est un soir de pluie. Le soleil reviendra avec Lui, d'argent aussi et de neige, tout sucré de frimas... Annie, alors, pourra s'échapper — vers quel râble solide ? — et Marcel — vers quel douteux jouvenceau ? Et tout reviendra facile, léger, durable, naturel... Nous n'en avons plus pour longtemps... Restons liés ici, mes enfants, sous notre arche trempée que ce déluge semble avoir hissée en haut de la montagne... Patientez, faites comme moi, vagabondez, les pieds joints sur un coussin, les poings sous le menton... Marcel épèle au piano le chant liquide et puéril des Filles du Rhin narguant Siegfried[1], et me voici rajeunie de près d'un lustre, ramenée à cette année 19..., commencement et fin d'un de ces flirts rapides et flambants de Renaud, vifs feux de paille dont l'éclat inquiète, mais qui ne laissent qu'une pincée de cendres, blanche et voletante comme un duvet...

Renaud aimait, cette année-là, la belle Suzie[2]. La belle Suzie plaît par un américanisme à la portée des plus médiocres romanciers français. Elle porte, sur de hautes jambes fines, une taille peu serrée, une carrure d'officier prussien, une petite tête simplement et brutalement construite : la mâchoire large, le nez insuffisant sauvé par un pli félin des narines. Suzie rit trop souvent, mais elle montre des dents mouillées, dentelées au bord comme les dents nouvelles des enfants de dix ans... Chaque fois qu'elle rit, ses yeux se ferment, et l'on ne pense plus qu'à sa bouche qui demeure seule à briller dans son visage... Mais quand ses yeux se rouvrent, d'un châtain sombre, on suit fatigué, fasciné, leur mobilité inquiète, défiante et tendre...

Elle s'habille et se coiffe d'une manière incohérente, qui va du canotier Rat-Mort[1] à l'extravagance la plus empanachée. Car ses ancêtres, les Peaux-Rouges, lui ont légué le goût invétéré de la plume derrière l'oreille, à défaut de l'anneau dans la narine... Le pied est gracieux, mais la main garçonnière, et la voix, qui chuchote et traîne avec une douceur équivoque, devient, dès qu'elle s'élève, nasillarde et dure...

La littérature a gâté ce bel oiseau yankee, à qui l'on n'eût dû apprendre qu'à briller, à balancer onduleusement la nuque sous les plumes qu'éparpille le vent, à montrer ses dents, l'envers rouge de ses lèvres, à chasser du talon les traînes floconneuses qu'elle secoue et accroche, en vraie négresse parée...

Suzie a lu, et c'est de là que vient tout le mal. Elle a beaucoup lu, peu retenu, mêlé une salade bilingue de poésie et de prose, de théâtre, de romans et de philosophie où elle pique au hasard, sans trop choisir, avec une assurance qui force les admirations ingénues...

Je n'eus[a] pas d'amertume quand Renaud se prit à suivre Suzie de five o'clock en afternoon tea. Elle me ressemblait si peu !... Je crois bien que je remplirais le monde de sang et de cris, si mon mari s'éprenait d'une silencieuse comme moi, violente au fond, d'une violence ouatée de paresse, comme moi contemplative et trépidante, et plus que moi jeune et jolie...

Mais Suzie ! quelle Claudine eût pu prendre ombrage de Suzie ? Suzie gourmande de flirt, de caresses risquées sous une nappe retombante, Suzie absorbante et menteuse, Suzie au carnet de rendez-vous plus chargé que celui d'un dentiste, Suzie volontiers utilitaire, sachant emprunter à tel peintre, à tel romancier, une opinion réputée « originale » et dont elle se pare, importante, en petite fille qui se pavane dans une jupe trop longue...

Une fois encore, pour cette belle Suzie, Renaud dépensa son ardeur de prosélyte, en dépit de mes sages conseils. « Elle est belle, lui répétais-je, que lui voulez-vous de plus ?... Apprenez-lui à se taire, elle approchera mieux de la perfection... » Et puis je riais d'entendre mon mari plaider contre moi la cause de Suzie, lui découvrir de la finesse, une promptitude d'esprit toute latine, voire une honorable mélancolie et le dégoût foncier du snobisme... Mélancolique, Suzie ! Mélancolique et pleine d'un noble désir des choses meilleures, cette jument de sacre, fière de s'ébrouer sous les pompons et les panaches !...

(Malgré moi, je la rabaisse un peu trop. Une tardive jalousie m'échauffe, à me rappeler tant d'heures perdues, de journées gaspillées en rendez-vous ici et là et qui me privaient de Renaud.)

L'apostolat amoureux de mon cher mari aboutit au projet singulier d'emmener Suzie à Bayreuth avec nous, l'été de cette même année 19... J'en faillis pleurer, puis rire, puis j'entrevis, sagement, la fin normale de cette idylle, et que Suzie elle-même tuerait Suzie...

Pour la seconde fois, je revis[1] sans joie la petite ville noircie où pleut le charbon, le jardin de la Margrave où Annie, étourdie de solitude, avait chancelé sur mon épaule... Je revis dans mon assiette les horreurs *mit compot* et dans mon verre la bière médiocre, mais glacée. Je revis les lits saugrenus, ennemis du sommeil et de l'amour, les lits fragmentés, draps trop courts, matelas-mosaïques en trois pièces, les lits-cerceuils où s'ajuste dans la journée une planche-couvercle tendue de cretonne imprimée... Ô lits franconiens ! J'ai tenté avec vous tous les accommodements, vous qui contraignez la volupté à l'acrobatie !

Renaud avait élu pour Suzie un petit appartement vieillot et gai, dont les fenêtres, fleuries de pélargoniums roses sucrés de poussière, s'ouvraient sur la Richard-Wagner-Strasse, brûlante et déserte. Quand je dis déserte !... Deux fois le jour, un régiment bavarois y défilait, forts garçons vert sale sur de grandes biques alezanes, bonnes figures cuites de dogues entre le casque et le col de drap framboise...

Je revois, en instantané dont tous les détails brillent, ces deux fenêtres fleuries et le buste de Suzie appuyé à la barre... Elle est nu-tête, ses cheveux bruns, tordus en coquille, se moirent d'or sous le soleil de midi, ses seins, sur ses bras croisés, s'écrasent un peu dans une robe lâche où sont peintes des pommes de pin roses et jaunes, et son petit nez se fronce dans l'effort qu'elle fait pour garder les yeux ouverts contre la lumière cuisante... Derrière elle, tout près, la grande taille de Renaud coupe d'une barre d'ombre le fond blanc de la chambre. Il ne rit pas, car il la désire. Elle rit, en se penchant davantage sur la rumeur du régiment qui passe, sur le nuage de poussière qui monte vers elle, sur l'odeur de cuir, de poil, d'hommes mouillés... Elle rit et les soldats fumants répondent à son rire, mufles levés et dents découvertes... Elle écrase ses seins sur ses bras, renverse un cou de colombe et murmure : « Tous ces hommes... C'est drôle, tant d'hommes à la fois... » Son beau regard couleur de café croise celui de mon mari, puis se dérobe brusquement, et nous demeurons tous trois graves, muets, comme trois étrangers qu'un hasard a rassemblés. Oui, je me souviens de cette heure décisive ! Distinctement, entre Suzie et Renaud, j'ai vu passer leur désir qui s'est arrêté une seconde, les ailes ouvertes, et s'est enfui d'un vol effaré comme ces passereaux qui crient tout à coup, ayant senti passer sur eux l'ombre d'un mauvais oiseau... Pourtant j'avais voilé mon regard, contenu ma pensée meurtrière que je tenais cachée au fond de moi, frémissante et disciplinée comme un bon chien de chasse qui attend le signe... Je n'ai pas fait le signe... À quoi bon ? Celui que j'aime doit vivre libre, dans une apaisante et illusoire liberté...

Tous les jours qui suivirent cette minute inquiète, Renaud put voir et chérir sa Suzie, se caresser à son accent chantant, à ses plumes envolées, à son parfum variable — mélange qu'elle dosait à la diable et qui lui seyait, suave ou âpre —, assister, dans sa chambre défaite, à une fin de toilette capiteuse...

À midi, héroïque, je l'envoyais cueillir Suzie parmi des lingeries jetées, les cuvettes en désarroi, les malles pillées... Je savais qu'elle l'accueillait, lui et ses fleurs quotidiennes, d'un « ah ! » mi-confus, mi-joyeux, et qu'elle agrafait avec une adroite maladresse la ceinture de sa jupe... Je la voyais, penchée au miroir mais les yeux ailleurs, sabrant sa bouche de deux traits de « raisin », secouant sa houppe et veloutant ses joues, toujours sans se regarder, avec une adresse de singesse qui saurait se grimer... Je connaissais si bien — mieux que Renaud — la fausse hâte, le faux désordre, la fausse perplexité de Suzie, dont les yeux sombres se fonçaient, se troublaient d'une telle inquiétude palpitante qu'on songeait malgré soi au motif coupable d'une si vive émotion...

En vérité, je voyais tout cela à travers les murailles, avant que Renaud se fût laissé aller à me tout dire... Pauvre cher grand, il tomba enfin au piège de ma confiance et de ma sérénité, et je crois bien, au mal que j'endurai dès sa première confidence, que je n'en demandais pas tant...

Héroïque, je fus héroïque, le mot n'est pas trop fort ! Je subis, passive comme une gouvernante étrangère, les « leçons de Tétralogie » où Renaud trompait sa fièvre et que Suzie s'assimilait, muette, extasiée, les yeux rivés à ceux du bienveillant apôtre à la moustache argentée... N'ai-je point failli la défigurer, un jour, pour m'être aperçue qu'elle n'écoutait pas la voix de Renaud, mais qu'elle suivait, les yeux tout noirs, le mouvement de ses lèvres ?... Chassons, chassons tout cela ! Souvenons-nous seulement de ma joie silencieuse, de l'envie soudaine de « danser la chieuvre » qui me saisit, un soir, un beau soir, le soir de *Parsifal*...

Dans la Restauration du Théâtre, cette halle inconfortable qui pue la sauce, la bière répandue, le mauvais cigare, nous attendions, éreintés, qu'un tiède wiener-schnitzel[1] parvînt jusqu'à notre table, porté sur les remous d'un peuple que quatre heures de spectacle ont affamé jusqu'à la frénésie... Sous une triste lumière verticale, je contemplais, accoudée, Renaud vieilli de musique, la moustache tressaillante, les mâchoires dures — Suzie rajeunie, éveillée, sur qui l'écrasante harmonie avait glissé, clémente... Elle feignait la lassitude, tordait ses souples épaules, fermait les paupières, se balançait toute dans une gymnastique voluptueuse dont se repaissait Renaud silencieux, presque méchant... Autour de nous, un vacarme d'assiettes, de cris, les ordres vociférés en mauvais allemand[2] par Maugis attablé derrière nous avec le ménage Payet et Annie, les cris de pintades d'une smala d'Anglaises en cheveux... Et moi, je songeais lâchement qu'un train partait pour Carlsbad à dix heures, et que l'express de Carlsbad emporterait vers Paris une Claudine dégoûtée dont on ne s'occupait guère...

« Oh ! oui, affirmait Suzie, avec une fausse ferveur très séduisante, j'ai pleuré toutes mes larmes, à la scène du baptême ! »

Et elle ouvrait tout grands ses yeux couleur de Seine nocturne, d'un brun miroitant.

« Oui..., murmurait Renaud, à peine maître de lui.

— Oh ! je l'ai bien reconnu, le motif de la Lance[1] !

— Le motif de la Lance ! Quel motif de la Lance ? »

Je me penchais, attentive, soudain illuminée d'espoir...

« Mais, Renaud, *le* motif de la Lance, celui qui sert pour Wotan, et pour Parsifal aussi, enfin, je ne me trompe pas ?... »

À mon bref sourire, la belle Suzie sentit la gaffe, mais déjà, de sa place, Maugis, ivre aux trois quarts, l'applaudissait sans discrétion :

« Voui, jolie madame, voui ! Et vous faites bougrement honneur, si j'ose ainsi m'exprimer, à votre professeur de leitmotiv. Le motif de la Lance ! Celui qui sert pour Wotan, pour l'épée de Siegfried, pour la colichemarde[2] de Parsifal, pour l'alène de Hans Sachs[3], pour le couteau de chasse de Hunding[4], et pour le cure-ongles de Senta[5] ! Hurrah pour le motif de la Lance, collectif, démontable et interchangeable ! Wollzogen[6] et Chamberlain[7] en seront comme deux ronds de frites — *mit compot !* »

Ce gros Maugis suant et soufflant, je l'aurais embrassé ! Suzie rougissait, plus jolie d'être courroucée ; Renaud prenait le parti de rire d'un rire indulgent et paternel, mais en détournant ses yeux des miens, pour que je n'y pusse lire un rien d'irritation vexée... Et moi, je sentais une joie vindicative rentrer en moi, courir le long de mes veines en chatouillant ma peau par en dessous, je laissais ma pensée quitter le train de Carlsbad, et vidant, tête renversée, mon römer d'émeraude, plein d'un Johannisberg[a] sec et clair comme une gifle, je murmurais : « Sois charmante et tais-toi... »

Et je commençai de me griser exprès, pour fêter la Sainte-Gaffe ; je bus à Maugis, qui me le rendit sans compter ; je bus à Annie pâle et prostrée ; elle me souriait sans comprendre, avec son air absent de pensionnaire qui a de mauvaises habitudes... Je bus à Marthe

Payet et à son mari, lui toujours premier-à-la-soie, elle éclatante et rousse, les cheveux en ondes larges sous un chapeau agressif, l'air d'un Helleu copié par Fournery[1]... Je bus, déjà grise, à mon cher Renaud, en soulevant vers lui mon verre pour un vœu muet... Et Suzie, amusée, sans rancune, remplit mon römer encore une fois, en riant de tout son cœur, les yeux fermés et les dents nues, pour me faire porter la santé de son mari absent, ce mari qui peinait pour elle dans de lointains pétroles russes...

Dédoublée, je me mirais dans mon ivresse, j'y voyais mes joues chaudes, ma bouche rouge, mes cheveux en boucles qu'amollissait la chaleur, et je sentais mes prunelles si larges et si jaunes que leur lumière me chauffait les paupières... Je parlais, je parlais, profitant de ma félicité physique et de ma dualité passagère pour jeter hors de moi toutes les faciles drôleries qu'à jeun je retiens par paresse et par pudeur... Je me souviens qu'au plus fort de mon bavardage je voyais les visages de Renaud, de Suzie, d'Annie, Marthe et Léon, le masque congestionné de Maugis, tournés vers moi, attentifs et narquois — ils me regardaient avec l'expression de gens qui guettent sans être vus, ou qui observent en sécurité une aveugle... Une aveugle ! Mes yeux chauds entraient dans leur âme, avec curiosité, mais non sans mépris, et ne se rafraîchissaient, désarmés, qu'au bleu-noir d'étang des prunelles de Renaud indécis, secoué, rêvant sur les motifs secrets de cette griserie débridée...

À partir de ce jour, je ne comptai plus mes victoires. Ô vous, toutes les Suzies, si vous saviez à quoi tient ce que vous nommez l'amour d'un homme, quand cet amour s'appelle au vrai : *désir !...*

Une heure vint où je discernai, dans la nervosité de Renaud, autre chose que le désir : l'envie d'abord discrète, l'envie ensuite frénétique et maladive de s'en aller... Suzie lui avait-elle cédé ? Je ne l'ai jamais su. Je ne veux pas le savoir. Renaud ne m'en a que trop dit, après. J'ai connu par lui de quels appâts grossiers, si « femelle », elle se servait, de quels frôlements indignes, quasi professionnels, elle l'énervait, et comment elle roulait sur lui sa tête parfumée en murmurant : « Je suis une pauvre petite femme toute seule, j'ai tant besoin qu'on me câline... » J'ai su comment Suzie ouvrait devant Renaud les lettres de son mari, et qu'elle les lisait d'un œil sagace et rapide, sans passer une ligne, avec ce sourire canin qui découvrait ses dents... Un jour, plus méchante que de coutume, elle jeta au nez de Renaud une lettre chiffonnée : « Lisez ça, *dearest*, si ça vous amuse... Si, si, lisez ! » Et ses mains souples, toujours froides, lissaient la lettre, quatre pages couvertes d'une écriture lourde et claire. Renaud lut, Suzie appuyée à son épaule. Il lut, soudain glacé comme les mains de Suzie, la plus humble, la plus déchirante lettre qu'un mari absent, désabusé, jaloux, peut écrire à une femme imbécilement aimée : « Ma Suzie, mon amour... Comme tu es loin... Sois sage, mais fais tout ce qui t'amuse... Soigne-toi... Ne me trompe pas, ô mon amour... Tu sais comme je suis triste et comme tu peux me faire souffrir, ne me trompe pas, toi qui es tout ce que je possède en ce monde... »

Ce cri : *ne me trompe pas !* qui revenait, humilié et sans espoir, cette servilité d'homme qui acceptait tout pour garder Suzie, et la gaieté insultante de cette rosse penchée sur la lettre, la joue frôlant la moustache de Renaud..., toute cette scène qui mit fin à l'idylle franconienne, je ne l'ai pas vue, mais je l'ai dessinée dans mon souvenir et je l'y caresse, comme une image de piété, comme un fétiche qui a fait ses preuves...

☆

« Annie, si le temps se couvre comme ça, peut-être qu'il faudrait ferrer à glace Polisson ? Il n'a déjà pas un devant bien fameux, et si la gelée survenait, il ne pourrait pas ramener Renaud de la gare, mardi ? »

Annie reste là, les mains vides, avec cet air désert, désaffecté, qui tantôt m'émeut, et tantôt m'exaspère. Je trouve qu'elle n'exulte pas assez. Renaud arrive mardi, enfin, voyons ! J'ai envie de lui crier, de lui enfoncer ces trois mots-là, à grands coups, dans sa tête aux tempes étroites...

« Eh bien ! Annie ? »

Elle hausse les épaules, me couvre de son regard bleu égaré :

« Je ne sais pas, moi. Qu'est-ce que vous voulez que ça me fasse, qu'on ferre Polisson à glace ou autrement ? Depuis des semaines vous me déchargez du fardeau de penser à ma maison, à mon fermier, aux menus des repas... Je vous ai tout donné avec Casamène, la maison, le parc, les soucis du propriétaire, tout.... Gardez-les.

— Vous avez raison, Annie... »

Et tout de suite, je m'étonne de ma douceur conciliante ! L'approche du maître... Il vient, et déjà mon cou s'incline vers le collier trop large, vers l'entrave illusoire d'où je pourrais, sans même l'ouvrir, m'évader, si je voulais... Mais je ne veux pas. J'ai dit : « Vous avez raison. » Je dirai aussi : « Comme vous voudrez, Renaud... s'il vous plaît... Oui... Permettez-moi... » Il faut que les formules déférentes et tendres rentrent dans mon vocabulaire, qu'elles y remplacent les impératifs dont je flagelle la molle Annie, le fuyant Marcel...

Celui-ci rôde sur nos talons, malade d'oisiveté, inquiet du retour de son père. Il évite la bise d'est qui, la semaine passée, pela l'ourlet délicat de ses oreilles...

« Tenez, Marcel, allez m'accrocher ces cintres dans la grande armoire. Je fais de la place ici pour les vêtements de Renaud. »

Il obéit, les mains revêches et la mine aimable, avec la crainte visible de se casser un ongle. Ma chambre — notre chambre bientôt — se jonche de linge et de robes. Je range, enivrée de désordre ; ma ceinture tourne, ma cravate pend, une mèche en point d'interrogation cache alternativement chacun de mes yeux. À peine si de temps en temps le souci d'être laide m'interrompt et vite, au miroir à trois faces, je quémande un avis... Peuh !... ça ira... ça va... la nervosité de la silhouette trompe sur mon âge véritable... le jaune des yeux dévore le creux amaigri des joues et ma lèvre « en accolade » semble s'étonner de demeurer aussi enfantine... *Il* oubliera, cette fois encore, de noter, entre ces yeux horizontaux et cette bouche ondulée, la sécheresse aiguë du menton et des mâchoires, l'insuffisance de la joue qui se déveloute, la ride esquissée en parenthèse au coin des lèvres, et le cerne singulier, mauve, en forme de flèche, qui souligne l'angle interne des paupières... Allons, allons, ça ira...

« Portez ça là-bas, Annie, c'est des chemisettes d'été.

— Où, là-bas ?

— Dans la grande armoire du cabinet noir, où Marcel accroche des cintres. Il y fait nuit, mettez les mains en avant. Si ça crie, ce sera Marcel.

— Oh ! » se récrie-t-elle, pudique — mais elle s'empresse ; on ne sait jamais...

Je range, je range. Un carton crevé aux quatre coins, mal ficelé, laisse fuir des papiers jaunes, de petites photographies mal lavées, roulées en tubes, roussies... J'y retrouve difficilement les raccourcis d'un beau voyage égoïste que nous fîmes à Belle-Île-en-Mer[1], Renaud et moi, voilà huit ans...

Sarah Bernhardt n'avait pas encore civilisé la Pointe des Poulains[2], nivelé son sable impalpable et fuyant, dont l'onde froide et sèche glisse entre les doigts, scintillante de mille et mille rubis pulvérisés, en paillettes de tous les roses, de tous les mauves...

Petite terrienne étonnée et séduite, je n'ai jamais autant que là-bas goûté la mer. Une fièvre saline hâtait mon cœur la nuit, électrisait mon sommeil ; et l'air marin, le jour, m'enivrait jusqu'à l'heure où, recrue, morte, je succombais endormie au creux d'un rocher, sur le sable strié qui poudrait mes cheveux... L'Océan léchait les fuseaux bruns de mes jambes, polissait les ongles de mes pieds toujours nus... Sans me blaser, je suivais sur les vagues d'un vert bleu, éclatant et dur, le départ des barques à la voile inclinée comme une aile rose de corail, turquoise malade, dont la teinte rendait plus étincelante et plus fausse la nuance des vagues.

Une ardente paresse écourtait les heures. Comme deux chiens heureux qui quêtent de compagnie, silencieux, nos esprits oisifs et rajeunis s'occupaient du nuage qui menace, du vent qui change, et je n'oublie pas la gravité de Renaud, jambes et bras nus, le doigt tendu vers un crabe furibond, fou de bravoure, qui sautait et claquait des pinces, tout rouge et comme déjà cuit... La pluie des bords de la mer, la pluie fine, vaporisée, qui poudre les joues et les cheveux d'une buée d'argent, nous trempait d'un côté, le vent nous séchait de l'autre.

La faim seule nous chassait vers notre grande maison de bois qui sentait le navire, et je gravissais vite l'escalier, toute passionnée de flairer le court-bouillon des petits homards ou l'échalote du thon en tranches, épais comme du veau — je bondissais le long des marches, j'y laissais la trace de mes pieds nus, frais et mouillés comme des pieds de sauvagesse...

Le soir, un ronronnement plaintif et doux nous attirait au balcon de brique rose... Au clair des étoiles, les sardinières bigouden, liées en ronde par les mains, chantaient de leurs voix de fileuses, et leur farandole fermée s'agitait sur un rythme à cinq temps cahoté et bizarre :

Non, non, non, celui que j'aime
N'est point z'ici[1]...

À la lueur d'une pipe, je distinguais un châle vif brodé de fleurs, une coiffe raide, l'aile tendue, une joue ronde et brûlée, l'éclair d'un bijou d'argent...

Au crépuscule, avant le souper et la danse, ces bigouden fraîches et noires, deux par deux, trois par trois, se promenaient d'un pas paresseux, sans but, et comme pour parer seulement le sable blanc, les roches violâtres, de leurs fichus fleuris, de leurs coiffes lumineuses... Au creux d'un fossé, au détour d'un sentier tout armé de genévriers piquants, elles apparaissaient soudain, muettes et quémandeuses, avec un air soumis et narquois de jeunes bêtes matées... Par une nuit de lune qui ourlait d'argent la mer paisible et suspendait, dans un givre impalpable et bleu, le phare de Kervilaouen[2], l'une d'elles, plus hardie, osa nous héler d'une voix pieuse :

« Vous n'avez besoin de personne ?

— Pour quoi faire ?

— Pour coucher avec vous... »

Nous la regardions en riant, amusés de sa timide audace, de sa figure en pomme, de son corsage en toupie, bien tendu sous un petit châle aussi bleu que la nuit. Elle était jeune, coiffée de linge frais, elle semblait cirée, encaustiquée à neuf, et le moindre souffle de sa jupe balayait jusqu'à nous une odeur infâme de poisson gâté...

Un singulier dénouement[a] récompensa ces vacances heureuses, et le fou rire me reprend au souvenir de notre départ sous les regards scandalisés des Palaisiens... En même temps qu'aux bas et aux chaussures, j'avais renoncé aux jupes féminines, et Renaud pourrait dire de quel gentil mousse lui servait sa femme, en grand col bleu, en culotte de jersey et béret de laine, mousse vite au courant de la manœuvre des voiles, orgueilleux de border les écoutes de foc... Une après-midi, au creux d'un rocher rouge et violet, tapissé d'un velours rude et chaud de lichen, l'imprudent Renaud traita son mousse en maîtresse très aimée et deux baigneurs qui passaient inaperçus se voilèrent la face... après. La distance, le costume peu défait avaient trompé ces âmes contemplatives et mon impatient mari devint, pour le Tout-Palais empourpré de honte, le « Parisien dégoûtant qui débauche les petits mousses pour quarante sous, trois francs » !

Ô Renaud calomnié ! que j'aimais votre expression ambiguë, sous les regards de blâme du Tout-Palais, votre triple expression de rage puérile, d'amusement et de féminine pudeur ! Je ne pouvais pourtant pas, moi, votre mousse violé, quitter culotte et blouson bleu pour réhabiliter, glorieuse et nue, votre honneur en lambeaux !

Un cri perçant, un cri de souris écrasée, suivi d'un rire maladif en cascades, troue ma rêverie... Qu'arrive-t-il à Marcel — ou à Annie ? Je cours au cabinet noir, d'où jaillirent ce cri et ce rire, ce rire qui tarit et recommence, hystérique...

« Ne vous gênez pas, mes enfants. À quel jeu avez-vous joué, dites donc ? »

Marcel est sorti du cabinet noir, les yeux pleins de larmes, et s'appuie au mur du corridor, une main sur son cœur :

« Ah ! que c'est bête ! sanglote-t-il. J'en aurai une crise de nerfs, vous savez !...

— Parce que ?

— C'est Annie... c'est elle qui... oh ! je sais bien que ce n'est pas exprès...

— Annie ?... qu'est-ce qu'elle a fait ? »

L'accusée sort de l'ombre à son tour, pâle, battant

des cils et se met à parler comme une somnambule :

« Je vous jure... Je n'ai rien fait !... il se trompe ! Je suis incapable de... Enfin, Claudine ! ne croyez pas !... »

Marcel sanglote de rire, la nuque renversée, et je commence à suspecter la bonne foi d'Annie...

« Elle vous a brutalisé, Marcel ? Pauvre petit, va ! Il en est comme une rose froissée... Viens avec ta marâtre ! »

Je l'emmène vers ma chambre, un bras autour de ses épaules fuyantes, tout secoué encore de son rire nerveux de pensionnaire, si abandonné, si précieux et si ridicule que je ne sais pas bien discerner mon besoin de le battre du désir de l'embrasser plus brutalement encore...

Je sens derrière moi qu'Annie cherche à fuir, à s'évanouir dans l'ombre du couloir...

« Annie ! qu'est-ce que c'est ? Venez comparaître, et au trot ! »

Je me réjouis, bienveillante, avec un peu de vil plaisir curieux. C'est Annie qui, debout, la bouche entrouverte et tremblante, l'air d'une « cruche cassée[1] » pour mulâtres, semblerait la victime, si Marcel, ses yeux bleus tout brillants de larmes nerveuses, n'appelait la compassion la plus directe... Assise et les mains sur les bras d'une bergère, je juge :

« Mes enfants, je vous écoute. Marcel, allez-y ! Qu'a fait Annie ? »

Il entre dans le jeu et, trépidant de tout le corps, à la Polaire :

« Elle m'a peloté, crie-t-il.

— Moi !...

— Houch ! Annie... Elle vous a peloté ! Qu'entendez-vous par ces paroles ?

— Tiens ! j'entends... ce que tout le monde entend ! Peloté, quoi !

— Heu !... Pris la main ? la taille ?

— Oh !...

— Silence donc, bon Dieu, Annie ? Pris l'oreille, le genou, le... ?

— Un peu tout, avoue Marcel, très "petit-chat-est-mort"[2].

— Non, pas tout ! » s'écria Annie avec une telle

impétuosité que le fou rire nous gagne tous deux.

Ah ! que j'ai du goût ! Qu'il fait bon rajeunir pour une sottise d'écoliers, sentir ses côtes s'ouvrir, ses joues se rider, toutes raides, les pommettes remontées jusqu'aux yeux ! Je retrouve mon âme des cours-du-soir, cette heure d'étude supplémentaire où un regard échangé avec la grande Anaïs[1], un mot prononcé de travers par Marie Belhomme[2] déchaînaient à travers les gobettes le rire irrépressible, l'imbécile joie contagieuse des enfants enfermés... Ma jeunesse, comme tu es près et loin de moi, ce soir !

Et, pendant que nous rions, Marcel et moi, Annie pleure. Elle pleure debout, lentement, avec une gravité qui m'émeut, qui arrête mon rire en glouglous ralentis. J'accours, je lui serre les épaules :

« Ma petite ! ma sotte chérie ! voyons, vous êtes folle ? nous sommes des serins, c'est vrai, mais ça ne vaut pas la peine de pleurer comme ça ! »

Elle se dégage, d'un tour d'épaules, avec un mouvement de sourcils et de lèvres, un regard pâle et fuyant qui veulent dire tant de choses !... Apitoyée, inquiète, j'entends profondément ce geste de son visage : « Non, je ne pleure pas de dépit, ni de pudeur — je pleure d'envie et de déception. Je pleure ce qui me manque, ce qui se dérobe à ma main, à ma bouche, ce qu'il va falloir aller chercher très loin, ou très près... Il va falloir que j'aille, moi, fatiguée, moi, sédentaire et paresseuse, moi, timide, passive, moi, esclave de mon corps gourmand et têtu, courir vers un bref bonheur qui ne vient pas à moi... J'irai donc, sans gaieté, sans foi, côte à côte avec mon désir[3] qui n'a même pas de visage, qui n'a que des reins charmants, des jambes dorées d'un duvet chatouilleux, des bras prompts à étreindre, prompts à se dénouer, un cœur tout chaud d'impatience et d'ingratitude... J'irai ! car je lutte en vain et je n'ai plus de confiance en moi-même. Oui, côte à côte avec mon désir, tout le long d'un chemin brûlant, je marcherai, fière de me donner, soumise à mon indigne et cher compagnon — je le prévois indigne et je souris d'avance à mon choix d'aveugle qui tâte à pleines mains —, heureuse jusqu'au tournant où mon traître guide se dissoudra comme l'arc-en-ciel irisé qui danse sur la rosée au soleil, et je me retrouverai sage, essoufflée, comblée, déserte, seule avec ma naïveté de petite fille que le péché a lavée et qui soupire : "Je ne le ferai plus", encore tournée vers l'image évanouie de mon impureté... »

Tout cela, je le lis dans les yeux d'Annie, dans l'eau désolée de son regard... Et quelle tentation — généreuse ou libertine ? — me vient de lui jeter entre les bras Marcel, cette poupée charmante qui ressemble à un homme, comme on glisserait en cachette à une prisonnière je ne sais quel joujou honteux...

☆

« Marcel ?

— Chère amie ?

— Ne faites pas la femme du monde : nous parlons sérieusement.

— Je ne fais pas la femme du monde, Claudine. Vous n'êtes pas ma chère amie ?

— Je suis votre belle-mère, monsieur, voire votre vieux copain, un copain que vous savez très bien taper à l'occasion, et même sans occasion !

— Vous êtes dure...

— Non, mon petit. Je ne vous reproche pas les louis que je me suis laissé, de très bonne volonté d'ailleurs, carotter par-ci par-là... Et la preuve, c'est que je m'en vais peut-être vous fournir une occasion sans pareille de toucher cinq louis, ou dix, ou quinze, on ne sait pas...

— Oh ! oh ! vous avez inventé une "eau de Beauté" ? Ou bien il y a un vieux qui veut m'avoir ?

— Penses-tu, chéri ? Fausse mineure pour diplomates âgés, va ! Non... Marcel, écoutez !

— J'écoute.

— Vous n'avez jamais connu, au sens biblique du mot — une femme ?

— ...

— Voilà le flacon de sels. Je reprends : vous n'avez jamais...

— Jamais ! je le jure !

— Ça suffit. L'innocence crie dans vos yeux bleus et

votre voix rose. Dites-moi encore : si on vous collait dans vos draps une jolie femme amoureuse de vous, qu'eſt-ce que vous feriez ?

— Rien... Et puis je m'en vais. Je ne veux pas qu'on me dise des saletés !

— Et si on vous payait pour ?

— Si on me... C'eſt sérieux ?

— Très.

— Oh ! zut ! Y a une grosse dame qui me cherche ?

— Pas grosse, petite. Gentille, gentille !

— Gentille... Je me méfie. »

Il se méfie, en effet, car je le bloque entre deux portes, dans le tambour, profond comme une alcôve, qui sépare la salle à manger du salon. Il se méfie, car j'insiſte, avec une fausse légèreté qui ne trompe pas ce petit animal fourbe ; une légèreté conventionnelle qui semble souligner nos répliques rapides d'une indication scénique[1] : MARCEL, *sur ses gardes*... CLAUDINE, *évaporée*...

« Gentille, gentille... Une femme, gentille ? Vous me rappelez cruellement une hiſtoire que je vous ai tue jusqu'ici par pudeur.

— Vas-y !

— Il y a deux ans, à Biarritz, j'avais dégoté un tout jeune Anglais, charmant mais marié, le monſtre ! Marié et libre d'aimer à sa guise pourvu que sa femme (une petite ogresse blonde toute ronde, avec un derrière en pomme sous des jerseys bleus) y trouvât son compte... Ne se met-elle pas en tête, si j'ose dire, de se me payer ! Ils me grisent de whisky, ces animaux-là, et me voilà seul avec la petite ogresse décidée à tout. Ah ! Claudine ! Quelle minute ! j'en ai chaud quand j'y songe... Tout ce qu'on peut dire et faire d'aimable à un joli garçon, elle me l'a prodigué, avec un insuccès lamentable ! De temps en temps, l'espoir me revenait...

— Ça s'appelle un espoir ? "L'espoir luit comme un brin de paille dans l'étable[2]..."

— Je songeais à lui, qui buvait du champagne — un magnum — dans une chambre à côté... et puis va te faire fiche ! tout à recommencer ! À la fin, elle m'a giflé, rageusement, et m'a flanqué dehors.

— Et vous avez retrouvé le *suave mari au magnum*[3] ?

— Très joli... Je l'ai retrouvé, sous la table. Vous voyez...

— Mais ce ne serait pas la même chose, Marcel ! »

J'attire son oreille tout contre ma bouche, car j'ai un peu de gêne de ce que j'entreprends... Je chuchote, je chuchote longtemps. J'étouffe des mots, qui pourtant ont peine à sortir de mes lèvres... Marcel s'effare, refuse, marchande ! J'ordonne presque, mais ma sévérité s'atténue d'une bourrade, caresse grossière de maquignon... Il n'a pas consenti tout à fait que déjà je le quitte, sans vouloir entendre ses hésitations dernières — je referme derrière nous le confessionnal où nous venons de tramer quelque chose de si innocent et de si louche...

Que Dieu me juge[a] — s'il a le temps ! J'avais cru bien faire. Je voulais seulement, moi qui vais récupérer mon cher bien, ma raison de vivre, je voulais seulement que cette petite envoûtée ne partît pas seule, en mendiante, sur ces chemins tout bleus de neige à demi fondue, souillés de plaques de boue siliceuse et bordés de baies flétries ; je voulais qu'ici, sous ses rideaux clos, elle pût jouir à l'aise d'un joli mannequin suffisamment animé... Je voulais qu'elle retrouvât sa gaieté peureuse, son sourire d'enfant maltraitée, son insouci oisif et gracieux... Pauvre petite ! Quel fiasco lamentable, et comme elle pourrait m'en vouloir !

Avant-hier, par une soirée de vent noir et tiède qui sentait le dégel et le faux printemps, nous nous étions assis devant un dîner corsé et paysan de lard fumé, de poulet au vin, avec le pudding couleur d'acajou et arrosé de vieux rhum... Je buvais résolument un frontignan, traître et sucré, et j'emplissais les verres d'Annie sans défiance, de Marcel averti, frissonnant et muet, mais qui vidait coup sur coup son gobelet comme il eût avalé la ciguë, hop ! d'un trait, la tête en arrière, avec un regard chargé de rancune et d'appréhension...

La bizarre soirée, entre cette petite à demi grise, ce gamin à figure de fausse mineure ! Je me sentais légère et aveugle comme une bulle de savon qui se cogne partout, et pleine de mansuétude. Une âme généreuse, amoureuse de l'amour, une âme d'entremetteuse désintéressée étayait la mienne, en vérité ! Et, quand j'eus « achevé » Annie d'un verre de punch, quand j'eus conduit au premier étage ce couple disparate et gracieux, quand j'eus, d'une bourrade dernière, jeté Marcel et son pyjama turquoise dans la chambre d'Annie, je m'en allai vers mon lit, allègre, toute soulevée d'une noble fièvre qui n'avait rien d'impur. Parfaitement ! Il fallut qu'un cri léger, un cri tendre et ému, m'inquiétât, pour que je revinsse vers la porte, close sur nos deux amoureux, si j'ose dire...

Penchée vers le battant refermé et plus maternelle que curieuse, j'écoutais... Rien... Si ! Un murmure effrayé et volubile, où je distinguais deux voix mêlées... Plus rien... Si. Un gémissement très doux, mais si désolé et si déçu !... Un gémissement si significatif que je me surpris à gronder toute seule quelque chose où le troisième sexe se trouvait, en la personne de Marcel, gravement offensé... Et puis, derechef le silence. Et puis la voix de Marcel essoufflé, sur un ton d'excuse mondaine... Je grelottais de froid et de rire nerveux. Je pressentais le ratage, le ridicule, toute une louche parodie de volupté, oui, mais pas cette sortie honteuse de Marcel se ruant hors de la chambre et meurtrissant mes pieds nus, avec un « zut ! » excédé et haineux qui me racontait tout... Pâle, le nez pincé et les lèvres rouges, le bleu des yeux tourné au noir, il manquait faire chavirer ma lampe et me renverser dans l'escalier :

« Claudine ! ah ! vous étiez là ? ça vous amuse, vous ? Drôle de goût ! »

Secrètement humiliée, je commençais de le rabrouer :

« Dites donc, mon petit, je fais ce que je veux !... Et puis, je suis starter, vous savez bien !

— Starter ! starter ! ah ! par exemple ! Elle peut starter toute seule, si elle veut, votre amie ! Je me dérobe à l'obstacle ! »

Furieuse, je le secouais par le bras :

« Non ? tu n'as pas de toupet ! Qu'est-ce qui s'est passé ?

— Eh ! rien ! laissez-moi tranquille ! Je vais me coucher. »

Il s'arrachait de ma poigne, d'un geste boudeur d'écolier, et filait comme une anguille le long du couloir...

Dans sa chambre, où je pénétrai doucement après avoir frappé, ma pauvre petite Annie pleurait sur son oreiller froissé, entre les mèches de ses grands cheveux noirs qu'elle n'avait pas tressés... Sa révolte d'abord, son mutisme enragé, les dents serrées et les yeux clos, fondirent bientôt entre mes bras amicaux. Toute brûlante, elle sentait l'éventail de santal qu'on a jeté au feu et elle sanglotait sans paroles, avec des « oh ! » écrasés, des soupirs qui la gonflaient toute... Elle ne pouvait pas parler et je ne voyais d'elle, renversée sur mon épaule, qu'une tête noire d'hirondelle d'où fuyaient ses cheveux en ruisseaux, que deux mains pathétiques masquant son visage...

À la chaleur berceuse de mes bras, sa triste et brève confidence coula, goutte à goutte, avec ses larmes.

Ce n'étaient que des soupirs, des mots coupés, recommencés, des plaintes sans suite, mais pour moi, si claires...

« Oh ! qu'il est méchant ! qu'il est méchant !... C'est votre faute ! Oh ! j'en mourrai ! Oh ! je suis si malheureuse ! je veux m'en aller, je ne veux plus le voir... Moi qui étais si contente ! Il était si joli en bleu !... J'ai bien senti tout de suite que ça n'irait pas, allez ! Alors j'ai fermé les yeux, et, pour ne pas le perdre, je l'ai caressé... Mais, n'est-ce pas ? je suis si maladroite, ça n'a fait que gâter les choses davantage... Oh ! qu'il est méchant !... Il m'a appelée "madame"... il m'a demandé pardon comme s'il m'avait marché sur le pied... au moment où je mourais déjà de honte d'avoir tenté inutilement... Je vous assure, Claudine, j'aurais mieux aimé une insulte... Je veux m'en aller : je suis trop malheureuse ! C'est vous, Claudine, c'est vous qui êtes la cause de tout ça... »

Hélas ! je ne le savais que trop !... Par quels mots la consoler ? Comment m'excuser assez ? Ce complot enfantin et sale, ce marchandage de Marcel, j'aurais voulu les effacer de mon souvenir, réveiller Annie en la berçant, en lui disant : « Ce n'est qu'un vilain rêve... »

Toute gonflée d'un remords tendre, je faillis resserrer autour d'Annie, autour de ce petit torse abandonné et houleux, mon honnête étreinte... Des caresses, des baisers — et d'où qu'ils vinssent — pouvaient seuls guérir et calmer le regret de cette prostituée ingénue...

Mon Dieu, je l'avoue, et que Renaud me le pardonne, le sacrifice n'aurait pas été au-dessus de mes forces[1]. Mais je revis, avec un petit effort, nos années d'amitié chaste, cet hiver gris qui nous réunit toutes deux sous un toit paisible — et aussi le jardin de la Margrave où Annie désemparée s'offrit à moi, si confiante... À quoi bon ? à quoi bon ? pour quelques jours, quelques nuits de fièvre embaumées de sa chaude odeur de santal et d'œillet blanc, j'aurais risqué de laisser la pauvre enfant plus triste... Je ne resserrai pas mon étreinte, je ne baisai que des cheveux et des joues salées de pleurs, j'ouvris la fenêtre au vent tiède et noir, chargé déjà de joie printanière... J'eus recours à la fleur d'oranger, à la boule d'eau bouillante pour ses minces pieds glacés — et je m'en allai, mal contente de moi-même, préméditant le prompt exil de Marcel...

Au déjeuner, nous nous retrouvons seuls, Marcel et moi, assis en face l'un de l'autre, rogues et gênés. Annie reste dans sa chambre... En vérité, mon charmant beau-fils semble moins embarrassé que moi, mais je dissimule mon embarras sous une parfaite mauvaise grâce... Il parle, avec une gentillesse fausse et timide. Il est un peu pâlot, en veston gris, avec une cravate du même bleu que son pyjama de la nuit...

« Il fait beau aujourd'hui, n'est-ce pas, Claudine ? Un vrai printemps !...

— Oui. Joli temps pour voyager ! Vous en profiterez, sans doute ?

— Moi ? mais...

— Si, si, vous en profiterez. C'est une occasion exceptionnelle, et vous savez que le train de quatre heures est direct ? »

Il me regarde, indécis :

« Mais... le train de quatre heures est un rapide qui ne prend que des voyageurs de première, et mes moyens ne me permettent guère...

— J'arrangerai ça. »

Malgré mon ton maussade, il baisse les paupières, risque un sourire de petite garce :

« Ah !... comme vous êtes aimable... Et puis vous me

devez bien ça : je me suis donné une peine cette nuit !... »

J'ai envie de le battre, et je songe qu'en lui promettant cinquante francs de plus il se laissera flanquer une taraudée... quand la porte s'ouvre et Annie paraît. Elle a dû faire un effort, et la tension de volonté qu'elle s'impose illumine ses yeux pâles de somnambule.

J'ai jeté ma serviette, je cours à elle :

« Vous ne deviez pas descendre, Annie ! Pourquoi venez-vous ?

— Je ne sais pas... J'ai faim. Je m'ennuie toute seule. »

Et, dans son angoisse, elle sourit d'un sourire mondain, tout à fait déplacé.

« Asseyez-vous. Marcel m'annonçait justement son départ.

— Ah !... »

Ses prunelles claires ont chaviré, montrant le blanc pervenche de ses yeux. Brusquons, brusquons !

« Oui, il part à quatre heures. Ça vous ennuie, je vois ?

— Oui, répond-elle faiblement. Il pourrait rester jusqu'à l'arrivée de son père...

— Évidemment », acquiesce Marcel, poli.

De quoi se mêle-t-il ? Je me fâche, car j'ai tort :

« Pour le plaisir que ça lui fera, à votre père ! Vous voyez bien qu'Annie est souffrante, qu'elle a besoin de repos, de solitude... »

Je reçois, en réponse à ce substantif malencontreux, un regard de si juste ironie que le sang-froid m'abandonne :

« Et puis, zut ! j'en ai assez ! Oui, c'est moi qui ai tort, oui, je me suis mêlée de ce qui ne me regarde pas, et j'en demande pardon, de tout mon cœur, à ma petite Annie parce que c'est pis qu'une gaffe, c'est une mauvaise action. Mais vous, petit poison, vous, je ne vous dois rien — que votre passage jusqu'à Paris, et filez, parce que...

— Ah ! Dieu ! moi qui ai horreur des scènes ! Je fuis ! »

Posément, avec ce tour de hanches qui n'est qu'à lui, mon beau-fils se lève, en dépit d'un geste timide et spontané d'Annie comme pour le suivre ou le retenir... La porte claque sur ses talons et le vieil escalier crépite sous ses pas légers...

Nous sommes seules. Je me sens coupable et méchante, et ma peau me pèse comme au début d'un accès de fièvre. J'ai soif. Je n'ose pas regarder Annie, mais je vois la dentelle de son saut-de-lit palpiter aux battements de son cœur... Un faible soupir m'oblige à lever les yeux vers son visage, qui est brun et long comme une aveline mûre, et dont le chagrin ne dérange pas les doux traits immobiles.

« Voilà... », murmure-t-elle en un nouveau soupir.

Et je redis :

« Voilà... »

Elle me couvre d'un long regard inexpressif, et se plaint tout bas :

« Qu'est-ce qui me reste, maintenant ? »

Blessée sans motif, je réponds durement :

« Le train de quatre heures, si vous voulez. Ou bien le fils du jardinier. Marcel le trouve très bien. »

Elle rougit lentement, en ondes de pourpre superposées qui envahissent ses joues brunes et ses petites oreilles délicates, et m'avoue, naïve, sans rancune :

« J'y avais bien songé... Mais je crois qu'une cure d'air à l'étranger sera plus convenable. »

Dieu merci, je la retrouve ! J'ai envie de pleurer et de rire et de la serrer dans mes bras, pour le plaisir aigu que j'ai de la retrouver intacte et semblable à elle-même, pas même égratignée par la vraie douleur, impudique comme Péronnelle en folie, et pourtant soucieuse des convenances superficielles, prête à ouvrir sa robe à un inconnu, mais farouche et me criant : « N'entrez pas ! » quand elle se lave le bout du nez dans sa chambre...

Dieu merci, je n'ai presque rien à me reprocher ! Je puis, égoïste, heureuse à nouveau, préparer dans mon cœur le retour de Renaud, frémir d'aise et de regret en regardant pointer, aventureux, les bourgeons gommés des lilas, me dire : « Déjà l'approche du printemps ! que de jours passés sans lui ! », écouter fourmiller mon sang au bout de mes doigts, à l'ourlet chaud de mes oreilles, tressaillir, me souvenir, espérer et croire, en mon cœur oublieux et pourtant fidèle, qu'hier c'est demain, que j'ai dix-sept ans et lui trente-neuf[1], et que je l'attends pour la première fois de ma vie...

Qu'Annie aille donc en paix se faire... aimer ailleurs ! Elle court, elle se hâte, et moi j'attends. Vagabondes toutes deux, et que la moindre de nos pensées sépare, quelle amitié bizarre, faite de pitié, de despotisme, de faiblesse, d'ironie, nous rassemble pourtant ? Elle ne m'envie pas, et je ne la plains que par crises... Elle se raconte comme un ruisseau déborde, je me tais par orgueil et par pudeur. Elle donne fougueusement sa peau si douce, tiède comme le marbre huilé où l'on pétrit les pâtes fines — et tout mon corps hérisse son duvet horripilé, quand j'imagine seulement l'étreinte d'un inconnu, et c'eſt elle qui, si faible, si douce, m'étonne, me scandalise...

Quoi donc me retient auprès d'elle ? Quoi donc me fait supporter, désirer parfois sa présence silencieuse, son attitude battue, ses petites mains inutiles ? Pourquoi donc eſt-ce que je la nomme, en moi, ma « pauvre Annie » ?

C'eſt qu'elle erre et cherche, en mal de ce que, en un jour et pour jamais, j'ai trouvé...

☆

« Qu'eſt-ce qui me reſte, maintenant ? »

Ce faible cri d'Annie, ce soupir qui se lamente et se résigne et n'exige rien, comme il me remonte aux lèvres avec amertume ! Mais je ne me résigne pas, et je me révolte, et je me redresse, prête à invoquer je ne sais quels droits imaginaires... Imaginaires ! Je regarde autour de moi, étonnée que sous mon regard ne s'effondre pas, féerie mouvante, tout ce qui fut le décor de ma félicité...

Oui, Renaud eſt revenu ! Il eſt là, dans la chambre voisine, si proche que je puis entendre sa respiration, le froissement léger du livre qu'il feuillette... Il eſt là, et ce n'eſt plus lui — ou bien je ne suis plus Claudine...

« Il reviendra, me disais-je, et, ce jour-là, le crépuscule sera clair comme une nuit de lune : rien qu'à la forme de son ombre encadrée par la portière du wagon, je reconnaîtrai tout mon cher passé, tout mon amour présent... »

Dieu ! dans quel cauchemar ai-je commencé de vivre, il y a sept jours ? Pourquoi n'ai-je reconnu ni sa voix, ni son regard, ni la chaleur de son étreinte ? Je leur ai confié, à ces hommes qui l'ont emmené sous la neige, un malade épuisé, mais si vivant, un nerveux surmené qui trépidait encore ; de quel droit me rendent-ils un vieillard ?

Un vieillard, un vieillard !... cela est-il possible ? Mon ami, mon amant, mon cher compagnon des heures furieuses où nous n'entendions d'autre bruit que celui de nos souffles écrasés l'un dans l'autre, je vous le demande, cela est-il possible ? Et si vraiment cela est, si vous n'êtes plus à mes côtés qu'une ombre tendre, qu'une image pâle et voûtée de mon amour, quelle aberration me défendit de prévoir ce qui arrive ? J'ai vingt-huit ans, vous en avez cinquante, et votre jeune âge mûr fut si brillant, si impatient et si piaffeur que j'espérai plus d'une fois, ô mon amour, que je souhaitai pour vous la cinquantaine assagie... Vœu néfaste et qu'un dieu ironique entendit ! Vous voilà tout d'un coup, magiquement, irréparablement, pareil à mon souhait imprudent : un vieillard !... Ternie, l'eau sombre et couleur d'étang de vos yeux, et flétrie cette bouche où se caressait ma bouche, et détendus, autour de moi, ces beaux bras forts qui semblaient d'une femme amoureuse !... Oh ! qui donc, et pourquoi, me châtie ? Me voici debout, en larmes, les mains vides, pareille à cette Annie qui pleurait, ici même, la forme la plus tangible et la plus vile de l'amour... Me voici pleine d'une force qui ne s'est jamais tout entière dépensée, me voici jeune et punie, et privée de ce que j'aime en secret d'une ferveur si brûlante, et je me tords ingénument les mains devant mon désastre, devant la statue mutilée de mon bonheur... Celui que je nommais « mon père » par un jeu filial d'amoureuse, le voici, pour le reste de notre vie, devenu mon aïeul...

Il m'aime et souffre en silence d'une douleur humiliée, car je ne veux pas de ce qu'il m'offre et je n'accepte ni ses douces mains habiles, ni sa bouche à qui je dus tant de délices... Mes nerfs et ma pudeur se révoltent, à l'imaginer dans ce rôle d'instrument complaisant et insensible...

Il est là, dans la chambre voisine, inquiet de ma présence et de mon silence. Il a envie de m'appeler et n'ose pas. Depuis qu'il est de retour, je lis sur ses lèvres pâlies le désir d'une question, d'une explication... Mais je me dérobe. Je consens à souffrir — mais pas à l'entendre. Nous mentons héroïquement, avec un sourire heureux d'étrangers. Je vais fredonner maintenant, car je l'écoute penser, et je sens que si je ne parle pas, si je ne chante pas, si je ne remue pas ma chaise, il m'appellera. Je préfère souffrir, lâche, impatiente de ma douleur comme d'une brûlure insupportable lorsque je suis seule ; mais je lui mens, à lui, de toute la sérénité de mon front et de mes yeux, de toute la câlinerie inoffensive de ma bouche, car je ne veux pas qu'il parle, qu'il s'avilisse jusqu'à des excuses dont je demeurerais plus que lui humiliée — qu'il m'offre je ne sais quelle abdication que je n'accepterais jamais, jamais... Ô ma liberté que je refuse ! Je vous regarde[a] avec un mépris attendri, comme un jouet de mon enfance — et peut-être, d'ailleurs, que je ne saurais plus me servir de vous...

Et puis, même au plus vif de ma douleur, aux heures de la nuit où je creuse finement ma place la plus cuisante, avec cette sorte d'orgueil imbécile qui me menait, autrefois, à me couper en souriant la langue avec les dents — au plus fort de cette gymnastique harassante à laquelle s'entraîne ma volonté —, n'y a-t-il pas un espoir têtu, presque pas conscient, un espoir de plante secouée par l'orage et qui attend obscurément la fin de la bourrasque ? N'y a-t-il pas une voix déjà confiante qui chuchote : « Cela s'arrangera. On ne sait pas comment, mais cela s'arrangera. Il n'y a pas de peine irrémédiable, sauf la mort. L'habitude seule de vivre mal à l'aise, de souffrir tous les jours, cette passive routine est déjà un remède, un rythme qui modère et adoucit les heures... »

☆

« On ne meurt de rien, déclare la voix coupante de Marthe, et surtout pas de chagrin ! Personne ne meurt de chagrin ! Ainsi, tenez, Claudine... Tout le monde s'est dit, au moment de la mort de Renaud : "Elle va en claquer, pour sûr !" Et, Dieu merci, elle n'en a rien fait ! Elle a trop de bon sens au fond, trop de goût à vivre... »

Je souris par contenance, les yeux vers le jardin, en me détournant de la fumée que Marthe souffle, la bouche gonflée... Elle a vieilli, elle aussi, mais un maquillage éclatant cache son âge. Elle n'a pas renoncé, même pour voyager en automobile, aux nuances crues qui exaltent l'or rouge de ses cheveux et la blancheur de sa peau. Un voile vert sans fin enroule sa toque étroite, et elle a jeté sur un fauteuil le pare-poussière de tussor violet qui protégeait sa robe safran[1]... Elle me paraît plus petite, plus ronde, plus serrée, la gorge tendue, la croupe offerte. Et toute sa figure mobile de pétroleuse mondaine se révolte, agressive, contre la nécessité de vieillir, de grossir, de finir...

Une soixante-chevaux[2], rouge et jaune, a déversé ce matin, au bas de mon perron branlant de pierres noires, Maugis blanc de poussière et rouge de chaleur, Léon Payet en chauffeur masqué et sa femme. Annie suivait, contente de me revoir, gênée de n'oser me le dire... Ils sont entrés, bruyants, dans ma silencieuse demeure[3], et je n'ai su que les laisser entrer, s'asseoir, déjeuner — car la solitude m'a rendue timide et lente à m'exprimer...

Maugis sue et souffle, boit de grands verres d'eau et de petits verres de fine champagne. La chaleur l'écrase et il ne peut guère que me serrer les mains dans ses mains moites avec un : « mon vieux petit copain, va ! » où je devine ses souvenirs d'ivrogne attendri... Marthe fume et s'évente, et son mari digère, barbu, soigné, ridicule et malheureux. Ma petite Annie, assise dans l'ombre de Marthe, m'inquiète, si lointaine, si pareille à l'Annie d'autrefois, si soumise à la sèche parole de Marthe que je ne sais que penser.

Je subis, patiente, ces gens-là. Ils s'en iront ce soir, quand le soleil descendra. Leurs images auront passé, brèves et tourmentées, sur mon songe paisible. J'attends leur départ avec une résignation d'invitée, et de temps en temps je baisse les yeux sur mes mains brunes de paysanne, croisées sur mes genoux. Je souris, je parle un peu. Je regarde vers le jardin, par la porte éblouissante où les mouches croisent un réseau fin d'ailes argentées. Mes bêtes familières ont fui, offusquées et discrètes, mais j'entends sur le gravier les pattes de Toby-Chien qui rôde, la voix de Prrrou[1], ma chatte rousse, qui s'ennuie et qui m'appelle, le cri amical de la Ziasse, ma pie...

Malgré les persiennes tirées, je vois dans l'eau sombre de la glace, devant moi, mon image qui n'a rien à faire parmi celles de Marthe, de Maugis et des deux autres — mon image foncée, vêtue de blanc, mes cheveux nus et mêlés que le soleil décolore comme la chevelure des bergères... J'attends leur départ.

J'attends patiemment. J'ai l'habitude, maintenant. Je sais qu'il n'y a pas de journée interminable, que les nuits même où l'on se tord de fièvre, révolté à la fois contre la douleur, le drap moite, le tic-tac de l'horloge, que ces nuits-là même ont une fin... Ils partiront bientôt, ceux-ci qui m'ont troublé de cercles miroitants l'eau de ma mare. Ils parlent beaucoup, surtout Marthe. Ils me racontent Paris et les villes d'eaux ; ils s'interrompent, impatientés de mon silence : — « Vous savez bien, voyons ? » — me jettent des noms pour accrocher mon souvenir, comme une corde à un noyé qui barbote... Je dis : « Ah ! oui... », conciliante, et je les quitte de nouveau.

La barre de soleil chemine sur le parquet, à peine, à peine, mais sûrement. Ainsi elle se pose et marche, là-bas, contre l'espalier, sur la joue rose de la plus belle de mes pêches... Écoutons ce que disent ces gens-là, assis devant de grands verres embués où tremble le sirop de framboise coupé d'eau fraîche... Ils ne me parlent plus directement. Ils parlent de moi comme d'une personne endormie à côté d'eux...

« Elle a une mine épatante, n'est-ce pas, Maugis ?

— Oui et non. Elle est culottée comme une bonne selle de chasse. Passée au brou de noix, comme qui dirait. Ça lui va.

— Moi, je ne trouve pas qu'elle ait changé, renchérit Marthe.

— Moi, si, murmure Annie.

— Ses yeux ont plus d'âme, articule suavement Léon Payet, à qui on ne demandait rien.

— Elle est peut-être un peu moins vive... observe Marthe. Mais, en somme, regardez, la vie des champs n'abîme pas comme on croit. Il faudra que j'essaie d'une de ces cures de soleil dont on parle tant... On vous verra cet hiver à Paris, Claudine ? Vous savez que j'ai une chambre charmante pour vous ?

— Oh ! merci, Marthe... Non, je ne crois pas... »

Elle me lance un regard en coup de fouet, brusque et cordial.

« Allons, ma chère ! il faut se faire une raison !... Il faut réagir, voyons ! Cet hiver, il y aura dix-huit mois[1] que nous aurons perdu ce pauvre ami... Il faut se secouer, que diable ! N'est-ce pas, Maugis ? Vous êtes là à me regarder tous ! Est-ce que je n'ai pas raison ?

— Si, certainement », approuve timidement Annie.

Mais Maugis hausse ses grosses épaules :

« Se secouer, se secouer ! Laissez-la donc tranquille ! Je ne sais pas comment vous pouvez penser à secouer autre chose qu'une absinthe par ce temps-là ! »

Je souris pour faire quelque chose. Ces gens-là décrètent mon sort, discutent mes gestes comme on le fait d'un noir à vendre... Puis je me lève :

« Venez donc, Annie, vous m'aiderez à cueillir des roses pour vous et pour Marthe. »

Et je l'emmène, son bras passé sous le mien, tandis que Marthe nous escorte d'un agressif :

« C'est ça, mes enfants : allez dire vos petits secrets ! »

Un manteau de chaleur tombe sur nos épaules et je fuis, rabattant les persiennes derrière moi, jusqu'au lac d'ombre fraîche qui s'étale sous le vieux noyer. Annie est derrière moi, les mains ballantes. Sous la chemisette de linon, sa peau brune transparaît, d'un grain serré et brillant, comme une doublure de soie. Elle se tait et considère avec une mélancolie littéraire mon domaine détruit et luxuriant, jardin qui n'est plus un jardin, mur que les racines puissantes du noyer ont crevé d'abord, puis jeté bas, et qui montre l'envers roux et comme incendié de ses pierres... Le rosier cuisse-de-nymphe est mort, lui aussi, il est mort d'avoir trop fleuri... Un chèvrefeuille agile, dévorant, a étouffé ma clématite délicate qui pleuvait en étoiles mauves, si larges et si molles... Le lierre remplace la glycine, tord la gouttière, matelasse le toit qu'il escalade et, ne trouvant plus où grimper, tend vers le ciel un robuste bras tordu, aigretté de graines vertes et d'abeilles vibrantes...

« Il n'y a pas de fleurs », murmure Annie.

Je la regarde avec douceur et lui prends la main : « Si, Annie. Dans le jardin d'en bas. »

À travers les allées rompues, sous la vigne vierge qui tend vers nous ses avides crochets, je l'emmène jusqu'au jardin d'en bas, terrasse chaude, étroit jardin de curé où je soigne mes fleurs communes, phlox que le soleil violace, aconits dont le bleu se délaie, soucis ronds et vermeils comme des mandarines, beaux œillets d'Inde en velours marron et jaune comme des frelons, ruchés au petit fer, serrés dans leur calice qui éclate... Le long de l'espalier, un rideau de rosiers défend le pied des pêchers et des abricotiers et je caresse des yeux, en passant, les abricots déjà mûrs, chair lisse que le soleil rehausse de grains de beauté noirs.

« Ne vous piquez pas, Annie, j'ai un sécateur. Laissez, celles-là sont trop fleuries. Les roses thé seront pour vous, ce sont les plus belles. Vous les aimez ? »

Le bleu des yeux d'Annie devient humide... C'est sa manière de rougir...

« Oh ! oui, Claudine. Comme vous êtes gentille !

— Je ne suis pas gentille, mon enfant. Je trouve que ces roses vous vont bien, voilà tout. »

Elle prend de mes mains les roses que je lui tends, la tige en l'air, pour que les têtes lourdes des fleurs ne s'effeuillent. Elle se pique, s'embarrasse, voudrait parler... Je souris à son effort, mais je ne l'aide plus comme autrefois...

« Comme vous êtes gentille, Claudine ! répète-t-elle. Je ne m'attendais pas à vous trouver ainsi.

— Pourquoi ?

— J'avais une folle crainte de vous revoir, une crainte lâche de voir votre chagrin, de vous surprendre pleurant... Rien qu'à cette idée-là, je me serais sauvée je ne sais où... Marthe m'a fait honte...

— Marthe a toutes les délicatesses... »

Elle s'éclaire, ose me regarder en face :

« Ah ! vous avez dit cela comme autrefois. Je suis

contente !... Je suis si étonnée, Claudine, de ne pas vous trouver plus...

— Plus triste ? »

Elle fait « oui » d'un signe, et j'esquisse le geste d'excuse de quelqu'un qui comprend son tort, mais n'y peut rien... Annie songe, en détachant d'une tige des épines roses arquées et dures, en forme de griffes de tigre... Elle prend un air de componction réservée pour demander enfin :

« Où est la tombe de Renaud, Claudine ? »

De l'épaule, j'indique vers le couchant un point invisible :

« Là-bas, dans le cimetière. »

Et je sens que je viens de la scandaliser. La tombe de Renaud..., cette miniature d'enclos cerné d'une grille peinte, dont la dalle blanche se salit aux pluies d'orage... C'est d'un cœur contraint et froid que je la soigne. Rien ne m'y attriste, rien ne m'y retient. Rien ne reste, là-dessous, de celui que j'aime, de celui de qui je parle encore, en mon cœur, en disant : « Il *dit* ceci... Il *préfère* cela... » Une tombe, ce n'est rien qu'un coffre vide. Celui que j'aime tient tout entier dans mon souvenir, dans un mouchoir encore parfumé que je déplie, dans une intonation que je me rappelle soudain et que j'écoute un long instant, la tête penchée... Il est dans un court billet tendre dont l'écriture pâlira, dans un livre usé que flattèrent ses yeux, et sa forme est assise à jamais, pour moi — mais pour moi seule —, sur ce banc d'où il regardait, pensif, bleuir dans le crépuscule la Montagne aux Cailles... À quoi bon parler ?

« Prenez encore cette rose rouge, Annie. Marthe l'épinglera à son voile vert, sur sa robe safran. »

Elle la prend sans un mot. Une abeille passe follement et rase de si près sa bouche qu'elle recule, essuie ses lèvres du dos de la main...

« N'ayez pas peur. C'est une abeille qui rentre. Elles ont leur nid là-bas dans un creux du mur éboulé... »

J'indique de l'épaule, comme tout à l'heure pour le cimetière, et le regard d'Annie me blâme encore... Je ne me fâche pas. Je me sens vieille et douce, devant une enfant qui ne peut pas comprendre...

Hors des rosiers nains, ceux qui croulent sous des roses jaunes inodores, quelque chose de roux s'élance, bondit dans le soleil, fuse et disparaît... C'est une farce de ma Prrrou, la chatte rouge, ma sauvage, ma folle... Je ris tout haut du saisissement d'Annie :

« Vous savez qui c'est, Annie ? C'est Prrrou. Et Prrrou, c'est la fille de Péronnelle !

— Péronnelle ? ah ! vous l'avez toujours ? »

Ses prunelles redeviennent humides ; elle songe à l'année où elle s'enfuit de nouveau, me laissant Toby-Chien et la chatte grise...

« Je l'ai toujours. Elle vieillit un peu et dort beaucoup. Elle a commis, entre autres méfaits, cette fille couleur de renard que je nomme Prrrou... La voyez-vous ? »

Entre deux branches d'acacia pleureur, une tête féroce nous guette, d'un roux léonin, avec des yeux d'ambre vert. On distingue le nez large, le menton avancé, les joues musclées comme celles d'un grand fauve...

« Elle a l'air bien méchant, murmure Annie.

— Assez méchant. Elle tue les poulets, écorche les matous, mange les oiseaux et griffe la cuisinière. Moi-même, je la capture rarement, mais elle me suit toujours à distance, même jusqu'aux bois. Elle se gare de tout et n'a peur de rien. Elle ressemble un peu à Marthe, n'est-ce pas ?

— C'est vrai, acquiesce Annie, amusée.

— J'ai été un peu étonnée, vous savez, Annie, de vous revoir toutes deux ensemble ? »

Annie se trouble, se pique aux roses qu'elle porte, suce une perle de sang sur son doigt :

« Oui, je sais que ça peut vous paraître étrange... Marthe a mis une telle insistance, une telle gentillesse à me ravoir près d'elle, à m'emmener dans cette tournée d'automobile...

— La voiture lui appartient ?

— Oui... c'est-à-dire... à moi aussi un peu... J'en ai payé la moitié.

— Ah ! bon...

— Et puis — comme on est bête ! — la force d'une habitude ancienne est inconcevable. En face de Marthe, je me retrouve si petite fille, si "comme tu voudras", sa volonté éteint si vite la mienne... »

Je lui saisis la main :

« Mais, ma pauvre enfant, vous voilà de nouveau en laisse ? »

Le joli sourire équivoque d'autrefois passe sur son visage.

« Oh ! en laisse... Ça se casse, une laisse, vous savez bien...

— Tant mieux, Annie !

— Vous êtes gentille de vous occuper encore un peu de moi, murmure-t-elle d'un air soumis. Je me sentais intimidée de vous trouver si peu pareille à l'image que je me faisais de vous...

— Mais pourquoi, mon enfant ? Vous me vouliez, avouez-le, en cheveux précocement blanchis, et toute empêtrée de crêpe ?

— Oh ! ne parlez pas comme ça, s'écrie-t-elle. Oui, je vous voulais changée, détruite, et semblable à un vestige de vous-même... »

Ses bras s'ouvrent, toutes ses roses tombent et l'entourent d'un sentimental et gracieux désordre :

« Je vous croyais terrassée, malade, traînant votre vie et la détestant, et haïssant tout ce qui respire et prospère, enfin ! Et vous voilà jeune, alerte, au milieu des bêtes et des abeilles... À quoi bon l'amour, ce grand amour dont vous étiez si orgueilleuse, Claudine ? Après la mort d'un tel amour, vous pouvez donc vivre ? ou bien ce n'était pas l'amour !... »

Son cri est sincère. Elle s'indigne, elle qui m'a aimée, que je déchoie dans son cœur, que je puisse, après Renaud, oublier, refleurir... Sortirai-je, pour elle, de mon silence qui dédaigne de s'expliquer ? Non. Je ne souffrirai pas qu'une eau amère, soulevée du fond dormant de ma sereine douleur, monte à mes yeux, délie mes lèvres... Je me penche, je ramasse les roses éparses et j'en comble les mains de mon amie.

« Si, mon enfant, c'était l'amour ! Soyez tranquille, partez tranquille. C'était le plus bel amour, celui qui vit de lui-même et demeure après la vie. Consolez-vous, mon enfant, je n'ai pas perdu mon amour ! Croyez ce que je dis — ou bien que ma raison m'abandonne un peu, cela ne fait rien... »

Les bras pleins de fleurs, elle secoue la tête pour cacher ses larmes qu'elle ne peut essuyer... Ainsi, debout et fleurie, elle pleure comme une plante ruisselle de pluie. C'est moi qui la console, c'est moi qui la berce. Et je ne sais pas[a] si c'est d'elle que je souris avec tant de tristesse, ou de moi...

Un petit bull noir, plus très jeune, un peu épaissi, roule comme un taureau jusqu'à nous, lève vers nos visages unis un mufle de monstre japonais, inquiet parce qu'on pleure et parce qu'on s'embrasse...

« Toby, Toby..., mais c'est Toby !

— Mais oui, Annie, c'est Toby. Pourquoi ne serait-ce pas Toby ?

— Je ne sais pas... Il me semblait que toutes ces petites bêtes ne duraient pas si longtemps, Claudine...

— Si longtemps !... Il n'y a que deux ans et demi que vous me les avez données... Et dix-huit mois seulement depuis que Renaud est mort[1]...

— C'est vrai... »

Elle frissonne, jette un regard craintif vers la grande maison noire, visible au-dessus de nous, à travers les folles verdures du jardin d'en haut...

« Il est... il est mort ici ? murmure-t-elle d'une voix effrayée.

— Mais naturellement... Dans notre chambre. On voit la fenêtre, celle qui est grande ouverte... »

Elle serre les épaules.

« Et vous habitez encore cette chambre-là, Claudine ?

— Oh ! oui ! »

J'ai jeté ma réponse avec tant de ferveur qu'elle me regarde, la bouche entrouverte :

« Moi, j'aurais peur... oh ! j'aurais peur !... Il n'a pas été longtemps alité, n'est-ce pas ?

— Dieu merci non, ma chérie. Huit ou dix jours, je crois... Je n'ai pas compté.

— Ah ! ... C'est égal, je le verrais toujours là, couché... Vous ne le voyez pas, vous ?... »

Elle pâlit en gris comme les mulâtresses. Elle choie enfantinement sa peur nerveuse, cultive son petit frisson...

Je caresse, distraite, son épaule brune, visible sous le linon transparent.

« Mais non, chérie, mais non. »

Je prolonge, paresseuse, ma pensée que je n'exprime pas. Annie s'offusquerait, encore une fois, de savoir que s'efface si facilement en moi cette image accidentelle d'un Renaud couché, vaincu, pétrifié à demi par la foudroyante attaque de paralysie... Cette vision-là, je la rejette, je l'élimine comme on fait d'une photographie ratée... Quelquefois encore m'apparaît, obsédante, la longueur emmaillotée de son grand corps sous le drap blanc... Mais vite, je tourne cette page, je feuillette le riche album de notre vie, pour y admirer des vues lumineuses où pas un détail ne manque, pas une couleur — pas un pli du vêtement qu'il portait alors, pas une lueur bleutée et profonde de son regard —, beau portrait que je flatte exprès, enchâssé dans l'or d'une heure magnifique...

« Héhà !... »

Une voix stridente de Walküre[1] chevauchant les nuées nous arrache à nos songes divers. Élégante, verte et safran, remorquant Maugis qui traîne la jambe, déjà touché par l'ataxie, Marthe vient vers nous. De loin, c'est toujours un Helleu. De près, la collaboration d'un Fournery inférieur s'accuse... Elle fouette l'air de ses gants longs et crie en marchant[a] :

« Allons, là-bas, c'est fini, ces secrets ?... Mes enfants, y a pas, il faut songer à se trotter. Léon est sous l'auto, il arrange un fourbi quelconque, il a l'air d'un chien écrasé... »

Annie la regarde s'approcher, une expression ambiguë sur sa petite figure d'esclave... Elle a envie de demeurer avec moi, mais elle craint ma tristesse et ma solitude, qui me sont également chères... Elle redoute sa belle-sœur[b] et cède d'avance devant la nécessité de discuter, de lutter, de prendre un parti...

« Cristi, les belles roses ! C'est épatant. Elles ne vont pas se faner, d'ici Auxerre, Claudine ? Nous couchons à Auxerre ce soir, vous savez. C'est à côté d'ici, cinquante kilomètres. Deux sales côtes, par exemple ! Maugis les montera à pied, ça le fera maigrir. »

Il lui jette un regard de crabe fâché et va répondre quelque grossièreté, quand Annie, gentille, avec une soumission de fausse jeune fille, fleurit le veston blanc de l'alcoolique d'une Jacqueminot à peine ouverte, dont le sombre velours s'embue, au bord roulé des pétales, d'un argent si suave qu'il tente les lèvres...

Maugis se penche pour contempler la rose, en plissant son menton double :

« Merci, belle enfant. Elle vous ressemble, cette brunette parfumée, comme une frangine... »

Le geste d'Annie m'a choquée. Cette gentillesse pseudo-filiale, cette timidité qui fait des avances... Ô ma petite Annie d'autrefois, je ne veux pas savoir pourquoi vous suivez, dans le ronron assourdissant et poussiéreux d'une grande auto rouge et jaune, ce couple que le hasard unit, que la haine et le mépris séparent — et ce gros homme brûlé d'alcool, un brave homme si on veut, mais tout allumé pour vous d'un vice paternel...

Ils se hâtent à présent tous, affairés et bavards, courant autour de moi comme autour d'un arbre. Marthe, importante et brève, commande, du fond des voiles verts dont elle est masquée. Elle pense aux plaids, à son inséparable sac à main, s'enquiert de l'état du phare, et Léon Payet, correct et maculé d'essence, évolue sous ses ordres comme un valet de pied bien stylé... Ce bout de femme rondelette inspire la terreur. Elle jette à la volée, sur les bras d'Annie, trois manteaux, une couverture, et s'en vient, délurée, la jupe pincée entre deux doigts sous son pare-poussière, m'offrir ses joues voilées, le fantôme drapé de son petit nez et de son menton têtu...

Maugis oppose, à son autorité bavarde, une glorieuse force d'inertie. Ses mains paresseuses s'enfoncent dans d'immenses poches, sa casquette descend sur ses sourcils, un col entonnoir grimpe jusqu'à ses oreilles, il s'enfouit, rentre dans sa coquille, s'affirme inutile et bourru comme un porc-épic...

J'ai un peu mal à la tête. Par moments, j'ai l'impression que je ne suis pas là, que je dors, que ces gens-là n'existent pas... Annie elle-même s'est enlinceulée de mousseline couleur poussière, Léon Payet darde sur moi de globuleuses lunettes... Ce cauchemar me pèse. Que font autour de moi ces gens sans yeux dont les visages aveugles me parlent ? Les yeux bleus d'Annie ont brillé les derniers, plaintifs, irrésolus. Un tonnerre captif gronde au bas du perron moussu... J'entends des « adieu, adieu !... à bientôt !... On ne sait jamais... La vie est courte... Laissez-vous tenter... ». Je sens mes mains saisies et serrées entre des pattes de cuir. Des étoffes, des lunettes frôlent mes joues, mes lèvres, et mon angoisse nerveuse augmente... Ô Peer Gynt en proie aux trolls[1] !... J'entends encore « adieu, adieu, au revoir !... » et puis des cris de : « Annie, Annie ! Qu'est-ce qu'elle a encore oublié ?... » Machinalement, je retourne au salon bouleversé par leur passage et tout à coup une forme mince, mystérieuse sous ses crêpes poussière, fond sur moi, m'enlace, m'enveloppe, une douce voix cachée murmure : « Adieu, Claudine ! Ne m'oubliez pas... Secourez-moi, recueillez-moi, si jamais je tombe à vos pieds comme un oiseau mort... Donnez-moi la pitié que vous accordez aux bêtes... Priez le hasard que, lorsque j'aurai brouillé toutes mes routes, je défaille sur le chemin de votre demeure... » Avant que j'aie pu lui rendre son étreinte, ma pauvre petite égarée s'enfuit, et la gueule rouge et jaune de la voiture engouffre celle qui fut ma très chère vagabonde[2]...

☆

Ils sont partis. Sans force pour rétablir l'ordre paisible de ma maison, je tombe assise. Quelle fatigue d'avoir parlé, d'avoir écouté, d'avoir tendu mes yeux sur ces yeux remuants, sur ces lèvres agitées... Les gestes de Marthe vibrent encore en rond dans ma tête. Ces verres poissés et vides, ces chaises en déroute, on croirait qu'une bande fêtarde a passé là, et le parfum entêtant de Marthe traîne ici, banal, tenace...

Évente, ô mon tilleul en fleurs, évente-moi de ton odeur où l'oranger se mêle à la vanille... Agite, au souffle de tes houppes jaunes, nimbées d'abeilles, cet air alourdi de tabac et de femmes poudrées ! Le soir d'un beau jour chaud et pur descend et pèse doucement sur moi. Mon sang se calme et bat sans rigueur à mes tempes rafraîchies.

Assise au seuil du jardin, je goûte à longs soupirs ma solitude, comme si je m'étais sentie en danger de la perdre...

Ils sont partis, petit bull anxieux qui n'as pas reconnu ta maîtresse d'autrefois, Ziasse jacasseuse et pillarde, boiteuse aux ailes rognées parée d'un demi-deuil gai, et chatte rousse apparue au faîte du mur, pareille à une lionne sur le ciel verdissant, ils sont partis, nous sommes seuls. Seuls, avec le fantôme qui me protège, avec le fantôme de celui que j'aime... Ce n'était qu'une alerte, mes amis silencieux. Reprenons notre vie, qui coule pleine, monotone et courte. Je me remets à penser sans hâte. Je pense à Renaud, qui s'appuyait de l'épaule à cette pierre où je m'adosse. Je pourrais, en me détournant un peu, lui sourire... à quoi bon ? je le vois aussi bien, sans me détourner... Je cesse de penser à lui pour songer aux pêches blondes, menacées des loirs... Qu'épargnerai-je, les pêches blondes et roses, ou bien les loirs veloutés, à queue blanche et noire, charmants et inoffensifs ? Bah ! nous verrons bien... Viens, Toby, contre mes genoux ! Viens jouer à ce jeu cruel que j'imaginai pour nous deux seuls l'an dernier, quand partit celui que je nommais « ton père ». Je te disais tout haut : « Où est ton père ? » et ta tendresse désolée, qui connaît l'irrémédiable, éclatait en cris aigus, en grosses larmes qui moiraient tes beaux yeux de crapaud... Réponds : « Où est ton père ? » Tu hésites, ton nez se gonfle, et tu siffles un doux gémissement peu convaincu... Bientôt tu ne sauras plus pleurer du tout... Tu oublieras...

Oublierai-je, moi, qui l'ai vu mourir ? Oublierai-je la minute où une immobilité effrayante me le prit, avant la mort ? Puis-je oublier ses yeux résignés, déjà soulagés de vivre, sûrs de mourir, et surtout ses mains, ses mains féminines que la paralysie, clémente, pétrifia dans leur pose familière, la droite à demi fermée sur un porte-plume absent, la gauche élégante et oisive, le petit doigt détaché... ? Perdrai-je le souvenir de ce jour noir où la forme enchaînée, presque morte déjà, de ce que j'aimais, se débattait encore imperceptiblement, avec le frémissement impuissant d'un insecte englué ? De toutes mes forces, les muscles tendus, j'aidais involontairement à sa délivrance, je serrais les poings, je m'oubliais jusqu'à dire au médecin : « Oh ! je vous en supplie, donnez-lui quelque chose pour le faire mourir plus vite ! » Le regard effaré du brave homme me rendait à peine à la raison...

Ah !... voici ma chauve-souris fidèle ! À me trouver

chaque soir assise sur cette pierre, chaque soir elle descend un peu plus, rase de près mes cheveux... Elle nage, crisse, remonte, happe l'invisible et frôle mon épaule quand je la cherche là-haut...

Un dos arqué caresse mes jambes, s'en va, revient, me recaresse... Un ronron mijote au ras de terre, et c'est Péronnelle, grasse et rayée, qui vient me faire son salut du soir... Sous son vêtement d'été, dans le crépuscule, elle semble transparente et palpable, comme une crevette grise dans l'eau marine... La nuit rassurante resserre autour de moi le cercle de mes bêtes amies, et de toutes celles que je ne puis voir dans l'ombre, mais dont j'entends les pas ténébreux : trap-trap du hérisson qui trotte, aventureux, du chou à la rose, de la rose au panier d'épluchures..., frôlement sur le gravier comme d'un pied qui traîne : c'est la lente marche du crapaud très ancien, le large et opulent crapaud qui vit sous les pierres du mur éboulé. Toby le craint, mais Péronnelle ne dédaigne pas de gratter à tâtons son dos grenu, du bout d'une patte taquine... Sur le laurier-rose, un sphinx vibre, immobile, fixé à la fleur par sa trompe déroulée comme par un laiton très fin. Il vibre si follement qu'il semble, transparent, l'ombre de lui-même... Le temps est loin où je n'aurais pas résisté à le saisir, à enfermer dans ma main son vol électrique, pour regarder luire, loin de la lampe, ses yeux phosphorescents... Je sais mieux chérir, maintenant, et je veux libres, autour de moi, la vie des plantes et celle des bêtes sans défiance...

Une corne d'automobile, lointaine, trouble notre silence, oriente les oreilles de Toby-Chien, de Péronnelle... Je les rassure : « Ils sont partis... » Oui, ils sont bien partis ! Marthe parle sous ses triples voiles. Elle parle de moi et hausse ses rondes épaules : « Ah ! ces grandes douleurs ! Vous voyez ça !... Cette Claudine, elle se la coule douce, avec sa mine de prospérité... La province a des ressources, vous savez... Elle fait ses petits coups en dessous... » Et Annie proteste, révoltée de sentir le soupçon se glisser en elle — révoltée et prête à comprendre, à excuser une faiblesse qui me ferait si semblable à elle-même... Le soupçon se glisse en elle en même temps que la nuit pénétrante, elle s'y complaît, elle se souvient de ma froideur à parler de la tombe de Renaud — elle cherche sous la verdure luxuriante et sans fleurs de mon jardin quelque silhouette adolescente de jeune jardinier... « La chair fraîche... Dieu vous garde, Claudine, de cette tentation pire que les autres !... » disait-elle...

Je ne crains personne — ni moi-même ! La tentation ? je la connais. Je vis avec elle, qui se fait familière et inoffensive. Elle est soleil où je me baigne, fraîcheur mortelle des soirs dont la caresse s'abat sur mes épaules surprises, soif ardente pour que je coure à l'eau sombre où tremble l'image de mes lèvres jointe à mes lèvres — faim vigoureuse et qui défaille d'impatience...

L'autre tentation, la chair, fraîche ou non ?... Tout est possible, je l'attends. Cela ne doit pas être terrible, un désir sans amour. Cela se contient, se châtie, se disperse... Non, je ne le crains pas. Je ne suis plus une enfant qu'il peut surprendre, ni une vieille vierge qui s'embrase à sa seule approche... Toute la force inemployée qui bat si paisiblement dans mes artères, je m'en armerai contre ce vulgaire ennemi. À chaque victoire, je prendrai à témoin celui qui s'accoude à la pierre derrière moi, invisible, et que je vois sans me retourner — je lui dirai : « Tu vois ? comme c'est facile... »

La nuit descend, prompte à se fermer sur ce jardin dont la grasse verdure demeure sombre au soleil. L'humidité de la terre monte à mes narines : odeur de champignons et de vanille et d'oranger..., on croirait qu'un invisible gardénia, fiévreux et blanc, écarte dans l'obscurité ses pétales, c'est l'arôme même de cette nuit ruisselante de rosée... C'est l'haleine, par-delà la grille et la ruelle moussue, des bois où je suis née, des bois qui m'ont recueillie. Je leur appartiens de nouveau, à présent que leur ombre, leur silence étouffant ou leur murmure de pluie n'inquiète plus celui qui m'y suivait en étranger, vite las, vite angoissé sous leur voûte de feuilles, et qui cherchait l'orée, l'air libre, les horizons balayés de nuages et de vent... Solitaire je les aime, et ils me chérissent solitaire. Pourtant, si l'écho, sur un sol élastique et feutré d'aiguilles de pin rousses, double parfois mon pas, je ne presse pas le mien et je me garde de tourner la tête... peut-être qu'*Il* est là, derrière moi, peut-être qu'*Il* m'a suivie, et que ses bras étendus protègent ma route mal frayée, démêlent les branches...

Ma chère douleur, c'est la tenture sombre et nuancée, le velours sans prix qui double l'intérieur de mon cœur. Des soucis paisibles, des joies sans éclat et quotidiennes s'y brodent, éphémères. L'absence de Renaud — Annie peut m'en blâmer et Marthe en rire — n'empêche pas qu'un petit chien, dont je suis tout le recours, quête innocemment sa pâtée, son écuelle d'eau et sa promenade, ni qu'une chatte familière joue avec l'ourlet de ma robe de deuil, ni qu'un peuple délicieux de plantes languisse et meure si je le prive de mes soins... Et quelle amertume d'abord — mais quel apaisement ensuite ! — de découvrir — un jour où le printemps tremble encore de froid, de malaise et d'espoir — que rien n'a changé, ni l'odeur de la terre, ni le frisson du ruisseau, ni la forme, en boutons de roses, des bourgeons du marronnier... Se pencher, étonnée, sur la petite coupe filigranée des anémones sauvages, vers le tapis innombrable des violettes — sont-elles mauves, sont-elles bleues ? —, caresser du regard la forme inoubliée des montagnes, boire d'un soupir qui hésite le vin piquant d'un nouveau soleil — revivre ! revivre avec un peu de honte, puis avec plus de confiance, retrouver la force, retrouver la présence même de l'absent dans tout ce qu'il y a d'intact, d'inévitable, d'imprévu et de serein dans la marche des heures, dans le décor des saisons...

Deux hivers déjà m'ont ramenée frileuse autour du feu de souches, avec mon cortège de bêtes et de livres, ma lampe coiffée de rose, mon petit pot marron à bouillir les châtaignes, en face de la bergère aux accoudoirs usés par les bras de Renaud... Deux printemps, déjà, ont rouvert toute ma maison sombre sur un jardin enflammé de bourgeons cramoisis et d'iris maigres à tige trop haute... Le soleil me jette dehors, l'averse et la neige me poussent, d'une main souveraine, vers la maison... Mais n'est-ce pas moi plutôt qui décide, d'un soupir harassé de chaleur, la chute brusque des nuages gonflés d'eau, ou, d'un regard détourné du livre et du portrait chéri, le retour du soleil, de l'hirondelle qui fauche l'air, et l'éclosion sans feuilles des crocus et des pruniers blancs ?...

Au tremblement du petit chien blotti contre mes genoux, je m'éveille et sens que j'ai oublié l'heure. Il fait nuit... J'ai oublié l'heure de manger, celle de dormir approche... venez, mes bêtes ! Venez, petits êtres discrets qui respectez mon songe ! Vous avez faim. Venez avec moi vers la lampe qui vous rassure. Nous sommes seuls, à jamais. Venez ! Nous laisserons la porte ouverte pour que la nuit puisse entrer, et son parfum de gardénia invisible, et la chauve-souris qui se suspendra à la mousseline des rideaux, et le crapaud humble qui se tapira sous le seuil, et aussi celui qui ne me quitte pas, qui veille sur le reste de ma vie, et pour qui je garde, sans dormir, mes paupières fermées, afin de le mieux voir...

LES VRILLES DE LA VIGNE

LES VRILLES DE LA VIGNE

Autrefois, le rossignol ne chantait pas la nuit. Il avait un gentil filet de voix et s'en servait avec adresse du matin au soir, le printemps venu. Il se levait avec les camarades, dans l'aube grise et bleue, et leur éveil effarouché secouait les hannetons endormis[a] à l'envers des feuilles de lilas.

Il se couchait sur le coup de sept heures, sept heures et demie, n'importe où, souvent dans les vignes en fleur qui sentent le réséda, et ne faisait qu'un somme jusqu'au lendemain.

Une nuit de printemps, le rossignol dormait debout sur un jeune sarment, le jabot en boule et la tête inclinée, comme avec un gracieux torticolis. Pendant son sommeil, les cornes de la vigne, ces vrilles cassantes et tenaces, dont l'acidité d'oseille fraîche irrite et désaltère, les vrilles de la vigne poussèrent si drues, cette nuit-là, que le rossignol s'éveilla ligoté, les pattes empêtrées de liens fourchus, les ailes impuissantes...

Il crut mourir, se débattit, ne s'évada qu'au prix de mille peines, et de tout le printemps se jura de ne plus dormir[b], tant que les vrilles de la vigne pousseraient.

Dès la nuit suivante, il chanta, pour se tenir éveillé :

Tant que la vigne pousse, pousse, pousse,
Je ne dormirai plus !
Tant que la vigne pousse, pousse, pousse...

Il varia son thème, l'enguirlanda de vocalises, s'éprit de sa voix, devint ce chanteur éperdu, enivré et haletant, qu'on écoute avec le désir insupportable de le voir chanter.

J'ai vu[a] chanter un rossignol sous la lune, un rossignol libre et qui ne se savait pas épié. Il s'interrompt parfois, le col penché, comme pour écouter en lui le prolongement d'une note éteinte... Puis il reprend de toute sa force, gonflé, la gorge renversée, avec un air d'amoureux désespoir. Il chante pour chanter, il chante de si belles choses qu'il ne sait plus ce qu'elles veulent dire. Mais moi, j'entends encore à travers les notes d'or, les sons de flûte grave, les trilles tremblés et cristallins, les cris purs et vigoureux, j'entends encore le premier chant naïf et effrayé du rossignol pris aux vrilles de la vigne :

Tant que la vigne pousse, pousse, pousse[b]*...*

Cassantes, tenaces, les vrilles[c] d'une vigne amère m'avaient liée, tandis que dans mon printemps je dormais d'un somme heureux et sans défiance. Mais j'ai rompu, d'un sursaut effrayé, tous ces fils tors qui déjà tenaient à ma chair[d], et j'ai fui... Quand la torpeur d'une nouvelle nuit de miel a pesé sur mes paupières, j'ai craint les vrilles de la vigne et j'ai jeté tout haut une plainte qui m'a révélé ma voix !...

Toute seule éveillée dans la nuit, je regarde à présent monter devant moi l'astre[e] voluptueux et morose... Pour me défendre de retomber dans l'heureux sommeil, dans le printemps menteur où fleurit la vigne crochue, j'écoute le son de ma voix... Parfois, je crie fiévreusement ce qu'on a coutume de taire, ce qui se chuchote très bas — puis ma voix languit jusqu'au murmure parce que je n'ose poursuivre...

Je voudrais dire, dire, dire tout ce que je sais, tout ce que je pense, tout ce que je devine, tout ce qui m'enchante et me blesse et m'étonne ; mais il y a toujours, vers l'aube de cette nuit sonore, une sage main[a] fraîche qui se pose sur ma bouche... Et mon cri, qui s'exaltait, redescend au verbiage modéré, à la volubilité de l'enfant qui parle haut pour se rassurer et s'étourdir[b]...

Je ne connais plus le somme heureux, mais je ne crains plus les vrilles de la vigne...

RÊVERIE DE NOUVEL AN

Toutes trois nous rentrons poudrées, moi, la petite bull et la bergère flamande...

Il a neigé dans les plis de nos robes, j'ai des épaulettes blanches, un sucre impalpable fond au creux du mufle camard de Poucette[1], et la bergère flamande scintille toute, de son museau pointu à sa queue en massue.

Nous étions sorties pour contempler la neige, la vraie neige et le vrai froid, raretés parisiennes, occasions, presque introuvables, de fin d'année... Dans mon quartier désert, nous avons couru comme trois folles, et les fortifications[2] hospitalières, les fortifs décriées ont vu[a], de l'avenue des Ternes au boulevard Malesherbes, notre[b] joie haletante de chiens lâchés. Du haut du talus, nous nous sommes penchées sur le fossé que comblait un crépuscule[c] violâtre fouetté de tourbillons blancs ; nous avons contemplé Levallois noir piqué de feux roses, derrière un voile chenillé de mille et mille mouches blanches, vivantes, froides comme des fleurs effeuillées, fondantes sur les lèvres, sur les yeux, retenues un moment aux cils, au duvet des joues... Nous avons gratté de nos dix pattes une neige intacte, friable, qui fuyait sous notre poids avec un crissement caressant de taffetas. Loin de tous les yeux, nous avons galopé, aboyé, happé la neige au vol, goûté sa suavité de sorbet vanillé et poussiéreux...

Assises maintenant devant la grille ardente, nous

nous taisons toutes trois. Le souvenir de la nuit, de la neige, du vent déchaîné derrière[a] la porte, fond dans nos veines lentement et nous allons glisser à ce soudain sommeil qui récompense les marches longues...

La[b] bergère flamande, qui fume comme un bain de pieds, a retrouvé sa dignité de louve apprivoisée, son sérieux faux et courtois. D'une oreille, elle écoute le chuchotement de la neige au long des volets clos, de l'autre elle guette le tintement des cuillères dans l'office. Son nez effilé palpite, et ses yeux couleur de cuivre, ouverts droit sur le feu, bougent incessamment, de droite à gauche, de gauche à droite, comme si elle lisait... J'étudie, un peu défiante, cette nouvelle venue, cette chienne féminine et compliquée qui garde bien, rit rarement, se conduit en personne de sens et reçoit les ordres, les réprimandes sans mot dire, avec un regard impénétrable et plein d'arrière-pensées... Elle sait mentir, voler — mais elle crie, surprise, comme une jeune fille effarouchée et se trouve presque mal d'émotion. Où prit-elle, cette petite louve au rein bas, cette fille des champs wallons, sa haine des gens mal mis et sa réserve aristocratique ? Je[c] lui offre sa place à mon feu et dans ma vie, et peut-être m'aimera-t-elle, elle qui sait déjà me défendre...

Ma petite bull au cœur enfantin dort, foudroyée de sommeil, la fièvre au museau et aux pattes. La chatte grise n'ignore pas qu'il neige, et depuis le déjeuner je n'ai pas vu le bout de son nez, enfoui dans le poil de son ventre. Encore une fois me voici, comme au début de l'autre année, assise en face de mon feu, de ma solitude, en face de moi-même...

Une année de plus... À quoi bon les compter ? Ce jour de l'An parisien[1] ne me rappelle rien des premier janvier de ma jeunesse ; et qui pourrait me rendre la solennité puérile des jours de l'An d'autrefois ? La forme des années a changé pour moi — durant que, moi, je changeais. L'année n'est plus cette route ondulée, ce ruban déroulé qui, depuis janvier, montait vers le printemps, montait, montait vers l'été pour s'y épanouir en calme plaine, en pré brûlant coupé d'ombres bleues, taché de géraniums éblouissants, — puis descendait vers un automne odorant, brumeux, fleurant le marécage, le fruit mûr et le gibier, — puis s'enfonçait vers un hiver sec, sonore, miroitant d'étangs gelés, de neige rose sous le soleil... Puis le ruban ondulé dévalait, vertigineux, jusqu'à rompre net devant une date merveilleuse, isolée, suspendue entre les deux années comme une fleur de givre : le jour de l'An...

Une enfant[a] très aimée, entre des parents pas riches, et qui vivait à la campagne parmi des arbres et des livres, et qui n'a pas connu ni souhaité les jouets coûteux : voilà ce que je revois, en me penchant ce soir sur mon passé... Une enfant superstitieusement attachée aux fêtes des saisons, aux dates marquées par un cadeau, une fleur, un traditionnel gâteau... Une enfant[b] qui d'instinct ennoblissait de paganisme les fêtes chrétiennes, amoureuse seulement du rameau de buis, de l'œuf rouge de Pâques, des roses[c] effeuillées à la Fête-Dieu et des reposoirs — syringas, aconits, camomilles — du surgeon de noisetier sommé d'une petite croix, bénit à la messe de l'Ascension et planté sur la lisière du champ qu'il abrite de la grêle... Une fillette éprise du gâteau à six cornes, cuit et mangé le jour des Rameaux ; de la crêpe, en carnaval ; de l'odeur étouffante de l'église, pendant le mois de Marie...

Vieux curé sans malice qui me donnâtes la communion, vous pensiez que cette enfant silencieuse, les yeux ouverts sur l'autel, attendait le miracle, le mouvement insaisissable de l'écharpe bleue qui ceignait la Vierge ? N'est-ce pas[d] ? J'étais si sage !... Il est bien vrai que je rêvais miracles, mais... pas les mêmes que vous. Engourdie par l'encens des fleurs chaudes, enchantée du parfum mortuaire, de la pourriture musquée des roses, j'habitais[e], cher homme sans malice, un paradis que vous n'imaginiez point, peuplé de mes dieux, de mes animaux parlants, de mes nymphes et de mes chèvre-pieds... Et[f] je vous écoutais parler de votre enfer, en songeant à l'orgueil de l'homme qui, pour ses crimes d'un moment, inventa la géhenne éternelle... Ah ! qu'il y a longtemps !...

Ma solitude[g], cette neige de décembre, ce seuil d'une autre année, ne me rendront pas le frisson d'autrefois, alors que dans la nuit longue je guettais le frémissement lointain, mêlé aux battements de mon cœur, du tambour municipal, donnant, au petit matin du 1er janvier, l'aubade au village endormi... Ce tambour dans la nuit glacée, vers quatre heures, je le redoutais, je l'appelais du fond de mon lit d'enfant, avec une angoisse nerveuse proche des pleurs, les mâchoires serrées, le ventre contracté... Ce tambour[a] seul, et non les douze coups de minuit, sonnait pour moi l'ouverture éclatante de la nouvelle année, l'avènement mystérieux après quoi haletait le monde entier, suspendu au premier *rrran* du vieux tapin de mon village.

Il passait, invisible dans le matin fermé, jetant aux murs son alerte et funèbre petite aubade, et derrière lui une vie recommençait, neuve et bondissante vers douze mois nouveaux... Délivrée, je sautais de mon lit à la chandelle, je courais vers les souhaits, les baisers, les bonbons, les livres à tranche d'or... J'ouvrais la porte aux boulangers portant les cent[b] livres de pain et jusqu'à midi, grave, pénétrée d'une importance commerciale, je tendais à tous les pauvres, les vrais et les faux, le chanteau de pain et le décime qu'ils recevaient sans humilité et sans gratitude...

Matins d'hiver, lampe rouge dans la nuit, air immobile et âpre d'avant le lever du jour, jardin deviné dans[c] l'aube obscure, rapetissé, étouffé de neige, sapins accablés qui laissiez, d'heure en heure, glisser en avalanches le fardeau de vos bras noirs — coups d'éventail des passereaux effarés, et leurs jeux inquiets dans une poudre de cristal plus ténue, plus pailletée que la brume irisée d'un jet d'eau... Ô tous les hivers de mon enfance, une journée d'hiver vient de vous rendre à moi ! C'est mon visage d'autrefois que je cherche, dans ce miroir ovale saisi d'une main distraite, et non mon visage de femme, de femme jeune que sa jeunesse va, bientôt, quitter...

Enchantée encore de mon rêve, je m'étonne d'avoir changé, d'avoir vieilli pendant que je rêvais... D'un pinceau ému je pourrais repeindre, sur ce visage-ci, celui d'une fraîche enfant roussie de soleil, rosie de froid[d], des joues élastiques achevées en un menton mince, des sourcils mobiles prompts à se plisser, une bouche dont les coins rusés démentent la courte lèvre ingénue... Hélas, ce n'est qu'un instant. Le velours adorable du pastel ressuscité s'effrite et s'envole... L'eau sombre du petit miroir retient seulement mon image qui est bien[e] pareille, toute pareille à moi, marquée de légers coups d'ongle, finement gravée aux paupières, aux coins des lèvres, entre les sourcils têtus... Une image qui ne sourit ni ne s'attriste, et qui murmure, pour moi seule : « Il[a] faut vieillir. Ne pleure pas, ne joins pas des doigts suppliants, ne[b] te révolte pas : il faut vieillir. Répète-toi cette parole, non comme un cri de désespoir, mais comme le rappel[c] d'un départ nécessaire... Regarde-toi, regarde tes paupières, tes lèvres, soulève sur tes tempes les boucles de tes cheveux : déjà[d] tu commences à t'éloigner de ta vie, ne[e] l'oublie pas, il faut vieillir !

« Éloigne-toi lentement, lentement, sans larmes ; n'oublie rien ! Emporte ta santé, ta gaieté, ta coquetterie, le peu de bonté et de justice qui t'a rendu la vie moins amère ; n'oublie pas ! Va-t'en parée, va-t'en douce, et ne t'arrête pas le long de la route irrésistible, tu l'essaierais[f] en vain — puisqu'il faut vieillir ! Suis le chemin, et ne t'y couche que pour mourir. Et, quand tu t'étendras en travers du vertigineux ruban ondulé, si tu n'as pas laissé derrière toi, un à un, tes cheveux en boucles, ni tes dents une à une, ni tes membres un à un usés, si la poudre éternelle n'a pas, avant ta dernière heure, sevré tes yeux de la lumière merveilleuse — si tu as, jusqu'au bout gardé dans ta main la main amie qui te guide, couche-toi en souriant, dors heureuse, dors privilégiée[g]... »

CHANSON DE LA DANSEUSE

Ô toi qui me nommes danseuse, sache, aujourd'hui, que je n'ai pas appris à danser. Tu m'as rencontrée petite et joueuse, dansant sur la route et chassant devant moi mon ombre bleue. Je virais comme une abeille, et le pollen d'une poussière blonde poudrait mes pieds et mes cheveux couleur de chemin...

Tu m'as vue revenir de la fontaine, berçant l'amphore au creux de ma hanche tandis[a] que l'eau, au rythme de mon pas, sautait sur ma tunique en larmes rondes, en serpents d'argent, en courtes fusées frisées qui montaient, glacées, jusqu'à ma joue... Je marchais lente, sérieuse, mais tu nommais mon pas une danse. Tu ne regardais pas mon visage, mais tu suivais le mouvement de mes genoux, le balancement de ma taille, tu lisais sur le sable la forme de mes talons nus, l'empreinte de mes doigts écartés, que tu comparais à celle de cinq perles inégales...

Tu m'as dit : « Cueille ces fleurs, poursuis ce papillon... », car tu nommais ma course une danse, et chaque révérence de mon corps penché sur les œillets de pourpre, et le geste, à chaque fleur recommencé, de rejeter sur mon épaule une écharpe glissante...

Dans ta maison, seule entre toi et la flamme haute d'une lampe, tu m'as dit : « Danse ! » et je n'ai pas dansé...

Mais nue dans tes bras, liée à ton lit par le ruban de feu du plaisir, tu m'as pourtant nommée danseuse, à voir bondir sous ma peau, de ma gorge renversée à mes pieds recourbés, la volupté inévitable...

Lasse, j'ai renoué mes cheveux, et tu les regardais, dociles, s'enrouler à mon front comme un serpent que charme la flûte...

J'ai[a] quitté ta maison durant que tu murmurais : « La plus belle de tes danses, ce n'eſt pas quand tu accours, haletante, pleine d'un désir irrité et tourmentant déjà, sur le chemin, l'agrafe de ta robe... C'eſt quand tu t'éloignes de moi, calmée et les genoux fléchissants, et qu'en t'éloignant tu me regardes, le menton sur l'épaule... Ton corps se souvient de moi, oscille et hésite, tes hanches me regrettent et tes seins me remercient... Tu me regardes, la tête tournée, tandis que tes pieds divinateurs tâtent et choisissent leur route...

« Tu t'en vas, toujours plus petite et fardée par le soleil couchant, jusqu'à n'être plus, en haut de la pente, toute mince dans ta robe orangée, qu'une flamme droite, qui danse imperceptiblement... »

Si tu ne me quittes pas, je m'en irai, dansant, vers ma tombe blanche.

D'une danse involontaire et chaque jour ralentie, je saluerai la lumière qui me fit belle et qui me vit aimée.

Une dernière danse tragique me mettra aux prises avec la mort, mais je ne lutterai que pour succomber avec grâce.

Que les dieux m'accordent une chute harmonieuse, les bras joints au-dessus de mon front, une jambe pliée et l'autre étendue, comme prête à franchir, d'un bond léger, le seuil noir du royaume des ombres...

Tu me nommes danseuse, et pourtant je ne sais pas danser...

NUIT BLANCHE[1]

Il n'y a dans notre maison qu'un lit, trop large pour toi, un peu étroit pour nous deux. Il eﬆ chaﬆe, tout blanc, tout nu ; aucune draperie ne voile, en plein jour, son honnête candeur. Ceux qui viennent nous voir le regardent tranquillement, et ne détournent pas les yeux d'un air complice, car il eﬆ marqué, au milieu, d'un seul vallon moelleux, comme le lit d'une jeune fille qui dort seule.

Ils ne savent pas, ceux qui entrent ici, que chaque nuit le poids de nos deux corps joints creuse un peu plus, sous son linceul voluptueux, ce vallon pas plus large qu'une tombe.

Ô notre lit tout nu ! Une lampe éclatante, penchée sur lui, le dévêt encore. Nous n'y cherchons pas, au crépuscule, l'ombre savante, d'un gris d'araignée, que filtre un dais de dentelle, ni la rose lumière d'une veilleuse couleur de coquillage... Aﬆre sans aube et sans déclin, notre lit ne cesse de flamboyer que pour s'enfoncer dans une nuit profonde et veloutée.

Un halo de parfum le nimbe ; — il embaume, rigide et blanc, comme le corps d'une bienheureuse défunte. C'eﬆ un parfum compliqué qui surprend, qu'on respire attentivement, avec le souci d'y démêler l'âme blonde de ton tabac favori, l'arôme plus blond de ta peau si claire, et ce santal brûlé qui s'exhale de moi ; — mais cette agreﬆe odeur d'herbes écrasées, qui peut dire si elle eﬆ mienne ou tienne ?

Reçois-nous ce soir, ô notre lit, et que ton frais vallon se creuse un peu plus sous la torpeur fiévreuse dont nous enivra une journée de printemps, dans les jardins et dans les bois !...

Je gis sans mouvement, la tête sur ta douce épaule. Je vais sûrement, jusqu'à demain, descendre au fond d'un noir sommeil, un sommeil si têtu, si fermé, que les ailes des rêves le viendront battre en vain. Je vais dormir... Attends seulement que je cherche, pour la plante de mes pieds qui fourmille et brûle, une place toute fraîche... Tu n'as pas bougé. Tu respires à longs traits, mais je sens ton épaule encore éveillée, attentive à se creuser sous ma joue... Dormons... Les nuits de mai sont si courtes. Malgré l'obscurité bleue qui nous baigne, mes paupières sont encore pleines de soleil, de flammes roses, d'ombres qui bougent, balancées, et je contemple ma journée les yeux clos, comme on se penche, derrière l'abri d'une persienne, sur un jardin d'été éblouissant...

Comme mon cœur bat ! J'entends aussi le tien sous mon oreille. Tu ne dors pas ? Je lève un peu la tête, je devine la pâleur de ton visage renversé, l'ombre fauve de tes courts cheveux. Tes genoux sont frais comme deux oranges... Tourne-toi de mon côté, pour que les miens leur volent cette lisse fraîcheur...

Ah ! dormons !... Mille fois mille fourmis courent avec mon sang sous ma peau. Les muscles de mes mollets battent, mes oreilles tressaillent, et notre doux lit, ce soir, est-il jonché d'aiguilles de pin ? Dormons ! je le veux !

Je ne puis dormir. Mon insomnie heureuse palpite, allègre, et je devine, en ton immobilité, le même accablement frémissant... Tu ne bouges pas. Tu espères que je dors. Ton bras se resserre parfois autour de moi, par tendre habitude, et tes pieds charmants s'enlacent aux miens... Le sommeil s'approche, me frôle et fuit... Je le vois ! Il est pareil à ce papillon de lourd velours que je poursuivais, dans le jardin enflammé d'iris... Tu te souviens ? Quelle lumière, quelle jeunesse impatiente exaltait toute cette journée !... Une brise acide et pressée jetait sur le soleil une fumée de nuages rapides, fanait en passant les feuilles trop tendres des tilleuls, et les fleurs du noyer tombaient en chenilles roussies sur nos cheveux, avec les fleurs des paulownias, d'un mauve pluvieux de ciel parisien... Les pousses des cassis que tu froissais, l'oseille sauvage en rosace parmi le gazon, la menthe toute jeune, encore brune, la sauge duvetée comme une oreille de lièvre — tout débordait d'un suc énergique et poivré, dont je mêlais sur mes lèvres le goût d'alcool et de citronnelle...

Je ne savais que rire et crier, en foulant la longue herbe juteuse qui tachait ma robe... Ta tranquille joie veillait sur ma folie, et quand j'ai tendu la main pour atteindre ces églantines, tu sais, d'un rose si ému — la tienne a rompu la branche avant moi, et tu as enlevé, une à une, les petites épines courbes, couleur de corail, en forme de griffes... Tu m'as donné les fleurs désarmées...

Tu m'as donné les fleurs désarmées... Tu m'as donné, pour que je m'y repose haletante, la place la meilleure à l'ombre, sous le lilas de Perse aux grappes mûres... Tu m'as cueilli les larges bleuets de corbeilles, fleurs enchantées dont le cœur velu embaume l'abricot... Tu m'as donné la crème du petit pot de lait, à l'heure du goûter où ma faim féroce te faisait sourire... Tu m'as donné le pain le plus doré, et je vois encore ta main transparente dans le soleil, levée pour chasser la guêpe qui grésillait, prise dans les boucles de mes cheveux... Tu as jeté sur mes épaules une mante légère, quand un nuage plus long, vers la fin du jour, a passé ralenti, et que j'ai frissonné, toute moite, toute ivre d'un plaisir sans nom parmi les hommes, le plaisir ingénu des bêtes heureuses dans le printemps... Tu m'as dit : « Reviens... arrête-toi... Rentrons ! » Tu m'as dit...

Ah ! si je pense à toi, c'en est fait de mon repos. Quelle heure vient de sonner ? Voici que les fenêtres bleuissent. J'entends bourdonner mon sang, ou bien c'est le murmure des jardins, là-bas... Tu dors ? non. Si j'approchais ma joue de la tienne, je sentirais tes cils frémir comme l'aile d'une mouche captive... Tu ne dors pas. Tu épies ma fièvre. Tu m'abrites contre les mauvais songes ; tu penses à moi comme je pense à toi, et nous feignons, par une étrange pudeur sentimentale, un paisible sommeil. Tout mon corps s'abandonne, détendu, et ma nuque pèse sur ta douce épaule ; —

mais nos pensées s'aiment discrètement à travers cette aube bleue, si prompte à grandir...

Bientôt la barre lumineuse, entre les rideaux, va s'aviver, rosir... Encore quelques minutes, et je pourrai lire, sur ton beau front, sur ton menton délicat, sur ta bouche triste et tes paupières fermées, la volonté de paraître dormir... C'est l'heure où ma fatigue, mon insomnie énervées ne pourront plus se taire, où je jetterai mes bras hors de ce lit enfiévré, et mes talons méchants déjà préparent leur ruade sournoise...

Alors tu feindras de t'éveiller ! Alors je pourrai me réfugier en toi, avec de confuses plaintes injustes, des soupirs excédés, des crispations qui maudiront le jour déjà venu, la nuit si longue à finir, le bruit de la rue... Car je sais bien qu'alors tu resserreras ton étreinte, et que, si le bercement de tes bras ne suffit pas à me calmer, ton baiser se fera plus tenace, tes mains plus amoureuses, et que tu m'accorderas la volupté comme un secours, comme l'exorcisme souverain qui chasse de moi les démons de la fièvre, de la colère, de l'inquiétude... Tu me donneras la volupté, penchée[a] sur moi, les yeux pleins d'une anxiété maternelle, toi qui cherches, à travers ton amie passionnée, l'enfant que tu n'as pas eu...

JOUR GRIS

Laisse-moi. Je suis malade et méchante, comme la mer. Resserre autour de mes jambes ce plaid, mais emporte cette tasse fumante, qui fleure le foin mouillé, le tilleul, la violette fade... Je ne veux rien, que détourner la tête et ne plus voir la mer, ni le vent qui court, visible, en risées sur le sable, en poudre d'eau sur la mer. Tantôt il bourdonne, patient et contenu, tapi derrière la dune, enfoui plus loin que l'horizon... Puis il s'élance, avec un cri guerrier, secoue humainement les volets, et pousse sous la porte, en frange impalpable, la poussière de son pas éternel...

Ah ! qu'il me fait mal ! Je n'ai plus en moi une place secrète, un coin abrité, et mes mains posées à plat sur mes oreilles n'empêchent qu'il traverse et refroidisse ma cervelle... Nue, balayée, dispersée, je resserre en vain les lambeaux de ma pensée ; — elle m'échappe, palpitante, comme un manteau arraché, comme une mouette dont on tient les pattes et qui se délivre en claquant des ailes...

Laisse-moi, toi qui viens doucement, pitoyable, poser tes mains sur mon front. Je déteste tout, et pardessus tout la mer ! Va la regarder, toi qui l'aimes ! Elle bat la terrasse, elle fermente, fuse en mousse jaune, elle miroite, couleur de poisson mort, elle emplit l'air d'une odeur d'iode et de fertile pourriture. Sous la vague plombée, je devine le peuple abominable des bêtes sans pieds, plates, glissantes, glacées... Tu ne sens donc pas que le flot et le vent portent, jusque dans cette chambre, l'odeur d'un coquillage gâté ?... Oh ! reviens, toi qui peux presque tout pour moi ! Ne me laisse pas seule ! Donne, sous mes narines que le dégoût pince et décolore, donne tes mains parfumées, donne tes doigts secs et chauds et fins comme des lavandes de montagne... Reviens ! Tiens-toi tout près de moi, ordonne à la mer de s'éloigner ! Fais un signe au vent, et qu'il vienne se coucher sur le sable, pour y jouer en rond avec les coquilles... Fais un signe : il s'assoira sur la dune, léger, et s'amusera, d'un souffle, à changer la forme des mouvantes collines...

Ah ! tu secoues la tête... Tu ne veux pas — tu ne peux pas. Alors, va-t'en, abandonne-moi sans secours dans la tempête, et qu'elle abatte la muraille et qu'elle entre et m'emporte ! Quitte la chambre, que je n'entende plus le bruit inutile de ton pas. Non, non, pas de caresses ! Tes mains magiciennes, et ton accablant regard, et ta bouche, qui dissout le souvenir d'autres bouches, seraient sans force aujourd'hui. Je regrette, aujourd'hui, quelqu'un qui me posséda avant tous, avant toi, avant que je fusse une femme.

J'appartiens à un pays que j'ai quitté. Tu ne peux empêcher qu'à cette heure s'y épanouisse au soleil toute une chevelure embaumée de forêts. Rien ne peut empêcher qu'à cette heure l'herbe profonde y noie le pied des arbres, d'un vert délicieux et apaisant dont mon âme a soif... Viens, toi qui l'ignores, viens que je te dise tout bas : le parfum des bois de mon pays égale la fraise et la rose ! Tu jurerais, quand les taillis de ronces y sont en fleur, qu'un fruit mûrit on ne sait où — là-bas, ici, tout près — un fruit insaisissable qu'on aspire en ouvrant les narines. Tu jurerais, quand l'automne pénètre et meurtrit les feuillages tombés, qu'une pomme trop mûre vient de choir, et tu la cherches et tu la flaires ici, là-bas, tout près...

Et si tu passais, en juin, entre les prairies fauchées, à l'heure où la lune ruisselle sur les meules rondes qui sont les dunes de mon pays, tu sentirais, à leur parfum, s'ouvrir ton cœur. Tu fermerais les yeux, avec cette fierté grave dont tu voiles ta volupté, et tu laisserais tomber ta tête, avec un muet soupir...

Et si tu arrivais, un jour d'été, dans mon pays, au

fond d'un jardin que je connais, un jardin noir de verdure et sans fleurs, si tu regardais bleuir, au lointain, une montagne ronde où les cailloux, les papillons et les chardons se teignent du même azur mauve et poussiéreux, tu m'oublierais, et tu t'assoirais là, pour n'en plus bouger jusqu'au terme de ta vie.

Il y a encore, dans mon pays, une vallée étroite comme un berceau où, le soir, s'étire et flotte un fil de brouillard, un brouillard ténu, blanc, vivant, un gracieux spectre de brume couché sur l'air humide... Animé d'un lent mouvement d'onde, il se fond en lui-même et se fait tour à tour nuage, femme endormie, serpent langoureux, cheval à cou de chimère... Si tu restes trop tard penché vers lui sur l'étroite vallée, à boire l'air glacé qui porte ce brouillard vivant comme une âme, un frisson te saisira, et toute la nuit tes songes seront fous...

Écoute encore, donne tes mains dans les miennes : si tu suivais, dans mon pays, un petit chemin que je connais, jaune et bordé de digitales d'un rose brûlant, tu croirais gravir le sentier enchanté qui mène hors de la vie... Le chant bondissant des frelons fourrés de velours t'y entraîne et bat à tes oreilles comme le sang même de ton cœur, jusqu'à la forêt, là-haut, où finit le monde... C'est une forêt ancienne, oubliée des hommes, et toute pareille au paradis, écoute bien, car...

Comme te voilà pâle et les yeux grands ! Que t'ai-je dit ? Je ne sais plus... je parlais, je parlais de mon pays, pour oublier la mer et le vent... Te voilà pâle, avec des yeux jaloux... Tu me rappelles à toi, tu me sens si lointaine... Il faut que je refasse le chemin, il faut qu'une fois encore j'arrache, de mon pays, toutes mes racines qui saignent...

Me voici ! de nouveau je t'appartiens. Je ne voulais qu'oublier le vent et la mer. J'ai parlé en songe... Que t'ai-je dit ? Ne le crois pas ! Je t'ai parlé sans doute d'un pays de merveilles, où la saveur de l'air enivre ?... Ne le crois pas ! N'y va pas : tu le chercherais en vain. Tu ne verrais qu'une campagne un peu triste, qu'assombrissent les forêts, un village paisible et pauvre, une vallée humide, une montagne bleuâtre et nue qui ne nourrit pas même les chèvres...

Reprends-moi ! me voici revenue. Où donc est allé

le vent, en mon absence ? Dans quel creux de dune boude-t-il, fatigué ? Un rayon aigu, serré entre deux nuées, pique la mer et rebondit ici, dans ce flacon où il danse à l'étroit...

Jette ce plaid qui m'étouffe ; vois ! la mer verdit déjà... Ouvre la fenêtre et la porte, et courons vers la fin dorée de ce jour gris, car je veux cueillir sur la grève les fleurs de ton pays apportées par la vague — fleurs impérissables effeuillées en pétales de nacre rose, ô coquillages...

LE DERNIER FEU

Allume, dans l'âtre, le dernier feu de l'année ! Le soleil et la flamme illumineront ensemble ton visage. Sous ton geste, un ardent bouquet jaillit, enrubanné de fumée, mais je ne reconnais plus notre feu de l'hiver, notre feu arrogant et bavard, nourri de fagots secs et de souches riches. C'est qu'un astre plus puissant, entré d'un jet par la fenêtre ouverte, habite en maître notre chambre, depuis ce matin...

Regarde ! il n'est pas possible que le soleil favorise, autant que le nôtre, les autres jardins ! Regarde bien ! car rien n'est pareil ici à notre enclos de l'an dernier, et cette année, jeune encore et frissonnante, s'occupe déjà de changer le décor de notre douce vie retirée... Elle allonge, d'un bourgeon cornu et verni, chaque branche de nos poiriers — d'une houppe de feuilles pointues chaque buisson de lilas...

Oh ! les lilas surtout, vois comme ils grandissent ! Leurs fleurs que tu baisais en passant, l'an dernier, tu ne les respireras, Mai revenu, qu'en te haussant sur la pointe des pieds, et tu devras lever les mains pour abaisser leurs grappes vers ta bouche... Regarde bien l'ombre, sur le sable de l'allée, que dessine le délicat squelette du tamaris : l'an prochain, tu ne la reconnaîtras plus...

Et les violettes elles-mêmes, écloses par magie dans l'herbe, cette nuit, les reconnais-tu ? Tu te penches, et comme moi tu t'étonnes ; ne sont-elles pas, ce printemps-ci, plus bleues ? Non, non, tu te trompes, l'an dernier je les ai vues moins obscures, d'un mauve azuré, ne te souviens-tu pas ?... Tu protestes, tu hoches la tête avec ton rire grave, le vert de l'herbe neuve décolore l'eau mordorée de ton regard... Plus mauves... non, plus bleues... Cesse cette taquinerie ! Porte plutôt à tes narines le parfum invariable de ces violettes changeantes et regarde, en respirant le philtre qui abolit les années, regarde comme moi ressusciter et grandir devant toi les printemps de ton enfance...

Plus mauves... non, plus bleues... Je revois des prés, des bois profonds que la première poussée des bourgeons embrume d'un vert insaisissable — des ruisseaux froids, des sources perdues, bues par le sable aussitôt que nées, des primevères de Pâques, des jeannettes jaunes au cœur safrané, et des violettes, des violettes, des violettes... Je revois une enfant silencieuse que le printemps enchantait déjà d'un bonheur sauvage, d'une triste et mystérieuse joie... Une enfant prisonnière, le jour, dans une école, et qui échangeait des jouets, des images, contre les premiers bouquets de violettes des bois, noués d'un fil de coton rouge, rapportés par les petites bergères des fermes environnantes... Violettes à courte tige, violettes blanches et violettes bleues, et violettes d'un blanc-bleu veiné de nacre mauve — violettes de coucou[a] anémiques et larges, qui haussent sur de longues tiges leurs pâles corolles inodores... Violettes de février[b], fleuries sous la neige, déchiquetées, roussies de gel, laideronnes, pauvresses parfumées... Ô violettes de mon enfance ! Vous montez devant moi, toutes, vous treillagez le ciel laiteux d'avril, et la palpitation de vos petits visages innombrables m'enivre...

À quoi penses-tu, toi, la tête renversée ? Tes yeux tranquilles se lèvent vers le soleil qu'ils bravent... Mais c'est pour suivre seulement le vol de la première abeille, engourdie, égarée, en quête d'une fleur de pêcher mielleuse... Chasse-la ! elle va se prendre au vernis de ce bourgeon de marronnier !... Non, elle se perd dans l'air bleu, couleur de lait de pervenches, dans ce ciel brumeux et pourtant pur, qui t'éblouit... Ô toi, qui te satisfais peut-être de ce lambeau d'azur, ce chiffon de ciel borné par les murs de notre étroit jardin, songe qu'il y a, quelque part dans le monde, un lieu envié d'où l'on découvre tout le ciel ! Songe, comme tu songerais à un royaume inaccessible, songe aux confins de l'horizon, au pâlissement délicieux du ciel qui rejoint la terre... En ce jour de printemps hésitant, je devine là-bas, à travers les murs, la ligne[a] poignante, à peine ondulée, de ce qu'enfant je nommais le bout de la terre... Elle rosit, puis bleuit, dans un or[b] plus doux au cœur que le suc d'un fruit... Ne me plaignez pas, beaux yeux pitoyables, d'évoquer si vivement ce que je souhaite ! Mon souhait vorace crée ce qui lui manque et s'en repaît. C'est moi qui souris, charitable, à tes mains oisives, vides de fleurs... Trop tôt, trop tôt ! Nous et l'abeille, et la fleur du pêcher, nous cherchons trop tôt le printemps...

L'iris[c] dort, roulé en cornet sous une triple soie verdâtre, la pivoine[d] perce la terre d'une raide branche de corail vif, et le rosier n'ose encore que des surgeons d'un marron rose, d'une vivante couleur de lombric... Cueille pourtant la giroflée brune qui devance la tulipe, elle est colorée, rustaude et vêtue d'un velours solide, comme une terrassière... Ne cherche pas le muguet encore ; entre deux valves de feuilles, allongées en coquilles de moules, mystérieusement s'arrondissent ses perles d'un orient vert, d'où coulera l'odeur souveraine...

Le soleil a marché sur le sable... Un souffle de glace, qui sent la grêle, monte de l'est violacé. Les fleurs du pêcher volent horizontales... Comme j'ai froid ! La chatte[e] siamoise, tout à l'heure morte d'aise sur le mur tiède, ouvre soudain ses yeux de saphir dans son masque de velours sombre... Longue, le ventre à ras de terre, elle rampe vers la maison, en pliant sur sa nuque ses frileuses oreilles... Viens ! j'ai peur de ce nuage violet, liséré de cuivre, qui menace le soleil couchant... Le feu que tu as allumé tout à l'heure danse dans la chambre, comme une joyeuse bête prisonnière qui guette notre retour...

Ô dernier feu de l'année ! Le dernier, le plus beau ! Ta pivoine rose, échevelée, emplit l'âtre d'une gerbe incessamment refleurie. Inclinons-nous vers lui[f], tendons-lui nos mains que sa lueur traverse et ensanglante... Il n'y a pas, dans notre jardin, une fleur plus belle que lui, un arbre plus compliqué, une herbe plus mobile, une liane aussi traîtresse, aussi impérieuse ! Restons ici, choyons ce dieu changeant qui fait danser un sourire en tes yeux mélancoliques... Tout à l'heure, quand je quitterai ma robe, tu me verras toute rose, comme une statue peinte. Je me tiendrai immobile devant lui, et sous la lueur haletante ma peau semblera s'animer, frémir et bouger comme aux heures où l'amour, d'une aile inévitable, s'abat sur moi... Restons ! Le dernier feu de l'année nous invite au silence, à la paresse, au tendre repos. J'écoute, la tête sur ta poitrine, palpiter le vent, les flammes et ton cœur, cependant qu'à la vitre noire toque incessamment une branche de pêcher rose, à demi effeuillée, épouvantée et défaite comme[a] un oiseau sous l'orage...

AMOURS

Le rouge-gorge triompha. Puis, il alla chanter sa victoire à petits cris secs, invisible au plus épais du marronnier. Il n'avait pas reculé devant la chatte. Il s'était tenu suspendu dans l'air, un peu au-dessus d'elle, en vibrant comme une abeille, cependant qu'il lui jetait, par éclats brefs, des discours intelligibles à qui connaît la manière outrecuidante du rouge-gorge, et sa bravoure : « Insensée ! Tremble ! Je suis le rouge-gorge ! Oui, le rouge-gorge lui-même ! Un pas de plus, un geste vers le nid où couve ma compagne, et, de ce bec, je te crève les yeux ! »

Prête à intervenir, je veillais, mais la chatte sait que les rouges-gorges sont sacrés, elle sait aussi qu'à tolérer une attaque d'oiseau, un chat risque le ridicule — elle sait tant de choses... Elle battit de la queue comme un lion, frémit du dos, mais céda la place au frénétique petit oiseau, et nous reprîmes toutes deux notre promenade du crépuscule. Promenade lente, agréable, fructueuse ; la chatte découvre, et je m'instruis. Pour dire vrai, elle semble découvrir. Elle fixe un point dans le vide, tombe en arrêt devant l'invisible, sursaute à cause du bruit que je ne perçois pas. Alors, c'est mon tour, et je tâche d'inventer ce qui la tient attentive.

À fréquenter le chat, on ne risque que de s'enrichir. Serait-ce par calcul que depuis un demi-siècle, je recherche sa compagnie ? Je n'eus jamais à le chercher loin : il naît sous mes pas. Chat perdu, chat de ferme traqueur et traqué, maigri d'insomnie, chat de librairie embaumé d'encre, chats de crémeries et des boucheries, bien nourris, mais transis, les plantes sur le carrelage ; chats poussifs de la petite bourgeoisie, enflés de mou ; heureux chats despotes qui régnez sur Claude Farrère[1], sur Paul Morand[2] — et sur moi... Tous vous me rencontrez sans surprise, non sans bonheur. Qu'entre cent chats, elle témoigne, un jour, en ma faveur, cette chatte errante et affamée qui se heurtait, en criant, à la foule que dégorge, le soir, le métro d'Auteuil[3]. Elle me démêla, me reconnut : « Enfin, toi !... Comme tu as tardé, je n'en puis plus... Où est ta maison ? Va, je te suis... » Elle me suivit, si sûre de moi que le cœur m'en battait. Ma maison lui fit peur d'abord, parce que je n'y étais pas seule. Mais elle s'habitua, et y resta quatre ans, jusqu'à sa mort accidentelle.

Loin de moi de vous oublier, chiens chaleureux, meurtris de peu, pansés de rien. Comment me passerais-je de vous ? Je vous suis si nécessaire... Vous me faites sentir le prix que je vaux. Un être existe donc encore, pour qui je remplace tout ? Cela est prodigieux, réconfortant — un peu trop facile. Mais, cachons-le cet être aux yeux éloquents, cachons-le, dès qu'il subit ses amours saisonnières et qu'un lien douloureux rive la femelle au mâle... Vite, un paravent, une bâche, un parasol de plage — et, par surcroît, allons-nous-en. Et ne revenons pas de huit jours, au bout desquels « Il » ne « La » reconnaîtra même pas : « l'ami de l'homme » est rarement l'ami du chien.

J'en sais plus sur l'attachement qu'il me porte et sur l'exaltation qu'il y puise, que sur la vie amoureuse du chien. C'est que je préfère, entre dix races qui ont mon estime, celles à qui les chances de maternité sont interdites. Il arrive que la terrière brabançonne, la bouledogue française — types camards à crâne volumineux, qui périssent souvent en mettant bas — renoncent d'instinct aux voluptueux bénéfices semestriels. Deux de mes chiennes bouledogues mordaient les mâles, et ne les acceptaient pour partenaires de jeu qu'en période d'innocence. Une caniche, trop subtile, refusait tous les partis et consolait sa stérilité volontaire en feignant de nourrir un chiot en caoutchouc rouge... Oui, dans ma vie, il y a eu beaucoup de chiens — mais il y a eu le chat. À l'espèce chat, je suis redevable d'une certaine sorte, honorable, de dissimulation, d'un grand empire sur moi-même, d'une aversion caractérisée pour les sons brutaux, et du besoin de me taire longuement.

Cette chatte, qui vient de poser en « gros premier plan » dans le roman qui porte son nom, la chatte du rouge-gorge, je ne la célèbre qu'avec réserve, qu'avec trouble. Car, si elle m'inspire, je l'obsède. Sans le vouloir, je l'ai attirée hors du monde félin. Elle y retourne au moment des amours, mais le beau matou parisien, l'étalon qui « va en ville », pourvu de son coussin, de son plat de sciure, de ses menus et... de sa facture, que fait de lui ma chatte ? Le même emploi que du sauvage essorillé qui passe, aux champs, par le trou de la haie. Un emploi rapide, furieux et plein de mépris. Le hasard unit à des inconnus cette indifférente. De grands cris me parviennent, de guerre et d'amour, cris déchirants comme celui du grand duc qui annonce l'aube. J'y reconnais la voix de ma chatte, ses insultes, ses feulements, qui mettent toutes choses au point et humilient le vainqueur de rencontre...

À la campagne, elle récupère une partie de sa coquetterie. Elle redevient légère, gaie, infidèle à plusieurs mâles auxquels elle se donne et se reprend sans scrupule. Je me réjouis de voir qu'elle peut encore, par moments, n'être qu' « une chatte » et non plus « la chatte », ce chaleureux, vif et poétique esprit, absorbé dans le fidèle amour qu'elle m'a voué.

Entre les murs d'un étroit jardin d'Île-de-France[1], elle s'ébat, elle s'abandonne. Elle se refuse aussi. L'intelligence a soustrait son corps aux communes frénésies. Elle est de glace lorsque ses pareilles brûlent. Mais elle appelait rêveusement l'amour il y a trois semaines sous des nids déjà vides, parmi les chatons nés deux mois plus tôt, et mêlait ses plaintes aux cris des mésangeaux gris. L'amour ne se le fit pas dire deux fois. Vint le vieux conquérant rayé, aux canines démesurées, sec, chauve par places, mais doué d'expérience, d'une décision sans seconde, et respecté même de ses rivaux. Le jeune rayé le suivait de près, tout resplendissant de confiance et de sottise, large du nez, bas du front et beau comme un tigre. Sur la tuile faîtière du mur parut enfin le chat de ferme, coiffé en bandeaux de deux taches grises sur fond blanc sale, avec un air mal éveillé et incrédule : « Rêvé-je ? il m'a semblé qu'on me mandait d'urgence... »

Tous trois entrèrent en lice, et je peux dire qu'ils en virent de dures. La chatte eut d'abord cent mains pour les gifler, cent petites mains bleues, véloces, qui s'accrochaient aux toisons rases et à la peau qu'elles couvraient. Puis elle se roula en forme de huit. Puis elle s'assit entre les trois matous et parut les oublier longuement. Puis elle sortit de son rêve hautain pour se percher sur un pilier au chapiteau effrité, d'où sa vertu défiait tous les assaillants. Quand elle daigna descendre, elle dévisagea les trois esclaves avec un étonnement enfantin, souffrit que l'un deux, du museau, baisât son museau ravissant et bleu. Le baiser se prolongeant, elle le rompit par un cri impérieux, une sorte d'aboiement de chat, intraduisible, mais auquel les trois mâles répondirent par un saut de recul. Sur quoi, la chatte entreprit une toilette minutieuse, et les trois ajournés se lamentèrent d'attendre. Même, ils firent mine de se battre, pour passer le temps, autour d'une chatte froide et sourde.

Enfin, renonçant aux mensonges et aux jeux, elle se fit cordiale, s'étira longuement, et, d'un pas de déesse, rejoignit le commun des mortels.

Je ne restai pas là pour savoir la suite. Encore que la grâce féline sorte indemne de tous les risques, pourquoi la soumettre à la suprême épreuve ? J'abandonnai la chatte à ses démons et retournai l'attendre au lieu qu'elle ne quitte ni de jour ni de nuit quand j'y travaille lentement et avec peine — la table où assidue, muette à miracle, mais résonnante d'un sourd murmure de félicité, gît, veille ou repose sous ma lampe la chatte, mon modèle, la chatte, mon amie.

UN RÊVE

Je rêve. Fond noir enfumé de nues d'un bleu très sombre, sur lequel passent des ornements géométriques[1] *auxquels manquent toujours un fragment, soit du cercle parfait, soit de leurs trois angles, de leurs spirales rehaussées de feu. Fleurs flottantes sans tiges ou sans feuilles. Jardins inachevés ; partout règne l'imperfection du songe, son atmosphère de supplique, d'attente et d'incrédulité.*

Point de personnages. — Silence, puis un aboiement triste, étouffé.

MOI, *en sursaut :* Qui aboie ?

UNE CHIENNE : Moi.

MOI : Qui toi ? Une chienne ?

ELLE : Non. La chienne.

MOI : Bien sûr, mais quelle chienne ?

ELLE, *avec un gémissement réprimé :* Il y en a donc une autre ? Quand je n'étais pas encore l'ombre que me voici, tu ne m'appelais que « la chienne ». Je suis ta chienne morte.

MOI : Oui... Mais... Quelle chienne morte ? Pardonne-moi...

ELLE : Là je te pardonne, si tu devines : je suis celle qui a mérité de revenir.

MOI, *sans réfléchir :* Ah ! je sais ! Tu es Nell[2], qui tremblait mortellement aux plus subtils signes de départ et de séparation, qui se couchait sur le linge blanc dans le compartiment de la malle et faisait une prière pour devenir blanche, afin que je l'emmenasse sans la voir...

Ah ! Nell !... Nous avons bien mérité qu'une nuit enfin te rappelle du lieu où tu gisais...

Un silence. Les nues bleu sombre cheminent sur le fond noir.

ELLE, *d'une voix plus faible :* Je ne suis pas Nell.

MOI, *pleine de remords :* Oh ! je t'ai blessée ?

ELLE : Pas beaucoup. Bien moins qu'autrefois, quand d'une parole, d'un regard, tu me consternais... Et puis, tu ne m'as peut-être pas bien entendue : je suis la chienne, te dis-je...

MOI, *éclairée soudain :* Oui ! Mais oui ! la chienne ! Où avais-je la tête ? Celle de qui je disais, en entrant : « La chienne est là ? » Comme si tu n'avais pas d'autre nom, comme si tu ne t'appelais pas Lola[1]... La chienne qui voyageait avec moi toujours, qui savait de naissance comment se comporter en wagon, à l'hôtel, dans une sordide loge de music-hall... Ton museau fin tourné vers la porte, tu m'attendais... Tu maigrissais de m'attendre... Donne-le, ton museau fin que je ne peux pas voir ! Donne que je le touche, je reconnaîtrais ton pelage entre cent autres... *(Un long silence. Quelques-unes des fleurs sans tige ou sans feuilles s'éteignent.)* Où es-tu ? Reste ! Lola...

ELLE, *d'une voix à peine distincte :* Hélas !... Je ne suis pas Lola !

MOI, *baissant aussi la voix :* Tu pleures ?

ELLE, *de même :* Non. Dans le lieu sans couleur où je n'ai pas cessé de t'attendre, c'en est fini pour moi des larmes, tu sais, ces larmes pareilles aux pleurs humains, et qui tremblaient sur mes yeux couleur d'or...

MOI, *l'interrompant :* D'or ? Attends ! D'or, cerclés d'or plus sombre, et pailletés...

ELLE, *avec douceur :* Non, arrête-toi, tu vas encore me nommer d'un nom que je n'ai jamais entendu. Et peut-être qu'au loin des ombres de chiennes couchées tressailliraient de jalousie, se lèveraient, gratteraient le bas d'une porte qui ne s'ouvre pas cette nuit pour elles. Ne me cherche plus. Tu ne sauras jamais pourquoi j'ai mérité de revenir. Ne tâtonne pas, de ta main endormie, dans l'air noir et bleu qui me baigne, tu ne rencontreras pas ma robe...

MOI, *anxieuse :* Ta robe... couleur de froment ?

ELLE : Chut ! Je n'ai plus de robe. Je ne suis qu'une ligne, un trait sinueux de phosphore, une palpitation, une plainte perdue, une quêteuse que la mort n'a pas mise en repos, le reliquat gémissant, enfin, de la chienne entre les chiennes, de la chienne...

MOI, *criant :* Reste ! Je sais ! Tu es...

Mais mon cri m'éveille, dissout le bleu et le noir insondables, les jardins inachevés, crée l'aurore et éparpille, oubliées, les syllabes du nom que porta sur la terre, parmi les ingrats, la chienne qui mérita de revenir, la chienne...

NONOCHE[1]

Le soleil descend derrière les sorbiers, grappés de fruits verts qui tournent çà et là au rose aigre. Le jardin se remet lentement d'une longue journée de chaleur, dont les molles feuilles du tabac demeurent évanouies. Le bleu des aconits a certainement pâli depuis ce matin, mais les reines-Claude, vertes hier sous leur poudre d'argent, ont toutes, ce soir, une joue d'ambre.

L'ombre des pigeons tournoie, énorme, sur le mur tiède de la maison et éveille, d'un coup d'éventail, Nonoche qui dormait dans sa corbeille...

Son poil a senti passer l'ombre d'un oiseau ! Elle ne sait pas bien ce qui arrive. Elle a ouvert trop vite ses yeux japonais, d'un vert qui met l'eau sous la langue. Elle a l'air bête comme une jeune fille très jolie, et ses taches de chatte portugaise semblent plus en désordre que jamais : un rond orange sur la joue, un bandeau noir sur la tempe, trois points noirs au coin de la bouche, près du nez blanc fleuri de rose... Elle baisse les yeux et la mémoire de toutes choses lui remonte au visage dans un sourire triangulaire ; contre elle, noyé en elle, roulé en escargot, sommeille son fils.

« Qu'il est beau ! se dit-elle. Et gros ! Aucun de mes enfants n'a été si beau. D'ailleurs je ne me souviens plus d'eux... Il me tient chaud. »

Elle s'écarte, creuse le ventre avant de se lever, pour que son fils ne s'éveille pas. Puis elle bombe un dos de dromadaire, s'assied et bâille, en montrant les stries fines d'un palais trois fois taché de noir.

En dépit de nombreuses maternités, Nonoche conserve un air enfantin qui trompe sur son âge. Sa beauté solide restera longtemps jeune, et rien dans sa démarche, dans sa taille svelte et plate, ne révèle qu'elle fut, en quatre portées, dix-huit fois mère. Assise, elle gonfle un jabot éclatant, coloré d'orange, de noir et de blanc comme un plumage d'oiseau rare. L'extrémité de son poil court et fourni brille, s'irise au soleil comme fait l'hermine. Ses oreilles, un peu longues, ajoutent à l'étonnement gracieux de ses yeux inclinés et ses pattes minces, armées de brèves griffes en cimeterre, savent fondre confiantes dans la main amie.

Futile, rêveuse, passionnée, gourmande, caressante, autoritaire, Nonoche rebute le profane et se donne aux seuls initiés qu'a marqués le signe du Chat. Ceux-là même ne la comprennent pas tout de suite et disent : « Quelle bête capricieuse ! » Caprice ? point. Hyperesthésie nerveuse seulement. La joie de Nonoche est tout près des larmes, et il n'y a guère de folle partie de ficelle ou de balle de laine qui ne finisse en petite crise hystérique, avec morsures, griffes et feulements rauques. Mais cette même crise cède sous une caresse bien placée, et parce qu'une main adroite aura effleuré ses petites mamelles sensibles, Nonoche furibonde s'effondrera sur le flanc, plus molle qu'une peau de lapin, toute trépidante d'un ronron cristallin qu'elle file trop aigu et qui parfois la fait tousser...

« Qu'il est beau ! se dit-elle en contemplant son fils. La corbeille devient trop petite pour nous deux. C'est un peu ridicule, un enfant si grand qui tète encore. Il tète avec des dents pointues maintenant... Il sait boire à la soucoupe, il sait rugir à l'odeur de la viande crue, il gratte à mon exemple la sciure du plat, d'une manière anxieuse et précipitée où je me retrouve toute... Je ne vois plus rien à faire pour lui, sauf de le sevrer. Comme il abîme ma troisième mamelle de droite ! C'est une pitié. Le poil de mon ventre, tout autour, ressemble à un champ de seigle versé sous la pluie ! Mais quoi ? quand ce grand petit se jette sur mon ventre, les yeux clos comme un nouveau-né, quand il arrange en gouttière autour de la tétine sa langue devenue trop large...

qu'il me pille et me morde et me boive, je n'ai pas la force de l'en empêcher ! »

Le fils de Nonoche dort dans sa robe rayée, pattes mortes et gorge à la renverse. On peut voir sous la lèvre relevée un bout de langue, rouge d'avoir tété, et quatre petites dents très dures, taillées dans un silex transparent.

Nonoche soupire, bâille et enjambe son fils avec précaution pour sortir de la corbeille. La tiédeur du perron est agréable aux pattes. Une libellule grésille dans l'air, et ses ailes de gaze rêche frôlent par bravade les oreilles de Nonoche qui frémit, fronce les sourcils et menace du regard la bête au long corps en mosaïque de turquoises...

Les montagnes bleuissent. Le fond de la vallée s'enfume d'un brouillard blanc qui s'effile, se balance et s'étale comme une onde. Une haleine fraîche monte déjà de ce lac impalpable, et le nez de Nonoche s'avive et s'humecte. Au loin, une voix connue crie infatigablement, aiguë et monotone : « Allons-v'nez — allons-v'nez — allons-v'nez... mes vaches ! Allons-v'nez — allons-v'nez... » Des clarines sonnent, le vent porte une paisible odeur d'étable, et Nonoche pense au seau de la traite, au seau vide dont elle léchera la couronne d'écume collée aux bords... Un miaulement de convoitise et de désœuvrement lui échappe. Elle s'ennuie. Depuis quelque temps, chaque crépuscule ramène cette mélancolie agacée, ce vide et vague désir... Un peu de toilette ? « Comme je suis faite ! » Et la cuisse en l'air, Nonoche copie cette classique figure de chahut qu'on appelle « le port d'armes[1] ».

La première chauve-souris nage en zigzag dans l'air. Elle vole bas et Nonoche peut distinguer deux yeux de rat, le velours roux du ventre en figue... C'est encore une de ces bêtes où on ne comprend rien et dont la conformation inspire une inquiétude méprisante. Par association d'idées, Nonoche pense au hérisson, à la tortue, ces énigmes, et passe sur son oreille une patte humide de salive, insoucieuse de présager la pluie pour demain.

Mais quelque chose arrête court son geste, quelque chose oriente en avant ses oreilles, noircit le vert acide de ses prunelles...

Du fond du bois où la nuit massive est descendue d'un bloc, par-dessus l'or immobile des treilles, à travers tous les bruits familiers, n'a-t-elle pas entendu venir jusqu'à elle, traînant, sauvage, musical, insidieux — l'Appel du Matou ?

Elle écoute... Plus rien. Elle s'est trompée... Non ! L'appel retentit de nouveau, lointain, rauque et mélancolique à faire pleurer, reconnaissable entre tous. Le cou tendu, Nonoche semble une statue de chatte, et ses moustaches seules remuent faiblement, au battement de ses narines. D'où vient-il, le tentateur ? Qu'ose-t-il demander et promettre ? Il multiplie ses appels, il les module, se fait tendre, menaçant, il se rapproche et pourtant reste invisible ; sa voix s'exhale du bois noir, comme la voix même de l'ombre...

« Viens... ! Viens... ! Si tu ne viens pas ton repos est perdu. Cette heure-ci n'est que la première, mais songe que toutes les heures qui suivront seront pareilles à celle-ci, emplies de ma voix, messagères de mon désir... Viens !

« Tu le sais, tu le sais que je puis me lamenter durant des nuits entières, que je ne boirai plus, que je ne mangerai plus, car mon désir suffit à ma vie et je me fortifie d'amour !... Viens !...

« Tu ne connais pas mon visage et qu'importe ! Avec orgueil, je t'apprends qui je suis : je suis le long Matou déguenillé par dix étés, durci par dix hivers. Une de mes pattes boite en souvenir d'une vieille blessure, mes narines balafrées grimacent et je n'ai plus qu'une oreille, festonnée par la dent de mes rivaux.

« À force de coucher sur la terre, la terre m'a donné sa couleur. J'ai tant rôdé que mes pattes semellées de corne sonnent sur le sentier comme le sabot du chevreuil. Je marche à la manière des loups, le train de derrière bas, suivi d'un tronçon de queue presque chauve... Mes flancs vides se touchent et ma peau glisse autour de mes muscles secs, entraînés au rapt et au viol... Et toute cette laideur me fait pareil à l'Amour ! Viens !... Quand je paraîtrai à tes yeux, tu ne reconnaîtras rien de moi — que l'Amour !

« Mes dents courberont ta nuque rétive, je souillerai ta robe, je t'infligerai autant de morsures que de caresses, j'abolirai en toi le souvenir de ta demeure et tu seras, pendant des jours et des nuits, ma sauvage compagne hurlante... jusqu'à l'heure plus noire où tu te retrouveras seule, car j'aurai fui mystérieusement, las de toi, appelé par celle que je ne connais pas, celle que je n'ai pas possédée encore... Alors tu retourneras vers ton gîte, affamée, humble, vêtue de boue, les yeux pâles, l'échine creusée comme si ton fruit y pesait déjà, et tu te réfugieras dans un long sommeil tressaillant de rêves où ressuscitera notre amour... Viens !... »

Nonoche écoute. Rien dans son attitude ne décèle qu'elle lutte contre elle-même, car le tentateur pourrait la voir à travers l'ombre, et le mensonge est la première parure d'une amoureuse... Elle écoute, rien de plus...

Dans sa corbeille, l'obscurité éveille peu à peu son fils qui se déroule, chenille velue, et tend des pattes tâtonnantes... Il se dresse, maladroit, s'assied plus large que haut, avec une majesté puérile. Le bleu hésitant de ses yeux, qui seront peut-être verts, peut-être vieil or, se trouble d'inquiétude. Il dilate, pour mieux crier, son nez chamois où aboutissent toutes les rayures convergentes de son visage... Mais il se tait, malicieux et rassuré : il a vu le dos bigarré de sa mère, assise sur le perron.

Debout sur ses quatre pattes courtaudes, fidèle à la tradition qui lui enseigna cette danse barbare, il s'approche, les oreilles renversées, le dos bossu, l'épaule de biais, par petits bonds de joujou terrible, et fond sur Nonoche qui ne s'y attendait pas... La bonne farce ! Elle en a presque crié. On va sûrement jouer comme des fous jusqu'au dîner !

Mais un revers de patte nerveux a jeté l'assaillant au bas du perron, et maintenant une grêle de tapes sèches s'abat sur lui, commentées de fauves crachements et de regards en furie !... La tête bourdonnante, poudré de sable, le fils de Nonoche se relève, si étonné qu'il n'ose pas demander pourquoi, ni suivre celle qui ne sera plus jamais sa nourrice et qui s'en va très digne, le long de la petite allée noire, vers le bois hanté...

TOBY-CHIEN PARLE[1]

Un petit intérieur tranquille. À la cantonade, bruits de cataclysme. Kiki-la-Doucette, chat des chartreux, se cramponne vainement à un somme illusoire. Une porte s'ouvre et claque sous une main invisible, après avoir livré passage à Toby-Chien, petit bull démoralisé.

KIKI-LA-DOUCETTE, *s'étirant :* Ah ! ah ! qu'est-ce que tu as encore fait ?

TOBY-CHIEN, *piteux :* Rien.

KIKI-LA-DOUCETTE : À d'autres ! Avec cette tête-là ? Et ces rumeurs de catastrophe ?

TOBY-CHIEN : Rien, te dis-je ! Plût au ciel ! Tu me croiras si tu veux, mais je préférerais avoir cassé un vase, ou mangé le petit tapis persan auquel Elle tient si fort. Je ne comprends pas. Je tâtonne dans les ténèbres. Je...

KIKI-LA-DOUCETTE, *royal :* Cœur faible ! Regarde-moi. Comme du haut d'un astre, je considère ce bas monde. Imite ma sérénité divine...

TOBY-CHIEN, *interrompant, ironique :* ... et enferme-toi dans le cercle magique de ta queue, n'est-ce pas ? Je n'ai pas de queue, moi, ou si peu ! Et jamais je ne me sentis le derrière si serré.

KIKI-LA-DOUCETTE, *intéressé, mais qui feint l'indifférence :* Raconte.

TOBY-CHIEN : Voilà. Nous étions bien tranquilles, Elle et moi, dans le cabinet de travail. Elle lisait des lettres, des journaux, et ces rognures collées qu'Elle nomme pompeusement l'Argus de la Presse, quand tout à coup : « Zut ! s'écria-t-Elle. Et même crotte de bique ! » Et sous son poing assené la table vibra, les papiers volèrent... Elle se leva, marcha de la fenêtre à la porte, se mordit un doigt, se gratta la tête, se frotta rudement le bout du nez.

J'avais soulevé du front le tapis de la table et mon regard cherchait le sien... « Ah ! te voilà, ricana-t-Elle. Naturellement, te voilà. Tu as le sens des situations. C'est bien le moment de te coiffer à l'oriental avec une draperie turque sur le crâne et des franges-boule qui retombent, des franges-boule — des franges-bull, parbleu ! Ce chien fait des calembours, à présent ! il ne me manquait que ça ! » D'une chiquenaude, Elle rejeta le bord du tapis qui me coiffait, puis leva vers le plafond des bras pathétiques : « J'en ai assez ! s'écria-t-Elle. Je veux... je veux... je veux faire ce que je veux ! »

Un silence effrayant suivit son cri, mais je lui répondais du fond de mon âme : « Qui T'en empêche, ô Toi qui règnes sur ma vie, Toi qui peux presque tout, Toi qui, d'un plissement volontaire de tes sourcils, rapproches dans le ciel les nuages ? »

Elle sembla m'entendre et repartit un peu plus calme : « Je veux faire ce que je veux. Je veux jouer la pantomime, même la comédie. Je veux danser nue, si le maillot me gêne et humilie ma plastique. Je veux me retirer dans une île, s'il me plaît, ou fréquenter des dames qui vivent de leurs charmes, pourvu qu'elles soient gaies, fantasques, voire mélancoliques et sages, comme sont beaucoup de femmes de joie. Je veux écrire des livres tristes et chastes, où il n'y aura que des paysages, des fleurs, du chagrin, de la fierté, et la candeur des animaux charmants qui s'effraient de l'homme... Je veux sourire à tous les visages aimables, et m'écarter des gens laids, sales et qui sentent mauvais. Je veux chérir qui m'aime et lui donner tout ce qui est à moi dans le monde : mon corps rebelle au partage, mon cœur si doux et ma liberté ! Je veux... je veux !... Je crois bien que si quelqu'un, ce soir, se risquait à me dire : « Mais, enfin, ma chère... », eh bien, je le tue... Ou je lui ôte un œil. Ou je le mets dans la cave.

KIKI-LA-DOUCETTE, *pour lui-même :* Dans la cave ? Je

considérerais cela comme une récompense, car la cave est un enviable séjour, d'une obscurité bleutée par le soupirail, embaumé de paille moisie et de l'odeur alliacée du rat...

TOBY-CHIEN, *sans entendre* : « J'en ai assez, vous dis-je ! » (Elle criait cela à des personnes invisibles, et moi, pauvre moi, je tremblais sous la table.) « Et je ne verrai plus ces tortues-là ! »

KIKI-LA-DOUCETTE : Ces... quoi ?

TOBY-CHIEN : Ces tortues-là ; je suis sûr du mot. Quelles tortues ? Elle nous cache tant de choses ! « ...Ces tortues-là ! Elles sont deux, trois, quatre — joli nid de fauvettes ! — pendues à Lui, et qui Lui roucoulent et Lui écrivent : "Mon chéri, tu m'épouseras si Elle meurt, dis ?" Je crois bien ! Il les épouse déjà, l'une après l'autre. Il pourrait choisir. Il préfère collectionner. Il lui faut — car elles en demandent ! — la Femme-du-Monde couperosée qui s'occupe de musique et qui fait des fautes d'orthographe, la vierge mûre qui lui écrit, d'une main paisible de comptable, les mille z'horreurs ; — l'Américaine brune aux cuisses plates ; — et toute la séquelle des sacrées petites toquées en cols plats et cheveux courts qui s'en viennent, cils baissés et reins frétillants : "Ô monsieur, c'est moi qui suis la vraie Claudine..." La vraie Claudine ! et la fausse mineure, tu parles !

« Toutes, elles souhaitent ma mort, m'inventent des amants ; elles l'entourent de leur ronde effrénée, Lui faible, Lui, volage et amoureux de l'amour qu'Il inspire, Lui qui goûte si fort ce jeu de se sentir empêtré dans cent petits doigts crochus de femmes... Il a délivré en chacune la petite bête mauvaise et sans scrupule, matée — si peu ! — par l'éducation ; elles ont menti, forniqué, cocufié, avec une joie et une fureur de harpies, autant par haine de moi que pour l'amour de Lui...

« Alors... adieu tout ! adieu... presque tout. Je Le leur laisse. Peut-être qu'un jour Il les verra comme je les vois, avec leurs visages de petites truies gloutonnes. Il s'enfuira, effrayé, frémissant, dégoûté d'un vice inutile... »

Je haletais autant qu'Elle, ému de sa violence. Elle entendit ma respiration et se jeta à quatre pattes, sa tête sous le tapis de la table, contre la mienne...

« Oui, inutile ! je maintiens le mot. Ce n'est pas un sale petit bull qui me fera changer d'avis, encore ! Inutile s'Il n'aime pas assez ou s'Il méconnaît l'amour véritable ! Quoi ?... ma vie aussi est inutile ? Non, Toby-Chien. Moi, j'aime ! J'aime tant tout ce que j'aime ! Si tu savais comme j'embellis tout ce que j'aime, et quel plaisir je me donne en aimant ! Si tu pouvais comprendre de quelle force et de quelle défaillance m'emplit ce que j'aime !... C'est cela que je nomme le frôlement du bonheur. Le frôlement du bonheur... caresse impalpable qui creuse le long de mon dos un sillon velouté, comme le bout d'une aile creuse l'onde... Frisson mystérieux prêt à se fondre en larmes, angoisse légère que je cherche et qui m'atteint devant un cher paysage argenté de brouillard, devant un ciel où fleurit l'aube, sous le bois où l'automne souffle une haleine mûre et musquée... Tristesse voluptueuse des fins de jour, bondissement sans cause d'un cœur plus mobile que celui du chevreuil, tu es le frôlement même du bonheur, toi qui gis au sein des heures les plus pleines... et jusqu'au fond du regard de ma sûre amie...

« Tu oserais dire ma vie *inutile* ?... Tu n'auras pas de pâtée, ce soir ! »

Je voyais la brume de ses cheveux danser autour de sa tête qu'Elle hochait furieusement. Elle était comme moi à quatre pattes, aplatie, comme un chien qui va s'élancer, et j'espérai un peu qu'Elle aboierait...

KIKI-LA-DOUCETTE, *révolté :* Aboyer, Elle ! Elle a ses défauts, mais tout de même, aboyer !... Si Elle devait parler en quatre-pattes, elle miaulerait.

TOBY-CHIEN, *poursuivant :* Elle n'aboya point, en effet. Elle se redressa d'un bond, rejeta en arrière les cheveux qui lui balayaient le visage...

KIKI-LA-DOUCETTE : Oui. Elle a la tête angora. La tête seulement.

TOBY-CHIEN : ... Et Elle se remit à parler, incohérente : « Alors, voilà ! je veux faire ce que je veux. Je ne porterai pas des manches courtes en hiver, ni de cols hauts en été. Je ne mettrai pas mes chapeaux sens devant derrière, et je n'irai plus prendre le thé chez Rimmel's, non... Redelsperger, non... Chose, enfin[1]. Et je n'irai plus aux vernissages. Parce qu'on y marche dans un tas de gens, l'après-midi, et que les matins y sont sinistres, sous ces voûtes où frissonne un peuple nu et transi de statues, parmi l'odeur de cave et de plâtre frais... C'est l'heure où quelques femmes y toussent, vêtues de robes minces, et de rares hommes errent, avec la mine verte d'avoir passé la nuit là, sans gîte et sans lit...

« Et le monotone public des premières ne verra plus mon sourire abattu, mes yeux qui se creusent de la longueur des entractes et de l'effort qu'il faut pour empêcher mon visage de vieillir — effort reflété par cent visages féminins, raidis de fatigue et d'orgueil défensif... Tu m'entends, s'écria-t-Elle, tu m'entends, crapaud bringé, excessif petit bull cardiaque ! je n'irai plus aux premières — sinon de l'autre côté de la rampe. Car je danserai encore sur la scène, je danserai nue ou habillée, pour le seul plaisir de danser, d'accorder mes gestes au rythme de la musique, de virer, brûlée de lumière, aveuglée comme une mouche dans un rayon... Je danserai, j'inventerai de belles danses lentes où le voile parfois me couvrira, parfois m'environnera comme une spirale de fumée, parfois se tendra derrière ma course comme la toile d'une barque... Je serai la statue, le vase animé, la bête bondissante, l'arbre balancé, l'esclave ivre...

« Qui donc a osé murmurer, trop près de mon oreille irritable, les mots de déchéance, d'avilissement ?... Toby-Chien, Chien de bon sens, écoute bien : je ne me suis jamais sentie plus digne de moi-même ! Du fond de la sévère retraite que je me suis faite au fond de moi, il m'arrive de rire tout haut, *réveillée* par la voix cordiale d'un maître de ballet italien : "Hé, ma minionne, qu'est-ce que tu penses ? je te dis : sauts de basque, deux ! et un petit pour finir !..."

« La familiarité professionnelle de ce luisant méridional ne me blesse point, ni l'amicale veulerie d'une pauvre petite marcheuse à cinquante francs par mois, qui se lamente, résignée : "Nous autres artistes, n'est-ce pas, on ne fait pas toujours comme on veut..." Et si le régisseur tourne vers moi, au cours d'une répétition, son mufle de dogue bonasse, en graillonnant : "C'eﬆ malheureux que vous ne pouvez pas taire vos gueules, tous...", je ne songe pas à me fâcher, pourvu qu'au retour, lorsque je jette à la volée mon chapeau sur le lit, une voix chère, un peu voilée, murmure : "Vous n'êtes pas trop fatiguée, mon amour ?..." »

Sa voix à Elle avait molli sur ces mots. Elle répéta, comme pour Elle-même, avec un sourire contenu : « Vous n'êtes pas trop fatiguée, mon amour ? » puis soudain éclata en larmes nerveuses, des larmes vives, rondes, pressées, en gouttes étincelantes qui sautaient sur ses joues, joyeusement... Mais moi, tu sais, quand Elle pleure, je sens la vie me quitter...

KIKI-LA-DOUCETTE : Je sais, tu t'es mis à hurler ?

TOBY-CHIEN, *évasif :* À hurler, non... Je mêlai mes larmes aux siennes, voilà tout. Mal m'en prit ! Elle me saisit par la peau du dos, comme une petite valise carrée, et de froides injures tombèrent sur ma tête innocente : « Mal élevé. Chien hyﬆérique. Saucisson larmoyeur. Crapaud à cœur de veau. Phoque obtus... » Tu sais le reﬆe. Tu as entendu la porte ; le tisonnier qu'elle a jeté dans la corbeille à papier, et le seau à charbon qui a roulé béant, et tout...

KIKI-LA-DOUCETTE : J'ai entendu. J'ai même entendu, ô Chien, ce qui n'eﬆ pas parvenu à ton entendement de bull simplet. Ne cherche pas. Elle et moi, nous dédaignons le plus souvent de nous expliquer. Il m'arrive, lorsqu'une main inexperte me caresse à rebours, d'interrompre un paisible et sincère ronron par un khh ! féroce, suivi d'un coup de griffe foudroyant comme une étincelle... « Que ce chat eﬆ traître ! » s'écrie l'imbécile... Il n'a vu que la griffe, il n'a pas deviné l'exaspération nerveuse, ni la souffrance aiguë qui lancine la peau de mon dos... Quand Elle agit follement, Elle, ne dis pas, en haussant tes épaules carrées : « Elle eﬆ folle ! » Plutôt, cherche la main maladroite, la piqûre insupportable et cachée qui se manifeﬆe en cris, en rires, en course aveugle vers tous les risques...

DIALOGUE DE BÊTES[1]

À la campagne, l'été. Elle somnole, sur une chaise longue de rotin. Ses deux amis, Toby-Chien le bull, Kiki-la-Doucette le chat, jonchent le sable...

TOBY-CHIEN, *bâillant :* Aaah !... ah !...

KIKI-LA-DOUCETTE, *réveillé* : Quoi ?

TOBY-CHIEN : Rien. Je ne sais pas ce que j'ai. Je bâille.

KIKI-LA-DOUCETTE : Mal à l'estomac ?

TOBY-CHIEN : Non. Depuis une semaine que nous sommes ici, il me manque quelque chose. Je crois que je n'aime plus la campagne.

KIKI-LA-DOUCETTE : Tu n'as jamais aimé réellement la campagne. Asnières et Bois-Colombes bornent tes désirs ruraux. Tu es né banlieusard.

TOBY-CHIEN, *qui n'écoute pas :* L'oisiveté me pèse. Je voudrais travailler !

KIKI-LA-DOUCETTE, *continuant :* ... Banlieusard, dis-je, et mégalomane. Travailler ! Ô Phtah[2], tu l'entends, ce chien inutile. Travailler !

TOBY-CHIEN, *noble* : Tu peux rire. Pendant six semaines, j'ai gagné ma vie, aux Folies-Élyséennes[3], avec Elle.

KIKI-LA-DOUCETTE : Elle... c'est différent. Elle fait ce qui lui plaît. Elle est têtue, dispersée, extravagante... Mais toi ! Toi le brouillon, l'indécis, toi, le happeur de vide, le...

TOBY-CHIEN, *théâtral :* Vous n'avez pas autre chose à me dire ?

KIKI-LA-DOUCETTE, *qui ignore Rostand :* Si, certainement[1] !

TOBY-CHIEN, *rogue :* Eh bien, rentre-le. Et laisse-moi tout à mon cuisant regret, à mes aspirations vers une vie active, vers ma vie du mois passé. Ah ! les belles soirées ! ah ! mes succès ! ah ! l'odeur du sous-sol aux Folies-Élyséennes ! Cette longue cave divisée en cabines exiguës, comme un rayon de ruche laborieuse et peuplée de mille petites ouvrières qui se hâtent, en travesti bleu brodé d'or, un dard inoffensif au flanc, coiffées de plumes écumeuses... Je revois encore, éblouissant, ce tableau de l'Entente cordiale[2] où défilait une armée de généraux aux cuisses rondes... Hélas, hélas...

KIKI-LA-DOUCETTE, *à part :* Toby-Chien, c'est le Brichanteau[3] du music-hall.

TOBY-CHIEN, *qui s'attendrit :* C'est à cette heure émouvante du défilé que nous arrivions, Elle et moi. Elle s'enfermait, abeille pressée, dans sa cellule, et commençait de se peindre le visage afin de ressembler aux beaux petits généraux qui, au-dessus de nos têtes, martelaient la scène d'un talon indécis. J'attendais. J'attendais que, gainée d'un maillot couleur de hanneton doré, Elle rouvrît sa cellule sur le fiévreux corridor...

Couché sur mon coussin, je haletais un peu, en écoutant le bruit de la ruche. J'entendais les pieds pesants des guerriers mérovingiens, ces êtres terribles, casqués de fer et d'ailes de hiboux qui surgissaient au dernier tableau, sous le chêne sacré... Ils étaient armés d'arbres déracinés, moustachus d'étoupe blonde — et ils chantaient, attends... cette si jolie valse lente !

Dès que l'aurore au lointain paraît,
Chacun s'empresse dans la forêt
Aux joies exquises de la chasse
Dont jamais on ne se lasse !...

Ils se rassemblaient pour y tuer

... au fond des bois
Des ribambelles
De gazelles
Et de dix-cors aux abois[1].

KIKI-LA-DOUCETTE, *à part :* Poésie, poésie !...

TOBY-CHIEN : Adieu, tout cela ! Adieu, ma scintillante amie, Mme Bariol-Taugé[2] ! Vous m'apparûtes plus belle qu'une armée rangée en bataille, et mon cœur chauvin, mon cœur de bull bien français gonfle, au souvenir des strophes enflammées dont vous glorifiâtes l'Entente cordiale !... Crête rose, ceinture bleue, robe blanche, vous étiez telle qu'une belle poule gauloise, et pourtant vous demeuriez :

La Parisienne, astre vermeil,
Apportant son rayon de soleil !
La Parisienne, la v'là
Pour cha-a-sser le spleen
Aussitôt qu'elle est là
Tous les cœurs s'illuminent !

KIKI-LA-DOUCETTE, *intéressé :* De qui sont ces vers ?

TOBY-CHIEN : Je ne sais pas. Mais leur rythme impérieux rouvre en moi des sources d'amertume. J'attendais l'heure où les Élysées-Girls, maigres, affamées et joueuses, redescendraient de leur Olympe pour me serrer, l'une après l'autre, sur leurs gorges plates et dures, me laissant suffoqué, béat, le poil marbré de plaques roses et blanches... J'attendais, le cœur secoué, l'instant enfin où Elle monterait à son tour, indifférente, farouchement masquée d'une gaîté impénétrable, vers le Plateau, vers la fournaise de lumière qui m'enivrait... Écoute, Chat, j'ai vu, dans ma vie, bien des choses...

KIKI-LA-DOUCETTE, *à part, apitoyé :* C'est qu'il le croit.

TOBY-CHIEN : ... Mais rien n'égale, dans l'album de mes souvenirs, cette salle des Folies-Élyséennes, où chacun espérait ma venue, où l'on m'accueillait par une rumeur de bravos et de rires !... Modeste — et d'ailleurs myope — j'allais droit à cet être étrange, tête sans corps, chuchoteur, qui vit dans un trou, tout au bord de la scène. Bien que j'en eusse fait mon ami, je m'étonnais tous les soirs de sa monstruosité, et je dardais sur lui mes yeux saillants de homard... Mon second salut était pour cette frétillante créature qu'on nommait Carnac et qui semblait la maîtresse du lieu, accueillant tous les arrivants du même sourire à dents blanches, du même « ah ! » de bienvenue. Elle me plaisait entre toutes. Hors de la scène, sa jeune bouche fardée jetait, dans un rire éclatant, des mots qui me semblaient plus frais que des fleurs mouillées : « Bougre d'em...poté, sacré petit mac... Vieux chameau d'habilleuse, elle m'a foutu entre les jambes une tirette qui me coupe le... », j'ai oublié le reste. Après que j'avais, d'une langue courtoise, léché les doigts menus de cette enfant délicate, je courais de l'une à l'autre avant-scène, pressé de choisir les bonbons qu'on me tendait, minaudant pour celle-ci, aboyant pour celui-là...

KIKI-LA-DOUCETTE, *à part :* Cabotin, va !

TOBY-CHIEN : ... Et puis-je oublier l'heure que je passai dans l'avant-scène de droite, au creux d'un giron de mousseline et de paillettes, bercé contre une gorge abondante où pendaient des colliers ?... Mais Elle troubla trop tôt ma joie et vint, ayant dit et chanté, me pêcher par la peau de la nuque, me reprendre aux douces mains gantées qui voulaient me retenir... Cette heure merveilleuse finit dans le ridicule, car Elle me brandit aux yeux d'un public égayé, en criant : « Voilà, mesdames et messieurs ! le sale cabot qui *fait* les avant-scènes ! » Elle riait aussi, la bouche ironique et les yeux lointains, avec cet air agressif et gai qui sert de masque à sa vraie figure, tu sais ?

KIKI-LA-DOUCETTE, *bref :* Je sais.

TOBY-CHIEN, *poursuivant :* Nous descendions, après, vers sa cellule lumineuse où Elle essuyait son visage de couleur, la gomme bleue de ses cils...

Elle... *(la regardant endormie).* Elle est là, étendue. Elle sommeille. Elle semble ne rien regretter. Il y a sur son visage un air heureux de détente et d'arrivée. Pourtant, quand Elle rêve de longues heures, la tête sur son bras plié, je me demande si Elle n'évoque pas, comme moi, ces soirs lumineux de printemps parisien, tout enguirlandés de perles électriques ?... C'est peut-être cela qui brille au plus profond de ses yeux ?...

KIKI-LA-DOUCETTE : Non. Je sais, moi. Elle m'a parlé !

TOBY-CHIEN, *jaloux* : À moi aussi, Elle me parle.

KIKI-LA-DOUCETTE : Pas de la même manière. Elle te parle de la température, de la tartine qu'Elle mange, de l'oiseau qui vient de s'envoler. Elle te dit : « Viens ici. Gare à ton derrière. Tu es beau. Tu es laid. Tu es mon crapaud bringé, ma sympathique grenouille. Je te défends de manger ce crottin sec... »

TOBY-CHIEN : C'est déjà très gentil, tu ne trouves pas ?

KIKI-LA-DOUCETTE : Très gentil. Mais nos confidences, d'Elle à moi, de moi à Elle, sont d'autre sorte. Depuis que nous sommes ici, Elle s'est confiée, presque sans paroles, à mon instinct divinateur. Elle se délecte d'une tristesse et d'une solitude plus savoureuses que le bonheur. Elle ne se lasse pas de regarder changer la couleur des heures. Elle erre beaucoup, mais pas loin, et son activité piétine sur ces dix hectares bornés de murs en ruines. Tu la vois parfois debout sur la cime de notre montagne, sculptée dans sa robe par le vent amoureux, les cheveux tour à tour droits et couchés comme les épis du seigle, et pareille à un petit génie de l'Aventure ?... Ne t'en émeus pas. Son regard ne défie pas l'espace, il y cherche, il y menace seulement l'intrus en marche vers sa demeure, l'assaillant de sa retraite..., dirai-je sentimentale ?

TOBY-CHIEN : Dis-le.

KIKI-LA-DOUCETTE : Elle n'aime point l'inconnu, et ne chérit sans trouble que ce lieu ancien, retiré, ce seuil usé par ses pas enfantins, ce parc triste dont son cœur connaît tous les aspects. Tu la crois assise là, près de nous ? Elle est assise en même temps sur la roche tiède, au revers de la combe, et aussi sur la branche odorante et basse du pin argenté... Tu crois qu'elle dort ? elle cueille en ce moment, au potager, la fraise blanche qui sent la fourmi écrasée. Elle respire, sous la tonnelle de roses, l'odeur orientale et comestible de mille roses vineuses, mûres en un seul jour de soleil. Ainsi immobile et les yeux clos, elle habite chaque pelouse, chaque arbre, chaque fleur — elle se penche à la fois, fantôme bleu comme l'air, à toutes les fenêtres de sa maison chevelue de vigne... Son esprit court, comme un sang subtil, le long des veines de toutes les feuilles, se caresse au velours des géraniums, à la cerise vernie, et s'enroule à la couleuvre poudrée de poussière, au creux du sentier jaune... C'est pourquoi tu la vois si sage et les yeux clos, car ses mains pendantes, qui semblent vides, possèdent et égrènent tous les instants d'or de ce beau jour lent et pur.

MAQUILLAGES[1]

« À ton âge, si j'avais mis de la poudre et du rouge aux lèvres, et de la gomme aux cils, que m'aurait dit ma mère ? Tu crois que c'est joli, ce bariolage, ce... ce masque de carnaval, ces... ces exagérations qui te vieillissent ? »

Ma fille ne répond rien. Ainsi j'attendais, à son âge, que ma mère eût fini son sermon. Dans son mutisme seul, je peux deviner une certaine irrévérence, car un œil de jeune fille, lustré, vif, rétréci entre des cils courbes comme les épines du rosier, est aisément indéchiffrable. Il suffirait, d'ailleurs, qu'elle en appelât à ma loyauté, qu'elle me questionnât d'une manière directe : « Franchement, tu trouves ça laid ? Tu me trouves laide ? »

Et je rendrais les armes. Mais elle se tait finement et laisse tomber « dans le froid » mon couplet sur le respect qu'on doit à la beauté adolescente. J'ajoute même, pendant que j'y suis, quelque chose sur « les convenances », et, pour terminer, j'invoque les merveilles de la nature, la corolle, la pulpe, exemples éternels — imagine-t-on la rose fardée, la cerise peinte ?...

Mais le temps est loin où d'aigrelettes jeunes filles, en province, trempaient en cachette leurs doigts dans la jarre à farine, écrasaient sur leurs lèvres des pétales de géranium, et recueillaient, sous une assiette qu'avait léchée la flamme d'une bougie, un noir de fumée aussi noir que leur petite âme ténébreuse...

Qu'elles sont adroites, nos filles d'aujourd'hui ! La joue ombrée, plus brune que rose, un fard insaisissable comblant, bleuâtre ou gris, ou vert sourd, l'orbite ; les cils en épingles et la bouche éclatante, elles n'ont peur de rien. Elles sont beaucoup mieux maquillées que leurs aînées. Car souvent la femme de trente à quarante ans hésite : « Aurai-je trente ans, ou quarante ? Ou vingt-cinq ? Appellerai-je à mon secours les couleurs de la fleur, celles du fruit ? » C'est l'âge des essais, des tâtonnements, des erreurs, et du désarroi qui jette les femmes d'un « institut » à une « académie », du massage à la piqûre, de l'acide à l'onctueux, et de l'inquiétude au désespoir.

Dieu merci, elles reprennent courage, plus tard. Depuis que je soigne et maquille mes contemporaines, je n'ai pas encore rencontré une femme de cinquante ans qui fût découragée, ni une sexagénaire neurasthénique. C'est parmi ces championnes qu'il fait bon tenter — et réaliser — des miracles de maquillage. Où sont les rouges d'antan et leur âpreté de groseille, les blancs ingrats, les bleus-enfant-de-Marie ? Nous détenons des gammes à enivrer un peintre. L'art d'accommoder les visages, l'industrie qui fabrique les fards, remuent presque autant de millions que la cinématographie. Plus l'époque est dure à la femme, plus la femme, fièrement, s'obstine à cacher qu'elle en pâtit. Des métiers écrasants arrachent à son bref repos, avant le jour, celle qu'on nommait « frêle créature ». Héroïquement dissimulée sous son fard mandarine, l'œil agrandi, une petite bouche rouge peinte sur sa bouche pâle, la femme récupère, grâce à son mensonge quotidien, une quotidienne dose d'endurance, et la fierté de n'avouer jamais...

Je n'ai jamais donné autant d'estime à la femme, autant d'admiration que depuis que je la vois de tout près, depuis que je tiens, renversé sous le rayon bleu métallique, son visage sans secrets, riche d'expression, varié sous ses rides agiles, ou nouveau et rafraîchi d'avoir quitté un moment sa couleur étrangère. Ô lutteuses ! C'est de lutter que vous restez jeunes. Je fais de mon mieux, mais comme vous m'aidez ! Lorsque certaines d'entre vous me chuchotent leur âge véritable, je reste éblouie. L'une s'élance vers mon petit laboratoire comme à une barricade. Elle eſt mordante, populacière, superbe :

« Au boulot ! Au boulot ! s'écrie-t-elle. J'ai une vente difficile. S'agit d'avoir trente ans, aujourd'hui — et toute la journée ! »

De son valeureux optimisme, il arrive que je passe, le temps d'écarter un rideau, à l'une de ces furtives jeunes filles qui ont, du lévrier, le ventre creux, l'œil réticent et velouté, et qui parlent peu, mais parcourent, d'un doigt expert, le clavier des fards :

« Celui-là... Et celui-là... Et puis le truc à z'yeux... Et la poudre foncée... Ah ! Et puis... »

C'eſt moi qui les arrête :

« Et qu'ajouterez-vous quand vous aurez mon âge ? »

L'une d'elles leva sur mon visage un long regard désabusé :

« Rien... Si vous croyez que ça m'amuse... Mon rêve, c'eſt d'être maquillée une fois pour toutes, pour la vie ; je me maquille très fort, de manière à avoir la même figure dans vingt ans. Comme ça, j'espère qu'on ne me verra pas changer. »

Un de mes grands plaisirs, c'eſt la découverte. On ne croirait jamais que tant de visages féminins de Paris reſtent, jusqu'à l'âge mûr, tels que Dieu les créa. Mais vient l'heure dangereuse, et une sorte de panique, l'envie non seulement de durer, mais de naître ; vient l'amer, le tardif printemps des cœurs, et sa force qui déplace les montagnes...

« Eſt-ce que vous croyez que... Oh ! il n'eſt pas queſtion pour moi de me changer en jeune femme, bien sûr... Mais, tout de même, je voudrais essayer... »

J'écoute, mais surtout je regarde. Une grande paupière brune, un œil qui s'ignore, une joue romaine, un peu large, mais ferme encore, tout ce beau terrain à prospecter, à éclairer... Enviez-moi, j'ai de belles récompenses après le maquillage : le soupir d'espoir, l'étonnement, l'arrogance qui point, et ce coup d'œil impatient vers la rue, vers l'« effet que ça fera », vers le risque...

Pendant que j'écris, ma fille eſt toujours là. Elle lit, et sa main va d'une corbeille de fruits à une boîte de bonbons. C'eſt une enfant d'à présent. L'or de ses cheveux, en suis-je tout à fait responsable ? Elle a eu un teint de pêche claire, avant de devenir, en dépit de l'hiver, un brugnon très foncé, sous une poudre aussi rousse que le pollen des fleurs du sapin... Elle sent mon regard, y répond malicieusement, et lève vers la lumière une grappe de raisin, noir sous son brouillard bleu de pruine impalpable :

« Lui aussi, dit-elle, il est poudré... »

BELLES-DE-JOUR[1]

La guêpe mangeait la gelée de groseilles de la tarte. Elle y mettait une hâte méthodique et gloutonne, la tête en bas, les pattes engluées, à demi disparue dans une petite cuve rose aux parois transparentes. Je m'étonnais de ne pas la voir enfler, grossir, devenir ronde comme une araignée... Et mon amie n'arrivait pas, mon amie si gourmande, qui vient goûter assidûment chez moi, parce que je choie ses petites manies, parce que je l'écoute bavarder, parce que je ne suis jamais de son avis... Avec moi elle se repose ; elle me dit volontiers, sur un ton de gratitude, que je ne suis guère coquette, et je n'épluche point son chapeau ni sa robe, d'un œil agressif et féminin... Elle se tait, quand on dit du mal de moi chez ses autres amies, elle va jusqu'à s'écrier : « Mes[a] enfants, Colette est toquée, c'est possible, mais elle n'est pas si rosse que vous la faites ! » Enfin elle m'aime bien.

Je ressens, à la contempler, ce plaisir apitoyé et ironique qui est une des formes de l'amitié. On n'a jamais vu une femme plus blonde, ni plus blanche, ni plus habillée, ni plus coiffée ! La nuance de ses cheveux, de ses vrais cheveux, hésite délicatement entre l'argent et l'or, il fallut faire[b2] venir de Suède la chevelure annelée d'une fillette de six ans, quand mon amie désira les « chichis » réglementaires qu'exigent nos chapeaux. Sous cette couronne d'un métal si rare, le teint de mon amie, pour ne point en jaunir, s'avive de poudre rose, et les cils, brunis à la brosse, protègent un regard mobile, un[a] regard gris, ambré, peut-être aussi marron, un regard qui sait se poser, câlin et quémandeur, sur[b] des prunelles masculines, câlines et quémandeuses.

Telle est mon amie, dont j'aurai dit tout ce que je sais, si j'ajoute qu'elle se nomme Valentine[1] avec quelque crânerie, par ce temps de brefs diminutifs où les petits noms des femmes — Tote, Moute, Loche, — ont des sonorités de hoquet mal retenu...

« Elle a oublié[c] », pensais-je patiemment. La guêpe, endormie ou morte de congestion, s'enlisait, la tête en bas, dans la cuve de délices... J'allais rouvrir mon livre, quand le timbre grelotta, et mon amie parut. D'une volte elle enroula à ses jambes sa jupe trop longue et s'abattit près de moi, l'ombrelle en travers des genoux — geste savant d'actrice, de mannequin, presque d'équilibriste, que mon amie réussit si parfaitement chaque fois...

« Voilà une heure pour goûter ! Qu'est-ce que vous avez pu faire ?

— Mais rien, ma chère ! Vous êtes étonnante, vous qui vivez entre votre chien, votre chatte et votre livre ! vous croyez que Lelong[2] me réussira des amours de robes sans que je les essaie ?

— Allons[d]... mangez et taisez-vous. Ça ? c'est pas sale, c'est une guêpe. Figurez-vous qu'elle a creusé toute seule ce petit trou ! Je l'ai regardée, elle a mangé tout ça en[e] vingt-cinq minutes.

— Comment, vous l'avez regardée ? Quelle dégoûtante créature vous êtes, tout de même ! Non, merci, je n'ai pas faim. Non, pas de thé non plus.

— Alors je sonne, pour les toasts ?

— Si c'est pour moi, pas la peine... Je n'ai pas faim, je vous dis.

— Vous avez goûté ailleurs, petite rosse ?

— Parole non ! Je suis toute chose, je ne sais pas ce que j'ai... »

Étonnée, je levai les yeux vers le visage de mon amie, que je n'avais pas encore isolé de son chapeau insensé, grand comme une ombrelle, hérissé d'une fusée épanouie de plumes, un chapeau feu d'artifice, grandes-eaux[3] de Versailles, un chapeau pour géante qui eût accablé jusqu'aux épaules la petite tête de mon amie, sans les fameux *chichis* blond suédois... Les joues poudrées de rose, les lèvres vives et fardées, les cils raidis lui composaient son frais petit masque habituel, mais quelque chose, là-dessous, me sembla changé, éteint, absent. En haut d'une joue moins poudrée, un sillon mauve gardait la nacre, le vernissé de larmes récentes...

Ce chagrin maquillé, ce chagrin de poupée courageuse me remua soudain, et je ne pus me retenir de prendre mon amie par les épaules, dans un mouvement de sollicitude qui n'eſt guère de mise entre nous... Elle se rejeta en arrière en rougissant sous son rose, mais[a] elle n'eut pas le temps de se reprendre et renifla en vain son sanglot...

Une minute plus tard, sans que nous eussions échangé d'autres paroles, elle pleurait, en essuyant l'*intérieur* de ses paupières avec la corne d'une serviette à thé. Elle pleurait avec simplicité, attentive à ne pas tacher de larmes sa robe de crêpe de Chine, à ne point défaire sa figure, elle pleurait soigneusement, proprement, petite martyre du maquillage[1]...

« Je ne puis pas vous être utile ? » lui demandai-je doucement.

Elle fit « non » de la tête, soupira en tremblant, et me tendit sa tasse où je versai du thé refroidi...

« Merci, murmura-t-elle, vous êtes bien gentille... Je vous demande pardon, je suis si nerveuse...

— Pauvre gosse ! Vous ne voulez rien me dire ?

— Oh ! Dieu si. Ce n'eſt pas compliqué, allez. Il ne m'aime plus. »

Il... Son amant ! Je n'y avais pas songé. Un amant, elle ? et quand ? et où ? et qui ? Cet idéal mannequin se dévêtait, l'après-midi, pour un amant ? Un tas d'images saugrenues se levèrent — se couchèrent — devant moi, que je chassai en m'écriant :

« Il ne vous aime plus ? Ce n'eſt pas possible !

— Oh ! si... Une scène terrible... (Elle ouvrit sa glace d'or, se poudra, essuya ses cils d'un doigt humide.) Une scène terrible, hier...

— Jaloux ?

— Lui, jaloux ? Je serais trop contente ! Il eſt méchant... Il me reproche des choses... Je n'y peux rien pourtant ! »

Elle bouda, le menton doublé sur son haut col :

« Enfin, je vous fais juge ! Un garçon délicieux, et nous n'avions jamais eu un nuage en six mois, pas un accroc, pas ça !... Il était quelquefois nerveux, mais chez un artiste...

— Ah ! il est artiste ?

— Peintre, ma chère. Et peintre de grand talent. Si je pouvais vous le nommer, vous seriez bien surprise. Il a chez lui vingt sanguines d'après moi, en chapeau, sans chapeau, dans toutes mes robes ! C'est d'un enlevé, d'un vaporeux... Les mouvements des jupes sont des merveilles[1]... »

Elle s'animait, un peu défaite, les ailes de son nez mince brillantes de larmes essuyées et d'un commencement de couperose légère... Ses cils avaient perdu leur gomme noire, ses lèvres leur carmin... Sous le grand chapeau seyant et ridicule, sous les *chichis* postiches, je découvrais pour la première fois une femme, pas très jolie, pas laide non plus, fade si l'on veut, mais touchante, sincère et triste...

Ses paupières rougirent brusquement.

« Et... qu'est-ce qui est arrivé ? risquai-je.

— Ce qui est arrivé ? Mais rien ! On peut dire *rien*, ma chère ! Hier, il m'a accueillie d'un air drôle... un air de médecin... Et[a] puis tout d'un coup aimable : “Ôte ton chapeau, chérie !” me dit-il. “Je te garde... pour dîner, dis ? je te garde toute la vie si tu veux !” C'était ce chapeau-ci, justement, et vous savez que c'est une affaire terrible pour l'installer et le retirer... »

Je ne savais pas, mais je hochai la tête, pénétrée...

« ... Je fais un peu la mine. Il insiste, je me dévoue, je commence à enlever mes épingles et un de mes chichis reste pris dans la barrette du chapeau, là, tenez... Ça m'était bien égal, on sait que j'ai des cheveux, n'est-ce pas, et lui mieux que personne ! C'est pourtant lui[b] qui a rougi, en se cachant. Moi, j'ai replanté mon chichi, comme une fleur, et j'ai embrassé mon ami à grands bras autour du cou, et je lui ai chuchoté que mon mari était au circuit de Dieppe, et que... vous comprenez ! Il ne disait rien. Et puis il[c] a jeté sa cigarette et ça a commencé. Il m'en a dit ! Il m'en a dit !... »

À chaque exclamation, elle frappait ses genoux de ses mains ouvertes, d'un geste peuple et découragé, comme ma femme de chambre quand elle me raconte que son mari l'a encore battue.

« Il m'a dit des choses incroyables, ma chère ! Il se retenait d'abord, et puis il s'est mis à marcher en parlant... “Je ne demande pas mieux, chère amie, que de passer la nuit avec vous... (ce toupet !) mais je veux... je veux ce que vous devez me donner, ce que vous ne pouvez pas me donner !...”

— Quoi donc, Seigneur ?

— Attendez, vous allez voir... “Je veux la femme que vous êtes *en ce moment*[1], la gracieuse longue petite fée couronnée d'un or si léger et si abondant que sa chevelure mousse jusqu'aux sourcils. Je veux ce teint de fruit mûri en serre et[a] ces cils paradoxaux, et toute cette beauté école anglaise ! Je vous veux, telle que vous voilà, et non pas telle que la nuit cynique vous donnera à moi ! Car vous viendrez — je m'en souviens ! — vous viendrez conjugale et tendre, sans couronne et sans frisure, avec vos cheveux épargnés par le fer, tout plats, tordus en nattes. Vous viendrez petite, sans talons, vos cils develoutés, votre poudre lavée, vous viendrez désarmée et sûre de vous, et je resterai stupéfait devant cette autre femme !...

« “Mais vous le saviez pourtant, criait-il, vous le saviez ! La femme que j'ai désirée, vous, telle que vous voilà, n'a presque rien de commun avec cette sœur simplette et pauvre qui sort de votre cabinet de toilette chaque soir ! De quel droit changez-vous la femme que j'aime ? Si vous vous souciez de mon amour, comment osez-vous défleurir ce que j'aime ?...”

« Il en a dit, il en a dit !... Je ne bougeais pas, je le regardais, j'avais froid... Je n'ai pas pleuré, vous savez ! Pas devant lui.

— C'était très[b] sage, mon enfant, et très courageux.

— Très courageux, répéta-t-elle en baissant la tête. Dès que j'ai pu bouger, j'ai filé... J'ai entendu encore des choses terribles sur les femmes, sur toutes les femmes ; sur l'“inconscience prodigieuse des femmes, leur imprévoyant orgueil, leur orgueil de brutes qui pensent toujours, au fond, que ce sera assez bon pour l'homme.” Qu'est-ce que vous auriez répondu, vous ?

— Rien. »

Rien, c'est vrai. Que dire ? Je ne suis pas loin de

penser comme lui, lui, l'homme grossier et poussé à bout... Il a presque raison. « C'est toujours assez bon pour l'homme ! » Elles sont sans excuse. Elles[a] ont donné à l'homme toutes les raisons de fuir, de tromper, de haïr, de changer... Depuis que le monde existe, elles ont infligé à l'homme, sous les courtines, une créature inférieure à celle qu'il désirait. Elles le volent avec effronterie, en ce temps où les cheveux de renfort, les corsets truqués, font[b] du moindre laideron piquant une « petite femme épatante ».

J'écoute parler mes autres amies, je les regarde, et je demeure, pour elles, confuse... Lily, la charmante, ce page aux cheveux courts et frisés, impose à ses amants, dès la première nuit, la nudité de son crâne bossué d'escargots marron, l'escargot gras et immonde du bigoudi ! Clarisse préserve son teint, pendant son sommeil, par une couche de crème aux concombres, et Annie relève à la chinoise tous ses cheveux attachés par un ruban ! Suzanne[c] enduit son cou délicat de lanoline et l'emmaillote de vieux linge usé... Minna ne s'endort jamais sans sa mentonnière, destinée à retarder l'empâtement des joues et du menton, et elle se colle sur chaque tempe une étoile en paraffine...

Quand je m'indigne, Suzanne lève ses grasses épaules et dit :

« Penses-tu que je vais m'abîmer la peau pour un homme ? Je n'ai pas de peau de rechange. S'il n'aime[d] pas la lanoline, qu'il s'en aille. Je ne force personne. » Et Lily déclare, impétueuse : « D'abord, je ne suis pas laide avec mes bigoudis ! Ça fait petite fille frisée pour une distribution des prix ! » Minna[e] répond à son « ami », quand il proteste contre la mentonnière : « Mon chéri, t'es bassin. Tu[f] es pourtant assez content, aux courses, quand on dit derrière toi : "Cette Minna, elle a toujours son ovale de vierge !". » Et Jeannine, qui porte la nuit une ceinture amaigrissante ! Et Marguerite qui... non, celle-là je ne peux pas l'écrire !...

Ma petite amie[g], enlaidie et triste, m'écoutait obscurément penser, et devina que je ne la plaignais pas assez. Elle se leva :

« C'est tout ce que vous me dites ?

— Mon pauvre petit[h], que voulez-vous que je vous dise ? Je crois que rien n'est cassé, et que votre peintre d'amant grattera demain à votre porte, peut-être ce soir...

— Peut-être qu'il aura téléphoné ? Il n'est pas méchant au fond... il est un peu toqué, c'est une crise, n'est-ce pas ? »

Elle était debout déjà, tout éclairée d'espoir.

Je dis « oui » chaque fois, pleine de bonne volonté et du désir de la satisfaire... Et je la regardai filer sur le trottoir, de son pas raccourci par les hauts talons... Peut-être, en effet, l'aime-t-il... Et s'il l'aime, l'heure reviendra où, malgré tous les apprêts et les fraudes, elle redeviendra pour lui, l'ombre aidant, la faunesse aux cheveux libres, la nymphe aux pieds intacts, la belle esclave aux flancs sans plis, nue comme l'amour même...

DE QUOI EST-CE QU'ON A L'AIR[1] ?

« Qu'est-ce que vous faites, demain dimanche ?

— Pourquoi me demandez-vous ça ?

— Oh ! pour rien... »

Mon amie Valentine a pris, pour s'enquérir de l'emploi de mon dimanche, un air trop indifférent... J'insiste :

« Pour[a] rien ? c'est sûr ? Allons, dites tout !... Vous avez besoin de moi ? »

Elle s'en tire avec grâce, la rouée, et me répond gentiment.

« J'ai toujours besoin de vous, ma chère. »

Oh ! ce sourire !... Je reste un peu bête, comme chaque fois que sa petite duplicité mondaine me joue. J'aime mieux céder tout de suite :

« Le dimanche, Valentine, je vais au concert, ou bien je me couche. Cette année, je me couche souvent, parce que Chevillard est mal logé et parce que les concerts Colonne[2], qui se suivent, se ressemblent.

— Ah ! vous trouvez ?

— Je trouve. Quand on a fréquenté Bayreuth autrefois, assez assidûment, quand on a joui de Van Rooy en Wotan et souffert de Burgstaller en Siegfried[3], on n'a aucun plaisir, mais aucun, à retrouver celui-ci chez Colonne, en civil, avec sa dégaine de sacristain frénétique couronné de frisettes enfantines, ses genoux de vieille danseuse et sa sensiblerie de séminariste... Un méchant hasard nous réunit au Châtelet, lui sur la scène, moi dans la salle, il y a quelques semaines, et je dus l'entendre bramer — deux fois ! — un « *Ich grolle nicht*[1] » que Mme de Maupeou[2] n'ose plus servir à des parents de province ! Avant la fin du concert, j'ai fui, au grand[a] soulagement de ma voisine de droite, la « dame » d'un conseiller municipal de Paris, ma chère !

— Vous la gêniez ?

— Je lui donnais chaud. Elle ne me connaît plus, depuis qu'une séparation de corps et de biens m'a tant changée. Elle tremblait, chaque fois que je bougeais un cil, que je l'embrassasse...

— Ah ! je comprends !... »

Elle comprend !... Les yeux baissés, mon amie Valentine tapote[b] le fermoir de sa bourse d'or. Elle porte — mais je vous l'ai conté déjà — un vaste et haut chapeau, sous lequel foisonnent des cheveux d'un blond ruineux. Ses manches à la japonaise lui font des bras de pingouin, sa jupe, longue et lourde, couvre ses pieds pointus, et il lui faut un terrible entêtement pour paraître charmante sous tant d'horreurs... Elle vient de dire, comme malgré elle :

« Je comprends...

— Oui, vous comprenez. J'en suis sûre. Vous devez comprendre cela... Mon enfant, vous ne rentrez pas chez vous ? Il est tard, et votre mari...

— Oh ! ce n'est pas gentil à vous... »

Ses yeux bleu-gris-vert-marron, humbles, me supplient, et je[c] me repens tout de suite.

« C'est pour rire, bête ! Voyons, que vouliez-vous faire de mon dimanche ? »

Mon amie Valentine écarte ses petits bras de pingouin, comiquement :

« Eh bien, voilà, justement, c'est comme un fait exprès... Figurez-vous, demain après-midi, je suis toute seule, toute seule...

— Et vous vous plaignez !... »

Le mot m'a échappé... Je la sens presque triste, cette jeune poupée. Son mari absent, son amant... occupé, ses amis — les vrais, — fêtent le Seigneur portes closes, ou filent en auto...

« Vous vouliez venir chez moi, demain, mon petit ? Mais venez donc ! C'est une très bonne idée. »

Je n'en pense pas un mot, mais elle me remercie,

d'un regard chien-perdu propre à me toucher, et elle s'en va, vive, pressée, comme si vraiment elle avait quelque chose à faire...

DIMANCHE. — Mon cher dimanche de paresse et de lit tiède, mon dimanche de gourmandise, de sommeil, de lecture, te voilà perdu, gâché, et pour qui ? Pour une incertaine amie qui m'apitoie vaguement...

Ne[a] t'endors pas, ma chatte grise repue, car mon amie Valentine va sonner, entrer, froufrouter, s'exclamer... Elle[b] passera sa main gantée sur ton dos, et tu frémiras de l'échine, en levant sur elle des yeux meurtriers... Tu sais qu'elle ne t'aime guère, toi ma campagnarde à fourrure rase ; elle s'extasie devant les angoras qui ont des pèlerines de colleys et des favoris comme Chauchard[1]... Parce que tu l'as griffée un jour, elle s'écarte de toi, elle ignore ta petite âme violente, délicate et vindicative, de chatte bohémienne. Dès qu'elle viendra, tourne-lui ton dos zébré, roule-toi en turban contre mes pieds, sur le satin éraillé par tes griffes courbes qui ont la forme des épines d'églantier...

Chut ! elle a[c] sonné... La voici ! Elle grelotte et pose au hasard sur ma figure son petit nez glacé — elle embrasse si mal !

« Seigneur ! votre nez a perdu connaissance, ma chérie. Asseyez-vous dans le feu, je vous en prie.

— Ne riez pas, c'est terrible dehors ! Avez-vous de la chance, tout de même, d'être couchée ! Quatre degrés sous zéro ; tout le monde[d] va mourir. »

De fait, le visage de mon amie a tourné au lilas, le lilas un peu verdâtre des prunes qui commencent à mûrir...

Un splendide costume tailleur, en velours souris, la moule, l'épouse du col aux pieds. La jaquette surtout, oh ! la jaquette !... étroite en haut, évasée en bas, la basque brodée battant le genou, comme une seconde petite jupe... Et[e] on a jeté là-dessus, par quatre degrés sous zéro, une étole de zibeline, un coûteux chiffon de fourrure inutile — et on meurt de froid et on a le nez mauve.

« Petite buse ! Vous ne pouviez pas mettre votre paletot en breitschwanz[2], au moins ? »

Elle se tourne à demi, les mains au chapeau, égarée dans sa voilette :

« Mais non, je ne pouvais pas ! Avec cette mode de jaquettes longues, les basques[a] de celle-ci dépassent sous mon manteau de breitschwanz, alors, je vous demande un peu, de quoi eſt-ce qu'on a l'air ?

— Il fallait allonger le paletot de breitschwanz.

— Merci ! et puis quoi encore ! Max[1] eſt très chic, et pas trop cher, mais tout de même...

— Il[b] fallait... acheter une zibeline plus grande... »

Mon amie vire sur moi comme si elle allait me mordre.

« Une... une zibeline plus grande ! ! ! Je ne suis pas Rothschild, moi !

— Moi non plus. Ou bien... attendez... vous auriez dû avoir un manteau sérieux, en fourrure moins chère, qui ne serait pas de la zibeline... »

Dépêtrée[c] de sa voilette, mon amie laisse tomber ses bras fatigués.

« Une autre fourrure !... Il n'y a pas de fourrure vraiment chic, vraiment *habillée,* en dehors de la zibeline... Une femme chic sans zibeline, sérieusement[d], ma chère, de quoi a-t-elle l'air ? »

De quoi, en effet, peut-elle bien avoir l'air ? Je n'en sais rien. Je cherche, en caressant des orteils, au fond de mon lit, ma « boule » en caoutchouc...

Le feu craque et siffle, un feu campagnard et sans vergogne, qui pète et lance de petites braises roses...

« Valentine, vous allez être bien gentille et vous occuper du ménage. Tirez la table à thé contre le lit. L'eau bouillante eſt devant le feu ; les sandwiches, le frontignan, tout eſt là... vous n'aurez pas à sonner Francine ; je ne serai pas forcée de me lever ; on va être tranquilles, gourmandes, paresseuses... Ôtez votre chapeau, vous pourrez appuyer votre nuque aux coussins... Là donc ! »

Elle eſt gentille, sans chapeau. Un peu modiſte, un peu mannequin, mais gentille. Un beau rouleau de cheveux dorés s'abaisse jusqu'à ses sourcils châtains et soutient une grosse vague ondulée ; — au-dessus, il y a encore une vague plus petite, et puis encore au-dessus, en arrière, des boucles[e], des boucles, des boucles... C'eſt appétissant, propre, à la fois crémeux et net, compliqué comme un entremets de repas[f] de noces...

La lampe — j'ai fait clore persiennes et rideaux —

jette au visage de mon amie un fard rose ; mais, malgré la poudre de riz en nappe égale et veloutée, malgré le rouge des lèvres, je devine les traits tirés, le sourire raidi... Elle s'appuie aux coussins avec un grand soupir de fatigue...

« Claquée ?

— Claquée complètement.

— L'amour ?... »

Geste[a] d'épaules.

« L'amour ? Ah ! là là... Pas le temps. Avec les "premières", les dîners, les soupers, les déjeuners en auto aux environs, les expositions et les thés... C'est[b] terrible, ce mois-ci !

— On se couche tard, hein ?

— Hélas...

— Levez-vous tard. Ou bien vous perdrez votre beauté, mon petit. »

Elle me regarde, étonnée :

« Me lever tard ? Vous en parlez à votre aise. Et la maison ? Et les ordres à donner ? Et les comptes des fournisseurs ? Et tout et tout !... Et la femme de chambre qui frappe à ma porte vingt-cinq fois !

— Tirez le verrou, et dites qu'on vous fiche la paix.

— Mais je ne peux pas ! Rien ne marcherait plus chez moi ; ce serait le coulage, le vol organisé... Tirer le verrou ! Je pense à la figure que ferait, derrière la porte, mon gros maître d'hôtel qui ressemble à Jean de Bonnefon[1]... De quoi est-ce que j'aurais l'air ?

— Je ne sais pas, moi... D'une femme qui se repose...

— Facile à dire..., soupire-t-elle dans un bâillement nerveux. Vous pouvez vous payer ça, vous qui êtes... qui êtes...

— En marge de la société... »

Elle rit de tout son cœur, soudain rajeunie... Puis[c], mélancolique :

« Eh oui, vous le pouvez. *Nous autres*, on ne nous le permet pas. »

Nous autres... Pluriel[d] mystérieux, franc-maçonnerie imposante de celles que le monde hypnotise, surmène et discipline... Un abîme sépare cette jeune femme assise, en costume tailleur gris, de cette autre femme couchée sur le ventre, les poings au menton. Je savoure, silencieuse, mon enviable infériorité. Tout bas, je songe :

« *Vous autres*, vous ne pouvez pas vivre[a] n'importe comment... C'est là votre supplice, votre orgueil et votre perte. Vous avez des maris qui vous mènent, après le théâtre, souper — mais vous avez aussi des enfants et des femmes de chambre qui vous tirent, le matin, à bas du lit. Vous soupez, au café de Paris, à côté de Mlle Xaverine de Choisy[1] et[b] vous quittez le restaurant en même temps qu'elle, un peu grises, un peu toquées, les nerfs en danse... Mais Mlle de Choisy, chez elle, dort si ça lui chante, aime si ça lui roucoule, et jette en s'endormant à sa camériste fidèle : "Je me pieute pour jusqu'à deux heures de l'après-midi, et qu'on ne me barbe pas avant ou je fiche[c] ses huit jours à tout le monde !" Ayant dormi neuf heures d'un juste repos, Mlle de Choisy s'éveille, fraîche, déjeune, et file rue de la Paix, où elle vous rencontre, vous, Valentine, vous, toutes les Valentines, vous, mon amie, debout[c] depuis huit heures et demie du matin, déjà sur les boulets, pâlotte et les yeux creux... Et Mlle de Choisy, bonne fille, glisse en confidence à son essayeuse : "Elle en a une mine, la petite Mme Valentine Chose ! Elle doit s'en coller une de ces noces !" Et votre mari, et votre amant, au souper suivant compareront *in petto*, eux aussi, la fraîcheur reposée de Mlle de Choisy à votre évidente fatigue. Vous penserez, rageuse et inconsidérée : "Elles sont en acier, ces femmes-là !" Que non pas, mon amie ! Elles se reposent plus que vous. Quelle demi-mondaine résisterait au train-train quotidien de certaines femmes du monde ou même de certaines mères de famille ?... »

Ma jeune amie a ébouillanté le thé, et emplit les tasses d'une main adroite. J'admire son élégance un peu voulue, ses gestes justes ; je lui[d] sais gré de marcher sans bruit, tandis que sa longue jupe la précède et la suit, d'un flot obéissant et moiré... Je lui sais gré de se confier à moi, de revenir, au risque de compromettre sa position correcte de femme qui a un mari et un amant, de revenir chez moi avec un entêtement affectueux qui frise l'héroïsme...

Au tintement des cuillers, ma chatte[e] grise vient d'ouvrir ses yeux de serpent.

Elle a faim. Mais elle ne se lève pas tout de suite, par souci de pur *cant*. Mendier, à la façon d'un angora plaintif et câlin, sur une mélopée mineure, fi !... De quoi eſt-ce qu'elle aurait l'air ? comme dit Valentine... Je lui tends un coin de toaſt brûlé, qui craque[a] sous ses petites dents de silex d'un blanc bleuté, et son ronron perlé double celui de la bouilloire... Durant une longue minute, un silence quasi provincial nous abrite. Mon amie se repose, les bras tombés...

« On n'entend rien », chuchote-t-elle avec précaution.

Je lui réponds des yeux, sans parler, amollie de chaleur et de paresse. On eſt bien... Mais l'heure ne serait-elle pas meilleure encore, si mon amie n'était pas là ? Elle va parler, c'eſt inévitable. Elle va dire : « De quoi eſt-ce qu'on a l'air ? » Ce n'eſt pas de sa faute, on l'a élevée comme ça. Si elle avait des enfants, elle leur défendrait de manger leur viande sans pain, ou de tenir leur cuiller avec la main gauche : « Jacques, veux-tu bien !... De quoi as-tu l'air... ? »

Chut !... elle ne parle pas. Ses paupières battent et ses yeux ont l'air de s'évanouir... J'ai, devant moi, une figure presque inconnue, celle d'une jeune femme ivre de sommeil et qui s'endort avant d'avoir fermé les paupières. Le sourire voulu s'efface, la lèvre boude, et[b] le petit menton rond s'écrase sur le col en broderie d'argent...

Elle dort profondément à présent. Quand elle se réveillera en sursaut, elle s'excusera, en s'écriant : « M'endormir en visite, sur un fauteuil ! De quoi ça a-t-il l'air ? »

Mon amie Valentine, vous avez l'air d'une jeune femme oubliée là comme un pauvre chiffon gracieux. Dormez entre[c] le feu et moi, au ronron de la chatte, au froissement léger du livre que je vais lire. Personne n'entrera avant votre réveil ; personne ne s'écriera, en contemplant votre sommeil boudeur et mon lit défait : « Oh ! de quoi ça a-t-il l'air ! » car vous en pourriez mourir de confusion. Je veille sur vous, avec une tiède, une amicale pitié ; je veille sur votre conſtant et vertueux souci de l'*air* que *ça* pourrait avoir...

LA GUÉRISON[1]

La chatte grise eﬅ ravie que je fasse du théâtre. Théâtre ou music-hall, elle n'indique pas de préférence. L'important eﬅ que je disparaisse tous les soirs, la côtelette avalée, pour reparaître vers minuit et demi, et que nous nous attablions derechef devant la cuisse de poulet ou le jambon rose... Trois repas par jour au lieu de deux ! Elle ne songe plus, passé minuit, à celer son allégresse. Assise sur la nappe, elle sourit sans dissimulation, les coins de sa bouche retroussés, et ses yeux, pailletés d'un sable scintillant, reposent larges ouverts et confiants sur les miens. Elle a attendu toute la soirée cette heure précieuse, elle la savoure avec une joie victorieuse et égoïste qui la rapproche de moi...

Ô chatte en robe de cendre ! Pour les profanes, tu ressembles à toutes les chattes grises de la terre, paresseuse, absente, morose, un peu molle, neutre, ennuyée... Mais je te sais sauvagement tendre, et fantasque, jalouse à en perdre l'appétit, bavarde, paradoxalement maladroite, et brutale à l'occasion autant qu'un jeune dogue...

Voici juin, et je ne joue plus *La Chair*, et j'ai fini de jouer *Claudine*[2]... Finis, nos soupers tête-à-tête !... Regrettes-tu l'heure silencieuse où, affamée, un peu abrutie, je grattais du bout des ongles ton petit crâne plat de bête cruelle, en songeant vaguement : « Ça a bien marché, ce soir... » Nous voilà seules[a], redevenues casanières, insociables, étrangères à presque tout, indifférentes à presque tous... Nous allons revoir notre amie Valentine, notre « relation convenable », et l'entendre discourir sur un monde habité, étrange, mal connu de nous, plein d'embûches, de devoirs, d'interdictions, monde redoutable, à l'en croire, mais si loin de moi que je le conçois à peine...

Durant mes stages de pantomime ou de comédie, mon amie Valentine disparaît de ma vie, discrète, effarée, pudique. C'est[a] sa façon courtoise de blâmer mon genre d'existence. Je ne m'en offusque pas. Je me dis qu'elle a un mari dans les automobiles, un amant peintre mondain, un salon, des thés hebdomadaires et des dîners bi-mensuels. Vous ne me voyez guère, n'est-ce pas, jouant *La Chair* ou *Le Faune*[1] en soirée chez Valentine, ou dansant le *Serpent bleu*[2] devant ses invités ?... Je me fais une raison. J'attends[b]. Je sais que mon amie convenable reviendra, gentille, embarrassée, un de ces jours... Peu[c] ou beaucoup, elle tient à moi et me le prouve, et c'est assez pour que je sois son obligée...

La voici. J'ai reconnu son coup de sonnette bref et précis, son coup de sonnette de bonne compagnie...

« Enfin[d], Valentine ! Qu'il y a donc longtemps... »

Quelque chose dans son regard, dans toute sa figure, m'arrête. Je ne saurais dire, au juste, en quoi mon amie est changée. Mauvaise mine ? Non, elle n'a jamais mauvaise mine, sous[e] le velours égal de la poudre et le frottis rose des pommettes. Elle a toujours son air de mannequin élégant, la taille mince, les hanches ravalées sous sa jupe de tussor blond. Elle a ses yeux bleu-gris-vert-marron frais fleuris entre leur double frange de cils noircis, et un tas, un tas de beaux cheveux blond suédois... Qu'y a-t-il ? Un ternissement de tout cela, une fixité nouvelle dans le regard, une décoloration morale, si je puis dire, qui déconcerte, qui arrête sur mes lèvres les banalités de bienvenue... Pourtant elle s'assied, adroite à virer dans sa longue robe, aplatit d'une tape son jabot de lingerie, sourit et parle, parle, jusqu'à ce que je l'interrompe sans diplomatie :

« Valentine, qu'est-ce que vous avez ? »

Elle ne s'étonne pas et répond simplement :

« Rien. Presque rien, vraiment. Il m'a quittée.

— Comment ? Henri... Votre... Votre amant vous a quittée ?

— Oui, dit-elle. Ça fait juste trois semaines aujourd'hui. »

La voix est si douce, si froide, que je me rassure :

« Ah ! Vous... vous avez eu du chagrin ?

— Non, dit-elle avec la même douceur. Je n'en ai pas eu, j'en ai. »

Ses yeux deviennent tout à coup grands, grands, interrogent les miens avec une âpreté soudaine :

« Oui[a], j'en ai. Oh ! j'en ai... Dites, est-ce que ça va durer comme ça ? Est-ce que je vais souffrir longtemps ? Vous ne connaîtriez pas un moyen... Je ne peux pas m'habituer... Quoi faire ? »

La pauvre enfant !... Elle s'étonne de souffrir, elle qui ne s'en croyait pas capable...

« Votre mari, Valentine... il n'a rien su ?

— Non, dit-elle impatiemment, il n'a rien su. Ce n'est pas de cela qu'il s'agit. Qu'est-ce que je pourrais faire ? Vous n'avez pas une idée, vous ? Depuis quinze jours je suis là à me demander ce qu'il faut faire...

— Vous l'aimez encore ? »

Elle hésite :

« Je ne sais pas... Je lui en veux terriblement, parce qu'il ne m'aime plus et qu'il m'a quittée... Je ne sais pas, moi. Je sais seulement que c'est insupportable, insupportable, cette solitude, cet abandon de tout ce qu'on aimait, ce vide, ce... »

Elle s'est levée sur ce mot « insupportable » et marche dans la chambre comme si une brûlure l'obligeait à fuir, à chercher la place fraîche...

« Vous[b] n'avez pas l'air de comprendre. Vous ne savez pas ce que c'est, vous... »

J'abaisse mes paupières, je retiens un sourire apitoyé, devant cette ingénue vanité de souffrir, de souffrir mieux et plus que les autres...

« Mon enfant, vous vous énervez. Ne marchez pas comme cela. Asseyez-vous... Voulez-vous ôter votre chapeau et pleurer tranquillement ? »

D'une dénégation révoltée, elle fait danser sur sa tête tous ses panaches couleur de fumée.

« Certainement non, que je ne m'amuserai pas à pleurer ! Merci ! Pour me défaire toute la figure, et m'avancer à quoi, je vous le demande ? Je n'ai aucune envie de pleurer, ma chère. Je me fais du mauvais sang, voilà tout... »

Elle se rassied, jette son ombrelle sur la table. Son petit visage durci n'est pas sans beauté véritable, en ce moment. Je songe que depuis trois semaines elle se pare chaque jour comme d'habitude, qu'elle échafaude minutieusement son château fragile de cheveux... Depuis trois semaines — vingt et un jours ! — elle se défend contre les larmes dénonciatrices, elle noircit d'une main assurée ses cils blonds, elle sort, reçoit, potine, mange... Héroïsme de poupée, mais héroïsme tout de même...

Je devrais peut-être, d'un grand enlacement fraternel, la saisir, l'envelopper, fondre sous mon étreinte chaude ce petit être raidi, cabré, enragé contre sa propre douleur... Elle s'écroulerait en sanglots, détendrait ses nerfs qui n'ont pas dû, depuis trois semaines, faiblir... Je n'ose pas. Nous ne sommes pas assez intimes, Valentine et moi, et sa brusque confidence ne suffit pas à combler deux mois de séparation.

Et d'ailleurs quel besoin d'amollir, par des dorlotements de nourrice, cette force fière qui soutient mon amie ? « Les larmes bienfaisantes... », oui, oui, je connais le cliché ! Je connais aussi le danger, l'enivrement des larmes solitaires et sans fin ; — on pleure parce qu'on vient de pleurer, et on recommence ; — on continue par entraînement, jusqu'à la suffocation, jusqu'à l'aboiement nerveux, jusqu'au sommeil d'ivrogne d'où l'on se réveille bouffi, marbré, égaré, honteux de soi, et plus triste qu'avant... Pas de larmes, pas de larmes ! J'ai envie d'applaudir, de féliciter mon amie qui se tient assise devant moi, les yeux grands et secs, couronnée de cheveux et de plumes, avec la grâce raide des jeunes femmes qui portent un corset trop long...

« Vous avez raison, ma chérie », dis-je enfin.

Je prends soin de parler sans chaleur, comme si je la complimentais du choix de son chapeau...

« Vous avez raison. Demeurez comme vous êtes, s'il n'y a pas de remède, de réconciliation possible...

— Il n'y en a pas, dit-elle froidement, comme moi.

— Non ?... Alors il faut attendre...

— Attendre ? Attendre quoi ? »

Quel réveil tout à coup, quel fol espoir ! Je secoue la tête :

« Attendre la guérison, la fin de l'amour. Vous souffrez beaucoup, mais il y a pis. Il y a le moment — dans un mois, dans trois mois, je ne sais quand — où vous commencerez à souffrir par intermittence. Vous connaîtrez les répits, les moments d'oubli animal qui viennent, sans qu'on sache pourquoi, parce qu'il fait beau, parce qu'on a bien dormi ou parce qu'on est un peu malade... Oh ! mon enfant ! comme les reprises du mal sont terribles ! Il s'abat sur vous sans avertir, sans rien ménager... Dans un moment innocent et léger, un suave moment délivré, au milieu d'un geste, d'un éclat de rire, *l'idée*, le foudroyant souvenir de la perte affreuse tarit votre rire, arrête la main qui portait à vos lèvres la tasse de thé, et vous voilà terrifiée, espérant la mort avec la conviction ingénue qu'on ne peut souffrir autant sans mourir... Mais vous ne mourrez pas !... — vous non plus. Les trêves reviendront irrégulières, imprévisibles, capricieuses... Ce sera... ce sera vraiment terrible... Mais...

— Mais ?... »

Mon amie m'écoute, moins défiante à présent, moins hostile...

« Mais il y a pis encore ! »

Je n'ai pas assez surveillé ma voix... Au mouvement de mon amie, je baisse le ton :

« Il y a[a] pis. Il y a le moment où vous ne souffrirez presque plus. Oui ! Presque guérie, c'est alors que vous serez "l'âme en peine", celle qui erre, qui cherche elle ne sait quoi, elle ne veut se dire quoi... »

À cette heure-là, les reprises du mal sont bénignes, et par une étrange compensation, les trêves se font abominables, d'un vide vertigineux et fade qui chavire le cœur... C'est la période de stupidité, de déséquilibre... On sent[b] un cœur vidé, ridé, flotter dans une poitrine que gonflent par instants des soupirs tremblants qui ne sont pas même tristes. On sort sans but, on marche sans raison, on s'arrête sans fatigue... On creuse avec une avidité bête la place de la souffrance récente, sans parvenir à en tirer la goutte de sang vif et frais — on s'acharne[c] sur une cicatrice à demi sèche, on regrette

— je vous le jure ! —, on regrette la nette brûlure aiguë... C'est la période aride, errante, que vient encore aigrir le scrupule... Certes, le scrupule ! Le scrupule d'avoir perdu le beau désespoir passionné, frémissant[a], despotique... On se sent diminué, flétri, inférieur aux plus médiocres créatures... Vous vous direz, vous aussi : « Quoi ! je n'étais, je ne suis que cela ? pas même l'égale du trottin amoureux qui se jette à la Seine ? » Ô Valentine ! vous rougirez de vous-même en secret, jusqu'à...

« Jusqu'à ?... »

Mon Dieu, comme elle espère ! Jamais je ne lui verrai d'aussi beaux yeux couleur d'ambre, d'aussi larges prunelles, une bouche aussi angoissée...

« Jusqu'à[b] la guérison, mon amie, la vraie guérison. Cela vient... mystérieusement. On ne la sent pas tout de suite. Mais c'est comme la récompense progressive de tant de peines... Croyez-moi ! cela viendra, je ne sais quand. Une journée douce de printemps, ou bien un matin mouillé d'automne, peut-être une nuit de lune, vous sentirez en votre cœur une chose inexprimable et vivante s'étirer voluptueusement — une couleuvre heureuse qui se fait longue, longue, — une chenille de velours déroulée, — un desserrement, une déchirure soyeuse et bienfaisante comme celle de l'iris qui éclôt... Sans savoir pourquoi, à cette minute, vous nouerez vos mains derrière votre tête, avec un inexplicable sourire... Vous découvrirez, avec une naïveté reconquise, que la lumière est rose à travers la dentelle des rideaux, et doux le tapis aux pieds nus — que l'odeur des fleurs et celle des fruits mûrs exaltent au lieu d'accabler... Vous goûterez un craintif bonheur, pur de toute convoitise, délicat, un peu honteux, égoïste et soigneux de lui-même... »

Mon amie[c] me saisit les mains :

« Encore ! encore ! dites encore !... »

Hélas, qu'espère-t-elle donc ? ne lui ai-je pas assez promis en lui promettant la guérison ? Je caresse en souriant ses petites mains chaudes :

« Encore ! mais c'est fini, mon enfant. Que voulez-vous donc ?

— Ce que je veux ? mais... l'amour, naturellement, l'amour ! »

Mes mains abandonnent les siennes :

« Ah ! oui... Un autre amour... Vous voulez un *autre* amour... »

C'est vrai[a]... Je n'avais pas pensé à un autre amour... Je regarde de tout près cette jolie figure anxieuse, ce gracieux corps apprêté, arrangé, ce petit front têtu et quelconque... Déjà elle espère un autre amour, meilleur, ou pire, ou pareil à celui qu'on vient de lui tuer... Sans ironie, mais[b] sans attendrissement, je la rassure :

« Oui, mon enfant, oui. Vous, vous aurez un autre amour... Je vous le promets[c]. »

LE MIROIR

Il m'arrive souvent de rencontrer Claudine. Où ? vous n'en saurez rien. Aux[a] heures troubles du crépuscule, sous l'accablante tristesse d'un midi blanc et pesant, par ces nuits sans lune, claires pourtant, où l'on devine la lueur d'une main nue, levée pour montrer une étoile, je rencontre Claudine...

Aujourd'hui, c'est dans la demi-obscurité d'une chambre sombre, tendue de je ne sais quelle étoffe olive, et la fin du jour est couleur d'aquarium...

Claudine sourit et s'écrie : « Bonjour, mon Sosie ! » Mais je secoue la tête et je réponds : « Je ne suis pas votre Sosie. N'avez-vous point assez de ce malentendu qui nous accole l'une à l'autre, qui nous reflète l'une dans l'autre, qui nous masque l'une par l'autre ? Vous êtes Claudine, et je suis Colette[b]. Nos visages, jumeaux, ont joué à cache-cache assez longtemps. On m'a prêté Rézi, votre blonde amie, on vous a mariée[c] à Willy, vous qui pleurez en secret Renaud... Tout cela finit par lasser, ne trouvez-vous pas ? »

Claudine hésite, hausse l'épaule et répond vaguement[d] : « Ça m'est égal ! » Elle enfonce son coude droit dans un coussin, et, comme, par imitation, j'étaie, en face d'elle, mon coude gauche d'un coussin pareil, je crois encore une fois me mirer dans un cristal épais et trouble, car la nuit descend et la fumée d'une cigarette abandonnée monte entre nous...

« Ça m'est égal ! » répète-t-elle.

Mais je sais qu'elle ment. Au fond, elle est vexée de m'avoir laissé parler la première. Elle me chérit d'une tendresse un peu vindicative, qui n'exclut pas une dignité un tantinet bourgeoise. Aux nigauds qui nous confondent[a] de bonne foi et la complimentent sur ses talents de mime, elle répond, raide : « Ce n'est pas moi qui joue la pantomime, c'est Colette. » Claudine n'aime pas le music-hall.

Devant[b] son parti pris d'indifférence, je me tais. Je me tais pour aujourd'hui seulement ; mais je reviendrai à la charge ! Je lutterai ! Je serai forte, contre ce *double* qui me regarde d'un[c] visage voilé par le crépuscule... Ô mon double orgueilleux ! Je ne me parerai plus de ce qui est à vous... À vous seule, ce pur renoncement qui veut qu'après Renaud finisse toute vie sentimentale ! À vous, cette noble impudeur qui raconte ses penchants ; cette littéraire charité[d] conjugale qui vous fit tolérer les flirts nombreux de Renaud... À vous encore, non pas à moi, cette forteresse de solitude où, lentement, vous vous consumez... Voici[e] que vous avez, tout en haut de votre âme, découvert une retraite qui défie l'envahisseur... Demeurez-y ironique et douce, et laissez-moi ma part d'incertitude, d'amour, d'activité stérile, de paresse savoureuse, laissez-moi ma pauvre petite part humaine, qui a son prix[f] !

Vous avez, Claudine, écrit l'histoire d'une partie de votre vie, avec une franchise rusée qui passionna, pour un temps, vos amis et vos ennemis. Du pavé[g] gras et fertile de Paris, du fond de la province endormie et parfumée, jaillirent, comme autant de diablesses, mille et mille Claudines qui nous ressemblaient à toutes deux. Ronde criarde de femmes-enfants, court-vêtues, libérées, par un coup de ciseaux, de leur natte enrubannée ou de leur chignon lisse, elles assaillirent nos maris grisés, étourdis, éblouis... Vous n'aviez pas prévu, Claudine, que votre succès causerait votre perte[h]. Hélas ! je ne puis vous en garder rancune, mais...

« Mais n'avez-vous jamais, continué-je tout haut, souhaité avec véhémence de[i] porter une robe longue et les cheveux en bandeaux plats ? »

Les joues de Claudine se creusent d'un sourire, elle[j] a suivi ma pensée.

« Oui, avoue-t-elle. Mais c'était pure taquinerie

contradictoire. Et puis[a], que venez-vous me parler d'imitatrices ? J'admire votre inconscience, Colette. Vous avez coupé votre traîne de cheveux après[b] moi, s'il vous plaît ! »

Je lève les bras au ciel.

« Seigneur ! en sommes-nous là ! Vous allez me chercher chicane pour des niaiseries de cet ordre ? Ceci est à moi — ceci est à toi... Nous avons l'air de jouer *La Robe* — ô mon enfance ! — *La Robe*, du regretté Eugène Manuel[1] !

— Ô notre enfance... », soupire Claudine...

Ah ! j'en étais sûre ! Claudine ne résiste jamais à une évocation du passé. À ces seuls mots : « Vous souvenez-vous ? » elle se détend, se confie, s'abandonne toute... À ces seuls mots : « Vous souvenez-vous ? » elle incline la tête, les yeux guetteurs, l'oreille tendue comme vers un murmure de fontaines invisibles... Encore une fois le charme opère :

« Quand nous étions petites », commence-t-elle...

Mais je l'arrête :

« Parlez pour vous, Claudine. Moi, je n'ai jamais été petite. »

Elle se rapproche d'un sursaut de reins sur le divan, avec cette brusquerie de bête qui fait craindre la morsure ou le coup de corne. Elle m'interroge, me menace de son menton triangulaire :

« Quoi ? Vous prétendez n'avoir jamais été petite ?

— Jamais. J'ai grandi, mais je n'ai pas été petite. Je n'ai jamais changé. Je me souviens de moi avec une netteté, une mélancolie qui ne m'abusent point. Le même cœur obscur et pudique, le même goût passionné pour tout ce qui respire à l'air libre et loin de l'homme — arbre, fleur, animal peureux et doux, eau furtive des sources inutiles —, la même gravité vite muée en exaltation sans cause... Tout cela, c'est moi enfant et moi à présent... Mais ce que j'ai perdu, Claudine, c'est mon bel orgueil, la secrète certitude d'être une enfant précieuse, de sentir en moi une âme extraordinaire d'homme intelligent, de femme amoureuse, une âme à faire éclater mon petit corps... Hélas[c], Claudine, j'ai perdu presque tout cela, à ne devenir après tout qu'une femme... Vous vous souvenez du mot magnifique de notre amie Calliope[2], à l'homme qui la suppliait :

"Qu'avez-vous fait de grand pour que je vous appartienne ?" Ce mot-là, je n'oserais plus le penser à présent, mais je l'aurais dit, quand j'avais douze ans[a]. Oui, je l'aurais dit ! Vous n'imaginez pas quelle reine de la terre j'étais à douze ans ! Solide, la voix rude, deux tresses trop serrées qui sifflaient autour de moi comme des mèches de fouet ; les mains roussies, griffées, marquées de cicatrices, un front carré de garçon que je cache à présent jusqu'aux sourcils... Ah ! que vous m'auriez aimée, quand j'avais douze ans, et comme je me regrette ! »

Mon Sosie sourit, d'un sourire sans gaieté, qui creuse ses joues sèches, ses joues de chat où il y a si peu de chair entre les tempes larges et les mâchoires étroites :

« Ne regrettez-vous que cela ? dit-elle. Alors je vous envierais entre toutes les femmes... »

Je me tais[b], et Claudine ne semble pas attendre de réponse. Une fois encore, je sens que la pensée de mon cher Sosie a rejoint ma pensée, qu'elle l'épouse avec passion, en silence... Jointes, ailées, vertigineuses, elles s'élèvent comme les doux hiboux veloutés de ce crépuscule verdissant. Jusqu'à quelle heure suspendront-elles leur vol sans se disjoindre, au-dessus de ces deux corps immobiles et pareils, dont la nuit lentement dévore les visages ?...

LA DAME QUI CHANTE[1]

La dame qui allait chanter se dirigea vers le piano, et je me sentis tout à coup une âme féroce, une révolte concentrée et immobile de prisonnier. Pendant qu'elle fendait difficilement les jupes assises, sa robe collée aux genoux comme une onde bourbeuse, je lui souhaitais la syncope, la mort, ou même la rupture simultanée de ses quatre jarretelles. Il lui restait encore quelques mètres à franchir ; trente secondes, l'espace d'un cataclysme... Mais elle marcha sereine sur quelques pieds vernis, effrangea la dentelle d'un volant, murmura « Pardon », salua et sourit, la main déjà sur l'obscur palissandre du Pleyel aux reflets de Seine nocturne. Je commençai à souffrir.

J'aperçus, à travers le brouillard dansant dont se nimbent les lustres des soirées finissantes, le dos arqué de mon gros ami Maugis, son bras arrondi qui défendait contre les coudes un verre plein... Je sentis que je le haïssais d'être parvenu jusqu'à la salle du buffet, tandis que je m'étiolais, bloqué, assis de biais sur la canne dorée d'un siège fragile...

Avec une froideur insolente, je dévisageai la dame qui allait chanter, et je retins le ricanement d'une diabolique joie, à la trouver plus laide encore que je l'espérais.

Cuirassée de satin blanc métallique, elle portait haut une tête casquée de cheveux d'un blond violent et artificiel. Toute l'arrogance des femmes trop petites éclatait dans ses yeux durs, où il y avait beaucoup de bleu et pas assez de noir. Les pommettes saillantes, le nez mobile, ouvert, le menton solide et prêt à l'engueulade, tout cela lui composait une face carline, agressive, à qui, avant qu'elle eût parlé, j'eusse répondu : « Mange ! »

Et la bouche ! la bouche ! J'attachai ma contemplation douloureuse sur ces lèvres inégales, fendues à la diable par un canif distrait. Je supputai la vaste ouverture qu'elles démasqueraient tout à l'heure, la qualité des sons que mugirait cet antre... Le beau gueuloir ! Par avance, les oreilles m'en sifflèrent, et je serrai les mâchoires.

La dame qui allait chanter se campa impudique, face à l'assistance, et se hissa dans son corset droit, pour faire saillir sa gorge en pommes. Elle respira fortement, toussa et se racla la gorge à la manière dégoûtante des grands artistes.

Dans le silence angoissé où grinçaient, punkas minuscules, les armatures parfumées des éventails, le piano préluda. Et soudain une note aiguë, un cri vibrant troua ma cervelle, hérissa la peau de mon échine : la dame chantait. À ce premier cri, jailli du plus profond de sa poitrine, succéda la langueur d'une phrase, nuancée par le mezzo le plus velouté, le plus plein, le plus tangible que j'eusse entendu jamais... Saisi, je relevai mon regard vers la dame qui chantait... Elle avait sûrement grandi depuis un instant. Les yeux larges ouverts et aveugles, elle contemplait quelque chose d'invisible vers quoi tout son corps s'élançait, hors de son armure de satin blanc... Le bleu de ses yeux avait noirci et sa chevelure, teinte ou non, la coiffait d'une flamme fixe, toute droite. Sa grande bouche généreuse s'ouvrait, et j'en voyais s'envoler les notes brûlantes, les unes pareilles à des bulles d'or, les autres comme de rondes roses pures... Des trilles brillaient comme un ruisseau frémissant, comme une couleuvre fine ; de lentes vocalises me caressaient comme une main traînante et fraîche. Ô voix inoubliable ! Je me pris à contempler, fasciné, cette grande bouche aux lèvres fardées, roulées sur des dents larges, cette porte d'or des sons, cet écrin de mille joyaux... Un sang rose colorait les pommettes kalmoukes, les épaules enflées d'un souffle précipité, la gorge offerte... Au bas du buste tendu dans une immobilité passionnée, deux expressives petites mains tordaient leurs doigts nus... Seuls les yeux, presque noirs, planaient au-dessus de nous, au-dessus de tout, aveugles et sereins.

« Amour !... » chanta la voix... Et je vis la bouche irrégulière, humide et pourprée, se resserrer sur le mot en dessinant l'image d'un baiser... Un désir si brusque et si fou m'embrasa que mes paupières se mouillèrent de larmes nerveuses. La voix merveilleuse avait tremblé, comme étouffée d'un flot de sang, et les cils épais de la dame qui chantait battirent, une seule fois... Oh ! boire cette voix à sa source, la sentir jaillir entre les cailloux polis de cette luisante denture, l'endiguer une minute contre mes propres lèvres, l'entendre, la regarder bondir, torrent libre, et s'épanouir en longue nappe harmonieuse que je fêlerais d'une caresse... Être l'amant de cette femme que sa voix transfigure — et de cette voix ! Séquestrer pour moi — pour moi seul ! — cette voix plus émouvante que la plus secrète caresse, et le second visage de cette femme, son masque irritant et pudique de nymphe qu'un songe enivre !...

Au moment où je succombais de délice, la dame qui chantait se tut. Mon cri d'homme qui tombe se perdit dans un tumulte poli d'applaudissements, dans ces « ouao-ouao » qui signifient *bravo* en langue salonnière. La dame qui chantait s'inclina pour remercier, en déroulant entre elle et nous un sourire, un battement de paupières qui la séparaient du monde. Elle prit le bras du pianiste et tenta de gagner une porte ; sa traîne de satin piétinée, écrasée, entravait ses pas... Dieux ! allais-je la perdre ? Déjà je ne voyais plus d'elle qu'un coin de son armure blanche... Je m'élançai, sauvage, pareil en fureur dévastatrice à certains « rescapés » du bazar de la rue Jean-Goujon[1]...

Enfin, enfin, je l'atteignis, quand elle abordait le buffet, île fortunée, chargée de fruits et de fleurs, scintillante de cristaux et de vins pailletés.

Elle étendit la main, et je me précipitai, mes doigts tremblants offrant une coupe pleine... Mais elle m'écarta sans ménagement et me dit, atteignant une bouteille de bordeaux : « Merci bien, monsieur, mais le champagne m'est contraire surtout lorsque je sors de chanter. Il me retombe sur les jambes. Surtout que ces messieurs et dames veulent que je leur chante encore *La Vie et l'amour d'une femme*, vous pensez... » Et sa grande bouche — grotte d'ogre où niche l'oiseau merveilleux — se referma sur un cristal fin qu'elle eût, d'un sourire, broyé en éclats.

Je ne ressentis point de douleur, ni de colère. J'avais retenu seulement ceci : elle allait chanter encore... J'attendis, respectueux, qu'elle eût vidé un autre verre de bordeaux, qu'elle eût, d'un geste qui récure, essuyé les ailes de son nez, les coins déplorables de ses lèvres, aéré ses aisselles mouillées, aplati son ventre d'une tape sévère et affermi sur son front le « devant » postiche de ses cheveux oxygénés.

J'attendis, résigné, meurtri, mais plein d'espoir, que le miracle de sa voix me la rendît...

EN BAIE DE SOMME[1]

I

Ce doux[a] pays, plat et blond, serait-il moins simple que je l'ai cru d'abord ? J'y découvre des mœurs bizarres : on y pêche en voiture, on y chasse en bateau... « Allons, au revoir, la barque est prête, j'espère vous rapporter ce soir un joli rôti de bécassines... » Et le chasseur s'en va, encaqué dans son ciré jaune, le fusil en bandoulière... « Mes enfants, venez vite ! voilà les charrettes qui reviennent ! je vois les filets tout pleins de limandes pendus aux brancards ! » Étrange[b], pour qui ignore que le gibier s'aventure au-dessus de la baie et la traverse, du Hourdel au Crotoy, du Crotoy à Saint-Valery[2] ; étrange, pour qui n'a pas grimpé dans une de ces carrioles à larges roues, qui mènent les pêcheurs tout le long des vingt-cinq kilomètres de la plage, à la rencontre de la mer[c]...

★

Beau temps[d]. On a mis tous les enfants à cuire ensemble sur la plage. Les uns rôtissent sur le sable sec, les autres mijotent au bain-marie dans les flaques chaudes. La jeune maman, sous l'ombrelle de toile rayée, oublie délicieusement ses deux gosses et s'enivre, les joues chaudes, d'un roman mystérieux, habillé comme elle de toile écrue...

« Maman !...

— ...

— Maman, dis donc, maman !... »

Son gros petit garçon, patient et têtu, attend, la pelle aux doigts, les joues sablées comme un gâteau...

« Maman, dis donc, maman... »

Les yeux de la liseuse se lèvent enfin, hallucinés, et elle jette dans un petit aboiement excédé :

« Quoi ?

— Maman, Jeannine est noyée.

— Qu'est-ce que tu dis ?

— Jeannine est noyée », répète le bon gros petit garçon têtu.

Le livre vole, le pliant tombe...

« Qu'est-ce que tu dis, petit malheureux ? ta sœur est noyée ?

— Oui. Elle était là, tout à l'heure, elle n'y est plus. Alors je pense qu'elle s'est noyée. »

La jeune maman tourbillonne comme une mouette et va crier... quand elle aperçoit la « noyée » au fond d'une cuve de sable, où elle fouit comme un ratier...

« Jojo ! tu n'as pas honte d'inventer des histoires pareilles pour m'empêcher de lire ? Tu n'auras pas de chou à la crème à quatre heures ! »

Le bon gros écarquille des yeux candides.

« Mais c'est pas pour te taquiner, maman ! Jeannine était plus là, alors je croyais qu'elle était noyée.

— Seigneur ! il le croyait !!! et c'est tout ce que ça te faisait ? »

Consternée, les mains jointes, elle contemple son gros petit garçon, par-dessus l'abîme qui sépare une grande personne civilisée d'un petit enfant sauvage...

★

Mon petit bull a perdu la tête. Aux trousses du bécasseau[a] et du pluvier à collier, il s'arrête, puis part follement, s'essouffle, plonge entre les joncs, s'enlise, nage et ressort bredouille, mais ravi et secouant autour de lui une toison imaginaire... Et je comprends que la mégalomanie le tient et qu'il se croit devenu épagneul...

La Religieuse[b] et le chevalier Piedrouge devisent avec l'Arlequin. La Religieuse penche la tête, puis court, coquette, pour qu'on la suive, et pousse[c] de petits cris... Le chevalier Piedrouge, botté de maroquin orange, siffle d'un air cynique, tandis que l'Arlequin, fuyant et mince, les épie...

Ô lecteur vicieux, qui espérez une anecdote dans le goût grivois et suranné, détrompez-vous : je vous conte seulement les ébats de trois[a] jolis oiseaux de marais.

Ils ont des noms charmants, ces oiseaux de la mer et du marécage. Des noms qui fleurent la comédie italienne, voire le roman héroïque — comme le Chevalier Combattant, ce guerrier d'un autre âge, qui porte plastron et collerette hérissée, et cornes de plumes sur le front. Plastron vulnérable, cornes inoffensives, mais le mâle ne ment pas à son nom, car les Chevaliers Combattants s'entre-tuent sous l'œil paisible de leurs femelles, harem indifférent accroupi en boule dans le sable[b]...

★

Dans un petit café du port, les pêcheurs attendent, pour repartir, le flot qui monte et déjà chatouille sournoisement la quille des bateaux, échoués de biais sur le sable au bas du quai. Ce sont des pêcheurs comme partout, en toile goudronnée, en tricot bleu, en sabots camus. Les vieux ont le collier de barbe et la pipe courte... C'est le modèle courant, vulgarisé par la chromolithographie et l'instantané.

Ils boivent du café et rient facilement, avec ces clairs yeux vides de pensée qui nous charment, nous autres terriens. L'un d'eux est théâtralement beau, ni jeune ni vieux, crépu d'une toison et d'une barbe plus pâle que sa peau tannée, avec des yeux jaunes, des prunelles de chèvre rêveuse qui ne clignent presque[c] jamais.

La mer est montée, les bateaux dansent dans la baie, au bout de leurs amarres, et trinquent du ventre. Un à un, les pêcheurs s'en vont, et serrent la patte du beau gars aux yeux d'or : « À[d] revoir, Canada. » À la fin, Canada reste seul dans le petit café, debout, le front aux vitres, son verre d'eau-de-vie à la main... Qu'attend-il[e] ? Je m'impatiente et me décide à lui parler :

« Ils vont loin comme ça ? »

Son geste lent, son vaste regard désignent la haute mer :

« Par là-bas. Y a bien de la crevette ces jours-ci. Y a bien de la limande et du maquereau, et de la sole... Y a bien un peu de tout...

— Vous ne pêchez pas aujourd'hui, vous ? »

Les prunelles d'or se tournent vers moi, un peu méprisantes :

« Je ne suis pas pêcheur, ma petite dame. Je travaille (*sic*) avec le photographe pour les cartes[a] postales. Je suis "type local". »

II

BAIN DE SOLEIL. — « Poucette, tu vas te cuire le sang ! viens ici tout de suite ! » Ainsi apostrophée du haut de la terrasse, la chienne bull lève seulement son museau de monstre japonais couleur de bronze. Sa gueule, fendue jusqu'à la nuque, s'entrouvre pour un petit halètement court et continu, fleurie d'une langue frisée, rose comme un bégonia. Le reste de son corps traîne, écrasé comme celui d'une grenouille morte... Elle n'a pas bougé ; elle ne bougera pas, elle cuit...

Une brume de chaleur baigne la baie de Somme, où la marée de morte-eau palpite à peine, plate comme un lac. Reculée derrière ce brouillard moite et bleu, la Pointe de Saint-Quentin semble frémir et flotter, inconsistante comme un mirage... La belle journée à vivre sans penser, vêtue seulement d'un maillot de laine !

... Mon pied nu tâte amoureusement la pierre chaude de la terrasse, et je m'amuse de l'entêtement de Poucette, qui continue sa cure de soleil avec un sourire de suppliciée... « Veux-tu venir ici, sale bête ! » Et je descends l'escalier dont les derniers degrés s'enlisent, recouverts d'un sable plus mobile que l'onde, ce sable vivant qui marche, ondule, se creuse, vole et crée sur la plage, par un jour de vent, des collines qu'il nivelle le lendemain...

La plage éblouit et me renvoie au visage, sous ma cloche de paille rabattue jusqu'aux épaules, une chaleur montante, une brusque haleine de four ouvert. Instinctivement, j'abrite mes joues, les mains ouvertes, la tête détournée comme devant un foyer trop ardent... Mes orteils fouillent le sable pour trouver, sous cette cendre blonde et brûlante, la fraîcheur salée, l'humidité de la marée dernière...

Midi sonne au Crotoy, et mon ombre courte se ramasse à mes pieds, coiffée d'un champignon...

Douceur de se sentir sans défense et, sous le poids d'un beau jour implacable, d'hésiter, de chanceler une minute, les mollets criblés de mille aiguilles, les reins fourmillants sous le tricot bleu, puis de glisser sur le sable, à côté de la chienne qui bat de la langue !

Couchée sur le ventre, un linceul de sable me couvre à demi. Si je bouge, un fin ruisseau de poudre s'épanche au creux de mes jarrets, chatouille la plante de mes pieds... Le menton sur mes bras croisés, le bord de la cloche de jonc borne mes regards et je puis à mon aise divaguer, me faire une âme nègre à l'ombre d'une paillote... Sous mon nez sautent, paresseusement, trois puces de mer, au corps de transparente agate grise... Chaleur, chaleur... Bourdonnement lointain de la houle qui monte ou du sang dans mes oreilles ?... Mort délicieuse et passagère, où ma pensée se dilate, monte, tremble et s'évanouit avec la vapeur azurée qui vibre au-dessus des dunes...

À MARÉE BASSE. — Des enfants, des enfants... Des gosses, des mioches, des bambins, des lardons, des salés... L'argot ne saurait suffire, ils sont trop ! Par hasard, en retournant à ma villa isolée et lointaine, je tombe dans cette grenouillère, dans cette tiède cuvette que remplit et laisse, chaque jour, la mer...

Jerseys rouges, jerseys bleus, culottes troussées, sandales ; — cloches de paille, bérets, charlottes de lingerie ; — seaux, pelles, pliants, guérites... Tout cela, qui devrait être charmant, m'inspire de la mélancolie. D'abord ils sont trop ! Et puis, pour une jolie enfant en pomme, joufflue et dorée, d'aplomb sur des mollets durs, que de petits Parigots, victimes d'une foi maternelle et routinière : « La mer, c'est si bon pour les enfants ! » Ils sont là, à demi nus, pitoyables dans leur maigreur nerveuse, gros genoux, cuissots de grillons, ventres saillants... Leur peau délicate a noirci, en un mois, jusqu'au marron cigare ; c'est tout, et ça suffit. Leurs parents les croient robustes, ils ne sont que teints. Ils ont gardé leurs grands yeux cernés, leurs piètres joues. L'eau corrosive pèle leurs mollets pauvres, trouble leur sommeil d'une fièvre quotidienne, et le moindre accident déchaîne leur rire ou leurs larmes faciles de petits nerveux passés au jus de chique...

Pêle-mêle, garçons et filles, on barbote, on mouille le sable d'un « fort », on canalise l'eau d'une flaque salée... Deux « écrevisses » en jersey rouge travaillent côte à côte, frère et sœur du même blond brûlé, peut-être jumeaux de sept à huit ans. Tous deux, sous le bonnet à pompon, ont les mêmes yeux bleus, la même calotte de cheveux coupés au-dessus des sourcils. Pourtant l'œil ne peut les confondre et, pareils, ils ne se ressemblent pas.

Je ne saurais dire par quoi la petite fille est déjà une petite fille... Les genoux gauchement et fémininement tournés un peu en dedans ?... Quelque chose, dans les hanches à peine indiquées, s'évase plus moelleux, avec une grâce involontaire ? Non, c'est surtout le geste qui la révèle. Un petit bras nu, impérieux, commente et dessine tout ce qu'elle dit. Elle a une volte souple du poignet, une mobilité des doigts et de l'épaule, une façon coquette de camper son poing au pli de sa taille future...

Un moment, elle laisse tomber sa pelle et son seau, arrange je ne sais quoi sur sa tête ; — les bras levés, le dos creux et la nuque penchée, elle devance, gracieuse, le temps où elle nouera, ainsi debout et cambrée, le tulle de sa voilette devant le miroir d'une garçonnière...

FORÊT DE CRÉCY.[1] — À la première haleine de la forêt, mon cœur se gonfle. Un ancien moi-même se dresse, tressaille d'une triste allégresse, pointe les oreilles, avec des narines ouvertes pour boire le parfum.

Le vent se meurt sous les allées couvertes, où l'air se balance à peine, lourd, musqué... Une vague molle de parfum guide les pas vers la fraise sauvage, ronde comme une perle, qui mûrit ici en secret, noircit, tremble et tombe, dissoute lentement en suave pourriture framboisée dont l'arôme se mêle à celui d'un chèvrefeuille verdâtre, poissé de miel, à celui d'une ronde de champignons blancs... Ils sont nés de cette nuit, et soulèvent de leurs têtes le tapis craquant de feuilles et de brindilles... Ils sont d'un blanc fragile et mat de gant neuf, emperlés, moites comme un nez d'agneau ; ils embaument la truffe fraîche et la tubéreuse.

Sous la futaie centenaire, la verte obscurité solennelle ignore le soleil et les oiseaux. L'ombre impérieuse des chênes et des frênes a banni du sol l'herbe, la fleur, la mousse et jusqu'à l'insecte. Un écho nous suit, inquiétant, qui double le rythme de nos pas... On regrette le ramier, la mésange ; on désire le bond roux d'un écureuil ou le lumineux petit derrière des lapins... Ici la forêt, ennemie de l'homme, l'écrase.

Tout près de ma joue, collé au tronc de l'orme où je m'adosse, dort un beau papillon crépusculaire dont je sais le nom : lychénée... Clos, allongé en forme de feuille, il attend son heure. Ce soir, au soleil couché, demain, à l'aube trempée, il ouvrira ses lourdes ailes bigarrées de fauve, de gris et de noir. Il s'épanouira comme une danseuse tournoyante, montrant deux autres ailes plus courtes, éclatantes, d'un rouge de cerise mûre, barrées de velours noir ; — dessous voyants, juponnage de fête et de nuit qu'un manteau neutre, durant le jour, dissimule...

PARTIE DE PÊCHE[1]

VENDREDI. — Marthe dit[a] : « Mes enfants, on va pêcher demain à la Pointe !... Café au lait pour tout le monde à huit heures. L'auto plaquera ceux qui ne seront pas prêts ! » Et j'ai baissé la tête et j'ai dit : « Chouette ! » avec une joie soumise qui n'exclut pas l'ironie. Marthe, créature combative, inflige les félicités d'un ton dur et d'un geste coupant. Péremptoire, elle complète le programme des fêtes : « On déjeunera là-bas, dans le sable. On emmène vous, et puis le Silencieux qui va rafler tout le poisson, et puis Maggie pour qu'elle étrenne son beau costume de bain ! »

Là-dessus, elle a tourné les talons. Je vois de loin, sur la terrasse qui domine la mer, son chignon roux, qui interroge l'horizon d'un air de menace et de défi. Je crois comprendre, au hochement de son petit front guerrier, qu'elle murmure : « Qu'il pleuve demain, et nous verrons !... » Elle rentre, et, délivré[b] du poids de son regard, le soleil peut se coucher tranquillement au-delà de la baie de Somme, désert humide et plat où[c] la mer, en se retirant, a laissé des lacs oblongs, des flaques rondes, des canaux vermeils où baignent les rayons horizontaux... La dune est mauve, avec une rare chevelure d'herbe bleuâtre, des oasis de liserons délicats dont le vent déchire, dès leur éclosion, la jupe-parapluie veinée de rose...

Les chardons[d] de sable, en tôle azurée, se mêlent à l'arrête-bœuf fleuri de carmin, l'arrête-bœuf, qui pique d'une épine si courte qu'on ne se méfie pas de lui. Flore pauvre et dure, qui ne se fane guère et brave le vent et la vague salée, flore qui sied à notre petite hôtesse batailleuse, ce beau chardon roux, au regard d'écolier sans vergogne.

Pourtant, çà et là, verdit la criste-marine, grasse, juteuse, acidulée, chair vive et tendre de ces dunes pâles comme la neige... Quand cette poison de Marthe, mon amie, a exaspéré tout le monde, quand on est tout près — à cause de sa face de jeune furie, de sa voix de potache — d'oublier qu'elle est une femme, alors Marthe rit brusquement, rattache une mèche rousse envolée, en montrant des bras clairs, luisants, dans lesquels on voudrait mordre et qui craqueraient, frais, acidulés et juteux sous la dent comme la criste-marine.

La baie de Somme, humide encore, mire sombrement un ciel égyptien, framboise, turquoise et cendre verte. La mer est partie si loin qu'elle ne reviendra peut-être plus jamais ?... Si, elle reviendra, traîtresse et furtive comme je la connais ici. On ne pense pas à elle ; on lit[a] sur le sable, on joue, on dort, face au ciel — jusqu'au moment où une langue froide, insinuée entre vos orteils, vous arrache un cri nerveux : la mer est là, toute plate, elle a couvert ses vingt kilomètres de plage avec une vitesse silencieuse de serpent. Avant qu'on l'ait prévue, elle a mouillé le livre, noirci la jupe blanche, noyé le jeu de croquet et le tennis. Cinq minutes encore, et la voilà qui bat le mur de la terrasse, d'un flac-flac doux et rapide, d'un mouvement soumis et content de chienne qui remue la queue...

Un oiseau noir jaillit du couchant, flèche lancée par le soleil qui meurt. Il passe[b] au-dessus de ma tête avec un crissement de soie tendue et se change, contre l'est obscur, en goéland de neige...

SAMEDI MATIN, *8 heures.* — Brouillard bleu et or, vent frais, tout va bien. Marthe pérore en bas et les peuples tremblent prosternés. Je me hâte ; arriverai-je à temps pour l'empêcher de poivrer à l'excès la salade[c] de pommes de terre ?

8 h 1/2. — Départ ! l'auto ronronne, pavoisée de haveneaux flottants. Du fond d'un imperméable verdâtre, de dessous une paire de lunettes bombées, la voix de Marthe vitupère le zèle maladroit des domestiques, « ces empotés qui ont collé les abricots contre le rôti de porc frais[a] ! ». Pourtant, elle condescend à me tendre une patte gantée, et je devine qu'elle me sourit avec une grâce scaphandrière... Maggie, mal éveillée, prend lentement conscience du monde extérieur et sourit en anglais. Nous savons tous qu'elle cache, sous son long paletot, un costume de bain pour music-hall (tableau de la pêche aux crevettes). Le Silencieux, qui ne dit rien, fume avec activité.

8 h 3/4. — Sur la route plate, qui se tortille inutilement et cache, à chaque tournant, un paysan et sa charrette, Marthe, au volant, freine un peu brusquement et grogne dans son scaphandre...

8 h 50[b]. — Tournant brusque, paysan et charrette... Embardée sur la gauche. Marthe crie[c] : « Cocu ! »

9 heures. — Tournant brusque : au milieu de la route, petit garçon et sa brouette à crottin. Embardée à droite. Marthe[d] frôle le gamin et lui crie : « Cocu ! » Déjà ! pauvre gosse...

9 h 20[e]. — La mer, à gauche, entre des dunes arrondies. Quand je dis la mer... elle est encore plus loin qu'hier soir. Mes compagnons m'assurent qu'elle est montée, pendant mon sommeil, jusqu'à cette frange de petites coquilles roses, mais je n'en crois rien.

9 h 30[f]. — Les Cabanes ! Trois ou quatre cercueils noirs, en planches goudronnées, tachent la dune, la dune d'un sable si pur ici, si délicatement mamelonné par le vent, qu'on songe à la neige, à la Norvège, à des pays où l'hiver ne finit point...

Dans un immobile roulis
Le sable fin creuse une alcôve
Où, malgré les cris de la mauve,
On peut se blottir, et, pour lits,
La dune a de charmants replis[g]...

murmure le Silencieux, poète modeste. Marthe, excitée, se penche sur le volant et... enlise deux roues de l'auto. Plus vive qu'un petit bull, elle saute à terre, constate le dommage et déclare avec calme : « C'est aussi bien comme ça, d'ailleurs. Je n'aurais pas pu tourner plus loin. »

Nous avons[a] atteint le bout du monde. La dune, toute nue, abrite entre ses genoux ronds les cabanes noires, et devant nous fuit le désert qui déçoit et réconforte, le désert sous un soleil blanc, dédoré par la brume des jours trop chauds...

10 heures. — « Tribu papoue conjurant l'Esprit des Eaux amères. » C'est la légende que j'écrirai au verso de l'instantané que vient de prendre Maggie. Les « indigènes », à têtes de phoques mouillés, dans l'eau jusqu'au ventre, la battent avec de longues perches, en hurlant rythmiquement. Ils rabattent le poisson dans le filet tendu en travers d'un grand lac[b] allongé, un grand bout de mer qu'abandonne ici la marée négligente. Le carrelet y grouille, et la crevette grise, et le flet et la limande... Marthe s'y rue et fouit les rives de sable mouvant, avec une activité de bon ratier. Je l'imite, à pas précautionneux d'abord, car toute ma peau se hérisse, à sentir passer entre mes chevilles quelque chose de plat, vif et glissant...

« À vous ! à vous, bon Dieu ! vous ne la voyez donc pas ?

— Quoi ?

— La limande, la limande, là !... »

Là ?... Oui, une assiette plate nacrée, qui miroite et file entre deux eaux... Héroïque, je fouille le fond de l'eau, à quatre pattes, à plat ventre, traînée sur les genoux... Un bref jappement : c'est Marthe qui crie de triomphe et lève au bout de son bras ruisselant l'assiette plate qui se tord et fouette... Je crèverai de jalousie, si je reviens bredouille ! Où est[c] le Silencieux ? oh le lâche, il pêche au haveneau ! Et Maggie ? ça va bien, elle nage, soucieuse uniquement de sa plastique et de son maillot de soie framboise... C'est contre Marthe seule que je lutte, Marthe et son calot de cheveux rouges collés, Marthe ficelée dans du gros jersey bleu, petit mathurin à croupe ronde... Les bêtes, les bêtes, je les sens, elles me narguent ! Un gros lançon de nacre jaillit du sable mou, dessine en l'air, de sa queue de serpent, un monogramme étincelant et replonge...

11 heures[d]. — La tribu papoue a fini ses conjurations. L'Esprit des Eaux amères, sensible aux hurlements rituels, a comblé de poissons plats leurs filets. Sur le sable, captives encore des mailles goudronnées, agonisent les belles plies au ventre émouvant, l'insipide flet, les carrelets éclaboussés d'un sang indélébile... Mais je ne veux que la proie traquée par mes seules mains écorchées, entre mes genoux écaillés par le sable et les coquilles tranchantes... Le carrelet[a], je le connais à présent, c'est un gros serin qui pique du nez droit entre mes chevilles jointes et s'y bloque — la limande n'est pas plus maligne... Nous pêchons côte à côte, Marthe et moi, et le même jappement nous échappe, quand la prise est belle...

11 h 1/2. — Le soleil cuit nos nuques, nos épaules qui émergent de l'eau tiède et corrosive... La vague, sous nos yeux fatigués, danse en moires glauques, en bagues dorées, en colliers rompus... Aïe, mes reins !... Je cherche[b] mes compagnons muets ; le Silencieux arrive, juste comme Marthe, à bout de forces, gémit : « J'ai faim !... » Le Silencieux fume, et son gros cigare ne lui laisse que la place d'un sourire d'orgueil. Il tend vers nous son haveneau débordant de nacres vivantes...

Maggie vient à son tour, ravie[c] d'elle-même : elle a pris sept crevettes et un enfant de sole...

« À la soupe, les enfants ! crie Marthe. Les indigènes charrieront le gibier jusqu'à l'auto.

— Oh ! on va emporter tout ? il y en a au moins cinquante livres !

— D'abord[d], ça fond beaucoup à la cuisson. On en mangera ce soir en friture, demain matin au gratin, demain soir au court-bouillon... Et puis on en mangera à la cuisine, et on en donnera peut-être aux voisins... »

1 heure. — Assis sous la tente, nous déjeunons lentement, dégrisés... Là-bas, au bout du désert aveuglant et sans ombre, quelque chose bout mystérieusement, ronronne et se rapproche — la mer !... Le champagne ne nous galvanise pas, la migraine plane sur nos têtes laborieuses...

Nous nous contemplons sans aménité. Marthe a pincé un coup de soleil sur son petit nez de bull. Le Silencieux bâille et mâche son cinquième cigare. Maggie nous choque un peu, trop blanche et trop nue, dans son maillot framboise...

« Qu'est-ce qui[e] sent comme ça ? s'écrie Marthe. Ça empeste le musc, et je ne sais quoi encore...

— Mais c'est le poisson ! Les filets pleins pendent là...

— Mes mains aussi empestent. C'est le flet[a] qui sent cette pourriture musquée... Si on donnait un peu de poisson à ces braves indigènes ?... »

2 heures. — Retour[b] morne. Nous flairons nos mains à la dérobée. Tout[c] sent le poisson cru : le cigare du Silencieux, le maillot de Maggie, la chevelure humide de Marthe... Le vent d'ouest, mou et brûlant, sent le poisson... La fumée de l'auto, et la dune glacée d'ombre bleue, et toute cette journée, sentent le poisson...

3 heures. — Arrivée. La villa sent le poisson. Farouche, le cœur décroché, Marthe s'enferme dans sa chambre. La cuisinière frappe à sa porte :

« Madame veut-elle me dire si elle veut les limandes frites ou gratinées ce soir ? »

Une porte s'ouvre furieusement et[d] la voix de Marthe vocifère :

« Vous allez me faire le plaisir de faire disparaître de la maison toute cette cochonnerie de marée ! Et pendant une semaine je vous défends de servir autre chose que des œufs à la coque et du poulet rôti ! »

MUSIC-HALLS[1]

On répète en costumes, à l'X..., une pantomime que les communiqués prévoient « sensationnelle ». Le long des couloirs qui fleurent le plâtre et l'ammoniaque, au plus profond de l'orchestre, abîme indistinct, circulent et se hâtent d'inquiétantes larves... Rien ne marche. Pas fini, le décor trop sombre qui boit la lumière et ne la rend pas ; mal réglés, les jeux de halo du projecteur — et cette fenêtre rustique enguirlandée de vigne rousse, qui s'ouvre de bonne grâce, mais refuse de se clore !...

Le mime W[2]..., surmené, fait sa dame-aux-camélias, la main sur l'estomac pour contenir une toux rauque ; il tousse à effrayer, il tousse à en mourir, avec des saccades de mâchoire d'un dramatique !... Le petit amoureux s'est, dans son trouble, grimé en poivrot, nez rouge et oreilles blafardes, ce pour quoi il s'entend nommer, par l'organe expirant du mime W... « fourneau, cordonnier », et même « vaseline... ». Rien ne marche, rien ne marchera !

Le patron est là, sur le plateau, le gros commanditaire aussi, celui qui ne se déplace que pour les « numéros » coûteux. Le compositeur — un grand type mou qui a l'air de n'avoir d'os nulle part —, laissant toute espérance, a dégoté, derrière un portant, le chaudron des répétitions, le piano exténué aux sonorités liquides de mustel[3], et se nettoie les oreilles, comme il dit, avec un peu de Debussy... « *Mes longs cheveux descendent jusqu'au bas de la tour*[4]... » Quant aux musiciens de l'orchestre, ils s'occupent, à coup sûr, d'améliorer en France la race chevaline ; de la contrebasse à la petite flûte, le *Jockey*[1] circule...

« Et Mme Loquette ? s'écrie le patron nerveux, on ne la voit pas souvent !

— Son costume n'est pas prêt », exhale le mime W... dans un souffle.

Le patron sursaute et aboie, au premier plan, la mâchoire tendue au-dessus de l'orchestre.

« Quoi ? qu'est-ce que vous dites ? Son costume pas prêt ? un costume à transformation, quand on passe ce soir ! C'est des coups à se faire emboîter, ça, mon petit !... »

Geste d'impuissance du mime W..., geste peut-être d'adieu à la vie, il est si enrhumé !... Soudain, l'agonisant bondit comme un pelotari et retrouve une voix de bedeau pour beugler :

« N... de D... ! touchez pas à ça ! C'est mon lingue[2] à jus de groseilles ! »

Avec des mains d'infirmière, il manie et essaie son poignard truqué, accessoire de précision qui saigne des gouttes sirupeuses et rouges...

« Ah ! voilà madame Loquette ! enfin ! »

On se précipite, avec des exclamations de soulagement, vers la principale interprète. Le gros commanditaire assure son monocle. Mme Loquette, qui a froid, frissonne des coudes, et serre les épaules sous son costume peut-être monténégrin, sans doute croate, à coup sûr moldo-valaque, avec quelque chose de dalmate dans l'allure générale... Elle a faim, elle vient de passer quatre heures debout chez Landolff[3], elle bâille d'agacement...

« Voyons ce fameux costume ! »

C'est une déception. « Trop simple ! » murmure le patron. « Un peu sombre ! » laisse tomber le gros commanditaire. L'auteur de la musique[4], oubliant *Pelléas*, s'approche, onduleux et désossé, et dit pâteusement : « C'est drôle, je ne le voyais pas comme ça... Moi, j'aurais aimé quelque chose de vert, avec de l'or, et puis avec un tas de machins qui pendent, des... fourbis, des... des zédipoifs, quoi ! »

Mais le mime W..., enchanté, déclare que ce rouge-rose fait épatamment valoir les feuille-morte et les gris de sa défroque de contrebandier. Mme Loquette, les yeux ailleurs, ne répond rien et souhaite seulement, de toutes les forces de son âme, un sandwich au jambon, ou deux — ou trois —, avec de la moutarde...

Silence soucieux.

« Enfin, soupire le patron, voyons le dessous... Allez-y, W..., prenez votre scène au moment où vous lui arrachez sa robe... »

Le bronchité, le pneumonique se transforme, d'un geste de son visage, en brute montagnarde, et se rue, poignard levé, sur Mme Loquette, l'affamée Loquette devenue brusquement une petite femelle traquée, haletante, les griffes prêtes... Ils luttent un court instant, la robe se déchire du col aux chevilles, Mme Loquette apparaît demi-nue, le cou renversé offert au couteau...

« Hep !... arrêtez-vous, mes enfants ! l'effet est excellent ! Pourtant, attendez... »

Les hommes se rapprochent de la principale interprète. Silence studieux. Elle laisse, plus indifférente qu'une pouliche à vendre, errer leurs regards sur ses épaules découvertes, sur la jambe visible hors de la tunique fendue...

Le patron cherche, clappe des lèvres, ronchonne :

« Évidemment, évidemment... Ce n'est pas... Ce n'est pas assez... pas assez nu, là ! »

La pouliche indifférente tressaille comme piquée par un taon.

« Pas assez nu ! qu'est-ce qu'il vous faut ?

— Eh ! il me faut... je ne sais pas, moi. L'effet est bon, mais pas assez éclatant, pas assez nu, je maintiens le mot ! Tenez, cette mousseline sur la gorge... C'est déplacé, c'est ridicule, c'est engonçant... Il me faudrait... »

Inspiré, le patron recule de trois pas, étend le bras, et, d'une voix d'aéronaute quittant la terre :

« Lâchez un sein ! » crie-t-il.

★

Même cadre. On répète la Revue. Une revue comme toutes les revues. C'est l'internement, de une à sept heures, de tout un pensionnat pauvre et voyant, bavard, empanaché — grands chapeaux agressifs, bottines dont le chevreau égratigné bleuit, jaquettes minces qu'on rehausse d'un tour de cou en fourrure...

Peu d'hommes. Les plus chics reluisent d'une élégance boutiquière, les moins fortunés tiennent le milieu entre le lad et le lutteur. Quelques-uns s'en tiennent encore au genre démodé du rapin d'opérette — beaucoup de cheveux et peu de linge, mais quels foulards !

Tous ont, en passant de la rue glaciale au promenoir, le même soupir de détente et d'arrivée, à cause de la bonne chaleur malsaine que soufflent les calorifères... Sur le plateau, le chaudron des répétitions fonctionne déjà, renforcé, pour les danses, d'un violon vinaigré. Treize danseuses anglaises se démènent, avec une froide frénésie. Elles dansent, dans cette demi-nuit des répétitions, comme elles danseront le soir de la générale, ni plus mal, ni mieux. Elles jettent, vers l'orchestre vide, le sourire enfantin, l'œil aguicheur et candide dont elles caresseront, à la première, les avant-scènes... Une conscience militaire anime leurs corps grêles et durs, jusqu'à l'instant de redevenir, le portant franchi, des enfants maigres et gaies, nourries de sandwiches et de pastilles de menthe...

Au promenoir, une camaraderie de prisonnières groupe les petites marcheuses à trois louis par mois, celles qui changeront six ou huit fois de costume au cours de la Revue. Autour d'un guéridon de bar, elles bavardent comme on mange, avec fièvre, avec gloutonnerie ; — plusieurs tirent l'aiguille, et raccommodent des nippes de gosse...

L'une d'elles séduit par sa minceur androgyne. Elle a coiffé ses cheveux courts d'un feutre masculin, d'une élégance très Rat-Mort[1]. Les jambes croisées sous sa jupe étroite, elle fume et promène autour d'elle le regard insolent et sérieux d'une Mlle de Maupin[2]. L'instant d'après, sa cigarette finie, elle tricote, les épaules basses, une paire de chaussons d'enfant... Pauvre petite Maupin de Montmartre, qui arbore un vice seyant comme on adopte le chapeau du jour. « Qu'est-ce que tu veux, on n'a pas de frais de toilette, avec deux galures et deux costumes tailleur je fais ma saison : — et puis il y a des hommes qui aiment ça... »

Une boulotte camuse aux yeux luisants, costaude,

courtaude, coud d'une main preste et professionnelle, en bavardant âprement. « *Ils* vont encore nous coller une générale à minuit et demi, comme c'est commode... Moi que j'habite au *Lion de Belfort*, parce que mon mari est ouvrier serrurier... Alors, vous comprenez, la générale finit sur les trois heures et demie, peut-être quatre heures, et je suis sûre de rentrer sur mes pattes, juste à temps pour faire la soupe à mon mari qui s'en va à cinq heures et demie, et puis, après, les deux gosses qu'il faut qu'ils aillent à l'école... » Celle-ci n'a rien d'une révoltée, d'ailleurs ; chaque métier a ses embêtements, n'est-ce pas ?

Dans une baignoire d'avant-scène, un groupe coquet, emplumé, fourré, angora, s'isole et tient salon. Il y a la future commère et la diseuse engagée pour trois couplets, et la petite amie d'un des auteurs, et celle du gros commanditaire... Elles gagnent, toutes, entre trois cents et deux mille francs par mois, mais on a des renards de deux cents louis, et des sautoirs de perles... On est pincées, posées, méfiantes. On ne joue pas à l'artiste, oh ! Dieu non. On ne parle pas métier. On dit : « Moi, j'ai eu bien des ennuis avec mon auto... Moi, je n'irai pas à Monte-Carlo cet hiver, j'ai horreur du jeu ! Et puis, après la revue, je serai si contente de me reposer un peu chez moi, de ne pas sortir le soir ! *Mon ami* adore la vie de famille... nous avons une petite fille de quatre ans qui est un amour... »

Ici, comme à côté, l'enfant se porte beaucoup, légitime ou non. J'entends : « L'institutrice de Bébé... Mon petit Jacques est déjà un homme, ma chère ! » L'une d'elles renchérit et avoue modestement quatre garçons. Ce sont des cris, des exclamations d'étonnement et d'envie... La jeune pondeuse, fraîche comme une pomme, se rengorge avec une moue d'enfant gâtée.

En face d'elle, la plus jolie de toutes médite, les doigts taquinant son lourd collier de perles irisées, et fixe dans le vide un regard bleu-mauve, d'une nuance inédite et sûrement très coûteuse. Elle murmure enfin : « Ça me fait songer que je n'ai pas eu d'enfant depuis deux ans... Il m'en faut un pour dans... dans quatorze mois. » Et comme on rit autour d'elle, elle s'explique, paisible : « Oui, dans quatorze mois. Ça me fera beaucoup de bien, il n'y a rien qui "dépure" le sang comme un accouchement. C'est un renouvellement complet, on a un teint, après !... J'ai des amies qui passent leur vie à se purger, à se droguer, à se coller des choses sur la figure... Moi, au lieu de ça, je me fais faire un enfant, c'est bien plus sain ! » (Rigoureusement *sic* !)

En quittant le promenoir, je frôle du pied quelque chose qui traîne sur le tapis sale... Un peu plus, j'écrasais une main, une petite patte enfantine, la paume en l'air... Les petites Anglaises se reposent là, par terre, en tas. Quelques-unes, assises, s'adossent au mur, les autres sont jetées en travers de leurs genoux ou pelotonnées en chien de fusil, et dorment. Je distingue un bras mince, nu jusqu'au coude, une chevelure lumineuse en coques rousses au-dessus d'une délicate oreille anémique... Sommeil misérable et confiant, repos navrant et gracieux de jeunes bêtes surmenées... On songe à une portée de chatons orphelins, qui se serrent pour se tenir chaud...

APPENDICES

TOBY-CHIEN ET LA MUSIQUE[1]

... Toby-Chien, le petit bull que j'interviewais, protesta :

« Ne me dites pas que je n'aime pas la musique ! Personne n'est fixé là-dessus, et moi-même... »

Il s'interrompit et rêva un instant, son bref menton appuyé sur ses pattes de devant. Trois plis pensifs rayaient son mufle bringé ; sa lèvre noire et laquée pendait amère, et, contemplant son front puissant et bossué, je fus frappée pour la première fois de sa ressemblance avec Beethoven.

Il rouvrit ses yeux batraciens, et la ressemblance auguste disparut. À présent, les narines fendues et retroussées, les globes saillants des yeux rappelaient lointainement Joseph Reinach, en plus humain...

« J'aime la musique, reprit Toby-Chien, car je la redoute ; craindre, c'est presque toujours aimer.

— Ô profond psychologue, lui dis-je, éclairez-moi. De quel amour donc enveloppez-vous ce que vous désignez d'un terme ample et vague : la Musique, toute la Musique ? »

Toby-Chien hésita :

« Si je précise, avoua-t-il avec une modestie charmante, je vais bafouiller. Vous ne saurez jamais ce que souffre une âme compliquée comme la mienne, obligée de se traduire par un vocabulaire de cinq cents mots. Illettré sensitif, voilà ce que je suis, comme la plupart des petits bouledogues. Et la musique augmente ma misère en ouvrant en moi des jardins enchantés, des palais lumineux, des grottes où frissonne l'inconnaissable...

— Faudra-t-il un I majuscule à "inconnaissable" ? insinuai-je, déférente.

— Oh ! non, la dimension ordinaire suffira. Et puis ne m'interrompez pas comme ça tout le temps, j'ai déjà assez de mal... La Musique... disais-je... elle eſt partout... Dans le vent d'oueſt rauque, enroué de la pluie qu'il apporte... dans la bise d'eſt qui flûte agressive et coupante dans la cheminée... La bave mijotante de la bûche humide qui bout menu le long du chenet imite la mouche prise dans une toile d'araignée...

— Pardon, mais...

— ... La plainte du mélèze que peigne le vent et qui gémit : "Tu me tires les cheveux !" cependant qu'au plus haut de sa chevelure rebroussée crie l'oiseau dont je ne sais pas le nom, l'oiseau sans doute obsédé par un souvenir de music-hall et qui répète sans fin : "Yvette ! Yvette !"

— Ce n'eſt pas de cela...

— Vous dirai-je encore, poursuivit Toby-Chien lancé, la musique du crapaud obscur, qui égoutte de seconde en seconde sa note liquide, perle de criſtal qu'on peut ouïr rouler entre l'herbe et s'y figer ?... Car je ne puis croire à une autre origine de la rosée étincelante !... Esquisserai-je pour vous l'harmonie modeſte de la bouilloire, grillonne tapie dans les cendres ardentes, petite sorcière ventrue, bienveillante, quoiqu'elle crache la vapeur par sa lèvre en lippe ? C'eſt elle qui rythme mon sommeil vingt fois rompu, ma sieſte en miettes de repos qui ne me repose guère... Elle chante bas le plus souvent ; mais certains soirs de grand feu, il sort d'elle une plainte si aiguë et si canine que son ventre noir m'inquiète comme si elle avait mangé tout vif un petit chien... »

Toby-Chien, essoufflé, s'arrêta un inſtant et fixa sur moi des yeux globuleux et hallucinés... J'en profitai pour glisser un mot :

« Pardon, mais... ce n'eſt pas de cela que je voulais vous entendre parler. Laissons les harmonies naturelles et imitatives, et dites-moi vos impressions de musique inſtrumentale, voire orcheſtrale. »

Il s'agita, comme pris d'un subit malaise. Une de ses pattes poſtérieures esquissa une danse de Saint-Guy, un gigotement galvanisé...

« Ah ! oui... Ah ! je n'aime pas beaucoup ce sujet de conversation. Je suis (je l'ai déjà dit) un sensitif, et il suffit de me rappeler certaines émotions vives pour que je les éprouve de nouveau... Voyez cette convulsion légère de ma patte : j'en ai un peu honte, elle date d'un soir où j'écoutais — bien à mon corps défendant ! — Mme Armande de Polignac jouer de la clarinette. Speƈtacle charmant, je vous le concède, que celui de cette jeune femme appliquant sa bouche naïve à l'ébène nasillard de l'inſtrument. Mais je n'eus pas plus tôt ouï les gammes éclore en bulles, s'égailler comme un vol pressé de ronds petits canards, qu'une étrange fureur d'émulation s'empara de moi... "Et moi aussi !..." m'écriai-je mentalement.

Et je chantai avec la clarinette, et plus haut qu'elle, modelant ma souple voix sur le son enrhumé de ce bâton ridicule qui s'achève en cloche de volubilis... Arc-bouté, semblable aux dragons de bronze japonais, les yeux poussés hors de la tête et la gueule en museau de carpe, mon aspect égaya si fort Mme Armande de Polignac qu'elle en perdit le souffle et que le bleu de ses yeux scintilla, diamanté des larmes du fou rire... Elle s'en alla choir de gaieté sur un divan, pareille, en sa robe épanouie, aux papillons fantastiques qui décorent chez elle les murailles...

« Croyez que je prends une vive part...

— Qu'importe ! je demeure l'éternel incompris, le crapaud passionné en qui passa l'âme des syrinx. Vous l'ai-je dit ? Le majeur m'excite à de folles courses circulaires, tandis qu'aux mélodies mineures mes oreilles se tirent en arrière, ma langue pâlit et je pleure tout haut je ne sais quelle inconsolable tristesse... Un jour, au concert Colonne, dans la loge 22...

— Comment ? vous suivez les concerts ?

— Ce n'est pas eux que je suis, mais bien celle de qui dépendent mes heures et qui m'y emmena un jour, caché sous son ample manteau. Noyé de sonorités, suffoqué sous les ruissellements des harpes, scié en menus morceaux par le fil des archets, cependant qu'en outre les cuivres m'aboyaient aux trousses, je ne trouvai pas un cri, pas un mot, à peine un soupir, et le troisième acte de *Parsifal* commença avant que je revinsse à moi...

— Mais ?

— Mais un chemin lumineux divisa tout à coup les nuées de ma cervelle fumeuse, un hautbois se mit à chanter... Ma volonté de silence fondit en larmes mystérieuses qui me trempaient le cœur... je me sentis la plus misérable à la fois et la plus comblée des créatures... Le sanglot qui jaillit de moi fut si rauque, si incongru, si impossible à attribuer à un gosier canin qu'à tout hasard un municipal expulsa des secondes galeries un individu suspect et long-chevelu. Ma maîtresse m'emmena et je n'entendrai plus le pur et frêle hautbois... Nous n'irons plus hautbois !...

— Comme dirait Willy...

— Il a déjà dû le dire. Permettez maintenant que je vous quitte. Je n'ai que trop retardé l'heure de ma sieste méditative. Encore quelques instants, et ce sera l'heure où, pincée, sagace, autoritaire, survient la chatte grise qui règne sur ce logis et change, d'un revers de patte, la couleur de mes pensées... »

PRINTEMPS DE LA RIVIERA[1]

Cyclamen et bouton-d'or, ou la Redoute des pieds. — Que personne ne prenne en mauvaise part ce sous-titre ! Je ne voudrais faire aux Niçois nulle peine, même légère... Mais, que voulez-vous ? Je n'entends parler, à cette redoute du Casino municipal, que de pieds, de pieds, toujours de pieds... « Oh ! mes pieds !... Dieu, que mes pieds me font mal !... Je ne sens plus mes pieds, je ne tiens plus sur mes pieds... »

Du haut de la loge, je vois tourbillonner, luire, balancer, piétiner, un cauchemar mauve et jaune, cyclamen et bouton-d'or... Oh ! le fâcheux et fade duo, entre ce mauve trop rose et ce jaune sans vigueur ! D'ici, les deux nuances se mêlent, se boivent, estompées de poussière. Cela a l'air (pardonnez-moi), cela a l'air un peu vomi. Mon œil cherche en vain un vigoureux violet velouté, un orangé solide et joyeux, un vieil or verdi ou mordoré... Hélas, hélas, je nage, d'un regard éperdu et déjà chaviré, sur une houle mauve et jaune, cyclamen, bouton-d'or, cyclamen et bouton-d'or... Je boirais bien une citronnade sans sucre, ou un peu de vieux cognac...

À détailler cet ensemble nauséeux, les costumes, du moins, sont propres ; beaucoup atteignent à l'élégance, quelques-uns ont cherché une somptuosité superflue. Sous ma souquenille anonyme de Pierrot citron, j'erre héroïquement, bousculée, écrasée — oh ! mes pieds ! — et je reconnais, à la longue, des silhouettes, un port de tête, le blond d'une chevelure, un jeune museau canaille heureux d'engueuler, sous le loup, en toute sécurité... Un petit clown mauve bondit à mes côtés, et m'entraîne, muet... Ses yeux luisent sous le masque noir, trop mobiles pour que j'y puisse lire, mais ses jambes en durs fuseaux fins, ses chevilles précieuses dénoncent Ève Lav...ère. Un autre clown, plus sage, nous arrête, nous menace du doigt et sourit sans parler ; mais il montre sa bouche aimable, aux dents nettes, et quand il se détourne, cette nuque large, cette blanche et riche encolure têtue se nomme : Suz. De.val. Beau clown tranquille, toi aussi, tu soupires en t'éloignant : « Oh ! mes pieds ! » Émilienne d'Al... a généreusement retiré son loup, excédée de chaleur et fière de son pimpant costume, de « pêcheur napolitain », assure-t-elle : étroite culotte que serre une ceinture roumaine à franges, boléro espagnol et petit manteau vénitien pendu à l'épaule... « Oh ! mes pieds ! » soupire Mlle d'Al... en s'effondrant sur une chaise... « Mes enfants, je ne me tiens plus, je crois que je vais ôter mes souliers ! »

Long, long, long dans son domino jaune, Henri B...st...n suit les couloirs, le nez flaireur, les mains quêteuses, terriblement quêteuses... Un domino jaune tout frissonnant de mousseline de soie mauve, deux yeux d'un bleu dangereux, et cette bouche éclatante... J'ai vu sourire cette bouche-là dans le ballet de l'Opéra, n'est-ce pas, Mlle Ric...i ?

Un froc violet, sous lequel houlent des épaules quasi masculines ; — le capuchon cache le front, les manches couvrent le bout des doigts ; — mais rien ne peut déguiser ce regard tour à tour négligent et cruel, cette bouche fine et serrée de César vieillissant, tout ce visage insexué d'Esprit du mal ; c'est la princesse P...

Tout tourne, tout tourne ; le mal de mer me guette, si je persiste à regarder les remous mauves et jaunes... Ils déferlent, en bas, contre les commissaires du bal, tristes îlots noirs, sombres récifs qui chancellent mais résistent ; — je vous admire, champions de l'ordre et de la morale, brise-lames, digues ! (Si je m'appelais Willy tout court, je dirais même digues... digue-don. Mais on ne peut pas tout avoir !)

Allons danser !... Et j'enlace, en Pierrot empressé, un gracieux domino mauve, svelte, souple, blond, qui piétine, insoucieux, sa traîne de satin et de mousseline molle, et nous tournons, nous tournons, portés, pressés, poussés, jusqu'à l'un des îlots noirs debout parmi la tempête... Ô surprise ! l'îlot s'émeut, nous arrête d'un bras courtois mais inflexible, et sa bonne voix de sergot bourru nous dit : « Séparez-vous, s'il vous plaît, mesdames ! C'est défendu ici que les dames elles valsent entre elles, rapport aux convenances (*sic*) ! »

Ô Nice, ô carnaval de Nice ! toi que mon ami Jean Lorrain fardait des vices les plus tentants, comme on t'a calomnié !

Vers quatre heures du matin nous échouons au restaurant du Cercle, dont je ne dirai rien — sinon que le fait d'y consommer bouillon, saumon trop gras, tournedos vague, poulet sec et jambon y coûte vingt-cinq louis pour huit personnes, sans dessert, et pourboires non compris.

Monte-Carlo. — Endroit singulier, que je connais mal et qui m'effare. Malaise. Froid dans le dos, chaud à la tête. Manie ambulatoire, car je ne sais où me reposer, où me fatiguer. De Beausoleil à la mer, la ville descend vers le Casino ; irrésistiblement on roule sur la pente, jusqu'au Casino — après quoi il n'y a que les rochers, et l'eau...

Vers la fin du jour, dans les salles de jeu, toute cette humanité angoissée, qui peine, sue, souffre, convoite et se désespère, sent presque l'étable... Je m'ennuie un peu, moi qui ne joue guère. « Tu ne sais pas jouer, m'affirme, autoritaire cette veinarde de Jeanne de B..lne, regarde, tu vas voir comment je fais... » Elle jette un louis sur le 26 — qui sort sans se faire prier. Ô merveille ! je me tais et j'admire, mais la comtesse R... hausse les épaules et se borne, têtue, à son petit système des inverses : le 13 après le 31, le 32 après le 23... Mais que joue-t-elle après le 35 ?... je n'ose pas m'informer, moi qui ne sais pas jouer... J'aime mieux regarder. Il y a tant de belles dames ! Elles jouent, presque toutes, et passionnément. Dès qu'elles jouent, le mystérieux poison empourpre leurs joues, injecte leurs yeux, et la forme de leur nez change...

Frêle, délicieuse, soutenue, presque portée par le jeune H... et le non moins jeune G..., passe Mme L... de P...y. Elle a le beau sourire d'une jeune mère heureuse qui s'appuie sur ses deux grands fils... Moins frêle, mais non moins belle, passe aussi Mme C... Ot..o qui ne joue pas aujourd'hui, et dont le front se nimbe d'une mélancolie singulière... « Hélas, répond-elle à ses admirateurs inquiets, c'est que je vais, demain, entrer dans ma vingt-neuvième année... » On regarde beaucoup le couple de La R..., surtout la femme, cette joueuse enragée et riche, Mme de La R..., dont les petites mains sèches sèment et récoltent des poignées d'or et de précieux papiers sales... Ses mains gantées, son corsage, son chapeau, sa figure décolorée, tout est blanc. Elle ressemble à un oiseau pâle au bec busqué, et ses pâles yeux charment l'or...

Sortons d'ici. La lune se lève et ma fièvre se calmera au vent traître du crépuscule, tout le long de la route dangereuse et charmante qui borde, jusqu'à Nice, la mer... Déjà, sous la lune pleine, luit sur l'eau un long reflet, un fuseau d'argent, nacré comme le ventre des poissons. Nous dépasserons Beaulieu, et Villefranche où l'escadre dort immobile et illuminée, à l'abri dans son anse étroite. Et je sourirai d'apaisement, quand les roues de la voiture froisseront, à l'arrivée, les orangers du parc de la villa Cessole...

Printemps de Nice. — Beau Midi, tu me plais, mais je ne t'aime pas. Tu me séduis parce que tu brilles, parce que ton soleil irrésistible chauffe mes épaules d'une caresse rude, me rend plus active qu'un lézard qui court en rond sur une pierre chaude, et joue sur la mer qui s'anime et pâlit à son gré... Mais je ne t'aime pas. Tu fleuris, Midi trompeur, Midi empressé, et ta jonquille, ta violette, ton amandier rosé n'attendent pas le vrai printemps — mais qu'ai-je à faire de fleurs sans feuilles, sans leurs feuilles tendres, enroulées en cornet et pointues comme de petites oreilles de faune ?... L'herbe, sur tes pentes, verdit, mais pique et ne saigne pas, quand je l'écrase, ce sang pâle et sucré dont le parfum grise...

Tes verdures éternelles, palmiers et cactus, aloès et rosiers hivernants, blessent la main, déchirent la robe... Enfin, Midi menteur, tu fleuris et n'embaumes pas. Vainement, sous le banal parfum de tes fleurs, mon âme forestière quémande ici l'odeur même de la terre, la souveraine odeur du sol vivant, fertile, humide... Le geste amoureux qui me penche, narines ouvertes, vers un pré arrosé de pluie tiède, n'a point ici sa récompense ; et tu n'es que poudre blanche et que rocs fleuris.

Il y a moins de printemps parmi ces roses, sous ces orangers lumineux d'oranges mûres, que dans un seul jour de dégel, là-bas, en mon pays aux collines voilées !... Joli Midi menteur, je donnerais toutes tes roses, toute ta lumière, tous tes fruits — pour un tiède et frais après-midi de février où, dans le pays que j'aime, la neige bleuâtre fond lentement à l'ombre des haies et découvre, brin à brin, le jeune blé raide, d'un vert émouvant... Sur l'épine encore noire, un merle verni glougloute mélodieusement, égoutte des notes limpides et rondes — et le parfum de la terre délivrée, l'arome sur qui monte du tapis de feuilles mortes macérées quatre mois, triturées par le gel et la pluie, emplissent mon cœur de l'amer et incomparable bonheur printanier...

LA VAGABONDE

PREMIÈRE PARTIE

Dix[a] heures et demie... Encore une fois, je suis prête trop tôt. Mon camarade Brague[1], qui[b] aida mes débuts dans la pantomime, me le reproche souvent en termes imagés :

« Sacrée graine d'amateur, va ! T'as toujours le feu quelque part. Si on t'écoutait, on ferait son fond de teint à sept heures et demie, en brifant les hors-d'œuvre... »

Trois ans de music-hall et de théâtre ne m'ont pas changée, je suis toujours prête trop tôt.

Dix heures trente-cinq... Si je n'ouvre ce livre, lu et relu, qui traîne sur la tablette à fards, ou le *Paris-Sport*[2] que l'habilleuse pointait du bout de mon crayon à sourcils, je vais me trouver seule avec moi-même, en face de cette conseillère maquillée qui me regarde, de l'autre côté de la glace, avec de profonds yeux aux paupières frottées d'une pâte grasse et violâtre. Elle a des pommettes vives, de la même couleur que les phlox des jardins, des lèvres d'un rouge noir, brillantes et comme vernies... Elle me regarde longtemps, et je sais qu'elle va parler... Elle va me dire :

« Est-ce toi qui es là ?... Là, toute seule, dans cette cage aux murs blancs que des mains oisives, impatientes, prisonnières, ont écorchés d'initiales entrelacées, brodés de figures indécentes et naïves ? Sur ces murs de plâtre, des ongles rougis, comme les tiens, ont écrit l'appel inconscient des abandonnés... Derrière toi, une main féminine a gravé : *Marie*... et la fin du nom s'élance en parafe ardent, qui monte comme un cri... Est-ce toi qui es là, toute seule, sous ce plafond bourdonnant que les pieds des danseurs émeuvent comme le plancher d'un moulin actif ? Pourquoi es-tu là, toute seule ? et pourquoi pas ailleurs ?... »

Oui, c'est l'heure lucide et dangereuse... Qui frappera à la porte de ma loge, quel visage s'interposera entre moi et la conseillère fardée qui m'épie de l'autre côté du miroir ?... Le hasard, mon ami et mon maître, daignera bien encore une fois m'envoyer les génies de son désordonné royaume. Je n'ai plus foi qu'en lui, et en moi. En lui surtout, qui me repêche lorsque je sombre, et me saisit, et me secoue, à la manière d'un chien sauveteur dont la dent, chaque fois, perce un peu ma peau... Si bien que je n'attends plus, à chaque désespoir, ma fin, mais bien l'aventure, le petit miracle banal qui renoue, chaînon étincelant, le collier de mes jours.

C'est la foi, c'est vraiment la foi, avec son aveuglement parfois simulé, avec le jésuitisme de ses renoncements, son entêtement à espérer, dans l'heure même où l'on crie : « Tout m'abandonne !... » Vraiment, le jour où mon maître le hasard porterait en mon cœur un autre nom, je ferais une excellente catholique...

Comme le plancher tremble, ce soir ! on voit bien qu'il fait froid : les danseurs russes se réchauffent. Quand ils crieront tous ensemble : « You ! » avec une voix aiguë et éraillée de jeunes porcs, il sera onze heures dix. Mon horloge est infaillible, elle ne varie pas de cinq minutes en un mois. Dix heures : j'arrive ; Mme Cavallier chante *Les Petits Chemineux, Le Baiser d'adieu, Le Petit Quéqu'chose*, trois chansons[1]. Dix heures dix : Antoniew[a] et ses chiens. Dix heures vingt-deux : coups de fusil, aboiements, fin du numéro de chiens. L'escalier de fer crie, et quelqu'un tousse : c'est Jadin[2] qui descend. Elle jure en toussant, parce qu'elle marche chaque fois sur l'ourlet de sa robe, c'est un rite... Dix heures trente-cinq : le fantaisiste Bouty[3]. Dix heures quarante-sept : les danseurs russes, et, enfin, onze heures dix : moi !

Moi... En pensant ce mot-là, j'ai regardé involontairement le miroir. C'est pourtant bien moi qui suis là, masquée de rouge mauve, les yeux cernés d'un halo de bleu gras qui commence à fondre... Vais-je attendre que le reste du visage aussi se délaie ? S'il n'allait demeurer, de tout mon reflet, qu'une coulure teintée, collée à la glace comme une longue larme boueuse ?...

Mais on gèle, ici ! Je frotte l'une contre l'autre mes mains grises de froid sous le blanc liquide qui se craquelle. Parbleu ! le tuyau du calorifère est glacé : c'est samedi, et, le samedi, on charge ici le public populaire, le joyeux public chahuteur et un peu saoul, de chauffer la salle. On n'a pas pensé aux loges d'artistes.

Un coup de poing ébranle la porte, et mes oreilles elles-mêmes tressaillent. J'ouvre à mon camarade Brague, costumé en bandit roumain[1], basané et consciencieux.

« C'est à nous, tu sais ?

— Je le sais. Pas trop tôt ! On attrape la crève ! »

En haut de l'escalier de fer qui monte au plateau, la bonne chaleur sèche, poussiéreuse, m'enveloppe comme un manteau confortable et sale. Pendant que Brague, toujours méticuleux, veille à la plantation et fait remonter la herse du fond — celle du soleil couchant —, je colle, machinalement, mon œil à la rondelle lumineuse du rideau.

C'est une belle salle de samedi, dans ce café-concert aimé du quartier[2]. Une salle noire, que les projecteurs ne suffisent pas à éclairer, et vous donneriez cent sous pour trouver un col de chemise, du dixième rang des fauteuils à la deuxième galerie ! Une fumée rousse plane sur tout cela, portant l'affreuse odeur du tabac froid et du cigare à deux ronds qu'on fume trop loin... En revanche, les avant-scènes ont l'air de quatre jardinières... C'est un beau samedi ! Mais, selon la forte expression de la petite Jadin :

« Je[a] m'en fiche, je ne touche pas sur la recette ! »

Dès les premières mesures de notre ouverture, je me sens soulagée, engrenée, devenue légère et irresponsable. Accoudée au balcon de toile, je considère d'un œil serein la couche poudreuse[b] — crotte des chaussures, poussière, poils de chiens, résine écrasée — qui couvre le parquet où se traîneront tout à l'heure mes genoux nus, et je respire un rouge géranium artificiel. Dès cette minute, je ne m'appartiens plus, tout va bien ! Je sais que je ne tomberai pas en dansant, que mon talon n'accrochera pas l'ourlet de ma jupe, que je croulerai, brutalisée par Brague, sans pourtant m'écorcher les coudes ni m'aplatir le nez. J'entendrai vaguement, sans perdre mon sérieux, le petit machiniste qui, au moment le plus dramatique, imite des bruits de pets derrière le portant pour nous faire rire... La brutale lumière me porte, la musique régit mes gestes, une discipline mystérieuse m'asservit et me protège... Tout va bien.

Tout va très bien ! Notre noir public du samedi nous a récompensés par un tumulte où il y avait des bravos, des sifflets, des cris, des obscénités cordiales, et j'ai reçu, bien assené sur le coin de la bouche, un petit paquet de ces œillets à deux sous, des œillets blancs anémiques que la marchande de fleurs au panier baigne, pour les teindre, dans une eau carminée... Je l'emporte, au revers de ma jaquette ; il sent le poivre et le chien mouillé.

J'emporte aussi une lettre qu'on vient de me remettre :

Madame, j'étais au premier rang de l'orchestre ; votre talent de mime m'invite à croire que vous en possédez d'autres, plus spéciaux et plus captivants encore ; faites-moi le plaisir de souper ce soir avec moi...

C'est signé « Marquis de Fontanges », mon Dieu oui, et écrit du café du Delta[1]... Combien de rejetons de familles nobles, et qu'on croyait dès longtemps éteintes, élisent domicile au café du Delta ?... Contre toute vraisemblance, je flaire chez ce marquis de Fontanges une parenté proche avec un comte de Lavallière, qui m'offrit, la semaine passée, un « five o'clock » dans sa garçonnière. Fumisteries banales, mais où se devine le romanesque amour de la grande vie, le respect du blason qui couve, en ce quartier de gouapes, sous tant de casquettes avachies.

☆

Comme d'habitude, c'eſt avec un grand soupir que je referme derrière moi la porte de mon rez-de-chaussée[1]. Soupir de fatigue, de détente, de soulagement, ou l'angoisse de la solitude ? Ne cherchons pas, ne cherchons pas !

Qu'eſt-ce que j'ai donc, ce soir ?... C'eſt ce brouillard de décembre, glacial, tout en paillettes de gel suspendues, qui vibre autour des becs de gaz en halo irisé, qui fond sur les lèvres avec un goût de créosote... Et puis, ce quartier neuf que j'habite, surgi tout blanc derrière les Ternes, décourage le regard et l'esprit.

Sous le gaz verdâtre, ma rue, à cette heure, eſt un gâchis crémeux, praliné, marron moka et jaune caramel, un dessert éboulé, fondu, où surnage le nougat des moellons. Ma maison elle-même, toute seule dans la rue, a « l'air que ce n'eſt pas vrai ». Mais ses murs neufs, ses cloisons minces offrent, pour un prix modeſte, un abri suffisamment confortable à des « dames seules » comme moi.

Quand on eſt « dame seule », c'eſt-à-dire tout ensemble la bête noire, la terreur et le paria des propriétaires, on prend ce qu'on trouve, on gîte où l'on peut, on essuie la fraîcheur des plâtres...

La maison que j'habite donne miséricordieusement asile à toute une colonie de « dames seules ». À l'entresol, nous avons la maîtresse en titre de Young, Young-Automobiles ; au-dessus, l'amie, très « tenue », du comte de Bravailles[2] ; plus haut, deux sœurs blondes reçoivent, chaque jour, la visite d'un seul Monsieur-très-bien-qui-eſt-dans-l'induſtrie ; plus haut encore, une terrible petite noceuse mène, jour et nuit, un train de fox-terrier déchaîné : cris, piano, chants, bouteilles vides jetées par la fenêtre :

« C'eſt la honte de la maison », a dit un jour Mme Young-Automobiles.

Enfin, au rez-de-chaussée, il y a moi, qui ne crie point, qui ne joue pas de piano, qui ne reçoit guère de messieurs, encore moins de dames... La petite grue du quatrième fait trop de bruit, et moi pas assez ; la concierge ne me l'envoie pas dire :

« C'eſt drôle, on ne sait jamais si madame eſt là, on ne l'entend pas. On ne croirait jamais une artiſte ! »

Ah ! quelle laide soirée de décembre ! le calorifère sent l'iodoforme. Blandine[a1] a oublié de mettre la boule d'eau chaude dans le lit, et ma chienne elle-même, mal lunée, grincheuse, frileuse, me jette tout juste un regard noir et blanc, sans quitter sa corbeille. Mon Dieu ! je ne réclame pas d'arcs de triomphe, ni d'illuminations, mais tout de même...

Oh ! je peux chercher partout, dans les coins et sous le lit, il n'y a personne ici, personne que moi. Le grand miroir de ma chambre ne me renvoie plus l'image maquillée d'une bohémienne pour music-hall, il ne reflète... que moi.

Me voilà donc, telle que je suis ! Je n'échapperai pas, ce soir, à la rencontre du long miroir, au soliloque cent fois esquivé, accepté, fui, repris et rompu... Hélas ! je sens d'avance la vanité de toute diversion. Ce soir, je n'aurai pas sommeil, et le charme du livre — oh ! le livre nouveau, le livre tout frais dont le parfum d'encre humide et de papier neuf évoque celui de la houille, des locomotives, des départs ! — le charme du livre ne me détournera pas de moi...

Me voilà donc, telle que je suis ! Seule, seule, et pour la vie entière sans doute. Déjà seule ! C'est bien tôt. J'ai franchi, sans m'en croire humiliée, la trentaine ; car ce visage-ci, le mien, ne vaut que par l'expression qui l'anime, et la couleur du regard, et le sourire défiant qui s'y joue, ce que Marinetti appelle ma *gaiezza volpina*[2]... Renard sans malice, qu'une poule aurait su prendre ! Renard sans convoitise, qui ne se souvient que du piège et de la cage... Renard gai, oui, mais parce que les coins de sa bouche, et de ses yeux, dessinent un sourire involontaire... Renard las d'avoir dansé, captif, au son de la musique...

C'est pourtant vrai que je ressemble à un renard ! Mais un joli renard fin, ce n'est pas laid, n'est-ce pas[3] ?... Brague dit aussi que j'ai l'air d'un rat, quand je mets ma bouche en pointe, en clignant des paupières pour y voir mieux... Il n'y a pas de quoi me fâcher.

Ah ! que je n'aime pas me voir cette bouche découragée et ces épaules veules, et tout ce corps morne qui se repose de travers, sur une seule jambe !... Voilà des cheveux pleureurs, défrisés, qu'il faut tout à l'heure brosser longtemps pour[a] leur rendre leur couleur de castor brillant. Voilà des yeux qui gardent un cerne de crayon bleu, et des ongles où le rouge a laissé une ligne douteuse... Je ne m'en tirerai pas à moins de cinquante bonnes minutes de bain et de pansage...

Il est déjà une heure... Qu'est-ce que j'attends ? Un petit coup de fouet, bien cinglant, pour faire repartir la bête butée... Mais personne ne me le donnera, puisque... puisque je suis toute seule ! Comme on voit bien, dans ce long cadre qui étreint mon image, que j'ai déjà l'habitude de vivre seule !

Pour un visiteur indifférent, pour un fournisseur, même pour Blandine, ma femme de chambre[1], je redresserais cette nuque qui flanche, cette hanche qui se repose de travers, je nouerais l'une à l'autre ces mains vides... Mais, cette nuit, je suis si seule...

Seule ! J'ai l'air de m'en plaindre, vraiment !

« Si tu vis toute seule, m'a dit Brague, c'est parce que tu le veux bien, n'est-ce pas ? »

Certes, je le veux « bien », et même je le *veux*, tout court. Seulement, voilà... il y a des jours où la solitude, pour un être de mon âge, est un vin grisant qui vous saoule de liberté, et d'autres jours où c'est un tonique amer, et d'autres jours où c'est un poison qui vous jette la tête aux murs.

Ce soir, je voudrais bien ne pas choisir. Je voudrais me contenter d'hésiter, et ne pas pouvoir dire si le frisson qui me prendra, en glissant entre mes draps froids, sera de peur ou d'aise.

Seule... et depuis longtemps. Car je cède maintenant à l'habitude du soliloque, de la conversation avec la chienne, le feu, avec mon image... C'est une manie qui vient aux reclus, aux vieux prisonniers ; mais, moi, je suis libre... Et, si je me parle en dedans, c'est par besoin littéraire de rythmer, de rédiger ma pensée.

J'ai[b] devant moi, de l'autre côté du miroir, dans la mystérieuse chambre des reflets, l'image d'« une femme de lettres qui a mal tourné ». On dit aussi de moi que « je fais du théâtre », mais on ne m'appelle jamais actrice. Pourquoi ? Nuance subtile, refus poli, de la part du public et de mes amis eux-mêmes, de me donner un grade dans cette carrière que j'ai pourtant choisie...

Une femme de lettres qui a mal tourné : voilà ce que je dois, pour tous, demeurer, moi qui n'écris plus, moi qui me refuse le plaisir, le luxe d'écrire...

Écrire ! pouvoir écrire[a] ! cela signifie la longue rêverie devant la feuille blanche, le griffonnage inconscient, les jeux de la plume qui tourne en rond autour d'une tache d'encre, qui mordille le mot imparfait, le griffe, le hérisse de fléchettes, l'orne d'antennes, de pattes, jusqu'à ce qu'il perde sa figure lisible de mot, mué en insecte fantastique, envolé en papillon-fée...

Écrire... C'est le regard[b1] accroché, hypnotisé par le reflet de la fenêtre dans l'encrier d'argent, la fièvre divine[c] qui monte aux joues, au front, tandis qu'une bienheureuse mort glace sur le papier la main qui écrit. Cela veut dire aussi l'oubli de l'heure, la paresse au creux du divan, la débauche d'invention d'où l'on sort courbatu[d], abêti, mais déjà récompensé, et porteur de trésors qu'on décharge lentement sur la feuille vierge, dans le petit cirque de lumière qui s'abrite sous la lampe...

Écrire ! verser avec rage toute la sincérité de soi sur le papier tentateur, si vite, si vite que parfois la main lutte et renâcle, surmenée par le dieu impatient qui la guide... et retrouver, le lendemain, à la place du rameau d'or, miraculeusement éclos en une heure flamboyante, une ronce sèche, une fleur avortée...

Écrire ! plaisir et souffrance d'oisifs ! Écrire !... J'éprouve bien, de loin en loin, le besoin, vif comme la soif en été, de noter, de peindre... Je prends encore la plume, pour commencer le jeu périlleux et décevant, pour saisir et fixer, sous la pointe double et ployante, le chatoyant, le fugace, le passionnant adjectif... Ce n'est qu'une courte crise, la démangeaison d'une cicatrice[e]...

Il faut trop de temps pour écrire ! Et puis, je ne suis pas Balzac, moi... Le conte fragile que j'édifie s'émiette quand le fournisseur sonne, quand le bottier présente sa facture, quand l'avoué téléphone, et l'avocat[2], quand l'agent théâtral[f] me mande à son bureau pour « un cachet en ville chez des gens tout ce qu'il y a de bien, mais qui n'ont pas pour habitude de payer les prix forts »...

Or, depuis que je vis seule, il a fallu vivre d'abord,

divorcer ensuite, et puis continuer à vivre... Tout cela demande une activité, un entêtement incroyables... Et pour arriver où ? N'y a-t-il point pour moi d'autre havre que cette chambre banale, en Louis XVI de camelote, d'autre halte que ce miroir infranchissable où je me bute, front contre front ?...

Demain, c'est dimanche : matinée et soirée[a] à l'Empyrée-Clichy[1]. Deux heures, déjà !... C'est l'heure de dormir, pour une femme de lettres qui a mal tourné[b].

☆

« Grouille-toi ! bon Dieu, grouille-toi ! Jadin[c] n'est pas là !

— Comment, pas là ? elle est malade ?

— Malade ? oui ! en bombe !... C'est le même coup pour nous : nous passons vingt minutes plus tôt ! »

Brague, le mime, vient de surgir de sa cellule sur mon passage, effrayant sous son fond de teint kaki, et je cours vers ma loge, consternée à l'idée que je pourrais, pour la première fois de ma vie, être en retard...

Jadin n'est pas là ! Je me hâte, en tremblant d'énervement. C'est qu'il ne badine pas, notre public de quartier, surtout à la matinée du dimanche ! Si nous le laissons, comme dit notre régisseur-belluaire, « avoir faim » cinq minutes entre deux numéros, les hurlements, les bouts de mégots, les peaux d'oranges partiront tout seuls[d]...

Jadin n'est pas là... Il fallait s'attendre à ça, un de ces jours.

Jadin est une petite chanteuse, si novice au concert, qu'elle n'a pas eu le temps encore d'oxygéner ses cheveux châtains ; elle n'a fait qu'un saut du boulevard extérieur sur la scène, estomaquée de gagner, en chantant, deux cent dix francs par mois. Elle a dix-huit ans. La chance (?) l'a saisie sans ménagement, et ses coudes défensifs, toute sa personne têtue penchée en gargouille, semblent parer les coups d'un destin fumiste et brutal.

Elle chante en cousette et en goualeuse des rues, sans penser qu'on peut chanter autrement. Elle force ingénument son contralto râpeux et prenant, qui va si bien à sa figure jeune d'apache rose et boudeuse. Telle qu'elle est, avec sa robe trop longue, achetée n'importe où, ses cheveux châtains pas même ondulés, son épaule de biais qui a l'air de tirer encore le panier de linge, le duvet de sa lèvre tout blanc d'une poudre grossière, le public l'adore. La directrice lui[a] promet, pour la saison prochaine, le « lumineux[1] » et une seconde vedette, on verra après pour l'augmentation. Jadin, en scène, rayonne et jubile. Elle reconnaît, tous les soirs, dans le public des secondes galeries, quelque compagnon d'enfantine vadrouille et ne résiste point, pour le saluer, à couper sa rengaine sentimentale par un joyeux coup de gueule, un rire aigu d'écolière, voire une « basane » bien claquée sur la cuisse[2]...

C'est elle qui manque aujourd'hui au programme. Dans une demi-heure, ils vont tempêter dans la salle et crier : « Jadin ! Jadin ! » et taper des galoches, et sonner sur les verres avec leurs cuillers à mazagrans...

Cela devait arriver. Jadin, dit-on, n'est pas malade, et notre régisseur ronchonne :

« Pensez-vous qu'elle est grippée ! Elle a tombé en travers d'un pieu ! On y met un talbin[3] en compresse ! Sans quoi, elle aurait prévenu... »

Jadin a trouvé un gourmet qui n'est pas du quartier. Il faut vivre... Elle vivait, pourtant, avec l'un, avec l'autre, avec[b] tout le monde... Reverrai-je sa petite silhouette de gargouille, coiffée jusqu'aux sourcils d'un des calots « à la mode » qu'elle fabriquait elle-même ? Hier soir encore, elle avançait dans ma loge un museau mal poudré pour me montrer sa dernière création : une toque en lapin « genre renard blanc », trop étroite, qui rabattait de chaque côté les petites oreilles de Jadin, toutes roses...

« On croirait Attila tout craché », lui disait Brague, très sérieux.

Jadin est partie... Le long couloir, foré de logettes carrées, bourdonne et ricane : il paraît que tout le monde flairait cette fugue, sauf moi... Bouty, le petit comique qui chante les Dranem, se promène devant ma loge, grimé en anthropoïde, un verre de lait à la main, et je l'entends prophétiser :

« C'était couru ! Moi, j'y donnais encore cinq, six

jours, peut-être un mois, à Jadin ! La patronne doit faire une gueule... Mais c'est pas encore ça qui la décidera à augmenter les artistes qui remontent une maison... Retenez ce que je vous dis ! on la reverra, Jadin : c'est une escursion, pas plus. C'est une fille qui a son genre de vie, elle saura jamais garder un miché... »

J'ouvre ma porte pour parler à Bouty, pendant que je passe mes mains au blanc liquide :

« Elle ne vous avait rien dit de son départ, Bouty ? »

Il hausse les épaules, en tournant vers moi son masque de gorille rouge, aux yeux bordés de blanc :

« Probable ! Je ne suis pas sa mère... »

Ayant dit, il lampe à petites gorgées son verre de lait, un lait bleuâtre comme de l'amidon.

Pauvre petit Bouty, qui balade partout son entérite chronique et sa bouteille de lait cacheté ! Nettoyé de son masque vermillon et blanc, il a une chétive et douce figure, délicate, intelligente, de beaux yeux tendres, et un cœur de chien sans maître, prêt à chérir qui l'adoptera. Sa maladie et son dur métier le crèvent, il se nourrit de lait, de macaroni bouilli, et trouve la force de chanter, de danser des danses nègres pendant vingt minutes. En sortant de scène, il tombe éreinté sur le plateau, incapable de descendre tout de suite à sa loge... Son corps fluet, étendu là comme mort, me barre quelquefois le passage, et je me raidis pour ne pas me pencher, le ramasser, demander du secours. Les camarades et le vieux chef machiniste se bornent à hocher le menton d'un air important à côté de lui, et disent :

« Bouty, c'est un artiste qui *fatigue* beaucoup. »

« Filons, filons ! train accéléré ! Ils n'ont pas trop gueulé après Jadin, dans la salle. C'est de la chance ! »

Brague me pousse dans l'escalier de fer ; la chaleur poussiéreuse, la lumière des herses m'étourdissent ensemble ; cette matinée a passé comme un songe affairé, la moitié de la journée a fondu je ne sais comment, j'en garde seulement le froid nerveux, la contraction de l'estomac qui suit les réveils, les levers rapides en pleine nuit. Dans une heure, il sera temps de dîner, et puis on prend un taxi, et ça recommence...

Et j'en ai comme ça pour un mois ! Le spectacle actuel plaît suffisamment ; d'ailleurs, il faut tenir jusqu'à la revue :

« Nous sommes bons là, dit Brague ; quarante jours à ne rien penser ! »

Et il se frotte les mains.

À ne rien penser... Si je pouvais faire comme lui ! J'ai quarante jours, j'ai toute l'année, toute la vie pour penser, moi... Combien de temps[a] vais-je promener, de music-hall en théâtre, de théâtre en casino, des « dons » que l'on s'accorde, d'un ton poli, à trouver intéressants ? On me reconnaît, par surcroît, une « mimique précise », une « diction nette », et une « plastique impeccable ». C'est très gentil. C'est même plus qu'il n'en faut. Mais... où cela mène-t-il[b] ?

Allons[c] ! je vois venir une dure crise de noir... Je l'attends avec calme et d'un cœur habitué, certaine d'en reconnaître les phases normales et de la vaincre une fois encore. Personne n'en saura rien. Ce soir, Brague me guigne de son petit œil pénétrant, sans trouver autre chose à dire que :

« T'es bien dans la lune, dis donc ? »

Revenue à ma loge, je lave mes mains teintes d'un sang groseille, devant la glace où nous nous mesurons, la conseillère maquillée et moi, graves, en adversaires dignes l'une de l'autre.

Souffrir... regretter... prolonger, par l'insomnie, par la divagation solitaire, les heures les plus profondes de la nuit : je n'y échapperai point. Et je marche au-devant de cela, avec une sorte de gaîté funèbre, avec toute la sérénité d'un être encore jeune et résistant, qui en a vu bien d'autres... Deux habitudes m'ont donné le pouvoir de retenir mes pleurs : celle de cacher ma pensée, et celle de noircir mes cils au mascaro...

« Entrez ! »

On vient de frapper, et j'ai répondu machinalement, absorbée...

Ce n'est pas Brague, ce n'est pas la vieille habilleuse, c'est un inconnu, grand, sec, noir, qui incline sa tête nue et débite tout d'un trait :

« Madame, je viens, depuis une semaine, vous applaudir dans *L'Emprise*[1]. Vous excuserez ce que ma visite peut avoir de.. déplacé, mais il me semble que mon admiration pour votre talent et... votre plastique... justifie une présentation aussi... incorrecte, et que... »

Je ne dis rien à cet imbécile[1]. Moite, essoufflée encore, la robe demi ouverte, j'essuie mes mains en le regardant avec une férocité si visible que sa belle phrase meurt soudain, coupée...

Faut-il le gifler ? marquer sur ses deux joues mes doigts encore humides d'une eau carminée ? Faut-il élever la voix et jeter à cette figure anguleuse, toute en os, barrée d'une moustache noire, les mots que j'ai appris dans les coulisses et dans la rue ?...

Il a des yeux de charbonnier triste, cet envahisseur...

Je ne sais pas ce que lui disent mon regard et mon silence, mais sa figure change tout à coup :

« Ma foi, madame, je ne suis qu'un serin et un grossier personnage, je m'en aperçois trop tard. Mettez-moi à la porte, allez, je l'ai bien mérité, mais non sans que j'aie déposé à vos pieds mes respectueux hommages. »

Il resalue, comme un homme qui va s'en aller... et ne s'en va pas. Avec cette rouerie un peu catin des hommes, il attend, une demi-seconde, le bénéfice de son revirement, et — je ne suis pas, mon Dieu, si terrible ! — l'obtient :

« Je vous dirai donc gentiment, monsieur, ce que je vous aurais dit sans aménité : allez-vous-en ! »

Je ris, bonne fille, en lui montrant la porte. Lui ne rit pas. Il reste là, le front en avant, et son poing libre pend, serré. Cette attitude le fait presque menaçant, gauche, avec une dégaine un peu lourde de bûcheron correct. La lampe du plafond se mire dans ses cheveux noirs, rabattus de côté, lisses et comme laqués ; mais ses yeux m'échappent, reculés sous une profonde orbite...

Il ne rit pas, parce qu'il me désire.

Il ne me veut aucun bien, cet homme-là, il me veut. Il n'a pas l'humeur à plaisanter, même graveleusement. Cela me gêne, à la fin, et je l'aimerais mieux... allumé, à l'aise dans son rôle d'homme qui a bien dîné et qui s'est rincé l'œil au premier rang de l'orchestre...

L'ardent désir qu'il a de moi le gêne comme une arme encombrante.

« Eh bien ! monsieur, vous ne vous en allez pas ? »

Il répond précipitamment, comme si je l'avais éveillé :

« Si, si, madame ! Certainement, je m'en vais. Je vous prie d'agréer mes excuses et...

— ... et l'expression de ma considération distinguée ! » achevé-je malgré moi.

Ce n'est pas bien drôle, mais il rit, il rit enfin, il quitte son expression têtue qui me décontenançait...

« C'est gentil à vous de me repêcher, madame ! Il y a encore quelque chose que je voulais vous demander...

— Ah ! non ! vous allez filer tout de suite ! J'ai fait preuve d'une longanimité incompréhensible, et je risque une bronchite en n'enlevant pas cette robe où j'ai eu chaud comme trois déménageurs ! »

Du bout de l'index, je le pousse dehors, car il a repris, quand j'ai parlé d'enlever ma robe, sa figure sombre et fixe... La porte refermée et verrouillée, j'entends sa voix assourdie qui quémande :

« Madame ! madame !... je voulais savoir si vous aimez les fleurs ? et lesquelles ?

— Monsieur ! monsieur ! laissez-moi tranquille ! Je ne vous demande pas quels sont vos poètes favoris, ni si vous préférez la mer à la montagne ! Allez-vous-en !

— Je m'en vais, madame ! Bonsoir, madame ! »

Ouf ! ce grand serin d'homme a coupé la crise noire : c'est toujours autant.

Depuis trois ans, voilà de quelle sorte sont mes conquêtes amoureuses... Le monsieur du fauteuil onze, le monsieur de l'avant-scène quatre, le gigolo des secondes galeries... Une lettre, deux lettres, un bouquet, une lettre encore... c'est tout ! Le silence les décourage bientôt, et il me faut avouer qu'ils n'y mettent pas trop d'entêtement.

Le destin, désormais ménager de mes forces, semble écarter de moi ces amoureux obstinés, ces chasseurs qui traquent une femme jusqu'au bat-l'eau[1] inclusivement... Ceux que je tente ne m'écrivent pas de billets doux. Leurs lettres, pressées, brutales et gauches, traduisent leur envie, non leurs pensées... J'excepte un pauvre petit qui délayait, des douze pages durant, un amour bavard et humilié. Il devait être bien jeune. Il se rêvait Prince Charmant, pauvre gosse, et riche, et puissant : « Je vous écris tout ça sur la table du marchand de vin où je déjeune, et chaque fois que je lève la tête, en face de moi, dans la glace, je vois ma sale gueule... »

Encore pouvait-il, le petit amoureux à la « sale gueule[1] », rêver à quelqu'un, sous ses palais bleus et ses forêts enchantées[a].

Personne ne m'attend, moi, sur une route qui ne mène ni à la gloire, ni à la richesse, ni à l'amour.

Rien ne mène — je le sais — à l'amour. C'est lui qui se jette en travers de votre route. Il la barre, à jamais, ou, s'il la quitte, laisse le chemin rompu, effondré...

Ce qui reste de ma vie me fait songer à un de ces *puzzles* en deux cent cinquante morceaux de bois biscornus et multicolores. S'agit-il pour moi d'en reconstituer, bûchette à bûchette, le décor primitif : une maison paisible au milieu des bois ? Non, non, quelqu'un a brouillé toutes les lignes du doux paysage ; je ne retrouverais même plus les débris du toit bleu brodé de lichens jaunes, ni la vigne vierge, ni la profonde forêt sans oiseaux...

Huit ans de mariage[b], trois ans de séparation : voilà qui remplit le tiers de mon existence.

Mon ex-mari ? Vous le connaissez tous. C'est Adolphe Taillandy[2], le pastelliste. Depuis vingt ans, il fait le même portrait de femme : sur un fond brumeux et doré, emprunté à Lévy-Dhurmer[3], il pose une femme décolletée, dont la chevelure, comme une ouate précieuse, nimbe un visage velouté. La chair, aux tempes, dans l'ombre du cou, sur la rondeur des seins, s'irise du même velouté impalpable, bleu comme celui des beaux raisins qui tentent les lèvres :

« Potel et Chabot[4] ne font pas mieux ! » a dit un jour Forain[5] devant un pastel de mon mari.

À part son fameux « velouté », je ne crois pas qu'Adolphe Taillandy ait du talent. Mais je reconnais volontiers que ses portraits sont, pour les femmes surtout, irrésistibles.

D'abord, il voit blond, résolument. La chevelure même de Mme de Guimont-Fautru, cette sèche brune, il[c] l'a parée de reflets sanguins et dorés, venus on ne sait d'où et qui font d'elle — répandus sur sa mate figure, sur son nez — une orgiaque Vénitienne.

Taillandy a fait mon portrait aussi, autrefois... On ne sait plus que c'est moi, cette petite bacchante au nez lumineux, qui porte sur le milieu du visage sa tache de soleil comme un masque de nacre, et je me souviens encore de ma surprise, à me découvrir si blonde. Je me souviens aussi du succès de ce pastel et de ceux qui le suivirent. Il y eut le portrait de Mme de Guimont-Fautru, de la baronne Avelot, de Mme de Chalis, de Mme Robert-Durand, de la cantatrice Jane Doré, puis nous arrivons à ceux, moins illustres à cause de l'anonymat des modèles, de Mlle J. R., de Mlle S. S., de Mme U., de Mme Van O..., de Mrs. F. W[1]...

C'était l'époque où Adolphe Taillandy, avec ce cynisme de bel homme qui lui va si bien, déclarait :

« Je ne veux pour modèles que mes maîtresses, et pour maîtresses que mes modèles ! »

Je ne lui ai pas connu, pour ma part, d'autre génie que celui du mensonge. Aucune femme, aucune de ses femmes, n'a dû autant que moi apprécier, admirer, craindre et maudire sa fureur du mensonge. Adolphe Taillandy mentait, avec fièvre, avec volupté, inlassablement, presque involontairement. Pour lui, l'adultère n'était qu'une des formes — et non la plus délectable — du mensonge.

Il fleurissait en mensonges avec une force, une variété, une prodigalité, que l'âge n'a point épuisées. En même temps qu'il ciselait l'ingénieuse traîtrise, agencée avec mille soins, parée de toutes les recherches d'une fourberie magistrale, je lui voyais gaspiller sa fougue astucieuse en impostures grossières, superflues, goujates, en contes enfantins et presque imbéciles...

Je l'ai rencontré, épousé, j'ai vécu avec lui pendant plus de huit ans... que sais-je de lui ? qu'il fait des pastels et qu'il a des maîtresses. Je sais encore qu'il réalise quotidiennement ce prodige déconcertant d'être, pour celui-ci, un « bûcheur » qui ne songe qu'à son métier ; pour celle-là, un ruffian séduisant et sans scrupule, pour celle-ci, un paternel amant qui mêle à une toquade brève un joli ragoût d'inceste, pour cette autre l'artiste las, désabusé, vieillissant, qui pare son automne d'une idylle délicate ; il y a même celle pour qui on est tout uniment un bon libertin, encore solide, et paillard à souhait ; et puis il y a la dinde bien née, et bien éprise, qu'Adolphe Taillandy cingle, tourmente, dédaigne, reprend, avec toute la cruauté littéraire d'un « artiste » de roman mondain.

Le même Taillandy s'insinue, sans transition, dans la peau de l'« artiste », non moins conventionnel, mais plus démodé, qui, pour vaincre les dernières résistances d'une petite dame mariée et mère de deux enfants, jette ses crayons, déchire son esquisse, pleure de vraies larmes qui mouillent sa moustache à la Guillaume II[1], et prend son feutre espagnol pour courir vers la Seine[a].

Il y a encore bien d'autres Taillandy, que je ne connaîtrai jamais, sans parler de l'un des plus terribles : le Taillandy homme d'affaires, le Taillandy manieur et escamoteur d'argent, cynique et brutal, plat et fuyant selon les besoins de l'affaire...

Parmi tous ces hommes-là, où est le vrai ? Je déclare humblement que je n'en sais rien. Je crois qu'il n'y a pas de *vrai* Taillandy... Ce balzacien génie du mensonge a cessé brusquement, un jour, de me désespérer, et même de m'intriguer. Il fut autrefois, pour moi, une sorte de Machiavel épouvantable... ce n'était peut-être que Fregoli[b2].

D'ailleurs, il continue. Quelquefois, je songe, avec une tiède commisération, à sa seconde femme... Digère-t-elle encore, béate, éprise, ce qu'elle nomme sa victoire sur moi ? Non, à cette heure, elle commence à découvrir, terrifiée, impuissante, celui qu'elle a épousé.

Mon Dieu[c] ! que j'étais jeune, et que je l'aimais cet homme-là ! et comme j'ai souffert !... Ceci n'est pas un cri de douleur, une lamentation vindicative, non, je soupire cela, quelquefois, sur le ton dont je dirais : « Si vous saviez comme j'ai été malade, il y a quatre ans ! » Et, quand j'avoue : « J'ai été jalouse jusqu'à vouloir tuer et mourir », c'est à la manière des gens qui racontent : « J'ai mangé du rat en 70... » Ils s'en souviennent, mais ils n'en ont gardé que le souvenir. Ils savent qu'ils ont mangé du rat, mais ils ne peuvent plus ranimer en eux le frisson de l'horreur, ni la fièvre de la famine.

Après les premières trahisons, après les révoltes et les soumissions d'un jeune amour qui s'opiniâtrait à espérer et à vivre, je m'étais mise à souffrir avec un orgueil et un entêtement intraitables, et à faire de la littérature.

Pour le seul plaisir de me réfugier dans un passé tout proche, j'écrivis un petit roman provincial, *Le Lierre sur le mur*, souriant[a], plat et clair comme les étangs de mon pays, un chaste petit roman d'amour et de mariage, un peu serin, très gentil, et qui eut un succès inattendu, démesuré. Je rencontrai ma photographie dans tous les illustrés, la *Vie moderne* me décerna son prix annuel, et nous devînmes, Adolphe et moi, « le couple le plus intéressant de Paris », celui qu'on invite à dîner, qu'on montre aux étrangers de marque... « Vous ne connaissez pas les Taillandy ? Renée Taillandy a un très joli talent. — Ah ! Et lui ? — Lui... oh ! il est irrésistible ! »

Mon second livre, *À côté de l'amour*, se vendit beaucoup moins[b]. Pourtant, j'avais savouré, en mettant celui-là au monde, la volupté d'écrire, la lutte patiente contre la phrase qui s'assouplit, s'assoit en rond comme une bête apprivoisée, l'attente immobile, l'affût qui finit par *charmer* le mot... Mon second volume se vendit peu. Mais il sut me concilier — comment dit-on cela ? ah ! oui ! — « l'estime des gens de lettres ». Quant au troisième, *La Forêt sans oiseaux*[1], il tomba à plat[c] et ne se releva pas. Celui-là, c'est mon préféré, mon « chef-d'œuvre inconnu » à moi... On le trouva diffus et confus, et incompréhensible, et long... Encore à présent, quand je l'ouvre, je l'aime, je m'y aime de tout mon cœur. Incompréhensible ? pour vous, peut-être. Mais, pour moi, sa chaude obscurité s'éclaire ; pour moi, tel mot suffit à recréer l'odeur, la couleur des heures vécues, il est sonore et plein et mystérieux comme une coquille où chante la mer, et je l'aimerais moins, je crois, si vous l'aimiez aussi... Rassurez-vous ! je n'en écrirai pas un autre comme celui-là, je ne pourrais plus.

D'autres travaux, d'autres soucis me réclament à présent, et surtout celui de gagner ma vie, d'échanger contre de l'or sonnant mes gestes, mes danses, le son de ma voix... J'en ai vite pris l'habitude, et le goût, avec un appétit bien féminin de l'argent. Je gagne ma vie, cela est un fait. À mes bonnes heures, je me dis et me redis, joyeusement, que je gagne ma vie ! Le music-hall, où je devins mime, danseuse, voire comédienne à l'occasion, fit aussi de moi, tout étonnée de compter, de débattre et de marchander, une petite commerçante honnête et dure. C'est un métier que la femme la moins douée apprend vite, quand sa liberté et sa vie en dépendent...

Personne ne comprit rien à notre séparation. Mais eût-on compris quelque chose, avant, à ma patience, à ma longue, lâche et complète complaisance ? Hélas, il n'y a pas que le premier pardon qui coûte... Adolphe connut vite que j'appartenais à la meilleure, à la vraie race des femelles : celle qui avait la première fois pardonné devint, par une progression habilement menée, celle qui subit, puis qui accepte... Ah ! le savant maître que j'avais en lui ! Comme il dosait l'indulgence et l'exigence !... Il lui arriva, quand je me montrais trop rétive, de me battre, mais je crois qu'il n'en avait guère envie. Un homme emporté ne bat pas si bien, et celui-ci ne me frappait, de loin en loin, que pour renforcer son prestige. Lors de notre divorce, on ne fut pas loin de me donner tous les torts, pour innocenter le « beau Taillandy », coupable seulement de plaire et de trahir. Il s'en fallut de peu que je cédasse, intimidée, ramenée à ma soumission habituelle par le bruit qui se fit autour de nous...

« Comment ? il la trompe depuis huit ans, et c'est maintenant qu'elle s'avise de se plaindre !... »

J'eus des visites d'amis autoritaires, supérieurs, qui savent « ce que c'est que la vie » ; j'eus celles de parents âgés, dont l'argument le plus sérieux était :

« Que voulez-vous, ma chère enfant !... »

Ce que je voulais ? Au fond, je le savais très bien. J'en avais assez. Ce que je voulais ? Mourir, plutôt que de traîner encore ma vie humiliée de femme « qui a tout pour être heureuse » ; mourir, oui, risquer la misère avant le suicide, mais ne plus revoir Adolphe Taillandy, l'Adolphe Taillandy qui se réservait pour l'intimité conjugale, celui qui savait si bien m'avertir, sans élever la voix, en avançant au-dessus de moi sa redoutable mâchoire d'adjudant :

« Je commence demain le portrait de Mme Mothier ;

vous aurez la bonté, n'est-ce pas, de ne plus lui faire cette gueule-là ? »

Mourir, risquer, avant, les pires chutes, mais ne plus surprendre le geste brusque qui cache une lettre froissée, ni la conversation faussement banale au téléphone, ni le regard du valet de chambre complice, mais ne plus m'entendre dire, d'un ton détaché :

« Est-ce que vous ne deviez pas aller passer quarante-huit heures chez votre mère, cette semaine ?... »

Partir, mais ne plus m'abaisser à promener, tout un jour, une des maîtresses de mon mari, pendant qu'il en étreint, rassuré, protégé par moi, une autre ! Partir, et mourir, mais ne plus feindre d'ignorer, mais ne plus subir l'attente nocturne, la veille qui glace les pieds, dans le lit trop grand, ne plus former ces projets de vengeance qui naissent dans le noir, qui enflent aux battements d'un cœur irrité, tout emprisonné de jalousie, puis crèvent au tintement d'une clef dans la serrure, et lâchement s'apaisent lorsqu'une voix connue s'écrie :

« Comment ? tu ne dors pas encore ? »

J'en avais assez.

On s'habitue à ne pas manger, à souffrir des dents ou de l'estomac, on s'habitue même à l'absence d'un être aimé, on ne prend pas l'habitude de la jalousie. Et il arriva ce qu'Adolphe Taillandy, qui pense à tout, n'avait pas prévu : un jour que, pour mieux recevoir Mme Mothier sur le grand divan de l'atelier, il m'avait sans courtoisie mise à *ma* porte, je ne rentrai pas.

Je ne rentrai pas ce soir-là, ni le suivant, ni ceux d'après. Et c'est là que finit — ou commence — mon histoire.

Je n'insisterai pas sur une morose et courte période de transition, où j'accueillis de la même humeur hargneuse les blâmes, les conseils, les consolations, et jusqu'aux félicitations.

Je décourageai les rares amis tenaces qui vinrent sonner à la porte d'un minuscule appartement loué au hasard. Outragée qu'on eût l'air de braver, pour me voir, l'opinion publique, la sacro-sainte et souveraine et ignoble opinion publique, je coupai, d'un geste rageur, tout ce qui me liait encore à mon passé.

Alors, quoi ? L'isolement ? Oui, l'isolement, à trois ou quatre amis près. Des entêtés, ceux-là, des indécollables, résolus à endurer toutes mes rebuffades. Comme je les accueillis mal, mais comme je les aimai, et combien je craignis, en les voyant s'éloigner, qu'ils ne revinssent pas !...

L'isolement, oui. Je m'en effrayai, comme d'un remède qui peut tuer. Et puis, je découvris que... je ne faisais que continuer à vivre seule. L'entraînement datait de loin, de mon enfance, et les premières années de mon mariage ne l'avaient qu'à peine interrompu : il avait repris, austère, dur à pleurer, dès les premières trahisons conjugales, et cela, c'est le plus banal de mon histoire... Combien de femmes ont connu cette retraite en soi, ce repliement patient qui succède aux larmes révoltées ? Je leur rends cette justice, en me flattant moi-même : il n'y a guère que dans la douleur qu'une femme soit capable de dépasser sa médiocrité. Sa résistance y est infinie ; on peut en user et abuser sans craindre qu'elle meure, moyennant que quelque puérile lâcheté physique ou quelque religieux espoir la détournent du suicide simplificateur.

« Elle meurt de chagrin... Elle est morte de chagrin... » Hochez, en entendant ces clichés, une tête sceptique plus qu'apitoyée : une femme ne peut guère mourir de chagrin. C'est une bête si solide, si dure à tuer ! Vous croyez que le chagrin la ronge ? Point. Bien plus souvent elle y gagne, débile et malade qu'elle est née, des nerfs inusables, un inflexible orgueil, une faculté d'attendre, de dissimuler, qui la grandit, et le dédain de ceux qui sont heureux. Dans la souffrance et la dissimulation, elle s'exerce et s'assouplit, comme à une gymnastique quotidienne pleine de risques... Car elle frôle constamment la tentation la plus poignante, la plus suave, la plus parée de tous les attraits : celle de se venger.

Il arrive que, trop faible, ou trop aimante, elle tue... Elle pourra offrir à l'étonnement du monde entier l'exemple de cette déconcertante résistance féminine. Elle lassera ses juges, les surmènera au cours des interminables audiences, les abandonnera recrus, comme une bête rouée promène des chiens novices... Soyez sûrs qu'une longue patience, que des chagrins jalousement cachés ont formé, affiné, durci cette femme dont on s'écrie :

« Elle est en acier ! »

Elle est « en femme », simplement, et cela suffit.

La solitude... la liberté... mon travail plaisant et pénible de mime et de danseuse... les muscles heureux et las, le souci nouveau, et qui délasse de l'autre, de gagner moi-même mon repas, ma robe, mon loyer... voilà quel fut, tout de suite, mon lot, mais aussi la défiance sauvage, le dégoût du milieu où j'avais vécu et souffert, une stupide peur de l'homme, des hommes, et des femmes aussi... Un besoin maladif d'ignorer ce qui se passait autour de moi, de n'avoir auprès de moi que des êtres rudimentaires, qui ne penseraient presque pas... Et cette bizarrerie encore, qui me vint très vite, de ne me sentir isolée, défendue de mes semblables, que sur la scène — la barrière de feu me gardant contre tous[a1]...

☆

Encore un dimanche[b] !... Et, comme le froid clair a succédé au froid noir, nous avons pris notre récréation hygiénique, la chienne et moi, au Bois, entre onze heures et midi — après le déjeuner, il y a matinée... Cette bête me ruine. Sans elle, je pourrais atteindre le Bois en métro, mais elle me donne du plaisir pour mes trois francs de taxi. Noire comme une truffe, elle reluit au soleil, astiquée à la brosse et au chiffon de flanelle, et le bois tout entier lui appartient, qu'elle possède à grand bruit de ronflements porcins, d'aboiements parmi les feuilles sèches remuées...

Beau dimanche[c] et joli bois de Boulogne ! C'est notre forêt, notre parc, à Fossette[2] et à moi, vagagondes citadines qui ne connaissons plus guère la campagne... Fossette court plus vite que moi, mais je marche plus vite qu'elle, et, quand elle ne joue pas « au train de ceinture », les yeux saillants et fous, la langue dehors, elle me suit à une allure traquenardeuse, un petit trot galopé et décousu qui fait rire les gens.

Le fin brouillard rose filtre le soleil, un soleil dépoli

qu'on peut admirer en face... Des pelouses découvertes monte un encens tremblant et argenté, qui fleure le champignon. La voilette colle à mon nez, et tout mon corps réchauffé par la course, cinglé par le froid, s'élance... En vérité, qu'y a-t-il de changé en moi, depuis ma vingtième année ? Par une telle matinée d'hiver, au plus beau de l'adolescence, je n'étais ni plus solide, ni plus élastique, ni plus animalement heureuse ?...

Je puis le croire, tant que dure ma course à travers le Bois... Au retour, c'est ma fatigue qui me détrompe. Ce n'est plus la *même* fatigue. À vingt ans, j'aurais joui sans arrière-pensée de ma passagère lassitude, dans un demi-songe assoupi. La fatigue, aujourd'hui, commence à me devenir amère et comparable à une tristesse du corps...

Fossette est née[a] chienne de luxe et cabotine : le *plateau* la passionne, et elle a la manie de vouloir monter dans toutes les automobiles de maître... C'est pourtant Stéphane-le-Danseur[1] qui me l'a vendue, et Fossette n'a pas fait de stage chez une actrice fortunée. Stéphane-le-Danseur est un camarade. Il travaille en ce moment dans ma « boîte », à l'Empyrée-Clichy. Ce Gaulois blond, que la tuberculose ronge un peu tous les ans, voit fondre ses biceps, ses cuisses roses qu'un duvet d'or irise, les beaux pectoraux dont il était justement fier. Déjà il a dû quitter la boxe pour la danse et le skating à roulettes... Il rinke[2] ici sur la scène inclinée ; entre-temps, il s'est « mis » professeur de danse, il élève aussi des bouledogues d'appartement. Il tousse beaucoup cet hiver. Souvent, le soir, il entre dans ma loge, tousse, s'assied, et me propose l'achat d'« une chienne bull bringée gris, toute beauté, qui n'a pas eu le premier prix cette année pour une question de jalousie... ».

Justement[b], j'arrive aujourd'hui au corridor souterrain percé de boxes carrés, qui mène à ma loge, au moment où Stéphane-le-Danseur quitte le plateau. Mince à la taille, large aux épaules, serré dans son dolman polonais vert myrte bordé de faux chinchilla, la toque de fourrure sur l'oreille, c'est encore un beau miroir à femelles que ce gars-là, avec ses yeux bleus et ses joues frottées de rose... Mais il maigrit, il maigrit lentement, et ses succès féminins hâtent son mal...

« Salut !

— Salut, Stéphane ! Du monde ?

— Et comment ! Je me demande ce qu'ils f... ici, ces c...-là, quand il fait si beau à la campagne... Dites donc, vous n'auriez pas besoin d'une chienne shipperke qui pèse six cents grammes... une occasion que j'aurais par une connaissance...

— Six cents grammes !... merci, mon appartement est trop petit ! »

Il veut bien rire et n'insiste pas. Je les connais, les chiennes shipperkes de six cents grammes que vend Stéphane ! Elles pèsent dans les trois kilos. Ce n'est pas de la malhonnêteté, c'est du commerce.

Qu'est-ce qu'il fera, Stéphane-le-Danseur, quand il en sera à son dernier poumon, quand il ne dansera plus, quand il ne pourra plus coucher avec de petites bonnes femmes qui lui paient des cigares, des cravates et des apéritifs ?... Quel hôpital, quel asile recueillera sa belle carcasse vidée ?... Ah ! que tout cela n'est pas gai, et que c'est donc insupportable, la misère de tant de gens !...

« Salut, Bouty ! Salut, Brague !... On n'a pas de nouvelles de Jadin ? »

Brague hausse les épaules, sans répondre, absorbé par le fignolage de ses sourcils, qu'il dessine en violet foncé parce que « ça fait plus féroce ». Il a un certain bleu pour les rides, un certain rouge orangé pour le dedans des lèvres, une certaine ocre pour le fond du teint, un certain carmin sirupeux pour le sang qui coule, et surtout un certain blanc pour les masques de Pierrot « dont je ne donnerais pas, assure-t-il, la recette à mon propre frère ! ». D'ailleurs, il dose fort adroitement sa petite manie polychrome, et je ne connais pas d'autre ridicule à ce mime intelligent, presque trop consciencieux.

Bouty, tout maigre dans son flottant vêtement à carreaux, me fait un signe mystérieux.

« Je l'ai vue, moi, la môme Jadin. Je l'ai vue au boulevard, avec un type. Elle avait des plumes comme ça ! et puis un manchon comme ça ! et une gueule à s'emm...er à cent francs de l'heure !

— Si elle les touche, les cent francs de l'heure, elle n'a pas à se plaindre ! interrompt Brague, logique.

— Je ne te dis pas, mon vieux. Mais elle ne restera pas au boulevard ; c'est une fille qui ne connaît rien à l'argent. Il y a longtemps que je la suis, moi, Jadin ; sa mère et elle demeuraient dans ma cour... »

De ma loge ouverte, en face de celle de Brague, je vois le petit Bouty, qui s'est tu brusquement sans achever sa phrase. Il a posé son demi-litre de lait cacheté, pour le tiédir, sur le tuyau du « calo » qui traverse les loges à ras de terre. Sa figure grimée en rouge brique et blanc craie ne laisse pas deviner grand'chose de son vrai visage ; pourtant il me semble bien que Bouty, depuis le départ de Jadin, se déprime davantage...

Pour blanchir et poudrer mes épaules, mes genoux truffés de « bleus » — Brague n'y va pas de main morte quand il me jette à terre ! —, je ferme la porte, assurée d'ailleurs que Bouty ne dira rien de plus. Comme les autres, comme moi-même, il ne parle presque jamais de sa vie privée. C'est ce silence, cette pudeur obstinée qui m'abusa sur ses camarades, à mes débuts au music-hall. Les plus expansifs, les plus vaniteux, parlent de leurs succès, de leurs ambitions artistiques, avec l'emphase et le sérieux obligatoires ; les plus méchants vont jusqu'au débinage de la « boîte » et des copains ; les plus bavards ressassent des blagues de plateau et d'atelier, un sur dix éprouve le besoin de dire : « J'ai une femme, j'ai deux gosses, ma mère est malade, je suis bien tourmenté de ma petite amie... »

Le silence qu'ils gardent sur leur vie intime ressemble à une manière polie de vous dire : « Le reste ne vous regarde pas. » Le blanc-gras ôté, le foulard et le chapeau remis, ils se séparent, disparaissent avec une promptitude où je veux discerner autant de fierté que de discrétion. Fiers, ils le sont presque tous, et pauvres : le « camarade-tapeur » est, au music-hall, une exception. Ma muette sympathie, qui, depuis trois ans, s'éclaire et s'informe, s'attache à eux tous, sans en préférer aucun[a].

Les artistes de café-concert... Qu'ils sont mal connus, et décriés, et peu compris ! Chimériques, orgueilleux, pleins d'une foi absurde et surannée dans l'Art, eux seuls, eux, les derniers, osent encore déclarer, avec une fièvre sacrée :

« Un *artiste* ne doit pas... un *artiste* ne peut accepter... un *artiste* ne consent pas... »

Fiers, certes, car s'ils ont aux lèvres, souvent, un « Cochon de métier ! » ou « Saloperie de vie ! » je n'ai jamais entendu l'un d'eux soupirer : « Je suis malheureux... »

Fiers, et résignés à n'exister que pendant une heure sur vingt-quatre ! Car l'injuste public, même s'il les applaudit, les oublie après. Un journal pourra veiller, avec une sollicitude indiscrète, sur l'emploi du temps de Mlle X..., du Français, dont les opinions sur la mode, la politique, la cuisine et l'amour occuperont chaque semaine l'oisiveté du monde entier ; mais, pauvre petit Bouty intelligent et tendre, qui donc daignera se demander ce que vous faites, ce que vous pensez, ce que vous taisez, quand l'obscurité vous a ressaisi et que vous filez le long du boulevard Rochechouart, vers minuit, presque transparent de minceur dans votre long paletot « genre anglais » qui vient de la Samaritaine ?

Pour la vingtième fois, je me rabâche, à moi toute seule, ces choses pas gaies. Et mes doigts, pendant ce temps, font alertement, inconsciemment, leur besogne habituelle : blanc-gras, rose-gras, poudre, rose sec, bleu, marron, rouge, noir... Je termine à peine lorsqu'une griffe dure gratte le bas de ma porte. J'ouvre tout de suite, car c'est la patte quémandeuse d'une petite terrière brabançonne, qui « travaille » dans la première partie du spectacle.

« Te voilà, Nelle ! »

Elle entre, assurée, sérieuse comme une employée de confiance, et me laisse caresser ses petits reins tout fiévreux de l'exercice, pendant que ses dents, un peu jaunies par l'âge, effritent un gâteau sec.

Nelle est rouquine de poil, luisante, avec un masque noir d'ouistiti où brillent de beaux yeux d'écureuil.

« Tu veux encore un gâteau, Nelle ? »

Bien élevée, elle accepte, sans sourire. Derrière elle, dans le couloir, sa famille l'attend. Sa famille, c'est un grand homme sec, silencieux, impénétrable, et qui ne parle à personne, plus deux colleys blancs, courtois, qui ressemblent à leur maître. D'où vient cet homme-là ? Quels chemins l'ont amené jusqu'ici, lui et ses colleys, pareils à trois princes déchus ? Son coup de chapeau, son geste, sont d'un homme du monde, comme sa longue figure coupante... Mes camarades, peut-être divinateurs, l'ont baptisé « l'Archiduc ».

Il attend, dans le couloir, que Nelle ait fini son gâteau. Il n'y a rien de plus triste, de plus digne, de plus dédaigneux, que cet homme et ses trois bêtes, orgueilleusement résignés à leur sort de vagabonds.

« Adieu, Nelle... »

Je ferme la porte, et les sonnailles de la petite chienne s'éloignent... La reverrai-je ? c'est ce soir la fin d'une quinzaine, et peut-être la fin d'un stage pour « Antoniew et ses chiens »... Où vont-ils ? où brilleront les beaux yeux marron de Nelle, qui me disent si clairement : « Oui, tu me caresses... oui, tu m'aimes... oui, tu as pour moi une boîte de gâteaux secs... mais demain, ou le jour d'après, nous partirons. Ne me demande rien de plus que ma politesse de petite chienne gentille, qui sait marcher sur ses pattes de devant et faire le saut périlleux. Comme le repos et la sécurité, la tendresse est pour nous un luxe inaccessible...

☆

De huit heures du matin[a] à deux heures de l'après-midi, par temps clair, mon rez-de-chaussée bénéficie, entre deux falaises de maisons neuves, d'une échappée de soleil. Un pinceau étincelant touche d'abord mon lit, s'y élargit en napperon carré, et le couvre-pieds envoie au plafond un reflet rose...

J'attends, paresseuse, que le soleil atteigne mon visage, m'éblouisse à travers mes paupières fermées, et l'ombre des piétons passe sur moi, rapide, comme une aile sombre et bleue... Ou bien je jaillis de mon lit, galvanisée, et je commence quelque fiévreux récurage ; les oreilles de Fossette subissent un sondage délicat, et son poil brille sous la brosse dure... Ou bien j'inspecte, sous la grande lumière impitoyable, tout ce qui faiblit en moi, déjà : soie fragile des paupières, coin de la bouche que le sourire commence à marquer d'un pli triste, et, autour de mon cou, ce triple collier de Vénus qu'une main invisible enfonce, chaque jour, un peu plus dans ma chair...

C'est ce sévère examen que trouble, aujourd'hui, la visite de mon camarade Brague, toujours vif, sérieux, éveillé. Je le reçois comme dans ma loge, couverte à peine d'un kimono de crépon, où les pattes de Fossette ont ajouté, un jour de pluie, de petites fleurs grisâtres à quatre pétales...

Pas besoin, pour Brague, de poudrer mon nez, ni d'exagérer, d'un trait bleu, la longueur de mes paupières... Brague ne me regarde qu'aux répétitions, pour me dire : « Fais pas ça : c'est laid... N'ouvre pas la bouche en hauteur : t'as l'air d'un poisson... Ne cligne pas les yeux : t'as l'air d'un rat blanc... Ne remue pas ton derrière en marchant : t'as l'air d'une jument... »

C'est Brague qui a guidé, sinon mes premiers pas, du moins mes premiers gestes sur la scène, et si je lui témoigne encore une confiance d'élève, il n'oublie pas non plus de me traiter, souvent, en « amateur intelligent », c'est-à-dire qu'il montre quelque impatience de la discussion et tient à faire prévaloir son avis...

Ce matin, il entre, colle ses cheveux à sa nuque, avec le geste d'enfoncer une perruque, et comme sa figure catalane, rasée, garde toujours ce sérieux éveillé qui la rend si caractéristique, je me demande s'il apporte une bonne ou une mauvaise nouvelle... Il toise mon rayon de soleil comme un objet de prix et regarde les deux fenêtres :

« Combien s'que tu le paies, ton rez-de-chaussée ?

— Je te l'ai déjà dit : dix-sept cents.

— Et tu as l'ascenseur, encore !... Chouette soleil, on se croirait à Nice !... C'est pas tout ça : nous avons une soirée.

— Quand ?

— Quand ? mais ce soir !

— Oh !

— Quoi "oh" ? Ça te dérange ?

— Non. C'est la pantoche[1] qu'on emmène ?

— Pas de pantoche, c'est trop sérieux. Tes danses. Et je leur ferai mon *Pierrot neurasthénique*. »

Je me lève, sincèrement effarée :

« Mes danses ! Mais je ne peux pas ! Et puis j'ai perdu ma musique à Aix ! Et puis la petite qui m'accompagne a changé d'adresse... Si, au moins, on avait deux jours devant soi...

— Pas moyen ! dit Brague, impassible. Ils avaient Badet[1] au programme, et elle est malade.

— C'est ça ! c'est complet ! passer en bouche-trou ! Joue ton *Pierrot* si tu veux, je ne danse pas ! »

Brague allume une cigarette, et laisse tomber ces deux mots :

« Cinq cents.

— Pour nous deux ?

— Pour toi. J'ai autant. »

Cinq cents !... Le quart de mon loyer... Brague fume, sans me regarder : il sait que j'accepte.

« Évidemment, cinq cents... Quelle heure ?

— Minuit, naturellement... Grouille-toi pour ta musique et tout, s'pas ? Bonsoir. À ce soir... Ah ! dis donc, Jadin est revenue ! »

Je rouvre la porte qu'il fermait déjà :

« Pas possible ! quand ?

— Hier, à minuit, tu venais de partir... Une gueule !... Tu la verras : elle rechante à la boîte... Dix-sept cents, tu dis ?... C'est épatant. Et des femmes à tous les étages ! »

Il s'en va, grave et égrillard.

Une soirée... Le cachet en ville... Ces trois mots-là ont le don de me démoraliser. Je n'ose pas le dire à Brague, mais je me l'avoue, en regardant dans la glace ma figure d'enterrement, avec un petit frisson de lâcheté qui me grippe la peau du dos...

Les revoir, *eux*... Eux, que j'ai quittés violemment, ceux qui m'appelaient « Madame Renée » autrefois, avec cette affectation de ne me donner jamais le nom de mon mari... Eux — et *elles !* Elles qui me trahissaient avec mon mari, eux qui me savaient trahie...

Le temps n'est plus où je voyais dans toute femme une maîtresse d'Adolphe, actuelle ou probable, et les hommes n'ont jamais fait grand'peur à l'épouse éprise que je fus. Mais j'ai gardé une terreur imbécile et superstitieuse des salons où je puis rencontrer des témoins, des complices de mon malheur passé...

Ce cachet en ville gâte, d'abord, mon déjeuner tête à tête avec Hamond, un peintre déjà démodé, mon vieux et fidèle et débile ami, qui vient manger ses pâtes bouillies chez moi, de temps en temps... Nous nous parlons peu, il appuie au dossier d'une bergère sa tête de don Quichotte malade, et, après le déjeuner, on joue tous les deux à se faire du chagrin. Il me parle d'Adolphe Taillandy, non pour me peiner, mais pour évoquer un temps où lui, Hamond, était heureux. Et moi, je l'entretiens de sa jeune et méchante femme, épousée follement, partie quatre mois après avec je ne sais qui...

Nous nous payons des après-midi de mélancolie, qui nous laissent éreintés, la figure vieillie, amère, la bouche sèche d'avoir redit tant de choses désolantes, et jurant de ne plus recommencer... Le samedi suivant nous réunit à ma table, contents de nous revoir, impénitents : Hamond a retrouvé une anecdote inédite sur Adolphe Taillandy, et d'un tiroir j'ai exhumé, pour voir mon meilleur ami renifler ses larmes, un instantané d'amateur où je tiens par le bras une petite Mme Hamond blonde, agressive, droite comme un serpent sur sa queue...

Mais, ce matin, notre déjeuner ne marche pas. Hamond, guilleret et gelé, m'a pourtant apporté du beau raisin noir de décembre, d'un bleu de prune, dont chaque grain est une petite outre pleine d'eau insipide et douce — ce maudit cachet en ville assombrit toute ma journée.

À minuit un quart, nous arrivons avenue du Bois, Brague et moi. Le bel hôtel ! on doit s'y ennuyer somptueusement.... L'imposant serviteur qui nous conduit dans le « salon réservé aux artistes » m'offre son aide pour quitter mon manteau fourré ; je refuse avec aigreur : pense-t-il que je vais attendre, vêtue de quatre colliers bleus, d'un scarabée ailé et de quelques mètres de gaze, le bon plaisir de ces messieurs et dames ?

Beaucoup mieux élevé que moi, l'imposant serviteur n'insiste pas et nous laisse seuls. Brague s'étire[a] devant une glace, devenu, sous son masque blanc, dans sa flottante souquenille de Pierrot, d'une minceur immatérielle... Il n'aime pas non plus le cachet en ville. Non que la « barrière de feu » entre lui et *eux* lui manque autant qu'à moi, mais il prise peu ce qu'il nomme le « client » des salons, et rend au spectateur mondain un peu de la malveillante indifférence qu'il nous témoigne :

« Penses-tu, dit Brague en me tendant un petit carton, que ces gens-là seront jamais foutus d'écrire mon nom proprement ? Ils m'appellent Brag*n*e sur leurs programmes ! »

Très froissé, au fond, il disparaît, en pinçant sa mince bouche saignante, sous une portière de verdures, car un autre imposant serviteur vient de l'appeler, courtoisement, par son nom estropié.

Dans un quart d'heure, ce sera mon tour... Je me mire et me trouve laide, privée de l'électricité crue qui, dans ma loge, nappe les murs blancs, baigne les miroirs, pénètre et veloute le maquillage... Y aura-t-il un tapis sur l'estrade ? S'ils pouvaient s'être fendus, comme dit Brague, d'une petite rampe... Cette perruque de Salomé[1] étreint mes tempes et renforce ma migraine... J'ai froid...

« À ton tour, ma vieille ! Va leur vendre ta petite affaire ! »

Brague, revenu, a déjà épongé sa figure blanche rayée de filets de sueur et endossé son manteau tout en parlant :

« Du monde très bien, ça se voit. Ils ne font pas trop de foin. Ils causent, quoi ! mais ils ne rigolent pas trop haut... Tiens, voilà les deux francs quinze pour ma part de taxi-auto... Moi, je rentre.

— Tu ne m'attends pas ?

— Pour quoi faire ? Tu vas aux Ternes, et moi à Montmartre ; ça ne colle pas. Et puis je donne une leçon demain matin, à neuf heures... Bonsoir, à demain. »

Allons ! c'est mon tour. Ma petite pianiste rachitique est à son poste. Je roule autour de moi, d'une main que le trac rend nerveuse, le voile qui constitue presque tout mon costume, un voile rond, violet et bleu, qui mesure quinze mètres de tour...

Je ne distingue rien, d'abord, à travers le fin treillis de ma cage de gaze. Mes pieds nus, conscients, tâtent la laine courte et dure d'un beau tapis de Perse... Hélas ! il n'y a pas de rampe...

Un bref prélude éveille et tord la chrysalide bleuâtre que je figure, délie lentement mes membres. Peu à peu, le voile se desserre, s'enfle, vole et retombe, me révélant aux yeux de ceux qui sont là, qui ont tu, pour me regarder, leur enragé bavardage...

Je les vois. Malgré moi, je les vois. En dansant, en rampant, en tournant, je les vois, et je les reconnais !...

Il y a là, au premier rang, une femme encore jeune, qui fut, assez longtemps, la maîtresse de mon ex-mari. Elle ne m'attendait pas ce soir, et je ne songeais pas à elle... Ses yeux bleus douloureux, sa seule beauté, expriment autant de stupeur que de crainte... Ce n'est pas moi qu'elle craint ; mais ma présence soudaine l'a remise, sans ménagement, en face de son souvenir, elle qui a souffert pour Adolphe, elle qui aurait tout quitté pour lui, qui voulait, avec de grands cris, des larmes bruyantes et imprudentes, tuer son mari, me tuer aussi, et s'enfuir avec Adolphe. Il ne l'aimait déjà plus, et la trouvait pesante. Il me la confiait pendant des journées entières, avec la mission — que dis-je ? l'ordre ! — de ne la ramener qu'à sept heures, et il n'y eut jamais de tête-à-tête plus navrants que ceux de ces deux femmes trahies qui se haïssaient. Quelquefois, la pauvre créature, à bout de force, fondait en pleurs humiliés, et je la regardais pleurer, impitoyable à ses larmes, orgueilleuse de retenir les miennes...

Elle est là, au premier rang. On a utilisé tout l'espace disponible, et sa chaise est si près de l'estrade que je pourrais, d'une caresse ironique, effleurer ses cheveux, qu'elle teint en blond parce qu'ils blanchissent. Elle a vieilli depuis quatre ans, et elle me regarde avec terreur. Elle contemple à travers moi son péché, son désespoir, son amour qui a peut-être fini par mourir...

Derrière elle, je reconnais aussi cette autre... et puis celle-ci encore... Elles venaient boire du thé chaque semaine chez moi, quand j'étais mariée. Elles ont peut-être couché avec mon mari. Cela n'a pas d'importance... Aucune ne semble me connaître, mais quelque chose marque qu'elles m'ont reconnue, car l'une feint la distraction et parle bas avec animation à sa voisine, l'autre exagère sa myopie, et la troisième, qui s'évente et secoue la tête, chuchote obstinément :

« Quelle chaleur ! mais quelle chaleur ! »

Elles ont changé leurs coiffures, depuis l'année où je laissai là tous ces faux amis... Elles portent l'obligatoire bonnet de cheveux, couvrant les oreilles, noué d'un large bandeau de ruban ou de métal, qui leur donne un air convalescent et pas lavé... On ne voit plus de nuques tentantes, ni de tempes vaporeuses, on ne voit plus que de petits mufles — mâchoires, menton, bouche, nez, — qui prennent, cette année, un véridique et frappant caractère de bestialité...

Sur les côtés, et au fond, il y a une ligne sombre d'hommes, debout. Ils se pressent et se penchent, avec cette curiosité, cette courtoisie rossarde de l'homme du monde pour la femme dite « déclassée », pour celle à qui l'on baisa le bout des doigts dans son salon et qui danse maintenant, demi nue, sur une estrade...

Allons, allons ! je suis trop lucide, ce soir, et si je ne me reprends, ma danse va en pâtir... Je danse, je danse... Un beau serpent s'enroule sur le tapis de Perse, une amphore d'Égypte se penche, versant un flot de cheveux parfumés, un nuage s'élève et s'envole, orageux et bleu, une bête féline s'élance, se replie, un sphinx, couleur de sable blond, allongé, s'accoude, les reins creusés et les seins tendus... Je n'oublie rien, je me suis ressaisie. Allons, allons ! Ces gens-là existent-ils ?... Non, non, il n'y a de réel que la danse, la lumière, la liberté, la musique... Il n'y a de réel que rythmer sa pensée, la traduire en beaux gestes. Un seul renversement de mes reins, ignorants de l'entrave, ne suffit-il pas à insulter ces corps réduits par le long corset, appauvris par une mode qui les exige maigres ?

Il y a mieux à faire qu'à les humilier ; je veux, pour un instant seulement, les séduire ! Un peu d'effort encore : déjà les nuques, chargées de bijoux et de cheveux, me suivent d'un vague balancement obéissant... Voici que va s'éteindre, dans tous ces yeux, la vindicative lumière, voici que vont céder et sourire, ensemble, toutes ces bêtes charmées[a]...

La fin de la danse, le bruit, fort discret, des applaudissements coupent l'enchantement. Je disparais, pour revenir saluer, d'un sourire circulaire... Au fond du salon, une silhouette d'homme gesticule et crie « Bravo ! ». Je connais cette voix-là, et ce grand mannequin noir...

Mais c'est mon idiot de l'autre soir ! C'est le grand serin !... Je n'en puis douter longtemps, d'ailleurs, en le voyant entrer, tête baissée, dans le petit salon où me rejoint ma pianiste. Il n'est pas seul, il est accompagné d'un autre grand serin noir, qui a bien la tournure d'être le maître de la maison.

« Madame..., salue celui-ci.

— Monsieur...

— Voulez-vous me permettre de vous remercier d'avoir bien voulu prêter, à l'improviste, votre concours à... et de vous exprimer toute l'admiration...

— Mon Dieu, monsieur...

— Je suis Henri Dufferein-Chautel[a].

— Ah ! parfaitement...

— Et voici mon frère, Maxime Dufferein-Chautel, qui désire si vivement vous être présenté... »

Mon grand serin d'hier resalue, et réussit à prendre, à baiser une main qui s'occupait de rassembler le voile bleu... Puis il reste debout et ne dit rien, beaucoup moins à l'aise que dans ma loge...

Cependant, Dufferein-Chautel n° 1 froisse, avec embarras, une enveloppe fermée :

« Je... j'ignore si c'est à M. Salomon[b], votre impresario... ou bien à vous-même que je dois remettre... »

Dufferein-Chautel n° 2, soudain cramoisi sous sa peau brune, lui jette un coup d'œil furieux et blessé, et les voilà tous deux aussi serins l'un que l'autre !

Qu'y a-t-il là d'embarrassant ? Je les tire gaîment de peine :

« Mais à moi-même, monsieur, c'est tout simple ! Donnez-moi cette enveloppe, ou plutôt glissez-la dans ma musique, car je vous avoue en confidence que mon costume de danseuse n'a pas de poches !... »

Ils éclatent de rire tous les deux, d'un rire soulagé et polisson, et, déclinant l'offre sournoise de Dufferein-Chautel n° 2, qui craint pour moi les apaches des Ternes, je puis rentrer seule, serrer joyeusement ma grande coupure de cinq cents francs, me coucher, et dormir[c].

☆

Pour glisser ma main[d] dans la boîte où l'on dépose le courrier — une caissette clouée au flanc du comptoir des contrôleurs —, je dérange, ce soir vendredi, un beau « mac » en casquette, un des types classiques dont le quartier fourmille.[1].

Quoique popularisé par l'image, la charge, le théâtre et le café-concert, le « barbeau[2] » reste fidèle au chandail ou à la chemise de couleur sans col, à la casquette, au veston que les mains, plongées dans les poches, brident flatteusement sur les reins, à la cigarette éteinte et aux muettes pantoufles...

Le samedi et le dimanche, ces messieurs emplissent la moitié de notre Empyrée-Clichy, bordent la galerie, et se fendent de 2,25 francs pour retenir d'avance les sièges de canne qui touchent la scène. Ce sont des fidèles, des passionnés, qui dialoguent avec les artistes, les sifflent, les acclament, et savent placer le mot grivois, l'exclamation scatologique qui déchaînent la salle entière.

Il arrive que leur succès les grise, et alors cela tourne à l'émeute. D'une galerie à l'autre, on échange en savoureux argot des dialogues étudiés, puis des cris, et les projectiles suivent, précurseurs eux-mêmes de la prompte arrivée des agents... Il est bon que l'artiste en scène attende, le visage neutre et le maintien modeste, la fin de l'orage, s'il ne veut pas voir changer la trajectoire des oranges, des programmes en boule et des petits sous. La simple prudence lui conseille aussi de ne point poursuivre sa chanson interrompue.

Mais ce sont là, je le répète, des orages brefs, des escarmouches réservées aux samedis et aux dimanches. Le service d'ordre est très bien fait à l'Empyrée-Clichy, où l'on sent la poigne de Mme la Directrice — la Patronne[3] !

Brune et vive, couverte de bijoux, la Patronne trône, ce soir comme tous les soirs, au contrôle. Ses yeux brillants et agiles voient tout, et les garçons de salle ne se risquent pas à oublier, le matin, la poussière des coins sombres. Ils foudroient en ce moment, ces terribles yeux, un authentique, costaud et considérable apache venu pour acheter le droit d'occuper, contre la scène, un des meilleurs sièges cannés, ceux du premier rang, ceux où l'on se carre en crapaud, les bras sur le balcon, le menton sur les mains croisées.

La Patronne le rembarre sans tumulte, mais de quel air de dompteuse !

« Rentre tes quarante-cinq sous, et file ! »

Le costaud, bras ballants, se balance comme un ours :

« Pourquoi ça, madame Barnet ? Quoi que j'ai fait ?

— Oui, oui, "quoi que j'ai fait ?". Tu crois que je ne t'ai pas vu, samedi dernier ? C'est toi qui étais au fauteuil *un* de la galerie, hein ?

— Si on peut dire !

— C'est toi qui t'es levé pendant la pantomime, hein ? pour dire : "Elle me montre[a] qu'un nichon, je veux y voir les deux ! j'ai payé deux linvés[1], un par nichon !". »

Le costaud, cramoisi, se défend, une main sur le cœur :

« Moi[2] ! moi ! Voyons, madame Barnet[b], je sais me tenir, je sais que c'est pas des choses à faire ! Je vous promets, madame Barnet, que c'est pas moi qui... »

La reine de l'Empyrée étend une dextre impitoyable.

« Pas de couleurs ! Je t'ai vu, n'est-ce pas ? ça suffit. Tu n'auras pas de place avant huit jours d'ici. Rentre tes quarante-cinq sous : et que je ne te revoie pas avant samedi ou dimanche prochain ! Et file ! »

La sortie du costaud, consigné pour huit jours, vaut bien que je perde encore quelques minutes. Il s'en va sur ses feutres silencieux, le dos rond, et ne reprend que sur le trottoir sa gueule insolente. Mais le cœur n'y est pas, l'allure est forcée, et, pour un peu de temps, il n'y a pas de différence entre cette bête dangereuse et le gosse qu'on a privé de dessert...

Sur l'escalier de fer, en même temps que le souffle montant du calorifère qui sent le plâtre, le charbon et l'ammoniaque, m'arrive en bouffées la voix de Jadin... Ah ! la petite rosse ! Elle l'a retrouvé et repris, son public de quartier ! Il n'y a qu'à entendre, là-bas, le rire orageux, le grondement dont il l'accompagne et la soutient.

Ce contralto râpeux et chaud, voilé déjà par la noce et peut-être un commencement de phtisie, gagne le cœur, par les chemins les plus bas et les plus sûrs. Qu'un directeur « avisé et artiste » se fourvoie jusqu'ici, qu'il entende Jadin, il s'écriera :

« Je la prends, je la lance, et dans trois mois vous verrez ce que j'en fais ! »

Une ratée orgueilleuse et aigrie, voilà ce qu'il en fera... Les expériences de ce genre n'encouragent guère : où brillera-t-elle mieux qu'ici, la Jadin mal peignée ?

La voici sur l'escalier, telle, ma foi, qu'elle est partie, avec sa robe trop longue qu'effrangent ses talons, son fichu Marie-Antoinette, jauni par la fumée de la salle, qui bâille sur une maigreur efflanquée et jeune, son épaule de biais et sa bouche rossarde, sa lèvre relevée dont le duvet garde une moustache de poudre...

J'ai un vif et vrai plaisir à la revoir, cette enfant mal embouchée ; elle, de son côté, dégringole les dernières marches pour tomber sur moi et me serrer les mains dans ses pattes chaudes : sa « bombe » nous a, on ne sait comment, rapprochées...

Elle me suit dans ma loge, où je risque un reproche discret :

« Jadin, c'est dégoûtant, vous savez ! on ne lâche pas les gens comme ça !

— J'ai été voir ma mère », dit Jadin avec un grand sérieux.

Mais elle se voit mentir dans la glace, et toute sa figure enfantine se fend de rire, devient large et bridée comme celle des angoras très jeunes...

« Croyez-vous, hein ?... On a dû se barber, ici, sans moi ! »

Elle rayonne d'un confiant orgueil, surprise, au fond, que l'Empyrée-Clichy n'ait pas, en son absence, fermé les guichets...

« J'ai pas changé[a], hein ?... Oh ! les belles fleurs ! Vous m'escusez ? »

Sa main rapide de chapardeuse, habile à filouter naguère les oranges des étalages, a saisi une grosse rose pourpre, avant que j'aie seulement ouvert la petite enveloppe fichée au flanc d'une grande gerbe de fleurs, qui m'attendait debout sur la tablette à maquillage :

MAXIME DUFFEREIN-CHAUTEL
avec ses respectueux hommages.

Dufferein-Chautel ! Enfin, j'ai retrouvé le nom du grand serin ! Depuis l'autre soir, trop paresseuse pour ouvrir un *Tout-Paris*, je l'appelle tour à tour Thureau-Dangin, Dujardin-Beaumetz, ou Duguay-Trouin[1]...

« J'ose dire que c'est des fleurs ! dit Jadin pendant que je me déshabille. C'est de votre ami ? »

Je proteste, avec une sincérité inutile :

« Non, non ! c'est quelqu'un qui me remercie... pour une soirée...

— Tant pire ! décrète Jadin compétente. C'est des fleurs d'homme bien. Le type avec qui je m'ai cavalé, l'autre jour, m'en a donné des comme ça... »

J'éclate de rire : Jadin discourant sur la qualité des fleurs et des « types » est irrésistible... Elle devient toute rouge sous sa farine de poudre et s'offense :

« Ah ! quoi ? Vous ne le croyez pas que c'était un homme bien, peut-être ? Et demandez voir à Canut, le chef machiniste, ce que j'ai rapporté comme galette, hier au soir, que vous veniez de partir !

— Combien ?

— Seize cents francs, ma chère ! Canut les a vus, c'est pas une craque ! »

Ai-je l'air assez pénétré ? J'en doute...

« Et qu'est-ce que vous allez en faire, Jadin ? »

Elle tire, insouciante, sur les fils qui pendent de sa vieille robe blanche et bleue :

« Pas des conserves, probable. J'ai payé la tournée aux machinistes. Et puis j'ai prêté — qu'elle dit ! — cinquante balles à Myriame pour payer sa pelure, et puis y a l'une, y a l'autre qui rappliquent, qui disent qu'elles sont sans un... Est-ce que je sais !... Tiens, v'là Bouty ! Salut Bouty.

— Salut à la bombeuse ! »

Bouty, ayant constaté courtoisement qu'un kimono couvre mon déshabillé, pousse la porte de ma loge et secoue la main que tend Jadin, en répétant « Salut ! » avec un geste rogue et une voix tendre... Mais Jadin l'oublie tout de suite, et continue, debout derrière moi et s'adressant à mon image dans la glace :

« Vous comprenez, ça me fait mal au cœur d'avoir *tant d'argent que ça !*

— Mais... vous allez vous acheter des robes... tout au moins une... pour remplacer celle-ci ? »

Elle rejette, d'un revers de main, ses cheveux légers et plats qui se défont en mèches fines :

« Pensez-vous ? Cette robe-là peut très bien faire jusqu'à la revue ! Qu'est-ce qu'*ils* diraient, de voir que je vas *en bas* ramasser du pèze pour ramener ici des robes de gommeuse[1] !... »

Elle a raison. *Ils*, c'est son fameux public[a] de quartier, exigeant, jaloux, qu'elle a un peu trompé, et qui lui pardonne, pourvu qu'elle reparaisse devant lui mal nippée, mal chaussée, fichue comme quatre sous, mais telle qu'avant la fugue, avant la faute...

Après une pause, Jadin reprend, très à l'aise devant le silence gêné de Bouty :

« Moi, vous comprenez, je me suis acheté ce que j'avais le plus besoin : un chapeau et un manchon avec une écharpe de cou. Mais un chapeau ! vous le verrez tout à l'heure... Au revoir. Tu restes, Bouty ?... Bouty, je suis riche, tu sais ? Je te paie ce que tu veux !

— Très peu pour moi, merci. »

Bouty se révèle singulièrement froid et désapprobateur. Si je disais tout haut qu'il aime Jadin, je me couvrirais de ridicule. Il faut donc me contenter de le penser.

Le petit comique s'en va un peu après, et je reste seule avec ma gerbe de roses, une grande gerbe banale, serrée dans une ceinture de ruban vert pâle... C'est bien la gerbe d'un « grand serin » tel que mon nouvel amoureux !

« Avec ses respectueux hommages... » J'ai connu, depuis trois ans, pas mal d'hommages, si j'ose dire, mais qui n'avaient rien de respectueux. Et mon vieux bourgeoisisme, qui veille, s'épanouit en secret, comme s'ils ne demandaient pas, ces hommages-ci — tout masqués de respect qu'ils veulent être —, la même chose, *toujours* la même chose...

Au premier rang des fauteuils d'orchestre, ma myopie ne me défend pas d'apercevoir, raide et sérieux, avec ses cheveux noirs qui brillent comme la soie d'un huit-reflets, M. Dufferein-Chautel cadet. Heureux de mon regard qui l'a reconnu, il suit de la tête mes mouvements, mes allées et venues sur la scène, comme ma chienne Fossette quand je m'habille pour sortir...

☆

Les jours passent[a]. Il n'y a rien de nouveau dans ma vie, qu'un homme patient qui me guette.

Nous venons de franchir Noël et le Ier janvier. Noël, soirée enfiévrée, a secoué toute la « boîte » d'un branle fou. Le public, saoul plus qu'à moitié, a gueulé comme un seul homme ; les avant-scènes pailletées ont jeté vers les secondes galeries des mandarines et des cigares à vingt-cinq sous ; Jadin, grise depuis le déjeuner, a perdu le fil de sa chanson et dansé en scène une « chaloupée » terrible, la jupe relevée sur des bas aux mailles rompues, une grande mèche de cheveux lui battant le dos... Belle soirée où notre Patronne trônait dans sa loge, supputant la royale recette, l'œil à la verrerie poissée qui chargeait les tablettes clouées au dos des fauteuils...

Brague aussi s'était grisé dès le dîner et pétillait d'une fantaisie lubrique de petit bouc noir. Seul dans sa loge, il a improvisé un extraordinaire monologue d'halluciné qui se défend contre des larves, avec des « Oh ! non, assez... laisse-moi ! » des « Pas ça ! Pas ça ! ou bien une fois seulement... » des soupirs et des plaintes d'homme qu'une volupté diabolique supplicie...

Quant à Bouty, tout tordu de crampes d'entérite, il sirotait son lait bleuâtre...

En guise de réveillon, j'ai mangé le beau raisin de serre que m'avait apporté mon vieil ami Hamond, tête à tête avec Fossette qui croquait des bonbons envoyés par le Grand-Serin. J'ai lutté, me moquant de moi-même, contre une jalousie chagrine d'enfant qu'on a oublié d'inviter...

Qu'aurais-je donc voulu ? Souper avec Brague, ou avec Hamond, ou avec Dufferein-Chautel ? Dieu, non ! mais quoi ? Je ne suis ni meilleure ni pire que tout le monde, et il y a des heures où j'aimerais défendre aux autres de s'amuser quand je m'embête...

Mes amis, les vrais, les fidèles, comme Hamond, ce sont, la chose vaut que je la remarque, des pas-de-chance, des irrémédiablement tristes. Est-ce la « solidarité du malheur » qui nous lie ? Je n'en crois rien.

Il me semble plutôt que j'attire et retiens les mélancoliques, les solitaires voués à la réclusion ou à la vie errante, comme moi... Qui se ressemble...

Je remâche ces pensées folâtres en revenant de ma visite à Margot[1].

Margot, c'est la sœur cadette de mon ex-mari. Elle porte lugubrement, depuis l'enfance, ce petit nom badin, qui lui va comme un anneau dans le nez. Elle vit seule et ressemble assez, avec ses cheveux grisonnants, coupés sous l'oreille, sa chemise à broderie russe et sa longue veste noire, à une Rosa Bonheur[2] qui serait nihiliste.

Dépouillée par son mari, tapée par son frère, volée par son avoué, grugée par ses domestiques, Margot s'est embastillée dans une sérénité funèbre, faite de bonté inguérissable et de silencieux mépris. Une vieille habitude d'exploitation fait que l'on continue, autour d'elle, à écorner ses rentes viagères, et elle laisse faire, prise seulement parfois de rages subites, et jetant sa cuisinière à la porte pour une carotte, trop flagrante, de dix francs.

« Je veux bien qu'on me vole, crie Margot, mais je veux qu'on y mette des égards ! »

Puis elle retombe, pour de longs jours, à son universel mépris.

Du temps que j'étais mariée, j'ai peu connu Margot, toujours froide, douce et peu loquace. Sa réserve n'a point quêté mes confidences. Seulement, le jour où ma rupture avec Adolphe sembla définitive, elle mit hors de chez elle, poliment, brièvement, mon mari étonné et ne le revit plus. Je connus alors que j'avais en Margot une alliée, une amie et un appui, puisque c'est d'elle que me viennent les quinze louis mensuels qui me gardent de la misère.

« Prends-les, va ! m'a dit Margot. Tu ne me fais pas de tort. Ce sont les dix francs quotidiens que m'a toujours carottés Adolphe ! »

Ce n'est pas, certes, chez Margot que je trouverais des consolations, ni cette hygiénique gaîté qu'on me recommande comme un régime. Mais, au moins, Margot m'aime à sa manière, à sa découragée et décourageante manière, tout en pronostiquant pour moi la plus fâcheuse fin :

« Toi, ma fille, m'a-t-elle dit aujourd'hui encore, tu auras de la veine si tu ne retombes pas dans un beau collage, avec un monsieur genre Adolphe. Tu es faite pour être mangée, comme moi. Je suis bien bonne[a] de te prêcher ! Chatte échaudée, tu retourneras à la chaudière, c'est moi qui te le dis ! Tu es bien de celles à qui un Adolphe ne suffit pas comme expérience.

— Mais enfin, Margot, vous êtes extraordinaire ! C'est chaque fois le même réquisitoire ! lui reprochai-je en riant : "Tu es ci, tu es ça, tu es de celles qui, de celles que..." Attendez au moins que j'aie péché, il sera temps de m'en vouloir après ! »

Margot eut un de ces regards qui la font paraître très grande, qui ont l'air de tomber de si haut !

« Je ne t'en veux pas, ma fille. Je ne t'en voudrai pas davantage quand tu auras péché, comme tu dis. Seulement, tu auras bien de la peine à t'empêcher de commettre *la* bêtise, puisqu'il n'y en a qu'une : recommencer... J'en sais quelque chose... Et encore, ajoute-t-elle avec un singulier sourire, je n'avais pas de sens, moi !...[b]

— Alors, que faire, Margot ? Que blâmez-vous dans ma vie actuelle ? Dois-je, comme vous, me cloîtrer dans la crainte d'un malheur pire, et n'aimer, comme vous, que les petits terriers brabançons à poils ras ?

— Garde-t'en bien ! s'écria Margot avec une vivacité enfantine. Les petits terriers brabançons ! il n'y a pas de rossards comme eux ! Voilà une bête, dit-elle en me montrant une petite chienne rousse, pareille à un écureil tondu, une bête que j'ai soignée quinze nuits, pendant sa bronchite. Quand je me permets de la laisser seule, une heure, à la maison, la petite crapule fait semblant de ne pas me reconnaître et gronde à mes trousses comme si j'étais un chemineau !... Et, à part ça, mon enfant, tu vas bien ?

— Très bien, Margot, merci.

— La langue ?... le blanc de l'œil ?... le pouls ?... »

Elle m'a retroussé les paupières, m'a pressé le poignet, d'une main assurée, professionnelle, ni plus ni moins qu'à un petit brabançon. C'est que nous savons, Margot et moi, le prix de la santé et l'angoisse de la perdre. Vivre seule, on s'en tire, on s'y fait ; mais languir seule et fiévreuse, tousser dans la nuit interminable, atteindre, sur des jarrets défaillants, la fenêtre aux vitres battues de pluie, puis revenir à une couche froissée et molle — seule, seule, seule !...

Durant quelques jours, l'an dernier, j'ai connu l'horreur d'être celle qui gît, et délire vaguement, et redoute, en sa demi-lucidité, de mourir lentement, loin de tous, oubliée... Depuis, à l'exemple de Margot, je me soigne, je me soucie de mon intestin, de ma gorge, de mon estomac, de ma peau, avec une sévérité un peu maniaque de propriétaire attaché à son bien[a]...

Je songe, aujourd'hui, au mot bizarre de Margot. Elle n'avait « pas de sens », elle... Et moi ?

Mes sens... C'est vrai. Il y a bien longtemps, il me semble, que je n'ai songé à eux...

La « question des sens »... Margot a l'air de penser qu'elle importe. La meilleure littérature et la pire aussi tâchent de m'apprendre que toutes les voix se taisent quand celle des sens a parlé. Qu'en faut-il croire ?

Brague m'a dit une fois, d'un ton de médecin :

« Ça n'est pas sain, tu sais, ta façon de vivre ! »

Et il a ajouté, comme Margot :

« D'ailleurs, tu y passeras ni plus ni moins que les camarades. Retiens ce que je te dis ! »

Je n'aime pas songer à cela. Brague se mêle volontiers de décréter et joue à l'infaillible... Ça ne signifie rien... C'est égal, je n'aime pas songer à cela.

J'assiste, au music-hall, sans feindre la moindre bégueulerie, à des conversations où l'on traite « la question des sens » avec une précision statistique et chirurgicale, et j'y prends le même intérêt, détaché et respectueux, qu'à lire dans un journal les ravages de la peste en Asie. Je veux bien trembler, mais je préfère rester à demi incrédule. C'est égal, je n'aime pas beaucoup songer à cela...

Et puis, il y a cet homme — le Grand-Serin — qui s'arrange pour vivre dans mon ombre, pour mettre ses pas dans l'empreinte des miens, avec une obstination de chien...

Je trouve des fleurs dans ma loge, Fossette reçoit une petite auge de nickel pour sa pâtée ; trois minuscules animaux fétiches tiennent salon, nez à nez, sur ma table à écrire : un chat d'améthyste, un éléphant en calcédoine, un crapaud de turquoise... Un cercle de jade, vert comme une rainette, serrait les tiges du bouquet de lis verdâtres qu'on me remit le 1er janvier... Dans la rue, je croise, trop souvent, le même Dufferein-Chautel, qui me salue avec une surprise si mal imitée...

Il me force[a] à me rappeler, trop souvent, que le désir existe, demi-dieu impérieux, faune lâché qui gambade autour de l'amour et n'obéit point à l'amour, que je suis seule, saine, jeune encore et rajeunie par ma longue convalescence morale...

Des sens ? oui, j'en ai... J'en avais, du temps où Adolphe Taillandy daignait s'occuper d'eux. Des sens timides, routiniers, heureux de la caresse habituelle qui les comblait, craintifs de toute recherche ou complications libertines... lents à s'enfiévrer, mais lents à s'éteindre, des sens bien portants, en somme...

La trahison, la longue douleur les ont anesthésiés, jusqu'à quand ? Les jours de gaîté, d'allégresse physique, je m'écrie : « Pour toujours ! » à me sentir candide, amputée de ce qui faisait de moi une femme comme les autres...

Mais il y a aussi des jours lucides, où je raisonne durement contre moi-même : « Prends garde ! veille à toute heure ! Tous ceux qui t'approchent sont suspects, mais tu n'as pas de pire ennemi que toi-même ! Ne chante pas que tu es morte, inhabitée, légère : la bête que tu oublies hiverne, et se fortifie d'un long sommeil... »

Et puis, je perds derechef la mémoire de ce que je fus, avec la crainte de redevenir *vivante* ; je ne convoite pas, je ne regrette rien... jusqu'au prochain naufrage de ma confiance, jusqu'à la crise inévitable où je regarde avec terreur s'approcher la tristesse aux douces mains puissantes, guide et compagne de toutes les voluptés...

Nous répétons[b], depuis quelques jours, une nouvelle pantomime[1], Brague et moi. Il y aura une forêt, une grotte, un vieux troglodyte, une jeune hamadryade, un faune dans la force de l'âge.

Le faune, c'est Brague, la nymphe forestière, c'est moi, quant au vieux troglodyte, il n'en est pas encore question. Son rôle est épisodique, et, pour le jouer, dit Brague, « j'ai un petit salopin de dix-huit ans, dans mes élèves, qui *fera* tout à fait préhistorique ! ».

On veut bien nous prêter la scène des Folies[1], le matin, de dix à onze heures, pour les répétitions. Débarrassée de ses toiles de fond, la profonde scène nous montre tout son plateau nu. Qu'il y fait triste, qu'il y fait gris lorsque j'arrive, sans corset, un chandail en guise de blouse, et culottée de satin noir sous la jupe courte !...

J'envie Brague d'être, à toute heure, si pareil à lui-même, éveillé, noiraud, autoritaire[a]... Je lutte mollement contre le froid, l'engourdissement, l'écœurement de cette atmosphère mal purgée des relents de la nuit, qui sent encore l'humanité et le punch aigre... Le chaudron des répétitions épelle la musique neuve, mes mains s'agrippent l'une à l'autre et tardent à se quitter, mon geste est court, près du corps, mes épaules remontent frileusement, je me sens médiocre, gauche, perdue...

Brague, accoutumé à mon inertie matinale, a pénétré aussi le secret de la guérir. Il me harcèle sans relâche, court autour de moi comme un ratier, prodigue de brefs encouragements, des exclamations claquantes qui me cinglent...

De la salle monte une fumée de poussière : c'est l'heure où les garçons poussent dehors, avec la boue séchée sur les tapis, le petit fumier de la soirée précédente : papiers, noyaux de cerises, mégots, crotte des souliers...

Au troisième plan — car on nous prête seulement une tranche de scène, une passerelle large de deux mètres environ —, une troupe d'acrobates travaille sur son épais tapis : ce sont de beaux Allemands roses au poil blond, silencieux et âpres à la besogne. Ils ont de sordides maillots de travail, et, dans les intervalles de leur numéro, leur repos, leurs jeux sont encore exercice ; deux d'entre eux cherchent, avec des rires endormis, un miracle d'équilibre irréalisable... qu'ils réussiront peut-être le mois prochain. À la fin de la séance, ils se tiennent, très graves, autour de la périlleuse éducation du plus jeune de la troupe, un bambin à figure de fillette sous de longues boucles blondes, qu'on lance en l'air, qu'on reçoit sur un pied, sur une main, un aérien petit être qui semble voler, ses boucles tendues horizontalement derrière lui, ou dressées toutes droites comme une flamme au-dessus de sa tête, tandis qu'il retombe, les pieds joints et pointus, les bras collés au corps...

« Au temps ! crie Brague. Tu l'as encore raté, ton mouvement ! En voilà une répétition à la mords-moi-le-jonc ! Tu ne peux donc pas être à ce que tu fais ? »

C'est difficile, je l'avoue. Au-dessus de nous voltigent maintenant, sur trois trapèzes, des gymnastes qui échangent des appels aigus, des cris d'hirondelles... L'éclair nickelé des trapèzes de métal, le grincement, sur les barres polies, des mains colophanées, toute cette dépense, autour de moi, de force élégante et souple, ce mépris méthodique du danger m'exaltent, m'échauffent, à la fin, d'une contagieuse émulation[a]... Et c'est alors qu'on nous déloge, quand je commençais à sentir sur moi, comme une parure soudain revêtue, la beauté de mon geste achevé, la justesse d'une expression d'épouvante ou de désir...

Galvanisée trop tard, j'use le reste de mon ardeur en rentrant à pied avec Fossette, en qui les répétitions accumulent une rage muette, qu'elle assouvit dehors, sur des chiens plus grands qu'elle. Elle les terrorise, en mime géniale, par une seule convulsion de son masque de dragon japonais, par une grimace abominable qui pousse ses yeux hors de la tête, retrousse les babines et montre, sous leur sanguine doublure, quelques dents blanches plantées de guingois comme les lattes d'une palissade bousculée par le vent.

Grandie dans le métier, Fossette connaît le music-hall mieux que moi-même, trotte dans les sous-sols obscurs, boule le long des couloirs, se guide à l'odeur familière d'eau savonneuse, de poudre de riz et d'ammoniaque... Son corps bringé connaît l'étreinte des bras enduits de blanc de perle ; elle daigne manger le sucre que les figurants raflent dans les soucoupes, au café d'en bas. Capricieuse, elle exige parfois que je l'emmène, le soir, et d'autres jours me regarde partir, roulée en turban dans sa corbeille, avec le mépris d'une rentière qui prend, elle, tout le temps de digérer.

« C'est samedi, Fossette ! Courons ! Hamond sera arrivé avant nous ! »

Nous avons couru comme deux folles au lieu de prendre un fiacre : c'est que l'air, ce matin, porte une si surprenante et si molle douceur d'avant-printemps... Et nous rejoignons Hamond, juste comme il atteint ma case blanche, couleur de beurre sculpté.

Mais Hamond n'est pas seul : il cause sur le trottoir avec... avec Dufferein-Chautel cadet prénommé Maxime, et *dit* le Grand-Serin...

« Comment ! c'est encore vous ! »

Sans lui laisser le temps de protester, j'interroge sévèrement Hamond :

« Vous connaissez M. Dufferein-Chautel ?

— Mais oui ! dit Hamond, paisible. Vous aussi, je vois. Mais, moi, je l'ai connu tout petit. J'ai encore dans un tiroir la photographie d'un gosse à brassard blanc : "Souvenir de la Première Communion de Maxime Dufferein-Chautel, 15 mai 18..."

— C'est vrai, s'écrie le Grand-Serin. C'est maman qui vous l'avait envoyée, parce qu'elle me trouvait si beau ! »

Je ne ris pas avec eux. Je ne suis pas contente qu'ils se connaissent. Et je me sens humiliée par la grande lumière de midi, avec mes cheveux défrisés sous le bonnet de fourrure, le nez luisant qui demande la poudre, la bouche sèche de soif et de faim...

Je cache sous ma jupe mes bottines de répétition, des bottines lacées, avachies, dont le chevreau écorché montre le bleu, mais qui collent bien à la cheville et dont la semelle amincie est aussi souple que celle d'un chausson de danse... D'autant que le Grand-Serin m'épluche comme s'il ne m'avait jamais vue...

Je refoule une soudaine et puérile envie de pleurer pour lui demander, comme si j'allais le mordre :

« Qu'est-ce qu'il y a ? j'ai du noir sur le nez ? »

Il ne se presse pas pour répondre :

« Non... mais... c'est bizarre... quand on ne vous a vue que le soir, on ne croirait jamais que vous avez les yeux gris... Ils paraissent bruns, à la scène.

— Oui, je sais. On me l'a déjà dit. Vous savez, Hamond, l'omelette sera froide. Adieu, monsieur. »

Moi non plus, d'ailleurs, je ne l'avais jamais si bien vu, au grand jour. Ses yeux enfoncés ne sont pas noirs comme je le croyais, mais d'un marron un peu fauve, comme les prunelles des chiens de berger[a]...

Ils n'en finissent plus de se serrer les mains ! Et Fossette, la petite grue, qui dit « bonjour au monsieur » avec un sourire d'ogresse fendu jusqu'aux oreilles ! Et le Grand-Serin qui fait, parce que j'ai parlé d'omelette, une figure de pauvre devant le rôti ! S'il attend que je l'invite !...

J'en veux, injustement, à Hamond. Et c'est en silence que j'expédie mon nettoyage superficiel de mains et de museau, avant de rejoindre mon vieil ami dans le petit salon de travail où Blandine dresse le couvert. Car j'ai supprimé, une fois pour toutes, cette pièce triste et inutile qu'on nomme salle à manger, et qu'on habite une heure sur vingt-quatre. Il faut dire que Blandine couche dans l'appartement et qu'une pièce de plus m'eût coûté trop cher...

« Ah ! ah ! vous connaissez Maxime ! » s'écrie Hamond, en dépliant sa serviette.

Je l'attendais !

« Moi ? Je ne le connais pas du tout ! J'ai fait un cachet en ville, chez son frère, où je l'ai rencontré. Voilà. »

J'omets — pourquoi ? — de mentionner la première entrevue, l'intrusion du Grand-Serin, échauffé, dans ma loge...

« Il vous connaît, lui. Et il vous admire beaucoup. Je le crois même amoureux de vous ! »

Subtil Hamond ! Je le regarde, avec ce sentiment félin, hilare et sournois, que nous inspire la naïveté masculine.

« Il sait que vous aimez les roses, les bonbons à la pistache. Il a commandé un collier pour Fossette... »

Je bondis :

« Il a commandé un collier pour Fossette !... Après tout, ça ne me regarde pas ! dis-je en riant. Fossette est une créature sans moralité : elle acceptera, je l'en sais capable !

— Nous avons parlé de vous, naturellement... je vous croyais très amis...

— Oh !... vous l'auriez su, Hamond. »

Mon vieil ami baisse les yeux, flatté dans sa jalousie amicale.

« C'eſt un très gentil garçon, je vous assure.

— Qui ça ?

— Maxime. J'ai connu sa mère, qui eſt veuve, en... Voyons, ça doit faire trente... non, trente-cinq... »

Et allez donc ! Il me faut subir l'hiſtoire des Dufferein-Chautel, mère et fils... Maîtresse femme, c'eſt elle qui dirige tout... scieries dans les Ardennes... hectares de forêts... Maxime, un peu paresseux, eſt le plus jeune et le plus gâté des fils... beaucoup plus intelligent qu'il ne le paraît... trente-trois ans et demi...

« Tiens ! comme moi ! »

Hamond se penche vers moi, par-dessus la petite table, avec une attention de miniaturiſte :

« Vous avez trente-trois ans, Renée ?

— Hélas[a] !

— Ne le dites pas. On n'en saura rien.

— Oh ! je sais bien qu'à la scène...

— À la ville non plus. »

Hamond ne pousse pas plus loin le compliment et reprend l'hiſtoire des Dufferein-Chautel. Je suce des raisins, mécontente. Le Grand-Serin s'insinue chez moi plus que je ne le lui ai permis. À cette heure-ci, nous devrions, comme de coutume, Hamond et moi, remuer de mauvais vieux souvenirs, éclos hebdomadairement à l'amer arôme de nos tasses fumantes...

Pauvre Hamond ! C'eſt pour moi qu'il déroge à sa funèbre et chère habitude. Je sais bien que ma solitude le fait trembler ; s'il osait, il me dirait, en paternel entremetteur :

« Voilà l'amant qu'il vous faut, ma chère ! Bonne *santé*[b], ne joue pas, ne boit pas, fortune suffisante... Vous me remercierez ! »

Plus que quatre jours[c], et je quitterai l'Empyrée-Clichy. Chaque fois que je termine un ſtage un peu long au café-concert, j'éprouve, aux derniers jours, l'impression bizarre d'une délivrance que je n'ai pas souhaitée. Heureuse d'être libre, de vivre chez moi le soir, je tarde pourtant à m'en réjouir, et le geste d'étirement « Enfin ! » manque de spontanéité.

Pourtant, cette fois, je crois me réjouir sincèrement et, assise dans la loge de Brague, j'énumère à mon camarade, qui s'en moque, les travaux urgents qui vont occuper mes vacances :

« Tu comprends[a], je fais recouvrir à neuf tous les coussins du divan. Et puis, je le pousse, le divan, tout à fait dans le coin, et je fais mettre une lampe électrique au-dessus...

— Chouette ! ça fera maison de passe ! dit Brague gravement.

— Que tu es bête !... Et puis, enfin, j'ai un tas de choses à faire. Il y a si longtemps que je ne m'occupe pas de mon chez-moi.

— Bien sûr ! acquiesce Brague, pince-sans-rire. Et pour qui tout ça ?

— Comment, pour qui ? Pour moi, tiens ! »

Brague se détourne un instant du miroir, montre une figure où l'œil droit, seul frotté de bleu, semble porter le cerne d'un pochon formidable :

« Pour toi ? pour toi toute seule ?... Tu m'excuseras, mais je trouve ça plutôt... gourde ! Et puis, penses-tu que je vais laisser dormir *L'Emprise* ? Attends-toi bien à un de ces départs pour les établissements de premier ordre de la province et de l'étranger... D'ailleurs, Salomon, l'agent[b], m'a dit que je te fasse signe de passer chez lui.

— Oh ! déjà ? »

Brague, péremptoire, hausse les épaules :

« Oui, oui, je la connais ! "Oh ! déjà !" Et puis, si je te disais qu'il n'y a rien à faire, tu serais là comme un moustique : "Quand part-on ? quand part-on ?" Vous êtes bien toutes les mêmes, les gonzesses !

— Il me semble ! » approuve une voix mélancolique derrière nous, celle de Bouty.

Il a encore maigri depuis le mois dernier, Bouty, et il « fatigue » de plus en plus. Je le regarde à la dérobée, pour ne pas le blesser ; mais que deviner sous ce masque rouge aux yeux bordés de blanc ?... Nous écoutons, muets, la voix de Jadin au-dessus de nous :

Ah ! ah ! petite Muguet-et-te,
Ah ! ah ! viens donc, s'il te plaît,
Que j'te l'mette,
Mon p'tit bou-quet de muguet !

Le compositeur de la *Valse du Muguet*[1], homme de métier et d'expérience, a grivoisement et habilement césuré le dernier vers du refrain[a]...

« Alors, c'est dans quatre jours qu'on les met, les bouts de bois ? interroge brusquement le petit comique en relevant la tête.

— C'est dans quatre jours... Je me plaisais bien ici. On est si tranquille...

— Oh ! si tranquille ! proteste Bouty, sceptique. Y a des endroits encore plus tranquilles. Vous n'aurez pas de peine à trouver mieux. Je ne dis pas de mal du public, mais c'est un peu gouape tout de même... Je sais bien, répond-il à mon geste d'indifférence, qu'on peut se tenir à sa place partout. Mais quand même... Tenez, écoutez-les gueuler ? Pensez-vous qu'une femme, j'entends une femme jeune, qu'a pas d'idées, qu'est portée à la rigolade et à la bombe, peut prendre là dedans l'habitude de se tenir ?... J'entends : une louftingue[2], une bombeuse, comme Jadin, par exemple... »

Ah ! petit Bouty, en qui l'amour souffrant éveille une aristocratie soudaine, et le mépris de ce public qui vous fête, vous cherchez et vous trouvez à Jadin une excuse, et vous inventez, tout seul, la théorie de l'influence des milieux... à laquelle je ne crois pas[b] !

Les danseurs russes sont partis, Antoniew — le « grand-duc[3] » — et ses chiens sont partis. Où ? On ne sait pas. Aucun de nous n'a eu la curiosité de s'en informer. D'autres numéros sont venus prendre leur place, engagés qui pour sept jours, qui pour quatre jours, car la revue immine ; je croise, sur le plateau, dans le couloir, des figures nouvelles, avec qui j'échange un demi-sourire, un haussement de sourcils, en manière de bonjour familier et discret...

De l'ancien programme, on n'a gardé que nous, et puis Jadin, qui créera — Seigneur ! — des rôles dans la revue, et Bouty... Nous causons mélancoliquement, le soir, en vétérans de l'Empyrée-Clichy que le départ d'un jeune régiment aurait oubliés...

.

Où retrouverai-je ceux que j'ai connus ici ? À Paris, à Lyon, à Vienne ou à Berlin ?... Peut-être jamais, peut-être nulle part. Le cabinet de Salomon[1], l'agent, nous rassemblera cinq minutes, avec des éclats de voix, des poignées de main cabotines, juste le temps de savoir que nous existons, de lancer le « Qu'est-ce que vous faites ? » indispensable, d'apprendre que « ça boulotte » ou que « ça ne se dessine pas ».

Ça ne se dessine pas... C'est sous cette périphrase vague qu'ils déguisent, mes compagnons errants, la panne, l'arrêt forcé, l'embarras d'argent, la misère... Ils n'avouent jamais, gonflés, soutenus par cette vanité héroïque qui me les rend chers...

Quelques-uns, poussés à bout, trouvent à remplir un petit rôle dans un *vrai* théâtre et, chose singulière, ne s'en vantent pas. Ils y attendent, patients, obscurs, le retour de la veine, l'engagement au music-hall, l'heure bénie qui les reverra sous la jupe à paillettes, sous le frac qui sent la benzine, affronter[a] de nouveau le halo du projecteur, *dans leur répertoire !*

« Non, ça ne se dessine pas », me diront quelques-uns, et ils ajouteront :

« Je rapplique au *ciné.* »

Le cinématographe, qui menaça de la ruine les humbles artistes de caf'conc', les sauve à présent. Ils s'y plient à un labeur anonyme et sans gloire, qu'ils n'aiment pas, qui dérange leurs habitudes, change leurs heures de repas, de flânerie et de travail. Des centaines en vivent aux époques de chômage, plusieurs s'y établissent. Mais si le « ciné » regorge de figuration et de vedettes, que faire ?

« Ça ne se dessine pas... non, ça ne se dessine pas... »

On jette la phrase d'un air à la fois détaché et sérieux, sans insister, sans larmoyer, la main balançant le chapeau ou une paire de vieux gants. On plastronne, la taille serrée dans un pardessus juponné à l'avant-dernière mode, car l'essentiel, l'indispensable, ce n'est pas d'avoir un complet propre, c'est de posséder un pardessus « un peu là », qui couvre tout : gilet élimé, veston avachi, pantalon jauni aux genoux, un pardessus tape-à-l'œil, épatant, qui fait impression sur le directeur ou sur l'agent, qui permet, enfin, de lancer crânement, en rentier, le « ça ne se dessine pas ! ».

Où serons-nous, le mois qui vient ?... Le soir, Bouty rôde, désemparé, dans le couloir des loges, toussote, jusqu'à ce que j'entr'ouvre ma porte pour l'inviter à s'asseoir un instant chez moi. Il insinue ses reins de chien maigre sur une frêle chaise, dont la peinture blanche s'écaille, et ramène ses pieds sous lui pour ne pas gêner mes mouvements. Brague vient nous rejoindre et s'accroupit en romanichel, le derrière au chaud, sur le tuyau du calo. Debout entre eux, j'achève de me vêtir, et ma jupe rouge, brodée de dessins jaunes, les évente au passage... Nous n'avons pas envie de parler, mais nous bavardons, luttant contre un sourd besoin de nous taire, de nous serrer les uns contre les autres et de nous attendrir...

C'est Brague qui conserve le mieux son activité curieuse et lucide, son appétit commercial de l'avenir. L'avenir, pour moi, ici ou là... Mon goût tardif — acquis, un peu artificiel — des déplacements et du voyage fait bon ménage avec un fatalisme foncier et paisible de petite bourgeoise. Bohème désormais, oui, et que les tournées ont menée de ville en ville, mais bohème ordonnée, attentive à recoudre elle-même ses nippes bien brossées ; bohème qui porte presque toujours sur elle sa mince fortune ; mais, dans le petit sac en peau de daim, les sous sont d'un côté, l'argent blanc de l'autre, l'or caché précieusement dans une pochette à secret...

Vagabonde, soit, mais qui se résigne à tourner en rond, sur place, comme ceux-ci, mes compagnons, mes frères... Les départs m'attristent et m'enivrent, c'est vrai, et quelque chose de moi se suspend à tout ce que je traverse — pays nouveaux, ciels purs ou nuageux, mers sous la pluie couleur de perle grise —, s'y accroche si passionnément qu'il me semble laisser derrière moi mille petits fantômes à ma ressemblance, roulés dans le flot, bercés sur la feuille, dispersés dans le nuage... Mais un dernier petit fantôme, le plus pareil de tous à moi-même, ne demeure-t-il pas assis au coin de ma cheminée, rêveur et sage, penché sur un livre qu'il oublie de lire ?...

DEUXIÈME PARTIE

« Le joli coin intime[a] ! Et comme on comprend mal votre existence au music-hall, quand on vous voit ici, entre cette lampe rose et ce vase d'œillets ! »

Voilà ce qu'il a dit en partant, mon amoureux, la première fois qu'il est venu dîner chez moi, avec Hamond, l'entremetteur.

Car j'ai un amoureux. Je ne trouve à lui donner que ce nom passé de mode : il n'est ni mon amant, ni mon flirt, ni mon gigolo... c'est[b] mon amoureux.

« Le joli coin intime !... » Ce soir-là, derrière son dos, j'ai ri avec amertume... Une lampe voilée, un vase de cristal où l'eau scintille, un fauteuil auprès de la table, le divan usé que cache un savant désordre de coussins — et le passant, ébloui et superficiel, imagine, entre les murs d'un vert éteint, une vie retirée, pensive et studieuse, de femme supérieure... Ah ! ah ! il n'a vu ni l'encrier poudreux, ni la plume sèche, ni le livre non coupé sur la boîte vide de papier à lettres...

Une vieille branche de houx se recroqueville, comme tombée dans le feu, au bord d'un pot de grès... La vitre d'un petit pastel (une esquisse d'Adolphe Taillandy[1]), fendue, attend en vain qu'on la remplace... Ma main négligente a épinglé, puis oublié, un lambeau de papier autour de l'ampoule électrique qui éclaire la cheminée... Une pile de cinq cents cartes postales — scènes de *L'Emprise* —, sous leurs bandes de papier gris, couvrent, au risque de l'écraser, un ivoire gravé du XVe siècle[a].

Cela sent l'indifférence, l'abandon, l'« à quoi bon ? », presque le départ... Intime ? Quelle intimité se serre, le soir, autour de la lampe dont l'abat-jour se fane ?

J'ai ri, et soupiré de fatigue, après le départ de mes deux convives, et ma nuit fut longue, agacée d'une honte obscure née de l'admiration même du Grand-Serin. Sa foi naïve d'homme emballé m'éclaira, ce soir-là, sur moi-même, comme il arrive que quelque miroir inattendu, au détour d'une rue, dans un escalier, révèle soudain certaines tares, certains fléchissements de visage et de silhouette...

Mais, depuis, d'autres soirs ont passé, ramenant Hamond avec mon amoureux, ou mon amoureux sans Hamond... Mon vieil ami fait en conscience ce qu'il appelle son sale métier. Tantôt il patronne, avec une brillante aisance d'ancien homme d'esprit, les visites de son pupille, qui, sans lui, je l'avoue en toute sincérité, m'excéderait. Tantôt il s'efface, pas longtemps, se fait attendre, juste assez, dépensant pour moi sa diplomatie salonnière qui se rouillait...

Je ne me pare pas pour eux, et ne quitte pas la chemisette à plis, ni la jupe plate et sombre. Je laisse devant eux « tomber ma figure », la bouche lasse et fermée, l'œil volontairement terni, j'oppose à l'entêtement de mon amoureux une mine passive de fille qu'on veut marier contre son gré... Je soigne seulement, pour moi plus que pour eux, le décor menteur et sommaire où je vis si peu ; Blandine a daigné visiter les recoins poudreux du salon de travail, et les coussins du fauteuil, devant la table, gardent l'empreinte de mon repos...

J'ai un amoureux. Pourquoi celui-là, et non un autre ? Je n'en sais rien. Je regarde, étonnée, cet homme qui a réussi à pénétrer chez moi. Parbleu ! il le voulait tellement ! Tous les hasards l'ont servi, et Hamond l'y a aidé. Un jour, toute seule chez moi, j'ai ouvert à un coup de sonnette timide : le moyen de jeter dehors cet individu attendant gauchement, les bras chargés de roses, à côté d'Hamond qui m'implorait du regard ? Il a réussi à pénétrer ici, cela devait arriver sans doute...

J'apprends sa figure, chaque fois qu'il revient, comme si je ne l'avais jamais vue. Il a, de chaque coté du nez, un pli[a] déjà marqué, qui se perd sous la moustache, il a des lèvres rouges, d'un rouge un peu bistré, comme il arrive aux gens trop bruns. Ses cheveux, ses sourcils, ses cils, tout cela est noir comme le diable, et il a fallu un rayon de soleil bien franc pour m'enseigner un jour que, sous tant de noir, mon amoureux a des prunelles d'un gris roux, très foncées...

Debout, c'est vraiment un grand serin raide, emprunté, tout en os. Assis, ou demi allongé sur le divan, il semble s'assouplir tout à coup et goûter la grâce d'être un autre homme, paresseux, détendu, avec des mouvements de mains heureux, un renversement oisif de la nuque contre les coussins...

Quand je sais qu'il ne me voit pas, je l'observe, vaguement choquée de penser que je ne le connais pas du tout et que la présence chez moi de ce garçon est aussi insolite qu'un piano dans une cuisine.

Comment se fait-il que lui, épris de moi, ne se trouble point de me si peu connaître ? Visiblement il n'y songe pas, et ne paraît s'occuper que de me rassurer d'abord, me conquérir après. Car, s'il a appris très vite — sur le conseil d'Hamond, je le parie ! — à cacher son désir, adoucir son regard et sa voix en me parlant, s'il feint, rusé comme une bête, d'oublier qu'il me convoite, il ne montre pas non plus l'appétit de me découvrir, de me questionner, de me deviner, et je le vois plus attentif au jeu de la lumière sur mes cheveux qu'à mes paroles...

Que cela est étrange !... Le voilà près de moi, assis, le même rayon de soleil glisse sur sa joue et sur la mienne, et si la narine de cet homme en paraît carminée, la mienne doit se teinter de corail vif... Il n'est pas là, il est à mille lieues ! À tout moment, je veux me lever et lui dire : « Pourquoi êtes-vous ici ? allez-vous-en ! » Et je n'en fais rien.

Pense-t-il ? lit-il ? travaille-t-il[b] ?... Je crois qu'il appartient à la catégorie nombreuse, assez banale, qui s'intéresse[c] à tout et ne fiche rien. Point d'esprit, une certaine rapidité de compréhension, un vocabulaire très suffisant que rehausse une belle voix étoffée, cette facilité au rire, à la gaîté enfantine qu'on peut remarquer chez tant d'hommes, voilà mon amoureux.

Pour ne mentir en rien, mentionnons ce qui me plaît le mieux en lui : un regard parfois absent, chercheur, cette espèce de sourire intérieur de l'œil, qu'on voit aux sensitifs violents et timides.

Il a voyagé, mais comme tout le monde : pas très loin, pas souvent. Il a lu ce que tout le monde lit, il connaît « pas mal de gens » et n'arrive pas à nommer, en dehors de son frère aîné, trois amis intimes ; je lui pardonne tout cet ordinaire en faveur d'une simplicité qui n'a rien d'humble, et parce qu'il ne trouve rien à dire sur lui-même[a].

Son regard rencontre rarement le mien, que je dérobe. Je ne puis oublier le motif de sa présence et de sa patience. Et pourtant quelle différence entre l'homme qui s'assoit là, sur ce divan, et l'animal méchant, au désir sauvage, qui força la porte de ma loge ! Rien ne marque chez moi que je me souviens de notre première rencontre, sauf que je ne cause presque pas avec le Grand-Serin. Quoi qu'il essaie, je lui réponds brièvement, ou bien j'adresse à Hamond la réponse destinée à mon amoureux... Ce mode de conversation indirecte donne à nos entretiens une lenteur, une fausse gaîté inexprimables.

Je répète[b] toujours la nouvelle pantomime, avec Brague. Tantôt les Folies-Bergère nous donnent asile, le matin, ou bien c'est l'Empyrée-Clichy qui nous prête son plateau pour une heure ; nous errons encore de la brasserie Gambrinus[1], habituée aux éclats de voix des tournées Baret, à la salle de danse Cernuschi[2].

« Ça se dessine... », dit Brague, avare de compliments pour autrui comme pour lui-même.

Le Vieux Troglodyte répète avec nous : c'est un famélique jeune gars de dix-huit ans, que Brague secoue, ahurit, agonit d'injures, au point de m'apitoyer :

« Tu lui en dis trop, Brague ! il va pleurer !

— Qu'il pleure, et je lui f... mon pied dans le c... ! Les larmes, c'est pas du travail ! »

Il a peut-être raison... Le Vieux Troglodyte ravale ses larmes, tâche d'enfler un dos « préhistorique » et se dévoue à la garde d'une Hamadryade qui fait des grâces, en chandail de tricot blanc...

Un matin de la semaine dernière, Brague s'est donné la peine de venir, en personne, me prévenir que la répétition du lendemain n'aurait pas lieu. Il nous a trouvés, Hamond, Dufferein-Chautel et moi, finissant de déjeuner.

J'ai dû garder Brague quelques minutes, lui offrir du café, le présenter à mes convives... Et je voyais le petit œil noir et brillant de Brague s'arrêter à la dérobée sur mon amoureux, avec une satisfaction curieuse, une sorte de sécurité qui m'a sottement gênée...

Quand je l'ai reconduit à la porte, mon camarade ne m'a pas questionnée, ne s'est permis aucune allusion familière, et mon embarras a redoublé. J'ai reculé devant le ridicule d'expliquer : « Tu sais, c'est un camarade... C'est un ami d'Hamond qui est venu déjeuner... »

Fossette porte à présent un collier de maroquin rouge à clous dorés, d'un goût sportif et déplorable. Je n'ai pas osé dire que je le trouvais laid... Elle fait la cour — damnée petite femelle servile ! — au monsieur bien mis qui sent l'homme et le tabac, qui la caresse d'une adroite claque sur le râble...

Blandine se multiplie, fourbit les vitres, apporte sans qu'on le lui demande le plateau à thé quand mon amoureux est là...

Tous, à l'exemple de mon vieil ami Hamond, ont l'air de conspirer contre moi en faveur de Maxime Dufferein-Chautel... Hélas ! j'ai si peu de peine à demeurer invulnérable !...

Invulnérable, et pis qu'insensible : rétractile. Car, lorsque je donne la main à mon amoureux, le contact de sa longue main, chaude et sèche, me surprend et me déplaît. Je n'effleure pas sans un petit hérissement nerveux le drap de son veston, et c'est involontairement que je me gare, quand il parle, de son haleine pourtant saine... je ne consentirais pas à nouer sa cravate, et j'aimerais mieux boire dans le verre d'Hamond que dans le sien... Pourquoi ?

C'est que[a]... ce garçon est *un homme*. Malgré moi, je me souviens qu'il est *un homme*. Hamond, ce n'est pas un homme, c'est un ami. Et Brague, c'est un camarade ; Bouty aussi. Les sveltes et musclés acrobates qui révèlent, sous un maillot nacré, les particularités les plus flatteuses de leur anatomie... eh bien ! ce sont des acrobates !

Ai-je jamais songé que Brague, qui m'étreint dans *L'Emprise* à me meurtrir les côtes, et paraît m'écraser la bouche sous un fougueux baiser, avait un sexe ?... Non. Eh bien ! le regard le moins appuyé, la poignée de main la plus correcte de mon amoureux me rappellent pourquoi il est là, et ce qu'il espère... Quel joli passe-temps pour une coquette ! Quel bon flirt agaçant et convaincu !

Le malheur est que je ne sais pas flirter. Manque d'aptitude, manque d'expérience, manque de légèreté et, surtout, oh ! surtout ! le souvenir de mon mari !

Si j'évoque un instant Adolphe Taillandy dans l'exercice de ses fonctions, je veux dire travaillant, avec l'âpreté, l'entêtement chasseur qu'on lui connaît, à séduire une femme ou une jeune fille, me voilà refroidie, contractée, toute hostile aux « choses de l'amour »... Je revois trop bien sa figure de conquête, l'œil voilé, la bouche enfantine et rusée, et cette affectation de battre des narines au passage d'un parfum... Pouah ! tout ce manège, cette cuisine autour de l'amour — autour d'un but qu'on ne peut même pas nommer l'amour —, je les favoriserais, je les imiterais, moi ? Pauvre Dufferein-Chautel ! il me semble parfois que c'est vous qu'on trompe, ici, et je devrais vous dire... vous dire quoi ? Que je suis redevenue une vieille fille, sans tentation, et cloîtrée, à ma manière, entre les quatre murs d'une loge de music-hall ?

Non, je ne vous le dirai pas, car nous ne savons échanger, comme à la dixième leçon de la Berlitz School, que des phrases élémentaires, où les mots pain, sel, fenêtre, température, théâtre, famille, tiennent beaucoup de place...

Vous êtes un *homme*, tant pis pour vous ! Chacun dans ma maison semble s'en souvenir, non comme moi, mais pour vous en féliciter, depuis Blandine, qui vous contemple avec une satisfaction jamais lassée, jusqu'à Fossette, dont le large sourire canin dit pareillement : « Enfin ! voilà dans la maison *un homme* — voilà L'HOMME ! »

Je ne sais pas vous parler, pauvre Dufferein-Chautel. J'hésite entre mon langage *à moi*, un peu brusque, qui ne daigne pas toujours finir les phrases, mais chérit la précision d'un terme technique — mon langage d'ex-bas-bleu —, et l'idiome veule et vif, grossier, imagé, qu'on apprend au music-hall, émaillé de « Tu parles ! » de « Ta gueule ! »... « J' les mets ! »... « Très peu pour moi ! »...

À force d'hésiter, je choisis le silence[a]...

☆

« Cher Hamond, que je suis contente de déjeuner avec vous ! Pas de répétition aujourd'hui, du soleil, et vous, ça va bien ! »

Mon vieil ami, qui souffre de rhumatismes lancinants, me sourit, flatté. Il est fort maigre en ce moment, vieilli, léger, très grand, le nez décharné et busqué, tout ressemblant au chevalier de la Triste Figure...

« Il me semble pourtant que nous avons déjà eu le plaisir de déjeuner ensemble cette semaine ? Quelle tendresse débordante pour ma vieille carcasse, Renée !

— Parfaitement, je déborde ! Aujourd'hui, il fait beau, je suis gaie, et... nous sommes tout seuls !

— Ce qui veut dire ?

— Que le Grand-Serin n'est pas là, vous l'avez deviné ! »

Hamond hoche son long visage mélancolique :

« Décidément, c'est de l'aversion !

— Du tout, Hamond, du tout ! C'est du... du rien !... Et, tenez, il y a plusieurs jours que je médite d'être franche avec vous : je ne peux justement pas me découvrir l'ombre d'un sentiment pour Dufferein-Chautel... hormis de la défiance, peut-être.

— C'est quelque chose.

— Je n'ai même pas d'opinion sur lui.

— Je me ferai un plaisir de vous offrir la mienne. Cet honnête homme n'a pas d'histoire.

— Pas assez !

— Pas assez ? c'est de la provocation ! Vous ne l'encouragez pas à vous conter la sienne.

— Il ne manquerait que ça ! Le voyez-vous, avec sa grande main sur son grand cœur : "Je ne suis pas un homme comme les autres..." C'est ça qu'il me dirait, hein ? les hommes disent toujours la même chose que les femmes, à ce moment-là. »

Hamond me couvre d'un regard ironique :

« Je vous aime bien, Renée, quand vous vous parez d'une expérience qui vous fait — heureusement — défaut. "Les hommes font ceci... les hommes disent cela..." Où avez-vous pris une pareille assurance ? Les hommes ! les hommes ! Vous en avez connu beaucoup ?

— Un seul. Mais quel !...

— Justement. Vous n'accusez pas Maxime de vous rappeler Taillandy ?

— Dieu ! non. Il ne me rappelle rien du tout. Rien, je vous dis ! Il n'est pas spirituel...

— Les amoureux sont toujours un peu idiots. Ainsi, moi, quand j'aimais Jeanne...

— Et moi donc, quand j'aimais Adolphe ! Mais ça, c'était de l'idiotie consciente, presque voluptueuse. Vous rappelez-vous, les soirs où nous dînions en ville, Adolphe et moi, et que je prenais mon air pauvre, mon "air de fille épousée sans dot", comme disait Margot ? Mon mari pérorait, souriait, tranchait, brillait... On ne voyait que lui. Si on me regardait un instant, c'était pour le plaindre, je crois. On me faisait si bien comprendre que, sans lui, je n'existais pas !

— Oh ! tout de même... vous exagérez un peu...

— Guère, Hamond ! Ne protestez pas ! Je m'employais de tout mon cœur à disparaître le plus possible. Je l'aimais si imbécilement !

— Et moi[a], et moi ! dit Hamond s'animant. Vous souvenez-vous, quand ma petite poupée de Jeanne donnait son opinion sur mes tableaux ? "Henri est né consciencieux et démodé", déclarait-elle. Et je ne pipais pas ! »

Nous rions, nous sommes contents, rajeunis de remuer des souvenirs humiliants et amers... Pourquoi faut-il que mon vieil ami gâte ce samedi si conforme à toutes nos traditions en ramenant le nom de Dufferein-Chautel ?

Je fais une moue fâchée :

« Encore ! Laissez-moi un peu en repos avec ce monsieur, Hamond ! Qu'est-ce que je sais de lui ? qu'il est propre, correctement élevé, qu'il affectionne les chiens bulls et qu'il fume la cigarette. Qu'il soit, pardessus le marché, épris de moi, ce n'est pas — soyons modeste ! — un signe très particulier.

— Mais[a] vous faites tout le possible pour ne le jamais connaître !

— C'est mon droit. »

Hamond s'agace et claque de la langue, désapprobateur :

« C'est votre droit, c'est votre droit... Vous discutez comme une enfant, ma chère amie, je vous assure !... »

Je dégage ma main qu'il retenait sous la sienne, et je parle vite, malgré moi :

« Vous m'assurez quoi ? Que c'est un article de tout repos ? Vous voulez quoi, à la fin ? Que je couche avec ce monsieur ?

— Renée !

— Eh ! il faut bien le dire ! Vous voulez que je fasse comme tout le monde ? que je me décide ? Celui-là ou un autre, après tout !... Vous voulez troubler ma paix reconquise, orienter ma vie vers un autre souci que celui, âpre, fortifiant, naturel, d'assurer moi-même ma subsistance ? Ou bien vous me conseillez un amant, par hygiène, comme un dépuratif ? Pourquoi faire ? je me porte bien, et, Dieu merci ! je n'aime pas, je n'aime pas, je n'aimerai plus personne, personne, personne ! »

J'ai crié cela si haut que je me tais soudain, confuse. Hamond, moins ému que moi, me donne le temps de me ressaisir, pendant que mon sang, monté à mes joues, redescend lentement vers mon cœur...

« Vous n'aimerez plus personne ? Mon Dieu ! c'est peut-être vrai. Et ce serait plus triste que tout... Vous, jeune et forte, et tendre... Oui, ce serait plus triste que tout... »

Indignée, près de pleurer, je contemple l'ami qui m'ose parler ainsi :

« Oh ! Hamond... c'est vous, vous, qui me dites cela ! Après ce qui vous est... ce qui nous est arrivé, espériez-vous l'amour ? »

Hamond détourne son regard, fixe sur la fenêtre claire ses si jeunes yeux dans sa vieille figure, et répond vaguement :

« Oui... Je suis très heureux comme je suis, c'est vrai. Mais, de là à répondre de moi, à déclarer : "Je n'aimerai plus personne !" ma foi, non ! je n'oserais pas... »

Cette étrange réponse d'Hamond a tari notre discussion, car je n'aime pas parler de l'amour... La plus déterminée grivoiserie ne m'effare pas, mais je n'aime pas parler de l'amour... Si j'avais perdu un enfant bien-aimé, il me semble que je ne pourrais plus prononcer son nom.

« Viens ce soir bouffer chez Olympe[1], m'a dit Brague[a] à la répétition. Après, on ira dire bonsoir aux copains de la revue, à l'Emp'-Clich'. »

Je n'ai garde de m'y tromper : il ne s'agit pas d'une *invitation* à dîner ; nous sommes deux *camarades*, et le protocole — il y en a un ! — de la camaraderie entre artistes bannit toute ambiguïté.

Je rejoins donc Brague, ce soir, à l'Olymp's-bar, de fâcheuse renommée[b]. Fâcheuse ? je m'en soucie bien ! Libérée du soin de ma réputation, je franchis sans appréhension, comme sans plaisir, le seuil de ce petit restaurant montmartrois, silencieux de sept à dix, trépidant, le reste de la nuit, d'un vacarme assez « chiqué » de cris, de vaisselles et de guitares. J'y venais dîner quelquefois, vite, seule ou avec Brague le mois dernier, avant de nous rendre à l'Empyrée-Clichy.

Une provinciale servante, paisible et lente parmi les appels, nous sert ce soir le petit salé aux choux, pâtée saine, encombrante, lourde aux estomacs débilités des petites prostituées du quartier qui mangent auprès de nous, seules, avec cet air farouche que prennent, devant une assiette pleine, les animaux et les femmes pas assez nourris. Ah ! l'endroit n'est pas toujours gai !

Brague, narquois, apitoyé au fond, débine deux femmes qui viennent d'entrer, jeunes, minces, avec des chapeaux imbéciles qui tanguent sur leurs frisures. L'une est saisissante, avec un port de tête d'une insolence enragée ; sa maigreur révoltée paraît toute, gracieuse, sous un étroit fourreau de liberty rose, acheté chez la « marchande[1] ». Par ce soir glacial de février, elle a, pour se couvrir, un manteau, une sorte de cape légère, en liberty également, bleu et brodé d'argent fané... Elle est gelée, affolée de froid, et ses yeux gris exaspérés repoussent toute compassion ; elle est prête à insulter, à griffer le premier qui dira, navré : « La pauvre gosse ! »

L'espèce[a] n'est pas très rare, en ce pays montmartrois, de ces filles qui crèvent de misère et d'orgueil, belles de leur dénûment éclatant. Je les rencontre, ici et là, traînant leurs nippes légères de table en table aux soupers de la Butte, gaies, saoules, rageuses, la dent prête, jamais douces, jamais tendres, boudant au métier, et « travaillant » tout de même. Les hommes les appellent « sacrées petites charognes » avec un rire de mépris complaisant, parce qu'elles sont de la race qui ne cède pas, qui n'avoue ni la faim, ni le froid, ni l'amour, qui meurt en disant : « Je ne suis pas malade », qui saigne sous les coups, mais les rend...

Oui, je les connais un peu, celles-là, et c'est à elles que je songe en regardant la petite fille gelée et fière qui vient d'entrer chez Olympe.

Un[b] demi-silence affamé règne dans le bar. Deux jeunes hommes fardés échangent des répliques pointues, d'un bout à l'autre de la salle, sans conviction. Une gamine courte sur pattes, qui dîne d'une menthe à l'eau en attendant l'aléatoire souper, leur envoie mollement la réplique. Une chienne bouledogue, pleine à éclater, souffle péniblement sur le tapis râpé, son ventre en ballon clouté de mamelles saillantes...

Brague et moi, nous bavardons, alanguis par la chaleur du gaz. Je songe à tous les restaurants médiocres de toutes les villes qui[c] nous ont vus ainsi attablés, las, indifférents et curieux, devant des nourritures étranges... Brague oppose aux vinasses des buffets de gare et des hôtels un estomac d'airain ; moi, si le veau bourgeoise ou le gigot bonne femme, coriaces, me résistent, je me rattrape sur le fromage et l'omelette...

« Dis donc, Brague ? L'homme, là, qui nous tourne le dos, ce n'est pas Stéphane-le-Danseur ?

— Où ?... Si, c'est lui... avec une poule. »

Une telle « poule », en effet, que j'en demeure estomaquée, devant cette brune cinquantenaire à la lèvre ombrée... Et comme s'il sentait notre regard, Stéphane-le-Danseur se tourne à demi pour nous lancer un de ces coups d'œil d'intelligence qui servent, au théâtre, à signifier : « Chut ! mystère ! » assez discrètement pour être aperçus de toute une salle.

« Pauvre bougre ! il *la* gagne, son argent ! chuchote Brague... Le café, mademoiselle, appelle-t-il, qu'on se barre ! »

Le café, c'est une encre d'un noir olivâtre, qui laisse aux parois des tasses une teinture tenace. Mais à ne plus boire de bon café, j'ai pris le goût de ces tisanes chaudes, amères, qui sentent la réglisse et le quinquina... On se passe de viande, dans notre métier, mais pas de café...

Si vite qu'on nous serve le nôtre, Stéphane-le-Danseur « se barre » avant nous — il *rinke* dans la revue de l'Emp'-Clich' — derrière sa mûre compagne. Sans vergogne, il esquisse, derrière elle, pour nous, le geste de l'athlète qui « arrache » le poids de deux cents kilos, et nous avons la lâcheté d'en rire... Puis, nous quittons ce morne lieu, que l'on dit « de plaisir », où tout somnole à cette heure sous les ampoules rosées : la chienne pleine, les gamines éreintées, la servante campagnarde et le gérant à moustaches cirées.

Dehors, le boulevard extérieur, la place Blanche, où tournoie un vent glacé, nous raniment, et je me sens joyeusement reprise de la fièvre active, du besoin de *travailler*... un besoin mystérieux et indéfini, que je dépenserais à danser aussi bien qu'à écrire, courir, jouer la comédie ou tirer une voiture à bras...

Comme pris de la même envie, Brague me dit soudain :

« Tu sais, j'ai un mot de Salomon, l'agent... La tournée que je t'avais parlé se dessine. Il dégote un jour ici, deux jours là, une semaine à Marseille, une à Bordeaux... Tu peux toujours partir ?

— Moi ? tout de suite ! Pourquoi pas ? »

Il me lance, de côté, un vif coup d'œil[a].

« Je ne sais pas... Pour rien... Des fois... Je sais ce que c'eśt que la vie... »

Ah ! j'ai compris ! Mon camarade se souvient de Dufferein-Chautel et croit que... Mon rire brusque, au lieu de le détromper, l'égare davantage, mais je me sens, ce soir, si taquine et si gaie, légère, déjà presque en voyage... Oh ! oui, partir, repartir, oublier qui je suis et le nom de la ville qui m'abrita hier, penser à peine, ne refléter et retenir que le beau paysage qui tourne et change au flanc du train, l'étang plombé où le ciel bleu se mire vert, la flèche ajourée d'un clocher cerné d'hirondelles...

Un jour, je me rappelle... en quittant Rennes par un matin de mai... Le train suivait, très lent, une voie en réparation entre[a] des taillis d'épines blanches, des pommiers roses dont l'ombre était bleue, des saules jeunets à feuilles de jade... Debout, au bord du bois, une enfant nous regardait passer, une fillette de douze ans, dont la ressemblance avec moi me saisit. Sérieuse, les sourcils froncés, de rondes joues brunies — comme furent les miennes —, des cheveux un peu blanchis de soleil, elle tenait un surgeon feuillu dans ses mains hâlées et griffées — comme furent les miennes. Et cet air insociable, ces yeux sans âge, presque sans sexe, qui paraissaient prendre tout au sérieux — les miens, réellement les miens !... Oui, debout au bord du hallier, mon enfance farouche me regardait passer, éblouie par le soleil levant...

« Quand tu voudras, tu sais ! »

La sèche invite de mon camarade me réveille devant l'Emp'-Clich' illuminé de feux mauves dont l'éclat blesse, dit Brague, « le derrière des yeux », et nous gagnons le sous-sol où l'odeur reconnue, plâtre, ammoniaque, crème Simon et poudre de riz me soulève d'un dégoût presque agréable... Nous venons voir les copains de la revue, nous, et non la revue !

Je retrouve ma loge, qu'habite à présent Bouty, et celle de Brague eśt emplie de l'éblouissante présence de Jadin, qui joue trois rôles dans l'*Emp'-Clich'-Revue*.

« Grouillez-vous, nous crie-t-elle. Vous arrivez juśte pour ma chanson de *Paris la Nuit*[1] ! »

Hélas ! on a habillé Jadin en pierreuse !... Jupe noire,

corsage noir échancré, des bas en toile d'araignée, un ruban rouge au cou, et, sur la tête, la traditionnelle perruque en casque, où saigne un camélia ! Rien ne demeure, en vérité, du charme populacier et prenant de cette petite fille à l'épaule de travers...

Il fallait s'y attendre : on transforme, vite et sûrement, ma boudeuse et fraîche apache en p'tite femme de café-concert ! Parmi les « Ça va ?... quoi de neuf ?... ça se dessine ? » je la regarde piétiner dans sa loge, navrée de constater que Jadin marche *en poule*, comme tout le monde, ventre rentré et jabot sorti, qu'elle *place* sa voix en parlant et qu'elle n'a pas encore dit « M.... ! » depuis que nous sommes arrivés...

Bouty, qui va danser avec elle l'indispensable « chaloupée », rayonne silencieusement sous la casquette de soie. Pour un peu, il nous dirait : « Hein ! » en nous montrant, d'un geste de propriétaire, la petite créature... A-t-il enfin conquis sa camarade ? Il s'emploie du moins, je le devine, à la banalisation de Jadin, et les voilà tous deux, maintenant, qui parlent de faire un « numéro sensationnel », très bien payé, au Crystal-Palace de Londres !...

Comme tout change vite !... Les femmes surtout... Celle-ci, en quelques mois, perdra presque tout son mordant, son pathétique naturel et inconscient. Un sournois atavisme de concierges, de petits commerçants cupides, va-t-il se faire jour en cette folle Jadin de dix-huit ans, si prodigue d'elle-même et de sa pauvre galette ? Pourquoi, devant elle, songé-je aux Bell's, acrobates allemands au nom anglais que nous connûmes, Brague et moi, à Bruxelles ? Incomparables de force et de grâce sous des maillots cerise qui pâlissaient leur peau blonde, ils habitaient, à cinq, deux chambres sans meubles, où ils cuisinaient eux-mêmes, sur un petit fourneau de fonte. Et, tout le jour, c'étaient — nous raconta l'impresario — des palabres mystérieux, des méditations sur les journaux financiers, des disputes sauvages à propos de mines d'or, de Sosnowice[1] et de Crédit foncier d'Égypte ! L'argent, l'argent, l'argent...

Jadin anime de son vide bavardage notre visite, qui en a besoin. Après que Bouty, un peu moins maigre, nous a donné les nouvelles de sa santé, annoncé que

« ça se dessine » pour l'hiver prochain, nous voilà silencieux, gênés, amis de hasard que le hasard sépare... Je tripote les fards et les crayons sur la tablette, avec cet agacement gourmand, ce prurit de maquillage, connu de tous ceux qui ont abordé le plateau... La sonnette trille, heureusement, et Jadin sursaute :

« Ouste ! grimpez ! le pompier va vous donner son avant-scène, et vous verrez si je dégote dans ma chanson de *Paris la Nuit !* »

Le pompier somnolent me prête, en effet, son tabouret de paille et sa logette. Assise, le nez au grillage qui sertit un carré de lumière chaude et rougeâtre, je puis, invisible, jouir de la vue de deux demi-rangs d'orchestre et de trois baignoires découvertes, plus une avant-scène... une avant-scène où l'on distingue une dame à chapeau géant, perles, bagues, paillettes, et deux hommes qui sont Dufferein-Chautel aîné et Dufferein-Chautel cadet, tous deux noirs et blancs, bien cirés, bien fourbis. Ils sont brutalement éclairés et prennent dans le guichet où je les isole une importance extraordinaire.

La femme n'est pas une femme, c'est une *dame* : Mme Dufferein-Chautel aîné, sans doute. Mon amoureux, lui, paraît s'amuser beaucoup au défilé des chiffonnières, des cochères maraudeuses qui leur succèdent et s'en vont, après un couplet et un petit pas de danse négligent.

Enfin, voici Jadin qui s'annonce elle-même :

« Et moi, je suis la reine du Paris nocturne : je suis la Pierreuse[1] ! »

Je vois mon amoureux se pencher, assez vivement, sur le programme, puis relever le nez et détailler ma petite camarade, du chignon en casque aux bas ajourés[a]...

Par une interversion singulière, c'est lui qui devient, pour moi, le spectacle, car je vois seulement le profil de la petite Jadin, que la rampe aveuglante fait camard, comme rongé de lumière, la narine noire, la lèvre raccourcie au-dessus d'une lame brillante de dents...

Avec son cou tendu en gargouille, noué d'un chiffon rouge, cette enfant fraîche ressemble, tout à coup, à je ne sais quelle larve luxurieuse de Rops[2].

Lorsque, son couplet fini, elle revient saluer deux

fois, les talons joints, les doigts aux lèvres, mon amoureux l'applaudit de ses grandes mains brunes, si fort qu'elle lui décoche, avant de disparaître, un petit baiser particulier, avec un coup de menton en avant...

« Eh bien ! tu dors ? Voilà deux fois que je te dis qu'on ne peut pas rester là : on plante le tableau d'Héliopolis[1] !

— Oui, oui... je viens... »

Il me semble bien, en effet, que je m'endormais, ou bien je sors d'une de ces minutes sans pensée, qui précèdent la mise en branle d'une idée pénible, qui préludent à un petit décrochement moral...

☆

« Décide-toi[a] ou ne te décide pas, voyons. Ça te va, ou ça ne te va pas ? »

Ils sont là tous deux, Brague et Salomon[2], à me bousculer de la voix[b] et du regard. Celui-ci rit pour me donner confiance, celui-là grommelle. Une lourde main, celle de Salomon, se pose sur mon épaule :

« Pour un contrat, c'est un contrat, je pense ! »

Je le tiens, ce contrat dactylographié, et je le relis pour la dixième fois, dans la crainte de découvrir, entre ses quinze lignes brèves, le piège caché, la clause louche... Je le relis surtout pour gagner du temps. Et puis je regarde la fenêtre, les rideaux de tulle empesé et, derrière eux, la cour triste et propre...

J'ai l'air de réfléchir, mais je ne réfléchis pas. Hésiter, ce n'est pas réfléchir... Distraitement, j'inventorie ce bureau genre anglais que j'ai déjà vu tant de fois, illustré de photographies étrangères : dames en buste, décolletées, très coiffées, qui ont le sourire viennois ; hommes en habit, dont on ne peut conjecturer s'ils sont chanteurs ou acrobates, mimes ou écuyers...

Quarante jours de tournée, à cent cinquante francs par jour, ça fait... six mille francs. Bon tabac. Mais[c]...

« Mais, dis-je enfin à Salomon, je[d] ne veux pas t'engraisser de six cents balles[e] ! Dix pour cent, à la fin, c'est de l'assassinat ! »

J'ai retrouvé la parole et l'art de m'en servir, et le

vocabulaire qui sied. Salomon devient[a] de la couleur de ses cheveux, rose brique : ses yeux insaisissables eux-mêmes rougissent, mais de sa grosse bouche amène se précipite un flot de supplications presque amoureuses :

« Ma chérie ! ma mignonne ! ne commence pas à dire des bêtises !... Un mois, un mois que je travaille à ton itinéraire ! Demande à Brague ! Un mois que je m'éreinte à te trouver des établissements de premier ordre, de tout premier ordre !... un affichage comme... comme... Mme Otero[1], tiens !... Et c'est comme ça que tu me remercies ! Tu n'as pas de cœur, alors ? Dix pour cent ? mais c'est douze que tu devrais me donner, tu entends ?

— Je t'entends. Mais je ne veux pas t'engraisser de six cents balles. Tu ne les vaux pas. »

Les petits yeux roux de Salomon rapetissent encore. Sa[b] lourde main, sur mon épaule, caresse, avec l'envie de m'écraser :

« Ah ! mauvaise graine ! Tu la vois, Brague ? une enfant à qui j'ai fait son premier engagement !

— Une enfant bigrement majeure, mon vieux, et qui a besoin de renouveler sa garde-robe ! Mon costume de *L'Emprise* est fini, tu sais ? un costume truqué, trente louis, plus les chaussures, plus le voile pour danser, enfin, voyez accessoires ! Tu ne me les paies pas à part, vieille frappe ?

— Brague, tu la vois ? répète Salomon... J'ai honte pour elle, devant toi ! Qu'est-ce que tu vas[c] penser d'elle ?

— Je pense, dit Brague tranquillement, qu'elle aurait raison d'accepter la tournée, et tort de te donner six cents francs[d].

— C'est bon. Rendez-moi les papiers. »

La grosse main me lâche. Salomon, froncé et pâle, retourne à son bureau genre anglais, sans nous accorder un coup d'œil.

« Salomon, vous savez, pas de chiqué entre nous ! Je suis[e] mauvaise comme la gale quand je m'y mets, et je me fiche de rater une affaire quand on m'embête !

— Madame, répond Salomon digne[f] et glacé, vous m'avez parlé comme à un homme qu'on méprise, et je l'ai sur le cœur !

— Fourneau ! intervient Brague sans élever la voix. Quand tu auras fini de jacter ! Six cents pour sa part à elle, quatre cent quarante pour la mienne[a]... tu nous prends pour des acrobates allemands ! Donne-moi les feuilles : on ne signe pas aujourd'hui. Je demande vingt-quatre heures pour consulter ma famille.

— Alors, c'est foutu ! jette Salomon avec une impétuosité bafouilleuse. Tous ces gens-là, c'est des directeurs d'établissements très chic, des gens qui n'aiment pas qu'on les lanterne, des gens...

— ... Qu'ont le derrière dans la friture bouillante, je sais ! interrompt mon camarade. Eh bien ! dis-leur que je repasse demain... Tu viens, Renée ?... Salomon, pour nous deux, c'est sept et demi pour cent. Et je trouve que c'est grand et généreux. »

Salomon essuie ses yeux secs et son front mouillé :

« Oui, oui, vous êtes encore deux jolis cochons !

— Salomon, on ne peut pas dire que vous soyez joli, joli...

— Laisse-le donc[b], Renée, c'est un amour, cet homme-là ! Il fera ce que nous voudrons. D'abord, il t'aime. Pas, Salomon ? »

Mais Salomon boude. Il tourne l'épaule comme un gros enfant, et dit d'une voix pleurarde :

« Non. Allez-vous-en. Je ne veux plus vous voir. J'ai un vrai chagrin. C'est bien la première fois, depuis que je fais des engagements, qu'on m'inflige une humiliation pareille ! Allez, allez ! J'ai besoin d'être tout seul. Je ne veux plus vous voir.

— C'est ça. À demain !

— Non, non ! c'est fini, nous trois !

— Cinq heures ? »

Salomon, assis à son bureau, lève vers nous son visage rose éploré :

« Cinq heures ? C'est ça, il faudrait encore que je manque pour vous mon rendez-vous de l'Alhambra[1] ! Pas avant six heures, vous entendez ? »

Désarmée, je serre sa courte patte, et nous sortons.

L'encombrement de la rue rendant tout colloque impossible, nous nous taisons. J'appréhende la solitude relative du boulevard Malesherbes, où Brague va commencer à discuter et à me convaincre. Convaincue, je le suis d'avance, et décidée à partir... Hamond ne sera pas content. Margot me dira : « Tu as bien raison, ma fille ! » et n'en pensera pas un mot, mais elle me donnera d'excellents conseils et trois ou quatre boîtes de « spécialités » contre la migraine, la constipation et la fièvre.

Et Dufferein-Chautel, au fait, qu'est-ce qu'il dira ? Ça m'amuse de penser à sa figure. Il se consolera auprès de Jadin, voilà tout... Partir... Quand donc déjà ?

« La date, Brague ? je n'ai pas fait attention, figure-toi ! »

Brague hausse les épaules et se range près de moi parmi le peloton de passants qui attendent, soumis, que le bâton blanc fende la file des voitures et nous ouvre un gué, du trottoir Haussmann au refuge de la place Saint-Augustin.

« S'il n'y avait que toi pour boucler des engagements, ma pauvre amie ! Madame gueule, madame monte sur ses grands chevaux, madame veut ceci, ne veut pas ça, et puis, au bout : "Tiens ! j'ai pas fait attention à la date !" »

Je le laisse, déférente, savourer sa supériorité. C'est un des plus vifs plaisirs de Brague que de me traiter en novice, en élève gaffeuse... Nous courons, sous la houlette de l'agent, jusqu'au boulevard Malesherbes...

« Du 5 avril au 15 mai[a], achève Brague. Tu n'as rien contre ? Rien ne te retient ?

— Rien... »

Nous montons le boulevard, un peu essoufflés par la buée de bain tiède qui se lève du pavé mouillé. Une courte pluie, presque orageuse, a commencé le dégel ; le pavé noirâtre reflète, étirées, irisées, les lumières. Le haut de l'avenue se perd dans une fumée indistincte, roussie par un reste de crépuscule... Involontairement, je me retourne, je regarde autour de moi, cherchant... quoi ? Rien. Non, rien ne me retient ici, ni ailleurs. Aucun cher visage ne surgira du brouillard, comme une fleur claire émerge de l'eau obscure, pour prier tendrement : « Ne t'en va pas ! »

Je partirai donc, encore une fois. Le 5 avril est loin — nous sommes au 15 février[b] —, mais c'est comme si j'étais déjà partie. Brague peut, à mon oreille distraite, énumérer des noms de villes, d'hôtels, des chiffres, des chiffres...

« Tu m'écoutes, au moins ?

— Oui.

— Alors tu ne fais rien, d'ici le 5 avril ?

— Pas que je sache !

— Tu ne vois pas un petit acte, une petite couillonnade quelconque, genre mondain, qui t'occuperait d'ici là ?

— Ma foi, non.

— Si tu veux, je te chercherai une petite affaire à la semaine ? »

Je quitte, en le remerciant, mon camarade, touchée qu'il veuille m'éviter la panne, l'oisiveté qui démoralise, appauvrit et détraque les comédiens sans emploi...

Trois têtes se lèvent lorsque j'entre dans mon salon de travail : celles d'Hamond, de Fossette et de Dufferein-Chautel. Serrés tous trois sous l'abat-jour rose autour d'une petite table, ils jouaient à l'écarté en m'attendant. Fossette sait jouer aux cartes à la manière des bulls ; grimpée sur une chaise, elle suit le va-et-vient des mains, prête à happer au vol une carte jetée trop loin.

Hamond s'écrie : « Enfin ! » Fossette : « Ouah ! » et Dufferein-Chautel ne dit rien, mais il a bien failli aboyer aussi...

L'accueil joyeux, la lumière tamisée, au sortir du brouillard fétide, m'éclairent le cœur, et c'est dans un élan de joie affectueuse que je m'écrie :

« Bonjour ! Vous savez, je pars !

— Vous partez ? Comment ça ? Quand ? »

Sans m'arrêter à ce que l'intonation de mon amoureux prend, malgré lui, de bref et d'inquisiteur, je roule mes gants, je retire mon chapeau.

« Je vous dirai ça en dînant. Vous restez tous les deux : c'est presque un dîner d'adieux, déjà !... Restez tranquilles, continuez votre petite partie, j'envoie Blandine chercher des côtelettes et je passe une robe de chambre : je suis si fatiguée ! »

Quand je reviens, perdue dans les plis d'un kimono de flanelle rose, je leur trouve à tous deux, Hamond et Dufferein-Chautel, un air trop dégagé de gens qui ont concerté quelque chose... Qu'importe ? mon adorateur bénéficie, ce soir, d'un optimisme qui s'étend sur toute la nature : je l'invite, pour « arroser la tournée », à nous offrir le saint-marceaux de l'épicier voisin, et il court, nu-tête, rapportant deux bouteilles sous ses bras...

Fébrile, un peu grise, j'appuie sur mon amoureux un regard désarmé qu'il ne m'a jamais vu. Je ris tout haut, d'un rire qu'il n'a jamais entendu, je rejette sur l'épaule la manche large du kimono, découvrant un bras « couleur chair-de-banane », dit-il... Je me sens prévenante, gentille, pour deux sous je lui tendrais ma joue : qu'est-ce que ça fait ? je pars ! je ne le verrai plus, ce garçon ! Quarante jours ? mais nous serons sans doute tous morts, d'ici là !

Pauvre amoureux, comme j'ai été mauvaise avec lui, tout de même !... Je le trouve aimable, propre, bien peigné, avenant... comme quelqu'un qu'on ne reverra plus ! Car, à mon retour, je l'aurai oublié, et il m'aura oubliée, lui aussi... avec la petite Jadin[a], ou avec une autre... Plutôt avec la petite Jadin.

« Hein ? Cette petite Jadin ! »

J'ai jeté tout haut cette exclamation, qui me semble suprêmement drôle.

Mon amoureux, qui a du mal à rire, ce soir, me regarde en fronçant ses sourcils de charbonnier :

« Quoi, cette petite Jadin ?

— Vous la trouviez à votre gré, l'autre jour, hein ? à l'Emp'-Clich' ? »

Dufferein-Chautel se penche, intrigué. Son visage franchit la zone d'ombre de l'abat-jour, et je distingue la nuance de ses prunelles brunes, fauves et pailletées comme certaines agates dauphinoises...

« Vous étiez dans la salle ? Je ne vous ai pas vue ! »

Je vide ma coupe, avant de répliquer, mystérieuse :

« Ah ! voilà !...

— Tiens ! vous étiez là ?... Oui, elle est gentille, la petite Jadin. Vous la connaissez ? Je la trouve très gentille.

— Plus que moi ? »

J'aurais mérité qu'il répondît, autrement que par un silence étonné, à cette parole imprudente, imbécile, indigne de moi ! Je voudrais me battre !... Bah ! qu'est-ce que ça fait ? je m'en vais !... Je raconte mon itinéraire : tout le tour de la France, mais rien que les grandes villes ! un affichage comme... comme Mme Otero ! et les beaux pays qu'on verra, et le soleil qu'on trouvera dans le Midi, et... et... »

Le champagne — trois coupes, il n'en faut pas plus ! — engourdit enfin mon bavardage heureux. Parler, quelle dépense d'énergie pour qui demeure muette des journées entières !... Mes deux amis fument, maintenant, et, derrière leur voile de fumée, reculent, reculent... Comme je suis loin ! déjà partie, dispersée, réfugiée dans le voyage... Leurs voix s'étouffent, s'éloignent, mêlées à des grondements de trains, des sifflements, à la houle berceuse d'un orcheštre imaginaire... Ah ! le doux départ, le doux sommeil, qui m'emporte vers une rive qu'on ne voit pas !...

« Quoi ? il ešt six heures ? Bon, merci... Ah ! c'ešt vous ? »

Je dormais, et je rêvais voyage : un garçon d'hôtel frappait du poing contre la porte de mon rêve, en criant qu'il était six heures... Et je me retrouve assise en sursaut au creux de mon vieux divan où la fatigue, la griserie légère m'ont assoupie. Debout contre moi, le Grand-Serin barre toute la hauteur de la chambre. Mes yeux, ouverts trop vite, clignent à la lampe, et les bords de l'abat-jour, les arêtes de la table éclairée blessent mes yeux comme autant de lames luisantes...

« C'ešt vous ? Où ešt Hamond ?

— Hamond vient de partir.

— Quelle heure ešt-il donc ?

— Il ešt minuit.

— Minuit ! »

J'ai dormi plus d'une heure !

Machinalement, je relève, en les peignant des doigts, mes cheveux aplatis, puis je tire, jusqu'à la pointe de mes mules, le bord de ma robe...

« Minuit ? Pourquoi n'êtes-vous pas parti avec Hamond ?

— Nous avons craint que vous ne fussiez effrayée, en vous retrouvant seule ici... Alors, je suis rešté. »

Ešt-ce qu'il se moque de moi ? Je ne dištingue pas son visage, si haut, dans l'ombre...

« J'étais fatiguée, vous comprenez...

— Je comprends très bien. »

Qu'eſt-ce que ce ton sec, qui réprimande ? Je tombe des nues ! Vraiment, si j'étais poltronne, j'aurais une belle occasion de crier à l'aide, seule avec cet individu noir qui me parle de là-haut !... Il a peut-être bu, lui aussi.

« Dites donc, Dufferein-Chautel, vous êtes souffrant ?

— Je ne suis pas souffrant. »

Il se met en marche, Dieu merci : j'en avais assez de le voir si haut, si près de moi !

« Je ne suis pas souffrant, je suis en colère.

— Ah ! ah ! »

Je réfléchis un moment, puis j'ajoute, assez sotte :

« C'eſt parce que je m'en vais ? »

Dufferein-Chautel s'arrête :

« Parce que vous vous en allez ? Je n'y pensais pas. Puisque vous êtes encore là, je n'ai pas besoin de penser que vous vous en irez. Non. Je vous en veux. Je vous en veux parce que vous dormiez.

— Oui ?

— C'eſt insensé de s'endormir comme ça ! Devant Hamond ! et même devant moi ! On voit bien que vous ne savez pas quelle figure vous avez quand vous dormez ! Ou alors vous le faites exprès, et c'eſt indigne de vous ! »

Il s'assied brusquement, comme s'il se cassait en trois, et se trouve tout près de moi, son visage à la hauteur du mien :

« Quand vous dormez, vous n'avez pas l'air de dormir ! vous avez l'air... eh ! enfin, vous avez l'air d'avoir fermé les yeux pour cacher une joie plus forte que vous ! Parfaitement ! vous n'avez pas un visage de femme endormie... Enfin, vous comprenez ce que je veux dire, bon Dieu ! C'eſt révoltant ! Quand je pense que vous avez dû dormir de cette manière-là devant un tas de gens, je ne sais pas ce que je vous ferais ! »

Il eſt assis de biais sur une chaise fragile, et détourne à demi son visage bouleversé, fendu de deux grandes rides, une au front, l'autre au long de la joue, comme si l'explosion de sa colère venait de le lézarder. Je n'ai pas peur, au contraire : ce m'eſt un soulagement de le retrouver sincère, pareil à l'homme qui entra, il y a deux mois, dans ma loge.

Voici donc, devant moi, avec sa fureur enfantine, son entêtement bestial, sa sincérité calculée, voici que reparaît mon ennemi, mon tourmenteur : l'amour. Il n'y a pas à s'y tromper. J'ai déjà vu ce front-là, et ces yeux, et cette convulsion des mains nouées l'une à l'autre, oui, j'ai vu tout cela... dans le temps qu'Adolphe Taillandy me désirait[a]...

Mais que vais-je faire de celui-ci ? Je ne suis pas offensée, je ne suis pas même — ou si peu ! — émue ; mais que vais-je faire ? Comment lui répondre ?... Ce silence qui se prolonge devient plus intolérable que son aveu. S'il pouvait s'en aller... mais il ne bouge pas. Je ne risque pas le plus petit mouvement, dans la crainte qu'un soupir, qu'une ondulation de ma robe ne suffisent à ranimer mon adversaire — je n'ose plus dire mon amoureux, non, il m'aime trop !...

« C'est tout ce que vous me dites ? »

Le son de sa voix, adoucie, me cause un si vif plaisir que je souris, délivrée du silence irrespirable.

« Dame ! je ne vois vraiment pas... »

Il se tourne vers moi, avec une gentillesse encombrante de grand chien :

« C'est vrai, vous ne voyez pas... Oh ! vous avez un talent pour ne pas voir ! Dès qu'il s'agit de moi, vous ne voyez pas, vous ne voyez rien ! Vous regardez à travers moi, vous souriez par-dessus moi, vous parlez à côté de moi !... Et je fais celui qui ne voit pas que vous ne voyez pas. Comme c'est malin ! comme c'est digne de vous et de moi !

— Écoutez, Dufferein-Chautel...

— Et vous m'appelez Dufferein-Chautel ! Je le sais bien que j'ai un nom ridicule, un nom de député, d'industriel ou de directeur du Comptoir d'escompte ! ce n'est pas ma faute !... Oui, oui, riez !... C'est encore de la chance, ajoute-t-il plus bas, que je vous fasse rire...

— Voyons, comment voulez-vous que je vous appelle ? Dufferein, ou Chautel ? Ou Duduffe ? ou... Maxime tout court, ou Max ?... Oh ! je vous en prie, donnez-moi la glace à main, là, sur la petite table, et le mouchoir à poudre : je dois avoir une figure !... Le champagne, le sommeil, et plus de poudre sur le nez !

— Ça ne fait rien ! dit-il avec impatience. Pour qui voulez-vous mettre de la poudre, à cette heure-ci ?

— Pour moi, d'abord. Et puis pour vous.

— Pour moi, ce n'est pas la peine. Vous me traitez en homme qui vous courtise. Si j'étais, tout simplement, un homme qui vous aime ? »

Je le regarde, plus méfiante que je ne le fus jamais, déconcertée de trouver en cet homme, dès qu'il s'agit d'amour entre nous, une intelligence, une aisance spéciales, bien cachées sous ses dehors de Grand-Serin. L'aptitude à l'amour, oui, voilà ce que je devine en lui, voilà par quoi il me dépasse et m'embarrasse !

« Dites-moi franchement, Renée, est-ce que cela vous est odieux, ou indifférent, ou vaguement agréable, de savoir que je vous aime ? »

Il n'est pas outrageant, il n'est ni humble, ni larmoyant, il n'a rien de timide, ni de cauteleux... Imitant sa simplicité, je réponds, enhardie :

« Je n'en sais absolument rien.

— C'est bien ce que je pensais, dit-il gravement. Alors...

— Alors ?

— Je n'ai plus qu'à m'en aller !

— Il est minuit et demi.

— Non, vous ne m'avez pas compris. Je veux dire : ne plus vous revoir, quitter Paris !

— Quitter Paris ? Pourquoi ? dis-je honnêtement. Ce n'est pas nécessaire. Et je ne vous ai pas défendu de me revoir. »

Il secoue les épaules :

« Oh ! je m'entends !... Quand ça ne va pas, quand j'ai... des embêtements, enfin, je m'en vais chez nous. »

Il a bien dit « chez nous », provincialement, tendrement.

« C'est joli, chez vous ?

— Oui. C'est la forêt, beaucoup de sapins, pas mal de chênes. J'aime bien les coupes fraîches, vous savez, quand on a abattu les bois et qu'il reste seulement les baliveaux, et les grands ronds des places à charbon, où il pousse de la fraise l'été suivant...

— Et du muguet...

— Et du muguet... Et des digitales aussi. Vous connaissez ? Elles sont hautes comme ça, et on met ses doigts dans les cloches, quand on est gosse...

— Je connais... »

Il raconte mal, mon bûcheron d'Ardennes, mais je vois si bien ce qu'il raconte !

« J'y vais pendant l'été, en auto. Je chasse aussi un peu, à l'automne. C'est chez maman, naturellement. La mère Coupe-Toujours ! dit-il en riant. Elle coupe, elle coupe, et elle scie, et elle vend.

— Oh !

— Mais elle n'abîme pas, vous savez ! Elle sait ce que c'est que le bois, elle s'y entend comme un homme, mieux qu'un homme ! »

Je l'écoute avec une aménité nouvelle, contente qu'il m'oublie un instant, qu'il parle, en digne bûcheron, de sa forêt maternelle. Je ne me souvenais pas qu'il fût ardennais, et il ne se souciait pas de m'apprendre qu'il aimait son pays. Je sais maintenant pourquoi il a l'air serin ! C'est qu'il porte ses vêtements un peu comme des « habits de fête », avec une gaucherie indélébile et sympathique, en beau paysan endimanché...

« ... Seulement, si vous me renvoyez, Renée, ma mère comprendra tout de suite que je viens me "faire soigner" chez elle, et elle voudra encore une fois me marier. Voyez à quoi vous m'exposez !

— Laissez-vous[a] marier.

— Vous ne dites pas ça sérieusement ?

— Pourquoi donc ? Parce qu'une expérience personnelle m'a été néfaste ? Qu'est-ce que ça prouve ? Vous devriez vous marier, ça vous irait très bien. Vous avez l'air déjà marié. Vous promenez votre célibat dans des vêtements de jeune père de famille, vous êtes épris du coin du feu, tendre, jaloux, têtu, paresseux comme un époux gâté, et despote, au fond, et monogame de naissance ! »

Stupéfait, mon amoureux me dévisage sans mot dire, puis saute sur ses pieds :

« Je suis tout ça ! s'écrie-t-il. Je suis tout ça ! Elle l'a dit ! Je suis tout ça ! »

Je refrène sèchement ses cris et ses gestes :

« Taisez-vous donc ! Qu'est-ce qui vous prend ? Que vous soyez égoïste, en somme, et paresseux, et coin du feu, ça vous donne envie de danser ? »

Très docile, il se rassied en face de moi, mais ses

yeux de chien de berger me couvent avec une sagacité victorieuse :

« Non. Ça m'est bien égal d'être tout ce que vous dites : ce qui me donne envie de danser, c'est que vous le sachiez ! »

Ah ! sotte que je suis ! Le voici triomphant, fort de mon aveu, l'aveu de ma curiosité, sinon d'un intérêt plus vif... Le voici glorieux, tremblant du désir de se livrer davantage. Il crierait, s'il osait : « Oui, je suis tout cela ! vous avez donc daigné me voir, tandis que je désespérais d'exister à vos yeux ? Regardez-moi encore ? Découvrez-moi tout entier, inventez en moi des faiblesses, des ridicules, accablez-moi de vices imaginaires... Mon souci n'est pas que vous me connaissiez tel que je suis : créez votre amoureux à votre guise, et c'est après — comme un maître retouche et refait l'œuvre médiocre d'un élève chéri ! — c'est après que, sournoisement, peu à peu, j'y mettrai ma ressemblance ! »

Vais-je lui réciter tout haut ma pensée, pour le confondre ?... Attention ! j'allais commettre une maladresse de plus. Il ne sera point confondu, il écoutera, ravi, sa devineresse, et louera bien haut la seconde vue que dispense l'amour !... Et qu'attend-il présentement ? que je tombe dans ses bras ? Rien n'étonne un homme épris. Je voudrais qu'il fût loin... Je lutte contre le besoin de me reposer, de me détendre, de lever une main, de prier : « *Pouce !* arrêtez ! je ne sais pas le jeu. Si l'envie m'en vient, nous le recommencerons ; mais je ne suis pas de force à vous suivre, et je me fais prendre à tout coup, vous voyez bien... »

Ses yeux vigilants vont et viennent, rapidement, de mes paupières à ma bouche, de ma bouche à mes paupières, et semblent lire mon visage... Soudain, il se lève et se détourne, avec une brusque discrétion :

« Adieu[a], Renée ! dit-il d'une voix plus basse... Je vous demande pardon d'être resté si tard, mais Hamond m'avait recommandé... »

Je proteste, avec un embarras mondain :

« Oh ! ça ne fait rien... au contraire...

— Est-ce que votre concierge a le sommeil très dur ?

— J'espère que non... »

Nous sommes si pitoyables de niaiserie que la gaîté me revient un peu :

« Attendez ! dis-je tout à coup. J'aime mieux que vous ne réveilliez pas la concierge : vous allez sortir par la fenêtre...

— Par la fenêtre ? Oh ! Renée...

— C'est le rez-de-chaussée.

— Je sais bien. Mais vous n'avez pas peur que... qu'on me voie ? Un locataire de la maison pourrait rentrer à ce moment-là...

— Qu'est-ce que vous voulez que ça me fasse ? »

Malgré moi, j'ai mis à répondre, à hausser les épaules, une si dédaigneuse indifférence que mon amoureux n'ose plus se réjouir. Au fond, cette sortie à une heure du matin, par la fenêtre — de ma chambre à coucher, s'il vous plaît ! —, doit le remplir d'une joie d'étudiant. Ah ! quelle jeunesse !...

« Sautez ! C'est ça ! adieu !

— À demain, Renée ?

— Si vous voulez, mon ami... »

... Quelle jeunesse !... Il a pourtant trente-trois ans, cet homme !... Moi aussi... Trente-quatre dans six mois...

Je l'ai entendu courir sur le trottoir, sous une pluie fine et collante qui poisse le pavé et mouille l'appui de la fenêtre, où je demeure accoudée, comme une amante... Mais, derrière moi, personne n'a foulé le grand lit, banal et frais, nappé d'un drap sans pli, et que mon insomnie résignée ne froissera même pas[a].

Il est parti. Il reviendra demain, et les jours d'après, puisque je le lui ai permis. Il reviendra presque heureux, maladroit, plein d'espoir, avec cet air de dire : « Je ne demande rien », qui, à la longue, m'exaspère *comme une* prière machinale de mendiant... Quand c'était si simple de le blesser d'un refus sans danger encore, et qu'il s'en aille avec sa coupure fraîche et guérissable !...

Dans le carré de ma fenêtre éclairée, la pluie fine tombe, blanche sur le fond noir de la rue, comme une mouture humide...

J'ai cédé, je l'avoue, j'ai cédé, en permettant à cet homme de revenir demain, au désir de conserver en lui non un amoureux, non un ami, mais un avide spectateur de ma vie et de ma personne. « Il faut terriblement vieillir, m'a dit un jour Margot, pour renoncer à la vanité de vivre devant quelqu'un ! »

Pourrais-je sincèrement affirmer que, depuis quelques semaines, je ne me complais pas à l'attention de ce spectateur passionné ? Je lui ai refusé mon plus vif regard[a], mon plus libre sourire, j'ai surveillé en lui parlant le son de ma voix, je lui ai fermé tout mon visage, mais... Mais n'était-ce pas pour qu'il constatât, chagrin, maté, que toutes mes réticences lui étaient adressées, que je prenais la peine, pour lui, d'exister moins ? Il n'y a pas de déguisement sans coquetterie, et il faut autant de soins, autant de vigilance, pour s'enlaidir à toute heure que pour se parer.

Si mon amoureux, dans l'ombre, guette ma fenêtre ouverte, qu'il soit fier ! Je ne le regrette point, je ne le souhaite point, mais je pense à lui. Je pense à lui, comme je mesurerais ma première défaite...

La première ? Non, la seconde. Il y eut un soir — ah ! quel souvenir empoisonné, et que je le maudis de ressusciter à cette heure ! — un soir où je m'accoudai ainsi, penchée sur un jardin invisible. Mes cheveux très longs pendaient comme une corde de soie hors du balcon... La certitude de l'amour venait de s'abattre sur moi et, loin d'en faiblir, ma force adolescente la portait orgueilleusement. Ni[b] le doute ni la mélancolie même la plus suave n'assagirent cette nuit triomphale et solitaire, couronnée de glycines et de roses !... Cette aveugle, cette innocente exaltation, qu'en a-t-il fait, l'homme qui la suscitait ?

Fermons la fenêtre, fermons la fenêtre ! Je tremble trop de voir monter, à travers le voile de la pluie, un jardin provincial, vert et noir, argenté par la lune levante, où passe l'ombre d'une jeune fille qui enroule rêveusement sa longue tresse à son poignet, comme une couleuvre caressante[1]...

☆

« Marseille[c], Nice, Cannes, Toulon...
— Non, Menton, avant Toulon...

— Et Grenoble ! on a Grenoble aussi ! »

Nous recensons les villes de notre tournée comme des gosses comptent leurs billes. Brague a décidé que nous emmenions deux « pantoches » : *L'Emprise* et *La Dryade*.

« Pour[a] les grands patelins où l'on fait quatre jours, six jours, assure-t-il, c'est plus prudent d'avoir une pièce de rechange. »

Moi, je veux bien. Je veux bien n'importe quoi. Il n'y a pas plus bénévole et plus approbateur que moi, ce matin. L'atelier de Cernuschi[b], où nous travaillons, ne résonne guère que des éclats de voix de Brague et des rires du « Vieux Troglodyte » qui exulte à l'idée de faire une tournée et de gagner quinze francs par jour : sa jeune figure affamée, aux yeux bleus caves, reflète une joie continue, et Dieu sait s'il lui en cuit !

« Bougre de saucisse ! hurle Brague, je t'en foutrai des sourires de danseuse ! On dirait que tu n'as jamais vu de troglodyte ! La gueule de travers, je te dis ! Encore plus que ça ! Et l'œil désossé ! Et le tremblement dans la ganache[1] ! Un petit genre Chaliapine, quoi !... »

Il s'essuie le front et se tourne vers moi, découragé :

« Je ne sais pas pourquoi je m'esquinte après cet outil : quand je lui parle de Chaliapine[2], il croit que je lui dis des cochonneries !... Et puis, toi, qu'est-ce que tu fiches là, à plafonner ?

— Ah ! c'est mon tour, à présent ? Je me disais aussi : il y a longtemps que Brague ne m'a pas murmuré des paroles d'amour ! »

Mon camarade professeur me toise avec un théâtral mépris :

« Des paroles d'amour ! Je laisse ça à d'autres : tu ne dois pas en manquer ? Ouste ! la séance est levée. Demain, répétition en costume, mise en scène et accessoires. Ce qui signifie que t'auras un voile pour ta danse et que Monsieur, ici présent, voiturera une caisse à bougies pour imiter le rocher qu'il brandit sur nos têtes. J'en ai assez de vous voir, toi avec un mouchoir grand comme ma fesse, et l'autre avec *Paris-Journal*[3] roulé en boule à la place de son granit. Demain, ici, à dix heures. J'ai dit. »

Juste au moment où Brague finit de parler, un rayon de soleil dore le plafond de vitres, et je lève la tête comme si l'on m'appelait brusquement de là-haut.

« Tu m'entends, la môme Renée ?

— Oui...

— Oui ? Eh bien ! va-t'en. C'est l'heure de la soupe. Va zieuter le soleil dehors ! Tu rêves de campagne, hein ?

— On ne peut rien te cacher. À demain. »

Je rêve de campagne... Oui, mais pas comme la pense mon infaillible camarade. Et l'activité joyeuse de la place Clichy, à midi, ne me détourne pas d'un souvenir agaçant, tout frais, tout vif...

Hier, Hamond et Dufferein-Chautel m'ont emmenée dans les bois de Meudon[1], comme deux rapins invitant une modiste. Mon amoureux faisait les honneurs d'une automobile neuve, fleurant le maroquin et la térébenthine : un magnifique joujou de grande personne.

Sa sombre et jeune figure rayonnait du désir de m'offrir ce beau meuble verni et trépidant, dont je n'avais nulle envie. Mais je riais, parce qu'Hamond et Dufferein-Chautel arboraient, pour cette fugue meudonnaise, le même chapeau marron, fendu, à larges ailes, et j'étais si petite, entre ces deux grands diables !

Assis[a] en face de moi sur un des strapontins, mon amoureux pliait discrètement ses jambes sous lui, pour garer mes genoux du contact des siens. Le clair jour gris, très doux, printanier, me montrait tous les détails de son visage, plus brun sous le feutre mordoré, et la nuance enfumée de ses paupières, et ses cils durs, abondants, en double grille. La bouche, à demi dissimulée sous une moustache d'un noir roux, m'intriguait, et le treillis imperceptible des petites rides sous les yeux, et les sourcils plus longs que l'orbite, épais, mal achevés, un peu hérissés comme ceux des griffons de chasse... D'une main inquiète, je cherchai soudain la glace de mon petit sac...

« Vous avez perdu quelque chose, Renée ? »

Mais déjà je me ravisais :

« Non, rien ; merci. »

À quoi bon mirer, devant lui, les flétrissures d'un

visage qui perd l'habitude d'être contemplé au grand jour ? Et qu'aurait pu m'apprendre mon miroir ? Un adroit maquillage de crayon brun, de koheul bleuté, de raisin rouge ne suffisait-il pas, hier comme tous les jours, à attirer l'attention sur les yeux et la bouche, les trois lumières, les trois aimants de mon visage ? Point de rose sur la joue un peu creuse, ni sous la paupière que la fatigue, le clignement fréquent ont, déjà, délicatement guillochée...

La joie de Fossette, assise sur mes genoux et tendue vers la portière, nous fournissait une conversation intermittente, et la douceur aussi de ce bois encore hivernal, ramilles grises sur ciel chinchilla... Mais dès que je me penchais pour boire un peu le vent faible, chargé du musc amer des anciennes feuilles décomposées, je sentais le regard de mon amoureux se poser, assuré, sur toute ma personne...

De Paris aux bois de Meudon, nous n'avions pas échangé cent phrases. La campagne ne me rend pas loquace et mon vieil Hamond s'ennuie dès qu'il passe les fortifications. Notre mutisme pouvait assombrir tout autre qu'un amoureux, égoïstement récompensé de me tenir là, sous son regard, prisonnière dans sa voiture, passive, vaguement contente de la promenade, souriant aux cahots de la route humide et défoncée[a]...

Fossette, impérieuse, décida, d'un cri bref, qu'on n'irait pas plus loin et qu'une affaire urgente l'appelait au fond de ces bois nus, sur la route forestière où brillaient en miroirs ronds les flaques d'une pluie récente. Nous la suivîmes tous trois sans protester, d'un pas long de gens qui vont souvent à pied...

« Ça sent bon, dit tout à coup le Grand-Serin, en reniflant l'air. Ça sent comme chez nous. »

Je secouai la tête :

« Non, pas comme *chez vous* : comme chez nous ! Hamond, qu'est-ce que ça sent ?

— Ça sent l'automne », dit Hamond d'un ton las.

Sur ce mot, nous nous sommes arrêtés sans parler davantage, levant la tête vers un ruisseau de ciel serré entre les arbres très hauts, écoutant, à travers le murmure vivant et chuchoté qu'exhale une forêt, le pipeau mouillé, clair et grelottant d'un merle qui défie l'hiver...

Une petite bête rousse partit sous nos pieds, fouine ou belette, que Fossette prétendit forcer à la course, et nous suivîmes la chienne emballée, obtuse, ostentatoire, qui aboyait : « Je la vois ! je la tiens ! » sur une piste imaginaire[a]...

Stimulée enfin, je m'élançai derrière elle dans l'allée, tout au plaisir animal de la course, mon bonnet de skunks enfoncé solidement jusqu'aux oreilles et les jambes libres sous ma jupe empoignée à deux mains...

Quand je m'arrêtai, à bout de souffle, je trouvai Maxime derrière moi :

« Oh ! vous m'avez suivie ? Comment ne vous ai-je pas entendu courir ? »

Il respirait vite, les yeux brillants sous ses sourcils irréguliers, les cheveux décollés par la course, très charbonnier amoureux, et pas rassurant du tout.

« Je vous ai suivie... J'ai fait bien attention de courir au même pas que vous, pour que vous n'entendiez pas mes pieds... C'est très facile... »

Oui... c'est très facile. Mais il fallait y penser. Je n'y aurais pas pensé, moi. Piquée, imprudente, et grisée encore d'une brutalité de nymphe, je lui riais en plein visage, le bravant. Je voulus, tentée, rallumer la jaune et méchante lumière au fond des belles prunelles sablées de gris et de roux... La menace y parut, mais je ne cédai pas, butée comme ces enfants insolents qui attendent, qui appellent la gifle. Et le châtiment vint, sous la forme d'un baiser coléreux, mal posé, un baiser raté, enfin, qui laissa ma bouche punie et déçue...

... Ce sont tous les instants de cette journée d'hier que je pèse scrupuleusement, tout en suivant le boulevard des Batignolles, non pour les revivre avec complaisance, ni pour chercher une excuse. Il n'y a point d'excuse, sauf pour l'homme que j'ai provoqué. « Cela me ressemble si peu ! » m'écriais-je mentalement, hier, pendant que nous revenions vers Hamond, mécontents l'un de l'autre, et défiants... Eh ! qu'en sais-je ! « Tu n'as pas plus de redoutable ennemie que toi-même !... » Fausse étourderie, fausse imprudence, voilà ce qu'on trouverait au fond de la pire impulsive, et je ne suis pas la pire impulsive ! Il faut être sévère pour celles qui crient : « Ah ! je ne sais plus ce que je fais ! »

et discerner dans leur désarroi une bonne part de ruse prévoyante...

Je n'admets point mon irresponsabilité, même partielle. Que dirai-je à cet homme, ce soir, s'il veut me serrer dans ses bras ? Que je ne veux pas, que je n'ai jamais voulu le tenter, que c'est un jeu ? que je lui offre mon amitié pour la période d'un mois et dix jours qui nous sépare de la tournée... Non ! il va falloir prendre un parti ! Il va falloir prendre un parti...

Et je marche, je marche, pressant le pas chaque fois que la glace d'une vitrine me renvoie mon image, parce que je trouve à ma figure une expression un peu trop théâtrale de volonté soucieuse, avec des yeux pas assez convaincus sous des sourcils froncés... Je la connais, cette figure-là ! Elle se masque d'austérité, de renoncement, pour mieux attendre le petit miracle, le signe de mon maître le hasard, le mot phosphorescent qu'il écrira sur le mur noir, quand j'aurai, cette nuit, éteint ma lampe...

Comme l'air sent bon, autour de ces voiturettes pleines de violettes mouillées et de jonquilles blanches. Un vieil homme tout moussu de barbe vend des perce-neige en pied, avec leur bulbe gangué de terre, et leur fleur en pendeloque qui a la forme d'une abeille. Leur parfum imite celui de l'oranger, mais si faible, presque insaisissable...

Voyons, voyons ! Il va falloir prendre un parti ! Je marche, je marche, comme si je ne savais pas qu'en dépit de mes sursauts d'énergie, de mes scrupules, de toute cette pénitence intérieure que je cherche à m'infliger, comme si je ne savais pas, déjà, que je ne prendrai pas ce parti-*là,* mais l'*autre !...*

☆

Une fatigue[a] !... Oh ! mais quelle fatigue !... Je me suis endormie après le déjeuner, comme il m'arrive parfois les jours de répétition, et je m'éveille si lasse ! Je m'éveille comme si j'arrivais des confins du monde, étonnée, triste, pensant à peine, l'œil hostile à mes meubles familiers. Un réveil, en vérité, pareil aux plus affreux des temps où je souffrais. Mais, puisque je ne souffre pas, pourquoi ?...

Je ne puis bouger. Je regarde, comme si elle ne m'appartenait pas, ma main pendante. Je ne reconnais pas l'étoffe de ma robe... Qui m'a découronnée, pendant que je dormais, de mon diadème de cheveux, roulés autour de mon front comme les tresses d'une grave et jeune Cérès ?... J'étais... j'étais... Un jardin... le ciel couleur de pêche rose au couchant... une voix enfantine, aiguë, qui répond aux cris des hirondelles... Oui, et ce bruit d'eau lointaine, tantôt puissant et tantôt assoupi : le souffle de la forêt... J'étais retournée au commencement de ma vie. Tant de chemin à faire pour me rejoindre, jusqu'ici ! J'appelle le sommeil enfui, le sombre rideau qui m'abritait et qui vient de se retirer de moi, me laissant frissonnante et comme nue... Les malades qui se croient guéris connaissent ces reprises du mal ; elles les trouvent puérilement étonnés et plaintifs : « Mais je croyais que c'était fini ! » Pour un peu je gémirais, à voix haute, comme eux...

Funeste et trop doux sommeil, qui abolit en moins d'une heure le souvenir de moi-même ! D'où reviens-je et sur quelles ailes, pour que si lentement j'accepte, humiliée, exilée, d'être moi-même ?... Renée Néré, danseuse et mime... Est-ce là le but qu'ont préparé mon enfance orgueilleuse et mon adolescence recueillie, passionnée, qui accueillit si intrépidement l'amour ?

Ô Margot, ma décourageante amie, que n'ai-je la force de me lever et de courir auprès de vous, et de vous dire... Mais vous n'estimez que mon courage, et je n'oserais défaillir devant vous. Il me semble que votre viril regard, la pression de votre petite main sèche, gercée par l'eau froide et le savon commun, savent mieux récompenser mon triomphe sur moi-même qu'aider mon quotidien effort[a].

Mon départ prochain ? La liberté ?... Peuh ! La liberté n'est vraiment éblouissante qu'au commencement de l'amour, du premier amour, le jour où l'on peut dire, en l'offrant à celui qu'on aime : « Prenez ! je voudrais vous donner davantage... »

Des villes nouvelles[b], des pays nouveaux, entrevus, frôlés à peine, qui se fondent dans le souvenir... Est-il des pays nouveaux[a], à qui tourne en rond comme un oiseau tenu par un fil ? Mon pauvre essor, repris chaque matin, n'abordera-t-il pas, chaque soir, au fatal « établissement de premier ordre » que me vantent Salomon et Brague[b] ?

J'en ai vu tant, déjà, d'*établissements de premier ordre !* Côté public : une salle cruellement inondée de lumière, où la fumée lourde amortit à peine l'or des moulures. Côté artistes : des cases sordides, sans air, et l'escalier de fer aboutissant à des latrines immondes...

Il faudra donc, pendant quarante jours, soutenir cette lutte contre la fatigue, la mauvaise volonté blagueuse des machinistes, l'orgueil rageur des chefs d'orchestre provinciaux, la chère insuffisante des hôtels et des gares, il faudra trouver et renouveler sans cesse en moi ce trésor d'énergie que réclame la vie des errants et des solitaires ? Il faudra lutter, enfin — ah ! je ne saurais l'oublier ! —, contre la solitude elle-même... Et pour arriver à quoi ? à quoi ? à quoi ?...

Quand j'étais petite, on me disait : « L'effort porte en soi sa récompense », et j'attendais, en effet, après le coup de collier, une récompense mystérieuse, accablante, une sorte de grâce sous laquelle j'eusse succombé. Je l'attends encore...

Un trille étouffé de sonnette, suivi de l'aboiement de ma chienne, me délivre enfin d'une si amère songerie. Et me voici debout, avec la surprise d'avoir sauté légèrement sur mes pieds, de recommencer facilement à vivre...

« Madame, dit Blandine à mi-voix, est-ce que M. Dufferein-Chautel peut entrer ?

— Non... un instant... »

Poudrer mes joues, rougir mes lèvres, et disperser d'un coup de peigne les cheveux bouclés qui cachent mon front, c'est une besogne machinale, rapide et qui ne demande pas même le secours du miroir. On fait cela comme on se brosse les ongles, par convenance plutôt que par coquetterie.

« Vous êtes là, Dufferein-Chautel ? Vous pouvez entrer. Attendez, je donne la lumière... »

Je n'ai aucun embarras à le revoir. Le fait que nos deux bouches se sont touchées hier, infructueusement, ne me gêne pas du tout en ce moment. Un baiser raté, c'eſt beaucoup moins grave qu'un échange complice de regards... Et je suis tout près de m'étonner qu'il ait, lui, l'air malheureux et fruſtré. Je l'ai appelé Dufferein-Chautel comme d'habitude, comme s'il n'avait pas de prénom... Je le nomme toujours « Vous » ou « Dufferein-Chautel »... Eſt-ce à moi de le mettre à l'aise ? Soit.

« Eh bien ? Vous voilà ? Vous allez bien ?

— Je vais bien, je vous remercie.

— Vous n'en avez pas l'air.

— C'eſt que je suis malheureux ! » ne manque-t-il pas de répondre.

Grand-Serin, va !... Je souris à son malheur, son petit malheur d'homme qui a mal embrassé la femme qu'il aime... Je lui souris d'assez loin, par-dessus le chaſte fleuve noir où je me baignais tout à l'heure... Je lui tends une coupe emplie de ses cigarettes favorites, un tabac blond et sucré qui sent le pain d'épice...

« Vous ne fumez pas aujourd'hui ?

— Si. Mais je suis malheureux tout de même. »

Assis sur le divan, le dos aux coussins bas, il lance machinalement de longs jets de fumée par les narines, j'allais dire les naseaux. Je fume aussi, par contenance, pour faire comme lui. Il eſt mieux, nu-tête. Le haut-de-forme l'enlaidit, et le feutre mou l'embellit jusqu'au raſtaquouérisme... Il fume, les yeux au plafond, comme si la gravité des paroles qu'il prépare le détournait de s'occuper de moi. Ses cils longs et brillants — la seule parure féminine et sensuelle de ce visage qui pèche par excès de virilité — battent fréquemment et décèlent l'agitation, l'hésitation. Je l'entends respirer. J'entends aussi le tic-tac de ma petite pendule de voyage, et le tablier de la cheminée que secoue soudain le vent...

« Il pleut, dehors ?

— Non, dit-il en sursaut. Pourquoi me demandez-vous cela ?

— Pour savoir. Je ne suis pas sortie depuis le déjeuner, je ne sais pas quel temps il fait.

— Un temps quelconque... Renée !... »

Il s'eſt redressé brusquement, en jetant sa cigarette. Il me prend les mains et me regarde de tout près, d'assez près pour que son visage me paraisse presque trop grand, avec les détails accusés, le grain de la peau, le coin palpitant et humide de ses larges yeux... Qu'il y a d'amour, oui, d'amour, dans ces yeux-là ! Qu'ils sont parlants, et doux, et entièrement épris ! Et ces grandes mains qui serrent les miennes avec une force égale et communicative, comme je les sens convaincues !...

C'est la première fois que je laisse mes mains dans les siennes. Je crois dompter ma répugnance, d'abord, puis leur chaleur me détrompe, me persuade, et je vais céder au fraternel, au surprenant plaisir, ignoré depuis si longtemps, de me confier, sans paroles, à un ami, de m'appuyer un instant à lui, de me réconforter contre un être immobile et chaud, affectueux, silencieux... Oh ! jeter mes bras au cou d'un être, chien ou homme, d'un être qui m'aime !...

« Renée ! Comment, Renée, vous pleurez ?

— Je pleure ? »

Mais c'est qu'il a raison ! La lumière danse, en mille rayons brisés et croisés, dans mes larmes suspendues. D'un coin de mouchoir je les essuie prestement, mais je ne songe pas à les nier. Et je souris à l'idée que j'allais pleurer... Depuis combien de temps n'ai-je pas pleuré ? Il y a... des années, des années !...

Mon ami est bouleversé, et m'attire vers lui, et m'oblige — je ne fais pas grande défense ! — à m'asseoir auprès de lui, sur le divan. Ses yeux aussi sont humides, car ce n'est qu'un homme, capable de feindre une émotion sans doute, mais non de la dissimuler...

« Mon enfant chérie, qu'est-ce que vous avez ? »

Le cri étouffé, le tressaillement qui lui répondent, les oubliera-il ? je l'espère... « Mon enfant chérie... » Son premier mot de tendresse, c'est « Mon enfant chérie ! » Le même mot et presque le même accent que *l'autre*...

Une peur enfantine m'arrache de ses bras, comme si *l'autre* venait de paraître à la porte, avec sa moustache à la Guillaume II, son menteur regard voilé, et ses terribles épaules, et ses courtes cuisses de paysan...

« Renée ! ma chérie ! si vous vouliez me parler un peu... »

Mon ami est tout pâle, et ne tente pas de me reprendre... Qu'il ignore au moins le mal qu'il vient, innocemment, de me faire ! Je n'ai plus envie de pleurer. Mes lâches larmes délicieuses remontent vers leur source, lentement, laissant à ma gorge, à mes yeux, une brûlure... D'un signe, je rassure mon ami, en attendant que ma voix s'affermisse...

« Je vous ai fâchée, Renée ?

— Non, mon ami. »

De moi-même, je reprends ma place à son côté, mais timidement, avec l'appréhension que mon geste, mes paroles provoquent une autre exclamation tendre, familière et détestée.

Son instinct l'avertit de ne point se réjouir d'une si prompte docilité. Le bras qui me soutient ne veut pas m'étreindre, et je ne retrouve plus la communicative chaleur, dangereuse, bienfaisante... Il m'aime assez, sans doute, pour deviner que, si je pose sur sa forte épaule une tête obéissante, il ne s'agit pas d'un don, mais d'un essai...

Mon front sur l'épaule d'un homme !... Est-ce que je rêve ? Je ne rêve, ni ne divague. Ma tête, mes sens, tout est paisible, lugubrement paisible. Pourtant, dans la nonchalance qui me retient là, il y a mieux et plus que de l'indifférence, et si je joue, d'une main distraite et chaste, avec la tresse d'or fixée à son gilet, c'est que je me sens abritée, défendue — à la manière du chat perdu qu'on recueille, et qui ne sait jouer et dormir que quand il a une maison...

Pauvre amoureux... à quoi songe-t-il, immobile, respectueux de mon silence ? Je renverse la tête pour le voir, et je baisse vite les yeux, éblouie, confondue par l'expression de cet homme. Ah ! que je l'envie d'aimer si fort, de puiser dans sa passion une telle beauté !

Il a rencontré mon regard et sourit héroïquement.

« Renée... Est-ce que vous croyez que vous m'aimerez un jour, on ne sait pas quand ?

— Vous aimer ? Que je le voudrais, mon ami ! Vous n'avez pas l'air méchant, *vous*... Est-ce que vous ne sentez pas que je suis en train de m'attacher à vous ?

— De vous attacher à moi... C'est bien ce que je crains, Renée : ce n'est guère le chemin de l'amour... »

Il a si profondément raison que je ne proteste pas.

« Mais... attendez... on ne sait pas... Peut-être que, quand je reviendrai de ma tournée... Et puis, enfin, une très, très grande amitié... »

Il secoue la tête... Il n'a que faire de mon amitié, sans doute. Moi, je serais bien contente d'avoir un ami moins âgé, moins *fini* qu'Hamond, un vrai ami...

« Quand vous reviendrez... D'abord, si vous espériez réellement m'aimer un jour, Renée, vous ne songeriez pas à vous éloigner de moi. Dans deux mois comme à cette heure, c'est la même Renée qui tendra ses petites mains froides, avec des yeux qui ne laissent pas entrer mon regard, et cette bouche qui, même en s'offrant, ne se donne pas...

— Ce n'est pas ma faute... La voilà, pourtant, cette bouche... Tenez... »

J'ai reposé ma tête sur son épaule, et je ferme les yeux, plus résignée que curieuse, puis je les rouvre au bout d'une seconde, étonnée qu'il ne se précipite pas, avec la hâte goulue d'hier... Il s'est seulement tourné un peu vers moi, et m'entoure commodément de son bras droit. Puis il réunit mes deux mains de sa main libre, se penche, et je vois s'approcher, lentement, cette sérieuse figure étrangère, cet homme que je connais si peu...

Il n'y a presque plus d'espace, presque plus d'air entre nos deux visages, et je respire brusquement, comme si je me noyais, avec un sursaut pour me dégager. Mais il tient mes mains et resserre son bras autour de ma taille. Je rejette inutilement ma nuque en arrière, au moment où la bouche de Maxime atteint la mienne...

Je n'ai pas fermé les yeux. Je fronce les sourcils, pour menacer au-dessus de moi ces prunelles qui cherchent à réduire, à éteindre les miennes. Car les lèvres qui me baisent, douces, fraîches, impersonnelles, sont bien les mêmes qu'hier, et leur inefficacité m'irrite... Soudain, elles changent, et je ne reconnais plus le baiser, qui s'anime, insiste, s'écrase et se reprend, se fait mouvant, rythmé, puis s'arrête comme pour attendre une réponse qui ne vient pas...

Je remue imperceptiblement la tête, à cause des moustaches qui frôlent mes narines, avec un parfum de vanille et de tabac miellé... Oh !... tout à coup, malgré moi, ma bouche s'est laissée ouvrir, s'est ouverte, aussi irrésistiblement qu'une prune mûre se fend au soleil... De mes[a] lèvres jusqu'à mes flancs, jusqu'à mes genoux, voici que renaît et se propage cette douleur exigeante, ce gonflement de blessure qui veut se rouvrir et s'épancher — la volupté oubliée...

Je laisse l'homme qui m'a réveillée boire au fruit qu'il presse. Mes mains, raidies tout à l'heure, s'abandonnent chaudes et molles dans sa main, et mon corps renversé cherche à épouser son corps. Pliée sur le bras qui me tient, je creuse son épaule un peu plus, je me serre contre lui, attentive à ne pas disjoindre nos lèvres, attentive à prolonger confortablement notre baiser.

Il comprend et acquiesce, d'un petit grondement heureux... Enfin sûr que je ne fuirai pas, c'est lui qui s'écarte de moi, respire et me contemple, en mordant sa bouche mouillée. Je laisse tomber mes paupières, je n'ai plus besoin de le voir. Peut-être va-t-il me dévêtir et s'emparer de moi tout à fait... Il n'importe. Une joie irresponsable et paresseuse me baigne... Rien ne presse, sauf que ce baiser recommence. Nous avons tout le temps... Fier, mon ami me ramasse à pleins bras comme une gerbe, pour me coucher à demi sur le divan, où il me rejoint. Sa bouche a le goût de la mienne, à présent ; et l'odeur légère de ma poudre de riz... Elle veut se faire nouvelle, cette bouche savante, et varier encore la caresse, mais déjà j'ose indiquer ma préférence pour un baiser presque immobile, long, assoupi — le lent écrasement, l'une contre l'autre, de deux fleurs, où vibre seulement la palpitation de deux pistils accouplés[a]...

Maintenant, nous nous reposons. Une grande trêve, où nous reprenons haleine. C'est moi qui l'ai quitté, cette fois, et qui me suis levée avec le besoin de tordre mes bras, de m'étirer, de grandir. J'ai pris, pour rajuster mes cheveux et mirer mon nouveau visage, la glace à main, et je ris de nous y voir à tous deux ces traits ensommeillés, ces lèvres tremblantes, brillantes, un peu enflées. Maxime est demeuré sur le divan, et son muet appel reçoit la plus flatteuse réponse : mon regard de chienne soumise, un peu penaude, un peu battue, très choyée, et qui accepte tout, la laisse, le collier, la place aux pieds de son maître...

☆

Il est parti[a]. Nous avons dîné ensemble, n'importe comment : Blandine a fait des côtelettes en sauce, avec des cornichons... Je mourais de faim. « Et l'amour comblant, tout, hormis... », disait-il, pour montrer qu'il a lu Verlaine[1].

La fin du dîner ne nous a point rejetés aux bras l'un de l'autre, et nous ne sommes pas amants, car il est pudique, et l'impromptu me déplaît... Mais je me suis engagée, promise joyeusement, sans coquetterie :

« Nous avons tout le temps, n'est-ce pas, Max ?

— Pas trop, chérie ! Je suis si vieux, depuis que je vous attends ! »

Si vieux... il ne sait pas mon âge...

Il est parti, il reviendra demain... Il ne pouvait se détacher de moi, et j'avais peur de faiblir, je le repoussais de mes bras étendus... J'avais chaud, et il me flairait avec emportement, comme prêt à mordre... Enfin, il est parti. Je dis « enfin », parce que je vais pouvoir penser à lui, à nous...

« L'amour... », a-t-il dit. Est-ce l'amour ? Je voudrais en être sûre. Est-ce que je l'aime ? Ma sensualité m'a fait peur ; mais ce ne sera peut-être qu'une crise, un débordement de ma force bridée si longtemps, et, après, je m'apercevrai que je l'aime, sans doute... S'il revenait frapper à mon volet... Oui, certainement, je l'aime. Je me penche, émue, vers le souvenir de certaines intonations qu'il eut aujourd'hui — l'écho de son petit grondement amoureux suffit à me faire perdre le souffle —, et puis, qu'il était bon, et fort, et secourable à ma solitude, lorsque j'ai mis ma tête sur son épaule !... Mais oui, je l'aime ! Qui m'a rendue si craintive ? Je n'y mettais pas tant de façons, lorsque...

Sur quelle tombe ma pensée[b] vient-elle imprudemment de buter ? Il est trop tard pour fuir, j'ai rencontré une fois de plus ma conseillère sans pitié, celle qui me parle de l'autre côté du miroir...

« Tu n'y mettais pas tant de façons, lorsque l'amour, fondant sur toi, te trouva si folle et si brave ! Tu ne t'es pas demandé, ce jour-là, *si c'était l'amour !* Tu ne pouvais t'y tromper : c'était lui, l'amour, le *premier amour*. C'était lui, et ce ne sera plus jamais lui ! Ta simplesse de petite fille n'a pas hésité à le reconnaître et ne lui a marchandé ni ton corps, ni ton cœur enfantin. C'était lui, qui ne s'annonce point, qu'on ne choisit pas, qu'on ne discute pas. Et ce ne sera plus jamais lui ! Il t'a pris ce que tu peux donner seulement une fois : la confiance, l'étonnement religieux de la première caresse, la nouveauté de tes larmes, la fleur de la première souffrance !... Aime, si tu peux ; cela te sera sans doute accordé, pour qu'au meilleur de ton pauvre bonheur tu te souviennes encore que rien ne compte, en amour, hormis le premier amour, pour que tu subisses, à chaque instant, la punition de te souvenir, l'horreur de comparer ! Même quand tu diras : "Ah ! ceci est meilleur !" tu pâtiras de comprendre que rien n'est bon, qui n'est unique ! Il y a un Dieu qui dit au pécheur : "Tu ne me chercherais pas, si tu ne m'avais déjà trouvé..." mais l'Amour n'a pas tant de miséricorde : "Toi qui m'as trouvé une fois, dit-il, tu me perds à jamais !" Tu croyais, en le perdant, avoir tout souffert ? ce n'est pas fini ! Savoure, en cherchant à ressusciter ce que tu fus, ta déchéance ; taris, à chaque festin de ta nouvelle vie, le poison qu'y versera le premier, le seul amour !... »

Il[a] va falloir que je parle à Margot, que je lui avoue l'événement, ce coup de soleil qui embrase ma vie... Car, c'en est fait, nous nous aimons. C'en est fait et, d'ailleurs, j'y suis résolue. J'ai envoyé au diable tous mes souvenirs-et-regrets, et ma manie, comme je dis, du filigrane sentimental, et mes *si*, mes *car*, mes *mais*, mes *cependant*...

Nous nous voyons à toute heure, il m'entraîne, m'étourdit de sa présence, m'empêche de penser. Il décide, il ordonne presque, et je lui fais, en même temps que l'hommage de ma liberté, celui de mon orgueil, puisque je tolère qu'arrive chez moi une abondance gaspilleuse de fleurs, de fruits de l'été prochain, et que je porte, épinglée à mon cou, une fléchette scintillante, comme fichée dans ma gorge, toute saignante de rubis.

Et pourtant nous ne sommes pas amants ! Patient désormais, Max s'impose et m'impose des fiançailles étrangement déprimantes, qui, en moins d'une semaine, nous ont déjà un peu maigris et alanguis. Ce n'est pas vice, chez lui, c'est coquetterie d'homme qui veut se faire désirer et me laisser en même temps, aussi longtemps que je voudrai, un fallacieux « libre arbitre »...

Il ne me reste pas grand-chose à souhaiter, d'ailleurs... Et je ne tremble à présent que devant cette ardeur ignorée, jaillie de moi au premier contact, toujours sauvagement prête à lui obéir... L'heure qui nous joindra tout à fait, oui, il a raison de la retarder. Je sais à présent tout ce que je vaux, et la magnificence du don qu'il recevra. Son espoir le plus exaspéré, je le dépasserai, j'en suis sûre ! Qu'il grappille, un peu, son verger, s'il veut...

Et il veut souvent. Pour mon plaisir et pour mon inquiétude, le hasard a mis, en ce grand garçon d'une beauté simple et symétrique, un amant subtil, créé pour la femme, et si divinateur que sa caresse semble penser en même temps que mon désir. Il me fait songer — j'en rougis — au mot d'une luxurieuse petite camarade de music-hall, qui me vantait l'habileté d'un nouvel amant : « Ma chère, on ne ferait pas mieux soi-même ! »

Mais.. il va falloir que j'avertisse Margot ! Pauvre Margot que j'oublie... Quant à Hamond, il a disparu. Il sait tout, grâce à Max, et s'écarte de ma demeure comme un parent discret...

Et Brague ! Oh ! la tête de Brague à notre dernière répétition ! Sa plus belle grimace de Pierrot accueillit mon arrivée dans l'automobile de Max, mais il ne dit rien encore. Il témoigna même d'une courtoisie singulière et imméritée, car je fus, ce matin-là, gaffeuse, absente, prompte à rougir et à m'excuser. Enfin, il éclata :

« Fous le camp ! Retournes-y ! Prends-en ton content, et ne rapplique ici que quand tu en auras jusque-là !...

Plus je riais, plus il fulminait, pareil à un petit diable asiatique :

« Rigole, va, rigole ! Si tu voyais la gueule que t'as !

— Ma gu... !

— Elle en veut, elle en demande, ta gueule ! Ne lève pas les yeux sur moi, Messaline !... Vous la voyez, criait-il en prenant à témoin des dieux invisibles : elle montre ces calots-là en plein midi ! et quand je réclame, pour la scène d'amour de la Dryade, d'en mettre tant et plus, et de me mouiller un peu ça, elle vous sort un carafon de première communiante ! »

« Est-ce que *ça* se voit vraiment ? » demandais-je à Max qui me ramenait chez moi.

Le miroir, le même qui refléta, l'autre soir, ma glorieuse figure de défaite, encadre un visage effilé, au sourire défiant de renard aimable. Je ne sais quelle flamme, pourtant, y passe et repasse, le fardant, si je puis dire, d'une jeunesse harassée...

J'avouerai donc tout à Margot : ma rechute, mon bonheur, le nom de celui que j'aime... Il m'en coûte. Margot n'est pas la femme du « Je te l'avais bien dit ! » mais je crois que je vais, sans qu'elle le manifeste, l'attrister, la décevoir. « Chatte échaudée, tu retourneras à la chaudière ! » Certes, j'y retourne, et de quel cœur !...

Je trouve Margot immuablement pareille[a] à elle-même dans le grand atelier où elle dort, se nourrit et élève ses chiens brabançons. Grande, droite, en blouse moscovite et longue veste noire, elle penche sa pâle figure aux joues romaines, ses rudes cheveux gris coupés au-dessous de l'oreille, sur un panier où remue un petit avorton jaune, un minuscule chien en chemise de flanelle qui lève vers elle un front bossué de bonze, de beaux yeux implorants d'écureuil... Autour de moi jappent et frétillent six bestioles effrontées, qu'un claquement de fouet précipite dans leurs niches de paille.

« Comment, Margot, encore un brabançon ? C'est de la passion !

— Ah ! Dieu, non ! » dit Margot qui s'assied en face de moi, berçant sur ses genoux la bête malade. « Je ne l'aime pas, cette pauvrette-là.

— On vous l'a donnée ?

— Non, je l'ai achetée, naturellement. Ça m'apprendra à ne plus passer devant le marchand de chiens, cette vieille fripouille d'Hartmann. Si tu avais vu cette brabançonne dans la vitrine, avec sa petite figure de rat malade, et cette épine dorsale en chapelet saillant, et surtout ces yeux... Il n'y a plus guère qu'une chose qui me touche, tu sais, c'est le regard d'un chien à vendre... Alors je l'ai achetée. Elle est à moitié claquée d'entérite ; ça ne se voit jamais chez le marchand : on les dope au cacodylate... Dis-moi, mon enfant, il y a bien longtemps que je ne t'ai vue : tu travailles ?

— Oui, Margot, je répète...

— Ça se voit, tu es fatiguée. »

Elle me prend le menton, de son geste familier, pour renverser et attirer mon visage. Troublée, je ferme les yeux...

« Oui, tu es fatiguée... Tu as vieilli, dit-elle d'un ton de voix profond.

— Vieilli !... Oh ! Margot !... »

Tout mon secret m'échappe dans ce cri de douleur, avec un flot de larmes. Je me réfugie contre ma sévère amie, qui me caresse l'épaule, avec le « Pauvre petit ! » dont elle rassurait tout à l'heure la brabançonne malade...

« Allons, allons, pauvre petit, allons... Ça va passer. Tiens, voilà de l'eau boriquée pour laver tes yeux. Je venais justement d'en faire pour les yeux de Mirette. Pas avec ton mouchoir ! prends du coton hydrophile... Là !... Pauvre petit, tu as donc bien besoin de ta beauté, en ce moment-ci ?

— Oh ! oui... oh ! Margot...

— "Oh ! Margot !" Dirait-on pas que je t'ai battue ? Regarde-moi ! Tu m'en veux beaucoup, pauvre petit ?

— Non, Margot...

— Tu sais bien, poursuit-elle de sa voix égale et douce, que tu dois trouver chez moi toute espèce de secours, même le plus cuisant de tous : la vérité... Qu'est-ce que je t'ai dit ? Je t'ai dit : tu as vieilli...

— Oui... Oh ! Margot...

— Allons, ne recommence pas ! Mais tu as vieilli *cette semaine !* tu as vieilli *aujourd'hui !* Demain, ou dans une heure, tu auras cinq ans de moins, dix ans de moins... Si tu étais venue hier, ou demain, je t'aurais dit sans doute : "Tiens, tu as rajeuni !"

— Songez donc, Margot, j'ai bientôt trente-quatre ans !

— Plains-toi ! j'en ai cinquante-deux.

— Ce n'est pas la même chose. Margot, j'ai tant besoin d'être jolie, d'être jeune, d'être heureuse... J'ai... Je...

— Tu as un amant ? »

Sa voix est toujours douce, mais l'expression de son visage a changé légèrement.

« Je n'ai pas d'amant, Margot ! Seulement, il est hors de doute que... je vais en avoir un. Mais... je l'aime, vous savez ! »

Cette manière de niaise excuse égaie Margot.

— « Ah ! tu l'aimes ?... Lui aussi t'aime ?

— Oh ! »

D'un geste orgueilleux, je garantis mon ami du moindre soupçon.

« C'est bien. Et... quel âge a-t-il ?

— Juste mon âge, Margot : tout près de trente-quatre ans.

— C'est... c'est bien. »

Je ne trouve plus rien à ajouter. Je suis affreusement gênée. J'espérais, le premier embarras passé, bavarder ma joie, raconter tout de mon ami, la couleur de ses yeux, la forme de ses mains, sa bonté, son honnêteté...

« Il est... il est très gentil, vous savez, Margot..., risqué-je timidement.

— Tant mieux, mon enfant. Vous avez des projets, tous deux ?

— Des projets ? non... Nous n'avons encore pensé à rien... On a le temps...

— C'est juste : on a bien le temps... Et la tournée, qu'est-ce qu'elle devient dans tout ça ?

— Ma tournée ? Eh bien ! Ça n'y change rien.

— Tu emmènes ton... ton individu ? »

Je ne puis, tout humide de larmes, m'empêcher de rire : Margot désigne mon ami avec une discrétion dégoûtée, comme si elle parlait de quelque chose de sale !

« Je l'emmène, je l'emmène... c'est-à-dire... À la vérité, Margot, je n'en sais rien. Je verrai... »

Ma belle-sœur hausse les sourcils :

« Tu n'en sais rien ! tu n'as pas de projets ! tu verras !... Vous êtes étonnants, ma parole ! À quoi pensez-vous donc ? Vous n'avez pourtant que ça à faire : projeter, préparer votre avenir !

— L'avenir... Oh ! Margot, je ne l'aime pas ! Préparer l'avenir ! Il se prépare bien tout seul, et il arrive si vite...

— Est-il question d'un mariage, ou d'un collage ? »

Je ne réponds pas tout de suite, gênée, pour la première fois, par le vocabulaire assez cru de la chaste Margot...

« Il n'est question de rien... On fait connaissance tous les deux, on s'apprend...

— On s'apprend ! »

Margot m'observe, la bouche pincée, avec une cruelle gaîté dans ses petits yeux lumineux.

« On s'apprend !... Je vois : c'est la période où l'on parade l'un pour l'autre, hein ?

— Je vous assure, Margot, nous ne paradons guère, dis-je en me forçant à sourire. Ce jeu-là est bon pour de tout jeunes amants, et nous ne sommes plus, lui ni moi, de tout jeunes amants.

— Raison de plus ! réplique Margot, impitoyable. Vous avez plus de choses à vous cacher... Ma petite, ajouta-t-elle doucement, tu sais bien qu'il faut rire de ma manie. Le mariage m'apparaît comme une chose si monstrueuse ! T'ai-je assez fait rire en te racontant que, dès mes premiers jours de ménage, j'ai refusé de faire chambre commune avec mon mari, parce que je trouvais immoral de vivre aussi près d'un jeune homme étranger à ma famille ! C'est de naissance, que veux-tu ? je ne me corrigerai pas... Tu ne m'as pas amené Fossette aujourd'hui ? »

Je fais, comme Margot, effort pour m'égayer :

« Non, Margot. Votre meute lui a fait un si mauvais accueil, la dernière fois !

— C'est vrai. Elle n'est pas brillante, ma meute, en ce moment ! Venez, les éclopées ! »

Elles ne se le font pas dire deux fois. D'une rangée de niches surgissent, petit troupeau grelottant et misérable, une demi-douzaine de chiens dont le plus gros tiendrait dans un fond de chapeau. Je connais presque tous ceux-ci, sauvés par Margot du « marchand de chiens », arrachés à ce commerce imbécile et malfaisant qui parque, en vitrine, des bêtes malades, gavées ou affamées, alcoolisées... Quelques-unes sont redevenues, chez elle, des animaux sains, gais, robustes ; mais d'autres gardent à jamais l'estomac détraqué, la peau dartreuse, une hystérie indélébile... Margot les soigne de son mieux, découragée de penser que sa charité ne sert à rien et qu'il y aura éternellement des « chiens de luxe » à vendre...

La chienne malade s'est endormie. Je ne trouve rien à dire... Je regarde la grande chambre qui a toujours l'air un peu d'une infirmerie, avec ses fenêtres sans rideaux. Sur une table s'alignent des flacons de pharmacie, des bandes roulées, un thermomètre minuscule, une toute petite poire en caoutchouc pour les lavements des chiens. Ça sent la teinture d'iode et le crésyl-Jeyes[1]... J'ai brusquement envie de m'en aller, de retrouver tout de suite, oh ! tout de suite ! ma case étroite et chaude, le divan creusé, les fleurs, l'ami que j'aime...

« Adieu, Margot, je m'en vais...

— Va, mon enfant.

— Vous ne m'en voulez pas trop ?

— De quoi donc ?

— D'être si folle, ridicule, amoureuse enfin... Je m'étais tellement promis...

— T'en vouloir ? Pauvre petit, ça serait bien méchant !... Un nouvel amour... Tu ne dois pas être à la noce... Pauvre petit !... »

J'ai hâte de revenir chez moi. Je me sens gelée, contractée, et si triste !... C'est égal, ouf ! c'est fait : j'ai tout dit à Margot. J'ai reçu la douche que j'attendais, et je cours me sécher, m'ébrouer, m'épanouir à la flamme... Ma voilette, baissée, cache les traces de mon chagrin, et je cours — je cours vers lui !

« Monsieur[a] Maxime est là qui attend Madame. »

Car ma femme de chambre Blandine dit à présent : « Monsieur Maxime », tendrement, comme si elle parlait de son nourrisson.

Il est là !

Je me jette dans ma chambre et m'y enferme : qu'il ne voie pas mon visage ! Vite ! la poudre de riz, le koheul, le bâton de raisin... Oh ! là, sous l'œil, ce sillon nacré, attendri... « Tu as vieilli... » Sotte, qui t'en vas pleurer comme une petite fille ! N'as-tu pas appris à « souffrir à sec » ? Où est le temps[a] de mes pleurs étincelants, roulant sans le mouiller sur le velours de ma joue ? Pour reconquérir mon mari, j'ai su, autrefois, me parer de mes larmes, lorsque je pleurais vers lui, le visage levé, les yeux grands ouverts, et secouant sans les essuyer les lentes perles qui me faisaient plus belle... Pauvre que je suis[b] !

« Enfin, vous voilà, ma chérie, ma parfumée, mon appétissante, ma...

— Mon Dieu ! que vous êtes bête !

— Oh ! oui ! » soupire mon ami avec une conviction extasiée.

Il se livre à son jeu favori, qui est de m'enlever dans ses bras, jusqu'à toucher le plafond, et il m'embrasse sur les joues, sur le menton, sur les oreilles, sur la bouche. Je me débats, assez pour qu'il soit obligé de montrer sa force. Notre lutte finit à son avantage, et il me fait basculer complètement sur son bras, tête en bas et pieds en l'air, jusqu'à ce que je crie : « Au secours ! » et qu'il me remette debout. La chienne se précipite pour me défendre, et le jeu rude, qui me plaît, se mêle d'aboiements enroués, de cris et de rires...

Ah ! que c'est bon, cette stupidité saine ! Le gai camarade que j'ai là, insoucieux de paraître spirituel comme de déranger sa cravate !... Qu'il fait tiède, ici, et comme notre rire de jouteurs qui s'affrontent se change vite en défi voluptueux ! Il la dévore, son « appétissante », il la savoure lentement, en gourmet...

« Comme tu serais bonne à manger, ma chérie !... Ta bouche est sucrée, mais tes bras, quand je les mords, sont salés, un tout petit peu, et ton épaule, et tes genoux... J'en suis sûr, tu es salée de la tête aux pieds, comme une coquille fraîche, dis ?...

— Vous ne le saurez[c] que trop tôt, Grand-Serin[d] ! »

Car je l'appelle encore « Grand-Serin », mais... avec un autre accent.

« Quand ?... Ce soir ? C'est jeudi, aujourd'hui, n'est-ce pas ?

— Je le crois... oui... pourquoi ?

— Jeudi... c'est un très bon jour... »

Il dit des choses bêtes, très heureux, renversé entre des coussins écroulés. Une mèche de cheveux lui barre l'œil, il a ses yeux vagues des grandes crises de désir et entrouvre la bouche pour respirer. Un beau gars de campagne, un bûcheron qui « sieste[a] » sur l'herbe, voilà ce qu'il redevient — non pour me déplaire — à chaque attitude abandonnée...

« Levez-vous, Max : nous avons à causer sérieusement...

— Je ne veux pas qu'on me fasse de la peine ! soupire-t-il plaintivement.

— Max, voyons !

— Non ! Je sais ce que ça veut dire, causer sérieusement... C'est le mot de maman chaque fois qu'elle veut parler affaires, argent, ou mariage ! »

Il s'enfonce dans les coussins et ferme les yeux. Ce n'est pas la première fois qu'il montre cette frivolité obstinée...

« Max ! Vous vous souvenez que je pars le 5 avril ? »

Il entrouvre ses paupières aux cils féminins et me flatte d'un long regard :

« Vous partez, chérie ? Qui donc a décidé ça ?

— Salomon, imprésario, et moi.

— Bon. Mais je n'ai pas encore donné mon consentement... Enfin, soit. Vous partez. Eh bien ! vous partez avec moi.

— Avec vous ! dis-je effarée... Vous ne savez donc pas ce que c'est qu'une tournée ?

— Si. C'est le voyage... avec moi ! »

Je répète :

« Avec vous ? Pendant quarante-cinq jours ! Vous n'avez donc rien à faire ?

— Oh ! si ! Depuis que je vous connais, je n'ai pas une minute à moi, Renée. »

C'est gentiment répondu, mais...

Je contemple, déconcertée, cet homme qui n'a rien à faire, qui trouve de l'argent dans sa poche à toute heure... Il n'a rien à faire, c'est vrai, je n'y avais jamais songé ! Il n'a pas de métier : aucune sinécure ne déguise sa liberté d'oisif... Comme c'est étrange ! je n'avais pas connu, avant lui, d'homme inoccupé... Il peut se donner tout entier, jour et nuit, à l'amour, comme... comme une grue.

Cette idée baroque que, de nous deux, c'est lui la courtisane, me cause une brusque gaîté, et ses sourcils susceptibles se rapprochent...

« Qu'est-ce que c'est ? Tu ris ?... Tu ne partiras pas !

— Voyez-vous ça ! Et mon dédit ?

— Je le paie.

— Et le dédit de Brague ? Et celui du Vieux Troglodyte ?

— Je les paie. »

Même si c'est une plaisanterie, elle ne me plaît qu'à demi. Puis-je encore douter que nous nous aimons ? nous voici au bord de la première querelle !...

Je me trompais, car voici mon ami près de moi, presque à mes pieds :

« Ma Renée, vous ferez ce que vous voudrez, vous le savez bien ! »

Mais il a posé sa main sur mon front, et ses yeux s'attachent aux miens, pour y lire l'obéissance... Ce que je voudrai ? Hélas ! pour l'instant, je ne veux que lui !

« C'est encore *L'Emprise* que vous allez jouer en tournée ?

— Nous emportons *La Dryade*[a] aussi... Oh ! que vous avez une belle cravate violette ! elle vous fait tout jaune !

— Laissez ma cravate ! *L'Emprise, La Dryade*, tout ça, ce sont des prétextes pour montrer vos belles jambes et le reste !

— Plaignez-vous-en ! N'est-ce pas sur les planches que ce "reste" eut l'honneur de vous être présenté ? »

Il me serre contre lui, à me faire mal :

« Taisez-vous ! je me souviens ! Tous les soirs, pendant cinq jours, je me suis dit des choses pénibles, et chaque fois définitives. Je me trouvais stupide de venir à l'"Emp'-Clich"', comme tu dis, et quand tu sortais de scène, je m'en allais en m'injuriant. Et puis, le lendemain, je transigeais lâchement : "C'est bien le dernier soir qu'on me verra dans cette boîte ! Mais je voudrais être sûr de la nuance des yeux de Renée Néré, et puis, hier, je n'ai pas pu arriver au commencement." Enfin, j'étais déjà idiot !

— Déjà idiot ! Vous avez l'euphémisme savoureux, Max ! Ça me semble si étrange qu'on puisse s'éprendre d'une femme rien qu'en la regardant...

— Ça dépend de la femme qu'on regarde. Vous ne connaissez rien à ces choses, Renée Néré... Figure-toi : j'ai passé une heure au moins, après t'avoir[a] vue mimer *L'Emprise* pour la première fois, à crayonner le schéma de ton visage. J'y ai réussi, et j'ai répété je ne sais combien de fois, dans les marges d'un livre, un petit dessin géométrique lisible pour moi seul... Il y avait aussi, dans ta pantomime, une minute où tu m'emplissais d'une joie insupportable : c'est quand tu lisais, assise sur la table, la lettre menaçante de l'homme que tu trompais. Tu sais ? tu te claquais la cuisse, en te renversant de rire, et on entendait que ta cuisse était nue sous ta robe mince. Tu faisais le geste robustement, en jeune poissarde, mais ton visage brûlait d'une méchanceté si aiguë et si fine, si supérieure à ton corps accessible... Tu te rappelles ?

— Oui, oui... comme ça... Brague était content de moi, à cette scène-là... Mais ça, Max, c'est de... de l'admiration, du désir ! ça s'est changé en amour depuis ? »

Il me regarde très surpris :

« Changé ? Je n'y ai jamais songé. Je vous aimais, sans doute, dès cette heure-là. Il y a beaucoup de femmes plus belles que vous, mais... »

Il exprime, d'un mouvement de main, tout ce qu'il y a d'incompréhensible, d'irrémédiable dans l'amour...

« Max, si vous étiez tombé, pourtant, au lieu d'une bonne petite bourgeoise comme moi, sur une rosse habile et froide, et méchante comme la teigne ? Cette crainte-là ne vous a pas retenu ?

— Elle ne m'est pas venue, dit-il en riant. Quelle drôle d'idée ! On ne pense pas à tant de choses, quand on aime, voyons ! »

Il a de ces mots qui me châtient, moi qui pense à tant de choses !

« Petite, murmure-t-il, pourquoi fais-tu du café-concert ?

— Grand-Serin, pourquoi ne faites-vous pas de l'ébénisterie ? Ne me répondez pas que vous avez le moyen de vivre autrement, je le sais ! Mais, moi, que voulez-vous que je fasse ? De la couture, de la dactylographie, ou le trottoir ? Le music-hall, c'est le métier de ceux qui n'en ont appris aucun.

— Mais... »

J'entends, à sa voix, qu'il va dire quelque chose de grave et d'embarrassant. Je relève ma tête qui reposait sur son épaule, et j'observe attentivement ce visage au nez droit et dur, les farouches sourcils qui abritent les yeux tendres, la moustache drue où se cache une bouche aux lèvres habiles...

« Mais, chérie, vous n'avez plus besoin de music-hall, puisque je suis là, et que...

— Chut ! »

Je le presse de se taire, agitée, presque effrayée. Oui, il est là, prêt à toutes les générosités. Mais cela ne me concerne pas, je ne veux pas que cela me concerne. Je ne parviens pas à tirer, du fait que mon ami est riche, une conclusion personnelle. Je n'arrive pas à lui ménager, dans mon avenir, la place qu'il ambitionne. Cela viendra, sans doute. Je m'y habituerai. Je ne demande pas mieux que de mêler ma bouche à la sienne, et d'éprouver par avance que je lui appartiens, et je ne puis associer sa vie à ma vie ! S'il m'annonçait : « Je me marie ! » il me semble que je lui répondrais poliment : « Toutes mes félicitations ! » en pensant au fond de moi : « Cela ne me regarde pas. » Et pourtant, je n'aimais guère, il y a quinze jours, qu'il détaillât avec tant de complaisance la petite Jadin...

Complications sentimentales, chichis, coupage de cheveux en quatre, soliloques psychologiques. Dieu ! que je suis ridicule ! Est-ce qu'au fond ce ne serait pas plus honnête, et plus digne d'une amoureuse, de lui répondre : « Mais oui, tu es là ! puisqu'on s'aime, c'est à toi que je demande tout. C'est si simple ! Si je t'aime vraiment, tu me dois tout, et le pain impur est celui qui ne me vient pas de ta main. »

C'est très bien, ce que je pense là. Je devrais le dire tout haut, au lieu de me taire câlinement, en frottant ma joue contre la joue rasée de mon ami, qui est douce à la façon d'une pierre ponce très douce.

☆

Mon vieil Hamond[a] s'obstinait, depuis tant de jours, à rester chez lui, en alléguant ses rhumatismes, la grippe, un travail pressé, que je l'ai mis en demeure d'accourir. Il n'a pas tardé davantage, et sa mine, discrète et dégagée, de parent en visite chez des jeunes mariés, double ma joie de le revoir...

Nous voici en tête à tête affectueux, comme autrefois...

« Comme autrefois, Hamond ! Et pourtant, quel changement !

— Dieu merci, mon enfant ! Allez-vous être enfin heureuse ?

— Heureuse ? »

Je le regarde avec un sincère étonnement.

« Non, je ne serai pas heureuse. Je n'y songe même pas. Pourquoi serais-je heureuse ? »

Hamond claque de la langue : c'est sa façon de me gronder. Il croit à un accès de neurasthénie.

« Allons, allons, Renée... Ça ne va donc pas aussi bien que je le croyais ? »

J'éclate de rire, très gaie :

« Mais si, Hamond, ça va ! ça ne va que trop bien ! On commence, j'en ai peur, à s'adorer.

— Eh bien ?

— Eh bien ! vous trouvez qu'il y a là de quoi me rendre heureuse ? »

Hamond ne peut s'empêcher de sourire, et c'est à mon tour de mélancoliser :

« À quels tourments m'avez-vous de nouveau jetée, Hamond ? Car c'est vous, avouez-le, c'est vous... Des tourments, ajouté-je plus bas, que je n'échangerais pas pour les meilleures joies.

— Eh ! jette Hamond soulagé, au moins, vous voilà sauvée de ce passé qui fermentait encore en vous ! J'en avais assez, vraiment, de vous voir assombrie, défiante, repliée dans le souvenir et la crainte de Taillandy ! Pardonnez-moi, Renée, mais j'aurais fait de bien vilaines choses pour vous doter d'un nouvel amour !

— Vraiment ! Pensez-vous qu'un "nouvel amour", comme vous dites, détruise le souvenir du premier, ou... le ressuscite ? »

Déconcerté par l'âpreté de ma question, Hamond ne sait que dire. Mais il a touché si maladroitement ma place malade !... Et puis, il n'est qu'un homme : il ne sait pas. Il a dû aimer tant de fois : il ne sait plus... Sa consternation m'attendrit.

« Non, mon ami, je ne suis pas heureuse. Je suis... mieux ou pis que ça. Seulement... je ne sais pas du tout où je vais. J'ai besoin de vous dire cela, avant d'être tout à fait la maîtresse de Maxime...

— Ou sa femme !

— Sa femme ?

— Pourquoi pas ?

— Parce que je ne veux pas ! »

Ma réponse précipitée a devancé mon raisonnement, la bête saute loin du piège avant de l'avoir vu...

« Ça n'a pas d'importance, d'ailleurs, dit Hamond négligemment. C'est la même chose.

— Vous croyez que c'est la même chose ? Pour vous, peut-être, et pour beaucoup d'hommes. Mais, pour moi ! Souvenez-vous, Hamond, de ce que fut pour moi le mariage... Non, il ne s'agit pas des trahisons, vous vous méprenez ! Il s'agit de la domesticité conjugale, qui fait de tant d'épouses une sorte de *nurse* pour adulte... Être mariée, c'est... comment dire ? c'est trembler que la côtelette de monsieur soit trop cuite, l'eau de Vittel pas assez froide, la chemise mal empesée, le faux col mou, le bain brûlant, c'est assumer le rôle épuisant d'intermédiaire-tampon entre la mauvaise humeur de monsieur, l'avarice de monsieur, la gourmandise[a], la paresse de monsieur...

— Vous oubliez la luxure, Renée, interrompt doucement Hamond.

— Fichtre non, je ne l'oublie pas !... Le rôle de médiatrice, je vous dis, entre monsieur et le reste de l'humanité. Vous ne pouvez pas savoir, Hamond, vous avez été si peu marié ! Le mariage, c'est... c'est : "Nouemoi ma cravate !... Fous la bonne à la porte !... Coupemoi les ongles des pieds. Lève-toi pour me faire de la camomille... Prépare-moi un lavement..." C'est : "Donne-moi mon complet neuf, et remplis ma valise, pour que je file *la* retrouver..." Intendante, garde-malade, bonne d'enfant — assez, assez, assez ! »

Je finis par rire de moi et de la longue figure scandalisée de mon vieil ami...

« Mon Dieu ! Renée, que vous me chagrinez donc, avec cette manie de généralisation ! "Dans ce pays, toutes les servantes sont rousses !" On n'épouse pas toujours Taillandy ! Et je vous jure bien que, pour mon humble part, j'aurais rougi de demander à une femme un de ces menus services qui... Bien au contraire !... »

Je bats des mains :

« Chic ! Je vais tout savoir ! "Bien au contraire !" Je suis sûre que vous n'aviez pas votre pareil pour boutonner les bottines ou écraser les "puces[1]" d'une jupe-tailleur ? Hélas ! tout le monde ne peut pas épouser Hamond !... »

Après un silence, je reprends avec une lassitude véritable :

« Laissez-moi généraliser, comme vous dites, malgré l'unique épreuve dont je me sens encore fourbue. Je ne suis plus assez jeune, ni assez enthousiaste, ni assez généreuse pour recommencer le mariage — la vie à deux, si vous voulez. Laissez-moi attendre, parée, oisive, seule dans ma chambre close, la venue de celui qui m'a choisie pour harem. Je voudrais ne savoir de lui que sa tendresse et son ardeur, je ne voudrais de l'amour, enfin, que l'amour...

— Je connais beaucoup de gens, dit Hamond après un silence, qui nommeraient cet amour-là du libertinage. »

Je hausse les épaules, agacée de me faire si mal comprendre :

« Oui, insiste Hamond, du libertinage ! Mais, pour moi qui vous connais... un peu, je conjecturerais plutôt chez vous un chimérique, un puéril engouement de l'irréalisable : le couple amoureux, prisonnier d'une chambre tiède, isolé par quatre murs du reste de la terre... c'est le rêve familier d'une jeune fille très ignorante de la vie...

— Ou d'une femme déjà mûre, Hamond ! »

Il proteste, d'un geste évasif et poli, et esquive une réponse directe.

« Dans tous les cas, ma chère enfant, ce n'est pas l'amour.

— Pourquoi ? »

Mon vieil ami jette sa cigarette, d'un mouvement presque emporté :

« Parce que ! Vous m'avez dit, tout à l'heure : "Le mariage, c'est pour la femme une domesticité consentie, douloureuse, humiliée ; le mariage, c'est *noue-moi ma cravate, prépare-moi un lavement, veille à ma côtelette, subis ma mauvaise humeur et mes trahisons.*" Il fallait dire *amour* et non *mariage.* Car c'est l'amour seul qui rend facile, joyeux, glorieux, le servage dont vous parlez ! Vous le haïssez à présent, vous le reniez, vous le vomissez, parce que vous n'aimez plus Taillandy ! Souvenez-vous du temps où, de par l'amour, la cravate, le bain de pieds, la camomille devenaient des symboles sacrés, révérés et terribles. Souvenez-vous de votre rôle misérable ! Je tremblais d'indignation à vous voir employée à des complicités presque d'entremetteuse entre Taillandy et ses amies, mais, le jour où j'ai perdu toute discrétion et toute patience : "Aimer, c'est obéir !" m'avez-vous répondu... Soyez franche[a], Renée, soyez lucide et dites-moi si toutes vos immolations n'ont pas plus de prix, à vos yeux, depuis que vous avez recouvré votre libre arbitre ? Vous les cotez à leur valeur, *à présent que vous n'aimez plus !* Avant — je vous ai vue à l'œuvre, je vous connais, Renée ! —, n'avez-vous pas joui, inconsciemment, de la miséricordieuse anesthésie que dispense l'amour ? »

À quoi bon répondre ?... Je suis cependant prête à discuter, de la plus mauvaise foi du monde : je ne pourrais, aujourd'hui, m'attendrir, sauf sur ce pauvre homme qui détaille mes infortunes conjugales, en songeant aux siennes... Qu'il est jeune, et « blessable », et[b] tout imprégné, lui, du poison dont il s'est voulu sevrer !... Nous voilà loin[c] de mon aventure et de Maxime Dufferein-Chautel...

Je voulais me confier[d] à Hamond, lui demander ses conseils... Par quelle route revenons-nous invinciblement au passé, tout écorchés d'épines mortes ? Il me semble que, si Maxime entrait, nous n'aurions pas le temps, Hamond et moi, de quitter assez vite nos visages que nul ne doit voir : Hamond est tout jaune de bile, avec un petit tic dans la pommette gauche, et moi, je rapproche mes sourcils, comme si la migraine les opprimait, et je tends durement le cou en avant, mon cou robuste, mais qui perd le moelleux, l'enveloppé de la chair jeune...

« Hamond, dis-je très doucement, vous n'oubliez pas que je dois partir en tournée, pour changer ?

— Partir... Oui, oui, fait-il comme un homme qu'on éveille. Eh bien ?

— Eh bien ! et Maxime ?

— Vous l'emmenez, naturellement ?

— "Naturellement" ! ce n'est pas si simple que vous avez l'air de le croire ! Cette vie de tournée, c'est terrible... à deux ! Les réveils, les départs au petit matin ou en pleine nuit, les soirées interminables pour celui qui attend, et puis l'hôtel !... Quels débuts pour une lune de miel !... Une femme de vingt ans ne se risquerait pas aux surprises de l'aube, du sommeil en wagon, ce sommeil des fins de journées éreintantes, pendant lequel on a l'air d'une morte un peu bouffie... Non, non, le danger est trop grand pour moi ! Et puis, nous valons[a] mieux que ça, lui et moi ! J'avais songé, vaguement... à ajourner notre...

— ... cœur-à-cœur...

— Merci... jusqu'à la fin de la tournée, et commencer alors une vie, oh ! une vie !... Ne plus penser, Hamond, se terrer quelque part, avec lui, dans un pays qui me tendrait, à portée de ma bouche et de mes mains, tout ce qui s'offre et se dérobe à moi derrière la vitre du wagon : des feuilles humides, des fleurs que le vent balance, des fruits embués et des ruisseaux surtout, de l'eau libre, capricieuse, de l'eau vivante... Tenez, Hamond, quand on vit depuis une trentaine de jours en wagon, vous ne pouvez pas savoir comme la vue de l'eau courante, entre les berges d'herbe neuve, crispe la peau tout entière d'une espèce de soif indéfinissable... Pendant ma dernière tournée, je me souviens, nous roulions toute la matinée, et souvent l'après-midi aussi. À midi, dans les prés, les filles de ferme trayaient les vaches : je voyais, dans l'herbe profonde, les seaux de cuivre fourbi, où le lait mousseux gicle en jets fins et raides. Quelle soif, quel douloureux désir j'avais de ce lait tiède, couronné d'écume ! C'était un vrai petit supplice quotidien, je vous assure... Alors, je voudrais jouir[b] à la fois de tout ce qui me manque : l'air pur, un pays généreux où tout abonde, et mon ami... »

Malgré moi, je tends mes bras, mes mains unies, pour mieux appeler ce que je désire. Hamond écoute encore, comme si je n'avais pas fini de parler :

« Et puis, mon enfant, après ?

— Comment, “après ?” dis-je avec véhémence... Après ? mais c'est tout ! Je ne demande plus rien.

— C'est heureux ! murmure-t-il pour lui-même... J'entends : comment vivrez-vous, après, avec Maxime ? Vous renoncerez aux tournées ? Vous ne... travaillerez plus au music-hall ? »

Sa question, si naturelle, suffit à m'arrêter court[a], et je regarde mon vieil ami, défiante, inquiète, presque intimidée :

« Pourquoi pas ? » dis-je faiblement.

Il hausse les épaules :

« Voyons, Renée, raisonnez un peu ! Vous pourrez, grâce à Maxime, vivre confortablement, luxueusement même, et... reprendre, nous l'espérons tous, cette plume spirituelle qui se rouille... Et puis, peut-être qu'un enfant... Quel joli petit gars ça ferait ! »

Imprudent Hamond ! A-t-il cédé à son instinct d'ex-peintre de genre ? Ce petit tableau de ma vie future, entre un amant fidèle et un bel enfant, produit sur moi le plus inexplicable, le plus désastreux effet... Et il continue, le malheureux ! Il insiste ! sans s'apercevoir qu'une gaîté détestable danse dans mes yeux qui fuient les siens et qu'il n'obtient plus de moi que des « oui » ennuyés, des « sans doute... je ne sais pas... » de pensionnaire qui trouve la leçon trop longue...

Un bel enfant[b]... un mari fidèle... il n'y avait pourtant pas de quoi rire !

J'en suis encore à chercher le motif de ma méchante hilarité... Un bel enfant... j'avoue que je n'y ai jamais pensé. Je n'avais pas le temps quand j'étais mariée, occupée d'amour d'abord, de jalousie ensuite, accaparée, en un mot, par Taillandy, qui ne se souciait pas, d'ailleurs, d'une progéniture encombrante et coûteuse...

Voici que j'ai passé trente-trois ans sans avoir envisagé la possibilité d'être mère. Suis-je un monstre ?... Un bel enfant... Des yeux gris, un museau fin, l'air d'un petit renard, comme sa mère, de grandes mains, de larges épaules, comme Maxime... Eh bien ! non. Je fais tout ce que je peux, je ne le *vois* pas, je ne l'aime pas, le petit que j'aurais eu, que j'aurai peut-être...

« Qu'en pensez-vous, dites, Grand-Serin chéri ? »

Il est arrivé là, tout doucement, si présent déjà à mon cœur que je continue, avec lui, mon examen de conscience...

« Qu'en pensez-vous, de l'enfant que nous aurions ? C'est Hamond qui en veut un, figurez-vous ! »

Mon ami ouvre une bouche de Pierrot, toute ronde et stupéfaite, des yeux énormes et s'écrie :

« Chouette ! vive Hamond ! Il l'aura, son gosse !... tout de suite, Renée, si vous voulez ! »

Je me défends, car il me bouscule de la pire et la meilleure manière, mordant un peu, embrassant beaucoup, avec cet air affamé qui me fait juste assez peur...

« Un enfant ! crie-t-il, un petit à nous ! Je n'y avais pas pensé, Renée ! Comme Hamond est intelligent ! C'est génial, cette idée-là !

— Vous trouvez, mon chéri ? Brute égoïste que vous êtes ! Vous vous en fichez pas mal que je sois déformée, et laide, et que je souffre, hein ? »

Il rit encore, et me terrasse sur le divan, au bout de ses bras tendus :

« Déformée ? laide ? C'est vous qui êtes une oie, madame ! Tu seras magnifique, le petit aussi, et on s'amusera follement ! »

Il cesse brusquement de rire et fronce ses féroces sourcils au-dessus de ses doux yeux :

« Et puis, au moins, tu ne pourrais plus me quitter, ni courir toute seule les grands chemins, hein ? tu serais prise ! »

Prise... Je m'abandonne, et je joue mollement avec les doigts qui me tiennent. Mais l'abandon, c'est aussi la ruse du faible... Prise... il l'a bien dit, avec un égoïsme emporté... Je l'avais jugé tel qu'il est, quand je le traitais, en riant, de bourgeois monogame, de père de famille coin-du-feu.

Je pourrais donc finir paisiblement ma vie, blottie dans sa grande ombre ? Ses yeux fidèles m'aimeraient-ils encore, quand mes grâces se seraient fanées une à une ?... Ah ! quelle différence, quelle différence avec... *l'autre !*

Sauf que *l'autre* aussi parlait en maître et savait dire tout bas, en me serrant d'une poigne rude : « Marche droit ! je te tiens !... » Je souffre... j'ai mal de leurs différences, j'ai mal de leurs ressemblances... Et je caresse le front de celui-ci, ignorant, innocent, et en lui disant : « Mon petit... »

« Ne m'appelez pas votre "petit", chérie ! ça me rend ridicule !

— Je vous rendrai ridicule si je veux. Vous êtes mon petit, parce que vous êtes plus jeune que... que votre âge, parce que vous avez très peu souffert, très peu aimé, parce que vous n'êtes pas méchant... Écoutez-moi, mon petit : je vais partir.

— Pas sans moi, Renée ! »

Comme il a crié ! j'en frissonne de chagrin et de plaisir...

« Sans vous, mon chéri, sans vous ! Il le faut. Écoutez-moi... Non... Max... je parlerai quand même, après... Écoutez, Max ! Vous ne voulez donc pas, vous ne pouvez donc pas m'attendre ? Vous ne m'aimez donc pas assez ? »

Il s'arrache de mes mains et s'écarte de moi violemment :

« Pas assez ! pas assez ! Oh ! ces raisonnements de femme ! Je ne t'aime pas assez, si je te suis, et pas assez si je reste ! Avoue-le : si je t'avais répondu : "Bien, chérie, je t'attendrai", qu'aurais-tu pensé de moi ? Et toi, qui pars, quand tu pourrais ne pas partir, comment veux-tu que je croie que tu m'aimes ? Au fait... »

Il se plante devant moi, le front en avant et soupçonneux :

« Au fait, tu ne me l'as jamais dit ?

— Quoi donc ?

— Que tu m'aimes ! »

Je me sens rougir, comme s'il me prenait en faute...

« Tu ne me l'as jamais dit ! répète-t-il, têtu.

— Oh ! Max !

— Tu m'as dit... tu m'as dit : "Chéri... Mon Grand-Serin aimé... Max... Mon ami chéri..." Tu t'es plainte tout haut, comme si tu chantais, le jour où...

— Max !...

— Oui, ce jour où tu n'as pu t'empêcher de m'appeler "mon amour..." Mais tu ne m'as pas dit : "Je t'aime !". »

C'est la vérité. J'espérais follement qu'il ne s'en apercevrait pas. Un jour, un autre beau jour, je soupirais si fort dans ses bras que le mot « ... t’aime... » s’est exhalé de moi, comme un soupir un peu plus haut, et, tout de suite, je suis devenue muette et froide...

« ... T’aime... » Je ne veux plus le dire, je ne veux plus le dire jamais ! Je ne veux plus entendre cette voix, ma voix d’autrefois, brisée, basse, murmurer irrésistiblement le mot d’autrefois... Seulement, je n’en sais pas d’autre... Il n’y en a pas d’autre...

« Dis-le-moi, dis-le-moi, que tu m’aimes ? dis-le-moi, je t’en prie ! »

Mon ami s’est agenouillé devant moi, et sa prière impérieuse ne me laissera pas de repos. Je lui souris de tout près, comme si je lui résistais, par jeu, et j’ai soudain envie de lui faire du mal, pour qu’il souffre un peu aussi... Mais il est si doux, si loin de ma peine ! Pourquoi l’en charger ? Il ne le mérite pas...

« Pauvre chéri... ne soyez pas méchant, ne soyez pas triste ! Oui, je vous aime, je t’aime, oh ! je t’aime... Mais je ne veux pas te le dire. Je suis si orgueilleuse, au fond, si tu savais ! »

Appuyé à ma poitrine, il ferme les yeux, il accepte mon mensonge avec une sécurité tendre, et m’écoute lui dire « Je t’aime », quand je ne parle plus...

L’étrange fardeau sur mes bras, mes bras si longtemps vides ! Je ne sais pas bercer un enfant si grand, et comme sa tête est lourde... Mais qu’il repose là, sûr de moi !

Sûr de moi... car une aberration classique le rend jaloux de mon présent, de mon vagabond avenir, mais il repose confiant contre ce cœur qu’un autre habita si longtemps ! Il ne songe pas, l’honnête, l’imprudent amant, qu’il me partage avec un souvenir et qu’il ne goûtera pas cette gloire, la meilleure, de pouvoir me dire : « Je t’apporte une joie, une douleur que tu ne connais pas... »

Il est là, sur ma poitrine... Pourquoi lui, et non un autre ? Je ne sais pas. Je m’incline sur son front, je voudrais le protéger contre moi-même, m’excuser de ne lui donner qu’un cœur désaffecté, sinon purifié. Je voudrais le garder contre le mal que je peux lui faire... Allons ! Margot l’avait prédit : je[a] retourne à la chaudière... une chaudière de tout repos, celle-ci, et qui n’a rien d'infernal : elle ressemblerait plutôt à un familial coquemar...

« Éveillez-vous[a], chéri !

— Je ne dors pas, murmure-t-il sans relever ses beaux cils... Je te respire...

— Vous m'attendrez à Paris, pendant que je serai en tournée ? ou bien vous irez dans les Ardennes, chez votre mère ? »

Il se lève sans répondre, et lisse ses cheveux du plat de la main.

« Dites ? »

Il prend son chapeau sur la table, et s'en va les yeux bas, toujours muet... D'un bond, je suis sur lui, je m'accroche à ses épaules :

« Ne t'en va pas ! ne t'en va pas ! je ferai ce que tu veux ! reviens ! ne me laisse pas seule ! Oh ! ne me laisse pas seule ! »

Que s'est-il donc passé en moi ? Je ne suis plus qu'une pauvre loque trempée de larmes... J'ai vu s'éloigner de moi, avec lui, la chaleur, la lumière, et ce second amour tout mêlé des cendres brûlantes du premier, mais si cher, si inespéré !... Je me suspends à mon ami, d'une main de naufragée, et je bégaie obstinément sans l'entendre :

« Tout le monde me laisse !... je suis toute seule !... »

Il sait bien, lui qui m'aime, qu'il n'est pas besoin de paroles, ni de raisonnements, pour me calmer. Des bras berceurs, un chaud murmure de vagues mots caressants, des baisers, des baisers...

« Ne me regardez pas, mon chéri ! je suis laide, le noir de mes yeux est parti, j'ai le nez rouge... j'ai honte d'avoir été si bête !

— Ma Renée ! ma toute petite ! quelle brute j'ai été !... Oui, oui, je ne suis qu'une grande brute ! Tu veux[b] que je t'attende à Paris ? je t'attendrai. Tu veux que j'aille chez maman ? j'irai chez maman ! »

Indécise[c], embarrassée de ma victoire, je ne sais plus ce que je veux :

« Écoutez, Max chéri, voilà ce qu'il faut faire : je partirai, seule, avec l'entrain d'un chien qu'on fouette... On s'écrira tous les jours... On sera héroïques, n'est-ce pas ? afin d'atteindre la date, le beau 15 mai qui nous réunira ? »

Le héros, morne, acquiesce d'un signe de tête résigné.

« Le 15 mai, Max !... Il me semble, dis-je plus bas, que, ce jour-là, je me jetterai à vous comme je me jetterais à la mer, aussi irrémédiablement, aussi consciemment... »

Sous l'étreinte et le regard qui me répondent, je perds un peu la tête :

« Et puis, écoute... si on ne peut pas attendre, eh bien ! tant pis... tu viendras me retrouver... je t'appellerai... Tu es content ? Après tout, c'est idiot, l'héroïsme... et la vie est courte... C'est dit ! Le plus malheureux rejoindra l'autre, ou lui écrira de venir... Mais on va toujours essayer, parce que... une lune de miel en wagon... Tu es content ? Qu'est-ce que tu cherches ?

— J'ai soif, figure-toi ; je meurs de soif ! Veux-tu sonner Blandine ?

— Pas besoin d'elle ! Reste là : je vais chercher ce qu'il faut. »

Heureux, passif, il se laisse servir, et je le regarde boire, comme s'il m'accordait une grande faveur. S'il veut, je lui nouerai sa cravate, et je veillerai au menu du dîner... Et je lui apporterai ses pantoufles... Et il pourra me demander d'un ton de maître : « Où vas-tu ? » Femelle j'étais, et femelle je me retrouve, pour en souffrir et pour en jouir...

Le crépuscule cache mon visage hâtivement réparé et je tolère qu'assise sur ses genoux, il boive sur mes lèvres mon haleine encore saccadée des sanglots de tout à l'heure. Je baise, au passage, une de ses mains qui descend de mon front à ma gorge... Je retombe, entre ses bras, à l'état de victime choyée, qui se plaint à mi-voix de ce qu'elle ne veut ni ne peut empêcher...

Mais, soudain, je me lève d'un bond, je lutte quelques secondes contre lui, sans rien dire, je réussis à m'échapper, en criant :

« Non ! »

J'ai bien failli me laisser surprendre, là, sur ce coin de divan ! Sa tentative a été si rapide, et si habile !... Hors d'atteinte, je le regarde sans colère et ne lui adresse que ce reproche :

« Pourquoi avez-vous fait cela ? Max, comme c'est méchant ! »

Il se traîne vers moi, obéissant, repentant, bouscule au passage une petite table et des sièges, avec des « Pardon !... ferai plus !... Chérie, c'est si dur d'attendre... » dont il exagère un peu la supplication enfantine...

Je ne distingue plus bien ses traits, car la nuit tombe. Mais j'ai deviné, tout à l'heure, sous la brusquerie de l'essai, autant de calcul que d'emballement... « Tu serais prise ! tu n'irais plus courir toute seule sur les routes... »

« Pauvre Max ! lui dis-je doucement.

— Vous vous moquez[a] de moi, dites ? J'ai été ridicule ? »

Il s'humilie gentiment, avec adresse. Il veut ramener ma pensée sur le geste lui-même, et m'empêcher ainsi de songer à ses motifs véritables... Et je mens un tout petit peu, pour le rassurer :

« Je ne me moque pas de vous, Max. Il n'y a guère d'hommes, vous savez, qui se risqueraient à se jeter comme vous, grand diable, sur une femme, sans y laisser tout leur prestige ! C'est votre dégaine de paysan qui vous sauve, et vos yeux de loup amoureux ! Vous aviez l'air d'un tâcheron qui rentre du travail à la nuit tombante, et qui renverse une fille au bord de la route... »

Je le quitte pour refaire à mes yeux le cerne bleuâtre qui les veloute et les moire, pour mettre un manteau, pour épingler sur ma tête un de ces profonds chapeaux dont la forme, les nuances bien choisies rappellent à Max les « Fleurs animées » de Champfleury[1], ces petites fées-fleurs coiffées d'un pavot retourné, d'une cloche de muguet, d'un grand iris aux pétales retombants.

Nous allons[b] partir, tous deux, et rouler doucement en automobile dans l'obscurité du Bois. Ces promenades du soir me sont chères, pendant lesquelles je tiens, dans l'ombre, la main de mon ami, pour savoir qu'il est là, pour qu'il sache que je suis là. Je puis alors fermer les yeux, et rêver que je pars, avec lui, pour un pays inconnu où je n'aurais pas de passé, pas de nom, où je renaîtrais avec un visage nouveau et un cœur ignorant[c]...

☆

Une semaine encore, et je pars...

Partirai-je vraiment ? Il y a des heures, il y a des jours où j'en doute. Des jours, surtout, de printemps précoce, où mon ami m'emmène hors de Paris, dans ces parcs battus, sillonnés d'automobiles et de bicyclettes, mais que l'aigre et fraîche saison fait mystérieux quand même. Un brouillard mauve, à la fin de l'après-midi, approfondit les avenues et la trouvaille inespérée d'une jacinthe sauvage, qui balance au vent trois cloches effilées d'un bleu naïf, y prend le prix d'un larcin...

La semaine passée, nous avons marché longtemps, sous un soleil matinal, dans le Bois, où galopent les palefreniers. Nous étions, l'un contre l'autre, actifs, contents, peu bavards, et je chantonnais une petite chanson qui fait marcher vite... Au détour d'une allée cavalière déserte, nous nous arrêtâmes, nez à museau, devant une biche toute jeune, dorée, qui perdit contenance à notre vue et s'arrêta au lieu de s'enfuir.

Elle haletait d'émotion et ses genoux fins tremblaient, mais ses longs yeux, allongés encore d'un trait brun — comme les miens —, exprimaient plus d'embarras que de peur. J'aurais voulu toucher ses oreilles, orientées vers nous, pelucheuses comme les feuilles des bouillons-blancs, et ce doux museau de velours cotonneux. Quand j'étendis la main, elle tourna le front d'un mouvement sauvage et disparut.

« Vous ne l'auriez pas tuée, à la chasse, Max ? demandai-je.

— Tuer une biche ? pourquoi pas une femme ? » répondit-il simplement.

Ce jour-là, nous avons déjeuné à Ville-d'Avray, comme tout le monde, dans ce restaurant qui suspend au bord de l'eau de singulières terrasses, des terrasses à manger et à coucher, et nous fûmes sages comme des amants déjà rassasiés. J'aimais à constater, chez Max, la même sérénité passionnée dont m'imprègnent l'air libre, le vent pur, les arbres... Accoudée, je regardais l'eau plate de l'étang, trouble, oxydée par places, et les noisetiers aux chenilles pendantes. Puis mes yeux revenaient au bon compagnon de ma vie, avec le solide espoir d'édifier, pour lui, un bonheur aussi long que cette vie même...

Partirai-je vraiment ? Il y a des heures où je m'occupe, comme en rêve, de mon départ. Le sac de toilette, la couverture roulée, le manteau imperméable, exhumés des armoires, ont reparu au jour, avachis, couturés, et comme excédés de voyages... J'ai vidé avec dégoût des boîtes de blanc-gras rance, de vaseline jaunie qui pue le pétrole...

Ces outils de mon métier, je les manie sans amour, à présent. Et Brague, venu aux nouvelles, a été reçu si distraitement, si cavalièrement, qu'il est parti très pincé et, ce qui est plus grave, sur un « au revoir, chère amie » du meilleur ton. Bah ! j'ai bien le temps de le voir, et de le dérider, en quarante jours !... Je l'attends tout à l'heure, pour les dernières instructions. Max viendra un peu plus tard...

« Bonjour[a], chère amie. »

Je m'y attendais ! Mon camarade est encore froissé.

« Non, écoute, Brague, en voilà assez ! Ça ne te va pas du tout, le genre noble-faubourg ! On est là pour causer sérieusement. Tu me fais penser à Dranem[1] en Roi-Soleil, quand tu m'appelles "chère amie" ! »

Brague, vite égayé, se cabre :

« Le genre faubourg ! pourquoi donc pas ? Je dégote Castellane[2], quand je veux ! Tu ne m'as jamais vu en habit ?

— Non !

— Moi non plus... Dis donc, il est sombre, ton petit... boudoir ! Si on allait dans ta chambre ? on causerait plus clair.

— Allons dans ma chambre... »

Bragueavise tout de suite, sur la cheminée, une photographie de Max : Max en veston neuf, raide, le noir des cheveux trop noir, le blanc des yeux trop blanc, officiel et un peu risible, mais très beau tout de même.

Brague examine le portrait, en roulant sa cigarette :

« C'est ton ami, décidément, le type, hein ?

— C'est... mon ami, oui. »

Et je souris gentiment, avec un air idiot.

« Il est chic, y a pas ! On jurerait quelqu'un du gouvernement ! Qu'est-ce qui te fait rire ?

— Rien... c'est cette idée qu'il pourrait être du gouvernement ! Ça ne lui ressemble guère. »

Brague flambe sa cigarette, et m'observe, l'œil en coin :

« Tu l'emmènes ? »

Je hausse les épaules :

« Non, voyons ! C'est pas possible ! Comment veux-tu ?

— Mais je ne *veux* pas, justement ! s'écrie Brague rasséréné... Ça, c'est bien, ma gosse, tu sais ! C'est que j'en ai vu, moi, des tournées foutues, parce que Madame ne veut pas quitter Monsieur, ou que Monsieur veut surveiller Madame ! C'est des disputes, c'est des bécotages, c'est des brouilles, c'est des réconciliations où on ne peut plus se tirer du pieu, c'est les jambes ramollies en scène et les yeux au beurre noir : c'est la vie gâtée, quoi !... Parlez-moi d'un joli voyage où on est entre copains ! Tu me connais, j'ai jamais varié là-dessus : l'amour et le métier, ça ne va pas ensemble. Et puis, enfin, quarante jours, c'est pas l'éternité : on s'écrit et après on se retrouve, on se recolle... Il a son bureau, ton ami ?

— Son bureau ? Non, il n'a pas de bureau.

— Il a... sa fabrique d'autos ? enfin, il bricole ?

— Non.

— Il ne fait rien ?

— Rien. »

Brague fait entendre un sifflement qui peut s'interpréter d'au moins deux manières...

« Rien de rien ?

— Rien. C'est-à-dire, il a des forêts.

— C'est épatant !

— Qu'est-ce qui t'épate ?

— Qu'on puisse vivre comme ça. Pas de bureau. Pas de fabrique. Pas de répétitions. Pas d'écurie de courses ! Ça ne te paraît pas drôle, à toi ? »

Je le regarde en dessous, d'un air gêné et un peu complice :

« Si. »

Je ne puis répondre autre chose. L'oisiveté de mon ami, cette flânerie de lycéen en vacances perpétuelles, est un sujet fréquent d'effarement pour moi, presque de scandale...

« Moi, je crèverais, déclare Brague après un silence. Question d'habitude !

— Sans doute.

— Maintenant, dit Brague en s'asseyant, parlons peu et parlons bien. Tu as tout ce qu'il te faut ?

— Naturellement, voyons ! Mon costume de Dryade, le neuf, un rêve ! vert comme une petite sauterelle, et il ne pèse pas cinq cents grammes ! L'autre est retapé, rebrodé, nettoyé, tu le jurerais neuf : il peut faire soixante représentations sans faiblir. »

Brague fronce la bouche :

« Heu... tu es sûre ? T'aurais pu te fendre d'une pelure neuve, pour *L'Emprise !*

— C'est ça, et tu me l'aurais payée, hein ! Et ta culotte de *L'Emprise*, en peau de daim brodé, qui a pris la couleur de toutes les planches qui l'ont cirée, est-ce que je te la reproche, moi ? »

Mon camarade lève une main dogmatique :

« Pardon, pardon ! ne confondons pas ! Ma culotte est magnifique ! elle a pris de la patine, du fondu : elle a l'air d'un grès artistique ! ça serait un crime que de la remplacer !

— Tu n'es qu'un grigou ! lui dis-je en haussant les épaules.

— Et toi une râleuse !... »

Ah ! ça fait du bien de s'attraper un peu ! Ça repose. Nous sommes l'un et l'autre juste assez piqués pour que la dispute ressemble à une chaude répétition...

« ... Rompez ! crie Brague. La question costumes est vidée. Passons à la question bagages.

— Comme si j'avais besoin de toi pour ça ! C'est la première fois que nous partons ensemble, peut-être ? Tu vas m'apprendre à plier mes chemises ? »

Brague laisse tomber sur moi, entre ses paupières plissées par les grimaces professionnelles, un regard écrasant :

« Pauvre créature ! Manchote et bancale cervelle ! Cause, cause, fais du bruit, réveille ton hanneton ! Si je vais t'apprendre ? Probable que je vais t'apprendre ! Écoute, et tâche de saisir : les excédents de bagages sont à nos frais, pas ?

— Chut ! »

Je l'arrête d'un signe, émue d'avoir entendu dans l'antichambre deux discrets coups de timbre... C'est *lui* ! et Brague qui est encore là !... Après tout, ils se connaissent.

« Entrez, Max, entrez... C'est Brague... Nous parlons tournée : ça ne vous ennuie pas ? »

Non, ça ne l'ennuie pas ; mais, moi, ça me gêne un peu. Mes affaires de music-hall sont de pauvres choses, précises, commerciales, auxquelles je ne voudrais pas mêler mon ami, mon paresseux ami chéri...

Brague, très gentil quand il veut, sourit à Max.

« Vous permettez, monsieur ? C'est la cuisine du métier que nous mijotons là, et je me vante d'être un cuisinier économe, qui ne laisse rien perdre et ne fait pas danser l'anse.

— Mais je vous en prie ! se récrie Max. Au contraire, ça m'amusera, moi qui n'y connais rien ; je m'instruirai... »

Le menteur ! Pour un homme que ça amuse, il a l'air bien méchant, et bien triste.

« Je reprends ! commence Brague. La dernière tournée, celle de septembre, on a mangé, si tu te souviens, jusqu'à des dix et onze francs d'excédent de bagages par jour, comme si on était Carnegie[1].

— Pas tout le temps, Brague !

— Pas tout le temps. Il y a eu des jours à trois francs, à quatre francs d'excédent. C'est déjà trop. Pour ma part, j'en ai assez. Qu'est-ce que tu as comme bagages, en dehors de la valise à main ?

— Ma malle noire.

— La grande ? C'est du délire. Je n'en veux pas. »

Max tousse...

« Voilà ce que tu vas faire : tu te serviras de la mienne. Dans le dessus : costumes de scène. Deuxième compartiment : notre linge, tes chemises, tes culottes, tes bas, mes chemises, mes caleçons, eccetera. »

Max s'agite...

« ... et, au fond, chaussures, complet de rechange pour toi-z-et pour moi, bibelots, eccetera. Tu comprends ?

— Oui, c'est pas bête.

— Pourtant..., dit Max.

— De cette façon, poursuit Brague, nous avons un seul gros colis (le Troglodyte, il s'arrangera ! sa mère, qui est plumeuse[1], lui prêtera un panier !), *un*, en tout et pour tout. Suppression de l'excédent, réduction des pourboires aux facteurs des gares, aux garçons de théâtre, eccetera... Si nous n'y gagnons pas cent sous par jour chacun, je veux bien me faire ténor !... Tu changes de linge tous les combien, en tournée ? »

Je rougis, à cause de Max.

« Tous les deux jours.

— Ça te regarde. Comme on se blanchit dans les grands patelins, Lyon, Marseille, Toulouse, Bordeaux, je compte douze chemises et douze petits grimpants[2], le reste à proportion, je suis grand et généreux ? Enfin, je me fie à toi pour être raisonnable.

— Sois tranquille ! »

Brague se lève, serre la main de Max :

« Vous voyez que c'est vite bâclé, monsieur. Toi, rendez-vous à la gare, à sept heures un quart, mardi matin. »

Je l'accompagne jusqu'à l'antichambre et, quand je reviens, une tempête de protestations, de lamentations et de reproches, m'accueille :

« Renée ! c'est monstrueux ! ce n'est pas possible ! vous avez perdu la tête ! Vos chemises, vos chemises à vous, et vos petits pantalons trop courts, mon amour chéri, pêle-mêle avec les caleçons de cet individu ! Et vos bas avec ses chaussettes, peut-être ! Et tout ça pour économiser cent sous par jour ! Quelle dérision et quelle misère !

— Comment, quelle misère ? Ça fait deux cents francs !

— Eh ! je sais bien ! une telle mesquinerie... »

Je retiens une réplique qui le blesserait : où aurait-il appris, l'enfant gâté, que l'argent, l'argent qu'on gagne est une chose respectable, sérieuse, qu'on manie avec sollicitude et dont on parle gravement ?

Il[a] s'essuie le front, avec un beau mouchoir de soie, violet. Depuis quelque temps mon ami témoigne d'un extrême souci d'élégance : il a des chemises magnifiques, des mouchoirs assortis à ses cravates, des chaussures à guêtres de daim... Je n'ai pas manqué de m'en apercevoir, car le moindre détail de toilette prend, sur ce cher Grand-Serin à l'encolure un peu lourde, une importance presque choquante.

« Pourquoi consens-tu à cela ? demande-t-il avec reproche. C'est odieux, cette promiscuité ! »

Promiscuité ! J'attendais le mot. Il s'emploie beaucoup... La « promiscuité des coulisses »...

« Dites-moi, chéri — j'effile, entre deux doigts, les pointes de ses soyeuses moustaches d'un noir roussi —, s'il s'agissait de *vos* chemises et de *vos* caleçons, ça ne serait pas de la *promiscuité* ? Songez donc : je ne suis qu'une petite caf'conc' très raisonnable, qui vit de son métier... »

Il m'étreint tout à coup et m'écrase un peu, exprès :

« Le diable l'emporte, ton métier[a] !... Ah ! quand je t'aurai tout à fait à moi, va ! je t'en collerai, des wagons de luxe, et des fleurs plein le filet, et des robes et des robes ! et tout ce que je trouverai de beau, et tout ce que j'inventerai ! »

Sa belle voix sombre ennoblit la banale promesse... J'y entends vibrer, sous les mots quelconques, le désir de mettre à mes pieds tout l'univers...

Des robes ? c'est vrai, il doit trouver sévère, et bien monotone, ma chrysalide neutre de costumes tailleur, gris, bruns, bleu sombre, que j'échange, la rampe allumée, contre les gazes peintes, les paillons lumineux, les jupes irisées, tournoyantes[b]... Des wagons de luxe ? pourquoi faire ? ils ne vont pas plus loin que les autres...

Fossette a glissé, entre nous, son crâne de bonze, qui reluit comme du palissandre... Ma petite compagne flaire le départ. Elle a reconnu la valise aux coins écorchés et le manteau imperméable, elle a vu la boîte anglaise émaillée de noir, la cassette à maquillage... Elle sait que je ne l'emmènerai pas, elle se plie d'avance à une vie, d'ailleurs choyée, de balades avec Blandine sur les fortifs, de soirées chez la concierge, de dîners en ville et de goûters dans le Bois... « Je sais que tu reviendras, disent ses yeux bridés, mais quand ? »

« Max, elle vous aime bien : vous vous occuperez d'elle ? »

Allons, bon ! rien que de nous pencher ensemble sur cette petite bête inquiète, voilà que nos pleurs débordent ! Je refoule les miens, d'un effort qui me fait mal dans la gorge et dans le nez... Que les yeux de mon ami sont beaux, agrandis par les deux larmes lumineuses qui mouillent ses cils ! Ah ! pourquoi le quitter ?

« J'irai chercher tout à l'heure, murmure-t-il étranglé, un... beau petit sac à main... que j'ai commandé pour toi... très solide... pour le voyage...

— C'est vrai, Max ?

— En... peau de truie...

— Max, voyons ! ayez un peu plus de courage que moi ! »

Il se mouche d'une manière révoltée :

« Pourquoi ça ? je ne tiens pas à avoir du courage, moi ! au contraire !

— Nous sommes ridicules ! Aucun de nous deux n'aurait osé s'attendrir sur soi : Fossette a servi d'excitant à notre émotion. C'est le coup de la "petite table" de *Manon*, et du manchon de *Poliche*[1], vous vous souvenez ? »

Maxime s'essuie les yeux, longuement, soigneusement, avec la simplicité qu'il apporte à toutes choses, et qui le sauve du ridicule.

« C'est bien possible, ma Renée... D'ailleurs, si vous voulez que je me change en fontaine, vous n'avez qu'à me parler de tout ce qui vous entoure ici, dans ce petit appartement, tout ce que je ne verrai plus avant votre retour. Ce vieux divan, la bergère où tu t'assieds pour lire, et tes portraits, et le rayon de soleil qui chemine sur le tapis, de midi à deux heures... »

Il sourit, très ému :

« Ne me parle pas de la pelle, du foyer, ni des pincettes, ou je m'effondre !... »

Il est parti chercher le beau petit sac en peau de truie.

« Quand nous serons ensemble, m'a-t-il dit câlinement avant de sortir, tu me donneras les meubles de ce petit salon, veux-tu ? Je t'en ferai faire d'autres. »

J'ai souri, pour ne pas refuser. Ces meubles-là, chez Max ? Ces épaves du mobilier conjugal, abandonnées par Taillandy en dérisoire compensation des droits d'auteur qu'il me subtilisa jadis, je ne les ai point remplacées[a2], faute d'argent. Quel couplet de la « petite table » je pourrais chanter sur ce chêne fumé à prétentions hollandaises, sur ce vieux divan raviné par des jeux... où je n'étais pas conviée ! Mobilier hanté, où je m'éveillai souvent avec la peur folle que ma liberté ne fût un songe... Singulier cadeau de noces à un nouvel amant ! Un abri, et non un *home*, c'est tout ce que je laisse derrière moi : les boîtes roulantes de seconde et première classes, et les hôtels de tout ordre, et les sordides loges des music-halls[a] de Paris, de la province et de l'étranger, me furent plus familiers, plus tutélaires que ceci, nommé par mon ami « un joli coin intime » !

Combien de fois ai-je fui ce rez-de-chaussée, en me fuyant moi-même ? Aujourd'hui que je pars, aimée, amoureuse, je me voudrais encore plus aimée, encore plus aimante, et changée, et méconnaissable à mes propres yeux. C'est trop tôt, sans doute, et le temps n'est pas venu encore... Mais[b], du moins, je pars agitée, débordante de regret et d'espoir, pressée de revenir, tendue vers mon sort nouveau avec l'élan brillant du serpent qui se délivre de sa peau morte[c]...

TROISIÈME PARTIE

Adieu, mon ami aimé. La malle est fermée. Mon joli sac « en peau de truie », mon costume de voyage, le long voile qui drapera mon chapeau attendent mon réveil de demain, alignés, tristes et sages, sur notre grand divan. Déjà partie, à l'abri de vous, à l'abri de ma propre faiblesse, je me donne la joie de vous écrire ma première lettre d'amour...

Vous recevrez ce bleu, demain matin, à l'heure justement où je quitterai Paris. Ce n'est rien qu'un au revoir, écrit avant de dormir, pour vous faire savoir que je vous aime tant, que je tiens tant à vous ! Je suis désolée de vous quitter...

N'oubliez pas que vous m'avez promis de m'écrire « tout le temps » et de consoler Fossette. Je vous promets, moi, de vous rapporter une Renée lasse de « tourner », maigrie de solitude, et libre de tout, sauf de vous.

Votre

RENÉE.

... L'ombre rapide d'un pont passe sur mes paupières que je tenais fermées et que je rouvre pour voir fuir, à la gauche du train, ce petit champ de pommes de terre que je connais si bien, blotti contre la haute muraille des fortifications...

Je suis seule dans le wagon. Brague, sévèrement économe, voyage en seconde avec le Vieux Troglodyte. Un jour pluvieux, faible comme une aube grise, pèse sur la campagne où la fumée des usines se traîne. Il est huit heures, et c'est la première matinée de mon voyage. Après un court abattement qui suivit l'agitation du départ, j'étais tombée dans une immobilité maussade qui me faisait espérer le sommeil.

Je me dresse, pour procéder, machinalement, à des apprêts de vieille routière : je déploie le plaid en poil de chameau, je gonfle les deux coussins de caoutchouc houssés de soie — un pour les reins, un pour la nuque —, et je cache mes cheveux nus sous un voile mordoré comme eux... Je fais cela méthodiquement, soigneusement, tandis qu'une colère indicible et soudaine rend mes mains tremblantes... Une véritable fureur, oui, et contre moi-même ! Je pars, chaque tour de roue m'éloigne de Paris, je pars, un printemps glacé perle en durs bourgeons à la pointe des chênes, tout est froid, humide d'un brouillard qui sent encore l'hiver, je pars, quand je pourrais, à cette heure, m'épanouir de plaisir contre le flanc chaud d'un amant ! Il me semble que ma colère creuse en moi un appétit dévorant de tout ce qui est bon, luxueux, facile, égoïste, un besoin de me laisser rouler sur la pente la plus moelleuse, de refermer les bras et les lèvres sur un bonheur tardif, tangible, ordinaire et délicieux...

Tout m'est fastidieux de cette banlieue connue, de ces villas blafardes où bâillent des bourgeoises en camisole, qui se lèvent tard pour raccourcir les journées vides... J'aurais dû ne pas quitter Brague, demeurer avec lui sur le capiton bleu sale des compartiments de seconde classe, parmi le bavardage cordial, l'odeur humaine du wagon plein, la fumée des cigarettes à dix sous le paquet...

Le ta-ta-tam du train, que j'entends malgré moi, sert d'accompagnement au motif de danse de *La Dryade*, que je chantonne avec une obstination maniaque... Combien de temps va durer cet état d'amoindrissement ? Car je me sens diminuée, affaiblie, comme saignée. Pendant mes plus tristes jours, la vue d'un paysage médiocre, pourvu qu'il s'enfuît rapide à ma droite et à ma gauche, pourvu qu'il se voilât par moments d'une fumée déroulée, cardée aux haies d'épine, agissait pourtant sur moi à la façon d'un tonique guérisseur. J'ai froid. Un mauvais sommeil du matin m'engourdit, et je crois plutôt m'évanouir que m'endormir, agitée de rêves arithmétiques, enfantins, où revient cette question lassante : « Si tu as laissé là-bas la moitié de toi-même, c'est donc que tu as perdu 50 % de ta valeur primitive ? »

Dijon, le 3 avril.

Oui, oui[a], je me porte bien. Oui, j'ai trouvé votre lettre ; oui, j'ai du succès... Ah ! mon chéri, sachez toute la vérité ! J'ai sombré, en vous quittant, dans le plus absurde, le plus impatient désespoir. Pourquoi suis-je partie ? Pourquoi vous ai-je quitté ? Quarante jours ! jamais je ne pourrai supporter cela, maintenant ! Et je n'en suis qu'à la troisième ville !

À la troisième ville
En or, en argent...
Son amant l'habille[b][1].

Hélas ! mon amant, je n'ai besoin ni d'argent ni d'or, mais seulement de vous. Il a plu sur mes deux premières stations, pour que je savoure mieux mon abominable abandon, entre des murs d'hôtel tendus de chocolat et de beige, dans ces salles à manger en faux chêne que le gaz fait plus sombres !

Vous ignorez l'inconfort, fils gâté de Mme Coupe-Toujours ! Quand nous nous retrouverons, je vous raconterai, pour vous indigner et me faire chérir davantage, les retours à minuit vers l'hôtel, la boîte à maquillage qui pèse au bras las, l'attente sous le brouillard fin, contre la porte, pendant que le garçon de nuit s'éveille lentement, la chambre affreuse aux draps mal séchés, l'exigu pot d'eau chaude qui a eu le temps de refroidir... Et je vous ferais partager ces joies quotidiennes ? Non, mon chéri, laissez-moi user ma résistance avant de vous crier : « Viens, je n'en peux plus ! »

Il fait beau sur Dijon, d'ailleurs, et j'accueille timidement ce soleil, comme un cadeau qu'on va me reprendre tout de suite.

Vous m'avez promis de consoler Fossette. Elle est à vous autant qu'à moi. Faites attention qu'elle ne vous pardonnerait pas, en mon absence, une exagération de prévenances. Son tact de chienne bull va jusqu'à la plus délicate austérité sentimentale et s'offense, quand je la délaisse, qu'un tiers affectueux s'aperçoive de son chagrin, fût-ce pour l'en distraire.

Adieu, adieu ! je vous embrasse et je vous aime. Quel froid crépuscule, si vous saviez !... Le ciel est vert et pur comme en janvier, lorsqu'il gèle très fort. Écrivez-moi, aimez-moi, réchauffez votre

RENÉE.

10 avril.

Ma dernière lettre a dû vous faire de la peine. Je ne suis pas contente de moi, ni de vous. Votre belle écriture est grasse et ronde, et pourtant élancée, élégante et frisée, comme cette plante qu'on nomme chez nous l'« osier fleuri » ; elle remplit quatre pages, huit pages, de quelques « je t'adore », de malédictions amoureuses, de grands regrets tout brûlants. Cela se lit en vingt secondes ! et je suis sûre que, de bonne foi, vous croyez m'avoir écrit une longue lettre ? Et puis, vous n'y parlez que de moi !...

Mon chéri, je viens de traverser, sans m'y arrêter, un pays qui est le mien, celui de mon enfance. Il m'a semblé qu'une longue caresse me couvrait le cœur... Un jour, promets-le-moi, nous y viendrons ensemble ? Non, non ! qu'est-ce que j'écris là ? nous n'y viendrons pas ! Vos forêts d'Ardennes humilieraient, dans votre souvenir, mes taillis de chênes, de ronces, d'alisiers, et vous ne verriez pas comme moi trembler au-dessus d'eux, ni sur l'eau ténébreuse des sources, ni sur la colline bleue que la haute fleur du chardon décore, le mince arc-en-ciel qui sertit, magiquement, toutes choses de mon pays natal !...

Rien n'y a changé. Quelques toits neufs, d'un rouge frais, c'est tout. Rien n'a changé dans mon pays — que moi. Ah ! mon ami chéri, que je suis vieille ! Pouvez-vous bien aimer une aussi vieille jeune femme ? Je rougis de moi, ici. Que n'avez-vous connu la longue enfant qui traînait ici ses royales tresses, et sa silencieuse humeur de nymphe des bois ? Tout cela, que je fus, je l'ai donné à un autre, à un autre que vous ! Pardonnez-moi ce cri, Max, c'est celui de mon tourment, celui que je retiens depuis que je vous aime ! Et qu'aimez-vous en moi, maintenant qu'il est trop tard, sinon ce qui me change, ce qui vous ment, sinon mes boucles foisonnant comme un feuillage, sinon mes yeux que le koheul bleu allonge et noie, sinon la fausse matité d'un teint poudré ? Que diriez-vous si je reparaissais, si je comparaissais devant vous, coiffée de mes lourds cheveux plats, avec mes cils blonds lavés de leur mascaro, avec les yeux enfin que ma mère m'a faits, sommés d'un bref sourcil prompt à se froncer, gris, étroits, horizontaux, au fond desquels brille un dur et rapide regard où je retrouve celui de mon père ?

N'ayez pas peur, mon ami chéri ! Je vous reviendrai telle, à peu près, que je partis, un peu plus lasse, un peu plus tendre... Mon pays m'enchante d'une ivresse triste et passagère, chaque fois que je le frôle, mais je n'oserais pas m'y arrêter. Peut-être n'est-il beau que parce que je l'ai perdu...

Adieu, cher, cher Max. Il nous faut partir très tôt, demain, pour Lyon, sans quoi nous n'aurions pas notre répétition d'orchestre à laquelle je veille, tandis que Brague, jamais fatigué, s'occupe des programmes, des cadres d'affiches, de la vente de nos cartes postales...

Ah ! que j'ai eu froid encore hier soir, sous ce léger costume de L'Emprise ! *C'est mon ennemi, le froid : il suspend ma vie et ma pensée. Vous le savez, vous, aux mains de qui se réfugient mes mains, recroquevillées comme deux feuilles sous la gelée ! Tu me manques, ma chère chaleur, autant que le soleil.*

Ta

RENÉE.

Nous[a] tournons. Je mange. Je dors, je marche, je mime et je danse. Point d'entrain, mais point d'effort. Un seul instant de fièvre dans toute la journée : celui où je demande, chez la concierge du music-hall, s'il y a « du courrier » pour moi ? Je lis mes lettres en affamée, accotée au chambranle graisseux de l'entrée des artistes, dans le fétide courant d'air qui sent la cave et l'ammoniaque... L'heure qui suit en est plus lourde, quand il n'y a plus rien à lire, quand j'ai déchiffré la date du timbre, et retourné l'enveloppe, comme si j'espérais en voir tomber une fleur[b], une image...

Je ne fais pas attention aux villes où nous jouons. Je les connais et ne me soucie pas de les reconnaître. Je m'accroche à Brague, qui reprend possession de ces « patelins » familiers — Reims, Nancy, Belfort, Besançon — en conquérant débonnaire...

« Tu as vu ? la petite gargote est toujours au coin du quai : je parie qu'ils me reconnaissent quand on ira ce soir bouffer la saucisse au vin blanc ! »

Il respire largement, se jette dans les rues avec une joie de vagabond, et flâne aux boutiques et grimpe aux cathédrales. Je l'escorte, moi qui le précédais l'an passé. Il me traîne dans son ombre, et quelquefois nous remorquons aussi le Vieux Troglodyte, qui, d'habitude, s'en va seul, efflanqué, minable sous son veston mince et son pantalon trop court... Où couche-t-il ? où mange-t-il ? Je l'ignore. Brague, questionné, m'a répondu brièvement :

« Où il veut. Je ne suis pas sa bonne ! »

L'autre soir, à Nancy, j'ai aperçu le Troglodyte dans sa loge. Debout, il mordait dans un pain d'une livre, et tenait délicatement entre deux doigts une tranche de fromage de tête. Ce repas de pauvre, et le vorace mouvement de ses mâchoires... J'en eus le cœur serré, et j'allai trouver Brague :

« Brague, est-ce que le Troglodyte a de quoi vivre en tournée ? Il gagne bien quinze francs, n'est-ce pas ? Pourquoi ne se nourrit-il pas mieux ?

— Il fait des économies, répondit Brague. *Tout le monde* fait des économies en tournée ! *Tout le monde* n'est pas Vanderbilt[1] ou Renée Néré, pour se coller des chambres à cent sous et des cafés au lait servis dans la taule ! Le Troglodyte me doit son costume de scène que je lui ai avancé : il me le paie une thune par jour. Dans vingt jours, il pourra bouffer des huîtres et se laver les pieds dans du cocktail, s'il veut. Ça le regarde. »

Ainsi tancée, je me suis tue... Et je « fais des économies », moi aussi, par habitude d'abord, et puis pour imiter mes compagnons, pour n'exciter ni leur jalousie ni leur mépris. Est-ce l'amie de Max, cette dîneuse que reflète la glace enfumée d'une « brasserie lorraine », cette voyageuse aux yeux cernés, un grand voile noué sous le menton, et tout entière, du chapeau aux bottines, couleur de route, avec l'air indifférent, calme et insociable, de ceux qui ne sont ni d'ici ni d'ailleurs ? Est-ce l'amante de Max, la claire amante qu'il étreignait, demi nue dans un kimono rose, cette comédienne fatiguée qui s'en vient, en corset et en jupon, chercher dans la malle de Brague la chemise, le linge du lendemain, et ranger ses frusques pailletées ?...

Chaque jour, j'attends la lettre de mon ami... Chaque jour, elle me console et me déçoit tout ensemble. Il écrit simplement, mais, cela se devine, sans facilité. Sa belle écriture fleurie retarde l'élan de sa main. Et puis sa tendresse le gêne, et sa tristesse, il s'en plaint avec ingénuité : « Quand je t'aurai dit cent fois que je t'aime, et que je t'en veux terriblement de m'avoir quitté, que te dirai-je ? Ma femme chérie, mon petit bas-bleu de femme, vous allez vous moquer de moi, mais ça m'est bien égal... Mon frère va partir pour les Ardennes, et je l'accompagne : écris-moi aux Salles-Neuves, chez maman. Je m'en vais toucher de l'argent, de l'argent pour nous, pour notre ménage, petite aimée ! »

Il me raconte ainsi ses faits et gestes, sans commentaires, sans guirlandes. Il m'associe à sa vie, et m'appelle sa femme... Sa chaude sollicitude m'arrive, il s'en doute, toute refroidie sur ce papier, traduite en une écriture bien équilibrée : si loin, de quel secours nous sont les mots ? Il faudrait... je ne sais... il faudrait quelque fougueux dessin, tout embrasé de couleurs...

11 avril.

Ça[a]*, c'est le comble ! Vous vous faites tirer les cartes par Blandine, maintenant ! Mon chéri, vous êtes perdu ! Cette fille a coutume de prophétiser, dès que je quitte la maison, les catastrophes les plus pittoresques. Si je pars en tournée, elle rêve chats et serpents, eau trouble, linge plié, et lit dans les cartes les aventures tragiques de Renée Néré (la dame de trèfle) avec le Jeune Homme Faux, le Militaire et l'Homme de la Campagne ! Ne l'écoutez pas, Max : comptez les jours comme je fais, et souriez — oh ! ce sourire qui froisse imperceptiblement vos narines ! — à penser que la première semaine est presque finie...*

Dans un mois et quatre jours, je vous prédis, moi, que je « ferai route » pour rejoindre l'« Homme de tout cœur » et que « grande joie vous en aurez », et que le Jeune Homme Faux en sera « piqué », ainsi que la mystérieuse « Femme de mauvaise vie », j'ai nommé la Dame de carreau.

Nous voici pour cinq jours à Lyon. C'est le repos, dites-vous ? Oui, si par là vous entendez que je pourrai, quatre matins de suite, me réveiller en sursaut, au jour levant, avec la peur folle de manquer mon train, puis retomber sur mon lit, dans une paresse dégoûtée que fuit le sommeil, et écouter longtemps s'éveiller autour de moi les servantes, les sonnettes, les voitures de la rue ! C'est bien pis, mon chéri, que le départ quotidien à l'aube ! Il me semble que, du fond de mon lit, j'assiste à une remise en branle dont je suis exclue, que le monde recommence à « tourner » sans moi... Et puis, c'est du fond de mon lit, aussi, que je vous regrette le plus, sans défense contre mes souvenirs, terrassée d'ennui et d'impuissance...

Ô cher ennemi, nous aurions pu passer ici ces cinq jours ensemble... Ne crois pas à un défi : je ne veux pas que tu viennes !... Eh ! je n'en mourrai pas, que diable ! Tu as toujours l'air de croire que je suis déjà morte de ton absence ! Mon beau paysan, je n'en suis qu'endormie, j'hiverne...

Il ne pleut pas, il fait doux, mou, gris, un très beau temps de Lyon. C'est un peu bête, ces informations météorologiques qui reviennent dans toutes mes lettres ; mais si vous saviez comme, en tournée, notre sort et notre humeur sont suspendus à la couleur du ciel ! « Temps mouillé, poche sèche », dit Brague.

Depuis quatre ans, j'ai passé sept ou huit semaines à Lyon, mon ami. Et ma première visite fut pour les cerfs du parc Saint-Jean, pour les blonds petits faons au regard borné et tendre. Ils sont si nombreux, si pareils l'un à l'autre, que je ne peux pas en choisir un : ils me suivent le long du grillage, d'un trottinement qui grêle le sol, et mendient le pain noir par un bêlement clair, obstiné et timide. L'odeur du gazon, de la terre remuée, est si forte dans ce jardin, à la fin du jour, sous l'air immobile, qu'elle suffirait à me rendre à vous si j'essayais de m'échapper...

Adieu, chéri. J'ai retrouvé à Lyon des errants de ma sorte, rencontrés ici et ailleurs. Quand je vous aurai dit que l'un se nomme Cavaillon[1]*, chanteur comique, et l'autre Amalia Barally*[2]*, duègne de comédie, vous serez bien avancé ! Barally est pourtant presque une amie, car nous avons joué ensemble une pièce en trois actes, tout autour de la France, il y a deux ans. C'est une ex-belle femme, brune et busquée, routière finie et connaissant par leurs noms les auberges du monde entier. Elle a chanté l'opérette à Saigon, joué la comédie au Caire, et fait les belles nuits de je ne sais quel khédive...*

Je goûte en elle, outre sa gaîté qui résiste à la misère, cette humeur protectrice, cette adresse à soigner, cette maternité délicate dans le geste, apanage des femmes qui ont sincèrement et passionnément aimé les femmes : elles en gardent un attrait indéfinissable, et que vous ne percevez jamais, vous autres hommes...

Mon Dieu, comme je vous écris ! Je passerais tout mon temps à vous écrire, j'y ai moins d'effort, je crois, qu'à vous parler. Embrassez-moi ! il fait presque nuit, c'est la mauvaise heure. Embrassez-moi bien serré, bien serré !

Votre

RENÉE.

15 avril.

Mon chéri[a], que vous êtes gentil ! quelle bonne idée ! Merci, merci de tout mon cœur pour cet instantané mal lavé, jaune d'hyposulfite : vous y êtes, mes chers, ravissants tous deux. Et voilà que je ne peux plus vous gronder d'avoir emmené, sans ma permission, Fossette aux Salles-Neuves. Elle a l'air si contente dans vos bras ! Elle a pris sa figure pour photographes, sa gueule de lutteur costaud, détenteur de la Ceinture d'or.

Il est clair — je le constate avec une gratitude un peu jalouse — qu'en cet instant elle ne pensait pas du tout à moi. Mais à quoi rêvaient vos yeux que je ne vois pas, paternellement baissés sur Fossette ? La gaucherie tendre de vos bras autour de cette petite chienne m'émeut et m'égaie. Je glisse ce portrait de vous avec les deux autres, dans le vieux portefeuille de cuir, vous savez ? auquel vous trouvez l'air mystérieux et méchant...

Envoyez-moi encore d'autres photographies, dites ? J'en ai emporté quatre, je les compare, je vous y examine, avec une loupe, pour retrouver, sur chacune, malgré le léchage des retouches, les lumières travaillées, un peu de votre être secret... Secret ? ma foi, non, rien en vous ne donne le change. Il me semble que n'importe quelle petite oie vous connaîtrait, en un regard, aussi bien que moi.

Je dis ça, vous savez, et je n'en pense pas un mot. Il y a, sous ma taquinerie, un vilain petit désir de vous simplifier, d'humilier en vous le vieil adversaire : c'est ainsi que j'appelle, depuis toujours, l'homme destiné à me posséder...

C'est vrai qu'il y a tant d'anémones dans vos bois, et de violettes ? J'en ai vu, des violettes, du côté de Nancy, tandis que je traversais ce pays d'Est[b] ondulé, bleui de sapins, coupé de rivières vives et miroitantes, où l'eau est d'un noir vert. Était-ce vous, ce grand gars debout, jambes nues, dans l'eau glacée et pêchant la truite ?

Adieu. Nous partons demain pour Saint-Étienne. Hamond ne m'écrit presque pas, je m'en plains à vous. Tâchez de m'écrire beaucoup, cher souci, pour que je ne me plaigne pas à Hamond ! je t'embrasse...

RENÉE[c].

Nous venons de dîner chez Berthoux — restaurant d'artistes —, Barally, Cavaillon, Brague, moi, et le Troglodyte que j'avais invité. Celui-ci ne parle pas, il ne pense qu'à manger. Un dîner de cabots, bruyant, animé d'une assez fausse gaîté. Cavaillon a payé une bouteille[d] de moulin-à-vent.

« Faut-il que tu te barbes ici, gouaillait Brague, pour te fendre d'une négresse de choix !

— Tu parles ! » répondit brièvement Cavaillon.

Cavaillon, jeune et déjà célèbre au music-hall, y fait l'envie de tous. On dit de lui que « Dranem le craint », qu'« il gagne ce qu'il veut ». Nous avons déjà croisé deux ou trois fois la route de ce long gars de vingt-deux ans, qui marche en homme-serpent, comme désossé, et balance des poings si lourds au bout de poignets frêles. Sa figure est presque jolie[1], sous des cheveux blonds coupés en frange, mais son trouble regard mauve, errant, dit[a] la neurasthénie aiguë, presque la démence. Son mot, c'est : « Je me crève ! » Il attend, toute la journée, l'heure de son numéro, pendant lequel il oublie, s'amuse, redevient jeune et emballe le public[b]. Il ne boit pas, il ne fait pas la noce. Il place son argent et il s'ennuie.

Barally[c], qui « tire » une saison aux Célestins, s'est grisée de parler, de rire, en montrant ses belles dents, de raconter des *bombes* terribles de sa jeunesse. Elle nous dit ces théâtres coloniaux d'il y a vingt ans, quand elle chantait l'opérette à Saigon, dans une salle éclairée par huit cents lampes à pétrole... Sans le sou, déjà vieille, elle incarne une bohème démodée, incorrigible et sympathique...

Un gentil dîner, tout de même : on se chauffe, on se serre un instant, autour de la table trop petite, et puis adieu ! un adieu sans regrets : c'est demain, c'est tout à l'heure qu'on s'oublie... On repart, enfin ! Cinq jours à Lyon sont interminables...

Cavaillon nous accompagne au Kursaal ; c'est trop tôt pour lui, qui se grime en dix minutes, mais il s'accroche à nous, rongé de solitude, redevenu muet et sombre... Le Troglodyte, enchanté, un peu gris, chante aux étoiles, et moi je rêve, j'écoute le vent noir qui se lève et remonte le quai du Rhône avec un ronflement marin. D'où vient que je me balance ce soir sur une houle invisible, comme un navire que renfloue la mer ? C'est un soir à voguer jusqu'à l'autre côté du monde. J'ai les joues[d] froides, les oreilles glacées, le nez humide : tout mon animal se sent dispos, solide, aventureux... jusqu'au seuil du Kursaal, où la tiédeur moisie du sous-sol suffoque mes poumons nettoyés.

Mornes comme des bureaucrates, nous gagnons ces singulières loges d'artistes, à la fois greniers provinciaux et mansardes pour domestiques, tendues d'un papier pauvre, gris et blanc... Cavaillon, qui nous a semés dans l'escalier, est déjà dans sa loge où je l'aperçois, assis devant la tablette à maquillage[a], accoudé, la tête dans ses mains. Brague me dit que le comique passe ainsi ses lugubres soirées, prostré, muet... Je frissonne. Je voudrais chasser le souvenir de cet homme assis, qui cache son visage. J'ai peur de lui ressembler, à lui, échoué et misérable, perdu au milieu de nous, conscient de sa solitude...

☆

18 avril.

Vous[b] craignez que je ne vous oublie ? voilà du nouveau ! Max chéri, ne commencez pas à « faire la grue », comme je dis ! Je pense à vous, je vous regarde, de loin, avec une attention si vive que vous devez, par instants, en être mystérieusement averti. N'est-ce pas ? Je vous observe, à travers la distance, profondément, sans me lasser. Je vous vois si bien ! C'est maintenant que les heures de notre rapide intimité n'ont plus de secrets pour moi et que je déroule toutes nos paroles, tous nos silences, nos regards, nos gestes, fidèlement enregistrés avec leurs valeurs picturales et musicales... Et c'est le temps que vous choisissez pour coqueter, un doigt au coin de la bouche : « Vous m'oubliez ! Je vous sens plus loin de moi ! » Oh ! la seconde vue des amants !

Je m'éloigne, c'est vrai, mon ami. Nous venons de dépasser Avignon et j'ai pu croire hier, en m'éveillant dans le train après un somme de deux heures, que j'avais dormi deux mois ; le printemps était venu sur ma route, le printemps comme on l'imagine dans les contes de fées, l'exubérant, l'éphémère, l'irrésistible printemps du Midi, gras, frais, jailli en brusques verdures, en herbes déjà longues que le vent balance et moire, en arbres de Judée mauves, en paulownias couleur de pervenche grise, en faux ébéniers, en glycines, en roses !

Les premières roses, mon ami aimé ! Je les ai achetées à la gare d'Avignon, à peine entrebâillées, d'un jaune de soufre rehaussé de carmin, transparentes au soleil comme une oreille que teinte un sang vif, parées de feuilles tendres, d'épines courbes en corail poli. Elles sont là sur ma table. Elles embaument l'abricot, la vanille, le très fin cigare, la brune soignée — c'est l'odeur même, Max, de vos mains sèches et foncées...

Mon ami, je me laisse éblouir et ranimer par cette saison neuve, ce ciel vigoureux et dur, la dorure particulière de ces pierres que le soleil caresse toute l'année... Non, non, ne me plaignez pas de partir à l'aube, puisque l'aube, en ce pays, s'échappe, nue et empourprée, d'un ciel laiteux, éventé de sons de cloches et de vols de pigeons blancs... Oh ! je vous en prie, comprenez que vous ne devez pas m'écrire de lettres « soignées », que vous ne devez pas penser à ce que vous m'écrivez ! Écrivez n'importe quoi, la couleur du temps, l'heure de votre réveil, votre méchante humeur contre la « romanichelle appointée » ; remplissez les pages avec le même mot tendre, répété comme le cri d'un oiseau amoureux qui appelle ! Mon cher amant, j'ai besoin que ton désordre réponde à celui de ce printemps qui a crevé la terre et se consume de sa propre hâte...

Il m'arrive rarement de[a] relire mes lettres. J'ai relu celle-ci, et je l'ai laissée partir, avec l'étrange impression que je commettais une maladresse, une erreur, et qu'elle s'en allait vers un homme qui n'aurait pas dû la lire... La tête me tourne un peu, depuis Avignon. Les pays de brume ont fondu là-bas, derrière les rideaux de cyprès que le mistral penche. Le soyeux bruissement des longs roseaux est entré, ce jour-là, par la glace baissée du wagon, en même temps qu'une odeur de miel, de sapin, de bourgeons vernis, de lilas en boutons, ce parfum amer du lilas avant la fleur, qui mêle la térébenthine et l'amande. L'ombre des cerisiers est violette sur la terre rougeâtre, qui déjà se fendille de soif. Sur les routes blanches que le train coupe ou longe, une poussière crayeuse roule[b] en tourbillons bas et poudre les buissons... Le murmure d'une fièvre agréable bourdonne sans cesse à mes oreilles, comme celui d'un essaim lointain...

Sans défense, perméable à cet excès, pourtant prévu, de parfums, de couleur, de chaleur, je me laisse surprendre, emporter, convaincre. Est-il possible qu'une telle douceur soit sans danger[c] ?

La Canebière assourdissante fourmille à mes pieds, sous le balcon, la Canebière qui ne se repose ni jour ni nuit, et où la flânerie acquiert l'importance, la sécurité d'une fonction. Si je me penche, je puis voir scintiller au bout de la rue, derrière la dentelle géométrique des cordages, l'eau du port, un bout de mer d'un bleu épais, qui danse à petites vagues courtes...

Ma main, sur le rebord du balcon, froisse le dernier billet de mon ami, qui répond à ma lettre de Lyon. Il s'y souvient, mal à propos, que ma camarade Amalia Barally n'aimait pas les hommes. Il n'a pas manqué, en être « normal » et « bien équilibré » qu'il est, de flétrir un peu, en la raillant, ma vieille amie, et de nommer « vice » ce qu'il ne comprend pas. À quoi bon lui expliquer ?... Deux femmes enlacées ne seront jamais pour lui qu'un groupe polisson, et non l'image mélancolique et touchante de deux faiblesses, peut-être réfugiées aux bras l'une de l'autre pour y dormir, y pleurer, fuir l'homme souvent méchant, et goûter, mieux que tout plaisir, l'amer bonheur de se sentir pareilles, infimes, oubliées[1]... À quoi bon écrire[a], et plaider, et discuter ?... Mon voluptueux ami ne comprend que l'amour...

24 avril.

Ne faites pas cela ! ne faites pas cela, je vous en supplie ! Débarquer ici sans crier gare, vous n'y avez pas songé sérieusement, dites ?

Ce que je ferais, si je vous voyais soudain entrer dans ma loge, comme il y a cinq mois à l'Empyrée-Clichy ? Mon Dieu, je vous garderais, vous n'en doutez pas. C'est pour cela qu'il ne faut pas venir ! Je vous garderais, mon chéri, contre mon cœur, contre ma gorge tant caressée, contre ma bouche qui défleurit de n'être plus baisée... Ah ! comme je vous garderais !... C'est pour cela qu'il ne faut pas venir...

Cessez d'invoquer notre mutuel besoin de reprendre courage, de puiser l'un dans l'autre l'énergie d'une nouvelle séparation. Laissez-moi toute seule à mon métier, que vous n'aimez pas. Il s'en faut de vingt jours que je revienne, voyons ! Laissez-moi accomplir ma tournée, en y mettant une conscience vaguement militaire, une application d'honnête travailleuse, à laquelle il ne faut pas mêler notre bonheur... Ta lettre m'a fait peur, mon chéri. J'ai cru que j'allais te voir entrer. Songe à ne pas abîmer ton amie, ne lui prodigue ni la peine, ni la joie imprévues...

RENÉE.

L'auvent de toile bat de l'aile au-dessus de nous, éventant d'ombre et de lumière la terrasse du restaurant où nous venons de déjeuner sur le port. Brague lit les journaux et, de temps en temps, s'exclame et parle à lui-même. Je ne l'entends pas, je le vois à peine. Une habitude déjà longue a supprimé entre nous la politesse, la coquetterie, la pudeur, tous les mensonges... Nous venons de manger des oursins, des tomates, de la brandade de morue. Il y a devant nous, entre la mer huileuse, qui lèche le flanc des bateaux, et la balustrade de bois ajouré qui clôt cette terrasse, une bande de pavé où défilent des gens affairés à figures heureuses de fainéants ; il y a des fleurs fraîches, des œillets durement cordés en bottes comme des poireaux, qui trempent dans des seaux verts ; il y a un éventaire chargé de bananes noires, qui sentent l'éther, et de coquillages ruisselants d'eau marine, des oursins, des violets, des palourdes, des moules bleues, des praires, parmi les citrons et les fioles de vinaigre rose...

Je rafraîchis ma main à la panse de l'alcarazas blanc, brodé comme un melon, qui sue sur la table. Tout ce qui est là m'appartient et me possède. Demain je ne croirai pas emporter cette image, mais il me semble qu'une ombre de moi, détachée de moi comme une feuille, demeurera ici, un peu courbée de fatigue, sa main transparente étendue et posée au flanc d'un alcarazas invisible...

Je contemple mon royaume changeant, comme si j'avais failli le perdre. Rien ne menace pourtant cette facile vie roulante, rien, qu'une lettre. Elle est là, dans mon petit sac. Eh ! comme il écrit, mon ami, quand il veut ! comme il se fait clairement comprendre ! Voici, sur huit pages, ce que je puis appeler enfin une vraie lettre d'amour. Elle en a l'incohérence, l'orthographe deux ou trois fois boiteuse, la tendresse et... l'autorité. Une autorité superbe, qui dispose de moi, de mon avenir, de ma courte vie entière. L'absence a fait son œuvre : il a souffert sans moi, puis il a réfléchi et ordonné soigneusement un bonheur durable, il m'offre le mariage, comme il m'offrirait un clos ensoleillé, borné de murs solides...

« Ma mère a bien crié un peu, mais je la laisse crier.

Elle a toujours fait ce que j'ai voulu. Tu feras sa conquête, et puis, pour le temps que nous passerons avec elle ! Vous aimez le voyage, ma femme chérie ? Vous en aurez, jusqu'à vous lasser ; vous aurez à vous toute la terre, jusqu'à ne plus aimer qu'un petit coin à nous, où vous ne serez plus Renée Néré, mais Madame Ma Femme ! Il faudra bien que cette *vedette* vous suffise !... Je m'occupe déjà de... »

De quoi s'occupe-t-il, déjà ?... je déplie les minces feuilles de papier pelure, qui font un bruit de billets de banque : il s'occupe de déménagement ; car le second étage de l'hôtel, chez son frère, ne fut jamais qu'une sortable garçonnière... Il guigne quelque chose du côté de la rue Pergolèse[1]...

Dans un mouvement d'hilarité brutale, je froisse la lettre en m'écriant :

« Eh bien ! et moi, on ne me consulte pas ? Qu'est-ce que je deviens, dans tout ça !

Brague lève la tête, puis reprend son journal, sans mot dire. Sa discrétion, qui dose également la réserve et l'indifférence, ne s'étonne pas de si peu.

Je[a] ne mentais pas, quand j'écrivais à Max, il y a deux jours : « Je vous vois si bien, à présent, à présent que je suis loin ! » Pourvu que je ne le voie pas trop bien !... Jeune, trop jeune pour moi, oisif, libre, tendre, certes, mais gâté : « Ma mère a toujours fait ce que j'ai voulu... » J'écoute sa voix prononcer ces mots-là, sa belle voix sombre, nuancée, prenante, et comme travaillée théâtralement, sa voix qui embellit les paroles, j'écoute, en écho diabolique, une autre voix qui monte, assourdie, du fond de mes souvenirs : « La femme qui me fera marcher n'est pas encore née !... » Coïncidence, si l'on veut... mais il me semble tout de même que je viens d'avaler un petit morceau de verre pointu...

Oui, qu'est-ce que je deviens, dans tout ça ? Une femme[b] heureuse ?... Ce soleil, qui pénètre, impérieux, dans mon intime « chambre noire », me gêne pour penser...

« Je rentre, Brague : je suis fatiguée. »

Bragu me regarde par-dessus son journal, la tête penchée sur l'épaule pour éviter le filet de fumée qui monte de sa cigarette, à demi éteinte au coin de ses lèvres.

« Fatiguée ? pas malade ? C'est samedi, tu sais ! le public de l'Eldo sera chaud : tiens-toi ferme ! »

Je ne daigne pas répondre. Me prend-il pour une débutante ? on le connaît, ce public de Marseille, irritable et bon enfant, qui méprise la timidité et châtie l'outrecuidance, et qu'on ne conquiert pas sans lui donner toutes ses forces...

Le déshabillage, la fraîcheur, sur la peau, d'un kimono de shantung bleuâtre lavé vingt fois, dissipent ma migraine commençante. Je ne m'étends pas sur mon lit, de peur de m'endormir : ce n'est pas pour me reposer que je viens ici. Agenouillée sur un fauteuil, contre la fenêtre ouverte, je m'accoude au dossier, caressant l'un à l'autre derrière moi mes pieds nus. Je retrouve, depuis quelques jours, l'habitude de me camper au bord d'une table, de m'asseoir de biais sur le bras d'un fauteuil, de garder longtemps des attitudes incommodes sur des sièges inconfortables, comme si les brèves pauses que je fais sur ma route ne valaient pas la peine d'une installation, d'un repos préparé... Les chambres où je couche, on dirait que j'y suis entrée pour un quart d'heure, le manteau jeté ci, le chapeau là... C'est dans le wagon que je me révèle ordonnée jusqu'à la manie, entre mon sac, mon plaid roulé, mes journaux et mes livres, les coussins de caoutchouc qui étayent mon sommeil rigide, un sommeil prompt de voyageuse endurcie, qui ne dérange ni mon voile noué en bandeau de religieuse, ni ma jupe tirée à ras des chevilles.

Je ne me repose pas. Je veux me contraindre à réfléchir, et ma pensée regimbe, s'échappe, fuit sur le chemin de lumière que lui ouvre un rayon tombé sur le balcon, et s'en va là-bas, sur un toit en mosaïque de tuiles vertes, où elle s'arrête puérilement pour jouer avec un reflet, une ombre de nuages... Je lutte, je me fouaille... Puis je cède une minute, et je recommence. Ce sont de telles joutes qui font aux exilés de ma sorte ces yeux si grands ouverts, si lents à décrocher leur regard d'un appât invisible. Morose gymnastique de solitaire...

Solitaire ! que vais-je songer là, quand mon amant m'appelle, prêt à répondre de moi pour toute la vie ?...

Mais, « toute la vie », je ne sais pas ce que c'est. Il y a trois mois, je prononçais ces mots terribles « dix ans », « vingt ans », sans comprendre. Il est temps de comprendre, à présent ! Mon amant m'offre sa vie, sa vie imprévoyante et généreuse d'homme jeune, qui a trente-quatre ans à peu près, comme moi. Il ne doute pas de ma jeunesse, il ne voit pas la *fin* — la mienne. Son aveuglement me refuse le droit de changer, de vieillir, alors que tout instant, ajouté à l'instant écoulé, me dérobe déjà à lui...

J'ai encore de quoi le contenter, mieux : l'éblouir. Je puis quitter ce visage-ci, comme on se démasque ; j'en ai un autre plus beau, qu'il a entrevu... Et je me dévêts comme d'autres se parent, rompue — car je fus le modèle de Taillandy avant d'être danseuse — à déjouer les dangers de la nudité, à me mouvoir nue sous la lumière comme sous une draperie compliquée. Mais... pour combien d'années suis-je armée encore ?

Mon ami m'offre son nom et sa fortune, avec son amour. Décidément, mon maître le hasard fait bien les choses et veut récompenser d'un coup le culte capricieux que je lui voue. C'est inespéré, c'est fou, c'est... c'est un peu trop !

Cher brave homme ! il attendra ma réponse impatiemment, et guettera le facteur sur la route, en compagnie de Fossette, ma Fossette qui exulte de jouer à la châtelaine, qui roule en auto et fait le train de ceinture autour des chevaux sellés !... Il doit corser sa joie d'un orgueil naïf, légitime, l'orgueil d'être le Monsieur assez chic pour hisser vers lui, du sous-sol de l'Emp'-Clich' à la terrasse blanche des Salles-Neuves, une « petite bonne femme de caf'conc' »...

Cher, cher *bourgeois* héroïque !... Ah ! pourquoi n'en aime-t-il pas une autre ! Comme une autre le rendrait heureux ! Il me semble que je ne pourrai jamais, moi...

S'il ne fallait que me donner ! Mais il n'y a pas que la volupté... La volupté tient, dans le désert illimité de l'amour, une ardente et très petite place, si embrasée qu'on ne voit d'abord qu'elle : je ne suis pas une jeune fille toute neuve, pour m'aveugler sur son éclat. Autour de ce foyer inconstant, c'est l'inconnu, c'est le danger... Que sais-je de l'homme que j'aime et qui me veut ? Lorsque nous nous serons relevés d'une courte étreinte, ou même d'une longue nuit, il faudra commencer à vivre l'un près de l'autre, l'un par l'autre. Il cachera courageusement les premières déconvenues qui lui viendront de moi, et je tairai les miennes, par orgueil, par pudeur, par pitié, et surtout parce que je les aurai attendues, redoutées, *parce que je les reconnaîtrai...* Moi qui me contracte toute, à l'entendre me nommer « mon enfant chérie », moi qui tremble devant certains gestes de lui, devant certaines intonations ressuscitées, quelle armée de fantômes me guette derrière les rideaux d'une couche encore fermée[a] ?...

... Aucun reflet ne danse, là-bas, sur le toit aux tuiles vertes. Le soleil a tourné ; un lac de ciel, tout à l'heure d'azur entre deux fuseaux de nuages immobiles, pâlit suavement, passe de la turquoise au citron vert. Mes bras accoudés, mes genoux pliés se sont engourdis. L'infructueuse journée va finir, et je n'ai rien décidé, rien écrit, je n'ai pas arraché à mon cœur un de ces mouvements irrépressibles dont j'acceptais autrefois sans contrôle — et prête à la nommer « divine » — l'orageuse impulsion.

Que faire ?... Pour aujourd'hui, écrire, brièvement, car l'heure presse, et mentir...

Mon chéri, il est presque six heures, et j'ai passé la journée à lutter contre une terrible migraine. La chaleur est telle, et si soudaine, que j'en gémis, mais, comme Fossette devant un feu trop vif, sans rancune. Et puis votre lettre, par là-dessus !... C'est trop de soleil, trop de lumière à la fois, le ciel et vous m'accablez sous vos dons ; je n'ai la force, aujourd'hui, que de soupirer : « C'est trop !... » Un ami tel que vous, Max, et beaucoup d'amour et beaucoup de bonheur, et beaucoup d'argent... Vous me croyez donc bien solide ? Je le suis d'habitude, c'est vrai, mais pas aujourd'hui. Laissez-moi le temps...

Voici une photographie pour vous. Je la reçois de Lyon, où Barally a pris cet instantané. M'y trouvez-vous assez noire, assez petite, assez chien perdu, avec ces mains croisées et cet air battu ? Franchement, mon ami aimé, cette passante menue porte bien mal l'excès d'honneur et de biens que vous lui promettez. Elle regarde de votre côté, et son museau défiant de renard semble vous dire : « C'est bien pour moi, tout ça ? vous êtes sûr ? »

Adieu, mon ami chéri. Vous êtes le meilleur des hommes, et vous méritiez la meilleure des femmes. Ne regretterez-vous pas d'avoir choisi seulement

RENÉE NÉRÉ ?

J'ai quarante-huit heures devant moi...

Et maintenant, vite ! La toilette, le dîner chez Basso[1] sur la terrasse, dans le vent frais, dans l'odeur de citron et de moules mouillées, la course vers l'Eldorado par les avenues baignées d'électricité rose, la rupture, enfin, pour quelques heures, du fil qui me tire là-bas, en arrière, sans repos...

Nice, Cannes, Menton[a]... Je tourne, suivie par mon tourment qui grandit : un tourment si vivace, si constamment présent que je crains parfois de voir la forme de son ombre à côté de la mienne, sur le grès blond des jetées qui bordent la mer, sur le pavé chaud où fermentent des écorces de bananes... Mon tourment me tyrannise ; il s'interpose entre moi et le plaisir de vivre, de contempler, de respirer profondément... Une nuit, j'ai rêvé que je n'aimais pas, et, cette nuit-là, j'ai reposé, délivrée de tout, comme dans une mort suave...

À ma lettre ambiguë de Marseille, Max a répliqué par une lettre heureuse et tranquille, un long remerciement sans rature, où l'amour se faisait amical, assuré, fier de donner tout et de recevoir davantage, une lettre, enfin, qui pouvait me donner l'illusion d'avoir écrit : « Tel jour, telle heure, je suis à vous, et nous partons ensemble. »

C'en est donc fait ? Suis-je engagée à ce point ? Est-ce l'impatience, est-ce la hâte, cette méchante humeur qui, d'un jour à un autre, d'une ville à une autre, d'une nuit à une autre, me fait trouver le temps si long ?... À Menton, j'écoutais, hier, dans une pension de famille endormie au milieu des jardins, s'éveiller les oiseaux et les mouches, et le perroquet du balcon. Le vent de l'aube froissait les palmiers comme des roseaux morts, et je reconnaissais tous les sons, toute la musique d'un matin semblable de l'année dernière. Mais, cette année, le sifflement du perroquet, le bourdonnement des guêpes dans le soleil levant, et la brise dans les palmes dures, tout cela reculait, s'éloignait de moi, semblait murmurer comme l'accompagnement[a] de mon souci, servir de pédale à l'idée fixe — à l'amour.

Sous ma fenêtre, dans le jardin, un parterre oblong de violettes, que le soleil n'avait pas encore touchées, bleuissait dans la rosée, sous des mimosas d'un jaune de poussin. Il y avait aussi, contre le mur, des roses grimpantes qu'à leur couleur je devinais sans parfum, un peu soufrées, un peu vertes, de la même nuance indécise que le ciel pas encore bleu. Les mêmes roses, les mêmes violettes que l'an passé... Mais pourquoi n'ai-je pu, hier, les saluer de ce sourire involontaire, reflet d'une inoffensive félicité mi-physique, où s'exhale le silencieux bonheur des solitaires ?

Je souffre[b]. Je ne puis m'attacher à ce que je vois. Je me suspends, encore un instant, encore un instant, à la plus grande folie, à l'irrémédiable malheur du reste de mon existence. Accrochée et penchante comme l'arbre qui a grandi au-dessus du gouffre, et que son épanouissement incline vers sa perte, je résiste encore, et qui peut dire si je réussirai ?...

Une petite image[c], lorsque je m'apaise, lorsque je m'abandonne à mon court avenir, confiée toute à celui qui m'attend là-bas, une petite image photographique me rejette à mon tourment, à la sagesse. C'est un instantané, où[d] Max joue au tennis avec une jeune fille. Cela ne veut rien dire : la jeune fille est une passante, une voisine venue pour goûter aux Salles-Neuves, il n'a pas pensé à elle en m'envoyant sa photographie. Mais, moi, je pense à elle, et j'y pensais déjà avant de l'avoir vue ! Je ne sais pas son nom, je vois à peine son visage, renversé sous le soleil, noir, avec une grimace joyeuse où brille une ligne blanche[e] de dents. Ah ! si je tenais mon amant, là, à mes pieds, entre mes mains, je lui dirais...

Non, je ne lui dirais rien. Mais écrire, c'est si facile ! Écrire, écrire, lancer à travers des pages blanches l'écriture rapide, inégale, qu'il compare à mon visage mobile, surmené par l'excès d'expression. Écrire sincèrement, presque sincèrement ! J'en espère un soulagement, cette sorte de silence intérieur qui suit un cri, un aveu...

Max, mon ami aimé, je t'ai demandé hier le nom de cette jeune fille, qui joue avec toi au tennis. Ce n'était pas la peine. Elle s'appelle, pour moi, une jeune fille, toutes les jeunes filles, toutes les jeunes femmes *qui seront mes rivales un peu plus tard, bientôt, demain. Elle s'appelle l'inconnue, ma cadette, celle à qui on me comparera cruellement, lucidement, avec moins de cruauté et de clairvoyance, pourtant, que je ne ferai moi-même !...*

Triompher d'elle ? Combien de fois ? Qu'est le triomphe quand la lutte épuise et ne finit point ! Comprends-moi, comprends-moi ! Ce n'est[a] *pas le soupçon, ce n'est pas ta trahison future, ô mon amour, qui me ruine, c'est ma déchéance. Nous avons le même âge ; je ne suis plus une jeune femme. Imagine, ô mon amour, ta maturité de bel homme, dans quelques années, auprès de la mienne ! Imagine-moi belle encore et désespérée, enragée dans mon armure de corset et de robe, sous mon fard et mes poudres, sous mes fragiles et jeunes couleurs... Imagine-moi belle comme une rose mûre qu'on ne doit pas toucher ! Un regard de toi, appuyé sur une jeune femme, suffira à prolonger, sur ma joue, le pli triste qu'y a creusé le sourire, mais une nuit heureuse dans tes bras coûtera davantage à ma beauté qui s'en va... J'atteins — tu le sais ! — l'âge de l'ardeur. C'est celui des imprudences sinistres... Comprends-moi ! Ta ferveur, qui me convaincra, qui me rassurera, ne me conduira-t-elle pas à l'imbécile sécurité des femmes aimées ? Une ingénue maniérée renaît, pour de brèves et périlleuses minutes, en l'amoureuse comblée, et se permet des jeux de fillette, qui font trembler sa chair lourde et savoureuse. J'ai frémi, devant l'inconscience d'une amie quadragénaire, qui coiffait, dévêtue et tout essoufflée d'amour, le képi de son amant, lieutenant de hussards*[1]*...*

Oui, oui, je divague, je t'effraie. Tu ne comprends pas. Il manque à cette lettre un long préambule, toutes les pensées que je te cache, qui m'empoisonnent depuis tant de jours... C'est si simple, n'est-ce pas, l'amour ? Tu ne lui prêtais pas ce visage ambigu, tourmenté ? On s'aime, on se donne l'un à l'autre, nous voilà heureux pour la vie, n'est-ce pas ? Ah ! que tu es jeune, et pis que jeune, toi qui ne souffres que de m'attendre ! Ne pas posséder ce que l'on désire, ton enfer se borne à cela, dont certains font l'aliment de toute leur vie... Mais posséder ce que l'on aime et sentir à toute minute son bien unique se désagréger, fondre et fuir comme une poudre d'or entre les doigts !... Et n'avoir pas l'affreux courage d'ouvrir la main, d'abandonner le trésor entier ; mais serrer toujours plus fort les doigts, et crier, et supplier, pour garder... quoi ? une petite trace d'or, précieuse, au creux de la paume...

Tu ne comprends pas ? Mon petit, je voudrais pour tout au monde te ressembler, je voudrais n'avoir jamais souffert que par toi, et rejeter ma vieille détresse expérimentée... Secours, comme tu le pourras, ta Renée, mais, mon amour, si je n'espère plus qu'en toi seul, n'est-ce pas déjà désespérer à moitié ?...

Ma main demeure crispée sur le mauvais porte-plume trop mince. Quatre grandes feuilles, sur la table, témoignent de ma hâte à écrire, non moins que le désordre du manuscrit, où l'écriture monte et descend, se dilate et se contracte, sensible...

Va-t-il me reconnaître dans ce désordre ? Non. Je m'y dissimule encore. Dire la vérité, oui, mais toute la vérité, on ne peut pas, on ne doit pas.

Devant moi, sur la place, la place balayée par un vent tout à l'heure vif, mais qui faiblit et tombe comme une aile fatiguée, le mur cintré des arènes de Nîmes dresse sa pâte d'un roux croustillant, sur un pan de ciel ardoisé, opaque, qui présage la tempête. L'air brûlant se traîne dans ma chambre. Je veux revoir, sous ce ciel lourd, mon refuge élyséen : les jardins de la Fontaine[1].

Un fiacre branlant, un cheval accablé me traînent jusqu'à la grille noire qui défend ce parc où rien ne change. Est-ce que le printemps de l'an passé n'a pas duré, magiquement, jusqu'à cette heure, pour m'attendre ? Il est si féerique en ce lieu, le printemps immobile et suspendu sur toutes choses, que je tremble de le voir s'abîmer et se dissoudre en nuée...

Je palpe amoureusement la pierre chaude du temple ruiné, et la feuille vernie des fusains, qui semble mouillée. Les bains de Diane, où je me penche, mirent encore et toujours des arbres de Judée, des térébinthes, des pins, des paulownias fleuris de mauve et des épines doubles purpurines... Tout un jardin de reflets se renverse au-dessous de moi et tourne, décomposé dans l'eau d'aigue-marine, au bleu obscur, au violet de pêche meurtrie, au marron de sang sec... Le beau jardin, le beau silence, où seule se débat sourdement l'eau impérieuse et verte, transparente, sombre, bleue et brillante comme un vif dragon !...

Une double allée harmonieuse monte vers la tour Magne entre les murailles ciselées d'ifs, et je me repose une minute au bord d'une auge de pierre, où l'eau ternie est verte de cresson fin et de rainettes bavardes aux petites mains délicates... Là-haut, tout en haut, un lit[a] sec d'aiguilles odorantes nous reçoit, moi et mon tourment.

Au-dessous, le beau jardin s'aplanit, géométrique aux places découvertes. L'approche de l'orage a chassé tout intrus, et la grêle, l'ouragan, montent lentement de l'horizon, dans les flancs ballonnés d'un épais nuage ourlé de feu blanc...

Tout ceci est encore mon royaume, un petit morceau[b] des biens magnifiques que Dieu dispense aux passants, aux nomades, aux solitaires. La terre appartient à celui qui s'arrête un instant, contemple et s'en va ; tout le soleil est au lézard nu qui s'y chauffe...

Au profond de mon souci s'agite un grand marchandage, un esprit de troc qui pèse des valeurs obscures, des trésors à demi cachés, c'est un débat qui monte, qui se fraye confusément un passage vers le jour... Le temps presse. Toute la vérité, que j'ai dû taire à Max, je me la dois. Elle n'est pas belle, elle est encore débile, effarée et un peu perfide. Elle ne sait me souffler encore que des soupirs laconiques : « Je ne veux pas... il ne faut pas... j'ai peur ! »

Peur de vieillir, d'être trahie, de souffrir... Un choix subtil a guidé ma sincérité partielle, pendant que j'écrivais cela à Max. Cette peur-là, c'est le cilice qui colle à la peau de l'Amour naissant et se resserre sur lui, à mesure qu'il grandit... Je l'ai porté, ce cilice, on n'en meurt pas. Je le porterais de nouveau, si... *si je ne pouvais pas faire autrement...*

« Si je ne pouvais pas faire autrement... » Cette fois, la formule est nette ! Je l'ai lue écrite dans ma pensée, je l'y vois encore, imprimée comme une sentence en petites capitales grasses... Ah ! je viens de jauger mon piètre amour et de libérer mon véritable espoir : l'évasion.

Comment y parvenir ? tout est contre moi. Le premier obstacle où je bute, c'est ce corps de femme allongé qui me barre la route, un voluptueux corps aux yeux fermés, volontairement aveugle, étiré, prêt à périr plutôt que de quitter le lieu de sa joie... C'est moi, cette femme-là, cette brute entêtée au plaisir. « Tu n'as pas de pire ennemie que toi-même ! » Eh ! je le sais, mon Dieu, je le sais ! Vaincrai-je aussi, plus dangereuse cent fois que la bête goulue, l'enfant abandonnée qui tremble en moi, faible, nerveuse, prompte à tendre les bras, à implorer : « Ne me laissez pas seule ! » Celle-ci craint la nuit, la solitude, la maladie et la mort, elle tire les rideaux, le soir, sur la vitre noire qui l'effraie, et se languit du seul mal de n'être point assez chérie... Et vous, mon adversaire bien-aimé, Max, comment viendrai-je à bout de vous, en me déchirant moi-même ? Vous n'auriez qu'à paraître, et... Mais je ne vous appelle pas !

Non, je ne vous appelle pas[a]. C'est ma première victoire...

Le nuage orageux passe à présent au-dessus de moi, versant goutte à goutte une eau paresseuse et parfumée. Une étoile de pluie s'écrase au coin de ma lèvre et je la bois, tiède, sucrée d'une poussière à goût de jonquille...

Nîmes[b], Montpellier, Carcassonne, Toulouse... quatre jours sans repos, et quatre nuits ! on arrive, on se lave, on mange et on danse au son d'un orchestre mal assuré et qui déchiffre, on se couche — est-ce la peine ? — et on repart. On maigrit de fatigue et personne ne se plaint, l'orgueil avant tout ! On change de music-hall, de loge, d'hôtel, de chambre, avec une indifférence de soldats en manœuvres. La boîte à maquillage s'écaille et montre son fer-blanc. Les costumes faiblissent et exhalent, nettoyés hâtivement à l'essence avant le spectacle, une odeur surie de poudre de riz et de pétrole. Je repeins au carmin mes sandales rouges, craquées, de *L'Emprise* ; ma tunique de *La Dryade* perd sa nuance acide de sauterelle et de pré vert. Brague est splendide de crasses colorées ; sa culotte bulgare en cuir brodé, raide du sang artificiel qui l'éclabousse chaque soir, ressemble à une peau de bœuf fraîchement écorché[c]. Le Vieux Troglodyte épouvante, en scène, sous une perruque d'étoupe qui pèle et des peaux de lièvre déteintes, malodorantes.

Oui[a], des jours très durs, où nous haletons, entre un ciel bleu, balayé de rares nuées longues, maigres, comme cardées par le mistral, et une terre qui craque de soif et se fendille... Et puis, j'ai double charge, moi. Mes deux compagnons, quand ils débarquent dans la ville nouvelle, délestent leur épaule de la courroie qui la plie et ne songent plus, légers, qu'au « demi » mousseux, à la balade sans but. Mais, pour moi, il y a l'heure du courrier... Le courrier ! les lettres de Max...

Dans les casiers vitrés, sur les tables grasses où le concierge éparpille les papiers d'un revers de main, je vois, tout de suite, électriquement, la ronde écriture fleurie, l'enveloppe bleutée : adieu le repos !

« Donnez ! Celle-là !... Oui, oui, je vous dis que c'est pour moi ! »

Mon Dieu ! qu'y a-t-il là dedans ? Des reproches, des prières, ou peut-être seulement : « J'arrive... »

J'ai attendu quatre jours la réponse de Max à ma lettre de Nîmes ; pendant quatre jours, je lui ai écrit tendrement, cachant ma profonde agitation sous une gentillesse verbeuse, et comme si j'avais oublié cette lettre de Nîmes... De si loin, on est obligé à un dialogue épistolaire lâché, on mélancolise à bâtons rompus, au petit malheur... Quatre jours, j'ai attendu la réponse de Max, impatiente et ingrate quand je trouvais seulement la longue anglaise démodée, gracieuse, de mon amie Margot, le minuscule griffonnage de mon vieil Hamond, les cartes postales de Blandine.

Ah ! cette lettre de Max, je la tiens enfin, je la lis avec une palpitation trop connue, qu'un souvenir rend plus douloureuse : n'y eut-il pas dans ma vie un temps où Taillandy, « l'homme que jamais une femme n'a plaqué », disait-il, s'enragea soudain de mon absence et de mon silence et m'écrivit des lettres d'amant ? La vue seule de son écriture acérée me rendait pâle, et je sentais mon cœur tout petit, rond et dur, bondissant — comme aujourd'hui, comme aujourd'hui...

Froisser cette lettre de Max sans la lire, aspirer l'air comme un pendu qu'on décroche à temps, et fuir !... Mais je ne puis... Ce n'est qu'une tentation brève. Il faut lire...

Que le hasard soit béni ! Mon ami n'a pas compris. Il

a cru qu'il s'agissait d'une crise jalouse, d'une coquette alarme de femme qui veut recevoir, de l'homme aimé, la plus flatteuse, la plus formelle assurance... Il me la donne, cette assurance, et je ne puis m'empêcher de sourire, parce qu'il loue son « âme chérie » tantôt comme une sœur très respectée et tantôt comme une belle jument... « Tu seras toujours la plus belle ! » Il l'écrit comme il le pense, sans doute. Mais pourrait-il répondre autre chose ? Peut-être, au moment d'écrire ces mots-là, a-t-il levé la tête et regardé devant lui la forêt profonde, avec une hésitation, une suspension imperceptibles de la pensée. Et puis il aura secoué les épaules, comme lorsqu'on a froid, et il aura écrit bravement, lentement : « Tu seras toujours la plus belle[a] ! »

Pauvre Max !... Le meilleur de moi-même semble conspirer contre lui, maintenant... Avant-hier, nous partions à l'aube, et je reprenais, dès le wagon, mon repos en miettes, rompu et recommencé vingt fois, lorsqu'une haleine salée, fleurant l'algue fraîche, rouvrit mes yeux : la mer ! Sète[1], et la mer ! Elle était là, tout le long du train, revenue quand je ne pensais plus à elle. Le soleil de sept heures, bas encore, ne la pénétrait point ; elle refusait de se laisser posséder, gardant, mal éveillée, une teinte nocturne d'encre bleue, crêtée de blanc...

Des salines défilaient, bordées d'un gazon de sel étincelant, et des villas dormantes, blanches comme le sel, entre leurs lauriers sombres, leurs lilas et leurs arbres de Judée... À demi endormie, comme la mer, abandonnée au bercement du train, je croyais raser, d'un vol tranchant d'hirondelle, les vagues proches... Je goûtais un de ces parfaits moments, un de ces bonheurs de malade sans conscience, lorsqu'une *mémoire* subite, une image, un nom, refirent de moi une créature ordinaire, celle de la veille et des jours précédents... Pendant combien de temps venais-je, pour la première fois, d'oublier Max ? Oui, de l'oublier, comme si je n'avais jamais connu son regard ni la caresse de sa bouche, de l'oublier, comme s'il n'y avait pas de soin plus impérieux, dans ma vie, que de chercher des mots, des mots pour dire combien le soleil est jaune, et bleue la mer, et brillant le sel en frange de jais blanc... Oui, de l'oublier, comme s'il n'y avait d'urgent au monde que mon désir de posséder par les yeux les merveilles de la terre !

C'est à cette même heure qu'un esprit insidieux m'a soufflé : « Et s'il n'y avait d'urgent, en effet, que cela ? Si tout, hormis cela, n'était que cendres ?... »

☆

Je vis[a] parmi des orages de pensées qui ne s'échappent pas. Je retrouve avec peine[b] et patience ma vocation de silence et de dissimulation. Il m'est de nouveau aisé de suivre Brague à travers une ville, en haut, en bas, à travers les squares, les cathédrales et les musées, dans la fumée des petits caboulots où « on mange épatamment » ! Notre cordialité parle peu, sourit rarement, mais rit quelquefois aux éclats, comme si la gaîté nous était plus accessible que la douceur. Je ris facilement aux histoires de Brague, et je force mon rire à l'aigu, de même qu'il outre en me parlant une grossièreté très artificielle.

Nous sommes sincères l'un et l'autre, mais pas toujours très simples... Nous avons des plaisanteries traditionnelles, qui nous égaient traditionnellement : la préférée de Brague — et qui m'exaspère — est le Jeu du Satyre, qui se mime dans les tramways, où mon camarade élit pour victime tantôt une jeune femme timide, tantôt une vieille demoiselle agressive. Assis en face d'elle, veulement adossé, il la couve d'un regard allumé, pour qu'elle rougisse, tousse, arrange sa voilette et détourne la tête. Le regard du « satyre » insiste, lubriquement, puis tous les traits du visage, bouche, narine, sourcils, concourent à exprimer la joie spéciale d'un érotomane...

« C'est un excellent exercice de physionomie ! assure Brague. Quand on aura créé pour moi une classe de pantomime au Conservatoire, je le ferai répéter à toutes mes élèves ensemble et séparément[1]. »

Je ris, parce que la pauvre dame, affolée, ne manque jamais de quitter le tramway très vite, mais la perfection grimaçante du vilain jeu me crispe. Mon corps, un peu surmené, subit sans logique des crises d'intolérante chasteté, d'où je chois dans un brasier, allumé en une seconde par le souvenir d'un parfum, d'un geste, d'un cri tendre, un brasier qui éclaire les délices que je n'ai pas eues, aux flammes duquel je me consume, immobile et les genoux joints, comme si je risquais, au moindre mouvement, d'élargir mes brûlures.

Max... Il m'écrit, il m'attend... Que sa confiance m'est cruelle à porter ! Plus cruelle à porter qu'à leurrer, car j'écris moi aussi, j'écris, avec une abondance, une liberté inexplicables. J'écris sur des guéridons boiteux, assise de biais sur des chaises trop hautes, j'écris, un pied chaussé et l'autre nu, mon papier logé entre le plateau du petit déjeuner et mon sac à main ouvert, parmi les brosses, le flacon d'odeur et le tire-bouton ; j'écris devant la fenêtre qui encadre un fond de cour, ou les plus délicieux jardins, ou des montagnes vaporeuses... Je me sens chez moi, parmi ce désordre de campement, ce n'importe où et ce n'importe comment, et plus légère qu'en mes meubles hantés...

« L'Amérique[a] du Sud, qu'est-ce que ça te dit, à toi ? »

Cette baroque question de Brague[1] est tombée, hier, comme un caillou dans ma rêverie d'après-dîner, pendant l'heure si courte où je lutte contre le sommeil et le dégoût d'aller, en pleine digestion, me maquiller, me déshabiller.

« L'Amérique du Sud ? c'est loin.

— Flemmarde !

— Tu ne comprends pas, Brague. Je dis “c'est loin” comme j'aurais dit “c'est beau” !

— Ah ! bon... comme ça... C'est Salomon[b] qui me tâte pour là-bas. Alors ?

— Alors ?

— On peut voir ?

— On peut voir. »

Ni l'un ni l'autre nous ne sommes dupes de notre indifférence jouée. J'ai appris, à mes dépens, à ne pas « allumer » l'imprésario sur une tournée, en montrant mon envie de partir. D'autre part, Brague se garde, jusqu'à nouvel ordre, de me présenter l'affaire sous un jour avantageux, dans la crainte de provoquer un enchérissement sur « le cachet global ».

L'Amérique du Sud ! J'ai eu, à ces trois mots-là, un éblouissement d'illettrée qui voit le Nouveau Monde à travers une féerie d'étoiles en pluie, de fleurs géantes, de pierres précieuses et d'oiseaux-mouches... Le Brésil, l'Argentine... quels noms étincelants ! Margot m'a conté qu'on l'y emmena tout enfant, et mon désir émerveillé s'accroche à la peinture qu'elle me fit d'une araignée au ventre d'argent et d'un arbre couvert de lucioles...

Le Brésil, l'Argentine, mais... Et Max ?

Et Max[a] ?... Depuis hier, je rôde autour de ce point d'interrogation. Et Max ? et Max ? Ce n'est plus une pensée, c'est un refrain, un bruit, un petit croassement rythmé, qui fatalement amène une de mes « crises de grossièreté ». Quel ancêtre mal embouché aboie en moi avec cette virulence non seulement verbale, mais sentimentale ? Je viens de froisser la lettre commencée pour mon ami, en jurant à mi-voix.

« Et Max ! Et Max ! Encore ! jusqu'à quand le trouverai-je dans mes jambes, celui-là ? Et Max ! et Max ! Alors, moi, je n'existe que pour me soucier de cet encombrant rentier ? La paix, Seigneur, la paix ! assez de chichis, assez d'idylles, assez de temps perdu, assez d'hommes ! Regarde-toi, ma pauvre amie, regarde-toi ! Tu n'es pas, il s'en faut, une vieille femme, mais tu es déjà une manière de vieux garçon. Tu en as les manies, le sale caractère, la sensibilité tatillonne — de quoi souffrir, de quoi te rendre insupportable. Que vas-tu faire dans cette galère... pas même ! dans ce bateau-lavoir, solidement amarré, où l'on blanchit une lessive patriarcale ? Si tu étais capable, au moins, de te payer un bon petit béguin pour ce grand gars-là, quinze jours, trois semaines, deux mois, et puis adieu ! on ne se doit rien, on s'est bien réjouis l'un de l'autre... Tu aurais dû apprendre, chez Taillandy, comment on se plaque !... »

Et je vais, et je vais... J'apporte, à insulter mon ami et moi-même, une ingéniosité crue, méchante ; c'est une sorte de jeu[a] où je m'excite à dire des choses vraies que je ne pense pas, que je ne pense pas encore... Et cela dure jusqu'au moment où je m'aperçois qu'il pleut à verse : les toits, de l'autre côté de la rue, ruissellent, et la gouttière déborde. Une longue goutte froide roule le long de la vitre et tombe sur ma main. Derrière moi, la chambre est devenue noire... Il ferait bon, contre l'épaule de celui que j'humiliais tout à l'heure en le traitant d'encombrant rentier...

J'allume l'ampoule du plafond, je risque, pour m'occuper, un arrangement éphémère de la table à écrire, j'ouvre le buvard, entre le miroir-chevalet et le bouquet de narcisses, je cherche un semblant de home, je souhaite le thé chaud, le pain doré, ma lampe familière et son abat-jour rose, l'aboiement de ma chienne, la voix de mon vieil Hamond... Une grande feuille blanche est là, tentante, et je m'assieds :

Max, mon chéri, oui, je reviens ; je reviens un peu tous les jours. Est-il possible que douze nuits[b] seulement me séparent de vous ? Rien n'est moins sûr : il me semble que je ne dois plus vous revoir... Comme ce serait terrible ! comme ce serait sage !...

Je m'arrête : n'est-ce pas trop net ?... Non. D'ailleurs, j'ai écrit : « ce serait », et jamais un amant ne prendra au tragique un conditionnel... Je puis continuer sur le même mode rassurant, risquer des généralités mélancoliques, des restrictions timorées... Et comme, tout de même, j'appréhende une décision brusque qui amènerait Max ici en moins de douze heures, je n'oublie pas de noyer le tout dans un flot de tendresses, hélas ! qui m'entraîne...

C'est un peu dégoûtant, ce que je fais là...

Comme[c] le temps passe ! Où sont les Pyrénées fleuries de cerisiers, la grande montagne sévère qui semblait nous suivre, étincelante d'une neige qui donne soif, sabrée d'ombres vertigineuses, fendue d'abîmes bleus et tachée de forêts de bronze ? Où, les vallées étroites, et le gazon d'Espagne, et les orchidées sauvages d'un blanc de gardénia ? et la placette basque où fumait le chocolat noir ? Qu'il est déjà loin, le gave glacé, plein d'une grâce méchante, troublé par la fonte des neiges, transparent et laiteux comme les pierres de lune !

Nous laissons Bordeaux, maintenant, après cinq représentations données en trois jours :

« Bonne ville ! soupirait Brague à la gare. Je m'ai appliqué une petite Bordelaise[a]... aux cèpes ! une de ces demi-portions comme il en pleut sur le *Courss*, tu vois d'ici ? Haute comme trois pommes, du nichon, la jambe courte, un petit pied gras, et ça se fout tant de noir aux yeux, tant de poudre, tant de cheveux frisés, que je te défie de savoir si elles sont jolies ou non. Ça brille, ça cause, ça remue... ça fait bien mon blot[1] ! »

Il exhalait sa félicité tranquille, et je le regardais avec une hostilité un peu écœurée, comme je regarde les gens qui mangent quand je n'ai plus faim...

Le printemps craintif fuit devant nous. Il rajeunit d'heure en heure et se referme feuille à feuille, fleur à fleur, à mesure que nous regagnons le nord. À l'ombre plus grêle des haies, les pâquerettes d'avril ont reparu, et les dernières violettes décolorées... L'azur plus pâle, l'herbe plus courte, une humidité acide de l'air créent l'illusion de rajeunir et de remonter le temps...

Si je pouvais dévider à rebours les mois échus, jusqu'au jour d'hiver où Max entra dans ma loge... Quand j'étais petite et que j'apprenais à tricoter, on m'obligeait à défaire des rangs et des rangs de mailles, jusqu'à ce que j'eusse trouvé la petite faute inaperçue, la maille tombée, ce qu'à l'école on appelait « une manque »... Une « manque » ! voilà donc tout ce qu'aura été, dans ma vie, mon pauvre second amour, celui que je nommais ma chère chaleur, ma lumière... Il est là, tout près de ma main, je peux le saisir, et je fuis...

Car je fuirai ! Une dérobade préméditée s'organise là-bas, très loin, au fond de moi, sans que j'y prenne encore une part directe... Au moment décisif, lorsqu'il n'y aura plus qu'à crier, comme affolée : « Vite, Blandine, ma valise et un taxi-auto ! » je serai peut-être dupe de mon désordre, mais, ô cher Max que j'ai voulu aimer, je le confesse ici avec la douleur la plus vraie : tout est, dès cette heure, résolu.

À cette douleur près, ne suis-je pas redevenue *ce que j'étais,* c'est-à-dire libre, affreusement seule et libre ? La grâce passagère dont je fus touchée se retire de moi, qui refusai de m'abîmer en elle. Au lieu de lui dire : « Prends-moi ! » je lui demande : « Que me donnes-tu ? Un autre moi-même ? Il n'y a pas d'autre moi-même. Tu me donnes un ami jeune, ardent, jaloux, et sincèrement épris ? Je sais : cela s'appelle un maître, et je n'en veux plus... Il est bon, il est simple, il m'admire, il est sans détour ? Mais alors, c'est mon inférieur, et je me mésallie... Il m'éveille d'un regard, et je cesse de m'appartenir s'il pose sa bouche sur la mienne ? Alors, c'est mon ennemi, c'est le pillard qui me vole à moi-même !... J'aurai tout, tout ce qui s'achète, et je me pencherai au bord d'une terrasse blanche, où débordent les roses de mes jardins ? Mais c'est de là que je verrai passer les maîtres de la terre, les errants !... — Reviens ! supplie mon ami, quitte ton métier et la tristesse miséreuse du milieu où tu vis, reviens parmi tes égaux... — Je n'ai pas d'égaux, je n'ai que des compagnons de route... »

Des moulins tournent à l'horizon. Dans les petites gares que le train traverse, les coiffes bretonnes, les premières coiffes blanches, fleurissent comme des marguerites... Voici que j'entre, éblouie, dans le jaune royaume des genêts et des ajoncs ! L'or, le cuivre, le vermeil aussi — car le colza pâle s'y mêle — enflamment ces landes pauvres d'une insoutenable lumière. J'appuie ma joue, et mes mains ouvertes, à la vitre du wagon, surprise de ne la point sentir tiède. Nous traversons l'incendie, des lieues et[a] des lieues d'ajoncs en fleurs, une richesse désolée qui rebute même les chèvres, où les papillons, alourdis par le chaleureux parfum de pêche à demi mûre et de poivre, tournoient d'une aile déchirée...

C'est[b] à Caen, l'avant-veille de notre retour, que je trouve cette lettre de Max, une ligne, sans signature :

Ma Renée, est-ce que vous ne m'aimez plus ?

C'est tout. Je n'avais pas prévu cette douceur et cette question si simple, qui déjoue toute ma littérature. Qu'ai-je donc écrit, la dernière fois ?...

Peu importe. S'il m'aime, ce n'est pas dans mes lettres qu'il a lu l'avertissement. S'il m'aime, il connaît ces chocs mystérieux, ce doigt léger et malfaisant qui heurte le cœur, ces menus foudroiements qui immobilisent soudain un geste, coupent un éclat de rire — il connaît que la trahison, l'abandon, le mensonge frappent à travers la distance, il connaît la brutalité, l'infaillibilité du *pressentiment !*

Pauvre, pauvre ami, que j'ai voulu aimer ! tu aurais pu mourir ou me tromper, et je n'en aurais rien su, moi que la trahison la mieux cachée blessait, autrefois, télépathiquement...

« Ma Renée, est-ce que vous ne m'aimez plus ?... » Je n'ai pas fondu en pleurs passionnés, mais j'ai jeté, sur une feuille de papier, les abréviations d'une dépêche vaguement rassurante :

« Après-demain, cinq heures, serai chez moi. Toutes mes tendresses. »

Je suis jalouse, subtilement, de cet homme qui souffre. Je relis sa plainte, et je parle à cette lettre comme si c'était à lui, avec la bouche dure et les sourcils méchants :

« Tu aimes, tu souffres, et tu te plains ! Te voilà tout ressemblant à moi-même, quand j'avais vingt ans. Je t'abandonne, et, grâce à moi, tu vas peut-être t'augmenter de ce qui te manque. Déjà tu vois à travers les murailles : ne t'émerveilles-tu pas, grand mâle épais ? Des nerfs affinés, une souffrance innocente et enflammée, un espoir qui reverdissait, vivace, comme un pré fauché, c'était ma part, tout cela, et ce sera maintenant la tienne. Je ne puis te la reprendre, mais je t'en veux... »

Une pincée de lettres accompagne celle de Max. Blandine elle-même écrit : « Madame, Monsieur Maxime a reporté Fossette, elle a encore un nouveau collier. Monsieur Maxime demande après Madame, il n'a pas l'air bien content, on voit qu'il a attendu après Madame... »

Lettre d'Hamond, qui parle simplement, mais écrit avec une courtoisie presque cérémonieuse ; lettre de Margot, qui n'a rien à me dire et remplit deux feuillets d'un babil de religieuse : ils se hâtent de m'écrire tous, au moment où je reviens, comme si leur conscience leur reprochait un peu de m'avoir laissée longtemps seule...

À qui me confierai-je au retour ? À Hamond ? à Margot ? Ni à l'un ni à l'autre. Je déchire[a] ce fatras léger, avant de quitter, pour monter sur la scène, la tombe étouffante qu'on nomme « loge de l'étoile » aux Folies-Caennaises. Nous sommes dans un *café chantant,* ancien style : il faut traverser une partie du public pour gagner la porte de la scène, c'est le pire moment de la soirée. On nous coudoie, on nous barre exprès le passage pour nous dévisager plus longtemps ; mon bras nu laisse sa poudre contre un dolman, une main tire sournoisement mon châle brodé, des doigts furtifs tâtent ma hanche... Tête haute, nous portons le mépris et la convoitise de cette foule chaude, comme de fiers détenus[b][1]...

☆

La demie d'une heure sonne très loin. Le train de Calais, qui doit me ramener à Paris, ne passera que dans cinquante minutes...

Je rentre seule, dans la nuit, sans prévenir personne. Brague et le Vieux Troglodyte, désaltérés par mes soins, dorment maintenant quelque part dans Boulogne-sur-Mer. Nous avons tué trois quarts d'heure en comptabilité et en bavardage, en projets de tournée sud-américaine, et puis je suis venue m'échouer à cette gare des Tintelleries[2], si déserte à cette heure qu'elle semble désaffectée... On n'a pas allumé, pour moi toute seule, les globes électriques du quai... Un timbre fêlé grelotte timidement dans l'ombre, comme suspendu au cou d'un chien transi.

La nuit est froide et sans lune. Il y a près de moi, dans un jardin invisible, des lilas odorants que le vent froisse. J'entends, là-bas, l'appel des sirènes sur la mer...

Qui devinerait que je suis ici, tout au bout du quai, pelotonnée dans mon manteau ? Comme je suis bien cachée ! Ni plus noire ni plus claire que l'ombre...

Au petit jour, j'entrerai chez moi, sans bruit, comme une voleuse, car on ne m'attend pas si tôt. J'éveillerai Fossette et Blandine, et puis ce sera le plus dur moment...

J'imagine exprès les détails de mon arrivée ; j'appelle, avec une cruauté nécessaire, le souvenir du parfum double qui s'attache aux tentures : tabac anglais et jasmin un peu trop doux ; je presse en pensée le coussin de satin qui porte, en deux taches pâles, la trace de deux larmes, tombées de mes yeux pendant une minute de très grand bonheur... J'ai, au bord des lèvres, le petit « ah ! » étouffé d'une blessée qui heurte sa blessure. C'est exprès. J'aurai moins mal tout à l'heure.

Je fais, de loin, mes adieux à tout ce qui me retiendrait là-bas, et à celui qui n'aura plus rien de moi, qu'une lettre. Une sagesse lâche et raisonneuse me détourne de le revoir : point de « loyale explication » entre nous ! Une héroïne toute en chair telle que moi n'est pas de taille à triompher de tous les démons... Qu'il me méprise, qu'il me maudisse un peu, cela n'en vaudra que mieux : pauvre cher, il guérira plus vite ! Non, non, pas trop d'honnêteté ! Et pas trop de phrases, car c'est en me taisant que je le ménage...

Un homme traverse les voies, d'un pas endormi, poussant une malle sur un chariot, et, tout à coup, les globes électriques de la gare s'allument. Je me lève, engourdie, je ne m'apercevais pas que j'avais très froid... Au bout du quai, une lanterne sautille, dans le noir, balancée par un bras qu'on ne voit pas. Un sifflement lointain répond aux rauques sirènes : c'est le train. Déjà...

☆

Adieu[a], mon chéri. Je m'en vais, pas bien loin d'ici, dans un village ; ensuite, je partirai sans doute pour l'Amérique, avec Brague. Je ne vous verrai plus, mon chéri. En lisant ceci, vous ne croirez pas à un jeu cruel, puisque vous m'avez écrit avant-hier : « Ma Renée, est-ce que vous ne m'aimez plus ? »

Je m'en vais, c'est le moindre mal que je puisse vous faire. Je ne suis pas méchante, Max, mais je me sens toute usée, et comme incapable de reprendre l'habitude de l'amour, et effarée d'avoir encore à souffrir par lui.

Vous ne me croyiez pas si lâche, mon chéri ? Quel petit cœur que le mien ! Autrefois, il eût été pourtant digne du vôtre, qui s'offre si simplement. Mais maintenant... que vous donnerais-je, maintenant, ô mon chéri ? Le meilleur de moi, ce serait, dans quelques années, cette maternité ratée qu'une femme sans enfant reporte sur son mari. Vous ne l'acceptez pas, ni moi non plus. C'est dommage... Il y a des jours — moi qui me regarde vieillir avec une terreur résignée — des jours où la vieillesse m'apparaît comme une récompense...

Mon chéri, un jour vous comprendrez tout ceci. Vous comprendrez que je ne devais pas être à vous, ni à personne, et qu'en dépit d'un premier mariage et d'un second amour, je suis demeurée une espèce de[a] *vieille fille... vieille fille à la ressemblance de certaines, si amoureuses de l'Amour qu'aucun amour ne leur paraît assez beau, et qu'elles se refusent sans daigner s'expliquer ; qui repoussent toute mésalliance sentimentale et retournent s'asseoir pour la vie devant une fenêtre, penchées sur leur aiguille, tête à tête avec leur chimère incomparable... J'ai voulu tout, comme elles ; une lamentable erreur m'a punie.*

Je n'ose plus, mon chéri — voilà tout, je n'ose plus. Ne soyez pas irrité si je vous ai caché, longtemps, mes efforts pour ressusciter en moi l'enthousiasme, le fatalisme aventureux, l'espoir aveugle, toute l'allègre escorte de l'amour. Point d'autre délire que celui de mes sens. Hélas ! il n'en est pas dont les trêves soient plus lucides. Tu m'aurais consumée en vain, toi[b] *de qui le regard, les lèvres, les longues caresses, le silence émouvant guérissaient, pour un peu de temps, une détresse dont tu n'es pas coupable...*

Adieu, mon chéri. Cherchez loin de moi la jeunesse, la fraîche beauté intacte, la foi en l'avenir et en vous-même, l'amour, enfin, tel que vous le méritez, tel que j'aurais pu autrefois vous le donner. Ne me cherchez pas. J'ai juste la force de vous fuir. Si vous entriez là, devant moi, pendant que je vous écris... mais vous n'entrerez pas !

Adieu, mon chéri. Vous êtes le seul être au monde que j'appelle mon chéri, et après vous, je n'ai plus personne à qui donner ce nom-là. Pour la dernière fois, embrassez-moi comme quand j'avais froid, embrassez-moi bien serré, bien serré, bien serré...

RENÉE

J'ai écrit très lentement ; avant de signer, j'ai relu ma lettre, j'ai arrondi des boucles, ajouté des points, des accents, j'ai daté : *15 mai, sept heures du matin*[a]...

Mais, signée, datée, et close enfin, c'est quand même une lettre inachevée... La rouvrirai-je ?... Je grelotte soudain, comme si, en fermant l'enveloppe, j'avais aveuglé le guichet lumineux où soufflait encore une chaude haleine...

C'est une matinée sans soleil, et le froid de l'hiver semble s'être réfugié dans ce petit salon, derrière les persiennes cadenassées depuis quarante jours... Assise à mes pieds, ma chienne se tait et regarde la porte : elle attend. Elle attend quelqu'un qui ne viendra plus... J'entends[b] Blandine remuer les casseroles, je sens l'odeur du café moulu : la faim tiraille maussadement mon estomac. Un drap usé couvre le divan, une buée humide et bleue ternit la glace... On ne m'attendait pas si tôt. Tout se voile de vieux linge, d'humidité, de poussière, tout porte encore ici l'appareil un peu funèbre du départ et de l'absence, et je traverse mon abri furtivement, sans enlever les housses blanches, sans écrire un nom sur le velours de poussière, sans laisser d'autre trace, sur mon passage, que cette lettre, inachevée.

Inachevée[c]... Cher intrus, que j'ai voulu aimer, je t'épargne. Je te laisse ta seule chance de grandir à mes yeux : je m'éloigne. Tu n'auras, à lire ma lettre, que du chagrin. Tu ne sauras pas à quelle humiliante confrontation tu échappes, tu ne sauras pas de quel débat tu fus le prix, le prix que je dédaigne...

Car je te rejette, et je choisis... tout ce qui n'est pas toi. Je t'ai déjà connu, et je te reconnais. N'es-tu pas, en croyant donner, celui qui accapare ? Tu étais venu pour partager ma vie... Partager, oui : *prendre ta part !* Être de moitié dans mes actes, t'introduire à chaque heure dans la pagode secrète de mes pensées, n'est-ce pas ? Pourquoi toi plutôt qu'un autre ? Je l'ai fermée à tous.

Tu es bon, et tu prétendais, de la meilleure foi du monde, m'apporter le bonheur, car tu m'as vue dénuée et solitaire. Mais tu avais compté sans mon orgueil de pauvresse : les plus beaux pays de la terre, je refuse de les contempler, tout petits, au miroir amoureux de ton regard...

Le bonheur ? Es-tu sûr que le bonheur me suffise désormais ?... Il n'y a pas que le bonheur[a] qui donne du prix à la vie. Tu me voulais illuminer de cette banale aurore, car tu me plaignais obscure. Obscure, si tu veux : comme une chambre vue du dehors. Sombre, et non obscure. Sombre, et parée par les soins d'une vigilante tristesse ; argentée et crépusculaire comme l'effraie, comme la souris[b] soyeuse, comme l'aile de la mite. Sombre, avec le rouge reflet d'un déchirant souvenir... Mais tu es celui devant qui[c] je n'aurais plus le droit d'être triste...

Je m'échappe, mais je ne suis pas quitte encore de toi, je le sais. Vagabonde, et libre, je souhaiterai parfois l'ombre de tes murs... Combien de fois[d] vais-je retourner à toi, cher appui où je me repose et me blesse ? Combien de temps vais-je appeler ce que tu pouvais me donner, une longue volupté, suspendue, attisée, renouvelée... la chute ailée, l'évanouissement où les forces renaissent de leur mort même... le bourdonnement musical du sang affolé... l'odeur de santal brûlé et d'herbe foulée... Ah ! tu seras longtemps une des soifs de ma route !

Je te désirerai[e] tour à tour comme le fruit suspendu, comme l'eau lointaine, et comme la petite maison bienheureuse que je frôle... Je laisse, à chaque lieu de mes désirs errants, mille et mille ombres à ma ressemblance, effeuillées de moi, celle-ci sur la pierre chaude et bleue des combes de mon pays, celle-là au creux moite d'un vallon sans soleil, et cette autre qui suit l'oiseau, la voile, le vent et la vague. Tu gardes la plus tenace : une ombre nue, onduleuse, que le plaisir agite comme une herbe dans le ruisseau... Mais le temps la dissoudra comme les autres, et tu ne sauras plus rien de moi, jusqu'au jour où mes pas s'arrêteront et où s'envolera de moi une dernière petite ombre[f]...

APPENDICE

LE CACHET EN VILLE

Fantasio, n° 86, 15 février 1910.

« Allô ?... Oui, c'eſt ici... Allô ? Mais ne sonnez donc pas comme ça, bon Dieu !... Madame qui ?... C'eſt moi... Ah ! c'eſt vous, Buysens ? En voilà une heure pour communiquer !... Quoi ?... Une soirée ?... Pour quand ?... Aujourd'hui ? Vous êtes malade !... Et des danses ? Demandez ça à une autre, mon vieux : il y a assez de danseuses ! et j'ai horreur de ces commandes de la dernière heure. Je voudrais bien que vous perdiez cette habitude de me prendre en bouche-trou... Et puis je suis claquée, j'ai la migraine... Il faut que je rachète ma musique, je l'ai laissée à Aix... Et puis je crois bien que mon accompagnatrice eſt à la campagne... Sans blague !... Quoi ?... Vous savez, je vous entends jurer... Quoi ?... Combien ?... Ah ! Évidemment... Peut-être... Évidemment chez des gens très bien ? C'eſt ça qui m'eſt égal. Oui, enfin je vais essayer... Oui, là ! Allô ?... Vous dites avenue du Bois ?... À dix heures exactement ? Oui, oui, je sais, ça veut dire minuit pour le quart ! Entendu. Merci. Au revoir... »

C'eſt le « cachet en ville ». Pour ce soir ! Je me répète cela, en regardant dans la glace ma figure d'enterrement. Puis je m'active pour secouer le petit frisson de lâcheté qui me grippe la peau du dos... Le cachet en ville, brr !... Ces trois mots-là ont le don de me démoraliser : c'eſt que ce soir, il manquera entre eux et moi la barrière sacrée, la flamme protectrice derrière laquelle, Brünhild avertie, je ne redoute pas même Siegfried... Ô flamme de la rampe, flamme qui me dérobes en m'aveuglant le danger, quelle main quasi divine pourrait, ce soir, te contraindre à jaillir sous mes pas !

... La journée a passé, rapide et sombre, occupée de soins ennuyeux — ne faut-il pas assurer la réussite du maudit « cachet en ville » ? On me donne, tout à l'heure, de quoi payer le quart de mon loyer, je veux le gagner honnêtement.

Onze heures. J'arrive avenue du Bois avec ma petite accompagnatrice malingre. Le bel hôtel ! On doit s'y ennuyer somptueusement. Un valet de pied m'offre de me débarrasser de mon lourd manteau fourré. Je refuse aigrement : pense-t-il que je vais attendre, vêtue de quatre colliers bleus, d'un scarabée ailé et de trois mètres de gaze saphir, le bon plaisir de ces messieurs et dames ?... L'imposant serviteur, beaucoup mieux élevé que moi, n'insiste pas et me conduit dans le « salon réservé aux artistes ». C'est presque avec un cri de joie que j'y retrouve immaculé, tout léger de maigreur dans son flottant costume, mon camarade Brague, venu pour mimer *Pierrot neurasthénique*...

Brague n'aime pas, non plus, le cachet en ville. La barrière de feu lui manque moins qu'à moi, sans doute, mais il prise peu le spectateur des salons. Le spectateur de théâtre, c'est « le public », et celui des salons, c'est « le client ». Il y a là une nuance où Brague rend au spectateur mondain un peu de la malveillance indifférente qu'il nous témoigne.

« Et puis, continue Brague, regarde-moi ces programmes ! Ils ne sont même pas f...us d'écrire proprement un nom ! Ils m'appellent *Bragne* ! »

Très froissé, au fond, il hausse les épaules et disparaît, en pinçant sa mince bouche saignante, car un autre imposant serviteur, soulevant une portière de verdures, vient d'appeler courtoisement mon camarade par son nom estropié...

Dans vingt minutes, ce sera mon tour. Je m'inspecte longuement, et je me trouve laide, privée de l'électricité crue qui, dans ma loge, baigne les miroirs, nappe les murs blancs, pénètre et veloute le nécessaire maquillage. Y aura-t-il un tapis sur l'estrade ? Les plantes de mes pieds nus seront noires avant la fin de la danse... Pourvu que je ne reconnaisse personne dans l'assistance... Ma perruque de Salomé m'étreint les tempes et renforce ma migraine... J'ai froid...

« Va leur vendre ta petite affaire, ma vieille, c'est ton tour ! »

Brague, essoufflé, éponge son masque blanc, rayé de filets de sueur.

« Des gens très bien, d'ailleurs, ça se voit. Ils ne font pas trop de foin. Ils causent, quoi ! mais ils ne rigolent pas trop haut... Bon courage ! Je me rentre... »

Allons !...

La chaleur, la lumière s'abattent sur moi, étourdissantes. Mes pieds nus conscients tâtent la laine courte et dure d'un tapis persan... Pendant les mesures du prélude, je vois, malgré moi, ceux qui sont venus là pour me regarder, qui ont tu leur bavardage enragé à mon entrée... Malgré moi, je les vois en commençant à danser, en tournant, en rampant, je les vois ! « Penses-tu, nasillait la voix narquoise de Brague, qu'ils se seraient fendus d'une rampe et d'une herse ? » Je les vois, et je les reconnais...

Il y a là, au premier rang, une femme encore jeune, qui venait chez moi, chaque semaine, boire du thé avant que je « fisse du théâtre ». À côté d'elle, c'est cette dame si méchante qui va partout et dont on dit partout, quand elle vient de sortir : « Je ne comprends pas comment on reçoit une femme si méchante ! »

Au second rang, je reconnais celle-ci... et cette autre, et d'autres encore... Elles ont changé leurs coiffures depuis l'année où je faussais compagnie à tout ce vrai monde... Elles portent, toutes, cette coiffure à la mode, qui consiste en un bonnet de cheveux postiches, couvrant les oreillles, noué d'un large ruban en compresse qui va du sourcil à la nuque et leur donne, à toutes, un air convalescent et pas lavé...

On ne voit plus que leurs petits mufles qui prennent cette année un frappant et véridique caractère de brutalité et de cruauté...

Sur les côtés, debout, des hommes se pressent pour me mieux voir, avec cette courtoisie rossarde de l'homme du monde pour la femme dite « déclassée », pour celle à qui l'on baisa, dans un salon, le bout des doigts et qui danse à présent demi-nue, sur une estrade... Ils montrent une attention excessive et minutieuse, ils veulent pouvoir dire demain :

« J'ai vu danser Mme X..., hier soir, chez les Chose. Le muscle de l'épaule est remarquablement attaché, la hanche un peu forte, le genou garçonnier... intéressante, en somme... »

Allons, allons ! D'un effort, je me ressaisis. Ces gens-là existent-ils ? Non, non, il n'y a là que des ombres. Il n'y a là de réel que la danse, la lumière, la liberté, la conscience de se sentir un être sain et fort. Il n'y a de réel que d'humilier, par un renversement de mes reins ignorants de l'entrave, ces corps réduits par le long corset, appauvris par la mode qui les exige maigres...

Il y a mieux à faire encore que de les humilier : je veux, pendant une minute seulement, les séduire. Cela n'est pas si difficile : le rythme suffirait... Allons, allons !... Déjà les nuques chargées de cheveux et de bijoux me suivent d'un vague balancement obéissant, il ne faut plus qu'un peu d'effort ! Voici que va s'éteindre dans leurs yeux la vindicative lumière, que vont se détendre et sourire, ensemble, toutes ces bêtes charmées.

[PRÉFACE
de l'édition du Fleuron à *La Vagabonde, L'Entrave, L'Envers du music-hall* et *Dans la foule*]

L'illusion de la liberté vaut la liberté : *La Vagabonde, L'Entrave, L'Envers du music-hall* évoquent une époque de ma vie — six années — et un milieu où rien ne me parut vil ni amer. En outre, pendant le même temps, j'ai cru, bougeant à peine, que je voyageais. Pendant six ans, passant d'un music-hall à un autre music-hall, d'un camarade-mime à un camarade-acrobate, d'une camarade-chanteuse à une camarade-danseuse, j'ai goûté la joie et le réconfort de ne rencontrer, sur ce qu'on nomme les tréteaux, ni une femme malveillante, ni un malhonnête homme.

C'est alors que j'entrepris de soumettre, au rythme de mon existence d'artiste, mon travail d'écrivain. L'étrange est que j'y réussis. *La Vagabonde* et *L'Envers du music-hall* ont profité d'un inconfort total, triomphé des chambres d'hôtel les plus médiocres, se sont contentés de la tablette à maquillage, du guéridon en faux marbre et du sous-main publicitaire. Le scrupule qui tourmente l'écrivain, à mesure qu'il mûrit, met fin, hélas, à cette souplesse.

N'empêche que ce temps de labeur simple et sain, quand je me tourne vers mon passé, je ne le contemple jamais sans gratitude...

À peine vis-je mon présent s'assombrir lorsque, de par les exigences du journalisme, il m'offrit les traits de quelques leaders politiques et me conduisit, d'un reportage sportif à une assemblée nationale, « dans la foule » qui ne me ménageait pas son nouvel et rude enseignement.

NOTICES, NOTES ET VARIANTES

CLAUDINE À L'ÉCOLE

NOTICE

Lorsqu'elle eut à rédiger une préface à la série des *Claudine*[1] pour l'édition de ses *Œuvres complètes*[2], Colette reprit les pages de *Mes apprentissages* où étaient narrées les circonstances qui l'avaient amenée à écrire ce premier roman. Nous croyons indispensable de citer ici cette préface en reproduisant en notes les passages de *Mes apprentissages*[3] modifiés par l'écrivain.

PRÉFACE

J'ai raconté dans Mes apprentissages *comment, environ deux ans après notre mariage, donc vers 1895, M. Willy me dit un jour : « Vous devriez jeter sur le papier des souvenirs de l'école primaire, je pourrais peut-être en tirer quelque chose... N'ayez pas peur des détails piquants. »*

Cet homme singulier et encore mal connu, qui signa je ne sais combien de volumes sans en avoir écrit aucun, était constamment à la recherche, pour son industrie littéraire, de talents nouveaux. Rien d'étonnant à ce qu'il ait étendu ses investigations jusqu'à son propre foyer.

1. Voir, en tête de la Note sur le texte, la partie consacrée à l'établissement du texte de l'ensemble des *Claudine*, p. 1251.
2. Flammarion, Le Fleuron, 1948-1950.
3. Publié en 1936, chez Ferenczi. La préface de l'édition des *Œuvres complètes* du Fleuron recueille, en fait, deux passages différents de *Mes apprentissages* (*OCF*, t. XI, p. 21-22 et p. 56-57). Nous donnons les leçons de *Mes apprentissages*, en bas de page, avant nos propres notes, sous appels littéraux et avec le sigle *MA/1* pour le passage repris des pages 21-22 et *MA/2* pour celui des pages 56-57. — Précisons que nous avons respecté la disposition typographique de la préface telle qu'elle est donnée dans l'édition du Fleuron ; les guillemets, notamment, sont de Colette et indiquent les passages repris par elle de *Mes apprentissages*.

« Je sortais[a] d'une longue, d'une grave maladie, dont je gardais le corps et l'esprit paresseux. Mais, ayant retrouvé chez un papetier et racheté des cahiers semblables à mes cahiers d'école, leurs feuillets vergés, rayés de gris, à barre marginale rouge, leur dos de toile noire, leur couverture à médaillon et titre orné "Le Calligraphe[1]" me remirent aux doigts une sorte de prurit du pensum, la passivité d'accomplir un travail commandé. Un certain filigrane, au travers du papier vergé, me rajeunissait de six ans. Sur un bout de bureau, la fenêtre derrière moi, l'épaule de biais et les genoux tors, j'écrivis avec application et indifférence...

« Quand j'eus fini, je remis à mon mari un texte serré qui respectait les marges. Il le parcourut et dit :

« — Je m'étais trompé, ça ne peut servir à rien.

« Délivrée, je retournai au divan, à la chatte, aux livres, au silence, à une vie que je tâchais de me rendre douce, et dont j'ignorais qu'elle me fût malsaine[b].

« Les cahiers restèrent plus de deux ans dans le fond d'un tiroir. Un jour Willy décida de ranger le contenu de son bureau.

« L'affreux comptoir en faux ébène[c], nappé de drap grenat, montra ses tiroirs de bois blanc, vomit des paperasses comprimées et l'on revit, oubliés, les cahiers que j'avais noircis : Claudine à l'école *».*

« — Tiens[d], dit M. Willy. Je croyais que je les avais mis au panier.

« Il ouvrit un cahier, le feuilleta :

« — C'est gentil...

« Il ouvrit un second cahier, ne dit plus rien, — un troisième, un quatrième...

« — Nom de Dieu, grommela-t-il, je ne suis qu'un imbécile... »

« Il rafla[e] en désordre les cahiers, sauta sur son chapeau à bords plats, courut chez un éditeur... Et voilà comment je suis devenue écrivain. »

a. Début du passage dans MA/1 : Un an, dix-huit mois après notre mariage, M. Willy me dit : / — Vous devriez jeter sur le papier des souvenirs de l'école primaire. N'ayez pas peur des détails piquants, je pourrais peut-être en tirer quelque chose... Les fonds sont bas. / Je m'émus moins de la dernière phrase, leitmotiv quotidien, varié pendant treize années avec une inépuisable fantaisie, que de la première. Car je sortais *MA/1* ✦✦ *b. Fin du passage de MA/1 :* aux livres, aux amis nouveaux, à la vie que je tâchais de me rendre douce, et dont j'ignorais qu'elle me fût malsaine... ✦✦ *c. Début du texte dans MA/2 :* Si je ne fais erreur, c'est au retour d'une villégiature franc-comtoise — car ce souvenir s'associe au regret d'un septembre roux, à grappes de raisins petits et sucrés, de pêches jaunes et dures dont le cœur était d'un violet sanglant — que M. Willy décida de ranger le contenu de son bureau. L'affreux comptoir peint en faux ébène, ✦✦ *d.* noircis : *Claudine à l'école...* / — Tiens, *MA/2* ✦✦ *e.* je ne suis qu'un c... / Il rafla *MA/2.*

1. Les cahiers de manuscrits, aujourd'hui conservés à la Bibliothèque nationale, ceux de *Claudine en ménage*, de *Claudine s'en va* et de *La Retraite sentimentale* (ces derniers incomplets), correspondent en tous points à la description qu'en donne ici Colette, sauf pour le « titre orné ».

Mais voilà aussi comment j'ai failli ne jamais devenir écrivain. Il me manquait la vocation littéraire, et il est probable que je n'aurais plus jamais produit une ligne, si, après le succès de Claudine à l'école, *d'autres tâches imposées ne m'eussent peu à peu mise dans la routine d'écrire.*

Claudine à l'école *parut en 1900, chez Paul Ollendorff, avec la seule signature de Willy. Dans l'intervalle, je dus me remettre à la besogne pour « pimenter » un peu mon texte :*

« — Vous ne pourriez pas, me dit Willy[a], *échauffer un peu ce... ces enfantillages ? Par exemple, entre Claudine et l'une de ses camarades, une amitié trop tendre... Et puis*[b] *du patois, beaucoup de mots patois... De la gaminerie... Vous voyez ce que je veux dire*[c] *? »*

La souplesse de l'extrême jeunesse n'a d'égale que son manque de scrupules. De quelle mesure fut la collaboration de Willy ? Les manuscrits fournissent, à une question cent fois posée, une réponse partielle. Sur les quatre Claudine, *seuls les manuscrits de* Claudine en ménage *et de* Claudine s'en va *ont été sauvés d'une destruction ordonnée par Willy à Paul Barlet, dit Paul Héon*[1], *secrétaire, ami, nègre, fort honnête garçon qui suspendit l'exécution commencée*[2] *et m'apporta le demeurant, que je possède encore.*

Il n'est pas sans intérêt de feuilleter ces cahiers. Tout entiers de ma main, une très fine écriture y paraît de loin en loin, change un mot, ajoute un calembour ou une réprimande fort sèche. Même, on y pouvait lire (dans Claudine en ménage *et* Claudine s'en va*) deux béquets plus importants, que je supprime dans la présente édition.*

Le succès des Claudine *fut, pour l'époque, très grand, inspira la mode, le théâtre, les produits de beauté. Honnête, et surtout indifférente, je taisais la vérité, qui ne fut connue que beaucoup plus tard. C'est pourtant la première fois qu'aujourd'hui les* Claudine *paraissent sous le seul nom de leur seul auteur*[3]. *J'aimerais aussi que l'on considérât désormais* La Retraite sentimentale *— joli titre suggéré par Alfred Vallette*[4] *— comme la suite et la fin de* Claudine.

a. je suis devenue écrivain // Je ne connus, d'abord, que l'ennui de me remettre à la besogne sur des suggestions pressantes et précises : / — Vous ne pourriez pas, me dit M. Willy, *MA/2* ✦✦ *b.* trop tendre... (il employa une autre manière, brève, de se faire comprendre). Et puis *MA/2* ✦✦ *c.* dire ? *C'est sur ce mot que se termine le passage de MA/2 utilisé par Colette pour rédiger sa préface.*

1. Ou, plus exactement, « Pol » Héon puisqu'il devait ce surnom à ses moustaches impériales. Devenu directeur de la Librairie des lettres, rue Séguier, Paul Barlet publia de Colette, en 1913, *Prrou, Poucette et quelques autres* ainsi que *L'Entrave.*

2. Toutefois, périodiquement, on entend parler des manuscrits des deux premières *Claudine.* Il y a quelques années, on les localisait en Belgique.

3. Sur cette déclaration contestable, voir p. XCVII.

4. D'abord secrétaire de direction, ensuite directeur du *Scapin,* Alfred Vallette (1859-1935) fut l'un des fondateurs de la revue, puis des éditions du Mercure de France dont il assuma, le premier, la direction. Il avait épousé Marguerite Eymery, dite Rachilde (1860-1953).

La logique et la commodité du lecteur y trouveront tous deux leur compte.

COLETTE.

Quoique le ton de cette préface soit celui d'une mise au point définitive, le lecteur est en droit de ne pas considérer sa curiosité comme entièrement satisfaite. Colette, par exemple, fait état de l'« industrie littéraire » de Willy, mais omet d'évoquer les raisons qui permirent à ce dernier de penser que sa jeune femme, qui n'avait jamais écrit, était capable de lui fournir au moins la matière première d'une œuvre digne de la publication. Sans doute pouvons-nous accorder foi à l'opinion que Sylvain Bonmariage, dans son *Willy, Colette et moi*[1], exprime ainsi : « Je crois à ce que m'a dit Willy, à ce qui me fut, par la suite, confirmé par Alfred Vallette et par Rachilde. Colette, jeune, était exceptionnellement fantaisiste. Au moment de son mariage, elle n'avait ni le métier, ni la connaissance nécessaire à l'établissement d'un texte publiable. En revanche, elle avait, sur le ton rosse, le don de la conversation, toute de verve et d'esprit cocasse. On l'écoutait, et elle aimait être écoutée. / Elle a raconté à Willy, et, paraît-il, à d'autres, dont Vallette, divers épisodes que Willy la pria de jeter sur le papier. » Cet avis semble partagé par nombre de contemporains du couple Gauthier-Villars et a pour lui la vraisemblance.

À propos des péripéties qui firent de *Claudine à l'école* un livre à succès, les souvenirs de Colette paraissent également imprécis. De ces péripéties, il existe une autre version, celle de Willy lui-même[2] qui nous apprend qu'avant de glisser le manuscrit dans son tiroir, il avait essayé de le publier : « Je portai mon manuscrit chez divers éditeurs qui, tous, le recalèrent avec ensemble. Le "bibliopole" Vanier chez qui se trouvaient mes premières *Lettres de l'ouvreuse* me proposa de le publier à mes frais — chéri, va ! La maison Delagrave, où je déposais, tous les douze mois, une décente "Année fantaisiste[3]" *ad usum puerorum,* se fût effondrée

1. Frémanger, 1954, p. 58.

2. *Indiscrétions et commentaires sur les « Claudine »,* Paris, 1962, p. 14-15. En 1920, Jules Marchand, le directeur de la revue *Sur la Riviera* (Monte-Carlo), écrivit à Willy pour lui demander de lever les masques des personnages de ces romans. Ce dernier accepta à la condition que cette correspondance restât « hermétiquement secrète » ; il lui envoya ainsi, de décembre 1920 à février 1921, quatre lettres ayant trait chacune à un roman de la tétralogie. De ces lettres, des extraits parurent dans la revue que dirigeait J. Marchand les 25 janvier et 1er février 1931, c'est-à-dire peu de temps après la mort de Willy (21 janvier 1931). En janvier 1962, le libraire parisien Blaizot les publiait sous le titre ci-dessus ; Pierre Varenne et Eugène Diard avaient écrit la préface de cette plaquette tirée à cinquante exemplaires hors commerce (coll. « Pro Amicis »).

3. C'est entre 1891 et 1908 que Willy collabora occasionnellement à ces recueils.

d'horreur... / Le libraire[1] Simonis-Empis, un ami d'enfance, que le demi-succès de *Maîtresse d'esthètes* et d'*Un vilain monsieur !* inclinait pourtant vers l'optimisme, m'affirma : "On n'en vendrait pas cent exemplaires." J'enfouis la *Claudine* méprisée dans une armoire où elle dormit cinq ans, peut-être davantage. Un beau jour, en 1900, — comme le temps passe ! — je retrouvai ces feuillets et je les confiai à Valdagne, lecteur[2] chez Ollendorff ; son avis fut favorable : le livre parut ; personne n'en parla, personne ne l'acheta[3]... Puis, un article de Maurras[4] signala "l'insondable expérience dont témoignent les plus réservées de ces confessions", et en déclencha d'autres : André Beaunier, le grave Chantavoine, Brisson en sa revue anale[5], politique et littéraire, Edmond Sée dans le *Journal*. Brusquement, le public se jeta sur mon bouquin[6]. Ollendorff jubilait, parbleu, mais ses confrères ! Je fis paraître un entrefilet rossard qui se terminait ainsi, rancunièrement : *Delagrave s'indigne, il crie à l'injustice / Vanier*[7] *en est malade et Simonis... Empis !* »

Willy et Colette, qui — ne l'oublions pas — relatent les diverses phases de l'élaboration du premier tome des *Claudine*, l'un plus de vingt ans, l'autre plus de trente-cinq après l'événement, divergent sur deux points qu'un bref résumé nous permettra de mieux distinguer. Au départ donc, Willy suggère à sa femme d'écrire ses souvenirs d'école ; elle s'exécute « avec application et indifférence[8] » ; le résultat, d'après Colette, ne satisfait pas le conjugal critique qui écarte le manuscrit et l'oublie. D'après Willy, les éditeurs alors consultés ne manifestent que réticences à

1. Le texte des lettres de Willy à J. Marchand, tel qu'il fut publié par Blaizot, contient un certain nombre d'erreurs dues sans doute à une lecture négligente des lettres autographes de Willy dont la minuscule écriture est difficilement déchiffrable. Lorsque le doute n'est pas permis, nous rectifions ces erreurs : Willy a indiscutablement écrit ici « le libraire » et non « la librairie » comme le porte le texte de la collection « Pro Amicis ».

2. Pierre Valdagne (pseudonyme de Charles-Lucien Louis, 1854-1937) était directeur littéraire des éditions Ollendorff lorsque Willy lui soumit le manuscrit de *Claudine à l'école*.

3. Colette affirme, de son côté (*Mes apprentissages*, *OCF*, t. XI, p. 59) : « Dès son apparition, *Claudine à l'école* se vendit bien. » Nous croyons pouvoir accorder ici plus de crédit à la version de Willy, car il est certain que, si la rédaction fut en grande partie le fait de Colette, la publication et la vente furent exclusivement celui de Willy, qui ne dut pas tenir sa collaboratrice au courant de ces problèmes.

4. Dans la *Revue encyclopédique* du 5 mai 1900.

5. Calembour inspiré par l'animosité qui marquait les rapports de l'auteur de la lettre avec Adolphe Brisson, le directeur des *Annales politiques et littéraires*.

6. Marie-Jeanne Viel a pu affirmer que « quarante mille exemplaires furent vendus en deux mois » et qu'« Ollendorff dut renforcer ses services de ventes » (*Paris-Presse — L'Intransigeant*, 6 mars 1957).

7. *Vannier* dans le texte de « Pro Amicis ».

8. Voir p. 1240.

la perspective de publier ces pages. Par la suite, Willy — d'après Colette — retrouve fortuitement les cahiers, les relit, s'enthousiasme, mais demande qu'ils soient échauffés et semés de mots patois avant d'être donnés en lecture. Willy, de son côté, ne fait mention d'aucune opération semblable ; il doit à la chance de retrouver le manuscrit et le propose à Ollendorff qui l'accepte. Plusieurs faits apparaissent donc comme certains : *Claudine à l'école* fut écrit, puis délaissé ; le hasard le remit en lumière, et Ollendorff, en 1900, accepta de le publier.

Il serait prématuré d'émettre ici une opinion sur les points de savoir si le manuscrit fut effectivement remanié, par qui et s'il le fut bien dans le sens qu'indique Colette ; nous aurons à y revenir. Mais que penser de la première démarche que Willy dit avoir tentée auprès des éditeurs, la rédaction du roman à peine terminée ? Qu'elle est le fruit d'une confusion, sans plus ! Car le journaliste s'abuse, il est aisé de le prouver : *Claudine à l'école* fut publié en 1900 ; Willy dit avoir enfoui l'œuvre dédaignée « dans une armoire où elle dormit cinq ans[1] » au moins, ce qui situerait sa tentative en 1895 au plus tard. Or il avait proposé ce manuscrit à quelques éditeurs dont Simonis Empis que, dit-il, « le demi-succès de *Maîtresse d'esthètes* et d'*Un vilain monsieur !* inclinait pourtant vers l'optimisme[2] » ; mais comment Simonis Empis eût-il été porté à l'optimisme par le succès de deux romans qu'en 1895 il n'avait pas encore publiés, puisque le premier parut en 1897 et le second en 1898 ? Il est au contraire extrêmement probable que Willy écarta, comme le dit Colette, un manuscrit jugé inutilisable ; que, le retrouvant après quelques années d'oubli, il essaya de le placer auprès de divers éditeurs, qui le refusèrent et qu'Ollendorff enfin l'accepta. Cette démarche aura eu lieu, non vers 1895, mais vers 1899, date normale si l'on considère que le roman parut au printemps de 1900 et que — les expériences infructueuses de Willy en font foi[3] — aucune maison ne se montrait impatiente de le publier.

Que le manuscrit ait été relégué ne fait guère de doute ; pendant combien de temps ? Pour le déterminer, il nous faut dater avec une relative précision le début de sa composition.

Dans sa version de l'événement, Colette écrit avoir été sollicitée par son mari « un an, dix-huit mois[4] » après son mariage, célébré en mai 1893 : à en croire donc *Mes apprentissages*, elle aurait entrepris de consigner ses souvenirs entre mai et novembre 1894.

1. Voir p. 1243.
2. *Ibid.*
3. Cela, de plus, pourrait être confirmé par les regrets que ressentirent, selon les dires de Willy, les éditeurs qui avaient refusé l'ouvrage. On s'imagine, en effet, assez mal ces regrets exprimés *cinq ans* après que le manuscrit leur avait été transmis, et l'« entrefilet rossard » de Willy aurait perdu toute pertinence s'il n'avait été publié à l'époque même des refus.
4. Voir var. *a*, p. 1240.

« Un certain filigrane, dit-elle, [...] me rajeunissait de six ans[1] » ; comme c'est en 1889 que Colette présenta et réussit à la fois l'examen du brevet élémentaire et le certificat d'études primaires supérieures, le filigrane la reportait bien à l'année scolaire 1888-1889. Autre précision intéressante : Colette affirme que Willy lui proposa de collaborer alors qu'elle sortait d'« une longue, d'une grave maladie[2] » ; or la fin de cette maladie peut être facilement datée. Dans *Mes apprentissages* encore, elle écrit en effet : « Lorsque, presque guérie contre toute vraisemblance, je m'en allai, avec M. Willy, à Belle-Île-en-Mer[3] » ; la correspondance qu'elle échangeait alors avec Marcel Schwob[4] permet de situer ce séjour durant l'été de 1894. De ces coïncidences peut-on déduire que Colette se mit au travail dès la fin de 1894, époque qu'elle-même désignait (« Un an, dix-huit mois »), indirectement appuyée par Willy, qui n'eût pu autrement prétendre que le manuscrit fut oublié pendant « cinq ans » ? Mais Willy lui-même en retarde la rédaction, quand il écrit à Rachilde : « Du jour [...] où j'ai pu visiter l'École-Sérail-unisexuel de Mlle Sergent, je me suis juré d'en écrire[5]. » De cette visite, la date est connue : les Gauthier-Villars s'étaient rendus une première fois à Saint-Sauveur en mai 1895. Ils y retournèrent en juillet, visitèrent l'école et assistèrent à la distribution des prix. Comme ils déclinèrent l'année suivante l'invitation à assister à la même cérémonie, on peut croire soit qu'ils se jugeassent assez bien informés, soit qu'ils craignissent de s'ennuyer, soit, comme le supposait charitablement Jean Larnac, que « par pudeur, ils s'éloignent, pour qu'au moment où paraîtra le livre la rupture soit préparée entre l'école de Saint-Sauveur et les Willy[6] ».

Le séjour à Saint-Sauveur en 1895 fut sans doute un retour aux sources. Comme Colette date son travail d'après le séjour à Belle-Île, comme Willy assure que la visite à Saint-Sauveur précéda la mise en œuvre de ce qui n'était encore qu'un projet ; comme, d'autre part, la relégation aurait duré deux ans selon l'une, cinq

1. Voir p. 1240.
2. *Ibid.*
3. *OCF*, t. XI, p. 41.
4. Pierre Champion, qui a publié la correspondance de Colette avec M. Schwob (*Marcel Schwob et son temps*, Grasset, 1927), indique lui-même l'année et cite une phrase de Colette qui permet plus de précision encore : « Et je suis contente aussi de Maeterlinck et des choses qu'il a dites du *Livre de Monelle* dans le *Mercure*. » (P. 274.) L'article de Maeterlinck parut, de fait, dans le *Mercure de France* d'août 1894 (p. 367-368). Le texte de ces mêmes lettres a été établi, ou rétabli, et annoté par Claude Pichois et Roberte Forbin (Colette, *Lettres à ses pairs*, Flammarion, 1973, p. 11-32).
5. Lettre de remerciement de Willy à Rachilde pour son article sur *Claudine à l'école* paru dans le *Mercure de France* de mai 1900 (« Revue du mois : les romans », p. 472-475). *Catalogue des lettres autographes adressées à Rachilde et à A. Vallette*, Biblis, libr. du Vieux Colombier. La lettre n'est datée que par le millésime.
6. *Colette. Sa vie, son œuvre,* Paris, Simon Krâ, 1927, p. 57.

ans au moins selon l'autre, on peut, vu que les Willy passèrent la fin de l'été dans le Jura et en Allemagne, conclure que *Claudine à l'école* a été écrit par Colette de l'automne de 1895 jusqu'à la fin de 1896. Deux ans s'écoulent. Le manuscrit est retrouvé et, avant d'être offert à Ollendorff en 1899, émondé et accourci[1].

Est-il possible qu'un tiers eût été chargé de cette mise au net ? André Parinaud rapporte que Curnonsky[2] aurait été prié de lire le manuscrit et d'en tirer un roman, mais qu'il se serait récusé « devant l'importance de l'œuvre et son originalité[3] ». Aucun des collaborateurs de Willy n'ayant revendiqué une part dans la composition des *Claudine*, le débat ne met donc plus en cause que les époux.

D'après Colette, le rôle de Willy dans la gestation des romans se serait limité à celui d'instigateur, de correcteur compétent et sévère, d'infatigable pourvoyeur de « mots » et de grivoiseries. Relatant ses premiers labeurs d'écrivain, la romancière ne fait mention que de « suggestions » étrangères. Après avoir rapporté comment elle écrivit *Claudine à l'école* et l'accueil peu enthousiaste que son mari réserva à l'ouvrage, elle soutient qu'au moment où celui-ci s'aperçut de son erreur, elle ne connut d'abord « que l'ennui de [se] remettre à la besogne sur des suggestions pressantes et précises[4] ». La phrase engage le lecteur à penser que l'œuvre entière, corrections comprises, fut son fait, sans interventions plus directes de son mentor. Que Willy, résolu à tirer ensuite parti des souvenirs de sa femme, ne se fût en rien mêlé de leur composition, la conjecture est raisonnable[5] ; elle le serait moins s'il fallait en déduire que Colette, à ses débuts, témoigna d'assez de confiance en soi pour négliger les conseils d'un mari expert en la matière et dont alors elle appréciait l'esprit et la facilité. À Jean Larnac qui lui demandait si ses souvenirs avaient bien servi à l'élaboration de *Claudine à l'école*, elle répondit cependant :

1. S'il faut en croire Curnonsky, la première version du roman aurait été beaucoup plus longue que le texte publié : « J'ai eu entre les mains la première version de *Claudine à l'école* : elle avait 656 pages. Willy n'a fait que barrer les confidences trop intimes et a divisé le reste en chapitres. Comment d'ailleurs le public n'a-t-il pas reconnu dès les premières lignes *le style d'une femme*. Et quel style ! » (Lettre inédite adressée, le 15 mars 1955 par Curnonsky à Guillot de Saix, qui nous l'a communiquée. L'auteur de la lettre souligne lui-même.) Mais comment le collaborateur de Willy pouvait-il, plus de cinquante-cinq ans après, se rappeler si précisément le nombre de pages ? Son témoignage doit être retenu avec prudence, d'autant que « Cur » était des amis de Colette.

2. Sur lui, voir la Préface de ce volume, p. XIX et n. 2.

3. « Colette et ses personnages », émission radiodiffusée, Poste parisien, 14 décembre 1955.

4. Voir var. *a*, p. 1241.

5. Curnonsky affirme avoir reçu « la première version » de l'ouvrage ; elle ne contenait apparemment aucune correction de Willy qui semble avoir voulu se décharger entièrement sur son collaborateur du soin de l'aménager en roman. Cela confirmerait que Colette rédigea seule cette première version.

« Oui, après avoir été, inutilement, à mon sens, pimentés d'inventions équivoques[1]... », déclaration qui assigne au seul Willy la responsabilité du caractère précisément « équivoque » de Claudine, mais implique aussi de sa part de tangibles interventions. L'intéressé, entretenant Rachilde de l'élaboration de l'œuvre, lui écrivait : « Ça venait très mal, quand j'ai songé — enfin — à redire simplement ce que disait Colette[2] », ce qui pourrait signifier que Willy s'en tint au texte de sa femme, qu'il n'y apporta en tout cas aucune modification qui ne fût puisée dans les notes de celle-ci ou ses récits. Vu ces divergences, la question reste posée : Willy participa-t-il ou non à la rédaction de la première œuvre de Colette ?

Les cahiers de manuscrits conservés[3], sont à cet égard précieux ; il y apparaît en effet que Colette les soumettait à son mari au fur et à mesure qu'elle les remplissait. Les notes impératives qui en garnissent les marges ne s'expliqueraient pas autrement, car il leur est donné suite dans le cours de la rédaction et non en corrections surajoutées, qui auraient pu ne l'être que beaucoup plus tard. Or Colette composait alors, ne l'oublions pas, ses troisième et quatrième romans. N'est-il pas normal de penser que Willy dut surveiller avec plus de minutie encore la mise au point des deux précédents et du premier en particulier ? Sans doute les circonstances qui donnèrent naissance aux troisième et quatrième volumes de la série furent-elles très différentes de celles qui permirent à *Claudine à l'école* de voir le jour : au moment où Colette les rédigeait, son héroïne avait atteint la notoriété ; elle était devenue, grâce au succès des premières *Claudine* et à celui de leur adaptation théâtrale, une vedette de l'actualité, exigeant alors tous les soins du maître. En 1895-1896, en revanche, Claudine n'était encore qu'un personnage à naître dont Willy ne pouvait savoir qu'il lui attirerait renom et fortune. Le journaliste aurait-il accordé beaucoup de soins à une entreprise dont l'issue restait hasardeuse ? Aussi tout permet-il de croire que les histoires d'école gaillardement narrées par sa femme le séduisirent au point de le déterminer à en tirer un roman, qu'il l'engagea à rédiger ses souvenirs, à les recomposer à sa guise, attendant, quant à lui, le terme de l'exercice pour en juger les résultats. Ils ne furent guère concluants et ce ne fut qu'après plusieurs années d'oubli qu'il en reconnut l'intérêt ; Curnonsky à ce moment prié d'intervenir s'étant récusé, ce serait à Colette elle-même et, à en croire *Mes apprentissages*, à elle seule, qu'il aurait confié la tâche de retravailler le manuscrit, ne la guidant que de suggestions.

Nous ne pouvons, sur ce dernier point, suivre aveuglément la version de Colette ? Il est, au contraire, probable que Willy corrigea lui-même le manuscrit qu'il avait redécouvert. S'il n'en était

1. *Colette. Sa vie, son œuvre,* p. 67.
2. Lettre de remerciement de Willy à Rachilde, voir n. 5, p. 1245.
3. Voir n. 1, p. 1264.

ainsi, par quel hasard les caractéristiques lexicales, syntaxiques, stylistiques ou autres de ses interventions, telles qu'elles peuvent être relevées dans les cahiers conservés — ceux qui composent le manuscrit de *Claudine en ménage* particulièrement — se retrouveraient-elles, évidentes, dans nombre de pages de *Claudine à l'école* ? Sans prétendre — il s'en faut — qu'il le récrivit, nous croyons que ses interventions furent nombreuses et parfois importantes ; nous signalerons en notes certains des passages où elles paraissent difficilement discutables.

Dans *Mes apprentissages,* Colette est sévère pour ses premiers « pensums » : « je ne trouvai pas mon premier livre très bon — ni les trois suivants. [...]. La jeunesse, certes, y éclate, quand elle ne ferait que se marquer par le manque de métier[1]. » Qu'en écrivant le premier d'entre eux, la jeune femme s'essayât à la littérature, la simplicité de sa composition l'atteste ; d'un développement uniforme, peu élaborée, rédigée dans un style constamment alerte, mais sans grand souci d'harmonie, l'œuvre témoigne de beaucoup d'inexpérience dans l'art de concevoir et d'agencer un roman. Colette a quelque vingt-deux ans, lorsqu'elle ouvre le premier de ses cahiers. À cette débutante, on réclame des mémoires. N'est-il pas normal qu'elle les rédige comme elle accomplissait naguère ses travaux scolaires, les fameuses « compositions françaises » qu'exigeait Mlle Terrain[2] ? Patiemment, elle écrit ; patiemment, à une narration elle ajoute une narration, puis une autre encore. Pour satisfaire Willy, de faits réels qu'elle corse, elle tire des « fables plausibles[3] » et, quand il rouvre des cahiers un temps oubliés, elle se remet docilement à la besogne sous l'œil du maître qui veille alors — on peut l'imaginer — à la présentation littéraire, explique en corrigeant comment glisser d'une scène à l'autre, bâtir un dialogue, répartir les morceaux pour entretenir l'intérêt. Comme aucune forme n'est mieux faite à la fois pour masquer l'inexpérience de Colette et garder à l'ensemble de ces narrations un caractère de jaillissement, d'improvisation, c'est un journal que l'on fait rédiger à Claudine qui reconnaît : « c'est décidément un journal, ou presque, que je vais commencer[4]... » La restriction que nous lisons dans cet « ou presque » aurait-elle pour seul but de justifier le déséquilibre de la composition[5] ? Ne serait-elle pas là plutôt pour excuser la rareté

1. *OCF,* t. XI, p. 58-59.
2. Voir n. 2, p. 12.
3. *Mes apprentissages, OCF,* t. XI, p. 59.
4. *Claudine à l'école,* p. 11.
5. *Claudine à l'école* se divise en deux parties d'inégale importance : la première — la seule dont la facture évoque le journal intime — contient un peu plus du tiers de l'ouvrage ; la seconde recueille les souvenirs que Claudine a gardés de l'examen du brevet et de la visite du ministre de l'Agriculture à Montigny.

des confidences dans un journal si peu intime[1] ? De quoi se compose en effet la première *Claudine* ? De faits divers, lâchement reliés entre eux par une chronologie assez peu rigoureuse, qui n'engagent que bien peu l'écolière plus soucieuse de rapporter la chronique scandaleuse de son village et de son école que de réfléchir, ou mieux, de laisser se réfléchir en elle les événements qu'elle consigne. Observons que la déception provoquée par le refus qu'oppose Aimée Lanthenay à l'amitié de Claudine n'est guère profonde, qu'elle s'atténue en peu de jours pour se muer en résignation et s'évanouir. Encore est-ce là le seul « drame » qui concerne directement la jeune fille ; du reste, elle demeure la spectatrice clairvoyante et passionnément intéressée. Ce n'est certes pas du côté de la confession que sont à chercher les raisons de l'engouement des critiques et des lecteurs au moment de la publication du roman. Que le succès qu'il obtint alors fût attribuable à l'allègre curiosité, à la franche spontanéité, à l'esprit impitoyable dont a été gratifiée l'adolescente ne peut faire de doute. Sans ces qualités, que manifestent tant de portraits savoureusement croqués ou de scènes vivement enlevées, qui eût prêté attention aux ridicules des habitants du petit village de basse Bourgogne rebaptisé Montigny, aux étourderies du Cosinus provincial que Colette a donné pour père à Claudine, ou aux effervescences de deux institutrices et de quelques candidates au brevet élémentaire ?

Avec une intuition littéraire étonnante, Rachilde avait, dès 1900, désigné le caractère neuf et novateur de l'ouvrage : « *Claudine à l'école* n'est ni un roman, ni une thèse[2], ni un manuscrit[3], ni quoi que ce soit de convenu ou d'attendu, c'est une personne vivante et debout, *terrible*[4]. » Qu'à l'époque, les plus attentifs des lecteurs aient été sensibles au mythe naissant, d'autres articles le prouvent. Mais un caractère très particulier du roman semble avoir échappé aux critiques du temps. Nul, en effet, ne s'est étonné de la distance que Claudine parvient à garder avec les personnages et les lieux qu'elle décrit. C'est beaucoup plus tard que Thierry Maulnier qualifiera la campagne de Colette de

1. Ce que la romancière confirme indirectement, quand elle prête à Claudine cette réflexion « :[...] tout ce que je ne confie qu'à Fanchette ou à mon oreiller (et même pas à mon journal) » (p. 212).

2. Il est possible que Rachilde réfute ainsi les arguments de certains critiques qui, aux dires de Willy, avaient présenté le signataire « comme un adversaire de l'école laïque » (*Indiscrétions et commentaires,* p. 13).

3. Allusion à la préface du roman, dont le lecteur trouvera le texte complet p. 3-5.

4. Un peu plus loin, elle ajoutait : « De Willy, le livre est un chef-d'œuvre. De Claudine, le même livre est l'œuvre la plus extraordinaire qui puisse éclore sous la plume d'une débutante, elle promet un peu plus que la gloire à son auteur : le *martyre,* car il n'y aura jamais assez de pierres et de couronnes de ronces à lui jeter. » (*Mercure de France,* mai 1900, « Revue du mois ». C'est Rachilde qui souligne.)

« campagne pour citadines[1] », et encore le critique jugeait-il *La Retraite sentimentale* plus que les romans précédents. Reconnaissons qu'une telle appréciation convient *a fortiori* au premier roman de l'écrivain, au seul qui situe l'héroïne dans le cadre rural de son village. Montigny, ses habitants, ses environs nous sont présentés par une très jeune Fresnoise, qui, d'une part, multiplie les évocations bucoliques et les témoignages d'attachement au terroir, mais, de l'autre, s'affirme tout le contraire d'une paysanne. Il est évident, dès les premières pages, que Claudine est et se sait supérieure à tous et à tous égards : aux habitants du village par l'origine sociale, à ses condisciples par l'intelligence, la beauté et l'élégance, à ses institutrices par la lucidité, et même à certains examinateurs du brevet par la culture et l'esprit. Une telle supériorité, certes non exempte de complaisance, réserve à l'héroïne une place privilégiée au sein de la communauté dans laquelle elle évolue ; sans lui être étrangère — ce qui aurait transformé le personnage en petite vacancière condescendante —, elle est placée par l'auteur au-dessus de son milieu. Et voilà qui explique la perspicacité de son regard, la sévérité de ses jugements et leur étonnante maturité ; voilà qui éclaire aussi la singulière faculté de Claudine d'extraire des scènes qu'elle rapporte un pittoresque auquel ses compagnes, par exemple, restent insensibles ; qui justifie qu'elle puisse abstraire des paysages décrits une idée de la nature tout étrangère aux « naturels » du Fresnois. Très habilement — encore qu'inconsciemment sans doute —, l'écrivain évite de dépayser à l'excès un public habitué à n'apprécier de paysages que ceux que recèlent les musées ; discrètement, elle le flatte en annonçant le prochain départ de son héroïne pour Paris, seul endroit où puisse se faire son « entrée dans le monde[2] », dans ce monde auquel déjà elle appartient par nombre des traits qui lui furent prêtés. Jouant sur les deux tableaux, Colette s'acquiert la sympathie complice du lecteur et celle-ci ne fut certes pas pour rien dans l'accueil enthousiaste fait à l'ouvrage en 1900[3].

Qu'aujourd'hui encore, *Claudine à l'école* suscite de l'intérêt tient à d'autres raisons : à nous qui disposons de l'œuvre achevée, il révèle ce qui est promesses, ou prémices. Tant par l'apparent laisser-aller de la composition, que par la spontanéité, la vivacité du style, le roman annonce indubitablement l'œuvre à venir. Surtout certains thèmes, qui bientôt connaîtront un grand développement, se trouvent esquissés ici : l'attrait pour les animaux, le chat particulièrement, dans les soins qu'accorde à Fanchette une Claudine parfois négligente ; l'amour de la nature, qui est, au moment de la rédaction du roman, et restera jusqu'à la mort de l'écrivain, de caractère proprement nostalgique ; le dédain

1. *Introduction à Colette,* La Palme, [1955], p. 17.
2. *Claudine à l'école,* p. 192.
3. Voir la Préface générale à ce volume, p. LXIX, ainsi que p. 1242.

souvent méprisant pour ce qui eſt ou semble viril et la vigilante compréhension pour tout comportement féminin, même dévoyé. L'amour enfin, sentiment qui nourrira tant et tant de pages par la suite, eſt déjà présent dans l'inquiétude d'une jeune fille qui n'en connaît encore que l'attente. Et cette attente même eſt, dès l'origine, marquée d'exigences ; elle eſt aussi désabusée et comme mortifiée : « [...] je me sens l'âme tout endolorie, parce que, moi qui n'aime guère danser, j'aimerais danser avec quelqu'un que j'adorerais de tout mon cœur, parce que j'aurais voulu avoir là ce quelqu'un [...], parce que ce quelqu'un-là me manque follement, et que j'en suis humiliée, et que je ne me livrerai qu'au quelqu'un que j'aimerai et que je connaîtrai tout à fait, — des rêves qui ne se réaliseront jamais, quoi[1] ! »

De l'humiliation ici consignée, de l'absence qui la motive, Colette confiera bientôt à Claudine, avant Annie et Minne, le soin d'éprouver la blessure. Elle réservera cependant à la vagabonde Renée Néré de tirer — provisoirement tout au moins — les conclusions qui s'imposent, lorsqu'il ne peut plus être nié que les rêves ne se réalisent pas.

PAUL D'HOLLANDER.

NOTE SUR LE TEXTE

SUR LE TEXTE DES « CLAUDINE »

On a choisi de reproduire pour la série des *Claudine*, le texte des éditions originales, tout en le purgeant de ses fautes d'impression et en l'adaptant aux normes de cette collection. En effet, il y eut entre Colette et Willy un tel contentieux que Colette reporta sur ses premiers livres une partie des sentiments hoſtiles qu'elle avait voués à celui qui les signa. L'édition du Fleuron parfois modifie, parfois retranche, en prenant pour base un texte qui, d'impressions en réimpressions, s'était dégradé : elle montre des omissions typographiques. Les quatre *Claudine* étant définitivement signées Willy et Colette, alors que dans l'édition du Fleuron ils n'avaient pour auteur déclaré que Colette, il importe de reproduire la version originale, conforme à la double signature. On ne peut donc pas, dans le cas des quatre *Claudine*, se conformer au vœu que Colette exprimait, en son seul nom, dans la préface générale de l'édition du Fleuron (t. I, 1948) : « Je n'ose pas, je ne veux pas porter, sur d'anciennes œuvres, la main qui a su les écrire et serait sans doute maladroite à les amender. Elles garderont toutes les marques du temps, de l'erreur, de la hâte. Fraîches ici, plus loin tachées, que leurs macules atteſtent mon âge, mon long labeur, et l'honorable évolution qui transforme un écrivain hardi en critique timoré. Du moins les coupu-

1. *Claudine à l'école,* p. 212.

res, les modifications que j'ai maintenues, je me les suis accordées en connaissance de cause et je désire qu'elles soient respectées dans mes éditions à venir. »

Quelques-unes de ces « coupures » et « modifications » seront indiquées dans les variantes, où l'édition du Fleuron est symbolisée par *F*.

On trouvera le sens des mots et expressions empruntés par Colette au dialecte poyaudin dans l'annexe le « Lexique des « Claudine » et on se repérera dans Saint-Sauveur et les environs grâce à l'Aperçu topographique.

SUR LE TEXTE DE « CLAUDINE À L'ÉCOLE »

Le manuscrit.

Le manuscrit de *Claudine à l'école* a disparu, détruit, affirme Colette[1], sur l'ordre de Willy, qui aurait chargé son secrétaire, Paul Barlet, d'éliminer la preuve que le signataire n'était pas l'auteur du roman. L'opération aurait eu lieu après la séparation légale de Colette et de Willy, le 13 février 1907. Quelques mois plus tard, soit le 19 octobre, ce dernier cédait à Ollendorff ses droits sur le roman[2].

Ont également disparu la dactylographie, forme sous laquelle le roman dut être remis à Ollendorff[3], et les épreuves.

L'édition originale.

Cette édition est un in-18 de 345 pages (IX-336). La couverture porte : Claudine / à l'école / par / Willy / Paris / Société d'éditions littéraires et artistiques / Librairie Paul Ollendorff / 50, Chaussée d'Antin. Elle est illustrée d'un dessin à la plume rehaussé de couleurs, représentant, assise sur un banc d'école devant un tableau noir, une Claudine aux boucles lâches, nœud rose dans les cheveux, habillée d'une sorte de tunique à longues manches d'un mauve léger sur laquelle elle porte un tablier bleu pâle et une cape munie d'un capuchon d'un rouge aujourd'hui passé ; elle est chaussée de sabots. Cette couverture est signée E. [Emilio] Della Sudda, auteur du beau portrait de Colette longtemps conservé aux Monts-Boucons. Sur la page réservée aux ouvrages « du même auteur », Willy évidemment, on trouve mention de : *Maîtresse d'esthètes*, 1 volume, *Un vilain monsieur !*, 1 volume et, « En préparation », *Un voyage sentimental*[4].

En quatrième page de couverture, sont annoncés « Les Livres

1. Voir p. 1241.
2. Voir la Préface à ce volume, p. XCV.
3. Dans *Mes apprentissages* (*OCF*, t. XI, p. 74), Colette évoque les « cagoule[s] dactylographique[s] » dont Willy faisait revêtir les pages issues de nombre de plumes différentes. Il n'y a pas de raison que *Claudine à l'école* échappât à cette règle : transmettre le manuscrit, c'était révéler l'auteur ou le principal auteur.
4. Ce titre se retrouvera p. 1292 et n. 5, p. 1501.

du jour », soit : *Gens de la noce*, par Georges Ohnet ; *La Petite Bohême*, par Armand Charpentier ; *Poil de Carotte*, par Jules Renard (couverture de Huard) ; *Le Colporteur*, par Guy de Maupassant ; *L'Écornifleur*, par Jules Renard ; *L'Amour du prochain*, par Pierre Valdagne (dessins de Lucien Métivet). Ces livres sont présentés comme « les plus récents succès de la librairie Ollendorff » ; les titres sont répartis en deux colonnes séparées par la tige d'une fleur stylisée qui s'achève en un masque.

La page de titre se présente ainsi : Willy / [filet] / Claudine / à l'École / [marque de l'éditeur] / Paris / Société d'éditions littéraires et artistiques / Librairie Paul Ollendorff / 50, Chaussée d'Antin, 50 / [petit filet] / 1900 / Tous droits réservés.

Le livre a été imprimé à Châteauroux par A. Majesté et L. Bouchardeau, A. Mellottée succ. Il ne porte pas la date de l'achevé d'imprimer ni celle du dépôt légal.

La mise en vente peut être fixée dans la semaine qui précède le 24 mars 1900 : la livraison de la *Bibliographie de la France* qui porte cette date annonce dans sa partie commerciale que le roman vient d'être publié. Du 27 février au 18 avril, *Claudine à l'école* fournit des allusions aux articles que Willy écrit pour *L'Écho de Paris*[1]. L'ouvrage ne sera enregistré dans la partie officielle de la *Bibliographie de la France* que le 19 mai.

Il a été tiré de l'édition originale dix exemplaires sur papier de Hollande numérotés.

En 1924, Albin Michel reprit le fonds Ollendorff et devint donc l'éditeur de trois des quatre *Claudine*.

L'édition du Fleuron.

Dans la préface générale à l'édition de ses *Œuvres complètes,* Colette affirmait ne pas vouloir « amender[2] » les « anciennes œuvres[3] » que constituent les *Claudine.* Une telle déclaration ne doit cependant pas être prise au pied de la lettre. Le texte de l'édition originale de *Claudine à l'école*, que les éditions publiées entre 1900 et 1948 n'avaient pas modifié, a subi, dans celle du Fleuron, de très nombreuses corrections : la ponctuation et les signes orthographiques furent à eux seuls l'objet de près d'un millier de modifications : on compte une centaine de mots supprimés, une autre centaine de mots remplacés par d'autres, vingt-trois mots ajoutés et environ cent vingt corrections grammaticales. Si l'orthographe et la grammaire exigeaient la plupart de ces interventions, toutes ne sont pas pour autant marquées au coin de la logique la plus rigoureuse. Ces interventions ne sont pas vraiment significatives. Elles ne témoignent pas de la volonté de l'auteur d'éliminer les traces d'une collaboration

1. P. D'Hollander, *Colette, ses apprentissages* (Klincksieck, 1978), p. 61.
2. Voir p. 1251.
3. *Ibid.*

importune à son souvenir. Il en ira autrement dans les romans suivants.

Le texte reproduit est celui de l'édition originale (Ollendorff, 1900).

P. D'H.

NOTES ET VARIANTES

Page 3.

PRÉFACE

Cette Préface, donnée en tête du roman dans l'édition originale (p. V-IX), a manifestement été rédigée par Willy. Elle n'a pas été acceptée sans peine par l'éditeur, qui aurait préféré ne pas la publier, comme le prouve la lettre que Pierre Valdagne envoya à Willy, le 1er février 1900[1] : « Mon cher ami, / J'ai lu votre préface et j'ai voulu la faire lire à Ollendorff. Nous pensons, tous les deux, qu'elle a ce grand défaut de laisser croire que le roman n'est pas de vous. Croyez-vous, vraiment, que cette préface soit utile ; elle retarde le lecteur, appuie sur le côté scabreux... enfin si vous avez une minute nous aimerions bien en causer avec vous. / Bien cordialement / Pierre Valdagne. »

Nous ne disposons pas de la réponse de Willy. Cependant, au haut de la lettre du lecteur d'Ollendorff, il a, selon son habitude, indiqué les éléments principaux de cette réponse : « Répondu / A) Préface utile pour disculper Claudine / B) Artifice littéraire très employé. Exemples de *[sic]*. » Et, au-dessus de l'en-tête de la Société d'éditions littéraires et artistiques (librairie Paul Ollendorff), il écrit encore, au crayon cette fois et de manière presque illisible : « + irai vous voir / + amoralité [réfutée par ?] avance / + tirage [en nos conventions ?] »

Nul doute qu'il ait obtenu gain de cause puisque le roman parut préfacé du texte qui figure ici.

1. Né le 10 août 1859, Willy avait lui-même quarante ans au moment de la publication de *Claudine à l'école*.

2. La phrase de Willy est à l'origine de la légende tenace du manuscrit « noué de la faveur rose » qu'au début tout au moins, Colette elle-même semble avoir accréditée. Dans la lettre de remerciement qu'il adressa à Rachilde après la publication de l'élogieux article qu'elle avait écrit à propos du roman (voir n. 5, p. 1245), Willy évoque les « notes » que sa femme aurait prises ; remerciant Rachilde à son tour, Colette écrit : « Vous savez, il y a des années que j'avais ce gros tas de notes en journal, mais je n'aurais pas osé croire que ce fût lisible. » (Voir *Le Figaro*, supplé-

1. Bibliothèque nationale, fonds Colette, dossier de questions litigieuses.

ment littéraire du 20 janvier 1973 : « Le mystère de Claudine enfin éclairci. ») Il ne fait guère de doute que la jeune femme fait allusion, non à des notes qu'elle aurait consignées au cours de sa dernière année scolaire, mais au premier état du roman (voir la Notice, p. 1247-1248) ; *Mes apprentissages* lèvera l'équivoque qu'elle semble ici entretenir. Cependant, en 1950 encore, Michel Georges-Michel rapportait qu'au cours d'une conversation, la romancière lui aurait affirmé : « Ce sont mes cahiers d'école qui ont fait naître *Claudine à l'école*. » (*Aux écoutes*, « Chronique du rire jaune : Un procès posthume », 9 juin 1950.)

3. Héroïne du roman de même titre de Marcel Prévost publié en 1888 : Hélène Ducatel, dite Chonchette, témoigne une amitié passionnée à une amie de pension, Louise de Morland, dont elle épousera le fiancé.

4. Le roman d'Adolphe Belot (1829-1890), *Mlle Giraud, ma femme* (E. Dentu, 1870), qui connut trente réimpressions en quinze ans, décrit les frustrations de l'époux de Paule Giraud, jeune femme entièrement dominée par une ancienne amie de pensionnat, Berthe de Blangy.

5. Le roman de René Maizeroy (pseudonyme du baron René-Jean Toussaint, (1856-1918), publié chez Victor Havard, en 1885, décrit effectivement le « détraquement » à quoi mène l'obsession saphique. — Tiré du latin *fervidus* (bouillant et, au sens figuré, ardent, fiévreux, passionné), l'adjectif « fervide » est rarissime et seul Frédéric Godefroy le cite, dans son *Dictionnaire de l'ancienne langue française*, pour l'avoir découvert dans Richelet (XVIIe siècle). Il ressemble fort aux néologismes utilisés par les auteurs fin de siècle, qui d'aventure latinisaient autant que Ronsard et ses émules, mais il ne figure pas dans le *Petit glossaire pour servir à l'intelligence des auteurs décadents et symbolistes*, signé Jacques Plowert (Vanier, 1888).

Page 4.

1. Héroïne du roman de même titre de Théophile Gauthier paru en 1836 : Mlle de Maupin avait décidé de s'habiller et de se comporter en homme pour étudier la manière masculine de considérer les femmes ; elle avait ainsi suscité l'amour de Rosette.

2. C'est sous le second Empire, par le fait de la censure sévère exercée par la police de « Badinguet », que se développa en Belgique une certaine industrie du livre pornographique, et de nombreux ouvrages de cette sorte imprimés en France se donnèrent par prudence pour publiés hors frontière.

3. L'héroïne de *La Fille aux yeux d'or* de Balzac, Paquita Valdès, achetée et séquestrée par la marquise de San-Réal, fut par celle-ci poignardée pour être devenue la maîtresse du bel Henri de Marsay.

4. Marcel Prévost (1862-1941), qui fut polytechnicien et,

jusqu'en 1890, ingénieur des manufactures de tabacs, était entré en littérature à cette date après avoir publié trois romans déjà dont *Chonchette* (voir n. 3, p. 3). Il connut un grand succès comme romancier spécialisé dans l'analyse des âmes féminines (*Les Demi-Vierges, Lettres de femmes*, etc.) et entra à l'Académie française en 1909. Il sera à plusieurs reprises question de Marcel Prévost dans les *Claudine*, particulièrement dans *Claudine en ménage*.

5. Ce don Juan ne pouvant être qu'Antonin Rabastens, le beau sous-maître méridional, on ne devine pas à quel épisode du roman Willy fait ainsi allusion.

Page 5.

1. Quoiqu'il soit vraisemblable que Willy ait espéré n'être pas cru, lorsqu'il limitait de cette façon sa collaboration au roman, une telle phrase n'est pas sans infirmer les assertions de Colette qui insista souvent sur l'anonymat dans lequel elle aurait été tenue. De ces coupures et atténuations, il est fait mention dans les lettres déjà citées (voir n. 2, p. 3) ; Willy écrit à Rachilde, évoquant les « notes » de sa femme : « notes [,] qu'il a fallu (oui, il a fallu, oui je vous assure) affadir et féminiser pour la vraisemblance : avant cette édulcoration, qu'elles étaient d'une âpre et amusante spontanéité garçonnière ! » ; Colette à la même : grâce à Willy « qui a élagué et atténué des crudités par trop Claudinières, Claudine est devenue acceptable ».

2. Dans la réalité, c'est en septembre 1890 que fut inauguré le nouveau groupe scolaire de Saint-Sauveur, non par Jean Dupuy — nommément désigné dans *Claudine à l'école* —, mais par le ministre Jules-Paul Develle (voir n. 1, p. 176).

3. La précision chronologique explique que de nombreuses références à des événements échus au cours de l'année 1899 aient été ajoutées au texte du roman.

4. Des extraits d'*Indiscrétions et commentaires* permettent de penser que l'ironie du signataire de la préface n'épargnait pas la fille du capitaine Colette.

Page 7.

CLAUDINE À L'ÉCOLE

1. Les informations concernant Saint-Sauveur-en-Puisaye, le Montigny de Claudine, figurent dans l'« Aperçu topographique ».

2. Née le 28 janvier 1873, Colette est donc de onze ans l'aînée de son héroïne. La date de naissance de cette dernière fut très probablement précisée ou corrigée au moment de confier le manuscrit à Ollendorff, car la logique l'exigeait : dans sa préface au roman, Willy précise, en effet, que « c'est à des événements échus en 1899 que se rapportent ces confessions déroutantes » ; et, vers la fin de l'ouvrage, Claudine s'étonnera : « Je me ressen-

tirais donc des seize ans que j'atteins ? » (P. 109.) Dans la réalité, le roman condense des événements survenus dans l'existence de la romancière entre sa quinzième et la fin de sa dix-septième année, soit de 1888 à 1890. Nos informations à propos de ces événements, des personnages ou des lieux du roman, doivent beaucoup à l'article minutieusement documenté de Mme Élisabeth Charleux-Leroux : « Réalité et fiction dans *Claudine à l'école.* » (*Bulletin de la Société des sciences historiques et naturelles de l'Yonne*, t. CXIII, 1981.) Les renseignements empruntés à cet article, avec l'autorisation de l'auteur, sont ici signalés par l'abréviation : « Réalité et fiction ».

Page 8.

1. Colette consacrera un chapitre de son recueil *En pays connu* à « Ma Bourgogne pauvre » (*OCF*, t. XIV, p. 400-403).

2. La passe-rose ou passerose, appelée aussi primerose et, plus savamment, *althaea*, est la rose trémière, espèce de guimauve aux grandes fleurs colorées.

Page 9.

a. affolée devant les inspecteurs primaires, le docteur *F*

1. Le passé composé semble ici inapproprié, vu que le lecteur assistera aux différentes phases de la démolition de cette « vieille école ». Jean Larnac fut le premier à apporter des précisions sur l'histoire de l'établissement si cher au souvenir de Colette (voir *Colette. Sa vie, son œuvre,* p. 37-38) ; elles ne sont cependant pas toutes de la plus grande exactitude. Nous résumons ici les renseignements très détaillés que contient l'article « Réalité et fiction » de Mme Charleux-Leroux. La vieille école, que Gabrielle Colette fréquenta de 1879 à 1888, avait été installée dans une maison de maître et ses dépendances, sise faubourg de la Gerbaude, achetée par la commune de Saint-Sauveur le 21 juin 1860 aux héritiers de son ancien propriétaire, M. Edme-Charles-Zacharie Paultre, dit Des Ormes. Dès septembre 1884, la commune avait décidé d'importants travaux de reconstruction et d'agrandissement : « Il s'agissait de raser l'école de garçons [anciennes écuries et remises] et le bâtiment central, de relever celui-ci sur les anciennes fondations, en le prolongeant toutefois vers le nord, et de lui adjoindre à droite et à gauche deux pavillons destinés aux écoles » (« Réalité et fiction »), le corps central étant destiné à la mairie. Des difficultés de financement et des complications administratives retardèrent le début des travaux qui ne furent entrepris qu'au printemps 1887. Sur la façade, on peut voir encore une pierre portant gravée cette inscription : « Cette pierre a été frappée par M. Merlou, conseiller général, maire de Saint-Sauveur, le 14 juillet 1887. » (À propos de Merlou, voir n. 3, p. 1258.) Comme le raconte Claudine, la vieille école ne fut pas

désertée pendant ces travaux : les élèves continuèrent à l'occuper jusqu'à l'achèvement du nouveau groupe scolaire, une première fois inauguré en 1888. La mairie, quant à elle, ne fut terminée que bien plus tard et la réception provisoire du bâtiment central qui devait l'abriter est datée du 13 février 1890. L'inauguration officielle de l'ensemble, fidèlement narrée dans ce roman, n'eut lieu que le 28 septembre 1890. Se fiant à cette seule date, Jean Larnac crut que Colette n'avait pu fréquenter la nouvelle école, ce en quoi il se trompait.

2. Il s'agit de Mme Viellard qui, n'ayant pas le brevet supérieur, dut abandonner contre son gré la direction de l'école — qu'elle assumait depuis huit ans — au moment de l'adjonction du cours complémentaire préparant précisément à ce brevet. Elle avait atteint les quarante ans, en effet, en mars 1887.

3. Le modèle du docteur Dutertre est bien connu : Pierre Merlou, né à Denguin dans les Basses-Pyrénées le 18 février 1849, médecin depuis 1877, s'était installé à Saint-Sauveur en 1878 ; comme Dutertre, il fut nommé médecin des Enfants assistés en 1879, mais, à la différence de ce dernier, il était déjà conseiller général en 1880, maire de Saint-Sauveur en 1885, et, au moment de l'inauguration des écoles, en 1890, il était député depuis un an. Réélu dans la deuxième circonscription de l'Yonne en 1893, 1898 et 1902, il devint sous-secrétaire d'État aux Finances dans le cabinet Rouvier de 1901 à 1905, puis ministre des Finances du 17 juin 1905 au 14 mars 1906. Il sera ensuite nommé ministre plénipotentiaire à Lima et mourra le 22 novembre 1909 au Vésinet. Il avait abandonné la mairie de Saint-Sauveur et le conseil général en 1904. Si, au physique, le personnage paraît exactement copié, ses tares psychologiques et morales pourraient avoir été exagérées par le fait du ressentiment que nourrissait à son égard la fille de Jules Colette, rival politique malheureux de Merlou. Un violent pamphlet lui a été décoché par André Gaucher : *Son Excellence monsieur Merlou,* Société nouvelle d'éditions parisiennes, 1906.

4. La fonction de délégué cantonal, purement honorifique mais recherchée pour l'influence électorale qu'elle offrait, consistait à surveiller l'état et l'hygiène des locaux, l'encombrement éventuel des classes, et à noter les besoins en matériel des écoles primaires. Nommés pour trois ans par le conseil départemental de l'Instruction publique, ces fonctionnaires usurpaient facilement les prérogatives de l'inspecteur primaire.

Page 10.

a. famille), ma sœur de première communion, une fillette *F*

1. Cette référence à l'Exposition universelle, tout comme celle qui figure p. 171, répond au besoin d'actualiser le roman et fut vraisemblablement ajoutée au moment de la mise au net du

manuscrit. Une telle référence n'aurait guère eu de sens à l'époque où Colette remplissait ses premiers cahiers, soit vers 1896 (voir la Notice, p. 1244-1245). L'Exposition fut inaugurée le 14 avril 1900 et se prolongea jusqu'au 4 novembre.

2. Premier témoignage de la volonté de Colette de priver ses héroïnes de toute ascendance. Les absences d'un père « tout à ses travaux » seront fréquemment soulignées dans les deux premiers romans.

3. Dans la réalité, c'est Sido qui voulut que Minet chéri restât à l'école publique de Saint-Sauveur après le certificat d'études, bien qu'il n'y eût pas jusqu'en 1887 de cours complémentaire. Juliette pensionnaire avait été trop malheureuse. Il est exclu que les Colette, républicains, eussent mis leur fille dans une école confessionnelle (même s'ils doublaient les actes d'état civil de cérémonies religieuses).

4. Colette ménage Claire beaucoup plus que les autres amies de Claudine et ce, pour de bonnes raisons : Yvonne Jollet, son modèle, est la seule à qui l'écrivain conservera son amitié. Née, elle aussi, en janvier 1873, quatrième fille d'une famille de cultivateurs installée à proximité de Saint-Sauveur, elle avait fréquenté avec son amie Gabrielle l'école communale et le catéchisme, mais avait quitté l'école après le certificat d'études. Elle allait devenir apprentie modiste à Joigny, puis à Auxerre, avant de s'installer à Saint-Sauveur, rue de la Roche. On sait qu'Yvonne Jollet assista au mariage de Gabrielle Colette et de Henry Gauthier-Villars. En 1898, elle épousait à Paris le fils d'un médecin de Pourrain, Raoul Précy, ingénieur sorti de Centrale ; Willy fut un de leurs témoins. Le couple passait une partie de l'année en Russie où travaillait Raoul Précy, mais restait en très cordiales relations avec les Willy qu'il rencontrait chaque hiver à Paris. La dernière lettre de Colette à « Claire » date du 15 février 1954, l'année même de la mort des deux amies. Yvonne fut bien « sœur de première communion » (voir var. *a*, p. 10) de Gabrielle ; il est vraisemblable qu'elle fut aussi sa « sœur de lait », au moins pendant une brève maladie de Sido (« Réalité et fiction »). La première de ces appositions fut peut-être d'abord choisie pour ménager les susceptibilités anticléricales déjà vives lorsque Waldeck-Rousseau était président du Conseil. Colette évoquera encore les Jollet dans *La Maison de Claudine* (sous le nom de « Follet ») et dans un texte que recueillera *Paysages et Portraits*.

5. Il s'agit d'Odile Henrion, la fille du maréchal des logis de gendarmerie à Saint-Sauveur. Née à Vincelles dans l'Yonne le 27 mai 1875, elle était donc de deux ans et quatre mois la cadette de Colette. Après avoir terminé le cours complémentaire de Mlle Terrain, elle entra à l'école normale et sortit première de sa promotion ; de 1893 à 1898, elle fut institutrice stagiaire dans son ancienne école. À partir de 1911, elle dirige l'école de Saint-Florentin, puis, en 1917, celle de Tonnerre, enfin, de 1925 à sa retraite en 1931, celle du boulevard Alsace-Lorraine à Sens. En

1903, elle avait épousé Georges Boully, instituteur, professeur d'école normale, conseiller municipal de Tonnerre, bientôt député de l'Yonne puis sénateur. Odile Henrion n'avait pas pardonné à Colette le portrait peu gracieux que celle-ci avait brossé de la « grande Anaïs », portrait qui semble cependant ne s'être pas trop écarté du modèle (« Réalité et fiction »).

6. École normale supérieure de jeunes filles qui préparait, à l'époque, les enseignantes des écoles normales primaires et primaires supérieures. Fontenay-aux-Roses est situé dans la banlieue sud de Paris.

Page 11.

1. Colette oubliera avoir écrit ces lignes lorsqu'elle racontera la découverte des lettres d'Anaïs au « jeune Gangneau », lettres que Mlle Sergent tentera de brûler, mais que Claudine sauvera de la destruction (p. 110 et suiv.). Un des deux épisodes est superflu, celui-ci si l'on veut conserver au second tout son intérêt, le second si la romancière tient à mettre l'accent sur la précocité d'Anaïs.

2. Le modèle ou les modèles de ces Jaubert n'est pas connu avec précision. Qu'il s'agisse d'Yvonne et de Marguerite Jollet est invraisemblable (voir n. 4, p. 10). Peut-être Colette s'est-elle inspirée de deux autres élèves, Marie-Berthe Michaut et Marie-Armance Rottet (« Réalité et fiction ») ? La syllabe finale du nom Jau*bert* nous ferait plutôt penser que pourrait être ainsi caricaturée la condisciple de Colette Gil*bert* qui obtint, comme elle, le certificat d'études primaires supérieures en juillet 1889.

3. L'écolière s'appelait Marie Gentilhomme et était née le 13 mai 1872 à Labennes, dans les Landes, où son père était régisseur d'un grand propriétaire. Sa mère, originaire de Saint-Sauveur, y était rentrée après son veuvage pour y tenir un bureau de tabac. Marie fut, comme l'écrit Colette dans *Claudine à Paris* (voir p. 320), « demoiselle de magasin » à la confiserie Moreau d'Auxerre, puis dans une charcuterie de la même ville. Elle épousa un certain Guillet et le ménage reprit une charcuterie, rue de la Paix. Elle mourut, à Auxerre toujours, le 20 mars 1950. Le portrait tracé par Claudine paraît avoir été très ressemblant (« Réalité et fiction »).

Page 12.

1. Dans *Le Fanal bleu* (*OCF*, t. XIV, p. 74-75), Colette évoque ainsi le modèle de Mlle Sergent : « Vers ma treizième année, ma chance voulut qu'on promût dans mon village, au poste d'institutrice, une femme jeune, vive, exigeante. » Cette femme, Mlle Olympe Terrain, était née à Pourrain, dans l'Yonne, le 7 août 1863, et avait fréquenté l'école normale d'Auxerre de 1879 à 1882 où elle avait obtenu le brevet supérieur et le certificat d'aptitudes pédagogiques ; avant de remplacer Mme Viellard, en

octobre 1887, elle avait enseigné pendant plus de quatre ans déjà. Elle dirigea l'école de Saint-Sauveur jusqu'à sa retraite, le 30 septembre 1918, et mourut à Pourrain en septembre 1943. Des faits rapportés par le roman, beaucoup sont directement empruntés à la réalité : portrait physique (sauf pour la couleur des cheveux : Mlle Terrain était châtain foncé) et psychologique (excellence de l'enseignement, sens de la discipline) ; il ne fait guère de doute qu'elle dut à la protection de Merlou, dont elle était ou allait devenir la maîtresse, la direction de l'école de Saint-Sauveur ; ni Jean Larnac (*Colette. Sa vie, son œuvre*) ni Mme Charleux-Leroux (« Réalité et fiction ») ne cachent qu'elle eut, en 1898, un fils né de père inconnu. Des ragots sur ses goûts homosexuels coururent le village, mais, semble-t-il, seulement après la publication de *Claudine à l'école*. Une affection peut-être excessive, non sans doute pour le modèle d'Aimée Lanthenay, Emma Duchemin, mais pour celui de sa sœur Luce, Gabrielle Duchemin (voir n. 3 ci-dessous et n. 2, p. 65), les raviva un temps sans qu'aucun fait précis ait pu les confirmer (« Réalité et fiction »).

2. Mlle Terrain était arrivée à Saint-Sauveur accompagnée de sa mère, comme le raconte Colette qui, à son habitude, suit très exactement son modèle. Jusqu'à la fin de la guerre de 1914-1918, les paysannes mariées, et surtout les paysannes âgées, portaient facilement le « bonnet » ou la coiffe caractéristique de leur région ; l'usage ne s'en est pas tout à fait perdu, en Bretagne particulièrement. Mme Sergent affiche de la sorte ses origines paysannes.

3. Une jeune stagiaire arriva à Saint-Sauveur en même temps que Mlle Terrain : Emma — Marie-Hyacinthe pour l'état civil — Duchemin. La jeune fille, née à Crain dans l'Yonne le 28 décembre 1867, était l'aînée d'une famille de quatre enfants ; l'une de ses sœurs, le modèle de Luce, fut effectivement pensionnaire à Saint-Sauveur de 1887 à 1890. Le père était non pas « tailleur de pierres », mais flotteur ou marinier. Ce n'est pas dans la « dure école normale du chef-lieu » (p. 13) qu'elle avait fait ses études, mais au collège de jeunes filles d'Auxerre dans lequel elle avait été inscrite comme boursière dès sa création en 1881 ; Mlle Duchemin était alors interne à l'institution Foussé. Elle devait obtenir, à dix-huit ans, le brevet supérieur. En 1891, elle fut nommée à l'école du Temple à Auxerre, mais quitta l'enseignement l'année suivante pour épouser Eugène Coulon, marchand de vins à Paris, ville où elle allait vivre désormais. À propos de sa liaison amoureuse avec la directrice, « nous nous trouvons, écrit Mme Charleux-Leroux, devant l'invérifiable. Le seul témoignage recueilli sur ce point [...] : en février 1891, quand Emma fut mutée à un poste plus important, ce départ passa, parmi ses collègues, pour le résultat d'une rapide intervention administrative, probablement motivée par une dénonciation, et destinée à éloigner sans bruit la jeune fille. Mais les interprétations furent différentes et toutes n'impliquèrent pas Mlle Terrain » (« Réalité et

fiction »). Que Colette ait excessivement insisté sur ces relations n'est guère douteux et les raisons en sont évidentes : sans Aimée, pas de relations particulières à raconter ; sans de tels récits, point de ces piments auxquels Willy avait habitué ses lecteurs. Il est significatif que le personnage ne figurera plus dans les tomes suivants du journal de Claudine, alors que celui de Luce sera rappelé jusque dans *La Retraite sentimentale* ; il l'est tout autant que ce soit dans les lignes consacrées à Aimée que les interventions de Willy nous paraissent les plus patentes et les plus nombreuses.

4. Nous avons groupé dans le Lexique des « Claudine » les tournures patoises et les expressions familières si nombreuses dans les premiers romans de Colette.

Page 13.

1. Les consommateurs de la littérature de Willy, s'il en reste, jugeront avec nous que ces deux derniers paragraphes, soit la présentation du personnage d'Aimée Lanthenay, pourraient être entièrement de sa main.

Page 15.

1. Un sous-maître était un instituteur adjoint non titulaire.

2. Rabastens est le nom d'un chef-lieu de canton du Tarn (arrondissement d'Albi), mais aussi celui du vieil oncle amoureux de « Pomme d'api » dans l'opérette de ce nom d'Offenbach (1873) ; le théâtre, plus que la géographie, nous paraît avoir inspiré Colette — ou Willy — dans le choix du patronyme. Le personnage pourrait avoir eu un modèle : un adjoint, Paul Babouot, fut nommé à Saint-Sauveur en même temps que Mlle Terrain et, comme elle, âgé de vingt-quatre ans à l'époque. Né à Orges (Haute-Marne), il était le seul des trois — et non deux — adjoints que comptait l'école en 1888 à n'être pas né dans le département ; peut-être Colette et Willy ont-ils eu l'idée d'en faire un méridional en raison de son accent, différent de celui de ses collègues (« Réalité et fiction »).

3. Patronyme vraisemblablement élu pour donner à l'héroïne l'occasion de surnommer sans peine « Richelieu » cet instituteur adjoint ; on sait, en effet, que le ministre de Louis XIII s'appelait Armand du Plessis de Richelieu. Un autre sous-maître fut nommé dans le village au même moment que le précédent : Jules-*Armand* Viaut. Claudine évoquera la mutation de Duplessis après le scandale qu'il provoque dans l'école, lorsqu'il découvre la légèreté et l'immoralité de sa « fiancée », Aimée. Coïncidence peut-être : Viaut ne termina pas à Saint-Sauveur l'année scolaire commencée, ayant été muté à Toucy au printemps de 1888 (« Réalité et fiction »).

Page 16.

1. Plus qu'aux accords commerciaux et politiques qui scellèrent l'alliance franco-russe (1893-1894), c'est à la visite officielle de Nicolas II en France (1896) que font référence les souvenirs patriotiques d'Antonin Rabastens ; c'est en 1897 — deux ans avant la date supposée de la rédaction par Claudine de son journal — que Félix Faure rendit la politesse au tsar.

Page 17.

1. Autre passage où se décèle aisément la collaboration de Willy. Le journaliste faisait souvent des romans publiés sous son nom les véhicules d'une amicale publicité : on sait que Pierre Louÿs (1870-1925) faisait partie d'un groupe que fréquentaient les Willy et qui comptait encore : Ernest Lajeunesse, André Lebey, M.-E. Sailland (Curnonsky), Marcel Schwob, Jean de Tinan et P.-J. Toulet (voir *Mes apprentissages, OCF*, t. XI, p. 47-49). Le roman avait paru en 1896 et un article du *Journal*, signé... François Coppée, en avait assuré le succès. D'autre part, que Mlle Sergent ait pu s'intéresser aux fantasmes que suscitent chez le sculpteur Démétrios sa passion pour Aphrodite et son amour pour la belle courtisane Chrysis ; qu'elle n'ait pas dédaigné la lecture des journaux légers cités ici, signale des goûts secrets qu'il sera, par la suite, aisé à Aimée Lanthenay de dévoiler et aux auteurs d'exploiter.

2. Journal illustré, plutôt grivois, qui parut de 1856 à 1914, puis de 1919 à 1933, avec quelques brèves interruptions. Willy y collabora occasionnellement entre 1896 et 1904.

3. Le dessinateur Henry Gerbault, né en 1863, collabora à de nombreux journaux français et anglais ; il illustra, entre autres, les *Lettres de femmes* de Marcel Prévost. Il était le neveu de Sully Prudhomme.

4. Albert Guillaume (1873-1942), fils d'un professeur d'architecture à l'École des beaux-arts, était un bon peintre de scènes de genre. Il fut surtout connu pour ses albums sur la vie militaire et les dessins humoristiques qu'il multiplia dans de nombreux journaux et revues : *La Caricature, Le Journal amusant, Le Rire*, etc. Il illustra des œuvres de Courteline et de Willy.

Page 18.

1. Le verbe est employé par extension : ressaisir, rattraper, et, familièrement, dans le sens de retrouver ses esprits, son sang-froid.

2. L'instituteur, et directeur de l'école des garçons, pour la période que couvre le roman, était un certain Vallée, nommé à Saint-Sauveur, comme Mlle Terrain, le 17 octobre 1887. Il n'était nullement veuf et n'a pas laissé, semble-t-il, le souvenir d'un être « triste » ou « incolore » (« Réalité et fiction »).

3. *La Perle de la Canebière* (1855) est le titre d'une comédie d'Eugène Labiche (1815-1888).

Page 20.

1. Inspiré de Goethe, *Le Chalet* est un opéra-comique en un acte, paroles de Scribe et Mélesville, musique d'Adolphe Adam, représenté pour la première fois à l'Opéra-Comique le 25 septembre 1834.

Page 21.

1. Une telle remarque surprend sous la plume — même fictive — d'une adolescente. Moins prudent, Willy affirmera, beaucoup plus tard, que le docteur Merlou était l'amant de Mlle Terrain, « car elle avait des économies qu'appréciait ce poisson besogneux » (*Indiscrétions et commentaires*, p. 14).

2. Le « vieux crétin muet mais millionnaire » ne peut viser le député que Merlou remplaça à la suite des élections générales de septembre-octobre 1889, René Laffon. Riche sans doute, mais actif et même brillant, Laffon était, comme Merlou, un radical convaincu et ne pouvait donc être, pour ce dernier, un adversaire politique. D'après Élisabeth Charleux-Leroux, Colette a pu s'inspirer d'un autre député de l'Yonne, A.-R. Dethou (1819-1896), opulent châtelain de Bléneau, député de 1876 à 1892, sénateur ensuite.

Page 23.

a. et je la noue *orig.* : et je les noue *F. Nous adoptons cette dernière leçon.*

1. Rappel discret des origines du modèle de Dutertre, le docteur Pierre Merlou, né dans les Basses-Pyrénées (voir ci-dessus, n. 3, p. 9).

2. Inadvertance sans doute : Colette transforme la leçon de couture annoncée p. 22 en leçon, ou plutôt exercice de composition française.

Page 24.

1. Il ne fait aucun doute que cette qualité appartint bien à Colette elle-même. Mlle Terrain écrivit à Jean Larnac : « Sans pouvoir préciser les notes qu'elle obtint, je sais que les rédactions de Colette furent remarquées et à certain concours d'agriculture où elle parla poétiquement des bêtes (le fait m'a été rappelé par un délégué cantonal) et au B.E. [brevet élémentaire] et au C.E.P.S. [certificat d'études primaires supérieures]. » (*Colette. Sa vie, son œuvre*, p. 49.) Grâce à un ancien inspecteur d'académie à Auxerre, M. Léon Dubreuil, ces notes sont à présent connues : lors de l'examen du brevet des 1er et 2 juillet 1889, Colette obtint

la meilleure note de la session en composition française (17/20) et le maximum en solfège (10/10) ; elle devait mériter aussi 16/20 en dictée d'orthographe, 17/20 en couture (épreuve omise dans *Claudine à l'école*), 15/20 à l'oral d'arithmétique, 12/20 en dessin, 11/20 en écriture, mais 10/20 en explication de texte et 10/20 encore en histoire nationale, instruction civique et géographie, pour tomber au-dessous de la moyenne en arithmétique, système métrique et solution raisonnée d'un problème (9/20) et en sciences physiques et naturelles (6/20) : 133 points donc, pour une moyenne générale de 105 (« Le Brevet de Colette », *Le Cerf-Volant*, n° 18, juillet 1957).

Page 27.

1. La malacologie (du grec *malakos*, mou) est la partie de la zoologie qui traite des mollusques.
2. Ce *limax flavus* n'est guère plus qu'une limace jaune.
3. L'*helix ventricosa* est l'escargot ventru ou obèse.
4. La physionomie et certains traits de caractère du père de Claudine doivent beaucoup au capitaine Colette ; la description du personnage, encore vague dans ce premier roman, se précisera dans le second. Lorsqu'il s'agit de lui attribuer des occupations, il est possible que l'écrivain se soit souvenu d'un lointain parent qu'une première alliance avait donné à sa mère, le docteur Robineau-Desvoidy qui, écrit Raymond Escholier, fut « membre de la Société des arts et des lettres de l'Yonne, de 1847 à 1857, et se signala par d'importants travaux, tant de géologie que d'entomologie, et singulièrement sur les diptères et les coléoptères de la région de Saint-Sauveur » (*Le Figaro littéraire*, 27 novembre 1956).

Page 29.

1. Même si Colette, dans *La Maison de Claudine* (*OCF*, t. VII, p. 70 et 107), appelle Rouillard le « cafetier-violoniste » dont l'« aigre violon [...] pique aux jarrets », le nom réel du cabaretier était bien Trouillard ; sa guinguette, café et salle de bal, existe toujours dans la rue Saint-Claude à l'enseigne du *Canari*. Personnalité en vue dans le village, il était souvent requis pour servir de témoin aux baptêmes et aux décès. Il mourut au cours de la guerre 1914-1918 (« Réalité et fiction »).
2. La famille Montassier habitait, à Saint-Sauveur, la ferme des Robineau ; le modèle de ce Montassuy fut sans doute le fils qui y était né en 1871 et devait donc avoir dix-huit ou dix-neuf ans en 1889.
3. Les quatre filles Jollet, dont Yvonne, le modèle de Claire, avaient en effet un frère.
4. Il s'agit de Marie-Éléonore Tricotet, née en 1872, qui se maria trois fois (et non pas quatre, comme il sera dit dans *Claudine à Paris*, p. 322), ayant connu deux veuvages. Avec son

troisième mari, un certain Guillet, elle tint une boucherie à Saint-Sauveur (« Réalité et fiction »).

Page 35.

1. Claudine cite ainsi le septième vers de la fable de La Fontaine : « Les Deux Pigeons » (livre IX, fable 2).

Page 37.

1. Jeu enfantin très répandu qui consiste à désigner, dans un groupe, celui ou celle qui sera le « loup » par lequel les autres doivent ensuite éviter de se laisser prendre ou toucher ; toute victime du « loup » le remplace dans ce rôle.

2. Tricot dont les mailles forment des losanges au centre plus épais que les bords, ou tricot d'une laine mêlée de fils brillants.

Page 38.

a. au lieu de demain, papa reçoit quelqu'un *F*

Page 39.

1. Les lecteurs conviendront qu'il est difficile, sinon impossible, d'attribuer à la romancière la longue supplication de Claudine. Toute la scène qui réunit Aimée et l'héroïne nous semble avoir été au moins très retravaillée par Willy.

Page 42.

1. Ces deux vers sont extraits du poème « Lucie » d'Alfred de Musset ; le poème avait été mis en musique par Frédéric Chopin d'après le deuxième thème de sa *Marche funèbre*, elle-même extraite de sa sonate *opus* 35 en *si* bémol mineur. Dans le rêve de Claudine, Rabastens préfère apparemment le chanter sur un autre air.

2. Chanson d'Émile Debraux, *La Colonne* (1818). Il s'agit évidemment de la colonne Vendôme. Debraux serait tout à fait oublié si l'on n'avait retenu ces deux vers.

Page 44.

1. Dans *Phèdre*, Théramène est le confident d'Hippolyte ; c'est lui qui raconte à Thésée les circonstances de la mort de son fils (acte V, sc. VI, vers 1498-1570).

2. Gustave Kahn (1859-1936), poète, romancier, critique et mémorialiste, connu pour avoir été le premier théoricien du vers libre. Il avait dirigé *La Vogue* avant de fonder, avec Jean Moréas et Paul Adam, un journal politique et littéraire : *Le Symboliste* ; il dirigea enfin *La Revue indépendante*. *Les Palais nomades*, recueil

publié en 1887 par Tresse et Stock, fut republié dix ans plus tard par le Mercure de France : *Premiers poèmes, avec une préface sur le vers libre. Les Palais nomades ; Chansons d'amant ; Domaine de fée.* Les citations de Claudine ne sont pas exemptes d'intentions ironiques ; il ne fait guère de doute que les « choses extravagantes » de ce poète ne pouvaient plaire à Willy, à ses débuts grand défenseur des parnassiens ; Claudine les qualifie de « fumisteries », p. 45.

3. La transcription du poème n'est pas absolument exacte. Le texte, tiré des *Premiers poèmes* (voir n. 2), « Finale, III », se lit ainsi : *Sur la même courbe lente / Implacablement lente / s'extasie, vacille, et sombre / le présent complexe de courbes lentes.*

4. Claudine prend à nouveau quelques libertés avec le texte original : *À l'identique automne les rouilles s'homologuent / analogue ta douleur aux soirs d'automne / et détonne la lente courbe des choses et tes brefs sautillements.*

Page 45.

a. et les brefs sautillements... orig. : et tes brefs sautillements... F. Nous suivons ici la correction procurée par F ; d'ailleurs, p. 44, le vers est correctement cité.

1. Fondée par Jean Moréas qui en avait écrit le manifeste en 1891, l'École romane se voulait une réaction toute « méditerranéenne » aux « brumes nordiques » qui auraient envahi la poésie symboliste.

2. Première et peu gracieuse allusion dans l'œuvre à Francis Jammes (1868-1938) avec lequel Colette correspondra entre 1904 et 1906 ; c'est à lui qu'elle demandera de préfacer les *Sept dialogues de bêtes* (1905). Les « berceuses » dont il est ici question font sans doute allusion à quelques pièces du recueil qu'il avait publié en 1898 : *De l'angélus de l'aube à l'angélus du soir.* Remarquons que « bredouillées » a été corrigé en « murmurées » dans l'édition définitive. En 1899 déjà, dans son recueil *À manger du foin* (Simonis Empis, p. 69-71), Willy avait ouvertement malmené Jammes.

3. Dans *La Maison de Claudine* (*OCF,* t. VII, p. 21) et dans *Sido* (*OCF,* t. VII, p. 211 et 214), Colette relève ces deux titres parmi les lectures du Capitaine Colette.

4. Voir n. 1, p. 16.

Page 46.

1. Ces leçons de musique données par un sous-maître doivent tout à l'imagination de Colette : « Mlle Terrain jouait du piano et, à cette époque-là tout au moins, enseignait elle-même le solfège et les chants. » (« Réalité et fiction. »)

Page 50.

1. Sans doute Colette veut-elle insister sur la coquetterie du

Marseillais, qui aura longuement modelé son nœud de cravate devant un miroir.

2. Antoine-Émile-Louis Marmontel (1850-1907), pianiste, chef de chœur à l'Opéra, professeur de solfège et de piano au Conservatoire, musicologue, est l'auteur des *Éléments d'esthétique musicale* (1884), d'une *Histoire du piano et de ses origines* (1885) et d'ouvrages destinés à l'enseignement du piano. Sans doute Colette se réfère-t-elle à *La Première Année de musique*, solfège et chants à l'usage de l'enseignement élémentaire (A. Colin, 1886) ; un autre de ses ouvrages correspondrait mieux à l'usage qu'en fait Rabastens (*La Deuxième Année de musique*, solfège et chants, chœur à l'unisson et à deux et trois parties), mais il n'a paru qu'en 1900.

Page 53.

a. mieux. Et l'ineffable *F*

1. Titres de deux opéras-comiques, le premier d'Auber (1782-1871), paroles d'Eugène Scribe et Saint-Georges, créé à l'Opéra-Comique le 6 mars 1841 ; le second, de Gaetano Donizetti (1797-1848), paroles de Saint-Georges et Bayard, créé à l'Opéra-Comique le 11 février 1840. Cette dernière œuvre plut au point de connaître mille quarante-quatre représentations.

Page 55.

1. Ce « café de la Perle » s'appelait, dans la réalité, café de la Paix ; il était situé dans la partie haute de la place du Marché. Les bureaux de la Perception s'y sont depuis lors installés (« Réalité et fiction »).

Page 56.

a. à la découverte de murs doubles, *F*

Page 58.

1. Voir n. 1, p. 17.

2. Ni le récit de l'avilissant esclavage dans lequel la belle Concha Perez a longtemps tenu le narrateur, Mateo, ni la description de la passion qui pousse le jeune André Stévenol dans les bras de la même Concha ne destinaient cette œuvre à figurer dans la bibliothèque d'une adolescente. Le souci publicitaire déjà évoqué (voir ci-dessus, n. 1, p. 17) se vérifie ici, car Alfred Vallette, le directeur-fondateur du Mercure, où fut publié l'ouvrage en 1898, était un intime du couple Gauthier-Villars.

3. Le roman « contemporain » que Léon Daudet (1867-1942) avait publié chez Fasquelle en 1897, fut, lui aussi, jugé à tout le moins audacieux par les lecteurs du temps : il décrit le désespoir

d'un homme mûr qui, amoureux de sa séduisante secrétaire, apprend *in extremis* qu'elle est sa fille.

4. Les romans alors publiés par le grand styliste que fut Paul Adam (1862-1920) : *Le Vice filial* (1891), *La Parade amoureuse* (1894), *La Force du mal* (1896), traitent de sujets hardis. *L'Année de Clarisse* avait paru chez Ollendorff, l'éditeur de Willy, en 1897 : c'est l'histoire d'une saison estivale qu'une actrice portée sur les plaisirs passe dans une station balnéaire. Comme le prouve la date de publication des romans cités dans ce passage par Claudine, ces titres, sinon le passage entier, furent ajoutés au manuscrit lors de la révision. Il est évident que la mention de telles lectures ne pouvait que souligner l'orientation très particulière de la curiosité de l'héroïne, justifiant l'opinion de Rabastens qui observait (p. 30) : « je crois que cette enfant sait plus de choses qu'elle devrait ignorer que de géographie ! »

Page 60.

1. Ce jeu de plein air, connu ailleurs sous le nom de jeu de l'épervier, nous est ainsi décrit par Mme Charleux-Leroux : les joueurs sont groupés à une extrémité du terrain ; ils doivent gagner l'autre extrémité sans se faire prendre par la grue, placée au milieu de l'espace. Ceux que la grue a touchés deviennent ses aides. Les gagnants sont ceux qui ont traversé sans se faire prendre ou ceux qui ont été pris les derniers. Autre forme du même jeu : deux groupes se constituent aux deux extrémités. Il faut passer de l'une à l'autre sans se faire prendre par la grue, placée au milieu ; ceux qui sont touchés sont « prisonniers ». Est gagnante l'équipe qui compte le plus de joueurs passés sans encombre.

Page 61.

1. Il s'agit de *L'Écho de Paris littéraire illustré,* supplément hebdomadaire de *L'Écho de Paris,* le journal que Valentin Simond avait fondé en 1884 et que dirigeait Aurélien Scholl. Le supplément était dirigé par Catulle Mendès (1841-1909). Sur lui, voir *Mes apprentissages, OCF,* t. XI, p. 45-46.

Page 62.

1. Le dessinateur humoristique Gil Baër collaborait, entre autres journaux et revues, à *L'Écho de Paris littéraire illustré.*

2. L'ouvrage ne paraît dans aucun catalogue et ne fut sans doute publié qu'en feuilleton. Malheureusement, le supplément de *L'Écho de Paris,* où ce *Carnet* put être publié, est introuvable dans les principales bibliothèques.

3. Armand Silvestre (1837-1901), poète parnassien et, d'autre part, grand conteur de gaudrioles. Il a également écrit plusieurs livrets d'opéra et un mystère, *Grisélidis,* dont Massenet tira un drame lyrique en 1901.

4. Cette Mlle Griset — au patronyme évocateur, comme souvent chez Colette — pourrait avoir eu, elle aussi, un modèle : au cours du premier trimestre de l'année scolaire 1887-1888, une Angélique Renard occupait à Saint-Sauveur un poste récemment créé ; sortie de l'école normale sans brevet supérieur, elle était chargée, comme Mlle Griset, des classes enfantines (« Réalité et fiction »).

Page 63.

1. « Ce mot que des écrivains comme Glatigny, Goncourt, Huysmans, etc. ont essayé de mettre en honneur [...] ne s'est pas vraiment imposé » (Robert). Pierre Canivenc en relève l'emploi par G. Kahn dans *La Vogue* en 1886 (voir le « Petit glossaire » qu'il a établi de cette revue dans *Littératures*, Toulouse, n° 3, printemps 1981).

Page 65.

1. *Numa Roumestan* (1881), roman dans lequel Alphonse Daudet décrit l'ascension d'un Tartarin de la politique, né à Apt, député d'Aix-en-Provence, puis ministre.

2. Dans le cas de Luce, si Colette semble avoir respecté l'allure physique de son modèle, Gabrielle Duchemin (voir ci-dessus, n. 1, p. 12), elle en aurait modifié la psychologie. Née à Crain, le 14 octobre 1873, « la petite Duchemin, dite Duduche », comme le rappelle Willy (*Indiscrétions et commentaires,* p. 14), fut pensionnaire à Saint-Sauveur du premier trimestre de l'année scolaire 1887-1888 à l'été 1890. Entrée à l'école normale en même temps qu'Odile Henrion, elle en sortit comme elle, en 1893, nantie du brevet supérieur et, comme elle encore, revint dans son ancienne école. Refusant toute promotion, elle resta neuf ans l'adjointe de Mlle Terrain, ce qui entraîna les médisances que l'on devine, médisances nourries, semble-t-il, de ce que Colette avait « dévoilé » des mœurs du personnel enseignant de l'école. « Enfin l'adjointe dut, pour faire taire les mauvaises langues et apaiser les autorités universitaires, quitter Saint-Sauveur en octobre 1902. Elle avait fait bonne mesure en épousant, le mois précédent, un collègue, M. Baillat. » (« Réalité et fiction. ») Elle termina une carrière sans gloire comme enseignante à Chablis, dans l'école que dirigeait son mari.

Page 71.

1. Les deux premiers romans contiennent plusieurs allusions à Zola ou à son œuvre, allusions toujours dépréciatives. Elles reflètent probablement l'opinion de Willy qui était anti-dreyfusard, mais pourraient dépendre également du mauvais souvenir que Colette avait gardé de la lecture précoce d'un ouvrage de cet

auteur. Dans *La Maison de Claudine*, la romancière rappelle le « luxe brusque et cru de détails, une minutie anatomique, une complaisance dans la couleur, l'odeur, l'attitude, le cri » dans lesquels elle n'avait rien reconnu de sa « tranquille compétence de jeune fille des champs » (*OCF*, t. VII, p. 42). *Pot-Bouille* de Zola, dans lequel figure le récit d'un accouchement (chap. XVIII), avait paru en 1882, alors que Gabrielle Colette avait neuf ans.

Page 72.

a. plâtre. Entre les deux *F*

Page 73.

1. Autre preuve de l'extraordinaire minutie des souvenirs d'enfance de Colette : É. Charleux-Leroux précise qu'à Saint-Sauveur, vivait un Huet, maçon, dont le nom se prononçait précisément « Houette » ; il semble même que ce Huet ait travaillé avec un frère ou un cousin de même patronyme et qu'on les ait distingués par un surnom.

2. Lucien Muhlfeld (1870-1902), secrétaire de rédaction à *La Revue blanche*, et sa femme Jeanne faisaient partie des intimes du couple Willy. *Le Mauvais Désir* parut chez Ollendorff en 1899. On remarquera, à nouveau (voir n. 1, p. 17, et n. 4, p. 58), et l'intention publicitaire (L. Muhlfeld était le collègue de Willy à *L'Écho de Paris*, où il tenait la critique dramatique, et Paul Ollendorff, leur éditeur commun), et la volonté d'insister sur le goût de Claudine pour les lectures « dangereuses ».

Page 74.

1. *Le Nil* était, et est toujours, une marque connue de papier à cigarettes, dont la publicité déclarait : « Je ne fume que le Nil. »

Page 76.

1. Le « caïen » serait, d'après la note en bas de page, l'abréviation de « biscaïen ». Ce dernier nom (écrit aussi « biscayen », car il est tiré de celui de la province espagnole de Biscaye) fut d'abord celui d'un fusil de rempart, au XVIIIe siècle, puis celui de son projectile et désigna enfin de grosses balles sphériques qui remplissaient les boîtes à mitraille. Il n'est donc pas surprenant que de grosses billes aient pris ce nom. Ces « caïens » ont laissé un souvenir durable à la romancière qui les mentionnera dans sa chronique du *Matin*, « Jour de l'an », du 1er janvier 1914.

Page 77.

a. fantaisistes, en conservant *F*

Page 78.

1. Caillotte est de la famille de caillou. Le jeu consistait à ramasser quelques petits cailloux. L'enfant les agitait dans ses mains fermées en chantant : « Greli, Grelot, combien j'ai de sous dans mon sabot ? » Son partenaire devait deviner le nombre de cailloux. Tel est le jeu qu'on se rappelle dans la région d'Auxerre et de Saint-Sauveur. Mais celui auquel Colette fait allusion est différent et n'a pu être décrit à Mme Charleux-Leroux ; il évoque le jeu du Moulin ou la Marelle.

Page 81.

1. Considéré comme l'écrivain officiel du second Empire, académicien en 1862, Octave Feuillet (1821-1890) jouit longtemps d'un grand prestige. *Le Roman d'un jeune homme pauvre*, œuvre moralisante, publié en 1858 par Michel Lévy frères, connut un très gros succès, fut réimprimé douze fois jusqu'en 1883, à nouveau en 1887 et parut en édition illustrée en 1908.

2. Première apparition de cet animal qui occupera dans l'œuvre une place bientôt importante ; Fanchette annonce Kiki-la-Doucette des *Dialogues de bêtes* et surtout la Saha trop chérie d'Alain dans *La Chatte*.

Page 88.

1. On devine mal où le malacologiste aurait pu se procurer ces marrons glacés qui ne devaient pas être de consommation courante à Montigny...

Page 90.

1. Les Grands Magasins du Louvre étaient situés place du Palais-Royal, entre la rue de Rivoli et la rue Saint-Honoré ; ils furent récemment transformés en luxueuse galerie d'antiquaires. Situé square Boucicaut, du nom de son fondateur, le Bon Marché était à l'origine un modeste magasin de nouveautés. Claudine reparlera du Louvre et du Bon Marché p. 174 et les visitera dans *Claudine à Paris* (p. 240).

Page 94.

1. Le jeu de « tourne-couteau », comme son nom l'indique, consiste à faire pivoter un couteau sur sa bague ; arrêtée, la pointe de la lame désigne le partenaire qui doit donner un gage, répondre à une question ou, tout simplement, que le sort élit.

Page 97.

1. Si les modèles de Mlles Raguenot et Jousse ne nous sont pas connus, Élisabeth Charleux-Leroux a retrouvé celui de

Mlle Poisson : une élève de ce nom figure parmi celles que Mlle Terrain fit recevoir à l'examen du brevet en 1891 ; elle fut ensuite admise à l'école normale (« Réalité et fiction »).

Page 100.

1. Le *Gil Blas*, fondé en 1879 par A. Dumont, allait être codirigé, à partir de 1908, par Antonin Périvier et Paul Ollendorff ; en 1892, il se donnait un supplément hebdomadaire — *Gil Blas illustré* — auquel Willy collabora.

2. *Le Livre de la jungle* de Rudyard Kipling (1865-1936) avait été traduit par Louis Fabulet et Robert d'Humières et publié par le Mercure de France en 1899. *Le Second Livre de la jungle*, traduit et publié par les mêmes, parut en 1899 également.

3. Mlle Terrain dépendait de l'inspecteur primaire de Toucy, M. Huleux, qui avait été nommé à ce poste en 1886, après avoir été instituteur dans le département du Pas-de-Calais dont il était probablement originaire. Sans doute est-ce lui que décrit ici Colette sous le nom de Blanchot, et l'accent du Jura qu'elle lui prête pourrait avoir été un accent du Nord, pense Élisabeth Charleux-Leroux.

Page 101.

1. Eugène Manuel (1821-1901), ancien élève de l'École normale supérieure, fut ministre de l'Instruction publique en 1870 et inspecteur général en 1878. Outre de nombreuses poésies et des drames en vers, il écrivit, avec son beau-frère Ernest Lévi-Alvarez, quatre recueils de lectures scolaires intitulés : *La France, livre de lecture courante pour toutes les écoles.* Ces recueils connurent de nombreuses réimpressions entre 1855 et 1885. Colette jeune a sans doute pratiqué l'ouvrage : *Poésies du foyer et de l'école*, publié en 1888 par Calmann-Lévy ; « La Robe » y occupe les pages 50 à 54.

2. Les points de suspension sont de Colette ; le poème, en effet, se continue ainsi (expliquant l'adjectif « pleurard » précédant le nom de l'auteur) : [...] *tous deux. / Il avait, le matin, dormi, cuvant l'ivresse, / Et s'éveillait, brutal, mécontent, sans caresse, / Le regard terne encore, et le geste alourdi, / Quand l'honnête ouvrier se repose, à midi.*

Page 103.

1. Colette offre ici le modèle du « col Claudine » qui connaîtra une vogue durable.

2. L'examen du brevet élémentaire était requis de tout candidat à l'école normale ; il permettait même aux suppléants d'enseigner dans les classes primaires.

Page 105.

1. La comparaison est pour le moins surprenante de la part

d'une provinciale : le jeu de mots (« fards » pour « phares ») ne se comprend que si l'on sait que le seul omnibus parisien à porter à l'avant une lanterne rouge, très voyante, était l'omnibus Madeleine-Bastille.

2. « Quant à la Julotte, écrit Élisabeth Charleux-Leroux, un membre de sa parenté lointaine m'a garanti son existence et affirmé que si l'aventure grivoise où elle paraît avec le maire qui a précédé le docteur Merlou n'était pas vraie, elle aurait pu l'être. » (« Réalité et fiction. »)

3. On se souviendra que le père du modèle d'Anaïs était, non pas « employé à la mairie », mais gendarme à Saint-Sauveur et pouvait être, de ce fait, très au courant des petits scandales villageois.

Page 106.

1. Ces vers sont empruntés au « menuet chanté » du prologue de *Castor et Pollux*, opéra de Rameau, poème de Gentil-Bernard. Ils n'appartiennent pas au livret de la version originale (1737), mais à celui de la reprise (1754) ; encore Claudine prend-elle de petites libertés avec le texte qui se lit ainsi : « Dans ces doux asiles / Par nous soyez couronnés, / Venez ! » (Note due à François Lesure.)

Page 107.

1. Le paragraphe n'est pas sans rappeler la facilité de Colette elle-même, facilité déjà évoquée p. 64, dont Mlle Terrain garda longtemps le souvenir. Dans un article de *La Grive* (juillet-septembre 1960) : « Les sources de Colette. Souvenirs inédits de deux condisciples de Claudine », Jeanne Roge cite cet extrait d'une lettre d'Isabelle Jusselin qui fut, comme Colette, élève de Mlle Terrain : « Elle nous parlait beaucoup d'elle le vendredi, jour du compte rendu des compositions françaises, pourquoi ? Parce que Colette élève ne s'occupait pas du texte donné, mais un quart d'heure avant de rendre sa feuille, elle s'y mettait et donnait ce qu'aucune de nous n'était capable de faire en une heure et demie. »

Page 108.

1. Comme brasiller, dont Colette va employer plus loin le participe présent adjectivié brasillant, braisiller est issu de braise. Le mot signifie ici scintiller.

2. Ces lignes paraissent autrement authentiques que celles qui seront consacrées au même personnage p. 192-193. La comparaison entre les deux passages est particulièrement éclairante sur le sens dans lequel s'exerça la collaboration de Willy.

Page 110.

1. Voir n. 1, p. 11.

Page 112.

a. Elle se méfie beaucoup. / — Ma pure parole ! Je te les remettrai à la récréation, avant de rentrer. » *F. L'omission de la question rend incompréhensible la promesse de Claudine.*

Page 113.

1. Dans le chapitre de *La Maison de Claudine* : « Ma mère et les livres » (*OCF*, t. VII, p. 37-43), Colette ne mentionne pas « la folle *Histoire de France* de Michelet » parmi les livres que possédait sa famille ; il est cependant vraisemblable qu'elle rapporte ici un souvenir personnel. Elle a raison de constater que de nombreux alexandrins se sont glissés dans la prose de Michelet.

2. Dans *La Maison de Claudine* (*OCF*, t. VII, p. 38), l'auteur rapporte : « Il y eut un temps où, avant de savoir lire, je me logeais en boule entre deux tomes du Larousse comme un chien dans sa niche. » Qu'elle ait fait de même pour assurer le confort d'un animal familier ne peut donc surprendre.

3. Colette utilise ainsi, pour la première fois explicitement, la comparaison individu/animal, formule qu'elle exploitera abondamment par la suite et généralement dans un sens favorable au dernier.

Page 116.

1. La déclaration de Dutertre porte — à notre avis — la marque du signataire de *En bombe* : Willy.

Page 117.

1. Il est permis de penser que ce n'est ni par hasard ni par distraction que Colette donna à Mlle Sergent le prénom de son modèle dans la réalité, Mlle *Olympe* Terrain ; la précision, d'autant plus convaincante qu'elle est unique dans l'œuvre, souligne tout ce que le personnage doit à la directrice de l'école de Saint-Sauveur.

Page 118.

a. et bizarres ; on en a vu prendre *F*

Page 120.

a. encore de moi, je ne voulais *F*

1. Le sentiment ainsi exprimé annonce ce qui deviendra un

des thèmes majeurs de l'œuvre de Colette, de *Claudine en ménage* à *Julie de Carneilhan.* Il prouve à nouveau que l'expression de l'amitié de Claudine pour Luce fut ensuite falsifiée (voir n. 2, p. 108), avec le dessein manifeste de transformer ce qui n'est, chez l'héroïne, que curiosité en un intérêt plutôt malsain pour les déviations sentimentales.

Page 121.

1. À l'évidence, le lecteur contemporain ne peut plus être sensible à l'érotisme de semblables « audaces » ; c'est cependant à elles que Claudine dut sa réputation d'affranchie créée pour émoustiller les plus ou moins vieux messieurs.

Page 123.

1. Quelques lignes du chapitre de *La Maison de Claudine* intitulé : « Où sont les enfants ? » (*OCF*, t. VII, p. 11), signalent que cette préférence de Claudine fut aussi celle de Colette : « Cependant au-dessus d'elle [Sido], parmi le feuillage du noyer, brillait le visage triangulaire et penché d'un enfant allongé, comme un matou, sur une grosse branche, et qui se taisait. » De ce noyer, « dont l'ombre intolérante tuait les fleurs » (*ibid.*, p. 9), ne subsiste plus aujourd'hui que ce qu'il faut de tronc pour faire une table de jardin.

2. Un authentique père Racalin habitait Saint-Sauveur à l'époque où Gabrielle Colette y fréquentait l'école : « On montre encore à Saint-Sauveur "la cabane à Racalin", sur la route de Saint-Fargeau » (« Réalité et fiction »). Ivrogne, comme le décrit la romancière, il vendait des fagots, des balais de bouleau et des cornuelles ; il ne conduisait cependant pas — on le comprend — la « patache » qui assurait le service entre le village et la gare. Ce rôle était réservé à Lazare-Théophile Duffée, « conducteur de voitures », domicilié rue de la Gerbaude, qui mourut à Saint-Sauveur le 8 décembre 1907, âgé de quatre-vingt-deux ans (ces précisions nous ont été fournies par Mme Charleux-Leroux). Par souci de folklore, Colette aura prêté au voiturier le sobriquet et l'intempérance du plus pittoresque de ses concitoyens.

3. Auxerre, chef-lieu du département de l'Yonne, où Colette se présenta à l'examen en 1889, n'était pas, comme elle l'écrit plus loin (p. 124), à trois, mais à deux heures de chemin de fer de Saint-Sauveur (ligne Gien-Auxerre).

Page 124.

1. Il y avait alors trois classes ; voir p. 316, ligne 4.

2. C'est sans doute pour ne pas dissocier le groupe et pour ajouter ainsi au pittoresque de l'événement que Colette montre toutes les « grandes » se présentant à l'examen. Dans la réalité,

elles ne furent que trois cette année-là et y réussirent : Gabrielle Colette, Gabrielle Duchemin et Marie-Berthe Michaut. Les modèles d'Anaïs et de Marie Belhomme (Odile Henrion et Marie Gentilhomme) le présenteront l'année suivante (« Réalité et fiction »).

3. L'hôtel de la Poste est bien un hôtel de la vieille ville d'Auxerre, rue d'Orbandelle, mais — comme nous le précisait Mme Charleux-Leroux — ce n'est pas dans cet établissement que Mlle Terrain descendit avec son groupe d'élèves. En 1889, les Hattier — Mme Hattier était une amie, non une « payse » de Mlle Terrain — tenaient l'hôtel de Bourgogne, situé presque en face du pont Paul-Bert, sur la rive droite de l'Yonne ; ils le quittèrent vers 1895 pour l'hôtel de la Poste et, dès cette date, c'est celui que fréquenta Mlle Terrain. Il n'est donc pas un détail du récit de Colette qui ne soit fondé — la corpulence de la propriétaire comprise — sur ses souvenirs authentiques.

Page 125.

1. Comme nous l'apprit Mme Charleux-Leroux, au moment où Colette passait l'examen du brevet, le quartier s'activait, en fait, à préparer l'inauguration de la statue du grand Auxerrois qu'était l'ancien ministre de l'Instruction publique Paul Bert, et les journaux (voir *L'Yonne* du 8 juillet 1889) louèrent la décoration florale des deux arcs de triomphe qui ornaient chaque extrémité du pont sis presque en face de l'hôtel de Bourgogne.

Page 126.

1. Il a été certifié à Mme Charleux-Leroux que les Colette avaient bien, à Auxerre, des amis musiciens ; leur nom n'a cependant pu être retrouvé. L'escapade de Claudine pourrait donc avoir été imaginée sur le souvenir qu'avait Colette de ces amis.

Page 127.

a. en arrêt devant la commode-toilette, devant la porte *F*

1. L'Yonne, évidemment, qui traverse Auxerre et donne son nom au département.

Page 128.

1. Colette commet ainsi une erreur d'orientation : en remontant le cours de la rivière, Claudine se serait, non pas rapprochée de la place du Théâtre, mais éloignée de la ville.

Page 130.

1. Le plus fréquemment, la romancière ne modifie qu'à peine

le patronyme des personnes qu'elle a connues et qu'elle introduit dans ses ouvrages de fiction ; sous le nom de Lerouge, Jean Larnac croit que se cache l'inspecteur primaire Legouge (*Colette. Sa vie, son œuvre*, p. 64) ; nous sommes enclin à donner raison à Élisabeth Charleux-Leroux qui y voit plutôt Louis Rouget, le père de la poétesse Marie Noël, professeur de philosophie au collège de garçons et d'histoire de l'art au collège de jeunes filles d'Auxerre ; il aurait lui-même affirmé à sa fille qu'il avait compté parmi les interrogateurs de Colette (« Réalité et fiction »).

2. Le « père Sallé », dont l'auteur dit grand bien, a gardé son nom réel ; il fut, en effet, proviseur du lycée d'Auxerre et, en 1889, était à un an de la retraite.

Page 131.

1. Il est plus que probable que Colette présenta les épreuves du brevet dans le vieux bâtiment de la rue du Collège, acheté par le département en 1872 pour y loger l'école normale d'institutrices, et « abandonné depuis deux ou trois ans pour cause de vétusté », en 1887 ; à partir de 1895, il abritera l'école de garçons, dite école du quartier de Paris. La situation de l'école normale d'institutrices — l'« Institution Rivoire » — par rapport à celle de l'hôtel de Bourgogne rend parfaitement plausible ce que rapporte Colette des trajets, itinéraires et haltes au restaurant de Mlle Sergent et de son groupe.

2. Villeneuve-sur-Yonne, chef-lieu de canton dans l'arrondissement de Sens.

3. Beaulieu est situé dans le département du Loiret, arrondissement de Montargis, canton de Châtillon-sur-Loire.

Page 132.

1. Soixante-douze candidates se présentèrent, en effet, à l'examen du brevet élémentaire en juillet 1889 (« Réalité et fiction »).

Page 133.

1. « Les précisions concernant les feuilles de copie dont il faut cacheter le coin après y avoir inscrit son nom sont amusantes, car le procédé était alors tout nouveau : institué par un arrêté de 1886, il est répété en 87 et 88 comme s'il avait du mal à passer dans la pratique. » (« Réalité et fiction. »)

2. Les conditions très dures faites, du temps de son adolescence, aux élèves de l'école normale, aux institutrices et surtout aux adjointes, ne devaient pas laisser Colette indifférente ; elle y revient à plusieurs reprises. Le chiffre de soixante-quinze francs par mois, cité ici, l'est aussi à propos de Mlle Griset (p. 80) et de Mlle Aimée (p. 174) ; or, selon Mme Charleux-Leroux, cette

somme pourrait même être exagérée : en 1890, si Mlle Terrain gagnait annuellement deux mille cent francs, ses adjointes Emma Duchemin et Marie Blaise n'en recevaient que sept cents, soit à peine cinquante-neuf francs par mois. — Sur la dure condition des institutrices voir le roman aussi émouvant qu'intéressant de Léon Frapié, *La Maternelle* ; Librairie universelle, 1904.

Page 135.

1. Bellevue ne figure ni dans le département de l'Yonne ni dans ceux — contigus — de Seine-et-Marne, de l'Aube, de la Côte-d'Or, de la Nièvre ou du Loiret.

2. Ces quatre vers de *Cinna* (acte V, sc. 1, v. 1473-1476) se lisent comme suit : « Tu t'en souviens, Cinna : tant d'heur et tant de gloire / Ne peuvent pas sitôt sortir de ta mémoire ; / Mais ce qu'on ne pourrait jamais s'imaginer, / Cinna, tu t'en souviens, et veux m'assassiner. »

Page 136.

1. Autre allusion au talent littéraire de Colette-Claudine tel que l'appréciait Mlle Terrain-Sergent (voir n. 1, p. 24, et n. 1, p. 107).

Page 137.

a. Chrysale : « Qu'importe qu'elle manque aux lois de Vaugelas », etc. *F*

1. Colette attribue à Chrysale un alexandrin de Clitandre (Molière, *Les Femmes savantes*, acte I, sc. III, vers 218). L'erreur sera corrigée dans l'édition définitive (voir var. *a*, p. 137).

Page 139.

1. Fresnois étant un mot forgé par Colette (pour Puisaye), ce *Moniteur* n'existe évidemment pas.

Page 141.

a. et on s'effare : « Eh ! là, séparez-les ! *F*

Page 143.

1. Colette confond ici l'adjectif « stupéfaite » avec le participe passé qui eût dû être « stupéfiée ». L'erreur a été maintenue dans l'édition des *Œuvres complètes*.

Page 145.

1. Voir n. 1, p. 108.

Page 146.

1. Détail exact, lui aussi : la caserne du 4e régiment d'infanterie était située dans le vieil Auxerre, sur la rive gauche de l'Yonne (« Réalité et fiction »).

2. Jeu de cartes : chaque joueur cherche à atteindre un total de trente et un points, ou à s'en approcher.

Page 147.

1. Nom du valet de trèfle dans certains jeux de cartes dont le trente-et-un.

2. Curieuse liste officielle qui mêle prénoms sans patronyme (Anaïs et Claudine) aux patronymes sans prénom !

Page 149.

1. En effet, des soixante-douze candidates (voir n. 1, p. 132), quarante-trois avaient échoué à l'écrit et ne pouvaient donc subir les examens oraux (« Réalité et fiction »).

2. Cette Mlle Michelot s'appelait en réalité Michelin et était institutrice de l'école publique du quartier de Paris à Auxerre. Remarquons que c'est sans doute pour permettre à Claudine de se montrer impertinente ou fantasque à son gré que Colette décrit les candidates interrogées par un seul examinateur. Or, rappelle Élisabeth Charleux-Leroux : « Dès 1881, du temps de Jules Ferry, un "arrêté relatif aux brevets de capacité" précisait : "Pour procéder à l'examen oral, la commission ne peut se subdiviser en commissions de moins de trois membres." La même exigence est rappelée avec insistance en 1886 [...]. Elle l'est à nouveau en 1887 et, pour plus de sûreté, le secrétaire doit écrire de sa propre main, sur le procès-verbal de la session, qu'elle a bien été observée — ce qui a été fait et contresigné par le président, sur le registre officiel, à Auxerre, au soir du 3 juillet 1889. » (« Réalité et fiction. »)

Page 151.

a. on reconnaît qu'un nombre est divisible par 9, et je vous tiens *F*

1. Dans l'édition du Fleuron, Colette transformera malencontreusement la question sur la divisibilité par 2 et montre Claudine interrogée sur la divisibilité par 9 (voir var. *a*, p. 151) ; celle-ci ayant déjà fait l'objet de l'épreuve écrite ne pouvait, de toute évidence, être reposée à l'oral.

2. Cette question est de l'invention de Colette : seules, l'histoire et la géographie de la France faisaient partie des matières du brevet élémentaire (« Réalité et fiction »).

Page 152.

1. Dans les dix-sept volumes de son *Histoire de France*, parus entre 1833 et 1867, Michelet (1798-1874) avait voulu offrir moins un récit objectif des faits historiques qu'une reconstitution poétique et intuitive du passé. Victor Duruy (1811-1894), qui fut ministre de l'Instruction publique et académicien, en historien positiviste, tenait, au contraire, à l'exactitude la plus minutieuse, ce qui explique l'exclamation de Claudine. — Michelet est cité p. 113.

Page 154.

1. L'anglais ne faisait plus partie de la matière du brevet simple depuis 1886 ; sans doute Colette s'est-elle souvenue de l'épreuve d'anglais qu'elle subit, les 26 et 27 juillet 1889, lorsqu'elle présenta et réussit l'examen du certificat d'études primaires supérieures (« Réalité et fiction »).

Page 158.

1. On peut penser que Colette fait allusion à la statue souvent reproduite et copiée du sculpteur Paul Dubois (1829-1905), *Chanteur florentin.*

2. *Le Passant*, comédie en un acte et en vers de François Coppée (1842-1908), jouée pour la première fois sur la scène de l'Odéon en 1869. Le héros en est un tout jeune bohémien, Zanetto, amoureux vite désespéré de la jolie Florentine Sylvia. À la création, Sarah Bernhardt connut son premier grand succès en interprétant le rôle de Zanetto. L'opéra-comique tiré de la pièce (musique de Paladhile) fut créé à l'Opéra-Comique en 1872.

3. Cette chanson est extraite d'une romance écrite par Sauvan vraisemblablement vers 1815 : *Le Vaillant Troubadour.*

Page 159.

a. maladresse pour le vexer. *F*

Page 160.

1. Poêles mobiles à feu continu portant, généralement fondue sur le couvercle de la bouche d'alimentation, une salamandre, animal longtemps considéré comme capable de vivre dans le feu et même de l'alimenter.

2. Mary Edgeworth (1767-1849) a écrit de nombreux ouvrages moraux qui connurent un grand succès auprès de la jeunesse anglaise. Colette évoque sans doute les *Moral Tales* publiés en 1801.

Page 161.

1. Lapsus de l'examinateur, qui veut demander les formes au *passé...*

Page 163.

a. Tenez, je vous promets que vous *F*

1. Cette Lisse — dont le nom n'est peut-être qu'un adjectif substantivé — est évidemment l'Yonne.

Page 165.

1. Les raisons pour lesquelles Colette a placé entre guillemets cet « espoir charmant » nous restent inconnues.

2. La dernière station avant Montigny-Saint-Sauveur est Coulanges-la-Vineuse, chef-lieu de canton de l'arrondissement d'Auxerre dans l'Yonne ; ainsi « Bresles » désignerait Coulanges.

Page 167.

1. Pommes arrivant à maturité à l'époque des moissons, c'est-à-dire en juillet ou en août.

Page 168.

1. Auguste Germain (1862-1915) fut pendant trente ans rédacteur de la gazette théâtrale à *L'Écho de Paris* ; il signait ses chroniques « Capitaine Fracasse ». Il a laissé quelques pièces de théâtre, de nombreux « levers de rideau » ou courtes pièces en un acte, des romans parmi lesquels *En fête !* (Simonis Empis, 1898).

2. Il peut paraître surprenant qu'ait été appliqué au personnage de Claire le vers : « Ses bras vaincus, jetés comme de vaines armes », que Baudelaire écrivit pour deux de ses *Femmes damnées*, « Delphine et Hippolyte » (vers 11, *Œuvres complètes*, Bibl. de la Pléiade, t. I, p. 152) ; il l'est plus encore que Colette — ou Willy, qui cite le recueil dans sa préface, p. 3 — ait ainsi choisi de défier la censure, car le poème faisait partie des pièces condamnées en 1857 et était encore interdit en France au moment de la publication de *Claudine à l'école*. Dans l'usage que fait Claudine de la citation, peut se deviner l'intention d'insister — une fois de plus — sur le total affranchissement de l'adolescente, affranchissement ainsi teinté de saphisme pour le lecteur averti.

Page 169.

a. l'Angelus. Ça plaira beaucoup. *F*

1. Gossec (1734-1829) a composé, en 1793, un *Hymne à la Nature*,

air à quatre voix, sur des paroles de Varon, qui ne correspondent pas aux citations faites par Claudine ici et p. 208. Autant dire que cet hymne nous reste inconnu.

Page 170.

1. « Jeté » est employé par extension ; le terme s'emploie, en effet, pour désigner le tissu ou la tapisserie que l'on étend, ou « jette » sur une table pour la décorer.

Page 171.

1. Émile Loubet (1838-1829) fut président de la République de 1899 à 1906. Cette allusion est une autre indication que l'œuvre fut revue et mise à jour avant d'être soumise à l'éditeur.
2. La parenthèse politique n'a guère de sens dans le contexte d'une exposition de travaux d'écoliers et on imagine mal à qui Dutertre aurait pu fournir l'explication.
3. Voir n. 1, p. 10.
4. Ces pantalons « fermés », auxquels l'héroïne fera à nouveau allusion dans *Claudine à Paris* (p. 240) et dans *Claudine s'en va* (p. 563), tiennent une place non négligeable dans les plaisanteries et les sous-entendus équivoques si largement répandus dans la littérature légère de l'époque. Puisque, à la différence des pantalons ouverts, ils contraignaient les femmes à se dénuder partiellement dans certains cas, ils témoignaient d'une audace et, partant, d'une liberté de mœurs auxquelles les lecteurs d'aujourd'hui ne peuvent évidemment plus être sensibles.
5. En 1922 encore, Colette se souvenait très bien de ce « petit groupe ». Dans *La Maison de Claudine* (*OCF*, t. VII, p. 108), elle écrit : « Le banc de droite branlait [...] sous une brochette de petites filles déjà grandes [...] : Odile, Yvonne, Marie, Colette... » Sur ce banc, nous retrouvons les personnages mêmes du roman : Colette, qui use de l'ambiguïté de son patronyme, Odile Henrion, Yvonne Jollet et Marie Gentilhomme.

Page 172.

1. L'eau de Botot était et est encore une eau dentifrice et un rince-bouche ; la firme du 17, rue de la Paix, la présentait comme « un dentifrice supérieur ».

Page 176.

1. Jean Dupuy (1844-1919) fut journaliste, dirigea *Le Siècle* avant d'acquérir *Le Petit Parisien* en 1878. Député, sénateur des Hautes-Pyrénées, ministre de l'Agriculture en 1899, il fut aussi, par la suite, ministre du Commerce, des Travaux publics, ministre d'État et, pendant la guerre de 1914-1918, membre du Comité de guerre. Dans la réalité, les écoles neuves ne furent pas inaugu-

rées par Jean Dupuy, mais par Jules-Paul Develle (1845-1919) qui, avant d'être ministre de l'Agriculture — de janvier 1886 à mai 1887, puis de mars 1890 à janvier 1893 —, avait été député de l'Eure ; il sera sénateur de la Meuse de 1910 à sa mort. Le ministre ne s'était pas déplacé pour assister à quelque comice agricole, mais spécialement pour inaugurer les écoles, sans doute à la demande de son ami, le docteur Merlou (« Réalité et fiction »).

Page 177.

1. Quoi qu'en dise ici Claudine, l'inauguration des écoles ne précipita pas le départ en vacances. Colette resserre ainsi deux événements distincts : la distribution des prix, qui eut lieu, comme d'habitude, à la fin de l'année scolaire, et l'inauguration officielle des écoles qui se passa le 28 septembre 1890, un mois après la rentrée des classes (« Réalité et fiction »).

2. En 1889, date supposée de la rédaction du roman, Jean Dupuy venait effectivement d'obtenir le ministère de l'Agriculture.

3. Le ruban violet pour ceux qui recevront les Palmes académiques ; le vert désigne le Mérite agricole.

Page 179.

1. Le capitaine Colette ne manifesta pas semblable désintéressement : deux journaux, *L'Yonne* et *L'Indépendant*, signalèrent sa présence au banquet de près de deux cents couverts qui eut lieu dans la grande salle de la mairie.

Page 182.

a. matin, on laisse tout *F*

1. Mme Charleux-Leroux ne connaît pas de ferme de ce nom ; et l'épisode aurait été assez scandaleux pour laisser des traces.

Page 184.

a. accroupies à terre, elle *[sic]* nous abandonnent *F*

Page 185.

a. Richelieu... » Pendant ces quatre *F*

Page 186.

1. Élisabeth Charleux-Leroux (« Réalité et fiction ») pense que ce nom pourrait être une déformation de celui de Touchard ; un certain Touchard était effectivement cordonnier à Saint-Sauveur.

Page 187.

1. À cette « émulation », correspondit celle des journalistes de *L'Yonne*, de *L'Indépendant* et de *La Bourgogne* qui, dans leurs comptes rendus, célébrèrent à l'envi la décoration sylvestre et florale du village.

Page 188.

1. Une correspondance récemment exhumée a permis à Mme Charleux-Leroux de découvrir le modèle de ce « vieil Harpagon » : il s'agit d'Edme-Jean-Louis Robineau-Bourgneuf, qui naquit à Saint-Sauveur le 25 août 1800 et y mourut à quatre-vingt-treize ans. Il possédait la belle maison de pierres blanches avec perron, parc et orangerie (les « serres » de Claudine), située sur la place du Grand-Jeu (place Paul-Doumer depuis 1936), que décrit fidèlement l'écolière de Mlle Sergent. Les épithètes peu obligeantes de Claudine s'expliqueraient par le fait que, cousin du premier mari de Sido, ce « mystère vivant » aurait pris, au titre de membre du conseil de famille, le parti de Juliette, la sœur aînée de Colette, au moment de son mariage avec le docteur Roché et du partage de l'héritage Robineau-Duclos, partage qui fut pour beaucoup dans la ruine des Colette (voir *Sido*, *OCF*, t. VII, p. 80).

Page 190.

1. Voir n. 2, p. 12. Dans l'édition originale du roman, d'inexplicables crochets apparaissent ici et là. L'un d'eux fermait, à cet endroit, le paragraphe : « [ce jardin est *[...]* le bonnet tuyauté.] » Nous croyons que, dans le manuscrit, ils encadraient des ajouts (peut-être rédigés sur la page gauche des cahiers, comme dans les manuscrits conservés) et que, faute d'indications précises, le typographe les imprima par erreur.

Page 191.

1. Dans l'édition du Fleuron, Colette a corrigé « Touchand » en « Touchard », ce qui en ferait peut-être le personnage identifié plus haut (voir n. 1, p. 186).

Page 192.

1. Une telle phrase laisse penser que, sans avoir été imaginée déjà, une suite au premier roman avait peut-être été prévue au cas où le journal d'école de Claudine connaîtrait le succès.

Page 193.

1. Louis-Eugène Bérillon est l'auteur d'un ouvrage qui fut abondamment utilisé en province dans les écoles de filles : *La*

Bonne Ménagère agricole, ou Simples Notions d'économie rurale et d'économie domestique (Auxerre, C. Gallot, 1862) ; cet ouvrage connut une dizaine de rééditions. Des passages en seront cités dans *Claudine à Paris* (p. 263-265).

Page 196.

1. De ces deux personnages, dont les modèles ne nous sont pas connus, il sera reparlé dans *Claudine en ménage* (p. 401) ; le premier d'entre eux sera également évoqué dans *Claudine à Paris* (p. 322).

Page 197.

a. le faisceau des inscriptions variées : *F*

Page 200.

1. Les souvenirs de Colette sont d'une parfaite exactitude : « Le ministre, parti de la gare Saint-Amâtre à Auxerre peu avant huit heures du matin, était arrivé à neuf heures et demie à Saint-Sauveur. Comme Claudine, les journaux montrent la foule courant vers la gare sur les toits de laquelle flottent des drapeaux, évoquent l'éclat d'une fusillade et le déploiement du cortège. » (« Réalité et fiction. ») Le cortège officiel se composait des personnalités suivantes : le ministre J.-P. Develle évidemment, le préfet Paul Boudier, le général de Saint-Julien, le sénateur Coste, les députés de l'Yonne Rathier, Dethou et Hervieux, le directeur de l'école normale d'Auxerre et l'inspecteur primaire (*ibid.*).

Page 201.

1. L'ordre impérial turc du Medjidié avait été institué en 1852 par le sultan Abd ul-Medjid ; la décoration était suspendue à un ruban rouge liséré de vert.

Page 204.

1. Si nous en croyons *La Maison de Claudine* (*OCF*, t. VII, p. 68), ce Monmond — qualifié p. 211 de « brillant danseur » — devait être coiffeur à Saint-Sauveur et s'appeler Maumond.

Page 206.

1. Jules Méline (1838-1925), d'abord député des Vosges, avait reçu le portefeuille de l'Agriculture dans le cabinet Jules Ferry (1883-1885), ce qui explique la remarque impertinente de Claudine. Président de la Chambre, Premier ministre, candidat malheureux à la présidence de la République en 1898, il fut élu au Sénat en 1903 et redevint ministre de l'Agriculture dans le cabinet Briand en 1914-1915.

Page 207.

1. Le terme désigne une indienne (métonymie de Calicut, aujourd'hui Koshicode) et, par extension dans la langue populaire, ceux qui la vendent, soit les employés des maisons de nouveautés.

2. Si ce Villeneuve est bien le chef-lieu de canton cité plus haut (p. 131), les calicots ont parcouru plus de cinquante kilomètres avant d'arriver à Saint-Sauveur.

3. Les épisodes de l'après-midi sont dus à l'imagination de Colette qui a pu se souvenir toutefois de certaines distributions des prix : le banquet d'inauguration dura, en effet, tout l'après-midi (« Réalité et fiction »).

Page 208.

1. Si le ministre rêve au *Petit Parisien*, c'est évidemment qu'il en est le propriétaire (voir n. 1, p. 176).

2. L'auteur de ce « chœur imbécile » ne nous est pas connu.

Page 218.

1. Nous sommes de l'avis de Mme Charleux-Leroux qui, dans « Réalité et fiction », croit ce « scandale » inventé par la romancière : « Il n'est pas possible [...] d'imaginer Mme Terrain dans le rôle que lui fait jouer Claudine. Mme Terrain était de caractère difficile, exigeante à l'égard de sa fille, mais fière de la situation à laquelle celle-ci était parvenue. Jamais elle n'aurait, par un scandale public, compromis sa carrière. [...] Enfin, et cela me semble déterminant, le journal le plus réactionnaire du département, *La Bourgogne*, rempli des vices et méfaits des maîtres de l'école laïque, ne souffle mot de cette affaire. [...] ni le lendemain ni les jours suivants, on ne trouve dans ses colonnes, la moindre allusion à la scène du bal qu'il eût été si facile d'exploiter. À mon avis, cet épisode est une invention romanesque qui a l'avantage de clore le livre sur une page truculente et de plonger le vieil ennemi, Dutertre-Merlou, dans le ridicule. »

CLAUDINE À PARIS

NOTICE

De toute évidence, *Claudine à l'école* n'avait pas été conçu comme le premier volume d'une série. Willy, qui avait apprécié les souvenirs vivement narrés par sa femme, ne pouvait deviner que, publiés, ceux-ci lui attireraient renom et fortune. La faveur rapide que ces confidences connurent auprès du public lui inspira le projet de leur donner une suite.

À quel moment Colette et Willy se remirent-ils à l'œuvre ? Manuscrits et épreuves ayant disparu, et les intéressés ne nous ayant laissé aucune précision à ce sujet, nous en sommes réduits aux conjectures pour déterminer le début de la rédaction et la durée de celle-ci. Deux points de repère cependant : *Claudine à l'école* avait paru vers le 20 mars 1900[1] ; *Claudine à Paris* paraît au début de mars 1901[2]. On sait que le succès du premier ne fut pas immédiat ; Willy l'attribua en partie à l'influent article de Charles Maurras[3]. C'est alors seulement que les ventes démarrèrent pour atteindre, au fil des semaines suivantes, des chiffres bien faits pour séduire le mentor de la nouvelle romancière et son éditeur. Sans doute est-ce à la fin du printemps de 1900 que débuta la rédaction du deuxième roman. Elle ne pourrait, dans ce cas, avoir duré beaucoup plus de six mois, si l'on tient compte des délais requis par la dactylographie, la composition typographique, la correction des épreuves et l'impression du livre. Deux facteurs peuvent avoir accéléré ces dernières opérations : la proverbiale impatience de Willy et l'enthousiasme de Paul Ollendorff, ravi de publier d'autres aventures de la vedette qu'il avait eu l'heur de lancer.

Vu les circonstances, il est compréhensible que, dans le premier ouvrage, n'avaient pas été ménagées de ces incertitudes, de ces énigmes même qui préparent et annoncent des rebondissements que l'on rend ainsi indispensables. À *Claudine à Paris* revenait à la fois de combler ces lacunes et d'ouvrir les perspectives où allaient pouvoir s'inscrire d'autres et de tout aussi profitables suites.

« Qu'une histoire d'amour semble donc facile et petite, à côté de celle d'une adolescence où l'idée de l'amour, ternie par des passions rivales, apparaît non comme le but et la fatalité d'une vie, mais comme un couronnement incertain, redoutable comme le chapiteau périlleux et fragile d'une colonne, comme l'arabesque étincelante et superflue[4]... » L'idée de l'amour, sa cristallisation, son épanouissement forment précisément la trame de *Claudine à Paris*, où l'on voit l'histoire d'une adolescence se résoudre et se fondre en une histoire d'amour. Fusion naturelle et sans heurts : Claudine grandit, mûrit ; elle attend l'amour, le trouve et le conquiert. Cela ne va pas sans marquer chez l'héroïne une véritable évolution ni accorder au roman une indiscutable unité. Dans *Claudine à l'école*, seuls de rares passages, d'accidentelles observations indiquaient certaines modifications psychologiques ; la jeune fille, habituellement absorbée par les

1. Voir *Claudine à l'école*, Note sur le texte, p. 1253.
2. Voir p. 1293.
3. 5 mai 1900 ; voir la Préface, p. LXX-LXXI.
4. « Le Passé », *Akademos*, 15 avril 1909 ; recueilli dans *Paysages et Portraits*, Flammarion, 1958, p. 11.

incidents de sa vie d'écolière, en suspendait parfois le récit pour réfléchir, regretter, espérer. Mais Colette, soit que tel ne fût pas son but, soit qu'elle n'en eût pas encore été capable, ne présentait pas comme graduelle la transformation de son personnage. Le tempérament, le caractère de l'adolescente se dessinaient au long des pages et chaque trait nouveau s'ajoutait aux précédents pour compléter la description. Dans *Claudine à Paris*, au contraire, cette évolution est sensible et très progressivement étudiée ; à partir de réminiscences — fort longues, il est vrai —, la romancière amène son héroïne à prendre conscience des différentes étapes qu'elle franchit, à analyser les moments d'un itinéraire qui la conduit à une soumission de plus en plus explicitement souhaitée.

Claudine à l'école pouvait plaire par l'accumulation de circonstances choisies pour exalter le « fruit vert, personnage acide qui, vêtu en enfant, a licence de se comporter en femme[1] » ; le roman ne pouvait toucher. Une fois à Paris, Claudine, même si elle ne perd pas l'habitude de raconter des histoires, retient, car elle raconte surtout *son* histoire, celle d'une jeune fille que travaille le désir d'aimer et de se réaliser dans l'amour. L'œuvre trouve là son homogénéité et un peu de la nécessité indispensable au roman. Le premier volume du journal de Claudine entassait la matière plus qu'il ne l'organisait ; le mouvement du second emporte le récit selon une ligne continue et ascendante qui aboutit au dénouement exigé par ce mouvement même ; il contient plus qu'une suite de faits divers sans liens intrinsèques : chaque partie s'articule avec la précédente et avec la suivante.

Personne ne contestera que la matière de *Claudine à Paris* reste autobiographique ; à nouveau, Claudine raconte Colette, l'arrivée de Colette à Paris, la maladie de Colette, les rencontres de Colette et, peut-être, l'évolution amoureuse de cette même Colette. Mais ce journal n'est plus aussi étroitement moulé sur la réalité que le précédent. La biographie de l'auteur enseigne, en effet, que la jeune fille ne quitta pas Saint-Sauveur pour Paris, mais pour Châtillon-Coligny où exerçait son frère médecin, que c'est là qu'elle put rencontrer Henry Gauthier-Villars, son futur mari. C'est donc celui-ci et non son père qu'elle accompagna à Paris. C'est également bien après son mariage qu'elle connut celui qu'il est logique de considérer comme le modèle de Marcel, Xavier-Marcel Boulestin[2], qui n'était en rien le petit-fils de tante Cœur, elle-même moins parisienne que ne le dit Claudine[3]. Pour empruntés qu'ils sont encore à la réalité, les acteurs ne sont plus issus d'une mémoire à ce point respectueuse du souvenir qu'elle s'interdit presque toute transposition. Découverts par Colette au hasard de sa vie à Paris ou ailleurs, ils sont contraints de se plier à son dessein, associés dès lors à une action à laquelle

1. *Mes apprentissages, OCF*, t. XI, p. 59.
2. Voir n. 1, p. 243.
3. Voir n. 1, p. 232.

leur modèle était étranger. La romancière débutante est déjà capable de ramener à l'unité exigée par l'œuvre une mosaïque d'impressions distinctes.[1]

Ces progrès, si manifestes qu'ils soient, ne font pas encore du roman une grande œuvre, il s'en faut ! Outre que la « patte » de Willy y est voyante — particulièrement dans les scènes où paraissent Marcel et Maugis —, *Claudine à Paris* rattache la cause à l'effet d'une manière très simple. Le récit suit le cours d'une aventure qui ne s'embarrasse d'aucune subtilité : Claudine et Renaud étant tels, leur rencontre les mène irrésistiblement à l'amour. Les timides scrupules de Renaud pas plus que les hésitations de Claudine ne font rebondir une action qui porte son terme en son origine.

L'intérêt du roman est ailleurs. Que Colette ait pris grand soin de préserver, entre l'héroïne et le nouveau milieu dans lequel elle l'a située, une sorte de distance critique n'est pas sans signification. C'est avec un esprit dont l'ironique sagacité devait tout à la perspective que, provinciale, Claudine jugeait Montigny et ses habitants. C'est en provinciale sinon en campagnarde que la jeune fille apprécie Paris et Parisiens. Le point de vue, habilement inversé, rétablit l'écart indispensable à la lucidité de l'héroïne : trop bien née et éduquée pour être assimilée aux naturels du Fresnois, la voici trop sauvageonne, trop « bête des bois[2] » pour être confondue avec les belles amies de son cousin l'Oncle ! L'apparition surprenante de Mélie, les crises de nostalgie sylvestre de l'exilée, les lettres de son amie Claire, la rencontre de Luce trouvent, dans cette nouvelle situation, leur nécessité romanesque, et ce n'est certes pas un hasard si les locutions ou les mots patois sont aussi nombreux dans *Claudine à Paris* que dans toutes les autres *Claudine* réunies.

A-t-on, d'autre part, assez remarqué que *Claudine à Paris* est le seul roman d'amour de Colette ? Du moins le seul de ses ouvrages où, dans la tradition, la jeune fille se jette à l'amour avec l'ardeur des êtres impatients de s'offrir ? Avant de déchoir en expériences sexuelles variées chez Annie et chez Minne, l'amour est proposé par la romancière comme l'Aventure, première, décisive. Mais cette aventure requiert la présence de l'Autre. Quel partenaire va-t-elle donner à une héroïne qui nous a été décrite comme solitaire et indépendante ? Comment va-t-elle soumettre la curieuse mais farouche Claudine à un sentiment dont, en principe, le désir de communion forme la meilleure part, — et à l'homme capable de le lui inspirer ? Ce qu'attend la jeune Fresnoise de l'amour, nous l'avons deviné grâce à l'une de ses rares confidences dans le roman précédent : « [...] ce

1. Elle n'a cependant proprement créé aucun personnage, aucune situation. De nombreuses années passeront avant qu'elle y réussisse et, même dans ses romans qui doivent le plus à l'imagination, le rapport à la réalité sera toujours discernable.

2. *Claudine à Paris*, p. 278.

quelqu'un-là me manque follement, et [...] j'en suis humiliée, [...] je ne me livrerai qu'au quelqu'un que j'aimerai et que je connaîtrai tout à fait, — des rêves qui ne se réaliseront jamais, quoi[1] ! » La résignation que décèle l'exclamation pouvait étonner chez une fille de seize ans, mais moins que l'humiliation qu'elle disait éprouver devant la conscience qu'un être pût lui manquer. Et, curieusement, c'est de ce sentiment que découleront les thèmes de l'œuvre à venir.

Il eût été déplaisant — et fort peu dans le caractère du personnage — que l'auteur eût permis à Claudine d'avouer qu'elle souhaitait se marier au plus tôt. Le « quelqu'un » dont il était question pouvait être aussi tout autre chose qu'un mari pour une fille au « cœur déraisonnable[2] » : Aimée, Luce, Mlle Sergent et bientôt Rézi le prouvent, et le confirme encore cette phrase que nous lisons dans *Claudine à Paris* : « Je vous jure, je vous jure, ce n'est pas, ce ne peut pas être là l'énervement banal d'une qui a besoin d'un mari. J'ai besoin de bien plus que d'un mari, moi[3]... » Mais, un peu auparavant, elle avait reconnu : « Ce qui me manque, ce qui me manque... je ne le saurai que trop tôt. Et d'ailleurs cela m'humilierait[4]... » Humiliation à nouveau ! Claudine cède à des forces qui la dominent ; elle se sait incomplète, inachevée et comprend qu'un autre est indispensable à l'accomplissement de son être. Cela est commun et peut être partagé par la plupart des adolescents ; ce qui l'est moins sans doute, c'est qu'elle en souffre et, plus encore, en est mortifiée. Voilà qui n'est pas sans annoncer ces phrases, que Colette écrira à l'heure des premiers bilans : « [...] ce que j'ai perdu, [...] c'est mon bel orgueil, la secrète certitude d'être une enfant précieuse, de sentir en moi une âme extraordinaire d'homme intelligent, de femme amoureuse, une âme à faire éclater mon petit corps... Hélas, [...] j'ai perdu presque tout cela, à ne devenir après tout qu'une femme[5]... »

Dans ce passage, Maria Le Hardouin lira très justement la « révélation douloureuse qu'il y a antinomie absolue entre l'orgueil et l'amour, entre la fierté ardente de l'enfance, seule partie de l'absolu, et le compromis auquel il faut se résoudre pour tirer parti de la vie[6] ». Que Colette jeune ait deviné que son orgueil allait plier devant les exigences de l'amour et qu'elle en ait souffert nous paraît très vraisemblable. Que ce sentiment ait été prêté à Claudine ne surprend pas : c'est l'indépendance, la « fierté ardente », de l'héroïne que la romancière a le plus soulignées. Sur le point de se soumettre à la loi commune, Claudine apprend qu'elle n'est pas l'individu unique, et par là même précieux, que la conscience de la banalité de son destin et de

1. *Claudine à l'école*, p. 212.
2. *Ibid.*, p. 19.
3. *Claudine à Paris*, p. 334.
4. *Ibid.*, p. 279.
5. « Le Miroir », *Les Vrilles de la vigne*, p. 1032.
6. *Colette*, Éditions universitaires, 1956, p. 65.

l'inéluctable différenciation sexuelle ne limitaient pas encore. Les romans suivants tenteront l'impossible : rendre aux héroïnes le royaume échangé dans un marché de dupes en leur restituant leur dignité première sacrifiée à l'amour.

PAUL D'HOLLANDER.

NOTE SUR LE TEXTE

Le manuscrit.

Le manuscrit de *Claudine à Paris* a disparu, apparemment détruit dans les mêmes circonstances et pour les mêmes raisons que celui de *Claudine à l'école*[1]. Un élément au moins aurait cependant pu justifier que Willy souhaitât conserver une preuve patente de sa collaboration : l'apparition de Maugis, personnage qui lui doit beaucoup, comme Colette elle-même le reconnaîtra[2].

Ont également disparu la dactylographie et les épreuves. La hâte avec laquelle l'ouvrage fut écrit et publié interdit de penser qu'il a pu connaître quelque préoriginale que ce soit.

L'édition originale.

L'édition originale est un in-18 de 321 pages. La couverture porte : Willy / Claudine / à / Paris / Ollendorff, Editeur. Elle est illustrée par Armand Rassenfosse qui a représenté, vue de trois quarts, une tête de jeune femme aux cheveux courts et bouclés, qui ressemble un peu à celle de Colette vers 1900. Le dessin est relevé de touches de couleurs aux yeux, aux lèvres et aux cheveux. Dans le coin inférieur droit, a été reproduit en réduction la couverture de *Claudine à l'école.*

La page de titre se présente ainsi : Willy / [filet] / Claudine / à Paris / [marque de l'éditeur] / Paris / Société d'éditions littéraires et artistiques / Librairie Paul Ollendorff / 50, Chaussée d'Antin, 50 / [petit filet] / 1901 / Tous droits réservés.

La page réservée aux « Ouvrages du même auteur » porte les mêmes titres que celle du roman précédent[3], plus, évidemment, *Claudine à l'école*. Sur la quatrième page de couverture, toujours divisée en deux colonnes par une fleur stylisée, figurent « les plus récents succès de la librairie Ollendorff », soit : *Une vie,* par Guy de Maupassant (illustrations de A. Leroux) ; *La Carrière d'André Tourette,* par Lucien Muhlfeld [que Claudine lit (p. 280)] ; *Qui perd gagne,* par Alfred Capus (dessins de René Lelong) ; *Claudine à l'école,* par Willy ; *La Ténébreuse,* par Georges Ohnet ; *Basile et Sophia,* par Paul Adam (illustrations de L.-H. Dufau).

L'ouvrage a été imprimé à Évreux par Charles Hérissey. Il a été tiré deux exemplaires sur papier du Japon, quinze exemplai-

1. Voir la Notice de *Claudine à l'école,* p. 1241.
2. Voir *Mes apprentissages, OCF,* t. XI, p. 59-60.
3. Voir p. 1252.

res sur papier de Hollande numérotés à la presse. L'ouvrage ne porte pas de date d'achevé d'imprimer ni de dépôt légal. Dans la *Bibliographie de la France* du 23 février 1901, Ollendorff annonce la mise en vente pour le 5 mars. Le volume sera enregistré à la *Bibliographie de la France* du 6 avril 1901.

L'édition du Fleuron.

Comme en témoignent les éditions de *Claudine à Paris* publiées entre 1902 et 1947, toutes identiques — à quelques erreurs près — à l'originale, Colette ne relut et ne corrigea attentivement le texte de son deuxième roman qu'au moment de l'inclure dans le tome I de ses *Œuvres complètes,* en 1948 ; cela explique le nombre élevé de modifications que l'on découvre entre l'édition originale et l'édition du Fleuron.

À propos de *Claudine à l'école,* nous avons souligné à la fois la profusion des corrections et leur relative insignifiance par rapport au contenu de l'œuvre. La situation est autre pour *Claudine à Paris.* Supprimant ici une quarantaine de phrases ou de passages, Colette tient, de toute évidence, à alléger — sans toutefois l'éliminer complètement — la contribution de son collaborateur ; elle eût pu, à notre avis, se montrer plus sévère encore. L'épuration à laquelle elle s'est livrée permet de cerner les apports de Willy à ce deuxième roman et nous autorise à penser que ses interventions dans le premier furent à ce point nombreuses et diffuses qu'il eût été vain de songer à les faire disparaître.

À quelques corrections typographiques près, notre édition reproduit le texte de l'édition originale (Ollendorff, 1901).

P. D'H.

NOTES ET VARIANTES

Page 220.

1. Note de l'édition originale, que nous conservons.

Page 221.

1. Willy écrit à Jules Marchand : « En somme, il n'y a guère que du vrai dans *Claudine à Paris.* » (*Indiscrétions et commentaires,* p. 22.) Les très nombreuses références biographiques qui s'y peuvent découvrir confirment cette assertion. De la maladie, ici prêtée à Claudine, Colette elle-même fut atteinte ; on lit dans *Mes apprentissages* (*OCF,* t. XI, p. 37) : « Cette "jeune fille" décolorée était en chemin de mourir, mais ne mourut point. » La romancière ne nomme cependant pas la « grande maladie » dont elle souffrit, précisant qu'elle était alors restée couchée « soixante jours ».

2. Dans ses ouvrages autobiographiques comme dans ses romans, Colette insistera souvent sur l'« aversion » qu'elle éprou-

vait à l'égard « de la ville qui [l]'entourait » (*Mes apprentissages, OCF,* t. XI, p. 36).

3. Voir *Claudine à l'école,* n. 1, p. 12.

4. Voir *Claudine à l'école,* n. 3, p. 12.

5. Tenter de dater l'anniversaire de Claudine est un exercice parfaitement futile : elle se donnait quinze ans au début du roman précédent, presque seize à la fin ; peu de mois semblent avoir séparé le terme estival de l'année scolaire de son installation à Paris ; convalescente, Claudine situe sa première sortie en mars, et c'est peu après qu'elle recommence à tenir son journal, déjà gratifiée d'improbables dix-sept ans... Une telle accélération répond certainement au souhait de l'auteur de ne pas mettre une trop jeune fille en présence de son futur mari.

Page 222.

1. Ce sacrifice permettra à Colette d'insister, souvent sans discrétion excessive, sur l'allure garçonnière — donc équivoque — de son héroïne. Une photographie où la romancière paraît les cheveux courts (« Colette à vingt ans »), publiée dans le *Colette par elle-même* de Germaine Beaumont et André Parinaud (Le Seuil, 1958, p. 100), porte au bas cette exclamation manuscrite de Colette : « Quel mensonge ! Je me suis coupé les cheveux à trente-trois ans ! » Cela semble une erreur de sa part, car c'est, selon nous, durant l'automne de 1902, qu'elle accepta de se coiffer ainsi. Dans un passage inédit mais qu'il nous a communiqué de son long article partiellement publié dans *Les Œuvres libres* (novembre 1959), Jacques Gauthier-Villars rappelait : « Il faut dire qu'avant 14, cette coiffure de page florentin faisait encore scandale et, pour l'expliquer à sa belle-famille, Colette [...] avait parlé d'une lampe à pétrole malencontreusement renversée sur ses longs cheveux dénoués. » Voir aussi p. 228 et n. 2.

2. Voir *Claudine à l'école,* n. 1, p. 27.

3. Les éditions scientifiques Masson et Cie étaient et sont toujours installées 120, boulevard Saint-Germain, à Paris.

4. L'expression, manifestement injurieuse dans la bouche du père de Claudine, a pu être empruntée au capitaine Colette qui, en républicain convaincu, affirmait, dans sa proclamation électorale de 1880, s'être trouvé, en 1848, « à l'hôtel de ville, à côté de Lamartine, d'Arago et de Ledru-Rollin » — Doussine, le facteur rural, apparaîtra sous son vrai nom : Roussine, dans « Œufs de Pâques » (*La Fleur de l'âge, OCF,* t. XIV, p. 354). Il mourut en 1929. (É. Charleux-Leroux.)

Page 223.

1. Voilà qui est faire peu de cas des appréhensions d'une Claudine, encore « à l'école », prévoyant qu'elle serait envoyée par son père à Paris « chez une tante riche et sans enfants » (*Claudine à l'école*, p. 192).

2. Colette a obtenu le certificat d'études primaires élémentaires en 1885, le certificat d'études primaires supérieures et le brevet élémentaire en 1889 ; seul ce dernier diplôme est prêté à Claudine, que l'obtention du brevet supérieur aurait directement préparée, malgré ses dénégations, fréquentes dans le roman précédent, au métier d'institutrice.

3. Voir *Claudine à l'école,* n. 5, p. 10.

4. Voir *Claudine à l'école,* n. 2, p. 65.

5. Si l'on s'explique mal que Mélie soit absente du roman précédent, on comprend aisément les raisons de son apparition dans celui-ci : elle fait le lien entre les deux situations de l'héroïne, la villageoise et la citadine ; proche de son terroir, elle use d'un vocabulaire et d'une syntaxe qui autorisent la multiplication des expressions patoises ; elle transmet occasionnellement à Claudine des nouvelles de Montigny. Le personnage appartint sans conteste au passé de Colette qui, dans *Paysages et portraits* (Flammarion, 1958, p. 170), en fixe ainsi le souvenir : « Sous le manteau d'une cheminée vaste et noire comme la gueule d'un dragon, Mélie, qui m'avait servi de nourrice, devenue simple servante, cuisinait modestement. » Dans *La Maison de Claudine,* elle la traite de « chienne fidèle », d'« esclave blonde et blanche » (*OCF,* t. VII, p. 162).

Page 224.

1. Le répertoire de « chansons grivoises, voire obscènes », de Mélie et du malacologiste, apparemment inépuisable, sera exploité dans ce roman plus que dans tout autre de la série. L'origine de ces chansons est généralement obscure ; nul doute cependant que certaines aient été empruntées à l'ancien officier de zouaves qu'était le capitaine Colette ; d'autres pourraient provenir de Saint-Sauveur même, où Racalin (voir *Claudine à l'école,* n. 2, p. 123), ainsi que le rapporte É. Charleux-Leroux (« Réalité et fiction »), était connu des enfants pour les chansons, honnêtes et moins honnêtes, qu'il leur apprenait.

Page 226.

1. Le « sortilège d'empicassement », peu compréhensible dans l'édition originale, est plus clairement expliqué dans l'édition définitive du roman : « vous posez à terre l'objet o à empicasser, vous l'enfermez entre deux parenthèses dont les bouts rejoints (X o) se croisent et où vous inscrivez, à gauche de l'objet, un X » (*OCF,* t. I, p. 274).

2. C'est dès la fin du roman précédent (*Claudine à l'école,* p. 192-193) que l'*on* avait tenté de fausser le sentiment de Claudine pour Luce. Cette phrase-ci tend à confirmer les prétendues dispositions de l'héroïne à « rendre peut-être très heureuse[s] » certaines de ses sous-maîtresses (Aimée) ou de ses compagnes (Luce).

Page 227.

1. Cet appartement est celui dans lequel Willy introduisit Colette peu de temps après leur mariage. Ailleurs, dans *Mes apprentissages* (*OCF*, t. XI, p. 23), elle le décrit : « Rue Jacob, au troisième étage, entre deux cours... [...] Point de soleil. Trois pièces, un cabinet sombre, la cuisine de l'autre côté du palier, le tout coûtait quatorze cents francs l'an. » Le couple, à son arrivée à Paris, avait d'abord occupé la garçonnière de Willy, 55, quai des Grands-Augustins (voir n. 1, p. 353), où les jeunes mariés ne séjournèrent guère plus d'un mois.

2. La rue Jacob (VIe arrondissement) est de fait relativement proche de la Sorbonne que l'on atteint en empruntant la rue de Seine, le boulevard Saint-Germain et le boulevard Saint-Michel ; la bibliothèque Sainte-Geneviève se trouve un peu plus loin, place du Panthéon. On voit mal en quoi la Société de géographie — 184, boulevard Saint-Germain — pouvait intéresser le malacologiste ; sans doute Colette s'est-elle souvenue que son père fut membre de cette société (voir p. LIV et n. 4).

3. Sur cette maladie, voir n. 1, p. 221. Pour la date (1894), voir p. 1245.

Page 228.

1. Si ce médecin fut bien celui qui soigna Colette, il s'agit du docteur Jullien, « le grand médecin de Saint-Lazare » (*Mes apprentissages*, *OCF*, t. XI, p. 37).

2. Le roman s'écarte ici de la réalité : ce sera peu après la publication de *Claudine à Paris* que Colette se fera couper les cheveux (*Mes apprentissages*, *OCF*, t. XI, p. 93), à la demande de Willy, ce qui lui permettra de ressembler à Polaire.

Page 230.

1. Toutes les rues de Paris citées par Colette, dans ce roman et les deux autres de la série des *Claudine*, existent et y gardent le plus souvent le nom qu'elles portent encore aujourd'hui. Nous ne les relèverons que lorsque leur situation présente de l'intérêt pour la compréhension du texte, ou lorsque leur nom a changé.

Page 231.

1. Par Archives, Colette désigne très certainement les Archives nationales (pour quelle raison un malacologiste devait-il les fréquenter ?). Par « Cardinale », il faut entendre la « Bibliothèque Cardinal », fondée par Mme Cardinal, cabinet de lecture autrefois installé 51, rue de Rennes, et 44, rue du Four (VIe arrondissement), dont le catalogue de 1888 ne comptait pas moins de 1 184 colonnes !

Page 232.

1. La tante Cœur de Claudine est la tante Caro de Colette. Fille de l'auteur dramatique parisien Cuvelier de Trye, *Caro*line avait épousé Eugène Landoy, un des frères de Sido, et vivait à Bruxelles où son mari était rédacteur en chef de *L'Office de publicité*.

2. Ce ne fut ni à neuf ans ni à Paris que Colette rencontra sa tante Caro, mais à Bruxelles, en 1879, soit à l'âge de six ans. Avant son mariage, elle n'avait visité Paris que quatre fois : en 1879, au retour de Bruxelles, en 1884, 1889 et 1892.

Page 233.

1. Bertall est l'anagramme d'un des prénoms de Charles-Albert d'Arnoux (1820-1882). Protégé de Balzac, il compta parmi les illustrateurs de l'œuvre du romancier depuis l'édition originale de *La Comédie humaine* publiée par Furne de 1842 à 1848. Colette a possédé successivement trois exemplaires de l'édition Houssiaux, en vingt volumes, qui reproduit l'édition Furne (voir la *Correspondance* de Balzac éditée par Roger Pierrot, Garnier, t. IV, p. 807-808). Elle laisse ici percer, pour la première fois, la véritable dévotion qu'elle portait à l'écrivain que, dans *Le Képi* (*OCF*, t. XII, « La Cire verte », p. 249), elle nomme affectueusement « mon berceau, ma forêt, mon voyage ». Cette dévotion ne se démentira pas : en 1944 encore, elle affirmera : « Aucune œuvre romanesque ne se compare à celle de Balzac. » (*Mélanges*, « Lectures », *OCF*, t. XV, p. 344.) L'œuvre reflète cette particulière dilection : Nicole Houssa y dénombrera vingt-trois titres de *La Comédie humaine* et le rappel de cinquante-cinq personnages balzaciens (« Balzac et Colette », *Revue d'histoire littéraire de la France*, janvier-mars 1960).

Page 234.

a. sortir, je crie : *F* ✦✦ *b.* Que ne se fâche-t-il ? Je lui *F*

1. Cela n'est pas sans rappeler l'attitude de Colette elle-même qui, jeune, lisait beaucoup mais avec une « froideur littéraire, saine à tout prendre », qui la gardait « du délire romanesque » (*La Maison de Claudine*, *OCF*, t. VII, p. 40).

Page 236.

1. Si les guillemets n'indiquent pas une citation précise, à nos yeux obscure, ils pourraient s'expliquer par le désir de la romancière de signaler qu'elle transforme l'expression reçue « pieux mensonge » en « généreux mensonge ».

2. Les fiacres à bandages pneumatiques étaient un confort nouveau en 1900, ce qui explique que Colette ait cru bon de signaler cette particularité.

3. Voir n. 5, p. 221. Se devine ici une autre tentative de mûrir précocement une jeune fille bientôt fiancée à Renaud.

4. Première des trois allusions de Colette à une éventuelle progéniture de son héroïne ; la seconde figurera dans *Claudine s'en va* (p. 644) ; la troisième, dans *La Retraite sentimentale*, nous semble parfaitement résumer l'attitude de la romancière, attitude toute de refus dégoûté : « Un enfant, moi ! Par quel bout ça se prend-il ? Sûr, si j'accouchais de quelque chose, ce serait d'un bébé-bête [...]. Et Bostock nous ferait un pont d'or. » (P. 873.)

Page 237.

1. Voir *Claudine à l'école*, n. 4, p. 10.

2. Précision des souvenirs d'enfance de Colette : un descendant de la famille Jollet — dont était issue Yvonne, le modèle de Claire — a confirmé à Mme Charleux-Leroux que les chiennes étaient, dans cette famille, traditionnellement appelées « Lisette » ; l'une fut même, se rappelait-il, dévorée par un loup.

Page 238.

a. elle me rapporte les fausses *F*

1. Il n'existe aucune couturière de ce nom qui soit répertoriée dans l'*Annuaire-Almanach du Commerce, de l'Industrie, de la Magistrature et de l'Administration, ou Almanach des 1.500.000 adresses* publié par Didot-Bottin en 1900 (titre abrégé ci-après en Didot-Bottin).

2. Du nom de l'inventeur. Le mot s'emploie rarement pour désigner un velours, car il se dit communément d'une étoffe de soie souple destinée aux vêtements féminins, aux tentures et aux tissus d'ameublement.

Page 239.

1. Annonce un peu grosse de la prochaine évasion de Luce, de son installation à Paris et de sa rencontre avec Claudine.

2. Voir *Claudine à l'école*, n. 2, p. 11 (En 1901, le nom est imprimé Joubert.)

3. Voir *Claudine à l'école*, n. 3, p. 11.

4. Voir *Claudine à l'école*, p. 176 et suiv., et n. 1, p. 9.

5. Voir *Claudine à l'école*, n. 3, p. 9.

Page 240.

1. Voir *Claudine à l'école*, n. 4, p. 171.

2. La romancière insistera souvent, dans ses œuvres autobiographiques, sur la qualité de son sens olfactif ; dans *Mélanges* (*OCF*, t. XV, p. 363), par exemple, elle note : « Mon jeune nez, encore plus subtil qu'il ne l'est maintenant » ; « mon nez, qui m'a toujours entraînée vers le meilleur et le pire » (*ibid.*, p. 364).

3. Voir *Claudine à l'école*, n. 1, p. 90.

Page 241.

a. dire si les violettes, au versant ouest du chemin creux qui mène aux Vrimes... *F*

1. Le capitaine Colette, à qui la romancière pense sans aucun doute, était officier de la Légion d'honneur depuis la bataille de Melegnano où il avait perdu la jambe gauche.

2. Avant 1914, le couvre-chef désignait facilement la classe sociale de qui le portait : le haut-de-forme distinguait l'aristocrate, le grand bourgeois et, comme ici, l'intellectuel. Que celui du père de Claudine ait eu les « bords trop larges » est certes un effet du non-conformisme du personnage, mais peut-être aussi un rappel discret de ses origines provinciales.

3. Soldat de l'Empire mis à la retraite par le gouvernement de la Restauration, avec une solde réduite de moitié et attendant le retour de Napoléon Ier, comme on en voit beaucoup dans *La Comédie humaine*. C'est évidemment au demi-solde Jules Colette — retraité depuis 1860 avec 1 600 F de pension annuelle — que pense la romancière en prêtant cette allure au malacologiste.

Page 242.

1. L'avenue de Wagram, comme les autres avenues qui convergent vers l'Arc de Triomphe, sauf les Champs-Élysées, ne se développa guère avant le second Empire ; vers 1900, de nombreuses maisons y étaient neuves en effet. La rue de Courcelles où habitaient les Willy croise l'avenue de Wagram.

2. Le « quinze-seize » était à l'origine une unité de mesure, pour indiquer que l'étoffe avait la largeur de quinze seizième d'une aune (ancienne mesure, variable selon les régions, valant environ 1,20 m) ; le nom avait fini par désigner une sorte d'étoffe de soie.

3. Colette expose, non sans feinte ingénuité, le mélange des goûts qui régnait vers 1900 : aux styles lourds et sombres, hérités du Louis-Philippe et du néo-gothique, qui dominaient encore, s'opposait le modern style, réaction à toute imitation de l'ancien, prônant les couleurs claires et les motifs empruntés à la nature.

Page 243.

1. Colette assurera avoir « créé dans *Claudine à Paris* un petit personnage de pédéraste » (*Mes apprentissages, OCF,* t. XI, p. 49). Une telle création n'est guère dans la manière de la romancière. Nous accordons plus de crédit à la version de Willy qui affirme de son côté : « Marcel, c'est mon ancien secrétaire X.M. [pour Xavier-Marcel] Boulestin que j'ai appelé, vu les initiales de ses prénoms, "Hicksem" dans *Les Égarements de Minne* et "Blackspott" dans *Une plage d'amour* » (*Indiscrétions et commentaires*, p. 20.) Boulestin fit, comme Curnonsky, carrière dans la gastronomie, mais en

Angleterre : les horse-guards le fascinaient. On a publié à New York et à Londres, en 1971, *Recipes of Boulestin.* C'était, par ailleurs, un écrivain de talent (*Tableaux de Londres*, Paris, Dorbon aîné, 1912 ; *Dans les Flandres britanniques*, Dorbon, 1916, illustré par J.-E. Laboureur).

Page 244.

1. Beaucoup plus tard, Colette reconnaîtra avoir, en « créant » le personnage de Marcel, commis l'erreur commune à toute femme : « Comme sa subtilité [celle de la femme] manque de portée, et qu'elle est sévère aux propensions de l'esprit, elle n'arrive pas à les séparer de celles du corps, et elle confond obstinément "homosexuel" avec "homme efféminé". » (*Le Pur et l'Impur, OCF*, t. IX, p. 106.)

Page 245.

1. Cet autre extrait du répertoire, décidément très varié, du malacologiste nous laisse une fois de plus à quia.

Page 246.

1. On peut penser que c'est à la célèbre toile de Winterhalter : *L'Impératrice Eugénie et ses dames d'honneur*, que Colette fait allusion.

2. L'ironie de Claudine s'explique par le fait que Léon XIII — en 1901, pape depuis vingt-trois ans déjà — était une personnalité très en vue : il avait favorisé le ralliement à la République des catholiques de France, et son encyclique, *Rerum novarum* (1891), avait fait grand bruit, en accentuant les devoirs sociaux des catholiques.

Page 247.

1. La phrase de Claudine rappelle, en effet, de nombreuses reparties du théâtre de Molière, mais, à notre connaissance, aucune textuellement ; serait-ce la raison pour laquelle l'héroïne qualifie son allusion de « superfine » ?

Page 248.

1. Images avec lesquelles Claudine s'est familiarisée pendant sa dernière année scolaire (voir *Claudine à l'école*, n. 4, p. 17). Albert Guillaume a souvent représenté, dans ses illustrations du *Journal amusant*, de *La Caricature*, du *Rire*, etc., de vieux marcheurs taquinant d'accortes midinettes.

2. Ces « concours » du plus mauvais goût, devenu le cliché de toute une littérature de consommation, répondent manifestement au souhait des auteurs de transformer les élèves de Mlle Sergent en précoces disciples de la Bilitis que Pierre Louÿs

avait mise au monde. Ils ne correspondent en rien à l'esprit qui régnait, dans le premier roman, parmi les amies de Claudine.

Page 249.

a. si drôlement, que je ne languis *F*

1. Incohérence flagrante de Colette que de mêler Luce à un groupe dont fait partie une Claudine de quatorze ans. Dans *Claudine à l'école*, le lecteur avait assisté à l'arrivée de Luce à Montigny : la dernière année scolaire de Claudine était largement entamée et l'héroïne n'avait pas quatorze mais quinze ans, presque seize.

2. Système d'éclairage encore récent et toujours concurrencé par la lampe à pétrole (que Luce avoue préférer lorsqu'elle est seule, voir p. 313) pour l'éclairage domestique et par le bec de gaz pour l'éclairage public.

Page 250.

1. Un cent-garde était un soldat appartenant à la garde particulière de Napoléon III, dont l'uniforme était proche de celui du cuirassier. De cette manière agréablement imagée, Claudine rappelle que, à la fin du siècle dernier, la crinoline second Empire avait fait place à la « tournure », coussinet que les femmes portaient sur les reins.

2. Titre porté par Eugénie de Montijo qui devint impératrice par son mariage avec Napoléon III en 1853.

Page 251.

1. Donc en imitant l'accent de Colette elle-même qui garda, jusqu'à la fin de sa vie, le « r » roulé des Poyaudins.

Page 253.

1. Ce que Colette prouvera dans *Le Pur et l'Impur*.

2. Distinction curieuse qui s'explique par l'étonnante tolérance dont jouissait, à la Belle Époque, l'homosexualité féminine ; la masculine, au contraire, était constamment brocardée et impitoyablement réprimée. Claudine reviendra sur le sujet, p. 306.

Page 257.

1. *La Terre* d'Émile Zola avait paru en 1888.

2. Voir *Claudine à l'école*, n. 1, p. 71.

3. Comme le signale indirectement Marcel, le roman que Henri de Régnier (1864-1936) avait publié au Mercure de France, en 1900, pouvait être rangé parmi les lectures déconseillées aux jeunes filles : il décrit la passion et la déchéance de Nicolas de Galandot tombé, au cours de ses études dans la Rome du XVIIIe siècle, sous la coupe d'une femme de petite vertu, Olympe,

en laquelle il avait cru reconnaître la pétulante cousine Juliette dont, adolescent, il avait été amoureux.

Page 263.

1. La rue Cardinet, qui part de la rue de Courcelles — où habitaient Colette et Willy — et se prolonge jusqu'à l'avenue de la Porte-de-Clichy (XVIIe arrondissement), avait mauvaise réputation, en effet : elle comptait nombre de petits hôtels particuliers habités par des demi-mondaines.

2. Cet auteur a été cité dans *Claudine à l'école* (voir n. 1, p. 193). Le titre exact du livre est : *La Bonne Ménagère agricole, ou Simples Notions d'économie rurale et d'économie domestique.*

Page 264.

1. Le pot est un jeu consistant à envoyer des billes, ou des balles, dans un trou peu profond creusé pour les recevoir. Le jeu de la grue est mentionné dans *Claudine à l'école* ; voir p. 60 et n. 1.

2. La glui est une paille dont on fait des liens pour attacher les gerbes ou couvrir les toits de chaume ; le terme désigne aussi la paille longue avec laquelle on emballe le poisson.

3. Ces extraits sont authentiques. Dans le Bérillon en question (5e éd., 1874, p. 179), le conseil n° 32 se lit comme suit : « Elle a amené son mari [...] genêt, une sorte de cabane qui sert de lieu d'aisance[1]. » La seconde citation (« Cette cabane [...] berceau de verdure. ») reproduit littéralement le conseil n° 33, tiré de la même page.

4. Autre transcription presque littérale du même ouvrage dont le conseil n° 34 (p. 179) se lit : « Comme les déjections [...] sont suffisantes pour bien fumer un hectare de terrain, et qu'en agriculture ou en jardinage rien de ce qui est engrais ne doit être perdu, la fosse d'aisance[2] [...] terre et dont le fond et les côtés sont recouverts de glaise [...] ou simplement [...] service. » Le paragraphe suivant du roman est le résumé du conseil n° 35 du même ouvrage.

Page 265.

1. Tout comme Anaïs plus haut, Marie Belhomme cite textuellement la préface de Bérillon ; Colette n'a modifié que trois signes de ponctuation.

2. Le contenu de ce court « chapitre » — dont le caractère de remplissage est patent — tout autant que l'annonce plutôt lourde de la rencontre de Luce nous font penser que le morceau a pu être écrit après que le long récit de cette rencontre fut rédigé.

1. et 2. Le pluriel est de Colette.

Page 266.

1. Le personnage paraît au moins inspiré par Willy qui écrit à Jules Marchand : « J'ai silhouetté, sous le nom de "Barmann", "Mlle Lipmann" *[sic]* devenue Mme Arman (de Caillavet), la plus rosse des rosses, l'entreteneuse d'Anatole France (Gréveuille) que, trois ans auparavant, j'avais déjà caricaturée dans *Un vilain monsieur*, avec l'extraordinaire mari, "le conservateur du collage de France"... Quelle horrible taupe ! » (*Indiscrétions et commentaires*, p. 19-20.) Dans *Mes apprentissages* (*OCF*, t. XI, p. 38), Colette sera moins dure pour Mme Arman : « La célèbre amie d'Anatole France fut bonne pour une malade si jeune, si peu défendue, [...]. Sa mante de zibeline s'achevait en fraise de dentelle, un oiseau de Minerve, qui lui ressemblait, la coiffait, ailes ouvertes. » Léontine Lippmann s'était convertie au catholicisme à vingt-trois ans, soit en 1867, pour épouser l'année suivante Albert Arman. Peu après, celui-ci adjoignait à son patronyme le nom d'une de ses propriétés. Un fils leur naquit en 1869, Gaston, qui rendit célèbre au théâtre le nom de Caillavet. En 1878, les Arman achetèrent à Arsène Houssaye l'hôtel sis 12, avenue Hoche, où Mme de Caillavet allait recevoir, le mercredi à dîner et le dimanche après-midi, pendant de nombreuses années. Fatiguée du salon de Mme Aubernon (née Lydie de Nerville, dite « la précieuse radicale ») qu'elle fréquentait depuis une dizaine d'années, elle avait décidé en effet, en 1886, d'en ouvrir un à son tour (c'est, semble-t-il, de ce salon que Proust se servit pour composer celui de Mme Verdurin) ; elle enleva à son ancienne protectrice — qui, du fait, devint son implacable ennemie — Jules Lemaître, Alexandre Dumas fils, Édouard Pailleron et Anatole France. Ce dernier, marié depuis 1877 à Valérie Guérin de Sauville, devint l'amant de Léontine en 1888. Après son divorce, le 2 août 1893, l'écrivain s'installera villa Saïd, 5, près de la rue Pergolèse et de l'avenue du Bois, mais il voyagera beaucoup en compagnie de Mme Arman. C'est peu après la grave maladie de Colette que Willy et l'égérie d'Anatole France se brouillèrent. Une lettre de Proust à Louis de Robert éclaire les motifs de la rupture : Mme de Caillavet aurait accusé Willy d'avoir, chez elle, tenté de séduire sa belle-fille (née Jeanne Pouquet, un des modèles de la Gilberte de Proust, modèle aussi de la « Rose-Chou » de Colette dans *Claudine s'en va*) et aurait mentionné cette faute à Colette. Willy aurait reproché à la mère de Gaston d'avoir ainsi failli faire perdre la vue à sa femme ! Proust, avec autant de courtoisie que de naïveté, se serait alors entremis pour proposer aux Willy les services d'un excellent oculiste de ses connaissances... George D. Painter (*Proust*, Mercure de France, 1965, t. II, p. 273) signale qu'en 1896, Proust dut soigneusement cacher à Mme Arman dont il fréquentait le salon qu'il n'avait pas rompu toute relation avec les Henry Gauthier-Villars, comme elle l'en avait instamment prié. La rupture eut sans

doute une double cause, car, si Willy avait convoité Jeanne de Caillavet, il semble bien que France n'était pas indifférent au charme piquant de Colette.

2. Willy à nouveau lève le masque de ce personnage : « c'est Sophie van den Brule, Grecque ayant épousé un Belge que nul Parisien ne vit jamais, elle non plus, peut-être... Originaire d'Ithaque, elle répondait aux plaisanteries avec bonne humeur, d'Ithaque au tac. » (*Indiscrétions et commentaires*, p. 21.) Le personnage réapparaîtra dans les deux romans suivants.

3. Fille du roi des Phéaciens, Nausicaa accueillit Ulysse après son naufrage aux abords d'une île que l'on croit être Corcyre (aujourd'hui Corfou).

Page 267.

a. et Pierre rit de toute son âme *orig. Nous corrigeons cette évidente confusion de prénoms, déjà corrigée en F.*

1. Ligne d'omnibus hippomobiles (ce qui explique que Claudine les dise « malodorants » p. 308) dont les terminus se situaient place du Panthéon et place Pereire.

2. Le *Petit Robert* donne le vieux sens de ce mot : « Envelopper (de vêtements). »

3. Commune de la région sud de Paris.

4. Mme Barmann évoque certainement l'écrivain naturaliste des *Sœurs Vatard* ou d'*À vau-l'eau* ; Joris-Karl Huysmans (1848-1907) évoluera ensuite vers la « décadence », puis vers le catholicisme.

5. Anatole France (voir n. 1, p. 266). Willy n'avait aucune sympathie pour l'auteur du *Lys rouge*, peut-être pour lui avoir servi un temps de « nègre » (tout comme Marcel Schwob). André Billy qui rapporte le fait (*Le Figaro littéraire*, 22 août 1969) situe cette collaboration vers 1897, ce qui n'est guère vraisemblable, car, à cette époque, une brouille définitive avait éclaté entre Willy et Mme de Caillavet ; cette dernière n'eût pas autorisé son protégé à utiliser les services d'un homme qu'elle ne supportait plus. Willy, alors déjà très connu, ne travaillait plus anonymement, préférant faire travailler les autres.

Page 268.

a. La jolie créature ! Des cheveux *F*

1. Dans l'édition définitive du roman, Colette éliminera la référence, aujourd'hui obscure, à cette pièce de vêtement. Dans son recueil de chroniques *À manger du foin* (Simonis Empis, 1899, p. 43), Willy mentionne le « célèbre corset *Hygie* de la doctoresse Gaches-Sarraute ».

Page 269.

1. On appelait communément « bodinière » (sans majuscule)

toute manifestation culturelle qui avait lieu dans la petite salle de spectacle, sise rue Saint-Lazare, appelée Bodinière, du nom du secrétaire de la Comédie-Française Louis Bodinier qui y avait ouvert, en 1888, un théâtre d'application d'abord réservé aux élèves du Conservatoire d'art dramatique.

2. À première vue, Renaud ne doit rien au Willy qui eût dû inspirer l'auteur : Renaud est grand, élancé même, chevelu, moustachu mais imberbe, alors que Willy était « bombé », chauve, barbu. Maugis apparaissant en personne dans le récit (voir n. 3, p. 288), il importait de ne pas faire de Renaud son sosie, ce qui força Colette à imaginer une sorte d'anti-Maugis physique qui ne coïncide avec son modèle que par certains détails : Renaud, comme Willy, est beaucoup plus âgé que sa future femme ; il vit, comme lui, de sa plume de journaliste ; il fréquente théâtres et concerts en homme connu ; tous deux portent les mêmes moustaches et fument les mêmes cigarettes.

Page 271.

1. La généalogie subit d'invraisemblables distorsions dans le seul but de permettre à Renaud de jouer sur l'équivoque du mot « tante ». Claudine corrigera l'erreur (p. 343), mais Maugis, rencontré au concert, aura replacé déjà lourdement le mot, p. 289.

2. Le genre de ce mot qui, d'après Bloch et Von Wartburg, s'introduit dans la langue en 1804, a été indécis au XIXe siècle. Le *Grand Dictionnaire universel du XIXe siècle,* de Pierre Larousse le fait du masculin, Bescherelle et Littré du féminin. Colette corrigera en *un sandwich* dans l'édition du Fleuron. Dès 1902, elle avait déjà procédé à la correction dans *Claudine en ménage* : « Les yeux sur un sandwich entamé » (p. 460).

Page 272.

1. Il n'est pas sans intérêt de noter l'importance immédiate de la gourmandise dans la sympathie qui rapproche Claudine et Renaud ; cette même gourmandise jouera un rôle précis dans le roman suivant, *Claudine en ménage.*

Page 274.

1. L'ancien palais des Tuileries, partiellement incendié par la Commune en 1871 et démoli en 1884, avait servi de résidence impériale de 1851 à 1870. Le « couché » prend tout son sens si l'on se souvient que Napoléon III était grand amateur du beau sexe.

2. Dix-huit est un chiffre auquel Colette semble porter une certaine prédilection ; il se retrouve dans plusieurs de ses romans — dans *Claudine en ménage* principalement — sans justification visible.

Page 277.

1. Rajeunissement de l'expression : au fromage.

Page 278.

1. L'École des beaux-arts occupe, en effet, une partie du quadrilatère formé par le quai Malaquais, la rue des Saints-Pères, la rue Bonaparte et... la rue Jacob.
2. Mot dialectal pour haies vives.
3. Nom vulgaire de la fleur appelée narcisse des poètes.

Page 279.

1. Claudine avait évoqué, de façon plutôt malveillante, le poète d'Orthez dans *Claudine à l'école* (n. 2, p. 45). Qu'elle en soit venue à de meilleurs sentiments à son égard semble attesté par l'inclusion artificielle et comme forcée de la présente allusion dans ce passage.

Page 280.

1. Titre abrégé du roman de Lucien Muhlfeld : *La Carrière d'André Tourette,* publié chez Ollendorff en 1900. Tout à fait dans la manière de Willy, la référence publicitaire offre dans ce cas un triple avantage : en citant le titre d'une œuvre audacieuse, *on* souligne l'affranchissement de la jeune fille tout en faisant connaître le roman récent d'un ami, roman publié par l'éditeur des *Claudine*.
2. Il n'y a pas de Mme Abraham Lévi dans le Didot-Bottin.

Page 281.

1. Marie-Émilie Bouchard-Zouzé, dite Polaire (1879-1939), était d'origine nord-africaine ; elle quitta le music-hall où elle poursuivait une carrière sans gloire pour devenir en janvier 1902 la première interprète de Willy et populariser largement, aux Bouffes-Parisiens d'abord, le personnage de Claudine (voir *Le Fanal bleu, OCF,* t. XIV, p. 98-99). Elle interpréta encore pour Willy *Le P'tit Jeune Homme* et *Le Friquet*. Ses quarante-quatre centimètres de tour de taille étaient célèbres et Colette écrira qu'elle fut « mince comme aucune femme ne fut mince » (*Mes apprentissages, OCF,* t. XI, p. 95).
2. Voir n. 1, p. 233.

Page 282.

1. Dans l'édition du Fleuron, le mot anglais *pongee* de l'édition originale a été francisé en « pongée » ; le nom de ce taffetas s'écrit aujourd'hui « pongé ».

Page 284.

1. C'est au Châtelet que Colonne (voir n. 5, p. 285) organisait ses concerts. L'établissement est devenu le « Théâtre musical de Paris ».

Page 285.

1. Renaud a raison : c'est en 1846 qu'avait eu lieu — sans aucun succès — la première de la légende lyrique qu'Hector Berlioz (1803-1869) avait commencée en 1828.

2. La fontaine du Châtelet, dite du Palmier, parce que des palmes en ornent le chapiteau, commémore les victoires du premier Empire ; élevée par Napoléon Ier sur la place libérée par la démolition du Grand Châtelet, elle reçut son soubassement et trouva son emplacement actuel en 1858.

3. Le roman de Jules Verne avait paru en librairie en 1876. Il devait être adapté en féerie à grand spectacle dès 1880. Des chevaux paraissaient, en effet, sur la scène.

4. De l'abbé Millet (Millot, dans la réalité), il est question dans le chapitre intitulé « Ma mère et le curé » de *La Maison de Claudine* (*OCF*, t. VII, p. 111-115).

5. Judas Colonna, dit Édouard Colonne (1838-1910), avait fondé en 1871 le « Concert national » devenu l'« Association des concerts Colonne » qu'il dirigea jusqu'en 1909.

Page 286.

1. Réaction que nous retrouverons chez Annie, l'héroïne de *Claudine s'en va*. Dans *Mes apprentissages* (*OCF*, t. XI, p. 119), Colette se souvient : « Les premières années, je subissais la musique comme une épreuve. [...] Je lui prêtais des nerfs disciplinés que l'assaut des cordes, le choc des masses orchestrales obligeaient à une tension qui me demandait toutes mes forces. »

2. Un des passages les plus caractéristiques de la sérénade de Méphistophélès.

3. L'incise, hautement improbable de la part d'une jeune fille à peine âgée — nous dit-on — de dix-sept ans, désigne l'auteur du paragraphe. L'épisode du concert, soit beaucoup plus que les interventions de Maugis, nous paraît devoir presque tout à Willy.

4. Première apparition dans l'œuvre du personnage sous lequel Willy voulait être reconnu (il utilisait ce pseudonyme depuis 1882). Colette refusera obstinément — on la comprend — la « maternité » de cette création, faisant droit aux prétentions sans nul doute justifiées de Willy qui, en 1921, écrivit à Jules Marchand : « Un portrait dont Colette n'a pas tracé un coup de crayon, c'est celui de Maugis. Cette charge de Willy, par Willy, je l'ai — à la demande des éditeurs — refourrée partout, comme

un leitmotiv » (*Indiscrétions et commentaires*, p. 22). Quinze ans plus tard, Colette confessera : « Dans *Claudine à Paris* éclôt un personnage qui se promènera désormais dans toute l'œuvre, si j'ose dire, de M. Willy. Henry Maugis est peut-être la seule confidence que M. Willy ait faite sur lui-même [...]. Ce Maugis, "tout allumé de vice paternel", amateur de femmes, d'alcools étrangers et de jeux de mots, musicographe, hellénisant, lettré, bretteur, sensible, dénué de scrupules, qui gouaille en cachant une larme, bombe un ventre de bouvreuil, nomme "mon bébé" les petites femmes en chemise, préfère le déshabillé au nu et la chaussette au bas de soie — ce Maugis-là n'est pas de moi. » (*Mes apprentissages*, *OCF*, t. XI, p. 59-60.)

Page 287.

1. Est ainsi visée l'orientation nouvelle de la pensée et de l'œuvre d'Anatole France, passé, au moment de l'affaire Dreyfus, d'un dilettantisme ironique à une conscience de plus en plus active des problèmes politiques et sociaux du temps ; c'est à ces préoccupations neuves que durent d'être écrits les quatre volumes de son *Histoire contemporaine*, publiés de 1897 à 1901, et les *Opinions sociales* qui parurent en 1902.

2. « L'hiver dernier » ne doit évidemment pas être pris au pied de la lettre (voir n. 1, p. 266).

Page 288.

1. Publié en 1899, *Fécondité* est le premier volume de la série des *Quatre Évangiles* dont Zola voulait faire son testament humanitaire ; elle comprend également les romans *Travail* et *Vérité* ; à sa mort (1902), le quatrième, *Justice*, était à l'état de notes.

2. Jeu de mots sur « sylphe » ou « sylphide » et « syphilitique ».

3. Le portrait a été voulu aussi ressemblant que possible, ressemblance d'autant plus évidente que nous pouvons le comparer à la description que Colette nous a laissée de son premier mari : « Le puissant crâne, l'œil à fleur de front, un nez bref, sans arête dure, entre les joues basses, tous ses traits se ralliaient à la courbe. La bouche étroite, mignarde, agréable, sous les très fortes moustaches d'un blond-gris qu'il teignit longtemps, avait je ne sais quoi d'anglais dans le sourire. Quant au menton frappé d'une fossette, il valait mieux — faible, petit et même délicat — le cacher. Aussi M. Willy garda-t-il une sorte d'impériale élargie, puis une courte barbe. » (*Mes apprentissages*, OCF, t. XI, p. 53-54.)

Page 289.

1. Le singulier ne permet pas de discerner auquel des quatre trios pour piano, violon et violoncelle du compositeur fait allusion Maugis ; César Franck (1822-1890) les écrivit en 1841-1842.

2. Pseudonymes transparents de Bréville, Bagès et Della Sudda. Colette évoquera les deux premiers dans « Un salon en 1900 » (*Journal à rebours*, *OCF*, t. XII, p. 82-87). Willy qualifie Pierre de Bréville de « musicien de grand talent, très grand » (*Indiscrétions et commentaires*, p. 21) ; il appartenait à l'équipe des spécialistes qui apportaient aux *Lettres de l'ouvreuse* les connaissances techniques qui manquaient à... l'ouvreuse. Bagès, affirme toujours Willy, était « le seul ténor qui chantait congrûment le Fauré » (*ibid.*). Emilio Della Sudda, « sujet turc, affreusement malade, cancéreux, sans un sou, secouru par le seul Bréville » (*ibid.*), était le dessinateur-pastelliste qui signa la couverture de l'édition originale de *Claudine à l'école*.

Page 290.

a. ... du Tout-Paris, fait'ment ✦✦ *b.* aimé *Parsifal* ... *[8 lignes]* Autre critique : *F*

1. Mot allemand du langage familier signifiant : fruit vert, pucelle. Colette commit donc une erreur en supprimant le « c » de *fisch* dans l'édition définitive du roman.

2. Les *Indiscrétions et commentaires* ne révèlent pas l'identité de ce « stérilisateur élégant ». Il n'est pas invraisemblable qu'ait été ainsi désigné le docteur Samuel-Jean Pozzi, l'ami inséparable de la nièce de Napoléon III, la princesse Mathilde ; on le qualifiait à l'époque de gynécologue « révolutionnaire ».

3. Même la langue anglaise souffre de la manie du calembour qui affligeait Willy-Maugis : *ovaire more* est formé sur *evermore*, alors que *nevermore* eût été exigé.

4. Le célèbre asile d'aliénés, situé rue Cabanis (XIVe arrondissement), doit son nom à la patronne d'Anne d'Autriche, femme de Louis XIII et mère de Louis XIV.

5. Camille Bellaigue (1856-1930), musicographe, ancien élève au Conservatoire de Marmontel père, était alors critique musical à la *Revue des Deux Mondes* et, occasionnellement, au *Temps* ; il a laissé de nombreux ouvrages, entre autres *L'Année musicale*, publiée de 1887 à 1893, et des biographies de Mozart, Mendelssohn et Gounod. Goûtant peu Wagner, dont Willy s'était fait l'ardent défenseur en France, il avait suscité l'antipathie de ce dernier.

6. Paul Scudo (1806-1864), musicographe d'origine italienne, longtemps critique musical à la *Revue des Deux Mondes*, était mort fou, ce qui explique l'allusion de Maugis.

7. *Parsifal* est la dernière œuvre de Richard Wagner. Ce drame musical en trois actes avait été représenté pour la première fois à Bayreuth en juillet 1882 ; le poème avait été publié dès 1877.

8. *La Dame blanche*, opéra-comique en trois actes, paroles de Scribe, musique de Boieldieu, représenté à l'Opéra-Comique le 10 décembre 1825. Scribe en avait tiré le sujet de deux romans de Walter Scott : *Le Monastère* et *Guy Mannering*.

Page 291.

a. a été sevré. / — Qui c'est, *F*

1. Maugis fait ici allusion au commerce illicite des billets de faveur et des invitations que reçoivent gratuitement les critiques ; ce trafic, plus ou moins toléré, était pratique courante.

2. Mme Marie Roger-Miclos, pianiste virtuose, née à Toulouse, s'était fait connaître en France et à l'étranger ; elle obtint que fussent exécutées des œuvres modernes. Sur elle voir notamment *L'Echo de la semaine,* 19 février 1899 (photographie).

3. Dans l'édition du Fleuron, Colette a transformé ce Clovitz en Blowitz, restituant ainsi au personnage son nom véritable : Henry-Georges-Stephan-Adolphe Opper de Blowitz (1825-1903), journaliste autrichien naturalisé français en 1870, correspondant en chef à Paris du *Times*, connu pour avoir inauguré le système des interviews avec les personnalités politiques.

4. Louis Diémer (1843-1919), compositeur et pianiste virtuose de grande réputation, avait succédé à Marmontel comme professeur au Conservatoire.

5. Le nom du personnage fut à peine modifié : il s'agit de l'avocat à la cour d'appel G. Dubasty, docimilié 41, rue Meslay, avec lequel Willy se battit en duel à la suite de la publication de ce roman.

6. L'accumulation des références, la transcription fantaisiste du nom *L'Aiglon* font penser que la personne en question est Sarah Bernhardt qui, à partir du 15 mars 1900, avait joué avec un immense succès la pièce qu'Edmond Rostand avait écrite pour elle, *L'Aiglon* précisément, dans laquelle la « divine Sarah » tenait le rôle du roi de Rome. Le vers que paraphrase Maugis, emprunté à Victor Hugo, est : « L'Angleterre prit l'Aigle [Napoléon Ier], et l'Autriche l'Aiglon. » (*Les Chants du Crépuscule*, « Napoléon II »). Georges Leygues (1857-1933) avait été ministre de l'Instruction publique dans le cabinet Dupuy (novembre 1898) avant de devenir ministre de la Marine dans le cabinet de défense républicaine de Waldeck-Rousseau (juin 1899-mai 1902) ; à ce titre, il avait développé la marine de guerre, quitte à mécontenter l'Angleterre. Il occupa par la suite de nombreux postes ministériels (Intérieur, Colonies, etc.).

7. Jeu de mots d'un parfait mauvais goût sur *gold* (or) et Gotha (ville d'Allemagne orientale, près d'Erfurt) où était publié en français et en allemand, depuis 1763, un annuaire généalogique, diplomatique et statistique.

8. La famille d'Hozier a compté nombre de généalogistes : le premier, Pierre (1592-1660), a laissé en manuscrit une *Généalogie des principales familles de France* ; son fils, Charles-René (1640-1732), a étudié les généalogies de Champagne et de Bourgogne. Sans doute Willy réfère-t-il à l'ouvrage que le neveu du précédent, Louis-Pierre (1685-1767), publia avec son fils Antoine-Marie :

Armorial général de la France ou Registre de la noblesse de France (1736-1768).

9. Nous n'avons pu découvrir qui protégeait ce pseudonyme d'une amère fantaisie.

Page 292.

1. Néologisme adverbial formé sur « ophtalmique », qui a trait à l'œil, soit : sans les payer.

2. Cette jeune femme figure fréquemment dans les romans de Willy qui ne durent rien à Colette. Dans *Un vilain monsieur !* (Simonis Empis, 1889), le journaliste détaille les origines du mari de cette Suzanne de Lizery : Frantz Vindevogel, héritier anglomane d'un fabricant de pâtes alimentaires de la Campine, aurait habilement adopté comme patronyme le nom du lieu (Lizery), campinois lui aussi, où son père avait installé son industrie. Suzanne était née Moupet Des Tares, autre nom sous lequel se dissimulerait les Caillavet ; Willy en effet assure, dans une lettre à Jules Marchand, parlant de Mme Barmann : « que [...] j'avais déjà caricaturée dans *Un vilain monsieur !* avec l'extraordinaire mari » (voir n. 1, p. 266). Le portrait-charge de Mme Moupet Des Tares y est de fait très semblable à ceux que multipliera Willy sous les noms de Toupet Des Mares ou de Barmann. Comme les Albert Arman n'avaient pas de fille, peut-être Maugis décrit-il la femme de leur fils Gaston, Jeanne Pouquet.

3. L'« Invocation à la Nature » est un des moments les plus célèbres de *La Damnation de Faust*. Willy écrivait dans « La Lettre de l'ouvreuse » publiée par *L'Echo de Paris* du 9 janvier 1900 : « Au Châtelet, M. Colonne accepte de bisser tous les morceaux de *la Damnation* (Pregi épatante). En bonne justice, chaque auditeur devrait payer deux fois sa place. » Willy avait déjà loué la cantatrice le 2 janvier.

4. Pierre-Émile Engel (1847-1927) avait débuté comme chanteur au Théâtre-Parisien, en 1865, dans la *Jeanne d'Arc* de Duprez dont il était l'élève. Il se produisit fréquemment sur de nombreuses scènes françaises et étrangères. Il sera nommé professeur au Conservatoire en 1906.

Page 293.

a. sont faciles ; à Paris, on *F*

1. Pour d'évidentes raisons, le nom du lycée est fictif ; il n'existe aucun lycée Boileau à Paris. Si les goûts de Marcel le cantonnaient dans le XVIe arrondissement, il y aurait trouvé cependant le lycée Molière (entre la rue de l'Assomption et la rue du Ranelagh) et le lycée Jean-de-La-Fontaine (place de la Porte-Molitor). Dans *Claudine en ménage* (p. 452), Renaud blâmera les relations de son fils avec un élève du lycée Janson-de-Sailly, rue de la Pompe, également dans le XVIe.

2. Abréviation utilisée pour désigner les fiacres à bandages pneumatiques (voir n. 2, p. 236). Il est curieux de constater que Colette, qui écrit *Claudine à Paris* au cours de l'hiver 1900-1901, ne mentionne pas l'automobile (elle y fera pour la première fois allusion dans le roman suivant, *Claudine en ménage*). Ce moyen de locomotion se répandait cependant très rapidement depuis 1895-1896 et Paris comptait 8 170 automobiles en 1900. L'explication de cette abstention est évidente : *Claudine à l'école* est fondé sur des événements survenus en 1887-1890, rajeunis dix ans plus tard ; *Claudine à Paris* inverse l'ordre de faits (installation à Paris, mariage) vieux de huit ans puisqu'ils datent de 1893. *Claudine en ménage* sera le premier roman à faire coïncider le temps de l'action et le moment de la rédaction.

3. *La Revue diplomatique* n'existait pas en 1900. Existait déjà la *Revue d'histoire diplomatique.*

Page 294.

1. La mise en exploitation de la Sibérie et la construction du Transsibérien (1891-1904) témoignaient de la volonté de Nicolas II d'étendre l'influence russe en Extrême-Orient et particulièrement en Mandchourie où les concessions de Port-Arthur et de Ta-lien lui avaient été accordées en 1897. La poussée russe inquiétait le Japon et provoquera la guerre (1904) qui se terminera par la défaite russe de 1905.

Page 295.

1. Mme Charleux-Leroux a découvert, dans la liste des échecs à l'examen du certificat d'études primaires élémentaires de 1885 — examen que Gabrielle Colette réussit la même année —, le nom d'une certaine Eugénie Peuphely qui a très vraisemblablement servi de modèle au personnage.

Page 298.

1. Nul doute qu'est ainsi évoqué le magasin de luxe de MM. Henriquet et Meyer, *Old England*, installé 12, boulevard des Capucines, et 2, rue Scribe.

Page 300.

a. peut faire, — il m'a giflé ! Et il est *F*

Page 301.

a. prof. de philo, pour le soustraire *F* ✦✦ *b.* inique soupçon. Reconnais-tu *F*

1. L'Allemand Berthold Auerbach (1812-1882) fut un des maîtres de la nouvelle rustique. Saint-René Taillandier signalait dans

la *Revue des Deux Mondes* du 15 juin 1846 les *Schwarzwälder Dorfgeschichten* (Scènes de village dans la Forêt-Noire), qui venaient de paraître, et parmi elles « Ivon le Curé », *Ivo, der Harjle* (ce dernier mot, dialectal, signifiant : « petit seigneur » d'où « petit prêtre »), mais sans résumer vraiment cette longue nouvelle, à ce jour inédite en français. Il faut des yeux assez particuliers pour voir dans l'amitié, passionnée, certes, qui, au collège, lie Ivo et Clemens, une « amitié amoureuse » au sens de Charlie. Ivo épousera d'ailleurs sa cousine Emerenz. Charlie, prédécesseur du Gide de *Corydon,* abuse ici du texte allemand, dont Willy aura pu avoir connaissance par l'un de ses collaborateurs bons germanistes, tel Alfred Ernst.

2. Ce professeur de philosophie était, nous apprend Willy, « Bazaillas, de Condorcet, bavard embrouillardé, esthète à la manque et tata notoire qui vint me trouver éperdu, après avoir lu ces lignes, inonda le tapis de ses larmes. Pouah ! » (*Indiscrétions et commentaires*, p. 21).

3. Kraft dans l'originale comme dans le Fleuron. — Richard von Krafft-Ebing (1840-1902) enseigna la psychiatrie à Strasbourg, Graz et Vienne. Il est l'auteur d'un *Traité de psychiatrie* (1879) et d'un ouvrage très important de psychologie pathologique : *Psychopathia sexualis*. Son livre *Médecine légale des aliénés* avait été traduit en français en 1900. — Le *« Amicizie » di Collegio, Ricerche sulle prime manifestazioni dell'amore sessuale,* est un ouvrage dû à Giulio Obici et Giovanni Marchesini publié à Rome, Società editrice Dante Alighieri, en 1898 (3e éd., 1905). Les auteurs s'élèvent contre les amitiés particulières qui se développent dans les internats, notamment dans les couvents où sont élevées les jeunes filles. Orbici a lui-même présenté ses idées, modernes mais modérées, aux Français dans *La Revue* (ancienne *Revue des Revues*), 15 août 1902.

4. « Mot » formé par contraction des adjectifs « morticole » (qui favorise ou entraîne la mort ; souvent appliqué aux médecins) et « incolore ».

Page 302.

a. complexe *[p. 301, dernière ligne]* entre toutes !... / Pour me retremper *F* ✦✦ *b.* Carpenter... *[8e ligne de la page]* / Mon svelte enfant *F* ✦✦ *c.* palpitent. Tu le sais *F* ✦✦ *d.* « À toi corps et âme, / « Ton Charlie. » *F*

1. On a reconnu le premier vers de *Brise marine* de Mallarmé.

2. William de Pembroke (1580-1630), successivement gouverneur de Plymouth, chancelier d'Oxford et grand maître de la maison du roi, était de seize ans le cadet de Shakespeare qu'il protégea. Ses œuvres furent publiées sous le titre : *Poems written by William, Earl of Pembroke* (1660).

3. Il s'agit de Tommaso de Cavalieri, jeune noble romain auquel Michel-Ange adressa lettres et sonnets passionnés de 1532

à 1542 environ. Le fils aîné de ce Tommaso, Emilio (1550-1602), fut un musicien connu, fondateur de la célèbre « Camerata dei Bardi » et compositeur de la *Rappresentazione di anima e di corpo*, considéré comme le premier oratorio.

4. Le poète et écrivain anglais Edward Carpenter, né en 1844, avait opté pour le socialisme et décidé de vivre du travail de ses mains en devenant cultivateur. Charlie Gonzalès fait sans doute allusion à quelques-uns des poèmes publiés dans *Narcisse* (1873).

5. Damon et Pythias, philosophes pythagoriciens, aussi célèbres pour la ferveur de leur amitié que pour leurs démêlés avec Denys le Jeune, tyran de Syracuse, au IVe siècle avant Jésus-Christ.

6. Chariton d'Aphrodisias (entre 75 et 125 après Jésus-Christ) est un écrivain grec absolument inconnu ; « tout ce qu'on sait est contenu dans la première phrase de son roman *Chairéas et Callirhoé*, où il se nomme et précise qu'il est le secrétaire de l'avocat Athénagoras » (Georges Molinié, *Chariton. Le roman de Chairéas et Callirhoé*, Les Belles Lettres, 1979). Il est le premier romancier du monde à avoir laissé une œuvre intacte.

7. Roman « esthétique et passionnel » qui fit scandale et valut, en 1899, un procès à Georges Eekhoud (1854-1927), poète et romancier belge, disciple réticent du naturalisme.

8. Le nom est mal orthographié ; jeu de mots pour « jouer des coudes ».

9. L'« amputé » se comprend si l'on se souvient que le philosophe scolastique français Pierre Abélard (1079-1142) avait été castré. Le conceptualisme, sa doctrine, enseignait que les concepts sont de pures constructions de l'esprit et n'ont d'autre réalité que celle-là.

Page 303.

a. de garçons. Ça ne m'étonne pas *F* ✦✦ *b.* moustache noire ? *[8 lignes]* Marcel ne doit pas être vilain *F* ✦✦ *c.* potaches souillés qui... Tenez, donnez-moi *F*

Page 305.

a. rendez-vous fixés ou remis. *[4e ligne de la page]* Deux télégrammes signés... Jules ! *F* ✦✦ *b.* je m'en aperçois... C'est égal !... *F* ✦✦ *c.* rue Traversière, mais vous ne risquez *F* ✦✦ *d.* l'hôtel est sûr. » *[5 lignes] /* Quel drôle de monde ! *F*

1. La rue Traversière (XIIe arrondissement), située entre la gare de la Bastille et la gare de Lyon, joint le boulevard Diderot et la rue du Faubourg-Saint-Antoine.

2. Le cirque Médrano était situé à l'intersection du boulevard de Rochechouart et de la rue des Martyrs. D'abord appelé cirque Fernando, du pseudonyme de son fondateur, Ferdinand Beert, il fut racheté à la fin du siècle par Jérôme Médrano, le célèbre

clown Boum-Boum, qui en fit le cirque le plus fameux de Paris. En 1963, il passait à la famille Bouglione.

3. Il s'agit évidemment de la rue Laffitte, dans le IXe arrondissement, située dans le quartier de l'Opéra, entre le boulevard Haussmann et l'église Notre-Dame-de-Lorette.

Page 306.

a. délicieux à vaincre... *[fin du 1er §]* / Décidément ce Charlie *F*

1. Quoique insérée dans des pages vraisemblablement « enrichies » par Willy, la phrase étonne, car cette manière de prendre le lecteur à partie est plutôt inhabituelle dans les romans de Colette, même les premiers ; voir cependant p. 345, ligne 10. La distinction, très « masculine », entre Sodome et Gomorrhe sera développée — par Renaud justement — dans le roman suivant (*Claudine en ménage*, p. 453-454).

Page 307.

a. chocolats à la crème, oui-da, avec *F*

1. Cette précision résulte d'un petit accès de pédantisme filial. On sait que le format d'un livre dépend de la dimension de la feuille d'impression. Un in-18 jésus mesure 12 × 18 cm., un peu plus seulement qu'un volume de cette collection.

2. Le Didot-Bottin ne mentionne aucun confiseur de ce nom en 1900. La précision est éliminée de l'édition du Fleuron.

3. Les personnes quittant leur domicile habituel pour une période prolongée en avertissaient leurs relations en faisant déposer, chez elles, une carte de visite marquée de l'abréviation P.P.C. : Pour prendre congé.

Page 308.

a. bois des Fredonnes ! Affalée contre *F*

1. Colette dut souvent fréquenter ce parc, situé le long du boulevard de Courcelles, soit à quelques pas de la rue de Courcelles où elle habitait (voir n. 3, p. 310) ; il est célèbre pour les « fabriques » (reconstitutions) que Carmontelle y multiplia à la fin du XVIIIe siècle.

2. Paraphrase d'un vers de *Phèdre* (acte Ier, sc. III, vers 176) : « Dieux ! que ne suis-je assise à l'ombre des forêts ! » La culture classique offerte par Mlle Terrain aux élèves de Saint-Sauveur était décidément au-dessus de tout éloge !

Page 309.

1. Aux dires de Willy, cette rencontre fut moins due au hasard que ne le rapporte ici Colette ; dans *Indiscrétions et commentaires*

(p. 14), il écrit : « La petite Duchemin, dite Duduche, [...] fut mandée à Paris par ma conjointe, désireuse de passer quelques nuits avec elle, 28 rue Jacob, en égrenant des “Te rappelles-tu ?...” Mais quoi ! On ne devrait jamais rallumer un cigare. Colette la renvoya au bout de 12 heures... “Zut ! Tu comprends, mon Willy, elle m’aralait ! À Paris, ça n’est plus ça”. »

Page 310.

1. Très vraisemblablement magasins populaires à prix uniques.

2. Il est curieux que Colette, généralement si soucieuse de traduire pour le lecteur les termes poyaudins qu’elle utilise, n’ait pas cru bon de donner, dès l’édition originale, le sens de celui-ci. Dans l’édition du Fleuron, nous trouvons en note cette définition : « Gouri : le petit porcelet qui tette encore. » (*OCF*, t. I, p. 379.) Voir le Lexique des « Claudine ».

3. La romancière loge Luce très précisément là où elle-même et Willy habitaient depuis qu’ils avaient quitté la rue Jacob ; ils y occupaient un appartement au 93 et allaient ensuite en louer un autre au 177 *bis* de la même rue.

Page 311.

1. Relief qui n’avait pas échappé à Willy, lequel avait suggéré à sa femme de faire ample consommation de mots patois dans les romans qu’il allait signer (voir *Claudine à l’école*, Notice, p. 1241). Les Variantes de *Claudine en ménage* prouvent qu’il en rajoutait lui-même à la copie de sa femme.

Page 312.

1. Les ouvrages de « Morale en exemples » étaient très répandus à l’époque ; nous n’avons pu découvrir auquel d’entre eux Colette faisait ici allusion.

Page 313.

a. As-tu vu mes chemises ? J’en ai six *F*

Page 315.

a. comme si ils n’y étaient pas. *orig. C’est une vieille forme, mais ce peut être aussi une inadvertance typographique. Nous avons préféré adopter l’usage actuel, adopté aussi par* F.

Page 316.

1. Pour Sementron sans doute, minuscule village de l’Yonne, à vingt kilomètres d’Auxerre et dans l’arrondissement de cette dernière ville, canton de Courson-les-Carrières.

Page 317.

1. Comme Claudine, Luce semble être soumise à une maturation accélérée : elle avait « quinze ans le mois dernier » (*Claudine à l'école*, p. 65) à son arrivée à Montigny et la voici à quatre mois de ses dix-sept ans ; son anniversaire aura donc été déplacé de la fin de l'automne ou du début de l'hiver au mois de juillet au plus tard.

2. L'expression peut avoir deux sens ; qu'il s'agisse de carte géographique, marine, routière ou autre, et la formule signifie : garder le cap, ne pas perdre le nord ; que cette carte soit une carte à jouer et la même expression veut dire : garder en main la bonne carte, l'atout.

Page 318.

a. phrases par cœur. Ces souvenirs-là *F*

1. Sans doute prononciation figurée du nom de la grande ville la plus proche de Saint-Sauveur, Auxerre.

Page 320.

1. Ce « flirt », plus que surprenant de la part d'une Luce alors entièrement dévouée à Claudine, n'est nulle part évoqué dans le roman précédent. Le modèle de ce Caïn Brunat, s'il en eut un, ne nous est pas connu.

2. Voir *Claudine à l'école,* p. 173.

Page 321.

1. Moustier, qui a pris ici la forme de « le Moustier », est un nom qui revient fréquemment dans les œuvres autobiographiques de Colette ; elle l'orthographie alors indifféremment Moustiers ou Moutiers. Ce nom est celui du plus ancien village de la Puisaye, à deux kilomètres à l'ouest de Saint-Sauveur, ainsi appelé parce qu'un monastère y fut fondé à la fin du VIIe siècle pour servir de halte aux pèlerins bretons en route pour Rome. Il ne compte plus guère aujourd'hui que cinq cents habitants environ. Rapportée à Saint-Sauveur, l'anecdote suivante a, nous dit Mme Charleux-Leroux, un fondement historique. La gare est située à 1500 mètres du centre du bourg et d'ailleurs en partie sur le territoire de la commune de Moutiers. La vente du terrain avait mis en cause le ou les modèles de « M. Corne ». Quant au Dr Fruitier, c'est sans doute le Dr Pomié qu'on retrouvera dans *La Maison de Claudine.*

Page 322.

1. La plus bavarde d'entre elles étant évidemment Colette elle-même dont le roman avait fait scandale à Saint-Sauveur.

2. Voir p. 285 et n. 4.

3. Voir *Claudine à l'école*, n. 4, p. 29. Colette commet ici une évidente invraisemblance : comment cette jeune fille, qui se laissait conter fleurette par le frère de Claire dans le roman précédent, pourrait-elle en être, moins de deux ans plus tard, « à son quatrième mari » ?

4. Identifiée par Mme Charleux-Leroux : Gabrielle Landré était modiste en 1891. En 1900, elle épousa un mécanicien demeurant à Paris, Louis-Ernest Vigouroux. Un « père Sandré » est mentionné dans *Claudine en ménage*, p. 393 ; c'était le grand-oncle de Gabrielle. — Dans la phrase suivante, Colette désigne probablement Léontine Marchant, dont le père fut receveur de l'Enregistrement à Saint-Sauveur de 1886 à 1893. La sœur de Léontine, Marie, aurait été à Paris institutrice, puis directrice d'une école primaire.

Page 324.

1. Nous n'avons pu identifier couplets et refrain, qui peuvent appartenir à un opéra-comique.

Page 326.

1. Complot manqué fomenté en 1605 par des catholiques anglais qui songeaient à faire sauter Jacques Ier et le Parlement.

Page 330.

1. Il y avait à l'époque dans ces campagnes d'assez nombreuses naissances aussi illégitimes que précoces. Peu après la publication de *Claudine à l'école*, Mmes Charleux et Boivin ont trouvé trace d'une malheureuse qui avait accouché à quatorze ans et huit mois. Koenet est évidemment un nom inventé.

2. Tout comme le « gros noyer » (voir *Claudine à l'école*, p. 123 et n. 1), le rosier cuisse-de-nymphe trouve place dans les recueils de souvenirs de Colette ; elle le nomme alors plus exactement : cuisse-de-nymphe-émue (voir *Sido*, *OCF*, t. VII, p. 188).

3. C'est le château de l'Orme-du-Pont dont la grille d'entrée s'ouvre sur la route de Sainte-Colombe. Il avait appartenu à « M. Corne » (voir p. 321 et n. 1).

Page 331.

1. Gravure reproduisant la toile célèbre du peintre Ary Scheffer (1795-1858) qui fut exposée au Salon de 1839 ; le sujet en était emprunté au *Wilhelm Meister* de Goethe.

Page 334.

a. Claire se marie, je reste toute seule. / Eh ! ma chère, *F*

1. Vin ainsi appelé parce qu'il n'atteint pas à la couleur rouge. On en trouve dans les régions qui sont au nord de la Bourgogne ; celui de Toul est célèbre.

Page 336.

a. Mon « neveu » respire plus *F* ✦✦ *b.* regarde la cour. / — Nous allons, *F*

Page 337.

1. Pour « tabac brun », du nom de l'état des États-Unis où ce tabac est cultivé.

Page 339.

1. Le théâtre du Vaudeville était alors situé au 2, boulevard des Capucines, et son directeur était Paul Borel. Il fut ensuite installé 5, rue Biot, dans le XVIIe arrondissement.

Page 340.

a. voyez si ça fait un pli ! *[7 lignes]* / J'imagine que *F*

1. Autrement dit, la tête de la treizième poupée sera remplacée gratuitement.

2. La pièce en trois actes d'Eugène Brieux (1858-1932) avait été créée au Théâtre-Libre, le 2 février 1892, dans l'ancien théâtre des Menus-Plaisirs qui deviendra le théâtre Antoine à partir de 1897.

Page 345.

a. me contemple de ses yeux d'animal à longs cils. *F*

Page 346.

a. pour m'épouser, celui-ci est un garçon *F*

1. Néologisme (familier) : menace de tomber.

Page 349.

1. Allusion précise cette fois à la communion de Claudine ; à propos de ces évocations, voir n. 4, p. 285.

2. Peu de temps après le départ des Colette, Théophile Meunier était devenu notaire à Saint-Sauveur, où il exerça de mars 1891 à novembre 1935 (É. Charleux-Leroux).

3. Seconde référence à la mère de Claudine, et encore la première n'était formulée que comme hypothèse dans le roman précédent : « si j'avais une maman » (*Claudine à l'école,* p. 10). N'est-il pas curieux que Colette, qui consacrera plus tard à Sido tant et tant de pages empreintes de la plus admirative vénération, ait

laissé imprimer cette apposition, tout incidente et parfaitement superflue ?

Page 350.

1. Les carrossiers Binder frères étaient installés 170, boulevard Haussmann, ainsi que 35 et 178, rue de Courcelles, à deux pas de l'appartement des Willy. Un soupçon de publicité n'est pas ici à exclure.

Page 353.

1. Nul doute que Colette évoque ainsi la garçonnière qu'occupait Willy avant leur mariage, 55, quai des Grands-Augustins (voir n. 1, p. 227). Dans *Mes apprentissages* (*OCF*, t. XI, p. 24), elle décrit cet « appartement impudique, agencé pour la commodité [...] d'un célibataire dissolu », comme un « gîte secoué et sonore au haut d'une maison des quais, qui grelottait à tous camions et omnibus » ; elle se souvient également que « des cartes postales allemandes erraient un peu partout, glorifiant le pantalon à ruban, la chaussette et la fesse... ». Willy et ses amis lui avaient donné le nom, très wagnérien, de « Vénusberg ».

2. C'est avec la pièce en trois actes *L'Empreinte* d'Abel Hermant (1862-1950) que fut jouée pour la première fois, le 2 mars 1900, la pièce en un acte que Jules Renard (1864-1910) avait tirée de son *Poil de Carotte* publié en 1894 chez Flammarion. Elle obtint un succès retentissant.

3. Suzanne Després, de son vrai nom Charlotte Bonvalet (1875-1951), créa, de fait, le rôle de Poil de Carotte. L'actrice était la femme de Lugné-Poe depuis 1898.

Page 354.

1. Restaurant auquel Colette — ou Willy — avait voulu conserver son vrai nom et qui ne s'appela Logre qu'à la demande d'Ollendorff qui ne voulait pas faire de la publicité à la brasserie Pousset (de F. Pousset, Société des tavernes Pousset et Royale réunies), 14, boulevard des Italiens. Willy évoque le fait dans *Indiscrétions et commentaires* (p. 19).

Page 355.

1. Héroïne de l'opéra en quatre actes et sept tableaux d'Ernest Reyer : *Sigurd,* sur un poème de Camille Du Locle et d'Alfred Blau ; création à Bruxelles en 1884 ; à Paris, en 1885.

Page 357.

1. Mot allemand qui, étymologiquement, devrait se traduire par « caviste » et qui signifie généralement : garçon.

2. Ou « filles du Rhin ». Willy-Maugis tient à ce que nul n'ignore qu'il est un des grands défenseurs des opéras de Wagner en France.

3. Emprunt direct à Richard Wagner (*L'Or du Rhin,* Ier acte) qui inspirera également Claudel, lequel, dans *L'Échange,* francisera la formule en « Haha ! Waha ! Wahaha ! ».

4. Le chapeau haut de forme, très porté jusqu'à la guerre de 1914-1918, avait d'habitude les bords latéraux retournés vers l'intérieur ; le « bord-plat » — que Willy se faisait confectionner spécialement sur un modèle unique — était un signe d'excentricité. L'accessoire en était venu à faire partie intégrante de l'uniforme du journaliste ; il apparaît sur la plupart de ses photographies, sur toutes les caricatures de lui qui parurent dans la presse et on en fit même des encriers.

Page 359.

1. La cornuelle (ou cornouelle, corniole, corniolle, corniotte, cornicule) est le nom vulgaire de la macre ou châtaigne d'eau. Dans une lettre (inédite) à sa fille Gabrielle, lettre datée du 2 novembre 1909, Sido promet de lui envoyer, l'année suivante, quantité de ces fruits sauvages. Dans le lexique publié par le *Bulletin de la Société des sciences historiques et naturelles de l'Yonne* (t. CIX, 1977, p. 167), R. Rousset affirme que c'est Colette qui a introduit le terme « cornuelle » en littérature.

Page 360.

a. Pas de réponse. / — Non. Mais *F*

Page 361.

a. quitteront ; elles sont laides ! *F*

Page 364.

1. On peut voir dans l'orthographe du mot une trace de l'anglomanie de l'époque. Dans l'édition définitive, Colette corrigera en « marmelade ».

2. Le père de Claudine trahit ainsi son modèle principal. Colette, en effet, rappelle dans *Sido* (*OCF*, t. VII, p. 202) que son père aimait le café très sucré et, dans *La Maison de Claudine* (*OCF*, t. VII, p. 50), qu'il proposait à Mme Bruneau de lui faire connaître l'amour en échange d'un paquet de tabac. Ces deux traits, joints aux « fausses colères du Midi qui tiraient de lui des grondements, des jurons grandiloquents » (*Sido, OCF*, t. VII, p. 202), et à son goût pour les chansons gaillardes, composent une bienveillante caricature du capitaine Colette.

3. Héroïne de la pièce en quatre actes de Victorien Sardou (1831-1908) et d'Émile Moreau (1852-1922) créée au Vaudeville en 1893.

Page 367.

1. Familier plutôt qu'argotique : une bonne affaire.

Page 368.

1. Willy avait trente-quatre ans lorsqu'il épousa Colette en 1893 ; il avait en effet passé les quarante ans au moment de la rédaction du roman.

Page 371.

a. aussi un amoureux ! Un amoureux, *F*

Page 374.

a. de vous voir ! / Renaud reprend *F*

Page 376.

a. amoureux de romance... *C'est ici que dans F se termine* « Claudine à Paris », *les dernières lignes ayant été supprimées par Colette dans cette édition.*

CLAUDINE EN MÉNAGE

NOTICE

Claudine en ménage est intéressant à plusieurs titres : le roman est, non seulement, le mieux écrit et le plus habilement composé de la série des *Claudine*, mais aussi le premier à nous permettre de prendre la mesure de la collaboration de Willy, puisque le manuscrit en a été conservé ; il est également fondé sur une expérience homosexuelle dont les œuvres autobiographiques de Colette n'ont pas gardé la trace.

Son troisième roman dut présenter à l'écrivain des difficultés de composition auxquelles les deux premiers ne l'avaient nullement préparée. Il lui fallait amener l'héroïne à se soumettre à une passion qu'elle n'avait pas suscitée et dont elle ne dirigera pas le cours, sans pour autant modifier le caractère intransigeant et fier déjà attribué à la jeune femme ; rendre admissible l'aventure avec Rézi sans contredire l'amour total et exclusif que Claudine éprouve pour Renaud ; et peindre certains emportements sensuels sans tomber dans de trop indiscrètes descriptions.

Colette a choisi de commencer son récit par un long prologue. Si les premières pages du roman rapportent les souvenirs des quinze mois qui précèdent le début de l'action, c'est moins pour permettre au lecteur de partager les impressions que la jeune femme garde du jour de son mariage ou de sa nuit de noces, de feuilleter avec elle l'album du voyage imprécis qu'elle qualifie de « vagabondage[1] », ou même de retourner aux lieux de son enfance si chers à sa mémoire, que pour rendre plausible la patiente érosion de sa résistance à « l'agréable et lente corruption[2] » instillée par Renaud.

Claudine à l'école n'avait pas été conçu comme le premier volume d'une suite romanesque. Certaines expériences qu'y a connues l'héroïne à des degrés divers vont toutefois trouver dans *Claudine en ménage* leur conclusion. La jeune fille avait éprouvé pour Aimée Lanthenay une tendresse qui dénotait chez elle un penchant à ne pas considérer la similitude des sexes comme une barrière infranchissable. Affolée par cette même Aimée, Mlle Sergent avait appris à Claudine à quels dérèglements peuvent mener ces amours particulières, et celle-ci en avait éprouvé de la jalousie. Luce, ensuite, s'était offerte à remplacer, dans l'affection de l'écolière, la place laissée vacante par la retraite de sa sœur ; l'héroïne avait catégoriquement refusé cette « doublure », mais les auteurs semblent avoir par la suite regretté son intransigeance initiale et voulu atténuer la rigueur de son refus : quelques réflexions prêtées à Claudine paraissent indiquer qu'elle eût pu, sans remords, rendre à Luce la tendresse que celle-ci lui témoignait[3]. On notera, dans les pages narratives qui préparent l'intrigue de *Claudine en ménage*, la fréquence des allusions au personnage de Luce et le rôle de suggestion dévolu à son souvenir.

Le geste de Claudine, embrassant la petite Hélène sur la bouche au moment de quitter Montigny, marque ainsi une étape sur la voie qui la mène à Rézi. Et cette étape est la plus importante, certes parce qu'au moment où l'héroïne la rapporte, elle fixe le point vers lequel ont convergé certain penchant, ses expériences passées et la débilitante influence de son mari, mais aussi parce qu'à ce moment Claudine dispose de l'instrument qui, jusqu'alors, lui faisait défaut : « le pouvoir, sûr et fréquent », de son corps, « arme mortelle[4] » révélée par Renaud dont elle admet déjà sans réticences qu'elle eût pu se servir avec la petite Hélène.

Au terme de la première partie du roman, la jeune femme s'avoue disposée à tenter d'autres expériences ; c'est sans vergogne qu'elle en envisage la possibilité, même si elle n'en est pas encore à les susciter. Que Rézi apparaisse et Claudine succombera à des tentations auxquelles elle n'a que trop envie de céder. Et Rézi apparaît. De la rencontre initiale aux premières confidences, aux premiers baisers ; des soupçons de Claudine à sa prise de conscience et à son abandon lucide, Colette a magistralement gradué la passion qui égare son personnage. La chute,

1. P. 379.
2. P. 414.
3. Voir n. 1, p. 410.
4. P. 414.

loin d'être brutale, sera lente, enveloppée, soigneusement préparée tant par la diabolique habileté et la coquetterie insinuante de Rézi que par la curiosité active et malsaine de Renaud.

Nous ne relevons pas ici dans le détail toutes les sources de Colette ; elles figurent dans nos notes. Qu'il nous suffise d'indiquer que les « souvenirs de quinze mois[1] » dont il est question dans le prologue du roman recueillent en fait les impressions que Colette gardait de plusieurs voyages en compagnie de son mari, en Allemagne, au cours des étés 1895 et 1896 ; que la visite à Montigny, longuement narrée au début de l'œuvre, reproduit avec précision le court séjour que le couple avait effectué à Saint-Sauveur en juillet 1895 : la nuit passée à l'école, le réveil aux bonbons, le baiser à Hélène, rien qui ne jaillisse de la mémoire d'un écrivain qui souvent déguise à peine noms et prénoms. C'est à partir du moment où Claudine se retrouve à Paris, et surtout de l'entrée en scène de Rézi, que se pose le problème de la véracité des souvenirs qui alimentent ce récit. Que la romancière ait imaginé l'aventure de Claudine avec la Viennoise ou qu'elle n'ait fait que s'inspirer de l'expérience d'une autre, ou encore qu'elle ait prêté à son héroïne des sentiments éprouvés par elle-même, nous apprécierons de façon sensiblement différente sa manière de composer.

Colette fait preuve d'une absolue discrétion sur les éléments de réalité qui ont pu entrer dans la composition de son troisième roman. Dans ses ouvrages postérieurs — nous songeons ici aux œuvres autobiographiques et particulièrement à *Mes apprentissages* (« Ce que Claudine n'a pas dit ») — pas une ligne ne concerne *Claudine en ménage*. Les raisons d'un tel mutisme ne sont, sans doute, pas toutes indiscernables. Le silence de Colette ne pouvait cependant pas garantir celui de ses partenaires dans une aventure qu'elle ne s'était pas interdit de publier en ne la transposant qu'à peine. Il n'est pas douteux que Rézi a eu un modèle ; même si Willy n'en avait dévoilé l'identité — « Mme Raoul-Duval, prénommée Georgie[2], qui habitait alors Passy[3] » —, on découvrirait trace du personnage dans le Discours prononcé par Jean Cocteau lors de sa réception à l'Académie de Belgique : il y évoque « une femme mystérieuse [...], une femme si noble que cela explique pourquoi sous le nom de Rézy *[sic]* son allure n'oblige jamais Colette à lui chercher des excuses[4] ». Il est tout aussi certain qu'elle a été en relation avec les Willy. Une lettre de Colette à Jeanne Muhlfeld[5] est très explicite à ce sujet : « Ce garçon ran-

1. P. 389.
2. Georgie Raoul-Duval était d'origine américaine.
3. *Indiscrétions et commentaires*, p. 28.
4. Jean Cocteau, *Colette*, Discours de réception à l'Académie royale de langue et de littérature françaises de Belgique, Grasset, 1955, p. 21-22.
5. Jeanne Meyer avait épousé Lucien Muhlfeld. Ses deux sœurs étaient, l'une Mme Paul Adam, l'autre Mme Leonetto Cappiello. Après la mort de

cunier [Willy], brouillé sérieusement (je vous le disais bien !) avec G. R-D, est en train de transformer, à coup de retouches trop brutales, la Rézi de Claudine en Georgie. Elle y est, — elle y serait ! effroyablement reconnaissable. Il ne faut pas. C'est un procédé indigne de lui et presque de tout le monde. Je m'inquiète, vous le voyez, surtout pour lui. J'ai des raisons pour m'intéresser moins à... l'amie de Claudine[1]. » Admettant s'intéresser moins « à... l'amie de Claudine », Colette reconnaît à l'évidence s'y être intéressée naguère davantage, ce que ne pouvaient ignorer les Muhlfeld, si du moins nous en croyons Willy : « Colette — c'est trop naturel — a tenu, et je ne l'en ai pas empêchée, à se donner, dans cette trouble histoire, le beau rôle ; elle a décrit ses inquiètes hésitations, ses refus peu à peu affaiblis... blague ! blague ! En réalité, c'est elle qui, séduite dès leur première entrevue chez les Muhlfeld, fit la cour à Rézi, une cour ardente, brutale, tenace et qui scandalisa, par son impudence, les Paul Adam, les Henri de Régnier, tous les ménages littéraires[2]... » Que cette affirmation ait pu être dictée par le ressentiment ne peut détruire la conviction que la liaison entre Claudine et Rézi n'est pas le fruit de l'imagination de Colette. Il serait surprenant qu'elle ait créé de toutes pièces l'intrigue même d'un roman qui fourmille d'autre part de faits réels très vérifiables.

Est-il possible de situer dans le temps la relation amoureuse qui devint l'aventure centrale du récit ? Le fait que Colette ne datait que rarement ses lettres, la disparition des enveloppes qui continrent celles qu'elle envoya à Jeanne Muhlfeld nous privent, à ce propos, d'intéressantes précisions. Les seuls points de repère chronologique que nous possédions nous sont fournis par la date de publication du roman et par les cachets postaux des « bleus », télégrammes ou cartes postales illustrées qui nous sont parvenus. Précisément, la correspondance de Colette avec Jeanne Muhlfeld contient trois de ces cartes ; elles démontrent à la fois que Georgie Raoul-Duval accompagna bien les Willy à Bayreuth et que ce séjour eut lieu en août 1901[3]. L'achevé d'imprimer de *Claudine en*

son mari, en décembre 1902, elle ouvrit, rue Georges-Ville, un salon littéraire où fréquentèrent Gide, Valéry et Breton. Elle devint la femme de l'acteur Pierre Blanchenay et c'est en 1953 qu'elle mourut, un an avant Colette avec qui elle avait été très liée dans les toutes premières années de ce siècle.

1. La lettre — publiée dans : Colette, *Lettres à ses pairs*, texte établi et annoté par Claude Pichois et Roberte Forbin, Flammarion, 1973, p. 51 — porte la suscription : 93, rue de Courcelles ; elle n'est pas datée, mais une mention du titre définitif du roman : *Claudine en ménage* (voir la Note sur le texte, p. 1331) et la date de l'achevé d'imprimer de ce roman (3 mai 1902) permettent de la situer dans les premiers mois de 1902.

2. *Indiscrétions et commentaires*, p. 29.

3. Willy lui-même confirme cette présence et lui donne son véritable sens : « Mais en somme, ce ménage à trois, ce voyage à Bayreuth, tout ça, c'est aussi vieux que les histoires de la Gaule primitive narrées par Augustin Thierry... *Rézi* des temps mérovingiens. » (*Indiscrétions et commentaires*, p. 30.)

ménage étant daté du 3 mai 1902, c'est donc entre le début du mois de septembre 1901 et celui du mois de mai 1902 que fut écrit et publié le roman. Nous détaillons ailleurs[1] l'histoire mouvementée de l'ouvrage, accepté d'abord par Ollendorff, imprimé par lui sous le titre *Claudine amoureuse*, puis, après la destruction de cette édition, repris par le Mercure de France et enfin publié sous son titre définitif, *Claudine en ménage*. Ne nous intéresse ici que la durée de ces palinodies et de leurs conséquences. Une date connue permet de ramener à six les huit mois dénombrés plus haut (de septembre à mai) : un prospectus, conservé à la bibliothèque de l'Arsenal, annonce la sortie, chez Ollendorff, du roman *Claudine amoureuse* pour le 1er mars 1902. Que nous accordions le mois de février aux imprimeurs et relieurs — délai dont la brièveté pourrait s'expliquer par la hâte de l'éditeur, pressé de lancer sur le marché un livre au succès assuré — et nous devons conclure que c'est au cours du premier mois de l'année 1902 que Colette acheva la rédaction du roman qui rapporte son aventure avec « l'amie de Claudine ». Il n'y aurait donc rien de surprenant à ce que la romancière eût poussé jusqu'au respect des dates la transcription de sa passion ! C'est par un après-midi de fin d'été, en effet, que Claudine trouble le tête-à-tête de Renaud et de Rézi[2] ; à Montigny, où elle se réfugie ensuite, elle constatera que les poires sont blettes et les abricots mûrs ; mais les « gobettes » de l'école de Mlle Sergent sont encore en vacances. La rupture entre Colette et Georgie Raoul-Duval serait alors intervenue peu de semaines après le retour de Bayreuth, soit en septembre-octobre de l'année 1901. Il n'est pas téméraire, pensons-nous, de supposer que l'écrivain traduisit avec un identique respect des dates la durée de sa liaison. Quand Claudine note : « Janvier va finir[3] », Rézi et elle ne sont encore que « deux bonnes amies[4] » ; deux mois plus tard, alors que l'héroïne voit « les ondées de mars laver les trottoirs[5] », les deux femmes se sont avoué leur mutuel désir, mais n'ont pas encore surmonté les obstacles nombreux qui s'opposent à son expression définitive ; grâce à Renaud, elles y seront parvenues, lorsque Claudine pourra écrire : « Le printemps est là[6] ». C'est donc au printemps que s'épanouit la passion qui unit... Claudine et Rézi. Cette relative précision peut-elle être transposée dans la réalité et peut-on penser que c'est au cours du printemps et de l'été 1901 que Colette et Georgie Raoul-Duval furent intimement liées ? Cela nous paraît très vraisemblable, mais ne peut être affirmé en toute certitude.

Remarquons enfin que l'événement qui, dans le roman, met

1. Voir la Note sur le texte, p. 1328-1331.
2. P. 506-507.
3. P. 447.
4. P. 440.
5. P. 472.
6. P. 493.

fin à l'aventure — le rendez-vous galant que trouble l'apparition de Claudine — ne fut pas plus inventé que le reste des faits rapportés. Il eût été peu vraisemblable qu'après deux ans de mariage, ce Renaud que l'on nous décrit si profondément épris de sa femme eût entretenu avec Rézi une liaison régulière, aussi cette rencontre est-elle présentée comme une sorte d'accident. Mais de tels accidents ne furent pas rares dans la réalité, si nous en croyons Willy toujours ; il écrit, en effet, que la « joie » de Georgie Raoul-Duval était : « [...] (Ce trait entre mille) de nous fixer un rendez-vous, à Colette et à moi, dans la même chambre successivement, à une heure d'intervalle[1]. » Voilà qui n'est pas sans confirmer le caractère du personnage tel que l'a décrit Colette, ni celui d'un Renaud, psychologiquement sinon physiquement, proche de Henry Gauthier-Villars.

En appendice[2] figure une « Lettre de Claudine » à Renaud publiée, en avril 1905, dans une revue alors récente, *Le Damier* (« Revue de littérature et d'art », 1re année, n° 2), issue du cercle Victor-Hugo (44, avenue Victor-Hugo, 4, villa d'Eylau) ou Cercle des arts et de la mode. Willy et Colette en furent membres et c'est là qu'apparemment Colette fit la connaissance de la marquise de Morny. Ce morceau, véritable pastiche de certains passages du roman, était sans aucun doute destiné à raviver le souvenir de Rézi pour entretenir le succès de *Claudine en ménage*[3]. Quoiqu'il semble avoir été écrit par Colette, il n'est pas impossible que Willy y ait mis la main ; son pseudonyme apparaît au sommaire de la revue — Henry Maugis, *Musique* — avec les noms de Henri de Régnier, d'André Salmon, de Curnonsky et d'autres.

PAUL D'HOLLANDER.

NOTE SUR LE TEXTE

Le manuscrit

Propriété de la Bibliothèque nationale à qui Maurice Goudeket l'avait donné en février 1963, le manuscrit se compose de six cahiers parfaitement conformes à la description qu'a faite Colette de ceux qu'aux temps des premières « suggestions » de Willy, elle avait retrouvés et rachetés[4].

De ces cahiers, il semble assez facile de dater la rédaction.

1. *Indiscrétions et commentaires*, p. 29-30.
2. P. 527-529.
3. Une édition de 1907 est la cent dix-huitième, ce qui donne une moyenne de vingt-quatre éditions par an, l'« édition » étant de cinq cents exemplaires. Précision donnée, grâce à un contrat, par P. D'Hollander, p. 366 de son édition critique citée dans notre p. 1332.
4. Voir la Notice de *Claudine à l'école*, p. 1240.

Dans la Notice qui précède, nous avons tenté de préciser les dates extrêmes de la liaison de Colette et de Georgie Raoul-Duval, liaison sur laquelle est fondée l'intrigue du roman. Comme celui-ci nous livre les raisons et le moment de la rupture entre Claudine et Rézi, il est permis de penser que Colette n'entreprit de décrire son aventure qu'une fois celle-ci terminée, soit à la fin de l'été de 1901. Les avatars de l'ouvrage[1] interdisent d'imaginer qu'elle disposa de beaucoup plus que du mois de janvier 1902 pour achever le roman. Seules les trente-cinq premières pages, qui rapportent le bref séjour du couple Renaud-Claudine à Montigny et les débuts de son installation à Paris, auraient pu être composées avant le reste de l'ouvrage ; la visite des Gauthier-Villars à Saint-Sauveur avait eu lieu plusieurs années avant que le roman ne l'exploite et le morceau n'a avec l'intrigue principale qu'un rapport assez lâche. Mais, outre que rien ne décèle dans le manuscrit une quelconque interruption de la rédaction, il n'était nullement dans les habitudes de la romancière, à l'époque surtout, de conserver en portefeuille des pages rédigées jusqu'au moment où elle en aurait trouvé l'emploi. Nous croyons donc que l'ouvrage entier fut composé d'une seule coulée et, si l'on peut dire, à chaud.

« Claudine amoureuse »

Maurice Goudeket a fait précéder l'édition définitive de *Claudine en ménage* de la note suivante : « Paru en 1902 à la librairie Paul Ollendorff, en un volume cartonné, sous le titre de *Claudine amoureuse*. Pour des motifs indéterminés, l'édition fut presque entièrement détruite. On n'en connaît aujourd'hui, rareté bibliographique, que trois exemplaires. L'ouvrage fut immédiatement repris par le Mercure de France et publié la même année, toujours sous le seul nom de Willy et avec son nouveau titre[2]. » La correspondance de Willy apporte certains éclaircissements sur ces « motifs indéterminés ». N'écrit-il pas, en effet, à Jules Marchand : « La librairie Ollendorff qui avait naturellement accepté mon manuscrit (suite de *Claudine à l'école* et de *Claudine à Paris*) le composa, m'envoya les épreuves à corriger... et me déclara qu'il l'effrayait et qu'elle ne pouvait le publier. C'est du nommé Mandel, un baudet, qui avait fait aux Antilles une scandaleuse fortune, que je reçus cet effarant avis[3]. "J'en demeurai stupide[4]". /

1. Voir ci-dessous, *Claudine amoureuse.*

2. *OCF*, t. II, p. 6.

3. Dans une lettre (inédite) à Jeanne Muhlfeld qu'elle écrivit le jour même où fut reçu l'avis d'Ollendorff — et dont la version mérite donc plus de crédit que celle de Willy qui ne narra l'événement que près de vingt ans plus tard — Colette affirme que c'est Valdagne lui-même qui le leur transmit ; cette même lettre indique que l'arbitrage fut confié à Lucien Muhlfeld.

4. Adaptation du vers 1541 (acte V, sc. 1) de *Cinna* : « Je demeure stupide ».

Bien vite, j'appris la vérité. Plusieurs personnes avaient lu le manuscrit, reconnu l'héroïne — assez ressemblante pour qu'un Parisien ne s'y trompât point — et l'avaient obligeamment prévenue. Mme Raoul-Duval [...] s'en fut trouver Mandel et lui offrit la forte somme (ces Américaines ne doutent de rien) pour qu'il supprimât ce bouquin trop indiscret. L'individu accepta et se garda de prévenir l'Américaine que j'en serais quitte pour publier autre part ces bavardages révélateurs, ce que je fis, après avoir exigé de cette crapule cordiale un fort dédommagement. Tiens, donc[1]. »

Willy et Colette semblent n'avoir jamais vu le livre achevé : le premier ne mentionne, en effet, que la correction des épreuves ; la seconde, beaucoup plus tard, écrira dans un exemplaire de *Claudine amoureuse* qu'elle n'avait jamais vu ce volume sous ce titre. On doit donc croire qu'Ollendorff, sans doute pour éviter de plus âpres discussions, dissimula aux Willy que l'ouvrage était prêt à être mis en vente. Georgie Raoul-Duval, pour la détruire, racheta l'édition. Que penser des exemplaires qui ont échappé à la destruction ? L'Américaine voulut-elle sauver quelques souvenirs d'un ouvrage qui lui coûtait si cher ? Un responsable de la mise au pilon garda-t-il pour lui des témoins de ce cas littéraire ? Le hasard seul pourrait le révéler.

Quatre des exemplaires de *Claudine amoureuse* ont conservé leur reliure d'éditeur, plein cartonnage bradel de percaline verte, plats et dos décorés, titre et noms d'auteur et d'éditeur frappés en caractères Auriol vert foncé : Willy/ [fleuron] Claudine/ amoureuse/ [arborescence] Paris/ Librairie Ollendorff / 1902. Au dos : Willy/ Claudine/ amoureu/ se/ Prix/ 3 f 50.

Ce sont :

— l'exemplaire de la Bibliothèque nationale ;

— l'exemplaire de la vente Jean-Victor Pellerin (Drouot, 5 et 6 mai 1969, n° 65), qui appartint ensuite au colonel Daniel Sickles (vente Drouot, 13-15 juin 1983, n° 149) ;

— l'exemplaire de la vente [Jarry] (Drouot, 21 et 22 mars 1939, n° 85), ainsi annoté par Colette au faux-titre : « Jamais vu ce volume, — sous ce titre. »

Un quatrième exemplaire était aussi en reliure d'éditeur lorsqu'il passa à la vente Paul Voûte (Drouot, 9 mars 1938, n° 260) : « cartonnage en toile bleutée », écrivait le rédacteur de ce catalogue, qui précisait : « cartonnage de l'éditeur ». Faut-il croire qu'Ollendorff utilisait deux couleurs, ou le rédacteur se serait-il trompé ? Toujours est-il que la reliure de cet exemplaire a été « renouvelée » par Huser et qu'à la vente Alex. Daniel (Bruxelles, librairie Simonson, 1960, n° 23) il se présentait ainsi : plein maroquin vert foncé janséniste, doublure de maroquin de même teinte, gardes de moire gris foncé, dos à cinq nerfs, double

1. *Indiscrétions et commentaires*, p. 28-29.

filet doré sur les coupes, tranches dorées sur témoins, couvertures et dos conservés, chemise et étui.

Un cinquième exemplaire, qui porte les ex-libris de Raoul Simonson et de Louis de Sadeleer, a été relié par Huser : demi-maroquin vert bouteille, trois longues bandes verticales sur les plats, séparées l'une de l'autre par un filet doré, deux bandes extérieures en maroquin encadrant la bande centrale en veau turquoise, dos lisse, tête dorée, non rogné, couvertures et dos conservés[1].

Il n'est pas impossible que d'autres exemplaires aient été conservés.

Page de titre : Willy/ Claudine amoureuse / [marque de l'éditeur] / Paris / Société d'éditions littéraires et artistiques / Librairie Paul Ollendorff / 50, chaussée d'Antin, 50 / [petit filet] / 1902. Le volume in-12 de 351 pages avait été imprimé à Évreux par Charles Hérissey ; il n'y est fait mention ni de grands papiers, ni d'achevé d'imprimer.

La comparaison des cahiers de Colette avec le roman publié, *Claudine amoureuse*, prouve que, sans différer sensiblement de celui du manuscrit, le texte fut revu et corrigé. Certaines phrases dont les cahiers ne contiennent que l'ébauche furent évidemment complétées, et de nombreuses précisions apparaissent qui manquaient au premier état du texte ; elles accusent les traits ou les attitudes de ces figurants dont l'intrigue est encombrée, situent un moment ou un lieu, insistent, sous forme d'appositions, sur un aspect laissé indécis du caractère de l'héroïne ou de Renaud. Quelques exclamations suggestives sont attribuées au père de Claudine ; d'autres dialogues, brefs, trouvent place dans un ouvrage dont on polit les éléments de transition ; Maugis multiplie ses interventions et, en conséquence, fleurissent çà et là quelques observations grivoises. La seule énumération de ces corrections suffit, on le remarque, à en désigner l'auteur ; il n'en est pas qui ne correspondent exactement à celles que Willy porta sur le manuscrit où son écriture ne permet pas l'équivoque.

Les premières épreuves du roman, à savoir les placards de *Claudine amoureuse*[2], portent cependant des corrections des deux plumes, et telle phrase que l'on eût aisément attribuée à Willy est, en réalité, de la main de Colette ; on y découvre également que le choix du patronyme de Rézi est le fait de la romancière[3]. Que les corrections dues à son mari soient de loin les plus nombreuses n'enlève pas à Colette le mérite d'avoir elle-même participé à la toilette du texte.

1. Nous sommes reconnaissants à Maurice Chalvet et au baron Louis de Sadeleer de nous avoir aidés de leurs souvenirs et de leurs conseils.

2. Elles ont fait partie de la collection du colonel Daniel Sickles (vente Drouot, 13-15 juin 1983, n° 148).

3. Voir n. 1, p. 433.

Le doute est donc possible à propos des passages plus longs qui manquent au manuscrit mais apparaissent dans *Claudine amoureuse*. Le premier de ceux-ci[1] semble à ce point condenser les caractéristiques propres aux interventions de Willy qu'il est inconcevable qu'il n'en ait pas été l'auteur. Le second[2], courte anecdote dans laquelle « on » trouve le moyen de parler des cheveux courts de Claudine, de citer *Le Petit Parisien* et « nos vaudevillistes les plus aimés du public », de rappeler encore une des expressions favorites des gobettes de Montigny, est signé, lui aussi. Certes Colette les a conservés dans l'édition définitive de *Claudine en ménage*, alors qu'elle y a supprimé un long béquet de Willy[3], mais cela ne nous paraît pas constituer la preuve déterminante qu'elle en fut l'auteur. Un passage d'une douzaine de lignes nous semble d'une attribution plus difficile[4]. Que son mari ait rédigé tous les autres n'est pas une raison pour dénier à Colette la responsabilité de celui-là ; le ton de ces trois courts paragraphes ferait, en effet, penser qu'ils doivent avoir été écrits par la romancière. Le doute subsiste cependant, car si Colette affirma qu'elle était parvenue à produire du « pur Maugis d'origine[5] », Willy, de son côté, réussit parfois de surprenants « à la manière de... ».

« Claudine en ménage », édition originale

C'est un in-18 de 292 pages publié à Paris par la société du Mercure de France, en 1902. En regard de la page du titre on voit les mentions de « *Claudine à l'école* (50e édition) » et de « *Claudine à Paris* (54e édition) ».

Page de titre : Willy / [filet] / Claudine / en ménage / [pétase] / Paris / Société du Mercure de France / XV, rue de l'Échaudé-Saint-Germain, XV/ [filet]/ MCMII. La couverture, jaune, reproduit la page de titre, « Claudine en ménage » venant en caractères de couleur verte.

Le volume a été imprimé par Blais et Roy à Poitiers ; l'achevé d'imprimer est daté du 3 mai 1902. Il a été tiré dix-neuf exemplaires sur papier de Hollande, numérotés de 1 à 19, et trois sur papier de Chine, numérotés A, B et C.

Dans sa partie commerciale, la *Bibliographie de la France* annonça, le 26 avril 1902, que *Claudine en ménage* paraîtrait le 15 mai, date que l'on peut fixer à la mise en vente. L'enregistrement officiel n'interviendra que le 21 juin. Ollendorff, cependant, ne

1. P. 438, de « Il me voiture » (l. 4) à « Pas tant que lui ! » (l. 29).
2. P. 489, de « Mon enfant chérie » (l. 3) à « Embrasse-moi "en pour" » (l. 29).
3. Suppression annoncée dans la Préface aux *Claudine, OCF*, t. I, p. 13. On jugera de l'importance du béquet en se reportant aux variantes de la page 450.
4. P. 523, de « ... Qu'ai-je fait de bon » (l. 32) au bas de la page.
5. *Mes apprentissages, OCF*, t. XI, p. 66.

désarmait pas. Alain Brunet a découvert dans la partie commerciale de la même *Bibliographie de la France* cette annonce, insérée le 10 mai : « Pour répondre à de nombreuses demandes, nous informons MM. les libraires que nous avons décidé de reporter à la saison prochaine la publication de *Claudine amoureuse* par Willy. / Un vol. grand in-18 jésus. Prix 3,50 F./ Les commandes déjà inscrites sont maintenues et seront servies dans leur ordre de réception. » Étonnante persévérance !

Dans la lettre à Jules Marchand citée p. 1328-1329, Willy omettait de préciser qu'avant d'être confiée à Alfred Vallette, le directeur du Mercure, l'œuvre avait été une fois de plus revue et corrigée. Si la composition n'est pas ici remise en cause, si aucun passage additionnel n'apparaît dans le texte, on relève cependant plus de cinq cent soixante corrections minimes par rapport au texte de *Claudine amoureuse*, dont une centaine de remplacements, additions ou suppressions de mots et quarante-cinq modifications de phrases.

« Claudine en ménage », édition du Fleuron

Les éditions qui parurent de 1902 à 1948 respectent, à quelques fautes près, le texte de l'édition originale.

Au moment d'inclure *Claudine en ménage* dans l'édition des *Œuvres complètes*, Colette reprit ce roman et l'épura de quelques mots, de quelques pages jugés par elle désormais superflus. Rien qui bouleverse l'œuvre initiale ou en infléchisse le sens. La trace la plus évidente de cette dernière révision réside dans le long passage qu'elle supprima[1]. Les raisons de cette énergique intervention peuvent être facilement décelées : l'anecdote, certes, détournait l'attention de l'intrigue en train de se nouer et présentait l'héroïne sous un jour peu flatteur, mais surtout constituait un des plus importants apports de Willy au roman (vingt-deux des soixante-dix-huit lignes que compte le passage étaient, le manuscrit le prouve, de sa main). En le sacrifiant, Colette se débarrassait d'un des vestiges d'une collaboration importune à son souvenir.

Paul D'Hollander a donné de ce roman une édition critique pourvue d'un copieux appareil (Klincksieck, « Textes du XXe siècle », 1975).

Le texte reproduit ici est celui de l'édition originale de Claudine en ménage *(Mercure de France, 1902).*

P. D'H. et CL. P.

1. Voir les variantes de la page 450.

LES INTERVENTIONS DE WILLY

Reconnaissant, dans *Mes apprentissages*[1], que certains avis du « prestigieux journaliste[2] » lui furent salutaires, Colette admet implicitement que ses interventions — puisque interventions il y eut et nombreuses[3] — ne furent pas toutes nuisibles ou simplement superflues. Nous pouvons nous ranger à cet avis, en ce qui concerne ses corrections de langue tout au moins. Souvent, en effet, Willy remplace un verbe banal, incolore, par un autre, précis et exact, ou par une périphrase imagée ; le verbe « dire », à la troisième personne du singulier de l'indicatif présent, très, trop souvent employé par Colette, est régulièrement remplacé[4]. Que le journaliste ait eu, beaucoup plus que sa femme, le goût de l'adjectif est patent ; il en ajouta de très nombreux aux textes de Colette[5]. D'épithètes, d'adjectifs verbaux, de locutions adjectives ou de participes, il use avec prodigalité tout en surveillant de près ceux qu'utilise la romancière pour leur en substituer d'autres au besoin. Fréquemment même, l'adjectif ne lui suffit pas et il le nuance d'un adverbe[6], tout comme il modifie de la même façon la valeur de nombreux verbes ; les adverbes qu'il utilise alors sont généralement des adverbes de manière[7], mais on remarquera qu'il veille parfois à préciser par d'autres, de temps ou de lieu, le moment ou l'endroit de l'action que sa femme n'avait pas cru nécessaire de déterminer[8].

Ce souci de précision se reflète partout dans ses interventions, qu'il s'agisse de mots ajoutés ou corrigés, de propositions ou de compléments circonstanciels, ou même de remarques jetées apparemment au vol dans la marge des cahiers. Sans doute est-ce un identique souci qui le pousse à soigner les indications de mise en scène, à souligner, par des notations plus ou moins concises, les mouvements des protagonistes, leurs réactions aux événements dans la mesure où ces réactions se traduisent par des gestes ou des déplacements. Les exemples que nous proposons témoignent de son désir de « mettre en scène » le texte de Colette[9]. De cette même tendance, il est d'autres signes dont le

1. *OCF*, t. XI, p. 75.
2. *Noces, OCF*, t. VII, p. 248.
3. Nous avons tenté ailleurs de le démontrer (*Colette. Ses apprentissages*, Klincksieck et Presses de l'Université de Montréal, 1978, p. 91-141). Il n'est cependant pas surprenant que la plupart des exemples que nous utilisons soient empruntés à *Claudine en ménage* et à *Claudine s'en va*, beaucoup plus rarement à *La Retraite sentimentale* ; les interventions du collaborateur vont se raréfiant jusqu'à ce dernier roman. Sigles : *ClM, ClV* et *RS*.
4. Voir *ClM*, var. *a*, p. 506 ; *ClV*, var. *a*, p. 534, var. *a*, p. 543 et var. *a*, p. 619.
5. Voir *ClM,* var. *a*, p. 521 ; *ClV*, var. *a*, p. 543, var. *a*, p. 589, var. *a*, p. 619 et var. *a*, p. 625.
6. Voir *ClM*, var. *a*, p. 382 et var. *b*, p. 450.
7. Voir *ClM*, var. *a*, p. 414.
8. Voir *ClM*, var. *a*, p. 483.
9. Voir *ClM*, var. *a*, p. 459 et var. *a*, p. 503 ; *RS*, var. *a*, p. 920.

plus évident est un goût affiché pour le dialogue bref[1], qui devait être une des préoccupations majeures d'un publiciste tenté par le théâtre, si nous en croyons du moins ce qu'il écrivit à Jules Marchand : « Et peut-être reconnaîtra-t-on l'effort, le labeur — si dur — la recherche perpétuelle à laquelle je me suis usé, sans arriver tout à fait au but : *dialoguer vrai*, sans phonographier bêtement les platitudes authentiques dont s'encombre toute conversation (même de gens d'esprit) mais sans non plus adultérer de littérature les répliques qui perdent, alors, toute vraisemblance[2]. » S'il est permis de penser que, de fait, Willy n'est pas arrivé au but, du moins trouvons-nous ici confirmation de l'intérêt qu'il portait aux passages dialogués des romans qu'il signait.

Du point de vue plus proprement romanesque, il accorde aux liaisons et aux transitions une attention particulière, sans doute parce que Colette était portée à les négliger. On sait qu'elle oubliera vite les leçons de son réviseur pour en revenir, dès *La Retraite sentimentale*, à son mode naturel de composition : disposer de courts récits en chapitres.

À elles seules, les observations précédentes permettent de cerner les goûts stylistiques du mentor de la romancière ; il en est d'autres qu'il n'est certes pas abusif de qualifier de « tics » d'écriture. Tic évident, et dont l'attribution n'est pas contestable (les manuscrits et les romans postérieurs à la collaboration de Colette avec Willy le prouvent), que les incessantes répétitions de mots. Nous disons bien répétitions de mots et non appositions car, le plus souvent, Willy ne reprend un mot, sorti de la plume de sa femme ou de la sienne, que pour lui donner de l'insistance, le charger d'un contenu émotif plus évident, ou imiter le laisser-aller apparent de la réflexion personnelle ; dans certains cas, la répétition sert également à allonger une repartie trop brève. En de nombreux endroits des manuscrits, Willy fait, de la même manière, précéder une phrase de Colette de quelques mots qui n'ont de toute évidence pour fonction que de l'étirer. Une autre habitude du journaliste, que l'on découvre dans sa présentation des « Mady », « Suzette » et autres « Siska » dont il fut le père supposé, apparaît dans les trois manuscrits : celle de placer entre parenthèses ou, moins souvent, entre tirets, des réflexions de l'héroïne qui prennent, de ce fait, une allure d'apartés.

Quatre remarques encore peuvent figurer ici ; elles concernent les béquets dont Willy se servait pour donner aux ouvrages qu'il signait un « air de famille » :

— Qu'il introduise, dans les romans, des expressions propres au monde de la presse, des allusions aux activités journalistiques[3] ne peut surprendre de la part de ce journaliste alors renommé ;

1. Voir *ClV*, var. *a*, p. 661 ; *RS*, var. *a*, p. 931.
2. *Indiscrétions et commentaires*, p. 27-28. L'auteur souligne lui-même.
3. Voir *ClM*, var. *b*, p. 450.

on tiendra pour assuré, par récurrence, que toutes celles qui figurent dans les premiers romans sont de sa main.

— Il ne paraîtra pas plus étrange que toutes les allusions musicales, et particulièrement les réminiscences wagnériennes, soient le fait de l'Ouvreuse[1].

— Les propos mondains, les potins, les ragots sont, comme il est normal, dus à l'homme très public qu'était Willy, propos à l'occasion mêlés de références littéraires[2].

— Les équivoques, que Colette attribuait à son mari, ne font pas défaut aux manuscrits, mais il est à noter que les interventions de Willy accentuent en général le caractère de scènes déjà marquées à ce coin par la romancière elle-même.

Une dernière particularité de la prose de Willy que nous n'avons pas encore signalée frappe par son excès même : l'usage immodéré des locutions et des mots étrangers. Les biographes du publiciste insistent sur sa culture, ses connaissances en langues mortes et vivantes, mathématiques, sciences et arts. Qu'il fût loin d'être sans culture, personne n'en doutera ; mais qu'une part de cette culture ne soit que rapines est tout aussi certain. Willy, en fait, connaissait mal les langues vivantes, et cependant ses romans fourmillent d'expressions étrangères. C'est que, « grand fumiste sous le ciel bleu[3] » sans doute mais très lucide, il ne s'illusionnait pas sur la qualité de sa littérature, n'ignorant pas que ses personnages étaient généralement de piètres fantoches agités au gré d'aventures inconsistantes. Pour pallier l'inexistence des intrigues, il avait recours à toutes les audaces, situations scabreuses, perversions sexuelles et autres séductions vulgaires ; pour étoffer ses personnages, il cherchait, à grand renfort de discours baroques truffés de termes empruntés à tous les idiomes et à tous les argots, de leur donner un peu de réalité. Dans *Claudine en ménage*, les mots anglais sont presque tous de sa main. Dans *Claudine s'en va*, il pratiquera même un « polyglottisme déchaîné[4] », puisant sans retenue dans les lexiques allemand, grec et, évidemment, anglais. Ses rares interventions dans *La Retraite sentimentale* trahissent le même penchant. Selon Willy cependant, rien ne contribue plus à la couleur locale que les patois, et on reste surpris devant une Claudine plus fresnoise, lorsqu'elle a été rhabillée par le collaborateur, que ne l'avait d'abord faite Colette. C'est lui, en effet, qui à de nombreuses reprises a « poyaudisé » la langue de l'héroïne[5]. C'est lui encore et, sans doute, pour les mêmes raisons, qui a prêté au malacologiste certaines exclamations, des jurons tonitruants et des chansons très « militaires » d'inspiration.

1. Voir *ClV*, var. *a*, p. 617 et var. *a*, p. 619 ; *RS*, var. *a*, p. 920.
2. Voir *ClM*, var. *a*, p. 428.
3. Comme il se décrit lui-même dans les *Lettres de l'Ouvreuse*, Vanier, 1890, p. 38.
4. P. 576. Les mots sont de sa plume dans le manuscrit.
5. Voir *ClM*, var. *b*, p. 450 ; *ClV*, var. *a*, p. 543.

Ces caractéristiques, parmi lesquelles nous n'avons pas cru opportun de ranger la manie du calembour tant elle est patente[1], décèlent, d'une part, un soin de la forme poussé parfois jusqu'à la préciosité : la multiplication des adjectifs, des adverbes, la recherche de l'expression à la limite de l'ampoulé et du quintessencié, sont d'un écrivain formé aux goûts décadents de la fin du XIXe siècle. D'autre part, les expédients indécemment exploités pour racoler le chaland peu délicat, les allusions aux personnalités du temps, amies ou ennemis, les citations indiscrètement publicitaires dénotent un grand mépris pour la littérature signée Willy et pour le public qui la consommait ; le confirment les lignes suivantes qu'écrivit le journaliste : « En quelle estime mes arrière-neveux tiendront-ils mon œuvre complète ? Je m'en fous : elle aura donné de mon vivant tout ce que j'en attends, mon œuvre complète ! Rien ne me manque de ce que je souhaite[2]. » On ne peut être plus clair.

P. D'H.

NOTES ET VARIANTES

Page 379.

1. La durée du « vagabondage » de Renaud et de Claudine et leur itinéraire restent extrêmement imprécis. Ne firent-ils qu'un seul voyage de quinze mois, comme semble l'affirmer l'héroïne ? Ces mois furent-ils employés à de nombreux voyages coupés de courts séjours en France ? Certains passages du roman autorisent les deux interprétations (p. 389 : « Mes souvenirs de quinze mois » ; p. 394 : « une année de voyage à l'étranger »). Quoi qu'il en soit, Claudine se contredit, affirmant, d'une part, que le voyage les mena « de la rue de Bassano à Montigny, de Montigny à Bayreuth, de Bayreuth à un village badois » (p. 379) ; d'autre part, qu'elle pria Renaud de faire halte à Montigny alors qu'ils rentraient d'Allemagne par la Suisse (p. 390). Le roman ne décrit, en effet, qu'un seul séjour du couple, à Saint-Sauveur. Une certaine incohérence de détails ne peut surprendre : Colette a recueilli dans ces pages des souvenirs de voyage appartenant aux premières années de son mariage, principalement ceux d'une visite à Saint-Sauveur en compagnie de son mari, en juillet 1895, du voyage en Allemagne (Lons-le-Saulnier, Besançon, Bâle, Munich, Nuremberg) qu'elle effectua, toujours avec Willy, en septembre-octobre de la même année 1895 et d'un autre voyage, en Allemagne encore, l'année suivante (voir Jean Larnac, *Colette. Sa vie, son œuvre,* p. 55).

1. Encore qu'elle se soit plus manifestée dans les chroniques de l'Ouvreuse que dans les romans signés Willy, comme en témoigne la lettre de Maugis aux dernières pages de *Claudine s'en va* (p. 644 et suiv.), démarquage évident de ces chroniques.

2. Willy, *Le Retour d'âge ou Maugis amoureux*, Ollendorff, [1903], p. 22.

2. Le manuscrit porte ici *rue Jacob,* erreur dans la localisation de l'appartement de Renaud due au fait que c'est la rue Jacob que quitta le couple Gauthier-Villars pour entreprendre les voyages dont il est question dans la note précédente.

3. N'est-il pas surprenant de voir ce journaliste diplomatique distribuer des billets de faveur dont on devine mal la provenance ? Renaud usurpe ainsi une des prérogatives de l'Ouvreuse du Cirque d'été.

4. Ce « n'a jamais pu comprendre » paraît pour le moins excessif, puisque Claudine visitait alors la côte pour la première fois, comme elle le reconnaît elle-même.

Page 380.

1. Ce paragraphe du roman fut précisément évoqué dans *La Renaissance latine* (15 juin 1902) par le critique Marcel Boulenger, qui écrit : « Vous savez que le livre commence, tout de suite et d'autorité, par des caresses répétées, par des "nerfs forcés", par un état "mi-pénible mi-délicieux" ; puis qu'il continue par des caresses, qu'il s'enroule et se déroule autour d'autres caresses, que son attrait particulier est un certain genre de caresses, et que c'est dans l'espoir de se mieux caresser encore que Claudine à la fin décidera de rappeler son cher Renaud. »

2. Sur les fiançailles de Colette, voir la Préface, p. LIV et suiv.

3. Tel fut, en effet, le mariage de Colette elle-même. Pour couper court aux ragots et aux lettres anonymes qui accablaient la famille, les Colette avaient répandu le bruit que la cérémonie était reportée ; elle fut donc célébrée dans la plus stricte intimité, une simple bénédiction nuptiale à 4 heures de l'après-midi remplaçant la messe. La famille Gauthier-Villars, opposée à cette union, ne s'était pas déplacée.

4. Voir *Claudine à Paris,* n. 5, p. 223.

Page 381.

1. Voir *Claudine à Paris,* p. 341-342.

2. Phtah ou Ptah, dieu de la mythologie égyptienne adoré à Memphis, est généralement figuré sous l'aspect d'un homme momifié dont seules les mains émergent des bandelettes, plus rarement sous celui du scarabée. Colette aurait-elle confondu Ptah et telle autre divinité représentée sous la forme du chat ou du chacal (Bastet ou Anubis, par exemple) ? Les guillemets indiquent une citation ; si l'hémistiche n'est pas de Renaud, nous n'en connaissons pas l'auteur.

3. Voir *Claudine à Paris,* n. 4, p. 286.

4. Voir p. 292. et n. 2. Parville sera à nouveau évoqué p. 382 et p. 435.

5. Voir *Claudine à Paris,* n. 1, p. 232.

6. Voir *Claudine à Paris,* n. 1, p. 243. Marcel devait se faire par-

donner d'avoir exprimé des doutes insultants sur le désintéressement de l'amour de Claudine pour Renaud (voir *Claudine à Paris,* p. 366-367).

7. L'« amoureux-martyr » se comprend si l'on se souvient que, dans *Claudine à Paris* (p. 345-346), la jeune fille avait refusé sa main audit M. Maria.

Page 382.

a. Mais mon lit-bateau *[p. 381, dernière ligne]* est bien petit. » *[Trois mots biffés et illisibles de Colette]* / La venue de Renaud, la trépidation contenue de ses gestes, [l'admiration de ses *biffé*] ne chassa point ces préoccupations. Il fallut pourtant, sur la prière de M. Maria affolé, objurguer papa. Mon noble père fut [ce jour-là *biffé*] [à la *biffé*] digne de la circonstance exceptionnelle et de lui-même ; il avait [simplement *add. W interl.*] oublié que je me mariais, [je me mariais et, en robe de chambre, etc. etc... *[une ligne en blanc*[1]*]* *corr. W interl.*] et consultant sa montre en lieu et place du calendrier : « Foutre ! vous êtes sûrs *[sic]* [que c'est pour aujourd'hui ? *add. W interl.*] Si vous partiez *ms.*

1. Cette « absence » du malacologiste (voir *Claudine à l'école,* n. 2, p. 10) paraît d'autant moins vraisemblable que Claudine vient d'évoquer le « dévouement inusité, furieux et ostentatoire » dont son père avait fait preuve dans la préparation du mariage.

2. Voir *Claudine à Paris,* n. 2, p. 292.

Page 383.

1. Voir *Claudine à Paris,* n. 1, p. 353.

2. Voir *Claudine à l'école,* n. 2, p. 65. Il est à dix-sept reprises question de Luce dans le roman. Ce n'est pas sans raison que furent ainsi multipliées les références à ce personnage : dans *Claudine à l'école*, il incarnait la tentation des amitiés particulières, tentation à laquelle Claudine n'avait pas cédé ; dans *Claudine à Paris,* Luce essayait à nouveau de convaincre son amie de l'attrait de certains jeux. Or *Claudine en ménage* ne met-il pas en scène une jeune femme qui, soumise aux mêmes tentations, découvre précisément l'attrait de ces mêmes jeux ?

Page 385.

1. Voir *Claudine à l'école,* n. 5, p. 10.

2. C'était Willy qui, dans la réalité, refusait cette « caresse » à Colette ; il ne cessa, en effet, de la vouvoyer, alors que sa femme le tutoyait ainsi qu'elle le rappelle dans *Mes apprentissages* (*OCF,* t. XI, p. 58) : « Car il me disait bizarrement "vous", et je le

1. Ici Willy esquisse un développement, dont Colette reprendra l'idée et qu'on peut lire dans le texte, mais qui ne se trouve pas dans *ms.*

tutoyais. » À plusieurs reprises au cours de la rédaction du manuscrit, Colette oublia d'intervertir les rôles et permit à Claudine de tutoyer un Renaud qui, en d'autres occasions, la vouvoie.

3. Ces cheveux représentent un des traits de dissemblance que voulut Colette pour distinguer Renaud de son propre mari dont les caractéristiques physiques étaient, par ailleurs, attribuées à Maugis (voir n. 2, p. 269). Willy devint chauve très jeune et la calvitie du fiancé de Colette inspirait aux frères de celle-ci des plaisanteries cruelles : « — Tu as remarqué [...] comme *il* a grandi depuis la dernière fois ? / — Grandi ? Tu es sûr ? / — Comment, si je suis sûr ? Son crâne dépasse ses cheveux ! » (*Noces, OCF,* t. VII, p. 248-249.) Dans *Mes apprentissages* (*OCF,* t. XI, p. 48), Colette écrira : Je « n'avais — pour cause — jamais touché amoureusement une chevelure d'homme... »

Page 386.

a. je te le défends... Leur tournoiement m'appartient[1] *[4e ligne de la page]*... / — Et moi toute ! [hélas. Non *[trois ou quatre mots de Colette et de Willy illisibles]* En quinze mois, il m'a trop aimée, et trop promenée, trop grisée de paysages, de mouvements, de paresse, envornée de ciels nouveaux et de villes. Je ne lui ai rien caché de Claudine, rien, qu'une seule surprise profonde : le maître que j'ai souhaité, que j'ai exigé *[*en lui *biffé]*, le maître qu'il fallait à Claudine n'est pas en lui *[*Renaud est *biffé]* Sans que je le voulusse, il est *[*demeuré *biffé]* envoûté de moi *biffé en définitive*] / Moi toute ? non ! La fêlure est là. [*[*Ce n' *biffé]* C'est lui qui m'appartient. En dépit des efforts que j'ai tentés, que je tente encore, moins ardemment *[*que *biffé]* pour faire de lui mon maître, je sens trop que cet homme-là, gâté des femmes, coureur comme un chat de gouttière *[*c'est Marcel qui me l'a dit *corr. W en interl. et par biffures en* Marcel me l'a assez répété*]*, accoutumé aux tendresses provocantes *[*et *biffé]*, voire cramponnes, cet homme-là s'est écroulé à mes pieds. [Je cherche à *biffé]* *[*D'abord *add. interl.]* *[*j'ai esquivé *corr. W en interl. en* j'ai voulu esquiver autant que possible*]* *[*en moi *biffé]* cette certitude. J'ai tâché *[*de le remettre *corr. par biffures en* de mettre*]* Renaud debout devant moi, un peu au-dessus de moi, il *[*ne *biffé]* n'a pas même semblé comprendre. Même quand je le prie, c'est moi qui le domine. Hélas ! Claudine, *[*ne trou < > *biffé]* dois-tu rester toujours maîtresse de toi-même ? *biffé en définitive*] / J'ai esquivé [...] pu. J'ai [voulu *biffé]* souhaité, ardemment, que la volonté [...] brûlent et léger comme une flamme et [...] maîtresse de toi-même[2] ? / [Je ne savais pas

1. *Dans la marge de la page de ms., à la hauteur de cette phrase, on peut lire les mots* Diluer. Diluer, *écrits au crayon par Willy et raturés.*

2. *Le passage, de* J'ai esquivé *à* maîtresse de toi-même ?, *a été rédigé par Colette dans la marge de la page.*

qu'il suffisait [de ce *corrigé en* d'un] petit *biffé*] [Il a [asservi ce *corr. W en interl. en* su pourtant asservir ce] *corr. W marg.*] corps mince et doré, [de *biffé*] cette peau qui colle à mes muscles et désobéit à la pression des mains, [d'une *corr. W en interl. en* cette] tête de petite fille coiffée en petit garçon [pour éblouir, pour envoûter, peut-être à jamais, un homme comme Renaud. *corr. W par biffures en* ...] Pourquoi faut-il qu'ils mentent, ces yeux dominateurs et ce nez têtu, [et *biffé*] ce joli menton volontaire qu'il rase *ms.*

1. Autre trait de dissemblance que voulut Colette pour distinguer Renaud de son mari ; ce dernier a toujours porté la barbe.

Page 388.

1. Cela, qui n'est guère tendre pour Renaud, ne l'est pas davantage pour celui que l'on sent visé par personnage interposé. Avant son mariage, Willy avait en effet connu différentes aventures auxquelles il avait parfois jugé bon de donner une certaine publicité. Le mariage ne devait pas l'assagir longtemps. Dans *La Vagabonde*, Colette, qui le peint sous l'un de ses pseudonymes — Taillandy, du nom d'une propriété de son secrétaire Xavier-Marcel Boulestin —, écrit : « Pour lui, l'adultère n'était qu'une des formes — et non la plus délectable — du mensonge » (p. 1082).

Page 389.

1. Toutes ces précisions chronologiques permettent de situer le mariage de Renaud et de Claudine dans le courant du mois de juin de l'année précédente (on se souvient que Willy et Colette s'étaient mariés en mai) ; on remarque aussi que l'addition des mois aboutit au chiffre dix-huit dont nous avons dit déjà (*Claudine à Paris*, n. 2, p. 274) qu'il se retrouvait fréquemment sous la plume de la romancière.

2. Dans *Claudine à Paris*, le menuisier-emballeur n'avait pas été nommé. Signalons qu'un Danjean est cité parmi les défunts qu'énumère au prône le curé Millot (voir *L'Étoile Vesper, OCF*, t. XIII, p. 240).

3. Déformation du vers de Boileau : « Le latin dans les mots brave l'honnêteté » (*L'Art poétique*, ch. II, v. 175), vers suivi de celui-ci : « Mais le lecteur français veut être respecté ».

Page 390.

1. Cette nouvelle précision situe le moment de la rédaction par l'héroïne de cet autre tome de son journal : puisque son « retour en France, il y a trois mois » (p. 389), se plaçait en « septembre dernier », elle écrit ces pages vers la fin de novembre ou le début de décembre. On peut de la sorte évaluer la durée de son aventure avec Rézi (voir la Notice, p. 1325-1326).

2. Que Colette ait ainsi désigné le centre commercial de Montigny n'est pas surprenant : une horloge s'encastre, en effet, dans la façade de l'établissement des bains publics de Saint-Sauveur, au-dessus du passage, dit « la Percée », qui met en communication la place du Marché et le carrefour des rues Pautrat, des Haras et Merlou. Dans *Sido* (*OCF*, t. VII, p. 223), Colette parle de « l'horloge de ville, place du Marché ». Il semble à Mme Charleux-Leroux que l'auberge Lange était l'auberge tenue par la famille Angilbert ; ce serait l'actuel Café de la place. Dans la partie haute de la place, il y avait le café-hôtel de la Paix — que Colette nomme « café de la Perle » dans *Claudine à l'école* (p. 55) —, aujourd'hui occupé par la Perception.

3. Puisqu'il rentre d'Allemagne par la Suisse, le couple a suivi un itinéraire qu'il est facile de reconstituer : Lyon, Nevers, Gien ; dans cette dernière localité, il aura emprunté la ligne de chemin de fer en direction d'Auxerre, et dépassé les chefs-lieux des deux cantons de l'arrondissement d'Auxerre précédant Saint-Sauveur, tous deux sur le Loing : Bléneau et Saint-Fargeau, noms à peine transformés par la romancière.

Page 391.

1. Voir *Claudine à l'école*, n. 4, p. 10.
2. Voir *Claudine à l'école*, n. 2, p. 123.
3. Personnage qui dut appartenir au petit monde de Saint-Sauveur ; Colette cite le nom dans *La Maison de Claudine* (*OCF*, t. VII, p. 68) : une fille Bardin aurait servi chez les Colette.
4. Première évocation du personnage pittoresque dont Colette rappellera le souvenir dans *La Maison de Claudine* ; il s'agit d'Adrienne Saint-Alban dont l'écrivain assure avoir « goûté, nourrissonne, au lait de sa gorge abondante et bistrée » (*OCF*, t. VII, p. 116). Dans *Sido*, elle la fera réapparaître et la décrira dans les mêmes termes, confirmant ainsi s'être inspirée du personnage : « Quand ma mère et Adrienne allaitaient [...], elles échangèrent un jour, par jeu, leurs nourrissons » (*OCF*, t. VII, p. 196). Curieusement, elle l'appelle alors Adrienne Saint-Aubin. La mère Saint-Albe, Alban ou Aubin habitait, dit Colette, au « coin de la rue », c'est-à-dire au coin de la rue de l'Hospice, aujourd'hui rue Colette, et de la rue de la Roche ; Claudine, qui doit emprunter cette dernière pour rejoindre la place de l'Horloge, peut donc la voir « sur sa porte ».

Page 392.

1. Figure elle aussi empruntée aux souvenirs de Colette qui la ressuscitera dans *Sido* (*OCF*, t. VII, p. 195).
2. À la première page de *Claudine à l'école*, citant son *Manuel de géographie départementale*, la jeune fille accordait à son village 1 950 habitants. Un fascicule touristique relativement récent, *Saint-Sauveur en Puisaye vous accueille*, lui en laisse 1 200 tout au plus.

3. Dix-huit mois, une fois de plus. À n'en pas douter, Claudine situe ainsi la date de son départ de Montigny, ce qui ramènerait la durée des épisodes narrés dans *Claudine à Paris* à ... trois mois et impliquerait que l'héroïne fût passée de presque seize ans à dix-neuf ans pendant le même laps de temps.

Page 393.

1. Le patronyme Chou(x) est alors bien représenté à Saint-Sauveur. Mme Charleux-Leroux nous suggère que Colette pense à Octavie Préaudot, dix ans en 1886, fille d'Adrienne Chou, femme Préaudot, épicière. Le père d'Adrienne, Louis Chou, tonnelier, vivait avec le ménage Préaudot. Pour ceux du moins qui connaissaient l'aïeul, il était courant de donner aux petits-enfants le nom de ce dernier.

2. Charles Huard (1876-1965), dessinateur et lithographe, illustra Jules Renard, Maupassant et Flaubert ; il collaborait au *Rire*, au *Sourire*, au *Journal amusant* et à *L'Assiette au beurre*. En 1902, il publia un recueil, *Province*, dont il pourrait être ici question.

3. Jean Landré, né en 1815 à Entrains (Nièvre), garde particulier des propriétés du châtelain de Saint-Sauveur, M. Gaudrille, et conseiller municipal, était en relations politiques avec le capitaine Colette (É. Charleux-Leroux). Landré était le grand-oncle de Gabrielle ; voir p. 322 et n. 4.

4. Le nom « Madame Rocque » est venu spontanément sous la plume de Colette dans le manuscrit ; sans doute donnait-elle ainsi au personnage le nom qu'il portait dans la réalité.

5. Le prédécesseur de Merlou à la mairie de Saint-Sauveur (1878-1885) se nommait Habert, patronyme à peine modifié par l'écrivain. Mme Piétresson de Saint-Aubin, née Jarry, le jugeait autrement : « très impartial et accessible à tout le monde ».

Page 394.

1. Colette a écrit « Molinchard » et a conservé la faute jusque dans l'édition du Fleuron ; nous la corrigeons. Claudine craint de pécher par excès de réalisme : l'auteur du roman *Les Bourgeois de Molinchart* (1855), Champfleury (1821-1889), chef de l'école réaliste, imposait et s'imposait de reproduire scrupuleusement tous les types, sans d'ailleurs s'interdire la caricature.

Page 395.

a. Rassurée *[7 lignes]* et me sentant assez chez moi, je m'avance, / — Laous qu'est Mmmzelle ? / — Je ne sais pas, [... *corr. W en interl. en* Mada...] Mademoiselle. Sans doute en haut. / — [Bon, merci. Est-ce que vous êtes *biffé*] / — Bon merci. Qu'est-ce qu'on a "en style" pour la prochaine fois ? » / Cette phrase consacrée [lui en impose *corr. d'abord en* en impose à *corr. ensuite en définitive en interl. en* impressionne] la petite fille comme un mot de passe / — On a “Expliquez la différence qui sépare la Générosité et la Prodigalité. Appuyez vos réflexions d'une anecdote que vous imaginerez” / — Ben, ma vieille, on a du goût[1] ! Mais... vous n'êtes donc pas en vacances ? *ms.*

1. Dans un article paru dans *La Grive* (juillet-septembre 1960), « Les Sources de Colette. Souvenirs inédits de deux condisciples de Claudine », Jeanne Rogé confirme qu'une fois de plus c'est dans la réalité que Colette prend son personnage : « Jeanne Pêche fraîche et ronde, “Pomme” que Willy enfermait pour qu'elle imite le cri du coq ».

2. Voir n. 1, p. 12.

Page 396.

1. Il est exact que Mlle Sergent avait « placé intentionnellement deux “dégourdies” (Anaïs et moi) à côté de deux “engourdies” (Luce et Marie), pour que nous les secouions un peu » (*Claudine à l'école*, p. 89), mais cette inscription fausse absolument le caractère des relations qui existaient entre les deux adolescentes. On imagine mal l'indépendante et sauvage Claudine gravant le nom de sa voisine de banc alors qu'elle ne cessait de la rabrouer et de repousser ses avances. Or la gravure doit bien, semble-t-il, être attribuée à Claudine ; Luce aurait sans doute placé le nom de son amie en premier lieu. On comprend par ailleurs que des points de suspension aient remplacé le dernier chiffre de la date qui figure dans le manuscrit (1892) : Claudine n'aurait eu que... huit ans.

Page 398.

1. Voir *Claudine à l'école*, n. 4, p. 62.

2. Cette poterie est le dernier vestige, toujours en activité, d'un artisanat fort prospère dans la région. La « terre à pot » abondait en Puisaye. Peu avant sa mort, Colette se souvenait des « cruches ventrues, insolemment sexuées » qui « étaient pétries et cuites à la Bâtisse, veine d'argile grasse à fleur de terre. Vernissée, [...] tournée à la main et au pied, la rustique poterie de la Bâtisse dépendait de deux gestes très anciens » (*Belles Saisons*, Flammarion, 1955, p. 243-244).

3. Cette repartie en « langue belge », inexacte (un Bruxellois se fût sans doute exclamé : « Des cruchekenpiss, ça est une fois joli, tu sais ! »), rappelle que Willy fréquenta assidûment la capitale belge et qu'il partageait à l'égard des Belges les préjugés de nombre de Français.

4. L'allusion à la pièce — mélodrame et tout à la fois parodie

1. *Qu'est-ce qu'on [...] du goût !* Ce passage, à l'exception toutefois des mots biffés que nous signalons, figure dans les placards de *Claudine amoureuse*, mais il y est entièrement biffé, par Colette ou par Willy.

du mélodrame — de B. Antier, Saint-Amand et Paulyanthe, *L'Auberge des Adrets*, créée en 1823 et dans laquelle, tenant le rôle de Robert Macaire, s'illustra Frédérick Lemaître, n'est pas facile à percer. Dans la pièce l'auberge est située sur la route de Grenoble à Chambéry. La mise en scène ne prévoit pas une grande consommation de poterie. Il y avait à Paris en 1895 une auberge des Adrets, située 14, boulevard Saint-Martin, tenue par un « limonadier » (Didot-Bottin de 1895). Mais elle a disparu du même répertoire en 1900. Il est donc possible que la plaisanterie nous échappe.

Page 400.

1. Dans l'article cité plus haut (voir n. 1, p. 395), Jeanne Rogé indique qu'Hélène — sa propre mère — et Isabelle Jousserand s'appelaient en fait Marie et Isabelle Jusselin. Dans le manuscrit, il arrive à Colette de se tromper de prénoms et de donner celui de Marie à Hélène.

2. Ce duvet dut paraître très fâcheux à Colette qui ne parlera plus de la sœur d'Hélène, « Isabelle-la-Duvetée » (p. 401), sans évoquer cette ombre de moustache. Plusieurs lignes de la main de l'écrivain supprimées dans le manuscrit se rapportent à cette disgracieuse pilosité, que Mlle Sergent explique par l'origine créole de l'adolescente, et Jeanne Rogé reproduit ce passage d'une lettre de Mlle Terrain à Isabelle Jusselin qui confirme l'appréciation de Colette : « Mon cher "Negro", c'est bien ainsi que l'on vous désignait au temps heureux où, passant vos examens, il vous était demandé si vous n'étiez pas étrangère. »

Page 401.

1. Nouvelle incohérence de dates : ces deux ans, même approximatifs, allongent considérablement les « dix-huit mois » dont il était question plus haut (voir n. 3, p. 392) ; la différence semblerait indiquer que six mois s'écoulèrent entre la fin de l'année scolaire, narrée dans *Claudine à l'école*, et le départ pour Paris que rapporte *Claudine à Paris*, mais, dans ce dernier roman, Claudine avait précisé qu'elle était restée à l'école « où [...] je songeais vaguement à préparer mon brevet supérieur » (p. 223), jusqu'à peu avant son départ.

2. De ces deux jeunes filles l'on ne trouve en fait qu'une seule et très brève mention dans *Claudine à l'école* (p. 196) et une autre, tout aussi laconique, dans *Claudine à Paris* (p. 322).

Page 402.

a. présent [de *corr. W en interl. et en marge en* — comme tout ce que j'ai] de Renaud ; mon col cassé très raide ; et ma chemisette *ms.*

1. Le pluriel est excessif : à moins que Colette n'ait tu une

correspondance entre Luce et Claudine — ce qui est hautement improbable vu le caractère de son premier roman et la réaction vive qu'elle prêta à l'héroïne à la réception de la première lettre de sa compagne —, Luce n'envoya jamais à Claudine qu'un seul billet.

2. L'allusion est double : dans son premier roman, Colette avait raconté la découverte par un instituteur des lettres qu'Anaïs avait adressées au jeune Gangneau ; dans le second, Luce avait rapporté à Claudine l'évolution des mœurs d'Anaïs qui, affirmait-elle, « "est" avec une troisième année » (*Claudine à Paris*, p. 320), ce qui ne laissait planer aucun doute sur le sens de cette évolution et explique la remarque de Claudine.

3. De la main de Colette, la proposition incidente (proposition qui se retrouvera, presque identique, p. 521) eût pu marquer — par Claudine interposée — une dépendance reconnaissante envers son mari ; mais, comme on peut le constater (voir var. *a* de cette même page), elle est de la plume de Willy. A-t-il voulu signaler — assez peu discrètement, faut-il le souligner ? — que Colette n'avait rien en propre au moment de son mariage ?

Page 404.

1. Sans doute s'agit-il du *Petit Cours élémentaire d'histoire de France*, publié par Désiré Blanchet en 1877 et réédité en 1885.

Page 405.

a. lui fait une bouche *[p. 404, 4e ligne en bas de page]* [sale *biffé*] d'enfant pas [lav<ée> *biffé*] débarbouillée. [Comme je le *biffé*] / [— N'est-ce pas, Mmmzelle, dis-je tout bas, qu'Isabelle Jousserand devrait s'épiler ? / — Elle aurait trop à faire ! ce sont deux petites créoles ; *[*et *biffé]* quoique nées à Paris, elles portent leur marque d'origine. / — Ah ! ce sont deux petites créoles !... » / C'est Renaud qui dit cela, un peu dégoûté. / — Qu'est-ce qui vous prend ? / — Rien ; *[*seulement *biffé]* mais le côté canne à sucre de ces petites filles m'écœure un peu. *[*Regardez *corrigé en* Regarde*]* ma petite Pomme, à côté. Est-elle assez fraîche, assez douce, assez stupide ? Mademoiselle, ajoute-t-il à voix haute, vous autorisez une distribution de bonbons demain matin ? *biffé en définitive*] [Mademoiselle, dit Renaud *[...]* demain matin ? *corr. marg.*] / La gamine rousse *ms.*

1. Tel était alors le prix d'un « journal », terme que, dans le manuscrit, avait utilisé Colette ; Willy lui substitua l'expression « livraison ».

Page 406.

1. Dans « Réalité et fiction », Mme Charleux-Leroux men-

tionne un Chocat, charron, dont le patronyme inspira sans doute celui de ce forgeron ; il avait épousé la fille du cafetier Trouillard (voir *Claudine à l'école*, n. 1, p. 29).

2. Troisième des opéras qui constituent la tétralogie de *L'Anneau du Nibelung* de Richard Wagner, *Siegfried* (1875) avait été représenté pour la première fois en France, à l'Opéra, le 3 janvier 1902. L'allusion à une œuvre de Wagner, unique dans ce roman, annonce les nombreuses références qui seront faites à ce compositeur dans le roman suivant.

Page 407.

1. Si l'on en croit ce que Willy écrivit à Rachilde pour la remercier de l'article qu'elle avait fait paraître sur *Claudine à l'école* dans le *Mercure de France* de mai 1900, ce réveil aux bonbons n'est que l'exacte transposition de ce qui se passa lors de la visite des Gauthier-Villars à Saint-Sauveur en 1895 : « (Songez que dans le dortoir des pensionnaires, treize à seize ans, je passais au pied des lits, avec une cuvette pleine de marrons glacés, et que ces jolies fillettes, gavroches, jaillissaient de leur lit, en longues chemises diaphanes, collantes, pour trifouiller la cuvette d'abondance. J'en avais chaud aux yeux...) » (*Catalogue des lettres autographes adressées à Rachilde et à A. Vallette*, librairie du Vieux Colombier, « Biblis », s.d.).

2. Voir le Lexique des « Claudine ».

Page 410.

1. Colette semble ici composer à Claudine un passé mieux en rapport avec la tentation présente qu'avec l'« autrefois » tel qu'elle l'a voulu pour son héroïne dans les deux romans précédents. Le lecteur, en effet, devine mal à quelle situation se réfère ainsi la femme de Renaud. Aimée Lanthenay ? Mlle Sergent l'avait accaparée avant qu'un « non » quelconque eût besoin d'être prononcé. Luce ? Les « non » que lui opposa Claudine avaient un sens très différent de celui dont on veut les charger ici. Renaud ? Mais Claudine brûlait du désir de lui exprimer un « oui » sans réserve... L'infléchissement prouve qu'il convenait de prêter à l'héroïne, dès le début de ce roman, des tendances qui la disposeraient à l'aventure avec Rézi, tendances qu'elle avait insuffisamment manifestées dans les tomes précédents de la série (voir la Notice, p. 1323 et suiv.).

Page 411.

1. La peine que dit éprouver Claudine à revoir sa maison peut paraître exagérée, puisque cette maison, momentanément louée, reste sienne ; la douloureuse nostalgie de l'héroïne traduit, en fait, celle de Colette elle-même qui ne cessa de regretter d'avoir

dû quitter sa « maison d'autrefois » à la suite de la ruine de ses parents.

Page 413.

1. Ce baiser dut laisser quelques traces dans la mémoire de la « petite Hélène », car sa fille, Jeanne Rogé, écrit : « C'est sur les premières marches en descendant l'escalier du dortoir que Colette dut l'embrasser comme l'embrassaient ses professeurs : rien d'étonnant puisqu'elle [Colette] s'en allait, seulement le sentiment que c'était une attention particulière » (*La Grive*, juillet-septembre 1960).

Page 414.

a. son front têtu *[2e §, dernière ligne]*. / [À Renaud *biffé*] [À mon mariage *biffé*] [à cette *biffé*] [à Renaud *biffé*] [à cette découverte un peu effrayante que *biffé*] [Mais depuis j'ai cédé *[un mot illisible de Colette]* à l'influence *biffé*] / Depuis [...] lente [petite *biffé*] pourriture que je dois à Renaud. [Près de lui, les petites choses *biffé*] À les regarder avec lui, les grandes choses s'amoindrissent, [les petites grossissent et *[*culminent *biffé]* culminent *corr. W en marge en* le sérieux de la vie diminue, les futilités inutiles, nuisibles surtout *[un mot illisible de Willy biffé]* assument une importance énorme. Mais comment me défendre contre] l'incurable [légèreté *biffé*] et séduisante légèreté qui l'emporte [me remorque aussi *corr. W en marge en* , et moi avec lui ?] [Elle *[*me *biffé]* ne me remorque pas loin, d'ailleurs, puisque je le sais. Je le sais si bien même depuis... depuis peu de temps, que je crois qu'elle m'a laissé en route. *biffé en définitive*] [Mais il *corr. W en* Il] y a pis : Renaud m'a découvert [et *[*légué *biffé]* *[*révélé *corr. interl.]* le secret de la volupté *corr. W par biffures, en interl. et en marge en* le secret de la volupté donnée et ressentie] et je le détiens, et j'en jouis [follement *corr. W en interl. en* avec passion] [comme d'une arme dangereuse *biffé*] comme un enfant d'une arme [dangereuse *corr. W en interl. en* mortelle]. Il m'a [découvert *corr. W en interl. en* révélé] le pouvoir [certain *corr. W en interl. en* sûr] et fréquent, de mon corps long, [souple *add. W interl.*] et musclé — [qui a une croupe et presque *corr. W par biffures et en interl. en* une croupe dure, presque] pas de seins, [...] qui ont *ms.*

1. La phrase rappelle l'exclamation proférée par Renaud dans *Claudine à Paris* (p. 273) : « — Ah ! les petites choses ! Il n'y a que celles-là ; elles tiennent toute la place et il n'en reste plus pour les grandes. »

Page 415.

1. La romancière évoque les aménagements touristiques apportés aux ruines de l'imposant château de Heidelberg qui, en

partie détruit par les guerres du XVIIe siècle, fut incendié par la foudre.

2. Du nom d'une puissante famille grecque installée au Caire qui dut sa fortune au commerce des vins et des tabacs. Le nom propre était devenu marque de cigarettes.

3. Du verbe ancien acagnarder, aujourd'hui familier : amollir, relâcher.

4. La même expression sera reprise par Colette dans le prologue de *La Retraite sentimentale* (p. 832) où, se remémorant l'expérience narrée dans ce roman-ci, Claudine s'écriera : « Oh ! si vous saviez combien j'y songe ! Appelez-moi sans amertume votre "vagabonde assise" ! »

Page 416.

1. Odin et Wotan sont les deux noms, l'un scandinave, l'autre germanique, de la même divinité. Dieu de la guerre, de la sagesse et de la poésie, prince d'un peuple de demi-dieux bienfaisants, les Ases, il recevait dans son royaume — le Val-hal ou Walhalla — les guerriers courageux morts au combat que lui amenaient les déesses de sa suite, les Walkyries. On sait le parti que Wagner a tiré de ces légendes.

Page 417.

a. je me réfugie, en lui encore, au cher grand ami paternel. Je suis pour [Renaud *corr. W en interl. en* lui] [et *[*ceci *biffé]* la scission *[*est *biffé]* s'affirme de jour en jour *biffé en définitive*] [(je le vois tous les jours mieux) *corr. W en marge en* tantôt] une amante âpre, [puis *biffé*] absorbée, presque hostile [*un mot biffé et illisible de Colette*] [et *corr. W en interl. en* tantôt] une fille confiante, qui s'étaye à son père choisi, [qui lui dit tout *biffé*] qui se raconte à lui, [en cachette, qu< ?> *biffé*] quasiment en cachette *ms.* : je me réfugie en lui encore, [...] ami paternel ! Je suis, pour lui, tantôt une amante âpre, absorbée, presque hostile, tantôt une fille confiante [...] quasiment en cachette *ClA*

1. Dans *Mélanges* (*OCF*, t. XV, p. 348-349), Colette expliquera ainsi ces « crises félinophiles » : « Je n'ai cessé de chanter le chat. Mon los sans doute ne prendra fin qu'avec moi-même. Une grande vague, qui n'est point de pusillanime tendresse, me mène, me ramène à lui. »

Page 418.

1. Colette devait, par la suite, surmonter cette horreur : elle déménagera une douzaine de fois, sans compter les résidences de vacances ou d'été. Dans *Trois... Six... Neuf...* (*OCF,* t. XII, p. 427), récit allègre de ses « mues » successives, elle affirme toutefois :

« Seuls peuvent parler du déménagement les sédentaires par goût dont je suis. » À soixante et onze ans, parlant du Palais-Royal qu'elle aimait, elle pouvait encore écrire : « Tout me retient ici. Mais l'hirondelle ne sait pas qu'elle partira à l'automne. Pourquoi passerais-je, en sagesse, le plus migrateur des oiseaux ? » (*Ibid.*, p. 475.)

2. Ce « nouveau gîte » n'est pas très éloigné de la rue de Bassano où habitait Renaud quand il était garçon ; en effet, on apprend, p. 434, que Rézi habite « à deux pas, avenue Kléber ». Mais, quand elle décrit l'appartement (p. 430), Colette pense sans doute à celui qu'elle occupe avec Willy, 93, rue de Courcelles, et où elle compose ce roman.

3. Fauteuils en forme de petites cabanes, d'abris, comme on aimait, en 1900, les multiplier de la plage au salon.

Page 420.

1. Voir n. 3, p. 293.

2. Le *Dictionnaire diplomatique*, publié par l'Académie diplomatique internationale, ne signale qu'un Alexandre Arnoldovitch Jacobson, diplomate russe, chef de mission à Bucarest en 1879-1881.

3. Abdul-Hamid II (1842-1918), sultan de Turquie, réveilla la question d'Orient en ordonnant les massacres d'Arménie, de Crète et de Macédoine ; il fut déposé par les Jeunes Turcs en 1909. En 1901, les relations diplomatiques furent rompues entre la France et la Turquie qui refusait, malgré les efforts de l'ambassadeur Constans, de restituer des sommes empruntées à deux ressortissants français.

4. Ces « cinq mois » sont tout aussi fantaisistes que les « dix-huit mois » déjà rencontrés (n. 3, p. 392) ; si les suppositions émises plus haut (n. 1, p. 390) sont exactes, Claudine devrait écrire ces lignes vers la fin d'avril. Comment expliquer dès lors le « Janvier va finir » de la page 447 ?

Page 421.

1. La popularité de Renaud reflète celle de Willy qui était une des personnalités parisiennes les plus en vue.

2. L'Opéra-Comique, boulevard des Italiens, construit en 1782 et plusieurs fois incendié, était très fréquenté lorsque y étaient jouées les œuvres à succès de Léo Delibes, d'Adolphe Adam, de Rossini, d'Offenbach ou de Johann Strauss.

3. Du nom des deux chefs d'orchestre un moment associés : Camille Chevillard (1859-1923), compositeur, professeur au Conservatoire puis directeur des études musicales à l'Opéra de Paris, chef d'orchestre aux concerts Lamoureux après la mort de Lamoureux ; et Édouard Colonne (voir *Claudine à Paris,* n. 5, p. 285).

Page 425.

1. À propos de ce passage, la correspondance de Willy avec Jules Marchand contient cette note : « En relisant, j'ai vu que Fanchette forniquant avec son fils (ce sont des chats) avait inspiré à Colette ou à moi — je ne sais plus — cette réflexion littéraire : "Ça nous ramène aux plus tristes jours de l'histoire des Atrides." Il y a erreur. Œdipe n'était pas un Atride, mais, je crois un Labdacide. Vérifiez si le cœur vous en dit. "Il faudrait me lever pour prendre le dictionnaire." » (*Indiscrétions et commentaires*, p. 31.) La citation de Willy est approximative. Le manuscrit révèle que c'est bien lui qui évoque à propos de Limaçon les mœurs des descendants d'Atrée (Colette avait écrit : « de l'Antiquité »). Les scrupules dont le journaliste fait ainsi état sont superflus, car, s'il est vrai qu'Œdipe n'était pas Atride, il l'est tout autant que les Atrides pratiquèrent l'inceste.

2. Qualifiant de la sorte le père de Claudine, Colette aurait-elle songé au sien ? On sait qu'au capitaine peut être reprochée une certaine irresponsabilité ou, tout au moins, une insouciance dangereuse du patrimoine de ses enfants.

Page 427.

1. Autre échantillon du généreux répertoire du malacologiste qui, hélas ! pour nous, ne cite jamais ses auteurs. Voir *Claudine à Paris,* n. 1, p. 224.

2. Voir *Claudine à Paris,* n. 1, p. 266.

3. Ce « goujat tapageur » est évidemment Albert Arman (voir *Claudine à Paris*, n. 1, p. 266), non Anatole France dont il est question, un peu plus bas, sous le nom de Gréveuille.

4. « Il était jeune homme dans le même temps que j'étais une jeune femme, et ce n'est pas dans ce temps-là que j'ai pu le bien connaître. Je rencontrais Marcel Proust le mercredi chez Mme Arman de Caillavet, et je n'avais guère de goût pour sa très grande politesse, l'attention excessive qu'il vouait à ses interlocuteurs [...]. De grandes orbites bistrées et mélancoliques, un teint parfois rosé et parfois pâle, l'œil anxieux, la bouche, quand elle se taisait, resserrée et close comme pour un baiser... » (*Trait pour trait, OCF,* t. XIV, p. 193.) Que ce « jeune et joli garçon de lettres » doit tout à Marcel Proust est confirmé par le fait que Colette songea d'abord à l'expression « jeune youpin de lettres », qui fut ensuite corrigée par Willy.

5. Personnage de Pierre Louÿs dans son roman *Aphrodite* (voir *Claudine à l'école,* n. 1, p. 17).

6. Le manuscrit et l'édition originale portent « Proud'hon » ; nous corrigeons ici, comme cela a été fait dans l'édition du Fleuron. Paul Prud'hon (1758-1823) choisit fréquemment l'amour — et les amours — comme sujets de ses compositions allégoriques.

Page 428.

a. Un [soir *biffé*] mercredi chez *[p. 427, dernier §, 1re ligne]* la mère Barman, je fus [suivie *biffé*] traquée, poliment, par un [jeune youpin *corr. W en interl. en* jeune et joli garçon] de lettres. Beaux yeux, ce [garçon, les paupières un peu tendres *corr. W en interl. en* petit, un soupçon de blépharite,] — n'importe... Il me compara [à *biffé*] (toujours [ces *corr. W par surcharge en* mes] cheveux courts !) à [Rodh *biffé*] Myrtocleia, à un jeune Hermès, à un [amour *corrigé en* Amour] de Proud'hon[1], — il [épuisa pour moi les mus<ées> *corr. W interl. en* fouilla pour moi sa mémoire] et les musées secrets, [la littérature *biffé*] cita tant de chefs-d'œuvre hermaphrodites [que je faillis *corr. W en marge en* que je songeai à Luce, à Marcel, et] qu'il faillit me gâter un cassoulet [...] « À chacun sa marmite, comme c'est amusant, [cher *biffé*] n'est-ce pas, cher maître » [s'écriait ce gredin de Renaud tandis que l'académicien *corr. W par biffures, en interl. et en marge en* chuchotait mon affreux Renaud dans l'oreille académique de Gréveuille qui] acquiesçait d'un [sourire asymétrique *corr. W par biffures et en interl. en* asymétrique sourire]. [Après *biffé*] Mon petit [youpin *corr. W en interl. en* complimenteur], excité par ses propres évocations, ne me lâchait plus. [Et comme *biffé*] Blottie dans une guérite Louis XV, [je n'échappai pas à sa littérature *corr. W par biffures et en marge en* j'entendais, sans l'écouter qu'à peine, défiler sa littérature...] Il me [regardait *biffé*] contemplait de ses yeux [bombés *corr. W en interl. en* caressants,] à longs cils, et murmurait pour nous deux : « Ah ! c'est [...] vôtre ! [Quelle amertume cela *corr. W par biffures et en interl. en* C'est] son âme emplie de volupté et d'amertume... / — Monsieur, lui dis-je fermement, [taisez-vous *biffé*] vous divaguez. [J'ai l'âme pleine de *corr. W interl. en* je n'ai l'âme pleine que de] haricots [...] fumés. / [Il s'enfuit éperdu *add. W marg.*]. / Renaud me gronda [beaucoup *corr. W en interl. en* un peu] et rit *ms.*

1. Maugis joue sur le sens argotique de « marmite » : prostituée.

Page 429.

1. Voir n. 4, p. 4. Plus loin (p. 449), ce même auteur sera surnommé le « Bourget du pauvre » et Willy confirmera à Jules Marchand qu'il s'agit bien là du père de *Chonchette* (*Indiscrétions et commentaires,* p. 30).

Page 431.

1. Voir n. 2, p. 266.
2. Ivrogne, paillard, débraillé, insolent, mais tendre, tels sont

1. Voir n. 6, p. 427.

les caractères dont Willy voulut marquer ce Maugis en qui chacun devait le reconnaître (voir n. 3, p. 288). Figure vulgaire à force d'être populaire, Maugis n'est cependant de Willy que la caricature. Certains ont confondu le personnage et le modèle, tel Pierre Brisson qui traite le premier mari de Colette de « vieux faune trempé d'alcool » (*Le Figaro littéraire,* 10 août 1957) alors que Henry Gauthier-Villars ne buvait pas.

3. Sans doute s'agit-il, ici encore, de Marcel Prévost.

4. De ce sculpteur « qui s'occupe surtout de peinture », Willy confie à Jules Marchand : « Le peintre espagnol est J. M. Sert qui devint l'amant de Rézi en 1904 et lâcha pour elle sa jolie maîtresse Léone, miniaturiste de talent, seins charmants mais vilains genoux (aux dires de Colette) » (*Indiscrétions et commentaires,* p. 30-31). Né dans une famille de filateurs catalans immensément riches, José-Maria Sert y Badia (1876-1945) était né et devait mourir à Barcelone ; il vécut cependant à Paris pendant de nombreuses années. De 1920 à 1927, il fut le mari de Marie Godebska, dite Misia, déjà divorcée de Thadée Natanson et d'Alfred Edwards, qu'il avait rencontrée en 1908. Le livre qu'Arthur Gold et Robert Fizdale consacrèrent à *Misia* (traduction française, Gallimard, 1980) contient des fragments de lettres de Colette à Sert qui témoignent de la relative intimité des rapports entre le peintre et les Willy. Artiste très demandé, Sert fut chargé de décorer l'hôtel de ville de Barcelone, la salle du conseil du Palais de la Société des Nations à Genève, le Rockefeller Center de New York et, dans cette même ville, la salle de bal du Waldorf Astoria.

Page 432.

1. Plus loin (p. 468), Claudine dira du même mot « aimer » : « ce mot sans nuance me suffit mal ». Parlant de Rézi, elle l'emploiera dix fois cependant ; de son côté, Rézi l'utilisera dix-huit fois à propos de Claudine. Mais dans les rapports entre les deux femmes il sera quatorze fois parlé de « désir », sept fois de « trouble » et six fois de « tendresse ».

2. Si l'on se reporte aux faits qui donnèrent naissance au roman et plus particulièrement à la rencontre entre Colette et Georgie Raoul-Duval, c'est non chez les Willy mais chez les Muhlfeld (voir la Notice, p. 1325) qu'elles furent présentées l'une à l'autre.

3. Colette insistera à de nombreuses reprises sur cette caractéristique de l'amie de Claudine : « spirales », « courbes », « giration », « arabesque », « geste tournant », tous les mouvements de la Viennoise semblent se référer au cercle. L'écrivain a reconnu lui-même : « Mon instinctif penchant [...] se plaît à la courbe, à la sphère et au cercle » (*Discours de réception, OCF,* t. XIII, p. 499) ; de ce penchant, elle reparlera dans *La Fleur de l'âge, OCF,* t. XIV, p. 356. La confidence rend plus compréhensible le fait que la jeune femme à qui devait céder Claudine a été

gratifiée des qualités les mieux faites pour séduire un personnage si proche de l'auteur.

4. Longues plumes d'autruche souvent utilisées pour garnir les chapeaux vers 1900 (voir n. 1, p. 443).

Page 433.

1. « Mansfield » fut le seul patronyme utilisé par Colette et Willy au moment de la rédaction du manuscrit. Sur les épreuves de *Claudine amoureuse*, Colette avait d'abord remplacé ce nom par « Bracknell » pour lui préférer enfin « Lambrook ». La raison de ces hésitations nous est inconnue, mais celle qui fit choisir le nom de Lambrook est évidente : il n'est autre que celui de l'institution que fréquenta, en Angleterre, le fils de Willy, Jacques, avant d'être placé par son père — de 1899 à 1905 — à l'école des Roches, près de Verneuil-sur-Avre (Eure).

Page 434.

1. Rézi est le diminutif hongrois de Thérèse. Il pouvait donc être alors employé à Vienne.

2. Le modèle de Rézi, Georgie Raoul-Duval, habitait en réalité rue de la Pompe, dans le 16e arrondissement, comme s'accordent à le confirmer Willy (voir *Indiscrétions et commentaires*, p. 28) et le Didot-Bottin. Cette adresse pourrait cependant n'avoir pas été pure coïncidence : Jacques Gauthier-Villars se souvenait que son père avait un temps disposé d'une garçonnière avenue Kléber.

Page 435.

1. Digestif au goût de cerise.

2. Voir p. 292 et n. 2.

3. Le couvent des Oiseaux était situé 86, rue de Sèvres, dans le 7e arrondissement.

4. Allusion au « songe » fameux pendant lequel Athalie revoit sa mère, Jézabel ; elle veut l'étreindre, « Mais [dit-elle] je n'ai plus trouvé qu'un horrible mélange / D'os et de chairs meurtris et traînés dans la fange » (Racine, *Athalie*, v. 503-504). Jézabel était morte, dévorée par les chiens.

Page 438.

1. De ce terme « moyen », sans doute emprunté à l'argot du théâtre, nous n'avons pas retrouvé le sens exact.

2. Le modèle du personnage n'est pas à chercher loin : en août 1901, paraissait à la librairie de la Plume *Idylle saphique*, le roman de Liane de Pougy (nom de guerre d'Anne-Marie Chasseigne), qui devint Mme Pourpre, Mme Pamyre, enfin princesse Ghyka, avant de se retirer dans un couvent de Lausanne (1869-1950).

Dans ce roman autobiographique, comme le confirmera Natalie Clifford Barney (voir note suivante), l'héroïne se nomme précisément Annhine de Lys. L'ouvrage fut dédié à Henri Albert qui collabora avec Willy. Une Andhrée (!) de Lys fit bien parler d'elle en 1900 : le *Gil Blas* du 5 avril commente ses débuts de danseuse « à la Loïe Fuller » ; mais cette personne n'a vraisemblablement aucun rapport avec les romans de Colette et de Liane de Pougy. Tout au plus nous offre-t-elle un autre échantillon de ces prénoms et de ces pseudonymes mis à la mode par la Belle Époque. Les chroniques mondaines des journaux du temps fourmillent d'exemples semblables et Colette elle-même, parlant de son éphémère professeur de piano, moquera cette vogue : « quant à son prénom, je préfère le celer, plutôt que d'avouer qu'elle se nommait Daffodyl, Aglavaine ou Ortrude » (*Mes apprentissages, OCF*, t. XI, p. 104) ; « la dame qui se prénommait Alladine, ou Joyzelle [...] (*ibid.*, p. 105). Le succès que connaissait alors le théâtre de Maeterlinck n'est certainement pas étranger à cette prolifération d'Alladine (*Alladine et Palomides*, 1894), d'Aglavaine (*Aglavaine et Sélysette*, 1896), de Joyzelle (*Joyzelle*, 1903) et autres Ygraine, Astolaine, Bellangère ou Arielle.

3. Dans *Indiscrétions et commentaires* (p. 34), Willy mentionne « Flossie » l'Américaine Nathalie *[sic]* Clifford Barnett *[sic]*, maîtresse de Renée Vivien (qu'elle exploita d'ailleurs) ». Natalie Clifford Barney signale, en effet, dans ses *Souvenirs indiscrets* (Flammarion, 1960, p. 188), qu'elle figure sous le nom de Flossie dans le roman de Colette, et rappelle que c'était là le diminutif familier que lui donnait son amie Liane de Pougy. Une repartie dans l'ouvrage de cette dernière, *Idylle saphique*, le confirme : « — J'ai encore un autre nom que celui de "Tesse" : Florence... Flossie, par abréviation. »

4. Caroline Reboux, sans doute la plus connue des modistes parisiennes de l'époque, était installée 23, rue de la Paix (2e arrondissement).

5. Un passage d'une carte postale de Willy à Lucien Muhlfeld, comme lui collaborateur à *L'Écho de Paris*, et un autre passage d'une lettre de Colette à Jeanne Muhlfeld nous autorisent à penser que « Mundoë » était le pseudonyme donné par les Willy aux Muhlfeld. La carte postale, non datée, représente Polaire en sarrau noir et jupe écossaise (photographie Nadar) et porte en souscription : « Théâtre des Bouffes-Parisiens — Claudine à Paris — On m'a demandé *[sic]* en mariage » ; Willy a écrit dans le coin droit de l'autre face de la carte : « Encore 8 jours, et on lira le III fascicule du roman de Mundoë. Chouette ! chouette ! Willy. » (Il s'agissait du roman *La Carrière d'André Tourette*, publié en feuilleton par la *Revue de Paris* et cité p. 280.) Colette, de son côté, écrit à Jeanne Muhlfeld (en langage « chien », sur un papier blanc marqué au chiffre des Gauthier-Villars) : « Fille prie les Mundo's gardiren les mitaines du Blooker. » (Colette avait oublié ses mitaines chez les Muhlfeld, 7, avenue de l'Alma.)

6. Catulle Mendès (1841-1909) était très lié avec les Willy. Il paraît dans les souvenirs de Colette : « Puissance de ceux qui méprisent la solitude ! Mendès sur-le-champ écrivait. Il écrivait en parlant, en buvant, en fumant. [...] Volubile, blanc et fondant comme cire, Catulle Mendès ne cessait pas d'écrire. » (*Mes apprentissages, OCF*, t. XI, p. 45.)

7. L'adjectif grec *niketès* se traduit par « victorieuse » ou, en latin *victor* ; cette « fouine engraissée » pourrait donc être Mme de Saint-Victor. Filleule d'Edmond de Goncourt, elle avait été la secrétaire de Lamartine et tenait un salon littéraire. Mme de Saint-Victor fit, en effet, un temps partie du groupe que fréquentaient les Willy.

Page 439.

1. L'adjectif s'explique si l'on sait qu'en 1902, le Louvre venait d'ouvrir les salles consacrées à l'exposition des vingt et une grandes compositions de Rubens, *La Vie de Marie de Médicis*, peintes entre 1621 et 1625 pour orner le palais du Luxembourg.

2. Le *Saint Jean-Baptiste*, que Léonard de Vinci peignit vers 1507 et qu'il apporta avec lui à Amboise, est la dernière des toiles du peintre dans laquelle se peut reconnaître sa collaboration ; elle appartint à François Ier.

3. Marguerite Moreno (1871-1948), entretint avec Colette une amitié de plus de cinquante ans. C'est chez Catulle Mendès, dont Moreno était la maîtresse, que Colette la rencontra. À Mendès devait succéder Marcel Schwob qui l'épousa en 1900. Engagée en 1890 à la Comédie-Française, elle y interpréta des rôles sans éclat jusqu'en 1903, date à laquelle elle devint pensionnaire de Sarah Bernhardt. Les lettres que Colette lui adressa de 1902 à 1948 ont été recueillies dans *Lettres à Marguerite Moreno* (texte établi et annoté par C. Pichois et R. Forbin, Flammarion, 1959), ouvrage qui contient une biographie, ainsi que l'article de Colette « Marguerite Moreno » d'abord publié dans *Le Figaro littéraire* (11 septembre 1948) et ensuite recueilli dans *Le Fanal bleu* (*OCF*, t. XIV, p. 97-113).

Page 440.

1. De nombreux Van Loo s'illustrèrent en peinture au cours du XVIIIe siècle ; il s'agit ici de Jean-Baptiste (1684-1745).

Page 441.

1. Allusion à l'incroyable prestesse avec laquelle changeait de déguisement l'imitateur, mime, chanteur, danseur et illusionniste italien Leopoldo Fregoli (1867-1936) ; il connut, lors de ses passages à Paris, un succès dont la presse du début du siècle se fit l'écho.

Page 442.

1. « Cassantes, tenaces, les vrilles d'une vigne amère m'avaient liée, tandis que dans mon printemps, je dormais d'un somme heureux et sans défiance. Mais, j'ai rompu, d'un sursaut effrayé, tous ces fils tors qui déjà tenaient à ma chair, et j'ai fui ... » Ces phrases, écrites par Colette dans le court morceau, « Les Vrilles de la vigne », qui donne son titre au recueil (p. 959), ne résument-elles pas les moments essentiels de l'aventure de Claudine et de Rézi : les « tenaces » séductions de celle-ci, l'inconscience de celle-là jusqu'à son brusque réveil et sa fuite ?

2. Voir *Claudine à Paris*, n. 2, p. 238.

Page 443.

1. En 1900, la mode coiffait les femmes de chapeaux si larges et si abondamment garnis que certaines d'entre elles — Sarah Bernhardt, par exemple — faisaient carrosser leurs voitures en fonction de ces couvre-chefs !

Page 445.

1. Allusion à la fois à la pièce d'Alfred de Musset, *La Matinée de don Juan*, dont des fragments avaient été publiés dès 1833, et à l'opéra en deux actes de Mozart, sur un livret de Lorenzo Da Ponte, *Don Giovanni* (1787).

Page 447.

1. Colette propose ainsi, à n'en pas douter, un reflet de sa propre existence auprès de l'homme très recherché mais aussi naturellement dispersé qu'était Willy. Si la profession de Renaud, analyste des événements diplomatiques, ne lui imposait guère de ces obligations (encore que Colette écrive, p. 490 : « je suis Renaud dans l'exercice de ses fonctions : premières, dîners, salons littéraires ») celle de Willy, courriériste, critique musical et, occasionnellement, littéraire, homme de lettres et de théâtre, le contraignait à mener une vie nocturne épuisante. *Mes apprentissages* réduit, nous semble-t-il, l'importance de ces obligations (« On nous rencontrait beaucoup, on nous invitait peu », *OCF*, t. XI, p. 98) ; le témoignage de Claudine — confirmé par les lettres de Colette à Jeanne Muhlfeld, par exemple — nous paraît plus proche de ce que fut la réalité.

Page 448.

1. La maison des libraires-éditeurs P. Sevin et E. Rey était, en 1901, située 8, boulevard des Italiens. Ils éditèrent le *Willy* d'Eugène de Solenière en 1903. — Les exemplaires de passe sont destinés à remplacer les exemplaires défectueux ; comme il y a

généralement plus de ceux-là que de ceux-ci, les plaintes des auteurs ne sont pas injustifiées.

2. L'éditeur H. Floury était installé 1, boulevard des Capucines.

3. L. Gougy tenait, en 1901 toujours, la Librairie ancienne et moderne sise 5, quai de Conti.

Page 449.

1. C'est dans le deuxième chapitre du *Livre de la jungle* que Rudyard Kipling fait mention des « Bandar-log » : on y voit l'ours Baloo et Bagheera la panthère faire honte à Mowgli de s'être entretenu avec des « Bandar-log » ; sans foi ni loi, ce « peuple singe » est souverainement méprisé par les animaux nobles de la jungle.

2. Ce « romancier trop connu » a été nommément cité, p. 429. Dans *Les Annales* du 8 juin 1902, Adolphe Brisson consacre aux *Lettres à Françoise* de Marcel Prévost ces lignes qui éclairent la « spécialité » de cet auteur : « Il recherche quelle est l'âme de la jeune fille de nos jours et quelle doit être son éducation. Grave problème ! Depuis longtemps, il tourmente M. Marcel Prévost ; plusieurs de ses livres, et le plus célèbre de tous, *Les Demi-Vierges*, en sont sortis. »

Page 450.

a. Dans OCF, Colette a supprimé tout le passage, soit six cents mots environ de J'ai failli pourtant apprivoiser *[p. 448, 2e §, 1re ligne] à* si je suis « pour femmes » ! ; *à propos de cette suppression, voir la Note sur le texte, p. 1332.* ✦✦ *b.* déplaisant *[p. 448, 2e §]* / [Horripilée p<ar> *biffé*] [d'un groupe *biffé*] [des glapissements *biffé*] / Tous les nerfs sur la peau, j'écoutais malgré moi, chez Renaud, les glapissements littéraires d'un groupe d'hommes, jeunes et chauves qui [s'entretenaient *[...]* six éditions *[*— Non, huit !... — Six, je vous dis ! *add. interl.]* Et encore des éditions à deux cents, passes comprises ! — Tu penses, *[...]* exemplaires de passe, c'est *[*révoltant *biffé] [*répugnant *corr. interl.]* ! Moi, je carotte *[...]* en faisant 33 % et quatorze-douze aux détaillants, l'éditeur pourrait *[*facilement *add. interl.]* nous donner vingt sous par exemplaire vendu *[*sans se fouler *biffé]* et réaliser un bénef *[*très *biffé] [*tout ce qu'il y a de *corr. interl.]* coquet — *[deux mots biffés illisibles]* [Il pourrait *corr. interl.]* même lâcher trente sous, sans se fouler — Quelle race ! oh. » *add. W marg.*[1]] Ils[2] parlaient tous à la fois, avec [l'ent<?> *biffé*] [la décision et *biffé*] [conviction *corr. en interl. inférieur*] que donne une surdité volontaire, et songeant [à Kipling *corr. en interl. et en marge en* à Kipling, au

1. *Ces lignes ont été rédigées par Willy sur la page de gauche du cahier en regard du folio paginé 142. Il en écrivit d'abord le brouillon au crayon et recopia ensuite le texte à l'encre.*

2. Ils *a été écrit par Willy dans la marge même du folio paginé 142. Ce pronom était nécessaire pour rattacher l'ajout (voir note précédente) à la suite du texte de Colette.*

peuple singe], j'ai murmuré « Bandar-log ! ». / Mansfield [près *biffé*] à côté de moi, eut à ce mot [reconnu *add. interl.*] un tressaillement [...] salon, et Mansfield se leva [d'un air détaché *add. W interl.*] pour voir avec qui sa femme [le trompait *biffé*] [s'oubliait *biffé*] s'amusait si haut. / [<Derrière ?> lui, un *corr. W par biffures et en marge en* Un] romancier [...] féminines) [vint à la place de Mansfield *corr. W en interl. en* vint s'installer à la place de ce mari toujours en éveil, et] me chuchota « quel vilain temps ! » avec l'attitude [la figure et l'accent *corrigé en* et la figure] [— soignées pour la galerie *add. W interl.*] d'un homme qui pantèle au bord de l'extase. [J'y suis habituée *biffé*] [[Je suis habituée *corr. marg. en* Habituée] aux façons de ce « Bourget du pauvre », ainsi que le nomme Renaud, méchant pour les hommes, pour les hommes seulement *corr. interl.*] Je le laissai paisiblement continuer une [petite *biffé*] improvisation [adroite et bien nuancée *corr. d'abord en interl. en* longuement travaillée à huis clos bien nuancée *corr. ensuite W par biffures et en marge en* travaillée à huis clos et vraiment bien nuancée *corr. W en définitive par biffures et en interl. en* travaillée à huis clos et nuancée, non sans art] sur le dissolvant [...] qu'amène [les crépuscules hâtifs *corrigé en* le crépuscule tôt venu], tout le printemps menteur [de [ce décembre *corrigé en* cet inquiétant décembre...] Rêveuse, adoucie et comme conquise, j'ai soupiré : / — Oui... les blés sortiront de bonne heure ! » / Comme cet homme a dû me trouver bête ! / J'en danserais la chieuvre de plaisir. *biffé*] qu'enclôt cet inquiétant décembre... [Il glisse *biffé*] [De là au printemps *biffé*] Un printemps plus certain, de peau moite [et *biffé*] de gorges fleurissantes palpite [*un mot biffé illisible*] sous les fourrures [...] les faire [tomber *biffé*] [choir *corr. en interl. inférieur*], ces fourrures pesantes sur le tapis [...] Lancé, cet homme quasi-célèbre va le franchir... [...] / — Oui... on respire au dehors la fadeur [*un mot biffé et illisible de W*] grisante [d'une *biffé*] et dangereuse [d'une serre... les blés sortiront de bonne heure *corr. W en interl. et en marge en* d'une serre... (et je conclus brusquement avec une exagération d'accent du Fresnois faite pour le déconcerter)... — Ah ! dame oui, les blés sortiront de bonne heure et les avouènes ! »] / Comme [cet hom<me> *biffé*] il a dû me trouver [bête *corr. W marg. en* idiote] ! j'en danserais la chieuvre, de joie. Mais cet homme-là, que j'ai froissé, [dira *corr. W interl. en* va répéter partout], lui aussi « [Madame *biffé*] Claudine ? Elle n'est pas pour homme !... » achevant en pensée : « ... puisqu'elle n'est pour moi. » / [Pour femmes, pour femmes *corr. W en marge en* Pour femmes ? Tas d'imbéciles !] Qu'ils entrent donc chez nous le matin, sur le coup [mon Dieu, sur le coup *add. interl. W*] de dix heures, ils verront si je suis pour femmes ! [Lettre de papa *corr. W en interl. en* Une lettre de papa m'arrive], grandiloquente et [*deux mots en marge biffés illisibles de W*] triste. [Malgré le haneton[1] mouvementé *corr. en interl.*

1. *Sic.*

en en dépit de l'actif haneton[1] qui gravite [...] retrouvé une vieille maison vide de Claudine, vide de la petite fille silencieuse pelotonnée, un livre entre les genoux [dans un *biffé*] au creux [...] coutures, — perchée à la fourche du [grand *biffé*] noyer et [mangeant *biffé*] écalant des noix avec un bruit d'écureuil, — [à l'affût, couchée longue et rétrécie [au *biffé*] [sur le *corr. interl.*] faîte d'un mur, des prunes à voler *corr. W en interl. en* couchée longue et rétrécie sur le faîte d'un mur, à l'affût des prunes] du voisin des [dalhias *corr. en interl. W en* dahlias] de [la mère Adolphe *biffé*] [pour le *biffé*] la mère Adolphe... [...] cela, sa dignité [l'en retient *corr. W en interl. en* s'y oppose] et la noblesse [de *biffé*] aussi de son style, qui ne condescend point à certaines puérilités de souvenir. Mais il y pense. Moi aussi. / [Et Fanchette, infatigable, vient de mettre au monde quatre enfants, tous quatre à l'image du vieux et fantomatique matou, favori retrouvé de cette bête incontinente : « Faut-il, demande papa en post-scriptum, conserver le jour à cette immonde progéniture ? [« — Non qu'on les jette d'abord en pâ<ture> *biffé*] / « Mais jetez-les d'abord en pâture aux murènes ! »... J'écrirai [cel<à> *biffé*] mes intentions à Mélie, — sous une forme [moins *biffé*] plus prosaïque. Elle a [l<u> *biffé*] cultivé bien peu Courteline. Et puis, qu'est-ce que c'est-y que ça, une murène ? *biffé en définitive*] / Frissonnante, pénétrée de regret *ms.*

1. Ou tabac égyptien ; la marque de cigarettes « Le Khédive » était très répandue à l'époque.

2. Au sud de Paris, à la limite de Montrouge. — *Exubérer* : manifester sans retenue ses sentiments, ses états d'âme.

Page 451.

a. et penche sur moi *[p. 450, 3e §, 9e ligne]* [ses *biffé*] sa moustache d'argent mêlée d'or, parfumée [d'iris et de [tabac *biffé*] khédive *corr. d'abord W en marge en* de verveine d'iris et de khédive *corr. ensuite W par biffures et en marge en* de lilas blanc et de khédive] — je relève ma figure pour lui rire et lui dire : [...] que sent-elle ? / — Rézi ? ([je *corrigé en* Je] songe une minute)... [elle *corr. marg. en* Elle] sent le mensonge. / [— Le mensonge ? prétends-tu qu'elle ne t'aime pas et simule un béguin ? / — Non pas, mon grand. Mais Rézi, voyons, ne saurait enclore dans tant de blancheur, tant de blondeur, une âme de petite fille sage, — ou même de petite femme honnête. *biffé*] / — Le mensonge [? *corrigé en* !] Prétends-tu [...] mon grand. [J'ai *biffé*] Je voulais [...] Elle emmagasine. [et même *biffé*] Elle ne dit pas, abondante [de *biffé*] [et *biffé*] [<jolie ?> *biffé*] et prodigue de détails comme la jolie van Langendonck : [À cinq heures *biffé*] [« Il y a dix minutes, à St Pierre de Mon-

1. *Sic.*

trouge... *biffé*] « Je sors [...] phrase qui [dit *biffé*] finit [...] — Rien [ma foi *biffé*] [pardi *corr. interl.*], s'il vous faut des preuves, [Mais elle connaît trop de gens, se laisse saluer, impassible, par des passants stupéfaits de sa myopie, se dit brouillée avec *biffé*] [Ma *biffé*] Je vous parle [...] de chambre [flamande *biffé*] a une façon [...] système postal ? [Mansfield *corr. W en marge en* Le soupçonneux Mansfield] lui-même [ne tiquerait pas sur cette correspondance qui passe sous son nez *biffé*] n'y verrait que [du *biffé*]... du vieux papier. / — C'est ingénieux, songe Renaud tout haut. / — Vous pourriez consacrer à ceci un article diplomatique ? Alors, vous comprenez *ms.* ✦✦ *b. Les deux reparties exclamatives ont été ébauchées par Willy sur la couverture du cinquième cahier de manuscrit ; elles ne figurent cependant pas dans le corps du manuscrit mais apparaissent dès « Claudine amoureuse ».*

Page 452.

1. La comparaison ne prend tout son sens que si l'on se souvient que c'est le 15 janvier 1901 que s'ouvrit au Palais-Bourbon le fameux débat sur le projet de loi concernant les associations et, particulièrement, les congrégations (titre III), projet voté par 303 voix contre 224 et ratifié par le Sénat en juin. Les congrégations étaient dès lors soumises à une autorisation légale ; celles qui ne la demandaient pas ou ne l'obtenaient pas devaient se dissoudre ou s'expatrier. Ce n'est cependant qu'un an plus tard, le 3 juin 1902, que Waldeck-Rousseau, le père du projet, cédait la place à Émile Combes, qui allait rapidement interdire tout enseignement aux congrégations, favorisant ainsi la rupture avec le Vatican en juillet 1904.

2. Dans le manuscrit, Colette ajouta cette précision en surcharge. Coïncidence ? Dans la réalité, c'est le modèle de Rézi qui habitait alors rue de la Pompe (voir n. 2, p. 434).

3. Voir *Claudine à Paris*, n. 1, p. 293.

Page 459.

a. Elle [est *corr. W en interl. en* me semble] plus proche [*p. 458, 4ᵉ § à partir du bas de la page, 1ʳᵉ ligne*] du loup que du chien, [dit *biffé*] réplique, [fort *biffé*] très poli, cet homme insupportable, qui parle assurément fort bien le français. / Rézi, silencieuse, le suit d'un regard de [rancune sombre *biffé*] [noire rancune *corr. interl.*]. [Il tourne autour du grand sal<on> *biffé*] [Il fait le tour *biffé*] Il marche d'un pas régulier, pénètre dans [l'ombre *biffé*] la baie d'ombre ouverte sur le grand salon et continue [jusqu'à *biffé*] [à tâtons jusqu'à la *biffé*] [Son pas revient *biffé*] [Le pas cadencé revient *biffé*] [fait volte face et revient [de *biffé*] à nous *biffé en définitive*] [Le *corr. W par surcharge en* Son] pas cadencé [revient vers nous, ramène Mansfield et *corr. W en interl. et par biffures en* le ramène vers nous] jusqu'au feu qui éclaire d'en bas sa figure durcie et ses yeux opaques. [Il fait volte *biffé*] [Militairement, il [opère un *biffé*] fait volte-face *corr. W interl., marg. et par biffures en* Arrivé à trois centimètres de moi, il fait militairement[1] demi-tour] et s'éloigne de nouveau. [Je suis restée assise, incertaine. *add. interl.*] Les yeux de Rézi deviennent diaboliques, elle [calcule *biffé*] calcule [, prend son élan et *biffé*] [son élan et dressée *biffé*] [son élan... *corr. interl.*] [Dressée *corr. marg.*] d'un [silencieux *add. W interl.*] effort de reins, [elle *biffé*] jusqu'à moi, elle me maîtrise d'une bouche follement douce et d'un bras au cou. [Dominée, je *biffé*] Au-dessus des miens, ses yeux larges ouverts écoutent le pas qui s'éloigne, et sa main libre, levée [compte les pas, en même temps *biffé*] bat la cadence des pas, en même temps que les frémissements de ses lèvres [[qui couvrent les miennes *corr. W en marge en* sur les miennes] [si étroitement *biffé*] [si exactes *biffé*] [si étroitement *biffé*] si exactement qu'il *biffé en définitive*] qui semblent [en même temps *add. interl. biffée*] compter les battements de mon cœur : Un, deux, trois, quatre, cinq... Comme un lien coupé, l'étreinte tombe ; [Mansfield se retourne *add. W marg.*] Rézi est [de nouveau *add. interl.*] assise à mes pieds, [comme tout à l'heure *biffé*] et semble lire dans le feu. [Les pas se rapprochent *biffé*] / [Indignation, surprise, crainte du réel danger qu'elle courut *biffé*] / [Indi<gnation> *biffé*] [Indignation *biffé*] D'indignation, de surprise, d'angoisse pour le réel danger qu'elle [courait *corr. W en interl. en* vient de courir], je n'ai pu retenir *ms.*

Page 460.

1. Nos efforts pour retrouver trace de ce café-bar Pépette (ou « Popotte », dans le manuscrit) sont restés vains.

Page 461.

1. Les « petits bleus » et les télégrammes occupent une certaine place dans la correspondance de Colette à cette époque. Parmi les vingt-quatre lettres que compte, à notre connaissance, la correspondance de Colette avec Lucien et Jeanne Muhlfeld (1901-1902, correspondance encore partiellement inédite, six lettres ayant paru dans *Lettres à ses pairs*, Flammarion, 1973), on trouve quatre de ces « bleus » et deux télégrammes. Il sera à nouveau question de « petit bleu », p. 508. Willy usait et abusait de ces moyens.

Page 463.

1. La comparaison est particulièrement appropriée : Mélusine, personnage fabuleux dont parla — le premier, semble-t-il — Jean d'Arras en 1387, se transformait à moitié en serpent le

1. *Willy n'a pas corrigé le* M *majuscule en* m *minuscule.*

samedi. Elle aurait construit le château de Lusignan pour son époux, le comte Raymondin, à qui elle avait demandé de ne pas chercher à la rencontrer le samedi. Une indiscrétion du comte provoqua la disparition de l'épouse. Elle réapparaîtrait mystérieusement, depuis lors, sous la forme tantôt d'une femme, tantôt d'un serpent.

Page 464.

1. Personnification de la jeunesse, Hébé avait été chargée par ses parents, Zeus et Héra, de servir aux dieux qu'ils invitaient le nectar de l'ambroisie.

2. Pierre Leroux (1797-1871) fut le représentant d'une des tendances du socialisme. Sur lui, voir l'édition par Jean-Pierre Lacassagne de son livre *La Grève de Samarez* (« Bibliothèque du XIXe siècle », Klincksieck, 1979, 2 vol.). Ses œuvres ne sont certes pas de nature à intéresser Claudine.

Page 466.

a. dans la caverne *[p. 465, 7e ligne du bas de la page]* de sa manche... Abritée sous le pavillon de son oreille, il m'emporterait [dans des *biffé*] à travers des [pays grands comme lui *[*et la tempête *[[*passerait dans ses cheveux *biffé]]* chanterait *[[*dans *biffé]]* et danserait *biffé] corr. W interl. en* [plaines immenses et des forêts *biffé]* plaines sans fin à travers des forêts immenses] et pendant la tempête [j'entendrais dans ses cheveux *biffé*] ses cheveux, sous le vent, gémiraient comme des pins... / [Juste au moment où *[*je vais partir tout à fait *biffé] [*mon petit conte *biffé]* le conte du Géant va m'enchanter pour de bon *biffé en définitive*] / [Mais le conte du Géant *biffé*] Mais un geste de Renaud — pas le Géant, [l'autre *corr. W en interl. en* , le vrai] — effraie mon conte et l'éparpille... / — Claudine, me dit sa voix fondante, veloutée comme un regard [...] Je me fais prier. / [Il n'y a pas de mal à ça si elle est toujours folle de toi. *corr. W en interl. et marge et par biffures en* (Il fredonne) Y a pas d'mal à ça, Claudinette, y a pas mal à ça ! Et elle est toujours folle de toi ?] / — Elle l'est. [Mais *[deux mots illisibles] biffé*] [Avec elle, il faut rehausser le prix *biffé*] Mais je la fais languir encore après... mon pardon. « Plus grande est la peine... / —... le prix est plus grand », barytonne [mon mari *corr. W en interl. et en marge en* -t-il décidément tourné à la musique] Elle [est très jolie *biffé*] était très jolie aujourd'hui, ton amie ! / — Je ne la connais que jolie. / — [Oui *biffé*] Je le crois. Comment est la chute des reins ? / Je m'effare : « La chute des reins ? » mais je n'en sais rien ! Pensez-vous qu'elle me reçoive dans [sa baignoire *corr. W en interl. en* son tub] ? / — Mais oui, je le [croyais *corr W en* pensais] / — [Ah ! si c'est un piège, il n'est *biffé*] Je hausse les épaules : « C'est indigne de vous ces pièges-là *ms.*

1. Emprunt à *La Damnation de Faust* de Nerval et Berlioz. On a vu, p. 285 et suiv., Claudine assister à une exécution de cette œuvre.

Page 468.

1. Sans doute. Encore faut-il observer qu'à l'inconséquence de Renaud correspond celle de Claudine elle-même qui manifeste envers les mœurs de Marcel une peu compréhensible intolérance.

Page 472.

1. Cette forme de « paternité amoureuse » est empruntée à Willy lui-même qui, entre autres preuves, aimera se faire appeler « papa » par les femmes qui, dans sa vie, succéderont à Colette (Meg Villars, Madeleine de Swarte, etc.). Aux dernières pages de *La Retraite sentimentale*, Claudine verra Maugis tout « allumé [...] d'un vice paternel » en présence d'Annie (p. 949).

2. Le *moscato spumante*, ou Asti, exerça de l'influence tant sur la vie de Colette que sur celle de sa « fille » Claudine. Dans le roman précédent : « L'ardeur musquée et traîtresse du vin d'Asti » (*Claudine à Paris*, p. 355) avait provoqué l'amoureux abandon de Claudine (ce qui explique son actuel sourire). Or Willy nous apprend que cette scène ne serait que l'exacte transposition de ce qui se passa dans la réalité : « Le jour que Colette, à ma grande stupéfaction, se trouva grise après deux coupes d'Asti (après quoi, dans le fiacre où je la ramenai chez la générale Chilleton[1] chargée d'elle, rue Gaston-de-Saint-Paul, elle me déclara "Je mourrai si je ne suis pas ta maîtresse"), Catulle Mendès la vit, dans le restaurant de nuit, Eugénie Buffet la vit aussi : charmante, deux tresses blondes lui battant les chevilles, l'air si jeune que tous deux me conseillèrent la prudence : "Prenez garde, Willy, le Code ne badine pas..." / Hélas ! la Vie non plus... » (*Indiscrétions et commentaires*, p. 22-23). Il sera reparlé de l'Asti, p. 502.

Page 473.

1. Beaucoup plus tard, Colette écrira sur ces « jeannettes » (dont elle avait déjà fait mention dans le roman précédent, voir *Claudine à Paris*, n. 3, p. 278) une page charmante que l'on peut lire dans *Pour un herbier*, *OCF*, t. XIV, p. 176-177.

2. Terme rural pour désigner les chatons de certains arbres.

3. On ne parlait pas encore, en 1902, de « pannes » d'électricité...

1. *Sic* pour Cholleton ; voir p. LVI et LIX.

4. Espèce de solanacée ornementale dont les grandes fleurs dégagent un parfum très suave.

Page 477.

1. Depuis *Madame Bovary*, la voiture s'était beaucoup prêtée aux étreintes furtives.

2. Quotidien fondé, le 28 septembre 1892, par Fernand Xau qui le dirigea jusqu'à sa mort en 1899 ; Henri Letellier lui succéda.

Page 482.

a. Nous remplaçons le point d'exclamation, qui paraît à cet endroit dans l'édition originale et sera conservé dans l'édition du Fleuron, par le point d'interrogation qui figurait dans le manuscrit et dans « Claudine amoureuse ».

1. Dans l'édition du Fleuron, Colette a quelque peu abrégé cette évocation que Willy, dans une note en marge (voir n. 1 au bas de cette page), qualifie de « charmant et audacieux d'idée », ce qui est le moins qui puisse être dit d'une référence qui fausse le sens de l'attente des fiancés que Colette avait montrés profondément épris.

Page 483.

a. Cette nuit *[p. 482, dernier §, 1re ligne]* d'attente, je [la souhaitais *corr. W en interl. en* l'avais souhaitée] heureuse [...] l'image de Rézi [passe *corr. W en interl. en* passerait] cendrée de lumière blonde... Mais cette attente même en évoque une autre, [déjà lointaine *corr. W en interl. en* dans ma chambrette de la rue Jacob une autre] plus jeune et plus fougueuse [nuit pourtant analogue... Ceci est inexact *corr. W en interl. en* ...Non, je me trompe,] ma veillée de cette nuit, [j'imagine qu'elle fut analogue à la veillée *corr. W en interl. en* je l'imagine plutôt pareille à celle] de Renaud, deux ans passés[1]... [Suis-je assez belle pour Rézi ? assez fervente, j'en suis *biffé*] Rézi me trouvera-t-elle assez belle ? Assez fervente, j'en suis sûre, oh ! oui... lasse d'insomnie, [j'ai *biffé*] je heurte [...] dans son [épaule *biffé*] bras mon corps horripilé, et j'y somnole. / [Mais les *corrigé en* Les] rêves se succèdent et se mêlent, fumeux, inanalysables ; [couleur de *biffé*] [une *biffé*] une silhouette jeune et souple y transparaît [comme *biffé*] parfois, [...] veloutées [...] Hélène [Que vient faire dans mon rêve cette fillette entrevue ? *biffé*] blanche [...] fillette entrevue [? *corr. W en* , presque oubliée ?] / Renaud *ms.*

1. *À hauteur de cette phrase, dans la marge de la page, on lit deux remarques de Willy :* pas clair *et* charmant et audacieux d'idée ; *elles ont été biffées. La phrase de* Non, je me trompe *à* deux ans passés. *a été supprimée dans OCF.*

Page 484.

1. La rue Goethe, proche de l'avenue Marceau, joint la rue Georges-Bizet à la rue de Galliéra. Elle n'a que quelques numéros et eſt loin d'atteindre au 59. — Dans le manuscrit, Colette ne nomme pas la rue ; elle la désigne par des *x*. À cet endroit-ci, cependant, mais à cet endroit seulement, Willy a remplacé les *x* par « Bouleſtin », nom de l'un de ses secrétaires ; l'homosexualité notoire de ce dernier rendait évidente l'allusion, qui ne fut pas retenue.

Page 485.

1. La queſtion posée par Rézi donne à Renaud l'occasion d'associer deux poètes que Willy connaissait ou avait connus : Pierre Louÿs (voir *Claudine à l'école*, n. 1, p. 17) et Paul Verlaine ; l'évocation des *Chansons de Bilitis* du premier eſt suivie d'un rappel de deux vers célèbres du second : « Voici des fruits, des fleurs, des feuilles et des branches / Et puis voici mon cœur qui ne bat que pour vous » (*Romances sans paroles*, « Green » *Œuvres poétiques complètes,* Bibl. de la Pléiade, p. 205).

Page 489.

a. « Mon enfant [...] "en pour". » *Ce court chapitre n'apparaît pas dans ms. ; sans doute fut-il ajouté dans la dactylographie, car il figure déjà dans les placards de « Claudine amoureuse ».*

1. Quotidien fondé en 1876 par Louis Andrieux (futur préfet de police et père d'Aragon) et Jules Roche ; acheté en 1878 par Louis Piégu et dirigé par Jean Dupuy (voir *Claudine à l'école*, n. 1, p. 176), il devint sous l'impulsion de ce dernier, un des journaux les plus lus de l'époque.

2. Dentelles renommées fabriquées, à l'origine tout au moins, dans la ville flamande de Malines.

3. Claudine ne devait ni la lui rendre ni la jeter. Dans le prologue de *La Retraite sentimentale* (p. 831), elle retrouvera, parmi d'autres souvenirs, l'épaulette de la chemise de Rézi.

Page 490.

1. Au moment où Colette rédigeait *Claudine en ménage*, le métropolitain était encore une innovation à Paris ; la première ligne avait été inaugurée le 19 juillet 1900.

Page 491.

1. Colette semble bien avoir prêté à Rézi une aventure personnelle. Dans *Mes apprentissages* (*OCF*, t. XI, p. 104) en effet, elle évoque l'« engouement bref » qui la prit, « à vingt-deux ans, pour une grande alezane teinte et reteinte, qui enseignait le piano. [...]

la dame professeur n'était que rousses ténèbres, damas glauques de chez Liberty, béguins cousus de verroterie ».

Page 493.

1. Le Didot-Bottin pour l'année 1901 indique que Mme Gauthé (corsets) était installée 26, place de la Madeleine.

Page 495.

1. Le Château-Yquem était, pour Colette, un véritable souvenir ; elle écrira : tout enfant, « je tenais d'une main mon joli petit verre en tulipe [...] illuminé d'un Yquem un peu huileux » (*Mélanges*, *OCF*, t. XV, p. 361). Ce vin provenait-il des réserves qui, en 1870, échappèrent aux Prussiens et dont Sido dit à sa fille : « [...] j'ai enterré le bon vin [...]. Le vin qui datait de mon premier mari. Du Château-Larose, du Château-Lafite, du Chambertin, du Château-Yquem... » (*Journal à rebours*, *OCF*, t. XII, p. 10-11.)

Page 498.

1. Voir *Claudine à Paris*, n. 2, p. 242.

2. Opéra de Meyerbeer (1831). Le dédain que suppose la phrase de Colette s'explique certes par la médiocre qualité des œuvres de ce compositeur mais aussi par le fait que Meyerbeer était honni par Wagner dont Willy se faisait le défenseur en France. Un six-huit est un morceau dont la mesure à deux temps a la noire pointée pour unité de temps.

Page 503.

a. à la maison *[3ᵉ §, dernière ligne]*... » / [Il s'esquive dan<s> *biffé*] Il profite de l'entrée de Rézi pour s'esquiver. Je ne reconnais plus mon grand, [si empressé de *biffé*] si attentif [...] moue, [chérie *corr. en interl. en* Claudine ?] (Elle est si jolie [...] / Elle sourit. Je la vois d'en bas, assise contre sa hanche. [Son nez, vu de ma place *corr. W en interl. en* Une fossette longue en point d'exclamation divise son menton têtu.] Ses narines dessinent l'arabesque [correcte de *biffé*] correcte et simple [...] couronne ? [Je ne vous vis jamais si viennoise *corr. W en interl. en* jamais je ne vous vis jamais[1] si irrésistiblement viennoise], ma chère [...] (Mais elle [reste debout, et *corr. W en interl. en* refuse de s'asseoir, et, tandis qu'elle me parle d'une voix enjôleuse] ses yeux [changent *biffé*] vont d'une fenêtre à l'autre, comme cherchant une issue.) *ms.*

1. Le mot est une création de Léon Daudet (1867-1942) qui, en 1894, publia un roman très satirique, *Les Morticoles* (du latin *mors*, « mort », et *colere*, « cultiver »), dans lequel il définissait les méde-

1. *Willy a omis de biffer ce* jamais.

cins comme des « maniaques », des « hypocondriaques qui ont donné aux docteurs une absolue prééminence ».

Page 504.

1. L'allusion ou la plaisanterie nous échappe.

2. La guerre qui, depuis le 11 novembre 1899, opposait la Grande-Bretagne aux États boers d'Afrique du Sud n'était pas terminée au moment de la publication du roman ; sans doute, les hostilités proprement dites avaient-elles pris fin quand les Anglais s'étaient emparés de Pretoria, le 5 juin 1900, mais les combats se poursuivaient sous forme de guérillas. Ils ne cesseront qu'à la signature du traité de paix à Vereeniging, le 31 mai 1902, soit après la mise en vente de *Claudine en ménage*.

3. La Viennoise utilise ici le vieux mot employé déjà par Marie de France dans le sens de « servante » (de l'arabe *méskin*, « pauvre »).

Page 506.

a. souhaite mourir *[3ᵉ ligne de la page]*... / [Et au *biffé*]... pas longtemps. Il faut, il faut ! [on est *corr. W en interl. en* je suis] Claudine, que diable ! je suis Claudine ! Je jette ma peur comme un manteau. Je regarde en face celui qui ouvre, tout vêtu [, et *corr. W en interl. en* . Il] recule devant moi, [ou *biffé*] [plutôt d'étonnement que d'autre chose *corrigé par biffures en* , d'étonnement.] Et [ne dit que ce mot *[*de joueur *biffé]* modéré, *[*d'un *biffé]* de joueur embêté *corr. W en marge et par biffures en* il ne lâche que ce mot modéré, de joueur agacé par la guigne :] « Sapristi ». / [...] Et je dis : / — [Bonjour *biffé*] J'ai vu d'en bas quelqu'un à la fenêtre, [alors *add. W interl.*] Je suis montée vous dire un petit bonjour. / — C'est malin ce que j'ai fait là, [se dit-il à lui-même *corr. W en interl. en* murmure-t-il. Il ne tente pas un geste pour m'arrêter *[*hausse l'épaule gauche d'un air de résignation un peu fataliste *biffé]*, s'efface pour me laisser passer, et me suit.] / J'ai [passé rapidement dans le *corr. en interl. et par biffures en* traversé rapidement le] petit salon, soulevé la portière fleurie... [Elle *corr. W en interl. en* Ah ! je savais bien ! Rézi] est là, elle est là, pardi, [*[*en train de *biffé]* qui se rhabille... *add. W interl.*] En corset [en jupon *[*elle attendait *biffé]* *[*de linon et de dentelle *corr. interl.]* *corr. W en interl. en* en pantalon, un jupon de linon et de dentelle sur le bras,] le chapeau sur la tête, comme pour moi... Je verrai toujours cette [jolie figure *corr. en interl. en* figure blonde] qui, sous mes yeux, se décompose *ms.*

Page 507.

1. Pour écrire ce passage Colette n'a eu qu'à se souvenir de l'épisode qu'elle contera dans *Mes apprentissages* (*OCF*, t. XI, p. 26-27) : avertie par un billet anonyme, elle découvrit dans un entresol Willy et Charlotte Kinceler...

Page 509.

1. Allusion à un épisode du *Crépuscule des dieux* de Richard Wagner ; ce même philtre sera à nouveau évoqué dans *Claudine s'en va* (n. 1, p. 592).

Page 513.

1. Le manuscrit indique que Colette avait d'abord songé à utiliser l'affectueux surnom Bel-Gazou (écrit alors par elle : Belle-Gazou) qui était bien le nom que le capitaine donnait à sa fille qui, elle-même le transmettra à la sienne. Dans *La Maison de Claudine* (*OCF*, t. VII, p. 34), on peut lire : « D'où vient ce nom, et pourquoi mon père me le donna-t-il autrefois ? Il est sans doute patois et provençal — beau gazouillis, beau langage — mais il ne déparerait pas le héros ou l'héroïne d'un conte persan... »

Page 514.

1. Il est amusant de voir Willy saluer ainsi la firme paternelle.

Page 520.

1. Hôtel qui fut longtemps le plus apprécié de tous ceux que compte Genève ; il occupe l'angle de la rue du Mont-Blanc et du quai des Bergues.

Page 521.

a. Dans le casier inférieur *[p. 520, dernier §, première ligne]*, [mes robes sont couchées *biffé*] [on a couché mes robes *corr. interl.*] [jupes *biffé*] corsages vides, manches découragées — trois robes simples que je puis garder ici. Mais y garderais-je [aussi *add. W marg.*] [cette bonbonnière d'or *biffé*] [boîte d'ancien vermeil *corr. interl.*], si jolie, qu'il m'a donnée [, comme il m'a donné le rubis, comme il m'a donné tout ce que j'ai... *add. W interl. et marg.*] [Elle est toute pleine *corr. W en interl. en* On l'a remplie] des bonbons [...] Renaud, [méchant *add. W interl.*] Renaud [! vous ne savez pas que des bonbons peuvent *biffé*] [ah ! c'est *[un mot illisible]* *biffé*] si vous saviez *ms.*

Page 522.

1. Voir le Lexique des « Claudine ».

Page 523.

1. Ceci n'est pas sans rappeler la sévérité du modèle de Renaud, ce Willy qui, écrit Colette, « était un censeur né, incisif, prompt à frapper le point faible, à réveiller d'une pointe un peu

cruelle, l'amour-propre assoupi » (*Mes apprentissages, OCF*, t. XI, p. 75). D'une telle sévérité, les manuscrits des romans offrent des exemples.

2. Claudine s'écarte ici de son modèle : si, de fait, la jeune femme n'eut, jusqu'à ce moment, aucune raison de communiquer par lettres avec un Renaud qu'elle pouvait rencontrer chaque jour, Colette écrivit apparemment souvent à Willy dont les visites à Châtillon-Coligny n'étaient guère fréquentes. La romancière précisera elle-même : « Le grand événement de nos fiançailles, pour moi, ç'avait été notre correspondance, les lettres que je recevais et écrivais librement. » (*Noces, OCF,* t. VII, p. 248.)

3. Il eſt aisé de conſtater que cet autre « dix-huit mois » n'a pas plus de sens que les précédents.

Page 525.

1. La jeune femme engage ainsi imprudemment l'avenir ; dès *Claudine s'en va,* elle aura réintégré Paris. Il eſt probable que Colette songeait à clore, sur cette lettre, une série à laquelle elle ne souhaitait pas donner de suite ; le succès du roman dut en décider autrement. Reprise et amplifiée, l'idée de « retraite » formera un des thèmes de *La Retraite sentimentale.*

Page 527.

APPENDICE :

« LETTRE DE CLAUDINE » À RENAUD

Sur cette lettre, voir la fin de la Notice de *Claudine en ménage,* p. 1327.

1. *La Maison ruſtique des dames,* en deux volumes, eſt un recueil de conseils pratiques — habitat, confitures, cochons, etc. —, deſtiné aux personnes du sexe qui vivent à la campagne. L'auteur en eſt Mme Cora Millet, née Robinet. La première édition parut en 1845. En 1888 cet utile ouvrage connaissait sa treizième édition. Le titre en figure dans la préface qu'écrivit Francis Jammes pour *Sept dialogues de bêtes* (voir la note suivante).

2. Toby-Chien n'apparaît pas dans *Claudine en ménage,* mais Colette l'avait mis en scène, dès 1904, dans les quatre premiers *Dialogues de bêtes* qu'elle avait publiés sous son nom (Colette Willy) au Mercure de France ; en 1905 et toujours au Mercure, elle publiait *Sept dialogues de bêtes* préfacés par Francis Jammes.

3. Colette paraît confondre ici les Monts-Boucons (le « Casamène » de *Claudine s'en va* et de *La Retraite sentimentale*) et Saint-Sauveur/Montigny ; on voit mal de quelles montagnes proviendrait une bise soufflant sur Montigny...

4. L'expression a été citée, par Renaud, dans *Claudine en ménage,* p. 422.

5. Les yeux de Renaud ont, de fait, été dits « gris-bleu foncé » dans *Claudine à Paris* et « d'un noir bleu d'étang » dans *Claudine en ménage* (respectivement p. 272 et p. 413).

Page 528.

1. Transformation du caractère du personnage : en aucun endroit, fût-ce dans *La Retraite sentimentale,* Renaud ne sera présenté comme un maître tyrannique, bien au contraire !

2. Pour les besoins de ce thème improbable et tout occasionnel — la jalousie rétrospective de Renaud —, Colette modifie le sentiment que Claudine éprouva pour Rézi, sentiment dans lequel on ne découvre rien de la passion meurtrière et exclusive ici évoquée ; Rézi n'est ni « la Fille aux yeux d'or » de Balzac, ni « la Prisonnière » de Proust, il s'en faut.

3. Pour dissimuler ses invraisemblances, Colette paraît avoir pensé qu'il suffisait d'emprunter au roman les caractéristiques prêtées à la Viennoise.

4. Le malacologiste aurait-il mystérieusement disparu ?

5. Colette pastiche Colette de la plus artificielle des façons ; ce paragraphe est un démarquage abrégé des pages 384 et 465 du roman.

Page 529.

1. Il est douteux que le moins avisé des lecteurs n'ait pas lu ici l'identité du véritable auteur du roman.

CLAUDINE S'EN VA

(*Journal d'Annie*)

NOTICE

S'il connaît les trois premiers romans de Colette, comment le lecteur de *Claudine s'en va* ne serait-il pas déçu devant une œuvre hétérogène et dont l'auteur paraît avoir tiré à la ligne ? Nul doute que ce soit celui des livres de la romancière qui a le plus vieilli et qui se lit aujourd'hui le plus malaisément. Abus de l'anecdote brisant inutilement le fil du récit ; excès des points de suspension qui prêtent au roman de troubles relents ; multiplication de personnages sommairement caricaturés : la qualité de l'œuvre ne pouvait résister à l'envahissement de tels éléments parasites.

La soudaine dégradation d'un talent qui avait mérité déjà

…oles éloges surprend. Les conditions dans lesquelles fut … quatrième volume de la série n'avaient pourtant pas …t le succès de *Claudine en ménage*[1] eût dû inciter l'auteur et s… mentor à cesser de sous-estimer le goût du public. Claudine a cédé la plume à Annie et cela signifie, on peut le croire, que Colette sentait son inspiration se fatiguer et peut-être se tarir. Contrainte, néanmoins, d'ajouter un titre à la série, elle trouva dans cet expédient le moyen de susciter une aventure que Claudine se fût essoufflée à vivre, mais qu'elle pouvait, par sa seule présence, rattacher à la suite romanesque qui lui devait sa fortune ; et comme, malgré cet effort, le drame d'Annie et les apparitions de Claudine ne fournissaient pas à la romancière le nombre de pages requis par l'éditeur, elle emprunta à son mari la formule dont il se servait pour transformer de minces nouvelles en in-18 à trois francs cinquante.

L'analyse de la crise sur laquelle se fonde *Claudine s'en va* démontre que l'idée première de la romancière ne pouvait prêter qu'à la composition d'une œuvre brève, nouvelle plus que roman. La nécessité d'ajouter un titre à la liste des ouvrages qu'avait signés Willy, en forçant l'auteur à diluer cette idée, la gâta. Dans *Mes apprentissages*[2], Colette se plaindra d'avoir dû, poussée par un homme plus soucieux des tirages que de la qualité des œuvres produites par ses « ateliers », étirer *Minne*, dont elle avait voulu faire une nouvelle, et lui donner une suite dans *Les Égarements de Minne*. Fut-elle, pour *Claudine s'en va*, obligée de se livrer à semblable opération ? Si nous en croyons la version des faits qu'il présenta à Jules Marchand[3], ce serait Willy lui-même qui se serait opposé à une plus grande dispersion de l'œuvre, Colette souhaitant, pour sa part, multiplier les à-côtés. Mais cette version est-elle croyable ? Le journaliste ne ferait alors état que de discussions entre sa femme et lui, car le manuscrit ne porte trace d'aucune suppression d'épisodes supplémentaires, bien au contraire. Et sa rigueur ne laisserait pas de surprendre.

Ramenée à ses lignes essentielles, purgée de toute excroissance, l'œuvre ne manque ni d'homogénéité ni même, pour l'époque, d'originalité. Quoique rapide, l'évolution de la nouvelle narratrice n'a rien de bousculé ni d'invraisemblable ; les étapes psychologiques sont signalées avec art ; le mouvement se développe sans heurts, selon la même progression exactement mesurée que nous appréciions dans le roman précédent. L'auteur ne force nullement la transformation d'Annie et on observera qu'il réserve aux toutes dernières pages la détermination définitive de la jeune femme, multipliant pour l'y amener les signes d'hésitation, de lassitude, les rêveries sur une évasion qui, jusqu'à la fin, demeurera problématique. Il fait ainsi étroitement

1. Voir la Notice de *Claudine en ménage*, n. 3, p. 1327.
2. *OCF*, t. XI, p. 101.
3. *Indiscrétions et commentaires*, p. 33-34.

coïncider le rythme de l'œuvre et le caractère d'Annie, velléitaire s'il en est. Certes, *Claudine en ménage* avait révélé chez Colette un art certain de la gradation, une manière habile d'amener un dénouement par une succession de paliers. Mais, vu le caractère passif de la nouvelle héroïne et la courte durée de l'action, les difficultés n'étaient pas ici négligeables. Ces difficultés, elle les résout en écartant dès l'abord le maître d'Annie : Alain est appelé en Amérique du Sud. Ensuite, pour rendre plausible la rapidité de l'évolution du personnage principal, elle l'introduit dans un groupe où prévaut une grande liberté d'allure et de propos : Claudine, bien sûr, que ne rebutent ni la verdeur des expressions ni la cruauté de certaines vérités ; Marthe, sa belle-sœur, cynique et sans scrupule, qu'elle découvrira bientôt dans les bras de Maugis, lui-même gras et puant l'alcool ; « la » Chessenet dont Annie apprendra qu'elle a été la maîtresse d'Alain ; enfin la volage Calliope Van Langendonck. Ainsi, libérée de la tutelle maritale, soumise à des influences nombreuses et souvent brutales, l'esclave n'aura besoin que de quatre mois pour se muer en une femme décidée qui envisage sans craintes exagérées la solitude, le dépaysement, le divorce. Tel est le roman d'Annie, roman bref qu'elle résume elle-même en ces termes : « Qu'a-t-il fallu ? Simplement que le geôlier distrait tournât les talons, pour que l'horreur de la prison apparût, pour que brillât la lumière aux fentes de la porte[1]. »

Il s'en faut cependant de beaucoup que l'œuvre ait respecté un schéma aussi dépouillé ! Au sein de chacun de ses vingt-neuf « chapitres », tout devient prétexte à digression : le séjour à Arriège, les bains, les douches, les restaurants de la ville d'eau prêtent à maints commérages qui n'ont en commun avec la narratrice que d'être par elle rapportés. Il n'en va pas autrement de Bayreuth dont les fastes wagnériens autorisent tous les commentaires musicaux, encore que les représentations retiennent moins l'attention de la romancière que les entractes pour ce qu'ils proposent de personnalités à reconnaître et à égratigner, de saillies à rappeler, de ragots à consigner. Les trois derniers chapitres renouent toutefois tant bien que mal le fil de l'intrigue, et le roman se clôt sur la fuite d'une Annie que Colette va, pendant quatre ans, oublier.

Les éléments que *Claudine s'en va* s'est artificiellement incorporés ne sont pas sans rappeler, par leur disparate, la manière de Willy telle qu'elle apparaît dans toutes les œuvres qui portent son nom. Les cahiers du manuscrit enseignent cependant qu'il collabora moins à la rédaction de ce roman qu'à celle du précédent ; les pages de délayage sont souvent, à n'en pas douter, de la main de Colette. Qui s'étonnera qu'après dix ans de mariage, son mari lui ait transmis certains goûts, lui ait appris les recettes propres à dissimuler les vides que n'arrivait plus à combler une

1. P. 663.

imagination en voie d'épuisement ? De la lecture des chapitres où s'insèrent des épisodes tout anecdotiques se dégage l'impression nette que ceux-ci n'ont d'autre destination que de donner à l'ouvrage les dimensions du roman. On ne saurait dès lors être surpris que ces pages présentent tous les défauts inhérents aux morceaux de remplissage ; c'est qu'ils en sont.

Du plus évident d'entre eux, la romancière ne fut toutefois pas responsable. Que la longue lettre de Maugis, supprimée dans l'édition du Fleuron[1], ait été écrite par Willy ne peut être mis en doute ; elle ne figure pas dans le manuscrit, mais y est annoncée par ces mots, tracés par Colette et encerclés : « Lettre de Maugis / par Doucette[2] ». À lui seul, le contenu de la lettre lèverait toute hésitation. Mais *Claudine s'en va*, comme, plus tard, *Les Égarements de Minne*, prouve que Colette elle-même fournit à l'industrie de son mari bien des pages où elle avait tiré à la ligne et dont la valeur était uniquement commerciale. Dans *Mes apprentissages*, elle déclarera n'avoir tenu aucun compte de la proposition que lui fit Willy alors qu'elle rédigeait ce roman : « — Si vous avez besoin de moi pour Maugis [...], laissez des blancs. / Je n'en laissai pas. Car la gageure est un divertissement commun à bon nombre de captifs et d'anonymes. Mon “à la manière de...” se tenait fort bien, mon Maugis parlait le pur Maugis d'origine[3]... » C'est assez dire qu'elle avait assimilé certains des procédés de son mari.

Une telle docilité de la part de la romancière ne facilite pas l'attribution des passages ne figurant pas dans les cahiers d'écolier, passages qui ont sans doute été ajoutés sur épreuves et qui sont plus nombreux dans *Claudine s'en va* que dans les deux autres romans dont nous conservons le manuscrit. Pour l'avoir retranché de l'édition du Fleuron, Colette nous autorise à penser que le premier d'entre eux[4] est un béquet de Willy. Même sans cette présomption, on y retrouverait suffisamment de traits caractéristiques de la manière du journaliste pour ne pas garder de doutes : dialogues, emploi de mots patois et indications de mise en scène entre parenthèses, adjectifs nombreux et, pour faire bonne mesure, références publicitaires à la pièce de théâtre tirée des deux premiers romans, à Polaire — Claudine à la scène

1. P. 644-653. Voir var. *a*, p. 644.

2. Surnom familier que Colette donnait à son mari. Jacques Gauthier-Villars croyait se souvenir qu'Ollendorff avait trouvé fort mince le manuscrit et déclaré à Willy qu'il ne croyait pas pouvoir, même en usant de « gonflants », en tirer un in-18 d'épaisseur normale. Le journaliste y inséra alors, après les avoir sommairement articulés et leur avoir donné la forme épistolaire, la matière de deux articles distincts et déjà préparés.

3. *OCF*, t. XI, p. 66. Que l'assurance de Colette ne nous abuse pas cependant, car le manuscrit révèle que Willy ne se désintéressa pas pour autant du personnage de Maugis : des reparties, des épithètes, des remarques sur les attitudes du gros critique sont de sa main.

4. *De* Elle vous ressemble, n'est-ce pas ? *(p. 620) à* Qu'est-ce que vous me demandiez, ma jolie ? *(ibidem).*

— et à la ressemblance entre cette actrice et le modèle[1]. Un autre passage[2], conservé celui-ci dans l'édition des *Œuvres complètes*, contient à nouveau une description comparée de Claudine et de Polaire et insiste encore sans discrétion sur leur ressemblance ; on y rencontre tout autant d'adjectifs que dans le précédent et une apposition placée entre tirets. Si ces détails ne peuvent suffire à les restituer tous deux à Willy, ils permettent toutefois de juger hautement probable qu'il y mit la main. Le troisième passage, le plus long, est sans doute plus embarrassant[3]. D'une part, il n'est pas sans rappeler certaines interventions du journaliste, dans *Claudine en ménage* particulièrement, par le groupement qu'il présente de personnalités à peine dissimulées sous des pseudonymes alors connus de tous et par les allusions qu'il contient aux mœurs de très modernes amazones ; on y relève aussi certaines expressions chères à Willy (telle : « me couve, inexplicablement, de ses profonds yeux de haine[4]... » qui se retrouve dans plusieurs de ses romans) ; le « mot » de la fin a figuré tel quel dans une chronique de l'Ouvreuse. Mais, d'autre part, Willy affirma à Jules Marchand : « De mon mieux, je déformai des portraits trop ressemblants[5] » ; il assure même avoir ainsi subi la colère de son épouse qui eût souhaité que le nombre des cibles féminines fût multiplié. Un pareil souci de discrétion de sa part ne peut qu'étonner et, de ce souci, le manuscrit ne porte pas trace. Quoique nous ne puissions oublier que Colette pouvait copier à s'y méprendre le style de son mari, il nous est très difficile d'attribuer ces lignes à la romancière ; si celles-ci étaient néanmoins d'elle, il nous faudrait admettre qu'en 1903, l'élève était bien près de surpasser le maître.

Trois autres passages absents du manuscrit[6] sont d'attribution plus douteuse. Certes, deux font allusion à une pièce de vêtement intime et le troisième évoque un événement d'immédiate actualité ; dans ce dernier, des détails (la place de l'adjectif « vive », l'incise entre tirets, le double complément circonstanciel de manière et le lieu commun de la fin) en rappellent bien d'autres — dans le manuscrit de *Claudine s'en va* et dans celui de *Claudine en ménage* — qui n'étaient pas dus à Colette. Mais ces indices suffisent-ils désormais à distinguer la prose de la jeune femme des apports d'une collaboration que, par gageure ou imprégnation, elle imitait trop bien ?

1. *De* Ce brun visage égyptien *(p. 618) à* N'importe, elles se ressemblent. *(ibidem)*.

2. De ces associations Claudine-Polaire on trouvera un autre exemple p. 1376 et suiv.

3. *De* et toutes jacassent *(p. 542) à* tous ces visages subitement figés *(ibidem)*.

4. P. 542.

5. *Indiscrétions et commentaires*, p. 34.

6. *De* à l'heure même où Claudine *(p. 604) à* eût-il donné son pantalon ? *(p. 605) ; de* Alain, en nankin *(p. 607) à* tout consentement impossible... *(p. 608) ; de* Vous allez penser tout de suite *(p. 638) à* Va pour *étendue (ibidem)*.

Quelles que soient les tares de l'ouvrage, il retient cependant l'intérêt pour ce qu'il offre d'apparemment neuf dans l'œuvre de Colette. Celle-ci, dont nous savons que les premiers romans se fondent, jusque dans les plus infimes détails, sur un vécu à peine transposé, met ici en scène un personnage nouveau, Annie, personnage à ce point important à ses yeux qu'elle lui confie le rôle de narratrice ; reléguant Claudine au deuxième plan, c'est à sa nouvelle héroïne que Colette prête une expérience étrangère à la sienne propre et qu'elle dut — en 1902[1] — imaginer.

Des considérations d'ordre littéraire pourraient à elles seules expliquer de tels efforts d'objectivation. Il n'échappait sans doute pas à l'écrivain que Claudine avait fait son temps ; sa fidélité à Renaud, trop souvent affirmée pour pouvoir être démentie, gênait toute exploitation nouvelle du personnage, et les dernières pages de *Claudine en ménage* interdisaient d'autres excursions dans les parages de Lesbos. Le titre même, *Claudine s'en va*, fut assurément choisi pour avertir le lecteur qu'il assistait à un baisser de rideau, et les critiques du temps le prirent au pied de la lettre. Colette créait donc un personnage, parce qu'elle devait le faire. Qu'elle ait laissé Annie dans l'orbite de Claudine, qu'elle lui ait permis de subir l'ascendant de celle-ci, dénoncerait-il le peu d'assurance d'une romancière hésitant à s'écarter de la seule voie qu'elle avait jusqu'alors empruntée, celle de l'autobiographie romancée ? L'hypothèse ne résiste pas à l'examen, car il serait aisé de démontrer qu'Annie n'est guère plus que Claudine distincte de Colette. En fait, les deux héroïnes sont à cette dernière ce que Renaud et Maugis sont à Willy ; d'après un même modèle, l'auteur crée deux personnages différents qui semblent dès lors comme les deux faces de la même médaille. Des détails, manies, goûts, reparties, attitudes trahissent cependant le modèle commun, mal dissimulé sous des contrastes qui ont été accusés à dessein. Colette, en fait, n'a rien imaginé : Arriège (Uriage), Bayreuth, Casamène (Les Monts-Boucons), sont des endroits qu'elle a connus, visités ou habités. Tous les épisodes secondaires jaillissent de sa mémoire sans camouflage excessif. Le seul personnage auquel nous ne découvrons pas de modèle est Alain Samzun et, de cette situation tout à fait exceptionnelle dans les premières œuvres, l'explication est simple : Alain n'a pas de modèle. Ayant subordonné l'éveil de la personnalité d'Annie à la libération d'une tutelle avilissante, Colette devait incarner cette tutelle ; elle imagina donc le personnage qui n'est guère qu'un prétexte. Mais, capable peut-être de concevoir dans l'abstrait un être fictif, elle ne l'était pas encore de le peindre ; aussi l'envoya-t-elle en Amérique du Sud, soulageant de la sorte Annie d'une présence encombrante et s'épargnant à elle-même la difficulté de le met-

1. Date de la composition du roman (voir la Note sur le texte, p. 1379).

tre en scène. Ce cas, parmi tant d'autres, confirme que Colette n'est ni d'instinct, ni de goût écrivain d'imagination.

PAUL D'HOLLANDER.

☆

Le *Willy* d'Eugène de Solenière (Sévin et Rey, 1903), qui paraît la même année que *Claudine s'en va*, contient le texte suivant que Solenière fait précéder de cette note : « La page qui suit "Claudine à Marseille" a été écrite [par Willy] en collaboration avec Colette. On sait que *Claudine* vient d'obtenir un succès considérable à Marseille et que le quatuor Willy, Lorrain[1], Colette, Polaire, honora les représentations de sa présence. On sait aussi que *Je m'évade ! [sic]*, roman passionnel sous presse, est dû également à la raison sociale Willy-Colette. »

CLAUDINE À MARSEILLE

Sur la scène des Variétés phocéennes[2], Polaire, de qui la bouche et les yeux se prolongent suivant deux parallèles, Polaire gambade, mollets nus, rit et pleure, menace le ciel d'un pied pointu, se cramponne à son Renaud sonore, et je pourrais me croire encore aux Bouffes-Parisiens, si le public ne me détrompait. Quel beau public ! Tout là-haut, aux galeries, tout en bas, au parterre, un peuple noir penche des nuques courtes et poilues, des fronts lainés d'astrakan, un peuple aux émois rapides qui se reconnaît et se mire en cette petite Polaire, vaillante et violente, à laquelle il ne ménage pas les témoignages de son admiration. « Ah ! cette *minionne*, on la voudrait toute ! — Bouton de rose, va ! — M... (parfaitement, il crie le mot de Cambronne), M... qu'elle est fine, la perle ! » Pendant l'entracte, deux nervis aux cheveux luisants échangent des impressions d'art : « Quand je la vis anntrer, cette Pôlaire, je me dis : C'est une cocotte, allons ! mais quand je l'entendis je me pensai : C'est une vierrge ! » Ces gens adorables ne professent pas pour leurs représentants une admiration sans bornes ; au sortir du théâtre, Payoud, conseiller municipal à figure de polichinelle anodin, ayant déclaré, ce qui est bien son droit : « Cette Cl*o*dine ne me plaît guère », une voix sévère, une voix d'électeur, proféra ce jugement esthétique : « Brigue (lèvre) de c., ce Payoud, il n'a pas d'estruction, et il c*o*se de tout ! » Marseillais, je vous aime !

1. A propos de Jean Lorrain, voir *Mes apprentissages* (*OCF*, t. XI, p. 106 et suiv.).
2. Le directeur en était Marcel Simon.

Sur la Canebière, je marche dans le sillage de Polaire devenue Claudine, de ce « double » qui éclipse, Dieu merci ! l'original. On s'écrase devant son portrait « plus grrand que la nature » exposé chez Nadar ; on discute, on tempête, devant sa charge allègrement brossée par Fortuné, on l'attend à la porte de l'hôtel de Noailles, on lui parle dans la rue, on la touche avec cette familiarité tutoyeuse qui m'ébaubit : « Hé, qu'elle est minçoulinette, on la casserait ! » Willy, qui l'accompagne, un peu flapi, chapeauté de son bords-plats historique, récolte ce compliment : « C'est ton père, ma belle, le gros qui porte la cheminée sur la tête ? Aïe ! qu'il a de la fatigue ! » Poujade, l'ineffable fleuriste immortalisée par Sem, offre à l'étoile ses fleurs, toutes ses fleurs, sa maison, sa vie, et l'adresse de quelques « amis » opulents. Polaire n'accepte qu'une botte de violettes et se sauve, jacassant avec Jean Lorrain accouru par miracle.

Jean Lorrain et Polaire ! Ils font sensation ! On le regarde autant qu'elle. Marius, Véran, Baptistin, le frôlent d'un coude aguicheur ; des voix cajoleuses et rudes lancent son prénom : « *Jein* ! » Il passe, reconnu et adulé, très à l'aise, curieux de tout ce qui vit, luit et grouille, rêveur devant la mer que dramatise un crépuscule orange, comme devant les yeux verts d'un déchargeur de la Joliette, amusé de l'inutile corne pointue qui se dresse sur le collier des chevaux de trait : « Pourquoi cette corne ? » On lui répond : « C'est pour l'orgueil ! » Je ne souris pas, ni lui, car la beauté de cette bouffissure à l'espagnole ne nous étonne point, dans cette patrie du superlatif.

Mais le mot impressionne Polaire ; elle secoue sa tête court-bouclée, et, avec le sérieux d'une petite fille qui joue à la Madame, elle décrète : « Pour l'orgueil ? Vrai ! Y a de quoi se taper le derrière par terre ! »

CLAUDINE.

Ce texte, que Solenière attribue à Willy et à Colette, a été recueilli dans le volume : *Propos d'Ouvreuse* par Henry Gauthier-Villars (Henry Parville, 1925, p. 10-12), précédé de ces lignes qui en confirment la maternité : « Colette conserva, comme on va le voir, un souvenir charmé de ce voyage à trois. / Nous avons retrouvé quelques pages d'elle à ce sujet, peu connues du public et dont nos lecteurs apprécieront sans nul doute l'enjouement mutin d'un tour si personnel. »

On trouve de plus dans ces *Propos d'Ouvreuse* (p. 21-23) un texte qui se rapporte aux pages (603 et suiv.) de *Claudine s'en va* où l'on voit Claudine à Bayreuth. Il y est daté de « juin 1905 ».

L'OPINION DE CLAUDINE

Moi, je n'entends rien à la musique. Ou plutôt, je n'y entends que de la musique. Le gros Maugis m'est, au concert, un spectacle pénible, qui m'inspire une pitié nuancée de mépris. Il subit la musique comme un martyre compliqué et d'ailleurs voluptueux. Il n'a pas une minute de repos. Les ondes sonores n'ont-elles point gravé son front de rides concentriques ? Et ses yeux, qu'il porte en avant, à la manière des langoustes, ont dû sortir autrefois de sa figure, pour écouter mieux. Il a de larges et actives oreilles, qui remuent selon les contractions de ses mâchoires, et ses paupières surveillent l'orchestre, inclinées en abat-sons. Il écoute tout entier, il souffre. Un *couac* des cors lui arrache un discret hurlement. Des sévérités brusques dressent toute sa physionomie, il fouille d'un œil justicier la forêt instrumentale et semble demander : « Qu'est-ce qui a fait ce bruit-là ? »

En somme, il n'y a guère que la mauvaise musique — celle qu'il n'aime pas — qui détende ce torturé critique. Il peut en sourire, rire, esquisser sur son siège une petite danse du ventre, renverser son bords-plats sur sa nuque, crier tout bas : « Ah ! m... zut ! » Il peut hausser l'épaule vers Gaston Carraud[1] son voisin, invoquer muettement le sourire las de Fauré, et la colère divine...

À Bayreuth, pendant les longs entractes, il s'installait à la restauration entre un Schinkenbrötchen[2] et une orangeade glacée, et c'étaient des patiapatia de portière, — pis, d'ouvreuse ! — sur le théâtre local, le panurgisme des peuples en pèlerinage, sur Cosima et les chanteurs, la robe imprimée de Freia[3], — et *Parsifal*, donc, qu'est-ce qu'il en restait ! « J'en ai assez, criait Maugis tout rose et tout ruisselant, j'ai assez coupé dans le bateau wagnérien ; j'ai gémi comme les copains sous le genou du titan, mais, bon Dieu, j'en suis bien revenu ! » Une demi-heure après, il pleurait comme un faon, comme moi, comme tout le monde, à l'Enchantement du Vendredi saint, dès que le hautbois se mettait à chanter... Il était repris.

Claudine songea un instant, haussa les épaules et reprit :

Je bafute Maugis, mais fraternellement, et d'une ironie compatissante. Il aime la musique comme j'aime l'amour.

1. Compositeur (1869-1920), qui n'a pas laissé de nom, prix de Rome en 1890, il était aussi critique musical à *La Liberté* et à la revue *S. I. M.*, organe de la Schola Cantorum.
2. Nous corrigeons « schinkenbroedchen » (petit pain au jambon).
3. Freia est la déesse que, dans *L'Or du Rhin*, se disputent les dieux et les géants.

Sa volupté spéciale ne lui est point clémente, et la mienne ne ressemble pas au plaisir. À Maugis aussi, une main invisible tend un flacon fermé : « Ne le respire pas trop. Enivre-toi raisonnablement. Crains sa vapeur quasi mortelle, crains l'emportement et son mystérieux désespoir. Dose l'orgie... Sinon ta tête tombera en arrière comme celle d'une femme qui meurt et tu garderas, le charme dissipé, un triste visage égaré d'enfant perdue... » Va te faire fiche ! On boit jusqu'au bout de son haleine...

Vous voyez, conclut Claudine en s'étirant, je comprends très bien. Ce pauvre gros Maugis !... La musique, c'est son Renaud, à lui.

COLETTE.

« Claudine » signe aussi en 1903 des articles du *Gil Blas,* mais sans doute n'est-ce qu'une signature. Voir la Bibliographie à l'année 1903.

NOTE SUR LE TEXTE

Le manuscrit.

Les dates extrêmes de composition du roman restent imprécises. Cependant, Annie y évoque Casamène[1], et on sait que sous ce nom se dissimule la « maison, la petite ferme, les cinq ou six hectares qui les entouraient[2] » des Monts-Boucons, propriété que Willy avait achetée en 1900. Colette affirme également : « De juin à novembre, trois ou quatre années de suite, j'ai goûté là-haut une solitude pareille à celle des bergers[3]. » Il ne serait donc nullement invraisemblable que la romancière ait, en 1902, rédigé le manuscrit de son quatrième roman — en tout ou en partie — aux Monts-Boucons ; le mois de décembre eût alors été consacré aux corrections et à l'adjonction, peut-être, des deux épisodes ajoutés[4] ; celui de janvier 1903, à la dactylographie. Colette n'indiquant jamais de date ou de lieu sur les cahiers remplis par elle, la correspondance découverte à ce jour étant muette sur le sujet et *Mes apprentissages*, d'une grande imprécision chronologique, force nous est de nous en tenir à ces dates extrêmes : juin 1902 — janvier 1903.

Le manuscrit se compose de six cahiers d'écolier, conservés à la Bibliothèque nationale sous les cotes Nouvelles Acquisitions françaises, 14615, 14616, 14617, 14618, 14619, 14620. Ils correspondent à la description qu'en a donnée Colette dans *Mes apprentis-*

1. Voir n. 1, p. 539.
2. *Mes apprentissages, OCF,* t. XI, p. 79.
3. *Ibid.*
4. Voir ci-dessous, p. 1380.

sages[1] ; un, le premier, est de la marque Gallia ; les autres, de la marque Le Calligraphe. Par erreur, le début du manuscrit se trouve dans ce qui est aujourd'hui le second cahier, dont la couverture porte trois titres : « Je m'évade... (La Retraite sentimentale) I Claudine s'en va », titres tracés par Colette qui a barré les deux premiers. Le cahier de marque Gallia ne contient que neuf feuillets écrits, soit l'épisode de la soirée chez Lalcade, manifestement rédigé à part, comme le confirme Willy qui nota, au crayon, dans le coin supérieur gauche du premier feuillet couvert de l'écriture de sa femme : « s'intercalle *[sic]* page 37, vol. I ». Un autre épisode fut rédigé lui aussi à part : alors que, dans le sixième cahier, le roman se termine au feuillet 19, les feuillets 23 à 39 contiennent le récit de la visite d'Annie à Claudine ; dans le coin supérieur droit du feuillet 23, Colette a écrit : « (Chapitre intercalé au commencement du volume) ». Le troisième cahier contient cinquante feuillets écrits et témoigne encore d'une hésitation sur le titre du roman : sur sa couverture, on lit : « Je m'évade...[2] / II / (Claudine s'en va) », le tout écrit par Colette. Les cahiers 4 et 5 ne portent plus que ce dernier titre ; ils comptent respectivement trente-huit et quarante-neuf feuillets écrits. Si Solenière dans son *Willy* annonce *Je m'évade !*[2], c'est que son livre a paru plusieurs mois avant *Claudine s'en va* ; il est enregistré dans la *Bibliographie de la France* dès le 24 janvier 1903.

L'édition originale.

Willy, *Claudine s'en va,* Librairie Ollendorff, 1903, 320 pages. La couverture a été illustrée, sur le premier plat, par Pascau qui a représenté, au crayon gris rehaussé de touches bleues, une jeune femme en tenue de voyage, assise sur ce qui paraît être une banquette de gare. Derrière elle, deux affiches : l'une, jaunâtre, à sa gauche, porte : Willy / Claudine / s'en / va ; l'autre, à sa droite, représente une Claudine adolescente, les jupes courtes, traînant au bout d'une sangle un paquet de livres, rappel évident de *Claudine à l'école*. Au bas du même plat de couverture : Librairie Ollendorff. Le second plat est illustré d'une caricature de Polaire souriante sous laquelle se peut lire : Claudine *[en facteur commun]* / à Paris / à l'école *[ces deux dernières parties des titres séparées par une fleur stylisée]* / par / Willy / Librairie Ollendorff. Le dos porte : Willy / Claudine / s'en va / prix / 3 f 50 / Paris / Librairie / P. Ollendorff / 1903. La page réservée aux ouvrages « du même auteur » mentionne : *Maîtresse d'esthètes*, *Un vilain monsieur* et les trois précédentes *Claudine*. La page de titre se lit ainsi : « Willy / Claudine / s'en va / *[monogramme de Paul Ollendorff]* / Paris / Société d'éditions littéraires et artistiques / Librairie Paul Ollendorff / 50, chaussée d'Antin, 50 / 1903 / Tous droits réservés. De l'ouvrage, imprimé à Évreux par Charles Hérissey, « il a été tiré à

1. *OCF,* t. XI, p. 21.
2. Voir p. 1376.

part cinquante exemplaires sur papier de Hollande numérotés à la presse ». On n'y relève ni date d'achevé d'imprimer ni date de dépôt légal. Le roman a d'abord été annoncé dans la partie commerciale de la *Bibliographie de la France* le 7 février 1903 pour paraître le 3 mars. La mise en vente fut ensuite repoussée au 17 mars. Il sera enregistré dans la partie officielle le 9 mai.

L'édition du Fleuron.

Les corrections et les modifications apportées par Colette à son texte pour l'édition de ses *Œuvres complètes* ne diffèrent guère de celles qu'elle a introduites dans les trois premiers romans de la série, si ce n'est qu'elles sont, dans le cas présent, plus nombreuses. La raison de cette sévérité particulière est aisément discernable : Colette n'aimait pas cette œuvre qu'elle écrivit sans goût et qui souffrit, plus que les précédentes, de l'influence d'un Willy décidé à faire feu de tout bois. Reprenant pour la dernière fois ce très ancien « pensum », la romancière nettoya, élimina, sabra avec une sorte d'ardeur qu'il n'est peut-être pas téméraire de supposer vengeresse.

De plus grand intérêt sont les phrases ou les paragraphes qui furent éliminés et on en compte une trentaine, de quelques mots à une phrase et demie, si on excepte la longue lettre de Maugis qui entache la dernière partie du roman. Quatorze de ces phrases sont très courtes et visent seulement à alléger le texte de précisions superflues : « comme un père » (p. 547), « de l'Alain de mon rêve » (p. 577), « Encore dans le parc ! » (p. 601), « Un peu plus je me blessais ! » (p. 626), etc. L'évocation de Marthe Payet, de ses habitudes mondaines et le récit de son tête-à-tête amoureux avec Maugis dans une chambre d'hôtel de Bayreuth ont subi quelques réductions ; la lettre de Claudine à Annie perd des lignes exagérément lyriques, de même que les réflexions d'Annie après la dernière visite de son amie. Une page environ tombe[1], qui décrit l'attitude équivoque de Renaud devant Claudine et Polaire à Bayreuth : elle devait tout à Willy[2]. Mais quelle tardive pudeur poussa Colette à faire disparaître toute trace (à l'exception d'une allusion presque obscure) de cette « autre » tentation à laquelle Annie cédait facilement, celle de l'onanisme[3] ? Si quelque conclusion générale devait ressortir de cette étude, elle confirmerait que Colette a tenu, d'une part, à éliminer les longs ajouts de son collaborateur, de l'autre, à effacer les plus voyantes des fautes de goût. Cette dernière toilette ne pouvait, de toute manière, améliorer beaucoup une œuvre sacrifiée dès le départ à la nécessité de produire.

P. D'H.

1. Voir var. *a*, p. 620.
2. Voir var. *a*, p. 619.
3. Voir var. *a*, p. 625.

NOTES ET VARIANTES

Les notes de *Claudine s'en va*
sont dues à Ph. D'Hollander et à Cl. Pichois.

Page 533.

1. Ce patronyme, dont nous ignorons à quelles raisons il dut d'être choisi, réapparaîtra dans *La Femme cachée* (*OCF*, t. VII, p. 416-420) et dans *Belles Saisons* (Flammarion, 1955, p. 249).

Page 534.

a. À présent, c'est la vérité, il est parti [*p. 533, 3e §, 1re ligne*]. Je crains de bouger, de respirer, de vivre. Un mari ne [quitt *biffé*] devrait pas quitter sa femme, quand c'est ce mari-là, et cette femme-là. / [J'avais douze *corr. W en interl. en* Je n'avais pas encore treize] ans, qu'il était déjà [mon *biffé*] [le *corr. interl.*] maître de ma vie. [...] bleus qui éblouissaient. J'attendais [les *corr. W en interl. en* ses] grandes vacances, chez Grand-Mère Lagarrigue — toute ma famille — et je comptais les jours. Un matin, [elle ouvrait *biffé*], en entrant dans ma chambre blanche et grise de petite nonne ([les étés sont [chauds *biffé*] [cruels *corr. interl.*] *corr. W par biffures et en interl. en* à cause des cruels étés de] là-bas, on blanchit à la [chaud *corrigé en* chaux], et les murs restent frais et neufs dans l'ombre des persiennes) en entrant elle disait [: « On a vu les fenêtres *biffé*] : « les fenêtres de la chambre d'Alain sont ouvertes, la cuisinière les a vues en revenant de ville. » Elle [disait *corr. W en interl. en* m'annonçait] cela tranquillement, [et *biffé*] sans se douter que je devenais toute menue sous mes draps, [...] comme à présent, d'un amour [aveugle *biffé*] [confus *corr. interl.*] et épouvanté, sans coquetterie et sans ruse. [Deux *biffé*] [[trois *corr. interl.*] mois par an *biffé*] [[Presque 4 mois par an *corr. interl.*] *corr. W par biffures et en marge en* Chaque année] nous vivions côte à côte, [[*trois mots illisibles*] *corr. W par biffures et en interl. en* pendant, pendant tout près de quatre mois] parce [qu'il *biffé*] qu'on l'élevait [en Normandie *add. W en interl.*] dans une [école *corr. W en interl. en* de ces écoles] genre anglo-saxon, où les vacances sont [longues [et les add<itions> *biffé*] et les additions de fin d'année *corr. W par biffures et en interl. en* si longues et les notes à payer] aussi. Il arrivait, tout blanc et tout doré, [...] se moquait souvent, il [disait *corr. W en interl. en* décrétait] : « Nous allons faire ceci, — [tu tiendras *corrigé en* vous tiendrez] le pied de l'échelle ; [tu tendras ton *corrigé en* vous tendrez votre] tablier pour que je jette les pommes dedans... » ; il [me *biffé*] passait son bras [...] la prendre ! » il avait [quinze *biffé*] [seize *corr. interl.*] ans, et moi douze. *ms.*

1. Colette évoque ici l'école des Roches, près de Verneuil-sur-Avre en Normandie, où Willy avait mis son fils Jacques.

2. Dans son école « genre anglo-saxon », Alain pratiquait-il le *Cantique des cantiques* en latin ? La citation *nigra sed formosa* (noire mais belle) en est extraite (I, 5).

Page 536.

1. Le tailleur, nouveauté importée d'outre-Manche, n'était pas encore facilement accepté parce que, d'allure plus « masculine » que la robe, il manifestait certaine tendance à l'émancipation.

2. La verdure est une tapisserie représentant principalement des plantes et des feuillages. Le poivre et le tabac mélangés étaient fréquemment utilisés comme antimite.

3. Le roman naturaliste et Zola ont déjà été à plusieurs reprises les cibles des sarcasmes de Willy et de Colette (voir *Claudine à l'école*, n. 1, p. 71, et *Claudine à Paris*, p. 288 et n. 1).

4. Abréviation sous laquelle était connue la Compagnie urbaine de transport. Annie quittant provisoirement Paris n'aura plus besoin d'avoir à sa disposition une voiture de location.

5. Du personnage de Marthe Payet, Willy écrivit à Jules Marchand : « c'est le portrait (physique, non moral) de Mme de Serres, femme d'un compositeur de la Schola, haïe de Colette qui se réconcilia avec elle vers 1908, je crois, pour m'écraser sous un sale procès. Le coup rata, Dieu merci ! » (*Indiscrétions et commentaires*, p. 34.) Le compositeur est Louis de Serres (1864-1942) qui, en 1931, succédera à Vincent d'Indy à la tête de la Schola Cantorum. Colette lui dédie « Toby-Chien et la musique » (voir *Les Vrilles de la vigne,* n. 1, p. 1057) et le mentionnera dans *Mes apprentissages* (*OCF,* t. XI, p. 120) parmi les disciples de Gabriel Fauré. Nous ne voyons pas à quel procès Willy fait ici allusion, à moins qu'il s'agisse de celui dont il est fait mention dans la note 2, p. 550.

Page 537.

1. La « première », chez un grand couturier, est la personne qui dirige les ouvrières et reçoit les clientes.

Page 538.

1. Anne, dite Ninon, de Lenclos (1620-1705), célèbre pour sa beauté et son esprit, a connu de nombreuses aventures et tout autant de liaisons avec les personnalités les plus illustres de son temps.

2. Premier vendeur au rayon des soieries.

Page 539.

1. Première allusion dans l'œuvre aux Monts-Boucons, propriété située à deux kilomètres de Besançon, entre Pirey et École, que Willy avait achetée en septembre 1900. De 1902 à la vente du domaine par Willy en 1905, Colette y passa près de six

mois par an. Les Monts-Boucons inspireront des pages tout empreintes de nostalgie à l'auteur de *Mes apprentissages* (*OCF*, t. XI, p. 79-83). Sous le nom de « Maison Sèche », ils réapparaîtront dans *L'Ingénue libertine* et formeront le cadre principal de *La Retraite sentimentale*.

2. La manche en sabot est courte, très large et évasée et, généralement, en dentelles ; il semble que Colette évoque plutôt par ces « sabots » l'évasement de la manche à partir du coude, mouvement repris au poignet par une manchette.

3. Chapeau large et plutôt simple (pour 1903 !) imité de ceux que porte Marie-Antoinette à Trianon sur l'un des vingt portraits qu'a laissés d'elle Mme Vigée-Lebrun.

4. Paul-César Helleu (1859-1927) fut céramiste, graveur, décorateur mais reste surtout connu comme le peintre de l'élégance féminine en 1900. Sa rapidité d'exécution lui avait valu le surnom de « Watteau à vapeur ». C'est à lui qu'est due la couverture de *Minne* (1904).

5. La repartie est empruntée à Racine ; dans *Phèdre* (acte I, sc. III, v. 264), à l'exclamation d'Œnone stupéfaite d'apprendre quel homme aime sa maîtresse : « Hippolyte ? Grands Dieux ! », Phèdre répond : « C'est toi qui l'as nommé. » La référence ne laisse pas de surprendre dans la bouche de Marthe.

Page 541.

1. Expression empruntée au langage militaire, ce qui explique les guillemets.

2. Dans *Indiscrétions et commentaires* (p. 34), Willy indique que cette Chessenet eut pour modèle « la femme de mon cher ami Ernest Chausson, compositeur exquis, mort d'un accident de bicyclette ».

Page 542.

1. Le mascaro ou mascara est un cosmétique que Colette cessera de mépriser quand elle se fardera pour la scène. Voir n. 1, p. 1011.

2. De la « Rose-Chou », Willy écrit à Jules Marchand (*Indiscrétions et commentaires*, p. 34) qu'il s'agissait de « la femme, bébête mais aimable, d'Arman de Caillavet que même jeune fille (Jeanne Pouquet) Colette exécrait » (voir *Claudine à Paris*, n. 1, p. 266). Le journaliste commet ici une erreur car, Jeanne Pouquet ayant épousé Gaston Arman de Caillavet en mai 1893, presque exactement au moment où Willy épousait Colette et l'amenait à Paris, on voit mal comment celle-ci eût pu la connaître « jeune fille ».

3. Tout porte à croire que Colette couvre de ce nom Anna de Noailles dont elle fera l'éloge dans son *Discours de réception* à l'Académie royale de Belgique (*OCF*, t. XIII, p. 450 et suiv.) et dont

elle évoquera le souvenir dans *Trait pour trait* (*OCF*, t. XIV, p. 195-197).

4. Voir *Claudine en ménage*, n. 3, p. 438.

Page 543.

a. Elle est là, cette Chessenet *[p. 542, 4e §, 1re ligne]*, — elles sont toutes là[1] ! Un silence malveillant à cause de ma robe qui est jolie[1]. Que je voudrais m'enfuir ! Je me réfugie [dans *biffé*] près de Mme Mundoë qui [est jolie *biffé*] me réchauffe de *[un mot biffé illisible]* sa [poi< ?> *biffé*] main [petite et *biffé*] solide [de *biffé*] et [sa voix <posée ?> *biffé*] petite, de ses yeux [<braves et ?> *biffé*] passionnés, braves comme elle-même. Comme je l'envie d'être si brave ! Elle est jolie, [riche, *add. W en interl.*] elle aime son mari [qui le lui rend bien, *add. W en interl.*] elle a la langue vive et impatiente, — il n'en faut pas tant pour [attirer les *biffé*] qu'on potine autour d'elle sans bonté. Elle [court au-devant des allusions, *biffé*] [le sait, court au-devant des *corr. interl.*] allusions, [...] Malabar. / — [Laissez-la donc *corr. W en interl. en* Ne la taquinez donc pas], riposte [la petite *corr. W en interl. en* vivement] Mme Mundoë, elle n'a qu'un mari, cette enfant, quand il s'en va ça lui [fait *corr. W en interl. en* laisse] un vide. / [Une voix pénétrée dit derrière moi / — Évidemment, évidemment. *corr. W par biffures et en interl. en* Derrière moi, une voix pénétrée acquiesce, en roulant des *r* [fresnois *biffé*] bourguignons : / — Cerrrtainement, [cerrrtainement *biffé*] un vide considérrrable... et douloureux.] / Et toutes, même Mme Mundoë[2], partent [...] témoigne [Ren<aud> *biffé*] Alain me rend [...] et cette femme [que leur différence d'âge semble <rapprocher ?> *biffé*] [unis comme des am<ants> *biffé*] qui ne se quittent pas, [qui *biffé*] unis comme des amants... [À leur sujet *biffé*] [J'écris une bêtise *biffé*] [Je viens d'écrire une bêtise car ayant dit un jour à Alain : *biffé*] Comme j'avouais *[un mot biffé illisible]* à [Je disais à Alain, un jour : *biffé*] Alain, un jour que je ne blâmais point Claudine et Renaud, de se poser en [mariés *biffé*] amants mariés, il m'a [répondu, *corr. W par biffures en* demandé,] assez sec : / — Où avez-vous [...] répondu, [sotte et *biffé*] bébête et sincère : / — Je ne sais pas... *ms.*

1. « La » Chessenet compare ainsi Annie aux héroïnes des quelques pièces, vaudevilles et opérettes qui, aux XVIIIe et XIXe siècles, exploitèrent le thème du sacrifice de l'épouse montant, de gré ou de force, sur le bûcher après la mort de son mari ; Lemierre, Scribe et Hervé le portèrent à la scène et sans doute est-ce à l'opérette de ce dernier (1873) qu'il est ici fait allusion. La taquinerie de Mme Chessenet et l'évocation d'Alain en « mala-

1. *Les vingt-cinq lignes qui suivent ne figurent pas dans ms.*
2. *Voir* Claudine en ménage, *n. 5, p. 438.*

bar » prendront tout leur sens lorsque sa liaison avec le mari d'Annie sera dévoilée.

2. À propos des hésitations sur le genre de certains substantifs, voir *Claudine à Paris*, n. 2, p. 271. Ce féminin est passé au masculin dans l'édition du Fleuron.

Page 544.

1. Mme Beulé avait été la femme, puis la veuve du grand archéologue Charles-Ernest Beulé (1826-1874) qui dirigea l'École d'Athènes au moment où Edmond About y était élève et qui fut secrétaire perpétuel de l'Académie des beaux-arts. Mme Beulé tint salon à l'Institut, puis quai Malaquais, avant de passer la Seine, son dernier logis ayant été situé rue Jean-Goujon, près des Champs-Elysées. Ses jeudis étaient fort académiques. C'est le matin qu'elle recevait, selon Claude Vento (pseudonyme d'Alice de Laincel), *Les Salons de Paris en 1889* (Dentu, s. d.). Il se peut qu'elle ait, plus tard, donné à goûter (voir Laure Rièse, *Les Salons littéraires parisiens du second Empire à nos jours*, Toulouse, Privat, 1962, p. 115). Elle n'invitait pas à dîner.

Page 545.

1. Jacques Gauthier-Villars (« Willy et Colette. Un couple célèbre de la Belle Époque », *Les Œuvres libres*, novembre 1959, p. 181-182) se souvient qu'« en 1897, après leur bref séjour habituel dans le Jura, Willy et Colette [l']emmenèrent avec eux à Uriage, station thermale dauphinoise [...], qu'ils évoquèrent dans *Claudine s'en va* en l'appelant Arriège ». Uriage est situé à quelques kilomètres de Grenoble.

2. Ce patronyme est, en toute vraisemblance, le nom commun anglais « tailor » (tailleur) ; parmi la dizaine de personnes ainsi nommées à Paris, en 1903, le Didot-Bottin ne mentionne aucun couturier.

3. Dans *Claudine en ménage*, la situation de l'appartement dans lequel avaient emménagé Renaud et Claudine n'était pas précisée, mais c'est dans la rue de Bassano que Colette avait, dès *Claudine à Paris*, localisé l'appartement de Renaud célibataire (voir n. 1, p. 353).

Page 546.

1. Héros du conte célèbre de l'écrivain allemand Guillaume-Charles Grimm (1786-1859) et du conte musical en trois actes et cinq tableaux d'Adelheid Wette (version française de Catulle Mendès) sur une musique de Humperdinck, créé à l'Opéra-Comique le 30 mai 1900.

Page 547.

1. C'est apparemment dès son mariage que Colette fut par tous

appelée, non par son prénom Gabrielle — qui ne sera plus en usage que dans sa famille et sa belle-famille (voir *Mes apprentissages, OCF*, t. XI, p. 56) — mais par son patronyme dont l'ambiguïté autorisait la confusion.

Page 548.

1. Adjectif adverbial très « claudinien », comme le soulignera Willy dans le manuscrit de *La Retraite sentimentale* (voir la note 1 en bas de la page 1516).

Page 549.

1. Flirts pour le moins improbables de la part d'une jeune femme qui insistait, dans *Claudine en ménage* (p. 447), sur la « froideur » qu'elle manifestait envers les hommes et s'affirmera bientôt, dans *La Retraite sentimentale*, « monogame d'instinct » (p. 1497).

Page 550.

1. C'est dans des termes identiques que Colette décrira le salon de l'appartement du 177 *bis* de la rue de Courcelles : « sorte de salle d'auberge stylisée, bancs et tables de bois poli » (*Mes apprentissages, OCF*, t. XI, p. 62-63) ; comme d'habitude, la romancière s'inspire d'un cadre connu et familier.

2. Ce buste a existé ; il était signé Fix-Masseau. Il est mentionné dans l'inventaire des biens des Gauthier-Villars établi au moment de leur séparation. Colette, qui avait accepté d'abandonner le mobilier à Willy moyennant un loyer mensuel, garda cependant le buste ou le reprit : il ne figure plus dans le second inventaire des meubles établi à la suite du procès intenté par Colette à Willy pour non paiement de ce loyer et dont jugement fut rendu par la Cinquième Chambre le 3 mai 1911. Il réapparaîtra dans la seconde partie de *L'Ingénue libertine* (p. 796) où l'héroïne le distinguera dans l'appartement de Maugis.

Page 551.

1. Complétant son impression première, Annie offre au lecteur une description très précise du living-room des Willy en 1903 (voir n. 1, p. 550).

2. Cette appréciation confirme celles qu'on trouve dans les romans précédents, particulièrement dans *Claudine à Paris* (p. 242). Trente ans plus tard, dans *Mes apprentissages* (*OCF*, t. XI, p. 102), Colette, contredisant les goûts de sa première héroïne, ne trouvera plus qu'adjectifs dépréciatifs pour rappeler le souvenir des deux appartements qu'elle avait occupés rue de Courcelles.

Page 552.

1. Lucie Delarue (1880-1945) avait épousé, en 1900, le docteur Mardrus, orientaliste et traducteur des *Mille et Une Nuits*. Elle publia de nombreux recueils de poésies, une quinzaine de romans et quelques pièces de théâtre. Voir la Préface, p. XXII et LXXXII.

2. La deuxième édition des *Fleurs du Mal* contient trois poèmes sur les chats : XXXIV, « Le Chat » (« Viens, mon beau chat... ») ; LI, « Le Chat » (« Dans ma cervelle se promène... ») ; LXVI, « Les Chats » (« Les amoureux fervents... »). (*Œuvres complètes* de Baudelaire, Bibl. de la Pléiade, t. I, p. 35, 50 et 66.)

3. Dans le recueil *Ferveur* de Lucie Delarue-Mardrus (voir n. 1, p. 553), il y a quatre poèmes qui mettent en scène des chats : « Bêtes » (p. 131), « Fraternité » (p. 165-166), « Allusion » (p. 167), « IIIe. Décembrale » (p. 38).

4. Ce poème est, en effet, inédit lorsque Colette le publie dans *Claudine s'en va*. Il paraîtra l'année suivante (1904) dans le recueil de Lucie Delarue-Mardrus, *Horizons*, chez Fasquelle. Précisons que seul ce poème est intitulé « Pour le chat ». Un poème de ce recueil, « Musique », est dédié à Henri Gauthier-Villars ; un autre, « Mathématique », à Paul Valéry.

Page 553.

1. L'édition originale de 1903 montre : « qui écrit Ferveur ». Nous corrigeons ainsi que l'a fait l'édition du Fleuron. Le pseudonyme n'est autre que le titre du recueil de poèmes de Lucie Delarue-Mardrus. Dans une lettre à Jeanne Muhlfeld, publiée dans *Lettres à ses pairs* (Flammarion, 1973, p. 52) et datée par Claude Pichois et Roberte Forbin du début de juin 1902, Colette écrit : « Madame Mardrus, que je ne connais point, me flanque sa *Ferveur* à travers la figure. » Cette lettre prouve que la romancière avait pu lire le recueil dès sa publication, en 1902, aux éditions de *La Revue blanche*.

Page 554.

1. Petit chignon porté sur la nuque et retenu par un large ruban noué.

Page 558.

1. « Au Ritz, Charles », lit-on dans le manuscrit. Cet hôtel célèbre est situé 15, place Vendôme.

2. Vincent d'Indy fut de ceux que Willy soutint de ses articles. Il ne mourra qu'en 1931 et n'aura qu'après cette date une avenue à son nom, dans le 12e arrondissement, près de la porte de Vincennes. Il faut donc interpréter cette « rue d'Indy » comme un signe

d'amitié fait à celui qui dès 1894 avait témoigné à Colette une sympathie à la fois tendre et amusée (lettre inédite). Dans le manuscrit on lit : « Comme je préfère mon petit thé de la rue X... »

Page 559.

1. Un portrait de Charlotte Corday (1768-1793) la représente coiffée d'un haut bonnet de mousseline tuyauté autour du visage. De cette coiffure on disait d'ailleurs tout simplement : une charlotte.

2. Allusion à la relative simplicité des toilettes que Marie-Antoinette, elle-même anxieuse et vieillie, portait pendant l'année qu'elle passa, prisonnière, dans l'ancienne forteresse des Templiers.

Page 560.

1. Bande de tissu tuyauté et souvent froncé sur un côté qui garnissait le bas des longues jupes évasées. — L'expression prêtée à Claudine a le sens de : qui n'a pas inventé le fil à couper le beurre.

2. Voir *Claudine en ménage*, n. 4, p. 438.

3. Si Willy ne s'est pas trompé (voir n. 2, p. 542), cette belle-mère ne serait autre que Mme Albert Arman de Caillavet ; le mari de la « Rose-Chou » n'est cependant nulle part nommé ni évoqué.

4. L'interpellation de Claudine est moins une référence aux cheveux « roux dorés » de Marthe qu'une allusion à des événements d'actualité : depuis le 10 janvier 1902, deux bandes rivales s'entre-tuaient parce que leurs chefs se disputaient les faveurs d'une certaine Amélie Hélie, dite Casque-d'Or. Profitant de cette notoriété inattendue, Casque-d'Or tâta du « caf'conc' » et se produisit aux Bouffes-du-Nord. Le procès de l'un de ses amants, Joseph Pleigneur dit Manda, à la fin de juin 1902, se mua en un événement très parisien. Le roman *Minne* (1904) — qui deviendra la première partie de *L'Ingénue libertine* — est fondé sur ces démêlés entre « apaches » (voir *L'Ingénue libertine*, n. 3, p. 672).

Page 561.

1. Voir *Claudine à Paris*, n. 4, p. 357.

2. L'avenue Trudaine, dans le 9e arrondissement, est parallèle au boulevard Rochechouart et donc située dans le quartier de la bohème artiste et du plaisir nocturne qu'était Pigalle. La proposition de Renaud est bien faite pour confirmer aux yeux d'Annie la réputation du couple « trop fantaisiste ».

3. « Fantassin » en argot.

4. La « fée verte » de Verlaine connaissait alors un — trop — grand succès ; la distillation de l'absinthe fut, pour cette raison, interdite ensuite par la loi.

Page 562.

1. Espèce de chicoracée aux fleurs d'un bleu très pâle ; p. 534, Annie avait dit ses yeux « ridiculement clairs ».

2. C'est aux environs de 1900, en effet, que les stations thermales connurent leur plus grande vogue. Les excès de table, si fréquents dans les classes aisées, justifiaient sans doute, comme l'assure Marthe, la cure annuelle ; le snobisme était cependant l'agent principal de cette mode, car les grands noms d'Europe se réunissaient chaque année dans l'une ou l'autre des fameuses villes d'eaux pour ce que l'on appelait la « saison d'été ».

Page 563.

1. Willy précise que la soirée chez *Lalcade* eut lieu chez *Lemaire* (*Indiscrétions et commentaires*, p. 36). Aquarelliste spécialisée dans la peinture des fleurs, Madeleine Lemaire (1845-1928) connut le succès entre 1880 et 1910 ; elle illustra *Les Plaisirs et les Jours* de Marcel Proust qu'avait préfacé Anatole France (1896) et fut l'un des modèles de Mme Verdurin dans *À la Recherche du temps perdu*.

2. Voir le Lexique des « Claudine ».

3. Voir *Claudine à l'école*, n. 4, p. 171.

Page 564.

a. — Je n'irai pas[1] [*p. 563, 7 ligne du bas de la page*], Alain. / — Vous irez Annie. / — Je serai si seule, [et si triste *corr. W par biffures en* , si triste de votre départ...] / — Si triste... ma [...] Cette soirée de Madame Lapaire comptera [...] de méchantes gens [qui voudraient vous voir *biffé*] [... *corr. interl.*] Ne négligez pas cette maison aimable [*deux mots biffés illisibles*] la seule peut-être où les gens du monde [<ne ?> *biffé*] frôlent sans [changer et sans mauvais goût des *biffé*] risque [toute une coterie *corrigé par biffures en* tout] un lot d'artistes intéressants...[2] [Tâchez de vous faire pré<senter> / Ah ! si vous pouviez vous faire présenter à la Comtesse Greffulhe *add. marg. W*] Votre robe blanche, à ceinture de fronces serrées, me semble indiquée [n'est-ce pas ? *biffé*]. Une grande simplicité ce soir-là, Annie. Vous verrez chez Madame Lapaire [une *corrigé en* un] petit excès de [<fleurs ?> *biffé*] coiffures Gismonda, de robes Laparcerie... Que rien [ne puisse vous confondre avec ces femmes d'< ?> *biffé*], dans votre parure [...] réservée, [et *biffé*] [les

1. *Ce chapitre, qui débute par ces mots, a été rédigé sur neuf feuillets séparés placés dans le premier cahier de ms. (voir la Note sur le texte, p. 1380 ; le premier de ces feuillets porte, dans le coin supérieur gauche, l'indication manuscrite au crayon* : s'intercalle [*sic*] page 37, vol. I.

2. *Une croix tracée à cet endroit par Willy situe le béquet qu'il ébauche dans la marge* : Tâchez [...] Greffulhe.

corrigé en le] geste simple, — il ne faut rien ajouter [pour que *biffé*], rien changer. N'est-ce pas *ms.*

1. Le snobisme particulier d'Alain Samzun se révéle lorsqu'il s'assimile ainsi aux « gens du monde ». Le conseil donné à sa femme signale également le rang curieux qu'attribuait la bonne société aux artistes qui, d'origine sociale indéterminée, ne pouvaient être fréquentés « sans risque » que dans des circonstances exceptionnelles.

2. Fille aînée du prince de Caraman-Chimay et de Marie de Montesquiou, Élisabeth, née en 1860, avait épousé en 1878 le comte Henri Greffulhe, héritier d'une lignée fabuleusement riche de banquiers belges naturalisés français et anoblis sous la Restauration. Elle fut, pour Proust, le modèle de la duchesse et de la princesse de Guermantes.

3. Gismonda, duchesse d'Athènes, est l'héroïne du drame en quatre actes et trois tableaux de Victorien Sardou (1831-1908) qui avait été créé au théâtre de la Renaissance le 31 octobre 1894 et qui a pour titre son nom. C'est Sarah Bernhardt qui incarnait ce personnage. Dans le *Théâtre complet* de Sardou (Albin Michel, t. III, [1934], p. 511), une illustration montre Sarah-Gismonda les cheveux tombant, relativement courts, sur les épaules. Mais, au dernier tableau, indication de mise en scène : la duchesse est « couronnée de pensées ». Sans doute est-ce cette dernière extravagance qui est ici visée.

4. L'actrice Cora Laparcerie (1880-1946) avait épousé, en 1901, le fils de Jean Richepin, Jacques, avec qui elle dirigea, à partir de 1913, le théâtre de la Renaissance situé 20, boulevard Saint-Martin. Ses robes étaient fort décolletées et donc quelque peu excentriques pour l'époque.

5. À Gabriel Fauré (1845-1924), Colette a consacré une page charmante dans *Mes apprentissages* (*OCF*, t. XI, p. 120).

6. Corset garni de baleines avec lequel les femmes se serraient la poitrine et le ventre pour s'amincir la taille.

7. Pour Vorontsov ou Voronzov, grande famille russe qui compta de nombreux hommes politiques éminents.

Page 565.

1. Sans doute s'agit-il du général-comte Vassili-Iossifovitch Gourko (1864-1937) qui, de 1899 à 1902, avait combattu dans les rangs des Boers pendant la guerre du Transvaal. En 1916, il sera nommé chef d'état-major général des armées tsaristes.

Page 566.

1. « C'est elle qui a créé le plus de roses après Dieu », aurait dit Alexandre Dumas fils, un des amants de Madeleine Lemaire ; Robert de Montesquiou l'avait surnommée « l'Impératrice des roses ».

Page 567.

1. Si l'on se reporte à la fin de la page 564, on est tenté de croire que la musique de cette représentation était de Fauré, dont l'œuvre s'inspire plusieurs fois des *Fêtes galantes* et des *Romances sans paroles* de Verlaine. Pourtant, aucune musique de scène publiée sous son nom ne s'accorde avec l'esquisse de scénario que nous présente Annie-Colette.

Page 568.

a. c'est un peu mon œuvre *[5e §, 3e ligne]* que j'admire. [Il ne faut plus que demeurer ce que vous êtes *biffé*] : une aimable enfant, [...] irréprochable. [, en ménagère accomplie. À ce propos, n'oubliez pas que j'ai l'habitude de payer les gens tous les premiers du mois. Jules et la cuisinière toucheront leur indemnité de vacances, deux francs par jour, voyage *[un mot de Willy illisible biffé]* non payé *add. W en interl. et en marge*] / Le temps est magnifique, [...] Vous pouvez donc [compter *biffé*] espérer [...] pas à trembler *[deux mots illisibles biffés]* si les coursiers [...] inébranlable. [Ne souriez pas, s'il vous plaît *corr. W par biffures et en interl. en* Je sais que vous ne sourirez pas], de ma formule un peu solennelle, le sentiment qui m'attache à vous n'a rien de [léger, ni de *biffé*] [et je *[deux mots illisibles]*, *biffé*] frivole. / Votre / Alain Samzun. / [P.S. J'ai l'habitude de payer les gens tous les premiers du mois. Jules et la cuisinière toucheront leur indemnité de vacances : deux francs cinquante par jour, voyage non payé. *biffé*] / [2e *biffé*] P.S. — Votre petite photographie s'abîmait dans la poche de mon veston, j'ai craint pour elle le rude voisinage de mon porte-cigares, je l'ai glissée avec beaucoup de soin dans mon sac de toilette. Ainsi votre image m'accompagnera intacte, encadrée de ces beaux arbres de Chalezeuilles. » / [Un *biffé*] L'index *ms.*

1. On retrouve, dans cette sensibilité musicale, celle qu'exprimait Claudine à l'audition de *La Damnation de Faust* (voir *Claudine à Paris*, n. 1, p. 286) ; Annie et Claudine se révèlent ainsi très proches de Colette qui, dans *Mes apprentissages* (*OCF*, t. XI, p. 120), écrira : « Consentir, comme je le fis enfin, à ce que chaque orage de musique [...] fût une défaite heureuse, fermer les paupières sur deux larmes faciles et imminentes, je ne comptai pas, d'abord, ce desserrement comme un progrès. »

Page 571.

1. Claudine a gardé les chats Fanchette et Limaçon, mais c'est à Annie que Colette a confié le Toby-Chien qui était le sien en 1903 ; dans « Elle est malade » (*Douze dialogues de bêtes*, *OCF*, t. III, p. 350), le même Toby-Chien confirme qu'il fut effectivement le modèle du petit compagnon d'Annie : « je suis un petit bull venu au monde un soir entre les quatre pieds d'une jument alezane,

qui ne s'est pas couchée pendant toute la nuit, tant elle craignait d'étouffer ma mère et ses nouveau-nés. »

Page 572.

1. « Barège » eût dû être écrit « barèges » car il s'agit du nom d'un village des Hautes-Pyrénées situé sur un affluent du gave de Pau, le Bastan, et renommé pour ses eaux sulfureuses. Les bains de barèges artificiels se prenaient dans une solution d'hydrosulfite de soude, de sel marin et de carbonate de soude, ce qui explique la « senteur sulfureuse » qui imprégnait l'atmosphère d'Arriège.

Page 575.

1. Voir *Claudine à Paris*, n. 2, p. 266.
2. C'est pour teinter l'ouvrage d'exotisme — de cet exotisme dont Willy était friand — que Calliope (curieusement nommée d'après la Muse de l'éloquence !) a été ici gratifiée de ce « babélisme » imprévu ; Claudine qui l'avait rencontrée pour la première fois dans *Claudine à Paris* (p. 266), n'avait pas signalé un « polyglottisme » cependant difficile à ignorer.

Page 576.

1. Mot grec : mauvais.
2. « Gants » en anglais.
3. Le mot est grec, et le sens donné dans le texte : coquetier.
4. En 1903, Émile Loubet (1838-1929) était président de la République. Sa femme, d'une des meilleures familles de la Drôme, épousée en 1869 et mère de trois enfants, était quelque peu empâtée. Elle apparaît ainsi dans le portrait qui figure en regard de la page 16 du volume : *Le Président Émile Loubet*, par des Écrivains dauphinois (Grenoble, Alexandre Gratier, 1900).
5. Mot italien ; littéralement : épouvante.
6. Mot anglais ; Calliope eût dû dire : « j'ai drop mon ombrelle » car *to drop* signifie « laisser tomber ».

Page 580.

1. Autre trait emprunté par Maugis à Willy. Vers 1900 et jusqu'à la guerre de 1914-1918, le duel fut très à la mode et le journaliste tenait fort à la réputation de bretteur que lui avaient valu quelques duels retentissants. *Claudine s'en va* devait lui en attirer un autre : Jean de Mitty (voir n. 9, p. 647), s'étant reconnu dans le personnage de Jean de Katorzeur, provoqua le signataire en duel. « La rencontre eut lieu dans l'établissement Chéri, à Neuilly, Willy fut légèrement touché au flanc » (Jean de La Hire, *Willy et Colette*, Bibliothèque indépendante d'édition, 1905, p. 31).
2. Coiffure consistant à nouer au-dessus du front les pointes du fichu enveloppant la tête.

Page 583.

1. Adjectif grec féminin : belle.
2. Ou « fées » pour les Grecs. Calliope n'invente rien : c'est aux « mires » que les Grecques réclament un mari, des enfants, le soulagement ou la protection. On les attire en leur offrant du miel et des gâteaux.
3. Verbe anglais : s'asseoir.
4. « Mal de tête », en anglais.

Page 586.

1. Hunt, au nom bien anglais comme il se doit, ne figure pas dans le Bottin de l'époque.

Page 587.

1. Il s'agit ici, non de louis, mais de francs-or. Pour évaluer la rente de Marthe, il faut savoir que le salaire mensuel d'un petit employé était de cent de ces francs, celui d'un comptable, de trois cents, d'une ouvrière d'usine, de soixante (salaires payés à Paris). En fait, les Payet semblent avoir de quoi mener l'existence de bourgeois riches.

Page 588.

1. Dans l'article « Willy et Colette. Un couple célèbre de la Belle Époque » (*Les Œuvres libres*, novembre 1959, p. 181-182), Jacques Gauthier-Villars décrit Colette promenant « en laisse le chat angora Kiki-la-Doucette, au grand ébahissement des baigneurs ».
2. Phineas Taylor Barnum (1810-1891) était l'homme d'affaires américain qui, après avoir dirigé un cirque célèbre, créa l'American Museum dans lequel il avait réuni une impressionnante quantité de curiosités et de phénomènes. Il organisa de nombreux concerts et mourut millionnaire.

Page 589.

a. Bonjour *[p. 588, 14e ligne du bas de la page]*, [Claudine *corr. W en interl. en* Mad... Bonjour] Claudine. Vous avez fait bon voyage ? » / J'ai dit son nom avec un peu d'effort. Mais le moyen d'appeler « Madame » cette [étrange *add. W en interl.*] petite femme que tout le monde nomme par son prénom ! / — Très bon. Renaud charmant. [Croyez-vous *corr. W en interl. en* [Il a flirté avec moi *[[deux mots illisibles de Willy]] biffé*] Il a tout le temps flirté avec moi, si bien que je n'ai pas eu un seul moment la sensation d'être mariée.. Croyez-vous,] un monsieur [...] ma mère. [On a chaud dans cet arrondis < ?> *biffé*] On a chaud, ici. [...] Claudine [bat des mains *corr. W en interl.*

en [passe son pied par-dessus une chaise une deux souplement ? *biffé*] passe lestement son pied par-dessus une chaise, une chaise très haute :] / — Chance ! je l'adore, Calliope. Et puis, si elle a peur des chats, on va avoir du goût ! [...] en dessous de la Méditerranée. / — [Il y a des peuples *biffé*] Les poissons ? raillé-je timidement / — Non, [petite rosse *biffé*] subtile petite rosse. Au-dessous... sur la carte. [La voilà *add. W en interl.*] Paraissez, Calliope, *ms.*

1. Comme l'indique le nom suivant, il est très probable que Claudine évoque ici, moins la déesse grecque, que le roman de Pierre Louÿs, *Aphrodite*, dont Mnasidika est un personnage.

2. Dentelle aux fuseaux, brillante et à motifs (fleurs, oiseaux, papillons), employée surtout en application, dont le nom rappelle celui de la ville d'Île-de-France où, jusqu'au XIXe siècle, se regroupaient les dentellières spécialisées dans ce point.

3. La brusque apparition dans le texte de ces indications en italiques, exaspération manifeste de l'habitude du journaliste de préciser les éléments de « mise en scène », tend à transformer le passage en scénario (voir « Les Interventions de Willy », p. 1481).

4. Littéralement, en anglais : la plus chère, soit « très chère ».

5. Expression grecque, terme affectueux souvent réservé aux enfants : mon oiseau, ma chérie.

Page 590.

1. Marthe et Calliope témoignent ainsi qu'elles n'ignorent rien des relations passées entre Claudine et Rézi, relations qui forment l'intrigue du roman précédent, *Claudine en ménage*. Leurs « sourires complices » indiquent qu'elles sont sensibles plus à la grivoiserie de l'allusion qu'au rappel de la nationalité de la Viennoise.

Page 592.

a. qui n'attiraient pas [*p. 591, 2e §, dernière ligne*] le regard ! [Oui, *add. W en interl.*] Deux[1] mariés [de qui *biffé*] d'une semaine, qui [se *biffé*] dînaient à une petite table [de *biffé*] [d'une *biffé*] de restaurant, [l'air *biffé*] [lui roux, elle *corrigé en* Lui roux Elle] trop brune, sans que leurs regards [[trahissent *biffé*] [traduisent *corr. interl.*] *corr. W en interl. en* en vinssent jamais traduire] le désir, leurs [gestes *biffé*] mains la [*un mot illisible biffé*] [caresse *corr. interl.*], sans que leurs pieds [...] laissait tomber ses paupières sur des yeux transparents, « couleur [de chicorée *corr. par add. en* de fleur de chicorée] sauvage » [et *biffé*] elle [pre<nait> *biffé*] posait et reprenait sa fourchette, refroidissait sa main chaude au flanc perlé de la carafe, [comme une

1. *Willy n'a pas corrigé le* D *majuscule en* d *minuscule.*

biffé] fiévreuse accoutumée à sa fièvre. [et qui *biffé*] Lui, il mangeait d'un appétit sain comme ses dents, et [dis<ait> *biffé*] parlait d'une voix de [mari *biffé*] maître : « Annie, [...] et comme j'appelais, en la redoutant, [l'heure encore *[quatre mots illisibles]* *biffé*] [l'heure encore jamais venue où *corr. interl.*] mon plaisir viendrait [compléter *biffé*] répondre au sien... [...] larmes, [<soulevée ?> *biffé*] au bord même [de la *biffé*], pensais-je, de la mort, [appelant et attendant *corr. par biffure et surcharge en* j'appelais et j'attendais] ... je ne savais quoi. / [Je le sais maintenant, à peu près. Marthe prit *[*soin de *biffé]* *[*plaisir à *corr. interl. biffé]* [s'ingénia *corr. dans l'interl. inférieur]* à instruire, à étonner la nice petite fille que j'étais, *[*mais *biffé]* mais sans la troubler pourtant. Le joug d'Alain ne permettant pas qu'une influence féminine *[*se glissât entre *biffé]* Je comprends à présent, je comprends ! Non, ce n'est pas Marthe qui m'a troublée, c'est moi. *biffé en définitive*] Je le sais maintenant *ms.* ✦✦ *b.* d'où donc m'est venue la lumière *[2e §, 1re ligne]* ? de son absence ? [Se peut-il *biffé*] [Faut-il si peu *biffé*] Quelques lieues de terre et d'eau, [fallait si peu de chose *biffé*] entre lui [...] qui rendit [à Siegfreid *biffé*] la mémoire à Siegfried ? Mais le philtre [tardif *add. W en interl.*] lui rendit aussi l'amour, et moi, hélas !... À quoi m'accrocherai-je ? [dans la vie ? *biffé*] [Ils ont tous *corr. par biffures et par surcharge en* Tous], autour de moi, courent et [<se ?> *biffé*] combattent vers [un *biffé*] [le *corr. interl.*] but de leur vie... [Calliope *biffé*] Marthe et Léon [<marchent ?> *biffé*] [peinent, pour l'argent *corr. en interl. et par surcharge en* peinent, lui pour les *[[un mot illisible]* *corr. W en interl. en* gros tirages*]*, elle pour le luxe] Claudine aime et Calliope se vend, — dit-on — : Maugis [lui-même *biffé*] s'enivre... Alain [...] et correcte, [joie facile de montrer *[*d'habit<er> *corr. interl. biffée]* *[*une maison *biffé]* *[*domestiques *biffé]* *[*un chez lui des gens et les *corr. interl. biffée]* *[*une maison saine *biffé]* une maison saine *biffé en définitive*] [souci *biffé*] [joie facile *biffé*] [souci *corr. marg.*] d'habiter une maison nette [et saine *biffé*] comme son âme, [et *biffé*] d'éplucher [ses relations *biffé*] [son livre d'adresses *corr. interl.*] comme un certificat de domestique, [d'habiller et de montrer une *biffé*] de [dresser et de tenir en main sa femme *corr. par biffures et en interl. en* dresser sa femme et de la tenir en main] comme son demi-sang anglais... Ils vont, ils s'agitent, et je reste, *ms.*

1. Allusion à la scène du *Crépuscule des dieux*, quatrième journée de la tétralogie de Richard Wagner *L'Anneau du Nibelung*, au cours de laquelle, après une partie de chasse, Siegfried absorbe un breuvage qui lui rend la mémoire perdue depuis que Gunther et sa sœur Gutrun lui avaient fait boire le « philtre d'oubli » ; avec la mémoire, il retrouve son amour pour Brunehilde. Voir *Claudine en ménage*, n. 2, p. 406 et n. 1, p. 509.

2. Pékin ou pékiné : tissu à rayures alternées et brillantes.

Page 593.

1. Dans la langue populaire, un mensonge.

Page 594.

1. On devine que cette « autre » coiffure s'orne, dans la pensée de Marthe, de l'emblème cornu attribué aux hommes trompés par leur femme. L'épisode rapporté p. 626-627 confirmera cette interprétation.

2. Invocation rarissime dans les réflexions d'une héroïne de Colette ; rien, jusqu'à présent, ne permettait de deviner, chez Annie, un quelconque penchant religieux...

Page 595.

1. Verbe emprunté à la langue populaire : travailler, peiner, produire avec difficulté pour satisfaire à ses obligations ou remplir un contrat.

Page 596.

1. Opéra-comique en un acte qui, depuis sa création en 1853, reste l'œuvre la plus connue de Victor Massé (1822-1884).

2. À ce « je m'évade », encore présenté comme un effet de la pensée ou du rêve, correspond la phrase identique qui clôt le roman (p. 664) ; à ce moment-là, l'action sera décidée et en voie de se réaliser. Les deux phrases justifiaient le premier titre de l'ouvrage (voir la Note sur le texte, p. 1380).

3. Quoique le séjour à Bayreuth doive tout aux souvenirs que Colette avait gardés de celui qu'elle fit dans cette ville en 1901, son exploitation littéraire a pu être commandée par le désir de souligner la liberté de mœurs et l'anticonformisme du groupe, signification à laquelle nous ne sommes plus attentifs aujourd'hui. Marcel Proust la rappelle en faisant juger Odette Swann par les relations féminines de Mme de Guermantes comme « une femme qui était bien capable d'être allée à Bayreuth — ce qui voulait dire faire les cent dix-neuf coups » (*À la Recherche du temps perdu*, Bibl. de la Pléiade, t. II, *Sodome et Gomorrhe*, p. 749).

Page 597.

1. Ces dix ans nous ramènent à l'année 1893, soit celle au cours de laquelle Willy décida de résilier son rôle de directeur de la maison d'édition paternelle pour se consacrer entièrement au journalisme. Il collabora ensuite à un nombre impressionnant de revues et de journaux qui offraient, au moins, une chronique musicale : *L'Echo de Paris,* auquel il sera attaché jusqu'en 1907, la *Revue internationale de musique, Le Courrier musical,* le *Journal musical,*

Le Monde artiste, La Revue encyclopédique, La Revue musicale, La Vie musicale.

Page 601.

1. Expression grecque, affectueuse et familière : « mon âme », « mon cœur ».

Page 602.

a. Claudine lit tout haut *[p. 601, dernier §, 1re ligne]* le petit panégyrique broché sous [une *biffé*] couverture séduisante, [que *biffé*] [que vous offre *biffé*] qu'offre aux baigneurs l'établissement thermal. Nous [assistons *biffé*] [écoutons *corr. marg.*], pour la dernière fois [...] Entre *une Variation sur les Dragons de Villars* et *Nuit d'Ivresse,* valse brillante, Claudine [lit *biffé*] nous [apprend *biffé*] instruit malgré nous [des vertus *biffé*] — et non sans commentaires ! — des vertus de *[deux ou trois mots illisibles biffés]* [l'eau *biffé*] [la source *corr. en interl. inférieur*] sulfureuse. / Sa chatte blanche, en laisse, dort sur une chaise de paille [, Claudine paye deux sous pour Fanchette « comme pour une personne » *biffé*] « une chaise qui [<paye ?> *biffé*] [coûte *corr. interl.*] deux sous, comme pour une personne », a réclamé Claudine « et pas une chaise en fer, parce que Fanchette a le derrière frileux ! » [...] Il fume [des cigarettes odorantes *add. W en interl.*], silencieux *ms.*

1. *Les Dragons de Villars* (1856), opéra-comique en trois actes, livret de Lockroy et Cormon, musique de Louis-Aimé Maillart (1817-1871), compositeur d'opérettes qui connut un certain succès sous le second Empire.

2. On ne trouve guère de marches parmi les œuvres répertoriées d'Armande de Polignac. Que son nom soit cité dans le roman peut être vu comme une marque de gratitude envers celle qui, de 1903 à 1906, mit en musique plusieurs poèmes de... Henry Gauthier-Villars : « Chanson », « La Petite Sirène », « Poème », « Rêverie », « Soir au jardin », etc. Tout comme Mmes de Caillavet, de Saint-Victor, de Saint-Marceaux, Judith Gautier et Madeleine Lemaire, Armande de Polignac fit un temps partie du groupe que fréquentaient les Willy.

3. Voir Colette ainsi coiffée dans l'*Album Colette,* n° 133. C'est de cette même photographie qu'il est vraisemblablement question dans *Les Imprudences de Peggy* (Meg Villars, « traduit » par Willy, Société d'éditions et de publications parisiennes, [1911], p. 175) : à Peggy, admirant « la dame, si jolie sous son cabriolet 1830 », Parville répond : « — Oh ! si jolie, si jolie ! C'est un portrait retouché, et qui date de loin. Il y a eu bien vite du déchet. »

Page 603.

1. Les opinions de Colette et de Willy divergent quelque peu sur leur séjour à Bayreuth. Le second écrit à Jules Marchand : « Le voyage à Bayreuth est construit d'après les souvenirs de la randonnée absurde et charmante que firent en Allemagne et jusqu'en Autriche (Carlsbad) Colette, Rézi et Renaud-Maugis, aux frais de ce dernier, bien entendu. Après quoi, le trio se disloqua. » (*Indiscrétions et commentaires,* p. 34-35.) La première, par contre, laisse entendre qu'il fut organisé pour lui permettre de rédiger cet épisode de son roman : évoquant, dans *Mes apprentissages* (*OCF,* t. XI, p. 65), les « tracas » que lui donna *Claudine s'en va,* elle mentionne l'« atmosphère bayreuthienne, qu'il fallut aller chercher à Bayreuth même, ce qui pouvait passer pour un voyage d'agrément, puisqu'aux frais de *L'Écho de Paris* j'accompagnais l'*Ouvreuse du Cirque d'été* ». La version de Willy nous paraît la plus plausible. Le séjour à Bayreuth eut lieu en août 1901, comme en témoignent une lettre et deux cartes envoyées de cette ville par Colette à Jeanne Muhlfeld, la signature de Georgie Raoul-Duval figurant sur ces deux cartes. Or, à cette date, Colette n'avait même pas encore écrit *Claudine en ménage* et ne devait guère songer déjà à lui donner une suite.

2. Bayreuth, situé en Haute-Franconie (Bavière), sur le Main, est un centre industriel important ce qui, au début de ce siècle, ne se concevait que par l'utilisation extensive du charbon. La comparaison avec Saint-Étienne se justifie pleinement car cette ville située au cœur d'un bassin houiller est un grand centre métallurgique et textile.

Pages 604.

1. Carlsbad, aujourd'hui Karlovy Vary, faisait alors partie de l'Empire austro-hongrois ; la station, appréciée des curistes pour ses eaux sulfureuses, est à présent en Tchécoslovaquie.

2. Richard Wagner (1813-1883) ne s'était établi à Bayreuth qu'en 1872. Grâce aux libéralités de Louis II de Bavière, il put faire construire un théâtre adapté à ses conceptions de l'opéra, théâtre qui devint, dès 1876, le temple du culte wagnérien.

3. Ou « saucisse de Wagner ».

4. En allemand, *Konditorei* signifie : pâtisserie, salon de thé.

5. Willy connaissait peu l'allemand en réalité ; il dut au traducteur de *Siegfried,* Alfred Ernst, nombre des citations dans cette langue qui émaillent sa copie de chroniqueur musical. Il tenait cependant à sa réputation soigneusement entretenue par ses thuriféraires (voir, par exemple, Georges Lecomte, dans Jean de La Hire, *Willy et Colette,* 1905, p. 152-153).

Page 605.

1. Dans *Mes apprentissages* (*OCF,* t. XI, p. 65), Colette se souvien-

dra du « lit-cercueil » et des « draps boutonnés sur la couverture ».

Page 606.

1. Le Baierlein (ainsi nommé du nom de son propriétaire), ou Markgrafenhof, était situé au Luitpoldplatz. Cette précision et d'autres renseignements sur Bayreuth sont dus au Dr Manfred Eger, directeur du Richard-Wagner-Museum, et à Mlle Beatrice Schulz.

2. « Eau de Seltz » en allemand. Seltz est un chef-lieu de canton du Bas-Rhin dont les eaux sont appréciées depuis l'époque romaine.

Page 607.

a. Marthe [, rogue et *biffé*] silencieuse *[p. 606, 2e §, 1re ligne]*, toise les dîneurs de ses yeux insolents. *[Un ou deux mots biffés illisibles]* Elle doit trouver que ça manque de chapeaux [et de Français *biffé*] Mon beau-frère [prend *corr. W en interl. en* continue à prendre] des notes. [...] l'air Français ! [C'est la première fois que j'en suis frappée *biffé*] [Cela saute aux yeux qu'il est français *biffé*] [<J'analyse ?> difficilement *biffé*] [Pourquoi ? <L'étonnant ?> tailleur anglais *corr. interl. biffée*] [Avec un tailleur anglais, *corr. marg. et interl.*] un bottier suédois, un chapelier américain, [et il est français *biffé*] ce joli homme réalise le type français dans toute sa correction incolore. [Est-ce la régularité douce des traits *biffé*] [Une *biffé*] [Est-ce la douceur du *biffé*] La douceur [menue *add. marg.*] des gestes trop fréquents, la [régularité *biffé*] juste proportion des traits d'un visage régulier [et sans caractère *add. en interl. inférieur*] [suffisen<t> *biffé*] cela suffit-il [...] s'il vous plaît. Vrai, ce qu'on se [barbe *biffé*] [rase *corr. interl.*], ici ! [C'est la plus *biffé*] Il n'y a pas une autre usine [plus *biffé*] *encore* plus folâtre ? *ms.*

1. Les fameux établissements Duval, dits communément « Bouillons Duval », composaient une chaîne de restaurants bon marché répartis dans tous les quartiers ; Paris en comptait vingt-neuf (et un hôtel) en 1900.

2. Tissu de coton, de couleur jaune, d'abord fabriqué à Nankin.

Page 608.

1. Pour concentrer l'attention sur l'action dramatique, Wagner avait tenu à dissimuler la fosse d'orchestre, disposition insolite à l'époque.

2. Donner est l'un des quatre dieux qui, dans *L'Or du Rhin*, luttent contre les géants ; voir n. 4 ci-dessous.

3. Ou « loge des princes » en allemand.

4. Soit *L'Or du Rhin*, première partie (prologue) en quatre tableaux de la tétralogie de Richard Wagner *L'Anneau du Nibelungen.*

Page 609.

1. En tant que critique musical, Willy avait été précédé dans la ferveur wagnérienne par d'autres dont Édouard Dujardin qui, dès 1885, créait *La Revue wagnérienne* à laquelle succédera *La Revue indépendante* où Jean Lorrain, Villiers de l'Isle-Adam, et même Mallarmé prendront parti pour le maître de Bayreuth. Willy fut cependant, et durant plusieurs années, le plus influent d'entre eux.

2. En allemand : compote mêlée.

3. Loge est l'un des quatre dieux de *L'Or du Rhin* (voir n. 2 et 4, p. 608).

4. Maugis ironise sur le fait qu'un acteur pouvait indéfiniment, quel que fût son âge, jouer ou chanter le même rôle, y compris celui de jeune premier.

Page 611.

1. Siegfried Wagner (1869-1930) était le fils que Richard Wagner, veuf de sa première femme, avait eu de Mme Hans von Bülow, née Cosima Liszt, qu'il épousera en 1870. Chef d'orchestre et compositeur, il semble n'avoir dirigé que peu de temps (en 1896 et 1897) les œuvres de son père, ce qui permet de penser que la phrase : « qu'il conduise l'orchestre », se fonde sur un souvenir ancien de Colette ou, plus vraisemblablement, de Willy.

2. Pour « feu l'époux de Cosima Wagner » naturellement (voir n. 1 ci-dessus).

Page 612.

1. « L'enfant perdu que sa mère abandonne », complainte misérabiliste dans le goût du début de ce siècle ou cantique religieux, ne nous est pas autrement connu.

2. Théophile Delcassé (1852-1923) était ministre des Affaires étrangères en 1903. Pour faire sortir la France de son isolement diplomatique, il resserra l'alliance franco-russe, se rapprocha de l'Angleterre et réalisa avec elle l'Entente cordiale. Irrité, Guillaume II obtint sa démission du président du Conseil, Rouvier. Delcassé abandonna la vie politique en 1915. — Renaud est-il wagnérien au point d'être germanophile ? *La Revue diplomatique* est citée dans *Claudine à Paris* (p. 293) et dans *Claudine en ménage* (p. 420).

Page 613.

1. Chaque heure du jour exigeait une tenue appropriée ; les

Américaines, qui confondent matinée et soirée, manquent de savoir-vivre et de manières, aux yeux d'Annie.

2. L'hôtel du Cheval noir était situé dans la Ludwigstrasse. Il a survécu à la Seconde Guerre mondiale, mais est maintenant remplacé par un nouveau bâtiment.

3. La margrave Wilhelmine (1709-1758) était la sœur de Frédéric II. C'est à elle que Bayreuth doit une partie de sa beauté et de sa célébrité. D'où la « scie » de Claudine : tout est « à la margrave ».

Page 614.

1. Dans ce sens : sorte d'ombrelle susceptible d'abriter de la pluie.

Page 615.

1. En argot : sotte, naïve.

Page 616.

1. Mince graminée portant peu de feuilles et de petites fleurs disposées en grappes.

2. Voir n. 4, p. 608.

3. Brünnhild ou Brunehilde (Colette et Willy contaminent l'une des formes par l'autre) est la Walkyrie qui tente en vain de sauver la vie de Siegmund condamné par son père, Wotan lui-même. Punie, elle perd sa nature divine et est abandonnée, endormie, sur un rocher (*La Walkyrie*, deuxième journée de la tétralogie de Richard Wagner *L'Anneau du Nibelung*). Brunehilde réapparaît dans la troisième journée, *Siegfried*, où elle est successivement aimée, trompée et retrouvée par le héros.

Page 617.

a. Le premier acte de *Parsifal [p. 616, dernier §, 1re ligne]*, [...] Pendant les [quatre journées du Ring *corr. W par biffures et en interl. en* trois journées qui ont suivi Rheingold], ces [longs *add. interl.*] entractes, [...] ont coupé dix fois, de la manière la plus inopportune [et *biffé*] [et *corr. interl.*] la plus choquante, mon illusion ou mon ivresse. Quitter Brünnhilde [jalouse et *[un mot illisible] biffé*] abandonnée et menaçante, pour retrouver [Mart<he> *biffé*] ma [trépidante *biffé*] belle-sœur fanfreluchée, [l'appétit *biffé*] la tatillonnerie [...] et les « Ach ! » et les [« Oh » de tant d'admirateurs *corr. W en marge et en interl. en* « colossal » et les « Sublime » et le lot d'exclamations polyglottes prodiguées par tant] de fanatiques [...] Toute seule » [ai-je avoué *corrigé en* avoué-je] à Maugis. / — Voui, répondit-il, [...] grog bouillant [et malodorant. Vous *biffé*] [Je vois ça vous *corr. W en interl. et en marge en* Vaut mieux entendre ça que d'être cul de jatte. Vous] êtes un type dans le genre [du roi *corrigé en* de Louis de Bavière]. Voyez où [ce *biffé*] l'a conduit [...] pâtisserie provinciale... » [Voilà où ça mène les mauvaises habitudes solitaires *add. W dans un blanc*] / [J'ai laissé *corrigé en* Je laisse là] cet alcoolique, et refusant la [trop *add. W*] grosse glace au citron que me [tendait *corrigé en* tend] Claudine, [...] soleil [couchant *biffé*] bas. Les nuages rapides [pas<sent ?> *biffé*] se hâtent vers l'est [...] jusqu'à ce qu'un [souffle rude les *[un mot illisible]* *biffé*] vent plus rude les boive, *ms.*

1. Allusion aux trois châteaux que s'était fait construire Louis II de Wittelsbach (1845-1886) qui fut roi de Bavière de 1864 à 1886 ; le premier de ces châteaux est de goût féodal ; le deuxième, de style rococo ; le troisième est imité de Versailles.

Page 618.

1. Voir *Claudine à Paris*, n. 1, p. 281.
2. Dans une intention publicitaire évidente, Willy exhibait ses *twins* (ou jumelles), Colette et Polaire, vêtues et coiffées de manière identique. L'équivoque de la situation ne pouvait déplaire à un homme assoiffé de « réclame ». Voir à ce propos *Mes apprentissages, OCF,* t. XI, p. 93-94.
3. « Fellahine » serait la transcription française du masculin pluriel de « fellah » (paysan en arabe) ; au féminin singulier, il eût fallu « fellaha ».
4. Danser ce pas nouveau, importé d'Amérique, était encore un signe d'excentricité.
5. La phrase indique qu'Annie compare Maugis aux chanteurs ambulants qui se produisaient déguisés en Nègres et interprétant des chansons réellement ou prétendument d'origine nègre. Ils étaient appelés en anglais *negro minstrels, nigger minstrels* ou *christy minstrels*.
6. « Elle attire les nègres comme un essaim de mouches. /Elle est ma préférée, mon bébé Tiger Lily ! » Les graphies « de » pour *the*, « ma » pour *my* confirment que le *cake-walk* a été chanté par un *negro minstrel*. Nous n'avons pas retrouvé le compositeur de ce morceau sans doute d'origine américaine.

Page 619.

a. Polaire à Bayreuth, ceci passe l'invraisemblable[1] *[p. 618, 1er §, dernière ligne]*... [Polaire et Claudine — passant près d'elles, Renaud caresse avec une tendresse amusée *[*leurs 2 toisons courtes *add. interl.]* vite, puis répondant à mon regard stupéfait : / — Mais oui, c'est Polaire, notre petite Lily. / — Leur Tiger Lily, complète Maugis, qui nasille avec *[*les plus *biffé] [*des *corr.*

1. *Les dix lignes qui suivent, de* Souples, bougeantes *à* elles se ressemblent, *ne figurent pas dans ms.*

interl.] extravagants déhanchements de minstrel, dont j'ai honte de rire / *[...]* Me voilà bien renseignée ! / Insensiblement je me[1] *add. W*[2]] Je me suis [trop *add. interl.*] rapprochée [du duo *add. W en interl.*] curieuse... Claudine [...] de moi-même, [j'ai *biffé*] je me trouve devant cette [mince petite actrice *biffé*] [petite actrice Polaire que Sem et Cappiello ont imposée *biffé*] petite actrice qui me regarde à peine, [...] ses cheveux [courts *add. W en interl.*] en arrière [...] / — Vous comprenez, Madame Claudine [...] Alors je suis venue à [Bayreuth *biffé*] Béreuth [...] approuve Claudine [...] jubilation. / [— On m'a logée tout au bout de la ville, *[*continue Polaire *biffé]* au diable, là-bas, à la cabane bambou... (« à la cabane bambou ! » Quel *[*drôle de *biffé]* *[*singulier *corr. interl.]* nom d'hôtel. Claudine voit mon ahurissement et me renseigne avec *[*bonté *biffé]* une bonté angélique : / — C'est le bambou de la Margrave) *add. W en interl. et sur feuillet en regard*[3]] [Je ne regrette pas mon voyage, continue Polaire, *corr. W par biffures en* — Ça ne fait rien, continue Polaire, je[4] ne regrette pas mon voyage,] quoique !... vous savez, [y a pas Wagner *corr. W en interl. et en marge en* chez Madame Marchand, c'était autrement monté qu'ici, et puis leur Wagner,] y a pas de quoi [...] par terre !... [Et *[un ou deux mots illisibles biffés]* leur *corr. W en interl. en* Tant *[*tant *biffé]* qu'à la] musique [...] — ... Comme [dit *corr. W en interl. en* s'exprime] Annie, [...] Qu'est-ce que je [disais *corr. W en interl. en* racontais] ? Ah oui. Moi, Madame Claudine, ça fait [...] qui pend par derrière ? Eh bien, [...] inventée pour [Polaire *biffé*] le Wintergarten de Berlin, l'année que [je chantais *corr. W sur feuillet en regard en* je me suis tant barbée à y chanter] le « petit [Kohn *corrigé en* Cohn] » ! / Polaire [...] normale qu'elle [peut *corr. W en interl. en* pourrait] ceindre d'un faux col. / Vous [pourriez *corr. W en interl. en* devriez] réclamer, conseille Claudine avec chaleur. / Polaire sursaute comme [une jeune bête *corr. W en interl. en* un faon] et repart / [« Réclamer ! jamais c'est au-dessous de moi. *corr. W en interl. et en marge en* Jamais ! c'est au-dessous de moi... *[...]* oh là là, oùs qu'est ma brosse à reluire.] Et puis [...] *Parsifal,* [au deuxième *biffé*] au trois, quand il [est *corr. W en* trempe] dans l'eau, et que [l'autre, le vieux l'arrose *corr. W en interl. en* le gonze poilu est en train de l'arroser], eh bien, [le geste de Parsifal *corr. W en interl. en* la pose du type] les mains [...] que je souffre ! » / [Je regarde *biffé*] [J'étudie *corr. interl.*] son séduisant visage, [qui n'exprime une *biffé*] d'une mobilité cinématographique *ms.*

1. *À la suite de ce mot, Willy a récrit ces deux vers* she draws [...] Tiger Lily !
2. *Le passage qui va de* Polaire et Claudine — passant *à* Insensiblement je me *a été rédigé par Willy sur la page gauche du cahier, verso du feuillet précédent, paginé 132. Aucune flèche ne rattache au texte ce long béquet.*
3. *Le passage qui va de* à la cabane *à* Margrave *a été rédigé par Willy sur la page de gauche du cahier, verso du feuillet précédent, paginé 133.*
4. *Willy a omis de corriger le* J *majuscule en* j *minuscule.*

1. La cabane bambou est dans ce cas analogue au « diable vauvert ». Dans la chanson de Paul Marinier qui porte ce titre et que chanta Mayol (1900, date de l'enregistrement à la S.A.C.E.M.), on entend un noir regretter son pays et désirer retourner à sa cabane bambou.

2. Mme Marchand était la veuve d'Édouard Marchand qui, directeur des Folies-Bergère, mourut en 1901. Elle dirigea ensuite la Scala et l'Eldorado. Elle épousa Pierre Wolff en secondes noces. Sauf erreur, elle est la mère de... Léopold Marchand, le futur collaborateur de Colette. Voir les *Lettres de la Vagabonde,* éd. Cl. Pichois et R. Forbin, Flammarion, 1961, p. 129 et suiv.

3. Héroïne de *Parsifal.* Devenue par enchantement prodigieusement belle, Kundry essaye de séduire Parsifal sur l'ordre de Klingsor, le rival du bon roi Amfortas ; elle se repentira, sera baptisée par le héros et mourra transfigurée. Polaire fait allusion au deuxième acte : le chevalier aperçoit Kundry « couchée sur un lit de fleurs et drapée d'un voile à demi transparent, de style étrange, à caractère vaguement arabe » (*Parsifal,* éd. Marcel Beaufils, Aubier-Montaigne, [1964], p. 143).

4. Mme Landolf, costumière, était installée 8, rue de la Chaussée-d'Antin ; Colette rappelle son talent dans *Mes apprentissages* (*OCF,* t. XI, p. 84).

5. Ou « jardin d'hiver » en allemand ; le Wintergarten de Berlin était alors un endroit très couru.

6. Le titre de la chanson est sans doute fantaisiste ; il n'est cependant pas interdit d'y voir une trace de l'antisémitisme dont Willy ne se défit jamais.

7. La *Chanson des birbes* (barbes ou vieillards) soit n'existe pas, soit n'a pas été déposée à la S.A.C.E.M. Elle ne figure pas dans le répertoire de Polaire tel qu'il est donné par la revue *Paris qui chante.*

8. Première allusion dans l'œuvre de Colette au « cinématographe », alors âgé de huit ans.

Page 620.

a. — Claudine [*4e §*]... / — Mon enfant[1] ? / — Ça ne fait rien à Renaud que vous parliez avec Polaire en public ? [...] ma pauvre gobette, [Polaire ne voit pas les regards du *biffé*] ces dames ont raison. Polaire ne sait pas les usages du monde, elle n'a jamais qu'un amant à la fois...[2] » *ms.*

1. Tout le passage, insupportable d'afféterie, se veut un résumé d'éléments empruntés aux précédents romans de la série : Montigny (*Claudine à l'école*), Marcel (*Claudine à Paris*), la nuit de noces

1. *Les dix-neuf lignes qui suivent ne figurent pas dans ms. et furent ajoutées, très vraisemblablement par Willy, sur la dactylographie ou les épreuves du roman.*

2. *Tout le passage de* non pas de ceinture [*3e §, 2e ligne*] *à* un amant à la fois... *a été supprimé dans l'édition du Fleuron.*

(*Claudine en ménage*). Quoiqu'il ne figure pas dans le manuscrit, nous croyons qu'il fut rédigé par Willy (voir la Notice, p. 1373).

2. Pour être ainsi soulignées, ces relations n'ont peut-être pas fait suffisamment « jaser » au goût du signataire (voir n. 2, p. 618).

Page 621.

1. C'est-à-dire au « Grand Restaurant Royal », filiale d'un grand restaurant de Berlin ; il était situé près de la villa Wahnfried, 54-55, Richard-Wagner-Strasse. À son emplacement s'élèvent de nouveaux bâtiments.

2. Le Sammet (du nom de son propriétaire) était installé dans le cellier du château ancien. C'était, comme l'indique un guide de l'époque, un « restaurant à vin ». Albert Lavignac le cite parmi les lieux où se retrouvent « les artistes et les vieux habitués de Bayreuth, après les représentations » (*Le Voyage artistique à Bayreuth,* Delagrave, 1897).

Page 623.

1. À-peu-près formé sur le nom de la jeune Senta qui, dans *Le Vaisseau fantôme,* sacrifie son fiancé, Erik, pour devenir la seule femme qui peut sauver le Hollandais volant auquel elle restera fidèle jusqu'à la mort.

2. Le théâtre des Fêtes, construit sur les plans de Wagner, est bâti en rond. Dans *Mes apprentissages (OCF,* t. XI, p. 65), Colette dira : « À l'actif des journées, je porte trois ou quatre heures de musique pieusement écoutée dans le "gazomètre" ».

Page 625.

a. Enfin, enfin *[p. 624, dernier §, 1re ligne],* [le bouchon *biffé*] dévêtue, [à plat sur le drap q< *?*> *biffé*] à plat ventre sur le [drap frais *biffé*] lit fermé, et le divin flacon [...] écœurée — je ne veux [du *biffé*] [de l'esprit *corr. W par biffures en* du petit génie] de l'éther[1] [consolateur rusé au sourire équivoque et doux *add. W sur feuillet en regard*] que le battement d'ailes [...] qui [me *add. en interl. inférieur*] balance avec mon lit... Car[2] un autre démon attend, [un *[def< ?> biffé]* démon *corr. W en interl. et en marge en* et déjà il m'enserre, consentante, un démon] fait à mon image, [...] me caresse jusqu'[à la douleur *corrigé en* au martyre] [et dont l' *corr. W en interl. en* cependant qu'une] autre feuillette devant moi un livre [étrange *corr. W en interl. en* fou] où sont peints des passants [rapides *add. W*] qui me possèdent... Ils ont [l'air

1. *On trouve une croix après ce mot situant l'apposition de Willy sur la page gauche du cahier, verso du feuillet paginé 143.*

2. *Le passage qui va de* Car un autre démon *à* exhalé de ma gorge *a été supprimé dans l'édition du Fleuron.*

biffé] la figure de Claudine, [celle de son mari, quand les yeux de Renaud se ferment à demi et s'arrêtent sur la bouche de sa *biffé*] les yeux demi-fermés de Renaud, d'un bleu-noir si *[un mot illisible biffé]* poignant, le corps éclatant de Marthe [sous *biffé*] gémissante [...] sous le maillot [blanc *biffé*] de laine... [et j'entends son souffle précipité qui semble exhalé de ma gorge *add. sur feuillet en regard*[1]] L'aboiement *ms.*

1. Si les souvenirs de Colette sont exacts, le patronyme réel de cette dame était « Mader » (voir *Mes apprentissages, OCF*, t. XI, p. 65).

2. *La Vie en rose* était un hebdomadaire illustré, plutôt grivois, fondé en octobre 1901.

Page 628.

1. Comme nous l'avons signalé à plusieurs reprises dans les romans précédents, dix-huit est le chiffre qui vient spontanément à l'esprit de Colette lorsque la période dont elle parle peut souffrir une certaine indétermination (voir, par exemple, *Claudine en ménage*, n. 1, p. 389 ; n. 3, p. 392 et n. 3, p. 523).

Page 629.

1. Cette précision confirme qu'eut lieu en août le séjour à Bayreuth dont ces pages conservent le souvenir (voir n. 1, p. 603).

Page 630.

1. Les paroles, nous dit-on à la S.A.C.E.M., sont trop banales pour permettre une identification.

Page 635.

1. L'édition originale, suivie par l'édition du Fleuron, porte « grognon ».

2. La baudruche gommée est l'ancêtre de notre papier collant.

Page 636.

1. Colette aurait-elle su que « la cafetière » était le surnom évocateur donné à Toulouse-Lautrec par les dames de médiocre vertu dont il appréciait les services ?

Page 637.

1. Colette décrit parfaitement sa propre écriture.

2. L'agence Cook, pour toute excursion ; Paul Bourget, pour

1. *Cette addition de Colette figure sur la page de gauche du cahier, verso du feuillet paginé 143.*

toute incursion dans les domaines de la psychologie (à propos de Paul Bourget, voir *Claudine en ménage*, n. 2, p. 449).

Page 638.

1. Liane de Pougy avait tenté en 1896 de s'empoisonner au laudanum. L'événement ne passa pas inaperçu. L'attention venait d'être ramenée sur la célèbre courtisane par la publication durant l'automne de 1901 de son roman, *Idylle saphique* ; elle y racontait ses amours avec Natalie Barney. (Voir J.-P. Goujon, *Pierre Louÿs-Natalie Clifford Barney-Renée Vivien, Correspondances croisées*, Muizon, À l'écart, 1983, p. 10-11.)

Page 639.

a. On a dû, Annie *[2e §, 1re ligne]*, vous parler [...] C'était une [jolie *[un mot illisible]* *biffé*] [fille *corr. interl.*] méchante [et séduisante, *add. interl.*] qui voulut mettre entre Renaud et moi sa [beauté *biffé*] grâce blonde et dévêtue, [...] tous les deux... [J'ai fui, moi aussi *biffé*] [C'est à cause d'elle que *corrigé en* À cause d'elle], j'ai promis [...] créatures faibles et [tentatrices *corr. W par surcharge en* tentantes] de penser [que *biffé*] [qu'un *corr. interl.*] geste de moi [...] / Vous partez [, Annie *biffé*] et je vous devine [...] ordinaire. [Si vous aimiez sans retour, je vous verrais sans surprise, et sans blâme, tuer, incendier *biffé*] Mais songez que vous pourriez [aimer sans *biffé*] aimer sans retour, aimer et être trompée... [Alors j'entendrais *biffé*] C'est le seul *grand* malheur [...] Et on a [bigrement *biffé*] [rudement *corr. marg.*] raison ! [...] de la peine à [Un jour, <sans ?> donner *biffé*] [Un jour, j'ai eu à n'être pas égoïste *biffé*] cacher son égoïsme. *ms.*

Page 640.

1. Que Colette ait, en cet endroit comme dans d'autres, confié à Annie ses secrètes pensées, il est difficile d'en rejeter l'hypothèse (voir la Notice, p. 1375).

Page 641.

1. Nul doute que la romancière évoque à nouveau les Monts-Boucons (voir n. 1, p. 539).

Page 642.

1. Par ce dernier trait, le grand-père d'Annie rappelle très précisément le père de Colette dont la négligente gestion des biens hérités par sa femme mena la famille à la ruine en 1890 (voir *Claudine en ménage,* n. 2, p. 425).

2. Comme Claudine (voir *Claudine à l'école,* n. 2, p. 10), Annie ne *doit* pas avoir d'ascendants ou, lorsque leur présence ou leur sou-

venir est inévitable, ne leur accorder qu'un minimum d'existence. Dans ce cas, Annie ne connut qu'un père prêt à quitter une vie dont la cécité déjà le retranchait. Un peu plus bas (p. 643), Annie prouve que la volonté de rejet est plus nette encore lorsqu'il est question de la mère. Claudine n'avait pas connu la sienne ; Annie va plus loin en inversant les situations : c'est elle qui, par l'imagination, engendre l'être qui lui donna le jour.

Page 643.

1. Voir n. 2, p. 642.

2. Écartant l'« énorme » lettre de Maugis de l'édition du Fleuron, Colette omit de supprimer l'adjectif (voir var. *a*, p. 644) ; or, la lettre de Claudine n'occupe guère plus d'une page et n'était telle que lorsqu'elle contenait celle de Maugis. Dans l'édition Albin Michel de 1954 (Collection pourpre), tout comme dans celle de 1977, lettre de Maugis *et* adjectif ont été supprimés.

3. Ceci peut passer pour un signe d'amitié à Francis Jammes, dont les nouvelles, *Clara d'Ellébeuse* et *Almaïde d'Étremont*, ont paru respectivement en 1899 et en 1901 avant d'être recueillies en 1903 dans *Le Roman du lièvre* (Mercure de France). En 1934, se souvenant des semaines qui précédèrent sa séparation d'avec Willy, Colette écrira : « Avant ce moment-là, j'avais été capable [...] d'imaginer une évasion : le panache de vapeur sinon le cheval à tous crins, une lettre d'adieux en forme de traité de paix, et bien noble ; une écharpe dont le vent s'empare, tout le romanesque de la fuite seule ou à deux... » (*Mes apprentissages, OCF,* t. XI, p. 126.) À trente ans d'intervalle, la relative coïncidence, sinon des textes, au moins de leur sujet, confirme qu'Annie fut bien, vers 1903, le porte-parole de pensées et d'aspirations que Colette devait alors juger inavouables.

Page 644.

a. Pour [enlev<er> *biffé*] effacer *[p. 643, avant-dernier §, 6e ligne]* de votre imagination [...] voici une lettre [qui *biffé*], quasi collective, qu'écrit Maugis de Béziers. Lisez-la, Annie et souriez, [avec un peu de mépris *biffé*] fût-ce de mépris et d'indifférence. / [Ah que je voudrais vous savoir guérie, car *biffé*] [Vous voyez que je veux seulement vous rassurer. Cela *biffé*] Adieu, je voulais [seulement *biffé*] vous rassurer [...] et savoir [<aussi ?> *biffé*] quelque chose [...] ce que dit Marthe... [Non, tout ? *biffé*] [bouac *corrigé en* Bouac] ! [non *add. interl.*] pas cela. Demeurez l'amphore, étroite et grêle, que deux [bras peuvent enfermer *corr. en interl. et par biffures en* bras refermés peuvent étreindre] / Votre Claudine[1] *ms.*

1. *Sous la signature de Claudine, figurent, encerclés, ces mots de Colette :* Lettre de Maugis / par Doucette ; *la lettre de Maugis ne paraît pas dans ms., ni le court paragraphe qui la précède de* C'est tout ! *à* mains d'ivrognes... *Dans l'édition du*

1. Soucieuse d'éliminer les ascendants de ses héroïnes, Colette l'est aussi de leur éviter toute descendance (voir *Claudine à Paris*, n. 4, p. 236).

2. Dans la lettre qui suit, les allusions, calembours, équivoques et jeux de mots sont si nombreux et parfois si difficiles à expliciter que nous ne nous flattons pas d'avoir pu rendre compte de tous.

3. Voir *Claudine à Paris*, n. 3, p. 307.

4. C'est-à-dire les « gommeux », d'une élégance voyante et de mauvais goût. Le mot de Willy n'a de sens que si l'on se souvient que les étiquettes étaient alors « gommées » (voir n. 2, p. 635), pour « encollées ».

5. Mot d'argot pour « manières ».

6. Toujours en argot, un poteau est un ami, quelqu'un sur qui on peut compter. Dans le bois de Boulogne, existe une allée des Poteaux, d'où le mot du journaliste.

Page 645.

1. Voir *Claudine à Paris*, n. 1, p. 285.

2. Le Nouveau-Théâtre était situé 15, rue Blanche, dans le 9e arrondissement, et dirigé, en 1903, par Borney et Desprez. Dans *L'Écho de Paris* du 13 mars 1900, Willy se plaignait de « devoir ouïr une moyenne de quatre séances musicales par jour »...

3. Siegmund est le héros de *La Walkyrie* de Wagner. De l'amour des jumeaux Siegmund et Sieglinde naîtra Siegfried. Siegmund périra dans un duel contre Hunding, l'époux de Sieglinde. *Ein Schwert verhiess mir*, littéralement : « Une épée me le commande, me l'ordonne » ; *So grüss ich die Burg* : « Ainsi saluai-je le château ». Le « noble borgne » doit être Hunding.

4. Willy fait ainsi allusion à la scène du *Crépuscule des dieux*, dernière journée de la tétralogie de Wagner, au cours de laquelle paraît Siegfried — « le marlou à Brünnhild » — en présence d'Alberich, roi des Nibelungen, de Gunther et de sa sœur Gutrun. L'expression « monter un bateau » se justifie par le fait que Brunehilde, ignorant que Gunther et Gutrun ont fait boire un philtre d'oubli à Siegfried, accusera publiquement ce dernier de l'avoir promise à Gunther en échange de Gutrun, donc d'avoir trompé tout le monde.

5. Béziers étant une sous-préfecture du département de l'Hérault, Willy forme son calembour sur « érotomane ». Les habitants de Béziers sont les Biterrois.

Fleuron, ont été supprimées les cinq lignes qui annoncent la lettre, de votre imagination inquiète *[p. 643, 5e ligne du bas de la page]* à mépris et d'indifférence. *et la lettre elle-même. Le paragraphe qui suit la lettre de Claudine a été abrégé et s'arrête à* on espère tout d'autrui... ; *dans celui qui suit la lettre de Maugis, les trois lignes, de* Le « volume » de *[p. 653, 11e ligne du bas de la page]* à le termine, mais, *ont été également supprimées.*

6. Voir *Claudine en ménage*, p. 434 et suiv.

7. Parodie de la citation célèbre de Térence : *Homo sum, humani nil a me alienum puto* (Je suis homme, je considère que rien de ce qui est humain ne m'est étranger).

8. L'allusion aux Communards, qui incendièrent certains quartiers de Paris pour retarder l'avance des Versaillais, est empreinte du ressentiment propre à ceux qui estimèrent que la justice avait accordé un trop rapide pardon à ces « criminels ». L'insurrection avait cependant été impitoyablement matée.

Page 646.

1. Le mécène biterrois qui subventionna l'opéra *Parysatis*. Son nom est imprimé Beauxhôtes dans l'édition originale.

2. Allusion au vers que Boileau décocha à l'un des premiers membres de l'Académie française : « J'imite de Conrart le silence prudent » (*Epîtres*, I, vers 40).

3. Camille Saint-Saëns (1835-1921), précocement gâté par le succès, laissa une œuvre abondante mais inégale : partitions dramatiques (*Parysatis* date de 1902), oratorios, symphonies, concertos, musique de chambre et musique vocale. Gabriel Fauré fut son élève. Son homosexualité paraît bien n'avoir pas été de l'invention de Willy.

4. *Prométhée* était, en effet, le fruit de la collaboration de Gabriel Fauré pour la musique et d'André-Ferdinand Hérold et Jean Lorrain pour le livret. L'opéra fut créé à Béziers, le 27 août 1900.

5. *Parysatis* a été représenté aux arènes de Béziers les 17 et 19 août 1902. Les paroles de ce drame, alors inédit, en trois actes et un prologue, étaient de Mme Jane Dieulafoy (l'épouse de l'archéologue qui fouilla Suse et la victime d'une célèbre contrepèterie), la musique de Camille Saint-Saëns. L'*Album officiel* (B.N. : F° Yf. Pièce. 20) donne des indications sur plusieurs personnes nommées dans la suite de cette lettre. « L'orchestration des musiques d'harmonie a été traitée par M. Eustace. » Le chef d'orchestre était Paul Viardot (de l'Opéra) ; Marcel Jambon et A. Bailly, peintres décorateurs de l'Opéra, avaient préparé les décors. Distribution : Mme Segond-Weber (de la Comédie-Française) dans le rôle de Parysatis ; Mme Cora Laparcerie (de l'Odéon, du Vaudeville et de la Porte-Saint-Martin) dans le rôle d'Aspasie. Mlle Brille, Mlle Fonteney, Mlle Odette de Fehl, M. Decœur et M. Duparc étaient des acteurs de l'Odéon. Trois rôles étaient interprétés par un chanteur de l'Opéra et deux cantatrices de l'Opéra-Comique. Il y avait vingt harpes à pédales Erard, vingt-cinq trompettes d'harmonie, dix-sept trompes de chasse, deux cent cinquante choristes, quatre cent cinquante instrumentistes, etc. L'action se déroule à Suse.

6. Jean-Pons-Guillaume Viennet (1777-1868) fut, tour à tour, marin, officier de hussards, député et académicien. Écrivain pro-

lixe, il publia dans tous les genres, en se faisant le défenseur du classicisme expirant.

Page 647.

1. Le docteur Joseph-Charles Mardrus, né en 1868 au Caire, fut un orientaliste de renom et reste connu pour sa traduction des contes des *Mille et Une Nuits* (1898-1904), dont « Ali Baba et les quarante voleurs » que Willy travestit. Il était l'époux de Lucie Delarue-Mardrus (voir n. 1, p. 552). Les lettres de Colette aux Mardrus sont recueillies dans *Lettres à ses pairs*, Flammarion, 1973, p. 168 et suiv.

2. Rachel Launay a commencé sa carrière dans les cabarets montmartrois, notamment dans la Boîte à Fursy. Elle entre à l'Opéra-Comique en 1903. Elle sera ensuite chanteuse d'opérette, enfin comédienne. Elle meurt en 1933.

3. Adage latin qui pourrait être traduit par cet autre, français : « on guérit le mal par le mal » ; c'est le principe de l'homéopathie.

4. Les chorales de la chapelle Sixtine comptèrent de nombreux castrats ; castrats aussi, nombre de grands chanteurs du XVIIIe siècle.

5. Voir n. 4, p. 564 et n. 5, p. 646.

6. Nous n'avons pu percer l'allusion.

7. Sous le pseudonyme de Tryphé (le mot en grec signifie sensualité), Natalie Clifford Barney avait publié en 1902, aux éditions de La Plume, *Cinq petits dialogues grecs*, recueil dédié à Pierre Louÿs, où transparaissent ses amours avec Renée Vivien et Eva Palmer. « Trust des chats » et « Bouffe [singulier]-Parisiennes [pluriel] » s'expliquent facilement dans ce contexte.

8. Nous n'avons pu percer l'allusion.

9. Pseudonyme de Jean de Mitty dont Willy écrit : « que j'avais appelé de *Quatorze heures [sic]*, sans chercher, me dépêcha deux témoins (dont Maurevert) et me flanqua un coup d'épée. On n'en meurt pas. » (*Indiscrétions et commentaires*, p. 35.) Voir aussi n. 1, p. 580.

10. Jean-Jacques de Cambacérès, duc de Parme (1753-1824), qui fut deuxième consul sous le Consulat et archi-chancelier sous l'Empire, n'était pas réputé seulement pour sa participation à l'élaboration du Code civil.

Page 648.

1. Série d'allusions compliquées d'équivoques, la première équivoque étant relative aux Biterrois. Le titre du poème de Vigny, « La Maison du berger », fait penser à « l'heure du berger », favorable aux rencontres amoureuses. On attribue à Musset un roman licencieux : *Gamiani, ou Deux nuits d'excès* (Bruxelles, 1833 ; plusieurs rééditions). Le « couvent de Fantine » résulte

d'une confusion : Fantine se prostitue, mais dans la rue, pour pouvoir élever sa fille Cosette, qui sera éduquée dans un couvent, mais après la mort de Fantine. Pour Mistral, il se peut que le jeu de mots soit innocent et se rapporte au vent.

Page 649.

1. Le sapin est le nom populaire du fiacre. Une tapissière est une voiture ouverte sur les côtés, utilisée pour le transport des meubles ; le mot pourrait ici désigner un omnibus.

2. Artaxerxès II Mnémon vécut de 404 à 358 av. J.-C. ; en 401, il était âgé de... trois ans.

3. Pour « pages, écuyers, capitaines ».

Page 650.

1. Voir *Claudine en ménage*, n. 1, p. 452.

2. Voir n. 5, p. 646.

Page 651.

1. Pierre-Alexis, vicomte Ponson du Terrail (1829-1871), feuilletonniste à l'imagination débordante et au style pauvre, qui créa le personnage de Rocambole.

2. Jayme-Élie-Henri-Ambroise Hans, dit Henri Ner, dit Han Ryner (1861-1938), publia un nombre impressionnant d'ouvrages en tous genres : poésies, romans, drames, essais. Individualiste farouche, il était surtout connu comme polémiste anticlérical et antimilitariste. L'association des « Amis de Han Ryner » prouve qu'il a encore des lecteurs.

3. Albert Perilhou (1846-1936), compositeur, avait été l'élève de Saint-Saëns. Il fut titulaire du grand orgue de Saint-Séverin de 1889 à 1919.

4. Les citations sont conformes au texte que donne l'*Album officiel* (voir n. 5, p. 646), à l'exception de « jaillissaient » qui devrait être au singulier.

Page 652.

1. En argot, un « salé » est un mioche, un enfant.

2. Adjectif composé de « dèche » et d'un suffixe dépréciatif.

3. Contraction des noms Laparcerie et Richepin (voir n. 4, p. 564).

4. Le général Louis André (1838-1913) était, en 1903, ministre de la Guerre. Il avait fait parler de lui au moment de l'« affaire des fiches », système d'avancement fondé sur des indiscrétions à propos des opinions religieuses et politiques des candidats.

5. Voir n. 5, p. 646.

6. Revue bi-mensuelle, fondée en 1889, que dirigeait A. Mangeot, bête noire de Willy ; voir n. 1, p. XLII, et n. 3, p. 672.

7. Gustave Lyon (1857-1936), industriel et acousticien, dirigea la maison Pleyel de 1887 à 1930. On lui doit la création du piano à double clavier et de la harpe chromatique sans pédale, le Pleyela. Il fit construire trois salles de concert dans l'immeuble Pleyel.

8. Sous ce pseudonyme très flamand (formé sur le nom de la gaufre en néerlandais), sans doute faut-il voir Émile Verhaeren, poète belge d'expression française aux moustaches particulièrement imposantes.

9. C'est la cathédrale de Béziers.

10. Georges Huë (1858-1948), compositeur et membre de l'Institut, a écrit un certain nombre d'ouvrages lyriques dont, en 1903, le plus connu devait être *Le Roi de Paris* (1901).

Page 653.

1. Pierre Lalo (1866-1943) était le fils unique du compositeur Édouard Lalo. Après un article remarqué sur le *Fervaal* de Vincent d'Indy dans la *Revue de Paris*, il entra au *Temps* comme critique musical (1898-1914). Il collabora aussi au *Journal des Débats* et à *Comoedia*. En 1900, il publia chez Rouart, Lerolle et Cie un recueil de ses articles : *La Musique 1898-1899*, où Willy n'est même pas nommé, bien que P. Lalo fût comme lui un grand admirateur de Wagner, à qui il a consacré un livre en 1933 (Flammarion). Gustave Samazeuilh a recueilli des articles de son ami dans *De Rameau à Ravel. Portraits et souvenirs* (Albin Michel, 1947). — Durand et fils étaient alors éditeurs de musique 4, place de la Madeleine. — Camaro : populaire pour « camarade ».

Page 655.

1. Les précisions apportées par Annie permettent de croire que Colette a pensé à l'Impérial Hôtel, alors situé rue Christophe-Colomb, près des Champs-Élysées ; il existait aussi un hôtel Impérial Voyage, 15, rue Margueritte, près du parc Monceau.

Page 656.

1. Faux anglicisme, pour « pension de famille » de toute évidence, encore que *family* ne soit l'abréviation d'aucune expression anglaise ; il aurait été question, dans cette langue, de *boarding house*.

Page 657.

1. Le seul « armurier connu » qui ait été — et soit toujours — installé près des arcades du Théâtre-Français est Fauré-Lepage, 8, rue de Richelieu.

Page 658.

1. Allusion à l'obsession démographique d'Edme-Georges Piot qui publie en 1900 *La Question de la dépopulation en France, le mal, ses causes, ses remèdes*, et en 1902 *La Dépopulation ; enquête personnelle sur la dépopulation en France. Documents, discours et rapports.*

Page 661.

a. — C'est bravement dit *[p. 660, environ la moitié de la page]*. Peur de quoi ? [...] parle, [et *biffé*] peur de le voir [...] pauvre petite ! [dit *corr. W en interl. en* murmure] Claudine tout bas, sans me regarder. Elle semble réfléchir très fort, comme une enfant appliquée. / [— Qu'est-ce que vous me conseillez, Claudine ? *add. W en interl.*] / — C'est difficile. [...] Renaud... [Non, crié-je *[avec biffé]* terrifiée *corr. W en interl. en* (Terrifiée, je crie) : / Non] À personne, personne ! [...] tout à coup. / — Non, [avoué-je *biffé*] avoué-je un peu interloquée [...] m'appartiennent pas. / — [En *add. W*] Voilà[1] une raison ! [...] huit mille francs [dans *biffé*]. ce petit bureau[2]. Alain m'en avait [...] / — Attendez... [<cent *?*> cinquante *biffé*] [deux cent *corr. interl.*] mille francs de dot, et puis [vingt *biffé*] trente mille francs liquides, il y a trois ans, que m'a laissés Grand Mère Lajarrisse... [...] par un geste [méprisant *biffé*] [hautain *corr. interl.*]. / Moi aussi [...] je ne dis rien. / [— Eh bien... On dirait que vous ne *biffé*] / [— Vous ne poussez pas *corr. W en interl. en* Ma consultation, *[mon diagnostic biffé]* mon ordonnance ne vous font pas pousser] des cris d'enthousiasme, Annie ? [Je comprends ça. Mais *add. W en interl.*] Je[3] suis au bout de mon rouleau et de mon génie. » *ms.*

1. Autre confidence de Colette sur sa propre prise de conscience à l'époque de la rédaction du roman ? La transformation de la réponse attendue : « Moi non plus », en une formule positive incongrue pourrait n'être pas sans signification.

Page 663.

1. Cette phrase ne figure pas dans le manuscrit. Sans doute fut-elle ajoutée sur la dactylographie ou les épreuves lorsque le titre définitif fut arrêté et pour le justifier (voir la Note sur le texte, p. 1380).

Page 664.

1. Ce « je m'évade » prenait tout son sens quand la même phrase formait encore le titre du roman ; elle répondait alors à

1. *Willy a omis de corriger* Voilà *en* voilà.
2. Ce petit bureau *n'a pas été biffé*
3. *Willy a omis de corriger* Je *en* je.

celle, identique, de la page 596 et la complétait. Qu'elle termine encore l'ouvrage permet de penser que le titre définitif fut choisi alors que le manuscrit était entièrement rédigé (voir n. 1, p. 663).

Page 665.

APPENDICE

CLAUDINE ET LES CONTES DE FÉES

En 1937, paraissait dans la collection « Pour les amis du docteur Lucien-Graux » une plaquette de vingt-six pages, préfacée par le docteur Lucien-Graux lui-même et portant le titre ci-dessus.

Le morceau est présenté par le préfacier comme un fragment du chapitre où est rapportée la visite d'Annie à Claudine[1] ; pour d'imprécises raisons, Colette aurait, en 1903, extrait le passage de son manuscrit, l'aurait oublié et bientôt perdu ; retrouvé par hasard et soumis à la romancière, il aurait été par elle relu et complété avant la publication.

L'effort de Colette ou de son éditeur pour accréditer cette version est resté vain : le manuscrit de *Claudine s'en va* ne porte aucune trace de suppression de lignes qui eussent amorcé l'épisode. Dans le chapitre consacré à la visite d'Annie, il est à deux reprises question de contes : « Est-ce la maison de la sorcière ? "Château-gâteau, ô joli château-gâteau..." Ainsi chantaient Hänsel et Gretel, devant le palais tentateur...[2] » ; « — toujours la sorcière des contes où s'extasièrent les terreurs de mon enfance crédule[3]... — » Les deux allusions sont prêtées à Annie, non à Claudine, et n'introduisent d'aucune façon les pages en question ; en outre, ce long fragment n'eût pas trouvé sa place dans un chapitre qu'il eût démesurément allongé. Les passages qui rappellent telle ou telle page de *La Retraite sentimentale* ou du texte « Le Miroir » publié dans le recueil *Les Vrilles de la vigne* (1908) auraient pu soit être composés avant ces deux œuvres, soit en avoir été extraits ; Colette, ou le docteur Lucien-Graux, aurait alors effectivement retrouvé quelques pages du manuscrit, non de *Claudine s'en va*, mais de ces deux ouvrages, les aurait assemblées et complétées. Quoique l'hypothèse ne puisse être vérifiée — nous n'avons pas retrouvé le manuscrit de « Claudine et les contes de fées » —, il nous faut la juger très improbable, tant le caractère de « rappel » dans ces passages est évident. Si leur imprécision ôte toute vraisemblance à l'idée qu'ils aient pu

1. P. 545-555. Rappelons que, dans le manuscrit, ce chapitre est rédigé en ajout dans le dernier des cahiers.

2. P. 546.

3. P. 547. Cette incise est de la main de Willy qui l'écrivit sur la page gauche du cahier.

entrer dans la composition du roman ou du recueil, elle sert le dessein de la romancière qui est de rattacher ces pages à la série des *Claudine*. De plus, elle fait suivre ces « rappels » de considérations sur les livres d'enfants dont la substance apparut dans un article du *Matin*, en 1914[1] ; à nouveau, il est peu vraisemblable que ces considérations aient été rédigées avant leur publication par *Le Matin*. Quant au laborieux exercice de patois par lequel se termine le morceau, il nous faut reconnaître qu'il évoque beaucoup plus les recettes de Willy que l'enfance de Claudine et qu'il eût été particulièrement incongru dans *Claudine s'en va*.

Mais pourquoi une Colette de soixante-quatre ans aurait-elle ressuscité les deux héroïnes d'un roman qui avait depuis longtemps perdu son estime alors qu'elle n'avait aucun intérêt — dans tous les sens du terme — à en raviver le souvenir ? Le plus raisonnable, à notre avis, est de penser soit qu'elle avait composé le morceau, après 1914 sans doute, en vue d'une publication très antérieure à 1937, qu'elle ne trouva pas à l'insérer ou qu'il lui fut refusé, et qu'elle le sortit de ses tiroirs pour les « amis du docteur Lucien-Graux », soit qu'elle le composa à la demande du mécène qui aura prié la romancière d'être fidèle au masque dont la menaçait Mendès (voir p. LXXVII).

1. Voir p. 552.

2. L'adjectif est employé dans le poème de Lucie Delarue-Mardrus (cité p. 553) et est refusé, par Claudine, à Alain (p. 554) ; il n'aurait certainement pas été utilisé une troisième fois dans le chapitre.

3. Prêter une telle réflexion à la volage Calliope dépasse les limites du vraisemblable. Dans le roman, il n'eût pas été nécessaire de préciser : « notre amie ».

4. N'est-il pas étrange de voir une Claudine de dix ans emprunter à une femme plus qu'avertie de nobles raisons de se refuser à un soupirant ?

Page 666.

1. Annie aurait-elle subitement emprunté à Claudine une « passion félinophile » que rien, dans le roman, ne laissait prévoir ?

2. Les deux jeunes femmes semblent ignorer que le conte *Peau-d'Ane* en prose n'est pas de Charles Perrault ; il n'apparaît que dans l'édition Lamy (1781) des *Contes de ma mère l'Oye*, parus pour la première fois en 1697.

Page 667.

1. Si Annie connut jamais de telles inclinations, il ne lui fut

1. « Contes des Mille et Un Matins. Le Journal de Colette. Livres d'enfant », 22 janvier 1914.

certes pas facile de les réaliser vu que la romancière ne lui laissa ni père, ni mère, ni frère, ni sœur...

2. « Goujat » désigne un apprenti maçon. Sur *ch'ti*, voir le Lexique des « Claudine ».

3. Comprendre : crevé.

L'INGÉNUE LIBERTINE

NOTICE

Les avatars de *L'Ingénue libertine*[1] expliquent que nous ayons placé ce roman avant *La Retraite sentimentale*[2] qui clôt cependant le cycle des *Claudine*. Il est né de la refonte, par Colette seule, de deux romans écrits en collaboration avec son mari, *Minne* et *Les Égarements de Minne*, signés Willy et publiés par Ollendorff respectivement en 1904 et 1905. De la première de ces œuvres, la romancière a raconté l'histoire ; nous y reviendrons. De la genèse de la seconde, elle semble avoir gardé peu de souvenirs ; tout au moins n'en a-t-elle guère confié à *Mes apprentissages*. Appartenant à la littérature de grande consommation produite par les « ateliers » que l'on sait, *Les Égarements de Minne* aurait certes mérité l'oubli, si Colette ne lui avait donné pour héroïne une jeune femme, sœur jumelle de Claudine et d'Annie, à la recherche d'elle-même et de son épanouissement. Hantée par l'idée qu'ignorant la jouissance amoureuse, elle vit en marge de son être, et quêtant désespérément cette jouissance, Minne a sa place entre l'Annie du roman précédent et celle qui, dans *La Retraite sentimentale*, accueillera à Casamène la femme de Renaud. La nouvelle héroïne confirme tout aussi bien les doutes que, depuis l'entrée en scène d'Annie, l'on peut nourrir sur l'intimité qui lie encore la romancière et le personnage de Claudine[3].

En 1905, Jean Ernest-Charles écrivait : « La série commencée des "Minne" n'est qu'une réplique industrielle de l'heureuse série terminée des "Claudine". On donne à la clientèle un article analogue à l'article qui a plu. *Minne* est une fantaisie "tirée à la ligne" qui aurait pu être plaisante en vingt pages[4]. » De cette critique, il ressort, tout d'abord, que les contemporains voyaient bien en Minne l'héroïne d'une série toute semblable à celle des *Claudine*, ce qu'elle serait sans doute devenue, si les époux Gauthier-Villars ne s'étaient séparés ; ensuite, qu'était évident le vice majeur du roman : la commercialisation d'une littérature, non dénuée d'intérêt peut-être, mais qui se prostituait en s'industrialisant. Bien sûr, Jean Ernest-Charles ne pouvait connaître à l'époque les circonstances qui firent de *Minne* un roman, ni

1. Ollendorff, 1909.
2. Mercure de France, 1907.
3. Voir la Notice de *Claudine s'en va*, p. 1375.
4. *La Revue bleue*, année 1905, p. 476.

savoir que le véritable auteur de l'œuvre partageait son opinion, ou presque, quant au nombre de pages qui eût convenu à cette « fantaisie ». Dans *Mes apprentissages*, évoquant le « premier état de *Minne* », la romancière le décrit comme « une nouvelle de cinquante à soixante pages » qui « tenait du conte fantastique et du fait divers » ; et elle ajoute : « Elle me venait — un peu frelatée et se moquant de sa propre littérature — des "fortifs" voisines[1] ». Cela signifie, à tout le moins, que l'écrivain renonce à l'exploitation de ses souvenirs d'enfance (*Claudine à l'école*), de ses expériences passées (*Claudine à Paris*) ou récentes (*Claudine en ménage*) ; que se confirme le désir, déjà timidement manifesté dans *Claudine s'en va*, d'échapper à l'autobiographie. Et le lecteur peut, de fait, constater dès les premières pages de *L'Ingénue libertine* que Colette abandonne le récit à la première personne. Elle fait effort pour détacher d'elle la troisième de ses héroïnes ; la romancière se dissocie de son personnage et l'étudie parmi d'autres, Antoine, Maman, l'oncle Paul, auxquels elle accorde un certain intérêt. Seule, évidemment, Minne est étudiée avec attention et, si sa psychologie est sommaire, ou mieux, partielle, cela tient à cette innovation unique dans l'œuvre de Colette, que le véritable sujet du roman n'est plus un être mais une pure construction de l'imagination s'édifiant dans le cœur et la tête d'une adolescente. Maman, avec une inconscience obstinée, Antoine surtout, avec un scepticisme craintif, suivent les progrès de l'utopie qu'entretient celle qu'ils aiment à des titres divers. Au développement psychologique, Colette a substitué l'évolution d'une crise brève, l'hypertrophie de l'imagination de Minne qu'un accident, un article du *Journal*, déclenche, qui s'aggrave en affleurant à sa conscience et trouve sa guérison dans la plus excessive de ses manifestations.

Autre nouveauté : le roman transporte le lecteur dans un milieu fort différent de ceux que Colette avait l'habitude de peindre. La ville où demeure Minne compose un univers clos où des petites filles modèles sont sagement conduites au cours par leur mère ou leur gouvernante ; sa famille est calme, bourgeoise, ennemie de la folle vie parisienne, à l'abri de la gêne, des ambitions, des aventures de toutes sortes ; pas de mondanités, d'intrigues, de ragots. La campagne où cette famille passe les vacances ne prête à aucun des accès de lyrisme fréquents chez Claudine. L'amour, ou tout au moins les rapports sentimentaux qu'entre-

1. *OCF*, t. XI, p. 101. Dans un exemplaire de *Minne*, propriété d'un collectionneur, la romancière sera plus explicite encore : « Le premier manuscrit de *Minne* n'existe plus. C'était une courte nouvelle, et — à mon humble avis — meilleure que le roman. Elle ne comportait qu'une escapade de Minne, après quoi l'adolescente rentrait au logis avant le jour et se couchait tranquillement. Mais le signataire voulait, après quatre "Claudine", encore un roman, et trois cents pages. Il les eut, comme vous voyez. Puis le même personnage voulut que j'égarasse Minne. Et je l'égarai. Je n'en suis pas plus fière pour ça, bien au contraire. »

tiennent les cousins, loin de se quintessencier en marivaudages variés, s'exprime avec la gaucherie tour à tour brutale et délicate des amours neuves. Cela suffirait peut-être à prouver que la nouvelle était chez Colette comme une première tentative pour s'émanciper de la tutelle de son collaborateur.

Si mince qu'il soit, le roman est donc caractéristique pour ce qu'il représente d'exceptionnel dans l'œuvre de l'écrivain, qui ne persévérera pas dans la voie ici ouverte. Après *Minne*, Colette reviendra, et pour longtemps, au récit à la première personne ; il se passera quatorze ans, en effet, avant que Mitsou ne prenne, comme Minne, ses distances d'avec l'auteur. Caractéristique, il l'est d'un tout autre point de vue encore. Sans prétendre tirer de l'œuvre plus que Colette n'y a mis, on peut observer que, consciemment ou inconsciemment, le thème de l'évasion s'impose de plus en plus à l'écrivain. Du livre précédent, *Claudine s'en va*, le titre premier était : *Je m'évade*[1]..., et celui qui fut retenu n'est pas moins significatif ; le roman se fondait sur l'expérience d'une jeune femme pour qui la fuite représentait le salut : dans tous les sens, Annie « se sauvait ». Pour sa première et sa seule incursion dans le domaine du fantastique, Colette a choisi une héroïne adolescente, soit un être déjà féminin, mais intact encore, l'être féminin d'avant l'amour, qui, pour accomplir sa destinée, doit fuir sa famille. Comme le mariage pour Annie, la famille — même réduite autant qu'il se peut — est le « lien », la « prison[2] » qui prive Minne de l'accomplissement dont elle rêve : devenir reine (le royaume est ici de peu d'intérêt), dominer sans rivale, devenir maîtresse de soi-même et des autres. Son héros imaginaire, le Frisé, n'est, à bien y regarder, que l'instrument de son accession à la suprême dignité. Dignité toutefois inaccessible puisque Minne est et restera une reine humiliée, comme l'illustre à merveille son errance nocturne dans un misérable quartier. Pour la première fois apparaît ainsi, mais en filigrane encore, le thème majeur de toute l'œuvre de Colette : du leurre qu'est l'amour, la femme doit s'affranchir, quitte à payer de solitude sa dignité recouvrée. Après *Claudine s'en va*, Minne est l'étape sur le chemin qui mène à *La Retraite sentimentale* où Claudine, orpheline, veuve, sans enfants, amis ou amies, contemplera sereinement le désert où elle restera abandonnée.

Dès qu'elle eut récupéré les deux *Minne*, Colette entreprit de les retravailler, de les écheniller pour les fondre dans *L'Ingénue libertine*. Elle tenta alors de rendre à la première partie de ce « nouveau » roman, son caractère originel. La nouvelle initiale, si elle exista jamais sous une forme définitive, ayant aujourd'hui disparu, la comparaison n'est possible qu'entre *Minne* et la première partie de *L'Ingénue libertine*. Cette comparaison prouve que la romancière a rendu au morceau une certaine fraîcheur et a

1. Voir *Claudine s'en va*, p. 1376 et 1380.
2. *Ibid.*, p. 663.

retrouvé, en dépit de pages teintées de mièvrerie, un peu de cette atmosphère fantastique qui paraît l'avoir initialement inspirée. Mais, praticable sur *Minne*, l'opération ne l'était pas sur le deuxième roman, *Les Égarements de Minne*, voué d'office à la facilité : seul, le premier était le fruit d'une inspiration spontanée, bien différente de l'étirement, du délayage qui apparaissent dans le suivant, conçu dans des perspectives où dominait le négoce[1]. Colette ne s'efforça même pas de relier les deux parties de sa refonte, de les unir l'une à l'autre mieux qu'elles ne l'étaient dans leur état premier. *L'Ingénue libertine* présente donc une coupure évidente. Mais, plus que cette coupure, c'est la rupture du ton de l'œuvre qui rappelle sa double origine. *Minne* était fondé sur les rêves d'une adolescente ; *Les Égarements de Minne* s'en tient à décrire les caprices sensuels d'une jeune femme insatisfaite ; à la psychologie fait place la physiologie, sans profit pour le roman, bien au contraire ! Et cependant, malgré son irrécusable médiocrité, l'ouvrage offre encore des exemples de l'habileté — mais formelle seulement — que nous avons à plusieurs reprises reconnue à l'écrivain.

Son entrée en matière, le premier tableau où paraît le baron Couderc énonçant à part lui sa résolution : « Je vais coucher avec Minne[2] ! », suscite indiscutablement la curiosité et l'intérêt. Colette pousse même l'adresse jusqu'à amener dans l'appartement du jeune baron une Minne en avance sur l'heure du rendez-vous ; elle inverse les rôles : d'hôte, Couderc devient visiteur. L'action y gagne en rapidité et en concentration. Les scènes de possession amoureuse sont menées avec une habile discrétion qui rappelle l'aisance elliptique de l'auteur de *Claudine en ménage*, échappant aux périls de son sujet avec une sûreté de funambule. Comme dans la description des réunions intimes où Rézi conviait Claudine, Colette s'attarde sur les préparatifs, s'étend sur le déshabillage de l'héroïne, et ne retrouve ses personnages qu'après l'amour. Apparemment sûre de ses moyens, elle ose aller plus loin : dans le récit de la nuit pendant laquelle Antoine révèle Minne à elle-même, l'auteur ne cèle rien des manifestations physiques de l'héroïne. Que Colette ait pu traduire, minutieusement, mais sans se départir d'une sorte de sang-froid d'entomologiste, des gestes amoureux fort précis confirme l'art de la narratrice.

Pour extraire des aventures de Minne de quoi couvrir deux

1. Une annotation de Colette dans un exemplaire des *Égarements de Minne* appartenant à un collectionneur, l'exprime sans ambages : « La couverture n'est pas d'Helleu. Le roman n'est pas dû au signataire. Je ne sais quelle atmosphère de tirage à la ligne, de grivoiserie forcée, pèse sur cette future "libertine" qui se voudrait "ingénue". Le titre n'est pas de moi. Tout cela est assez pénible, et j'ai dit — dans *Mes apprentissages* — ce qu'il faut penser de ce livre, auquel j'ai travaillé sans joie. J'aime maintenant ne pas penser à lui. » C'est la couverture de *Minne* qui est de Helleu.

2. P. 735.

cent quatre-vingt-dix-neuf pages, il fallait — on s'en doute — promener longuement la jeune femme de garçonnières en salons et de patinoires en casinos. Colette ne s'en prive pas. Elle découvre même à cette occasion et met en œuvre une formule qui lui eût grandement facilité la tâche si la série nouvellement lancée sur le marché avait connu la suite que lui souhaitait Willy : en retardant à son gré l'éveil sensuel de Minne, elle peut multiplier les expériences de cette dernière sans déranger l'ordonnance de son récit. Le dernier chapitre qui ramène l'épouse infidèle au foyer paraît, de ce fait, artificiel : la boucle, extensible à l'infini, se devait d'être bouclée par une Minne enfin heureuse entre les bras d'Antoine.

Tant par son hétérogénéité que par son sujet, *Les Égarements de Minne* est fort proche de *Claudine s'en va* ; quelques scènes — telle celle du Palais de glace ou celle du dîner chez les Chaulieu — semblent simplement démarquées du « Journal d'Annie » ; l'existence et les tourments des deux femmes ne se distinguent guère. Comme dans *Claudine s'en va*, de nombreux passages sont inutiles au récit, l'encombrent et distraient l'attention d'une action, elle-même superficielle, prétexte à d'audacieuses descriptions plutôt que véritable drame. Dans le dernier des *Claudine* cependant, de tels morceaux étoffaient tant bien que mal la crise d'une Annie qui trouvait dans sa récente lucidité les moyens de sa libération ; rien d'analogue dans la seconde partie de *L'Ingénue libertine* ; sans justification, ils sont aussi sans excuse.

S'il est facile de reconnaître là l'influence de Willy, Colette n'est pas blanchie pour autant. Le fait qu'elle retravailla les deux romans lorsqu'ils devinrent sa propriété rend plus lourde sa responsabilité, car il permet de lui attribuer des pages manifestement rédigées « pour faire le poids », et ces pages sont nombreuses ! Sans que cela puisse être prouvé, il nous paraît très probable que le manuscrit contenait, comme celui de *Claudine s'en va*, des épisodes ajoutés au texte déjà rédigé ; certains d'entre eux ne sont ni annoncés ni introduits et les raccords, quand ils existent, apparents et gauches, font ressortir avec plus de netteté encore la gratuité des pages en question. Décidément, s'il est un roman auquel convient le terme de *pensum*, c'est celui-ci. Après l'ascension qui, des esquisses de *Claudine à l'école*, avait mené Colette à la réussite de *Claudine en ménage*, toute source d'inspiration personnelle épuisée, elle acceptait et faisait siennes les facilités qui permettaient à son mari de tant publier. Quel degré de complaisance aurait-elle atteint, si le volage Willy n'avait pris le parti de la quitter ?

Dans une œuvre aussi évidemment sacrifiée à la nécessité de produire, il serait raisonnable de penser que Colette a refusé à cette Minne dont elle était contrainte de prolonger l'existence, toute conformité avec ses propres préoccupations, ses soucis, ses désirs cachés. Mais encore : la protection de l'anonymat — toujours imposé au moment où paraissait *Les Égarements de Minne* —

n'aurait-elle pas amené la romancière à se livrer par quelque biais ? Minne jeune mariée « commence à deviner que l'Aventure, c'est l'Amour, et qu'il n'y en a pas d'autre[1] » ; n'est-ce pas là, exprimée pour la première fois avec assurance, la conviction même de Claudine et d'Annie, dont nous avons déjà souligné tout ce qui les rattache à l'auteur ? Que la majuscule ait été accordée au mot désignant l'objet de la recherche de Minne exprime l'importance que la jouissance amoureuse — puisqu'il s'agit bien d'elle, le roman le prouve — acquiert dans son développement personnel. Le sentiment amoureux occupait une place dans les pensées de l'écolière de Montigny ; il envahit celles de Claudine « à Paris ». Dans *Claudine en ménage*, apparaît la « merveille foudroyante et presque sombre[2] » qu'est la volupté pour l'héroïne ; mais, dans le même temps, celle-ci avoue que le sentiment l'a aveuglée sur la nature de l'homme qu'elle a accepté et, pour dissimuler sa déception, doit vanter les mérites de l'amant d'une part, ceux de l'ami et de l'allié de l'autre. C'est assez dire que l'amour complet n'existe pas. Dans *Claudine s'en va*, le sentiment est à ce point déprécié qu'une séparation de quelques semaines et les avis d'amies sans indulgence suffisent à l'anéantir. L'infidélité d'Alain n'entre même pour rien dans la décision de sa femme de le quitter ; la jalousie n'est-elle pas, elle aussi, un sentiment ? Le plaisir, pour Annie, ne représente cependant pas encore un but en soi ; il en devient un pour Minne, et ce choix la situe à mi-chemin entre la femme de Renaud et celle d'Alain : la nouvelle héroïne annonce, en effet, l'évolution d'Annie qui, après son divorce, ne songera plus qu'à satisfaire son goût pour le plaisir charnel. Elle reste toutefois proche de Claudine par le sens capital qu'elle prête à la volupté dans la découverte de soi. *Claudine s'en va* avait fermé ce que l'on pourrait appeler le « cycle du cœur » ; *Les Égarements de Minne* ouvre le « cycle du corps ». Dans *La Retraite sentimentale*, Claudine se fera la championne des idées qui ont permis la formation du premier, s'opposant ainsi à Annie, avocate des vertus du second. Notons cependant que, pas plus que Minne adolescente n'avait réussi son évasion — sa réappropriation —, la femme d'Antoine ne pousse à son terme la quête de soi ; satisfaite *in extremis*, elle rentre docilement au bercail conjugal. Elle était décidément sans avenir dans l'œuvre de Colette.

Lorsque, en 1909, parut *L'Ingénue libertine*, le texte était précédé d'un avertissement de Willy et d'une note de Colette[3]. Certains ont cru pouvoir en déduire qu'il suffisait de comparer les deux premiers romans au livre né de leur refonte pour obtenir du Willy pur. Cette interprétation abusive, provient d'une lecture inattentive de la note de Colette qui s'en tient à inclure la sup-

1. P. 743.
2. P. 387.
3. P. 670.

pression de la part de Willy « au nombre des remaniements » ; à aucun moment, elle ne prétend que l'opération à laquelle elle s'est livrée n'a porté que sur la contribution de son mari, ce qui reviendrait à affirmer que Willy est l'auteur de plus du tiers des *Minne* ! De nombreux passages furent écartés, non parce qu'ils étaient de sa main, mais parce qu'ils masquaient le caractère premier de l'héroïne que Colette voulait restaurer. Beaucoup de pages éliminées, dans *Minne* surtout, ne doivent guère plus au coauteur que les romans précédents.

Que les pages sacrifiées portent toutefois la marque de Willy est indubitable. Relevons dans *Minne*, quelques brefs dialogues, une liste de livres anglais pour le moins spéciaux, des allusions à l'attrait équivoque qu'une amie de Minne éprouve pour l'adolescente, certaine remarque sur l'interprétation d'une *Polonaise* de Chopin par la mère de Minne. Dans *Les Égarements de Minne,* Maugis, rarement absent, surcharge le roman de mots d'esprit, de calembours musicaux et paramusicaux ; il y traîne à sa suite le cortège de personnages déplaisants que *Claudine en ménage* et *Claudine s'en va* surtout avaient tolérés ; ni le Palais de glace — où, comme par hasard, Polaire évolue —, ni le casino de Monte-Carlo ne nous sont épargnés. En bref, nous avons là tout le répertoire d'effets faciles que Willy introduisait dans chacun des écrits qu'il signait.

Mais, d'autre part, si Colette n'a pas éliminé *seulement* les traces de la collaboration de son mari, elle assure avoir purifié son roman de *toutes* ces traces. Si cette affirmation était avérée, le lecteur un peu familiarisé avec « les premiers aspects de [la] carrière de romancière[1] » de Colette trouverait à nouveau l'occasion d'apprécier l'influence qu'exerça sur elle son collaborateur. Dans la première partie de *L'Ingénue libertine,* « dépouillée [...] de certaines paillettes où flamboyaient la facétie et la rosserie d'Henry Maugis », comme l'écrit aimablement Philippe-Emmanuel Glaser[2], l'héroïne retrouve certaines des couleurs que Colette avait voulu lui donner dans la nouvelle initiale ; tout au plus le lecteur retrouve-t-il quelques relents du style de Maugis. Mais, dans la seconde partie, l'inspiration originale de la romancière est tarie ; il lui faut, pour donner une suite au roman, l'étirer et prostituer Minne. Si sa note devait être entendue à la lettre, Colette avouerait une docilité illimitée. Aurait-elle, comme son héroïne — « baby de magazine anglais[3] » —, pris l'habitude de n'envoyer que des *Christmas cards*[4], de ne visiter, pour son *five o'clock*[5], que le *British* ou l'*Afternoon*[6] ? Est-ce elle qui voit en Maugis le « "Frog

1. Préface à *L'Ingénue libertine* dans l'édition du Fleuron ; ici p. 827.
2. *Le Mouvement littéraire*, Ollendorff, 1909, p. 334.
3. P. 688.
4. P. 770.
5. P. 774.
6. P. 788 et p. 774.

Prince" des dessins de Walter Crane[1] » ? On peut discerner dans cette anglomanie l'influence d'une époque, mais, si l'on veut bien se souvenir que Willy aimait émailler ses romans de mots étrangers spécialement anglais, l'abondance de ces emprunts permet de supposer que la docile Colette fut au moins aiguillée dans le sens des goûts les plus répandus. Il eſt de même peu croyable que l'Ouvreuse ne lui ait pas prêté nombre de phrases ayant trait à la musique, d'incises ou d'appositions dont Willy usait sans mesure et qui reſtent très nombreuses dans ce roman. Les noms de Chevillard et Colonne se sont déjà rencontrés dans les manuscrits de Colette, mais sous une autre plume que la sienne, tout comme les Pleyel, les Lugné-Poe et les Isadora Duncan ; Guſtave Lyon eſt nommé (à propos des mêmes harpes sans pédales) dans la lettre de Maugis que Colette a écartée de *Claudine s'en va* dans l'édition du Fleuron.

Bien entendu, nous ne pouvons oublier qu'elle était arrivée à produire du « pur Maugis d'origine[2] » ; aussi eſt-il imprudent d'attribuer à l'un ou à l'autre des collaborateurs la plupart de ces phrases ou de ces appositions. A-t-elle été cependant jusqu'à emprunter à Maugis ces zeugmas dont il raffolait : « Antoine dévore son veau marengo et son journal » ? Ne pourrait-on trouver la confirmation que Willy participe largement à la rédaction du passage qui décrit la visite de Minne à Maugis[3] dans le fait que cette scène appartiendra, à peine démarquée, aux *Imprudences de Peggy*[4], roman auquel Colette ne collabora évidemment pas ?

La note de la romancière ne doit pas, croyons-nous, être prise à la lettre. Sans doute a-t-elle supprimé, entre autres, la part de son collaborateur, mais de la même façon que, dans l'édition du Fleuron, elle éliminera de *Claudine en ménage* une conversation entre écrivains et de *Claudine s'en va* une longue lettre de Maugis ; autrement dit, elle a écarté toutes les interventions importantes de son mari, mais a conservé, dans la seconde partie du roman surtout, les plus brèves d'entre elles.

PAUL D'HOLLANDER.

1. P. 754.
2. Voir la Notice de *Claudine s'en va,* p. 1373.
3. P. 789 et suiv. La longueur de l'intervention de Maugis et son attitude, toutes deux insolites, permettent de conjecturer que le chapitre a pu être rédigé par un collaborateur étranger au couple Willy. Sans que ceci conſtitue plus qu'un indice, remarquons que, dans *Un petit vieux bien propre* (Bibliothèque des auteurs modernes, 1907, p. 58), roman de Willy auquel collaborèrent Barlet et Curnonsky, on découvre ce rappel du « sacrifice » de Maugis : « le souvenir d'avoir renoncé à Minne — Minne offerte demi-nue sous ses cheveux blonds, Minne héroïquement respectée. »
4. Paris, Société d'éditions et de publications parisiennes, [1911]. On peut même y voir Peggy se scandaliser de l'attitude du petit faune, ſtatuette ornant l'appartement de Maugis, qui suscite la surprise de Minne.

NOTE SUR LE TEXTE

Nous disposons de peu de renseignements sur la date de composition des deux romans *Minne* et *Les Égarements de Minne*. Il est permis de penser que la nouvelle qui donna naissance au premier[1] fut d'au moins un an antérieure à *Minne* : Colette y évoque en effet, des événements — la rivalité brutale entre bandes d'« apaches » — qui eurent lieu entre janvier et mars 1902. *Minne* ne porte ni date d'achevé d'imprimer ni date de dépôt légal, mais nous savons que l'ouvrage fut mis en vente en juin 1904 (voir plus loin) ; la rédaction du manuscrit, aujourd'hui disparu, a dû être commencée et poursuivie dans l'appartement du 177 *bis* de la rue de Courcelles[2] et, peut-être, achevée aux Monts-Boucons.

Des *Égarements de Minne* l'édition originale ne porte, elle non plus, ni date d'achevé d'imprimer ni date de dépôt légal. Avec la date de mise en vente (mai 1905, voir plus loin), deux indications utiles : 1° *Le Mariage de Minne* de Willy — premier titre des *Égarements*, vraisemblablement — est annoncé comme « en préparation » dans la partie commerciale de la *Bibliographie de la France* du 18 mars 1905. 2° Dans les *Égarements* est annoncé le *Willy et Colette* de Jean de La Hire sous la mention : « Paraîtra le 1er juin [1905]. » On peut donc penser que les *Égarements* fut imprimé en avril-mai au plus tard, donc que le manuscrit avait été achevé en février ou en mars, et que Colette l'avait rédigé au cours de l'hiver 1904-1905.

Il est tout aussi difficile de dater avec exactitude la révision par Colette des deux *Minne* et leur refonte dans ce qui est aujourd'hui *L'Ingénue libertine*. Nulle trace de cette refonte dans la correspondance publiée à ce jour. Une lettre — éditée par Cl. Pichois et R. Forbin dans *Lettres de la Vagabonde*, Flammarion, 1961, p. 38 — contient cependant cette phrase : « j'ai commencé avant-hier ce qui sera, j'espère, une façon de roman... » ; la lettre est datée du 2 septembre 1909. Il est vraisemblable que, pour avoir entrepris d'écrire un nouveau roman, *La Vagabonde*, Colette devait avoir terminé la refonte des *Minne*.

« Minne » et « Les Égarements de Minne ».

Minne parut chez Ollendorff en 1904 ; le roman se présente comme un in-18 de 295 pages. La couverture en a été illustrée par Helleu qui a dessiné de trois quarts une tête de jeune fille aux longs cheveux flottant sur les épaules. Les seules mentions qui apparaissent sur la couverture sont les suivantes : Willy / Minne / Ollendorff / Paris — 1904. La page de titre porte :

1. Voir la Notice, p. 1419.
2. Voir *Mes apprentissages*, t. XI, p. 101.

Willy / Minne / *[monogramme de Paul Ollendorff]* / Paris / Société d'éditions littéraires et artistiques / Librairie Paul Ollendorff / 50, chaussée d'Antin, 50 /1904 / Tous droits réservés. La page consacrée aux ouvrages « du même auteur » énumère : *Une passade* (en collaboration avec Pierre Veber), 1 vol. ; *Maîtresse d'esthètes* (10e mille), 1 vol. ; *Un vilain monsieur* (12e mille), 1 vol. ; *Claudine à l'école* (94e édition), 1 vol. ; *Claudine à Paris* (96e édition), 1 vol. ; *Claudine en ménage* (110e édition), 1 vol. ; *Claudine s'en va* (74e édition), 1 vol. Il a été tiré à part cinquante exemplaires sur papier de Hollande numérotés à la presse. Au deuxième plat verso de la couverture, sous la caricature de Polaire souriante, on peut lire : Claudine *[en facteur commun]* / à / l'école / à / Paris / Claudine / s'en va / par Willy / Chaque volume : 3 fr. 50 / Librairie Ollendorff. Le livre a été imprimé par Charles Hérissey à Évreux. Il a été mis en vente le 14 juin 1904, selon une annonce insérée dans la *Bibliographie de la France* ; il sera enregistré dans la partie officielle de la même *Bibliographie* le 10 septembre 1904.

Les Égarements de Minne se présente comme un ouvrage analogue au précédent. C'est un in-18 de 300 pages. La couverture, signée du monogramme ES (Emilio della Sudda, qui avait illustré la couverture de *Claudine à l'école*), représente, de trois quarts, une jeune femme, les cheveux bouffants. Les seules mentions qui apparaissent sur la couverture sont les suivantes : Willy / Les / Égarements de / Minne / Librairie / Ollendorff / Paris. La page de titre porte : Willy / Les Égarements / de / Minne / *[monogramme de Paul Ollendorff]* / Paris / Société d'éditions littéraires et artistiques / Librairie Paul Ollendorff / 50, chaussée d'Antin, 50 / 1905 / Tous droits réservés. La liste des ouvrages « du même auteur » cite les titres déjà cités dans *Minne* plus, évidemment, ce dernier ; on remarquera cependant que *Claudine à l'école* en est à sa 100e édition, *Claudine à Paris*, à sa 104e, *Claudine en ménage*, à sa 110e, *Claudine s'en va*, à sa 74e et *Minne*, à sa 40e. L'« édition » étant de 500 exemplaires, ces chiffres permettent d'apprécier l'immense succès des *Claudine* et celui de *Minne*. Sous la mention : « Paraîtra le 1er juin » : « *Willy et Colette*. Étude biographique et littéraire avec nombreuses illustrations, par Jean de La Hire. (Librairie d'Espie) ». Du livre, imprimé à Évreux par Charles Hérissey, il a été tiré cinquante exemplaires sur papier de Hollande numérotés à la presse. Le deuxième plat verso de la couverture montre « Willy », puis, sous la tête de Polaire : Claudine *[en facteur commun]* / à / l'école / à / Paris. Au-dessous encore : Claudine s'en va / Minne / Chaque volume 3 fr. 50 / Librairie Ollendorff. Le livre fut mis en vente le 23 mai 1905, selon une annonce insérée dans la *Bibliographie de la France* ; il sera enregistré dans la partie officielle de cette même *Bibliographie* le 2 septembre 1905.

« L'Ingénue libertine », édition originale.

Colette Willy, *L'Ingénue libertine*, Ollendorff, 1909, in-18, 323 pages. La couverture et la page de titre sont identiques et portent toutes deux : Colette Willy / L'Ingénue / libertine / — roman — / *[monogramme de la Société d'éditions littéraires et artistiques]* / Paris / Société d'éditions littéraires et artistiques / Librairie Paul Ollendorff / 50, Chaussée d'Antin, 50. Dans la liste des ouvrages « du même auteur » est, pour la première fois, publiquement reconnue la collaboration entre Colette et Willy pour les *Claudine* ; elle contient les titres suivants : *Sept dialogues de bêtes* ; *La Retraite sentimentale* ; *Les Vrilles de la vigne* ; *Claudine à l'école* (en collaboration avec M. Willy) [la même mention suit le titre des trois autres *Claudine*] ; *Le Journal de Colette* (en préparation[1]) ; *La Vagabonde* (en préparation) ; Théâtre : *En camarades*, comédie en 2 actes. Le livre fut imprimé par Arrault à Tours. Il ne porte ni achevé d'imprimer, ni indication de dépôt légal. Il fut mis en vente le 16 novembre 1909, selon une annonce insérée, le 12, dans la *Bibliographie de la France*, où il sera enregistré le 17 décembre dans la partie officielle.

« L'Ingénue libertine », édition du Fleuron.

Lorsque Colette eut recouvré la propriété de *Minne* et des *Égarements de Minne*, elle les épura avec soin avant de les republier sous le titre ci-dessus. Il serait donc logique de croire que le roman ne subit plus de corrections importantes avant de figurer dans les *Œuvres complètes* du Fleuron. Le fait est qu'aucune de celles que la romancière apporta au texte qu'elle révisait pour la dernière fois ne mérite l'épithète. Retenons seulement que le champagne change de marque, passant de « Roederer » à « Pommery » (p. 749) ; « Barney », trop précis, devient « Barnery » (p. 750), et « Villette » retrouve son orthographe correcte « Willette » (p. 737). Vingt et une phrases, ou membres de phrases, disparaissent sans que ces suppressions modifient le sens du texte. La plus longue (huit lignes) est une évocation irrespectueuse de la « dure fille de Siegfried et de Brünnhild[2] » ; tombent également les allusions à Boutet de Monvel[3], aux Amalécites (p. 749), aux paumes sales d'Irène Chaulieu (p. 752). Quelques épisodes où Couderc intervient sont allégés et Minne cesse de comparer les moniteurs du Palais de glace à des domestiques[4]. Enfin disparaît dans les dernières pages l'indiscrète apposition « arrosée de volupté » (p. 823). Détails sans grande signification qui témoignent, au

1. Dans l'état actuel de nos connaissances, nous ignorons ce qu'aurait recouvert ce titre, déjà utilisé dans *La Vie parisienne* comme surtitre de petits textes repris dans *Les Vrilles de la vigne* et dans *L'Envers du music-hall* ou non recueillis.
2. Voir var. *a*, p. 747.
3. Voir var. *a*, p. 674.
4. Voir var. *a*, p. 782.

mieux, du souci de la romancière d'effacer toute trace de la collaboration.

À quelques corrections typographiques près, c'est l'édition originale de L'Ingénue libertine *(Ollendorff, 1909) qui est ici reproduite.*

P. D'H.

NOTES ET VARIANTES

Préorig., désigne ici *Minne,* puis, à partir de la page 735, *Les Égarements de Minne.* Si nous ne nous sommes pas attaché à relever les variantes de pur détail entre les préoriginales et *L'Ingénue libertine,* en revanche, nous avons cru devoir fournir au lecteur les passages importants de *Minne* et des *Égarements de Minne* qui ont disparu de *L'Ingénue libertine.* Le lecteur pourra ainsi, pour l'essentiel, reconstituer le texte de ces deux œuvres.

ILF désigne *L'Ingénue libertine* dans l'édition du Fleuron, t. III.

Page 671.

a. Dehors, les sycomores du boulevard Berthier ruissellent de pluie, et les tramways de l'avenue de Villiers, au tournant du boulevard extérieur, grincent musicalement sur leurs rails. / [...] les cheveux d'argent s'écartent, les beaux yeux foncés de Minne guettent... / Maman enfile une autre aiguillée, Minne se penche de nouveau sur sa tâche, mais ses yeux foncés glissent en dessous vers un journal ouvert, dissimulé par le devoir d'histoire, et lisent lentement, soigneusement, la rubrique *Paris la nuit* : *préorig.*

1. Le prénom de l'ingénue aurait-il été inspiré par Wagner ? Au début du deuxième acte de *Tristan et Isolde*, Brangaene, la servante d'Isolde, lui reproche : « Toi, toi, pauvre enfant ! ne sais-tu rien de Minne, la déesse de l'amour ! » On sait que *Minne* signifie amour dans la langue poétique allemande.

2. Vu le caractère plutôt fantastique de la première partie du roman — ex-*Minne* — il est vain de chercher des modèles aux personnages principaux, Maman, l'oncle Paul et Antoine. Il en ira différemment dans la seconde partie.

3. Les noms de lieux abondent dans *L'Ingénue libertine ;* ils sont tous réels. Nous ne les relevons que si le nom a changé depuis 1909, ou lorsque quelque précision est utile à la compréhension du texte. Dans la première partie surtout, ces noms désignent des endroits situés pour la plupart dans le 17e arrondissement de Paris où Willy et Colette habitaient ; à son habitude, cette dernière s'écarte peu des lieux qu'elle connaît.

4. Cette rubrique du *Journal* était tenue par le journaliste désigné à la page 678, Arthur Dupin (voir n. 1, p. 672).

Page 672.

1. Dans le chapitre « La Vraie Casque-d'Or » qu'il publia dans l'ouvrage consacré à *La Belle Époque* (*Le Roman vrai de la IIIe République*, coll. dirigée par Gilbert Guilleminault, Denoël, 1958, t. III, p. 75), Armand Lanoux écrit : « Les hors-la-loi des barrières ont été surnommés Sioux, Iroquois, Mahulots, etc. Un journaliste inspiré, Arthur Dupin, qui a beaucoup pratiqué les récits de Mayne Reid sur les chasseurs de chevelures, lance le mot "Apaches". On ne l'oubliera plus. Il a toujours cours. » Bloch et Von Wartburg attribuent cependant le premier emploi figuré du mot au journaliste Victor Morris.

2. Le modèle de ce personnage, déjà évoqué dans *Claudine s'en va* (voir n. 4, p. 560), est Amélie Hélie, la fameuse Casque-d'Or qui fit la manchette des journaux entre janvier et juin 1902. Le personnage n'inspira pas moins de six pièces de théâtre en 1902 et 1903.

3. Les noms et surnoms des « apaches » sont inventés et ne présentent aucune similitude avec les noms réels que fournit la presse du temps. Deux bandes rivales s'opposaient, en 1902, les Popincourt et les Orteaux, ces noms étant ceux de deux rues situées dans des arrondissements contigus de Paris, le 11e et le 20e. Leurs chefs, le Corse François-Dominique Leca, pour la première, Joseph Pleigneur, dit Manda, dit L'Homme, pour la seconde, revendiquaient tous deux l'exclusivité de Casque-d'Or (voir la note précédente). Parmi les membres de ces bandes ennemies, on trouve des Erbs, Domergue, Polly, dit Déni, Le Rouget, Schmidt, dit le Lillois, Koch, Magnin, Bat-de-l'Œil, dit le Rupin, et Heil, dit la Boulange. Dans une lettre de Colette au poète, critique, romancier et historien d'art, Lucien Solvay (1851-1950), datée de février 1909 par Cl. Pichois et R. Forbin (*Lettres à ses pairs*, Flammarion, 1973, p. 147), on lit : « Au temps où Willy me faisait le contestable honneur de signer mes romans, il lui arrivait parfois d'insérer dans mes textes quelques mots destinés à satisfaire ses rancunes personnelles. [...] Dans *Minne*, cette "collaboration" a consisté à donner à quelques apaches les noms de confrères estimés, notamment le vôtre. » Cela permet d'identifier Lucien Solvay sous le « Solvey, dit Pipi-la-Vipère, bookmaker belge », qui apparaît dans l'édition originale de *Minne*. Colette transforma le nom en « Sidney, dit la Vipère » dans *L'Ingénue libertine* (p. 672). D'autres patronymes de la préoriginale ont également été remplacés : « Tailhade, dit l'Orang », devenu « Bazille, dit La Teigne » ; « Defrémont et Busenel » ont gardé leur nom mais perdu leur surnom : « dits les Puceaux nantais » ; « Henry Ner, dit le Pou » est devenu « Jules Bouquet » ; « Degorsse, dit Schnock » est passé à « Blaquy, dit la Boule ». De même, plus loin dans l'ouvrage (p. 678), « Perilhou, dit Mangeot » (Mangeot dirigeait *Le Monde musical*) a été remplacé par « Vandermeer, dit l'Andouille ». Laurent Tailhade (1854-1919), était critique litté-

raire et avait traduit le *Satiricon* de Pétrone ; Defrémont, Busenel et Degorsse nous sont inconnus mais Perilhou et Henri Ner ont été cités par Maugis dans *Claudine s'en va* (voir n. 2 et 3, p. 651).

4. Belleville est un quartier populaire situé à l'est de Paris, entre La Villette et Charonne.

5. Levallois-Perret, commune du nord-nord-ouest de Paris, bordé au sud par le boulevard Berthier (aujourd'hui par le boulevard périphérique), entre Clichy et Neuilly. À l'époque de *Minne* et de *L'Ingénue libertine*, cette commune était séparée de Paris par les fortifications.

6. Léopold II (1835-1909) régna sur la Belgique de 1865 à sa mort. Lucien Solvay (voir n. 3) était belge.

Page 673.

1. Comme Luce autrefois (voir *Claudine à Paris*, p. 313), « Maman » doit craindre l'électricité qui, en 1904, se répandait depuis une quinzaine d'années déjà.

2. Nombre le plus fréquent sous la plume de Colette, comme le prouvent de nombreux exemples (voir *Claudine à Paris*, n. 2, p. 274 ; *Claudine en ménage*, n. 1, p. 389, n. 3, p. 392 et n. 3, p. 523).

3. Léger tissu de coton, d'aspect soyeux, employé dans la confection de lingeries féminines.

Page 674.

a. Minne, charmante et gauche, se sourit et constate : / « Je suis sinistre. » *ILF*

1. Louis-Maurice Boutet de Monvel (1851-1913), peintre d'histoire, portraitiste et illustrateur d'ouvrages pour enfants, a laissé une série, *Jeanne d'Arc*, très caractéristique de l'illustration à l'époque.

Page 676.

a. Tandis qu'ils restent graves. / Pour l'instant, *préorig.*

1. Colette a plus que vraisemblablement donné ce nom au cours des demoiselles Desir, fréquenté par les jeunes filles de bonnes familles comme Minne ; il était connu de la romancière car ses nièces, les filles du frère de Willy, Albert, y étaient inscrites.

Page 677.

a. quatre pieds laqués de blanc... / — J'ai faim [...] sur son col blanc, luisant d'empois. *préorig.* : quatre pieds laqués de blanc... Maman a voulu superstitieusement des roses, des roses autour de Minne, autour du sommeil de Minne... / — J'ai faim ! dit Minne qui devant la glace noue sa cravate sur son col luisant blanc d'empois. *ILF* ✦✦ *b.* comme une chèvre blanche, en flairant son mouchoir *préorig.*

Page 678.

a. éplucher le programme d'études. / Les amis de Maman ont affirmé : « Vous ne pouvez pas envoyer votre fille ailleurs qu'au cours Souhait. » L'oncle Paul a concédé : « Envoies-y la petite, va, là ou ailleurs... » Minne, déjà raisonnable à huit ans autant qu'aujourd'hui, a remarqué : « Maman, le cours Souhait est en haut du boulevard Malesherbes ; depuis la maison, en suivant les fortifications, il n'y a pas plus d'un quart d'heure à pied. » / Et tous les matins, *préorig.* ✦✦ *b.* ils ne savent que jouer... Ils ne regardent pas les choses intéressantes... » / ☆ / Ce matin-là, comme les autres matins, Minne quitte Célénie sous la porte cochère du cours Souhait. / — C'est toi qui viendras me chercher à onze heures et demie, Célénie ? / — Non, Mademoiselle, Madame a dit qu'elle viendrait. / — Bon ; adieu, Célénie. / — Adieu, Mademoiselle. / Minne se dirige vers une porte toute luisante de plaques en cuivre jaune ; la grosse femme de chambre hâte vers la maison son dos lourd. / Minne, revenue sur ses pas, tend le cou pour suivre Célénie des yeux, sort, traverse la rue d'un pas décidé, et s'en va acheter *Le Journal* au prochain kiosque. Après quoi, elle entre au cours, où Mlle Souhait elle-même commence une leçon de géographie. / ☆ / Arthur Dupin, *préorig.*

1. Ce mode de chauffage — le chauffage central — commençait alors à remplacer, dans les établissements résolument modernes, les moyens traditionnels ; de nombreux hôtels fondaient leur publicité sur le fait qu'ils possédaient le « chauffage à vapeur ».

2. Le peintre norvégien Fritz Thaulow (1847-1906) s'était installé en France en 1892 pour se consacrer aux paysages des environs de Paris et du nord de la France.

3. Voir n. 1, p. 672.

4. Bien entendu, nous n'avons retrouvé aucun inspecteur Joyeux dans les comptes rendus de l'époque. Le commissaire chargé de l'enquête se nommait Deslandes. Il y a peut-être là une plaisanterie, « joyeux » désignant un soldat des bataillons disciplinaires qui servaient en Afrique.

5. Voir n. 3, p. 672.

Page 679.

1. La chaussure d'homme la plus courante était alors la bottine, montante et lacée ; le soulier richelieu était une chaussure basse et lacée.

2. Sans chapeau. Avant la guerre de 1914, il était jugé très vulgaire de sortir nu-tête.

Page 680.

1. Renaud, lui, vivait entouré des fumées de khédive et de gianaclis (voir *Claudine en ménage*, n. 1, p. 450).

2. Wilhelmine d'Orange-Nassau (1880-1962) fut reine des Pays-Bas de 1890 à 1948.

Page 681.

a. jeune femme habillée en grand-mère. / Antoine reprendrait bien *préorig.*

Page 683.

a. — Et du sucre en poudre *[p. 682, dernière ligne]* ? / — Je veux bien un peu. / Maman, inquiète de sa Minne pâle et absente, la désigne du menton à l'oncle Paul, qui hausse les épaules pour la rassurer. / — Peuh ! la croissance, je te dis. Rien de nouveau ? / — Rien du tout. Tu ne trouves pas cela dangereux ? / — Ma foi non. J'ai vu des cas... Les grandes vacances pourront précipiter les événements. Que diable, tu ne veux pas la marier cette année ? / — Moi, grand Dieu ! Maman se couvre les oreilles des deux mains, ferme les yeux, comme si elle avait vu tomber la foudre de l'autre côté du boulevard Berthier. / ☆ / « Les journaux ne savent rien, songe Minne, ou bien on les a payés pour se taire... *préorig.*

Page 684.

a. qui ne voit jamais rien *[p. 683, avant-dernier §, dernière ligne]* ! / « Henriette Deslandres, elle, n'a pas une minute de repos chez elle ; sa mère s'assied à la même table qu'elle quand elle travaille, et emporte la lumière quand Henriette est couchée. C'est sa faute, aussi ! Quand on la prend à lire un journal ou à ouvrir un roman, elle devient rouge, elle pleure, elle demande pardon... / « Tout le monde ne sait pas très bien dissimuler, conclut Minne en se retournant d'un saut de carpe, dans son lit, pour chercher une place fraîche. » / La chaleur de juillet *préorig.*

1. À la différence de Claudine et d'Annie, Minne a une mère, mais à peine la lui a-t-elle accordée que Colette n'a de cesse qu'elle l'ait soumise à son héroïne, en servante inconsciente (tel le père de Claudine) et aveugle (tel celui d'Annie). Comme pour souligner l'insignifiance du personnage, Colette n'a pas cru devoir lui donner d'autre nom que celui de sa fonction : Maman (voir p. 675).

Page 685.

a. indignes d'elles *[p. 684, 1re ligne en bas de page]* / Minne ne parle presque pas. Et, lorsque Maman répond à une visiteuse qui la complimente sur la longueur de sa fille : « Oh ! c'est un bien grand bébé ! *préorig.*

Page 686.

a. à des tortures ignominieusement compliquées... /☆ / « Au revoir, Minne / — Adieu Minne. Quelle chaleur ! quand partez-vous ? / — Bientôt. Et vous, vous achevez l'année des cours ? / — Y pensez-vous ? Maman quitte Paris la veille du Grand Prix. Votre ceinture tourne. / — Merci. Dieu que ces petites filles sont turbulentes. Quand je pense que nous avons peut-être été comme ça... ! / — J'ai honte d'y penser. » / Minne et ses amies épinglent leur chapeau, font glisser leurs gants, assurent le lacet des bottines, dans la rumeur discrète d'une sortie de cours. Toutes ces fillettes bien élevées, qui ont grandi entre des murs minces où chacun se tait de peur de gêner le voisin, tressaillent pour une porte claquée et craignent les sons aigus. Mlle Souhait elle-même réprime les cris des toutes petites, qui trépignent encore aux fins de leçons : « Mesdemoiselles, nous ne sommes pas à la laïque ». / Les compagnes de Minne, treize à seize ans, sont de petites femmes policées qui savent marcher, s'asseoir, relever une jupe, verser du thé et parler aux domestiques. Leur jeunesse les rend enclines à mépriser le rire et les mouvements brusques. Elles savent dénigrer une toilette en termes modérés, sans acrimonie. Elles travaillent quotidiennement, paisiblement, ne donnent point d'effort inutile, et la « bûcheuse » fourvoyée au cours Souhait n'y suscite pas d'envie ni d'émulation, mais plutôt une considération un peu ironique. / Minne a appris, au cours Souhait, à ne pas s'enfiévrer sur un résumé difficile, à n'user des larmes que rarement, à surveiller ses attitudes lorsque, debout devant la grande carte qui couvre le mur, elle voyage « du bout d'un bâton » de Marseille à Pékin. / Quelques-unes — celles qu'une automobile ronronnante attend à la porte — lui tendent une main molle et vide, un petit sourire vite effacé : Minne va toujours à pied, flanquée de Maman ou de Célénie. Ces chauffeuses-là, Minne les dévisage de son air le plus impénétrable, souhaitant des catastrophes où l'automobile rouge et blanche, réduite en esquilles, se mêle aux chairs roses, lance aux murs des fragments méconnaissables, laisse sur la chaussée un cartable de maroquin noir, une petite main encore palpitante... / Ces premiers jours de juillet, pourtant, qui sentent les vacances, animent toutes ces petites poupées, qui bavardent comme à la veille d'une séparation. Minne sait que celle-ci rejoint un château des Pyrénées, que cette autre partira pour la mer et s'en désole à cause du hâle et des taches de rousseur. Les plus naïves lui ont confié qu'un cousin, qu'un ami du frère, pendant les vacances... Par politesse pure, pour donner la réplique, Minne n'a pas hésité à vieillir Antoine d'un bon lustre, de le gratifier d'une paire de moustaches noires... et voilà. Cela ne s'appelle pas « mentir » mais « raconter ». On oublie cela, le dernier shake-hand donné, pour penser aux choses sérieuses, le long du boulevard brûlant et silencieux, où chaque pas rapproche Minne du lazzarone en casquette... / Depuis cinq jours, Minne le frôle et il regarde Minne, Minne, toute claire dans ses robes d'été, *préorig.*

1. L'expression ne va pas sans ambiguïté ; la romancière veut-elle préciser que « Maman » ne rencontre l'individu qu'à l'heure de midi, ou qu'elle ne le voit jamais qu'occupé à faire la sieste ?

Page 687.

a. lorsqu'elle le frôlait... / Quand Minne eut perdu l'espoir, quand elle fut sûre oh ! sûre — il y a des pressentiments qui ne trompent pas ! — que la police avait arrêté, peut-être guillotiné le Frisé, elle eut une crise de larmes, affreuse. / Maman, éperdue, envoya chercher l'oncle Paul, qui ordonna quinine, bouillon, poulet, vins légers et toniques, et pronostiqua que « la crise approchait ». Là-dessus Maman, aidée de Célénie, se mit à remplir les malles avec une activité de fourmi devant l'orage. / Minne, dolente, s'appuyait du front aux vitres. / Il est en prison perpétuelle. Il souffre pour moi. Il écrit dans son cachot *préorig.*

Page 688.

1. La brève description de la « Maison sèche », de ses environs immédiats et de ses horizons prouve que Colette s'est, comme à la fin de *Claudine s'en va* et dans *La Retraite sentimentale*, inspirée des Monts-Boucons (voir *Claudine s'en va*, n. 1, p. 539 et n. 1, p. 641).

2. Toile peinte fabriquée en Inde, que l'on croyait provenir de Perse ; cretonne imprimée.

Page 689.

a. il n'y paraît pas. Comme un diplomate excédé de correspondance, et qui s'accorde une minute de récréation, Minne a posé la lettre bleu-lavande auprès de son assiette, et vide son bol de lait. L'oncle Paul qui ne lit guère que ses journaux de médecine se plonge dans la prose du docteur Cabanès, et Maman feuillette *Femina, Femina* tout humide d'encre fraîche, qui salit les doigts, qui répand dans la salle à manger embaumée de cacao une malsaine odeur d'iodoforme et de colle. / Antoine, penché sur l'épaule de Maman, regarde les images. / — Viens voir, Minne... c'est épatant ! Il y a des photos *préorig.*

1. Revue publiée pour la première fois en février 1901 ; en mars

1917, elle absorba *La Vie heureuse* et, jusqu'en 1921, fut connue sous le titre *Femina et Vie heureuse réunies.* Elle disparut en 1939.

2. Le *Journal de la santé,* dont le sous-titre était : « Vulgarisation des sciences médicales et naturelles », fut publié de novembre 1888 à juillet 1914 ; il avait absorbé, en 1889, les revues *Santé publique* et *Médecine illustrée*.

3. La *Chronique médicale* était une revue bimensuelle de médecine scientifique, littéraire et anecdotique. Elle parut entre 1894 et 1938.

4. La journée des Drags, réunion sportive et événement mondain, avait lieu au champ de courses d'Auteuil le vendredi qui précédait la journée du Grand Prix. Si elle était ainsi nommée, c'est qu'il était de tradition de s'y rendre en drag, sorte de mail-coach ou berline attelée de quatre chevaux et comportant plusieurs rangs de banquettes sur le dessus de la voiture.

5. Voir *Claudine à Paris*, n. 1, p. 281.

Page 690.

a. qui la rajeunit encore. Elle a glissé dans sa poche la lettre bleue. / — Qui t'écrit, ma Minne ? / — C'est Henriette Deslandes, Maman, elle est à Cabourg. Tu veux voir ? / Toute gentille, elle tend la lettre. / Maman prend Minne et l'embrasse à baisers claquants. / — Mais non, trésor. Tu me la donneras après, si ça ne t'ennuie pas. / — Oh ! je n'ai pas de secrets, dit Minne en riant sincèrement. Adieu, Maman, je vais manger des prunes. *préorig.*

1. Une pierreuse est une prostituée de bas étage.

2. Le boulevard Berthier est l'un des boulevards extérieurs (ou boulevards des Maréchaux).

3. Peut-être est-ce Arthur Dupin qui, citant le commissaire Deslandes (voir n. 4, p. 678), fournit à Colette le patronyme de cette amie de Minne.

Page 691.

a. sans ménagement, durant qu'il mâche un brin d'herbe. /— Tu sais [...] en chemise de flanelle. / Le potache rougit encore une fois, passe un mouchoir sur ses cheveux. / — Tu m'aimes mieux comme ça que... comment ? / — Qu'en collégien, ou même qu'en dimanche. Seulement, cette cloche en paille, elle te donne l'air d'un... jardinier. *préorig.*

Page 693.

a. il t'a fait ? / Minne considère ce barbare, cet animal inférieur, ce joujou mal équarri, Antoine. / — Il m'a fait... qu'il est laid... que l'oncle Paul *préorig.* ✦✦ *b.* un vilain homme. Il vole les melons de l'oncle Paul. / — Allons donc ! il est trop bête. : — Si !... D'abord je l'ai vu. / Toi ? oh ! *préorig.*

1. Il était cité dans *Claudine à Paris* (p. 321 et n. 1), mais il était alors situé plus haut dans l'échelle sociale.

Page 694.

a. « Les filles *[p. 693, 5e ligne en bas de page]*, c'est toujours un peu maboul », songe Antoine, qui connaît le père Corne depuis dix ans et n'a jamais rien remarqué d'extravagant dans ce vieil expéditionnaire retraité, geignard et malpropre, que tolère dans son verger l'oncle Paul et qui cauchemarde Minne. / Minne, invisible, fourrage des ongles ses cheveux qui s'épanchent en ruisseaux d'argent. Quand elle reparaît, elle semble plus calme. / — Qu'est-ce qu'on pourrait bien lui faire, *préorig.* ✦✦ *b.* — Ah ? / Il ôte son chapeau, le remet, gratte du talon la terre fendillée de sécheresse. / — Dis-le, pour voir. / Il s'enroue un peu. Minne, essoufflée, essuie d'un petit mouchoir son front à peine moite. / — Que tu es bête ! Tu espères *préorig.*

Page 695.

a. Tu bisques ? / Antoine, encore plus serein que d'habitude, regarde Minne, regarde l'horizon voilé de vapeur tremblante, le saccage des laitues et des poireaux, et ne trouve rien à répondre que : / — Je crois qu'il faut rentrer pour déjeuner. / À table, *préorig.* ✦✦ *b.* et le sang de lièvre, étend le bras et profère des paroles lentes : « Je monterais sur l'estrade et je leur dirais : Citoyens... » Minne le déteste et le redoute. / Il a l'air *préorig.*

1. Liqueur digestive alors réputée.

Page 696.

a. regarde devant elle. Ses yeux dilatés laissent entrer tant de noir qu'elle les sent devenir plus noirs. Elle écoute *préorig.* ✦✦ *b.* — Siffle un grand coup, aussi fort que tu pourras. / Le collégien siffle, mais sa bouche n'émet qu'un pauvre son. Minne désabusée secoue les épaules. / — Assez, tu n'y connais rien. / Elle joint *préorig.* ✦✦ *c.* Le père Luzeau est un vétéran du crime. / Antoine enjambe le mur, se plante à califourchon près de Minne qu'il contemple stupéfait. Elle parle toujours à la nuit, et quoiqu'il tâche, il ne distingue d'elle qu'un halo d'argent autour d'un visage de ténèbres. / — Un vétéran du crime, *préorig.*

1. Épithète familière : lourd, maniaque et ennuyeux ; elle a été attribuée dans *Claudine à l'école* (p. 102), à l'inspecteur Blanchot, et, dans *Claudine s'en va* (p. 650), par Maugis, au Xénophon de l'opéra *Parysatis.*

Page 698.

a. questionne Minne agressive. / Antoine guigne de côté sa raie dans la glace ; une allée de Versailles n'eſt pas plus rectiligne. / — Pour que ma raie tienne, *préorig.* ✦✦ *b.* — Qu'eſt-ce que c'eſt que ce papillon-là ? / Il se penche à son tour, cligne ses yeux myopes. / — Lequel ? ah ! c'eſt un grand Sylvain. / — Il eſt beau. / Le collectionneur s'anime. / — N'eſt-ce pas ? j'ai eu un mal de chien ! Cet animal-là, je pensais le tenir, et puis crac ! d'un coup d'aile il passait par-dessus un bois. Quand je l'ai tenu je le croyais en loques. / Minne s'émeut, rejoint ses sourcils. / — Pourquoi l'as-tu tué, méchant ? / — Dame, il fallait bien. Je ne pouvais pas le nourrir en cage. / Il rit sottement, chatouillé par les fins cheveux de Minne toute proche. / Elle songe triſtement, fâchée. / — Il ne fallait pas, il ne fallait pas. Les bêtes sont libres. Les gens ça n'a pas d'importance. / — Tu m'en veux, Minne ? / Saisi d'un grand courage, d'une peur plus grande encore, Antoine a pris Minne *préorig.*

Page 699.

a. ce n'eſt pas convenable. / Éloignée d'elle, le grand garçon sent son courage le quitter. Pourtant il trouve la force de répondre : / — Mais... il n'y a personne. / Minne réfléchit, *préorig.* ✦✦ *b.* il s'effraie de son audace. Mais Minne n'a pas bougé, ni quitté son air raisonnable d'écolière. Antoine entend siffler ses oreilles, des picotements électriques fourmillent au bout de ses doigts. Il écoute lointaine et diſtincte, la voix de Célénie qui chante dans la cour : / L'ond*r*e s'approche écumante et *r*ouleuse. / Il se souvient d'un après-midi de lectures vilaines *préorig.*

Page 700.

a. — Ce n'eſt pas une raison, je vais voir moi-même. Surtout pas de courants d'air... » / Minne, assise à côté d'Antoine, tambourinait des talons le mur bas de la terrasse. Elle écoutait diſtraitement ces préparatifs de résiſtance, et trouvait la maison bien découverte pour soutenir un siège sérieux. À l'Oueſt, l'armée devait avancer derrière ce mur noir de nuages... Antoine, bouleversé par l'orage, serrait les dents et les poings pour se forcer au calme... / Minne s'eſt endormie pourtant, bercée *préorig.*

1. Sauf dans ce cas, Colette n'a pas utilisé les particularités folkloriques du parler de Célénie pour agrémenter l'ouvrage de ces relents campagnards dont la Mélie de Claudine « à Paris » était prodigue.

Page 701.

a. le rend fou, et fait vibrer les nerfs de femme que cache son corps chevalin. / Il eſt tout seul, *préorig.*

Page 702.

1. Reine de beauté du concours organisé par le lavoir du quartier Saint-Ambroise, quartier populaire situé autour de l'église et de la rue Saint-Ambroise, dans le 11e arrondissement.

Page 703.

a. Tu manges comme un maçon *[20 lignes]*. / — Je mange comme un garçon qui se porte bien, et pas comme une petite chipoteuse. / — C'est l'orage qui m'a rendue malade, dit Minne très douce, songeant à la tempête qui souleva, jusqu'à l'héroïsme, son petit cœur chimérique. / Antoine se rappelle sa nuit tumultueuse et rougit soudainement. / — Oui, quel orage, hein ? / — Je n'ai pas dormi, et toi ? / — Moi, un peu, mais... / (Il pince l'ourlet cramoisi de ses oreilles.) / — Mais quoi ? / — J'avais peur que tu n'aies peur... / Minne daigne rire de la phrase maladroite, et de la conjecture saugrenue. / — Peur, moi, mon pauvre ami, ce n'est pas un orage qui m'impressionne ! J'ai vu trop de nuits plus dramatiques que celle-ci. / Antoine lève ses sourcils charbonneux et siffle d'incrédulité : / — Où ça donc ? dans tes songes ? / Au lieu de se fâcher, Minne abaisse ses cils blonds, avec un demi-sourire plein de réticences. Ce procédé agace infailliblement Antoine, qui piétine comme un chien sous un morceau de sucre offert et retiré. / — Encore des histoires ! Dieu, Minne, que tu es menteuse ! / — Menteuse, moi ? / Minne n'ajoute rien, mais la candeur courroucée de ses yeux large ouverts convainc seule Antoine, qui sent vite vaciller ses idées lorsque Minne le regarde de trop près. / Dompté, il attend « l'histoire », sachant bien qu'il ne l'aura pas s'il insiste encore. / — Veux-tu, s'il te plaît, porter ma tartine à la cuisine ? Je n'ai pas faim pour du raisiné aujourd'hui. / — Pour quoi as-tu faim ? du beurre frais sur du pain chaud ? du fromage blanc ? / La tartine en main, Antoine ressemble fort à ces comiques de café-concert, qui viennent le bras sous l'anse d'un panier, ânonner les malheurs d'un petit garçon bien sage... Minne chiquenaude sur le velours de sa robe des traces de farine blanche, et réfléchit. / — Non. Je voudrais... une pipe en sucre rouge. / — Ma tante ne voudra pas, observe Antoine sans autre étonnement. Et puis ce n'est pas bon. / — Si, c'est bon. Pose cette tartine sur le buffet, tu m'agaces comme ça. Et puis, reviens t'asseoir. / Blottie contre la fenêtre, elle appuie sa tempe à la vitre, ses cheveux amollis pleuvent en fils plus fins que ceux de l'averse. / — Une pipe en sucre rouge pas trop fraîche, tu sais, quand le dessus a eu le temps de blanchir et de devenir un peu mou, alors il n'y a plus au milieu qu'un petit tuyau de sucre transparent qui craque comme du verre... / Antoine est revenu s'asseoir en face d'elle, sur une basse chaise bretonne ; ses jambes trop longues, repliées, remontent ses genoux vers son menton. La tristesse de Minne le tourmente d'un zèle impuissant ; lorsqu'elle était toute petite, il lui donnait à tirer ses cheveux noirs si raides. Maintenant ça ne suffirait plus... Minne appuie entre ses sourcils un index soucieux. / — J'ai trop de choses là, Antoine. Ma tête me pèse. Maman me croit toujours un bébé, tandis que... hélas ! / Elle lève ses minces épaules avec une douceur importante, secoue ses cheveux, et cette gravité immodérée la vieillit jusqu'à lui faire paraître son âge : quatorze ans dix mois... / — Parle-moi, Antoine. Tu es mon ami, distrais-moi / La dignité d'ami confère en même temps à Antoine une gêne extraordinaire. « Distrais-moi ! » Il saurait peut-être, mais il n'osera jamais... Si Minne me montrait tant de douceur faible, il l'enverrait promener pour se tirer d'embarras. / — Veux-tu faire une crapette puisqu'il pleut ? / — Une crapette, soupire Minne. Je n'ai guère le cœur à jouer. Nous ne sommes plus des enfants, pour jouer... Causons, Antoine... / C'est bien ce qu'il craignait. Quand Minne raconte *préorig.*

Page 705.

a. — Minne, tu as un sale caractère*[p. 704, 8e ligne du bas de la page]*... / — Insulte-moi, je ne répondrai pas un mot. / Pâle comme une souveraine offensée, elle détourne les yeux vers la campagne que noient le crépuscule et la pluie. / Antoine, debout à trois pas, hésite entre la bravade et la sortie discrète... / Minne chantonne à mi-voix, rajuste son nœud blanc, affiche la liberté de manières d'une jeune fille qui se croit seule. Même, pour resserrer le ruban d'une jarretelle, elle retrousse sa robe, son jupon de zéphir rose et blanc, montre avec tranquillité une jambe de fillette, cheville fragile, mollet grêle et haut, ganté d'un bas cachou... Quand la robe est retombée, Antoine suffoqué tourne les talons, claque la porte derrière lui si violemment que la verrerie, dans l'armoire vitrée, tinte longuement... / ☆ / La pluie a cessé lentement, sans dévoiler d'abord le ciel. Une lourde vapeur suspendue a flotté longtemps, pareille à la frange d'une robe de tulle, entre les montagnes et la Maison Sèche. Minne, excitée par un internement de trois jours, tend la tête au seuil de la porte pour guetter la fin de l'ondée, reçoit de grosses gouttes sur la nuque, jette des cris pointus d'oiseau... / Dès que les feuilles de platane ont dessiné sur le parquet du salon leur ombre aux doigts écartés, elle court au jardin qui pleure encore, suivie d'Antoine qui traîne ses semelles de mauvaise grâce, pour dissimuler son plaisir de la suivre. / Maman trotte de chambre en chambre, ouvre les fenêtres, crie du balcon : « Ne te mouille pas les pieds, Minne ! » et l'oncle Paul, moins jaune, a pris sa canne d'épine ; il va faire le tour du verger, acheter des cigarettes au village, rapporter un gâteau feuilleté pour « les enfants »... / Minne suit les allées qui poissent aux pieds, contemple le jardin rajeuni[1]. *préorig.* ✦✦ *b.* sous leur velours imperméable et fardé. Minne songe qu'aux magasins du Louvre, il y a des pelotes à 1 fr. 95, qui imitent l'abricot, le champignon, et la pêche même, aussi bien que celles-ci, dont la pourpre violacée semble artificielle... / Minne, au pied de l'espalier, gratte la terre du bout du pied, et s'amuse de la trouver farineuse en dessous : « Tu vois, Antoine, c'est comme les vieux bonbons fondants, qui deviennent secs à l'intérieur. » / Pour secouer les roses lourdes de pluie, *préorig.* ✦✦ *c.* et Antoine, morose, se mord les lèvres, pensant au chatouillement qui les agacerait, s'il baisait ce duvet... / Le retour du soleil met fin à son emprisonnement insupportable et grisant, trois jours vécus tout contre Minne, dans son parfum acidulé, trois jours de gentillesse, de disputes, d'humeur changeante, trois jours de désirs cuisants, d'oreilles chaudes, de courbatures dans la nuque et les genoux... Il maudit un peu ce ciel bleu qui le libère, qui rend Minne turbulente, distraite et telle qu'une fillette de dix ans... / La voilà accroupie *préorig.*

1. L'arbre à perruque est le nom vulgaire du sumac fustet, arbre des régions chaudes.

Page 706.

a. qu'un geste brusque *[2e ligne]* renverserait Minne sur l'allée humide... / — Tu m'entends, Antoine ? / Minne impatiente tire sa manche, rompt son équilibre incertain, et c'est lui qui choit le derrière dans le sable mou, ses grands pieds et ses grandes mains battant l'air, maladroit et lent à se relever comme un cheval tombé, devant Minne qui, penchée, les mains serrées entre ses genoux, rit à perdre le souffle... / Debout, il balaie du plat de la main le sable qui colle en plaques à son fond de culotte, et se demande s'il battra Minne, s'il rira, s'il feindra une fracture grave... / Elle ne lui en laisse pas le temps. / — Viens, mon pauvre vieux, nous mangerons des cornouilles pour te consoler. / Presque rose d'animation, elle l'entraîne par le potager lavé et reconnaissant. La tôle gondolée des choux déborde de « diamants cabochons » dit Minne, et les arbres fins qui portent la graine des asperges balancent un givre rutilant. / — Ces petits arbres-là, c'est des mélèzes très jeunes, n'est-ce pas ? demande Minne que la flore du boulevard Berthier a peu renseignée. / Des mélèzes ! voilà bien l'instant pour Antoine de prendre une revanche. Il garde son sérieux : / — Oui, des mélèzes d'une espèce spéciale, dont les fruits se mangent le plus souvent à la sauce hollandaise. / — C'est vrai ? / — Tu en as déjà mangé, Minne. / — Moi ? / — Oui. À Paris, ils les débitent

1. Comme en témoignent les variantes des pages 703 et 705, tout le chapitre (jusqu'à la page 706) a été soigneusement retravaillé et de beaucoup abrégé par Colette au moment de la refonte des deux romans en *L'Ingénue libertine*.

en bottes et les baptisent du nom saugrenu d'asperges. / Minne comprend, pince les lèvres, prend une physionomie impersonnelle de jeune femme du monde, qui présage une période redoutable de mutisme obstiné. Antoine regrette déjà son ironie cruelle, et cherche une diversion. / — Minne, un escargot rayé. On dirait un berlingot. / Elle daigne sourire. Antoine chante pour l'amuser : / *Escargot* [...] / Minne suit la chanson de sa voix haute et pure, s'interrompt soudain : / [...] / Il se baisse et reste penaud, n'osant toucher les deux escargots accolés, ni regarder Minne qui observe très tranquille. / — J'en ai vu plusieurs déjà dans le pays de cette espèce-là. / Se moque-t-elle ? Joue-t-elle l'ingénuité ? Antoine trouve plus commode de rester sous l'abri de son chapeau de paille. Mais Minne se penche et ramasse les « berlingots » soudés... Antoine étend la main. / — N'y touche pas, Minne ! c'est sale ! / — Quoi, sale ? pas plus qu'une amande ou une noisette. / — Comment ? / — Dame, oui ! C'est un escargot philippine ! » *préorig.*

1. La courgelle, nous dit Mme É. Charleux-Leroux, est le fruit du cornouiller mâle : un fruit petit et oblong, d'un rouge luisant, à la chair acidulée et comestible.

2. Allusion au jeu, dont le nom est emprunté à l'allemand *Vielliebchen* (bien-aimé), consistant à partager deux amandes jumelles entre deux personnes ; lors de leur prochaine rencontre, celle qui dit la première à l'autre : « Bonjour Philippe (ou Philippine) », en reçoit un cadeau.

Page 707.

a. Antoine bienheureux *[p. 706, dernière ligne]*. / Sa félicité est troublée souvent par la présence de Maman, qui vient s'asseoir d'heure en heure près de ses enfants, tâter le front de Minne, savoir si on a faim, si on a soif ; par celle de Célénie, odorante et brune, qui vient sans pudeur parler de sa chemise qui « lui colle » et des trois camisoles qu'elle a mouillées la nuit. Minne fronce le nez et demande : / — Qu'est-ce que tu sens donc, Célénie ? / — Le navet, probable, répond celle-ci sans s'émouvoir ; j'en épluche à la cuisine avec Irma... Vous savez, Mademoiselle, que le père Corne n'arrête pas de se plaindre, à cause des dommages que les trôleux font dans son potager ? / Non, Minne n'en sait rien. Elle prend même un vif intérêt à cette nouvelle, comme si ses petites mains vindicatives n'eussent pas elles-mêmes haché menu les navets blancs et les carottes, tranché sous terre la tête chevelue des poireaux !... Périsse, de faim et de désespoir, le père Corne dans son potager dévasté ! Minne ne verra plus en rêve ses yeux qui larmoient jaune, ni sa langue affreuse aux trous du flageolet... / Antoine, assis en face de sa cousine à la table d'osier, dispose mollement les treize paquets de cartes d'une patience. *préorig.*

1. Depuis sa fondation par Joseph Oller en 1886, le Nouveau Cirque était installé 251, rue Saint-Honoré. Il annonçait « Spectacle équestre et nautique tous les soirs » ; on y jouait aussi souvent la pantomime.

Page 710.

a. deux assiettes de prunes blondes. / « Qu'est-ce que vous faites là, mes chéris ? Minne ! oh ! dans quel état !... Comment, vous vous disputez, à votre âge ?... par cette chaleur ! » / Sa main fraîche essuie les joues moites de Minne, et ses doux yeux d'institutrice aimable reprochent à Antoine son enfantillage. Jamais on ne lui ferait croire, à cette Maman candide, que son neveu, tout à l'heure... / « De vrais bébés, de vrais bébés, voilà ce que vous êtes ! » / Le bébé Antoine ne peut s'empêcher de glisser, vers le bébé Minne, une œillade sournoise ; ses yeux croisent un regard pareil, rancunier et complice... / Ils éclatent de rire, chacun d'eux enchanté de sentir qu'il tient l'autre, ou croit le tenir... / — Là ! s'écrie Maman. J'étais bien sûre que ce n'était pas sérieux. Embrassez-vous tout de suite, et je vous donnerai des reines-claudes. / ☆ / « Les jours raccourcissent, songe tout haut Antoine. / — Tant mieux, réplique Minne. / — Pourquoi tant mieux ? » / Froissé personnellement, il quitte la vitre obscure et revient vers la table, où la tiède et courte veillée rassemble, pour une heure encore, l'oncle Paul occupé de sa digestion, soulevé de borborygmes sonores, Maman très jeune sous la lampe, avec ses cheveux lisses dont pas un ne s'échappa depuis le matin, Minne enfin, Minne centre du monde... / Elle se balance dans un rocking-chair ; le cercle de lumière touche tour à tour la coque blonde arrondie sur son front et le bout blanc de ses souliers de toile... / « Je dis tant mieux parce que c'est agaçant, cette saison où il fait jour tout le temps... / — Je me demande en quoi ça peut te gêner ? / — Et toi te réjouir ? si j'aime la nuit, moi ! » Au ton agressif, Maman lève la tête. / « Mes enfants, vous êtes impossibles. Tout dégénère en disputes depuis quelques jours. Quel mauvais ménage vous feriez ! » / Minne ne daigne pas répondre. D'un mouvement imperceptible des pieds tendus, puis abaissés, elle imprime à son fauteuil un va-et-vient plus vif, tandis qu'Antoine, sur des semelles muettes en caoutchouc, commence une promenade de fauve... / Sur le jardin nocturne, les vitres luisent comme un étang, parfois heurtées, comme d'un doigt invisible, par quelque papillon que la lampe attire, et Minne tressaille... Mais une musique un peu fêlée jaillit de l'ombre : Maman vient de se mettre au piano et commence une polonaise de Chopin. / Ce n'est ni très polonais, ni même très Chopin. Maman ne cache point, sous ses bandeaux paisibles, l'âme des czardas. Les doigts sont légers, flous, une grâce discutable attarde les phrases sentimentales... L'oncle Paul soupire de plaisir, et Antoine, atteint aux nerfs sensibles, rêve de lacs, de lune, de chevauchées ; une corde endommagée tinte et chaque fois Antoine entend l'écho des talons éperonnés : danseurs et danseuses, bottés de cuir, chapskas, tresses tournoyantes, et tout enfin ce qu'une médiocre littérature peut mettre au service d'un sincère émoi... Décor héroïque, ou décor lunaire, ou féerie étincelante des lacs, tout cela sert de toile de fond à Minne, à Minne encore, à la seule Minne... / Minne enfourche, elle aussi, sa chimère musicale. La corde, qui sonne en tzimbalon, irrite au bord de ses oreilles, au creux de son estomac, quelque chose qui se crispe délicieusement. Renversée, les yeux clos, elle accorde au trois-temps de la polonaise le balancement de son rocking, et rêve... / Aujourd'hui même, à cette heure précise, l'avenue de Neuilly, les abords silencieux des fortifications s'emplissent de vacarme, de foule et de lumière. Une fête, qui semble être la Fête d'un peuple qu'asservissent, reines éphémères, Casque-de-Cuivre et ses rivales... Minne se souvient, confiante en sa mémoire qui trahit et invente... / Avenue de Neuilly, Porte-Maillot, la Tribu en fête s'exhibe et reçoit, à l'aise sous des yeux profanes ; Sveltes et Trapus élargissent leurs épaules, traînent leurs pieds mous de baraque en baraque, exagèrent le balancement marin de leur démarche. On vient les voir de loin, Paris se donne le frisson de les frôler, de recevoir le tranchant oblique de leurs regards... Des squaws fidèles et criardes les suivent, cheveux nus où se mire la flamme de l'acétylène, corsages aux couleurs insultantes... Minne les voit, agrippées au col des cochons de bois, couchées par la vitesse sur le ruban ondulé des montagnes russes, dans quel ouragan joyeux et discord d'orgues à vapeur, de tambours, de trompes et de crécelles !... / Est-il présent, Lui, le roi Frisé de cette liesse ? Promène-t-il, admiré, sa sveltesse animale, le lointain cruel de ses fuyantes prunelles ? « C'est là, songe Minne, c'est pendant l'ardeur de ces courtes nuits qu'il impose à son Peuple la reine choisie. Elle arbore, à son bras, la fierté d'une sorte de sacre... » / Puis, les tentes pliées, les torches de naphte éteintes, encagés les cochons de bois et les homards, la Tribu, qui n'a point frayé avec les profanes, replonge dans la nuit, s'y délecte et s'y meut comme dans une onde salutaire, dont le courant les charrie là où le sang doit jaillir, l'or captif s'évader... / « Mais tu dors, Minne ? » Le piano s'est fermé, la balancelle qui porte Minne et ses rêves a tu son grincement. / Il n'y a plus qu'une petite fille endormie, qui a fermé sur ses secrets des paupières armées de cils, comme les grilles d'un parc ténébreux. / ☆ / Minne rêve *préorig.*

Page 711.

a. Fin du chapitre dans préorig. : du jasmin de Virginie. / Le ver patient et minutieux moud en pollen impalpable le bois des volets ; l'huile baisse lentement dans le ventre renflé de la lampe. La petite fée frissonne, qu'un charme cloue là, reste debout, à lire son sort dans la flamme paisible... ✦✦ *b.* Minne et les vacances !... / Ses camarades quittés, il se les rappelle gris et ternes, prisonniers des mêmes peines que lui. Il les retrouvera sans joie, reverra, excédé, leurs tares physiques, suivra sur leurs visages tôt barbus, sur leurs traits que la croissance déséquilibre, les lents progrès de l'âge ingrat. Oh ! fuir ceux-là, tous ceux-là, garder Minne, s'affiner peu à peu auprès d'elle, à la subtile influence de sa duplicité voilée de candeur ! Pour obtenir cette grâce, Antoine renoncerait à ses études, à sa vocation (?) de médecin, à la joie de raconter, à Bouquetet surpris et crédule, ses conquêtes imaginaires de l'été, aux récits crus de Dieutegard qui est riche et se paye des femmes... / Il y a bien une solution, un arrangement qui tranquilliserait Antoine. Le malheureux s'évertue, en arrêt sur sa version latine, à considérer son idée comme une conclusion lumineuse et naturelle. / « On a vu, *préorig.*

Page 712.

a. « Vaincre ou mourir ! » / Cette image flatteuse l'enchante ; ce garçon-là est bien le mari qu'il faut à Minne, blonde et faible... « Faible ? ce n'est pas absolument le mot, disons délicate », achève Antoine qui biaise avec sa pensée. / Un coup de brosse, de l'eau sur les mains ; Antoine dégringole l'escalier, talonné par son idée fixe : « Je suis capable de lui demander, avant les œufs à la coque, si elle veut de moi » / Devant lui la porte de la salle à manger s'ouvre, se referme en tempête. Minne est déjà à table, les mains croisées, ses cheveux, divisés inégalement, pendant en anglaises brillantes comme des bagues. Elle ne sursaute pas au bruit de la porte et lève seulement ses yeux noirs, pleins de cette surprise discrète et malveillante qui a le don de rendre Antoine enragé. / Devant ce calme désapprobateur, il s'arrête consterné, puis, rappelle à lui sa grande résolution déjà en déroute. / — Minne ! / — Quoi ? / Elle n'a dit qu'un mot, d'une voix claire et si douce. Mais ce mot-là, cette voix-là, signifient tant de méchantes choses sèches, de politesse froide exagérée exprès, qu'Antoine piétine sur place un instant et éclate : / « Pourquoi, pourquoi, pourquoi me regardes-tu avec cette figure-là ? » / Minne lève seulement les sourcils, attend une seconde, comme si cette voix de charretier lui blessait les oreilles, et répond enfin : / « Ta cravate est de travers. » / Le moyen de demander en mariage une personne aussi parfaitement bastionnée d'indifférence, de dignité, de mesquin souci des apparences ! Abîmé dans sa déception, Antoine laisse passer le déjeuner sans appétit, subit sans broncher les sarcasmes de son père, la sollicitude de Maman, et redit tout bas, jusqu'à l'abêtissement : « Demain, je parlerai, demain, je parlerai... Demain... » / ☆ / « Demain, c'est aujourd'hui », songe Antoine tout le long du chemin. Il n'a pas encore eu le temps de demander Minne en mariage. Maman, ignorante de la dignité nouvelle de son neveu, aspirant à la main de Minne, l'a envoyé, sur le coup de neuf heures et demie, voir à quoi songeait le boucher. « Et puis tu passeras au dépôt de Potin avec cette petite liste, chez le pharmacien pour la camomille de ton père... C'est tout. Ne cours pas, tu as tout le temps. » / Antoine a maudit intérieurement sa gentille tante, qui le traite en bambin et le détourne de ses préoccupations matrimoniales. Quoi qu'elle ait recommandé, il a couru de la maison à la ville, de la ville à la Maison Sèche. / Ses grandes jambes se fendent régulièrement, une, deux... et les bras, lestés de deux paquets ficelés, battent à contretemps le rythme de son pas. Il se dépêche vers Minne, effrite sous ses souliers à clous la terre fendillée du chemin privé ! Une petite nuée de poussière blonde suit ses talons ; les papillons de nacre bleutée s'élèvent devant lui... Léger, anxieux, il marche, soulevé d'espoir et de souvenirs bucoliques, et déchire au passage les fils d'argent que tissent, d'une haie à l'autre, les matinées de septembre... / « Voilà, ma tante. / — Oh ! que tu es gentil. Tout y est bien ? oui, tout. Tu vois ce que je fais ? » / Maman lève, au bout de ses bras nus, des gants lourds de farine et d'œuf écrasé. Sur son joli visage sans caractère, blondi de gruau envolé, passe une fugace ressemblance de Minne et Antoine détourne la tête. Maman le menace de ses gants de pâte : / « Grand endormi ! je fais de la galette à l'écume de beurre pour toi et Minne. Tu l'aimes, au moins ? / — Si je l'aime !... Ah ! la galette,... oui, oui, ma tante. Où est... où est Minne ? / — Dans sa chambre. Elle écrit, je crois. » / « Elle écrit ? à qui ? » se demande Antoine qui gravit les marches trois par trois, pour aller plus vite et s'annoncer moins. / Toc, toc. / « Entrez ! crie la voix limpide de Minne, qui grasseye exagérément, une voix de gamine jouant à la visite. / — Ah, c'est toi Antoine ? une minute. Je finis ma lettre. Assieds-toi. » / Elle continue de jouer à la visite, posée de biais à sa table, la main gauche bien à plat sur le sous-main, une boucle fluide traînant sur son papier... / À qui écrit-elle ces quatre pages serrées, sur un mauve délicat ? / Elle relève la tête, et répond, de sorte qu'Antoine croit avoir pensé tout haut : / « C'est à Henriette Deslandres que j'écris. / — Ah ! » fait seulement Antoine gêné. / Il tourne discrètement dans la chambre, guigne le lit couvert de sa perse bleue et verte, puis Minne absorbée. / « Elle a l'air bien jeune ce matin », songe-t-il. / Mais cette Minne divinatrice lève vers lui des yeux inquiétants, calmes, lointains comme l'eau ronde et ténébreuse du puits, et Antoine ne trouve plus qu'elle a l'air si jeune... Il veut se remettre d'aplomb sur sa résolution d'hier, et pose, pour se donner du courage, une question inconvenante : / « Henriette Deslandres, ce n'est pas une de celles qui ont... des amants, comme tu dis ? / — Chut ! » souffle Minne un doigt sur les lèvres, l'œil vers la porte. / Antoine se retourne et ne voit rien. / « Quoi ? / — Je dis : chut ! parce que tu parles de ces choses-là comme de la pluie et du beau temps. Tu n'as pas le sens des nuances. Oui, parfaitement, c'est une de celles-là. Et, tu sais, elle est dans ma division. » / Révolté du petit ton satisfait, Antoine hausse les épaules, pour ne montrer point trop de crédulité imprudente : / « On a de jolies relations au cours Souhait !... Dis donc, Minne, attends donc... est-ce que ce n'est pas une assez grande très blonde, plus forte que toi, avec un catogan, et qui portait cet hiver un petit chapeau, une toque enfin, à chardons bleus ? / — Mais oui ! tu la connais ? / — Oh ! pas moi. C'est un copain de ma boîte, Bouquetet, qui la trouve très à son goût. / — Non ? s'étonne Minne intéressée... (Elle quitte la table, tourne sa chaise.) Raconte-moi ça, voyons ! / — Il n'y a pas grand-chose. C'est Bouquetet qui l'avait vue, quatre, cinq fois à la sortie, et qui avait réussi à savoir son nom. Il disait tout le temps "Je la gobe" il en était rasant. Seulement, il pensait qu'il n'y avait rien à faire, elle pinçait la bouche, en passant, et elle regardait par terre. Une chipie, quoi ! » / Les yeux de Minne étincellent, si grands qu'Antoine ne s'y pencherait pas sans vertige. / « Elle ! ah ! mon pauvre Antoine, il n'a pas besoin de se gêner, ton Bouquetin... / — Bouquetet. / — Elle a des amants à la douzaine ! Ses cousins germains, les camarades de ses frères et même... » / Minne s'arrête, regarde encore la porte, fait signe à Antoine de s'approcher. / « ... Et même ses deux frères ! » / Elle a chuchoté, d'une haleine chaude, cette horreur dans l'oreille d'Antoine qui la regarde, bouleversé du souffle de Minne et de sa maturité dans le vice. Il la contemple douloureusement, tandis qu'elle pétille de malice, ravie de son invention comme d'une bonne farce. / « Minne ! gémit-il. / — Oh ! mais oui. Il a bien tort d'hésiter, ton Bouquet, elle ne choisit guère, et tout lui est bon. / — Tout lui est bon ! » répète Antoine atterré... / Minne s'aperçoit enfin de sa piteuse contenance et quitte la table, intriguée. / « Qu'est-ce que tu as ? tu es donc amoureux d'elle, toi aussi ? / — Moi ! » aboie-t-il. / La sincérité d'Antoine assume un côté théâtral qui choque Minne. Jamais soldat boër, à l'Ambigu, ne refusa d'un plus noble accent, d'un geste plus révolté, l'or britannique ! Ils sont là, l'un devant l'autre, très loin l'un de l'autre... / « Je comprends ça, dit enfin la douce voix de Minne. Il y en a, au cours Souhait, de plus jolies qu'Henriette, Dieu merci. / — Oh ! ça oui, soupire Antoine. / — Marcella Ross, par exemple. / — Ah ? » questionne poliment Antoine qui ne se soucie guère, à l'heure présente, de Marcella ni d'Henriette ; — mais il n'ose ranimer la conversation... / Minne tire sous sa ceinture sa blouse qui remonte, et mire dans la glace son petit visage d'Ophélie. / « Oui. Tu ne l'as jamais vue ? une Anglaise qui n'a plus que son oncle, qui parle drôlement le français. On peut le dire, qu'elle est jolie ! Elle a des yeux couleur... couleur bleu, vert, lilas, de toutes petites dents, des cheveux frisés en rond autour de la tête. Elle quitte le cours cette année. / — Ah ? dit encore Antoine, morne. / — Oui. C'est dommage. Elle était gentille, gentille avec moi, — c'était bien la seule, d'ailleurs !

— toujours à m'embrasser, à me demander de venir chez elle. Elle aurait voulu me faire prendre des leçons d'anglais. / — Ah ? / — Oui. Elle m'avait même prêté des livres. Mais moi qui en suis encore à *the pencil*, le crayon, *the pen*, la plume, tu penses si j'y comprenais un mot ! Je les ai rendus à Marcella, en lui disant que c'était trop fort. Elle a bien regretté, elle m'assurait que ses romans anglais étaient très remarquables. Ça s'appelait... comment, déjà ?... *Letty, The Night of orgia*[1], etc. etc. / — Oh !... » / Antoine, cramoisi, sent sa cravate l'étrangler. Il a lu ces titres, oui, ceux-là même, à côté de titres très français et plus connus... À quel danger innommable vient d'échapper Minne ! C'en est trop. Une explication nette s'impose. L'indignation lui rend sa noble véhémence d'hier. Il se lève tout droit : le miroir lui renvoie la flatteuse image du jeune pionnier... / « Minne ! » / Habituée aux façons incohérentes de ce sauvage, Minne le regarde de profil, sans tourner la tête. Mais le vaillant Antoine ne faiblit pas. / « Minne, m'aimes-tu ? » *préorig.*

Page 713.

a. Antoine n'a rien obtenu de plus. Les « avec qui ? c'est pas vrai ! Minne c'est de la blague ! Minne, tu me détestes ! » etc., etc., ont échoué devant ces yeux sans fond, devant cette bouche nerveuse, serrée sur un secret ou sur un mensonge. / Il a fallu déjeuner, faire semblant de rire et de parler, jusqu'à l'heure où, n'en pouvant plus, Antoine a, d'un air funèbre, annoncé une migraine et gravi l'escalier qui craque comme un fagot sec. / Puisqu'un amoureux rebuté prend sa tête à deux mains, Antoine crispe ses doigts dans ses cheveux plats — on les compterait, prétend Minne, tant ils sont gros ! — et tente de réfléchir posément. / Minne a menti. Ou bien Minne n'a pas menti. Il ne sait, *préorig.* ↔ *b.* à cet amant sincère, s'il n'a que dix-sept ans. / Un souvenir l'éveille en sursaut : cette histoire de Marcella Ross... Mon Dieu, songer que Minne a frôlé cela, encore, que ses mains transparentes ont tenu, feuilleté *Letty, The Night of orgia*... Machinalement Antoine fredonne l'abominable chanson : / *The old man, he came home one night*, / *His little wife to see*[2]... / que lui apprit tout bas, au lycée Deschanel[3], le petit Américain

1. Ces romans n'ont rien d'anglais ! Ils figurent en bonne place dans la bibliographie de Pascal Pia, *Les Livres de l'Enfer* (Coulet et Faure, 1978, p. 643-644 et 710-711). *La Belle Letty* constitue le tome II de l'ouvrage intitulé *Le Sérail royal ou les Voluptés secrètes d'un débauché* (Amsterdam, 1892). *Une nuit d'orgies à Saint-Pierre-Martinique* (Saint-Pierre-Martinique, 1892) a pour auteur Effe Géache (pseudonyme).

2. Le vieil homme, il rentra chez lui, une nuit, pour voir sa petite femme...

3. Émile Deschanel, professeur au Collège de France et homme politique, venait de mourir (26 janvier 1904) quand parut *Minne*. Son fils Paul (1856-1922) avait été président de la Chambre des députés de 1898 à 1902. Il était de l'Académie française depuis 1899. Il sera élu président de la République en 1920. Bien entendu, il n'y avait pas en 1904 de lycée Deschanel.

blond... Un spasme malsain l'agite, quand il imagine ces mots-là, dessinés par la bouche pâlotte de Minne. Il essaie de ne plus penser qu'à son chagrin, recrispe ses mains dans ses cheveux ; — mais son cœur tressaillant bat lui-même le rythme de la mauvaise chanson : / *Said she : you fool, you stupid fool, / You're blind and cannot see*[1]..., / Et cette Anglaise aux yeux pâles, qui voudrait embrasser Minne. « Oh ! qu'elle l'ait embrassée, que Minne ait lu les livres, que Minne ait chanté ces cochonneries, mais que j'aie Minne, que j'aie, rien qu'une fois, rien qu'une heure... » / C'est un pitoyable corps qui se roule, *préorig.*

Page 714.

a. pour souffrir purement *[p. 713, dernière ligne]* / ☆ / Deux jours de lutte silencieuse, deux nuits d'insomnie ont fait à Antoine une âme convalescente et faible, sinon résignée. Il aborde Minne avec des paroles circonspectes, paternelles ; ses yeux de brigand débonnaire, son nez que la fièvre fit rougeoyer, puis peler légèrement, sa voix amollie et pleine de sous-entendus, sa poignée de main semblent inviter Minne à la trêve, à la confiance, au retour de la vérité. / Minne ne voit rien, n'entend rien. Quand Maman est là, elle chante en petite fille, d'une voix perchée tout là-haut ; elle lit, fait du crochet, dessine le portrait d'un platane, avec beaucoup de feuilles minutieusement ombrées. / Près d'Antoine, en tête à tête, elle se tait, regarde sévèrement à dix pas, fuit la conversation et se montre, enfin, telle qu'on rêve une fiancée, jalouse de se garder toute au seul élu. Antoine cherche le moyen de communiquer avec cette nouvelle Minne, creuse des voies de taupe sous le mur qui les sépare. En aura-t-il le temps ? Septembre s'avance, plus chaud qu'août et vêtu d'or. Hier, dans le verger, Minne a secoué un petit cerisier devenu couleur de corail, pour faire pleuvoir sur ses cheveux des feuilles roses et rouges. Dans les vases du salon-à-tout-faire, la vigne-vierge sanglante pâlit les roses. Les bouleaux pleureurs jettent, tout le jour, des louis d'or sans effigie qu'un maléfice, dès qu'elles touchent le sol, change en feuilles sèches. L'après-midi chauffe encore le mur bas de la terrasse mais chaque matin, une odeur humide de tan, de champignon et de mousse s'évapore lentement, rend l'âme mélancolique et nomade. / Minne, coiffée d'argent sous les arbres d'or regarde longtemps l'horizon qui n'est plus bleu comme le mois passé, mais d'un blanc vaporeux et tiède. Elle compte les jours, s'élance en pensée vers une ville triste et dangereuse, où s'étire un dormeur qu'éveille l'approche de la nuit, et que la folie de Minne n'a jamais quitté. Car la patience des petites filles est longue, et se satisfait de mystère. / ☆ / Minne est malade. *préorig.* ✦✦ *b.* commence à murmu-

1. Elle dit : vous êtes fou, stupidement fou, vous êtes aveugle et ne pouvez voir.

rer des choses indistinctes. Maman accourt, entoure la tête de Minne de ses bras en longues manches palpitantes, ailes d'ange gardien. / « Tu veux quelque chose, chérie ? tu as soif ? » Minne se plaint, écarte Maman d'une petite main chaude et continue de chuchoter des choses très vagues, on distingue : « Il dort, il fait [...] rêve haut. / Jusqu'au chant des coqs, Minne roule sa tête sur l'oreiller, d'un mouvement régulier qui feutre ses cheveux nattés et fait mourir Maman d'angoisse. Puis elle tombe dans un mauvais sommeil troublé de longs soupirs, ou silencieux à épouvanter. / Par une aube de brouillard rougissant, Minne s'éveille, en déclarant [...] / — Quelle heure est-il ? est-ce qu'il fera beau ? où est Antoine ? est-ce qu'on me donnera du chocolat, ou encore du lait ? combien y a-t-il de jours avant qu'on rentre à Paris ? / Cinq minutes après, l'oncle Paul est dans la chambre, appelé par Maman qui ne laisserait pas échapper une si belle occasion de reperdre la tête. Il sourit de travers, appuyé sur une canne, sa tête de buis jaune convulsée par une crise de foie. Il halète : / « Va, ma petite, tu es moins malade que moi !... » et reçoit un regard indigné de Maman qui n'entend pas qu'on mette en doute les indispositions de Minne. / ☆ / Douceur de déguster, au bout d'une mouillette, [...] entre deux oreillers, goûte en même temps la sereine stupeur d'une convalescence. Le contact du linge frais repose sa chair ; l'air délicieux, par la fenêtre ouverte, enfle les rideaux et fait penser à la mer. / Le cerveau de Minne lasse est comme une chambre mi-partie sombre, mi-partie claire. / Dans la clarté vibrent des bruits connus et joyeux : poulie du puits, voix de Célénie qui exubère après trois jours de silence, craquements du parquet qui éclate comme une cosse sèche... / Dans la partie sombre, encore toute fumeuse de délire confus, de fièvre martelante, Minne aperçoit des corps qui luttent, des cliquetis bleus de couteaux, un cortège sanglant et triomphal illuminé de torches ; elle écoute des cris lointains : « La reine Minne ! » et compte la foule d'un peuple soumis, dont les casquettes rondes, collées aux crânes, nimbent de leur gloire pommelée l'avènement d'une reine blonde... / Minne se lèvera demain. *préorig.*

Page 715.

a. « Assez, supplie Minne. Ça m'ennuie. / — Tu es fatiguée ? Tu veux que je m'en aille ? / Il quitte déjà sa chaise. / — Non, reste. J'ai quelque chose à te demander. » / La résignation des martyrs descend dans l'âme d'Antoine. Il s'est rassis et ose regarder Minne, l'air interrogateur. Elle serre son châle blanc, tend un dos frileux, laisse deviner un bref frisson : / « Antoine, je n'ai confiance qu'en toi. » / Ce n'est pas cela, certes, qu'il attendait. Sa raison proteste contre une franchise si soudaine. Il voulait répondre, crier : « Non, tu n'as pas "si confiance" que ça ! Tu me regardes d'une manière noire qui ne me dit rien de bon !

Mais tu es encore un peu malade, et je dois tout supporter... » / « Antoine, tu peux me rendre un grand service, un service... que je n'oublierai jamais. / — Oui ? » / Elle ne s'arrête point à la modestie de la réplique : / « Tu vas écrire une lettre à ma place. Moi, je ne peux pas. C'est une lettre que Maman ne doit pas voir, qui devrait être partie depuis trois jours, mais... » / Un regard douloureux vers le plafond achève la phrase. / « Mais pourquoi... / — Comprends-moi, Antoine. Si Maman me trouvait en train d'écrire, elle pourrait exiger que je lui montre ma lettre. Toi, tu écris à cette table, comme pour toi, et personne n'a rien à y voir. / — Tu écris à Henriette Deslandres, ou à ... Marcella Ross ?... » / Minne sourit en coin, lisse sur sa tempe la soie plate de ses cheveux : / « Que me font ces petites filles, Antoine ? j'écris à mon fiancé. [...] n'a pas bronché ; six semaines de soleil et de vent le protègent, d'un hâle épais, contre la rougeur. Et puis, à vivre auprès de Minne, il a gagné le sens *préorig.*

Page 716.

a. de brigand noir ?... trop peu avertie, Minne prend son pressentiment pour un malaise ; — et d'ailleurs qu'y a-t-il, pressentiment ou regret, qui puisse lutter avec le souvenir toujours brûlant d'un dormeur au long corps de reptile engourdi, cuvant chaque jour l'ivresse du sang versé chaque nuit ? / — Pourquoi, Minne ? / Elle a seulement un léger mouvement fataliste des épaules, et trouve enfin ce qu'il faut répondre : / — Parce que je n'ai confiance ici qu'en toi. / Confiance ! voilà le mot qui suffit à abîmer la volonté d'Antoine. Qu'il possède, seul, une chose aussi précieuse que la confiance de Minne, il ne faut que cela ! / Il écrira la lettre, il pardonnera, soulevé par ce flot *préorig.* ✦✦ *b.* La voix de Minne chante, monotone et douce, hésite, semble traduire mot à mot un texte difficile. À ces mots « quelqu'un de dévoué », elle tend la tête, épie enfantinement le martyre d'Antoine qui, tout à sa tâche, écrit raide et vite, en bon expéditionnaire habitué à ne rien comprendre à ce qu'il copie. Goût féminin de la torture, qui fait de chaque fillette un petit-bourreau-artiste... / « Quelqu'un de dévoué *préorig.* ✦✦ *c.* c'est un rêve. « Ce n'est pas vrai, songe-t-il. Mais c'est affreux déjà que Minne l'ait inventé, espéré... » Il avale une longue gorgée de la vague amère, lève les yeux sur Minne. Les paupières basses, ses cheveux d'or fluide divisés en bandeaux nets, elle ressemble étrangement à une gravure célèbre, et flattée, où l'on voit, presque enfant, la feue reine Victoria, dont un gentilhomme agenouillé baise la main. À comparer mieux, la ressemblance est superficielle, car la jeune princesse n'eut point ce front d'exaltée, cette narine serrée et farouche. / « Ta chère odeur... *préorig.*

1. Frank Bostock (1866-1912) fut sans doute le plus fameux des dompteurs de fauves du début de ce siècle. Au cours d'une

représentation à Paris, en 1905, il fut grièvement blessé par un lion. Le cirque qui portait son nom sera vendu en 1906.

Page 718.

a. sous ses vêtements le couteau tiède, celui dont les mains fines, aux doigts trop longs, gardent la trace brune des cigarettes (d'Orient), et les marques roses de tant d'ongles épouvantées !... / Minne se ressaisit à temps ; elle abaisse de fières et pudiques paupières, et dit, théâtralement simple : / « Pouvais-je aimer un homme qui ne fût pas un héros ? » / « Non », avoue en lui-même Antoine dompté. / Cette enfant changeante commande le respect par sa royale faiblesse et inspire le chimérique espoir de la protéger un jour. / « Elle aime un héros... Mais j'aurais pu le devenir aussi, moi ! » / L'idéal Cyrano qui sommeille en tout adolescent éclot, l'espace d'un soupir, durant lequel Antoine se rêve bravache, moustachu et svelte, modeste dans la victoire... / Minne effiloche les franges de son châle, grave comme une jeune Norne tisseuse de destinées. Antoine qui observe, stupide, la palpitation légère de ses cils baissés en ombre blonde, sent renaître sur ses lèvres le chatouillement partout propagé qui affola son envie, un jour cuisant d'été... Aujourd'hui, il n'oserait plus, sur Minne, sa brutale et ignorante caresse : il rougit d'angoisse silencieuse à imaginer que Minne se souvient et compare... Il souffre d'un tourment délicat, qu'il rédige pour lui-même en mots grossiers. Pourtant, si elle a menti ! / « Tu dis : "sa dangereuse carrière", Minne... Qu'est-ce qu'il fait donc ? » / Elle le scrute de ses yeux profonds, où la clarté du jour se mire en reflets minuscules, sans y pénétrer ; elle hésite : / « Je ne peux pas le dire, articule-t-elle lentement. Tu n'es pas assez mon ami. » / Le son de ces simples mots change aux yeux d'Antoine la couleur du jour, le relègue dans un monde glacé et lointain, déformé par le liquide cristal des larmes. / « Pas assez ton ami ! Moi, pas assez ton ami, moi qui souffre à cause de toi, moi qui me ferais écorcher plutôt que de répéter une de tes paroles !... » / Elle l'épie en dessous, avance sa bouche et son menton en museau rusé de souris. L'aveu désordonné d'Antoine s'accompagne d'une mimique de moulin à vent, de secousses pénibles pour ravaler les pleurs : elle souhaite un maître aux yeux ironiques et durs, qui saurait souffrir en souriant, ou couver des rancunes patientes... / Elle hoche son petit front uni : / « Tu vois, Antoine, comme tu es égoïste jusque dans tes ennuis. Tu ne parles que de toi ! Ne penses-tu pas que je porte un fardeau plus lourd que le tien ? Crois-tu que ma vie soit bien gaie, à toujours dissimuler comme je fais, à me priver, hélas ! de la présence de celui que j'aime ? » / Pris à cette douceur de victime, Antoine frissonne d'une foudroyante certitude : « Elle dit la vérité. » Mais, une minute avant, une autre certitude, non moins foudroyante, ne l'a-t-elle pas averti que Minne mentait ? / Il veut se débattre encore : / « Mais, Minne, tu es extraordinaire ! / — Je le sais bien, dit-elle gravement. Donne-moi ma lettre, veux-tu ? Tu n'es pas dans une disposition d'esprit qui te permette de l'écrire tranquillement. / — Mais... elle n'est pas finie. / — Je la finirai toute seule. / — Si ma tante te voit ? » / Elle jette un bras en travers de sa poitrine, d'un geste de soldat-martyr : / « Jamais ! Je mourrai plutôt. » / Antoine veut user de ruse, savoir un nom, une adresse : / « Mais... s'il attend ? » / Elle contemple, avec une ardeur de visionnaire, le couchant cerise qui empourpre la chambre : / « Oh ! il y a si longtemps que nous nous attendons, lui et moi ! » / Un silence les sépare. Antoine lutte contre une basse jalousie physique, puis finit par céder. / « Minne... est-ce que tu me montrerais *sa* photographie, si tu l'avais ? » / Elle tressaille, puis glisse détendue au fond du lit. Le pli de lassitude, reparu sur son visage, encadre les points nerveux de sa bouche. / « Laisse-moi, dit-elle. Je suis fatiguée. Et d'ailleurs, Maman va m'apporter mon dîner... Va, je t'en prie. » / Il s'avance pour un adieu timide, et se penche sur elle, pour boire au moins — il l'a tellement gagné ! — le parfum de citronnelle, mêlé ce soir à une odeur encore fiévreuse, à un arome calciné de lointain incendie... Mais elle tend seulement sa main fragile. / « Bonsoir, Antoine. » / Il garde un instant la petite main, qu'il craint de baiser maladroitement, et finit par la reposer doucement sur le drap, comme un objet délicat dont il ne sait pas se servir[1]. / « Viens, Antoine, viens ! » / Cette fillette encapuchonnée, qui saute et crie sur la terrasse, est-ce bien Minne ? Antoine revoit la petite sainte d'hier, couchée entre ses bandeaux blonds, et pâle de ses aveux inoubliables... « Il y a donc plusieurs Minne ? » / Tel qu'un sauvage qui croit, à chaque ravin, toucher le bout du monde, ce garçon, primitif et tendre, compte les transformations de Minne et s'étonne que chacune ne soit pas la dernière... / Un fait paraît certain, c'est que Minne est guérie. Une turbulence de chevreau l'anime depuis son lever jusqu'à effrayer Maman, faire rire l'oncle Paul dans son verre d'eau de Vichy chaude additionnée de glycérine : / « Puisqu'elle veut sortir, laisse-la sortir ! » / Maman a vêtu chaudement « son poussin blanc », l'a bardée, sur sa robe, d'un châle de laine croisé derrière, à l'enfant, et la regarde s'échapper, aussi émue qu'aux premiers pas de Minne toute petite... / « Comme c'est amusant qu'il fasse froid, Antoine ! » / Une gelée brusque a sucré le jardin cette nuit, suspendu dans l'air un hiver factice qui tremble à l'horizon en vapeur de neige. Les allées sonores craquent, les dernières feuilles des acacias, qu'un fin cristal ankylose, tombent avec un bruit de papier dès qu'un rayon de soleil les touche. / Minne remue du pied l'herbe du verger, dont chaque lame s'élargit d'une transparente barbe de glace, plus fine qu'une moi-

1. Un fragment de ce paragraphe a été réutilisé par Colette dans *L'Ingénue libertine* (voir p. 719, lignes 15 à 17).

sissure. Elle tend une langue pointue sous une houppe de fils de la vierge, givrée, qui se balance en franges de perles. / « Minne, c'eſt de la dernière imprudence ! » gronde Antoine, qui grelotte un peu dans son veſton d'été. / La langue rose dehors, elle tourne vers lui des yeux noirs qui rient. Il sourit triſtement en détournant la tête. La gelée blanche ne suffit pas à l'enchanter, lui. Il a froid. Froid dessus, froid dedans. Il tremble comme un chien sous une porte, depuis que Minne a retiré de lui sa confiance, — et l'espoir. « Si au moins elle ne m'avait rien dit ! » / Comme si elle avait suivi le funèbre chemin des pensées d'Antoine, Minne, qui contemplait le jardin de Noël avec des yeux rétrécis de chatte éblouie par le soleil, s'écrie impitoyablement : / « Encore quatre jours, et on part ! / ☆ / Quatre jours, et Antoine n'a rien tenté ! Quatre jours funeſtes et rapides, si rapides qu'il s'imagina parfois en sentir à ses oreilles le vent léger de vitesse inappréciable !... / Du reſte il se l'avoue en son for intérieur : Minne fut, pendant ces quatre jours, parfaitement insupportable ! Excitée, frivole, bondissant à tout inſtant sur les marches crépitantes de l'escalier pour un bibelot oublié dans la malle, précieux caillou qui porte l'empreinte creuse d'un coquillage, chardons bleutés cueillis dans la sablonnière, coloquinte verruqueuse volée au jardin du père Corne... / Et bavarde, et autoritaire, et parlant du cours Souhait, des modes de l'hiver prochain, de sa première robe longue, « avec des godets rapportés pour donner de l'ampleur au bas de jupe » !... / Il eſt bien temps, à présent qu'on attend la charrette qui doit emporter les malles, il eſt bien temps que Minne, sa fièvre tombée, s'asseye au petit mur de la terrasse, face au jardin, si pensive et si charmante, les mains croisées sur son manteau, qu'Antoine, qui l'a vue par la fenêtre, venge son gros chagrin sur sa malle, où il bourre pêle-mêle ses chaussures, ses livres classiques et ses larmes ! / Ô Minne silencieuse ! que regarde-t-elle dans le temps couleur de cendre, couleur d'oƈtobre, couleur de départ ? Le jardin rouillé, ou les rondes petites montagnes, ou les platanes amaigris ? Peut-être regrette-t-elle les longues et vides journées heureuses, les goûters dans l'ombre fraîche de la grande salle, les prunes chaudes, la tarte paysanne luisante de beurre, le lit vert et bleu dans la chambre rose où les rideaux orange se gonflent comme des voiles ? Peut-être, impatiente, s'élance-t-elle vers Paris, vers celui qu'elle aime et qu'elle avoue, avec une si fière impudeur, pour son unique maître ? / Antoine n'ose pas descendre. Il se sent trop faible, les membres mous et vides de sang. Le départ, le collège, Minne hors d'atteinte, Minne perdue... / Le son des grelots, qui annonce la charrette, suscite en lui un tel transport impuissant, qu'il s'écrie tout bas, avec l'espoir de désoler Minne, de la jeter dans d'éternels remords : « Si j'allais mourir ? » / ☆ / Un train vide et lent les emmène tous quatre, s'arrête devant de petites gares désertes aux noms frais, repart à regret, s'arrête un quart d'heure plus loin... Antoine et Minne, désœuvrés, et que rend silencieux l'heure inquiétante du crépuscule, se tiennent debout dans le couloir, s'appuyant du front aux vitres, regardant la campagne noircir. / Maman les a appelés pour manger une aile de poulet froid prise entre deux tranches de pain, des poires duchesses dont le parfum lutte avec celui du gruyère. (« J'ai pourtant mis trois doubles de papier ! » allègue Maman pour excuser le véhément fromage.) Les enfants n'ont pas faim. / Ils guettent, vers le Nord, le premier jet électrique, mauve dans la brume, qui décèlera la tour Eiffel et Paris proches. Une chanson stupide obsède Antoine, rythmée par le pa-ta-tan galopeur du train. Il lutte, essaie de changer de refrain, et se rappelle un mot de Minne toute petite : « Le chemin de fer sait toutes mes chansons ! » Il tente un essai de conversation avec Minne, et ne trouve à lui dire que ceci : / « Est-ce qu'Il sait que tu arrives ce soir ? » / Elle tourne vers lui des prunelles agrandies, emplies de tout le noir qu'elles contemplèrent. / « Qui ? / — Mais, dame... ton ami, le Monsieur-à-la-dangereuse-carrière ? » / Elle hausse un coin d'épaule, replonge sans répondre, dans le noir. Ce silencieux mépris ulcère le collégien. Toujours du dédain ! Toujours cette façon de regarder quelque part par-dessus sa tête ! Comme s'il n'était pas capable de comprendre... c'est elle qui ne peut pas comprendre, la méchante... « Et puis, qu'est-ce que j'ai encore à perdre ? Manions l'ironie ! » se dit-il. / « Dis donc, Minne ?... Minne ?... qu'est-ce qu'il fait, le Monsieur-à-la-dangereuse-carrière ? Il est couvreur, n'est-ce pas ? C'est une haute situation, hein, une situation... élevée ? » / Elle arrête sur lui des yeux meurtriers. L'heure obscure, le retour vers tous les dangers, vers tous les espoirs, l'emplit d'ivresse contenue et de bravade : / « Tu veux le savoir, ce qu'il fait ? / — Oh ! tu sais, je disais ça... / — Tu veux le savoir ? / — Oui, j'aime mieux. / — Il est assassin. *préorig.* ✦✦ *b.* Et si je te le montrais ! / — Connu, ma chère ! Tu me montrerais une vieille photographie de Pranzini, ou de Prado, ou de... Ravachol[1] ; il y en a tant ! / Le train halète, siffle toutes les trois secondes ; un halo d'incendie vers le Nord, des faisceaux tournants de feu lilas annoncent la gare, là, dans une minute. Minne ne connaît plus de raison ni de patience : / — Si je te le montrais vivant ? *préorig.*

1. On sait que Narcisse, le fils du fleuve Céphise, poussa plus loin que le simple évanouissement le désir de sa propre image reflétée dans une source.

2. L'analogie témoigne de la durable influence de Willy, si elle ne signale pas une de ses interventions dans le roman ; elle évo-

1. Pranzini, né à Alexandrie en 1856, fut l'auteur d'un triple meurtre, commis en mars 1887. Il fut guillotiné à Paris la même année. — L'Espagnol Prado y Ribo y Linska de Castillo, don juan et escroc, fut guillotiné pour avoir assassiné une demi-mondaine (1888). — Fr. Koenigstein, dit Ravachol, anarchiste et assassin, fut guillotiné à Montbrison en 1892.

que le maquillage outré des acteurs de province chargés d'interpréter le rôle de Méphistophélès dans le *Faust* mis en musique, en 1859, par Gounod.

Page 719.

a. et nous passons la nuit ensemble ! / Elle a fini ; elle attend. Il va éclater de fureur, ou s'effondrer en une humilité consternée : « Minne, pardon, j'ai eu tort, je ne suis pas digne de t'aimer, etc., etc... » Et voilà au contraire qu'Antoine lui montre une figure épanouie, éclaircie de contentement, l'effusion d'un homme à qui on vient d'enlever l'arête qu'il avait dans la gorge !... Pendant que le train trépigne brutalement sur les plaques tournantes, que Maman appelle les enfants pour les manteaux et les valises, la chanson idiote, qui ne l'a pas quitté, chante éperdue sur des paroles inédites dans l'âme d'Antoine : / *C'est d' la blague, / C'est d' la blague, / C'est ! / J'ai bien failli couper. / Ell' m'aurait fait marcher. / Ah ! / C'est d' la blague, / C'est d' la blague*[1]... / ☆ / « Il ne sait pas que je suis revenue. Sans ça... Mais il n'est pas en prison. Est-ce qu'il y a des serrures, des prisons, des murailles, pour un Frisé ? Il est comme... Chiquita, dans *Le Capitaine Fracasse*, Chiquita qui passe par les trous des serrures, danse sur les pointes des grilles[2]... Pourvu qu'un caprice ne l'ait pas entraîné vers quelque favorite, depuis que Casque-de-Cuivre est arrêtée !... Les hommes comme lui vivent dans une atmosphère d'amour, convoités par cent mille femmes... » / Dans l'imagination effrénée de Minne, l'image se concrète : cent mille femmes indistinctes, une nébuleuse de suppliantes aux mains tendues, dont on n'aperçoit que les yeux levés d'extase, les lèvres qui murmurent des louanges... Au milieu d'elles, centre lumineux, le Frisé indolent, dont les dents cruelles luisent entre des lèvres rouges, sourit à un rêve. Le regard perdu, il suit la fumée opaline de sa cigarette (d'Orient)... Minne soupire. / Elle s'est accoudée, petite gargouille blonde, au rebord de la fenêtre, le menton sur ses poings, penchée. Un brouillard poisseux humecte ses boucles déroulées, emplit lentement sa chambre blanche ponctuée de boutons de roses : roses sur la cretonne des meubles, sur le papier des murs, le satin du couvre-pieds, la porcelaine crème des cuvettes... Têtes joufflues de roses naïves, qui écartent, à gauche, à droite, des feuilles vertes symétriques, comme des mains étonnées... / Une âme ensorcelée se débat dans cette prison fleurie, victime d'un impérieux penchant, d'une suggestion croissante, qu'elle subit sans surprise : « Mon destin est là !... » Jeanne d'Arc n'obéit pas aux Voix plus aveuglé-

1. C'est peut-être, en effet, une chanson « inédite ». En tout cas, elle n'a pas été déposée à la SACEM sous le titre des premières paroles.

2. Gautier, *Le Capitaine Fracasse* (1863), fin du chapitre x, « Une tête dans une lucarne ».

ment que Minne à sa chimère. Seulement Minne, illuminée pratique, entoure d'ombre son cher secret. Car les temps sont changés, et son cri de : « Mon Dieu m'appelle ! Suivez-moi, vous le verrez de vos yeux ! » ne lèverait qu'une faible armée de sergents de ville apitoyés, peut-être goguenards... / ☆ / Depuis que Minne *préorig.* ✦✦ *b.* la vue de l'oncle Paul, fripé, verdâtre, offense sa fraîche et cruelle jeunesse, parce qu'Antoine, — à nouveau revêtu d'une livrée bleue boutonnée d'or, plus laid, les cheveux trop courts, un air d'enfant de troupe cuit au soleil — abonde en clins d'œil, en sifflotements ironiques, à l'adresse de Minne seule, et qui signifient : « Ça tient toujours ce fameux bateau du Monsieur-à-la-dangereuse-carrière ?... Hein, Minne, ce qu'on en a rigolé ces vacances, nous deux !... » / Encore un peu grandie, sa longue taille enfantine à l'aise dans le même velours vert, Minne rêve dédaigneusement de confondre l'incrédule Antoine, en même temps qu'elle soumettrait un peuple grondant de sujets qui ignore encore sa souveraine... Elle crée des mots historiques : « C'est par des coups d'audace qu'on s'impose aux multitudes !... » / Une soirée d'hiver, pareille à celle-ci en silence, en pluie régulière, en intime et triste douceur, Minne était assise à cette même table, sous la lampe qui pâlit ses cheveux couleur de miel clair. Cela date de l'hiver passé, et Minne y songe comme si des années déjà séparaient cette heure-là de l'heure présente. Elle revoit curieusement la Minne de l'autre année : « une enfant ! » et compare... La différence n'est pas sensible à des yeux vulgaires : l'allongement de deux centimètres, une finesse moins floue du masque enfantin qui se précise, et cette inquiétude écouteuse dans le beau regard noir... / Minne, le porte-plume aux dents, tantôt méprise ses semblables, tous ses semblables, tantôt se congratule : « Ils ont des yeux de limaces, pense-t-elle, pour ne pas s'exclamer de surprise, en admirant la transformation qu'un grand amour opère en moi... Mais c'est qu'aussi ma dissimulation égale celle des criminels fameux... Ah ! je serai digne, le jour venu, d'être des leurs. Il m'apprendra, d'une caresse de ses yeux, d'un frôlement de ses cheveux frisés, ce que j'ignore encore, ce que je devinerai si vite... Et le langage de convention, l'argot mystérieux, n'aura plus de secret pour moi... » Ainsi Minne rédige ses pensées, d'un tour emphatique et puéril. / Cependant l'encre tarit au bec de la plume, la narration française reste à mi-page ; Minne rapporte depuis la rentrée des notes médiocres du cours Souhait... / Maman pronostique que la longue enfance de Minne va prendre fin, redouble de soins, d'œufs frais, de vins toniques, inspecte la lingerie de Minne avec une pudique sollicitude, questionne discrètement, et se heurte à la même gentillesse ennuyée, à des « Oui, maman » dont une mère moins aveugle suspecterait la superficielle douceur. Ce soir, on dirait qu'elle brode saccadé (c'est un galon roumain pour les chemisettes de Minne), parfois elle se retourne pour scruter innocemment sa chérie... / Il ne faut pas *préorig.*

Page 720.

a. d'un beau canard sauvage *[p. 719, dernière ligne]* ! / ☆ / Oui, ce soir justement, il y a quelque chose qui émeut l'air entre Maman et Minne. Quelque chose d'inexplicable, qui pousse Maman elle-même à des paroles en apparence saugrenues, mais qui n'étonnent point Minne. / « Minne chérie, tu n'as rien contre moi ? » / Minne tourne la tête, fixe sur Maman des yeux dont le vide noir se trouble peu à peu, où la compréhension frétille enfin telle qu'un goujon d'argent malicieux. / « Contre toi, maman ? oh ! bien, par exemple ! Ce serait le monde renversé ! » / Le cœur encore gonflé, Maman timide incline sur sa broderie ses bandeaux châtains, pour que Minne ne la voie rougir. / « C'est que tu es tellement silencieuse depuis la rentrée, mon petit poulet ! J'ai peur que tu ne t'amuses guère ici, tu regrettes la campagne... » / Minne secoue la tête simplement, sans répondre. Quand il y a trop de choses à expliquer, ou à cacher, le mieux, n'est-ce pas ? c'est de ne rien dire. / « Ce serait ton droit, tout à fait ton droit. Un de ces jours, va, nous vendrons ce petit hôtel que papa nous a laissé, nous quitterons ce vilain dangereux quartier, et nous vivrons toute l'année à la Maison Sèche, avec l'oncle. Et j'aurai une belle Minne toute rose, une Minne toute forte qui mangera des côtelettes et des côtelettes, comme un vrai petit loup... » / L'humble verbiage tendre peut continuer, verser longtemps sa tiédeur insipide, Minne n'a entendu que ceci : vendre l'hôtel, quitter Paris... Il serait temps d'aviser. Elle rédige déjà une lettre éperdue de captive. « On veut m'emmener, m'éloigner d'ici... Tenez-vous prêt, postez vos hommes les plus dévoués pour mon enlèvement... » Mais où est-Il ? Cela importe peu. Il est quelque part dans l'ombre et surgira quand l'heure sera venue. Oui, mais qu'Il ne tarde guère ! / L'étrange folie de Minne distribue les fidèles armés, accroche l'échelle de corde, crochète la porte au judas de cuivre qui protège le petit hôtel. Une foi si exaltée la soulève, qu'elle quitte la table d'un sursaut brusque, tire les plis de sa robe, lisse ses cheveux pour partir. / « Tu as fini, mon amour ? / — Fini ?... ah ! non. Mais ça ne va pas. Le... la tête... » / Il faut que la préoccupation imprécise de Maman soit bien forte. Elle ne se précipite pas, comme d'habitude, en murmurant les noms conjurateurs de la fleur d'oranger, du tilleul, de la rhubarbe... Elle roule maladroitement sa broderie, et jette enfin après un grand effort : / « Minne... Minne mon amour, j'ai peur que tu m'aimes moins ! » / Là-dessus, elle se penche davantage, pour ramasser de problématiques aiguilles tombées, tandis que, sous ses paupières, brillent deux petites larmes, où les rayons de la lampe se cassent en fines aiguilles cuisantes... / Minne a tressailli. Elle regarde avidement la nuque penchée de Maman, cette nuque encore si jeune que plie en ce moment la tendre honte d'avoir avoué, d'avoir quémandé un peu plus d'affection... / Quoi !

quelqu'un, qui n'eſt pas Minne, souffrait, à côté de Minne, d'une peine secrète, d'une privation qui peut-être ressemble — en plus petit — à celle qui fait languir Minne ? Et ce quelqu'un là, c'eſt Maman ? Maman paisible, si occupée de soins médiocres, de blanchissage, de couture, d'hygiène ?... / Une singulière émotion agite le cœur de Minne, mêlée de ſtupeur, de pitié tout à coup chaude et câline, d'irritation orgueilleuse aussi : car elle abandonne à regret l'amère joie de se croire isolée, exhaussée, par une passion au-dessus de son âge... / Une réserve toute nouvelle, une gaucherie pleine d'arrière-pensée ralentit l'élan de Minne vers Maman. Sa petite main froide se glisse seulement sur ces genoux où le corps d'un bébé délicat, aux cheveux de soie plate et légère, berça si longtemps son poids douillet. / « Maman... » / Les bras gardiens l'enveloppent, deux pleurs roulent dans les cheveux de soie. Maman, folle et silencieuse, étreint sa Minne comme si elle l'avait perdue et retrouvée. / « Ça n'eſt pas ça, Maman, pas du tout ; seulement, tu comprends, je ne suis plus une petite fille et souvent tu me parles trop comme à une petite fille... (Elle rit d'un rire argentin un peu forcé :) / « Songe donc, Maman, dans pas bien longtemps je serai bonne à marier ! » / Bonne à marier ! cette enfant pas formée, si frêle... Hélas ! que Minne ait songé à cela, c'eſt déjà trop... / Maman navrée, qui boit ses larmes, emporte Minne vers sa chambre blanche et rose, la déshabille, la couche, la borde, et ne se rassure un peu qu'au moment où, hors du lit bien emmailloté, ne passe plus de Minne qu'une tête toute petite, hérissée d'escargots d'or et de rubans blancs, une tête, enfin, d'enfant si enfant, qu'à cette idée de mariage, Maman ne peut s'empêcher de rire, de rire aux larmes. / ☆ / « ... Alors je sors, tu comprends. Je descends l'escalier, sur mes bas, je fais glisser le verrou de sûreté, et je suis dehors. / — Oui. Et la porte ? / — La porte ? / — Oui. Tu as la clef ? / — Bien sûr, Antoine ! Maman l'accroche dans le veſtibule pour que Célénie puisse sortir la boîte le matin. / — La boîte ? / — Oui, la boîte aux ordures. / — Ah !... Et si ma tante se réveille la nuit ? / — Elle ne se réveille jamais. / — Mais enfin, Minne, elle peut se réveiller, pour ceci, pour cela, pour n'importe quoi ! / Minne lève les yeux, les épaules, les mains, vers une fatalité supérieure : / — Qu'eſt-ce que tu veux, mon pauvre ami ! qui ne risque rien n'a rien. / — Évidemment », murmure Antoine machinalement. / Après une lourde réflexion, il interroge encore : / « Et tu sors habillée comme ça, avec ta robe en velours, tes cheveux pendants, ton chapeau blanc qui a du velours vert ? » / Minne l'effleure d'un mince sourire. Décidément ce garçon eſt trop simple. / Et puis cette touche dans la tunique bleue, ce grand nez que l'hiver précoce pèle, ces mains de jardinier ! La glycérine n'eſt pourtant pas faite pour les chiens... Il finira bien par abdiquer sa sécurité incrédule, ses sifflotements blagueurs... / « Antoine, tu m'attriſtes. Penses-tu que j'aille le retrouver dans cet accoutrement de petite bourgeoise ?

Retourne-toi vers la fenêtre, tu vas voir. » / Pendant qu'il dépolit la vitre, d'un souffle résigné, elle dégrafe elle-même, ses bras graciles retournés, le fourreau de velours vert qui déguise sa forme souple. Le jupon de percale rose et blanche, une chemisette en toile lavande, de l'été passé... ah ! et puis les cheveux... vite, un grand peigne. Là, bien en avant, presque sur le nez, un chignon serré et dur. Et n'oublions pas le ruban rouge, qui pâlit le cou délicat jusqu'au ton d'ivoire vert... La cocarde rouge dans les cheveux... / « Antoine, tu regardes ! » / Un bond farouche l'a jetée derrière la porte ouverte du placard. / « Non, je ne regarde pas. / — Tu as envie de regarder, c'eſt tricher ! » / Vite, le tablier à poches. Ah ! si elle avait au moins un peu de rouge pour les lèvres... Une morsure cruelle en tiendra lieu, qui enfièvre la bouche serrée. Les yeux brûlent assez, noirs à effrayer, dans cette pâleur, auprès de ce rouge. / Minne, enivrée d'elle-même, oublie de rappeler Antoine. Son démon la possède : « Je suis digne de *lui* », proclame-t-elle tout bas. / Ses pensées galopent : / « Si je descendais tout de suite, ne viendraient-*ils* pas tous, l'un après l'autre, de leur pas de chats silencieux, flairer autour de moi, s'étonner, m'admirer, me reconnaître ? La reine des fortifs elle-même, la Reine Minne ! » / « Antoine, regarde ! » crie-t-elle enfin. / Il se retourne et ne quitte pas la fenêtre, comme s'il craignait, en bougeant, de fondre en ténèbres la vision éclatante. Il croise derrière lui de sages mains respectueuses, — tout son amour gauche et profond monte à ses yeux, les luſtre, les étire, s'en évade en caresses vers Minne, Minne encore une fois nouvelle, Minne incomparable... / Elle parade et tourne, fière et non surprise, se sourit avec complaisance, essaie une cambrure qui creuse ses reins, ombre sa nuque penchée... / « Je suis siniſtre, pas ? » / Il proteſte, fervent : / « Oh ! non, Minne. Tu as l'air... tu as l'air... / — Oui, hein ? j'en ai bien l'air, d'une ? / — Oh ! non, Minne. Tu ressembles tellement à un petit portrait que je vois tous les jours, chez un bric-à-brac. Un portrait de marquise de l'ancien temps, elle porte une rose rouge, comme ça, dans les cheveux... » / ☆ / « Je ne sais même pas pourquoi je tarde tant », médite Minne devant son livre ouvert. « Qui me retient ? Antoine eſt un balourd, incapable de comprendre quoi que ce soit. A-t-on vu chose pareille ? il m'a prise pour une marquise ! Il n'y a pas grand-chose à espérer de ce garçon. Un inſtant, j'ai pensé que, parce qu'il m'aimait... Mais non. Il ne quitterait pas sa famille, lui, pour embrasser une vie nouvelle !... » / Elle sourit vaguement à un résumé d'hiſtoire de la semaine dernière, qui tient en vingt lignes de l'écriture capricieuse de Minne. Un gros 5, à l'encre rouge, le ſtigmatise... Minne s'en moque. C'eſt tout au plus si, depuis la rentrée, elle consent à faire acte de présence au cours « le mieux fréquenté de Paris ». / Les automobiles rouges et jaunes, somptueuses à la manière des chars de dentiſtes forains, emportent ses compagnes devant elle, sans que son dépit se manifeſte autrement que par un petit sourire pointu. « Patience, patience ! je sais où vous habitez toutes, et quand j'aurai donné vos adresses au Frisé, nous verrons ce qui vous arrivera, une belle nuit !... Les portes qui tombent, pas de lumière, des mains dans l'ombre sur votre cou, et vous crierez sottement : "Au secours ! maman ! j'ai peur !..." Tout ça, tout ça, ce sera la revanche de Minne... » / Minne s'éveille en sursaut. « Déjà sept heures ! Antoine qui doit venir dîner, et deux problèmes à résoudre encore !... Sûr, c'est un *cinq* demain. Mais demain, où serai-je ? six fois sept cinquante-deux, non, cinquante-six... qu'est-ce que je dis ?... Pauvre maman... Elle est si gentille. Mais aussi pourquoi est-elle restée si enfant ? on ne peut rien lui raconter. Elle crierait à la mésalliance. Il est stupide, ce problème ! Quel sale individu, ce "coquetier", qui vend tant de poules et d'œufs ! D'abord un "coquetier", c'est un petit chose creux où on loge des œufs à la coque pour qu'ils se tiennent debout, je ne peux pas m'habituer à croire que c'est un homme... *Un coquetier porte au marché soixante-trois douzaines d'œufs qu'il compte vendre à raison de...* » / ☆ / « Au revoir, tante, au revoir Minne. / — Tu t'en vas tout seul, si tard, Antoine ? / — Si tard, ma tante ? Il n'est que neuf heures et quart. / — C'est que nous habitons un si vilain quartier... Dépêche-toi, au moins. / — Oui, ma tante... Adieu, Minne, à dimanche. » / Minne reconduit son cousin jusqu'à l'étroit vestibule dallé, où la lanterne à gaz brûle en veilleuse. Elle est bien singulière ce soir. Douce, distante, presque affectueuse en même temps ; ses beaux yeux profonds si reculés sous le noble sourcil, qu'il ne pouvait en admirer que la forme... / Décontenancé par la sollicitude détachée de Minne : « Tu n'as pas eu de thé ? tu ne reprends pas de gâteau ?... » il s'est tenu à peu près coi et penaud, attendant tout d'elle, sauf le bonheur... / « À dimanche, alors, Minne ? / — À dimanche, peut-être... Je ne sais pas... / — Comment, tu ne sais pas ? » / Elle secoue ses cheveux légers, dont l'argent bleuit sous la faible lumière qui creuse encore ses yeux invisibles, laisse pointer un nez fin aux narines étroites, susceptibles... / « On ne sait jamais. » / Puis elle rit tout à coup, d'un rire fragile, argentin ; on dirait le son même du précieux métal dont fut coulée sa chevelure... / « Tout le monde peut mourir, Antoine ! Vois-tu ça, que demain matin nous soyons tous morts ? À dimanche, Antoine, prends garde aux voitures, aux tramways, aux mauvaises rencontres de notre "vilain quartier", aux croquemitaines ! Va, va vite, mon petit garçon ! » / Méchante et gaie, elle claque derrière lui la porte épaisse, et remonte l'escalier en deux bonds de chèvre, tandis qu'il s'en va lentement d'abord, puis très vite, transi à cause du tiède salon qu'il quitte, de la moquerie de Minne et de son pauvre amour qu'elle cahote sans pitié. / ☆ / « C'est Lui ! c'est Lui ! *préorig.* ✦✦ *b.* Je reconnais sa démarche ! » / Elle ne l'a vu que couché, presque endormi. Elle reconnaît, quand même, sa démarche. Ses yeux, son cœur le reconnaissent, et l'exaltation glace ses petites mains sur l'espagnolette de la fenêtre fermée. / — Il n'y a que Lui pour marcher si bien. [...] on voit le balancement de ses hanches. La prison l'amaigri, on dirait... Je ne peux pas voir sa figure... Paris eſt bien mal éclairé. Eſt-ce que c'eſt la même casquette, à carreaux noirs et violets ? On dirait que oui. Peut-être que c'eſt l'insigne particulier de sa bande... / « Ralliez-vous à ma casquette noire et violette, vous la trouverez toujours sur le chemin de la victoire ! » Il ne leur dit peut-être pas ça textuellement, mais le sens doit être le même. Il m'attend... Je voudrais me montrer. J'ai peur que la fenêtre craque... / Les petites mains glacées tournent la crémone ; Minne épie, les oreilles agrandies et remuantes, le premier craquement. Le ripolin presque neuf colle encore. / — Je dirai que Célénie avait oublié mes volets. D'ailleurs c'eſt la vérité. / Rien n'a bougé dans la maison. Minne se penche, cherche la longue silhouette paresseuse... Dieu ! la voici... Il revient. / C'eſt un long rôdeur d'une souplesse désossée, qui fume et se promène. La clarté de cette fenêtre ouverte, au premier étage, l'étonne ; il lève *préorig.*

Page 721.

1. La porte Malesherbes (maintenant porte d'Asnières) se trouve au point de rencontre du boulevard du même nom et du boulevard Berthier. Minne va vers le nord en suivant le boulevard. L'avenue Gourgaud relie la place Pereire au boulevard. Un peu plus loin, en se dirigeant vers la porte d'Asnières, elle atteint une voie ferrée qui, en tranchée, allait rejoindre la Petite Ceinture.

Page 722.

1. Le premier train que voit Minne au fond d'une tranchée eſt un train qui va rejoindre la Petite Ceinture ; le second, au-dessus du boulevard, eſt un train des lignes de l'oueſt qui quitte la gare Saint-Lazare ou s'y rend.

Page 723.

a. où m'attend le Frisé. À moins que cette femme ne soit une de mes rivales. » / Une rivale peu dangereuse, qui étire à cette minute, dans un bâillement rugissant, son dos barré par la saillie du corset. Non, pas même une rivale. Une sujette, à qui le Frisé peut jeter les mots de passe, les inſtructions brèves de besognes inférieures... / Inattentive au froid, qui se glisse entre sa chemisette légère et sa peau moite, Minne observe, enregiſtre, goûte avec fièvre le rêve d'être là, sous ce pont, en ce voisinage louche, et tâte le mur glacé, inquiète de savoir s'il ne se transmuera pas, comme tant d'autres nuits, en satin ouaté, en linge fin... Elle gratte la pierre, y appuie sa joue, et s'appelle avec force, tout bas : « Minne, éveille-toi ! » Minne eſt bien éveillée, tout eſt vrai ;

l'une des deux pierreuses tousse convulsivement, renâcle et crache, et jure le nom de Dieu, d'une voix épuisée. *préorig.*

1. Nul doute que Minne évoque ainsi le forum de Pompéi dont on suppose qu'elle a pu voir des reproductions.

Page 724.

a. mon Dieu ! si je pouvais rencontrer un de ses amis, un des « Aristos », je lui demanderais : « Monsieur, où tue-t-on cette nuit ? » mais il ne voudrait pas me le dire... Il faut chercher encore. Comme dit Célénie, « on ne fait pas d'omelette sans casser les œufs... » / Elle marche vite, *préorig.*

Page 725.

a. lui demeure obscur *[p. 724, dernière ligne]*... / Cinquante pas plus loin, un autre groupe, où la femme affairée se penche sur un corps vague aux bras morts et traînant. Une sorte de plainte... Minne entrevoit une tache blanche de linge... / Ah ! un blessé... Elle le panse, pauvre femme... J'entre enfin dans la zone dangereuse... laissons-les. / Un « Psst ! » jailli du talus l'arrête, l'attire. Elle s'avance de quelques pas : « C'est vous », crie-t-elle. / — Oui, c'est moi, [...] change exprès. Minne est devenue défiante, on ne l'attrapera plus. / — Qui vous ? / — Moi, voyons, *préorig.* ✦✦ *b.* une mitraille de charbons encore rouges... Minne, dans une pause fatiguée de son esprit, songe aux petits chiens qui lancent derrière eux, de leurs pattes irritées, le sable et le gravier, puis s'en vont arrogants sans tourner la tête... / Le dos à un arbre, elle a cessé de marcher et sent, dès qu'elle s'arrête, une brûlure insoutenable à la plante des pieds. Elle se dit encore : « Je vais dans un peu de temps le retrouver, en me renseignant... » Mais la lassitude, un commencement de désespérance, font déjà qu'elle formule cette phrase, avec un entêtement, pour se forcer à la penser. / Elle s'accuse : / — C'est ma faute, aussi ! Je suis descendue trop tard, j'ai voulu me faire belle à leur manière... A-t-il pu croire [...] de moi-même ! / Redressée, balayant des deux mains sur sa figure les cheveux d'argent, aussi fins que la soie d'araignée, qui pleuvent de son chignon bousculé, elle brave la Nuit, ses yeux recèlent assez d'ombre pour lutter en ténèbres avec elle... / — Il faut penser avec calme. Ils sont calmes, eux. Lui, surtout, il s'est fait un front impassible. Il tue paisiblement, et dort après, d'un sommeil armé. Je crains mes nerfs pour commencer, c'est trop naturel. / « Et puis on ne se débarrasse pas, en une heure, de toutes les tares d'une longue éducation. Je veux oser. Au premier passant qui portera la casquette et le jersey, j'ordonne — la reine Minne, enfin ! — de me conduire vers Lui ! » / Elle lève ses pieds douloureux, *préorig.*

1. Signe irréfutable que certains des abords immédiats de la

capitale, les fortifications particulièrement, étaient restés agrestes jusqu'à la guerre de 1914-1918, malgré la poussée industrielle de la seconde moitié du XIXe siècle.

2. Souliers garnis de houppes de fils ou de rubans.

Page 728.

a. de choses qui m'échappent *[p. 727, dernière ligne]*, le langage surtout. On m'a bien donné un dictionnaire d'anglais ; mais d'argot, non. Celui-ci m'aurait rendu plus de services... Elle m'a prise pour une rivale. Ou bien une simple question de concurrence... Elle n'est plus très jeune, et c'est chez eux un peu comme dans les salons, où on regarde méchamment les nouvelles venues qui sont jeunes et jolies... Tout de même, tout de même, il y a trop longtemps que je suis sur mes jambes : [...] et l'échine tendue, pareille aux plus viles de ses sujettes... Ses sujettes, hélas !... À cause de ce mot-là, Minne a souri, de quel sourire désenchanté !... Tout est à recommencer. *préorig.*

Page 729.

a. finir en son gîte, et que des mains ignobles ne cherchent pas, sur elle, le matin venu, un nom, un indice... / ☆ / Maman si douce, Antoine bébête et tendre, le Frisé même, aux yeux inquiétants comme l'eau nocturne... tout cela a-t-il jamais existé ? Et Minne, infante blonde qui régna sur leurs cœurs, où donc est-elle ?... / Le froid plus vif, on ne sait quelle saveur de départ que porte le vent, des bruits lents *préorig.*

Page 732.

a. comme Lazare ressuscité. / Il s'y attendait bien... Il se cramponnait à son rêve en enfant peureux, il serrait les paupières... La sonnerie l'a rejeté dans cette vallée de misère, dans ce logis où manque la grâce d'une femme, et d'où l'oncle Paul a banni les tentures, les bibelots, les coussins, tous ces réceptacles du microbe... / — Mais, bon Dieu ! *préorig.*

Page 734.

a. de l'ausculter *[p. 733, 5e ligne du bas de la page]*. / Maman est, en vérité, comme tous les jours. Pourtant une rapidité insolite dans les gestes, la vigilance de ses yeux gris, décèlent la volonté forcenée d'une mère chienne résolue à enlever son petit à la mort. / Une de ses mains tient fermement le mouchoir mouillé d'éther sous les narines de Minne, l'autre main caresse le front, tâte les mains de Minne. / Minne, mon dieu ! est-ce Minne ? Antoine voit bien, sur le lit, — le lit non défait — une petite pauvresse en tablier rose ourlé de boue, dont l'un des pieds minces, tout raidis, porte encore une pantoufle rouge sans talon... De la figure, à demi cachée sous le mouchoir imbibé d'éther, il ne distingue que la barre noire de deux paupières fermées... / L'oncle Paul, penché sur la petite pauvresse, se relève : / — Elle respire bien. Un peu enrhumée. *préorig.* ✦✦ *b. Fin de « Minne »* : un sceau immonde. / Il croit, effondré, que cette enfant charmante a servi de jouet consentant, de poupée vicieuse, puis épouvantée, puis brutalisée, à un — à plusieurs misérables, peut-être ? Il le croit, il le croit !... / Il le croira toute sa vie... *préorig.*

Page 735.

1. Petite rue du quartier des Champs-Élysées reliant l'avenue George V à l'avenue Marceau, toute proche de la rue de Bassano où Colette avait situé l'appartement de Renaud célibataire (voir *Claudine à Paris*, n. 1, p. 353).

2. Sis à l'entrée de la rue Royale, l'établissement avait été ouvert par Maxime Gaillard en 1892 pour restaurer à bon marché les cochers de fiacre ; il dut son succès au fait que la porte monumentale de l'Exposition de 1900 s'ouvrait à deux pas de là. Racheté et réaménagé par Cornuché, il devint rapidement un des restaurants les plus connus de Paris.

Page 736.

a. Début des « Égarements de Minne » : « Je vais coucher *[p. 735, 1re ligne]* avec Minne ! Ça fait que, depuis mon début, j'aurais eu... combien déjà ? l'Anglaise de mon petit frère, trois grues... et Minne. Mais Minne... n'est pas une femme comme les autres. La clef que j'avais glissée sous la serviette à thé, elle l'a prise sans rien dire... Si elle allait me faire une blague et tout dire à son mari ?... » / En arrivant rue Christophe-Colomb, il cessa de conjecturer pendant qu'il tournait la clef dans la muette serrure de son petit rez-de-chaussée. Il ne pensa plus [...] électrique, au déshabillage qu'il souhaitait théâtral et cinématographiquement rapide. Sa grande jeunesse recommença à le gêner. On a beau être le petit baron Couderc, de qui les dames de chez Maxim's disent, indulgentes : « En voilà une petite frappe, ma chère : il n'y a qu'à le voir !... » on ne se doute pas des responsabilités que vous créent ces dons pesants : un nez qui oblige à l'insolence, des yeux myopes à vous faire gifler, et une bouche qui ne se doit fermer sur un « mot » chineur que pour mépriser plus spirituellement encore, un coin en haut, l'autre en bas. / Il assura son sourire de côté, machinalement, parce qu'un manteau de femme se balançait, inattendu, à une patère de l'antichambre. Au fond, il se sentit secoué... / — Comment ? elle est déjà là ? Bon Dieu, et les gâteaux, et la bouilloire, et tout !... Rien n'est prêt... Pourvu que le feu marche !... / Elle était là, son chapeau enlevé, *préorig.* ✦✦ *b.* son sourire orgueilleux et équivoque qui avait l'air de dire aux gens : « Je sais sur vous quelque chose de très mal et d'excitant. » Alors, il se jeta *préorig.*

Page 737.

a. songea-t-elle secrètement. / C'est qu'à cette minute il lui sembla beau, beau simplement, d'une manière animale et impersonnelle, « comme tout le monde », songea-t-elle encore avec une mémoire naïve et cynique, parce qu'elle revoyait d'autres hommes jeunes, qui avaient été beaux ainsi, tout à coup, devant elle. / Il s'agenouilla de nouveau, les mains tendues *préorig.*

1. Le peintre et dessinateur Adolphe Willette (1857-1926), créateur des personnages de Pierrot et de Colombine, a laissé d'innombrables lithographies, dessins et pastels. Il collabora au *Chat noir*, au *Courrier français*, au *Boulevard*, au *Rire* et fonda *Le Pierrot*, puis *Le Pied-de-nez.*

Page 738.

a. genou sec et fin *[p. 737, dernière ligne].* / Pendant le temps d'un battement de cils, il put réfléchir, parce qu'elle était un peu plus loin de lui, et rectifia son attitude. Il fut, carré dans un fauteuil, « le petit baron Couderc » qui regarde sa maîtresse se déshabiller. / — Jambes de page, des merveilles ! *préorig.*

Page 739.

1. Colette utilise fréquemment ce type particulièrement habile de transition (voir *Claudine en ménage*, p. 485 et p. 498).

Page 741.

a. mais montrez-moi ce que vous avez de mieux... » C'est comme cet Italien, ce compositeur qu'Antoine a connu chez Pleyel... allons, celui qui avait des dents jusqu'aux yeux... Diligenti. [...] faire ! Voilà ma veine, voilà la vie que je suis condamnée à mener, jusqu'à devenir une vieille dame !... Elle ne pensait guère à Antoine, en cette minute-là, que pour le charger d'une responsabilité initiale : « C'est sa faute, je parie, si je ne sens rien. Il a dû me détériorer quelque chose de délicat. » / Elle en voulait davantage à son mari, après chaque adultère infructueux. / « Pauvre Minne »... soupira-t-elle, lorsqu'elle vit que le fiacre dépassait la rue Jouffroy. Encore deux minutes et elle descendrait avenue de Villiers, tout près de la place Pereire, traversant le trottoir sec et glacé ; tout de suite après, ce serait l'escalier surchauffé qui sent l'étoffe et la poussière, et puis enfin les grands bras d'Antoine, sa joie canine. Minne baissa la tête, résignée. Il n'y avait plus d'espoir *préorig.* ✦✦ *b.* avec une persistance aussi vite découragée que vite renouvelée. Un seul souvenir net, *préorig.*

1. Minne partage ainsi l'horreur de Paris déjà prêtée à Claudine dans *Claudine à Paris* (p. 328) et *Claudine en ménage* (p. 505).

2. Fabrique de pianos fondée à Paris par le compositeur autrichien Ignaz Pleyel (1757-1831). Voir *Claudine s'en va*, n. 7, p. 652.

3. Le modèle de ce personnage, s'il en eut un, ne nous est pas connu. Le patronyme a pu être choisi pour sa seule valeur évocatrice.

4. L'avenue de Villiers joint le boulevard de Courcelles à la porte de Champerret et traverse la place Pereire (aujourd'hui place du Maréchal-Juin). La rue de Courcelles, où habitaient les Willy (au 93 d'abord, au 177 *bis* ensuite), traverse, elle aussi, la place Pereire.

Page 742.

a. de ses noces *[p. 741, dernière ligne]* / « C'est la faute d'Antoine ! » songeait Minne à toute heure, avec quelle douleur têtue et cachée ! N'y avait-il pas un homme au monde, un être différent de tous les autres, qui pût un jour éteindre en elle sa mémoire épouvantée ? Hélas ! Minne aurait dessiné du doigt, sur le mur [...] de soins tardifs, de dorlotements fraternels — il était bien temps ! Puis il avait pleuré de grandes larmes, longues, incompréhensibles, auprès de cette enfant ramassée sur elle-même, les genoux serrés ; il avait prononcé des paroles sans suite : « Ô Minne, je suis si heureux ! Tu comprends, Minne, papa me l'avait bien affirmé, mais depuis le matin où... le matin de la nuit où on t'a rapportée évanouie... enfin, je me demandais toujours si on ne m'avait pas caché la vérité, et si tu étais encore... Ô Minne, je t'aime tant ! Tu n'as plus mal ? Tu m'aimes ? Nous serons si heureux !... » / Elle claquait tout bas *préorig.* ✦✦ *b*. d'avoir épousé « une espèce de frère »... / — Au fond, concluait-elle, c'est de la faute de maman. Je sais bien que ce n'était ni très prudent, ni très pratique, cette idée de quitter la maison à minuit... pour aller retrouver le Frisé. Les petites filles, ça vous a des idées !... / Elle contemplait sa fugue enfantine et tragique comme de très loin ; par-dessus les cinq ans écoulés déjà, depuis le soir où Minne, en pierreuse d'opérette, avait, à travers une nuit de brouillard, cherché le Frisé, préservée magiquement de tous les périls frôlés, comme si la flamme blonde de son chignon tordu en casque eût conjuré les larves entrevues... / — C'est la faute *préorig.* ✦✦ *c*. trente-six mille autres, et surtout tous les autres excepté celui-là !... Mais puisque je ne voulais pas parler ! C'est mon droit, peut-être de me taire ! Que possédé-je sinon les pensées que je porte, toutes mes pensées qui ne sont à personne, à personne, à personne ! / ☆ / Minne, depuis son mariage, *préorig.*

Page 743.

a. de songer longuement, les yeux tendus, mais sans divagations assagies avaient changé d'objet. « On grandit, disait-elle d'elle-même, avec un petit sourire de mépris, on devient raisonnable. » Cet *on* vague et général désignait sans doute la fillette d'hier, ses débauches d'invention sanglante, son goût du feuilleton, voire du fait divers... / Autrefois, elle cherchait, dans la personne équivoque et séduisante du Frisé, l'espoir de satisfaire sur une tribu mal domptée son goût despotique du pouvoir... / À présent, déçue, humiliée, faut-il dire renseignée ? elle commençait à deviner que l'Aventure, *préorig.* ✦✦ *b.* de moi seule !... » / « Ah ! je le savais *ILF*

1. Sous ce nouveau nom, les lecteurs des *Claudine* retrouvent en fait une vieille connaissance : Mme Barmann, pseudonyme sous lequel Willy et Colette avaient déjà caricaturé Léontine Arman de Caillavet (voir *Claudine à Paris*, n. 1, p. 266). La charge est ici plus brutale, voire plus grossière. On notera que le rôle d'Irène Chaulieu dans le roman est fort proche de celui que tenait Marthe Payet dans *Claudine s'en va.*

Page 744.

1. Lugné-Poe (1869-1940) avait fondé le théâtre de l'Œuvre en 1893 ; il y fit jouer de nombreuses pièces étrangères et révéla au public parisien Ibsen et Strindberg. Il a publié ses souvenirs sous le titre *La Parade.* Sur ses relations avec Colette voir p. LXVIII et XC.

2. Harpe antique, sans pédales. Le passe-temps d'Antoine pourrait trouver sa source dans un fait divers artistique du début de ce siècle : Claude Debussy avait reçu commande d'un morceau de concours à interpréter sur une harpe sans pédales et avait confié à la maison Pleyel la reconstitution de l'instrument.

3. Isadora Duncan (1878-1927) était américaine. Elle créa, avec succès, l'interprétation libre de musiques non dansantes. Influencée par la statuaire grecque, elle refusait le maillot de scène pour danser en tunique et pieds nus. Au moment de la publication des *Égarements de Minne*, il n'y avait guère que deux ans qu'elle était à Paris.

4. Dans *La Retraite sentimentale* (p. 843), Colette prêtera à Claudine une opinion toute semblable à celle de Minne sur le mensonge et la façon de s'en servir.

Page 745.

a. aux yeux de Minne, il a demandé conseil à Gustave Lyon qui, avec une bonne grâce obligeante et vive, un peu méprisante (« Tiens, petit, voilà un coin de laboratoire pour jouer ; amuse-toi bien ») lui a dessiné le gabarit du « barbytos », indiqué la longueur, le nombre des cordes, leur diamètre et leur degré de tension... Et, patiemment, dans la lumière sévère du vaste laboratoire, Antoine reconstitue des instruments bizarres qu'il affirme grecs ou égyptiens. *préorig.*

1. Voir *Claudine s'en va*, n. 7, p. 652.

2. Soit le grade de chevalier dans l'ordre de la Légion d'honneur.

Page 746.

a. magnifique tête de juive d'Orient. Assise à table, elle triomphe et dépasse d'un chignon les autres femmes, royauté passagère d'où elle déchoit, le temps de passer au salon. / Chaulieu, son silencieux mari, *préorig.*

1. On se souvient que Mme Arman de Caillavet était née Léontine Lippmann (voir *Claudine à Paris*, n. 1, p. 266).

2. Il ne fait guère de doute que c'est Albert Arman qui fut ainsi caricaturé ; sa résignation d'époux complaisant lui avait valu le surnom (cité par Willy dans *Indiscrétions et commentaires*, p. 20-21) de « conservateur du collage de France ».

Page 747.

a. fatigué jusque dans l'enthousiasme : / — Minne, notre ami Maschaing *ILF* ✦✦ *b.* de son indifférence. Machin l'académicien, celui qui... vous savez bien, voyons ! On dit que toutes les héroïnes de ses romans furent des héros, féminisés après coup, car son éditeur n'aurait jamais consenti... On dit cela, mais Minne ignore ce détail. « En voilà un, songe-t-elle, qui doit s'y connaître en voluptés ! » Elle se penche, attentive et charmée, vers le petit homme au nez de perroquet qui salue en vieille danseuse. Déçue vite : « Il a de la poudre de riz dans les poils de ses sourcils », remarque-t-elle, « et puis il sent trop bon, et il ne me regarde pas assez. Il regarde si je le regarde, voilà tout »... / Irène Chaulieu se lève *préorig.*

1. Qui n'eurent pas de fille, comme la suite le confirme.

2. Référence, rare dans ce roman, à la tétralogie de Richard Wagner à laquelle il est si souvent fait allusion dans *Claudine s'en va*.

3. Cet académicien qui dédaigne Minne et change le sexe de ses personnages est Pierre Loti, dont *Fantôme d'Orient* avait été publié en 1892 et dont *Les Désenchantées* avait paru en 1906, dans la *Revue des Deux Mondes* d'abord (mars-juin), chez Calmann-Lévy ensuite. Les deux titres étaient absents en 1905 des *Égarements de Minne* (voir var. *b* ci-dessus).

4. Il eût été surprenant que les auteurs fissent grâce au lecteur de l'inévitable Maugis (voir *Claudine à Paris*, n. 4, p. 286) à qui ce roman réservera (p. 794-797) un rôle d'une humanité tout à fait exceptionnelle pour le fantoche que fut, jusqu'ici, le personnage.

Page 748.

a. refuse du potage : / « Comme c'est gai, de collectionner des impressions aussi savoureuses ! Sans ma courbature, vrai, j'oubliais mon troisième amant. » / À sa gauche, *préorig.*

1. Stéphane Mallarmé était encore considéré comme un poète d'avant-garde, ce qui explique l'ironie de l'allusion.

2. De cette « belle Suzie », il sera longuement parlé dans *La Retraite sentimentale* (voir p. 915 et suiv.). Si surprenant que cela paraisse aux lecteurs de *Claudine en ménage*, le modèle du personnage ne fait qu'un avec celui de Rézi, soit Georgie Raoul-Duval, qui était américaine, en effet (voir la Notice de *Claudine en ménage*, p. 1324).

Page 749.

1. Marque de champagne que, pour des raisons inconnues, Colette changera en « Pommery » dans l'édition du Fleuron.

2. C'est David qui extermina les Amalécites, peuple de l'Arabie, installé aux frontières sud de la Judée, vers l'an 1000 avant J.-C. La mutilation des vaincus était pratique courante à l'époque.

Page 750.

1. Dans la préoriginale, figurait le prénom « Suzie » (voir n. 2, p. 748) et, sous l'allusion, pouvait se deviner un rappel de l'expérience homosexuelle narrée dans *Claudine en ménage*. Le patronyme « Barney » n'apparaît que dans l'originale ; il s'agit évidemment de Natalie Clifford Barney (voir *Claudine en ménage*, n. 3, p. 438) et, sans doute, d'une aventure différente de... Claudine. Colette s'amuse ici à brouiller les pistes.

2. Dans *Les Égarements de Minne*, Colette nommait Claudine, ce qui pourrait laisser croire que la romancière usait de ce procédé pour se défendre de certains on-dit. Elle connaissait certes Natalie Clifford Barney mais leurs relations méritèrent-elles qu'on en garantisse l'« honnêteté » ? Voir p. LXXXI et suiv.

3. Salade dont la recette avait sans doute paru dans la revue *Femina* (voir n. 1, p. 689).

Page 751.

1. Voir *Claudine s'en va*, n. 1, p. 542.

2. Soit : les hôtes qui apparaissent lorsque sortent les cure-dents de ceux qui ont été invités au dîner.

3. Expression qui pourrait désigner l'attitude fausse des invités qui, exclus du cercle des privilégiés, les envient sans pouvoir autrement le laisser paraître.

Page 752.

a. — C'est vrai, je vous revaudrai ça... Il vous parlait d'instruments fantastiques, de triangles chromatiques, je crois ? / — À peu près. Figurez-vous une harpe sans pédales... / — Pour culs-de-jatte alors ? / — Si vous voulez... Elle a deux plans de cordes, et... / — Deux ? Je me demande ce qu'on peut y récolter, dans ces deux plans ! Des bottes d'arpèges ?... / — Quel type vous faites, mon gros Maugis ! Pour le plaisir de lâcher un calembour idiot, vous ne pensez déjà plus à votre passion de tout à l'heure ! / — Comment, je n'y pense plus ! Je vous fous mon billet que si nous étions seuls, elle et moi, dans une île déserte... / — Malheureusement pour vous, il n'y en a plus... / — Du moins dans le quartier c'est vrai... Ben, vous savez, moi, à défaut d'île déserte, je me contenterais très bien de rencontrer cette petite Minne dans ma chambre à coucher. Nom de nom, qu'elle est jeunette et... / — Mon pauvre Maugis, vous me faites pitié ! Risquer comme ça, en sortant de table, la congestion, pour... même pas pour le plaisir... Il n'y a *préorig.*

Page 753.

a. les femmes qui se tiennent. / Car Irène Chaulieu n'est pas à une contradiction près. Cela donne à sa conversation cette variété cahoteuse qu'apprécie Maugis de qui la moelle épinière n'est pas sans appréhension : il croit faire de la gymnastique suédoise. / Le reste de la soirée, jusqu'à minuit, le petit Couderc souffre. Il supporte *préorig.*

Page 754.

1. Le peintre anglais Walter Crane (1845-1915), d'abord préraphaélite, dirigea l'école de Manchester. Pour promouvoir un art décoratif moderne, il créa, comme son compatriote William Morris, des motifs de papiers peints. Il reste surtout connu comme aquarelliste et illustrateur de livres pour enfants, ce qui justifie la comparaison avec le « Prince Grenouille ». Voir p. LIII.

Page 755.

a. — Mais je ne le dis pas non plus ! se récrie imprudemment Jacques *[p. 754, 5e ligne du bas de la page]* Couderc. On a la rage de m'attribuer des conquêtes que... En tout cas, je n'ai pas, comme Maugis, la manie de coucher avec des vieilles dames, moi ! / (Imputation toute gratuite, car Maugis serait plutôt enclin aux petites personnes très jeunes.) / Dégonflé, Jacques passe sa main sur ses cheveux en brosse soyeuse et siffle entre ses dents attendant l'effet. Antoine lève les sourcils et regarde dans la direction de Maugis, toujours assis près de Minne. / — Comment ! Maugis couche avec des vieilles dames ? non, vrai ! / Son accent dénote une indéniable admiration, de sorte que le petit Couderc s'indigne : *préorig.*

1. Curieuse apparition, dans un roman étranger à la série des

Claudine, de la belle-sœur d'Annie dont il a été abondamment question dans *Claudine s'en va* et dont il sera reparlé dans *La Retraite sentimentale*.

2. Faut-il préciser que l'héroïne des *Chansons de Bilitis* de Pierre Louÿs n'est pas textuellement citée par Marthe Payet ?

Page 757.

a. — C'est inconcevable ! / ☆ / — Minne, j'ai sommeil, et toi ? / — ... / — Ah, zut ! Il faut que je me lève demain, je veux dire ce matin, à sept heures !... Maugis t'a fait rire ? / — ... / — Tu sais, ma Minne, c'est une sale espèce, au fond, je crois, ce Maugis... Je parie qu'il t'a fait la cour ? D'ailleurs, ça m'est égal. / — Merci, dit une petite voix sèche dans l'obscurité du fiacre. / — Ça m'est égal, entendons-nous ! Ça m'est égal parce qu'il n'aime que les femmes d'âge. / — Il te l'a dit ? / — Non, c'est le petit baron Couderc qui me l'a raconté. / — Tu te renseignes bien, fait Minne qui a du mal à ne pas rire. / — Ça m'est surtout égal, chérie, parce que tu es ma Minne, et que je suis bien tranquille. Et puis je t'ai rendu la pareille, ce soir... Ah ! ah ! Minne, il y a une dame qui m'a fait de l'œil ! / — Non ? / — Parfaitement ! On croirait à t'entendre que j'ai cinquante ans et du ventre... Et une dame jolie, encore ! / — Ça n'abonde pas chez les Chaulieu ce genre-là. À moins qu'Irène elle-même... / — Hé ! hé ! / — Quoi ? / — Hé ! hé ! / — Ah ! c'est elle ? Tu sais, mon pauvre Antoine, si tu n'as que ça à ajouter à ta carte d'identité, comme signe particulier : « Homme à qui Irène Chaulieu fait de l'œil... » / Antoine cherche à tâtons la taille pliante de Minne et la serre contre lui : / — Dieu ! Minne, que tu m'amuses quand tu prends ce ton de vieux roué qui connaît la vie ! Ça me rappelle le temps où tu me médusais, tu sais, avec des histoires de l'autre monde. / — Ce n'étaient peut-être, objecte Minne, que les histoires d'un autre monde... / ☆ / Minne se lève tôt *préorig.*

1. Panache de plumes colorées tel qu'en portent les paradisiers, ou oiseaux de paradis, passereaux de la Nouvelle-Guinée.

Page 758.

a. Ça *leur* suffit peut-être, mais pas à moi. / « Si vraiment je ne suis pas un cas particulier, s'il existe d'autres malheureuses qui cherchent ce que je cherche, pourquoi n'y a-t-il pas des espèces de médecins pour insensibles ? Ils seraient savants et discrets, ils procéderaient par auscultation : « Que sentez-vous ici ? Rien ? Et là ?... Expliquez-moi ce que vous éprouvez... Y a-t-il une amélioration depuis la dernière fois ? » Comme ce serait utile ! Personne ne rirait, car il n'y a guère, hélas, de quoi rire... » / L'arrivée d'une lettre interrompt [...] Déjà ! Comment a-t-il fait ? il a écrit avant la levée de trois heures du matin, dans un café, je parie... / *Minne chérie,* *préorig.*

Page 759.

1. L'auteur de ce moment de haute littérature passionnelle ne nous est pas connu.

2. L'adjectif avait provoqué l'admiration de Claudine dans *Claudine s'en va* ; elle l'avait alors emprunté à une poésie de Lucie Delarue-Mardrus : « Pour le chat » (voir *Claudine s'en va*, p. 552-553).

Page 764.

a. « Luthier pour momies » devant l'actif Caressa et le languide Jacques Thibaud[1] qui contestaient l'utilité d'une sixième corde dans le barbytos. « Eux qui me chinent déjà parce que je n'ai que vingt-quatre ans, rumine le malheureux, qu'est-ce que ça sera maintenant ! » / En proie à ces pensers navrants, *préorig.*

Page 765.

a. et rien n'arrive. » / Pour ce jour de congé, mauvais et bon, Minne se pare adroitement, avec une entente des couleurs qu'on accorde généralement aux femmes aimées des peintres. Minne, qui n'aime aucun peintre, porte, en ce gris dimanche de froid dégel, une robe grise en velours *préorig.*

1. Voir *Claudine à Paris*, n. 5, p. 285.

2. Minne partage ainsi avec Claudine et Annie la sensibilité à la musique de Colette elle-même (voir *Claudine à Paris*, n. 1, p. 286 et *Claudine s'en va*, n. 1, p. 568).

Page 766.

1. Minne utilise le « miroir triple face » breveté par la firme Brot, fondée en 1826 et installée 89, faubourg Saint-Denis.

2. Cette chanson appartint au répertoire de Colette enfant ; dans un texte qu'a recueilli *Paysages et Portraits* (p. 218-219), elle la cite et la qualifie de « petit refrain martelé, qui ne veut rien dire, un petit lambeau ravissant de rythme qui chante ».

Page 767.

1. C'est au théâtre du Châtelet, en effet, que Chevillard et Colonne donnaient leurs concerts dominicaux (voir *Claudine à Paris*, n. 1, p. 284 et *Claudine en ménage*, n. 3, p. 421).

1. Albert Caressa (1866-1939) appartenait à une célèbre famille de luthiers. Le violoniste Jacques Thibaud (1880-1953) avait commencé à jouer dès l'âge de huit ans.

Page 768.

a. toilette d'Irène, afin de constater, sur toute la personne de Jacques Couderc, d'indéniables ravages : il est couleur de lendemain de noce, ce petit ! Le cerne de ses yeux, même de loin, les embrume d'un halo mauve, et l'une de ses mains fait danser son chapeau fébrilement. Il s'abstient de regarder Minne, qui méprise et jubile. / « Je déteste *préorig.*

1. Stéphane-Raoul Pugno (1852-1914) fut pianiste, organiste, compositeur et professeur d'harmonie et de piano au Conservatoire. Il a laissé des pièces pour le piano, un ballet et des opérettes.

2. La rue de Provence (9e arrondissement) est presque parallèle au boulevard Haussmann, au nord de celui-ci ; elle était alors connue pour ses magasins de friperie.

Page 769.

a. nu et faible, — cette volte preste de danseuse, dans la porte ouverte, qui a fait tournoyer sa jupe lourde ! Elle l'a abandonné, *préorig.* ✦✦ *b.* et comment l'ai-je perdu ? » / Sa douleur le vieillit au point d'abolir en lui la vanité qui enchante les heures de cet âge. Et comme Irène Chaulieu se tourne vers lui dans le moment où il regarde Minne, il pense qu'il va peut-être bien la tuer... / — Dites donc, *préorig.*

Page 770.

a. se détache (pour toujours, croit-elle) de la plus brève et méchante aventure qui l'ait jamais occupée depuis son mariage. Elle a progressé dans l'amertume jusqu'à concevoir le plus injuste ressentiment... Elle ne sait quel nom, sinon celui de haine, donner à ce qui est simplement, dans sa secrète chambre à souffrir, si bien fermée, le Regret. / Oui, Minne a *regretté*, parce que l'amant était jeune, neuf à presque tout l'amour, sincère, emporté et triste dès qu'ils étaient seuls... Ordonnée parmi ses désordres, elle a supputé ce que pourrait valoir, pour une autre maîtresse, un tel amant. / Mais cette semaine d'inutile fièvre marque une trêve dans la double existence de Minne. Elle s'affaire *préorig.* ✦✦ *b.* ce n'est pas un métier ! / Rien, pour Minne, n'est « un métier », et c'est une locution favorite qu'elle place avec un à-propos très varié. Si ce n'est pas un métier de songer à tout, ce n'est pas un métier non plus de ramasser trois fois par jour la canne d'Antoine derrière le porte-parapluie, et ce n'en est pas un que de courir tout le temps après le crochet à bottines... Seule, après chaque déconvenue amoureuse, elle lève ses minces épaules et atteste le ciel, en silence, que « ce n'est pas un métier... » / Et puis, *préorig.*

1. Le quartier du Marais et, particulièrement, la place des Vos-

ges avait été, au XVIIe siècle, le centre résidentiel de Paris, avant d'être délaissé pour longtemps. Un « bourgeois du Marais » était donc, vers 1900, un petit commerçant ou un modeste entrepreneur qui n'avait pas les moyens de s'établir dans un quartier huppé mais refusait, par dignité, de s'installer dans un quartier populaire.

2. Confiseur réputé dont le magasin se trouvait 7, boulevard des Capucines, entre la Madeleine et l'Opéra.

3. La préoriginale porte « d'Houville » ; Gérard d'Houville était le pseudonyme de la poétesse et romancière Marie de Régnier, fille du poète José-Maria de Heredia. Il n'est donc pas téméraire de lire ici les « Régnier » puisque ces derniers entretenaient des relations amicales avec le couple Willy.

4. Ce nom, sans doute emprunté à nouveau au secrétaire de Willy, Xavier-Marcel Boulestin (voir *Claudine à Paris*, n. 1, p 243), remplace le « Moupet des Tares » qui figure dans *Les Égarements de Minne* : la « vieille sorcière » alors visée n'était donc autre que Léontine Arman de Caillavet, une fois de plus (voir n. 1, p. 743).

Page 772.

a. je l'embrasserais ! » / Ce sentiment d'évasion persiste jusqu'au soir, jusqu'à l'heure tardive où Minne, à regret, se couche. Elle est inquiète, heureuse, mobile, rajeunie... Antoine « qui ne peut rien faire comme tout le monde » (et tout le monde c'est Minne, n'est-ce pas ?) ne vibre pas à l'unisson. Sa visite à ce demi-cadavre l'a laissé triste, orphelin, égoïstement effaré... « Ce qu'on peut devenir, tout de même ! » En outre l'obligation de terminer le soir même la conférence qu'il doit faire à la salle Pleyel, sur les sambuques trouvés dans les hypogées de la 18e dynastie, inflige des élancements douloureux à son cervelet de pseudo-érudit. / Il penche son grand nez qui fait ombre sur des papiers raturés, et la lampe moire ses cheveux d'un noir bien ciré. Minne jase, un livre, qu'elle ne lit pas, ouvert sur ses genoux : / « ... C'est quelque chose, tu comprends, que la conscience d'avoir accompli son devoir : toutes mes visites, tu entends, Antoine ? / — Heu... / — Sauf les Chaulieu, naturellement / Pourquoi, "naturellement" ? / — Parce qu'Irène ne reçoit que le samedi, grosse bête. J'irai samedi. Et tu ne sais pas, Antoine ?... Antoine ! / — Oui. / — Une aventure impayable ! Chez Mme d'Houville, qui écrit de si jolies choses et où les gâteaux sont si bons, j'arrive en même temps que la grosse princesse Wini-Singer[1], qui venait pour montrer sa robe de chez Jacob, sa nouvelle, la bleu indien. Et qu'est-ce qu'elle trouve, dans le salon ? / — Je ne sais pas, moi. Quelque

1. Ce nom désigne la princesse Edmond de Polignac, née Winaretta Singer, avec qui Colette fut d'ailleurs en relations de bonne amitié.

chose de sale sur le tapis ? » / Minne relève sur son front la vague bouffante de cheveux qui l'auréole, d'un geste de penseur las : / « Que tu es fatigant à ne jamais pouvoir être sérieux ! Non. Elle trouve... trois autres dames dans la robe de chez Jacob[1], en velours chiffon : une vin de bordeaux, une noire, et la dernière (dans laquelle étouffait Mme de Saint-Nikêtês[2], cette "fouine engraissée", comme l'appelle Maugis), la dernière blanche ! Si tu avais vu leurs têtes à toutes les quatre ! Mon ami, j'ai vu le moment où ça tournait à l'esclandre !... » / Elle frappe dans ses mains, parle vite, reprend haleine, bouche ouverte au milieu d'un mot, comme les enfants bavards. L'eau noire de ses yeux bouge et scintille, une fièvre charmante rosit ses joues. Antoine la contemple mélancoliquement. Ah ! s'il n'y avait pas cette sacrée conférence à terminer, ce soir... / « Dieu merci, moi, j'étais avec mon joli Béchoff et David[3] ! / — Qu'est-ce que c'est encore que ces gigolos ? demande Antoine, en fronçant des sourcils naïvement jaloux. / — Antoine ! Tu n'as pas honte !... Voyons, mon joli costume bleu à taille courte, qui me fait toute mince... Des gigolos ? Que tu es godiche ! Ah ! Ah ! » / Elle s'arrête de rire pour sourire et son visage change. *préorig.*

1. Trois pièces étaient faites de nickel : celles de vingt-cinq, de dix et de cinq centimes. L'état d'esprit de Minne la poussant apparemment à la générosité, c'est sans doute une pièce de vingt-cinq centimes qu'elle offrit au mendiant.

Page 773.

a. se coucher tout de suite. La gelée électrise ses cheveux et ses nerfs. Enveloppée dans sa blanche robe de moinillon épaisse et douce, elle ouvre la fenêtre pour « voir le froid ». On le voit, on l'entend. Du pavé blanc montent, distincts, tous les bruits de la rue ; Minne avale un sorbet d'air gelé. Un tramway grince sur les rails de l'avenue et elle sourit à ce bruit qui accompagna de loin la rêverie de ses nuits de fillette, quand elle attendait le sommeil, boulevard Berthier, dans la chambre fleurie de roses peintes... / Elle lève la tête, *préorig.*

1. Dans ce Palais de glace, situé le long des Champs-Élysées, Jean Cocteau se souvint avoir vu Colette, Willy et Toby-Chien, ainsi qu'il le rappela dans ses *Portraits-souvenirs, 1900-1914* (Grasset, 1935) et dans son *Discours de réception* à l'Académie royale de Belgique (Grasset, 1955, p. 16-17).

1. Il y a une Mme Jacob, couturière, 17, rue de Monsigny, dans les parages de l'Opéra et de la Bourse. Mais rien ne dit que l'auteur la désigne. Jacob peut être ici un masque.

2. Ce nom grec signifie « vainqueur ». C'est donc Mme de Saint-Victor qui est visée. Elle tenait salon.

3. La maison de couture Béchoff, David et Cie était située 8, place de l'Opéra.

2. « Galerie » connue des lecteurs de *Claudine s'en va* (voir n. 1, p. 558).

3. Ces noms remplacent ceux qui figuraient dans la préoriginale (voir var. *a*, p. 774). L'Empyrée-Palace évoque l'Élysées Palace Hôtel, 103-113, avenue des Champs-Élysées. L'Asturie peut être l'hôtel de Castille, 37, rue Cambon (1er arrondissement).

Page 774.

a. La longue galerie *[p. 773, 3e ligne en bas de page]* du Ritz connaît ses traînes de dentelles, ourlées de zibeline et de boue. Le Rasta-Palace résonne de sa voix coupante, qui glapit quand elle croit chuchoter. Colombin vieux jeu, le paisible Afternoon du boulevard Haussmann, tous perdent le repos, les jours où Irène Chaulieu y retient sa table. Aujourd'hui c'est le Palais de glace. Pourquoi ? Minne l'ignore, mais elle y court ravie, pressée de franchir le seuil de ce temple qu'auréole une renommée peu discrète. / Le Palais de glace !... Minne suppose, Minne voit des girandoles d'électricité brutale, entend une musique férocement cuivrée ; son imagination tourne autour d'une piste en miroir éblouissant... Des femmes, chapeautées en commères de revues, y glissent lubriquement, jupons épars en écume, la cigarette aux lèvres, et l'oreille perçoit une lointaine artillerie de champagne sautant... Le Palais de glace, ce doit être quelque chose, en mieux, comme l'ancien Moulin-Rouge... / Minne a revêtu une toilette sombre de femme honnête à son premier rendez-vous, *préorig.* ✦✦ *b.* cocktail très foncé ; un rire fréquent et servile enlaidit la figure de cette blonde déjà molle, car elle espère, par Irène, obtenir des « prix d'artiste » de Chaulieu qui vient d'affermer la publicité d'un syndicat de journaux. / Une autre femme, mince, qui roule, à l'américaine, des épaules en portemanteau, détourne son profil trop court, sa mâchoire carrée, et s'absorbe en un duo chuchoté *préorig.*

1. Voir *Claudine s'en va*, p. 558.

2. *Revue blanche*, lit-on dans *Les Égarements de Minne*, soit la revue, d'abord publiée à Bruxelles, qu'avaient rachetée les frères Natanson en 1891 et dont Lucien Muhlfeld et Félix Fénéon furent successivement rédacteurs en chef. Le « feu » s'explique dès lors puisque le dernier numéro de *La Revue blanche* avait paru le 15 avril 1903.

3. Le flirt de la « belle Suzie » avec un sculpteur andalou (José Maria Sert y Badia — voir *Claudine en ménage*, n. 4, p. 431) confirme que le modèle de cette Américaine fut bien Georgie Raoul-Duval (voir n. 2, p. 748) ; Willy, en effet, écrivit à Jules Marchand : « Le peintre espagnol est J. M. Sert qui devint l'amant de Rézi en 1904 et lâcha pour elle sa jolie maîtresse Leone » (*Indiscrétions et commentaires*, p. 30-31). La description de Suzie, ici à peine ébauchée, sera parachevée dans *La Retraite sentimentale*.

Page 776.

a. Son nom prononcé *[p. 775, 3ᵉ ligne avant la fin]*, très bas, près d'elle, l'éveille ; d'un regard coulé de profil, elle s'assure que Maugis et Irène Chaulieu parlent d'elle... De Maugis, elle ne peut surveiller que le large dos penché, la nuque apoplectique, un peu du nez mobile aux narines romanesques, mais elle distingue aisément les gestes d'Irène, que suit le balancement d'une longue plume recourbée, caressant l'oreille... À n'en pas douter, les épaules d'Irène, son menton capable, un certain abaissement de ses cils viennent d'affirmer à Maugis, en désignant Minne : « Allez-y ! je réponds du succès ! » / Minne accepte sans étonnement l'ignominie courante des rares « amies » qu'elle daigne connaître. La méchanceté, si notoire, d'Irène Chaulieu ne la gêne pas, non plus que le cynisme avantageux de Maugis, — Minne balaie ces gens-là de sa pensée, à sa guise. / Qu'elle ait rêvé oui ou non ce petit complot, elle se déclare à elle-même, par prudence « Je renonce à me laisser séduire par Maugis... Il ne faut pas commettre des imprudences inutiles. » De temps à autre, Minne énonce, sous forme d'axiome, sa pensée intime, et la prend, ainsi déguisée, pour une règle de conduite. / — Madame Minne paraît bien absorbée, dit Maugis très haut, à la cantonade. / — Elle pense à son flirt, ricane Irène Chaulieu, qui donne la réplique comme au théâtre. / — Quel flirt ? consent à interroger Minne, détournant de la piste un innocent sourire voilé... / — Mais le plus malheureux d'entre tous, ma chère, le petit Couderc ! / Raide, fronçant ses sourcils veloutés, Minne attend la suite... / Irène Chaulieu se penche par-dessus la table d'acajou, traînant dans les tasses les queues de sa zibeline ; sa bouche fardée se gonfle du besoin de parler, de mentir, de calomnier, de tout savoir... Mais on ne parle *préorig.*

1. Ancien cercle des Arts et de la Mode, ou cercle Charras, avenue Victor-Hugo (16ᵉ arrondissement).

2. Si nous ne nous trouvons pas devant une omission typographique (pour « engrosser ») ou d'un euphémisme, le sens du verbe reste obscur ; rapproché pour la forme du verbe « encanailler », il signifierait : faire des rosseries.

Page 777.

a. dans votre manchon ; vous avez l'air d'une jeune gouvernante anglaise pour vieux messieurs seuls ! / — Vous voulez dire « vieux messieurs *sales* » murmure Maugis, pour sa moustache. / Minne hésite... Jamais elle n'a eu autant envie de se renseigner... Elle avance un menton câlin *préorig.* ✦✦ *b.* n'y met pas de façons : / — Moa, ça dêpend de qui, avoue-t-elle. / Son français un peu nègre chante et nasille... Maugis se penche vers l'oreille de Minne : / — Elle a l'esprit si large, cette sacrée Suzie, qu'elle fait de tous les *e* fermés des *è* ouverts. / La Suzie en question, qui parle peu mais bien, croit de son devoir d'ajouter : / — D'ailleurs, toutes les heures sont aussi bien. / — Bravo ! crie Irène. *préorig.* ✦✦ *c.* sa belle figure de Salomé... / — Moi... commence-t-elle... Mais vous ne me comprendriez pas. / — Si vous nous fournissiez un dessin explicatif, propose Maugis, avec plan, coupe... et élévation ! / Minne rit brusquement, à cause d'un souvenir de photographies rares, rapportées de Carlsbad par son premier amant... / — Non, je veux dire... Vous êtes tous des égoïstes. *préorig.*

1. Le proverbe ainsi abrégé par Maugis assure que « la façon de donner vaut mieux que ce qu'on donne ».

Page 778.

a. Mais on se tient. Ils sont gâtés par les grues à béguins, *ILF*

1. Boniface, dit Boni, de Castellane (1867-1932), était célèbre pour la vie fastueuse que son mariage en 1895 avec la fille du roi des chemins de fer américain, Anna Gould, lui permettait de mener. La construction du fameux Palais Rose, avenue du Bois (avenue Foch), avait scandalisé.

Page 779.

a. le métropolitain l'emmène au Palais de glace, court-vêtue, ses patins brinqueballants au fond d'un sac à coulisses. En troquant le sac contre un rouleau à musique, Minne réaliserait le type de la fausse élève du Conservatoire, dans toute sa dangereuse perfection : minceur un peu raide comme en train de croître, démarche allongée et vive, catogan en torsade polie, la bouche naïve et les yeux mystérieux. / Les premiers jours ont été durs ! Minne, *préorig.* ✦✦ *b.* les pieds joints... « Dans huit jours, se dit-elle, j'en saurai assez pour patiner à cinq heures, et les cocottes me regarderont, et les hommes aussi... » / Mais ce qu'elle voudrait, *préorig.*

Page 780.

a. qui sentent le champignon, la fleur d'oranger et la tubéreuse... Minne n'a rien vu. Le Palais de glace ferme dans huit jours. Dans huit jours, ce sera le miracle, l'extase du derviche tourneur, ou la chute d'un nouvel espoir... / Minne glisse *préorig.*

Page 782.

a. L'arène se peuple, les patins crient et le promenoir bourdonne ; il n'y a presque plus d'enfants. La « petite femme » abonde, généralement enlaidie : le costume court et le corset droit concourent à diminuer la longueur des jambes en avantageant le buste. On regarde Minne dont l'ardeur s'énerve et faiblit. « Pourvu que je ne sois pas rouge ! » Au contraire, elle pâlit et s'essouffle sans qu'en souffre sa grâce. / L'autre est toujours là. Un instant, elle va s'adosser à la bordure du pourtour, droite, les bras étendus et les mains posées sur la rampe de velours. Debout contre un mur sanglant, sous les fusils braqués, Minne n'aurait pas plus de fierté, plus d'ombre grave dans ses yeux noirs. L'orchestre traînaille une valse floue, et l'autre, en face d'elle, assis devant un grog froid, attend. / « Il arrivera ce qu'il arrivera, mais je ne m'en irai pas. Je ne suis plus une petite fille du boulevard Berthier, affolée par la poursuite d'un invalide... Ce petit-là n'aura pas le dernier. » / Elle se repose, elle attend. Elle pense qu'il est tard, qu'Antoine va rentrer et qu'il s'inquiétera ; elle flaire le guet-apens à la sortie, les supplications qui deviennent des menaces... / La mort est peut-être là, si près que sa main fine, d'un geste, peut la hâter... Et si Minne laissait, en un cri, échapper son émotion, ce cri sincère serait : « Dieu ! que je m'amuse ! que je m'amuse enfin !... » / Une main la frôle, discrète ; une voix dont elle reconnaît le médium étoffé et doux, un peu éraillé, dit derrière elle : / — Mes hommages, Madame, *préorig.*

Page 783.

a. Le pâle enfant qui les suit s'arrête à trois pas d'elle. / — Monsieur Maugis, que je suis sotte ! J'ai oublié mon sac à patins sous la table ! / C'est vrai ; elle l'a oublié, exprès. / Pendant que le critique s'empresse, *préorig.*

Page 784.

1. Voir *Claudine s'en va*, n. 1, p. 649.

2. Les « maraudeurs » étaient les cochers de fiacre qui cherchaient les clients sans s'astreindre à les attendre aux points fixes de stationnement. Les premières « bagnoles », automobiles, n'étaient souvent couvertes que d'un léger toit souple d'où pendait une étroite « galerie » ; les passagers y étaient peu protégés, des regards particulièrement.

3. Il serait vain de chercher cette citation dans Chamfort, l'auteur des célèbres *Maximes* qui se donna la mort sous la Terreur.

4. De deux mots hindous : *Kâma*, dieu de l'amour dans la mythologie hindoue, et *sûtra*, traité où sont regroupés les aphorismes concernant la morale, le rituel et, dans ce cas, les préceptes qui commandent les gestes amoureux.

Page 786.

1. Le « souci à triple visage » d'Antoine indique qu'est évoquée non l'Hécate simple (Artémis), mais l'Hécate triple, soit à trois

têtes (ou trois corps), divinité identifiée avec Perséphone, la reine des Enfers.

2. Expression argotique qui a pour équivalents « passer un savon », « réprimander vertement ».

Page 787.

a. en fronts étroits envahis de toisons rudes, de chevelures en paille de fer... Elle se souvient non sans douceur, et cherche, au bout des bras d'Antoine, les mains redoutables, parlantes, les expressifs battoirs dont le repos inquiète... Mais Antoine a des mains sans caractère... / Le soupir si léger *préorig.*

1. C'est en 1905, rappelons-le, que les Japonais remportèrent contre les Russes la victoire décisive qui devait leur donner la prépondérance dans cette région aujourd'hui appelée « Chine du Nord-Est ».

Page 788.

a. ses dents coupantes. Cette gaucherie incohérente est d'un imbécile — ou d'un homme affolé... « Plutôt d'un homme affolé », remarque Minne. La raideur de l'écriture, l'absence de formule respectueuse ou tendre... / ... Ah ! c'est bien tentant ! / Elle hésite. Une idée baroque épanouit son sourire audacieux. / « Si je demandais *préorig.*

1. Nom très certainement inventé car il n'existe aucun salon de thé, bar ou restaurant de ce nom à Paris, vers 1905. Peut-être s'agit-il du Café anglais, à l'angle de la rue de Marivaux et du boulevard des Capucines (2e arrondissement), café dont les cabinets particuliers étaient réputés et fréquentés par quelques têtes couronnées, dont Édouard VII. Il disparut en 1913.

Page 789.

a. ondule des hanches. / « Le Frisé marchait un peu comme lui... » pense Minne. / Elle s'assied pour griffonner trois lignes à tâtons, car on n'y voit goutte. Mais ces demi-teintes plaisent à Minne. « Ça fait plus garçonnière. » / *Cher Monsieur Maugis, je suis entrée en passant...* / — C'est bien gros pour Maugis, s'objecte-t-elle tout bas. On a dû le lui servir souvent le coup de la visite par hasard, parce qu'on se trouvait dans son quartier. / Et puis, Minne n'écrit pas facilement. *préorig.*

1. De ce « jeune homme imberbe » le modèle est connu. Willy écrira à J. Marchand avoir simplement transcrit phonétiquement les initiales des prénoms de son secrétaire Xavier-Marcel Boulestin (voir *Claudine à Paris*, n. 1, p. 243).

Page 790.

1. Cet « uranien frusqué à Londres » confirmerait, si besoin

en était, que le secrétaire de Maugis fut copié sur Boulestin. Aux dires de Jacques Gauthier-Villars qui le connut, le Bordelais nourrissait d'évidentes prétentions à une élégance toute britannique que contrariait toutefois sa propension à l'embonpoint.

Page 791.

a. — N'est-ce pas ! J'aime mon petit home (je ne parle pas d'Hicksem !) Et d'ailleurs, toutes ces dames m'en font des compliments. Venez voir ! / Maugis se lève, *préorig.* ✦✦ *b.* sérénité qui frappe Minne... / — Elle est jolie, ma poupée ? implore Maugis, ridicule et câlin. / — Oui, ... elle ressemble à quelqu'un. / — Parbleu, c'est les yeux admirables de Mme de Noailles, tout crachés, avec un soupçon de Bernstein dans le blair... ! Car elle l'a dans le nez, ce dramaturge à la godille, kif-kif mézigue. / Minne secoue la tête. / — Non, elle ressemble *préorig.*

1. Jean Ajalbert (1863-1947), avocat, poète, romancier, voyageur qui laissa des impressions de voyage, fut conservateur du château de la Malmaison avant de diriger la manufacture de Beauvais. Il sera élu à l'Académie Goncourt en 1917.

Page 792.

1. Comme « Henry » Gauthier-Villars, pure coïncidence ! La tirade suivante de Minne est bien faite pour que se lise « Willy » sous « Maugis ».

Page 793.

a. « Il y a longtemps que vous n'avez vu la Chaulieu ? / — Au moins quinze jours. Pourquoi me demandez-vous ça ? / — Pour rien ; je vous croyais très intimes. / L'orgueil de Minne se dresse ; la bouche fine durcit : / — Je n'ai pas d'amies intimes. / Suave et indifférent, l'œil bombé de Maugis erre : / — Vraiment ? C'est curieux. Ça se porte beaucoup cette année. / — "Ça" quoi ? / Reculée de lui, elle le considère en-dessous, le front en avant. Maugis se passionne à voir danser le foyer mobile des yeux impénétrables, trembler le coin des lèvres, trépider tout l'animal nerveux, racé, la noble petite bête irritable... / Il a chaud derrière les yeux. Il mordille sa moustache. Minne le voudrait plus humble ; les traditions n'exigent-elles point qu'un amant bien épris s'effondre, et supplie, et baise la terre, devant le courroux de sa Dame ? / — Je ne croyais pas vous offenser, articule-t-il enfin. Pour qui connaît la nommée Irène Chaulieu... / — Eh bien ? / — Elle ne vous a jamais emmenée dans sa voiture ? / — Non. / — J'aurais parié pourtant... Venez-là, ma petite enfant, vous avez l'air d'un quatrième acte de chez Guitry[1]. / Il l'entraîne par les poignets, boudeuse, jusqu'au divan d'angle, douillet désordre de coussins qu'on dirait pétris par un tour de reins spécial... / — N'est-ce pas qu'on se sent plus chez soi ?... Je vous disais qu'Irène Chaulieu, éclectique, goûte parfois ce vice littéraire de feuilleter une petite amie. Elle la choisit jolie, jeune, plutôt timide, et l'invite à faire des courses en voiture. Au trentième tour de roue, Irène se métamorphose en fille de Mitylène, halète, bat des cils, et commence à discourir sur son altruisme assez particulier, qui s'enivre de la joie du prochain. La jolie prochaine s'intimide ou s'enhardit. Seconde partie du discours : saveur particulière du plaisir défendu, pris en commun, dans une voiture mal close, derrière un dos de cocher. De là aux gestes... / Les yeux noirs de Minne témoignent seulement d'un amusement scandalisé : / — Par exemple ! c'est moi qui n'aimerais pas ça ! En voiture ! Et puis Irène Chaulieu !... Vous n'avez jamais regardé ses mains ? / — Jamais entre les repas, ça chambarde mes digestions ! / — Des mains qui ont l'air d'avoir tripoté je ne sais quoi ! *préorig.*

1. Ce faune réapparaîtra dans le roman de Meg Villars (« traduit » par Willy), *Les Imprudences de Peggy* (voir la Notice, n. 4, p. 1425).

2. Mme Lewis, modiste, était en 1902 installée 422, rue Saint-Honoré (8e arrondissement).

Page 794.

1. Ces « deux petites salières » ont, pour le lecteur, cessé d'être « attendrissantes », tant l'expression, ressassée, tourne au cliché.

Page 796.

1. Voir *Claudine s'en va*, n. 2, p. 550.

2. Le terme a déjà été employé à propos du malacologiste, père de Claudine (voir *Claudine à Paris*, n. 3, p. 241).

Page 797.

a. Antoine n'est pas fichu de... enfin, qu'il n'a pas inventé la trente-troisième... / — La trente-troisième ? / — C'est une locution familière pour exprimer qu'un Monsieur est plutôt gauche en amour. / — Oh ! ce n'est pas seulement *préorig.*

Page 799.

a. Minne est partie. / — « Pauvre martyr obscur », chantonne Maugis qui s'admire et s'injurie. / Il pivote sur ses talons, se trouve nez à nez devant la glace, avec un Maugis congestionné,

1. On sait que les pièces de Sacha Guitry ne brillent pas par le nombre et la longueur des actes.

boursouflé d'émotion rentrée, le menton en poche sous l'impériale agressive. Un reste de jour doré moire sa calvitie lisse... / — J'ai l'air d'avoir cinquante ans, constate-t-il, pessimiste. / Puis il sacre un grand coup, jette une pile de bouquins à terre et coiffe son bords-plats en monologuant, rageur : / — Ce qu'il y a de plus crevant dans cette histoire morale, c'est que je suis foutu de troncher, ce soir, n'importe quelle petite rôdeuse, pourvu que la ménesse soit toute jeune, avec des cheveux de seigle et la taille d'un vase svelte... / ☆ / Minne court presque. *préorig.*

Page 802.

a. l'amour, je l'ai lu, peut venir [...] à des maudits, à... / Grave, *préorig.* : l'amour, on me l'a dit, peut venir à tout âge ? Il peut venir — dites-le-moi, vous qui aimez ! — à des infirmes, à des maudits, à... moi-même ? / Grave, *ILF*

Page 803.

a. celles de l'Homme-des-Bois... Ne va-t-il pas rompre la colonne d'onyx qui supporte la lampe, et la brandir sur Minne comme un tronc de jeune palmier ? / — Tu ne veux pas *préorig.* ↔ *b.* va-t'en. / Antoine souffle comme un chien de garde, pétrit le dossier faible du petit canapé à bouquets. Sa colère de brun bonasse l'étrangle, menace de monter à ses yeux en orage de larmes... / Minne, décoiffée *préorig.*

1. C'est le nom vulgaire de l'orang-outang, expression qui en malais signifie « homme de la forêt ».

Page 804.

a. avec un déclic sec de revolver qu'on arme, claquer le verrou. / ☆ / — Sacré Lovelace, va ! Espèce de Don Juan barbu ! Je le dirai à votre femme ! Vous entendez ? Je lui dirai que vous me faites faux bond pour tout l'après-midi, au moment où nous allions enfin déterminer la tonalité de la primitive syrinx, coureur, juponnier ! / « Il a le mot heureux, l'ingénieur ! » pense Antoine qui sourit lugubrement, et descend vers la cour encombrée de caisses et de camions. / Gustave Lyon vient, en ces termes gaillards, de rendre la liberté à l'amateur de lyres antiques, dont les érudites manies l'amusent de plus en plus, et voilà Antoine maître de son après-midi, de tout son après-midi. Il sait comment l'occuper. / À grands pas, il remonte vers le boulevard extérieur. Le mouvement de la rue l'étonne ; il rase les murs avec une timidité de retapeuse nocturne que déconcerte le grand jour. / Depuis que Gustave Lyon l'a promu « Rénovateur du barbytos », il ne connaît plus le soleil de trois heures. / *Rue des Dames, Cabinet Camille.* Rue des

Dames ! Il y a là une intention du Hasard ironique qui séduit amèrement Antoine. *préorig.* ✦✦ *b.* petites marches basses, qui déçoivent l'élan des longues jambes d'Antoine. Il butte [...] à la rampe visqueuse. Tout le long du mur, son gant frôle des clefs, des loquets, des portes prêtes à s'ouvrir sur quels sales mystères ? / Une odeur mortelle le renseigne : les water-closets sont dans l'escalier. / Le cœur flottant, il soupire : « Ma pauvre Minne ! » comme si le fait de venir la chercher dans un tel bouge dégradait Minne un peu plus... / Au troisième étage *préorig.* ✦✦ *c.* quelle ignoble boîte, grand Dieu ! Je sais bien que les façades reluisantes ne veulent pas dire grand-chose ; mais quand même... » / Il piétine, nerveux, à la manière des enfants qui se retiennent trop longtemps de faire pipi. / « Si je revenais un autre jour ?... Oui, mais le patron *préorig.*

1. Rue du 17e arrondissement, parallèle au boulevard des Batignolles. Le cabinet Camille n'existe pas ; sans doute ne fut-il situé rue des Dames que pour offrir à Antoine l'occasion d'émettre l'amère réflexion qui suit.

Page 805.

a. le chic bien français de sa mise : gilet montant de velours prune aux boutons ciselés, redingote à revers châle, col carcan, énorme plastron groseille épinglé de strass. / « Celui-là est mieux, constate Antoine soulagé. Un peu rude avec son personnel, mais c'est comme ça qu'on fait les bonnes maisons... » / — Avant tout, prenez donc un siège, je vous prie, Monsieur. / — M. Camille avance pour Antoine, une de ces chaises, reps rouge et clous dorés, qu'hospitalisent encore certains hôtels de province. / — Eh bien, Monsieur, puis-je vous être utile en quelque chose ? / Son honnête rondeur n'est pas pour déplaire, et Antoine considère avec moins d'appréhension les épaules carrées, la chevelure en brosse de M. Camille, et sa moustache d'écuyer de manège. / — Voici, monsieur, *préorig.*

1. Vêtement à basques dont le col et les revers, sans indentation, souvent en soie, se croisent au-dessus du boutonnage.

Page 806.

a. la poire bénie [*p. 805, dernière ligne*]... / — Voici, Monsieur, ce que je vous demande d'abord. C'est... / Antoine cherche à poser son chapeau, mais un velours de poussière nappe la table peinte en acajou, et le cartonnier de faux noyer n'inspire pas plus confiance. / — Il s'agit d'une personne... Pour tout dire il s'agit de ma femme. Employé dans une banque, je la laisse seule toute la journée ; elle est très jeune, influençable... / M. Camille lève son nez de dogue vers le plafond couleur de pipe culottée. / — Ah ! jeunesse !... / Ce coup-ci l'exclamation déplaît à Antoine : « De quoi se mêle-t-il, celui-là ? » / Il reprend, le ton le plus sec : / — Bref, Monsieur, *préorig.* ✦✦ *b.* tombe à merveille, monsieur. Je ne puis malheureusement pas m'acquitter moi-même de cette mission, toute de confiance... Pour des raisons de famille, je cache mon nom... Je suis l'âme, sinon le bras... Mais j'ai quelqu'un de sûr, *préorig.* ✦✦ *c.* nous allons aborder la question financière. C'est un louis la journée, les frais en plus. Le prix de la journée se règle d'avance, notre maison fait présenter ensuite la note des fiacres. Nous commençons demain ? Parfait. Hector, vous vous tiendrez demain à ma disposition, toute affaire cessante. / Antoine, effondré, *préorig.*

1. Expression argotique qui pourrait se traduire : pour voir s'il accepte votre histoire, votre version des faits.

Page 807.

a. heureuse ici. » / Mars s'insinue par la fenêtre entr'ouverte. Une zone fraîche divise en deux l'air immobile de la chambre, et les larges prunelles de Minne, fixes, reflètent le long balancement d'un bourgeon verni de marronnier. / Antoine a quitté *préorig.* ✦✦ *b.* Antoine devient terrible. Le flair de l'amour conjugal, parlons-en ! » / Elle laisse tomber sa robe de laine, apparaît en corset et jupon, et s'habille pour déjeuner seule, car Antoine, soudain protocolaire, a fait avertir « Madame » qu'un déjeuner d'affaires le retiendrait chez Gustave Lyon. / La vérité, *préorig.* ✦✦ *c.* veut te suivre... » Il n'a triomphé qu'au petit jour d'une crise abominable qui l'a, toute la nuit, bercé rudement de la colère au pardon, meurtri comme au sortir de la couchette de torture qu'on montre à Nuremberg[1]. Il s'est enfui plein de larmes et de la certitude qu'il achevait de tuer son bonheur négatif. « On me l'a donnée *préorig.*

1. Le personnage connaissait alors la vogue grâce au drame lyrique en cinq actes, tiré de la pièce de Maurice Maeterlinck (1862-1949) que Lugné-Poe avait créée en mai 1893 ; la remarquable partition de Claude Debussy fit de ce drame, présenté à l'Opéra-Comique le 20 avril 1902, un classique du genre. Mélisande savait de science certaine qu'elle ne pourrait trouver le bonheur avec Golaud, son époux, depuis qu'avait paru Pelléas. À l'acte II, scène II, elle s'adresse à Golaud : « Je suis malade ici... Je préfère vous le dire aujourd'hui ; seigneur, seigneur, je ne suis pas heureuse ici... », et : « Oh ! oh ! Je ne suis pas heureuse !... Je ne suis pas heureuse !... »

Page 808.

a. indécise et sans intentions *[p. 807, 6e ligne en bas de page]*. / Elle s'arrête sur le trottoir, lève son nez fin bridé de tulle blanc

1. Souvenir du voyage de Bayreuth. Voir au tome II le chapitre « Jouets » des *Heures longues*.

et semble espérer ou craindre une averse... Des nuages blancs, quelconques, balaient un fade azur. Ils remontent l'avenue du nord au sud, et Minne, la nuque renversée, croit qu'ils suivent le cours d'un fleuve étreint par les hautes bâtisses, qu'ils coulent vers un horizon inaccessible où tout ce bleu s'étalera comme une mer dans laquelle se reposeront les nuages pressés... / « Si j'allais chez Maugis ? » / Minne se joue la comédie pour elle-même. Elle vient de s'écrier ceci intérieurement, comme si l'idée en fût soudaine, un peu saugrenue, presque comique... Elle ne réussit pas à se duper. L'idée couvait depuis son réveil, tantôt alentissait les mains vives de Minne, tantôt la figeait debout contre une vitre. / Minne fronce ses sourcils veloutés. « Eh bien quoi ? J'irai chez Maugis. Qui m'en empêche ? » Elle piétine sur le trottoir, semble attendre quelqu'un. Déjà, dans une volte brusque, elle a donné de l'ombrelle à travers un monsieur, un homme plutôt, qui marchait derrière elle et qui a touché son chapeau... Elle a murmuré : « Pardon » et pincé son nez susceptible, à cause de l'odeur miséreuse, tabac froid, bière aigre, exhalée de l'homme... / « Personne ne m'en empêche ! » / Elle répète, [...] et ne bouge pas. / Lente, de ses joues à ses oreilles, et jusqu'au menton triangulaire, une flamme rose se propage et farde Minne, qui baisse les paupières. / « Si j'y vais, Maugis va croire que j'y retourne *pour ça.* » / Elle s'irrite et méconnaît *préorig.*

1. L'avenue de Villiers, où Colette a logé Minne et Antoine, coupe la place Pereire d'est en ouest. Pour que Minne songe à se rendre chez Maugis à pied, ce dernier ne devait pas habiter bien loin, dans la rue de Courcelles sans doute, comme son modèle ; cette rue aboutit, elle aussi, à la place Pereire. Voir n. 3, p. 741.

Page 809.

a. l'âme orgueilleuse de Minne *[p. 808, 6ᵉ ligne du 5ᵉ §].* / Ah ! s'il ne fallait que se donner ! son hochement [...] le trottoir... Mais, à la honte subtile qui l'arrête, Minne s'avoue qu'elle redoute de Maugis autre chose que la violence connue et banale... Son amoureux quadragénaire saurait-il, aujourd'hui encore, forcer Minne à la confiance, aux molles larmes, au chuchotement vaincu qui bavarde, qui raconte toute une enfance silencieuse vouée aux chimères, la déception du mariage renouvelée, prolongée, par celles de l'adultère ? L'effort est grand. Pour faire, d'une enfant arrogante qui s'appuie sur sa seule volonté, une pupille tendre, abandonnée et docile, il faudrait... l'Amour. L'effort est trop grand, Minne piétine sur le trottoir. / Prenant conscience de sa longue hésitation, elle descend vers le parc Monceau. / « J'ai bien des gants à acheter... Il y a aussi, chez Jane[1], les chapeaux qui vont partir pour la Riviera... Mais je n'ai envie de rien... C'est un temps où on voudrait avoir quelqu'un à

1. Modiste, 10, rue de la Paix.

tourmenter. » / Elle marche plus vite, respire dans le vent un souffle allègre de voyage, suit, la tête levée, la voile blanche d'un nuage qui vogue au-dessus d'elle, plus vite qu'elle, et ne prend pas garde que son geste découvre, comme exprès, le creux charmant de son menton et le dessous humide de sa lèvre supérieure... / Une âcre bouffée de caporal la fait tousser. Qui donc ose fumer dans son rêve ? À trois pas devant elle marche un individu dont elle reconnaît vaguement la couleur faite de toutes les nuances du sale, du râpé, pantalon qui fut beige, veston où l'on peut conjecturer encore le gris, rayé de verdâtre et d'orange... Un col très haut, nuance Isabelle, emboîte la nuque long-chevelue, à la séminariste. L'homme traîne les pieds et lève l'épaule droite à la manière des ronds-de-cuir. / « Il sent mauvais. C'est l'homme [...] tout à l'heure. » / Pour le dépasser, Minne presse l'allure. Le parc Monceau, d'ailleurs, l'attire, fleuri de neuf, aux pelouses d'un vert ardent et frais de piment vert, odorant, artificiel et tiède comme une serre close. Minne souhaite qu'on en chasse tous les pierrots hardis, et tous les enfants criards. « Il n'y faudrait, décrète-t-elle, que des bengalis, des perruches très vives, pour contraster avec ces gros pigeons mauves, lourds de grain, et qui roucoulent en asthmatiques, comme l'oncle Paul... Pouah ! Encore cette odeur de mauvais tabac ? » / Elle se retourne, agacée : l'homme est derrière elle, qui vient de s'arrêter et roule une cigarette, [...] dans son visage, et il hanche, posé sur une seule jambe, en marcheur habitué à se reposer debout. / « Il aurait le toupet [...] contre les robes, dans la foule... » / Elle frémit de dégoût devant la figure glabre et luisante du « type » et se souvient d'avoir caressé, horrifiée, la peau sans poil, caoutchouteuse, d'un petit chien chinois... / « On verra bien ! » / Minne repart, le talon sonore. L'avenue de Messine [...] au cerceau... / « Jouons à courir ! » / Elle allonge le pas, heureuse du battement de son sang dans ses oreilles roses, des milles fourmis éveillées à la plante de ses pieds... / — Qu'est-ce que c'est cette rue-là ? *préorig.* ✦✦ *b.* dans les cheveux, ou bien une feuille sèche... » / Le morne satyre, arrêté en même temps que Minne, roule vivement une cigarette, et sa figure revêt ce qu'on nomme, en style scénique, un « air naturel ». / « Ça fait au moins quatre cigarettes en une demi-heure, enregistre Minne amusée. Pour moi, pour moi seule, ce malheureux risque l'intoxication par la nicotine. » / Elle se plante *préorig.* ✦✦ *c.* Il marchera, je t'en réponds ! » / Elle marche. Elle bouscule un passant, ravi d'ailleurs, qui cède mollement de l'épaule pour toucher plus longtemps le buste ferme de cette petite amazone furibonde... / Une forte dame, meurtrie d'un coude pointu, se plaignant, non sans justesse, de l'éducation des « jeunes filles » d'à présent, Minne lui jette la mort, ou quelque chose d'analogue, dans un royal et noir regard. / Au coin de la rue, Minne songe à un éclat ; l'agent soudoyé reprend haleine, justement, roule une cigarette et semble s'intéresser beaucoup à des étoles de zibeline, « prix de fin de saison »... / — Je vais lui dire..., projette Minne. / Mais il tourne vers elle son offensant visage de séminariste impliqué dans une affaire de mœurs, et elle file, se sentant des jarrets de facteur. / — La Madeleine ? *préorig.*

1. Minne projette ainsi une promenade de plus de quatre kilomètres, ce qui justifie le « Parfaitement ! » qu'elle profère.

Page 810.

a. une Minne *[p. 809, avant-dernière ligne]*, affolée, gourde de froid dans un déguisement risible, et qui traîne dans des ruelles, boitillante, une pantoufle sans talon. Fillette traquée, mi-évanouie d'épouvante au son des pas du vieux, qu'as-tu de commun avec Minne, fière de traîner à sa jupe les chiens d'une police louche ? / « L'avenue de l'Opéra... Si j'allais au Louvre acheter des gants ?... Non, il y a trop de monde à cette heure-ci. » / Elle élit *préorig.* ✦✦ *b.* le charme important de la maison à double entrée... / Elle courait au rendez-vous, heureuse d'avoir peur, poursuivie par ce glapissement de meute à l'attache, qui est la clameur de la Bourse, gravissait en bonds de gamine l'escalier noir, carillonnait, haletante, récompensée par la crainte chatouilleuse qui horripilait son dos et ses mollets, plus que par la caresse sans résultat de l'amant ou les moulinets des bras et des jambes dont, bouc danseur, il accompagnait sa joie... / « Comme c'est loin, soupire Minne. Ah ! je vieillis... » / Pour classique qu'il soit, le coup de la rue Feydeau réussit parfaitement... Place de la Bourse, Minne serre sa jupe dans les deux poings, traverse au pas de gymnastique la cour du n° 8, attristé par des gens mal vêtus qui processionnent chez l'huissier Brumeaux[1], et tombe, rue Feydeau, dans un fiacre providentiel, sans que le pseudo-satyre, ingénu, ait songé à contourner l'obstacle. Ce dont Minne, bercée au tic-tac d'un taximètre, l'en gourmande en son for intérieur. / A-t-on jamais vu un limier si désabusé, et d'une crapulerie plus spleenétique ? On dirait à Minne que c'est un poète dans la purée qu'elle n'en serait pas surprise ! / Minne étend sur le strapontin ses jambes minces, tout engourdies d'une saine lassitude. La poussière blanche veloute ses pieds vernis, qui ont si activement erré. Elle se sent pleine *préorig.*

1. De la Madeleine, Minne emprunte le boulevard des Capucines jusqu'à la place de l'Opéra où aboutit la rue du 4-Septembre, alors « dévastée » par les travaux de prolongement du métropolitain.

2. La Bourse, dans le 2e arrondissement, se trouve à l'extrémité est de la rue du 4-Septembre, en effet. La rue Feydeau est une rue minuscule qui joint, derrière la Bourse, la rue de Richelieu à la rue Notre-Dame-des-Victoires.

1. L'huissier A. Brumeaux, ancien notaire, figure à l'Annuaire de 1903, avec cette adresse : 8, place de la Bourse.

3. Les taxis, on le voit, concurrençaient les fiacres avec un succès croissant.

Page 811.

a. — Tu vois *[p. 810, 3e ligne en bas de page]*. / Il marche de long en large dans le salon blanc, comme un client chez le dentiste. Il a la bouche sèche et les yeux arides de quelqu'un qui n'a pas déjeuné. Minne le regarde, les sourcils hauts : il lui semble qu'elle n'a pas vu son mari depuis des semaines... Il a dû errer dehors, lui aussi, on le devine au museau poudreux de ses chaussures, et le charbon fin qui pleut dans l'air parisien a tiqueté son grand nez de tannes noirs... Minne indécise — on ne prévoit pas tout ! — tord son mouchoir. / — Pourquoi, n'es-tu pas chez Lyon, Antoine ? / Il marche, une mèche noire en travers les sourcils, sans regarder Minne : / — Si on te le demande, *préorig.*

Page 813.

a. Minne... voilà... Gustave Lyon m'envoie à Monte-Carlo, pour parler à Gunzbourg[1] d'une audition très intéressante, où l'on entendrait Louise Grandjean[2] chanter des airs grecs, accompagnés sur mon « Barbytos » reconstitué... Veux-tu venir *préorig.*

Page 814.

1. À la roulette : ce tas, cet ensemble de pièces ou de jetons.
2. En allemand : Permettez ! Cette mise m'appartient !
3. « Occupez-vous de votre propre jeu. La pièce m'appartient... Fichez-moi la paix ! »

Page 815.

a. Lassen Sie mich in Ruhe [p. 814, 2e ligne avant la fin] ! / L'Allemand n'en revient pas ! Cette dame qui lui conseille cyniquement de faire attention au jeu pour ne pas s'exposer à prendre la mise des autres, cette dame qui l'invite à la laisser tranquille, elle vient de le voler, il en est sûr. D'autres que lui ont dû la voir ! Ses yeux inquiets invoquent le témoignage d'une loyale galerie : mais la loyale galerie a autre chose à faire, et Minne se sent une grosse envie de rire, parce que la dame au jardin parle comme Irène Chaulieu, tout à fait comme elle. / Encombrée d'écus, Minne pose quatre pièces sur « manque » au hasard ; le 18 sort. Cette veine persistante, ça devient fatigant ! La petite joueuse se

1. Raoul Gunsbourg à qui appartenait le casino de Monte-Carlo ; de nouveau cité var. *a*, p. 819.

2. Cantatrice (1870-1934) qui entra à l'Opéra en 1895. Elle fut la première française à interpréter un rôle en langue allemande à Bayreuth (Venus, *Tannhäuser*, 1903).

penche, tend les doigts vers les 20 francs gagnés, sans entrain. / — Pardon, Madame, le louis me revient. / Une patte autoritaire, aux ongles brillants et sales, vient d'arrêter la sienne... La dame au jardin suspendu, qui continue son commerce, se retourne avec l'aplomb que donne une mauvaise conscience... / — Comment, c'eſt vous, Irène ? / — Minne ! Par exemple, elle eſt bonne ! C'eſt vous qui vouliez me faire *mon* louis ? Sans rancune, nous partageons. Tenez, je le rejoue pour nous deux. / Les joueurs murmurent. On n'eſt pas ici pour causer... Irène toise les mécontents de son regard le plus Salomé, et Minne n'eſt pas loin de l'admirer sincèrement : « Comme aplomb, on ne fait pas mieux... » Les courtes mains d'Irène *préorig.*

1. Pièces ou jetons qu'oublie sur le tapis de jeu, ou ne réclame pas promptement, leur propriétaire.

Page 816.

a. — Il m'attend sous l'horloge *[p. 815, 12e ligne en bas de page]*. / Elle se retourne, cherche des yeux son mari. L'enfilade des salles de jeux bourdonne. C'eſt le demi-silence, serré et plein, d'une vaſte administration où l'on travaillerait beaucoup. Minne s'habitue mal à cette architecture, que Maugis appelle « le ſtyle veſtibule », et à l'absence de chaises... Mais elle collectionne depuis deux jours des physionomies. Elle a vu, autour des tables de roulette, des grues somptueuses que la malchance faisait serviles, des femmes de chambre crottées et arrogantes, des individus à mines d'ouvreurs de portières qui pontaient six mille francs à la fois. L'œil affreux d'une vieille à cabas, dartreuse, croûteuse, puant la mort, l'a poursuivie toute une nuit... Elle touche, brusque, le bras de Maugis : / « Tenez, là, vite, à la troisième chaise après le croupier du bout ! Qu'eſt-ce que c'eſt ? / — Où donc ? Ce vieux monsieur qui porte la mouſtache en brosse ? Ça doit être un adjudant retraité. / — Pas du tout, triomphe Minne, c'eſt une dame. / — Oh ! vous le connaissez à ce point-là ? / — Parfaitement ! C'eſt un monsieur quand elle eſt assise, et c'eſt une dame quand il eſt debout... Elle a un petit paletot-sac et une jupe. Vous ne trouvez pas, monsieur Maugis, que les gens ont des figures intéressantes, ici ? / — J'allais le remarquer », acquiesce Maugis, déférent. / Minne, qui n'aime pas la raillerie, remue les épaules, boudeuse, et le gros homme s'émeut, rien que pour avoir entendu crier le taffetas de son corsage... / « Il ne faut pas vous moquer, prie Minne dont les yeux noirs se font humbles ; je n'étais jamais venue ici, je ne savais rien de cet endroit. Il eſt extraordinaire ! On n'y parle pas ; on ne rit pas. La première fois que je me suis écriée : "J'ai gagné !" des gens assis devant moi se sont retournés, l'air offensé. Un vieux monsieur m'a fait : "titt, titt" pour me gronder, et j'ai cru qu'il allait me blâmer publiquement... Tout à l'heure, en attendant que la bille s'arrête, je chantonnais tout bas ; une grosse dame à lunettes a remarqué, tout haut, qu'on ne "s'entendait pas jouer..." Vous ne trouvez pas cela fantastique ? / — Si ça peut vous faire plaisir. / — Et Irène Chaulieu donc ! Vous ne devineriez jamais ce qu'elle a fait ? / — Elle recueille les orphelins. / — Si ce n'était que ça ! Mais elle triche ! / — C'est ce que je voulais faire comprendre à Votre Ingénuité. / — C'est dégoûtant, n'est-ce pas ? / — Si on veut. / — Comment, si on veut ! À quoi pensez-vous donc ? / — À... à rien. Seulement vous avez, échappé de votre tempe, un seul cheveu d'or, presque blanc, qui fait point d'interrogation en l'air, et je lui réponds "oui", à tort et à travers... À tort... et à travers... Hé, dites donc... c'est vous qui êtes dans la lune, jolie chevaucheuse de chimères... » / Il attend une protestation. Elle ne vient pas. Petit silence gênant. / Injuste, Maugis souhaite, devant cette enfant rêveuse, l'autre Minne, rhabillée en hâte, meurtrie de larmes, et qui lui livra, désemparée, la source débordante et noire de ses yeux uniques... Cette Minne dont il voit encore le chaste désordre — respecté — il ne la retrouve pas assez dans la robe de dîner d'un blanc métallique, sous ce chapeau de visite de noces. / Minne est lasse de rester debout, et elle évite de regarder Maugis, sourdement désenchantée, elle aussi, de ne pas suffisamment retrouver en lui l'ami qui sut ennoblir une heure chaude et trouble de sa vie... / Là-bas, au creux du mol amas de coussins, il était décidément moins raviné, l'œil moins vitreux et moins inquiet !... Ou bien la jaune lumière que filtraient les rideaux de gaze fut magique... Là-bas, les paroles leur venaient à tous deux, faciles, sincères ; là-bas, leur pensée y brillait, nue, comme Minne elle-même. Ils se sont tout dit, là-bas. / « On ne recommence pas deux fois une telle confession », songe Minne. « Je ne montrerais pas deux fois un tel héroïsme », songe Maugis. / Mélancoliques, ils se taisent. Écoutent-ils la brisure musicale que ferait, en se rompant, un petit fil très précieux ? / « Vous avez gagné ? demande Minne pour dire quelque chose. » / Il souffle, congestionné, le jabot tendu : / « Mieux que ça. Je viens de voir un de mes amis prendre la pâle culotte. / — Ça vous fait plaisir ? / — Je vous crois ! Un sale "systémier" qui passe son temps à répandre sur ma façon de jouer ("ultra-fantaisiste" qu'il dit) la bave de ses mathématiques mépris. Ah ! la, la, ce qu'il trinque, ce scientifard à la noix ! D'ailleurs, il est idiot, son fourbi. / — Vraiment ? fait Minne avec politesse. / — Vous parlez ! Figurez-vous que cet enflé commence par coller 72 louis (une paille !) sur manque et 48 sur la dernière douzaine. C'est beau la fortune ! Ensuite il installe 320 balles sur le carré 19, 20, 22, 23, quoi encore ? trois sigs sur le zéro, 4 sur le 24 plein. Oui, sur le 24, savez-vous pourquoi ? / — Je ne m'en doute pas. / — "Parce que ma bonne amie a vingt-quatre ans" qu'il s'en va. Pochetée ! Elle en a au moins trente-sept, la gonzesse, y a pas de numéro pour elle à la roulette... Donc, quand le frère a couvert la table de sa belle galette, le 21 sort, comme de juste, et mon fourneau paume de 2 860 francs ! / — Il perd tant que ça ? / — Tant que ça, mon enfant... Tandis que ma montante à moi, la d'Alembert des familles, mise au courant des derniers perfectionnements de la science moderne... Petite Minne, petite Minne, vous ne m'écoutez pas et je vous barbe comme si je vous jouais de la musique du raseur Georges Hüe[1]... / — Pas du tout, répond Minne, avec un gentil sourire que Maugis n'espérait plus si confiant, je ne vous écoute pas beaucoup, c'est vrai, mais vous ne me barb... vous ne m'ennuyez pas... je vous dis que non... pas du tout, du tout. / — Avouez que je ne vous amuse guère, allons ? » / Elle hoche la tête et fait trembler les roses qui la couronnent : / « Je ne suis pas gaie *préorig.*

Page 817.

a. en songeant à l'âpre vent *[p. 816, 13e ligne en bas de page]* qui balaie la Corniche, aux voitures découvertes... / La Riviera, Monte-Carlo, des photographies menteuses lui en avaient vanté l'azur, les fleurs, la verdure éternelle... Et voilà qu'un méchant hasard jette ici Antoine et Minne en pleine tempête sèche, mille paillettes de silex volant sous un ciel plombé, une Méditerranée grise, couleur d'huître commune... En robes de dentelles, les femmes toussent sous des collets de zibeline, et le Portier du Riviera Palace, impudemment, jure sur sa mère que, depuis vingt-cinq ans, il n'a pas vu un temps pareil à Monte-Carlo. / Un palmier, dix palmiers ne suppléent pas à l'Afrique. Quelle monotonie dans leur élan de jet d'eau figé, dans leurs troncs écailleux comme des tatous !... Et les cactus ! On a envie de hausser les épaules, devant cette acrobatie de tartines vertes superposées !... / Ici tout est dur. Les tiges piquent, les feuilles blessent, et il n'y a pas une fleur qui ne soit armée... On aperçoit bien des orangers vivants et des mimosas pour de vrai, mais tout cela manque de je ne sais quelle grâce molle, arrosée et grasse... « Entre l'été débordant de nos pays et cet hiver fleuri, songe Minne, il y a la différence... la différence qui existe entre moi, par exemple, et la belle Suzie, qui devient si belle quand elle a un amant, un "bon" amant, comme elle dit... » / Silencieuse, Minne prend le bras d'Antoine qui l'a longtemps attendue, sous l'horloge, bien longtemps. Et ils sortent du Casino. / L'heure est théâtrale. Le vent a balayé les nuages ; Minne, surprise, lève vers la lune mauve la pâleur de son visage anxieux. / Les palmiers immobiles jalonnent la pelouse de l'allée qui descend vers le Casino, gazon ras où l'art déshonorant du jardinier inscrivit, en cyclamens pourpres et blancs, des dessins de châle français... Les hôtels rivalisent de blancheur crue, d'empâtements crémeux ; de massif en massif luit une plaque d'émail qui perpétue une cour-

1. Compositeur d'opéras dans le goût wagnérien (1858-1948).

toise menace contre la liberté des chiens... Mais la beauté de la nuit claire [...] à Paris », constate Antoine, optimiste. / Frileuse, [...] de son mari qui réfléchit gravement... à quoi ? / « Tu as vu Maugis ? / — Oui, ma Minne. Il t'a parlé ? / — Il m'a parlé... C'est un bon garçon... Il m'a quittée pour jouer sa d'Alembert perfectionnée, une martingale sûre. / — Sûre, c'est le mot ! Je n'ai pas pu lui tirer deux phrases sensées. Il était hors de lui, les yeux tout rouges, à cause d'un Anglais pochard qui avait laissé porter sa dernière pièce de cinq francs onze fois, parce qu'il s'était endormi sur sa chaise. Il parlait aussi d'emprunter de l'argent à un nommé Coquini, "usurier-tailleur célèbre pour ses *effets*" répétait-il avec complaisance... / — Et Irène Chaulieu, tu l'as vue ? / — Non ? Elle est ici ? Qu'est-ce qu'elle fait ? / — Elle recueille les orphelins, dit Minne, avec l'importance que confère une science récente de l'argot. / — Oh ! Minne, gronde doucement Antoine, il ne faut pas avancer de pareilles choses sans en être certaine. / — Eh bien, va jouer à côté d'elle ! Tu m'en diras des nouvelles ! C'est un plaisir coûteux, qui m'est revenu à vingt francs, tout à l'heure... D'ailleurs elle ne m'a pas dit trois paroles ; elle est toute différente, ici ; comme Maugis... À Monte-Carlo, les gens sont changés... / — Excepté ton mari, ma Minne. / — Excepté mon mari... » / Elle rêve, frissonnante sous son manteau qui bat des ailes... « Excepté mon mari... » Elle ne sait plus. La voiture monte au trot le lacet aux tournants raides, et tout d'un coup, sombre et pure, apparaît la mer. Un filet d'argent *préorig.*

1. Plusieurs hôtels de la côte d'Azur portèrent ce nom vers 1900, aucun cependant sur le territoire de Monte-Carlo.

2. Claudine avait exprimé une opinion fort proche de celle-ci, encore que moins nuancée — dans *Claudine en ménage* (p. 379-380).

Page 819.

a. nous pouvons partir demain ; j'ai vu ce roublard de Gunsbourg, il ne m'a d'ailleurs pas laissé placer un mot, il connaissait la question mieux que moi. Le temps de signer des paperasses demain matin, et je suis libre. / Minne creuse *préorig.*

Page 822.

a. les démons et les tourmenteurs... / Elle reconnut toutes les phases de son supplice : écartèlement intime, pas précisément douloureux, mais offensant, anormal, « contre nature » pensa-t-elle, « car, en somme, on défend bien aux enfants de se mettre un doigt dans le nez... » / Elle attendit la brûlure progressive, l'énervement silencieux qui sanglote tout bas et souhaite le dégoût final... Il la ménageait, pourtant — gourmet ou charitable ? — l'ébranlant à peine d'un rythme doux, *préorig.*

Page 823.

a. à toi » tandis qu'il sentait enfin, contre lui, la houle d'un corps heureux... / Minne *ILF* ✦✦ *b.* d'un sang joyeux. Elle écarte le drap, flatte et calme de la main le petit rouage mystérieux, tout à coup animé, qui complète en elle une femme comme toutes les femmes... « Il est bien là ? Il n'est pas parti ? » Non : une douleur toute neuve, un mal charmant l'en avertit. / Minne n'envie plus rien, ne projette plus rien. La vie *préorig.*

Page 824.

1. Colette semble ici avoir fait preuve de pitié — et de psychologie : dans *Les Égarements de Minne*, le suicide de Couderc était réussi (voir var. *a*, p. 825). Dans un exemplaire de ce roman, appartenant à un collectionneur, Colette a cependant écrit : « Il doit y avoir une édition à partir de laquelle le suicide de Couderc est un suicide raté. Une telle délicatesse, qui vise à ménager les nerfs du lecteur, ne m'est pas imputable, je l'avoue. COLETTE. »

Page 825.

a. Fin des « Égarements de Minne » : Tu sais bien, le petit Couderc ? *[p. 824, 13e ligne en bas de page]* / (Le petit Couderc ? Elle lève l'épaule, acquiesce d'un signe, pendant que son pied hors de la mule joue sur le tapis...) / — Oui, le petit Couderc ; et après ? / — Eh bien, il s'est tué. On l'a trouvé chez lui... attends que je te lise... "chez lui, la tempe trouée d'une balle. Toute hypothèse de meurtre doit être écartée. On se perd en conjectures sur le mobile de ce suicide, qui met en deuil une des familles de la meilleure société parisienne". Hein, ce pauvre petit Couderc, tout de même !... Il te faisait un peu la cour ces temps derniers. » Minne, demi-nue, [...] « Ça n'a pas d'importance, tout ça, mon chéri ! » *préorig.*

LA RETRAITE SENTIMENTALE

NOTICE

En six ans, de 1900 à 1905, Colette a publié, outre les quatre *Claudine* et les deux *Minne*[1], les premiers *Dialogues de bêtes* (1904), complétés et devenus *Sept dialogues de bêtes*[2] (1905). *La Retraite sentimentale* ne paraît qu'en 1907. Insolite après des années d'intense activité, le silence que garda la romancière d'avril 1905 à février 1907 s'explique certes par les bouleversements de sa vie privée :

1. Voir la Notice de *L'Ingénue libertine*, p. 1418.
2. Les *Dialogues de bêtes* sont publiés dans le tome II de la présente édition.

elle a entrepris de devenir mime et les exigences de sa nouvelle carrière la requièrent de plus en plus ; la marquise de Morny, rencontrée en 1905, la suit dans cette voie et devient une amie bientôt intime ; Willy, épris d'une toute jeune femme connue sous le nom de Meg Villars[1], lui signifie un congé qu'un temps elle croira provisoire. Ce n'est donc pas un hasard si Colette, au cours de l'année 1906, a conçu un ouvrage dont la composition même signale qu'il conclut une série, celle des *Claudine*, toute nourrie des expériences qui ont marqué une période de sa vie sur le point de se terminer. Le prologue déjà manifeste le désir de l'auteur de relier ce roman aux précédents, à *Claudine en ménage* en particulier, mais aussi celui de signifier sans ambages que *La Retraite sentimentale* est un point final. Court épisode dialogué, peu différent des nombreux passages de même ton qui se peuvent rencontrer dans les quatre autres volumes, le morceau offre la synthèse des principaux événements narrés dans la tétralogie ; il rappelle par de modestes souvenirs — cahier, mèche de cheveux ou photographie — certains des moments parmi les plus intensément vécus par Claudine. Que la jeune femme ressente le besoin de tirer un enseignement du passé ainsi résumé annonce précisément la fin des *Claudine*. Décidée à ne plus rien connaître que son amour pour Renaud, l'héroïne désigne et prépare l'étape prochaine de son évolution : la retraite définitive au sein de la nature, retraite au seuil de laquelle elle dit adieu au lecteur.

Dans *La Retraite sentimentale*, Colette semble s'abandonner à une inspiration que n'endigue nul plan. Le livre est divisé en « chapitres », mais cette division ne répond à aucune nécessité interne, encore qu'elle autorise l'écrivain à se passer de toute transition. Et cette méthode convient au genre de l'œuvre, sorte de journal de bord que tient la femme de Renaud à intervalles irréguliers et dans la plus grande partie duquel elle ne raconte que des incidents sans grande importance qui ne la concernent pas directement. La narratrice respecte la fantaisie négligente de journées occupées par les soins de la maison, du jardin, des bêtes, par de longues réflexions où les souvenirs vont et viennent au hasard des heures. L'absence de tout événement fait de l'arrivée du courrier un moment privilégié. Les lettres de Renaud occupent une grande place dans le roman ; c'est par l'une d'elles qu'après le prologue il commence, et il n'en contient pas moins de six autres, reproduites et commentées. La formule n'est certes pas neuve, mais il faut signaler l'habileté avec laquelle la romancière l'utilise ici pour mettre en place, dès la première d'entre elles, acteurs et situations ; pour accuser ensuite la rapide décadence physique de l'époux absent ; pour amener enfin certaines méditations de l'héroïne sur l'âge qu'elle atteint ou les ressources morales qui lui permettraient de durer. On remarquera, à ce propos, que l'inventaire répété de tout ce qui destine Claudine à

1. Sur elle, voir la Préface, p. LXXXIII.

poursuivre son existence en solitaire rend exagéré et inauthentique son désespoir au retour d'un Renaud près de sa fin, peu réelle sa douleur après la mort du mari auquel elle ne cesse de s'affirmer unie. C'est trop évidemment dès les premières pages que l'écrivain avait condamné son personnage : Renaud ne pouvait survivre alors que Claudine s'était si longuement préparée à se passer de lui. Les phrases qui dépeignent sa souffrance d'épouse, jeune encore et ardente, sont belles et seraient même émouvantes dans un autre contexte ; ainsi en va-t-il de celles qui expriment la résignation de la veuve. Mais, soulagée, d'une part, « d'envoyer *ad patres* tel personnage dont [elle était] excédée[1] » Colette se trouvait, de l'autre, devant la « scène à faire » ; tout l'art de la romancière ne suffit pas cependant à doter de réalité la douleur d'une Claudine qui semble n'évoquer Renaud que pour mieux continuer son monologue sur la solitude entamé dès le début du roman. Rien d'étonnant donc à ce que seules paraissent captivantes, à une première lecture, les pages qui concernent l'héroïne, ses souvenirs, ses erreurs, ses aspirations à la sérénité.

À une première lecture, disons-nous, car une étude un peu attentive du texte révèle que la maladie et la mort du mari tout comme la retraite de l'épouse ne sont guère que subterfuges : pour mettre un terme à l'existence littéraire d'un personnage célèbre, d'un couple qui ne l'était pas moins, sans perdre la faveur du public, on sacrifie l'époux en le supprimant, l'épouse en lui offrant l'équivalent profane d'une prise de voile. Mais l'intérêt du roman est ailleurs et, curieusement, cet intérêt n'est pas d'essence romanesque. Colette, en effet, se sert de deux de ses précédentes héroïnes pour proposer, sous un léger vernis de fiction, cette forme d'essai que le XVIIIe siècle appelait justement « entretien ». Entretien qui ne l'est certes que pour le lecteur : seule Annie se raconte ; mais Claudine nous livre les réflexions que suscitent en elle les confessions de son amie. L'écrivain peut dès lors mettre en présence moins deux êtres que deux conceptions de l'idéal féminin pour débattre la question : comment la femme s'accomplira-t-elle ? Dans l'attachement à un homme, ou dans la poursuite de « ces plaisirs qu'on nomme, à la légère, physiques[2] », à travers tous les hommes et tous les êtres ? Tout au long du roman, Claudine se proclame continûment monogame et, s'il était permis de la tenir encore pour le porte-parole de Colette, elle traduirait les choix fondamentaux de cette dernière ; la romancière n'aurait, dans ce cas, rendu Annie si volage que pour se représenter les risques d'une vie tout entière vouée au plaisir et, peut-être, se prémunir contre une tentation moins facile à châtier, contenir et disperser qu'elle ne le dit[3]. L'évidente

1. *Mes apprentissages*, *OCF*, t. XI, p. 59.
2. Épigraphe du recueil *Le Pur et l'Impur* lorsqu'il était intitulé : *Ces plaisirs...*
3. P. 953.

complaisance de l'écrivain dans sa description des expériences sensuelles d'Annie s'expliquerait alors par la volonté de s'immuniser, voire de procéder à une sorte de catharsis, en s'accordant de vivre par l'écriture ce qu'il refusait de connaître autrement. Annie serait donc bien, comme l'écrit Marcelle Biolley-Godino, « la part refoulée de Claudine[1] », mais aussi de Colette : rédigeant, en 1906, *La Retraite sentimentale*, celle-ci savait pertinemment que l'amour obstiné prêté à Claudine n'était plus qu'une manière de sublimation de son propre échec conjugal. L'effacement de Renaud est le signe indéniable de l'idéalisation du personnage, et sa disparition, celui d'une émancipation que Colette n'avait pas l'audace de concevoir plus précisément. Annie réaliserait ainsi les aspirations « coupables » de la romancière qui s'en innocenterait en les confiant à une créature dont les théories sont constamment réfutées par Claudine. À cette dernière, elle aurait fait exprimer l'impossible — et les regrets qu'entraîne la conscience de cette impossibilité ; à la première, quelques-uns des possibles ouverts à la femme « libérée ». Le veuvage de l'héroïne apparaîtraît dès lors comme le pendant — mais fatal, imposé, non choisi — du divorce d'Annie, et le roman comme l'expression du conflit vécu par une femme qui, à la fois, voulait et ne voulait pas, résistait mal au désir d'un affranchissement qu'elle ne parvenait cependant pas à traduire en actes.

De telles considérations — et notre confiance en la crédibilité du personnage — exigent que Claudine soit restée proche, dans *La Retraite sentimentale*, du modèle qui avait été le sien précédemment, soit Colette elle-même. Nous différerions sans aucun doute d'opinion si c'était à Annie qu'il avait été donné d'exprimer la pensée de la romancière en 1906. Dans la Notice de *Claudine s'en va*, nous soulignions à quel point la première héroïne avait été figée dans son rôle d'épouse aimante et fidèle ; elle ne s'en départ guère ici, et son indisponibilité romanesque oblige l'auteur à la soumettre à une fatalité : la mort de Renaud. Placé dans l'impossibilité d'agir, le personnage ne peut que subir, situation qui interdit à Colette, pour peu qu'elle ait elle-même évolué, de le garder comme témoin ou comme porte-parole. Et si ce rôle avait été dévolu à cet autre personnage, Annie, qui, libre depuis la fin de *Claudine s'en va*, a découvert dans le rejet du sentiment la condition de la libre disposition de son corps et, par lui, l'instrument de connaissance indispensable à la révélation du « but et [de] la raison de sa vie[2] » ? Quelles que soient les critiques de la trop vertueuse Claudine, la ferveur d'Annie lorsqu'elle se confie nous incline à lui accorder crédit, car il faut reconnaître qu'à côté de l'exaltation de la première, la conviction, voire l'emportement — même contrôlé — de la seconde persuade que ce n'est pas à l'avocate de la fidélité, mais à celle

1. *L'Homme-objet chez Colette*, Klincksieck, 1972, p. 142.
2. P. 863.

de l'amour libre, que Colette a réservé ses meilleurs accents.

Que *La Retraite sentimentale* ait été conçu comme un épilogue n'est pas douteux, mais l'ouvrage est, dans son genre, curieux puisqu'il se présente tout aussi bien comme la suite du « Journal d'Annie[1] », suite que ne conclut aucun épisode définitif. Colette, écartant Claudine, engage hardiment dans la vie celle de ses héroïnes à qui elle a donné de réussir l'évasion manquée par Minne, de se dépêtrer de l'indiscutable ambiguïté qui entache le terme des *Égarements* de cette dernière et de réaliser ici des aspirations non avouables, perceptibles dans l'œuvre depuis 1902. Décidément, comment croire encore à une banale opposition de conceptions ? « À vous seule [Claudine], ce pur renoncement qui veut qu'après Renaud finisse toute vie sentimentale ! [...] À vous encore, non pas à moi, cette forteresse de solitude, où, lentement, vous vous consumez... Voici que vous avez, tout en haut de votre âme, découvert une retraite qui défie l'envahisseur... Demeurez-y ironique et douce, et laissez-moi [...] ma pauvre petite part humaine, qui a son prix ! » Ces propos ne furent pas, comme on pourrait aisément le croire, prononcés par Annie, mais furent tenus par Colette en 1908[2], soit moins d'un an après la publication de *La Retraite sentimentale.* Qu'ils désignent celle des deux héroïnes à qui doit aller notre confiance un autre élément le confirme : le premier titre de *La Retraite sentimentale* fut « La Vagabonde » et le terme, évidemment inapplicable à Claudine, signale qu'Annie est désormais jugée digne de cette confiance.

Plus qu'à sa signification propre, c'est toutefois à sa situation exceptionnelle dans l'œuvre de Colette que le roman doit le constant intérêt qu'il suscite. Avec lui, de fait, s'achève la période des débuts forcés, du labeur anonyme, des succès remportés par personne interposée. Colette, en 1906, a trente-trois ans ; pendant treize ans, elle a mené, sous la houlette d'un bien curieux pasteur, une vie dissipée, oisive et affairée à la fois, mais remplie d'enseignements qui ne devaient pas tous lui être inutiles et dont *La Retraite sentimentale* offre, en quelque sorte, le bilan. La sévérité du mentor, pour l'avoir parfois dirigée, limitée, n'a pas brisé la spontanéité d'une prose dont le laisser-aller fait le plus grand charme. Colette, on le remarque, n'a pas tenu grand compte des leçons de composition qu'on voulut lui donner ; elle a organisé son récit à sa manière, originale et vivante. Il ne lui reste qu'à rompre avec les habitudes imposées par l'homme d'affaires qui alors s'éloignait, car le roman reste tributaire de l'influence de Willy et de celle, non moins déterminante, de l'époque où il fut écrit : il fait encore la place beaucoup trop belle aux épisodes superflus destinés à l'étoffer ; les aventures d'Annie, trop nombreuses, trop longuement décrites, celles douteuses, de Marcel surtout, enlèvent à l'œuvre beaucoup de l'unité que le

1. Sous-titre de *Claudine s'en va.*

2. *Les Vrilles de la vigne*, p. 1031.

sujet eût dû lui conférer. Dès 1907, Colette n'aura plus à plier son talent aux goûts de la clientèle de son ancien mari, mais de ce souci *La Retraite sentimentale* n'est pas entièrement débarrassé, il s'en faut ! En dépit de ses évidentes qualités, le roman qui clôt la série ayant procuré à Henry Gauthier-Villars le plus durable de sa notoriété contient encore des lignes qu'il eût pu réclamer. Et cependant, la romancière fit preuve, en le rédigeant, d'une très neuve indépendance vis-à-vis de celui dont elle avait longtemps accepté, de bon ou de mauvais gré, le magistère. Quelques mois auparavant, Colette n'eût pas négligé un ajout de son mari[1], tenu si peu compte de ses remarques[2], dédaigné les conseils, rejeté les propositions. Pour désigner l'auteur de la pantomime dans laquelle Annie s'était produite, Willy avait glissé un « Francet de Croissis[3] » qu'elle ne retint pas plus que le « médiéval » qu'il avait suggéré pour caractériser un opéra[4] ; dans le prologue, si elle accepta sa correction de « cailloux roses » en « coquillages irisés », elle élimina l'adjectif « sèches » qu'il avait placé après « fleurs[5] » ; vers la fin de l'ouvrage[6], quelques lignes de la main de Willy expriment le souhait que Maugis et Annie paraissent avoir noué de tendres liens : elle les ignora. Une semblable indifférence pour des suggestions jusqu'alors scrupuleusement respectées indique à tout le moins que l'ascendant du journaliste avait faibli ; elle peut aussi signifier que la romancière se sentait suffisamment assurée de son talent pour refuser tout avis étranger. Le fait que Colette allait enfin signer le roman de son nom (Colette Willy) ne dut être pour rien dans cette assurance nouvelle. L'autorisation que Willy dit lui avoir accordée[7] ne le fut que plus tard, peu avant la séparation légale du couple[8]. Qu'elle ne fut pas obtenue sans peine, la romancière nous permet de le croire, qui confiait à André Parinaud avoir dû revendiquer et défendre son droit : « Revendiqué [...] à cause du côté paysagiste de cette petite œuvre qui me tenait à cœur. Défendu, parce qu'il fallait vivre et que je n'avais pas alors d'autre ressource que l'espoir des revenus de cette publication[9]. » Colette tenait certes à *La Retraite sentimentale* — dont le « joli titre », se souvint-elle beaucoup plus tard, lui avait été « suggéré par Alfred Vallette[10] » — plus qu'aux autres romans de ses débuts. Mais lier cet attachement au seul « côté paysagiste » de l'œuvre semble le minimiser. Dans *Mes apprentissages*, ce même aspect du roman est déjà évo-

1. Voir var. *a*, p. 895.
2. Voir var. *b*, p. 892.
3. Voir var. *a*, p. 888.
4. Voir var. *b*, p. 888.
5. Voir var. *a*, p. 833.
6. Voir var. *a*, p. 947.
7. Voir *Indiscrétions et commentaires*, p. 21.
8. La séparation fut prononcée le 13 février 1907.
9. « Note sur *La Retraite sentimentale* », dans l'édition du roman par Les Fermiers généraux — Club du livre illustré, 1952, p. 203.
10. Voir la Notice de *Claudine à l'école*, p. 1241.

qué ; elle y écrit en effet : « Nous en étions, maintenant, au 177 *bis* de la rue de Courcelles, et je mettais au net *La Retraite sentimentale* en y retrempant mon regret tout vif de Casamène — traduisez : "les Monts-Boucons"[1]. » De Casamène, « maison aimable » s'il en fut pour la romancière, nul doute qu'elle garda la nostalgie. En rédigeant ce définitif « Claudine s'en va », elle avait toutefois quelques raisons de nourrir d'autres regrets dont seul le roman conserve le souvenir.

PAUL D'HOLLANDER.

NOTE SUR LE TEXTE

Le manuscrit.

Du début de la rédaction de *La Retraite sentimentale* nous ne savons rien, la correspondance connue à ce jour étant muette sur le sujet ; certains épisodes du roman, fondés sur des événements réels et datés — le récit par Annie de ses débuts au théâtre, par exemple —, et peut-être insérés dans le texte au tout dernier moment, n'autorisent aucune déduction acceptable. Dans *Mes apprentissages*[2], Colette affirme avoir mis le roman au net avant de quitter le 177 *bis* de la rue de Courcelles, en novembre 1906, ce que corrobore une note de la main de Willy dans le manuscrit : en marge de la phrase de sa femme « je n'ai pas perdu mon amour[3] ! », il a griffonné cette exclamation : « Moi non plus », qui pourrait être l'écho de quelque discussion conjugale et situer très peu de temps avant la séparation des deux époux les corrections de cette partie au moins.

Des cinq cahiers qui composaient, à l'origine, le manuscrit du roman, le premier a disparu. Les quatre autres, déposés à la Bibliothèque nationale[4], portent deux titres : *La Vagabonde* (biffé) et *La Retraite sentimentale* ; sur la couverture du deuxième de ceux que nous possédons, Colette a inscrit au crayon cette précision : « *La Vagabonde* a été le titre provisoire de *La Retraite sentimentale*[5]. » Des quatre cahiers conservés, le premier (numéroté II sur la couverture), de la marque Gallia, est de couleur vert-bleu à dos de toile noire ; le deuxième, de même marque, mais bleu à dos

1. *OCF*, t. XI, p. 101.
2. *Ibid.*
3. Voir var. *a*, p. 947.
4. Ils sont enregistrés sous la cote : Don n° 15. 823, Nouvelles acquisitions françaises, 14621, 14622, 14623 et 14624.
5. Il y a lieu de mentionner ici un titre qui se rapproche de *La Retraite sentimentale*, mais qui désigne un autre projet, puisque *La Retraite sentimentale* était publiée depuis un an lorsqu'une édition de *Claudine à Paris* (Ollendorff, 1908) mentionne dans la page « Du même auteur » (Willy !) comme « en préparation » : *Un voyage sentimental* et *La Vagabonde*. Nous ne savons quelle œuvre eût recouvert le titre imité de celui de Sterne.

de toile noire ; le deuxième, de même marque, mais de couleur jaune-orange, à dos de toile noire également, est numéroté III sur la couverture[1] ; le troisième (IV), sans marque apparente, a une couverture bleu foncé uni et un dos de toile bleue également ; le quatrième, sans marque, est couvert de carton brun pâle et a un dos de toile rouge. Ils comptent respectivement 55, 60, 68 et 72 feuillets écrits par Colette qui, selon son habitude et sauf exceptions signalées dans les variantes, n'en remplit que le recto.

De l'étude de ces cahiers, il ressort que, beaucoup plus que dans les manuscrits conservés des œuvres précédentes, la romancière laisse courir sa plume et nombreuses sont les phrases sans ratures ; plusieurs « chapitres » — le prologue, l'épisode du chanteur Rusinol, celui du théâtre, certaines des lettres de Renaud — sont rédigés comme des morceaux séparés, courts récits parfois insérés après coup à la place que nous leur connaissons. Ces cahiers révèlent aussi chez la romancière une grande lassitude et le désir d'en terminer : son écriture, naturellement large, s'élargit encore pour descendre à l'angle inférieur droit de la page, sans respecter lignes ou marges ; les dernières lettres de certains mots s'écrasent en un trait appuyé. Et, comme pour confirmer notre impression, un « Miel » excédé barre toute une page gauche.

Dans sa lettre du 30 décembre 1920 à Jules Marchand, Willy évoque brièvement *La Retraite sentimentale* « que j'ai écrit avec Colette et que je l'ai autorisée à signer seule. (Elle en a, seule, touché les bénéfices[2].) » Le manuscrit donne à ce dernier épisode de la collaboration son véritable poids, et ce poids n'est pas lourd. De-ci de-là apparaît la minuscule écriture du journaliste, mais, pour la première fois, bien des pages sont exemptes de toute correction de sa main. On n'en sera pas surpris, c'est dans les souvenirs scabreux de Marcel[3], l'aventure de théâtre d'Annie[4] et l'incident survenu à Bayreuth[5] que ses interventions sont les plus longues et les plus nombreuses. Colette sabrera dans ces interventions dès la préparation de l'édition originale et davantage encore dans celle de l'édition du Fleuron. Des corrections brèves, identiques à celles qui émaillent les manuscrits des romans précédents, furent toutefois acceptées et maintenues : Willy remplace un substantif, un verbe ou un adjectif, ajoute un adverbe ou un complément circonstanciel, allonge de quelques mots une trop courte repartie dans un dialogue ou nuance la réaction d'un personnage ; très peu de choses à tout prendre.

1. Ce même cahier, retourné, contient quelques feuillets — numérotés 16 à 32, plus 1 et 2 — rédigés par Colette et annoncés par le titre : « 2e acte de *La confiance règne* » dont certaines parties seront reprises dans la pièce *En camarades* (*OCF*, t. XV).

2. *Indiscrétions et commentaires*, p. 21.

3. Voir var. *a*, p. 884 et var. *a*, p. 931.

4. Voir var. *a*, p. 894 et var. *a*, p. 895.

5. Voir var. *a*, p. 920.

L'édition originale.

Colette Willy, *La Retraite sentimentale*, Mercure de France, 1907, in-18, 266 pages. L'ouvrage a été imprimé à Poitiers par Blais et Roy, et l'achevé d'imprimer est du 10 février 1907. Selon une annonce insérée dans la *Bibliographie de la France*, la mise en vente eut lieu le 23 février. Il a été tiré cinq exemplaires sur papier impérial du Japon, numérotés de 1 à 5, et vingt-neuf exemplaires sur papier de Hollande, numérotés de 6 à 34. La couverture est ornée du caducée du Mercure et porte : Colette Willy / La / Retraite sentimentale / — Roman — / Paris / Société du Mercure de France / XXVI, rue de Condé, XXVI / MCMVII. La page de titre reproduit la couverture, moins le caducée du Mercure. Sur la page réservée aux ouvrages « du même auteur » figurent : « *Sept dialogues de bêtes*, Préface de Francis Jammes. Portrait de l'auteur par J.-E. Blanche reproduit en héliogravure, 1 vol. » et, « en préparation » : « *Les Vrilles de la vigne*, 1 vol. » Une page a été réservée à l'Avertissement que nous reproduisons p. 830. Huit pages de catalogue « des éditions du Mercure de France » suivent le texte du roman. Le deuxième plat verso de la couverture est consacré à la publicité de la *Revue de la Quinzaine* du Mercure, à la liste des rubriques et de leurs rédacteurs et au prix de l'abonnement.

Signalons qu'une fois de plus, apparaissent dans l'œuvre publiée des passages qui manquaient au manuscrit : des précisions sur Agay et Monte-Carlo, incluant une allusion à Maurice Donnay, à Polaire et au Riviera Palace[1], une autre à la méthode Ollendorff[2], quelques lignes au sujet du médecin requis pour restaurer la santé de Marcel[3] et la page où Annie raconte sa réconciliation avec sa belle-sœur Marthe[4]. Ces passages pourraient avoir été, sinon entièrement rédigés par Willy, au moins revus et « enrichis » par lui, ce qui laisse penser qu'il a pu relire les épreuves du roman après qu'il eut quitté la rue de Courcelles pour s'installer rue Chambiges, comptant toujours signer l'ouvrage. Les autres passages absents du manuscrit — trois lignes à propos de la tortue de la « comtesse Machin[5] », quatre sur Toby-Chien[6], une page sur la tombée de la nuit en forêt[7] et une autre sur les bigouden de Belle-Île[8] — furent sans grand doute écrits par Colette ; le dernier d'entre eux fut même repris, presque sans modification, dans *Mes apprentissages*[9], faveur que n'eût certainement pas accordée la romancière à une intervention de son ancien

1. Voir var. *a*, p. 866.
2. Voir var. *b*, p. 866.
3. Voir var. *a*, p. 872.
4. Voir var. *a*, p. 876.
5. Voir var. *a*, p. 906.
6. Voir var. *a*, p. 912.
7. Voir var. *a*, p. 914.
8. Voir var. *a*, p. 926.
9. *OCF*, t. XI, p. 41.

mari. C'est elle aussi, on peut le penser, qui remplaça par une douzaine de lignes fort convenables la discussion entre Claudine et Marcel qui, dans le manuscrit, frise la plus grossière indécence[1].

« La Retraite sentimentale », édition du Fleuron.

De tous les romans de la période « Willy », *La Retraite sentimentale* est celui qui fut le moins corrigé ou amendé par Colette pour l'édition de ses *Œuvres complètes*. Cent soixante et quelques modifications de signes de ponctuation ou orthographiques, voilà qui est peu par rapport aux textes précédents. À nouveau, un signe étonne par sa profusion : les cent quarante-cinq pages de l'édition définitive contiennent plus de douze cents points de suspension ! L'abus d'un signe propre à marquer l'allusion, la suggestion, la confidence, voire l'insinuation, devenu inconscient chez la romancière, provient peut-être moins d'une influence que d'un instinctif penchant ; Colette sera très longue à se défaire de ce tic d'écriture.

Les vingt mots qui disparaissent, comme les sept qui furent ajoutés sont sans grand intérêt. Une vingtaine de fois, la romancière change pour d'autres les mots qu'elle avait utilisés dans l'originale : que « sœur de lait » devienne « sœur de communion », nous en connaissons la raison[2] ; qu'un mousse préfère être « outragé » plutôt que d'être « violé » se comprend. Il semble toutefois que certains des changements dépendent du caprice : à qui importe-t-il que le caleçon de Marcel passe du rose au bleu, que la brise souffle d'est ou d'ouest, que la pluie se dirige vers l'ouest ou vers l'est ?

Parmi la trentaine de phrases que Colette fit disparaître, il est aisé d'observer, dans les variantes, que beaucoup concernent les souvenirs scabreux de Marcel, l'épisode du tête-à-tête manqué de Marcel et d'Annie et les expériences de cette dernière. De même, la romancière profita de l'occasion pour écarter les allusions aux « Walküre », à « Helleu », « Fournery », « Peer Gynt » et ses « trolls », allusions qui, vers 1950, avaient perdu toute actualité.

À quelques corrections typographiques près, notre texte reproduit le texte de l'édition originale (Mercure de France, 1907).

P. D'H.

NOTES ET VARIANTES

Page 831.

a. Le premier cahier de Colette ayant disparu, le texte que nous conservons

1. Voir var. *a*, p. 931.
2. Voir *Claudine à l'école*, n. 4, p. 10.

commence à la page 860 de notre édition : l'herbier de ma mémoire. Ah ! Renaud ! se peut-il qu'autour de vous. *Les cinq pages manuscrites qui allaient devenir le prologue du roman figurent dans le second des quatre cahiers conservés (p. 145-149 de la pagination manuscrite, 39-43 de la pagination imprimée*[1]*).* ✦✦ *b.* Il se détourne [*2e ʃ*] a demi [*sic*], son journal [, posé *biffé*] sur les genoux, sa main [droite *biffé*] [gauche *corr. marg.*] écartée [, le petit doigt en l'air, *biffé*] tient une cigarette, le petit doigt en l'air, comme une mondaine [tient *corrigé en* tiendrait] un sandwich... / — Oh ! Renaud, [[comme *biffé*] [que *corr. interl.*] vous *biffé en définitive*] gardez la pose [...] représente sa [plus récente *add. interl.*] photographie dans *Femina* !... Mais devinez ce que [je *biffé*] j'ai là ? / Il regarde de loin [la *biffé*] [les sourcils froncés *add. W en interl.*] le petit chiffon [...] je m'approche de mon mari : / [— Ceci *biffé*] [C' *biffé*] [— Ce n' *corr. interl.*] est pas sale, *ms.*

1. Colette avait, jusqu'à présent, donné le genre féminin au mot « sandwich » (voir *Claudine à Paris,* n. 2, p. 271).

2. Voir *L'Ingénue libertine,* n. 1, p. 689.

3. Voir la Notice de *Claudine en ménage*, p. 1323 et suiv. et n. 3, p. 489.

Page 832.

1. Ce rosier apparaît fréquemment dans les premiers romans de Colette (voir *Claudine à Paris*, n. 2, p. 330). Sa fin sera annoncée à la page 942.

2. Voir *Claudine à l'école*, n. 2, p. 65. Au début de *Claudine à Paris*, cette bourse était dite « en filet de soie jaune et noir » (p. 225).

3. Sans doute s'agit-il du télégramme que Renaud expédia à Montigny après la fuite de Claudine : « Prière instante de donner nouvelles santé » (*Claudine en ménage*, p. 515).

4. Claudine doit faire ici état des « cartes postales » de Bayreuth dont il est question dans *Claudine s'en va* (p. 604).

5. De cette jument, il n'est nulle part fait mention dans les romans antérieurs.

6. Il est probable que la jeune femme désigne ainsi les lettres qu'Annie lui adressa pendant « sa fugue qui dura trois ans » (p. 836), car, dans *Claudine s'en va*, n'est citée qu'une seule lettre d'Annie à son amie (p. 631).

7. Rappel de *Claudine en ménage* : ayant emprunté à Marcel (voir *Claudine à Paris*, n. 1, p. 243) son « petit appartement de cocotte », les deux amies y découvrent un pastel représentant le maître des lieux dans un tel costume (*Claudine en ménage*, p. 497).

8. C'est au début de *Claudine à Paris* (p. 222) que l'héroïne sacri-

1. À la pagination manuscrite (vraisemblablement de Willy) inscrite dans le coin supérieur droit du recto des feuillets, se superpose une pagination imprimée au composteur, dans le même coin de la page. Elles sont différentes : la première numérote les pages du roman entier, la seconde, celles de chaque cahier particulièrement.

fie à la fièvre la longue chevelure qui faisait son orgueil dans *Claudine à l'école.*

9. Souvenir du « Midi truqué » que l'héroïne dit avoir visité avec Renaud pendant les « quinze mois de flemme et de fièvre » (*Claudine en ménage*, p. 379) qui suivirent leur mariage.

10. Colette semble confondre ainsi fiction et réalité ; dans *Claudine en ménage*, en effet, le rendez-vous de Renaud et de Rézi est décrit comme un phénomène unique, une aventure isolée, à laquelle Claudine, loin d'acquiescer, réagit violemment. La version du voyage à Bayreuth offerte par Willy (voir *Claudine s'en va*, n. 1, p. 603) fonde dans la réalité la « sottise » que se reproche ici la jeune femme.

Page 833.

a. Non, non, vous vous *[p. 832, 4e ligne en bas de page]* trompez !... Rézi, c'est *nous* aussi. [Rézi, c' *biffé*] C'est un vagabondage [...] ma main, cher... [Oh ! pouvez-vous songer *biffé*] Oh, si vous saviez [comme *biffé*] [combien *corr. interl.*] j'y songe ! [...] ma douleur de ce temps-là, comme [pelotonnée au fond d'un lit tiède *biffé*] on imagine, [...] sur la nuque, [la *biffé*] une [route de banlieue affreuse *corr. d'abord W en interl. en* route affreuse de banlieue *corr. ensuite W en interl. en* route de banlieue galeuse] jalonnée d'arbres [...] passé, ajoutez [...] où je suspends des fleurs [sèches *add. W en interl.*], des [cailloux roses *corr. W en interl. en* coquillages irisés], des morceaux de miroir, des diamants et des amulettes[1]... *ms.*

1. L'expression a été utilisée par Renaud dans *Claudine en ménage* (voir *Claudine en ménage*, n. 4, p. 415).

Page 835.

1. On appréciera l'habileté discrète avec laquelle Annie est introduite dans ce roman.

Page 836.

1. C'est la première fois qu'apparaît l'adjectif dans les romans de Colette ; partout ailleurs, il est question de Fresnois, non de Puisaye.

2. Voir *Claudine s'en va*, n. 1, p. 539.

3. La romancière relie ainsi chronologiquement *La Retraite sentimentale* à *Claudine s'en va* ; rappelons que ce dernier roman avait été publié en 1903.

4. Divorce annoncé dans *Claudine s'en va*, p. 660.

5. Eugénie Grandet, l'héroïne du roman de même titre de Balzac personnifie l'attente patiente et fidèle d'une jeune fille qui

1. *Sous cette dernière ligne, Willy a écrit : [deux mots illisibles]*, arrête-toi là mon enfant géniale !

a vu partir pour les « colonies » le cousin aimé ; Philomène de Watteville, dans cet autre roman de Balzac, *Albert Savarus*, est la femme tyrannique, sous des dehors réservés, qui finit par épouser le fiancé qu'elle destinait à sa fille. Philomène de Watteville sera encore évoquée par Colette dans *Belles saisons* (Flammarion, 1955, p. 55) et dans *Mélanges* (*OCF*, t. XV, p. 346).

Page 837.

1. Chasteté qui n'a rien d'instinctif chez Claudine, comme le prouve l'épisode du « jardin de la Margrave » (*Claudine s'en va*, p. 616) ou les pages 933-934 de ce roman.

2. Petit bull dont Annie avait rapporté l'acquisition dans *Claudine s'en va* (p. 571). C'est cependant ici la première fois que Colette lui donne le nom complet, Toby-Chien, qui fut celui d'un animal qui lui appartint pendant plusieurs années. Il réapparaîtra dans *Les Vrilles de la vigne* (voir n. 2, p. 898).

Page 838.

1. Le vin de coca, pour ses alcaloïdes stimulants ; le pepto-fer et la pepsine, parce que ce sont des enzymes qui accélèrent la digestion de certains aliments, particulièrement des viandes. Ce régime indique clairement que Renaud se croyait tout simplement affaibli.

2. Voir *Claudine à Paris*, n. 3, p. 293.

Page 840.

1. Vu la situation du domaine qui servit de modèle à Casamène, soit les Monts-Boucons, cette rivière ne peut être que le Doubs, qui donne son nom au département.

Page 841.

1. Arbuste à feuillage caduc dont les fleurs rappellent les digitales.

Page 842.

1. Ce daguerréotype a été décrit par Annie dans *Claudine s'en va* (p. 642).

Page 843.

1. Le souvenir de Rézi, souvent évoqué dans ce roman, fluctue du mépris et de la colère rétrospective à une relative tendresse. Colette ne réglera ses comptes avec cette « image » qu'en s'en prenant à la « belle Suzie » (p. 915-922) qu'elle accablera sans retenue (voir n. 2, p. 915 et *L'Ingénue libertine*, n. 2, p. 748).

Page 846.

1. Comprendre : à Baden-Baden. Voir n. 1, p. 863.

Page 849.

1. Mot ancien, dérivé du latin *nescius* (qui ne sait pas), soit « simple d'esprit », « ignorant ».

Page 850.

1. Voir *Claudine s'en va*, n. 1, p. 604.

Page 851.

1. Voir *Claudine à Paris*, n. 4, p. 286.
2. Voir *Claudine à Paris*, n. 5, p. 223.
3. Eugène Brieux (pseudonyme d'Eugène Nouaux, 1858-1932), auteur de comédies sociales d'un moralisme très conformiste, voulait imposer un théâtre « utile ». Il connut le succès avec *Blanchette* (1892), *Le Berceau* (1898) et surtout *La Robe rouge* (1900). Voir la note 2 au bas de la page 1525.

Page 852.

1. Voir *Claudine à l'école*, n. 2, p. 10, *Claudine s'en va*, n. 2, p. 642 et *L'Ingénue libertine*, n. 1, p. 684. Chez Claudine, comme chez Annie, « la voix du sang ne "huche" pas à vous détériorer l'oreille moyenne » (*Claudine à Paris*, p. 270).

Page 853.

1. Voir le Lexique des « Claudine ».

Page 854.

1. Voir *Claudine s'en va*, n. 5, p. 536.
2. Voir *Claudine à l'école*, n. 2, p. 81.
3. Cette sainte Litvine n'est autre que la sainte Lydwine (ou Lydwyd, Lydwich, Lidie, Lidwine, du verbe flamand *lyden*, « souffrir ») à laquelle J.-K. Huysmans, après sa conversion en 1892, consacra une biographie : *Sainte Lydwine de Schiedam* (1901). Elle vécut de 1380 à 1433, et fut, en effet, accablée de tous les maux imaginables dès l'âge de quinze ans, maux qu'elle avait réclamés pour le rachat des âmes.

Page 857.

1. Mince branche flexible avec laquelle on noue les fagots.
2. Parlant d'un Marcel de dix-huit ans, Claudine se souvient de la période qui précéda immédiatement son mariage, période

couverte par *Claudine à Paris*. À ce moment du récit, il y aurait donc neuf ans qu'elle a épousé Renaud. En 1906, il y en avait treize que Colette avait épousé Willy.

3. Terme du « milieu » pour désigner ceux qui simulent des goûts homosexuels pour mettre le client à la merci des maîtres chanteurs.

Page 858.

1. La capitale de la Bulgarie eſt aussi une ſtation balnéaire réputée pour ses sources chaudes. L'eau de Sofia était une eau aſtringente recommandée pour les soins du visage.

2. Voir *Claudine à Paris*, n. 2, p. 266, et *Claudine s'en va*, n. 2, p. 575.

3. La caserne du Château-d'Eau eſt située à l'extrémité du boulevard Magenta (10e arrondissement), sur la place de la République, appelée jusqu'en 1879, place du Château-d'Eau.

Page 859.

1. Arbuſtes des régions méditerranéennes, à fleurs jaunes. Les fruits sont des gousses en forme de vessie.

2. Consciemment peut-être, Colette laisse à nouveau échapper l'adjectif « poyaudin » (voir n. 1, p. 836). Elle offre ici à Claudine les ancêtres qu'elle-même eût sans doute aimé avoir ; les siens ne furent ni poyaudins, ni cultivateurs, et son père n'a pas laissé le souvenir d'un homme jaloux de son bien.

3. Personnage du *Chef-d'œuvre inconnu* de Balzac, qui, à force de chercher la perfection, finit par faire de son œuvre — le portrait de Catherine Lescault — un « brouillard sans forme ». Claudine assimile son souvenir aux mirages d'un homme qui a perdu tout contact avec la réalité.

Page 861.

1. Allusions aux contractions musculaires involontaires dont souffrent certains des hyſtériques soignés dans l'hôpital parisien qui doit son nom à la fabrique de poudre inſtallée à cet emplacement par Louis XIII. Il eſt situé à proximité du boulevard de l'Hôpital, dans le 13e arrondissement.

Page 863.

a. la même chose *[p. 862, 4e ligne du bas de la page]*. Un peu [sosote *corrigé en* zozote], voilà le mot. [Et puis dès que je voulais *biffé*] [U *biffé*] Une anémie particulière [...] ou seulement parler. [Parler encore plus qu'agir... *biffé*] Mais j'ai des idées, Claudine. Je pense, je vis, [à ma manière *biffé*] surtout [/ — C'eſt la bonne *biffé*] depuis que... enfin depuis... / — Depuis Baden-Baden, je crois ? Michel Provins l'a dit en termes délicats : [<« Vivre ?>, c'est épuisant » *biffé*] « les femmes, ce n'est pas leur faute si elles éprouvent... » / — ... Et je sais bien à présent que [ce n'est pas à la plus timide, à la plus *biffé*] la femme la [plus faible *biffé*] [moins défendue *corr. interl.*], celle qui choit le plus vite et le plus facilement, c'est la plus timide *ms.*

1. Autre nom de Bade (voir p. 846). C'est sous ce nom que la station fut célébrée par Alfred de Musset : « Prendre à Bade un semblant de campagne. / Bade est un parc anglais fait sur une montagne, / Ayant quelque rapport avec Montmorency. /Vers le mois de juillet, quiconque a de l'usage / Sait que le vrai bon ton ordonne absolument / de se précipiter sur ce petit village, / Et de s'y bousculer impitoyablement. » (Cité par Louis Halphen et Roger Doucet, *Histoire de la société française*, Nathan, 1953, t. II, p. 286.)

2. Michel Provins (pseudonyme de Gabriel Lagros de Langeron, 1861-1928), successivement avocat, secrétaire de Waldeck-Rousseau et percepteur, connut le succès, entre 1892 et 1914, dans le roman et le théâtre.

Page 864.

1. La note renvoie aux épisodes suivants de *Claudine s'en va* : la rencontre d'Annie et de Claudine dans le « jardin de la Margrave » (p. 614 et suiv.), la lettre de Claudine à Annie (p. 637 et suiv.) et la visite de la première à la seconde (p. 656 et suiv.).

2. Maurice Donnay (1859-1945) avait été ingénieur civil avant que la fréquentation assidue du *Chat noir* et de la bohème montmartroise ne le convertisse au théâtre où il réussit. Il fut élu à l'Académie française en 1907.

3. Voir *Claudine à Paris*, n. 1, p. 281.

Page 865.

1. Il n'existait aucun palace de ce nom à Monte-Carlo, en 1905 ; un Riviera Palace était situé à Nice, boulevard de Cimiez, et son parc était célèbre. Le nom a été cité dans *L'Ingénue libertine* (voir n. 1, p. 817).

Page 866.

a. — Une après-midi pareille *[p. 864, 4e §, 1re ligne]*, Claudine [...] où donc déjà ? à Agay. J'avais loué une petite villa à cause du grand jardin et puis il n'y avait personne, vous pensez en décembre... / — Vous y étiez seule ? / — Non, *naturellement.* [...] Je ne pense pas. C'était un jeune chauffeur [qu'*[un mot illisible] corrigé par surcharge en* que] des gens de Monte-Carlo avaient renvoyé [pour *biffé*] parce qu'il les avait versés sur la corniche... du bon côté [...] / Il... chauffait, hein ? / — Il chauffait, répond-elle brièvement [— Il chauffait, répond-elle brièvement[1]. Mais il n'avait pas de modération. *[...]* à haute voix... Il les *[*disait *biffé]* nommait d'une bouche naïve, la lèvre *[*< d'un *?* > *biffé]* supérieure trop courte et roulée, les mots grossiers y devenaient jolis, je vous assure... [...] pour signifier *[six mots biffés illisibles]* à peu près « Ne comptez pas sur moi » Ça sonnait comme un nom d'oiseau chanteur, je ne sais plus... comme croquignole... / — Ne cherchez pas davantage, Annie ! / — D'ailleurs ça n'a pas d'importance. Une après-midi... *add. en regard*[2]] Alors l'après-midi[3], dans le jardin... ah ! ce silence... pas de fleurs [...] yucas piquants, *[un mot biffé illisible]* un creux bleu de mer entre deux rochers violets... lui [...] de la terrasse... je vois, encore [l'ombre *biffé*] sa peau rose *[un mot illisible biffé]* [rayée fin, fin, *[un mot illisible]* par l'ombre *biffé*] [que l'ombre d'un pin *[*grillageait de rayures *biffé]* habillait de rayures fines, fines... *corrigé par biffures et en interl. en* à l'ombre d'un pin... *biffé en définitive*] / [Vous savez comme ces jeunes peaux blondes, qui ne durent guère, d'ailleurs sont un charme pour les yeux et les doigts... / — Non, je ne sais pas. / Malgré moi, j'ai parlé sèchement, *biffé*] à l'ombre d'un pin... / [Machinalement *biffé*] / Malgré moi je souris, *ms.* ✦✦ *b.* Le couteau de ma tante est plus petit que le cheval de mon cousin... L'oiseau [...] militaire... À vous, Annie ! *ms.*

1. Voir la Préface, p. XCIV : *La Retraite sentimentale* devait paraître chez Ollendorff.

Page 869.

1. Décorateurs anglais qui diffusèrent sur le continent le meuble victorien, généralement en acajou ou en palissandre.
2. Aubrey Beardsley (1872-1898), dessinateur anglais dont les nombreuses illustrations, influencées par les préraphaélites et les Japonais, sont très caractéristiques de l'esthétisme décadent de la fin du XIXe siècle.
3. En paille de Manille, évidemment.

Page 870.

1. L'expression « se moucher dans [de] la soie » signifie : avoir des manières précieuses, jouer les gandins.

Page 872

a. de la petite ville, le père [Lebon *corrigé en* Ledoulx]. Il

1. Il chauffait, répond-elle brièvement *a été récrit par Colette sur la page de gauche du cahier (voir n. 2) afin d'indiquer l'emplacement exact de ce long béquet.*
2. *Tout le passage de* — Il chauffait, répond-elle brièvement *à* Une après-midi *a été écrit par Colette sur les pages de gauche du cahier, versos des feuillets paginés 12, 13 (à la machine) et 76, 77 (à la main).*
3. *Colette a omis de biffer* Alors l'après-midi.

s'est fait voiturer jusqu'au haut de notre terrible côte, à seule fin d'examiner le pouls, la langue *ms.*

Page 873.

1. Voir *L'Ingénue libertine*, n. 1, p. 716 et *Claudine à Paris*, n. 4, p. 236.

Page 874.

1. Deux firmes parisiennes pouvaient, à l'époque, se disputer l'honneur d'être nommées dans un roman de Colette : la maison Martin et Belly, « À la tête noire », 2 et 11, rue de Jouy, et la maison Martin, dit Gauthier, 4, rue du Cloître-Notre-Dame.

Page 875.

1. Le magasin Mapple, London-Paris, était installé 5, rue Boudreau (9e arrondissement).
2. Autre maison anglaise installée à Paris : Kirby, Beard and Co. Ltd., 5, rue Auber, près de l'Opéra.
3. Les besoins financiers de Marthe Payet sont connus depuis *Claudine s'en va* ; sa décision, alors nettement exprimée, de garder sa belle-sœur « pour la bonne bouche » n'était donc pas, si l'on peut dire, gratuite.

Page 876.

a. Marthe ? je vous croyais brouillées *[p. 875, 3e §, 1re ligne]* ? / — Non... à quoi bon ? elle ne me gêne pas. Elle est tout à fait gentille depuis deux ans. Depuis deux ans elle « connaît » quelqu'un qui la comble de bijoux, de dentelles, de tout... Vous n'avez pas idée comme Marthe est gentille quand elle n'a besoin de rien. / — Et son mari ? / Elle tortille une enveloppe, l'air gêné : / — Ah ! ce n'est pas le plus beau de l'histoire. Il est malheureux. Il est si malheureux qu'il s'en met à avoir du talent. / — Sans rire ? / — Sans rire, vous l'avez dit. [Il *biffé*] Son dernier roman, *Une femme*, c'est une espèce de journal, [de sa douleur *biffé*] si [vrai *biffé*] naïf, d'une douleur qui se complaît en soi... Ses amis *ms.*

1. Rappel des épisodes de *Claudine s'en va* au cours desquels Marthe acceptait les hommages les moins discrets du journaliste dans le dessein avoué de lui soutirer de l'argent.

Page 877.

a. — Il revient bientôt ? / [— Je ne sais pas. *[*Les bronches *biffé]* L'estomac ne supporte pas encore un vrai repas, et les médecins craignent la dépression, si Renaud descendait *biffé* *en définitive*] [les médecins *biffé*] le[1] docteur X... considère que la guérison apparente [n'est due qu'au galvaniseur *biffé*] ne se[2] [*un mot biffé illisible*] / — Je ne sais pas. Les médecins [disent là haut qu'il est plus *corrigé par biffures et en interl. en* le disent plus] galvanisé par l'altitude que réellement guéri... Trois semaines, un mois, *ms.*

Page 879.

1. Textuellement : costume en norfolk, du nom du comté d'Angleterre réputé pour la qualité de ses laines.
2. Robes modérément décolletées, plus que la robe de ville et moins que la robe du soir.

Page 880.

1. L'allusion nous échappe, ainsi qu'à beaucoup de personnes cultivées que nous avons interrogées.

Page 881.

1. Voir *Claudine à l'école*, n. 4, p. 10.
2. Voir *Claudine à Paris*, n. 1, p. 224.

Page 882.

a. une sorte d'excuse à son arrivée ? [une supplication tout au moins ? *biffé*] [Annie est chez elle, elle *biffé*] Je n'aime pas [cet *biffé*] cette manière théâtrale d'expliquer une « entrée » ou une sortie... [Mais *biffé*] Il est vrai que je suis tellement difficile ? [Depuis que tout me manque *biffé*] Les gens [...] c'est vif, et si facile à vivre !... Facile à vivre !... essayez donc ! Même pas en voyage. [Ah ! je ne m'aimerais guère, *biffé*] Si j'étais [...] à première vue, [un instinct *biffé*] [l'instinct toujours [*deux mots illisibles*] de l'in *biffé*] [un instinct *biffé*] un flair qui se prétend infaillible et ne fait pas de concessions ; — maniaque, fausse bohême, [qui ne peut dormir *biffé*] très « propriote » au fond, — jalouse, *ms.*

Page 884.

a. — Singulier canal [*4e ligne de la page*]. / [Mon beau-fils *biffé*] / La main de Marcel débrouille dans l'air un écheveau invisible. / — C'est si compliqué ! Enfin voilà les grandes lignes : Vaney prenait des répétitions [chez Braguettas, le fameux Braguettas, le prof de philo... *corr. W en interl. en* [de littérature française chez *biffé*] d'anglais chez Lord Hantayard[3].] /

1. *Colette n'a pas mis de majuscule à* le ; *elle n'en avait pas mis non plus à* les *placé devant* médecins.
2. *Colette n'a pas biffé* ne se.
3. *Le passage qui précède depuis* Si on m'y repince ! [*p. 883, dernière ligne*] *a été supprimé dans l'édition du Fleuron.*

— Connais pas. [...] courir comme une poule autour de mon père [...] — Oh ! / — Il [rabattait *biffé*] [raccrochait *corr. interl.*] des types chics dans les relations [de sa famille *add. interl.*] et [ne *biffé*] n'osant pas [se faire payer *biffé*] [faire *biffé*] tarifer ses propres faveurs, rabattait pour le petit truqueur et partageait avec lui. [...] truqueur — vraiment un peu trop jeune — [les types étaient fichus *biffé*] [et de sa bande, les types *corr. en interl. inférieur*] n'en menaient pas large... [...] potache... un [autre *biffé*] souvenir de Vaney... *[un mot biffé illisible]* / — La petite sainte ? — La courtisane sacrée, vous voulez dire. / — ?[1] / — Il était « courtisane sacrée » à Charles-le-petit quand je l'ai connu. [...] une hiérarchie secrète et compliquée [qui *biffé*] ressortissant à Ubu-Roi et à Flaubert... [J'en *biffé*] Je m'en suis amusé trois semaines. [Croyez *biffé*] Croiriez-vous qu'ils m'avaient [nommé *biffé*] décoré (à titre étranger) de l'Ordre de « l'éliphas de Muerdre » ? Car j'allais au parloir ;[2] [je *biffé*] [j'y faisais émeute... la sensation grisante, Claudine, que celle de la curiosité. Oh ! toutes ces frimousses, *[deux mots illisibles]* mâchurées, éreintées ou fiévreuses, ou saines et roses comme des pêches, — cette curiosité excitée qui faisait de *biffé*] [le samedi *corr. interl.*] / — Quelle émeute, ce jour-là ! *ms.*

1. Il n'existe, bien entendu, aucun lycée de ce nom à Paris. L'auteur veut-il nous faire penser au lycée Carnot, situé 145, boulevard Malesherbes, dans le 8e arrondissement ? Marat et Carnot furent tous deux membres de la Convention.

2. Dans le drame en cinq actes d'Alfred Jarry (1873-1907), publié par le Mercure de France en 1896, les nombreux personnages sont très hiérarchisés en effet, de l'empereur Alexis aux larbins de Phynances.

3. Allusion au roman de Flaubert. *Salammbô* (1862), dans lequel la société carthaginoise, très militarisée d'une part, et très religieuse de l'autre, offre de beaux exemples de hiérarchies.

4. La plaisanterie s'explique-t-elle à partir du pseudonyme que s'était choisi l'abbé Alphonse Constant (1810-1875) au moment où il se tourna vers les sciences occultes, dans lesquelles il est connu sous le nom d'Eliphas Lévi, et du mot cher au père Ubu évoqué deux lignes plus haut ?

Page 885.

a. — Regardez-moi *[p. 884, 5e ligne du bas de la page]* cet octogénaire [...] tout de suite. *Colette a supprimé ce passage dans l'édition du Fleuron.*

1. Abréviation pour « voyage circulaire ».

1. *Le passage qui précède depuis* Vaney, cet ange *a été supprimé dans l'édition du Fleuron.*

2. *Colette a omis de biffer le point et virgule.*

Page 888.

a. ses peluches de cendre blanche... [D'un coup de *corrigé en interl. et par surcharge en* De la] hanche[1], je pousse Annie pour me faire une place sur [le *[un mot illisible]* *biffé*] l'édredon capitonné, contre elle, [pour me tapir au creux *[*de la *biffé]* du conte que je *biffé*] [pendant *biffé*] heureuse de la belle histoire *ms.* ↔ *b.* un petit opéra en [un *biffé*] [deux *corr. interl.*] acte[2], très dramatique, qui s'appelait *la Vieille Reine*[3] *ms.*

1. Nul doute qu'il s'agisse ici du théâtre des Mathurins (jouxtant le théâtre Michel), 36 rue des Mathurins, près du boulevard Haussmann. Il était placé, en 1906, sous la direction temporaire de Georgette Leblanc. Colette, sur la recommandation de la célèbre amie de Maurice Maeterlinck, s'y produisit le 6 février 1906.

Page 889.

1. La pantomime que Colette interpréta aux Mathurins s'intitulait *L'Amour, le Désir et la Chimère*, de Francis de Croisset et Jean Nouguès. La comparaison du titre réel et du titre inventé pourrait prêter à d'intéressantes déductions.

2. Celui qui a des pieds de chèvre, le satyre.

3. Soit l'ancien théâtre des Nations, place du Châtelet, que Sarah Bernhardt avait acquis en 1898 et rebaptisé de son nom.

4. Le seigneur Vendramin doit être un personnage de pièce de théâtre ou de pantomime que nous n'avons pas retrouvée. Le nom pourrait provenir de celui d'Andrea Vendramino (1400-1478) qui fut élu doge de Venise treize mois avant sa mort. Coïncidence ? c'est dans le palais Vendramino, à Venise, que mourut Richard Wagner, le 13 février 1883.

5. Ce personnage est un des fils de Roland des Bois, dans *Comme il vous plaira* de Shakespeare.

Page 890.

1. Le seul collaborateur de Willy qui, à notre connaissance, porta le prénom Auguste est Auguste Germain (voir *Claudine à l'école*, n. 1, p. 168) ; il n'est pas évident qu'il servit de modèle à ce secrétaire intérimaire de Renaud.

2. Ce pseudonyme a été emprunté à... une marque d'eau minérale. Saint-Yorre est le nom d'une commune de l'Allier, dans l'arrondissement de Vichy, qui commercialise sous ce nom une eau très connue.

3. L'hôtel Régina était situé 2, place de Rivoli (rebaptisée place des Pyramides en 1932) depuis sa fondation le 1er mars 1900.

1. *En face de ce mot, dans la marge, Willy a écrit* : Francet de Croissis.
2. *Colette a omis d'ajouter un* s *à* acte.
3. *En face de ce titre, dans la marge, Willy a écrit* : « médiéval ».

Page 891.

1. Colette oublie, pour la seconde fois, qu'elle a fait de Renaud un journaliste diplomatique, journaliste dont on voit mal par quel hasard il jouirait des privilèges du chroniqueur théâtral (voir *Claudine en ménage*, n. 3, p. 379).

Page 892.

a. Ah ! oui... Eh bien, voilà. Un soir il [vient *biffé*] [est venu *corr. interl.*] à l'hôtel très tard, agité, important. Il [se promène *biffé*] s'est promené de long en large une bonne minute, avant de [me *biffé*] m'apprendre qu'il avait un engagement aux Pâturins, dans une pantomime. [J'ouvrais la bouche pour *[un mot illisible]* objecter que la pantomime *biffé*] [J'ai ouvert la bouche pour respirer, je le voyais déjà parti en tournée, engagé en Amérique *biffé*] J'ai senti venir *ms.* ↔ *b.* où trois lampes à la rampe [vous- *biffé*] hypnotisaient de leur éclat pointu[1]... et puis lui, *ms.*

1. Nous n'avons pu découvrir qui dissimulait ce pseudonyme dont les lettres, différemment assemblées, ne rappellent aucun nom de mime connu à l'époque. Par transposition, il est cependant permis de penser que cette Anglaise n'est autre que Meg Villars (voir la Préface, p. LXXXIII), que Willy fit un instant monter sur les planches.

Page 893.

1. Pseudonyme, à dessein transparent, de Colette Willy. Voir n. 1, p. 889.

Page 894.

a. Mon petit ami exultait *[p. 893, 4e §, 1re ligne]*. Il en oublia de me réconforter, d'ajouter un mot affectueux [au ridicule concert de louanges *biffé*] à toutes les louanges accablantes dont on m'étourdissait. Il fumait [une cigarette, *biffé*], la [tête de côté, avec cette grimace de l'œil et de tout un côté de la figure... oh ! je le dessinerais... *biffé*] tête de côté, un œil fermé [...] piquante sans [ôter *biffé*] retirer la cigarette de ses lèvres.... » / « Pendant deux jours, je ne sortis pas de [ce petit purgatoire *corrigé par biffures et surcharge en* cette] géhenne. Que restait-il de moi ?... en quoi sont bâtis ces gens-là, capables de mimer, de parler, de [crier *biffé*] crier, de se jeter à la tête des mots ignobles, [et la minute après d'énormes compliments *add. W en interl.*] de recommencer quinze fois un geste qui peu à peu s'épure, se précise, s'élance lumineux et [<vrai ?> *biffé*] parfait... [Ce mélange de *biffé*]

1. *Willy a encerclé l'adjectif* pointu *et noté dans la marge* : pas pointu trop Claudine.

Voilà tout ce que je connus d'eux, un mélange d'activités [<vraie ?> *biffé*] [d'une *biffé*] hystérique de flemme traînarde et bougonne[1], de vanité [...] dévoués tout à coup... Je peux me tromper, Claudine, et [surtout je ne *biffé*] puis je ne connais du « théâtre » que ce petit raccourci caricatural [... Je me demande même comment j'ai vu ce que je vous raconte... Il faut que tous ces gens-là se soient mirés *biffé*] / Elle se tait *ms.*

Page 895.

a. — Je me doute *[6e ff].* / — Et alors Willette Collie, qui [ajus<tait> *biffé*] rajustait ses cornes derrière le portant, saute sur lui comme une [bête[2] *corr. W en interl. en* panthère] et l'appelle « sacré petit mac ». Il lui répond que [« le gibier de Lesbos commence à lui courir » et ensuite ils ont échangé pendant dix minutes des formules impétueuses, brèves, rythmées, souvent <alternées ?> comme les <répliques ?> d'un chant sacré *[un mot illisible]* <récitatifs ?> sonores *corr. W en interl. et par biffures en* toutes *[*les *corrigé en* ces*]* « gousses » commencent à l'embêter. / — Ah ! que j'ai du goût ! Et *[*ens<uite> *biffé]* après ? / — Après ? Willette...[3]] [— Alors, le sang a coulé ? / — Non, Claudine *[*parce q<ue> *biffé]* grâce à l'intervention du gros Maugis qui se trouvait là... / — Comme par hasard / —... et qui *[*les *add. interl.]* a séparés, les bras étendus, *[*comme *biffé] [*dans *corr. interl.]* la pose de la bonne femme au 1er plan de l'*Enlèvement des Sabines* « J'étais fait pour jouer les Hersilies ! Toi imberbe, tu nous barbes ! Vous, *[*Claudine *biffé]* jeune faunesse irrépressible, vous ne contenez point suffisamment *[*les éructations *biffé]* cette minable chochotte et ses éructations... Trop cas des rots, la Willette !... Relisez Vigny, bien qu'il emmielle Francis Jammes, jeunesse pugance ! Filez ! *[*Qu'en *corrigé en* En*]* se lançant un regard irrité, vos sexes *[*vont *biffé]* calteront chacun de son côté...[4] / — Quel type ! Il cause *[*encore *add. interl.]* plus de chroniques, est-ce que les journaux parlaient de vous ? *add. W sur feuillet en regard*] [Et les *corrigé en* Les] journaux, Claudine ? [Les journaux ne parlaient que de moi. *biffé*] Ils racontaient [...] un anonymat alléchant... [La foule s'amuse longtemps d'un tout petit mensonge *biffé*] / Annie lève vers le plafond *ms.*

1. À moins que cette scène n'ait été glissée dans le texte au tout dernier moment, il ne faudrait pas y voir un écho de ce qui

1. *Dans la marge de la page, Willy a écrit* : non, non.
2. *Willy a omis de biffer* bête.
3. *Après ces points de suspension, Willy a renvoyé, par une flèche, au bas du paragraphe, après le dernier mot de Colette biffé* sonores *et a écrit* (Ajouter bourrade par le faune).
4. Allusion, argotique, à « La Colère de Samson » *(Les Destinées)* : « Les deux sexes mourront chacun de son côté. » Nous ne savons si Vigny y « emmiellait » Jammes : la roide carrure de l'un contraste en tout cas avec la souple douceur de l'autre.

fut appelé « le scandale du Moulin-Rouge », scandale provoqué par la présence sur scène — et le baiser — de la marquise de Morny et de Colette, dans *Rêve d'Égypte,* pantomime de Vuillermoz, Wague et Willy. C'est, en effet, le 3 janvier 1907 que la marquise et Colette jouèrent cette pantomime ; or, l'achevé d'imprimer du roman est daté du 10 février de la même année.

2. Voir le Lexique des « Claudine ».

3. Toile célèbre de David.

Page 898.

1. Colette avait d'abord écrit « bohémienne », mot que Willy corrigea en « romani » ; cet emprunt au tzigane est à l'origine de notre « romanichel ».

2. De toute évidence, Renaud est ici plus proche de son modèle qu'il ne l'a jamais été. Nulle part — sauf dans l'épisode du rendez-vous avec Rézi dans *Claudine en ménage* (p. 506-507) — le héros n'a été décrit comme un *mari* coureur de jupons. Le paragraphe contredit même l'amour exclusif et adorant que se manifestent les époux dans *Claudine s'en va.* Il annonce le « dialogue de bêtes », « Toby-Chien parle », qui paraîtra, en 1908, dans *Les Vrilles de la vigne,* et sera repris dans *Douze dialogues de bêtes* (Mercure de France, 1930).

Page 899.

1. Livre pornographique effectivement ou prétendument publié en Belgique (voir *Claudine à l'école,* n. 2, p. 4).

Page 900.

1. Allusion à l'héroïne du conte de Perrault qui, du haut de son donjon, n'aperçoit « que l'herbe qui verdoie et la route qui poudroie ». L'équivoque du mot « tante » a été exploitée dès *Claudine à Paris,* toujours à propos de Marcel.

Page 901.

1. Dans le roman de Flaubert, *Salammbô,* Mâtho, le chef des mercenaires barbares révoltés contre Carthage, vole le voile sacré de la déesse Tanit pour conquérir l'amour de Salammbô, la fille d'Hamilcar.

Page 904.

a. Marcel *[p. 903, avant-dernière ligne],* abandonne à mes mains, à nos yeux, sa figure renversée aux paupières closes. [Il jouit à la fois de notre admiration et de sa puérile *biffé*] [Notre admiration, *[*la *corrigé en* sa*]* puérile terreur du pinçon bien serré *[*pâlissent *biffé]* [le pâlissent *biffé]* le pâlissent, l'embellissent d'une *biffé en définitive*] [Il savou<re> *biffé*] Je sens qu'il savoure à la fois notre admiration [et sa *biffé*] la caresse de mes mains chaudes, et [la *biffé*] sa puérile terreur du pinçon [...] que malgré moi je cherche [, attentive *biffé*] sur celui de Marcel, le reflet d'un souhait si [<aigu *?*> *biffé*] intense... / Bouche [étroite *biffé*] qui sourit d'être [...] couvre le front d'un [éventail *biffé*] demi-éventail soyeux, [...] Voilà le fruit ignoré dont ils disent [, même Renaud *biffé*] que la saveur passe [celle de tous les autres *biffé*] toutes les autres [et *corrigé en* ...] Voilà ce qui perdit Annie, — et mille et mille femmes. [Voilà ce qui ruina et damna de *biffé*] Voilà ce [que *[*paient de leur or et de leur vie *[[un ou deux mots illisibles]] biffé] corrigé en* qui] [ruine et damne *corr. marg.*] de vieilles bacchantes qui veulent bien renoncer à tout, mais pas à cela ! [Voilà ce qui court les chemins, ce qui est à tout le monde... mais pas à moi *biffé*] La chair fraîche ! [je lis ces deux mots *biffé*] ces deux mots bruissent à mon oreille [...] d'amour en moi — et [je *corrigé en* tu] deviens la proie, Claudine, de cette [chair fraîche qui lâche *biffé*] dévorante chair fraîche qui tourmente à jamais [...] Tu peux mépriser [, avec indulgence *biffé*] toi qui n'as pas *encore* soif, l'intempérance d'Annie, mais ne [lui demande pas une gorgée *biffé*] trempe pas, *ms.*

Page 905.

a. Les treize feuillets de manuscrit qui contiennent l'épisode « Rusinol » furent rédigés en ajout, dans le dernier cahier. Le premier de ces feuillets porte, dans le coin supérieur gauche : Intercalaire, *et, de la main de Willy :* (dans le dernier tiers) / paginer A, B, C... etc. *Colette a tracé un* (Rusinol) *dans le coin supérieur droit du même feuillet.*

1. Pour Lucie Delarue-Mardrus, voir *Claudine s'en va,* n. 1, p. 552.
2. Dans *Salons et journaux, Quatrième série* (Nouvelle Librairie nationale, 1917), Léon Daudet cite à plusieurs reprises (p. 24 et p. 306 et suiv.) le chanteur Santiago Rusinol ou Rusiñol qui fut vraisemblablement le modèle de l'amant d'Annie. Il est étrange que Colette ait utilisé le nom d'un chanteur connu et encore vivant en 1907.

Page 906.

a. le portrait *[p. 905, 3e §, 6e ligne à partir du bas]* de Madame Delarue-Mardrus — un texte que personne ne songe à lire... Une salade [...] distrait mes yeux [et ces gens-là remuent ? *biffé*] et je me fatigue à penser que, si loin, [des gens *biffé*] tant de gens s'occupent [bénévolement *biffé*] de tant de choses éreintantes... / — Annie, ça vous passionne de savoir que Lucie Delarue-Mardrus versifie à califourchon sur un cheval arabe ?... Et ces deux dames-là, tenez, il y en a une qui est princesse, et l'autre reine... des lavoirs, je parie que vous ne devinez pas [qui est la *biffé*] quelle est, des deux, la tête qui porte une éphémère couronne fermée ?... Ça vous donne la fièvre, de savoir que la reprise de *Tannhaeuser* avec [M *biffé*] Louise Grandjean et Rusinol, a été [« brillante » ? *biffé*] (à nous l'adjectif rare) [« brillante » ? *corr. interl.*] / — Rusinol ? montrez ?... [...] Je vois [, de profil, élan<cés> *biffé*] battre [lent<ement> *biffé*] doucement, élancés hors de son court profil, ses cils qui sont peut-être sa plus grande beauté, [si noirs, *biffé*] si longs, [et qu'on croirait maquillés si l'extrême bout, avec une extrémité *biffé*] si foncés [...] visage, [et leur *biffé*] [cette *[éven< > biffé]* expression de faus<se> *biffé*] leur battement d'éventail la pare de cette expression de fausse pudeur, [de trouble répréhensible *biffé*] de coupable émoi *ms.*

Page 908.

1. Le restaurant Drouant, situé place Gaillon, entre la Bourse et l'avenue de l'Opéra, est surtout connu aujourd'hui pour être le lieu où est décerné, chaque automne, le prix Goncourt.

Page 909.

1. Le chènevis est le nom de la graine du chanvre. Il semble qu'Annie veuille désigner ici, non la graine, mais la tige sèche de la plante.

Page 912.

a. de quatre petites fleurs creuses... / L'air suffoque *ms.*

Page 914.

a. je n'ai pas assez fait *[p. 913, 3e §, 5e ligne]*, je me sens indigne... » / Une pluie affreuse *ms.*

Page 915.

1. Allusion à la dernière partie de *L'Anneau du Nibelung, Le Crépuscule des dieux* (acte III, sc. 1). Les Filles du Rhin, ou Ondines, étaient les demi-divinités chargées de défendre l'or du Rhin, métal magique que se disputent de nombreux héros de la tétralogie de Richard Wagner.

2. Tous les éléments concourent à désigner le modèle de cette « belle Suzie » qu'aimait Renaud : il n'est autre que Georgie Raoul-Duval. Celle qui servit déjà pour Rézi réapparaît ainsi, mais défigurée et dénigrée avec un acharnement rare chez Colette qui assouvit peut-être de cette façon une rancune tenace. Toutes les qualités que Claudine reconnaissait à son amie viennoise se retrouvent en Suzie, mais inversées, muées en travers, voire en ridicules. Le « lustre » qui rajeunit Claudine reporte le lecteur

à l'année 1901, au cours de laquelle Colette, Georgie Raoul-Duval et Willy visitèrent Bayreuth de concert (voir *Claudine s'en va*, n. 1, p. 603).

Page 916.

a. Marcel épèle au piano le chant liquide et délicieux des Filles du Rhin *[p. 915, 2e §, 11e ligne]* appelant Siegfried, et me voici rajeunie de [quelque quatre années... Singulier souvenir que *biffé*] près d'un lustre cette année, 19.. marque [la fin *[*de notre ère d'agitation *biffé]* d'une ère a<gitée> *biffé en définitive*] [pour Renaud la fin d'une ère agitée, d'une soif nerveuse de femmes et de flirts rapides, *biffé*] pour Renaud le commencement et la fin [...] La belle Suzie — qui [se nomme encore Suzie et que sa beauté n'abandonne point — *biffé*] plaît par [son *biffé*] [un *corr. interl.*] américanisme [d'un *biffé*] à la portée [...] peu serrée, un buste [gatee *[sic]* *biffé*] gâté par [la carrure des épaules *corrigé par biffures et en interl. en* une carrure] d'officier prussien, une petite tête simplement et brutalement [à *biffé*] construite : [cheveux de châtaigne dorée la mâchoire large, et le nez petit, les yeux *biffé*] la mâchoire large, [...] narines... [Les yeux et les cheveux, du même châtain sombre, *biffé*] [Les yeux d'un châtain sombre, égalent en éclat *biffé*] Suzie rit trop souvent [par habitude *biffé*] mais elle montre [...] enfants de dix ans... [Quand *biffé*] Chaque fois qu'elle rit, ses yeux [disparaissent et *biffé*] se ferment [...] se rouvrent, [avec leur *biffé*] [d'un *corr. interl.*] châtain sombre, on suit [fatigué, fasciné *biffé*] fatigué fasciné, leur mobilité inquiète, défiante et tendre... / Elle s'habille [se coiffe *add. W en interl. biffée*] [avec *biffé*] d'une manière incohérente, qui va du canotier et du col Rat-Mort à l'extravagance [emplumée *biffé*] empanachée. Ses ancêtres les Peaux-Rouges lui ont légué le goût invétéré de la plume [dans *biffé*] derrière l'oreille, [et *corr. W en interl. en* sinon] de l'anneau dans la narine... Le pied est gracieux, mais la main garçonnière [. Et *corrigé en* , et] la voix, qui chuchote et traîne [doucement, *biffé*] [avec une douceur équivoque *corr. interl. et marg.*] devient [dure et nasillarde *biffé*], dès qu'elle s'élève, nasillarde et dure... / [Ce bel oiseau Canadien *[sic]* eût dû n'être *biffé*] / La littérature [française *add. interl. biffée*] a gâté ce bel oiseau [canadien *biffé*] [yankee *corr. interl.*], à qui l'on n'eût dû apprendre qu'à briller, à [remuer *biffé*] [balancer *corr. en interl. inférieur*] onduleusement la nuque [...] qu'elle secoue et accroche, en [vraie *add. interl.*] négresse parée... [...] peu retenu, mêlé [dans sa tête *biffé*] une salade bilingue de poésie et de prose, de théâtre, de romans et [d'étu<des> *biffé*] de philosophie [.<Lors ?> *biffé*] [où *[*sottise elle puise *biffé]* elle puise au hasard avec une sereine assurance qui désarme *biffé en définitive*] [elle y puise au hasard, encouragée par l'admi<ration> *biffé*] où elle pique sans trop choisir, avec une assurance [saugrenue *biffé*] [qui lui vaut beaucoup d'admiration *biffé*] qui force les admirations ingénues... / Je n'eus *ms.*

1. Chapeau de paille, plat et orné d'un large ruban.

Page 917.

1. Cette « seconde fois » ne fait évidemment qu'une avec la première : il est invraisemblable que le groupe réuni à Bayreuth dans *Claudine s'en va* se fût miraculeusement reconstitué au même endroit, un été de « l'année 19... ». La présence d'Annie en compagnie de Marthe et de Léon Payet (p. 919) indique bien que la jeune femme ne s'était pas encore séparée de son mari, puisque Annie affirme ne s'être réconciliée avec sa belle-sœur — après la brouille qui fut l'occasion de cette séparation dans *Claudine s'en va* (p. 628-629) — que « deux ans » (p. 875) avant le moment du récit. Le voyage dont se souvient ici Claudine aurait donc dû se situer *avant* le séjour à Bayreuth raconté dans le « Journal d'Annie », ce que nie la femme de Renaud. Il est patent que Colette utilise à nouveau les souvenirs du voyage effectué en 1901.

Page 919.

1. Escalope de veau à la viennoise.
2. Voilà qui contredit les talents précédemment reconnus au journaliste dont Annie disait qu'il connaissait « plus de dialectes allemands qu'il n'y a de tribus dans Israël » (voir *Claudine s'en va*, n. 5, p. 604).

Page 920.

a. À mon bref sourire, la belle Suzie sentit la gaffe, mais déjà, [— de sa place *add. W en interl.*] Maugis, ivre aux trois quarts, l'applaudissait sans discrétion [et vociférait *biffé*] : / — Voui, [jolie *add. W en interl.*] Madame, voui ! [Le motif *corr. W en interl. et en marge en* Et vous faites bougrement *[*honneur *biffé*] honneur, si j'ose ainsi m'exprimer à votre professeur de leit motiv. *[*Cela vient *biffé*]] Le[1] motif de la Lance ! Celui qui sert pour Wotan, pour l'épée de Siegfried, pour [la colichemarde de *add. W en interl.*] Parsifal, [pour l'alène de Hans Sachs, *add. W en interl.*] pour le [petit *biffé*] couteau à dessert d'Hunding et pour le cure-ongles de Senta ! [Le *corr. W en interl. en* Ce bon vieux] motif de la Lance, collectif, démontable et interchangeable !... / [Renaud *corr. W en interl. en* Ce gros Maugis suant, je l'aurais embrassé !] Suzie rougissait [...] en détournant ses yeux des miens... [pour que je n'y pusse lire un rien d'irritation vexée... *add. W en marge*] Et moi [...] courir [dans mon *biffé*] le long de mes veines [en < > *biffé*] [comme *[deux mots*

1. *Willy a omis de récrire* Le.

illisibles] biffé] en chatouillant [...] Carlsbad, et [en *biffé*] vidant, la tête renversée, mon römer [d'émeraude *add. W en interl.*] plein d'un Johannisberg *ms.*

1. Suzie confond ainsi la lance de Wotan que Siegfried, dans *Le Crépuscule des dieux*, brise d'un coup de son épée magique, Nothung, et la lance sacrée — celle qui aurait percé le flanc du Christ — grâce à laquelle Parsifal, dans le drame lyrique de même titre, guérira le roi Amfortas.

2. Il s'agit d'une épée large dans sa première moitié et qui s'effile ensuite brusquement.

3. Hans Sachs, le personnage principal de l'opéra de Wagner *Les Maîtres chanteurs de Nuremberg* (1868), est artisan cordonnier et poète.

4. Hunding est le mari de Sieglinde, la jeune femme qu'aimera son jumeau Siegmund, dans *La Walkyrie* de Wagner.

5. Voir *Claudine s'en va*, n. 1, p. 623.

6. Le critique musical allemand Hans von Wollzogen, né en 1848, consacra plusieurs ouvrages à la biographie et aux œuvres de Richard Wagner.

7. Houston Stewart Chamberlain (1855-1927), critique musical d'origine anglaise mais naturalisé allemand, épousa en secondes noces la fille de Richard Wagner, Eva. Grand admirateur des œuvres du maître de Bayreuth, il publia de nombreux ouvrages sur sa vie et sur son œuvre. Il est également connu pour avoir développé des théories d'un pangermanisme extrémiste.

Page 921.

1. Voir *Claudine s'en va*, n. 4, p. 539. Il n'exista, à notre connaissance, aucun peintre du nom de Fournery. Il est vraisemblable que Colette transforma celui de Louis-Édouard Fournier (1857-1917), portraitiste et peintre très conventionnel de scènes officielles.

Page 924.

1. C'est en 1894 que Colette y séjourna avec Willy et Paul Masson. Le récit de Claudine correspond pour l'essentiel à celui que Colette confiera à *Mes apprentissages* (*OCF*, t. XI, p. 41).

2. Sarah Bernhardt avait d'abord acheté, à Belle-Île-en-Mer, une modeste maison ; elle acquit ensuite un immeuble, initialement destiné à devenir un hôtel, où elle passait l'été et recevait nombre de visiteurs. La pointe des Poulains, où était situé le bâtiment, occupe l'extrémité nord-ouest de l'île.

Page 925.

1. Ronde connue dont l'auteur l'est moins.

2. Le phare de Kervilaouen domine la pointe de Taillefer, au nord du Palais, localité principale de Belle-Île-en-Mer, station

balnéaire dont les habitants sont appelés Palaisiens (voir p. 926).

Page 926.

a. le long des marches *[p. 925, 5e ligne de la page]*, y laissant la trace de mes pieds nus, frais et mouillés comme des pieds de sauvagesse... / [Ces vacances <savoureuses ?> faillirent *biffé*] / Un singulier dénouement *ms.*

Page 927.

1. D'après le titre de la toile célèbre de Greuze, *La Cruche cassée.*

2. « Le petit chat est mort », répond Agnès à Arnolphe qui lui demande : « Quelle nouvelle ? » (Molière, *L'École des femmes*, acte II, sc. IV, v. 461.)

Page 928.

1. Voir *Claudine à l'école*, n. 5, p. 10.
2. Voir *Claudine à l'école*, n. 3, p. 11.
3. Dans l'édition originale : Désir, mais six lignes après : désir. Nous avons unifié. Colette voulait-elle procéder à une personnification ?

Page 930.

1. Ces « indications scéniques » ne sont pas sans donner leur véritable sens aux parenthèses nombreuses qui apparaissent dans certaines scènes de *Claudine s'en va* (voir n. 3, p. 589).
2. On aura reconnu le premier vers d'un célèbre sonnet de Verlaine *(Sagesse)*.
3. Parodie burlesque du vers de Lucrèce, *Suave mari magno...* (*De natura rerum*, chant II, v. 1) : « Il est doux sur la vaste mer... » Le poète célèbre ainsi, non sans égoïsme, le confort de l'homme en sécurité qui en voit d'autres livrés aux périls de la mer.

Page 931.

a. — Marcel ? *[p. 929, 3e §]* / — Chère amie ? / — [Ne m'appelez pas *biffé*] Ne faites pas la femme du monde [...] Et la preuve, c'est que [peut-être vous tenez *corr. W en interl. en* je m'en vais peut-être vous fournir] une occasion sans pareille [...] on ne sait pas.../ — [Oh ! oh ! *add. W*] Vous avez inventé une « Eau de Beauté » ? [vous m'avez *biffé*] ou bien [...] Penses-tu, chéri. Tu resteras toujours la fausse mineure [...] écoutez ! / [— Chère amie ? *corr. W en interl. en* — J'écoute] / — Vous n'avez jamais couché avec une femme ? / — .... / — Voilà le flacon de sels. Je reprends. Vous n'avez jamais couch... / — Jamais ! je le jure ! /

— [Vu *biffé*] Ça suffit. L'innocence crie [dans[1] votre voix *[un mot illisible] biffé*] dans vos yeux bleus et votre voix rose. [Ça *biffé*] Dites-moi encore [...] — Pas grosse ! petite, Gentille, gentille ! / — C'est vous, Claudine ? / — Monsieur !... je suis mariée... / — Parce que, Claudine, vous savez, sans blague... Je marcherais encore bien avec vous, [si *biffé*] s'il le fallait... Vous êtes rude, vous me fichez des coups, et puis vous n'avez pas trop de viande partout, [et puis *biffé*] vous n'avez pas, surtout, de ces sales cheveux longs qui collent aux doigts, aux vêtements, qui donnent mal au cœur... Et puis je suis à jeun depuis si longtemps... Et puis vous me comprenez, vous ! / [— Ô ma sœur et mon amie ! tu me combles *corr. W par biffures et en marge en* — Vous me comblez] ! Mais il ne s'agit pas de moi... [Voilà. Ne *biffé*] Marcel [, il faut que tu couches *corrigé en* . Il faut coucher] avec Annie ! / — Avec Annie ? Bon Dieu, je suis frais ! [Cette *biffé*] [Cette *biffé*] [Ce petit sapajou *biffé*] La môme palissandre ! Et cet air d'enterrer toujours un parent... / — C'est bon. Vous pouvez vous gratter, pour les quinze louis. La personne aurait été jusqu'à 25 louis, peut-être... / — Vingt-cinq louis !... C'est mon chemisier qui aurait été content... Moi qui n'ai plus de chemises d'habit... Alors, c'est pour ça qu'elle m'a peloté hier ? Il lui en faut ? Elle en demande ? / — Elle n'en demande pas, mais il lui en faut, la pauvre petite... / — Pauvre petite ! eh bien et moi ? [Il y a le fils du jardinier ? Il est très bien, vous savez ? *corr. W en interl. et en marge en* Dites donc, vous savez, le fils du jardinier, Francis ? Il est très bien] un grand rouquin, avec la peau plus foncée que les cheveux et les yeux... Avec un bon supplément de gages... Voulez-vous que je le lui demande ? / — Foin des amours ancillaires ! Et puis quoi, voulez-vous, ou ne voulez-vous pas ? / — Attendez, [*[un ou deux mots illisibles] corr. W en interl. en* c'est que...] voyons... sapristi ! / [— Ah ! ne jouez <pas ?> pas de gros mots ! / — Pardon *corr. W en interl. en* — C'est que quoi.] / — C'est que,... [Claudine *add. W en interl.*] je ne vois pas votre jeu, là dedans. / — Quel jeu ? / — Votre [tactique *biffé*] motif, l'intérêt que vous pouvez avoir à... / — Ce n'est pas une question d'intérêt [, petit serin. *add. W en marge*] Vous ne voyez donc pas qu'elle va ficher le camp ? / — Annie ? avec qui ? [où ça ? *biffé*] / — Avec personne... d'abord... Elle est malade de solitude, cette enfant. Elle a déjà canaillé pas mal ces dernières années — j'ai la frousse qu'elle ne nous rapporte un enfant... ou pis que ça ! / — Elle n'a pas [lu Brieux *biffé*] vu jouer les *Avariés*[2] ? / — Non. Je parierais qu'elle ne sait pas ce que c'est. Et puis, quand elle a sa crise — n'en dites rien ! — elle est comme ivre... / — Victime d'une particulière ébrieux-té... / — Charmant [. Je vous l'achète dix

1. *En fait Colette a omis de biffer ce* dans.
2. Pièce morale d'Eugène Brieux, créée en 1901, qui exploite les conséquences très physiques de l'inconduite.

louis *corr. W en interl. en* , Marcel. Voulez-vous que je l'envoie au gros Maugis ; il vous paiera bien ça cinquante centimes.] / — [C'est mon prix *biffé*] En dehors des 25 louis, hé ? / — [Petit *add. W*] Rapiat[1], va ! Alors, [sérieusement, *add. W en interl.*] ça colle ? / — Laissez-moi réfléchir, Claudine ! [Ma *corrigé en* La] situation est presque inextricable... En admettant que j'accepte... vous iriez jusqu'à... [cinquante ? / — Cinquante quoi ? / — Louis. Je les vaux ! / — Jamais de la vie ! [C'est *biffé*] Ce [vil *add. interl.*] marchandage est indigne de nous deux. Tenez... huit cents francs, ou rien... *corr. W en interl. et par biffures en* combien ?] / — Vingt-cinq louis, [mon garçon *biffé*] [jeune homme *corr. interl.*] ... Et c'est bien payé ! / — C'est que... écoutez donc... Je ne suis pas sûr de moi du tout, Claudine ?... / [— Oh ! *corr. W en interl. en* — Comment !] Après deux mois et demi de vertu ? / — Tiens ! s'il s'agissait d'un petit ami, ou même [— je vais plus loin — *biffé*] de Francis, oh !... je sens que j'aurais tout de suite mes grands nerfs... / — Ce pluriel vous honore. / — Mais une femme ! une femme !... ça me rappelle une fâcheuse histoire [...] dégoté un [charmant petit anglais, marié, *corr. W en interl. et en marge en* tout jeune anglais, charmant mais marié,] le monstre ! [...] compte... [Elle se met en tête *corr. W en interl. en* Ne se met-elle pas en tête], si j'ose dire, de se me payer ? Ils [m'ont soûlé *corr. W en interl. en* me grisaient de whisky], ces animaux-là [...] l'espoir me [reprenait *biffé*] revenait... / — Ça s'appelle un espoir ? / — Je songeais à lui, qui buvait [dans la chambre à côté *corrigé en interl. en* du champagne — un magnum — dans la chambre à côté], et puis [...] giflé, [la rosse *corr. W en interl. en* rageusement,] et flanqué dehors. [...] mari au magnum ? / [— Très joli... *add. W en interl.*] / Je l'ai retrouvé sous la table. Rien à en tirer. Vous voyez... Dites donc ? / — [Oui *corr. W en* Je dis.] / — Qu'est-ce qu'on touche, en cas de ratage ? / — La peau. / — C'est dur. / — Je vous le souhaite. / — Ô ma mère ! les derniers conseils, au moins ?... / [— Oh ! vous croyez ? l'inspiration du moment vaut mieux que *biffé*] [— Bah ! *corr. W en interl.*] Fiez-vous donc à l'inspiration du moment ! / — Je la connais, l'inspiration du [moment *biffé*] moment ! ça consistera en une envie démesurée de [foutre *corr. W en interl. en* fiche] le camp ! / — Petit mal élevé ! Elle est gentille, pourtant, Annie ! / — Heu... / — Je la connais, moi. Si mince ! Des hanches de collégien, et pas de viande sur le torse, et des jambes... / — « Mais il y manque une chose... » / — Vous la compléterez [, des Grieux pour boys *add. W*] / — Si Dieu permet. Alors quoi, j'entre, je / — Pas tout de suite, hussard ! / — Non, je veux dire : j'arrive, je trouve la jeune personne, je lui dis... / — Tu ne lui dis rien du tout ! D'abord je vous droguerai tous les deux, un puissant aphrodisiaque du Sud !... / — Oui, oui, c'est ça ! très puissant pour moi, s'il vous

1. *Willy a omis de corriger* Rapiat *en* rapiat.

plaît ! Et puis ? / — Et puis dame... le silence, l'étreinte, des soupirs, un petit sanglot... / — Je ne saurai jamais faire tout ça. / — Il ne s'agit pas de vous ! Le soupir, le sanglot, c'est elle ! / — Ah bon. Je disais aussi... / — Vous, c'est la fougue heureuse, l'honnête et consciencieux travail, la satisfaction, après, du devoir bien rempli... / — [Miel. *corr. W en interl. en* Flûte !] / Et puis je passe à la caisse ? / [— Tout de suite. *biffé*] / — Pas tout de suite, dites donc ! Pour ce prix-là, [vous pourriez *biffé*] vous me devez [toute la nuit *biffé*] la nuit complète. / [— Cruelle *biffé*] / — Quel raid ! on signe au contrôle d'arrivée ? / [— On signe et on touche *biffé*] / — [Tu parles *corr. W en interl. en* C'est vous qui l'avez dit] / — Mais... qui est-ce qui contrôle ? / — Votre mutuelle bonne foi. / [— Oh ! alors je tope *[deux mots illisibles]* Pas d'entraîneur ? c'est dommage. / — Vous en avez un culot ! pourquoi est-ce dommage ? *biffé*] / — Oh ! alors... je tope. Dites donc, Claudine ? / — Quoi ? / — Vous ne voudriez pas me servir d'entraîneur ? / — Shocking, Marcel ! / Que Dieu me juge *ms.* : *Tout ce long passage a été supprimé par Colette dans l'édition du Fleuron.*

Page 934.

1. C'est la seconde fois que Claudine manifeste ou reconnaît son attirance pour le voluptueux abandon d'Annie (voir *Claudine s'en va*, p. 615-616).

Page 937.

1. La différence d'âge entre Renaud et Claudine n'avait pas été précisée jusqu'ici. On comprend pourquoi la romancière l'a voulue aussi importante, vingt-deux ans : Renaud est le père de Marcel, lui-même contemporain de Claudine ; l'importance de l'écart justifie que la jeune femme ait souvent présenté comme filiale sa relation à son mari ; la cinquantaine de Renaud rend également plausible la rapide dégénérescence physique qui entraînera sa mort. Dans la réalité, Willy était de quatorze ans l'aîné de Colette.

Page 939.

a. car je ne veux pas qu'il [parle, qu'il s'excuse, qu'il [tente, tendre *biffé*] m'offre, tendre jusqu'à [l'altruis<me ?> *biffé*] [s'avilir, *biffé*] je ne sais quel renoncement, [quel *biffé*] qu'il me rende une liberté, une propriété de moi-même que je n'accepterai jamais... *biffé en définitive*] / parle, qu'il [s'excuse *biffé*] s'avilisse [...] Ô ma liberté [! je ne veux plus de vous *biffé*] [dont *biffé*] que je refuse ! je ne veux plus de vous. Je vous regarde *ms.*

Page 940.

1. Claudine décrit ainsi la panoplie de l'automobiliste du temps, fort peu protégé de la poussière et des intempéries dans des voitures le plus souvent presque entièrement découvertes.

2. Colette, relisant l'ouvrage avant de l'inclure dans ses *Œuvres complètes*, a sans doute jugé qu'elle avait exagéré la puissance du moteur : elle la ramena alors à quarante chevaux. Ce sont des unités de puissance réelle ; nous ne connaissons plus, dans la désignation des voitures, que des chevaux fiscaux.

3. Curieusement, le lecteur n'est pas averti du fait que la dernière partie du roman se déroule, non plus à Casamène, mais à Montigny. De nombreux détails prouvent, en effet, que c'est dans la maison d'enfance de Claudine que Renaud est mort et que la veuve projette de se fixer désormais : vieux noyer, rosier cuisse-de-nymphe, chèvrefeuille, glycine et vigne vierge, jardin d'en bas et Montagne aux Cailles sont du jardin de Claudine « à l'école » ; Marthe situera le lieu plus précisément encore lorsqu'elle affirmera vouloir coucher à Auxerre, « à côté d'ici, cinquante kilomètres » (p. 948).

Page 941.

1. À Prrrou, « fille de Péronnelle » (p. 945), qui fut de fait une de ses chattes, la romancière consacrera un récit : *Prrou, Poucette et quelques autres* (Librairie des lettres, 1913).

Page 942.

1. Comme d'habitude dans ce cas, le chiffre « dix-huit » vient spontanément sous la plume de Colette (voir *L'Ingénue libertine*, n. 2, p. 673). La date du décès de Renaud reste cependant imprécise. La visite ici rapportée a lieu, en toute vraisemblance, à la fin de l'été (roses, abricots). Marthe, situant en hiver l'anniversaire « et demi » de ce décès, le place au cours des mois de mai ou de juin, contredite par Claudine (p. 947) assurant qu'il y a, par rapport au temps même du récit, dix-huit mois que son mari a disparu, en hiver donc. Une telle incohérence n'étonne guère chez Colette, généralement peu soucieuse d'ordre chronologique lorsqu'il s'agit d'événements sans liens avec la réalité.

Page 947.

a. ce n'était pas de l'amour *[p. 946, 4e § à partir du bas de la page, dernière ligne]* ?... / [Son cri sincère, *biffé*] [sa plainte m'émeut presque. *biffé*] Son cri est sincère [...] Non, je ne [veux *biffé*] [souffrirai *corr. interl.*] pas qu'une eau amère [...] à mes yeux, [s'épanche en f *biffé*] [à *biffé*] [suscite sur mes lèvres un flot <nerveux ?> de *biffé*] délie mes lèvres... [...] Consolez-vous, mon enfant, je n'ai pas perdu mon amour[1] ! Croyez ce que je dis, — ou bien [reniez-moi *[un mot illisible]* si *biffé*] que ma [tête *biffé*] [raison *corr. en interl. inférieur*] m'abandonne un peu, cela ne fait rien... / [Elle pleure un peu, secoue la tête pour faire tomber ses larmes. *biffé*] / Les bras pleins de fleurs [...] qui la berce[2], et l'ironie qui se ca<che> *biffé*] et je ne sais pas *ms.*

1. Un an se serait donc écoulé entre les premières semaines de son séjour à Casamène et la mort de Renaud.

Page 948.

a. cultive son petit frisson *[p. 947, 7e ligne du bas de la page]*... / [— Mais non, chérie. Cette image de Ren<aud> *biffé*] Je caresse [son bras brun, sur *biffé*] distraite, [son bras brun *biffé*] son épaule brune, [...] de savoir que [j'efface *[un mot illisible]* *biffé*] s'efface si facilement en moi cette image accidentelle d'un Renaud couché, vaincu, [diminué, *[un mot illisible]* *biffé*] [pétrifié à demi *corr. interl.*] par la foudroyante attaque [...] sous le drap blanc... Vite [je la *biffé*] [je repousse *biffé*] je feuillette le riche album de notre vie, pour y [ad *biffé*] admirer, [lumineuses *biffé*] des pages lumineuses où [rien ne manque, *[* p<as> *biffé]* pas un *biffé en définitive*] pas un détail ne manque [...] enchâssé dans l'or [d'une journée *biffé*] d'une heure magnifique... / Héhà !... [...] Élégante, mauve et safran, [Marthe vient vers nous remorquant Maug<is> *biffé*] remorquant Maugis [alourdi *biffé*] qui traîne [une *biffé*] la jambe [...] s'accuse... Elle [agite en signal ses gants longs *biffé*] fouette l'air de ses gants longs et crie en marchant. *ms.* : cultive son petit frisson [...] Une voix stridente nous arrache à nos songes divers. Élégante, verte et safran, remorquant Maugis qui traîne la jambe, déjà touché par l'ataxie, Marthe vient vers nous. Elle fouette l'air de ses gants longs et crie en marchant : *RSF* ✦✦ *b.* Annie la regarde s'approcher, une expression ambiguë sur [son visage b< > *biffé*] sa petite figure d'esclave... [...] elle craint [ma tristesse, ma solitude *biffé*] ma tristesse et ma solitude qui me sont également chères... Elle redoute [Marthe *biffé*] sa belle-sœur *ms.*

1. Ou Walkyrie (voir *Claudine s'en va*, n. 3, p. 616).

Page 950.

1. Dans le drame lyrique et satirique de Henrik Ibsen, *Peer Gynt* (1876), dont Edvard Grieg composa la musique de scène, le

1. *En face de cette phrase,* Consolez-vous, mon enfant, je n'ai pas perdu mon amour ! *dans la marge, Willy a écrit* Moi non plus.

2. *Sur la page de gauche du cahier, verso du feuillet paginé 53 (à la machine) et 260 (à la main), Willy a écrit au crayon* peut-être Maugis avec Annie mais Claudine *[deux mots illisibles]* pas en être certaine ; *plus bas, sur la même page* : Toby-Chien « où est ton père ».

héros eſt à la merci des gnomes que les Scandinaves appellent trolls.

2. Le temps du verbe semblerait indiquer que Claudine fait allusion, moins à l'Annie avec laquelle elle vécut à Casamène, qu'à l'héroïne de *Claudine s'en va.*

LES VRILLES DE LA VIGNE

NOTICE

« Le livre dont tout Paris parle » : c'eſt ainsi que *La Vie parisienne*, la revue dirigée par Charles Saglio[1], présente, dans une publicité du 9 janvier 1909, *Les Vrilles de la vigne* : en vente « dans toutes les librairies et dans toutes les gares », l'ouvrage avait été publié, au début de novembre 1908[2], par la revue elle-même, qui se transformait à l'occasion en maison d'édition. Cette publication fut accompagnée et rappelée par de la publicité, nécessaire sans doute après l'abandon de Claudine et d'Annie pour une inspiration moins commerciale. C'eſt ainsi que, le 28 novembre, *Le Sourire*, également dirigé par Ch. Saglio, inscrivait sous un dessin représentant une femme en train de lire : « Quel livre lit-elle ? / Elle lit *Les Vrilles de la vigne*, le livre si joliment pervers que vient de publier Colette Willy. / Toutes les femmes, tous les amoureux font leurs délices de ce livre si exquisément sensuel. » Le 5 décembre, *La Vie parisienne* insérait une caricature de « Colette Willy, qui vient de publier *Les Vrilles de la vigne*, le livre du jour ». Le 13 mars 1909, *Le Sourire* paraît avec une réclame du « livre dont tout le monde parle », ajoutant que l'on en eſt à la neuvième édition, ce qui n'a pas grande signification puisque le mot « édition » désigne seulement quelques centaines d'exemplaires ; cette réclame eſt reproduite plusieurs fois jusqu'au 4 décembre 1909.

Au moment de la publication, Colette avait écrit à un critique belge, Lucien Solvay : « Je vais vous envoyer mon dernier-né fait de pièces et de morceaux, dont quelques-uns trouveront grâce à vos yeux, je l'espère[3]. » Un livre-arlequin : sur les dix-huit textes que compte l'édition, seize avaient été publiés en revue, le dernier dans *La Vie parisienne* du 5 septembre 1908. Un livre-arlequin auquel Colette tenait assez pour y revenir en 1923, en 1930, en

1. Charles Saglio (1873-1950), qui avait renoncé à la carrière consulaire pour se consacrer au journalisme, fut le directeur et le propriétaire de *La Vie parisienne* de 1907 à 1927.

2. La *Bibliographie de la France* annonce le 6 novembre 1908, dans sa partie commerciale, que le volume vient d'être mis en vente.

3. Lettre de Colette à Lucien Solvay, dans *OCH*, t. XVI, p. 226. Sur L. Solvay voir n. 3, p. 672.

1934, en 1950[1], supprimant ici pour ajouter là, comme si elle interrogeait elle-même sa propre écriture pour y trouver de nouveaux aliments et de nouvelles réponses. Du hasard des circonstances premières et de leur retentissement, l'écrivain glisse à l'élaboration d'une image de soi qui l'accompagne, qui le sollicite et qu'il retouche : c'est ce dynamisme qu'il faut essayer de surprendre, en partant du commencement, c'est-à-dire de la genèse de l'œuvre.

GENÈSE : LE CONTE ET LE CHANGEMENT

Le 15 mai 1905, puis le 1er juin, le 15 juin, le 15 juillet, le 15 octobre, et enfin le 1er janvier 1906, paraissait dans *Le Mercure musical*, sous la signature de Colette Willy, une série de six articles, intitulée *Les Vrilles de la vigne.* Le dernier portait pour soustitre « Toby-Chien et la musique » ; il apparaît tel quel dans l'édition originale pour disparaître, non seulement de la réédition de 1934, mais de l'œuvre de Colette ; du trait satirique au calembour, l'esprit hérité de Willy y court encore, parallèlement à la veine issue des *Dialogues de bêtes*[2]. Le premier, lui, c'est déjà, pour sa première moitié, ce conte païen, en forme d'histoire naturelle — les *Histoires naturelles* de Jules Renard avaient paru en 1896[3] —, qui ouvre l'édition originale ; le manuscrit le présente comme « un vrai conte de Noël », « un conte réconfortant », mais où, paradoxalement, « il n'y a pas de neige, pas d'Enfant Dieu, pas de gel scintillant et bleu, pas de miracle et pas d'anges »... Imaginé au creux d'un hiver, « tout près du feu », ce conte, qui précède en 1905 quatre articles qu'anime la présence de Claudine, de Renaud, de Maugis et de Rézi, a dû être rédigé à la Noël 1902, 1903 ou 1904. Et si conte il y a, c'est que Colette a le sentiment de traverser une mauvaise passe : contre le découragement, contre le désespoir, il lui faut croire et inventer qu'existe le chemin d'un avenir meilleur ; bien sûr, les paradoxes de cette « légende du rossignol », comme dit le manuscrit, font d'elle une belle histoire irréelle, mais elle n'en reste pas moins vraie, d'une vérité intérieure qui renvoie à la nécessité d'un développement personnel, d'un changement : dans un premier jet, Colette avoue : « Je n'ose changer », puis elle rature pour faire dire au rossignol : « Je n'ose m'envoler. » Mais le sagace Willy ne s'y trompait pas, qui annota en marge le manuscrit précisément à cet endroit-là : « Continuez donc, petite horreur charmante ! »

1. Voir la Bibliographie, ainsi que p. 1548-1549. L'édition de 1950 est celle du Fleuron (t. III).

2. Recueil paru au Mercure de France à la fin de février ou au début de mars 1904 ; voir le tome II de la présente édition.

3. Il existe un exemplaire des *Vrilles de la vigne* ainsi dédié : « Pour Jules Renard/souvenir d'une admiratrice paysanne » (collection de M. Michel Remy-Bieth). Dans le numéro de *Comoedia* du 3 janvier 1909, G. de Pawlowski écrivait des *Vrilles de la vigne* : « c'est un recueil de croquis détachés, à la manière de Jules Renard [...] »

Ce qu'il lisait dans le texte du manuscrit, puis dans celui, plus ramassé, du *Mercure musical*, c'était, au nom d'une dignité perdue à recouvrer, la volonté de rompre avec les expériences qui sont au point de départ de la transposition romanesque de *Claudine en ménage* et de *Claudine s'en va* : un bilan conjugal de plus en plus lourd, entaché de ces liens troubles qui se tissèrent littérairement entre Claudine, Rézi et Renaud et, dans la réalité, entre Colette, Georgie Raoul-Duval et Willy : « La fêlure est là [...] / On dirait que pour lui — et je sens que ceci nous sépare — la volupté est faite de désir, de perversité, de curiosité allègre, d'insistance libertine [...] / Depuis un an et demi, je sens progresser en moi l'agréable et lente corruption que je dois à Renaud. À les regarder avec lui, les grandes choses s'amoindrissent, le sérieux de la vie diminue [...] / Il y a pis : Renaud m'a découvert le secret de la volupté donnée et ressentie, et je le détiens, et j'en jouis avec passion, comme un enfant d'une arme mortelle [...] / Mon Dieu, comme je suis changée ! [...] / Ah ! comme je suis loin d'être heureuse ! Et comment alléger l'angoisse qui m'oppresse ? Renaud, Rézi, tous deux me sont nécessaires, et je ne songe pas à choisir. Mais que je voudrais les séparer, ou mieux, qu'ils fussent étrangers l'un à l'autre [...] / Tout est à recommencer. Tout est, Dieu merci, recommençable[1]. »

Le conte n'est-il pas d'abord ce par quoi il n'y a pas à douter que « tout est recommençable » ? Dans les mailles du réseau métaphorique qui le constitue, dans les équivalences imaginaires qu'il suggère, si Colette est bien le rossignol, les vrilles de la vigne sont, elles, l'image d'une volupté à double tranchant : elles avaient déjà servi à Colette pour évoquer les « doigts pointus » de Rézi, la grâce des arabesques que dessinent ses « mains nerveuses », ses « mains fées[2] » ; et plus de vingt ans après, en 1936, quand Colette revient dans *Mes apprentissages* sur sa première expérience conjugale, sur la « coupable griserie » de ses débuts, sur son « affreux et impur élan d'adolescente », elle entoure ses souvenirs d'un maléfique halo mythologique, et « l'ombre de Priape », ce dieu des vignes et des jardins, « finit par démasquer l'ombre d'un homme, qui a déjà de l'âge, un trouble regard bleuâtre, illisible, le don des larmes à faire frémir, la voix merveilleusement voilée, une légèreté étrange d'obèse, une dureté d'édredon bourré de cailloux[3] » : Willy. Et c'est de Willy plus encore que de Rézi, alias Georgie Raoul-Duval, qu'il importe à Colette de se libérer, la situation triangulaire de 1901 n'ayant fait qu'accroître un malaise déjà existant.

Car le rossignol n'est pas lui non plus l'invention d'une libre imagination. En mai 1888 paraissaient en anglais, sous la signature d'Oscar Wilde, quatre contes que traduisit en 1891, pour

1. *Claudine en ménage*, p. 386, 387, 414, 493, 524.
2. *Ibid.*, p. 441, 475, 488.
3. *Mes apprentissages, OCH*, t. VIII, p. 180, 205.

L'Écho de Paris, Marcel Schwob : des contes noirs, sous des apparences de contes bleus. L'un d'eux, "Le Rossignol et la Rose", raconte comment un étudiant doit acquérir une rose rouge, qu'il ne peut trouver, pour toucher le cœur de sa bien-aimée : seul un rossignol peut en obtenir une d'un rosier, à condition de presser son cœur contre une épine et d'y laisser sa vie. Ce qu'il fait au nom de l'amour, mais vainement, puisque la bien-aimée dédaigne l'offre de la fleur, lui préférant un bijou, et qu'excédé par ce caprice, l'étudiant retourne à ses études. « Assis à mon chevet, Marcel Schwob fidèlement ouvrait un volume de contes américains ou anglais[1] » : lut-il alors, en 1894, ce conte de Wilde à une Colette gravement malade, à la jeune mariée qui venait de découvrir que son mari la trompait ? Il n'y avait pas seulement en elle la « coupable griserie » déjà évoquée, mais aussi les exigences, l'intransigeance déjà déçue d'un « sang monogame[2] », qui devait se renier à peine éclose et s'abolir en morne indifférence : « Il y a toujours une époque, dans la vie des êtres jeunes, où mourir leur est tout juste aussi normal et aussi séduisant que vivre, et j'hésitais[3]. » Reste qu'en 1903, à défaut de 1894, il revint à Willy d'ajouter une dernière note de dérision au sacrifice du rossignol.

En 1890, Jane Dieulafoy[4] avait fait paraître chez Lemerre une sorte de roman historique, *Parysatis*, dont l'intrigue amoureuse et politique mettait à profit les découvertes archéologiques du mari de l'auteur, qui avait découvert de 1880 à 1887 les palais de Darius et d'Artaxerxès : elle en avait tiré un drame lyrique qui, sous le même titre et sur une musique de Camille Saint-Saëns, fut représenté les 17 et 19 août 1902, aux arènes de Béziers, à la grande indignation de Maugis-Willy[5]. Cette sombre tragédie met en scène la rivalité amoureuse d'un père et d'un fils, le grand roi Artaxerxès aimant Aspasie, la belle esclave grecque qu'aime également Darius, le prince héréditaire, soutenu par sa grand-mère Parysatis. Aspasie ne peut que disparaître de ces deux vies qu'elle bouleverse et pour éviter que Darius, qu'elle aime, ne se dresse contre son père, elle se donne la mort, ce qui n'empêche pas Artaxerxès de faire tuer Darius, d'exiler Parysatis et de devenir fou. Or, pour illustrer le sacrifice d'Aspasie, Jane Dieulafoy et Camille Saint-Saëns ont précisément adapté à un solo de la soprano « Le Rossignol et la Rose », « fait en vocalises, en batteries rapides ou en broderies lentes, et d'une pureté musicale absolue », qui précède, « lorsque Aspasie meurt, un chant de hautbois (adagio), palpitation d'agonie, de plus en plus éteinte,

1. *Mes apprentissages, OCH*, t. VIII, p. 191.
2. *Ibid.*, p. 255.
3. *Ibid.*, p. 189.
4. 1851-1916.
5. Voir la lettre de Maugis à Claudine dans *Claudine s'en va*, p. 644-653. Lettre que Colette supprimera dans l'édition du Fleuron.

dont la douceur, à Béziers, dans le soleil mourant, était indicible[1] ».

Le rossignol « chanta d'abord comment naît l'amour dans le cœur d'un garçon et dans celui d'une fille. Et, sur la branche la plus haute du rosier, une rose merveilleuse commença à fleurir, pétale après pétale, — tandis que, strophe après strophe, se déroulait le chant. Ce fut, au début, une rose pâle comme le brouillard qui flotte au-dessus de la rivière, pâle comme les pieds du matin, et argentée comme les ailes de l'aube ... / Alors le rossignol se pressa plus fort contre l'épine ; et l'épine toucha son cœur et une grande douleur le traversa. Amère, amère était sa douleur, et son chant s'élevait de plus en plus farouche, car il chantait l'amour qui s'exprime totalement dans la mort, cette sorte d'amour qui ne meurt point dans la tombe[2]. » Le même lyrisme précieux baigne le manuscrit de Colette avant que n'apparaisse la concision pudique du texte du *Mercure musical*, mais sans cette rhétorique tragique qui introduit le sacrifice, puisqu'il s'agit justement pour Colette, revenue d'une sorte de romantisme d'adolescente, d'aller au-delà de tout sacrifice pour tenter de se reprendre et de faire face, bref de se libérer de Willy et de ce qu'il représentait. Rappelons ce que Maugis écrivait à Claudine : « Quant au machin dit "Le Rossignol et la Rose", je me relèverai la nuit pour en rire. Comme musique, c'est des gargouillades plutôt coco, mais quel ruissellement de poésie ! Allumez... le rossignol sopranise : "Ah !... Ah !... Ah !..." Alors le chœur y répond : "Ha !... Ha !... Ha !..." N'est-ce pas, on en mangerait sur du pain (*mode hypolydien*)[3] ! »

Il est des dissonances qu'on ne peut trop longtemps écouter sans irréversibles compromissions, et la première moitié du conte du rossignol, plus maîtrisée et enfin éditée, dans l'ambiguïté même qui est de la nature du conte, était une invite pour la jeune femme qui éprouvait le besoin de se le raconter, à renoncer à la fois à la folie de ses rêves de jeune fille, aux appels d'un « sang monogame », à ce qu'elle crut être le meilleur d'elle-même, et à la fausse légèreté libertine et perverse d'une volupté qui n'était qu'un déguisement réducteur de l'amour. Peut-être ne resterait-il plus alors qu'à vivre sans amour, mais non sans tendresse : car rien ne sert de se libérer si l'acte de libération ne conduit à rien, c'est ce que montre l'évolution d'Annie de *Claudine s'en va* à *La Retraite sentimentale*, c'est ce qu'avait montré le héros de *L'Immoraliste*, paru en 1902 : « Je me suis délivré, c'est possible ; mais qu'importe ? je souffre de cette liberté sans emploi[4]. » Et c'est ce que montre aussi et enfin la deuxième par-

1. Émile Baumann, *L'Œuvre de Camille Saint-Saëns*, Ollendorff, 1923, p. 459.

2. « Le Rossignol et la Rose », dans Oscar Wilde, *Le Crime de Lord Arthur Savile et autres contes*, éditions de l'Érable, 1969, p. 218-219.

3. Voir p. 652.

4. André Gide, *Romans*, Bibl. de la Pléiade, 1958, p. 471.

tie du conte du rossignol : sa version manuscrite n'apparaît dans le même cahier que vingt-six pages après celle de la première partie, et elle ne sera éditée que dans l'édition originale de 1908.

Mais c'est déjà là une autre histoire, qui ne naîtra que quand les événements de la vie se précipiteront et mettront Colette au pied du mur : 1905 n'est que l'ouverture d'une période de crise dont témoignent sur le moment *La Retraite sentimentale*, mise au net en 1906, et rétrospectivement *Mes apprentissages*, dans son insistance sur le mot-clef qui s'impose à la jeune femme : « Pendant que j'écrivais *La Retraite sentimentale* [...], je développais des forces qui n'avaient rien à voir avec la littérature. Mais elles ployaient si je les bandais trop fort. Je n'en étais pas encore à vouloir fuir le domicile conjugal, ni le travail plus conjugal que le domicile. Mais je changeais. Qu'importe que ce fût lentement ! Le tout est de changer[1]. » Et « secours aussi », dans ces perspectives, « le langage de la musique[2] » : le chant du rossignol donne le ton à ces premières *Vrilles de la vigne* du *Mercure musical*, qui, mettant en scène Claudine, Rézi, Maugis ou Renaud, délègue à Claudine le soin de parler de grands concerts, de sociétés musicales de province ou de chansons paysannes : occasion d'aveux indirects : ainsi, quand l'amour est comparé à la musique, drogue enclose dans « un flacon fermé » : « Ne le respire pas trop. Enivre-toi raisonnablement. Crains sa vapeur quasi mortelle, crains l'emportement et son mystérieux désespoir. Dose l'orgie... Sinon ta tête tombera en arrière comme celle d'une femme qui meurt et tu garderas, le charme dissipé, un triste visage égaré d'enfant perdue[3]. »

Ou encore quand Claudine glisse des chansons paysannes à l'évocation d'une noce campagnarde, qui est une première esquisse de « La Noce » de *La Maison de Claudine*[4]. Méfiance de l'amour, souvenir d'enfance, autant de jalons qui vont conduire aux secondes *Vrilles de la vigne*.

DÉVELOPPEMENT : FAIRE FRONT

Invoquer le changement n'est pas encore changer ; mais il ne manque plus à Colette que la pression des circonstances pour que s'efface toute résignation, toute compromission, pour qu'elle soit obligée d'aller de l'avant ; la mort de son père, la séparation voulue par Willy, la liquidation du cycle des *Claudine*, la rencontre de la marquise de Morny, tout va la pousser à un changement qu'elle désirait autant qu'elle le craignait, en la contraignant à

1. Cité par Paul D'Hollander, *Colette. Ses apprentissages*, qui analyse cette période de crise, p. 178 et suiv.
2. *Mes apprentissages, OCH*, t. VIII, p. 259.
3. *Le Mercure musical*, 1er juin 1905, p. 74.
4. *Le Mercure musical*, 15 juillet 1905, p. 201-203, et *La Maison de Claudine, OCH*, t. VI, p. 62-66.

répondre de la seule façon qui puisse convenir à la conscience de sa dignité intérieure : Colette choisit de faire front.

Le capitaine Colette meurt à Châtillon-Coligny le 17 septembre 1905, lui qui avait séjourné avec sa fille dans la propriété des Monts-Boucons achetée par Willy en 1900. C'est là que Colette se réfugie, mais pour la dernière fois — elle n'y retournera plus —, dans un domaine qui lui fut comme un substitut du domaine de Sido, définitivement perdu, à Saint-Sauveur. « Comme au plus agréable des pièges, j'ai failli rester prise aux charmes des Monts-Boucons. Vieux arbres fruitiers, cerisiers et mirabelles ; murs épais, impétueux feux de bois, sèches alcôves craquantes — il s'en fallut de peu que de bourguignonne je ne tournasse bisontine, tout au moins franc-comtoise... Quand Polaire emporta, en tournée théâtrale, la Claudine qu'elle avait créée aux Bouffes, elle commença par Besançon. Fragile, fiévreuse et triste, elle passa des Monts-Boucons à la gare de Besançon, par un petit matin frais et désolé qui la couvrit de larmes... Je ne songeais pas encore que je pourrais, quelques mois plus tard, fouler les planches à mon tour, enseignée, secourue par mon maître et compagnon Georges Wague[1]... ». Cet ultime pèlerinage à une sorte de refuge piège avant le métier nouveau, le deuil et, avec la douleur, la stupeur de découvrir la stérilité littéraire d'un père[2] coupable et victime de son amour pour Sido, contribuent peut-être à détacher Colette de Willy et à la rapprocher de son père, pour accomplir à sa place ce qu'il n'eut pas la force d'accomplir et pour s'essayer, comme le rossignol, à un chant libérateur[3].

L'hypothèse n'est pas improbable, puisque, « quelques mois plus tard », Colette s'exerçant à « fouler les planches », n'est plus qu'une femme qui commence à comprendre qu'on ne veut plus d'elle : Willy l'invite fermement à se détacher, en rompant avec une lenteur calculée, mais dépourvue d'ambiguïté, les liens que sa femme n'osait rompre, si l'on en croit le dernier chapitre de *Mes apprentissages.* À l'homme les suggestions décisives, à la femme une acceptation progressive et qu'elle ressent comme déshonorante, mais sans révolte, comme si une maturation intérieure l'aidait à entrevoir un au-delà de la séparation qui lui fût bénéfique. C'est qu'en même temps elle accomplit sa dernière tâche de nègre, *La Retraite sentimentale,* où, à l'opposé de ce qu'elle est en train de vivre, elle métamorphose le mari de Claudine en amant inconditionnel, à la fois fort et jaloux : déjà le Renaud de *Claudine s'en va* s'éloignait du libertin complaisant et pervers de *Claudine en ménage* et prenait sa nouvelle forme dans une « Lettre de Claudi-

1. Archives Yannick Bellon. Ce texte a été écrit par Colette pour le film que lui a consacré Yannick Bellon en 1952 (voir *Europe,* novembre-décembre 1981, p. 135).

2. Voir dans *Sido* ce que Colette appelle l'« œuvre imaginaire » du capitaine, *OCH,* t. VI, p. 191-2.

3. Voir les analyses de Françoise Mallet-Jorris dans « Une vocation féminine ? », *Cahiers Colette* n° 1, Flammarion, 1977, p. 43-6.

ne » : « Votre tardive et maladroite et rétrospective jalousie ! Elle est ma gloire, mon agacement, mon jouet et ma tristesse. Cela vous est venu on ne sait comment, on ne sait pourquoi, comme vient l'amour même. » L'évolution du personnage se fait contre lui-même, contre sa propre cohérence : c'est une manière pour son créateur de pallier ses soucis de créature, puisque cette « Lettre de Claudine » paraît dans la revue *Le Damier,* en avril 1905[1], et qu'en mai 1905 paraît au *Mercure musical* ce conte du rossignol où Colette avoue n'oser changer, bien que le voulant. Cette opposition et cette complémentarité de deux textes, l'un romanesque, l'autre, sous la fiction du conte, de témoignage intérieur, ne font qu'anticiper sur celles du roman et de la vie elle-même, en 1906. Et c'est ainsi que l'achevé d'imprimer de *La Retraite sentimentale* est daté du 10 février 1907, et que le 13 février est prononcée la séparation de Colette et de Willy, aux torts réciproques des époux.

La page est bien et définitivement tournée : il faut vivre autrement, il faut écrire autrement : on ne sait quand Colette revient à son conte du rossignol, mais une lettre à Charles Saglio, non datée, l'évoque : « Puis-je vous trouver *sûrement* à 6 heures ? Renvoyez-moi *vite, vite* la petite histoire du *Rossignol* que vous avez emportée par erreur, j'en ai besoin tout de suite[2] ! » Qu'il s'agisse de compléter cette « petite histoire », d'en inventer la seconde partie, ou bien de mettre au net l'ensemble d'un texte qui a trouvé son unité, il n'importe : la « sage main fraîche » qui vient calmer la fièvre de Colette consacre l'entrée en scène de Missy[3], rencontrée au Cercle des arts et de la mode, semble-t-il, en 1906, cercle qui abritait la direction et l'administration de la revue *Le Damier,* déjà évoquée.

Femme séparée, saltimbanque[4], lesbienne, voilà Colette montrée du doigt, mais qui précisément choisit de faire front, d'assumer publiquement sa condition de réprouvée ; un premier texte, « Toby-Chien parle », dédié à Meg Villars, paraît dans *La Vie parisienne* le 27 avril 1907 : elle y dénonce le vide de sa vie mondaine passée, premières et vernissages, elle y dénonce surtout les virils appétits de Willy, vain et vicieux collectionneur de conquêtes féminines, — elle y revendique le droit d'exercer avec bonne conscience son nouveau métier, et celui de vivre comme elle l'entend, avec sa « sûre amie » : Missy ; elle y affirme enfin sa liberté et sa dignité, conquises sur un désarroi intérieur qu'elle peut alors, luxe suprême, laisser entrevoir, avant de céder à la nostalgie du paradis perdu de l'enfance dans le « dialogue de bêtes » paru le 6 juillet sous le titre « Toby-Chien au théâtre ». Un second texte avait précédé ce « dialogue » : « Nuit blanche », paru

1. Voir p. 527.
2. Lettre à Charles Saglio, *OCH*, t. XV, p. 203.
3. Voir p. 961.
4. En 1911 encore, dans le numéro 112 de *Fantasio* du 15 mars, un écho de « La Potinière » fustige Colette en lui demandant « si son enthousiasme pour le beuglant est toujours aussi vif ».

le 8 juin, où tout est dit de la liaison avec Missy, comme s'il s'agissait de révéler au public un secret qu'il ne connaissait pas. Précises mais pudiques, les analyses de Colette peuvent alors approfondir le sens de cette liaison, y déceler un besoin mutuel de refuge et chez Missy une sorte d'insatisfaction fondamentale qui n'est que l'expression douloureuse d'un désir de maternité dont les hasards de la vie n'ont pas permis l'accomplissement : il y a là les prémices des analyses de *La Vagabonde* ou du *Pur et l'Impur*[1].

Noblesse d'une conscience professionnelle grâce à laquelle un individu se dépasse et devient créateur, méfiance devant la psychologie amoureuse de l'homme, « gisements profonds du sol mental » qui sont les souvenirs d'enfance, dépassement de la seule volupté par une sorte de vocation maternelle pénétrée de sollicitude : c'est en puisant en elle-même des ressources qui sont à l'évidence la matière même de l'œuvre à venir que Colette, blessée et volontaire, entend désamorcer le scandale — et sous la pression des circonstances, une œuvre naît, qui leur répond et les dépasse, orchestrant ces thèmes premiers dans un jeu de variations qui les enrichit sans les déformer.

Paraissent ainsi successivement dans *La Vie parisienne,* « Belles-de-jour », le 17 août 1907 ; « Partie de pêche », le 14 septembre 1907 ; « Jour gris », le 28 septembre 1907 ; « En marge d'une plage blanche, I », qui deviendra la première partie d'« En baie de Somme », le 5 octobre 1907 ; « Music-halls », le 4 janvier 1908 ; « De quoi est-ce qu'on a l'air ? », le 25 janvier 1908 ; « Le Miroir », le 15 février 1908 ; « Printemps de la Riviera », le 21 mars 1908 ; « Le Dernier Feu », le 23 mai 1908 ; « La Guérison », le 20 juin 1908 ; « En marge d'une plage blanche, II », qui deviendra la deuxième partie d'« En baie de Somme », le 5 septembre 1908. Ne manquent à l'appel que « Nonoche » et « La Dame qui chante », qui, semble-t-il, n'apparaissent que lors de la publication de l'édition originale, composée de dix-huit textes. La simple lecture de cette liste impose une conclusion : l'ordre chronologique de composition ne correspond pas à la disposition des morceaux dans le recueil. À la pression des circonstances Colette ne répond pas seulement en faisant front, elle instaure aussi une distanciation critique qui est volonté de composer *Les Vrilles de la vigne.*

COMPOSITION : L'ÉDITION DE 1908

Le conte du rossignol ouvre donc l'édition originale de 1908 et illustre « les premières heures d'une vie nouvelle », mais hantée

1. Voir *La Vagabonde,* ici p. 1207, et *Le Pur et l'Impur, OCH,* t. VII, p. 309-312. Si G. de Pawlowski comprend la « femme de lettres révoltée », l'« artiste aux allures libres », qui « brave le qu'en-dira-t-on à la façon de quelqu'un qui se noierait », il ne peut admettre « d'inutiles concessions à une littérature factice et peu sincère dans deux ou trois nouvelles du début » (article déjà cité de *Comœdia,* voir n. 3, p. 1531.

toujours par ce que Colette appelle sa « vieille peur fidèle[1] » : tout en reprises et en répétitions, le chant lyrique de la liberté conquise a beau s'enfler et se poursuivre, et le rossignol s'assurer à sa propre voix, « il chante de si belles choses qu'il ne sait plus ce qu'elles veulent dire[2] » ; il est victime de l'illusion lyrique où, si « l'ivresse est un nombre » selon la formule de Baudelaire[3], l'emportement rythmique ne peut voiler que le chant a d'abord été « plainte[4] » et que toute rupture crée aussi et d'abord une solitude, et ce mouvement de repli frileux et insomniaque qui regrette l'innocence des débuts de la vie et cherche un refuge. Ce besoin de protection trouve appui en Missy : si Colette ne la nomme pas, elle la désigne comme une sorte de substitut maternel, et c'est dans cette équivoque que la suite des *Vrilles de la vigne* trouve sa tension et son élan.

D'où un premier ensemble, « Nuit blanche », « Jour gris » et « Le Dernier Feu », d'ailleurs formellement constitué puisque ces trois textes, qui dans l'édition originale sont, chacun, précédés de la transparente dédicace *Pour M...,* sont réunis par l'auteur en une plaquette, *Pour Missy,* tirée à un seul exemplaire[5]. On y voit Colette prise entre le désir d'un bonheur présent aux côtés de Missy et l'appel de ses souvenirs d'enfance : d'un côté, une soif de sollicitude, de « nourritures terrestres » (le livre de Gide date de 1897), mais où la volupté est moins aiguillon qu'obstacle à une véritable entente : un bonheur et un malheur inévitable ; de l'autre, la contemplation d'un « royaume[6] » immuable et païen, celui de l'enfance, mais dont l'enchantement est trompeur, fallacieux produit d'un imaginaire qui se plaît à abolir l'angoisse du temps qui passe ; de l'un à l'autre, le vain essai de faire partager à Missy ce qui n'est pas partageable. Il est du lot de tout refuge de rester précaire — et les paradis sont toujours perdus : Colette et Missy se quitteront peu après 1910, et quand Colette reviendra à son enfance, ce sera par l'intercession de Sido, de la vraie mère. La clé pour sortir du désarroi n'était pas dans le contenu, toujours plus ou moins falsifié, du souvenir, mais dans une attitude à adopter devant la vie : la sagesse de Sido.

D'où un deuxième ensemble, « Nonoche », « Toby-Chien parle », « Dialogue de bêtes » — nous laissons intentionnellement de côté « La Dame qui chante » et « Toby-Chien et la musique ».

1. *Mes apprentissages, OCH,* t. VIII, p. 265.
2. P. 960.
3. *Œuvres complètes*, édition Cl. Pichois, Bibl. de la Pléiade, t. I, p. 649.
4. P. 960.
5. Cet exemplaire est passé en vente au Nouveau Drouot le 13 juin 1983 (*Littérature du XXe siècle, collection d'un amateur,* n° 154) et a été acquis par M. Michel Remy-Bieth. On trouvera dans le catalogue de la vente la description de cet exemplaire unique, qui a été imprimé à Tours par Deslis frères, lequel n'est pas l'imprimeur des *Vrilles de la vigne.* La date de l'achevé d'imprimer (21 décembre 1908) donne à penser que ce fut là un exemplaire de présent offert par Colette à Missy pour le Jour de l'An.
6. P. 979.

Le portrait du matou de « Nonoche », anticipe sur celui de Willy dans « Toby-Chien parle » : il met en place la tactique de séduction du mâle, une psychologie de l'amour au masculin, où l'homme, « amoureux de l'amour qu'Il inspire[1] », dissocie son désir, aux objets interchangeables et multipliés, d'une tendre fidélité à un même objet ; l'homme se situerait ainsi amoureusement par rapport à sa puissance virile et à son orgueil, la femme par rapport à une personne unique et respectée, les désillusions de Colette la poussant à se modeler sur la chatte qui ne se laisse prendre que parce que la volupté est inévitable, et sait ainsi se préserver. Une Colette meurtrie encore mais déjà plus sage apparaît dans le portrait que trace d'elle Kiki-la-Doucette, et une dignité se reconquiert sur la déchéance. Si Colette participe du monde des hommes, elle commence à le faire comme à distance — « créature qui opte pour la bête et qui sourit, forte d'une affreuse innocence[2] ».

Comment dès lors ne pas revendiquer un statut de marginale — à l'écart de la société et de toute mondanité (« Belles-de-jour », « De quoi est-ce qu'on a l'air ? »), à l'écart de l'amour dont elle entrevoit, à la différence de Valentine, qu'on peut être délivré (« La Guérison »), quand bien même le mirage en subsiste à côté des leçons de vie que lui rappelle son enfance (« Le Miroir ») ? N'être ni Valentine ni Claudine, bien qu'ayant partagé leurs déboires et leurs illusions, bien que proche d'elles encore dans une involontaire complicité, voilà ce vers quoi tend Colette dans un troisième ensemble des *Vrilles de la vigne*.

Et ce qui lui donne la force de s'arracher au jardin et à la forêt de Saint-Sauveur pour retrouver, dans un même élan, la mer et les autres : le décor esquissé de « Jour gris » passe au premier plan, la seule Missy, puis la seule Valentine, cèdent la place à Marthe, à Maggie, aux autres, à beaucoup d'autres, comme si le monde extérieur et la vie quotidienne reprenaient consistance, et que Colette puisse sans danger, et non sans plaisir, laisser courir son regard, avec beaucoup d'humour, sur tout ce qui l'entoure. Après « En marge d'une plage blanche, I-II », après « Partie de pêche », voici « Music-halls », où l'interversion des syllabes de l'artiste, Mme Loquette, n'est qu'une transparente mise à distance de Colette elle-même, dans une évocation des répétitions de *La Chair*, le mimodrame qu'elle avait créé avec Georges Wague à l'Apollo, le 1er novembre 1907. Sans doute éclate-t-il encore, ici ou là, des notes de désarroi, mais après le chant éperdu du rossignol, voici qu'à la fin de « Printemps de la Riviera », c'est-à-dire à la fin du livre et du quatrième et dernier ensemble

1. P. 995.

2. *La Naissance du jour*, *OCH*, t. VI, p. 439. Apollinaire, sous le pseudonyme de Louise Lalanne, est bien le premier à écrire, dans *Les Marges* de mars 1909, que Colette « ne distingue pas entre le bien et le mal, et se préoccupe peu de l'édification de son prochain ». (*Œuvres complètes*, éd. Michel Décaudin, Balland et Lecat, 1966, t. III, p. 840.)

qui le constitue, « sur l'épine encore noire, un merle verni glougloute mélodieusement, égoutte des notes limpides et rondes » et qu'autour de lui s'éveille « l'amer et incomparable bonheur printanier[1] ».

Du conte à la chronique, l'évolution des *Vrilles de la vigne* rend manifeste la conquête d'une discipline intérieure qui, d'une « liberté sans emploi » à un désarroi solitaire, puis d'une sorte de retraite loin du monde au monde retrouvé, accède à ce qui est déjà un art du regard, une mise en perspective des choses de la vie grâce à laquelle retrouver le chemin d'une dignité perdue, que ne saurait définir aucune morale conventionnelle. Sans doute n'est-ce encore qu'une esquisse, mais déjà fortement dessinée et qui, comme telle, sollicite la retouche.

LE DEVENIR D'UN TEXTE

Une première réédition en 1923, et « Printemps de la Riviera », trop daté, disparaît. Le texte de l'édition originale ainsi amputé ne bouge pas dans les trois rééditions de 1930, à ce point près que « Toby-Chien parle » et « Dialogue de bêtes » apparaissent aussi dans *Douze dialogues de bêtes*, au Mercure de France, en 1930. Il faut attendre 1934 pour l'« édition définitive, revue et augmentée », annoncée sur un placard publicitaire de la maison Ferenczi, « pour paraître le 20 février », au prix de quinze francs. « Toby-Chien et la musique » n'en fait plus partie ; « En marge d'une plage blanche, I-II » change de titre et devient « En baie de Somme », et cinq nouveaux chapitres viennent grossir le recueil : « Rêverie de Nouvel An », « Chanson de la danseuse », « Un rêve », « Maquillages » et « Amours », cependant que « La Dame qui chante » change de place et s'insère entre « Le Miroir » et « En baie de Somme ».

« Rêverie de Nouvel An » avait paru dans *La Vie parisienne* le 16 janvier 1909, l'édition originale étant depuis peu de temps mise en vente, puis il avait fait partie de *La Chambre éclairée*, en 1920, où il côtoyait, entre autres, quatre courts textes, « Dimanche », « J'ai chaud », « Répit », « Malade », bientôt séparés et publiés en 1922 dans *Le Voyage égoïste (Inédits 1912-1913)*. Ces cinq textes furent encore réédités en 1923 à la Librairie Stock, en compagnie d'un sixième, « Convalescence », provenant également de *La Chambre éclairée*, sous le titre global de *Rêverie de Nouvel An*. L'intérêt de ces cinq textes[2], c'est qu'ils tirent vie et mouvement de la tension propre à l'œuvre de Colette entre, d'un côté, l'appel, le besoin d'un amour partagé — vœux et réalités entrant en

1. P. 1063.

2. André Billy y voyait de véritables « poèmes en prose » ; le mot peut valoir pour l'ensemble des *Vrilles de la vigne* et n'est pas sans faire songer à l'œuvre de Marcel Schwob, déjà nommé, et en particulier au *Livre de Monelle*, publié en 1895, voire aux *Nourritures terrestres* d'André Gide : qu'on relise la description du jardin de « Nuit blanche ». Voir *OCH*, t. XVI, p. 271.

conflit —, et de l'autre, la perpétuelle résurgence de l'enfance, comme si l'enchantement de l'évocation devait, au-delà de la désillusion qui le suit, révéler un jour, malgré tout, un secret enfoui dont on ne pourrait prendre connaissance que dans la solitude. C'était là déjà la tension de « Jour gris », explicitée avec la plus grande clarté dans « Le Passé », publié dans la revue *Akademos* le 15 avril 1909 avant d'être repris dans l'édition posthume de *Paysages et portraits*, où éclatent ces « passions rivales[1] » et leurs élans contradictoires. Tous ces textes scandent les époques climatériques de la vie de Colette, que Willy s'en aille et que Missy apparaisse, ou que Henry de Jouvenel surgisse (1911) ou s'efface (1920-23). L'ordonnance des *Vrilles de la vigne* ne répond plus alors seulement à un moment particulier d'une existence tourmentée, elle devient symbolique d'une destinée dont elle apparaît comme la matrice, dès l'instant que Sido a pris enfin la place qui l'attendait, et qu'une tendre amitié masculine, celle de Maurice Goudeket, a succédé à l'amour et conjuré, par la stabilité enfin acquise, l'issue toujours malheureuse de toute vraie histoire d'amour. Ainsi inséré en 1934 par Colette dans *Les Vrilles de la vigne*, « Rêverie de Nouvel An » a, pour elle et à ce moment-là, valeur d'accomplissement prophétique, tandis que, dans le dessin d'ensemble du livre où il succède au conte du rossignol, il oriente le drame circonstanciel selon le jeu des « passions rivales ». Et c'est avec la même maîtrise — il suffit de comparer les dernières lignes des quatre premiers textes où se déploient subtilement des termes, des images, des éléments syntaxiques qui ne cessent de s'appeler les uns les autres — que Colette glisse, entre « Rêverie de Nouvel An » et « Nuit blanche », « Chanson de la danseuse », où, dans un pastiche adroit des « bacchantes 1900[2] », elle dénonce la conquête amoureuse et ses brutalités pour souhaiter la transmutation de la « volupté inévitable[3] » en affection partagée et durable.

C'est donc tout ce que nous avons appelé le premier ensemble — celui où s'affrontent les « passions rivales » — qui reçoit de ces remaniements une cohérence accrue, jusqu'à l'évocation du « Dernier Feu » qui le clôt, où le refuge qu'a trouvé Colette auprès de Missy, apparaît plus fragile que jamais après l'échec d'un recours aux souvenirs d'enfance, « cependant qu'à la vitre noire toque incessamment une branche de pêcher rose, à demi effeuillée, épouvantée et défaite comme un oiseau sous l'orage[4] ». C'est l'absence même de solution et la précarité de cette retraite faussement amoureuse qui laissent monter au jour l'image finale, semblable à celle d'une estampe japonaise où courent, sous le raffinement obligé et cultivé, un désarroi secret et une pudique désespérance.

1. *OCH*, t. XIII, p. 314.
2. Voir p. XXII et n. 1.
3. P. 968.
4. P. 980.

Avec le même souci d'une juste orchestration, Colette refond son second ensemble, débarrassé de « La Dame qui chante » et de « Toby-Chien et la musique », et qu'ouvrent deux textes nouveaux, « Amours » et « Un rêve » — le premier inédit, le second venant d'être publié dans le premier numéro de la première année du « premier hebdomadaire consacré à tous les animaux », *Le Jardin des bêtes*, le 2 décembre 1933. La devise de cet hebdomadaire était empruntée à La Fontaine : « Je me sers d'animaux pour instruire les hommes », ce à quoi peut souscrire Colette, si se servir d'animaux, c'est d'abord les servir, les respecter et les comprendre, en bref si c'est l'homme qui s'instruit en acceptant de n'être que le second, et non plus la mesure de toutes choses. D'où la chatte, à la fois « modèle » et « amie » d'« Amours[1] », dont l'exemplaire valeur s'oppose point par point à celle du chien qui n'est jamais qu'une victime de l'amour, dont on jouit et qu'on oublie, comme le montre « Un rêve » : à trop se donner on court au sacrifice, à l'abolition de soi-même, à l'inexistence (la métaphore canine dans *La Vagabonde* et dans *L'Entrave* est illustration de l'amour...). Le contrepoint prépare, après « Nonoche », aux chants alternés et aux duos que sont « Toby-Chien parle » et « Dialogue de bêtes », l'aveugle et dévouée incompréhension du chien s'opposant aux pénétrantes intuitions du chat.

Le troisième ensemble, enfin, Colette l'ouvre par « Maquillages » et le clôt par « La Dame qui chante », placé immédiatement après « Le Miroir ». « Maquillages » avait été publié le 8 avril 1933 dans *Le Miroir du monde*, avec un sous-titre accrocheur : *Vous pouvez être toutes jolies*, et repris le 6 juin dans *Marseille-Matin*, avec une très légère variante de sous-titre : *Comment être toujours jolie*. Faut-il d'abord rappeler que Colette avait, un an auparavant, ouvert son propre salon de beauté avant d'établir une succursale à Saint-Tropez ? La vocation publicitaire première est évidente, mais Colette, en bonne moraliste qu'elle est, dépasse le circonstanciel et peut reprendre son texte dans *Les Vrilles de la vigne* sans y introduire une seule variante : d'une expérience fémininement quotidienne, elle fait un acte naturel — du maquillage, un masque ou une mascarade, et des mondanités de Valentine à la comédie de l'amour, du personnage romanesque à l'artiste interprète, sont mis en scène les rapports complexes d'un être avec son public, de la sincérité et de l'ostentation, et du piège que constitue tout masque, sans que l'on puisse pourtant s'en passer, et dans le risque perpétuel de confusion qu'il entretient.

Le quatrième et dernier ensemble, « En baie de Somme », « Partie de pêche », « Music-halls », ne peut plus se conclure sur « l'amer et incomparable bonheur printanier[2] » d'un « Printemps de la Riviera » supprimé, mais sur un dernier regard jeté dans les

1. P. 984.
2. P. 1063.

coulisses du music-hall, à l'heure où se sont endormies, après le spectacle, les petites danseuses anglaises : « Sommeil misérable et confiant, repos navrant et gracieux de jeunes bêtes surmenées... On songe à une portée de chatons orphelins, qui se serrent pour se tenir chaud[1]... » Au moment où il fallait bien que la vie de Colette « changeât de goût comme change le bouquet du vin selon le versant qui porte le cep », ce final nouveau des *Vrilles de la vigne* s'accorde avec celui de *Mes apprentissages* qui, sans rien dissimuler de ce qui fut difficile, préfère s'attarder sur une chaleur et un élan qui sont une des formes possibles du bonheur : « J'eus bien raison de me fier à ce que je connaissais le moins, mes semblables, la sollicitude humaine... Si j'écrivais quelque jour mes souvenirs de "l'autre versant", il me semble que par contraste le "han" d'effort, le cri de douleur y rendraient un son de fête, et je ne saurai m'y plaindre qu'avec un visage heureux[2]. » Illusion rétrospective qui force un peu la note ? Il ne s'agissait en 1907 que du « frôlement du bonheur[3] » (« Toby-Chien parle »)...

Reste enfin cette ultime édition des *Vrilles de la vigne* dans les *Œuvres complètes*, en 1950. « Toby-Chien parle », « Dialogue de bêtes » et « Le Miroir » ont été supprimés, et de l'illusion rétrospective un pas a été franchi jusqu'à la légende, puisque « Maquillages » — la mère et la fille —, puisque « Amours » — la chatte et Colette — sont les dernières images qu'on souhaite laisser au lecteur : ce « on », est-ce la seule Colette, qui aurait ainsi dressé sa propre statue juste après les *Claudine*, ces péchés de jeunesse qui donnaient d'elle, par leur succès, une image dont elle se sentait prisonnière ? Image contre image, le gain n'est pas bien grand, et l'écrivain toujours prisonnier... Y fut-elle aidée, ou poussée par Maurice Goudeket ? Plutôt qu'à ces traits figés, mieux vaut en revenir à ce « dernier-né fait de pièces et de morceaux », à ce « dernier-né[4] » qui n'en finit pas de naître, mosaïque de textes courts où une femme tente de donner forme à sa vie et au monde qui l'entoure en remettant sans cesse sur le métier ce qui est par nature ouvert et toujours à reprendre : *Les Vrilles de la vigne*, dans leurs vicissitudes et leurs avatars, constituent le premier texte d'une série propre au génie de Colette où se retrouvent, oscillant de l'anecdote au poème en prose, du petit tableau à la confession, et livrés à l'apparent caprice de la perception présente ou d'une mémoire toujours aux aguets, le *Journal à rebours*, *L'Étoile Vesper* ou *Le Fanal bleu*.

MICHEL MERCIER.

1. P. 1056.
2. *Mes apprentissages*, *OCH*, t. VIII, p. 266.
3. P. 996.
4. Voir p. 1530.

★

Le texte suivant n'a jamais appartenu aux *Vrilles de la vigne*. Il n'a même pas été recueilli en volume. Nous le retenons en raison de sa nature (on rapprochera cette page du conte de Noël mentionné p. 1531) et de la métamorphose qui s'y opère de Gabri, nom que Sido donnait à sa fille, en Colette.

Il a été publié dans *Paris Théâtre*, numéro de Noël 1909, à la suite d'une enquête dont, en épigraphe, Colette rappelle la question qui avait été posée : « Envoyez-nous, m'écrit *Paris Théâtre*, un de vos souvenirs d'enfance, un souvenir de vos souliers de Noël... »

Ce texte a été recueilli bien après la mort de Colette dans les *Contes des mille et Un matins* (Flammarion, [1970], p. 193-196,) bien qu'il n'ait pas été publié dans *Le Matin*.

LES SABOTS

Cher *Paris-Théâtre*, je n'ai jamais eu, dans mon enfance, de soulier de Noël. Cela me fait un peu de peine à présent, mais, dans ce temps-là, je n'y pensais pas. Je suis l'enfant d'un pays très « mal pensant », où les gobettes et les gamins, mécréants, eussent dit au petit Jésus en personne, descendu lumineux et blanc par la cheminée :

« Attends ta mère, qu'alle te fichera une bonne taraudée pour t'apprend' à sortir tout nu en chemise ! »

Le soir de Noël, je quittais mes sabots trempés de neige, et je les portais, comme les autres soirs, dans la cuisine, sur le fourneau tiède, où ils séchaient jusqu'au matin. Maintenant que je vieillis, il me vient un regret tardif, hors de saison — fleur romanesque, bouquet sentimental et démodé — le regret d'une foi que je n'ai pas eue...

Non, je n'ai pas connu les souliers de Noël. Par-dessus mes chaussons de laine, je remettais mes sabots au nez pointu, sans regarder, au matin de la nuit miraculeuse, s'ils gardaient la trace dorée, le givre diamanté d'un effleurement divin... Ils avaient, ce matin-là, leur museau noir et ciré, leur *bricole* souple comme d'habitude... Comme d'habitude, ils claquaient sous mon pas vif et autoritaire, en trottant dans la neige, et glissaient sur les *patinoires* miroitantes, le long du mur de l'école... Ils m'annonçaient de loin, quand je revenais vers midi à la maison, sabotant et gambadant sur les pavés inégaux, sur les *têtes-de-chat* qui rendent si dangereuses les ruelles de ma petite ville... Je revenais toute violette de froid, essoufflée de m'être battue et roulée dans la neige fraîche, le capuchon de travers, les mains rouges sous les mitaines tricotées...

« Colette, tes sabots ! »

La voix de ma mère me rappelait à l'ordre, au moment

de franchir le seuil de la salle à manger. Docile, j'entrais sur mes chaussons muets, et, jusqu'à l'heure où l'attrait de la neige, la folie du jeu m'entraînaient de nouveau, mes sabots m'attendaient dans le corridor, couplés, pointus, avec l'air patient de deux rats noirs guettant, museau contre museau... Que de fois ils m'ont attendue, sournois, complices, jusqu'au moment de la récréation défendue...

À cinq heures, en décembre, sous le ciel presque noir, la neige est bleue. Contre la fenêtre, cachée sous le rideau de mousseline, je regardais la rue. Je savais que, sur une placette écartée, se nouait une ronde silencieuse, frénétique, de gamines déchainées, qui s'échappaient tous les soirs pour le plaisir intense de se rouler dans la neige, s'y colleter, s'y ensevelir, et rentrer vers six heures, mouillées, cafardes, risquant la gifle ou la fessée... Un nocturne diablotin me tirait par la manche, et je le suivais bientôt, mes sabots dans la main... Dehors, mes yeux habitués à la nuit distinguaient d'autres ombres enfantines, portant à la main leurs sabots, légères, démoniaques comme de jeunes chattes du sabbat, grisées par la bise d'est et la neige volante...

Crépuscules d'hiver, lampe rouge dans la nuit, vent âpre qui se lève après la chute du jour — jardin deviné dans l'air noir, rapetissé, étouffé de neige, sapins accablés qui laissiez, d'heure en heure, glisser en avalanches le fardeau de vos bras — coups d'éventail des passereaux effarés, et leurs jeux inquiets, leur coucher dans une poudre de cristal ténue, irisée comme la brume d'un jet d'eau... Ô tous les souvenirs d'hivers, tous les noëls de mon enfance, que cette rêverie de Noël vous rende à moi ! que mes souvenirs, avec une chute molle et silencieuse de pétales, viennent un à un remplir cette mule étroite, tombée de mon pied nu, devant un feu échevelé où ressuscite et se consume l'image d'une enfant fraîche et saine, en tablier d'escot noir, hâlée de froid, roussie de soleil, les pieds impatients dans ses sabots de frêne noirci, et qui ne connut pas les sabots de Noël !...

COLETTE WILLY.

NOTE SUR LE TEXTE

LES MANUSCRITS

Il existe à la Bibliothèque nationale un manuscrit incomplet des *Vrilles de la vigne*, qui se présente sous la forme de quatre cahiers à couverture cartonnée verte et reliure de toile de même couleur ; seul le recto des pages a été utilisé et numéroté : le cahier n° 1 comprend « Les Vrilles de la vigne » proprement dites (le conte du rossignol), ff^{os} 1-9, 35-37, et « De quoi est-ce qu'on a l'air ? », ff^{os} 10-30 ; le cahier n° 2 contient « Belles-de-jour », ff^{os} 15-31 ; le cahier n° 3, « Printemps de la Riviera », ff^{os} 1-12, « Le Dernier Feu », ff^{os} 27-38, « Rêverie de Nouvel An », ff^{os} 39-52 ; le cahier n° 4, « Le Miroir », ff^{os} 1-11, « La Guérison », ff^{os} 12-33, « Partie de pêche », ff^{os} 34-49, « Notes crotelloises », ff^{os} 50-62, c'est-à-dire « En baie de Somme, 1 ».

D'autre part, et toujours à la Bibliothèque nationale, il existe un manuscrit de « Chanson de la danseuse » qui figure aux folios 101-104 de celui de *L'Envers du music-hall* (voir la Note sur le texte, t. II). Nous avons découvert un autre manuscrit de ce même texte, avec un titre différent ; il est en effet intitulé « La Danseuse (fragment inédit) » et signé Colette de Jouvenel : trois folios sur papier à lettre crème, dont la dédicataire est Mme Henry Bérenger[1]. Une phrase écourtée, deux autres supprimées ainsi que quatre paragraphes, une omission enfin qui a dû être involontaire puisqu'elle rend une fin de phrase incompréhensible, ce « fragment inédit » semble bien n'être qu'une copie rapidement faite du manuscrit de la Bibliothèque nationale.

Enfin, il existe deux manuscrits dont nous n'avons pu retrouver trace ou que nous n'avons pu consulter : le premier est celui de « Nonoche » (12 folios in-4), daté de 1905 et proposé à la vente dans le catalogue Pierre Berès n° 61, diffusé en décembre 1965 ; le second est celui d'« Amours » (10 folios sur papier blanc rayé), qui fait partie de la collection Dignimont (voir *Catalogue de l'exposition de la Bibliothèque nationale*, 1973, n° 227, p. 66).

LES ÉDITIONS

L'édition originale (1908).

L'édition originale de 1908 est un volume 19 × 12 cm de 224 pages, imprimé par L. Bellenand à Fontenay-aux-Roses. Le premier plat de la couverture, en couleur, dessiné par Gaston Bonnet, est orné d'un sarment de vigne en forme de rinceau — feuilles, vrilles et grappe — et contient ces mentions : Colette Willy / Les Vrilles / de la Vigne / Éditions de « La Vie parisienne » / 20, Boulevard des Capucines / Paris. Le second plat reprend le motif du sarment, signé G.B., selon un dessin différent et traité en noir et blanc ; ce motif encadre partiellement les titres des ouvrages « en vente à *La Vie parisienne* [adresse] / Romans / Les Caprices de Nouche / par Charles Derennes / L'École des Ministres / par Pierre Veber / Albums / Les Cou-

1. Auteur de *L'Aristocratie intellectuelle* et de *La Conscience nationale*, ouvrages publiés en 1895 et en 1898, Henry Bérenger était devenu en 1902 membre du bureau de l'Association nationale des libres penseurs ; en 1904 il prit la direction du journal *L'Action*. Sénateur de la Guadeloupe en 1912, il ne doit pas être confondu avec un autre sénateur, René Bérenger, surnommé le Père-la-pudeur (voir p. XIII).

lisses de l'Amour / 100 dessins / par H. Gerbault / prix : / 0 fr. 95 / « Régalez-vous Messieurs » / 100 dessins par H. Gerbault, / Bac, Vallet, Job, etc. / prix : 0 fr. 95. Au dos : Colette Willy / Les Vrilles / de la / Vigne / prix : / 3 fr. 50 / Éditions / de / « La Vie parisienne ». La couverture a été imprimée par G. de Malherbe. Page de titre : Colette Willy / [trois fleurs] / Les Vrilles / de la / Vigne / [monogramme de *La Vie parisienne*] / Paris / Éditions de « La Vie parisienne » / 20, boulevard des Capucines, 20. Chaque chapitre eſt précédé en belle page du motif du sarment. Treize des dix-huit textes qui, en s'achevant, laissent un grand blanc, ont un cul-de-lampe emprunté au même motif. Le début de la table des matières eſt partiellement encadré du motif ; elle se termine par un cul-de-lampe à lui emprunté.

Le livre avait été mis en vente au début de novembre 1908. La première édition ne fut pas enregiſtrée par la *Bibliographie de la France*. La Bibliothèque nationale possède la « 15e édition », mention portée seulement sur la couverture ; d'après une indication du 2e plat, cette édition fut mise en vente pendant la Première Guerre. On trouve des placards publicitaires dans *La Vie parisienne*, entre autres les 3 et 17 janvier, 14 mars 1914, 13 février, 20 mars, 17 avril, 27 novembre, 4 et 11 décembre 1915, 22 janvier et 15 avril 1916, et jusqu'au 27 novembre 1920 (mais le prix eſt alors passé de 3,50 F à 6 F). Il n'eſt pas impossible que tous les exemplaires de cette publication aient appartenu au même tirage de 1908...

Selon la notice bibliographique de l'édition du Fleuron : « Il a été tiré des exemplaires sur papier de Hollande, numérotés mais non justifiés (on eſtime qu'il y en a eu entre quinze et vingt). » Le catalogue *Littérature du XXe siècle. Collection d'un amateur* (vente Nouveau Drouot, 13-15 juin 1983, n° 155) indique : « Un des rares exemplaires du tirage de tête sur papier vergé de Hollande (n° 16). » D'autre part, on connaît des exemplaires portant des envois. La Bibliothèque nationale possède en sa Réserve celui-ci : « À Catulle Mendès, affectueux hommage de l'auteur. »

L'édition de 1923.

Cette édition, qui n'a pas été non plus enregiſtrée à la *Bibliographie de la France*, ne se différencie de celle de 1908 que par l'absence d'un texte : « Printemps de la Riviera ». Elle en contient donc dix-sept. Comptant 175 pages de format 15 × 20, vendue 2,50 F, publiée à Paris chez J. Ferenczi et fils, elle conſtitue le n° 6 de la collection « Le Livre moderne illuſtré ». La Bibliothèque nationale ne la possède pas. Voici la description de la page de titre telle qu'on la voit dans l'exemplaire de Mlle Chriſtiane Bouthet qui a perdu sa couverture à la reliure : Colette / Les Vrilles / de la vigne / [un bois de Cl. Serveau, décor de feuilles de vigne et de grappes, au milieu duquel s'inscrit dans une réserve blanche :] 63 bois originaux / de / Clément Serveau. Au-dessous du bois : Le Livre moderne illuſtré / J. Ferenczi et fils, éditeurs / 9, rue Antoine-Chantin, Paris (XIVe) /

[petit filet] / MCMXXIII. Curieusement, l'achevé d'imprimer de cet exemplaire porte : « imprimé en MCMXXV sur les presses de l'imp. Ramlot et Cie » à Paris. C'est donc un retirage.

La Bibliothèque nationale possède un exemplaire du tirage de 1936, même format, même nombre de pages, même numéro dans la collection, mais le prix est passé à 3, 50 F. La couverture crème est ornée du même bois de Serveau qui apparaît à la page de titre de l'exemplaire de 1923, mais il est rouge, les caractères étant noirs. La page de titre de 1936 a été recomposée : la réserve à l'intérieur du bois contient cette indication : d'après les bois originaux / de / Clément Serveau. La date, a, bien entendu, été modifiée : MCMXXXVI. L'achevé d'imprimer indique, sans date, que le livre a été imprimé par l'Imprimerie moderne à Montrouge.

Si l'édition de 1923 est rare, c'est en raison même de son apparente absence de valeur bibliophilique. Du même coup elle contribuait à faire échapper *Les Vrilles de la vigne* au contexte érotico-esthétisant où les avait maintenues l'édition de *La Vie parisienne.* On remarquera que lorsque les éditions Ferenczi procèdent en 1936 au retirage de l'édition de 1923, il y a deux ans environ qu'elles ont mis en vente l'« édition définitive », qui est différemment constituée...

L' « édition définitive » de 1934.

L'édition de 1934, 17,7×11,3 cm, 255 pages, a été imprimée par l'Imprimerie moderne à Montrouge (Seine) ; achevé d'imprimer du 19 février 1934. Couverture blanche encadrée de filets noirs et rouges : Colette / Les / Vrilles / de la / vigne / (Édition définitive) / J. Ferenczi et fils / Éditeurs — Paris. Le titre en noir, les autres mentions en rouge. Le second plat indique des publications de l'éditeur. Page de titre : Colette / Les Vrilles / de la vigne / J. Ferenczi et fils / Éditeurs — Paris / 1934. Il a été tiré 250 exemplaires sur vélin bibliophile numérotés de 1 à 250 et 75 sur papier simili Japon de couleur réservés à l'auteur et non numérotés.

Cette édition que Colette a dite « définitive », si elle supprime « Toby-Chien et la musique », contient cinq nouveaux textes subtilement intégrés et reprend « Toby-Chien parle » et « Dialogue de bêtes » aux *Dialogues de bêtes* de 1930 où ils avaient été insérés. Cette édition apparaît alors comme la plus complète et, semble-t-il, comme la plus cohérente.

Colette en a pourtant modifié la composition dans l'édition du Fleuron qui, en revanche, ne comporte aucune variante nouvelle : seule la disposition des textes est, on l'a vu dans la Notice[1], modifiée. Devant deux sortes de définitif, celui des années 30 et celui des années 50, il fallait choisir.

1. Voir p. 1544.

Nous suivons donc le texte de l'édition Ferenczi de 1934, en donnant en appendice celui de « Toby-Chien et la musique » et de « Printemps de la Riviera », tels qu'ils figurent dans l'édition originale de 1908. À de rares exceptions près, que nous signalons, les variantes des textes, de la revue où ils furent publiés à l'édition originale, de l'édition originale à celle de 1934, sont pratiquement négligeables. La consultation des manuscrits de la Bibliothèque nationale présente, elle, un grand intérêt. Il était difficile, sinon impossible, d'en relever toutes les variantes, et nous avons dû faire un choix. Plutôt que de noter une poussière de petites corrections, sans grande signification, nous nous sommes attaché à présenter au lecteur de longs fragments, en essayant de rendre compte de l'élaboration et des diverses étapes de la mise au point, parfois plus lentes ou plus difficiles que ne pourrait le laisser croire la lecture du texte publié.

M.M.

SIGLES UTILISÉS

ms.	manuscrit.
orig.	édition originale, Éditions de *La Vie parisienne*, 1908.
VP	*La Vie parisienne*, revue.
MM	*Le Mercure musical*, revue.
JB	*Le Jardin des bêtes*, revue.
Mi	*Le Miroir du monde*, revue.
Ma	*Marseille-matin*, quotidien.

ÉDITION ORIGINALE, 1908

Les Vrilles de la vigne	*ms.*	*MM*, 15.05.05
Nuit blanche		*VP*, 27.06.07
Jour gris		*VP*, 28.09.07
Le Dernier Feu	*ms.*	*VP*, 23.05.08
Nonoche		
La Dame qui chante		
Toby-Chien parle		*VP*, 27.04.07
Dialogue de bêtes		*VP*, 27.07.07
Toby-Chien et la musique		*MM*, 01.01.06
Belles-de-jour	*ms.*	*VP*, 17.08.07
De quoi est-ce qu'on a l'air ?	*ms.*	*VP*, 25.01.08
La Guérison	*ms.*	*VP*, 20.06.08
Le Miroir	*ms.*	*VP*, 15.02.08
En marge d'une plage blanche, I	*ms.*	*VP*, 5.10.07
En marge d'une plage blanche, II		*VP*, 5.10.08
Partie de pêche	*ms.*	*VP*, 14.09.07
Music-halls		*VP*, 04.01.08
Printemps de la Riviera	*ms.*	*VP*, 21.03.08

ÉDITION FERENCZI, 1934

Les Vrilles de la vigne	*ms.*	
Rêverie de Nouvel An[1]	*ms.*	*VP*, 16.01.09
Chanson de la danseuse	*ms.*	
Nuit blanche		
Jour gris		
Le Dernier Feu	*ms.*	
Amours[4]		
Un rêve		*JB*, 02.12.33
Nonoche		
Toby-Chien parle[3]		
Dialogue de bêtes[3]		
Maquillages[4]		*Mi*, 08.04.33 *Ma*, 06.06.33
Belles-de-jour	*ms.*	
De quoi est-ce qu'on a l'air ?	*ms.*	
La Guérison	*ms.*	
Le Miroir[3]	*ms.*	
La Dame qui chante		
En baie de Somme[2]	*ms.*	
Partie de pêche	*ms.*	
Music-halls		

NOTES ET VARIANTES

Page 959.

LES VRILLES DE LA VIGNE

a. Début du conte dans ms. : Je vais te dire un conte [pour Noël. Ce sera un vrai conte de Noël, tu sais, un conte réconfortant. Un vrai conte *biffé*] Un conte réconfortant, où il n'y a pas de neige, pas d'Enfant-Dieu, pas de gel scintillant et bleu, [pas d'haleines en *biffé*] pas de miracle et pas d'anges... L'hiver, je n'aime pas les histoires où il fait froid. Je vais te dire la légende du rossignol. Attends seulement que [je ramasse mes pieds sous *biffé*] <je> m'installe, les pieds sous moi, tout près du feu, par terre. À la fin de mon histoire j'aurai, comme les pommes de moisson, une joue cuite et une joue pâle... [Écoute-moi et garde ton air sérieux, ta gravité d'enfant très *biffé*] / Autrefois, le rossignol ne chantait pas la nuit. Le jour, il n'avait qu'un gentil filet de voix et s'en servait avec adresse le printemps [...] grise ou rose, [à l'heure où les hannetons endormis tombent *biffé*] et secouait [avec *biffé*] comme eux les hannetons endormis *ms.* ✦✦ *b.* milles pei-

1. « Rêverie de Nouvel An » a été édité en 1920 et en 1923, dans *La Chambre éclairée* et pour lui-même.

2. « En baie de Somme » regroupe les deux textes d'« En marge d'une plage blanche ».

3. Textes supprimés dans l'édition du Fleuron, en 1950.

4. Dans cette même édition, « Maquillages » devient l'avant-dernier texte, et « Amours » le dernier.

nes, *À partir de ces mots, il n'eſt plus possible de relever les variantes du manuscrit, car le texte en a été trop profondément remanié lors de sa publication en revue : voir var. b, p. 960. Nous donnons donc la fin de ce texte dans ms. (ffos 3-9) :* mille peines, et s'envola loin de la vigne en fleur, loin [du *corrigé par surcharge en* de] son parfum impalpable de réséda [, loin d< > *corrigé par surcharge et biffure en* ...] / Réfugié au bois, palpitant, les battements de son cœur visibles sous son jabot fauve, il chantait, de sa petite voix étranglée encore d'angoisse : « Oh ! que j'ai eu peur ! oh ! que j'ai eu peur !... oh ! je ne veux plus, de tout le printemps, dormir dans la vigne... Mais la vigne n'eſt-elle pas partout ? cette verte viorne qui grimpe, [sans *biffé*] au-dessous de moi, le long de l'arbre, ne va-t-elle pas, cette nuit, pousser [ses cornes *biffé*] jusqu'à moi ses [verts *biffé*] crochets de verre filé ?... Je ne veux plus, de tout le printemps, dormir pendant la nuit... » / [Quand le f< > *biffé*] Les ombres devinrent longues, et le Rossignol épouvanté sentit descendre, sur ses paupières rousses, la torpeur des nuits de printemps. Il battit des ailes, et cria : « Je ne dormirai pas ! Tant que la vigne pousse, tant que la vigne pousse, pousse, pousse, je ne dormirai plus !... Tant que la vigne pousse... » / La nuit se ferma, lente, douce, sans lune, et les mille bêtes de l'ombre commencèrent leur trot menu, leur vol [au *biffé*] d'ailes tièdes et muettes, leur rampement écailleux... Entre les miaulements ironiques de la chouette, [les cris *biffé*] [entre les soupirs *biffé*] la petite voix [épouvantée *biffé*] [éperdue *corr. interl.*] du Rossignol chantait, près de se briser : « J'ai peur ! oh ! [j'ai peur *corrigé en* j'ai si peur] ! je ne vois rien, mais j'entends [la vigne *corrigé en interl. et par biffure en* les cornes de la vigne] pousser... [Elle [vient et je n'ose m'envoler *biffé*] *corrigé en* Elles] montent et je n'ose [changer *biffé*] m'envoler sur cet arbre plus haut dont je devine l'ombre, debout contre le ciel noir... J'ai peur... Oh ! vienne le jour, vienne le soleil couleur de cerise[1] d'où jaillit l'alouette [. Je vais *biffé*], car je crois bien que je vais mourir, de fatigue et de peur... » / Au bout de la plaine, un reflet d'argent pâlit, s'épandit comme une onde froide jusqu'au bois qui frissonna... Une à une, les étoiles s'enfoncèrent dans l'éther devenu mauve, [et *biffé*] un tremble s'éveilla, et commença son murmure menteur de source... Fardé de cerise[2], [noyé *biffé*] voilé de [gaze *biffé*] [brumes *corrigé en* brume] pourprée, le [[soleil *corrigé en marge en* rayon de soleil] *biffé*] [rapide *biffé*] [soleil [jeta *biffé*] *[un mot illisible biffé en interl.]* [de juin *corr. interl.*] [sa *corrigé en* Sa] première flèche d< > *biffé en définitive*] premier rayon du soleil éblouit l'œil noir, [dilaté *biffé*] du Rossignol qui tut soudain son refrain [effrayé *biffé*[[, gosier battant, *biffé*] effrayé... Quand le soleil,

1. *cerise* : ce mot est entouré au crayon et on lit dans la marge, de la main de Willy : *Continuez donc, petite horreur charmante !*

2. *cerise* à nouveau entouré, avec flèche dans la marge.

vite crû, fut pareil à un fruit coupé, posé sur l'horizon, le Rossignol laissa tomber ses paupières et dormit, d'un [sommeil *biffé*] somme inquiet et tressaillant de rêves... / La nuit revint avec la peur, et la petite voix douloureuse redit, plus lente, plus rauque, plus douce : « Tant que la vigne pousse... Tant que la vigne pousse, pousse, pousse, je ne dormirai plus... Voici revenue l'heure de mon tourment. Je crains l'ombre, [et pourtant je *[*recule *biffé]* m'abrite *biffé en définitive*] et[1] [en elle *biffé*] [désire en même temps qu'elle *biffé*] et me réfugie en elle pourtant... Tout petit, je me réduis encore, au passage [de la *corrigé par surch. et biffure en* du] chat-huant velouté *[deux mots biffés]* [... *corr. interl.*] Hélas !... [Que je suis faible, *biffé*] je suis si faible, et je chante d'une si douce voix épuisée... Pourtant je ne veux pas dormir ! Plus haut, plus haut, je chante plus haut... Dieux ! j'ai cru que mon souffle allait se briser sur cette note d'argent limpide ! Les cornes de la vigne, pour m'écouter, n'arrêteront-elles pas leur [étirement *biffé*] montée traîtresse ? L'air de la nuit désaltère ma fièvre comme un ruisseau... La rosée, en poudre de cristal, givre mes plumes... Il semble [que *corrigé par biffure et adj. en* qu'en] cette nuit, plus clémente, traîne et demeure un rayon [d< > *biffé*] [oublié par *biffé*] du jour échu... Ah ! c'est qu'au ciel flotte un fil d'argent courbe, [une *biffé*] un mince cimeterre[2] à peine doré, — la jeune lune aux cornes aiguisées !... Ô lune, pour te mieux voir je renverse la tête, et ma voix change... Pour te retenir je chante du mieux que je sais, j'enfle mon chant pour qu'il monte jusqu'à toi, je me hausse vers toi sur mes pattes qui tremblent... Reste et grandis, jeune lune, [astre *biffé*] secours de ta présence l'oiseau tout petit qui craint l'horreur de la nuit et les vrilles de la vigne !... Tant que la vigne pousse, pousse, pousse, je ne dormirai plus !... » / L'aube vint, [et *biffé*] puis la nuit, puis une aube encore, [et la chaleur du jour, battant *biffé*] [chaque soir *biffé*] et chaque soir [la *[un mot illisible]* *biffé*] [la colline s'endormait *[*accablée de *biffé]* *[*enivrée d'un *corr. interl.]* parfum subtil *biffé en définitive*] le vent se levait paresseux, portant d'une aile lourde [un *biffé*] [le *corr. interl.*] parfum du réséda invisible, le parfum de la vigne en fleur... Sauvage, fiévreux, fauve et terne, le Rossignol [vivait *biffé*] chantait chaque nuit, et les oiseaux ne reconnaissaient plus sa voix... [La jeune lune *[*avait *biffé]* grandit *biffé en définitive*] /Un soir[3], [la jeune *biffé*] [la *corr. interl. biffée*] [une *corr. interl.*] lune arrondie, couleur de rose, [se leva du milieu *biffé*] [, déchirant un cocon de vapeurs orangées et violettes, *biffé*[4]] se leva en

1. Colette a omis de barrer ce *et*, qui se retrouve plus loin.

2. À la hauteur de ce mot dans la marge, on lit de la main de Willy et au crayon : *serpette*.

3. Dans la marge, au crayon : *ce soir-là*.

4. Le membre de phrase a été biffé au crayon ; au crayon également, et biffée de même, une annotation (probablement de Willy) dans la marge en face. On croit lire : *bossez*.

face du soleil couchant [... Un sable d'argent *biffé*], versant un sable argenté sur les longues ombres des arbres [, refoulant au fond du *biffé*] [... *corr. interl.*] Elle monta, [gonflée *add. interl.*], rapide et légère, [refoulant devant elle, jusqu'au fond du ciel, le reflet *biffé*] [refoulant devant elle, jus< > *biffé*] jusqu'au [sommet *biffé*] haut du ciel et le Rossignol nocturne se mit à chanter[1] : Il disait encore : « Tant que la vigne pousse, pousse, pousse, je ne dormirai plus ! Insensé que j'étais, j'ai vécu ignorant la meilleure part de la vie, ignorant [de *biffé*] la nuit [amoureuse... *biffé*] [enchantée... *corr. interl.*] Je ne veux plus, de tout le printemps, dormir ! Je chante, enivré, la tête renversée, [ivre de ma propre voix *biffé*] *ms.*

Page 960.

a. Moi, j'ai vu *MM* ✦✦ *b.* Tant que la vigne pousse, pousse, pousse... *C'est sur ces mots que se termine le texte publié dans le « Mercure musical ». On dispose pour la fin du conte, d'abord publié en préoriginale dans « La Vie parisienne », puis repris ensuite en librairie, d'un second ensemble manuscrit folioté 35 à 37.* ✦✦ *c.* tenaces, [acidulées *biffé*] acides et traîtresses, les vrilles *ms.* ✦✦ *d.* sursaut épouvanté, tous ces fils tors, dont la double corne crochue déjà tenait à ma chair *ms.* ✦✦ *e. On peut noter les hésitations de Colette au début de ce paragraphe :* ma voix... [Je n'ai plus de somme heureux, mais je ne crains plus les vrilles de la vigne et je *biffé*] [Je *biffé*] [Toute seule dans une nuit *[j'écris biffé] [dont l'astre biffé]* qu'argente un astre voluptueux et morose, je parle, je parle, et je chante, et je me plains, *[dans la crainte biffé]* [pour qu'une *biffé*] *[et ma voix me défend biffé]* et me défends de retomber dans le sommeil heureux, dans le printemps menteur où fleurit la vigne crochue. *[Je ne crains biffé]* Je n'ai plus de somme heureux, mais je ne crains plus les [vigne *biffé*] vrilles de la vigne... *biffé en définitive*] / [Toute seule, éveillée dans une nuit *biffé*] [Éveillée, toute seule, *biffé*] / Toute seule, éveillée, agitée, je regarde monter devant moi dans la nuit couleur de cendre bleue, un astre *ms.*

Page 961.

a. je n'ose *[p. 960, avant-dernière ligne]* pas dire ce que [chacun a dit *[et redit add. interl. biffée]* avant moi, très haut, depuis *corrigé par biffure et en interl. en* tous ont[2] avant moi, ont crié bien haut[3], depuis] des milliers d'années... Je voudrais dire, dire, dire tout ce que je pense, tout ce que je sais, tout ce qui m'enchante, tout ce

1. Colette n'a pas corrigé ces deux points.

2. Il est difficile dans ce passage de déterminer les moments de la rédaction. Notons que *tout* remplace en interligne *chacun* qui figure sur la ligne et n'est pas biffé. De plus *ont* qui se trouve ici en interligne se retrouve également plus loin.

3. En réalité *haut* ici biffé sur la ligne n'a pas été récrit en interligne avec *ont crié bien.*

qui me blesse, tout ce qui m'étonne, tout ce qui me révolte... Mais il y a toujours, [le *biffé*] [au *corr. interl.*] matin, [une *1re réd. non biffée*] [ta *2e réd. interl.*] [sage *1re réd. non biffée*] [invisible *2e réd. interl.*] main *ms.* ✦✦ *b.* haut seulement pour s'étourdir... *ms.*

Page 962.

RÊVERIE DE NOUVEL AN

a. décriées et mal connues, les rassurantes fortifs du quartier Pereire ont vu *ms.* ✦✦ *b.* Ternes à la rue de Tocqueville, notre *ms.* ✦✦ *c.* nous [avons vu l'abîme vertigineux *biffé*] [nous sommes penchées sur *corr. interl.*] le fossé vertigineux [, comblé d'un *corrigé en interl. par surch. et par biffure en* que comblait un] crépuscule *ms.*

1. L'abandon de la vie commune avec Willy ne toucha pas la seule Colette : Toby-Chien, le petit bull, fut confié au secrétaire de Willy et devait se partager, tantôt chez l'un, tantôt chez l'autre, entre les époux séparés. Une nouvelle constellation animale entoure donc Colette, que présente « Rêverie de Nouvel An » : la bergère flamande, la chatte grise et Poucette, la petite bull, dont subsiste une photographie qui la représente aux côtés de Colette, dans le *Catalogue de l'exposition de la Bibliothèque nationale*, 1973, nº 226, p. 64.

2. Thiers avait fait entourer, de 1841 à 1845, Paris et les villages avoisinants désormais englobés dans la ville, d'une enceinte de fortifications, limite officielle de la capitale à partir de 1860. Cette enceinte sera remplacée à partir de 1919 par la ceinture des boulevards extérieurs dits « des Maréchaux » : de l'avenue des Ternes au boulevard Malesherbes, Colette fait donc une assez longue promenade à l'emplacement actuel des boulevards Gouvion-Saint-Cyr et Berthier, non loin de chez elle, puisqu'elle venait d'emménager, à la fin de l'année 1908, rue de Saint-Senoch, dans le 17e arrondissement (quartier des Ternes).

Page 963.

a. vent [qui enchaîne *corrigé par biffure en* enchaîné] derrière *ms.* ✦✦ *b.* qui suit les [longues marches *corrigé par déplacement en* marches longues]... La *ms.* ✦✦ *c.* réserve bien apprise ? Je *ms.*

1. Publié le 16 janvier 1909, « Rêverie de Nouvel An » est bien un texte de circonstance qui se développe à partir d'une opposition du présent et du passé, le vide et la solitude du premier appelant le rituel et les affections inconditionnelles du second. Sur cette prééminence du Jour de l'An dans le monde païen de Colette, voir les textes plus tardifs de « Ma mère et le curé » dans *La Maison de Claudine*, et de « Noël ancien » dans *En pays connu* : le

même vieux curé y apparaît, le curé Millot, disparu à l'heure de « Rêverie de Nouvel An » (voir var. *g*, p. 964).

Page 964.

a. le jour de l'an... / [Jour de l'An campagnard, jour, *biffé*] [Je n'étais pas une enfant comblée *biffé*] Une enfant *ms.* ✦✦ *b.* gâteau, un rameau de buis... Une enfant *ms.* ✦✦ *c.* du Rameau de buis d'avant Pâques, de l'œuf rouge, des roses *ms.* ✦✦ *d.* communion, pensiez-vous que [...] autel, [désirait *biffé*] attendait [...] insaisissable de [la ceinture *biffé*] [l'écharpe *corr. interl.*] bleue qui ceignait la Vierge [, le battement de *biffé*] de plâtre ? N'est-ce pas ? *ms.* ✦✦ *e.* l'encens de mille fleurs mortes et vivantes, enchantée d'un parfum funèbre, de la pourriture musquée du seringa et de roses qui fanaient dans une eau verdie, j'habitais, *ms.* ✦✦ *f.* chèvre-pieds... J'errais avec confiance parmi mon [peuple *biffé*] royaume, mes jardins aux [statues *biffé*] chastes statues, pleine d'une pitié amicale et lointaine pour vos pauvres petits péchés capitaux, vos piètres vertus théologales... Et *ms.* ✦✦ *g.* l'homme, qui [inventa la géhenne éternelle pour ses médiocres crimes d'un moment... *corrigé par déplacement en* qui d'un moment inventa *[...]* crimes[1].] Ah ! qu'il y a longtemps ! [Pauvre homme *biffé*] [Vieux curé abusé par ma sagesse, vous voici mort, et *biffé*] [et *[*dans *biffé]* où[2] languit votre âme vertueuse *biffé en définitive*] / Ma solitude *ms.*

Page 965.

a. contracté... [Il sonnait pour moi *biffé*] [J'y écoutais *biffé*] [C'est cette heure-là, et non le mystérieux minuit *biffé*] Ce tambour *ms.* ✦✦ *b.* les bonbons, les oranges, les livres rouge et or... [Je courais *biffé*] J'ouvrais la porte aux boulangers et aux cent *ms.* ✦✦ *c.* du jour [... Une journée d'hiver parisien vient de vous rendre à moi, et *biffé*], [sabots d'enfant claquant à tâtons sur le trottoir *biffé*], jardin [entrevu *biffé*] [deviné *corr. interl.*] dans *ms.* ✦✦ *d.* sur ce visage-ci [encadré d'une marge *[*d'argen<t> *biffé]* de *biffé en définitive*], prisonnier dans l'étroit miroir, une fraîche figure duvetée, un peu roussie de soleil, un peu rose de froid *ms.* ✦✦ *e.* du pastel *[p. 965, avant-dernière ligne]* fond, [s'envole, s'effrite *corrigé par déplacement en* s'effrite, s'envole] ... La marge de bronze du miroir ovale [encadre *biffé*] retient [un peu d'eau *add. marg.*] une eau sombre [où se penche *[*un *biffé]* mon double *[mot illisible]* *biffé en définitive*] [où *corr. interl.*] flotte mon image, mon image qui ne sourit [point et *biffé*] [ni *corr. interl.*] ne s'attriste, qui est bien *ms.*

1. C'est le fléchage quelque peu complexe de Colette. Mais sans doute voulait-elle plutôt indiquer la modification adoptée dans l'édition.

2. Ce *où* est difficile à comprendre : mot oublié après *dans* ?

Page 966.

a. sourcils têtus [... *biffé*], et qui murmure, [sans révolte *biffé*] [pour moi seule *corr. marg.*] : « Il *ms.* ✦✦ *b.* pas tes doigts suppliants vers un dieu sourd, ne *ms.* ✦✦ *c.* désespoir, mais comme [un *biffé*] [le rappel d'un *[deux mots illisibles biffés]* refrain machinal *biffé en définitive*] un cher refrain que tu voudrais ne pas oublier, comme le rappel *ms.* ✦✦ *d.* soulève tes cheveux en boucles et compte les fines lignes de tes tempes : déjà *ms.* ✦✦ *e.* à t'éloigner de ta jeunesse, tu vas [t'él<oigner> *biffé*] t'éloigner de ta vie, ne *ms.* ✦✦ *f.* irrésistible, le long du vertigineux ruban ondulé, [comme celles qui crient, en se traînant à genoux : « Non ! grâce ! encore une heure *[*encore une année, encore des années *biffé]* *[*encore une année[1] ! que le temps s'arrête *corr. interl.]* *biffé en définitive*] [comme celles qui veulent oublier le temps, oublier *biffé*] [Ne cherche pas, comme toutes celles qui d'un regard *biffé*] [ne cherche pas à revenir *biffé*] tu l'essaierais *ms.* ✦✦ *g.* laissé tout le long, tout le long, tes cheveux en boucles, tes dents, tes pauvres membres rompus ou usés un à un, [tes *biffé*] si la poudre éternelle n'a pas [voilé tes yeux *biffé*] [, avant l'heure, *corr. interl.*] sevré tes yeux [trop tôt *biffé*] [peu à peu *biffé*] de la lumière merveilleuse, [surtout *corr. interl., biffée*] si tu as gardé dans [la *corrigé par surcharge en* ta] main, jusqu'au bout, la main de ton amie — couche-toi en souriant, [et *biffé*] dors heureuse [entre beaucoup de femmes... » *biffé*] et privilégiée... » *ms.*

Page 967.

CHANSON DE LA DANSEUSE

a. hanche, [et rythmant mon pas ralenti. *biffé*] tandis *ms.* ✦✦

Page 968.

a. comme tourne un serpent [charmé *biffé*] [au son de la flûte *biffé*] que charme le son de la flûte. [J'ai *corrigé en* / J'ai[2]] *ms.*

Page 969.

NUIT BLANCHE

1. Ce texte et les deux suivants, « Jour gris » et « Le Dernier Feu », portent dans l'édition originale la dédicace : *pour M...*, c'est-à-dire « pour Missy » (voir la Notice, p. 1539). Le premier, « Les nuits de mai sont si courtes », a été publié le 27 juin 1907 ; le deuxième l'a été le 28 septembre 1907 (voir le tableau, p. 1550),

1. Colette n'a jamais biffé ce *encore une année !* de l'interligne supérieur.
2. Le mot, d'abord écrit à la suite du texte, a été mis en alinéa.

juste après un séjour au Crotoy dans une villa louée par Missy, une villa voisine étant occupée par Meg Villars et Willy : le paysage marin y joue en opposition au jardin et à la forêt des souvenirs d'enfance ; le troisième, enfin, a été publié le 23 mai 1908 : l'éveil du vrai printemps est l'occasion non d'un appel à la joie, mais de la montée d'une angoisse devant la fuite du temps, qui conduit la mémoire à « ressusciter » les printemps d'enfance.

Page 972.

a. Beaucoup d'éditions impriment pudiquement : penché.

Page 978.

LE DERNIER FEU

a. mauve, [fille j<   > *biffé*] [on vous tendait *biffé*] [*[une add. interl.]* petite patte crevassée vous tendait vers moi, et je vous saisissais d'un geste indifférent, en contenant le désir que j'avais de vous, et je me mettais à détester la petite bergère aux yeux doux, *[qui vivait biffé]* stupide, qui, dans l'aube ruisselante et glacée d'avril, surprenait votre éveil innombrable... *biffé en définitive*] violettes de coucou *ms.* ✦✦ *b.* pâles [visages *biffé*] [corolles *corr. interl.*] inodores... [Et violettes encore des plates-bandes, raisonnables violettes en bordures égales, violettes doubles, presque noires, que *biffé*] [et violettes roses... *biffé*] [Ô violettes de mon enfance, je vous reconnais toutes, vous montez devant moi, en chaînes *biffé*] Violettes de février, *ms.*

Page 979.

a. là-bas, à travers les[1] [murs *biffé*] les collines, [et *biffé*] [à travers les fumées lourdes *biffé*] la ligne *ms.* ✦✦ *b.* bleuit, et se perd, pour renaître après dans une brume roussie, dans un or *ms., orig.* ✦✦ *c.* printemps. [Le soleil a marché sur le sable, un souffle de glace, qui sent la grêle, monte de l'est violacé... Viens vite ! j'ai peur. *biffé*] L'iris *ms.* ✦✦ *d.* sous [sa *[triple biffé]* triple *biffé en définitive*] une soie [violâtre *biffé*] verdâtre jaspée de mauve, la pivoine *ms.* ✦✦ *e.* d'un orient *[6 lignes]* [vert, *biffé*] à peine vert, d'où coulera le parfum qui abolit tous les autres... / Quel souffle de glace, qui sent la grêle, monte de l'est violacé ? [Le soleil a marché sur le sable *déplacé en début de §*], et [quelques unes *biffé*] [d<es> *corrigé par surcharge en* les] fleurs de[2] [l'arbre de Judée, *[suspendues biffé]* mêlées à celles *biffé en définitive*] du pêcher, effrayées, volent horizontales... Comme j'ai froid tout à coup ! La chatte *ms.* ✦✦ *f.* refleurie. [Accueille-nous, dernier feu de l'année, réchauffe-nous trembl <   > *biffé*] [accueille-nous, trembl<   > *biffé*]

1. Manifestement Colette a oublié de biffer ce *les.*
2. L'auteur a omis de biffer ce *de.*

[réchauffe-nous, nous que le faux printemps a trompées. *biffé*] [Penche-toi *corrigé par surcharge, biffure et en interl. en* Penchons-nous] vers lui, *ms.*

Page 980.

a. toque [timidement, *biffé*] [incessament *corr. interl.*] [à demi-défleurie et épouvantée, *biffé*] une branche de pêcher rose, [à demi-effeuillée *add. marg. au crayon*] défleurie, [épouvantée *biffé, puis rétabli en interl.*], défaite [sous le *[mot illisible]* le *biffé*] comme *ms.*

Page 982.

AMOURS

1. Le romancier Claude Farrère (1876-1957) connaissait Colette depuis 1902 et partageait avec elle un profond amour pour les chats : une de ses lettres à Colette évoque précisément la chatte des chartreux d'« Amours », celle qu'elle appelait la Chatte Dernière et qui est le modèle de Saha, dans le roman *La Chatte,* paru en 1933 (voir *Catalogue de l'exposition de la Bibliothèque nationale* n° 570, p. 166 ; le n° 567, p. 165, est une photographie de la Chatte Dernière, qui vivait aux côtés de Colette depuis 1926). Sur Claude Farrère et sa correspondance avec Colette, voir *OCH,* t. XVI, p. 240-46. Voir aussi les *Notes de tournée,* tome II.

2. Homme de lettres et voyageur né, Paul Morand (1888-1976) était alors pour Colette, outre un amoureux des chats, l'auteur d'*Ouvert la nuit* (1922), de *Bouddha vivant* (1927) ou de *Magie noire* (1928). Voir *OCH,* t. XVI, p. 372.

3. Colette a habité Auteuil de 1916 à 1926, dans l'hôtel qui avait appartenu à Ève Lavallière, 62, boulevard Suchet. Non loin de là, au 69, vécut de 1923 à 1926 Maurice Goudeket.

Page 983.

1. En 1930-1931, Colette avait fréquemment séjourné dans une propriété, « La Gerbière », située à Montfort-l'Amaury : M. Goudeket l'avait achetée en 1930, et revendue en 1931. En 1929, elle avait aussi loué pour un an « Les Mesnuls », propriété voisine qui appartenait à Luc-Albert Moreau, le compagnon de la violoniste Hélène Jourdan-Morhange : Moune, une amie de Colette.

Page 985.

UN RÊVE

1. « Un rêve » occupe toute la première page du *Jardin des bêtes* avec la photographie-montage qui est censée l'illustrer, mais qui n'a aucun rapport avec le décor planté par le texte : il s'agit en effet, certes sur fond noir, de six têtes de chiens entourant, assié-

geant le visage de Colette. Avec une légende : « image commentée par Colette ».

2. Il existe, mais dans *La Vagabonde,* une Nelle, à l'orthographe différente, et qui n'appartient pas à Renée Néré, l'héroïne. Mais comme elle, Nelle est une artiste et une « vagabonde » (*La Vagabonde,* p. 1092).

Page 986.

1. Lola apparaît dans *L'Envers du music-hall,* voir t. II.

Page 988.

NONOCHE

1. « Nonoche » était, dans l'édition originale, dédiée à Willy : raison suffisante pour voir dans l'Appel du Matou qu'elle contient, un développement de la psychologie amoureuse masculine telle que la concevait Colette après ses expériences avec son premier mari. Quant à Nonoche elle-même, c'est la chatte de l'enfance, celle qui hanta le jardin de Saint-Sauveur : « Nonoche aux trois couleurs » (« Ma mère et les bêtes », dans *La Maison de Claudine*). « Que tout était féerique et simple, parmi cette faune de la maison natale... » Le chat séducteur reprend sa juste place, inévitable mais mesurée, tout comme Willy, qui n'est plus que le partenaire nécessaire de l'épisode amoureux, maintenant clos. Une nouvelle vie commence, évoquée dans « Toby-Chien parle », qui est aussi comme une mise en garde à l'intention de Meg Villars.

Page 990.

1. Si l'image du « port d'armes » se suffit à soi seule, rappelons que chahut désigne d'abord toute danse désordonnée, faite de sauts comiques, de contorsions bizarres ou de gestes indécents. Avant de faire du chahut, on le dansait.

Page 993.

TOBY-CHIEN PARLE

1. « Toby-Chien parle » était dédié dans l'édition originale « À Miss Meg V... » : Meg Villars. Toby-Chien et Kiki-la-Doucette sont les deux héros des *Dialogues de bêtes.*

Page 997.

1. Les hésitations de Toby-Chien le font tourner autour, mais vainement, du nom d'un vrai salon de thé alors à la mode, le salon Rumpelmeyer, rue de Rivoli.

Page 999.

DIALOGUE DE BÊTES

1. Dans une lettre écrite sans doute au Crotoy, en 1909, et adressée à Georges Wague, Colette évoque Sacha Guitry (1885-1957) et Charlotte Lysès, qui s'étaient mariés le 4 août 1907 : « Les Sacha Guitry sont ici pour un bon bout de temps et Sacha nous rend malades de rire, il me crée de nouvelles rides. » C'est à ce joyeux homme de théâtre que Colette dédie, dans l'édition originale des *Vrilles de la vigne*, « Dialogue de bêtes ». M. Michel Remy-Bieth possède un exemplaire de cette édition, avec une dédicace manuscrite de Colette : « À Sacha Guitry / (pour qu'il lise au moins la page 82 et les suivantes) / son amie / Colette Willy. » C'est une invite à dépasser la page 81, où se trouve cette dédicace.

2. Depuis les années 1880, les chats de bronze ou de bois doré étaient à la mode, à la suite de la découverte — et de l'exploitation commerciale — des statues de chats des cimetières de Bubastis, en Égypte, cimetières destinés aux chats eux-mêmes et placés sous la protection de Bast, la déesse à tête de chatte. N'est-ce pas un grand chat céleste qui avait terrassé à coups de griffes le serpent mythique Apopi ? L'amour du chat, le goût des antiquités et l'égyptologie se fortifiaient mutuellement ; il ne semble pas cependant que Phtah, le dieu de Memphis souvent assimilé à Osiris, ait eu un lien reconnu avec le chat : Colette aurait-elle été séduite par quelque onomatopée animalière exprimant le mépris de Kiki-la-Doucette pour Toby-Chien ?

3. Élysée, Eden ou Eldorado d'une part ; Folies-Bergère, Folies-Dramatiques ou Folies-Marigny de l'autre ; le monde du spectacle aime à faire rêver quand il baptise ses lieux de rencontre avec le public, et Colette procède par contamination quand elle invente ses Folies-Élyséennes.

Page 1000.

1. Colette fait allusion à la scène du duel et de la ballade du nez, dans *Cyrano de Bergerac* de Rostand, créé en 1897.

2. L'Entente cordiale est le nom donné aux accords signés par la Grande-Bretagne et la France le 8 avril 1904, premier acte diplomatique qui conduit à la Triple Entente de 1907 — la Russie étant la troisième puissance signataire. Ce fut, en 1904 et en 1907, l'occasion de réjouissances patriotiques et populaires.

3. Brichanteau est le héros de deux romans de Jules Claretie, élu à l'Académie française en 1888 : *Brichanteau comédien* (1896) et *Brichanteau célèbre* (1905), publiés l'un et l'autre aux éditions Fasquelle. Dans le premier, il se dit « soldat de l'art » alors qu'il n'est qu'un « pauvre cabotin » (p. 26, 28) ; dans le second, l'échec de sa carrière étant consommé, il n'est plus, mythomane et gentiment aveugle, qu'un « don Quichotte de l'art » (p. 307).

Page 1001.

1. Nous ignorons à quel poète Colette a emprunté ces vers, qui ne sont pas nécessairement de Mme Bariol-Taugé.

2. Nous n'avons pu retrouver trace de cette Mme Bariol-Taugé, une poétesse bien française, c'est-à-dire d'un lyrisme patriotique du début du siècle, qui exalte une double mythologie, celle de nos ancêtres casqués réunis au pied du « chêne sacré », et celle de Paris et de la Parisienne — « une belle poule gauloise » —, incarnation du bonheur national. À moins que la poétesse ne soit qu'une actrice : « De qui sont ces vers ? » s'enquiert Kiki-la-Doucette. Il est possible aussi que Colette ait joué sur le double nom, ainsi que le faisait Willy.

Page 1005.

MAQUILLAGES

1. Colette avait ouvert son institut de beauté, sur les conseils d'André Maginot, le 1er juin 1932, au 6, rue de Miromesnil. L'article du *Miroir du monde* était illustré de photographies techniques (bain de lumière, séchage à l'électricité, etc.) et d'une autre, plus intimiste, qui représentait Colette et sa fille, avec cette légende : « Colette partage ses loisirs entre la lecture et la conversation avec sa fille, Mlle Colette de Jouvenel. »

Page 1009.

BELLES-DE-JOUR

a. s'écrier, [téméraire : *add. interl.*] [quand on me bêche trop *biffé*] devant elle[1] : « Mes *ms.* ✦✦ *b.* l'or rosé, [que Loysel, [[[*deux mots illisibles*]] failli devenir neurasthénique, *biffé*] [a *biffé*] [faillit *biffé*] employa trois mois à f <aire> *biffé en définitive*] et Loysel dut faire *ms.*

1. « Belles-de-jour » était, dans l'édition originale, dédiée à Charles Saglio, le directeur de *La Vie parisienne.*

2. En 1934, Colette a supprimé ce qu'elle précisait dans l'édition originale (voir var. *b*) : elle a effacé le nom de Loysel. Ce Loysel disparu nous est resté inconnu et ne figure pas parmi les grands coiffeurs, perruquiers ou modistes, comme les sœurs Loys ou Caroline Reboux, 23, rue de la Paix, « la modiste de la vraie Parisienne élégante et distinguée, autant que de la demi-mondaine "arrivée" », selon un guide du temps.

Page 1010.

a. un regard si mobile qu'il semble perfide, un *ms.* ✦✦ *b.* qui ne [s'arrête *biffé*] [se pose *corr. interl.*], [reposé *biffé*] [câ-

1. Colette n'a pas biffé *devant elle* ; il s'agit manifestement d'un oubli.

lin *corr. interl.*] [et quémandeur *biffé puis rétabli en interl.*], [qu'en crois<ant> *biffé*] [qu'en croisant un regard [mascu<lin> *biffé*] [d'un *biffé*] d'homme *biffé en définitive*] que sur *ms.* ✦✦ *c.* nomme assez crânement par ce temps où fleurit le bref diminutif, Valentine. / [« Mais enfin, *biffé*] / « Elle a oublié » *ms.* ✦✦ *d.* étonnante, vous croyez toujours qu'on quitte son lit pour venir chez vous, qu'il n'y a dans la vie ni raseurs, ni maris, ni couturières, ni modistes... / — Allons *ms. ; Dans l'édition de « La Vie parisienne », Colette intervertit et ajoute :* ni modistes ni couturiers ; vous croyez que Louise, la première de Paquin qui est maintenant rue Godot-de-Mauroy, me réussira des amours de robes sans que je les essaie ? — Allons *orig.* ✦✦ *e.* a mangé tout ce qui tenait dans ce petit trou [, là *biffé*] ! Je l'ai regardée faire, elle a tout avalé en *ms.*

1. Valentine n'a sans nul doute d'existence que littéraire, mais peut-être Colette a-t-elle songé à la belle-sœur de Willy, issue d'une riche famille de banquiers ardennais, et dont Willy avait craint les réactions lorsqu'il avait songé à épouser la jeune Gabrielle. Voir Paul D'Hollander, *Colette. Ses apprentissages*, p. 356-357.

2. Lelong, le grand couturier des années 30, a donc, de 1908 à 1934, supplanté Paquin, qui n'avait pu lui-même empêcher l'envol de sa « première » jusqu'à une rue voisine. Au 7, rue de la Paix, Paquin était ainsi présenté dans un guide des années 1900, un *Paris-Parisien* : « Fantaisiste de haute-élégance. — Beaucoup de goût et d'idées nouvelles. — Invention et création de modèles dont on parle : prix très élevés. — Clientèle du Tout-Paris mondain. »

3. Lewis était fabricant de chapeaux, aussi connu dans son domaine que Paquin ou Lelong dans le leur. Colette s'en prend là à l'extravagance de ce qu'on appelait alors un « chapeau de sortie », sans doute une capeline à larges bords, surmontée d'aigrettes ou de panaches de plumes d'autruche.

Page 1011.

a. rose, [tandis que *biffé*] [et *corr. interl.*] ses yeux, prêts à de nouvelles larmes, [changeait *biffé*] [devenaient *biffé*] [changeaient *biffé*] brillèrent en se détournant des miens... Mais *ms.* ✦✦

1. Le mascaro, ou mascara, est un produit de beauté que l'on applique, à l'aide d'une petite brosse, sur les cils, en bordure des paupières, afin d'aviver le regard : pleurer risque de le faire fondre. Qu'on songe au début de *La Vagabonde* : « C'est pourtant bien moi qui suis là, masquée de rouge mauve, les yeux cernés d'un halo de bleu gras qui commence à fondre... Vais-je attendre que le reste du visage aussi se délaie ? S'il n'allait demeurer, de tout mon reflet, qu'une coulure teintée, collée à la glace comme une longue larme boueuse ?... » Le maquillage est à la fois masca-

rade et école de maintien (p. 1092 ; voir bien sûr « Maquillages » (ci-dessus), ainsi que p. 542 et n. 1, p. 1013).

Page 1012.

a. d'un air... d'un air de médecin, une façon de me regarder en dessous, de loin, hostile... Et *ms.* ↔ *b.* n'est-ce pas !... Et c'est lui *ms.* ↔ *c.* Dieppe, que je pouvais m'arranger pour rester cette nuit-là avec lui... Alors, oh !... » / Elle se détourna, ravala héroïquement son humiliation... / — ... Alors il *ms.*

1. Sanguines ou pastels, le talent de cet amant peintre est analogue à celui de Taillandy, ex-mari de Renée Néré, dans *La Vagabonde*, et rappelle celui des portraitistes à la mode, Helleu, Boldini ou Carrière, ainsi présenté dans un *Paris-Parisien* du temps : « Se plaît à envelopper de brume des figures dont le dessin, le modèle, le sentiment sont exquis et d'une science impeccable. »

Page 1013.

a. teint de fleur un peu poitrinaire, et *ms.* ↔ *b.* savez. Après ce qu'il m'avait dit là, je ne m'y serais pas risqué... / — C'est très *ms.*

1. « Eh ! n'oubliez pas le rouge ! » Cette apostrophe de Samuel Cramer à sa maîtresse à l'heure des abandons les plus intimes relève d'une même vision du maquillage que le réquisitoire de l'amant de Valentine. Il faudrait étudier en les opposant les fonctions du maquillage pour la femme et pour l'homme. Voir Baudelaire, *La Fanfarlo* et *Éloge du maquillage*, dans *Œuvres complètes*, Bibl. de la Pléiade, t. I, 1975, p. 577 ; t. II, 1976, p. 714, et M. Mercier, *Le Roman féminin*, P.U.F., 1976, p. 21 et suiv.

Page 1014.

a. excuse et ne méritent pas de pitié. Elles *ms.* ↔ *b.* qu'il avait désirée. Et leur [orgueill< > *biffé*] [mépris *biffé*] aberration me semble arrivée à son comble, à présent que les cheveux de renfort, les chapeaux, l'adroit maquillage de plein jour font *ms.* ↔ *c.* ruban, elle a l'air d'une enfant d'orphelinat. Suzanne *ms.* ↔ *d.* du menton *[6 lignes]*. [Et *biffé*] Quand je m'étonne et m'inquiète pour elles, Suzanne lève ses grasses épaules et dit : « Penses-tu que je vais m'abîmer [la peau *biffé*] le cou pour un homme ! S'il n'aime *ms.* ↔ *e.* bigoudis ! Et puis, [c'est une façon *biffé*] si mon amant m'aime pour de vrai, il m'aime aussi bien avec mes bigoudis que sans ! » [/ Ma petite amie, peinée, enlaidie *biffé*] Minna *ms.* ↔ *f.* t'es [serin *biffé*] bassin. Qu'est-ce que ça peut te faire ? Tu *ms.* ↔ *g.* elle a toujours sa ligne de cou épatante ! » / Ma petite amie, *ms.* ✦✦ *b. Voici la fin, plus abrupte, de ms.* : Mon pauvre petit, je dis... que rien n'est cassé. Il vous écrira, vous le reverrez, et... / — ... et ça recommencera dans huit jours ! Ce n'est pourtant pas ma faute, moi, [les modis<tes> *biffé*] ces sales bêtes de modistes et de coiffeurs...

Page 1016.

DE QUOI EST-CE QU'ON A L'AIR ?

a. Valentine [avait hier *corrigé en interl. en* avait pris[1], hier] samedi, l'air trop indifférent, pour [me demander « ce que je *biffé*] s'informer de l'emploi de mes dimanches. Je l'ai taquinée : / — Pour *ms.*

1. Ce texte était dédié, dans l'édition originale, à la comtesse de Caix. Il s'agit sans doute de la femme d'Amédée de Caix de Saint-Aymour, historien et archéologue connu, ou de Robert de Caix de Saint-Aymour, historien lui aussi et rédacteur au *Journal des débats.* Dans un billet inédit à un dénommé Pierre, Willy se moquait d'une Mlle de Caix : « Mlle de Caix m'a téléphoné qu'elle avait eu "peur", tant vous aviez été énergique. » (Archives Léon Delanoë.)

2. Sur Chevillard, gendre de Lamoureux, qui donnait ses concerts au Cirque d'été, et sur Colonne, qui donnait les siens au Châtelet, voir n. 1, p. 284. Colette évoque ensuite des interprètes célèbres de la *Tétralogie*, dont Colonne présentait régulièrement des extraits au public parisien.

3. *L'Anneau du Nibelung*, de Richard Wagner, créé en août 1876, avait été repris à Bayreuth en 1896 et en 1897, avec, dans le rôle de Wotan, Van Rooy, et dans celui de Siegfried, Burgstaller. Ces deux interprètes furent bannis de Bayreuth pour avoir, alors qu'ils ne le devaient pas, interprété les rôles de Parsifal et d'Amfortas dans le *Parsifal* du même Richard Wagner, sur la scène du Metropolitan Opera de New York, le 24 décembre 1903. Ils continuèrent donc leur carrière à New York, non sans faire de fructueuses tournées européennes dont Bayreuth était naturellement exclu.

Page 1017.

a. séminariste [*p. 1016, avant-dernière ligne*], même [quand il b<rame> *biffé*] pour l'entendre bramer des Ich grolle nicht [dont *biffé*] que Madame de Maupou n'ose plus servir à des parents de province. Ça m'est arrivé [d< > *corrigé par surcharge en* il] y a quelques semaines, le méchant hasard aidant...

1. Après une ouverture biffée qui aurait pu servir de titre : *Mon amie Valentine, celle qui est si bien coiffée, m*< >, l'abandon du *hier samedi* fait passer tout le texte au présent. Nous ne relevons pas les changements de temps, ils vont de soi.

J'ai *[un mot illisible]*[1] et je suis partie avant la fin du concert, au grand *ms.* ✦✦ *b.* connaît plus depuis que j'ai cessé de vivre avec mon mari, [et dam< > *biffé*] et chaque fois que je bougeais un cil elle tremblait que je ne l'embrassasse... / — Ah! oui, je comprends... Je regarde un peu brusquement [ma pétite *corrigé par surcharge et biffure en* mon] amie Valentine, qui tapote *ms.* ✦✦ *c.* Oui, vous comprenez cela. J'en étais sûre. Mon enfant, il faut vous en aller, vous m'avez assez vue. / — Oh ! vraiment... / Ses yeux bleu-gris se lèvent sur moi, pleins de reproches, et je *ms.*

1. *Ich grolle nicht, und wenn das Herz auch bricht* : traduction chantée : « J'ai pardonné, dût se briser mon cœur ! » ; traduction littérale : « Je ne garde pas de rancune, mon cœur dût-il s'en briser » ; il s'agit d'un poème de Henri Heine, tiré du *Lyrisches Intermezzo* qui date des années 1822-1823, et mis en musique par Robert Schumann dans les *Dichterliebe (Les Amours du poète)*, op. 48, nº 7.

2. Il s'agit sans doute de la femme de L. de Maupeou, compositeur fort apprécié à la fin du XIXe siècle et au début du XXe. Il avait écrit entre autres une *Ariane*, une *Cassandre, Le Noël des Bergers*, une *Cendrillon, La Sérénade interrompue,* etc.

Page 1018.

a. vaguement et dont je m'égaie, parfois... Ne *ms.* ✦✦ *b.* sonner, froufrouter, entrer, s'exclamer, [et *biffé*] [en *corr. interl.*] nous apportant autour d'elle un nimbe d'air glacé, qui sent la neige... Elle *ms.* ✦✦ *c.* églantier... N'imite pas Toby-Chien [assoiffé *biffé*] qui quêtera près de mon amie le gâteau sec et la sèche caresse qu'elle lui dispense d'une main indifférente. Ce n'est qu'un petit bull, tu le sais, ma chatte grise, et les petits bulls sont affamés de considération autant qu'une [grue épousée *biffé*] grue sur le retour... / Taisons-nous tous ! elle a *ms.* ✦✦ *d.* terrible ! cinq degrés au dessous, tout le monde *ms.* ✦✦ *e.* De fait, son visage a la couleur des roses-de-Bengale de l'arrière-saison, [au *biffé*] [le *1re corr. interl., biffée*] [au *2e corr. interl.*] matin de la première gelée nocturne... Ce n'est pas joli, joli, mais... / — Mais aussi, on n'a pas idée de sortir comme ça ! / [Vous avez un bien beau costume tailleur en velours pombagine *biffé*] / Un splendide costume tailleur moule [mon amie Valentine, *biffé*] l'idéal mannequin qu'est mon amie Valentine. La jaquette surtout, oh ! la jaquette ! elle descend au genou, étroite autour du buste, évasée aux hanches, souple, argentée... Et *ms.*

1. Alfred Chauchard (1821-1909) avait été un des fondateurs des Grands Magasins du Louvre ; jouant au philanthrope et au

1. Mot entouré au crayon <*rogué ?*> ; une flèche le relie à un *non* en marge, également au crayon.

mécène, il avait réuni une très belle collection de tableaux, dans son hôtel, 5, avenue Velasquez. « Face rude, sévère, exprimant l'autorité, l'énergie, la volonté, encadrée d'énormes favoris d'un blanc de neige » (Jean d'Agrève, *La Société parisienne de nos jours*, Paris, Librairie des Saints-Pères, 1908, p. 244). Ses obsèques furent conspuées par ses employés.

2. Le breitschwanz est une peau d'agneau caracul mort-né, importée d'Asie centrale, à la fourrure noire et ondulée.

Page 1019.

a. longues, les paletots trois-quarts [devien<nent> *biffé*] paraissent courts, et les basques *ms.* ++ *b.* encore ! on dirait que vous ne savez pas ce que ça coûte, des transformations de fourrure ! / — Il *ms.* ++ *c.* auriez pu avoir une autre fourrure que la zibeline, une vraie fourrure pour avoir chaud... / [Mon amie a recouvré enfin la liberté. *biffé*] Dépêtrée *ms.* ++ *d.* de la zibeline... Et une femme sans zibeline, aujourd'hui, une femme vraiment *bien*, sans zibeline, sérieusement, *ms.* ++ *e.* rouleau *[5 lignes]* de cheveux blonds au-dessus des sourcils, et puis, à l'étage au-dessus, une grosse vague ondulée et puis, encore au-dessus, des boucles, *ms.* ++ *f.* appétissant, net, [et *biffé*] proprement agencé et compliqué comme un nougat de repas *ms.*

1. Il s'agit de Max Auspitz, fourreur rue Saint-Honoré.

Page 1020.

a. coussins accueillants avec un grand soupir exténué. / — Fatiguée ? / — Éreintée. / — [A< >] L'amour ? / geste *ms.* ++ *b.* Ah ! là là... où prendrais-je le temps ? Avec les premières, les soirées, [les soupers, les dîners, *corrigé au crayon*[1], *par déplacement, en* les dîners, les soupers,] les expositions de ci et de ça... C'est *ms.* ++ *c.* cœur, rajeunie [parce qu'elle *corrigé par biffure et en interl. en* dès qu'elle] s'amuse... Puis, *ms.* ++ *d.* pas... / [*Elles autres* *corrigé au crayon*[1] *en* « Elles autres »] ... Pluriel *ms.*

1. Jean de Bonnefon, 1867-1928, était un journaliste spécialiste des questions ecclésiastiques, auteur, parmi d'autres ouvrages, des *Cas de conscience modernes* (1901) et *Du Cantique des cantiques* (1905). Catholique dissident, il a milité pour la séparation de l'Église et de l'État, célébré les victimes de la guerre et défendu le féminisme littéraire : cependant, dans *La Corbeille des Roses ou Les Dames de lettres* (Société d'éditions de Bouville et Cie, 1909), Colette n'est pas même citée. On peut imaginer entre eux une forte hostilité.

1. Corrections au crayon, donc postérieures à la rédaction à l'encre ; à rapprocher de la note 2 de la page 1553.

Page 1021.

a. infériorité... *[7 lignes]* Elle songe, elle aussi, et [songe *corrigé en interl. et par adj. en* se prend à songer] tout haut : / — *Nous* ne pouvons pas vivre *ms. Le texte se poursuit à la première personne du pluriel jusqu'à* bas du lit ; *Colette écrit alors* : à bas du lit... [Quand Melle de Puteaux *biffé*] [Elle se tait et je *[*sais *biffé]* pense : *add. interl.*] [Nous soupons *corrigé par biffure, surcharge et en interl. en* Vous soupez[1]] *ms.* ✦✦ *b.* Xaverine de Puteaux, et *ms.* ✦✦ *c.* s'éveille fraîche, affamée, [s'habille *biffé*] [déjeûne *corr. interl.*] [sort *biffé*] et s'en va chez son couturier où elle rencontre Valentine déjà claquée, debout *ms.* ✦✦ *d.* en confidence *[14 lignes]* à son « ami » [et *biffé, rétabli en corr. interl.*] à son essayeuse : « Qu'est-ce qu'elle a donc, la petite Madame Valentine Chose ? [*[*Vrai, ces *corrigé par biffure et surcharge en* Ces*]* femmes du monde, elles doivent s'en coller, une noce, pour vrai, elles *biffé en définitive*] Elle doit s'en coller, une noce ! avez-vous vu ces yeux ? » / Ma petite amie a [versé l'eau bouillante dans la théière *corrigé par biffure et surcharge en* ébouillanté le thé], et emplit les tasses d'une main adroite [, sans choquer avec *biffé*]. J'admire son élégance un peu voulue, [qui *biffé*] je lui *ms.* ✦✦ *e.* qui est presque de l'héroïsme... / Au [bruit *biffé*] [tintement *corr. interl.*] des soucoupes, à l'odeur du thé et du pain roussi, ma chatte *ms.*

1. Xaverine de Choisy est une illustration de ce demi-monde évoqué, à la fin de l'édition originale, dans « Printemps de la Riviera » : c'est sans doute une création de Colette, qui n'a pas là utilisé d'astérisque et avait choisi un nom de guerre plus populaire : Xaverine de Puteaux. Quant au Café de Paris, situé à l'angle de la rue Taitbout et du boulevard des Italiens, il était très à la mode depuis 1830, comme son vis-à-vis, Tortoni, un des lieux du dandysme dans *La Comédie humaine.*

Page 1022.

a. mineure ? [« Montrer *biffé*] [» *[*Un d<   > *biffé]* Moi, chatte des gouttière<s> *biffé*] [Mais Valentine, bonne fille, lui tend un coin de toast, et ma chatte grise se dresse poliment *biffé*] « De quoi est-ce qu'on [a *corrigé en* aurait] l'air ? » pense [elle aussi *add. interl.*] ma [digne *add. interl.*] chatte grise... [comme *biffé*] [Mais le coin du toast que je lui tends dilate *biffé*] Mais le coin de toast que je lui tends craque *ms.* ✦✦ *b.* boude, détendue, l'arc des sourcils [devient soucieux, *biffé*] se repose, et *ms.* ✦✦ *c.* là [sur ce fauteuil *add. interl.*] comme un gracieux mouchoir brodé !... [d'une jeune femme *biffé*] [une femme *biffé*] [La pauvre, pauvre enfant, endormie chez moi *biffé*] [La pauvre enfant qui s'endort chez moi par hasard me semble

1. Dès l'originale, tout ce monologue intérieur a été unifié et est passé à la seconde personne du pluriel.

plus seule *[*avec *biffé]* malgré son mari et son amant, plus[1] seule que moi-même... *biffé en définitive*] [Qu'elle dorme une heure, *biffé*] [Dormez *corr. interl.*] entre *ms.*

Page 1023.

LA GUÉRISON

a. ce soir... J'ai pas mal joué ma griserie du deux... C'est embêtant que [ces... de machinistes *corrigé par biffure, surcharge et en interl. en* le garçon d'accessoires] ne puissent[2] jamais me donner un verre propre[3]... Et puis [l'acoustique de Parisiana, décidément, ruinerait les *corrigé par biffure et add. interl. en* pour l'acoustique de Parisiana, décidément, faudrait] des poumons en tôle... [Et *biffé*] [Une salle de music-hall, ça ne vaut rien pour la comédie. Et *add. interl.*] puis j'ai encore entendu, au trois, pendant [la *biffé*] [ma *corr. interl.*] scène d'amour, un homme saoul qui s'engueulait [dans le promenoir *add. interl.*] avec le garçon du bar... [On ne peut *biffé*] On n'est pas la Comédie Française, je sais bien [... Tout de même, la patronne, Mme Romain a *biffé*], mais tout de même... [c'est claquant de jouer Claudine dans une salle de music-hall *biffé*] Et puis la petite Pereyra *[?]* [est encore venue jouer une élève de la laïque, avec sa *corrigé, par biffure et en interligne, en* qui fait une élève de la laïque, est encore venue *[*au prologue *add. interl.]* montrer sous sa] jupe d'enfant de quatre ans, des chaussettes et des bottines !!! des bottines tout à fait... [spéciales *biffé*] [professionnelles *corr. interl.*], [des talons à empaler quelqu'un *biffé*] à talons [de quinze centimètres et *biffé*] [échasses, en *corr. interl.*] chevreau verni, des bottines qui doivent coûter au moins [... *biffé*] cent mille francs ! Et puis à l'acte du restaurant on m'a encore servi des écrevisses de l'autre semaine qui sentaient la [pissotière de gare *biffé*] [vespasienne *corr. interl.*] mal tenue... Et puis on m'a encore carotté du maquillage dans ma loge... Tout me dégoûte... Je veux retourner à l'Apollo [, on est si tranquille... la *corrigé, par biffure et en interl., en* où on était si tranquille... à] la bonne caserne, où tout roule militairement ! [On entre *corrigé par biffure et adj. en* Entrer] en scène sur les talons de Mayol, [ou *biffé*] sortir de scène pour laisser tourner la basculo, [voilà le bonheur ! *add. interl.*] la soirée s'écoule en petites tranches régulières : acrobates, *[début de mot biffé, illisible]* diseuse, cinéma, pantomime... Ô tranquille [bonheur *biffé*] [joies[4] *add. interl.*] d'une vie [bureau<cratique> *biffé*] quasi-bureaucratique, quand [te *biffé*] [vous *corr. interl.*] retrouverai-je ?... » Je me disais tout cela, *[début de mot biffé,*

1. En réalité Colette n'a pas biffé ce *plus.*
2. Colette n'a pas corrigé ce verbe.
3. Colette évoque sur deux pages, qui ont disparu des versions imprimées, sa vie professionnelle.
4. Colette a bien corrigé le *te* en *vous* un peu plus loin, mais a oublié d'accorder l'adjectif *tranquille.*

illisible] [et je dévorais *corrigé par biffure, surcharge et en interligne en* en dévorant] [rancunière *biffé*], vindicative, ma cuisse de poulet, jusqu'à l'instant où détendue, rassasiée, [un verre de vin doré me chauffant les oreilles, je me mettais à sourire *corrigé par biffure, surcharge et en interl. en* je regardais la vie à travers une flûte de vin doré en souriant] machinalement... [« Ça va mieux... bonne soirée, ce soir... Quel gentil public... *[*Avec la pluie *corrigé par biffure et en interl. en* Si la pluie continue*]*, on va encore passer deux mille cinq demain... Je me sens en forme... je les ferai rire... je trouverai des blagues... » *biffé*] / Fini, chatte grise, fini, ce cabotinage où je me dédouble au point de ne me plus reconnaître parfois... Nous [revoilà *corrigé par biffure en* voilà] seules, *ms.*

1. « La Guérison » est dédiée, dans l'édition originale, à Henry Bataille (1872-1922), poète et dramaturge, peintre de drames passionnels dont les péripéties viennent ébranler les contraintes sociales. Depuis 1897, il avait publié et fait jouer *La Lépreuse*, *Ton sang*, *Maman Colibri*, *La Marche nuptiale* : Colette tend vers un au-delà de l'amour-passion tel que le montre avec une certaine grandiloquence celui en qui certaine critique se plaisait à voir un nouveau Racine.

2. Colette avait créé *La Chair* en novembre 1907, aux côtés de Georges Wague et de Christine Kerf avant de céder le rôle en mai 1908 à Odette Valéry, d'une manière toute temporaire. Quant à *Claudine*, elle venait d'être rejouée à l'Éden-Comédie, du 21 au 27 décembre 1907 ; mais c'est Jeanne Bay qui tenait le rôle que Colette ne reprendra, semble-t-il, qu'en novembre et décembre 1908 : il faut conclure à l'insuffisance de notre information, malgré l'abondance de détails fournis par la variante *a*, qui évoque bien des éléments de la pièce et une vraie salle de théâtre, celle du Parisiana, boulevard Poissonnière, auquel Colette préfère l'Apollo, où justement elle avait créé *La Chair*, devant « entrer en scène sur les talons de » Félix Mayol (1872-1941), un Toulonnais devenu grand chanteur populaire, et la quittant pendant qu'on y installe la basculo, ce tremplin double semblable à la bascule des enfants, et qui permet voltiges et acrobaties.

Page 1024.

a. pudique. Je ne sais plus rien d'elle, [elle *biffé*] qui m'ignore. C'est *ms.* ✦✦ *b.* raison, et puis [je m'en fiche *biffé*] ... ça m'est égal. J'attends *ms.* ✦✦ *c.* jours. Elle me racontera des potins, me donnera des nouvelles de son mari, de son amant, de sa [nouvelle *biffé*] dernière femme de chambre, pleurera un peu si elle est triste, rira si elle est gaie, je serai contente de la voir arriver, pas fâchée qu'elle s'en aille... Peu *ms.* ✦✦ *d.* compagnie [. / — Enfin, Valentine ! Qu'il y a lon<gtemps> *biffé*]... Pourvu que son amant le peintre mondain ne l'ait pas, ces temps-ci, molestée. / — Enfin, *ms.* ✦✦ *e.* mine... non. Qu'en pourrait-on savoir, sous *ms.*

1. Colette jouait un rôle de faune dans *Le Désir, l'Amour et la Chimère*, mimodrame qu'elle avait créé en février 1906 aux côtés de Mlles Anne Borrowdale et Inès Devriès, de Mme Nina Russel et de Georges Wague (voir p. CXLI). Il y eut vingt-et-une représentations ; ce mimodrame n'a jamais été repris.

2. *Le Serpent bleu* est une des danses solitaires de Colette lorsqu'elle donnait des représentations en ville, chez des particuliers : il s'agit sans doute de la danse qu'elle décrit dans *La Vagabonde*, p. 1099, et dans un article intitulé « Le Cachet en ville », paru dans *Fantasio*, le 15 février 1910 et repris ici, p. 1233 et suiv.

Page 1025.

a. les miens [avec une[1] *biffé*] si soudainement que je me détourne : / — Oui, *ms.* ✦✦ *b.* fraîche / — Je ne sais pas au juste, poursuit-elle, comment ni pourquoi au juste, je souffre... Je souffre, c'est sûr. Et c'est insupportable, insupportable... / Elle passe [et repasse *add. interl.*] devant moi son ombrelle aux mains [s'arrête et me regarde presque durement *biffé*] puis s'arrêtant, presque durement : / [— Mais est ce que vous *biffé*] — Vous *ms.*

Page 1027.

a. voix... Un étonnement inexprimable relève les sourcils habilement allongés de mon amie [, et cela suffit à *biffé*] ... / — Il y a *ms.* ✦✦ *b.* le cœur... C'est la période [[d'imbécillité *add. marg.*] des songeries sans objet, des siestes, de l'hypnotisme sur *biffé*] de stupidité, de déséquilibre, de flottement... [Un cœur vidé *biffé*] On sent *ms.* ✦✦ *c.* frais, [qui perlait l'une après l'autre, qui semblait la source impérissable, inguérissable de notre amour *biffé*] on s'acharne *ms.*

Page 1028.

a. le scrupule d'avoir [perdu *biffé*] [guéri *corr. interl.*] trop vite, d'avoir perdu le beau désespoir *[mot biffé, illisible]* passionné, brûlant, frémissant, *ms.* ✦✦ *b.* aussi frémissante. — Jusqu'à *ms.* ✦✦ *c.* accabler... / Mon amie *ms.*

Page 1029.

a. Ah ! oui... Un *autre* amour... / C'est vrai *ms.* ✦✦ *b.* tuer... Sans méchanceté, mais *ms.* ✦✦ *c.* rassure : / — Vous, vous aurez un autre amour, Valentine. Je vous le promets. *ms.*

1. *Âpreté* est simplement écrit en marge, sans autre correction.

Page 1030.

LE MIROIR

a. rien. [Partout. Admettez que je puis la rencontrer partout, à toute heure, quand je le veux... *biffé*] [Elle *biffé*] [Le plus souvent, c'est à l' *biffé*] Aux *ms.* ✦✦ *b.* et je [ne suis que Colette *corrigé par biffure en* suis Colette *ms.* ✦✦ *c.* Rézi, [on vous a mariée à Willy *biffé*] encore que je n'aie jamais eu d'amie aussi blonde, — on vous a mariée *ms.* ✦✦ *d.* Claudine secoua ses cheveux, [plus [clairs *biffé*] [fauves *corr. interl.*] que les miens *biffé en définitive*] et [détourna son regard plus [jaûne *biffé*] doré *biffé en définitive*] et répondit[1] vaguement : *ms.*

Page 1031.

a. qui nous connaissent [peu *biffé*] [mal *corr. interl.*,] [et *biffé*] qui nous confondent *ms.* ✦✦ *b.* n'aime pas le café-concert. / [Ça vous est [égla *biffé*] égal, Claudine ? *biffé en définitive*] Devant *ms.* ✦✦ *c.* ce « double » indécis qui me regarde et que je regarde, d'un *ms.* ✦✦ *d.* penchants, [ce littéraire amour [de la vérité *biffé*] de l'amour, cette intransigeante jalousie qui *biffé en définitive*] cette littéraire charité *ms.* ✦✦ *e.* vous vous sublimez[2]... Voici *ms., orig.* ✦✦ *f.* laissez-moi ma part, ma [pauvre *biffé*] part d'incertitude, de passion, [d'enthousiasme vite allumé vite éteint, *biffé*] de paresse [d'activité, *biffé*] [fructueuse *biffé*] [savoureuse *corr. interl.*], d'activité [inutile *biffé*] [stérile *corr. interl.*], laissez-moi [ma vie, *biffé*] ma pauvre part humaine, — qui a bien son prix ![3] *ms.* ✦✦ *g.* ennemis. [Vous n'aviez pas prévu que votre succès causerait [votre *biffé*] [notre *corr. interl.*] perte, et que nos maris *biffé en définitive*] Du pavé *ms.* ✦✦ *h.* causerait [votre *biffé*] [*notre corr. interl.*] perte !... *ms.* ✦✦ *i.* haut, [souhaité *biffé*] [haï par moments votre *biffé*] souhaité puérilement et avec violence, de *ms.* ✦✦ *j.* sourire, [et je vois le bref éclair de ses dents luire et s'éteindre, comme une ablette *biffé*] et ses dents brillent dans le demi-jour, d'un furtif éclair, comme une ablette qui luit entre deux eaux... Elle *ms.*

Page 1032.

a. contradictoire. [Oui... Certes oui. La robe à traîne et les bandeaux, comme vous dites, ou le chignon avec des bouclettes et des rouleaux... *biffé*] Et puis, *ms.* ✦✦ *b.* votre [traîne de cheveux, — un mètre soixante — *corrigé par biffure et déplacement en* mètre soixante de cheveux] après *ms.* ✦✦ *c.* corps... [Vous

1. Ms. donne ensuite, logiquement, *enfonça* et *étayais*, au lieu de *enfonce* et *étaie*.

2. En face dans la marge est écrit en biais : *immatérialité !*

3. En face de cette fin de §, sur la page de gauche, et entouré à l'encre : [*Vous* corrigé par surcharge en *Je*] *vieillirai et vous resterez jeune.*

vous *biffé*] [Hélas, [tout cela, je l'ai perdu *biffé*] Claudine, le beau feu caché, qui grondait, parfois à faire peur, [s'est calmé, *biffé*] [a pâli, *biffé*] parfois à faire peur[1] *biffé en définitive*] Hélas, *ms.*

1. Eugène Manuel (1823-1901), professeur, puis chef de cabinet de Jules Simon, inspecteur d'académie et enfin inspecteur général, avait publié quatre volumes de lectures scolaires, sous le titre de *La France*, en 1854-1855, et réuni en volume en 1865 des pièces, sous le titre de *Pages intimes,* qui furent couronnées par l'Académie française. « La Robe » fait partie des *Poésies complètes* publiées en deux volumes en 1899 par Calmann-Lévy. Un mari alcoolique et sa femme décident de se séparer après une nouvelle querelle et commencent le partage des biens. Ils trouvent dans un dernier paquet *D'une enfant qui n'est plus les reliques fanées* et ils se disputent la robe : *« C'est à moi, c'est mon bien, dit l'homme en la pressant. / — Non, tu ne l'auras pas, dit-elle, pâlissant ; / Non, c'est moi qui l'ai faite et moi qui l'ai brodée... / — Je la veux. — Non, jamais ! [...] »* Fin du poème : *« Et tous deux, sanglotant, disent : "Restons ensemble !" »* Ce texte est daté de 1869 (t. II, p. 7-12).

2. Calliope Van Langendonck est un personnage des *Claudine.* Voir n. 2, p. 266.

Page 1033.

a. [quand *1re réd. non biffée*] [lorsque[2] *2e réd. interl.*] j'avais dix ans[3]... *ms.* ✦✦ *b.* femmes... / [— Ne m'enviez pas, car je regrette autre chose encore... *biffé*] Je me tais *ms.*

Page 1034.

LA DAME QUI CHANTE

1. « La Dame qui chante » est dédiée, dans l'édition originale, à Paul Reboux (1877-1963), l'inépuisable polygraphe qui fut d'abord un délicat poète (*Les Matinales*, 1897 ; *Les Iris noirs*, 1898 ; *Missel d'amitié*, 1900), avant de devenir l'auteur célèbre des cinq séries d'*À la manière de...*, écrites en collaboration avec Charles Muller et réunies en trois volumes chez Grasset, en 1921-1922. La Belle Époque a aimé, tout autant que le calembour ou la mystification, l'art du pastiche, comme en témoigne Marcel Proust lui-même.

Page 1036.

1. Sous le nom de Bazar de la Charité avait été créée à Paris,

1. Il est difficile de suivre les différents moments de la rédaction, en particulier pour ce *parfois à faire peur* répété.

2. Colette a simplement écrit *lorsque* au-dessus de *quand*, sans pour autant biffer ce dernier mot.

3. Cet âge de dix ans est maintenu dans toute la suite du §.

en 1885, une institution philanthropique où les femmes du monde faisaient des ventes au profit d'œuvres de bienfaisance. Les comptoirs en avaient été installés en 1897, rue Jean-Goujon, dans les constructions en planches qui avaient formé la rue du Vieux Paris à l'exposition du théâtre et de la musique de 1896 : le 4 mai 1897, le feu s'y déclara, il y eut cent dix-sept morts, en grande majorité des femmes, et l'opinion s'émut des scènes d'horreur et d'égoïsme auxquelles cet incendie donna lieu. Voir la Chronologie à cette date, p. CXXXIV.

Page 1038.

EN BAIE DE SOMME

a. [Étrange pays, que ce simple pays plat et blond : on y *biffé*] Ce doux *ms.* ✦✦ *b. À partir d'*Étrange, *la fin de ce paragraphe d'introduction est différente dans le manuscrit, alors que l'originale et l'édition de 1934 présentent le même texte ; voici le texte de ms. :* Etrange, étrange... / [Horreur ! je viens de voir passer la charrette ! La charrette, je vous dis, celle-là même qui mena *[*l'auguste famille à l'échafaud *corrigé en interl. et par biffure en* vers l'échafaud l'auguste*]* famille !... *biffé*] / *[Un mot biffé]* Lente, ou pas d'un[1] [vieux chev<al> *corrigé par surcharge et biffure en* vieille] jument à panse de vache, je viens de voir passer la charrette. La charrette, oui, La [Charette *biffé*] sinistre Charette qui mena où vous savez l'auguste famille... Il ne peut pas y avoir de doute ! [Elle *[mot biffé]* est *biffé en définitive*] Un homme s'y tient grand, droit [blanc *biffé*], [les bras croisés et le front haut *corrigé par biffure et add. marg. et interl. en* il croise les bras et *[*lève *corrigé par surcharge en* porte*]* haut le front.] [Un col évasé *biffé*] Son cou s'élance, blanc et fort, hors d'une chemise échancrée qui rendra tout à l'heure la besogne [du bourreau *add. interl.*] plus facile... À ses pieds, [écroulés *biffé*] [écroulée *add. marg.*] sur le plancher de la carriole, gît une famille qui n'attend plus le secours des hommes [, *biffé*] : [une famille dont *biffé*] [enfants *biffé*] femmes *[début de mot biffé]* aux pieds nus, aux cheveux [raides *biffé*] qui dédaignent l'artifice, enfants sordides accoutrés de chandails délavés, troués aux coudes... Lente, la charrette chemine le long de la Grande-Rue, [et *biffé*] tandis qu'une population indigène, sur le seuil des maisons basses, suit le convoi d'un œil froid et comme habitué... / Une bonne femme, qui fourbit un chaudron, veut leurrer mon épouvante : « C'est des Parisiens qui vont pêcher le flet, là-bas, un peu plus loin que Saint-Firmin... » [Mais j<e> *biffé*] Son petit œil luit, fourbe, entre des peaux plissées, et elle rit d'une bouche plate de tortue. Mais je ne la crois point, et je m'éloigne, l'âme glacée... *ms.* ✦✦ *c. À la suite de ce paragraphe d'introduction, on trouve dans le manuscrit et dans l'originale un passage sur un « train de plaisir », qui a été supprimé en 1934. Voici le texte de ms.,*

1. Colette n'a pas corrigé l'article.

orig. ne présentant par rapport à lui que quelques variantes négligeables : [Train *biffé*] Dimanche. Train de plaisir. Il pleut, mais ça n'empêche rien. Une famille parisienne s'aventure sous la brume fine [qui argente *corrigé par surcharge et biffure en* que] [vaporise *biffé*] vaporise le ciel, jusqu'[au *biffé*] auprès de ma villa [soll<itaire ?> *biffé*] solitaire. La mer est haute, paresseuse et plate, couleur [de boîte *biffé*] fer-blanc. Monsieur mouille ses guêtres lacées jaunes, [et *biffé*] Madame ses souliers de daim gris et ses bas de fil. Mademoiselle arbore, envers et contre tout, LE panama de la saison, celui qui imite si bien le vrai, [et son *biffé*] [dont le *corr. interl.*] voile pendant se trempe... Monsieur porte, en outre, un norfolk-suit genre anglais et un fusil [. Les mouettes *[*crient *biffé]* miaulent et tournoient au-dessus d'eux *biffé en définitive*], dont il menace les mouettes qui [crient *biffé*] [miaulent *add. marg.*] et tournoient : « Lucie, regarde ! » crie-t-il. « Tu vois, celle-là ? » Nez en l'air, la main à la nuque pour maintenir les chapeaux, elles « visent celle-là ». Pan !... Elles attendent, bouche bée pour que la mouette y tombe... Mais les mouettes [, *biffé*] [sont *corr. interl.*] suspendues sans doute à un fil solide, tournoient là-haut, [sans qu'aucune *[*d<'> *corrigé par surcharge en* ne*]* se décroche *add. interl.*] et miaulent plus fort... / « Attends, Lucie ! tu vois, celle-là ? » [Monsieur ne se décourage pas. *biffé*] Jusqu'à l'heure du départ (train de 5 h 40) Monsieur menacera les mouettes d'un fusil qui ne connaît pas le découragement [, et *[*ils reviendront tous *corrigé par biffure et surcharge en* il reviendra*]* dimanche prochain *biffé*] ... Si je lui donnais celle de mon chapeau ? *ms.* ✦✦ *d. À partir de* Beau temps, *commence dans l'originale, comme dans l'édition de 1934, le passage consacré à la mère et aux enfants : ce passage manque dans le manuscrit qui, après l'évocation du « train de plaisir », enchaîne directement sur celle du « petit bull » (p. 1039).*

1. « En baie de Somme » regroupe deux textes de l'édition originale, « En marge d'une plage blanche, I », dédié à Ernest Leblanc, et « En marge d'une plage blanche, II », dédié à Georges Richard. Ernest Leblanc est l'auteur d'une petite brochure, *Les Carnot et le Président de la République*, publiée en 1887 et que l'on pouvait alors se procurer aux bureaux du *National*, le journal de la gauche républicaine anticléricale, fondé par Ildefonse Rousset : y fut-il journaliste ? Il figure dans les *Tout Paris* de l'époque — une sorte de Bottin — comme homme de lettres, ce qui englobe les journalistes. Georges Richard est sans doute cet auteur qui avait débuté dans les années 1870 et milité pour le développement d'un théâtre populaire (*Note sur la question du théâtre populaire*, 1886) : il avait ainsi écrit un drame, en 1875, *La Vie infernale*, d'après le roman d'Émile Gaboriau.

2. Le Crotoy, situé sur la baie de Somme, en face de Saint-Valery, était une station balnéaire fréquentée. À l'extrémité sud de l'estuaire, un petit village, Le Hourdel : l'extrémité nord est constituée par la pointe de Saint-Quentin.

Page 1039.

a. Mon petit bull [, démoralisé par l' *biffé*] a perdu la tête. [Il se croit devenu épagneul et chasse en marais. Aux trousses du chevalier pied-rouge, du bécasseau et du tourne-pierre et de l'arlequin, *biffé*] [Aux trousses *add. interl.*] [des *corrigé par surcharge en* du] bécasseau *ms.* ✦✦ *b. Au crayon, à la hauteur de ces paragraphes consacrés au bull et aux oiseaux, des notes techniques :* La maubêche rousse au printemps grise à l'automne. / Le tourne-pierre à collier roux blanc et noir printemps-gris noir. / L'avocette, le rieur virostre blanc et noir, pattes bleuâtres, très élégant. / Le chevalier combattant, au printemps une grande collerette et des cornes, mâles tous différents, ils se battent au printemps et s'entretuent, femelle couchée. / Le chevalier aboyeur, tu-tu ridicule. Le sanderland des sables, (bécasseau). / L'huîtrier-pie, mange des coquillages. *ms.* ✦✦ *c.* religieuse [coquette *biffé*] [coquête, penche *biffé*] [minaude *biffé*] penche la tête, puis court, [le sable *biffé*] coquette, entre les joncs piquants, et pousse *ms.*

Page 1040.

a. épie... / [Mais non, Monsieur, [ce n'est *biffé*] qu'est-ce que vous allez chercher là ? Je ne vous raconte pas une anecdote grivoise et surannée, je regarde *biffé en définitive*] [ô lecteur [...] ébats de *corr. interl.*[1]] trois *ms.* ✦✦ *b. Suit alors un paragraphe consacré à l'avocette :* [L'avocette, c'est le Brummel de la baie *biffé*] Connaissez-vous l'avocette, ce Brummel de la baie <de> Somme ? [Fin *biffé*] Effilé, dégoûté, il marche haut les pattes, soucieux de son petit habit si net, noir et blanc. [Pourtant ses bottes *biffé*] [Mais pourquoi ces *biffé*] [Je n'aime guère ses *corr. interl.*] bottes bleuâtres, d'un goût équivoque. [Décidément *add. marg.*] ce n'est pas Brummel, c'est Boni de Castellane. *ms.* : Effilé, dégoûté, l'Avocette marche haut la patte, soucieux de son petit habit si net, bien taillé, noir et blanc... Mais ses bottes bleuâtres gâtent d'une note douteuse toute la mise distinguée... Ce n'est pas Brummel, c'est Boni de Castellane[2]. *orig.* ✦✦ *c.* d'une barbe couleur de tabac clair, la peau boucanée et les [prunelles *biffé*] [yeux *corr. interl.*] jaunes, des [yeux *biffé*] [prunelles *corr. interl.*] de chèvre rêveuse qui ne bougent presque *ms.* ✦✦ *d.* la patte de mon beau pêcheur. « À *ms.* ✦✦ *e.* café, et lève lourdement son grand corps, pour adresser encore un « à revoir » à ceux qui embarquent... Qu'attend-il ? *ms.*

1. Ce type de correction (4 lignes biffées d'un seul trait, une deuxième rédaction aussi longue récrite en interligne) n'est pas courant dans *ms.* ; peut-être s'agit-il d'une correction ultérieure.

2. Après le dandy romantique, le dandy 1900 : Boni de Castellane, d'une noblesse provençale remontant au XIe siècle, avait fait construire son célèbre Palais Rose aujourd'hui détruit, et redoré son blason, en épousant Annie Gould, l'héritière enrichie par les conserves de porc. Il a écrit *Comment j'ai découvert l'Amérique* (Crès, 1924)... et *L'Art d'être pauvre* (Crès, 1925).

Page 1041.

a. aujourd'hui ? / Son regard d'or se pose sur moi, [altier, *biffé*] [tranquille *add. interl.*], un peu méprisant : / — Je ne suis pas pêcheur, [Madame *biffé*] [ma petite dame *corr. interl.*]. [Je suis type *biffé*] [C'est moi qui pose *biffé*] [Je travaille (*sic*) *corr. interl.*] pour les cartes *ms.*

Page 1043.

1. La forêt de Crécy est située à une dizaine de kilomètres, à l'est du Crotoy. L'été de 1908 et la forêt de Crécy ont inspiré à Colette un autre texte, « Une clairière dans la forêt », publié dans *Akademos*, le 15 mars 1909. Ce texte a été revu et repris, sous le titre « Les Papillons », dans *La Paix chez les bêtes*, en 1916 (*OCH*, t. IV, p. 330, 331).

Page 1045.

PARTIE DE PÊCHE

a. Le début du texte de ms. (deux premiers paragraphes) est au passé composé. Colette a indiqué verticalement, en marge du premier paragraphe : au présent indicatif, *et a corrigé les temps dans le deuxième. Nous ne relevons donc pas les variantes de temps.* ✦✦ *b.* Elle [tourna *corrigé par surcharge en* tourne] le dos et rentra[1] [. Délivré *biffé*] [, et le soleil put enfin se coucher tranquillement, sur *biffé*] Délivré *ms.* ✦✦ *c.* désert humide où *ms.* ✦✦ *d. Ce paragraphe et le suivant n'existent plus dans le manuscrit. Une page a dû être déchirée. On passe de la fin du paragraphe précédent (veinée de rose !...), f° 35, à trois lignes qui sont la fin du deuxième paragraphe manquant, f° 36 :* mordre, et qui craqueraient [, juteux *biffé*], acidulés et juteux sous la dent comme la criste marine... / [Là-bas, la baie de Somme *biffé*] / La baie de somme, *ms.*

1. « Partie de pêche » est dédiée, dans l'édition originale, à Léon Hamel, ami et confident de Colette (voir *OCH*, t. XV, p. 11-12) : est-il « le silencieux » évoqué au début du texte, « surnom qu'il mériterait absolument » (*OCH*, p. 12) ? Une note marginale (voir. var. *g*, p. 1047) ne laisse aucun doute à cet égard. Des deux autres personnages qui apparaissent dans ce texte, l'un, Marthe, nous rappelle la femme de Léon Payet (*Claudine s'en va* et *La Retraite sentimentale*), dont elle a le ton péremptoire ; l'autre, Maggie, est très vraisemblablement Meg Villars. Celle-ci figure, aux côtés de Colette et de Poucette, sur une photographie prise au Crotoy, l'été 1907 (*Catalogue de l'exposition de la Bibliothèque nationale*, n° 225, p. 64).

1. Colette a oublié de corriger le temps de ce verbe.

Page 1046.

a. furtive comme elle est ici. Elle [est *biffé*] s'en va loin, loin pour qu'on l'oublie... On dit : « La marée va bientôt monter. » On regarde, la main en *[un mot biffé, illisible]* visière, et on ne voit rien. On lève les épaules, on répète : « Elle doit monter... » On n'y pense plus, on lit *ms.* ✦✦ *b.* noir accourt [de l'horizon *corrigé par surcharge, biffure et en interl. en* du couchant,] [flèche obscure lancée par le soleil qui meurt *add. interl.*] [, *corrigé en interl. en* et] passe *ms.* ✦✦ *c.* arriverai-je avant qu'elle ait d'une main trop généreuse, [salé *biffé*] [poivré *corr. interl.*] la salade *ms.*

Page 1047.

a. domestiques, qui ont dangereusement bloqué [dans le panier à provisions *add. interl.*] les [*début de mot biffé* : p<êches ?> p<runes ?> abricots sous le rôti de porc frais... *ms.* ✦✦ *b.* scaphandre, tandis que [nous *biffé*] nous [croulons, le *corrigé par biffure et en interl., en* piquons du] nez en avant, comme des capucins de cartes, moi d'abord, puis Maggie sur mon dos, et le Silencieux sur la croupe de Maggie... [8 h 4< > *biffé*] 8 h 50 — *ms.* ✦✦ *c.* charrette tenant [soi<gneusement> *biffé*] avec soin leur gauche. Marthe, *[mot biffé, illisible]* embarde [pour l'éviter *add. interl.*] [sur la gauche *biffé*] et crie *ms.* ✦✦ *d.* 9 heures — [Tournant brusque, *add. interl.*] Enfant[1] au milieu de la route avec brouette à crottin. Marthe *ms.* ✦✦ *e. Ms. ajoute un paragraphe* : 9 h 10 — Marthe, emballée, flanque une beigne terrible à un papillon blanc — piéride du chou — qui traversait la route. Elle crie... Non, elle ne le crie pas. / 9 h 20 *ms.* ✦✦ *f. Colette a supprimé en 1934 la fin du paragraphe précédent :* rien. Petites [Coquilles *biffé*] Petites coquilles d'un rose citrin, veinées de lignes sanguines, concentriques... « Ce [ne sont pas *biffé*] [n'est pas *corr. interl.*] des Khoqhuilles, m'explique Maggie, [ce sont *biffé*] [c'est *corr. interl.*] les ongles des sirèhnes... » / 9 h 30 — *ms.* : rien. Les belles petites coquilles veinées de lignes sanguines, incurvées en pétales de roses. Ce n'est pas *[comme dans ms.]* sirèhnes. » 9 h 30 — *orig.* ✦✦ *g. Les vers ne figurent pas dans ms., mais seulement une indication marginale :* Vers d'Hamel.

Page 1048.

a. plus loin *[p. 1047, dernière ligne]*. Lâchez les chiens ! » Hors du panier [se ruent *corrigé par biffure en* se rue] la meute féroce, composée de deux shipperkes (poids total 1 500 grammes) et de Toby-Chien. La meute aboie, court en rond, bouffe du sable et l'arrose ensuite. Le Silencieux, [excité, *biffé*] exalté jusqu'au délire, [n'hésite pas à déclarer *biffé*] [se risque à affirmer *corr.*

1. Colette a laissé la majuscule.

interl.] [qu'il « fait beau » *biffé*] d'une voix morne, <«> qu'il fait beau ». Il fait beau, sûrement, [beau comme *biffé*] et nous avons *ms.* ✦✦ *b.* rythmiquement. Ça se passe dans un lac *ms.* ✦✦ *c.* jalousie, si je ne retire [, com<me ?> *biffé*] de [cette eau *biffé*] ce sable qui fuit sous le pied [toutes *biffé*] [quelques une de ces *biffé*] les bêtes que je sens y vivre, invisibles [, et *biffé*] ... Où est *ms.* ✦✦ *d.* replonge... Je n'ai pas pu lire ce qu'il a écrit, mais je suis sûre qu'en *lançon* ça [veut *biffé*] voulait dire zut... Nous allons voir ! / 11 heures — *ms.* : replonge... Je n'ai pas pu lire ce qu'il a écrit, mais je suis sûre que ça voulait dire « zut !... » / 10 heures *orig.*

Page 1049.

a. indélébile. Mais tout ce poisson [m'ennuie. Celui-là seul me *[début de mot]* *biffé*] [rabattu *[*par les *biffé*] *corr. interl.*] par les hurlements et les perches des batteurs m'ennuie... [je ne veux *biffé*] celui que je traque de mes mains écorchées, [de *biffé*] entre mes genoux [coupés de *[?]* *biffé*] écaillés par le sable et les coquilles brisées, celui-là seul me passionne ! Le carrelet, *ms.* ✦✦ *b.* mes reins... [tant pis, *biffé*] Je me redresse, éblouie, *[début de mot biffé]*, je cherche *ms.* ✦✦ *c.* de nacre vivante... Marthe rougit d'envie, — elle va l'appeler cocu... non, elle se retient... [et hausse seulement les épaules. *biffé*] / [midi *add. marg.*] Maggie *[début de mot biffé]* [arrive à son tour *biffé*] [arrive à son tour *corr. interl.*], [d'un joli pas balancé, et tend *biffé*] ravie *ms.* ✦✦ *d.* on emporte tout ça ? / — Tiens, vous êtes épatants ! C'est pas pour Guillaume, deuxième du nom, que nous l'avons pêché ! / — Mais il y en a cinquante livres, pour le moins... / — [Eh bien, on *biffé*] D'abord *ms.* ✦✦ *e.* choque, trop [blanche, trop *add. interl.*] nue sous son maillot framboise qui sèche en plaques crissantes. Ce n'est pas de la viande pour plein jour... [grommelle *biffé*] [me chuchote *add. interl.*] Marthe... [Il y a du vrai *biffé*] [Moi, au moins, l'été m'a *biffé*] [Vous au moins *biffé*] [E< > *biffé*] Il y a du vrai. Et puis, Maggie a [trop *add. interl.*] l'air de savoir qu'elle est presque nue. / — Qu'est-ce qui *ms.*

Page 1050.

a. c'est le poisson, pardi ! Les filets [pleins *add. interl.*] sont pendus là, en attendant qu'on les emporte. / Marthe fronce son petit nez cuit : / — [Oui, ça me dégoûte *biffé*] / — Mes mains aussi... C'est le flet *ms.* ✦✦ *b.* ces braves gens qui [nous ont aidés ? *corrigé par biffure en* ont] relevé les filets ? / [Le Chœur, *biffé*] / [2 heures. *add. marg.*] — Retour *ms.* ✦✦ *c.* dérobée. Ce que ça colle, cette odeur de marée... Tout *ms.* ✦✦ *d.* Marthe [s'enfuit dans sa ch<ambre> *biffé*] s'enferme dans sa chambre contiguë à la mienne. La cuisinière monte [et frappe *biffé*] — Madame veut-elle les limandes frites ou bien à la Mornay ? / Bouac... mon déjeuner [oscille *biffé*] tangue... / Une porte s'ouvre [sous *biffé*] [comme *biffé*] sous une main furieuse, et *ms.*

Page 1051.

MUSIC-HALLS

1. « Music-halls » est dédié, dans l'édition originale, à Serge Basset — pseudonyme de Paul Ribon (1866-1917) —, professeur tenté par la politique, puis journaliste et dramaturge (*Racine chez Arnauld*, 1904 ; *L'Auberge rouge*, 1908, etc.)

2. Le mime W***, c'est évidemment Georges Wague, le professeur et le partenaire de Colette : la première partie de « Music-halls » évoque une répétition de *La Chair*, dont le scénario est donné dans *OCH*, t. XV, p. 20.

3. Charles-Victor Mustel (1815-1890), célèbre facteur d'instruments de musique français, avait donné son nom à un instrument de sa création, le mustel, aussi appelé célesta, que Saint-Saëns a utilisé dans *Le Carnaval des animaux* pour la pureté de son timbre.

4. *Pelléas et Mélisande* avait été représenté à l'Opéra-Comique, en 1902. Voir le portrait que Colette a tracé de Claude Debussy dans *Trait pour trait* (*OCH*, t. XI, p. 287, 288).

Page 1052.

1. *Le Jockey*, fondé en 1864, était avec *Auteuil-Longchamp*, *Paris sport* et *La Veine*, un des quatre quotidiens spécialisés dans les courses de chevaux.

2. Le lingue était encore un lingre au début du XIXe siècle : il tirait son nom de la ville de Langres, réputée pour la qualité de sa coutellerie.

3. Un passage de *Mes apprentissages* éclaire quelque peu ce que fut Mme Landolff, dont nous n'avons pu par ailleurs retrouver trace. C'était une couturière qui, pour Polaire, « prenait plaisir à composer [...] des robes surprenantes » (*OCH*, t. VIII, p. 228). Il est d'ailleurs possible que Mme Landolff (un seul *f* dans *Mes apprentissages*) fût à la tête de la maison de couture Randolph, 20, rue de la Paix.

4. Cet « auteur de la musique » de *La Chair*, c'est Albert Chantrier (voir *OCH*, t. XV, p. 20, 21).

Page 1054.

1. Le Rat-Mort est un des bars à la mode du Paris 1900 ; il était situé place Pigalle. Voir le tableau de Maurice de Vlaminck, *La Danseuse du Rat-Mort*, peint en 1906 (collection André Fried, Paris).

2. Mlle de Maupin est la jeune héroïne au sexe ambigu du roman du même nom, publié par Théophile Gautier en 1835-

1836, et qui fut illustré en 1897-1898 par Aubrey Beardsley (1872-1898). Ce dessinateur anglais, l'« Antinoüs de Pimlico », a créé un type féminin très Art Nouveau, qui tient de la Vierge préraphaélite et de la goule. Son œuvre fascina Robert de Montesquiou, qui lui consacra une étude, et à qui Colette écrivait en 1907 ou en 1908 : « Au moins trois fois j'ai lu votre étude sur Beardsley, pour qui j'ai une passion presque coupable, tant les dessins de ce très jeune homme répondent à ce qu'il y a de caché en moi. » (*Catalogue de l'exposition de la Bibliothèque nationale*, 1973, n° 210, p. 61.)

Page 1057.

APPENDICES

TOBY-CHIEN ET LA MUSIQUE

1. « Toby-Chien et la musique » est dédié, dans l'édition originale, à Louis de Serres, un pianiste-compositeur de la Schola, dont la femme avait servi de modèle, selon Willy, à Marthe Payet, personnage de *Claudine s'en va* (voir n. 5, p. 536) ; Toby-Chien y ressemble à Beethoven et à Joseph Reinach, le publiciste qui avait publié en 1877 *La République ou le Gâchis*, avant de prendre parti pour la révision du procès Dreyfus, et il provoque le fou-rire d'Armande de Polignac, née Winnie Singer, une des grandes figures de la vie mondaine du temps (voir Michael de Cossart, *Une Américaine à Paris*, Plon, 1979, 251 p.). Elle est citée n. 2, p. 602 et n. 1, en bas de la page 1475.

Page 1060.

PRINTEMPS DE LA RIVIERA

1. « Printemps de la Riviera » évoque les souvenirs d'un séjour fait à la villa Cessole, en mars 1906, chez Renée Vivien, à qui Colette consacrera un petit ouvrage en 1928 (*Renée Vivien*, imp. F. Paillart, Abbeville), dont elle reprendra le texte dans *Le Pur et l'Impur*. Autour de Jean Lorrain, une des figures littéraires de l'époque, et de Henry Bernstein, dont la carrière théâtrale commence en 1900, Colette y silhouette des personnages féminins du monde et du demi-monde, comme Ève Lavallière, Suzanne Derval, Émilienne d'Alençon, la baronne Ricoy, la princesse Poniatowska, Jeanne de Bellune, Lily de Rême, Liane de Pougy ou Caroline Otero — ils apparaissent dans cet ordre ; ne manque à l'appel que le couple de la R***, dont nous n'avons pu lever l'anonymat.

LA VAGABONDE

NOTICE

En 1910, à la mi-novembre, *La Vagabonde* paraît, en volume[1]. *La Vie parisienne* en avait donné le texte, cette même année, du 21 mai au 1er octobre ; mais Charles Saglio, son directeur, avait dû accorder quelque délai à Colette, sur sa demande, comme en témoigne la lettre qu'elle lui adressa, en février 1910, sans doute après avoir aperçu dans la revue, numéro du 12 février, cette annonce : « *La Vie parisienne* publiera très prochainement *La Vagabonde* par Colette Willy, *Jaboune* par Franc-Nohain, [...] » : « [...] je viens de revoir ce que j'ai déjà fait [...], et de me rendre compte de tout ce qui manque, de tout ce qu'il faut y changer [... ;] je vous demande instamment d'en reculer l'apparition, dans la *Vie*, au *15 mai*. Je ne veux vous donner qu'un manuscrit fini, et digne de vous autant que de moi[2]. » Ces scrupules laissent entrevoir des difficultés de rédaction que n'expliquent pas les seules obligations du métier, absorbant, de comédienne et de mime : l'œuvre résistait à son créateur, qui l'avait entreprise non sans réticences ; à son fidèle ami, Léon Hamel, Colette écrivait, dans une lettre envoyée du Crotoy, le 2 septembre 1909 : « Ah ! si, il y a une nouvelle : j'ai commencé avant-hier ce qui sera, j'espère, une façon de roman... Je ne le commence pas sans appréhension, je vous avoue, et cela me rend hargneuse et nerveuse[3]. » Une annotation autographe, plus tardive puisqu'elle date de 1944[4], écrite à l'intention de Maurice Goudeket sur la garde d'un exemplaire de l'édition originale, révèle la hantise d'un titre qui avait obsédé l'esprit de l'écrivain, et le sentiment d'avoir remporté « de haute lutte », au-delà de toute « appréhension », une victoire sur elle-même comme sur sa destinée : « La première "Vagabonde", c'était Annie, de *La Retraite sentimentale* et de *Claudine s'en va*. Mais M. Willy jugea que la présence du nom de "Claudine", dans un titre, n'était pas inutile. "Je m'évade" devint donc "*Claudine s'en va*", et je repris — de haute lutte, ma foi — le titre qui convenait au présent roman, le premier roman que je signai[5]. »

1. L'annonce de mise en vente est insérée dans la partie commerciale de la *Bibliographie de la France* le 18 novembre 1910.

2. *Lettres à ses pairs*, éd. Cl. Pichois et R. Forbin (Flammarion, 1973), p. 121. Pour Charles Saglio, voir la Notice des *Vrilles de la vigne*, n. 1, p. 1530.

3. *Lettres de la Vagabonde*, éd. Cl. Pichois et R. Forbin (Flammarion, 1961), p. 38.

4. Voir n. 1, p. 1204.

5. Cet exemplaire de *La Vagabonde*, un des vingt sur papier de Hollande (n° 11), appartenait à Henri Lenseigne. Il portait un envoi autographe de l'auteur à ce bibliophile et figura à sa vente (2e partie, Drouot, 12-20 décembre 1932, Me Marcel Pognon, Léopold Carteret expert). Il fut acquis alors ou après par Maurice Goudeket. Le nom de Lenseigne fut effacé pour qu'apparaisse celui de Maurice Goudeket. En 1944, Colette annota l'exemplaire, identifiant certains des personnages. L'exemplaire a été revendu à

Amère victoire, que celle qui unirait Renée Néré à Annie ? Si filiation il y a — qui passe par la nécessaire conquête de la liberté, encore faut-il trouver un emploi à cette liberté et aller, moins d'Annie à Renée, que de Claudine à Renée ; quand Claudine évoque la voix de Renaud lui murmurant : « Oh ! ma vagabonde assise !... » et qu'elle se découvre capable encore, après la mort de son mari, à la dernière page de *La Retraite sentimentale*, de « se pencher, étonnée, sur la petite coupe filigranée des anémones sauvages, vers le tapis innombrable des violettes » et de « revivre » dans un mélange d'« amertume » et d'« apaisement[1] » — Renée, elle, « entre, éblouie, dans le jaune royaume des genêts et des ajoncs » et s'ingénie à « oublier » l'amour de Max, « comme s'il n'y avait d'urgent au monde que [son] désir de posséder par les yeux les merveilles de la terre[2] ! »

Claudine et même Annie exprimaient en partie la personnalité profonde de Colette, mais celle-ci devait tenir compte des interventions de Willy et restait prisonnière du personnage de Claudine. Dans *La Vagabonde*, alors qu'elle approche, seule enfin, seule hélas ! de cette quarantaine qui est l'heure lucide et dangereuse des comptes, elle va pouvoir être elle-même en créant le personnage de Renée Néré.

Soulignant les « contradictions » apparentes du roman — « Mme Colette Willy est un bien singulier et troublant écrivain : pétrie de contrastes, [...] elle cultive en même temps le réalisme le plus cru et je ne sais quel idéalisme éthéré, elle est émue et ironique, tendre et cruelle, brutale et pudique, et ses pudeurs sont plus gênantes souvent que ses brutalités » —, Philippe-Emmanuel Glaser écrivait en 1910 : « C'est, je crois, le roman le plus direct, le plus personnel qu'elle nous ait encore donné ; et elle connaît à merveille cette Renée Néré, [...] elle la connaît comme une sœur [...][3]. » Il rejoignait l'opinion mieux informée encore, de Sido, qui, lisant le roman dans *La Vie parisienne*, écrivait à sa fille le 2 juin 1910 : « Je ne puis m'empêcher de croire que tu écris ta biographie, parce que, parce que... ce sont des choses vécues et d'autant plus intéressantes[4]. » Le 4 décembre

Drouot le 21 mars 1978 (Mes Couturier et de Nicolay, Mme Vidal-Mégret expert, nº 93). Il est désigné ci-dessous par le sigle *VG*.

1. *La Retraite sentimentale*, p. 954.
2. Respectivement p. 1226 et 1221.
3. Ph.-E. Glaser, *Le Mouvement littéraire*, Ollendorff, 1910, p. 345. Le genre du roman personnel était plus que jamais à la mode depuis l'ouvrage de Joachim Merlant, *Le Roman personnel de Rousseau à Fromentin*, Fischbacher, 1905. — À la vente Exbrayat (Drouot, 27-28 mars 1962, Me E. Ader, L. Lefèvre et C. Guérin experts, nº 217) figura un des cinq exemplaires de *La Vagabonde* sur japon. Y était joint un billet à Ph.-E. Glaser ; Colette l'y invitait à la venir voir jouer *La Chair* à la Gaîté-Montparnasse et le remerciait de l'article consacré à *La Vagabonde*, qui entra dans le livre cité au début de cette note.
4. *LISC*, ainsi que la première citation qui suit. Sido écrit à sa fille le 28 novembre 1910 : « Reçu *La Vagabonde*. »

1910, agrémentant ses insomnies de la lecture du volume qu'elle a reçu : « J'ai lu cette nuit une cinquantaine de pages de *La Vagabonde*. C'est délicieux. » Elle estimait avoir vu juste : « J'admire comme tu sais rien que par le choix des termes que tu emploies autant que le sujet du roman, l'intérêt qui si [*sic*] attache. Mais c'est une autobiographie ! Tu ne peux pas le nier. Certainement Willy a dû le dévorer ce roman ! Il a dû en ressentir une rage bien compréhensible. Je n'ai pas encore terminé la lecture mais écris-moi, mon Minet chéri. Est-ce vrai que tu as tant souffert et sans jamais m'en rien dire[1] ? » L'ultime interrogation désolée, si elle corrobore les analyses de *Mes apprentissages* où la fille met à jour enfin l'attitude d'héroïque dissimulation qu'elle dut adopter envers sa mère, laisse aussi entrevoir le jeu qui existe, dans tout roman personnel et du fait même de la transposition romanesque, entre les éléments réels de l'autobiographie et le pouvoir entraînant de la fiction.

C'est donc en respectant l'entrelacement de ces deux perspectives qu'il convient, tout au long des trois parties, des trois mouvements du roman, de suivre Renée Néré dans l'exercice de son métier de mime, dans les difficultés de sa vie sentimentale et dans sa quête d'un sens à sa vie — puisqu'elle renonce à l'amour.

LES VAGABONDS

« Non, le vrai mérite est dans ses peintures de cafés-concerts, de coulisses, de troupes en tournées. L'accent y est d'une force et d'une émotion qu'on n'oublie plus ; et ce qu'on y trouve de meilleur, ce n'est pas tant l'évocation visuelle de ces lieux que leur psychologie [...]. Ces passages ne suffiraient pas à faire de ce roman un livre égal et plein, ni à proprement parler une œuvre d'art achevée ; mais un style alerte et direct le met, pour la force expressive, bien au-dessus de nombreux ouvrages plus conscients[2]. » À Jean Schlumberger fait écho Henri Martineau : « Nous n'avions jamais eu à ce jour un tableau aussi poussé de ce monde des petits théâtres et des tournées, et nous devions nous en tenir à la façade d'un *Capitaine Fracasse*. Il fallait pour que nous puissions pénétrer ce milieu encore inconnu qu'il se rencontrât un observateur minutieux, écrivain sûr et évocateur très prompt, qui vivant de ce métier aimerait assez son art pour ne pas l'avilir, et aurait encore le rare désintéressement de ne jamais nous masquer la vue par son jeu personnel ou par sa vanité d'étoile. / [...]. Le beau livre que nous aurions eu ainsi, sans presque d'artifices et où la recherche de l'imagination n'eût rien gâté. Mais *La*

1. Collection particulière. On aura compris que la première phrase, fautive par son « qui si », manque de plus d'un verbe comme « exciter » reliant « tu sais » à « l'intérêt ».

2. Jean Schlumberger, *La Nouvelle Revue française*, 1911, XXVII, p. 469-470. Mais Schlumberger ne rejette pas vraiment la « partie sentimentale » du roman, où il « goûte » « le portrait que la jeune femme fait d'elle-même ».

Vagabonde est un roman, ne l'oublions pas. Il y faut, hélas ! une aventure[1]. » Enfin, avec moins d'intransigeance, c'est-à-dire avec une ouverture d'esprit plus grande, lui qui ne répugne pas à l'« aventure[2] », Philippe-Emmanuel Glaser constatait « qu'il y a un grand attendrissement dans son évocation de Brague, le mime, et de la petite Jadin, de Bouty, le pauvre cabot malade qui "fait les Dranem", et de tant d'autres artistes de café-concert : "chimériques orgueilleux, d'une foi absurde et surannée dans l'art[3]" ».

Que la vie de Renée, au music-hall, soit la réplique de celle de Colette Willy, on ne peut guère en douter. Les établissements et les tournées correspondent à la réalité. Ses compagnons, les agents de théâtre sont facilement identifiables. Au début du manuscrit, certains personnages étaient même mentionnés sous leur nom véritable, comme Régina Badet[4], ou désignés par leur initiale : W. pour Wague[5], avant qu'elle le nomme Brague. Dans l'exemplaire de l'originale déjà cité et qui appartint à Maurice Goudeket — *VG* —, Colette a fait quelques commentaires sur ses camarades et a donné leur identité. Wague, Maurice Chevalier, Fréhel[6] : l'important n'est pas dans la réalité, contrôlable, de la peinture d'un milieu, mais dans l'effet qu'elle produit, dans la manière dont Colette l'a insérée dans l'ensemble de l'œuvre, dans le rôle qu'elle y joue.

Car, si Colette fait l'apologie de ce monde du travail qu'est pour elle le milieu du music-hall, où l'argent, instrument de la liberté, est justement gagné, si elle loue ce moment privilégié qu'est la représentation, où l'oubli de soi côtoie la joie de l'accomplissement artistique, si enfin elle chante la solidarité pudique des artistes entre eux — « Nous n'avons pas envie de parler, mais nous bavardons, luttant contre un sourd besoin de nous taire, de nous serrer les uns contre les autres et de nous attendrir[7] » : c'est exactement la fin de « Music-halls » dans *Les Vrilles de la vigne*[8] —, il n'en reste pas moins que les artistes de café-concert sont, à l'image de « l'Archiduc » et de ses trois bêtes,

1. Henri Martineau, *Le Divan*, 1911, t. III, n° 17, p. 21-24. *Le Capitaine Fracasse*, roman de Théophile Gautier, fut d'abord publié — lui aussi — en revue, de 1861 à 1863.

2. Avec une courtoisie rare — et indulgente ? —, Colette répondit à Martineau dans une lettre non datée (collection Claude Pichois) : « Hélas, oui, Monsieur, il y fallait une aventure, dans *La Vagabonde*... Je l'ai assez déploré, et je suis ravie que vous pensiez comme moi, tout en conservant une extrême bienveillance pour mon livre. Je vous remercie très sincèrement et vous demande de me croire sympathiquement vôtre. »

3. Ph.-E. Glaser, *Le Mouvement littéraire*, p. 347.

4. Voir *L'Envers du music-hall*, t. II.

5. Sur lui (1874-1964), voir Tristan Rémy, *Georges Wague, le mime de la Belle-Époque*, Georges Girard, 1964, et les *Lettres de la Vagabonde* où la correspondance de Colette et de Wague s'étend de 1906 à 1953. Sans oublier *Les Vrilles de la vigne* (« Music-halls ») et *L'Envers du music-hall*.

6. Les annotations autographes de *VG* figurent dans les notes.

7. P. 1119.

8. P. 1056.

« orgueilleusement résignés à leur sort de vagabonds[1] » — « J'ai retrouvé à Lyon des errants de ma sorte, rencontrés ici et ailleurs[2]. » Le métier n'est pas à soi seul suffisant. « Vagabonde, soit, mais qui se résigne à tourner en rond, sur place, comme ceux-ci, mes compagnons, mes frères[3]... » La solidarité n'est que palliatif de la solitude, et le groupe n'est que refuge, ce qui n'exclut pas, mais implique la nostalgie d'un point fixe : un foyer, et de rapports humains plus profonds : l'amour. Cette sorte de vagabondage fait peur et aide à oublier qu'on a peur, avant de se retourner contre soi-même ; et voici Cavaillon, « échoué et misérable, perdu au milieu de nous, conscient de sa solitude[4]... », ou Brague et Renée : « Tête haute, nous portons le mépris et la convoitise de cette foule chaude, comme de fiers détenus[5]... »

Une image encore, et le lecteur est renvoyé, de la troisième partie où elle se trouve, à l'ouverture même du roman : « Est-ce l'amie de Max, cette dîneuse que reflète la glace enfumée d'une "brasserie lorraine", cette voyageuse aux yeux cernés, un grand voile noué sous le menton, et tout entière, du chapeau aux bottines, couleur de route, avec l'air indifférent, calme et insociable, de ceux qui ne sont ni d'ici ni d'ailleurs[6] ? » Du music-hall à la solitude, puis à l'amour, le chemin est balisé, qu'il faut bien emprunter.

LA VAGABONDE ET LE MIROIR

Pourquoi ne pas faire un personnage à part entière de cette « conseillère maquillée » qui regarde « de l'autre côté de la glace[7] » et qui dit à Renée des paroles essentielles, et réapparaît plusieurs fois dans l'œuvre avant de s'effacer pour ne laisser en scène que le seul miroir, qu'elle supposait ? Par vingt fois, elle et le miroir lancent ou relancent le mouvement, et permettent à Renée d'agir et de se comprendre.

C'est que l'image prise dans l'eau du miroir répond à une nécessité de se voir, qui est préparation à être vue, et distinguée. Ne pas l'être, ne pas devoir l'être, conduit à l'angoisse de la solitude, et le maquillage est à la fois exorcisme — conjuration de l'angoisse — et appel — jeu de séduction essayé sur soi-même avant d'être éprouvé auprès de l'homme —. L'image, le « reflet », est bien une forme de l'être qui, se parant et se cachant, se prépare à cette consécration de lui-même qu'est le choix amoureux. Dans ces perspectives, le personnage de la « conseillère maquillée » remplit une double fonction : d'abord, il rend mani-

1. P. 1093.
2. P. 1202.
3. P. 1119.
4. P. 1205.
5. P. 1228.
6. P. 1200.
7. P. 1067.

feste à Renée que sa vie, sans amour, est une vie vide ; mais éprouver ce vide, c'est se souvenir qu'il n'en a pas toujours été ainsi : Taillandy le mari, le premier amour, apparaît et fait planer sur tout le roman l'ombre de cette réalité de « fantôme » qu'il partage avec la « conseillère maquillée » ; ensuite, puisque vide il y a, il faut le combler, et Renée se pose elle-même, et malgré elle, comme objet de désir ; elle a beau commencer par refuser de se parer, cette coquetterie inversée mène à une coquetterie plus directe, plus provocante, et à un premier baiser : Maxime Dufferein-Chautel s'est insinué dans une vie qu'il anime de nouveau. Ce qu'il ne sait pas, c'est qu'il n'a été appelé que dans la mesure où le renoncement à Taillandy a créé un état de manque : s'il supplée Taillandy, Taillandy reste auréolé des prestiges du premier amour, quand bien même il n'en est pas digne : « Ô cher Max que j'ai voulu aimer[1] » ; le roman ne tire sa tension dramatique que de ce lien qui se tisse en Renée de Taillandy à Max, en une Renée qui se sert de Max pour oublier Taillandy et retrouver goût et force de vivre... sans Max. « Quand j'étais petite et que j'apprenais à tricoter, on m'obligeait à défaire des rangs et des rangs de mailles, jusqu'à ce que j'eusse trouvé la petite faute inaperçue, la maille tombée, ce qu'à l'école on appelait une "manque"... Une "manque" ! Voilà donc tout ce qu'aura été, dans ma vie, mon pauvre second amour, celui que je nommais ma chère chaleur, ma lumière... Il est là, tout près de ma main, je peux le saisir, et je fuis[2]... »

Colette n'avait donc besoin, face à Taillandy, que d'un anti-Taillandy. Que Taillandy doive ce qu'il est à Willy, c'est l'évidence, ils partagent l'un et l'autre l'obsession des conquêtes féminines et celle de l'argent, et Renée a eu l'avantage sur Colette d'avoir la force de fuir, et non la faiblesse d'attendre qu'on la mette à la porte ; quant à Willy, qui aimait ses caricatures, il n'aima pas celle-ci et répliqua, l'année suivante, dans *Lélie, fumeuse d'opium*[3]. Pour Maxime, c'est à la fois moins simple et plus simple : Sido, le 4 décembre 1910, posait à Colette cette question : « Est-ce que Dufrein-Chautel [*sic*] existe[4] ? » Comme les réponses de Colette ont disparu, on doit se contenter de cette note, page 23 de l'exemplaire déjà cité de l'édition originale — *VG* : « Ici[5] j'entre enfin dans le roman, dans le mensonge. Maxime Dufferein-Chautel ? Connais pas. »

On peut chercher cependant un modèle à ce personnage. Le 13 avril 1910, alors que Colette est en tournée, Sido, qui lui écrit, sait qu'elle se trouve avec Missy et leur « patito »[6]. À la mi-

1. P. 1225.
2. *Ibid.*
3. Voir p. CI et suiv.
4. *LISC.*
5. Dans la présente édition, n. 1, p. 1079.
6. *LISC.* Voir « patito » employé dans *VP,* orig., etc. (p. 1120, var. *b.*) ; voir « idiot », p. 1171 ; « imbécile », biffé dans *ms.*, var. *d*, p. 1169.

novembre, au moment où le roman paraît en volume, Colette est à Naples avec Auguste Hériot, au tempérament — ou à l'absence de tempérament — de qui s'adapte bien le mot de « patito ». Ce jeune oisif richissime appartient à la famille qui possède une partie des Grands Magasins du Louvre[1]. De Naples, Colette écrit le 19 novembre à Léon Hamel : « Mon petit compagnon vous envoie ses amitiés. C'est un gentil enfant quand il est seul avec moi. Il ne sera jamais heureux, il est bâti sur fond de tristesse[2]. » Un peu plus tard, elle le traite de « petit serin[3] », comme Maxime est qualifié de « grand serin » dans *La Vagabonde*. Pour voyager ensemble en novembre, il faut sans doute, quelle que soit alors la hardiesse de Colette, supposer que ces amoureux peu convaincus se sont rencontrés des mois auparavant. Est-ce abuser de la vraisemblance que de fixer cette rencontre pendant l'hiver 1909-1910, ou même plus tôt ? Et ainsi Max devrait à Auguste Hériot[4].

L'hypothèse est plausible, mais pas plus que celle qui imagine une création de Max toute à l'opposé de celle de Taillandy et de Willy. Elle oblige même à un renversement identique, puisque Max semble être le contraire d'Auguste, à l'oisiveté près. Pourquoi alors ne pas imaginer que, forte de son roman, Colette peut jouer et se jouer d'Auguste Hériot, sans danger, le « grand serin » servant de modèle au dérisoire « petit serin », qu'elle avait aussi surnommé « l'andouille » et « le gosse » ? La Colette vivante s'accorde de ces faiblesses que la Renée littéraire se refuse, et l'épure d'un destin romanesque apparaît plus rigoureuse que les entrelacs et les compromissions d'une destinée quotidienne.

Homme sérieux et épris, fort d'un désir dont la violence pourtant sait devenir respectueuse, aimant la nature, la vie de famille et les enfants : tel est bien Max, l'incarnation du mari idéal, l'anti-Willy[5] ; mais c'est aussi que Colette, la divorcée, la marginale, avait à se défendre socialement ; juste avant d'attaquer son

1. L'autre propriétaire est Chauchard ; voir n. 1, p. 1018.
2. *Lettres de la Vagabonde*, p. 45.
3. *Ibid.* p. 47.
4. Selon Maurice Goudeket. Celui-ci a dit à Claude Pichois en 1957 que, moins le premier feuillet, le manuscrit de *La Vagabonde* avait été donné par Colette à Auguste Hériot — ce qui ne préjuge que peu en faveur de la réalité du modèle. Dans cette même conversation, M. Goudeket a raconté la visite qu'il fit avec Colette à Hériot à la fin de la vie de celui-ci : impression pénible, d'un être déchu, comme drogué, tombé sous la coupe d'une infirmière ; il montra avec fierté sa collection de quatre-vingts costumes. Il n'est pas impossible que le personnage de Clouk, première et lointaine ébauche de *Chéri*, doive plus à Hériot que Max ne doit à celui-ci.
5. Le divorce d'avec Willy est prononcé le 21 juin 1910 ; que les ponts soient définitivement coupés, que toute reprise de la vie commune ne puisse être qu'une catastrophe, c'est ce que montre un épisode inventé, que Colette n'a pas utilisé dans son roman ; il a été publié dans *Paris-Journal*, le 2 mars 1910 : Hamond — personnage inspiré de Léon Hamel — a, par pitié, repris la vie commune avec sa jeune femme, et le voici, « de nouveau, très... très malheureux ».

roman, elle avait ressuscité Valentine, la dame-comme-il-faut, dans un article que publia le 14 août 1909 *La Vie parisienne*, pour condamner le mariage en des termes aussi cinglants que ceux de Renée : « Vous ne saurez jamais tout le mal que je pense de vous, vous qui me regardez, parce que j'ai cessé d'avoir un mari, comme si j'avais contracté une maladie gênante, difficile à cacher, difficile à avouer. Vous rirez, comme d'un paradoxe facile, si je tente de vous expliquer que l'état de mariage m'apparaît comme saugrenu et plutôt anormal, à vous qui avez un mari — un mari dans les automobiles ! — et qui oubliez, à son bras, l'infidélité, la fuite d'un premier amant... » Et d'en appeler, pour la première fois, nous semble-t-il, dans sa carrière littéraire, à Sido — « ma charmante toquée de mère » — qui condamne pêle-mêle les aveuglements de l'amour, la promiscuité de l'état de mariage et la société mal faite, une société qui ne veut admettre d'autre solution que le mariage. Sous le couvert des propos de la mère, la fille peut devenir provocante et faire semblant de s'en excuser : « la solitude, une enivrante liberté et l'absence de tout corset ont vite fait de moi, vous le voyez, une prêcheuse de la pire espèce. Je ne voulais qu'un peu moraliser, à mon tour, par pure taquinerie. / Et j'apporte au jeu une conviction lamentable. Il me semble que je vois, dans quelque dix ans, une vieille Colette raisonneuse, sèche, avec des cheveux d'étudiante russe, une robe réformiste, prônant l'union libre, l'orgueilleux isolement, et patiapatia, et un tas de fariboles ! Brr... ! Mais quel démon me montre, plus terrible encore, l'image d'une Colette quadragénaire, enflammée d'un amour neuf, mûre et molle sous le fard, combative et désespérée ! De mes deux bras étendus, je repousse les deux fantômes [...] »

Pour écarter les maléfices du premier fantôme, il fallait à Colette inventer une Renée soucieuse peu à peu de redevenir désirable et désirée, et un Max capable d'un désir puissant ; et pour écarter ceux du second, il fallait à la fois que l'obsession du premier amour se dresse entre Max et Renée, empêchant Max de réussir, et qu'elle s'efface dans cette lutte pour que la vie de Renée — comme de Colette — cesse d'être le ressassement perpétuel de l'échec passé. La création du personnage de Max relève de ce que Renée croit découvrir de ses secrètes pensées : « Mon souci n'est pas que vous me connaissiez tel que je suis : créez votre amoureux à votre guise, et c'est après — comme un maître retouche et refait l'œuvre médiocre d'un élève chéri ! — c'est après que, sournoisement, peu à peu, j'y mettrai ma ressemblance[1] ! » Le « grand serin » n'est et ne devait être qu'un parfait amoureux de transition.

Colette avait d'abord essayé d'utiliser la forme épistolaire pour son roman, ainsi qu'en témoigne un manuscrit qu'elle donna à Louis Barthou[2] et dont la trace est, pour le moment, perdue. Il y

1. P. 1146.
2. *Lettres à ses pairs*, p. 186 : « Voici un "premier état" du manuscrit de *La*

avait là une cinquantaine de pages que l'on retrouve, peut-être, transformées, dans la troisième partie qui contient douze lettres ou fragments de lettre, onze étant écrites par Renée à l'intention de Max qui, lui, n'a droit qu'à un fragment. « Quatre grandes feuilles, sur la table, témoignent de ma hâte à écrire, non moins que le désordre du manuscrit, où l'écriture monte et descend, se dilate et se contracte, sensible... / Va-t-il me reconnaître dans ce désordre ? Non. Je m'y dissimule encore. Dire la vérité, oui, mais toute la vérité, on ne peut pas, on ne doit pas[1]. » La lettre suppose donc le monologue intérieur, qu'impose, qu'a dû imposer, une fois inventée, la « conseillère maquillée » : en butte à ses « fantômes », Colette a sans doute, elle aussi, erré avant de trouver la forme qui convenait pour serrer au plus près le drame tout intérieur de Renée Néré.

LA VAGABONDE ET LE ROYAUME

La preuve en est que dans l'article déjà cité de *La Vie parisienne*, et publié le 14 août 1909, elle n'avait trouvé d'autre apaisement que de recourir encore une fois, comme au temps des *Vrilles de la vigne*, à Missy : « De mes deux bras étendus, je repousse les deux fantômes, je cherche, entre eux, un étroit chemin abrité, où me guide une main amie... » N'est-ce pas pourtant comme une fêlure, qui ira s'aggravant, que révèlent deux textes publiés en 1909, l'un et l'autre dans *La Vie parisienne* ? Le 1er mai 1909, « Gitanette » met en scène un amour saphique qui se termine sur une douloureuse séparation, douloureuse pour celle qui est quittée et qui était toute « tendre soin, quasi maternel » pour son amie — l'une et l'autre, avant cette séparation, étant « heureuses de travailler ensemble, de se réfugier l'une en l'autre, défendues l'une par l'autre de la prostitution désolante, de l'homme souvent méchant ». Le 2 octobre 1909 — et Colette a commencé *La Vagabonde* —, « Dans la dune », dédié à M***, c'est-à-dire à Missy, évoque un creux de sable où Colette aime à s'abandonner, protégée du vent, « au songe éveillé, à la sereine tristesse solitaire » : y invite-t-elle, pour une fois, Missy ? Aux bords de sa « cuve ronde » fleurit un « liseron rose de la dune, qui meurt d'être effleuré », et « un beau chardon métallique » : « Sa feuille de fer tordu, qui s'oxyde au vent de la mer, châtie le papillon ; sa fleur hérissée, d'un bleu d'iris, se

Vagabonde, qui dut être, autrefois, un roman par lettres, comme vous voyez. L'essai s'est borné à ces cinquante pages [...] » Ce billet est daté du 18 juillet 1913. Louis Barthou, né en 1862, fut académicien et plusieurs fois ministre. Il fut assassiné à Marseille en 1934, en même temps que le roi Alexandre de Yougoslavie, qu'il était allé accueillir. Le manuscrit que lui avait offert Colette se trouvait dans un exemplaire de *La Vagabonde* (Les Bibliophiles du Palais, 1930) illustré par Jodelet (*Bibliothèque de M. Louis Barthou*, 3e partie, Drouot, 2-4 mars 1936, no 1525). En tout cas, les lettres de Renée ne constituent pas des remplois d'une version antérieure ; dans le manuscrit, elles portent des traces de corrections analogues à celles du reste du texte.

1. P. 1216.

défend de l'abeille. Ce chardon bleu, pudique et méchant, ce liseron que l'ouragan déchire, je te les offre, mon amie... » Le geste est ambigu, don et défense tout à la fois. Ce qu'il y a de sûr, c'est qu'au printemps de 1911 les relations de Colette et de Missy sont fort altérées et qu'à l'été, la rupture est consommée[1] ; c'est aussi que Missy et Lesbos, qui étaient au cœur des *Vrilles de la vigne*, sont dans *La Vagabonde* rejetées dans un passé antérieur à ce qui est vécu par Renée : « Deux femmes enlacées ne seront jamais pour lui [Max] qu'un groupe polisson, et non l'image mélancolique et touchante de deux faiblesses, peut-être réfugiées aux bras l'une de l'autre pour y dormir, y pleurer, fuir l'homme souvent méchant, et goûter, mieux que tout plaisir, l'amer bonheur de se sentir pareilles, infimes, oubliées...[2] » Les refuges sont éphémères, et Missy, ce substitut maternel, s'efface. Il s'agit encore et toujours pour Colette de faire front, mais seule : est-ce l'effet de l'apparition, timide encore, de Sido ?

Elle n'entraîne pas cependant à sa suite les vertus d'une enfance dont les souvenirs, comme dans *Les Vrilles de la vigne*, restent empreints d'une nostalgie inefficace : il y a bien, dans *La Vagabonde*, cette enfant vue par Renée du train qui l'emporte — « Oui, debout au bord du hallier, mon enfance farouche me regardait passer, éblouie par le soleil levant... » — ; il y a bien « un jardin... Le ciel couleur de pêche rose au couchant... une voix enfantine, aiguë, qui répond aux cris des hirondelles... Oui, et ce bruit d'eau lointaine, tantôt puissant et tantôt assoupi : le souffle de la forêt... J'étais retournée au commencement de ma vie. » Pourtant... « mon pays m'enchante d'une ivresse triste et passagère, chaque fois que je le frôle, mais je n'oserais pas m'y arrêter. Peut-être n'est-il beau que parce que je l'ai perdu[3] ». Dans un texte intitulé « Le Passé », publié par la revue *Akademos* le 15 avril 1909 et qui a été recueilli en 1958 dans les premières pages de *Paysages et portraits*, Colette était tentée par « le roman d'une enfance » : « Je voudrais l'écrire, et je crains, en l'essayant, d'échouer. » Elle ne s'y risqua pas et regretta alors de s'être laissée prendre aux mirages amoureux de son adolescence, tout en reconnaissant qu'il ne pouvait en être autrement. Voilà qui éclaire *La Vagabonde* : sans oser, sans pouvoir encore « ressusciter » son enfance, mais en faisant table rase d'un premier amour impérieux et de lourde mémoire par la création littéraire d'un faux second amour qu'il lui est plus facile de refuser, Colette s'attache à retrouver « l'impérieuse, la sauvage et secrète tendresse qui [la] liait à la terre et à tout ce qui jaillit de son sein », et

1. Lettre à Brague, Rozven, début mai 1911 : « P.-S. (personnel) Ah ! mon petit, quelle arrivée ! C'est dur, — c'est arrangeable, mais c'est dur. Te raconterai. » (*Lettres de la Vagabonde*, p. 52.) Lettre à Rouveyre, Paris, août 1911 : « Vous ne verrez plus Missy avec moi, cher ami. Nous ne vivons plus ensemble. » (*Lettres à ses pairs*, p. 157.).

2. P. 1207.

3. Respectivement, p. 1132, 1154 et 1199.

« ce jaloux, cet inquiet amour de la solitude » qui fut son lot, enfant[1]. C'est dans ces perspectives que, dans la troisième partie, la pensée de Max devient pour Renée un « tourment », qui « s'interpose entre [elle] et le plaisir de vivre, de contempler, de respirer profondément », « tourment » dont elle se délivre par la grâce d'« un de ces parfaits moments » où il lui est donné de goûter sans réticences « les merveilles de la terre » : ce qu'elle appelle le « royaume ». Plénitude d'un rapport au monde où la richesse des sensations se complète du plaisir « de chercher des mots, des mots pour dire combien le soleil est jaune, et bleue la mer, et brillant le sel en frange de jais blanc »... La boucle est bouclée : la troisième partie renvoie à la première, où Renée se souvient d'avoir été écrivain, l'écrivain de *La Forêt sans oiseaux* : « Celui-là, c'est mon préféré, mon "chef-d'œuvre inconnu" à moi... » Même si l'ouvrage ne connut pas le succès, « pour moi, sa chaude obscurité s'éclaire ; pour moi, tel mot suffit à recréer l'odeur, la couleur des heures vécues, il est sonore et plein et mystérieux comme une coquille où chante la mer[2] ».

Ou plutôt la boucle serait bouclée, si le temps n'avait pas passé, s'il ne cessait de passer : aux « mille petits fantômes à [sa] ressemblance[3] » qu'abandonne une Renée errante dans ses pérégrinations à travers le « royaume » — c'est la fin de la première partie — répondent les « mille et mille ombres à [sa] ressemblance » de la fin de la troisième partie, « effeuillées d'[elle], celle-ci sur la pierre chaude et bleue des combes de mon pays, celle-là au creux moite d'un vallon sans soleil, et cette autre qui suit l'oiseau, la voile, le vent et la vague[4] ». Si l'« ombre » de Max habite encore Renée, la personne même de Max a été repoussée, refus qui libère Renée du « fantôme » de Taillandy : la place est nette pour un nouveau et vrai amour, puisque Colette et Renée, nostalgiques de leur enfance et soucieuses de conquérir le « royaume », ne savent pas encore ce que Sido savait : « qu'on possède dans l'abstention, et seulement dans l'abstention[5] ». Roman peuplé d'« ombres » et de « fantômes », livre d'un désarroi qui trouve la force et la volonté d'aller de l'avant — mais sans bien savoir où, *La Vagabonde* est une œuvre de transition, et l'écriture un rite de passage : l'histoire, commencée en hiver, ne finit-elle pas au printemps ?

MICHEL MERCIER.

★

Dans une lettre à Missy, Colette écrivait : « Si tu entendais les gens de lettres me parler de *La Vagabonde*, je crois que tu serais

1. Toutes les citations de cette phrase sont extraites du « Passé ».
2. P. 1084.
3. P. 1119.
4. P. 1232.
5. *La Naissance du jour*, *OCH*, t. VI, p. 425.

contente — certainement plus que moi, mon chéri[1]. » Maurice Donnay y a pris « le plus délicat plaisir » : « Vous avez bien du talent, mon cher confrère, et vous écrivez comme un ange, eût-on dit au XVIIe[2]. » Henry Bordeaux est redevable au roman « d'une de ces sensations d'art assez rares aujourd'hui pour qu'on éprouve le besoin d'en remercier l'auteur[3] », ce qu'il fait, hélas, en lui envoyant *La Robe de laine*.

Les gens de lettres de l'Académie Goncourt couronnèrent, le 8 décembre 1910, le recueil de Louis Pergaud, *De Goupil à Margot, histoires de bêtes,* mais *La Vagabonde,* soutenue par Paul Margueritte et Gustave Geffroy, obtint, aux premiers tours du scrutin, trois voix, comme *L'Hérésiarque et Cie* d'Apollinaire. Sido dut consoler sa fille[4], que consola mieux encore cette phrase de Marcel Ballot[5], bon prophète : « Puisque les Dix, dédaignant les vains préjugés, se recrutent maintenant dans l'un et l'autre sexe, ne pensez-vous pas que l'auteur de *La Vagabonde* s'impose à leur attention beaucoup moins comme lauréate que comme éventuelle académicienne ? »

En effet, la réputation littéraire de Colette était déjà bien établie lorsque parut *La Vagabonde*. Dans leurs comptes rendus du roman, Paul Reboux et J. Ernest-Charles font allusion à l'enquête qu'avait organisée *L'Intransigeant* de Léon Bailby « pour rechercher quelles femmes étaient jugées dignes d'entrer à l'Académie » — entendez, cette fois, la française : « presque tous les écrivains consultés désignèrent Colette Willy. Son nouvel ouvrage justifie leur choix », concluait Paul Reboux[6]. L'accueil immédiat fut, en effet, généralement chaleureux[7]. Une seule déception pour nous : les brèves lignes que Rachilde, qui avait si bien soutenu les efforts de Colette[8], consacre au roman où s'affirment « le talent et l'imagination de l'auteur ». Judith Cladel est beaucoup plus généreuse[9]. Comparant *Marie-Claire* et *La Vagabonde,* qui ont paru presque simultanément, elle préfère, quelles que soient les qualités du roman de Marguerite Audoux, les vertus de celui de Colette, qui « nous restitue la vie même telle qu'une femme de

1. Lettre inédite, s. d. ; collection particulière.

2. Lettre inédite, vendredi 2 ou 9 décembre 1910 ; collection particulière.

3. Lettre. Catalogue de la Librairie Simonson, Bruxelles, n° 359, décembre 1970, pièce 8.

4. Voir *Catalogue* BN 1973, n° 233.

5. Voir p. 1594-1595.

6. À l'article de qui (*Le Journal,* 16 décembre 1910) sont empruntées ces citations. Sur l'enquête de *L'Intransigeant,* voir p. CXV.

7. Ont déjà été mentionnés les comptes rendus de Ph.-E. Glaser, J. Schlumberger et H. Martineau. Dans les lettres que Colette avait reçues et conservées figure le manuscrit d'un article très élogieux de Gaston Chérau, qui n'était pas encore de l'Académie Goncourt.

8. Voir notamment son compte rendu de *La Retraite sentimentale* : *Mercure de France,* 1er mars 1907. Le compte rendu de *La Vagabonde* parut dans le numéro du 16 décembre 1910.

9. *Paris-Journal,* 30 novembre 1910.

ce temps la subit, la vraie vie, belle, laide, sale dans la même minute et que, prise d'une puissante ivresse de sincérité, elle dépeint comme elle est ». « Petite campagnarde transplantée à Paris et qui a toujours mal à ses racines, elle sait tout voir, tout entendre et tout exprimer avec l'audace calme et rieuse d'une fille des champs... et une grâce infinie, forme particulière de sa pudeur. / Qu'importe le sujet ? Ce qu'elle décrit a le don de vie. Devant elle les gens passent. Elle les "croque". On ne les oublie plus. Une foule s'entasse sur les bancs du caf' conc'. C'est un grouillement de têtes, de bruits, d'odeurs à jamais mouvant dans le souvenir. Colette part en tournées. Aux portières du wagon les paysages défilent avec les mille aspects de la forme et de la couleur. On lit *La Vagabonde*. On ne sait plus qu'on tient un livre. »

Les autres critiques insistent soit sur la simplicité de l'action, soit sur la pertinence de l'analyse psychologique, les uns sur le pittoresque de la vie des coulisses, d'autres sur la beauté des paysages, tous sur le naturel du style. « Comme sa phrase court, limpide et alerte, comme elle est claire, sans complications inutiles, sans tortillement, sans déhanchement, comme elle dit bien ce qu'elle veut dire, sans plus ni moins, tout en sachant demeurer originale et primesautière [...][1] » « Je ne suis donc pas surpris lorsqu'on me dit que Mme Colette Willy renouvelle ou renouvellera sans effort la littérature et la langue françaises[2]. » On oubliait, grâce à Colette les tarabiscotages stylistiques du symbolisme.

Les comptes rendus les plus intéressants sont ceux qui expriment des réserves, car ces réserves, d'ordre moral, nous font bien mesurer la distance qui nous sépare de cette époque révolue et l'effort que dut accomplir Colette pour s'imposer. Dans *Comœdia* du 4 décembre 1910, G. de Pawlowski déclare d'emblée que ce volume « est très certainement de tout premier ordre. Il est difficile de rencontrer plus de précision, de clarté dans le style, plus de justesse dans le choix des images, plus de naturel et de spontanéité. » Mais le critique ressent une « petite gêne » qui « vient du manque de direction de tout l'ouvrage » : Colette a eu « le grand tort de ne point fixer hardiment un idéal, quel qu'il fût, humain ou artistique. Une fois cet idéal posé, *La Vagabonde* était en droit de le poursuivre et d'écarter résolument de sa route tous les braves gens qui ne répondaient point à cet idéal proposé[3]. »

Dans *Le Figaro* du 19 décembre 1910, Marcel Ballot accorde à

1. Jules Bertaut, *La Revue (Ancienne « Revue des Revues »)*, 15 décembre 1910. Colette le remercie en un billet qu'elle lui adresse, de Nice (Hôtel Royal), « au cours, justement, d'un... vagabondage, entre une représentation en matinée et une autre en soirée » (Vente Drouot, 2-3 avril 1962, Me Reims, Mme Vidal-Mégret, no 58).

2. *Excelsior*, 19 décembre 1910, article de J. Ernest-Charles, qui avait été l'une des bêtes noires de Willy.

3. Colette ne retint que les compliments et remercia Pawlowski de « cette consécration » (catalogue de la librairie Les Neuf Muses, décembre 1981, pièce 8).

La Vagabonde autant de place qu'au prix Goncourt. Avant de résumer, avec l'intelligence d'un fin lecteur, le roman, « une histoire touchante, humaine, — normale, sinon chaste », une œuvre « d'une sensibilité plus profonde, plus délicate et plus communicative » que les précédents ouvrages de Colette, il regrette que celle-ci, par « le choix de ses sujets et la liberté de ses peintures », l'ait obligé, lui, Marcel Ballot, à la passer naguère sous silence par égard pour ses lectrices et malgré la qualité littéraire de tels livres. Les points de suspension sont inutiles. Il faut comprendre une différence, non de mœurs, mais de morales.

Un peu plus tard, *Le Temps* (15 janvier 1911) se penchera sur la délinquante et sera tout prêt à l'absoudre. Qu'on se reporte au début de *La Vagabonde*[1] et qu'on lise ces lignes de Gaston Deschamps : « Il suffirait d'opérer dans cette page une légère transposition de termes pour y découvrir des possibilités de conversion auxquelles on ne s'attendait point tout d'abord. Cette foi au miracle, cette attente de l'imprévu, cette confiance aux décrets d'une providence que l'on suppose bonne, cette résignation aux décisions mystérieuses d'une volonté supérieure et bénie, c'est exactement ce qui fait la félicité des saints et des saintes. Cette disposition, chez une mime, est une promesse de rachat. » La page de Colette est admirable, mais, sans le commentaire de Deschamps, critique patenté, respecté, qui en comprendrait l'audace mesurée, à laquelle l'écrivain restera fidèle jusqu'à sa mort ?

Le succès aurait pu être assuré par l'accueil de la presse. Ollendorff, qui précédait de peu Bernard Grasset dans cette voie, le renforça en publiant d'importants placards publicitaires où Colette Willy, d'après une photographie, était représentée l'épaule nue, le menton triangulaire appuyé sur la main gauche, le visage tourné vers le lecteur. On en trouve un dans *L'Intransigeant* du 25 novembre 1910, accompagné de commentaires sur le « talent pittoresque et sincère » de l'auteur, sur « ce livre prenant », « le plus joli roman à lire en automne ». Un autre, assorti de « Quelques opinions autorisées sur *La Vagabonde* », dans *Paris-Journal* du 2 janvier 1911 ; la veille, Ch. Morice avait écrit un petit article très élogieux sur sa consœur — et, le 7 janvier, un autre encore, dans... *Le Temps*. G. Deschamps pourra difficilement refuser sa plume.

Et le succès ne s'est pas démenti, comme le prouvent les rééditions aussi bien que les adaptations cinématographiques et la version théâtrale due à la collaboration de Colette et de Léopold Marchand[2].

1. P. 1067-1068.

2. Adaptations cinématographiques : Musidora, Rome, 1917, sous la direction d'Eugène Perego (voir le compte rendu qu'a fait Colette du tournage, « L'Envers du cinéma », dans *Femina* en septembre 1917, et qui a été repris dans *Film*, le 8 octobre 1917, dans *Filma*, du 15 au 31 décembre 1917, et dans *Paysages et portraits*, p. 279 et suiv.) ; Colette elle-même, 1931, réalisation

Mais plus que sur le succès c'est sur la valeur *morale* de l'œuvre que nous aimerions conclure cette notice. Dès 1912, en soulignant la manière qu'a Renée Néré « de s'arracher à la vie par orgueil de vivre », Remy de Gourmont voyait dans le roman de Colette « un traité de psychologie féminine ». Rencontrant plus tard ce grand indépendant que fut Gourmont, une femme faisait de *La Vagabonde* « un moteur de courage dans la dure réalité de l'existence[1] ».

CLAUDE PICHOIS.

NOTE SUR LE TEXTE

Le manuscrit, nous l'avons dit[2], avait été donné par Colette à Auguste Hériot. En 1957, il fut apporté en feuilles à un libraire parisien, Maurice Chalvet, par un courtier, qui disait le tenir d'un officier de marine drogué (on ne pensera pas à Claude Farrère). Manquaient deux feuillets : le premier et le feuillet qui devrait trouver place entre les actuels 448 et 449[3]. Maurice Goudeket avait retrouvé le premier dans les papiers de Colette qui l'avait sans doute conservé par mégarde. Averti, M. Goudeket acheta le manuscrit et, sur le conseil du libraire, le fit relier par Jean Leca en maroquin bleu foncé granité. Ce très beau manuscrit a été acquis en 1978 par la Bibliothèque nationale, où il a été folioté au composteur. Il contient 454 feuillets, écrits au recto avec quelques additions pratiquées à des versos, en regard des rectos que Colette voulait compléter ou mettre au net. Le papier ligné de fines rayures noires, de format 18 × 22,8, au filigrane « Walker's loose leaf », porte en haut une double ligne rouge. Les feuillets sont perforés de trois trous permettant de les placer dans une reliure mobile. Ce papier diffère des cahiers d'écolier des *Claudine* et de *La Retraite sentimentale*. Il a été certainement donné par Missy à Colette, qui écrivait le 28 février 1909 à son cher Léon Hamel : « Que dites-vous de ce stylographe avec lequel

de Solange Bussi, avec Marcelle Chantal dans le rôle de Renée Néré, Colette de Jouvenel étant assistante à la mise en scène (voir *LHP*, 128, et Alain et Odette Virmaux, *Colette au cinéma*, Flammarion, 1975, p. 316 et 279 et suiv.). Adaptation théâtrale : Colette et Léopold Marchand ; la pièce fut créée au Théâtre de la Renaissance le 20 février 1923, et le texte en fut publié dans *La Petite Illustration*, 14 avril 1923, n° 141, avant d'être repris et modifié, dans les *Œuvres complètes* (*OCF*, XV). Voir sur la représentation un article élogieux publié dans *Le Théâtre et Comœdia illustré*, mars 1923. La pièce, elle aussi, fut reprise, le 15 janvier 1927, au théâtre de l'Avenue, avec Colette dans le rôle de Renée, le couturier Paul Poiret et Marguerite Moreno, puis elle fut promenée dans le Midi.

1. Remy de Gourmont, *Promenades littéraires*, 4e série, Mercure de France, 1912, p. 97. — Mme Pierre de Bouchaud, *alias* Carteline, dans Élie Moroy, *La Littérature féminine définie par les femmes écrivains*, Genève, Éditions de la Semaine, 1931, p. 16.
2. Voir n. 4, p. 1588.
3. Voir var. *a*, p. 1230.

j'écris ? C'est une belle plume fontaine que Missy m'a donnée en même temps que d'enivrants cahiers réglés à feuilles mobiles, [...][1] »

Le manuscrit ne porte aucune indication de partie ou de section. Seuls des espaces indiquent que se termine une section et qu'en commence une autre. Il se présente donc comme un texte d'une rédaction continue. Quelques séries de feuillets portent des traces de numérotage par Colette qui prouvent qu'il y eut des remaniements[2].

Comme il ne porte aucune trace de préparation typographique et qu'il est parfois surchargé de corrections autographes, il faut supposer qu'il y a eu une dactylographie et que c'est sur ce deuxième état que Colette a procédé aux corrections et à un déplacement[3], lesquels constituent des écarts entre le manuscrit et la première publication.

La publication dans « La Vie parisienne ».

La Vagabonde y parut du 21 mai au 1er octobre 1910, en vingt livraisons hebdomadaires (48e année, n°s 21-40). La couverture du numéro 21, de couleurs variées, annonce : « Un nouveau roman de Colette Willy ». À l'intérieur du cadre est inscrit un cercle où figure en réserve blanche : « La Vagabonde », au-dessous d'un dessin d'Édouard Touraine représentant une actrice qui se maquille dans sa loge, devant un miroir ; jupe courte, bariolée, corsage échancré, un fichu noué autour des cheveux, à l'oreille un large anneau ; le visage ne cherche pas à ressembler à celui de Colette, mais à celui de la bohémienne évoquée p. 1072. Le texte est surmonté d'un frontispice de Fabien Fabiano : une femme bien en chair, jambes et bras nus, le bras droit levé, sur la tête un immense chapeau. La fin de cette première livraison[4] est suivie d'un dessin de la chienne bull par Sacha Guitry. Chaque livraison est précédée d'un frontispice différent de Fabiano (femme promenant son chien au Bois, 4 juin ; danseuse, 11 juin ; domestique, 18 juin ; etc.), illustrant un passage du roman. Certaines livraisons s'achèvent sur un cul-de-lampe original non signé.

Le texte est divisé en trois parties ; chaque partie, en sections numérotées en chiffres romains, qui sont répétés, lorsqu'une section est interrompue par la fin d'une livraison et qu'elle se continue dans la suivante.

L'édition originale, 1910.

La couverture grège, fort sobre, montre un encadrement qui peut évoquer celui d'une scène ; elle est ainsi composée : La

1. *Lettres de la Vagabonde*, p. 31.
2. Voir var. *b*, p. 1108.
3. Voir var. *b* et *c*, p. 1078, et var. *b*, p. 1081.
4. Ce mot étant entendu ainsi : portion du roman publiée dans une livraison. Cette portion ne correspond pas nécessairement à une section.

/ Vagabonde / roman / par / Colette Willy / [marque d'Ollendorff]. Le titre et le nom de l'auteur sont imprimés en rouge.

La page de titre est ainsi composée en caractères noirs : Colette Willy / La Vagabonde / roman / [marque d'Ollendorff] / Paris / Société d'éditions littéraires et artistiques / Librairie Paul Ollendorff / 50, chaussée d'Antin, 50 / [petit filet] / Copyright by Colette Willy, 1910.

En regard de la page de titre la liste des ouvrages « du même auteur » : *Sept dialogues de bêtes*, *La Retraite sentimentale*, *Les Vrilles de la vigne*, *L'Ingénue libertine*, les quatre *Claudine*, « en "collaboration[1]" avec M. Willy », *En camarades*. Ces titres se trouvent reproduits au 2e plat verso de la couverture. Au verso du titre : « Il a été tiré à part / 30 exemplaires sur papier de Hollande. / 5 exemplaires sur papier du Japon. / *Numérotés à la presse*. » À la page 336 et dernière : « Évreux, imprimerie de Ch. Hérissey, Paul Hérissey, succr ».

Le volume mesure environ 108 × 173 mm. Division en trois parties (mais « première partie » n'est pas mentionné). Les débuts de section sont indiqués par des espaces, par le passage en page ou en belle page (page impaire).

Les éditions Albin Michel et l'édition Hachette.

La Vagabonde a été publiée par Albin Michel d'octobre 1925 à octobre 1957[2], sous deux formes. Jusqu'à la fin de la seconde guerre mondiale, sous cette forme : Colette Willy / La / Vagabonde / roman / [marque d'Albin Michel] / Albin Michel, éditeur / Paris, 22, rue Huyghens, 22, Paris. En regard de cette page de titre, les ouvrages du même auteur dont on trouvait les titres en regard de la page de titre de l'édition originale. La couverture contient les mêmes mentions et a la même disposition que la page de titre. Le volume a 320 pages. Son texte est celui de l'édition originale. Division en trois parties (mais « première partie » n'est pas indiqué). Plusieurs réimpressions.

En février 1946, il a été procédé à une nouvelle composition typographique. Page de titre : Colette / *de l'Académie Goncourt* / La / Vagabonde / roman / Éditions Albin Michel / 22, rue Huyghens. — Paris. En regard : Du même auteur / *à la même librairie* / *L'Ingénue libertine*, *Claudine à l'école*, *— à Paris*, *— s'en va*, *Chats de Colette*. La couverture reproduit la page de titre, avec une légère modification à l'adresse de l'éditeur. Le volume a 253 pages. Division en trois parties (avec indication de la « première partie »). Plusieurs réimpressions de ce qu'il faut considérer comme une *nouvelle édition*.

En 1928, dans une collection vendue soit brochée, soit en reliure d'éditeur, Hachette avait publié *La Vagabonde*. Page de

1. On remarquera le sens ironique des guillemets.
2. Ces dates sont celles des impressions typographiques. Nous en devons la connaissance à la courtoisie des Éditions Albin Michel.

titre : Les Grands Écrivains / Colette / La Vagabonde / Édition Ne Varietur / Avec 16 gravures originales sur bois / de Rennefer / Librairie Hachette. La couverture porte les mêmes indications. Achevé d'imprimer du 24 mai 1928 par Paul Brodard, Coulommiers. Il fut tiré en plus 300 exemplaires sur hollande van Gelder. Le volume a 267 pages. Division en trois parties.

L'expression « ne varietur » prête à confusion. En effet, si l'édition Hachette présente quelques modifications par rapport à la première édition Albin Michel, c'est la seconde édition Albin Michel qui, à partir de 1946, apporte le texte définitif, celui qui entrera au tome IV de l'édition du Fleuron en 1949.

D'une édition à l'autre la disposition des espaces qui séparent les séquences varie, sans qu'on puisse toujours en trouver la raison, laquelle put relever du choix des typographes et des metteurs en page.

Est reproduit ici le texte de l'édition du Fleuron, à l'exception, évidemment, des coquilles, que nous avons corrigées.

Des variantes, nous avons retenu les plus significatives. À les consulter on verra quel travail stylistique a été accompli par Colette et que des passages qui paraissent aller de soi sont parmi ceux qui lui ont donné le plus de travail.

CL. P.

SIGLES UTILISÉS

ms.	manuscrit
VP	*La Vie parisienne*
orig.	édition originale, 1910.
AM 1	1re édition chez Albin Michel (1926-1945)
NV	édition Hachette « ne varietur », 1928.
AM 2	2e édition chez Albin Michel (à partir de 1946)
VG	exemplaire de l'édition originale annoté par Colette (voir n. 5, p. 1582).

NOTES ET VARIANTES

par Madeleine Raaphorst-Rousseau
et Claude Pichois

Page 1067.

a. Début de la publication dans VP, nº 21, du 21 mai 1910, sans indication de partie. ✦✦ *b.* Mon camarade W..., qui *ms. Voir n. 1 de cette page.*

1. Voir var. *b* de cette page et la Notice, p. 1585. On trouve cette annotation dans *VG* : « J'ai peu déguisé, sous les traits de Brague, celui qui est toujours mon excellent ami, Georges Wague, professeur au Conservatoire. »

2. Journal quotidien de la vie sportive, directeur L. Aubineau, 18, rue du Croissant. A paru de 1886 à 1944, avec une interruption pendant la guerre de 1914-1918. Relatant les événements sportifs et les courses de chevaux, *Paris-Sport* avait, malgré son titre, une rubrique quotidienne intitulée « Échos de partout — La Semaine parisienne », et des rubriques théâtrales.

Page 1068.

a. Ce nom est écrit et imprimé Antonieff *plus loin dans ms, VP et orig. Nous avons unifié.*

1. Il s'agit sans doute d'une Mme Chevalier (sans lien de parenté avec Maurice Chevalier) qui figure au programme de la Gaîté-Rochechouart en 1908 avec la chanson *Votre baiser d'adieu*, titre tout proche de celui que donne le roman. Le *Dictionnaire de la chanson française* de Vernillat et Charpentreau (Larousse, 1968) ne fait pas mention de cette interprète. — *Un p'tit quéqu'chose*, « chansonnette », paroles et musique de Paul Marinier, avait été créé en 1909 à l'Alcazar d'été par Mayol : *C'était un petit trottin / Qui s'en allait chaqu' matin / L'allur' modeste et bien sage / Pour reporter son ouvrage. / Ce n'était pas un' beauté / Et pourtant, en vérité, / Tous les hommes en passant / Disaient en la r'gardant : / Bien qu'ell'e n'soit pas joli', ma foi, / Elle a un rien, un je n'sais quoi. / C'est un p'tit quéqu'chose / On n'sait pas c' que c'est, / Pourtant ça vous cause / Un charmant effet. / Sans l'faire à la pose / Ell' vous rend guill'ret, / Bref, elle a quéqu'chose, / Un p'tit quéqu'chos' qui plaît.* La chansonnette se termine bien : mariage, enfant. — Nous n'avons pas retrouvé *Les Petits Chemineux*.

2. Daspre dans le manuscrit, jusqu'au milieu du texte environ. Annotation de *VG* : « Charmante Jadin ! Ceux de ma génération reconnaîtront-ils en Jadin la fraîche aurore de Fréhel ? » Marguerite Boulc'h, dite Fréhel (1891-1951), avec ou sans accent, était fille de concierges parisiens originaires de Bretagne. C'est au cap Fréhel (Côtes-du-Nord) qu'elle empruntera son pseudonyme. Mais elle chanta d'abord sous le nom de Pervenche, puis de Pervenche Fréhel, jusque vers 1908. En 1910, elle épousa le chanteur Roberty qui lui fit donner des leçons de diction. Éprise de Maurice Chevalier, elle le surprit avec Mistinguett et voulut le tuer. Après avoir essayé de se tuer elle-même, elle partit pour la Russie peu de temps avant la guerre de 1914. Après des séjours en Roumanie et en Turquie, elle rentra à Paris en 1923 et reprit son tour de chant. Très populaire au moment de la guerre de 1939, elle chanta dans les stalags, ce qui lui valut d'être mise à l'écart en 1945. Elle mourut pauvre dans son appartement de la rue Pigalle. (Note rédigée sur des indications de Jacques Primack.)

3. Colette avait d'abord écrit Baccio dans les premières pages de *ms.* et dans la première livraison de *VP.* Elle substitue ensuite le nom de Bouty. Elle a noté plus loin à son sujet dans *VG* : « Il chanta les Dranem à ses débuts. Mais il ne fut pas long à ne chanter, ce malicieux "Bouty", que les Boucot, et il le méritait bien. » Louis Boucot (1884-1949) fit applaudir dans les music-halls de Paris sa verve et sa fantaisie. En 1927, il aborda avec succès le rôle de Scapin à l'Odéon. On ne voit finalement pas quel acteur Colette désigne sous le nom de Baccio et de Bouty.

Page 1069.

a. selon la forte parole de cette voyou[1] de Daspre : « Je *ms.* ✦✦ *b.* Accoudée à la fenêtre praticable, je considère d'un œil serein [*suit une série d'expressions surchargées et raturées* : la couche de poussière le parquet de la scène le parquet le « plateau »] la couche poudreuse *ms.*

1. Dans le mimodrame *La Chair*, Wague incarnait le personnage de Hokartz, amant de Yulka (Colette), dans un costume vaguement roumain. À la fin du roman (p. 1218), sa culotte sera bulgare.

2. La Gaîté-Rochechouart, 15, boulevard de Rochechouart, avait été le premier café-concert de la Butte. En 1882, l'affaire avait été reprise par M. et Mme Varlet (voir ci-dessous n. 3, p. 1101). Ils en firent un music-hall très parisien. Celui-ci devint un cinéma de quartier, aujourd'hui disparu, la salle ayant été détruite par un incendie, ce qui peut expliquer l'annotation de Colette dans *VG* : « Alors, Gaîté-Rochechouart, mes souvenirs et mes regrets ! »

Page 1070.

1. Il existe encore aujourd'hui un café du Delta au 11 de la rue du Delta, près du métro Barbès-Rochechouart. Dans le Bottin de 1908-1909, il y avait à cette adresse un marchand de charbons-marchand de vins. Le quartier avait déjà, au début du siècle, assez mauvaise réputation.

Page 1071.

1. Le logis de Renée Néré, dans le quartier des Ternes, correspond à celui qu'habitait l'écrivain, 25, rue Torricelli (voir *Trois... six... neuf...*, *OCF*, t. XI, p. 443-446). Colette, dans *VG*, a donné la clé du lieu : « Et quand on pense que cette rue Torricelli, puis Saint-Senoch, n'était que jardins au commencement, et bosquets et violettes sauvages ! » Elle n'était pas la solitaire du roman, car,

1. *Il semble qu'on lise* voyoux *ou* voyouse *dans ms.*

plus souvent que rue Torricelli, elle se trouvait rue Georges-Ville, chez Missy (*Lettres de la Vagabonde*, p. 14).

2. Inutile de chercher ici des modèles.

Page 1072.

a. Francine *ms.*

1. Voir var. *a* de cette page. C'était le nom, qui revient dans les lettres de Sido à Colette, de la femme de chambre de celle-ci. Elle était de Saint-Sauveur.

2. « Ma gaieté de renard. » Le visage triangulaire de Colette évoque parfois, en effet, celui du renard. Il est étrange que Filippo Tommasi Marinetti, qui avait appris le français aux meilleures sources, à Alexandrie d'Égypte, ait employé cette expression italienne (est-ce une citation ? une allusion ?). À cette époque, Marinetti était un auteur français qui avait publié en 1902 aux éditions de La Plume, *La Conquête des étoiles, poème épique*, dont *Le Figaro* avait inséré le 20 février 1909 le « Manifeste du futurisme » et que le *Gil Blas* avait compté parmi ses collaborateurs. Outre d'autres livres et plaquettes écrits en français, il avait publié en 1908 chez Sansot *Les dieux s'en vont, d'Annunzio reste*. Les dieux, ce sont Verdi et Carducci. Est-ce grâce à d'Annunzio, dont elle était peut-être déjà l'amie, que Colette l'avait rencontré ? À notre connaissance, c'est la seule mention de Marinetti sous la plume de celle-ci.

3. Dans *ms.*, en face de la phrase qui se termine ici, on lit : « Je n'aime pas », annotation au crayon d'un lecteur ou d'une lectrice, qui signe d'une initiale (peut-être Missy).

Page 1073.

a. tout à l'heure [lustrer à la brosse *biffé*] brosser [longtemps *add. interl.*] pour *ms.* ++ *b.* de rédiger ma [pensée, car je suis, en somme, une femme de lettres qui a « mal tourné »... « Tourné » suffirait parfaitement *biffé*] pensée... / J'ai, *ms.*

1. Au crayon, un lecteur ou une lectrice a biffé « ma femme de chambre » (voir n. 1, p. 1072) et noté en marge de *ms.* : « déjà dit ». *Ms.* l'appelle encore Francine, pour la dernière fois.

Page 1074.

a. refuse le plaisir [d'écrire, comme je me priverais d'un luxe *biffé*], le luxe d'écrire... Écrire ! [cela signifie *biffé*] [C'est un mot qui contient *biffé*] pouvoir écrire ! *ms.* ++ *b.* d'une tache d'encre, *[5 lignes]* [qui la transforme *biffé*] [qui change mon *corr. interl. biffée*] [l'hypnotisme du regard *corrigé par biffures et en interl. en* C'est le regard] *ms. 1re leçon* : d'une tache d'encre, [qui mordille le mot imparfait, le griffe, le *[*pique *biffé]* *[*hérisse *corr. interl.]* de fléchettes *[...]* jusqu'à *[*le métamorphoser en insecte fou *biffé]* ce qu'il perde sa figure *[*lisible *add. interl.]*

de mot, mué en insecte fantastique, [en signe indéchiffrable *biffé*] envolé en papillon-fée. *lignes écrites au verso du feuillet*] C'est le regard *ms. 2e leçon.* ✦✦ *c.* la [flamme *biffé*] [fièvre *corr. interl.*] divine *ms.* ✦✦ *d.* courbaturé *ms., orig.* ✦✦ *e.* une ronce sèche, [*fin du* § *précédent*] [une fleur ridée [*un mot illisible*] *biffé*] une fleur avortée... [Plaisir *biffé*] Écrire ! plaisir et souffrance [de riches *biffé*] [de gens qui *biffé*] [oisiveté de riches *biffé*] d'oisifs... / Écrire[1] !... [cela n'est plus chez *biffé*] [il n'y a plus chez moi de la « femme de lettres » que le besoin matériel, de loin en loin, que le besoin, *corrigé en interl. et par biffures en* Je retrouve bien, de loin en loin, le besoin,] — vif [...] peindre... [Devant un *biffé*] [Je *biffé*] [ma main droite cherche *biffé*] Je prends encore la plume, pour commencer le jeu [*mot illisible biffé*] [délicieux *biffé*] périlleux [...] d'une cicatrice... *ms.* ✦✦ *f.* de temps pour écrire ! [*début du* §] Et [puis, quoi ? je ne suis pas Balzac n'est-ce pas ? *biffé*] puis, je ne suis pas Balzac, moi... [Je ne *biffé*] [Comment écrire quand le fournisseur sonne, que le bottier envoie sa note, que *biffé*] [Comment écrire, on *biffé*] [Le conte fragile que j'édifie, émiette, quand le fournisseur *corr. interl.*] sonne, [...] l'avoué téléphone [que ma présence est nécessaire pour *biffé*] [qu'un rendez-vous *corr. interl. biffée*] [, et l'avocat, *corr. interl.*] quand l'agent théâtral *ms.*

1. On remarquera que la première leçon de *ms* (voir var. *b*) ne donnait pas au passage l'apparence d'un poème en prose avec ses quatre strophes qui commencent par « Écrire ».

2. Allusions au divorce de Colette ; voir n. 5, p. 1588.

Page 1075.

a. contre front ?... [L'amour... ah ! oui, je sais... Je sais ce que c'est, aussi bien et mieux que personne. / Deux heures. Je ferai bien de me coucher *biffé*] Demain, [c'est dimanche *add. interl.*] matinée et soirée *ms.* ✦✦ *b.* une « femme [...] tourné »... *ms., VP, orig. AM1* ✦✦ *c. Voir var. d.* ✦✦ *d.* partiront tout seuls. *C'est ici que se termine la publication dans la livraison de VP, no 21, du 21 mai 1910 (voir var. a, p. 1067). La publication suivante, no 22, du 29 mai 1910, reprend le texte un peu plus haut et le présente ainsi :* II // Grouille-toi, bon Dieu, grouille-toi ! Jadin [*début du passage après l'étoile blanche*].

1. L'Empyrée-Clichy est la Gaîté-Rochechouart (voir n. 2, p. 1069).

Page 1076.

a. le directeur lui *ms. Le personnage, dans tout le passage, est au masculin. On rencontrera de même, plus loin :* Le patron fait [*p. 1077, 1re ligne*]. ✦✦ *b.* arriver [*8 lignes*]. [Daspre n'est pas malade, j'en jure-

1. *Tout ce passage est écrit sur un feuillet séparé où figure un signe de renvoi à* d'oisifs.

rais. *corrigé par biffures et en interl. en* Daspre, dit-on, n'est pas malade] [Daspre a croisé sur son chemin *biffé*] Et notre belluaire-régisseur [pense comme moi *biffé*] [est de mon avis *corr. interl. biffée*] [ronchonne *corr. interl.*] : Pensez-vous [...] en compresse... [Sans quoi, elle aurait prévenu. *add. interl.*] Daspre a tenté un gourmet qui n'est pas du quartier [, elle viendra toucher son mois dans une quarante chevaux, la semaine prochaine *corrigé d'abord en* , elle viendra toucher son mois, la semaine prochaine, dans une quarante chevaux *corrigé enfin en interl. et par biffures en* . Il faut vivre. Elle vivait,] pourtant [chez l'un, chez l'autre, *corrigé en* avec l'un, avec l'autre,] avec *ms.*

1. C'est-à-dire la vedette. Répondant, après la création d'*En camarades*, à une interview de *Comœdia illustré* (15 février 1909), Colette fait l'éloge de ses acteurs sans oublier Poucette « qui connaît la gloire d'être mentionnée aux affiches et aux programmes, en attendant le motif lumineux ». Voir dans *L'Entrave* (*OCF*, t. IV, p. 287) : « le fromage blanc ».

2. Annotation dans *VG*, à propos de Daspre-Jadin-Fréhel : « Je la vois encore, pendant son tour de chant, casser un grand fil qui pendait à l'ourlet de sa jupe... »

3. En argot, un billet de banque.

Page 1078.

a. jours à ne rien penser *[4e ligne de la page]* [il a de la chance *biffé*] [Il y a des jours où je [me dis *biffé*] [trouve *corr. interl. biffée*] [pense *corr. interl.*] qu'il a de la chance *biffé en définitive*] Il a de la chance[1]. / Et puis ?... Combien de temps *ms.* ✦✦ *b. Voir var. b, p. 1081. Ms. à partir d'ici se présente différemment.* ✦✦ *c.* Allons *Le passage qui commence ici se trouve au folio 64 de ms. ; nous l'avons signalé var. b ci-dessus, l'organisation du roman se présente différemment dans ms. b.*

1. C'est-à-dire *La Chair*, pantomime qui fut l'un des grands succès de la carrière de mime de Wague et de Colette. Créée à l'Apollo, elle fut reprise constamment, de 1907 à 1911, à Paris et en province. En voici l'argument : dans une cabane de contrebandiers, à la frontière austro-hongroise, la belle mais infidèle Yulka vit avec le farouche Hokartz. Profitant de l'absence de son amant, elle reçoit le jeune Yorki. Hokartz a des soupçons ; il rentre pour trouver sa maîtresse dans les bras de son rival qu'après une rixe il désarme et chasse. Colère contre Yulka dont le vêtement se déchire, laissant apparaître la poitrine nue. À cette vue, Hokartz est bouleversé, il tombe suppliant aux pieds de sa maîtresse qui le repousse et s'enferme dans sa chambre. Hokartz, fou de rage et de désespoir, se cloue le bras sur la table avec son poignard. Yulka cherche à fuir ; elle aperçoit son amant

1. *À la suite de ce mot, Colette a demandé qu'on aille à la ligne.*

accroupi, pose sa main sur celle de l'agonisant dont la main libre se referme sur son bras. C'est en vain que Yulka essaie de se détacher pendant que la folie s'empare d'elle (*Lettres de la Vagabonde*, p. 17).

Page 1079.

1. Annotation dans *VG* : « Ici j'entre enfin dans le roman, dans le mensonge. Maxime Dufferein-Chautel ? Connais pas. » Voir la Notice p. 1587.

Page 1080.

1. Emploi au figuré d'une expression de vénerie : « Le cerf bat l'eau ou les eaux quand ayant été chassé longtemps il se jette dans une rivière ou dans un étang » (Littré). La fin est proche.

Page 1081.

a. à « la sale gueule » rêver à [quelque chose, *biffé*] [quelqu'un, *corr. interl.*] et [posséder *biffé*] [animer *biffé*] ses palais bleus, ses forêts enchantées [d'une *[amorce de mot illisible]* *biffé*] n'ouvraient pas à l'infini [leurs *biffé*] [des *corr. interl.*] voûtes [avenues *biffé*] [leurs colonnades *biffé*] [leurs *biffé*] des avenues, des colonnades désertes... / De huit heures du matin [*p. 1093, début de l'avant-dernier § de la page*] *ms.* ++ *b.* Mais... où cela mène-t-il [*p. 1078, 4e §, dernière ligne*] Ni à la richesse, ni à la gloire, — ni à l'amour. [*p. 1081, 3e §, dernière ligne*] / Rien ne mène [...] effondré... [*fin du f° 31*] / [*f° 32*] C'est l'amour qui a coupé ma route... Ce qui reste [...] sans oiseaux... / Huit ans de mariage, *ms.* ++ *c.* cette [sèche *add. interl.*] brune émérite, il *ms.*

1. Note de Colette dans *VG* (p. 27) : « Au moins, celui-ci existait. Il s'appelait Thorsten Hulstin. Je ne l'ai jamais vu. » Nous n'avons pu identifier cette personne.

2. Voir la Notice, p. 1587.

3. Lucien Lévy-Dhurmer (Alger, 1865 — Le Vésinet, 1953). Peintre et pastelliste français, célèbre surtout pour ses portraits, ceux de Natalie Clifford Barney, de Pierre Loti, de Marguerite Moreno dans *Le Voile* de Rodenbach — et de Rodenbach lui-même, se détachant sur le paysage de brume dorée de « Bruges-la-Morte » (exposé chez Ollendorff en 1899-1900). Colette possédait une photographie du portrait de Renée Vivien par Lévy-Dhurmer (*Trois... six... neuf...*, *OCF*, t. XII, p. 440).

4. Traiteur de Paris, célèbre à l'époque pour ses « comestibles » ; il avait deux magasins, boulevard des Italiens et avenue Victor-Hugo.

5. Jean-Louis Forain (1852-1931) a fourni un nombre considérable de dessins au *Monde parisien*, à la *Revue illustrée*, au *Courrier français*, à *La Vie parisienne*, au *Figaro*, à *L'Écho de Paris*. C'était un ironiste plein de verve ; ses mots acérés défaisaient les réputa-

tions. Il a exécuté de Colette un portrait lithographié, vers 1897, dont elle parle. (Voir *Catalogue* BN 1973, n° 106.)

Page 1082.

1. Bien entendu, tous ces noms et initiales sont inventés. Le manuscrit et même *La Vie parisienne* portent des traces d'hésitation. Mme de Guimont-Fautru avait d'abord été Mme de Chantru [ou Chautru]-Guimont dans le manuscrit, où un crayon (celui de Missy ?) a inversé les deux termes, suggestion adoptée par Colette qui a finalement corrigé Ch en F, d'où Guimont-Fautru, sous le masque de qui on peut deviner la réelle comtesse de Chaumont-Quitry, apparentée aux Gauthier-Villars (voir *Lettres à ses pairs*, Flammarion, 1973, p. 56). La baronne Avelot était la baronne Veuillot dans le manuscrit, ce qui eût pu attirer un désagrément judiciaire à l'auteur ; elle devint Vieillot dans *La Vie parisienne*, ce qui n'était pas plus heureux. Dans le manuscrit, mais biffé, apparaît aussi une Miss Pussy.

Page 1083.

a. Le même Taillandy [...] vers la Seine. *Cette phrase a été ajoutée en regard du texte, au verso du feuillet précédent.* ✦✦ *b.* Il fut autrefois [...] peut-être que Fregoli. *Cette phrase a été ajoutée en regard du texte, au verso du feuillet précédent.* ✦✦ *c.* a épousé... Se penche-t-elle seulement sur l'abîme, ou roule-t-elle au fond, toute saignante des épines qui m'ont laissé leurs cicatrices ?... / Mon Dieu, *ms.* : a épousé... / II / Mon Dieu, *VP. C'est à* a épousé *que se termine la livraison de VP, n° 22, du 28 mai 1910. La livraison suivante, n° 23, est du 4 juin.*

1. Les portraits de Guillaume II, roi de Prusse et empereur d'Allemagne (1859-1941, mort aux Pays-Bas), sont célèbres pour les longues moustaches relevées en pointe, haut sur les joues. Cette mode moustachue et martiale était répandue avant la guerre de 1914.

2. Fregoli (1867-1936) était un acteur italien doué d'un don de transformation rapide. Il remplissait à lui seul jusqu'à soixante rôles différents, d'hommes aussi bien que de femmes.

Page 1084.

a. j'écrivis un petit roman provincial, souriant, *ms.* ✦✦ *b.* Mon second livre se vendit beaucoup moins. *ms.* ✦✦ *c.* Quant au troisième, il tomba à plat *ms.*

1. Colette avait hésité sur les titres, qui ne figurent pas dans le manuscrit (voir var. *a*, *b* et *c* de cette page). Ils ont donc été insérés dans la dactylographie ou dans les épreuves. Les titres suivants figurent dans *ms.* au verso du feuillet 39 : « titres des trois romans ? ? / *La Maison dans la forêt* / *À côté de l'amour* /

L'Esclavage — L'Évadée. » Ce dernier titre évoque celui qui avait d'abord été prévu pour *Claudine s'en va* : *Je m'évade*. Les trois autres reflètent l'état d'âme de la femme de Willy. Le premier est le souvenir de la chère maison de Saint-Sauveur, entourée des bois où vagabondait la petite fille ; le deuxième marque la déception amoureuse ; le troisième, le désir d'échapper à la chaîne et à la dépendance du mariage. On peut commenter parallèlement les titres adoptés dans la version définitive.

Page 1088.

a. sur la scène, [séparée d'eux par la mystique barrière de feu *biffée*] [*[deux mots illisibles]* me sépare de tous *biffé*] [alors que *corr. interl. biffée*] — car, Brunnhilde [*sic*] désabusée, je ne crains même plus Siegfried, et la barrière de feu me garde [de *biffé*] [contre *corr. interl.*] tous ! *ms.* : sur la scène, — car, Brünnhild [*sic*] désabusée, *[comme dans ms.]* contre tous !... *VP, orig., AM1, NV. Voir aussi pour VP, var. b.* ✦✦ *b.* contre tous... / III / Encore un dimanche *VP* ✦✦ *c.* trois francs de taxi, tant elle s'amuse et possède à grand bruit de ronflements porcins, de feuilles sèches [froissées *add. interl.*] et d'aboiements, plusieurs hectares de futaie... Noire [...] flanelle ; — est-ce que Blandine, ma femme de chambre [-intendante-cuisinière *add. interl.*] ne passe pas Fossette à l'encaustique ?... / Beau dimanche[1] *ms.*

1. Colette jugeait assez sévèrement cette page, car elle a annoté ainsi *VG* : « Ô Littérature ! », exclamation qui se comprend mieux si l'on se réfère à l'allusion wagnérienne de l'originale (var. *a*).

2. Colette l'a identifiée dans *VG* : « Fossette, alias Poucette, parfaite chienne-bull. La queue un peu longue. » Poucette apparaît aussi dans *Prrou, Poucette et quelques autres* (voir le tome II).

Page 1089.

a. tristesse de mon corps... / — Fossette, tu deviens folle ? est-ce que cette voiture est à toi[2] ? / Fossette est née *ms.* ✦✦ *b.* jalousie... » / Pauvre type... Justement *ms., VP, orig., AM1*

1. Dans le manuscrit, il figurait sous le nom d'Arsène. Annotant *VG*, Colette ne se souvenait même pas de son nom : « S'appelait-il Stéphane ? J'ai oublié. Mais quel chic à dormir debout, et en dansant ! »

2. « Patiner sur un tout petit espace », anglicisme qui ne s'est pas maintenu.

1. *Le paragraphe qui commence ici et les deux suivants ont été ajoutés sur deux feuilles séparées de ms.*

2. à toi *C'est ici que se termine l'addition signalée n. 1 ci-dessus.*

Page 1091.

a. sans en préférer aucun *C'est ici que se termine la publication de VP, n° 23, du 4 juin 1910. La publication suivante, n° 24, du 11 juin, commence par* III / Les artistes.

Page 1093.

a. inaccessible... / IV / De huit heures du matin *VP*

Page 1094.

1. Dérivation argotique : la pantomime.

Page 1095.

1. Sur Régina Badet, voir *L'Envers du music-hall* (t. II).

Page 1096.

a. nous laisse seuls, [Brague et moi, dans un petit salon stupide, une sorte de chambre d'attente, boiseries Louis XV et fauteuils Louis XIV, énormes, en tapisserie... *biffé*] / Brague s'étire *ms.*

Page 1097.

1. Salomé fut l'une des figures favorites de la Décadence littéraire, picturale et musicale. L'acte en langue française écrit par Oscar Wilde inspira les opéras d'André Mariotte (Lyon, 1908) et de Richard Strauss (Dresde, 1909). Florent Schmitt composa la musique d'un mimodrame dont le scénario avait été écrit par Robert d'Humières, ami de Colette. Cette *Tragédie de Salomé* fut représentée avec la Loïe Fuller et un orchestre restreint au théâtre des Arts, en 1907. C'est sans doute cette actrice qui avait lancé la mode de la perruque dont parle Colette.

Page 1099.

a. Une soirée... Le cachet en ville... *[p. 1095, début du 4e § à partir du bas]* Ces trois mots [...] charmées *Ce passage est la reprise d'un article publié par Colette dans « Fantasio », n° 86, du 15 février 1910, p. 489-490, et intitulé* « Le Cachet en ville ». *Il est signé Colette Willy. Cet article est trop différent de ces pages pour que nous puissions en relever les variantes ; nous le donnons en appendice, p. 1233-1235.*

Page 1100.

a. Je suis Monsieur Dufferein-Chautel *ms., VP, orig. AM1, VN* ✦✦ *b.* Buysens dans *ms.* ; Classens dans *VP.* ✦✦ *c.* me coucher, et dormir *Ici se termine la publication dans la livraison de VP, n° 24, du 11 juin 1910 (voir var. a, p. 1091). La livraison suivante, n° 25, du*

18 juin introduit au début : V / Pour glisser ✦✦ *d.* et dormir [d'un sommeil sans autre souci *biffé*] / [c'était hier, tout cela... Aujourd'hui en m'éveillant, j'ai passé une bonne demi-heure à chercher vainement le nom de Dufferein-Chautel, que j'ai baptisé [successivement *biffé*] [tour à tour *corr. interl.*] Dujardin-Beaumetz, Tureau-Dangin[1] et Dugay-Trouin... *biffé en définitive*] / Pour glisser ma main *ms. Les noms propres sont réemployés p. 1104, où seul* Duguay-Trouin *est alors écrit fautivement dans ms.*

Page 1101.

1. Le quartier Barbès-Rochechouart.
2. Poisson pour poisson : le « barbeau » est un « maquereau ».
3. Note dans *VG* p. 66 : « Salut à Madame Varlet ! Son mari, barbu et docile, portait les palmes académiques en rosette, large comme un pétunia. »

Page 1102.

a. Elle me montre *Cette leçon est celle de ms., orig., NV, AM2 et OCF. Curieusement, VP et AM1 ont :* Elle ne montre *, ce qui s'accorde mal avec le ton faubourien.* ✦✦ *b.* un par nichon ! » C'est toi qu'as crié : « Merde, ce qu'elle est moche ! » quand la petite Myriame est entrée, hein ? / Le costaud [...] cœur : / — Moi ? moi ? j'ai crié Merde ? Voyons, madame Barnet, *ms ; bien qu'il ne soit pas raturé dans ms., ce passage un peu gras n'apparaît pas dans VP.*

1. En argot, un linvé : « un franc ».
2. En marge de cette ligne et des huit lignes suivantes, Colette, dans *VG*, a écrit : « authentique ».

Page 1103.

a. On a dû se barber, [sans moi *biffé*] ici, sans moi !... / [Sa voix parlée étonne et [chagrine *biffé*] [attriste *corr. interl.*], basse, sans timbre, pleine de trous, mais *biffé en définitive*] / Elle rayonne [...] n'ait pas [en son absence *add. interl.*] fermé les guichets... [La voix parlée de Daspre étonne, attriste, basse et usée, pleine de trous. Elle en rit la première *biffé*] / — J'ai pas changé, *ms.*

Page 1104.

1. Voir la note 1 au bas de la page.

1. Dujardin-Beaumetz (1852-1913) était alors sous-secrétaire d'État aux Beaux-Arts. Thureau-Dangin (1837-1913) avait publié une *Histoire de la monarchie de Juillet* (7 vol., 1884-1892). Duguay-Trouin (1673-1736) s'illustra dans la marine à la fin du règne de Louis XIV.

Page 1105.

a. Elle a raison. [Il y a, dans le *ils* mystérieux qu'elle vient d'employer, la crainte et le respect [d'un public *corr. d'abord en* de son cher public *corr. enfin en interl. en* du public] de quartier... et le sens *biffé en définitive*] [Mais il y a *biffé*] [Elle vient de dire, *biffé*] *Ils*, c'est son fameux public *ms.*

1. Femme qui pousse le souci de l'élégance jusqu'au ridicule (argot du boulevard, selon *Larousse du XXe siècle*).

Page 1106.

a. pour sortir... / VI / Les jours passent *VP.*

Page 1107.

1. Personnage auquel on ne connaît pas de modèle.
2. Marie-Rosalie, dite Rosa, Bonheur (1822-1899), auteur de peintures d'animaux et de scènes rustiques. Elle s'habillait volontiers en homme.

Page 1108.

a. « Toi ma fille, [me [dit *biffé*] disait-elle hier *add. interl.*] tu auras de [...] comme moi. [Il t'en cuira, si tu retombes sous la coupe d'un de ces messieurs ! Et il t'en cuira s'il *biffé*] Mais quoi ? je suis bien bonne *ms.* ✦✦ *b. Le ms. montre au-dessous le début d'un alinéa :* Je songe à Margot, aujourd'hui. Elle n'avait pas de sens, *elle*... Et moi ? *La numérotation de Colette prouve que suivait primitivement le paragraphe de la page 1109 commençant par :* Mes sens... C'est vrai.

Page 1109.

a. attaché à son bien *Ici se termine la publication dans la livraison de VP, n° 25, du 18 juin 1910. La publication suivante, n° 26, du 25 juin, commence par* VI / Je songe

Page 1110.

a. obstination de chien... [*p. 1109, avant-dernier* §] Il me force *ms.* ✦✦ *b.* toutes les voluptés... / VII / Nous répétons *VP.*

1. Cette nouvelle pantomime dont parle l'écrivain ne correspond pas à la réalité, puisque, après *La Chair*, il y eut *La Chatte amoureuse* et *L'Oiseau de nuit* où ne figurent ni hamadryade, ni faune.

Page 1111.

a. noiraud, [avec sa figure [catal<ane> *biffé 1*] espagnole que *[*les fards ont comme vernie *biffé 2]* l'usage des fards *biffé en définitive*] [qui *biffé*] autoritaire... *ms.*

1. Colette a hésité sur le nom à donner au lieu des répétitions, car dans le manuscrit il y a seulement trois ×. Il s'agit sans doute des Folies-Bergères, mentionnées plus loin, p. 1123 ; ouvertes en 1869, elles existent encore aujourd'hui, rue Richer.

Page 1112.

a. ce mépris méthodique du danger [j'en ai vu *[*tout le charme et tout le prix *biffé]* *[*trop vivement *[[*la *biffé]]* l'étrangeté *[[*la *biffé]]* *corr. interl.]* particulière *biffé en définitive*] [me *biffé*] [m'étourdissent comme *biffé*] [me grisent *corr. interl. biffée*] [finissent par me griser légèrement d'une *corr. interl. biffée*] [m'étourdissent *[*comme *biffé]* *[*mais dispersent *corr. interl.]* *biffé en définitive*] [m'échauffent *[*d'une *biffé]* *corr. interl.*] [m'exaltent, *corr. interl.*] à la fin d'une contagieuse émulation... *ms.*

Page 1114.

a. Moi non plus [...] chiens de berger... *Ce paragraphe a été ajouté au verso du feuillet précédent.*

Page 1115.

a. paraît... Trente-cinq ans... » / — Tiens ! [trois *biffé*] deux ans de plus que moi ! / — Vous avez trente [deux *biffé*] trois ans, Renée ? / Hamond [...] miniaturiste : / — [Vous le savez bien, mon ami *corr. d'abord en interl. et par biffures en* Vous l'aviez oublié *corr. ensuite en interl. et par biffures en* Vous aviez oublié mon âge ? *biffé en définitive*] / — Hélas... *ms.* ✦✦ *b.* le fait trembler... [et *[*qu'il *[[*espère honnête entremetteur *corr. d'abord en interl. et par biffures en* entrevoit, spirituel entremetteur*]]* *corr. ensuite par biffures en* qu'il entrevoit, dans la personne de Maxime Dufferein-Chautel, l'amant qu'il faut à une errante de ma sorte*]* *biffé en définitive*] [S'il osait, *[...]* ma chère ! *corr. interl.*] Bonne santé *ms.* ✦✦ *c.* me remercierez ! » / VIII / Plus que quatre jours *VP.*

Page 1116.

a. cette fois, [à cause peut-être du printemps *biffé*] [je crois me réjouir sincèrement, je découvre dans mon petit appartement *biffé*] [j'énumère à Brague *[*qui s'en moque *add. interl.]* tous les travaux urgents qui vont occuper mes vacances et j'insiste sur l'urgence d'un congé bien payé *biffé*] [je crois me réjouir *[...]* mes vacances : *corr. interl.*] / « Tu comprends, *ms.* ✦✦ *b.* D'ailleurs Cruysens, l'agent, *ms. ; de même p. 1118. VP :* Classens *ici et p. 1118.*

Page 1117.

a. Ah ! ah ! [...] vers du refrain *ce refrain et ce paragraphe figurent au verso du feuillet précédent dans ms.* ✦✦ *b. Ici se termine la publication dans la livraison de VP, nº 26, du 25 juin 1910. La livraison suivante, nº 27, du 2 juillet, débute par* IX / Les danseurs russes

1. Jacques Primack qui connaît comme la sienne la vie de Fréhel ignore cette chanson.

2. Une folle (argot).

3. Plus haut (p. 1093), il était « Archiduc » ; voir aussi var. *a*, p. 1068.

Page 1118.

a. qui les reverra, képi ou feutre flétri en tête, muguet à la boutonnière, affronter *ms.*

1. Cruysens dans *ms.* Classens dans *VP.* C'est Buysens, costumier et agent de théâtre, rue Taitbout, que Colette désigne ainsi.

Page 1120.

a. « ça ne se *[p. 1119, 1re ligne]* dessine pas !... » / C'est la formule qui déguise, pour mes compagnons errants, la panne, l'arrêt forcé, [la *biffé*] l'angoisse d'argent, la misère... Ils n'avouent jamais, gonflés, soutenus par cette vanité héroïque qui me les rend chers... / Le joli coin intime ! *ms.*[1] : ça ne se dessine pas [...] de lire ?... / Deuxième partie / I / Le joli coin intime *VP* ✦✦ *b.* Je ne trouve [que ce nom provincial *biffé*] à lui donner [que ce nom passé de mode *corr. interl.*] ; il n'est ni mon amant, ni mon [cavalier *biffé*] *patito*... C'est *ms.*

1. Annotation de Colette dans *VG* : « Pensez-vous ! Mon portrait à dix-huit mois, oui, et par Stéphane Baron, peintre obscur. Je l'ai toujours. » Sur ce portrait, voir *Catalogue* BN 1973 nº 403.

Page 1121.

a. Une pile de cinq *[p. 1120, avant-dernière ligne]* [...] du XVe siècle *Cette phrase a été ajoutée au verso du feuillet précédent dans ms.*

Page 1122.

a. cet homme qui a réussi *[p. 1121, avant-dernière ligne]*, aidé [des *biffé*] [par tous les *corr. interl.*] hasards, à [entrer *biffé*] [pénétrer *corr. interl.*] chez moi. J'apprends sa figure, chaque fois, comme si je ne l'avais jamais vue. Il a, [de chaque côté *corr. en interl. en* des deux côtés] de son nez simple, un pli *ms.* ✦✦ *b.*

1. *Les trois paragraphes de la fin de la première partie ne figurent donc pas dans ms.*

lit-il ? fait-il la noce ? travaille-t-il ? *ms.* : lit-il ? noce-t-il ? travaille-t-il ? *VP, orig., AM1, NV* ✦✦ *c.* catégorie nombreuse [médiocrement *[*intelligen<te> *biffé]* intéressante, *biffé en définitive*] [assez banale, *corr. interl.*] de l'homme qui s'intéresse *ms.* : catégorie nombreuse, assez banale, de l'homme qui s'intéresse *VP*

Page 1123.

a. sur lui-même. *Après ces mots, la majeure partie de la page de ms. reste blanche.* Son regard *est sur le feuillet suivant.* ✦✦ *b.* inexprimables. / II / Je répète *VP*

1. Il y avait en 1909 trois brasseries Gambrinus à Paris : rue du Faubourg Saint-Antoine, rue du 4-Septembre et rue de Médicis.

2. Aucun rapport réel n'existe entre la famille Cernuschi, qui a donné son nom à un musée de Paris, et cette salle de répétition, d'ailleurs appelée Cernusco dans *ms.* Mlle Cernusco — nous signale Jacques Dupont — a créé des chorégraphies pour une revue des Mathurins en 1905 et pour une revue des Capucines en 1911. Colette a déguisé le nom de ce professeur de danse.

Page 1125.

a. Pourquoi *[p. 1124, dernière ligne]* ? [la vie que je mène depuis trois ans *[deux mots illisibles biffés]* [devrait avoir éteint *corr. en interl. et par biffures en* devrait pourtant avoir singulièrement émoussé*]* mes répugnances habituée à *biffé en définitive*] C'est que... *ms.*

Page 1126.

a. je choisis le silence *Ici se termine la publication dans la livraison de VP, nº 27, du 2 juillet 1910. La livraison suivante, nº 28, du 9 juillet, débute par* III / « Cher Hamond

Page 1127.

a. Pas assez *[3e ligne de la page]* ! On ne peut pas dire qu'il est spirituel... / — Un amoureux est toujours idiot. Tenez, moi, quand j'aimais Jeanne... / — Et moi [Adolphe donc, *biffé*] [donc, quand j'aimais *corr. interl.*] Adolphe ! Vous rappelez-vous, les soirs où nous dinions en ville, et que je prenais mon « air pauvre » pendant que mon mari pérorait, souriait, tranchait... On ne voyait que lui, et si on me regardait un instant, c'était pour dire : « C'est pas possible que cette petite femme-là ait trois idées dans la tête ! [C'est son mari qui *[*doit *biffé]* *[*a dû *corr. interl.]* lui écrire les livres qu'elle a signés ! » *corr. en interl. et par biffures en* Sans son mari, elle n'existerait pas ! » / — Oh ! [pourtant *biffé*] vous exagérez, Renée ! / — Guère ! [Et les gens ne se trompaient pas beaucoup, car j'aimais mon mari, idiotement. *corr. en interl. et par biffures en* Vous [savez *biffé*] [connaissez *corr. interl.*] mieux que personne quelle annihilation de ma personnalité me valait la présence d'Adolphe, — Je l'aimais, — imbécilement.] / Et moi *ms.*

Page 1128.

a. ce... Monsieur, Hamond ! D'abord — je parle sérieusement — je ne le connais pas. / [— Et vous faites tout le possible pour ne le jamais connaître. / — C'est mon droit. *corr. en interl. et par biffures en* Qu'est-ce que je sais [...] signe particulier.] / — Mais *ms.*

Page 1129.

a. parler d'amour. Nous avons causé, le reste du repas, de ceci, de cela, de ma [prochaine *add. interl.*] pantomime, d'argent [aussi *add. interl.*], — oh ! je n'en manque pas, mais je mange en février ce que je gagne en janvier, et ainsi de suite jusqu'à la fin de l'année... Margot, mon amie désenchantée, la sœur de mon ex-mari, [achète *biffé*] [place *corr. interl.*] tous les mois pour moi dix louis en valeurs « de tout repos ». Cette charité, que je ne puis refuser, [me mettra à *corrigé d'abord en* me sauvera *et corrigé en définitive en* m'a sauvée] [de la misère *add. interl.*] au commencement de ma solitude. Plus tard, je lui devrai sans doute de finir dans un lit propre, au milieu d'une chambre claire... [Il nous est habituel *biffé*] [Hammond *biffé*] Donc, nous parlons d'argent, très souvent, Hamond et moi, [sérieusement, en gens *biffé*] posément, sans légèreté, [et l'on nous prendrait, faute *biffé*] [et je ris de *biffé*] [Et l'on prendrait *biffé*] À écouter derrière la porte on [nous *biffé*] prendrait pour deux thésauriseurs avares ces deux amis raisonnables et pauvres... / — Viens ce soir bouffer chez Sémiramis, m'a dit Brague *ms.* : parler d'amour [...] nom. / IV / « Viens [...] Brague *VP* ✦✦ *b.* ce soir, au Sémiramis-bar [. Il est même, *biffé*], de fâcheuse renommée. *ms.*

1. Dans *ms.*, le nom est Sémiramis, changé en Olympe dès *VP*. Colette annote ainsi *VG* : « Chez Palmyre (plus tard le Liberty's), place Blanche. Un peu plus tard, Monsieur Bobette y dépensa sa cordialité réelle. À présent, Gaston Baheux veut n'y être appelé que "Tonton". » Sur Tonton voir les *Lettres à Marguerite Moreno*, p. 243 et 246. Colette avait consacré un article de *La Vie parisienne* (27 mars 1909) au « Sémiramis Bar ».

Page 1130.

a. qui dira, navré : « La pauvre fille !... » / L'espèce *ms.* ✦✦ *b.* d'entrer chez Sémiramis, — comme si elles me donnaient un vague enseignement, un [avertissement *biffé*] [exemple *corr. interl.*] contre toute faiblesse... / Un *ms.* ✦✦ *c.*

restaurants médiocres de [Bruxelles, Bordeaux, Marseille, Nice, etc., etc., *biffé*] [toutes les villes *corr. interl.*] qui *ms.*

1. Le liberty est un tissu de soie souple et léger, portant le nom de son inventeur. La « marchande » est la « marchande à la toilette » qui vend moins cher des vêtements déjà portés.

Page 1131.

a. me dit soudain : / — [Tu comprends *biffé*] [Et puis *corr. interl.*] si Milan tarde trop à répondre, on tâchera de voir autre chose, de dégoter un patelin pas trop moche pour les fêtes carnaval[1]... Tu peux partir ? / Moi ? tout de suite !... Pourquoi donc pas ? Il me [jette *biffé*] [lance *corr. interl.*] [de côté *add. interl.*] un vif coup d'œil : *ms.*

Page 1132.

a. le train ralenti suivait une voie neuve, entre *ms.*

1. Fréhel a bien chanté — nous dit J. Primack — *À Paris la nuit* (ou *Dans la rue de Lappe*), paroles de Ch. Seider, R. Margond, J. Combe, musique d'Eugène Gavel.

Page 1133.

1. Ville de Pologne, en Haute-Silésie, autrefois centre de métallurgie lourde et de verreries.

Page 1134.

a. aux bas ajourés *Ici se termine la publication dans la livraison de VP, nº 28, du 9 juillet 1910. La livraison suivante, nº 29, du 16 juillet, débute par* IV / Par une interversion

1. Voir *L'Ingénue libertine*, p. 690, n. 1.

2. Félicien Rops (1833-1898), peintre, dessinateur, graveur belge, d'inspiration symboliste, auteur de nombreuses eaux-fortes de caractère érotique et macabre. Il fut l'ami de Baudelaire et grava le frontispice des *Épaves* (1866).

Page 1135.

a. moral... / V / Décide-toi *VP* ↔ *b.* tous deux, Brague et [Cruysens *biffé*] [Meïers *corr. interl.*], à me harceler de la voix. *ms. Même corr. à la fin du paragraphe.* ↔ *c. [fº 181]* gagner du temps *[fº 182]* Et puis je regarde la fenêtre, [qui *biffé*] les rideaux de tulle empesé [derrière lesquels passent les ombres de mille voitures, de mille passants de la[2] rue Lepelletier, des pié-

1. *Il semble que Colette avait d'abord écrit :* le carnaval, *qu'elle a ajouté un* s *à* le, *ajouté* fêtes, *sans rayer* carnaval *ou en oubliant de faire précéder ce mot de* du.

2. *En réalité, Colette a omis de biffer les deux mots* de la *qui restent en suspens.*

tons *biffé*] et derrière eux la cour [noire *biffé*] triste et propre, et [plus loin *biffé*] au fond de la cour un petit morceau de la rue Lepelletier... J'ai l'air de réfléchir, mais je ne réfléchis pas. [J'épluche *biffé*] [Hésiter ce n'est pas réfléchir !... *corr. interl.*] Distraitement [...] étrangères [qui montrent des dames décolletées, des têtes d'hommes ra<sés ?> *biffé*] : dames [...] dont on ne peut [dire *biffé*] conjecturer [aussi ? *biffé*] [décapitées *biffé*] s'ils sont [...] écuyers... / Quarante-cinq jours[1] [...] *[f° 181]* Quarante-cinq jours de tournée, [C'est bon *biffé*] à cent quatre-vingt francs par jour, ça fait... [trois mille six *corrigé par surcharge et biffure en* cinq mille cent[2]], — bon tabac ! Mais... *ms.* ↔ *d.* à Classens, je *ms.* ↔ *e.* de cinq cent dix balles ! *ms.*

1. Allusion à *Rêve d'Égypte*, la pantomime qui avait fait scandale au Moulin-Rouge en 1907 ?

2. Les variantes du manuscrit montrent que Colette hésite entre l'antibelgisme (Cruysens, Classens), compliqué d'antisémitisme (Meïers), pour finalement s'en tenir à l'antisémitisme (Salomon).

Page 1136.

a. qui sied. [Classens *corrigé en* Meïers] devient *ms.* ↔ *b.* de [l'agent *biffé*] Classens [foncent encore, *corrigé en* rapetissent encore,] sa *ms.* ↔ *c.* engagement *[f° 184]* ! *[f° 183 V°]* Une enfant *[début du § précédent]* bigrement [...] vieille frappe ? / [Classens — Tu l'entends ? *corrigé en interl. en* Brague, tu la vois ?] répète [Classens *corrigé en* Meïers] [qui me désignant *biffé*] J'ai honte pour elle ! [Qu'est-ce que tu vas *biffé*[3]] *[f° 184]* J'ai honte pour elle[4], devant toi ! Qu'est-ce que tu vas *ms.* ↔ *d.* donner cinq cent dix francs. *ms.* ↔ *e.* papiers. / Je fonce sur lui : / — [Classens *corrigé en* Meïers], vous savez, pas de chiqué avec moi ! Je suis *ms.* ↔ *f.* répond [Classens *corrigé en* Meïers] digne *ms. De même plus bas, p. 1137, 2e §, 1re ligne.*

1. Caroline Carasso, dite la belle Otero (née en Espagne en 1868, morte à Nice en 1965). Avec Émilienne d'Alençon et Liane de Pougy, elle fut l'une des grandes « cocottes » des années 1900. Selon Armand Lanoux (*1900. La Bourgeoisie absolue*, Hachette, 1973), la belle Otero a fait des ravages dans la haute société : « Le Comte de C..., membre du Jockey Club, s'est tiré un coup de revolver pour cette force de la nature, Jurgens, son impresario américain, puise dans la caisse sans scrupules pour la rejoindre à Paris. Un

1. *Tout ce qu'on vient de lire depuis l'indication du folio 182 a été ajouté sur ce feuillet. Ensuite l'auteur revient au folio 181. D'où la répétition de* Quarante-cinq jours...

2. Le résultat serait : 8 100, non 3 600 ni 5 100. Dès *VP* le résultat est exact.

3. *Tout ce passage est écrit au verso du feuillet folioté 183.*

4. J'ai honte pour elle, *ces mots sont bien répétés — pour assurer l'enchaînement sans doute — au début du feuillet 184.*

explorateur, Payer, se suicide dans le pavillon chinois du Bois. [...] La vie d'Otero ne devait être qu'un opéra absurde, dont son mariage avec un comte italien, baryton, ne pouvait guère la préserver. À Berlin... Guillaume II écrit pour elle l'argument d'une pantomime, *Le Modèle*. Là, elle choisit comme protecteur l'affreux baron Ollstreber. Tous les soirs il lui envoie un bijou pour faire pardonner sa laideur. Elle exige le collier de perles de l'impératrice Eugénie ou la rivière de Marie-Antoinette. » Otero a laissé des mémoires dénués d'intérêt : *Les Souvenirs et la Vie intime de la Belle Otero* présentés et préfacés par Claude Valmont, éditions Le Calame, 1926.

Page 1137.

a. jacter... Cinq cent dix pour sa part à elle, quatre cent dix pour la mienne, *ms.* ✦✦ *b.* vous êtes encore de jolis cochons ! / Je bondis pour le griffer, mais Brague me tient solidement par le bras. / — Laisse-le donc, *ms.*

1. L'Alhambra fut d'abord le théâtre du Château-d'eau. Il connut avant la guerre de 1914 un grand succès grâce à un manager anglais, Bradsford, qui le transforma en music-hall.

Page 1138.

a. Du [30 mars *corr. en* 5 avril] au 15 mai, *ms.* ✦✦ *b.* au 5 février *ms.*

Page 1140.

a. petite Jadin *C'est la première fois dans ms. que le nom de Jadin est écrit. Jusqu'alors Colette avait écrit* Daspre.

Page 1143.

a. me désirait *Ici se termine la publication dans la livraison de VP, nº 29, du 16 juillet 1910. La livraison suivante, nº 30, du 23 juillet, débute par* v / Mais que

Page 1145.

a. m'exposez ! / [— *Encore une fois [ital.]* ! Sa dernière tentative [remonte à quand, *biffé*] et votre dernière convalescence remontent à quand ? Nous *biffé en définitive*] — Laissez-vous *ms.*

Page 1146.

a. vous voyez bien... » / [Qu'a-t-il compris, lui *biffé*] [Sur mon visage, où son *biffé*] Ses yeux vigilants [[ont l'air de *biffé*] [semblent *corr. interl.*] lire rapidement [dans mes *biffé*] [de mon front à *biffé*] [de mes paupières à ma *biffé*] [sur mon visage, ils vont, ils *corr. interl.] biffé en définitive*] [vont et viennent rapidement, de mes paupières à ma *corr. interl.*] bouche, de ma bouche à mes paupières [. Je ne sais *biffé*] [Il *biffé*] [et semblent lire sur mon visage... Soudain il *corr. interl.*] se lève et se détourne, avec une brusque [pudeur *biffé*] [discrétion *corr. interl.*] : [« Adieu, Renée. Je vous *biffé*] / — Adieu *ms.*

Page 1147.

a. ne froissera même pas *Ici Colette, dans ms., après un espace, commençait une litanie de noms* : « Lille, Amiens *(etc.) qu'on retrouvera p. 1148. C'est dans l'espace qu'elle a écrit :* Il est parti, *début d'un développement qui n'était donc pas prévu.*

Page 1148.

a. passionné ? [Je lui ai fermé mon visage, j'ai caché *biffé*] Je lui ai caché mon plus vif regard, *ms. Même texte dans VP, orig., NV. Coquille dans AM1 :* Je lui ai acheté [...] regard, ++ *b.* jardin invisible. La tresse de mes cheveux très longs [descendaient *biffé*] pendait [au-dessus *biffé*] comme une corde de soie [et je me rappelais *[pas de ponctuation]* « Mélisande... » pensai-je en souriant, et parce qu'Adolphe Taillandy m'avait *[*nommée ?*]* *biffé*] [hors du balcon... *corr. interl.*] La certitude [...] et loin [de fuir *biffé*] d'en faiblir, [sous ce *[*foudroyant *biffé]* foudroyant oiseau *biffé*] [ma force adolescente la portait orgueilleusement *corr. interl.*] avec une joie impitoyable au reste des humains. Ni *ms.* ++ *c.* caressante... / VI / « Marseille *VP*

1. Colette annote ainsi *VG* en marge de ce dernier paragraphe : « Toujours trop de guirlandes en fin de chapitres. La manie des culs-de-lampe. »

Page 1149.

a. L'Emprise et *Le Faune et la Nymphe.* / « Pour *ms.* ++ *b.* Cernusco *ms ; voir n. 2, p. 1123.*

1. « Ganache » au sens de « mâchoire ».

2. Feodor-Ivanovitch Chaliapine, né en Russie en 1873, mort en 1938 à Paris où il s'était réfugié en 1921. Célèbre pour sa voix de basse, ses rôles les plus célèbres furent ceux de Boris Godounov dans l'opéra de Moussorgsky, de Mefistofele dans celui de Boïto et de Basile dans *Le Barbier de Séville.*

3. Important quotidien, fondé en 1888, par Gérault-Richard, ancien chansonnier du Chat noir qui, après avoir été l'ami de Jaurès, s'écarta de celui-ci. *Paris-Journal*, qui faisait une grande place aux arts et aux lettres, tirait en 1910 à 40 000 exemplaires. Apollinaire, Alain-Fournier, André Salmon et Colette y collaborèrent.

Page 1150.

a. diables ! / — La Tarnowska et ses gardiens[1], hein, Hamond ? / Assis *ms. VP, orig., AM1, NV*

1. Forêt domaniale entre Paris et Versailles, le bois de Meudon, au début du siècle, avait été aménagé de sentiers cyclistes et était très fréquenté des promeneurs.

Page 1151.

a. défoncée *Ici se termine la publication dans la livraison de VP, nº 30 du 23 juillet 1910. La livraison suivante, nº 31, du 30 juillet, débute par :* VI / Fossette

Page 1152.

a. entre les arbres *[p. 1151, 4 lignes avant la fin]* très hauts, [et *biffé*] écoutant, [à travers le vent *biffé*] [à travers la plainte *biffé*] [à travers le murmure *[*soyeux *add. interl.]* de pluie *[*qui plane sur *biffé]* qu'éveille le vent *biffé en définitive*] à travers [ce *biffé*] [le *corr. interl.*] murmure [...] forêt, [la voix *biffé*] le pipeau mouillé, [clair et vigoureux *corr. en interl. en* clair et grelottant] [...] l'hiver... [Fossette galopait, s'arrêtait *[*et repart<ait> *biffé]* *[*pour repartir follement, *corr. interl.]* elle *[*forait *biffé]* *[*s'essoufflait à fouir *corr. interl.]* des terriers vides et prétendit *[*courre le lapin *biffé]* forcer à la course un lapin effrayé... *biffé en définitive*] [Nous repartîmes, entraînés par Fossette insatiable, qui prétendait forcer à la course une petite bête rousse, fouine ou belette. *corr. interl. biffée*] / Une petite bête[2] [...] imaginaire *ms.*

Page 1153.

a. l'*autre* !... / VII / Une fatigue *VP*

Page 1154.

a. mon enfance *[3e §, 6e ligne]* [heureuse *biffé*] orgueilleuse, et [cette *biffé*] [mon *corr. interl.*] adolescence recueillie, passionnée, qui accueillit [le *corrigé en* l'amour *biffé*] si intrépidement l'amour ?... [Ô Margot, ma *biffé*] / [La chienne *[*bull *add. interl.]* dort au creux de mon flanc, comme le noir et difforme enfant *[*d'un *biffé]* *[*de mon *corr. interl.]* songe fantastique *biffé en définitive*] [Ô Margot, ma *corr. interl.*] décourageante amie, que n'ai-je [la *en surcharge sur* le] [courage *biffé*] [force *corr. interl.*]

1. En 1907, la comtesse Tarnowska, beauté polonaise et type même de la femme fatale, avait fait assassiner son amant, le comte Kamarovski, par un autre de ses amants, Naumoff. Le procès s'ouvrit à Venise en mars 1910 et défraya la chronique des journaux. Le charme de la Tarnowska était si prenant que chaque soir on changeait ses gardiens. Comme on le voit, l'allusion convenait mal à Renée Néré. Colette a eu raison de la supprimer.

2. *Le paragraphe est finalement écrit au verso du précédent feuillet.*

de me lever [...] vous dire... [mais vous dire quoi ? *biffé*] Mais vous n'estimez que mon courage [, et que mon activité *biffé*] et [comment *biffé*] [je n'oserais *corr. interl.*] défaillir [sous *biffé*] devant vous [? *biffé*]. / Il me semble que votre *[un mot illisible biffé]* viril regard [votre *biffé*] [la pression de votre *corr. interl.*] petite main, [froide et rude, gercée *biffé*] [rèche, gercée *corr. interl.*] par l'eau [froide et rude le *biffé*] [froide et le *corr. interl.*] savon commun, savent [moins compatir que récompenser *[un mot illisible]* aider *biffé*] mieux récompenser mon triomphe sur moi-même [que *biffé*] qu'aider mon [humble *biffé*] quotidien effort. *ms.* ✦✦ *b.* prochain ? La liberté[1] ?... Peuh... la liberté... [Elle n'est jamais si belle que lorsqu'on *biffé*] [Elle *biffé*] n'est vraiment [belle *biffé*] éblouissante, qu'au commencement [de l'amour, *add. interl.*] du premier amour, le jour où l'on peut dire [en l'offrant *add. interl.*] à celui qu'on aime : « Prenez, je [n'ai que cela à vous donner. » *biffé*] [voudrais vous donner davantage... » *corr. interl.*] / Des villes nouvelles *ms.*

Page 1155.

a. à peine fondus dans mon souvenir... [Pauvre essor, que celui d'un oiseau captif, qui tourne en rond et revient obéissant au fil qui *biffé*] [Hélas, je crois bien que je les connais tous, et ceux que je n'ai pas *biffé*] [Mais y a-t-il *corrigé en interl. en* Est-il] des pays nouveaux *ms.* ✦✦ *b.* vantent Meïers et Brague ? *ms.*

Page 1159.

a. qui ne vient pas. [il recommence patient et traître *biffé*] / [Nos souffles rapides se mêlent, et celui de mon ami *biffé*] [et la moustache irritante de mon ami fleure le tabac d'Égypte et la vanille... Malgré moi, je *[me biffé]* cramponne mes doigts à ceux de mon ami avec *biffé en définitive*] Je remue [...] se fend au soleil[2]... / De mes *ms.*

Page 1160.

a. accouplés *Ici se termine la publication dans la livraison de VP, nº 31, du 30 juillet 1910. Le texte se poursuit dans la livraison nº 32, du 6 août.*

Page 1161.

a. son maître... / VIII / Il est parti *VP* ✦✦ *b.* Je n'y mettais pas tant de [réflexion, quand m<on ?> *biffé*] façons, lorsque... / [Ici, ma pensée s'arrête *biffé*] / Comme si j'eusse trouvé un couteau ouvert dans mes draps, je viens de m'asseoir brusque-

1. *Tout ce passage* La liberté [...] davantage... » *a été ajouté au verso du feuillet précédent.*
2. *Colette a écrit tout ce passage dans les interlignes.*

ment sur mon lit. Sur [quel souvenir *corrigé en* quelle tombe] ma pensée *ms.*

1. Verlaine, *Fêtes galantes*, « Cythère » (*Œuvres poétiques complètes*, Bibl. de la Pléiade, p. 114) : *Et, l'Amour comblant tout, hormis / La faim, sorbets et confitures / Nous préservent des courbatures.*

Page 1162.

a. seul amour !... » / IX / Il *VP*

Page 1164.

a. d'une jeunesse harassée *[3e §, dernière ligne]*... / Je vais donc avouer tout [...] coûte. [Non que j'en rougisse. *biffé*] Margot n'est [pas femme à triompher *corrigé en* pas la femme] du « Je te l'avais [...] quel cœur ! / Je la trouve immuablement pareille *ms.*

Page 1168.

a. vers lui ! / X / « Monsieur *VP*

1. Un désinfectant.

Page 1169.

a. Il est là *[p. 1168, 3e ligne du bas de la page]* ! [... vite que je fuie dans ma chambre pour y trouver *biffé*] Je me jette dans ma chambre [, comme si je le fuyais... *biffé*] [et m'y enferme. *corr. interl.*] Qu'il ne voie pas mon visage ! [avant que la poudre et le koheul bleuté aient réparé le dommage des larmes *biffé*] [La poudre, le koheul bleuté *biffé*] [Vite, *[...]* ce sillon *[*vernissé *biffé]* nacré *[*par les *biffé]*, attendri... *corr. interl.*] / « Tu as vieilli... » [Où est le temps où les larmes coulaient seulement sans *biffé*] [Sotte, qui *[*pleure *biffé]* t'en vas pleurer comme une petite fille ! N'as-tu pas *corr. interl.*] appris à « souffrir à sec » ? [Contiens, dans la peine et dans le plaisir, l'eau de tes yeux *biffé*] [Il faut désormais que je sache contenir, dans *[*la peine et dans *biffé]* le[1] plaisir *corr. interl.*] et dans la peine, l'eau de mes yeux... Où est le temps *ms.* ✦✦ *b.* que je suis *Ici se termine la publication dans la livraison de VP, no 32, du 6 août 1910. La livraison suivante, no 33, du 13 août, débute par* IX / Enfin ✦✦ *c.* bonne à manger, ma salée ! / — [Ma *biffé*] Comment, votre salée ? Quelle horreur ! / — Oui, tu es salée. Tes bras [...] ton épaule. Ta bouche est sucrée, mais pour tout le reste, j'en suis sûre *[sic]*, [...] comme une petite moule vivante ! / — Vous ne le saurez *ms. VP a même leçon moins rature et faute.* ✦✦ *d.* grand [imbécile *biffé*] serin. *ms.*

1. le *n'a pas été réécrit. Il est en surcharge sur* la.

Page 1170.

a. pour respirer... [Un beau paysan, c'est ainsi que je le retrouve *biffé*] [Il a l'air de ce qu'il est, un beau villageois *corr. interl. biffée*] [C'est un beau paysan *[un mot illisible]* *biffé*] [C'est un beau *biffé*] [*[*C'est un beau gars, renversé là comme *écrit en interl.]* dans une meule de foin frais *biffé*] [Un beau gars *[*de campagne *add. interl.]*, un bûcheron *[*allongé dans *biffé]* *corr. interl.*] qui sieste *ms.*

Page 1171.

a. Ici on lit bien Dryade *dans ms. (voir var. a, p. 1149).*

Page 1172.

a. de la nuance *[p. 1171, 6e ligne à partir du bas de la page]* de ses yeux, — et puis, [hier je n'ai pas pu arriver au commencement. Et puis peut-être qu'aujourd'hui *[*elle *biffé]* Brague lui fera un peu mal pendant la lutte, alors elle criera et je connaîtrai le son de sa voix... » Enfin j'étais déjà idiot / *[*— Vous étiez déjà idiot... J'aime cet euphémisme *biffé] [*Déjà idiot *corr. interl. biffée]* / — Déjà idiot... *add. interl.*] / Vous avez [...] en la regardant... [Je me demande souvent pourquoi vous m'aimez, et ce que vous aimez en Renée Néré ? / — Pourquoi pas ! / — Pourquoi pas ? / Le coup de foudre, alors ? que je suis fière ! / — Non, pas le coup de foudre *biffé*] [— Ça dépend de la femme qu'on regarde... *corr. interl.*] Vous ne connaissez rien à ces choses, Renée Néré... [Ni moi non plus d'ailleurs *biffé*] [Figure-toi, j'ai passé une heure au moins, après *corr. interl.*] t'avoir *ms.*

Page 1173.

a. très douce. / x / Mon vieil Hamond *VP*

Page 1175.

a. le bain brûlant, — c'est [lutter *[*contre *biffé]* à toute heure contre l'avarice de Monsieur, la rapacité des fournisseurs et celle des domestiques, c'est *biffé*] [assumer *[...]* l'avarice de Monsieur, la *corr. interl.*] gourmandise, *ms.*

Page 1176.

1. Les boutons-pression.

Page 1177.

a. Souvenez-vous *[6 lignes]* du temps [...] répondu[1]... / Mais

1. *Ce passage* Souvenez-vous [...] répondu... *a été ajouté au verso du feuillet précédent folioté 298.*

soyez franche *ms.* ✦✦ *b.* que dispense l'amour ?... [*fin du paragraphe précédent*] [Pauvre ami, qui évoque mes [souffrances passées *corrigé d'abord en* chagrins passés *corrigé ensuite en* infortunes passées], [en songeant aux siens *corr. interl. en* ne songe-t-il pas aux siennes ?] *biffé en définitive*] [Je souris, pour *corr. interl. biffée*] [Je souris *biffé*] [Comme il [a dû souffrir et qu'il savait bien aimer *biffé*] [savait bien aimer et qu'il a dû souffrir *corr. interl.*] ce faux anesthésié... *biffé en définitive*] [Je [souris *biffé*] me tais un moment ne voulant ni acquiescer, ni m'attendrir : / — C'est la première fois, Hamond, que j'entends comparer l'amour à la cocaïne *biffé en définitive*] *ms. En face de ce paragraphe entièrement biffé un signe renvoie à une nouvelle rédaction qui figure sur un feuillet séparé, folioté 300, et que voici :* [*f*° *300*] [Je ne veux répondre puis je me ravise *biffé*] À quoi bon répondre ? Je suis [cependant *add. interl.*] prête à [me *biffé*] discuter, de la plus mauvaise foi du monde. Je ne [veux *biffé*] pourrais, aujourd'hui, [ni acquiescer ni *biffé*] m'attendrir, sauf sur ce pauvre homme [sur ce faux anesthésié *corr. interl. biffée*] qui détaille mes infortunes conjugales — en songeant aux siennes... [Qu'il *corrigé en interl. en* Comme il] a dû bien aimer, et bien souffrir, ce faux anesthésié !... / — C'est la première fois, Hamond, que j'entends comparer l'amour à la cocaïne ! / Froissé par ma maladroite ironie, il riposte assez sèchement : / — vraiment, ma chère amie ? Un homme aussi etc. etc. *C'est ici que se termine la rédaction sur le folio 300. Les* etc. etc. *renvoient au folio 301, qui procure le texte suivant :* — [C'est *biffé*] [Pas *corr. interl.*] possible, ma chère amie ? riposte-t-il un peu froissé. Un homme aussi [vieux, et aussi *add. interl.*] « vieux jeu » que moi ne s'attendait pas à vous fournir une comparaison inédite, croyez-le ! / Mon Dieu, qu'il est jeune, et blessable, et *ms. Le passage se présente différemment dans les autres états du texte ; voir var. c.* ✦✦ *c.* en songeant aux siennes... Comme il a dû bien aimer, et bien souffrir, ce faux anesthésié ! / — C'est la première fois, Hamond, que j'entends comparer l'amour à la cocaïne ! / Froissé par ma maladroite ironie, il riposte assez sèchement : / — Vraiment, ma chère amie ? Un homme aussi vieux, et aussi « vieux jeu » que moi ne s'attendait pas à vous fournir une comparaison inédite, croyez-le ! Mon Dieu, qu'il est jeune, et « blessable », et tout imprégné, lui, du poison dont il s'est voulu sevrer ! / ... Nous voilà loin *VP. orig., AM1. NV* ✦✦ *d.* et de Maxime Dufferein-Chautel *Ici se termine la publication dans la livraison de VP., n*° *33, du 13 août 1910. La suivante, n*° *34, du 20 août, commence ainsi :* x / Je voulais me confier

Page 1178.

a. Les réveils, [les départs au petit matin, ou *add. interl.*] en pleine nuit, [les soirées [*3 mots illisibles dont 2 en interl.*] *biffé*] [les soirées interminables *biffé*] [les soirées interminables pour celui qui attend, *corr. interl.*] et puis l'hôtel... Quels débuts pour une lune de miel !... [Une femme de vingt ans ne se risquerait pas [à la surprise *corrigé en* aux surprises*]* du matin, *add. interl.*] au sommeil[1] en wagon, ce sommeil [de la fin *corrigé en* des fins] de journées éreintantes [, *biffé*] [car *biffé*] [le visage bouffi et *biffé*] [pendant *[*que *biffé]* lequel *corr. interl.*] l'on a l'air d'une morte un peu bouffie... *[deux mots illisibles biffés]* Non, non le danger est trop grand pour moi... Et puis nous valons *ms.* ✦✦ *b.* les prés, [nous regardions *biffé*] les [femmes *biffé*] filles de ferme trayaient les vaches... [Les seaux de cuivre brillant, fourbi, le lait mousseux en longs jets jets *[sic]* fins et raides, — vous n'imaginez pas l'acuité de ce petit supplice quotidien ! *biffé*] [Je voyais, dans l'herbe profonde les seaux de cuivre fourbi, *[*où *add. interl.]* le lait mousseux *[*gicle *add. interl.]* en jets fins et raides... *corr. interl.*] [l'herbe profonde que la vache continuait péniblement de tondre *corr. interl. biffée*] [Quelle soif, *[*quelle faim *add. interl.]* quel douloureux désir j'avais de ce lait tiède, couronné d'écume !... C'était un vrai petit supplice quotidien, je vous assure... *corr. interl.*] / Alors voilà... je voudrais... je voudrais [tout ce qui *biffé*] jouir *ms.*

Page 1179.

a. Maxime ? [ou bien reprenez-vous votre *corr. en interl. et par biffures en* Vous ne reprenez pas votre] vie errante ? [pour ne pas dire hasardeuse *biffé*] [vous ne... travaillerez plus au music-hall ? *corr. interl.*] / [Toute mon exaltation tombe soudain *biffé*] [Sa question, si naturelle, suffit à m'arrêter *corr. interl.*] court *ms.* ✦✦ *b.* longue... / XI / Un bel enfant... *VP*

Page 1182.

a. qu'il repose là, sûr de moi *[fin du 3e § à partir du bas]*. [Sûr de moi *[...]* faire... Allons ! *f° 314*[2]] [Il peut désormais me demander tout ce qu'il voudra *biffé*] [Mais pourquoi lui et non un autre ? *corr. interl.*] Allons !... Margot l'avait [dit *corr. en interl. en* prédit] : je *ms.*

Page 1183.

a. chaudière *[p. 1182, dernière ligne]* [rassurante *biffé*] [de tout repos *corr. interl.*], celle-ci [qui *biffé*] [et *corr. interl.*] qui n'a rien d'infernal. Elle ressemblerait plutôt à un [coquemar[3] familial *inversé en* familial coquemar], [ou à n'importe *[*quel petit pot au feu... *corr. par add. interl. en* quelle petite marmite à pot au feu...*]* *biffé*] / — Éveillez-vous *ms.* ✦✦ *b.* grande brute ! Pauvre chérie, c'est maintenant que je peux t'appeler « ma

1. *Le passage qui va de* au sommeil *à* Et puis *a été écrit au verso du feuillet précédent, folioté 302.*

2. *Ce passage figure sur un feuillet, folio 314, et un signe indique au folio 315 sa place définitive.*

3. *Colette avait écrit* coquemarre, *puis elle a barré le deuxième r.*

salée[1] », toute mouillée de larmes !... Tu veux *ms., VP* ✦✦ *c.* maman ! [Tu veux que je te suive ? *biffé*] Indécise[2] *ms.*

Page 1185.

a. doucement[3]. [Il comprend bien que je le plains *[*sincèrement *add. interl.]*, mais *biffé*] [Je lui flatte sa force *biffé*] [Il comprend *biffé*] [il comprend mieux encore que *biffé*] [Il croit que je le plains *biffé*] / — Vous vous moquez *ms.* ✦✦ *b.* les veloute et les noie, — pour [mettre un chapeau, un manteau... *biffé*] [mettre un manteau *corr. interl.*] pour épingler[4] sur ma tête un de ces profonds [chapeaux qui plaisent à Max et me font ressembler dit-il *[*à ces *biffé]* aux « Fleurs animées » qui *corrigé par biffures et en interl. en* chapeaux qui me coiffent et me font ressembler *[*dit Max à ces figurines des « Fleurs animées » *corrigé par biffures et sur la ligne en* dit Max aux « Fleurs animées »*]* *biffé en définitive*[5]] chapeaux [...] les « Fleurs animées », ces petites [coiffures *biffé*] fées-fleurs [...] muguet, d'une[6] [grande violette *biffé*] [campanule au calice *biffé*] d'un grand iris aux pétales retombants... / Nous allons *ms.* ✦✦ *c.* ignorant *Ici finit VP, nº 34, du 20 août 1910. La livraison suivante, nº 35, du 27 août, commence ainsi :* XI / Une semaine

1. *Les Fleurs animées* (1847) sont du dessinateur Grandville, et non de Champfleury, qui était un écrivain. Dans le manuscrit, Colette avait justement omis le nom de l'auteur. Ce recueil est l'un des livres illustrés du XIXe siècle les plus recherchés.

Page 1187.

a. plus tard [; je redoute pour lui, devant mes préparatifs, une explosion qui se traduirait aussi bien en coups de poing *biffé*]. / — Bonjour, *ms.*

1. Armand Ménard, dit Dranem (1869-1935), fut une grande vedette de la chanson dans les années 1900 ; il créa à l'Eldorado son propre genre. Il portait un béret américain couvrant une tête complètement chauve, une jaquette serrée avec des pantalons à carreaux très larges et d'énormes chaussures ; il avait le visage maquillé de rouge, les lèvres pâles.

2. Boniface, dit Boni de Castellane (1867-1932), petit-fils du maréchal du même nom sous Louis XVIII. Il épousa en 1895 Anna Gould, fille du magnat des chemins de fer américains, et

1. Voir var. *c*, p. 1169.
2. *Devant ce mot, Colette a demandé qu'on aille à la ligne.*
3. *À la suite de ce mot, on lit plusieurs essais biffés.*
4. *Le passage qui va de* pour épingler *à* retombants... *figure au verso du feuillet précédent, folioté 321, un signe indique sur le feuillet 322 sa place définitive.*
5. *Il est difficile dans un tel passage très corrigé de déterminer avec exactitude les différents moments de la correction.*
6. *Colette a omis ensuite de biffer* d'une.

mena à Paris une vie fastueuse, grâce à l'argent de sa femme. Ayant divorcé en 1906, Boni fit du journalisme et s'occupa de ventes d'antiquités.

Page 1190.

1. Andrew Carnegie, né en 1835 en Écosse, mort en 1919 à Lenox (Massachusetts) ; magnat de l'acier et philanthrope américain. Son immense fortune fut utilisée à doter de nombreuses fondations.

Page 1191.

a. une telle mesquinerie.. [Je ne réponds[1] rien, pour ne pas le fâcher... *biffé*] Je retiens [...] blesserait. [Nous ne parlons pas d'argent *biffé*] [Il n'a pas eu *biffé*] [Où aurait-il appris, *corr. interl.*] l'enfant [...] sérieuse, [dont on parle avec gravité, et qu'on ne pèse dans sa main *biffé*] [qu'on manie *[...]* gravement ? *corr. interl.*] Il *ms.*

1. Personne dont le métier est de plumer des volatiles.

2. Petits grimpants : caleçons. Ils ne sont que dix, ainsi que les chemises, dans *ms.* et *VP.*

Page 1192.

a. C'est odieux, cette... / [— Mais, chéri... *[*je caresse ses d<oigts> *biffé]* j'effile des doigts ses soyeuses moustaches, d'un noir roussi — chéri, parce que je suis une petite caf' conc' très raisonnable, qui travaille pour vivre... / Il m'étreint tout à coup, à me faire mal *biffé en définitive*]. *Après ces lignes biffées, Colette reprend sa rédaction et corrige ainsi :* C'est odieux, cette promiscuité[2] ! / Promiscuité [...] ton métier !... *ms.* ✦✦ *b.* Des robes ? [...] tournoyantes *ms. Ce passage a été ajouté au verso du feuillet précédent, folioté 338.*

Page 1193.

a. mobilier conjugal, [généreusement *biffé*] abandonnées par Taillandy, [qui n'en avait que faire, *add. interl.*] et que je n'ai point remplacées *ms.*

1. « Adieu notre petite table », air du deuxième acte de la *Manon* de Massenet (1884), paroles de Philippe Gille et Henri Meilhac. — *Poliche*, comédie en quatre actes de Henry Bataille (Comédie-Française, 1906). Le morceau de bravoure sur le manchon se trouve à l'acte II, sc. IV.

1. *Tout ce paragraphe* Je ne réponds [...] gravement ? *est écrit au verso du feuillet précédent, folioté 336. Un signe, au folio 337, indique sa place définitive.*

2. *Le passage* promiscuité ! / Promiscuité [...] métier !... *est écrit au verso du feuillet précédent, folioté 337.*

2. Taillandy est peintre, mais c'est volontairement que Colette a ajouté cette précision indue (voir var. *a*) : elle manifeste ainsi sa rancœur contre Willy qui avait vendu les *Claudine* aux éditeurs.

Page 1194.

a. amant ! Un [gîte *biffé*] [abri *corr. interl.*], et non un logis, [...] derrière moi. [Combien de fois ai-je fui, même ce rez-de-chaussée, en me fuyant moi-même ! En vérité, j'ai plus habité le capitonnage des wagons *biffé*] [les boîtes *[...]* loges des *corr. interl.*] [théâtres *biffé*] music-halls *ms.* ✦✦ *b.* amoureuse, [pressée de revenir *biffé*] [élancée vers mon sort nouveau, *biffé*] [avec l'élan délivré *[*d'un *biffé]* du serpent qui se délivre, tout brillant, de sa peau morte... *biffé*] [je me voudrais *[...]* venu encore... *corr. interl.*] Mais *ms.* ✦✦ *c.* peau morte *Ici finit VP, nº 35, 27 août 1910. La livraison suivante, nº 36, du 3 septembre, indique d'abord* Troisième partie / I / Adieu

Page 1197.

a. primitive ? » / « Oui, oui, *ms* : primitive ? » / II / Dijon, le 8 avril. / « Oui, oui, *VP* : primitive ? » / Dijon, le 8 avril. / « Oui, oui, *orig.* ✦✦ *b.* À la troisième ville / Son amant l'habille / En or, en argent... *ms., VP, orig., NV.* : En or, en argent / Son amant l'habille / À la troisième ville *AM1*

1. Chanson populaire que l'on trouve citée par Nerval (*La Sylphide*, 1842 ; « La Bohème galante » dans *L'Artiste*, 1852) en une version un peu différente :

À la première ville,
Son amant l'habille
Tout en satin blanc !
À la seconde ville
Son amant l'habille
Tout d'or et d'argent.
À la troisième ville
Son amant l'habille
Tout en diamants !
Elle était si belle,
Qu'elle passait pour reine
Dans le régiment !

Colette rappelle cette chanson à Marguerite Moreno, lorsqu'elle joue *Chéri* à Royat pendant une tournée, le 15 août 1925.

Page 1199.

a. Renée / III / Nous *VP* ✦✦ *b.* la cave et [les *biffé*] l'urine... L'heure [...] quand [j'ai *biffé*] il n'y a plus rien à lire [ni les dates, ni *biffé*] quand j'ai [grignoté la date *biffé*] [le *biffé*] [la date du timbre *biffé*] [déchiffré la date du timbre, *corr. interl.*] et retourné l'enveloppe comme si j'espérais qu'il [en tombât *corrigé en interl. et par surcharge en* en pût tomber] une fleur, *ms.*

Page 1200.

1. Cornelius Vanderbilt, financier américain (1794-1877), commença sa carrière en faisant du cabotage avec deux voiliers, monta une compagnie de navigation et devint le « roi des chemins de fer ». Il fonda l'université Vanderbilt à Nashville. C'est à l'un de ses descendants que pense Colette. La partie est prise pour le tout.

Page 1201.

a. couleurs... / [Mon ami chéri, [ne vous inquiétez donc pas *biffé*] [je ne veux pas que vous soyez embarrassé pour m'écrire *corr. interl.*] *biffé en définitive*] / « Ça, *ms.* : couleurs / IV / 11 avril / Ça *VP*

Page 1202.

1. Colette pense ici à Maurice Chevalier (1888-1972). Fils d'ouvriers de Ménilmontant, il commença très jeune une carrière de fantaisiste qui le mena des cafés-concerts des quartiers populaires aux plus grands music-halls du monde.Il fut en 1919 le partenaire de Mistinguett. Son nœud papillon, son canotier, son sourire l'ont imposé au monde entier. Ses mémoires : *Ma route et mes chansons*, ont paru chez Julliard à partir de 1946. Au tome I (p. 178-180), Chevalier évoque sa rencontre avec Colette au Casino de Lyon : Colette jouait *La Chair*, montrant son sein. Chevalier devint amoureux d'elle. Il se plaint d'avoir lu son portrait déformé dans *La Vagabonde*. Colette confiait elle-même à André Parinaud (*L'Écoute*, avril 1950), qui lui demandait quelle eût été sa réaction si Chevalier s'était déclaré : « Je n'aurais peut-être pas dit non. J'avais bien remarqué ce grand, beau garçon, qui me lançait des clins d'œil en coulisse pendant mon numéro avec Georges Wague. Mais j'avais déjà bien assez à faire pour refréner l'ardeur de mon partenaire. Songez que nous paraissions en tenue extralégère et que le scénario de certaines pantomimes exigeait qu'il se couchât de tout son long sur moi. Chaque fois, il sortait de scène congestionné en s'excusant : "Qu'est-ce que tu veux, Colette, c'est plus fort que moi !" Il faut dire que Georges Wague, très bel homme, était le don Juan de la tournée. »

2. C'est Amelia Ricotti que désigne ainsi Colette : elle avait tenu le rôle de Mélie dans *Claudine à Paris* (voir *Notes de tournée*, t. II). C'est d'elle — alors appelée Amalia X — qu'elle écoute dans *Le Pur et l'Impur* d'audacieuses confessions (*OCF*, t. IX, p. 81 et suiv.). C'est à propos d'elle que du Grand-Hôtel de Nice elle écrit à Missy (lettre s.d.), en lui contant des potins : « Quoi

encore ? Le béguin très vif d'Amelia Ricotti pour Lantelme. Si bien que, Lantelme rentrant à Paris, Ricotti l'a suivie. » Lantelme ou plutôt Lanthelme (pseudonyme de Mathilde Fossey), qui joua sur les scènes du Boulevard, fut épousée en 1910 par Alfred Edwards, fondateur du *Matin*. Elle se noya mystérieusement dans le Rhin le 25 juillet 1911.

Page 1203.

a. Renée. / Mon chéri *ms.* ✦✦ *b.* me posséder... [Vous faites semblant de ne pas comprendre ? tout cela se paiera ! *biffé*] / [Comment, il y a déjà des anémones sauvages dans vos bois ? et des violettes ?... C'est vrai, j'en ai vu passer, le long du train, du *biffé*] [C'est vrai [...] ce pays *corr. interl.*] d'Est *ms.* ✦✦ *c. Ici finit VP, nº 36, du 3 septembre 1910. La livraison suivante, nº 37, du 10 septembre, introduit d'abord* v. ✦✦ *d.* Cavaillon, avare, a payé pourtant une bouteille *ms., VP, orig., AM1, NV. Chevalier n'a pas été heureux de lire l'apposition, mais telle était sa réputation.*

Page 1204.

a. errant, sournois, dit *ms., VP, orig., AM1, NV* ✦✦ *b.* il oublie, il s'amuse, il redevient jeune et emballe son public *ms.* ✦✦ *c.* Il ne boit pas, ne noce pas [, — il crève d'ennui *biffé*] Il place son argent, et il crève d'ennui[1]... / Barally *ms.* : Il ne boit pas, il ne noce pas. Il place son argent et il crève d'ennui... / Barally, *orig., VP, AM1, NV* ✦✦ *d.* le vent noir qui s'est levé et [rêve *biffé*] remonte [...] ronflement [de mer houleuse *biffé*] [marin *corr. interl.*] ... [Je rêve départs, *[*vitesse *add. interl. biffée]* bateau, vitesse, *[*vagues invisibles *biffé]* *[*houle dans la nuit, vagues *corr. interl.]* dont les dos monstrueux soulèvent le navire qui me porte... *[*Je sens mes pieds *biffé]* *[*Des ailes oubliées *corr. interl. biffée]* Mes pieds légers veulent marcher jusqu'au bout de la terre, ce soir, et je *biffé en définitive*] D'où vient que je [m'élance *biffé*] [me balance *corr. interl.*], ce soir, [....] mer ? [Je tire sur mon ancre *biffé*] C'est un soir [...] monde[2] ; — j'ai les joues *ms.*

1. Colette a noté dans *VG* : « Presque ? J'étais bien difficile ! Maurice Chevalier n'a-t-il pas toujours été charmant ? Il l'est encore en 1944. »

Page 1205.

a. loges d'artistes [longues, qui tiennent du *biffé*] [— à la fois *corr. interl.*] grenier [et *biffé*] provincial et [de la *biffé*] mansarde pour [...] blanc... [Mais ce n'est pas tant ce décourage-

1. *Annotation de VG :* « mais "la Miss" vint et il prit le goût de vivre ».
2. *Le passage qui va de* D'où vient *à* monde *a été ajouté au verso précédent, folioté 369.*

ment qui me cloue là, bras pendants *biffé*] [En passant devant la loge de Cavaillon, je l'aperçois, assis devant la tablette *corr. interl.*] à maquillage *ms.* ✦✦ *b.* muet, à demi-fou déjà... [Je ferme *[*la porte *biffé]* ma porte *biffé en définitive*] [Je frissonne, je voudrais *[*oublier l'image *biffé] corr. interl.*] chasser [de mon *biffé*] [le *corr. interl.*] souvenir [l'image *biffé*] de cet homme [...] misérable, [seul, et *biffé*] [conscient d'être *corr. interl. biffée*] perdu au milieu de nous, [comme *biffé*] [et seul... *biffé*] [irrémédiable *biffé*] [conscient de sa solitude... *corr. interl.*] / « Vous *ms.* : muet [...] solitude / 28 avril / Vous *NV (faute d'impression, voir ci-dessous)* : solitude... / v / 18 avril. / Vous *VP*

Page 1206.

a. Il m'arrive de *AM2* ✦✦ *b.* Depuis Avignon *[3e § 5e ligne]* ... [depuis *biffé*] [depuis mon réveil ébloui sous une chaleur de juin *biffé*] [Les pays de brume ont fondu *[*derrière moi *biffé]* là-bas, — derrière des rideaux *corr. interl.*] de cyprès [ne bougent *biffé*] que le mistral penche... Le soyeux bruissement des ["canisses[1]" *biffé*] faux bambous [...] du wagon, [avec l'odeur *biffé*] [en même temps *corr. interl.*] qu'une odeur de miel [de térébenthine *biffé*] [de sapin, de bourgeon verni *corr. interl.*], de lilas en boutons, — ce parfum [amer *[*et doux *biffé] add. interl.*] du lilas avant la fleur, qui mêle [la térébenthine *[*à *biffé] [*et *corr. interl.]* l'amande *biffé en définitive*] [le sapin, le *corr. interl. biffée*] [la térébenthine et l'amande *corr. interl.*] [Un *biffé*] [Un bruissement *biffé*] L'ombre des [arbres *biffé*] [amandiers *biffé*] [cerisiers *corr. interl.*] est [bleue *biffé*] [violette *corr. interl.*] sur la terre rougeâtre, qui déjà se fendille de soif. [Les routes blanches que le train coupe ou longe, meurtrissent l'œil *biffé*] [Sur les routes blanches que le train coupe ou longe, *corr. par add. interl. et biffures*] une poussière [vole *biffé*] crayeuse roule *ms.* ✦✦ *c.* buissons... [Un *biffé*] Le murmure d'[un essaim bourdonne sans cesse. / Sans défense contre *[*ce trop *biffé]* l'excès des couleurs, des parfums, de la lumière *biffé en définitive*] [une fièvre agréable bourdonne sans cesse à mes oreilles comme celui d'*[*une fièvre agréable *biffé]* un essaim lointain. *corr. interl.*] [Trop de lumière, trop de couleurs, trop de chaleur *corr. interl. biffée*] [Surprise, sans défense, je *biffé*] [surprise *biffé*] [Sans défense, perméable *[*je me laisse *[[*emporter *biffé]] add. interl.] [*et *biffé]* surprendre et emporter par ce printemps du Midi *[un mot illisible biffé]* dont la traîtrise prévue me convainc *biffé en définitive.*] / Sans défense, perméable à cet excès, [de *biffé*] [pourtant prévu, de *corr. interl.*] lumière, [...] convaincre... [Est-il *biffé*] Tout [...] danger ?... *ms.*

1. C'est ainsi qu'on appelle dans le Comtat et en Provence les roseaux séchés dont on fait des claies pour se protéger du vent et du soleil.

Page 1207.

a. À quoi *[8 lignes]* [bon expliquer... l'image de deux femmes [enlacées *biffé*] [embrassées enlacées embrassées *corr. interl. successivement biffées*] ne sera *corrigé par biffures et en interl. en* bon lui expliquer... Deux femmes enlacées ne seront] jamais pour lui qu'un [tableau gri<vois> *biffé*] [groupe *corr. interl.*] polisson, et non [le groupe *biffé*] [le tableau triste *biffé*] [l'image mélancolique *corr. interl.*] et tombante [d'une faiblesse appuyée à une autre faiblesse *biffé*] [de deux *corr. interl.*] faiblesses [enlacées *corr. interl. biffée*] [qui s'enlacent pour goûter avant *biffé*] [peut-être *add. interl.*] réfugiées [...] l'autre pour [y goûter *biffé*] y dormir, y planer, [oublier *biffé*] [fuir *corr. interl.*] l'homme [si *biffé*] [souvent *corr. interl.*] méchant, et goûter, [avant toute volupté, celle *biffé*] [mieux que tout plaisir, *corr. interl.*] l'amer bonheur de se sentir pareilles [tristes *biffé*] [infimes *corr. interl.*], oubliées... [Que comprendra-t-il *biffé*] À quoi bon écrire, *ms.*

1. Par le travail qu'elle a demandé à Colette, cette phrase révèle bien l'importance que lui donnait l'écrivain.

Page 1209.

a. sans mot dire. [Sa discrétion n'est point jouée, il est, à sa manière, fort réservé, et jaloux de son indépendance totale. *biffé*] [Sa discrétion, qui n'est point jouée, mêle de doses égales d'indifférence et de réserve *corr. interl. biffée*] [Sa discrétion qui dose, également, la réserve et l'indifférence, ne s'étonne pas de si peu *corr. interl.*] / [Je ne mentais pas, je ne brodais pas *biffé*] / Je *ms.* ✦✦ *b.* Coïncidence, si on veut... [Mais j'aurais mieux aimé avaler un petit morceau de verre pointu que [de me fournir à moi-même ce supplément *biffé*] [de me fournir à moi *corr. interl. biffée*] *corrigé en interl. et par biffures en* Mais il me semble tout de même que je viens d'avaler un petit morceau de verre pointu] / [Ce soleil me gêne pour penser, il pénètre, impérieux, dans ma chambre noire *biffé*] [Oui, qu'est-ce que je deviens, dans tout ça ? *corr. interl.*] [Eh bien, je deviens une *corr. interl. biffée*] Une femme *ms.*

1. Cette rue joint l'avenue de la Grande-Armée à l'avenue Foch.

Page 1212.

a. fermée ?... *Ici finit VP, nº 37, du 10 septembre 1910. La livraison suivante, nº 38, du 17 septembre, introduit au début* VII / ... Aucun

Page 1213.

a. Ensuite, ms. montre un long passage qui n'a pas été imprimé. On remarquera que la substance de la partie centrale est celle de « L'Affamé » dans « L'Envers du music-hall », voir t. II. Nous ne tenons compte que de quelques ratures significatives : La douceur d'une soirée pure, tiède, incomparable, verse tout Marseille sur les trottoirs. J'ai dîné machinalement, occupée à boire des yeux le bleu de la nuit épanouie au-dessus de nous... Nous remontons la Canebière, à pas ralentis, qu'un double courant de foule entrave. Un mulâtre en fez brûle sous notre nez des bâtonnets d'encens, des crieurs de journaux de trois à sept ans nous tendent leurs feuilles comme un placet, de noiraudes vendeuses au panier nous sourient férocement, le poing tendu armé de fleurs mouillées... L'air d'après-dîner sent le bonbon, le café, l'anis, la friture refroidie, le fruit blet et pis encore... Belle soirée pour le trafic, la badauderie et le gobelottage[1]... et l'amour... Et l'amour ? Une « nuit d'amour » comme on dit, je ne sais pas ce que c'est... Toute une nuit consacrée à l'amour, toute une nuit... Un long plaisir, suspendu, attisé, renouvelé par mon âpre amant... La chute ailée, l'évanouissement où les forces renaissent de leur mort même. Le bourdonnement musical du sang affolé, qui chante dans les oreilles... L'odeur de santal brûlé et d'herbe foulée... Et cela toute une nuit, toute une nuit, à moi, à moi pour qui l'étreinte se fit toujours trop brève... Le plaisir, ce serait donc enfin autre chose que cet aparté haletant, égoïste où l'une [*surcharge* je] murmure : « Pourvu qu'il me laisse le temps !... » et l'*autre* : « Je suis pressé, qu'elle s'arrange pour me rejoindre !... » / Mon désir, qui s'élançait, heurte le porche illuminé de l'Eldorado... Le Vieux Troglodyte nous y attendait en fumant, et me tend gentiment un petit bouquet de jonquilles. Je me retourne pour le menacer du doigt dans l'étroit escalier où il me suit : « Troglodyte, je te défends de m'entretenir ! » Il sourit, de toute sa jeune figure maigre, éclairée d'yeux bleus enfantins, et je l'emmène dans ma loge pour lui donner des *drops*[2] acides, à goût de framboise fermentée. Il les croque bruyamment, comme s'il broyait des os, et sa voracité m'inquiète : « Tu as dîné, Troglodyte ? / — Naturellement, que j'ai dîné. / — Tu es toujours content, ça boulotte ? / — Ça boulotte » — un grand soupir — « mais ça ne boulottera plus longtemps... [Seize *biffé*] [Dix *biffé*[3]] jours, misère ! comme ça passe !... » Il tombe dans un silence consterné, et regardant sans la voir l'ampoule électrique. Puis tout à coup, comme déclenché, il parle : « Une tournée qui durerait toute la vie, hein ? c'est ça qui serait bath !... Plus que seize jours : Je risque rien de retenir mon compartiment à l'asile de nuit, le mois qui vient ! Tant qu'on est en tournée, c'est épatant, on est sûr de bouffer et de coucher, mais après ? Mon engagement est de cinq cent soixante. Cent francs que je rends à Brague pour mon costume, cinquante six francs à Salomon, reste, s'pas, quatre cent quatre. Là dessus, il faut que je rapporte 220 francs, si je veux vivre le mois qui vient, et même le suivant. Je suis sérieux, au fond, et je les rapporterai,

1. Mot peut-être créé par Colette, à partir de « gobelotter » : « boire à petits coups » (Littré).
2. Des bonbons, on l'aura deviné.
3. Les chiffres biffés ne sont pas remplacés.

mes deux cent vingt francs. Si je pouvais repartir tout de suite en tournée... ça serait trop beau. J'ai que moi à compter, s'pas, parce que ma mère, elle ne veut plus me voir. Elle avait un joint pour me faire entrer garçon chez Damoy[1], je n'ai pas voulu, le théâtre me rendait fou. Je voudrais bien repartir en tournée, parce que le théâtre de Paris, c'est si dur, on a si peu... il faut un estomac meilleur que le mien. Je l'ai perdu, mon estomac, du temps que je vivais avec 25 francs par mois. / Je retiens un cri : / — Vingt-cinq francs ! mon Dieu, comment vivais-tu ? / Il fait un geste de la main et me sourit avec insouciance : — Je ne sais pas. C'est drôle, figurez-vous, j'ai oublié. Je ne peux me rappeler comment je faisais. Je vivais, comme ça... Je me souviens que j'avais *un* complet, *un* chapeau, *une* chemise, *un* faux-col, rien de rechange... Évidemment, c'est dur. Ça m'a beaucoup fatigué la tête et l'estomac. Aussi je fais attention à présent. Et il faut que je rapporte mes deux cent vingt francs, pas un sou de moins !... » / Au coup de sonnette qui annonce la fin de la « première partie », il s'enfuit, léger de maigreur, montrant dans sa course des semelles percées. Il doit user tant de chaussures, ce gosse décharné ! Toujours à pied, je le vois courir de la gare à l'hôtel, de l'hôtel au théâtre, la valise sordide au bout du bras... Il se passe de café au lait le matin, mais il fume, et il achète souvent une fleur qu'il pique à son veston décoloré... Le sort incertain de ce petit compagnon discret, prompt à s'effacer, à disparaître dans notre ombre me tourmente souvent. / — Tu me fais rire, dit Brague, en haussant les épaules. S'il fallait ramasser tous les chiens perdus !... / Je voudrais bien, Brague !... Ah ! ma pauvre toquée, soupire-t-il, ça te passera... Ton troglodyte, je tâcherai de le faire figurer chez Gaumont[2]. À son âge, c'est naturel, voyons, de crever de faim, j'en sais quelque chose ! Que je te fasse rigoler ! Un Noël, je me rappelle, — j'avais dix-huit ans, — j'étais dans une purée, mais une purée ! la faim, le froid, toute la lyre... On était quatre, cinq ensemble, une espèce de phalanstère. Donc, le soir de Noël, pas de dîner. Pas de dîner, ça va bien, mais pas de réveillon, on ne peut pas accepter ça. Y en a un qui a eu un gros pain. Moi je vais dans la cave, fouiner, — j'aurais mangé les murs ! — et je trouve un petit tas de bouteilles vides ! On les met dans ses poches, on court chez le bistro, et on échange beaucoup de bouteilles vides, — qui n'étaient pas à nous ! — contre pas beaucoup de bouteilles pleines. Et on a réveillonné avec du pain trempé dans du vin rouge, une vraie noce. Seulement, comme j'étais le plus jeune et le moins important, les autres ont bouffé tout le pain, je n'ai eu que du vin. J'ai pas été long à rouler, je t'assure !... / C'est lui qui rit de bon cœur, sans pitié pour sa misère d'autrefois. Moi, je ne peux pas. Il me manque, pour partager cette féroce et héroïque gaîté, l'éducation première, la

1. Maison d'alimentation aussi importante que Félix Potin.
2. La plus importante firme française de cinéma.

cruelle école de la purée... C'eſt à de tels moments que je sens que je ne suis pas vraiment de la partie... Je ne connais que la gêne décente et cette sage bourgeoise vêtue de gris s'effare devant leur bohême cabotine, qui agrandit avec ses doigts les trous de ses loques pittoresques... [Comme l'enfant qui s'échappe, le gosse qui joue au Robinson, je voudrais quelquefois pouvoir, devant Brague, m'écrier sans modeſtie « Et moi aussi, j'ai eu faim *biffé*] [Va t'en vers *biffé*] [Va t'en vers *corr interl. biffée*] [Retourne vers ton ami, ma pauvre Renée. Réfugie-toi dans l'étroit bonheur qu'il te prépare. Tu deviendras *[*l'actrice *biffé]* la théâtreuse mariée richement, qui verse tous les ans une jolie somme aux caisses de retraite... *corr. interl. biffée en définitive*] / [Toulon *biffé*] Nice, Cannes, Menton... *ms. On comprend que Colette ait écarté ces pages, qui, malgré leur valeur, ralentissaient le roman au moment où le rythme devait s'en accélérer.*

1. Reſtaurant de Marseille, célèbre pour sa bouillabaisse ; il se trouvait 5, quai de la Fraternité, aujourd'hui quai des Belges.

Page 1214.

a. le vent *[p. 1213, 4e ligne en bas de page]* [de l'aube *biffé*] [du matin *corr. dans l'interl. inférieure biffée*] [de l'aube *corr. interl.*] froissait les palmiers comme des roseaux [secs *biffé*] [morts *corr. interl.*], et je *reconnaissais*[1] tous les [bruits *biffé*] sons, [...] l'an passé... [Mais *[*l'an passé *biffé]* cette année, le chant de mon réveil *biffé en définitive*] Mais [pourquoi *biffé*] cette année, le [cri *[*sifflant *en interl.]* *biffé*] [sifflement *corr. interl.*] du perroquet [et les *[un mot illisible]* *biffé*] le bourdonnement [...] levant, [et la soie désséchée des palmes *biffé*] [et le froissement de soie blanche qui chante dans les palmes *biffé*] [la plainte de, *corr. interl. biffée*] [et *corr. interl. biffée*] [et la *corr. interl. biffée*] [et la brise *corr. interl.*] [et la sèche *corr. interl. biffée*] [dans les palmes dures *corr. interl.*], — tout [...] moi, [murmurait seulement *biffé*] [semblait murmurer *corr. interl.*], comme l'accompagnement *ms.* ✦✦ *b.* inoffensive félicité [physique *biffé*] mi-physique, [mi-morale *biffé*] [et qui *corr. interl. biffée*] où s'exhale [un peu l'âme et *biffé*] [le *corr. interl.*] silencieux bonheur des solitaires ?... [Ah ! retrouver l'ivresse du jardin vert *[*et voir *biffé]*, regarder *biffé en définitive*] / Je souffre *ms.* ✦✦ *c.* je réussirai ?... / [Je résiſte à l'amour, moi la gourmande et *biffé*] une petite image *ms.* ✦✦ *d.* d'un inſtantané grand comme la main, où *ms.* ✦✦ *e.* blanche *ce feuillet est coupé à la moitié après ce mot, l'enchaînement se faisant parfaitement avec la suite.*

1. Il n'eſt pas sûr que Colette ait souligné ce verbe pour qu'il soit imprimé en italique. Peut-être voulait-elle seulement attirer sa propre attention sur le mot.

Page 1215.

a. de fois ? [Et le triomphe eſt petit, quand la lutte *biffé*] Qu'eſt le triomphe [...] point ? [Si mon amant qui <eſt ?> aveugle demeure à ma *biffé*] [Il se peut, cela s'eſt vu, — qu'un *biffé*] / [Si je tenais là, à mes pieds, entre mes mains, mon amant, je lui dirais, *[je biffé]* ce n'eſt pas sûr *biffé en définitive*] [Comprends-moi, comprends-moi ! *corr. interl.*] / Ce n'eſt *ms.*

1. Amorce du thème qui sera repris plus tard dans la nouvelle « Le Képi ».

Page 1216.

1. Colette écrivait à Hamel, le 26 avril 1909 (*Lettres de la Vagabonde*, p. 32) : « Mais quels merveilleux jardins ici, et les bains romains et le temple de Diane, dans cette verdure et ce printemps exubérant ! » Voir *Notes de tournée*, t. II.

Page 1217.

a. dragon *[1er §, dernière ligne]* !... / [L'approche de l'orage a chassé tout intrus... Ceci encore eſt mon royaume, — un petit morceau de mon royaume. L'allée qui *biffé*] [*[*La double *corr. interl.]* allée harmonieuse qui monte vers la tour Magne, entre des murailles ciselées d'ifs, recèle encore *[*le même miroir *biffé]* *[*les mêmes donjons *corr. interl. biffée]* *[*la même auge *corr. dans l'interl. supérieur]* d'eau ternie, vert de rainette *corr. interl. et par biffures en* Une double allée *[...]* rainettes] bavardes [*un mot illisible biffé*] aux petites mains délicates... [C'eſt là-haut qu' *biffé*] [Là-haut, tout en haut, *corr. interl.*] un lit *ms.* ✦✦ *b.* mon tourment *[1er §, dernière ligne]*. / [L'approche de l'orage a chassé tout intrus. Mon royaume, autour de moi, était *biffé*] [Au dessous de moi *[*s'aplanit le beau *biffé]* le beau jardin s'aplanit, *[...]* découvertes *corr. interl.*] [et l'eau *[*seule l'eau verte y luit *biffé]* *[*verte d'ici *biffé]* d'ici semble *[*noir *biffé]* noir de verdure *biffé en définitive*] [L'approche de l'orage a chassé tout intrus, et la *corr. interl.*] grêle, [l'ouragan *corr. interl.*] montent [...] feu blanc... / Tout ceci, devant moi, au-dessous de moi, eſt [*un mot illisible biffé*] [encore *corr. interl.*] mon royaume, [un petit morceau de mon royaume *biffé*] [*[*un royaume qu'il m'appartient *corr. interl.]* *[*encore de garder ou de délaisser *biffé]* de garder *biffé en définitive*] un petit morceau *ms.*

Page 1218.

a. je ne vous appelle pas. [Si je puis, je ne vous appellerai *[sic]* pas *biffé*] [Entendez-vous, à travers les diſtances *[*— que je ne vous appelle pas *biffé]* *[*l'af<freux> *corr. interl. biffée]* *biffé en définitive*] [Si vous pouviez percevoir à travers la diſtance, *[*le silence affreux qui *biffé]* l'affreux silence intérieur *biffé en défi-*

nitive] [Je ne veux pas vous appeler ! *corr. interl. biffée*] [Si vous *corr. interl. biffée*] Non, je ne vous appelle pas *ms.* ✦✦ *b.* jonquille... / IX / Nîmes *VP* ✦✦ *c.* Brague [...] écorché *Cette phrase a été ajoutée dans ms, au verso du feuillet précédent folioté 417. Colette a fait suivre* bulgare *d'un* (?).

Page 1219.

a. peaux de lièvre *[p. 1218, avant-dernière ligne]* [[de *add. interl.*] teint *biffé*] [déteintes *corr. interl.*] qui sentent le pipi de chat... / Oui *ms.*

Page 1220.

a. plus belle *Ici finit VP, nº 38, du 17 septembre 1910. Le texte se poursuit dans la livraison nº 39, du 24 septembre.*

1. Dans *ms.*, *orig.*, *AM1*, *NV*, Colette avait écrit *Cette*, en conformité avec la graphie de sa jeunesse. Elle a noté dans *VG* : « On écrit Sète aujourd'hui. C'est plus latin ? mais c'est moins gai. »

Page 1221.

a. comme s'il n'y avait *[p. 1220, 4e ligne en bas de page]* d'urgent que mon désir de [peindre *biffé*] posséder des yeux, de peindre avec des mots les merveilles [de la terre, un désir nerveux et impuissant *biffé*] de la terre !... / C'est [ce même jour *biffé*] [à cette même *corr. interl.*] heure [...] soufflé : « [Mais *biffé*] [Et *corr. dans l'interl. inférieur*] s'il n'y avait d'urgent, [que de *[*savourer *biffé 1]* *[*désirer *biffé 2]* connaître *biffé en définitive*] [que de donner *biffé*] [que cela, en effet ?... Si tout, — *[*hors le désir *corr. en interl. et par biffures en* hormis désirer*]* *[*la connaissance *biffé]* [la *biffé]* *corr. dans l'interl. inférieur*] renoncer, s'affranchir —, n'était que cendres ?... » / Je vis *ms.* : comme s'il n'y avait [...] cendres ?... » / X / Je vis *VP* ✦✦ *b.* Je retrouve, [comme un gymnaste les muscles amoindris *biffé*] [comme un gymnaste qui aurait quitté l'entraînement, *corr. interl.*] je retrouve avec peine *ms.*

Page 1222.

a. hantés... / XI / « L'Amérique *VP* ✦✦ *b. Ici ms. montre bien* Salomon.

1. Wague eut sa classe de pantomime au Conservatoire, en 1916, grâce à Colette (voir n. 1, p. 1067). Colette a noté ici dans *VG* : « Il n'y croyait pas. Et puis, un peu plus tard, on l'a créée, cette classe, et pour lui, sur l'insistance d'Henry de Jouvenel. »

Page 1223.

a. mais... et Max ?... / [Ici se place *biffé*] / [« Max, mon chéri, oui, je reviens, je reviens un peu chaque jour *biffé*] / Et Max ? *ms. ; voir p. 1224.*

Page 1224.

a. l'un de l'autre... *[p. 1223, 4e ligne en bas de page]* [Mais je te connais, tu resterais là, *[*à songer à ton homme et *biffé] [*à songer à ton[1] homme *corr. interl. biffée]* à regarder par-dessus le mur *biffé en définitive*] [Tu aurais *[*bien *biffé]* dû apprendre chez Taillandy, comment on se plaque !... » *corr. interl.*] / Et je vais, et je vais... [J'insulte mon ami, et moi-même. J'y mets une verdeur, une ingéniosité crue c'est à la fois *biffé*] [J'apporte, à insulter mon ami et moi-même, une ingéniosité crue et méchante, *[*qui me fait défaut pour me défendre *biffé] corr. interl.*] c'est une sorte de jeu *ms.* ✦✦ *b.* que dix nuits *ms.* ✦✦ *c.* fais là... / XII / Comme *VP*

Page 1225.

a. pierres de lune !... [Le printemps craintif fait devant nous, maintenant, et se replie d'heure en heure car *biffé*] Nous laissons Bordeaux, [où grâce à je ne sais quelle fête banale, il fallut donner quatre représentations en deux jours, et que je quitte *biffé*] [maintenant après cinq représentations données en trois jours : *corr. interl.*] / — Bonne ville ! [dit *biffé*] [soupirait *corr. interl.*] Brague [à la gare.[2] *add. interl.*] Je n'ai rien trouvé de poilant dans les gogues. Mais je m'ai appliqué une petite [bonne *biffé*] bordelaise... *ms.*

1. En argot : « j'en ai eu mon compte ».

Page 1226.

a. Nous traversons l'incendie, — où est le cor de Siegfried ? Des lieues et *ms., VP, orig., AM1, NV. D'où dans VG cette note relative à Wagner :* Sacrifice à la mode ! ✦✦ *b.* aile déchirée... / XIII / C'est *VP*

Page 1228.

a. À Hamond, à Margot[3] ? Ni l'un, ni l'autre. Je déchire *ms.* ✦✦ *b.* détenus... *Ici finit VP, no 39, du 24 septembre 1910. La livraison suivante, no 40, du 1er octobre, introduit d'abord :* XIV / La demie

1. *Colette n'a pas récrit ces quatre mots ; elle les a soulignés pour indiquer qu'il fallait ne pas tenir compte des premières biffures, puis elle les a de nouveau biffés avec le mot ajouté dans l'interligne* homme.

2. *Après ces mots, on trouve dans ms. un passage surchargé de corrections au point que le dernier quart du feuillet, folioté 434 a dû être amputé. Sur le feuillet suivant, folioté 435 figure* petite [bonne biffé] bordelaise *etc.*

3. à Margot ? [...] l'autre. *Ceci a été ajouté au verso du feuillet précédent, folioté 441.*

1. En regard de la fin de ce paragraphe, note de *VG* : « exact ».

2. La gare de Boulogne-Tintelleries est située pratiquement au centre de la ville, entre les gares de Boulogne-Ville et de Wimille-Wimereux, sur la ligne Paris-Calais.

Page 1229.

a. Déjà... / VI / Adieu *VP*

Page 1230.

a. une espèce de *Après ces mots (f° 448) devait commencer un feuillet, qui manque dans ms.* ✦✦ *b.* vain, toi *Ici reprend ms. (f° 449) mais sur un papier légèrement différent d'apparence seulement (endommagé par l'humidité ?).*

Page 1231.

a. j'ai daté : *« 15 avril, huit heures du matin... »* *ms.* ✦✦ *b.* quarante jours... [J'entends *biffé*] Assise[1] à mes pieds [...] J'entends *ms.* ✦✦ *c.* lettre, — inachevée. [Quand mon ami la lira, il n'aura que du chagrin *biffé*] [Je ne la rouvrirai pas *biffé*] [En la lisant, mon ami n'aura que du chagrin, je lui épargne *corr. interl. biffée*] / [Inachevée... Dans un demi-sommeil de fatigue et d'inanition *biffé*] [Pauvre *corr. interl. biffée*] [Cher Max, que j'ai voulu *corr. dans l'interl. inférieur biffée*] / Inachevée... *ms.*

Page 1232.

a. n'est-ce pas ? Et je refléterais, à la longue, la plate théorie des tiennes, peut-être ? Tu [voulais *biffé*] [prétendais *corr. interl.*] de bonne foi, m'apporter le bonheur. Le bonheur... Mais es-tu sûr que le bonheur me suffise désormais ? Le bonheur, cette sinécure... Il n'y a pas que le bonheur *ms.* ✦✦ *b.* Sombre, et décorée [parée[2], *corr. interl*] par les soins [...] comme la hulotte, le chat-huant, comme la souris *ms.* ✦✦ *c.* souvenir... [Et toi *biffé*] [Et vivante, si tu savais ! et active, *biffé*] [Mais tu voudrais défaire *corr. dans l'interl. inférieur*] cette parure qu'un autre attacha sur moi, car tu es celui devant qui *ms.* ✦✦ *d.* je le sais. Combien de fois *ms. Voir var. e.* ✦✦ *e.* de ma route ! Vagabonde, et libre, [j'aspirerai *biffé*] je souhaiterai [amèrement *biffé*] [*un mot interl. illisible biffé*] [pourtant *corr. dans l'interl. inférieur*] l'ombre de tes murs... [l'ombre des murs où ton amour me voulait captive. *add. au r° du feuillet précédent, folioté 452*] Les plus beaux pays de la terre, j'ai refusé de les contempler, tout petits, au miroir amou-

1. Assise [...] J'entends *Tout ce passage figure au verso du feuillet précédent, folioté 449.*

2. *Colette n'a pas biffé* décorée, *n'ayant vraisemblablement pu choisir entre ces deux mots.*

reux de ton regard... / Je te désirerai *ms.* ✦✦ *f.* et la vague, — mais tu gardes [...] ruisseau. Le temps la dissoudra [...] ombre... qui sait où ? *ms.* : et la vague. Tu gardes [...] ombre... qui sait où ? *VP (fin du texte dans la livraison n⁰ 40, du 1er octobre 1910), orig., AM1, NV.*

Page 1233.

APPENDICE :

LE CACHET EN VILLE

Colette a repris une partie de cet article dans *La Vagabonde* ; voir p. 1099 et var. *a*.

APERÇU TOPOGRAPHIQUE

Découvrant, dès la première page du premier roman[1], un extrait du *Manuel de géographie départementale* de l'héroïne, le lecteur est en droit de penser que c'est *Claudine à l'école* qui lui en apprendra le plus sur le Montigny prêté à l'adolescente par la native de Saint-Sauveur. Si le cadre topographique du roman finit par apparaître, les informations restent éparses ; en outre, elles concernent davantage l'environnement du village que le village même, et Montigny plus que la maison ou le jardin de Claudine. Dans *Claudine à Paris*, les évocations nostalgiques de l'exilée, pour utiles qu'elles sont, ne constituent pas un tableau satisfaisant des lieux. C'est en réalité dans *Claudine en ménage* que ces évocations seront complétées. Deux raisons peuvent être avancées pour expliquer ce fait, au premier abord un peu surprenant. L'une, externe : en raison du succès des deux romans précédents, Colette est assurée de plaire en manifestant une minutieuse attention au cadre de l'enfance et de l'adolescence de Claudine. L'autre, interne : à deux reprises, dans *Claudine en ménage*, la romancière ramène son héroïne à Montigny. De ces visites, qui encadrent l'aventure amoureuse de la jeune femme avec Rézi, la première surtout retient l'attention ; elle a en effet pour prétexte d'initier Renaud aux charmes de la « jolie petite ville de mille neuf cent cinquante habitants, construite en amphithéâtre sur la Thaize[2] ». Pour mener à bien l'exploration du domaine de Claudine, il suffit donc de prendre la place de l'« étranger » qu'elle a épousé.

Montigny ? S'il fallait encore prouver que Saint-Sauveur-en-Puisaye et Montigny-en-Fresnois coïncident[3], il suffirait de remarquer qu'en rebaptisant le village et la rivière qui le borde[4],

1. *Claudine à l'école*, p. 7.
2. *Ibid.*
3. Jean Larnac, Nicole Houssa et Élisabeth Charleux-Leroux ont parfaitement démontré l'exactitude de cette coïncidence.
4. Le Loing devenant la Thaize.

Colette respecta la configuration de l'endroit et garda en général aux rues les noms sous lesquels elle les connut. Si, selon les nécessités romanesques, elle transféra les appellations réelles de certains lieux à d'autres lieux, on notera qu'elle les y emprunte sans les modifier, ou à peine.

Du train qui, après avoir dépassé « Blégeau et Saint-Farcy[1] » — soit Bléneau et Saint-Fargeau —, longe le village par le sud, l'héroïne aperçoit « la tour, sa pierre rousse effritée que drape le lierre, et le village qui dévale en-dessous, qui a l'air de glisser d'elle[2] ». À la première page de *Claudine à l'école*, l'adolescente décrivait l'endroit de manière presque identique : « [...] c'est des maisons qui dégringolent, depuis le haut de la colline jusqu'en bas de la vallée ; ça s'étage en escalier au-dessous d'un gros château, rebâti sous Louis XV et déjà plus délabré que la tour sarrasine, épaisse, basse, toute gainée de lierre, qui s'effrite par en haut, un petit peu chaque jour[3]. » Saint-Sauveur est, de fait, dominé par la masse imposante de sa tour en ruine[4] à laquelle aucun clocher ne dispute la prééminence[5]. Colette ne semble pas mettre en doute l'origine de cette tour, partageant l'opinion des habitants du village qui, de nos jours encore, croient la devoir aux craintes suscitées par les envahisseurs du VIIIe siècle. Elle est, en réalité, de quatre cents ans plus jeune. Bâtie au XIIe siècle pour servir à la fois de tour de guet et de refuge aux habitants des environs, elle formait, à l'origine, le pivot d'un système de défense comportant rien moins que trois enceintes concentriques. Car Saint-Sauveur, aujourd'hui d'une parfaite quiétude, connut une histoire mouvementée. Situé à quelque huit kilomètres à l'ouest de Fontenoy, il subit, comme toute la Puisaye, les contrecoups de la victoire, historiquement déterminante, que remportèrent Charles le Chauve et Louis le Germanique sur Lothaire et Pépin. Si la guerre de Cent Ans ne laissa au village qu'un souvenir émouvant, celui du passage de Jeanne d'Arc qui s'y serait arrêtée en 1429, les guerres de Religion lui furent plus cruelles : les huguenots le mirent à sac en 1587. Ce furent enfin les jansénistes qui, réfugiés dans la région, attirèrent sur lui les rigueurs de la police royale. Depuis lors, les bourrasques de l'histoire semblent l'avoir évité. La Révolution elle-même ne s'en prit qu'à son nom, qui devint Sauveur-sur-Loing et même Montagne-sur-Loing[6]. Les guerres suivantes l'épargnèrent. Au fil des siècles, les pierres de ses fortifications furent utilisées pour la construction, la tour elle-même s'écrasa peu à peu[7].

1. *Claudine en ménage*, p. 390.
2. *Ibid.*
3. *Claudine à l'école*, p. 7.
4. Voir le plan B (3). On trouvera le plan A, p. 1651 et le plan B, p. 1653.
5. Relevons ici une légère erreur de Nicole Houssa qui écrit : « À quelques kilomètres vers l'ouest pointe le clocher de Saint-Sauveur-en-Puisaye, bourg natal de Colette » (*Marginales*, « Au pays de Colette », décembre 1959). C'est en 1797 que cessa de pointer le clocher de l'église, incendié par la foudre ; il ne devait pas être reconstruit. Dans « Noël ancien » (*La Fleur de l'âge*, *OCF*, t. XIV, p. 360), Colette évoque sa « froide église au clocher foudroyé ».
6. Nous empruntons ces renseignements au guide de la Puisaye : *Saint-Sauveur-en-Puisaye vous accueille*, imprimé par *L'Yonne républicaine*, à Auxerre.
7. Voir l'article déjà cité de Nicole Houssa.

Du quai de la petite gare de Montigny où elle vient de débarquer, Claudine se hâte de « compter les bosses, les trous et les points de repère du cher horizon rétréci[1] ». Situons les endroits qu'elle énumère et qu'elle caractérise brièvement. Le « bois de Fredonnes[2] », déjà évoqué dans *Claudine à l'école*[3] et dans *Claudine à Paris*[4], est situé au sud-ouest du bourg. S'il est visible de l'école — ainsi que l'affirme Claudine[5] — il ne l'est pas de la gare. Tout au plus la jeune femme a-t-elle pu l'apercevoir par la fenêtre du wagon avant que le train n'entre en gare. Défiant la réalité, elle l'accole « à celui des Vallées », situé en fait tout à l'opposé, au nord-est du village et limité à l'est par la vieille route de Toucy[6]. Qu'elle ait choisi de donner ces noms aux deux bois contigus qu'elle pouvait aisément apercevoir de la gare s'explique quand on sait que le premier est dit « bois des Vachers » et le second « bois des Bœufs »[7] ». Elle préféra la poésie à l'objectivité. Une telle opération n'était pas nécessaire dans le cas du « bois des Corbeaux », au sud du village[8], dont Claudine se plaint qu'il ait été coupé sans sa permission. En revanche, la romancière ne mentionne pas dans *Claudine en ménage* celui qu'elle avait appelé « de Bel-Air » dans *Claudine à l'école*[9]. Ce nom qui, dans la réalité, désigne le quartier nord-est du village, ne fut jamais celui d'un bois. Il n'est toutefois pas impossible que Colette ait donné ce nom au petit bois anonyme qui domine ce quartier, quelques centaines de mètres plus à l'est-nord-est[10]. Quant à « la Sapinière », « d'où l'on voit toute la ville, en bas au-dessous de soi[11] », nul doute qu'elle devait se trouver au nord du bourg, par-delà la route départementale 85. Dans cette direction existe bien un lieu dit « les Sapins », le long de la route de Mézilles, mais il est distant de plus de deux kilomètres du village et il ne permet pas la vue dont parle l'héroïne. À la différence des autres bois nommés — tous intacts de nos jours encore — sans doute a-t-il été depuis longtemps sacrifié.

Le « chemin des Vrimes » que la femme de Renaud qualifie de « serpent jaune de sable[12] », ainsi que cet autre qui mène « aux Matignons », ignoré — celui-ci — par *Claudine en ménage* mais évoqué dans *Claudine à l'école* et dans *Claudine à Paris*[13], existent tous deux : le premier, long de six à sept cents mètres, joint la ferme des Vrines — la confusion des nasales est fréquente — à la route de Mézilles ; le second, très court, relie cette même route à la

1. *Claudine en ménage*, p. 391.
2. Écrit parfois « Ferdonnes », comme le veut la prononciation locale. Voir le plan A (1), p. 1651. — Nous devons nombre des précisions qui suivent aux patientes recherches que Mme Élisabeth Charleux-Leroux a bien voulu entreprendre pour nous à Saint-Sauveur même.
3. Voir la note de Colette au bas de la page 18.
4. P. 237, 308.
5. *Claudine à Paris*, p. 237.
6. Plan A (2 et 3).
7. *Ibid.* (4 et 5).
8. *Ibid.* (6) et p. 391.
9. P. 165.
10. Plan A (7).
11. Respectivement, p. 165 et 155.
12. *Claudine en ménage*, p. 391.
13. Respectivement, p. 28, 167 et 237.

ferme des Matignons où Sido passa son enfance. Mais le chemin des Vrines s'ouvre à quelque trois kilomètres de la sortie de Saint-Sauveur et ne peut être vu de la gare, et celui des Matignons à un peu plus de sept kilomètres de la même sortie. C'est incontestablement à une nouvelle transposition de toponymes que nous avons affaire ici[1].

Dès *Claudine à l'école*, Colette avait appelé « les Matignons » la ferme qu'habitait sa « sœur de lait » ou « sœur de communion », Claire, dont nous savons que le modèle fut Yvonne Jollet[2]. Or la famille Jollet occupait la ferme du Thureau sise à un kilomètre environ au nord-est de Saint-Sauveur[3]. Du « chemin des Matignons », Claudine affirme qu'il « donne sur la route de la gare » et qu'il est « feuillu et sombre de verdure en été[4] ». Un tel chemin exista en effet[5] : de la ferme du Thureau, il permettait de rejoindre la départementale 85, qu'il traversait et, longeant la ferme des Janets[6], il atteignait la route de la gare, à quelques dizaines de mètres à l'est de la Porte Saint-Jean[7]. Il était tellement ombragé que les descendants des contemporains de Claudine se souviennent qu'il était communément appelé « le chemin vert ». Quant au « chemin des Vrimes[8] » — ou prétendu tel — que Claudine empruntait pour rendre visite à son amie Claire et dont elle dira qu'il était « fossé plutôt que chemin, creusé et sableux comme un lit de rivière[9] », il permettait d'atteindre le Thureau au départ du carrefour de Bel-Air, en suivant la lisière est du petit bois auquel Colette semble avoir donné le nom de « bois de Bel-Air[10] ». Il correspond à la description de Colette.

Un autre endroit retient Claudine : la « montagne aux Cailles ». Or non seulement nulle colline des environs ne porte ce nom, mais encore aucune élévation du côté de Moutiers ou Moustiers[11] — là où semble la situer Claudine — n'arrête le regard. Il est difficile de penser qu'une « montagne des Alouettes », située à treize kilomètres au sud-est de Saint-Sauveur ait pu — ne serait-ce que par le nom — inspirer l'écrivain. Ou bien aurait-elle à dessein confondu la montagne aux Cailles avec les hauteurs de Perreuse, plus proches ? Qu'importe en fait, car aux yeux du lecteur, la « montagne aux Cailles » continuera à se rapprocher, « nette, lorsque le temps tourne à la pluie[12] » !

Colette, dans ses premiers romans, néglige les étangs, cependant nombreux dans la région[13]. Il faudra attendre les œuvres

1. C'est le résultat des découvertes de Mme Charleux-Leroux que nous résumons ici.
2. Voir n. 3, p. 10.
3. Plan A (8).
4. Voir *Claudine à l'école*, p. 28.
5. Plan A (10).
6. Plan A (11).
7. Plan B (18).
8. Plan A (9).
9. *Claudine en ménage*, p. 522.
10. Respectivement : plan B (12) et plan A (7).
11. Plan A (12).
12. *Claudine en ménage*, p. 391.
13. On trouve dans *Claudine à Paris* une allusion au seul étang des Barres (plan A, 13).

autobiographiques de la maturité[1] pour trouver mention de ceux de Moutiers, de Chassaing et, beaucoup plus éloignée, la « petite flaque forestière » de la Guillemette. Quant au « Gué-Ricard » où, raconte Claudine à Renaud, elle pêchait l'écrevisse « pieds nus dans l'eau[2] », c'est un lieu-dit parfaitement réel, gué sur le Loing et qui est situé à un kilomètre environ au sud-ouest du village, à deux pas de la lisière nord du fameux « bois de Fredonnes » ; on y trouvait en effet des écrevisses[3].

Le dernier des endroits de la région que cite l'héroïne est la ferme du « Chêne-Fendu[4] ». Colette y situe un infanticide plutôt horrible. S'est-elle inspirée du nom de la ferme du Chêne-Rond[5], qu'on trouve à deux kilomètres au nord du bourg ?

Quant au château, il a plutôt mal supporté ses trois cents ans d'existence. « Renaud, Renaud, regardez vite, on va passer devant la grille du château ! Il est abandonné[6] ! » Le corps central[7], imposant, n'a pas l'harmonieuse légèreté que l'on voit encore aux communs en ruine, au colombier décoiffé. Il date de la fin du XVIIe siècle et Claudine croit qu'il fut rebâti sous Louis XV. La mort de M. Gandrille, son dernier propriétaire, lui fut fatale. Occupé un temps par un asile de vieillards[8], le château, jugé trop peu sûr par les architectes commis par la ville d'Auxerre, fut laissé à l'abandon dont il ne fut sorti que par les fêtes du centenaire de la naissance de Colette, en 1973. Les deux lions de pierre qui en gardent l'entrée veillent sur le parc[9]. Au nord-est se trouve le « canal », long étang récemment curé, qui pourrait bien être remis prochainement sous eau[10].

La grille que longe le véhicule grinçant du père Racalin ne peut être que celle qui s'ouvre, un peu en retrait, sur la rue de la Roche[11]. Les deux autres entrées donnent, l'une sur la Grand-Rue[12], l'autre sur la départementale 85. Mais ni de l'une ni de l'autre la jeune femme n'eût pu apercevoir « les deux pointes d'arbre » des sapins de la rue de l'Hospice[13].

Le couple de *Claudine en ménage* s'arrête provisoirement chez Lange, sur la « place de l'Horloge », dans la réalité place du Marché[14]. C'est l'horloge encastrée dans la façade de l'établissement des bains publics, au-dessus du passage dit « la Percée » mettant en communication la place du Marché et le carrefour des rues Pautrat, des Haras et Merlou, qui a sans doute conduit Colette à ce

1. *Sido*, particulièrement (OCF, t. VII, p. 206). Voir le plan A (14 et 15).
2. *Claudine à Paris*, p. 356.
3. Plan A (16).
4. *Claudine à l'école*, p. 182.
5. Plan A (17).
6. *Claudine en ménage*, p. 391.
7. Plan B (4).
8. Voir *Sido* (*OCF*, t. VII, p. 229).
9. Plan B (5).
10. Plan B (6).
11. Plan B (14).
12. Plan B (19). C'est la Grande-Rue de *Claudine à l'école* : voir p. 186.
13. Aujourd'hui rue Colette. Plan B (10).
14. Dans *Claudine à l'école*, Colette nomme ce lieu « carrefour du Marché » : voir p. 199.

changement de nom[1]. La « médiocre auberge[2] » dont parle la jeune mariée porte aujourd'hui le nom d'hôtel de la Puisaye. Sans prendre la peine de s'installer, la jeune femme entraîne son mari à l'école. Mais quel étrange itinéraire elle suit pour l'y amener ! Alors que l'école est située à l'ouest du village[3], de la place du Marché elle gagne l'est, suivant la Grand-rue jusqu'au « tournant de Bel-Air », ou carrefour de Bel-Air[4], sur la départementale 85. Sans doute Colette veut-elle utiliser cette promenade à contresens pour rappeler quelques souvenirs pittoresques ou signaler les particularités des lieux. Au tournant de Bel-Air, le couple dut faire demi-tour pour redescendre la rue du Bourg-Gelé[5] et tourner à sa droite dans la même Grand-Rue, car « voilà qu'au bas de la pente la rue s'ouvre sur une place bosselée[6] ». C'est sur cette place Paultre-des-Ormes que s'élève aujourd'hui le monument aux morts des deux guerres. Et, « derrière les grilles peintes de gris-fer, se carre la vaste école blanche coiffée d'ardoises[7] ». Le fait que Mlle Sergent mit à la disposition des visiteurs la chambre de la « favorite », Aimée Lanthenay, permet de préciser certains points. Penchée à la fenêtre[8], Claudine se repose en contemplant « le cher paysage connu[9] » : « les bois, les champs étroits et pauvres, moissonnés, la Poterie qui rougeoie le soir[10] ». Le matin, c'est un bruit familier qui attire la jeune femme à la fenêtre, celui de « la petite enclume de Choucas[11] ». Pendant son court séjour, Claudine accumule des réminiscences qui nourriront sa nostalgie de villageoise exilée dans « cet odieux Paris[12] ». Celles-ci cependant n'auraient pas été complètes sans un pèlerinage à la « maison d'autrefois », louée alors par le malacologiste qui l'avait abandonnée pour se rapprocher des bibliothèques de Paris. La jeune femme la revoit donc, mais en propriétaire dépossédée. Elle n'en peut retrouver que « le perron à double escalier et rampe de fer noirci[13] », attributs de la maison de la rue de l'Hospice, qui fut celle de l'écrivain, comme le rappelle aujourd'hui un médaillon de marbre apposé sur la façade[14].

1. Dans *Sido*, Colette parlera de « l'horloge de ville, place du Marché » (*OCF*, t. VII, p. 223).
2. *Claudine en ménage*, p. 390.
3. Plan B (2).
4. Plan B (12).
5. Plan B (21).
6. *Claudine en ménage*, p. 394.
7. *Ibid.* — Nous avons donné dans la note 1 de la page 9 tous les renseignements que nous avons pu recueillir sur cet établissement et son histoire.
8. Orientée vers l'ouest, cette fenêtre est donc ouverte sur l'arrière du bâtiment ; le fait que la jeune femme peut apercevoir le toit de la Poterie et qu'au matin elle regardera « la brume voguer sur les bois du côté de Moutiers » (*Claudine en ménage*, p. 406) le confirme.
9. *Claudine en ménage*, p. 398.
10. *Ibid.* — Colette reviendra souvent, par la suite, à cette « bien-aimée Bourgogne pauvre » (*En pays connu, OCF*, t. XIV, p. 403) qu'elle comparera aux terres riches qui encadrent la Puisaye et la Forterre. La Poterie, que revoit Claudine, n'est que le dernier vestige d'un artisanat fort prospère dans la région. Peu avant sa mort, elle se souviendra des « cruches ventrues » qui « étaient pétries et cuites à la Bâtisse » (*Belles saisons*, Flammarion, 1955, p. 243-244). Nul doute que cette « Bâtisse » (voir le plan A, 18) soit la « Poterie » que peut voir Claudine de la fenêtre de l'école.
11. *Claudine en ménage*, p. 406. — Aujourd'hui encore, un forgeron-maréchal-ferrant continue de proposer ses services à Saint-Sauveur. Mais s'agit-il d'un descendant dudit Choucas ou plutôt Chocat, nom d'une famille connue dans le village ?
12. *Ibid.*, p. 411.
13. *Ibid.*
14. Plan B (1).

Claudine en ménage nous raconte un second retour à Saint-Sauveur qui permet à l'auteur — que ce lieu obsède visiblement — d'en compléter la description : « On ne voit rien, dans la rue, que des toits qui dégringolent. En raison de la pente excessive, chaque maison a son premier étage au niveau du rez-de-chaussée de celle qui la précède[1]. » C'est effectivement un des charmes du village. Et aussitôt les noms de lieux, précis, viennent aux lèvres de la jeune femme : « J'aperçois le coin de la rue des Sœurs, qui va tout droit, je veux dire tout de travers, à l'école[2]. » Cette rue, qu'à trois reprises Colette avait appelée rue du Cloître dans *Claudine à l'école*[3], a porté — semble-t-il — les noms de rue des Gros-Bonnets dans sa première moitié et rue du Bourg-Gelé dans sa seconde[4]. Dans la rue des Sœurs aboutit celle des Fours-Banaux, déjà évoquée dans *Claudine à l'école*[5]. Et puis, voici le « jardin enchanté[6] », le merveilleux jardin où tant de rêves de Colette prirent leur essor, celui-là même qu'elle décrira dans *La Maison de Claudine* : « deux sapins jumeaux, un noyer dont l'ombre intolérante tuait les fleurs [...] une tonnelle disloquée[7] ». Claudine remarque la « glycine qui escalade le toit » et a « défleuri ses grappes charmantes[8] ». Le gros noyer, cité dans chacun des romans[9], et les sapins resurgiront plus tard dans *La Maison de Claudine*. C'est à peine si, dans *Claudine en ménage*, l'héroïne fait mention du lieu que, dans *La Retraite sentimentale*, elle appelle le « jardin d'en bas[10] » : « Le potager, encore non visité, me régale d'abricots chauds, de pêches âpres[11]. » Elle rappellera : « Le Jardin-du-Haut commandait un Jardin-du-Bas, potager resserré et chaud, consacré à l'aubergine et au piment, où l'odeur du feuillage de la tomate se mêlait, en juillet, au parfum de l'abricot mûri sur espaliers[12]. »

Que reste-t-il aujourd'hui de ces deux jardins[13] ? L'« armature de fer fatiguée » ne surmonte plus « la petite terrasse dallée ». D'étroites allées sablées serpentent entre des pelouses. Quant au tronc du « noyer énorme », il ne s'élève plus qu'à un mètre du sol. À peu de distance du mur — renforcé et étayé — des sapins sont là. Mais les barreaux de la grille, au fond du jardin, ceux-là même que franchissait Claudine « jupe relevée[14] », déjà tordus par la glycine « puissante », sont aujourd'hui remplacés par un treillis mé-

1. *Claudine en ménage*, p. 510.
2. *Ibid.* — On se souvient, au village, des sœurs qui occupaient, dans cette rue, deux maisons accolées, cachées derrière un haut mur percé d'une porte. Elles y enseignaient depuis 1814.
3. P. 186, 199 et 207.
4. Voir le plan B (respectivement 15 et 21).
5. P. 187. Voir le plan B (16).
6. *Claudine en ménage*, p. 511.
7. *OCF*, t. VII, p. 9. On retrouve aussi la description du jardin aux dernières pages de *La Retraite sentimentale* : voir p. 950-955.
8. *Claudine en ménage*, p. 511.
9. *Claudine à l'école*, p. 123 ; *Claudine à Paris*, p. 237 ; *Claudine en ménage*, p. 511 ; *La Retraite sentimentale*, p. 942.
10. P. 943.
11. P. 518.
12. *La Maison de Claudine*, *OCF*, t. VII, p. 9. Les deux jardins sont encore très agréablement décrits dans *Gigi* (« Flore et Pomone », *OCF*, t. XIII, p. 144-145).
13. Nous avons pu les visiter, grâce à l'amabilité des propriétaires actuels de la maison de Colette, le docteur et Mme Muesser.
14. *Claudine en ménage*, p. 516.

tallique. La glycine, elle, rajeunie, a survécu et continue à verser dans la rue des Vignes son opulente chevelure de fleurs mauves[1]. Dans ces jardins méticuleusement entretenus, l'imagination peine à retrouver l'abandon du havre de tant et tant de souvenirs. Un siècle a passé en effet : Colette, ses maris, sa fille elle-même ont passé. Ces lieux qu'elle connut et aima, ce « Fresnois » qu'elle célébra de la première page de *Claudine à l'école* à la dernière de *La Retraite sentimentale*, cette Puisaye à laquelle elle retournera par la pensée et l'écriture, seule l'œuvre peut encore nous les offrir.

PAUL D'HOLLANDER.

1. « J'espère bien qu'elle est encore vivante, qu'elle le sera longtemps, cette despote au moins deux fois centenaire, florissante, incoercible, la glycine qui hors de mon jardin natal s'épanche au-dessus de la rue des Vignes [...] » (*Pour un herbier*, *OCF*, t. XIV, p. 151).

PLANS

PLAN A : LES ENVIRONS DE SAINT-SAUVEUR-EN-PUISAYE

1. Le bois de Fredonnes.
2. Le bois des Vallées.
3. La vieille route de Toucy.
4. Le bois des Vachers.
5. Le bois des Bœufs.
6. Le bois des Corbeaux.
7. Le bois de Bel-Air (?).
8. La ferme du Thureau (ou Tureau).
9. Le chemin des Vrimes (dans les « Claudine »).
10. Le chemin des Matignons (dans les « Claudine »).
11. Les Janets.
12. Moutiers (ou Moustiers).
13. L'étang des Barres.
14. L'étang de Moutiers.
15. L'étang de Chassaing.
16. Le Gué-Ricard.
17. La ferme du Chêne-Rond.
18. La Bâtisse.
19. La gare.

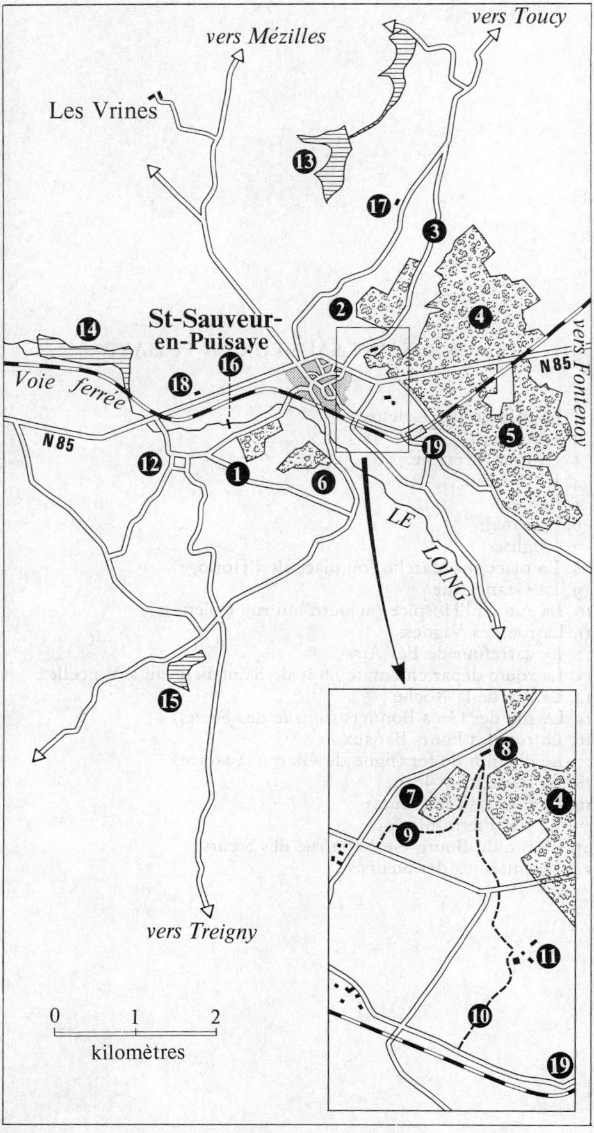
vers Toucy
vers Mézilles
Les Vrines
13
17
3
2
4
St-Sauveur-
en-Puisaye
14
16
18
Voie ferrée
N85
vers Fontenoy
N 85
5
19
12
1
6
LE LOING
8
7
4
9
11
10
19
vers Treigny
0 1 2
kilomètres

PLAN B : SAINT-SAUVEUR-EN-PUISAYE

1. La maison des Colette.
2. L'école.
3. La tour sarrazine.
4. Le château.
5. Le parc.
6. Le canal.
7. L'église.
8. La place du Marché (ou place de l'Horloge).
9. La Grand-Rue.
10. La rue de l'Hospice (aujourd'hui rue Colette).
11. La rue des Vignes.
12. Le carrefour de Bel-Air.
13. La route départementale n° 85 de Saint-Fargeau à Vincelles.
14. La rue de la Roche.
15. La rue des Gros-Bonnets (ou rue des Sœurs).
16. La rue des Fours-Banaux.
17. Le chemin de fer (ligne de Gien à Auxerre).
18. La porte Saint-Jean.
19. La Grand-Rue (haute).
20. La rue Pierre-Merlou.
21. La rue du Bourg-Gelé (ou rue des Sœurs).
22. Les maisons des Sœurs.

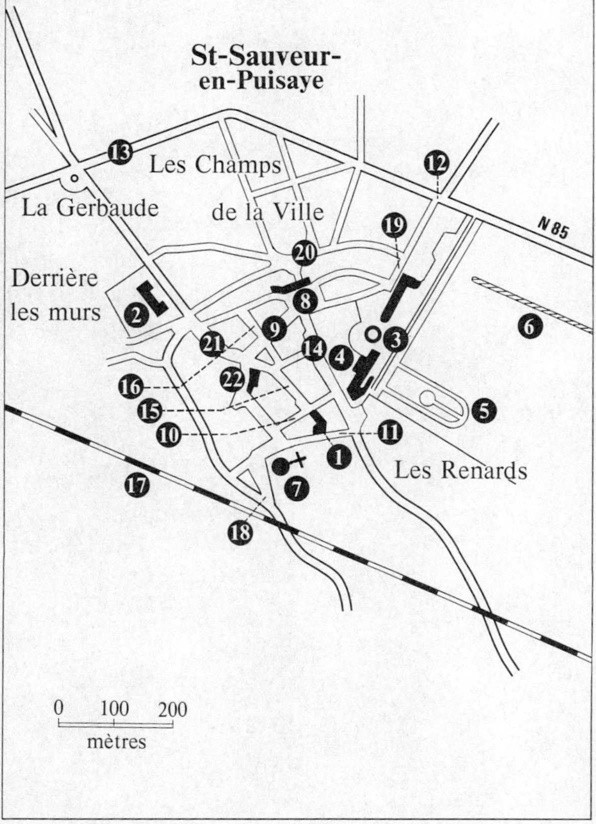
St-Sauveur-
en-Puisaye
Les Champs
de la Ville
La Gerbaude
Derrière
les murs
Les Renards
N 85
13
12
19
20
8
2
9
21
14
4
3
6
16
22
15
5
10
11
1
7
17
18
0
100
200
mètres

LEXIQUE DES « CLAUDINE »

Deux travaux sont précieux pour l'intelligence des termes et des expressions dialectaux qu'il est arrivé à Colette d'employer dans ses œuvres :

H. CHÉRY : *Lexique du parler de Mézilles vers la fin du* XIXe *siècle suivi d'une monographie de cette commune.* Troisième édition. Association d'études, de recherches, de protection du vieux Toucy. 1976.

R. ROUSSET : *La Vieille Langue de Treigny*, article publié dans le 109e volume, année 1977, du Bulletin de la Société des sciences historiques et naturelles de l'Yonne, Auxerre, 1978.

Nous avons largement utilisé ces travaux et le présent lexique leur doit beaucoup. On sait que Mézilles et Treigny sont des pays tout proches de la patrie de Colette, Saint-Sauveur-en-Puisaye. Le premier est situé à quelque neuf kilomètres au nord, le second à environ huit kilomètres au sud.

Nous avons également consulté les volumes parus du *Trésor de la langue française*, publié par les éditions du Centre national de la recherche scientifique, Paris.

PAUL D'HOLLANDER.

ACOUTER. H. Chéry donne les sens d'« écouter » et aussi d'« attendre » ; de fait, dans *Claudine à Paris*, Colette traduit en note l'impératif *acoute* par « attends » : 245, 313, 321.

AGA. Une note de *Claudine à Paris* traduit par « Regarde ». Il s'agit vraisemblablement de la forme abrégée de l'ancien verbe *agarder* (regarder, observer) : 261, 276, 326, 398, 511, 566.

AGOUANTE. Traduit en note, dans *Claudine à l'école*, par « exigeante ». R. Rousset donne une définition voisine : « Capricieux, désagréable. Se dit de quelqu'un qui se montre difficile à nourrir, à satisfaire » ; de même, H. Chéry : « Ennuyeux, désagréable.

Ne s'applique qu'aux personnes et surtout aux enfants » : 108, 228.

AINDER. Aider : 191.

APLOUNER (s'). Se mettre d'aplomb : 313.

APPLÉTER. Une note de *Claudine à l'école* indique le sens, « faire vite » : 130, 176, 241, 249, 314, 425, 616.

ARALER. Dans une note de *Claudine à l'école*, Colette traduit la forme pronominale *je m'arale* par « je me tourmente ». Autre part, *araler quelqu'un* signifie « l'ennuyer », « l'embêter ». R. Rousset signale cette acception, mais écrit qu'elle n'est pas attestée dans la langue de Treigny où le verbe veut dire « érafler », « écorcer », « écorcher » : 60, 183, 234, 245, 259, 275, 322, 400, 422.

ARCANDER. Une note de bas de page dans *Claudine à Paris* donne le sens de « travailler ». R. Rousset précise que c'est faire un travail qu'on n'a pas les moyens d'exécuter aisément : 265.

ARCANDIER. Une note de Colette dans *Claudine à Paris* nous indique qu'il s'agit d'un « travailleur à tout faire ». H. Chéry précise que le terme s'emploie pour désigner « un homme sans profession définie qui fait un peu de tout sans grand succès » : 309.

ARMELLE. Dans *Claudine à l'école*, une note donne le mot pour une « invective intraduisible ». Au sens propre, ce terme dialectal désigne une lame de couteau, un petit couteau : 216, 308.

ARNIE. Le sens est fourni dans une note de *Claudine à l'école*, « terme de mépris, outil en mauvais état » : 117, 154, 234, 239, 245, 262, 310, 316, 358, 385.

ARRÊTEAU. Arrêtoir, taquet d'arrêt : 411.

ARRIÉE. « Explétif intraduisible », dit une note de *Claudine à l'école*. Particule en effet souvent explétive, dont on use pour arrondir une phrase, souligner ce que l'on dit, marquer un temps d'arrêt, mais qui, parfois, peut avoir un sens adversatif : 73.

ARRŒILLER. Le sens nous est donné dans une note de *Claudine à Paris*, « regarder de tous ses yeux » : 266, 268, 352.

BARDADÔ. Onomatopée qui, d'après Chéry, appartient au langage enfantin et qui signifie « patatras ». *Faire bardadô*, c'est « tomber », « basculer » : 288, 363, 392, 397.

BEÛGNER. Baigner, laver : 296.

BICHER (SE). S'embrasser : 303.

BINER. Embrasser sur les deux joues, embrasser : 261.

BLOUQUE. Boucle : 326.

BŒUVARSÉ (REGARDER EN). Le sens de l'expression est fourni par la note parfaitement explicite de Colette : « Regarder en bœuvarsé, c'est rouler de gros yeux, torves et inquiets, comme un bœuf tombé sur le flanc, un bœuf "versé" » : 517.

BOUCHETON (À). Dans *Claudine à Paris*, Claudine — après avoir usé de la locution — en donne la signification, « sens dessus dessous ». Ce sens est confirmé par R. Rousset qui donne de mettre à boucheton l'explication suivante : « Mettre un objet (seau, pot) sens dessus dessous. Retourner un récipient pour le faire égoutter » : 266.

BOUCHURE. Haie vive : 278.

BOULOUSTRE. « Caricature grotesque », dit une note de *Claudine à Paris*. Selon R. Rousset, le mot est un nom propre devenu nom commun et signifie « insociable, bohémien, camp volant (sans domicile fixe) » : 320.

BRAMANT, BRAMENT. Au sens de « confortablement », « à l'aise » donné par Colette dans une note de *Claudine à l'école*, il faut ajouter ceux de « très bien », « parfaitement » qui sont plus satisfaisants dans les deux passages de *Claudine à Paris* où l'adverbe se trouve employé : 123, 245, 275.

BRÉGER. Colette consacre deux notes à ce verbe, l'une dans *Claudine à l'école* où elle le traduit par « endommager » ; l'autre dans *Claudine à Paris*, où elle lui donne pour équivalent « abîmer » : 166, 216, 249, 279, 380.

BRINGÉ. Se dit de la peau tachetée ou rayée de certains animaux : 853.

CHÂFAUD. Forme ancienne dont notre « échafaud » n'est qu'un renforcement. Échafaudage : 73.

CHETIT et CH'TI. « Petit », « sans valeur », et aussi « méchant », « malfaisant » : 299, 667.

CHEUILLER. Une note de *Claudine à Paris* traduit par « gâcher », sens confirmé par R. Rousset qui écrit : « Abîmer, gâter, gâcher. Rapprocher bréger, mincer (casser, détruire). Dans les trois cas, nuance de vandalisme » : 277.

CHIEUVRE. Chèvre. *Danser la chieuvre*, c'est sauter de façon désordonnée : 114, 239, 346, 400, 449, 919.

CHOUGNER. R. Rousset et H. Chéry traduisent ce verbe par « pleurnicher », le premier ajoutant à ce sens celui de « grommeler pour se faire remarquer ». Colette semble l'employer dans une acception plus forte, voisine de « sangloter » : 98, 315.

CORDER. S'accorder, aller bien ensemble. Ce verbe, ancien en français, est issu, par aphérèse, d'« accorder » : 12, 162, 255, 256, 273, 351, 396.

COUCOU. Colette donne le sens dans les deux passages où elle emploie le mot. Il s'agit de la gomme de certains arbres fruitiers : 89, 273.

CROC (POMMES DE). D'après la note de Colette, ce sont les « fruits du pommier non greffé, effroyablement âpres » : 89.

DÉBIGOUILLER. Descendre rapidement : 308.

DIGOINCHE (EN). Locution adverbiale dont le sens paraît être de guingois, de travers : 411.

DRIGUER. Une note de Colette indique que le verbe signifie « sauter d'un pied sur l'autre » et, pour R. Rousset, « sautiller », « gambader », mais uniquement en parlant des enfants : 308.

ÉCHARNER. « Imiter par moquerie », indique la note de Colette. On a dit, en ancien français, *escharnir* : 251.

ÉLUGER. Ennuyer, embêter : 139, 223.

EMPICASSER. « Ensorceler au moyen de sortilège », dit H. Chéry. C'est jeter un sort à quelqu'un, écrit R. Rousset : 226.

ENGAUDRE. Colette traduit, en note : « Emplâtres (au figuré). » C'est-à-dire personne sans vigueur d'esprit, incapable d'agir comme il convient : 165, 234, 343, 356.

ENGORGER. Étrangler : 590.

ENTREMI. Au milieu : 563. — Il n'est pas absolument exclu qu'il y ait un jeu de mot entre l'adverbe *entremi* et le participe passé d'entremettre, *entremis*.

ENVORNER. Une note de *Claudine à l'école* indique qu'*envornement* signifie « étourdissement ». Dans *Claudine en ménage*, Colette traduit le participe passé *envornée* par « troublée, étourdie. Le verbe signifie faire tourner la tête » : 28, 387, 454, 620.

FERLOTIE. Friandise, gourmandise. Le mot ne figure ni dans le lexique de H. Chéry ni dans celui de R. Rousset, mais l'un et l'autre ont le verbe *ferloter* auquel ils donnent le sens d'« exciter la gourmandise ». En outre, H. Chéry enregistre le mot *ferlot* qui désigne un gourmand, le mot s'appliquant, dit-il, surtout aux chats : 306, 317.

FLÂ. Le sens nous est donné par Colette dans une note de *Claudine à l'école*, « inconsistant, mou » : 115.

FLOGRE. Le sens du mot est fourni dans une note de *Claudine à l'école*, « blet » : 94, 446, 514.

FREMI. Fourmi : 359.

FREMILLOIRE. Fourmilière : 359.

FRET. *Avoir la fret* signifie, comme le précise la note de Colette, « avoir froid » : 261.

FUMELLE. Femelle. Le terme, qui n'a aucune nuance péjorative, désigne une fille ou une femme : 217.

FUMELLIER. « Coureur de femelles », selon la définition de Colette dans une note de *Claudine à l'école* : 217, 407.

GENT, GENTE. Qui a de la grâce, est agréable à regarder, plaît par ses qualités physiques ou morales : 91, 224, 310, 347, 395, 425.

GNÉE (FAIRE LA). Colette, dans une note de *Claudine à l'école*, traduit *faire la gnée à quelqu'un* par « le faire bisquer », et dans *Claudine en ménage*, par « le railler ». R. Rousset écrit que l'expression signifie « provoquer l'envie de quelqu'un, le narguer » : 156, 381, 411, 470.

GOBETTE. Fillette, jeune fille : 60, 186, 237, 244, 296, 303, 398, 399, 405, 407, 523, 620, 911.

GOUILLAS. Mare, endroit marécageux : 522.

GOURI. Cochon de petite taille. Dans l'édition du Fleuron (t. I, p. 379), Colette précise qu'il s'agit du « petit porcelet qui tète encore » : 310.

GOÛT (AVOIR DU). Dans *Claudine à l'école*, deux notes donnent le sens de l'expression : « Locution fresnoise : je suis contente » ; « On s'amuse : locution spéciale au Fresnois » : 153, 198, 218, 226, 244, 270, 333, 381, 441, 561, 567, 588, 590, 928.

GRAFIGNER. Égratigner, griffer : 261, 373, 433.

GUÉLIN, GUÉLINE. Brebis, mouton. Le sens nous est donné par cette phrase de *Paysages et portraits* (Flammarion, 1958, p. 234) : « Et comment se fait-on suivre des moutons ? On leur dit : "Prr, ma guéline, prr..." » : 232, 245, 256, 309, 347, 363, 429, 511, 518, 519.

HUCHER. Appeler en criant : 270, 318, 517.

LOUACHE. Une note dans *Claudine à l'école*, dans *Claudine à Paris* et dans *Claudine en ménage* donne le sens. Au propre, le mot désigne un parasite du chien et, au figuré, signifie « gnangnan » : 164, 238, 405.

MAILLACÉ. « Tacheté de couleurs différentes », et, au figuré, « varié » : 421, 456.

MAMER LA PAPOUE. Une note de Colette explique : « Manger la soupe. Argot des nourrices fresnoises » : 245.

MAS. Colette donne le sens, « beaucoup », dans une note de *Claudine à Paris* : 256, 316.

MINCER. Réduire en petits morceaux : 275.

MOUFFER. Protester, réagir : 321.

NACOTTE. Une note de *Claudine à Paris* indique le sens, « dent ». H. Chéry donne le mot pour un « terme enfantin » : 350.

PATIAPATIA (FAIRE). Bavarder, papoter : 270, 422.

PATTÉ. Une note de *Claudine à Paris* traduit chemins pattés par chemins boueux. Du verbe *patter*, H. Chéry donne la définition : « se crotter, se salir avec de la boue ». Et *patté*, pour R. Rousset signifie « crotté, maculé de boue » : 225.

PÉTRAS. Désigne un être à l'esprit borné, lourd : 330.

RABÂTEMENT. Remue-ménage, tapage : 140.

RABÂTER. Faire du bruit, du remue-ménage. Le verbe peut signifier aussi « être réprimandé », « recevoir des coups ». Colette l'emploie transitivement dans *Claudine à l'école* : 111, 238, 354, 448.

RABICOIN. Coin caché auquel on accède difficilement, cagibi : 109, 428, 510.

RATE-VOLAGE. Le sens est donné par Colette, « chauve-souris » : 514.

REGIPPER. Une note, que Colette ne met pas à la première occurrence du mot, donne le sens, « mot intraduisible indiquant l'impression produite par les saveurs astringentes » : 55, 172.

RESOUPER. « Châtier, remettre dans le bon chemin », d'après la note de Colette dans *Claudine à l'école* : 210, 216, 321, 324.

TALLE. Branche d'arbre, selon H. Chéry : 251.

TARAUDÉE. Raclée, rossée : 142, 260, 276, 457.

TARAUDER. Battre, frapper : 327.

TINE. Colette donne le sens dans *Claudine en ménage*, « grande terrine, ou cuveau de bois » : 510.

TOURLOUSINE. Gifle, correction : 895.

VERDELLE. « Grand lézard vert », nous dit une note de Colette : 522.

VIÔNER. Une note de *Claudine à Paris* nous donne le sens, « tourner comme une toupie » : 298.

ZIASSE. Pie : 941, 950.

BIBLIOGRAPHIE (1895-1910)

par Léon Delanoë et Alain Brunet

Ce répertoire bibliographique rassemble, par année, et tenant compte des rééditions jusqu'en 1983 pour ce premier tome, les écrits de Colette publiés en langue française, quel qu'en soit le genre : romans, nouvelles, contes ; essais, reportages, souvenirs ; correspondances ; poèmes ; collaborations à des ouvrages collectifs, préfaces, présentations d'expositions ; pièces de théâtre, sketches, adaptations pour la scène et l'écran, dialogues, scénarios ; critiques littéraires, dramatiques, cinématographiques, musicales, chroniques de mode, d'actualité, de gastronomie ; chansons et compositions musicales ; textes publicitaires.

Chaque année contient, le cas échéant, trois rubriques : ouvrages ; articles ; collaborations et divers.

Pour les *ouvrages*, le titre de la première édition est précédé d'un astérisque ; ceux des éditions ultérieures sont mis à la suite par ordre chronologique.

La signature est indiquée entre parenthèses par les initiales convenues. Lorsqu'elle est exceptionnelle, elle est donnée en toutes lettres.

Paris lieu d'édition ou d'impression n'est jamais mentionné. Les mentions « éditeur » ou « édition » ne sont pas retenues, dans la mesure du possible.

Les dates. Pour les éditions originales, l'année de publication est notée immédiatement après le nom de l'éditeur lorsqu'elle figure à la page de titre. Suit, entre crochets, la date de mise en vente (année, si elle n'a pas été précisée, quantième et mois) déterminée par les annonces publicitaires des éditeurs insérées dans la *Bibliographie de la France*. Lorsque le titre était annoncé « à paraître le... », nous avons retenu cette date ; lorsqu'il était précédé de « vient de paraître » sans autre précision, nous mentionnons alors la date de publication du numéro de la *Bibliographie de la France* précédée de « av. » (avant le...).

Pour les éditions ultérieures et les réimpressions, la date retenue eſt celle qui figure soit à l'achevé d'imprimer soit en toute autre partie du volume (page de titre, quatrième de couverture, etc.). Lorsque aucune date n'eſt mentionnée, nous notons entre crochets la date supposée, qui a été déterminée par diverses sources extérieures (dépôt légal, annonce publicitaire, article de presse ou autre).

Le nom de l'imprimeur n'eſt donné que pour les éditions originales. Il en eſt de même pour le prix de vente.

Suivent les indications de format, donné en centimètres : largeur × hauteur, et de nombre de pages, la dernière page comptée étant la dernière page imprimée (achevé d'imprimer compris). Sauf précision contraire, les ouvrages sont brochés.

Le tirage. Lorsqu'une partie du tirage eſt faite sur papier spécial en quantité limitée, l'indication eſt précédée de « E.t. » (Exemplaires de tête). Lorsque le tirage complet est limité, nous précisons « T.t.d. » (Tirage total déclaré [par l'éditeur dans la juſtification de tirage]) suivi du nombre d'exemplaires total et du détail, entre parenthèses, du nombre d'exemplaires par papier ; lorsque l'indication des exemplaires dits hors commerce (h.c.) eſt trop imprécise, elle eſt donnée entre guillemets. Sauf numérotation particulière, il n'eſt jamais précisé que tous ces exemplaires sont numérotés et il n'eſt jamais fait mention des suites ou des décompositions qui accompagnent certains tirages.

Le contenu de l'ouvrage eſt détaillé lorsque celui-ci eſt composé de plusieurs textes. Pour chacun d'eux sont notées les publications antérieure ou ultérieures. Quand l'un de ces textes a déjà été publié, il n'eſt donné qu'une seule référence, celle de la première publication ; il suffit de s'y reporter, les autres indications n'étant alors pas répétées. S'il y a changement de titre d'une édition ou d'une publication à une autre, le nouvel intitulé eſt donné entre parenthèses après les références de la reprise.

Les *articles* sont présentés comme suit : date, journal, signature, titre du texte. Lorsqu'un titre eſt trop général (ex. : « Critique dramatique » en 1895) ou trop générique (« Claudine au concert » en 1903 ou « Les Vrilles de la vigne » en 1905), les premiers mots des textes sont notés pour tenter de les différencier. Les différentes publications d'un même texte ne sont pas notées à chaque reprise. Les mots : « Voir à cette date » renvoient à celle — la première — qui en donne le détail. Lors d'une publication, dans le courant d'une même année, d'un texte dans un livre et dans un périodique, le détail figure de préférence à l'article.

Les *collaborations et divers* seront présentés, dans la mesure du possible, dans cet ordre : le titre du texte et la signature suivis de l'identification du volume ou de la plaquette dans lequel il se trouve (auteur, titre, éditeur, date de la première édition). Les rééditions et réimpressions des volumes ne seront pas mentionnées ; celles des textes de Colette seront signalées comme précédemment.

Nous espérons qu'ainsi présentée cette Bibliographie, la première depuis la mort de Colette à se vouloir complète, rendra des services aussi bien aux libraires qu'aux amateurs.

LISTE DES ABRÉVIATIONS UTILISÉES

av.	avant le...	h.t.	hors-texte
coll.	collection	ill.	illustration (ou illustré par...)
couv.	couverture		
c.r.	compte rendu	imp.	imprimerie (ou imprimeur)
éd.	édition (ou éditeur)	p.	page
E.t.	exemplaires de tête	réimp.	réimpression(s)
		sem.	semestre
ex.	exemplaires	trim.	trimestre
F	francs (français)	T.t.d.	tirage total déclaré (par l'éditeur)
front.	frontispice		
h.c.	hors commerce	vol.	volume

Signatures

C	Colette
C AG	Colette, de l'Académie Goncourt
C CW	Colette (Colette Willy)
C et W	Colette et Willy
C GV	Colette Gauthier-Villars
CW	Colette Willy
W	Willy
W et C	Willy et Colette
W et C AG	Willy et Colette de l'Académie Goncourt
W et CW	Willy et Colette Willy

1895

10 février, *La Cocarde* (C GV), « Critique dramatique » : « *La Montagne noire* à l'Opéra ».

12 février, *La Cocarde* (C GV), « Concerts dominicaux » (M. Colonne s'est donné...).

20 février, *La Cocarde* (C GV), « Concerts dominicaux » (En même temps qu'à Nancy...).

22 février, *La Cocarde* (C GV), « Critique dramatique » (Mardi, à l'Opéra-Comique...).

25 février, *La Cocarde* (C GV), « Les Concerts » (Ce soir, savoureux concert...).

26 février, *La Cocarde* (C GV), « Concerts dominicaux » (Hier au Cirque d'été...).

1900

* *Claudine à l'école* (W), Ollendorff, 1900 [av. 24 mars]. Imp. Mellotée, Châteauroux. 12 × 19. 336 p. Couv. de Emilio Della Sudda. 3,50 F. E.t. : 10 hollande. Réimp. : 1901, 1902 (50e éd.), 1903, 1904, 1905 (94e éd.), 1908 (108e éd.).

Claudine à l'école (W et CW), Ollendorff [1911]. 14 × 18. 307 p. Couv. et ill. de Henri Mirande. Avertissement de Willy. E.t. : 10 japon, 10 chine.

Claudine à l'école (W et CW), Jonquières, coll. Les Beaux Romans, 12ᵉ vol., 20 mars 1925. 15 × 20. 327 p. Dessins coloriés de Chas Laborde. Avertissement de Willy. T.t.d. : 1 202 ex. (12 japon impérial dont 1 avec les dessins originaux, 30 vélin du Marais, 60 hollande, 1 100 vélin de Rives) et 25 madagascar réservés.

Claudine à l'école (W et CW), Albin Michel, coll. Choix, novembre 1930. 15 × 21. 325 p. Avertissement de Willy. E.t. : sur alfa. Réimp. : 1931, 1947 (avec couv. et 8 h.t. de Georges Lepape).

Claudine à l'école (W et CW), Albin Michel, coll. Les Albin Michel à 6 francs, novembre 1931. 12 × 19. 254 p. Avertissement de Willy. Avec tirage spécial pour la collection reliée Soleil d'Or.

Claudine à l'école (W et CW), Éditions de Cluny, janvier 1939. 17 × 23. 241 p. Ill. de Mariette Lydis. Sous emboîtage. T.t.d. : 1 585 ex. dont 60 h.c. (20 japon impérial et 25 hollande avec 1 dessin original, 100 pur fil, 1 380 vélin). (Édition complète des « Claudine » en 4 vol., seul *Claudine à l'école* est numéroté.)

Claudine à l'école (W et CW), Albin Michel, 1939. 14 × 18. 319 p. Couv. et ill. de Henri Mirande. Avertissement de Willy.

Claudine à l'école (W et CW), Gründ, coll. Gründ illustrée, nº 18, avril 1942. 11 × 17. 274 p. Couv. de Léo Pérez. 8 h.t. de Jean Routier.

Claudine à l'école (W et CW), Monte-Carlo, Aux éditions du livre, novembre 1946. 14 × 20. 373 p. Front. de Christian Bérard. Avertissement de Willy. T.t.d. : 3 000 vélin et 1 000 ex. pour les éditions du Grand Chêne, Lausanne.

Claudine à l'école (W et CW), La Bonne Compagnie, coll. Les Quatre Claudine, nº 18, 15 mars 1947. 17 × 24. 237 p. Aquarelles de Grau Sala. Avertissement de Willy. Sous emboîtage. T.t.d. : 1 000 ex. (100 vélin de Rives dont 28 avec 1 aquarelle, 900 vélin du Marais) et « quelques h.c. ». (La justification du tirage ne figure que sur le premier volume, *Claudine à l'école*.)

Claudine à l'école (W et CW), Bruxelles, Éditions du Houblon, [1949]. 14 × 20. 245 p. 8 h.t. de Suzanne Ballivet. Avertissement de Willy.

Claudine à l'école (C AG), Albin Michel, 1949. 12 × 19. 317 p. Réimp. : octobre 1950, 1953, août 1954, mai 1955.

Claudine à l'école (C AG), Le Club du meilleur livre, coll. Romans, 15 mai 1953. 18 × 20. 296 p. T.t.d. : 5 000 ex. et 150 h.c.

Claudine à l'école (C AG), Albin Michel, coll. Pourpre, juin 1953. 12 × 17. 248 p. Relié.

Claudine à l'école (C AG), Club français du livre, 1954. 14 × 21. 256 p. Relié.

Claudine à l'école (C), Bruxelles, Terres latines, coll. Leurs chefs-d'œuvre, 18ᵉ vol., [1955]. 16 × 21. 208 p. Couv. et 12 h.t. de Renée Ringel. Sous emboîtage. T.t.d. : 1 842 ex. (25 madagascar, 1 775 alfa, 42 sur papiers divers).

Claudine à l'école (W et C AG), Albin Michel, coll. Le Livre de poche, nº 193, 4ᵉ trim. 1956. 11 × 17. 248 p. Couv. de Dignimont. Réimp. : 1959.

Claudine à l'école (W et C), Club des éditeurs, coll. Club du livre des éditeurs, 74e vol., 14 août 1958. 14 × 20. 267 p. Couv. et ill. de Henri Mirande. Préface ; présentation de l'auteur, des personnages et du livre ; jugements. Relié. T.t.d. : 6 176 alfa.

Claudine à l'école, suivi de *Claudine à Paris* (W et C), Culture, art, loisirs, coll. Le Meilleur Livre de la femme, mars 1965. 13 × 19. 463 p. Ill. de Grau Sala. Photographies. Préface de Françoise Giroud. Notes sur l'auteur, l'illustrateur et le préfacier. Relié. T.t.d. : 28 040 ex. dont 140 tirés à part.

Claudine à l'école (W et C AG), Pierre de Tartas, coll. Les Quatre Claudine, novembre 1972. 19 × 25. 237 p. Front. de Jean Cocteau. Lithos de Pierre Lelong. Sous emboîtage. T.t.d. : 1 092 ex. (23 japon nacré avec 2 originaux, 69 grand vélin d'Arches avec 1 original, 200 vélin d'Arches, 800 vélin de Lana). (Les trois autres « Claudine » de la même collection ne portent pas de nom d'auteur.)

Claudine à l'école (W et C AG), Bruxelles, Club international du livre, [1972]. 14 × 20. 276 p. Ill. et reliure de Claude-Michel Grosjean. 2 photographies de Colette. T.t.d. : 3 000 ex.

Claudine à l'école (W et C AG), Albin Michel, coll. Le Livre de poche, n° 193, 2e trim. 1975. 11 × 17. 256 p. Couv. de Pierre Faucheux.

Claudine à l'école, suivi de *L'Ingénue libertine* et de *Chéri* (C), Club français du livre, coll. Les Portiques, 12 septembre 1977. 14 × 21. 606 p. Préface de Marie Cardinal. Relié. T.t.d. : 7 000 ex.

Claudine à l'école, suivi de *Claudine à Paris*, de *Claudine en ménage* et de *Claudine s'en va* (C et W), Albin Michel, 15 octobre 1977. 15 × 23. 599 p. Préface de Gérard Bonal. Relié.

Claudine à l'école (C et W), France Loisirs, 7 novembre 1977. 14 × 21. 255 p. Relié.

Claudine à l'école (W et C AG), Librairie générale française, coll. Prestige du livre, 1er trim. 1979. 14 × 21. 320 p. Relié.

1901

**Claudine à Paris* (W), Ollendorff, 1901 [5 mars]. Imp. Charles Hérissey, Evreux. 12 × 19. 321 p. Couv. d'Armand Rassenfosse. 3,50 F. E.t. : 2 japon et 15 hollande. Réimp. : 1902 (54e éd.), 1903, 1905, 1907 (96e éd.), 1908 (110e éd.).

Claudine à Paris (W et CW), Ollendorff [1911]. 14 × 18. 279 p. Ill. d'Auguste Roubille. Avertissement de Willy. E.t. : 10 japon, 10 chine. Réimp. chez Albin Michel : 1925, 1929.

Claudine à Paris (W et CW), Jonquières, coll. Les Beaux Romans, 16e vol., 20 juin 1925. 15 × 20. 247 p. Dessins coloriés de Chas Laborde. Avertissement de Willy. T.t.d. : 1 202 ex. (12 japon impérial dont 1 avec les dessins originaux, 30 vélin du Marais, 60 hollande, 1 100 vélin de Rives) et 25 madagascar réservés.

Claudine à Paris (W et CW), Albin Michel, coll. Choix, février 1931. 15 × 21. 286 p. Avertissement de Willy. E.t. : sur alfa. Réimp. : 1947 (avec couv. et 8 h.t. de Georges Lepape).

Claudine à Paris (W et CW), Albin Michel, coll. Les Albin Michel à

6 francs, décembre 1931. 12 × 19. 251 p. Avertissement de Willy. Avec tirage spécial pour la collection reliée Soleil d'or.

Claudine à Paris (W et CW), Albin Michel, 1931. 14 × 18. 313 p. Ill. d'Auguste Roubille. Avertissement de Willy.

Claudine à Paris (W et CW), Éditions de Cluny, janvier 1939. 17 × 23. 189 p. Ill. de Mariette Lydis. T.t.d. : 1 585 ex. dont 60 h.c. (20 japon impérial et 25 hollande avec 1 dessin original, 100 pur fil, 1380 vélin).

Claudine à Paris (W et CW), Monte-Carlo, Aux éditions du livre, novembre 1946. 14 × 20. 291 p. Front. de Christian Bérard. Avertissement de Willy. T.t.d. : 3 000 vélin et 1 000 ex pour les éditions du Grand Chêne, Lausanne.

Claudine à Paris (W et CW), La Bonne Compagnie, coll. Les Quatre Claudine, 20 mars 1947. 17 × 24. 187 p. Aquarelles de Grau Sala. Sous emboîtage. (La justification de tirage ne figure que sur le premier volume de la série, *Claudine à l'école*.)

Claudine à Paris (C AG), Albin Michel, 1950. 12 × 19. 255 p. Réimp. : janvier 1951, 27 avril 1953, juin 1955, juillet 1960 (W et C).

Claudine à Paris (C AG), Albin Michel, coll. Pourpre, novembre 1953. 12 × 17. 248 p. Relié.

Claudine à Paris (C), Bruxelles, Terres latines, coll. Leurs chefs-d'œuvre, 19e vol. [1955]. 16 × 21. 156 p. Couv. et ill. de Renée Ringel. Sous emboîtage. T.t.d. : 1 842 ex. (25 madagascar, 1 775 alfa, 42 sur papiers divers).

Claudine à Paris (W et C), Strasbourg, Sélection des amis du livre, 1956. 13 × 20. 227 p. Relié. T.t.d. : 3 000 ex. sur alfa.

Claudine à Paris (W et C AG), Albin Michel, coll. Le Livre de poche, n° 213, 1956. 11 × 17. 248 p. Couv. de Dignimont. Réimp. : 1960, 1er trim. 1964 (W et C).

Claudine à Paris. Voir : 1900, *Claudine à l'école*, Culture, art, loisirs, mars 1965.

Claudine à Paris (C AG), Bruxelles, Club international du livre, [1972]. 14 × 20. 260 p. Ill. et reliure de Claude-Michel Grosjean. T.t.d. : 3 000 ex.

Claudine à Paris, Pierre de Tartas, coll. Les Quatre Claudine, mars 1973. 19 × 25. 191 p. Lithos de Gabriel Dauchot. Sous emboîtage. T.t.d. : 1 092 ex. (23 japon nacré, 69 grand vélin d'Arches, 200 vélin d'Arches, 800 vélin de Lana).

Claudine à Paris (C et W). France Loisirs, 27 octobre 1977. 14 × 21. 223 p. Relié.

Claudine à Paris. Voir : 1900, *Claudine à l'école*, Albin Michel, 15 octobre 1977.

1902

**Claudine amoureuse* (W), Ollendorff, 1902. Imp. Charles Hérissey, Évreux. 12 × 19. 351 p. 3,50 F. (Édition presque totalement détruite. Après de nombreuses corrections le texte sera publié sous le titre : *Claudine en ménage*.)

**Claudine en ménage* (W), Mercure de France, 1902 [15 mai]. Blais et Roy, Poitiers, 3 mai 1902. 12 × 19. 292 p. 3,50 F. E.t. : 19 hol-

lande, 3 chine marqués A, B, C. Réimp. : 1903, 1906, 1907 (120e éd.).

Claudine en ménage (W et CW), Mercure de France, 1911. 12 × 19. 292 p. Avertissement de Willy. Réimp. : 1915, 1916, 1917 (148e éd.), 1921.

Claudine en ménage (W et CW), Mercure de France, 1923. 12 × 19. 268 p. Avertissement de Willy. Réimp. : 15 avril 1929, 15 juillet 1932, 20 juillet 1940, 27 mars 1943, 1945.

Claudine en ménage (W et CW), Jonquières, coll. Les Beaux Romans, 8e vol., 18 mars 1924. 15 × 20. 265 p. Dessins coloriés de Chas Laborde. Avertissement de Willy. T.t.d. : 1 180 ex. dont 120 h.c. (10 japon impérial, 70 hollande, 1 100 vélin) et 20 madagascar réservés.

Claudine en ménage (W et CW), Albin Michel, coll. Choix, novembre 1931. 15 × 21. 289 p. Avertissement de Willy. E.t. : sur alfa. Réimp. : 1947 (avec couv. et 8 h.t. de Georges Lepape).

Claudine en ménage (W et CW), Éditions de Cluny, janvier 1939. 17 × 23. 177 p. Ill. de Mariette Lydis. Sous emboîtage. T.t.d. : 1 585 ex. dont 60 h.c. (20 japon impérial et 25 hollande avec 1 dessin original, 100 pur fil, 1 380 vélin).

Claudine en ménage (W et CW), Monte-Carlo, Aux éditions du livre, décembre 1946. 14 × 20. 289 p. Front. de Christian Bérard. Avertissement de Willy. T.t.d. : 3 000 vélin et 1 000 ex. pour les éditions du Grand Chêne, Lausanne.

Claudine en ménage (W et CW), La Bonne Compagnie, coll. Les Quatre Claudine, 20 mars 1947. 17 × 24. 195 p. Aquarelles de Grau Sala. Sous emboîtage. (La justification de tirage ne figure que sur le premier volume de la série, *Claudine à l'école*.)

Claudine en ménage (C AG), Mercure de France, 18 mars 1948. 12 × 19. 222 p. Réimp. : 15 septembre 1954.

Claudine en ménage (C), Bruxelles, Terres latines, coll. Leurs chefs-d'œuvre, 20e vol. [1955]. 16 × 21. 152 p. Couv. et ill. de Renée Ringel. Sous emboîtage. T.t.d. : 1 842 ex. (25 madagascar, 1 775 alfa, 42 sur papiers divers).

Claudine en ménage (W et C AG), Mercure de France, coll. Le Livre de poche, no 219, 1957. 11 × 17. 241 p. Couv. de Dignimont. Réimp. : 1er trim. 1964 (W et C).

Claudine en ménage, suivi de *Claudine s'en va* (C), Culture, art, loisirs, coll. Le Meilleur Livre de la femme, 1966. 13 × 19. 464 p. Ill. de Grau Sala. Notice sur la vie et l'œuvre de l'auteur. Relié.

Claudine en ménage (C AG), Bruxelles, Club international du livre, [1972]. 14 × 20. 248 p. Ill. et reliure de Claude-Michel Grosjean. T.t.d. : 3 000 ex.

Claudine en ménage (W et C AG), Mercure de France, coll. Folio, no 335, 1er février 1973. 11 × 18. 243 p. Couv. de Jean Palayer.

Claudine en ménage, Pierre de Tartas, coll. Les Quatre Claudine, juillet 1973. 19 × 25. 199 p. Lithos de Gaston Barret. Sous emboîtage. T.t.d. : 1 092 ex. (23 japon nacré, 69 grand vélin d'Arches, 200 vélin d'Arches, 800 vélin de Lana).

Claudine en ménage (C et W), Klincksieck, coll. Textes du xxe siècle, mars 1975. 14 × 22. 423 p. Introduction et notes de Paul D'Hollander.

Claudine en ménage (C et W), France Loisirs, 19 janvier 1978. 14 × 21. 192 p. Relié.

Claudine en ménage. Voir : 1900, *Claudine à l'école*, Albin Michel, 15 octobre 1977.

1903

* *Claudine s'en va* (W), Ollendorff, 1903 [17 mars]. Imp. Charles Hérissey. Évreux. 12 × 19. 320 p. Couv. d'Eugène Pascau. 3,50 F. E.t. : 50 hollande. Réimp. : 1904, 1907 (80e éd.).

Claudine s'en va (W et CW), Ollendorff, [1912]. 14 × 18. 311 p. Ill. de Albert Jarach. Avertissement de Willy. E.t. : 10 japon et 10 chine. Réimp. : chez Albin Michel : 1925, 1929, 1931, 1932.

Claudine s'en va (W et CW), Jonquières, coll. Les Beaux Romans, 17e vol., 14 décembre 1925. 15 × 20. 219 p. Dessins coloriés de Chas Laborde. Avertissement de Willy. T.t.d. : 1 202 ex. (12 japon impérial dont 1 avec les dessins originaux, 30 vélin du Marais, 60 hollande, 1 100 vélin de Rives) et 25 madagascar réservés.

Claudine s'en va (W et CW), Albin Michel, coll. Choix, avril 1931. 15 × 21. 251 p. Avertissement de Willy. E.t. : sur alfa. Réimp. : 1947 (avec couv. et 8 h.t. de Georges Lepape).

Claudine s'en va (W et CW), Albin Michel, coll. Les Albin Michel à 6 francs, décembre 1931. 12 × 19. 254 p. Avertissement de Willy. Avec tirage spécial pour la collection reliée Soleil d'or.

Claudine s'en va (W et CW), Éditions de Cluny, janvier 1939. 17 × 23. 163 p. Ill. de Mariette Lydis. T.t.d. : 1 585 ex. dont 60 h.c. (20 japon impérial et 25 hollande avec 1 dessin original, 100 pur fil, 1 380 vélin).

Claudine s'en va (W et CW), Monte-Carlo, Aux éditions du livre, novembre 1946. 14 × 20. 263 p. Front. de Christian Bérard. Avertissement de Willy. T.t.d. : 3 000 vélin et 1 000 ex. pour les éditions du Grand Chêne, Lausanne.

Claudine s'en va (W et CW), La Bonne Compagnie, coll. Les Quatre Claudine, 10 avril 1947. 17 × 24. 175 p. Aquarelles de Grau Sala. Sous emboîtage. (La justification de tirage ne figure que sur le premier volume de la série, *Claudine à l'école.*)

Claudine s'en va (C AG), Albin Michel, février 1950. 12 × 19. 189 p. Réimp. : janvier 1951, 1954, juin 1957.

Claudine s'en va (C AG), Albin Michel, coll. Pourpre, février 1954. 12 × 19. 183 p. Relié.

Claudine s'en va (C), Bruxelles, Terres latines, coll. Leurs chefs-d'œuvre, [1955]. 16 × 21. 129 p. Couv. et ill. de Renée Ringel. Sous emboîtage. T.t.d. : 1 842 ex. (25 madagascar, 1 775 alfa, 42 sur papiers divers).

Claudine s'en va (C AG), Club du livre du mois, coll. Chefs-d'œuvre d'hier et d'aujourd'hui, 20 mai 1955. 14 × 21. 201 p. Présentation de Jean Garcia. Relié. T.t.d. : 3 000 ex. et « quelques h.c. ».

Claudine s'en va (W et C AG), Albin Michel, coll. Le Livre de poche, n° 238, 1957. 11 × 17. 184 p. Couv. de Dignimont. Réimp. : 1960, 4e trim. 1963.

Claudine s'en va. Voir 1902, *Claudine en ménage*, Culture, art, loisirs, 1966.

Claudine s'en va (C AG), Bruxelles, Club international du livre, [1972], 14 × 20. 199 p. Ill. et reliure de Claude-Michel Grosjean. T.t.d. : 3 000 ex.

Claudine s'en va, Pierre de Tartas, coll. Les Quatre Claudine, octobre 1973. 19 × 25. 165 p. Lithos de Grau Sala. Sous emboîtage. T.t.d. : 1 092 ex. (23 japon nacré, 69 grand vélin d'Arches, 200 vélin d'Arches, 800 vélin de Lana). (Seul ce volume est numéroté.)

Claudine s'en va (C), France Loisirs, 20 janvier 1978. 14 × 21. 189 p. Relié.

Claudine s'en va. Voir 1900, *Claudine à l'école*, Albin Michel, 15 octobre 1977.

12 janvier, *Gil Blas* (Claudine[1]). « Claudine au concert » (Rassurez-vous...).

19 janvier, *Gil Blas* (Claudine). « Claudine au concert » (Dehors, il pleut...).

26 janvier, *Gil Blas* (Claudine). « Claudine au concert » (Chevillard...).

2 février, *Gil Blas* (Claudine). « Claudine au concert » (Également sollicitée...).

9 février, *Gil Blas* (Claudine). « Claudine au concert » (Charles Malherbe...).

16 février, *Gil Blas* (Claudine). « Claudine au concert » (J'entre au Nouveau-Théâtre...).

23 février, *Gil Blas* (Claudine). « Claudine au concert » (Déjà les boulevards...).

1er mars, *Gil Blas* (Claudine). « Réverbères » (poème).

2 mars, *Gil Blas* (Claudine). « Claudine au concert » (Siegfried Wagner...).

7 mars, *Gil Blas* (Claudine). « Le Mullah » (poème).

9 mars, *Gil Blas* (Claudine). « Claudine au concert » (Pluie, neige et soleil...).

16 mars, *Gil Blas* (Claudine). « Claudine au concert » (Encore que je m'intéresse...).

16 mars, *Gil Blas* (Claudine). « Masques » (poème).

23 mars, *Gil Blas* (Claudine). « Claudine au concert » (Au concert, hélas...).

23 mars, *Gil Blas* (Claudine). « Beware of Pickpockets » (poème).

30 mars, *Gil Blas* (Claudine). « Claudine au concert » (Richard Strauss...).

6 avril, *Gil Blas* (Claudine). « Claudine au concert » (Ma cervelle est vide...).

12 avril, *Gil Blas* (Claudine). « Cabotins » (poème).

13 avril, *Gil Blas* (Claudine). « Claudine au concert » (Par exception...).

1. Ces articles et poèmes signés « Claudine » doivent certainement plus à Willy qu'à Colette. Mais puisque Colette n'est pas étrangère à la naissance de Claudine et qu'en outre elle assuma la responsabilité de ces textes (ce qu'elle déclare dans l'interview que publie *La Dépêche républicaine de Franche-Comté* du 23 septembre 1903), nous les faisons figurer ici.

16 avril, *Gil Blas* (Claudine). « Peintures » (poème).
27 avril, *Gil Blas* (Claudine). « Claudine au concert » (Ah ! mes frères...).
4 mai, *Gil Blas* (Claudine). « Claudine au concert » (Beaucoup de monde...).
18 mai, *Gil Blas* (Claudine). « Claudine au concert » (Quelle foule...).
25 mai, *Gil Blas* (Claudine). « Claudine au concert » (Dimanches de province...).
1er juin, *Gil Blas* (Claudine). « Claudine au concert » (Je vois encore...).
8 juin, *Gil Blas* (Claudine). « Claudine au concert » (Partout des fêtes...).
15 juin, *Gil Blas* (Claudine). « Claudine au concert » (À Londres...).
22 juin, *Gil Blas* (Claudine). « Claudine au concert » (Hymen, ô hyménée...).
29 juin, *Gil Blas* (Claudine). « Claudine au concert » (Encore une lettre...).
17 juillet, *Gil Blas* (Claudine). « Claudine au Conservatoire » (La pluie, le noir...).
18 juillet, *Gil Blas* (Claudine). « Claudine au Conservatoire » (Cinq heures...).
19 juillet, *Gil Blas* (Claudine). « Claudine au Conservatoire » (Vingt-trois...).
21 juillet, *Gil Blas* (Claudine). « Claudine au Conservatoire » (Le temps, lentement...).
22 juillet, *Gil Blas* (Claudine). « Claudine au Conservatoire » (Quelle aberration...).
24 juillet, *Gil Blas* (Claudine). « Claudine au Conservatoire » (Que de plissés...).
25 juillet, *Gil Blas* (Claudine). « Claudine au Conservatoire » (Le ciel, clément...).
26 juillet, *Gil Blas* (Claudine). « Claudine au Conservatoire » (Ce concours...).
28 juillet, *Gil Blas* (Claudine). « Claudine au Conservatoire » (Soufflez, ouragans...).
29 juillet, *Gil Blas* (Claudine). « Claudine au Conservatoire » (J'ai fait assez...).

Claudine à Marseille (Claudine), dans : Eugène de Solenière, *Willy*, Sévin et Rey, 1903. Repris dans : Henry Gauthier-Villars (Willy), *Propos d'ouvreuse*, Henry-Parville, 1925.

1904

* *Dialogues de bêtes* (CW), Mercure de France, 1904 [av. 26 mars]. Imp. Blais et Roy, Poitiers, 29 février 1904. 11 × 13. 123 p. 3 F. E.t. : 19 hollande à 6 F.

« Le dîner est en retard », repris dans : *Nos loisirs*, 9 avril 1911 ; *Contes et nouvelles*, Hachette, 1977. « Le Premier Feu », repris dans : *Colette*, Crès, 1921 ; *Textes choisis*, Grasset, 1936 ; *Cinquante-*

deux nouvelles et récits pour elles, Gründ, 1965. « Le Voyage », repris dans *La Vie heureuse*, 15 mai 1904. « Sentimentalités », repris dans *Colette*, Crès, 1921. Ces quatre textes sont repris dans : *Sept dialogues de bêtes*, Mercure de France, 1905 ; *Douze dialogues de bêtes*, Mercure de France, 1930. N.B. : Ce même titre générique servira pour des éditions ultérieures, alors que le contenu sera composé soit de *sept* soit de *douze* dialogues. Ces éditions seront répertoriées aux années 1905 (*Sept dialogues de bêtes*) ou 1930 (*Douze dialogues de bêtes*).

* *Minne* (W), Ollendorff, 1904 [14 juin]. Imp. Hérissey, Évreux. 12 × 19. 295 p. Couv. de Helleu. 3,50 F. E.t. : 50 hollande. Réimp. : 1905 (40e éd.).

Minne et *Les Égarements de Minne* (Ollendorff, 1905), refondus, deviendront *L'Ingénue libertine*, (Ollendorff, 1909).

15 mai, *La Vie heureuse* (CW), « Le Voyage », paru dans *Dialogues de bêtes*, Mercure de France, 1904.

26 novembre, *La Vie parisienne* (CW), « Elle est malade » repris dans : *Sept dialogues de bêtes*, Mercure de France, 1905 ; *Marie-France/Pénéla*, mars 1973 (« Dialogues de bêtes »).

Minet. Fantaisie féline ([chanson] *composée par Madame Willy*), Genève, J.C. Müller-Darier, [vers 1904]. « Inst. Lith. d' [*sic*] J.G. Bach, à Leipsic [*sic*] ».

1905

* *Sept dialogues de bêtes* (CW), Mercure de France, 1905 [av. 13 mai]. Imp. Blais et Roy, Poitiers, 2 avril 1905. 12 × 19. 187 p. Portrait de l'auteur par Jacques-Émile Blanche. Préface de Francis Jammes. 3,50 F. E.t. : 12 hollande à 10 fr. Réimp. : 1909 (6e éd.).

Textes de *Dialogues de bêtes*, Mercure de France, 1904. « Elle est malade », paru dans *La Vie parisienne*, 26 novembre 1904 (voir à cette date). « L'Orage », repris dans : *Colette*, Crès, 1921 ; *Pages choisies*, Hachette, 1957. « Une visite », repris dans : *Textes choisis*, Grasset, 1936 ; *Lisez-moi*, 25 avril 1939 ; *Pages choisies*, Hachette, 1957.

Sept dialogues de bêtes (CW), Mercure de France, 3 avril 1912. 12 × 19. 187 p. 90 dessins de Jacques Nam. Préface de Francis Jammes. E.t. : 25 vergé et postérieurement, lors d'une réimpression [1923], 110 pur fil. Réimp. : 1917, 1923, 1927, 1929, 1933, 1935, 1938, 1941 (66e éd.), 1943, 1951 (C AG), 1954, 1958 (avec tirage spécial pour le club « Aux quais de Paris » ; relié).

[*Sept*] *Dialogues de bêtes* (C), Baudinière, coll. Les Maîtres de la plume, [1924]. 12 × 18. 185 p. Gravures de Valette. Préface de Francis Jammes.

Sept dialogues de bêtes (C), Les Arts et le Livre, 15 février 1927. 17 × 22. 157 p. 50 dessins et 7 lithos h.t. de Jean Pavie. Préface de Francis Jammes. T.t.d. : 530 ex. (30 annam, 500 vergé) et 60 h.c. (10 annam, 50 vergé).

Sept dialogues de bêtes (C), Club français du livre, coll. Récits, 40e vol., 3 juillet 1962. 18 × 22. 160 p. 12 photos de Patrice Molinard. Préface de Francis Jammes. Relié. T.t.d. : 6 500 ex. et 26 h.c.

* *Les Égarements de Minne* (W), Ollendorff, 1905 [23 mai]. Imp. Charles Hérissey, Évreux. 12 × 18. 300 p. Couv. d'Emilio Della Sudda. 3,50 F. E.t. : 50 hollande.

Minne et *Les Égarements de Minne*, refondus, deviendront *L'Ingénue libertine*, (Ollendorff, 1909).

15 janvier, *Revue illustrée* (CW), « L'Ouvreuse », avec photo de Gerschel, repris dans *Claudine en ménage*, Klincksieck, 1975.

Avril, *Le Damier* (CW), « Lettre de Claudine ».

15 mai, *Le Mercure musical* (CW), « Les Vrilles de la vigne », repris dans : *Les Vrilles de la vigne*, éd. de la Vie parisienne, 1908 ; *Textes choisis*, Grasset, 1936 ; *Lisez-moi*, 25 février 1938.

1er juin, *Le Mercure musical* (CW), « Les Vrilles de la vigne » (Claudine me dit...), repris dans : Henry Gauthier-Villars (Willy), *Propos d'ouvreuse*, Henry-Parville, 1925 (« L'Opinion de Claudine »).

15 juin, *Le Mercure musical* (CW), « Les Vrilles de la vigne » (Claudine me dit encore...).

15 juillet, *Le Mercure musical* (CW), « Les Vrilles de la vigne » (Des chansons de mon pays ?...).

15 octobre, *Le Mercure musical* (CW), « Les Vrilles de la vigne » (Non, me dit Claudine...).

1906

1er janvier, *Le Mercure musical* (CW), « Les Vrilles de la vigne » : « Toby-Chien et la musique », repris dans : *Les Vrilles de la vigne*, éd. de la Vie parisienne, 1908 ; *Lisez-moi*, 25 février 1912.

15 janvier, *Le Mercure musical* (CW), « *La Mort de Tintagiles* » (c.r.).

1er mars, *Le Plaisir* (CW), « En faune », repris dans *Premier cahier de Colette*, Les Amis de Colette, 1935 (« Un faune »).

2 juin, *La Vie parisienne* (C. *[sic]*), « Dialogue de bêtes », repris dans *Les Vrilles de la vigne*, éd. de la Vie parisienne, 1908.

1907

**La Retraite sentimentale* (CW), Mercure de France, 1907 [23 février]. Imp. Blais et Roy, Poitiers, 10 février 1907. 12 × 19. 266 p. 3,50 F. Avertissement de Colette Willy. E.t. : 5 japon impérial à 15 F, 29 hollande à 10 F. Réimp. : 1913, 1915, 1923, 20 janvier 1927.

La Retraite sentimentale (édition définitive) (C CW), Flammarion, 1914. 14 × 22. 292 p.

La Retraite sentimentale (C CW), Flammarion, coll. Select-collection, n° 47, 1917. 17 × 24. 78 p. Couv. de Jacques Nam.

La Retraite sentimentale (C), Bruxelles, La Chimère, 26 septembre 1922. 15 × 20. 187 p. 30 ill. de Robert Bonfils. T.t.d. : 1 000 ex. (50 hollande, 150 vergé, 800 vélin).

La Retraite sentimentale (C), Baudinière, coll. Les Maîtres de la plume, série B, avril 1926. 16 × 24. 160 p. Ill. d'André Guillaume.

La Retraite sentimentale (C), Grasset, coll. Œuvres de Colette, 7e vol., 27 décembre 1929. 15 × 21. 239 p. E.t. : 40 pur chiffon.

La Retraite sentimentale (C), Les Bibliophiles comtois, 23 février 1932. 23 × 28. 215 p. 50 lithos de Georges Gobô. Préambule inédit. En feuilles, sous emboîtage. T.t.d. : 140 vélin.

La Retraite sentimentale (C), Baudinière, coll. Hebdo, 1934. 12 × 18. 222 p. Couv. ill. Réimp. aux éd. La Technique du livre, 1937.

La Retraite sentimentale (C), Flammarion, coll. Select-collection, n° 129, octobre 1937. 17 × 24. 63 p. Couv. ill. (photo). Réimp. : avril 1948 (C AG).

La Retraite sentimentale (C AG), Mercure de France, 4 août 1945. 12 × 19. 208 p. Réimp. : 11 avril 1947, octobre 1957.

La Retraite sentimentale (C AG), Panthéon, coll. Le Panthéon des lettres, 1er juin 1946. 14 × 19. 242 p. 9 h.t. d'Alice Delaye. T.t.d. : 2 000 ex.

La Retraite sentimentale (C AG), Union bibliophile de France, coll. Vox, 15 août 1946. 13 × 19. 279 p. Portrait de l'auteur par Jean Cocteau. Avertissement de Colette Willy. Notes bibliographiques.

La Retraite sentimentale (C AG), Les Fermiers généraux - Club du livre illustré, 15 octobre 1952. 14 × 21. 210 p. 8 photos. Avertissement de Colette. Note d'André Parinaud. Relié. T.t.d. : 4 026 ex. sur alfa.

La Retraite sentimentale (C AG), Plon, coll. Bibliothèque Plon, série rouge, n° 46, novembre 1954. 12 × 18. 249 p. Couv. ill.

La Retraite sentimentale (C AG), Monte-Carlo, André Sauret, coll. Grand prix des meilleurs romans d'amour, 2e vol., 28 novembre 1957. 17 × 23. 269 p. Front. d'André Dunoyer de Segonzac. Préface de Pierre Brisson. Sous emboîtage. T.t.d. : 3 300 ex. (300 vergé, 3 000 vélin) et 50 h.c.

La Retraite sentimentale (C AG), Mercure de France, coll. Le Livre de poche, n° 341, 1958. 11 × 17. 244 p. Couv. ill. Avertissement de Colette Willy.

La Retraite sentimentale (C), Lausanne, Rencontre, coll. Prix Rencontre, 5e vol., 10 septembre 1961. 13 × 18. 327 p. Préface de Gilbert Sigaux. Avertissement de Colette Willy.

La Retraite sentimentale. Voir : 1910, *La Vagabonde*, Culture, art, loisirs, 1967.

La Retraite sentimentale (C), Cercle du bibliophile, 2 février 1968. 11 × 19. 255 p. Couv. d'après Toulouse-Lautrec. 1 ill. d'après Forain. 17 photos. Avertissement de Colette Willy.

La Retraite sentimentale (C AG), Mercure de France, coll. Folio, n° 135, 15 juin 1972. 11 × 18. 243 p. Couv. de Walter Zimbrich. Avertissement de Colette Willy.

27 avril, *La Vie parisienne* (CW), « Toby-Chien parle », repris dans : *Les Vrilles de la vigne*, éd. de la Vie parisienne, 1908 ; *Douze dialogues de bêtes*, Mercure de France, 1930.

8 juin, *La Vie parisienne* (CW), « Nuit blanche », repris dans : *Les Vrilles de la vigne*, éd. de la Vie parisienne, 1908 ; *Pour Missy*, 1908.

6 juillet, *La Vie parisienne* (CW), « Dialogue de bête » : « Toby-Chien au théâtre », repris dans *Douze dialogues de bêtes*, Mercure de France, 1930 (« Music-hall »).

17 août, *La Vie parisienne* (CW), « Belles-de-jour », repris dans : *Les Vrilles de la vigne*, éd. de la Vie parisienne, 1908 ; *Lisez-moi*, 25 juin 1911 ; *Vingt meilleures nouvelles françaises*, Seghers, 1956 ; *Jours de France*, 25 août 1962.
14 septembre, *La Vie parisienne* (CW), « Partie de pêche », repris dans : *Les Vrilles de la vigne*, éd. de la Vie parisienne, 1908 ; *Fantasio*, 15 août 1911 ; *Lisez-moi*, 25 août 1912.
28 septembre, *La Vie parisienne* (CW), « Jour gris », repris dans : *Les Vrilles de la vigne*, éd. de la Vie parisienne, 1908 ; *Pour Missy*, 1908 ; *Colette*, Crès, 1921 ; *Les Plus Belles Pages de Colette*, Flammarion, 1930 ; *Textes choisis*, Grasset, 1936.
5 octobre, *La Vie parisienne* (CW), « Le Journal de Colette » : « En marge d'une plage blanche (En baie de Somme) ». Ce texte sera réuni avec ceux qui paraîtront sous le même titre le 5 septembre 1908 ; l'ensemble s'intitulera le plus souvent « En baie de Somme » et sera repris dans : *Les Vrilles de la vigne,* éd. de la Vie parisienne, 1908 ; *Lisez-moi*, 10 août 1911 ; *Colette*, Crès, 1921 ; *Pages choisies*, Hachette, 1957.

1908

**Les Vrilles de la vigne* (CW), Éditions de la Vie parisienne, [1908, av. 6 novembre]. Imp. Bellenand, Fontenay-aux-Roses, 4e trim. 1908. 12 × 19. 224 p. Couv. et ill. de G. Bonnet. 3,50 F. E.t. : 15 hollande.

« Les Vrilles de la vigne », paru dans *Le Mercure musical*, 15 mai 1905 (voir à cette date). « Nuit blanche », paru dans *La Vie parisienne*, 8 juin 1907 (voir à cette date). « Jour gris », paru dans *La Vie parisienne*, 28 septembre 1907 (voir à cette date). « Le Dernier Feu », paru dans *La Vie parisienne*, 23 mai 1908 (voir à cette date). « Nonoche », repris dans : *Lisez-moi*, 10 juillet 1912 ; *La Paix chez les bêtes*, Crès, 1916 ; *Les Plus Belles Pages de Colette*, Flammarion, 1930. « La Dame qui chante », repris dans *Choix de nouvelles modernes*, Deutscher Taschenbuch, 1978. « Toby-Chien parle », paru dans *La Vie parisienne*, 27 avril 1907 (voir à cette date). « Dialogue[1] de bêtes », paru dans *La Vie parisienne*, 2 juin 1906. « Toby-Chien et la musique », paru dans *Le Mercure musical*, 1er janvier 1906 (voir à cette date). « Belles-de-jour », paru dans *La Vie parisienne*, 17 août 1907 (voir à cette date). « "De quoi est-ce qu'on a l'air ?" », paru dans *La Vie parisienne*, 25 janvier 1908 (voir à cette date). « La Guérison », paru dans *La Vie parisienne*, 20 juin 1908 (voir à cette date). « Le Miroir », paru dans *La Vie parisienne*, 15 février 1908. « En marge d'une plage blanche, I », paru dans *La Vie parisienne*, 5 octobre 1907 (voir à cette date). « En marge d'une plage blanche, II », paru dans *La Vie parisienne*, 5 septembre 1908 (voir à cette date). « Partie de pêche », paru dans *La Vie parisienne*, 14 septembre 1907 (voir à cette date). « Music-halls », paru dans *La Vie parisienne*, 4 janvier 1908 (voir à cette date). « Printemps de la Riviera », paru dans *La Vie parisienne*, 21 mars 1908.

1. Peut être orthographié *Dialogues* dans certaines éditions.

**Les Vrilles de la vigne* (C), Ferenczi, coll. Le Livre moderne illustré, n° 6, 1923. 15 × 21. 175 p. 63 ill. de Clément Serveau. Sur « papier de luxe ». Réimp. : 1925, 1936.

Textes de 1908 moins « Printemps de la Riviera ».

Les Vrilles de la vigne (C), Kra, 20 août 1930. 20 × 29. 167 p. 37 aquarelles de René Lelong. En feuilles, sous emboîtage. T.t.d. : 350 ex. (15 japon impérial, 15 hollande, 320 vélin).

Textes de 1923.

Les Vrilles de la vigne (C), Grasset, coll. Œuvres de Colette, 8e vol., 30 août 1930. 15 × 21. T.t.d. : tirage (non limité) sur pur chiffon, « en sus, 40 ex. numérotés vélin pur chiffon I à XI [*sic*] », 8 Montval, 12 madagascar.

Textes de 1923.

Les Vrilles de la vigne (C), Alexis Redier - Librairie de la Revue française, coll. Le Paon blanc, 2e série, 5e vol., [1930]. 15 × 20. 199 p. 10 pointes sèches de Coysens. Sous emboîtage. T.t.d. : 1 100 ex. (10 japon impérial, 30 hollande, 1 060 vélin) et 25 h.c.

Textes de 1923.

**Les Vrilles de la vigne* (édition définitive) (C), Ferenczi, Imp. Moderne, Montrouge, 19 février 1934. 12 × 19. 255 p. E.t. : 250 vélin, 75 simili-japon coul. (non numérotés, réservés à l'auteur). Réimp. : chez Hachette, 11 mars 1957 (C AG).

Textes de 1923 moins « Toby-Chien et la musique ». « En marge d'une plage blanche, I et II » sont regroupés sous le titre « En baie de Somme ». Sont ajoutés : « Rêverie de nouvel an », paru dans *La Vie parisienne*, 16 janvier 1909 (voir à cette date) ; « Chanson de la danseuse » ; « Amours » ; « Un rêve », paru dans *Le Jardin des bêtes*, 2 décembre 1933 ; « Maquillages », paru dans *Le Miroir du monde*, 8 avril 1933 (voir à cette date). L'ordre de succession des textes ayant subi des modifications par rapport à l'édition de 1908, nous renvoyons à l'appareil critique (p. 1549-1551) qui donne toutes les précisions à ce sujet.

Les Vrilles de la vigne (C), La Nouvelle France, coll. La Main d'or, 1er sem. 1949. Ill. de Hervé Baille. T.t.d. : 3 000 ex. (300 vélin du Marais, 2 700 vélin de Rives).

Textes de 1934.

Les Vrilles de la vigne. Voir : 1929, *Sido*, Ferenczi, coll. Le Livre de poche, 1958 et *Sido*, éd. G.P., coll. Super, 1973.

Textes de 1934.

Les Vrilles de la vigne. Repris dans *Colette par Colette*, Hachette, 1976 (avec *La Maison de Claudine*, *Sido* et *Mes apprentissages*).

Textes de 1934.

**Pour Missy.* « Achevé d'imprimer pour le compte de Madame Colette Willy le 21 décembre 1908 ». Imp. Deslis Frères, Tours. 23 × 30. 25 p. Relié. *Exemplaire unique*, sur japon, illustré de 17 aquarelles originales par Gustave Fraipont.

Composé de trois textes des *Vrilles de la vigne* parus en préoriginales dans *La Vie parisienne* (voir aux dates indiquées pour les reprises) : « Nuit blanche », 8 juin 1907 ; « Jour gris », 28 septembre 1907 ; « Le Dernier Feu », 23 mai 1908.

4 janvier, *La Vie parisienne* (CW), « Le Journal de Colette » : « Mu-

sic-halls », repris dans : *Les Vrilles de la vigne,* éd. de la Vie parisienne, 1908 ; *Lisez-moi*, 25 octobre 1912.

25 janvier, *La Vie parisienne* (CW), « Le Journal de Colette » : « "De quoi est-ce qu'on a l'air ?..." », repris dans : *Les Vrilles de la vigne*, éd. de la Vie parisienne, 1908 ; *Lisez-moi*, 25 janvier 1913.

15 février, *La Vie parisienne* (CW), « Le Journal de Colette » : « Le Miroir », repris dans *Les Vrilles de la vigne,* éd. de la Vie parisienne, 1908.

21 mars, *La Vie parisienne* (CW), « Le Journal de Colette » : « Printemps de la Riviera », repris dans *Les Vrilles de la vigne*, éd. de la Vie parisienne, 1908.

23 mai, *La Vie parisienne* (CW), « Le Journal de Colette » : « Le Dernier Feu », repris dans : *Les Vrilles de la vigne,* éd. de la Vie parisienne, 1908 ; *Pour Missy*, 1908 ; *Lisez-moi*, 10 avril 1911 ; *Colette*, Crès, 1921 ; *Histoires pour Bel-Gazou*, Stock, 1930 ; *Morceaux choisis*, N.R.F., 1936 ; *Textes choisis*, Grasset, 1936 ; *Pages choisies*, Hachette, 1957.

20 juin, *La Vie parisienne* (CW), « Le Journal de Colette » : « La Guérison », repris dans : *Les Vrilles de la vigne*, éd. de la Vie parisienne, 1908 ; *Les Plus Belles Pages de Colette*, Flammarion, 1930 ; *Textes choisis*, Grasset, 1936.

5 septembre, *La Vie parisienne* (CW), « Le Journal de Colette » : « En marge d'une plage blanche » (la première partie a paru dans le même journal, le 5 octobre 1907. Voir à cette date).

1909

**L'Ingénue libertine* (CW), Ollendorff, [1909, 16 novembre]. Imp. Arrault, Tours. 12 × 18. 323 p. Avertissements de Willy et Colette Willy. Réimp. : 1910, 1922, 1924.

Synthèse de *Minne* (1904) et des *Égarements de Minne* (1905) remaniés.

L'Ingénue libertine (C CW), Jonquières, coll. Les Beaux Romans, 3e vol., 10 décembre 1922. 15 × 20. 253 p. Couv. et 35 ill. de Chas Laborde. T.t.d. : 1 060 ex. (40 japon impérial, 20 hollande, 1 000 vélin) et 120 h.c. (10 japon impérial, 10 hollande, 100 vélin).

L'Ingénue libertine (CW), Albin Michel, 1925. 12 × 19. 312 p. Avertissements de Willy et Colette Willy. Réimp. : 23 avril 1926.

L'Ingénue libertine (CW), Excelsior, 3 décembre 1926. 26 × 34. 193 p. 20 eaux-fortes de Louis Icart. Avertissements de Willy et Colette Willy. Fac-similé autographe de l'auteur. T.t.d. : 501 ex. (1 chine avec 25 dessins inédits, 50 japon impérial, 50 hollande, 400 vergé) et 45 h.c. (5 japon impérial, 15 hollande, 25 vergé).

L'Ingénue libertine (C), À la cité des livres, 14 octobre 1928. 22 × 28. 239 p. 15 eaux-fortes de Dignimont. T.t.d. : 190 ex. (40 japon impérial dont 1 ex. avec 7 dessins originaux et 8 ex. avec 1 dessin original, 150 hollande) et 25 h.c.

L'Ingénue libertine (C), Grasset, coll. Œuvres de Colette, 10e vol., 12 mars 1932. 15 × 21. 283 p. Avertissements de Willy et Colette Willy. E.t. : 40 pur chiffon.

L'Ingénue libertine (CW), Albin Michel, coll. Les Albin Michel à 6 francs, mars 1932. 12 × 19. 255 p. Avertissements de Willy et Colette Willy. Avec tirage spécial pour la collection reliée Soleil d'or.

L'Ingénue libertine (C), Monte-Carlo, Éditions du livre, 21 février 1947. 14 × 20. 269 p. 8 h.t. de Suzanne Ballivet. Avertissements de Willy et Colette Willy. Sous emboîtage. T.t.d. : 3 000 ex. sur vélin et 1 000 ex. pour les éditions du Grand Chêne, Lausanne.

L'Ingénue libertine (C AG), Albin Michel, février 1947. 12 × 19. 269 p. Avertissements de Willy et Colette Willy.

L'Ingénue libertine (C), Georges Guillot, 1er novembre 1947. 23 × 29. 219 p. 20 pointes sèches coul. de Paul-Émile Bécat, 57 lettrines et culs-de-lampe de Marie Monnier. En feuilles, sous emboîtage. T.t.d. : 420 ex. (1 arches teinté avec 3 aquarelles originales, 20 croquis originaux et 1 cuivre, 19 arches teinté avec 1 dessin original et 1 cuivre, 400 arches blanc) et 45 h.c.

L'Ingénue libertine (C), Bruxelles, de Kogge, coll. L'Hippocampe, [1947]. 292 p. 10 ill. de Marcelle Meunier.

L'Ingénue libertine (C AG), Bruxelles, Le Livre plastic, [1948]. 12 × 18. 249 p.

L'Ingénue libertine (C AG), Albin Michel, septembre 1950. 12 × 19. 253 p. Préface de l'auteur. Réimp. : 1951, 1955, 19 juillet 1956.

L'Ingénue libertine (C AG), Annemasse, éd. du Madrigal, 1er juin 1951. 14 × 19. 350 p. 40 dessins de Camille Berg. T.t.d. : 5 000 ex.

L'Ingénue libertine (C AG), Éd. du Panthéon, coll. Pastels, 30 juin 1952. 14 × 19. 279 p. 10 ill. de Maurice Pouzet. Préface de l'auteur. E.t. : 200 pur fil.

L'Ingénue libertine (C AG), Albin Michel, coll. Le Livre de poche, n° 11, mars 1953. 11 × 17. 253 p. Préface de l'auteur. Couv. ill.

L'Ingénue libertine (C AG), Saverne, Sélection des amis du livre, [1953]. 13 × 20. 224 p. Préface de l'auteur. Relié.

L'Ingénue libertine (C AG), Club du livre du mois, coll. Chefs-d'œuvre d'hier et d'aujourd'hui, 5 mars 1954. Ill. de Garcia. T.t.d. : 5 000 ex.

L'Ingénue libertine (C AG), Albin Michel, coll. Pourpre, 1954. 12 × 17. 256 p. Relié.

L'Ingénue libertine (C AG), Club français du livre, coll. Romans, 192e vol., 5 octobre 1955. 14 × 21. 263 p. Photos. Notice sur Colette. Essai de bibliographie. Préface de l'auteur. Relié. T.t.d. : 8 126 ex.

L'Ingénue libertine (C), Le Livre Club du Libraire, 21 novembre 1957. 12 × 20. 258 p. Ill. de Georges Braun. T.t.d. : 4 150 ex. dont 150 h.c.

L'Ingénue libertine (C AG), Éd. du Panthéon, coll. Club, 1957. Relié.

L'Ingénue libertine (C), Bruxelles, Terres latines, coll. Leurs chefs-d'œuvre, 34e vol., [1965]. 17 × 22. 174 p. 12 aquarelles de Gaston Barret. Préface de l'auteur. Sous emboîtage. T.t.d. : 1 750 ex. (40 japon dont 12 ex. avec 1 aquarelle, 1 710 alfa) et 40 h.c. nominativement désignés.

L'Ingénue libertine (C AG), France Loisirs, coll. Sélection France

Loisirs, 16 janvier 1973. 13 × 19. 253 p. Préface de l'auteur. Relié.

L'Ingénue libertine (C AG), Rombaldi, coll. Ediclub, 12 mars 1975. 14 × 19. 301 p. Photos. Préface de l'auteur. Relié.

L'Ingénue libertine (C), Albin Michel, coll. Prestige du livre, 2e trim. 1977. 15 × 22. 315 p. Préface de l'auteur. Relié.

L'Ingénue libertine. Voir : 1900, *Claudine à l'école*, Club français du livre, 12 septembre 1977.

15 janvier, *Akademos* (CW), « Music-hall ».

16 janvier, *La Vie parisienne* (CW), « Le Journal de Colette » : « Rêverie de nouvel an », repris dans : *La Chambre éclairée*, Edouard Joseph, 1920 ; *Rêverie de nouvel an,* Stock, 1923 ; *Les Vrilles de la vigne*, Ferenczi, 1934 ; *Textes choisis*, Grasset, 1936.

15 février, *Comœdia* (CW), « Une lettre de Colette Willy à propos de ses débuts comme auteur dramatique, actrice et danseuse », avec 3 ill. de Georges Villa, repris dans *Femmes et littérature*, Martinsart, 1980.

20 février, *La Vie parisienne* (CW), « Une danseuse », repris dans *Paysages et portraits*, Flammarion, 1958 (« Isadora Duncan »).

15 mars, *Akademos* (CW), « Une clairière dans la forêt ».

27 mars, *La Vie parisienne* (CW), « Le Journal de Colette » : « Le Sémiramis-Bar », repris dans *Paysages et portraits*, Flammarion, 1958 (inclus dans « Mon amie Valentine »).

15 avril, *Akademos* (CW), « Le Passé », repris dans *Paysages et portraits*, Flammarion, 1958.

15 avril, *Fantasio* (CW), « Impressions de danse ».

1er mai, *La Vie parisienne* (CW), « Le Journal de Colette » : « Gitanette », repris dans *L'Envers du music-hall*, Flammarion, 1913.

10 juillet, *La Vie parisienne* (CW), « Le Journal de Colette » : « En voyage ». 2 textes : « Le Hallier (Eure) ». « Marseille », repris dans : *Fantasio*, 1er avril 1911 (« Baptistin ») ; *Cahiers Colette*, n° 2, 1979 ; *Marseille*, 1er trim. 1980.

14 août, *La Vie parisienne* (CW), « Le Journal de Colette » : « Une lettre », repris dans *Paysages et portraits*, Flammarion, 1958 (inclus dans « Mon amie Valentine »).

15 août, *Akademos* (CW), « En tournée » (I), repris dans : *Le Figaro littéraire*, 22 juin 1935 ; *Troisième cahier de Colette*, Les Amis de Colette, 1935 ; *Mes cahiers*, Aux armes de France, 1941 ; *Belles saisons*, Flammarion, 1955.

15 septembre, *Akademos* (CW), « En tournée » (II), repris dans : *Le Figaro littéraire*, 29 juin 1935 ; *Troisième cahier de Colette*, Les Amis de Colette, 1935 ; *Mes cahiers*, Aux armes de France, 1941 ; *Belles saisons*, Flammarion, 1955.

2 octobre, *La Vie parisienne* (CW), « Dans la dune », repris dans *Paysages et portraits*, Flammarion, 1958.

6 novembre, *Paris-Théâtre* (CW), « À Monsieur le Directeur de *Paris-Théâtre*[1] ».

1. Cette lettre parue dans la rubrique « Tribune publique » est un élément de la querelle entre Willy et Colette. Le 16 octobre 1909, *Paris-Théâtre* publiait un court article, signé « A. R. », faisant l'éloge de « Colette Willy [qui] avait déjà publié les fameuses *Claudine* » et précisant qu'« il est juste de

5 décembre, *Le Nouveau Siècle* (CW), « Un fin connaisseur ».
[20] Décembre (édition spéciale de Noël et du Jour de l'An), *Paris-Théâtre* (CW), « Les Sabots », repris dans *Contes des mille et un matins*, Flammarion, 1970.

« Charles Baret » (CW), dans *Programme des tournées Baret* pour *Claudine*. 8 photos de Colette Willy dans le rôle de Claudine.

1910

* *La Vagabonde* (CW), Ollendorff, [1910, 18 novembre]. Imp. Charles Hérissey, Évreux. 12 × 19. 336 p. 3,50 F. E.t. : 20 hollande, 5 japon.

Paru en feuilleton dans l'hebdomadaire *La Vie parisienne*, du 21 mai au 1er octobre 1910.

La Vagabonde (CW), Ollendorff, 1913. 12 × 19. 344 p. (54e éd.).
La Vagabonde (CW), Ollendorff, coll. Les Grands Romans, septembre 1922. 14 × 20. 191 p.
La Vagabonde (CW), Crès, coll. Maîtres et jeunes d'aujourd'hui, 3e vol., 2e série, 1922. 14 × 23. 269 p. Portrait de l'auteur. T.t.d. : 1 506 ex. (6 chine, 1 500 pur fil) et 154 h.c. (4 chine et 150 pur fil).
La Vagabonde (C), Société du livre d'art, 21 juin 1924. 23 × 29. 235 p. 30 lithos dont 6 h.t. de Mich. Sous emboîtage. T.t.d. : 150 ex.
La Vagabonde (CW), Albin Michel, octobre 1925. 12 × 19. 320 p. Réimp. : avril 1926, 1929.
La Vagabonde (C), Mornay, coll. Les Beaux Livres, 33e vol., 31 décembre 1926. 15 × 20. 335 p. Ill. de Dignimont. T.t.d. : 1 000 ex. (3 japon ancien avec chacun un tiers des aquarelles originales, 72 japon impérial, 32 hollande, 893 vélin) et 65 h.c. (10 japon, 5 hollande, 50 vélin).
La Vagabonde (C), Calmann-Lévy, janvier 1927. 14 × 20. 319 p. T.t.d. : 2 000 ex. sur vélin et « quelques h.c. ».
La Vagabonde (C), À la cité des livres, 15 septembre 1927. 22 × 28. 279 p. 15 lithos de Marcel Vertès. Sous emboîtage. T.t.d. : 280 ex. (50 japon impérial dont 1 ex. avec 7 dessins originaux et 2 épreuves des planches refusées, 8 ex. avec 1 dessin original et 2 épreuves des planches refusées, 15 ex. avec 1 épreuve des planches refusées, 230 hollande) et 25 h.c. (sur divers papiers dont 5 ex. sur japon impérial).
La Vagabonde (éd. *ne varietur*) (C), Hachette, coll. Les Grands Écrivains, n° 2, 24 mai 1928. 15 × 22. 269 p. 16 gravures sur bois de Renefer. E.t. : 300 hollande ; le reste du tirage est sur vélin filigrané « à la plume » pour la collection.

lui restituer la gloire, si elle n'en a pas eu le profit ». Le 23 octobre, Willy répondait que « cette collaboration, précieuse entre toutes, a été, je ne dis pas avouée, mais proclamée par [lui] » dès avant 1904. Faisant appel à l'article 3 de la loi du 29 juillet 1881, Colette exigea l'insertion intégrale de sa réponse, le 6 novembre. Willy répliqua le 13 novembre, puis *Paris-Théâtre* se refusa d'alimenter au-delà cette querelle.

La Vagabonde (C), Grasset, coll. Œuvres de Colette, 3e vol., 5 janvier 1929. 15 × 21. 273 p. T.t.d. : 2 790 pur chiffon.

La Vagabonde (C), Les Bibliophiles du Palais, 30 juin 1930. 23 × 28. 211 p. Lithos h.t. et vignettes de Jodelet. T.t.d. : 200 ex. sur vélin filigrané « La Vagabonde », numérotés et nominatifs.

La Vagabonde (C), Albin Michel, coll. Les Albin Michel à 6 francs, avril 1932. 12 × 19. 256 p. Avec tirage spécial pour la collection reliée Soleil d'or.

La Vagabonde (C), Fayard, coll. Le Livre de demain, n° 164, août 1936. 19 × 24. 128 p. 31 bois gravés de Morin-Jean.

La Vagabonde (C), Sequana, 1936. 12 × 19. 253 p.

La Vagabonde (C AG), Albin Michel, 1946. 12 × 19. 253 p. Réimp. : 24 mai 1949 (200e éd.), juin 1950, janvier 1955, octobre 1957 (211e mille).

La Vagabonde (C), Bruxelles, La Nouvelle Revue de Belgique, 1942. 244 p. Ill. de Géol. T.t.d. : 115 ex.

La Vagabonde (C AG), Les Éditions nationales, coll. La Vie en France au début du xxe siècle, 21 décembre 1945. 236 p. 16 lithos h.t. et 32 dessins in-texte de Berthommé Saint-André. Sous emboîtage. T.t.d. : 400 ex. de l'éd. grand luxe au format 23 × 29 avec suite (100 vélin, 300 pur fil) et 595 ex. sur chiffon de l'éd. réimposée au format 17 × 22.

La Vagabonde (C), Colbert, coll. Le Lys d'or, 27 décembre 1945. 15 × 21. 277 p. Ill, dont 8 h.t., d'Albert Jarach. Relié.

La Vagabonde (C AG), Monte-Carlo, Aux éditions du livre, 11 novembre 1950. 14 × 19. 301 p. 9 lithos h.t. de Grau Sala. T.t.d. : 3 500 ex.

La Vagabonde (C), Les Compagnons du livre, [1950]. 13 × 19. 299 p. Front. de Jacques Lechantre. Relié.

La Vagabonde (C AG), Fayard, coll. Le Livre de demain, nouvelle série, n° 14, 8 février 1951. 14 × 19. 192 p. Relié. Réimp. (broché) : 2 mars 1953, 17 février 1956.

La Vagabonde (C AG), André Sauret, coll. Grand prix des meilleurs romans du demi-siècle, 13e vol., 6 septembre 1951. 17 × 23. 283 p. Front. : litho de Henri Matisse. Sous emboîtage. T.t.d. : 3 300 ex. (300 vergé avec un deuxième état du front. sur chine, 3 000 vélin) et 100 h.c.

La Vagabonde (C AG), Albin Michel, coll. Le Livre de poche, n° 283, 4e trim. 1957. 11 × 17. 249 p. Couv. ill. Réimp. : 1er trim. 1963.

La Vagabonde (C), Club de la femme, 5 mai 1961. 14 × 19. 255 p. Couv. de Toscan et Selmi. Photos. Notice sur l'auteur. Interview de Maurice Goudeket. Relié. Réimp. : 5 janvier 1963 pour le Cercle du bibliophile.

La Vagabonde (C), Club du livre sélectionné, [1964]. 14 × 21. 286 p. H.t. de Paulette Debraine. Relié. T.t.d. : 3 033 ex. dont 8 avec 1 dessin original et 25 « réservés aux amis du club ».

La Vagabonde, suivi de *La Retraite sentimentale* (C), Culture, art, loisirs, coll. Le Meilleur Livre de la femme, [1967]. 13 × 19. 479 p. Ill. de Grau Sala. Photos. Notice sur l'auteur. Relié.

La Vagabonde (C), Flammarion-Albin Michel, juillet 1970. 12 × 19. 237 p. Couv. : photo de l'auteur.

La Vagabonde (C), Lausanne, La Guilde du livre, coll. Romans-essais, n° 893, 12 avril 1973. 15 × 22. 271 p. T.t.d. : 5 030 ex.
La Vagabonde (C AG), Rombaldi, coll. Ediclub, 30 avril 1975. 14 × 19. 319 p. Photos. Relié.

20 janvier, *Paris-Journal* (CW), « Le Cachet en ville », repris dans *Fantasio*, 15 février 1910 ; inclus dans *La Vagabonde*, Ollendorff, 1910.
15 février, *Fantasio* (CW), « Le Cachet en ville », paru dans *Paris-Journal*, 20 janvier 1910 (voir à cette date).
26 février, *La Vie parisienne* (CW), « Carnaval brabançon », repris dans *Cahiers Colette*, n° 2, 1979.
2 mars, *Paris-Journal* (CW), « Le Refuge ».
7 avril, *Paris-Journal* (CW), « Modes ».
21 mai-1er octobre, *La Vie parisienne* (CW), « La Vagabonde », ill. par Fabiano (feuilleton hebdomadaire). Repris dans *La Vagabonde*, Ollendorff, 1910.
13 juin, *Paris-Journal* (CW), « Mimi Pinson à l'école ».
12 juillet, *Paris-Journal* (CW), « Ma corsetière », repris dans : *Fantasio*, 1er décembre 1911 ; *Contes des mille et un matins*, Flammarion, 1970.
28 juillet, *Paris-Journal* (CW), « Notes de tournées ».
8 septembre, *Paris-Journal* (CW), « La Petite Chienne à vendre », repris dans : *Prrou, Poucette et quelques autres*, Librairie des lettres, 1913 ; *La Paix chez les bêtes*, Crès, 1916 ; *Colette*, Crès, 1921 ; *Chiens de Colette*, Albin Michel, 1957.
2 décembre, *Le Matin* [non signé ; un masque remplace la signature], « Music-halls » : « La Poison », repris (« Le Laissé-pour-compte », 1) dans *L'Envers du music-hall*, Flammarion, 1913 ; *Lisez-moi*, 25 mai 1915.
14 décembre, *L'Eclaireur de Nice* (CW), « Autobiographie ».
16 décembre, *Le Matin* [un masque], « Music-halls » : « Le Laissé-pour-compte », repris dans *L'Envers du music-hall*, Flammarion, 1913 ; *Lisez-moi*, 25 mai 1915.
30 décembre, *Le Matin* [un masque], « Music-halls » : « La Fenice », repris dans *L'Envers du music-hall*, Flammarion, 1913 ; *Lisez-moi*, 25 avril 1914.

TABLE

LES VRILLES DE LA VIGNE

LA VAGABONDE

NOTICES, NOTES ET VARIANTES

CLAUDINE À L'ÉCOLE

Ce volume, portant le numéro
trois cent quatorze
de la « Bibliothèque de la Pléiade »
publiée aux Éditions Gallimard,
a été composé par SEP 2000
et achevé d'imprimer
sur bible des Papeteries Braunstein
le 19 mars 1986,
sur les presses
de l'Imprimerie Tardy Quercy S.A.
à Bourges,
et relié,
en pleine peau
dorée à l'or fin 23 carats
par Babouot à Lagny.

ISBN : 2-07-011079-6.
N° d'édition : 37722. Dépôt légal : Avril 1986 (12858).
Premier dépôt légal : avril 1984.
Imprimé en France.